中国近现代稀见史料丛刊【第四辑】

黄秉义日记（叁）

张剑 徐雁平 彭国忠 主编

黄秉义 著

周兴禄 整理

本辑执行主编 张剑

凤凰出版社

第三十章

己酉(1909)九月初一日起

九月初一日丁未　阴。致周允东明府一信，交海门邮政局寄晋。张力堂守戎今日接手台防第一营中哨。早刻，至海门张力翁处到喜，承其戒烟至家十馀次，不得不亲为到喜也。力翁留过午膳，晤其同事李千戎兆熊、鲁拣臣都戎保国、刘颂臣守戎子雅，相叙半晌。言及全浙水师统领，督宪檄委王荫常军门接统；浙东陆路统领，督宪檄委雷云阁都督接统；镇海等处炮台统领，督委提宪吕道生军门兼统；定海镇，即以简授是缺邱军门饬赴本任；张丹翁奉督宪松鹤帅檄署嘉乍协副将。嘉乍协者，嘉兴、乍浦两协镇兼并，现驻防嘉兴半年、乍浦半年，是缺最为繁难也。力翁公馆即在海门城隍庙。并言王荣臣参戎奉督宪调署浙江抚中参，曾经牌示，现署太营参将尚未告卸耳。别后，至和生南货行丁明轩处，适陶刁之兄方自沪江旋里，并晤鲍子封先生，相叙半晌。

阅《浙江报》纪体仁阁大学士、军机大臣管理学部尚书张香涛中堂之洞于八月廿二日出缺，饬谥文襄，其馀恤典最优。所遗军机大臣，奉上谕以法部尚书戴鸿慈补授；管理学部尚书一缺，奉旨以礼部尚书鹿传霖补授；两缺紧要，先为简补；所遗体仁阁大学士，未识简补某公，尚未见有明文也；褫遗礼部尚书一缺，奉旨以都统葛宝华补授云云。公送陶寿翁令祖母柯太恭人暨令堂冯太恭人泥金寿屏曾托陈渔樵代为购就，即托甬江周子鹏孝廉代为写好，亦于晚刻送来。阅代买发单，计价洋八十八元八角，若是者可谓最贵也。所定麻姑，渔樵先生言初六日可以带台云。

初二日戊申 早至未刻，晴；申牌以后均阴。吴玉成参戎来言，陶寿翁欲其世兄喜日拟向常品莲统领假军乐一队，以为亲迎之光，托余代其自己出名致常统领一信。相约同至陶寿翁府上，晤孟东、申甫诸君，互叙半晌而来。

初三日己酉 晴。午膳后，至陶寿翁府上，晤申甫，相叙一刻，言习之今日新竖新妇眠床，深为至善。晚膳时，张力翁来言，今夜赴天台有事，留过晚膳后即行上港矣。

初四日庚辰 晴。自三月十三日接家君并眉甫先生自七月廿三日所发信函之后，迄今已逾两旬，未接有信，深为至念，只求速接竹报，深为至幸。但山西禁种土药肃清一案，宝湘帅奏请奉旨择优保奖，已逾弥月，未识曾经保奖否，亦未识所保何人也，速得信息为幸。接卢槐士兄一信。

初五日辛亥 阴。致许眉甫先生一信，交海门邮政局寄署。致叔文兄一信。致娄祝三兄一信。致卢槐士兄覆信一函，交航船寄郡。

初六日壬子 早至未刻，晴；申牌，阴；以后皆然。戌刻，西北风颇大。《申报》，自上月廿六日至本月初一日取来，因叶祖香公祖来假，即行送署矣。公送寿翁令祖母之王母麻姑曾于今晚取来。解惠甫兄来叙一刻，留过午膳，适积臣兄亦来少坐，同至楚言处，相叙半晌而来。忆余与惠甫兄自壬寅岁相叙武林试寓，转瞬间，迄今八载，正如昨日耳。

初七日癸丑 早至巳刻，阴；午牌后，雨。接眉甫先生自八月初八日所发一信，此时署中仅阅至七月上中两旬辕门抄。晋省中秋前后之辕门抄，署中曾经接览否，未识丁方伯于属员中作何更动耳。

初八日甲寅 雨。致洛卿丈公一信，饬小二头送交。

初九日乙卯 雨。寄奉家君第七十六号安禀一函，内附致眉甫先生一信、月波一信，封交本镇邮政局保险寄署。

初十日丙辰 早至巳刻,阴;午牌以后均晴。接卢槐士兄一信,即覆槐士兄一函,饬祥朋送交下街黄宅代寄郡城。晚刻,至陶寿翁府上,晤周梅翁、钟焕翁、吴玉翁、张凤翁、汪伯端、王子轩、冯敷五及其令祖季盘、兰洁诸君,互相畅叙一刻。适其令郎刁之新人嫁资已到,诸色均可将就,并晤邱楚翁、黄宝舟,相谈至晚,留过晚膳,同邱楚翁至家少坐而去。

十一日丁巳 晴。陶寿翁令郎明日闹喜期,今日闹房。晚刻,至其府上,宾客最多,难于详记,吃晚膳后而来。寿翁向余假去朝珠一副,以为顶马者戴用。代媒者冯敷翁、周梅翁两君而已。接允东明府一信,言家君奉藩宪牌示调署虞乡县知县,所遗吉州知州委吴昌燕署理。查虞乡县简缺属满州府,不知易治否也。

十二日戊午 早至巳刻,雨;未、申、酉牌均阴;酉刻,细雨;以后皆然。陶寿翁令嗣刁之兄娶路桥俞氏今日喜期,发轮时已巳刻,新人到门,天时将黑,不为晚也。张丹翁、秤和甫(钧,石浦人)、王芹甫、王六翁、徐霭翁、王位翁均借宿余家。早刻,至寿翁府上,来时已将二鼓,到陶宅吃酒者颇多,晤郑夔友、叶范若以及诸位,互相畅叙一天而已。

十三日己未 早至午刻,阴;未刻,细雨;以后皆然。陶寿翁府上开唱甬戏,晚刻,至寿翁府上,相晤宾朋甚多,不及详注,留过晚膳而来。晚刻暖寿,叩祝者亦不甚多。何霭翁、陆文翁、顾文伯诸君亦借宿余处。寄奉家君第七十七号安禀一函,交本镇邮政局寄至吉州署。张丹翁寄存川豆即于今日量就一百袋,一旦三斗五升,已载八十四袋,分装两船,因时已晚,尚馀十六袋及未量之川豆,丹翁言俟下班永利轮期载申可也。

十四日庚申 雨。早刻,至寿翁府上叩祝其令祖母柯太恭人寿辰,并代其资客者:余与吴玉翁、邱仲翁、周梅翁四人;官场到者:叶祖香公祖、常品莲统领、张丹翁军门、洪封山守戎;远客到者:颜东士及其令亲俞逸琴;近地来者颇多,未及详记。何霭翁、陆文翁、颜文伯于晚刻去。颜东士兄又宿余处，代为招呼也。做厨老跛于昨夜逝世，家无立谁[①]地，一切所需各物，只得嘱仆备办而已。曹绍雍统领拼送寿屏之洋已于早刻遣人送讫。此番陶寿翁府上开唱甬戏，调曲、服色均佳，惟日多雨，步履维艰也。

十五日辛酉 卯前，雨；辰刻，阴；以后皆然。早刻，同东士、芹甫先生、霭人先生、张丹亭军门、辅廷诸君同至寿翁府上看戏至晚，寿翁于晚刻设燕席十桌，留过晚膳后又看戏一刻而来，惟颜东翁留宿寿翁府上。仙叶相递来陈渔樵兄一信，附代买各件细账一纸。永宁商轮茶房等送寿翁焰火一堂，即于夜间放讫，焰由甬江所做者颇佳。此次寿翁为其令祖母柯太恭人及其令郎习之兄寿喜双庆，客来贺喜，与余相识者，官场中：叶祖香公祖、常品莲统领；亲戚朋友中：张丹亭军门、洪封山守戎、邱楚言、邱仲玉、俞逸琴、顾东士[②]、秤和甫、黄宝舟、王六皆、徐霭人、邱辅廷、冯敷五、张凤山、谢仲衡及其令祖季盘、兰吉诸君；本诸君及女学堂教员未及详记，均得互叙一番，深为至幸。外唱本地梨园，内唱甬江梨园，各处来看者甚多。惟内演戏之处颇窄，客人不多为歉。张丹翁言实缺定海镇邱军门于十八日自瓯动身，大约廿一日可抵定海，已定廿四日任事，丹翁拟于是日告卸后赴甬少作勾留，即于十月初二日赴申至嘉郡，已择十月初六日接篆矣。

十六日壬戌 晴。张丹亭军门、王芹甫先生均于早刻至海门去，颜东士、俞逸琴、金季盘诸君来叙一刻，言即去矣。徐霭人先生亦于早刻去。达云母舅之小娘姨于今日出闺海门王氏，邀余与谱香母舅接媒人。早刻，至达云母舅府上，晤谱香母舅、李舜卿诸君，互相畅叙一刻。少顷，轿来，王宅代媒者詹益卿、王厚卿两君，相叙席散，而新人出门已逾四点钟。至家后，寿翁来邀，即至陶宅，晤玉成、梅五、崇山诸君，叙过晚膳而来。家君嘱买单中有自宁波寄买者，适阿昌兄至

---

① “谁”，当为“锥”。

② 当为“颜东士”。

甬，即托阿昌兄代买，付其洋十二元，不敷之处另日再算可也。

十七日癸亥 晴。王六皆先生至柳亭家去，言二十日转赴沪江。家君嘱买单中寄申购买各物，晚刻交二头带申购买矣，当付洋念元，倘若不敷，另日清付可也。

十八日甲子 早至午刻，晴；未牌，阴；以后皆然。致王少亭一信，致谢仲衡一信，均饬小二头送交。早刻，吴玉翁、张力翁来叙，过午膳后，同至煦东宗伯处，相叙一刻而别。言及寿翁府上此次做寿颇不周到而已，如是，较之前年楚卿与煦东宗伯做寿大相悬殊也。过楚言处少坐而来。

十九日乙丑 辰前，雨；巳至申，均阴；酉牌，雨；以后皆然。致源隆钱庄汇信第二十号，付洋二百元并凭摺送托阿昌兄代带甬江，该洋即嘱源隆收入该摺矣。早刻，至海门永宁局，晤叶砺若、王芹甫、徐富春、林少生、陶寿翁，互相畅叙。留过午膳后，陈渔樵先生来局，前托买公送陶寿翁令祖母泥金寿屏等，计洋一百零四元另，即与其清算。惟楚卿兄代经十七位，计洋五十八元一角另，即行抄账，就托渔樵先生代过，尚少之洋概行付讫。家君嘱买单中有由海门购办各物，即向久大南货店买齐，以便廿七日打捆，即由本地购办各物亦经买齐。别后至张力翁公馆中，适其公出，未晤而来。

二十日丙寅 早至未刻，晴；申牌以后均阴。字嘱二头询亦兰修皮帽，若未修好，即就上海向买一顶。

廿一日丁卯 阴；惟未牌细雨，一刻即晴。

廿二日戊辰 雨。寄奉家君第七十八号安禀一函，交海门邮政局保险寄署。后接家君自八月十八日所发一谕，此时省垣牌示虞乡县，署中尚未得信，想下次来谕得悉悬牌信息也。

廿三日己巳 阴。

廿四日庚午 阴。早刻，遣小头至海门向阿昌兄之源隆凭摺取还及前托买各件均已买齐取来，计洋十五元零。黄心斋宗叔来邀晚膳。晚刻，至心斋府上，晤寿卿、秉彝宗伯诸君，相叙席散而来。接周赞初兄一信，附其令尊拼送陶宅寿屏洋三元四角八分。

廿五日辛未　阴。致张丹翁一信，附还代拆川豆下力馀洋八角，由世治先送托阿昌兄代为带交，尚少阿昌兄代买各物英洋三元、开洋五角，均嘱世治先送交清讫。

廿六日壬申　阴。接许眉甫先生一信，系八月三十日由署缄发。海标新署城守营备陈守戎济源、左营守备许守戎陶祥均来拜客，即饬丁挡驾矣。嘱二头带购家君寄买各件均已买齐，饬祥朋向其取来。惟醉田蟹原单开有六七十只，现买来计重廿二斤，并大坛等，须用两人抬运，现只祥朋一人赴晋，难于携带，只将原坛中分一小坛可也。所买各物，共计价洋二十一元一角，除前付过洋念元外，尚少一元一角，另日送交可也。

廿七日癸酉　早至巳初，阴、雾；巳末以后均晴，大有小春景象也。致许眉甫先生一信，交邮寄署。接临海禁烟公所一信，言邑尊于廿一日赴地晓谕禁种烟苗之传单一纸。家君嘱购各件物已办齐，曾于今日悉均打捆以便携带也。

廿八日甲戌　早至辰牌，雨雾；巳、午、未刻，晴；申时以后至晚均阴，西北风颇大。接李广生先生一信。

廿九日乙亥　晴。邑侯杜菊荪公祖奉檄赴各处禁种罂粟，今日至本镇集圣庙。晚刻至庙，晤陶寿翁、周梅翁、张镜如，相叙半晌，少顷，而邑尊来庙，少坐并即至前殿劝谕禁种烟苗一次而去。同来调查局绅陈德风并余姓两君，互相畅谈一刻而来。前托陈少山代刊禁烟字板，晚刻，陶寿翁代为带来。

三十日丙子　晴。

十月初一日丁丑　晴。

初二日戊寅　晴。晚刻，至梅翁、玉翁两处少坐而来。

初三日己卯　晴。寄奉家君第七十九号安禀一函，并附家君嘱买各物，另行附单，计装篾篓四捆、皮箱一只、网篮内储醉蟹、青梅各一坛、佛手青梅十景藉片计三盒，共计六件。前家君嘱买来单，均已办齐，惟大块茯苓、笋碱两物无售作罢。来单嘱买醉蟹七十只，日前嘱二头买来，计重念二斤，加大坛等重五六十斤，难于抬运，只将原坛分一小坛而已。并致眉甫先生一信，外附海盐一包，计两斤；水笔十二支。致月波一信，外附海盐一斤，均饬祥朋专送山西省城。本可直赴虞乡，屈计家君奉檄调署虞乡县知县，但告卸吉州之后须赴省晋谒后方可饬赴虞乡新任。家君所买各物大半送礼请客之用，因此嘱祥朋送至省垣侍候家君到省耳。致陈仲怀直刺一信，请留祥朋住宿公馆十馀日。致陈涵甫先生一信，恐家君接奉饬知有"即饬赴新任"字样。但祥朋由省川费未曾付给，可向涵甫先生借需。致洪莲翁一信，致周允东明府一信，均交祥朋带去山西分送。致张仲甫兄一信，亦饬祥朋送交，托其代为招呼赴津商轮。周梅翁送寄家君一信，允东明府分送托寄另星两包与允东明府，亦均交祥朋带晋。今则祥朋先行赴署，余拟明年春夏之交束装赴晋可也。

初四日庚辰　晴。寄奉家君第八十号安禀一函，饬小头送海门邮政局保险寄晋。家君倘已告卸吉州，即托局友转寄虞乡县城黄公馆可也。前嘱亦兰带修皮帽，不能代修，二头代为买来皮帽一顶，计洋四元九角。并前所买各物少洋一元一角，顷交小头送交英洋六元矣。

初五日辛巳　晴。致周允东明府一信，交邮寄晋。王赞青兄以拔贡来家拜客，即饬丁挡驾。午膳后，至椒江，晤赞青、益卿、载熙、云梯诸君，互相畅叙一刻，过梅翁府上，晤寿卿兄，少坐而来。

初六日壬午　晴。致李广生先生一信，饬老四送交。

初七日癸未　晴。接李广生先生一信。接家君自九月初九日所发一信，言是月初五日接省友戚君来信，云八月廿五日奉藩宪丁方伯牌示调署虞乡县知县，所遗吉州以以吴昌燕署理云云。即于初七日专丁赴侯马发有电音十六字，迄今月馀，所发电音未曾接到，不知何故。晚刻，晤陶寿翁，言恐海门二字误投江苏海门。即饬小头往询海门电报局，并无是电，想即如是舛错也。至初九日发谕，又搁至今日方到，以致延迟之由也。并言虞乡与河南之轮车栈相违三四日之遥，较之吉州颇为快便。但吉州与虞乡大路六天，小路四天。陈庶母大约十月间分娩，拟将家眷先送至虞乡县城，借公馆住宿，想九月之杪、十月之初告卸后，意欲先行赴任，后再行晋省，未识得能如愿否也。今已得家君调缺实音，深为至幸。并嘱汇付许眉甫先生府上英洋五十元，并接眉甫先生一信，附有眉甫先生家信一函，适童象斋来家，即托其寄至西山，附洋言明二十左右遣夥送交，向取收字可也。查蒲州六县粮额，以虞乡最少，查虞乡与蒲州首邑永济县相违六十里。但永济系晋省著名大缺，虞乡亦能相上下否也。

初八日甲申 阴。致洪莲翁一信，交邮寄晋。早刻，蒋敬甫兄来叙一刻，言近年在闽厦门厘局账房，东人系董少山司马廷瑞，今请假与其令尊征九先生同行旋里。晚刻，至陶寿翁府上，晤敬甫、梅翁、伯端诸君，相叙一刻。楚卿代尊翁由省购有烟红走马匹，方于昨夜带到，梅翁试骑一次，其走尚可将就。家君昨日来谕，嘱觅识账者。余再惟思，周在舆先生尚能可靠，人亦朴诚。早刻，遣祥高先生去邀，晚刻来家，余将家君之意言之，彼亦从缓再商，其意函禀家君可也。

初九日乙酉 巳、午牌，晴，馀均阴。

初十日丙戌 早至申刻，阴；酉刻，兼雾；戌刻，细雨，少顷，雾。

十一日丁亥 晴。接张仲甫兄福信，言祥朋于初七日早刻到申，即于是日晚刻赴太古山西商轮抵天津矣。

十二日戊子 晴。寄奉家君第八十一号安禀一函，交立茂送交海门邮政局双保险直寄虞乡，内附致眉甫先生一信。早刻，惠甫来询眉甫先生汇洋是否，随即将家君谕嘱付眉甫先生府上英洋五十元均交惠甫收讫，当取有收条，即交玉先收存矣。少圃表叔公及祝南两君于早刻来。

十三日己丑 晴。早刻，至集圣庙叩神后，晤张镜如千戎少谈而来。每以十月十三日为本镇庙主圣诞，阖方皆须晋祝，素以为然也。

十四日庚寅 晴。少圃表叔公及祝南于晚刻转赴郡城，假去絮被一床，来自小轮，去应航船，所以用被也。晚膳后，至陶寿翁府上，言叶祖香公祖之太太于十一日故在令祖宁波三府唐别驾署中，叶公祖接到电音后亦即赴甬矣。即同寿翁至周梅翁府上，适其令弟槐卿长令郎聘北岸西庄何姓，于今日完姻，达云母舅、载熙兄两君代媒，伯端、寿卿往看新人，少谈而来。接塘头朝灿相来信云，新屋倪姓于廿四日喜日假寿屏等，余即允假寿屏一堂，嘱俟二十左右来取可也。

十五日辛卯 晴。接家君自九月十九日所发一信，言九月初七日所发电音十六字，续接该局来条未注明姓某，与定章不符，只恐不能到地，以致作罢，此专丁未及转圆之所误也。并云，新署吉州吴诏荪别驾于九月之杪可以到地，有说十月初三日吉，大约是日接篆。家君拟交卸吉州篆务后，就道虞乡接印后，再行赴省云云。并言虞乡自汉口首途两天轮车、三日马车即可到地，较之吉州稍为便捷云。所请逸亭老夫子曾经送关矣。午膳后，至陶寿翁府上，晤吴玉翁、秉彝宗伯，同至本庙看戏一刻而来。周槐翁来邀晚膳，即至槐翁府上，晤达云母舅诸君，相叙席散，过寿卿处少坐，至家时将二鼓矣。

十六日壬辰 晴。秉彝宗伯来言，煦东宗伯染恙颇沉。楚卿兄自八月之杪转赴省垣，本早拟旋里，因启太尊晋省延搁十馀日，而廿四日续弦期迫，想旋里之日不远矣。

十七日人癸巳 晴。寄奉家君第八十二号安禀一函，交海门邮政局保险寄署。接阅十月十三日《申报》纪十月十一日内阁抄奉上谕："湖广总督着瑞征署理。江苏巡抚着宝棻调补。丁保铨着补授山西巡抚。钦此。"十月十四日《申报》纪十月十二日内阁抄奉上谕："山西布政使着志森补授。王庆平着补授山西按察使。浙江盐运使着衡吉补授。钦此。"楚卿兄于晚刻自省垣旋里。陶寿翁来约至楚卿处，晤籀生、少常、吴玉翁、云梯诸君，互相畅叙一刻而来。

十八日甲午 晴。寄奉家君第八十三号安禀一函，饬正伦送交海门邮政局双保险寄署。郡城教育会经周萍泗运动选举自为会长，劝学所，苹泗欲与李昭甫，不想公举李茂才群秀，与周萍泗意见不合，两相冲突。当未入所时，周萍洄即行电禀抚宪，而增中丞应事经公举，即照原议，仍然李群秀接办，以致萍洄大不为然。上月间，李群秀因周萍洄诸事掣肘，自行禀退，抚宪电饬留办。周萍洄大为失色，从此无中生有，想出纠集多人刊印传单，邀同党人数十具禀教育会周萍洄、劝学所李群秀，均以办理学务不善，再行选举接办。当道未曾批准，即复发传单，自定明日十九日开会，纠集四乡上下人等千馀，意以公举章襄为教育会正会长、周文敬为副会长、陈思斋为劝学所长。但章、周、陈三人虽名列胶庠，实萍洄党人，恐不合于众，即以公举多数为词，倘有未合其私意者即嘱纠集人众威胁之。萍洄又恐郡城人少，函嘱陶寿翁、黄道周、黄楚卿、周载熙等叫百人，陶寿翁即将本镇自秀才以至上，下店夥、仆从、篾作、道士、裁缝以及仆役并分府署差役等约近百人，定今夜趁永大小轮赴郡，以便明日代周萍洄兄公举党人三名，倘有不合私意者，即行殴打而已。邑尊杜菊生公祖恐明日致闹，电达郡伯启太尊，而太尊转电其嘱暂行停会另开云云。萍洄兄知悉启迪斋太尊此等电文，想明日不能开会，即行电嘱寿翁暂行作罢，期以另开。陶寿翁及嘱各人毋庸赴郡。至晚膳时，又接载熙兄出名电达寿翁，嘱其所叫之人即速来郡云云。而寿翁即行通知楚卿各人，立即遣仆役转叫作罢各人明日早晨赴郡，致多忙碌。想明日到郡之人不少，不知作何举动也。

黄楚卿本是周党之人，陶寿翁本是中立，因五月间，周萍洄就海门创设台州商会，举寿翁为总理，以致不得不入周党也。但郡城已立商会，与周萍洄复设商会于海门两相冲突，未识何时能罢也。凡事退一步想，日夕相安，即是我辈之福。古人云“一日清闲一日仙”，斯言不谬耳。午膳后，至李舜卿处，晤宗山兄，少谈而来。路晤陶寿翁。过丁辅香之永利行中，晤霭人先生及翁子俊，相叙半晌。子俊同楚卿赴省方来，询及楚卿在省情形，因人众多，未及详言，容后再记。

十九日乙未　晴。接家君自九月廿四日所发一信，言是日巳时陈庶母幸添一妹，并言接委署吉州吴绍春别驾昌燕来信约九月之杪即可到吉，择十月初三日子时接篆。家君拟是日告卸吉州后就道蒲州，已择定十月廿四日丑时接印任事，深为至幸，想晋省之期须接篆之后也。叔文兄及范少翁于晚刻自莘山来，拟赴郡城邀洋人白先生医治胸疾，定然即奏肤功焉。

二十日丙申　晴。接眉甫先生自九月廿九日所发一信，致楚卿兄一信，致李广生一信，专价送交，当接李广生覆信一函。

廿一日丁酉　晴。早刻，卢槐士兄来叙一刻，相约至子俊处，晤达云母舅，诸君相叙一刻，续至梅翁处少坐而来。槐翁、子俊言及楚卿此次赴省前后计需另用洋三十元左右，买物等需洋千馀，并捐道衔计洋六百元，并与其祖父捐二品封典，需洋五百馀元，自七月初旬迄今，除捐二品封典及道衔外，尚需洋四千馀元，正纨绔公子耳。即加捐一层，卢槐翁论其已捐四品衔双月通判，何必由监生加捐道衔，有何用处？在楚卿用钱若水，多化用有何窒碍？何况捐衔系显亲扬名，亦是值得耳。并言楚卿之同昌号事经成竹如太尊查办禀覆，大约同昌加厘洋一万六千元（盐斤每斤加钱一文）、引租、帖租（引租原有千馀，帖租原有七千元零，报效一半）计洋四千元零，府署局用开支（原有三千元零，报效一半）计洋一千五百元零，府署洋身漏规（原有四千元零，报效一半）计洋两千元零，共计洋二万四千元。报效公家裁撤、各衙门幕友节敬并盐运使衙门房友节敬、小委员薪水等费计洋五千元零，裁撤饬私经费洋四千元，共计洋九千元。由省委一道府来台督销盐务，即将所裁计洋九千元作为薪水并办公经费。抚宪增中丞将随所请。适台州府启迪斋太尊因恐裁撤漏规，晋省调停，未识抚宪作何主持也。想府尊旋里后而有定局。楚卿因裁撤节敬及委员薪水并府署减去局用洋身等项，即有省委，定见掣肘号事，不得不以推却挟制当道。楚卿果有实心抛却，闻有天台人某意欲接手。但楚卿推却之事系贾局，果若天台人某来接手，楚卿定然掣肘于彼也。况楚卿事事行霸，天台人某亦未尝不知，总以如今时局，楚卿即虽难舍，四处弥缝亦不远矣。

晚膳后，至楚卿处，晤吴玉翁、郑夔友、王少常、卢槐士、翁子俊、邱遇琴，诸君互相畅叙一刻而来。槐翁言，在郡时得有省电，言临海县杜菊生明府光佑调省差遣，遗缺藩宪颜少夏方伯牌示何勉之明府士循调署。查何明府系河南息县人，进士出身，补授乐清县知县，调署临海县。方经牌示，想在岁杪可以赴任，至早亦须十一月之杪耳。

廿二日戊戌 晴。寄奉家君第八十四号安禀一函，交海门邮政局保险寄至虞乡县署。晚刻，至椒江中学堂，晤曾六舟先生及陈赤甫两君，相叙一刻而来。晚膳后，至楚卿处，晤夔友、少常、玉成、子俊、遇琴诸君少谈。适王少南、项吉甫自郡垣来云，同昌加厘一节，非一万六千，只一万二千元，限售盐一千二百万斤之制。台州督销盐务委员，抚宪初委成竹如太尊本璞，应郡伯启迪斋太守赴省言成竹如太守一派糊涂，拟另委一人到台云云。但楚卿只恐诸事掣肘，拟即禀退之意。但运台预悉楚卿以禀退挟制，即有言及，并有言先以官督商办，倘黄商果若退办，即以官办亦可。果何定局，容后再记。至家时将二鼓矣。

廿三日己亥 晴。早刻，陶寿翁来约至楚卿处少坐，即托寿翁相约槐士同至梅翁府上，其令郎孟东续弦，明日喜期，今夜闹房，晤心斋宗叔、载熙诸君，同吃喜酒后少坐而来。其府上今夜喜酒约六十馀席。

廿四日庚子 晴。接张丹翁一信，并惠糟蛋两瓶。早刻，同陶寿翁代孟东代媒，动身时甚早，至山下周天方明，至十里铺时方上午八点馀钟。至梁宅，其亲家梁钦甫，接媒人系任缉生、梁哲苏两君，相叙席散。新人动身于时尚早，进门时方在下午四点钟左右，花烛、酒筵时均早，惟愿生儿亦早为幸。日前接家君谕言所云接虞乡县印亦在今日丑时，深为欣喜也。楚卿兄续弦王子宜兄之令妹亦于今日喜期，就道至楚卿处。少顷，陶寿翁亦来，并晤夔友、少常、华士、少南、吉甫、玉成、载熙、冰如、遇琴，诸君往看新人，少谈而别。但遇琴兄系是正媒，今在楚卿家，新人一切未周之处，均代格外照顾，尽为巴结所致也。今日最为佳吉，各家喜庆者甚多，又遇家君任事之期，深为庆幸。张丹翁任嘉乍协篆系本月初九日吉辰耳。

廿五日辛丑　晴。致许眉甫先生一信，饬小头送交海门邮政局保险寄至虞乡县署。致娄德晖兄一信，亦饬小头送交。随接娄德晖兄一信。昨岳母言接仲善兄函云考入邮传部铁路传习所，曾经入堂肄业，无如该所程度颇高，恐难入门为虑。岳母拟欲仲善于岁杪赴台一行，又恐有碍课程，函询德晖兄。据德晖兄函言尚无甚碍，另行致函可也。继配之二弟初字蓁友，现改仲善。接尤秀卿兄一信。

煦东宗伯柬邀晚刻喜酌。晚刻，至楚卿处，晤陶寿翁、郑夔友、王少常、吴玉成、邱遇琴、黄玉堂、周载熙、曾六舟、郑汉英、褚琴轩、解玉泉、黄星斋、翁子俊、叶少峰、黄俊臣、陈舜卿诸君，人多，姓名不及全记，相谈席散。楚卿兄邀江西妓女三名至家唱戏，人颇嘈杂，余即而别，至家尚未二鼓。繁华之家并无如楚卿家之甚也，但妓女竟至家中唱戏，乃败坏门风之甚。楚卿年前为乃祖父及祖母入厝，初邀妓女至家唱戏，大不合礼。丁未春，煦东宗伯夫妇六十初度，外梨园、内妓女唱戏。今则续弦又邀妓女到家，事虽喜庆繁华，竟然若是无度，亦败坏之甚也。

楚卿言有人控其吃烟，以致省城调验局定要其赴局调验。初次奉文，楚卿方请假旋里，当咨议局议长，应咨议局方将开局在即，未便至局为词延缓。现经闭局而又奉文调验，而楚卿又以续弦先行请假旋里。其父煦东宗伯病笃，赴局调验又不得不行，只得赴省调验。闻说言其吃烟者乃抚委王明府禀词中言及。但王明府与叶祖香公祖亲戚，疑叶公祖槽榻于彼。适值叶祖香公祖应元配太太故在甬江其令祖唐别驾署中，叶公闻信即行赴甬。楚卿邀子俊代拟一电，大约言台州海防同知叶元芳应公晋省，其收发某劣迹，请饬叶丞速即旋署云云。致抚、藩、臬三大宪，以报复之。新界黄燮中、学界周殿梅、商界翁子俊三人具名。如此行为，其心太甚。如今做官如遇此等者，正所为难，故不得不防亦在于此也。未识各大宪作何致覆耳，亦未识叶祖香公祖将何详覆，容后再记。古人云“为政者不得罪于巨室”，即此之谓也。按：叶祖香公祖之收发虽云亲戚，委之太重，难免绅民所议。今楚卿兄致其一电，想其格外谨慎，不致如前，亦地方之幸耳。

梦云先生托一学生杨姓于早刻来，留过午膳即转东山矣。海标中府许游戎之文赴任，来家拜客，即饬丁挡驾矣。

廿六日壬寅　阴、晴，惟午牌晴。致陈仲善兄一信，附其家信一函，交本镇邮局寄至京都青厂黄岩会馆。早刻，楚卿兄柬邀午膳，同陶寿翁至楚卿处，晤夔友、少常、少峰、玉堂、玉成诸君，相叙席散而别。晚刻，因梅翁柬邀晚膳，至梅翁府上，晤六舟先生、道周、载熙、少湖、作羹、寿翁、玉翁、夔友、少常、杏仙、申甫诸君，相叙席散而来，至家方将二鼓矣。

廿七日癸卯　辰前，细雨；巳牌以后至晚均阴。致陈涵甫参军一信，交小头送海门邮政局寄晋。

廿八日甲辰　阴；早刻，雾。槐士兄及秉彝宗伯来叙，过午膳而去。晚膳后，至楚卿处，晤陶寿翁、周梅翁、郑夔友、王少常、李昭甫、周载熙、翁子俊、卢槐士、王云梯诸君，互相畅叙一刻而来，至家时将二鼓矣。楚卿言赴省之期定在十一月初上即行动身。

廿九日乙巳　早至午牌，细雨；未刻至晚均阴。接尤秀卿兄一信。

三十日丙午　阴，西北风颇大，天气转冷矣。致张丹翁一信，饬小头送海门邮政局保险寄至嘉兴府城协镇署。晚刻，至梅翁府上，相约同至李舜卿处，晤六舟先生及载熙、作羹、道周、少湖、益卿诸君，互相畅叙一刻而来。至家时将晚膳矣。言及楚卿现经海门迎郡伯启迪斋太尊接洽后即于初二日动身赴杭，云叶祖香公祖自晚刻由甬来署矣。

十一月初一日丁未　晴。日间西北风甚大，至酉刻稍净。致源隆钱庄第二十一号要信一函，外附英洋一千元，交嘉先送交海门永宁商轮局代寄宁波，当即取有永宁局代带收条一纸，即附带川洋两元。

又致源隆钱庄第二十二号要信一函，外附英洋二百元，交嘉先送托阿昌兄代带宁波。接陈渔翁一信，言楚卿代过寿屏之洋尚未过实。即致楚卿兄一信，并附渔樵来函及拼送寿屏名单。接家君自十月初四日所发一信，又接眉甫先生一信，言及已于十月初三日交卸吉篆，大约初九日可以由吉州动身，择定廿四日任虞乡县事也。未识虞乡民情易治、仁政广施否也。

初二日戊申　晴。致叔文妹倩一信，交航船寄至郡城友兰巷余洁斋兄处转交。叶祖香公祖来片言因事相邀，少顷，吴玉翁来叙一刻而别。梅翁、载熙来约至二府署，晤陶寿翁及星斋宗叔，晋谒叶祖香公祖，言及楚卿糟蹋于彼，一而再、再而三，其情颇长，未必详录。而寿翁以及各人拟将其事了结，于邬金生明府处代为敷衍，未识果至以后若何也。

初三日己酉　晴。接应少圃表叔公一信，附还被、席，均已收讫。晚膳后，至陶寿翁府上，相约至楚卿处，晤萍洄、槐士、梅翁、子俊、玉翁、少常、夔友、载熙诸君，相叙半晌，至家方将二鼓矣。并言海门至黄岩小轮已于初一日开行，名曰永惠，定早八点钟自黄岩至海门，下午二点钟自海门至黄岩搭客，船力每人铜板八枚。

初四日庚戌　晴。致陈涵甫参军一信，饬小头送海门邮政局双保险寄晋。致尤秀卿兄一信，饬老二专送山北尤。致应少圃覆信一函，托三哥代带郡城。晚刻，至达云母舅处少坐，过梅翁府上，相约至椒江中学堂，晤载熙兄，相叙半晌而来。

初五日辛亥　晴。接尤秀卿兄一信。晚刻，至椒江，晤载熙兄，言周吉士函云，上月下旬，杭城大雪纷纷。此时台地尚属和暖，相违数百里，天时何至如是各异也。此数日天气最寒，未识北地如何之冷耳。梦云先生于晚刻来叙半晌，即转东山矣。现杭州咨议局各议员提议各州县钱粮一层，每银一两收钱一千五百文，外加摊赔经费钱三百文、平馀钱五百文，共计两千三百文。详伸每元作钱一千文，开洋十角作元，详请抚宪通饬。未识抚宪得如所请否，倘如所请，阖省万民皆受无穷之福。则各州县实进不敷所出，既知是县果多亏控，又取于民，未识当道者作何覆夺也。

吴玉翁言，叶祖香公祖有一令祖现任宁波府通判唐别驾，系唐薇卿中丞景崧少君，现吏部侍郎唐春卿冢宰景崇之胞侄，与叶公系亲家也。上月，叶祖香公祖元配太太故在宁波唐别驾署中，叶公闻信即行赴甬。之后，有一原、比告[1]均是叶姓，松堂人。煦东管比告之叶姓，黄雨楼管原告之叶姓。原告化钱与收发处边瀹愚，亦叶公祖令祖，前宁波府知府边太守之五少君。值叶公尚未旋署，派差将比告拔至署中。有失煦东面子，楚卿即拟电文甚重，有"人情汹汹，恐酿祸端"等百馀字，冒周殿梅、黄燮中、翁绍章，绅、学、商界等，直达抚、藩、臬三大宪。抚宪接到如是急电之后，即电达宁绍台桑观察"急于办理、以靖地方"云云。桑观察接奉抚宪电谕之后，即饬叶祖香公祖速即旋署，并委宁波府经历邹禹生参军福应到地查办。值未到之前一日，楚卿又借潘衡、施庆云等致各大宪一电，请即派员密查云云。邹委员到台之后，又邀比告叶仙领之父递委员处一呈，并饬其赴府道及省宪各衙门皆进一呈。楚卿如是手段，真是一而再、再而三，虽云假地方受官之荼毒起见，实有失面子而为。又恐唐春卿侍郎致增中丞一信，虽楚卿甚力而为，亦无所用。现叶公将两造提审一次，极力劝谕原告交经比告交差速为清理，因其代为理处之所致。未识叶祖香公祖作何禀覆，亦未识邹禹生参军作何详覆也。

但周作羹、黄少湖均虽列名致电，实则均不知情。楚卿料得两君，故不通知，自为具名，与各人断不敢为，即两君亦断不肯允诺。但翁少章号子俊，前名辅廷，充当分府衙门书办，即其乃祖某、乃父守文均是分府衙门书办终身，世为户书。子俊于前署二府叶湘雯司马任内因案革退，改名绍章，楚卿用为书记，代楚卿拟致各大宪电文及楚卿嘱其代叶仙领做呈上控，均是分所宜然。惟竟以"商界叶绍章"出

[1] "比告"，即是"被告"。

名致电，事之过甚。况今日与陈思斋、卢槐士等往见邹委员，所言一切均是太过之语，实不知自谅也。陶寿翁日昨同见叶祖香公祖时，允为代致公电与抚宪，昨据周萍洄一言而止，亦无主见。萍洄言虽皆是代其祖母做一寿序，糟蹋如是，亦有如此言听计从，亦不解其何意也。寿翁于地方事颇聪达，看周萍洄如同天人，况楚卿躁暴之徒，奉如庭训，亦不作怪也。

初六日壬子 晴。寄奉家君八十五号安禀一函，附致眉甫先生一信，封交海门邮政局寄至山西虞乡县署。致陈渔樵先生一信，由玉先送交。接源隆钱庄一信，言明所寄之洋均已收到，并附十月份清单一纸，接张懋林世兄一信，阿昌兄代买绍酒一小坛，均已收到。并言阿昌云，永利茶房太金与账房不睦，即与阿昌互相对调矣。早刻，进分府署谒叶祖香公祖，相叙一刻而别。午膳后，至椒江中学堂，晤云梯、积臣、赤甫，相叙一刻，言载熙赴海门晋谒启迪斋太尊。启迪斋上月晋省，方自今晚旋台。张宝田先生自晚刻由舟山趁永宁到台，代丹翁令尊竖坟面格向一事，亦丹翁请其而来也。

初七日癸丑 晴。致源隆钱庄第念三号要信一封，外附英洋二百元由嘉先送交海门永宁商轮局代寄宁波钱行街，附其带费开洋五角，取有该局收条一纸。煦东色痢年馀，上月又染外邪，脚肿食减，颇为惊惶。值楚卿续弦时外邪退，食加。早刻，小头言其昨日翻转，又加痰气。晚刻，梅翁来叙一刻，言及煦东翻转之病颇沉，时届冬至佳节，未识能愈否也。席请张宝田先生晚膳，并邀达云母舅及秉彝宗伯、少愚诸君陪客。

初八日甲寅 晴。前托张丹翁代买毛鹿胶八两、全鹿丸五斤，今小士兄代为带来，据说计洋十二元，并无来信。小士兄即于晚刻赴黄城矣。吴玉翁于早刻来叙，过午膳，相约至梅翁处少坐而来。言及启迪斋太尊于明日初九寿辰，叶祖香公祖赴郡代为知客云。

初九日乙卯 晴。张宝田先生与其世兄同至塘家岙去。晚刻，周梅翁来言，煦东染恙又沉，余韶圃先生与诊治。晚膳后，至楚卿处，晤云梯、丁辅香及韶圃先生，相叙一刻。据韶圃先生云，煦东之病皮气不合，治甚为难，又加色痢未愈。相叙少顷，至星斋宗叔处少谈而来，至家时将二鼓矣。

初十日丙辰 晴。昨梅翁言吴玉翁催发叶公祖公电一节，但此事系寿翁为首允，即三人出名。致寿翁一信，于早刻送交。早刻，赴大宗祠谒列祖列宗，同行致祭者心斋、吉夫、秉彝、伯寅、楚卿、少愚、锡九、俊庭、宗山诸君，毕后过午膳而来。

十一日丁巳 晴。致许眉甫先生一信，交小头送海门邮政局寄署。梅翁柬邀晚膳。晚刻，至梅翁府上，言其今日生辰。即行至家备送糕、桃、烛、面致送焉，转至周宅，同席者：吴玉翁及星斋宗叔、寿卿、赤甫、少湖、益卿、童楠、杏仙诸君，相叙席散而别。过寿卿处少坐，至家时将二鼓矣。致旭翁一信，嘱嘉先专送孔化岙，邀其即日下港，以便同至太平调停坟地开粮一切耳。

十二日戊午 晴。早刻，嘉先来言，孙旭东先生一定不肯同来，未知何意。接其来字云，后买坟地系国庆经手，彼总不肯同来。晚刻，周梅翁及星斋宗叔来约至分府署谒叶祖香公祖，相叙半晌而来。晚膳后，至梅翁处，相约同至楚卿处，晤益卿、韶圃、少棠诸君，言煦东宗伯之病今日尤笃，颇为难耳。过星斋宗叔府上，晤秉彝宗伯及汪伯端兄，相叙一刻而来，言及陶寿翁由海门赴郡，想为周萍洄孝廉开会相酌一切也。

十三日己未 晴。致源隆钱庄第念四号要信一函，内附第四号联单一纸，另片托陈渔韶先生代带宁波钱行街。接尤秀卿兄一信，即覆秀卿兄一信，就交其来价带赵。宝田先生于晚刻自塘家岙来，拟十六日转赴定海。

十四日庚申 晴。致尤秀卿兄一信，遣价送交。少云来，接少圃姻长一信。宝田先生言有函来往者，交邮寄至定海城内宝山烛陶转寄大展，定能得到不误[①]。楚卿邀宝田先生代为看地一天，早去晚来。晚刻，陶寿翁自郡来邀，即至寿翁府上，晤其新舅俞茂斋兄及子俊，相叙一刻。晚膳后，至楚卿兄处，晤起凡先生，相谈半晌，即同宝田先生而来，至家时将二鼓矣。

十五日辛酉 晴。接张丹翁一信。叔文兄及少池兄均于晚刻自郡垣来。陶寿翁请新舅俞茂斋，邀余陪客。晚刻，至寿翁府上，晤茂斋、吴玉翁、周梅翁、汪伯端、陶吉云、周载熙诸君，相叙席散而来。寿翁、楚卿以椒江警察两处及小学堂所出经费须要支垫，自己垫出又要心痛，想出一支应局名色，邀余作董事代其可垫经费。余即力却。此等被人咄骂之事，即三岁孩童亦当知觉，以致邀余，深为可恨。言及本镇水道渐涨，皆因闸口日夕开放之所致，即为议定向算开闸经费，禀请分府宪浚河以成地方善举，邀余作董事。当即允任其责，即垫经费亦所应为。况此水道，前次浚河，家君方自供职京城，请假旋里为首开浚，现家君远宦他省，余竟继承父志，能毕其事，亦所欣幸耳。

十六日壬戌 早至巳牌，晴并雾；午、未刻，阴；申牌，细雨；以后皆然。致张丹翁一信，并致丹翁世兄懋林一信，封托宝田先生代为带交。宝田先生乔梓均于晚刻趁永利商轮赴甬。接源隆钱庄一信。早刻，陶寿翁来邀午膳，即至其府上，晤茂斋、子俊，相叙席散而来，托余代其带致金立轩主政一信。金叔文兄染恙，赴郡邀白先生诊治。白先生邀其戒烟后方可诊视。再四维思，不敢戒烟，以致未邀代诊，病亦如斯也。拟请王晓凡兄代诊，未识即奏肤公否也。

《申报》纪山西巡抚宝湘石中丞奉命调补江苏巡抚，以布政使丁方伯宝铨简授山西巡抚，所遗布政使以按察使志廉访森补授。现宝中丞已告卸山西巡抚，即以丁中丞赴任。布政使以提学使汪方伯贻书署理，所遗提学使以冀宁道翁弢夫廉访斌荪署理。想志方伯入都陛见，未识冀宁道某公署理也。余乙未在晋，迄今仅止三年，而山西

---

① 此处页边注："宝山恒三。"

各大宪均经调换，想已另有一番局面耳。

十七日癸亥 早至巳刻，阴；午、未牌，晴；申时以后均阴。早刻，雾；晚刻，雾渐浓，至酉刻以后，雾竟对面不能看物。早刻，同叔文兄、少池兄趁船，至下午九点钟方抵莘山。即至叔文处，晤次卿、季盘昆季，互相畅叙半晌。致王晓凡兄一信，代叔文兄诊治也，早刻，由家遣人送至黄城矣。

十八日甲子 早至辰刻，阴、雾；巳刻雾散，晴；以后皆然。早刻，遣小头至桐桥寻国庆至莘山询其山粮字号，至晚未来，想是日晚，明日可到也。早刻，至苹生姻长处及烈轩主政处，相叙半晌，言及何见石正郎之女公子与金仲泉观察之少君说合已将成就。晚刻，至苹生姻长及烈轩兄来叙至晚而别。昨邀王晓凡兄来与金叔翁诊治，今尚未到，未识明日能来否也。范少池兄于早刻至家去矣。晚刻，金桐甫兄及云舟兄之继配令岳陈琴生姻长并其教读叶品士先生来叙半晌而去。

十九日乙丑 卯前，雷雨，辰至未刻，晴；申牌，阴。早刻，雾，日间天气颇热，至夜，东北风起，稍凉。接梦云先生一信。接晓凡兄一信，言其令尊仙逝，不肯来与叔文兄诊治。但叔文兄拟请其一诊，只再函请可也。两函均是小二头送来。早刻，小头自桐桥来云，国庆脚生疮毒，该地字号又未取来。叔文兄云，陈琴生姻丈系桥下九分人，与桐桥相近，询彼想知底蕴。即往谒陈琴翁，言与该处局房张炳山亦均相识，即记琴翁代为推粮过户，当抄有“请开黄悦公户”字样，面交附洋四元，言明倘若不敷，即向叔文再取。该山买契本交琴生先生带印，据说不必着急，俟局房要契送印时交彼，以免单为该契送印，致生疑心。即将原情转告叔文兄，并该处山契两纸送交叔文妹倩。即转小妹收存，俟送印时需费若干，即行寄信来取可也。此事已托陈琴生姻长，想能顺手，即有是否，另日再说。晚刻，同季盘兄至佑生处少坐而来。

二十日丙寅 阴、雾，至巳牌雾散，均阴。早刻，东北风起，天气颇冷。致王晓凡兄一信，饬小二头专送黄城，请其即至莘山与叔文兄一诊。致陶寿农姻长一信，致周建西兄一信，均饬小头分送。范雨池先生来叙半晌，叔文兄席请午膳，同席者：陈琴生先生、范雨池先生及其教读叶品士先生，并次卿、季盘昆季，相叙席散后，雨池先生即转至家中。昨日之暖，今日之冷，正有两月之气候也。太邑此地金宅以前正途捐纳颇多，未及详载，即现在而论，金伯吹刺史韶由廪贡生加捐知州，补广西横州，调署养利州，复调宁明州知州；金仲弢主政兆璜由丙午科优贡生加捐主事，签分陆军部详细行走；金列轩主政咏禧入资主事，签分度支部学习行走；金富荃主政乃浚入资主事，签分法部学习行走；金雨梧明府入资府经历，指分江苏候补，补授松江府经历，保举知县，仍留原省补用；金少圃、金浣秋、金鹤仙诸君均以同知通判候选。一家、一时如是，可谓丁财秀全盛也。后嗣人物尚佳而秀，其祖泽最厚所致耳。古人云："积财与子孙，子孙未必能用；积书与子孙，子孙未必能读；积德与子孙，子孙荣昌。"当以敬谨钦佩，万勿遗忘，是所至盼、至切。即以金氏看之，信然也。

廿一日丁卯 晴。晚刻，金伯吹姻长来叙半晌而别。

廿二日戊辰 晴。金伯吹刺史柬邀午膳。早刻，至伯吹刺史府上，晤其乔梓并莘生姻长、季盘兄，相叙席散而来。致王晓凡兄一信，因叔文兄请其诊视，日昨函去，未见其来。今又致函，未识得能即来否也。但叔文妹倩染恙颇沉，须即为诊治安痊，是所深幸。托琴生先生代向张炳山说妥该山粮户可以推出，另纸托季盘兄转交莘山庄局房推入莘山庄新立黄悦公户。据叶品士先生云，太平局房新立户子须洋一元左右，即付洋一元面托季盘兄转交局房立户之费。太平县署推粮过户，较诸临海大费周章，若再掣肘，尽以为难也。事既如是，只得顺受而已。

廿三日己巳 晴。天气转暖。晚刻，至少圃兄处，晤郁文兄，相叙一刻。晚膳后，少圃兄来言，郁文兄今馆其府上也。昨遣价请晓凡兄来言，晓凡兄大约明、后日可至莘山。余出外日多，急欲旋里，而叔文、季盘昆季力留难却，只再缓一日可也。

廿四日庚午　晴。

廿五日辛未　辰前，雨兼雾；巳初，阴；巳末，晴；以后皆然。王晓凡先生于晚刻至莘山去矣。

廿六日壬申　晴。晓凡兄挽留，又搁一日。

廿七日癸酉　早至巳，晴；午牌以后至晚均阴，其中细雨一刻即晴。早辰七点钟，辞别叔文、次卿、季盘诸昆季，即行买舟来家。下午三点钟抵高桥，因坝未能得过，就道东山，即行乘舆，抵家时将晚膳矣。接家君自本月初四日所发一谕，言及十月初九日由吉州动身，十八日抵虞乡县，即于是日酉刻任事。前谕所云廿四日接篆，想经改择耳。内附眉甫先生家信一封，即交嘉先转寄矣。家君所发训谕时，祥朋尚未到署，想在省城阻搁耳。接陈仲善兄一信。接陈渔樵先生一信。晚膳后，至陶寿翁府上，晤蒋敬甫兄，同至楚卿处，晤周梅翁、王少常、翁子俊、范靖轩、叶石甫、邱遇琴诸君，互相畅叙一刻。至家时逾二鼓。寿翁言，叶祖香公祖日前赴甬时，迄今尚未旋署。

廿八日甲戌　早至未刻，阴；酉牌，细雨；以后皆然。致周允东明府一信，交海门邮政局寄晋。致楚卿兄一信。前拼送陶寿翁呢金寿屏等，内楚卿开有十七位衔名，所该股分之洋，当应楚卿所开，余未曾接洽，将其衔名列于屏中送后，理应楚卿代取，当请其付交陈渔樵。初则允诺，迄今将近三月，尚未付出。昨接渔樵惠函催取，今致函楚卿，颇为含糊，晚刻又亲往接洽，言内有陈湘林、金浣秋两位，嘱余代取，只得允诺，另即函取可也。馀则虽允代取，不知何日能齐。可见代经公事之为难也。接许眉甫先生一信。晚刻，蒋敬甫、秉彝宗伯来叙至晚，留过晚膳而别。

廿九日乙亥　卯前，细雨、雾；辰牌以后均阴、雾。致陈仲怀直刺一信，饬小头送交本镇邮筒保险寄晋。晚刻，周梅翁来约至寿农姻长府上，晤敬甫、伯端、寿卿诸君，相叙一刻。寿翁言即至海门，明日赴郡。晚刻，陶习之方自上海来。

十二月初一日丙子 卯前，雨，不甚大；辰、巳、午刻，阴；未牌，晴；以后皆然。致何煊夫世长一信，并附选敬一函，计洋八元，饬伯森先专送郡城，并嘱买另星。致叔文妹倩一信，附洋一百元；致季盘兄一信，附还洋廿二元；致王晓凡兄一信；又同楚卿合致湘林姻长、浣秋兄各一信，均饬世治先专送莘山、太平诸处分投。晚刻，吴玉翁来叙至晚，言及寿翁、楚卿均自早刻赴郡，因萍洄函邀而行也。

初二日丁丑 早至未初，阴兼雾；未末，细雨兼雾；以后皆然。至源隆钱庄第念五号要函并附联单一纸，计洋一千元，嘱过张丹翁名下，面托陈渔樵代带甬江。早至海门同昌分号，晤陈舜卿、陈渔樵、周柳棠及梅林，各人相叙一刻。言及煦东之病甚重，由脚肿至小腹，痰气尚发，已进吉林参十馀次，初则见效，继亦仍然。前据韶圃所云，至春为难，如是看来，不出其所料为多也。但楚卿尚赴郡城与周萍洄妥商致禀商会及词讼一切，尽子职者果如是否也。陶习之言在沪时闻云，许邓仲期太尊有奉檄来台严禁罂粟兼署台州府云。至书坊购书少坐而来，至家时将午膳矣。舜卿云俊相于前月作古，深为可惜，幸其两弟尚能为力。吴玉翁托余代其自书致史仲华司马一信及少南一信，均即代为写就，饬价送交矣。

初三日戊寅 雨。致邱仲翁一信，交天球相带至黄城邱宅。

初四日己卯 子、丑刻，雨；寅牌雨晴；卯刻，阴；辰时以后均晴。早刻，至椒江中学堂，晤载熙、作羹、积臣，相叙过午膳，同至李舜卿处，晤梅五、六舟、赤甫诸君，互相畅叙至晚而来。接陈舜卿先生一信。叶寿卿兄续弦朱氏，曾昨初三日喜期，晚膳后，至其府上看新人，晤梅翁，言江边堂黄煦东开唱愿戏，即同至是处，晤楚卿、云梯、子俊，同叙一刻而来。楚卿言，方自晚刻自沪下港。

初五日庚辰 晴。寄奉家君第八十六号安禀一信，又致许眉甫先生一信，均饬小二头送海门邮政局寄署。何霭翁因其令侄喜期今晚开办人情酒，邀余晚膳。晚刻，至同昌分号，适楚卿方来，晤常品莲统领，相叙片刻而别。即至何霭翁处，晤窦小山、陆文轩、娄竹三、黄子霖、陈舜卿、王冠卿诸君，相叙席散而来。接徐富春先生一信。

初六日辛巳 阴，似乎下雪景象。致俞逸琴鹾尹一信。致陈舜卿一信。致徐富春一信，附鸡血藤膏少许。接家君自十一月十五日所发一谕，内附致徐班侯老伯一信，并嘱送其老太太祭幛一支，奠敬洋一百元，即日遣嘉先送交可也。又附致叔文一信，即交莘山船夫带呈。致陈祝再一信，另日送交。汪伯端兄来，过午膳，同至李舜卿处，晤赤甫、六舟、梅五、少湖、载熙、作羹、道周、宗山诸君，相叙至晚而来。言及楚卿被仙居人控其复选买票一案，本臬宪亲提，楚卿全力运动到台，交启迪斋太尊审判，省宪又委冯太守会审。楚卿因启太守可以代其遮护，故于今早赴郡，同周萍洄投到质讯，未识两造均能审结否也。

初七日壬午 卯前，雪；辰、巳刻，阴；午牌以后均晴。致张丹翁一信，交海门邮政局寄至嘉兴。至陈渔樵先生一信，并附楚卿送来屏洋三十元，饬小二头送交，来接渔翁覆信云已收讫。汪伯端、周载熙、陈赤甫、周作羹、曾六舟、李舜卿诸君来叙至晚，留过晚膳而去，言椒江中学堂明日解馆也。

初八日癸未 阴。天气颇冷。接家君自十一月廿二日所发一谕，附福缘家信一封，家君嘱付其家中洋念元。信交桂玉送交，洋俟十四日付交可也。接陈仲善兄一信。接源隆钱庄一信，附十一月份联单一纸。

初九日甲申 阴兼雾。致王少南先生一信，托其代买华腿十只。致王伯巽先一信，嘱其即日下港，函均交邮寄郡。致黄宝舟兄一信，交金荣送至海门，来接福信一函。于吉夫先生托余代其荐莘山馆地，曾托季盘兄代荐，未见覆音，顷致季盘兄一信，询其是否，该函即交吉夫先生专人送交。午膳后，至达云母舅府上，晤蓉秋先生、子俊兄，相叙半晌，言陶寿翁已来。即至寿翁处，晤梅五、柳亭诸君，畅叙半晌而来。梦云先生来叙，至晚膳后同至建西处，晤梅翁、载熙、作羹、道周、云梯、秉彝、子轩、伯端诸君，互相畅叙一刻而来。梦云先生就道至三春去矣。

初十日乙酉 雨不甚大,雾甚浓。致尤秀卿兄一信,接秀卿兄一信,覆尤秀翁一信。家君嘱寄徐班侯老伯一信,并嘱送班老之老太太祭幛奠敬,均于今晚遣嘉先趁宝华商轮专送到瓯矣。伯森先自郡来,嘱买各物均已买来。接肃棠先生一信,并附送芸香、茶叶、桃肉、杭菊等件。又接煊夫先生覆信一函。

十一日丙戌 阴兼雾。致何肃堂先生一信,交海门邮政局寄郡。致张丹翁世兄懋林一信,外附年糕一百六十条、麻糯念双,分计两捆,饬小二头送托海门轮子霖兄代带甬江君子营。致子霖兄一信,即托其代带各物。接李克三姻长一信,即覆克三姻长一信,交典中代寄黄城。午刻至吉云府上,晤于吉夫及伯端、柳亭诸君,少谈而别。午膳后,至寿翁处,晤梅翁、吉云、子俊、载熙、玉翁诸君,互相畅叙一刻。适苏绩臣兄来,托其代书明正春联,留过晚膳而去。

十二日丁亥 早至未刻,阴;申牌,雪,至戌牌,满天雪景,路似银河。致翁子俊一信。午膳后,周梅翁、吴玉翁、秉彝宗伯诸君来叙一刻,相约至寿翁处,留过晚膳而来,路均积雪,艰于步履矣。何玉庭兄,台郡人,自闽垣旋里,言及福建有古月和尚最为灵验,问病治即安痊,问卜即知未来,通省官绅长幼悉均见信。能得一往瞻仰圣容,足为生平之幸。并言闽垣寄卦之事颇多,南北风俗各异也。

十三日戊子 早起,满天雪景,遍地银河。卯前,雪颇大;辰、巳、午刻,晴;未牌,阴;以后皆然。叶祖香公祖亲到拜会,即饬丁挡驾。

十四日己丑 阴。致应吉甫一信。致王少南一信。晚刻,至寿翁、吉夫、秉彝、楚卿、吴玉翁诸处,均畅叙半晌而来,至家时将晚膳矣。接陈子春兄一信。楚卿兄言,同昌所该各家帖税均减二成,每年尚有八成可支。所议如是,亦得勉强允诺而已。

十五日庚寅 晴。寄奉家君第八十七号安禀一函,交海门邮政局保险寄署。致张仲甫兄一信,外附年糕一百条、麻糯十二双,饬作头送托永利商轮代为寄申。致叔文兄一信,外附英洋一百元,饬小二头专送莘山。早刻，至即云处，晤伯端，少坐而来。午膳后，至李舜卿处，晤作羹、载熙、绩臣、道周、宗山、锡九、孟东诸君，相叙至晚。留过晚膳后，就道至楚卿处，晤子俊、少常两君，相叙半晌而来。接张仲甫兄一信。忆载熙兄言，新任提学宪袁树五学使嘉谷调集各府中学堂监督须于明岁正月初十之内到省研究办理中学事务，有此公文，只恐难免赴省之行也。

十六日辛卯 晴。致陈子春兄一信，即交其府上来人带交。致张仲甫兄一信，交邮寄申。以前所做舍坟均是破土，四围再加乱石，覆以石板，坟可干固。上年购有屿头长水坑山地，嘱老二做坟，当做时只言照旧，未曾亲至该处指示何处为善，今年有人言过多次，所做舍坟太少。今晚买舆至该处一看，彼将舍坟做在平坦，定然有水，一也；未曾破土，二也；所筑乱石最为草率，三也；坟又太少，四也。未及亲自一行，有此四端，过实在余，今又已做逾年，只嘱该匠并雇粗工将已进之坟再加乱石，未进之坟作为罢论，勉强敷衍而已。可见，无论大小等事，必须亲自所睹，是所至要至切。

十七日壬辰 晴。午膳后，至达云、蓉秋两处，过周梅翁府上，晤吴玉翁，均相叙一刻而来。言及临海县杜菊生公祖急请告卸，而署理临海县何明府未及到任，现奉府委邓明府护理。但邓明府本奉省委署理仙居县知县，暂护临海大邑，其运颇佳。陶寿翁晚刻自海门来。晚膳后，至寿翁府上，晤周载熙、苏绩臣、王少亭、蒋敬甫、黄道周诸君，相叙半晌，言楚卿因接郡电，即于早刻赴郡，为省委会审买选举票案之冯太尊赴省接洽一切相邀也。余自七月之初生有水介，近日变作大瘭，颇痛，未便展转，即遣小头赴郡请羊有怜先生诊治。

十八日癸巳 早至未初，阴兼雾；未末，细雨；以后皆然。晚刻，羊有怜先生来。

十九日甲午 早至午牌，晴兼淡雾；未刻，阴，雾甚浓；以后皆然。

二十日乙未 早至午刻，晴；未时，阴；以后皆然。接家君自十一月廿六日所发一谕，言祥朋已于是月廿二日到署，接眉甫先生一信，附其府上家信一封，即交嘉先送托刘源春代寄西山。接苏月波一信。前托少南先生代买华腿十只，曾已买就寄下。晚刻，请有邻先生小酌，适达云母舅、子能先生、少愚、建西诸君来叙一刻，邀过晚膳而别。现署中聘胡介眉老夫子为刑席，系胡书田老夫子令侄也。

廿一日丙申 早至未刻，晴；申牌，阴；以后皆然。接张懋林世兄一信，并附糖糕、饼干等物。接仲甫兄一信，并附糖糕、广橘等件。

廿二日丁酉 早至未刻，晴；申刻，阴；以后皆然。羊有怜于早刻转赴郡城，嘱伯森先生同行赴郡购买另星各物。晚膳后，至楚卿处，晤周梅翁、遇琴、子俊、作羹、少常诸君，互相畅叙一刻，言江子菁明府经台州府启迪斋太尊详保督带台防缉捕营，日昨奉有抚宪电谕允准，即于今日接带矣，并邀何霭翁为书启。楚卿以椒江网局出名请有幕友蔡新芝，实则为己致讼也。

廿三日戊戌 晴。天气颇冷。

廿四日己亥 早至酉刻均阴，戌牌以后均雨。晚膳后，至楚卿处，云蔡新芝兄已来，现住椒江网局中。即至网局，晤蔡新芝、黄楚卿、陶寿翁、周梅翁、邱仲翁、王云梯、周载熙、汪伯端诸君，互相畅叙半晌而别。因雨不能即行，过仲翁令亲处少坐，留过点心而来，至家时已十句钟矣。请蔡新芝每年束金计洋三百元，由椒江网局支付公摊，实则楚卿自与各人致讼也。

廿五日庚子 早至辰刻，阴；巳至申，晴；酉牌，阴；以后皆然。致杨子韶兄一信，附洋两元，系前托其代买羊毫，遣小二头送交，来接子韶兄覆信一函。又接应吉甫一信。晚刻，邱仲翁来叙至晚，留过晚膳后，同至陶寿翁府上，相叙间，叶祖香公祖来叙一刻。但地方代其呈递公禀曾经做就，并托代发一电云云。别后即邀周载熙、周梅翁来将电语拟就，以寿翁、梅翁、载熙及余四人出名。即同梅翁、载熙送署与叶祖香公祖详览后，复同至寿翁府上留过点心而来。

廿六日辛丑 子时立春节。日则天气晴明，人多清爽，夜则星明，预卜丰年之象。古人云“最喜立春晴一日，农夫不用力耕田”即可为证也。致黄岩大通布店一信。致应吉甫一信，代叶祖香公祖呈递公禀与抚宪增中丞、兼署藩宪袁方伯、臬宪李廉访、道宪桑观察各一分，以周梅翁首列，次陶寿翁及余与星斋、李舜卿、黄道周、陶吉云、汪伯端、周载熙等计九人具名，即行遣人送交邮政局双保险寄投。禀底系陶寿翁托蔡新芝代拟，抄禀亦寿翁嘱蒋敬甫代抄，尚禀府宪启太尊一分，寿翁嘱交永大小轮寄郡。午膳后，陶寿翁、周梅翁及达云母舅来叙半晌而去。

莘山价来言，叔文妹倩于早刻辰时作古，闻言之下，不胜长叹。余上月廿六日尚在其府上，日夕相对，虽经染恙，想能逐渐安痊，不想如是而已，人生空极。但叔文兄生而己卯，迄今方足三十有一，人之难料竟若是也，哀哉！凡人生有对云："世事让三分，天宽地阔；心田留一点，子种孙耕。可不必争尽英雄，亦可不必占尽便宜。"斯言行之，正是无价之至宝也。

辅香兄来言，楚卿与仙居人为购买选举票互控一案，前经省委冯太守传审不公，经王施教等电禀各大宪，以致郡伯启迪斋太尊致怒王施教等，内将今年崇道学堂之教习王杏仙等三人均经拿押，函邀舜卿、道周、少湖三人到郡，不知因何事体也。秉彝宗伯来叙至晚，留过晚膳而去。忆叶祖香公祖言浙江藩宪颜少夏方伯呈请开缺，以提学使袁树五方伯兼署藩宪，已于十五日任事矣。

廿七日壬寅　晴。致陈渔樵先生一信，附洋八元、开洋一角、铜板四枚。托周在舆先生代为带交。前托子霖先生代买油布，顷遣人送来。家母于早刻亲赴莘山。

廿八日癸卯　晴。丑刻恭谢神明，一年之中，幸叨神佑，岁杪叩谢，礼所然也。晚膳后，陶寿翁、载熙兄、道周宗叔、作羹兄来约至建西处，晤梅翁、寿卿兄，互相畅叙半晌，至家时逾二鼓矣。

廿九日甲辰　晴。寿翁今日生晨，早刻来邀，即至其府上，留过午膳后，晤蔡新芝、陈月波，相叙一刻而来。言及委署临海县知县何勉之明府士循于今日任事，未识政绩若何也。

三十日己巳 晴。又是一年，幸叨天佑，蒙庇平安，阖家长幼顺适，实深敬感。家君虽以知州调署虞乡县，亦所谓以简调繁，均获平安，敬感上苍福庇也。但愿来年添一长寿贵子，深为至幸，一切诸事悉均预备矣。

庚戌年(1910)正月初一日丙午 卯前见有星光，天气清爽；辰刻见有日色，云多白色，东南云色稍暗；巳初日色渐暗；巳末云色渐暗，见有小雨微微一刻；午、未云色亦然，微雨不见，即见细小雪子一刻；申初均晴，云色仍护；酉时起以后天气清爽，云色仍然；戌牌以后仍护，不见星光；辰前微雨，有西北风；巳、午刻，西北风稍大；未刻，西北风稍静；申时，微有西北风，大约西风少北风稍多。只愿风调雨顺、国泰民安；家则国恩家庆、人寿年丰，足垂所愿耳。早晨，开门叩神后叩岁，即出至本镇各亲友家叩贺新年。午膳后，至海门各处叩贺新年。

初二日丁未 晴。早刻，赴本镇各处吊孝后，即行动身，至晚方抵莘山金家，晤次卿、季盘两兄，而不见叔文。忆客岁在府上，虽云有病，尚日夕畅谈，迄今仅只月馀，竟至长别，深为长叹。即于是夕成服，幸有两子，长名洪畴，次名洪禱，均幼，不胜悲切。助祭者其亲戚范少池兄乔梓及叶品三、林先生诸君，并晤少圃兄，相叙一刻而别。

初三日戊申 晴。家慈言，客岁托陈琴翁代与局房张炳山所云开号一节，已代说妥，计洋八元，除付过四元，尚少四元，即照数付交小妹转送清讫矣。并请早膳，同席者：少池乔梓、林先生、叶品三及次卿、季盘，相谈席散后，即行动身。至晚抵黄城邱楚言姻长府上，晤楚言、仲玉、泽生，互相畅叙一刻。过晚膳后，至王晓凡兄府上，晤陈裕卿、王少槐诸君少谈，并托晓凡兄代开一方，深为至感。即转至楚翁府上宿夜。

初四日己酉 早至巳刻，阴；午牌，晴；以后皆然。早刻，至各家吊孝后并至仲西先生、吉人老伯两处拜年，并晤吉人先生，相叙一刻而别。转至邱宅，晤伯勋、少伟两君少谈，即行动身，至晚到家。

初五日庚戌 阴。早刻，吴玉翁来叙。过午膳后，同至寿翁府上，晤蔡新芝、梅翁诸君，相叙一刻。言仙居县向设同昌分号四所，不意客岁之杪，三处被土匪抢劫一空，经管带缉捕营江子菁明府及常统领前后进剿，顷楚卿处接郡城电音，已获胜仗。想跳梁小丑即可敉平也。赵范卿兄以拔贡来家拜客，相叙一刻，即转至作羹兄处。彼昨日来宿作羹府上，据说明日转至太平。

初六日辛亥 卯前，细雨；辰至酉均阴兼雾；戌牌细雨；以后皆然。寄奉家君第八十八号安禀一函，附致眉甫先生、月波贺柬各一函，封交海门邮政局双保险寄署。晚刻，典中请新年会，并邀吉夫、少愚、焕堂、宗山、子能、寿卿诸君，相叙席散而去。载熙兄于晚刻来叙半晌，言及即于今夜趁永利商轮动身赴杭，言约二十左右即可旋台。

初七日壬子 卯前，细雨；辰刻，阴、雾；巳牌，晴；至晚皆然。柬请叶祖香公祖午膳，并邀吴玉翁、周梅翁、陶习之诸君岁酒，相叙席散而别。周达云母舅来叙一刻而去。

初八日癸丑 早至巳刻，阴、雾；午、未牌，晴；申刻，阴；以后皆然。致张丹翁一信，交邮保险寄至嘉乍协署。致娄德晖兄一信，致应吉甫一信，均饬吕保送交。席请张力堂、张馨芝、娄德晖、边昧斋、李舜卿、黄星斋、周孟东、陶习谦诸君午膳，相叙席散而别。达云母舅柬邀晚膳。晚刻，至达云母舅府上，晤其海门王姓姨丈及谱香、道周、舜卿、子俊、友义诸君，相叙席散。过建西处，晤梅翁、作羹兄，互叙一刻而来，至家时逾二鼓矣。金荣言杭城板儿巷清泰旅馆备有被褥，人客赴馆可以不用带行囊也。

初九日甲寅 晴。致张力堂都戎一信。致卢槐士兄一信。柬邀河清、吉云、道周、作羹、少湖、伯寅、建西、绩臣诸君午膳，相叙席散而去。接周允东明府一信。

初十日乙卯 卯前，细雨；辰、巳刻，阴、雾；午、未、申、酉刻均雨，不甚大；戌牌雨晴，阴。接梦云先生一信，并嘱带家君一信。即覆梦云先生一信，交其来人带交。请蓉秋先生、达云母舅及子延、玉先、嘉先晚膳，相叙席散后。余拟廿六日动身赴晋，将家中一切另星诸事均交子延、玉先、嘉先互相经理。一切言均详晰，一切账簿亦均封存，收付另星账目、联票交于玉先，汇信托子延代写，家中谷米进出亦交玉先、嘉先互相经理。

十一日丙辰 卯前，雨；辰、巳刻，阴、雾；午牌，雨、雾，兼有雪子；未刻，雨；以后皆然。接家君自客岁嘉平月十二日所发一谕，又廿三日所发一谕，又接眉甫先生自嘉平廿三日所发一信。家君谕言中嘱买各件即行另抄、买就，亲为带署可也。附寄王荣翁一信。但荣翁曾经告卸太平参篆，内言一切另与丹翁酌妥再为办理可也。达云母舅寄有监生部照，嘱捐中书衔；建西兄为其令郎觅五品军功，均与丹翁相酌可也。建西兄、河清兄均柬邀午膳。早刻，至河清处，晤其令祖陈琴生及吉云、柳亭、习谦、伯端诸君，相叙席散。即同伯端至建西处，晤寿翁、梅翁、道周、作羹、少湖诸君，相叙席散而来。前子春托余代填椒江中学堂肄业三代，晚刻，晤作羹兄时即行面托矣。

十二日丁巳 卯前，阴；辰牌，雪；以后大雪纷纭，至晚皆然，满眼山河尽是一片银河，积雪约厚五寸许。汪伯端兄柬邀午膳。早刻，至伯端处，晤舜卿、孟东、作羹、道周、少湖诸君，相叙席散而来，言楚卿兄言今早自郡旋里。适值大雪纷纭之际，据然下港，想有要事也。

十三日戊午 早至申刻，雨，不甚大；酉牌，阴兼雾。雪未消完，天气颇冷。

十四日己未 卯前，阴；辰刻，晴；以后皆然。致王晓凡兄一信，并附戒烟药一服，饬小二头送交。早刻动身，至午抵十里铺陈岳母家拜岁，晤李克三姻长、陈子春、陈训甫诸君，互相畅叙至晚。

十五日庚申 早至未刻均晴；申、酉牌，阴；戌后，雨。晚刻，岳母设席，同席者亦克三姻长、池竹卿兄、训甫、子春诸君，相叙席散而别。

十六日辛酉 子刻，雨，见雷声一刻；至晚均雨颇大，兼雾。早刻，至前宅章家岳母处拜岁，晤伯纯、子修、季甫诸君，互相畅叙一天。仲厚赴路桥俞宅未来。家中价来，接王晓凡兄一信。

十七日壬戌 雨。晚刻，岳母设席，同席者：子修、伦生、友闻、季甫及伯纯诸君，互相畅叙半晌。

十八日癸亥 早刻，转至十里铺陈宅，而克三姻长、竹卿兄均已去。

十九日甲子 早至申刻均阴；酉牌，雪子，片时即晴；以后均阴。早刻，同子春至家时方午膳，梦云先生已在家中，并接眉甫先生自客岁十二月廿八日及正月初三日所发各一信，又接何肃堂老伯一信，并附其世兄于本月廿六日完姻喜帖。

二十日乙丑 晴。致何肃堂先生一信，交邮寄郡。早刻，蔡新芝、卢槐士、梅翁、楚卿来叙半晌。李舜卿兄柬邀午膳。即至李宅，同席者：袁晓河兄（天台人，洋装，据说其夫人本年女学堂教习）及罗梅野兄、载熙兄（云方自省旋里）、作羹、宗山、绩臣、伯端诸君，相叙席散而来。梦云先生于早刻去，嘱带眉甫先生一信。接何霭翁寄家君一信。连日多雨，今朝天气晴明，快爽心意，即将皮衣不欲带晋者悉均收拾矣。

廿一日丙寅 雨。寄奉家君第八十九号安禀一函，交海门邮政局寄署。吴玉翁柬邀晚膳，同席者：叶祖香公祖、周梅翁、陶寿翁、陈禄孚、黄楚卿诸君，相叙席散。过建西处，晤道周宗叔及作羹、达云母舅、孟东诸君，互叙一刻而来，至家时逾二鼓矣。

廿二日丁卯 早至午初，阴；午、未至晚均晴。早刻，至椒江网业公所，晤蔡新芝、卢槐翁，相叙半晌。因楚卿柬邀午膳，即至楚卿处，同席者：袁晓霞、陈晋康、范清轩、郑夔友、王少常、张力堂、邱仲玉诸君，相叙席散而别。至仲玉处相叙一刻，因陶寿翁柬邀晚膳，至寿翁处，同席者：俞茂斋、蔡新芝、应玉铨、周梅翁、吴玉翁诸君，相叙席散而来。

廿三日戊辰 晴。早刻，因周达云母舅相约，同谱香先生及舜卿兄趁永大小轮，至午抵郡，寓同昌盐号。在永大时晤吉人先生，畅叙半晌。晚刻，至何宅，晤肃堂老伯、煊夫世叔，均互叙一刻而别。转至同昌，便道至萍洄、吉士、梅圃及洁斋主政各处，均是公出未晤。同昌账房李姓者号载唐及少南兄、次衡兄，相叙一刻。肃堂老伯世兄台甫、惠春。

廿四日己巳 晴。早刻，同达云母舅同至羊有怜先生处，托其代开一方。董辅卿先生兄之子曼卿来邀晚膳，即同至染泥巷孙宅，同席者：其业师林姓及孙星南兄、陈文波先生、谱香母舅诸君，相叙席散而来。转至同昌盐号，晤洪祝南、应少圃、张柳桥、杨柳河先生，诸位相叙一刻而别。

廿五日庚午 晴。早晨六句钟，同达云母舅、谱香母舅、舜卿兄趁永大小轮，十一句钟抵本埠，轮中晤吉人老伯，相叙一刻。至家后，接眉甫先生正月初九日所发一信，嘱买黄鳖胶两个，另日赴申代买可也。接载熙、作羹兄来柬邀留晚膳，席设文昌阁。至椒江中学堂，晤子春，托买皮鞋一双，另日由申购就代为寄台可也。即至文昌阁，晤梅翁、子轩、建西、舜卿、绩臣及载熙、王杏林、少湖、作羹诸君，相叙席散而来，至家时方二鼓矣。

廿六日辛未 晴。早刻，同达云母舅赴分府署，晤张馨芝、叶少伯两君，相叙一刻，即晋谒叶祖香公祖，少谈而别。叶公太太夏太夫人已发讣音，定二月初五日开吊，所备皿宁绸挽幛并礼物均于早刻送署。周梅翁柬邀午膳，即同至梅翁府上，同席者：周载熙、星斋宗叔、仲玉姻长、曾六舟先生诸君，相叙席散而别。并至吴玉翁、旭东宗伯、遇琴、建西诸处少坐。星斋宗叔柬邀晚膳，即同至星斋宗叔府上，同席者：周梅翁、邱仲翁、叶寿卿诸君，相叙席散而来。接眉甫先生一信，附其家信一封，即交嘉先转寄西山矣。

廿七日壬申 晴。早刻，各亲友来送者颇多。余时常远出，均承各友酬应，心甚不安。午后动身，就道至警察局，晤孙仲立兄，相叙一刻。即赴海门永宁局，晤杨定甫给谏、周映江先生及桢夫、芹甫，相叙过晚膳。趁永宁商轮，十句钟开行。此次轮中搭客甚多，行履为难，余历次趁轮船未见如是之多也。

廿八日癸酉 晴。上午六句钟抵石浦，停两句钟开行。下午一句钟抵普陀，停一句钟即开行。四句半钟抵舟山，即行上岸，至左营李府署，晤赵瀛洲老伯，相叙至晚，留过晚膳，转至永宁商轮中。适梦云先生来轮，相叙一刻。梦云先生趁永利商轮赴申至嘉兴。

廿九日甲戌　晴。上午八句钟抵镇海，停一点钟之久开行。十句钟抵甬江埠，即行乘舆至宁郡城内君子营张家，晤张丹亭镇军及夏振之先生、王六皆先生少谈。即同丹翁至源隆钱庄，言明今余赴晋，交玉先经手连单、图章样式。但源隆当手者陈子屏先生未曾在庄，晤其经账孙继勋先生及张济安、向茂亭两兄，相叙一刻。转至丹翁府上，过午膳。适张嘉纶先生、孙继勋先生来叙半晌，即同张丹翁趁宁绍商轮赴申。下午四句钟开行。

二月初一日乙亥　晴。上午早五句钟抵上海，同丹翁至老级陞栈。其栈东仲甫兄赴甬去。沈保宏先生来邀午膳，席设一家春大菜。同丹翁至一家春，晤朱似兰兄、沈桢夫兄，相叙席散，至新新街许永利。但许河标先生未曾在店，其世兄号晓春。梦云先生亦寓级陞栈。陶习之兄于晚膳后来邀看戏，即同习之至新剧场看戏，晤沈桢夫兄，来时已十二句钟矣。

初二日丙子　晴。晚刻，至河标先生处，晤其令郎晓春，托其代买黄鳖胶。承晓春带至阜昌询问，据说存有是货，未知好歹，明日向购可也。余生疮瘰已久，早刻，承习之兄惠我洗药，敷药遵式调治，即见稍愈，可见洋药之性猛力，不言可知也。

初三日丁丑　早至巳刻，晴；午牌以后至晚均阴。午膳后，至许霞标先生府上，与其世兄晓春同至朗明斋买银丝眼镜一副，计洋三元。又至咸瓜阜昌参号购黄鳖胶一个，计重一斤十四两，价洋六十元，均说明可以包来回，另与识者再看可也。晚膳后，至大舞台看戏，该处布景、子弟、唱式、情节、服色新奇周到，过于新剧场，以新舞台较之不如新剧场耳。申江唱戏日精一日，想各大码头无过于申江也。

初四日戊寅　巳刻以前，雨兼雾；午、未牌，阴；申刻以后至晚均晴。张丹翁早刻自嘉兴来。似兰兄来叙半晌。晚膳后，寅侯世兄邀至大舞台看戏，来时已十二句钟矣。

初五日己卯 巳刻以前，晴；午刻至酉牌均阴；戌时，雨；以后亦然。六皆先生于早刻来叙一刻。寅侯兄进青年会肄业。晚刻，同王六翁至孔云海处少坐而来。张丹翁于晚刻因公赴宁，言即旋申也。致陶习之兄一信，交邮寄台。

初六日庚辰 巳前，雨中有雪子；午刻雨晴，阴；至晚皆然。午膳后，至徐鸣辉之阜新昌参号处少坐而来。

初七日辛巳 阴。

初八日壬午 辰前，阴；巳刻，细雨；午牌雨晴，阴；以后皆然。致羊有怜兄一信，交邮寄台。致陈子春兄一信，并附皮鞋一双，托阿昌兄代带。早刻，至永利商轮局，晤杨伯藩兄（方自今早趁永利到申）、吴秋圃、申桢夫诸君，相叙一刻而来。桢夫兄言，王子常太守题补太平府知府尚未到任，函嘱其赴皖，因此，不得不一往见，即于今日趁长安商轮赴皖。余本今日同行，颇为妥便，因丹亭兄尚未到申，尚有要言面叙，不得不再缓一天。午膳后，王六皆先生、杨伯藩、潘云轩、李仁甫诸君来叙半晌而别。晚膳后，至群仙女戏团看戏，但女伶装式、情形、巾帽中，无异优伶也。寓申日久，颇无趣味耳。

初九日癸未 早至巳牌，晴；午刻，阴；至晚皆然。早刻，至永利商轮局，晤伯藩兄，探大通商轮本是今日班期，惟船未到，作为罢论。询招商局之江永商轮明日初十晚开往汉口，即向鼎新写票店写房舱一纸，计洋五元四角；统舱三纸，共计九元。适洋不凑，即向局中撮洋十一元，当即遣金荣照数送还矣。即同伯藩兄至江永轮船，定有第三十号房间一所，以便明日附搭可也。便道至平阳巷永和栈，晤云轩、柳桥，相叙半晌而来。但江永商轮样式、大小均与江天相若，想开行亦能快速也。丹翁今日尚未来申，不知明日能得来申会晤否也。

初十日甲申 细雨。致羊有怜先生一信，交邮寄台。早刻，张丹翁自甬江来沪，恐川费不敷，向假英佛五十尊。丹翁邀同至似兰兄府上，晤秤和甫、赵云波诸君，互相畅叙一刻。达云母舅托带监照，嘱为代捐州同职衔，即将监照面托似兰兄代为上兑，据说不出一成耳。当似兰兄相邀至海天村大菜馆午膳，同席者：郭嫩霞先生（温州人，官名凤鸣）、许达夫（温州人）、许霞标先生、杨淑英、沈葆鸣、张丹庭、郑敬甫、赵云波、秤和甫诸君，相叙席散而别。转至老级陞栈。张丹翁因嘉乍协署有事，即趁轮车赴嘉。余将行李遣价运至江永商轮，原定房舱一所不敷收藏行李，即托伯藩兄将统舱改换房舱一所。安置妥定后，即至永利商轮房，晤伯藩、秋圃，相叙一刻。伯藩言，娄德晖兄曾赴沪江，现寓同福祥，即同伯藩至三洋泾桥，晤娄德晖、林伯常、柯听六、牟雪如、郑敬甫、陈克明、陈审明诸君，互相畅叙至晚。德晖邀留晚膳后，克明表叔需用不敷，托余代汇英洋三十元。余即托伯藩兄代向永利局汇去英佛三十尊。但陈克明、陈审明均于正月赴省考试法政学堂，现又旋里，不知是何意见也。牟雪如、郑敬甫两君因郑涤洲在滇得法，均赴云南托其想法地方。林伯常、柯听六及德晖兄均赴京城肄业大学。辞别后，伯藩兄送至江永轮中，适许晓春兄送茶点来，相叙半晌而去。轮至一句钟方开行。但江永商轮是国家招商局商轮，颇为妥当，可无事外之虑。言虽若是，但出门人犹须格外留心，是为至要。

十一日乙酉　早至巳刻，阴兼雾；午初至晚均雨。上午十句钟抵镇江，停一句钟开行。

十二日丙戌　早至未刻均雨兼雾；申牌雨晴，阴。上午八句钟抵南京，停一句钟开行。下午一句钟抵盱眙，停二句钟开行。

十三日丁亥　辰前，阴；巳刻以后至晚均晴。上午八句钟抵安庆，停一句钟开行。下午八句钟抵九江，停三句钟开行。该轮到埠时，余即上岸一走，但路生，不敢远游，即转船中。

十四日戊子　早至未刻，晴；申牌以后至晚均阴。上午九句钟抵黄州，未停即行。下午四句半钟抵湖北汉口镇招商局埠头。接客挑夫最多，悉均不理。看接者未到，余亲至全安栈，邀同该栈账房到江永轮中，将行李点交清讫，并嘱仆人同行，以免事外之虞。出门人确要随地、随事留心，是为至要。晚膳后，至汉口大舞台看戏。闻汉口戏甚妙，既至该处，不得不一往观，乃千闻不如一见之意也。但该处装式约与上海三大戏园仿佛，服色相似。大约戏之佳妙，上海不及汉口；装式、戏台，汉口尚不如上海，各有所长。栈主言，该处尚有女戏馆，名曰“怡园”，不知若何耳。看汉口本街，生意、人众旺如上海，洋街人众不及上海之旺也；但上海一隅纯乎洋派，汉口尚有中华景象耳。栈主出有眉甫先生惠寄一信，言家君嘱祥朋于初七日赴汉口，屈计十三日可到。今已十四，尚未到汉，不知搁在何处矣。

十五日己丑 早至巳刻，雨；午牌雨晴，阴；至晚皆然。昨眉甫先生函云，祥朋迟到十四五日可抵汉口，今已十五，尚未到汉，心甚焦念。此处满目生人，语言不易通晓，度日如年，不知祥朋何日可以到汉。但此处雨后街路最为龌龊，步履实在为难，作客之苦何可言也。

十六日庚寅 辰前，雨；巳牌，阴；午初至晚均晴。盼望祥朋来汉之心焦急万分。晚刻，亲至轮车栈，待两句馀钟，轮车到时，又未见有祥朋，于怀更切。肃禀家君一信，交邮寄署。倘祥朋明日到汉，可以同行；若仍未来，余即十八日趁轮车抵驻马店。待其一天可也，迟恐川费不敷，不得不速赴署中耳。

十七日辛卯 早至辰刻，晴；巳刻，阴；午初，晴；午末至申初，阴；申末，雨；酉牌雨晴，阴；以后皆然。晚刻，又至轮车栈，看轮车到埠，祥朋又未来汉，心增焦急之至，宿则行囊已罄，去则道路生疏，事在两难，如之奈何。

十八日壬辰 早至巳刻，阴兼雾；午、未牌，细雨；申刻雨晴，阴；至晚皆然，雾亦相是。由全安栈起来，太早肃奉家君一禀，交邮寄署。四句钟由栈中动身，至大智门买轮车，三等者每人计洋三元七角，所携行李颇多，过秤需洋十元零九角。七句钟由大智门上车，至下午四句四十八分钟抵驻马店，系河南省地面，天时较之汉口稍冷。至此过北，一日即冷一天必矣。但汉口至应山县境，田稻种作与吾浙仿佛。应山县境之后多山，又多沙地，稍有各异。过河南地面另有一番景象，地土虽自沙泥，尚可种稻，惟无河水，种田即用井水，近于北省。乃中州地面，南北交冲之处也，山亦颇少。抵埠时，中宾馆客栈来人招呼，即进宿中宾馆，地方尚不甚次。明日拟宿一天，一可相等祥朋接洽，又可阅历该处风景。询栈东言赴山西蒲州府属虞乡县署即由是处趁轮车至郑州，过轮车至河南府宿一夜，明日可即雇马车抵虞乡矣。明日祥朋未能得到，即照如此而行可也。此处驻马店地方系属汝宁府确山县，初想小村，至汉口轮车至是处例应宿夜，自彰德府轮车至是处亦是住宿，应之人客往来最为兴旺，渐成大村矣。

十九日癸巳 雨颇大，雾亦浓；辰牌闻有雷声。栈中谢姓言上年下雨，迄今见雨曾已三天。北乡小雨，今则作客，连日多雨，行履为艰。至晚又未见祥朋之面，不知阻在何处，以致迟迟未到，实所不解，深为至急。晚刻，该栈夥友李姓言连成栈中有山西人，即往询问，言高姓，并晤有杜姓，云是处至郑州再行购买车票，即行过车，当晚可抵河南府洛阳境，由洛阳县雇马车至陕州转城北乡门惠兴镇，过黄河至毛巾渡雇车抵虞乡最便。言虽详晰，路得果然否，亦不知黄河易渡否。但祥朋未到，深为至急。今则只照如此而行，得以安抵虞乡，深为至幸。“祥朋尚未见面”等语寄奉家君一禀，交邮寄署。

二十日甲午 子、丑刻，雨中雪子；寅、卯牌，大雨；辰至未刻，大雪纷纷，遍是银河，无分大地；申刻雪晴，阴；至晚皆然。天气颇冷，较之吾台，逾于冬杪春初也。并见有冰钗，尚在河南地面即有如是之寒，若至山西，更冷必矣。寄奉家君一禀，即托栈中账房送交邮筒寄署。再四维思，至惠兴镇过河时望署中派人代为寻觅河船，未识能得至时来觅河船否也。

廿一日乙未 卯前，阴；辰至未牌均大雪；申刻雪晴，阴；至晚皆然。早刻，自驻马店中宾馆客栈动身，即趁轮车，上午七句十五分钟开车，至十二句零抵郑州车埠。即有洛阳泰丰恒客栈之接客者来为招呼行李，即转抃洛轮车后，即十二句三十五分钟即开行，至下午五句三十分钟抵河南府洛阳县城外车埠，即宿是处泰丰恒客栈，尚为安妥。但汴洛铁路自郑州动身将至黑石庄之中路尚有铁桥，造自未就，悉均下车，过树桥再行上车。但树桥值下雪，最为难走，幸均安。到埠上即行赴车，而行李仍然，深为至幸。惟脚骨走痛，但路非多，而路之难走所致也。

自驻马店买车票至郑州，三等每张洋三元五角，行李每担计洋一元六角。自郑州买票至河南府，三等每张计一元五角，行李每担计洋一元九角。买票之处均用湖北龙洋，至驻马店止买另星，英洋尚可兑用，至郑州及至河南府，英洋一概不用。英洋每元作银六钱零。余所带只有英洋。颇为吃苦耳。两处铁道经过之处，有遂平县、西平县（均汝宁府属）；郾城县、临颍县（均许州直隶州属）及许州直隶州；汜水县、荥阳县、新郑县、郑州（均开封府属）；巩县、偃师县（均河南府属）及至河南府洛阳县城外。所过各县随即开车，未曾游览一周，深为可惜。外观城池，惟许州最固。按：许州即三国时曹操所归之处耳。久闻洛阳名胜之区，今则已抵洛阳，明日拟留宿一天，进城一游，亦广见识也。

廿二日丙申 晴，天气稍和。向该栈包雇马车，价值甚为昂贵，心甚焦急。赴洛阳城内电报局，发奉家君一电语曰："蒲州虞乡县黄：男抵洛阳，寓泰丰，资完难行。"据说由潼关转，再加"潼关转"三字，共计二十字，未识何日可以抵署。旋栈后，即与该栈说通大车、脚下车各一辆，计银十九两。所带只有三十五元，赴银店兑银子，英洋每元仅作六钱，与上海相较，每元亏吃一钱三分。付与车费，尚云何如次色，再加开洋八角，此次最为吃亏也。银均充足，付过银十四两，尚至惠兴镇付银五两，又不知何吃亏耳。过河后至茅巾镇，又要车费。此次川资实需不少，早知如是，不如至太原到署，不致如是之多，亦不致如是之吃亏也。祥朋若得早来，不致如是为难，亦未可知。素闻洛阳牡丹花最盛，今为寻购，据说近处并无牡丹花售卖，"闻得洛阳花似锦"真是虚语耳。晚刻，再赴城中寻访古迹而不得，道路又生，言语不易通晓，事事为难，东门外只有"孔子入周问礼乐至此"一碑，左近即是洛阳县学圣庙即此,想可为古迹也。明日由洛阳动身,不知何日可以到署耳。

廿三日丁酉 晴。早刻,自洛阳泰丰恒客栈动身,因脚下车来得太迟,抵新安县之磁涧镇仅四十里时已下午三句钟。车夫言,西路难得。即宿在该处高陞栈一夕,明早动身可也。

廿四日戊戌 早晴晚阴。上午六句钟自磁涧镇动身,三十里抵新安县城午饭。即于十一句钟动身,五十里抵意城,系渑池县属。此处可谓极苦之处,大车已赶不及,未至。

廿五日己亥 早至未刻,阴;申牌,细雨,片刻即晴,后阴。上午六句钟自意城动身,四十里抵渑池县城,车夫应物遗失,未行。栈中寓有宜阳县知县杨明府,直隶大兴县人,因至是处查案,随与招呼,言颇至诚,亦不涉漠。晚膳后,金荣来云,大车亦到,住在各栈,未嘱同住,只将应用拾物取来而已。

廿六日庚子 早晴晚阴。上午七句钟自渑池县动身,四十里抵花约堂,系陕州属。午饭后于下午二句钟动身,三十五里抵张茅地方,亦陕州属。晚刻初行之二十里均是高山峻岭,难行之极。余早被风,至晚,头风交作,饭食难下,及步履甚属为艰。不知大车在于何处,困苦情形,难堪言状。

廿七日辛丑 早晴晚阴。上午七句钟自张茅动身,三十里抵次衷,亦陕州属,午饭饭食仍不能进。下午一句钟自次衷动身,十五里,三句钟抵会兴镇,寓复全兴店,地方颇好,吃有包子,睡亦安妥,惟大车未到为念。

廿八日壬寅 辰前,雪、雨;巳刻,阴;午牌,晴;至晚皆然。寄奉家君一禀,即交邮筒带至虞乡。早起,头颇好的,食均能进。大车至下午二句钟方到该店,颇为欣喜。但会兴镇英洋、龙角均不能兑换,深为着急。幸车夫龙角可以带用。尚有吃饭之钱,未识过河后再作何想法也。此次吃苦、吃亏,备极亲尝,何至弊政远近若是也。

廿九日癸卯 晴。早刻,自会兴镇过河,至茅津渡,寓新盛车店。

此处黄河仅只里许，尚无险处，深为至幸。但在会兴镇资已欠缺，只以英洋、龙角兑换，吃亏大半，广教后人下次来此处者须带银子为要。该处客栈面善心贪，正所谓善吃牙虫。余今日需费较在各处不止三倍之多。至茅津雇车，各车店均是相通，脚价甚贵。即赴该处厘卡，晤其司事崔家麟，号紱臣，直隶人，相叙一刻，言办该处厘金局戎书田明府亦直隶人，托其代雇两脚下、两驴子，即于明日动身，价银廿两之多，可谓贵极。人已至此，不得不吃其亏也。但资已用完，赴署给发耳。

三十日甲辰 晴。车来太迟，下午二句钟自茅镇渡动身抵张店，计五十里，其时已晚，即宿是处。

第三十一章

庚戌(1910)三月初一日起

三月初一日乙巳 晴。上午六句钟自张店动身,五十里抵运城。午饭后即行动身,四十里抵解州城,其时已晚,宿是处。

初二日丙午 晴。上午六句钟自解州动身,四十里抵虞乡县城,晤许眉甫先生,相叙半晌,言家君方自早刻赴乡勘验。看该署尚可将就,询地方颇为困苦。少间,家君自乡旋署,叩谒后,看须已留而且班白,前须未留之年尚不知亲年,今则须留且白,颇为心惧。古人云:"父母之年不可不知,一则一喜,一则一惧",即此之谓也。喜精神壮健,深为窃幸耳。

初三日丁未 早至午刻,晴;未牌至晚均阴。家君任虞乡县署公事颇为忙碌,赴署催取预算表最紧,已属房中急为办就,未识得能速为办就否也。臬宪委员催办审判厅,府宪委员查禁烟苗,悉均来县拜会。言及新任藩宪志方伯已于二月十八日赴任,新任臬宪王廉访已于二月十八日赴任,正任蒲州府宪调署大同府奎太尊曾经告卸大同府,已于上月廿二日到省,想到本任不远也。

初四日戊申 晴。

初五日己酉 晴。家君嘱书致何见石老伯一信,交邮寄至京都南横街中间路北。

初六日庚戌 晴。致家信一封,交邮寄交陈逸亭收,附致周达云母舅一信。致杨伯藩兄一信,附致陶习之兄一信,恐习之未在申江,即托伯藩兄代为加封寄交。

初七日辛亥 晴。致家信一函，交陈逸亭收。致何蓉江兄一信，均交邮筒转寄矣。

初八日壬子 阴。致李克三舅公一信，致陶寿翁一信，致周梅翁一信，致黄心斋宗叔一信，致周载熙一信，致黄道周一信，致曾六舟先生一信，致周建西一信，致周作羹一信，致李舜卿一信，致黄少湖一信，致黄楚卿一信，致翁子俊一信，致秉彝宗伯一信，致吴玉翁一信，致汪伯端一信，均交邮筒转寄矣。抄阅上月辕门纪周允东明府蒙藩宪上年禁种罂粟劳绩酌委一次、计功二次，既有酌委、计功，想候补人员可望差委不远也。接省垣郑效先来函云，家君任虞乡县三月后，蒙蒲州府何太尊以“虞乡县黄某安详谨饬，于新政、学务、实力整顿”上达矣。

初九日癸丑 阴。致张丹翁一信，交邮寄至嘉兴府协署。接省中辕门抄，系上月廿六日纪省垣设高等审判厅，以太原府周太尊任厅丞，以下委员名色最多，委徐子嘉明府庆丰、周允东明府建勋为民科推事。未识推事薪水若干，不得其详。周允东母舅久未得差，今得酌委，又计功，即奉推事差使，想可渐入佳境也。

初十日甲寅 早至午刻，阴；未牌，雨；申刻雨晴，阴；至晚皆然。致陈逸亭一信，前月波存在典中英洋一百元，顷月波定十三日旋里，函嘱逸亭即将该洋清算付还可也，该函即交月波带交。致周谱香母舅一信，致王吉人老伯一信，致邱仲翁一信，致周允东明府一信，均交邮筒带交。家君寄荣河县俞吉甫明府一信，致何霭生明府一信，均交邮筒寄交矣。

十一日乙卯 晴。致家信一封，交邮寄交陈逸亭收。晚刻，携福缘至该处城内一游，但所开各店甚少。郡城差人来云，奎太尊已于今日到郡，想在即日任事。

十二日丙辰 晴。致周梅翁一信，交福缘带交。郡城来言，府宪奎太尊定十二日任事云。

十三日丁巳 晴。致达云母舅一信，交福缘带交。福缘及月波姻长与前同侍妾曹氏之女姬均于早刻动身南旋，大约月杪、月初可以到家。

十四日戊午 早至辰刻，细雨；巳、午、未、申牌，阴、雾；酉刻，雨，不甚大。致陈逸亭一信，交邮寄台。马伯之司马之骏，省委来县查禁烟苗事毕，已于早刻赴临晋去矣。允东明府有示寄阿香，言及委有推事差使，每月薪水银七十两，可谓优耳。

十五日己未 早至未刻，雨、雾；申牌雨晴，阴。致卢槐士兄一信，交邮寄台。家君嘱书寄孙肄三主政一信，交邮寄至京都前门内刑部后身后红井度支部孙公馆。

十六日庚申 阴。致李舜卿兄一信，交邮寄台。省委孙纬生别驾多煌来县提前署周祝南明府详办之潘云山一案，来晋谒，少顷即转客寓矣。

十七日辛酉 早至未刻，阴；酉、申牌，雨，不甚大；以后皆然。致应子能先生一信，致叶寿卿兄一信，交邮寄台。

十八日壬戌 早至巳牌，阴；午刻至晚均晴。家君致郑效先一信，交邮寄省。致家信一封，家君附致洛卿丈公一信，交邮寄交典中陈逸亭收。家君奉道宪札委赴解州勘验，自早晨动身。州县公出，申报抚、藩、臬、道府各大宪，并移知永济、临晋、荣河、万泉、猗氏各县，并札饬典史代拆代申，严密关防，颇为费事。据说旋晋后亦须如是详报。但解州即是解梁，汉朝武圣即是解梁大贤，现有“汉寿亭侯”古印储在解州库中。家君赴解之便，托李少文直刺饬仆恭请“汉寿亭侯”古印代印数纸，可以压邪之用，此亦难遇事也。国朝尊文圣于阙里，按:阙里系山东曲阜县；尊武圣于解梁，按:解梁即山西解州。但山西最古，大圣大贤最多，伏羲氏即在吉州，唐尧帝即是襄陵，司马温公即是安邑，郭子仪即是汾阳，此外，未得详晰者颇多。

十九日癸亥 阴。致黄吉甫宗伯一信，致丁辅香兄一信，交邮寄台。午后，家君自解州旋署，拟明日晋郡，应府宪奎太尊自大同府卸任转赴蒲州府,本任各县理应禀见一次,不可想也。家君近日最为急促者吴介眉老夫子赴风台尚未旋署,应有要案未曾详办,亦不得不为着急。初旬,接有介眉老夫子来电言初十日旋署,若初十日曾经动身,屈计近日可以到署耳。

二十日甲子 早至巳刻,阴;未牌,晴;申、酉刻,阴;戌后,雨。致叶祖香公祖一信,致张柳桥一信,均交邮政局寄台。家君自早刻赴郡晋谒府宪,介眉老夫子今日又未来署,不知何日动身也。

廿一日乙丑 辰前,雨颇大;巳、午、未刻雨晴,阴兼雾;申牌,细雨;戌刻雨晴;以后今皆然阴。致家君一禀,专差送郡,昨晚来有勘验一案,专禀奉达,以便早日旋署。致周建西一信,交邮寄台。今日大雨,道路难行,未识胡介眉旋署耽搁何处也。

廿二日丙寅 早至未刻,阴、雾;申刻以后均雨,雾亦仍然。致周梅翁一信。家君自郡于晚刻旋署,介眉先生自风台亦于晚刻到署。

廿三日丁卯 早至午刻,阴、雾;未牌,雨、雾;至晚皆然。

廿四日戊辰 早至巳刻,阴;午、未、申牌,晴;酉牌,阴;以后皆然。天气晴明,人均畅爽。午膳后,同胡老先生致何恭伯少尹、张济川两处,均相叙一刻而来。胡介眉先生今早至安邑一走,大约十日可以旋署。阿香有家信来,言祥朋于上月下旬旋里。但祥朋自二月初七日动身,十三日至洛阳,十五日至汉口。余已于十四日至汉口寓全安栈,本然相遇,事属甚善。何至到汉口时不至全安栈一询即行趁轮赴申到家,事实不解;即或到家,不妨与余言明,况汉口赴申商轮不论何日均有一二艘开行,何至如是之速?随到随行,即至全安栈与余接洽后随日动身未尝不可,如是而行,荒唐之极矣。

廿五日己巳 晴。家君嘱书致武念堂明府一信,并附致鳖鱼胶一根,托其代印周任监交印给六纸,遣差专送永济县署。家君又嘱致李少文直刺一信,交其来差带覆。致章子修兄一信,交邮寄台。

廿六日庚午 晴。家君嘱书致何见石法部一信,附致徐班侯侍御一信,托其转寄,封寄京都南横街中间路北。条托河东庆馀正代查今尚可买票代捐否。家君邀同游松林寺，胡老夫子、张济川两君亦得同行到寺。是处牡丹颇多，花非甚好，地方颇窄，种植杂花虽多而无趣，在山西有如是地方尚足优雅。晤寺僧金光，互相畅叙过午膳而来。该僧金光言朝普陀山后朝天台山，赴海门趁小轮到郡至天台山，老僧如是远行，可谓有心人也。

廿七日辛未　晴。

廿八日壬申　晴。署内徘徊，毫无趣味，日览《三国》，聊堪自娱耳。

廿九日癸酉　晴。

四月初一日甲戌　晴。寄家信一函，附致嘉先一信，致达云母舅一信，致道周宗叔一信，封交邮筒寄交逸亭收。家君致孝义县周祝南明府一信，又致戈先生一信，均交邮筒寄交矣。余到署迄今已届一月，未识家中均获平安否，未接家信，深甚为念。胡介眉先生自安邑来。

初二日己亥　晴。

初三日丙子　晴。致家信一函，交邮保险寄台，交本镇陈逸亭收。致张丹翁一信，内系急要信件，恐其在署、在家难以预料，另致仲甫一信，托其加封即代转寄，封交邮政局双保险寄申老级陞栈。致达云母舅一信，致李舜卿一信，交邮寄台。晚刻，何恭翁来叙一刻，同至介翁处少坐而来。家君嘱书寄俞汉卿老夫子一信。

初四日丁丑　子刻，雷声后雨，至丑牌雨晴；卯至申刻，雨颇大；后，雨晴，阴。致周梅翁一信，交邮寄台。家君嘱书致俞墨卿一信。晚刻，接晋省辕门抄纪冀宁道宪翁弢夫观察兼署提学使。

初五日戊寅　晴。家君嘱书致吴诒荪刺史一信，交邮保险寄至吉州。致邱仲玉姻长一信，交邮寄台。

初六日己卯　早至巳牌，雨；午刻，阴；未时以后至晚均晴。致周允东一信，交邮寄省。家君嘱书致周达云母舅一信，交邮寄台。家君嘱书致茹赞臣老夫子一信，并附双柏交庆馀正寄河东道署幕府。家君嘱书致周竹南幕府一信，并附总结一纸，交邮双保险寄至孝义县署。蒲州府宪奎太尊幕府茹贞生老夫子名恒。

初七日庚辰 晴。早刻，捕厅何恭伯少尹来言，监中昨夜逃去一犯名高丙子一名。当即，家君即派差勇寻获而不得，并饬张、李二管带往获，未识即日得能归案否也。查该犯高丙子系猗氏县详办会匪，已定永远监禁之犯，寄押在虞乡监中，今竟逃脱。查《处分则例》：典史、日管狱官限缉四月之后革职留任，一年之后革职离任云云；知县、日有狱官限缉四月之后住俸，一年之后罚俸一年。此典史处分颇重也，有狱官处分虽轻，而面子亦不好，看能得即日寻获，深为至幸。

初八日辛巳 早至巳牌，阴、晴；午、未刻，阴；申牌以后至晚均细雨。家君嘱书致茹贞生老夫子一信，交邮保险寄至蒲州府城府幕。接张丹翁一信，言及台州之仙居县、温州之乐清县、瑞安县、严州之遂安、金华之武康县均有闹事之说，大约禁烟之所致。而仙居闹事之初系盐商所逼，致成土匪从中煽惑，抢掠盐商分号三处之所致。上年十二月之杪已见其事，余正月首途时言已平静，今又有言及者，心为焦急。南省如斯，未得家信实音，实为致虑，未识家乡能得安谧如恒否也。

初九日壬午 早至午时，晴；未、申牌，阴、晴；酉刻以后均阴。家君嘱书致常品莲统领一信，交邮保险寄台。

初十日癸未 晴。家君嘱书致李少文直刺一信，交邮寄至解州署。

十一日甲申 晴。致家信一函，附致嘉先一信，眉甫先生附家信一封，并嘱由典中汇付英洋五十元封交邮筒保险寄台，交典中陈逸亭收。

十二日乙酉 晴。向言解州城每年四大会，值四月会市最旺。早刻，家君邀同至解州城庆馀正钱铺，晤金枢垣，相叙半晌，过午膳后出去看会。此售卖另星之会，非是吾台迎会也。所售各物均是次等之下等，价值亦最昂贵，而估衣铺颇多，皆不合式。此地出有湖绉，其价虽贱，其料最为轻薄，与南省提圆仿佛也。只皮衣货出在近处，陕西来者颇多。今值夏令，货不多，而西口所出者亦甚少。家君言至秋间，遣人赴陕西购买可也。瞻仰敕建武圣庙最大照墙、左右辕门，进有大门、二门、左钟楼、右钟楼，中间大殿五间供奉武圣并当时殉难大功臣神座，均极精细，四围放廊石柱均是缠龙。大殿之后有左右横箱，中有大殿五间供奉圣母神座等，工亦极精细。大殿亦四围放廊之后，左有印楼，右有刀楼，中有三层楼五间，上层供奉武圣侧身坐看春秋神像，穿有绿色花袍大汉服制，楼即曰"春秋楼"。中、下两层有梯可上，四围亦均放廊。前殿、中殿、后楼高约仿佛有十馀丈左右，并后面均有附屋。照楼之外有朝北结义园。大门进去，地方颇大，左右均有池式，似种植荷花。中有厅屋三间，四面放廊后有布景，中又有厅屋三间，亦四围放廊。左右、后面均似假山形式，后有小圆门，进去有桥。过桥之后又有厅屋一所，形似三间，实是一间。其后又有附屋。四处均是桃林，杂树亦有相间。两处墙垣均是城式。中殿之廊前有石碑，春秋楼之前有板对，有石碑，系乾隆年间勒石。是处武圣故里一庙，想是国朝定鼎之初敕建照墙，左右辕门外约三十馀丈之外有碑楼二所。当时建造之初，又在晋省工作，可谓大费周章也。现主持僧人不善打扫，颇有不周之处，此大概情形也。

按：《三国志》先主系涿县人，初遇桓侯系涿郡人，再遇武圣即解梁人，就桓侯庄上桃园中三圣结义。查涿郡即今直隶涿州，涿县即今直隶省保安州，解梁即今山西解州，结义园应在直隶省涿州，何至解州武圣庙前有结义园，亦不解也。未识涿州武圣庙前、保安州武圣庙前均有结义园亦未可知。北省有武圣、桓侯同一庙，有先主、武圣、桓侯同一庙。今光绪朝录封前朝功臣赵子龙封为某公，未得其详，另日再查，奉旨春秋致祭焉。查三国汉、吴、魏，惟汉朝出有大圣人、大贤人，以情、以理，先主以大汉皇叔继汉正统，足为万世公论也。

转至庆馀正宿夜。但庆馀正系是解城之钱铺，非汇票号，河东票庄只有志成信一处。风俗各处不同，理然固有，用银却是一样。但山西一省惟蒲、解两属完粮及另用一切均用丝银，系九三次银，纹银系足色银子。自庚子年之后，丝银日高，纹银日贱。值至今，丝银兑换纹银可以高价一分起，四五分亦有之，此亦不解其故也。枢垣先生言，赴陕西者进潼关厅之内，道途平正，田有种稻，晋省食米均是陕西而来。以理论之，陕西系长安前朝建都之处，系土地膏腴所致。相想情形，陕西长安东有山西之险，西有甘肃，南有汉中诸处，北是二盟，谓之关中。

十三日丙戌 辰前，阴；巳、未、午牌，细雨；申刻，晴。早膳后即由解州庆馀正动身，同其夥友王本杰各骑一马西行。余未带雨具，幸彼有携带，借用而来，至署方将午膳矣。凡出门者，雨具不可不带也。

十四日丁未 卯前，阴；辰刻，细雨；巳牌，阴；午刻至晚均晴。致家信一封，交邮寄家翼亭收。致周建西兄一信，亦交邮寄台。家君自晚刻由解州旋署。前托李少文直刺代印武圣“汉寿亭侯”印信，印来计三十四张，此极贵重。是处人言，家有悬挂“汉寿亭侯”印文可以辟邪之用，因此极重，敬谨收藏。

十五日戊子 晴。致李舜卿兄一信，交邮寄台。接逸亭写家信一封，言均安吉，深为至幸。接建西兄一信。

十六日己丑 晴。

十七日庚寅 早至午初，阴、晴；午末至晚均晴。家君嘱书致临晋县贾子嘉明府一信，附银二两，专送申文之便带交。家君嘱书致常品莲统领一信、叶祖香司马一信、孙少林明府一信、陈仲怀明府一信、周允东明府一信、陈涵甫参军一信、洪莲波少允一信，均贺午禧函件，交邮分寄。致张丹翁镇军一信，附家君贺柬。致孙仲立兄一信，致张力堂守戎一信，致蔡新芝兄一信，亦均贺午节，交邮分寄矣。顷接省抄纪三月廿六日内阁抄奉上谕：“山西提学使着骆成骧补授。钦此。”想近日即可抵晋。按：骆提学成骧字公骕，四川资州人，乙未殿撰。

十八日辛卯 晴。

十九日壬辰 晴。家君嘱书致何见石比部一信，致徐班侯侍御一信，致徐慕初世兄一信。余致见石老伯一信。徐公两函封托何比部代为函寄。附京平足银一百二十两，交庆馀正夥友带交志成信银号代为汇至京都南横街中间路北，信面亦书交志成信转汇。家君嘱书致柯定础兄一信，致管线白兄一信，均交邮局寄省。余致曾六舟先生一信，致周建西兄一信，均交邮筒寄台。家君嘱书致郭吉人明府、陈墨浓明府、吴诒荪刺史、庆挹泉直刺、徐星垣参军、赵蓉轩明府、陈渠卿明府、黄豫生明府、何子乾明府、周祝南明府、卞衣云老夫子、韩步瀛二尹，各贺午禧，信函均用马封，由驿投递。家君上何受萱制军贺禀，封托陈墨浓明府代为饬纪送投矣。

胡介眉老夫子令舅徐冠三鹾尹昨至介翁处，晚刻，晤叙半晌。言江苏江阴人，上月初旬奉宪札有《彗星图说》，系上海广学会大同报主笔高葆真详考天文撰拟，大约言至光绪十六年至二十六年，每年顶少有三个彗星、顶多有十个彗星。寻常人并不看见，各国之天文家看得无疑。又，去年秋季起有一个彗星，在上海用小千里镜看见。自己酉秋季起有一个彗星，是通天文学的人看见，比寻常的彗星明亮。各国寻常的人至庚戌正二月间便看得清楚，若在南省更觉清楚，可至五月为止。目下离彗星明白之时已近，所以预先告诉一切，可以明白彗星并无灾异云云。通饬各学堂传谕乡民，勿致迷信为幸。所云等语与吾台相传彗星之说大相违背。余初亦不以为然，自初十日之后，每夜间初更时分，见彗星在西北角，光射东南，颇长而明，始信《图说》预知之语。彼既预知，明白时节，深晓来历，又言勿害的等语，即可信然也。

二十日癸巳 晴。致周载熙兄一信，交邮寄台。家君嘱书致永济县戴松霖二尹一信，致徐葆山直刺一次，均用马封寄投。

廿一日甲午 晴。接陶寿翁一信，言家乡悉均安吉，深为欣幸，并有言及苏绩臣兄已于三月间谢世，代为悲惨。回忆在家时日夕晤会，竟至长别，深为浩叹耳。但周梅翁、李舜卿、汪伯端诸君自前月赴普陀，就道苏杭玩游一次，亦人生之乐事。现天气颇热，约与南省仿佛。南省日有南风,此地南风颇少。倘盛夏,与南省仿佛,较如南省更热耳。

廿二日乙未 早至午牌,晴;未初,阴;未末,细雨,片刻即晴;以后至晚均晴。家君嘱书致陈风珊先生一信,交邮寄至平阳府城。家君又嘱书致贾子嘉明府一信,专人送至临晋县;致本地绅士叶荐廷、尚心荃各一信,亦交邮筒寄京崇文门外旅晋会馆。

廿三日丙申 晴。家君嘱书致耆子馀都督一信,由马封递交。接周允东明府一信,言安邑县龙逊斋明府调署阳曲首县,而安邑委署某君尚未见有明文。上年,汪方伯定有未曾引见之候补各员不得差委,而陈仲华明府亦未赴引,委有军装局提调一差亦经撤去,心甚焦灼。涵甫、莲波两君亦均赋闲。鲍振镛观察由直隶州知州报捐道员,现委归绥道,有说亦未引见,未识果然否也。

廿四日丁酉 晴。晚刻,至何恭伯少尹署中,晤张济川,互叙半晌而来。

廿五日戊戌 晴。家君嘱书致武念堂明府一信,专送永济县署。随接念堂明府函,附带买物件银四十三两二钱。接何见石比部一信,言班侯先生大约暑假后晋京一走;慕初先生曾于四月初旬到京矣。

廿六日己亥 早至午刻,阴;未初,细雨,一刻即晴,阴;未末,阴;申时以后至晚均晴。家君嘱书致龙逊斋明府一信,致徐冠三一信,致陈春如一信,致王彦德一信,均饬张升送投。覆武念堂明府一信,交邮寄至永济县署。致茹赞臣老夫子一信,附庆馀正银牌六两六钱作为节敬,封交邮筒双保险寄至河东。致李少文直刺一信,致贾子嘉一信,致俞吉甫明府一信,致陆盘芝明府一信,致贾少斌明府一信,均用马封分投,均家君嘱书也。

廿七日庚子 早至巳刻,晴;午牌以后,阴、晴。致家信一函,交邮寄陈逸亭收。致叶寿卿兄一信。家君嘱书致施少杭明府贺信一函,由马封寄投。闻喜县武念翁函呈家君言蒲州府奎太尊明日赴河东晋谒道宪,道过虞乡,例应一宿,今日署中悉均照办差使也。

廿八日辛丑 早至巳牌，阴；午刻以后至晚均细雨。府宪奎太尊自晚刻来署。

廿九日壬寅 家君嘱书致陆盘之明府一信，交邮保险寄至猗氏县署。府宪奎太尊于早晨即行动身赴河东矣。

五月初一日癸卯 早至午刻，阴；未牌以后至晚均晴。

初二日甲辰 晴。致周梅翁一信，致周作羹一信，均交邮寄台。家君嘱书致茹贞生先生一信，并附节敬，遣王彬送投。

初三日乙巳 晴。致丁辅香兄一信，交邮寄台。接家信一函，系四月十六日所发。又接洪莲翁一信，莲翁守提安邑等县预算表差，言及陈仲怀明府曾经入都引见矣。接周建西兄一信，又接汪伯端兄一信。

初四日丙午 晴。致家信一封，并附致内人一信，封交邮筒寄交逸亭代收。致周允东明府一信，交邮寄至太原省城。

初五日丁未 晴。致应子能先生一信，交邮寄台。

初六日戊申 早至午刻，晴；未牌以后至晚均阴。致家信一封，附谕福缘一示，封交邮筒寄台交逸亭代收。致道周宗叔一信，亦交邮筒寄台。

初七日己酉 晴。致秉彝宗伯一信，交邮寄台。

初八日庚戌 晴。

初九日辛亥 晴。致周建西兄一信，交邮寄台。家君嘱书致闻喜县施小杭明府一信。

初十日壬子 晴。致张柳桥兄一信，交邮寄至台城上草巷。此间正值麦熟，岁称大有，即任该县者亦深为至幸也。门房中言上月下旬闻平阳、绛州诸处见雹，吉州、乡宁县两处被雹打坏大半，河津县为最重，陕西与河津、吉州相连县分亦有被雹之语。晋省此外各州县虽有见雹，亦无窒碍，即蒲州府属万泉、猗氏两县亦见雨雹，各县见有雷雨一刻，深为大幸也。接家信，系上月廿一日所发，言均安吉，深为至幸。

十一日癸丑　雨;惟巳、午、未刻雨甚大。家君嘱书致陈涵甫参军一信,附还上年祥朋借用银十二两,除付托买棉衣银三两五钱,尚馀银八两五钱,并代买棉衣十二斤,附送南腿一只、伏鲞四片。又嘱书致洪莲翁一信。余致莲翁一信,封托陈涵甫代为饬纪转交。家君嘱书致郑效先一信,附送银三两二钱,均交银差带至太原省垣。陈涵翁公馆在东夹巷,信面中亦书明,想不致舛错也。

十二日甲寅　早至巳刻,阴;午牌以后至晚均晴。家君嘱书致王钱青一信,交邮寄至运城。仆人云,河东道宪陈尧阶观察于今日任事云。接福缘一信。接章子修姻兄一信。

十三日己卯　晴。家君嘱书致陶寿翁一信,交邮寄台。致福缘一信,亦交邮局寄台矣。

十四日丙辰　早至未刻,阴;申牌,雨;以后皆然。接嘉先一信,书云"端甫",想其号也。言仙居为闹盐滋事,前经江子菁带勇赴剿颇为卤罔,现经更换花春廷管带,并言同昌已归官办云,未得详细言及,其中又有别情否也。又言陶寿翁令祖母柯太恭人于四月廿六夜作古,计其高寿已登九十,可谓福寿全归耳。并接应少圃姻长一信,言四月十一日由台动身,过天津、北京等处,至廿九日方抵太原,川费已罄,嘱为寄汇云云。但洪莲翁虽至安邑等处,未曾来署,粮车早经动身,觅寄颇属为难耳。渠不知该缺如是清苦,不远六千里而来,恐难安置。顷又先过太原,陆道之行尚远如洛阳,想此次所需川费亦颇致巨。现禁烟最严,未识少圃先生烟已戒断否也。

十五日丁巳　雨颇大,全日皆然。家君嘱书致应少圃表叔公一信,另柬托洪莲翁代为转交,加封送交邮局寄致太原宁化府。

十六日戊午　辰前,阴;巳、午、未刻,雨;申初雨晴,阴;至晚皆然。家君嘱书致河东道宪陈尧阶观察贺柬一扣,由申封交驿呈递。家君又嘱致福蒲州府宪幕友茹贞生一信,致福缘一信,均交邮筒分寄。

十七日己未　辰前,阴;巳、午,雨;未、申牌,阴;酉刻,雨;以后皆然。致家信一封，附致福缘一信，封交邮筒寄至台州葭沚交陈逸亭收。接张丹翁镇军一信。接周梅五姻长前后两函，言及仙居闹盐之案大起风潮，就武林开一大会，推朱亦卿为调查员。朱亦卿赴地报告，云当日官兵擅杀枪毙等男女老幼统计一百四十二人，并焚民间房屋五百八十二间，可谓巨矣。余未动身，闻人云仙居土匪抢盐，致毁号屋，经启迪斋太尊请兵弹压云云。当在元旦，闻楚卿言，三十日江子菁即赴仙居，正月初一日常品莲统领又至仙居，闻有焚杀等语，亦不知如是之多。又言该地劣绅项翰卿藉词敛钱，索百姓洋三千元，半充江子菁腰囊，半即项翰卿私饱，以致该处百姓离散殆尽。闻省垣开会之说，聚集离散老妪、幼稚赴杭州府宪衙门呈控，而增中丞见而怜之，即行给恤每名计洋五元，复又派员密查是实，即将江子菁管带缉捕撤销，另委花春亭管带此事。果若如斯案，非撤江子菁差使而已，未识将来作何结局。并云楚卿之同昌盐号，当启迪斋太守代其想法改盐号曰盐行，改章办理，由府设局按斤抽厘。此启太守大受楚卿贿赂，如此而行，可谓关顾极矣。不意启迪斋太守与何勉之明府不睦，乘隙详参何明府，经藩宪颜少夏方伯改调别缺。而何勉之明府因启太守如是情形，即将同昌盐号之事、启太守与楚卿濛弊上台一切细情慨行上达，大约"同昌如此办理，奚啻曩昔"云云。增中丞因尔而止，正不知后事若何，亦难预料。现台州仙居百姓遭如此之惨，因同昌而起，果若澈底清查，恐难逍遥事外也。

十八日庚申 大雨。此间麦虽收成，均未实燥，以致连日多雨，恐致年底有碍。未识得无紧要否也。

十九日辛酉 阴。接达云母舅一信，言及同昌各节与日前接周梅翁惠函大致相同。又接建西一信，言临海之分葭沚等为一区，所立自治会一节，于四月十六日就集圣庙开会，叶祖香公祖到会监视，拟于六庄归并葭沚云云。即邀叶公道达邑侯均于二十日赴郡，当开会之日，海门一庄不肯归并葭沚，而又各处争持。邑侯何勉之公祖因告卸在即，未定立主意，暂为中止。未识新任者作何定局，亦难预料。

现虽立宪,其主权亦归于州县,南省各州县上年选举咨议员,今年创办自治会,大有争持之势。北省即举咨议员、自治会各绅士,大有推诿之势。虽南北省分时势不同,推原其故,以前南省各州县绅士巴结官长太甚,北省各州县并无绅士来谒,现今南省各绅士遇事掣肘官长时有见闻,北省各绅士亦得如旧。两相比较,北省尚有古风耳。

二十日壬戌 早至未刻,阴;申牌以后均雨。宪幕府茹贞生荐一仆名方福,系陕西咸宁县人,今晚来署。胡旭初先生藏有"观音洗眼方",颇为灵验方,余假录之,药用:多年老桑皮烧灰,每用五分,用无根水一碗煎至澄清,按照后开日期熏洗。沂州太守之父年九十岁,双目不明二十馀年,无药可治,忽遇老人传授观音神效方,如法熏一年后眼复明如童子。今将洗眼日期开后:正月初一、二月初十、三月初三、四月初八、五月初十、六月初七、七月初九、八月初三、九月初十、十月过开日洗、十一月初一、十二月廿二,闰月遇开日洗。此方医好数百人,见者须抄写传人,功德无量。

廿一日癸亥 晴。该处当麦收成尚未晒完,正恐雨多,今即晴明,地方幸甚,即权是邑者亦深为幸耳。接吉甫宗伯一信。

廿二日甲子 晴。致章子修兄福信一函,交邮保险寄台。

廿三日乙丑 晴。致周梅翁一信,交邮寄台。接何见石老伯寄家君一信,又致余福函,托查一节,均已详示矣。

廿四日丙寅 晴。致周建西一信,交邮寄台。

廿五日丁卯 晴。上月逃犯高丙子今日已由陕西富平县拿获,递解来署,深为大幸也。据供其侄在富平县帮工,以致逃出即至该处谋生云云。查陕西富平县知县周印丕绅,湖北人。接家信一封,系五月初八日所发。

廿六日戊辰 晴。致家信一函,交邮寄交典中玉先代收。

廿七日己巳 晴。致何见石老伯一信,饬小忠送交邮政局双保险寄至京都南横街中间路北。家君嘱书致武念堂明府一信,致吴幼屏一信,均饬王彬送交。

廿八日庚午 晴。

廿九日辛未 早至午刻，晴；未牌以后至晚均阴。家君嘱书致吴幼屏一信，附公件一包。介翁言其令叔胡挺升太守官印毓才，现在福建督宪松鹤帅处文案。

三十日壬申 辰前，雨；巳至申刻，阴；酉牌以后均雨。

六月初一日癸酉 晴。接家信一封，系上月十四日所发。家君嘱书致临晋县贾子嘉明府一信。专人送交。

初二日甲戌 晴。致家信一函，又致周达云母舅一信，致公嘉一信。又，家君嘱书致祝再姻长一信，余自致祝再姻长一信，致福缘一示，封送邮筒寄台，交玉先分送矣。

初三日乙亥 晴。

初四日丙子 晴。天气颇热，其热虽热而与南省不同也。

初五日丁丑 晴。致家信一封，交邮寄家，交玉先代收。

初六日戊寅 阴。致仲甫兄一信，交邮寄至上海老级陞栈。家君自早晨赴运城叩贺道宪陈尧斋观察任禧，时值莲夏，天气阴而不雨，行走道途，深为至幸。陈尧斋观察际唐自乙巳岁奉命补授河东道，己酉经府宪宝湘石中丞密保送部引见，值宝湘帅于上年之冬奉旨调补江苏巡抚，以藩宪丁衡甫方伯升补抚宪，臬宪志述严廉访升补藩宪，浙江运台王士云都转升补陕西臬宪，未到任，即以陈尧斋观察署理。二月间，王廉访赴晋臬本任，陈观察就道入都陛见后，方于五月中旬旋任矣。

初七日丁卯 雨，不甚大。此间天气方值夏令，晴明一二日，渐暖。倘若热甚，明、后日即行见雨；倘若下雨，天气即转冷矣。今早方雨，天时较之昨日即大(不)相同。忆太原天时最暖在于五月，若至六月，阴雨见凉之后不能再暖，未识此地如斯否也。眉甫先生言吉州天气与省垣相若耳。

初八日庚辰 巳刻前，阴；午牌以后至晚均晴。查邓完白先生所篆系《说文解字》也。家君自河东于晚刻旋署。

初九日辛巳 晴。

初十日壬午 晴。家君嘱书致何见石比部一信，致徐班侯给谏一信，封托见石先生代为转寄。余自致何见石老伯一信。因阅《大同报》纪有吏部议准湘抚杨奏请开办湘赈实官捐将覆奏，闻度支部允开实官捐一年，惟捐资较前加增两倍云云，未识果然否，函托见石先生代为查明，并托代查由湘赈捐府经实银若干。家君嘱书致徐慕初主政一信，均饬张升专送京城。家君又嘱书致贾子嘉明府一信、徐冠三一信，张升进京之便嘱买墨盒十九个，均是送人之用，铜尺一对、京大蓝扣带头一个、洋眼袋一个、京靴一双、蜜枣等，交带纹银六两八钱，另并嘱觅篆帖数种，未识得有其便否也。又嘱张升带买乌绒连缨大帽一顶、参须一斤、膏药十个，白摺卷五十本、法夏一斤。该价不敷，俟其旋署清付可也。

十一日癸亥 晴。家君嘱书致洪莲翁一信，交邮寄省。初六日，巡警道宪委有委员茅古香二尹桂芬来县察看巡警事宜，方于昨日就道赴永济。今日，又河东道宪委有何姓委员察看巡警事宜、办理新政，以致抚委、藩委、臬委、提学委、巡道委、本道委、本府委各等委员，或直隶州、或知州、或同知、或通判、或知县、或府经、县丞以及佐杂等班连络不断。每次所送程敬，知县以上各委员或送十二两，或十六两、十八两、二十两、廿四两、廿八两、三十两、三十二两不等，府经以下各委员或送八两、六两、或六两四钱、或四两八钱、三两二(钱)不等。此外，来一委员均要送酒一席，并饭、菜、车钱，此犹小焉者也。所办新政，如巡警一项，此间每月赔帖四十馀串；又，警员薪水十二两，其馀各等薪水或多或少不一而定，统而计之，亦复不少。又将各厅州县每年所进各款均已造册具报，以致通省皆成瘠苦矣。此官苦极，又，民苦极，何也？前无杂捐，只有正项钱粮，百姓除完粮之外尚可安然；今则创办各等新政需款又巨，非取于民是何？此民苦极也。未识将来以致何底，亦难预料耳。

十二日甲申 晴。家君嘱书致武念堂明府一信，交邮寄至永济。

致家信一函,交邮保险寄交玉先代收。又致家信一封,寄交嘉先代收。致周梅翁一信,交邮寄台。

十三日乙酉 晴。天气颇热。家君自早晨赴南姚村勘验,值此大暑酷热,远行四十五里之远,不胜其苦也,旋署在下午四句钟,当热之时均在道路而行,其苦难言耳。仆人俞金荣,海门人,客岁在黄楚卿处因作事荒谬而歇,余不知其底蕴,因吴玉成参戎再三而言,彼无栖止,托余带署,藉可谋生,余自己用有人,因行李颇多,仆人茅绍忠人颇忠厚,不惯远行,带彼同行,藉可照顾而允之。不想彼在路中毫无用处,日且食酒颇大,兼食牛肉,言之多次,非独不听,且言牛肉之味甚为美善,此尚无碍于事。但京汉铁路行李放在货舱须要用人照顾,余当派金荣与绍忠各守一日,绍忠之日已守,彼因坐守货舱甚不舒辗,且言货舱铁路中已有照顾之人,彼自坐于客舱,置行李于不顾。幸绍忠虽少出门,尚能坐守。及行陆道,马车出路日出甚早,彼又迟迟而起,虽时呼唤,彼尚诘怒。余应已带出门,悔之何及。到署之后,家君派金荣充当接帖,心所未足,定要派收杂税。余应乡人,既已同来,再禀家君嘱其同税科收税。家君与余均是日明即起,而彼又睡至辰、巳之间尚未见其吃食早饭。夜间家君约在定更之后,若无人客又无公事,即至房内。余亦迟则确在二鼓而睡。而金荣与厨子万香及厨房各人赌博,不然即与门房仆人亦须至三更或四更而睡,此亦为常。家君明知,亦因乡人优容之。且彼作事可推无不推托,今日签押房上之纸糊顶上因鼠相斗而碎,泻下秽物颇多,余嘱绍忠将已碎之纸弥补之,因其处颇高,叫金荣代为帮忙。时已午牌,彼尚未起,余不知其未起而叫,彼虽起而来,看叫其补纸而畏云该处纸碎,须叫表糊匠补之。倘若多碎为然,仅只一纸之碎即交表糊匠,亦不胜其烦,彼即浩怒多言,令人难受。此外背后而致闹者语言甚多,正所(谓)“惟女子与小人而难养也”,即指此等暴徒而言之。

十四日丙戌 晴。天气颇热,即在南省,其热亦不过如斯也。其早晚究与南省稍有不同:南省当在炎夏日中之热,早晚觉凉,人颇舒展耳;此间日中最热,早晚较有寒气。据该处人言,过立秋之后即转凉矣。

十五日丁亥 晴。天气最热。家君因有诣验之案,即于上午三点钟动身赴北防村,验毕旋署,值下午四点钟。在道之行,正值日热之时,其中辛苦难于言宣,往返道途计程八十馀里。观音洗眼方所用久年老桑树皮烧灰和无根水合煎,但桑树虽到处均有栽植,惟家乡桑树颇多,久年亦难寻觅。初想此间多年桑树最多,上月嘱金荣嘱人寻觅,言之多次,彼言嘱管门者四处搜寻并无老桑树,又言彼自出乡留心察看,亦无久年者。早刻,嘱司阍仆人刘玉代为寻觅,少顷,据云管门者言西厅之前有老桑树两株,约逾百载。即嘱茶房剥取晒燥,以便遵法制洗。事无大小,此等屑小之事,懒于询问,即自设谎言,直言其无,其言之难靠莫甚于此仆也。

十六日戊子 晴。致周建西兄一信,交邮寄台。

十七日己丑 晴。何恭伯少尹言,如是之热须至七月中旬方可转凉。果若如斯,何异吾台也。户房书办张学书函禀家君言,本县上忙钱已于上月廿九日到省,一路均获平安。

十八日庚寅 早至未初,晴;未末,阴,兼有雷声;申、酉牌,雨甚大,正是大雨如注;戌初雨晴,以后均阴。

十九日辛卯 早至未刻,雨,惟午、未两牌雨甚大,正是大雨如注;申刻雨晴,阴;至晚均然。接何见石比部寄家君一信,附送其令弟煊夫先生拔贡卷一本,并其令堂侄何芷升兄沅优贡卷一本,徐班侯侍御寄家信一函,均已收讫。但见石先生惠函言余之托捐府经代查一单由从九捐府经至分发省分并印结等费共计公砝平银一千四百六十馀两,并邀余面询一切,余拟便道一行面晤,可以详细询访,未识得能如愿否也。惟来单并未言及花样,不知到省后作何班次铨补,拟先为函询可也。

二十日壬辰 晴。天气晴即转暖矣。家君嘱书致署吉州吴诒荪刺史一信,遣阿香专赴吉州,复又备文向取实缺半廉银两。家君又嘱书致临汾县郭吉人明府一信，又，曹堂一信，均饬阿香投递。在外奴仆忠实可靠者，本是家乡人较为妥帖。倘若出言不逊，藉以远道，难于开发，以致肆行无忌，亦是家乡人为多。客省仆人虽有相识朋友荐来，只得将就，初进时即无有作为可靠之人，荒谬者半多，尚能可靠者亦非无人。余出外之日本少，所用仆人皆是乡人，虽有良莠，莫过如今带署之海门人俞金荣，肆言无忌，凶横犹尽。余自客冬因吴玉成参戎再三好言推荐，而金荣初见余时甜言蜜语，无所不至。余亦因其如此巴结，又有玉翁代荐，情分难却，允其到署。带至路中，情形日昨曾经纪录，今日复有不逊之语，令人难尽。今又带至署中，若与计较，自己尚为赔气，不得不付之一笑。尝读《三国志》，先主有言曰："言过其实，难以重用。"今余阅一仆隶下人，不知其反骨若是，深实抱愧。今至若是，有何言哉！但金荣初到署时，家君本派为执帖之役，彼再四相求谋为抽收牲税之差。余因自为带署之仆，曲为优容，代为求妥。十八日，值孙常收取斗捐之日，家君因另有仆人杨福在署无事，嘱其代收一天。彼即气忿胸膛，以致肆言无忌。此等凶徒，上台言有若是之谄，稍有立脚，即有若是情形，令人难忍，未识将来旋里时作何局面也。总是余允为带署之非，是复何言哉！详为记录，以儆将来。

省垣藩宪工房郑效先来信纪住处在省城北司门前锦延斋号内，往来函札寄至是处，可无贻误。今之应酬，每出摩鹊以消遣之，亦非正经之道。但摩鹊其事虽微乎之微，每见其人之性情，无不毕见。何也？每以摩鹊人作消遣之事，不意中将自己仁慈善厚、恣横凶暴之手段悉均流露。自不自知，人已早见。虽有长者在座，格外经心，亦不免于心华外达。即或随处经心，诸多做作，与自然之心思，留意者毫发皆明，其事虽少，可达于毕生厚薄之情形哉。

廿一日癸巳 晴。

廿二日甲午 晴。

廿三日乙未 晴。家君嘱书致何见石比部一信，交邮双保险寄至京都南横街中间路北。前余拟捐府经，函托见石老伯代为设法加捐。昨接福音，所言一切须嘱余入都面商。拟于中秋之后晋京各节，均于家君寄其福函中详达矣。

廿四日丙申 晴。致叶寿卿兄一信，交邮寄台。

廿五日丁酉 晴。家君嘱书致李少文直刺一信，系夹单，饬本署差役送解州直隶州衙门。家君又嘱书致陈涵甫参军一信，并附其原券一纸，交邮寄至省垣东夹巷。系用双保险，取有邮局保险单。因接其来信云赋闲半载，拟做南货生理，欲向家君假银二百两。家君因彼此知好，时有往来，实难推却。奈到任迄今尚多亏控，难以顾人为歉，不得不修函详达衷曲耳。因有凭券，今即附还，交邮保险寄投，想不致遗失也。致周允东明府一信，亦交邮寄省。

前李千总兴邦荐有成衣匠名王商亭，湖北人，在署做警衣以及另星，将经弥月，不意昨夜一点钟时分从窗棂入内房窃物，幸即知觉，当时喊叫而去。遗有纸扇一把、长夫刀一把，出与各仆看认，言是王商亭之物。即行寻觅，其人已潜逃于外。看其眠床中有一面之人云亦成衣匠，湖北人，先将其人禁押。四出寻找王商亭，至天将明，在东门之城楼上看见，往拿，彼逃至营中。少顷，营兵送来，亦经禁押。但其人系李勋侯千总荐来，今李千戎因太原镇王军门奉命调补云南古田镇，将近告卸，已赴平阳府迎新送旧未来，俟李勋侯千戎旋署后再作办理可也。

廿六日戊戌 晴。家君嘱书致沈梅史一信，交邮寄至壶关县署。但沈梅翁上年在家君吉州任内法席，家君奉檄调署虞乡县尹，请胡介翁为法席，而沈梅翁就壶关县令苏卓人明府斯倬法席幕友。

廿七日己亥 晴。此间警察局管带张济川二尹鸿钧系陕西汉中人，指分山西试用从九，奉调至虞乡，云经五载。现其同乡赖华云直刺庆云前任虞乡县尹，捐升直隶州知州，现檄署辽州直隶州，禀请张济翁为辽州署收发兼宣讲员，奉宪檄允其所请。该处管带派有卫姓毕业生，此地临晋县人，尚未来县，而张济翁急拟赴辽州，定于七月初二日动身。晚刻，何恭伯少尹饯行，并邀余及胡旭初老夫子、介翁、眉甫先生、高季华儒学陪客，相叙席散而来。家君亦拟十九日祖饯也。

廿八日庚子 晴。凡写字用墨而兰烟膏多发亮，不如松烟膏轻色墨为佳。兰烟价廉，松烟价贵，虽日日作书，全年而计亦不甚多，总以松烟为佳。但松烟，吾浙武林或皖垣之胡开文字号所售每斤计价四千八百文或六千四百文两种，正可以用得。若每斤三千二百文者有之，其货即次。但松烟每斤三千二百文为码，兰烟起码每斤一千六百文而已。松烟价若每斤八千或九千六百文之上者，物虽好亦不宜耳。余所用之松烟均以古松心及黄海松精两号，均是胡开文字号所售，摩一墨盒，是余作书、或学字、或写信及一切所写各字均用此等松烟。摩研之墨盒曾已有年，惟学篆字虽用墨盒，系兰烟放在水中十馀日后捣研而已。因学篆字用墨过多，只得如此研法而取其便，如是捣研，若用松烟未免可惜。因此所用墨盒一大(用兰烟摩研)一小(用松烟研)，用兰烟者只学篆字，除此之外，无论片纸只字均写松烟之墨盒。余所写一切墨色均是松烟一样，即松烟中亦是一色，并无各样墨色相间，则可一目了然耳。余写字均用墨盒，已二十馀年，但写墨盒之墨色上下均能一样。故随写随摩，不如墨盒为佳。再学篆则用兰烟之墨盒，若有人托余代书篆字即用松烟之墨盒。余之作书墨色自有一定矣。用松烟写字者本多，而吾台写用松烟者甚少，即有用松烟者定无余皆用松烟一色而书写也。余学字功夫实在不少，至今全无帖意，书亦甚次，此天资迟钝之所致。所用纯毫、紫毫大半购自武林邵芝岩。日用笔有如是之佳，墨有如是之上，所写精楷或行书、篆字均是如是之拙，非独贻笑大方，即被笔墨笑也。余之性情如斯，是为私记颠末。勿以效余为幸。

廿九日辛丑 晴。家君嘱书致臬宪幕府顾燕山老夫子唁信一函，送托张济川二尹代带省垣臬署。前书房张济翁于初二日荣行，家君自晚刻饯行。凡诸事空谈易，对境难，兼以“居处恭、执事敬、与人忠”，泐于座右以志之。虽不能全然若是，则以时刻阅看，藉可三思而已。

七月初一日壬寅 晴。致家信一函,交邮寄台,交典中逸亭代收。日前得有观音洗眼方,拟寄家中以便分送,封信时竟然忘却,复加信封交邮寄台,亦交逸亭代收。致周梅翁一信,内附致何蓉江一信、致叶寿卿兄一信,均托梅翁代为饬纪送交,亦交邮筒寄台。家君嘱书致郑效先一信,交邮保险寄至太原省城北司门前锦延斋号转交。因藩宪札催造报到任半年之后履历等,因当即饬本署吏房造办。该房言,向来并无此等公事,虽大计之年造送贴黄公事,今虽大计年分,其时尚早。因连催三札,均甚紧急,亦未识新时花样否也。函托效先代询藩署贤否,房中一切,俟接覆音即行办理可也。文官逢辰、戌、丑、未年分均是大计。

查国朝定例,各直省州县以及佐杂各员,均由该管知府将各员到任之日起三个月后,出有明考语、暗考语,通详该管抚、藩、臬、道各宪。以后三个月期均由知府一详,每至年杪亦由知府出具明、暗考语通详各宪,再由该管道宪出具明、暗考语通详该管抚、藩、臬各宪。若明、暗考语上好字样,有署事者可以留任或调优缺,若实缺者无,可以加若平平考语,署事各员亦照例,实缺者亦无窒碍。倘有下等坏字考语,各员在实缺者以便调简或撤任。若署任者期满调省,或未期满调省,再有极坏字样,计其处分而已。若此实缺、署事皆然。若遇辰、戌、丑、未年分,专计实缺文官知府以下各员均由知府出具明、暗考语通详各宪、道宪加具考语、臬宪加具考语、藩宪加具考语,详院知府之明、暗考语起自道宪,通详亦然。直隶州与知府同至同知、通判,虽无知府同寅出具考语,与州县同藩司、某司、各道之考语在各省督抚自行具考,三年中所办公事均与优在同列以上者可谓卓异,其馀或浮躁、或不及、或有疾等员均被吏议。约在岁杪,各省督抚察核字样定为甲乙,先行出榜,后即拜摺上达九重。卓异官例应送部引见、注册,加一级或以简调繁,此向来例章也。今则各督抚每有卓异官出自情分,其馀惩处各员遇有事故,藉此予其处分亦往往有之。若遇大计等事,大约如斯。

邮政局平常一信取信资二分，重而照加，单保险除信资外加钱五十文，双保险加钱一百文，所办邮局最为妥便。即寄平常信件亦无遗失。自今日起，平常一信加一分，共计钱三十文，其馀尚与前同，若寄信者亦所乐加也。县学高季华广文祖饯张济翁行，并邀余及眉甫先生、胡介翁、何恭伯少尹各人陪客。晚刻，同至学中，相叙席散而来。阅辕门抄纪候补道元观察隽署理太原镇总兵。张济翁言初二日接篆云。按：总兵官秩正三品。无如今之各省提镇各大员所统绿营屡次奉命裁汰，兵丁不及以前三之一者，五之一者亦有之。各省武员稍有资格得任专阃者亦少。前年江苏候补道署理总兵以后各省每月提督、总兵将候补道署理，此亦借才于文员也。

初二日癸卯 晴。家君嘱书致元观察贺禀一封，加申封由驿投递。

初三日甲辰 晴。

初四日乙巳 辰前，晴；巳牌，阴，中有细雨，一阵即晴；至午、未刻均阴；申牌以后均晴。户房张学书自省垣于上月廿七日所发一禀，云及上月廿六日藩宪牌示署孝义县知县周宗颐调省，遗缺以现署石楼县知县马象乾署理，递遗石楼县知县以虞乡县知县马德诚署理云。但周祝南明府宗颐现署孝义县任内，经绅士刘清境控税科浮收契税，经藩宪将前署孝义县姜明府记大过二次，现署孝义县周明府记大过一次。又，上年署虞乡县任内拟办抢犯秦希娃案内所拟罪名过当，以致该犯秦希娃解省覆讯，因原拟过重，以致翻供，致有调省之牌。各直省州县虽问刑衙门所拟罪犯或重或轻，均有处分。拟轻者谓之“入出”，值朝廷减刑时候，虽有处分亦无窒碍；重者谓之“入进”，倘若过当，则处分未免认真办理云云。函中又云，太原省城于夏间元旱，现太原府尊并阳曲县均日早求祷甘霖。但太原各处有一二日雨即安农望，非同南省如是之多。即蒲、解一带虽时见雨，若在南省不足之至，现在该处即云雨泽富足之极矣。该处与省垣相违千里之遥，晴、雨亦有如是之不同也。

吉州绅士有陈春如,现署河东商学教谕,来函言其郎陈观韶自上年拔贡,现经朝考列一等。未识吾台之拔贡、优贡赴试者有列前茅否也。本署粮差想月之初上可以由省动身,而少圃表叔公自家君覆信后并未再接来函,想与粮车一同来署耳。

初五日丙午 早至巳初,阴;巳末至未初,雨;未末以后至晚均晴。仆人徐顺因家在临汾,现武念堂明府调署临汾县令,求家君代为函荐。家君允其所请,嘱书致武念翁一信,即交徐顺赍呈。但徐顺自上年家君奉檄调署虞乡,彼求岑星垣参军引荐而来,今看临汾尚佳如此处,亦欲就彼,此等小人类皆如是。纪晓岚先生言及"若辈有官之权,无官之责,每视主人喜怒藉可营私取钱。"凡为官守者不得不用若辈,不得不防若辈。总自言之,须随时、随事严于防范,是为至切。太原多时未雨,今日见雨,未识彼处得沾雨泽否也。愿得普天之下常得和风甘雨,年年歌唱大有,深为大幸。

初六日丁未 晴。家君嘱书致徐冠三二尹一信,又嘱书(致)陈春如广文一信,贺其郎陈箫九观韶上年拔贡,现值朝考列一等第三名,均交差带至运城。致家信一封,送邮筒带台交嘉先代收。

初七日戊申 早至未刻,晴;申牌以后均阴;戌初,细雨,并有雷声。致周允东明府一信,交邮寄省。前托仲甫兄代买药丸已由邮局寄到矣。阅郑效先寄家君函言现太原尚未被泽,而米价日涨。能得速沾雨泽,均歌大有,深为大幸。并接仲甫兄函云及令兄丹翁现奉增子帅檄浙江水陆分统,较前嘉乍协署局面更胜一筹矣。

初八日己酉 早至午刻,晴;未时以后至晚均阴、晴。致张仲甫兄一信,交邮寄申,询丹翁现奉檄浙江水陆分统驻防何处,以便修函致贺。阅张升自京城寄奉家君禀云徐班侯侍御于六月廿三日抵都,并言何见石比部奉命云南考试法官,即日动身矣。

初九日庚戌 晴。两次致函见石老伯所托各节,现虽奉命赴滇,理应作覆。今尚未见福音,想束装匆匆,未及致函;亦未识寄函未到,不及致覆,心甚念念。

初十日辛亥　晴。

十一日壬子　晴。日间无事，阅《国朝先正事略》“循吏”节纪：蒋省斋郡丞权晋州牧时，仿古方制所谓三黄宝蜡丸，创重者医之辄不死。自后寻觅配制三黄宝蜡丸药方，遵制施惠，亦一善举也。①

十二日癸巳　晴。阿香自吉州来。家君所领实任吉州半廉银两已付至上年岁杪为止，今年春夏二季之银，来信言俟上季钱粮起解后方可照付。须至中秋前后，至时再行去领可也。并云，据其房中言，吴贻荪刺史今有许多事件与各人难于拆手，现彼均无窒碍，官声大坏，亲丁赈房非钱不行，推原其故，与抚宪丁衡甫中丞同乡之情也。即同乡亦有不等，但吴贻荪刺史家在江苏镇洋，丁衡帅家江苏碭山，相违十里之遥，未有往来。如是而论，其情分不谓不厚，今其照拂亦可谓不薄也。

十三日甲寅　晴。家君嘱书致郭吉人明府一信，交邮寄至临汾县投递。

十四日乙卯　早至午刻，阴；未牌以后至晚均雨，寄家信一封，交邮寄台交典中玉先代收。许久未接家信，想因稻熟匆忙，无暇作书；亦未识玉先至家而未作书也。

十五日丙辰　雨颇大。省垣久未下雨，今日大雨亦经遍及否。接家信一函，言均安吉。并接载熙兄一信，云及葭沚与海门为分区事于上月赴郡开会，郡伯与邑尊意见不合，前月有调动之音，而新人尚未到台。何勉之明府尚权邑篆，意以赤山东、赤山西两庄分与海门，三山、栅浦两庄划与葭沚，彼此争持。不意黄心斋与吴玉成当场龃龉，陶寿翁从中理论，经何勉之明府出言而解之。不知后事若何，静而听之可也。

十六日丁巳　早至巳刻，雨；午牌雨晴；至晚均阴。风颇大，天气即转凉矣。家君嘱书致藩经历邹渭珍一信，并附宪书价银四两。本

---

① 页边注：“三黄宝蜡丸可医创云。”

由上忙钱一同解省，不意忘却，顷另寄耳。

十七日戊午 早至未初，晴；未末有雷声，最为响亮，少顷，日阴即雨极大；至酉初方止，仍晴，见日；以后皆然。此间人云今日雷雨如是之大，恐未下雨之处定即有雹，未识果然否也。家君嘱书致郑效先一信，昨日书就致邹渭珍藩经信件附托效先代为转递，函托巡警学堂毕业杨生崇耀代为带至太原省垣。

十八日己未 早至未初刻，晴；未末至晚均阴。家君言《济众录》一书所刊药方最灵，另日就道上海觅购一二册，勿以忘却为要。

十九日庚申 晴。家君思小女后年遣嫁，拟购女袄数件。但是处价贵物次，拟嘱万香于明早动身赴同州府购买，未识价值若何耳。吾台俗语言："羔皮次者曰同州货，上等者曰西口货"。至是处方知同州所售皆是西口而来，绛州所出者次也，想绛州误曰同州亦未可知耳。

二十日辛酉 早至午刻，晴；申牌，阴；酉刻，细雨片时即晴，以后均阴。家君嘱书致沈梅史一信，交邮寄至壶关县署。阿香自早刻动身赴同州去，大约十日之内可以旋署也。

廿一日壬戌 晴。致家信一函，交邮寄交玉先代收。致周建西一信，亦交邮筒寄台。阅七月十三日省垣探条纪：现朝廷设立新内阁，已于七月十二日成立矣。将军机处改为枢密顾问处，此君主立宪政治所出之处，未识新内阁政治如何办理也。又纪云："日俄公约成则东三省主权恐将不保。"果若如是，将如之何？又纪云："云南之镇南地方有革命党滋扰，声势甚大。"言虽若是，将大兵调到，定必冰消瓦解矣。现今朝廷颁行君主立宪，开列朝所未有事也。圣聪宏远，非草野愚氓所敢侧料。

以草野微臣深度时事，现监国虽效周公之辅，无如中国非专制难以固结民心，况列朝治国皆以专制，即今之立宪，各直省之直厅州县所办新政派捐费颇巨，非藉专制之力，焉能成事？若皆以善言劝导无知小民，谁能遵从？如创设巡警自治学堂并一切新政等，在上者专以责成直厅州县，各直厅州县谁敢不遵？即有强项清廉牧令，但事出朝廷，亦不得不遵照新政而行。所需经费叠叠而来，亦不得不就地方取之办地方之新政。在上游者亦云取地方之财办地方之新政，言甚大方，不想取地方之财，皆是民膏民脂，办地方之新政，未必有相底之功也。朝廷责于各督抚，各督抚责成各直厅州县，而各直厅州县创办为难，亦分所当然。但取于小民之膏脂化于新政，言虽其美，实则不忍。既已如斯，各直厅州县实在为难耳。阅五月间有御史赵炳麟奏请饬下各直省："创办新政所需经费详注的款造册具报"云云，当即奉旨饬下各直省一体遵办一摺。其摺所云非将新政的款造册具报则有故明神宗朝之故事，当有其臣下吕坤所言及此。言虽若是，度其意有望监国斟酌而行。只愿立宪成全之后风调雨顺、国泰民安、长守亿万斯年、有道长基，是所万幸哉！

廿二日癸亥 晴。

廿三日甲子 晴。接周建西一信，言临海之葭沚与海门分并一事，已于上月两处绅士争持不休，寿翁、载熙、楚卿三人赴省呈控，未识若何。以余想之，楚卿邀陶寿翁赴省，明之为自治分区，暗则定有别情，载熙兄不过随班逐队而已。

廿四日乙丑 晴。家君嘱书致贾子嘉明府一信，交差送至临晋县。又致俞吉甫明府一信，随又递至万泉县署。南风颇大，土人言近又有雨矣。但应少圃表叔公自五月间来信云已至省，迄今逾两月尚未来署，不知搁在何处，信息杳然。顷吴吾鲁兄寄其一信到署，应其人尚未到署，只收而俟其来时面交可也。

廿五日丙寅 雨，早刻颇大，晚刻细。

廿六日丁卯 早至午刻，阴；未刻至晚均雨。

廿七日戊辰 早至巳刻，阴；午刻以后至晚均雨。昨夜受寒，今有寒热，幸无大碍，即邀该处医生姓刘者诊治，所开方药与吾台所开药方大不相同，大约重用柴胡而已。

廿八日己巳 阴、雨。染恙稍愈，尚未如初。应少圃表叔公自晚刻由省垣来署，云月之十一日随粮车动身。

廿九日庚午 早至未刻，晴。申牌以后均阴、晴。家君嘱书致郑效先一信，交邮保险寄省。接洪莲翁一信，系少圃表叔公代为带来，言及丁中丞有意运动赴南省之说云。

三十日辛未 早至午刻，雨；未牌雨晴，阴；以后皆然。早阅辕门抄，方悉省垣雨已深透，深为欣喜。并藩辕牌示中有孙少琳明府凤如现委署闻喜县知县。但闻喜县系晋省驻名大缺。家君嘱书致孙少琳明府贺信一函，交邮保险寄至省垣。家君又嘱致陈墨浓明府一信，由驿传递灵石县署。余自致允东明府一信，交邮寄省。

八月初一日壬申 早至午刻，阴；未牌以后至晚均晴。致达云母舅一信，致周建西覆信一函，均交邮筒寄台矣。家君奉府宪札委赴临晋县勘验监毙人犯，自早晨动身，想下午可抵临晋、明日可以旋署也。阿香晚刻自同州来，所买皮统均已买齐，言该处上好二毛，台州名曰会礼二毛，每件价银十四两，尚有折扣，可谓便宜。至各等皮统亦均便宜，即狐皮亦出该处，此在陕西同州府，若再遇西北皮更佳妙，价更便宜耳。惟向买愈多愈便宜，须二十件起码，若数十件、数百件更好，价更廉。只道路难行，此番适值多雨，其苦之极。

应少圃携有言同昌号事诗十首，言是卢槐士兄所做，均是同昌中实情实事，余借抄录之。诗云："号状真如歇店时，少南枉自费心思(少南，王姓，前为同昌运客，自煦东宗伯接办海油、鼎新之后，一切号事均交王少南经理)。银钱逼杀卢槐士(槐士名锦篇，临海杨渡人，由廪生捐巡检，指分福建候补。前壬辰岁从李翰虚读馆旭东家，因楚卿亦从翰虚，而翰虚自带学生五人，槐士即在其中。是年入泮后，煦东夫人将其内侄女许与槐士，从此之后邀其至同昌代为经理，后至银钱交与槐士经手。连年同昌生意颇佳，槐士亦有所积，捐巡检，开阜康油行于郡城。但同昌银钱向来急迫，而槐士善于交游，代号中借进之洋亦颇巨，以此权日加重焉)，不谅东家太若痴(煦东父子不论同昌今日有洋存否，一到号中开口就要取洋。而槐士有存在号，即刻支付，分所宜然；即无现存，就至各处借来支付。自丁酉起至上年为止，煦东、楚卿二人支过洋三十万元。不独槐士所言，即王少南言亦如斯，此是确然）。官办商包事了然（但同昌向来官督商办，实则商办，每年缴其厘金而已，生意如何，官亦不问。自上年，成竹如太尊将同昌底蕴明白具禀之后，上宪加厘官办，发交原商经理。现楚卿与台州府启迪斋郡伯贿赂通行之后，名之官办商包，实则仍然照旧而行。不意临海县尹何勉之明府与郡伯意见不睦，将启迪斋太守与楚卿包护情形直达抚宪。今虽启太守之情分，将来定至实行官办商包，楚卿其中出息相去颇多），何须挖地与攒天（楚卿欲与同昌照旧而行，想甚飞天手段）。孔方纵有通神术（任台州府者，煦东父子无不极力招呼，即启迪斋太守，楚卿巴结其洋不下万计。此等之银钱，前旭东极为能用，今楚卿亦然，可谓少子），未必今年是旧年（以前所有查办同昌盐务之委员到台或送若干了事，今以何明府将其实情直透上游，恐不能如旧）。盐船叠叠入关来（粗盐自闽省所产，细盐出处颇多，有入关盐船确卖与同昌，若卖与各处者即名曰私盐，向来如斯，台民叫苦已极），百计筹谋莫借钱（同昌应垫盐款向各人移挪，即旭东父子支配亦要同昌向借，计息颇重，为数颇巨，若遇盐船筹垫盐款之际，号中倘若不凑之时，楚卿只有进向其自取言无以致，向借时有为难之处）。空口相回徒闷气（倘盐船盐税多日向取盐价，号中需款可应，以致盐贩粗言冲撞，时有闷气，皆以空言故也），形容憔悴有谁怜。生意清寥从未有，天时人事两原因。更张岂必筹良策，反璞由来自有真。可怜引地帖租钱（同昌盐号向来引费即曰盐引帖租，当年草创之，姑各人领有盐帖开办盐店，今归商人饱认，原帖税与经办者，每年两项计洋七千馀元），遭此奇缺倍悄然（今已名之曰官督商办，将引帖两项上年有减八拆之议，今则有见七拆，明又恐实行官办，定必不到七拆，亦分所宜然）。当日取携称甚便，今朝磨拆也应该。运商发达竞称张（前有张荔泉初为运客，复积金钱颇巨，今则凋零迨尽），难比今时总管王（今王少南亦为运客出身，所握号事尚重于当之张荔泉）。六七千元消债累(少南亦代同昌中借有六七千元之款),伫看骑鹤上维扬。子店纷纭称有馀(同昌所开七县中之小盐店名之曰子店),缘何分号莫技持[1]。不明赏罚谁图报(旭东父子所用各人均以银钱有进者为上,巴结者次之,公事之勤拙不计也)?始信欺人亦自欺(旭东向来皆以欺人为事,楚卿犹尽。今因成竹如太守将其同昌实情上达,幸有启迪斋太守代其包护,不意何勉之明府又将其私情通禀各当道,不亦宜哉)。一间好店变成灰,推思其故由他哉。他人宾主多原谅,何独居间任倒煤。地图辽阔认真难(此言不妥。以前原是如斯,今楚卿、少南费尽心思,稍有可行之处,无不派人密布),况又公私事冗繁。十四年来称获益(槐士自到同昌迄今已十四年,生意悉均顺悉),天时地利各居般。如何变局原难料,底事分明不久长。愧我无才空韆辘,宦游何术耀门墙!"此诗十首,同昌之内容言之八九矣,姑抄记焉。

阅《晋阳公报》所纪两江总督张安帅奏皖南安徽宿州、灵璧等数州县悉均被水,请帑赈济,奉旨准发帑金四万两。皇仁普及,奈湖南于上春以及初夏亦多大水,被没禾苗不少。前接建西函,言吾台于六月廿四五等日亦有风、水、旱,已方已收成,深为大幸耳。

初二日癸酉 早至午刻,晴;未牌,阴;至晚皆然;惟酉末刻细雨片时。致周允东明府一信,交邮寄省。家君自午后三句钟由临晋县旋署。昨阿香购来之皮统,余承三毛皮袍统两件、小羔皮马褂背身统各一件,悉均收藏,带至家君购买面子成衣可也。

初三日甲戌 辰前,雨;巳牌,阴;午、未、申刻,晴;酉牌,阴;以后皆然耳。家君嘱书致俞吉甫一信,交邮寄至万泉署。又嘱致贾子嘉明府一信,交其来差带覆。家君嘱致何受萱方伯、福太尊贺禀两缄,及何子乾明府、韩步瀛二尹、赵镜轩明府、岑星垣参军、陈钜卿明府、吴贻荪刺史、龙逊斋明府各贺信,均于今日缄发。接家中嘉先一信,言福缘于月初十日完姻,欲于九月间来署云云,家中均获平安,深为

---

① "技持"当为"支持"。

欣幸。阿香买有金堂烟，余向其取来，系是烟叶，随卷随吃，其味颇为荣厚也。

初四日乙亥 阴。早刻，家君嘱书致陈凤珊老夫子一信，交邮寄至平阳府署。家君又嘱书致河东道宪及监掣同知姚司马、郭吉人明府、贾翰臣明府，均由驿函发矣。洪莲翁之朋友荐与浮山县书启，现由风凌渡来署，台郡城人朱君铨士，同乡相叙，亦一快事也。

初五日丙子 早至未刻，阴；申、酉牌，细雨；戌刻雨晴。家君嘱书致徐慕初主政一信，交户房转送交志成信宝号代寄京都顺治门外校场五条胡同温州会馆投递，内附致其令尊公班侯老伯一信，即托慕初主政代为转寄。又嘱致何比部一信，亦由户书托志成信代寄京都南横街中间路北呈何公馆，信面说明现见石老伯奉命赴滇未来，即由其令弟煊夫先生代为收下。又嘱致施小杭明府、贾子嘉明府、应吉甫明府贺柬各一函，均由驿转递矣。家君席请朱铨翁，并邀何恭伯少尹及署内诸君陪客。连日雨多，行路颇难。今铨士雇车一辆，至浮山县路计六天，计银九两，尚可谓便宜。倘天气晴明，陆道易走，车费尚可从廉。

顷阅省报纪浙江铁路总办汤蛰仙学使寿潜奏请将盛京卿宣怀辙换一摺，奉上谕大约用人行政出自朝廷，该员徒博虚名，率行渎请，即行革去江西提学使，并不许兼涉浙路事宜云云。按：汤蛰仙自癸未会试中式后，钦点翰林院庶吉士，改选安徽青阳县知县。该县最为清苦，专以著书为事。适值朝廷颁行新政，其书颇为畅销，所积不少。著有《愚言》一书，言两淮盐政。但两淮盐务弊窦甚深，屡有整顿之人，行之非易，即有考察弊之大员，初甚綦严，继则敷衍。大约利之所在，弊之所从生。即《愚言》一书，只言盐政之弊，所以言易行难，事事皆然，以盐政为甚也。汤蛰翁言虽如是，何尚不知行非易？某巨公欲清两淮盐政，将其《愚言》进呈御览。上亦深知盐政之弊甚深，而汤寿潜既有所言，定有能行之经济，奉命赏加道衔，署两淮盐运使。但汤均虽受恩命，恐事之不成，贻笑大方，想法辞却。人言汤蛰仙以两淮运台不要做，名望日隆。适浙江创办苏杭甬铁路，公举为创造铁路总办，后有抗巨借用外债一事成后声名又重。上年奉命简授云南按察使，又不欲往；复简江西提学使，又经设法辞却。现上谕中言汤寿潜“徒博虚誉”一语，即道其一生实在用心也。又纪新授山西提学宪骆公骕殿撰自拜命之后即行请假赴秦省亲，现已到晋，于初一日任事矣。

顷接洪莲翁函云，广西抚宪张坚白中丞屡次请假，现抚宪丁大中丞有调广西之语，尚未奉有明文也。现各直省拔贡朝考有吉州人拔贡陈观韶考列一等，引见后奉旨着以七品小京官用，是大为便宜。其父陈春如广文泽，现任河东商学教谕。

初六日丁丑 早至未刻，阴；申牌，细雨；以后皆然。家君嘱书致陈涵甫参军一信、洪莲波少尹一信，均附贺柬，交邮寄省。又致周允东明府、兰叔老伯、仲怀直刺贺柬各一函，均交邮筒寄省。又嘱书致庆挹泉直刺、李少文直刺贺柬夹单各一函，均由驿投递平定州、解州各衙门。又嘱书致新任山西提学使骆公骕殿撰三套贺柬一扣，又致道宪陈观察夹单一函，均由驿投递矣。朱铨士于早刻动身赴浮山去矣，其时天气虽阴，似将见日，景象颇为佳妙。

初七日戊寅 子、丑刻，雨；寅牌雨晴，至巳刻均阴；午刻又雨；至晚雨细。虽见雨之日为多，较之吾台，尚五不及一。连日阅有呈禀报称水荒者甚多，究经南北时气不同之所致也。家君嘱书致陈春如广文一信，贺其令郎韶九由拔贡应本科朝考一等三名，奉旨着以小京官用，名曰陈观韶，并其令侄陈观光字曰华甫，公举孝廉方正，并贺秋节。附上道宪夹单禀稿一纸，由驿投递。家君又嘱书致武念堂明府、吴幼屏老夫子、耆子馀都督贺秋节信各一函，均由驿呈递。又嘱致临晋县幕友何修甫、刘普廷、茹聚堂、王雨生贺节候柬各一函，附致贾子嘉明府马封之内分送矣。接周建西函云，海门镇并三营适均裁撤，镇台札拉芬统领台防；调常品莲统领赴省，另候差委；周映江所开东山头当铺被抢云云，言之甚为挂念。但常品莲统领事虽按部就班，而饬捕尚属精明。但札军门系旗人，任黄岩镇时，一向不管民事，今调统台防，亦无能为（力）必矣。现当初秋，东山市镇之处即有被劫成事，将至冬防，如之奈何！前绿营未裁，而人虽少，与防营连合不为无济；今则绿营裁撤兵，只防营之勇，而绿营之兵裁出，不保皆为善类，未识向请驻扎葭沚防营一哨仍然如旧否。而本镇虽有警勇，而警勇除站街以及闹事外，毫无所用，以致冬防深为至虑焉。

初八日己卯 子、丑、寅刻，雨；卯至巳牌，阴；午刻以后均雨。连日大雨连绵，若在吾台正要水、雨之时，以致该处大水叨天矣。只求早日放晴，深为至幸。家君嘱书致茹赞臣老夫子一信，并附节敬银票一纸计六两六钱，系庆馀正汇付。又至张济川一信，均交邮筒分寄。余自致达云母舅一信，交邮双保险寄至台州。后接玉先所寄家信二封，又接福缘一信，言七月十六夜东山头当被抢，海门裕大亦招人守护。现应海门镇裁撤之后，以致盗风四起，深为惊惶，叫余早日旋里。现连日多雨，道路难行，即或到家，亦无济事，况今起程川费为难，俟至下月再定行止。即致覆玉先一信，交邮保险寄至家中。现今大局如斯，家乡又是如此不靖，典中大似金杯盗酒之势，信到之后即行暂行停当，其馀俟余到家再行想法可也。但裕大当有贼人向其借洋之谣，而陶寿翁赴省尚未旋台，未识今已旋台否也。

初九日庚辰 全日大雨，此间已成大水矣。家君嘱书致贾子嘉明府、何修甫老夫子各一信，并嘱书致曹麟谷老夫子、茹贞生老夫子、徐朴臣少尹各一函，均由驿呈递，接省中郑效先函云，贾子嘉明府松年调署汾西、陈墨浓明府祖绶调署赵城县，均八月初一日藩宪牌示也。

初十日辛巳 雨。连日大雨绵绵，此间已成大水矣。家君定明日亲诣城隍庙求晴，昨日已关北门，今日禁屠，此亦俗例也。家君嘱书致陈墨浓明府一信，交邮寄至灵石县城，代旭初先生令祖徐叔良镐荐为赵城县法席，未识能得允诺否也。又嘱书致茹贞生老夫子一信，附解府宪秋季谳修银十二两五钱，均遣人送。但贞翁名恒，昨日书就函中误写“恒照百益”，幸未即发，均即重抄缄发矣。并致蒲州管带李荣斋都戎一信，由驿呈递矣。

十一日壬午 晴。家君早刻亲诣城隍庙求晴，幸叨天佑，即日天晴，深为寅感，而被水田亩仍须详报也。

十二日癸未 晴。接周允东明府一信，即福允翁一信，交邮寄省。接叶祖香公祖寄家君一信，并寄余一信。又接府署友人函示，言府宪奎太尊现值大计年分，出虞乡县知县黄某某考语曰：“政勤才裕，操守清廉，素无嗜好，任事勇而能慎，虽辖境瘠小，应办要政靡不勉为其难，且缉捕严密，到任以来未出盗案，闾阎赖以保卫”等语。家君详阅后，虽蒙府宪优为保举，深实抱愧。府中如是详报各宪，未识上游如何加具考语咨部也。

十三日甲申 晴。家君嘱书致俞吉甫明府一信，交其原差带呈。家君又嘱福叶祖香公祖一信，交邮保险寄台。致家信一封，交邮寄台交典中玉先代收，亦加单保险，以免遗失。内附致达云母舅一信、周建西一信、嘉先一信、家君嘱书附致达云母舅一信、周梅翁一信、金德生一信，均嘱玉先遣人分送。今日已开北门，所幸求晴即叨天佑放晴，梨园演唱谢答神庥，已于今日在城隍庙演唱矣。河东道惠有毕本中附“简明第一救济良方摘要”两册计二本，阅颇为便览，携取一本，以便制药惠施为幸。昨日王彬赴郡送礼已来，嘱买各件惟印红千大信封而无之。今日又遣长雒赴郡解送府宪秋季办公经费银两，想明日可以旋署也。但浙江水陆各缺均已裁撤，陆路改为巡防，水师改作三路十一队，海门作为中路办理，特设总统一员，三路听其节制，已委孙军门为全省总统，张丹翁为北路帮统，邱世藩为南路帮统，王立堂为中路帮统云云。

十四日乙酉 早至未刻，阴；申牌，细雨，一刻即晴；以后均阴。致周梅翁一信，交邮寄台。家君嘱书致茹贞生老夫子一信，附送苹果十三枚，并另送府宪苹果，前邹德胜专送郡城。永济县典史现刘兰生署理，家君嘱书致其贺柬一函，交邮寄交矣。致王晓凡兄一信，交邮寄至黄城。现接府宪奎太尊毕本最为客气，而其福信所言也。

十五日丙戌　雨，中秋佳节。地方水足，只求上苍敷佑，早即放晴，深为大幸。致张丹翁一信，未识其现驻何处，另致仲甫兄一信，托其代为转寄，封在仲甫函内，交邮保邮[1]寄至申江。胡介翁言，奎太尊所出家君之考语字样之佳原由：武念堂明府系是署理，贾子嘉明府应上控过多，已经以繁调简；俞吉甫明府现兼署万泉，声名平常，猗氏陆公亦有案未清；只有家君任虞乡诸事均称顺适，而虚誉尚佳，值计典考语，只家君一人而已。但蒲属只以一人上考，倘若道宪计考亦佳，可谓卓异为多。无如家君只以政绩以动上宪所悉，并无倩人情托，以致卓异能否应选，亦无把握也。幸今之奎太尊优劣，直言并无所偏，以致政绩字样可以直达上游，若托人与太尊前游说，反成不美矣。但道宪陈尧阶观察亦是刚正无偏，州县优劣易然洞悉，未悉其考语若何，另日再记。

十六日丁亥　阴，天气颇热，恐又下雨景象。致李舜卿兄一信，致道周宗叔一信，又致家信一函，均交邮筒寄台。家君嘱书致沈梅史一信，亦交邮筒寄至壶关县署。晚刻，接家信一封，又接吴玉成参戎一信，又接叶寿卿兄一信，言及台地应海门营兵遣散之后，以致土匪横行。家中又在挂角，最为惊恐，已叫马屿头六人守护。世势如斯，亦不得不为守护也。嘱余速为旋里。现因道路泥滂，艰于步履，而又川费无着，亦难动身，容俟下月再定行止。但守护者已有六人，想无窒碍。本镇与海门为分区一节，寿卿附有府宪批示，须以地方自治筹办处核议施行，不免一番周转而已。陶寿翁与楚卿兄已由省城旋里矣，又接张仲甫兄一信云及其令兄丹翁现尚驻嘉兴耳，俟嘉兴事毕，即行移至乍浦。

十七日戊子　早至巳刻，晴；午牌，阴；未、申时细雨；酉时以后均阴。致家信一封，交邮保险寄交玉先，内附致叶寿卿一信，家君嘱书

---

① “保邮”当为“保险”之误。

附致吴玉成一信、章子修兄一信，内附致徐班侯侍御一信，余另致子修兄一信，并封一函，均交玉先分送。家君嘱书致张奇玉一信，交邮双保险寄至太原城内自治筹办处调查科员。洪莲翁函致少圃表叔公函云，抚宪丁中丞有调东三省总督、藩宪志方伯坐升抚宪之说，尚未见有明文也。

十八日己丑 晴。家君嘱书致孙少琳明府一信。余自又致章子修兄一信，交邮寄台。前日大雨之后，呈报水荒数十纸，计田地数百顷，家君批俟履勘后详报。今幸天晴，即行按村履勘。自今日起，门丁刘玉因旧上人孙少琳现委署闻喜县令，荐有于路者代之，彼即于明日动身赴闻喜去。但于路系顺天京城人，来晋已二十馀年，自从前虞乡县令赖华封明府庆云来至虞乡，自赖华封明府告卸之后，彼即居住此间耳。

十九日庚寅 晴。家君嘱书致新署安邑县王子复明府钟仁一信，由驿递交。

二十日辛卯 大雨，自早至晚皆然。此间水尚未出，已伤仔粒，再加如此大雨淋漓，小民困苦异常。早求上苍即刻放晴，以慰苍生之望，为幸多矣。家君嘱书致山西全省自治筹办处参事许桂一上林一信，遣差专送临晋县南月地村许宅投递矣。

廿一日壬辰 卯前，雨；辰刻雨晴；至晚均阴。此间已成大水，求上苍即日放晴，深为大幸。致家信一封，交邮寄家交玉先代收，附致嘉先一函，并附寄何蓉江一信，均交玉先转寄矣。

廿二日癸巳 晴。即叨上天敷佑苍生，今即放晴，深为大幸。家君嘱书覆曹麟谷一信，交邮寄郡。接玉先一信，言及长工均非正经，心甚焦急，既已远客他乡，俟到家后即行想法可也。福缘无意来晋矣。

廿三日甲午 晴。家君嘱书致新署永济县知县杨韵珊明府济一信，由驿递交。致家信一封，交邮寄台，交玉先代收矣。

廿四日乙未 阴。只求上苍敷佑晋民，勿再下雨，深为大幸。家君嘱书致徐慕初主政一信，又嘱附致张升一信，嘱就京中购买另星。余另致张升一信，封饬邮筒单保险寄至京都顺治门外校场五条胡同，送呈温州会馆。致周建西兄一信，亦送邮寄台。

连日雨大，此间之屋皆是泥墙，于二十夜值大雨之际，于大监禁卒之房屋倒卸，时方四更，时有禁卒一人睡在床上，致压毙命。至大监之内外墙围各倒数丈，西花厅之侧墙亦倒坏，此外数处及东首府宪墙围均被倒坏者，共计六处。今午膳后，礼科房间尚有人坐而办公，见屋上有响声，皆即出自视之，而屋两间均即倒卸。倘若人坐而未出，定致未便，尚为至幸。该处之屋四围均是泥墙，见雨泥湿，致有倒坏之虞。非独此地如斯，北省中到处皆然。现墙倒屋坏之处，想法整修。至监墙被坏，监犯本有六人，而万泉寄禁者三人，均已禀请府宪：将万泉寄禁人犯即为发还；内有一人已将期满，禀请开释；尚待五名，分寄各县。现今尚未奉府札，将该犯九人暂羁看守所，派人撤夜梭巡防范甚切而已。现阅天时似将下雨，深为至虑。

晚刻，接有家信，言于八月初一夜栅浦吕虎长年家被抢，彼自看见土匪约有三十人，中有该处地保长人友并后许祖寿，尚有二人，识而未言。即将长人友被执送县，惟祖寿尚未被获，而土匪之风甚多，深为至虑。即欲旋台，现又道路如斯，难于步履，焦急难言。接有周建西兄一信，言集圣庙巡警裁去一半，托黄义臣即小老爷招募十六人聚在集圣庙以守护之。叶祖香公祖又借防营一哨驻扎衙署，想无窒碍也。

第三十二章

庚戌(1910)八月廿五日起

八月廿五日丙申 卯前，雨；辰至未刻，阴；申牌以后均雨。家君嘱书致吴诒荪别驾一信，俟天气稍晴□□即嘱阿香赴吉州领取实缺半廉银两之便，嘱其带交。家君又嘱书致孙少琳明府一信，即交王升带至闻喜县署递呈。致吴玉翁一信，交邮保险寄台。内致黄义臣一信，即托吴君代为饬纪送交。顷阅并州报纪长子县因雨过多，民间损坏不少，商民已有捐资赈济。此间各州县亦雨水过多，深为至虑。已经被水田亩亦复不少，今晚又复下雨，只求上苍敷佑，速即放晴，深为大幸。如吾台处处皆种稻禾，即有如是大雨，可无窒碍；况有河道、水塘出水最为易便。北省民间之田地皆植粟、麦，每年虽要见雨，能得于夏秋之间分匀而惠只有六七番雨泽即歌大有。今致如是大雨，即积而伤损矣。况无水路、沟渠，出水非易。只求上天即日放晴，积水渐退，民无被水之患，深为大幸耳。

廿六日丁酉 雨。雨虽不大，积水未退，仍然下雨，水退更难。愿求上苍敷佑晋民，即日放晴以安民心，深为大幸。家君嘱书致朱铨士一信，交邮寄至浮山县署。

廿七日戊戌 早至午牌，阴；未、申刻，晴；酉牌，阴；以后皆然。致周建西兄一信，交邮寄台。朱铨士有函致少圃表叔公，云及浮山县署有账房崔皾臣者即前在毛津渡相遇过之友也。日前，该处监狱墙垣悉均倒塌，当即飞禀府宪，拟将该犯分寄各县，以便饬匠修筑等，因今奉檄分寄永济县二名、分寄荣河县三人。现道路艰于步履,家君拟俟道路稍可行车即行分送可也。

廿八日己亥 晴。久雨逢晴,如久旱逢雨之喜也。致何煊夫先生一信,交邮保险寄至京都南横街中间路北法部何公馆。致周载熙兄一信,亦交邮筒寄台。家君嘱书致俞吉甫明府一信,并附银三两八钱。明日解犯至荣河县,一并带投。阿香于早刻携文并函至吉州取领半廉银两,大约十日左右可以旋署。道过绛州时,余嘱其向购另星。此番大雨之后,衙署墙垣倒塌十馀处,内厨房之侧即上房之边墙亦倒出,即捕署大门,今即如是而卸,尚未修筑,并无梁上君子敢至是处窃物。仓房后墙亦倒,积谷卸出者百数石,迄今八天,方于今日修整,亦无散失,此均是处人景之好处也。若在吾台,即是衙署之物,不免无梁上君子所至焉。

廿九日庚子 早至午刻,阴;未牌以后至晚均细雨。家君嘱书致福卫钵衣一信,交其来差带交。致家信一封,交邮保险寄至典中,交翼亭代收。附致曹公鉴一信,亦交翼亭专人送交。致沈梅史一信,交邮寄至壶关县署。家君早刻将府宪批饬分寄荣河监犯三名专车送至临晋县,计明日可抵荣河县矣。前万泉县寄禁三犯亦于早刻专车送还矣。

九月初一日辛丑 阴。致家信一封,交邮寄交嘉先收。致周允东一信,致洪莲波一信,均交邮筒寄至太原省垣。奉府宪批饬分寄永济县监犯二名,于早刻专车送寄矣。今日天气虽阴,幸未见雨,只求自此之后,天气晴明,晋民幸甚,筮仕此邦亦幸甚。

初二日壬寅 阴。致家信一封,交邮保险寄至典中翼廷、子延收。致楚言、仲玉两君一信,亦交邮筒寄至黄城矣。晚刻,接郑效先寄家君函云,奎太尊上各属大计考语曰:“调署虞乡县知县、吉州知州黄某某年五十七岁,于宣统元年十月十八日到任,政勤才裕,操守谨廉,素无嗜好,任事勇而能慎,虽辖境瘠小,应办要政靡不勉为其难,且缉捕严密,闾阎赖以保卫”等语,与前茹贞生老夫子原信小有殊异,即此等考语亦非常之优异也。而又记之。

初三日癸卯 雨。家君嘱书致郑效先一信,交邮保险寄至太原城内北司门前锦延斋号内转交。家君又嘱书致永济县杨韵珊明府一信,专差送投矣。晚膳后,雨颇大,听见雨声与寒心交迫,忧心更促于怀,愿得上苍即时放晴,以究苍生,深为感盼之至。未识明日得邀天气晴明,西风飒飒,是为大幸哉。

初四日甲辰 阴、晴。虽非红日正照,而天气晴明,晚刻稍见日色。叨天福庇,厚何可言,私心寅感与欣悦之怀并现于色耳。家君嘱书致茅古香乡台一信,交邮双保险寄至太原省城巡警道宪署巡查员投递。另致张升一信,交邮保险寄至京城顺治门外校场五条胡同温州会馆邮传部徐宅。

初五日乙巳 早至巳刻,雾颇大;午牌,阴;未刻以后至晚均晴。久雨逢晴如久晴逢雨之欣喜也。此番虽如此久雨,若在浙台家乡时常喜雨;今在该处,墙围屋宇倒坏不少,此南北时事不同也。家君嘱书致郑效先一信。余致家信一封,系交嘉先代收。又致梅五姻长一信,均交邮筒分寄。家君嘱书致永济县杨韵珊明府一信,由驿递交矣。

初六日丙午 晴。家君嘱书致闫成叔观察一信,内附呼延太尊致阎公一函,饬差专送楼儿村。致张丹翁一信,因其公馆未得明晰,另函托仲甫代为转递,交邮双保险寄至上海四马路老级陞栈投递矣。晚刻,同少圃表叔公自仓房阅看,南首墙已修好,西首墙围尚未动手,已倒之屋一间亦为修整。一统正向十二间约藏小米三四千石,已倒之屋所藏小米亦数百石,连日大雨,大半已坏。管舱绅士出借与人,内有数十石热气甚大,恐难出手。该县官办舱谷皆已散失无存,所存之小米皆自历年民捐所积。此番墙屋一倒,想所亏不少,亦须有绅士具报县中,将其所少若干详报上达耳。晚膳后,又看有雨景象,最为焦急,愿求上天敷佑,自此晴明,不再下雨,感盼之至。

初七日丁未 晴。幸得天气晴明,实深寅感。家君嘱书致马味棠参军一信，由驿专递。而味常参军奉府宪札饬来县勘验水灾，即于晚刻来署。但四乡一片汪洋，艰于步履，只俟明、后日择其稍高村庄，以便先为履勘可也。

初八日戊申　晴。各村水尚未退，道路之边方能步履，此皆无水路、河塘之所致也。家君嘱书致张济川兄一信，交邮寄至辽州直隶州署收发处。又致家信一封，交邮至典中交玉先收。早刻，往看仓厫倒坏之处，过卫钵衣处少坐而来。晚刻，与马味棠参军相叙半晌而别。奎太尊委监交永济县盘一事，家君即行致函询新任永济县杨韵珊明府是否。未接福音，而府宪再催监交公文又至矣，未识当要晋郡否也。

初九日己酉　晴。

初十日庚戌　晴。家君接有巡警道连观察札另派虞乡县巡警长屠义芬，不知何处人，系八月廿四日下札，想近日可以来至虞乡。但此次更换者十一县之巡警长：榆次、汾阳被控有案，介休、徐沟、阳高、永济、虞乡、万泉、交城、岳阳、大同等九县均是各本县知县将其办理不善情形禀达后至更换，即其札中亦言“非人地不宜即办理不善”等语云云。该县巡警长卫誉文自七月廿九夜送有两犯，应时已及三更，即行发押看守所，是月小，明日即八月初一日。家君奉府宪札委临晋县勘验，至初二日晚旋署，初三日即行提审卫警长送来之两犯，一供杨长娃，一供程丑娃。当巡警兵将其身拾出假银二块，计重二两六钱等语。看该二人受伤颇重，堂审之下实是行驶假银，未成人犯，不过笞责，戒其下次而已，不因另用非形。既经受伤，供系卫誉文当时将获到之初用刑审问之后送县等语。即传仵作当堂验得杨长娃致命左膂背有火香烧伤二处，上一处斜长四寸、宽二寸四分，下一处团圆八分，俱焦黑色，致命；右膂背有火烧伤二处，上一处长二寸、宽三分，下一处围圆一寸五分，俱焦黑色，不致(命)；两臀、两腿俱有棒打伤一片，参差不齐，难量分、寸，紫黑色。又验得程丑娃致命右膂背有火香烧伤二处，上一处斜长三寸、宽一寸，下一处团圆二寸一分，俱焦黑色，致命；左瘠背有火香烧伤二处，上一处斜长一寸五分、宽五分，下一处斜长一寸五分，宽二分，俱焦黑色，不致命；左右手大指各有绳痕一道。据杨长娃、程丑娃供系被巡警兵盘获送至巡警局管带将伊等用麻绳吊起，又用火香烧伤瘠背等处云云。若辈虽使用假银，尚在未成人犯，不应用此非刑，而该巡警长用此非刑，大干例禁。即行通禀抚宪暨臬宪、巡警道宪、河东道宪、本府宪。后至上月廿二日巡警长卫誉文自行具文请退，家君应该县既立巡警，不得不有巡警以管束之，复将其具备情形通禀各宪后，于今接奉巡警道宪批云："禀悉。杨长娃等既经讯明，事属无心，准其从宽省释，以免拖累。卫誉文擅用非刑，应将警务长卫誉文差使立予撤销，听候详办，一俟详批到来，再行饬遵。所遗缺额并候遴委，即遵照，并候抚宪暨臬司、河东道批示。"另札以"屠义芬堪以派往虞乡"等语云云。未识自请告退之禀，家君代为通禀后，未知各大宪作何批示也。

十一日辛亥　早至巳刻，阴；午牌之初，细雨；午末至未初，阴；未末以后均晴。阅《并州报》纪今年优贡赴京朝考，吾台何芷升先生拔列一等，奉旨以七品小京官用，足为台山生色也。何芷翁官印沅。阅安邑县王子复明府寄家君福信之句语对长，最为切帖。此等书禀，朋友最为上手耳。屡阅《并州报》所纪各省以求皇上速开国会之情愿书，呈请都察院代奏。时有所见、所言者，开国会上下一心，立可转弱为强，词意最切。并言先行新政皆以度托空言，全在"敷衍"二字，聊堪塞责云云。但现行新政以"敷衍"二字者，处处如斯，皆是各直省督抚责成各直厅州县次第举办，一切新政须以九年完全等札綦严，所需举办新政一切经费，就地而取。各直厅州县仰承宪檄办理新政，诸事非难；就地采取经费，难上加难。而通衢大邑易于采取者固多，实在偏僻瘠苦山陬，万难支取者亦不知凡几，以致不无敷衍之弊。所办之学堂日需经费，召集警务兵丁常年的款、警员之经费于此二年间，无论大邑、山陬，无不力甚。前以各直厅州县应进之款不少，自清查官缺之后，皆以化私为公，前之优缺，今则变成瘠苦矣。所办要政靡不勉为其难，竭蹶以甚，不得不为敷衍，尚在二年之需款。但新政所需年多一年，若至九年，果至如何地步，难于逆料，此敷衍情形大慨如斯。而新政属固敷衍，究不知国会若何？不得预知。得能集开国会之后即能转弱为强，有立见之功，伏愿我皇上速即定期集开国会，并求我监国摄政王赞助大功，国民幸甚，吾侪幸甚！

十二日壬子　阴。马房畜有小驴，初方佩鞍，同少补表叔公去骑数里，出是东门，地有积水，驴马尚可渡水。而行进北门初入之处，水尚深，行之颇不易事耳。阿香自上月廿八日家君遣其赴吉州领取津贴半廉银两，屈计初十之内可以来署，而今已至十二日，尚未见其来，不知何处阻隔也。

现山西禁烟章程札中"禁种、禁卖、禁买、禁吃"等语，而各直厅州县及各警务长均有奉札而办理，情形亦有分别。而"禁种、禁卖"两项必须实行，"禁买、禁吃"虽有其事，只听其可瞒之处，只得将就，而九年期限时尚未到之所致也。而该警务长卫誉文奉到宪札，不知何等认真，难于言宣。前拿有买烟者一人送县，并取卖烟之人账簿及烟土等秤各件，家君当即审明是实之后，先将账簿焚烧，即将烟土发交戒烟局取领，又因虞乡县应缴罚金银每年一百两，即罚银四两，内二两充赏，二两作为罚金之银挂名缴上而已。该警务长因罚太轻，大勿为然。第二次亦获有卖烟账簿并人、烟各件，而人、烟等送县，而账簿不再交出，恐再为焚化也。家君亦将人烟亦照前式办理。而卫誉文将账簿内买土之人均按簿访拿，实在难容。日昨拿有四人内，一是武生，当将武生安姓送交学师高广文管押，此外三人均交房中。因卫誉文送来，不得不为收管，若即罚他，问心有愧，只交学师交房，有其名色而已。

昨又拿有一案，最无道理，实不知其何似。有一河南陕州阌乡县客民翟姓贩驴四匹，至河津卖，道过古市镇，驴喂料，其卖驴之客吃烟。而巡警兵见有吃烟之人，将其拿来，并携有烟土计有两馀，送县。并该犯客翟姓自具一禀，大约言吃烟败露，愿罚青驴一匹作为罚金。

将已三更，家君未即过堂，今早饬差寻找驴客，差覆言已去。即将烟土送交税科存储，其驴送还而不得，只嘱号喂养。原禀如此说法，其事实在如斯，若据罚其驴，论情、论理皆是非是，只搁而不批。料其驴客即去，不待批示，定有上游呈控在某处衙门，即将其原禀、原驴备文呈送；其驴客不至上控，即将其原驴交清徭局变价充公可也。而今之下，其客即去，实不解其故。即至来署过堂，不过烟土罚交戒烟局，再罚钱二串以了其事。

晚膳后，卫誉文来云，又获有贩卖私土之人。家君见其所言如是，奈是宪檄如此綦严，不得不听其办理。论其所拿之事，实在寒心。彼又知悉现巡警道宪派有新警务长屠义芬，湖北人，与芮城县屠兰陔明府系是本家，已由上月廿九日出省。果是上月廿九日出省，即日可以到地。如做官者见新任已经动身，料理自己诸事尚且不暇，又何再找别样文章，诸多忙碌也。但卫钵衣办事如此操切，见接手者将到，又有此等严密，亦不解其故。想是其中又有化色，亦未可知也。按：屠兰陔明府与开缺归绥道胡公度观察同乡，亦有亲戚相关耳。

阅洪莲波函，云陶友石别驾宪章与一当道者诚投意合，今阅辕门抄纪，陶友石别驾赴京引见去，又未有差使。而方面大臣报国情殷，所办要政一秉大公，断勿偏枯而已。彼又云，又一当道与黄岩喻志韶太史既属同年，又极相得，同乡周允东明府函求喻太史代为吹嘘，其言甚切，言之已久，未见允东明府再有进境之地位，其前车可鉴焉。家君屡云："做官无论大小，只以政绩感动，断勿以偏进而图侥幸。"秉义跪聆严训，铭刻五中。所以家君历任州县以来皆是爱民如子，民亦以万家生佛称。万望后进者当为效焉。该处绅士马勤生言现新政中办理自治审判厅，须就地方善筹经费，早为成立。晋省中，抚宪将审判厅一层，惟太原省城方今成立，札饬各府创设审判厅，所需经费亦饬各府知府妥为筹款，现府宪奎太尊奉到办理审判厅之经费，方值窘乎无策，皆应稍可搜罗者已于学堂、巡警搜罗已甚，每以府城一处已于无可设法，何况各州县城镇乡中皆设审判厅，岂易言哉！赵侍御奏摺中所言九年应办新政之学堂、巡警、审判厅常年的款，请旨通饬各直省，注明“预备经费”，一语已经道破。可见忠臣谋国心思宏远，何可言欤！

十三日癸丑 晴。家君嘱书致马味棠参军一信，由驿呈递。该县皆言关圣庙于今日寿诞，庙中演剧，所卖另星颇多，所谓会市。伏思关夫子寿诞不同，各直省奉旨遣官致祭者系五月十三日，是处又是九月十三日，江浙诸处亦是五月十三日，但云南诸处云是六月廿四日，关圣故里于四月间有一寿诞之期。究经何日系是真寿诞，难得其详。惟奉旨以五月十三日为关圣寿诞，总以五月十三日为则。俗语有云：“关夫子命是四戊午。”五月地支是午，以五月十三日较为的确也。

十四日甲寅 晴。接达云母舅一信，言及家乡幸叨天佑，安谧如恒，并言为葭沚、海门分区一节，前奉增中丞批饬自治筹办处核议等语。续即议覆后已经达部，有木已成舟之势。现本镇禀请叶祖香公祖与楚卿同至省垣相酌一切，未识仍从旧议否也。

十五日乙卯 阴、晴。家君嘱书致徐慕初主政一信，交邮双保险寄至京都顺治门外校场五条胡同温州会馆投递。阿香于晚刻自吉州来，前寄徐君、何君两缄均接覆柬矣。

十六日丙辰 阴。致达云母舅一信，家君嘱书致张济川，两信均交邮筒转寄，致张济川少尹内一函系加双保险耳。家君又嘱书致吴诒荪别驾一信，由驿递至吉州署中。但吉州一缺每年津贴银八百两，但平、蒲、解、绛、霍、隰六郡及新并汾、泽二府之津贴苦缺之银，道宪檄委安邑县经理其事。前知安邑县者龙逊斋明府诸事苛刻，此等收进者极为綦严，该出者刁难异常。家君任吉州时向领津贴银两，再三相恳，再四相恳，又托其有交情者相恳，总而疲之异常。至上年奉调虞乡时尚少银五百八十馀两，迄今一无清付。而吴诒荪别驾接任以后，而龙逊斋明府亦不清付颇多，亦至无法。闻其将此一节函求抚宪，适龙逊斋调署阳曲，丁中丞当新署任者王子复明府禀见时代为一提。彼到任之后，即将吴任津贴银两一概清付。但吴诒荪别驾与丁衡甫中丞同县、同乡，故此屑小之事可以出齿。但王子复明府见抚宪吩咐，当付之银安敢延宕？故之一概清楚。各人与中丞非是此等深交，安敢起齿也。

今早，道宪委有王盐经倓为查水一事来署，相谈过午膳，即至永济去。言及河东盐法监掣同知姚粹兰司马于八月廿四日出缺，现奉省宪委有候补直隶州知州吴实君司马闰辰署理河东监掣同知。想近日即可来至河东。但吴实君未到任以前，道宪陈尧臣观察檄委李少文直刺兼护。但扬子江之北等省除黄河之外并无出水大河，该处运城之西解州，而解州之西虞乡，虞乡之西永济。东之运城、西之永济，均迫于黄河。现陈观察近因此番大雨之后，盐池虑及水大，致恐有碍。家君拟上条陈，将运城河直通永济，计程一百五十里之谱，工程浩大，得陈尧臣观察准如所请，得能成工，亦十之五六耳。即或动工，亦有利、有害。但有害者，县一百五十里之地皆无河引，即或向购，只恐有坟墓在其当道之处，一也；虽有盐务，积款定然不敷，若向民间起捐，有碍民力，二也；浚河之后，泥土壅积，于民不便，三也。利者，一百五十里之附(近)一二百里中，若遇大雨，出水较易，民田不无积水之虞，一也；倘遇亢旱之年，有此河道之一百五十里附近一二百里中求水较易，其利二也；自运城至永济每年运盐脚费需至五六十万两之多，有此河道，一通用船装载，脚费之需十只其一，其利三也。鄙见以三利、三害之外，质诸高明者，未识为然否也？亦未识再有利害否也？即余于三害、三利之外添一大虑，何也？余之家乡河道颇浅，每至日久不雨，致河无水，难以行舟。若在路桥之南，以致太平诸处河道较深，即或日久不雨，亦无窒碍。自扬子江之南各省每年见雨之日归多，种插禾苗以水为命。如此多雨之方尚且河浅，一致多日未雨，以致泥白无水行舟。自扬子江之北等省每年见雨之日甚少，如上年秋雨之大，向来少见。此间皆种粟、麦，每年若有数次雨水，即歌大有；倘若数月不雨，所浚之河即成白地，仍无有益。若是，枉费一片苦心，此一大虑也。余到此间，为日不多，况在署内，不识该处风俗、地利，质诸高明者以为如何？言虽若是，听于天命可也。

十七日丁巳 晴。接家信，言及家乡安谧如恒，深为至幸。又接张升一信，言本月十一日由京动身。果于是日动身，想近日可以到署。则余于初四日寄其一信，未能接洽耳。家君自早刻赴各村庄查验被水田亩，来时已过晚膳矣。

十八日戊午 晴。家君嘱书致马味棠参军一信，又致张济川一信，均交邮筒分寄。张济川之函加单保险，以免遗失。又致覆杨萱夫少尹一信，并附璧芳版，由驿递交。道宪委员王念先盐经倓自晚刻由蒲州来署，少坐即至楼儿村闫成叔观察府上去，彼与闫成叔观察同是陕西人，亦是亲戚耳。"严禁水缺东流告示"已于昨日发贴。致覆河东道陈观察详禀曾已缮就，明日专差送至可也。

十九日乙未 晴。致家信一封，交邮保险寄交典中玉先代收。接福缘寄小忠信，言不欲来署，但彼向典中撮去英洋百元。即又致玉先一信，嘱其急于向取，此函亦交邮筒寄交矣。但福缘自随家君八年以来，所积不少，自此到家，只恐转眼化于乌有矣。

二十日庚辰 早至戌初，阴；戌末，雨；以后皆然。致达云母舅一信，交邮寄家。

廿一日辛酉 晴。昨夜见雨，今早晴明，足快人心也。家君嘱书致永济县杨韵珊明府一信，由驿呈递。前军机大臣吴郁生侍郎应无建树，奉旨退出，以徐世昌补。鹿军机仙逝之后，毓朗补之。今军机大臣庆亲王并毓朗、那桐、徐世昌四人而已。体仁阁大学士鹿芝圃宫保谥文瑞，仙逝之后，奉旨以陆润庠补授。徐世昌即授为东阁大学士，所遗协办大学士即以李殿林补授。吏部尚书鹿文瑞仙逝之后，所遗吏部尚书，奉旨以李殿林补授。闻李协揆向为监国摄政王师，今上典学，亦有李协揆也。李协揆经济、文章出为致诚，向为贤王师，今为天子师，足为万世师表也。

此间烟禁最为严密，售卖烟土之人倘遇拿获者，如同硝黄、火药之严。此叠奉谕旨綦严，抚宪通饬之最严密，为有司者不得不遵宪札而办理也。加之警务长卫钵衣日中皆有拿获售卖私土之人送县，不得不为惩办。虽宪札如是綦严，究经售卖私土之人与抢掠之徒系是两途，既无种植烟苗田亩，而身上所带烟土或一两、或五钱，不知何以知悉而搜获之，亦不解其故。抚衷自问，何以对天？况彼是临晋人，临晋与虞乡国初时尚同县，才至雍正年间而分设之，本乡本土，作如此之恶，其归心亦忍乎！以余看之，彼愚甚。现宪委该警务长已另派屠义芬，昨马勤生言其已到芮城县矣，想即日可以到地接手。而接手者即日可到，尚日日种此冤家，非愚是何？但愿屠义芬早日来局接手，斯民之幸。又愿新警务长屠义芬存心慈善，保卫生民，即是斯民之大幸。但屠义芬与芮城县屠兰陔明府系是叔侄，识见宏远，断不致如是也。

廿二日壬戌 晴。接何煊夫先生寄家君一信，又寄余一信，言其令兄何见石老伯奉命赴滇，自七月初一日动身，由香港抵省，大约十月之杪、十一月初上即可旋京。此等考试法官钦差，如前之主考仿佛耳。接玉先所书家信一封，言均安吉如恒。家君接奉河东道陈尧臣观察五月里牌单札委赴解州查勘被水田亩差使，家君即定廿四日赴解州查勘被水田亩后，就道河东晋谒道宪，并面禀要公清讫，即行旋署。余自正月廿七日由家动身，转瞬间八个月矣，所幸均获平安，侍妾又幸坐喜。现拟廿七日动身，道过京都，少作勾留，即行旋台，想至葭月之杪可以到家。家君嘱购另星，先嘱阿香到家购办后，即行旋署，亦与余同日动身耳。

廿三日癸亥 晴。致家信一封，交邮寄交典中玉先代收，内家君附致伯寅宗叔一信，亦交玉先转交。晚刻，茅古香兄寄奉家君函云，该县巡警长屠义芬已于初上由省动身，又言是芮城县屠兰陔少君，想已抵芮城，即日可以来局接手矣。胡介眉先生嘱由上海代买《大清现行刑律》一册，减价时价洋五元；《日本法规大全》一册，减价时价洋八元，由上海棋盘街平和里国学扶轮社缄，即该处所售。[1] 余至京探听有可售之处即由京城购就寄署；倘寻觅不着，至沪购就转寄为妥。又托购淮蟹十斤、东洋虾米五斤、带鱼五斤、燕菜四两，即嘱阿香就沪购来带署可也；又嘱余就京代书片字一纸。

廿四日甲子　晴。家君嘱书致张济川一信，交邮寄至辽州。家君奉陈观察札委解州查验被水田亩，即于早刻动身，想下午即抵解梁矣。所有公出日期即于早刻详报，惟道宪公文专差送至河东。家君即拟就解州公事毕后至河东禀见陈观察，面呈浚河一切情形。余定于廿七日动身，至解州一宿，以便雇定车辆，即于廿八日道过河东，三十日可以过河，想十月初十左右可抵京城。何日首途旋里，难于预定耳。初六日《并州报》纪有御史陈善同奏“学术关系治本，请亟予维持”摺，所言历代教化之道，最为详晰，以及言至国朝倭仁曾国藩、罗泽南同时以名儒称简充将相，内外协力翦除大难，亦足验真学之必有实用矣云云。其忠君爱国之心，出于五衷，其隐隐以新政之未全美在其中矣。若非急于整顿，将来与陈侍御之熟识掌故者亦难得也。晚刻，来有辕门抄纪：龙逊斋明府蒙抚宪请补萨拉齐同知。查彼以安邑县于丁未大计卓异尚未引见即经升补。家君以戊戌大计卓异曾经引见选授吉州，又经俸满，不得以升补用，皆因以“酌量”二字之所致。虽直厅州县皆是报效朝廷，升何足为荣？仍旧何足为辱？以私意论之，在前应升人员不能邀补，殊为怅然，在家君并无介意也。

廿五日乙丑　晴。阅屠兰陔明府寄家君函云，其大世兄义芬于十月初旬来接警务长差使，措辞最为客气。

廿五日乙丑　晴。[2]

廿六日丙寅　晴。致家信一函，交邮寄交玉先代收，所云明日确定由署首途之语。又致家信一函，并附家君嘱买物单一纸，并附封固

---

① 页边注：“售书处。”

② 此行应系衍文。

衣箱一只，此外，花洋纱破幛一顶、毡毯八根、桌毯两根。并致达云母舅一信，均交阿香带交玉先代收。余将行李均收拾清讫，明日可以动身。余带小忠晋京，阿香与陈大到台，均在郑州可以分道而行。家君嘱带祝再姻长一信，附洋一千元，又致洛卿丈公一信，悉均收拾带家后遣人送[1]至长甸，家君嘱书带寄何煊夫先生一信、孙肄三主政一信，到京时送投可也。胡介眉先生邀余晚膳，并邀高季华广文、何恭伯少尹、眉甫先生、少圃表叔公，相叙席散而别。介眉先生又托余代购花露两瓶、桂花皂五块，俟到申时购寄可也。忆自正月廿七日自家动身，转瞬间九月廿六日矣，屈计八个足月，如同昨日，正所谓"人生不知老之将至"焉。所幸家君自抵虞乡将届瓜期，绅民和悦、公私顺适、地方安谧，皆叨上苍敷佑也。

廿七日丁卯 早至巳牌，晴；午刻以后均阴。早刻，至何恭伯少尹处少坐，托余代买八宝印色一盒、虎骨酒一瓶，并辞别诸君，即行动身。至解州时值二句钟，本寓二公羽客店，应庆馀正夥友再三相邀，即转至庆馀正钱庄，晤其夥友金枢垣少谈。而张升亦由京来，宿在庄中，代余买来参丁一斤、"黄沅"片字大小两个、乌绒大帽一顶、送人用墨盒十九个、铜尺一对，均交阿香另藏，带至家中交玉先代为收下，惟片字余自行随带矣。此行之马车均代为雇好，计银三十三两，上手由彼代付十六两，此外十七两俟至洛阳清付可也。

廿八日戊辰 阴。早刻，自庆馀正动身，至下午二句钟至运城道署前之客店，晤见家君，嘱余代带余汉卿汝昌已捐知县、因未核准，欲办移奖，俟带京交人转售可也。晚膳后，徐冠三来叙半晌，言武圣故里在解州尚屏村，非在州城，现尚屏村亦有武圣庙堂在焉。徐冠翁另开有单，托余代带京城购买另星各件。但运城有三名：曰路村、曰河东，即是一处耳。

廿九日己巳 早至午刻，阴；未牌以后，雨，幸不甚大。早晨，叩

---

① 原文衍一"送"字，已删。

别家君，即行动身，五十里至张店午餐，三十里至巴州宿夜。本可抵茅津渡，应雨，地滑难行，即宿巴州耳。

三十日庚午 晴。早晨，自巴州动身，三十里抵茅津渡，过黄河，五十里抵次衷午餐，四十里至庙沟，住宿一夕。

十月初一日辛未 晴。早晨，自庙沟动身，五十五里抵英豪镇午餐，四十里至石峪，一名意城，宿夜。该处客店中尚可将就。来时经过此间，仆人在后，到此听马夫，宿一客栈，最为辛苦之极，两相比较，大相悬殊。忆运城系山西安邑县属、河东道驻扎之处。茅津渡系平陆县属，该处有平陆分县驻扎之所。过黄河即是会兴镇及次衷、庙沟，均是河南陕州属所，英豪镇及此石峪系渑池县所属也。

初二日壬申 晴。早刻，自石峪（一名石河）动身，四十里抵天门午餐，三十里抵新安县宿夜。该处城池南北约计半里、左右计三里许，街道颇为冷落。天门即新安县属。

初三日癸酉 晴。早刻，自新安县动身，三十里抵磁间镇（新安县属），四十里抵洛阳县城。应万福楼来招呼，即宿该栈。随赏巡警兵钱二千二百文，并所带驴之食料钱一千文，亦交该巡兵带去洋铁罐一个、剃头布一条、米袋一只，均交该巡兵带署。即寄奉家君第一号安禀一函，亦交巡兵带呈。致陈仲善兄一信，交邮寄至京都青厂黄岩会馆。自洛阳至晋省雇牲口，每只每日约计银一两之则，每天宿夜脚亚文、每夜宿房钱一百文，大车、轿车每夜宿房钱约八十文，麦面每碗约十六文，午餐之茶钱、油钱、酒钱约一百文，平餐之茶、油、酒钱约五六十文，并无别样开销。今番自晋来时均知详晰，前次赴晋不知该处情形，极为吃亏。顷因在栈匆匆，容日再记。

初四日甲戌 晴。早晨，自洛阳趁轮车至黑石庄，桥仍未就，即下车船渡，过河上车，至十二句钟抵郑州。适汉口并北京之轮车均到该处，即行购票过车。余携仆从绍忠至彰德府之轮车，至下午六句十五分钟抵彰德。阿香与陈大即就郑州趁驻马店轮车去矣。阿香与陈大之车票、货票均已代买至驻马店，至驻马店买汉口之车票、货票并轮费等，即付阿香英洋念二元、开洋念角，嘱其两人自购可也。但洛阳至郑州轮车三等每客计洋一元五角，货票每担计洋一元二角五分。自郑州至驻马店，每客计洋二元五角，亦是三等，货担每担计洋一元六角。自郑州至彰德府三等舱，每客计洋二元三角。一切均是大洋计算。余自郑州动身，行李颇多，计打两担，分与阿香。带至驻马店之行李，余自打一担，余至彰德府未曾打担行李，分自计之，亦不多耳。现至彰德府，路中有华洋宾馆接客者来招呼，即宿该栈，颇为清趣。但由洛阳至郑州道中情形，春月赴晋时已有记及。现由郑州过黄河桥，该桥均是铁索、铁柱，全身是铁，计一百馀洞，惜未详点，此中国第一大桥。经过此大桥即至新乡县，过詹店、淇县、浚县、武涉县、卫辉府城、汤阴县，即抵该处系河南彰德府城外首邑名安阳县境。

初五日乙亥 晴。致家信一函，致周建西一信，均交邮筒寄台。该处轮车最早，当收拾行李，方将出门，而车已开行。即宿该栈一天，明日动身可也。既抵彰德，又是初次，即于早刻至城内，看其来往生意最兴，而屋极次，北省情形大概如斯。该处客栈以泰安、长安两栈最旺，而华洋宾馆栈虽不大，亦颇为清趣耳。

初六日丙子 早至辰刻，晴；巳、午、未牌，阴；申刻，雨；酉、戌，阴；亥刻，细雨。早晨自彰德府动身，至下午八句三十五分钟，轮车方(抵)北京前门外，下车搬上验税之处，又搁一句钟之久。讨小车载至后孙公园台州会馆住宿焉。

初七日丁丑 阴。余前考取供事本是“黄沅”名字，得议叙选用从九。甲午科乡试，捐纳监生，加捐同知职衔，是“黄秉义”名字用之，后均以“秉义”二字。今又欲用供事之议叙，再行想法，仍以“黄沅”名用之。今值至京，拟由供事中想法，即以“黄沅”片字谒客。早至谒本馆同乡林伯常孝廉、章子端明经、项韶九主政、许提塘琛、牟伯谦太守、童伯康、余少林诸君。尚有多人，姓、号未得详记。午膳后，同章子端先生至南横街中间路北何公馆，晤何煊夫先生世叔并其堂侄何芷升先生及其世兄伯琴、令亲洪铎琴仁兄，相叙半晌，言及见石老伯已于二十日由滇动身，想月半可以旋京。其芷升先生以优贡奉旨七品小京官签分大理院。就道至喻志韶太史公馆，相叙一刻。又至章一山太史、金仲弢主政两处，均上衙门，未晤。至青厂黄岩会馆，晤毛镜泉明府、邱斐南主政、王梅友明府、张翰谷孝廉、娄德辉孝廉、陈仲善兄，相叙半晌。此外，同乡肄业学堂多人，未及会晤而来。但镜泉先生现以知县来京引见，王梅友明府现以知县指分山东补用。至寓后，而何煊夫先生来邀晚膳，即至何宅，相谈席散，与子端先生同行来寓。本年考试法官，吾台录取者林伯常、余少林、童伯康三君而已。

初八日戊寅　阴。早刻，寄奉家君第二号安禀一函，交邮寄署。晚刻，又寄家君第三号安禀一函，内附致徐冠翁一信，交邮保险寄署。早刻，将所带另星分送何见石老伯府上及芷升先生、慕初先生、喻志韶太史、章一山太史、娄德辉孝廉、许蓉垣先生、金仲弢主政诸君。后至温州会馆，晤慕初先生，相叙半晌。晚刻，至黄岩会馆，邀同陈仲善、许子寿至街上购买另星。来时，适许蓉垣先生、毛镜垣先生、陈鸣谦诸君来叙一刻而去。

初九日乙己卯　晴。寄家信一函，致周建西一信，均交邮筒寄台。早晨，至正阳门外，恭叩关圣帝君，后即至内城后红井孙肄三主政宅上，适其上衙门，未晤，即将家君寄其一信交其管门转递。午膳后，又至后江井孙宅，晤肄三主政，相叙半晌而来。并托其代查一切，将俞墨卿明府之实收底子交其代为想法矣。此间人地生疏者，所购什物及兑换银子最为吃亏耳。余自署中动身，家君与余川费银三百两，内百两系是汇申之需，现带两百，嘱汇各友银五十两，武念堂明府寄买黄鳖胶四十两，侍妾曹氏托余代存银三十五两，共计现银三百念五两。分作七包，内五包均是每包五十两，内一包计四十两，内一包三十五两。就署动身时取银两包，一系五十两，一系四十四两，藏在考篮之中，尚馀每包五十两四包，三十五两者一包，收拾衣包之内。至昨晚时，考篮中之银用罄，取衣包之内银一包计重五十两藏在考篮中，以备另用。晚膳后，仲善兄来叙一刻，同仲善并带小忠至黄岩馆，晤柯定础、柯濂希、陈鸣谦、许子寿并许蓉垣先生。相谈至十一句钟之时,转至台州会馆,见房间内外门锁均扭断,进内看衣包内之衣裳均散在地上。即行检点遗失银子:五十两一包者两包、三十五两者一包,共计一百三十五两。尚馀一包计重五十两并考篮中之银两,一切衣裳另星悉均无失。此是馆内之贼无疑,而谢江生、章子端两君言将馆中统搜。余以所失仅一百三十五两,而统搜各人,有失同乡面子,万乎不允,各人亦只作罢。长班王彬言告巡警,余即允其致片往告,而警员即来看视。此是同乡聚集之处,余虽遗失银子,终久总明,议论在人而已,余不得过于造次也。

初十日庚辰 早至午刻,晴;未牌,阴;至晚皆然。致许蓉垣先生一信。少顷,蓉垣先生来云追查银两等语。余亦譬如此间多于化用而已,不以着急言及。邀同蓉垣先生及许群英先生至大观楼相谈。午膳后,至黄岩馆,晤郑膺夫兄,相叙一刻而来。但蓉垣先生现在民政部巡警总厅丞。晚刻,章一山先生、孙肄三主政、柯莲希兄来馆还谒,余适出外,未晤为歉。各人言余所失之银子,疑有一人,余亦以同乡之谊不能明示,只作罢论可也。许郡英先生、朱似兰兄、陈少平明(府)均于八月间仙逝矣。

十一日辛巳 晴。早刻,致张丹翁一信,另函托仲甫兄代为转寄。早刻,章子翁至金仲弢主政公馆,并晤赵范卿,相叙半晌。仲翁留过午膳后,至温州会馆,晤徐慕初主政少谈后,转寓。娄德辉兄来叙至晚而去。

十二日壬午 晴。晚刻,德辉兄邀余至馆,并与林伯常、柯定初、陈善年、建极诸君相叙席散而来,建极而尾生襟兄公郎也。

十三日癸未 晴。寄奉家君第四号安禀一函。致胡介翁一信,均交邮寄晋,早刻,至温州会馆,晤慕初先生,相叙一刻,所托之件,恐未能明晰,又致徐慕翁一信。晚刻,至何宅,晤煊夫先生及芷升、亦琴、伯琴,相叙半晌而来。

十四日甲申 晴,风颇大。致家信一函,又寄奉第五号安禀,交邮寄呈家君安启。晚刻，洪雨生明府并其令侄亦琴兄来叙一刻而别。许蓉垣老伯来邀晚膳，致柬言谢。徐慕初先生柬邀晚膳，难于推却。晚刻，至校场五条胡同，晤慕初先生并瓯同乡茅少岳、叶皋翔及陈、苏诸君，相叙席散而来。接家君一谕，附玉先寄余一函，云甬江源隆于九月初七日倒闭云云，心甚焦急，并言张丹翁并无通知之语，未知何故，不识无碍于存款否也。

十五日乙酉 寄奉家君第六号安禀一函。致张丹翁一信，未识其公馆，另致张仲甫兄一信，均交邮筒保邮分寄。致沈梅史老夫子一信，致孙肄三主政一信，均交邮转寄矣。晚刻，又致陈逸亭一信，交邮保险寄至家中。致黄岩馆，晤陈仲善兄、许蓉垣先生、柯定础、柯莲希、陈鸣谦、许子寿诸君，相叙一刻而来。何煊夫先生柬邀晚膳。至何宅，晤煊夫先生，同席者：章子端明经、林伯常孝廉、余少林法官、何芷升先生、逸琴、伯琴诸君，相叙席散而来。

十六日丙戌 晴。致眉甫先生前后两信，均交邮筒寄署。致陈逸亭一信。早刻，至温州会馆，晤慕初先生，相叙一刻，就道至何宅，晤煊夫先生、芷升、逸琴、伯琴诸君，晤叙少顷而来。即拟明日动身旋里。仲善兄托余代汇英佛百尊，另日代其寄汇可也。

十七日丁亥 晴。天气颇冷，馆中已见点水点冻。早刻，长发栈夥来招呼，即将行李交于该夥。车至轮车栈，即嘱仆从先去，同行者叶仲逵兄、章子端兄均于是日南旋。余就道至南横街何宅，晤煊夫先生并芷升兄、伯琴兄，而逸琴兄至考翰林院供事去，未晤。煊夫先生嘱带竹报一函、另星四件。余因轮车即将开行，随携其竹报并另星三件，速乘东洋车至栈，即行上车，而轮车随时开行。尚有附带另星等，煊夫先生嘱仆随送而来，稍迟一步，而轮车已开，追不及矣。余至何宅时，章子翁托余代带其贡照一纸，余晤煊夫先生时面交矣。至十二句钟抵天津，长发栈包单书明附搭轮船须买上房舱，该栈言今日虽有太古之奉天商轮开往烟台、上海等处，而上房舱均已卖完，又有洋兵附搭，须缓一二日代买各只轮舟房舱客位。但余因急于旋申，虽无房舱，即统舱亦可将就，即以统舱亦可，就将行李嘱该栈挑至奉天轮中，放在后货舱。地方甚黑，极不好，余因急于赴申，不得不将就而已。即将行囊放开，亦可安置。同行者互谈，章子翁言见石老伯之世兄字仲宏、肃堂先生之大世兄字渭春、煊夫先生之大世兄字伯琴，悉均厚重，学问均好，真不易得也。叶仲逵兄名鸿猷，一字松渠，祖籍黄岩，现住仙居，向在江苏陆军学堂肄业，现今毕业，于夏日赴部考试，以六品副军校用，其人甚好。

十八日戊子 晴。早晨六句钟，该轮开行，至十一句钟出大沽口，即有货船装至下午十句钟，将前后下货舱均装满，将余等各人搬至前货舱，其处跼蹐异常，而人又多，实属难过，不得不为将就而已。

十九日己丑 晴，天气稍暖。早晨四句钟，该轮开行。

二十日庚寅 晴，天气渐暖。早三句钟抵烟台，又复装货。至下午二句钟时将余之床下及左右均货堆积。余恐闷气，即出，坐在扶梯之下过夜，实为困苦异常。

廿一日辛卯 晴。坐在扶梯之下，又是一日。切记下次趁轮切不可赴搭太古怡和之轮，须以招商轮船为善。太古怡和之船专以货为主，不顾客位，而招商各轮尚有安置行商之情，若有亲戚朋友须详告为要。

廿二日壬辰 晴。天气颇暖，下午三句五分钟抵上海，均获平安，可谓大幸。上岸时起行李，又复艰难异常。即至四马路西石路同芳里老级陞栈，适丹翁已至栈中，互相畅叙，深为至幸。张丹翁已告卸浙江北路分统，现奉檄统领苏浙浅水兵轮，面子极好。苏浙两省兵轮八只均归丹翁统之，每月薪水计银四百两，又，办公经费五百两，八艘兵轮每年可以馀银三万两之谱，该差可谓至优。至沪，其公馆现在苏州盘门外二马路。并言及台郡城陈少萍明府于秋月故在闽垣。黄旭东宗伯于上月廿六日逝世，其喆嗣楚卿为葭沚、海门分区一事，尚在杭州，接电旋里，而旭东孝廉早经谢世矣。其同昌盐号现归宁波李汉章接办。并言台州府启太尊续与金华府知府崧太尊连互相调署，而启太尊曾经告卸，崧太尊未曾到任之先，藩宪檄委台州海防同知叶祖香公祖兼护，已于九月廿七日赴任矣。有杭州人唐峻夫亦寓该核[①]，相叙半晌。

廿三日癸巳 晴。致娄德辉兄一信，交邮寄京。早刻，至天津路十七号志成信汇号，晤其当手刘少洲，相叙一刻，言公砝平银以七十两零七钱作英洋百元。就道至大达里永利商轮局，晤王芹甫先生及丹翁、谢子初、许伯初诸君，互叙过午膳。子初言二十日趁招商局之新铭商轮，自二十日动身，已于今早到埠，诸事舒展，可见附搭招商局各轮之语可不谬也。

廿四日甲午 晴。致家信一封，托伯藩兄代交永利商轮寄至家中翼亭代收。致陈仲善兄一信，附洋五十元，面托伯藩兄代为转汇京西青厂都琉璃厂黄岩会馆，说明汇费若干，另日清付。该洋系仲善兄在京向假，余允至上海即为觅汇而已。张丹翁于上午十句钟趁轮车至苏州差次。章子端兄于上午八句钟赴杭一走。早刻，至天津路志成信汇号将家君嘱带还陈竹翁之银票划与永利商轮局，原票计申公砝平高纹银八百两。但公砝平折于规元□[②]，每规元百两作公砝平九十三两一钱五分。现以公砝平八百两以□申规银八百五十两八钱，该处上海均行规银，不得不作如是向汇而已。至于上海以规银换英洋，早晚时价不同，公砝平申规元如是数目不易而已。彼将汇票出后，即至永利商轮局，晤芹甫先生。而伯藩兄亦于早刻趁永利来申，志成信之汇票亦交伯藩划汇一切，叙过午膳而来。言及同昌盐号，今楚卿退办，接手者宁波小港李君汉章，其章程若何，不得其详。

廿五日乙未 阴。致陈仲善兄一信，致娄德辉兄一信，交邮筒寄至京都青厂黄岩馆。致王芹甫先生一信，托其转向似兰府上取还。达云母舅监照，饬绍忠送至永利商轮局。来言已与朱宅言过数次，即

---

① 当为"栈"。

② 原为柴码，标注不清。本段下同。

能检出交与连城兄代为送下。叶仲逵兄今至苏州去，余与仲翁于上午十一句钟动身至轮车栈，待至下午一句钟动身，三句钟抵苏州。而仲逵至卢公馆去，余因丹翁遣人来接，即至盘门外二马路张丹翁公馆中，晤丹翁及幕友傅衍九二尹、寅侯世兄、张雨卿、卢君，诸君相叙至晚。

廿六日丙申 早至午刻，阴；未牌，雨；以后皆然。沈葆鸣先生亦于上午十二句钟来叙，过午膳，上午因丹翁上院，未曾出去。晚刻，丹翁邀余同葆鸿、衍九至大观园看戏，该园在阊门外路，晤金雨梧兄，相叙半晌，即同至雨梧处。过晚膳，丹翁、衍九而去，余应雨梧相留，即同葆翁而宿焉。久闻苏州刘园最好，今至苏州，未曾往游，深为歉然。明年来苏州，定为一观可也。

廿七日丁酉 雨晴，阴。上午九句钟，台葆鸿至轮车栈，而雨翁亦送至栈中而别。即行上车，于十句钟开行，至十二句钟抵上海。现有轮车苏申往来，最为快便耳。晚刻，至后马路隆庆里张嘉纶寓所，而嘉翁出外而来。就道至永利商轮局，适伯藩兄亦经出外，即与秋圃相叙半晌而别。余于路中道过宝记照一六寸相，言须两星期能得洗就。取有一单，当托秋补转交伯藩兄代为至期向取可也。晚膳后，颇为涉膜，至歌舞台看戏毕时，届十二句钟，又复下雨，未带雨具而来。幸该处有小车，亦极为至便也。

廿八日戊戌 雨。连日天气和暖异常，即是下雨之兆。致王勤甫先生一信，附还控泥机器抄单一纸，交秋补代为转寄。午膳后，至永利局，晤伯藩、连城、鲁卿、逸卿，相叙一刻。仲甫于早刻自甬江来，言及接办同昌盐号者系小港李夏庄，于明年正月接手。李忻斋守戎亦于今早来申。章子翁于晚刻自杭州来，言何肃棠老伯已于廿四日到申，寓永和泰客栈。即至永和泰，晤肃棠老伯，相叙一刻。留过晚膳，邀至新舞台看戏一夕，转至老级陞已十二句钟矣。

廿九日乙亥 卯前，雨；辰时以后均阴，惟亥牌稍有细雨。寄奉家君第七号安禀一函，交邮寄署。早刻，至永利局，邀伯藩兄代购另星物件，至晚转寓，而许晓春兄来邀午膳，未去为歉。肃棠老伯来寓，叙过晚膳而去。

三十日庚子 早至未刻，阴；申时以后均细雨。早刻，伯藩兄来寓，邀其代买各件，至晚方毕，同至永和栈，晤肃棠老伯相叙半晌而来。有天台王卓孚兄与子翁相识，在栈少坐而别。王君现在中外日报馆主笔。

十一月初一日 阴。致罗连臣一信。晚刻，何肃堂老伯来叙至晚，相邀同至通源馆，谈过晚膳而来。

初二日壬寅 早至巳刻，晴；午牌以后均阴。致周允东明府一信，至永利局，伯藩兄留过午膳，时永利商轮被风所迫，尚未到埠，即来。须至初四日开行，初六日早晨方可抵台。晚刻，至肃棠老伯处，相谈至晚，承邀至鸿运馆，同子端、仲甫两君相叙席散而来。芷升与与江生一同趁新康商轮抵申，到埠时江生同福祥叫栈遣人挑行李，芷升在轮照顾行李，江生同栈夥至轮，而芷升曾经上岸，四处寻觅，至晚尚未见其人，不知果是某栈之接客者招呼去而未来也。

初三日癸卯 晴。早刻，肃棠老伯价来言芷升兄因泰安栈接客者招呼去，至栈一宿，即趁平安商轮至定海转台矣。晚刻，肃棠老伯来叙过晚膳而去。仲甫兄向余假洋毛诗一部，余即允诺矣，拟由丹翁之汇洋付他可也。

初四日甲辰 早至午刻，阴；未牌以后细雨。早刻，将行李收拾定妥，午膳后，附搭永利商轮房舱，章子翁同肃棠老伯均趁永利而来。就道至永利局，晤吴秋圃、杨伯藩、吴逸卿、沈葆鸿诸君，相叙一刻。言新任临海县程明府现抵沪江，于明日趁平安商轮抵台，其幕友均于今日同趁永利到台矣。到轮后，晤张志连兄少谈，并与肃棠老伯、章子端明经互相畅叙为快，言及旧任临海县何勉之明府于上月廿八日仙逝，兼护台州府叶祖香太守委陶明府代理临海县事矣。并云及葛兰荪昆季相继相逝，深为浩叹。

初五日己巳 阴。该轮于下午十二句钟到海门埠，因时已晚，即宿在永利轮中。

初六日丙午 早至巳刻，阴；午时，细雨；以后皆然。早晨，辞别肃棠老伯、子端兄、志连兄，即行上岸。至永宁局，晤陶寿翁、周梅翁、王芹甫、徐富春诸君，过早膳后至家，悉均安吉，深为至幸。相叙后，所携薄礼致送各友，而各亲友亲来道信者亦多。自正月之杪出门，不觉十月之久，亦转瞬间耳。云及黄旭东宗伯逝世之后，秉彝宗伯、咏仙兄均先后而亡，而仪卿之夫人亦故。楚卿先将同昌盐号辞退，现以李姓接手，楚卿又想法为难，今日在郡开会，致电上游，不知作何结果也。为葭沚、海门之事，又有多人在海门具禀于新任临海县程明府，不知作何批示。但此事已由抚宪咨部，恐难仍旧耳。

初七日乙未 阴。早刻，孟东兄来叙一刻后，即至九江、椒江，晤载熙、赤甫、六舟先生、敬甫、作羹、少卿诸君，又至达云母舅、梅五姻长、李舜卿、建西、谱香母舅、少云、漱芳、玉成参戎、星斋宗叔、吉夫宗伯、少愚诸处少谈而来，至家时将晚膳矣。

初八日戊申 阴。致何煊夫先生一信，交海门邮政局保险寄至京都南横街中间路北。

初九日己酉 早至午刻，细雨；未牌以后至晚均阴。致陈湘林先生一信，附肃棠老伯托带另件一包，饬老二专送太平县城。寄奉家君第八号安禀一函，交邮保险寄至虞乡县署。仆从言，陶寿翁自海门来，至其府上少坐，即至集圣庙，晤董鲁卿兄，相叙半晌而别。现本镇警察之巡警长，现由省委董鲁卿接办，人尚诚厚，云是温州瑞安人。

初十日庚戌 阴。致胡介眉先生一信，交邮寄署。接家君自上月廿七日所发一谕，言十月廿六日山西姨太于戌刻生一弟，欣幸之至。又接眉甫先生一信、介眉先生一信、陈仲善兄自京所发一信。

十一如辛亥 早至辰刻，阴；巳牌至晚均雨。致陈仲善兄一信，交邮寄京。致罗连臣兄一信，交二头带申。致肃堂老伯一信，又致章子端兄一信，封交老二先专送郡城，肃堂先生之函即托子翁代为转致矣。梅翁今日六秩寿辰晨，来邀晚膳。即至梅翁府上，晤六舟、星斋、少湖、载熙、占梅、赤甫、锡九、作羹、梅野、建西、鲁斋、寿卿、蓉秋诸君，相叙席散而来。言及李薇庄来接同昌，因楚卿广为运动，一面与兼护郡伯叶祖香太守延宕，一面运动举胡竹三等为代表，以六邑认办，赴省呈控。看其如是情形已去，未识作何举动。又云，昨日接有运台电音，饬叶祖香公祖将同昌各事急为清理云云。

十二日壬子 雨。西北最大，至晚膳，雨方晴。致王吉人老伯一信，专人送投。昨夜遣老二赴郡，因西北风过大，船难上港，转至道头，俟风稍静，即行趁船到郡可也。

十三日癸丑 早至巳刻，阴；午、未牌，晴；申刻，阴；以后皆然。寄奉家君第九号安禀一函，附致胡介眉先生一信、许眉甫一信、应少圃表叔公一信，封交邮筒保险寄署。致何煊夫先生一信，送交海门邮政局双保险寄至京都南横街中间路北。致花辅卿兄一信，交邮保险寄至福建泛船浦黄万记挂号转交矣。老二先于晚刻趁永大小轮船赴郡。晚刻，邮局送来娄德晖兄一信，眉甫先生一信。午膳后，周梅翁来约至吴玉成参戎处少坐，言楚卿已由郡城来，现护台州府叶祖香公祖与楚卿兄情投意合，形同胶漆。前接办同昌盐务李薇庄来台，本拟初六日接手，楚卿兄不肯抛却，明言过岁杪至新正告卸，四处运动，致电上游，设词延宕。李薇庄请叶祖香太守给谕接办，亦延其时日。而李薇庄即行趁轮至省，未识作何举动。闻运台致电叶祖香太尊速其接手，叶祖香明则派委盘盐各事，实亦延缓而已。但年内盐号销售甚旺，楚卿立定主意不舍抛却，致有各节电禀。未识后事若何，亦难预料。同至楚卿处、星斋宗叔处少坐而来。

十四日甲寅 辰前，阴；巳、午、未刻，晴；申时以后均阴。致张丹翁一信，附致雨梧明府一信，封交邮筒寄至江苏省城盘门外。致何煊夫先生一信，交邮保险寄至京城。致许蓉垣先生一信，致张嘉纶先生一信，均交邮筒分寄。致洛卿丈公一信，附家君寄其一信。致祝再姻长一信，附家君寄其一信，又附还英洋英洋一千元，交玉先专送长甸。来言祝再姻长亦于今日动身晋京，家君凭票只有陆百元，尚外四百元有浙江铁路股票作抵，带还英洋四百元。时极忙迫，凭票无暇寻检，覆函亦无暇作书而来。随同下港，至海门上轮。余即至海门，云今日系平安商轮班期赴申，即饬价寻访。少顷，祝翁与蕙夫表叔同至永宁局，与陶寿翁诸君相叙半晌。言及家君手票俟到家后缴还可也。彼此次到京，拟将报捐知县改以郎中分部学习行走云云，未识果是否也。陶寿翁言，十一、十二等日郡城下雪颇大，但郡城与葭沚相去仅百馀里，雨雪即有如是各异，况千万里乎！又言为同昌集股包厘之事，楚卿运动举胡竹三为代表，今具名又上各大宪一电，未识上游作何电覆耳。

十五日乙卯 晴。早刻，至黄城邱宅，晤仲玉姻长、泽生兄及其令亲吴竹南兄，蓝田人，相叙一刻。过午膳后，至克三先生处，相叙半晌。言叶辅亭先生现至皖江，未在家中。将长女之桶并盘等计八十个均已定就，每个价计三角六分，当付定洋六元，言明年三月十五日往载不误，当即告贷玉先矣。相谈至晚，转至邱宅住宿一夕，以便明日旋里。邱仲翁云明年台州常驻议员周映江先生并陈性存、周吉士三人而已。每年在省计公费洋一千零八十元。晚膳后，至晓凡兄府上，言其公出，留片而来。

十六日丙辰 晴。致卢槐士兄一信，送交杭船寄至郡城同昌盐号。早刻，自邱宅动身，趁永裕小轮，至午刻至家。在小轮晤王仲楚、陈性存两兄，言均至杭城去。互叙一刻，到埠而别。至家，接章子端兄一信。晚膳后，至陶寿翁处少坐而来，晤赤甫、少卿，言子春在椒江读书，诸事跳踢异常。以余想之，子春如斯，仲善又如是，不如岳母皆邀至家，不使出外，事得安然。昨已言告克三舅公，未识转达岳母得以为然否也。

十七日丁巳 早至未刻，晴兼雾，天气颇为和暖；申牌以后均阴。致章子端兄一信，专(遣)祥朋送郡。致邱楚翁一信，遣阿三专送。致王晓凡兄一信，附送党参一斤、金顶一座，交典中转寄黄城矣。邮局递到娄德晖兄一信。早刻，六舟先生及王教习、周作羹兄、蒋敬甫、陈季鸿、陈子春来叙过午膳而去。至陶寿翁处,晤周梅翁,相约至集圣庙警察局,晤巡官董鲁斋及吴玉翁、王云梯、周作羹、缪性言诸君,相叙半晌。周萍洄有电致陶寿翁,为楚卿之号务,而寿翁即至海门去,言楚卿现在海门,明日即行赴郡,想同昌盐务已接上游电音,未识作何举动也。同梅翁至蓉秋先生处少坐而来。

十八日戊午 早至午刻,阴兼雾;未牌以后均细雨。接邱楚翁并李克三姻长各一信。吴玉成参戎早刻来叙,过午膳,同至周梅翁府上,相叙半晌而来。仆从言楚卿兄来过,余方同吴玉翁出去,未晤。闻昨说至郡,今尚未去耶。

十九日己未 雨。致娄德晖兄一信,交邮双保险寄至京都大学堂。接何肃棠老伯一信。周载熙兄于晚刻来谈至晚,留过晚膳而去。

二十日庚申 阴,西北风颇大。致卢槐士兄一信,交杭船寄郡。

廿一日辛酉 晴。晚刻,卢槐士兄来谈至晚,留过晚膳而去,言昨日趁永大下港,到时已晚。

廿二日壬戌 晴。丑刻初,冬至佳节。致张丹庭兄一信,交邮双保险寄至江苏省城盘门外二马路。致杨伯藩兄一信,内附致罗连城一信,均饬小头送至海门邮政局转寄。致徐富春兄一信,亦饬小头送递矣。早刻,至大宗祠致祭历代祖考、妣,同班到场者星斋宗叔、吉甫宗叔、道周宗叔及梦九兄、宗山兄、伯寅宗叔、俊庭诸君,毕后,过午膳。今年值年大祭者系四房道周宗叔承办。席散后,同星斋宗叔、道周、梦九至李舜卿处,晤赤甫、少卿诸君,互相畅叙一刻,言及新任邑侯程明府颇为精明,定有德政可观。云楚卿为同昌盐务于早刻赴郡,未曾到场耳。

廿三日癸亥 晴。晚刻,周梅翁来约至槐士府上,言其今早赴郡未晤,就道至星斋宗叔处少坐而来。

廿四日甲子 晴。

廿五日乙丑 晴。接娄德晖兄一信。阿香明日趁永利动身,转至山西虞乡县署。福缘来说与夫妻二人均于明日同赴虞乡。家君嘱买各件，曾经买齐，均已打捆，计八篓，此外另星颇多，均点交阿香、福缘二人，经手带署面交可也。晚刻，黄楚卿来言，同昌盐于十二月初十左右告卸。邑侯程明府字蓉生，并言抚宪增中丞于十二月初四日出辕巡按台、温、宁波等府，大约初十左右可以到台，至时官场中一番忙碌也。相约至梅翁处少坐而来。

廿六日丙寅 晴。寄奉家君第十号安禀一函，并附装捆另件，计八捆，并附外另星颇多，均点交阿香、福缘二人，经手带至署中，写明照单点收。单中亦书明晰，又发单等另封一函，寄与家君，以便详核。致胡介眉老夫子一信，并附托买各件，惟淮蟹即交阿香，顺便向购，计洋一元二角，另送片纸五十张、片戳一个、小护书一个、东洋图书一方、墨盒一方，华腿一只。致眉甫先生一信，附送墨盒(一)方、海盐一斤，又致眉甫先生一信，托其代买临晋县一册。致胡旭初老夫子一信，附送墨盒一方，伏鲞四个。致何恭伯少尹一信，附送墨盒一方、虎骨酒一瓶。致徐冠三二尹一信，附其托买连套京靴一双。致应少圃表叔公一信，致侍妾曹氏一信，附其箱内，取带絮夹、单衣裤等件、小带两块，计买计九件，均另开单。其水门附寄其一信，并附另件，均于单中详注明晰，均交阿香与福缘等带交。致杨伯藩兄一信，交阿香带至上海永利商轮局，托其代买另件，以便带京。但阿香川费由典中付其英洋四十元，转入家君名下。致陈渔樵先生一信，附金戒两个，托其重打新时戒指，又附酒钟一口、元丝一锭，托其代打照附带酒钟式之酒钟垫八个、银羹匙一个，又托其代买绿油布两丈。交嘉先专送海门面交。致娄德辉兄一信，亦交嘉先带交海门邮政寄至京中内城大学堂法科。晚刻，邮筒递到陈仲善兄一信，言前托伯藩兄代汇英洋五十元曾经收到矣。晚刻，嘉先自海门来，接罗连城兄一信，附有达云母舅监照一纸、裱一只，托富春先生代为转交。而裱收到，监照未曾同带，不知何故，只明日致函询问可也。楚卿兄来邀至其府上，言为海门、葭沚分区一事，省宪委新任邑侯程蓉生明府勘明禀覆云云。但程蓉生公祖于廿八日到地履勘，邀余与梅翁一同晋谒。此为地方之事，难于推却耳。本拟明日赴路桥与楚言姻长相酌定做长女嫁资，既允其同谒邑侯，只得换两日至路桥可也。

廿七日丁卯 晴。致邱楚言姻长一信，饬阿三送至路桥刘宅，托其缓待两天。致覆陈仲善兄一信，交邮寄至京都祖家街高等实业学堂。致徐富春兄一信，饬小头送交，来接福信，言达云母舅之监照并无有交其代带，只明日函询其自己取还可也。前托张丹翁代买邵之岩之紫毫摺笔十支，来单计价每支大洋二角三分；叶种德堂全鹿丸洋十二元，均已收到，并无有信附带，不知又有延搁否。但全鹿丸内有两元系家君嘱买，昨阿香又经动身，只交邮政局寄署可也。接王晓凡兄一信。

廿八日戊辰 晴。致奉家君第十一号安禀一函，外附全鹿丸计洋两元，交海门邮政局寄至虞乡县署内，附致许眉甫先生一信。致祝再姻长一信。致周允东明府一信。致洪莲波一信，致陈涵甫参军一信，均交海门邮政局分寄。致罗廉臣兄一信，专人送至黄岩西门桥上街。晚刻，价来，接其覆信云达云母舅之照并裱均交徐富春代为转寄。何至裱已收到，照未附带？另附致徐富春一信，即交玉先明日遣人往询可也。

阅十一月廿三日《申报》纪廿一日奉上谕：广西各直省之高等审判厅丞并高等审判厅检察长各员试署中，俞棣生主政树棠试署广西审判厅厅丞，朱劼丞主政文劭试署广西高等审判厅检察长；何见石老伯试署甘肃高等审判厅厅丞，以王国镛为检察长；山西高等审判厅厅丞以谢桓武试署，检察长以王祖仁试署；浙江高等审判厅厅丞以章樾试署，检察长以辛汉试署云云。

为葭沚、海门为分区事，因楚卿相邀，难于推却，早刻，至海门同昌分号，晤周梅翁、陶寿翁、黄楚卿、黄星斋宗叔、周载熙、陈赤甫、陈少亭、俞桐洲、蒋敬甫、娄祝三、陈舜卿诸君，相叙一刻。过午膳后，晤分台委员、候补知县陶子宜明府及陈兰樵二尹少谈。楚卿即邀余同寿农、星斋、载熙、祝三同至雷云阁统领处少谈，即晋谒刘君曼观察，相叙一句钟之久。楚卿、寿翁递有一禀,未识为何事件,余未预阅,亦未识余有附名否,亦不得而知。别后,至王荣臣参戎(处),言其出洋,未晤。就道至何霭生府上少坐而来,至家时将晚膳矣。但分区之事,本具禀于邑尊,而程蓉生公祖因白水洋有抢劫之案,闻信后即行晋郡,未至海门,以至中止耳。

廿九日己巳 晴。致眉甫先生一信,早刻相约梅五姻长、达云母舅至路桥定做长女嫁资,抵埠时将午膳,至泰丰拆衣店。过午膳后而楚言姻长及剑郎来邀,即至剑郎府上,晤于元培及诸君相叙一宵而留宿焉。

三十日庚午 晴。早刻,邀细禾来说什物价值,因价太贵,容明日到家向说可也。午膳后,买舟并邀邱楚言姻长同来,至家时将晚膳矣。过梅翁府上少坐而来。

十二月初一日辛未 晴。致王晓凡兄附送贺敬一函,计洋一元,交翼亭带至黄城。接李子棠一信。早刻,明池老司来将长女嫁资均向其包就,计洋二百二十馀元,当订合同为凭,以明年二月中旬做付一半,至三月中浣均做齐全耳。

初二日壬申 晴。致叶祖香太尊贺信一函,交游寄至台州府署。致张丹亭镇军一信,致李子棠兄一信,交邮寄投。致刘剑郎兄一信,附定嫁资等洋五十元,交翼亭送交。将罗廉臣一信饬小头送交,来接其代检监照一纸,即交嘉先转为送还达云母舅矣。接伯藩兄一信,附代向宝记取来照一枚,而照壳系许永利惠送。接张丹翁一信,亦附伯藩兄函内而来。致彼之函未曾提及耳。接洛卿丈公一信,即致柬道候。周梅翁托余代其自致叶太守一信,即代为书就,交其来价带呈矣。

初三日癸酉 晴。致杨伯藩兄一信,交邮寄申永利局。接张丹亭兄前后所发两信,托余代买龟板胶五斤。寿翁各人于上月廿九日赴郡为葭沚、海门分区事宜,邑侯今尚未旋里,不知如何阻隔也。

初四日甲戌 晴。致何见石老伯贺信一函,饬老二送海门邮筒双保险寄京。前托陈渔樵先生代买油布两丈，已代寄到，计价洋两元，另即送还可也。晚刻，邱楚言姻长至其令亲处去。林占梅、陈少卿、陈质甫来叙至晚，留过晚膳而去。王晓凡兄令郎德臣来宿典中，晤叙一刻，言年已十九，于本月二十日吉席。忆晓凡兄惜年至椒江考月课时与余交好之初，年方十三，转瞬间，其令郎德臣年经十九，正如昨日。人生若梦，即是百年如同一日也。只愿后辈荣昌，是所深幸。

初五日乙亥 阴。致章子修兄一信。致何肃棠先生一信，交嘉先送郡面投。嘉先于早刻赴郡，向同昌支取帖租并购买另星等。午膳后，至吴玉翁处少坐，言楚卿之同昌于初十日交盘，其心实难舍，初则假意退办，言之过实，今则果然李树三接办，悔之晚矣。又以贿嘱叶祖香太尊延缓一月有馀，并邀多人四处运动，致电各宪而不果，应之不得不退办耳。又言新任台州府知府嵩子珊太尊连于昨晚到海门，今日可以抵郡接篆矣。上年之冬，楚卿致电各宪，言叶祖香公祖如是之坏。叶公在分府任内，恨之已极，难于下手。今岁秋月，送只百番晋省之需，即解前嫌。复以护台州府篆，再三巴结，即以言听计从。虽孔兄之力如天，乃叶公之人如斯，亦可慨见耳。晚膳后，陶寿翁来邀，即至其府上，言方自郡城来，云楚卿四处运动盐务连办，已接府宪电音，颇有转机。其中有借名定甫先生一电与抚、运二宪，今接上游电文如斯，即邀槐士兄至路桥与定甫先生道达其意，未识杨给谏作何主议也。新任台州府嵩太尊已来台之说，误传耳，据云大约月之中旬方可履新云云。

初六日丙子 晴。致刘剑郎兄一信，致陈训甫兄一信，遣人送交，来接福信一函。周梅翁、陶寿翁相约至星斋宗叔处，晤质甫、道周诸君，相叙至晚，留过晚膳后，言楚卿由郡来。即至楚卿处，言昨日来者嵩子珊太尊之钱阁幕友，昨闻其到台者，亦有因耳。并云邀槐士赴各处叫有声势者多人，俟嵩子珊太尊到台时聚集开会以壮声威，夺转同昌盐业耳。

初七日丁丑 晴。致陈训甫兄一信，交方禄带交。致陈虞樵先生一信,遣世治先送交。来接前托其代李家转打金戒指并余自己银酒钟垫八个、银羹匙一个均已带齐,惟阅银楼发单难于明晰,只明日函询可也。楚卿兄柬邀晚膳。晚刻,至楚卿兄处,系请其老四受业师章梧臣兄,并邀与余王俊卿、周梅翁、吴玉翁、王云梯诸君,相叙席散而别。言及抚宪增中丞奉命巡按宁、台、温三府,今则因事中止矣。嘉先自郡城来,接章子端兄一信,并嘱购各物均已买来,计洋念四元零,均是同昌支付清讫。僧英祥之具呈临海县之批示取来,系十一月十八日批僧英祥,批:"该僧存典之洋,既经如数取回,原失票据应即作废。"如无别故,不必存案粘抄阅发。

初八日戊寅 阴。致李克三舅公一信,致陈训甫兄一信,交十里铺陈家来人带交。致张丹亭镇军一信,交海门邮政局寄至江苏盘门外吉祥里,系是双保险。致杨伯藩一信,交邮寄申。致陈虞樵一信,托算银单细账,交立茂送交,来接其核算抄单寄示矣。

初九日己卯 阴。致章子耑兄一信,交邮寄郡。致张丹翁一信,附托余代买黾板胶五斤,附发单,计洋十一元。另致张仲甫兄一信,托其代为转寄苏州盘门外吉祥里张公馆。致方翰卿兄一信,托其代为带申,均饬小头送交。据说方翰卿未曾在轮,均交阿昌兄代交矣。晚刻,接杨伯藩兄一信。

初十日庚辰 阴。致李克三姻长一信,附其府上金戒指两(枚),交老二先专送黄城。朱正成之店账均交老二先带付清讫。致金鸿畴一信,交老二送交。

十一日辛巳 早至巳刻,晴;午牌以后均阴。致章子耑兄一信,交邮寄郡。朱先生来说,世治先自荐与太平泰隆柜上,要歇。但彼系包房中人,即以朱先生作主可也。尚欠典中挂账十馀千,即嘱玉先向其管包苏姓作抱,按期向归。但彼荐该处,费甚心机,若不与其去,人亦无心,只候其自便。生意场中之夥友确系如是。早刻,楚卿家人来云,嵩太尊于昨夜趁宝华商轮已抵海门,邀余去晋谒。实则楚卿因同昌意欲打去李商,多一人之打手。即于早刻至其海门分号,晤寿农、少亭、喻铁勤二尹、秦仲海明府、楚卿、梅五、星斋、载熙、霭生诸君少谈。看楚卿之巴结嵩太尊，事事周到，异于寻常。言十四日上府，定十五日任事。余既已至该处，即与梅五、星斋同行晋谒嵩太尊，相叙一刻而别。看定甫先生亦在楚卿房中，系楚卿为挽留同昌盐务，邀槐士各人运动有势力之人到郡开维持会，为打去李树三之地步。并阅灶丁具呈多纸，均楚卿邀人抄递于嵩太尊。闻邀来者杨定甫给谏、林霨生观察并六邑大绅士等。余将到家时，楚卿亦邀早日赴郡，余以帖租在彼，难于推却，只与梅五同行赴郡可也。

十二日壬午 晴。老二先来，接李克三姻长一信，并带还代付戒指手工计洋一元三角六分。又接岳母一信，荐小成云云。早刻，至梅翁处，约俟十五日同行赴郡。至达云母舅处，据云今晚晋郡。陶习之来叙一刻。随至星斋宗叔处，晤梅翁、楚言，晤叙一刻，过吴玉翁处少谈而来。许久未接都中来信，焦急异常，何至三次至函，一未接有来函，实属不解何是也。

十三日癸未 早至未刻，晴；申后均阴。致陈虞樵一信，附还其代付戒指、钟垫、羹匙等工洋十一元三角六分，交嘉先送交清讫。晚刻，周梅翁来约明日赴郡，此行余非所愿，亦情面难却耳。晚膳后，陶寿翁来邀同至建西处少坐，后至楚言处相叙，过点心后而来，至家时已十句钟矣。陈赤甫、李舜卿、缪醉卿集股拼开官绅旅馆于海门道头，余以舜卿、赤甫两君相识，备对烛花、百子，于晚刻往送矣。喻志韶太史之少君莘侯主政续弦太平莘山金萃生姻长之令媛，于本月二十日吉席，但莘侯兄元配陈氏即夔友之妹，再续平生之长女公子，今则三续，即以小姨接面也。陶寿翁言同昌盐务以衡都转定与李树三接办，而此前相邀定甫先生、霨生先生及诸巨公到郡开会，力为挽转利权，未识得能如愿否也。

十四日甲申 辰前，雨；巳牌，阴；以后皆然。致杨伯藩兄一信，附送橘二篓。致张仲甫兄一信，附送橘两篓、年糕一捆计百根。致张丹翁一信，附送橘四篓，年糕一捆计百根，均交玉先转送上海、苏州各处。接解昆珊兄一信，即覆昆珊一函，交其来人带交矣。寿翁来示，言今晚利济小轮在郡埠，于明早动身到郡可也。

十五日乙酉 阴。早刻，因楚卿相约，动身至大小轮，晤陶寿翁、周梅翁、陈少亭诸君，互相畅叙，于午牌之初到郡，即至同昌盐号，晤槐士、林亦渔、楚卿、少南、萍洄、吉士诸君，相叙至晚。而林霨生观察、王子寿、郑夔(友)、王梅友、章少溪、章幼霞均于是日之晚到郡，言明日同昌号务开会。又，王位三、周映江、黄子霖、少澈诸君亦于晚刻到郡。

十六日丙戌 早至午牌，晴；未牌以后均阴。早刻，晋谒叶祖香公祖太守，云嵩子山太尊言有事具禀，无庸开会，以致中止。同梅翁至梅圃、平回并何肃棠老伯(处)少坐而来。

十七日丁亥 阴；惟午、未牌有小雨。肃棠老伯柬邀午膳，早刻，同梅翁至肃棠老伯府上，晤杨定甫给谏、林霨生观察、梅翁、映江、位三诸君，相叙席散而别。就至仁济典谒杨定甫先生，并晤霨生先生、平回，相叙一刻而别。林观察初到，本宿同昌，顷于晚转移至仁济典去矣。楚卿于晚刻请客，到者十馀人，相酌同昌盐务。但李家来接盐务于运宪大帮其忙，楚卿虽邀诸君，除平回为力之外，不过应酬而已。

十八日戊子 阴。林霨生先生来叙一刻，闻杨定甫给谏已由仁济动身去矣。王冰如于二十日嫁女与山东丁继金，柬邀余与梅五、寿农、夔友、映江、位三诸君晚膳，相叙席散而来。

十九日己丑 阴。闻叶祖香公祖于早刻趁小轮下港，又闻省委刑太尊到台查办盐务，而蔡新芝、何霭生均至郡号，即拟禀三扣分作两分，一递嵩太尊，一呈刑太尊。于午膳，同秦雨庭、周吉士、陶寿农、王位三、章幼霞、章少溪、周映江、黄少泉、周梅五诸君谒嵩太尊，再谒刑太尊，均相叙半晌而别。而林观察、王梅友、王子寿先去矣。

二十日庚寅 晴。至章子端兄处少坐而来。于午膳后，趁永大小轮，晤江尧章、郑夔友，相叙一刻，到埠时经六句钟矣。但楚卿、寿翁、梅翁诸君先一刻趁利济先来，而玉先已由上海来。接家君自十一月廿八日、十二月初一日所发二信，内附眉甫先生、介眉先生寄余各一信，家君寄叶祖香公祖一信、周梅翁一信，均即分递，惟致张丹翁一信，于明日寄交可也。玉先所买另星，均已买来。又接顺兴洋油行自十六、十八日所发二信、章子翁一信。

廿一日辛卯　晴。致张丹翁一信，交邮寄至苏州盘门外吉祥里。致徐富春一信，均交玉先送至海门。又致顺兴洋油行马先生一信，接应焕云一信。至昨接家君谕言中附寄丹翁一信，亦附在已交邮函内矣。

廿二日壬辰　晴。接周允东明府一信，言晋省近来州县分发到省者蝉联而来，官场而望差者，日难一日耳。早刻，邀应子能先生代写春联。午膳后，同周梅翁至分府署收发处张君房内，晤寿翁、楚卿，同行晋谒叶祖香公祖，相叙半晌而来。接娄德晖兄一信，言初八日自都城动身，十六日抵台也。

廿三日癸巳　晴。致娄德晖兄一信，交嘉先送交，来接覆信一函。明年作头孝莲于今日上工。金德翁于晚刻来叙半晌而去。

廿四日甲午　晴。寄奉家君第十二号安禀，内附致胡介眉老夫子福信一函、许眉甫先生福信一函、胡旭初老夫子、何恭伯二尹贺信各一函、应少圃表叔公一信，封交邮筒保险寄至虞乡县署，均封在家君禀内。并寄致周允东明府一信，交邮寄至太原矣。

廿五日乙未　晴。致娄德晖兄一信，饬老二送交。接蒋敬甫兄函催陈子春所少椒江之洋，俟明日遣人向取可也。

廿六日丙申　巳前，阴；午初以后均雨。早刻，遣价将敬甫之信送交子春兄。晚膳后，陶寿翁来邀至其府上，晤林蔚生观察，相叙一刻，言查办台州盐务委员刑太尊已于早刻旋署，彼为晋谒刑太尊而来。适至海门，而刑公已去矣。楚卿因嵩子山太尊相邀赴郡矣。

廿七日丁酉　阴，雾甚浓，早至未刻皆然，至申刻稍淡。早刻，起即叩谢天地并各庙神圣，今年曾经谢年，叨天福庇，又添一弟，深为万幸也。致刘剑郎兄一信，并附做嫁资洋四十八元、镜面四片，于早刻饬老二专送路桥。晚刻，接剑郎兄覆信一函，言均收到转交矣。致娄德辉兄一信，附典中凭摺一扣。致陈虞樵先生一信，附托其代买大红团龙队价洋七角八分①，计开洋九角，均饬天和送交。接章子端兄一信，即致覆子端兄一信，交邮保险寄至郡城。但彼代相森先转荐典中作夥，无如相森先系包房中中学生，既已管包歇出，东人不能与说用转，此包房中倘有遗失货物，可向管包是问之意。无如相森先在典作夥七年，与余并无意见，歇彼者，管包朱子延所说，今又子端言肃棠老伯代荐，如稍可将就，无不允诺，此因包交与子延，而子延所言、所歇之人，难于允诺，只以剖切详覆而已。晚刻，接子春兄一信，附洋念五元，言保源一账，彼自另付，只计洋念元。余即邀敬甫兄来详言一切，随付其洋念元。彼另抄有细账，另日带交可也。

廿八日戊戌 卯前，雨；辰、巳刻，阴、雾；午牌以后，阴；至晚皆然。晚刻，至陶寿翁处出示叶祖香公祖函云，本镇与海门为分区一节，自任太尊查覆之后，海门各人又有电致各大宪，而中峰不已为然云云。楚卿前日因嵩太尊相邀赴郡一走即来，今日又因嵩太尊邀其赴郡，云接抚宪电音，想为同昌盐务也。

廿九日己亥 阴，是月小，今即除夕。叨天福佑，又是一年，均幸平安，深为欣感，家中所少店账一切悉均清付矣。惟念家君宦途六千馀里，未得亲承定省之欢，至以为歉耳。每年典中生意均做至两句馀钟，余须至此时方能安宿。当晚膳后无事，出看街上景象若何。游至建西处少坐，晤梅翁、寿翁、载熙兄，相叙半晌，言及嵩子山太尊后次邀楚卿赴郡者，言抚宪有电来云同昌盐务至今日为止，明日正月初一日即为李商接办云云。至杨定甫给谏、林蔚生观察及各人所呈之禀，增中丞言嘱嵩子山太尊转此李商改章开办。但事已接手，即无风潮矣。但旭东自接办同昌盐务迄今廿六年后，接

---

① 原为柴码七八两数字。

鼎新盐务,复经十三载,今虽下台,大发其财,楚卿可谓大占便宜矣。俗语云:“除夕之夜,遇天晴而黑,可占明岁丰收。”今夜值在除夕,晴而黑,明年定是丰收之岁。只求风调雨顺,我大清享亿万千年有道之长基,深为万幸。

第三十三章

辛亥(1911)正月初一日起

正月初一日庚子 子、丑刻,阴,无风;寅至巳初刻,细雨,无风,云白色,即是护云景象;巳、午初牌,雨颇大,风无,云亦是护;午中雨晴,雾颇大;午末见有日色,雾仍未退;未、申至酉初仍阴、雾,惟申牌南方稍有黑云,亦是淡黑色;酉末方有东北风,雾散。早至申刻天气是有潮热;酉牌,东北风起,天气亦方清爽,云虽白亦稍清,此是下雨之云色;巳初大雨,之后,午、未至申刻均阴而无雨;酉末仍雨,而不大;以后皆然。今日为辛亥之岁元旦,早起即行恭叩天地并神圣,后叩堂上新岁,即至分府署并街上相识有旧交各家叩年,会晤者周梅翁、吴玉翁并星斋宗叔,至家后应酬人客。沉求岁岁平安,堂上康健、国泰民安、风调雨顺,深为万幸耳。

初二日辛丑 早至酉刻均阴;戊时以后均雨,早起,即行恭叩天地神明,名之曰开年,家家如是。早膳后,吴玉成参戎、周梅五姻长并星斋宗叔相约至海门叩年。一切旧交、相识者悉均遍谒,请会者陆路统领雷芸阁参戎并曹绍雍都督两处,均相叙半晌而来,至家时经午膳矣。晚刻,至各白字家吊奠毕后,又至陶寿翁府上,晤周载熙兄、李舜卿,相叙半晌。因寿翁前邀代其资客三天,余允以今日事毕,明日至其府上代为帮忙,先于今晚一看,准于明日至其府上代为资客可也。陶寿翁言楚卿兄之同昌盐务奉郡伯嵩子山太尊谕以李商接办矣。但卢槐士兄积怨未平,在郡相邀周萍翁以及各人设法与李商结讼,今旭东孝廉新正开吊之期，亦无暇下港而来也。今以台州大局而论。李树三系甬江人，来台接办临、天、宁、仙、缙、永、武盐务，将来台属利权未免外溢也。台属自海门至郡城内港水路营船六艘均归梁守戎镇邦管带，未识管带内港营船归于中路分统节制，亦未识直归浙江总统节制，以理想之归于中路分统节制为多耳。

初三日壬寅　子、丑、寅刻，雨颇大；卯时至未刻均阴；申、酉。雨、雾；戌刻雨晴，阴；以后皆然。致张丹庭镇军、张嘉纶先生、章子端明经、何肃棠老伯贺信各一函，致周允东明府一信，均交克荣送交海门邮政局分寄矣。今日，刘君曼观察廷钧、雷芸阁统领、王荣臣统领均来拜客，及海门来者颇多，均饬丁挡驾矣。早刻，至陶寿翁府上，同为帮忙应酬者：道周、载熙、舜卿与余四人。今日至陶宅吊寿翁令祖母柯太淑人之客颇多，余代应酬至下午五句钟而来。

晚刻，晤何霭生先生，言客岁嘉平廿八日嵩子山太尊邀楚卿兄赴郡，彼与其同去同来，但抚宪增子帅电文，大约“台州盐务黄商甘为请退，盐厘不能虚悬，即与李商接办，妥订章程”云云，是此须于元旦交与李商接办。嵩太尊未曾加给札谕，未识元旦旧交新接，而郡伯加谕与否，不得其详。槐士兄及周萍翁以及精于笔墨者相酌藉抚台电文“妥订章程”，与其结讼张本。但刑太尊临行寄信与杨定甫给谏、林霭生观察，所云亦是劝息之意。但盐务一切，楚卿初因仙居事急，本拟告退，又恐加厘太巨，料定台属无人敢为接办盐务，所以至运台之前告退之语最为着实。今仙居事结，宁人李商敢能接办，而又今岁台属盐斤如是畅销，非当其意料所及，今至如是，楚卿悔之何及，难以挽转。故楚卿覆嵩子珊太尊之语实为不肯，仍为留办云云。当日出楚卿所料之时，手忙足乱，举金次斋为代人，原意明为全台公举，实则敷衍。不意金次斋兄于自己家中闹出如此巨案，亦非意料所及，今则无可藉词，只与李商接办，亦数使然也。今盐务虽交与李商接办，而争端致讼为日方长，不知何日清了，亦难预料耳。

晚刻在陶宅，晤陈渔樵兄，言永宁定于初八日夜开行，永利定初九日夜开行云云。余即托渔樵兄带甬代刊石章一方，文曰“黄沅谨缄”四个篆字阳文，又，牙章一方，文曰“质诚”二个篆字阳文①。但宁江所刻店家一切图章本佳，未识所刻牙、石图章得能工雅而不俗否也。典中向来均于初四日设席，今年亦于初四日可也。今日即为开单相邀矣。

初四日癸卯 卯前，雨；辰刻雨晴，雾、阴；巳牌，雾稍散，阴；至晚均阴。致杨伯藩兄一信，交阿三转交永宁局代寄申江。早刻，至陶寿翁府上代为资客，至下午二句钟而来。晚刻，典中请春酒，相邀相交朋友并典中各夥友，共计四席，均是三升菜，相叙席散后，而各友即去矣。今岁典中各夥友悉均如旧，但店家夥友旧者虽有不善，来者未必全美，只求各夥存规道矩，不致荒唐，只得将就而已。倘若弊窦横生，此等之人随即开发，万勿至新正歇业可也。

初五日甲辰 晴。致余洁斋兄一信，交邮寄郡。早刻，至楚卿处，晤吴玉翁、杨子平兄、陈夔友、王少常、卢槐士、邱遇琴诸君，相叙一刻而来。王雪渔、叶辅廷、喻器臣诸君，并高志伯少尹、李伯纯明府、陈南樵二尹、江尧章二尹、窦少山少尹、王冰如茂才、周萍洄孝廉、周映江诸君来家拜年，即饬丁挡驾。郑舜臣兄来叙半晌，言自上年到台，现黄岩县署充收发处差使。晋谒刘君曼观察，便道相叙，即至海门去矣。周梅翁相约至陶寿翁府上，晤阮右垣刺史、邱仲翁、周萍洄、王冰如、李伯纯、陈南樵、陈少亭、高志伯、王雪渔、窦少山诸君，相叙一刻。即同梅翁、宗山、绿孚、道周、载熙、舜卿同行致祭寿翁令祖母柯太恭人，毕后已经晚膳，相叙席散而来。金次斋兄亦于晚刻自太平来。周萍翁与陶寿翁相酌，言嵩子山太尊邀楚卿赴郡时所说，现奉抚宪电音，言“黄商甘请退办，厘程不能虚悬，暂与李商接办，妥订章程”云云，之后即于嘉平除夕之日出有谕单与李商接办盐务，并有致杨定甫给谏、林霨生观察、张子炤明经、狄桂洲明经照会各一纸，大约所云

---

① 下页及后四页上边均印有二印印模各二枚。

盐务妥改章程一切，即藉妥订章程中，将盐厘一切漏规悉均裁尽，使李商不能办理，自能退办之意。其谋虽善，未识得随所愿否也。陈少翁言，李如山所上条程，万不能照行，而台人所拟各章亦恐难行，将来遵照楚卿所办旧章办理必矣。

初六日乙巳 晴。致杨伯藩兄一信，托其代买另星。又致张仲甫贺信一函，均交二头带申转递。早刻，因楚卿兄相邀，即至其家中，晤周萍洄、杨子屏、黄玉堂、吴玉翁、叶辅翁、方荪谷诸君，相叙一刻，时上午九句钟，即整衣冠，同叶祖香公祖、曹绍雍都督、吴玉成参戎、陈南樵二尹、林伯常明府、高志伯少尹、窦少山少尹、周梅翁、王冰如、叶辅翁、方荪谷、王雪渔、陈少亭、金子谷、郑夔友、周孟东、娄竹三、缪性言、黄玉山、周竹羹、黄道周、王云梯、邱遇琴等致祭旭东宗伯，而主祭者叶祖香太尊、曹绍雍都督、吴玉成参戎三人，毕时已下午三句钟矣。相叙席散，至家时经晚膳矣。少顷，王雪渔、解昆山、叶辅廷诸君，来叙一刻而去，言及徽祭之礼尊之异常，吾等庶民之家不宜作此过分之事，在楚卿，诸色繁华，各人不可为效。即陶寿翁今为令祖母柯太恭人新正亦勿为此徽祭，两人优劣即可慨见矣。现陶寿翁定要楚卿出资维持会作为上年相邀各人谢金，将此之洋名为讼费，可讼则讼之，否则作为善举可也。

初七日丙午 早至午初，晴、阴；午末至晚均晴。早刻而阴，天气亦佳，风亦无。卯时立春节。致章子端兄一信，致杨柳河先生一信，并致新接盐务李谦益号中一柬托其代换今年永康、缙云盐帖各承一股之租税凭摺，并旧摺均交嘉先专送郡城。未识新盐商中之盐帖租税凭摺即能照例换下而顺手否也。早刻，楚卿兄相邀为其令尊旭东宗伯出谢，亦难为情。至其府上，同周梅翁乔梓、夔友、少常、星斋、作羹、道周、槐士、云梯、遇琴约三十馀人，相随一刻，同至文昌阁午膳。梅五与余均因陶寿翁相邀午膳而来，即至陶寿翁(处)，晤朱云樵都戎、杨子屏兄、包迪臣兄、蔡新芝兄诸君，相叙席散而来。接叶祖香公祖寄家严一信，并嘱寄余节高观察一信。即至分府署，晤其少君绍伯兄、麟谱、少岩诸君，相叙半晌至家，接王子衡兄一信。而王晓凡兄来叙一刻，言至钗洋令亲处而去。并接林仲西先生一信。

初八日丁未 晴。俗语云"上八晴，好年成"，今值上八日，叨天福佑得幸晴明，今年定卜丰收，深为至幸。寄奉家君第十三号安禀一函，内附叶祖香公祖寄家君一信。又，叶太尊致余节高观察一信，余又附致胡旭初老夫子、胡介眉老夫子、许眉甫先生、应少圃太姻长、何恭伯二尹贺信各一函，封交邮筒双保险寄至山西虞乡县署。嘉先自郡垣旋。接章子端兄一信。杨柳河先生覆示言李如山接办盐务，先将海、油、天、仙各县及外店存盐盘接后，再盘郡城存盐，均在二十之外，俟郡城存盐盘接后再向其立摺可也。所云如是，只俟其来信再说亦可。

初九日戊申 早至未牌，晴；申刻以后均阴。致王子衡兄一信，饬人专送北山，来接子衡兄福信一函。又接何肃棠老伯一信、张丹亭镇军一信、李子棠兄一信。柬邀边柳溪、叶绍伯、曾麟圃、黄少农、张少岩、邱仲玉、蔡新芝诸君午膳，相叙席散而别。蔡新翁言于今晚趁永利商轮到申赴杭，想是楚卿相邀也。罗翼亭姻长送竹卿兄赴轮，过家留宿。但竹卿兄肄业黄岩清献中学堂毕业，列在优等，援例赴省考验试，得能录取，例以五贡用。

初十日己酉 早至午刻，晴；未牌，阴；以后皆然。致陈祝再姻长一信，附洋六十元，专(遣)嘉先送至长甸。致娄德辉兄一信，专(遣)老二送交。柬邀叶祖香公祖并罗翼翁、吴玉翁、陶寿翁、周梅翁、周达云母舅诸君午膳，相叙席散而别。郎翰臣老伯来家已晚，留宿，言其次少君希潮兄前捐知州不论双单月指分贵州，后入泮水考入法政毕业，以本班尽先补用，于己酉岁以本班尽先知州引见，于上年庚戌到省，委有兴义府贞丰州白层河厘金差使，今送其家眷等于明日趁平安商轮到申赴黔。彼以捐纳后又法政毕业，大占便宜也。今川费不凑，向余假英洋百元，又在对面之情，当即允诺焉。

十一日庚戌 晴。致何煊夫先生一信，饬老二送交海门邮政局双保险寄至京都南横街中间路北。罗怡亭姻长于早刻去。柬邀郎翰臣老伯、周载熙、李舜卿、汪伯端、黄道周、黄伯寅，适周在舆来，邀同陪客，相叙席散而别。翰臣老伯急于趁轮，即嘱翼亭就典中取洋一百元交于郎公，而翰臣老伯书有凭券一纸，即嘱翼亭收藏矣。达云母舅来叙至晚而去。

十二日辛亥 晴，天气最为和暖。早刻，至海门娄德晖兄府上，晤其令祖晋阶姻长及德翁，互叙半晌而来。因星斋宗叔柬邀午膳，即至其府上，晤叶祖香公祖、陶寿翁、周梅翁、卢槐士、吴玉翁、邱仲翁，相叙席散而来。达云母舅柬邀晚膳，即至其府上，晤其海门亲戚，并谱香母舅、李舜翁、翁子俊诸君，相叙席散而来。

十三日壬子 阴。致张丹翁一信，交海门邮政局寄至苏城盘门外吉祥里。致李子棠一信，亦交邮筒转寄矣。接罗怡翁一信。

十四日癸丑 早至巳刻，阴、雾、细雨；午牌以后至申，雾稍散，细雨；酉刻细雨，晴、阴；以后皆然。寄奉家君第十四号安禀一函，内附致眉甫先生一信，封交邮筒保险寄至虞乡县署。二头荐有仆从名三妹者系桥下人，据彼言可靠，余收用后，未识果可靠实否也。周梅翁柬邀晚膳，于晚刻至梅翁府上，晤叶祖香公祖、陶寿翁、吴玉翁、周载熙兄、心斋宗叔，相叙席散而别。

十五日甲寅 雨雾颇重。接张仲甫兄一信。接罗连城兄一信。接杨伯藩兄一信，托买衣料杭棉悉均买就带台，前托代裱对联两副均带到矣。前嘱二头带购之吕宋烟两盒并烟筒悉均寄到矣。托购《申报》一分，自十三之前均已代寄收览，以后允为代购，按班带台。言十六日动身来台，所购各件之洋已收入流水，未识局中代付、彼自代买？未及详言耳。晚膳后，至集圣庙看戏，晤陶寿翁，言明日赴申。

十六日乙卯 早至午刻，雨雾颇重；未刻雨晴，阴；以后皆然；至申牌雾亦散，似有能晴景象。致张丹翁一信，交邮寄至姑苏。致王子衡兄一信，饬价送交矣。所该二头之烟筒计洋一元，又龙洋八角，均遣老二送交。吴玉成参戎柬邀晚膳，午刻，至其府，晤叶祖香公祖、周梅翁、星斋宗叔、绿孚兄，相叙席散而来。叶祖香公祖言嵩子山太尊与抚台增子帅系总角之交，前增中丞之封翁为云南大理府，时嵩子山太尊之封翁为云南大理镇总兵，两均旗人，而最深且厚也，可见任台州府者非与抚宪大有关切难安其位耳。

十七日丙辰　卯前，雾；辰、巳、午牌雾散，晴，日中有云；未刻以后均晴。汪伯端兄柬邀午膳。早刻，载熙兄来叙一刻，同至伯端府上，晤作羹、少湖、孟东诸君，相叙席散而来。拟明日赴黄一走，并至十里铺及前宅岳母处叩岁。

十八日丁巳　晴。致陈渔樵一信，交嘉先，言明其永宁商轮到埠时送交可也。早晨动身趁永裕小轮到黄城，时尚上午十句三十分钟，即至邱仲翁府上小坐，而小继大来，即同至罗怡亭姻长府上，洋均付讫，而花押画来，号数亦经开出。留过午膳后，至西江别墅，晤叶辅翁，相叙半晌，即至王晓凡兄府上，相叙半晌而别。过新大通，遇许六溪少谈，转至邱仲翁府上，买舆即行动身，至十里铺陈家岳母处叩岁，时下午四句十分钟矣。

十九日戊午　晴。致王晓凡兄一信，交陈家长年送交，来接覆函矣。岳母邀留晚膳，陪客者李克三、任缉生、陈训甫诸君，相叙席散而别。

二十日己未　晴。早晨，自十里铺动身，即抵前宅，时上午十句钟。晤伯纯、仲厚、子修、季甫，互相畅叙而已。

廿一日庚申　晴。致王晓凡兄一信，致嘉先一信，均交老二带呈。岳母留宿一天，未识明日得能旋里否也。伯纯兄托余赴申之便代购水烟筒一枝。

廿二日辛酉　晴。致邱仲翁一信，罗怡亭姻长本邀午膳，因岳母再留而不克，只致片致谢矣。余之冬日皮衣历年以来皆自正月之杪、二月初旬逢日天气晴明总晒而收藏之，连日天气最佳，岳母再留一天，未得即日到家将衣服收拾，颇为挂念。晚刻，岳母席邀余与巨泉、毓卿、子修、端甫诸君及伯纯、仲厚两舅，相叙席散而别。

廿三日壬戌 晴。早刻，自前宅动身至黄城邱宅时方十句五十分钟，购买竹篁七言对、五言对各一副、大小竹篁戒方各一对，以备送人之助。过午膳后，即行动身，至家时下午四句钟另。接家君自客岁嘉平廿七日所发一信，内附致达云母舅、祝再姻长、洛卿丈公各一信，容即分送可也。言阿香与福缘均于客岁十二月十七日到署，所带各件均已带到矣。

廿四日癸亥 日阴夜雨，晚膳后有雪子一刻。致娄德辉兄一信，遣人送至海门，旋言德辉兄已于昨日趁轮晋京矣。晚刻，至梅翁府上少叙。相约至楚卿处，晤吴玉翁，相叙半晌而来。玉先言上年典中盘簿已于早刻交邮双保险寄呈家君矣。接周允东明府一信。

廿五日甲子 阴。致周允东明府一信，交邮寄至晋垣。致楚卿兄一信。晚刻，至文昌阁，晤载熙、伯端、少湖、舜卿、作羹诸君，相叙半晌，就道至舜卿处少坐而来。

廿六日辛丑 早至巳刻，阴、晴；午牌以后均晴。寄奉家君第十五号安禀一函，交海门邮政局转寄山西虞乡县署。致罗奚亭一信，交典中寄至黄城三星桥。今日天气，早刻虽有云护，而午膳之后日色尚好，又有西风，颇为清爽。余即将皮衣悉均晒，即行收拾箱笼，只将珠皮稍剩数件在外。但衣皮每年穿后约在正月之杪、二月之初须晒一次，藉得清气一番，加用漳水，分包附藏衣服之内，即可不坏矣。周建西兄柬邀晚膳，晚刻，至建西处，晤梅五姻长、少湖、作羹、载熙、舜卿诸君，相叙席散。

少坐，赵友竹先生及林占梅来叙一刻，而赵友翁言葛兰荪兄之夫人托人托其转与余言，家君有凭券一纸，系光绪念一年时所立，现在其家中，计洋八百元，是否一节。但此事系光绪廿一年时家君选授云南新兴州，出京时不敷，向其乃祖葛逸仙兵部所借之洋，至光绪廿三年三月之初，家君寄余附还葛逸仙兵部，计洋八百零七元。时葛公尚在都城，送交其周氏霞卿太太，当即取还收条一纸，时即函向逸仙先生取还家君凭券，当时接有逸仙先生亲笔福信，言明该洋均已收讫，注明原券近无妥人出京，恐致浪寄，只将原票涂销而已。后逸仙先生自光绪廿六年出京，在其周氏霞卿太太府上，余与周梅翁向取原券，据说有福函并有收条可以作凭。但余所存令尊手票，余出京匆忙，收拾行装，难于寻检，况票已涂销，倘他日寻出，即当寄还云云，以致延搁，彼未有寄还。涂销原券之后，葛逸仙兵部仙逝，上年其少君兰荪昆季又相继而逝。今兰荪夫人所检托人向说，余即将细情详告友竹先生，并即邀友竹先生及占梅来家，余即检出逸仙先生亲笔福函并其周氏霞卿太太收条与赵友翁及占梅详阅一番，以便友翁转达可也。时友竹先生与占梅去时已夜十句钟矣。赵友翁及林占梅今年均尚德小学请为教习。

廿七日丙寅 卯前，雨中雪子；辰、巳，细雨兼雾；未牌雨晴，至晚均阴。致陈仲善兄一信，交邮寄至京都祖家街实业小学堂。致刘剑郎兄一信，交典中转寄。致周载熙兄一柬，少顷，载熙兄及梅也、张谨侯转寄来叙一刻，送下照费开洋十角。即致楚卿兄一函，并附开洋十枚，饬老二送交矣。接杨柳河先生一信，言向盐号立帖租字据，须俟花朝前后也。

廿八日丁卯 晴。致杨柳河先生一信，交邮寄至郡城板巷口。接眉甫先生自本月初十日及十一日所发各一信，言侍妾曹氏于本月初十夜分娩一女，亦多添一分债主而已。并接到胡介翁一信。早刻，楚卿兄来言，海门水师营兵与防营警察勇、县差互相致闹一番，此亦笑话也。午膳后，至吴玉翁处少坐，同至楚卿处，晤王辉庭、袁卓轮、周载熙、邱遇琴诸君，相叙半晌而来。卓轮言，许郡英先生于嘉平月十三日出京，至廿五日抵里云云。前托陈渔樵先生带甬代刊牙石图章各一方，计刻工洋开洋八角，尚可将就而已。柬邀曾六舟先生、于元培、张谨侯、罗梅也、周作羹、星斋宗叔、陶习之、建西、少湖诸君晚膳，相叙席散而去。余拟三十日趁永利商轮至普陀小住两天，就道沪江、甬江玩游一番。习之亦于三十日动身赴杭肄业，履中可无寂寞也。

廿九日戊辰　晴。寄奉家君第十六号安禀一函，附致胡介眉先生一信，致许眉甫先生一信，均交海门邮政局寄署。致方翰卿兄一信，交阿三送交托定房舱一处。接何煊夫先生一信，言何见石老伯定于三月初六日由京动身赴甘肃高等审判厅厅丞新任。由京至洛阳轮车两天，人尚绥展，由洛阳至兰州计四十天，陆道艰苦异常，难堪言状，幸何见石廉访奉命署任高等审判厅厅丞，赴任之行，想经过各州县例应供给车马之需，亦免一番忙碌而已。陶习之兄柬邀晚膳，晚刻，至习之处，晤曾六舟、于元培、罗梅也、施、陈两教习、周孟东、汪伯端诸君，相叙席散而来，方将二鼓矣。

三十日己巳　晴。早刻，吴玉翁来叙半晌，言栅浦潘云轩家于昨夜被抢一空，计失两千有馀。贼去之后，地方人来至分府署，叫驻防勇丁，推而不出，此等勇目实在有乖职守。随致集圣庙叫人，即到至彼处，贼经去远矣。午膳后，即行动身至海门永宁商轮局，晤陶寿翁、习之、伯端、赤甫、申甫、孟东，相叙一刻而别。至海国春，晚膳后，至永利轮中。而所定房舱被俞温夫、俞若泉两兄所占，但彼至上海即行晋京。余至普陀仅止一夜之宿，只将该处与彼，况彼又有眷属同行，即或拼房，诸多未便。随移与邱斐南先生同舱。该轮值在香期，而搭客异常之多，即船中步履亦实为艰。每年香期之人客悉皆如是，非止今岁而已。即与斐南先生同拼一舱，尚可将就，出门人过熟通融，理之常也。斐南先生亦携眷属赴京，本法部小京官，今入法政学肄业亦将期满，可望进步也。

二月初一日庚午　晴。上午十句钟，该轮抵普陀，随即上岸，进紫竹林禅院，晤接客志修师相叙，言旧所住之处尚好，普陀清净，其佛地也。

初二日辛未　晴。每以二月二日遇晴，年岁必丰，花朝之日即曰探花谷旦之晨。早刻，同志修师至前寺普济禅院恭叩神圣之后，随至后寺法雨禅院恭叩慈悲菩萨。之后，是方两院悉均详阅，惟法雨禅院方丈房中桌椅、衣镜等颇为雅致而已，边有珠宝，观音系珍珠所积而成，上有观音菩萨圣像一座。志修师言西藏贡佛系是金身，不知某质，不得其详，均是玻璃罩盖而已。普陀山中前后两寺最大之处，余均恭叩而瞻仰，后未至各处经过，即转紫竹林。过午膳后，复同志修师至潮音洞恭叩菩萨，并瞻是洞而来。志修师言，普陀之古以潮音洞而为最，是亦有理。论叩神圣，普济、法雨两院均已扣过，复得潮音最古之院、紫竹禅林；论最大之处，前后两寺最大，沅均已瞻仰，何必再至各处也。晚刻，即送志修师洋十元，言明再勿作功德之事。自今之后，拟年年皆来至普陀山恭叩神明乙次，深为至幸焉。

初三日壬申　晴。早膳后，辞别志修师并其师伯圆德和尚，字广彗，即至码头。适平安商轮到埠，不意平安开至普陀即转台关后，隔日开至普陀赴申，此班名之曰短班，须初五日至普陀即至沪江。不已，转至紫竹林。但余至寺未作功果之化费，仅送洋十元，茶房、厨夫各费一元，况已出门，再若延搁，虽志修师再三客气，余自觉难以为情，况是处人客最多，心颇着急。晤开林师言，今晚广湖小轮开往宁波，但赴申道过甬江，日子亦同。即于午膳后时方二句半钟，承志修师送至道头，待至五句钟，湖广小轮才方到埠，即行到轮。该轮较之吾台永大小轮约宽一半，所坐房舱尚为宽阔，人尚安泰。房舱价洋一元二角，统舱价洋八角，茶房颇为招呼。到轮后即行开驶，少顷已抵沈家门。据该轮茶房阿定言，明日上午六句钟即行开轮，大约至下午二句钟左右即可抵甬。随过赴申之商轮，为时尚早耳。广彗和尚在苏州重兴西园，声名颇著。据说该处方丈法名曰三根，西园言在刘园相近，地方之花园最佳。余此番赴沪，拟至张丹翁公馆之便，就道赴西园玩游一天，亦广见识耳。

初四日癸酉　卯牌，细雨兼雾；辰刻雾散，阴；巳刻皆然；午刻见日色；未刻，阴；酉时蒙蒙细雨；戌刻，细雨晴，阴；以后皆然。早即开轮，过定海、穿山、镇海等处，至下午二句半钟抵甬江。该轮自普陀至甬船金计洋一元二角，统舱计开洋八角，另赏茶房、酒力洋一元。即嘱茶房雇一挑夫，将行李挑至宁绍商轮，人客颇多，房舱、官舱皆满。

幸该轮茶房招呼尚好，随与宁波人徐萼楼拼一官舱，计船金洋一元五角，统舱计洋五角，地方颇为舒展而宿焉。

初五日甲戌　未前，雨雾；未后雨晴，雾尚未散。上午五句钟，而宁绍商轮即抵沪江，随雇挑夫至老级陞客栈。适张丹亭镇军抵苏垣，相叙半晌，而抵苏之行可作罢论。丹翁动身之后，余至永利局，晤赵廉臣、吴秋圃、杨叔藩诸君，相叙半晌，而汪伯端兄、陶习之均未赴杭，与伯端少谈。习之昨夜出去，尚未转局。余转至栈，午膳后至隆庆里嘉纶先生处，适其公出，晤张湘荪兄，相叙一刻而来。余宗谱将"秉义"二字作为小名，"黄沅"即为部名，至上年更正之后，原有"秉义谨肃"图章，书函与家君及尊长之人加盖此式图章，今则"秉义谨肃"印章只函禀与家君用之，馀则均用"黄沅谨缄"图章加盖之，平辈信函仍用"乐琴书室启事"而已。

余前考供事，得议叙从九双月选用，前拟捐分指两次，托何见石老伯转托福清公代为查来，分发指项合计砝平足银六十九两，免验看足银六十二两，领平银十八两，浙江印结银一百七十五两。今煊夫先生惠函中附有见石先生亦托福清公代为详查双月从九捐分发指省合计共砝平足银二百四十八两，捐归议叙班银五十四两，免验看银六十二两，领凭银十八两，浙江印结银二百二十两，捐省分银七十两。所查为日无多，分指两项之银何至前仅六十馀两至二百四十八两之多，即照筹饷事例所载例银亦不过各银一百二十两，又以印结，仅隔一年之久，而从九小职加至六十两之则，实属不解。即捐省分一项，上年余在都，据许群英先生言，县丞亦只七十两之则，何至从九小职亦须七十两之多，想有舛错亦未可知。拟将捐指省分发并归议叙省分寄公砝平足银二百两与煊夫先生代为报捐，验看、印结、领凭等项容缓再图可也，至于前后不符之银数亦详达何君，未识是否耳。余之存心久有做官之想，若果出门，实无其意，否则十馀年前捐一通判、四大使等官亦是异事，今果想出门到省之念出于无奈，果做此等末职，出人之所料，亦出于自己所料之外也。今则虽言化数百元有用之洋抛于无用之地，只求此洋久于抛却，是所深幸。

初六日乙亥 早至午刻，雨；未牌雨晴，阴；以后皆然。致何煊夫先生一信，附公砝平足银二百两正洋，向永利商轮借用，函均托赵廉城兄转向大清银行兑换公砝平足银二百两，均交大清银行汇至京都南横街中间路北何公馆。早刻，至永利局，廉城言，孟东兄已于早刻到申，云赴至闽垣一行，方经出去未晤。转至栈中，而周孟东、汪伯端、陶习之诸君均在本栈而未去，互叙半晌。相约至三洋泾桥同福祥客栈，晤茅六谦先生、朱鼎丞、俞温夫、俞若泉诸君，相叙一刻而别。至张嘉纶先生处，晤叙一刻，托其代为函达甬江万春钱庄立摺连单各节，悉均允诺而别。少顷，接嘉纶先生柬邀明日晚膳。余即致函谢谢。即接覆函，定难推而允之。陶习之来邀至万家村大菜，同席者：毛善如、汪伯端、何渭春、张作舟、金质明、朱鼎丞、孟东、秋圃、俞温夫、俞若泉诸君，相叙席散而别。金质民又邀至桂香家点心酒席，同席者：陶习之、周孟东、汪伯端、俞若泉、俞温夫、朱鼎丞诸君，相叙席散，转至老级陞栈，时将十二句钟矣。孟东言明日即趁顺兴商轮动身赴闽。俞温翁言邱斐南先生于初二日到申，适有往北商轮，未及到栈，即行趁轮晋京矣。

初七日丙子 早至巳刻，晴；午牌，阴；以后皆然。致何煊夫先生一信，交账房江先生转饬茶房送交邮政局双保险寄至京都南横街中间路北。致何肃棠先生一信，交邮寄台。午膳后，至永利局，本送周孟东兄荣行闽省，适孟东公出，晤吴秋圃兄、金质民兄、张作舟兄、何渭春兄、汪伯端兄、互相畅叙半晌，言孟东因所定轮船明日开行，亦须缓至开行之日动身。顷与习之同至愚园、张园玩游，以致未晤为歉也。张嘉翁柬邀晚膳，席设二马路燕庆楼。即同仲甫兄至燕庆楼，晤张嘉翁及邵吴康、吴怡芳、黄漱泉、杨、张诸君，相叙席散而来。

初八日丁丑 卯前，雨；辰牌以后均阴。致章子端兄一信，交邮寄至横湖。午膳后至永利局，晤孟东兄，言明日可以动身，而习之、伯端、渭春、作舟诸君曾经赴杭。朱鼎成、俞温夫、金质民邀余晚膳并点心两席，即至精勤坊、清河坊三巷，晤若泉、衡士、秋圃、陈鹏飞诸君，相叙席散，转至老级陞栈，已将十一句三十分钟矣。雄飞兄言，娄德辉别驾肄业京都分科大学在北京马神庙之侧，写信加“马神庙”三字即可送投也。

初九日戊寅　辰前，雨；巳刻至酉牌均阴；戌刻均雨。致娄德辉兄一信，交邮寄至京都马神庙分科大学。至张嘉纶先生、张湘荪先生各一柬，邀其每日申刻至海天村便酌一叙。午膳后，孟东兄来言，新裕商轮方至今夜开行，相叙一刻，送至轮中，少坐即别。就道至平阳巷永和泰客栈，仿[①]渭春、作舟两兄，言其赴杭，未晤而来。接张丹翁代致嘉纶先生一信，即托江先生代为饬纪送交矣。晚膳后，至大舞台看戏，至毕场而来，时已十二句三十分钟矣。

初十日己卯　雨，不甚大。致邱楚言姻长一信，交邮寄台。柬请嘉纶先生于海天村晚膳，适张丹翁方自苏州因公赴杭，道过沪江，同邀相叙，并邀仲甫、俞若泉、陈雄飞诸君陪客，相叙席散而别。复同丹翁、雄飞、若泉诸君至大舞台看戏，至十二句钟而来。张丹翁言赵次帅奉命入觐，就道与端辛帅、张安帅、程雪帅、增子帅相酌军国大事，抵苏一宿，即行抵浙。程雪帅札饬丹翁所统兵轮送至杭城，今方便道来申，明日即转姑苏耳。今阅《新闻报》所纪俄兵占据伊犁之温宿颇为吃紧，上召赵制军入觐，定有一番整顿戎行之举。报中又纪徐菊人相国有荐袁慰亭宫保，得邀监国动容，未识即能起用否也。拟明日下午趁江天到甬，转趁永宁旋台，约十四日方可抵里耳。若泉兄诸君云渭春兄此番赴杭，为其令伯见石老伯简命赴甘肃新任，其伯母随任到甘。见石老伯之世妹适杭州孙补山广文之少君，今渭春兄接其令姊与其伯母母女晤叙一番，应此而往也。

十一日庚辰　早至未刻，晴；申牌，阴；以后皆然。早刻，至隆庆里张嘉纶先生处，托其代与万春钱庄来往一节，承荷代为担任。代致

---

① 当为“访”。

甬江钱庄经事孙恭甫先生一信，交余为带交，以便取摺及联单，并少谈。别后至栈料理行囊，付清栈费后，过午膳，承仲甫兄送至永利局，而张丹翁来少顷，福建候补道吕丈起观察渭英并年凤臣明府来叙半晌而别。昨托秋圃代购各均已买来，托定江天商轮房舱，客位已满，只买立大商轮官舱。至轮，晤郦漱芳兄，相叙一夕，言在甬江内关，久年未晤，相叙言欢，深为至幸。该轮于四句钟开行，但立大商轮系太古，余应明日礼拜急于旋台而趁该轮到甬，非急旋台，即待一天，不可趁太古商轮，是为至要。

十二日辛巳　早至巳刻，雨；午刻雨晴，阴；以后皆然。早六句钟，该轮到宁，即至永宁商轮局，晤朱雨田、翟姓，言永宁曾已往台，惟宝华明日往台，过早膳后，至钱行街万春钱庄，言孙恭甫公出，晤其副手邬苓年，相叙一刻，出示嘉纶先生一信函，言嘉纶先生已有函先到，曾经接洽，即立有凭摺一扣，将存嘉纶先生之款一统过入摺中，并取有联单一本，余将所用图章为凭摺者悉均言明一切。别后即至君子营张公馆，晤寅侯兄，相叙过午膳，就道至内关，晤郦漱芳兄，相叙一刻，托其代为篆书对联一副，系四尺宣纸。别后，转至永宁局，日已西沉，即将行李挑至宝华轮船房舱安置。晤黄镜三，留过晚膳后转轮宿夜。

十三日壬午　阴。致郦漱芳兄一信，即托镜三遣人送交，取昨日托写之对联，系铁线篆，最为精勤老到。篆书中以铁线最为难写，但漱芳之铁线将来必成一家耳。少顷，解昆珊来言，由苏沪办货到甬转台，同得一舱。该船至下午一句钟方开，至晚抵定海。

十四日癸未　早至午牌，雨颇大；未刻以后均阴。该轮至下午三句钟方抵海门，即将行李搬至永宁商轮局，晤王芹甫、王叔衡、徐富春诸君，相叙一刻，随乘轮至家，时经五句钟矣。晚膳后，至梅翁府上，同至建西处看新人，少坐，至楚卿处，晤楚言姻长、吴玉成参戎，相叙一刻而来，至家方将二鼓矣。在永宁局时，同芹甫先生至顺兴洋油行，晤马冰生相叙一刻。但冰生能画雁荻之技，但用松烟必须胡开文之松滋侯，其物品最高每斤价洋六元四角。余在沪至内城之便，向曹素功购有松烟名曰“黄山松烟”，价计每斤九元六角。今则两相比较，不及松滋之多，可见松滋侯系胡开文所卖价廉物美耳。言家慈与陈家岳母均于初七日赴普陀进香尚未旋里。永利明日抵台，想趁永利旋里也。

十五日甲申　早至巳刻，雨颇大；午、未牌，阴；申刻又雨。……河先生一信，交嘉先送交，并嘱嘉先向李谦益……刻，趁永大小轮赴郡，致章伯纯兄一信，并附托买水烟筒一支，遣阿庆送至前宅。致花君一信，交邮转寄。致徐富春片，向取洋镜，遣阿三送交，当即取来，此镜即在申时嘉纶先生所送人情也。家慈与岳母均于早刻趁永利旋台耳。吴玉翁于晚刻来叙半晌，言楚卿兄近来俭约异常。凡人生向来从俭，一时而奢；或向来奢侈，一时而俭，皆是返常，非吉兆也。但楚卿向来奢侈，今则一时过于俭约，与返常不相上下。倘是返常，果合古人所言，亦非吉兆耳。并云嵩子山太尊于孔兄最为亲近，并且行政颇非大局之事过多，为徐富春、王槐卿之事颇挂陶寿翁，闻其事已于雷芸阁统领代为说开。又闻寿卿、楚卿互酌，将嵩太尊想法调动，未识如何落手。晚刻，至寿翁府上，言与楚卿均至海门，想为糟蹋嵩太守相议而去也。虽以富商、巨绅与郡守为难，亦不知谁为上下焉。

十六日乙酉　早至未刻，雨；申牌雨晴，阴；以后皆然。致张嘉纶先生一信，交邮寄至上海后马路隆庆里万选庄。致娄德晖兄一信，交邮寄京分科大学堂。午膳后至椒江，晤于元陪、张锦侯两君，相叙半晌，过达云母舅府上少坐而来。前宅之仆来，伯纯兄之烟筒价洋带还清讫。接罗怡翁一信。

十七日丙戌　早至巳刻，雨；午牌，细雨；未刻雨晴，阴；以后皆然。致陈庆韶先生一信，附还代刻图章工洋八角，又附带费英洋一元，系万春之洋小费。致万春钱庄第一号要信一函，附洋五百元，均托陈虞翁代为带至甬江钱行街。致永利局账房徐富春兄一信，附还由沪局汇来英洋三百元，付还清讫。以上洋、信均交嘉先专送海门分投。致张丹庭统领一信，致周允东明府一信，均交邮筒分寄。嘉先来，接徐富春兄覆信一封，言洋均收到、登册、对销矣。接网局代送黄镜三一信，前在甬时，托其代选长女于归吉日，今日甬江陈日省敬时堂选来，在明年二月廿四日前。王家价来，传说已选在明年二月十一日，虽无窒碍，须函询是否可也。王家来言，亲母已赴普陀送日子，于二月恐来不及，只缓至四月，余即允矣。黄星斋宗叔托余书致允东明府候函，余代其书就，适阿庆至下街之便，交其带交矣。嘉先于十五日至郡，方于早刻来，同昌益记凭摺曾已换来，今年正二两月帖费亦均向取清讫。并言何见石老伯之太太曾经赴沪，其置一妾亦近日晋京矣。

十八日丁亥 辰前，雨；巳刻雨晴，至晚均阴。致何煊夫先生一信，内附同知职衔实收一纸，饬阿三送交海门邮政局双保险，托其寄至京都南横中间路北，托其同知职衔之实收移奖从九五品顶戴，否则另行想法可也。致王吉人先生一信，附甬江择来日子一纸，交长高先生送至黄城。致刘剑郎兄一信，亦交长高先就道至路桥收账送交。致章子嵩先生一信，交老二带至莘山转寄太平县城。但章子翁今在太平中学堂教席。午膳后，达云母舅暨周梅翁来言，同昌各帖东与益记订约一节，须叫人上府面商一切，拟邀少愚到郡面言。即邀少愚来，嘱其明日到郡。今则帖税虽均清付，只恐日后更移，今则与其订约为是也。晚刻，女媪自海门来，携有娄德辉兄一信，言上月赴甬一行，即行旋里。余未识其详，只知其入都前由上海，及到家后两寄候笺皆掷石头城下也。今言廿一日远行，想系晋京耳。

十九日戊子 晴。致娄德晖兄一信，交典中送交，并附典中抄账一纸，计洋两百六十五元三角。致吴秋圃一信，交邮寄申。典中夥立茂来，接德晖兄覆信一函。午膳后，至吴玉翁、楚言姻长两处，均相叙一刻而来。余便用图章本有“乐琴书室”四字蛋式一方而用之，无如此块图章样式土俗异常，即或用之，以“怡情”二字小图章而代，今将此块“乐琴书室”小章与嘉先加盖收租谷票及常用之件，余便用以“勤谨”小章长方式而用之。但此块图印在无要紧之字条，倘若紧要、恭敬信函者均另有图章而加盖也。晚膳后，至星斋宗叔府上，晤楚言姻长，相叙而来，至家时将二鼓矣。

余前后购有玉兰花六盆，坏于寒热者四盆，尚有一株亦几坏，全鲜者只一盆耳。己酉初夏购有玉兰一株，即种于地，当在大小夏时，已加盖凉棚，值至秋令即去凉棚，不想秋日太热而坏，可见畏日。又有一株种在花坛，夏盖有凉棚，无碍，值至十月迟数日加护后，虽坏而复抽，未识得转新鲜否也。上年余赴晋之后亦坏三盆，想受寒所致，余今在沪，至西门陆永茂花园，而玉兰数百盆皆藏玻璃屋内，时已二月尚未出宅，其畏寒可知矣。玉兰之香不过如斯，其金贵有若是也。仅只一盆，今年未识得能茂盛否也。余未得花性，实难调治，种客厅前之花坛粉重台牡丹两株，曾拥猪肠数次，又种在典中花坛紫平头牡丹一株，不知何色，虽拥猪肠亦是一次，今年最为有力，余之客间前之牡丹返如无力之象，不知何故，亦不知多拥所致也。但客间前之牡丹返如无力之象，不知何故，亦不知多拥所致也。但客间前牡丹一大者尚能开花，只无力耳；一小者蕊有两朵，尚缩而不能伸放，叶亦如斯。果过于有力，花虽不开，叶定茂盛，今则花叶皆然，究是何故，不得而知。此两株虽皆是粉重台，前年开放一大者之花，不及小者之花浓壮宽大，今小者之牡丹尚缩而不伸，深为焦急，未识迟数日后已结两蕊均能盛开否也。余之牡丹数种最爱是栽客厅前花坛小者之一株。凡购牡丹，不论工拙须在本地寻觅而不失，倘向上海购来，只开一次之后而不能再开耳。余向上海购有四株，仅开一朵，即陶寿翁购自沪江之牡丹十馀株，悉皆如是，即可明证矣。余最爱是素心兰两盆，悉均茂盛，今年一开八朵，一开九朵，叶皆得力，深为至幸。茶花约在冬杪初春开放，即陶寿翁家之茶花亦然。余植茶花数盆，惟白者已开，今亦已迟，其馀蕊虽不少，看其开放尚需时日，想余上年远行之后失于倍植所致也。以余想之，牡丹多钟数盆，花虽壮丽，为日太少，而爱其花种之贵。植素心兰首在本山素，次龙岩素，次剑兰。花香而又文且久艳是茶花，但茶花得植数十种，亦能经久。最好菊花，无如菊花极难调治，得能细心倍植亦艳而且久耳。花能解忧，得识其性种植之亦一佳趣也。

二十日己丑 早至巳刻，晴；午至申刻，阴；酉时以后均细雨。致娄德晖兄一信，致英贤师一信，交邮寄天台粘花室禅院，托其代买素心山兰，未识得能代觅若干否。晚膳后有云陶寿翁自海门来，至其府上，相叙半晌而来。

廿一日庚寅 早至巳刻，雨颇大；午牌雨晴；至晚均阴。接何芷升兄一信，并朝考朱卷、优贡卷及惠多珍领对联一副、纨扇一柄，徐珍璧谢。对系八言，徐花农侍郎所书也。敬使一元，格外客气而已。午膳后，陶寿翁与醉香、少云来叙一刻，相约至周梅翁府上，畅叙半晌而来。

廿二日辛卯 晴。致张仲甫兄一信，附洋念元，饬阿三送交永利茶房，阿昌兄代为带申转交该洋念元，系在申时向其暂撮而还之。致陈虞韶先生一信，致黄漱泉兄一信，致吴秋圃兄一信，交二头带至沪江永利局。致智修师一信，均饬阿三送交。来接虞韶先生代取万春钱庄收条一纸，并漱泉一字。接周允东明府一信，附山西上年大计单一纸，卓异官蒲州府奎太尊弼、隰州直隶州李直刺保邦、太原县张明府秉彝、襄垣县刘明府焕衢、汾阳县郭明府拱宸、宁乡县张明府志曾、繁峙县周明府笃祜、隰州学正孟广文步云、布经历邹璜。按：经历金宸寅以下不谨年老有疾等官并无州县而已。

廿三日壬辰 辰前，阴；巳、午、未刻，晴；申牌，阴；以后皆然。寄奉家君第十七号安禀一函，交海门邮政局寄署，又内附致眉甫先生一信，另致眉甫先生一函，附水笔五支，亦交邮筒寄署。午膳后，陶寿翁来约同周梅翁、达云母舅、翁子俊、叶蓉秋、徐汉清、王子轩诸君至横泾看戏，晤吴玉翁、叶石甫、潘云轩、黄楚卿、蔡新芝、邱楚言、黄星斋诸君，畅叙半晌，至家时将晚膳矣。楚卿言三月初十日省中咨议局开临时会，又开监督会，预期楚卿与载熙两兄均至省垣一行。阅十二日

《申报》所纪陆军部裁卸部员名单，纪金仲弢主政兆璜现调至法部候补。

廿四日癸巳 晴。致何肃棠老伯一信，附丹亭兄托余代为送其令弟煊夫先生拔贡人情洋四元；致何芷升兄一信，附送其人情洋六元、华腿、茶点等，均饬吕保送至郡城矣。早刻，王子衡兄、林葵南兄来叙过午膳后而去，云黄岩县知县胡克之明府奉檄调赴太原本任，现署黄岩县知县陈明府于今日任事矣。

廿五日甲午 晴。致万春庄孙恭甫先生第二号要信一函，交邮政局保险寄甬，出第一号联单于大新，计洋一千元，该洋言至廿九日付一半，馀俟三月初七日付讫。致周允东明府一信，交邮寄晋。接家君自初六日所发一谕。致叶祖香公祖一信，即行送署，附接眉甫先生一信。午膳后，天气颇为和暖，余将木犁花分种六盆，至晚转冷，未识得能无碍否也。

廿六日乙未 晴。致周在舆先生一信，饬祥朋送至海门，言其在南尚未旋台。午膳后至楚卿处，晤寿翁、玉翁、性言、楚言诸君，言昨巡警局之巡士与周姓妇轻嘴滋闹，两相口角，致起阖方风潮闹局，现均详察原情。相约至巡警局，而梅翁、星斋两君少顷亦来，公议将滋闹之巡士四人先交陈巡查看管，即行拿获滋事为首者三人，到后即行送署惩办，以儆将来。此先行拘禁巡士以后革办，以儆不应与妇人轻嘴，未奉巡官之命，即行拔人拿获滋事之人，以儆不应先行闹局之野蛮，此为两相惩办，颇合于理耳。吕保自郡垣来，接何芷升兄一信，并附还昨日交其原价带璧之搢绅、麻姑两件，并接肃堂先生覆片，言明“函件收到，福函另寄”云云。

廿七日丙申 辰前，阴、晴；午牌，晴；以后皆然。致何芷升兄一信，致周孟东兄一信，托购台湾席两领、珠兰等，均交海门邮政局分寄，惟孟东之函不知其在福建何处，寄泛船浦黄万记苏时卿代为转寄。接章子端兄一信，言在申所寄一函竟将邮单未贴亦经寄到，可见邮局最为见信。接胡旭初老先生一信。午膳后，陶寿翁相邀至巡警局，少顷，楚卿、梅翁、星斋、性言诸君均来，公请邑侯程蓉生公祖亦到局，即将滋闹之初巡长王化南责手心一百馀，巡士三人均责手心五十，均折革，复将闹局之聂、葵两人，一责笞五百，一笞一千，均交保释放矣。事后管带台防第七营金都戎号寿山来，均互叙一刻。少顷，叶祖香公祖适自省垣旋台，道过石浦厅署其令祖唐司马处少住两天，今日到署，亦就道至警局，晤叙半晌而别。来时，过谱香母舅处少坐而来。昨陶寿翁托余代其书致唐枚卿明府一信，早代其书就，交其来人送投矣。

余有朱砂印色，所用多时，油燥，今早加油，再加朱砂、赤金两贴，再行调匀，未识得能经用否也。余之所用图章原有"匣镜琴丝"并"勤以补拙"，一方式、一蛋式，作为汇信之需，此最为紧要。有一满字中嵌"大吉"二字，及长方式刊行之以中心，又方式"葭山樵隐"，又长方式"心正"二字玉章，加盖联票之需。刊名号者，有一象牙长方式"质诚"二字为汇票中加盖而已，其馀刊名号之牙石图章方便均为盖印书写而已，不足为凭。长方"勤谨"二字方便之需，亦不足凭。总而，余今所用图章，一方式刊"匣镜琴丝"四字阴文，一长尖式刊"勤以补拙"四字阳文，曾与庄上言明，作为汇划之图记，此最紧而已。另有紧要之章，再行详记焉。余之所用墨绩均是松烟，非好写字者用之不多，余之所用松烟与各人用之兰烟易于辨识耳。

接张仲甫兄一信，言交昌相带还英洋念元曾经收到矣。晚膳后，至楚言处，晤周梅翁，相叙半晌，言及曹绍雍统领将自戊申之冬撤差以后皆住在海门为家，今将转赴湖南原籍去矣。并言上午抚宪增子帅遵旨裁撤绿营，将吕道生军门以浙江提督改为浙江全省总统之任，现请病假旋里，增中丞檄委前台防统领常品莲为浙江全省总统。但常品莲总统自随吕道生军门到浙，初为差官，继为营官，再委省防并统带台防，现接吕军门之任，其官运可谓佳之最矣。旧日营制，每营伙夫、挑夫在外，足勇五百人，每一旂足勇二百五十人，续改为对，每对三百人，或一百五十人，今则每一营足勇仅只两百人。旧日官制言之甚识，现在武职之新名目颇多，甚难记忆耳。

廿八日丁酉　卯前，细雨；辰牌，阴；巳、午、未刻，晴；申刻又阴；以后皆然。午膳后，至分府署张少岩处，少坐即行晋谒叶祖香公祖，相叙半晌而别。至椒江中学堂，晤载熙兄，托其代带象牙扇骨一把，交杭城舒莲记定换小骨琼竹，又托向购松滋侯墨四块，计重四两。就道至吴玉翁处少坐，言与寿翁、楚卿相酌，巡警局之巡士本有八人，内四人昨闹，经程蓉生明府饬革。尚有四人，又恐有事，欲与海门之巡警局互相对调，此亦甚为美善。

廿九日戊戌　阴。致张仲厚兄一信，遣阿庆专送前宅，向(取)俞芝仙之凭券，方于午刻，其凭券遣人送还矣。

三月初一日　己亥，早至未刻均晴；申牌，阴；以后皆然。致叶仲渠兄一信，另致张仲甫兄一信，托其代为转寄苏垣督练公所及卢鹿萍公馆两所，询投可也，该函交邮寄申。余栽有本山素心兰两盆，最为深爱，一栽砂盆，一栽菊花盆。但砂盆颇浅，垫砖瓦不多，见水难于即丽，兰叶颇有白点，推原其故，积水之所致。况栽菊花盆之兰初来不多，今年花开九朵。砂盆之兰初植已旺，今年仅只八朵，不及菊花盆之易发。余将砂盆之兰挖出，即行栽植菊花盆矣。复将砂盆即栽玉簪花盆，色红花，叶绿，颇为有趣耳。午膳后，周梅翁来约至楚言处，相叙一刻而来。

初二日庚子　细雨。早刻，王子衡兄来叙过午膳而去。忆客岁三月初二日方抵山西虞乡县署，叩祝家严，转瞬间曾已全年，如同昨日。人生老之将至亦如早昔而已。纪晓岚先生《阅微草堂》有云："百物过眼如浮云"，斯言真不谬也。人生毕世亦如大梦耳，为人生者朝夕无愧于心，存诸于心；作事只以人负我，我不可负人也。万望后人以余两言而行之，是为万幸。余书篆文自前年书写之后，上年赴晋一行，未写者复已两年，以今日复行临摹焉。余客间前东首朝北之半边花坛前栽有玉兰一株，前年被冷凋零，上年夏月少有抽转，仅只两茎，不能成器。早刻，子衡兄言，东庄有许姓裁缝老司家植大牡丹一株，即托其代探，倘是大红或粉红重楼者，向其购买移栽是处，颇为相宜。墙外夹竹桃花已长过墙，内有牡丹亦为相得。余植牡丹多株，真是重楼者系粉色，仅只一茎，亦不大，今年不知何故，虽有一蕊而不能直透，未识得能开放否也。花之牡丹以此茎为最，馀有粉色重楼，不及此茎之佳，得购多种广而栽之，深为至幸。余旧日所存茶花两盆，一白者曾已开完，一桃红六角重台花蕊颇多，均未开放。看其放花尚需时日，不知何故。其花本颇为滋嫩，其开放迟之乃是想中有窒碍之所致。如何窒碍之处，不得而知，未识迟而能放否也。陈舜卿兄代买茶花八盆，内中四盆已作罢论，其馀之茶一是桃红六角，重台颇大，一是桃红六角，重台稍少。尚有两盆亦不开放。但陶寿翁府上茶花均已放齐，余之茶花何至迟之乃是也。

初三日辛丑　阴。接甬江万春庄一信，系上月廿九日所发。接何肃棠先生一信，言其世兄渭春于上月十六日到家，即于十九日动身晋京矣。并言增子帅准开临事会，定在本月初十日召集各府议员晋省集议，不知应何事件，拟于初旬动身到省，前据楚卿亦云初旬晋省云云。叶祖香公祖应赴省旋署拜客，即饬丁挡驾。

初四日壬寅　阴。致王子衡一信，嘉先转交小敖代寄北山。致周在舆兄一信，因其在甬不知所宿之处，另致黄镜三一信，嘱其送交。致张丹庭统领一信，均交邮筒分寄。致何肃堂老伯一信，饬祥朋送交。李舜卿与与陈赤甫等拼开海门官绅旅馆，前送人情，方于昨日发帖，本邀至海门，因无人去，移至文昌阁，相邀晚膳。即至该处，晤陶寿侬、周梅五、李舜卿、周载熙、达云母舅、王俊卿、黄锡九、赵友竹、曾六舟先生、徐汉清、黄少湖、黄道周、陈月波、周作羹、王云梯、邱遇琴、蒋敬甫诸君，相叙席散而别。与寿农、梅五、舜卿、汉清、载熙各人道过建西处少坐。陶寿翁代吕林相借建西处放头，而寿农、汉清、赤甫、舜卿合战之后，余即来至家，时方二鼓矣。摩鹊本可消遣手谈，全然无钱颇为无趣，即或赌钱，以洋一元底足矣。但彼之摩鹊底均是五元或十元，如是之巨，即有输赢，变成赌钱，非君子之消遣，余只却之可也。

初五日癸卯 阴。致李克三先生一信，交典中转寄黄城。祥朋来，接肃堂先生覆柬言明日下港趁轮晋省云云。接家君自二月十八日所发一信，言妾曹氏所生之女殇，作为罢论可也。又接眉甫先生一信，附寄霞卿太太一信、周梅翁一信及达云母舅一信，均饬祥朋转投矣。晚刻，吴玉翁、梅翁及达云母舅来叙半晌而去。阅二月廿五日《申报》恭记二月廿四日内阁抄奉上谕："志森着调补山东布政使；山西布政使着王庆平补授。钦此。"同日奉上谕："山西提法使着李盛铎补授。钦此。"按：山西布政使王方伯字耜云，由浙江盐运使奉命补授山西按察使，自上年春月抵任，旋奉旨各省按察使均改为提法使，奉上谕山西提法使即着王庆平补授，现经简命布政使，其官运可谓亨通也。

初六日甲辰 早至未刻，阴；申牌，细蒙雨；酉刻细雨晴，阴；以后皆然。致刘剑郎兄一信，交玉先代带路桥。午膳后，吴玉翁来叙半晌，即至海门元泰栈，适楚卿赴省之便，托其代买暖脐膏十张、小象牙图书四块，并晤叶石甫、陈舜卿两君，相叙半晌。至永利局，晤徐富春、陈少山两兄，相叙一刻，至永利商轮方翰卿兄处少坐。适何肃棠老伯趁永大小轮抵埠，即至轮中晤相畅叙。适张鼎臣兄来谈半晌，留至海国春晚膳而别，至家时将二鼓矣。

初七日己巳 早至午刻，阴；未牌以后均细雨。致陈舜卿兄一信，饬老二送交，向取昨购之花盆四口。晚刻，又欲购砂盆四口，再致陈舜卿一信，托其代购，计洋两元二角八分。早刻，至葛太太处少坐，就道至椒江中学堂，晤蒋敬甫、周作羹两君，相叙一刻而来。午膳后，至达云母舅、梅翁两处，晤叙半晌而别。黄岩王质夫先生令孙仲藩兄胞侄聘俞棣生先生令媛，客岁之冬赴广西成礼，上月之杪，夫妇偕旋。接仲藩兄柬云彼于明日初八庙见，即行照来往人情送礼矣。现俞棣翁任广西高等审判厅厅丞，家眷均赴桂林，所以至粤西毕婚也。

初八日丙午 卯刻清明佳节，早至辰刻均阴；巳牌微微细雨；午至申均阴；午牌仍微细小雨；以后皆然。早刻，有东北风，不大；晚刻无风。云色是暗白，即是护云天气，全日皆然。致尤秀卿兄一信，向其族叔从衡分白珠兰，饬阿庆送去，来携白珠兰两盆，即嘱小头栽植。据说白珠兰不香，不及珠兰之好，既已分来，亦栽一盆而已，未识其花若何。昨购有紫砂六角花盆两口，顷将素心兰植在其中。昨所购之圆式、六角式紫砂盆各两口，即将茶花四株移植其中。但其盆稍细，所植茶花亦不大，尚可将就。而今移植者，不过以壮观瞻耳。他日再购各色梅花植在其中，原植茶花购白圆盆栽之，更为至妙。日间无事，只栽花木兼写篆书，藉堪自娱耳。仆从阿三自太平来言，太平县城五官相家有全白大牡丹一株，未曾言价；又，钱家亦有全白牡丹一株，讨价洋十元，不及五官相家牡丹之大。倘果是全白重楼者，能放十馀朵花，价即洋十元亦不为贵耳。但余之客间前天井之地颇少，只以牡丹等花栽植其中，尚不占地。彼有白色重楼之牡丹，余准向购可也。并言托路桥刘剑郎代定之嫁资须于月之中旬可以向取矣。

初九日丁未　阴。致世治先一信，邮筒转寄太平县城泰隆典，嘱其亲至五官相家并钱家，看其所载牡丹果是全白色花是重台者先为向购，俟九十月间遣人向取可也。但牡丹之移植分栽均须九十两月为宜，上春若动，只叶而不花耳。接陈仲善兄一信。

初十日戊申　早至未刻，均晴；申牌，阴；以后皆然。致叶辅廷先生一信，内附仲善兄原信，交邮寄至黄城。致张少岩一信，饬阿三送署收发处。又致少翁一信，亦交阿三带交。早刻，至分府署，晤叶祖香公祖，相叙半晌而来。午膳后，张锦侯、王味清两君来叙半晌，锦翁言其太平有大红牡丹，余即托其代购一株。余之客间前花坛有三，一长式，二均半边，拟植大牡丹四株，得均齐放之时邀客畅叙数天，亦人生之乐事。明地老司来，载有嫁资两载，随即饬仆扛进，所做各物颇(外)行，既已做就，只得将就。惟双扇门橱一口，嘱其加四扇门而已。邱楚翁来叙，过晚膳而去。

十一日己酉　早至辰刻，雨；午牌雨晴，阴；以后皆然。晚刻，祭扫先慈周太恭人墓并扫元配章宜人坟，毕后，小妹自莘山来。但叔文妹倩故世之后，小妹寡归迄今三载，均未出宅，今已过小祥，方来视母，亦礼之备矣。允东明府府上遣价，言赴郡向同昌益记换取新摺，恐不顺手，余另与一片，代托杨柳河先生，可以不致隔漠矣。晚膳后，陶寿翁价来言，于晚刻自海门来，即至寿翁府上，相叙一刻，言苏州顾绣等件托栅浦施月初颇为内行，余拟将遣嫁长女之顾绣各物托其代买可也。并约余至建西处，晤周梅翁、徐仲甫、徐汉清、周少云、黄道周、王少亭诸君互叙半晌，至家时方二鼓矣。

十二日庚午 雨。致张丹翁一信，交嘉先送交海门邮政局寄苏州盘门外吉祥里。现值牡丹盛开，不意多雨，恐致易谢，今年再植之后，明岁更增茂盛，拟做花架，加用油布盖之，足能多日之赏，是所至幸。晚刻，陶寿翁来叙一刻，言明日赴甬，就道抵申一行。

十三日辛亥 晴。寄奉家君第十八号安禀一函，内附致眉甫先生一信，饬阿庆送交海门邮政局寄署。致陈舜卿兄一信，内附前托买砂盆找洋三角，又，保险开洋一角，托其代为函托苏时卿由闽代购三号堆龙凤全皮皮箱一对、坑枕、坑垫、椅垫等件，此函亦饬阿庆送投。致杨伯藩兄一信，托其代买二号皮箱两对、三号皮箱五对、扁皮箱一对、大小小皮箱两只，大小统计皮箱十八只，并附英洋五十元，倘若不敷，托代过入总局，就近付还可也，均托阿昌兄代为带至上海永利局。晚刻，施月槎兄来，托其代向苏州购买各物、顾绣、花衫、花裙、帐前并坑枕、坑垫、椅披、椅垫、大小桌衣各物，均抄单面托，彼言下月初十左右方能动身，至时再行托购衣料等件可也。

十四日壬子 晴。寄奉家君第十九号安禀一函，交邮寄署。致施月槎一信，饬老和尚送交。嘉先言，继善相已于初六日趋赴山西虞乡县署，并不与余一言，未知何故。但其令叔少圃表叔公上年到署，并无所事，今继善相又要赴署，皆因旧日所闻知县衙门官亲出息最夥。不想今日知县衙门漏规全无，在山西各州县更尽，即虽内容实告，彼则不以为然也。今赴署之后，方知知县衙门之情形耳。晚刻，至椒江中学堂，晤于元培、张锦侯、蒋敬甫诸君，相叙而别。敬甫兄言，郡城有人再控楚卿贿买议员之案与高等审判厅，想此次晋省再至高等审判厅再行复讯亦未可知耳。但楚卿于前年在地方初选议员之时，即将票轨自行开出，填写同党之人，预备复选地步。至复选时少两票，向仙居之初被选者购买，以致互相攻击，亦报应之昭彰耳。

十五日癸丑　早至辰刻，雨；巳、午、未牌，阴；申刻至酉均晴；以后皆然。接张嘉纶先生一信。早刻，马屿头遣人来言，二姑婆进坟之期缓至冬至前后。早刻，至马屿头，上先曾祖诰封通奉大夫沧山公并先曾祖母诰封夫人应太夫人墓，叩毕后至德生府上，过午膳后即来。

十六日甲寅　阴。早刻，子衡、辅香两兄来留过午膳后而去。晚刻，周潜溪即在舆先生来言近至瓯郡，即托其代买藤椅衣头等件，即付其代购英洋念元。但镴器俟至下冬托购未为晚也，今若购来，至时亦须修琢，诸多不便耳。吴玉成参戎、周梅翁来叙间，适曹绍雍都督来辞行拜会，相叙一刻而去。值叶祖香公祖柬邀余与梅翁、玉翁，即同进署晋谒，互相畅叙半晌，言及海门天主堂筑城隍浦之桥，百姓滋闹，地方公信与叶公，而叶公不知其事之原因，来邀询问一切耳。

十七日己卯　早至午刻，晴；未、申牌，阴；酉刻，晴；以后皆然。致周潜溪先生一信，饬祥朋送交，饬丁还谒曹绍雍都督。晚刻，购有彭雪琴宫保墨迹小堂直条墨水梅花四轴，计洋四元，后再加洋一元，余深欣幸。但彭刚直公真迹最非易求，今余以洋五元而得之，是为大幸耳。另日便至甬江，托相识者挽一手民细心装裱，不论裱工多寡，是为至要。万乎不可托人代裱，恐被扯其上层为虑，必须挽一可靠之友，交一可靠实手民代裱，可无此等之虑。余于丙申之春晋谒王弢夫京卿出示彭刚直公墨迹梅花少许，言其妙不可言，余欲得其少许而不得，今无心间而得彭宫保墨迹梅花小直条四轴，喜出望外，深为至幸。详阅此画图章，阴文刊“彭印”、“玉麟”，阳文刊“雪琴”，细想与王弢夫京卿家藏之梅花印章相是，又印有“青宫少保少司马”图章一方，与楚卿家墨榻梅花及董鲁卿兄画局中挂有彭大司马之墨榻梅花相似，朱色极为鲜红，可见画家图章印色不次也。而今已得，余于书画中增一贵重之宝，惟愿子子孙孙世世守之，善为藏之，不负余于苦心相求，为幸多矣。

凡书画家非只工于书画，半在人品：人品正，书画只可将就即好书画；人品不正，书画即佳亦非好书画。人品若正，书画亦佳，可谓至宝。但彭雪琴宫保玉麟在国朝中兴柱石，一生品行端方，所画梅花最佳，足为当世之至宝。余自幼迄今所集书画颇多，今得彭刚直墨迹梅花并桂雩门明府复砖文兼八分小直条、张岳松行书、朱绿�女士怜设色花卉、钱南园通副沣楷书对联为最佳之品，蒋南沙相国廷锡设色花卉、张曲江先生藻设色花卉、林鸿年梅花、傅歉生先生先生濂山水墨竹、吴康文二尹廷康八分砖文、贺太峰先生惇庸行书、查声山行书次之。诸君书画不在彭宫保之次，而一生事业不及彭宫保诸公耳。按：彭雪琴宫保一生事业本朝中兴柱石，未有不识者，无庸再赘。桂雩门明府以举人教习选授云南某县知县，经学最佳，注作最多，《国朝先正事略》经学门最为详晰。朱绿筠女士系杭州闺女，当咸丰年间粤匪入城，即行服毒自尽殉难。钱南园通副，云南昆明人，一生品行纯正，足为后世矜式，毕世事业详在《国朝先正事略》名臣耳。而后遇有书画，再行搜求，未识得有佳品否也。

十八日丙辰 早至午刻，阴；未时以后均雨。致周允东明府一信，托其府上转寄。寿生相柬邀晚膳，晚刻，至其家中，晤黄子励、叶绍伯、张少岩、心斋、梅翁、楚言、舜卿、建西、少湖、道周、作羹诸君，相叙席散而来。致陈虞韶先生一信，托其代裱贺太峰行书小中堂一轴，交立茂送至海门交其府上转交矣。贺太峰先生惇庸，栅浦人，草书、行书均佳，人是经商，非是读书著名，只以字佳，作为平常观之可也。余所存小单条一幅，确是真迹，今寄裱之中堂，未识真贾，难于辨识耳。

十九日丁巳 晴。接娄德辉兄一信。赵云波兄来谈至晚，留宿一夕，言上海之店家，确要抱认之人方可作夥，以钱店、银行尤甚，彼前朱士兰兄代为抱认荐与孔云海之钱店作夥有年，上年士兰兄故世之后，孔云海即将士兰所荐之人悉均分手，彼亦在其内。晚膳后至椒江，晤敬甫、元培、谨侯，相叙一刻，言载熙兄曾于今日自武林旋里，值其外出，未晤为歉。

二十日戊午 晴。致吴秋圃先生一信，饬老二送交阿昌兄代带申江，前托伯藩兄代买之皮箱，今已收到三号皮箱五对、扁皮箱一对、小皮箱两只，馀云下班轮期可以带台矣，前托载熙兄代买另星曾经送下。早刻，载熙、舜卿、楚言诸君来叙，过午膳而去。载熙兄言此次台州中学堂监督晋谒学宪者周萍洄、王松渠、管少农与彼四人耳。晚刻，至张少岩处少坐，就道至椒江，晤张锦侯、于元培、蒋敬甫、罗梅野、曾六舟、叶寿卿诸君，互叙半晌而来。载熙兄索阅余所购之彭刚直公墨迹梅花，据云其所画梅花布景与楚卿家之墨榻意思情形相同，并与董鲁卿之墨榻宫保梅花极肖，所印图章与墨榻梅花中亦有此印，所得真迹颇不易也。并有一诗云："老梅三万六千岁，舞凤栖鸾任鹤归。为写名花常放胆，画龙到此亦难飞。"但彭尚书所绘一画即有一诗，其诗随时而成，名家所画大半如斯，墨榻梅花时有所见，真迹梅花今亦初次耳。余之所(藏)彭大司马墨迹只再次耳。

廿一日己未 晴。致杨伯藩兄一信，饬老三送至海门。适永利商轮曾已开行，即交海门邮政局寄申。午膳后，吴玉翁来叙至晚，言及周梅翁同达云母舅、翁子俊诸君相约往游岩山。余久有此意，均以家内事羁未克如愿为憾耳。此方情景出自天然，一生玩游一次不可少也。今年嫁女事羁，容俟明年相约往游一番，未识得能如愿否也。

廿二日庚申 晴。致娄德辉兄一信，致章子嵩兄一信，致智修和尚一信，均交邮筒分寄。接家君一谕，言江皖赈捐就河东设立分局云云，现署中悉均安吉，深为欣幸。此函系本月初六日所发。午膳后，至李舜卿处，晤道周、作羹、少湖诸君，相叙一刻而来。晚膳后，陶寿翁来言今晚自申江旋里，相约至蔡新芝处，晤云梯、卢槐士、赵士麟、作羹、月波诸君，互叙半晌，邱楚翁亦来少谈而别，至家时将二鼓矣。

廿三日辛酉　晴。致何煊夫先生一信，饬立茂送交海门邮政局双保险寄至京都南横街中间路北。早刻，至椒江，晤载熙、元培、锦侯诸君，互叙一刻。即至上街下内湖小船，适周醉翁亦来，趁船至晚抵路桥，即至刘剑郎兄处少坐。留过晚膳，而醉香至岳家去，余转船中宿夜。

廿四日壬戌　早刻，雾、露，重大之至，至辰刻方散，以后均晴。该船于上午四句钟即行开驶，至八句钟即抵柔近。适守起、守存兄弟在岸，嘱其担菜，随至荐堂，先叩宋九尚书庙，即曰灵康庙，毕后，随祭上先祖诰封通奉大夫鸣皋公墓。叩毕即至管山守起家，膳毕转船，至晚抵家，时将晚膳矣。晚膳后，至陶寿翁府上，少亭、子轩言楚卿因其母蔡氏病，电达而来，亦于晚刻到家。随同至楚卿家，晤吴玉翁，相叙半晌而别，至家尚未二鼓。现城镇乡选举自治事务所议员，廿二日接传单，定在今日选举之期。余因定扫墓之期，难于延搁，余之票不必书选可也。即有人能投余者，余亦不以被选为荣；即不投余者，余亦不以未曾被选为辱。因致此番选举之期已悉因公而不在场，据寿翁言亦有运动之人，实不解耳。但今日乙级选举，明日廿五甲级选举，廿六日邑侯到地开匭检票，未识被选者何人耳。

廿五日癸亥　早刻，雾颇大，至辰方散；巳牌以后均晴。早刻，至椒江中学堂，晤载熙、元培、锦侯诸君，互相畅叙半晌，并托锦侯兄法绘并书绫帐前各一个。虎老司言周梅翁与达云母舅均于昨日自岩山来。柬邀叶祖香公祖晚膳，并邀吴玉翁、周梅翁、黄心翁并达云母舅、董鲁卿兄晚膳，晚刻均来，相叙席散而别。玉翁言至陶寿翁府上一过，即与同至陶宅，晤蔡新翁，互叙半晌而来。昨闻云明日地方选举自治事务所议员开匭须邑侯程蓉生公祖到地方可宣布，现据叶太尊言，程公来否并无信息。周梅翁言，临海之各乡镇均是廿四日投乙级、廿五日投甲级、廿六日开匭宣布，须照例行政官到地方可开匭，均是一日，各乡镇同开，恐不能遍及，况海门、葭沚等两乡而有叶祖香公祖就近可以照料，邑尊未必到地，即各乡镇亦未必均行到地，其言想为然也。接叶辅廷先生一信，又接世治先一信，言太平钱家之牡丹系是粉红色，殊不值钱耳。

廿六日甲子 早至卯，雾；辰至未刻，晴，颇热；申牌雷雨，一刻即晴；酉后均晴。明池老司送来刘剑郎兄一信，即致覆剑郎兄一信，就交明池老司带交，并附明池老司嫁资洋三十元。出万春庄孙恭甫兄第二号联单一纸，准廿八日即付英洋一千元，并致万春庄孙恭甫兄第三号要信一函，均交玉先寄交。接杨伯藩兄一信，并收到代买皮箱两对，并前次共计大小皮箱十八只，计洋四十七元六角。阿香兄代为买来玻璃瓦两张、云土九两，计洋十元。又接吴秋兄一信，并代买来云土计洋十元，该洋由永利局汇付矣。接张仲甫兄一信。

午膳后，至达云母舅处少坐，就道至梅翁府上，约至文昌阁，路晤霭人先生、少湖诸君，相叙半刻。言本镇选举自治事务所议员甌已开，计议员本镇十二人、栅浦两人、三山二人。本镇陶寿翁、周梅五、卢槐士、黄星斋、周载熙、周作羹、黄道周、王云梯、周谱香、缪性言、李舜卿与余共计十二人，栅浦潘云轩、刘秀亭计两人，三山徐霭人、王俊卿两人。言余名被举者四十馀人。但廿四日选举之日，余至荐堂扫墓未归，致有四十馀票，不知何人所举，皆不得而知。可见人能举者不要在家、不要在场，均有如是之多。忆己酉岁选举咨议局议员，计有五十二票，当时陶寿翁、黄楚卿抽拔所致，斯言不谬也。但余已举为议员，何足为荣？即人为抽拔，何足为辱？即无人举，余亦不足为辱。所可笑者，致言运动得票之多寡，实不足取也。别后至楚卿处，晤晓凡、夔友两兄，相叙一刻而来。至家之后，适值下雨，雨中并带下雹，幸不大耳。

有周东干者小名小保，系下洋人，向充巡警局巡丁亦逾三载，应之葭沚各家相识者不小，彼收各家巡警捐费易于相熟也。与翼亭各人相识，亦收巡警捐费之所致。于上月间其赌负过多，难于周转，向翼亭谬言其姊妹出闺，托其转向内人借珠帽、珠花去，即典当于裕泰，洋即债博资。时余至前宅未归，后余来，不数日即行赴申，不得其详。

翼亭因其假久，向取，难于衍饰，将原当裕泰之票交还。翼亭即为取来，计洋八十四元，彼写有其嗣母周阮氏房屋押契一纸作抵，亦是敷衍目前计。余自申江旋里详晰其事，详览所押原契，周东干未曾画押，但周阮氏之押是一个圈，下有“亲笔无代”字样花押颇好，中见均是余之仆役。深知其非，初拟欲其契重写，即遣价去叫而不来，拟禀请二府宪批准差去，欲其凑拼该洋以清了之，不意延搁月馀。今二府宪差将其人带案，彼恳载熙兄来说，嘱余酌让若干，以免分府宪过堂。余即允其所云酌少若干，并祈载熙兄自恳叶祖香公祖延缓过堂，言已允其所云，未识彼又延宕否也。以后贵重各件万勿轻借，倘有失手之事，向其说话诸多未便耳。

廿七日乙丑 晴。现值关田农夫插秧期近，田均少水，虽昨日蒙天降甘霖，未能充足，再求上苍速沛大雨以慰民望，是所万幸，下民幸甚幸甚。致杨伯藩兄一信，又致吴秋圃兄一信，致张仲甫兄一信，均交嘉先送交昌相代为带申，并昌相代买各件之洋均交嘉先向算清讫。致娄德辉兄一信，附致陈仲善兄一信，交邮寄京。晚刻，至建西处，晤周梅翁、徐汉清、徐仲甫、王味清诸君，相叙一刻，言海门之自治事务所选举议员，方于今日开匭云，未识何人被举，不得其详。梅翁相约至星斋宗叔处，晤性言、楚言两君，互叙半晌，言及同昌现归李如山接办旧存同昌款，顷楚卿向其算来，清还债款，而各债主之洋难于借□窘甚，故现郡城之放债者颇为多财。统而言之，与彼者难于安置，亦不过数万而已，皆台州局面过小，有钱之家放一稳当之家甚难，欲借人之钱亦最难，大半在人不自信所致耳。

廿八日丙寅 早至辰，阴、晴；巳至未刻均晴；申时以后，阴；辰前，西北风颇大，巳、午，正北风；未刻以后东北风。全日天气暗浊，俗曰落土，昨望今日似能下雨，不意西北风一起，目前无望。幸于晚刻风转东北，未识即能见雨否也。河泾已甘，待雨之心最切，急求上苍敷佑，速沛甘霖，是所万幸。致周载熙兄一信。早至海门东岳宫叩神后，晤周梅翁、卢槐士、缪再卿、陈少亭、黄楚卿诸君，至庙中一游，适值梨园开唱，拜佛、看戏之人真是人山人海，不便立观而来。

楚卿邀与梅翁、槐士至外沙观音洞午膳，到时适王晓凡、陈夔友、周载熙、赵友竹、王云梯均在洞中，相叙席散。同至楚卿所办之渔团中，晤陈舜卿、何霭生、解昆珊诸君，相叙半晌。言陶寿翁因事于昨夜赴申，楚卿小船中带有英国人，言于前廿六日有大轮船一艘自香港货载至上海，道过凤尾山，遇大雾、大风，该轮撞在该处岩头而碎，船中货物所失四分之三，未失之件并人等另有一轮救载至沪。因其语言不通，初邀徐申甫（即印山小学堂英文教习）与其说话而不懂，复邀缪再卿与言而识之。据说上海太平洋洋行之轮船中水手当撞岩之后，小船千馀艘均来载货，有载至救护之大轮中，有将其货物一载而去。彼趁一小船，货物银洋不少，撑小船之人将其抛在圆海小山，船中之货自行载去，曾经两日，叫人看见而救之。楚卿将其各情致函与上海太平洋洋行，将该洋人一同趁轮送还矣。该洋人遇有救星，可谓大幸耳。

余即动身至家，时将晚膳矣。接罗奚亭先生柬，其喆嗣竹卿襟兄世珍由黄岩清献中学堂毕业，至省投入提学宪衙门考试录取，以岁贡用。以童生一考即以岁贡，何幸之若是也？乃新政耳！晚刻，看东北风颇大，似有下雨之景。夜看星光明朗，东北风已无，明日难于见雨，心甚焦急，难于言宣。愿得上苍即布雨景，速降甘霖，养育万民，台州幸甚，国祚幸甚！

廿九日丁卯 早至辰牌，阴；巳至未刻，晴；申时以后均阴。日望有雨之景，仍然无雨，心甚焦急，急求上苍即降甘需，是所万幸。晚膳后，至周建西处，晤周梅翁、谢亚楚、徐子育、陈仲甫、黄锡九、黄少湖，相叙少顷，梅翁相约至楚卿处，晤夔友、槐士、性言，胡叙半晌，至家时方二鼓矣。卢槐翁言其郡城之夫人于昨日生一子，即为致贺焉。

三十日戊辰 晴。日见红日，最为焦急。现田已燥，河水已无，农民待泽之心甚切，急求上苍敷佑，速沛甘霖，是所万幸。接眉甫先生自三月十六日所发一信，言家君奉檄劝捐江皖赈捐，原章报效五千两以上者准奖实官放赈，盛宫保因报效者寥寥，以五千两以上改作一千两以上可奖实官，奉家君谕，嘱致函通知于余耳。并言开浚河道一事，现家君日夕下乡督工，想能成工，一劳永逸之事，斯民大幸也。

四月初一日 己巳，晴。晚膳后，见云已护，以后又见星光明亮亮，心甚焦急，田水均燥，急求上苍敷佑，速惠甘霖以救苍生，台民幸甚。晚刻，周梅翁来言，临海县程蓉生公祖与金华县王公互调，又闻王子轩自海门来云，前署太平县杨公委署金华县事，金华县王公调署临海县，未得其详。但程蓉生公祖与郡伯嵩子山太尊意见不合，恐嵩太尊另行委员接署，即借种罂粟为名出乡，一面署中广为征收钱粮，于早刻至海门邀楚卿代为设法征粮。现在官场大半如斯也。周东干之事，经达云母舅、梅翁、载熙兄再三而言，即以六十二元了结，用费在外，本身之洋尚少廿二元，应之情面难却，只得而允之，即于晚刻赴署与叶绍伯兄接洽允诺矣。

初二日庚午 雨。日夕盼望云霓于怀最切，早起，云色已护，少顷即见下雨，虽不过大，接连至晚，深为欣喜，乃上天养民，苍生之福，深为感戴，台民幸甚。嘉先早刻自郡城完纳粮赋来言邑侯将近告卸，洋价每元已放至一千零四十文，自昨初一日为始耳。早刻，楚卿来柬邀为陪客，即至楚卿处，晤程蓉生公祖、叶祖香太尊、金寿山都戎、吴玉翁、周梅翁诸君，相叙席散而别。程公言，粮价已放至一千零五十文，已完四十文，想房中私赚十文，嘉先不知耳。并言新任临海县黄明府文若想在月杪可以履新，并言接刘君曼观察电云，省委候补县丞赴温州瑞安禁烟，被该处百姓戕害，深为惨恻。并死随从者六人，伤者颇多。现台州嵩子珊太尊并雷云阁统领出乡禁烟均幸平安。晚刻，程公与金寿翁即行过江至涂镇禁烟矣。梅翁、楚卿相约至楚言处少坐而来。

初三日辛未 辰前细雨，巳刻雨晴，至晚均阴。致陈逸亭一信，饬老二专送黄城。寄奉家君第二十号安禀一函，内附致许眉甫先生一信，交立茂送交海门邮政局保险寄晋虞乡县署。代外甥金洪畴自己出名致王荣臣兄一信，即交小妹自行遣人送交。老二自晚刻来，接陈翼亭福信，言茶盘等件须于初五日可以运载到家。接甬江万春钱庄上月三十日所发一信。晚刻，楚卿、楚言来叙半晌，相约至梅翁处，适孟东兄自闽垣旋里抵家矣。托购五香橄榄，彼竟然惠送，实对不除，至珠兰等难以携带作罢矣。

初四日壬申 卯前，细雨；辰刻以后至晚均阴。致黄子霖兄一信，交祥高先送至海门面交。晚刻，周梅翁、李舜卿、邱楚言、周孟东诸君，来叙至晚，留过晚膳而去。新委临海县黄明府于初十日即可到台，何其速也。上月廿九日藩宪牌示调署临海县程明府调省，遗缺以现署金华县知县黄明府调署，递遗金华县即以准补是缺之杨明府饬赴本任。须杨明府由省赴金华后，黄明府可以动身，至少须有一月之隔，何至十日即来，实属不解，其言未识果然否也。并云海门自治事务所议长推举邱舜卿，虽是楚卿为合镇事与彼可以自行主持，事虽如是，所举议长之席亦须量其资格，无如邱舜卿之历史太卑，难于同列耳。按：邱舜卿其父系黄岩县属上洋邱人，名曰清，向充标营百队，彼年未弱冠，看天主教横行可以敛财，即投入天主教，后以滋横太过被点，复投入耶稣教，坐堂数年，其横如故。自丙午百姓闹教之后，看两教难以为力，即与娄竹三拼办希鲁小学，占一教员位置。其中文、西文悉均不通，投入周党之力，黄楚卿则将就之。其品格如斯，列为一方之议长，有碍于同列否也？邱虽不足道，乃黄楚卿之糊涂过甚耳。

初五日癸酉 阴、晴。致周潜溪一信，向其由瓯代买各件，曾经带台之件均已取来，馀言初八日海门商轮到埠时遣人向取可也。玉先自黄城来，茶盘、桶料等大半取来矣。周梅翁自晚刻来叙半晌，言程蓉生公祖将近告卸，楚卿代其至北江等处招呼征收，此非向来通气者不能耳。接张仲甫兄一信，晚十句钟，雷雨颇大，至一点钟之久方晴。农民虽蒙上苍渥沛甘霖，尚有无河可车之田未曾种插，自今夜雷雨之后可插秧，深为感戴之至，乃台民之大幸耳。

余行名上崇下沛，初赴詹事府投考供事名沅，恭修穆宗毅皇帝实录告竣，得议叙末秩。之后，适逢甲午科浙江乡试，复以名秉义，纳监由杭州府送考入闱而不售，上年由家君虞乡县署就道入都，拟由议叙出身再行想法，仍以黄沅二字为名。初字曰质诚，一字沅浦，今仍用沅名，则字沅浦未免名号难分，字仍曰质诚，一字曰灌园。但谱中所修部名沅，小名秉义，字质诚，一字沅浦。而今之后遇书沅浦者改曰灌园可也。

初六日甲戌 早至巳刻，阴；午牌，晴；未刻，阴；申刻细雨；以后均雨。致吴秋圃兄一信，交邮寄至申江永利局。早刻，接邑侯兼自治事务会监督程蓉生公祖给葭沚乡乙级被选议员知会书一纸、乙级被选议员执照一纸、答覆样式单一纸。午膳后，至椒江中学堂，晤载熙、谨侯、元培、敬甫诸君，相叙一刻，言初九日开履行会云云。载熙兄相约至周梅翁处，酌以答覆书寄至何所，往询蔡新翁是否。即至新之处，晤李舜卿兄，互叙半晌。据云各议员之知愿书，答覆者均已代覆矣，可以毋庸再行作覆，颇为简便。言各议员与自治会捐洋一元，余即付交蔡新翁转交矣。蔡新翁今晚有至海门一行，余即与梅翁、舜卿、载熙诸君，同至楚言处，晤黄星斋宗叔，相叙至晚而来。

初七日乙亥 阴。致王子衡兄一信，交祥高先送交。午膳后，周梅翁来约至吴玉翁处少坐，至心斋宗叔处，晤楚言姻长，相叙至晚而来。玉翁言郡城周萍洄孝廉及党人聚开大会，挽留程蓉生明府，就会举代表两人赴省递呈挽留，并先由郡城发电与省垣各大宪，并四乡是周党之人，各行致电挽留云云，倘万一留不到目的，将临海县属钱粮一概完纳。以余想之，绅士挽留州县有关例禁，旧日章程难于允准，未识新章若(何)，不得而知。但钱粮均已完纳，在后任者吃亏而已，如今未识若何，亦难预料耳。

初八日丙子 雨，早细，晚刻颇大。嘉先言连日虽多喜雨，无如小河远泾之田仍然无水，已插之田十分之三耳。日盼上苍迭惠大雨者甚切，今天大雨一日，即无水之田水亦满矣。凡上季插田，至立夏时未晚也。适值明日立夏，今日雨通，上天敷佑台民厚之至耳。玉匣注云："四月八日晴，果多生；初八日雨，年丰果少"，斯言不谬也。只求风调雨顺、国泰民安，鄙怀为幸多矣，即台民为幸亦多矣。致黄子霖兄一信，询托带温州购买各件已经附带否，饬老二送交。言下次轮期可以带到，须不致误也。

第三十四章

辛亥(1911)四月初九日起

四月初九日丁丑 阴、晴。早刻,东北风,后无风力,□刻,立夏佳节。致许眉甫先生一信,附致侍妾一函,交邮保险寄署。叶祖香公祖柬邀午膳,适周谱香、周梅翁、周载熙、周作羹、蔡新芝来约至分府署,并晤周谱香母舅、心斋宗叔、窦小山二尹诸君,相叙席散而来。

初十日戊寅 早至午刻,雨;未牌雨晴,至晚均阴。早刻,邮筒递到万春庄一信,即致万春庄第四号要信一函,交嘉先送托海门宝华商轮代带甬江江北岸,当取有宝华局收条一纸。前托作羹兄代为画扇面一把,承交谨侯兄代为书就送来,承其费心之至。嘉先来言永宁商轮在甬因事阻隔至十三日方可由甬开行,并托昌相带申代为购买吕宋烟四盒,每盒计价洋一元,悉均照数面交矣。

十一日己卯 卯前,雨;辰刻,雨晴;至晚均阴、雾,夜间雾颇浓。王子衡兄于早刻来过午膳,后适吴玉翁及路桥相近陈秦堂先生来叙半晌而去。玉翁言楚卿已由北江来,卢槐士兄之夫人于初八日生一令郎,今其双喜临门,深为至喜。晚膳后,至楚卿处,寻觅槐士,据云槐翁在蔡新翁处,未晤,即与楚卿、性言、遇琴、作羹相叙一刻,同作羹至蔡新翁处,晤槐士、孟东、舜卿诸君,互叙半晌而来,至家时将二鼓矣。

十二日庚辰 辰前雾、阴;巳牌以后均晴。致杨伯藩兄一信,交昌相代带申江永利局,托购大号皮箱两对。

十三日辛巳 辰前阴、雾；以后，晴。致万春第五号要信一函，并附件交嘉先送交海门宝华商轮局代为寄甬。晚刻，至达云母舅处少坐，并就道至文昌阁，晤周梅翁、邱楚翁、孟东、作羹诸君，互叙半晌而来。至家适绍伯、少岩、子立诸君来叙一刻而别，言临海县程蓉生公祖奉上游留署数月之信矣。晚膳后，至舜卿处，晤王我轩、邱楚翁、徐汉清、洪少琴、王采东，相叙一刻，至家时将二鼓矣。

十四日壬午 早至巳刻，雨，午牌雨晴，阴；未、申、酉刻，晴；戌刻，雨；亥时云开，即见月色，最为明亮。早晨下雨时雾亦颇浓，至午方散，夜间先亦雾，云开见月则雾散矣。致万春庄第六号要信一函，交祥高送交海门邮政局双保险寄宁。致周潜溪先生一信，致陈舜卿一信，均交祥高送投矣。致刘剑郎一信，饬老二送至路桥。长女适黄岩王崇甫司马大令郎仲达，于今日送日子，阅其所送吉期在明年壬子二月初八日吉日于归矣。计送日子洋四百元，余收洋三百六十八元，还礼洋三十二元并一切，照例致福耳。晚刻，将公事清讫之后，至文昌阁看戏，晤六舟、梅翁、楚言、楚卿、雅轩、少湖、宗山、柳亭、孟东诸君相叙至晚，梅翁邀余与楚卿、楚言、心斋、雅轩、鲁斋至其府上晚膳，席散后转至文昌阁即行到家矣。但董鲁斋言本镇巡官已有新来者孙姓，彼不久即须晋省也。雅轩，陈姓，系牛厄桥人，令尊平甫先生。

十五日癸未 阴、晴。致王子衡兄一信，致刘剑郎兄一信。早刻，嫁资又载一载，其馀言约二十左右可以完工。晚刻，至文昌阁看戏，晤次卿、汉清、楚言、梅翁、少湖、作羹、槐士、子立、味根、仲甫、亚楚、道周、锡九、云梯诸君，相谈至晚而来。接子衡兄一信。夜二鼓后又复下雨，时值要雨之候，迭惠甘霖，台民之大幸也。

十六日甲申 辰前，雨、雾；巳刻雨晴雾散，至午牌均阴；未、申刻，晴；酉时仍阴；夜间月色明亮。晚刻，至楚言处，晤新芝、槐士，相叙一刻而来。适周梅翁来邀晚膳，即至其府上，同楚言、心斋诸君相叙席散而来。

十七日乙酉 晴。晚刻，周梅翁、邱楚翁、黄心斋来约至栅浦堂看戏，晤李舜卿，相叙一刻而来，至家时将晚膳矣。前托伯藩兄代买大号皮箱及托昌相代买之吕宋烟均已买来。

十八日丙戌　早至午刻，晴；申至酉牌，阴；戌时细雨；以后皆然。接眉甫先生一信，附其府报一函，即交左桃转寄矣。午刻，潜溪先生来言，托买各件尚少藤椅三张、皮马札一张，明日海门商轮到埠，即可带来。眉甫先生函言，继善相于上月廿二日到署矣。

十九日丁亥　晴。致黄子霖兄一信，致陈虞韶兄一信，均饬阿庆送交，来接虞韶先生代为带甬转裱贺太峰先生行书旧中堂一轴，曾已裱就带来，计工洋六角，随由阿庆付交清讫矣。

二十日戊子　晴。致王子衡兄一信，交长高先转送北山。早刻，至分府署，晤张少岩、叶绍伯两君，相叙一刻，即晋谒叶祖香公祖，适周梅翁来，互叙半晌而别。解芝村于昨日来，收黄岩县临寄钱粮，时晚，留宿一夕，于早刻去。午膳后，吴玉翁及达云母舅来叙至晚而去，言筹办处应有人呈控海、葭二乡应分应合，仰临海县查明禀覆，已经开票选举者作为无效云云。其批示颇长，难于记忆，惟临海县查覆一语，现邑侯程蓉生公祖将近告卸，新任尚未到任，未识程公查覆，抑或新任临海县黄明府查覆耶。早刻，叶太尊言，接程蓉生明府函，有云郡伯嵩子山太尊有委李伯纯父台暂行护理之言，未知是否，不得其详。前眉甫先生函有云及应继善相已于三月廿二日已到虞乡矣。

廿一日己丑　早至巳刻，阴；午牌以后，雨；至晚皆然。接王云初兄来字嘱抄送程蓉生明府万民伞官衔，随即抄字，就致函饬老和尚送交矣。黄心斋宗叔今日生辰，送其糕桃烛粉，并邀晚膳，即至其府上，晤周梅翁、孟东乔梓及叶石甫、邱楚翁、冯济生诸君，相叙席散而来，至家时逾二鼓矣。言及临海县缺因新任黄文若明府到任尚需时日，郡伯嵩子山太尊檄委李伯纯父台暂行护理，闻公事已出，想不日即可履任矣。王子衡兄来留宿一夕。

廿二日庚寅　早至巳刻，雨；午、未牌雨晴，阴；申、酉时雨不大；戌刻雨晴，阴。接杨伯藩兄一信，言代买皮箱两对，价洋十七元二角，加报关税四角，该洋汇入台局矣。早刻，吴玉翁、周建西来叙，过午膳后，相约至椒江，晤载熙兄及彭度雍、周作羹、曾六舟、罗梅也、张谨侯、徐中甫诸君，相叙一刻。玉翁、载熙相约至周梅翁府上，晤孟东兄，少谈而别，至家。雷芸阁统领柬邀廿四日午膳，黄楚卿兄片邀晚膳。子衡兄于晚刻去。即至楚卿处，晤沈朗花、吴玉翁、李舜卿、心斋宗叔、周梅翁、邱楚翁、翁子俊诸君，相叙席散后，少坐而来，至家时逾二鼓矣。彭度雍俊之新来本镇巡警员。沈朗花系杭州人。

廿三日辛卯 阴、晴，致万春庄孙恭甫先生第七号一信，饬老二送交海门邮政局双保险寄甬。致黄镜三一信，交邮寄甬。晚刻，黄楚卿、蔡新翁、周梅翁、吴玉翁、陈秦堂、周醉香诸君来叙至晚而去。施月槎先生于晚刻来言廿五日赴苏，余将托购顾绣嫁资等付其现带洋四百元，倘若不敷，嘱其代汇付赵可也。接万春庄一信，并接娄德晖兄一信，附奉岳母一函，即为转寄可也。言及实业学堂甄别榜悉均留堂，皆得进境，深为至幸。

廿四日壬辰 巳刻前，阴；午后至申均晴；酉牌，阴；戌刻细雨；以后皆然。寄奉家君第念一号平安家信一函，交海门邮政局保险寄至虞乡县署。致娄德辉兄一信，交邮寄至京都分科大学。致伯藩兄一信，托购《议员必携》一册，及《通天晓致富全书》《花镜》各一册，函饬祥朋送托阿昌兄代为带申。上午九点钟，因雷芸阁统领柬邀午膳，至海门黄元泰，晤楚卿兄，时梅五姻长、谱香母舅、吴玉成参戎均来叙一刻，同至镇署时，叶祖香公祖、周载熙兄已到，少顷，心斋宗叔亦来，相叙席散而别。同楚卿、梅翁、玉翁、心斋宗叔至永宁商轮局，晤王芹甫、马冰生、何霭生、徐富春诸君，互谈至晚。留过晚膳后，至元泰，晤金丹兰、陈舜卿少谈，丹兰言近有赴武林一行，余即托其代买二十方标竹水磨宫扇扇骨各一柄，心斋宗叔、楚卿均留在海门，即同梅翁、玉翁而至家，时逾二鼓矣。晚刻，雷芸阁统领言其同胞兄弟六人、姊妹八人，其子侄暨侄女并媳妇、侄媳、孙男、孙女等同家吃饭者一百馀口，系福建汀州籍，弟兄子侄文武各半，非为官者即为经商，经营店业各种数间，家内丁口如此兴旺者，余所见为其一耳。并云台防陆路统领一席，中峰有檄饬沈君之说，不知是否，不得其详。

廿五日癸巳　雨。致黄楚卿兄一信，附洋六元，饬老二专送海门渔团局面交矣。晚膳后，至蔡新翁处，晤楚卿，言自今晚由海门来，并作羹、云梯诸君相叙一刻。有叶钦甫兄与石甫堂昆季，现新翁请其戒烟，余即言俟新翁戒后，至八月初上请其来家戒烟。但烟既入，戒易守难。余自前年本是戒断烟瘾，上年在署，致有小疾，亦被疝气所害，日食少许，数次之后，仍然上瘾，所以守之不易也。万望诸君烟霞之道万勿亲近致被所累，是为万幸。别后至家，时逾二鼓矣。

廿六日甲午　雨。连日喜雨，正是农民之大幸也。致章伯纯兄一信，交方六代为转寄。致周载熙兄一信，致蔡新翁一信，均遣价送投。接陈渔樵兄字，言周在舆先生由瓯买来之元宝藤椅三张、马札一张已带台。即致虞翁一信，饬阿庆送交，随将代为带台之椅等四件挑来矣。午膳后，至吴玉翁、楚卿兄两处，相叙一刻，来时已经晚膳矣。余上年自申购有玻璃橱面镜四枚，即叫明池老司配做镜橱，以作长女嫁资之用，前已做好载来，王家闻说遣人来言，要余由甬购买两口，难于推却，只将已做镜橱托其转售他人，即嘱老二趁船带还嫁资之镜橱只由甬江购买一对可也。晚刻，又载来嫁资一载，因雨颇大，俟明日扛进可也。

廿七日乙未　雨、雾均颇大，惟早刻稍晴一刻，馀则皆然。早晨即将已载之嫁资均已扛进，即与明池老司点视，尚少十馀件，云俟五月初旬可以完全。即付明池老司带去现洋十六元，馀少不多，俟其载齐之后清付可也。午膳后，至周梅翁府上，晤玉翁、楚卿两君，相叙一刻，玉翁言周贞照、贞梅与张连坤、连德因屋涉讼，其情节颇长。楚卿言连坤所买贞照之父屋（已）断，又经翻造楼屋，本难再说，念连德其时尚幼，力劝贞照再找截断洋四十元作为了事，契中嘱余同作公人中见，余则允诺矣。

廿八日丙申　晴。致周允东明府一信，交邮寄晋。致陈子春一信，专人送至十里铺。早刻，邱遇琴兄柬邀午膳，其次令媛适黄漱泉兄之二少君，今日纳采。即至其大兴行中，晤载熙、舜卿、占梅、友竹、俊卿、云梯、少琴、采东、心泉、作羹、孟东、敬甫、俊庭诸君，相叙席散而别。就道至吴玉成参戎府上，晤周梅翁，畅叙半晌。梅翁相约至楚卿处，晤邱楚翁及心斋宗叔，相叙一刻而来。接蔡新翁一信，自郡城尹宅所发也。余阅漱泉兄与遇琴之恳帖书“敬求台允”，下写“忝通家眷、教弟某人顿首拜恳”颇为官场，但俗例恳帖书法只“忝通家眷、教弟某人顿首拜恳”，颇为土俗。彼问余允帖如何写法，但俗例只“某人拜见”而已，余应其如此而来，只写“谨遵台命”，下书“忝通家眷、教弟某人顿首拜”而已。凡事从旧为是，今日余之所拟在于理长，未识高明者见笑否也。

廿九日丁酉　辰前，雾；巳刻雾散，晴；至晚皆然；戌牌以后均雨。致蔡新翁一信，饬老二送交海门邮政局双保险寄至郡城狮子桥上。尹小熙家转楚卿老开之号屋均租与李如山开张同昌益记盐号，另税尹家作为未了诸事也。明池老司携刘剑郎兄一信，当即致覆剑郎兄一信，就叫明池老司带交，并付明池老司货洋十元，合计英洋两百元，尚少之洋，嫁资做齐一并清付可也。晚刻，椒江网局送蔡新翁一信，余又覆新翁一信，即交原友代交杭船寄郡矣。昌章至十里铺送礼来云，岳母托余代购洋药洋一元，余即将原洋面托丁辅香兄代为购买矣。早刻，贺蓉江来叙，过午膳而去。达云母舅与醉香来叙一刻，醉香言楚卿兄娶沈平和之女为妾，今日进门，另住海门。昨日晤吴玉翁时曾有言及，余不信其言，何也？但楚卿前置温州两妾、通州一妾、苏州一妾，因娶王氏时将温州一妾还其母家另嫁，苏州一妾送与秦仲海明府为妾，今继配娶未三载，据又置妾，于情不合。今醉香所言颇实，楚卿之所为恐是果然也。

凡所悬字画均须《先正事略》或《名臣言行录》中有其名者可谓上雅耳。余所藏字画：菊溪制军绢对一副、程恩泽太史对一副、钱南园通副对一副、张制军岳松湖色笺纸行书中堂一轴、王原祁侍郎字麓台山水中堂一轴、查士标太史中堂岩石一轴、桂雩门明府砖文直条一堂、彭刚直公梅花直条一堂、仇十洲横批一幅,均《先正事略》中人也。书画佳而重者熊氏心太平室花卉直条一堂、张曲江先生花卉直条一堂、陈桂舟先生隶书大直条、草书小直条各一堂、戴天瑞中堂山水一轴、黄山汪木大中堂一轴、朱绿筠女尸中堂荷花一轴、吴廷康隶书直隶一轴、小对一副,此均可出客之书画。至蒲竹英书画,山水、竹梅,亦近时之雅人也。余自幼所购之书画除有款字外,黄山汪木山水大中堂一轴、戴天瑞山水中堂一轴、王原祁山水中堂一轴、李粲山水中堂一轴、朱绿筠女史荷花小中堂一轴、贺敦庸行书大小中堂各一轴、张曲江花卉直条一堂、张岳松行书中堂一轴、冷纮玉行书中堂一轴、桂雩门砖文直条一堂、彭云琴大司马梅花直条一堂、方雪坡梅花直条一堂、吴廷康隶书直条一堂、隶书小对一副、菊溪绢对一副、李曼士花卉三堂、傅少笙墨竹小条一幅、山水小横批两幅、查士标岩石小中堂一轴,二十馀年搜寻古画仅在于此也。

五月初一日戊戌 雨颇大,全日皆然。又接蔡新翁一信。晚刻,楚卿兄来叙半晌,即致覆蔡新翁一信,附洋一百元,送托楚卿兄代为寄郡。楚卿相约至周梅翁府上,晤李舜卿、邱楚翁诸君,互叙一刻而别。晚膳后,至楚卿府上,晤彭度雍,相叙半晌,来时已将二鼓矣,度雍言湖南省城长沙县人。

初二日己亥 晴。致黄子霖兄一信,托其代为带宁装裱吴廷康隶、篆四尺直条四轴,交祥高先送交。致万春孙恭甫先生第八号要信一函,并附交嘉先送交海门商轮局代为带甬,取有收条为凭。午膳后,至周梅翁处,晤楚卿、楚言、载熙、舜卿诸君,相叙一刻。楚卿言陶寿翁曾于早刻旋台,已至海门。晚膳后,陶寿翁来邀,即至寿翁府上,相叙半晌而来。

余自幼年侍奉家君在都考取供事履历,今值寻检箱箧而附记之[1]。时幼，承马蔚林老伯取名沅，送考供事，方在十岁，格于例章，册填十六岁，于光绪九年考取詹事府供事四十六名，旋于是年十一月咨送国史馆当差，是年十二月复送武英殿当差，是年十二月廿六日邀臣工列传书成议叙列为一等，经部题覆以从九品双月三缺后选用，十一年十二月十四日奉旨："依议。钦此。"十年四月初一日，因恭修穆宗毅皇帝圣训全书告竣，议叙列为一等，经部题覆准以本项应得之缺归于双月升选二缺之后选用，十二年六月初五日奉旨："依议。钦此。"随于十二年行知临海县查复禀稿具禀："家人黄升为取结恳恩详送事切，家长詹事府供事黄沅现年十九岁，身中，面白无须，系浙江台州府临海县人，住家子镇，曾祖沧山(殁)、曾祖母王氏(殁)、应氏(存，现年七十五岁)、祖鸣皋(殁)、祖母苏氏(存，现年五十二岁)、父寿征(存，现年三十五岁)、生母周氏(殁)、继母章氏(存，现年廿九岁)，家长于光绪九年十月考取詹事府供事，兹于十二年十二月十一日奉文传知，查家长委系身清白，并无过犯报充旗下别衙门重役、假捏姓名，亦非文武生员、父子兄弟朋充、并缺买缺、合夥挂名、宦仆充当等事，及无在籍抗粮兴讼违碍情弊，实系本邑土著，理合邀取族邻甘结，伏乞大老爷俯赐加结通详藩宪转详请咨大部，实为德便沾仁上禀，计呈族邻甘结八纸。光绪十二年十二月十四日具。"邑侯赵批候备文转详结存。至光绪二十年甲午科赴省乡试，改名秉义，纳监入闱不售。就于光绪廿四年由湖北赈捐，加捐同知职衔，至廿八年壬寅复行入闱不售。念及供事尚可藉此出身，至三十二年赴部，请领供事执照，方至上年入都商定，即由从九指分省分候补，仍用沅名而已。今名仍用沅，所取秉义名作为小字，号质诚，即家谱中亦是如此书录矣。

初三日庚子 晴。接蔡新翁一信，午膳后，至陶寿翁府上，晤作羹、载熙两君，相叙一刻而来。少顷，心斋宗叔暨梅五姻长、楚言姻长来叙至晚而去。因作羹兄为张连坤、连德向周贞照、贞梅再找屋价，

---

① 页边注："供事履历底。"

日前，黄楚卿兄、吴玉成参戎邀余代其清说，即邀梅翁、楚卿、玉翁、云梯、载熙、作羹与余为公人中见，今设席文昌阁，一为谢劳，并邀中人代为画押。即至文昌阁，晤作羹、陶寿翁、吴玉翁、周载熙、王云梯、黄少湖、李舜卿诸君，相叙席散，代为画押后而别。就道至梅翁府上少坐而来，至家时将二鼓矣。

初四日辛丑 晴。致何肃堂老伯一信，致蔡新翁一信，又致新翁节信一函，均饬祥朋专送郡城。致黄镜三一信，交椒江网局代寄甬江，缄发之后即接黄镜三一信，言甬市自五月初一日起庄息一角五分，即洋千元每日一角五分耳，现升一角，即或上或支现洋，每百元升水一角耳。接张丹翁一信，则福先至黄城之便交其代带朱正成货洋五十元，馀俟秋节再算可也。晚刻，心斋宗叔、作羹兄来约，至分府署晤叶祖香公祖相叙一刻，叶公言委署临海县之黄文若明府虽经告卸金华县，不愿赴临海县任，现经薇垣牌示，洪青立明府子靖署理临海耳。别后同心翁至寿翁府上，晤周梅翁、王子轩诸君少叙，心翁邀为晚膳，即同陶寿翁至心斋宗叔府上，晤周作羹、邱楚翁、邱玉堂诸君，相叙席散而来。言及楚卿兄于早晨趁小轮到郡，未悉因何急事也。

初五日壬寅 晴。接蔡新翁一信，言及邑侯程蓉生公祖电请交卸，想是李伯翁护篆亦未可知。楚卿制就衣伞来邀各人赴郡呈送，陶寿翁言初七日赴郡耳。余典有代步之祥元字号在北岸大分，今日过岸，翻当取去，亦四十馀号，计捆四包。午膳后，过江时方开船，该小船翻覆，溺毙三人，一是祥元翻当者，二是翻牛客人，所担押衣服四包，即失三捆，常无下落，当寻一捆，亦是被人私拆，已失不少，难于追究。余即嘱船夫先为寻货，馀言另说，一面嘱其同来未被于难者二人，至其店中报信。今日并无风浪，港水最平，以致失事，乃驶过渡船三度之子摇船之技本是下驷，加今端午酒醉之后，即行驶船，致有如是之事，深为可恨之至也。

初六日癸卯 辰前，雨；巳、午刻，阴；未牌，雨颇大；申时雨晴，阴；以后皆然。致万春庄孙恭甫先生第九号一信，并附件书明信面交宝华商轮局代为寄甬，嘱嘉先送至海门。值宝华商轮方于昨夜开行，随即送交海门商轮局代为寄甬，取有收条为凭。再致万春庄孙恭甫先生第十号一信，即叫克荣送交本镇邮筒保险寄至甬江。致王子衡兄一信，交微登送交。楚卿遣人来云，定初八日送程蓉生公祖衣、伞等件，余与寿翁约定明日早晨趁永大小轮赴郡可也。长女嫁资木器全堂今日开工油漆，漆匠即以小吕、玉成合做行工耳。余之客间前凉棚亦于今日竖起矣。

初七日甲辰 卯前雷雨颇大；辰初雨晴，以后至晚均晴，天气最为异常之热。早刻七句钟即行动身，方至道头，永大已经在埠，随即到轮，晤陶寿翁、周孟东、邱辅廷诸君，相叙至下午二句钟抵郡。即寓狮子桥尹宅，晤蔡新翁及其屋东尹品三，相叙过午后，至肃堂老伯府上，相叙一刻转寓，适霭人先生、王少南两君（来），互叙至晚。适高志伯二尹来邀晚膳，即同寿翁、新翁至高志伯父台府上，晤李伯纯明府及宁海新旧两钱幕，相叙席散而来。至寓，适王冰翁来叙半晌而别。尹宅系楚卿税其屋，留夥二人料理旧日同昌未结账务，但楚卿因嵩子山太尊邀其午膳而去，时已下午十句钟矣。蔡新翁言程蓉荪公祖急请告卸，郡伯李伯纯公祖暂护邑符，上游仍然未允。新委临海县黄文若公祖钦羡，虽蒙藩宪牌示，再辞，不喜而来，未识另委否也。

初八日乙巳 辰前，阴；巳牌中有细雨，一阵即晴，馀则均阴；午、未刻，晴，天气颇热；申初，阴，雷声明响；申末至酉，雷雨最大，正是千点并作一点耳；戌刻，细雨；以后皆然。早膳后同孟东至李文卿明府、何肃堂老伯、余洁斋主政府上，均相叙乙刻，就道至王少南、王冰如明府、周梅圃先生、周萍洄孝廉诸处，均未会晤。转至寓所，适陶寿翁、周萍洄、蔡新翁来叙半晌。但寿翁日在寓中畅谈，宿在其令岳母李宅，因寿翁相约，即同孟东至县署，晤程蓉荪明府、叶祖香太尊，相叙一句钟之久，转至寓中。言肃堂老伯来，未会晤。程蓉生公祖柬邀晚膳，适杨柳河先生、高志伯二尹、李伯纯明府来叙半晌，即至县，晤程蓉荪公祖，并晤陶寿翁、黄楚卿、周孟东、叶祖香太尊，相谈席散而别。

寿翁即行就道至其令亲家去矣。

初九日丙午 辰前,阴;巳牌,雷雨颇大;午初雨晴,阴,少顷即见日色,而天气颇热矣。致英贤师一信,托购上等云雾,计洋两元,此信交邮寄至天台山拈花室。早刻,楚卿及陶寿翁、孟东、霭人、辅廷、仲藩与余呈送程蓉荪公祖万民伞一柄、万民衣帽一套、德政牌两对、德政匾一个,其匾字颂扬曰"明道家风",因其姓程所拟也。进署,晤蓉生公祖,相叙半时,即行辞别而出。就道至金寿山都戎署中拜会,相叙一刻而别,随即往谒陈蕴山广文瑞玉,未晤而来。午膳后,金寿山都戎、陈蕴山广文均来还叩,即饬丁挡驾,同周孟东至三台周萍翁并何肃堂老伯两处,相叙少顷,就道至李伯纯明府、张柳桥兄两处,未晤而来,至家时将晚膳矣。但楚卿自同昌退办以后,诸事从俭异常,与前如同两人耳。

初十日丁未 早至午刻,阴;未牌,雨;以后皆然。今日永大小轮下港之期定在上午六句钟,于时太早,起来即与楚卿、孟东诸君饬仆修拾行囊,复早膳后出门至永大轮中,方将开行,尚无贻误耳。叶祖香公祖、陶寿翁均于今日同轮下港,互叙不久即经到埠,方在九句钟左右,尚有山水由上而下,故有如是之快速也。登岸后至家,即行赴祖母大人前并母亲大人前请安后,饬仆打扫客间。嘉先送来所收各户地税,核算后转即收入流水,惟文昌阁之税洋即饬祥朋呈周梅翁,此外本保庙之款即由嘉先转送矣。并送有:娄德晖兄致余一信;万春庄一信,附有四月分清单一纸;许眉甫先生一信,系上月廿三日所发,言接煊夫先生函云,余托其代捐各节曾经托人代办云云,惟所捐同知职衔改名一节,因庚子以前档案毁失,难于稽查,须赴湖北原省呈请起文咨部方可核办,似此转拆,殊费时日耳,言侍妾曹氏急于旋里,家严拟嘱少圃表叔公送其旋台,约在端节前后动身,未识再有稽留否也。

十一日戊申 卯前,雨;辰刻雨晴,阴;以后皆然。致何肃堂老伯一信,致张丹亭统领一信,均交邮政局转寄。致万春庄孙恭甫第十一号要信一函并附件，交嘉先交宝华商轮代为寄甬，取有收条为凭。致何煊夫先生一信，交克荣送交本镇邮政局单保险寄至北京南横街中间路北甘肃全省高等审判厅厅丞何公馆。午膳后，至楚言姻长及心斋宗叔、周谱香母舅、周梅五姻长、李舜卿兄诸处，均相叙半晌而别。江边堂武圣庙寿戏本定明日夜间开演，因其戏头来为通融，即今夜开演，余即允诺矣。前托昌相带申织补丝罗夹衫曾经织就寄来，粗视尚看不出，细看有之，此大可将就。手艺中织补一层，申江大为出色也。前叶祖香公祖言临海县经藩宪另委洪青立明府之说，余在郡城闻萍翁言无其事，想是传闻之误耳。

十二日己酉　卯前，雨；辰时雨晴，至晚均阴；惟未牌有小雨，片时即晴。致娄德晖兄一信，交邮寄至京城马神庙分科大学堂。

十三日庚戌　辰前，阴；巳至申初，晴，天气颇热；申末，阴；酉牌，细雨，一刻即晴；以后均阴。致黄子霖兄一信。寄奉家君第二十二号安禀一函，交祥高先送交海门邮政局寄至虞乡县署，并附寄许眉甫先生一信。祥高先来，接子霖兄福信言旧画裱来，即为代寄。接万春庄一信，系十一日发，言交全盛寄洋八元并未收到，明日函覆可也。接汪伯端一信，早刻至江边堂，同心斋、伯寅、云梯、宗山、少愚致祭武圣，毕后看戏少顷，晤梅五、楚卿、陶寿翁、载熙、徐汉清、孟东诸君，相叙半晌而来。楚卿言邑侯，程蓉荪公祖自请告卸，上游未允其所请，想告卸尚需时日也，并云蔡新翁曾经下港矣。晚膳后，周梅翁来约至楚卿处，晤邱楚翁、蔡新翁、陶寿翁、周载熙、王云梯、孟东诸君，相叙一刻，同至江边堂看戏一场而来，至家时逾二鼓矣。

十四日辛亥　辰前，阴；巳刻雷雨甚大；午至未初雨晴，均阴；未末大雨；至晚皆然。寄奉家君第念三号要信一函。致杨伯藩兄一信，托购三种：《议员必携》一册、《致富全书》《花镜》《通天晓》各一册。致陶习之兄一信，附致汪伯端兄一信，均饬老二送交海门邮政局转寄。致万春庄孙恭甫先生第十二号要信一函，亦饬老二送交海门邮政局单保险寄至甬江矣。但陶习之兄现在省垣清泰门金荷庄交涉使衙门隔壁法政寄宿舍，伯端现在武林私立法政学堂肄业，不知其在于何处，故函托习之代为饬纪转交。心斋宗叔来邀午膳，早刻，至其府上，晤陶寿翁、邱楚翁、蔡新芝、黄楚卿、谬性言、周孟东诸君，相叙席散，因雨如注，艰于步履，来时已经晚膳矣。楚卿言槐士在省拟考法政养成所，未识能得考取否也，并云嵩子山太尊近赴省晋谒各宪，定于十七日动身，小轮至葭沚上岸，详阅椒江中学堂，就道至海门趁轮晋省，其委员李伯纯父台即于今日至海门矣。昨接万春庄函云，初四日交全盛信局带下次洋八元，因未收到，早刻即行修函致覆，该函方将缄发，后海门全盛局送下万春庄一信，并附次洋八元，俟明日遣夥向其取来之后，再行函覆可也。

十五日壬子　雨。连日珠兰盛开，颇见其文香，夹桃花亦将放，外貌亦最可观，惟夜来香至今尚未抽芽，想已作罢，深为可惜。幸同时开放之剑兰最佳，不至冰清耳。

十六日癸丑　辰前，雨；辰、巳牌雨晴；至申刻均阴；酉时仍雨；以后皆然。致周萍洄兄一信，致黄楚卿兄一信，均交祥高先送至海门，萍翁之函交邮寄郡。万春寄还次洋八元，亦由祥高先向其取来，一元是铜，七元是毛木，虽有典中图书，何至夫有如是铜洋一元，颇为疑心，未识何处尴尬也。万春交全盛寄洋八元，确要带费洋一角三分，如是计之，若寄千元，须要数十元耳。即致万春孙恭甫先生第十三号要信一函，饬老二送交海门邮政局单保险寄甬矣。杨伯藩兄代买之三种《议员必携》《通天晓》《致富全书》《花镜》各一册，曾由永利商轮代为带来。即致覆伯藩兄一信，交老二托昌相代为带申。邱楚翁同刘剑郎、杨叔藩两兄于晚刻来，适于元培兄亦来，相叙至晚，留过晚膳而去。

十七日甲寅　雨，连日皆然，今岁雨均富足矣。致周允东明府一信，交邮寄晋。接万春庄自十四日所发一信，系昨日宝华商轮带台耳。午膳后，至楚言姻长处，言剑郎、叔藩方于早刻去，晤孟东、心斋宗叔，相叙半晌。与孟东就道至吴玉翁府上少坐，言嵩子山太尊于今日赴省，就道椒江一看，即至海门去矣。

十八日乙卯 早至巳刻，阴；午至申牌，晴；酉时仍阴；以后皆然。接蔡新翁函云，早刻赴郡，家内不敷所需，向余假洋二十元。即致覆蔡新翁一信，附洋二十元，交嘉先送交其府上收矣。楚卿令堂蔡氏恭人于今日生辰，送其糕桃烛面礼计四包。楚卿柬邀午膳，早刻，至其府上，晤邱楚翁、周孟东、徐汉清、叶训甫、王俊卿、林占梅、赵友竹、叶石甫、王云梯、吴玉翁、彭度雍、王子安、邱遇琴、叶寿卿诸君，相叙席散而别。与寿卿、孟东约至楚言处，相叙半晌。叶寿卿兄言本镇地保经邑侯斥革，有二府差名周炳言欲充当，有说将余名，未识同某人具禀列保之说。但余向不干外事，不意此等下流差役敢将余名列保，虽彼背列，余定勿允诺，即致蔡新翁一信，托其托人向县署查询，有余之名列保者，即行呈递背列可也。我辈虽在家中侍奉高堂慈闱为事，暇则写字、栽花，或与知己者畅谈风月，长守清高之名，焉敢与县尊前说若辈之短长乎？至家后函即膳(缮)发交航船寄郡矣。

十九日丙辰 早至巳刻，阴；午牌，雨；未刻，细雨；申时雨晴，阴；以后皆然。接邑侯程蓉荪公祖照会，言海门、葭沚二乡现奉自治筹办处宪转奉抚宪批合并为镇，计人口有五万一千七百三十家，照章应选议事会议员二十员，定于本月廿三日开票，开票所设在新堂，邀余为开票管理员云云。事是度劳照挂，既已接其照会，为地方之事，亦不得不为到场，此多一烦恼之事也。未识何日选举投票，未及注明，想在廿三日之前耳。

二十日丁巳 早至巳初，阴；巳末至申，晴；酉刻仍阴；以后皆然。接眉甫先生一信，内家严附寄洛卿丈公、达云母舅、祝再明府、少愚各信，即代为转交矣。早刻，至海门渔团局，晤何霭生、陶寿翁、周梅翁、邱楚翁、孟东兄、楚卿诸君，相叙一刻，言及渔团之查验米、麦、豆、油等项，现府宪奉抚宪札饬免捐，实少数两千之谱，故楚卿急于退办，曾经具禀矣。寿翁、梅翁相约至王荣臣参戎处，相叙半晌而别。就道至海门局，晤子霖兄，前托裱之画已取来三幅，言尚有一幅，即嘱原店裁控款字，想下班可以取来，计裱工洋一元六角，面付洋两元矣。至永宁局，晤高志伯二尹、李伯纯父台、金寿山都戎、楚卿、寿翁、梅翁，相叙席散。至商会，晤蔡新芝兄，相叙片时。即至张鼎丞兄府上，晤其令兄吉臣，互叙一刻，转至渔团局，同邱楚翁、周梅翁而来。即至分府署，晤叶祖香公祖，相谈半晌而来，至家时将晚膳矣。海门、葭沚等现合并为镇，选举议员投票之所设在海门新堂，临海县定廿一日为乙级投票，廿二日为甲级投票，廿三日为开票之期，余是开票管理员，三日中均须到场耳。现合镇照章议员须举二十员，就二十员中举议长一人、副议长一人，另举总董一人、副董一人、名誉董事六人、参事会议员三人。

廿一日戊午 晴。致刘剑郎兄一信。早膳后即至海门元泰当，晤周梅翁，方经到地，并与李伯纯、高志伯二尹，相叙半晌。言及邑侯程蓉荪公祖曾经昨日已到海门，现程蓉荪公祖挽同叶祖香公祖及投票管理员寿翁、楚卿、舜卿、云梯、道周诸君，均于早晨已到投票所，但余于梅翁均是开票管理员，今日可以不必到场，余即中止，至何霭翁府上相叙半晌，转至渔团局。午膳后至永宁商轮局，晤王吉人先生，畅叙少顷，转至局中，同梅翁而来。

廿二日己未 早至巳刻，雨；午至申牌，阴；酉时细雨濛濛；以后皆然。致陈洛卿丈公一信，附家君寄其一信；致祝再明府一信，附家君寄其一信，均饬昌章专送长甸。致陈翼亭一信，交店中转寄黄城。早晨至海门渔团局，晤李伯纯父台、高志伯父台、何霭翁，相叙一刻，即至永宁局，晤陶寿翁、王芹甫、王吉人老伯、徐富春、马冰生相叙，适心斋宗叔及楚卿均来，即与寿翁、楚卿、心斋宗叔同至新堂投票所，晤云梯、潘云轩、黄漱泉、邱舜卿、刘梅卿诸君少谈，即行填票。余填周梅五姻长名，依次填毕。楚卿邀余与心斋宗叔至商会陪客，言请程蓉荪公祖与叶祝三明府远荣耳。时已将午，即同楚卿、心斋宗叔至商会，晤程蓉荪公祖、叶祖香太尊、叶祝三明府、喻铁勤二尹，相叙至席散而别，亦同星斋宗叔、楚卿至渔团局少坐而来。但叶祝三明府系叶祖香太尊之二少君，现在浙江候补知县，官名远荣，又系湖北藩宪余寿平方伯之令祖，与署山西河东道余节高观察郎舅耳，现奉巡警道杨渭春观察查案就道来台省亲，想赴省之期不远也。晚膳后，达云母舅来叙半晌，去时将近二鼓矣。

廿三日庚申 早至巳刻，雨大如注；午至申均阴；酉牌仍然细雨；以后如斯。早晨动身即至海门渔团局，少顷，周梅翁亦来，即同楚卿、梅翁均至新堂投票所，晤叶祖香公祖、程蓉荪公祖、娄祝三、黄道周宗叔、周谱香母舅、邱舜卿、潘云轩诸君，互叙半晌。程蓉荪公祖因潮候迫促，即行辞别而去。随行开所投票匭，甲级投票当选者周作羹殿梅、周梅五定和、黄心斋秀品、张鼎臣锐锋、王云梯宗杰、邱舜卿绍虞、黄漱泉乃渊并与余计八人，乙级投票当选者陶寿农祝华、潘云轩赓藻、刘秀亭泽森、周载熙文敬、缪性言桢元、娄祝三锦华、李舜卿治统、王俊卿衷善、陶伯南振武、丁琴泉继盈、谢仲藩镇藩、陆鹤亭等十二人。事毕将午，即过午膳后，至永宁局，适许蓉垣先生自京旋里，现趁永利商轮方到海门在局，畅叙半晌而别。就道至张鼎臣兄处少坐即转至渔团局，晤蔡新翁少谈。楚卿言姚梧翁之家眷并其三弟自粤东旋里，亦趁永利，方自今日抵埠。但梧翁道过武林，羁留数日，可以到台耳。

廿四日辛酉 晴。寄奉家君第廿四号安禀一函，内附致眉甫先生一信，交邮寄署。晚膳后，至楚卿处相叙半晌，约至蔡新翁处，晤作羹、度雍、占梅、二士、诗斋、云梯诸君，互叙一刻，来时曾逾二鼓矣。柬邀叶祝三明府于明日午膳，并邀绍伯、吴玉翁、周梅翁、陶寿翁、楚卿兄陪客。陶寿翁曾于今晚由海门至家矣。

廿五日壬戌 晴。早刻，柬邀叶祝三明府、边柳溪兄午膳，并邀吴玉翁、周梅翁、楚卿兄陪客，相叙席散而别。但绍伯兄言因眼疾而致谢焉。楚卿兄云，本镇区官彭度雍拟有条程三项，第一，本镇巡警本有十六名，上年近处致有土匪不清，巡士只能站岗，日间排解争执等事，夜间不能巡查，地方诸公公议将本镇警士裁减六人，再由地方出资添募八名，并托黄义臣守戎觅一识营务者管带，而黄义翁荐有陈庆祥已经一载，尚能勤谨办事，公事中作为巡警预备生，均由区官详报警察道存案矣。区官所带警士照章站岗性质，陈庆祥分带之预备生专为查夜巡防治安之性质，当孙、董两区官与陈均得和衷共济，今彭度雍到防看陈作为属员，而陈因地方填募公事，和衷则可，受其所属不允，而彭区官欲将陈所带之预备生均受其调遣，二名巡士之靴悉均一律邀地方增加一款，欲与其办理。三，添募局首站岗之巡士一名，此人前本由陈庆祥遣派一名而站，因彭区官欲做其上司，陈将所站之人亦不住站而已。但彭度雍言欲添募站门一名者，因有一仆役难于安置而言也，而此三条楚卿不肯即允是否，于今晚四句邀同本镇诸绅到局公同酌议，来邀余，即至时往局晤陶寿翁、周梅翁、吴玉翁、星斋宗叔、楚卿兄、李舜卿、王云梯、缪性言诸君，议及此节仍然如旧。彭度雍言此节不并，不肯代为详报云云。楚卿云不代详报亦可，地方由自治会自行详报巡警道宪可也，并将各事详叙一番而别。相约均至蔡新翁处，互叙半晌。陈思□□请李伯纯父台，而李公曾经赴郡，但席已办借设楚卿府上，即邀余与周梅翁及星斋宗叔、邱楚翁、王云梯诸君，相叙席散而来，至家时方二鼓矣。叶祝翁言余之建兰最佳，即于晚刻遣价送其两盆而已。余自存有建兰十盆均经满盆，今年新剑生发最多，亦助佳兴也。

廿六日癸亥 早至未刻，晴，天气颇热；申初，阴；申末雷雨颇大；酉初雨晴，阴；以后皆然。接黄镜三一信。早刻，因陶寿翁柬邀午膳，即至寿翁府上，晤叶祝三明府、叶绍伯兄、边柳溪兄、吴玉翁、周梅翁、邱楚翁、彭度雍诸君，相叙席散而别，就道至分府署还谒叶祝三明府，互叙半晌而来。

廿七日甲子 早至未刻，阴；申初细雨，片时即晴，阴；以后皆然。余之烟瘾自前年八月曾经断瘾，上年自晋旋里再食两次，即觉有瘾，以后不食此恶卉即有瘾来，以致日吃，幸不过大。顷接蔡新翁函云，有叶钦甫者能得断瘾，即食其药，自今日为始，得此瘾病藉即消除，深为至幸。晚膳后，至陶寿翁府上相叙一刻而来，至家时将二鼓矣。

廿八日吉乙丑 早至未初均晴；未末细雨，一刻即晴；以后皆然。仆从言蔡新翁赴郡，余即致新翁一信，遣人送交。午刻设有小酌，邀彭度翁、周梅翁、邱楚翁、心斋宗叔、达云母舅、载熙、李舜卿诸君相叙席散而去。接子能先生一信。

廿九日丙寅 早至未初，晴，天气最热异常，未末阴而有雷声；申牌雷雨最大；酉初雨晴，阴；以后皆然。致子能先生一信，附狗皮膏一张，交寿生相送托泰来夥祝三先生代为转寄矣。晚刻，至楚卿处，言至海门，未晤，即至楚言及心斋宗叔处少坐而来。

六月初一日人丁卯 早至申刻，阴；酉牌濛濛细雨；戌刻，雨；以后皆然。致张谨侯兄一信，托其代买大红全白牡丹，未识得能寻觅否也。晚刻，至椒江各教员及监督诸君(处)，均未在院。至达云母舅府上少坐，至文昌阁，晤林宜士兄，言各人均在建西处，即行辞别。就道(至)寿卿处，托其代开一方，即至建西处，晤曾六舟先生、道周宗叔、味清兄，诸君少谈，即托六舟先生代做周梅翁六十寿序云云。来时道过寿翁府上，言寿翁至海门去，其少君习之方自武林肄业旋里，相叙半晌，言汪伯端兄自今日由杭动身，大约初四五日可以旋里云云。

初二日戊辰 雨，全日皆然。现在旱苗最佳，只求上苍敷佑，即日天气晴明，定然丰稔，万民深感之至。致施月槎兄一信，交本镇邮局寄至江苏省阊门外洋安浜秀兰茶栈。致周载熙兄一信，附致曾六舟先生一信。致张谨侯兄一信，附致章子耑兄一信，托其代带横湖转交，恐需时日，又致章子翁一信，交邮转寄太平县城中学堂投递矣。昨永利到埠，以洋两元交祥高先送交昌相代为购买吕宋烟，前托昌相代为织补丝罗夹衫洋四角，交祥高先代为带交矣。阅五月廿二日《申报》纪五月廿一日内阁奉上谕："丁宝铨奏'假期又将届满，病仍未痊，吁恳开缺'一摺。山西巡抚丁宝铨着准其开缺。钦此。"五月廿三日《申报》纪五月廿二日内阁抄奉上谕："山西巡抚着陈宝琛补授。钦此。"阅五月廿四日《申报》纪五月廿三日奉旨："陈宝琛未到任以前，山西巡抚着王庆平暂行护理。钦此。”现晋省中峰奉旨开缺之后，必须一番更动耳。晚刻，徐汉清兄来叙至晚，留过晚膳而去。

初三日己巳 早至巳刻，雨；午初雨晴，阴；惟申牌稍见日色，馀则均阴，似有晴明景象。叨天福佑，定唱太平歌耳。寄奉家君第二十五号安禀一函，交邮寄署。午膳后，至楚卿处，晤吴玉翁、周梅翁，相叙半晌，言及本镇花会盛行地方妇女被其引诱者最多，若不严行拿办，其害无穷。即行相约赴分府署，晤叶祖香太守，言明地方情形，请其会营严拿，未识得能净尽其害否也。就道至谱香母舅处少坐而来。道至椒江门首，见其字纸抛弃，心甚不安。适正衡在侧，即行取交正衡收拾。现在新政竟将字纸轻亵，将来定有报应，不过迟早耳。万望后贤君子确遵先圣遗训，敬重字纸，是所切幸。

初四日庚午 晴。早刻，何雩春兄来叙，过午膳，再留而不得，即转海门趁顺昌小轮赴郡。前寄煊夫先生代为改奖之同知职衔实收一纸曾经带还，言此实收系光绪庚子以前公事，前户部档册已失，须由湖北原省再行咨部方可办理云云，另日再行想法可也。至前托捐之从九归议叙班及指省各节，为数较钜，只作罢论。所寄之银并前寄之从九部照均存在彼处，俟明年晋京再行想法可也。前眉甫先生函云赈济皖北赈捐银三千五百两可由办赈大臣盛奏请赏给特旨知县，现雩春兄言只以此数即可奏请赏给主事。此大便宜之事，未识再加小费否，即托雩春兄代为查询详晰一切。少顷，周梅翁、黄楚卿、王云梯来叙半晌。此次海葭镇投票所举议员之知会书并临海县所发执照各一纸亦由楚卿兄送下，至云轩、秀亭、仲衡各一分，楚卿兄即托余代为遣人送交矣。去后因事至海门永宁局，晤陶寿翁、王芹甫、徐仁甫、徐富春诸君，相叙半晌，至顺昌小轮，适雩春兄上岸，未晤，留片而来。路晤少南先生少谈，至可贵商轮局，晤黄漱泉、王阆轩、任简夫诸君，适陶寿翁亦来局中，听唱留音机器半晌而别。转至永宁局，晤邱舜卿少坐，就即动身到家，时将晚膳矣。楚卿言自治会选举议长定在明日下午，余亦须到场耳。但自治议事会果设海门，有事往返，诸多不便也。

初五日辛未 雨，全日皆然。早刻，至江边卫王少南府上，楚卿之之[1]借寓，此楚卿所娶客妻沈和平之女耳。少顷，梅翁、载熙、性言均来，并与少南、寿南诸君互叙至午，楚卿留过午膳后，即同至印山商业学堂，晤星斋宗叔、道周宗叔、陶寿翁、张鼎丞、娄祝三、邱舜卿、李舜卿、王云梯、周作羹、潘云轩、黄潄泉、陶伯南、王俊卿、谢仲衡诸君，即行选举投票议事会。陶寿农得十五票为正议长，张鼎丞得九票为副议长。毕后即行选举董事会各员，楚卿得十五票为总董，周梅翁得八票为董事，而又名誉董事四人：达云母舅、吴鸿即书卿、林宝三、叶熙贵等。事毕，恐日过晚，即行动身，至家方将晚膳矣。

初六日壬申 早至巳刻，雨；午牌雨晴，阴；申初仍细雨；申末雨晴，仍阴；以后皆然。致王子衡兄一信，即托洪德顺夥友代带北山。午膳后，至达云母舅处少坐，就道至周梅翁府上，晤其乔梓，相叙半晌。梅翁相约至吴玉翁及楚言、星斋宗叔各处，均相叙片时。言及陶习芝染恙在家，来时至习之家，晤其令尊寿翁，曾由海门来，并晤柳亭、寿卿两君，畅叙一刻，言习之之恙系是外感，无紧要也，想即安痊耳。陶寿翁言郡城开议长会定在初十日，并选举禁烟董事亦在是日也。据老农言，早苗浪花金色者，年虽丰，价必贵；银色者，价能贱耳。

初七日癸酉 雨，全日皆然。致李舜卿兄一信，交叶钦甫先生代为送交矣。

初八日甲戌 晴。致孙恭甫先生第十四号要信一函，交祥高先送交海门邮政局寄甬。前华顶山方丈华醉和尚来说重造华顶禅寺写数，余应均属世交，即写助银一百两，计洋五十元，说明明年上春来取可也。托余代其同至寿翁府上，晤道周宗叔、徐汉卿兄，相叙半晌，均相约至家，留过晚膳。同至建西处，晤梅五，至蔡新翁府上少坐，适楚卿来邀新翁，即同至楚卿处，相叙半晌。就道至星斋宗叔处，晤楚言，

---

① 此衍一字或有笔误。

相叙一刻，至家时将二鼓矣。陶习之于朔日自杭来即染恙，于今日用事，据寿翁言无窒碍耳。蔡新翁言昨晚由郡旋里，汪伯端方自今日由杭抵申，趁永利到台，并言姚梧翁、郎翰臣老伯均经旋里矣。前日接许眉甫先生函云，以银三千五百两报效江皖赈捐，由办赈大臣盛杏荪尚书奏请奉旨赏知县，现在朝廷改行立宪，州县为行政官，颇无趣味。日昨又据何渭春兄言以报效知县之银可以改为恩赏主事，此最便宜之事。余拟明日趁永利商轮赴申询明，倘能印给等费能在其中，即行报效可也，否则容另再行想法耳。俟至上海与张丹翁妥商办理，可无贻误也。

初九日乙亥 早至巳刻，雨；午、未牌雨晴，阴；申时仍雨；以后皆然。早刻，至陶寿翁府上，晤蔡新翁，相叙半晌而来。午膳后，至海门渔团公所，晤楚卿兄，相叙一刻。但楚卿托余代购气灯一盏并纱罩一打。楚卿相约至姚梧翁处，晤叙半晌，即至宝华局漱泉处，留过晚膳，即至永利商轮，晤方翰卿兄并边柳翁，言至石浦。周郁文兄言送其令亲陈楷亭少尹家眷至江苏常熟县典史任，李卧南言已考杭州法政养成所，现入堂肄业，适均互谈少顷而已，该轮至下午十句钟自海门开行矣。

初十日丙子 阴。下午一句钟，该轮即抵定海。晤邱少雨兄，言自江西旋里续弦；王毅侯兄自京暑假旋里，均趁平安到台，相叙一刻。并晤陈绿孚兄，言亦考法政养成所，现今赴杭肄业而已。该轮自下午四句由定海开行。

十一日丁丑 早至午刻，晴，天气最暖；未牌，阴；申刻，雨；以后皆然。该轮于上午六句钟即抵申江，随至永利局，晤伯藩兄，即将楚卿托购之气灯即托伯藩兄代购后，即至老级陞栈，晤仲甫兄少谈。即于上午八句四十五分钟趁轮车，于十二句钟抵苏州吉祥里丹亭兄公馆，晤李子棠、傅衍九、边巨源诸君，相叙一刻，即托丹翁代觅江皖赈局。但丹翁不能熟识，即转托江苏营务处洪鹭汀观察尔振代经，所云报效之数与眉甫先生函中所言相若，彼代为转托，已为代函，须接其覆音言定数目方可上兑云云。李子棠兄邀游留园，并邀至一品香晚膳，同席者：张丹翁、傅衍九、欧阳逸臣、王荫亭诸君，相叙席散而别。转至张丹翁公馆，晤夏振之兄，相叙一番。

十二日戊寅 早至未牌，阴；申刻细雨；酉刻，阴；戌时又雨；以后皆然。张丹翁席邀午膳，同席者：施月槎及其幕友诸君而已。但报效之详细章程尚未取来，俟其取到即行办理。丹翁言明日因公赴沪，余即于午膳后辞别。李子棠兄又送至秀兰茶栈，余与施月槎至栈中，晤王子衡兄（此晓凡兄令侄，字子衡），在苏卖茶，相叙一刻，即行动身，至申老级陞时方晚膳。现在轮舟、铁道，行旅之便莫过于此也。但方翰卿兄所开客栈在棋盘街名曰“裕通”字号，专接台帮客人。昨据毅侯兄言，娄德晖兄及仲善兄近日出京，想即日可抵沪江矣。

十三日己卯 早至午刻，雨；未牌雨晴，阴；以后皆然。致楚卿兄一信，交邮寄台。早刻，至永利局，晤雨梧明府、秋圃、伯藩诸君，相叙至午，留过午膳，即同雨翁至咸瓜街药业公所郑吉卿处，并至闸北公益里五十七号门牌洪凤洲明府公馆，晤其二少君洪厚仲兄，均相叙一刻而来。雨翁即转永利局少坐，趁永利商轮旋里矣。

十四日庚辰 阴、晴。张丹翁于午膳后自苏州来申，互叙至晚而已。

十五日辛巳 晴。致蔡新翁一信，交邮寄台。早刻，洪厚仲兄来叙，说定报效之事，至于报效之数，叨情找尾，彼去详核。随接福函言报效之事照五千两七折，实足库平银三千五百两，申计英洋五千一百八十四元。随同张丹翁至其公益里总同巷公馆中，晤洪凤九太守恩苞并厚仲乔梓，说定报效一切。即将履历交与彼，其洋说明俟明日汇付清讫云云而别。余欲捐主事之欲者二十馀年，至今日方有定见，可见功名迟早亦是有命，即异路亦然也。昨据金雨梧姻长所云报效通判，余意亦足。早刻，同张丹翁至王乔松侧字所云“外官所得不止所失，内官颇能得法”，即捐定主事。但主事功名，以余想之，得法之时颇非易事。彼言能得法，未识果能得法否也。据丹翁所云，王乔松之课均要应验，未识果然否也。

十六日壬午 早至晚均阴；戌牌细雨；以后皆然。致何渭春兄一信，致周梅翁姻长一信，均交邮筒寄台矣。早刻，王荣臣参戎来叙半晌。午膳后，方同张丹翁至洪凤九太守公馆去，适洪凤九太守来寓，余即将报效主事库平足银三千五百两，申计英洋五千一百八十四元，由申江万春钱庄第三号联单汇洋五千一百元，并致万春钱庄孙恭甫先生第十五号汇信一函，均交洪凤九太守代为转寄矣。所言办赈大臣盛杏荪宫保先给正实收，即为垫就，准于十八日送来，尚少找洋八十四元，俟其实收送到即行送交清讫，并言明随即函达盛尚书奏请奉旨恩赏不论双单月选用主事，即曰恩赏主事。余自十馀岁即有报捐主事之想，迄今二十馀年，方至今日得偿素愿，此平生之大幸事也。据王荣翁言恩赏之事赴部掣签印给之银均在九百两之则，余拟明年北上办理到部供职可也。张丹翁邀六句钟席，同席者：沈保红、杨伯藩、胡滇生、吴秋圃、吴安坤、林云卿鹏诸君。洪凤九太守邀九句钟席，同席者：桑观察宝现任宁绍台兵备道、张丹翁，馀则均不相识，席散而来，将经十二句钟矣。洪凤九太尊言其胞兄洪翰香观察恩广实缺直隶清河道调署天津道，彼自前署宁海、上虞等县，今过班知府，仍留浙江原省候补。其大少爷字曰温伯，而仲厚兄文年即其二少君耳。

十七日癸未 晴。致楚卿兄一信，附致蔡新翁一信，又致周允东明府一信，致陈翼亭一信，均交邮筒转寄矣。早刻，寅侯兄自甬江来，即于晚刻赴苏矣。午膳后，同林云程兄至南康旋馆王荣臣都督处，相叙半晌而来。阅《申报》所纪：新授山西抚宪陈宝琛以侍郎为天子师，江苏藩宪陆钟琦升授山西巡抚，直隶臬宪齐耀林升江苏布政使，山西冀宁道翁斌荪升直隶臬宪云云。

十八日甲申 阴、晴。致何煊夫先生一信，交邮寄至京都。余之本意主定捐主事，阅《申报》所纪各部郎中、员外、主事改为三等佥事，但官将捐，所捐之官已改，未免无趣；即以主事改为三等佥事，只恐到京未免不便之处。心甚踌躇，毫无定见。报中又有云司员停选之说，在郎中、员外、主事等官出头之日颇属为难，况长安非是易归之处，再四惟思，新官制，部、阁为一级，督抚为一级，州县为一级，不如知县为善。再四详思，明日向说定妥可也。

十九日乙酉 晴。亦兰兄言，台州日有雷雨，早季颇为减色，心甚焦急，未识曾已大晴否也。午膳后，至公益里晤洪厚仲兄，言及一切，言定报效奖叙知县，与丹翁相酌以主事为善，今晚王六翁来栈，言亦主事为善。但时事如斯，而无主事之名，只得以知县，容俟到省再行想法可也。

二十日丙戌 晴。致洪厚仲兄一信，托仲甫兄遣人送交。早刻，张丹翁、王荣翁相叙报捐，议妥不如知县为善。午膳后，即至公益里一百五十七号门牌洪公馆，洪风九太守赴杭未旋，即与厚仲兄相叙言妥准以知县，即为垫发知县不论双单月选用之盛杏荪宫保实收一纸，并致临海县移文一角，随即交致发言奏奖，部照须俟盛宫保奏请奉旨后可以颁发，须在闰月之杪耳。别后转至老级陞栈，检点行囊清讫，再与张丹翁、王荣翁相叙半晌。丹翁因应酬袁参议而别，承王荣翁、张仲甫兄送至永利商轮，少坐而别。而王六翁、杨伯藩、施月槎来轮，相叙一刻而去。宿在房舱第二号，而陈六孚、李卧南、张与龄兄均自武林旋里，同轮而来，并(与)晓郭、晓东、邱燧民诸君互叙半晌。该轮至下午五句钟动身矣。

廿一日丁亥 早至未刻，晴；申时以后至晚均阴。上午八句钟抵定海，至下午六句钟抵石浦，适周柳棠来船少坐，随至秤和甫处，相叙一刻即转轮中。许星河兄自闾抵申，亦趁永利同来，将楚卿兄托买气灯交其代带。该轮夜停石浦矣。

廿二日戊子 东北风、东南风均大，雨亦大，有风水之景。现值早季收成在即，只求上苍敷佑，早日放晴，是所万幸。该轮自上午四句钟自石浦开驶，至十句钟即抵海门。随即登岸，至永宁局，晤陶寿翁、周载熙兄、陈虞韶兄、徐富春，相叙一刻，言自治会已于二十日借印山开会，今早有关店门之说，未识是否。过午膳后至娄德辉兄处，相叙半晌而来。至家即行亲叩祖母大人并母亲大人，悉均安吉如恒。接家君自五月廿三日所发一信，又六月初三日所发一信，附致周梅翁一信、陶寿翁一信，王少南兄一信。惟梅翁之函即遣人送交，馀则明日分送可也。家君谕嘱付眉甫先生府上英洋三十元。又接眉甫先生自六月初一日所发一信、六月初四日所发一信，附致其府上惠甫先生家信一封、致涧泉先生一信，俟明、后日分送可也。接万春钱庄自六月初三日所发一信、十七日所发一信，均经详晰矣。接何煊夫先生一信，自六月初六日所发耳。前托德辉兄代买对联、墨盒、平金挽袖等均代买来，该价若干，未及明言，明日函询可也。阅六月十一日《申报》纪初十日内阁奉上谕："浙江宁绍台道员缺着文溥补授。钦此。"

廿三日己丑　日均风雨，至夜方见是南风，想能放晴。现在早季将近登场，只求上苍敷佑，即日大晴，为幸多矣。晚膳之前见有雷声，定能晴明也。致王少南先生一信，内附家君寄其一信，又致何肃棠先生一信，交海门邮筒转寄。致何煊夫先生一信，交本镇邮筒单保险寄至都城。致娄德辉兄一信，饬老二送交。午膳后，至达云母舅府上，晤永义相少谈，即至梅翁处，相约至吴玉翁处少坐，随同至楚卿府上，相叙一刻，就道至星斋宗叔处，晤楚言姻长，互叙少顷，至蔡新翁府上，晤槐士兄少谈而来。适陶寿翁遣人来说已由海门来，即至其府上，将家君寄其一信面带转交矣。

廿四日庚寅　早至巳刻，阴；午牌至晚均晴。现经天气叨天福佑，为幸多矣。致何煊夫先生一信，致周允东明府一信，均交邮筒转寄。早刻，赴分府署，晤叶祖香公祖，相叙半晌而来。楚卿兄来邀午膳，即至楚卿府上，系席请姚梧冈太守，邀余与梅五、玉成、华士、舜卿、新知、云梯陪客，相叙席散。言江边堂适唱大暑戏，约至江边堂看戏。楚卿又留晚膳后而来。接娄德辉兄一信。

廿五日辛卯　晴。寄奉家君第二十六号安禀一函，内附致许眉甫先生一信，封交海门邮局保险寄署。致娄德辉兄一信，附洋四元，系托其代买平金挽袖等件价洋，交立茂送交。仆从祥朋言歇，于昨日去。作头言有仆从名阿四，西山人，自今日来，未识能可靠否也。槐士兄柬邀晚膳，于晚刻言席设楚卿府上。至楚卿处，晤周梅翁、星斋宗叔、楚言诸君，相叙席散后，适吴玉翁、杨伯藩兄来叙半晌而别。伯藩言趁平安到台，想有要事，不得其详。就道至建西处少坐，至家时将二鼓矣。

廿六日壬辰　晴。致张丹翁一信，致李子棠一信，均交邮筒转寄。接眉甫先生自本月十三日所发一信。早刻，杨伯藩兄来叙少顷而去。潘云轩席设江边堂后亭，席请叶祖香公祖午膳。早刻，至江边堂后亭，晤叶祖香公祖并陶寿翁、周梅翁、心斋宗叔、楚卿诸君，相叙席散，看戏一刻。道过楚言处，互叙至晚而来。接叶绍伯兄一信。晚膳后，至分府署，晤绍伯并其令亲唐咸尹，相叙半晌。就道至楚言处，晤寿翁、梅翁、心翁、载熙、舜卿诸君，相叙至二鼓而来。陶寿翁言月之廿八日郡城开国民会，彼明日赴郡投票云。

廿七日癸巳　晴。致章子耑兄一信，交航船寄郡。致邱仲翁一信，托楚翁代为转寄黄城。郡城明日开国民会，寿翁不欲赴郡。阅《申报》所纪：山西劝业道，奉上谕："着王大贞补授。钦此。"

廿八日甲午　晴。致汪伯端兄一柬，向假其已授过讲一套，余用月馀功夫，想可详阅清讫。余拟明岁考试文官，不得不将此等功课揣摩而已。接煊夫先生抄来某样书籍，再行购阅可也。余想考试文官大约是经济、民政为多，法律一项亦须详习。余是知县，系行政官，总是经济为多，未识其文章亦为然否也。

廿九日乙未　晴。致刘剑郎兄一信，交邮寄至潞河。汪伯端兄早刻来叙，过午膳后同至周梅翁处少坐，相约至文昌阁，晤作羹、道周、少湖诸君，相叙至晚而来。接应少圃姻长一信，自十五日所发耳。阅六月廿六日《申报》纪："内阁奏分发人员应免考补缺并除试署、试俸旧例，奉旨依议。钦此。"[①]阅六月二十日《申报》纪：预闻新官制之

---

① 页边注："除试署试俸。"

草案确已拟妥，下间准可发表，大致与同前专电略有异同：内官一品至三品简任，四品至六品为奏任，七品至九品为委任，七品以上均改录事，各部皆从一律。至外官各司均为督抚佐治官，县分三等：道府改为大县，秩正四品；直隶州同知改为中县，秩从四品；知州、知县改为小县，秩正五品。各县佐治官皆视原品小一级或二级，譬如道府为正四品，则其佐治官为从四品或正五品也。

三十日丙申　晴，天气颇热。早季虽云减色，而收租、晒谷天气最为佳妙，深为至幸。致张仲甫兄一信，并附还前假来英洋十三元，由立茂手转交亦兰兄代为带申。致金雨梧明府一信，交莘山来之仆人代为带交矣。接娄德辉兄一信。早刻，叶祖香公祖应余奖叙知县来到喜，此最要好，当即饬丁挡驾。余因亲穿衣冠谢步，未免旺惑，即饬丁携帖谢步，嘱其门丁挂号，另便以便衣谒见可也。

闰六月初一日丁酉　晴，天气颇热。寄奉家君第廿七号安禀一函，内附致眉甫先生一信、应少圃表叔公一信，外附白术片一斤，交海门邮政局寄署。致胡介眉老夫子一信。致万春庄孙恭甫先生第十六号要信一函，内外均有附件，交嘉先送交海门商轮局代为带至宁波，当取海门局收条为凭。致王荣臣统领一信，致娄德晖孝廉一信，各函均交嘉先转送矣。致叶祖香公祖一信，系与梅翁、载熙兄三人列名请其出示禁止道头小船多载搭客。早刻，傅恒山都戎嵩龄、陈朝杰来拜客，即饬丁挡驾。晚刻，至周梅翁、达云母舅及载熙兄各处相叙半晌而来。

初二日戊戌　晴。致黄子霖兄一信，饬老四送交，向取直条一轴旋里，已于上班交其茶房阿富代带，未见送下，即遣人寻阿富，其家言阿富方转海门，未及见面。就即再致子霖兄一信，饬老二专送海门。来说子霖言阿富尚未至轮，俟来时即为送下可也。

初三日己亥　早至未刻，晴；申牌，阴，雷声见闻；酉刻，雨不甚大；戌时雨晴，阴；以后皆然。致周允东明府一信，交邮寄至太原。晚刻，载熙兄、少愚两君来叙至晚，留过晚膳而去。前托子霖兄代裱之直条未取来之一轴，云已寄至椒江网局，早刻，即邀克庸至网局向周梅贞取来矣。为此直条一轴展转往返，诸多不便也。

初四日庚子 早至午刻，晴，天气最热；未刻，阴而有雷声；申刻雷雨，一刻即晴；酉刻又复雷雨，大约一句钟之久；以后雨稍细；至晚皆然。致眉甫先生一信，交邮寄署。致敬甫兄一信。午膳后，至周梅翁、李舜卿两处，相叙半晌而来。接章子端兄一信，云及上月十一日由太邑而来，余适至沪，未得相叙一番，深为歉然。

初五日辛丑 早至未初，晴，天气最热；未末，阴，闻有雷声；申、酉牌均阴；戌初，雨不甚大；以后皆然。早刻，至椒江周载熙兄处，晤梅翁，相叙半晌，托余代为封寄家君一信，另便即为转寄可也。晚刻，谱香母舅来叙一刻，言及台州设立国民会，公举天台金性山明府文田为正会长，谱香母舅自为副会长，杨定甫给谏为名誉董事云云。此亦新政之要点也。

初六日壬寅 早至未初，晴；未末，阴而有雷声；申、酉牌，雷雨颇大；以后雨稍细，皆然。致黄楚卿兄一信。晚刻，至谱香母舅、梅翁两处，均相叙半晌而来。接万春庄一信。

初七日癸卯 早至巳刻，阴；午刻以后均晴。致邱楚翁①送交。早刻，周孟东来言，伯端兄近有足疾，留过午膳，同至伯端及吴玉翁、星翁、寿翁诸君（处）相叙半晌而来。仆从阿四于初三日去，另用一仆名曰圣鉴，未识忠厚否也。闰六月初三日《申报》纪闰六月初二日内阁奉上谕："沈秉堃奏藩司因病恳请开缺一摺。广西布政使魏景桐着准其开缺。钦此。"同日又奉上谕："广西布政使着王芝祥补授。鸥阳中鹄着补授广西提法使。钦此。"同日又奉上谕："广西右江道员缺着谦桊补授。钦此。"

初八日甲辰 卯刻，雨；片时即晴，至巳均阴；午牌，晴；以后皆然。余向贴暖脐膏，因近日天气过热，未贴，早刻，即有吐泻，片时十

---

① 此处后疑有脱文。

馀次，即将暖脐膏贴上，少顷即止。但暖脐膏之物不可尝试，余因上年赴晋恐致受寒而用，不觉年馀，去则如是，亦所难于预料耳。

初九日乙巳 晴。接郎翰臣老伯一信，并附还英洋九十元，上春向典中假借百元计息洋十元，除今送还外，尚少洋十一元，先将送还之洋交与典中收账，尚少之处另行修函向取可也。

初十日丙午 早至未牌，阴、晴；申刻细雨；酉牌雨晴，阴。致福郎翰臣老伯一信，交其来人带交。早刻，接何煊夫先生一信，系上月廿八日所发。接万春庄一信。上午九句钟，又接何煊夫先生一电，言供事系国史馆履历勿误云云。但余之供事系是詹事府咨送国史馆并武英殿当差议叙从九，未得其详，致发一电，亦其用心周到处，深为感戴。余将所考供事一切详情并将履历及光绪十二年行知查覆各存底另抄一纸，即修致何煊夫先生一信，交邮双保险寄京，想在二十左右可以接洽耳。

十一日丁未 晴。致楚卿兄一信，专人送交。

十二日戊申 早至午刻，晴；未至酉牌，阴；戌时细雨；以后亦然。昨日柬邀姚梧冈先生午膳，席设外沙观音洞，并邀何霭翁、卢槐士、陶寿翁、黄楚卿、周孟东诸君陪客。早刻，至海门观音洞，晤姚梧翁、陶寿翁、何霭翁、卢槐士、黄楚卿、周孟东诸君，相叙席散而来，至家时将晚膳矣。接王荣臣分统一信，彼已来台有日，昨日携眷赴瓯矣。今楚卿兄带阅《浙江日报》纪叶祖香公祖之亲家余寿平中丞诚格，由湖北布政使奉命补授陕西巡抚矣。

十三日己酉 日晴，至晚膳后细雨，少顷即晴，又见月色矣。致许眉甫先生一信，饬祥朋送交邮局寄署，后即接眉甫先生一信。即于午膳后，拟赴黄城，至洪少琴处，随趁永裕小轮，晤方馥荪兄、柯心补咸尹、孙漱泉明府、柯辅周先生相叙一刻，即抵黄城，时日西沉矣。随至邱宅，晤仲玉及其宅生、灵生两君并伯埙、少羽少谈，随于仲翁府上过宿一宵耳。漱泉先生言江苏藩宪陆申帅升补晋抚后，以候补知府方过道员班之应观察护理薇垣，亦少见闻也。早刻，接家君自上月廿九日所发一信。

十四日庚戌　早至午初，晴；午末，雨，至酉刻皆然；戌牌雨晴，阴；亥时亦然。早刻，至林霨生观察处晤叙半晌，转至邱宅少坐，即趁永裕小轮，于午牌抵家，方至门首而下雨，深为至幸也。

十五日辛亥　辰牌，雨；巳刻雨晴，至午均阴；未时以后均晴。寄奉家君第廿八号安禀一函，内附致许眉甫先生一信，封交邮筒寄署。接杨伯藩先生一信，即覆伯藩一信，专人送至永宁局。晚刻，至李舜卿处，晤赵友竹、黄道周、周作羹诸君，相叙至晚，留过晚膳后，同至陶寿翁府上，相叙一刻，来时已经二鼓矣。接周允东明府一信，附致谱香母舅、梅五姻长各一信，俟明日遣人送交可也。言及山西候补州县可以不必回避一层，事若果然，不如指分晋省，得与家君日夕同叙一方，藉得晨昏定省之欢，深为至幸耳。

十六日壬子　日晴夜雨，东北风颇大。昨周允东明府附寄梅翁及谱香母舅两函，均于早刻遣人送交。早刻，吴玉翁老伯及心泉两君来叙一刻，而心泉言及褚琴轩于十四日作古，年只三十有六，深为可惜。晚膳后，同陶寿翁至蔡新翁之处，晤梅翁、作羹、道周、友竹、舜卿诸君，相叙半晌而来。陶寿翁言李雨田明府现署漳浦县知县，其缺尚不次。但福建本无佳缺，而漳浦列在不次耳。林汝奚兄署理宁洋县尹，但宁洋就福建而论列在苦缺，在林君可谓署过知县耳。

十七日癸丑　阴、晴、雨不一而定，大约晴多而阴、雨少。致周吉人兄一信。致周允东母舅一信。晚刻，周梅翁来叙半晌，接葛家一信，即挽同梅翁至葛太太处少坐，同至蔡新翁处，晤陶寿翁、王云梯，相叙至晚而来。但葛信之事及情节颇长，顷间无暇，容日登记可也。

十八日甲寅　阴、雨不定。致甬江万春庄孙恭甫先生第十七号要信一函，并附件交祥高先送交海门商轮局寄甬，取有该局收条为凭。致何雩春兄一信，并附金腿、伏鲞，饬奚庆专送郡城何宅。接何煊夫世叔一信、洪凤九太守一信。即致覆洪凤九太守一信，饬作头专送海门邮政局单保险寄沪闸北公益里一百五十七号门牌投递。晚刻,至楚卿处,晤蔡新翁、陈庆祥、邱遇琴诸君,相叙半晌。适有小雨,向假凉伞至家,即饬老和尚送还矣。适仲善兄来家,言趁轮晋京肄业,屈计赴沪商轮今日可贵开行,永利商轮须廿一夜方开行耳。

十九日乙卯 阴、雨、晴不一而定,大约阴雨多而晴少,倘若有风,即是风水矣。寄奉家君第念九号安禀一函,内附葛张氏原信,封交克荣送交本镇邮政局双保险寄至虞乡县署。致王耀南兄一信,亦交克荣送邮寄郡矣。致何煊夫世叔一信,即托仲善兄代为带至都城。晚刻,席请仲善兄,并邀达云母舅及孟东两君,相叙席散而去。

二十日丙辰 晴。致张丹翁一信,饬老和尚送海门邮政局保险寄至苏垣。午膳后,至陶寿翁、蔡新翁、楚卿诸君处,相叙半晌而来。仲善兄于早刻至海门德辉家,明日趁永利商轮赴申入都,彼在实业学堂能得毕业,即或需用若干,亦值得耳。

廿一日丁巳 晴。致何煊夫先生一信,饬老和尚送交海门邮政局寄至都城南横街。解惠夫兄来叙一刻而去。接子衡兄一信,即覆子衡兄一函,交其来人带交矣。接郎翰臣老伯一信,言世兄希亭兼贞丰州会计员矣。晚膳后,至蔡新翁处,晤陶寿翁、周梅翁、载熙、作羹诸君,相叙半晌,来时曾将二鼓矣。载熙曾由武林自今日旋里,言宝华商轮此班由甬赴台被风浪打坏船身,两旁均卸,幸机器无碍,尚能修理,而需费不少也。此次沪江以及北洋海上风浪颇猛,而船只糟蹋不少耳。数日前,吾台只有阴雨数见,并无风水,叨天福佑不浅耳。

廿二日戊午 晴。阅《申报》所纪:余诚格奉命调补湖南巡抚,杨文鼎调补陕西巡抚,均着迅速赴任,毋庸来京召见云。闰六月初一日《申报》纪六月廿四日钦奉谕旨:“盛宣怀奏各省官绅报效灾赈钜款,恳照案优奖一摺,池鉴清等三十四名均着照所请奖励。钦此。”余之报效请奖之案能否在于此中,昨日函托煊夫老叔代查,想有覆函而得明晰也。致金雨翁一信,于早刻饬老二专送莘山矣。

廿三日己未 晴。晚膳后,至楚卿处,晤周梅翁、李舜卿、道周、作羹、籀生、友竹、遇琴,相叙半晌而来,时方二鼓矣。

廿四日庚申 早至午初，晴；午末方见雷声，即时大雨；至未末方止，以后至晚均阴。致张宝田先生一信，交邮寄至舟山城南门内恒三油烛店代收转寄大展村交张久华染坊内致耳。致张丹翁一信，交祥高先送海门邮政局保险寄至苏垣。晚膳后，周梅翁来叙一刻。接王子衡兄一信。

廿五日辛酉 早至午初，晴；午末，阴；未刻雷雨不大；申时雨晴，阴；以后皆然。致周萍翁一信，交邮寄郡。接王六笙兄一信，潘云轩于栅浦开有药铺字号"寿康"。早刻，承载熙兄代做对语，即书对送去矣。未刻，至楚卿处，晤姚梧翁、周梅翁、蔡新之、心斋宗叔、道周宗叔、时卿、镜三，相叙至晚，过晚膳后而来。据镜三言，甬江之钱业中而最富厚足本者同和、祥和、敦裕三处耳。①

廿六日壬戌 早至午刻，晴；未、申牌，阴；酉刻，雨；戌时雨晴，阴；以后皆然。致王子衡兄一信。接家君自初九日所发一信，嘱买鼻烟一瓶，即致函托伯藩兄代买可也。吉甫附致刘源春一信，即嘱老和尚送交。周梅翁柬邀午膳，席设江边堂后亭。早刻，至江边堂后亭，晤吴玉翁、周载熙、周作羹、王云梯、缪性言诸君，相叙席散后，过楚卿处少坐而来，至家时方下雨矣。

廿七日癸亥 晴。寄奉家君第三十号安禀一函，饬老二送交海门邮政局保险寄署。致杨伯藩兄一信，托买春字号鼻烟六两，交二头代为带申。此鼻烟系家君购买之物，俟其寄到即行交邮寄署可也。阅正六月二十日《民立报》纪"实官捐暗潮"云："盛宣怀奏办之皖省赈捐，原定五千两起码，十成上兑，嗣因主顾寥寥，于四月初一日暗中减为七成收纳。然限期将满，仍不发达，核与借款之数，十不及一。兹闻于本月初八日又暗减为六五兑现，而盛于此事殊焦虑异常云。"阅六月十八日《申报》纪"电传"中有云："赈务大臣盛宣怀奏官绅以钜款捐赈请旨奖励，奉旨：道员李铭恩着赏给头品顶戴，章庆等二十一员

① 页边注："同和祥和敦裕。"

着照所请办理。"又阅廿三日《申报》纪奉谕旨："盛宣怀奏'各省官绅报效灾赈钜款恳准照案优奖'一摺，四品卿衔、二品顶戴广西试用道李铭恩着赏给头品顶戴，其章庆等二十一员均照所请奖励，馀依议。钦此。"

廿八日甲子　晴。致陈仲善兄一信，致章子耑兄一信，均交邮筒转寄矣。早刻，新委本镇巡警区官盛立臣秉德因初到来拜客请会，相叙半晌，言其金华浦江县人，向在湖州有年，方自初六日奉委而来。午膳后，至分府署，晤叶祖香公祖相叙少顷，就道至集圣庙还谒盛立臣，并晤彭度雍，相叙一刻而别。至梅翁、舜卿两处，互相半晌而来。

廿九日乙丑　早至午牌，晴；未初，阴而有雷声；未末至申初，雷雨；申末雨晴，阴；以后皆然。接万春钱庄一信，系廿四日所发。接雩春兄一信，言明日赴都，托余代为定就平安商轮房舱一所。

七月初一日丙寅　晴。致曾六舟先生一信，饬老和尚专送车袋其府上面交，来取有代作周梅翁六秩双寿序言。早刻至海门何霭生先生处少坐，就道至鼎臣府上，晤与龄，相谈过午膳后，仆人言何渭春兄趁永大已到海门，今晚趁平安商轮赴沪。即同鼎丞至平安商轮，晤渭春兄，托其代查池鉴清等三十四名、章庆等二十一名之一一姓名，并江皖赈捐实官有无涨跌，倘若查实，即为惠示一切，承其允诺而别。至家时适建西来邀晚膳，即至建西府上，晤周梅翁、陶寿翁、陈质甫、周载熙、周作羹、黄道周、黄少湖、王子轩诸君。相叙席散而来，至家时将二鼓矣。

初二日丁卯　晴。致章子耑兄吊唁信一函，并附奠敬一函计洋两元，封交敬甫兄代为带郡。晚刻，至寿农处，晤吴玉翁、蔡新之诸君，相叙至晚而来。前向伯端兄借来之讲议，因其赴杭携带之需，日昨遣人送交，又承惠假丙午社讲议一册，计三十本，存而详览焉。

初三日戊辰　早至巳刻，晴，天气颇佳；午牌以后阴、晴、雨不一而定，似有风水之景，尚无大风，深为大幸。致何霭翁一信，致朱子宽兄一信，假陶寿翁出名，托杨伯藩兄代为转交，托查江皖赈捐实官报效银数究是几成，想有福音也。早刻，内人分娩是男，深为欣喜，其八字系是辛亥、丙申、戊辰、丙辰耳，取名曰正威。

初四日己巳　阴、晴、雨不定，大约阴、雨多而晴少。接张丹翁一信。早刻，而正威有病，即请寿卿兄趁治，初则尚能进乳，至晚膳之后渐重。寿卿去，余看无可如何，初进京都同仁堂卖之脐风散与吃一服，无效，即与吃保赤万应散一服，中分半和白糖调之，又无效，即殇。但余元配章氏于丙申春生一女，今十六岁，现配黄岩王氏人颇重厚，此余之幸也；丁酉冬生一子名正儒，二十馀日而殇；戊戌嘉平生一子名正伦，一日而殇；己亥小产，曾经六个月，四支已分，是男也。自此之后，年年致病，至壬寅方愈，于甲辰岁生一女，所幸安然。而元配章氏故矣，即娶妾曹氏，丙午配陈氏为继室。丁未春送曹氏赴晋，秋旋，娶继配陈氏，就于戊申秋生一女，至己酉正月又殇。上年庚戌春亲赴虞乡省亲，欲携曹氏旋里，至秋动身，而曹氏受孕，难于同行。抵家后至三月时陈氏又经受孕，余深窃（喜）。上春接信知曹氏于正月生一女，续接来信，知曹氏所生之女已故。于初三日陈氏分娩宜男，深为窃喜，取名正威，不两日又殇。但余经三十有八，而元配章氏、继配陈氏、侍妾曹氏共生子三人、女四人，仅留女二人，未留一子，深为忧甚。不知何日叨天福佑，仰祖宗庇荫能招贵子一二人，余愿已足，深为大幸。只求早日增添子嗣以遂素愿，为幸多矣！

第三十五章

辛亥(1911)七月初五日起

七月初五日庚午　阴、雨、风不定，大约雨多而阴少，雨又□□亦颇大，即风水耳。

初六日辛未　早至午刻，大雨；未至申刻，阴；酉牌又雨，□□□余内人产后偶染小恙，早刻，请叶寿卿兄诊治，药进而能见效，即可安痊也。晚刻，陶习之兄来叙半晌，言及明日赴杭，余即托其买《法规大全》及《文官必读》等书三册，接玉成老伯函云取还叶公致上游禀稿，当日送交蔡新翁，即行遣人向取，据云赴海门未来，即自福玉翁一信，饬汉鉴送交矣。昨遣长工至十里铺有事，今晚来言至下洋郑水深数尺，难于步履。人家水推者不少，此次大雨，统而计之，所去不少。本镇地颇高，悉均安然，惟下荡田地种豆及棉花颇多减色，而稻苗悉均无恙，深为大幸。只愿低处田地积水速退为幸多矣。周潜溪先生昨日来云，近日赴瓯，因而留宿一夕，方于早刻去，托其代买嫁资镴器等一单，付其英洋三十元，不敷之处，俟其买来之后即行付讫可也。

初七日壬申　晴。致陶习之兄一信。致张丹翁一信，交邮寄苏。晚刻，周梅翁来叙半晌，相约至玉翁处少坐，言及增中丞有风闻台州同知叶祖香太守有快票名色，饬司委员密查等事，已见于《浙江日报》，现藩宪、吴方伯委候补同知余丹曙司马文爚来台查办，闻余司马曾经到台，现寓海门矣。

初八日癸酉　阴、晴、雨不定，大约阴多而晴、雨少，风颇大，又是风水之象。致何雩春兄一信，交邮双保险寄至都城。致陶习之兄一信，早刻，交嘉先送交。因其今日动身赴杭。致皮申甫先生一信，请其与内人看病。晚刻，申甫先生来，即请诊视开方，想即能奏肤功也。陶习之兄来言，永利商轮开出，因风过大，转进关中，俟风平即开行也。言及此番大雨，郡城水满三四尺至七八尺，屋被水坏者亦有之，今日又有风水之景，心为焦急。只求上苍恩佑，风静平安，深为至幸。接王吉人先生喜柬，其四文孙克本于十一日完姻，即嘱嘉先致送喜仪耳。接眉甫先生一信，系上月十一日由署缄发耳。二鼓之后，东北风犹大，幸无大雨，想无窒碍耳。

初九日甲戌 阴、雨不一而定，大约阴多而雨少。内人病少愈，而皮申甫先生于晚刻去。典中有客而郡城来，言仁济典于初五夜水满至楼板，并言郡城盐号置盐之处均被水不少，临海县之监犯有逃出者，有在监溺毙者不少，城内高处水深数尺，低处水满七八尺或丈馀不定，江厦街水均满至楼板之上，稍不干固之屋悉均倒坏者不少。城之内外如斯，乡间被坏者不知凡几，如是水灾亦可谓巨矣，惟本镇连近诸处悉均叨天福佑为大幸耳。现东北风颇大，只求上苍福佑黎民，即速风静雨晴，深为大幸。

初十日乙亥 风稍静，阴、雨不一而定；午后大雨，二句钟颇大。午膳后，吴玉翁来叙一刻，嘱同致寿翁一信，遣人送交，而寿翁已来。晚刻，同玉翁至蔡新翁处少坐而来。晚膳后，至寿翁处少坐，言及郡城水有丈馀，城内最高之处无不逾过腰，方低下之处，水过楼板数尺，屋不干固者即行冲倒不少，此城内情形，水满与城门相平。至江夏街一带有连人带屋水冲而无存者，有屋倒砖石木料而存留者，有被水冲坏即可修理者，倘一无损坏最少，此江厦情形大约如斯。棺木冲落水中最多。初五夜水发时未及预备，以致溺毙者不下千计，言之惨切。并云江厦街以及城内大小店家无物不坏，此次巨患可谓甚矣。尚未得详细情形，容日听闻确实再行详记可也。并言咸丰三年亦有如是之大。只求上苍速放晴光，上乡之八月稻得能收成，是所千万之大幸耳。

十一日丙子　阴、雨不一而定，时候雨时少、阴时多，下雨即大如注，遍刻[①]水即满矣。寄奉家君第三十一号安禀一函，内附致眉甫先生一信、致少圃表叔公一信，外(附)金字号鼻烟两瓶，装一洋铁盒，交本镇邮政局保险寄署。致周允东明府一信，交邮寄晋。内人染恙稍愈，邀叶寿卿诊治，想能逐渐安痊耳。寿翁言遣人至郡探听此番被水情形，言江厦街之榜水街屋大半倒坏而无存，榜城街屋已倒者不多，航船可以吊在城朵眼，至附近水人堂等各小村、小屋、茅厂皆被水漂而剩者不多，人而漂没者究在若干，未得其详。言之惨切，可谓甚矣。并云上乡八月稻曾已乌有。而郡城近处大约如斯，至天台、仙居两县局面若何，未得详晰，能不致漂流为幸多矣。仆从汉鉴自郡城来言，江厦街积水尚有一丈左右，城内低下者亦有数尺，高者一二尺不等，至附近乡间均是一片汪洋。不独视之惨然，即闻者不胜悲切而已。有说咸丰三年之大水尚不止今岁之大耳。只求天佑大晴，积水速退，深为大幸也。二鼓之后，闻有雷声，即刻大雨淋漓，约一句钟之久，未识明日得蒙上苍恩佑即放晴光，为幸多矣。

十二日丁丑　大雨。寄奉家君第三十二号安禀一函，交邮寄署。致施月槎先生一信，交邮寄至苏垣阊门外洋安浜秀兰茶栈。接洪凤九太守一信，言余之捐事确要照八成核收，否则退还原款云云。今日又复大雨，八月稻已于乌有，而南乡诸处京晚苗亦恐减色，明年将如之何，深为致虑焉。

十三日戊寅　午前，雨最大；午后至戌初，阴；戌末，雨；以后皆然。致何雩春兄一信，送海门交邮双保险寄至京都。致蔡新翁一信，致陈翼廷兄一信，嘱其来典，遣老二送交。即接其福信言："妻病，近日不能来店"云。接叶绍伯来信假《黄岩县志》，但余并无是书，即覆绍伯一信，即交来差带福矣。晚刻，至陶寿翁府上，晤载熙、楚卿、作

---

① 当为"片刻"。

羹诸君，相叙至晚而来。

十四日己卯 昨夜至午刻均大雨如注；未刻雨晴，阴；以后又雨。致洪凤九太守一信，此信系昨日书写，方于交邮双保险寄至上海公益里。午膳后，至陶寿翁府上少坐而来。长工言后许之南稻苗均已臭滥，深为至虑，只求上苍恩佑，即日放晴，深为大幸。

十五日庚辰 辰前，雨；巳至未刻，阴；酉牌，雨；以后皆然。寄奉家严第三十三号安禀一函，饬老二送至海门交邮寄署。早至[①]欲至椒江，而二府署西辕门外须渡水而阻止之。即致张谨侯兄一信。晚刻，至椒江，晤张谨侯、曾六舟、罗梅也、周载熙、周作羹诸君，畅叙一刻而别。路晤周孟东，同至蔡新翁府上少坐，相约至楚卿处，路晤楚卿方至海门，云姚梧冈前至沪复来，不知何事。即同至吴玉翁处少坐，就道至楚言处，晤邱赞臣，相叙一刻，言彼处水积数尺，难于步履。星斋于初三日赴庄即行下雨，随积水难行，于今早船撑稻上，至下马，稻上不能乱撑，泾则桥阻，轿则又要渡水，因之留宿下马耳。至家时，接何煊夫先生自初三日所发一信。今日《申报》取来，计本月初三至初九日为止。

十六日辛巳 昨夜起至未初均是大雨纷纷；未末雨晴，至申刻均阴；酉牌，晴，见有日色；以后皆然。自初三日迄今方见日色，只求上苍敷佑，自今之后，天气晴明，积水速退，深为大幸。晚刻，达云母舅来叙半晌而别。

十七日壬午 早至巳刻，晴；午牌，阴；未、申刻，细雨；酉牌雨晴，仍阴；以后皆然。早刻，陶寿翁来邀，即至其府上。接郡城函，云临海县缺裁撤，一切公事归并台州府办理，现台州府如同台州直隶州之牌子耳，并郡城邀各区报灾情形一切通禀云云。少顷，载熙、新知来叙。过午膳后，周梅翁来言楚卿方自海门旋里，即同寿翁、梅翁、新翁至楚卿处，晤吴玉翁、赵友竹诸君，相叙半晌。楚卿云明日晋郡云云。现

---

① 当为“早晨”、“早刻”等。

台州府兼并临海县之原因系浙江之首县悉皆裁撤,候首县通有事故,不再委人,即由该管知府兼并办理。今临海县程蓉生明府自请告卸,实缺临海县杜明府又不肯来任,因之即归台州府兼并,前本有定议,今就台州首先开创之初耳。

十八日癸未 晴。寄奉家君第三十四号安禀一函,交嘉先送交本镇邮政局寄至署中。昨接潘云轩来柬邀午膳,早刻,同陶寿翁、周梅翁至栅浦堂,晤云轩、侯吉斋、陈禄孚、翁子俊、刘秀亭诸君,相叙席散。系虾网服同业公请有戏,即看梨园,至晚而来。据各人言,前咸丰三年大水,路桥满至三格扶梯,四五日即退,是年即已大荒,传颂至今而言曰大水矣。今年大水,路桥至十格扶梯,积水十馀日尚且未退,水之满逾于咸丰三年三倍。但咸丰三年水积三四日即退,今已十馀日未退,积水之久亦与咸丰三年有三倍之久。南乡到处稻苗均已腐滥,下季无望收成,如至明年,将如之何,心于焦急,难于言宣耳。又言南乡早季已收之谷,当水满之时未及移藏高处,均即发芽,今已臭滥,难于数计,闻之惨然。郡城均已禀达上游,未识当道诸公作何赈恤,能得布置得宜,是所深幸。至家时将晚膳。接眉甫先生一信,言据女媪云,侍妾曹氏急欲旋台之想耳。

十九日甲申 晴。致张丹翁一信,交祥高先送海门邮政局寄至苏垣,系是单保险,致仲甫兄一信,亦交邮筒寄申。午膳后,至子俊兄、达云母舅、梅五姻长、李舜卿兄诸处,均相叙半晌而来。接娄德晖兄一信。光质先来言,此次水患黄岩西乡下季约有一二分收成,而南乡诸处则均无望矣。今向永利代带《申报》取来,自初十日起至十六日为止。

二十日乙酉 晴。致娄德晖兄一信,并附一信,饬道中送交。致陈逸亭一信,接其覆信言其妻恙尚未愈,近日不能来典云云。晚膳后,至陶寿翁处,适梅翁来,相叙一刻,相约同至警察局盛烈臣及吴玉翁、邱楚翁诸处,均晤叙半晌,至家时将晚膳矣。晚膳时,陶寿翁来邀,至其府上,晤蒋敬甫、李舜卿两兄,相叙一刻。言及下街闸内河水涨塞，明日至本保殿邀集各人议，邀里洋水经此处所出之方来助工挑控，本镇与其点心力钱云云。敬甫方自郡城来云郡城被水情形，前已言及，惟初六日邻近居民叫苦之声，闻之惨然。并言城内宋祥轩家被抢，江厦街被抢者多家。时值新秋，又在郡城之内外均有被抢之事，倘至冬月以及乡间，将如之何，深为致虑耳。《申报》纪云：增中丞奏摺言上月十五六七八等日，湖州、绍兴两郡被水最重，奏请赈济款项作正开支云云。敬甫言，椒江教习王味清兄本是绍兴人，方自家中来馆，言上月中旬，绍兴一府大水，城内亦与城相平，遍地皆成泽国，秋收无望。而绍兴如斯，想湖州亦复如是。并言绍兴自大水之后均有瘟疫流行，此势所然也。当大水之时，诸多水湿以及毒物食下，然所不免，倘得安然，亦是万一之幸。

廿一日丙戌 晴。次女玉莲染病，系十九日起寒热，至今未清口燥，心为焦急，请邱赞臣先生诊视，初次药下，未能见效。午膳后至巡警局，晤陶寿翁、周梅翁、李舜卿、盛烈臣、陈庆祥诸君，相叙半晌，就道至谱香母舅府上，晤达云母舅、吴玉翁，互叙一刻而来。桂玉老司言，允东母舅此番令媛于九月间于归娄氏，而允翁寄有英佛千尊、大小羔皮女统各一件、湖绉一匹，系是广庄，非晋省所出之货。但周允翁方于上年四月间委署地方审判厅推事差使，每月薪水计银七十两，今虽年馀，不过千两左右可进，今寄家洋千元，计银七百两，何至年馀所需仅只数百两，何其俭至若是，抑或另有生色也。山西虽有湖绉出产，系是河东所织，何有广庄湖绉寄至家中，亦不解其故耳。晚刻，再邀邱赞翁诊视次女之病，药下稍安，能得渐愈，深为大幸。晚膳后，同邱赞翁至楚言处，晤叙半晌，至家时将二鼓。适值下雨，未带雨伞，在于当路，不意衣衫均湿，幸隐在檐下，少顷，饬仆携取雨具，方不至尽滥为幸。

廿二日丁亥 早至未刻，晴；申后云护，阴；酉牌亦然；戌刻，雨；以后皆然。致翼亭一信，遣人送交，旋言其妻未愈，不能来店，拟叫其赴沪向洪凤九太守接洽一切，以此羁绊，其事亦难再缓，心甚焦急。

次女之病邀邱赞臣先生诊视，药下见效，即能渐愈矣。晚膳时，楚卿兄处遣人来云，楚卿方至晚刻由郡下港。即至楚卿处，言程蓉荪明府已于廿一日兼并府署，定廿五日下港，廿七日趁轮赴省，相约本区议事会董事会，定于廿六日公请云云。并言陶寿翁因定甫先生现在海门，今晚亦至海门去，言台州府嵩子山太尊自兼理临海县事后，即委唐玫卿明府、李伯荪明府两公为临海发审委员耳。晚刻，叶绍伯兄来叙半晌，假去《传家宝》四本。

廿三日戊子 晴。接家君自初八日所发一谕，并附致林蔚生观察一信、陶寿翁一信、张次珩兄、王少南兄一信。但陶寿翁之函即遣汉鉴送投，馀另送交可也。又接陈仲善兄两信。前宅仆人来言，彼处积水今尚一二尺不等，今年晚季均于乌有矣。明日天气可望晴明，晚季以至如是情形，将如之何，深为焦急异常。只求有司办理平粜各事，得能善后安然，为幸多矣。

廿四日己丑 晴。致林霨生观察一信，内附家君寄其一信，封交嘉先送至黄城。致王少南先生一信，内附家君寄其一信，封交邮政局寄至郡城。蔡新翁托余代致胡瑶卿少尹一信，饬吕保送交航船友代为带郡矣。早刻，叶绍伯兄来将其尊公禀请交卸公文原底送与余览，即于晚刻，将原底送交蔡新翁矣。过吴玉翁处少坐而来，至陶寿翁府上，其令堂染恙，请章杞堂先生看病，与其晤叙半晌而来。小女染恙，尚未痊愈，即邀章杞堂先生诊治，药下，未识即能安痊否也。晚膳后，至寿翁府上，同杞堂先生言及黄岩王镜湖兄之三令郎叔衡于十八日作古，年只二十馀岁，深为可惜，幸有一子，年已六周。并云彼处今年被水情形，自十里铺之南均已荒芜，自十里铺之北低处，或半收，或一二分收成，不一而定，惟高处之田无甚大碍，即各处被水者最重之田均已无取，轻则二三四五分不等，惟未被水之田，今其稻苗最好耳。寿翁留过点心而来，至家时经十句钟矣。

廿五日庚寅 早刻，嘉先自黄城来，林霨生观察未曾在家，只取覆片而来。次女之病，承杞堂先生诊治，药下虽未愈，幸能见效，今晚又请其一诊，想能渐痊也。晚刻，程蓉荪公祖来辞行，即饬丁挡驾，随同陶寿翁至分府署还谒。晤叶祖香公祖、雷芸阁统领、唐枚卿公祖，相叙半晌。叶祖香公祖并楚卿兄席请程蓉荪公祖晚膳，并邀余陪客，席设楚卿处。晚刻，至楚卿府上，晤楚卿并叶祖香公祖、程蓉荪公祖、唐枚卿公祖、雷芸阁公祖、吴玉翁、陶寿翁、盛烈臣诸公，相叙席散而别，至家时将二鼓矣。

廿六日辛卯 早至午刻，晴；未牌，阴；以后皆然。次女之病，昨承杞棠先生诊治，药下，稍能见效，而能进食，惟未凉完，今又邀杞棠先生代换一方，想能渐愈为幸多矣。早刻，陶寿翁、周梅翁、星斋宗叔、作羹、云梯、云轩、熙贵、仲衡、娄祝三、张宫保、邱舜琴、缪性言、达云母舅、吴雁书、黄漱泉、陆鹤庭、李舜卿、刘秀亭、楚卿、王俊卿与余共计二十馀人，公饯程蓉荪公祖，并邀雷芸阁统领、丁君湛咸尹、叶祖香公祖，时下午一句钟上席至四句钟而毕，即行摄影以为纪念，事完而别。晚膳后，至陶寿翁府上，晤章杞棠、曾六舟、罗梅也诸君，相叙一刻，寿翁相约至楚卿处，晤晓凡兄、赵友竹、周梅翁、蔡新芝、金丹兰诸君，胡叙半晌，来时曾逾二鼓矣。今日《申报》取来，自十七日起至廿三日止。七月廿三日《申报》云广西高等审判厅厅丞俞树棠、高等检察厅检察长朱文劭均于七月廿一日奉上谕补授矣。

廿七日壬辰 早至巳牌，细雨；午刻，晴；以后皆然。致洪凤九太尊一信，致杨伯藩兄一信，致张丹翁一信，均交嘉先。同达云母舅至申。余之捐事，而洪太尊定要加缴一层，计实银五百两，前据煊夫先生函云，尚有展缓半年，倘报效之人不多，减转七成、六成均未可知，况江皖浙楚各督抚如此奏报灾情，一时不易停止。阅章庆等二十一人自闰六月十七日奉旨核准之后，并无再有报效人员，可见报效之人不多，即或加成亦至十月或十一月间再行办理，方可款不至虚糜。但原款现在洪凤九太尊处，不能久搁，顷致函向取来另存沪江，至时就近报效可也。接叶绍翁来柬，即致覆一信，晚刻，另致绍翁一信，饬人送交。致章杞棠先生一信，附酬敬洋两元。次女病愈三分之二，惟头未凉完，想无紧要也。

廿八日癸巳 晴。早刻，将兰花五盆悉均换大盆，本至秋分之后，可以分栽，今则尚未至秋分，于时尚早，余将小樽栲碎，移栽大盆，可无相损，即早十馀日亦无窒碍耳。午膳后，至椒江中学堂，晤谨侯、元培、梅也、思斋诸君，互叙半晌而来。适周梅翁来叙一刻，同至寿翁处，晤柳亭、建西各人相谈至晚而来。但杞棠先生因六舟先生令祖疾笃已于午膳后同六舟先生去矣，次女染恙渐愈矣。

廿九日甲午 早至午刻，晴；未初，阴；未末，雨；申刻，阴；以后皆然。寄奉家君第三十五号安禀一函，附致侍妾曹氏一信，封交本镇邮筒保险寄署。致陶寿翁一信，交苏时卿来人送投，因其至海门永宁局去而致函耳。午刻，李舜卿、周孟东两君来叙至晚，留过晚膳而去。长工均要吃酒，上年九月间造米饶计米五石，将至岁杪而完，年终时又造米饶计米五石，三月时又造米饶计米二石四斗，五月时又造米饶计米二石，至闰月之杪均完。计十一个月吃米饶计十四石四斗，值洋五十馀元，此长工所吃皆是不醉之酒也。余于本月初旬起酒皆现买，将近一月，今日算价计洋不到两元，以此计之，与自己造做未至一年耳，余自此之后，酒皆现购而不自造也。接徐少卿一信。

八月初一日乙未 晴。致周载熙兄一信，托其校对周梅五司马六秩寿序。蔡新翁出名致高墀伯父台一信，早刻，饬老二送交海门邮政局寄至郡城三大夫金陵高公馆矣。早刻，吴玉翁、舜卿、孟东诸君来叙，过午膳后，同至邱楚翁处少坐而来。晚膳后，周梅翁来云，叶祖香公祖已于省垣藩宪吴方伯调省，云委署斯缺者不知某人，不得其详，至金慈生公祖奉吴方伯委署石浦厅同知耳。

初二日丙申 晴。接周吉人兄一信，接张丹翁一信，附接李子棠一信，接陈洛卿丈公一信。周梅翁托余代致花辅卿二尹一信，致董鲁斋兄一信，均饬汉鉴送交矣。晚膳后至楚卿处，晤云梯、性言、新之诸君，相叙半晌而别。言及叶祖香公祖调署后，藩垣吴方伯牌示候补通判陈司马官名鸿文字曰仲熙署理，曾于上月之内牌示，想到任之日不远也。地方以叶祖香公祖为与海门划区之功，拟送万民伞、牌匾等件。周吉翁函云、焦梦九明府文基现署三原县知县，此快之异常耳。

初三日丁酉 晴。致陈洛卿丈公一信，早刻，吴玉翁来叙一刻，相约至梅翁处，少坐，过盛烈臣处，云其赴郡未来而别。午膳后，至玉翁府上，同至楚卿府上，晤性言、新之两君，相叙半晌。楚卿言今晚至海门，明日早晨由海门至郡耳。晚膳后，闻陶寿翁已由海门来，即至其府上，晤周梅翁、李舜卿，相叙一刻，言及台防统领雷芸阁已奉中峰电示，与湖州统领互调云。叶祖香公祖将近告卸，地方呈送长生禄位并万民伞等件，嘱余与其同行办理，余因情面难却，即为允诺矣。致盛烈臣兄一信。因昨夜二鼓之后，附屋来有素不相识一人，随即盘问，彼则词穷。看其背有一袋，随即当面取出，均是贼用利器。此时进人屋内携有此等什物，即是积贼无疑，随即致函并该贼及一切贼用利器等均送交警察局，听候区官办理可也。

初四日戊戌 晴。致张丹翁一信，内附致李子棠兄一信，系昨日写就，方于早刻交三先送交海门邮政局寄至苏垣。早刻，致楚卿兄一信，饬升鉴送交永大小轮。楚卿兄系今早趁永大赴郡耳。致何肃棠先生一信，附送其伏鲞十二片，并其世兄雩春托余代买狐皮马褂一件，昨三先代为购来，计价洋十四元，均饬升鉴送至郡城何宅投递矣。晚刻，接家君自上月十五日所发一信。接达云母舅自上海所发二信，并附帽一盒，即专送其府上矣。三妹代为觅来仆从一人，系太平县城人，名克第，呼曰三，今日上工，未识可靠否也。晚刻，至陶寿翁处，晤蔡新翁，言郡城小费计洋五元六角，即饬茂禄送交矣。达云母舅来函所云一切，余即致覆杨伯藩及达云母舅各一电，均饬三先送至海门致发耳。

初五日己亥 晴。致张丹翁一信，致达云母舅一信，致杨伯藩兄一信，均交永利商轮阿昌兄代带上海永利局杨伯藩兄代为分寄矣。晚刻，至叶祖香公祖处，相叙一刻。周潜溪先生自温州来，前托其代买之镴器已有鹤台、鹿台小件、瓯绸被面等买就代为带台，即饬老二取来。闻楚卿自郡城来，即至其府上，晤舜卿，相叙一刻。楚卿云昨至郡城，随夜染小恙而来也。言台防统领雷芸阁本奉调湖州，昨嵩子珊太尊电留，又绅士公留，想已奉上游电示，不为更调云。

初六日庚子 晴。致杨伯藩兄一信，致伯藩兄一电，系陶寿翁言此洋速为向取为妙。此次电系寿翁具名耳。

初七日辛丑 卯前，雨；辰时以后均晴。接万春庄一信。午膳后，至陶寿翁处，晤梅翁、醉卿诸君，相叙半晌而来。寿翁云，郡城诸君开议购米平粜等事，邀集各区绅耆、议员确于初八日到场。余因事阻，不能到郡，寿翁又病，楚卿亦然，欲邀梅五到郡而彼又不欲往，此番若无人到郡，恐致贻人口舌也。

初八日壬寅 晴。接罗怡庭姻长函，言张丹翁调赴嘉乍统领之说。早刻，吴玉翁来叙半晌，言嘉乍统领计水陆九营，尚有小兵轮一艘，如是较之，苏浙浅水兵轮统领胜之加倍也。并言横申于昨夜被抢。相约至陶寿翁府上，晤陈哨官，言横申被抢者系蔡吕法、王老二两家，但防营分驻本镇虽有两棚，夜间均勿巡查，其稽查王子安守戎因病至海门月馀未来，彼等竟然高枕，不成事体！即拟致雷莹阁统领信稿，明日致发可也。晚刻，余将公函信稿拟就，即送与蔡新翁商酌妥定，至楚卿府上接洽，其至海门未旋，适晤王冰如明府，相叙半晌而来。黄镜三在家，言十一日赴甬，余即托其就甬代买洒重金寿屏十二轴，公送周梅五司马六秩双寿，并将六舟先生代做寿序及拼送各人之官衔、官印均另抄就，分计十二轴，即托镜三带甬画格，以便转托罗梅也代书耳。

初九日癸卯 早至午牌，晴；未牌，阴；申、酉刻，雨；以后皆然。致林霨生观察一信，致陈翼亭一信，均饬老和尚专送黄城。致雷莹阁统领公信一函，余与陶寿翁、楚卿三人具名，均汉鉴送交。致楚卿兄一信，亦饬汉鉴送交，来言楚卿兄曾于昨日自海门旋里矣。晚膳后，至楚卿处，晤吴玉翁、缪性言、王冰如、蔡新之诸君，互相畅叙，少顷而雨大如注，至十一句钟而来，大雨仍然，至家衣衫遍湿矣。

初十日甲晨[①] 早至巳刻，雨；午、未、申牌，阴；酉时大雨纷纷；以后皆然。余于早刻见有寒热，晚刻，闻章杞堂先生现在陶宅，即至寿翁府上，请其代开一方，旋即大冷，冷后即大热，人颇昏迷不知人事。但汉鉴已于早刻歇工而去，此十九日补书恐有缺少亦未可知。

十一日乙巳 雨。家慈因小妹家有急事于早刻去。余病仍然，再请杞棠先生诊治，药下，并非药不见效，但邪重，一二刻恐非得到其地位耳。

十二日丙午 雨，全日皆然，纷纷大雨，无异上月初旬大雨也。接杨伯藩兄一信，接汪伯端兄一信，均因病未覆。余病仍然，仍请章杞堂先生诊视，药下，食稍能进而不多耳。

十三日丁未 晴。接林霭生观察一信，内附寄奉家君一信。但余病之寒热方于早刻分清，惟食少之又小，仍请杞棠先生诊治，药下仍然。接王燿南先生一信，附寄家君一信。

十四日戊申 晴。因蔚生先生、燿南两信寄奉家君均是要急，扶病书奉家君第三十六号安禀一函，内附林观察及王少南寄附两函，封交老二送海门邮政局双保险寄至山西署中。达云母舅及嘉先均趁平安商轮来，言余前捐不论双单月选用知县计库平足银三千五百两，因其增加一成出于情理之外，前恳达云母舅赴申接洽，不如取还为是，彼代为向洪凤九太尊取还原银三千五百两，拆计规元银三千八百三十六两，即由伯藩兄代存嘉纶先生之万选钱庄云云。其中周转情形日久忘却，聊记一二焉。余病仍然如旧，饮食亦少进。晚刻，请叶寿卿兄代诊开一方，药下，病亦无加减耳。

十五日己酉 晴。莘山人来云，此番大雨，水亦丈馀，稍有偏枝亦作乌有矣。余病仍如之，请解玉泉先生诊治，所开药方其味太寒，余不敢饮，仍食叶寿卿之药方。大约早晨清爽，至晚即有热，幸寒热分清耳，饮食亦难稍加也。接家君自上月廿九日所发一谕。接娄德

---

① 当为“甲辰”。

晖兄一信。

十六日庚戌 晴。家中家堂神佛自先曾祖母敬奉以后，年远时久，于月前择定时日再行开光，已于七月廿四日掩光，谨择今早寅刻开光耳。事后大均顺适，尚为大幸。适周作羹兄来舍，余即将事迹言明一切，代书致洪凤九太守一信，交本镇邮局保险寄申。即嘱玉先照余之意书致张嘉纶先生一信，即同交邮局双保险寄至甬江，托万春庄代为转交耳。各人之函均另致覆可也。接章子修兄一信，言其彼处上月水深丈馀，浸二十馀日方退，今又深五六尺，自十二日迄今，尚难步履，贫难谋食，富难安枕，斯言真不谬也。余病仍然，食仍难多进，托叶寿卿兄代换一方而吃之，仍然，正是“来如风火，去如抽丝”也。接叶绍伯兄一信。

十七日辛亥 早至未牌，晴；申刻，阴；以后皆然。嘱玉先代书致陶寿翁一信，交航船友送至台郡城三大夫高公馆投递矣。早刻，吴少翁来，携周君函并公件，一切均已齐备，余即付交吴君带需洋一百元，本即致覆，因病未书。晚刻，周梅翁、醉香两君来叙少顷，醉翁言新任陈仲熙司马将近到任，有门丁税住其家。前陶君托余代做各物呈送叶太尊，但知单系彼经手不得不为通知耳，早来以便接洽，即为书写耳。梅翁云，楚卿约在近日赴杭。前用仆从名阿三者，早刻开发其去，用一仆从名曰蒋正祥，系太平酱洋人，其差使均不能识，看其人尚忠厚而将就耳。余病稍愈，惟饮食不能增加，即不吃药，以作中医之效可也。

十八日壬子 阴。致汪伯端兄一信，交邮寄至武林钱塘门内西大街私立法政学堂。早刻，桂玉老司言陶寿翁已于昨夜自郡城旋里，余昨寄其一信，则付于洪乔也。晚刻，楚卿及达云母舅来叙至晚而去，云永利商轮此班停在上海修船而未来。

十九日癸丑 晴。致王荣臣参戎一信，因其现在温州公馆，不识，另致陈渔韶兄一信，托其代为带交，均交老和尚送至海门，托其府上代交矣。致罗怡庭兄一信，致谢仲衡兄一信，致徐少卿一信。晚刻，叶绍伯、边规斋两兄来叙半晌，言新任陈仲熙司马系松江人，与程蓉生公祖两相亲戚，其年颇富。去后，邱楚翁来叙一刻而别。余人已清爽，能食午饭矣。

二十日甲寅 早至申刻，阴；酉初，细雨，少顷晴，阴；以后皆然。致娄德辉兄一信、陈仲善兄一信，均交嘉先送交邮政局寄京。致张谨侯兄一信，饬道中送至椒江。早膳后，至达云母舅府上，少坐而别。就道至吴玉翁处，晤周梅翁，互叙一刻而来。过椒江，晤周载熙、陶寿翁、杨子韶诸君，相谈至晚，言楚卿已于今日至海门，明日由海门赴省，应咨议局议员开常年会之行矣。现在时事日艰，做官诚非易易。如叶祖香公祖其人最为爽直，绅士情分最重，此番黄心斋宗叔为陈姓之事再三面求，当时庭讯时，事照公断不故，语言中有伤彼边面子，彼即订恨，赴省呈控，以致抚宪札饬余丹曙司马查办，以致撤任，事虽存诸于数，源本厚于情分所致也。现吴方伯牌示陈仲熙司马继其任，未识局面如何耳。

廿一日乙卯 早至未刻，晴；申牌，阴；以后皆然。致丁辅香兄一信，交邮寄至上海宝善街公顺里惠通客栈。午膳后，至陶寿翁府上，晤王鹤汀、皮申甫少叙。寿翁言陈仲熙公祖即日可以到台，彼于明日晋郡一行。所送叶公伞等件，其字尚未书写，至家后即邀作羹兄来代书，晚刻即行开笔，已代书成一檐矣，想在三日之内方可告竣也。接谨侯兄一信。

廿二日丙辰 晴。接罗怡亭姻长一信，即覆怡翁一信，就交其来人带交。至章子翁一信，托十里铺来之长工代为送交。接杨伯藩兄一信，言张嘉纶先生于十五日作古，其人最为诚厚，年只五十之外，尚未及六旬耳。晚刻，周梅翁来云，新任分府陈仲熙司马之幕友均来，所带之人颇多，无如该缺清苦异常，出息之洋供其如此之阔，恐不敷于福食之资。闻其府上最为富厚，尚不在此也。施月槎先生将托绣之椅披、桌衣及坑垫、坑枕等全堂均托陶吉云兄代为携带收到矣。

廿三日丁巳 晴。致万春庄孙恭甫第十八号要信一函，内附致万选庄一信，交海门邮政局双保险寄至甬江钱行街。致杨伯藩兄一信，均交长高先送海门邮政保险寄申。周梅翁、曾六舟先生及谨侯、梅野诸君来叙半晌，言陈仲熙公祖就道甬江，于廿五日可以到台，定于廿六日任事，其幕友、亲兵家丁均于今日已到，借文昌阁为公馆，言其刑名、教读、账房、书启计有幕友四人，亲兵六人，厨夫三人，家丁颇多。但该缺年而计之不过千元出息，供其福食恐不足也。并携木器等件，颇多而均华美，如是见之，其有钱之官不谬也。再想其不捐同知以及知县，只以通判到省候补，亦不解其故。想其春秋正富，先以通判候补，做一二年之后即行过班道府亦未可知也。惟该缺太苦，难供足用，深以为虑耳。

廿四日戊午 晴。寄奉家君第三十七号安禀一函，又致眉甫先生一信，均交嘉先送本镇邮政局单保险寄至虞乡县署。致周允东明府一信，饬三妹送交其府上附寄晋垣。晚刻，达云母舅来云，新任分府宪陈仲熙司马于早刻已至葭沚，所用执事颇为华丽，其年甚富，想有政迹可观也。地方因叶祖香公祖为划区出力公送长生禄位，于今日早晨已送于文昌阁名宦祠中矣。又送万民伞、万民衣、万民帽、德政匾、德政牌等件，俟陶寿翁旋里，即行送知各庄之附名者一同呈送可也。季明宗叔来云，其令弟老七叔配亲何吕华之弟钱头之女，于廿六日文定云。老七叔系禹门叔公之幼子，当禹门叔公在日，何等局面，今至乃是，亦出人意料之外。凡人生总以勤俭持家为第一要义，如吕华兄弟十年前不过一挑担售卖小菜之人，今则吕华积将万数，其弟钱头亦积有四千金，亦人耳，不过勤俭而已。如禹门叔公在日，其伯寅宗叔一世家子，今则烟霞累，至无易于游荡，亦人耳，不过不知算结，以至若是。古人云："大富由天，小富由人。"以余看之，人能守分，勤而且谨，即顺天心也。为人者日行诸事遵照《传家宝》一书，又以文昌帝君《阴骘文》存诸于心，如是者持家，定然兴旺可以预必也。

廿五日己未 晴。致宁波万春庄孙恭甫先生第十九号要信一函，致娄祝翁一信，交葆渠送投。接议事会传单云明日开秋季常年会，系开会之日不得不为到场，无如陶寿翁尚在郡城未旋，亦无与议耳。寿翁此次赴郡，为抚宪增中丞有台州赈款一万八千元，分作六县摊派，灾重者多，灾轻者少，就每县中亦照水患轻重分摊。但六庄受患颇轻，即或分派亦不多耳。既有其款发下，亦不得不为领取。陶寿翁现在郡城未旋，想为轻重尚未酌妥，所以延缓耳。周梅翁于晚刻来言，郡城自水患之后各人致病者不少，当时度水时各家井中均有污秽之水，所触人有食下以致发病之所由来若是也。人生大数由天，小病由人之保养，亦由"大富由天、小富由人"之义耳。所以夏不食瓜果，秋无疟痢。人能尚处高洁，终日舒展，又能保养调元，事事留心，终无小病所染也。日食山水均要清洁，是最急要之事。卫生之道不外乎此，余不知卫生之理，即以理想之如是可也。

前雩春兄托余代觅狐皮马褂，代为遣人寻觅多处，皆以空空如也，顷嘱祥高先专赴路桥广为搜罗，仍以空走一次。此等马褂有时寻之颇易，急为向觅，殊不易耳。今年台州水患如是之重，所好者只江岸一带，南岸自岩头起至马头山下为止，北岸自前所起，至马头山对岸止，阔止一二里许，除斗田之外，可有实足收成，即棉花亦有半收，南北皆然。自马头山之上，即或江岸，亦多淹没。今日家中已经割稻，收成无易往年上好之年分也。但家中之田大约足收者幸有一半，内二分须要减租，馀三分均是豆田，则颗粒无收矣。如是兼之则有六分收成，叨天之福，是为万幸也。

廿六日庚申 晴。接伯藩兄一信，即覆伯藩兄一信，附万选收条一纸，交祥高先送海门邮政局双保险寄至沪江永利局。陈仲熙公祖于早晨任事，来家拜客，适余已动身至海门去，即由家中挡驾矣。早刻，至海门永利局，适陶寿农自郡来，并晤俞正甫、杨子屏、阮右垣诸君，相叙半晌。寿翁言台州赈款初次由抚宪增中丞发有英洋三千元，均于郡城放赈矣。二次，抚宪发有英佛一万五千元，系赈台州一府，现均分派，临海、黄岩、太平三县，每县各摊英洋三千元，天台、仙居两县每县各摊英洋二千三百元，宁海承洋一千四百元而已。以此论之，黄岩与太平相若，黄岩便宜，太平吃亏；天台与仙居相若，天台吃亏，仙居便宜耳；宁海并无被灾无收之田，亦分洋一千四百元，亦便宜也。公议该款分发分赈各花户，每人约分钱三四文，无可赈济。现将存在郡城籴米平粜，即将该款作为亏控之资，各县绅士禀请府尊嵩太守及放赈委员徐太尊电达抚宪，何以为然，即行照办可也。椒阳之名未曾邀准，即以海葭镇字样而行之，于下午开会。就于永利局午膳后至议会，现假中府署为暂设之基，到会者余与陶寿农、周梅五、黄心斋、周载熙、周作羹、娄祝三、陶伯南、李舜卿、王俊卿、刘秀亭、邱少虞、陆鹤亭等。而张鼎臣兄前公举为副议长，今因至甬游学辞职，公举王俊卿为副议长、周载熙为审查员。均陶寿农言之在先，无容各人自行公举耳，候其自讲，不知是何议论。至晚而散，即行动身到家，时逾晚膳矣。今早《申报》取来，自八月十六日起至廿二日止，中缺二十日一张，不知何处矣。

廿七日辛酉 晴。致陶寿翁一信，饬老二送交。早刻，往谒分府宪陈仲熙司马，相叙半晌，年只三十二岁，言是上海乡间人也。

廿八日壬戌 晴。寄奉（家君）第三十八号安禀一函，内附致眉甫先生一信，交海门邮政局保险寄至虞乡。致杨伯藩兄一信，适值玉先赴申为长女购办嫁资，交其带沪。陈家岳母交余代汇英洋百元，与仲善兄为在京学堂之用，现寄汇诸多未便，只函托煊夫先生代为汇付可也。晚刻，少愚来言，其郎瑞荣于十月初十日完姻云云。

作羹兄来言，陈仲熙公祖大有酒后并言湖北武昌汉阳之军械皆被革命党掳去一空。但湖北协统黎元洪系是游学生出身，返手以至若是。其新军兵变统制张军门彪非是游学生出身，出而力战，因均是新军，干戈倒击，以致身带重伤，幸未毙命。现上命陆军部荫大臣统陆军南下、萨大臣统兵轮征剿，想此跳梁小丑，见此水陆并进，即奏肤功，可以预必矣。无如湖北为中国咽喉、万国会萃之区，所存器械以湖北为最多，今则被掳，只恐蔓延，深为至虑。但湖北创设新军为最早，出洋游学之人以湖北为最多，均是张香涛制军督两湖时为始，以致老营遣散，所以如是。只愿即能肃清，是为大幸也。

施月槎兄又代买来分妆靴五双，已由李卧南代为带来。但李卧南曾经请假旋里，今晚同子轩兄来叙一刻，言及姚梧冈将家眷及令弟两人自移住上海之后，彼亦住上海之斜桥。但梧冈从张坚帅作幕，初在广西，已保至梧州地方审判厅厅长，自张坚帅调督两广，彼亦至广东。自四月之杪请假旋里，六月之初，将家眷移住海门，言即赴桂，又云赴粤，其言不一。于七月间复将家眷移居上海，彼亦在上海，不至桂，不至粤。但彼所积亦不甚多，今住上海，开费颇大，自己又不远出，不知是何意见，亦所不及料也。

廿九日癸亥 晴。致陈仲善兄一信，内附致何煊夫先生一信，托其代汇英洋一百元与仲善兄，并附致何雩春兄一信，封交老和尚送海门邮政局寄至京都左家街实业中学堂，系是双保险。致周载熙兄一信，饬老和尚送交。少顷，载熙兄自海门来，并施月槎自苏垣来，代买各物均已买来，惟总账言次日向为算讫。

何蓉江兄来叙至午，留过午膳而去。言及湖北武昌被（革）命党有羁占情形，风声甚急，以致上海市面大有恐惶，心甚焦急，最为至虑。只愿上命荫大臣、萨大臣水陆并进，速为剿服，深为至幸。至分府署，晤叶祖香公祖，相叙半晌，言病将就痊，现尚难于步履。边柳溪兄自省垣来，与叶绍伯两君均相叙半晌而别。道过达云母舅及周梅翁处，均畅叙一刻而来。言及陈仲熙公祖所请刑名、钱阁两席束金每月各送五十元，书启、收支各送洋三十元。前云幕友四人，余知有教读，不知有钱阁，此地分府衙门并无钱阁用处，彼请钱阁一席亦见其阔也。又有哨官，每月薪水洋念元，哨长每月洋十元，收发者两人，一送洋念元，一送洋十六元，一切厨役人等均极阔绰，每月非五百元难于下手。但分府衙门每年出息不过洋七百元之则。言其江苏奉贤县人，家中田计千馀，又有典铺，其丈人李某在上海亦极阔之人，所以亏控数千金亦无窒碍。该处有如此巨款能控，亦是清闲之福也。昨日交玉先带申购买嫁资计洋一百元，今未登流水，俟其买来时分笔登账可也。现甬江申水之洋已涨至十六元矣。

《玉匣记》纪上旬占子日云:“甲子丰年丙子旱,戊子蝗虫庚子乱,惟有壬子水滔天”,颇为有应。如今年元旦庚子以后,四月间广东革命党滋事,幸张坚帅随时扑灭;七月间四川为路归国有,亦匪徒滋事一番;今八月以致湖北滋扰,以此可见也。届在元旦,所遇不致虚过所由来耳。幸明年元旦恰遇甲子,定然丰年必矣。慧星有见,定有扰乱治安之事。余于上年六七(月)间在虞乡看有慧星现于东方,洋人言无尴尬之事,中国天文家率皆为此而言,今有湖北之事,可见古人之语不得不信也。幸上年之慧星不甚明白,只有光映颇长,于今年湖北之事,武昌如斯,各处均有革命党,幸其所见数日即散,想今之若辈猖獗,转瞬之间亦不久即然无影也,必矣!古人之语刊造成书,传至今日,数千年来,倘无应验,何至早无被驳之人?今被化外之人而驳,其无乎?即国朝旧制自范文程公、洪承畴以及深明远见诸公定制之后数百年来,所出大贤硕望亦不乏人。咸丰初年粤匪猖獗,曾文正公、左文襄公、胡文忠公、向忠武公力平其难,以及所定国制立法,事事善后,无微不至。不意张之洞听儿子之言奏请改行新政,颁布立宪,此其千古罪人。按:张之洞系南皮大族之子,少年登第,二十年京官,出任督抚,只知自俸繁华,化用朝廷库款,即甲午矮人猖獗之时,由两湖调督两江,赴申巡阅炮台尚且畏惧不前,何况国家大事而能罔议乎!今之靡烂如斯,即知其作甬不亦迟乎?当朝廷任用若辈,此亦天数也。

三十日甲子　晴。周允东明府于九月初六日嫁女与海门娄晋三令郎,向余假去凉棚以作阮屋。早刻,吴玉翁来叙一刻而去。午膳后至陶寿翁府上,晤载熙、子俊、玉成诸君,相叙一刻,言及此番湖北之乱均自黎元洪一人而已。但黎元洪之人系湖北黄陂县人,当张香涛方督两湖,拟派人出洋游学归国,后委办新军,即曰熟悉洋务之员,现改新政官制,即授为协统之职,历任督抚均大赏识之人,受朝廷厚恩亦二十馀年,不意人心难料,彼即是革党之魁,于月之下旬即就湖北起事。不幸湖北自办新军最早，今则均是新军，老营制敌者甚少，以致武昌彼据、汉阳彼占，深为可虑。现朝廷命陆军部大臣荫昌并萨大臣镇冰水陆兼程并攻，只愿速奏肤功，是所大幸。我朝任用张之洞，致有今日之祸，张之洞者千古罪人也。今阅八月廿四日《浙江日报》纪廿三日奉上谕："袁世凯着补授两湖总督，岑春煊着补授两川总督，均着无庸来京，迅速赴任。"两公均世受国恩，尽忠报国，分所宜然。只愿两公到即敉平，是为深幸、万幸耳。

九月初一日乙丑 晴。周梅翁来言，湖北之事稍能转机，想即自此大平，深为至幸。并云楚卿兄自上月二十日赴省，应本年咨议局常年会，道至上海，闻湖北黎元洪反手，即行住搁上海而不前，今有家信云趁平安商轮即于初四日可以旋里云。但楚卿之胆太少，既为咨议局议员，如家有急事，不去则已；既至上海，不至省垣与会，未免趋避过甚。人生既列与世，"天地君亲师"五字尚存于心目，为官者须以忠君爱国为主。太平之世，为文臣者当以兴利除弊、视民如子，以百姓之心为心；为武臣者，勤于训练，搜获歹人。倘若乱世，为文臣者当以固结民心，宣上德意；为武臣者当以力战沙场，是为大幸。凡为百姓，士、农、工、商各执一艺，毋得游荡、竟为废人为要。

我朝自世祖章皇帝开国以来，深仁厚泽，无微不至。圣人云"五百年必有圣人出焉"，宋季朱子之后至国朝康熙之初，已届五百秋，我圣祖仁皇帝即大圣人耳，时值冲龄即平三藩，以致万国来朝，称为鼎盛之世。以后列朝恩泽及民，非以楮墨能宣。及至德宗朝，朝廷听信逆臣张之洞邪说，废科举、出洋游学、停书院、编设学堂，以致革命之贼出焉。国朝硕学大儒，以前毋庸细叙，及曾文正公国藩、胡文忠公林翼、左文襄宗棠剿平粤匪，削平大难，致有中兴之日，皆自科举之中自出。以及林文忠则徐亦是举举[①]中人。宣宗成皇帝听信逆臣穆庄阿之言，谗害林文忠，得洋人之款，卖香港梅花庄，致有洋人猖獗

① 当为"科举"。

若是。

德宗景皇帝朝慈禧皇太后训政，听信逆臣张之洞之言，出洋游学，即日本一国，数至三万馀人。利源外溢，不待于言；提创革命，归国之后，一试即为翰林进士、举人出身，之外又有实官，何等优异！楚军、湘军、淮军以及老营均登大敌，多列奇功，言其无用。训练新军，设督练公所，名目皆出洋游学之武职而充其任，即老军亦受其节制。若辈均是乳臭小儿，安知韬略？游学出身之翰林等员，未见功德及民，提创革命之声，若辈所出教练新军，未见大敌。戊申熊成基兵变，今岁四月间粤东初伤孚将军致毙，再伤李提督，致有今日黎元洪之祸，均是革命之新军。力行新政，惟禁烟最佳，未得善后；设咨议局、自治会，功效未见，百姓大受其亏，遵其公举，均是强者所命、鱼肉乡民，弱者大受其亏。裁绿营、设警察。绿营虽无可用，尚能捕匪；警察除奸人妇女之外，别无所事。招集巡防，无异绿营，其经费加之不止倍徙。旧日书院改为学堂，文人之气已消，不待于言，寒士再无出头之日，当日之硕学大儒中岂无寒士乎？书院之教心存天地君亲师，之外尚有三纲五常。今之学堂非无上进，专以革命为心，急于立宪，进行司法独立、立法独立、行政独立，以致百姓并无伸冤之日，只以强者为上，以致縻烂若是，均是张之洞一人罪魁也。满朝之中，文自宰辅以至佐杂，武自提督及至百户哨弁，十馀万之中，岂无忠君爱国之人襄赞纶扉、图谋善后？心为浩叹，时局如斯，恨无言官详达帝听，更为焦急。只愿天意重兴大清亿万斯年有道之长基，是为万千之幸耳。

初二日丙寅 晴。寄奉家君第三十九号安禀一函附寄眉甫先生一信，交邮保险寄署，接杨伯藩兄一信，接汪伯端兄一信，接万春庄一信，接吴先生一信，系廿六日所发，而吴先生自廿九日由省动身，亦于今早到台，相叙，过午膳后转至海门。周允东明府之大令媛适娄晋三少君于初六日于归，今早发嫁资，颇为丰厚。台州恶俗，人家遣嫁女儿所办妆奁过于奢侈，实所不宜也。今永利到埠，《申报》取来，系八月廿六日至三十日为止。但前班至廿二日为止，其中尚少廿三至廿五日三天《申报》，不知搁为何处耳。

初三日丁卯 早至未刻，晴；申牌，阴；以后皆然。致陶寿翁一信，专人送交。叶寿卿兄于早刻故。但寿卿少在仁大为徒，后仁大闭后翻然读书，不止不落，后操岐黄之术渐行，以后医理之声日进。性喜摩鹊，不论日夜皆以摩鹊为事。初元配故后，幸有一子。后以医理精益，颇有积宿[①]，继娶朱氏，喜淫。但寿卿人最薄弱，夜间摩鹊之后至早须以二三点钟方睡，睡后房事，夜夜如斯，加之烟瘾甚大，以致丧命，年经三十有七。倘妻早续，恐不至三十七岁，若无朱氏牵连，今年未必丧命。所以"淫乃削骨更刀"，斯言正不谬也。但寿卿人颇豪爽，今既则亡，付之一叹可也。余即饬嘉先送其英佛四尊。幸有两子，惜均幼耳。晚刻，接高玉翁一信。

顷阅报纸纪云：伪总统黎元洪之人行为、口才、心思颇佳，当戊戌康有为诸人进谗于德宗景皇帝，幸经直隶总督荣仲华中堂奏达孝钦显皇后，复行垂帘训政，惩办康广仁、杨锐、杨深秀、刘光第、林旭、谭嗣同六人之后，诸事从旧。不意庚子义和团乱事之后，张之洞时方总督两湖，与黎元洪谈谋国事，黎元洪以新政进之，随以立宪为言，张之洞并不过，后即此谗言动听于张之洞，而张之洞奏请孝钦显皇后，致有立宪之举。所以新政湖北为最早，办理军械以湖北为最多，我朝精华皆在于湖北。今则黎元洪借革命之名以致反手，所办一切归己所用，以致祸事以湖北为最烈。罪之名虽在黎元洪，罪之首实在张之洞。当时张之洞洞烛其奸，不致进谗与孝钦显皇后，安有今日湖北之祸！今则湖北黎元洪被据，幸其地尚不多，虽在要道，不过迟早。今上命袁大臣总督两湖、荫大臣统军南下、萨大臣统兵轮进剿，以此水陆并攻，不难即奏肤功也。只愿速听佳音，是所至幸。

阮右垣刺史由长甸诸处籴谷做米计一百馀石，于上月廿二日道过海门，转至泽库，只恐海门地棍滋扰，即由太平县胡克之公祖函致

---

① 当为"积蓄"。

雷莹阁统领派人护送。不意地棍陶竹林等竟将其米扣留，而雷统领又拟和平办理，竟涨地痞陶竹林等之胆，藉词摇惑百姓之心。并又梗压各店关门，否则皆滋闹捣毁，商贾畏其凶焰，竟将店门关闭，又将落市之人斥逐而去。只数十之棍徒竟成罢市之势，真是目无法纪。该地棍等又有闹至统领公馆，而雷莹阁见势不佳，将陶竹林等拿办。其下诸棍徒藉百姓之力梗押释放，昨因其人太多，不得不为和平将就。此风若涨，只恐各处效犹，非地方之福也。

初四日戊辰 早至午牌，阴；未刻稍有细雨；申、酉刻仍阴；戌牌细雨；以后皆然。致张丹翁一信，交嘉先送本镇邮政局转寄苏垣。致陶寿翁一信，饬道中送交。地方公送叶祖香太尊万民衣帽并德政牌匾等，系陶寿翁托余代办，余因难却，早为办就，约计英洋五十元左右，方于早刻致送焉。陶寿农于早刻自海门来，余即至寿农府上，并晤周梅五、吴玉成、黄星斋、许陶祥、陶伯南、王鹤汀、缪性言及达云母舅，诸君进署致送叶祖香公祖德政等件，时叶公染恙初愈，少谈，入内即晤其少君绍伯、令祖黄君，相叙席散而别。即同寿农、梅五、玉成诸君至警察局，晤盛烈臣兄，相叙一刻，就道至达云母舅府上，同至谱香处，晤陈煦皆先生，相叙半晌，言及陈祝再由知县改捐主事，签分民政部[①]，已将旋里云。寿农言海门得有上海信息，言湖北逆臣黎元洪与钦差统兵大臣荫昌及萨大臣近日有一番大战。能即剿平逆贼，是为万幸。以天时、人意而论，即能灭寇，上达大功在于目前耳。

初五日己巳 早至午刻，阴；未牌，细雨；以后皆然。致章子修兄一信，即托十里铺长工老二代为带至前宅。郡城吴潮相于早刻自郡城来，携有萍翁一信，即覆萍翁一信，就托潮相代为带交矣。早刻，汪伯端兄来言，于今早到家，系趁平安商轮而来也。楚卿、槐士、刁之均与同来。午膳后，至楚卿处，晤卢槐士、吴玉翁诸君少谈，即同楚卿、玉翁、槐士同至陶寿农府上，晤周梅翁、周载熙、蔡新之，互叙至两小

① 此处原文衍一“部”字，已删。

时之久。楚卿兄言，值今上御极之初，例应公举孝廉方正，以八年为限。现奉上谕以四年为止，即着各直省督抚转饬各府直厅州县卫，地方实有孝廉方正暂赏六品顶戴，送部考试，听候朝廷诏用云云。临海县属之公举孝廉方正于宣统元年时已公举何肃棠先生奏簧为孝廉方正，曾经奉旨在案。宣统二年公举周萍洄先生继潆、又一王姓二人为孝廉方正，当应有人检举，致被驳斥，尚搁在省，未曾咨部。今值宣统三年，又须各属详为纺察，倘有名实不符者悉均驳斥等情。台州府学兼署临海县学陈韫山广文瑞玉曾于合属遵谕详选，不意娄德晖、周梅五、陶寿农、黄楚卿等绅耆四十馀人公举余为孝廉方正，闻言之下，不胜汗颜抱愧，即为力却。但梅五、寿农知余不愿当此虚誉而不言，楚卿兄又云继余之后者又有李遂斋先生国镇，二人之孝廉方正公事早由陈韫山广文详请临海县察核办理。而程蓉荪明府和曾经加具考语印结，详请台州府宪办理，而郡伯嵩子山太尊早经加考具结，详请学宪、藩宪、抚宪核办，而学宪袁树五提学、藩宪吴蔚方伯引荪、抚宪增子固中丞韫，均经核准在案，已经如是多处，均经核准，即须力却而不能，何必却也，心甚抱愧。但余一生仅以不干外事，地方诸君及县学、府县诸长官将以孝廉方正加与余，实以名实不敷，深为汗颜。既已如是，不得不为听其详核加察可也，只以寸心抱愧而已。

楚卿之仆送有永利局《申报》初一至初三日三天，言湖北逆臣黎元洪竟与钦差大臣荫尚书、萨大臣、张军门开战，互有损伤，虽经钦差各大臣稍加获胜，得能即为剿灭，深为大幸。万一稍延时日，深为至虑。而家君现任山西虞乡县尊，但虞乡与河南之洛阳只三百馀里，由洛阳两天轮车抵汉，今则汉口如是情形，虽有晋省陆路可行，致有此等信息，总非佳兆，函禀家君早为旋里者至数十函之多，未能允许。今至局面如斯，署中人口颇多，即台州之匪如是之多，内忧外虑，青夜思之，无有片时释怀也。只求上苍敷佑，湖北乱事即行敉平，家君即行请假安旋，台州土匪平靖，是为万千之大幸耳。

初六日庚午 早至未刻，细雨；未末，阴；以后皆然。寄奉家君第四十号安禀一函，交邮寄署，内附致眉甫先生一信，系双保险转寄耳。自上月廿六日由海葭镇自治会闻湖北被已革协统黎元洪反手兵变之后，思心意想，时刻难安，其中公私内外各相逼迫，朝夕而思，深为踽踏。

公者，本朝自开国之初，当范公文程、洪公承畴所定官制。文官：内则吏、户、礼、兵、刑、工部等六部，吏部管理京外文官升调、铨选、降罚及一切关于大小官者均归于吏部，户部管理天下钱粮及一切国库出入者均归于户部，礼部管理科举考试及一切典礼者均归于礼部，兵部管理天下兵务及一切战争之事并武官升降点入者均归于兵部，刑部管理天下刑名及一切刑事者均归于刑部，工部管理一切营造等事均归于工部。六部之外设理藩院等，管外夷来往等事；设都察院稽查京外文武贪赃污吏随时查办等事；又有各科给事中、各道御史，访闻天下被冤被屈者随时奏闻；此外大理寺、太常寺、太仆寺、鸿胪寺、通政使等为九卿，各有专司。本朝三法司谓刑部、都察院、大理寺而已。前朝大学士横行无忌，正是一人之下、万人之上。本朝内阁大学士四人、协办大学士两人，有其名而无其实。大学士者皆兼管部尚书，每部满汉尚书两人、满汉侍郎四人，谓六堂大学士，管理各部尚书事务，名虽尊，其权出于圣眷。世祖定鼎之初设有宏文院管理机密军务，至高宗朝改为军机处，军机大臣以各部尚书、侍郎候旨兼充，章京以各部司员及内阁中书考取。至于考试，三年中，一年正科，即是岁考；一年科考，我朝特恩也。均以简放学政亲临各府考试，中式者曰秀才，再试而取者曰增生、曰廪生，新近儒童须廪生认保方可入场。每遇子、午、卯、酉之年乡试，本是各省督抚考试，又恐督抚舞弊，临时由侍郎以下、编修以上考试之后候旨简放，到省之初不与人交。以监生、秀才、增生、廪生及恩拔副岁优五贡均可入闱，中式曰举人。倘有文章是佳，额数已满，弃之可惜，取之曰副榜。若遇辰、戌、丑、未之年会试，简放大学士以至侍郎四人曰大总裁，专以举人可以与试，中式曰进士。就新进士中赴殿试，例应皇上亲临正殿录取，一等一名曰状元，二名曰榜眼，三名曰探花；二等一名曰传胪。除此之外再行朝考，前列者钦点翰林院庶吉士，次列者钦点各部主事或内阁中书；最次者以知县即用，最次者即以进士而已。其意议庶吉士以读书为幸，所以有翰林院掌院学士如翰林之师傅，又设教习、庶吉士主事、中书，以便学习政事。庶吉士三年之后再行考试，录取者留馆即以编修用，或以主事用，或以知县用。编修升阶洗马、左右春坊庶子、侍讲、侍读及侍讲学士、侍读学士、正詹事、少詹事、转内阁学士，而至侍郎、各部司员、主事转员外郎、郎中及各院少卿、正卿转都察院左副都御史，而至侍郎、京官。侍郎如外之巡抚、尚书如总督耳。

外官：各直隶省设有督抚，专摺奏事，布政使专司钱谷、粮道分其劳，实监其事，道曰监司所由来也。按察使专司刑名、驿栈等事，知府管理各州县，知府以下设有州县，地大民少曰州，人烟稠密曰县，直隶州有属县而无首县，此因地设官而已。州县总管钱谷、刑名以知府而监之，所以春夏秋冬四季须由知府出明暗考语。倘知府有庇护州县，设以兵备道员而监之，各府直厅州县供奉圣祠设教谕训导，专为圣宫而设，兼教授秀才、增生、廪生，功课所定文章以八股为重，诗赋、古文、经学次之。遍设书院，遵圣人之教，以天地君亲师、三纲五伦为重。京外武员之制亦多兼制，亦有武科。立法之善莫过如本朝，曾经入庙者陆公陇其、汤公斌、王公夫之、顾公炎武皆是硕学大儒，如汤公金钊、于公成龙、陈公滨、朱公珪、张公英、刘公统勋、林公则徐、左公宗棠、胡公林翼、罗公泽南、李公续宜、李公续宾，武臣傅公恒、岳公忠琪，以及文武之学问文章高超于前代、忠君爱国出于天性者正不乏人。

圣人云“五百年必有圣人出焉”，宋季朱夫子乃圣人耳，至本朝康熙朝已五百年，我圣祖仁皇帝即圣人耳，八龄御极，以致平三藩，天下大治，策划机宜，出于圣意。以至宣宗成皇帝，中年皆是道不拾遗，无易于尧舜时也。粤东、香港之外皆以密布铁栅以防外寇，时贼臣墨庄阿，夷人厚贿墨庄阿，先将香港、铁栅悉皆全拔，并进谗于宣宗成皇帝前，将林公则徐免官，赴台效力，致有浙江定海之祸，时道光三十年耳。随有粤匪洪秀全之祸，时文宗显皇帝急召林公则徐复督两广，未行赴任而故，致有粤匪之乱。而幸曾文正公、胡文忠公等十馀人削平大难，中兴后见光天化日。光绪壬午，法人滋扰，越南幸有岑襄勤公而平之。甲申之秋，法人又扰台湾，上简张佩纶为钦差大臣、何璟为闽浙总督，听逆臣李鸿章之语，候敌先为开炮，以致败绩，窜扰宁波，幸有吴军门杰炮毙法船头目顾渤之后。时上命左文襄公并孙提督开华驻守台湾，虽败绩在先，尚无大损。自后甲午中日之役，致将台湾让于日本，又陪兵费四百兆方能和议告竣，皆是逆臣李鸿章之谋，委过于丁日昌、卫汝贵、叶志超诸贼之手，自此国势日衰。庚子岁有义和团滋扰京师，时孝钦显皇后、德宗景皇帝西狩，驻防关中，所幸未更旧制，各省悉皆安谧，而百姓均无异志。联军入京，李公秉衡战毙，都城殉难者最多，又是李鸿章等议和，陪还兵费。自后国势又衰，其弊在旧制虽佳，迄今二百馀年，弊窦丛生，以致颓唐乃是。幸民志尚干，倘得忠义之士振刷精神，力图补救，尚能为力也。时壬寅之冬，大驾回銮，不意罪臣张之洞听黎元洪之言，奏停科举，以书院统改为学堂，奏请派人出洋游学。东洋一区游学者人至三万之多，利权外溢，不待于言，专心革命，归国之后，即有廷试，中式者曰翰林、进士、举人，之外复奖实官，使其正可行革命之实制也。

我朝立法之初，只恐后代改更前制，所以大内勒石："倘有逆臣奏改祖制者即行正法"云云。孝钦显皇后垂帘以来将垂五十年，均以精明，不意老年听信张之洞之谗言，竟改祖宗立法，定以九年立宪。戊申岁，两宫相继宾天。今上御极，以醇亲王监督摄政，速行立宪。以致徐锡麟枪毙恩铭以后，熊成基兵变，广东革命弹毙孚琦之后，不省又以速为进行立宪，致有黎元洪被据武昌、汉阳等府，相持日久，只恐蔓延。上命荫大臣诸公水陆并攻，大举兵力。能否扑灭，未得实音，为公所虑也。

家君现今调署虞乡，但虞乡县治与河南之灵宝县境未及百里，即与洛阳停止轮车之处相违三百里，倘由轮车至湖北，只是两天。今湖北如是，方大军驻防信阳州，正是中途相隔，虽有晋省内地一路可行，未识能否太平，又久未接家君谕书。又台州大荒之岁，土匪日多，被抢之声日有见闻，以致终夕难安，为私之内外所虑也。今之公私内外相迫，生不如死耳。只愿上苍敷佑，大军连获胜仗，即日恢复武昌、汉阳等府，匪首就灭，即见光天化日。私心祷祝得遂所愿，深为大幸耳。

周允东明府令媛适海门娄氏今日喜期，邀余与梅五接媒人，亦俗例也。早刻，至其府上，晤谱香、梅五、兴臣、槐士、星斋诸君，相叙半晌。新人轿到颇迟，彼代媒金夏亭、王鹤汀两君，来时即为坐席。俟席散，新人就即出闺，即来至家，时将晚膳矣。

卢槐翁言，屈文洛同台州曾经出洋者多人均至湖北投入黎元洪，人心之险莫过于今时，问其居心，难堪设想。即谱香言黎元洪得意喜形于色，彼为国民会副议长，看其带至允东府上吃酒两人均是北岸人，想是国民会中人也。古人云“家贫出孝子，离乱见忠心”，斯言不谬也。但周梅翁者，其胆最细，对面敷衍，过则夸己之能，彼之一生武艺全在于此耳。倘以存心立定，须以立志、人品为主，不失一生之人格耳。

初七日辛未 晴。接张丹翁一信。接陈翼亭自上海五马路宝善街公顺里惠通栈所发一信，言嘉纶先生令郎名阿锡，号鼎荣，住宁波东马巷。家慈自莘山来，二外甥亦与家慈同来。早刻，至海葭镇自治会，到会者陶寿农、周载熙、李舜卿、黄心斋、周作羹、丁琴泉、陶伯南、娄祝三、陆鹤庭、谢仲衡、黄楚卿、周梅翁、周达云母舅、叶熙贵及蔡新芝、徐元白、陈月波诸君，互叙至晚而来，至家时将晚膳矣。又有黄漱泉亦到场，言湖北乱事初三日胜仗，余曾阅初三《申报》开战不利，据说胜仗，一时不解。余即询曾否，彼言革命军胜仗耳。若辈言革命党胜仗喜形于色，倘若革命退败，言语形容则有忧气，若辈心肠想是与人不同，殊不思乃父乃宗历受国朝天高地厚之恩，不思报本，而言语中喜怒倒置，此等虽立于世，何足于人道同日语也。

初八日壬申 晴。寄奉家君第十一号平安家信一函，内附致许眉甫先生一信、少圃表叔公一信、侍妾一信，封交邮筒寄署。致张丹翁一信，恐其在申，另致仲甫一信，托其代为转交。早刻，玉先自上海来言，上海之声风不佳以甚，惟报中言袁蔚廷宫保以曾文正公自命，倘如曾文正公之功业、忠良，亦万民之敬仰耳。国民求天敷佑，遂其所愿为幸矣。今岁水灾如是之广，向所未有。盛宣怀以借国债定为政策，拟将川汉铁路收归国有，以致川民反对，致有四川争路风潮起因波及，黎元洪藉此动手，今则多处响应，亦天数耳。壬寅之秋，孝钦显皇后、德宗景皇帝自关中回銮后，癸卯之年，两湖总督张之洞奏请停科举、以书院改作学堂，继以请颁立宪年限，钦定九年，以光绪三十四年为始，并定立宪所行新政，以致万民嗟怨，皆从于此始也。余早知朝廷听信贼臣之言，总至变乱为止，万不料至于此也。但中国历代皆以专制为主，古人云"周末无严寒，殷亡无酷暑"，天之寒热皆从皇威，所以刘璋暗弱，自后昭烈皇帝入川，丞相诸葛武侯即以严于法为入手。今之立宪君民共体，民不知法，而能久乎？余想今之情形，监国岂不知之？悔之何及！今海门海葭自治会尚在开议之期，余于午膳后至会，言及时事，闻革命党胜仗，有才见之人尚有外貌不露，无才能者即形于色耳。尽人皆是革命，以致于此，余方今日知也。自今以后，我大清存亡在于天意，非人力可以挽回。余早起看彗星之光不甚长，直对一星尚明。但彗星之直光尚未至直对之星，南有一星最为明亮，有说是紫微星耳。倘果紫微星光尚有如是之明，定有辅弼之臣而能中兴也。

初九日癸酉 晴。致陈仲善兄一信，交邮寄至京都。早刻，陈仲熙公祖柬邀午膳，余因约友至白云山登高，即饬丁携还原柬辞谢。早刻，约卢槐士兄、周达云母舅及作羹、翼亭、子俊、舜卿诸公同至白云山，相叙席散而来。今永利到埠，《申报》已取至初七日为止。但初七日报中云初六日两军交战，革党退让，官军不追，两军受伤之人均不多。但各报中均以革党胜为喜，今说退让一语，非革命党大败，定不如是说法也。想克复之期不远，只求仍从旧制，固结民心，万民幸甚。

初十日甲戌 早至巳刻，细雨；午至申刻，阴；酉牌，细雨；戌初雨晴，阴；以后皆然。致丁辅香兄一信，交邮寄申。接张鼎荣兄一信，并其令尊嘉纶先生讣闻，言本月十三至十五日开吊。接陈仲善兄一信，自上月三十日所发，有说北京信息不通，今则信能到无误，“不通”之语子虚耳。早刻至寿农处，寿翁言府宪接有电音，汉口曾经克复。有言汉口虽克，无济于事。但汉口、汉阳、武昌系是三方相对，均有水隔，今有汉口克复，即用轮船进攻武昌尚易，何云无用？此革命党中所说，如今人心叵侧，盼望革命速为成功之人最多，未识若辈自卖忠君爱国之心，受革命之优处恐未必也。此等凶徒何异禽心兽行哉！日望天佑朝廷，速为克复，即日敉平，是所大幸，中国幸甚，万民幸甚！

第三十六章

辛亥(1911)九月十一日起

九月十一日乙亥　晴。寄奉家君第四十二号安禀一函，交邮寄署。致张丹庭统领一信，致黄□□兄一信，致张鼎荣兄一信，并附送其令尊嘉纶先生挽幛一轴，均交翼亭代带甬江，其挽幛亦嘱翼亭由甬购办。致王槐卿兄一信。接槐晴福字一纸。接丁辅香兄一信，前翼亭在申买就小羽缎等，交其代为转寄，均已收到，即致覆辅香兄一信，交邮寄至上海五马路宝善街公顺里惠通客栈。吴玉成嘱余代其拟致补堂太守一信，即代拟就，并致玉成一信，附稿专人送交矣。送周梅翁之寿屏，前托镜三代买，今接其发单，言屏在海门和生，即致丁明轩一信，饬老二向取，旋言明轩至家去，行中并无寿屏。即遣克荣往询镜三，据云代为取来，即行送家可也。许久未接家君谕言，清夜而思，深为焦急万分，自八月十六日起至今未及一月，寄奉家君安禀三十六号至四十二号计七函，未识均经收览否，心思跼蹐，莫过于斯。只求平安二字，真是万千大幸耳。

午膳后，至椒江书院，晤及载熙、元培、梅野、谨侯、思斋诸君，相叙一刻。言及湖北乱事，革命党战胜，其色喜；官军战胜，其色忧。如是者非独于彼，即是学堂中人，悉皆如是，外则不知何为，非随声附和者不少。我朝自世祖章皇帝定鼎，迄今将近三百年，民心固结，深且厚焉。于光绪廿六年庚子，义和团与洋人战争，北京如此靡烂，时值两宫行在长安，各省军学商民等深为忧虑，各省巨绅随行进贡方物，民心何等固结。自后张之洞首请改八股为策论,奏请设立陆军学堂,继即停止科举。各直省书院改为学堂,奏请出洋游学。东洋一区人将三万人,利权外溢,不待于言,即学堂办理仪器皆从外国所购,有用之银购其无用之物其数最巨。自后招练新军,改更京外官制,设立资政院、咨议局、自治会,并请奉旨立宪,钦定年限改行新政,未及十年,以致民心瓦解如斯,正难预料,以致如是之速也。罪魁者非张之洞一人是何?

凡人生皆有血性,当时各直省书院功课,遵至圣遗训而有父子、兄弟、长幼、夫妇、朋友为五常,以天地、日月、星辰日当敬畏,天地君亲师常怀于心而不释,文章渊博得取功名而仕,皆有忠君爱国之心。即无知小民,五伦亦当有别,固结民心,即遵圣人之教化也。自后,改书院为学堂,立法何常不善,无如所定功课繁多,早习法文,晚习算学,或今习理化,明习体操,人非圣贤,安能进步如是之速?以致半途而废,全是茫然。又无科举能取功名,须赴洋学堂游学,致有倡言革命之徒游说若辈,致将本来面目全改为非订,思革命为当然,随致谋图不轨之心生焉。所以武昌之乱,各处响应,民心浮动之所由来也。

当时孝钦显皇后听信张之洞奏请者,因庚子之乱,欲以立宪为补救之,不知致生革命之兆。戊申之岁,两宫殡天之后,徐锡麟枪毙恩申甫中丞,熊成基当秋操之候以致兵变,革命之情已露。倘得监国摄政王有监于此,准御史李灼华诸公奏请,开科举、改学堂仍为书院性质,停出洋游学、改革已行新政,尚可补救于万一。时监国执而不审,尚速为进行,乃天数耳。上年御史赵炳麟所奏一摺,其言虽是,其时已迟。今鄂乱已起,两广总督张鸣岐奏请停办不急新政,奉旨俞允,时已至此方才晤会,则人心去矣。今则靡烂至此,成成[①]败在于天意,非人力所能为也。尚有一等名列胶庠确非革命之人,言今战事亦作如是观,其存心亦难思想。但余所言,人均以背时看余,人又厌余

① 此处原文衍一字,或第一个“成”当为“诚”。

之言，余何常不知？余愿以老背自归，不愿新鲜英畏，人厌余言，余亦不厌人言可耳。接解昆珊兄一信。

十二日丙子 晴。致陈仲善兄一信，饬(阿)坤交海门邮政局寄京。今日午刻，因公请于早刻至海门商会中，晤新之、元白少谈，即至渔团局，晤何霭翁、杨润昌，系雷莹阁统领之亲戚，相叙一刻。言今人心浮动，自黎元洪兵变之后，各省不知革命之利害，皆以兵变反手占据省城者，不止湖北一处。并云今之各等报纸有说革命退败而官军取胜者，其党中人即将该报馆捣毁。况报馆中主笔大半革命中人归多，以致官军取胜，革命党退败，当不即言，须二三日之后，当有十分之胜而言其五六耳。倘革命党有一时之胜，官军不利者，无论何等报纸，即行报喜，当有五分之胜而言其十分耳。初十时报纸所纪初五日自陆军部荫午楼尚书遣兵克复汉口之后，连日均获胜仗。但汉口与武昌、汉阳虽在咫尺，均有水相隔，现萨大臣虽有兵轮，但停泊兵轮之港中炮攻两处，城内由下自上时不易取胜，今将汉口克复，即可驻兵于汉口，对港征战，尚能易取。并言湖北被据，以及湖南、四川、陕西、山西等处均是兵变，被据省城，所变之兵均是新军。但新军只将革命之心捧在胸中，未见战阵，今荫大臣之北兵最精，此等无知无识之兵与最精之兵交战，定见胜败必矣。报纸所云初三日荫大臣被易乃谦所害，初六日又有荫大臣调兵赴敌克复汉口，据其自言亦相矛盾。

各省训练新军，饬其捕匪尚且不足，今则投入革命，即有飞天手段，何其进步有若是之速乎？《时报》《民报》《中外报》《滑稽报》《新闻报》俗言曰革命报，今革命之《时报》所言官军大胜，其言非是，的有其确者，彼等断勿言也。两君又云，荫大臣自统大军出京之后，初五日才方开战，即克汉口，以后虽非大战，连日取胜，得壮军威。又云袁蔚廷宫保大约初十左右才可抵鄂与荫午帅合兵大战，即能克复武昌，可以预必也云云。

余以家君久未谕书而(未)下，心为焦急万分，即赴电报局拟致电音问安。据电局人云山西省城曾经兵变，以及平遥、牛杜等处电均不通，山西一省之中，惟平定州电音尚可往来。又言陕西、湖南、四川、湖北等省均应兵变，致将电音不通，甘肃因陕西兵变，中途而阻也。闻言之下，太原系山西省会，致有兵变之事，于心更增焦急难言，心思跼蹐，更进一层。但山西设立督练公所训练新军，系恩艺堂中丞抚晋时为始。余于丁未作客太原，同乡周吉人、柯伯祥、叔瞻昆季、鲁指南、豹文昆季均是督练公所中人，余有一日与伯祥云及革命之徒各节，彼等所言与余殊异，余即不敢再言。自后，恩艺帅奉命调抚陕西，即吉人、伯祥、叔瞻、指南、豹文均随赴陕。今则湖北之革命党反背朝廷，而后陕西即行兵变，被据西安，继即太原兵变。但周吉人在陕管理新军之权颇重，即伯详、叔瞻等亦非下等，今则果然见背朝廷，虽非领袖，亦二三等之人，若辈心思实难揣侧，现今办理新军名望颇重，虽为革命伪王，亦非若辈而能为也，何致糊涂若是，自取其祸，亦不解耳。余以太原已被若辈致肇兵变之祸，正是寸心莫释，时刻难安。

今值公饯叶祖香太尊并雷莹阁统领，难于推却，只得到场。随至自治公所，设燕菜五席，公饯叶祖香太尊、雷莹阁统领，并邀新任分府陈仲熙司马、新委台防统领吴溱山都督桐仁、唐玫卿明府、省委台州禁烟委员王太守嶔、杨幕魁甲，系雷统领幕府，诸君陪客，作东者高志伯二尹鋆、伍子送二尹、窦小山二尹燮、洪封三守戎浚川、中路分统包纪堂都戎效忠、章桂声都戎、黄楚卿、黄星斋、陶寿农、周载熙、何霭生明府、张恭保、娄祝三、李舜卿、潘云轩、吴玉成、黄漱泉、陈仁源、徐仁甫、沈仲藩与余等计三十馀人。坐食之间，思及晋省，寸心如割，满座人客，不得不完终席。但席散之后，楚卿又邀诸君再照一相以为纪念，余亦应酬事毕即来，至家方将晚膳矣。

今之民心如是，国家靡烂至此，罪魁虽在张之洞，新军之变亦可预必矣。而今年即行决烈，罪魁系在盛宣怀。但盛宣怀贪九五之折扣，拟为广借国债，奏请监国定为政策，川汉铁路当创议之初，奉先朝谕旨准归商办，盛宣怀以国债之款无从化费，即行上达监国，将川汉铁路、粤汉铁路收归国有，以致川民反对。当护理两川总督王人文并川督赵尔丰拟以和平解散，奏请朝廷收回成命。当监国以已定政策不便更张，未蒙俞允，两督复参盛宣怀罪状。而盛宣怀深知朝廷不能更改成案，互劾王、赵两制军。王已告卸，赵方督川，时有革命以及土匪藉词煽惑，或罢市、罢课、停税、停赋。上命端方办理铁路大臣急行赴川。而端方只恐四川多事，不敢前进，请兵入川时，川民以端方引兵入川，不知其畏葸无能、贪生畏死之徒，以自卫之策激成其变，以致川事不堪。倘端方果能亲身入川，宣上德意，而无川事如是之烈。不意端方激成其变，致有黎元洪藉川事致肇兵变，非盛宣怀为首是何？次则端方耳。盛宣怀因四川事变之后，即汇银四百万两至家。但盛宣怀继陈玉苍尚书璧之后奉命补授邮传部尚书，未及三年，积有四百万两之多，倘是清廉自持者，邮传部之俸不过数万，而四百万之巨款何来？报纸有云盛宣怀曾经奉命被点，以前虽云两袖清风，今则汇款四百万两之巨金，足为江南富家翁矣，于国家不顾也。不思一附生受先朝特达之恩，官至极品，辜负国恩，以致乃是，将何以对先帝于地下乎！

十三日丁丑 晴。致陈子春兄一信，交其来人带交。接侍妾曹氏自上月二十日自署中所发一信。早刻，叶祖香公祖柬邀午膳，于早刻至分府署，晤叶祖香公祖、陈仲熙公祖、雷莹阁统领、陶寿翁、周梅翁、吴玉翁、星斋宗叔、楚卿诸君，相叙席散而别。即同寿农、梅五、星斋、楚卿同至警察局盛烈臣处少坐。但本镇区官与海门区官合并已具公禀巡警道宪批准，仰台州府查明禀覆，以致延搁。但时势至此，不得不加招预备巡警，不得不将区官合并实行。曾经电达郡伯，定于十五日实行，公同转告列臣，据云禀请郡伯云云。但叶祖香公祖今日邀酒，余虽在座，念及晋省如此情形，虞乡家君署中未识作何布置，久无信息，寸心如割，食不甘味，坐谈之间，忧促情形难堪言状。据雷莹阁统领言初八、初九等日报中所纪大军征剿鄂乱大获胜仗，现被占据者均是新军。兵变克复虽易，官军与贼兵交战之处，地方靡烂情形何堪设想。只求大军早日概行克复，一律肃清，是为大幸耳。

十四日戊寅 晴。致陈翼亭一信,交祥高先送海门交邮寄甬。致施月槎一信,交嘉先专人送交。晚膳后,至楚卿处,据楚卿言,现上海吃紧,本地不得不办防堵,即将本镇之椒江中学堂及尚德、崇道并女学堂均于明日十五一律停止,所馀经费若干,招人防守地方,并通知各庄一律办理。并且革命党中人原籍台州者不少现已到家,恐生事端,深为至虑焉。少顷,梅翁、寿翁、载熙、云梯、作羹、习之、习谦、孟东、新之诸君来叙半晌而别,至家时将二鼓矣。

十五日己卯 巳牌前,晴;午刻,阴;以后皆然。寄奉家君第四十三号安禀一函,交邮双保险寄至署中。日前赴电报局发电问安,据言今山西有兵变之事,平遥、牛杜以及潼关等局悉均不通,惟平定州电线尚可往来。无如平定与虞乡相违一千馀里,只恐无济,以致中止。当询邮局,据云尚可直达,顷寄奉一禀,未识得能安然速至否也。据其所云,邮局无阻。何至家君久无来信?深为焦急万分,难于言宣耳。致侍妾曹氏一信,附寄家君禀内转交。致解昆珊兄一信,饬老和尚送交。致牟则福先一信,饬老和尚送交,嘱向元丰之狐马褂取来,计洋十五元。致张谨侯兄一信,饬老二专送太平县城。接黄万记来字,前托买皮箱等计洋念三元零八分,即交嘉先送洋念三元又开洋一角与楚卿家账房曹子明收矣。

旋言上海吃紧以极,杭州亦有吃紧之说,闻言之下,深为焦急以极。远愁家君现任虞乡县知县,据电局所云,太原兵变之说,其言非虚,家君向以忠正,断勿投入革命之理,虽以家祖母年经八秩,两弟两妹年方襁褓,即行抛却什物而来,所携大小人计八口,得能全抛什物,平安二字旋里,深为至幸。今则果是作何定见,非无见其人,尚无见其信,此即远愁也。近愁:现杭州参加吃紧,上海又复如是,若辈潜入台州亦意中之事,倘有不测,则本地土匪横行无忌。家中尚有典铺,全人之物,论时事如斯,理应停闭,倘若闭歇,只恐摇惑人心,有乖议论,不得不为金杯盗酒之计,此即近愁也。外愁:现寿翁、楚卿议招巡防,添设保甲,均系初招之人,未识均能忠心致一否,倘若一有不妥,致多不便。万一土匪乘机滋事，家祖慈春秋八秩，家慈又复吃烟，致恐受惊，深为至虑，此即外愁也。内愁：如今时事如斯，若辈果若肆无忌惮，一有不侧，余若投入革命，于心何忍？家中而有家祖慈、家慈，春秋均经八秩、六秩，在晋家君尚未到家，将何以对家君，复何以对祖上乎！乃是进退两难，此即内愁也。连日远近内外之愁心交[1]迫，徘徊终日，不知所以。清夜思之，寤寐难安，真是寝无安枕、食不甘味，坐困终宵而已。

接于元培兄一信，少顷，于元培、罗梅野及达云母舅、子俊、周梅翁、孟东、醉香诸君来叙半晌。但于元培所说均是革命之语，今日之下，若辈竟然直说而无忌，当日尚有隐而不言。当余作客太原之时，山西督练公所之兵备处提调兼参谋处提调王镜三观察所带陆师学堂之毕业生，赴晋办理新军周吉人、柯伯祥、叔瞻昆季、鲁指南、豹文昆季，时于元培后之又后也。在苏办理督练公所以卢鹿萍为能，今于元培尚且有如是说法，在其上者不待言欤。后周吉人等随同王镜三观察赴陕，日前闻西安有被新军兵变之语，余即虑及太原，何也？彼等虽均赴陕，继其后者亦是若辈中人。戊申岁，奉命在皖行秋操之举，适值两宫殡天之际，熊承基即举炮队兵变，卢鹿萍之革命已见。今又四年，日深月累，致有黎元洪之举。

当张之洞奏办陆军学堂之初入学堂者即是革命宗旨，以后到处学堂即是到处革命，有至外洋游学者亦均革命学堂出身，以及游学归国者，朝廷优给进身，予充新军，所以革命之所由来也。今之革命均是朝廷化费巨款，致革朝廷之命，何也？设立学堂系奉旨停书院，均改为学堂，行革命宗旨，乃朝廷所命也；派员出洋游学，专习革命之思想，亦奉旨给其官费，或有自备资斧者，朝廷予其优赏，亦朝廷所命也；只以学堂出身游学而来者，单以口说而无能，此等之人，习法政者，朝廷用为法官以便刑法上可以革命；习农工商者，朝廷用为农工

---

①　此处原文衍一“交”字，已删。

商等官以便农工商中可以革命;倘若口说卓著、笔下千言者,朝廷用为内官,以便内官可以革命,用外官以便外官可以革命;习陆军以及粗知体操者,朝廷用为新军兵备处提调,或为参谋处提调,或为统制,或为协统,或为标统,使其可以引诱新军,可入为革命。但新招入伍者本无知识,使若辈居其上可以诱说。又恐不能成合一气,各直省均设督练公所,使革命之人节制,可将新进兵丁皆可入于革命而得其便也。

初则徐锡麟枪毙恩申甫中丞,当孝钦显皇后而不审,并且速定立宪年限。当两宫殡天之际,熊承基值秋操之时炮队兵变。如是两次,所为革命之情全露,监国摄政王又复不审。时上登极之初,倘得监国摄政王有鉴于此,能得转机,尚可补救于万一,而监国摄政王悉均不审,尚速行立宪,此亦天数也。倘遵列祖列宗立法,安有今日之祸?即虽湖北多事,断勿湖南、山西、陕西等省相继而起,有说浙江之语,甚不好听,深为至虑。蔓延如此之速,乃新政所致。今则新政为患,人则早知,而监国摄政王想亦知之,于时太迟矣,悔之何及!恨台谏中数十员并无一人而不畏死者敢言力谏之人,深为可恨。岂满朝中均是革命乎!今国家之多事,如同人家跟随长工均是匪人,若辈反手,安能预防?如同店家上下夥友、学生均是贼人,若辈反手,为经手者安能预防乎!各朝以来,以致更改新政,均是不利。况国朝定鼎已垂三百年,圣祖朝平定三藩以及平定粤匪,致有中兴之日,当列祖列宗立法,善之至矣,安得更而逾美乎!余恨更制之人,不避忌讳,不揣冒昧,是为记焉。

十六日庚辰　晴。致何肃堂老伯一信,外附其世兄雩春仁兄托为购买狐皮马褂一件,专遣阿庆送郡,未识合识否也。致丁辅香兄一信,交邮寄申五马路宝善街公顺里惠通客栈,托其代买定心参片洋四元。致张仲甫兄一信,交祥高先送至海门永利商轮代为带沪。

早刻,接自治会传单,言杭州为革命军占据,由革命军通告各府州县自治会善为办理云云。楚卿、寿农恐杭州失守,台州陆路七营、水师等船兵饷不能接济，只恐兵丁致生异心，若辈藉此异心，非独不能防匪，恐其自为匪徒也。通知各邑诸绅将水陆各营之月饷妥为筹定，以后能得官军克复，即由抚宪发饷，仍照旧章地方百姓以及商业可无惊扰之忧耳。此等巨事为全府百姓性命、财产攸关，不得不为到场，即于早膳后至海门。现陈翼亭在甬，今杭州有变，只恐牵连之虑，即至电报局发："宁波君子营张公馆转陈翼亭，款托鼎荣妥存立摺，速来，另星未买均作罢。沅。"计三十字之电音。即至永宁局，晤陶寿农、黄楚卿、林蔚生老伯、杨子屏兄、王芹甫、陈少山诸君，少顷，周梅翁、达云母舅、李舜卿、周作羹来叙一刻。适永利自申到埠，方翰卿至局，言十四日早晨，革命党百馀人由租界直抵上海道署，将其衙署焚毁，道台逃无下落，将上海县令田春亭明府逐出，即举李平书为上海县，上海道某人，不得而知。新军悉均革命军，其馀亦均投入革命，惟一营官苏姓言我食君禄数十年，理当报国，即与新军开战，不知胜负。其馀商家均悬白旗投入革命矣。看上海反手如是之易，如同探囊取物耳。现革命军者只看各处悬挂白旗即为投入彼党矣，彼之白旗中有九点如星小，九点之外有大九点而已。其失守情形大约如斯，未识杭州失守之时有人与其对敌否也，未得其详。

楚卿邀留午膳，即同梅五至楚卿处，现楚卿所住之处屋虽三间，与其沈氏同居，地方颇为清洁，并晤池姓，亦革命党中人，言及革命真是洋洋得意，及杨子屏兄、云梯、作羹诸君相叙。午膳后，适海门商轮方由甬江到埠，即至海门轮中，晤黄子霖兄，言翼亭已将镜橱两口及马子桶、铜器等买就，托其代为带台。余因今晚开会，事毕到家恐迟，说明俟明日遣人向取可也，言毕而别。即至自治会事务所，晤楚卿，言昨至电与嵩太尊为筹兵饷之事请其到会。接嵩太尊覆电云因病笃，即请雷统领到会决议云云。少顷，肃堂老伯及余洁斋、周吉士致电雷统领请其晋郡镇摄云云。随行开会，同时到会者陶寿翁为议长，黄楚卿、林蔚生老伯、杨子屏兄、周梅翁、王云梯、潘云轩、张鼎丞、金灿霞、王俊卿、周达云母舅、周载熙、周作羹、李舜卿、叶赞堂、张祝三、娄祝三、娄瑞卿、徐仁甫、黄子霖、陆鹤亭、刘秀亭、金次斋、丁琴泉、叶熙贵、林保三等计六十馀人，及官场中陈仲熙公祖、雷莹阁统领、傅恒山都戎、包纪堂都戎、鲍铭山参戎、章桂声都戎以及水陆营官二十馀人。初由议长报告，目今时事如斯，次计水陆各营饷银每月计洋二万馀元，即由各县分认。现今紧急者在于陆路，即将水师调为陆路差遣，即公举雷莹阁统领陆军驻防海门；将吴溱山都督告卸军务旋省、包纪堂统领水师各营保卫郡城，至陆军第七营向驻郡城，立归包纪堂节制；葭沚、海门分认两营，但两营月饷即由葭沚、海门分认，除厘局厘金、台大关外，均由地方巨商殷户担认；其馀各营分防各县，其月饷即由各县自认。明日楚卿与包纪堂等赴郡开会，邀同各县各乡镇绅商到会，议定经费方可布置。眼前只得如此敷衍，容俟官军克复浙江，再请饷银，可免地方被土匪之累耳。事方毕，有电致雷莹阁统领云宁波亦被革命军占据。此次各处如是之易，列朝所无，乃朝廷所改易新军所致，为民上者尚且固结民心，何况国家而可如此相离乎？即停科举、离民心、设学堂、倡革命，此十二字以致今日之势。初则两宫而不审，继则监国摄政王又不审，以致今日事最束手，将何良策得解上忧，是为大幸焉。

事毕至家，接张仲甫兄一信，又接陈翼亭一信，言已买就镜橱两口、橱上橱两只、百子柜一只，分装九包，又铜器等分装十包，均托海门商轮代为带台。少顷，接陈翼廷福电，言“甬降，均安勿念”云云。此番革命起事，初则湖北，继则湖南、陕西、山西，今则上海、杭州、宁波相继被陷，如是之易，复如是之速，乃是天数也。家君现任山西县尹，久无信息，山西被陷之信，心为焦急，莫可言欤。清夜思之，寤寐难安，家祖慈年经八秩，只求上苍敷佑家君速为旋里，上简贤员，速为克复湖北、湖南、陕西、山西、浙江等省城以及四川外州县九江、上海、镇江、宁波等府，是为万千之幸，国家幸甚，私心幸甚。

十七日辛巳　晴。致黄子霖兄一信，即嘱祥高先送交，向其各物均已取来。致章子修兄一信，托十里铺长工送交。晚刻，老二自太平来，接张谨侯兄一信，云前代买之大红牡被水所侵，只作罢论可也。晚刻，永利局送来十一至十四日《申报》各一纸，余见而恨极、虑极，即置于高阁可也。总而言之，“停科举，瓦解人心；设学堂，倡言革命；练陆军，干戈倒击”二十一字致有今日之祸。今则朝廷听其立宪，即于年内召集国会，悉均俞允，要求不得不以将错就错也。早刻，至吴玉翁处，云及郡城致有匪徒，寻思滋扰，深为可虑焉。目今时事如斯，做一天除一天可也。

十八日壬午　晴。致张谨侯兄一信，交邮寄至太平县城西门。早刻，吴玉翁及达云母舅、翁子俊、陶习之、李舜卿、周载熙、周梅翁来叙半晌而去，言及昨夜有土匪抢石曲保甲之洋枪而去。午膳后，梅翁来约至槐士兄处，言其出外，随至楚卿处，而楚卿尚在海门，适槐士兄、吴玉翁在其府上，言郡城于十六日居民大为恐慌，竟有移家避乡者颇多。昨十七日接省中来电，系都督府汤，即汤蛰仙寿潜，饬台州府嵩、台州统领吴文武各官悉均照旧办事，水陆各军照旧结发粮饷，并即通饬各州县及乡镇自治会等一体遵照云云。郡伯嵩子山即行出示安民。我朝自世祖章皇帝定鼎以致今日，受朝廷厚恩非以寻常可比。郡伯嵩子山太尊及吴溱山统领竟以照常办事，并无别事，亦出人意料之外。况嵩子山太尊系是旗人，本朝待旗人最厚，乃翁又是镇军，恩赏轻车都尉出身，今竟如是，何以对乃父、乃祖乎！古人云“求忠臣必登孝子之门，能尽孝必能尽忠；时逢乱世，即见忠心；生在寒门，能知孝子”，斯言不谬也。以致文武各员均能一体办事，虽是人心浮薄，半由学堂谬说之所致耳。但槐士兄言虽如是说法，余闻言之下，心甚怅然，徘徊终日，泪下如雨。幸我朝命袁蔚廷宫保总理内阁，兼统长江各军，现今大兵云集，鄂省想即能恢复在于目前，是为大幸。

晤李舜卿兄、陶习之兄，云见府尊如是告示，其色欣喜，余则不解其意。将晚时，成衣虎老司言陶宅已竖白旗投入革命矣。此等举动，现寿翁在海门未来，其习之昆季所为，未识陶寿翁所命，抑或习之昆季所为，能否禀命而行否也。今之人心竟至若是，余亦不解耳。但槐士兄又云，姚梧翁为各国总领事之说，前有人说其张坚帅命其在申侦探，余即力言其非当，即有意，其革命党人嘱其在申办事，十有八九，今果有各国总领事之说，虽言不确，革命则无疑矣。当今时势，言非易说。余即详于日记，以为后者知余即早知其意耳。十六日，寿翁、楚卿两君为如是开会，今接汤都督如是电音，其开会亦是多事。幸事虽未实行，其言已出，不免多一番议论也。晚膳后，至心斋处少坐，因袁子雨先生于晚刻来家，未晤，即至袁子翁处，相叙半晌。转至心斋宗叔处，晤槐士兄，言楚卿兄已由海门来，随过楚卿处，晤周梅五、孟东乔梓、云梯诸君，相叙半晌，言及北京颇为吃紧云云。

今之革命党虽云游说，何至各省并无抵御？若辈食朝廷之厚禄，望革命而来，如同宿将，若辈之居心若至若是，正不可侧也。各朝更改新政，虽云不久，亦无如本朝颁行新政以致军心、民心改变有如是之速。自八月十九日黎元洪自湖北起事，随据武昌、汉阳，则湖北去矣；继则西安被据，则陕西去矣；杭州、宁波兵变，则浙江去矣。九江、上海、镇江失守，而南京、苏州尚幸存立，虽言孤悬，两江总督张安帅、江苏巡抚程雪帅多方调度精详耳。江西之南昌亦幸存立，而冯中丞大费苦心也。据报纸所云，山西巡抚陆申丞当太原失守之时，即行殉难，此最难得之事。楚卿言安庆失守，朱中丞亦有殉难之语，言非子虚，则安徽亦去矣。上命袁蔚廷宫保统兵进剿，似有首尾相应之势，深为至虑焉。素知袁宫保有效曾文正之事业，但曾文正公当粤匪扰乱十馀行省，一身平定大难，幸得中兴，再见光天化日。迄今数十年，今革命之据亦经数省，能得剿平，功在曾文正公之上，未识果随其愿否也。

自今日之下，理应一死而已，敢贪生而不死者，家祖慈年经八秩，家君尚在晋省未旋，不得不以残喘贪生耳。容俟家君旋里，余将家务交付家君经理，余效明季八大山人、一壶道人之所为可耳。前何巨明先生算余寿只三十六岁，倘若是年作古，余愿已足，至时不效，深为恨事焉。张之洞奏请南京设立陆师学堂，系乙未之岁奉旨俞允；丙申孟春招生入堂肄业，派员出洋游学，亦于是年奉旨俞允；改八股为策论，在于辛丑之岁奉旨俞允；改书院为学堂在于壬寅之岁奉旨俞允；定官费出洋游学在于癸卯之岁奉旨俞允；奏停科举亦在癸卯之岁奉旨俞允，即于是年停止考贡，缓在三科之后；奏开存古学堂在于丁未之岁奉旨俞允；奏请立宪亦在丁未奉旨俞允。随即钦定立宪年限，以戊申之岁为始，以九年立宪完全。即于戊申十月下旬，两宫殡天，今上御极，醇亲王为监国摄政王。即于是月革命之安徽已革候补道徐锡麟枪毙安徽巡抚恩申甫中丞，在于乙未六月间，而革命之名出现。戊申十月，当秋操之候，已革安徽炮队标统熊承基兵变。自此之后，革命之名大著。辛亥四月，广东革命弹毙孚将军琦，随焚督署，幸水师提督李军门准精兵随时扑灭，幸得安然。六月间，革命弹伤李军门准。七月间，邮传大臣盛宣怀因借外债为政策，收转粤汉铁路、川汉铁路为国有，粤汉铁路，张坚帅妥为敷衍，川汉铁路欠为布置，以致川民反对，致起事端。八月，黎元洪以湖北新军兵变，占据武昌、汉阳等处，随以两湖失守。总督瑞征逃，布政使连甲、提学使王寿彭均逃，以下文官有自去者，有降为革命者，仍职守。武职新军多均变在先，老军少变在后。上命陆军大臣荫午帅统兵征剿。陆军而来，萨大臣镇冰统水军进剿，前湖北统制张军门彪合战革命军，虽有取胜而不克。九月长沙兵变，亦是新军，巡抚余诚格降，署布政使正任提学使黄以霖走，提督黄忠浩殉难，馀与湖北同。时西安新军兵变，陕西失守。太原新军兵变，山西失守，山西巡抚陆申甫中丞钟琦殉难。九江、镇江、上海均失守，闻革命一到，该处兵丁悉均欢迎。杭州亦于十四日革命到时，新军出而欢迎。宁波亦然。巡抚增韫被困，馀均降，浙江失守矣。未识后事若何，亦难预料，是为之记。

十九日癸未 晴。致解芝郇兄一信，交其来人带交。昨晚有谣言云，早刻值宝华商轮到埠之期，革命党中人趁宝华商轮到台云云。陶习之自家竖白旗之后，即嘱地保催锣本街商店居民均竖白旗，并言杭州、宁波曾经失守，北京亦有慌唐之语。至今早，本街各家均竖白旗，赴海门争看革命党者纷纷而行，来时有说已有数人来，有说无来之语。晚膳后至周建西处，晤周梅五、陶寿农、黄道周、王子轩、陈月波诸君，互叙半晌。寿翁言自今晚由海门来，革命党中有二人趁宝华商轮来台，其人一住郡城，洪姓；一是太平人，携公事六角与台州六县，系宁波军政分府所发，并言宁波之军政分府者即屈文洛耳。来台之两人均是屈文洛之党下人氏，其公事即嘱六县照旧办事云云。所可笑者陈仲熙司马手圈白布，于早刻轿至海门迎接革命党。中国官员若是者，安得不乱也！近日以来，深入革命者固不必说，即有革命党之气味者，无不喜出望外，满身欢喜，何待言欤。但沪江各报均系革命党人主笔，又是革命党中人经理，一切语言均是革命党之口气耳，所言官军败者不可听信，所言官军胜者则实然。况自湖北开战之后，申、鄂电线不通，安有军情即闻于海上也。晚刻，陈翼亭由甬来，携有张鼎荣兄覆信一函，并其公兴行中凭摺一扣，所买各件均已照单买来。言甬江失守之事亦是初起谣传，人心惶惑，当革命党人至甬者不过二十馀人，官军均已投入其党，革军当日均赴道头欢迎，自到之后，所用之兵即当日官军耳。两国相战而不胜者，而后投入于彼，今古皆然。如旧之革命，如浙江而论，并无与战，即行投入于彼而又欢迎之，今古所无也。各报纸将各处与民所忌者先为刊报，而后游说，以致如是之速，其由来如是。即如南京有统兵徐军门，部下十八营主将与兵丁皆以尽忠报国，即革命善于游说，亦无肆其技能，今之南京尚俨然独立耳。我朝统兵大邑如徐军门及萨军门镇冰、张军门彪者数十人，中国安得不强，何畏革命乎！余草茅下士所说之语，人曰背时，言即招尤，自今之后不复多言如前也。是为之记。

二十日甲申　晴，致丁辅香兄一信，致陈仲善兄一信，均交邮筒转寄矣。午膳后，因叶祖香太尊移住褚仲逸宅中，与谱香母舅同透香居至叶祖香太尊处，相叙半晌，并至谱香母舅处少坐而别。至陶寿翁府上，晤道周、河清、宗山诸君少谈，相约至警察局，其区官盛列臣兄已至海门去，因本镇兼并海门耳。晤其书记罗姓，相叙一刻，而周柳堂均来。寿翁将其巡警八人改作巡防队，日中无庸站冈，夜间必虽梭巡，亦归陈庆祥管带，兼陈庆祥新旧已有四十人矣，藉能保卫，亦地方之幸。本镇膏捐每月约计三十馀元统归地方公用，即嘱周柳堂承收而已。

接家君自上月三十日所发一信，此时山西悉均安谧，至今未识均幸安谧否也。晚刻，陶寿翁来邀，随至其府上，托余代其书覆阮右垣刺史一信。适大屋徐及下洋田俊陶等土匪東京老长、白毛、滥和、贤极等六人来投诚，此等匪徒能收一人即保一方平安，此愿是好事，但彼等投诚之后，须驾驭得宜，是为至要。晚膳后，又至寿翁府上，晤孟东、伯端两兄少谈，适楚卿兄来邀寿翁，随相约同至楚卿处，晤陈文佑守戎绍杰，第四营管带，其拿匪颇为著名，今驻防郡城，因寿翁、楚卿相邀而来。但寿翁、楚卿因若辈投诚，系潘茂兴代为担抱，各携军械而来，陶小土者，从中说和。今彼等同来者有十馀人，拟招一百人，经费由地方公款中支取，即与陈文佑管带，请其来椒与相酌而已。但楚卿兄正与其嗟商其事，余因时久未闻其言之是否，预先而来，未得其详。

当晤周梅翁及南星市有两人来说，今南乡之金申谷及太平地诸处土匪，正是横行无忌，幸黄义臣兄携有六十人，彼处正遇土匪日中抢掠之时，对敌一阵，伤匪三十馀人，活拿七人，内二人就地正法，五人解至海门，吴统领即行正法三人，此外两人亦打至半死，当即陪杀一次而留之。随保黄义臣为七营帮带，体面已极。据黄义臣言，南乡等处土匪只十日中就可敉平。但黄义臣打仗拿匪最为著名，得其出力，藉得安谧如恒也。近年北岸尚称安谧，全赖黄义臣、陈文佑两君之力。二营管带之章桂声虽言能战，其人过奸，殊不值耳。楚卿言，章桂声急欲赴湖北投效革命军，贪图富贵，不思久受国恩，当此时局艰难，不思报效朝廷，即拟赴革命军投效，其平日为人可知矣。陶寿翁言，湖北今革命军与官军交战，各军被伤者万馀人，各报纸均说不出耳。该处适当两军对敌之地，是处人民大受其亏也，只愿速见光天化日，是为大幸。楚卿说有太平人有招土人颇多，立欲赴湖北之想，台州竟有此人也，余亦不解耳。楚卿又言，杭州军政府与宁波军政府两不通气，只恐其自相多事，亦难预料也。但为百姓者，愿得相安为大幸。

廿一日乙酉 晴。致洪封三兄一信，附还炮子百粒，饬吕保送交，日昨承其惠假水杆子百粒，不想均已年久而油存而莫用，只得送还耳。致娄德辉襟兄一信，饬吕保送其府上转寄北京。前岳母嘱余代汇英洋百元与仲善，时因寄汇为艰，函托何煊夫先生代付百元与仲善兄，顷接潘子庭来信云，接娄德辉来函，汇洋尚未收到，所以致函通告耳。早刻，周梅翁、黄楚卿兄来叙半晌，言及本镇招团练一营，计三百人，与陈文佑兄兆极管带，仍由吴溱山统领节制之，粮饷由本地取支，即将本地公款及如可取支者作数，之外即由地方有田亩各家及有营业之家按月相助而已。楚卿相约至叶祖香公祖处，畅叙一刻，过翁子俊处少坐而来。午膳后，警察局来邀议事，即议粮饷不敷，照捐各节。随至警察局，晤楚卿、李舜卿、黄道周、王俊卿、谢仲衡、周梅五、周孟东、陶习之诸君，相叙至晚，即将各庄首先之人，除海门外，均已到场，即将按月捐饷等情而宣布之。

晚膳后，至楚卿处，晤梅五、子俊诸君，相叙一刻。楚卿言，台州府知府一席，由杭垣都督汤蛰仙邀人公举姚梧冈桐豫而为之。并接有杭垣都督府通饬长电一道，颇长，只阅一篇，未及记忆，有关于民人者发辫均须剪去而已，其馀大约曾经归顺者悉照旧章而已。以余想之，黎元洪自八月十九日湖北起事迄今仅只弥月，就有如是组织，此何等事，致有如是之速，难于取信，未识后事若何，亦难预料。此等大事或是或否，或彼是开路先锋，后有骑马坐轿之人随后而出，或即如是之速而定之，均关天数耳。非人力所能为也。

廿二日丙戌 阴。致何肃棠先生一信，早刻，至周宅葛太太处，嘱余代其托人递呈存案之事最急，余难于推却，允为代致方笃轩先生一信，托其代为递呈耳，适祥高先赴郡向同昌支取帖税之便，交其带郡。周梅翁亦将同昌支摺交祥高先代为转向同昌支取帖税耳。晚刻,晤褚仲逸兄,言阅报纸所云,官军追革军至汉阳城下。但各报均言武昌云云,是日言退至汉阳城下,不言武昌者,想武昌曾经克复亦未可知。现近地电线均是革命者把持,即有喜报,亦不为通耳,须十馀日后言其一二而已。又云中国军械局前被革军所占,今有云军械局官军自焚,何至自己要用之局自行焚毁?以此想之,革军恐官军克复,所以自焚。倘若湖北之武昌、汉阳均能克复,顺流而下,定然势如破竹所必然也。只求早日克复,为幸多矣。倘遇交战之处,地方糜烂何堪设想,百姓之苦甚以哉!

上年五六月间,余作客虞乡,时月将未上,见彗星出现于西,其白光直向东南颇长,初起之处尚明,至尽头之处,只有微光,至月上时即隐焉。约将两月之久而未见。今中秋之后,天将明未明之时亦有彗星出现,彗星初起致有数支,向西北直上一支颇长,较之上年之彗星微光三得其二,亦是初明,至近处稍有白色微光而已,至天将明则隐,约二十馀日即不见矣。查彗星出现乱兆,今湖北之革命,未识应在上年之彗星,抑或今年之彗星乎。以余想之,上年彗星其光颇长,今年鄂事起后,以致长沙、西安、太原、安庆以及苏州、杭州兵变,或即文武各官相通,上年之彗星相照似有相象。况今年正月初一日庚子,查元月上旬干支之日,“甲子丰年丙子旱,戊子蝗虫庚子乱,惟有壬子水滔天”,若上旬相遇,即应而不尽见,以正月初一日相遇更为甚焉。今正月初一日相遇即是乱兆,致有鄂事而起。查明年正月初一日系是甲子,查甲子丰年之兆,值在正月元旦相遇,定是丰年无疑矣。只求上苍敷佑以顺人心,早日克复各省,随以年岁丰登,是为大幸耳。

晚刻,有中路练船管带蓝翎把总徐桂林字曰圭三来叙一刻,言及今之革命占据,满身欢喜形于色,试思尔之蓝翎把总何人所授?尔食数十年俸禄何人之钱?今日之下,值国家多事,不思报本,反以干戈倒置之语作为口谈,此等何物?余每以心直口快言及于此。又有言曰据其报纸所云,江苏巡抚程德全、湖南巡抚余诚格均是现任封疆,未及与战即行投入革命，授都督之职，两湖总督瑞征见事起即逃出境，安徽巡抚朱大中丞家宝、山西抚宪陆大中丞钟琦当即殉难，两江总督张制军人骏与将军铁大臣良尽忠报国，保守孤城。虽未知其确实，据报纸所言，即见馨香在上、遗臭至下，相悬天壤。余所闻而即言之，尚难为信，容后得有失守各省封疆大吏之实在信息，再当详记焉。

晚膳后，至建西处，晤周梅翁、达云母舅、黄道周、汪伯端、周孟东诸君，言及本镇邮政局有报纸云革军已与南京驻守官军开战，初阵革军少有丧没，二阵革军大败，今调各处初投之革军与战云云。但南京张安帅与铁保帅、徐军门等均是尽忠报国之人，其下兵丁均有忠义之气存诸于心，所以奋不顾身，自然阵阵获胜，势所必然。况江宁保守最易，其地势最佳，人地相称，有何惧焉？与战之革军均是各省新军，向来各省新军中之将弁并无出色之人，又未经战，一经对阵，自然大败，亦势所必然。所可笑者，向食朝廷厚禄或十馀年，或数十年，一经有事，即又贪生畏死之心，未经与战即行投入革军，可以保身家坐得厚禄，不意仍要调往战阵，此等忘恩负义之徒，一经对阵，其魂胆早丧，安得不败之理！南京地势虽佳，东江苏，南安徽，西亦安徽，均已投入革命，惟北是山东现尚保全，相隔太远，往救为艰，此是孤城独立，尚能对敌，得获大胜，全是调度得宜，可以长能取胜。今南京独立，速望湖北救兵，以余想之，报纸所云退守汉阳，则武昌定然克复。倘武昌今革军据占未动，全情注在湖北，安有分支再占南京之力？以此想之，武昌曾经朝廷克复，革军急取南京以作根据之地，所以力攻南京。只求南京固守，今武昌已经克复，即将汉阳克复之后分兵攻取湖南，而安徽、江西一鼓可得。大兵云集南京，则江浙两省即能克复，指顾间耳。至于秦晋两省，姜军门曾经进剿，已克太原亦未可知。倘若太原已克，陕西地势虽佳，剿亦颇易。其言如是，敬听天数可耳。

国朝深仁厚泽已经二百年，定有忠悃大员以报国恩也。今革军专以游说为战阵，据云不愿作满人奴隶为宗旨，并言满人夺汉人天下，今则数省光复等语而称之，其意、其言非常不是，至今所说太迟矣。前明被李自成扰攘天下十馀年,生民涂炭,岂是一时?世祖章皇帝坐镇满洲最为强盛,自后,李自成进攻京城,以致明崇祯皇帝自尽于国,三边总制洪承畴投入本朝。而吴三桂因李自成如此势力难于对敌,请世祖章皇帝入关。诛逐李自成之后,时明崇祯皇帝又已殡天多时,随葬崇祯皇帝,加封陵寝,复封前明功臣,当世祖章皇帝即行定鼎天下。今革命游说,此时而言尚有道理,迄今国朝二百七十馀年,深仁厚泽,列朝以来无过于本朝也。圣人云,天地君亲师理当尊敬,彼所言满人奴隶,但臣事君,理所当然,乃祖、乃父岂非朝廷赤子乎?今之黎元洪自肄业学堂,朝廷培植出洋游学,归国之后,朝廷授以统兵大员,乃朝廷莫大之恩,今则见背朝廷,有何理焉?即游说之语者,或有举人,或有五贡,或是廪增附生,或是学堂毕业,或是官费出洋游学,即非本身,乃父、乃祖均已受国厚恩,复将倒置之语终日所云,其存心何在?万望诸君以说此语者为是,或以余言为然,伏祈高明之见详评焉。

廿三日丁亥 辰刻前,阴;巳牌,晴;午刻,阴;以后皆然。致杨伯藩兄一信,即交永利茶房二头代为带申。致娄德辉兄一信,交邮寄至京城。致张宝田先生一信,系楚卿邀余代请与其令尊旭东先生择地,前寄两函均无福信,只恐中途阻隔,另致楚卿兄一信,交其自行寄至定海大展可也,均饬老二送交。

今永利商轮到埠之期,《申报》取来,系十八日至廿一日为止,四天。详阅所云:“南京城内新军与旧军战斗,新巡防与老巡防战斗,只见码声[1]隆隆,四门紧闭”云云。此等自有原因。当日南京城内驻扎旧军系张军门勋所统,非徐军门耳。城外驻扎新军。前张安帅听信新军之言,将老军张军门所统之营调驻城外,新军调进城内。但新军即是通同革命之兵,其用意调注城内易于反手。张安帅一时被骗,未及过卢[2]于此。当八月下旬,值鄂省事(发),张安帅面商新军统制及

---

① 当为“炮声”,下同。

② “卢”当为“虑”之误。

协统，云现值国家多事，新军均是年力精壮，可以赴敌，调赴城外，张军门所统之营调驻城内守城。该统制及协统言，新军守城，张军门营可以赴敌云云。张安帅见新军已变，虽然未露其形，已不遵号令矣。即将城内所有各码均交张军门之旧军固守，一若有事，即行攻击新军，早已预备。今则革命军已攻南京，闻城内码声隆隆，想将新军悉均就灭矣。南京之新军创办颇早，至少约在五千人之外。天地本有好生之心，无如此等凶徒，食国家厚禄，受朝廷厚恩，不思报本，即与禽兽无异，今则虽杀数千只之鸡、鹅等类，有何不忍？况为朝廷之事而杀之，分所宜然。

该报又言，革军退守镇江一语，想南京之官军大获全胜，而革军不能立脚，所以退守镇江耳。又言南京之战，革军死者五六十人，而学堂出身者与战死者甚多，不言官军死者多少人，可见革军此次战死之人难于数计。向来各报纸向以《申报》纪事尚能靠实，顷阅《申报》所云，南江总督张安帅曾经自尽，次日即曰张安帅自尽未死，再次日报言张安帅仍然调度战阵，即此一节，《申报》之语而可信乎！《申报》尚且如是谬言，而况各报之纪事而可听乎！总而言之，革军专以游说见长，倘若与其战阵，只受弹取死而已。

午膳后，至分府署，晤其收发处张子桢兄少谈，即往谒陈仲熙司马，相叙半晌而别。晚膳时，丁辅香兄自沪江来言，代买之铁床、洋藤椅、洋面架等计洋念九元另，曾经买就存在上海，此班永利因子常先生家眷旋台所携行李过多，想下班轮期即为代带耳。言及南京之事，张军门最为勇烈，如遇革命军即行攻击两次，约毙革军万人，至城内之新军以及无辫者悉均斩讫。今革军见其异常之惧，各处有调至彼处战斗者得能生还，十不及二三耳。闻革军调遣大兵与战。倘张军得获全胜，我朝得能恢复疆土，再能中兴，得睹升平世界，张军门勋之功绩，以本朝中兴而论，其功不在曾文正公之下；在开国而论，其功不在范公文程之下，犹在年羹尧公、傅公恒、岳公忠琪之上也；与前明相较，可与于忠肃、岳武穆、周将军以及关壮穆公可以同日而论也。

少顷，陶寿翁遣人来云，方自今晚自海门来相邀，即同辅香至其家中少坐，言至警察局一走。即行同至警察局，晤陈庆祥及罗姓，相叙一刻，同至建西处，晤梅五、载熙、道周、子轩。诸君所云之语，均已投革命之语为言，并且言革军败者为忧，革军胜者为喜，并无忠义之气，而来。辅香言，姚梧翁，革军中公举为台州府知府，亦无意而来，而犹不足。陶寿翁言，姚梧冈已为各省联合会长，可见其投入革命深而且久耳。辅香又言，姚梧冈初至上海以后，均是日日打摩鹊为事，自八月十九日湖北黎元洪起事之后，即不打摩鹊，日日自有一班相识者聚谈言事，可见其办理革命之功深而且厚也。

晚刻，陈庆祥言及东方彗星隐灭之后，东南又有彗星出现，未识应在何处之乱兆也。《申报》中又言咸丰元年辛亥闰八月初一日甲申，广西洪秀全起事，随年占据南京，国号太平天国，十馀年，经我朝曾文正公、曾忠襄公、彭刚直公、左文襄公、李文忠公以及诸公而克复之。今宣统三年辛亥八月十九日癸丑黎元洪于湖北起事，总督瑞征远逃，以致占据湖北省城，南京而言张军门勋固守之，相计花甲一周。前洪秀全以“洪”字为姓，今黎元洪以“洪”字为名，均以“洪”字当作姓名。前洪秀全占据南京，浙江而无摇惑者，时无电报、轮船，信息通而非易；今黎元洪占据湖北，而浙江致有如此风潮，皆因电报、轮船易于通晓，又加各报纸日日造谣生事之所致耳。辅香言今之南北电线已断，北省信息至申江，非二三十日不能易知，《申报》所言一切均是自造谣传，即据其自造化言巧语，亦说不出湖北之革军如何取胜之语。湖北虽无好消息，即信息亦不易通耳。据老者(云)，粤匪时之慧星，其明如月，其长如半天，现至两年之久，致有粤匪之僭号十馀年。上年之慧星如是，今年之慧星如是，其明只与小星相若，初起白光稍明，至长之处，白光或隐或现，只有微影，想其扰害之时定然不久也。洋人所云慧星均是无足事。中国相传以来，均言慧星出现，致有乱兆，况慧星出现之后均有相应，不过大小不同，何至无凭者，余即不信焉。

廿四日戊子 早至巳刻，阴；午、未牌，晴；申刻又阴；以后皆然。

致陈祝再主政一信，交典中带至长甸。致张仲甫兄一信，饬老二送交永利商轮代为带申。致贺蓉江兄一信，饬道中送交矣。

早晨，三先自海门来言，海门统云革命首领孙汶与弟二人均至湖北指挥战阵，败后年老逃走不便，被袁宫保营弁活捉，当即讯问确是孙汶兄弟二人，随即明正典刑矣。闻言之下，大快人心。少顷，桂玉老司闻邮政局所云亦如是。适达云母舅及载熙、少云来叙一刻，余将此言所云，载熙所云各报并无所见，不能取信。现各报纸中均是革命者主笔，此等革命倒煤之事，断不言及。中国革命首创者孙汶一人，今革命起事之后竟将兄弟二人被获正法，此乃天理昭彰在人头上耳。只求将黎元洪再行就擒，湖北克复之后即可分兵平复各省，亦颇易事。载熙兄言，子常先生之家眷已来，言安徽巡抚朱家宝曾经投入革命，初时所云朱家宝因安徽失守即行自尽，与今投入革命，一为忠臣，一为逆臣，两相比较，荣辱之隔真是天渊耳。但今之语言可以听信乎！但王子常太守藉此告职退归林下，尚不失于国朝名士也。

载熙兄言，今将知府换名曰民部长，省中公举姚梧翁为台州民部长，但梧冈自欲为各省联合会长，所以台州之民部长不愿来矣。楚卿兄恐台州民部长别人来做，恐有掣肘之事，适邱绍虞即海门之先天主，后耶稣教之邱舜琴由上海带有革命中之外路人四五人来台，楚卿即欲借此四五之外路人出名，邀集各县绅士均至海门公举彼自或周萍洄二人为台州民部长之想，急邀寿翁赴海门商酌。其意以革命连获胜仗，即于五日之内公举，倘若革命军仍然日败，或缓为，或作罢而已。其意果是若何为定，余亦不得其详。日前，奉省中军政府来电所云军界、学界以及绅民人等均剪去发辫之后，以至台州府知府嵩子山太尊、海门同知陈仲熙司马、台防统领吴统领以及大小文武各官之发辫悉均剪去，惟有一第一营之哨官某不肯剪去发辫，愿辞差使而去，另得姓名再行详记。此等哨官当此天昏地暗之时，尚有天良发现，此真难得。余恨不相识，倘若稍能相熟即行订为知交可也。

晚膳后，至建西处，晤梅翁，言今晚少湖、舜卿、孟东三人均剪发辫，并已剪发辫之道周、伯端诸人设酒聚饮，邀优人小二头陪饮，均是陶寿翁之长子习之为首将各人之辫剪脱，习之兄弟四人悉均剪脱。但改章、易服、剪辫何等大事，若辈如同儿戏，并且设酒挟优畅饮，此等行为果是何等所为也，深堪痛恨。但习之、伯端均是肄业学堂之人，道周出过东洋，已有革命之气，至孟东、舜卿并非学堂中人，亦非出洋之人，竟剪发辫，殊不值耳。但江浙两省未与革命战过一次，又无见革命如何情形，以致江苏巡抚程德全为都督，浙江汤寿潜为都督，馀均俯首听命，此何等大事，有如此之顺受，有如此之迅速，所以剪辫亦有如此之儿戏。倘若果然如是，问此等俯首听命者有何面目见先帝于地下乎！今袁宫保奉命节制长江水陆军务，遣派王士贞、段祺瑞、冯国璋等四大统领分兵力战，均获胜仗，而革命有内奸者悉均反手，倘若见阵，无不败走。况南京总督张安帅并铁将军、张军门勋尽忠报国，据守南京，倘得成立，朝廷得能克复各直省，再睹中兴升平之日，若辈有何面目立于世上乎！

周梅翁又言，邱遇琴娶海门詹姓丧妇为妻，今日进门，即至遇琴之大兴行中少坐，言楚卿自海门来。即至楚卿处，晤俊卿、云梯、仲衡、伯端、习之、舜卿、楚言、孟东、德园诸君，互叙一刻，过心斋处少坐而来，至家时将二鼓矣。但楚卿今早邀陶寿翁相酌借外来之革命者公举为民政长之事曾已冷淡，想湖北、南京两处之革命信息不佳，致有如此宿手而已。自此之后，致起战争，百姓之苦何待言欤。

人生忠义之气出于天性，当粤匪扰乱之时，陶梯云都督宝登、夏宝庆初则赴皖剿匪，自后，洪秀全据守南京有年，扰及台州，随投粤匪。自后，陶宝登逃回，未遭其毒手，夏宝庆随被粤寇所杀。苏品三镜蓉暗通粤匪，明与战斗，粤匪赴台，苏镜蓉与其早有信息往来。自后，粤匪逐出台境之后，办理团练化费国帑三十馀万，一无所事，捐纳道员，指分江苏候补，半途而废，而后逝世。长子抱经，次子体经，复冒克复台城之功，一保知县，一保守备，今则萧条以尽。周子最者名成钊，当时势力与苏品三相仿，其人专以戏言，与今之陶寿翁相仿。

黄禹渡广文一清、黄古愚祥云、周宅西都督成镐专心剿匪为事，黄古愚有意捐资，青年而夭，周宅西都督因捐资兆祸，后被台州府知府刘兰州太守璥之曲颇多。当时起事之初，皆以忠心梗梗，力任其难，以后致有偏思，其结局皆非善良。今之革命与洪秀全大相仿佛，年分只周花甲，当洪秀全须以长发为投，今革命以剪辫为投，此是遥遥相对；当洪秀全以头包红布，今革命手圈白布，亦复遥遥相对。当洪秀全扰乱时，人口所说皆有忠义，人心若何，亦难捉摸。今日革命初起，为人即无忠义之语而口言之。以小而论，本镇以及附近各村绅士须招兵买马打退粤匪为能，今则未见革命而来，即竖白旗、手圈白布，暗通消息，欲为台州府知府者多人，欲为各县知县者亦不乏人。以大而论，当粤匪赴杭，武林备兵抵御而不得者城破而投。今则未见革命而来，全杭上至藩台以至候补杂职以及大小武员悉均预日说通，定日而来。当十四日革命只十馀人到杭，即据省城、焚抚署，如同探囊取物，其迅速竟至若是也。兆祸之端，"设学堂，倡言革命；停科举，瓦解人心；练新军，干戈倒击"之所致耳。当日提倡革命之罪魁全是孙汶一人。早刻，闻孙汶兄弟二人被袁宫保将弁执而杀之，可见天理昭彰在于立见。

昨楚言云，南京总督张安帅先将新军之步队十二营、炮队三营、马队三营、辎重队两营，共计二十营，计一万足兵，退出六十里扎营。前发军械，彼不肯缴，亦不向缴，炮子等件亦不再发，一万人竟均反手，贪生畏死者约计三千之外，分散到家，致有恨及张安帅及与革命军向来通气者约千馀人，均赴湖北投效黎元洪营中效力。初在未散者只五千馀人，十八日攻击南京革命之人仅只数百人，即用此等兵丁进攻南京，被炮打毙，致被张军门营兵杀死者四千馀人，继将全军不没。楚言听其逃旋之兵丁所说斯言，可听为实然也。今南京竟然独力，张安帅、铁宝帅以及张提督之功可盖寰宇。能得武昌即行克复，仍得中兴之日，不难即见耳。

廿五日己丑 辰前，阴；巳牌，晴；午至未初，阴；未末至酉初，细雨；酉末，阴；以后皆然。天气颇暖，正是小春天气也。寄奉家君第四十四号安禀一函，内附致眉甫先生一信、少圃表叔公一信，均交邮筒单保险寄至山西虞乡县署。午膳后至达云母舅府上，相叙半晌，过梅翁处少坐，相约同至警察局，晤道周、舜卿、伯端，相叙半晌而来。

凡人生大小诸事均存之于数，只尽人力而听天命可也。余之仕进之心最切，初因停止捐纳，即拟由从九加捐分发，藉资进取，所以上春二月汇银二百两与何煊夫先生代办，不想今之加捐悉均加成，不敷其数，以致迟迟未办。自五月间得悉江皖赈济以银一千两准以奉旨建坊报效，至五千两以上可以奏奖实官，七成上兑，六月截止之说。闻云明年三月考试文官，七品以上可以赴考，得能录取者可以无庸再捐指省分发以及花样等项，到省之后即照名次聚补之。余思以例银五千两，七成计银三千五百两，以三千五(百)两不过五千元左右，即或考试文官，以后到省只需三千左右，倘以八千之谱得一知县，亦乐为之。即于正六月初旬抵申，适晤金雨梧姻长代为作引，至洪凤九太守处代为上兑，即于廿一日洋付清讫，领取知县实收。初以洋已化用，知县到手矣。至闰六月十八日，接洪凤九太守来信云虽加一成可以邀准，计库平银五百两，折洋七百馀元。余即不喜于加成，恐其函是同事者，或是其二少君厚仲贾冒之语，断无曾给实收致有翻悔之事，当即修函宕塞。至七月中旬，复接洪凤九太守来函，倘或报效，必须加成，否则还款云云。未接来信之时，余又函致何煊夫先生询问京中是否情形时，亦接其来信，所言当江皖赈捐奉旨俞允之后，系十成上兑，报效之人甚少。至二月初一日减至八成上兑，报效不多。至四月初一日再减一成，以七成上兑，至正六月时以截止之期将迫而报效者亦复寥寥，所以再减五厘，须与盛杏荪自行接洽以六成四五均可代办，而外局以及京中金店代办均须七成耳。不意报效者一时之盛，而盛杏荪请缓半年，于六月廿二日奉旨俞允，而盛杏荪即于是日再加一成，所以正六月廿四日奉旨核准者三十四人均是七成上兑，闰六月十七日奉旨核准章庆等二十一人均是八成上兑。

但余报效之日虽在未及加成，而洪凤九太守电咨之日曾已加成。

据洪凤九太尊函云，贝仁元请奖道员则允准，余与陈惟和二名请奖知县俱奉驳。但道员例银一万两，其数较多，则彼招呼七成允准知县，银数方在起码，以致被驳之所由来也。七月中旬本即邀人赴申向取捐款，而玉先又以妻病不能来店，幸请达云母舅代为赴申向洪凤九太守取还捐款，即于廿七日与嘉先动身赴申。但洪公未曾在申，随至杭州向取。彼于初八日来申，初九日划还原款，十一日转过万选，划交张嘉纶先生。而达云母舅自八月十四日旋里，所言如是，深为欣喜。不意嘉纶先生于八月十五日作古，时翼亭妻病愈，即邀其赴申向取该款，据伯藩云其款在甬，仍是空走一次。至家后，余恐事无实定，复邀翼亭赴甬与鼎荣兄接洽清楚，存其公兴，取立凭摺而来。系九月十五日取款，自正六月十五日出信取款，至九月十五日还款，其中相违扣足四个月而已。初则一想，余知县不得，知县五千馀元，四个月息洋计二百元，余自到申报捐一用计需洋一百七十馀元。自后，达云母舅并嘉先到申半月有馀，及翼亭两次赴申、赴甬，计需一百馀元，一切洋买规元，以后规元汇转现洋以及申水，计亏洋三百元左右，共计脱洋七百馀元。又言捐而不捐，实难为情。今则精细一想，险之以极！倘若三千五百两计洋五千一百馀元洪凤九太守顺手上兑，即或奉旨核准，虽有知县空言，当今时势，无可做官，并且不能做官，即或做官，极无趣味，此一险也；鄂省幸在八月十九日起事，假使早一个月之前起事，洪凤九太守应时势如斯，未必还款有如此清理，此二险也；倘不思及，请达云母舅赴申，俟玉先妻病愈后至申，鄂事已起，即或邀嘉先到申两次展转，恐至八月之杪，此三险也；汇还之银，伯藩兄代交万选，过于嘉纶先生，不意嘉纶先生随即作古，倘其令郎不能靠实，或其局面不佳，此银并无凭据，此四险也。四险之中，倘遇一险，均是可危，事后青夜而思，深为可虑，总存诸于数也。

此事除余之外，均曰小事，在余一身，以五千巨款存亡相关，可谓大事耳。适报捐，却遇加成，而经手者清还原款，此未有之事。向取该款而翼亭妻病，待之多日，思及相邀达云母舅赴申之后，即有鄂事之变，此亦难于预料。汇划嘉纶先生，不意作古，其令郎得能诚厚，代为妥存立摺，亦所不及料之事也。余不幸中之大幸。倘若不捐，不用小数，今用小数得还大数，岂非天数乎？人云无定数，余则曰诸事均在于数，不可与其强求可也。此余一身一之大数，得遇如是之巧，仅去小数，叨天福佑多多矣。今黎元洪于鄂省起事，以致数省未与战斗，能得如是俯首听命，乃国家大数。后事如何结局，人虽不知，早定于数也。

廿六日庚寅 卯前，细雨；辰至申均阴；酉刻，细雨；以后皆然。但本镇之团练系今日在警察局开招。早刻，至警察局，晤周梅翁、伯端、道周诸君，相叙一刻，而陈文翁言，所招之人均要剪辫，倘遇电音调往南京、湖北战斗之信，必须即行开往云云。愿入营效力者，只十二个人耳。皆因剪辫及调赴外面倒击两节，各人均退而不去，可见百姓尚有忠心未丧者也。周梅翁言陶寿翁接有省垣汤都督电音，言台州水陆各营之月饷均要自治会自行担认云云。即邀楚卿至海门相酌一切。前辅香兄所云姚梧翁代楚卿兄运动台州财政之语，今接有省中电音，想邀总理台州财政者支垫，抑或自治会支垫乎？尚未闻确音，另日再记。

至家后，李子棠兄亦自苏州来，前函托仲甫代买十三响枪子一百颗，今彼代为买来二百颗，闻此等枪子每百颗计价洋七元，今其代买来，计价每百文银十二两，共计银念四两，拆计英洋三十三元六角。未识今因多事增涨其价，亦未识彼自赚钱，既代买来，颇难为情，即嘱玉先照数付交子棠价洋三十三元六角矣。余亦因于情面而已，彼言来台，即招台勇四营，系张丹翁奉江苏都督程德全命招，即丹翁自行统之四营，计一千二百人之营官正哨、副哨均委台州人耳，即于明日在海门自治会开招云云。闻言之下，不胜嗟叹。但张丹翁与余交情二十馀年，自一民人赴甬投效绿营，于光绪丁酉并袭二等轻车都尉，历保副将，简放总兵花翎，历署太平营参将、定海中衡游击、嘉兴协副将、湖州协副将，两署提标中衡参将，两署浙江定海镇总兵，自裁绿营之后，委浙江水师北路分统苏浙水兵轮等差，官已至二品大员，差使有如此之优，受恩如是优而且渥矣。今则国家多难，理应以死报国，即或不然，退归林下可也。与程德全同投革命，尚要统兵，虽攻南京，即攻朝廷，于心何忍？丹庭虽是武夫，何至如此大义竟然忘却也，深堪浩叹而已。适吴玉翁来叙至午，留午膳后，子堂至家去，余同吴玉翁至蔡新芝处少坐，看新之之辫亦剪，就道至椒江网局，晤卢槐士兄，相叙半晌，看槐士之辫亦剪。来时过建西处，晤边柳溪乔梓，相叙至晚，至家时将晚膳矣。

廿七日辛卯 卯前，雨；辰至未刻均阴；酉牌细雨；以后皆然。致许眉甫先生一信，交邮寄至署中。早刻，卢槐翁来叙一刻，适楚卿来邀至警察局，晤梅翁、楚卿、道周、作羹诸君，相叙半晌，过丁辅香处少坐而来。据周梅翁言，省中革命都督汤委楚卿为总理台州财政公事，已于昨日到台，台州军政分府即以姚梧冈，想明、后日即可来台矣，想其新政之财政及军政分府均是知府之职，今姚梧翁为本郡太守，楚卿兄亦为本郡太守。现在革命占据湖北之后，浙江内通悉均投入革军，各府悉均听命，今台州姚梧翁及楚卿兄大有荣施焉。早刻，邱琴琴亦在警察局，言浙江未失守之前，省中文武大小各官只将军某留守，增子固中丞及杭州府某太守未知其事，非革命中人，此外文武官员均已预与革军通气。以此想之，前姚梧翁自广东旋里时，道过杭垣多日，均为此事而往无疑耳。督练公所中人恐有更变者，将极利便之机关炮内罗丝悉均抽拔，以免未入革命者另生枝节，此均食朝廷厚禄之人所为，问其居心可知矣。至九月十四之夜，增子帅知革命之形已露，欲放炮，侍从之人将抚台手背，即拖至某学堂拘禁，现将其送至上海押，缴助军饷四十万方肯释放云云。但增中丞官至极品，被若辈此等凌辱而不死，真何面目见先帝于地下乎！闻增中丞已允其缴助革命饷银念万之说，真无耻也。

午膳后，至海门永利局，言陶寿翁已于早刻到家，即晤马冰生兄，相叙一刻而来。至品弄托其代买碗盏与小女嫁资之用，言明年元月二十日向取。至娄恒泰典访子常太守，云其至北桥去，即留片托少更代为转达，随至自治会，晤林调诚，云李子棠自黄城未来，即留片托调诚转达，至家尚未晚膳耳。按：邱琴琴名绍虞，其父名清，充当营兵，升至百队而终焉。彼自幼年读书未就，见天主堂阮迪斋横行凶暴，即吃天主教，而阮迪斋看其太幼未能重用，随转吃耶稣教于坐三港口堂三年，至丙午岁，天主教与海门多事，至全台公击之后，即行巴结楚卿，初为海门希鲁学堂教习，以后，海门商业尚德小学堂教习，因自治会之举，力为巴结楚卿，而楚卿将所投各票改换，将彼投为议员。今看革命得志，即为投入革命，并大为巴结杨子卿、姚梧冈、黄楚卿诸君，想为优差，未识以后又有红如革命而往投入否，此等者可谓小人之小人也。余不避照挂而为记焉。晚刻，接陈祝再主政一信，又接张仲甫兄一信。

廿八日壬辰　卯前，细雨；辰牌以后至晚均阴。致张仲甫兄一信，饬吕保送交邮政局寄至上海。致陈少山兄一信，向其假《推背图》一本，亦由吕保手取来。致张丹翁一信，代王心泉荐为正哨，函亦交心泉代为递交。接柯辅殷先生一信，询山西、太原如何情形，随致覆柯辅殷先生一信，即交其来人带呈矣。接到家君自八月十七日所发一信，又接九月十一日所发一信，附胡介眉先生一信，嘱汇其绍兴英洋一百元。现在时事，汇寄为艰，另日函福可也。

早刻，至楚卿府上，谒王子裳太守并晤少裳兄，相叙半晌，言及湖北之汉口已于上月廿七八日朝廷克复，至武昌、汉阳两府，于初六七日朝廷克复，至武昌克复，湖北可谓克复矣。并言安徽省城当初八九等日，革命军赴战，巡抚朱大中丞善于击励，将弁悉均用命，幸得保守。前报中所云安徽失守，朱大中丞初言自尽，继言投入革命，今王子裳太尊云，安徽抚宪朱大中丞尽心报国，可见报中之语皆不可取信耳。少裳兄言，上海各报馆均有革命党中之人把守，所以革命被击之语皆不列于报纸耳。今朝廷湖北曾经克复，安徽均未投入革命，仍然保守，江西只九江并湖口两处被失，南昌系省城亦能保全。以余想之，朝廷自克湖北之后，稍为整顿，确分两路，一南行，克收湖南；一从东来，想九江、湖口定能易克，驻守南京，合力剿匪。倘南京诸事部署清讫，即行攻克江苏、浙江、福建等省，当日失守均未开仗，今则克复，不难半月各省均得肃清耳。但浙江之都督汤寿潜、江苏之都督程德全、湖南巡抚今为革命余诚格,诸巨公有何面目立于人世哉!只求上苍敷佑大军急于肃清被失各省,须在年内均能部署定妥,是为万幸。恨南北电线不通,须得克复,信息颇为阻滞不灵耳。以前所闻朝廷大获胜仗均是人家之空言,各报虽含糊而言,颇难悬揣,今王子裳太守系是理学,向无虚语,又其目见,所言可为金石之语也。顷又孙汶兄弟被获,革命一党可无足虑焉。今则虽居昏暗之地,再见光天化日即在指顾间矣。

现楚卿兄奉革命都督汤委总理台州财政奉文之后,现台州之军饷须向楚卿一人是问,倘若支垫一二月之后,而大军即行克复江浙,彼之支垫之处未识得能归赵否也。少顷,卢槐士、周孟东两兄来叙,适接方笃轩来信,所托之件不肯代递,即托槐士兄代为带递,均承允诺,深为至幸。留过午膳而去。周梅翁、吴玉翁、谱香母舅、建西、心泉诸君来叙至晚而去。后陈庆祥来云,楚卿嘱其剪辫,彼面为难却,心甚不愿,而各哨之团勇适均不愿剪辫,可见忠义尚存诸于心,不知革命党中及有知识者均丧天良,究是何等人也。今得朝廷克复湖北信息,是有忠良之气及天性未丧者均喜形于色,言是万千之大幸。倘是革命党中人,心甚跼蹐难安,本镇而论,只楚卿一人大有荣辱所关,何也?倘果如是,姚梧翁为台州军政分府,楚卿即为财政长,与军政分府不差上下,大有荣施。倘若朝廷克复之后,楚卿虽为巨绅,无与台州知府相等,其目的如斯,即是如此相向,除楚卿之外均有忠心发现。最喜朝廷速仍统一,各直省速为肃清,诸事仍从旧制,是为大幸。即槐士兄言粤东滋事,革命中好手死者不少,今之湖北所丧数岂止十倍、百倍耳!现湖北幸得克复,未识黎元洪已经就擒否也,倘能获到此人,想朝廷赏赉定然优厚,未知何人所得哉。

廿九日癸巳 卯前,细雨;辰时至晚均阴。致金衡士兄一信。致李子堂一信,代叶庆祥荐为什长,即饬庆祥面交。又致子堂一信,代少云荐为营中差使,即遣小和尚送交,来言其至黄城未来。早刻,至卢槐士兄处,晤兴臣,相叙一刻,就道至吴玉翁处少坐而来。言及子堂现在海门招勇，愿自入伍者其人甚少耳。

三十日甲午 阴。致李子棠兄一信，系雨楼托余代荐为书识，该函即交彼带交。陶寿翁为其令祖朴斋先生并柯氏于明日即十月初一日入厝于岭下周，俗例，如彼者必须开吊三天或两日，今其毫无动静，如同革命已得天下，曾经颁照，各人悉均遵行之行为。余于晚刻时，彼为先人入厝不举动，不做祭，颇难为情，至其令祖母灵前叩首一次而已。寿翁与余言不剪辫须入废民藉之语为言，余见其如是者而别。少顷，来有传单云台州军政分府姚梧冈言于明日来台，自治会中开设欢迎会，邀余必须到场云云。而寿翁今为先人入厝大事，全不介意，专以欢迎革命之军政分府如此热心，亦难得也。

晚刻，典夥老二先自海门来云，娄瑶甫先生方自京中于二十日动身。早刻，至家，云北京悉均安静如恒，即山西亦均安谧。但报纸所纪大相反对，究经是何为实，明日另函询明可也。娄瑶翁又云，今上选定袁蔚廷宫保小者为正宫，今袁蔚帅已奉旨授总理内阁大臣之任，湖北军务已简冯国璋为统制，段祺瑞、王士珍诸巨公为分统，助南京张军门勋一同剿匪。但袁蔚帅著名知兵大员，袁以曾文正公自命，今则以国戚兼握大权，转瞬功成，不在曾文正公之下也。四万万生民仰视袁宫保速即功成，深为大幸，国家幸甚，四万万苍生幸甚。今日永利到埠，《申报》已来，至廿八日为止。但今《申报》以及各报纸均是革命中之语言，阅之不胜怒、不胜恨、不胜叹，彼之子虚语言耸人听闻，今之革命以谎造谬言彼之所长，幸至自后定然水落石出矣。早刻，周潜溪先生来叙，过午膳而去，言嫁妆锡器已托永宁陈虞樵先生代为带台，云及甬江钱庄今年倒闭者不少，即同和、祥和均已搁浅之说，惟振源庄最能妥当，此外敦裕亦好①。目今时事惟艰，倘一不仔细即为后悔无涯矣。

---

① 页边注："振源、敦裕。"

第三十七章

辛亥(1911)十月初一日起

十月初一日乙未 辰牌,阴;巳刻,晴;午时,阴;以后皆然。致周潜溪先生一信,致娄瑶甫先生一信,均交嘉先送交。致□□□兄一信,系何玉洲托余代其女婿洪圣涌荐为哨书,即交圣涌面投。早刻,达云母舅并子俊兄来叙至午而去。午膳后,至仲玉处,言与周梅翁同至海门去,未晤。就道至吴玉翁、周建西两处相叙半晌,言今日姚梧冈来台做台州军政分府,即是知州之任,葭沚各人以及六县各人之海门迎接者难于数计。晚刻,嘉先自海门来云,姚梧冈于今日到,同来革命军人约二百之则,楚卿兄代其办差公馆即借印山,其同来之革命军驻在城隍庙,楚卿即送酒席并厚礼犒军,一切布置极为周妥云云。

初二日丙申 辰前,阴;巳、午、未刻,晴;申时,阴;酉刻,细雨;以后皆然。接家君自上月十七日所发一信,言晋军政分府阎公文中有一条,如宦情冷淡者准其告卸,家君云以家祖慈年经八秩,未能尽忠报国,即照此条办理,退归林下,侍奉堂上可也。即请告卸,想在月杪、月初就可卸篆,欣幸之至。又云彼处已多土匪,拟就河东居住数月,即于明年二三月动身旋里,此为甚善。又接眉甫先生一信,其言亦相似。早刻,楚卿兄来邀,言自治事务所于今日十句钟开会,余以病却之而已。

初三日丁酉 晴。致世治先一信,交小者带至莘山,转送太平县城河头泰源隆典矣。早刻,至达云母舅府上,相叙半晌,言昨日因楚卿相邀至海门开会，旋言早晨司令长王辉亭将所携革军二百馀人均带至太平，未去者只梧翁自己亲兵四十名耳，即不敢到场开会，作为罢论。初到时公馆在印山，见王辉亭将革兵带去，即移至楚卿处住宿矣。又云临海县项仲林系郡城人，黄岩县杨云帆系黄岩县城内人，仙居县朱益卿即是仙居人，太平县朱姓亦是太平县人，天台、宁海两县均是本县人。但姚梧翁拟初八日接篆任事，各县知县均已去择吉任事，本郡太守、本县令尹悉均衣锦还乡，荣幸之至。别后至家，适周梅翁来叙一刻，其言亦相若。午膳后，至周梅翁府上，晤载熙兄，言项仲林诸人均是杨子卿之党，今杨子卿为浙江司令部总司令，是其党中人均得优差。今浙江派兵三千名赴南京攻张军门，亦杨子卿带去而已。杨子卿之得意门生屈文洛为上海司令长云云。但载熙兄言颇得意，不知彼自何等出身亦忘却矣。同至警察局，晤道周、伯端诸君，相叙半晌而来。接潜溪来信，言寓糖行街裕和台行接洽可也[①]，倘若能至一三四之外，即于买进之价相若，现今时事如斯，未识能至于此否也。

初四日戊戌 晴。致李舜卿兄一信，专老二送交。接子能先生一信。午膳后，至达云母舅处，晤辅香、子俊诸君，相叙至晚而来。

初五日己亥 晴。寄奉家君第四十五号安禀一函，内附致眉甫先生一信，交邮双保险寄至晋垣。午膳后，至达云母舅府上少坐，同至李舜卿处，相约至警察局，晤道周、伯端、载熙、梅五、月波、作羹、楚卿、子俊诸君，相叙一刻。言梧冈为台州军政分府，楚卿为财政长，陶寿翁为台州海防民政部长，及海防同知，王辉亭为台州司令长，李词骏为杜渎场大使，及各县等官场，其自己要做某官即将印信刻好到任视事而已。相谈甚畅，至晚而散。晚膳后，至陶寿翁府上，晤王膺夫、周载熙、汪伯端诸君，相叙一刻，其言相若，至家时将二鼓矣。

如今之官场，张三要做官，张三将某府某县印刻好，即日赴任；倘李四要做某官，亦如之。其官如此，岂得不乱乎！但余家只有当在难

---

① 页边注："糖行街裕和台行。"

于抛却，况典中借款最多，好处在人，歪处在己，不得不速为布置。即嘱玉先查典中账簿存架及归进之款计钱三万二千另廿四串，欠出之款计钱三万另三十馀串，家君尚欠陈蕙夫洋六百元未在其内。如此重担不得不速为想法，即嘱玉先将典中定明日闭歇，如有客款到期，如有存洋，即还本息；倘无现洋，先付息洋；该本如有取出，即行清付，不少本息分文而已。今则世事如斯，正是暗无天日，未识何时再见升平天日，为幸多矣。据老者云，粤匪倡乱时，倘若投诚之后，亦井井有条。无如今日之横行无忌，非台州如斯，即各府亦是如斯，吾中国民生何至不幸以至若是也！只求离乱之日少、太平之日多，是为大幸耳。

初六日庚子 晴。接家君自九月十九日所发一谕，并接眉甫先生一信，言接晋军政分府阎公文所云一切，不胜诧异，随即痛哭流涕竟夕。彼公文中所云“宦情冷淡者准其函称告卸归田”一条，经眉甫先生、介眉先生、少圃表叔公以及诸君力劝，家君念家祖母年经八秩，甚泪，即照其“宦情冷淡”者之条办理，而介眉先生即代起稿，一面函达，一面谕饬典史何恭伯少尹暂行护理。因京汉铁路不通，拟租公馆住河东数月，俟路上稍平即行旋里云云。当此之时，为官者无论大小悉均为难。家君念家祖母，路逾万里，未得即行侍奉为念。余以家君远途万里，不得速即问安，晨昏定省之职，深为念甚，未识何日得能重聚于一堂，是为大幸耳。至陶寿翁府上，晤楚卿、李樵甫、陈质甫诸君，相叙一刻而别。至家时，普陀山紫竹林住祠僧志修和尚来家，深为畅叙焉。

午膳后，周梅翁、叶祖香太尊、陶习之、周载熙兄、翁子俊、叶蓉秋诸君来谈至晚，言及楚卿为台州财政长之印信方由裕泰典夥友与叶石甫先生代为篆刻成章，明日赴郡任事。陶寿翁为台州海防民政部长之印信，叶石甫先生尚未刊就，迟一二日之后任事。但陈仲熙司马急欲旋里，托周梅翁与陶寿翁言明初七日送印与彼，以便彼于初八日动身到家去。而寿翁即行允诺，彼于明日送印耳。如今之官称，已所欲，不要上台费心，即刊刻印信，亦不要上台费心，自行刊就，即日赴任，此大易事也。余将庆源典中即于今日起闭歇，只当而不取，俟有馀洋清还客款，能得速为清理，是为至幸焉。

初七日辛丑　早至巳牌，阴；午刻，细雨；以后皆然。接和生两信。昨托陶寿翁代为购来鱼胶计洋十元，初次函来云秤错有误，与其再秤无误，再函将原物取还，余即将其胶交其来人带还。余备素席请志修和尚，并邀周梅翁、达云母舅、子俊诸君，相叙席散而去。言及陶寿翁接台州海防民政支部长印信，即前之二府，黄楚卿兄亦今日接台州军政财政部长印信。现今地方官员均是本地人为之，亦有趣味耳。陈仲善兄自今旋里，言自上月十九日出京，廿一日抵申，趁永利商轮于今早抵台，云何煊夫先生之汇洋因其出京，未曾向取耳。并言上海所闻官军与革军在汉口日夕大战，汉阳府城于初四日经官军克复。但湖北武昌、汉阳、汉口三方，今汉口、汉阳均经官军克复，则武昌亦指顾间可克复耳。仰天沐佑，速为克复武昌，大兵东下，克复各省以安民望，是为大幸、万幸。又言在上海闻革命军中人接有南京信息，革军此次与官军大战，竟至大败。得愿张军门再行连捷，俟官军克复武昌之后，相连接应征剿，各省速即克复，一律肃清，我朝幸甚，万民幸甚。

今日永利到埠，《申报》已向其取来，自上月廿九日起至本月初四日为止，言官军已运到德国新出快炮三十尊，每尊能去至三十里，官军有此快码，料即取胜，是所欣幸。只求早日肃清，是为万幸。陶宅阿三送来陈少山兄一信，余致福一片，并《推背图》一本即交阿三带还矣。周梅翁言，陈仲熙司马即于明日趁永利商轮旋里，但彼到任月馀，未见官署分文，以致国家如是多事而去，亦无趣味耳。

初八日壬寅　晴。早刻，杨定甫给谏来叙一刻，言其家眷均已移住至本镇女学堂。即至女学堂，晤子屏兄，相叙一刻，言定甫先生至海门去，未晤而来。周梅翁来云，陶寿翁寄申购办洋枪恐有尴尬，邀习之今夜赴申云云。少顷，吴玉翁、李舜卿、达云母舅、子俊兄来叙，过午膳而去。而志修和尚于晚刻过江至北岸去。即同仲善兄至叶祖香太尊处及谱香母舅府上，均相叙一刻。陶寿翁为台州海防民政支部长，派周梅五为参议员，派载熙兄为总科科长，派道周、舜卿、作羹、伯端诸君为各科科员，均于今晚修饰衙署，即为进住办事。现在二府、本府均是本地人，不过改其名色，亦称一时之盛云。现在时事日非，将如之何，未识何日得见光天化日，是为大幸耳。

初九日癸卯 晴。寄奉家君第四十六号安禀一函，交邮双保险寄至署中。仲善兄于早刻旋里。据《申报》所言，革军调兵进攻南京者自相残害于江阴县境。午膳后，子能先生来云，已与泰来说妥至通泰，有请皮申甫之说，云托舜卿代荐一节作罢可也。至二府署，晤陶寿翁及载熙、作羹、舜卿、道周、松亭、采东诸君，相叙半晌。寿翁将土匪贤杰等四人驻在二府署之内同接帖房对面，以防其另生枝节云云。少顷，相约舜卿至达云母舅府上少坐，言及谱香母舅接肃棠先生云其兄见石老伯来信言京中袁项城总理有"宽免党禁，切勿改章"云云，其言如斯，想有把握。前梓能先生言周萍翁自已因与郡城反对者龃龉，恐致另生事端，隐于天台，亦未识仙居诸处，其党中人悉均敛迹。但何肃堂先生并不出来，尚属无事，惟王晖亭现在路桥，竟欲集咨练兵，均向各殷户借需，倘若被其压力所及者吃亏之家颇多耳。

初十日甲辰 晴。接周笃初兄一信，附致仲善兄一信，另便代为转寄可也。即致覆笃初兄一信，交其来人带交。接周潜溪先生一信。晚膳后，至陶寿翁处，晤蒋敬夫、周梅翁，相叙间，彼接楚卿来信，其领枪护照系海葭镇绅士陶祝华、黄崇威报效沪军政府英洋四千元，请给新式快枪二百支云云，系中华民国台州军政分府都督姚结，其样式与前相若。但陶寿翁俨以民国民政支部长自命，其言皆云前朝、本朝，试问其秀才究是何朝也？少顷，作羹、道周、载熙、舜卿、伯端，人来既多，梅翁相约至建西处，晤少云、醉香、子轩，相叙半晌而来，时将二鼓矣。

十一日乙巳 早至辰刻，细雨；巳牌，阴；午刻，晴；以后皆然。致周潜溪一信，饬老二送交海门邮政局寄至甬江糖行裕和台行代收转交。接杨子屏兄手书，即致福子屏兄一信，交其来人带交。少愚子端荣于昨日成亲，早刻，至其家中相叙半晌而来。午膳后，至二府署，晤陶寿农、周梅五、蒋敬甫、周载熙、黄道周、周作羹、陶河清诸君，相叙一刻。适敬斋自郡城来云：北岸金灿霞宿在郡城后山尼庵，其子三人，一在东洋肄业，一在省垣肄业，一在家中，其在省肄业者与灿霞同宿郡中。昨日将午，有义勇队亦是北岸人，至后山尼庵将灿霞用枪击毙，复用刀砍数段，即将其子拔至三台，即义勇队驻防之处，少顷，将灿霞之头抢杀来送其子看后，即将其子放出。其子看父尸，未至其所，后面又有义勇队追来，即将其子一枪而毙，后又三刀。当此上午，又在府城杀其父子，人岂不知？而姚都督出示，大约云"暗查密访，得有首从严办"云云。如此都督，如此告示，民国章程安能太平否。当此之世，凶奴当道，凡有忠君爱国者虽难于一死，理宜坐守寒窗，倘能免祸，亦未可知。又要出而峥嵘，岂不然乎。案：金灿霞向非安分，今则如此死法，似太惨切，已至今日之下，何必言哉！

余今复取阅《国朝先正事略》之遗逸中人皆有忠义之气存诸于心，已入册者虽不多得，当时假仁假义之人随处有之，今日之下及假仁假义之人亦不可多得，何也？皆停科举、设学堂，将君君臣臣父父子子之气化于无存。即福建一隅，向来纯正，数代以来，福州省城人均有忠性。今则孙道仁为首，即与守御者战斗数日而破之，其人皆是学堂中之轻年少子所为。松鹤帅督闽以来创设学堂最多，今即学堂中为患，亦难预料。今日之世，"以恩为怨"四字定为铁据也。余之所恨张之洞一人耳！倘张之洞而无奏请出洋人员即可殿试，亦无如许之人出洋；无如许之人出洋，安有革命之语入耳如此之深！而无张之洞奏请停科举，其中出色之人均作纯正思想，断勿出走偏锋；而无张之洞奏请将书院改作学堂，各直省英才之辈皆以三纲五常为法，断勿有此之瓦解人心。张之洞虽千古罪人，此亦天数耳。已至于此，今日之成败，亦望天意可也。今则南京固守，汉阳克复，倘能即将武昌随行克复，大兵东下，与南京张军门合兵进剿，不难数月之间仍然旧日江山，亦指顾间耳。即或反覆一次，得有袁项城仿效曾文正公之功，复得中兴、再见天日，亦未可知，均听于天数可也。今日袁项城之权重于当日曾文正公，只愿袁项城之功亦厚如曾文正公，为幸多矣。

十二日丙午 晴。致眉甫先生一信，交邮保险寄至晋垣。早刻，黄心斋宗叔、缪性言两君来叙。过午膳后，同至二府署，晤陶寿翁、周梅翁、周达云母舅、吴玉翁、黄吉甫、周载熙、蒋敬甫、徐霭人、高少成、黄楚卿、黄漱泉、王俊卿、周作羹、张与龄、张鼎丞、蔡子葵、娄祝三、谢仲衡、徐德园、邱辅廷、苏寿民、潘云轩、李舜卿、邱遇琴、汪伯端、倪寿生、陆鹤亭诸君，相叙半晌而来。心斋宗叔言，王子常老伯拟以道服入山终其身，此大有高见。并云徐班侯侍御授温州军政分府，果然如是，与子常太守相悬天壤耳。

道周云，土匪小老周系天台仙居相近人，初为绅士办理学堂互相滋闹，继则聚党百馀及至千馀人，渐至粮食不继，出自抢掠。上月在仙居时有起事之意，经黄义臣守戎与战一阵，伤其三十馀人，毙其十馀人。今至时事如斯，复集亡命进攻天台，随即天台城于初九夜失守云云。上月浙江投革命时，则小老周攻取天台可云失守。今则浙江投降革命，汤寿潜自称为都督，台州姚梧冈、温州徐班侯均称为军政分府，则其攻取天台不可以失守加之可也。但各处均已自霸一方，小老周已霸天台县城，只愿其政治有条，不失于县令之责，是为至幸，他日再作道理可也。如是者岂止天台一处耳。又云周萍洄孝廉因与郡城返对者滋多，早已有言往投小老周之说，今小老周已据天台，彼与作军师亦未可知也。国事变迁未及两月，以至于此；台州变迁未及一月，已至于此，均难为料。今之做人正是今日不知明日的事，只愿早见升平之日，为幸多矣。

十三日丁未 卯前，细雨；辰、巳刻，阴；午牌，雨；以后皆然。接林同兴一信，并接陈虞韶兄一信。接智修师一信，荐有仆人名舜杰，看来人系是外行，今则无人应门，即得留用可也。今日集圣庙神圣寿诞，向来有戏，系四保，曰福禄寿喜挨值，余所居系是喜保，今年系寿保值年，陶寿翁应时事不佳，即将寿戏停止，致恐遭杂而已。即于早晨至集圣庙恭敬神圣寿诞毕，即至陈哨弁处，相叙半晌而来。晚刻，周梅翁来邀晚膳，即至梅翁府上，晤载熙、道周、伯端、舜卿诸君，互叙席散而来。言及黄岩声风不佳，林蔚生观察、王玫伯观察、朱敷五明府、王吉人明府至海门面商，陶寿翁、黄楚卿欲借兵分驻，未识得能允诺否也。

前仲善兄来云，汉阳已于上月下旬经大清军克复，黎元洪只守武昌一隅而已。初四日南京张军门军在镇江打毙革军五六千人。袁项城自授总理内阁大臣之后，即派一镇计一万人由安徽进助南京张军门云云。以后，南京革命军大败，明则无人敢言，暗中有说亦不甚然。汉阳经官军克复亦无人言及，今周梅翁自海门来云，汉阳已经由官军克复，南京失守，张军门一节，难于听闻之电语，并不言及初四日革军在镇江大败之语。以余思之，亦如前云北京、南京之谬电相若，何也？张军门之兵计两万四千人，革军之兵均前之新军劣兵，所投各有各权，谩无纪律，又新招之兵不识枪炮情形，与张军门劲旅之师对敌，取败分所宜然，何至取胜？一不信；前张军门而无援兵尚且固守如同铁统，今袁项城之所派援兵已到，何至败绩？二不信；况袁项城系知兵大员，派助张军门者定然亲信可靠，何至败绩如此之易？三不信。以余想之，革军恐汉阳已经官军克复，镇江复经大败，恐江浙人心浮动，自造谬言以安众心耳。彼所言昨日十二下午失守，昨夜即有电音到台，其事可知耳。亦未识镇江已经官军克复，该电倒置之语，瞒人一时而已。今之电语及各报之语，言革军取胜者悉难取信，言已小败必已大败，若云败绩，则革军已死几万曾经多日矣。只求上苍敷佑，即日克复，年内即为肃清，以安万民之望，是为大幸，万民大幸！

但革命军之胜败，陶寿翁及楚卿均能知晰。早刻，桂玉老司言陶寿翁之跟随名亦兰言今革军在镇江致有大败，已毙数千人云云。值三先在侧云不必多言。可见革军之败，革军中人均不明言，方自大败之后，未及旬日，即有大胜，又有如是之胜，其谁信乎？只瞒不识者之语耳。现陶寿翁为台州海防民政支部长，虽革军之胜败不尽窒碍，既为革军之官，革军之败亦无面子。况楚卿兄为台州军政财政部长，革军之胜败大有关系。今革军即或大败，亦言大胜，今汉阳已经官军克复，镇江又言官军克复，未免摇动人心，只发电报倒置之语，即或人知镇江已由官军克复，亦使人心将信将疑之手段耳。余之料如斯，数日之后，定见明白也。

十四日戊申 卯前，细雨；辰、巳刻，阴；午牌，细雨；以后皆然。致娄德晖兄一信，饬吕保送交，言其在申，尚未旋里。致陈少山一信，致周梅卿一信，致王子衡一信。接张宝田先生来函，言楚卿兄请其看地，彼约月中动身来台，因楚卿尚在海门，即致楚卿兄一信，交其家中带交。今永利商轮到埠，《申报》取来，自初六日至十二日止。据其报中言，逆首黎元洪说武昌、汉阳、汉口三处均虽失守，亦无窒碍，已言汉阳方自初六日失守云。但仲善兄言官军已于上月下旬已克汉阳，与彼所言相违半月，恐是武昌已经大清军克复方言汉阳之半吐语言，又引黎元洪所说三处均无要紧之语，预先伏线。

叶绍伯兄于今晚来叙至晚，言及其令亲自武林所发函云，浙江调去三千人攻击南京，回者只二十馀人，即台州之缉捐营三百人亦在其内，自南京生旋者只四人。革军进攻南京，致有如此大败，而各报中并无有言及，非无言败，又云取胜。昨周梅翁云电报所云十二日午刻南京经革军占领云云。但革军大败如斯，而初七日《申报》云宁垣连战三日，浙军、广军尤为勇奋，争趋前敌。但浙军兵士赴战生还百无其一，广军并无来宁之事，即此一节，可见其谬言。

初八日《申报》所云雨花台、紫金山、北极阁、狮子山、老虎山、太平门、凤仪门、朝阳门、麒麟门等语。果然如是，则初八日可云已得，何说十二日光复之谬言？初九日《申报》又言浙军进金川门、徐绍桢率兵入麒麟门、顾忠琛攻太平门，又有巷战之说，如是则初七日已得，何云十二日乎？初八日《申报》已云占攻朝阳门之谬言，初十日《申报》又云昨日民军攻朝阳门，果如是，朝阳门又战，又是迟两天。昨梅翁所云十二日下午，今十二日《申报》则云十一日下午。总总言之，今南京电报不通，只恐湖北之武昌、汉阳、汉口均经官军克复，浙江之兵及苏州之兵往攻南京又经大败，恐江浙人心反向，改造如是谣言，亦未可知。但浙军进攻南京大败，此反言如此大胜，恐是浙江人在报馆中自造笔墨谣言，亦未可知。据十一日《申报》纪云：陆凤石中堂电致程雪楼："倘若取消独立，可期减轻处分，并免生灵涂炭"云云。倘若武昌尚未克复，南京恐致失守，则陆凤石中堂定不致电与程雪楼所云如是。今陆中堂之电定遵旨意，因武昌曾经克复，大军东下，合同张军门之劲旅雄师先平苏省，次第扫平疆土，所以有此奉劝也。以余想之，定是如斯，重见光天化日即在指顾间耳。

晚膳后，陶寿翁来邀，即至其府上，晤载熙、作羹、道周、伯端诸君，相叙一刻。载熙兄云，阅《民立报》并无言南京失守之语，《申报》所云失守亦自相矛盾，可见南京定未失守必矣。陶寿翁又云，武昌情形，黎元洪势甚危险，南京之情形，张军门势甚危险。言虽持平，以余想之，亦是如斯。可见陶寿翁此中之事岂不详晰乎。事虽如斯，但革军与官军对敌，革军屡次大败，官军屡得大胜，除游说之外，均是官军取胜。其习之又云，宜昌亦经官军克复，则武昌一隅，南、西、北均经官军围守，即武昌之内外无援兵可进，内无粮食可继，其毙在目前，所以黎元洪抛却武昌亦非无因也。但南京之外虽是独立省分，现袁项城早已派兵节制，内有粮食，外有援兵，何惧之有？所以袁蔚廷宫保授总理内阁大臣之后，即行联合张绍曾调兵外援南京。张军门奏请奉旨赏湖北战将冯国璋一等男爵，一切战阵大小功臣悉均优赏。可见老臣谋国不愧曾文正公耳。

顷又阅十一日《申报》纪云：官军宣布，据冯国璋电告，昨日下午四时已占据汉阳全境，今日武昌业已降伏云云。今《申报》主笔皆是革命中人，彼能说出此语，定然武昌曾经克复必矣。今则武汉全境克复，日盼大军东下扫平世界，中国幸甚，万民幸甚！所言陆凤石中堂电告程雪楼之语有所由来也。

十五日己酉 辰前，雨；巳刻至申牌；阴；酉时，细雨；以后皆然。午膳后，至达云母舅府上，相叙一刻，相约至李舜卿处少坐，言陶寿翁为路桥宅裤等处与本镇开联合会，于早刻至路桥，到会商酌办理保安善后事宜，并言台州军政分府都督姚梧冈急欲抛却台州而往申，已举雷莹阁为台州军政分府，事尚未定云云。此次武林当九月十四夜申江革命数十人赴杭之事，系雷莹阁之侄充当杭州巡警差使某首先开门之大功，所以莹阁赴杭转至台州统领，有此力量也。晚膳后，闻陶寿翁自路桥来，即至寿翁处，晤载熙、道周，相叙半晌，言今日赴路桥联合会者计八大村之绅士，能得固结，互相联络，深为大幸。至家时未二鼓。

北岸祥元代步有人来云，彼处有人自充缉捕营调赴杭州转调南京攻克逃旋者，言南京张军门之炮极利害，彼同调勇足三千人，见其炮声隆隆约二小时之久，被毙者十之九，未死之勇目生旋甚少，并闻武昌、汉阳均经官军克复，黎元洪及黄兴均经逃散云云。据如此说法，湖北虽未甚确，定然败仗可知，南京之败则可靠实矣。《申报》所云黎元洪欲抛武汉逃窜岳州、九江之语相按似确，倘官军果克武昌等处，大军定然南下之日不远。又十二日《申报》附张纪云苏州省城人民逃往上海者颇众，以此相较，则恐湖北之官军移至南京，而南京张军门之军即可攻克苏州必矣。又有陆凤石中堂诸巨公力劝程雪楼急于反正宽免处分，免生灵涂炭，以此想之，则武汉均经官军克复之喜音最为确实矣，再见光天化日即在指顾间耳。

余细想之，《申报》所纪苏州城内百姓逃往上海者众，言非子虚，但苏州系投革党省分，倘若南京恐有不测，则苏州安如上海，何至姑苏百姓远逃，此必南京安如磐石，即可为证。彼之所逃者恐是汉阳、武昌均经官军克复，大兵曾经进剿安徽、江西，将与南京张军门合兵，恐程雪楼与张军门不允归顺，恐有战祸致起，苏州生灵涂炭，所以有此恐慌，其事如此必矣。但湖北汉口、汉阳两处早经官军克复，今武昌亦经克复，贼无立足之方，恐黎元洪、黄兴逃至外洋，势所必然也。东南各省，南京第一之险，今南京已有张军门固守，武昌次之，今武昌又难立足，虽黎元洪有说逃至岳州、九江两处，但武昌既不能守，何况岳州、九江乎。以余想之，岳州、九江定是谬言，确是逃窜东洋，又未识美属之华侨乎，最好者皆于乱军中而丧，乃中国之大幸，万民之大幸耳！

十六日庚戌 辰前，细雨；巳刻，阴；以后皆然。午膳后，至陶寿翁处，晤吴玉成，言南京之信喜之异常，余闻此等不忠贼子，即出而不与言。但陶寿翁虽做革命之官，尚能隐忍，无见于形，不故言语间，亦是最幸之事。适达云母舅及子俊兄在家，遣价来邀而旋。少愚亦来，相叙至晚，云丁永利有《时事报》，余即借观，细为详览。武昌曾经官军克复，但汉阳早经克复，报馆中均是革命党中人主笔，初失汉阳，均瞒而不言，至初八九日武昌又经官军克复，恐满不过而言之，故言汉阳已失，武昌不能久守，即失武昌之伏线，不过迟一二日后明言耳。今汉阳、武昌均经官军克复，恐革命中人心瓦解，所以云南京之谬言，以固革命党中之人心耳。有云黎元洪欲避至上海，又云黎元洪托洋人请停战三天，而冯爵帅悉均不允，倘势浓，此等语言均不出齿耳。倘我南京失守，黎元洪何勿言避至南京颇为稳当？以此想之，可见南京稳极而湖北之汉口、汉阳、武昌均经官军相继克复必矣。

晚膳后，至建西处少坐，晤子轩、载熙、道周、梅五诸君，相叙一刻，来时已经二鼓。据子轩云，浙江巡抚已奉旨简授李姓未识名某，不得而知。而浙江巡抚已放，则其大有把握，其兵力可以能及也。《申报》中虽未明言，想迟日亦当言及。此番革命反手，湖北虽黎元洪为首，其最无耻程德全一人。按：程德全，一举人授职州同出身，迭授皇恩，升授江苏巡抚，亦厚而且渥也。不做忠臣，当今不止程德全一人，自投革命之后，将江苏全力节制，黎元洪并且为首攻打南京，与张军门作对头。今张军门为国用命，作东南保障，即与张军门作对，即与皇上作对，如是用心，是人乎？是禽兽乎？稍知廉耻者，断不如此行为。幸张军门万众一心，上下用命，一人用命尚且无敌，况其万众一心，精忠报国，何畏狗彘之程德全乎！阅陆凤石中堂如此电致程德全，正是皇上天恩，恩如天地，倘不即行悔误，真是狗彘不如也。今张军门将南京曾经固守，冯爵帅曾经克复湖北，倘有端倪，定即大军南下，得能固守南京。而张军门一军即可进攻苏州，如是苏州一城，生灵皆丧程德全之手耳。但浙江只求新任抚帅带下雄师五千，就天津水道至甬，分散各处，即可就处克复，尚称易便。台州万幸日盼大兵如大旱而望云霓，能得速为下降，全台幸甚，全浙幸甚！

周梅翁云，楚卿、梧冈邀寿农赴郡同议行用台州革票，此议若成，台州店家以及百姓大受其亏者难以数计，何也？以数元、数十元、数百元、数千元向其购买纸票，倘若无人购买，必须梗压，势所必然；倘若买去，必须用与他人；倘他人不肯留用，即作遗制，此等凶徒，无理可喻，彼言可完纳粮税，现今国家无暇顾此，尚有一月或半月之间可用，倘若新简授抚宪李中丞带兵赴浙克复之后，彼之革票定作废纸，倘人收而未用出者，则其家破人亡，定不知凡几。其议若成，台州之百姓死期及矣。日盼大兵云集到浙，悉均克复，以安民望，更切于怀。未识李中丞之军何日可到，只求速临以拯台民之难，是所至切。

汪伯端兄云，浙江巡抚增子固中丞前办理浙江新政等事最为踊跃，于九月十四夜皆其新政之人反手，以致母子逃散，亦分所宜然。倘若遵章不办新政，愿以顽固自归，此番无此受辱，浙江不致如是失守，亦未可知，亦为后来急办新政者戒。幸今黎元洪当新政尚未全备即行反手，尚有冯爵帅并张军门力图报国，渐为削平大难，倘若数年之后，新政全备，则有一人出自反手，将如之何？乃我大清之万福，而我国民之大幸也。

十七日辛亥 卯前，细雨；辰、巳刻，阴；午牌，细雨；以后皆然。致周载熙兄一信。致陈虞韶先生一信，附寄同兴锡器英洋念元，托其代为带瓯交嘉先专送海门面交。致在渭先生一信，交海门邮政局寄宁糖行街裕和台行代为转交。早刻，至周梅翁处少坐而来。午膳后，汪伯端兄来叙而别。晚刻，嘉先自海门来云，娄德晖兄方自申江旋里云云。

十八日壬子 卯前，雨；辰时至酉刻，阴；戌、亥牌，细雨。致娄德晖兄一信，遣人送交。即接德晖兄覆信，言各报纸之谬言，早有言曰南京已破则早破矣，北京已破则早破矣，今日自北京动身，悉均安谧，可见南京之谣亦是如斯云云。午膳后，至子俊处，晤达云母舅、梅翁，言据心泉家信云闻说南京有失。子俊云在初洋有一当勇之家信云革军至南京，有数百人进城。但南京城有五十里，所进者系是外城，内第二重城即有张军严守，雨花台炮台亦是张军门之军严守，如是所云，偷进之数百人内外均有官军拒敌，定然夹攻，必致全军覆没，势所然也。以理想之亦是如斯。又云冯大臣国璋自克复湖北汉阳之后，奉旨赏加二等男爵，自上月下旬事也，本月初旬已将武昌克复，事已为然。今湖北克复，南京张军门能得固守，即日湖北大军东下，克复苏城之后，浙江及江西、福建等省无用兵力而能定也。万一张军门兵力固守南京，虽湖北曾经克复，则河南、四川、湖南等省可以无忧。俟湖北诸事部署后，上即简江苏、浙江、福建、江西等省巡抚统兵进剿，如同咸丰年间粤匪猖獗之事办理，如是南省生灵涂炭，真是惨然。今南京大关南五省安危、南五省百千万生灵全持张军门一人，张军门真是东南保障耳。

家君任山西虞乡县篆，今又多日未接家信，未识曾否告卸县篆，亦未识地方安谧如恒否，深为至念。倘南京得能固守，其平亦易。函禀家君，劝其告卸，求其速为安旋。万一南京致有不侧，只恐路途梗塞，延搁日久，余拟明年地方平枈之后定然赴署，叩问起居为幸，即拟致禀候安可也。

十九日癸丑 阴。致娄德晖兄一信，遣人送交，来接其福片，所云时事。但革党中人云“皇上系是满洲人，吾等均系汉人，但汉人与汉人系是同胞，满人视于异族，夺我汉人天下已二百六十馀年，受其如何专制之处，理应革命”之谬言，耸动人听，将各省之有名望者皆入其牢笼，以致八月十九日逆首黎元洪就湖北起事。旬日之间，江苏巡抚程德全明云独立，实则首助逆首专以招兵助饷等事。致浙江巡抚增韫甚为昏黑，以致藩司以下文武各官均已投入革党，致九月十四日反手之时尚且未识其所为，其糊涂可见矣。陕西兵变细情未得详晰。山西兵变，抚宪陆申甫中丞以致遇害。安徽因革党追急，初次攻城，巡抚朱中丞家宝与战一阵，悉均保守，次以陆军统制某贼反手，以致难守，而朱中丞逃避，有此内变，将朱中丞素日忠心化于乌有。湖南兵变，兵即革党，巡抚余寿平中丞方才下车，力难压制，以致远避，藩司黄方伯以霖投河身死，提督黄忠浩随即自尽。福建革军均是学堂中人，与官军抵抗数日，官军有预入革党，自相残害，以致闽浙总督松寿自尽，将军朴寿初时督战，城破而死，馀则相似颇多。惟南京提督张军门勋力为支持，作东南保障，以致总督张人骏、将军铁良悉均效忠。河南巡抚宝湘帅坐镇中州，安如铁统，调度用兵，不遗馀力。山东巡抚孙慕韩中丞初次民人要求，一时之错，随即自请处分，朝廷厚遇，未及责备。而两川总督赵制军并钦差大臣端午帅坐镇危机，力为报国。东三省以及甘肃等省督抚宪均效力朝廷，安如磐石。

最可恶者，虽则列叛逆之徒，而两湖总督瑞征、江苏巡抚程德全以及汤寿潜三人而已。前两湖总督瑞征，陆军统制张军门彪，协统黎逆元洪。当八月十九夜，逆首黎元洪起事之初，张彪本可相制，因瑞征畏死，急欲赴轮逃往，张彪送其到轮，以致往返，而武昌全城已失。程德全以举人授职州同，迭蒙恩命简放江苏巡抚，如是天恩厚而且渥，一时被革党所骗，投入其中，授伪军政都督，经陆凤石中堂力劝反正而不审，此等凶徒无异禽兽。汤寿潜以安徽青阳县知县起家，注有《盐政危言》，蒙恩赏加道衔，命署两淮盐运使，辞而不赴，亦分所宜然。后奉恩命补授云南按察使、江西提学使，悉皆不赴，专以注书为事，亦不失于清高。今以革命授浙江军政都督等伪职，欣然赴任，此等谋图不轨龌龊凶徒，何异兽行！此外碌碌少人[1]，何足道哉！初则朝廷命荫午帅统兵征剿，未能得手。即行奉命起用袁蔚廷宫保，授总理大臣之任，统领各直省水陆全军，委冯国璋、段祺瑞、王开甲诸大臣进攻汉口，而汉口克复，于九月下旬克复汉阳，奉命赏晋二等男爵，月之初旬克复武昌，如何恩命之处，尚未见诸报纸。而南京张军门又能独力固守，真作东南保障。今武汉均行克复，大兵即可东下，就能一扫而平也。段祺瑞奉命补授两湖总督，张锡銮奉命补授山西巡抚，湖北、山西均已克复。

今晚周少云传述叶祖香太尊言接其亲戚来信云江苏、浙江均已简放巡抚，并奉命携带重兵进剿云云。倘已奉命，苏浙两省万民日盼天兵如大旱而望云霓，只求速即到境，立刻扫平世界，再见光天化日，天下幸甚，江浙万民幸甚。晚刻，吴玉翁、周梅翁来叙一刻，言福建已有哥老会作乱等语云云。但江浙已经奉命简放巡抚，想安徽、山西、江西、福建、广东等省须简督抚携兵进剿，势所然也。只求早日到境，得早一日以免生灵涂炭，为幸多矣。彼言新简抚宪携有十万大兵，想各省督抚简放之后命十万雄师携带出境，到处进剿，亦未可知。如是者，安徽、湖南、江西、贵州等督抚确由湖北进兵，按省而来。江苏、浙江、福建、广东等省督抚携重兵，由山东进江苏，克江苏进浙江，克浙江进福建，克福建进广东，克广东，即或全省不能一时肃清，或攻省城，或攻外府，俟有驻防之处，然后进攻全省。所幸抵抗者不多，均即能立为肃清，以免生灵涂炭，而天下幸甚，各省万民幸甚！

余未阅报章，据传闻如斯，论情酌理亦是如斯，想其事定然如斯，深为欣幸。据革党之谬言云“汉人系黄帝子孙，均是同胞，满人非是同胞”等狂言悖语。当黄帝轩辕氏出自晋省，山海关之外虽曰东夷，江浙以及岭南均曰南蛮。南蛮人全是黄帝子孙，东夷岂非黄帝之子

---

① “少人”当为“小人”。本书作者多次混用“小”、“少”，整理时均照字形，未予改正。

孙乎？如是而论，满汉定是同族。况我世祖章皇帝自顺治甲申定鼎以来，吾民食茅践土已三百年，即论种族亦迟矣。出是言者，乃祖、乃父早受国恩；听是言者，乃祖、乃父亦早受国恩，不思祖父何等忠义，一旦被骗，忠义之心消除，此何等人乎！满汉一体，何云满奴？何云满奴！若言满奴、汉奴之分，余又有一说。今皇上系是满人，为官者无论大小均是满奴；今上是汉人，为官者无论大小均是汉奴。看言满奴者欲求为满奴而不得，所以有此怨言。万望后进诸君前程远大，只求名登清史，罄香千古，万勿此等悖理乱言入耳为然，是为幸甚。

早刻，蒋敬甫兄来云，有逆党赵声之贼善为炸弹，于四月间在广东被炸弹所毙。有郡城人杨子湘者出洋日本游学，投入革党，从赵逆学做炸弹，上月在上海机器厂不意炸弹决烈，伤毙同立者多人，该厂亦被所伤。此真报应昭彰，丝毫不爽。人有善者必有善报，人有恶者必有恶报，斯言不谬也。凡人在家须以孝，出则第为官以忠，此是不易之理。万望后进诸君须以孝弟忠信存诸于心，无刻能离，是为大幸。

二十日甲寅 阴、晴。早刻至陈哨弁、吴玉成两处少坐，来时适叶绍伯兄来叙一刻，言接其姊夫唐司马于十二日由杭州所发来函云：直隶天津镇总兵张中丞怀之奉命补授浙江巡抚，三六桥留守多奉命补授浙江杭州将军，及各省督抚携带雄师十镇即十万人，已于初八九日已抵江南之浦口，先为助援南京，再攻镇江后即克苏州，而后分兵赴各省征剿云云。去后，午膳时，适载熙兄云，寿屏仍然公送，余即托往询陶寿翁后而可邀人来写，方勿致误。别后，达云母舅来遇于路，即同至叶祖香公祖处少坐，据云唐玫卿明府系湖南辰州人，日昨接有家信，近有当道在辰州广招苗兵攻击长沙之语。近阅《申报》中云“满奴余诚格招集苗兵来攻长沙”之语，如是两情曾经接洽，所以奉旨湖南简一布政使兼办理军务。以此想之，余寿平中丞如此出力之，想朝廷已得其详，使其内外夹攻，即可克复矣。

各报纸中均为革党扬眉吐气，以《民立报》《神州报》两种更甚。

据《神州报》云黄兴已于十月初八日由湖北动身赴申，现在张园演说云。现张中丞等携带重兵已抵浦口，即往迎敌等狂言。但黄兴虽非逆首之一，确逆首之二。倘武昌未经官军克复，现武昌正在吃紧之时，何至有暇来申？既云初八日由鄂动身，想武昌定是是月初八日经官军克复无疑矣，只云黄贼兴父子等语，不言黎逆元洪，想黎贼已于乱军中受炮身死亦未可知。如是而想，湖北全境均经官军克复，湖南前有余中丞诸当道新招苗兵，后有新任布政使携带重兵，克复长沙即在指顾间耳。两湖均克，安徽、江西可一鼓而定。现张中丞、三六桥将军等军已合，张军门、铁将军之军即日就可逐退乱军之革军，克复镇江来攻苏州，不难而定。但浙江即可倒戈以迎。江浙肃清，闽省亦易。闽省现有哥老会起事，须分兵征剿，一面进克广东非难，广东定后，广西、贵州、云南均非为难，得能从速，年内就可肃清，倘或延缓，亦在明年春耳。

别后至谱香母舅、子俊两处，均少叙一刻而来。至家，丁子祥送前在海门公饯叶祖香太尊并雷芸阁统领之照片，当即付洋五角而讫。晚膳后，至周建西处，晤李舜卿、汪伯端、周载熙、罗皋臣、王子轩、周少云及达云母舅，互叙半晌，来时方将二鼓。载熙兄言，楚卿之辫于月之初一日接姚梧冈时已剪，但陶寿翁虽为台州海防民政支部长，而辫未剪，日昨至郡，梧冈之弟石勋将其亦剪去，既为革命官，其辫应为剪脱也。王子轩兄言，浦口者即南京之江北，大江南即南京，北即浦口。十二日大兵已抵浦口，随日即可渡江，就至南京与张军门合兵一处。如是想之，即日可以进攻镇江，将至克复苏州即在指顾间耳。明日永利到埠，未识《申报》中有何谬言而掩瞒耳。万民日盼大兵，尽如大旱而望云霓，只求甘霖速至，以慰民望，是(为)大幸。今大兵已经南下，而革党尚在醉梦中，将来克复之后，初任抚、藩、臬、司、道以及道府直厅州县佐杂等官皆携重兵，必定有声有色，除灭革党犹如革党今日殃及良民也。

周少云言楚卿自授台州军政财政部长后，六县钱粮各居六县照解，而同昌盐号之厘金催取甚急，将台州府知府嵩子山太尊所有赢馀悉均盘算已甚，将黄岩县知县陈明府、江厦局某二尹交贷最为剥削，海门局、海门关均归自己委人办理，极为严厉，所委司账巡丁精明强干之至。并将台州府经历某以及大小委员均须看管，其历年进款，除需用外，所有赢馀均须报效。闻台州府经历某立缴两千、委员李白荪立缴一千了事，馀则未得其详，均逼而无馀地。闻省中亦是如斯办理。楚卿今已馀积三十馀万之家资，倘若三、五年财政部长后积至数百万亦意中事也。前陶寿翁言，台州之六县钱粮及台属厘金、关税以及杂项等件，每年可进计洋八十馀万元之谱，每年所出兵费、官俸、杂支共约洋三十六万元之谱，每年推除可剩计洋四十五六万之则。今楚卿剪去一辫能易数十万元白金，亦大便宜。陶寿翁任民政支部长并无出息，尚要亏控，今亦一辫易之，殊不值耳。

人曰"进易出亦易，进难出亦能久"，以余看，楚卿家则不然也。但楚卿祖行名懋河，官名涟清，号镜泉，年至四十左右，困苦异常，与人作仆使唤以糊口。胞弟载清号镜明，出带乡勇攻打粤匪，由行伍历保参将，署温州镇总兵。时镜泉亦保至补用都司，藉胞弟之力，时粤匪占据南京，未曾克复，土俗曰"红人"，实则鱼肉乡民、武断乡曲。乡人拜为义父，初时贽见仪洋，少则两百元或四百，多则八百、一千元，每年三节又要节敬，广收义子数百人。但义子之家有事请其到家主梗，事后又送谢金，如是十馀年，积有数万元之谱。其父行名修广，小名斗高，官名蒸云，号煦东，幼未读书，专事冶游，方娶之后，而镜泉逝世，斯时斗高无所不为，带戏闹事，本入下流。值光绪纪元乙亥恩科浙江乡试，有黄岩岁贡王同卿明经翰屏与其捉刀，侥幸中式第六名举人。自此之后，又继父业，重整门庭，亦广收义子，包揽词讼，无所不为，远近官私，无所不管，管则无不进钱。于光绪十一年包办台属临、仙、缙、永、武五县厘金，至丁酉岁再包宁、天厘金，无论好歹铜钱均曰要而已，声名则不顾也。所养豪奴恶仆，被人吐骂亦不顾也。至上年庚戌年六十有二而故，退办盐厘，家计三十馀万之巨，开有裕泰、元泰、晋泰三典，大小商船十二艘，民田一千四百馀亩，本镇、海门两处房屋千馀座，又同德药铺、元泰树行、元记咸货、大有丰南货以及另星不少。楚卿小名杞楠，行名崇仁，名崇威，号楚卿，幼亦专事嫖赌，初娶金氏，后娶妾四人，自金氏故后，再娶王氏。上年九月，旭东故后，今年四月再置沈氏为妾。其凶焰之气更尽乃父，穷奢极欲在于一身，有求者无不周至，无求之人自大之气何待言欤！前与姚梧冈谊结金兰，方值革命起事，杭州失守，而楚卿即行致电杭军政府投顺归降，霸业台州。姚梧冈为台州军政分府，楚卿即为军政财政部长，利权藉可独握。今值革军与官军正值交战之时，彼大肆威福，无所不至。倘做一年，可馀四十馀万之巨，两年即百万矣。其三代进钱均是如此之易，自此眼见日涨夜大，非独富于一县，即富于一府、一省亦指顾间耳。但楚卿与人交接反敛之快，亦人所不及也，其专心致至，挖人骨髓，亦人所不及也。

廿一日乙卯　晴。接家君自上月廿五日所发一信，看其邮局图书系抃洛转京汉铁道而达北京，由是想之，则正太铁路梗塞而不通行矣。云上月廿二日土匪扰及蒲州府，即将蒲州府署、永济县署焚毁迨尽。家君急欲旋里而不得，迄今又经弥月，未识得能安谧如恒否也。余今念及于此，深甚焦急万分，倘年内得能安抵台关，是为大幸，否则，余拟明春定然赴晋问候起居也。

永利商轮今日到埠，遣人向其《申报》取来，全是革命之语，真难看视，随行抛却而已。于午膳后至海门娄德晖兄处，晤瑞卿诸君，相叙一刻。言及方有夥人自申江来云，临来之前一日，即十八日，有当勇者，即当革命之勇，是太平人，由南京来云，虽与官军对扎，并无开战之事。未见开战而南京安能失守乎？余云《申报》与前大相殊异，据云上海之革命党凶焰之气横行无忌，各报中均以狂言谬语摇惑人心，见《申报》之语稍实，即与抗拒，而《申报》馆主人恐有受累，亦得随声(附)和，非其素愿耳。留吃点心而别，至家时尚早。又言隆裕皇太后发内帑条金八万两交袁蔚廷宫保转饬热河将军锡箴庭留守招集蒙古兵两万人征剿革命，闻蒙古兵向以得胜之后专事抢掠为事，所以不为招用，今招蒙古兵乃朝廷出于不已之想。倘地方藏匿革命距敌官军，被蒙古兵克复之后，地方大肆荼毒[①]，何百姓之不幸若是，看随声附和革命者将其荼毒一番，分所宜然，恐致扰及无辜，深为惨切。只求直省早日敉平，是所万幸。

晚膳后，至建西处，晤周梅翁及达云母舅、翁子俊、黄道周、黄少湖、周作羹、汪伯端、蒋敬甫、李舜卿诸君，相叙半晌。言及南京之事，上月之杪，南京张军门炮毙革党一万数千人，而革党望风而逃，至镇江而止。适值冯军门克复汉阳、武昌之后，张子轩军门与张安帅、铁宝帅将南京军火、子弹、粮食、银钱以及所用等件、军用等件并各炮台大炮、机关炮均已移至湖北汉阳及武昌两处。即大绅士各家亦均移往汉阳、武昌等处，即将所有防兵分队，有至湖北，有至浦口。张中丞怀芝大营如此转动，而革军毫无知识。数日后，镇江之兵稍有风闻，往探是实，随即通知。伪都督程雪楼借犒军之名至南京探听虚实，事果如斯，然后大张声威。而张子轩军门如此大胜，即行移驻，定有别情，非粮食不继，即子弹将罄，当在大胜之后而移，真是神出鬼没之计。但张军门诸大将虽已移营，置南五省百姓千百万生灵如之奈何！幸如此而去，定有主意，想克南京亦是易事，只求速为进攻，是所大幸。此番景象大似粤匪时势，或能平安，或果为难，皆出于天意也。

阅《申报》之革命党中之匪人吐骂张子轩军门如此之尽，余亦畏人吐骂，今看张子轩军门作东南保障，被反贼吐骂，真是直得，真被骂得凶恶，真是忠臣孝子，须至后世见诸《清史》，流传千古、芬芳百世也。今张子轩军门并冯爵帅正为朝廷柱石，非独后世馨香，即目下亦是荣耀于一代也。现张子轩军门、冯爵帅就中兴相较，可与鲍春霆爵帅超、左文襄公相可比例，袁蔚廷宫保即可与曾文正公相等也，此皆作朝廷柱石、一代伟人，容俟革匪平定之后，再行定议可耳。

---

① 当为“荼毒”，下同。

廿二日丙辰 日阴夜雨。午膳后，至周梅翁处少坐，就道至蓉秋之仁大典，相叙一刻，至分府署，晤周载熙、汪伯端、蒋敬甫、黄道周、周梅翁、李卧南诸君，相叙一刻，相约至藤桥殿看戏，晤达云母舅、翁子俊、周少云、陈庆瞻、周喜亭，相叙半晌。而林光昌先及其子于友邀留晚膳，即同周载熙、梅翁、伯端、敬甫至其家中。过晚膳后，值雨而不能行，均乘轿而来。

廿三日丁巳 卯前，雨；辰至巳初，阴；巳末，雨；午初，阴；午末，晴；以后皆然。致叶绍伯兄一信，致李舜卿兄一信，交焕堂转交。晚刻，达云母舅及周梅翁、周少云、翁子俊来叙至晚，言嵩子山太尊曾于昨夜下港，现寓黄楚卿之附屋，其所有什物悉均送人，只一空人及数口眷属而已，做太尊如嵩子山者亦代为可怜而已。现在国家情形如是，既为一府之主，理应殉国，但浙江之抚台增子固受辱捐金，尚畏一死，何况一知府乎！目今大员，第一之可恶者瑞征，次即增韫也。子俊兄云，阅报中纪江西失守，抚台冯中丞汝骙即行殉节，此亦人杰也。现今时事而论，张子轩军门勋固守南京，功并张纯。按：张纯之功，人死城亡，功盖千古，今张勋人全城退，功留千古万世。今有张军门之独立固守南京，而冯爵帅克复湖北，而克湖北之功，半在张军门，今因子弹不继，全师而出，一无有失，得有湖北已克，有何畏哉！况大军已抵浦口，计日可复耳。张军门之功为第一，次则冯爵帅耳。袁项城虽尽忠报国，其功尚不及张军门也。城失被难者：陆申帅、王超云方伯、松鹤帅；城失自尽者：冯大中丞汝骙、朴将军寿。但张安圃制军、铁宝臣留守虽藉张子帅之力，得能同心转辅助，亦属不易，其功非细。藩宪失城自尽者：黄方伯以霖；提台失城自尽者：黄军门忠浩。如余寿平中丞初虽远避，尚能运动苗兵克复之想。朱大中丞家宝初以保守皖城，次因内变而避，切与众不同。如增韫身为巡抚，受辱捐金逃命，深为无耻。最可恶可杀之督抚瑞征、德全，一拿革命、畏革命，未事先逃，致肇事端；一以江苏巡抚首先投逆，是非倒置。如瑞贼征、程贼德全将即凌迟，骨肉磨粉，罪尚未及，将来《清史》当为详陈巅末，馨香、遗臭，相悬天壤。此次忠奸大员尚未尽悉，举其所知者，是为之记。

晚膳后，至建西处，晤达云母舅、周梅翁、王子轩、李舜卿、黄道周、汪伯端诸君，相叙一刻，来时已将二鼓。言及其长子诗南已于昨夜赴申投入革军之学生军，建西深为至恨，此亦是也。现革党因各学堂中人均言革命，编一学生军，到者即与一军装，而无饷，倘若有事，随军打仗。但学生均是诗文之人，若(遇)张中丞、张军门劲旅之师，只得受死而已。不知何人将其怂恿至此害其终身，哀哉！其人已去，余即劝曰：为父母者，只能生其身，不能管其世，既然远出，只作罢论可也。据子俊兄言，现张中丞奉命统兵已抵浦口，今张子帅又赴其营中，有将、有兵、有粮，又精军械，定然有战不远也。但张子帅既已退出南京，或即克南京，而后苏州次第而下，或先克苏州，复还宁沪铁道，而后再克各省，又未识俟冯爵帅大军克湖南之后，克安徽、江西，而后合兵进攻南京，顺流而下，克复各省。今其未露军机，难于揣测，想至月初方有把握，万望速平江浙，是所大幸也。

廿四日戊午 阴。寄奉家君第四十七号安禀一函，内附致许眉甫先生一信，封交邮筒双保险寄至晋省。致周潜溪先生一信，均老二专送海门。日前接家君来函，言晋省土匪不靖，迄今未知均获敉平否，心以为念，恨不得亲赴晋省省亲，至以为恨，拟于明年四月间准定赴晋，得以亲侍起居，同行旋里，是所深幸。

晚膳后，至心斋宗叔处，适冯济生亦来云，北岸有至申购枪旋者，言南京之事，张子轩军门自大捷之后赴鄂合攻武昌，适革匪有进南京之外城，但南京城有五层，至第二重城即固守。而张子轩军门自克武昌之后，即转南京，随将革匪打退，仍然固守，今有张中丞之大军已到，则军威甚盛云云。又有一说冯爵帅自克复全省之后，即行进攻湖南，但湖南之南辰州有余中丞之苗兵进攻，北有官军进伐，其长沙省城亦不干固，两项受敌，即已克复，而藩司已奉旨简放，其抚台仍然余寿平中丞耳。候长沙克复之后，即将苗兵镇守湖南，冯爵帅之大军分两路，一攻江西，一攻安徽。新任浙江抚宪张中丞之大军与张子轩军门亦分两路，一攻苏州，一攻浙江之杭州。两说均有道理，惟未目见，难以为必耳。

今陶寿翁府上之司账三先言，恐革军致败，先将嵩子山太尊住宿楚卿附屋，倘若张中丞大军克复杭州之后，即仍邀嵩子山太尊为台州府知府，其事果否，不得而知。其言确是三先所说，而嵩子山太尊现是住在楚卿附屋。今伪台州军政分府姚梧冈已至海门，宿在雷莹阁统领公馆，恐人行刺，防之甚深，而寿翁、楚卿均在海门商酌其事也。以余想之，倘张中丞克复浙江之后，未必以嵩子山太尊仍为台州府为然，即为台州府，得有馀力，其眼前委曲情形未必顺善而不伸，只所愿速望大军克复全省，早为安置妥定，不使蒙古兵来浙攻伐，自此光天化日，再享太平之福，浙江万民幸甚，吾辈幸甚。

世事倒置莫过于今，即粤匪倡乱，亦不至此。各省之军政府即是抚台，各府之军政分府即是知府，各县之民政长即是知县，均是本省、本府、本县之有势力投入革命者为之，虽是伪官，亦无道理。倘该势豪尚有天良者，不致全行荼毒，倘遇任情妄为之徒，又无兼制，生灵涂炭，何易战场？如本镇之海防民政支部长，即二府以陶寿翁为之，所行之事，尚合于理，当今之世，即求此等者即不可多得。如楚卿自做台州军政财政部长，其威势即与寿农各异。甚于楚卿者，想亦有之，于生灵何？现上以各省多事，以天津镇总兵张中丞怀之奉命补授浙江巡抚，因军务吃紧，得便进剿。只恐张中丞克复浙江之后初任之知府、知县等官均以军营出身之武职任之，未免局面全非。无如今之百姓皆知威不知恩，今皇上恩如天地覆载，尚要见背，于心何忍？将武官兼署府厅州县，时施其恩，则方知从前恩也。

廿五日己未 晴。早刻，周潜溪先生来叙过午膳而去。晚刻，周梅翁及达云母舅、吴玉翁、曾六舟先生、周载熙、陶习之、黄道周、李舜卿、翁子俊、周少云、周醉香、周作羹诸君来叙，互谈半晌。去后，适张宝田先生来言趁宝华商轮方于今日抵埠，随晤楚卿兄，邀其至其府上安置后来谈，过晚膳后而去。言及南京之事，又有一番议论。总而言之，今《申报》以及各样报纸均是革命党人主笔，又加以野蛮，均无敢言实情，即电报亦是匿造，所以不足取信，一方有一方之议论，一处有一处之议论。总而言之，速求大清军早日克复各直省，即以敉平，免得生灵涂炭，是为大幸耳。

廿六日庚申 晴。内人偶染肚痛，早刻邀宝田先生诊视，药后稍愈。午膳后，周梅翁、黄楚卿、翁子俊、周醉香、周少云及达云母舅来叙半晌，言及姚梧翁急欲赴申，将台州之军政分府与林霨生观察而不受，继与王枚伯、管少农诸君均不受，只将革命之伪印与雷莹阁统领，由武而兼文。如今之世，为人能明白世事者均隐而不出，何况此等伪职乎！吾台素有名望始终如一者王子常太尊、林蔚生观察。但管少农明府，钱虽尽，人尚重，人重财罄亦是值得。嵩子山太尊之家眷住在楚卿附屋，太尊自宿楚卿之客房，其行囊最富，什物另星最多，自今之后悉均散无存，为官者至此虽是惨然，而不死者惜哉！楚卿言，增子固中丞当杭州失守时，其母适将病笃，闻得此等信息，即叫增至榻前，嘱为速死为善，而增不死，即不忠不孝也。以巡抚失守全省，理应就死而不死，为不忠；又母命曰死，亦当死而不死，为不孝。彼之生死，馨香、遗臭相悬天壤。但增非独不忠不孝，尚以受辱捐金偷生，此不忠不孝之外，又无耻耳。凡为女子者，望子之生人人如此，彼以望子之死，亦不愧徐母之贤，其母子之贤不孝何至乃是也。晚膳后，同宝田先生至楚卿处，晤云梯、遇琴、梅翁，相叙一刻而来，至家时方二鼓矣。言及子裳太守现将家眷住在尚德学堂中亦自得也。

廿七日辛酉 早至午刻，晴；未牌，阴；以后皆然，早膳后，至尚德学堂，晤王子常太尊，相叙半晌而来。午膳后，至二府署，晤汪伯端兄，言陶寿翁、楚卿均是昨日来，今早又至海门，因姚梧冈来邀为王晖庭现由太平来至海门与其理论，恐致受虞，相邀保护。但姚梧冈不欲自做台州府，杨道渊不欲自做黄岩县，则台州府缺以及各县悉均如旧之府县，则地方办理团防如是安如磐石。自姚、杨二贼居心不善，欲至台州，一为知府，一为知县，至地鱼肉乡民，尽饱私囊。到台之后，将台州以致破坏如斯，幸有王晖庭即从其后，而姚不敢大肆威福，日以自恐被刺甚惧，未尽殃人。但王晖庭亦非好人，此番制姚梧冈乃王辉庭之功，倘若去去，一则台民涂炭耳。只求上天敷佑，姚、王二人或均去，或均死，乃台州之大幸。闻姚急欲逃避申江，使王晖庭同去，为幸多矣，未识均随民怨否也。

少顷，周梅翁来叙一刻，相约至翁子俊处，晤达云母舅、月波诸君，互叙一刻，言谱香母舅于早刻云，郡城有人自南京来云，前张子轩军门与革匪大战，枪毙、炮毙革军一万六七千人，之后，以致遍地皆是死尸，中有多日未葬，致肇瘟疫传染营中之官兵死亦数十人，又以粮饷不多，枪弹、炮弹所馀不多，只恐不继，自月之初九日大捷之后，即将所馀粮饷移至湖北，及巨绅富商亦均相继而移者最多。张子帅自己统兵至浦口，与新简浙江巡抚张中丞合兵一处，而张安帅、铁宝帅均早抵鄂，自此空城，致被革党所据，现浦口大军与革军大战数次，悉均胜仗云云。如是说法，与娄德晖之言相近，想其情节即是如斯亦未可知。总未亲至该处，不能甚信。是为之记。俟有人论及，再行定议可也。言及津浦铁路前有损坏，今只张子帅急于修造，以便运转粮饷，此言确而不谬耳。所言姜桂题军门克复秦晋而无西顾，京汉铁路可以无忧。冯爵帅分兵克复湖南，抛却南方之虑，则大军东下，先剿安徽、江西等省，即与张军门、张中丞合兵进剿南京以及苏、浙、闽等省，则可势如破竹耳。则津浦铁道又可运粮、运械，以此源源接济，不难而定。现袁项城当国，须以步步为营，方保无虞也。

廿八日壬戌　卯前，细雨；辰刻，阴、雾；巳牌，晴；以后皆然。致王俊卿兄一信，饬吕保送交。接周笃初来函，即致覆笃初兄一信，即交其来人带赵。接叶徙南来函，即致覆徙南兄一信，即交其来人带赵。今日天气骤然热而潮，似欲下雪之气候也。午膳后，达云母舅及翁子俊、周梅翁、叶绍翁、醉香、少云诸君来叙至晚，适永利到埠，遣人向其《申报》已取至廿六日为止。今之申江各报馆均是革命党中人主笔，所说之语均是革命话，看之不胜其烦，中有真情流露在其自造笔墨中,所云前端王与董军门福祥大起甘肃大军将为助战,而山西之娘子关已经官军克复。上简安徽布政使倪方伯嗣冲进攻皖北,张子帅本与张中丞合兵浦口,以徐州为大营,将为分兵,一攻南京,一克上海,又加湖北之冯军东下,如是则东南各省不难一鼓而克也。馀俟详度再记。

晚膳后,本去探张宝田先生,至楚卿家中,适楚卿已由海门来,晤楚卿及杨子屏、星斋、云梯、遇琴诸君,相叙一刻,适程蓉生公祖函致叶祖香太尊,而叶太尊送与楚卿阅看,其临海交代,不愿到台清算,意欲赴省清算云云。但楚卿拟明日赴郡,而台州之军政分府雷莹阁统领兼任,亦明日赴郡任事,而姚梧冈曾经去矣。但姚带来之一批人均已分散云。适星斋宗叔相邀同至其府上少坐而来,就道至建西处,晤道周及子俊,云作羹之令堂病笃云云。适建西之长子诗南于廿二日赴申从戎,有信并已剃发辫,寄与其父言廿四日抵申,即行剪辫,其兵驻在上海县捕厅署,尚未分排队,随于廿五日发函之语,至今未知已有安置否。但建西接信后,随即涕泪亦不自禁也。宜哉!为父母者望子成名于怀皆切,凡为人子,读书未就,既肯从戎亦一好事,今其诗南是非倒置,难挂其父母不悲泪耳。余言其既然赴申,只从原议在商团而不改,为幸多矣。至家时方二鼓。

阅廿二日《申报》附张纪云,拆有“洪”字,彼代革命中人说总以不利于“满”为词以媚之。以余详度之,“洪”字初是笔从水,“满”字初笔亦从水,“满”字首与“洪”字首相似,“洪”字末笔与“兴”字相似,果是“洪”字为灵机,定是“满兴”无疑矣。天下无一时一事非在于数,况此等大事岂非天数乎?

我朝自高祖章皇帝定鼎以后,尚有吴三桂据云南、耿精忠据福建、尚可喜据广东、郑成功据台湾,四处尚有草寇未能一律敉平,万姓涂炭。十八年后,至圣祖仁皇帝乃我朝大圣人也,八龄御极,康熙六年杀逆臣鳌拜之后,名震中外。自后,撤藩谕旨颁下,而吴三桂、尚可喜、耿精忠同时见背朝廷,谋图不轨,又以吴应熊为内应,声势浩大,以致长江之南诸省悉均震动，而圣祖仁皇帝文武兼资，又有贤臣辅助，未及两年悉均剿服。至康熙六年，各直省一律肃清，又平青海，正是万国来朝，斯时之盛，无易唐虞，六十有一年。世宗宪皇帝精明威武，天下莫敌，海内清平，道不拾遗，十有三年。高宗纯皇帝安享太平六十年，虽有大小金川用兵，未及两年，悉均剿服，惟七次南巡，需帑至巨。至嘉庆元年禅位，太上皇帝又历四载，乃历代所无也，寿登大耋，嘉庆四年殡天，寿九十四龄。仁宗睿皇帝虽有白莲用兵，随即敉平，国势正盛。二十五年后，宣宗成皇帝听信谗臣，黜林文忠公，于道光三十年，致有定海被法人所据，幸一剿而平，而外人入我中华，即自此为始，通商、利权外溢，亦此时为始。文宗显皇帝咸丰元年，粤匪洪逆初起广西，致扰十三省，生民涂炭，幸人心固结，十一年初，向荣军虽精，未能得手，自穆宗毅皇帝御极之初，渐次敉平。时贤臣胡文忠公林翼、曾文正公国藩、左文襄公宗棠、鲍忠武公超等文武皆贤，幸邀中兴之盛。时穆宗毅皇帝御极之初，正值冲龄，以慈禧皇太后即孝钦显皇后垂帘训政，功德巍巍。至同治十三年以醇亲王长嗣君皇滴[1]堂弟德宗景皇帝继之，亦在冲龄，仍以孝钦显皇后垂帘训政。光绪初年，中兴威望，天下清平。十年中法之役，尚无大损失。二十年甲午中日之役，割台湾而和，于国势大损。廿六年庚子义和团至之扰，两宫行在关中，以致联军入京，辛丑和议告成之后回銮，而国势更为衰溺[2]。

乃孝钦显皇后急图自强，致有逆臣张之洞等进谗，初将八股改为策论，继则奏请南京、湖广创设陆师学堂，复将书院奏请奉旨通饬更为学堂，将旧日之三纲五常化于无形，即请停科举，皆从学堂毕业为是，将聪慧子弟嗟怨。值以逆贼之首孙汶藉此进谗革命之谬言，解散人心。随即奏调出洋即为进步，而中国子弟出洋之后无不作革命之

---

① 当为“嫡”。

② 当为“弱”。作者文中多处“弱”、“溺”不分，不一一注。

思想，自此，革命布满天下，各直省人心离散已甚，国势亦衰甚矣。又以君主立宪而进，当孝钦显皇后急图自强，即以立宪之谗言亦即俞允。向以圣祖仁皇帝祖训万不可更易，而孝钦显皇后自强之心太切，即祖训亦更，随以六部改作十部为始，自此变政，日变日坏，皆以空需国帑而已。随将立宪定限九年，自光绪三十四年为始，是年十月间，两宫相继殡天，即将德宗景皇帝之皇胞侄醇亲王长世子继穆宗毅皇帝嗣，兼挑德宗景皇帝嗣，随即御极。今上又在冲龄，即醇亲王奉命为监国摄政王，而监国三载，只诚且厚，致有鄂事之变，匝月间牵动十馀行省，岂非天意乎？

我朝自顺治元年至康熙三十年之内，虽言统一，尚未一律肃清。自康熙三十年至道光廿九年将近二百载，其中虽有不靖数次，皆是一二县之地，一二年而平，均称盛世，可谓鼎盛，即唐虞之世，亦莫及也。道光三十年至同治四年，前粤匪后捻匪，扰乱十六年耳。自同治五年至光绪十九年中兴盛世，虽有外侮，尚有权势。自光绪二十年至廿五年，虽国势已衰，倘有善策，尚可补救。自廿六年义和团之后，而国势虽衰已极，民心尚幸固结。自后，改书院为学堂，停科举，奏调出洋游学，奉旨颁行立宪定限九年，而民心解散迨尽，难于补救。倘九年立宪告成之后，如有事变，即如今之抵御者亦无人。幸今方值四年之期即有逆贼起于鄂，自此忠贤文武大臣协力同心，得即剿平世界，藉此自强。俟上亲政之后，得效圣祖仁皇帝后程亦未可知。遵照“洪”字而论，定然“满兴”无疑矣。事若果然，中国幸甚，万民幸甚！是为之记。

廿九日癸亥 卯前细雨；辰、巳牌，阴、雾；午时，晴；以后皆然。又致王俊卿兄一信，饬吕保送交。晚刻，子屏兄及宝田先生、梅翁言及报中之谬，一言难尽。如有一报馆照实情而言，则各报馆即与其理论，即与其理论之报馆自亦未知实情，专以捏造谬言谣惑人心为宗旨。如浙江新任巡抚张中丞怀之、将军三六桥留守多，自上月之杪曾经奉旨，今尚未入报章。现各省奉简各大宪均已各带重兵或驻浦口，或驻徐州，或驻皖北，或驻湖北。俟姜军门桂题将秦晋等省勦平之后，湖北之军随克湖南，之(后)，旋即行分兵攻克安徽、南京、上海为首，次攻江西、浙江，再次克福建，挨次两广、云贵，则天下定矣。此战若在昔日，非数年不能运转。今则陆有铁道，水有轮舟，又有电线之灵通信息，而军械又有如此锋利，则数月可抵数年，所以今昔时候不同也。又言姚梧冈来台之时，威风赫赫，万人无敌，昨日如是而去，一文不值，何必多此一番谣惑，何也？云彼在申与王晖庭二人意见，梧冈欲赴台静而抽捐，以为久享，其资渐厚；晖庭欲赴台，即欲向临、黄、太借资一百万至少或六七十万，以便招练革兵二三千人，藉资自霸。因此宗旨、缓急不同，所以到台之初即有尔我之心，幸有兼制，而生灵不致损失。前恐一人去一人留，又肇事端，今梧冈虽去，而雷莹阁接其手，兵力较其犹厚，即虽晖庭在台亦有牵制之，而台民之大幸。总而言之制于暂则可，速求新简浙江巡抚张中丞即日克复浙境赴任，重见光天化日，全台幸甚，全浙幸甚。

晚膳后，出至卖肉巷，有遇一群童子，年均在十岁之内，云："宣统打转，陶黄解断"，众口一词。而至建西处，晤周梅翁、周载熙、罗书记、汪伯端诸君，而载熙亦云"宣统打转，陶黄解断"为词，何至与孩童之语相合，想早有其言。余未曾询问，彼去摩鹊消遣矣。适罗书记云近屡次听孩童数人必分两班，一强一弱，强者向弱云："尔是宣统人或革命人？"彼曰："革命人。"随即阖群而打之，见打后即散。如是非只一次，细想此言即是童谣之言，悉均应验。而载熙所言及，余亲听相合，曰："宣统打转，陶黄解断。"以地方之事，"宣统打转"想是大清军进攻革命定能胜仗，必定打转，即定克复之意；"陶"想指陶寿农，"黄"想指黄楚卿，而言"解断"二字未能明晰，不知将何应验耳。罗书记闻童谣曰强者询问是非革命，定指朝廷进攻革命之意明矣。强者即是大清军，溺者即是革匪无疑，询是革命即打，定见大清军遇革命即打，胜败即以强溺为明症。建西处有一洪姓，年经七十馀，云粤匪猖獗时有童子分为两班，亦是一强一溺，强者问溺："尔是长毛否？" 溺者应：

“是长毛。”阖群来杀长毛。所以粤匪消灭，我毅皇帝扫平天下，中兴盛世。今之童谣谓打革命，与杀长毛遥遥相似，定然朝廷即平革匪之预兆，深为窃喜。

余偶书革命即革匪，亦有由来。本朝历圣相承已二百七十年，而《申报》言曰“伪朝”，是何言欤？张子轩军门乃东南保障，袁总理乃朝廷柱石，冯爵帅当今立功将帅，彼则曰张贼、袁贼、冯贼，是何言欤？以理论之，彼黎贼元洪、黄贼兴，言及朝廷诸将帅非此语可以出齿，何况申报馆乎！彼言我曰贼，我即言彼曰匪、曰贼，不亦宜乎！彼党以申报馆宣言鼓惑，余言彼党存留日后，则可一目了然耳，万望后来高明者评论余之言不谬否也。周建西因其子发辫寄还，心甚怅然。而达云母舅代其书函相劝，未识能挽出道之马否也。虽然，凡为父母者不得不作如是观。李舜卿与三妹及陶习之等十馀人合开浆店，已于月之廿四日开张矣。

第三十八章

辛亥(1911)十一月初一日起

十一月初一日甲子 早至午初,阴;午末,细雨;未初雨晴,阴;以后皆然,似欲下雪景象。接家君自上月初八日所发一信,言及彼处尚称安谧也。早刻,至卢槐士兄处,言其对门椒江网业公所。即至彼处,晤卢槐士兄、谢松亭、周梅卿,相叙半晌。槐士兄邀留午膳。后过吴玉翁处,晤卢阜臣,相叙半晌。方将下雨,向假洋伞,即饬燕富送还矣。请俊卿书送周梅翁寿屏,已于晚刻来。据吴玉翁言,现在袁蔚廷总理握权最重。久闻袁公素抱曾文正之功业、之所为、之人格,现值国家多事,只愿其统效曾文正公,为幸多矣。

初二日乙丑 雨。俊卿兄书写寿屏,余抄《太上感应篇》至晚耳。前将吕和荐与陈哨官,今早,陈庆祥来叙一刻,言已插补三棚,但吕和名石勤贵,即将其条面交矣。留过午膳而去。

初三日丙寅 雨。致张丹翁一信,交嘉先带交。接家君自上月十五日所发一信,言彼处尚称安谧如恒。俊卿兄作书破快,其书法亦颇佳,送周梅翁之寿屏自昨日写起,至今早已毕,其亦快也。但王俊卿兄,余虽向所相识,未及久谈,顷与相叙两天,人极长厚处,今之时代即此等人亦不可多得,余深为钦佩。午刻,席邀张宝田先生及俊卿兄,并邀达云母舅、翁子俊兄、邱遇琴兄,相叙席散而别。俊卿兄言,自浙江宣告独立之后,均不剃发,意作头陀,其居心与余极相合,可与金石之交矣。

初四日丁卯 阴;辰刻冬至节。接郎翰臣老伯一信,并附还英洋十一元,即交玉先收账矣。接丁辅香兄一信,并前托买丝罗女衫料一件、表链及洋灰鼠、银鼠出风皮各一张。接金伯吹姻长诸君一信,言小妹家中团防捐费随即与达,彼自另函致覆。早刻,至大宗祠,晤吉甫宗伯、心斋宗叔、道周宗叔及少愚、俊庭诸君,致祭祖宗毕后,席散而来。(同)心斋宗叔挽至梅翁处,晤郑汉民、朱佩卿两兄,少叙而别,至家时将晚膳矣。汉民言郑夔友令弟寅清配其土屿张星源兄令媛,于明日完姻,不以旧例,悉均从新之文明结婚。此学堂生新时人之办理,在吾辈,若有男女毕亲,不以为然,未识日后皆从此例否,亦难预料也。人均好奇,即婚姻亦以此例为新奇,此亦世风使然,不知新奇至于何底也。晚刻,孟东兄言海门娄恒泰典亦于初一日停止,只取而不当耳。

初五日戊辰 雨。晚刻,诗南来云,方趁可贵商轮到台。但彼潜出之后,建西念切,今则已来,亦一幸事。但建西之为人,其人格可为上等,而入二府户科者,因家贫无以聊生,不得不然。今其子潜出从逆,心为忧郁急促,其转非以存心端正,断非如是。况今地方有势力者,悉皆如是,彼独不然,可知其为人,余颇重之。

初六日己巳 早至巳刻,雨;午牌,雨晴,阴,西北风起;以后皆然。寄奉家君第四十八号安禀一函,内附致眉甫先生一信,致少圃表叔公一信,封交老二送海门邮政局寄至晋垣。致郎翰臣老伯一函,托裕大典代为转寄。另致王槐柳兄一信,均饬老二送交。致张仲甫兄一信,致丁辅香兄一信,托方翰卿代为带申转交。另致方翰卿兄一信,又致杨伯藩兄一信,均封饬老二送交翰卿兄矣。今日,永利到埠,向其《申报》取来。阅十一月初二日《申报》纪云:“正大铁路已经朝廷克复,简命山西巡抚张中丞锡銮已于初一日遵旨赴任矣。”现张中丞抵任之后,则山西局面又有一变,晋省则可渐次平复。今晋省已克,陕西不日可以克复耳,深为欣幸。周槐卿之二令郎配栅浦苏鸣岗女,于昨初五日完姻,晚刻来邀喜酒。至其府上,晤载熙、梅翁、孟东、蓉秋诸君相叙。席散，梅翁相约至建西处少坐而来，至家于时尚早。仆从汉杰系志修师所荐，将近弥月，不知何故，已于昨日去。今小鳌荐有名忠云者，未识可靠否也。

初七日庚午　晴。致世治先一信，托苏先生代为带交。保安队之营官新接手者李少云治光来拜客，相叙一刻。看其人专以附势之徒。保安队本是陈文佑管带，现陈文佑调带第六营，但第六营管带黄义臣调管第一营。但李治光者系第二营章桂馨所属之哨官，由章桂馨荐与楚卿而用之。至章桂馨虽为大清营官十馀年，前曾已投入革命矣。增中丞前专以利图，不识其人而用之，所以浙江如是涂炭，深堪浩叹耳。晚刻，周梅翁及达云母舅、子俊、遇琴诸君来叙至晚而去。言及我朝定鼎以后，当国大臣以及文武大员，在内在外，均有互相兼制，今之袁蔚亭宫保独揽大权，只一人也，须以袁蔚庭宫保精忠报国，挽转危机，长存圣贤心地，天下幸甚，万民幸甚。

初八日辛未　早至晚，均阴；亥刻，雨。致周尹东明府一信，交邮寄至太原。致福遇琴兄一信，即交其来人带交。接张鼎翁一信，前嘱同兴换打小号麒麟台一付，今日送来。晚刻，达云母舅及子俊兄、伯端兄来叙至晚而去。晚膳后至建西处晤周梅翁、寿翁、习之父子、伯端、载熙兄、道周诸君，相叙一刻而来，至家尚早。公送周梅翁寿屏已于早刻呈送矣。

初九日壬申　早至午刻，阴；未牌以后，均细雨。致张丹翁一信，交海门邮政局寄甬。致周潜溪先生一信。接娄德辉兄一片，即致覆德辉兄一信，随交其来人带福。其令郎已于今日团月，深为欣喜。早刻，至达云母舅府上少坐，同至翁子俊处，晤月槎兄，互叙半晌而来，言及陈汀西近永宁舱口以后光景颇佳，乃父乃兄仍然如旧。人生总以自能积宿不致饥寒，古人云："大富由天，小富由勤"，斯言不谬矣。

初十日癸酉　卯前，雪，高山均白；辰前，细雨，看北方情形均是下雪之景；午牌，阴；至晚皆然；夜见月色。接李广生先生一信，托余转致王俊卿兄各节，即代致俊卿兄一信，就交其来人带交。早刻，周在舆先生来家，前托其就瓯代买各节，即为清算，付交其英洋三十五元，留过午膳而去。晚刻，达云母舅及子俊、绍伯诸君来叙半晌。言及初五日报中言，海州孙翰林及王德胜之公子聚集义兵二万人，自行报效军饷，合同张子轩军门征攻南京。现皇太后发内帑金一千万两，前监国摄政王报效军饷一千万两，此外，亲贵大员报效一千万两。有此巨款，有此兵力，现有义兵出现，此后逐渐加增，兵精粮足，定然攻克南京，就次而下必矣。早在年内，至迟明春，定大兵东下，均能敉平渐肃清，而可预必也。又言周允东明府自上月廿六日由山西所发家信言，上月廿二日段军门克复太原。自九月初九日被叛兵起事，将城内大小店家悉均抢掠一空，抚宪陆大中丞遇害。自后省城人均逃避，什物皆空。自段军门克复省城之后，渐复秩序。彼之衣服悉均被抢，现充巡查差使，亦段军门所委也。斯言如是，与《申报》所言相似，已于初一日奉简抚宪张中丞到任之后，又有一番局面耳。因周梅翁明日六秩生辰，即至其府上，晤载熙、习之、伯端及星斋宗叔、建西、子轩、槐柳、孟东诸君，相叙至晚，主人留过晚膳。各人均以鹊兴，而心斋宗叔相约余同至仁大典，言蓉秋已出，未晤，即与章波先相叙一刻而来。查江南孙姓翰林只有六合孙太史锡第系丙戌科翰林，未识果然否也。

十一日甲戌 午前，阴；午后，细雨。似乎北方均是下雪之景。早晨，致允东府上少坐，阅其晋省来函言：九月初八日革党起事，抚宪陆中丞并其夫人、二少爷及家眷均遇害。即将钱典票号及大小各店家被抢一空，至各公馆中亦均被抢。彼之公馆亦抢去不少，其中遇险数次，实在可怕，已于十月廿二日克复之后，人生重见天日耳。即于廿六日发信耳云云。随至达云母舅府，晤翁子俊、王子轩、周建西诸君，同至周梅翁府上谒寿，晤陶习之、汪伯端、周载熙、黄星斋、黄道周、吴玉成、黄楚卿、邱遇琴、蒋敬甫、李卧南及叶祖香太尊、李舜卿、周槐卿、叶蓉秋、谢仲衡、潘云轩诸君，互相畅叙，而叶公少坐即去，馀均相叙至晚。主人设酒相叙，席散而来。梅翁六秩寿辰亦可为敷衍耳，凡人生只得三见寿辰，年经八十，均得高朋满座，子孙多能，国家多庆，为福无穷矣。晚刻晤叶绍翁，言闽浙总督松鹤龄制军奉旨赐谥忠节公，江西巡抚冯星甫中丞奉旨赐谥忠愍公。人生若至于此，足为芬芳千古。纪文达公云：人生之死，运之至倒，惟为国捐躯，须在至佳之运方能遇之，血食千秋，虽死犹生也。男子死于王事者分为三等：战死沙场者为上；死于战所者次之；若遇不得不死而死者再次之。朝廷裒荣之典虽同，鬼实有分之。女子殉夫亦有三等：富贵之家又无子女，夫死而殉者为上；贫寒之家或有子女，夫死而殉者次之；无论富贵贫穷之家而有舅姑之夫死而殉者更次之。朝廷旌表虽同，鬼亦有分之。凡横死之人，无论男女均须剃代而后复生，惟男殉节、女殉夫，确须认正而死者，无论何等死法，即登天界，虽云复生，确复如初以报之，如此报应昭彰，毫厘不爽耳。倘若弃顺投逆而死者，其罪不止倍徙也。勿以余言为谬，诸君后自知之。倘初不信余言，至信余言之时，迟矣。

十二日乙亥　阴，天气颇冷，似乎北方又是下雪之景。寄奉家君第四十九号安禀一函，送交海门邮筒寄署。接陈训夫兄一信，即致福训夫兄一信，交其来人带赵矣。张宝田先生自早来叙云，水门有一地尚佳，俟同其亲看之后得能相象，就即向购，可也。晚刻，至蔡新翁处，言其染恙未愈，就道至少愚处少坐而来。

十三日丙子　辰前，细雨；巳牌，阴；以后皆然。西北风起，颇大。致许眉翁一信，言之畅快，饬老二送交海门邮政局寄署。致张丹翁一信，致张仲甫一信，均交翼亭带交。翼亭明日趁永利赴申。晚膳后至周建西处，晤载熙、舜卿、伯端及达云母舅、敬甫，相叙一刻，言及现接伪浙江军政府都督汤寿潜来电言，改用阳历，今日十一月十三日即作为正月一号，而关卡照此结算，惟商家账目来往仍照中历云云。已由民支部长陶寿翁出示晓谕矣。如是而行，则窒碍难行而生口角者，定所不免耳。

十四日丁丑　阴，西北风颇大。接王俊卿兄一信，翼亭于晚刻至海门趁永利商轮至申，嘱其代购另件颇多。晚刻，至子俊处，晤达云母舅及谢松亭、施月波，相叙半晌。至叶祖香公祖处少坐而来，假有《推背图》一册，书画颇详，即嘱人画而后照书可矣。此等事已成之后，颇为明识，后来者极为难解耳。

十五日五月戊寅 晴。西北风颇大。致陈翼亭一信，托伯藩兄代为转交。致伯藩兄一信，均交邮筒寄至上海永利局。接家君自上月廿四日所发一信，但太原省城自上月廿二日朝廷遣兵克复，方自廿四日发信。但太原情形尚未详悉，想得太原克复之后，又有一番局面耳，不日又有赐谕也。晚刻，周梅翁、黄道周、叶绍翁诸君来叙一刻。昨承叶祖香公祖惠假《推背图说》，今日即嘱小吕照式画后而书成册。接楚卿兄来柬邀晚膳，因请嵩子山太尊而邀陪客耳。即至楚卿兄府上，晤嵩子山太尊、雷莹阁统领、叶祖香太尊、王少丹、吴玉成、周梅翁诸君，相叙席散而别。言及蔡新芝自郡染恙，至家多日，今尚未愈。并言嵩子山太尊已接汤蜇仙来电，听其自便之语，本可即去。楚卿因程蓉荪明府任临海县之交代，虽汤蜇仙电饬赴杭核算，恐其洋不能解台，拟欲嵩太尊挽其将款由台交纳，一时未能即脱，想亦不远也。但王少丹系湖北武昌人，在杭州法政学堂毕业生，早入革命，现楚卿邀其来台为台州执法官。现台州军政府虽雷莹阁任之，其出入诸事均出诸楚卿，如是，台州大权仍在楚卿。但楚卿以章焕新之语言听计从，次即云梯兄。现台州而无统一之权，但无统一之权非独台州，即各府亦然。时事如斯，深为至虑。日盼早见光天化日，是所至盼，未识在于何日也。

日前，叶祖香太尊言杭州自革党占领后，即设有清理官产局，将浙江已前无论大小各官置有产业者悉均变售，充作兵费。王少丹兄言将前台州府升任宁绍台道高与卿观察之产业亦经充公矣。但高与卿观察自交卸宁绍台道后即由杭州置产居住，今至如是情形，亦其所料不及也。所以在外做官，总以归家为是。但做服官省分，只恐于此耳。即旗人之产业亦归清理官产局变价充饷。杭州胡馀庆堂本前江苏候补道胡雪岩所开，于光绪九年时亏本太巨而倒，将胡馀庆堂抵押与文将军，今亦零星投票，向购款亦充公。前阅报纸所纪胡馀庆堂每年除需费拆息外，其赢馀颇巨，即其规模最为工整。但杭州药材以叶种德、胡馀庆两家，而胡馀庆有如是之出息，想叶种德有过而无不及。苏州以莫泰山为首。上海并无官精药材。宁波药材业中，饮片推冯存仁为首，膏丹推寿全斋为第一，惟全鹿丸不及杭州胡馀庆、叶种德、苏州莫泰山耳。

十六日己卯 阴；致黄楚卿兄一信，早刻，即饬老二送交。早刻，周梅翁来邀过午膳后，至梅翁府上，晤黄楚卿、邱楚翁、王云梯、周载熙，相叙席散而别。路晤达云母舅，同至子俊处，晤洪封山兄，相叙一刻而来。桂玉老司荐有仆从名二头者，其人外行，今值需人，嘱其在家，未识得能可靠否也。

十七日庚辰 日，雨，均不大，全日皆然。日昨，祥高先生定郡城圆灯笼两盏、方灯笼十盏，计开洋十一角。昨闻云初兄近日赴郡，即致云初兄一信，并附该店来单、并开洋十一角，饬老庆送交。致杨万春一信，询晚米价值，未识郡城计价若干耳。张宝田先生于晚刻自楚卿家来，留过晚膳，后即转楚卿家去矣。

十八日辛巳 晴。寄奉家君第五十号安禀一函，附致胡介眉老夫子一信，封交邮筒寄至晋署。致周允东明府一信，交邮寄晋。早刻，至达云母舅府上少坐而来。晚刻，至邱楚翁处相叙一刻，相约至陶寿翁府上，晤周梅翁、吴玉成、张襄臣、蒋敬甫诸君，互叙半晌而来。接仲甫兄一信。

十九日壬午 晴。晚刻，周梅翁、张宝田、心斋宗叔、邱楚翁来叙至晚，留过晚膳后，言楚卿自海门来，明日至郡。即至楚卿处，晤云梯、陈赤甫、遇琴、赵敬甫诸君，相叙半晌而来，至家时将二鼓。言湖北官军又与革军大战得手。姚梧冈已随孙汶至南京去，现南京大发瘟疫，革军于城内不能安居，在城外居住。张子轩军门之大军已驻淮安，军威大震。近日必有一番大战，即能大捷速奏朕功，天下幸甚，万民幸甚。

二十日癸未　早至申刻，阴；酉牌，细雨；以后皆然。致张仲甫兄一信，交邮寄申。接黄子和都戎来柬，向假天生磺，但此物系家君携带在行箧，即致覆子和都戎一信，交其来人带赵矣。永利到埠，向其《申报》取来，所纪之语，大为荒谬，诧人听闻，秘束之高阁可也。适叶绍翁来，欲看报，即将其报送假其令尊阅看矣。

廿一日甲申　卯前，雪；辰刻以后，阴；至晚皆然。早膳后，趁永大小轮抵郡，于小轮中晤英国人龚多马，相叙至下午一点钟，抵郡埠。即至肃堂先生府上，晤煊夫先生、渭春兄、伯琴兄、李浣芳、黄叮波诸君，相叙至晚，即宿其府上。煊夫先生言，余于二月间由上海大清银行汇京库平足银二百两，托其代捐从九指省分发之需，以后中止未行，该银仍存大清银行，至九月之初向其取还库平足银四十两，馀则一百六十两，即托洪雨生明府代为向取云云。但从九之照虽已带台，藏诸行箧而未拆，另日再行向取可也。并言见石老伯有署甘肃提学使之说。

九月之初，陕西被革匪占据，经兰州军队进克西安府，遂至华州、潼关等处。而姜军门所统毅军进攻潼关，贼在此中，前后均有官兵攻克，想即可消灭。而陕西省克复之后，馀匪虽有，亦无窒碍。今上简升吉甫中丞允巡抚陕西，曾经赴任，如是，陕西大局已定，山西大局亦经早定矣。但湖北之汉口、汉阳均早经克复，而后武昌亦经克复。惟匪首黎元洪盘踞茶山（蛇山亦可言之，音蛇茶相若），已于十二日经冯爵帅打退，逃至南京矣。今山、陕平，全鄂克，皖、赣即可随手而得。现张子轩军门与倪中丞相合于一，如是西北两方即可进兵攻克，南京不日而定也。现匪首孙汶自为伪大总统，已于十三日称尊矣。并闻进南京之浙匪与苏匪自相冲突甚烈云云。而煊夫先生云，我朝军谘大臣廕午楼系是德国皇室郡马，此次军械均是廕大臣购自德国，所以有此利便耳。又言本朝自世祖章皇帝之后，列朝御用瓷器悉均存储热河皇宫，前洋人许银二千万两，而先太皇太后未曾允许，续再加一千万两，亦未俞允。今以军务急需，袁蔚廷宫保奏请皇太后、皇上允许所请云云。但康熙、雍正、乾隆各朝瓷气[①]好之最好也。

廿二日乙酉　晴。早刻，在何宅膳毕少坐，阅内阁官报，纪山西巡抚陆申帅于九月初八日被匪遇害，奉旨赐谥文烈，此外恤典最优且渥。人生如是死得其所矣。为人若遇死期，运之至倒，惟为国捐躯，须至佳之运方能所遇，馨香千古，死而犹生也。今陆文烈公可为前车矣。按：陆文烈公自六月间由江苏布政使奉旨补授山西巡抚，即于七月间北上。八月初，上召见，随于中秋前谢恩后即赴晋任事，九月之初即行遇害，奉旨赐谥文烈，馨香万世，血食千秋，其运佳之至极也。至江苏巡抚程德全投入革党，授伪军政都督之职，今虽以疾退居，其一生之丑何待言也。一为忠臣孝子，一为不忠不孝；一馨香，一遗臭，只是一念之错，以致相悬天壤至于如斯焉。随别肃堂老伯、煊夫世叔而行。随至财政部楚卿处，并晤雷莹阁统领、王冰如、章焕新诸君，相叙一刻，随与王冰翁将台州府署内各处悉均详阅一番。而楚卿兄邀留午膳，席设聚丰园，即同楚卿、冰如、焕新及陈、李二管带、金、任二幕，同至聚丰园相叙。席散，即至道头，而永大小轮方经开行，不及附趁。即至同昌盐号，晤月樵、少南、玉洲、次珩、石甫、宝田诸君，相谈至晚。过晚膳后，随轿至江下街。但顺昌小轮到时颇迟，该局言阮竹三现在江下，即至竹三处，相叙至三句钟，而顺昌小轮到埠，即行下轮而宿焉。

廿三日丙戌　晴。早七句钟抵埠，随即至家。接家君自十一月初三日所发一信，并嘱汇付眉甫先生府上英洋念元及其竹报一函，容日送交可也。又接伪军政分府雷照会典中加缴帖税公文。但余典已于十月初六日停闭，拟托翁子俊兄代为具禀覆达，随于晚刻至子俊兄府上，即将公文送阅，托其代拟。并与达云母舅、周梅翁相叙至晚，言及报中所纪倪中丞已克复正阳关，并言朝廷新购到新式快炮、快枪最

---

① 当为“瓷器”。

多，两相战斗之处，悉均获胜。如是情形，南京即可随手而克也。

晚膳后，至楚言处，晤赵友竹及心斋、道周、性言诸君，互相畅叙半晌而来，时已将二鼓。但赵友竹年经五十有二，复经食天禄之人，所言革命，极为得意，真老不知死耳。复有子名赵鼎文者，年只二十馀岁，竟出为革命之学生军，亦不为诫切，此真弃顺投逆之徒，何足道哉！万望诸君须以忠孝为主，后生者，必须孝弟忠信礼义廉耻八字，立定主意而不可缺，是为至切、至劝，偶而记焉。报中所言正阳关者，未识在于何处，即查天下图未曾详注，不得其详。前直隶滦州亦有兵变，幸只千馀人，当即朴灭[①]，可无内患之忧。又云四川总督赵制军已将叛兵逐退，今则安谧如恒。陕西、山西已平，京汉道可以毋庸重兵固守。湖北之武昌、汉阳、汉口已克，贼之巢穴已破。而冯爵帅大军可分两路：一取长沙，与朱观察军连合；一可直下南京。奉命安徽巡抚倪中丞已克凤、颍、六、泗等处，进攻正阳关，即与张子轩军门大军联合，一攻扬州，即可围南京，一可克安徽之安庆等处。倘安庆克复，江西随手而得，毋庸干戈。扬州破后，攻取南京之后，即克复镇江、苏州，随电平上海以及浙江，亦无动干戈也。但福建、广东克后，广西、贵州即可一鼓而定；云南须战，亦能易取。其大局如斯，即能速为克复，天下幸甚，万民幸甚！

廿四日丁亥 早至申刻，阴；酉牌，雪；以后皆然。致叶绍翁一信，并前假之《推背图》均于早刻饬老二送还。接娄德辉兄一信，即致覆德辉兄一信，就交其来人带交。德辉函云，倪中丞军已克安徽之安庆省城后，即围南京。此言果确，四万万生灵之大幸事。

以余想之，恐有不实者，何也？倪中丞当十馀日前军在皖之凤阳，今则已克安庆，亦至速也。但安庆系皖之省垣，克复之后，必须一番整顿，须需十馀日可至南京攻克。今即抵金陵，恐无此之速。张少轩军门大军雷，月半之时尚驻徐州，兵已至淮安。革匪盘踞南京匪目

---

① 当为“扑灭”。

林述庆、徐宝山等已至扬州，是处外来匪徒最多，今则即克扬州，亦属幸事，何至即抵南京，亦疑无是之速也。惟冯爵帅大军已在汉口、汉阳等处，克复武昌，早有佳报。想武昌收复之后，即由段芝泉制军治理民事，随统大军进围南京，倘若顺手，又有如此谣传，只是冯军亦未可知，其言非虚，定是冯爵帅之大军也。倘冯爵帅大军已抵南京，倪中丞军克安庆，即可分兵助战。张少轩军门大军已复扬州，亦可即进攻南京。如是，三路而来，想革匪即须溃散，倘或不然，攻克最易。倘复金陵之后，镇江随手而得。平镇江后，苏州、上海即在指顾间耳。倘上海已平，杭州即日反正，可以预料，而后各府即用一电而能平定也。福建、广东为一路，湖南、云南为一路，如此而来，数月之间，即可全球拱复如旧。余之所料如斯，定勿出此耳。今之所云，克安庆、围南京，非独德辉兄函中所云，即到处老幼妇孺统云如是。果是如斯，定然冯爵帅之大军；即或不然，亦是攻克南京之预兆也。

午膳后，叶绍翁来叙至晚，言及湖北总督段制军祺瑞字曰芝泉，倪中丞嗣冲字曰丹臣，张军门勋字曰少轩，张军门怀芝字曰子志，段观察芝贵字曰香岩。但段芝泉制军、倪丹臣中丞、段香岩观察及姜桂题军门、新简山东巡抚胡中丞建枢均是安徽人；冯爵帅国璋，直隶人；张子志军门，山东人；张少轩军门，江西人。前袁项城宫保总督直隶时，冯爵帅及倪丹臣中丞、段芝泉制帅、段香岩观察均是直隶候补道。而袁宫保大为赏识之人，今则均为朝廷建立大功，幸赖袁宫保得人之庆。现朝廷任用袁宫保任内阁总理大臣，乃我皇上齐天之福也。

晚膳后，陶寿翁来邀，至其府上晤道周、载熙诸君，相叙一刻。寿翁言于廿七日任事总统之期，彼民政支部演戏三昼夜云云。即与论时势。据云利器、粮饷，均是朝廷多而且足，其新式快炮、新式快枪，以及机关炮、机关枪，均民军所无也；惟人心，民军团结，但民军自排长以上均受义务耳。如是所云，余亦有一番议论云：革党人心投入，革党之人为之固结；朝廷人心归附，非独官界、绅界、商界之固结，即草野愚民亦知忠于皇上，而不知有革党。彼之所云，在彼者不得不如是所云，况排长以上薄其薪水，安能与其用命？彼之军械，除上海所造外，日本之最下等之枪炮售与彼而得厚利，日本之上等枪炮彼无此力量可以向购，固无人情又无财力所致也。我朝廷所用军械均是廕大臣向德国所购之极最上等新式快炮、快枪，况又半是借用。天下所出利器以德国为最优，德国所出又是最上等之快炮、快枪，其精利不待言矣。朝廷有军械如是之精利，有粮饷如此之足、人心如是之固、统兵大员如是之忠贞，一区区革匪何难而不克乎！只求速为攻克，以免生灵涂炭，天下幸甚，万民幸甚！

廿五日戊子　雨、雪，全日皆然。独坐寒窗，诸多涉漠，幸邱楚翁来谈至晚，藉堪消遣耳。阅十八日《神州报》言，安徽颍州人刘军门世俊、李军门永芳自备资斧，招集精兵与革匪开仗，最为得手。现在义兵之见已有数处，可见人心悉均固结朝廷，惟投入革命党者肆口横言无忌惮耳。只求早见光天化日，以慰生灵之望，是所大幸。

廿六日己丑　卯前，雪；辰至午刻，阴；未牌，细雨；以后皆然。现在世风薄之至极，又以时事如斯岌岌可危，吾辈不易初志者即是好人。与吾同学者因之反覆无常，不知凡几。同邑王俊卿茂才衷善，前在椒江肄业时即已相熟，屈计十馀年，皆乐相谈衷曲。月之初旬惠临时叙谈两夕。其宗旨甚正，毫无薄俗所欺，此等秀才，近今所无也。余与谊订同盟，亦足为厚风俗、正人心，藉作中流砥柱而已。早刻。致俊卿茂才一信，并附兰谱一扣，专价送交。即接其覆信云，互调之帖，俟廿八日购纸订立送下可也。早刻，翼亭自上海来，接张丹翁覆信一函，并接仲甫兄覆信一函，嘱购另星，均已照单购来。

言前江苏巡抚投入革命之程贼德全，因革党无序，已经告病赴申。程贼德全以佐杂起家，蒙朝廷厚恩，开府江南，不思报本，竟敢从贼，持伪职干戈反击朝廷，向其天良何在？能图反正，皇恩浩荡，亦不计较于此也。如此而退，恐不免无诛戳之祸。程贼所行如是，即或碎尸万段，难足蔽辜而已。张丹翁亦受朝廷厚恩，亦从程贼，贪图富贵，惜哉！

现大清军统领冯爵帅之大军已克九江、进围安庆之语已确，倪丹臣中丞之军与张少轩军门大军已合于淮安，与扬州之革匪想近即可开战。无如革匪之在扬州者最多，一时恐难下手，渐次而来，定不至出月。倘至嘉平初上，冯爵帅之大军与张少轩大军均可合围南京，而我军军械如是之精，不难即奏肤功也。翼亭云，仲甫兄所说各处军事，于各报纸中均不说真情，只恐解散革命人心。并且云革命败亦曰胜，有打败之战言曰小挫，言官军者小胜则言败，大胜则言小胜而已。并言苏杭甬轮车上及上海各处均差人到处募捐助饷，革命粮饷如是而募，无异乞丐之徒于路中叫饭。今之杭州、苏州等处是有革匪盘踞之处，到处抢劫，斯民何罪，遭此恶遣也。皆日盼大清军早一日光复，即早一日之福。万望速见光天化日，以免生灵涂炭，是所大幸。

心斋宗叔为算乡试宾兴设席文昌阁，柬邀午膳。随至文昌阁晤心斋、寿农、道周、少湖、载熙、舜卿、性言、一枝、云芝及达云母舅，相叙席散而来。至家时值宝田先生来叙半晌，言方自郡城下港，并云台州府民事长即军政分府，省中都督府委沈仲藩兄任之。沈仲藩者，系同昌盐号夥友，随为台州府民事长之任，岂非革匪所为，何乃台州之气数也。楚卿将前台州府知府嵩子山太尊威逼异常，不使其去，初与姚梧冈上下其手，而姚梧冈见机难为而去，雷莹阁出名为军政分府，独揽其权。为日未久，沈仲藩而运动得之，楚卿大不以为然，已试手续而中伤之，未识遂其所愿否也。今楚卿之所为权利自有，方遂其愿，一有不然而行诡计，此其素技耳。总而言之，今年有此水灾，黎贼谋图不轨，孙贼有此煽惑，黄贼有此大胆，众皆附和，致遭如此巨劫，此亦天数使然。只求速为平定，长受无穷之福，是为至幸。翼亭又云，卢槐士赴申后，即至南京，想因姚梧冈现在该处运动革命官而为之，亦未可知。未识革党已在南京者作何举动也。

廿七日庚寅 雨雪相杂，至晚皆(然)。致黄子霖兄一信，托购紫铜暖窝心大中小计五个，饬老二送交其府上转交矣。今值永利到埠，向其《申报》取来，又是一片胡言，值达云母舅来借，即假与矣。昨眉甫先生寄有家信一函，即遣吕保送交其府上矣。

廿八日辛卯 卯前，雨雪；辰牌，阴；以后皆然。致陈翼亭一信，饬小二送至黄城。即接翼亭覆信一函。现在国事如斯，世事亦复如是，我辈不汲汲于富贵而生利禄之心者，达云母舅及翁子俊兄、王俊卿兄耳，前与俊卿兄以调帖之议，今其将兰谱送下矣。午膳后，至子俊兄府上少坐，随至周梅翁处，晤达云母舅及其令亲花梯香兄，相叙半晌。梯香兄方至闽垣旋里，言及九月中旬，福建革匪煽惑之初，即举提督孙道仁为伪都督，将所部陆军大战二日二夜，以致福建将军朴将军(寿)遇害，闽浙总督松鹤帅自尽，深为惨然。但松鹤帅过于柔弱，今已自尽，方足蔽辜。至朴将军勇敢异常，因陆军中人均是革匪，寡不敌众，以致遇害，深为惨切。我朝如此忠臣，理宜优恤。在朴将军忘身忘家，以死报国，馨香千古，灵归天上，何待言欤。此番革匪滋扰，大员中与战而死者，福建将军朴将军寿为最烈，惟山西巡抚陆文烈公(钟琦)晓谕革党改正，致被遇害，可与相并。福建总督松鹤帅既已自尽，方足蔽辜而已。又言湖南克复，在福建时已得实音，在路中闻说冯爵帅克湖北之武昌后，即行分兵攻克湖南。又，朱中丞家宝与倪中丞嗣冲已克安徽安庆省城，张少轩军门已克扬州，倪丹臣中丞自安庆之师已取江西。今则冯爵帅大军及朱中丞、倪中丞、张少轩军门、张怀之军门之三路大军均已进围南京，如此雄师百万，只南京一城，攻克在于指顾间耳。想在年内即奏肤功矣。所可惜者，福建提督授伪都督孙道仁，深为可惜。按：孙道仁，湖南人，前福建提督孙开华之子。但孙开华有功于国，于福建建立专祠，并列福建昭忠祠首座。其子道仁以福建候补道员奉命补授福建提督，世受朝廷恩典不谓不厚，今则一旦变生异心，甘授伪职。乃父数十年功绩被其毁，将来有何面目见乃父于地下乎！此其孙氏不肖子可耳。并言福建自革命之后，自生疑忌，干戈倒击即在指顾间耳。前为提督，上呼下应；今为都督，呼应不灵，此为明证。乃前为提督，又是忠荩之后，营下以及绅士、百姓，何等钦敬。今授伪都督，识者即以反贼目之，以此观之。馨香、遗臭，不在日后，即在目前也。就道至心斋宗叔处，晤邱楚翁，相叙至晚，心翁留过晚膳而来。

廿九日壬辰 晴。寄奉家君第五十一号安禀一函，内附寄眉甫先生一信、少圃表叔公一信、曹姑娘一信，封交祥高先送海门邮筒寄署，系单保险。致何肃堂老伯一信，交邮单保险寄郡。典中因接军政分府公文，须捐款一节。但典中已闭，即具禀致覆，封交祥高先送海门邮筒双保单寄郡交台州军政分府雷莹阁统领察收矣。晚刻，张宝田先生及翁子俊兄来叙至晚，留过晚膳后，同至建西处少坐，晤周梅翁、王子轩、黄道周、周作羹、汪伯端诸君，相叙半晌而来。至家时逾二鼓矣。

三十日癸巳 辰前，雨；巳、午、未牌，阴；申刻，晴；以后皆然。接叶祖香太尊一信，即覆叶祖香太尊一函，就交其来友带奉。晚刻至吴玉翁处少坐，就道至心斋宗叔府上晤邱楚翁，相叙半晌而来。言及沈仲藩兄奉省中都督府委署台州军政分府，近日可以到台。台人杨子卿镇毅购有快枪百支，与沈仲藩同来办理团练云云。但杨子卿人过浮，楚卿已想法阻止，未识得能如愿否也。倘或不然，只恐有一番冲突，又是不利于台民耳。又云章焕新与雷芸阁均欲招兵外出，楚卿听其所使，亦数也。广西已有兵队二千赴申助革匪，谋图不轨，真是干戈倒击，言之痛心。中有朱文劭者亦在其中为参谋，此亦出人意料之外。按：朱文劭字曰劼丞，台之黄岩县城人。其父朱敷五名谦，己酉科拔贡，随举乡试，授安徽泗州直隶州州同，署定远县知县。其母舅王彧夫京卿（彦威），庚午举人，由工部郎中军械章京邻班太常寺少卿。岳父张子远明府浚，乙酉优贡，署山东栖霞县知县。彼自壬寅科举人，甲辰科进士，钦点工部主事，奉简广西全省高等审判厅厅丞。如是者世受国恩，不谓不厚，今则革命一起，即行从贼，且为贼之参谋，岂亦惜乎！非其家之不幸，乃吾台之不幸，出此逆子逆臣，深为浩叹。

十一月初一日甲午 晴。致叶蓉秋先生一信，交祥高先送交，托觅铜匠。接王冰翁一信，即致覆冰如先生一信，交邮寄郡。午膳后，至叶祖香太尊处，相叙一刻，晤绍翁言，接边柳溪来函云，湖北之武昌确已克复，并有克长沙、安庆之说。就道至子俊及达云母舅府上，相叙一刻而来。晚膳后至楚卿处，晤周梅翁、黄道周、赵友竹、邱遇琴、张宝田、王云梯诸君，相叙半晌。言及邱舜琴投入革命与其带匪为排长，匪首调其赴扬州，注扎[①]之处与张少轩军门之军只隔一河，彼欲请假而不得。倘若战阵正作冲锋之贼，未识后事如何也。楚卿谕札赵友竹为前所执法官，即前临海巡检，于初四日视事，其印亦自行刊刻成章矣。

初二日乙未 早至午刻，阴；未牌，雨；以后皆然。接陈世治先一信，前托张锦侯兄代买之牡丹洋四元，已代取还。蓉秋先生代叫路桥广昌铜店人来，即将橱中铰链与其看过，说明正月十四日来订矣。早刻同宝田先生至水门诸处看地，在曾宅过午，因将下雨而来。时值冬令，求晴为佳，今值雨水过多，未识明春草麦均无窒碍否也。吾侪小民，只求国泰民安、风调雨顺，是所万幸。

初三日丙申 晴。晚刻，至翁子俊处少坐，同子俊至达云母舅，同达云母舅至周梅翁各处，均相叙半晌而来。阅上月廿七日《申报》纪：福建漳州府属角尾田里社有岁贡生王乘龙字少枚，看时局如斯，乃敬备香案，向北谢恩后，写出五言诗一首，悬梁自尽。其诗曰："毫发千钧重，山河一注孤。勤王心未死，结草赴京都。"我朝能得均如王明经之心为心，何患革匪猖獗哉！

初四日丁酉 阴。晚刻，叶绍翁来云，其令亲自甬江旋云，孙汶因在南京自相残害，已退避至上海矣。又云，伪镇江都督林贼述庆曾经逃跑。又陶宅夥友三先来云，南京之北扬州地面与南京相违八十里之遥，张少轩军门已与革匪开仗。倘若孙汶能得逃跑之后，今张军门大军定能克复南京必矣。三先又言，革党之兵于未战时逃投张军

① 当为"驻扎"。

门之大军中投效者不少，可见张军门之军声势也。现于初一日开战，想投诚者较前更多耳。现革党兵饷不及官军兵饷三分之二，现官军兵精粮足，革党求乞于人者耻哉。各项报纸均是革匪煽惑人心，难于取信。现黎贼元洪已至南京。陕西已平，京汉铁路可以无忧。只愿冯爵帅大军自克湖南之后速即东下，朱中丞与倪丹帅合同张子帅两军，速即克复南京，以慰苍生之望，是所深幸。倘若南京克复之后，则苏、浙、闽等省即可一电而定，南京以及苏、浙、闽平后，其馀诸省易如反掌。私心祝祷者只求大军速即克复南京耳。

初五日戊戌 雨。寄奉家君第五十二号安禀一函，交邮寄署。致叶绍翁一信。晚刻，丁辅香兄来叙至晚，留过晚膳后而去。连日多雨，草麦大损，深为焦急，急求上苍，即日大晴，是所深幸。

初六日己亥 雨。寄奉家君第五十三号安禀一函，饬阿庆送海门邮政局寄署。今日又复大雨，深为至急，深望上苍敷佑，即日大晴，是所大幸。午膳后，陶寿翁遣人来邀，即至其家中，晤周梅翁、邱楚翁、周少云、汪伯端诸君，相叙至晚而来。言及现接省中军政府蒋百器来电云，台州府民政长沈仲藩现已取消，即府民政长亦并取消，只临海县知事委郡城人冯仙阁杰任之，至军政分府仍以雷莹阁统领兼署云云。

并言伪绍兴都督王金发本是绿林豪杰，于九月间革党攻取杭林省城之后，彼即乘机攻占绍兴府城，亦自刊印信曰都督。绍兴军政分府革党因绍兴秩序已乱，亦认为同志即是同党。自王金发占据之后，将绍兴一府公款归于自有，分所宜然。随即派捐，但捐之多寡视其家之有无。内有四人，负有财之名，实则虚空，悉均枪毙。其馀人家皆受荼毒。两月之间，绍兴一府之内，得捐一百五六十万之巨。即行招人购买快枪，由上海购有二千九百枝、子弹五十万颗，由杭赴绍。值蒋百器闻悉其事，恐其另外生枝，将其快枪扣留在杭。彼初与杭伪都督蒋百器理论，未允，继即用兵力。现王金发将绍兴之兵已驻至萧山，欲攻杭州之想。蒋百器已派兵防堵，其力亦厚。如是而来，百姓大受荼毒，何待言欤。但绍兴无知后生投入革命者多之至再，前张少帅杀女革命秋瑾，绍民致有如此反对，出于情理之外。今已由革党进攻省城之后，以土匪投入革命，借革命之伪官，夺取绍兴一郡万民身家性命财物，亦天理昭彰，不亦宜乎！当日辅助增中丞保守省城，使各府均有秩序，一面捐资绍兴勤王，安有今日之祸？在中之人，悔乎？否乎？当日增子固为浙江巡抚，虽是贪赃污吏之官，为朝廷起见，不得不保全浙江；保全浙江，不得不尊守增中丞命令。浙江得能保全，即自己身家性命均能保全。自今之后，悔亦晚也。

初七日庚子 阴。晚刻，西北风颇大。致娄德辉兄一信，遣道中送交。晚刻，至陶寿翁处，晤达云母舅及周梅翁、周载熙、汪伯端、翁子俊、谢仲衡、陈少山诸君，互叙至晚而来。但寿翁之二世兄习谦于前定亲于泽库阮右垣刺史侄女，已于本月十二日完姻，家中一切悉均预备矣。

阅《名臣言行录》明纪前明崇正朝闯贼李自成猖獗，京城失守，当时殉难者范文忠公景文、倪文正公元璐、李忠肃公邦华、王忠毅公家彦、孟节愍公兆祥、其子孟贞孝公章明、施忠愍公邦曜、凌忠清公义渠、马文肃公世奇、吴贞肃公麟征、周文烈公凤翔、汪文毅公伟、吴壮介公甘来、王节愍公章、陈恭洁公良谟、申端愍公佳胤、成文忠公德、金忠洁公铉、刘文烈公理顺等大臣二十位，经本朝世祖章皇帝予谥，命所在有司各给地七十亩建祠致祭焉。所待前朝功臣者无过本朝待前明公臣之优厚也。前明天下失于闯贼李自成，以致怀宗自尽之后，我世祖章皇帝任重邦交，诛灭闯贼李自成。又因怀宗已故，并无相当支派，以致而有天下，不合宜乎。前明功臣深受本朝厚恩，亦当瞑目矣。前明季年，大臣殉难，亦分所宜然。有文生许琰、布衣汤文琼相继殉难，亦最难得。汤公死时，书其衣襟曰："位非文丞相之位，心存文丞相之心。"如此杰士，更非易得焉。今阅是章，以为之记。凡人为忠臣义士，馨香万世，倘若一念之舛，即是遗臭千秋。如洪承畴等，当时虽偷生数十年，今入二臣，何等卑下。人之生死，早数十年死与迟数十年死，同是一死，倘死得其所，即死犹生也。如今之朴将军寿、陆文烈公钟琦，其人虽死，将来登贤入圣，千年俎豆，死而犹生。而冯星甫中丞汝揆、松鹤龄制军寿、凤将军山、黄军门终浩，不失昭忠一席。人生得能尽节，须鸿运时方能遇也。现今张少轩军门、朱中丞家宝、冯爵帅国璋、段芝泉制军祺瑞、倪丹臣中丞、徐军门邦杰，诸巨公将来近则可与曾文正公、左文襄公、胡文忠公相并，远则可与傅文忠公、姚尚书相并。若与前朝而论，可与周忠武公、史督师、于忠肃公、徐武宁公、常忠武公、文丞相、岳武穆公同日而论焉。程贼德全、伍贼廷芳、汤贼寿潜，何异唐之张邦昌、宋之秦桧、明魏忠贤，食君厚禄，位极人臣，力为反手，干戈倒击，万一幸逃阳律，将来阴谴，将何当之。如黎贼元洪者，何异李自成、杨修清之徒耳。草野书生，不避忌讳，既知其情，敢以私言而记。他日朝廷自有史笔公论在焉，勿责余言狂罔为幸多矣。

初八日辛丑 卯前，雨；辰牌，阴；以后皆然。接何肃堂老伯一信，又接周允东母舅一信，言河东一带，致有刀匪相聚，信息不通，深为至虑。并言柯定初兄因大学堂停课，与其同住一寓，欲俟明春旋里云云。早刻，吴玉成来叙一刻，午膳后至楚卿处少坐，因其同宝田先生至水门看田而来。就道至楚言处，适晤玉成，与其相叙半晌。言及有省中人来云，疑宁波之军政分府某，并统领常品莲，两公有欲反正之事，未露痕迹耳。但军政分府某君不得而知。至常品莲统领原藉直隶曾有亲戚某，尚在醇亲王府中当差，且彼又是张大臣(怀芝)门人，受恩身重。当因浙江如是，人心一时难于补救，从权从事，镇守要地，俟大军临浙，作为内应，我浙易于克复，亦未可知。省中既有其言，恐非无因，已与台人闻悉，常统领未必不闻也。倘若果作内应，其一切粮饷定然预备，一面通禀奉命征浙张大臣于水道进宁波，过绍兴，直攻杭州，即可一鼓而定。况绍兴伪都督军政分府王金发已与杭州伪都督蒋百器为扣留军装两相决裂，藉此反正，不失提镇之位。所料如斯，亦意中事也。革匪如此滋扰，万民受其荼毒甚矣。急求大清军速为克复全浙，拯民于水火之中，真如大旱而望云霓之切盼也。自汉阳、武昌克复之后，即行停战如此之久，未知何故，焦急万分。屈计停战之期，于本月十一日已满，想无再缓之理。倘若闻战而来，数月之间，均能扫平天下也。定是如斯，天下幸甚，万民幸甚。晚刻，陈庆祥来叙一刻，假去十三子二十颗，言及彼处有一退伍勇目，自南京方来，言及现张少帅大军已密布在南京之四十(里)外，因停战期内，未及开仗。果至南京之四十里外，则扬州之南矣，非过扬州，未识各路亦有进兵金陵否也。倘非张少帅大军，想倪丹帅、冯国帅诸路雄师进攻南京，先为密布，亦未可知。事若果然，则克复南京在指顾间耳。

初九日壬寅 阴。陶寿翁之三令郎于十二日完姻，今日已发妆奁颇厚。晚刻，适妆奁进门时，至其家中，晤金季培、周梅翁、汪道周，相叙半晌而来。

初十日癸卯 晴。日久未见太阳，今日天气大晴，畅快人心，足为欣喜。致何肃堂老伯一信，嘱道中送交海门邮筒寄郡。接娄晋阶太姻丈一信，即覆德辉兄一信，就交其来人带交矣。心斋宗叔嘱余代其书寄徐花农侍郎一信、周允东明府一信，均代其书就，送交其自行付邮。但花农侍郎现住北京烂面胡同南头路西徐公馆。早刻，王子升先生来叙半晌而去。至子常老伯处晤子升先生，相叙一刻而来。但子常老伯本借居尚德小学堂，因是处冷静，于上月之杪失窃，移至女学堂暂住而已。午膳后，至陶寿翁府上，晤周梅翁、金季盘、冯敷五、吴玉成、李少云、周载熙、李舜卿、汪伯端诸君，互叙一刻而来。适达云母舅及翁子俊、叶绍伯、边椠斋、金季盘、黄少愚来叙至晚。

言及倪丹帅与朱中丞大军已克寿州，即古之寿春，并凤阳府等处。内阁总理大臣袁宫保于上月之杪召见，旋衙路过转湾之处，有匪党数人，手掷炸弹，伤及从弁数人，立时毙命。幸袁宫保只受惊，并无伤损。当时衙队即将掷弹匪党当场获到三人，讯之即是革命党所买之暗杀党，随即明正典刑。现朝廷正用袁大臣，而袁大臣为报效朝廷竭尽心力，正是国家柱石。遇此重险，毫无一损。虽袁宫保之侥幸，实朝廷之鸿福。人以忠心报国，天必佑之。今袁宫保正当效命之秋，而小丑何能为也。可见天命尚在朝廷，天命所在，人心亦必随之。只自后粮饷足备，与匪决战，必拯天下苍生于水火之中，名登《清史》，永垂千古，是为万幸。并云及嵩子山太尊今日趁轮赴申，云至山东之说，乃脱虎口耳。以余想之，嵩太尊此去定然赴京，而后设询迎接家眷可也。但嵩太尊晋京之后，想浙江情形均可上达，只求速邀大军克复，台民幸甚，天下幸甚。

十一日甲辰 阴、晴。致张丹翁一信，附年糕百根；致张仲甫兄一信，附年糕一百根，并麻糍各念双，均托亦兰兄代为带申寄交。致何霭翁一信，托其寄杭代购摺笔十支。致心斋宗叔一信，饬二头送交。晚刻，达云母舅及叶绍伯、黄楚卿、吴玉成、周梅翁来叙半晌而去，后李雨田明府来叙，少顷即转陶宅。但李雨翁与陶寿翁谊属郎舅，今因其二外甥完姻而来，随即至陶宅还谒李雨翁，并晤寿翁、楚卿、玉成、性言、道周、宗山、禄孚、敷五、李少云、季盘、伯端、桐甫、崇山、舜卿诸君，相叙至晚，留过人情酒而来。彼之代谋者季盘、伯端两人，李少云携带四十人保护路上而已。金季盘言，据海门今日永利到埠自申旋者云，张少轩军门已于初八日在浦口开战。但浦口即在南京之江北，与南京相违四十里，隔一长江而已。言若果然，想扬州曾经克复。按：浦口在扬州之南，非克扬州，大军不能直至浦口。如是而言，与前三先之语大相仿佛。张少轩军门与张军门（怀芝）大军已克扬州，进浦口，攻南京。则朱中丞与倪丹帅大军定克安庆，帮助进攻南京必矣。如是而来，即在年内就可克复南京必矣。倘南京已克，冯爵帅已克武昌，复长沙，则各处即能反正，亦在一二月之间耳。闻言之下，深为欣幸。

十二日乙巳 晴。接张碗秋一信、陈训甫一信，托余代达楚卿兄一节。即致楚卿兄一信，就交其来人送交。早刻，至楚卿并子俊两处，相叙半晌而来。言及近日报纸纪袁蔚廷宫保世凯奉旨晋一等侯爵，由醇亲王自捧上谕至袁蔚廷爵相府第。本朝袭爵之初即赏一等侯爵，向所未有，但晋爵，谕旨由亲王恭送府第，亦所无也。今袁爵相受皇上知遇之恩厚而且渥矣。但袁爵相之太封翁袁甲三亦有赐谥，其公子袁克定亦是二三品京堂，如是可谓世受国家厚恩。又纪张少轩军门由长江提督奉旨简放两江总督，亦是特恩。并由亲贵大臣筹足现银三千万两进呈隆裕皇太后存储，结发军饷之需。选定张少轩制军、张怀芝军门进攻南京为一路，朱中丞家宝、倪丹臣中丞为一路，进攻安庆，帮助进剿南京之师。冯爵帅、段芝泉制军由湖北进攻湖南。姜军门桂题、段香岩观察克长沙。如是四路雄师一时进剿革匪，上下均能一气，兵精粮足，即可克南京、克安庆、克长沙、克全陕之后，浙、闽、江西、贵州等省即可转驿而定，易而且速。闻言之下，正是苍生之幸，天下之幸耳。

前向黄岩王宅为长女向讨尺头等件，今其均照数送下矣。满林之女小领，家慈作主与叶凤楼陈弼斋者，于今日文定。彼无人可代出帖，不得已而余代其出名耳，乃家慈所命也。陶寿翁之二世兄习谦于今日娶亲阮氏。晚刻，至其府上，晤李雨田明府、雷莹阁统领、何霭生明府、黄楚卿及叶祖香太尊、傅恒山守戎、吴梦得千戎、李少云、李舜卿、周梅五、吴玉成、徐霭人、谢仲衡、陶河清、陶吉云、徐仁甫、汪伯端、金季盘、周载熙诸君，相叙至晚，吃酒后少坐而来，至家时逾二鼓矣。

李雨翁言，福建朴少山将军寿，因福建革匪起事之初，深知孙贼道仁为正大都督，彭贼毓峰（已革福建候补县丞，早入革党，煽惑人心）为说客，彭贼自为副都督，朴将军深悉其事，即商与福建总督松寿。但松寿少于决断，迟疑未决，致于革党起事，方谋战敌而不克，以致闽垣已破。满城尚守时，朴将军少山先将自己妻妾子女悉均自尽，之后与革匪死战而薨。大将军竟能如是而终，虽言不克，何异前明周将军遇周也。周将军祠中当以朴将军配飨，足可相称矣。为臣下者，为国难而死，万一国家致有危祸不失于忠荩，死后超登天界。若以弃正投逆，谋为不轨，虽目前荣幸数十年，将来二臣之名不免，有何面目见先帝于地下乎。定受地狱之苦必矣。心存为国捐躯，未必即死；返主求荣，未必即生。一刻千秋，毫厘千里，必须立定主意，不与所惑，是为大幸。素知袁蔚廷爵帅素存曾文正之心。曾文正当日平粤匪，后奉旨封一等侯爵，今袁爵帅奉命剿办革匪之初即行奉旨封加一等侯爵，乃朝廷特别鸿恩，素所无也。今袁蔚廷爵帅受皇上厚恩逾于曾文正公，今其权力位置亦过于曾文正，将来效命必须逾过曾文正，天下幸甚，苍生幸甚，万民之希望袁爵帅亦必以第二曾文正公可也。

十三日丙午 阴。早刻至达云母舅处，晤子俊，相叙至午而来。午膳后至周梅翁处少坐而来。梅五相约晚膳后至心斋宗叔处，至时而去，并晤楚言，相叙一刻。适有苏方玉者，前在吴玉成营下当兵，今亦至家数年矣，云及彼有友人自杭州来云，杭州各营（非新营）之营兵云极心复朝廷恩养，无时能忘，急望张少轩制军克复南京之后，力图报效。其所存之心最有忠义，今之梗压而投入革党，以其营弁、哨弁之所致，实有其心而难为能耳。营下小卒尚知报效朝廷，其营哨诸弁反以投贼，真何异于犬豕。苏方玉以一退伍营卒尚知正伪为言，吴玉成深受朝廷厚恩，保至副将，动则即曰革命之所长为言，亦何异于异物。按：吴玉成者名忠选，江南常州人，幼入粤匪为奴，时朝廷平定粤匪之后，投入湘军成梓臣太守部下为勇，历保至都司，捐参将，保副将，曾署浙江提标右营守备，因事被议而归，年经六十有六，已老朽，静坐家中而已。今望革匪猖獗，屡次心为仰慕妙赞，倘其年轻，又是一个革匪也。此等小人，本不足录，因其营下之人，尚以忠义之言言之，彼为旧日营主，反不如一营卒，可见其为人卑鄙龌龊耳。至家方将二鼓矣。

十四日丁未 早至午刻，阴；未牌以后均晴。陶寿翁柬邀晚膳，即至其府上，晤李雨田明府、、周梅翁、陈禄孚、金季盘、李舜卿、黄道周、汪伯端、周载熙诸君，相叙席散，来向叶祖香太尊假有《啸亭杂录》一册，批阅之下，仰见国朝列祖列宗圣德巍巍，历代之所无匹也。其恩如天之覆，如地之载，今则罔言革命者，真是恩厚而不知恩也。如在融合化日之中，为日已久，不知酷暑严寒之苦，今之赴日游学生，川费告罄，碍难回国，由国帑颁发巨款，方将旋国，随即投入革党。此辈方受国恩，即行见背，尚有良心否也。言之痛心，只置之不论可耳。

十五日戊申 晴。寄奉家君第五十四号安禀一函，交海门邮政局寄至署中。早刻，至叶绍伯处少坐，言边柳溪兄已于初十日旋台云云。就道至子俊处少坐，而言[①]十一日报中言，江南张少轩制军大营出兵，已于革匪开战，大为得手云云。成衣虎老司云其女婿方至上海旋云，大清军炮击革匪轮船五艘，寸板无存。未识革匪新置之艇，抑或萨镇冰之轮因煤罄投入革党之艇，不得详悉。此番开战，我军定是获胜，连日天气大佳，想均大战必矣。张少轩制军攻革匪之北，朱中丞大军攻革匪之西，犹如陕西升吉帅攻革匪之西，毅军攻革匪之东，遥遥相对。惟陕西升吉帅大军已克西安省城，毅军已进潼关，陕省之革匪均在华州一带，前后受敌，已经消灭。只速将南京革匪即为消除，复我江山如旧，天下幸甚，万民幸甚。所幸天命在我大清，又幸统兵得人、将士用命，消灭革匪，在于指顾间耳。

十六日己酉 晴。早刻，童象斋兄来叙，过午膳后而去。晚膳后至楚卿处，晤云梯、遇琴、梅五、周友竹、作羹、楚言诸君，相叙半晌而别。道周言及湖北冯爵帅大军将革匪之轮船炮沉五艘，已闻两次，其事已确。惟革匪并无轮船，想是叛舰无疑耳。

十七日庚戌 晴。晚刻，王子衡兄来叙一刻而去。周梅翁来叙少顷，言其令亲花辅卿二尹言武昌已于十月廿一日经大清军克复。而革匪不以明言者，恐其党人心解散之所致也。今之军情易于闻悉，革匪专以瞒犴[②]为事，真是鬼域技俩[③]，扰害苍生，难于胜言，急求大清军早日剿灭匈奴，即早一日苍生之幸。如苦旱急望云霓，只求上天

---

① 原文衍一“言”字，已删。

② 当为“颟顸”。

③ 当为“鬼蜮伎俩”。

好生速沛甘霖，以慰苍生，天下幸甚，万民幸甚。现为朝廷忠臣者张军门彪、张制军勋、张军门怀芝、张制军人骏、张军门绍曾、张制军鸣岐、张军门汉云、山东巡抚张中丞广建、山西巡抚张中丞锡銮，以及张景良、张福堂、张镇芳、张楚宝，诸公忠心于国，万世不磨。又有张謇甘心从贼，遗臭千秋。同一张姓，何其贤与不肖竟若是之悬殊也。诸张氏之功以张制军勋之功为最，张军门怀芝次之。张少轩之功于国者可与前明周将军遇吉相并，同与日月争光。张贼謇以状元起家，甘为反贼，深为惜哉。

十八日辛亥　辰刻前，阴，天均白云，渐渐而散；至巳刻云开，晴，见日色即是青天；至酉牌，又见白云，均无风，天气亦和暖。午时立春佳节矣。余日夕焦急，一为国家时事如斯，家君又任虞乡，未识地方能得安谧如恒否，即本镇亦能平安否。邀心斋宗叔、缪性言先生及叶云斋、冯济生、庆香于晚间来家，虔心请仙，求指迷途。于十二句钟时机示云："吾是云崖岛外之友，即野人莱真也，文言不明，但所卜吾更难赐矣。写字二个，君细思之。""乌譠"，请详，不能赐。"莫莫英华乌则遇，诸君不知此乌字廿重，二字问字即国事之隐语，请索看内定一歌。"写："惨莫言民心从也，然君也悲，民也愁，乌游夸夸实难游，请阅难耻笑矣，子孙流庚，诸君不必忧，要祈洞峰真人再断，羞羞。实系各诚心。"又问家君现在山西安否？批示云："可安、可回。"又问一事，批云："细件定例可望。"指"乌譠"二字，其中定有意义在焉。况乌字重写数次，不知作何详解，容细思之可也。

阅《啸亭杂录》续集中纪：列圣万机之暇，亲为裁定颁行各书，开列于后。经部：《易经通注》四卷，《日讲易经解义》十八卷，御纂《周易折中》廿二卷，御纂《周易述义》十卷，《日讲书经解义》十三卷，钦定《书经传说汇纂》廿四卷，钦定《诗经传说汇纂》二十卷，御纂《诗经折中》二十卷，钦定《周官义疏》四十八卷，钦定《仪礼仪[1]疏》四十八卷，

① 疑为"义"。

钦定《礼记义疏》八十二卷，《日讲礼记解义》二十卷，《日讲春秋解义》六十四卷，钦定《春秋传说汇纂》三十八卷，御纂《春秋直解》十六卷，《御注孝经》一卷，御纂《孝经集注》一卷，《日讲四书解义》二十六卷，御纂《吕律正义》五卷，御纂《正义后编》一百二十卷，御定《康熙字典》四十二卷，钦定《西域同文志》二十四卷，御定《音韵阐微》十八卷，钦定《同文统韵》六卷，钦定《叶韵汇辑》五十八卷，钦定《音韵述微》一百六卷。

史部：钦定《明史》三百六十卷，《御批通鉴辑览》一百廿卷，御定《通鉴纲目》四十卷，《开国方略》三十六卷，御定《三逆方略》《亲征平定朔漠方略》四十八卷，《平定金川方略》三十二卷，《平定准葛尔方略》前编五十四卷、正编八十五卷、续编三十二卷，《平定两金川方略》一百五十二卷，《临清纪略》十六卷，《兰州纪略》《石峰堡纪略》《台湾纪略》《平定廓尔喀纪略》《平苗纪略》《平定三省教匪纪略》《辛酉工赈纪略》，《太祖高皇帝圣训》四卷，《太宗文皇帝圣训》六卷，《世祖章皇帝圣训》六卷，《圣祖仁皇帝圣训》六十卷，《世宗宪皇帝圣训》三十六卷，《高宗纯皇帝圣训》，《上谕内阁》一百五十九卷，《朱批谕旨》三百六十卷，钦定《蒙古王公表传》六十卷，钦定《满洲氏族通谱》八十卷，钦定《胜国殉节诸臣录》十二卷，御定《月令辑要》二十四卷，《大清一统志》五百卷，钦定《热河志》八十卷，钦定《日下旧闻考》一百二十卷，钦定《满洲源流考》二十卷，钦定《皇舆西域图志》五十二卷，《皇清职贡图》九卷，钦定《盛京通志》一百卷，《词林典故》八卷，《续词林典故》，钦定《历代职官表》，钦定《大清会典一百卷》，《大清会典则例》一百八十卷，新定《大清会典则例》一百八十卷，钦定《续文献通考》二百五十卷，钦定《皇朝文献通考》二百六十二卷，钦定《续通志》一百四十卷，钦定《皇朝通志》一百卷，钦定《皇朝通典》二百卷，《幸齐盛典》四十卷，《万寿盛典》一百二十卷，钦定《大清通礼》四十卷，《南巡盛典》一百二十卷，《皇朝礼器图式》二十八卷，《国朝宫史》三十六卷，钦定《满洲祭神祭天典礼》六卷，《八旗通志》初集二百五十卷，又，《八旗通志》二集,《大清律例》四十七卷,钦定《天禄琳琅》十卷,御制《详鉴阐要》二十卷。

子部:御撰《资政要览》三卷、《后序》一卷,《圣谕广训》一卷,《庭训格言》一卷,御制《人臣警心录》一卷,御制《日知会要》一卷,御定《孝经衍义》一百卷,御定《内则衍义》十六卷,御纂《性理精义》十二卷,御纂《朱子全书》六十六卷,御定《执法成宪》八卷,钦定《授时通考》七十八卷,钦定《医宗全鉴》九十卷,御定《历象考成》四十二卷,又,后编十卷,御定《仪象考成》三十二卷,御制《数理精蕴》五十三卷,御定《星历考源》六卷,钦定《协纪办方书》三十六卷,钦定《佩文斋书画谱》一百卷,《秘殿珠林》廿四卷,《石渠宝笈》四十四卷,又,《续石渠宝笈》,《钱录》十六卷,钦定《西清古鉴》四十卷,钦定《西清砚谱》二十四卷,御定《古今图书集成》五千二百卷,钦定《渊鉴类函》四百五十卷,御定《骈字类篇》二百四十篇,御定《分类字锦》六十四卷,御定《子史精华》一百六十卷,御定《佩文韵府》四百四十三卷,御定《韵府拾遗》一百十二卷,《御注道德经》二卷。

集部:圣祖仁皇帝初集四十卷、二集五十卷、三集五十卷、四集三十六卷,世宗宪皇帝《文集》二十卷,高宗纯皇帝《乐善堂全集》三十六卷,《御制文》初集三十卷、二集四十卷、馀集二卷,《御制诗》初集四十四卷、二集九十四卷、三集一百卷、四集一百二十卷、五集一百四十卷,又,馀集,今上皇帝《味馀书室集》,即仁宗睿皇帝耳,御定《全唐[1]》五千卷,御选《古文渊鉴》六十四卷,御定《赋汇》一百四十卷、外集补遗二十卷,御定《全唐诗》九百卷,御定《佩文斋咏物诗》选四百八十二卷,御定《历代题画诗类》一百二十卷,御选《四朝诗》二百九十二卷,御定《全金诗》五十二卷,《御选唐诗》三十二卷,御选《唐宋文醇》五十卷,御选《唐宋诗醇》四十七卷,《皇清文颖》一百二十四卷、又《续文颖》,钦定《四书文》四十一卷,御定《历代诗馀》一百二十卷,御定

---

① 疑脱“文”字。

《词谱》四十卷,御定《曲谱》十四卷。

十九日壬子 晴。致王俊卿一信,遣道中送交。接仲甫兄福一信,并惠物两件,均经收到,早刻至吴玉翁处少坐,托余代其自致心泉一信,即代为写就,遣人送交其自寄。致叶绍伯兄一柬,并附还《啸亭杂录》共计十本,饬满禄送交矣。

二十日癸丑 早至午刻,晴;未牌,阴;以后皆然。致子衡兄一信,专人送交。晚刻,周梅翁及达云母舅、子俊兄来叙半晌。言及革匪伪定职官,省城各官未得其详,各县中设一知事、一参议,知府道员之名色悉均撤销。知事以下有区官、有岛司等名色。本镇之同知署初有民事支部名色,而陶寿翁任,今则取销支部,归于县属,寿农不肯而为之,即已捏名电保周梅翁为本镇区官,言其公事已由雷莹阁统领电达,尚未接有复示。此亦千古之奇闻也。

廿一日甲寅 晴。寄奉家君第五十五号安禀一函,附致眉甫先生一信、少圃表叔公一信、介眉一信、旭东一信,交邮保险寄署。致周允东明府一信,致柯定初兄一信,交邮寄晋,均由嘉先送交顺兴泰之邮政局转寄耳。晚刻,叶祖香公祖来叙半晌,言及其在江西省城家中时,有一指分江西候补知县某,由进士出身,指分到赣,言有同年某系江宁上元县人,自中进士,钦点吏部主事之后,即行请假到家。其人素精数理,能知过去未来之事。于道光廿八九年时告其亲友云,此地将为血海近矣,速为搬移。其亲友不信其言,彼自移住于江西省城。而江宁即南京,于咸丰元年被粤匪占据,是处百姓皆遭涂炭,彼自有先知也。自闻此言,其人尚在省城,即为相询往访。方至其门,有一小童开门进内。桌中有砚,放有一纸,言今日午牌有某姓某姓二友来访请云云,彼又预知姓字、往访时刻,则更奇亦。随即进内请会见,其人有重听,说话不便,随以笔谈云:"捻匪无能为也,洋人乃开路先锋,有一急公好我者已出,癸酉命在于毫朴之间耳。"并言之颇长而别,屈计三十有一年矣。按:癸酉命现三十有九。叶公去后,周梅翁来叙片时,相约至楚言处少坐而来。

廿二日乙卯 晴。晚刻，徐德园兄来叙至晚，留宿焉。云及倪丹臣中丞大军已克安庆，即由朱中丞镇守。倪丹帅即克江西，由江西进攻浙江之衢州境，绕道赴苏，进攻南京，朱中丞一军由皖入金陵，并张制军可直捣南京，三面攻击，即可一鼓而定也。现倪中丞大军已攻衢州矣，得能速定衢州，进攻武林，速取全浙，乃浙民幸甚，天下幸甚。阅本月十五日《申报》所纪，张少轩制军命补授两江总督，以临淮轮车站为行台，足壮声威。又纪倪丹臣中丞等诸巨公由克皖、赣两省，将抵衢州。而浙江伪都督蒋百器派匪两千堵袭，深可笑也。按：衢州两天即可抵杭，倘大军已抵衢境，则杭州随手而得。如是而来，吾浙可以早安。将浙事平定之后，而攻苏州、上海，合攻南京，则易之且速也。

廿三日丙辰 晴。徐德园先兄于早刻去，随至子常先生府上少坐，出示黄城于十月间请仙乩语一纸，颇为难解，借抄后即遣老官送还矣。上月家君来谕，嘱付眉甫先生英洋念元，附眉甫先生家信一函，随即送投。该洋念元交祖涛手送交其父，取其父惠甫来字一纸。午膳后至叶祖香太尊处，晤谱香母舅，相叙半晌，就至子俊及达云母舅两处，均相叙半晌而来。据周谱翁言，在上海时已闻倪丹帅大军已克皖、赣，即抵衢州之外，今又数日，想经克复衢州亦未可知。倘衢州克复，则杭州一鼓而定。定武林之后，随征苏州、上海，合攻南京，则易而且速，深为大幸耳。

廿四日丁巳 晴。致江蒙荪先生一信，交亦兰送交，其函亦亦兰托余代为所致也。致王俊卿兄一信，专人送交矣。家君远宦六千里之外，一家南北分居，每一念及，焦急万分。顷又值岁杪，恨无分身之述[①]，即往省亲，深为怅然。未识明年何日可以到家长聚家庭之乐，是为大幸。余准在春尽夏初首途，约在一月之久可以抵署，只求平安二字，为幸多矣。晚膳后至蔡新芝处，晤敬甫，相叙一刻。言及周梅

---

① 当为"术"，下同。

翁由雷莹阁统领保为区官，曾经允准。黄道周为临海财政科科员。汪伯端为某科科员。此等伪官、伪科员，殊不值也。又是黄楚卿所使，更殊不值。但此辈只以伪官，足为荣耀一时，深堪痛恨而已。

廿五日戊午 晴。致许眉甫先生一信，交海门邮筒寄署。前嘱二头由申代购各件，计洋七元一角，已由老二送交清讫矣。迄今已届岁除，念及家君远宦六千里之外，未及朝夕定省之欢，深为焦急万分，恨无分身之述，即时趋赴虞乡县署，心为抱恨。准定明春办理平粜之后，即行赴署，亲叩亲颜，是所大幸。晚刻，至楚卿府上，晤王云梯、周梅五、邱遇琴、黄道周诸君，相叙半晌。言及周梅翁任海葭镇区官公事已由雷莹阁统领保准，已行照会梅翁矣，亦将刊刻印文，择日赴任。汪伯端为临海民事科科员，黄道周为临海财政科科员。如今之做官及充科员之易竟有若是也。同遇琴至其家中，晤赵友竹，相叙半晌。世风之薄，早有言及于此，竟至如是之薄，亦难预料也。呜呼！将于乌底？总而言之，江南有人满之患，斯言恐不谬也，深为惧焉。至于字纸乃历代圣贤所钦敬、所爱惜，不意近来如此轻亵；乃如此轻亵不遭巨劫，有是理乎！深为苍生长叹耳。

廿六日己未 雨。致周梅翁一信。现在革匪之所为，正圣人云“墨翟之教”而已。孟子言墨翟磨顶[①]放踵之所谓也。革党匪首借墨翟磨顶放踵而扰乱天下。自圣人设教已经数千百年，今以墨翟盛行，百姓何有安宁之日乎！墨翟之教，焉有不败之理乎！呜呼！百姓之苦何可言欤。最所恨者，逆臣张之洞耳。今至时事如斯，使张之洞若在，凌迟处决方快人心。今张之洞已死，果若列祖列宗在天之灵，张之洞之罪定不稍恕也。我朝之万世罪人在张之洞一人耳。前明魏忠贤之恶昭著，百姓明受其害。今国朝张之洞之广种祸殃，百姓阴受其毒，推原其实，逾过魏忠贤之万万耳。其凶险亦逾过于魏忠贤。魏忠贤之奸即著，张之洞之阴险尚能瞒于目前，乃朝廷有天覆地载之恩，

---

① 当为“摩顶”，下同。

使此等逆臣贼子幸逃法罔[①]，深为恨恨。千秋后世，张之洞之恶定然辨识也。

廿七日庚申 早至辰刻，雾颇浓；以后，晴。接何肃堂先生来柬，向假十三响一枝，难于推却，即交其来人带交。但余之十三响之铁杆背有小洋字两行相齐，嵌铜之背上，稍前处亦有洋字，恐有调误，可即此为记号。又，即致肃堂先生一信，交其来人带交。前托何霭翁代买摺笔十支已代购来，计洋两元三角。并接来示，俟明日致覆可也。

廿八日辛酉 阴。致何霭翁一信，附还代付笔洋两元又开洋四角，饬老二饬交矣。

廿九日壬辰 辰前，阴、雾；巳牌，晴；午刻，阴；以后皆然。接叶绍伯兄一信，即覆绍伯兄一信。早晨，敬请天地神明，叩年后方天明。早膳后至楚卿处，晤萍泗、昭甫两君，相叙半晌而来。阅报所纪，除已殉难荩臣外，有新疆巡抚袁大化中丞、两江总督张少轩制军勋、山东巡抚张中丞广建、山西巡抚张中丞锡銮，均是朝廷忠正大员，倘能均得如是用心，何患革命之不克乎！

三十日癸亥 阴。又经一年事毕矣。家中均叨天佑，幸获平安。惟念家君远宦六千里，未得团聚于一堂，又中途革匪滋扰，深为仄然。至思国事，不意一班小妖将朝廷搬弄颠倒，奸臣窃柄，有何言哉！自今之后，余作方外之想，再不言于国事矣。

---

① 当为“法网”。

第三十九章

壬子(1912)正月初一日起

正月初一日元旦 甲子，子刻阴，天颇□□□，细雨；寅、卯刻，雪子，后雪；辰至巳初，阴；巳中、末牌，天有□□□，颇壳[①]，午刻亦然；未时见日，晴；申牌，日色颇淡；以后皆然。早至巳刻，均是白云；午牌中见青云，四处亦是白云。记巳前白云似护云之景，巳、午，白云颇为明壳。未、申刻，青天四边，云似紫色；酉刻，系青天之白云，四处云色初带有日光，以后渐至青紫。早至午刻，无风；未时以后，微有西北风，其边云中有块；夜间亦晴天之景色。早刻，恭叩天地神明，后即由家中叩岁，自后至本街各家叩年，念及家君自甲辰赴京候选，到晋以后，迄今九年，即丙午请假旋里一月，后到晋，亦经七年。上年道途梗塞，未识均获安谧如恒否，深为念之。余拟平粜事毕赴晋躬叩亲颜，同行旋里，长聚家庭之乐，是所深幸。

初二日己丑 晴。致梦云先生一信。早刻，至海门各处叩年，在楚卿处过午膳，晤雷莹阁、黄义臣、周梅五、陶寿农及星斋宗叔并吴伯熊、何霭生、包纪堂、黄子霖诸君，相叙半晌而来。至家后，随至各处吊孝，就道至星斋宗叔府上相叙一刻而别。至家，适达云母舅及子俊兄来叙，至晚而去。

初三日丙寅 晴。黄义臣、陈文佑来叩年，相叙半晌而别。晚

---

① 当为“亮”，下同。

刻，叶绍翁及达云母舅相叙一刻而去。

初四日丁卯　晴。致陈洛卿丈公一信，致章子修兄一信，致章伯纯兄一信，致陈仲善兄一信，均交送礼发帖仆人送投。长女于二月初八日于归黄城王氏，请亲戚朋友喜帖，自今日发起。午膳后，叶绍翁、边矩斋两君来叙半晌而去。柬邀吉甫宗叔及宗山、少愚两兄，晚膳后而别。

初五日戊辰　早至巳刻，雨；午牌雨晴，阴；以后皆然。致李克三舅公一信，致陈祝再主政一信，均饬送礼人带交。晚刻，前宅人送礼来云，章子修兄染恙方于近日稍愈，明日遣人询安可也。晚膳后，至楚卿兄处少坐，楚卿言天台罗先生代其令尊旭东宗伯择有一地在仰天湖，意欲购做耳。就道至星斋宗叔处，晤叶石甫先生及罗先生，相叙半晌。承星斋宗叔惠有《儆信录》一册计八本，其言大与余合，即为收领而敬谢焉。

初六日己巳　晴。致邱楚翁一信，致章子修兄一信，致何肃堂老伯一信，致何煊夫先生一信，致洪祝南一信，致刘剑郎一信，致王少裳兄一信，均专人送交矣。午膳后，叶石甫先生及天台罗先生来叙一刻，前做送拜经台石牌已托罗先生代为想法送奉，彼言二月初上再为接洽云云。王子衡兄来叙半晌而别。晚膳后，至蔡新翁处，相叙一刻而来。

初七日庚午　晴。早至巳牌，雾，至午方散。接家君自上年十二月廿九日所发一信，言及河东于十一月十三日失守，其都督在河东，家严即于十一月十八日交卸，交代均已清了，言之深为焦急，未识何日均能安抵家乡也。接李克三舅公一信，附有其黄城请仙乩语一纸，其中大有深意也。接何肃堂先生一信，系客岁嘉平之杪交邮，方于今晚送来。附致谱芗母舅一信，即饬增第送投矣。

初八日辛未　晴。天气颇暖，辰前，雾。现值正月，天气如是之热，亦非宜也。接何煊夫先生一信，言前托捐之银已代为转托洪雨生明府代为向取全数矣。余上年所作之事，一无成就，惟所化之洋尚未大去，深为大幸，可见人生之一作一为皆存诸定数，难于强求也。

初九日壬申 巳前雾颇重；午牌，晴；以后皆然。寄奉家君第五十六号安禀一函，交海门邮筒保险寄晋。致徐德园兄一信，饬吕保送交。陈仲善、子春两兄来，仲善过午后因德晖兄至其家拜岁而去，子春留宿。娄德晖兄至黄，过家少坐而去。王俊卿兄来叙半晌而去。晚膳后，同子春至楚卿处，晤周梅翁、王云梯、邱遇琴、郑季鸿名寅清、郑汉民名绍康诸君，互叙半晌而来，至家时将二鼓矣。

初十日癸酉 早至午刻，重雾；未、申牌，晴；酉刻，阴；仍雾。致张丹翁一信，附喜帖。致张仲甫兄一信，附喜帖。致杨伯藩兄一信，又致张丹翁一信，致张鼎翁一信，均交嘉先送交。早刻，周尹东明府府上柬邀午膳，至其府上，晤新令祖娄瑞卿兄及心斋宗叔、周梅翁、谱香大令、卢槐士兄、宏德、仲逸诸君，相叙席散而来。现长女遣嫁期近，所买另星尚未齐备，嘱嘉先赴申购买，即于今晚动身。

十一日甲戌 早至未刻，雷雨；卯、辰刻，重雾；申牌雨晴，阴；以后皆然。致许眉甫先生一信。午刻，席请叶祖香公祖，并邀陈子春兄、李少云兄，邀槐士、谱香母舅、周梅翁、洪畴诸君陪客，相叙席散而别。言及陶寿翁并楚卿兄均于今日赴郡，为开会公举参议会云云。

十二日乙亥 卯、辰牌见日而晴；巳刻，阴；至晚皆然。陈子春兄于早刻去。

十三日丙子 阴。致管少农明府一信，托其代抄治疯犬咬伤药方，饬老二送交，旋接承惠治疯犬咬伤药粉一服，深为感戴。晚膳后，至周梅翁府上，晤其令亲花辅卿二尹，相叙半晌而来，至家尚未二鼓。

十四日丁丑 辰前，细雨；巳牌，阴；以后皆然。致英祥师一信，交邮寄至天台山粘[1]花室。余欲邀英祥来商就其天台山粘花室之侧造一茅棚，名曰止园，落成已后，抛却家务，隐居于此，以终天年，为幸多矣。午膳后，周梅翁同其令亲花辅卿二尹凤梧来叙一刻，云至区

---

[1] 疑为“拈”。

署，随即至区署还谒花辅翁，并晤梅翁，相叙半晌而来。

十五日戊寅 阴。晚刻，周梅翁柬邀晚膳，即至其府上，晤章汉敏、金子垣、花辅卿、黄心斋宗叔、王少允、周载熙兄，相叙席散后，言今年喜保值年，元宵佳节下街竖有灯楼，即同心斋宗叔、花辅卿、周载熙、孟东、子垣诸君至星斋宗叔府上相叙，过点心而来，至家时经十一句钟矣。章汉敏系麟生女婿，郡城章莲泉之郎。王少允系槐卿令祖，赵桥王竹珊之少君。金子垣系孟东之元配兄弟，乃潢金香泉之郎耳。陈子春兄于早刻来。

十六日乙卯 早至未牌，阴；申初，细雨；申末雨晴，阴；以后皆然。致王俊卿兄一信，饬吕保送交。阿领于上年许风叶楼陈弼斋，于今日来娶，其轿进门颇早，随即开饭，后即与登舆，想到彼处其时亦早。阿领系同族满林之女，满林向习木匠，甚贫，前家严假与洋、物娶亲，值余元配花烛之夕则彼生一女，自后，满林故，其妻再嫁。余元配章氏将其女雇乳，取名曰阿领，今年十九岁矣，今则陈弼斋娶为继室，亦可谓团圆完聚耳。晚刻，同子春兄至区署，晤花辅卿、周载熙诸君，相叙半晌而来。黄咏花宗兄之郎正衡字曰子权，亦于今日娶夏敬甫之女为妻。晚膳后，至正衡处看新人，晤孟东、载熙、遇琴诸君，相叙一刻而来。

十七日庚辰 阴。致张丹翁一信，系罗翼亭托余代荐其族人罗宝渠，即交宝渠带交。接刘剑郎一信，嘉先自甬江来，前嘱购各件均已买来，向张丹翁取还凭摺亦经带来，惟凉床交椒江网局金明亮代买，言自二十之外可以寄台耳。

十八日辛巳 早至巳刻大雨；午牌雨细；未初雨晴，阴；以后皆然。致章子修兄一信，饬女媪送交。晚刻，周梅翁来云，本镇闹米之女媪已有数十人，于十六、十七两日均至署中，再三开导而散，托余代其书函致寿翁、楚卿如何相酌一切，该函即交梅翁自寄矣。并言临海县知事已由省中委有周姓，系温州乐清县人。楚卿兄疑冯仙阁署临海县知事缺为日未久，据即调换，恐是杨子卿茂才运动而来。习之言，周知事在省时与其同学，家中颇清，即于昨夜趁永利到申转杭寻觅周知事，先为探识原由，即为买来，倘若甘向彼道，另行设法云云。今寿翁、楚卿两君子用意可谓深矣。

十九日壬午 日阴，戌牌，雨；以后皆然。新春多雨，叩求上苍速即大晴，是所感盼之至。寄奉家君第五十七号安禀一函，交海门邮政局寄至晋省南解，附致许眉甫先生一信。致俊卿兄一信，晚膳后，至心斋宗叔府上，晤春亭、石甫诸君，相叙一刻而来，至家尚未二鼓。子春兄于晚刻至海门去。

二十日癸未 卯前，雨；辰初雨晴，阴；辰末，晴，至午初均然；午末至申刻均阴；酉牌仍雨。连日多雨，恐伤草麦，只求上苍速开大晴，是所万幸。

廿一日甲申 子、丑牌，雨；寅刻雨晴，阴，至申刻均然；酉牌，细雨；以后皆然。致邱楚言姻长一信，饬阿庆送交。致李少云一信，饬吕保送至横经堂，言其尚在海门，即由其营中转送矣。晚刻，陶寿农姻长之亲家右垣、季良两兄来看三日并拜还岁，邀余接客，即至其府上，晤翁晋萃、徐仁甫、周梅翁、周载熙、李舜卿诸君，相叙半晌。而右垣刺史由海门其久大店中动身，到时颇早，季良兄自家中动身，来时已将晚膳矣。少坐，杨聘才自郡来，相叙席散而来，至家时将二鼓。寿翁言，楚卿兄遣人至仙女庙籴米中止之后，现由寿翁赴申相酌赴暹逻籴米，此亦良法。台州所缺者米，深为至虑，能得米可接济，则无致虑耳。寿翁拟于廿四日趁永利赴申云云。现市上米集已经紧急，能得速为到台，是为大幸。但翁晋萃系平安商轮之东家，人颇朴厚，此真商业中人耳。

廿二日乙酉 卯前细雨、雾；辰牌，阴；以后皆然。寄奉家君第五十八号安禀一函。陶寿翁请亲家，来邀陪客，随至其府上，晤其亲家右垣、季良两兄及王叔晋、周梅翁、陶吉云诸君，相叙席散而来。至家适赵云波来，留宿焉。

廿三日丙戌 卯前，雨；辰、巳刻，雨晴，雾；午牌以后至晚均阴。

致周允东明府一信，交邮寄晋。

廿四日丁亥 卯前，雨；辰、巳牌，阴、雾；午至戌初，阴；戌末，雨；以后皆然。致张鼎翁一信。致张丹翁一信，系边矩斋兄托余代其函托。另致矩斋一信，即托其自为带呈丹翁。致王晓凡兄一信，即交其送礼人带交。邱楚翁于早刻来言，王宅嫁资须要用船装载，此亦甚善，即代自致函达鲍子章兄转告王宅可也。至于铺成载船不便，仍然遣人送去可也。

廿五日戊子 卯前，雨中雪子；辰至申牌，阴；西北风颇大；酉刻，雪；以后皆然。早刻，花辅翁、周梅翁及孟东兄来叙半晌，留梅翁、辅翁过午膳后，同楚翁与梅翁均至署中，相叙一刻，而楚翁至其令亲家去，余则来矣。梅翁言，载熙兄于早晨上港，想楚卿兄邀其而去也。陶寿翁于昨日趁永利商轮赴申购办暹逻米接济台民，今台之缺米情形日紧一日，只求早日到台，为幸多矣。

廿六日己丑 辰前，雪，瓦上雪积而白，幸而易消，究而春气已动日久耳；巳至未刻均阴；申牌复雨中雪子。天气颇冷，入春以来雨泽太多，只求上苍敷佑早日大晴，是为至幸。致张仲甫兄一信，附家慈寄其令嫂太太一信，交邮寄申矣。有女媪自黄城来云，江梅渡太守之家眷已经到家，未识家君何日可以安抵家乡，深为焦急。复久未接家言，未识已经动身否也。

廿七日庚寅 雨，全日皆然。寄奉家君第五十九号安禀一函，由嘉先送交海门邮政局双保险寄署。附致眉甫先生一信。致子霖兄一信，饬吕保送交。前嘉先向甬购就之凉床一张，亦经带台，并寄甬装裱之郦漱芳法书篆对一副，均经收到矣。

廿八日辛卯 阴。外甥金洪畴兄弟今年住在家中，即将所请教读邵月亭先生亦至家中教读，但月亭先生系太平县城相近人，已于晚刻来，其书房即做在典中前夥友之卧房中。

廿九日壬辰 晴，又加西北风颇大。新年天气如此之佳亦所少见也。今将衣服均晒讫，亦算一事。朱先生携有鼎翁一信，言元亨曰万宝朝宗，景泰曰宝藏兴焉[1]。又接贺蓉江兄一信。晚刻，至叶祖香太尊处少坐，就道至达云母舅府上，晤子俊兄，相叙一刻而来。但王宅所言发嫁资或岸道或水路，尚未定见。早刻，邱楚翁函致鲍子庄先生托其代询王宅。晚刻，接鲍子庄先生致邱楚翁福信，云准定初三日发嫁资，即就岸道而去，此亦甚善焉。接刘剑郎兄一信，在楚卿家看风水者罗先生住天台县城城隍巷，询罗瑞南先生可也[2]。倘若船至清溪，就茅园桥上岸最便耳。

三十日癸巳 晴。致福张鼎翁一信，交嘉先送交宝华局代为寄甬。致福何蓉江兄一信。晚刻，至王子常太尊处，相叙半晌而来。前嘱二头由申购买各物，今已买来杏仁杯连垫计十二副、洋盆念四口、学士洋帽一顶、新式帽碗六顶、雪茄盒，前交其带购计洋八元，不敷之处另日面算可也。周梅翁柬邀初二日午膳，但初三日发嫁资，当初二日正忙之候，随致柬辞谢焉。

二月初一日甲午 晴。日昨接鲍子庄先生来信，言初三日王宅发嫁资，其绞嫁资工人准于今日来家装好，以便初三日早晨动身，到黄之时不致昏晚，静候至晚未见其来，深以为虑，拟于早遣人询问可也。嫁娶若遇天气晴明，深为大幸，今日大晴，如是想之，初三日定叨天福而能晴明，为幸多矣。

初二日乙未 晴。昨日至晚看黄城王宅之绞嫁资工人未来，即于早刻借邱楚翁出名致鲍子庄一信，嘱其工人早来，遣工去后，适彼工人已来，此亦甚善，就将一切嫁资等件悉均装束定妥，俟明日早晨其工人到后即可动身，可以早刻到黄城耳。

初三日丙申 晴。早晨八句钟时黄岩王宅遣扛工人等已来，而团丁二十名护送，余即向保安队派勇十六人同其护送，幸嫁资等什物已昨装就，其扛工来即开早膳，饭毕随即催人动身，时方九句二十五

---

① 页边注：“元万宝朝宗，景宝藏兴焉。”

② 页边注：“瑞南住天台城隍巷。”

分钟，随送人计六十人左右。于晚膳后来云，到黄城方下午二句馀钟，于时尚早，所有一切悉均安全。又以天气晴明，深为大幸。前接家君来信，言正二月间可以动身，今又日久未接谕言，不知已经起身否，深为致念。只求早日到家长聚家庭之乐，为幸多矣。

初四日丁酉　早至辰刻，阴；巳、午、未牌，晴；申时以后均阴。早刻，周梅翁来云，其署中于昨晚失窃，此亦用人监守自盗所致。凡用人必择忠厚乃第一要紧耳。章仲厚兄于晚刻来。

初五日戊戌　卯前，阴、雾；辰牌，雨；巳、午刻，阴；未时以后至晚均雨。致陈渔韶兄一信，托其代为购买挑轿一把，函交嘉先送交其府上矣。

初六日己亥　早至巳刻，雨；午牌雨晴，至晚均阴。所幸晚刻雨晴，想初八日得能天气晴明，深为至幸。长女之聚头合已于早刻由王宅送来矣。

初七日庚子　阴。早晨，叩谢天地神明，即遣人邀亲戚朋友吃酒。少顷，周达云母舅及谱香母舅、梅翁、子俊诸君来叙至晚而去。言及陶寿翁赴申购办粮食，近日可以抵台，只求早日到埠，是为大幸。明日为长女于归之吉，只求天气晴明，为幸多矣。

初八日辛丑　早至巳初，阴；巳末至午，晴；未牌，阴；以后皆然。长女适黄岩县城王仲达名曰怀，系王崇甫司马郎，于今日于归之晨，其花轿进门时届九句钟，代媒者江蒙荪直刺、朱敷五司马，余请周梅翁、花辅翁代为资客并来贺喜诸君颇多，姓氏繁而不及细详。俗例以命佳者牵上轿，余即请周达云母舅、章仲厚兄代劳，并贺客悉均留席，细菜两席，粗菜计八十五席，并邀保安队中哨哨官陈庆祥兄代劳护送，并假洋号队及团勇等计三十二人而同护送之，彼来者亦计八十馀人。即将执事人等预先席毕，即行祭轿，新人登舆，随即动身，时上午十二句钟，于时尚早，想其到黄亦不晚也。起身之后即行催请人情酒席，而席散后随即料理摩茶及看三日礼物清楚，为时已晚，即嘱长工买舟赴黄。而嫁女之事已清，尚有琐屑容后再办可也。接张柳桥兄一信。

初九日壬寅 卯前，雨；辰初，阴、雾；辰末至晚均晴。早刻，护送黄岩并送摩茶人来云，新人于昨日到时方下午四句钟，进门后随即花烛团圆清楚之后，时方晚膳，诸事极为顺适，是为至幸。今日彼等来时又值晴明，更觉欣喜。此番长女于归诸事已将清讫，惟念家君尚未到家，未识已经动身否，深为念念，只求早日到家，长聚家庭之乐，为幸多矣。接周允东明府一信。

初十日癸卯 卯前，雨；辰、巳，雾甚浓；午、未刻，雾稍淡；申牌，雷雨颇大；以后皆然。致张丹翁一信，交海门邮政局双保险寄甬。致张柳翁一信，致周涧泉先生一信。柬邀叶祖香太尊及习之、仲厚、楚卿诸君午膳，惟楚卿兄辞谢而未来，馀均相叙席散而别。叶太尊言赴杭宿其二少君竺珊之十五奎苍公馆中。

十一日甲辰 卯前，雨，辰至申刻，阴；酉牌，雨；以后皆然。致周允东明府一信，交嘉先送交邮筒寄晋。随于早膳后，因余至黄岩王宅看亲，章仲厚兄旋家，同时乘舆动身到黄岩婿王仲达家，时方上午十一句钟。吴梅友兄、俞仲微姻兄相叙一刻，少顷，婿及女来谒后，晤江德明兄、王中藩兄、郑行庭诸君相叙，过午膳后即至镜泉先生、仲槐兄、伯刚兄各家少坐，同仲达至吉人先生府上，晤邱仲玉姻长、朱松斋及伯鲁姻兄，相叙半晌而来。

十二日乙巳 雨。王伯刚兄柬邀午膳，早刻，同仲达至伯刚处，晤伯刚同邱仲玉、叶辅廷、卢希旦、王吉人先生、王仲槐兄，相叙席散而别。就道至江梦生先生府上少坐而来。镜泉亲家柬邀晚膳，随同俞仲征至镜永亲家处，晤郭再芳、朱益甫老伯、王吉人先生、鲍子庄诸君，相叙席散而来。

十三日丙午 阴。王克振姻兄（系大分之三分）柬邀辰刻，同席者：朱益甫老伯、林仲西老伯、俞仲征兄、王子寿、鲍子庄诸君，相叙席散后，其外甥张淇泉兄来叙半晌，随同淇泉兄至朱益甫老伯、牟伯谦、王子寿、邱仲翁诸君府上少坐而别。随至林仲西老伯府上，适其公出未晤而来。王季瑞柬邀午膳,同席者:朱益甫老伯、林仲西老伯、俞仲征、鲍子庄、王唤如及仲达,相叙席散而别。本家席请晚膳,同席者:朱益甫老伯、林仲西老伯、王吉人先生、江梦生先生、鲍子庄、张淇泉、林子全、王子寿诸君,相叙席散,时经下午十二句半钟矣。

十四日丁未 阴。致王吉人先生一信,因来柬相邀,力为辞谢焉。朱益甫老伯柬邀,辰刻同淇泉兄至益甫先生府上,晤毛镜泉先生、江梦生先生、沈子芳、王梅伯先生、林仲西先生,相叙席散。而王仲槐兄柬邀午膳,同淇泉兄至仲槐兄府上,晤申桢夫、王子寿、朱益甫老伯诸君,相叙席散而别。江梦生先生柬邀晚膳,随同淇泉至梦生先生府上,晤吉人先生、沈子芳、王子寿先生诸君,相叙席散而来,转至仲达处,适花辅卿、邱仲翁来叙半晌而别。

十五日戊申 辰前,雨;巳牌,阴;以后皆然。上午十句钟动身,至家时下午一句半钟矣。接家君自正月十六日所发一信。小妹自今日趁海门商轮至普陀去矣。

十六日己酉 晴。接王子寿先生一信。

十七日庚戌 早至巳刻,阴、雾;午牌,雨;以后皆然。寄奉家君第六十号安禀一函,饬老二送交海门邮政局寄晋。致朱子延先生一信,子延随于晚刻来。

十八日辛亥 午刻,清明佳节。早至巳刻,雨;午牌,雨晴,阴;以后皆然。接家君自二月初一日所发一信。

十九日壬子 晴。致许眉甫先生一信,交邮寄晋。接张鼎翁一信,系初十日所发。早刻,至分府署,晤周梅翁、徐霭人、黄楚卿、王俊卿、周建西、李少云、蒋敬甫、黄星斋、李舜卿、潘云轩、谢仲衡、邱辅廷、吴雁书诸君,相叙过午膳后而来。适娄德晖兄来叙,相约至子常老伯处少坐而去。

二十日癸丑 阴。致丁子祥兄一信,饬阿庆送交。今年四房埃伦祖墓挨至余三分祭扫,即于照例,邀同各分至兴家屿并东岙,均于今日祭扫清讫,至马屿头曾祖并曾祖妣二处墓亦于今日致祭矣。

廿一日甲寅 晴。致眉甫先生一信,交邮寄晋。晚膳后,寿翁遣人来邀,言寿翁方于今晚自申江旋里,即至寿翁府上,晤周梅翁,相叙半晌,相约至楚卿处,言其自郡来,即至海门去。随至星斋处少坐而来,至家时逾二鼓矣。

廿二日乙卯 辰前雷雨最大,巳刻雨晴,阴;以后皆然。致陈虞韶先生一信,饬二头送至其家中。

廿三日丙辰 阴。余乐琴书室前园中植有紫藤颇多,今嘱篾工做一竹架于其中,即将紫藤洒其棚上,亦一雅观也。午刻,李少翁遣人致柬来邀午膳、看戏,彼现在驻扎横经堂,但该处系今天寿日,唱有梨园,本拟辞却,因陶寿翁、周梅翁又来相邀,即同其至横经堂,晤李少云、李舜卿、李卧南、罗瑞南、叶石甫诸君,相叙席散,即看戏一场而来,至家时值下午四句钟耳。

廿四日丁巳 晴。致张鼎翁一信,交朱先生带交海门邮筒寄交,附致景泰一信,即托鼎翁代为送交。缄发后,邮筒递到鼎翁并性初兄合书一信,随即致福鼎翁并性初一信,饬吕保送交邮筒寄交。接应少圃表叔公府上一信,随即致王少南先生一信,饬吕保送交航船寄郡矣。接陈虞韶先生一信。

廿五日戊午 晴。致朱先生一信,饬阿庆送交矣。晚膳后,至楚卿处,晤周梅翁、王云梯、翁子俊诸君,相叙半晌,来时方将二鼓。言及本镇平粜并连各庄均定于三月初一日开粜,邀六庄之内诸绅于廿九日赴署公议米价云云。旭东宗伯之灵柩本上在其自己府中堂,已届三年,初楚卿欲即进坟,因坟地一时难于合意,即择廿八日先为出丧,容后再行入厝。楚卿言,苏州阊门之外被兵变抢掠迨尽,言之惨切。但苏郡阊门之外约十里左右最为热闹,今一被抢,所失最巨也。娄德晖兄府上择三月初二日各食云。接王子衡兄一信。

廿六日己未 早至未刻,晴;申刻,阴;以后皆然。致陈仲善兄一信。致朱先生一信,均饬小和尚送交。

廿七日庚申 晴。接家君自初八日由平阳府城发有谕言一函,言月之初三日由虞乡动身，初七日抵平阳府城，晤武念堂老伯，言今之土匪稍平，道途方可行，旋派随雇定车子，即于初九日由平阳府动身，就道榆次县，趁轮车抵天津，趁轮到申。想二十日左右可以得到，就以近日可至上海，即或上海少作勾留，大约三月初旬可以到家，深为欣幸。即日可以得叩亲颜，长聚家庭之乐，是为大幸。晚刻，至楚卿处，晤郑夔友、吴玉成、黄玉堂，相叙一刻，随即相约至周梅翁府上，晤谈至晚，梅翁留过晚膳而来。

廿八日辛酉 辰前，细雨；巳、午刻，阴；未牌仍然雨；以后皆然。致陈虞韶先生一信，并附托买挑轿英洋一十三元，均交嘉先送至其家中，言其已至宁波去，即班可以旋里云。早刻，因楚卿为其令尊旭东宗伯于今日出丧，暂停大豆园，来邀代其助祭。随于早刻至其府上，与周梅翁、吴玉成、王云梯、邱遇琴、赵友竹诸君同行致祭旭东宗伯，事毕，与郑夔友、王少裳、雷芸阁、章焕新、李少云、黄义臣、何霭生、黄心斋、黄玉堂、陶寿农、周孟东、卢槐士诸君相叙至晚而来。

廿九日壬戌 晴。致叶祖香公祖一信，交邮寄至杭州十五奎巷叶公馆。早刻，因议六庄平粜各事，至署晤陶寿农、周梅五、黄楚卿、王云梯、周达云、李舜卿、黄心斋、王俊卿、张与霖、莱子葵、潘云轩诸君，议定平粜义仓每升计价钱四十六文。但本镇所写丁口过杂，俟明日挨户调查，再行发票可也。事毕后，至子俊处少坐而来。

三月初一日癸亥 晴。昨日公议平粜，因人口过多，须自行送票至籴者之家，应贫而吃平粜米者与之，倘有手艺而可随时裁汰，而极贫者多沾润泽而已。早刻，陶寿翁来邀即至寿农府上，晤梅翁、楚卿同至东岸李舜卿家，相叙过午膳后，同舜卿带同倪寿生、冯济生及邀陈哨弁至东岸书写丁口，随分米票。至江边堂于时已晚，因楚卿邀余与寿翁、梅翁至其府上晚膳。彼系席邀周萍洄兄、郑夔友、王少常、吴玉成诸君，相叙席散而来，至家时逾二鼓矣。接眉甫先生一信，言家君与家眷大小各人均于二月十五日安抵榆次，家君于十八日四点钟趁轮车赴省公干，想庶母杨氏灵柩尚在省中之浙江会馆暂停，今携眷旋里，一同携带耳。想同乡中一番应酬须有十馀日延搁，须至初十左右，想可旋台，深为至幸。又言陈仲怀兄为孝义县知事，今之做官最无趣味也。

初二日甲子 晴。致陈虞韶兄一信，托其再行代买海棠、飞桃等花，接虞韶覆片云轿于初七日可以带到，花亦随为代购可也。昨接眉甫先生来信，所云家君赴省，恐致延搁，即发一电，以便家君速为旋里，未识家君寓处，即托周允东明府代为送达家君。另致陈舜卿兄一信，托其代发，即接舜卿兄一信，云电已即发，计费洋两元，即由原价老二清付矣。

初三日乙丑 晴。晚刻，有下土之景。致周允东明府一信，交本镇邮政局寄晋。接家君覆电云："海门转质诚覆速回"云云，如是，想家君旋里之日不远，想在月半前后可到，深为欣幸。

初四日丙寅 阴。致玉先一信，即托王宅长工带交仲达于早刻来做郎，即请仲达晚膳，邀萍洄先生及曾六舟先生、何禹渡、王俊卿、周孟东、陶习谦、翁子俊诸君陪客，相叙席散后，谈至九句半钟而别。本镇义仓日昨公议每升粜价铜板五枚又钱一文，合计大洋一角粜米二升五，合每元二斗二升。现外米每包一石二斗五升，计价洋七元九角，如是相计，所亏颇巨。定在今日开粜，不意本镇无知之徒怂恿女妪至陶宅义仓滋闹，要求每一小洋粜米二升[①]五升，又白大洋一角粜米三升。只恐如是允从，下次难于办公，滋闹至晚，余因有客，未曾外出，不知诸绅等作何解决也。

初五日丁卯 晴。早刻，同仲达至同房分一走而来，就道至区署，晤周梅翁、陶寿翁、黄楚卿、曹绍雍统领，相叙一刻而来。本镇义仓移至区署发粜，价值每升仍照原定四十六文而已。凡遇此等事，必须妥商在前，既已出示宣布，百姓滋闹要求而后允者，非办公之道。今陶寿翁执定原议，正其识见远到也。至殷户接粜日子尚不派定，想

---

① 疑为"二斗"。

义仓官米尚可资持一月左右而已。早刻，达云母舅及子俊兄来叙至晚而去。

初六日戊辰 晴。达云母舅及子俊兄来叙至晚而别。晚刻，接周诗南一信，附寄其令尊建西兄一信，于时已晚，明日遣人递交可也。

初七日己巳 早至晚均晴；亥刻，雷雨。现值预备种田，农田颇望雨泽，而雷雨又至，上苍养民厚而且渥也。致周诗南兄一信，交邮寄至金陵。彼附其令尊建西一信，即于早刻，饬吕保送交矣。前托陈渔樵先生代买之挑轿已于晚刻饬轿班送下，并接其来片，言托买之花，彼至瓯为时不多，已托周潜溪先生代购，倘有买来，即于下班轮期可以带台。席请王仲达晚膳，并邀娄德晖、陈仲善、邱楚言、周梅翁、周达云母舅、心斋宗叔、金洪畴诸君陪客，相叙席散后，而梅翁及达云母舅、心斋宗叔、楚言即去，德晖襟兄、仲善姻兄留宿一夕。梅翁言海门闹米情形颇为汹涌，将仓董周东元及蔡姓两家什物颇多捣毁，昨日出于无奈每升粜价小洋三分二厘，因之亏控太巨，难于继者，即于今日先行停止，俟明日酌定再行开粜。所以陶寿翁及楚卿兄因此忙碌，邀其陪客，无暇而来也。并言武林只恐再次革命，当事者颇多避至上海。时事如斯，将何言欤。

初八日庚午 早至未牌，阴；申刻，雨；以后皆然。花辅卿兄来叙，留宿一夕，娄德晖又于早刻去。

初九日辛未 雨。仝周梅翁代汀西致楚卿兄一信，即交其已带交。席邀王仲达早膳，并以周梅翁、花辅翁、陈仲善兄陪客，相叙席散后，而仲达即行旋里矣。花辅翁言过海门与楚卿接洽后即转至松门，但彼经理松门统捐事务系楚卿兄所办耳。

初十日壬申 晴。致仲达一信，交嘉先送交。晚刻，同仲善至椒江，晤何禹翁，相叙半晌，就道至达云母舅府上，少坐而来。

十一日癸酉 早至未刻，晴；申牌，阴；以后皆然。致景泰一信，交三先送交。心斋宗叔托余代致徐花农侍郎一信，即为代其书就，并将徐侍郎致其原信饬二头送交矣。晚刻，至周梅翁处少坐，言楚卿之通州人侍妾生有一女，随至楚卿处，晤夔友、少常、玉成诸君，相叙半晌而来。接长女来信，言端午还礼之香袋已代为定就，计价洋九元。

十二日甲戌　卯前，雨、雾；辰、巳、午、未、申、酉刻均阴；戌刻，雨；以后皆然。致覆女儿一信，附其定香袋洋九元，封交仲达转交，该函系饬燕富送交。陈仲善兄于晚刻趁永裕小轮至家去。周梅翁来言，蔡新芝自郡来，李少云定十四日移住二府署。晚膳后，至蔡新翁处，晤周梅翁、黄道周、周作羹诸君，互叙至九句钟而来，言前本镇区官秉德续调海门巡警，与陶寿翁不睦，以致禀控其情节多端，乃为孔方不满其意，致相互控。可见状纸无真、水银无假，前有秩序时代常且如此，何况于今乎！上年六月间华最和尚来云建造华顶禅寺，余乐助数洋五十元，今华最和尚来，即将数金付交清讫。余立天台山拜经台之石碑早已做就，前拟托罗瑞南先生代为装载由青溪到山，日昨黄心斋宗叔言瑞南已去。顷值华最和尚来舍之便，即托其代为雇工计扛工洋十元，亦即面交，俟有便船只至青溪交姜宝山过塘行学斌相代为收下，以便其山上遣工赴青溪抬上可也。华最和尚字曰莲谷，今重造华顶禅寺虽云募化而来，得能落成，功德亦大矣。

十三日乙亥　辰前，雨、雾；巳牌，晴；以后皆然。贺蓉江兄来，留过午膳而去。

十四日丙子　辰前，雨；巳至未刻，阴；申牌，雨；以后皆然。余自癸卯岁赴天台山拜经台智者大师拜经处，愿竖一石碑，其文即曰“隋智者大师拜经处”，于丁未春邀李征书就碑字，至戊申岁将碑石做好，随即勒石。迄今又是数载，值日昨莲谷和尚来家，言及此事，云清溪至山扛工须洋四元之谱。但碑脚本经做成，不如由山上另做一个便宜，另做一碑脚计工洋六元，并洋十元，当即面交。今询卖柴爿者，值有船赴清溪，与其说就，带工计洋两元一角，付讫后即行饬工送至船中，交其长船老大，嘱其带至天台县城南门外姜宝山过塘行，托学斌相代为收存，俟莲谷和尚遣人来抬到山上可也，致学斌相之信亦莲谷和尚所书奉托耳。十年之愿，今日方偿，深为至幸。李少云今日移住区署，周梅翁约余拼送礼物，彼即柬邀晚膳，适陶寿翁遣人来邀，随至寿农处，云方于早刻自海门来，晤周载熙、周萍洄、蔡新芝、黄楚卿、周梅翁，互叙至晚，即与寿翁、梅翁、楚卿同至少云处，晤敬甫及其幕友二人，相叙席散而来，时将二鼓矣。

十五日丁丑 辰前，雨、雾；巳牌，晴；至晚皆然。致王仲达一信，交子延送至黄城面交。致孟东兄一信，托其代为寄购另星。田三先来，接景泰一信，托其代买另星曾经买来。致莲谷和尚一信，交邮寄至天台山。前年在山西虞乡时，家君与有舍菩子之鼻烟壶一个，但壶盖系是镶珊瑚、镶银太宽，须用象皮包在银挑之外可用。余上年两次到申均忘却，今值取用而不能，即托孟东兄代为托友带申另包象皮可也。晚膳后，至心斋宗叔处相叙少顷，至家时将二鼓矣。初三日接家君覆电云即速旋里，迄今十馀日尚未到家，心甚焦急，未识何日可以旋台，深为至幸。

十六日戊寅 晴。致景泰一信，交海门邮筒转寄。建西郎诗南于晚刻来云，昨日自南京旋里，相叙一刻而别。随至道头堂看戏，星斋宗叔邀至三春晚膳，晤周梅翁、李舜卿、陈绿孚诸君，相叙席散而来。

十七日己卯 卯前，细雨、雾；辰至未刻，阴；申牌，雷雨颇大；酉刻雨细；以后皆然。致仲达一信，致晓凡兄一信，均饬女媪送交。

十八日庚辰 晴。

十九日辛巳 晴。午膳后，至陶寿翁府上，晤周梅翁、李少云诸君，相叙半晌而来。

二十日壬午 晴，卯时立夏。早刻，致祭先慈周太恭人墓及元配墓后，即至区署，晤达云母舅及周梅翁、周月波、陶寿翁、陶河清、吉云昆季、李舜卿诸君，公议本镇殷户平粜。但义仓粜至廿二日为止，其中空数日，四月初一日起始行开粜，余承十日，即于初一日起，初十日止，以后各家接连而粜，至五月杪为则。

廿一日癸未 晴。接王晓凡兄一信。

廿二日甲申　早至未刻，晴；申牌，阴；以后皆然。致于元培兄一信，外附建兰两盆，交其来人带交。昨蒋镜斋托余代书扇面，代其写就，早刻，遣二头送交。前托陈虞韶代买玉兰、海棠、飞桃等花已代买来，即于早刻遣吕保至海门取来，未识价洋若干，尚未接有福音，另日询明送交可也。晚刻，邮局退还前寄家君第五十七号及六十号各一信，又，寄明府先生两信，明日加封转寄山西榆次县城警务公所对门王宅呈黄公馆可也。

廿三日乙酉　晴。家君自早刻到家，及两位姨太并二弟、三弟、三妹、四妹、侍妾曹氏等，外则眉甫老夫子及仆从等悉均安旋。今则内外大小安旋，是为深幸，均叨祖上福荫而得团聚一堂，长聚家庭之乐，深为欣幸之至。惟应少圃表叔公携杨姨太灵柩在申少留，于下班轮船可以到台。继善相亦于今日到家矣。此番亏虽吃，而衣服及什物等件悉均全美，亦为至幸。眉甫先生随于午膳后至家去。今家君须发稍白，而精神尚为康强，皆为深幸。

家君自光绪纪元之岁入资通判，丁丑赴部候选。癸未岁，蒙都察院锡拣选西城兵马司差委两署正指挥，历保四品衔，补缺后以知州升用。辛卯岁，又以获盗出力，由西城监察御史麟侍郎御趾、何侍郎福堃送部引见，奉上谕着照所请，就于壬辰三月初旬引见，奉旨着以知州即选。乙未二月，分选云南新兴州知州，即于三月引见、起程，于十月间赴云南省城，即于十二月初九日赴新兴州本任。戊戌冬大计卓异。庚子九月丁先曾祖母应太夫人艰，交卸旋里。癸卯岁服阕，甲辰四月赴都引见，奉旨以卓异加一级仍注册候升，七月分选授山西吉州知州，十二月间到省，于乙巳岁三月十二日赴吉州任。丙午岁四月告卸。丁未八月廿七日仍赴吉州本任，于己酉八月廿五日藩辕牌示调署虞乡县知县。十月初三日告卸吉州，十八日赴虞乡署任，至辛亥十一月十八日告卸虞乡县篆务。以后告贷清楚，方于今日到家，得以老幼团聚于一堂，叨天厚福不浅耳。

廿四日丙戌　晴。致陈文佑兄一信，即托华最和尚带投，系华最和尚托余代荐其徒弟英贤师之兄弟为该营勇额。解芝春兄来叙至晚，家君留宿一夕。

廿五日丁亥 早至未刻，雾、雨；申牌，阴；以后皆然。解芝春兄于晚刻去。午膳后，楚卿与槐士来言，同昌现经集股办理，已由俞棣生领袖电达省垣，已接覆电允准云云。至于帖费，想其不致作废，亦不知暂、常也。晚膳后，至楚卿处，晤云梯、友竹、槐士诸君，相叙半晌，至家尚未二鼓耳。

廿六日戊子 巳前，阴、雾；巳末，晴；以后皆然。

廿七日乙丑 阴。晚刻，至子俊处，晤达云母舅及月波，互叙半晌而来。前托子祥代为瀼补[①]大牙一个，已代做好，就即上在牙间，初则颇不舒服，以后想勿有碍耳。仲达遣温岭街来取天生磺，即向家君取出加封，就交温岭街带交。但天生磺出自云南马龙州，其馀均是假货。前家君所购天生磺是马龙州所购，今已多年，而不多耳。

廿八日庚寅 阴、晴。家君致赖华峰太尊一信，又致于路一信，赖太尊之函即嘱于路转投。家君致张仲甫兄一信，余致李子棠兄一信，附仲甫函内转交，该函均饬福缘送交邮政局转寄。陈仲善兄于晚刻来，家君自晋购有张积素法绘山水直条八幅，其笔法颇为真妙，其款字只下一幅有题，系是绢底。又购有杨笃小篆直条四条，余阅其篆文系是平平，盖有闲图两方，非其名也。家君云确是真迹，余细想之，倘是假货，定盖其名字图章，以假冒真，今则加盖闲图，想书篆之时名图未得其便，即以闲图盖用。以此想之，想是真者为多耳。

廿九日辛卯 雨颇大，全日皆然。家君嘱书致章子修兄一信，致张仲厚兄一信，均交其来人带交矣。

三十日壬辰 细雨。少圃表叔公趁平安商轮于早刻到台，杨姨太之灵柩亦少圃表叔公代其携来，随讨小船载至本埠，即遣人抬至道头堂，俟初二日移至屋西，与先慈周太恭人之柩相近处。陈仲善兄于

---

① 当为“镶补”。

早刻至海门娄德辉兄府上，想有数日延搁也。余与少圃表叔公细阅杨笃篆书直条，其篆字书法颇为平平，论其盖用闲图想是真迹亦未可知。果是真迹，确用名号图章，倘若以假冒真，亦须盖用假刻名号图书，今其加盖闲图两方，均是阴文，想其作客书写时而无名号图章之便，因此盖用闲图。如是想之，是其真迹亦未可知。家君言杨笃是山右有名之士，何至书法如斯，颇多疑惑。顷邀嘉先送托黄镜三代为带甬转交宁波东渡门内四明文宝斋装裱，白花绫，上长六寸，下长三寸，边阔一寸，均照裁缝尺量计，脚用树筒，俟其裱来再邀精书篆字者代为评论，想其另有一种笔法亦未可知。其纸色颇为老旧，与方雪波梅花相聘于夏日悬挂，极为相宜耳。余以家中诸事悉均抛却，每以正月在家与亲友晤叙往来，二月、三月之间，赴普陀或申江、甬江及名胜之区一游，清和在家住宿，五月赴天台山避暑，至九月间旋里，十月再游近处诸名胜一行，葭、腊两月料理家事，明年亦复如斯，年年如是，虽南面王亦何及欤。长享清闲之福，是所深幸。

四月初一日癸巳 早至辰刻，细雨、雾；巳牌，雾、阴；午刻，晴；以后皆然。早刻，道周宗叔来叙半晌，留过午膳后，相约至达云母舅府上少坐。同至李舜卿处，云周载熙请之教习赵宝泰，山东兖州府人，系日本商学毕业生，因椒江为商业中学，请其为教习，每年束金计洋一千二百元。外面大学堂之教习厚于束金者固多，而台州之学堂教习每月束金计洋一百元亦所少见。赵教习携有爱妾，系东洋人，暂住舜卿家中。适何禹渡、陈少卿诸君来，同至赵教习处，互叙一刻，云其台甫曰幼梅。别后又至舜卿处少坐而来。道周云，楚卿自晚刻由海门至家。晚膳后，至楚卿处，晤李少云，相叙一刻而来。至家适陶寿翁来叙至二鼓后而去。

初二日甲午 晴。杨姨太灵柩今日由道头移至西首小屋之外暂停矣。晚刻，请僧五人拜忏一天、焰口一堂而追荐之。晚刻，至陶寿翁、周梅翁两处，均相叙半晌而来。天气颇热，似非其时耳。

初三日乙未 早至午刻，晴，天气颇热；未初雷声即雨，不大，随晴;至晚均阴。本镇平粜,余家自十九日起至廿八日止焉。

初四日丙申 卯前,细雨;辰牌,阴、雾;巳、午刻,阴;未牌,雷雨;至晚皆然;戌刻方晴,雾、阴;亥时亦然。家君席邀陈子春、仲善两兄及少圃表叔公,并邀达云母舅及蒙荣相陪客,相叙席散后,达云母舅谈过二鼓后而去,惟子春兄尚在德晖府上未来。

初五日丁酉 卯前,细雨;辰至未刻,阴;申、酉,细雨;戌牌,阴;以后皆然。

初六日戊戌 早至酉刻,阴;戌牌,仍雨;以后皆然。

初七日己亥 辰刻前,雾;巳至晚均阴;夜,雨。接周允东明府一信云亦欲旋里。周孟东兄来叙一刻,余即托其代购燕窝、洋草帽、玻璃架等物,托其代带价洋十元。

初八日庚子 雨。连日多雨,只求上苍即日大晴,以免南乡低处恐慌,为幸多矣。致周允东母舅一信,交邮寄晋矣。

初九日辛丑 早至辰刻,雨、雾;巳牌雨晴,阴;午刻,晴;以后皆然。致周孟东兄一信,遣老官送交。午刻,叶绍伯兄来叙半晌,言其令尊叶祖香太尊已得嘉兴茧绢差使,邀绍翁来接家眷赴嘉郡,据云定在月之廿一日动身,并接祖香太尊一信,言亦如斯。晚刻,将凉棚竖起,惟盖篛因日已晚,俟明早加上,亦算一年之一事业。典中所与家内今年来往照账推除,尚该存厚堂名下计洋九十元零,即嘱其立摺送呈家君经手矣。家君嘱书致同昌盐号支付帖税上字两纸,各计英洋五元,均交少圃表叔公收取耳。晚膳后,至楚卿处,晤周梅翁、孟东乔梓及云梯、周文禽、高天爵、叶听泉诸君,晤叙一刻,至家方将二鼓矣。

初十日壬寅 早至未刻,晴;申牌,阴;以后皆然。应少圃表叔公于晚刻趁永大小轮至郡去。晚膳后,至心斋宗叔处,晤罗瑞南先生,相叙半晌而来,至家时适陶寿翁、周梅翁来叙,过二鼓后而去。

十一日癸卯 晴。致周允东明府一信,交邮寄晋。

十二日甲辰 晴。又致周允东明府一信,交邮寄晋。许眉甫先生自晚刻来。邮筒递到王吉人老伯一信、李子棠一信。

十三日乙巳 卯前，细雨；辰牌，阴、雾；巳刻，阴；至晚皆然。致王吉人老伯一信，专老二送至黄城。家君嘱书致李荣斋统领一信，内附致梅雨舟一信，封交邮筒寄晋平阳府城石佛寺投递。又嘱致何肃堂老伯及煊夫先生一信，亦交邮寄郡矣。函饬二头送交海门邮政局分寄，未曾保险耳。致玉先一信，饬老二送交其家中，而玉先即于晚刻来店。

十四日丙午 卯前，细雨；辰牌，雾；巳、午刻，阴；未时，雨；申刻，阴；以后皆然。黄岩婿家端节今日送来，仲达亦于今日来。

十五日丁未 阴。致杨伯藩、罗廉臣两兄一信。家君嘱书致周允东明府一信，附致胡书田一信、胡介眉一信、洪莲波一信、陈涵甫一信，又致张丹翁一信、徐韩昌一信、许霞标一信，均交邮筒分寄。晚刻，达云母舅来约，同仲达至栅浦堂看戏，晤赵又新、李舜卿、周孟东诸君，相约至晚而来。

十六日戊申 早至巳刻，阴；午至未牌，晴；申、酉刻，阴；戌牌，细雨；以后皆然。家君嘱书致徐班侯先生一信，交邮寄至瓯江军政府署。致叶祖香太尊福信一函，即嘱阿香送托绍伯兄代为带交。杭州所派驻防台州兵计一千五百人，现分驻郡城千人，海门五百人，其协统张载阳字曰暄初，新昌人，移驻武林，今名曰陆军第五十旅旅长，亦驻在海门。楚卿与余及陶寿翁、周梅翁并雷莹阁、章焕新、吴伯雄、傅嵩山、黄义臣、陈文佑、李少云等官绅计二十人，假区署公请张暄初等五十七人，并邀俞棣生、周萍洄两君陪客，即于早刻至区署，计东人到者十五，共计宾主七十四人，相叙席散，时经下午三句钟到家。彼公请计十二席，亦为一番热闹也。家君定十八日席请仲达，并柬邀叶绍伯陪客，其馀均用知单。俞棣生先生办理同昌盐号公事已经呈禀上游为日已久。现接省信，允随所请，想不久即可发表也。

十七日己酉 早至午刻，雨颇大；未牌雨晴，阴；至晚皆然。家君嘱书致郎翰臣先生一信，饬阿香送托裕大典代为转寄。又致陈华甫一信，交邮寄至太原军医局。

十八日庚戌　辰前，阴、雾；巳至未刻，晴；申、酉时，阴；戌牌，雨；以后皆然。接娄耀甫先生一信，附致德辉兄一函，即饬人至栅浦询投而未见，原函带转矣。家君席请仲达晚膳，并邀周梅翁及达云母舅、眉甫先生、梓能先生、绍伯兄诸君，相叙席散而别。前托孟东兄代购洋草帽一顶曾经代为购来，计价若干，未得其详。晚刻，闻永利商轮在沪修理，方于昨晚到台，定在二十日开行。仲达因事至海门之便，托其转邀方翰卿兄由申代购乌骨图章一块，其文曰“万事随缘即是安乐法”九个篆字。

十九日辛未　早至午刻，晴；未刻，雷声响亮，随即雷雨；至戌刻而止；亥牌，阴。致娄耀甫先生一信，附其致娄德晖襟兄原信一封，家君嘱书致陶寿翁一信，均饬金荣送至海门分投矣。本镇殷户平粜自上月廿九日起至五月廿八日止，计两个月，寿翁及楚卿与家中各粜十天，寄一个月矣。此外一月，由中户分粜。但楚卿曾于上月廿九日起至本月初八日止，寿翁即于初九日起至昨十八日止，家中即于今十九日起矣。眉甫先生曾于早刻去。

二十日壬子　阴。家君嘱书致张丹翁、仲甫各一信，饬阿庆送海门邮局分寄。仲达于早刻趁永裕小轮至城。余于晚刻染恙，头颇痛，随请顾杏人先生趁治，药下稍愈，乃昨日酒后风邪之所致也。

廿一日癸丑　晴。余染恙稍愈，仍请杏人趁治。

廿二日甲寅　早至午刻，晴；未至申，阴；酉、戌牌，雨颇大；亥刻雨晴，阴。染恙已愈。心泉兄代假《五公经》一本，阅之皆为隐语，最为难解。

廿三日乙卯　晴。致仲达一信，饬老二送交。章子厚兄于早刻来，晚刻同至谱香母舅及达云母舅两处，均相叙半晌而来。

廿四日丙辰　晴。致周孟东兄一信，附吴历法绘柳村亭子镜壳纸样一纸，送交其府上转寄海门大关。戴玉珊自晚刻来留宿，家君席邀章仲厚，并邀玉成、谱香、吉甫、心泉、玉珊诸君陪客，相叙席散而别，时经二鼓矣。

廿五日丁巳 晴。致景泰庄一信，于二十日交仲达仆从辅亭送交。今晚辅亭来，接景泰一信。致陈舜卿兄一信，交嘉先送交。午膳后，至翁子俊处少坐，相约往探赵又新兄，即同达云母舅至李舜卿处，晤道周宗叔及赵友竹、赵又新、林宜士、曾六舟诸君，互叙半晌。又致又新处少坐而来，随送又新烟斗一只。章仲厚兄于早刻至路桥去。应少圃表叔公于早刻来。娄德晖兄来叙一刻而去。晤赵又新兄，言及高凤翰系高其佩之侄，其真迹书画颇高价值，近非易得耳。余有岩石一幅，大可出客，容便寄甬装裱，亦足清玩也。

廿六日戊午 晴。致许眉甫先生一信，饬老官送交。晚刻，老官来，接眉甫先生覆信一函，言附凭摺一扣，函中并无凭摺，只有《黄泉记抄收》一本，想是舛错之误。致周孟东兄一信，致方翰卿兄一信，均饬阿三送交。旋接到孟东兄大号照壳一个已代买来，该价若干，未及示知，云明日来葭接洽可也。接杨伯藩兄一信，并前托孟东兄代为转托代购燕窝计洋六元、草帽计洋三元、玻璃两片计洋两角四分，惟照壳两个系上扇面之需，未及同寄，想未代买，另函再托代购可也。阿三今日来。日前二头去后，莘山长工荐有一人，余已允诺，续周梅翁荐阿三，余言太平人不来当为允诺，今太平人来否未定，而阿三已来，只嘱其暂为帮忙可也。

廿七日己未 晴。致杨伯藩一信，交嘉先送托方翰卿代带沪江，托其代买长方照壳两个。致周允东明府一信，交邮寄晋。致许眉甫先生一信，交其西山人带交，并附还《黄泉记抄收》一本、帽碗一顶。随接许眉甫先生一信，并附有凭摺一扣，即代详对可也。家君嘱书致陶连山兄一信，交典中便寄黄城矣。前莘山长工所荐仆人，想其不来，即用阿三为定，已与言明每月工洋两元，系高桥人，至家，自周梅翁所荐而来。晚膳后，至楚卿处，晤周梅翁、王云梯、邱遇琴、缪性言诸君，相叙至二鼓后而来。李少云委驻防黄岩属路桥地方，系第三营管带，前由雷芸阁统领力保，已由省中札委公事已到，定在五月初一日赴路桥接手矣。并云陶寿翁为三公司算账，昨日至甬江去。周梅翁之令郎孟东亦于昨日赴瓯去，意欲置妾云云。

廿八日庚申 早至申刻，大雨如注；酉牌雨晴，阴、雾；戌、亥刻仍大雨增加。所派家中平粜十天，自十九日起，今日止。但所粜之米除自己早殳做售外，不敷三十包，即向陶寿翁籴来。即将其所籴价值与十天前所售三百九十二石计算，共亏九百馀元，亦算一事也。均是家君经手。今日大雨之后，地多潮湿，颇为抑郁，只摹古篆、翻阅闲书而已。戌、亥刻大雨更倍如早晨，现今雨水富足之又足，只求上苍即日放晴，下民之大幸耳。

廿九日辛酉 卯前，大雨；辰至午，雨、雾；未牌雨晴，阴；申时，晴；以后皆然。家君嘱书致洪莲坡一信，附致周允东一信，封交邮筒寄至太原省城西萧墙投递。

五月初一日壬戌 早至未刻，晴；申牌初，阴，即见雷声，随即雷雨颇大；酉时雨晴，阴；以后皆然。家君至荐堂上先祖墓。午膳后，买舟动身。晚刻，至吴玉翁及星斋宗叔两处少坐，晤邱楚翁，言自昨日由路桥来，随即来家，相叙至晚，留过晚膳而去。

初二日癸亥 卯前，阴；辰刻，细雨，片时即晴，至午均阴；未时，晴；以后皆然。接周允东明府一信，言欲新秋旋里，因具禀告退而不得云云。晚刻，至达云母舅处，晤翁子俊、永义相，互叙半晌而来。晚膳后，至周梅翁处少坐，梅翁相约至心斋宗叔处，晤罗树楠、邱楚翁，互叙至二鼓后而来。

初三日甲子 晴。幸值天气大晴，定见歌唱大有，为幸多矣。家君自早刻到家，昨日上坟，诸事讫后日晚，随至路桥宿夜，言晤俞逸琴云及本朝画家之中吴历者为大名士，当时名望最重，前购有小单条一轴，吴历法绘《柳村亭子图》，上款曰“健庵老先生”，其物虽旧，一切装裱极为讲究。余阅其画最好，吴历之名不知也。余购一玻璃照壳，将是画藏上其中，今则家君云是吴历最有名望之士，可见如此装式亦不为过也。健庵者想即是徐健庵尚书，柳村亭子，想其备归之处耳。李少云柬邀午膳，席设海门之海门旅馆楼上一枝香菜馆。即于早刻至海门元泰当后透楚卿处，言楚卿已去，随与王少香、陈舜卿相叙半晌，随至一枝香，晤李少云、周梅翁、娄祝三、王云梯及征兵营、陈、顾两排长，诸君相叙席散后，至永宁商轮局，晤俞棣生先生及黄漱泉、宝舟昆季、何霭生、马冰生、徐富春诸君，少顷，而楚卿、梅翁均来互叙一刻，均同至楚卿处少坐而来，至家时方下午三句钟耳。在永宁局时，棣生、楚卿诸君言陶寿翁经举商会总理，已由上游藉警察长盛秉德所禀劣迹批驳之后，海门娄晋阶先生及李姓电禀上游曰"葭沚劣董"等语，互叙龃龉不下云云。现陶寿翁赴甬未旋，不知其事作何了结。分设商会，海门亦欲自立，以余想之，其事则可惜无其人也。周梅翁言有郡城人李也白者谋其区官之语，现区官尚无薪水，已有人夺其饭碗，将来薪水公费定后不知热心此中之人作何设想耳。

初四日乙丑　晴。家君嘱书致楚卿兄一信，即交应野亭带交。家君嘱书致金德生一信，即嘱老官送交。晚刻，街上谣传海门兵变，言之不一，各店家悉均关门，大有恐荒之景象。余于晚膳后，有人言楚卿自海门来，即至楚卿处，晤周梅翁、吴玉成、蒋敬甫、黄道周、王云梯及征兵之第一营管带王次青诸君，互叙半晌。言及台防第二营系分扎海门者，其管带章唤新诸事过于认真，其防营兼作征兵营规模办理，其勇丁因其过严，深为隐恨。顷值端阳，海门吊桥头开唱梨园，该勇有赴看戏者，适有哨弁某达与管带，而章唤新即传各哨弁查询，中哨哨弁言该哨并无看戏之人，左右两哨弁言各有三人看戏并未挂号，即行传至公馆罚跪示惩，而同类之胆大不服，约有四十馀人，即行滋闹，各怀军器，明言赴郡禀诉统领，实欲逃归。其中有云告诉楚卿兄后再作计较，以至本镇楚卿家。而楚卿即行留挽其各勇丁，要求初诉管带之某哨弁斥革，而押束不严之哨弁不得革退，楚卿因其如此情形，恐生意外之虞，即为代其调停。而各勇弁言已允服，楚卿即与王次青及蒋敬甫随至海门与章唤新接洽，就可了结耳。今则虽云敷衍了事，只恐无知者再也。

周梅翁言雷莹阁统领因管带征兵之总司令张喧初挽留，只得仍住郡城，不再另住本镇区署矣。据王次青言其征兵之营规最为严厉云云。次青系郡城人。与周梅翁来时就道至建西处，晤李舜卿，畅叙半晌而别，至家时逾二鼓矣。今值永利到埠，即遣人向方翰卿兄取前托遣之图章，言其样式曾经遗失，只得另行托人代刊可也。今二头来，交其代买另星英洋八元，嘱购水鞋雪茄烟、皿花洋瓷汤盆等件，另抄一单，随即面交矣。前托伯藩兄代定做照式照壳两个，想下班永利到台可以代带而来也。

初五日端阳佳节 丙寅，辰前，晴；巳牌初刻，阴，末雨，片时而晴，至午均阴；未时以后均晴。申末刻雷声，遥望远处有雨，近方仍见日色耳。楚卿家送电话云，陈虞韶兄之美女床曾经购就带台，随即致虞韶兄一信，附价洋四元八角，遣人送交，曾向所买之美女床取来矣，此系家君托其代购也。古语云“端阳有雨是丰年”，今则虽云晴多，而雨亦见，可云“端阳有雨”，定是丰年，农民皆唱大有之歌耳。

初六日丁卯 晴。前托黄镜三代为带甬装裱杨笃篆文直条四轴，曾经裱就送来，接其发单，计裱工洋一元五角，即嘱玉先照数转饬老官送交清讫矣。十里铺陈家外婆自早刻来，晚刻，至周梅翁府上少坐，就道至李舜卿处，晤孟东兄少谈，孟东言至海门去而别。舜卿兄相约同至邱楚翁处，晤心斋宗叔，互叙至下午四句半钟而来。长甸洛卿丈公与祝再姻长均于晚刻来。今晚小玉又来言在浣秋家已渴[①]，而家君嘱其留用耳。

初七日戊辰 晴。致王仲达一信，饬老二送交。

初八日己巳 阴，巳刻夏至佳节，早刻稍见阳光，自巳牌之后至晚均是护云之景，满天均是白色护云，风自西南而来。接李克三姻长一信。

初九日庚午 早至午牌，雨；未时雨晴，阴；至晚皆然。

初十日辛未 阴。晚刻，至周梅翁处少坐，言及俞棣生将同昌盐

---

① 当为“歇”。

号公事曾经禀准，已至郡城接手盐务云云。

十一日壬申 早至晚均阴；至晚膳后，雨。前托杨伯藩兄代购扇面照壳两个，即行将刘石庵参知书之泥金扇面两把上在其中矣。家君席请洛卿丈公并祝再姻长晚膳，即邀达云母舅、邱楚言，邵月亭、翁子俊、星斋宗叔陪客，相叙席散而别。又备一席，请陈家外婆，亦是晚膳。

十二日癸酉 辰前，雨；巳至未刻雨晴，阴；申时，大雨如注；至晚皆然。接许眉甫先生一信，就即致福眉甫先生一函，交其来人带交。致周孟东兄一信，托其代祝再姻长寄购草帽一顶，于晚刻，饬阿三送交，来接孟东兄存有旧帽一顶，据祝再言其太次，不甚合式，明日送还，仍托其寄购可也。

十三日甲戌 雨。雨虽两日，而雨过大，恐伤稻禾，伏求上苍即日大晴，小民幸甚，农民幸甚。致周孟东兄一信，并附草帽，即交陈祝翁用人带至海门大关。早刻，同家君并二弟秉礼、外甥洪畴至江边堂，晤星斋、季明、宗山、宏德、少愚等，敬谨致祭武圣毕后，过午膳而来。今台寿所做酒席太薄、太次，今年只得将就，明年定转包别人代做可也。洛卿丈公及祝再姻长嘱代寄杭购买兰烟墨两斤，每斤计价洋一元六角之则，另托伯端兄代为带杭代买可也。余详览刘石庵参知法书之扇面，笔法最为纯熟，并无做作，以此想之，定真而无伪耳。

十四日乙亥 早至午初，雨颇大；午末雨晴，阴；至晚皆然。晚刻，许眉甫先生来。

十五日丙子 阴。雨已富足，只求上苍敷佑，即日大晴，为幸多矣。晚膳后，至楚卿处，晤梅翁，相叙半晌而来。言及同昌盐号前经俞棣生具禀以台州六邑集股公办，曾经批准，为日已久，尚未奉有覆文，现俞棣生及华士诸君赴郡即行接手开办云云。事虽批准，未奉明文，即行接办，在今则可以，前则不能也。

十六日丁丑 早至辰刻，阴；巳牌，雨；至晚皆然。连日雨多晴少，深为焦急，敬求上苍即日大晴，是为至幸。家君自晋垣携有刘文清公法书泥金扇面两把，并吴历绘之《柳村亭子》，日昨均上玻璃架中，今嘱手民悉均安排妥定，聊堪自娱耳。

十七日戊寅　雨。致章家外婆一信，饬老二送交。家君嘱书致张丹翁一信，送交王心泉转寄。又，致何肃堂、煊夫两先生一信，交邮寄郡矣。

十八日己卯　雨。连日多雨，恐有碍于早禾，只求上苍即日大晴，以慰农民之望，是为大幸。家君嘱书致卢华士兄一信，交嘉先送交。致周允翁一信，致李雄斋统领一信，交邮分寄。孟东兄来云，楚卿之令弟今日生晨，相约同至楚卿处，晤梅五、玉成、平洄、蕴资、楚言诸君，相叙半晌，楚卿留过午膳而来。言及陶寿翁前被区官盛秉德控其私收烟捐，经省署批准，颇为难看，幸在今时尚无为碍也。

十九日庚辰　早至未刻，雨；申牌雨晴，阴。致杨伯藩兄一信，交邮寄申。嘉先自早刻来云，今日大雨连绵，郡城水深数尺，所幸是处均是八月稻，倘得天气晴明，尚无大碍。至太平诸处，恐伤早禾，即是海乡，亦求上苍敷佑，即日放晴，以慰农望，为幸多矣。陈祝再姻长购前海门镇余军门之使女为妾，曾经书契，暂宿家中，俟另择日到家可也。

二十日辛巳　早至午刻，晴；未刻，阴；申初，细雨而见雷声；申末雨晴，阴；至晚皆然。洛卿丈公及祝再姻长均于早刻去，许眉甫先生亦于晚刻去。小妹于早刻至家收租去，其郎二人及教读邵月亭则仍在家中。汪伯端兄早刻来云，方于十八日自杭旋里，相叙半晌而去。午膳后，至达云母舅府上及周梅翁、吴玉成、邱楚言、汪伯端诸处，均相叙一刻，至家时将晚膳矣。言及俞棣生先生及卢华士兄曾于十六日接办同昌盐号，其原由俞棣翁首领具禀云台州盐务利权由台集股自行办理，而奉省宪批示，大约“允如所请”，意有电来即行接手，尚未奉到正式公文皆因生在台州地面可以如是做法，但交接之时并无前商交盘，况李家并无亲信夥友在台，李商虽大盘交与少南，而少南恐自受其眼前之亏，亦不能阻止，只得簿、秤交与新商。其事如斯，恐李商必须多事，势所然也。即孟东认包海葭盐务亦不候李商之盘交否，今先行开售而已。总而言之，其意皆出诸楚卿。但楚卿今则不肯合夥，即股分六百股中承十股，计本洋仅只千元，亦棣生先生梗挽面情而允也。但主意皆出诸楚卿。今则棣生先生有言可以上达，槐士兄亦是素识其中可以施行，两美相合，夫复何言！

伯端兄云，永利商轮亦须修理，所以陶寿翁在甬邀请税务使到轮看验，以至延搁日久，闻今事将清讫，想不日可以旋台也。并言及如今世时皆以言语为刀枪剑吉[①]，一言而致福，一言而致祸，凡遇说话中，必须格外留心，是为至切。正是活泼泼地随处留心，是为切要、至要。言及冯仙阁之夫人赌博之艺最贪，并邀同郡城好赌者多人至家，日夕开场聚会，人亦因在仙阁家聚赌不至差累之忧，以致声传日广，省中场上人亦闻悉，作为清谈。不意仙阁访悉其言，气恨已极，即邀县差至家，如见赌博者无论男女随即拿署。该差去，见其赌兴方盛，随即拿人。差见其夫人不敢动手，其夫人阻止亦不得梗留数人，差亦带有一人到署销差。其人带到署中，而仙阁即交执法官严办。但执法官亦因知事家中之事难于照例惩办，即将所拿之徒责释而已。自后，仙阁与夫人大相滋闹一番而已。其言出自平洄先生，想无大错。并云太平林伯常兄典为黄岩县署执法官。前人云朱买臣为本郡太守，足为千古美谈。今则都督即是督抚之职，以及三司府县均是本省、本府、本县人氏，时世如斯，夫复何言！只以乡民大为吃亏而已。

廿一日壬午 早至未刻，晴；申时，阴；以后皆然。接周允翁一信。早刻，薛黉甫兄差片辞行，彼系台防第一营、即统领之坐营左哨哨长，前月，雷莹阁统领欲移驻分府署，所以先饬左哨预日至该处驻扎，现雷莹翁仍留驻郡城，故将左哨调至城，即于今夜动身到郡。余于午膳后至薛黉甫处，相叙一刻，晤周梅翁少谈，言及临海县知事周六介曾于昨日到郡，彼之履历尚未通详，今晚至海门，与楚卿及何霭

① “吉”当为“戟”。

翁妥商具报云云。就道至翁子俊处，晤达云母舅，互叙半晌而来。子俊处有楚卿之洋片，上注曰“台州统捐总局长”，但“捐”字误写“损”字，即是“台州统损总局长”。至家时寻检楚卿之洋片，亦是“捐”字误书为“损”，幸在本街人均深知，倘若如此误书洋片用至外处，未免贻笑大方。此乃未曾留心之所致，所以事无大小，必须亲自过目，是为切要也。

廿二日癸未 早至未刻，晴；申、酉牌，阴；戌、亥两时，雷雨异常之大。连日多雨，江岸一带早禾尚无大损，而太平诸处曾经减色，加之今日雷雨如此之大，深为焦急。敬求上苍敷佑，即放大晴，下民幸甚。致周孟东兄一信，向取陈祝翁托购之草帽，饬老二送至海门大关，而孟东曾至家子，随与接洽，据说帽想购来，尚在海门耳。

接许眉甫先生一信，言日昨家君与其俸金找讫，计开洋四百三十七角，合计英洋三十八元又大洋四十元，至家过手，缺少开洋十角，又大洋一元。以余想之，开洋或有缺少，而大洋断不能缺，况四十元并非多数。家君云是翼亭经手，即询翼亭，云所与之洋并无缺少，未识伊带家时所藏之处另有他人过目否也。所以付洋之时，其数目必须当面过手，是为至要之事。翼亭所说如斯，只得作函询问可也。早刻，吴玉翁、周梅翁来叙半晌，言及陶寿翁曾于昨日由甬旋里。晚刻，闻说陶寿翁又至海门去，不知盛秉德与彼攻讦之事作何了结否也。邱楚翁于晚刻来叙一刻，适下雷雨极大，随留宿焉。

廿三日甲申 早至未刻，雨，自昨夜至未刻均是大雨淋漓；申牌雨晴，阴；以后皆然。致许眉甫先生一信，附还皿花布褥、长衫、近身烟、盂、眼镜等五件，均饬老官专送至西山。前托孟东代陈祝翁购买草帽一顶，于晚刻其仆人送来，前交其带付价洋三元，帽价计洋两元五角，并找还洋五角，均随并送下。但其物不甚好，既已购来，只得送交可也。邱楚翁于晚刻去，向余撮去英洋一元。

忆自戊戌之秋，奉先曾祖母应太夫人命赴松岩后寺做水陆一堂，邀同琴轩、子宜、仲辰诸君赴山，迄今十馀年，而子宜、仲辰、琴轩前后病故，应太夫人又经弃世，往事如同昨日，以此想之，人生空甚。古人云“人生若大梦”，斯言真不谬也。富贵、贫贱均是一梦，生在天地间总以无愧于神、无愧于心，则愿足矣，夫复何言！顷邱楚翁言及其令亲今赴松岩做水陆之举，偶然忆及而记之。

廿四日乙酉 晴。天气晴明，叨天福佑，早禾可歌大有，深为大幸。接眉甫先生一信，交老官带来。接何肃堂先生寄家君福信一函、何煊夫先生寄余一信，并附还从九部照一纸，托捐中止银二百两，计十八锭另四件，均已收讫。家君嘱书收条，交其来人带福矣。晚刻，至子俊处，晤达云母舅、王伯常，言及现俞棣生所接同昌盐务系奉浙江都督批准，尚未奉有正式公文，而李商曾经赴部呈控，批饬续办等情，已有正式明文，故不肯交盘，现尚龃龉，不知作何了结耳。海葭镇巡警长程祖谟来家拜客，即行饬丁挡驾。家君命余明日赴海门还谒程君。晚膳后，至周梅翁处，言及程祖谟本是石门县之警长，奉札与盛秉德互调而来，彼亦明日还谒程君，相约同去。言及李少孔之家眷于今日来葭，随即移住署内矣。就道至建西处，晤载熙兄，言及棣生先生所接同昌之七邑盐务各节，言之甚长，总而言之，生在台州，权力所及之地，可以如此接办而已，今日已禁李商售盐。孟东兄海葭镇盐务已于今日开售，亦禁李商售卖矣。来时已将二鼓耳。

廿五日丙戌 晴，天气颇热。时经小暑之后，热所正其时也。致眉甫先生一信，饬老官送交，旋接眉甫先生一信。致周允东明府一信，交邮寄晋。早刻，至海门元泰典楚卿处，晤周梅翁、洪封三，相叙一刻。楚卿言，阅某报中纪云，楚卿所办之统捐局现省中有撤换之语，楚卿云其正式公文到后即行赴省与其致讼云云。同周梅翁往谒巡警长程君，相叙半晌，言及金华府城人，字曰敬之。别后，随至永宁局，晤陶寿翁、申桢夫诸君，适王松渠、尤仲波、张谓夫、朱鼎丞、林启人、徐富春、林少山，相叙一刻。富春兄言明日赴申之行，余即将托煊夫先生代捐中止银二百两托其带申代换，计秤曹平重一百八十九两七钱五分，内一百八十四两另五分托其代换银洋，内五两七钱托其代打银羹匙八个，不敷之处托其垫付清讫，并托其代购金戒指两个，一约三钱之内，一约二钱之内。彼言六月初十日方可旋台，至期向其清算可也。但朱鼎丞、王松渠、林启人、尤仲波诸君云均自武林旋里，少作勾留而去。转至楚卿处，晤黄义臣、何霭生两君。过午膳后，因天气颇热，少坐至晚而来，至家时将晚膳矣。陶习之兄自杭垣来，前托杨伯藩兄代修眼银已代修好，交习之兄代带收到矣。二头代为购来水鞋一双、皿花大洋盆两口，该洋若干，容日并算可也。

廿六日丁亥 早至未刻，晴，天气甚热；申刻，阴；以后皆然。申牌，雷声响而未雨。致何煊夫先生一信，交邮单保险寄郡。致王子辛先生一信，交温岭街带至黄岩城小南门面呈。致陈祝再姻长一信，附其托买之洋草帽一顶，并找还开洋五角、铜板六枚，交尚相长工代为带交。家君嘱书致卢槐士兄一信，交老二转寄矣。

廿七日戊子 早至申初，晴；申末初见雷声，而后即雨，至戌牌雨晴而阴；以后皆然。家君嘱书致应少圃表叔公一信，嘱吕来送郡，并向同昌取洋七元二角，一并送交。早刻，叶祖香公祖寄奉家君函中其三令祖致余一信。今早，将所存字画悉均大晒修拾一番，可勿致坏，亦一年之要事也。其中有甬江四明文宝斋装裱直条对联，又有甬江蓉镜斋以及各店装裱直条对联，但四明文宝斋装裱者悉均如初，各店装裱者悉均出白毛，易于损坏，所以甬江之四明文宝斋装裱极为完善，各店万不可托裱也。余有托郦漱芳代书铁线篆对联，系蓉镜斋装裱，亦出白毛，深为可惜耳。家君嘱书致陶寿翁一信，交蒙荣相送交，旋言寿翁于今晚赴郡云。

廿八日己丑 早至巳刻，阴；午时以后至晚均晴。家君嘱书致陈祝再姻长一信，即呈家君寄交矣。余阅砖文钟鼎，吴廷康所书者可谓至佳。凡写篆字、隶字、砖文，均写金元纸为多，而腊笺者少，乃腊笺难于下笔之所致，但吴晋斋之书隶、篆，喜写腊笺，可见其书法老到而能以难为易也。家君言杨笃篆书、隶书最佳，余阅杨笃所写篆字直条，其佳处只纯熟，毫无做作，即其书法之好处也。即邓石如之篆书亦纯熟，以致曾文正公所推重乃是邓石如以及杨笃，均是书篆之名家也。近来之书篆字者，张逖先先生亦可直接前贤，邓石如、杨笃之篆书，今余所见者均是小篆，张逖先之篆文系是石鼓，其派虽易，字字笔力纯熟老到则一耳。吴晋斋、桂未谷诸公之砖文亦以纯而老劲留名于后世，以余评之，皆称纯劲双佳，未识高明者为然否也。

晚膳后，至楚卿处，晤楚言，相叙半晌，言及接其统捐者朱兴岳系朱冠卿先生令侄，已经接到明文矣。现海门各商家致电省中，言台州统捐章程访照温州办式，抑或甬江办式，各新军亦经致电，未识省中作何致覆。以此想之，继任者诸多掣肘，在所不免，楚卿俟其所委朱君到台接办后即行晋省质讯云云。至家时将二鼓矣。

廿九日庚寅 晴。早刻，陶习芝来云，接楚卿之统捐局朱兴岳字曰莘侯。洪畴于早刻至莘山家中收租，其师邵月亭先生、其妹亦均同去，想过稻熟而后旋也。午膳后，至椒江，晤载熙、伯常，言及平洄曾于昨日来，今早转至海门，系寿翁、楚卿两君邀其相酌一切。言及太平陈衎九，现授职名曰法院长，即与前之高等审判厅厅丞官耳。就道至达云母舅府上，晤子俊兄，畅叙半晌，言及孟东兄所包海葭镇盐务，其中有人大夘为然，只恐更变在所不免。现在时事如斯，非独彼也，总而无结怨于人，逃名于世上，作为隐者以自守，此为上焉。

第四十章

壬子(1912)六月初一日起

六月初一日辛卯 晴。早季收成在即,近处叨天福佑皆唱大有之歌,足为欣幸。接王子辛先生抄示治瘰串方:佩兰叶一钱、红枣七粒,每晨空腹时将药煎过,朝东方太阳带红枣服下,少顷用饭。以好为度,切不可间断,轻则四个月,重则一二年,未有不愈者也。此乃黄道药品,未有近功,年前向其抄来,前有仆从生有瘰串而食数月渐愈,今则莘山金家外甥女亦有是病,不意年久忘却,今又致函向抄,定能就痊而记焉。

初二日壬辰 晴。家中割稻自今日起,嘉先出去看稻亦是今日起。现早季稍迟之稻最佳。早刻,周梅翁来叙半晌,言及王云梯兄为六庄查禁烟浆绅士,前已出示严禁,今则实行。现大暑在即,江边堂之香客已旺,百馀里外者均有来拜佛,亦俗例使然。

初三日癸巳 晴。长女自今日归宵,到时将午膳矣,婿仲达亦于晚刻来。

初四日甲午 晴。家君嘱书致胡介眉老夫子一信,交邮寄至晋省翼城县南营。

初五日乙未 晴。连日天气甚好,子粒收成易于收藏,叨天福佑于无穷也。

初六日丙申 晴。现值大暑,江边堂唱戏,而又售卖另星亦不少,曾已有年,向有赌徒聚集赌博,年复如是。今楚卿因周六介明府颇为有锋利之名，又方初到是邦，恐赌风太盛似难为情，初邀周梅翁出示严禁之后，不意仍然如旧。昨楚卿晤及巡官程敬翁，云及赴地拿赌云云。而程敬翁今早至区署，本与梅翁同赴是处，先为禁止，后若如旧，再为拿办，此亦和平办理。而周梅翁恐结怨与赌徒，只邀李少孔派保安队八人同程敬翁至江边堂，该赌徒误会巡官拿人，不知先为劝谕禁止一层，探悉巡官将到，先将赌钱收拾，假言被保安队人抢去。百馀人看巡官将到黄裕泰典之前塘边，即将其拥落塘中，即保安队中亦有三人一同落水，随即究起①，四人虽未毙命，而程敬之受此一番异常苦况，难于言状，随至区署。周梅翁虽即饬差会同保安队访拿为首赌徒，亦不能骤得，即行具文与县知事，随邀程敬之晋郡亲与周明府接洽作何办理，未识此事作何结局也。晚刻，至楚卿处，晤梅翁、孟东乔梓、作羹、寿翁、玉翁、云梯、伯端诸君，相叙半晌。言及明日选举初级议员，楚卿意定载熙、云梯、孟东、云轩、继楹等五人，复选时可举载熙兄为议员赴省而已。

初七日丁酉 早至午牌，晴；未时以后，阴、雨，后又阴、晴、雨数次又晴。今日初次选举，就区署投票，虽有传单来，余未去投。达云母舅来云亦未去。晚刻，晤作羹兄云，到者约有数百人，其中保安队勇者已承百馀人，所投之票曾经及万张，其人如此之少，其票已逾二十倍之多，其所由来者不言可知。世事如斯，地方安有公理乎？

初八日戊戌 晴。致许眉甫先生一信，饬老官送交。昨夜后外墙西北角被贼拆去数尺方圆，贼至余房间偷去旧绢短衫、被单、凉伞等件，至后门偷去夹被三床以及农工衣服等件，当时无人知觉，至早间方知，此亦破财之数定也。随即柬托保安队陈哨官代为查访，未识得能追还否也。早刻，至达云母舅、翁子俊两处少坐而来。晚膳后，至楚卿家，晤章唤新、李少云、高志伯、沈朗花、金丹岚、陶寿农、黄义臣、陈文佑、李舜卿、周孟东诸君，坐有摩鹊两桌，海门之妓女六人，其

---

① 疑为“救起”。

人之进出颇旺。随至叶石甫房中少坐而来。言及郑仲鸿染恙颇沉。就道至建西处坐一片时，至家时将二鼓矣。凡人家聚有妓女而又摩鹊，虽因大暑在即，藉堪消遣，总是非宜。今楚卿家之繁华与人各易，在于别人切勿效之，是为至要。况人生福分能有几何，而可如此剥丧乎！古人云“乐尽悲来”，斯言不谬也，为人岂不警惧哉！

初九日己亥　早至巳刻，晴；午、未时，雨颇大；申初见雷声后即晴见日；以后皆然。近日天气颇晴，禾田方将水燥，叨天福佑，甘霖即降下后又晴，上苍厚我台民于无穷也。日夕无事，皆作篆书，藉堪消遣耳。早刻，王子衡兄来叙，过午膳后而去，言其令郎来看大暑，宿在楚卿家，就道邀其同去也。晚刻，至周梅翁处，未晤，就道至陶寿翁处，晤周梅翁少谈，即同来家，相叙一刻而去。陶寿翁言有英国兵舰一艘，驶至海门关外，询其作何事件，答云浙洋匪氛不靖，来此梭巡。向来外洋兵舰即或进洋，彼此各放土炮。今则不然，两无举动，驻三天而去，言赴温州，度其用意看是处者并无有国，偶然至此而玩要之。

初十日庚子　早至未刻，晴；申牌起至戌初均雨。致许眉甫先生一信，饬吕来送交，旋接眉甫先生福信一函。日前，富春言约今日永利到埠可以来台，早刻，遣玉先往询，未见其来。晚刻，晤陶寿翁，云徐富春现由沪江就道至苏州，约在十七、廿四两天方可旋里云。并言程敬之兄被赌徒阻落塘中事，经周六介明府委查办理，只恐区官大失面子。此事系周梅翁事事均要和平讨好，以致事事招挂，乃其性所使然，即此一事以致如是，将何以了之，难于预料也。王少常兄来叙，过午膳后转其令亲处去矣。

十一日辛丑　早至巳刻，晴；午牌至晚均雨。接眉甫先生一信，随即致福眉甫先生一函，并附件交其来人带赵。家君席请子裳先生及仲达，并邀周梅翁、陶习之、周达云母舅陪客，相叙席散而去。

十二日壬寅　晴；申牌见有雷声，仍晴而未雨。家君嘱书致何见石先生一信，托肃堂先生附入家信寄交，另致肃堂先生一信，交邮寄郡。家君嘱书致福叶祖香公祖一信，余附致其三令祖黄子笠兄一信，封交邮筒寄至杭州省城羊坝头叶氏寄庐。

十三日癸卯 晴。仲达于晚刻去。

十四日甲辰 早至酉刻,晴;戌牌,雷雨颇大;以后皆然。致王子衡兄一信,交嘉先转寄北山。

十五日己巳 晴,天气颇热。早刻,上午五句钟起身至道头少坐,六句一分时永大小轮来,即趁该小轮,于九句二刻抵台郡城埠。即至何肃堂先生府上,晤其令弟煊夫先生及雩春、伯琴诸君,言及芷升兄去世之后,而逸琴兄系雩春兄之令舅,乃洪步仙之郎也,相继而逝,深为惨切。忆自庚戌之冬余赴都之初,至南横街何见石老伯公馆中,晤洪逸琴兄,其年方廿四,而精力颇佳,以及书法、画,山水、人物各样均称佳妙,转瞬经年而亡,何其不永之年乃是耶,最为可惜。言俞棣生先生领袖并卢槐士兄集台人公股禀准蒋百器都督批准开台属七邑盐务,而郡城同昌总号办理临海、仙居、缙云、永康、武义五县盐务曾于五月中旬已经接办,改其名曰台州盐务公司,同昌东人李姓即在部中具呈奉批准其李商续办,致电到台而无效。今则棣生先生及槐士兄同至海游鼎新总号接盘,其办法亦抛开前商一切盐斤而不顾,与同昌之接法相同。但海游系宁海属,原商号曰鼎新,办理宁海、天台两县盐务而已。

晚膳后,至同昌盐号,晤王少南兄,相叙半晌,言及号中诸事今均与台盐公司办理,而簿籍等项尚未移交云云。随至育婴堂,即台盐公司驻设之所,晤其账房林梧生兄,言棣生先生及槐士兄均于昨日赴海游去,初欲统盘前商盐务,今则李商不肯顺手交盘,只赴海游另租房屋,即取鼎新之秤来,随行开卖。前商存盐而不顾,自取秤开售之后,即行禁止鼎新售卖云云。余向取帖税,言前商尚未清移交贷,只将旧摺取来,从五月十一日接手之日起照付,余即将旧摺向取,彼即清付矣。并晤孙月樵及周鉴堂、胡莘南诸君,相叙半晌而别。清如兄之郎名正裕,现在台盐公司为外账,想系作羹兄所荐。就道至周梅谱先生处少坐,言及现临海县知事,周六介明府莅任之初,即换财政科科员黄道周与方姓，台甫忘却，及民政等科，周作羹、蒋敬甫两兄均另换人云云，随至炭行街应少圃表叔公府上，相叙一刻而别。转至肃堂老伯府上，时经下午十二句半钟矣。

十六日丙午 晴。天气异常之热，静坐房间，汗出如珠。致嘉先一信，附蚊虫香六百支、菜头一捆，饬阿三送交航船带至家中。应少圃表叔公及雩春兄令舅荦南即逸琴兄之令兄，并洪竹坡来叙半晌而别。本即于早刻趁船下港，因肃堂老伯邀晚膳，难于推却，再宿一天。肃堂老伯设席晚膳，同席者：楼蕴山、周六介、施新初、张华甫、冯仙阁、方寿民诸君，相叙席散而别。楼蕴山官印金鉴、绍兴萧山人，与煊夫先生同年拔贡，现奉省委台州地方审判厅推事，年约三十岁左右，看其人最为精明。周六介先生现奉省委临海县知事，温州永嘉人，年三十岁之外，已经留须。施新初系永康人，现奉省委临海县检察长，年亦在三十左右。张华甫亦警察局中官也。天气之热如斯，难于外出。

十七日丁未 晴。天气亦最热，于上午十句钟辞别肃堂老伯及煊夫先生、雩春、伯琴诸君，乘舆至船埠。适永大小轮方经到埠，少坐至十一句半钟，永大开驶，至下午三句钟抵葭沚埠，随即过小船上岸至家，叩谒家祖慈、家君、家慈。言昨所寄之蚊虫香、菜头等件，均已收到，前嘱二头购买洋片纸，家君并余各一盒，曾经买来。适管端甫在家，相叙一刻而去。随至东岸李舜卿兄处，晤宗山兄，相叙至晚，舜卿兄留过晚膳后，同至楚卿家，询问楚卿尚在海门未来。随过楚言处，晤梅五、心斋宗叔，少谈而别，至家尚未二鼓。言及临海之议事开会，开会之初，议将通知浙江全省七十五县中各举代表晋省，算各本县中之钱粮，平馀三分之一拔归地方公费所在地位，其算粮之事大约如斯，至于实在情形及七十五县中能否均举代表到省，不得其详。而临海已举周载熙、李樵甫两兄为代表，曾经赴省，即事之发起亦是樵甫、载熙两人，其两人中系樵甫为主，载熙为宾。即黄岩能否各举代表到省亦难预料，何况外府、外县乎！并言浙江都督蒋百器尊簋自请交卸晋京，任命朱价人瑞为浙江都督。但朱君本系浙江军政使，海盐人，系朱冠卿先生之令侄也。

陶寿翁被前海葭镇之巡警长盛秉德攻讦之事，已由省中各司宪批示森严，仰宁波地方审判厅讯明办理。现今新例，倘若延宕，即曰有心趋避，即照原是定拟。而寿翁本早欲赴甬质讯，应未运动，确是不敢赴质。上月，周平洄先生赴杭代其运动妥定，曾于十五日同周平翁赴甬质讯云云。但此事，初则寿翁不为介意，后见省批如斯，即与盛秉德说开，又托人照拂，盛秉德为石门县之巡警长，任彼者程敬之互调到台。不意盛秉德不肯趋赴石门，留在宁波待质，此亦过于刁难，可见虫蚁有毒，何况人乎！

寿翁、楚卿之高见虽佳，凡事半出诸周平翁。客岁之冬，周平翁避姚梧冈之锋赴瓯徐班侯先生署中，而寿翁之事，粗心以至乃是。但楚卿久有谋办海门厘局至心而不得，后以厘局改为统捐，名色较之抽厘更优。即海门一区，就今楚卿如此办下，可以每年馀剩四万之外，在楚卿早已预算至此。客冬，章唤新赴省谋台防帮统，旋言省中谋差最易，不意台州海门统捐一席，适法院长陈君代黄岩朱老先生言妥，曾经送稿。方将发表之际，值楚卿当客冬十二月廿一日嘱蒋敬甫携洋四千元，函托雷莹阁令侄某代为运动是差而得之，非独朱老先生无味，即陈君大为抱歉。仲春之初，陶寿翁到省，欲与其说开与朱老先生合办，有合办之名，无合办之实，每月送洋一二百元作为束金。而楚卿未与平洄相酌，自思有雷君之力，又海门地面可以独霸，即送一二百元与其合办之名而不允，只作中止，即将寿农之言置诸度外可也。而后，周平洄因事平旋台，楚卿与其接洽。其意思：现黄岩人上则臬司，外则各机关中人不少恐有变更，诸多未便，楚卿晤及事亦迟矣。但寿农所云合办者亦为此意也。况送束金每月数百元，如大仓漂粟，有何窒碍？奈楚卿不晤何！事虽有定，此亦数耳。而平洄即与其解脱。

此事因黄岩人欲办台州盐务，因俞棣生有意出头，即邀槐士，又说通棣生先生集股办理盐务，又嘱黄道周与三台即第六中学堂教员黄岩郑君、即鹿门先生文孙说妥，挂会办台州统捐事局长名，每年送洋四百元，连络黄岩人解谋统捐局之冤，所以竭力代其谋办七邑盐务之独霸办法，又借盐公司运动之经费，复极心力代其筹划一切情形，自己不想沾润，将黄岩朱敷五老先生、林蔚生老伯、王玫伯先生以及各巨公均沾润色，以释前愆。其用意如斯，可谓深且远矣。不意黄岩人而识所办盐务者咸云俞棣生先生之大量，不识楚卿之暗助，何也？但棣生先生与蒋百器都督深交，又与朱劼丞提法老世交而复同年，所能大力而来。不知楚卿深知其中之详情，详告代为筹划、谙助各节。棣生先生虽能深知，亦不肯说人之长为己之弱，即槐士兄全力致至代为办理，未必非楚卿之意，人不知耳。郑君深知各人深意，即或挂名，亦不肯受。平洄用意虽深，奈不行何！在省诸君欲觅楚卿之短而不得，只以陈鸿道面称等语即行撤差，后即另委朱德侯君继之。楚卿虽邀各商家以及新军致电而无效，而后即有掣肘者。现其堂兄弟任命都督，想亦不敢，即虽撤退驻防营勇转防，朱局长将来向借未必不允其所请也。又，梅翁言朱德侯局长曾经到台，未识楚卿再何布置焉。

十八日戊申 晴。早刻，至海门元泰典内，晤楚卿及孟东兄、高志伯、章焕新诸君，相叙一刻，言及新委办理海门统捐朱德侯君曾于昨日抵台，明日接办局务，楚卿兄已将局中诸事均于今日送交清讫。楚卿因糟蹋彼之诸事均已安排妥定，又阳恐照挂，即拟廿二日赴沪，一可避其照挂，再可想法报复云云。随即乘舆至家，时将午膳，孙旭东先生于早刻来。周建西单邀晚膳，至建西处，晤周梅翁、黄道周、汪伯端、倪寿生诸君，相叙席散时，楚卿遣人云其于晚刻至家，即邀周梅翁有事。随同周梅翁及道周、伯端至楚卿处，适作羹、敬甫在焉，相叙半晌，言及周梅翁之区官曾由省中批准。照其新例，区官每月俸金洋百元，署中公费每月一百五十元，在周梅翁喜形于色，与别人亦无甚欣喜耳。并言载熙兄于十五日动身，屈计今日可以到省云云。

十九日己酉 晴。致何肃堂先生一信，饬阿三送交海门邮政局寄至郡城。家君嘱书致王子裳老伯一信，即呈家君遣价送投。致王少裳兄一信，交陈尧鉴送交。现少裳兄新委海门统捐局长朱德侯君派为总稽查，每月薪水计洋三十番，而无其要事，与少裳兄亦极相宜。晚刻，李舜卿兄来叙至晚而去，言及陶寿翁本赴甬与盛秉德质讯，而平泂早即赴杭，代寿翁说通此案之原情，闻有电邀寿翁赴杭，想已运动已有就绪亦未可知。外甥金洪畴于早刻来云，其莘山时疫流行，深为畏甚，因即而来也。

凡事均有数定，难于强求。横申项有项难如，初时家本小康，兄弟三人，南如行二，系苏橘香舅公之婿，幼亦读书，每逢岁科亦应考试，十馀年间以致一贫如洗。其家之侧有路廊，前月其妻苏氏，即家祖慈之内侄女来与家祖慈说就其侧之路廊中烧茶，每月与其柴米，不意被贼窃取，岂非数乎！家君嘱云："自俸须当俭约，勿受无艺之财，济人之急，遇有善事必须竭力而施。"沅跪承庭训，铭刻不忘而已。孙旭东先生于早刻去。连日天气异常之热，只书篆字，藉堪消遣而已。余之书篆十年中虽非日日接连而写，而每年中约有三四个月连日而书之，未见佳妙，乃资质太次之所致也。

二十日庚戌 晴、阴、雨不一而定。午膳后，至子俊处，晤达云母舅，相叙半晌，就道至蓉秋先生处少坐而来。在子俊处，金明亮相来云，近日赴甬一行，余即托其裱画。至家后即检蒲竹英法绘着色岩石四尺[①]直条四幅、王醴泉篆书四尺直条四幅、陈泰寿隶书三尺对联一副，均裱白色花绫，上长六寸，下长三寸，边阔一寸，脚用树筒；张逖先篆书四尺对联一副、郭花农三尺行书对一副，均裱白色花绫，脚用树筒；苏赓云隶书五尺直条四幅，裱白绢边。各画之内附有裱式条纸一纸，又开总单一纸，悉均明晰，交嘉先送至椒江网局面交明亮代为带至甬江交四明文宝斋装裱矣。前平泂言姚梧冈赴都运动浙江实业使，顷周梅翁言其已经赴申，未曾言有浙江实业使之说，想经作罢矣。

① 本段尺寸均柴码标示，此径改。

接杨伯藩兄一信，前洛卿丈公并祝再姻长托其代买烟竹筒嘴三个，顷已购就寄下，每个计洋一元另五分，合计英洋三元一角五分。

廿一日辛亥　阴、晴、雨不定，大约晴多而雨最少。致楚卿兄一信，内附致张仲甫一信，系楚卿言有西洋潘人女妪将丹庭兄令媛庚甲与其弟说合，今问卜合，命均佳，欲踏亲，而媒人不知何处去向，托余代其函达丹翁。余以丹庭在沪、在苏不一而定，不如托仲甫在中询问为善，所以致函与仲甫。但楚卿言过数日，现彼在海门，适王芹甫先生来家之便，即交芹甫带交。但芹甫之来因丹翁之二少君配娄晋阶之令媛定于本月廿四日送日子，择九月廿四日娶亲，托余代媒，余即允焉，俟廿四日至永利局与其接洽可也。王芹翁言，陶寿翁被盛秉德控案原批宁波地方审判厅讯明办理，其公事曾经上月二十日到甬，现经弥月，但寿翁今在沪江，申桢夫兄代为在省运动，今电促晋省，想有就绪耳。谱香母舅言楚卿将家藏快枪运至船中存储，想鉴于此，可见楚卿之事事预防，不言可知。无如楚卿之结怨于人者太多，只恐其未及雇虑者而见犯之。总而言之，凡事皆存诸数定，虽言如斯，无结怨于人，可免弥缝。古人云“日间不做亏心事，半夜敲门不惊心”，即此之谓也。

廿二日壬子　早至午刻，晴；未时以(后)均阴。接娄德辉兄一信，随即致覆德晖兄一信，即由其来人带交。

廿三日癸丑　晴，天气颇热。又接娄德晖兄一信，即覆德晖兄一信，交其原人带交。仲善兄于早刻来。

廿四日甲寅　晴。早刻，因芹甫先生代邀与张丹翁之令弟配娄晋阶先生令媛送日子代媒，至海门永宁局，晤芹甫先生，其张家送日子计洋四百元、手设四件、金镯、珠花、珠挑、珠牌，彼收手设四件，而洋璧还。台州俗例，璧还送日子之洋，不办嫁资外壳而已。并晤俞棣生先生、王叔眉兄诸君，相叙半晌，而棣生先生及叔眉两君均于早刻旋黄。后同芹甫先生代媒，至娄宅，晤晋阶先生及其典中账房梁辅仁、瑞卿、祝三诸君，少谈即至德晖家，相叙一刻之后，同至晋阶先生

(处),过午膳后而别。至元泰典,晤王少裳兄,托其代荐苏焕堂为统捐局司事,未识能否允诺否也。别后,至陈虞韶、何靄翁两处,均相叙半晌而别。

转至永宁局,晤王芹甫并胡克之先生、朱志侯先生、杨子屏、俞正甫、黄义臣、李少云诸君,互叙半晌,黄义臣邀胡克之先生、朱志侯先生、杨子屏、李少云与余至一枝香小酌后,已八句钟矣。转至永宁局少坐而来。但胡克之先生为和贵州省都匀人,由拔贡出身,入资知县,指分浙江候补,三任署黄岩县知县,两年题补太平县知县,赴任官声、政绩皆佳,自共和国之后,仍以知事候补,因任黄岩县知事时柜书欠其巨款而来向讨也。朱志侯一号子厚,官印兴沂,浙江海盐人,系内阁学士兼礼部侍郎朱冠卿先生福说之大少君,由举人入资知府,指分广东候补,曾任琼州、韶州等府知府,现民国共和之后,委署黄岩知事,自正月间到黄岩县任,现调署海宁州,今改曰海宁县知事,现今告卸黄岩县赴海宁县任,今将动身。杨子屏兄亦于明日趁永利赴申。言及陶寿翁现在沪江,黄楚卿兄亦于廿一二日赴申矣。余自八句钟由海门永宁局动身,至家方将二鼓矣。二头代为购来新时鞋三双,开单计洋三元六角;洋茶杯二打,计洋四元,并言徐富春兄下班永利到埠可以到台云云。接娄德晖兄一信,其所言糊涂异常,正洋举人之自语。但余与其谊属连襟,只付诸一笑可也。

廿五日乙卯 早至午刻,晴;未、申刻,阴而有雷声,西北风异常之大,乃俗语云是龙风;至酉时,雨颇大,一刻而晴;至晚皆然。致洛卿丈公一信,附其托买象牙烟竹筒嘴一个,计洋一元另五分;致祝再姻长一信,附其托买象牙烟竹筒嘴两个,计洋二元一角,均饬老二送至长甸。致娄德辉兄一信,并附与其郎见面钱洋两元,饬老官送交矣。家君嘱书致张丹翁一信,即奉呈家君交人送至苏州。古人云:“天地一刻之风云,人生旦夕之祸福。”如今日早,天气晴明而且热炎异常,至申、酉之间有如此之大风,幸一刻即静,倘若至晚即成大风水矣。余于晚刻皮倦异常,只睡而不审,至晚膳之后方且新鲜耳。

廿六日丙辰 早至未刻，阴；申牌，雨；以后皆然。致李少云兄一信，交邮寄至路桥。致汪伯端兄一信，付托其带杭代买羊毫及兰烟、全鹿丸、鹿角胶、摹本假袍料等详单一纸，并代购各物英洋四十元，均交祥高先送交矣。

廿七日丁巳 早至巳刻，阴；午牌以后至晚均晴。午膳后，至李舜卿处。少顷，而伯端、老皮相均来，互谈至晚，舜卿留过晚膳后而来。老皮相(云)周建西之长媳国化之妻染恙颇沉，系生一女产后而致疾也。伯端兄言赴杭之期拟定七月初一日趁永利商轮动身。家慈言二弟秉礼见洋尚不甚于欢喜，三弟秉衡见到英洋执而不放，看其中爱之异常。银洋，人生性所最喜、最爱之物，但秉衡年方三岁，实未及两周，有见英物如是中爱，将来畜积聚财定成富翁，不言可知也。

廿八日戊午 晴。致何肃堂先生一信，并附送蒲竹英先生法绘山水中堂一轴、洋瓷茶杯十二副，均交伯森先代为带郡。伯森先言代宾兴局收租，于七月初一日趁小轮赴郡，该函亦即书七月初一日函发耳。函件即于晚刻面交伯森先矣。早刻，顾杏人云，周梅翁因小便不通，自昨日起颇为惊恐。余自昨晚至舜卿处时，道梅翁府上，至其小台门，晤其仆人名曰媒头，言其主人至衙署去，未在家中，故未进去。今杏仁所言如是。于晚刻至梅翁府上，晤花辅卿、邱楚言及皮申甫并懂西医之马姓，言梅翁之小病不通症自前日起，昨日曾已惊慌，并未出外，今日阖家惊恐，其孟东又赴沪江未来家，无主意，已于昨晚致电邀孟东旋里。今其如此情形，只邀懂西医之马姓用银管直进，闻其于晚膳后见有小便，虽言不多，但已通窍，可无窒碍，想能逐渐痊愈也。又据医者言湿积傍恍[①]，又入暑邪，以致小便不通之所由来耳。但梅翁年逾花甲，诸事必须谨慎，可免疾痛之苦，而彼不以年老为念，凡事皆不在意，所以时常见病。大凡老年者，人虽在外无易少年，其体质总不如昔，必须严加防范，是为至切、至盼。古人云“六十非帛不暖，

---

① 今作“膀胱”。

七十非肉不饱”，亦养老之一道也。前陈祝翁自海门娶有如夫人叶姓，暂宿家中，今其遣人接去，彼寄家君一信，家君嘱余致福一函，即奉家君转交其来人带交。前代购象牙烟竹筒咀两个计洋两元一角，已由其来人带下，但其咀因不合样式，即照其来示转托伯藩兄代为调换可也。家君寄福函中曾经言及一切。

廿九日己未 早至午刻，晴；未时，阴；申初见有雷声，申末细雨，片时而晴，即阴；以后皆然。前在大暑时在楚卿府上，晤陶寿翁，向余假洋一百元，转付于李少云兄，今李少翁遣小潘来取，即将该洋饬玉先送交习之兄转交与李少翁，俟即函告寿翁可也。家慈染恙，请管端甫先生代为诊治，留宿。晚刻，家君至周梅翁处询问，旋云梅翁染小便不通之症，自昨日马姓代为通大窍之后，出有如泥色者少许，后即少见溺水，渐则灵通。现沈子方先生与其诊治，恐至痢疾。但彼小便已通，即或痢疾，可以就医，渐奏肤功也。陈仲善兄于早刻来云，今晚趁可贵商轮动身赴都肄业，彼之实业中学堂现改为商业学堂云云，就于晚刻，赴海门趁轮矣。现在时事如斯，赴京肄业，多化有用之银钱置诸无益之地，深为可惜。虽属至亲，彼既已动身，亦难于起齿也。

三十日庚申 早至未初，晴；未末见有雷声，即阴；申末有小雨，片时即晴；至晚均阴。致杨伯藩兄一信，附致陶寿翁一信，托伯藩兄代为转交，函饬吕保送交邮政局寄申。现今购阅《赤霞报》，则《申报》即买至本月三十日，即今日为止，以后作为罢论。现在报纸所纪各事，实无趣味，今年购取半载，余而详览者不及十纸。今之时世，报纸亦不可不买，海门新出《赤霞报》倘不向购，颇难为情，彼又自行送下，难于固却，只得购彼一分可也。晚膳后，至周梅翁府上，晤花辅卿、邱楚翁，相叙一刻，言及梅翁之症，小便已通，惟时常作痛，易于医治，无碍于事也。沈子方先生已于早刻去，懂西医之马姓者即郡城白姓洋人之徒，征兵营请其为军医，当日请其诊治，故有如是之便。现其家眷均住海门翟家，彼打皮管之后，虽未即通溺水，数句钟之后，逐渐而通，亦可谓彼之效力耳。来时已逾二鼓。晚刻，至伯端兄处少坐，云及本镇调查禁烟委员王云初告退之后，虽未允其辞退，县中再委有一人，未识作何举动耳。

七月初一日　辛酉，早至巳刻，雨；午至申牌，晴、阴不定，酉刻仍雨；以后皆然。前月家君代张丹翁购买之浆分作五个杨铁茶食罐均满，于早刻送至海门永宁局，面托王芹甫先生代为寄申。言徐富春兄已于上海旋台，言前托兑之银并托买之金戒指及银羹匙等件方到申江即托杨伯藩兄代为代兑，代购各物，未接惠函，至以为念。查其永利总局接伯藩兄沪局来账收余名下纹银规元一百九十四两，另兑洋若干未曾注明，拟即致函询问可也。并晤陈虞韶先生，相叙一刻而别，言陶寿翁尚在沪江，省中诸事均托姚梧冈代为调停云云。至家时未及午，管端甫先生已去，家慈之恙已愈。接李少云兄一信，系少潘送来。

晚刻，至梅翁府上，晤孟东、楚言，相叙半晌，而沈子方先生、皮申甫先生均来与梅翁诊视，小便虽通，气胀病颇为难。医者云，乃彼饮食不节之所致，幸小便已通，可也逐渐用药而已。子方与申甫相谈医理，言之至晚而来。但孟东方于昨夜由永利商轮到台，即行至家，言楚卿现在上海会中客寓，其地方繁华之异常，每日膳费计洋六元，仆从无钱，日食大菜三餐。楚卿一生无易繁华自奢，至于此等地方果住日久，古人云"拆福"耳。在楚卿自有厚福，正其所宜，亦未可知。并言周载熙兄亦于昨日同其旋里，彼欲竭力运动坐省议员，只恐楚卿未在家中，彼之能力所不及也，亦看其有何本事而已。在旁人视之，能者不为能，不能者不谓不能，抛却红尘世界便是洞天福地。只求人皆如是心，则争斗之念无；争斗之念无，则厚己之心亦无；厚己之心无，平心中正，何异神仙焉。

初二日壬戌　辰前，雨；巳至未刻均晴；申牌，阴；以后皆然。致杨伯藩兄一信，托汪伯端兄代为带沪。伯端兄于今晚趁永利赴沪至杭肄业。致公兴洋油行性初兄一信，并附来往凭摺一扣，托陈渔韶先生代为向算清讫，凭摺缴还洋交海门轮带台，另致虞韶先生一信，言均详晰。致王芹甫先生一信，因托富春兄带兑之银，而富春转交与伯藩已过入永利总局收到余名下规银一百九十馀两，未曾注明兑洋若干，顷托芹甫先生代为向局通融两百元，俟伯藩兄来账之后即行赴局清算。各函均交嘉先送交，旋接到通融之款矣。家君嘱书致张丹翁一信，亦交海门邮筒保险寄至上海四马路西石路老级陞栈代收转寄耳。家君拟将庆源典于本月初四日重开交易，达云母舅荐庆相之子为学生，又一学生系莘山小妹所荐也，用道正先为柜上，均于今日进店矣。

初三日癸亥 早至巳刻，雨；巳牌以后至晚均晴。致杨伯藩兄一信，交邮寄申。致金臣赓即明亮相一信，交邮寄至甬江椒江网局。

初四日甲子 晴，今早丑刻，庆源典重开店门，再行交易，是家君主见也，惟愿财源广进、岁岁平安、生意兴隆、子孙世守以承家君之志，是为万幸。今日初开，重易店门，赴当者数及百千，定见接连而盛焉。家君设有粗席邀达云母舅及子俊、永义相诸君，互叙二鼓后而去。楚卿兄之继配王氏，曾经受孕已久，其母家于今日送过洋饭，其家中单邀晚膳，余以家中有客而谢之。晚刻，卢槐士兄来家少叙，言海游诸事已将就绪，并邀余与其同至楚卿处晚膳，而家君又嘱，即同槐士兄至楚卿处，晤缪性言、邱遇琴、赵友竹、叶石甫诸君，相叙席散而来。本镇集圣庙做消灾，自今日起矣。

初五日己丑 早至卯刻，阴；辰牌，雨；巳刻以后至晚均晴。家君嘱书致应子能先生一信，饬老官送交。因家慈染恙，虽稍愈，肚常作痛，所以专请子能先生再为诊视也。晚刻，载熙兄来叙半晌，相约至梅翁府上问候，晤孟东及辅卿、申甫诸君，互叙一刻。据云梅翁之病昨邀余韶圃先生代为诊视，云是痰瘾，即开一方而去，今则皮申甫接连而诊，亦照痰瘾治之，想药能对症，愈而能速也。

初六日丙寅 卯前，阴；辰牌，雨；巳刻初阴末晴；至晚皆然。接王子衡兄一信，即覆子衡兄一信，即托其来人带交。其来人云其令舅许星河兄染恙颇沉，但瑶甫明须懂医，实不识岐黄之术，遇症邀医，以致如斯。星河与其虽云胞弟，非不竭其力，实力所未逮耳。接陈虞韶兄一信，云公兴之洋已过入大新，并附致大新一信，俟明日邀嘉先向取可也。家慈染恙尚未痊愈，昨请子能先生诊治，方于晚刻来家，即烦开方，想能渐奏肤公也。晚刻，至达云母舅府上，晤子俊兄，相叙半晌而来。

初七日丁卯 早至未刻初均晴；未末，阴；申初，细雨，一刻即晴；至晚均阴。早刻，邀嘉先携虞韶先生函向大新洋纱行取来公兴转过汇洋一千零八元二角，如数收讫，随即登账，该洋随交庆源收用矣。家慈将子能先生方药吃下，仍然作吐，色黑。再邀沈子方先生诊视，言家慈系气分之病，即另开方吃下，吐能稍止，似能见效，想能逐渐痊愈耳。许星河兄续配黄城某氏系望门寡，于上月廿六日文定，而廿八日即行起病颇沉，云其续配某氏因前夫文定后十馀日而故，今亦如斯，拟于明日初八至其家中，倘能痊愈，再行择吉花烛成礼，否则即于是日至其家中守节云云。

初八日戊辰 晴。致徐富春兄一信，向取杨伯藩兄来示并代买各件，邀祥高先专送海门，至晚未来，不知永利商轮未曾到埠，又抑或祥高先自己家中有事，以致延搁，俟明日邀老官询问可也。晚刻，至吴玉翁处，相叙半晌，其患风疾之症才方举箸，言前数日手足疼痛异常，言之难尽云云。就道至楚言处少坐而来。家慈之恙，昨晚自吃沈子方先生方药后，吐止，肚亦不痛，惟色仍然。早刻，又请子方先生诊治，未识即奏肤公否也。据云明日可吃原方，俟初十日来椒再诊耳。子能先生言许星河之续配妻某氏于早刻至其家矣，星河之病今又增剧云。黄三妹之妻妹来云，三妹因大暑时地方赌棍瓯辱落水巡官程敬之君案牵连，于晚刻被其饬拿营勇拿去，未知作何办理。沉水巡官案实可恶，不得不为惩治，正凶多人均已逃避外方，三妹虽是赌徒，沉水巡官之时其人尚在睡乡，想能其自能水落石出，今日方拿，欲即求保，断无如此便宜耳。邵月亭先生自晚刻由太平来，云及昨日晚刻其太平一带雨有异常之大，而近处仅见小雨，数十里雨旸以至如是，何况数百里乎。今日邀僧五人中元度孤，每年如是为例焉。

初九日己巳 早至未刻，晴；申牌，阴；以后皆然。家君嘱书致福陈祝翁一信，并附托其代买柴爿计英洋十一元、开洋十角、钱十七文，又船力七百文，即呈家君交其船夫带交。家君又嘱致卢槐士兄一信，附治痢疾药水一瓶，饬吕保送交航船夫带至郡城育婴堂台州盐公司。家君又嘱书致吴伯雄管带一信，饬老三送交心泉兄寄投，亦为心泉兄函托也。

早刻，祥高先来，接杨伯藩兄一信，附代买定心参片，计洋十元两百五十片，银羹匙八个、金戒指一个、鼻烟壶一个，均由亦兰兄代为带台收到矣。函云又嵌"宝莲"两个篆字之戒指，俟下班可以寄台，托兑之纹银计洋两百六十馀元均由其总局并算可也。但代购之银羹匙八只，其样颇大式，亦非佳，不如前由甬江打来之羹匙为妙，即致杨伯藩兄一信，并附其原买之银羹匙八只及照式之银羹匙一只，共计九只，即邀祥高先送交亦兰兄代为带交，想下班轮期可以代为寄下。又致陈二头一信，嘱购红皮洋两元，该函亦托伯藩兄饬交。今家慈之恙稍愈，仍吃沈子方先生方药，渐能痊愈也。事无大小，托人者必得其人而后可。今托伯藩先生代买来之诚济局定心参片，每元念五片，上年托人购来每元念片，或念二片，以念片与念五片较之，则其抽头加二去矣。此等小事，即有如此后手，何况多钱而无后手乎！

吕来云，许星河兄于昨夜故矣。又云黄三妹曾于早刻解至郡城，未识如何惩办，彼请李舜卿兄及缪性言先生诸君赴海门取保，适其小轮曾经开驶，追之不及矣。并言萧子华今与三妹有葭莩之谊，现萧子翁为临海县署收发员，想可代其筹划耳。海葭镇之查禁烟委员，前本是王云梯兄充任之，云梯因寿翁、楚卿悉均因事赴申，彼心过细，即赴县署告退，另委娄祝三兄任之。但祝三近来光景非佳，藉此可以敷衍目前，此等银钱亦只目前而已。

初十日庚午 早至午刻，晴；未牌以后至晚均阴。梓能先生自早刻去。家慈染恙稍愈，想能逐渐痊愈也。小妹自晚刻由其辛山家中来言，其二伯金次卿兄染恙颇沉，病系是内身，已发热月馀，幸饮食尚好，惟调治最佳，未识得能带病延年否。许星河兄于前夜作古，今晚即出，暂厝于后黄之大头园。人生思至于此空尽，不胜长叹而已。古人云“积财于子孙，子孙未必能享；积书于子孙，子孙未必能读；惟积德于子孙，子孙荣昌。”此乃识见远到、志虑宏深之言也，言虽若是，岂不惧哉！

十一日辛未 早至午初，晴；午末，阴，即雨，片时即晴；至晚皆然。午膳后，至椒江中学堂，晤道周宗叔及王俊卿、王伯常、邱辅廷诸君，相叙半晌，言周载熙兄于早刻至海门去，并言现在省城暗杀党最盛，有一都督署之秘书长某自某处吃酒而出，被暗杀党刺杀。现在党界分持异常，即朱劼丞君有鉴于此，请假辞职而不得，现赴申暂避其锋，并言北京亦因党界争持不下，因之国务员亦不能定，南省大约同盟会者盛，北京大约共和统一党者多云。并同道周宗叔至达云母舅府上，晤子俊兄，互叙半晌，就道至梅翁处少坐而来。其孟东云其乃翁之恙稍愈，现请余韶圃先生诊治，早则今晚，迟在明日可到。家慈之恙较之以前虽愈大半，而肚常未愈，俟余韶圃先生来时请其一诊可也。路晤陶习之兄云，永宁商轮于十三日可以抵埠云。日凉，安居无事，常以写篆藉资消遣，亦一乐也。

十二日壬申 早至未刻，晴；申牌以后均阴。未刻，至椒江中学堂，晤王云梯、周载熙两兄，互相一刻①，言楚卿兄之继配王氏即子宜之妹，于昨日下午生下一男，随即电达申与楚卿，亦一快事也。并言俊卿兄于早刻染恙，随至俊卿房中，据云亦染痢疾，随吃辟瘟丹而即见效。凡遇暑天而辟瘟丹、红灵丹以及各等灵药存备，以济人急，亦一幸事焉。即痧药以及所吃之药，外洋所制之药不如中国旧方所制之方药灵而功速也，惟跌打损伤以及外用药，外国所制药水、药丸等其功速，中国所制之药其功缓，不如外国为善。暑天所吃之药如辟瘟

---

① 当为“互叙一刻”。

丹、红灵丹、雷击散以及古方所制之药散、药粉、药丸，吃之功效易见，并且平安而无虞，所以洋药不如中国之古方为善；如跌打损伤以及外治之药，虽有梅花点舌丹、一笔勾、七厘散等药，其功效何尝不善，究不如洋人所制药水、药散功效之速，所以中不如洋耳。鄙见如斯，未识高明者以为然否也。

十三日癸酉 辰前，阴；巳至午初，晴；午末至申初，大雨如注；申末雨晴，阴；以后皆然。家君嘱书致陈祝翁一信，续即又致一函，均呈家君遣人送至长甸。家慈染恙渐愈，其肚常薄，适周梅翁邀余韶补先生诊治，请其来家一诊，少坐而去。想其药定能见效，渐奏肤公也。

老二分炳龙奶奶因事将其分书送呈家君详览后，余取阅之。老二分曰"铭慎堂"，二房曾伯祖铭三公遗下四子：长禹渡公，由廪生授象山县学教谕，系正出；次禹门公，捐职县丞；三禹庭公，由福建试用府经历捐升通判，委办诏安县厘金，护理诏安县知县；四海秋公，以巡检指分江苏试用，均庶出。至光绪四年戊寅岁，长子禹渡公早经作古，长孙庆五公亦补入天禄，乡间人家有如是者不谓不盛，时邀亲蔡朝廷、友江培房、黄潮清、族黄九辰等与其分爨，储祭扫田四十八亩七分五厘、书田租谷念九石四斗，让长田六十亩，馀则四房分为"仁义礼智"四字分派，每一房承田一百四十五亩，此外，沪郃地以及店屋、航船、客日等约在二千馀金，每房统而计约在一万左右。长房加让长以及书田，多则二千馀金。家计如是，以台州较之，虽非上户，中等之家足足有馀。况各房均有小伙，惟多寡不齐而已。后礼房禹庭公办理福建诏安关厘金所积万计。而庆五公于光绪丙戌岁作古，三子：长咏仙，次听春，三咏花，相继而逝。咏仙二子：长正大，次正文，年尚幼，每年尚能食用。听春虽有积而后无人。咏花子子权由椒江中学堂毕业，今则食用之外尚有馀剩。禹门公四子：长伯寅，今则吃烟，不行正规，以致亏控迨尽；次仲辰，与海秋公承继；三季明，亦吃烟，幸妻冯氏勤俭，尚不至饥冻；四子修漠尚幼，配何氏，未娶，尚积千金。禹庭公子炳龙亦故而乏嗣。但禹庭公自光绪丁亥作古之后，家有两万馀金，不十年以后，一贫如洗，且有意外之虞，今则口食不给。海秋公故后，将禹门公次子仲辰入继，亦故而无人。计其戊寅分爨迄今壬子，计三十五年，如此人家变作如是人生，青夜思之，深为致畏。所以“积财与子孙，子孙未必能享”，凡人当以积德与子孙，子孙可以长受无穷之福。凡事退一步想，即为子孙造福耳。为人望子孙成名，望子孙超凡入圣，望子孙积千万、百万之基业，人人之心如是，自己积福、积德，为子孙计则不知矣，岂不愚哉！望后来者皆以积德为子孙计存诸于心，是为切盼焉。

十四日甲戌　晴。致陈虞韶兄一信，饬老二送投，前托明亮相代裱直条对联等计十八轴，函托其倘若裱就，均交永宁商轮带台。顷永宁曾经到埠，函向虞韶兄取画，据云尚未裱就，想下班可以代带云云。晚刻，至楚言处少坐，同楚翁至家，相叙至晚，留过晚膳而去。家慈昨吃余韶圃先生方药后未见效，亦未见不效，今仍请韶圃先生诊视，未识渐能见效否也。但韶圃先生系周梅翁请其看病，今晚已去，现梅翁曾进补剂矣。

十五日乙亥　子、丑、寅刻，大雨如注；卯、辰刻，小雨；巳牌雨晴，阴；至晚皆然。家慈染恙，惟肚未愈，现吃韶圃先生方药颇能见效，拟再邀其诊视，渐奏肤公耳。楚卿家女妪来云，其继配王氏系十一日酉刻分娩是男，随即饬各庙宇报喜者计四十馀处。俗例，有钱者望子，诣各庙寺观堂庵神前求子，名之曰讨子，倘若生子后，须遣人至讨子之处拜佛一次，谓之曰报喜，二三处，或五六处时常有之。彼以四十馀处，可云其多也。但普陀、天台定有讨过子，想是两处未即遣工报喜。倘若普陀、天台算在其内，恐不止四十馀处耳。

余连日均以篆字作消遣计，墨若磨辇，不胜其烦，皆以酝酿十日左右而辇之，最为易便，但辇曹酿墨日久，气颇难受。余自己丑岁出考之初向詹达三墨店购有墨名曰一笏金，至今尚遗数块，日前即将此墨放曹酝酿，至今日墨已碎，其汁已出，闻其气有冰麝气味，可见墨中上品者，自有佳妙在焉。余所书均用墨盒，已二十馀年，墨均用松烟磨荦，惟写篆字之大墨盒系用兰烟酝酿放在其中。但松烟价颇昂贵，余所用之松烟向胡开文购买，每斤计价六千四百文，兰烟每斤价低一千六百文，只学篆字之用，除学篆字之外均用松烟之墨盒书写，倘若有人邀余学书篆字者皆以松烟之墨盒书写以报之。余之酝酿兰烟之墨盒，其墨色颇淡，除学篆之外 ，别无所用耳。即或书兰烟墨者亦是大篆书，一时磨荦而成，除书篆之外，均书松烟，藉堪分别，自记而已。余所用松烟系胡开文墨庄所售，名曰松滋侯，历用松滋侯者，亦十馀年矣。余字非佳，篆亦非精，惟用笔墨颇为佳妙，致恐笔墨所笑，深自愧焉。

十六日丙子 阴、雨、风，做风水，幸不过烈而已。家君嘱书致沈峙方先生一信，请其与家慈诊视，饬二头送至黄城桥亭头万春药铺投递。旋接峙方先生福家君函云，因古竹人请其最急，俟明日至彼处一走，准定十八日来家可也。接伯藩兄一信，并代购嵌篆字之金戒指一个，计重二钱七分，系交寿翁仆从阿三代为带台，遣老二向其取来。函云调换之银羹匙，言照式者无售，现托其代打，俟下班轮期可以寄台云云。现陶寿翁由沪旋里矣。家慈之恙惟肚常痛，饮食减少，其人过瘦而已，只求良医诊视，渐为痊愈，是所深幸耳。

十七日丁丑 阴、雨、风不一而定，东北风虽大，幸无大雨，而风雨尚非过大。吕保言昨夜潮水颇大，幸在大水潮际，不致洪潮泛滥。向云洪潮者，均在小水潮候。如遇东北风鲜急，一二日就泛洪潮，居民所种田亩在于港边者恐受在虞，今则日久，加在大水潮讯，可无至虑焉。晚刻，值雨稍霁时，即至寿翁府上，晤敬甫及柳亭，相叙一刻而来。但寿翁言及外国人在伦敦公议将中国瓜分之语，闻言之下，不胜长叹而已。何至中国乃堂堂大国今至若是？令人悲泪如涌。余自正月以后有言国事者均不与闻，已亦不言而已。今闻陶寿翁言及如斯，偶而记之。家慈染恙较之昨日稍愈而已。今日有如此大风，未识明日沈子方先生能得乘舆而至否也。

邬丽生先生续配妻子遗下一女，丽生先生于己酉秋故世，无后，与其房分呈瑞老二之子承继，不意丽生先生之继配某氏亦于上年而亡，其女尚幼，食于承祀之家，祀子之母即呈瑞老二之妻，甚妒，今有女媪言其虐待丽生先生之女甚矣。此等恶妇，亲夫莫奈其何，何况义子乎！将法以治之，甚思而不出也。以《阅微草堂》所云，鬼果有灵，如是所云者施之于彼，深为善焉。忆允东母舅函云准于七月间首途，现经七月十七日矣，未识曾经动身否。论其久无惠函，想已动身亦未可知。以前百姓畏官、畏洋人，百姓畏官即是畏君，尚有王法在焉，所以君尊则治，君卑则乱。官畏洋人，恐致交涉事事退让，国气衰弱而已。今则百姓不畏官而畏洋人，不畏官者，目无王法，所以君卑则乱；畏洋人者，百姓无知焉，知有交涉乃天意焉。其中奥妙深机，非草野所敢言耳。亦寿翁言及于此，偶而记焉。

十八日戊寅 卯前，大雨如注；辰、巳刻，阴；至午、申牌均大雨淋漓，每次大雨之际均见雷声；酉刻雨晴，阴。只恐南乡复有积水矣。家慈染恙稍愈，但峙方先生未来，早刻，遣人往请，旋云至古竹看病尚未旋城，想因大风所阻也，想明日能来。家慈于日昨许有道士十二人作福以保安，即定于明天十九日用事，只求保安之后，渐为痊安为幸。余购阅《申报》自丁酉年起，迄今十六年矣。今海门开有《赤霞报》馆，彼将《赤霞报》按日送来，当时阅之言虽未详，亦有可观之处，想其新闻，阅各报之消息拾掖而成之，即将《申报》向说中止，专阅《赤霞报》而已。阅七月十六日《赤霞报》纪云蒙古兵在奉天洮南府地方已与奉天兵开战，而奉天兵已经战北，现直隶、山东、山西、河南、奉天、黑龙江、吉林等省一律戒严云云。又阅七月十七日《赤霞报》纪云，俄罗斯现与日本协约，近日由西伯利亚铁路往吉、江两省要隘进兵驻守。经关道李兰舟函询俄国进兵原因，连发三次，并不答复。李兰舟亲至驻兵之霍中询问，答云保护铁路而已，不敢深问而返，当即详告各处云云。其所运至该处之兵甚多，虽云保护铁路，亦非中国之福耳。偶然阅及，深为浩叹而记之。

十九日己卯 晴。各处低处已有积水，幸值天气晴明，即可退去，无碍于年成，叨天佑无穷也。今因家慈染恙，请道士十二人在家作福，自子刻净坛起至亥末送圣后奉供本家神圣毕而散。沈峙方先生并仲达均于晚刻来，家慈染恙仍旧，现请峙方先生诊治，随开方药而食，能奏肤公为幸多矣。接伯端兄一信，并附代买纯羊毫五支，计洋三元八角七分六厘。余因书写篆之纯毫极品及兰亭散卓似乎太少，阅邵之岩之笔单，开有长峰纯羊毫纬字联笔，想其与极品稍大的，不意此号联笔异常之大，须写极大如桌面者可用，不意价计两元四角，徐数置于无用之地，深为可惜。如购物，无论大小，须见过者方有把握耳。

二十日庚辰 晴。致陈虞韶兄一信，饬老二送交，托其代买银八仙一堂、寿星一座，如有黄鳖胶托其代觅一个。今海门之《赤霞报》送来，本月二十之《赤霞报》纪云："得外交团消息，日本欲乘京中扰乱之际占据南满洲，其兵队现已出发"云。又纪："姜军门之毅军现在北通州，忽然变叛。"均非好兆耳。本年之《赤霞报》费全年计洋四元五角，因载熙兄邀伯常来说，即邀嘉先向家君照数送交矣。陶习之兄曾经赴杭肄业，现在肄业学堂其需费较之以前书院不止二十倍之多。习之兄在沪在杭肄业以来，每年须一二千元之巨数，虽如斯，尚非化用，倘若再加阔闹，恐不止于此，即以一二千计之，在习之兄府上，尚非见少，若在各家，将如之何！以此想之，子弟读书非是易事耳。如吾人每日用洋一二元最易，若积一二元实在无处而来，思至如斯，只得坐守家园，勤俭自积而已。

廿一日辛巳 晴。仲达因其家中来差叫其，随即旋里。家君席请沈峙方先生晚膳，适子能先生因季明叔请其看病而来，并邀陶寿翁、花辅翁、邱楚翁及陈哨弁诸君，相叙席散而去。家慈之恙曾已痊愈，惟人瘦，饮食尚不复原，仍饮峙方先生方药，可谓肤公已奏也。现接海门《赤霞报》收条，收到全年报费计洋四元五角。该报言事虽迟，免得七日一往海门取报之繁，况该报一日送，亦可谓至便。

顷接到本日《赤霞报》纪云："福州已为彭寿松占据，前都督孙道仁逃无下落”等语。彭寿松字毓峰，湖南人，以县丞指分福建试用，捐升通判，仍留原省委有数处差使，因案经某制军参革，仍往闽垣，系久年革命党中人。上年八月湖北起事之后，往说统制提督孙道仁，致有独立之举。但孙道仁系大清功臣孙军门开华之子，亦湖南人，其家有造承志园一所，孙开华有奉旨敕建专祠，即在其家中之前，所以孙道仁有“承志”字样。道仁系恩荫同知入资道员，指分福建，某制军力保简放福建提督统领全省湘军，官至一品，世受国恩，可谓厚而且渥。上年听彭寿松一词，即行独立。论官提督与都督不相上下，论其权力，提督自有权衡，都督掣肘之人甚多，都督不如提督者远矣。当彭寿松所言不允，就以提督而致死以全“承志”二字，大是值得，今做都督数月之后而逃，何至愚蠢若是焉？

峙方先生言现台州人在福建未旋者郎吉甫、包一斋、金伯埙、陶祝卿四人耳。但郎吉甫告卸龙岩州之后，尚亏控一万之谱，不能动身。包一斋在某县任内官声极劣，现虽告卸，该县百姓押缴贪囊，闻其家中已有巨款汇闽，未识能脱身否也。金伯埙任某县知县，官声极好，现该县留为知事，不能得脱，想缓可设法旋里。陶祝卿曾经告卸上杭典史，因道路不靖，尚未动身，想在秋冬可以首途。此外，花醉卿将闽省诸事均已告卸清了，现住三多地方，准在八九月间动身旋里云云。

廿二日壬午 晴。沈峙方先生于早刻去。

廿三日癸未 晴。家君嘱书致章子修兄一信，饬老二送交。致张丹翁一信，交林增庆即小良带呈，即荐彼与其营中粮额。余致金臣赓一信，交邮寄甬椒江甬局。

廿四日甲申 晴。接陈虞韶兄一信，云文宝斋之画因连日多雨，尚未裱就，至寿星、八仙均下班轮期可以带台，并代取来黄鳘胶三根，内一根面书重计两斤，价洋四十四元。余看其胶均是南洋所出之货，但北洋所出售虽尚有，今寻其非易，只得将就，假南货店秤重计一斤十三两。余即致福虞韶兄一信，附洋三十元托其代为向购所秤一斤十三两之胶，三十二三元能售，即为代付数元向其将此胶购来，否则作罢可也。原胶三根并洋三十元及福函均交祥高先专送海门交虞韶兄矣。接李卧南兄一信，代陈文佑兄讨一笔勾，但余自京购来只有梅花点舌丹与一笔勾功效相若。即福卧南兄一信，附其梅花点舌丹两颗，封交其原兵带交。接陈仲善兄一信，云于初五日抵京，现寓黄岩会馆。接汪伯端兄惠寄蒲草团扇两把，内一把系家君托其代买，又，纸扇骨并扇面书写成全一把，系家君代购耳。晚刻，至子俊及达云母舅、孟东诸处，均相叙一刻而来。孟东云，楚卿兄在沪本于上班轮期曾经动身，因病延搁一班，今接电音，言其病已痊愈云云。

廿五日乙酉 晴。致陈仲善兄一信，交邮寄至京都青厂黄岩会馆。致汪伯端兄一信，因私立法政学堂未识在于何处，未便交邮投递，即托伯藩兄代为转寄。另致伯藩一信，交邮寄至沪江永利商轮局。晚刻，至吴玉翁处，晤陈弁、翼亭，相叙一刻，就道至楚言处少坐，云现黄岩县知事赵胜之君到任以来，禁烟之令最严，专为有钱者为难，无钱者亦不以为然。楚卿兄之姊夫郑夔友兄祖籍系黄邑西乡五部，现迁住黄岩县城内。今赵知事探悉夔友向系吃烟，值夔友带同其胞弟季鸿赴申就医后，饬差于某日早晨至夔友家，值大门方开，其妻即楚卿兄令妹尚在床上未起，将其内房之大眠床内悉均寻觅，以及房中诸处亦均搜查遍及，未见烟浆，即烟具亦无之而去。但夔友系是孝廉，即其堂兄弟以及叔伯均是场上中人，可谓世家子弟。赵知事虽言禁烟公令森严，不因其未在家中，饬差遍觅，今其未得烟具、烟浆，尚言议罚多寡，假使果得烟浆、烟具，将何以处之？夔友自昨日来台，至楚卿家询悉其事之详情，随即旋沪，未识作何道理也。并言赵知事自到任以来，专寻吃烟者以罚款为要务，别事尚无建白。但黄岩素称难治之区，今朱劼丞又为本省提法使宪，未识有见闻否也。旋时已将晚膳矣。以余言之，搜获烟鬼即是赵君德政，重罚烟户，分所宜然。现夔友虽未在家，搜寻亦不为大差，使郑夔友兄藉此断瘾，赵君不无急励之功。使黄邑诸君悉均从此断瘾，全台有瘾者而此戒之，台民自此脱离黑籍之苦，其功何可言欤！家慈之恙可谓渐痊，无如病后人甚瘦极，须以调养得宜，渐为复原，是所大幸。

廿六日丙戌 晴。致周映江先生一信，交秀玉带交，即秀玉托余代为函托耳。《赤霞报》系逐日送阅，今已隔三天未见其送来，不知何故。楚卿兄自申江于今日旋台，现宿在海门，想明日可以到家。晚膳后，至周梅翁府上，据孟东兄言，梅翁之恙稍愈，仍请沈峙方先生诊治。而峙方先生及花辅翁均来，互叙半晌而别，至家时方二鼓矣。

廿七日丁亥 晴。天气甚热，如同盛夏。接杨伯藩兄一信，并附代购银羹匙八只，又照式银羹匙一个，均交楚卿兄带台，饬使交来矣。并阅其发单金戒指两个，除七十五[1]两纹银推除外，尚该洋三十馀元，余即抄就与永利局来往账目，即代买戒指、羹匙及参片、牙咀均在其外，并伯藩兄来信两函，均交嘉先至海门与永利局清为算结。嘉先言明后日去，余以无甚要急，即或迟数日向算亦无窒碍也。晚膳后，至楚卿处，晤云梯、遇琴、辅卿、孟东、楚言、道周、友竹、作羹诸君，相叙半晌而别，至家时逾二鼓矣。

廿八日戊子 晴。天气异常之热，至晚膳时起东北风，似有下雨之景，雷声响亮。已晴日久，即能下雨一天亦为至幸。戌牌，雨，风极大，至亥刻方晴。接周映江先生一信，言东山与西山现分为各区而已。章伯纯兄自早刻来言，早季收成，彼之近处仅之半数，贫民困苦难言。家慈之恙可谓痊愈，早刻，又邀沈峙方先生诊视，以期早日复原耳。

日前觅有高凤翰先生法绘岩石小中堂一幅，阅其画品极高，非平常辈而能效也。究经凤翰何许人，不得其详。顷阅纪晓岚先生注之《阅微草堂》中有一节云："朱青雷言，高西园尝梦一客来谒，名刺为司马相如，惊怪而寤，莫悟何详。越数日，无意得司马相如一玉印，古泽斑驳，篆法精妙，其昆吾刀刻也，恒佩之不去身，非至亲昵者不能一

---

① 原为柴码。

见。官盐场时，德州卢丈雅两为淮盐运使，闻有是印，燕见时偶索观之。西园离席半跪，正色启曰：'凤翰一生结客，所有皆可与朋友共，其不可共者，惟二物，此印及山妻耳。'卢丈笑遗之曰：'虽夺尔物者，何痴乃尔耶！'西园画品极高，晚得末疾，右臂偏枯，乃以左臂挥毫，虽生硬倔强，乃弥有别趣，诗格亦脱洒。虽托迹微官，蹉跎以殁，在近时士大夫间犹能追前辈风流也。”自此方知高凤翰字曰西园，系两淮盐大使，书画中之名家，画之品格极高。纪晓岚先生言其诗画品格极高，信然也。

所集书画必知所书之书画人品底蕴，书画佳而人品高方为全美。人品低，书画虽极佳妙，不足爱惜；人品高，书画若低，彼亦不作书画。而书画若仅中等，人品果高，亦当作珍宝之；人品平常，书画品格果高，当为爱惜。如高西园者，人品虽非过高，亦非卑污，乃清逸自在之人，以中上定之，其诗其画能至如是，当为爱惜之。

余最爱惜、珍藏者以彭刚直公墨水梅花直条四轴、桂未谷砖文直条四轴、张菊溪行书对联、黄瘿瓢人物中堂为上、朱绿筠工笔花卉数轴、高西园岩石中堂以及蒲竹英所绘山水，墨竹等品次之。按：彭刚直公官印玉麟，字曰雪琴，乃大清中兴名将、名臣，人品最高，其梅花画品亦最老劲，此其一也。桂未谷官(名)篆复，由大桃知县部选云南县令，经学大有工夫，人品清高，所书砖文最为老到。张菊溪中堂百龄书法佳妙，均是《先正事略》中人。黄瘿瓢名慎，仇十洲名英，均是书画中之大名家。画之佳妙中尚有佳妙，上格中尚有上格，余之所藏书画只以此耳。但朱绿筠女士怜本非出色，粤匪扰浙，彼知大义，身为殉难，人所不及，其画法最佳。高西园之清高约略与蒲竹英相似，其所作诗画书法均当爱之、惜之。余所评书画，前有言及，顷云高西园之画而又记之。

晚膳后，当戌牌，大风大雨，至亥初而止焉。如阅闲书者，当阅有益之闲书，如《三国志》《阅微草堂》《聊斋志异》《今古奇观》《坐花志果》悉均有益。《水浒》之笔墨妙在一人有一人之口气，一人有一人之形容，一百零八人中均无雷同。《列国》头绪分繁，非志节清朗者不易记数耳。

章伯纯兄言及阴阳之事，凿然有之。余阅言阴阳诸事之书颇多，言此言彼不一而定。以余想之，大善之人自生天界，大凶大恶之徒，羁滞黄泉之苦，何可胜言！生前谋人财产以致毙命，或以奸事逼人致毙，有受曲者在阴官控告，致羁囚苦，亦不胜言。惟无善、无恶、无杀人害命、无奸淫、强暴、不法等事者，死后大约与在生无易。为仕者得能为官清正，不致贪赃枉法，大为城隍，小为土地。为士者亦是读书用功，好静养者亦能静养、自居一室，为商者亦能作夥，为商或自开设商店。为农者，亦为农而已。想此不易之事。忆前郑涤洲先生言本家郑六门先生一生不好拜佛念经以及释、道等教，前其堂侄某少年逝，其嫂哀子情深，亦从俗例，做库屋一座，侍人即纸做人，及请僧念经拜忏等事。其堂兄弟某亦痛子情切，自写长信一封，约数千言藏在库屋之内，则人不得而知。续其子某病重晤见已死之堂兄弟抑郁无聊，似作无主之鬼。相叙后，询其阳世之库屋果可用否？已死者云：“可用”。即云：“君故时，令堂有库屋以及经忏冥镪与君，我所见何至一无所有，不解其故。”随同往寻觅，果然有看门之人云叫其已死者名某：“老爷，我寻之多日，何至觅我不见，今已相晤，深为大幸。”即将门开进，见其黄白金银，不知其数。即嘱其收拾之后，房内取有一信，系其堂伯叔亲笔所书，从头至尾细阅一遍，大约十记其八九，并将诸事部署清楚。其前死之兄弟询云：“君何得病而故？”亦言病源一切，随赴署前，阅拿人之牌，据云人死，寿算而尽，必须署中出牌，无事者可以无庸进署，俟至投生转世时见官可也。到署时，翻阅票示并无彼名，再查亦无人往拿，皆是庸医误投药饵之所致，随即送其转至家中。但其家中看其人虽已气断，而四体尚温，未曾收葬。当至家时，即还阳世，病亦渐痊。言及至阴间所遇等事，其堂伯叔本不为信，念及其令郎之长信，方为的确，因其书函时无人知觉所致也。以此为然，将其始末等语做成一篇记事，载在五部郑氏宗谱中，以为后嗣记念云。

可见阴阳之事，当不谬也。

又，黄牛头苏悟云先生系廪贡生，捐选安吉学教谕，数年后故在安吉。其妻应氏与先曾祖母应太夫人同宗姊妹，尝有往来。余幼时尚至家中，当悟云先生故在安吉，衣物失散，于心勿过，日日欲往追物为念。有一日为关魂之术，无人往询，其夫人言即自往。施术者将符焚后，彼即至阴间，路遇未有见面之表叔盘查一次，托其引道。至其夫君悟云先生住处，其屋不大，门关，叫其开门。内有人将其门开出，是其侄，在生时与彼不大相能，随即相闹。后其悟云先生而出，手携有书。但悟云先生在时亦日夕看书，相见时言不心过等语，亦劝其物已失散，追亦无益，作为罢论等语。其夫人言欲在彼处，而悟云先生初则开发其来，继则饬逐，随叫其侄将其打出，两相大草。时施其术者即将退符焚下，又叫之异常，方能还转而已。可见其悟云先生在日看书为事，死后亦是看书；其表叔系是农人，死后亦是务农。斯言虽已二十馀年，今忆及犹在耳焉。

为人为事，总以无愧于神、无愧于心而已。大约人均为财累，财本养命之根，无钱，日用衣食从何而来？既能衣食充足，即是人生之福，又以需用尚敷，虽南面王不及也。倘若财多，为财之累不及食用敷足之人多矣。凡事须平生一想，退一步想即无愧于神、无愧于心耳。

廿九日己丑　早至未刻，阴；申初，细雨；申末至酉牌雨晴，阴；戌刻，雨；亥时雨晴，阴。前托陈虞韶先生代买八仙、寿星等，早刻，邀祥高先向取来，阅其发计价洋两元四角七分五厘，俟明日送赵可也。古人云“天地一刻之风云，人生旦夕之祸福”，斯言不谬也。如昨廿八日天气异常之热，穿官纱衫库，其汗不知从何处而来，即探椅、桌均热而又闷，较之盛夏更热数倍，至戌刻，东北风起，亦异常之大，继则大雨约一句钟之久而晴，则天气转冷。至今廿九日早晨，初穿夹近身，而不能御寒，随换薄絮近身，未见其暖。至晚刻即絮近身穿上亦尚冷，今、昨二天之寒热如隔三个月之时候。又云“三八生意实难做，一头行走一头货”，即是今、昨天时而言也。

八月初一日庚寅 卯前，雨；辰、巳刻，阴；午时，雨；以后皆然。致陈虞韶先生一信，附家君托其代买寿星、八仙全堂，价值计英洋二元、开洋五角、铜板五枚，交嘉先送至海门面交矣。天气渐寒，即或翻暖亦不过暖，就以自此渐寒，人亦坐实，可以少生疾病，幸焉。

初二日辛卯 早至巳刻均雨；午牌，阴；以后皆然。致杨伯藩兄一信，交邮寄至上海。接董事会传单言明日初三议事会开议云云。

初三日壬辰 阴。早刻，染吐而不止病。适余韶圃先生在周梅翁府上看病，即请其诊治，承开一方，药下，其吐仍然。

初四日癸巳 阴。早刻，又请韶圃先生诊治，云是皮不运化，以致食下即吐，请开一方食后。但余自夏、秋以来吃黑枣点心数十次，即吐之初，亦枣吃后而起，即将黑枣烧灰和红糖吃下，少顷而止，想药与灰之功并奏也。至晚膳时，即能思饮而能安，不致作吐耳。有病时思无病时，非常之幸；作吐时思不吐时，亦非常之幸。今吐已愈，亦可谓致幸耳。

初五日甲午 晴。接陈虞韶先生一信，随致福虞韶先生一信，饬老二送交。接杨伯藩先生一信，云致伯藩兄之函曾代转寄矣。晚刻，达云母舅及子俊兄来叙至晚而别。阅《赤霞报》所纪云，科布多为蒙古所据，北省戒严。忆自上年八月初五日海内清平，不意一年之中，致有如此变更，变之又变，更之又更，不识一年之后又如何耳。余自今年以来，并不言及国事，今则言及，心为惨切，偶又记焉。

初六日乙未 早至午刻，阴；未时以后，细雨。家君嘱书致邱仲翁一信，即奉家君遣工送至黄岩县城学后巷投递，托其代请看风水先生。午刻，工旋言，据邱仲玉姻长云，王先生约九月间可以至城与其同来云云。而家君又嘱致函托其函达王先生，以便其早日来家可也。余今日仍复翻欲吐，即将余韶圃先生所开旧方吃下，稍安。但韶圃先生于医理，近地最为出色当行，其术可谓高明，无如其用药不敢多出主意，所以彼之所开方药之等分颇轻，总以多剂而下，方能见效耳。

凡请医诊治者必知其医者长于某症,与所生之症相合必能见效。倘以外症之病请长于内经之师诊治,必致舛错,理所然也。论太医先生,如余韶圃、王晓凡、章杞棠、沈峙方诸君医道各有所长,幸均无皮气,其用心纯正,即是积德于后焉。

伯纯兄云,彼黄岩有稍能懂医之陈巨明者,其医道并非高明,有人请其看病,食则羹须四碗,确要珍美,其烟每餐约计一两之外,日而计之,须四两耳。请其看病,只看所请之一人,如其家中另有人欲其带便开方则不能,再要一定邀开,一方须谢金一元,先送而后可,本人则每天两元方能合式,倘若羹味颇淡,即发皮气。如其吃烟时问其病源若何,亦生皮气。倘至懦弱之家,坐而不去,候再有人叫其看病才方起身,其医金亦须每日两元计之。忆周梅翁初染病时,周麟斋兄邀其请巨明诊治,幸花辅翁已请沈峙方先生而未请巨明,即梅翁之大幸。如是大皮气之太医先生,以陈巨明为首,次则黄岩新桥管相。

近有李鹤亭亦能懂医,其医以巨明较之稍高一酌[①],人请其看病亦不与第二人开方,每餐羹汤亦须四碗,而不吃烟,谢金每日须四元计算。倘若有钱之人染恙请其看病,多需谢金亦所宜然,如至贫民之家亦然。其最可恶者,彼至莘山,有一男子病,母老妻少,家又赤贫,探悉鹤亭在莘山金宅看病出去,确至其门首经过,如此重要谢金之人,量请不去,探其出门之日,先当布衫买点心,待其轿至门口,其母其妻在轿前将其接至家中,请吃点心,请其看病,开有一方而出,见无谢金,问轿夫有否轿资,该轿夫言其家太贫,我等应其跪泣,不能开口。而鹤亭与心太梗,即嘱轿夫转至医者之家,言我之方有舛,将方再与我一看。其母犹知李先生好心,随将药方双手递与鹤亭,而鹤亭见方到手,即将原方扯碎,看不见字而出。如此黑心太医,鹤亭虽已做出,均言鹤亭心黑,倘与陈巨明易地,则皆然。此心此行者,以陈巨明、陆鹤亭皆请兄弟可耳。

---

① 代为“着”。

古人云“积财与子孙，子孙未必能用；积书与子孙，子孙未必能读；须积德与子孙，子孙荣昌。”人能高明医理者，或救人于患难生死之中，岂非积德乎！况且医药一剂，未必能即愈，即或未必见效，能与开方，再能稍助药资，如是能愈者，人岂无心，终须图报，如是固难，只开一方，识医者譬如多写数字，即是现在功德。奉劝高明医理诸公随处普救众生，为幸多矣。

初七日丙申　全日大雨连绵，夏秋以来，雨水富足异常，晚季稻苗颇佳，只求上苍默佑，即日大晴，深为大幸。余病虽愈，而胸格甚为忧闷，饮食尚未复原，又将余韶圃先生所开方药而食，但此方已吃多剂，不知尚无窒碍否。余之湿业颇重，去湿之药尚可多吃。前韶圃先生云有痰瘾，不知其痰瘾曾经已去否也。

初八日丁酉　辰前，雨；巳、午，晴；未刻，雨；申时又晴；以后皆然。家君嘱书致邱仲翁一信，饬工送交，向其取还前假之《重楼玉钥》，工旋，此书带转矣。接许眉甫先生一信，函之面书上月二十日所发，方于今日收到，不知搁在何处也。邮筒便捷之处，数千里异常之便，而无邮筒者，即数里致有如是之延搁也。晚刻，同伯纯兄至子俊处，晤达云母舅，相叙半晌，过梅翁处少坐而来。家慈病尚未复原，今早饬价请沈峙方先生诊治，而梅翁又饬人专请峙方先生来，未识峙方先生今晚能来否也。

晚膳后，至楚言及心斋宗叔两处，相叙半晌而来，至家时方二鼓矣。来人未来，而峙方先生亦未来耳。邱楚翁言，现黄岩县知事赵次胜系朱劼丞邀其至黄，致闹一次，所以抵黄岩县任以来，有钱者均与其为难，并与朱劼丞之心未遂者亦均与作对，其意想有如此之不近情之县知事，有事与其闹出，总要托其缓颊，则彼从中可做好人，又可进财，如是其用心亦可谓苦矣。今则赵知事与搢绅世家为难者颇多，有钱者亦赚得不少，罚款计之亦不少，未识朱劼丞曾分若干否也。邱楚翁言虽若是，未识果然否也。至于黄岩乡俗乡望素孚其年长者之言，后辈诸君悉均敬服，前台州出当兵者均是无赖之徒，今则退伍至家，其本性要能尽改，不改前行，无易下聊之游民，其言其行安能公正而无偏？现赵知事不以其年老长者为是，已觉不情，均言恶棍，此何言也？常以相信退伍征兵之言为是、之行为然，更何言也？闻之屡矣，如是者是非倒置，今一县之主宜乎？否乎？只以斯言不实、不然为幸，果然如斯，为黄岩之百姓者奈何！奈何！未识果然否也。

初九日戊戌 阴。致许眉甫先生一信，饬价送投，旋接眉甫先生福信一函，言欲中秋之后赴杭一行云云。邱仲玉姻长寄福家君函云，看地之王先生字曰旭初，系仙居县月塘人，彼已代为致函交邮寄投矣。早刻，至道周宗叔处少坐。同至楚卿兄处，相叙半晌，而楚言来，均留过午膳后，孟东兄至其府上少谈而来。家慈病逾于昨，请峙方先生诊视，而峙方先生于晚刻来，未识其方药能得奏效否也。楚卿兄言，陶寿翁此次赴申系习之在杭电邀而去，想其事之未清所致耳。晤老皮相言，伯端兄在杭州府城私立法政学堂肄业，其寄宿舍在钱塘门内祥符寺。

初十日己亥 晴。致汪伯端兄一信，交邮寄至杭州府城钱塘门内祥符寺私立法政学堂寄宿舍。接陈仲善兄一信，并附家君托其代买保赤万应散一包，随即呈奉家君矣。其高等工业学校仍在北京西城祖家街西口。接三先一信。仲达于今早送中秋节礼。早刻，至少愚处相叙一刻，其婶母即古心宗伯之伯母于前日中风不语，少时而愈，今早似乎单边疯，彼年经七十有一，即或痊愈，亦是带病延年而已。就道至吴玉成处少坐，其疯病少愈，言其素不相信让解之事，其夫人邀其赴新河起课，来字有解经等名色，并邀巫祷让，随即许后日见少愈，而此想之，亦有功效云云。家慈染恙，仍邀沈峙方先生诊治，药下亦能少愈。但家慈之恙愈而翻、翻而愈，缠绵异常，深为致虑。

晚刻，心斋宗叔来云，海门娄晋阶先生于初八日作古。但其病已多年，又七十有一，即或如斯，分所宜然。其少年颇有皮气，而后日积月累，家计至十馀万。近年以来少有亏损。上年将其下人分爨，每股五千，以十股计之，亦有五万之实银。其继配姚氏总有私蓄，统而计之在于六万之则。其正出一子：瑶甫。庶出四子：一配王子裳太守令媛，一配周允东明府令媛字曰瑞卿，馀及[1]继配姚氏所出两子，均未配亲。而德辉系其长孙，即瑶甫之长子也。论丁，子七人、孙二人，均长子瑶甫所出，曾孙一人，可谓旺矣；论财，以生意起家，积聚至十馀万之巨，以后虽有损失，亦其子孙之用度，不谓其不多；论秀，瑶甫曾补廪膳，德晖虽从学堂出身，榜示亦曰举人。如是者，丁、财、秀可谓齐全矣。

前托陈虞韶兄代买之石浦黄鳖胶以三十六元数不售，前交代其洋三十元，于早刻交来人带还。前托明亮相代表字画直条并对联计十八轴，今虞韶兄代为带来，其价洋系网局代付，另日付还椒江网局可也。晚膳后，至遇琴处，晤王云梯、黄道周、周文琴、林君互叙半晌，言及章子端兄现委处州府宣平县知事之说。闻处州之青田县刘氏之后，能识风水者颇不乏人，不知其中精于风鉴者否。倘若果有其人，可托子端兄代为探听确实，请其到台展试其才，得能成全一地，是为大幸。青田刘氏系前明洪太祖起义之初，得刘伯温先生系青田人，为国师，精于六壬，而风水一道高上之至，诸事谋划无不预知。而后太祖定鼎南京，开明国三百年之基业，而刘国师之功甚伟，封为诚义伯。太祖自成帝业之后，将境内有不正之风水先为变异，预防之心，不谓不周，无如天数只三百岁，亦不能预强也。而后，刘氏积承家学，精于风鉴者亦出不少。迄今将近六百年，未识又有相传成业否也。

十一日庚子　阴。致陈仲善兄一信，交邮寄京。早刻，李少云兄来叙半晌而来。晚刻，至楚卿处，晤雷莹阁统领、张喧初旅长、章焕新帮统、何霭生、李少云诸君，相叙一刻而别。过楚言处少坐，相约至达云母舅府上，晤翁子俊兄，相叙一刻而来。家慈之病今又稍愈，而底子颇虚，一有不周，随即致病。今又邀沈峙方先生开方，药下，求无变更即能渐痊也。

---

① “及”当为“即”。

阅本月初十日《赤霞报》纪伊犁告急，前报纪陶什陶攻击奉天，即此两端，而抵御者最以为难。倘若伊犁进，即新疆，而新疆袁中丞大化当时舍则有性命之忧，据然独立，恐力不及，如是者，其用心可知。今则伊犁前有攻兵，后无救援，其事可知，入即新疆，一鼓而得。至于奉天本可以守，无如其兵不如蒙兵之多，恐不能御，所进之处，何待言乎！又张少轩制军仍统重兵驻扎山东之兖州境，今则又招毅军之叛兵，其用心若何，不言可知。时势如斯，深为致虑。居南省者只求南省相安无事，为幸多矣。

晚刻，伯境兄府上有长工来云，此番初六日之大雨淋漓，彼店头之前宅以及土屿、袁桥诸处积水数尺，其章宅老屋水已进房间，新屋尚在，廊下水积数寸而已。幸初七日雨细而晴，而后天气晴明，水即渐退，而晚季收成亦去不少。其年岁如斯，时势又复如是，犹如贫病交迫，将如之何？深为至虑焉。上月陶寿翁代李少云向余假洋百元，今其送还浙江军用票十张，每张计洋五元，统共洋五十元，尚少洋五十数，容缓送云云。但彼当面所云，亦难推却也。翁子俊言姚梧冈今为温州关委员，彼因在上海舒展，即改与其弟实轩而去。楚卿将云梯兄荐至彼处为司事云。

十二日辛丑 晴。家慈之恙又翻，今日又是沈峙方先生所开方药，吃后虽稍愈，亦深为致虑焉。

十三日壬寅 晴。家君嘱书致李荣斋一信，附托陶寿翁汇付英洋一百五十元，又嘱书致陶寿翁一信，余自致寿翁一信，封交邮寄至上海永利局转交。仙居人看地王旭初先生自早刻来。沈峙方先生于早刻去。家慈染恙仍然如旧，仍邀峙方先生开方药下，未能见功，未能不见功。但家慈之病时时吃药，必能照对，继则不效，其人尽瘦，肚尚有颜色，日则去之数十次，每次虽去，实在不去，深为至虑，而饮食甚少，未识渐能痊愈否也。

治白喉症名曰《重楼玉钥》，板存杭州下城头巷景文斋，刷印打纸每本计钱三十六文。喉症一门，医之甚难，倘若禁忌之药而误用，随即身亡。凡岐黄之术，既学者不得不精，遇有喉症确须格外精细，是为至切。《重楼玉钥》中所言喉疯、喉症言之甚详，倘有馀力，得购《重楼玉钥》而广施之，藉堪而慰，为幸多矣。余自幼闻王六皆先生言其令叔年方弱冠，有一日喉中有病，即请本地有一庸医（此医虽极下乘，当时亦有名）诊治，误投发散药剂，时方二鼓，药下至天明而逝，乃其单牙或双牙致误用药之所致也。闻言之下，不胜嗟叹。虽言如是，亦存诸命耳。命若能愈，倘遇其病，医即庸劣，亦得深知其病源。命终于此，即或精于岐黄者，明知其病，亦一时发昏，致误用药之虞，付之于数可也。即或有数，亦不得不尽人力，人力已及，听于天命可耳。凡事如斯，不以只此为然也。

十四日癸卯　晴。致章子修兄一信，遣价方去，而彼来人寄奉家君一信。家君嘱书致章子修兄一信，即由其来人带赵矣。家君又嘱致福雒卿丈公一信，即呈家君交其来人带交。晚刻，同伯纯兄至椒江中学堂，晤载熙兄少谈，言及豆麦行明年李舜卿兄欲为包办云云。就道至周梅翁府上，晤花辅卿兄，言梅翁之恙今日又稍愈，均吃沈峙方先生之方药，想能渐奏肤公也。家慈之病今日又稍愈，亦峙方先生所留方药而饮耳。花辅翁云峙方先生约在十七日可以来葭云云。陈哨弁言，近来就近之乡间又多匪类，每见抢夺之事，将届冬防，只恐有尽于今，深为致虑耳。

十五日甲辰　晴。家君嘱书致李荣斋兄一信，附托陶寿翁代为转交。另致陶寿翁一信，附李荣斋自申三阳泾桥新大方栈所发来函，封交永利商轮茶房二头代为带交。管端甫先生自苏垣来，便携张丹翁一信。家慈染恙仍然如昨，深为虑甚。翁子俊兄及达云母舅来叙至晚而去。向有言曰“云盖中秋月，雨打状元灯”，顷中秋之夕，月色明亮，正是万里无云天一色，未识明年正月上元灯节时亦能天气晴明否也。

第四十一章

壬子(1912)八月十六日起

八月十六日乙巳 晴。管端甫先生自早刻去，云至栅浦其令祖潘家过午至家。而家慈染恙仍然如旧，今早亦吃沈峙方先生方药，未识渐奏肤公否也。晚膳后，月明如昼，正是“月到中秋分为明”，与旭初、伯纯玩游于月下，诸多兴味。古人云“人生几见月当头”，斯言不谬也。

十七日丙午 晴。家慈染恙今日稍愈，而沈峙方先生于早刻来，宿在梅翁府上，请其诊视，托开方药，想能渐奏肤公，是为至幸。

十八日丁未 阴；惟巳刻见有细雨。致汪伯端兄一信，交邮寄至杭城。家君嘱书致朱丙森一信，饬老二送交航船寄郡，托盐号代为转寄三枣园。接陈仲善兄一信，并附惠寄《大白报》一卷。现在报纸愈出愈多，其名愈出愈奇。每以报纸一张而至三张，每张均是双面印字，每以五分中三分代各店家售卖货物之招纸，一分言明自造之文章，尚馀一分藉有影之外事以成页，每种皆不外于此。晚刻，又接伯端兄一信，系前托伯藩兄代寄之福函。楚卿子本七月十一日酉牌分娩，择于今日弥月，大开东阁。昨邀嘉先赴郡购买另星，于早刻来。家慈染恙今又稍愈，仍请沈峙方先生诊视，嘱用原方，毋庸改换，渐能痊愈，是为大幸。王旭初先生于早刻同陈翼亭先生至太平东朝湾看地，须三四日方可旋里耳。

十九日戊申 阴。长女适黄岩王仲达者，自六月初上归宁，今日转至王宅。晚刻，同伯纯兄至子俊处少坐而来，家慈染恙，仍然如旧，又请沈峙方先生诊视开方，想能渐痊为幸。峙方先生言今日同花辅翁旋黄，大约廿四日复可来椒耳。

二十日己酉　晴。邱楚翁来叙，过晚膳而去。伯纯言，台郡南门外高山之上云峰寺有大红色牡丹，余欲遣人向购，未识得能如愿否也。伯纯言，董辅臣襟兄令郎字曰曼卿，现聘黄岩土屿张鉴蓉兄之令嫒，想在明岁喜期。家慈染恙，今得稍愈，仍吃沈峙方先生方药，想能渐奏肤公也。

廿一日庚戌　家君嘱书致孙旭东一信，即呈家君转寄矣。家慈染恙仍如昨日，亦吃峙方先生方药，能即安痊，是为至幸。陈翼亭与王旭初先生自东朝湾来，言孙旭东所看之地，本山破碎，明堂积水，前又有反弓水，所定之穴非无吉地，且有积水，此地幸得未造寿域，倘若造成，于心何安。孙旭东看地之原因，当旭东不知代何人看地，至此时天色已晚，向有一地人借宿而未允，即至有名国庆者之家宿一夜，就将其就近之处捏造一处，曰有吉地，一则自己敛钱，一则酬劳国庆，在彼则财气双关，在人则化钱于无益之地，彼不顾也。此地之不佳，非王旭初先生所言，即张宝田先生及丽生先生均有言及，乃孙旭东作如此以骗人，虽已化钱，尚未入其牢笼，为幸多矣。

廿二日辛亥　晴。接陈祝再姻长寄奉家君一信，适值家君至马屿头诸处看风水去，余即致覆福一信，就交其来人带福祝翁矣。伯纯兄托余代其书致董曼卿一信，并附致陈文波先生一信，饬阿庆专送至郡，后其董家价来言，曼卿母子均于昨日至下洋祠邀其有事，而伯纯随即趁小轮去矣。接陶习之兄一信，并附陈家托购各件均已照单收讫。家君自早刻同王旭初先生至马屿头诸处看地，今晚未来，谅宿在金德生家中。晚刻，至达云母舅府上，相叙半晌，并至楚言处少坐而来。路晤陶习谦，云前家君托其令尊寿翁代付李荣昌之洋曾经代付矣，向取收条，现在永宁局中，俟其送来即行付还垫洋可也。家慈染恙今又稍愈，亦吃沈峙方先生所开方药，想能渐痊，深为至幸。至习之，现肄业杭州官立法政学堂，其寄宿舍在清泰门马坡巷金衙庄吴宅。

廿三日壬子 晴。致陶习之兄一信，致陈文波先生一信，均交邮筒分寄。家君与王旭初先生看地，自晚刻来言，东澍及后许山均有地，不知何处可以购到耳。余论坟地，只求平平无风无水之方，其地须朝暖又得清静之处，即为至幸，倘得公侯之地在于数定，在于心地，不能相强，可遇不可求，即看地之师亦可遇不可求耳。家慈染恙，今早又翻，深为至虑，未识峙方先生明日能来否也。伯纯兄昨晚至海门待仲厚来，即同趁轮至下洋峙去，不意仲厚方将趁轮，而伯纯吐泻交作，假宿一夕。而仲厚留其一夕，即早刻至下洋峙董宅，伯纯兄仍转家中，至晚其病曾已安痊焉。

廿四日癸丑 晴。致陈仲善兄一信，交邮寄京。现在时事如斯，朝令暮改，即须学堂章程及所定功课，亦不知今岁东流明年西向否也。况其喜期不远，不如昨日旋里，容事大定之后再图进取，未识仲善兄得能允诺否。早刻，黄楚卿兄来叙一刻，明日趁轮赴沪为其令弟聘张丹翁令媛云。并言赤山东徐贤法、赤山西陈有法、海门林凤岐、岩屿街林春发、三山贺发才等在省控其藉保安队为名勒捐肥己，现饬临海县知事查覆等语。上年六庄所办保安队明虽寿翁与楚卿二人经事，实则陶寿翁经理其事，今诬楚卿，虽言无害于事，实则有损面子，知其详情者亦识其被诬。况上年所办保安队，六庄享其无穷之福，岂可限量哉！随同楚卿至区署，晤周孟东、周建西、黄道周、李舜卿、蒋敬甫及李少孔诸君，晤谈一刻，邀各庄大小村董均来，查询徐贤法、陈有法、林凤岐、林春发、贺发才等，并无其人，即各处亦无之，况保安队有功于地方，今则如是被诬，各人愿为具名递禀云云，余亦允为列名。将至午膳而来。

据敬甫兄言章子端兄现今续弦路桥人现开海门乔鼎和酱园东人令媛，曾经定妥矣。晚刻，至邱楚翁处，相约至楚卿府上，晤性言先生，相叙半晌而别。楚卿言今晚即至海门去，以便明日趁轮云。家慈染恙仍然如昨，深为焦急，今夜请道友八人禳祷，伏乞神佑，早日痊安，是为至幸。沈峙方先生前言允定今日来家诊视，望至日晚而未来，亦为焦急。有病望医，正日如年，今又未来，不知如何阻搁。余欲另请王晓凡先生诊视，面禀家君数次，未允，只得再行面禀可也。接杨伯藩兄一信，言上年八月初六日撮有英洋念元一笔，俟翼亭来为一查，亦可。阅《赤霞报》所纪云，该报今由郎翰臣先生及江梦生先生代为经理云云。

廿五日甲寅 晴。致王晓凡先生一信，饬阿庆送至黄城。致林叙彝兄一信，交翼亭送交，亦翼亭托余代书转托耳。致子霖兄一信，即奉呈家君转交蔡敦善转交矣。章伯纯兄自早刻去，家慈染恙仍然如昨。早刻，沈峙方先生代开方药吃后平平，即转至周梅翁府上去矣。晚刻，晓凡兄来，即托诊视家慈之病，随开方药，得能渐奏肤公，是为至幸。早刻，至陈翼亭一信，交阿庆送交。少顷，翼亭趁小轮已来，该函尚未收到，事已面言，而翼亭即于晚刻转至黄城。晚刻，蒋敬甫兄来云，非章子端兄续弦路桥乔氏，系咏仙兄之女许与乔氏，是余误听，以致昨日所记之误也。

廿六日乙卯 日阴夜细雨。家君嘱书致福郎翰臣老伯一信，并附英佛三十尊，即呈家君转交其来人带赵。至孟东兄处，晤花辅翁、沈峙方先生，相叙一刻。旋见章子端兄留片云，其过家随即而去，往询蒋敬甫兄，云随至海门去。少顷，敬甫兄来云，子端兄现委处州遂昌县知县，即于今日趁宝华商轮赴瓯，由瓯赴处州抵遂昌任。午膳后，同敬甫至海门福建会馆之查禁米捐局，晤余洁斋、章莲泉、朱润生、陈少亭诸君，相叙一刻，而章子翁来，又谈少顷，相约至海谷春小酌后而别。同章莲翁过《赤霞报》馆，晤郎翰臣老伯，相叙半晌而来，至家时经晚膳矣。但蒋敬甫兄言亦同章子翁至遂昌县署当科员，因家中什物取来于时太迟，再缓三日动身赴瓯云云。现在民政司屈文洛、提法司朱劼丞两君均是台州人，而台州任知事者亦不乏人耳。

家慈自吃王晓凡兄方药后颇能见效，今日亦请晓凡先生诊视，想能逐渐痊愈，深为至幸。接永利局一信，附抄账一纸，并李荣翁收条一纸，代家君垫付李荣斋英洋一百五十元，推除结欠永利局一百四十七元八角四分。家君嘱云，明、后日送还可也。胡介眉先生致家君函云已于月之初六日抵沪，少作勾留，初十日抵杭，十四日抵家，其家在绍兴府，今曰绍兴县张楼村东汇头文魁台门内，倘若书函照此写法，想无贻误。又云山阴属有巨镇曰安昌，与其张楼村只违十里之遥云云。而介眉先生已抵家乡，未识旭初老先生已抵家乡否也。晚刻，敬甫兄与余洁斋兄言，楚卿兄此次赴沪与章焕新帮统同行，未识究为何事。又言章焕新兄系同盟会中人，但章焕翁既是同盟会，而楚卿亦入同盟会，有说楚卿兄已入同盟会，系张国梁代为保进云云。章子端兄言，屈文洛君系光复会中人云。

晓凡兄言江梅渡老伯于前月作古于贵州省城，江梅渡先生官印若干，黄岩县前人，其封翁讳九华，原任黄岩镇左营游击，当陈镇军韶严于捕匪，致害之后，江公值任其将官，亦严捕匪，以致损命，奉旨旌表附祀陈军门祠，给以云骑尉世袭恩骑尉罔替，而云渡先生即袭云骑尉，幼年入泮，于光绪戊子科浙江乡试中式举人，自后加捐知县，指分福建试用，初委大小差使数次，署上杭县知县，补授长汀县知县，丁内艰服阕，以应补班归部铨选，选授贵州都匀县知县，调署普安厅直隶同知，调补怀仁县知县，护理都匀府知府，而后署理都匀府知府，前年补授是缺到黔，迄今十馀年，官声最佳。其大世兄德明明经人颇能干，即德明兄令郎亦十馀岁。年逾八秩，子孙满堂，可谓致盛，惟故在黔垣，颇不满意耳。

晓凡兄又云，吴秋圃在永利商轮局与杨伯藩兄同事者，上年以花柳致疾，以致毙命。人生总以立志、立品，不入此中曲径，是为至切。

廿七日丙辰 晴。家君嘱书致福胡介眉先生一信，余致杨伯藩兄一信，均交邮筒分寄。但致胡介眉先生信面书式“邮寄绍兴县张楼村东汇头文魁台门内投递”，想无贻误。早刻，至梅翁府上，晤沈峙方先生及花辅翁、孟东、载熙诸君，互相半晌而来。至家时适李子棠来叙，过午膳后，言至郡城，即至道头趁轮而去。家慈之病今日稍愈，仍请晓凡先生诊视，想渐痊愈，是为大幸。

廿八日丁巳 晴。致永宁局徐富春先生一信，附还其局中垫洋一百元，交嘉先送交，向其取有收条，即呈家君，此洋家君托其代付李荣翁之款，尚少之数，另日奉寄可也，亦家君所命耳。家慈之病亦能稍痊，仍吃王晓凡兄方药，想能渐奏肤公也。

廿九日戊午 晴。家慈自吃晓凡兄方药后，已愈大半，可就痊也，惟人至复原尚须调养，深为至幸。家君席邀晓凡兄晚膳，并邀道周宗叔、王旭初先生畅叙席散，亦一乐事耳。

九月初一日己未 晴。家君嘱书致王子常老伯一信，即呈家君转交苏焕堂送投。家慈染恙今日又复稍愈，想即渐痊，是所至幸。

初二日庚申 早至午刻，晴；未牌，阴；以后皆然。家君嘱书致洛卿丈公一信，余另致祝再姻长一信，并附象牙烟竹筒咀两个，均奉家君饬价送呈矣。家慈之恙今又稍愈，亦吃晓凡兄方药，得能渐奏肤公也。

初三日辛酉 晴。晚刻，至达云母舅及梅翁两处少坐，言及允东母舅已至上海，想即可至家矣。现梅翁之病曾已渐痊，据云小便尚无把握，不能出宅，仍吃峙方先生方药，想即可就痊。家慈之病，吃晓凡兄方药，今日亦稍痊愈，不日即可安痊矣。本地高丽参之价值贵而不佳，托贺蓉江兄赴郡城购买，未识其价值若何。元配章氏所出次女年经九岁，上年杨伯藩兄来取庚甲与张丹翁三令郎说合，当以事之成否不以为定。上月中旬，管端甫先生来云，丹翁言之颇实，即禀家君为是，余亦难于推却，随即允诺。即将次女命纸与其寄呈丹翁，顷接丹翁寄王勤甫先生函云，择定十月十四日文定。既然允许择期文定，此甚美善，该函送与阅，余即致函福可也。

初四日壬戌 晴。致勤甫先生一信，交邮寄至上海十六铺大达里托杨伯藩兄代为转交。致潘云生兄一信，交典中拆衣客代为带交，云生兄现开海门春源树场。家慈染恙已将痊愈，亦吃晓凡兄方药也。

王旭初先生自早刻至黄城邱仲玉姻长府上去，许眉甫先生自晚刻来。阅九月初三日《赤霞报》纪云：“一，段祺瑞宣布政见，不与蒙、藏人宣战；二，大借款未成，无力筹饷；三，英、俄干涉外交为难；四，民军操演未精，不能制胜。”四条若然，民国前途深为至虑。未识后事若何，亦难预料也。

初五日癸亥 晴。致张丹翁一信，系晓凡兄托余代荐其令郎伯云世兄于浅水兵轮差使，其妻舅李少兰兄即伯云世兄之母舅，曾于六月间同行晋谒，当丹翁允其九月间另购小轮两艘，造就添入其营告竣，可以派差，今则于时已届，即欲赴苏，托余再为函托，该函即交晓凡兄转交其令郎矣。家慈饮食日见渐添，病可已愈，惟人未复原，今日仍托晓凡兄代开方药，吃则有见效，另留一方及长方各一纸，余亦托其代开有长方，至晚刻，晓凡兄去矣。蓉江兄自郡来，购有鹿茸一对，其价百番，尚有带看一对，另日寄还可也。鹿茸总其色黄而软，角圆而壮，真关东所出物，贵而有效。倘色黑色带黑中之白色者，其毛又不软，则暹逻所出，其价即贱而无功，殊不值也。周少云之长子吕敖昨日自路桥娶有孀妇，即于今日成亲矣。西山之小学堂向系徐晓园兄为号长，今晓园因案远出，地方公举许眉甫先生为该堂号长兼中文教习，但号长则义务，中文教习议送束金百番左右耳。

初六日甲子 长子午刻，晴；未牌，阴；以后皆然。许眉甫先生自早刻去，晚刻至翁子俊先生处少坐而来，言及谱香母舅委有差使，未得其详。言海门信远布庄分作十五股开，王槐卿承七股半，丁继松承一股半，杨伯藩、徐富春各承两股，高姓、又某姓各承一股，本洋四百元，十五股合计本洋六千元，又借款四千，合成数万购货开张而已。

初七日乙丑 早至午刻，晴；未刻，阴；以后皆然。晚刻，饬阿三送交亦兰兄英洋一元，又开洋十四角，托购吕宋烟一盒，计价洋一元八角，又洋参计洋六角。阅《敬信录》中有陈希夷先生“心相”一篇，得能回忆精纯，人之行为、福之厚薄，均得而知也，但《敬信录》中非独“信相”篇为佳，即各种善言均出于情，人能照此而行，非独本身福寿绵长,即子子孙孙长受无穷之福佑耳。

周少云言周谱香母舅系嘉兴之法院中某名色而已,云每月俸金计洋四十元,不知是何阶级也。言黄岩县赵胜之知事系朱劼丞兄之私人,彼道黄城如此做法皆出于朱劼丞兄之意,其言虽非可告,非惟赵胜之到任以来,其政治如斯,上控者亦不乏人,又提法使亦是本城人,令尊、令祖何不致函道达?为日已久,并无更动信息,如是想之,斯言相近,不知果如斯否也。若非子虚,而朱敷五老伯乡望素孚,而劼丞兄少年得意,并无瑕疵,何至此事如斯,亦属不解。总是县主清正,一县中万人之福;县主另生意见,乃一县之不幸耳。余想黄岩数十年来,黄岩知县不肖者固有,而贤者亦不乏人,十馀任悉均匿造浮言,以致被议,岂十馀任中均不肖者乎?以致被曲难言,今至赵知事代十馀前辈出气耳,乃天道好还,非人力所能预侧也。言蒋敬甫兄赴遂昌县署中为收发差使,黄锡九兄亦何肃棠老伯代荐与章子端兄,已于昨日趁轮赴瓯,转至遂昌。但子端兄与余交情颇厚,深知其人诚厚,现知遂昌县事,乃遂昌之民幸福耳。

初八日丙寅 晴。家君嘱书致福雒卿丈公一信,即呈家君转交其船夫带交。致章子端兄一信,附咏仙兄三女玉照一纸、其八字,余前同敬甫兄面交子端兄,因其远任遂昌,未能知其人貌,所以附照寄阅,封交邮筒寄至遂昌县署。致汪伯端兄一信,交邮寄至杭州钱塘门内私立法政学堂,其寄宿舍在祥符寺中,前托伯端兄代另星,单中开鹿角胶、全鹿丸,各购洋十元。余近数年来至十月初上旬起至次年二月初止,均吃全鹿丸洋十元、鹿角胶和龟板胶或龟鹿二仙胶,大约五斤为率,均是吃饭之前用酒调好饮之,每夜点心之前,亦饮胶酒,以此为常。今岁寒湿甚重,前月积有痰瘾,几至大病将发之时,幸遇余韶圃先生诊开数方,以济眉急。续即请沈峙方先生开有数方,虽非甚为见效,较之不吃以前亦轻得多。而后,晓凡先生诊视,用大热而加去湿之药,饮至今日,计有十馀剂,湿未清,人尚寒,而未温和。只恐寒湿初退,不能即食龟鹿二仙胶,只得中止。前吃胶之际,早晨尚吃黄鳖胶，今年均作中止。函托伯端兄，如鹿角胶未曾购就作为罢论，至全鹿丸，托其如遇便友来台，即烦速为寄台。但全鹿丸性热，与余极为相宜。而晓凡先生所存后吃一方，亦以高丽参、毛角片为主，云余阳虚，毛角再为相宜，今年改食全鹿丸而已，倘食补品，须在冬月为宜耳。

晚刻，至周梅五姻长处少坐，其病已痊，惟小便尚无关宿，不知何经至伤之所致。彼购有毛角一支，云价洋念元，其毛色属黄切后血片，约在三四钱之则。馀则松花片计两许，倘是真货，如是者过于便宜，只恐便宜之物中有不便宜处在焉。但毛角自夫切至梗处为止，均碾粉可吃，惟角外之毛不可食，倘若未清，反成有损。看周梅翁所吃之毛角，均须切片，其外毛非独未清，而且多，幸梅翁将毛角片调茶而饮，其茶抛却，功虽减，尚无大损，倘若碾粉而有皮毛未清，带粉而吃之后，非独无功，其害已见。但毛角自尖头至梗为止，虽有血片、松花片之分，其实均是鹿角中之血，饮其汁者不如连饮，其质较为见效，况其鹿茸毛角其价均巨，须是碾粉食之相宜耳。就道至达云母舅府上，晤子俊及永义相，晤叙半晌。言及允东母舅倘至上海，各人已悉其家中定有信息，现在家内尚无来信，恐其尚未至申，不知曾否动身，而晋省局面如何，久无信息往来，亦不得而知也。

初九日丁卯 晴。致周允翁一信，交邮寄晋。午膳后，至文昌阁，晤子轩交斗会中诸人，晤叙一刻而来。晚刻，曾六舟先生及道周宗叔、李舜卿兄来叙一刻，言及杜棋人戴熙载者，余于戊戌岁因友相约赴郡，值县试、府试均是在郡城，但县试有丁鹤年者三次第一，正案取列第一；戴熙载第二次第一，正案第二。府试正案即戴熙载第一，而戴熙载之名郡城赫然，即于是年入泮，迄至今岁，只十五年，而戴熙载至无可聊究，日与乞儿为伍，并且置身抬轿贱役，况此中数年，窃取人之财物，即为梁上君子焉。向与尹佐臣兄同学，佐臣看其读书同学之情，彼做某处知事，携其赴署，未识其再起如何花色否也。凡人生子能读书者为上，能读书以致通品，复又少年入泮，竟至如斯，乃其祖德不厚之所致焉。所以，“积财与子孙，子孙未必能享用；积书与子孙，子孙未必能读；所以积德与子孙，子孙荣昌”，言岂谬哉！万望后来君子，即以恕己之心恕人，责人之心责己，而后逐渐推广，将以无处不善，无事不善，善善存诸于心，推诸于事，日增月积，而遗于子孙，为幸多矣。

初十日戊辰 晴。致晓凡兄一信，饬工送交。但家慈之病虽已安痊，惟人未复元，饮食不能多进。前晓凡兄留方已吃多日，托其再换一方。早刻，少云来云，允东母舅府上接其晋函云本月之初八日方可动身，果若初八日首途，大约二十左右可以到台云云。午膳后，至椒江中学堂，晤曾六舟先生及陈少卿两君，相叙一刻，而曾六翁上课，即同陈少卿至李舜卿处少坐，晤缪性言、陈架山、周祥先多人，相叙一刻，言及朱劼丞已经交卸提法使，该缺即与郑文翼补授，想其言果是，想亦朱劼丞之所荐举也。

十一日己巳 晴。晚膳后，至周梅翁府上，晤沈峙方先生及孟东、花辅翁诸君，互叙一刻，言周梅翁之病前几日本愈，不意前夜因换下衣受寒，以致肚痛。又其留方用参，恐难即饮，就请峙方先生再为诊治。来诊之后，云是稍受寒邪，亦无窒碍，想一二剂之后即可就痊，惟小便尚无把握云，俟痊愈之后，自能有关宿耳。言及毛角鹿茸有关东、暹逻之分，关东所出功效纯正而能力，但暹逻所出，初食之人饮之可能见效，老食者无功耳。关东所出毛色老黄而软，极上等者有二三片，全是血片，下节松花相间血片者亦只数片，其馀均是松花片，至珍珠盘止，功效皆然。至珍珠盘之下，亦能切片，稍能见效，而无以上之有功，稍次者血片尚少，馀则均是松花片，片之多寡，看物之轻重耳。如是者均谓关东所出上等之物。下等者毛色亦有青有黑，其较之暹逻所出倍之。但暹逻所出毛色有黄、有青、有黑，以黄者为上，切后上等每支有一二钱血片，或三四钱亦有之，其松花片稍带黄色，此暹逻所出之货。暹逻所出大半非鹿，是沙鱼年久变成为鹿，名之曰沙鹿，亦有角，有角即有茸，此真暹逻所出耳。鹿茸较佳如毛角，无论毛角、鹿茸，确要寻觅真关东所出为上，暹逻所出倘是真者，虽不及关东之货，亦稍有功效，倘是路数不真者，非独无功，返成有损。

总而言之，购买鹿茸毛角者，虽至有名望、大有声价之不二价大店家向购，虽不能便宜，亦不至有失。如今之店家售卖此等货物者，近则郡城岑震元药店尚有真货，远则杭州叶种德堂确有上等关东鹿茸毛角售卖。如上海咸瓜街各大药业参号之售卖鹿茸毛角者，虽有关东之货，须要自己眼力，而看稍不精细，即以暹逻货骗之，不如叶种德堂为妥。如苏州莫泰山堂虽可相并，而叶种德有过而无不及也。至宁波冯存仁、上海姜衍泽、杭州胡庆馀均不及叶种德堂之稳妥。北京之同仁堂须天下驰名，售卖鹿茸毛角不如杭州叶种德堂之官精，其他之参局、参号，自己实有眼力，可以向购；倘自己稍不自靠者，亦不如叶种德堂为稳当耳。所论购买鹿茸毛角之情形确是如斯，购者须要精细，不将有用之银洋抛掷无用之地，是为至切耳。孟东兄言，卢槐士兄自今日由郡来。

十二日庚午 晴。家君嘱书致福李荣斋一信，交邮寄申。午膳后，至椒江网业公所，晤卢槐士兄及黄镜三两君，互叙半晌，就道至吴玉翁处，相叙一刻，托余代其书致陶习之兄一信，到家后就即代为书好，遣人送交矣。小妹与其次子均于早刻至莘山去。接汪伯端兄一信，并附代买来全鹿丸计洋十元、白凤丸计洋两元、暖脐膏计洋一角、泥金摺扇一把计洋一元六角，均即照信收到矣。保源布店夥友蔡仲雅兄送余牡丹一茎，就即栽下，未知得能明年开花否。据说红色，又未识果然红色否也。即非大红重楼，就是粉红重楼亦好，只勿平头为幸。倘是平头，无论何等颜色，悉均不值耳。少云来言，允东母舅家信来言，定于九月初八日自晋省首途，果在初八日动身，则余寄之函抛掷石头城下也。并言谱香系嘉兴审判厅推事云。余之寒湿可谓重矣，前托晓凡先生代开方药，是大热大去寒湿之方，吃至十馀剂，口舌仍有白胎颇厚，其胎之上仍然黄色而不退，如此舌胎，尚不能即吃全鹿丸，倘若不吃如此大热大去湿之方药，初意欲将黄鳖胶及龟鹿二仙胶日夕吃下，其寒湿之积不知何底，幸所吃方药之后，较未吃方药之前约去大半，想二三日吃二三帖热及去湿之药后，再吃全鹿丸方为妥善。俟全鹿丸得能受而有功，再吃大补方药可也。

人之调治须在平日，不可待其有病之时调治，须吃补剂，每年以九月中旬之后至十二月杪为最佳，正月之内亦尚可吃，其馀时日不宜食补，最忌补剂者在三月初起至八月杪为止。凡食补，须人之心地若何为标准，倘性是寒者，切不可吃黄鳘胶以及龟板胶、鹿角胶等类，须以毛角、鹿茸、全鹿丸极为相宜。吃毛角鹿茸确和高丽参或同捣粉而食，或调茶而饮均可，倘性大热之人，切不可吃毛角鹿茸。次以黄鳘胶最宜。其性是中和者，或毛角鹿茸，或黄鳘胶，须临时妥商，不可舛错为要。至吉林参即曰人参，果是真正者，每年出产颇少，人亦少见，不易辨识，虽上海咸瓜街及苏州莫泰山堂、上海姜衍泽堂、杭州叶种德堂、胡庆馀堂、宁波冯存仁堂虽有售卖，只恐非真正，其价太昂，易于抛掷，况其功效未必甚高。吃参中最好是别直参即高丽参，每支确要重八钱起至一两之外，每支计重六七钱者尚可将就，倘在五钱之内，其功太薄。以余想之，别直参每支计重八钱之外者，其功效不让真正之吉林参，何必寻觅吉林参也。至黄鳘胶之功可与鹿茸之功相等，黾板胶、鹿角胶之功可与全鹿丸之功相等，不过人性寒热择饮而不致误为要。

但售卖鹿茸毛角情形前已言及，不复赘述。售卖黄鳘胶者，上海咸瓜街各大参号所售之胶出而太多，只恐另做而不真。其物有南北洋之分，南洋不如北洋之功为高。但黄鳘胶均有须，大约北洋所出者纹路岩岳，南洋所出颇为精致。上海之各大参号所卖色色均有且多，只恐其非真。倘送至门前售卖者，黄鳘之真伪须要眼力自看，南北之分，只意会，非言可述也。人心薄甚，假做者一切装式甚于真货。前月有一北岸人送售黄鳘胶一根，看其售卖之人系是老官，颇为忠厚，看其胶系圆式，须颇长，精细看非假做，惟其下系剪去少许，似乎想其易燥而剪，所剪之处并合为匾，又穿一小孔，穿绳一根。余看其胶确是黄鳘，并且颇厚，南北亦不能即辨，询其价值，言洋廿四元。余即嘱价秤计重二十两，系是十八两秤，假使天平，须廿二两矣。即廿四元非贵，余戏许洋十六元，彼初未允，继即允售，余即照价十六元向其购来。私心一斤之外，即或南洋所出亦值廿二元，今只十六元，颇为便宜。时欲即吃，嘱木匠锯去，以便切片。不想破开之时，片片而落，看其馀小麦粉和广膏从剪去之孔而进，荡颇极匀而能生重，随将其物悉均挖净，重秤计重六两，细想将小黄鳘胶取来极力吹大而圆，将小麦粉和广膏涂在里，外观其厚而又生重，即重六两，尚值洋四元。无如小麦粉和广膏，一荡之后，其臭不可闻，只得抛弃，十六元有用之银洋悉均掷于无用之地，深为可惜。如是者门前送售，切不可向购，倘若吃黄鳘胶之确实相宜者，须至上海之大参局购买，而无此等之虞，是为至切。古人云"事非经过不知难"，诚非虚语耳。

十三日辛未 晴。致汪伯端兄一信，交邮寄至省垣。午膳后，至椒江中学堂，晤曾六洲、何禹渡、陈少卿诸君，互叙半晌，就道至翁子俊兄处少坐而来。苏焕堂来言，张丹亭兄二令郎定亲海门娄晋翁之令媛者，已择于本月廿四日完姻，先娄家将其新人送至苏垣结亲云。前蓉江兄向郡城岑震元药店取来鹿茸两架及高丽参等件，购买鹿茸一架并参洋除已付过英洋一百十八元外，尚少英洋廿九元三角及退还之鹿茸，饬祥高先专送至郡城矣。

十四日壬申 早至午刻，阴；未申牌，细雨；酉刻雨晴，阴。致王晓凡先生一信，饬阿庆送交，家慈虽愈，而饮食无味，欲请晓凡兄再为一诊耳。又致汪伯端兄一信，交邮寄省，托其代向叶种德堂购买湖广子一二钱。前楚卿兄言，术之中以湖广子为最佳。惟其价太贵，只杭州叶种德、胡庆馀、苏州莫泰山等处确有售卖。但上海能否有售，不得而知。顷寄汪伯端兄代购少许，未识其功效若何，至上等术及上等桂台州所无之物，必须购藏少许，以备不用为要。桂能隐火归原，高丽参大补气分，鹿茸乃阳中之要药，黄鳘胶补阴之必需，并能生精，术能补皮，均能寻觅上等之物而食之，亦养生之要道也。或丸作药丸，自十月至明岁正月之内，其中四个月，日食二三丸或碾药粉，日食数分，均极至妙。阿庆自晚刻来言，晓凡先生因稻熟在即，府上颇忙，明日可来云云。

十五日癸酉　早至巳刻，细雨；午牌雨晴，阴。晓凡兄而晚刻来。

十六日甲戌　巳前，雨；午牌雨晴，阴；以后皆然。阅《赤霞报》纪郡城何见石先生现任甘肃布政使云云。

十七日乙亥　晴。孙旭东于晚刻来。晓凡兄言林蔚生先生在陆春江中堂处见过真正人参，其色如玉，其式如人字，蒂如芝麻点者四五点或六七点不等，每支之重不过二三四钱之则，再无过于重者，此长白所出人参也。但长白所出人参，上等者精选奉上，馀则宰辅以及各大员均自向购，再无发店售卖，况此物所出颇少，非于易购，非真人参，徒化价值而无益。无如名之曰人参或名之曰吉林参，其样式不一而定。即余初见徐寿衡侍郎送与张浚如太守之参，其色亦如玉，其式犹如幼孩，头面手足悉均毕肖，重计两外，张浚如太守甚珍重之，当余所见此其一也。前十馀年时，新泰来进有人参，其色如西洋，其式如人字，蒂长有数寸，计四十馀节而无芝麻点，而后售与姚子祁太守，此其二也。

以余想之，有真必有假，如真高丽参即有石桂枝等假参，但高丽与石桂枝粗看皮色相若，高丽虽有横纹，而无转圆皮外皱纹，皆是统而看之，其物老到，外观大约如斯，茶色清而有清香。但石桂枝皮色与高丽参相访，其横纹均是转圆皱纹，而直者甚少。看其物过于精致，外观石桂枝如斯，其茶色亦如高丽参相访。其色似浊，其气过浓而已。以余想之，真人参犹如高丽参式，此外不正路之参犹如石桂枝。但高丽参与石桂枝常有所见，辨亦颇精，但人参与各等假参均无所见，亦不易辨其真假耳。真正人参所出不多，不易购买，易于被人所骗，不如高丽参为善。如真正人参，其功虽高，以余想之，有高丽参重计八钱之外，其功亦非浅耳。晓凡兄又言，就便选择日子者，以《崇正辟缪》之书颇为至妥、至便云。晚刻，祥高先自海门娄宅询明晋阶先生令媛与张丹翁之二令郎者正是本月廿四日完姻，即于廿一日趁永利商轮到申花烛耳。

十八日丙子 辰前，阴；巳至未牌，细雨；申时雨晴，阴；以后皆然。吴玉翁于早刻来言，其疯病曾已就痊，并云郑夔友兄自杭州来。但夔友素有烟霞之癖，因赵胜之禁烟之令太无道理，前值其外出之后，派差至其家中寻获，彼得信之后，随至上海戒烟，一面晋省呈控。今则瘾已戒断旋台，而赵因控己之恨，探其旋台，复饬差往拿。彼本可进见，无如赵胜之见有钱者无不量力勒罚，因此恐其无理之所为，暂宿在楚卿家。但夔友虽有烟瘾，总是名列贤书，既已断瘾，复以挟嫌致扰，成何事体？现夔友兄令弟仲鸿者即前椒江肄业曾经毕业者郑寅清，因新婚之后致病，曾于月初作古，如此手足离别之时，兄弟不能相见，此亦惨然。赵胜之如此行为，得能早日去黄，即是黄民之幸福也。平心而论，禁烟理宜从严，如曾自有瘾戒断，或有钱之家，无不想法勒罚，乃黄岩真暗无天日之时，不知何日得去云雾而见天日，为幸多矣。

晚膳后，同晓凡兄至夔友处少坐，言及今省中委有台州监督谢姓者，曾由武林动身。夔友原名寅亮，现改曰亮采，彼在上海戒烟之所系法大马路广慈医院，并云楚卿想趁永利商轮方可旋里云。彼云现在上海方起码之高丽参价洋每两计洋十八元，每支只重二钱左右，若至五钱者，价即二十四元。余托蓉江向震元购来一支，计重九钱三分，价计廿八元，算尚云便宜。彼由上海购有毛角两对，一计七十元，一计五十元，此对内一只尖颇圆壮，又一只有伤，倘若两只相对，断不至此数，亦可谓贵之极矣。余看其毛色，一颇黄，一稍淡，毛软而乱。以理想之，毛软而乱，其毛必短，今其毛颇长而又错乱，颇为疑心。看其皮色颇黑，如是者只恐暹逻所出之物。余于此道非甚内行，如是者真于关东所出，抑或暹逻所出，未得辨识。此次蓉江兄向震元取来之暹逻麋茸角上之毛式亦长而乱，其发单书明暹麋茸而已。向购之鹿茸者，其毛短而少，均非错乱，毛色不相上下。总而言之，倘出洋七八十元而购毛角者，不如再加数十元向购茸方有把握。茸而雄壮，顶如蟹眼者价值定在二三百元。据吴玉翁在杭时购有鹿茸，价计三百四十番，与有识者辨之，尚便宜百数。其式亦是如斯。彼带驻杭防营时，其统领得识，向其购去，倘若未曾转售，向其取观，亦广见识。此等货物，真识其物者总不多。凡向著名字号大店购来，虽非甚于雄壮，不致以暹逻曰关东耳。

连日阅《封神演义》，人人皆曰荒唐，无如当今之势，真如《封神演义》。如轩辕庙塑有千里眼、顺风耳、桃神、柳鬼，藉此兴妖言，本荒唐，今之量天尺、千里镜，何异于千里眼？今之电线以及德律风何异于顺风耳？今之铁道何易张奎日行一千五百里、土行孙日行千里，不知姜太公应在何人。相传《封神演义》系刘诚义伯所著，本为吉凶神煞相克相生，果非子虚，此后情形，岂无隐语在焉？

十九日丁丑 巳前，阴；午牌，细雨；以后皆然。晚刻，郑夔友来叙一刻而去，其令岳母请晓凡兄看病，过晚膳后而来。

二十日戊寅 辰前，雨；巳牌雨晴，阴；以后皆然。王晓凡兄于晚刻去，至李舜卿兄处，晤李岳生相叙一刻，言及仙居于上春城内与城外互相纠给，现其杨知事将其城内外为首者四人悉均被押，朱益卿亦在其内。并云朱益卿本仙居之无赖子，自入泮后由官费送入东洋肄业洋务，因此投入孙中山革命之所致也。

廿一日己卯 早至巳刻，雨；午牌雨晴，阴；以后皆然。接张丹翁一信，其二令郎于廿四日嘉期，邀吃喜酒云。今之文明结婚，均不发帖，即致福丹翁一信，并附红缎囍帐成全、喜烛成对、百子宫花等件，均饬阿三送交二头代为带至上海，托杨伯藩兄代为转寄苏垣。另致伯藩兄一信，亦交二头带交。二[①]嘱二头购买另星等件，均已买来，所该价洋均家君与其清算矣。丹庭兄令郎懋林配亲海门娄晋阶先生之令媛，亦于今日趁永利商轮赴申，暂寓老级陞客栈宿一夕，至廿四

---

① 此字系衍文或笔误。

日吉辰由上海乘轮车至苏。如今申、苏来往得仗铁路之力,其快非常也。

偶阅《国朝先正事略》纪:“山西阳曲傅先生工篆隶书画,不轻与人作书,贵者求其一字而不可得。适有致赙作数行谢之,贵者喜曰傅青主先生一字千金,敬谨而藏之。”先生幼而孝,长即忠直,品端方,名闻天下。得其行状而阅之,岂止千金,何况得其一字乎!所以为人不得不立品也。家君宦游晋省,尝闻同乡、同事者曰前傅青主先生一生立品之处,已有立传,惟其仙游之一日,讣音未至其亲妹家时,其妹见先生来曰履破,即为代缝毕,往厨房做点心,见先生方出后门,见前门人来曰傅先生曾于早晨仙逝矣。其妹不以为信,即嘱来之工人往后门寻觅,不可得矣。其行状如是,竟登仙界。按:先生之为为人,本人中之仙,殁后登仙,正合其宜。日昨王晓凡先生又言阳曲傅青主先生,非只工于篆隶书画,且其医理最精,所著其书大益于世,书名忘却为歉,将此书语补其全集遗漏可也。山右代出名人,以傅先生继之何如?

廿二日庚辰 晴。家君早刻至西山看地,因孙仲英(即旭东之小名)已去数日未来,晚刻,与孙旭东同来。

廿三日辛巳 晴。孙旭东自早刻去。家君嘱书致胡介眉先生一信,即呈家君饬仆交邮转寄。陈家外婆致其仲善一信,即代加封,交邮寄京矣。午膳后,至椒江中学堂,晤少云、万郁之(系安徽凤阳府人,即代赵幼梅功课)及曾六舟先生、陈少卿、何禹渡诸君,互叙半晌,同少云至翁子俊处,晤达云母舅、钦相,各人相谈至晚而来。现今之新刑律名曰《六法全书》,当今之世,如余等本无所用,法律诸书欲为购买一册者,亦能广于识见耳。

廿四日壬午 晴。晚刻,孟东兄来言,楚卿兄曾由上海来。晚膳后,至楚卿处,晤蒋敬甫、周文琴、邱遇琴、周孟东、道周诸君,相叙半晌而别,同敬甫至星斋宗叔处少坐而来,言及郡城丰泰门在南门之西,于二十夜无风无水,该处城倒十馀丈,该处城之外有水,不意所倒城墙移至该处水中，又城内有一小塔，亦于是夜偶至水中，如是者亦大奇事，不知其兆若何。但敬甫兄言之凿凿，余未目见，未识果然否也。敬甫兄又言，其令尊征九先生言据老年人云，过前明时代，该处城墙亦有倒过，惟数百年之事，未识果是若何。敬甫兄又云，此处城倒之数日前，近处居民于夜间闻该处地有空响之声，以至如斯，其城果如是倒法，定有其兆。总而言之，时势如斯，人心如是，今之城墙无故而倒，定有一番讲究，其中否也？然也？偶而记之，以观其后可也。

廿五日癸未　晴。

廿六日甲申　晴。致王晓凡兄一信，饬老二送交，托其代开一方，去后，德泰人来，接晓凡兄一信，云有烟盂一个遗在家中，即致福晓凡兄一信，交德泰来女媪大妹姆带福。晚刻，老二来，接接[①]晓凡兄福信一函，附承代开一方。早刻，陈翼亭兄云，楚卿为其父旭东宗伯邀僧数十人于江边堂做水陆道场颇旺。午膳后，相约少愚同至江边堂，看武圣庙为大悲坛，羊府庙为诸经坛，西首娘娘宫为大坛，奉三世尊之中透为内坛，东首横楼为沐浴坛，后透楼下为成度坛，三层楼上为华严经坛，一切装式颇为整齐。其僧可庆招呼少坐，随至尚德小学堂，晤丁梅峰、周文琴两君，相叙一刻，而道周来少谈，彼至江边堂而别。就道至心斋宗叔处晤叙一刻，言及郡城丰泰门城倒之日，适杨子商丧柩进城之日，是夜即丰泰门城倒之奇事。按：杨子商旧苍头人，年约三十左右，数年前至日本游学，入同盟会，学做炸弹之述，上年革命风起，彼在上海偷做炸弹失慎毙命。其人之行为大约可知，今则其灵柩进城，致有如此奇事，不知所应何兆，不能预卜也。少顷而别。至家后，伯寅宗叔来少坐，即留过晚膳后而去。心斋宗叔言，临海县知事来君曾经任事，但周六介君有说调任杭县，有说带朱介人都督卫队云云。王镜梧先生言是脚头王人，昨蒋敬甫兄云其阳宅最为高明云。

---

① 此处衍一字。

廿七日乙酉 晴。天气颇热，时有小阳气节也。接眉甫先生一信，云其令媛于十月十二日招赘云云。家君前同王旭初先生至东枫看有一地，上系旧时空圹一所，约在道光年间所做，系栅浦苏氏十房之地，前有小塘两口，颇为嫌增，欲果做在该处，即行酌改可也。现托人向其购买，已将成就。但其地系十房，一房中均有分，幸有其房中有可作主之人，事无不谐，须要后手而已。应少圃表叔公来喜帖，其焕云于十月初三日完姻云。子能表叔公于早刻来，云郡城丰泰门城倒之处约有二三十丈之巨，二十夜城脚已空，城尚未倒，至廿一夜城脚所空之处均即倒卸，约在二三十丈，所倒之处，脚均是水，约数丈深，并未见有城砖之处。其所倒如斯，颇为奇闻也。

廿八日丙戌 阴。家君嘱书致陈祝翁一信，遣人送交。晚刻，旋接其账房福函云，祝翁已于十八日赴申云云。前闻言陈祝翁有赴申戒烟之行，今已动身到申，想为戒烟耳。家君前托王旭初先生于东澍、马屿头诸处觅有圹地数处，恐其不精，早刻，同蒋敬甫至脚头王请王镜梧先生再为一看，定其是否可也。日昨家君购买东澍之苏氏公地，因有风水，欲即造圹，言之最切。未识是处果能做圹，所购之资，不致空掷否也。午膳后，至达云母舅处少坐，旋晤载熙兄，言自申趁永利商轮于昨夜到埠。陶寿翁亦于昨夜旋台，即于晚膳后至陶寿翁处，相叙一刻，来时已将二鼓。言及王镜梧先生风水、日子均佳，惟其自有一番议论，日子想是天星，非象吉也。至天星日子之时刻，须要扣准而无误，此为至要。家君往访王镜梧先生，至晚膳后将近二鼓而来，言镜梧先生均十一月初三日来为代看云云。咏仙之次女于今日招赘路桥乔君望相之郎，但彼系是续弦，因有子孙，所以入赘其家，想亦不远而去也。顷二头代为购来菊花、水仙花各四株，遣人向取，计价若干，未接来单，另日再算可也。

廿九日丁亥 阴。陶寿翁嘱为代致李少云兄一信，即饬阿三送交寿翁转寄。午膳后，寿翁来约至周梅翁处，晤辅卿、孟东、道周诸君，相叙至晚而来。陶寿翁言，咏仙之次女婿系乔君望相之第八子，向开路桥六合兴南货行生理，年在四十之内云。又言周谱香现在嘉兴之台州会馆之经事员，想每月薪水不识多寡，未得而知。现台州人赴嘉兴种田以及经商起家者亦不乏人。

三十日戊子 辰前，雨；巳至申刻，阴；酉牌，细雨；戌刻雨晴，阴；以后皆然。接肃堂先生一信。致许眉甫先生一信，饬老二送投。晚刻，至翁子俊处，晤达云母舅及洪少琴，相叙半晌而来。家君云咏仙之次女适路桥乔君望相之第六子，非是老八，即开海门乔鼎和酱园是也。

十月初一日己丑 辰前，细雨；巳牌雨晴，阴；至晚皆然。晚膳后，西风颇大，而天气即转冷矣。家君嘱书致何肃堂先生一信，又嘱书致王少南兄一信，均呈家君饬价送郡矣。少圃表叔公之郎焕云表叔完姻人情亦于晚刻送去。午膳后，楚卿兄及花辅卿、周孟东两君来叙少顷，相约至吴玉成处，晤陶寿翁、蒋敬甫少坐，相约同至江边堂，晤郑夔友、范少香、黄心斋、周载熙、周文琴、邱遇琴诸君，互叙至晚。但楚卿为其乃翁旭东宗伯做水陆于今日第六天，今夜统办素菜，邀留晚膳后，其今夜有全堂焰口。但其来看者人甚多，往时看戏不及今夜者犹多，少坐而别，至家时过二鼓矣。但做功果所以赴天台山请僧念佛，因其地静而能洁净，想有功德。今其人山人市，日日热闹如斯，能否相同，亦不得而知也。叶石甫先生言，旭东宗伯之做坟日子，经罗树南先生代其择在本月十九日进坟，日子亦树南先生代其择在十一月初十日，彼之仰天湖坟地系乙辛兼卯酉一分。

初二日庚寅 晴。午膳后，至陶寿翁、翁子俊两处少坐而来。早刻，有价至塘头旋，言周朝灿相之母仙逝，随即遣人送礼。其母年逾八秩，有子有孙有曾孙，福虽不足，寿亦可矣。子俊兄言黄楚卿兄近欲赴瓯云云。

初三日辛卯 晴。禹门叔公之老六姑许北岸桐卿先生令郎，于今日出闺矣。但老六姑前因疾病于上春将大烟上瘾，近日有欲戒吃，未识已经断瘾否也。陶寿翁来叙一刻，言及现在文明结婚之帖有启有礼券又有帖，其式颇少，其文颇繁，不能记忆。其多文好时者以此为新式奇闻，我等可以不必学此，以纯其旧为妙。王镜梧先生于晚刻来，晚膳后，至心斋宗叔处，晤性言先生，相叙一刻而别。就道至建西处，晤侯吉斋，言郡城近日东门之侧城墙又倒丈馀方，至城脚为止，而城脚之乱石尚存。又言现禁烟监督已至郡城，四乡种烟者颇多，随至南门外三洞桥地方先行禁止，而该处百姓与其龃龉，未识当道者作何安置也。

初四日壬辰 辰前，阴；巳牌，雨；午、未、申刻，阴；酉时以后均细雨。家君与王镜梧先生至西山看地，自早晨趁船而行，适值多雨，行山诸多未便，未识即能大晴否也。所幸时值冬令，想不致久雨，得能即觅真处，不枉一番行动，为幸多矣。至于风水一道，不得不信，倘得真龙大地，子孙兴旺，久能富贵，何待言欤。倘或不佳之处，亦即立见。总而言之，精于风鉴之师近世甚少，倘若功德巍巍，不择而能遇也。虽无精于风鉴者，即能稍知一二之师，遇有厚德之主人，亦能遇其佳处，其中奥妙，非是楮墨而能宣。为人子而择地者，虽不能遇有精师，而访其近世有名者，妥为详择，得甚心力，是为至幸。据镜梧先生云，余之阳宅近透西横楼上间及东横楼下间近今最为得气，代为酌改门向可以添丁云云。但镜梧先生向闻看阳宅颇佳，斯言不得不信，家君亦以此言为嘱，沅即遵命转托镜和先生代为选择吉日照其改定门向可也。

初五日癸巳 巳前阴；午牌以后均晴。至章伯纯兄一信，饬老二送交，向取前其购去大毛衣服价洋，随交老二带下，即交典中朱先生收账矣。致汪伯端兄一信，交邮寄杭。接郡城何宅来柬，得悉何见石方伯女公子适太平金仲泉观察少君者，定在月之十四日完姻云。何宅来价言，见石方伯之如夫人已生一子，虽有仲宏兄在前，又经得子，代为欣幸。

初六日甲午 晴。家君自晚刻同王镜梧先生看风水来，即席邀王镜梧先生晚膳，并邀陶寿翁、何蓉江两君陪客，相叙席散而别。言及郡城之东门城倒之处(是)数年前倒过之处,经台州府某太尊禀修之后,想不干固以致重倒,不比丰泰门所倒数十丈之情形也。并言温州府城有土匪数千人啸聚一方,于月之初一日竟有土匪直至梅鹤亭统领营中,嘱其速为退出以为驻防之所。该营勇将该匪五人拿办,随即枪毙四人,留一人监禁。永嘉县署眼前尚称无事,未识能得安谧如恒否也。

王镜梧先生言,余家屋之西首阳宅基址最佳,言其造法,南北基址均可与余大屋墙垣相齐,即或进出均可,西首将小屋(即附屋)移至路侧(即路之内),东首即可接余大屋东墙为止,或另造一墙作为东墙中空一路,亦可方向立子午兼癸丁三分,正透如此立法即与老屋正透相同,亦是(子午兼癸丁)①。但新屋正屋之栋柱确须与老屋正透相平,确要叩准,不能退前过后毫厘为要,即前透亦确须与老屋前透之栋柱相平,是为至要。但大台门之围墙能与老屋之大台门相齐更好,或进若干,或出若干,悉均无碍。即后墙可无与其相齐亦可,至北小河挑至与西北小塘接连为妙。即或不然,即将小塘挑至将近路侧,过南接连小屋为止,亦可至已挖之南北小沟一行,即老屋之西北新屋之东北首,此沟确要垫平,可以打入新屋墙内均可。以上启造新屋基址方向情形如是也。但新挑河前后两塘水在老屋未坤申方向,未能甚为收用,在新屋申庚酉向可以,甚其佳处,西北有大塘一口,在老屋戌方,在新屋亥方,至中元均已得气,此水道情形大概如斯。

台州人之造屋样式,中屋七间、左右横楼各三间,乃缩小基址,务农之家亦极受用,大概均是如斯,即老屋造法亦是如斯。但余初意欲造正屋五间,据王镜梧先生言,立子午兼癸丁向切不可造五间(言此向如造五间至中元即不妥),确要造正屋七间,此中大有道理在其中焉。以七间而论,另日起造之初,将西首石路之内均担好基址,确要撞实,不至日后再坐为要。老屋西首墙外起量至西首左右,可造十三

① 页边注:"新屋立向须要子午兼癸丁为妥。"

间之基地，计阔约在十五丈四尺。其中有八道墙垣，每道以多约在四尺左右，须三丈二尺，一共量阔二十丈。此外与造小屋(即附屋)与各人居住，以防夜晚。附屋成后，南首大路本至老屋西首，即有湾北数尺，须将其路照中路湾曲之处改造，直至将近新挑河相近之处转湾，是为至要。路改之后，基址南首即行造墙，并造台门，西北两方先打竹篱一面撞实基址，将屋料做就，候好上吉佳期起造正屋七间，左右封栋墙打好，接连前透封栋墙为要。正透及前透同日同时竖柱上行均可。或先造正屋，后造前透，分两吉日，亦可至封栋墙前后相接正屋放廊、前透放廊、左右界墙之内放廊各加柱两根如横楼样式，四围放廊均可相连。正屋七间之左右栋墙之外，又各造楼屋三间，或先造东首三间，或左右同时起造，均可至左右凤翼。屋栋均须与正屋相齐，立向各须抱向正屋一分，其行之根数必须与正屋相同。但正屋与凤翼不能接博，正屋七间竖柱之处各造封栋，高墙之外另造凤翼须要另行竖柱为要。但正屋七间如二丈五丈[①]六寸高，左右凤翼只高四尺六寸，前后放廊均须相齐，前透亦须二丈四尺六寸之高，不能与主屋相并为要。但正屋七间与左右凤翼均须十一根行，至前透九根行足矣。

起造正透七间，东五西连东南章北宅四根柱料必须早为寻觅，此外行料柱料均用建树为妥，如自带内行人或木匠老司至福建自购一载(约洋一千馀元)来，其中之行道柱料均已敷用。至于楼板亦自用杉木解板为妥，即松板自解亦可。但正屋七间之中曰堂前，左右两正间，正间之外间，前半间作为小堂，前后半间作为后间，为正间相通。小堂之外间，前半间为灶房，后半间可储积谷米另星均可。但中堂前间及两间并小堂前间均用极薄杉板平奇，左右凤翼亦均用平奇。堂前间用水门汀做地，堂前后可用石板地，左右两正间及两小堂前之前后间均用板平地，如踏板平之四围均用石板转圆一圈为要。但小堂

---

① “丈”当为“尺”之误。

前之外间前间作灶房者可用泥地，后半间存储另星，亦踏石板为要。

正屋七间之后造小屋七间，左右凤翼三间之后亦造小屋三间，此等小屋亦不能粗糙，亦须七根行为要，至前透中间上平奇，下用石板，左右三间亦用石板，至凤翼之中间亦用石板地，左右两间可用板平地，至正屋七间及左右凤翼三间放廊均用石板地。大台门对前透之东首二间、大台门之内前透之外及正间之大道地、左右凤翼之前道地均踏石板为要。但前透之左右均可晒谷。其屋式大约如斯。至正屋七间及凤翼之后壁墙均用砖墙封栋，是为至要。至后门如何开法，临时精酌为要。

新造房屋门户不论阔窄，均须确照礼部颁行量门祖尺红字为准，此等门尺最为灵验，非独闻人所言，即余自已较之多次悉均灵验异常，应之藏为至宝，以后开门、开户切不可疏忽为要为切。余所造房屋样式早已打定如是，以后临时万勿更易。此等屋式，余自私心藏之已久，顷询王镜和先生，言如此等造法亦有道理，不过多占基地而已。余以镜梧先生言之可造，今则记之，以后可以遵式而行，不至有误。人曰老屋之造法受用，余言此等造法亦是受用，即或务农，但前透左右三间中收藏农器与农工住宿，岂不易便？凤翼之楼下作为客间，正屋作为内房，均是至便之处。乃余所至愿也，是为之记。

初七日乙未　早至未刻，晴；申牌，阴；以后皆然。家君嘱书致谱芗一信，即呈家君饬价送交其府上附寄矣。早刻，同王镜梧先生至楚卿处，晤郑夔友，相叙少顷而别。又同镜梧先生至屋之西首最精相阅，据镜梧先生言，此处新屋告竣之后，其阳宅过于老屋数倍之佳，只南首大路确要改直，至新挑河相近转湾及最要紧之事，次将北首小沟挑至西北首接连塘中，或至石路相近湾南接连小屋（即附屋）为止。至老屋西北首之湾沟即旧湾沟须要垫塞为平地，是为至要。其馀各节均于昨日详记一切，而镜梧先生即于早午后而去矣。接张丹庭兄一信，又接章子端兄一信。

初八日丙申　晴。致汪伯端兄一信，交邮寄至省垣。

初九日丁酉　阴、晴。惟申牌见有细雨，一刻即晴，仍阴。致周允东一信，交邮寄晋。家君嘱书致王子衡兄一信，即饬老二专送至北山。周少云来言，椒江粉面仲捐办理有年，其局设下马堂，系周载熙兄提创，今年李舜卿包办其事，闻其分作八十股廾，每股计洋十五元，合计一千二百元作本，内楚卿兄之令堂亦承三十股。但做面之处在黄岩、临海交界之下马、麻车、上澄、田后陶、坦豆等十馀村庄，其面粉向系太平所出，经过黄岩属之水路至临海地下马粉面官行售销。俟面做成，分售之处临海多如黄属，其报捐学堂公款八百元，临海之椒江承洋五百元，黄属之东山学堂承一百元，该处强舒学堂承两百元，向来大约如斯。现该处黄属议事会公议临、黄分划界限，以杨子韶兄出面自立粉面局于田后陶地方，藉强舒学堂为名。此等仲捐倘若分开，不能龚断[①]，微于出息，载熙兄即与子韶兄接洽，加其强舒学堂经费一百五十元，合计三百五十元。而李舜卿兄叫同地方之游斗人数十，将其豆面未曾来至本局过秤加仲者悉均扣留，两将旗鼓，未识作何安置否也。

总而言之，此等把持龚断之事恐难经久耳。数年之抱办者均有馀利充囊，今至舜卿兄包认之年出此多事，虽是学堂减色，彼无馀利，恐至亏本。但李舜卿兄近年欲做生意，初想均是有赚无亏，方敢合夥，不想均至有亏无赚为止，亦是命运如斯。记其初拼海门官绅旅馆拼本，虽非大亏，将现洋换作什物后将什物售卖，即就海门摩鹊了事；次拼本镇烟局，为日未久，亦无多亏，现洋换作烟浆，其中大半减色，携至家中吃完了事；再包烟捐，亦将现洋同日而出，逐日而吃，数月之间，本完，捐局亦倒，作为了事；今则包办粉面公司，又至如斯。所幸舜卿兄家道殷实，又有岳家泰山可靠，无碍于事也。鄙见，非幼从经商者，家能温饱，只宜紧守家门，从俭而出，此为长策，万勿贪利，以致亏本之虞，是为至幸。古人云："守拙者自有守拙便宜在焉。"

---

① 当为"垄断"，下同。

初十日戊戌 辰前，细雨；巳时雨晴；至晚皆然。王旭初先生自早刻由黄城来。晚刻，陶寿翁来叙一刻，言及粉面公司一节，昨周载熙兄与杨子韶接洽时，不想李舜卿已将本地之游民数十人已带至下马堂，而子韶闻悉更增执意，亦叫有人数十，预备斗殴。李舜卿闻悉，只恐为难，作为罢论。彼所立田后陶之粉面局与其划分，言虽划分，则生意恐为兜揽，自此之后非独生意清淡，恐成画饼。现载熙兄往商楚卿，未识再要生发否也。

十一日己亥 阴、晴。王旭东先生自晚刻至北岸去。接眉甫先生一信，其令媛于明日招赘，假去金兰屏一堂。

十二日庚子 晴。家君遣祥高先赴郡送何君人情，于晚刻趁杭船去矣。

十三日辛丑 晴。家君嘱书致洛卿丈公一信，即呈家君饬仆送投。致何蓉江兄一信，遣老官送交。晚刻，至达云母舅处，言允东母舅曾经旋里，随至允东府上，晤心斋宗叔、孟东兄，相叙一刻，言及内蒙古与俄罗斯订约，自有独立之消息，并云天津诸处之俄罗斯兵与日本兵驻扎之处颇为雄壮，声势浩然，未知作何结局也。本镇首庙尊神即于今日寿诞，开唱梨园，家家均设酒席庆寿，岁岁如斯也。

十四日壬寅 晴。次女于前月管端甫先生为媒许与张丹庭兄第三子，于今日纳采，彼邀代媒者王芹甫、徐富春两君于早刻来家，并携纳采礼物等。随即收纳，即行席请代媒，并邀陶寿翁、周达云母舅、允东母舅、孟东兄及梓能表叔公陪客，席散已将四句钟，即将还礼等物收拾于礼担之内，彼即去矣。但男大须娶，女长须嫁，为父母者许其门户相当之家，子弟纯正，日后广大门楣，均其自己之命也。

允东母舅言陈仲怀先生自孝义县告卸以后，腰囊尚有畜积，因与该县煤捐中有绅士龃龉，卸篆以后赴省少住，即送其封翁兰荪太老伯旋台，后即旋晋省，将家眷移住石家庄，系直隶正定府获鹿县地面，其自复南旋赴浙想法差使云云。陶寿翁诸君言现今有国民党、共和党两党为正党，国民党以社会主义，共和党以保富主义，社会主义人人均有自治之权，保富主义中央尚有集权。各党均大放运动手段，谋为选举。地方时事如斯，未识作何了局也。浙江之国民党以褚辅成君首领，现今至台设立支部，俞棣生先生及楚卿兄为经事员云云。现今时事愈出愈奇，名色愈出愈奇，正不可思议，适当其时，听之于数可也。又言王子宜兄之郎天赞配西山徐梅亭兄之女，亦于今日文定。但梅亭即系子刚兄之四令弟耳。

允东母舅于丙午春晋京赴引，签分山西候补，即于丁未之春赴晋，迄今壬子之冬，已经六载，犹如昨日。古人云"日子穿纱"，真不缪也。又云喻芷韶先生自上年出京之后到家之日无多，随将其如夫人同至沪江，自行税屋居住，其令郎莘侯兄仍住黄城。前之隐居高士居住山林，逃名世外，今之世风浇薄，山林中均成荆棘，不如上海为妥。但上海本是热闹繁华之乡，所幸其过于热闹、过于繁华，人均生意场中以及过客，并无与各战争。倘能立定主意，即于该处僻静之区自租小屋数椽隐居于此，繁中处静，亦一快事焉。

十五日癸卯 晴。早刻，至楚卿处，晤吴玉翁、郑夔友诸君，相叙至午膳而来。即于晚刻至翁子俊处少坐，相约至允东君处，晤徐晓园、醉香、瑞卿、仲逸，相叙半晌而来。但晓园兄曾已留须，数年不见，竟然老景矣。言及陆文烈公殉节以后，卸署巡抚山西布政使王耜云方伯闻陆中丞被叛兵枪弑，随即悬梁，被随役放下，不遂其愿。少顷，叛兵即进藩署，初时请其做山西都督，而王方伯不允，再则拔王方伯而不去，复将王方伯扛抬至咨议局。王方伯不发一言，询之半日不出一语，随手做叫叛兵枪来毙我、刀来杀我。而叛兵不杀、不用枪打，看其情形决不肯做都督，随即关闭空房四天，不食浆水，不能死。第五日，被亲人劝慰不过，随发颠狂。而后虽言饮食，终日发狂，而后哭泣。后至娘子关破后，张中丞锡銮赴晋送其还乡。如此情形，发狂是假，哭泣而真，虽大员分内之事，不及陆中丞之善。

山西提学使骆公骕殿撰成骧闻陆中丞被杀之后，即嘱男女亲属从人逃散，自整衣冠，都坐大堂数日，夜亦如斯，未见一贼，死无可死。

数日之后，其亲属等见事少平，与其饮食，亦是哭泣终日，亦张中丞赴晋之后送其还乡。按察使李木斋廉访盛铎，闻陆中丞被弑之后，将家眷送至耶稣教堂，自己隐在妓院。后娘子关破后，张中丞锡銮尚未到省，阎锡三远逃，时省城无主，请其署任山西巡抚数日，而张中丞到省，诸事稍为部署而去。此外去则去、逃则逃，不去不逃者均代民军办公而已。

至山西巡抚陆文烈公讳钟琦，号申甫，乃浙江萧山人，系进士出身，初曾京秩数十年，出任江南粮储道，荐升江苏布政使，署江苏巡抚，于辛亥六月间简命山西巡抚，八月中旬赴任。九月初八日，该省叛兵起事，正言训斥以致枪毙而薨。其旧仆某见主人被叛兵枪弑薨逝，力为守护，一面正言训斥解散，亦被乱兵枪毙。其大少君辛卯翰林升补侍读陆太史光熙，闻父被乱兵枪弹弑逝，即出守护，一面开导解散，亦被叛兵枪毙。其夫人某氏时方初起，其叛兵直进上房，将其一枪打在脚肚，脚骨已断而未死，闻夫、子均亡，自己觅刀刺死，什物均被叛兵抢空。此外尚有幼孙及亲友即时逃散。但陆文烈公死于国曰忠，陆太史光熙见父薨被刺曰孝，夫人某氏见夫死自又枪伤自尽曰节，其仆见主薨而死曰义，此“忠孝节义”出于一门，死犹生也。纪文达公云，殉节致享血食千秋，非大运气之时不能相遇。

同时，山西河东监掣同知陆盘之太守叙钊亦浙江萧山人，与文烈公同族叔侄，赴晋游幕有年，入资知县，历保同知直隶州，在任候补，并补同知直隶州，后以知府用，并加三品衔，奖叙花翎两次，大计卓异，历任大缺知县，均有政声在人耳目。由蒲州府漪氏县知县升补河东监掣同知，到任未久，九月初旬得省城兵叛惊报之后，严于守城，日夕不暇。时河东道余节高观察棨系湖南巡抚余诚格中丞之公子，自持少年英气，不以陆公之战守为然，误调守兵，致城被陷。余节高观察充卖豆腐之子而逃，陆盘之太守自整衣冠，独坐大堂，被叛兵碎尸万段。陆文烈公之死在于一弹而毙，陆太守薨时异常之苦，言虽惨甚，为国捐躯，留名千古，亦是万千之幸。时有张观察，亦浙人，统带巡防军队，时新军变叛之后，而张观察所统之军悉均整齐，与贼兵在省城抵御，无城可守，因城内之新军变叛所致也。随即巷战，尚抵御两天，子战完，力不能伸，被贼执致死，其苦亦惨。其事之情形、其人之忠心，不让前明周总兵之精忠报国也。

但山西巡抚陆文烈公并同族陆太守及张观察诸公，或忠、或孝，节义具全，或慷慨捐躯，或赤心报国，均是浙人。千秋之后，非独陆、张之馨香万世，即是浙江人民均仰馀光于无穷也。即王耜云、骆公骕学使亦能青史于万世耳。其言已确，是为之记。

十六日甲辰 晴。作羹兄之尊堂即于今日入厝，早刻，至其府上吊孝毕后，至建西处，晤孟东、载熙两兄，相叙半晌而来。

十七日乙巳 晴。前眉甫先生借去兰花屏已于早刻送还。

十八日丙午 晴。长女前因家慈有恙而来问候，方于早刻而去。内人亦于早刻至十里铺去。早刻至分府署，晤陶寿翁、王俊卿、黄楚卿、周作羹、黄道周、潘云轩、王云梯、邱遇琴、周载熙、周孟东诸君，相叙半晌，相约俊卿兄来过午膳而去。

十九日丁未 晴。接汪伯端兄一信。楚卿为其乃翁旭东宗伯先生坟地，经罗树南先生代择在仰天湖，即于今日造坟，闻其做式颇为讲究云。

二十日戊申 早至午刻，晴；未牌，阴；以后皆然。致福伯端兄一信，交邮寄至杭垣私立法政学校。顷十里铺取来牡丹花一茎，其根颇少，即有数根而不大，随即栽植于花坛中，未识得能随手而活否也。其花本是粉色重楼，间有紫色重楼并开，颇有趣味。现今一长坛、两小坛，已植牡丹六株，倘得兴旺盛开，以壮清兴，足为消遣也。无如牡丹盛开为日不多，至时酌酒论诗，平生之最乐事焉。桂玉老司言陶寿翁之二少君习谦于晚季至庄收租，携带六响之厚堂小枪，将其夥友老亨先之脚肚、上脚两只均打对穿，初进之脚骨打断。虽是误打失手，与别人则其弥天大祸，在陶寿翁之少君，其老亨先来家中吃用均是彼家钱财，随即请医调治，今已月馀，用人周到，与用银钱亦均是富足，药亦上好，迄今尚未痊愈，即虽不死，亦彼之大幸，需费不下千计。若遇此等枪弹必须谨慎小心，是为至切至要，总以不去动他是为上策。又有仆人名保信，当时枪弹出时伤其手皮为地不多，今亦月馀，尚烂而未愈，可见此等枪子其毒可知。此后无论何等枪炮，总以不动为上。别人动枪时切宜远避是为至妙、至要。但陶寿翁之二少君习谦喜放后堂枪，今将老亨先脚骨打断，虽言失手误放，寿翁并无切责；三少君喜藏夫刀，尚与其论刀之工拙，言无言责。彼系后生小子，血气方刚，不知利害，全在为父母者随时教导，成全人格。彼又不出一言，为父母者宜乎？否乎？未识陶寿翁另有高见而训斥否也。

廿一日己酉 阴、晴。家君嘱书致章子修兄一信，饬老二送交。王少常兄与其夫人同住周宅，即谱香母舅之对头分，其屋向达云母舅税去，即于今日进屋。晚刻，至其府上少坐而来。阅十月十八日《赤霞报》纪云："蒙古军与热河驻防军已开战，汇兑不通，其势益急"云云。但《赤霞报》记事最迟，只恐时事犹急于此也。

廿二日庚戌 细雨。

廿三日辛亥 阴。晚刻，至陶寿翁处，晤梅五、楚卿、羊有龄诸君，相叙半晌，言及此次选举投票，黄岩、太平两县大为致闹，惟临海尚未至致闹。本镇为第七区，楚卿将其票及票匭取来，自己写定几人可为自己扛轿者放入匭内，另行照范做票数百张，以为当日投写作为名色，想各区均照如是办理，是有权力者均有分派妥定，所以不致聚众致闹耳。但此等选举只作如是办法可不致闹，否则，恐未必如是安然也。楚卿言此次禁种烟罂，郡城东乡已将聚众致闹，事尚未了；昨日小渚地方因种烟者最多，委员、营勇赴地禁止，该处聚众约计万馀人，将其委员凌辱，营兵中亦有打伤，将其营勇枪械夺去计十八枝，大为振动，未知禁烟监督及雷芸阁统领作何办理。现禁烟监督谢祖康请有一营，亦将到台。其禁烟之令如是之重，各处种烟如是之多，若非敷衍了事，只恐闹事，非只如是止也。

又言驻京俄使问陆征祥曰："屡闻中国与蒙古开战为日已久，尚不进兵,究经战乎?否乎?”陆答曰:“现在各省都督虽言与其剧战,言甚决裂,而袁总统尚主和平耳。”俄使如此所问,其存心嘲笑甚矣。楚卿与寿翁又言,实在蒙古兵衅已开,西藏活佛又动干戈,而中国今日与其剧战,明日与其决裂,实在一无预备。其内容如斯,非独俄使了然,即各国之驻京使臣何人不知?非独使臣不知其详,即各国之在中国经商者亦均知中国徒托空言耳。所碍者,兵饷耳。楚卿又言,有一人上有条陈征蒙政策,派五十师,每一师计一万人,共计五十万人,分作五大队,以四大队进攻,一队在后作为接应,计其兵费饷糈每师每月需款十八万两,以五十师计之,月需九百万两,而子弹之费尚未在内,非六个月饷糈不能从事。其经费如是之巨,而库款如是支绌,犹贫人学富家用度,能乎?否乎?所以,限于财力,裹足不前者在于此也。即以人家而论,无财者自得坐而困穷而已,何况于国乎!

陶寿翁言,孙逸仙在外洋创说革命已数十年,为大总统时只行一阴历改为阳历之一事耳。现陕西之西安省城又经兵变。总而言之,上行下效,上为财,下亦为财;上如斯,下亦如是。为今日之民者,正无安枕之日,深为至虑焉。

廿四日壬子 雨。早刻,至翁子俊兄处,晤达云母舅诸君,相叙至午,留过午膳后少坐而别。路晤周允翁,至其家中相叙至晚而来。少顷,梦云先生自朱家店来,留宿一夕。晚刻,允翁言,卢槐士兄来,因姚梧冈方自申江来至海门,邀槐士兄有事,随至海门去矣。

廿五日癸丑 晴。早刻,吴玉成来言,黄楚卿之沈氏如夫人于昨夜分娩生一子。晚刻,至允东府上,言及幼年景况,不觉二十年矣。人生若梦,正不知老之将至云尔。近年身体薄弱异常,未及添穿衣服,早起之后,与梦云先生相叙一刻,即行早膳,而觉肚中作痛,即食热茶,将被盖上,稍为安置,半晌而起,加穿皮马褂而即愈矣,乃受寒气之所致也。梦云先生即于早刻去。彼之戒烟而用息息宝丹断瘾,售卖息息宝丹之处在上海法大马路一枝春对面汉家春新兴戒烟社[1],其价每洋一角计药两服,每元则有二十四服耳。北山王子衡兄之令弟论婚吴玉成之令孙女者,于十一月廿六日完婚成礼,来柬邀余代媒,随即允诺也。

廿六日甲寅 晴。致玉先一信,即交典中代寄黄城。早刻,用九来言,楚卿之沈氏妾于廿四夜一点钟生子。倘是一点钟已过,则在廿五日丑时矣。早刻,至椒江中学堂,晤载熙及杨子韶两兄,相叙半晌,而李舜卿、黄道周来为粉面公司订约,未及两允,余即言别而来。言及上澄地方有戴辅仁者自由上澄地方开设粉面牙行,取其牙仲与上澄之蒙学经费,并言今之新例,一县一方均有自己权利,各县各方不能侵占,将来办公掣肘何待言乎!晚刻,翁子俊兄来言在顺兴泰阅报纸纪云:外蒙本早出兵,内蒙已经附合,将热河之外新设各州县悉均夺去,其兵已至热河,事甚危急。并纪西藏活佛亦经蠢动矣。事、势如斯,深为至虑耳。草野小民只求祖墓平安、身家财产均得安全,是为至幸。

廿七日乙卯 晴。女媪北岸人今由北岸来言,桐树山之北山里以及小渚、芙蓉、康公、桃渚等数十村庄地人,日则种田、种地,携带小刀,见有路过之人有衣稍佳者,风闻有钱藏在身边,即将其人衣脱、钱抢而去,似三人欺两之势。但台州土匪向来甚多,亦不至明目张胆,今至如是情形,是处百姓之苦何可胜言!只恐一处如斯,不止于一处耳。

廿八日丙辰 晴。前周允东母舅托家君代为函托徐班侯先生代为照拂。早刻,允东与眉甫先生同来,留宿一夕,即托眉甫先生代为起稿。但允东母舅由晋省民政司给发咨文与浙江朱都督,恐无济事,值班侯先生现署教育司,允东君欲走其路数照拂。现眉甫先生代起之函稿极为切实奉托,未识即能委差否也。午膳后,至海门元泰,晤

① 页边注:“息息宝丹。”

楚卿、孟东、姚梧冈、石勋、蒋作舟、王少南、寿南诸君,相叙半晌。楚卿言其沈氏如夫人所生之少君系廿五日丑时生。少顷,娄祝三来,余即至永宁局,晤陶寿翁、王仲藩、张淇泉、郑行庭诸君,互叙一刻。淇泉言,章伯纯兄与其令堂均由郡来,现宿海谷春。午膳,随至海谷春,晤章家岳母及伯纯、董曼卿少谈。岳母云自下洋峙董家来,余本留宿,据言至黄城急事,即趁永裕小轮赴黄去矣。余转至元泰,晤楚卿相谈至晚而别。随乘快马,至家时方晚膳。

但姚梧翁此次之来运动中议院议员,前楚卿欲自做中议院议员,今梧翁来台,即将中议院议员让与彼。现楚卿即为省议员,但省议员复选须十六票即可当选,今本镇初选已得十三票,所少不多,尚易招呼。但驻京之中议院议员须四十馀票方可复选当选。本镇初选只得八票,所少票数颇多,须大为运动,亦颇为难也。据楚卿兄言,姚梧翁系入民主党耳。今之党派多端,不知后事若何,难于预料也。现眉甫先生又云,周允翁与其言柯定初兄又代其函托朱劼丞君、许倬甫君代为照拂,又其朋友陈炳生兄尚在法政科员。凡事一人则不足,既有多人扶持,定能有济,早得差委,是为至幸也。

廿九日丁巳 晴。家君嘱书致徐班侯先生一信,系代周允翁托其照拂一切,该函亦交允翁带投。晚刻,陈哨官来言,海门调至北岸禁栽烟之兵均驻溪口,其内种烟之处早已预备,女眷逃备,有力者挖地拒捕,无力者亦均奔备,未识作何结局也。阅廿七日《赤霞报》纪云:回部均已独力反对共和。大局如斯,深为至虑焉。眉甫先生即于早刻去,言徐晓园之事未清,今赵志申寻其最急,现经避至苏垣矣。

三十日戊午 晴。午膳后,至周梅翁处,晤花辅卿,相叙一刻,相约花辅翁同至吴玉翁、周允翁两处,均晤谈半晌。允翁言及胡介眉先生令叔,前在福建大幕,捐升道员,指分福建候补者,春夏之间,因福建局面如斯,旋归珂里。因书田先生现在晋垣,亦至太原,约住一月有馀,南旋亦至无聊已极,大局如斯,亦无可如何也。吴玉翁云,现在禁种罂粟,省中以台州分派四哨,其勇即由台防旧兵中每哨挑选两棚，配足四哨，每人每月照例饷加洋五角，其哨官另补四人，每人薪水较多巡防哨官三倍，事虽短局，亦济看前之急。但烟价如是之贵，乡愚无知，只贪小利，虽禁种、禁吃雷厉风行，亦须尝试，乃贪其利之颇厚所致也，未识得能顺手而禁止否。倘能不种、不吃，乃台门无穷之福耳。花辅翁言其令兄花醉卿先生约在近日可以到台，其家眷意欲暂住本镇之分府署，容后再行设法移住耳。现在时势，得能家居长得“平安”两字，是为万千之大幸也。

中国近现代稀见史料丛刊【第四辑】

黄秉义日记（肆）

张剑 徐雁平 彭国忠 主编

黄秉义 著

周兴禄 整理

本辑执行主编 张剑

凤凰出版社

第四十二章

壬子(1912)十一月初一日起

十一月初一日己未 晴。家君嘱书致福林霨生老伯一信，即呈家君转交其来友带覆。家君嘱书又致李少云兄一信，即呈家君转交矣。早刻，至翁子俊兄处，相叙一刻，彼有纯庙御书横披一幅、董蔗林宫保行书中堂一轴、王谷石、恽寿平两先生合绘山水小中堂一轴，虽非详细精阅，看其笔法、图章、装式均非假货，即其山水最为老劲，似为真相，可作鉴赏家之精藏。据云别人送来托其转售，未识价值若干，亦未明言。大凡书画以人为重，彼此等书画三幅，纯庙外，董蔗林宫保、王石谷、恽寿平先生均负当时人望也。晚刻，至椒江中学堂，晤王伯常、陈少卿、周孟东诸君，相约至李舜卿兄处，相叙至晚而来。

初二日庚申 阴。本镇选举众议会议员，设在分府署为会场，因接有选举议员传单，早刻，至分府署，晤陶寿翁、周梅翁、姚梧翁、心斋宗叔、周载熙、周作羹、周文琴、娄祝三、谢仲衡、周建西、周孟东、蒋敬甫诸君，相叙过午膳后而来。投票者颇多，言初六日在郡开票，未识何人当选也。言及小渚地方阻止禁种罂粟之事，现雷莹阁统领曾经旋转海门而来。少卿知事及禁烟监督谢君祖康尚在彼处严查禁止，未识均能顺手而尽否也。现临海知事来君少卿官名曰长泰，并言海门之戏园定在初三日开演，而缪赞卿为首，张鼎臣、谢亚初附和之。地方开设戏园倘能日久，其日夕需费滋多，台地地瘠民贫，加谷价昂贵异常，小民度日实在为难，倘乐善君子能将看戏之资以及日需非分之款移作赈济贫民，其积德累仁未可限量也。

初三日辛酉 晴。接王祖威兄来信，言王晓凡兄于上月廿九日作古，闻言之下，不胜长叹。但晓凡兄年虽四十，长子早已成婚，曾经生孙，天资最佳，岐黄之术最精，一切奇门均能懂其理，惟天不假年，最为可惜，正所谓"七尺红绫埋姓字，一笨[①]黄土偃文章"，深为怅怅。早刻，至椒江中学堂，晤陈少卿、王伯常、周载熙诸君相谈，将至午膳而来。晚膳后，至邱遇琴兄处，晤道周宗叔、文琴兄，相叙一刻而来。言海门戏园四处招纸均贴今日开演，今日并未开演，想有掣肘，得能自此作罢，乃台民之大幸也。并云遇琴兄令郎畏夫詹于十一月初三日完姻云。

初四日壬戌 阴；至晚皆然。致张丹庭兄一信，交邮寄苏。家君自早膳后偶然肚痛，即邀杏人诊治，未即奏效，随请管端甫先生诊视，至晚膳后而来，即烦开方，想能即奏肤功也。

初五日癸亥 阴。致张丹翁一信，系管端甫先生托余代言，即由管端翁自行交邮寄苏。家君肚痛已愈，良医如同良将也。管端甫先生于晚刻去。

初六日甲子 早至酉刻，阴；戌牌，细雨；以后皆然。早刻，家君至西山做坟，其地前向林姓公地购来，其中与林姓稍有交涉未清，挽陶寿翁同去，未识曾经清讫否，又未识明日能做坟否。今无人来选云云。现在选举时届，人欲被选者最……无如斯又欲以此见争，真不足道也。

初八日丙寅 晴。家君嘱书致周朝灿相……头旭东宗伯之坟做在大仁山之仰天湖，系罗……向辛兼卯酉，已于十九日造就，本月初十日……楚卿柬邀家君代其点主，曾经允诺矣。[②]

---

① 疑为"畚"。

② 此处以上四处省略号为原书撕角，共四行，每行缺约六七字。又，从内容看，尚缺"初七日"日记。

初九日丁卯　细雨；早至巳刻，雾，尚非甚重；午牌以后重雾，真对面不能见人。旭东宗伯明日入厝于大仁山仰天湖，今日开吊、做祭。楚卿邀余代其主祭，午膳后至其家中，晤何霭生、周梅五、邱遇琴、郑夔友、王少常、吴玉成、翁子俊诸君，相叙半晌。少顷，李少云管带送其洋号队，雷芸阁统领亦送有洋号队，计有洋号、洋鼓两对，颇为装旺。李少翁亦来，晤相畅叙。但煦东宗伯元配叶氏系松塘人，聘定之后未曾过门而故，后聘路桥蔡氏，即楚卿兄之生母，现将叶氏与旭东宗伯悉均合做坟于仰天湖。但叶氏之柩向停松塘，亦于今日来，与旭东宗伯可以同时合圹。做祭时经下午四句钟，同行做祭者缪性言、邱遇琴、周孟东、黄道周、黄心斋、翁子俊与余等，将其祭事毕后时经晚膳矣，随过晚膳后少坐，来时已经九句钟。

解昆珊兄言今日自上海趁平安商轮而来，该轮在洋海雾重极，较之岸上雾露尚重几分，轮船见此重雾，深为畏甚。陈哨长言，常品莲统领现经统领宁防颇为得法，其公馆在甬江湖西中府署中，此处旧屋系前明陆尚书愉之府第耳。楚卿处有人绫对送与旭东宗伯之上联云："公真福人，幸未睹汉家光复"，即此一语而旭东宗伯之福厚矣，并可谓完人矣。旭东宗伯一生虽非厚福厚禄，名列贤书，寿逾花甲，若在辛亥之冬而故，即非厚福者，好在庚戌之冬，则其完全之厚福耳。人生如是之福，其境遇又是如斯，均不易得也，深为欣羡、欣羡。

郑夔友兄言，晓凡兄此次染恙，自己颇为昏迷，被人将药误投，以致毙命。凡染恙者自己性地如何虽不能甚晰，亦知大略，知其所医之师何所见长，两相投合，病则易脱。病者性热，请医之师性喜用热药，如此相遇，虽死生有命，其病必增。如性热者请用凉药之师，其病易愈。倘若命中当死，药虽对症，其病亦翻。总而言之，医者只能医病，不能医命。请师而治病，必请对症之良医，倘若不然，听之于命可也。解玉泉先生亦能识医，已于七月间作古，其医理虽不及晓凡兄之精明，亦颇稳妥。今其令郎昆珊兄云玉泉先生今年寿经七十有五，即死亦所应得。今岁黄城丧却二医耳。但医理一道最难，今则无论何人均能医人，直曰害人，即如晓凡先生者亦颇不易。今晚各人论黄岩精于医理，自晓凡兄故后，城内已无见长，只余韶圃先生见识宏远，灵症甚多，可谓今之良医，次则王启凡兄耳。

初十日戊辰 卯前，阴、雾；辰、巳、午牌，雨；辰、巳刻雨颇大；午刻雨细，未时雨晴，阴；以后皆然。致周朝灿相一信，遣老官送交。旭东宗伯今日进坟。但楚卿兄将其灵柩动身时，天色初明，至栅浦之外时方大明，还山时方下午四句半钟矣。楚卿云，上午十一句钟时已到山，即行做祭、入圹。但楚卿意恐日短，天色太晚，行路不便，到山即行做祭，而后即行入圹，择在未时进圹。看其如此紧急，只恐十二句馀钟，彼将进圹后吃饭，可知其时刻矣。查今日戊辰，以申时最佳，未时尚有天乙贵人，今近冬至，日已尽短，还山只四句钟，如此之早恐是午时亦未可知，总在午末未初之际耳。此次楚卿办理虽云周到，过于草率耳。如今日天气，雨如是之大，即有纸扎亦不能迎，不如其一律不用，得免一番忙碌。彼之洋鼓两副颇为荣壮，馀则均极平淡异常。

晚刻，至心斋宗叔府上少坐，俟其还山后，即同心斋宗叔至楚卿处，晤卢槐士兄言，自昨夜由郡下港，相叙半晌。过晚膳后，家君早来，余同子俊、孟东、道周又至心斋宗叔处，互谈至九句钟而来。时北风已起，见有月色矣。现仰天湖之坟，旭东宗伯与叶氏、蔡氏两伯母及林氏四所，今则旭东宗伯与叶氏伯母均已入圹，馀二所系是寿域。但煦东宗伯生有三子，长即楚卿，谱名崇仁，官名崇威；次名崇义，幼故；三名崇韬，即入继梯仙宗叔为祀者。女亦三，长至十馀岁而故；次适黄岩郑夔友；三适王少常。但崇义及长女之柩均停新挑河彼祖坟之侧，今则其崇义子坟柩已倒，即埋在原处，就在原处加盖砖石。长女之柩而未倒坏，做在旭东宗伯之坟侧，亦于今日入圹。但煦东宗伯生在道光己酉，至光绪纪元乙亥年二十七岁中式浙江乡试第六名举人，至宣统二年作古，其中三十六年荣曜乡里，并优游之福，可称一生完人矣。卢槐士兄言，现新任两浙盐运使张栩将近到任。现今李商盐务尚未收场，亦不能了给矣。现浙江财政使张寿镛先生系张少弇先生之公子，与李如三郎舅之谊，彼系谊属至亲，诸事难于起齿，只恐新任到浙之后多于一番忙碌耳。

十一日己巳　阴，天气颇寒。接张丹庭兄一信。晚刻，至翁子俊处，晤达云母舅，互叙少顷而来。但子俊兄昨楚卿兄邀其到山做祭，言及昨旭东宗伯入圹时在上午十二句半钟。但十一句钟已经到山，随即吃饭，午膳后即行设法做祭。但吃饭极为慌张，做祭极为草率，不过点半钟而已。其做祭毕后即行入圹，之后少谈而即动身，自山上至葭沚路计二十馀里，其路又滑，派走四句钟不足为多。但孟东兄做祭毕即行乘轿而来，时未及四句钟，如是而想，定是午时无疑。其坟土色即是紧板，沙亦是，无疑其外貌堂局最佳，果否吉壤，未可预测也。又言昨晚值楚卿家还山之后，对门太太家之长年阿三帮其有年，早刻，人尚在外，并无疾病，将晚之时偶然发颠、发狂，似有邪神附入其身，各人警惶，将其恫吓一次，其人似乎有情，而后，身体发热，致有乱语，此其一也。时二太太放在房内调煎燕窝茶计有三碗，少顷去看，三碗之内均变成清水，并无燕窝之色，如各人偷吃，又有人坐而看管，如燕窝煎调过久变汤，其时又未久，此其二也。如是两节，悉均不解，究不知何故也。

子俊兄言，李商所开各处盐号，其生意均于五月间俞棣生先生、秦雨亭先生及卢槐士兄提创台盐公司。将其接去之后，迄今半载有馀，李家存盐并无交交盘，各夥友虽未做生意，均留在店，薪水大小均照做生意，所该若干照支，如夥友自己欲至盐公司作夥者，亦听之而已。一面两相结讼，各放本事运动。其局面如斯，其台盐公司专寻李商之短，而未弥缝者邀人去控而难之。前月间，朱冠卿先生出自调停亦未下台。如台盐公司顺手办下，自李商系有财、有势、有力之人，难于下台。果李商接转办理，生意最有为难之处，在台盐公司诸人亦难下台。如是情形，得能有人出自和平调停，是为万幸。倘至决裂到底，致恐官办而帖股诸君大吃其亏。但盐务本是盐商办理，原是有帖，改行、改店亦须用帖，如用帖者致有帖税名色。即今之集股包办名曰公司，实在商办亦须领帖，须领帖而有帖税之名，倘至官办，无用领帖。不用帖，帖税已无，彼两方面成败均可，总不致于官办，是为万千之幸。

至台盐公司系卢槐士兄，因时事如斯，台州财源可以台人自办，挽楚卿兄邀同俞棣生先生将其公司订合创立合同，接办台属七邑盐务，以六万元为本，每一百元为一股，分作六百股，临海、黄岩、太平、天台、仙居、宁海六县中照集。当时太平县悉均推却，并无合股，馀则五县集股不过半数，其馀均是经事者自行凑集而已。楚卿兄心中有忌俞棣生先生之意，见其事成后，允集十股，公司中诸事亦不与闻。其中生意一切及资本或有不敷，均是槐士兄鼎力而为之。诸事部署之后，俞棣生先生籍本黄岩，其总商设临海，挽出秦雨亭先生同为具禀上达。但雨亭先生系是寒儒，因其挽为夥友，不过出名具禀，事成之后送其每岁薪水若干耳。其公司银钱、生意均是槐士兄经理，省中诸事而棣生先生任之。今与李商互讼，虽是秦风具禀出名，其事之是否，均槐士兄一人，棣生先生次之。余亦帖股，在帖股所愿不致官办，是为至幸耳。

晚刻，道过槐士兄处，言其外出，未晤，看令郎人颇灵变，见客亦不以生识为畏焉。至陶宅门首，看其遍地字纸散掷，最为寒心，即饬仆收拾。自古来圣贤以及稍有觉者悉均敬重字纸，代代相传，无不如是为然，况经典中均以惜字为重、惜字报应、惜字延年，历历不爽。今至世风日薄，竟将字纸如是轻亵，深为寒心。万望后来君子首重敬重字纸，是为切要，谨为之记。

阅本日《赤霞报》纪云："驻俄代表密雷云，俄国政府续增蒙边俄兵，办法七端：一由尼哥利斯第一军团内调三大队驻买卖城；二由斋达第二军团内调二大队驻马尔台；三由伊尔利克第三军团内调四中队驻乌里苏台；四由海参威第四军团内调三中队驻科布多；五由哈巴罗斯第五军团内调四旅团驻沃林加；六由窝穆斯克第十一师团内调一旅团驻乌统；七由哥萨克马部队内各调五百名驻俄蒙边要"云云。

云南都督电称:“英在片马增驻军队五百馀名,并派出侧量队百馀名分赴河口、思茅、腾越所属各地侧量,请与英使严重交涉”云云。《赤霞报》又纪云:“英、法二使以俄使要求条件过酷,蒙古交涉恐难和平解决,特函致外交部及俄使署,不任调停之职。”当今时事,外交如斯、内政如斯、时事如斯,吾侪正无安枕之日,深为焦急万状,只求上苍敷佑,稽留岁月,岁丰民安,苍生赖得安全,是为万千之大幸耳。载熙兄言,今岁椒江商业学堂改照阳历散放年假,明年开堂亦照阳历。查中历十一月廿三日即阳历十二月三十日矣。接汪伯端兄一信,云近日可以旋里云。

十二日庚午　早至辰牌,阴;巳、午两刻,晴;未时仍阴;以后皆然。天气似能晴明之景。早刻,至允东母舅处,晤兴臣兄,相叙少顷,而洪祝南兄来言昨自郡城来,昨夜宿在海门,今早至葭沚,午膳后来家少坐转海门,云明日转至郡城。彼本临海县署庶务员,现来知事到任之事改为会计员矣。又言各处海关监督均归京中授任,现姚梧冈先生令弟石勋因其令兄运动得温州海关监督,恐自归京放之后,彼系省委者不能联任为虑。允翁言,洪莲翁说在九月间由晋动身,今已十一月中旬,尚未见其到台,久未有信,不知曾否动身。论其久未发信,即九月间未能脱身言旋,俟至十月间动身亦未可知。海门之新戏四处广贴招纸,定价颇昂,彼昨往看,亦不见佳,此亦有名而无实也。晚刻,至椒江中学堂,晤曾六舟先生,言陈少卿、王伯常诸君及学生多人均于今早至海门看戏,只恐有兴而去、扫兴而返耳。

十三日辛未　阴。晚刻,至子俊处,晤达云母舅,相叙至晚而来。台州禁烟监督谢君祖康已于昨日抵海门出示,明日亲自下乡巡视六庄烟苗云云。鸦片本极坏之事,自康熙季年致有鸦片输入中国,日渐月积,二百馀年来,以致国民被害者不知凡几,今则速为禁除,未免为难,欲其速为禁除,非此严厉不可。倘若禁除净尽,非独台民幸福,即中国万姓之大幸也。

十四日壬申　阴,未时冬至节。早刻,同家君至大宗祠祭冬,晤心斋宗叔、道周宗叔、伯寅宗叔以及楚卿、少愚、正衡、瑞荣、俊庭，同行致祭毕，过午膳后而来。台州禁烟监督谢君以及雷芸阁统领、来少卿知事、周梅五区官同行赴各村查禁种烟事宜。陶寿翁自晚刻来叙半晌，言及今日谢监督以及各人赴各村庄禁烟，至下洋郑王少亭家过午膳。但王少亭本不吃烟，不想其家中墙内种有罂粟三林被其从人看见，随即禀知监督。监督即饬人搜寻，至其房间橱内寻有烟筒、风灯以及烟膏等件，而有烟又有烟具，复自种烟，均是实有可凭，而谢监督拟严办，幸雷莹阁统领从中说情，罚洋一百五十元，在今之时事尚谓便宜。至水门将曹六爷拿来，不知何办法，不得其详。楚卿兄言，海门娄祝三查禁烟馆以及禁种烟苗之董事，未及数月，罚款不少，又有蔡子葵在海门立有戒烟局，其戒法系用抢上断瘾之法而戒之。但抢上戒烟之法系吃真烟之后吃药丸，三日之后其烟自然断瘾，所以烟膏以及烟具均备，每日戒烟者来，无易烟馆耳。子葵兄因局立多时，具禀临海县，请领戒烟经费。而来少卿知事批："禁烟董之罚款若干、需费若干，嘱其算明馀剩若干，以便拨需"云云。而子葵接到县批之后即向娄祝三算其罚款账目，适谢监督已至海门，祝三与谢监督前言蔡子葵名为戒烟，实则售烟，谢监督即行派人拿来，其烟膏、烟具俱全，即将戒烟诸人发祝三之戒烟局戒烟。未识后事若何，不得其详，容行再记。但子葵与祝三之事亦不知如何了结也。

现经种烟之所葭沚等六庄以及南岸等处种者甚少，即有种烟之处，微乎之微，今则如此严厉，可以净尽。无如江之北二百馀里已种罂粟之田极多，非大加严办净禁为难，一县如斯，各县非不如是，欲其净尽全无，非大用手脚而不可得也。但禁烟之举方行立宪之初，端午桥方于光绪三十二年时任两江总督，与英使订约，中国鸦片烟将十年之内吃者一律严戒净尽，种者一律禁净，英国之大小土进口者第一年如进十万斤，减进九万斤，第二年减进八万斤，至第十年，一律不许进口。如十年之内中国之烟苗仍有种者，如有吃者，照其每年减少之利益陪偿，浙江一省计陪八百万两之数，各省不得而知。明年值英国遣使调查种烟有无之年分，所以禁烟之令其中有此关系，不得不如此严厉。至鸦片，中国第一之大害毒物，损失财产，坏人身家，如是巨蠹，得十年禁止清讫，国民之大幸耳。十年禁烟之内，禁烟之令如此之严，不肖之徒又要吃而不戒者购买英土其价昂至十倍，眼前即有如此巨款已经入手，十年之内能得戒净，其财已进如是之巨，他日另有设法别项而来。十年之内倘未戒讫，则英国有如此巨款赔偿而去，以后广进大小英土，则中国之官吏无言覆答矣。禁烟一举事本倍植国民之大幸，不以自行设法严禁，将来倘不能净尽，则端方之罪弥天。现端方曾已典刑，伏望仁人君子，善法严禁，不再吃烟，不再种烟，则我中国万姓之大幸也。

正衡言，宗山兄近染痰喘之病，昨十三日午膳方在吃饭，见饭冷，不意身冷，少顷身热，至晚痰壅而故。本镇又去一秀才，深为可惜。人生至此关头，空甚，为人总以无愧于神、无愧于心，是为至要也。晚膳后，至楚卿处，晤陈少卿、李舜卿、陶习芝、郑夔友、邱遇琴诸君，相叙少顷而来，至家时方九句钟。习之方自今晚由甬江来云，海门商轮碰礁被坏，搭客幸均平安，行李散失不少，趁坐轮船，亦有如是之险，并云伯端兄现在甬江趁永宁旋里，亦不日可以到台。伯端兄本肄业杭州私立法政学堂，现法政学堂每省只立杭州一处，名曰浙江法政学堂，想伯端兄亦须考入该堂肄业，但法政学堂如是立法，想有出身耳。

十五日癸酉 阴、晴。内人自十里铺来。晚刻，至达云母舅(处)，晤醉香、喜亭、子俊诸君，相叙半晌，同子俊兄来叙，过晚膳后而去。家君请应方圃先生看地，已于晚刻来。但方圃先生年逾七秩，其精神甚好，老年强健，人生第一件难得之事也。阅本月十四日之《赤霞报》纪云："西藏电告：有英兵八百馀名由印度进驻西关，硬将扎什伦布占据"云云。又纪："谣传新疆近日到有蒙军与民军决战，刻新疆都督已有急电到京，乞速发兵队赴援。"此言倘是子虚，吾民之幸，否则，新疆与京相违太远，以势论之，只有甘肃派兵接济方为有济，但本日该报又纪："兰州、宁夏回部起事，甘督赵已调军队前往剿抚"云云。

所纪如是，则甘肃之兵不能远出，除此之外，未识秦、晋之军可以就近救援否也。十四日《赤霞报》又纪："山西绥远城张绍曾电称：十二日有蒙古大队已由库伦直入内蒙，因此已令驻守潼关步军十二营并马炮军队由赵某统带前往张家口。"潼关居陕西南部，恰在黄河转湾之处，该处铁路仅通河南并郑州二府，是以军队北上，殊觉为难云。该报又纪："尹都督昌衡之兵在察木多与巴塘之间受创溃走，现在藏兵正在追击"云云。据该报所云如是，若非子虚，深为至虑，只求上苍敷佑，黎民不致荼毒之苦，即是吾侪小民之大幸也。又，该报纪云："英人将调查浙、皖、赣、湘、鄂、燕、秦、晋、陇、蜀、黔等十二省种烟情形后，所发结果撮要登出英文报。"万望调查各省已将烟苗禁种净尽，不至彼所调查时被其所获，乃国民之大幸也。

十六日甲戌 晴。致杨伯藩兄一信，交邮寄申。午膳后，至翁子俊处，晤达云母舅，相叙一刻。余有高凤翰画之花卉册页两张，合裱为一；又，团扇花、字两面，裱为册页两张，均上玻璃架内用，托子俊兄先为带甬交四明文宝斋代为装裱。又，张逖先书篆五尺对一副，因上下过长，托其原店再裁少许以为相趁①。但子俊兄、达云母舅均于二十日动身赴甬，来后因宗山兄家邀为做祭，随至宗山兄处，其丧已出，言做祭各人均在道周宗叔家，随至道周处，晤道周、伯寅两叔及作羹、舜卿诸君，相叙半晌，言宗山兄丧已停厝事毕，随同至宗山兄家，与同代祭清讫而来。但宗山兄年经五十有七，而父母在堂，女嫁，以弟之子入继。但宗山兄幼年读书，当科考时年年应试，年至四十馀岁方才入泮，尝以训蒙度日。自后，科考停止，学堂林立，旧日书生糊口为难。幸其平素和平交接，因其家道艰难，代谋一馆，所得束金微乎之微，今岁贫病交迫，以致归入道山，深为惨切。旧日书生自入泮之后，读书虽有工拙，中文无不粗通。今之学堂出身之毕业生，其学问如何，虽难恻料，其中文不及于前者多矣。自后各学堂若不以中文为

---

① 疑为"相称"。

重，只恐此等书生亦日见其少也。

前汉时代，萧王系立法之祖。而后，京中刑部、都察院、大理寺、山东道监察御史等衙门以及顺天府治中大兴县、宛平县等衙门，在外各直省、按察使以及道台、知府、直隶厅同知、直隶州知州、理民同知、理民通判、府属知州、知县等大小衙门均塑有萧王神像于其班管之侧，所禁犯人尝往叩神。自汉以后，历朝均奉饬而无更易，不过地方有修饰之工否。黄岩县署内牢狱之前亦塑有萧王神像，其处即曰萧王庙。顷阅十五日《赤霞报》纪云："现黄岩县知事赵君志申饬法警数人将萧王神像抬抛浮桥之下，随水而漂。"以理论之，数千年之旧迹偶然抛弃，未识其何故也。

至于中国大礼拜跪叩谒之仪，非大清一朝之习惯，自中国开天辟地以来均有此等礼仪，今则中华民国改跪拜为鞠躬，亦素所未有之事也。以此记之，质诸高明者以为何如耳。余草野小民，不知朝廷立法，各国之法则更不知矣。惟圣人云："君尊则治，君卑则乱。"现中华民国改专制为共和，以"共和"二字详解之，人民各有自由之权。人民既有自由之权，不能受人压制。如今时势，名之曰共和，较之专制犹尽专制。如是专制，何云共和？直曰专制可也。

十五日《赤霞报》所纪日前选举议员，投票之日，有欲谋为省议员者，叫乡民至投票之处投书彼之姓名，与铜板五枚。是日到者甚多，至众议院投票选举议员之日，无人欲谋，众议院初选议员之人，即投票之人全无，言虽如是，尚在情理之中。惟临海第七区即海葭镇投票之日，黄楚卿自己欲做议员，将县中领来票纸自己嘱其夥友、朋友书写，分为十三人，悉均当选初议员。当日投票，自行另印票纸千馀张与人书写，可以不致原票相残缺少，即选举众议院初选议员亦是如斯办法。余初尚未识其详，后闻周载熙、黄道周、邱遇琴、周文琴自己所言如是，并云省议院楚卿兄自欲复选当选，其众议院议员代姚梧翁谋为复选当选，故有如是隐情。其初选即有如此减便，亦进一层之思想也。有说美国之选举议员，有上议院议员、中议院议员、下议院议员，即其选举大总统亦从人民选举而得之，未识其作何办理耳。

十七日乙亥 晴。致王仲达一信，交邮寄郡。晚刻，至子俊兄及允东母舅两处，均晤叙半晌而来。晚膳后，至楚卿兄处，晤王云梯、周梅五、邱遇琴、周文琴、翁子俊、陈舜卿、王吉人、王槐卿诸君，相叙半晌而来。

十八日丙子 早至巳刻，阴；午牌，细雨、重雾；至晚皆然。早刻，至伯端兄处少坐，至达云母舅府上，晤翁子俊兄，相叙过午膳后而来。值伯端、篪卿、遇琴诸君来叙半晌，前托伯端兄代买摹本、袍料等件均已购就送来，言及张家口之外有俄人、蒙人与民军将为开战之说。言是传闻，若是子虚为幸，倘有其事，但张家口与北京已近，恐致戒严，深为致卢[①]焉。在吾民者，总求终日平安，以安商业，为幸多矣。遇琴兄言，姚梧翁此番楚卿兄代为运动众议院复选议员，须初选之议员投其四十票左右方可当选，彼初选议员靠实投彼者有二十票之内，尚少廿馀票，楚卿欲将海葭镇之省议会议员十三票与各人调换众议院初选议员票数，今晚邀王云梯兄至东山头向周映江先生对调，未识能得允诺否。又恐省议会复选在十一月廿六日投票、众议院复选在十二月初四日投票，恐投彼之后，彼已放心，至众议会投票之日为日尚多，恐致中途变更，致以为虑。又云，省议会初选议员十三票与其顺手调换众议院初选议员，合而计之，亦只三十票，尚不足其数，现其四处代其运动，或为调换，或自出钱代其购买之众议院初选议员票数，如是待与朋友，可谓竭尽心力矣，果未识得全其数否也。

本镇之棉花、豆子、牙行，前周载熙禀准分府宪出示收仲，其仲洋归入椒江敷用，历有年矣，均是周槐卿为包认办理，亦有年矣。现周允翁之仆人贞池欲自领帖开行收仲之举，槐卿听说贞池领帖，彼亦自行领帖，前领牙仲行帖须洋百馀元。彼等绵力，今有办法，如开一年牙行纳洋十二元于县署，即曰领帖之费，其领帖每年只此，易举其事，

---

① “卢”，当为“虑”之误。

倘有领帖收仲者而出，其椒江之包费又恐作罢耳。椒江经费年短一年，即椒江开办以来，其效果全无，又恐载熙兄之监督不安于位矣。

十九日丁丑 早至巳刻，雨；午牌雨晴，阴，西北风起，天气颇冷；至晚皆然。晚刻，谱香母舅来叙半晌，言自昨晚才方旋里。言及朱劼丞兄本浙江之提法使，恐致第二次革命，又以时事棘手，办理为难，早欲告退其职，而朱介人都督不允其退，彼即在沪玩游而已，初则陈敬甫兄护理，现今改为署理云云。即在省之司长、科员，除盐政局外均亏控异常，正无隔宿之粮，几为人人皆相似。又有旗人数百，只有小屋数十间，统而共住，所积已罄，又无生计，悉均饥寒交迫，难堪言状。云有一家大小计八人，看其此等情状，难见出头之日，有一日，将粃霜[1]和入粥中食后，一家均毙。其言如是，深为惨切，未识能得再见光天化日否也。并云叶祖香公祖现在杭垣听鼓，毫无差使，一贫如洗，亦无了局之日。此所知者叶太尊一人，今岁各直省中犹如是之情状者，不知几千数百人耳。时事如斯，闻人之苦即生周急之心，而力过绵，难能遍及，只得听之而已。

自古开辟之初，政治若何，未得其详。自周代孔子降生以后，见重忠孝节义之人。圣人云："君使臣以理，臣事君以忠"，又曰："入则孝，出则悌"，以孝弟忠信礼义廉耻而见重焉。今则中华民国不以忠孝节义为然，又无孝弟忠信礼义廉耻，只以人民共和、人民各有权衡为言，究其实济，受其专制之压力过于专制之时代，果共和乎？果专制乎？余均不得而知。只知其无忠孝节义而已。余之私论如斯，质诸载熙兄不以为然，未识高明君子以为何如哉。现今北云日急，不久又有局面而已。余本草野愚民，不知国事若何，只求安于枕席，为幸多矣。

二十日戊寅 大雪，满眼江山，其白如银。今值永宁开行到甬，台属之省议会议员初选者均是今日趁轮动身，其雪如是，其冷如斯，

---

① 当为"砒霜"。

诸君不胜其苦也。廿六日复选，人投我票者其苦所应得，我投人票者抱曲难言耳。数年以来，无如是之冷，台州地面亦无如是之雪。但吾浙属在扬子江之南，吾台属浙之南，今台之冷、之雪有如是，转念扬子江之北更增寒冷。扬子江之北之寒冷以北京犹甚，北京之冷以张家口犹甚，所以北人至南，南一步暖一步；南人至北，北一步冷一步。现值冰雪当道，银色山河，蒙古兵在张家口者最为利便，京兵至此即是畏其首尾矣。民国非独财窘，即或有到彼处者，亦非其时。日前，《赤霞报》所纪俄兵、蒙兵已至张家口，将行开战，只恐年内又有一番惊恐，深为至虑焉。

至于省议会众议院之初选议员，均有势力者自行书写之亲戚朋友数人，以备复选投彼之姓名可以操券，真是人民自选者，今则于时尚早，即或有之，非独百不得一，即千恐不得其一耳。一县一府如斯，想各县各府亦如斯，此等选举有何俾益！此番初选者，到甬人欲投彼之姓名者，多方体贴，多方运动，其势定是如斯，此等议员即或而得复选议员者，俯心自问何如耳。十一月初八日《民铎报》所纪："政府得东三省消息，俄人将海参崴、哈尔滨、满洲里等处华人限一星期内迁移出境，否则一律格杀"云云。又，绥远城将军张绍曾电请："绥远、归化均有蒙人，该处颇为戒严"云云。顷又阅十一月初二日《民铎报》纪云："得哈尔滨消息，该处电局现已由俄人管理，将前派之办事人员一律驱逐"云云。其言如斯，然乎？否乎？草野小民深为至虑。偶值其便而记之，俟得其详再记是否可也。

廿一日己卯　晴。满眼山河仍成白布，虽云见日，而天气过于寒冷，积雪未能即消。致许眉甫先生一信，因日前载熙兄言下马地方有一蒙童馆地可以安置，所以致函奉达，饬价送往。旋接福函云其西山之学堂已经成说，束金百番之谱云云，并言十五日有信交刘源春代带，未曾见惠，随即遣人向取来。十月三十日所发一信、十一月十五日所发一信，内又附致周允翁一信，该函随即送交矣。附有王六潭太尊批机张江陵乩语一纸云，大略："西洋铁舰，鼓浪纷来，分我后土，压我神京，不愿为满奴，而竟甘为夷婢，究如心也。然人心不死，东西角逐，南北纷争，复开五代六朝之战局，屈指计时，当在建寅之岁七月间也。差幸分未久而真人即出耳。赤日一出，白云四散，汉代官仪，于兹复见，礼制法度，损益清明，开科独重耦联，文物休风，唐虞实无其盛，三十年干戈，端交玉帛。追忆北赵而燕，东齐南楚，前汉后明，舞争竞长，恍同梦寐。惟楚阅世，克兆龙飞，统一区宇，吾得于三十年前断之曰大楚永昌"云云。按：张江陵先生系前明宰相，乩语如斯，亦难揣侧。余阅乩语乩诗颇多，究其如何说法，亦不能明晰耳，只得记之，而观其后，应也？否也？

周醉香于晚刻来叙一刻，周梅翁之令舅花醉卿先生尚在福建，候补之初，历署县丞、从九、典史等官十馀次，补过霍童巡检，计数十年矣，现其携眷旋台，方于昨日到椒，现暂住分府署内，其黄岩家内屋最狭小，欲就本镇租屋而未得其便，所以暂寓于此耳。又云周允翁邀其令祖娄燧卿至兆桥，托王六潭先生代其书函转致朱介人都督代为照拂，其函曾已书来，代为欣幸。子裳先生与朱都督系属厚交，得与致函，想能允其所请。现允翁赴杭，只求早日得差，是为至幸。又云周允翁定于廿四日同心斋宗叔趁永利商轮赴申云云。谱香母舅言在杭州各司科员颇多光景萧条，皆因薪水过微，又有公债票、国民捐，均须敷衍之所致也。

廿二日庚辰 晴。积雪有日照之处已将消化，朝北之方仍然如昨。致陶寿翁一信。致徐富春一信，饬老二送交，旋接徐富春兄一信。早刻，花醉翁、花辅翁及周梅翁来叙半晌而去。花醉翁言自赴闽迄今三十四年，其年已五十六岁，即于今日趁小轮旋里，小住两天即行旋椒，真是"小少从军老大旋，儿童对面不相识"，即此之谓也。醉翁因医理颇有把握，欲挽人聘夥开药铺生理，其心颇热云，并陶寿翁拟廿四日动身，到甬二十日，未与楚卿同行也。汪伯端兄来叙半晌，言私立法政学堂本归并官立法政学堂，续即运动将私立法政学堂改为共和法政专门学堂，因之未曾归并而已。花醉翁言岑云阶赴闽，欲为饬逐彭寿松,岑先邀人送十万与彭,未见岑到,而彭即远避矣。但岑云阶到闽欲照规矩而行,不合与众,即行告退,有言岑云阶者不因为赴闽之行也。伯端兄言,姚梧翁此番欲众议院复选议员,虽楚卿兄极力运动,恐难成数,须至金钱主义代力而成全焉。此次楚卿兄代姚梧翁成全复选议员,可谓竭其心力矣。

阅十一月廿一日《赤霞报》纪"纸炮奇闻":纸之为物,不甚坚固,然西国前曾取之造房屋,则可代木,近又取之造火车之轮,则又可代铁,德国克鲁伯厂之新法用纸造炮,口径二寸而甚轻便,一人能提携之,其发射力较钢炮为大,真奇之又奇矣。阅十一月十八日《赤霞报》纪甘肃电称:回兵极猛,内人、俄人云云。如是所云,则何见石老伯现任该省布政使,未知情景若何也,代为致虑。阅今廿二日《赤霞报》纪库军大有南犯消息,大总统已电令直奉新晋陕甘各省都督等严加防范等语。

近阅各报渐渐而来,吾侪小民,恐无安枕之日,深为至虑焉。又纪:"今日言禁烟,明日言禁烟,而有钱有势的依旧在那里吃烟,敢问这般禁烟调查员那里去了?或曰:你真不懂事,禁烟是要分等级的呢,他门有钱有势的拿几个心痛的钱买几口断命的烟,吸着消遣消遣,干那调查员甚么事?至于那小百姓没钱没势,懵懵懂懂,他敢吃烟,便是犯禁,公事公办,调查员那里能饶他去呢!常言道得好,如今办事只要看准了'下民易虐'四字,去做捉几个小小的烟犯,敲他个大大的竹杠,饱饱私囊,光光颜面,就算叫单小百姓吃亏也,是应该的呢!"如是一节,其主笔人将禁烟情形描写的极佳妙,是为之记。

阅十一月廿一日《赤霞报》纪:"俄政府刻下分配军队、拨运粮饷,准备以武力要挟。又,俄在西伯利亚路线以南增驻兵队,实数已达五万以上"云。是日该报又纪成都电称:"藏人乘夜袭击革军,死者约二百名"云。详阅之下,又增我辈之焦急,便为之记,以观后事若何。草野小民只求上苍敷佑以安黎庶,即是万分之大幸耳。

阅十一月十九日《赤霞报》纪浙江省教育特别条例议决案:"第一

条，凡吸食或购买、或私藏鸦片烟者，处四等有期徒刑。第二条，凡播种鸦片烟者处三等有期徒刑，并将播种田地充公。第三条，凡开设馆舍供人吃食鸦片烟，处三等有期徒刑，并将开设房屋充公。第四条，凡制造或贩卖鸦片烟、吗啡者，处以三等有期徒刑，家产一律充公。第五条，自民国二年三月一日起，犯第一条者处以一等有期徒刑。第六条，凡犯左律各项之一者处以死刑：一，挟持外援，破坏烟禁者；一，凡立法、司法、行政人员凡第一条至第四条者；一，自民国二年三月一日、阴历癸丑正月二十四日起，犯第二至第四条者。第七条，查禁时（包种、售、吸而言）如有聚众违抗，需调遣军队查办者，准予格杀勿论。第八条，凡官吏、巡警及佐理人当施行职务时，对于前列第一条至第四条之犯人，不即与以相当之处分者，处以三等至五等有期徒刑；对于第五条、第六条犯人不即与以相当之处分者，二等至四等有期徒刑。第九条，凡办理烟禁人员如有纳贿或以诈术陷人入罪者，处以一等至三等有期徒刑。第十条，本案公布后，凡新刑律及从前公布之各种禁烟法，除与本案抵触者外，照旧适用。第十一条，本案自公布到达后，满十日发生效力。”阅此一节，现在查禁烟馆、吃烟之人及禁种各节，正自防不胜防，须要如是雷厉方可办理，使烟鬼藉可敛迹，为民造福于无穷也。

忆省议会之初选议员均已到甬，正值积雪方消，欲谋复选为省议会议员者日日胁肩嚬笑，于人前无微不至，不欲自为复选为议员者正是应接不暇，此等情形无庸目见，势所然也，是为之记。顷闲，复又详阅十一月二十日《赤霞报》：“今天海门地面最难得是各县之省议会众议院初选当选人贲临于此，膜拜顶礼，深望诸君子各要想定我投票，我须选出一个素以国利民福为前提的人，将这种思想携到四明山下，自然有良好结果。切莫汽笛呜呜，机声轧轧，抱定的思想依然丢在老鼠屿（老鼠屿，牛头岭，即台关相付之土音），凭这冯夷海若攫向龙宫作选举的榜样，一到轮舟抵甬，左思右想，我那一张票投那个妥当呢？他是在台说定叫我投他，彼又到甬运动劝我投他，好教我左右作人难，岂不白白有此一番当选手续乎！诸君诸君要把这个‘国利民福’四字为临行赠品也。”该报所纪实在初选当选议员诸君之情形，又为之记。

廿三日辛巳 晴。家君同应方圃先生至西山各处看地。午膳后，晤伯端兄云，《浙江潮》日报社系彼等三十人发起，即由彼等招股，邀余入股云云。余以情面难却，允入零股一股，计洋五元，所该之洋，前托买另件尚有馀洋在其手中代付矣。随同至周梅翁处，晤花辅翁，互叙半晌，言邱楚翁已由黄城来，就道至吴玉翁处少坐而至楚言处，言星斋宗叔即于今夜趁永利商轮赴申，少作勾留而转甬江。并言镜明叔公在日借有农人某计洋三元，当立凭据存在彼处为年已久，即其所立凭券亦是东抛西却，早忘其事矣。不想该农人近年颇称小康，亦将其事忘却，现星斋宗叔偶检其券，询其家中近有畜积，即派其队下十馀人坐彼家中索取，而该农人走头无路，求人向说，以洋四十元了事。此虽讨账，分所宜然，以三元之本还至四十元之多，农人畏威，尽气吞声，在星斋宗叔于心何忍？此等事，旧家常有之，万望以后仁人有所遇者，切勿效星斋宗叔之所为，为幸多矣。并言张丹亭兄自上年所招之勇，今已裁撤，所该粮饷两月及恩饷一月，每人计洋念馀元，均至轮中结清讫，所有船力饭钱均丹翁自行垫付，及在沪、在苏之流寓无依者，均嘱其旋里，川资外另结英佛一番，其所需者一切川资及结无依之费，统而计之，千元之谱，而千馀人均能欣喜，亦值得耳。

就道至谱香母舅府上，云其在允翁处，即至允东母舅处，互叙少顷。允翁言月之廿八日趁可贵商轮赴沪，其言虽云如是，未识果否趁可贵而去，亦不能预定也。家君至西山各处看地，至晚膳时旋家。方圃先生今夜宿在东澍修焕相家宿夜，明日即在该处看地。家君言王先生所看东澍之地，方圃先生至其所点穴场一看，言东澍岭致有失风之虞，如是者全亏以前未曾向购为幸矣。周允翁言，洪莲翁近欲自己南旋到杭寻找头路，得能想法有路可寻就在杭垣，否则转至太原，即其家属仍然寄住晋省，其意即欲投入武营，未识得随其愿否也。并云现今京城至张家口、绥远、归化城有铁道可通，所以夏秋之间，绥远将军堃岫辞职，而张绍曾接手，致有如是之便也。但陆道而行，由张家口至绥远城须有十馀日之程，现今铁道所到之处。可谓至便且速耳。允翁又言，洪莲翁函云，山西之财政司长某现已逃跑无踪，此必财政之困难。财政司长犹如前之布政使，而可逃跑无踪者亦所少见少闻，在于前所罕闻，在于今亦不谓奇。当春夏之交，唐少川本为内阁总理之任，因有棘手之事，即请辞职而不克，就至天津而转广东去矣，此亦逃也。内阁总理可逃，今之山西财政司长逃走，想悬[1]内阁总理唐少川之例耳。继则日现，今财政异常之窘，大债款不能告成，只恐财政部继其后耳。

今晚，伯端兄论姚梧翁如今省中不能安置，又无出身之路，在各人可以家食，在姚梧翁展转为难，彼之处景亦难言传口述，只以复选众议院议员，将来到京，想可从此进身，得能出路之日。故楚卿兄代其详察原情，所以如是代其出力，恐非钱购票不能全其美耳。在楚卿待姚梧翁亦厚之至极矣，未识梧翁将何以报之。其令弟实勋之瓯海关监督现冒广生将到，彼须告卸，其心如何不急也。

晚刻，在吴玉翁处，见有丁崧生廉访峻法绘山水直条四轴，每条中均有人物，其清趣消洒之气现于楮墨，正非易得。近今之人可谓名画，余想此等书画定能传于后世。今之手工做成画轴，其山水人物无不毕肖，无如此等画轴，即一时之补壁，倘至数十年后，即或至好之做品，必须朽坏。而法书名画，虽云五百年，倘若存储得宜，定不止于五百年。室之悬画，不必要多，只要画之不浊，又要法书、法绘之人品行兼全者，即能观瞻，目其书，目其画，即思其为人，使有敬慕之心，即是至宝耳。必有《先正事略》或《名臣言行录》中有其名者为佳焉。

廿四日壬午　阴、晴。早刻，至大板桥黄灌梧家吊孝，灌梧之曾祖及祖均于廿六日入厝于梅山，今日廿五并廿六两天开吊，至其家时

① 当为“循”。

均照旧礼仪，颇为合式，晤籀生、任少明两君，相叙半晌，言其坟地系周姓湖南人代择。但黄灌梧系宗侄寿人之郎，余家与寿人家交情数代，又是同宗，论其辈分，余长寿人一辈。余族辈曰："克景怀仁子，可永明世家，懋修崇正道，元善应荣昌。"余系"崇"行，但寿人系"正"行，其名奎，其郎灌梧谱名曰道耕。但余于庚寅府试时晤寿人于考寓，以后相叙言欢，时常来往。但寿人长余数岁，不幸其去世已十馀年。而寿人有子，今有三孙，是其幸耳。今其家道尚厚，想其祖德甚厚。古人云："积财于子孙，子孙未必能用；积书与子孙，子孙未必能读；积德于子孙，子孙荣昌耳。"

就道至子常老伯府上，晤叙半晌而来。现子常老伯均是道冠、道服，优游林下，可谓一代完人矣。别后至家，时方下午三句钟，就即至允东母舅处，相叙半晌。适陶寿翁遣人来邀，就即至寿翁府上，相叙半晌，言及彼于明日廿五趁永宁赴甬，邀余同行于甬江。但余已允子衡兄令弟代媒，难于推却，即或需去，俟下班永宁轮期而行可也。

至家后详阅十一月廿三日《赤霞报》纪云："政府接奉督急电：俄国沿海州、黑龙江总督顷派人以强硬手段占领珲春厅管内约喀新地方，因查约喀新，据一千九百十年之清俄条约，已确定为中国领土，今俄人无故占据，请向俄公使严重交涉"云云。又，今日廿四之《赤霞报》纪云："接库伦急电，谓活佛近已由俄商购到大批军械，令陶什陶先攻新疆、绥远城等处"云云。绥远城系山西所属地面，山西在甘肃之东，新疆在甘肃之西，甘肃之宁夏又有回部决裂云云。该报又纪云："昨库伦急电，现俄使廓索维慈与该处政府又订约十四条，已于四号画押，内容甚秘。"该报又纪云："黑龙江都督电告：俄兵现由哈尔滨进据呼兰城"云云。言若非虚，日急一日，深为焦急。吾侪小民，只求上苍敷佑，群黎均能安枕，是为万幸。现改阳历，今日谓正月初一，但民生习惯并无动尽，即改阳历非急是能移也。

晚膳后，又至陶寿翁府上少坐，言张丹翁之营勇已经撤退者除已送台外，尚有百馀人因永利人满，改趁平安商轮，即于今晚可以到埠云。阅本日之《赤霞报》纪:“现浙江提法司一席系郑敬夫君文易任之,其狱务科第一课课员王枚友君若渊、录事李广生君制中,均黄岩县城人,其馀黄岩又有人在其中,均不相识耳。阅昨廿三日《赤霞报》纪:“秦中(系陕西)西安府郦山林木阴翳,产五灵鸟,日出辄鸣曰:‘太阳照行人,太阳照行人’,日哺①又鸣曰:‘斜阳明,早归林。’”灵禽雅语可入诗篇云,是为之记,容有到陕之日,再行询问可也。该报又纪:“总统结局如斯”节:“括苍(即在郡城以上之山名)著名匪首王先炉自称南北大总统以来,横行西乡一带,拔人控劫一载于兹,昨经白水洋哨李绍芳哨长以重金购线名假投该匪,诱其出窠劫,随于半途开枪击毙,今日将该匪尸身舁至郡城西门外,请上级官厅勘验、拍照,一时人民往观者填街塞巷,各称快事云。此乃小大总统如是结局,万民即有如是畅快矣。该匪素在仙居,抢案颇多,迭有控告,以致有冤莫伸者,故驻防该邑陈管带鉴最为留心缉捕,今已就诛,则可暂为安枕矣。并言此次初选各议员赴甬者最多,所趁轮船只二十日永宁一期,其人过多,拥挤异常,以可贵、永利两轮帮同护送到甬,而天台、仙居两县议员尚不敷安置其处,即与包纪堂商妥,假其永福小兵轮代为并送到甬”云。

廿五日癸未 晴。致杨伯藩兄一信,交邮寄申。致洛卿丈公一信,附兰烟一斤;又致祝再姻长一信,附兰烟一斤,均交洛卿丈公来人带交。兰烟每斤计价洋一元五角,均托伯藩兄代购,该洋余均代付清讫。午膳后,至北山王子衡家,晤周定初、邬达夫、林佩夫诸君,相叙至晚。子衡兄前与余同学时方生子,其子今已十六岁,现赴杭肄业而旋。周定初尚少余一岁,其子又经十六岁,名曰祖训。子衡兄郎名曰华舜。看其后嗣如此长成,余转念而思,子嗣未招,年华老大,深为焦虑,未识何年得随养子嗣而继于后,深为欣幸焉。即曰德长年之三令郎、子衡兄同父异母之弟子襄年方十七,今娶吴玉翁之令孙女者,余

---

① 疑为“晡”。

初至其家，彼方吃乳，今已娶亲，如同转瞬间耳。人生长则长、老则老，正如昨日耳。童畏三兄亦至子衡处，彼用洋号、洋鼓系向路桥第三营假来矣。陶寿翁即于今日动身，余又致伯藩兄一信，致徐富春一信，饬交寿翁仆人带至海门矣，托其代为致函向取其时胡介翁处之废券耳。

廿六日甲申 晴。早刻，同定初兄代为代媒，其新人轿起身其时颇早，至吴家时上午十一句钟，随即吃酒，将各事清讫后，而新人上轿时方下午三句钟，加送万民伞、德政牌各拾副，又有军乐以及粗细吹手，路上最为闹热。道过东山以及西山，转至北山时方晚膳，一路均称顺适，即吴家之一切招呼均井井有条。曰德长年诸事过于从俭，此番亦均从众，均有兴致而已。彼家防范土匪，其炮弹随散桌上，大非所宜。子衡兄云恐于临时难于寻觅此物，虽云存储手边，亦不得不收储于一处，余以谨慎与言，未识彼等能得收拾于一处否也。

廿七日乙酉 晴。早刻即行辞别子衡父子而来，至家时尚未午膳，于时尚早。阅廿六日《赤霞报》纪"告赵志申君一节"曰："赵君莅黄，其行政手续第一注重禁烟，是真探骊得珠，可为吾黄造无穷幸福也。但禁烟固宜严厉，而民心亦当抚慰。近来该邑禁烟办法到处敲诈，私种者理宜破钞，改种者可以宽其既往，且烟苗在田，布子与飞子更容易明白解决，有心施种者罚，被人陷害播种者亦罚，良莠不分，卒使法令为病民之具矣。况农民无知，因行政言烟禁綦严，只凭烟苗即须拿捕，彼无知，蚩蚩既惕于威，莫敢伸说，惟有任人敲诈，不知此中冤屈多少平民矣。至于敲诈吾民者，又不外乎法警图差地保串同各地流氓，是皆在赵君法律约束之内，今竟任其耽耽逐逐，使一般人民皇皇然不可终日，是诚何心哉！"其言如斯，正当今之禁烟情形也。该报已经详达原由，未识赵知事能得防范否也。防范种烟，防不胜防；防范敲诈，亦防不胜防。究今敲诈之实在情形，尚不止此，倘若均照理法而行，又恐有碍禁烟前途，只得严厉禁烟、严厉禁烟之敲诈，能得双方并行，则贤有司也。应方圃先生看定兴家屿一地，究未识何如耳。

廿八日丙戌　晴。早刻，家君与应方圃先生至屿头诸处看地，至晚而来。童象斋与李少笃来叙半晌，余托象斋至西山之便代为转托眉甫先生代书致胡介眉及叶祖香公祖两稿。周允翁来叙半晌，言眉甫先生于廿六日至其家中一宿而去，余至北山去，未晤为歉。阅今日廿八《赤霞报》纪："洮南府因现有蒙人来袭，特电请张督派兵往援。"又纪："中政府一再照会俄廷，力阻在洮南设领事署无效"云云。本日该报又纪："成都电：华军在襄城大损失机关炮六尊，藏兵毁灭一路房屋，直达塘哩之西。又，成都长官现已收回军兵之快枪，以免扰乱"云云。本日该报又纪："甘肃赵都督电请大总统速发巨款购办军械、军米以攻回部"云云。廿七日《赤霞报》纪："俄领在哈尔滨要求四条，最要者为在哈之中国人须与各外国人同样纳税"云云。该报又纪："各公使因庚子赔款将届交付期限，纷纷进谒总统询问是否已有准备，日使措词尤厉"云云。该报又纪："哈尔滨接俄京急电，谓俄兵八千馀人已出发向外蒙首途"云云。其言如斯，又增一番焦急。吾侪小民只求上苍敷佑黎庶，以求安枕之乐，为幸多矣。该报又纪："澳国某君试验自伐木而成报纸之时间，计自晨七时三十五分伐生木三本，九时三十四分尽剥其皮为碎片，未几即成纸以备印刷，印刷毕则正十时，是于百四十五分间即能变生木为新闻纸。"其如是之速，正不可思议耳。

廿九日丁亥　阴。拟至宁波一走，即于午膳后至海门永宁局，晤王芹甫先生、马炳生、徐富春、丁梦生诸君，相叙半晌。但永宁商轮即于今夜开行到甬，随即至永宁轮中，晤牟伯谦、张淇泉、王仲达、娄祝三，各人均于今日同行到甬，在轮相叙一刻，转至海谷春晚膳后至轮。但牟伯谦言至宁海童伯康家吃喜酒，伯康之令郎喜日，赴宁海者由郡城陆道而行恐有土匪，诸多未便，由永宁至石浦趁轮至海游为便捷云。

十二月初一日戊子　晴。下午四句钟永宁商轮抵甬，到时即至永宁商轮局，晤赵庚亭先生、姚梧冈先生、朱益敷老伯、朱劼丞兄、陶寿翁诸君少叙，即至丹庭亲家府上，晤李舜卿、黄道周、周文琴、谢仲衡、黄少湖诸君，互相畅叙而已，言楚卿诸君均于上月廿八日赴申未旋云云。但丹庭兄之家眷均在苏垣，其家中之屋有姓周姓住在该处，代其照顾屋宇而已。丹翁有仆名张茂荣在家照料一切。

初二日己丑 晴。早刻，至东马巷张鼎荣兄府上，言其出去，未晤，就道至法院东朱益敷老伯寓中，晤江梦生老伯、朱劼丞兄、夏振之兄、张淇泉兄、王仲达各人，少谈。至江北岸永宁局，晤陶寿翁、王仲藩、姚梧冈先生、金可师兄、冯仙阁先生，相叙过午膳后，至公兴洋油行张性初兄处，言其出外，未晤。随至宁安旅馆，晤周萍洄先生及周吉士、余少林两君，相叙一刻，言秦梗友先生亦在该处，现经出去，未晤。随至张鼎荣兄府上，晤汤翼生兄，互相畅谈，留过点心后而来。但翼亭兄系汤清甫先生令郎、嘉纶先生令祖，与鼎荣兄郎舅之亲，其年未满三十，而须已留，亦今之时派耳。转至张家，即向存仁堂购全鹿丸洋两元，系家君嘱买，随托仲衡兄代为带奉家君。时娄祝三兄言何肃堂老伯在祥裕里，随至肃堂老伯处，晤其世兄渭春及郎翰臣老伯、王宜斋兄、王文庆兄，相叙半晌。但王文庆兄系北岸康公人，名与字均曰文庆，向在外洋有年，与孙中山交最早。别后转至寓中，晚膳后同文琴、道周、舜卿、少湖至江北岸鹿鸣茶馆吃茶，少顷而来，时值天气已护，尚未下雨。

初三日庚寅 雨。赵友竹先生及黄星斋宗叔、周篪卿均由上海来宿在张宅，再添数人，即可畅叙而已。楚卿兄亦由上海来，宿在永宁局，来至张家，互相畅叙耳，各人均以投票为事，余以事外诸多快乐也。

初四日辛卯 细雨。早刻秦梗友先生言叙半晌，言及在蜀情形颇长，难于详述。少顷，楚卿兄及梧冈先生均至寓中，相叙一刻。晚刻，至永宁局，晤陶寿翁、俞棣生、姚梧冈、王仲藩、冯仙阁、金可师、黄楚卿、周郁文、娄祝三诸君，相叙过晚膳后而来。

初五日壬辰 晴。早刻，将行李修拾挑至新北京商轮后，余即至永宁局，晤陶寿翁、俞棣翁、姚梧翁、金浣秋、王仲藩诸君，相叙过午膳后，至三句五十分钟，至新北京轮中时，何肃堂老伯及渭春世兄、淇泉、仲达均至轮中，言喻辛侯、张仲丹兄亦于今夜至申。该轮与四句钟即开行，余与肃堂老伯、渭春兄同宿廿七号房舱中，喻辛侯、张淇泉、王仲达均宿第五号房舱中，管德舆先生亦于今夜至申，与仲丹兄宿第十号房舱中耳。

初六日癸巳 阴。该轮到申甚早，时上午四句钟，余即先至四马路西石路老级陞中叫其茶房至新北京挑行李。少顷，肃堂老伯、渭春兄、淇泉兄、仲达均至栈中。喻辛侯兄因其令尊现住法大马路润昌里口家中，随至其老翁处去矣。老级陞夥言仲甫兄现尚有恙未愈，丹庭兄在申、苏未来。随即致丹庭兄一信，邀其到申一叙，其函托王吉生代为带苏。午膳后，至十六铺大达里永利商轮局，晤林虞友兄，言杨伯藩兄已出外，未晤而来。至家时，阅洪莲波字云允东母舅已至申江，彼与允翁均住恒心里台公和客栈，该栈在十六铺新舞台南首。晚膳后，丹庭兄自苏垣来晤，畅叙半晌而已。

初七日甲午 晴。早刻，至肃堂老伯房中，晤陶柳桥兄，言徐班侯老伯在申，现住瓯江旅馆，但瓯江旅馆即与该栈斜对门。少顷，金少圃兄来叙一刻，言与植民兄均宿在该栈廿八号房内，余宿在廿六号中，亦相对门而已。少圃兄来条邀至万家春大菜，随至万家春，晤张丹翁、郑涤洲先生、王辉庭、金烈轩、金鹤仙、林子才、徐立夫诸君，相叙席散。涤洲先生言方自云南来申，现宿孟渊旅社，即与涤洲先生同至法大马路润昌里口喻志韶老伯处，晤叙半晌，而涤洲先生即至别处，余即至永宁局，晤杨伯藩兄、林虞友兄、罗廉清兄、朱雨田兄，相叙半晌。随至恒心里台公和客栈，晤洪莲翁、周允翁、喻辛侯诸君，互叙一刻而来。丹庭兄来条邀至久安里金寓家晚膳，随至金寓，晤张丹翁、徐班侯老伯、郑涤洲、金少圃、金植民、金鹤仙、金烈轩、王辉亭、张羽生、李峙嵕诸君，相叙席散而来。

初八日乙未 阴。早刻，至孟渊旅馆，晤郑涤洲先生，相叙半晌，即同涤洲先生至瓯江旅馆班侯老伯处少坐，适金烈轩兄来条邀至万家春午膳，随至万家春，晤李峙弢、金少圃、尤仲波、王仲藩、郑涤洲、徐立夫、林子才、李峙弢诸君，相叙席散而来。随同肃堂老伯、渭春兄、张淇泉、王仲达至外虹口元芳路元芳里第七墙门章一山先生处，相叙一刻而来。

初九日丙申 阴。早刻，班侯老伯来叙半晌，随即席设万家春，柬邀班侯老伯、章一山先生、喻志韶先生、何肃堂老伯、何渭春、张淇泉、王仲达、金植民、金鹤仙、金烈轩、郑荻洲诸君，相叙席散而别。张羽生兄柬邀晚膳，而辞谢焉。何肃堂老伯与渭春兄均于晚刻趁轮旋台矣。晚膳后，同仲达至大舞台看戏一夜，该处装式最佳正，即梨园子弟亦佳，是处阅看之后，台州之戏不要看耳。古人云："曾经沧海难为水"，正不谬也。

初十日丁酉 雨。张淇泉、王仲达席设万家春，柬邀午膳，随至万家春，晤郑涤洲、朱劼丞、金烈轩、金少圃、金植民诸君，相叙席散而来。言及陈祝再现宿同福祥，随至永利局，晤王芹甫先生、林虞友、杨伯藩诸君，少谈，即至恒心里台公和，晤洪莲翁、周允翁、喻辛侯诸君，相叙半晌，言明日均至武林云云。

十一日戊戌 阴。早刻，同淇泉、仲达至永利商轮局，晤杨伯藩、林虞友、罗廉臣、王芹甫先生，相叙过午膳后，因需用已罄，又要购买另星，向伯藩兄假英佛五十尊，随邀同伯藩兄代至各处购买各件齐全，于时已在下午四句钟。荻洲先生柬邀万家春晚膳，随至万家春，晤荻洲先生、朱劼丞兄、金烈轩、王仲藩、张羽生、林子材、尤仲葩诸君，相叙席散后，值喻志韶先生、章一山先生同邀至万家春晚膳，随即至该处，互叙一刻，席散后至幻真看演戏，颇为有情有色，亦所少有也。在申心慌意乱，所住房间颇为闹热，记事不便已极，余尚有许多诸事均要记载于日记中，该处如是热闹，难于作文，俟至家后详细再书可也。

十二日己亥 晴。值永利商轮动身旋台，将行李修拾于轮船中，适值朱劼丞兄柬邀至万家春午膳，随同仲达、淇泉至万家春，晤朱劼丞、张羽生、郑荻洲、金烈轩、金少圃、金鹤仙、金植民、林子才、陈祝再、王仲藩诸君，相叙席散后而别。但荻洲先生已由孟渊旅社移至老级陞第十八号房内住矣。就道至喻志韶老伯处少坐，即至永利商轮中，仲达同来而淇泉尚住沪江数天后方可旋里，并晤徐富春、方翰卿、金烈轩、杨子祁、陈祝再、罗赞臣、项禹言、王吉生诸君，该轮至下午五句钟时方开行。但永利商轮前无电灯，自今岁修船之后亦设电灯，至晚，船中电灯明亮，亦无易新北京、江天、宁绍诸轮之光明也。

十三日庚子　阴。该轮至上午十一句钟抵定海，值江梦生先生来轮，言趁可贵商轮至申，在此相遇，彼以梅渡先生灵柩已将抵沪，现至申迎接云云，并言郑夔友兄于昨为烟未戒断，经黄岩县赵志申知事至其家中拿去，时衣尚未穿，将至署中，被法警凌辱已甚，发押班管数天，彼邀人与赵志申知事说开罚洋五百元才方释放，又将土屿人张老八未曾吃烟亦拿去，责五百板发押班管云云。今之禁烟本大是美事，如赵志申知事者亦过耳。该轮于下午一句钟自定海开行，至五句钟抵石浦，随至秤和甫处，言其外出，未晤而来，值牟伯谦自宁海来，亦趁永利旋台。但牟伯谦年虽四十有一，其须已留多年，今将其须又去，剃须者又一吴玉成耳。言童伯康兄现为新昌县知事。该轮于下午十二句钟自石浦开行矣。

十四日辛丑　日阴夜雨。上午五句钟，该轮即抵海门埠头矣，仲达就海门过小轮至黄岩去矣，余将行李饬工携至家中，余自至元泰典，晤陈舜卿、马敬斋，相叙半晌。少顷，陈渔樵先生之永宁商轮亦经抵埠，来叙一刻，前托其代买参壶亦代购来，计洋六元六角二分，随即送下，余即乘舆至家，而堂上老人悉均安健，是为欣幸。即致杨伯藩兄一信，附洋五十元，又致陈虞樵先生一信，附洋六元又开洋七角，均交嘉先送至海门。至晚刻，嘉先旋言，寄杨伯藩兄信并洋五十元交二头代为带申，致陈虞樵先生洋、信送寻其未晤，即交其家中代收矣。午膳后，至达云母舅府上，相叙一刻而来，路晤陶习之兄，同至分府署，晤李舜卿、周作羹、黄少湖诸君，互叙半晌而来。

十五日壬寅 阴，北风极大。余幸是十二日趁永利商轮，十四日已抵海门，倘若本日尚在轮中，遇见如此大风，其浪之大使然，只恐此外尚有不安之处，深为致畏。凡事虽云有数，尚须叨天敷佑，是为幸甚。家君嘱书致胡介眉先生一信，交邮寄至绍兴府山阴县属张楼村东汇头文魁台门内交。上春家君在山西虞乡县时因川费不敷，向其假银拆英洋一百元，前托上海永利商轮局杨伯藩兄代为汇付，该洋彼邀令叔挺生先生曾经取去，来函均已言明收还清讫，尚向家君暂假，兹因岁暮，难于凑并，所以致函覆之。午膳后，至分府署，晤陶寿翁、周梅五、李舜卿、谢仲衡、黄心斋、黄道周、周载熙、周孟东、陶习之、汪伯端、王云梯、王俊卿、潘云轩、缪性言诸君，互相至晚而来。

晚膳后，至邱遇琴家，但遇琴之郎畏夫于本月初三日完姻，时余值在甬，未曾去看新人，即于今夜进看。但新人人尚清秀，系海门人沈姓女，名曰莲香。今之女人有名有字，又有名片，亦风气使然。前我辈中所用名片均是红纸，其字式颇大，若是翰苑须用满格。自后有出洋者用洋片，但洋名片字小，边书字某，又书省分、县分，其色尚红，自后间乎有白色洋名片。近年以来，白色者多，红色者小，自辛亥革命以后均用白色名片，直无见有红色洋片矣。凡事均须趣时，即用名片，数千年来之习俗相沿，亦今改用洋片，深为浩叹。余本是诸事存旧，看各人均以白色洋片分用，不得不学其新式。人情日薄，未识至于何底！

即同遇琴至楚卿处，晤周梅五、王少常、郑夔友、缪性言、王云梯诸君，相叙半晌而来。但夔友前本吃烟，今因烟禁靡严，随至上海戒断，于初七日早晨人尚未起，赵志申饬司法警察至房内眠床中拔出，未穿衣裳而至县署，夔友言俟衣裳穿好一言，而司法警察将其数拳，亦可谓凌辱已极。现烟禁虽严，施于已戒之人，亦是太过。又将夔友发押班房，夔友看其事至如斯，邀王松渠兄与赵志申知事说妥，罚洋五百元才方出狱。如是者太过不去，论功名，夔友系清之举人，言其吃烟，今烟又已断瘾，正无可理，谓今之共和时代有此野蛮知事，深堪浩叹。现夔友云邀杜棣华律师与其上控，未识作何了结后事，不能预料是否，眼前之亏今已吃下，究不知夔友如何也。但夔友与楚卿谊属郎舅，未识楚卿与其如何想法而已。

地方有设戏馆者，居民之受亏已极，前海门欲设戏馆，代为担忧，现海门之戏馆已倒，深为欣幸。上海地方作客者虽云称心如意，实在废地，我辈中不能恋栈于此，是所至幸也。如金少圃、金植民、金烈轩、金鹤仙诸君，家计虽厚，在此花天酒地中日复一日，将有用之钱财化于无用之地，深为可惜耳。就道至心斋宗叔处少坐，言在上海如龄轩镶牙颇不受用，此等生活，不镶则已，如要镶者，须至徐景明镶就可，无不适意。但徐景明工洋虽贵，亦值得耳。

十六日癸卯 晴。家君嘱书致福叶祖香公祖一信，交邮寄至杭垣羊坝头转交矣。伯纯兄于早刻来，言赵志申知事以禁烟出名，至土屿头地方挨户查搜，无论吃烟不吃烟悉均如是，至张鉴蓉家看其藤轿颇佳，随即坐去，并无论丧妇、民妇房内亦均搜查，将不吃烟之名老八者责藤条五百，带至署中发押班房，自此之后，阖县中之有资财者纷纷逃避。但伯纯兄前本吃烟，已于八月间断瘾，只恐累及，亦避其锋。即仲厚兄向不吃烟，亦欲至上海避难。上年畏匪，今年畏官，前后相似，总自言之，有钱者倒运，倘无钱财之人，即在县城吃烟，亦无顾问。时事如斯，成何世界，深堪浩叹！晚刻，黄城王宅送礼事讫后，至分府署，晤陶寿农、周梅五、黄楚卿、汪伯端、刘秀亭、王俊卿、周载熙、王雁汀、陶伯南、黄道周、邱遇琴诸君，互叙半晌而来。晚膳后，至楚卿处，晤郑夔友、邱遇琴、王少常、王子衡诸君，相叙半晌。夔友兄言及赵志申知事在黄城以挑河出名，阖邑无论能否吃烟均须罚款，夫吃烟，将妻拘禁；或妻吃烟，将夫拘禁；或父吃烟，将子拘禁；或子吃烟，将父拘禁，无不想法罚其钱财。如是知事，果是何等人氏！偶而记之，质诸高明诸君评之可也。

阅十二月十三日《赤霞报》所纪：“俄人于长春等处私设关卡，征收货税，财政部拟函致外交部，提出交涉”云云。是日，该报又纪：“俄兵二千馀人新到黑省边境，携有巨炮，居民惊惶万分”云云。该报又纪：“奉天友人来函，谓该省都督日前与直隶、山西、新疆三省都督联名电达总统府，略云：库伦活佛受强邻之怂恿，有率兵南犯消息，若不从速准备，诚恐事机一发，如火燎难于扑灭。拟由四省筹拨饷糈，一面选派健将与劲旅，专候中央命令；一面勘定四省紧要地点，加设兵站，以堵其出路：一，张家口为一站，堵其南来之路；一，天山为一站，堵其西进之路；一，山海关为一站，堵其东渡之路，现均派员前往布置一切”云云。时事如斯，须与民和乃最要之机关，而知事有若是者，各相见背，亦不解其何故耳。幸吾台六县知事。除黄岩之外，馀则尚均守于理法，幸甚幸甚。

阅十二月初四日《赤霞报》所纪：“伊犁将军广福电政府，谓驻伊犁俄军除原有外，又运来俄兵两千馀人，携带机关炮多尊，在宁远县一带驻扎，自由行动，大有强宾夺主之势，请速向俄使交涉”云云。是日该报又纪：“俄人已由西伯利亚铁路陆续运来哥利萨军队来东”云云。是日该报又纪：“尹昌衡急电政府，谓英兵在滇藏自由行动，边民惶骇，乞速汇巨款已资饷糈。今日政府密电尹昌衡，饬将所带军队一律退至炉城候令调遣”云云。前据秦梗友先生言，尹昌衡年仅二十馀岁，上年四川总督赵尔丰将全权交与绅士接手之后，即行兵变，该绅将赵督被害，时川省城中居民逃散，时尹昌衡自为都督，其中情节颇长，难于记忆。总而言之，四川秩序已乱，百姓遭殃，非笔墨而能宣也。

又阅十二月初三日《赤霞报》纪云：“黑省电总统府称：连日俄国大增兵械于边境，请筹对待之法”云云。是日该报又纪：“锡林郭勒盟十旗被库伦强迫独立，蒙古慰问员王传炯中途而旋”云云。该报如是所云，吾民又增一忧心，偶为之记。现举众议院议员，吾台当选者周萍泗君、朱劼丞君、谢国庆君、金次斋君、金浣秋君。现今时事如斯，未识诸君到京之后大开国会，藉得匡时补究否也。顷接眉甫先生致家君函，附有贺太峰先生法书直条四轴，其笔力圆润老到，确是真迹，未识筹费若干，未曾明言。余有仇十洲先生法绘册页一幅、高凤翰先生法绘册页两幅，系家君向人购来，余加购镜壳，即于今晚悬挂室中，藉堪补壁耳。

十七日甲辰 阴。大有下雪之景。数日前天气颇热，自大风之后，本须见日，今则无日而反阴，所以恐其下雪之象耳。阅本月十五日《赤霞报》纪："烟台兵变已纷纷散去，尚有六百馀名渡往大连等处，驻吉俄军得俄政府电已开陆军会议，预备开战"云云。该报又纪："绥远城、归化城已戒严"云云。是日该报又纪："驻藏队屡为藏人所败，巴塘华军被杀尤惨云云。俄使竭力联合同盟国拟干涉中国财政"云云。阅本月十五日《赤霞报》纪云："闻英俄协约已成，俄国对于外蒙已预备开战"云云。是日该报又纪："库伦活佛与俄益亲密，俄、库密使络绎于道。"阅本月十七日之《赤霞报》纪云："陆军二部总长照会外交团，谓中华大军不日遣发征库，务请各列强严守中立。"未识各列强果守中立否也。是日该报又纪："俄使因我国新年，两方均暂时停议，电致本国政府乘此时期急速在外蒙古及东三省、新疆一带添驻兵队，以厚兵力"云云。是日该报又纪云："何宗莲电称，俄密约库伦合兵南犯，分三路进攻，一由库伦攻叨林乌得至张家口，一由车臣汗东犯洮南、辽源至锦州，一由札克图汗西犯乌兰察布、伊克昭二盟"云云。所云各节，吾侪正为忧切，只求上苍敷佑，保我苍生以安枕席，幸甚幸甚。

黄岩县知事赵志申君之历使前已言及一二，顷阅十一月十六日《赤霞报》纪"呜呼赵志申"节云："共和成立，停止刑讯，不啻三令五申。而黄岩知事动辄加人以刑，或令跪供，实属有违共和国家之宪法。前经本报一再揭载、诘诫，翼其悛改，乃近据访友报告，则竟有当堂抑冤毙命一案(详前日新闻)。咄尔赵志申，岂亦欲为灭人道、蹂法律，民国之罪人乎！夫赵志申禁烟之勒，捕匪之力，虽往往操切卤莽，而治乱用重，较诸现在阘茸，不识名为知事而不知事者，固足差强人意，然初不虞其逞淫威之一至于此也。呜呼！斯事果可信，赵氏其功不掩罪乎！”所纪各情，尚未其甚详也。只求赵知事念民力艰难，体察下情，以苏民困，地方幸甚，黄岩百姓幸甚。

阅本月十五日之《赤霞报》纪：“将又有禁烟督办出现”节云：“浙省厉行禁种罂粟，既已划分区域，每区设监督，又设委员，而各区行政机关复有禁烟局，专置董事、调查委员等名目，是则禁烟之手续可为周矣、密矣。昨见民政司屈文六司长咨请都督更拟派上级军官为禁烟督办，统率新军五百按巡各区，则吾浙不久将有禁烟督办出现矣。屈司长之政见固在速靖烟毒，然独不嫌行政用人之叠床架屋乎？夫叠累重叠，一则体制非所宜，二则经费多虚耗，屈君果志在祛毒，何不效储司长之拟请亲自出巡，而必再任一上级军官为赘累何为哉”云云。现今禁种罂粟乃新政中之第一善政也，倘得其人实心任事，只一知事即能禁种净甚，倘若专事虚靡，即叠累重叠，亦无所用耳。如赵志申之禁烟若是者，亦所宜也。偶而记之，请高明诸君论之可乎？

午膳后，至吴玉翁处少坐，随至分府署，晤陶寿农、周梅五、黄道周、王俊卿、周载熙、周作羹、邱遇琴、达云母舅、李舜卿、王雁汀、陶伯南诸君，相叙至晚而来。回忆上海虽非佳境，与人酬应，日在花天酒地中，一则耗散精神，再则损失银钱，固非其善。倘若守定宗止，身在花街柳巷，而心在僻处陋巷之中，则免却一种尘嚣，亦一美事，惟少年者大非所宜耳。周允东、洪莲波两君，挽同喻莘侯兄同赴武林，未识得遂其愿否也。

至于鹿茸，须至杭州叶种德堂购买为善，上海之咸瓜街所售之货只恐非是真关东所出之货。前已言及，余于初上在甬时至冯存仁堂，阅有鹿茸两对，一价在三百元之外，一价在三百元之内，其价在三百元之外者，看其货雄壮异常，正所少见之物。余于此中不甚明晰，不敢即行向购。自后托鼎荣兄代挽友人品评果否，据云彼之存济堂药铺中有真关东鹿茸。余以赴申日迫，未曾往观。至申时，赴咸瓜街葆大、阜昌两家参号观看鹿茸，彼出有百馀对，据其价值百馀元至八百元之鹿茸，其毛色雄壮均不及冯存仁堂之三百馀元鹿茸可观。可见上海之鹿茸不及冯存仁之货，而冯存仁既有如斯，想杭州之叶积德堂之鹿茸更加官精。余曾托张丹翁代为向购真正关东鹿茸一对，未识其购来之物能得佳于冯存仁所出之货否也。至鹿茸，不购则已，倘若购买，必须寻觅果是关东所出为善，其功效亦大相悬随，如真是关东之货，亦不惜小费为要。

十八日乙巳 辰前，雨中雪子；巳牌，雨晴，至晚均阴。致张丹庭亲家一信，交邮寄至苏垣盘门外二马路张公馆。忆郑荻洲先生自乙未之夏从家君任新兴州署书启，至丁酉旋浙乡试之后，复于戊戌春转滇南，即于是年之冬旋浙，自此之后，东奔西转，至壬寅暮春报捐府经指分云南试用，到省之后，委用差使，未得其详。林赞虞中丞抚滇时，挑选俊秀数十人，结其官费，送至东洋游学，复派委郑荻翁为护送差使，同抵日本，亦入法政速成，六个月毕业之后归国，转至云南，委有办理学务之差，林中丞将调抚粤西时保免补府经，以知县用。如是宦途，不谓不顺，彼之存心早有革命之意最为浓厚，亦不知其是何用意也。上年辛亥，云南革命之后，是处都督蔡锷与其最为交情，时即委署固旧同知，当此情况得意洋洋，何待言欤。现赴沪江，其用度颇丰，想其腰囊甚裕。其令郎二人均已长成，复置小星同携至沪，看其情形不肯旋台耳。

伯纯兄言其妻妹即陈锡九先生二千金许蔡子产兄为妻，亦因戒烟赴申，其妻亦已上瘾，同赴沪江戒烟，方才抵埠，坐在小车，未问何处地名，将彼车至何处，不得而知。为日已久，信息杳然，现虽四处查访，亦无一信，此情此景，痛惨万状。现女子不守闺训，自要寻苦，严加责问，亦分所宜然。今以此等情形，代其浩叹。万望青年女子万勿至沪，是为至幸耳。古人云："女子不识字为一德。"但女子识字本是好事，何至不识字为佳？余初亦不解，幸章一山老伯之千金幼字黄岩陈雨卿先生之少君，本是门第相对，论其家资，雨卿先生本非甚丰裕与一山老伯耳，即雨卿先生之令郎学问亦佳，章小者初与识字、读书，继则入女子学堂，数年之后，父母与其许字者，据然不允，自要退婚，此读书、识字者害。黄岩郑敬夫兄之千金亦是如斯。即本街邱遇琴兄之女，与其读书、识字，日夕出游，无易男子。以女子因识字为害者指难胜指，所以古人云“女子不识字为一德”，斯言不谬也。

余阅小说，文字之佳莫如《阅微草堂》，言其正书，却是小说；言其小说，却是事事皆言果报。当时纪文达公之心思妙想无不周到，余则购阅是书，破碎者已经三次，今则在申时又购一册以便假时详阅焉。至于幼孩入学，必须从《千字文》《孝经》《上论》《下论》《大学》《中庸》《孟子》注语以为入门之路，是为至善、至妙之处，倘是教科书与教者非所宜也。若入学堂者，须至中文通习方可为然，否则非其所宜耳。

阅十二月初九日《新闻报》纪“库伦又聘俄国参谋”节云：“库伦独立，恃有俄国为之后盾，其所以能联络俄人者，以有留学俄国之学生为之介绍。杭达多尔济亲王者，亦俄国留学生之一，该王机灵精悍，在俄国某学校时，其同学有俄国某亲王者与杭达极其相得，杭达尤以全力极与交欢，加以亲王亦明佛理，又有宗教之关，因此两人殆如胶漆。俄、蒙结合之初，皆杭达与某亲王秘密谈商，至八九垂成始辅之，以陶什陶与俄使廓罗维孳而协约乃缔，故杭达与俄之感情尤切。顷者，杭达又延聘俄员某某二人为活佛之参谋，以冀合力进行扩俄、蒙之势力，其计可谓狡矣。噫，库伦乃有杭达多尔济其人者，得臣不死忧未艾也。”该报如是所云。今晚周少云言姜桂题统兵赴张家口外驻防，今又败绩，以此想之，恐无安枕之日，深为至虑焉。

顷又阅十二月初三日《赤霞报》纪“论近今教育之大弊”节云：“我今日所处之地位，内力孱薄已达其极，外患纷乘日形其甚，所恃振弱图强者非止一端，而要以振兴教育为改良群治之基础，此固朝野上下人人所同认之公论也。然吾回顾民国成立以后一年来之教育，非特毫无进步也，且大有一落千丈之势。嗟乎！吾初不料锦绣庄严之中华民国，其教育之现象乃至如是，吾不料以热心毅力之学界其所组织学校之缺点乃至如是，在办学一方面言之，不曰学费之难筹，即曰顽俗之为梗，教育困难实基于此。而自吾观之，殊不尽然。吾人对于教育期望綦殷，则责备愈不容宽，吾请抉其弊之所在而论列之，虽不仅就台州言，而台州之教育亦可借鉴，一邱之貉，有同慨焉。即或言者过实，而闻者足戒。易曰履霜坚冰至贵，防其渐也，亡羊补牢，其未晚乎！前之学界中人曰官场办理学务未曾美善，因之继起需人，自辛亥革命之后，一方均归一方自行创办，必须尽全力而取其后效。”不想该报所言，今尚不如于前，何也？否也？余亦不解也。偶为之记。

十九日丙午 阴。西北风甚大，天气亦骤冷。楚卿于早刻来叙一刻，言及新正初五日即行晋省，应省议会议员即于是日召集选举参议会议员，但参议会议员与众议会议员同时召集晋京，定期广开国会而已。此等新名色余素所不得其详，现楚卿兄所言方知底细矣。

晚膳后，至楚卿处，晤梅翁、楚卿、石甫、少裳诸君，互叙半晌而来，至家尚未二鼓。楚卿兄言及夔友兄至郡控告赵志申于地方法院，未识允准，不得其详。总而言之，夔友烟未断瘾，即其吊拔发押班管分所宜然，而后罚洋五百元方许出狱亦所应分。现夔友兄烟已戒断，赵志申知事至其家搜获烟具而无所得，又拔法警二十馀人至其家中，时值上午六句钟，天色将明，彼尚睡在床中，将其床内拔至署中，并未穿衣，时法警又将其凌辱，复即发押班房，后邀王松渠进言，许洋五百元，不言烟之戒否，即与出狱，如是一节，则其太过。今即呈控，现当戒烟之候，不知能否允准否也。

楚卿言，现上委张喧初名曰载扬为浙东戒烟督办，近日可以到台，未识到台之后又有何等新法令否也。并言张喧初随带亲兵两营，想其初到之时势力定然浩大，不言可知。周梅翁言，文昌阁住持道人李吕宾已前吃过烟，以后烟已早断，娄祝三将其拔至海门意图骚扰其钱财，当时对方不伏，将其脱身至郡，于禁烟谢监督处呈控，现娄祝三互相质讯，未知作何了结也。禁烟之事本是台民之福，今之禁烟董事如此骚扰，亦地方之不幸。能得吃烟、种烟之家严禁而尽，不扰无种、未吃者，幸甚幸甚。

阅十二月十一日《申报》纪“河东竟敢拥兵独立耶”节云：“山西河东观察使张士秀拥兵独立，自称都督，并将筹饷局长南桂馨戕杀一事，已见前报专电，兹河东为山西财赋之区，每年收入二百馀万，几占全省十分之六。前年民军起义后，张士秀、狄海楼、王用宾诸人即据为己有，毫不接济晋军政府，及去春共和告成，清理解省接济中央以维大局。乃张等把持愈甚，即省垣建设各项亦无的款可恃，于是推张瑞玑为财政司，因张与彼等均有交情，以冀整理财政，渐收统一效果。孰意河东各款依旧抗不解省，意欲省垣军队无饷哗溃，以冀推翻全局。而河东建设军政府，晋人多谓此事张亦与谋，然确否则不敢知也。旋阎都督裁汰军队，节省糜费起见，呈请大总统委南桂馨为筹饷局长，谋收军政府财政统一之效。及南到河东后办事认真，张士秀等恨之刺骨，遂诬以罪名严刑榜讯，一面并电京主张宣告死刑，语多专横。大总统得电大怒，立即严词申斥，并委任第一旅长孔繁霨前往河东接管军队。讵意张士秀、李鸣凤等抗不承认，诡称孔已不知下落，无从交代。其实孔旅长到河东时即与南局长同寓筹饷局，比张、李派兵拿获南君，而孔君灾近剥肤，始行出走，冒犯风雪，越两昼夜，始至河南阌乡县界，易去军服，旅行至河南洛阳县，适逢某友某君购票搭车，已于日前抵京进谒大总统及陆军部，将河东希图窃据详情及张、李二人罪状，呈请剿办，以收统一之效。而张士秀知孔已去，势成骑虎，亦遂宣告独立矣。”按：张士秀者系山西蒲州府临晋县人，大清附生出身，当丁中丞抚晋时，张士秀为晋省之晋阳官报主笔，其人笔墨一道在山西南路中，可谓首屈一指。无如其人素抱不经宗旨，时其羽党颇多，与王用宾二人因事与丁衡甫中丞大起冲突，而丁中丞大相冲怒，随即拿办，王即远飏，张当就擒，发押在临晋县署永远监禁，于上年辛亥革命之后，才方出狱，随即召集狐群狗党数百人在河东开会，又恐事机不成，自行赴秦邀集陕西之革命千馀人打破河东，即行自据，自称副都督，又自称观察使，将其三十一州县骚扰迫甚，今则又要独立，此方一片净土，翻作如是情形，深堪浩叹。总而言之，深堪长叹而已。余于庚戌夏秋两过是邦，何等繁盛！今阅该报所言，一败涂地，至此亦难言述也，是为之记。

二十日丁未 晴。致仲达一信，系子延托余代荐其亲戚池少明于王泰来典夥友，该函即交子延带交矣。阅十一月初六日《民立报》纪云："昨驻俄代表急电，言哲西尊丹专使现已行抵俄京，俄皇特饬以殊礼待遇，并派精谙蒙语及佛教仪典专员与之商订呈递国书礼节云云。俄欲以佛教笼络蒙古，其居心甚为叵测"云云。是日该报又纪"防堵"节云："昨袁总统以库伦溃兵有南下消息，召陆军长陈参谋次长等议决防堵办法三则：一，由察哈尔派两营防苏叠图布利时巴彦达赖；一，由热河奉天各派两营防乌拉圭苏克斜鲁蒙包阿达阿；一，由绥远城派两营防哈拉屯乌得楞伦图古哩克，已由陆军部分电各处"云云。阅此防堵三路与日昨《赤霞报》所云彼之进攻三路未同，不知是方地势若何，未能详晰，吾侪小民只以保守治安身家性命为宗旨，倘若如此节节而来，中怀焦虑，莫可解释耳。

阅十二月十九日之《赤霞报》纪云："云南个旧锡务公司总理王赓虞、郎笃荪、熊范舆诸人舞弊营私，几至倒闭，现省垣各界开会议决清算账目，并整理一切"云云。按：郎笃荪系北岸桃渚郎伟丞先生之少君，其报如是所言，不知其实在情形若何。但郎伟丞先生名廷杰，于前光绪年间入资遇缺先州同，选授四川涪州州同，大计卓异加捐遇缺先知州，选授云南昆阳州知州，到省之后，署罗次县知县、宾川州知州，旋昆阳州本任，自后调署新兴州知州，时锡清帅督云贵时请补石膏井提举，不意部驳时已告卸新兴州篆，只旋昆阳州，因事与沈秉堃中丞不睦，以致被议，曾已数年。其郎即笃荪兄，时已由知县保至同知，并其全家均住滇南，迄今十馀年，现闻住在宜良县城。但宜良县余未亲至其地，现家君云宜良县其地颇佳，有开米店之说，如是者即以滇南为家也。

但章伯纯兄元配本是陈锡九之大千金，已娶有年，生有一子，曾经七岁，上年夫妻不睦，其妻又游学出外，更为龃龉。昨周少云欲将喜亭母舅之四令嫂与其说合，彼无主意，似有两可。余以郎舅之谊，不得不与其令堂岳母知识，倘若名正言顺者询与不询均可，彼与正妻虽云不睦，今其明分尚在，将喜亭母舅之表妹，倘若作妾，与正妻陈氏，虽无窒碍，而亲母之内侄女即是嫡亲表妹，而无作妾之理，果作妾，碍与母面，其母与喜亭母舅系是同胞姊妹所致也。倘若与喜亭母舅之表妹花烛成亲，与亲母虽无窒碍，但正妻无故，俗无再娶之理。有此窒碍，在于其中，现伯纯兄虽无主意，不得不详达于令堂、岳母也。况今之新例，只娶正妻而无置妾之理，谊属至亲，不得不与详谋耳。

日前江梦生先生言今两浙盐运使张君乃翁前在福建盐大使，屡办要差，所积颇裕，彼以父资初捐知县，后即加捐知府，仍指福建试用，委有财政局提调，大为得罪同乡，复委泉漳要差之后，上年辛亥革命之后，大为运动，今得一两浙盐运使，可谓不负运动之力云。凡在官场前之钻谋曰夤缘，诸事暗之又暗，在上者知之，即时被议，同营知之，亦所不齿。今之钻谋曰运动，即运动而得官者亦不耻，倘有势力之人受其运动亦无力，诸事均以倒置，即钻谋一道亦前后倒置耳。前阅小说有做洪承畴对语有云："一二三四五六七，孝悌忠信礼义廉"，何至前后一撤以至如斯焉。

十九日《赤霞报》纪云："新疆杨增新都督电京，谓回部未靖，土匪乘机起事刻，俄军忽到此干涉，情形甚为危急"云云。该报所云如是，此方百姓大为吃亏，深堪长叹，此地方百姓致乱之吃亏如斯，为官者理应体察民情，与民休息。是日该报又纪"讨张宗翰"节云："咄咄黄岩执法员张宗翰，吾今而知葛隆昭冤狱（见本日新闻）纯发生尔之专制、滥押，实不啻尔操刀杀之也，呜呼！共和时代，民命至重，今覆盆之冤行将请第六法院昭雪，乃吾闻张宗翰昨竟捆载其吸收之脂膏以去，岂执法员者杀人在法律上可不赔偿乎！葛隆昭求免帖二角印花费被残忍之张宗翰滥押，至剥夺其生命权，吾黄民命之贱抑何至于此极！况省定印花章程，贫者有准免明文，使张宗翰别无贿托，何至行使其滥押威权？张氏身为法官，不法较甚于前专制，今该案不逮张氏讯，何以慰幽魂而昭法制哉！或曰：张为执法员，尚有执法长赵志申知事，在张氏杀人，赵独无罪乎？曰：赵亦乌能无罪也。葛当收押，及其死时，赵志申固公出不在，由毛参事执行，惟事后而葛隆昭之死状及张执法之罪恶人言啧啧，本报亦两次揭载，彼赵志申置若罔闻，不先澈究、为民请命，迨昨日尸伤已验，又一任张之逍遥以走，不为执送法院，赵氏之用心究何在也？讵谓之无罪欤"云云。该报所云如是，黄岩知事赵志申如斯，执法员张宗翰如是，黄岩百姓受此冤抑可知，黄岩未遭兵燹，其知事又复如是，今之百姓受冤莫可限量耳。

廿一日戊申 晴。致送仲甫兄年糕一百根，交二头代为(带)申矣。家君致送北岸朝灿相之母挽联已于托子能先生代为书就，其语曰："日短事刘，陈情有表；风高迁孟，择里惟仁。"但朝灿相之外祖系先曾祖从其学武之师，因之往来至今，先曾祖有地十馀亩购在塘头地方，即托其府上代为照料，所以年年时有来往之人。又致王晓凡兄一联，其语曰："总角交深，惊传白柬；广陵调绝，空忆青囊。"余与晓凡兄系幼年交情，以后时有往来，彼年方四十，随至此道，深堪长叹。

晚膳后，至分府署，晤周梅翁、李舜卿、花醉卿、周建西、陶习之诸君相叙，临海县来少卿知事因北岸诸处钱粮不易归结，邀周梅翁至各厂代为催促，梅翁又邀花辅卿至北岸各处催征事毕，已于晚刻至家，言北岸地方阔大，其苦亦是异常。晤侯吉斋言刘兰洲观察守台时，因临海地面太广难于治理，通详上宪，拟由临海县属分设章安县，时省宪以经费为艰、学额等事颇费周章，以致驳斥，所以仍从其旧。花醉翁言福建之各县治地方亦广，各县治中福清县地计六百里，最为广阔耳。周梅翁相约至心斋宗叔处，晤罗树南先生，相叙半晌而来，至家时方二鼓矣。

梅翁又言委浙东禁烟监督张喧初已于昨日抵海门，因随员携带数十人，不能滞留，随即赴郡办理矣。郑夔友兄现已赴郡邀辩护士杜棣华代为诉讼，今张喧初又经到台，未识作何解决，亦未得而知。至于黄岩县赵志申知事被人呈控者，非独郑夔友一呈，亦未识张喧初作何办理耳。吾台之烟毒速去，乃台民之福，任其官吏如是所为，无辜小民何堪设想。今既张喧初君幸知地方情形，得能大加整顿一番，是为至幸。心斋宗叔言，姚梧翁现经补到众议院议员，即照选举之法，果实有才而堪大用之人，百姓联络公举犹恐其不愿应举，邀其自行垫写志愿书方可有效，乃今之选举，此等所为，实所罕有。如是选举，只以有财有势者方足应选，有何趣味。而姚梧翁尚不止此，既为候补第一，致于涉讼而来，更难言哉。又言蔡新芝系镇江人，前月至家，道过杭州，乘坐轮车抵埠时搜觅烟浆数十两，法警送局戒烟云云。言若子虚，更为至妙；倘有其事，彼之单薄异常，只恐不经此苦。所以吃烟理应早戒，免致如是风波，是为至幸。

廿二日己酉 午前，晴；午后，阴；至晚皆然。家君嘱书致福卢槐士兄一信，附致朱炳森一信，交嘉先送邮寄郡台盐公司。家君前荐朱炳森与台盐公司夥友之后，前接槐士兄来信言丙森烟尚未断，当即函叫其旋里，未见其来，顷已来函，知其有病，已人浮于事，曾已分手，顷致函嘱其来家耳。凡做人须要自做，靠人者非是时势，仰仗于人，只引路已得人之高情矣。但丙森之祖母系余之大祖姑耳，先曾祖之后三姑婆、一先祖，大姑婆适朱氏泮宫公，即丙森之祖，二姑婆适马头山叶五丰公，三姑婆适长甸陈洛卿公。大姑婆所出朱申甫表叔，二姑婆所出者幼殇，即叶菊仙表叔承继，三姑婆所出陈子宣、陈蕙夫、陈克明三位表叔。但朱申甫表叔后三人，大者名丙乾，已故，尚留一子，次即丙森，三曰老三，现在北岸南货店中作夥。但丙森初长时，余代至黄岩乾记南货店生理学习，时丙乾尚在，因南货店出息太薄，彼托方玉代荐与旭东宗伯派仙居分号学习。余初以盐号虽佳，易于废荡，将来歇业之后，转荐为难，不如南货店出息虽薄，只要其人能守规矩，不致难荐，时当面允诺，余复代向乾记说好，彼不来，因此作罢。不想人初长成，彼在仙居分号将烟上瘾，已致形同流落，时经事者将其歇业，数年以来，漂流迨甚。春夏之间，家君自晋旋里，看其如是情形难堪言状，总以亲戚关怀，嘱其急速戒烟。彼与家君云烟已断瘾，值台州盐务卢槐士与俞棣生诸君改创台盐公司夺旋利权时，家君面托槐士兄用为店夥，虽云允许，亦大情分。彼进店之后未久，接槐士兄来信，言其烟瘾如故，当即致函劝慰，不想芙蓉之念甚深，难于离脱，仍然如昨。顷接槐士兄来信言其分号人言难于安置，只得歇业。现在浙江禁烟之令綦严，以知事监督如此严厉犹恐未及，今又省委张喧初君为浙东禁烟督办。文官不力准予撤换，武职不力亦候黜入，彼随身亲兵如是之多，倘分防营勇调赴禁烟者，倘该防地出有重案，可以不问，其至重如是，文官以禁烟得力，无论何等控告，置之不问可也。今之烟禁如斯，而不可戒乎！但郑夔友兄被赵次胜知事如此之辱，眼前情形无可奈何，不知后事若何，亦难预料。

忆数年前有人云俄罗斯国皇上尊崇孔教，建设先师孔子庙庭，落成之后，尊奉先师圣位之日，适中国山东曲阜县孔庙焚毁，为日相同，当有人曰："圣人之道行于外国。"当时其言亦付诸一笑。昨晤花醉卿先生所言曲阜孔子庙庭被焚之日适在俄罗斯国皇上尊崇孔子圣位之时，言之相同，并且凿凿不谬。但先师孔子故里在今之山东兖州府曲阜县，陵亦在于此，其孔庙系敕建之，高大不言可知，尚有数百官吏守庙，何至被焚？已奇之至。再又，俄罗斯国皇上尊崇圣教，送奉圣位之日相同，并非无因也。但杨朱、墨翟之道均有偏护，惟圣人之道得其中庸，中国尊崇以来，数千年矣。俄罗斯国虽大，其远且极，而知尊崇孔教。中国素所敬信尊崇者，返以墨氏之教为重，如正人去位，邪人乘机而入。但圣道汪汪若海，得其正气避邪亦非一日所能及，渐而至之，亦屡易春秋矣。将来圣道昌明，定逾于前，即目前而论，停科举之后，由学堂取士，将前之有用人才日见其少，平权、自由之龌龊者日众，非大加清涤、感化文明，焉知中国仍然锦绣山河耳。凡事以高而能呼下，今之最高者首在俄京之圣彼得堡，现在国势所言即如在高者易于观下，未闻下治于上之理。现在北方时事如斯，各报纸所言余以略记一二。今楚卿兄来叙半晌，言今之北事最急，各报所言不谬。各报所言，不过偶书，非是吾侪所敢拟议。吾侪所愿者求安枕席，为幸多矣。伯端兄云，新正初五日即行赴杭，彼学堂在武林太平门口私立浙江法政专门学校，与其信札如是书写，想无贻误耳。

廿三日庚戌 晴。致章子端兄一信，交海门邮局寄至遂昌。致陶寿翁一信，交嘉先送至海门。家君嘱书致福卢槐士兄一信，附致朱丙森一信，亦交嘉先送交邮局寄郡。但家君致福槐士兄及丙森两信昨日曾经记注，今又言及，乃是重复。早刻，郑荻洲先生来叙，过午膳同至梅翁及心斋宗叔两处，均互叙一刻而来。荻洲先生言其家眷亦来，已住在黄岩城内，其如夫人系黄岩人，前是郎伟丞老伯购为丫头，彼年华长大，即与荻洲作妾所致也。彼前做个旧同知，在革命之后，时该缺每月计洋五百元，一切均在其内。倘是五百之数，即其所剩不多，彼是有馀积，亦未识由何处而来也。又言丽江府知府省委彼去任事，因该缺每月只洋四百元，一切均在其内，只恐亏控而未就。现今做官，照法而做，微乎之微，倘效赵次胜知事之所为，每月数千、数万亦是易得。郎伟丞老伯数年以来宦囊如洗，其令郎笃荪兄两人非独无积，返亏控颇巨。但伟臣老伯日需最奢，而笃荪兄更奢，以至如斯。今之情形，即或归家，最有为难之势。借新兴州人李姓洋蚨就昆阳贸易谷米生意，其笃荪现在个旧办理锡厂公司，现今亏控已无了结耳。人生无论贫贱富贵，每年计算所进若干、所剩若干、以留红白事业所需计用若干，以此为主，即或尽焉，将其所剩之数用去，切勿需到原本，是为至要。

荻洲又言，现黄岩县知事赵次胜将土屿人张姓向不吃烟责五百板发押班管，其亲属上控，批："查赵次胜自详责其手心百数"，以此看之，赵次胜亦非好货。总而言之，黄岩有此等官吏，百姓受苦何可胜言！张淇泉兄亦避赵次胜之糊涂，恐致无辜被累，亦于廿一日到台，就即至长甸去矣。黄岩百姓上年避匪，今年避官，遥遥相对耳。荻洲又言，现在云南之秩序尚言整齐，亦是滇民之福，但新兴州属之生理日下，大有不如从前之势。地方兴旺、衰颓全赖生意之好歹耳。陶寿翁于晚刻至家，全蒋敬甫来叙一刻，言姚梧冈赴省为选举呈控，中有齷齪运动，不如文明诉讼云云。省中尚无批示，至陈夑枢能否取消亦未见有明文。但梧冈之补须俟陈夑枢取消之后，现陈夑枢取消明文未见，尚不能补耳。寿翁又云，现张喧初系是浙江全省禁烟督办，其宗旨：吃者虽云要禁，最重在于禁种，倘有种烟之所，虽在穷山空谷，必须净尽。而此之后重于禁种一边，倘有种植烟苗者理宜重办，分所宜然。罂粟为害甚焉，种者禁、吃者禁，亦是一时之亏，自后台民无穷之福耳。

廿四日辛亥 晴。上午二句钟时起叩谢天地神明，并叩各庙神明，毕后，天尚未明，此即谢年，乃一年中之要事也。数年前，谢年之后与人知者均曰恭喜，知人经谢年者亦曰恭喜，近年来不大多言恭喜字语耳。每逢正月元旦必须叩年，遇长者叩，并辈者揖，此在家无论上下人等均是一律如斯。凡大小官场每逢端午、中秋、岁除，上司者致禀叩贺，同寅者致函揖贺，若遇新年必须叩贺，如有来往者均须往谒，彼此往还，颇见亲热。在省晋谒上司，在京同列朝班，外府之州县以及佐二、佐杂各员晋府参谒，人人如是。倘上省叩贺，亦必三分之二。近年来日见稀少，自革命之后，不以此式为然，又改阳历，更无捉摸，亦如月，圆极则昃，倘昃极则圆，亦势所然也。数年前，此等礼仪过于周到，人人心目中均有三节、新年之心存焉。今则初相见背，非独三节、礼仪见背，即此外事事更非。现尚见背之初，人尚有习惯未能即改，俟前事全非迨尽，必须反正，在所不免。古人云：“合久必分，分久必合”，又曰：“治久生乱，乱久思治”，天心人愿，理所然也。今之见背于前者，则尚志初开，未识至于何底，难于预料。总而言之，杨、墨之道，非所持久，惟是圣人之道，终始如斯。即数千年之治世，悉皆如是，足可明证也。鄙见如斯，质诸高明君子以为何如？

早刻，王子衡兄来叙，过午膳后，同至子俊处，晤达云母舅，相叙半晌而来。达云母舅之表弟明岁请王璧人先生教读，计五人，束金洋三十二元，倘若五人之外，束金另加云云。但璧人系邬丽生先生之令祖，虽属童生，论读书可云清通，较学堂出身之举人、进士尚胜数倍，即今之大学、中学毕业诸君，未必逾过，惟其人过规谨，心地朴厚，所以不能想法，以致困顿，仍抱寒素耳。

廿五日壬子 晴。接叶祖香公祖一信。

廿六日癸丑 早至晚刻均阴；戌牌，雨。家君嘱书致福洪慕希兄一信，即呈家君交其来人带交。午膳后，至翁子俊兄处晤叙一刻，就道至邱仲玉处少坐，至家时将晚膳矣。典中之宣统年当捐洋六十四元，检查收条，当交蒋馥堂先生令郎杞臣收讫。晚刻，林樵云先生与罗姓携有来少卿知事公文，谓典中之宣统元年分架捐未曾缴讫云云，此事不得不禀明知事，现值岁除即迩，俟初上即邀玉先赴郡具禀原情可也。

子俊兄言，江家地方有一家亦颇小康，其菜园中有乌烟二十馀株，人说其留种，彼自言飞子。陶雨林与其家不睦，与梅翁之弟槐卿次郎言及其事，其次郎带同雪梅携枪以打鸟为名，至其园中看有二十馀株之烟苗，彼即挽是处调查代说，用洋四十元。其次郎旋即与梅翁言，而梅翁派法警封其房屋，彼家畏甚，随（与）梅翁洋一百元，又，次郎言及掾史、法警等计洋四十元，统而计之，需费一百八十元了事。但周梅翁并无所得，禁烟罚款之名，即此一案已进百元，外得八十之事，而海门娄祝三为禁烟董事，以及王采东等，为禁烟之调查，日夕专心扰索，不知几千百元，正是记难胜记。闻说蔡子葵兄具禀于禁烟监督处云，娄祝三有一百八十馀案，以大概而论，亦非无因，惟是罚款果在若干，不得详晰。百年烟害能得超脱，乃台民之幸；不意如此骚扰，台民之不幸。即如是办法，较之黄岩而论，临海尚在和平。可见天下奸猾者所得无艺之钱不知凡几，天下之忠厚者所吃之亏亦不知凡几，又不知皆存诸于数否也。

廿七日甲寅 晴。致王伯森先一信，另柬送托林樵云先生代为带交。早膳后，至楚卿处，晤吴玉成、郑夔友、王少常、邱遇琴诸君，互叙半晌而来。在楚卿处阅十二月廿一日《申报》纪云："北京电：政府近得蜜报，库伦宣慰使图宾王因事逃出，库伦行至赤峰地方竟被蒙人掳去，谓将处死。”是日该报又纪：“北省电：库伦近又派兵一千馀名由达赖王统率赴布库多助攻阿尔泰，中央得信后已电帕办事戒严。”是日该报又纪：“哈尔滨电：有蒙军三千馀人入海拉尔攻击甚猛，该处军官已电江省乞援”云云。是日该报又纪：“哈尔滨电：俄人循活佛之请已发三百馀人在库伦至张家口之大道沿途巡缉，传闻至乌利亚之大道已被阻截”云云。又阅十二月二十日《申报》纪云：“打箭炉电云：里塘失守消息，藏番迭次猛攻，我军力不能支，因而却走，现该处正在驱逐华商”云云。至翁子俊兄言，阅近日《民铎报》云，现俄国已经帮助蒙人进攻，曾经出面云云。此等消息，闻言之下，深为至虑。吾侪小民，只安枕席，是为至幸，未识得能如愿否也。楚卿言，接褚彗僧、姚梧冈电，嘱其速为赴省，因省会定于正月初五日召集所致，彼定于新正月初二日即行动身。现今选举致有如是急速，只愿善举参议员赴京转危为安之建议，幸甚幸甚。

晚膳后，至陶寿翁处，晤周载熙、周萍洄、黄道周诸君，相叙至九句钟而来。据萍洄先生言及俄人断勿自己出面，兵攻中国，恐犯各国公议之所致，今只钱借蒙人、军械售于蒙人、精兵者送于蒙人，助蒙人自能独立练兵，复于俄调遣由蒙古自行进兵中国，其中一切财力、军力悉均暗助。但中国虽弱，与蒙对敌常能为力，又恐俄出而干涉，以致中止。但俄所驻西伯利亚之南各处计精兵五十万人左右，中国之一国中能战敌精兵不过十万名而已，所以畏俄而畏如虎。况俄之精兵五十万能敌中国精兵一百万，以此论之，俄国分驻精兵能敌中国十倍耳。但俄之精兵力强，不畏辛苦，军械取于本国；中国之兵虽云精，战亦不能经于辛苦，而军械又购于外国，以此较之，五十万人抵敌者尚不止于百万人。其事如斯，所以袁总统事事退步之所致也。今则畏蒙即是畏俄国耳。但萍洄先生以众议院赴京，据自所议者以财政问题、外交问题。当今之候，财政困难万分，外交棘手万分，不知下议员诸君作何解决耳。

廿八日乙卯 晴。家君嘱书致管端甫先生一信，交昌标相代寄至塘家岙矣。现今已届年关，而街上萧条，一年不如一年。如猪肉一项，当甲午之前，每洋一元可购十六七斤之谱，自甲午之后，年贵一年，即上年之肉价尚有七八斤之则，今年涨至四斤馀两，亦所少有。至于谷价亦是，甲午之前早谷每元计一石二三斗，京谷则一石一二斗，糯谷亦如斯，至于晚谷则在一石四五斗耳；自甲午之后，年贵一年，至今岁春间，谷价昂甚，早谷每元计价三斗五六升，京殳、糯殳亦相若，即今之晚谷亦只五斗二三升之谱。即如柴油盐酱醋茶，无不倍徙之贵，若是者无业穷人将何以堪，深为虑甚。凡事尽则必返，现今物价贵尽，未识何日能返耳。

无论大小人家，须以节俭为第一要务，人家每年计进一千元者，若用去九百九十九元，则明年尚可支持；若需一千元另一元者，则日渐月积，即不能敷衍耳。自一百元、两百元、五百元、一千元、一万元、数万元之出息者，需数均照此推而已。忆先曾祖母应太夫人训曰："未富先富，到老不富；未穷先穷，到老不穷。"沅跪聆训诫之下，细想形容尚犹在耳，而先曾祖母应太夫人其人不知何处去矣，青夜而思，涕泣交加。可见先人初为积累何等艰难，为人后者必须仰体先意，是为至切。圣人云："三年无改父母之道，可谓孝矣。"乃先曾祖并先曾祖母应太夫人如此勤俭，家君宽仁厚恕出于情性，曾任州县十馀年，不名一钱，布衣粗粝人所不堪者，尚自敬惜。沅兄弟各人当效家君为法，是为至要也。至于勤俭易于苛刻，勤俭人所必为，苛刻切勿沾染。勤俭者，诸事宜勤，已勤，尚顾于人，处身从俭，已俭，尚厚于人。苛刻者待于人，敷润于己，刻薄于人而厚于己。即此一节，已明于勤俭、苛刻，而后之君子深明此义更须至要也。王梦云先生早刻自府上来叙，过午膳后趁小轮至黄城去矣。

廿九日丙辰 辰时前，雨；巳牌雨晴，阴、雾；午时，晴，天气颇暖。接张丹庭亲家一信，交其二令郎仲雨带台，现其仲雨即由海门今日至家去。前托其代买鹿茸，言代函托宁友代为物色云。余在申、甬两处所见鹿茸百馀对，其毛色、样式以冯存仁之茸为最，未识该处之茸果是关东所出否也。余以此道不甚内行，当时不敢即为向购，而托精于此道者购来，想可无误耳。并言其大令郎孟定在袁巽初处英文番译云。家中之新对联悉均贴就，今日酉牌立春，古人云："最善立春晴一日，农夫不用力耕田。"今之辰前虽云有雨，而巳时之后悉均天气晴明，想明岁定然岁登大有，可以预卜也。周达云母舅、翁子俊、李舜卿诸君来叙半晌而别。街上尚均安谧如恒，深为至幸。

三十日丁巳 阴、雾颇大。接家君与胡介眉先生之收条，由杨伯藩兄代为付讫取转送还矣。早刻，至陶寿翁处相叙至午膳时而来，现届除夕，今岁又是一年，只求岁岁平安，是为至幸、万幸耳。

第四十三章

癸丑(1913)正月初一日起

癸丑元月初一日戊午　子、丑、寅时西北风颇大，天色阴、护；卯牌风细，天气仍护；辰时风静，天色亦护，至午初皆然；午末，初则雪子，雪子中有微雨；未刻，阴；申初雪子，雪子中夹小雨，少顷即晴；申末牌，天色暗护；以后皆然。全日云色均是白茫茫，似下雨雪之景也。早刻，叩神之后，随即至家内堂上老人前叩岁，均未出外叩年，只以名片往拜而已。今日元旦，又是新年佳景矣。

初二日己未　阴、晴。早刻，至达云母舅处叩年后，就道至梅翁处，适其外出未晤，即至楚卿处，晤陶寿翁、周孟东、邱遇琴、周载熙诸君，相叙半晌。楚卿即于晚刻借永福轮船赴甬，就甬江趁轮到申，随即抵杭，因初五日开会公举参议会议员之急，不待初五日商轮开行也。现在之省议会各议员，近处尚可初二日动身，倘若天台诸处，须在路中过年，或即正月初一日动身而已。叶石甫先生亦从楚卿同抵武林，因楚卿之来往信札自己不能动笔，不得不携一能书信札之友人耳。家君席请花醉卿先生、吴玉成、周梅翁、陶寿翁、王少常、李舜卿、黄道周诸君，相叙席散而别。

初三日庚申　早至巳刻，细雨；午牌以后均阴。昨夜栅浦苏全标相家被土匪数十人来抢，但全标相郎名炳吉先藏有快枪，见有土匪，随即开枪，而土匪见其家有快枪，将其门壁捣毁，未曾进，间又见葭沚之驻防营哨号响而去。早刻详看，匪虽未毙，而有血痕，想土匪定有受伤矣。年内近处捣抢数家，有是责者均以因循敷衍，今则栅浦地方亦敢来抢。但栅浦与葭沚只在咫尺之间，土匪敢来抢劫，深为至虑，只愿有见责者严于缉捕，是为至幸。家君席请汪伯端、陶习之、周谱香、周孟东、周载熙、黄少湖、周建西诸君晚膳，相叙席散而别。但伯端、习之均于初六日趁永利商轮赴申至杭，伯端兄系浙江私立法政，习之系官立法政，均在今岁可以毕业云。

初四日辛酉 辰前，雨不甚大；巳、午刻，雨中雪子；未时，阴；以后皆然。子权之妹丈北岸王景常兄令郎名质文号正亭，于早刻来叩新年，相叙半晌而去。随至子权处，晤正亭、习之、漱芳，相谈一刻而来。子权来邀晚膳，而辞谢焉。家君席请周少云、黄吉甫、周庆相、苏月波诸君晚膳，互叙席散而去。

初五日壬戌 卯时前，雪不甚大；辰牌雪晴见日；至晚均晴。致许眉甫先生一信，饬老官送交。致汪伯端兄一信，交嘉先送交，附洋四元，托其就杭代购全鹿丸。早刻，至海门娄晋阶家吊孝，其孝子大小七人，均不知在于何处，并无一人见面。晤张仲雨，相叙一刻而别。就道至永利商轮局，晤徐富春、陶寿农、高梅亭、陈少山、丁明轩、杨叔藩、王芹甫、娄祝三、徐仁甫诸君，互叙至午。随过午膳后，而陈虞韶至局，托其代购檀香洋两元，该洋随即付交。言永宁商轮即于今晚开行，以后定于五、十由台开甬，三、八由甬来台，永利商轮定明日初六即礼拜二开行，以后定于礼拜二由台往申，礼拜六由申来台云。随即至家，随至达云母舅、谱香母舅及李舜卿诸处，均相叙一刻而来。今岁典中各夥悉均如旧，另添一柜上夥友耳。

初六日癸亥 晴。吴玉翁柬请孙女婿王子襄午膳，并邀余陪客，即于早刻至其府上，少顷而子襄来，并与李舜卿、王少常诸君相叙席散而来。接许眉甫先生一信，系是昨日覆函。致梦云先生一信，交立茂先送呈。

初七日甲子 早至酉刻均阴；戌牌，细雨；以后皆然。晚刻，至达云母舅(处)，相叙半晌而来。王俊卿兄来，留宿一夕。

初八日乙丑 阴。致何肃堂老伯一信，托陈哨官遣弁至郡向其取还十三响一支，系前年十二月间接肃堂老伯来示假去，现向其取转耳。近来近处土匪抢劫颇多，年内高坎头陈厚广、下洋郑王凤翔、王风岐等家被抢，新正以来，栅浦苏全标、墙头陈舜卿两家复经相继被劫，而陈得广、陈舜卿被抢什物时其藏有快枪亦均抢去，正如虎添翼也。但苏全标家藏有快枪，其郎炳吉先见匪进门捣毁门壁时即行开放，该匪即退，次日见有血痕，想匪有受伤而去。可见物须人用，有人有枪方为有用。有人无枪，本无落手之处；有枪无人，反被贼用，不得不虑也。现今时事如斯，不得不被枪防堵，只愿备而不用，为幸多矣。

王俊卿兄于早刻去。早刻，吕来言周允东府上接有省中来电，言允东有病之语。午膳后即至允东府上，晤心斋宗叔及王淦臣兄。褚仲逸言，初六日接省中来电言允东病，叫其婿娄燧卿即日到省云云。时燧卿不能脱身，而允东之夫人带同老仆三哥又娄燧卿遣一李姓夥友同趁永利商轮赴沪抵杭矣。而初七日早接一电言允东病痿，嘱燧卿多携洋蚨即至杭云云。又于晚刻接有一电言允东病重，叫其夫人至杭云云。看其如是之急，颇为可危，其府上往询一电，未接覆电，只求危而复安，是为至幸。就道至二府署，晤周梅翁、花醉翁、周建西诸君，互叙一刻，言禁烟董事娄祝三换于谢云芝兄，彼派海葭镇调查员一人，暂寓分府署，只愿一般烟鬼一旦而尽，六庄之受福无穷耳。

初九日丙寅 细雨；早刻雾浓，晚刻雾淡。早刻，至陶寿翁处，相叙一刻，言昨夜墙头地方陈舜卿家又经被抢，初次进舜卿家，该匪只将其楼下各人房内什物一抢而去，未曾上楼，其贵重什物均藏在楼上，昨夜匪来，将其楼上什物均抢而去。匪风如此横行，而驻防营勇毫不追究，深为可恨，不知当道者亦能见及否也。

初十日丁卯 早至巳刻，雾、细雨；午、未牌，阴；申时，晴；以后皆然。致陈祝再越长一信，遣人专送长甸，旋言祝翁现至郡城，想为禁烟调验而去，亦未可知。致洛卿丈公及梦云先生各一信。仲达于晚刻来。陶吉云今日二次续弦黄岩柏树巷人，其女年将四十，尚在闺女，亦所罕见耳。

十一日戊辰 巳时前，阴；午牌，晴；以后皆然。致刘剑郎兄一信，托仁大典中代为转宅潞河。致章子修兄一信，致章伯纯兄一信，专人送交。午膳后，达云母舅及李舜卿兄、王俊卿兄、周载熙兄来叙至晚而别。陈子春兄早定李克三舅公表妹，与子春系是娘舅表妹，择于本月廿二日成礼，余送其对联，语曰："迨其吉兮，谷我士女；式相好矣，宜尔室家。"即托俊卿兄代为书就矣。俊卿兄言其庐村道头娄家、汉家又于昨夜被抢。其家颇为平常，亦遭劫惨，深为恨之，地方土匪如斯，未识有是责者得能速为惩治否也。

十二日己巳 雨。家君席请王仲达晚膳，并邀达云母舅、金季盘、王俊卿、邱遇琴、周作羹、陶习之诸君陪客，相叙席散而去。早刻，接岳母来信，言子春兄于廿二日完婚，邀余代媒。余因明日赴申一走，随即辞却。并接一帖，系仲善兄于三月廿一日完婚，俟至时定然趋赴岳家叩贺可也。

十三日庚午 阴，雾甚浓，晚刻犹重，至戌牌雾散。家慈于早刻至莘山小妹家去，仲达于晚刻至黄城去，余亦于晚刻动身至海门趁永利商轮，大菜间值子衡兄送其令弟子襄至轮，彼至杭州肄业学堂，与余聘[①]间，该轮自下午九句钟开行矣。

十四日辛未 雨，该轮于上午六句钟抵石浦，七句钟动身，十二句钟抵定海，下午二句钟自定海动身。在轮中晤王芹甫先生、章久之兄、林惠甫、杨云帆、王梅友、方翰卿诸君，晤叙一刻，久之兄言现住上海文鉴师路第一千三百三十一号内，其家眷亦住在申云。

十五日壬申 阴。上午四句钟，该轮抵申。于五句钟至老级陞客栈，住第十六号房内，其处虽小，尚云明亮。少睡一刻，早膳后，至三洋泾桥同福祥客栈叶少峰及梁君（处）一叙，后即至文鉴师路第一千三百三十一号寻觅章久之兄，相约同至四马路口四川路徐景明处，

① 当为"拼"。

托其镶牙，计镶金牙两个，价洋念元，当附洋十元，其馀俟完工付讫。即同久之转至栈中午膳，言是处裱画以九华堂为最工。久之兄别后，至三马路抛球场九华堂，交其装裱彭刚直公法绘四尺梅花直条一堂、何子贞法书四尺对联一副，共计裱工洋三元六角，随即先付洋两元，言其画俟月之廿九日方可裱就，向取时付清价洋可也，并取有发单一纸，以便执凭。就道至永利商轮局，晤林虞友、杨伯藩、罗廉臣诸君少谈，值朱劼丞兄亦至局中，相叙半晌。

伯藩兄言周允东母舅是初六日在杭州作古，深为可惜，故在大方栈，该栈照例报明地方勘验，其病是杨梅疮毒攻心而毙，现其夫人亦在杭州，幸有洪莲翁与其同寓，诸事尚不致掣肘耳。凡事数定，尚有可犹，彼自作如斯，亦是无怨，代为浩叹。就道至宝善街公顺里惠通客栈，晤方翰卿、王仲藩两兄，少坐即至大马路派克路永年里朱劼丞兄府上，晤谈少顷。朱劼翁言定于廿四日将其家眷送转黄岩，约住二十馀日即应众议院议员晋京云。转至栈中时方晚膳，而膳后即约同仲甫兄、久之兄至大舞台看戏一夕，旋时已逾十二句钟矣。但王子襄兄本欲相约同寓，因子衡诸事均托林惠甫兄代为照料，赴杭据说十六日又要动身，因此未约，彼与林惠甫均寓惠通客栈，余于晚刻至惠通，彼亦出外未晤耳。

但周允东母舅名建勋，系先母周太淑人嫡堂之弟，乃子最公之子，生于光绪元年乙亥二月初十日午时，辛卯岁与余同学，至戊戌，计八年，其性情自取聪明，颇持傲物。于甲午岁经徐季和学使按临台属科考入府学附生，至姚子祁司马同知州府事时经管地方公事，为椒江书院监院，甲辰岁托汪庚生办有难荫知县，其中颇为取巧。甲午入京，以难知县赴引入国子监肄业六个月，牵掣山西试用。乙未夏赴山西候补，委有催征以及发审等差使，自后山西发审局改为审判厅时，丁衡甫中丞委其地方审判厅民科推事。辛亥革命之后，山西以本省人入官界众多，上年壬子咨转浙江原省委用，于九月间自太原首途，十月到台，十二月动身到省禀到。彼只二女，长适海门娄晋阶先生之三令郎燧卿，次字黄少明宗叔之郎宏德，前闻心斋宗叔言其夫人已有孕三个月，倘若是男，深为至幸。允翁自正月初六日晚刻作古，其长女即适娄燧卿者，于正月初六夜产一子，其亦难凑之巧耳。如是看来，为人空甚！古人云："积财与子孙，子孙未必能用，积书与子孙，子孙未必能读；积德与子孙，子孙荣昌。"如此见之，其言更信然也。

十六日癸酉 晴。致汪伯端兄一信，交邮寄杭。早刻，至恒心里台公和访江德明兄，适其外出未晤，就道至永宁轮局，晤林虞友少谈，徐均出外未晤耳。至宝记照八寸相片一纸，价洋付讫言廿九日向取云。

十七日甲戌 雨。寄奉家君安禀一函，并附延年益寿酒一瓶、冯了性酒一瓶、双料卫生丸两颗，均是家君嘱买，饬阿三送交二头带台送呈。晚刻，王芹甫先生来叙一刻。章久之兄来约至万家春晚膳，即同芹甫先生至万家春，相叙席散后，相约至大舞台看戏，晤杨子屏兄、王仲藩兄、杨伯藩兄，互叙至戏完而来，时经十二句钟矣。

十八日乙亥 阴。西北风颇大，天气颇冷。致金洪畴外甥一信，附奉家慈安禀一函，封交洪畴转奉，谅家慈尚在莘山，所以交洪畴转奉为便。致达云母舅一信，均饬阿三送交邮筒寄台。致张济川兄一信，致章久之兄一信，均交万家春番菜馆递交。早刻，杨子屏兄、杨可久兄、陈俊卿兄来叙一刻，相约至粤华楼大菜，随至四马路粤华楼，少顷而朱劼丞兄、王仲藩兄来叙，至席散而别。随至徐景明处，晤景明及林子韶，言所镶牙齿明日可成。就道至恒心里，晤江德明兄，晤叙半晌。至三洋泾桥临平里同福祥，晤叶少峰、梁新泰两兄少叙，至新圣街许永利、许柳春兄处，少坐而来。江德明兄来叙至晚而去，言其令尊江梅渡老伯于上年七月廿七日作古。现在贵州变乱异常，该处地瘠民贫，粮饷无可取资，竟将不动产计一千两者勒捐二百，即如此捐数，亦不能济饷糈之急也。近今百姓之苦，莫可胜言耳。

十九日丙子 早至午刻，阴；未、申牌，晴；酉时仍阴；以后皆然。早刻，席设万家春番菜午膳，邀朱劼丞先生、许河标老伯及叶少峰、王勤甫、杨子屏、杨伯藩、陈俊卿、杨可久、江德明、章久之、王仲璠诸君午膳，相叙席散而别。至栈，言姚梧翁来谒未晤，随即至斜桥甡元里姚梧翁府上，适其亦经外出未晤。但上海有两处均曰斜桥：一曰斜桥路，均是洋房，上年往觅姚梧翁因此不得其门；一曰西门斜桥，即甡元里姚梧翁所住之处。随至十六铺永利商轮局，晤朱劼丞兄、杨子屏兄、章久之兄，互叙半晌而别。晚刻，朱劼丞兄来邀晚膳，其席亦设万家春，随至万家春，晤杨子屏、曹士珩、王芹甫、杨伯藩、王仲璠、杨可久、章久之、陈俊卿、江德明诸君，互叙席散而来，时经十一句钟矣。接汪伯端兄一信，言省中选举参议会议员，台州郑际平、张鳢两君均列当选，省会中选朱益敷老伯为议长云。

二十日丁丑 晴。致管端翁一信，交邮寄台。早刻，姚梧冈先生来叙一刻，相约至永利商轮局，晤沈葆红、杨子屏、杨伯藩、王仲璠、林虞友、陈俊卿、罗廉臣，诸君互叙。过午膳后至栈，晤王芹甫先生，相约至徐景明之牙局。前定做之牙齿两个均已做就，即代上进，颇为舒展，无易罗山真面。但上海一隅，能镶牙齿者不下百家，以徐景明、徐景文兄弟二人最为出名。各人之镶牙，每个约在一二元而已，惟徐景明兄弟二人，每一牙齿须洋十元之外。余只知其贵，知其好，早已主意叫其镶牙，今日做好上进，无易重生，可见其术能精益，或每牙十元，亦不昂贵。余牙二只，计洋念元，当日付洋十元，今又付洋十元清讫矣，究不知几年可用，亦难预料。余自大牙崩碎之后，食金腿以及鳗鲞等类，其痛莫名。日前彼处之镶牙者林子韶系景明之徒，将齿根拔出计三粒，均如谷式，自此之后即食各物均不作痛，可见非牙有病，而崩牙之病也。

接章久之兄一信，邀廿一日晚膳，席设万家春。少顷，梧冈先生柬邀今夜晚膳，即至梧冈先生处，晤杨子屏、王仲璠、杨伯藩、王芹甫、章久之、陈俊卿诸君，相叙席散而来。言及章一山先生现今公馆移至虹口，过里虹桥新记浜路朱家木桥东有恒路大洋房隔壁德裕里五巷底章寓，曹士珩先生现寓金隆街中和号。

廿一日戊寅　晴。致翁子俊兄一信，致许一冲一信，均交邮筒转递。午膳后，至东有恒路德裕里章一山老伯府上，并晤其堂令弟米卿，相叙半晌，云及月之十五日京城国务军（即禁卫军改）兵变，其人不多，未至剧烈云。并言欲就沪江税西门台州公所屋开设肥皂厂集三十股，每股百元，计洋三千元作为资本，将行动手矣。现移德裕里屋两间，每月税洋计十八元，较之旧住之源芳里屋好得许多耳。就道至法大马路润昌里口喻志韶老伯处，少坐而至棋盘街前金隆街同和号曹士珩处，言其尚睡，未及通知而来。随至永利局，晤管季芳兄，相叙一刻，适章久之兄来邀晚膳，席设万家春。随到万家春，晤章一山老伯、朱劼丞、姚梧冈先生，相叙席散而别。值王仲璠兄柬来邀席，随至仲璠处，晤姚梧冈、王芹甫、夏华轩（系振之兄令郎）、杨伯藩、章久之、管季芳、林横琴、沈葆红、杨可久，诸君相叙席散而来。言及杨子屏兄、陈俊卿兄均于早刻至杭城去矣。章一山老伯、朱劼丞兄、章久之兄来叙少顷，而一山老伯与劼丞兄著象棋两盘，去时已下午十一句钟耳。

廿二日己卯　晴。早刻，许河标先生来叙一刻而去，随至宝善街惠通客栈夏华熙处，晤罗文卿、杨可久、林横琴诸君，互叙一刻而来。王芹甫先生来栈少叙，值江德明兄柬邀万家春大菜，即至万家春，晤章一山老伯、曹士珩、王勤甫、杨伯藩、徐贤昌、李挺生、王仲凡，诸君互叙席散而别。言及台公和陶柳桥栈中被禁烟者搜获烟具，罚洋息事矣。

廿三日庚辰　晴。寄奉家君安禀一函，致达云母舅一信，致许眉甫先生一信，均饬阿三送交邮筒转递。仲衡兄邀余至新新舞台之楼外楼一游，是处颇喜人意，倘在夏月，最为相宜。晚刻，曹士珩先生来叙一刻而去。喻志韶先生来叙至晚，邀余至万家春晚膳后，随至大舞台看戏至十二句钟而来。

廿四日辛巳　晴。致陈子春兄一信，致内人一信，交邮寄台。致喻志韶先生一信，致章一山先生一信，致姚梧冈先生一信，致章久之兄一信，均交邮筒分寄。章子修兄及伯纯、仲厚两君均于早刻至申，子修、仲厚两兄随即至杭。黄畴五兄亦至杭城，余送其至十六铺而来。伯纯兄欲至苏州丹翁处，今丹翁尚未来申，暂寓老级陞栈，余挽其同住一处。晚刻，至永利局，晤王少南兄，相叙一刻，彼言今晚趁永利商轮旋台。伯藩兄云，周允东母舅之灵柩已由杭城来申，已至永利轮中，其夫人亦经到轮。随至永利商轮中，晤其夫人，言之惨切，代其长叹而已。

廿五日壬午　晴。致杨伯藩兄一信，交邮送交。致王仲璠兄一信，交阿三送呈。伯藩兄于早刻来叙半晌，即行相约伯藩、伯纯两兄同至万家春番菜馆，并邀志韶先生、曹士珩、章久之、王仲璠、张仲甫诸君互叙，过午膳后而别。并同伯藩、伯纯兄至新新舞台之楼外楼相谈至晚，挽至栈中，留过晚膳后，伯藩兄约至大舞台观剧。俟其散时已经十二句钟，伯藩兄随去，余与伯纯均至栈中矣。

廿六日癸未　晴。晚刻，王吉生兄自苏垣来云，丹庭兄因是处谣传四起，以致不能脱身云云。

廿七日甲申　晴。致王仲达一信，附致章家岳母一信，即嘱仲达遣人专送前宅。致家君一禀，致心斋宗叔一信，均交邮筒转寄矣。

廿八日乙酉　晴。致翁子俊兄一信，交邮寄台。伯纯兄于午膳后至苏州去。晚刻，至永利商轮局，晤王勤甫先生及杨伯藩、林虞友，相叙一刻。勤甫先生亦于晚刻趁轮车至苏，少顷而章一山老伯来谈半晌，同时买车来栈，时将晚膳。膳后赴郡舞台看戏，该处系是女班，连日往看大舞台如此好戏之后而看女班，颇觉无味，未完而来。

廿九日丙戌　阴、晴。致王仲达一信，附寄章家岳母一信，即嘱仲达专人送投。接章子修兄一信，言到杭后寓在羊市街老迎宾旅馆，随致子修兄一信，交邮寄杭。午膳后，至九华堂向取所裱彭宫保之直条，据说明日可以裱就。旋后值丹庭兄自苏州来言，伯纯兄已于昨日到苏。章久之兄来叙一刻，同至法大马路柴米街杜悦来木器店购红木写字椅一把，计洋四十元，另送工洋两角，嘱其送至永利商轮局，托杨伯藩兄代收寄台。晚膳后，至大舞台看戏，其情色最为周至，散时已经十二句钟矣。

三十日丁亥 早至午刻，阴；未牌，雪颇大；以后皆然。致俞棣生先生一信，伯藩兄代为送来汪伯端兄一信，并附全鹿丸六包，计洋六元，内两包系家君托买。即致覆汪伯端兄一信，交邮寄杭。早刻，张丹翁及王勤甫、陈达三诸君来叙一刻。但陈达三兄系慎裕洋行买办。托九华堂代裱彭宫保梅花直条四轴、何子贞对联均已裱就取来，其裱工颇佳。姚梧冈先生邀至万家春午膳，随同丹翁至万家春，晤俞棣生先生，相叙席散而别。又值王辉庭邀席，随至辉庭处，晤丹翁、金烈轩、金少甫、王仲璠、姚梧冈、沈葆红诸君，相叙席散而别。随至惠通，晤王少常、陈养颐、方翰卿、潘槐生诸君，互叙一刻而来。即设席请俞棣生先生、姚梧冈、章久之、金少甫、金烈轩、王勤甫、张丹翁、杨伯藩、王少常诸君，相叙席散而别。

二月初一日戊子 子、丑牌，雪；寅至巳，阴；午、未刻，雪；申时，阴；以后皆然。寄奉家君一禀，并附全鹿丸两包，面交二头带至台州送呈。致甬江元亨一信，送托勤甫先生代交公升号账房方赓甫转寄到甬。致周梅翁姻长一信、陈翼亭哨官一信，均交邮筒寄台矣。

昨夜余吃酒来时已经十一句钟，未见阿三，当疑其外出冶游，未及介意。至今早茶房来云，余之皮箱铰链拷断，唤阿三又未见来，余即起检点内什物，失去英洋一百六十四元，又俭考篮中点查什物，失去双播威二号裱一只，而阿三出去不来，定是阿三所窃，彼之皮鞋、新鞋及衣服等件均已携去，而被铺常存，以此想之，恐栈中查问，不敢携带。但阿三系高桥人，名曰杨华法，初到葭沚系跟周建西，后从黄心斋宗叔，后以二太太代荐周孟东兄，后从梅五姻长荐与余当差，自上年四月来至今年，致有如是所为，亦人心难料耳。顷已函托梅翁及陈翼亭代为追究，未识得获原赃否也。早刻，至永利商轮局，晤王勤甫、方赓甫、洪封山、杨伯藩、朱雨田，互叙过午膳后而别。就道至同福祥，晤梁新泰，言叶少峰已经旋台，又至惠通，晤毛善如，相叙半晌，言及黄岩县知事赵胜之已将调任，而新任者尚未到台。乃翁镜泉先生现亦赴省，想觅差委耳。

初二日己丑 晴。早刻，张丹翁因王勤甫先生、陈达三先生、朱葆三先生诸君议开煤号于是处上海永康里慎裕洋行之后，名曰慎昌，分作十二股开，朱葆三先生一股、陈达三两股、张丹翁一股半、王勤甫先生一股半、三井煤行买办谢君两股、卢鹿萍一股，邀余附聘一股，及某某两股，计成十二股。余以有朱葆三先生及张丹翁在中附股，又有葆三先生、达三先生经理其事，所以允诺，每股计八五[①]规银一千两，合计一万二千两。余允诺后即将该银一千两交勤甫先生送交陈达三先生经手其事。但慎昌账房方芷源即取有收到资本银数收条一纸，俟十二日开店门交易后再行订立合同作为凭据耳。张丹翁于午膳后赴苏，余至恒心里台公和江德明兄处，晤俞棣生先生、周萍洄先生、陆姓诸君，互叙一刻，即同萍洄先生至新舞台看戏。毕后，至永利局，晤迟子建兄，随邀萍洄先生即子建至万家春小叙。晚膳后随同至大舞台看戏，毕后时经十二句钟矣。

初三日庚寅 阴。早刻，至三马路上海迎宾旅馆十四号周萍洄先生处，相叙一刻。适池子干兄柬邀万家春午膳，随同萍洄先生至万家春，晤王芹甫先生及方干卿、王仲藩诸君，互叙席散而来。王少常兄柬邀晚膳，随至少裳处，晤王仲璠、王六溪、董煦堂、方翰卿、毛善如、郑郁文诸君，相叙席散而别。但毛善如兄系镜泉先生之世兄，人颇能干，自己大做生意在是处三洋泾桥开华盛洋货店，生意颇为得法，又自做另星生意，最能结算。人生得有如是子弟，亦是家门之大幸也。

初四日辛卯 阴。早刻，至永利局，晤萍洄先生及陆久也、张安之、王勤甫先生，互叙过午膳而来。但勤甫先生即于今晚趁江天商轮至甬，大约少留数日旋申云云。

---

① 原为柴码。

初五日壬辰　晴。接心斋宗叔一信，嘱购桅头灯罩，即代购就。早刻，伯藩兄来叙过午膳后而去。随至萍泂先生处，晤楚卿兄云方自武林来申，即寓惠中旅馆，少坐一刻，即同周萍翁至其惠中，值伯藩兄亦在是处，互叙至晚。楚卿兄邀至久安里式式轩晚膳后同至大舞台看戏，毕时已经十二句钟矣。

初六日癸巳　晴。接章子修兄一信。早刻至楚卿兄处少坐，即邀楚卿及姚梧翁、周萍翁、王少南、王六溪、王少常、章久之、毛善如诸君，至万家春午膳后而别。

初七日甲午　晴。接家君一谕，言家慈在琛山烟已戒断，十三日动身至普陀，道过上海，又云初四日阿三之叔送有龙纹大洋一百元与家君收，而家君拟饬祖元送沪云。但阿三偷去龙纹洋一百四十六元、英洋十八元，曾经送还百元外，尚少之数未(识)得能追还否也。即寄奉家君覆禀一函交邮寄台。王吉生兄自苏州来云，章伯纯兄洋存箱内失去英洋十五元，余允其该洋寄申照数陪还可也。晚膳后，楚卿兄邀至四川路北海宁路看外国影戏，来时已经十二句钟矣。

初八日乙未　早至巳刻，晴；午、未、申牌，阴；酉时细雨；以后雨颇大。致心斋宗叔一信，并附其托购桅头灯罩一个计小洋六角，又，吕宋烟一盒，计大洋九角，饬阿三送交二头带台送交矣。晚刻，至惠中楚卿处，晤姚梧冈、陈辅廷，互叙至晚，过晚膳后而来。回忆上年二月初八日值长女出嫁，转瞬之间忽经一载，古人云“吾不知老之将至”云耳。

初九日丙申　早至巳刻，雨；午牌雨晴，阴；以后皆然。致章子修兄一信，又致汪伯端兄一信，均交邮筒寄杭矣。阿三言黄岩之龙潭岙自辛亥岁议将庙屋重加修整，停做梨园三年，此亦善事，每年二月初九日为龙母寿诞，均以下雨为多，即或初九日不雨，在三日之内定然有雨，俗云龙王来庙祝嘏云。

初十日丁酉　卯前，雨；辰牌，阴；以后皆然。致玉先一信，交邮寄台。早刻，至永利商轮局，晤伯藩、雨田、虞友诸君，互叙一刻，言及楚卿上年将家藏烟浆携至上海，今已卖吃，价以每元计六钱五分，共计三千之谱。楚卿兄亦于下午一句钟旋杭矣。

十一日戊戌 早至午牌，阴；未刻，晴；以后皆然。接慎昌煤号来函云明日十二悬牌开张贸易，午刻小酌云云。但慎昌所开之处即在四马路东永康里耳。

十二日己亥 早刻，慎昌煤号悬牌开张贸易，至慎昌，晤钱达三、王咏夫、谢恒昌、杨伯藩、朱子聪、方芷原、李镜泉，其馀诸人姓字未及详记，相叙席散。即至慎裕洋行葆三先生处，言其公出，晤朱子芳少坐而来。但子聪、子芳均是葆三先生之世兄，子宽行一，子聪行二，子芳行三耳。慎昌同住有中兴面粉公司，前透即是慎裕号，现慎裕号葆三先生改作一银行，其售卖五金之账房设在楼上。此地上海设在楼上之行、栈颇多耳。但慎昌中达三先生总理其事，方芷原为账房，李镜泉为副手耳。接汪伯端兄一信。

十三日庚子 早至巳刻，雨；午牌雨晴，阴；以后皆然。早刻，祖元来，递到家君前后谕言两函，言阿三送还洋百元后再行追转时辰裱一只、金戒指一个作为了事而已。随即禀覆家君一函，交邮转寄家中。又接心斋宗叔一函，前代买之桅头灯罩及吕宋烟均须调换，甚为费事，只作自用可也。附有英洋三元，托买老美女香烟一盒云云。致覆伯端兄一信，交邮寄杭。祖元言，陶寿农趁永利商轮亦于今早抵申。午膳后，至永利局，晤陶寿农、周萍洄、徐富春、江德明、朱雨田、申桢夫、杨伯藩诸君，互叙半晌而来。

十四日辛丑 阴。又奉家君安禀一函，送交二头带至家中。至惠通，晤刘郊甫、朱仁圃、董煦堂、王六溪诸君，互叙半晌，随与煦堂先生、六溪相约至徐园看兰花会，至时兰虽陈设百馀盆，以余观之，出色者亦不多得耳。但徐氏花园在康脑脱路。

十五日壬寅 晴。致张丹亭兄一信，交邮寄苏。早刻，至老迎宾馆（与）周萍洄相叙半晌，同至惠中旅馆金浣秋兄寓所，而少圃兄及金伯勋、张复原、王方舟诸君均在房中，互叙少顷。但少圃兄现以请假至家一走，即于今晚趁永利到台，想不久就要旋申。金伯勋系太平水洋人，前在福建知县，现由闽旋里，道过此间，即于今晚旋台。张复原名膭，系天台(人)，现由省议会公举为参议院议员，现欲晋京。道过此间，约在明日动身入都云云。王方舟自省中来，随至永利局，晤陶寿农、杨伯藩、罗廉臣、朱雨田、徐富春诸君，叙过午膳而来。甬江汇洋现已清算，初向丹翁假洋两百元，亦交伯藩兄代为转交矣。

十六日癸卯 早至申刻，阴；酉牌，细雨；戌时雨晴，阴。接楚卿兄一信，随福楚卿兄一信，交邮寄至杭垣。曹士珩先生邀万家春午膳，晤张复原先生，相叙席散，而复原即于今夜趁轮车至南京由京浦铁路入都云。

十七日甲辰 早至午刻，阴；未牌，晴；申时，阴；以后皆然。致张丹庭兄一信，交邮寄苏。接章子修兄一信，言已入文明法政学堂。何霭翁亦于早刻到申寓该栈十八号房中，其夫人亦同至沪江戒烟。午刻，至愚园少坐，就道至惠通客栈，晤董煦堂先生、王六溪、羊有龄、陆文轩诸君，互叙至晚而来。

十八日乙巳 晴。致章子修兄一信，交邮寄至武林太平门朱笔巷文明法政寄宿舍。张丹庭兄于晚刻自苏来申，余邀陶寿翁、张丹庭、何霭生、羊有龄、董煦堂、王六溪、徐富春、王槐卿诸君，至万家春晚膳后而别。丹翁言钱达三云定于廿四日订立议单。余本欲明日旋里，现彼等已定廿四日订立合同，余亦不得不将此合同订立后而行，改至廿五日趁轮赴甬可也。

十九日丙午 晴。早刻，至永利商轮局，晤丹庭、寿农、伯藩、富春、槐卿、月槎、霭生，互叙过午膳后而来。陶寿翁言欲由海门信远中添设专售洋布拆兑店，其价较之上海稍盈，使各布店均可向彼购取，就台州一区每年售销洋布计二三百万之巨，现甬人开有日升布庄于海门，台州人不得不急于集股云云。以余想，生意取息虽微，以多数计之，亦颇获厚利，惟不得其人，恐致饱私囊耳。王六溪柬邀万家春晚膳，并晤金浣秋、许卓夫、张丹亭、陶寿农、董煦堂诸君，相叙席散而来。但六溪长孙即配浣秋之千金，次孙系配金桐甫千金耳。丹庭亲家因苏垣明日会哨放饷要事，即于晚车旋苏矣。

二十日丁未 晴。接张丹翁一信，托余代寄章家外婆一信，余即加封寄交仲达转送前宅。早刻，至永利局，晤江梦生、王芹甫两君，相叙半晌而来。午膳后至惠通，晤董煦堂、王六溪先生，言许焯甫先生亦寓在惠通，随至焯甫处少坐，适陈训甫兄亦至是处，言家慈以及小妹并内人均在普陀，大约趁平安商轮于廿二早可抵申云云。余因至甬一走，拟于廿二日旋申可也。董煦堂姻长托余代买乌摹本裙料一腰，即允为代购耳。就道至台公和，值梦生先生公出，晤德明兄，相叙半晌而别。就上江天商轮，于下午四句半钟开驶矣。船开之后，晤洪祝南，言由武林其令兄莲波先生处旋台，就道至镇海一行耳。但镇海须由甬江转趁小轮而可达埠也。

廿一日戊申 晴。上午六句钟时，该轮即抵甬江，随至永宁局，晤其账房梁六笙、黄镜三又翟姓及王仲璠、金明亮，互叙半晌。早膳后，至元亨各处一走，并购有凉床一张，计洋廿四元，随即清付，即煦堂姻长托买之乌摹本裙料亦代买来，计洋六元一角五分。所购凉床于晚刻送至该局，随即托永宁商轮代为带台，又致玉先一信，以便遣人向取。同六笙至四明鹤扬楼少坐，随趁江天商轮，即于四句钟开行矣。

廿二日己酉 上午六句钟时该轮已抵上海，看平安商轮亦经抵埠，随至平安商轮中，晤家慈、小妹以及内人，悉均到申，随同至老级陞客栈住宿。煦堂先生托买裙料即遣阿三送交矣。陈训甫兄来叙一刻。午膳后，同家慈、小妹、内人又外甥洪畴至张家花园及新新舞台之楼外楼玩游少顷，随至万家春晚膳，后至新舞台观剧，毕时经十二句钟，转至栈房。接慎昌煤号一信，云议单签字定在廿四日。并接章子修兄一信。

廿三日庚戌 早至未牌，晴；申、酉刻，阴；戌时，雨；以后皆然。金谔轩兄柬邀万家春午膳，晤金传川、金韵生、金若农、金季盘、王辉亭、陈伯川、金礼垣、许养颐、黄直民、金直民、张雨生诸君，相叙席散而来。但养颐、黄直民两君均是瑞安人。日前向永利局杨伯藩兄假洋五十元，昨夜至永利局，值伯藩兄出外，晤林虞友兄，即托转交伯藩兄洋五十元，以前来往悉均清讫矣。

廿四日辛亥 早至午刻，雨兼雾；未刻雨晴，阴；以后皆然。早刻，至一品香番菜馆，晤钱达三先生、朱葆三先生、张丹庭兄、卢洛平、黄韫甫、傅筱庵、陶寿农、王勤甫诸君，相叙席散。达之云，谢恒昌先生至杭言昨日旋申未果，想即日即可来沪，倘待其来恐时已晚，即将慎昌煤号议单先为签字，暂存在慎昌中，俟恒昌先生到后签字毕后随行分送各股议单可也。但慎昌股分以前所说颇为有易，自今日定在议单中则为不易也。钱达三计三股，举为经理号事，谢恒昌先生两股，张丹翁、王勤甫先生各承一股半，朱葆三先生、卢洛平、黄韫甫与余各承一股，陶寿翁、傅筱庵两君为见议而已。卢洛平先生名世仪。黄韫甫先生名秉璋，系浙江会籍人，现捷成洋行经理。但丹庭兄系早刻由苏垣来申。晚膳后，至新舞台看戏，彼演《明末遗恨》，颇有真相，毕后而来，时经十二句钟矣。接葆三先生柬邀明日晚膳。

廿五日壬子 雨。致玉先一信，交邮寄台。早刻，王丙生即勤甫先生令郎将慎昌之股分议单送来，余将收到股银之凭单交其带还矣。丙生亦在慎昌作夥。钱达三先生于慎昌中总经理，于议单中均已详载。方芷源为账房，李镜泉为副手兼走街招揽生意，王丙生为下手夥友，又一学生，此均总理所用，非股东所能见涉也。丙生言谢蘅昌先生于昨晚自武林来申，议单中各股东以及见议各人之图记悉均齐备矣。早刻，至苏台旅馆谒卢洛平先生，值张丹翁亦来，相约至慎昌，晤钱达三先生，互叙半晌，同至前透慎裕洋行谒朱葆三老伯，并晤朱植三先生及子聪，相叙一刻而别。晚刻，至三洋泾桥双庆里德兴隆客栈晤金次卿兄，相叙半晌。随至三马路华庆园，但葆三老伯今晚请客。计有四席，与余同席者王晖庭、卢洛平、王雨亭、张丹庭、王勤甫、陶寿农，谢蘅窗代为作东，相叙席散而别。但葆三老伯以及子宽兄、子聪兄、钱达三先生悉均会晤、畅叙为快。但葆三老伯之慎裕洋行现改为中华银行,其所做五金生意移至楼上,现经修理将竣矣。但谢蘅窗先生名曰天锡,其住处在上海棋盘街金隆里裕昌煤号。钱达三先生名曰廷爵,即为慎昌煤号经理。卢洛平先生名曰世仪,现住苏垣。朱葆三老伯府上住在上海西门斜桥甡元里。

廿六日癸丑　早至巳刻,雨兼雾颇大;午刻阴、雾;以后皆然。王辉亭柬邀午膳,同席者:张丹庭、陶寿农、江梦生、谢蘅窗、王勤甫、喻志韶先生、余与主人,计一席。又,朱鼎丞、金植民、金若农、金传川、金韵生、金礼垣、金谔轩、王季瑞、周瑞林诸君一席。谢蘅窗先生柬邀晚膳,同席者:王辉庭、陶寿农、朱子宽、张丹庭、钱达三、王勤甫、王雨亭、袁履登与余一席;又,东洋人一席,系三井洋行而来。

廿七日甲寅　晴。日昨向宝记照有一相,据说下月初十日可以向取。但余急于旋里,即将照单托伯藩先生代为向取。即至栈中将行李收拾妥当,当于午膳后侍奉家慈并同小妹及外甥洪畴暨内人至可贵商轮。趁船于时尚早,又至永利局晤陶寿翁,言其令郎习之兄生有一子,其夫人系廿四日未刻分娩,曾得文孙,深为欣喜。该船于下午四句钟开行,船中晤江梦生先生,言其乃兄梅渡老伯之灵柩于廿九日趁永利商轮旋台,彼先至家预于料理一切云云。是日风平浪静,亦一快事也。

廿八日乙卯　晴。该轮可贵于上午八句钟抵穿山码头,少停即行开轮,于十二句钟抵定海少停即行开行,至下午二句钟抵普陀。家慈携同小妹、内人、外甥以及用人随轮旋台,余即就普陀登岸,至紫竹林禅林住宿,晤志修师、志安师、开林师,相叙为快。

廿九日丙辰　早至巳刻,阴;午牌,雨;未刻雨晴,阴;以后皆然。早晨买舆至百子堂、天华堂、前寺、后寺、佛顶山虔叩神佛,即于佛顶山慧济禅院大殿中许有对联一副,另日做送可以。随即下山,至恍岭庵过午膳。时值下雨,俟雨晴后至圆通庵。是处装式极为华丽,少坐,至盘陀庵、观音洞、观音跳诸名胜。但所经各处均有名人字迹,惟观音洞之前有直岩一方未见刻字，余欲书“洞天福地”四字勒石于其中，俟书就寄刊可也。于时将晚，转至紫竹林耳。

三十日丁巳 早至午刻，晴；未牌，阴；申初，雷声，随下雷雨。永利商轮系是今日由申至台，兼挽普陀。即于十句钟午膳后，随将行李收拾妥定，即至道头，于时尚早，至慧济分宗即是佛顶山下陀，晤有文耀、文旦两僧。文耀言俗家系是葭沚人，姓徐名荣禄，颇为招呼。吃点心后，听商轮已将抵埠，随即上轮，时将下大雨矣。与俞鲁卿同宿一处，于轮中晤王槐卿、王勤甫先生、夏华熙、周仲彝、金传荃、金韵生诸君，互相畅叙为快。该轮因雷雨之后发有大雾，至下午六句钟时不能开行，停至十一句钟开行。

三月初一日戊午 晴。上午八句钟抵石浦，十二句半钟抵台关，随即乘舆至家。即至先慈周太夫人柩前扫墓后，值达云母舅及子俊兄、翼亭来叙至晚而别。接陈训甫兄一信。但在申代向永利局假有英佛百尊，照数送还。又阅王子绶先生来信向余讨马缨花一本，家君言已分与矣。

初二日己未 早至巳刻，雨；午牌雨晴，阴；以后皆然。余多痰嗽，早刻，请花醉卿先生诊视，代开一方，未识即能见效否也。就道至子俊兄处，晤达云母舅，互叙半晌而来。

初三日庚申 子、丑牌，雨；寅至申时均阴；酉刻，雨；以后皆然。致梦云先生一信，饬老官送至路桥，言其至城未旋。早刻，至达云母舅处少坐而来。接江德明兄之令尊梅渡先生讣音云定于月之初九日开吊云云。今日值在上巳节，晨天气有此寒冷，只恐多雨耳。

初四日辛酉 卯前，雨；辰牌雨晴，阴；至晚皆然。致王子裳老伯一信，饬老二专送黄城呈递，系托其代撰佛顶山慧济禅院对语一联。致志修师一信，交邮寄定海道头裕大酱园转寄普陀山紫竹林禅院。

初五日壬戌 晴。晚刻，至花醉卿先生处，托其代开一方，并晤周梅翁、周建西互叙一刻，就道至子俊处少坐而来。

初六日癸亥 早至申刻，阴；酉牌，细雨；以后皆然。致陈训甫兄一信，交陈家外婆之来人带交。接眉甫先生一信，即覆眉甫先生一信，并附贺太峰法书直条四副，又洋四元，饬老官送交。接载熙兄致家君函言本镇区官裁撤云云。家君于晚刻至荐堂祭扫先祖坟墓，明日方可旋里。

初七日甲子 阴、晴。致黄楚卿兄一信，交邮寄杭。晚刻，心斋宗叔来叙半晌，相约至周宅，晤兴臣、瑞卿、醉香、少云、孟东诸君，相叙席散而来。接眉甫先生来示，贺太峰先生直条以洋四元允售矣。又接梦云先生来示代做慧济禅院对语曰："对佛爷而顶礼，遍十方皈依，胜会启无遮，想照见三千大千世界；修慧业以济民，度一切苦厄，延生诚有道，愿归来二九六九香期。"此梦云先生代做对语如斯，未识子常老伯之对语若何，另日再为拣择可也。孟东兄言，海门之糖捐现归少云兄承办，均是楚卿兄代为想法而成，半亦少常兄与上游素所相识耳。家君自荐堂来，国燕相言子衡兄近有赴杭之语。随致子衡兄一信，接福片果然，拟托其代带一信可也。

初八日乙丑 卯前，细雨；辰时雨晴，阴；以后皆然。致章子修兄一信，并附英洋三十元，托王子衡兄代为带杭，另致王子衡兄一信，均饬作头专送至北山。致张丹庭兄一信，并附英洋二百元。致杨伯藩兄一信，并附英洋一百念元，托永利台局代为转寄。致徐富春兄一信，托其代寄，邀嘉先送至海门永利商轮局，询富春兄尚在申江未旋，嘉先即托丁梦生兄代收转寄矣。又致张丹亭兄一信，交嘉先送交邮政局寄至杭州省城太平门直街朱笔巷文明法政宿舍投递。又致杨伯藩兄一信，交小保送交邮政局寄申。应方圃先生自上辇来。晚刻，至翁子俊兄处，晤达云母舅，互叙至晚而来。

初九日丙寅 早至巳刻，雨；午牌雨晴；至晚皆然。致陈祝再姻长一信，交其来人带交。家君嘱书致李少孔一信，交罗宝衢带郡送呈。王子常老伯代做佛顶山慧济禅院对语云："慧日常转，法云自在；济时道广，救苦心慈。"此王子常老伯所做之语，以余阅之，较梦云先生代做语言较为妥当，即以此对为然可也。庚子秋，先曾祖母应太夫人弥留之时，沅许做水陆一堂，转瞬之间十有馀年，虽辛丑岁九月中旬家君已追荐先曾祖慈应太夫人水陆一堂，在天台山国清禅院请僧拜念，沅所许水陆尚未请僧，即拟于明日初十赴郡，少作勾留，随至天台华顶禅院，将此宿愿清偿为幸。晚刻，达云母舅、子俊兄来叙至晚而去。拜念水陆之费由玉先转嘱黄乾美汇至天台县城梅永贞、赵泰昌两处布庄，以便至彼向取，免路上诸多未便也。玉先言其弟小玉亦在天台梅永贞收账云云。

初十日丁卯 阴。上午十句钟至道头，值永大小轮尚未到埠，随至洪少琴处少坐，过盐务公司分所施建甫处。过午膳后而永大方到，即行上船，官舱中晤海门禁烟董事魏紫珊及羊有龄两兄，相叙至郡，时经下午四句钟。随至盐务公司，晤洪宿雨老伯、秦雨亭先生、俞棣生先生、秦月波、申桢夫诸君，互叙一刻。随至王醴泉先生府上，托其代书板对篆书及碑字，即送其润笔洋四元，又纬字大笔一支、志修和尚托书篆对亦均托其代书矣。转至公司晚膳，该公司以秦雨亭、俞棣生两先生为总办，名为总理，卢槐士统经号事，秦月波为外账，子宗为揭销，李再堂为清账，何月洲为运船清账，林梧生为账房，黄正裕为账房下手，书禀有赵子仁，其馀未能尽悉。现槐士兄至海游盘盐未旋，与李商之事已将清了矣。

十一日戊辰 阴。早刻，至陈范若老伯处，晤其乃兄五老爷互叙一刻而别。其住处之后门开出即曰上草巷，前曰中草巷，一名香添巷。就道至煊夫先生府上少坐，言肃堂老伯送其令侄女至杭，已于初四日动身，并云其乃兄见石老伯已请辞职，大约五月间可以抵家云云。至张柳桥兄处，值其外出。又至董曼卿家，值其阿妹已于十六日出闺，彼与亲母不睦，乃妹出嫁，自至下洋峙，正不合于礼。又至师古巷县城会中，晤周载熙兄、徐德园、蒋引之、王冰如、蔡子葵诸君相叙一刻，言登记所已经撤销云云。就道至许枚六处，晤其令弟蘧甫两君少叙，彼寓在五凤坊秦家，转至号中，晤陈文波先生、应少圃、张柳桥、许蘧夫，诸君互叙畅叙，又是一天。

十二日己巳 晴。上午六句钟乘舆动身，至下午六句钟方抵青溪，暂寓姜宝山，幸天日方长，于时尚早。但姜宝山之东人号曰竹林，彼资已肥，过往人客亦不甚为招呼矣。余至此地已经四次，一在甲午，一在癸卯，一在乙巳，今则四经其地。回忆初次与今大相悬殊耳。拟明日少住一天，十四日雇轿至山可也。现在时事如斯，能得长游于山水之间，藉资消遣，实人生之大幸耳。

十三日庚午 早至未刻，晴；申牌，阴；以后皆然。早刻，至天台县署，晤其知事池仲英兄及其科员王雪渔、王蓂阶、黄也金、牟伯吹、池叔泽并执法员王蘅溪兄，常山人，诸君互叙少顷，而娄祝三兄亦至该署，与仲英、也金同游高明寺去。王雪翁、池叔泽邀留午膳，看其该署之大堂以及二堂、上房等处，均于壬子二月被小老周焚毁无存，而上房之后有缸神庙及左边神桂所在均魏然而存。现知事所住之处，即前天台县典史衙门，聊为修理而住焉。王雪翁及财政科均住在缸神之侧，至缸神庙在于中间，之中有缸一口，缸口向下覆之，用蜊灰做合，缸上有神棚，奉有神圣，即云缸神。外用棚栏围之，后天井有石碑三，一是朱晦翁所书福字在其中，左有葛仙翁圣像石刻而立之，右即言缸神之来历碑语。但其碑语甚长，余阅一篇，不能记忆，大约所说缸神之来历有三，一是缸由海门从海水随浪而来，一已忘却，一是前朝因国亡有忠臣投井而死，将缸覆其井上。嘉靖间阮文达公抚浙时至台剿蔡贼之乱，道过天台，将缸起出，其一是古井，以此想之，忠臣投井之语而可信焉。楼被前后焚毁而不坏者，忠臣之气上达于天方可保存，书其碑者咸丰初年间阮文达公之文孙，宰是邑者而勒石焉，左有神桂亦颇奇异。又据牟伯吹兄言该邑先儒齐其仪先生有女早寡，现年七秩之外，乃夫乃子故后即将其父其夫其子三柩携至赤霞之山上之洞内，自己手做泥坟成就之后，即自孤守其中，近五十年有米食饭，无米食草，守而不去，亦一奇事。

午膳后，雪渔兄相约玩游赤城山之约，即同王蓂阶、雪渔、蘅溪、池叔泽同至赤城山之紫霞洞，值曹氏妇墓方在该处，晤曹仙浦，相叙半晌。余因需脚力，不能再上齐女所居之处，而雪渔诸公均去瞻仰，余即在紫霞洞少待。但紫霞洞据仙浦言是处以天下而言即为第六洞天，可谓古迹。洞中敬奉观音大士以及各神圣颇多，又有齐田横像，前有齐田横五百人墓，亦可谓古迹。又言台州府城别名曰赤城，其寓意即在于此山。其山远观大有层层似城之景，有云赤城霞起而建标云。少间，而雪渔、蘅溪、蓂阶、叔泽诸君来，即与同至城中，分袂而转姜宝山过塘行。少顷，华最和尚同竹林先生之令郎奕均自华顶来，余与华最和尚相叙一刻，云华顶山大殿已择于三月廿八日竖柱云云。余与其所云做水陆等事，彼与余明日转至山上，即将汇洋交与华最和尚自行向取，余自另用洋念元亦交其代为向取矣。

十四日辛未 卯前，细雨；辰至午刻，晴；未、申时，阴；酉牌，雾颇浓；以后皆然。上午八句钟同华最和尚自姜宝山动身，九句钟自国清寺，晤其退院梅开和尚及其方丈一禅和尚，相叙一刻，留过午膳后，即行动身，时方十二句钟。至下午二句半钟至塔头，即行进殿恭叩神佛毕即动身，至六句钟时抵华顶禅院，其资客万贤师。但华顶禅院现重造，均是华最和尚募化开工，方丈客堂、斋堂、佛堂等处均已落成，惟大殿择在本月廿八日竖柱上行，其日子云是福建泉州洪潮何曾孙堂燕所择。建造此等大工，华最和尚能得力任其艰，可谓僧道中之伟人也。

十五日壬申 子、丑、寅刻，雷雨最大；卯时雨晴，阴；辰至未牌，晴；申时又阴。午膳后，同万贤师至拈花室、太白堂、紫云庵、拜经台各茅棚均坐谈一刻，前送拈花室、拜经台两处板对均已悬挂，并送拜经台隋智者大师拜经处石碑一座亦已嵌在墙壁，将近拜经台路中即经望见，亦随所愿也。余因送其石碑，彼屋方重造落成，尚有公事未做，即写数洋十元，注明另交拈花室和尚带交矣。旋转华顶，少顷又至福全庵一坐而来。静观山景清净即是福地神仙，能得抛却世事，居隐茅棚，日坐蒲团，敬诵《金刚》《般若波罗密多》数篇，一生之所愿，未识能得而偿否也。

十六日癸酉 卯前，晴；辰、巳刻，雷雨颇大；午牌雨晴，阴；以后皆然。晚刻，英祥师自方广寺来，同至彩云庵两处少坐。但彩云庵虽静而暗，清隐庵屋少而明。至彩云庵，花坛中有牡丹一株，据住持明珠师言，其色粉花，系重台，左右皆有黄洋树，故其牡丹虽已多年而不繁，但种牡丹之处不能另植别种而已。追荐先曾祖母应太夫人水陆大斋即于今早起佛，至于内坛须至第三日即是十八奉佛礼忏而已。

十七日甲戌 卯前，阴；辰牌，雾起，以后甚重；至晚皆然。

十八日乙亥 晴。早刻，水陆道场已进内坛矣。

十九日丙子 辰前，雨雾；巳、未、午刻雨晴，阴、雾；申牌又雨、雾；以后皆然。保源布店王餐霞及男女等三十馀人亦来是处拼做水陆，言及彼动身以后至天台方有雨，未识今日之雨已经遍及否也。

二十日丁丑 辰前雷雨、雾均大；巳牌雨晴，重雾；午时雾渐散，晴；至申初均有日色；申末雾起而重；酉时，雷甚响、雨甚大，是处雷声与山下似乎有异，闻之如在山间耳。申末当大雷雨之时加之雾亦浓，真是对面不见于人也。

廿一日戊寅 巳前均雨、雾；午牌雨晴，只雾亦是对面对面不见人；至晚皆然。是处无雾则(已)，有雾即是重雾，华顶之茶则曰云雾茶云。午膳后，同灿霞及华最和尚至药师庵，相叙一刻而来。本因至各处茅棚玩游，因雾浓而转。余自癸卯春夏之间至华顶时过药师庵少坐，与今日所到观其地方大相悬殊，其屋加至三十馀间，焕然一新。古人云："十年一大变"，斯言不谬也。乃从镜和尚佛法之所致。总而言之，僧人住居茅棚，起造数椽以为静养精修，不宜以大厦数十间之华丽焉，此等僧人实无所取。如华最和尚重造华顶善兴禅院，理宜阔大，得以天下名胜之增辉，未识高明者以鄙论为何日耳。

廿二日己卯 早至巳刻，大雨、大雾；午、未、申刻，雨晴雾散，阴；酉时仍大雾；以后皆然。晚刻，水陆圆满，叩送神圣后过晚膳，即别华最和尚以及诸位，同英祥师至拈花室住宿，所住房间即前铁峰和尚坐关之处，地方最为清净。

廿三日庚辰　巳刻，重雾；午时，雾稍退，至申刻仍然重雾；以后皆然。

廿四日辛巳　卯前细雨、雾；辰至午雨晴，雾；未牌雨、雾；以后皆然。早刻，与英祥师同至上方广寺，其处屋颇整齐，惜已老旧，颇多倒坏，须大加修整方为完善。惟大殿、方丈、藏经阁等处尚好，方丈中有“禅宗砥柱”四字匾，系华亭沈坚为物成大和尚书，又有仪征阮元书“当作金声”隶书匾额，内有板联，语曰：“悟处彻圆机，看石气冥濛，可信世缘多是幻；动身存静趣，听泉声喷薄，好来潭曲试安禅。”系湘乡成邦干题。又有隶书板对语曰：“莲花峰下寺名同，我昔曾游，恨无此飞梁寻瀑；贝叶藏中禅语备，僧应有悟，试旷观流水行云。”款曰：“尝恨南岳方广寺，今乃天台山方广得之，风景胜华顶也。光绪戊寅四月湘阴郭坤焘题试”。又阅藏经阁中有“为法为人”匾，款曰：“乾隆丙戌年天中节赠物公大和尚，锡山邹一桂书。”又有“华严胜观”匾额，款曰：“乾隆癸巳仲夏月朔金坛于敏中。”又有“三台宝鼎”匾额，款曰：“宗了大和尚。阮元题。”又有“法轮常转”匾，款曰：“书赠定慧大禅师，沈业富。”又有“行云流水”匾，款曰：“乾隆戊寅小春楚鄂崔应阶。”又有板对语曰：“四山滴翠环初地；一路听泉到上方。”款曰：“东海朱沦翰。”按：朱沦翰者，国清寺有“雨花殿”三字额及祖堂对，均彼款耳。又有一板对语曰：“龙藏晓翻金贝叶；天花春绣木兰花。”款曰：“丙申春月为物公大和尚法鉴，云间徐恕。”所藏藏经系皇上所赐住持物成大和尚领藏，藏经夹板系用南木，至今百馀年，并无晒过而不坏，亦一奇事，且经橱开出颇多香气，与各寺所藏经不同，当乾隆年间请一藏经，殊非易事耳。

忆先妣周太恭人于是处上方广寺做过水陆，时光绪初年，家君赴山礼忏，想周太恭人水陆牌位亦在是处水陆堂中，即与英祥师至水陆堂中寻检而得之，但其位脚已澜[①]。即托英祥师转嘱手民做一小木

---

① 当为“烂”。

盒，将位脚藏在盒内以免湿坏。又至西方殿，有老僧在是处念佛，据英祥师言是想老僧念佛长年不断。佛龛之后亦有水陆牌位，并有各施主长生禄位，余即允做是处玻璃门三双。又，是处屋有倒坏之处，托其代为修理。即请僧五人，随放焰口一堂，追荐先妣周太恭人，随将周太恭人水陆牌位由水陆堂请至焰口坛中念毕，同僧五人恭送奉于西方殿之后。其处最为清净，又有老僧念佛，长受香烟而不衰，余至是处亦不空走一次也。

又至五百尊罗汉堂，有板联语曰："首座现身来说法；昙山驻锡是开山。"款曰："物公大和尚方丈，法弟齐召南。"又有板联语曰："具绝大神通，自北自南呈色相；度一切苦厄，即心即佛了姻缘。"款曰："道光己亥卧病都中，梦五百人皆缁衣，言自金陵来，救余疾苦，梦中鐀[1]以行资，病愈归里，心识之不能忘。迨咸丰甲寅，有天台山上方广寺修成和尚者来慈募雕五百罗汉像，乃恍悟，余梦之有因也。阅十五年云松和尚迎像归，余为施资以壮行色，因纪其事于联，并以酬夙愿云。慈溪胡应奎熏沐敬题。"又阅方丈下之客堂中有俞曲园先生所书一匾、一对，匾曰"禅心自得"，对曰："邀月替灯，临流代镜；叠藓为褥，拓松作屏。"过午膳后，同英祥师至中方广寺，其处颇为清净，看其处石梁桥系是天然岩石所生，长约四丈，阔约一尺，似乎弓背中有人走之处约四五寸许，馀均青苔叠上，过桥之外有一铜亭，并无别样景致。看其桥尚可行走，看其水势过大，下视巉岩险恶而又深远至底，约百丈犹不止也。以此想之，不敢过桥而止。其处山水总汇之方，所以有此水势之急焉。但时刻颇多，不能全记。只桥之侧有刘兰洲璈题"前度又来"四字，其下有"云山开华"四字，何人所题看不明晰。又至下方广寺一游，其处有牡丹二株，均是粉重楼，开得正盛。时将下雨，转至上方广寺，值天台县城人袁醴泉兄来叙至晚，同宿是处焉。

廿五日壬午 早至巳刻，阴、雾；午牌，晴；以后皆然。山中重雾、

---

① 当为"馈"。

淡雾之日多而天气晴明之日最少也。早膳后，同英祥师自上方广寺至华顶寺，王灿霞言家有急事而去，余过晚膳后转至拈花室。

廿六日癸未 早至午刻，阴；未、申时，晴；酉牌，阴；以后皆然。请僧五人就拈花室念忏一日、焰口一堂，追荐先慈周太恭人矣。

廿七日甲申 晴。晚刻，至华顶禅院，晤华最和尚及宋叔兰兄、柳姓并英祥师、静定师，晤叙至晚。过晚膳后，亦请僧五人，就普同塔院设放焰口一堂，普济孤魂，事毕时将三鼓矣。即与英祥师转至拈花室住宿。忆宋叔兰兄云台州禁烟监督谢祖康藉禁烟为名扰诈异常，平民受曲难以数计，曾经撤换，已于廿五日潜逃。果否情形，容另详记可也。

廿八日乙酉 辰初，小雨，一阵即晴，至申刻均晴；酉牌，阴；以后皆然。早辰刻，华顶寺起造大殿，即于辰刻竖柱上行。天台全境，华顶地方乃是名胜之区，现经华最和尚已经重造，亦可谓僧中之伟人也。晚刻，至剪云庵少坐，就道至白云庵晤普琴师，相叙半晌，言及中方广之石梁桥外有铜亭一座，铜亭之内有五百尊罗汉像，其像即似印在铜板而已。当年所造铜亭系是最好之物，现上铜青，所以经久如斯。又言铜亭内左右铜板刻有大明万历二年厂臣某人等敬献字样云云。余于前日中方广远看铜亭亦是最高之铜，非是别样，与普琴师所云相似，其中字样，余未亲见，想彼所言亦所不谬。过石梁，只有铜亭可观，惟石梁如是之险，即其铜亭远近观之亦是如斯，故不敢过桥而视，圣人云“不立于岩墙之下”耳。

廿九日丙辰 巳前，雷雨、雾；午牌雨晴，雾散、阴；以后皆然。早刻，至拈花室，晤宋叔兰及妙端师、可应师、华最和尚、英祥师、英慧师、万贤师、永睿师、静定师，相叙至晚，留过晚膳后，转至拈花室。但所该拈花室忏资及塔院忏资共洋十元、金刚经资计洋六元，拈花室玻璃架计洋五元，又，方广忏资计洋四元、玻璃一箱计洋十元、玻璃架洋五元，又，拜经台敬洋十元，一共计洋五十元。付过念元，尚少洋三十元，另交华最和尚带奉可也。素闻桐柏宫道院最大，现经旧坏，而吕祖大仙最为灵感，余拟明日赴彼处一扣神圣，亦最要之事。宋叔兰兄云，大田之上慈云寺，僧大良师住持，有杏树一株颇大。余欲至家，即遣木匠往购，以便做成板对分送各处，或有馀剩可以另需，未识价值若干否。

四月初一日丁亥　晴。早刻，至拈花室动身，至华严基相近处之处有山路被水冲倒，与英祥带同泥水匠估计丈量，当面言明计洋二十九元，亦另交华最和尚带付可也。就道至桐柏宫少坐，是处大门额有“敕建崇道观”五字，其台门虽云破碎，亦可将就。至第透系是雍正皇帝御笔道院碑文，其碑尚存，而亭已倒，现有小屋遮盖御碑，亦是后造。第三透大殿只有殿基，规模颇大，其屋已无。第四透楼房一横计十馀间，中奉神圣三间，之外均是道者所居。右边有小屋三间，奉有伯夷、叔齐神像，左右有齐其仪先生书“首阳片石”四字，中间有东海朱伦瀚书“天上人间”匾额，又有息轩居士齐召南匾额一方，馀则悉均倒坏。过午膳后，下午三句钟至天台县城姜宝山过塘行少坐，即至袁子羽先生府上，相叙半晌。就道至中学堂，晤王雨生兄及许叔仪并教习诸位互谈，因雨生留过晚膳之语甚坚难却，即允所嘱，至晚膳后而别。转至姜宝山，竹林兄代觅长船已就，是夕即就长船中住宿。余阅天台之中学堂云是前天台县试考棚，其屋颇官精干固，较之各县有过而无不及也。

初二日戊子　阴。上午五句钟自天台之青溪动身，至下午三句钟即抵府城路，晤何肃堂老伯，随至其府上，相叙半晌。即至王醴泉先生处，托其代书对字、碑字，均已写好，亲为携来，即约醴泉先生至聚丰园过晚膳。后至六埠拖轮局，晤李翼堂、王荫堂，互叙至下午十二句钟。顺昌小轮到埠，即行下船，随即动身。该轮兼带六埠航船，开行颇迟。少顷，雾发，对面不能见面，该轮少停两刻耳。雷芸阁统领邀永大专赴台郡。据杨积襄言，接省电，即于今夜动身晋省云云。少顷，而雷芸阁统领到轮后即行开赴海门矣。积襄又言，今日省中风声颇急。现今时事如斯，深堪浩叹耳。

初三日己丑 早至巳牌，阴、雾；巳刻，晴；以后皆然。顺昌小轮本是上午五句钟可以抵埠，因雾重，至九句钟方至葭沚埠头，即行上岸，随即至家，堂上均安，深为欣幸。解芝郇兄来叙至晚，留宿。家君邀王让卿来家教小弟秉礼书，已于十九日入学矣。祥高先言假何肃堂老伯之厚膛一支，已于正月间交其带还矣。

初四日庚寅 晴。解芝郇兄于晚刻去。周建西今日为二令郎文定，柬邀晚膳，至其家中，晤达云母舅、道周、少湖两宗叔及孟东、子轩、罗梅野、张岳生诸君，互叙席散而来。

初五日辛卯 晴。致仲达一信，交周衣法送交。天台诸僧托余代书直条对联等，尽一日之长，均代书就，另日有便寄交可也。

初六日壬辰 早至未初，阴；未末，细雨；以后皆然。

初七日癸巳 阴、晴。早刻，雾；晚刻，南风均大。致王羽生兄一信，交邮寄至天台中学堂。接伯藩兄一信，并附八寸、六寸照片各两张，内八寸照片系训甫兄托其代取。早刻，闻楚卿兄由杭旋里，随至楚卿处，晤吴玉成、叶石甫相叙半晌。楚卿兄言，台州盐务现由姚梧翁经手官办，所有帖租、盐引、一切善举悉均照旧，俞棣翁曾经赴杭，与姚梧翁办理交涉云。周梅翁尚在省垣未旋。

初八日甲午 晴。致陈训夫兄一信，并附照片两张交陈家外婆之长工带交。

初九日乙亥 阴。晚刻，至二府署，晤达云母舅及魏紫珊、陶寿农、吴玉成、心斋宗叔、王镜西、周作羹、王俊卿诸君，互叙一刻而来。魏紫珊系六庄禁烟董事，言欲移住分府署。忆天台中学堂教习许叔霓言，乾隆年间御史朱伦瀚奉命来台督造桐柏宫道院以及国清禅寺，所以桐柏宫、国清寺均有朱伦瀚字迹，即上方广寺亦有彼之字迹，书“东海朱伦瀚”者，想是山东人耳。

初十日丙申 早至午刻，雨，不甚大；未牌，阴；至晚皆然。家君时多咳嗽，曾经多日，邀长甸陈莘野先生诊视，已于晚刻来。叶蓉秋先生来言，周梅翁已由杭城于早刻到家。即与蓉秋至其府上，言近日武林诸多戒严，朱价人都督自卫最严，往见者亦非易易；管少农兄委办黄岩场、王云初兄委办杜渎场事务，均已接札云云。道过子俊兄处，晤达云母舅，互叙至晚而来。

十一日丁酉　晴。罗屿陈少渭兄同章端翁来叙，过午膳而去。

十二日戊戌　晴。

十三日己亥　晴。接章伯纯兄一信，托余代寄张丹翁英洋七十五元，因一时不便，即交朱子延收存，俟有妥便时即为代寄可也。

十四日庚子　卯牌，细雨，片时即晴，至午刻，晴；未牌，阴；以后皆然。早刻，至栅浦堂看戏，晤苏寿民、王云梯、黄道周、王俊卿诸君，互叙半晌，而云轩郎子祥来邀午膳，即同云梯、道周、遇琴、俊卿同至其寿康药铺，晤云轩，相叙席散而来。现姚梧冈办理盐务，而王云初委任杜渎场盐事长，系其所保，现道周、遇琴两君欲其委任差使之心最为密切云云。

十五日辛丑　卯前，雨；辰牌，阴；以后皆然。接王六潭老伯一信，附有乩语，云癸丑元月初二夕陈杏绒先生乩诗："汉室河山不忍看，金瓯分裂入函关。今年烽火连天起，越海蛟龙出旧潭。蒙古黄沙扑面来，燕京烽火苦相连。潼关战鼓河山动，谁是将军可顶天。蜀江无处不烽烟，南北争雄各一天。试问当年新帝主，可能诏语达虏边？河东猖獗北都危，鞍马蒙尘日蔽旂，晓角无声天尽夜，荆州长此战争时。"又，二月十一夕赤莲先生乩诗云："桃源岂在武陵溪？咫尺蓬莱苦自迷。鸡黍多情迎俗客，桑麻依旧世全非。仙佛真诠一线通，仙尘不到镜台中。生今时局如斯幻，何不冥心遁入空？"同夕，陈素春乩语云："江上青山似去年，豪情聊自对金怀[①]。世间那有无愁酒？时局如何且问天。"又，二月十一夕，陈素春先生乩语赠王君野鹤，野鹤道人系王六泽先生别字："悠悠野鹤思超然，诗酒生涯愿学仙。学富五车罗典籍，才高万斛泻词源。光明心事清于水，潇洒胸期别有天。归

---

① 疑为"环"。

隐丹崖元亮节，门前五柳任君栽。”又，二月十七夕萧流素先生乩诗语云：“红尘如梦我如痴，万种愁肠只自知。世变轮回何日了，兴亡都付一枰棋。诗酒耽心遣未开，厌看古往又今来。红荒果有无怀氏，我愿相从誓不回。满朝痛哭贾生书，争奈兴亡宰玉壶。血肉飞燐愁浩劫，应教宝佛下瑶车。秋稍烽火远相连，地接衡庐泣杜鹃。且看落霞城上草，碧燐凄惨十馀年(此作寓有己意)。”又，三月初六夕郝有光乩诗语云：“孤臣忠愤有谁知？碧血淋漓国破时。城社鼠狐长乐老，河山只手讵能支！”又，三月二十六夕武圣降乩诗语云：“千秋正伪尚春秋，浩气凌空贯斗牛。大义惟知存汉室，头颅无憾掷荆州。取义成仁生死轻，桃源誓不负前盟。曹瞒试问今何在，自慰千秋享盛名。”又，王野鹤道人“次和陈素春乩诗并谢方药”语云：“只应杯酒学陶然，被发行吟未是仙。自分衰年甘懒拙，漫云浚性见渊源(近有人以刊本见诒)。山中寒意三分雪，井里星辰一寸天。不有真人施药石，馀生枯朽待谁栽？”以上乩诗语须未明晰，奈今时事如斯，其中大有深意在焉。

十六日壬寅 晴。致元亨庄一信，并附凭摺一扣，托陈虞韶先生代为带交。另致虞韶先生一信，均交何蓉江代为带交。因永宁于十九日到台，函中均书十九日书写耳。近来田亩正值待水之时，而天气晴明日久，农民望泽之心甚切，倘若再迟，深为至忧，伏求上苍速沛甘霖，养育下民，是为幸甚，幸甚。

十七日癸卯 晴。日望下雨，心为至切，农田初插早晚秧针，倘再无雨，则今年雨季悉均无望，台民困苦情状难以言述，只求上苍速降甘霖，以慰小民之深望，是为至幸。眉甫先生自晚刻来言及徐晓园现在慈溪县署云云。晚膳后，沐手焚香，敬谨恭请圣仙，荷求大仙到坛。乩语云：“青山隐隐水重重，家住蓬莱第一峰。万树桃花人不见，白头随我过溪东。吾乃吕祖守宫童子是也。”求问时事若何？乩云：“八门分八位，九里布九方。青黄赤黑白，五军盛束装。交锋对垒，两两相当。天机细解，难以泄漏。”再问台州能否平安？乩云：“守家不如守众安。”又求何日得雨？乩语云：“龙生头角，时沛甘霖。六七久旱，好治苍生。细此详解，一一明之。”渥蒙仙架遥临，深为感激之至。

十八日甲辰 早至巳刻，阴；午牌，雨；以后皆然。现值农田初插秧苗，多日未雨，无塘田亩半多枯燥，今日幸得喜雨，农心之大幸，深感上苍厚德无涯矣。昨晚请仙有“龙生头角”之语，今日系是甲辰，即得喜雨，应验良多耳。家君今日寿晨，设有面席，邀达云母舅及子俊、梅五、子能姻长、敬甫诸君相叙午膳，深为至乐。陈莘野先生于早刻至涌全去矣。

十九日乙巳 细雨。致张丹庭亲家一信，交邮寄至苏垣。至王六潭老伯一信，专价送投，旋接六潭老伯福信一函。陶家三先来言，寿翁之三少君定亲黄城朱蕙夫兄之令妹，于明日二十文定，与许蘧夫兄、江德明兄及达云母舅均是连襟也。晚膳后，至陶寿翁处，相叙一刻，同至建西处，晤周梅五、黄道周、蒋敬甫、李舜卿、周作羹，互谈至二鼓而来。言及姚梧冈曾经接浙江运使札办台州盐务，约在明日可以到台，与俞棣生、卢槐士本经说通，无如俞棣生等诸君现办台州盐务系是全台集股办理，不得不邀集股东聚议一切，已于十六日开股东大会，而各股东之意彼可办而我独不可办乎！棣生诸君既在总理之席，却之甚难，以此想之，颇难下台，未识姚梧冈、黄楚卿各人作何安置否也。并云及现在时事，自宋教仁被刺之后，南则黄克强与北袁慰亭大相意见，只恐南北决裂，战争之地，被兵端之苦，即附近省分受土匪影响，深为至虑，难堪言状，奈何奈何！

复阅阴历廿六日之《浙江民报》纪云：袁世凯因见湘、粤、皖、赣四省不肯阿附，久谋去之。此次因见军事计划已布置齐全，一举手可尽倾陷之，故于前日电副总统黎元洪及十四省都督，令其联电该四省都督谭延闿、胡汉民、柏文蔚、李烈钧，劝四督阿附中央，勿再反对其行为。倘四省都督不纳此言，仍秉至公，则立驱北军以力迫压之。一面又令进步党人在皖、赣二省合团体反对柏、李两都督，以便中央趁势另派私人代之。如二省人民不识时机，出中反对，则李纯所统素称善战之北军第六镇即可由汉长驱直入;如二省都督已去,则再注意于湘、粤二省及其馀各省之不阿己者,务使遍各省皆一己私人能逞其伸缩自如方止。现已密令在汉北军及倪嗣冲、张勋等预备得令即动,而名为军事专使,实即后备都督之四人亦已拟定矣。如是阅之,恐有兵端祸结。吾浙虽未在其中,系属临省,恐致风声鹤泪[①],土匪乘机而动,如之奈何?深堪浩叹!吾侪小民只求安于枕席,为幸多矣。未识得能如愿否也。言虽若是,幸叨上苍敷佑,化干戈为玉帛,小民之大幸耳。

二十日丙午 雨。阅四月十六日《浙江民报》纪:前明鲁王于定海殉节时,有元妃陈氏、贵嫔张氏、义阳王妃杜氏及大学士张肯堂、定西侯张名振、参谋顾名楫等皆与同死,至康熙年间知县事缪遂上其事建祠云云。可见忠臣孝子虽经年远亦不至烟没耳。人生虽不能行忠臣孝子之事,于心常存欲作忠臣孝子之想,亦可谓问心无愧焉。

廿一日丁未 早至辰刻,阴;巳、午、未牌,晴;申时,阴;以后皆然。致汪伯端兄一信。阅《浙江民报》纪:高弋虬篆刻图章访单中,牙章每字计洋四角,由彼代经云云。余止园之章未有刻来,即托伯端兄代买牙章两方,即托伯端兄送交《浙江民报》转交高弋虬,一刻"止园启事"四个字阳文,一刻"止园"二个字阳文。阅四月十八日《浙江民报》纪北京电:"俄使接库伦来电谓星期六日有蒙人二百名击败华军千名、杀死百名、擒获十八名,并夺得机关枪二杆、辎重车二辆"云云。事果如是,华人何至如是之下乘?况北军与南军对垒尚称强壮,见蒙军竟能如是乎!如是见之,则陈杏绒先生乩诗恐致应验。果若战争事起,人民涂炭,深堪浩叹!早刻,至周梅五处,云姚梧冈已于昨日旋台,言欲接办台属盐务,未识果能顺手否也。就道至椒江,晤周载熙、何禹渡两兄,言及时事,南北虽生意见,不致决裂,只恐事难结局,两有收缰之意,倘如其言,亦百姓之幸耳。

---

① 当为"风声鹤唳"。

前二头嘱带购各物，早刻由嘉先向其取来，计价洋五元八角，当即找还两角，即前付另星洋六元，两均清讫。晚刻，周达云母舅及子俊兄来叙至晚而去。言及凡事之空，莫过为人，如与余同学者陈伯英、黄咏仙、咏花昆季、方士炳、士绅昆季、邬子仁兄、褚琴轩、周允东、周少篔、周少芳诸君均皆谢世。即于光绪戊戌秋，余与王子宜、黄仲辰、褚琴轩诸君同至松岩做水陆，转瞬之间，则子宜、仲辰、琴轩相继去世，如是想之，凡事总以看空为是。古人云："有势不可用尽，有福不可享尽。"须留馀地，以为后人不致吐骂，是为大幸。

早间至椒江时见《神州报》纪："应季中崇拜前明忠荩方正学先生祠宇。"刊诸报刊，不无评论，如方正学先生系大明建文皇上师傅，官至大学士。按：建文皇上系明太祖洪武长孙。世子永乐皇上初封北燕，为燕王。太祖传位建文，登极第四年，永乐率兵南京，即行篡位，时方正学忠言力谏。时永乐初登大宝，备极优容，而方正学先生当书"燕贼篡位"四字，致触永乐之怒，遂致殉节，而阖族悉死。当殉难之血碑、血迹今尚犹存，可见忠臣正气，千秋不昧也。但应季中名德闳，系前江苏布政使应宝时之子，捐江苏候补知府，方过道员，护理江苏布政使，乃世受大清厚恩，何待言欤！今则仍为南京民政长，竟拜方正学先生祠宇，试问有何面目见方正学先生否？试问问心抱愧否？优劣若何，质诸高明者以为何如？是为之记。

廿二日戊申 阴。

廿三日己酉 阴。晚刻，至子俊处，晤达云母舅及老五先、洪少琴，互叙至晚，言及此次黄楚卿邀姚梧冈来台办理台州盐务榷运局之原因，当楚卿在省当省议会时，与运司张栩人交情，欲自办台州盐务榷运局长，因无资格，让与姚梧冈任之，其名虽姚，实则均是楚卿之事。张栩人荐有四人与梧冈让办盐务，日昨楚卿邀梧冈到台，即驻海门为总事务所，不敢至郡，又以台盐公司开设郡城，又不得不至郡城，故于今早邀张栩人所荐之四人至郡，未识作何办理，不得其详，另日再记。又，台州有黄岩、杜渎、长亭三场之盐事长统归台州榷运局调用，即三场之盐事长亦归榷运局蜜保，即由张栩人加札。故黄岩场之盐事保管少农兄，因少农于彼素有名望，又有压力；杜渎场盐事长保王云初，但云初与楚卿系属郎舅之谊；长亭场盐事长所保何人尚未酌定，现周梅五、黄心斋两君力求楚卿代保，未识得遂所愿否也。但三场到任之后，访照馀杭样式创办板盐，楚卿拟先办五千板，未识作何入手，另日再详。但楚卿商邀浙江官银行之台州分行已于昨日开张矣，所开官盐榷运局分银行两处，益则在于楚卿，损非楚卿面子，用人亦是楚卿，楚卿之善谋，用意深之尽善也，未识后事若何，容另再详。顷阅四月十六日之《神州日报》言前纪之蒙军与华军开战之处在张家口之北四百里大王庙地方云云。

廿四日庚戌 雨。顷借椒江中学堂之四月廿一日《神州日报》纪云“徐军统炸死续报”节言：“徐宝山前早被炸，登时身死，并炸死修发匠及差弁二人。据军司令部人云，徐喜买古玩，有小胡者常往交易。前一日有人送一匣至，云中有贵重瓷器，系小胡在沪觅得，记伊带交。徐未见其人，将匣收置室内，次晨正在修发，唤一差弁启匣。因封锁甚固，徐起自启，忽见大燃，遂掷地爆发，室三人同炸死。一时人心惊惶，绅、富有迁徙者。经军警各界会议维持会，推其弟宝珍接统其军，发电通报，幸地方秩序尚未乱”云云。今岁以来，初则刺死宋教仁，继则林述庆死之，今又见徐宝山死之。今日时事，刺客如是之多，深堪浩叹！

同日该报又纪：“库佛现派军队二千名向吉林地方进发，别以一军计五百人轻装南下，其中确有俄兵二百掺杂其中。袁总统闻信即饬外交陆总长向驻京俄使严重诘问”云云。同日该报又纪：“据库伦消息，蒙兵近与华兵战于白纳纳里兹，详情未悉，其亲王已请奉天都督派兵一师团前往内蒙抵制内犯，盖内蒙居民现颇受滋扰故也。”又，四月廿二日之《神州日报》纪云：“库伦近思内犯，东路以白狄庙驻兵为最多，其由外蒙新募之兵咸向乌蕨花滂江一带侵入，自占苏尼府，储粮筹备，大有久踞之势，惟总理松彦光汗恣情”云云。同日该报又纪："热河函：西林县边境多伦界而蒙军聚集之所，早经熊希龄派兵在其左近驻扎以备不虞。兹据军事捷探报，本月中旬，淮军与蒙人在锡林河地方接仗，鏖战甚久，淮军大为失利，死伤甚多，并失机关枪四杆，刻下退守百馀里之外线棚，俟援军齐集时再为前进。蒙军亦逼近百馀里"云云。又纪："究其致败之原因，以淮军用二土著为乡导，讵该土著即以蒙军密探，以致深入腹地，所以致败"云云。以上所云蒙古情形如斯。南则湘、皖、赣、粤四省情形又复如斯，邻省居民青夜而思，正"今日不知明日事"，深为忧甚、畏甚，得安枕席，为幸多矣。

廿五日辛亥　阴。早刻，周梅翁来言，楚卿代梧冈筹划盐务最为忙碌，此次梧冈办理榷运局，名虽梧冈，实则均是楚卿之大功。但楚卿之待梧冈者可谓厚且至矣，台属之临、仙、永、缙、武、领、天七邑盐务，前光绪十一年间，自旭东宗伯接办以来，□□□□统计赢馀近四十万元之谱，是年楚卿以天邑多事，意欲退办，又以运台有加厘之说，即将退办之词要挟上游。不意有李如山意欲接办，而楚卿深为订恨，当接办之事，百般为难、千变万化、愈出愈奇，总以事事便宜、节节进账。李如山因其事已至此，不得不受其亏。当此之时，楚卿之得便宜者除应分进取外，尚多五万馀元，方许李如山接办，时辛亥之岁元月朔日也。不意是年革命，以致秩序失乱，楚卿自为台州财政部，梧冈自为台州军政分府，又将亏与李姓吃。时李姓系居异地，亏吃难言，于壬子四月间，楚卿复有怂恿卢槐士邀同俞棣生将李如山所办盐务强横梗夺而来，时李姓又复吃亏不少。李姓虽经上控，但业在台州，官力有所不及，无可如何，只得尽气吞声。未及一载，楚卿又以棣生、槐士有不附己之怒，当省会议员在省时与张栩人运动得宜，以姚梧冈出名承办，改其名曰榷运局，实则无易商办，以"榷运"二字荒罩其事而已。今则事事代其布置，事事代其运动，须达目的，有说明日接其台盐公司办理，无如俞棣生及卢槐士两君均在上海，未识得能顺手乎否也。可见楚卿之用意深人一倍耳。古人云："凡事退一步想。"现楚卿之所行所为均是进一步想，连年以来又以名成利就，亦不可思量，未识事果如斯，又未识天遂所愿，难于预料，看其后事如何可耳。

女妪来言，董辅臣襟兄之郎曼卿者配张鉴蓉兄令媛，择于四月廿九日入赘云云。梁新泰先生自早刻来言，昨自上海趁轮来台，留过午膳而去。言及库军与华军接仗之方即在张家口之北约二三百里之遥，闻言之下，益增忧畏焉。周梅五言，王云初兄于明日廿六日接杜渎场盐事长，其朋友用人均是楚卿之意，惟邱遇琴与云初深交，用其账房亦深巴结楚卿。前人言粤匪扰乱时，栅浦苏品三藉势荼毒愚民，无复再加，有论目今亦当革命之时，黄楚卿之威势与品三相较有加而无不及也，未识后人论之若何。

廿六日壬子 辰前，阴；巳时，雨；至晚皆然。

廿七日癸丑 早至巳牌，阴、雾；午时午膳，阴；未、申皆然；酉刻以后均晴。早刻，至翁子俊处晤叙至午膳时而来。余房间结构年久，现拟重行改更结构，并另做铁丝窗门，连做玻璃门扇，并再构后间一所，择于本月廿九日乙卯日子时动手，合天干乙、丙、丁三奇吉日而已。晚膳后，至楚卿处，晤吴玉翁、周梅翁、周作羹诸君，互叙半晌，言及梧冈此来用何霭生为秘书、朱德清为文案、周郁文为汇案、黄子霖为账房、王少南总经理、章久之为收发，其馀一切悉均阔绰异常，其公馆之用度繁华已极，定于五月初二日赴郡接手，盐务倘能顺手，岁馀之资亦复不少。顷阅《浙江日报》纪云："盐改官办，从前闹祸大略业经电闻，况姚梧冈光复后任台分府廿馀日，虚糜公款，枉杀私仇，怨毒已深，今复任台，恐怨家借端煽动，祸较往年更烈，全台糜烂，势所必致。如果由台入手，将置台属人民于何地？请收回成命，候速覆。台州联合会公叩。"其电报又是如斯，究不知有否为难之处，亦难于预料。据楚卿所云，接办颇易，与梧冈办后恐无馀资。是否之处，容后再详。

梁新泰先生自早刻来言，昨由上海来台，欲由台属想法戒烟。现在台属烟禁稍宽，自欲思戒，亦颇寥寥，只得留宿，再行想法可也。台郡城厦门一名兴善门之城上向有大炮一尊，长约二丈馀，其炮铁悉均明亮，相传国初时蔡牵作乱到台，将此大炮开放，大获胜仗云云，美其名曰大将军，此亦日久相传之语耳。顷吴玉翁言其旧属自郡来言，于月初旬，有两道人至大将军之侧，初则跪叩，继则念咒，其大炮竟然自立。自大将军自立之后，一人传十，十人传百，而县署闻悉其事，往验，果然，随饬人传道人而不见，即嘱弁兵将炮放倒，初则一二人，继则至四五十人才方放倒其炮，亦奇事也。凡事总以平为贵、平为福，今则道人念咒能将数千斤之大炮竟能自立，恐非佳兆。古人云："国家将兴，必有征祥；国家将亡，必有妖孽。"如是等事，征祥乎？妖孽乎？总以台州地瘠民贫，只求上苍默佑，以平为福，为幸多矣。

廿八日甲寅　早至巳刻，阴、雾；午牌雾散，阴；未、申时，晴；酉刻，雷声而未见雨，阴；以后皆然。接陈洛卿丈公一信。王子衡兄来叙过午膳后而去。阅四月廿二日之《浙江潮报》纪"徐宝山被炸详情"云："陆军第二军司令部即徐宝山之营于昨晚有人送来木匣一件，云是古瓷，须当郑重，伪称骨董商吴国贤之夥。时徐已就寝，徐仆以吴商时有骨董求售，因将木匣置徐书屋。次日八时，徐亲启，匣内炸药暴发，徐拆臂膀，一仆身躯分裂，均身故，书屋顶两间炸怀。又言徐宝山上体几无完肤，现奉陆军部委徐宝山之弟徐宝珍代理军政司令"云云。此等暗杀事虽恶极，论其计算之周妙，即武侯再世亦不过如是也。按：徐宝山本盐枭之首，投效大清，历保至记名提督、长江统领，自辛亥光复，再投袁项城而得今职也。

廿九日乙卯　早至巳刻，阴；午、未牌，晴；申时，阴；以后皆然。早刻，吴玉翁、王子衡兄来叙过午膳而去。玉成言，陶寿农自海门方来。

三十日丙辰　卯前，雷雨；辰、巳刻，阴；午、未时，晴；申、酉牌，阴；戌时，雨；以后皆然。

五月初一日丁巳　早至午刻，雷雨极大；未牌雨晴，阴；申时，晴；以后皆然。梁新泰先生至海门来言，陈祝再姻长自今日趁平安商轮至申，彼亦与其同赴沪江，向余假洋六枚，即行允诺面交矣。

初二日戊午　晴。长女受孕曾经坐月，早刻，将过洋饭遣送矣，此亦台州俗例也。华最和尚于早刻来言，自舟山方到此地，来家一叙。余在天台山时少其之处并拜经台数洋共计英佛三十尊，又修理山路计洋廿九元，共计洋五十九元，面交华最和尚带去清讫。又送其对联两副、直条一堂，并送三春师对一副、直条一堂，静定师对一副、直条一堂，英祥师对一副、直条一堂，英慧师对一副、直条一堂，普琴师对一副、直条一堂，万贤师对一副，上方广常住对一副，均交其代为带山，此亦所酬前许之言耳。

初三日己未　晴。早刻，至达云母舅处，晤子俊兄，相叙一刻而来。午膳后至集圣庙看戏，晤周梅翁，相约至花醉卿处少坐，言卢槐士兄自早刻来。就道至椒江网局，晤槐士、子俊、镜三、梅卿诸君，互谈至晚而来，言楚卿兄定在初五日动身赴省云云。

初四日庚申　晴。闻姚梧翁于月之初一日赴郡接手盐号，今早有电邀陶寿农至郡，未识因何要事也。

初五日辛酉　早至午刻，阴；未、申时，雨；酉牌雨晴，阴；以后皆然。古人云“端阳有雨是丰年”，今幸下雨，乃歌唱大有之预兆也。阅初一日之《浙江民报》纪：“库军声势甚大，距张家口仅七十里，政府饬内城九门、外城七门各税局，凡入城者，行李一律严密搜检，防夹带危险物件”云云。又四月廿九日《浙江民报》纪：“奉天张锡銮电告库军甚急，速调大军”云云。言非子民①，吾侪小民恐不能安于枕席，深为忧甚，伏求上天好生，化干戈于玉帛，是为幸甚幸甚！

初六日壬戌　辰前，阴、雾；巳刻雾散，阴；午时亦然；未牌，晴；以后皆然。余之房间及客间修整悉均告竣，凉棚亦均竖好，亦一岁中之要事也。

初七日癸亥　辰前，阴；巳至午牌，雷雨；申时雨晴，阴；酉刻，晴；以后皆然。早刻，至子俊处少坐而来。吴玉成邀午膳，随至玉成处，

---

① “子民”，当为“子虚”。

晤周梅五、王子襄，相叙席散。过心斋处，相叙半晌。至家，值蓉江兄来，言姚梧冈至郡接办盐务，为台州盐务榷运局，而盐务公司俞棣生、秦雨亭、卢槐士诸君不肯告卸，随即下港，大失体面。但梧冈所办台州盐务榷运局均是楚卿一人在省运动而来，现今不能接办，自可推卸，其实面子亦失不少，随即动身至省，应临时议会，其实心所不甘，未识楚卿再有如何法力也。

初八日甲子 早刻，晴；晚刻，阴。早刻，至周梅翁及达云母舅两处，晤叙至午而来。午膳后，至李舜卿处少坐而来。言及周孟东此番与楚卿同赴省垣者为梧冈之事而去，其笔墨，楚卿邀何霭翁代筹，未识其运动若何，容日再详可也。

初九日乙丑 阴。

初十日丙寅 卯前，雨；辰、巳刻，阴、雾；午至酉刻，阴；戌牌，细雨。修芹相言省中有电邀姚梧冈旋省，如是想之，只恐榷运局竟成画饼，亦意中事。现陶寿农在海门，邀棣生、雨亭、槐士同至海门，未识有何下台否也。

十一日丁卯 巳前，阴、雾；午、未牌，阴；申时以后均晴。黄心斋宗叔来言，其大门向有乃翁黄镜明总戎之衔牌，日昨有金子原者至其门首将其衔牌捣毁，并大加辱骂。如此无横，世所罕有，彼以事难下台，拟递公呈云云。晚刻，卢槐士兄来叙半晌，相约至海门永利局，晤陶寿农、俞棣生、姚梧冈、陶祝卿、江梦生、奚辅臣、李子棠、朱德清、徐富春、丁梦生、高梅亭、王朗轩、王勤甫诸君，互叙至晚。并至榷运局姚梧翁处，晤章久之兄、姚实轩两君，相叙少顷，转至局中，过晚膳后而来，至家时逾二鼓矣。

十二日戊辰 辰前，阴、雾；巳、午刻，阴；未时，晴；以后皆然。致张丹庭亲家一信，并附章伯纯兄托余代寄英洋七十五元，均交嘉先送至海门永利商轮阿昌兄代为带申。前嘱二头由申购买伯纯兄之雪茄烟已取来两盒，尚少一盒，再行嘱购可也。江边堂武圣庙寿戏已于晚刻到台，即于今夜开演矣。

十三日己巳 早至未初，晴，天气颇热；未末，雷雨，一阵即晴，至酉初均阴；酉末，雷雨甚大；戌刻雨晴，阴；以后皆然。早刻，侍家君同至江边堂，晤黄心斋、黄道周、黄宏德、吴玉成、陶吉云、黄子权、黄俊亭、金仪卿、黄崇圣、洪少琴，同行致祭武圣寿诞，毕后，过午膳而别。江边堂住持可庆房内颇为精致，亦僧中之强者也。

十四日庚午 早至巳刻，雨；午牌雨晴，阴；至晚皆然。致张丹庭兄一信，交邮寄交老级陞代为转寄。徐德园兄晚刻来叙至晚，留宿一夕。

十五日辛未 辰前，阴、雾，巳、午牌，阴；未申时，晴；酉时，雷雨最大，戌刻稍细，雷雨仍然；以后细雨而未晴。徐德园兄于早刻去。周梅翁自早刻来言，俞棣生、姚梧冈两君均于十三日趁永利商轮至申，想为盐务未能清了，均至省垣理说而已。此次姚梧冈来台接办榷运局而不就，大失体面，如是者明虽梧冈，其实全是楚卿之施为，现既如是，则楚卿之谋亦倒不少。两方到省作何举动，容另再详可也。又言陶习之已由上海旋里，言及楚卿兄已赴武林矣。现习之令六弟开设茶馆店于中街，过大暑为止，事非久，局亦非六少爷所为事也。有说六少爷烟瘾已验，现值严禁烟苗而又戒吃之时，已有瘾者急于断戒而不得，彼未入牢笼之人又欲渐入苦境，正不知其何意。总而少年尚未老成之所致也。

十六日壬申 巳前，阴、雾；午刻，雾、雨；未、申牌，雾、雷雨甚大；酉时雨晴，阴、雾；以后皆然。致张丹庭亲家一信，交官乾二爷转寄。汪伯端兄早刻来叙半晌，家君托其代买痧药暖脐膏等均已买来，计洋一元两角，随即致函附在信内，饬老二送交，至于托刻图章两方未曾代刊。言及朱价人病颇笃，其民政长以屈文洛护理，都督，吕姓护理，现在省中戒严云云。陈洛卿丈公自海门来叙一刻，转至海门去，言及继配即王冥阶之妹与池仲英系是连襟，冥阶与仲英有郎舅之谊，所以在其署中为科员耳。

十七日癸酉 雨颇大；早刻，雾亦浓。致张仲甫兄一信，交官乾二爷交邮寄申。早刻,至汪伯端兄处少坐而来。

十八日甲戌 卯前,雨;辰、巳刻,阴、雾;午时以后至晚均雨颇大。女妪自黄城来言,长女适王仲达者于今日下午三句钟分娩一子,初产宜男,深为欣幸。

十九日乙亥 阴。致张柳樵兄一信,交公咸代为带郡。

二十日丙子 晴。潘云轩兄于十八日作古。其兄良才相来柬邀余助祭。午膳后至其家中,晤子俊、全标相、周建西、作羹、王俊卿、叶听泉、苏寿民、刘秀亭、陈半塘、祝熙积,诸君同行致祭后,过晚膳后而行。但云轩兄令郎子祥年虽二十有一,其人尚老成。按:云轩一生功多于过,亦难得耳。

廿一日丁丑 晴。早刻,至花醉卿先生处,托其代(开)一方,因有水湿,不放心,想一剂即能就痊耳。

廿二日戊寅 早至巳刻,阴;午、未牌,晴;申时,阴;以后皆然。致张丹庭兄一信,托其代荐苏焕堂为书记,该函即交焕堂带交。致章伯纯兄一信,并附其托买吕宋烟三盒,又附发单两纸,交其来人带交。代陶寿翁致王辉亭一信,即交官乾二爷转交矣。

廿三日己卯 晴。

廿四日庚辰 巳刻前,雷雨甚大;午时雨晴,阴;以后皆然。

廿五日辛巳 雨、雾。接贺蓉江一信,前托其转托陈虞韶先生代买穿藤圈椅四把已代购来,计价洋八元八角,彼丰泰代付矣,下力洋三角,家君当即付交矣。早刻,至海门元泰典,晤何霭生、窦少山、李少云、陈舜卿、贺蓉江、林合渔诸君,互叙半晌。至海门商轮局,晤陈虞韶先生,托其代向甬江购买杭金十八尊罗汉、八仙连寿星及福字,中嵌寿星“长命富贵、金玉满堂”一堂,并小人帽两顶、挖镶鼻烟壶、镶獐牙各一副,转托四明文宝斋装裱祁隽藻黄色旧对一副,交其现带英洋十元,诸事言明,随即动身至家,时将午膳矣。余阅祁隽藻黄色旧对与印板之祁隽藻之对字两相比较,字样不同,但黄色旧对系山西购来,祁公系山西人,如是想之,谅非致伪也。

廿六日壬午　早至辰刻，雨、雾；巳牌，雾散雨晴，阴；以后皆然。

廿七日癸未　辰前，雾、阴；巳牌雾散，阴、晴；以后皆然。阅阴历五月廿三日之《浙江民报》纪"台邦也有特派员"节言："光复以后，人心浮动，诡诈百出，一般无耻之徒咸假托社会之特派员，或代表等各项名目，在外造谣惑众，哄骗金钱，乡民被其陷害者不少。日前有口操台音，自称杭州赤城公会特派员，其名片则书曰'全台各界代表周宪章'等字样，在湖属武康、安吉、孝丰各处勾结痞徒，引诱客民，托名组织台州同乡会，向台帮客民每人索取银洋一元六角，给与铜质徽章一块，遇有温饱之家即向索诈特别捐。遂其所欲者，保无意外危险；稍有不顺，即以特派员或代表名义要求营县诬架，以光复时非良善者，数月以来客民被索者千馀金，被害者数十家。噫，台邦有此等特派员，真台邦人之特色也。"按：周宪章即系谱香先生，自正月间，余在沪江，据杨伯藩兄言，其到申随即至杭，究竟作何事体，不得其详。今据该报如是说法，亦台人之不幸，何至谱香先生作事如斯，亦所不及料耳。

廿八日甲申　晴。接张丹庭亲家一信，又接仲甫兄一信。

廿九日乙酉　晴。接陈虞韶先生一信，前托其代买各件均已代为购来，惟杭金小锁太少，不堪所用。致虞韶先生一信，并附杭金小锁连链条一副，托其带甬调换，所来之发单亦并附还，该函遣西山老二专送海门面交矣。早刻，至海门还谒巡官张华五兄，相叙半晌，并至前巡官朱虚斋处，晤郎翰臣老伯、王石斋、张雨林诸君，互叙一刻而来，至家时方午膳矣。

六月初一日丙戌　早至未刻，晴。申牌，阴；以后皆然。申初闻雷而未雨。接眉甫先生一信，即致福眉甫先生福信一函，随交来人带交矣。早刻，英祥师自太平旋，至家相叙，留过午膳而去，修理上方广寺念佛堂屋之工料计洋念元，随交英祥师英洋念元，此事清讫。余书刊上方广寺亭北"阿弥托福"四篆字，亦托英祥师带去，即嘱手民刊于该处岩石之上，亦一要事也。刻字工洋若干，托其代付，另日并算。

晚刻，至子俊处，晤王伯常、周少云，相叙至晚而来。

初二日丁亥 晴。

初三日戊子 早至未刻，晴；申牌，雷雨；酉时雨晴，阴；以后皆然。伯端兄约以设席消夏，席设于文昌阁，纠集同意者相叙一宵，每次二人值席一次，定逢礼拜为期，计十八人，可有九次相叙矣，以今日为始。早刻，因伯端、孟东值席，至文昌阁，晤李舜卿、黄心斋、周作羹、黄道周、黄少湖、周孟东、赵友竹、罗枚也、王子权、洪少琴、周篪卿、周达云、汪伯端、张岳生、陶刁之、陶河清诸君，相叙席散而来。

初四日己丑 早至午刻，雨；未时雨晴，阴；申牌，晴；以后皆然。接陈虞韶先生一信，前托由甬代买银器等件均已购齐，惟托裱祁隽藻对联一副，尚未取来，计洋十九元五角八分，只裱对工价未在其内。

初五日庚寅 早至辰刻，雨；巳、午牌，阴；未时，晴；以后皆然。致福陈虞韶先生一信，附洋九元七角又铜板翠子一粒，托其带甬嵌镶银垫，均交祥高先送至海门面交。但虞韶先生代买各物计价洋十九元五角八分八厘，除前面交洋十元，今日送洋九元又开洋七角、铜板五枚，即均两讫。致陈光明表叔一信，交官乾二爷送至长甸。家君嘱书致王少亭先生一信，即饬老四送至下洋郑矣。

初六日辛卯 雨。

初七日壬辰 辰前，雨、雾；巳刻雨晴，雾、阴；午时，阴；以后皆然。

初八日癸巳 阴。家君嘱书致徐德园兄一信。晚刻，晤载熙兄，相叙一刻，言姚梧冈又来台办理台属盐务云云。

初九日甲午 晴。托陈虞韶先生代做翠子玉垫及玉锁均已代购，于晚刻向其取来，计价洋一元二角八分。载熙兄自杭州来言，姚梧冈自到海门之后即至郡接手榷运局，并云有张栩人委有委员与其同行赴郡云云。

初十日乙未 晴。致陈克明一信，交褚用九转寄镇海。早刻，至文昌阁消夏社，晤黄道周、黄心斋、黄少湖、周达云、周孟东、汪伯端、周载熙、赵友竹、李舜卿、周篪卿、陶习之、洪少琴诸君，相叙席散后，蒋敬甫、王珊玉来叙半晌。李舜卿约余与赵友竹、蒋敬甫、黄道周、陶习之至其府上，互叙至晚，留过晚膳后，即同至建西处，晤载熙兄、达云母舅、习谦诸君，少坐而来，至家时将二鼓矣。

十一日丙申 晴，天气大热，已有盛夏气象矣。早刻，十里铺岳母家人来云，仲善兄已于早刻到埠，随即至家去矣。晚刻，至吴玉翁处，相叙一刻，言楚卿已于晚刻到家，随同玉翁至楚卿处，晤心斋宗叔、邱楚翁、周孟东诸君，相叙半晌而来。

十二日丁酉 晴。

十三日戊戌 辰前阴；巳、午刻，雨；未时，晴；以后皆然。汪伯端邀至白云山午膳。早刻，至白云山，晤汪伯端、李舜卿、周文卿、周篪卿、黄道周、王子轩诸君，相叙席散而来。云及姚梧冈将台属盐务曾经接办，周孟东亦有职司，每月薪水颇为丰厚云，道周宗叔薪水亦每月十六元耳。

十四日己亥 晴。致陈虞韶先生一信，并将大洋一元、小洋三角付还前托其代垫之处，交嘉先送交蓉江代为转交矣。施月槎早刻来叙半晌，言及江西军营与北军开战，以致上海银价大跌。时事如斯，又复如此举动，深堪浩叹！周梅翁来叙一刻，言苏时卿方自福建旋，言闽省军饷自五月至今均未散放。财路又复如斯，未识将如之何，亦难预料。

十五日庚子 早至晚刻，晴；申时，雨；酉时雨晴，阴；以后皆然。接陈克明君一信，随即致福克明一信，交邮寄至镇海县署矣。楚卿于早刻来叙一刻，言姚梧冈曾经接手台州盐务，已经开秤售卖，其公司之总理俞棣生至黄城去，总经理卢槐士兄又至杭垣去，均未交盘，其事未识将如何了结耳。

十六日县辛丑 阴、晴、雨不时，似做风水之景，幸风不大，尚可安然，得即放晴，今岁已歌大有之年，是为大幸。阅本月十四日之《民立报》纪："南军与北军在江西湖口开战，北军已挫，以致江西独立，南京、安徽两省亦有独立之议。"时事如斯，两军又有如此举动，神州百姓何辜而受此惨，深堪浩叹！只求干戈速化玉帛，为幸多矣。早刻，正衡来言，其妻夏氏于十四日酉刻分娩一女。

十七日壬寅 大雨如注，南乡已成大水，现值早季将近登场，如是大雨，有碍稻禾，虔求上苍敷佑，即放大晴，以究[1]苍生，是为至祷。早刻，至文昌阁，晤心斋、道周、少湖、子权以及周载熙、赵友竹、陶习之、汪伯端、周作羹、周篪卿、周文卿、张岳生、李舜卿、周达云母舅诸君，互叙过午膳而来。

十八日癸卯 卯前，雨；辰、巳、午刻，阴；未时，晴；以后皆然。早刻，送外孙剃头衣。遣工至黄城之仆人来言，黄岩出东门即有大水，高如大路一二尺不等，至三山皆然，今岁早季收成必至减色而已。

十九日甲辰 晴。早刻，至江边堂叩神后，至陈少渭、汪伯端两处少坐而别。午膳后至遇琴处，晤云梯，相叙半晌，相约至楚卿处，晤吴玉翁、周梅五、郑夔友、王少常、邱楚言，互叙一刻。楚卿言江南独立非是程雪楼之本意，其第一师团长章梓为首将南京独立之电发至京师，而后程德全闻知其下个人均已向外，知事不可为，已至上海闲居，其有说不通者数人均即被刺，所以有独立之举。即以章梓为南京都督组织伐袁军队，以岑春煊为大元帅，黄兴为伐袁军总司令。又言今日接有电音，宁波府城亦有独立之举。杭州尚未独立，以杭州而论，虽云浙江首郡，外则江南福建、建西、安徽、广东均有独立之举，内则宁波又复如是，只恐杭州难以支持。倘若杭州报告独立，则各府定必闻风响应，势所然也。楚卿欲将本镇之民团招足四十人，借调各处军队充足百人，以保卫本镇地方为事，以

---

① 当为"救"。

防土匪,此亦甚善。今年大水之后,黄、太两县早季收成十不及二三,而年岁如斯,时事又复如是,深为焦急。只求上苍保我黎民,为幸多矣。

二十日乙巳 卯前,雷雨;辰至午刻均晴;未、申、酉牌,阴;戌牌,雨,随晴、阴;以后皆然。接卢槐士兄一信,阅六月十五日之《神州日报》纪云:"东三省曾经独立,系宗社党中所运动。"但宗社党系恭邸、肃邸、铁保臣留守、申吉帅诸巨公所组织,以保守宗社为主义。诸巨公为此大事,东三省已经独立,又值南方致有如此举动,定即进攻,势所必然。诸巨公等忠义可佳,万世所钦仰耳,万望诸公等以忠义之心为心,是为大幸。

廿一日丙午 晴。上海自徐企文等攻机器局后,袁世凯藉此为名,派有北兵一千五百人到沪驻防机器局之侧。前自江西湖口之赣军与北军开战之后,即欲图谋上海,不意南京等处均已报告独立,惟上海有此北兵,只恐多事,经商、绅诸君与其理论,嘱其转至北京,并送仪三万去其军械而未允。自后来之北军,但在申之洋人,恐其事闹过大,难于修拾,将其载兵轮船截止于吴淞口之外,已见报端。顷周梅翁自海门来言,平安商轮本于今夜班期开往上海,自二叫之后接有沪电,云上海南北两军已竟于下午二句钟时开战之说,闻言之下,深为忧灼,未识胜败若何,亦未识即能安谧如恒否也。至于平安商轮今日即经停班,明日可贵到埠之期,想有实在消息,只得速求平安两字,为幸多矣。

廿二日丁未 早至未刻,晴;申牌,阴;酉时细雨,一刻即晴、阴;以后皆然。未识沪事若何,今日未得信息,深为焦急。只求干戈化为玉帛,是为至幸。

廿三日戊申 卯前细雨;辰刻至晚均晴。晚膳后,至周建西处,晤伯端、周梅翁、载熙诸君,言及上海之南北军尚在连战,倘不即行停止,荼毒人民,何可言欤。

廿四日己酉 晴。致张仲厚兄一信,交女媪代带前宅。接苏焕堂一信。早刻至文昌阁，晤赵友竹、黄星斋、黄道周、黄少湖、黄子权、洪少琴、周孟东、周载熙、周篪卿、汪伯端、陶习之、李舜卿、陶河清、张岳生、罗梅野诸君，相叙过午膳，至晚而来。接陈虞韶先生代裱祁隽藻书对联，计洋五角四分，容俟明日送交可也。

廿五日庚戌　晴。致陈日升敬时堂一信，附洋两元，托其代择新造寿域吉日作为谢金。该山即在下洋郑，初向王氏购来，格定坐巳向亥，兼巽、乾一分。致陈虞韶先生一信，托其代为带甬，面托敬时堂精为详核。昨代裱来旧对之工洋五角四分，顷附还开洋六角，又，家君托其购买全鹿丸洋一元，均附在信内，饬老官送至海门交祥高先送交矣。晚刻，载熙兄、子祥来叙半晌，去后，周达云母舅及谱香来叙至晚。但谱香方自湖州来言，现上海南北军大为战争，大约北军胜如南军一筹而已。

廿六日辛亥　晴，惟戌牌雨，一刻即晴。潘子祥、汪伯端、王少亭诸君来叙，过晚膳而别。

廿七日壬子　阴、晴、雨不一而定，大约阴、晴多而雨颇少。晚刻，至子俊兄处及谱香、梅五诸处，均相叙半晌而来。吴玉翁及陈翼亭两君来言，永利商轮本昨晚开驶上海，因接电音云，南北两军昨日上午两句钟又经开战，以致中止。该电又云两军开战情形，前次北军胜如南军，昨日早晨之战，南军胜如北军云云。其言如斯，深堪浩叹！只求干戈化为玉帛，是为至幸。早刻，叶石甫来叙半晌，余出示祁隽藻书之黄色旧对，据云确是真迹云云。大凡书画虽求真迹悬挂，不致贻笑大方为幸。

廿八日癸丑　晴。晚刻，王子轩、汪伯端来叙半晌，言及上海两军对累之后，南军将北军兵舰两艘打坏之说。言虽若是，未见报纸，不识果然否也。

廿九日甲寅　晴。接章子修兄一信，但本镇之民团已有三十人，近因沪事未清，再添十人，即于今日择定人数，明日成棚，亦归陈翼亭管带。楚卿言，上海南军进攻制造而不能进，邀新舞台之梨园子弟四十馀人黑夜越墙而进，不意内有防守，将所进之人悉均戕毙，一无生还云云。连日之中，沪江均有战争，而吴淞、九江、武昌、湖口诸处均是两军互战，该地生民深堪涂炭，仰望上苍敷佑，干戈化为玉帛，是为大幸。今日自治局开会，陶寿翁之义仓已经交出，本镇四保各举两人挨轮经理，该仓设在文昌阁。但文昌阁之西横厢本是旧藏仓谷之所，自张浚如司马谕陶寿翁经管之后，日久颓废，今则仍旧置谷，则模型已存，修理颇易。义仓系是百姓公物，存在公处，此亦然也。陶寿翁现又赴郡代姚梧冈与公司中接洽一切，未识两方得能和平安置否也。楚卿言大田盐号已由梧冈接手云云。现梧冈虽能接办，倘若悉照旧章，尚能相安，果若收、销、运均归专办，将来恐致另生枝节，如今之事，亦难预料耳。

第四十四章

癸丑(1913)七月初一日起

七月初一日乙卯 雨。家君嘱书致黄楚卿一信,交民团派人送交。致陶寿翁一信,交邮寄郡。致章□□□□,交其来人带福矣。添招民团十人即于今日成棚,只求有补无用,为幸多矣。俊庭托书扇面,早刻,代为书就,饬人送交。

初二日丙辰 晴。早刻,至文昌阁,晤达云母舅、心斋宗叔、道周、少湖、子权、子俊、友竹、少琴、梅野、孟东、伯端、习之、载熙、篪卿诸君,畅叙言欢。而潘子祥来言,明日早刻有酒一席亦设在是处,即挽同过午膳,至晚而来。

初三日丁巳 晴。早刻,至文昌阁,今日适值致祭魁星帝君,亦有酒三席,晤者周达云母舅、心斋宗叔、道周宗叔、少湖宗叔、子权、赵友竹先生、曾豪甫、罗梅野、汪伯端、翁子俊、周篪卿、周国化、陈绿孚、周谱香、王勉生、周才华、王珊玉、邱玉堂、黄锡九诸君,畅叙至晚而来。曾豪甫先生言及乃翁六舟先生现在武林之江报馆主笔云云,并云近日上海南北战事,大约北军胜如南军,机器局现尚北军据守,又在吴淞开战,但北军之炮队最利,亦是北军取胜。现今南北如是战乱,肖小颇有浓心,非是万民之福。私心祷祝,只求上苍敷佑,各罢兵端,干戈化为玉帛,是为至幸。又言近来各国大兵舰已有数十艘频连而来,均言保护商务,只恐为日过久,另生枝节,速望调和南北,外洋巨舰早日退去,以安万民之望,为幸多矣。

初四日戊午 早至未刻，晴；申、酉牌，阴；戌时以后，大雨淋漓。

初五日己未 寅前，雨；卯至申均晴；酉牌仍雨；戌时雨晴，阴；以后皆然。陶家老六相来言，乃翁曾由郡至海门矣。

初六日庚申 晴。家祖母食积，身有寒热，即请花醉卿先生趁治[①]，想能即奏肤功也。周在舆先生自早刻来，留过午膳而去，近日有至宁波之行，托其带甬装裱贺太峰草书直条四幅、高凤翰画岩石小中堂一轴，均面交带裱矣。此等书画系余自为购买，即裱价亦应自付可也。

初七日辛酉 晴。家祖母之恙虽已分清寒热，饮食尚少。

初八日壬戌 晴。家君嘱书致陈莘野先生一信，饬仆送交。家祖慈之恙，饮食仍然不多，现值章杞棠先生至陶家之便，即请杞堂先生诊视，想能即奏肤功也。

初九日癸亥 晴。家祖母之恙尚有寒热，饮食不多，请徐子刚兄诊视，据云湿重，又受暑邪，代开一方，想能逐渐就痊，是为至幸。早刻，至文昌阁，晤心斋宗叔、道周、少湖两叔，罗梅野、周载熙、周篪卿、周孟东、汪伯端、周达云母舅、李舜卿、洪少琴、子权、陶习之，诸君互叙过午膳而来。

初十日甲子 晴。致黄楚卿兄一信，致陈虞韶先生一信，并附英洋一百元，托其代陈仲善兄购买镜橱四口，均交玉先代为带交面托代购矣。前托何蓉江代买吕宋烟两盒曾已购来，其支头最细，俟明日托其带换可也。仲善兄于晚刻来，言至沪购买另星，留宿，明日有轮到申。

十一日乙丑 晴。家祖慈之恙稍愈，仍邀徐子刚兄诊视，想能渐痊为幸。家君邀仲善兄午膳，并邀遇琴、子权，相叙席散后，而仲善兄即至海门趁轮赴申，托其代买吕宋烟并其筒两件。昨日所购之烟支头太细，现托其代买小筒头，可以无庸调换可也。

---

① 当为“诊治”。

十二日丙寅 晴。致潘子祥兄一信，遣人送交。家祖慈之恙稍愈，仍请子刚兄诊视，方颇见效，渐能就痊耳。晚刻至楚卿处，晤姚梧翁，言欲将家眷借住二府署云云。

十三日丁卯 早至未刻，晴。天气最热，寒暑裱至九十八度，申牌闻有雷声而未雨，至晚均阴。接申桢夫兄一信，即致福桢夫兄一信，即托其来人带交矣。家祖母之恙稍愈，仍吃子刚兄之方，均极见效。

十四日戊辰 晴，天气颇热。早刻，至潘子祥处，晤王心泉、陶柳亭、汪伯端、苏寿民、刘秀亭诸君，叙过午膳后而来，家祖慈之恙渐愈，可沾勿药之庆，徐子刚兄于晚刻去。

十五日己巳 晴。接陈虞韶先生一信，前托代买镜橱并箱锁等均代买来，计价洋一百元零，付一百元外尚少之数再行送还可也，至镜橱并箱锁等均交十里铺陈家长工带去矣。

十六日庚午 晴，天气最热。早刻，至文昌阁，晤消夏社诸君，叙过午膳后而来。

十七日辛未 晴，天气更热。如是之暖，一年中不过数日耳。

十八日壬申 晴，天气热之异常。

十九日癸酉 晴，天气最热。日久未雨，稻田水燥，早得甘霖，以慰农望，是为至幸。

二十日甲戌 晴，天气最热。

廿一日乙亥 晴。

廿二日丙子 早至午牌，晴；未、申刻，阴；酉时，雨；戌刻雨晴，阴；以后皆然。致蒋敬甫兄一信，附开洋八角，托其代交孟贤相，系饬祖元送交矣。

廿三日丁丑 晴。致徐子刚兄一信，饬老官送交，托其代开药方，旋接子刚兄一信，并附代开药方。早刻，至文昌阁，晤心斋、道周、少湖、子权及周孟东、周篪卿、周载熙、周达云母舅、洪少琴、汪伯端、张岳生、罗梅也、李舜卿、陶河清诸君，相叙至晚而来。

廿四日戊寅 早至未刻，晴；申刻，阴；以后皆然。

廿五日乙卯 晴。早刻动身，至午牌抵十里铺陈岳母家，晤子春、仲善、训甫及李克三先生，互相畅叙，托其代批日子，承即允诺。但仲善兄廿八日喜期，其一切喜事，诸事悉均预备矣。

廿六日庚辰 晴。娄惟一兄亦于晚刻来。

廿七日辛巳 晴。罗卓卿兄于晚刻来。

廿八日壬午 晴。余与克三先生代媒，发轿尚早，至九句钟即至城内，因时尚早，过克三先生府上少坐。随同至叶家，晤其亲家叶辅廷及其阿舅伯芳并江梦生、官子高、邵雨舟、王梅友、许用九、郑夔友、申桢夫、邱仲玉诸君，互叙过午膳后，至下午五句钟时，新人才方动身至十里铺时经晚膳之时矣。

廿九日癸未 早至未时，晴；申牌，阴。

三十日甲申 阴。

八月初一日乙酉 阴。

初二日丙戌 晴。

初三日丁亥 晴。

初四日戊子 早至未刻，晴；申刻，阴；以后皆然。早刻，自十里铺动身，至仲达家，外甥孙来见，深为欣喜。晤俞仲征及尤伯和、池少葵诸君，互叙至晚，至镜泉处少坐，即转仲达处。

初五日己丑 雨。日久未雨，即经渥沛甘霖，民心欣幸，感戴上苍敷佑之心最切，正是“久雨逢甘雨，他乡遇过知”，真不谬也。但仲达之弟叔平、季平均已长成，叔平定亲江梦翁之令媛曾已有年，现定本年十月廿七日完姻矣。仲达席邀晚膳，同席者：林汝彝、江德明、尤伯和、方逊士、项季雅、俞仲征、吴勉生、池少葵诸君，相叙席散而别。

初六日庚寅 雨。罗怡庭先生柬邀午膳。早刻，同仲达至其府上，晤怡庭乔梓及方竹坡、陈怡甫、王伯刚诸君，互叙席散而别。少葵兄又邀晚膳，同席者：袁一香、吴勉生、尤伯和、项季雅、王仲达，相叙席散而别。家中来人言家君染恙，即时而欲来而不得，深为焦急。

初七日辛卯　早至午刻，阴、晴、雨间；未牌以后均雨；早刻，别仲达，即行动身，至午刻抵家。随侍家君之恙，言是疟疾，饮食少进而欲吐，多痰，已请徐子刚先生诊治，云其药能对症，想能逐渐安痊，是为至幸。接周在舆一信，附已裱就高凤翰法绘岩石中堂一幅、贺太峰先生草书直条四幅、全鹿丸计洋一元，均托陈渔樵先生代为带台，并鼻壶亦均带来，但裱画工价计洋四元四角，俟其旋里奉还可也。日久未雨，沿江一带稻田已成白地者十言其七，现经时雨日来，禾苗骤兴，晚季收成定歌大有，台民幸甚幸甚！

初八日壬辰　早至巳刻，雨；午牌以后至晚均阴。接张丹翁一信。致陈训甫兄一信，附开洋四角、照壳两个，饬二头送交。家君之恙一日清爽，一日寒热，但今日之寒热据说较初六之寒热稍愈，均是徐子刚兄诊治，想可渐占勿药之庆耳。

初九日癸巳　晴。七月间，日久未雨，日前喜雨迭降，农田沾足，今即天气晴明，晚季收成定占大有，台民幸甚。致张丹亭兄一信，托蓉江兄代带海门，交永利商轮亦兰兄带至上海法界菜市街懿德里寓所。仲善之妹于十一月间于归，岳母嘱余代为寄瓯购买镴器等物，现照原单另抄，均托蓉江代为寄瓯代买矣。前月寄甬购来罗圈藤椅四把，计洋八元八角，已由丰泰垫付，现交蓉江带还丰泰，计洋九元，容日并算可也。家君之恙今日又稍愈，饮食虽非原数，而口有味，定能逐渐增加，得奏肤公在于指日耳，是为深幸。倪寿生相来撮去洋五元，言明下季福保地税扣还，但该洋由嘉先面交矣。

初十日甲申　晴。家君之恙稍愈，饮食渐加，仍吃徐子翁之方药，能奏肤公在指顾间耳。

十一日乙未　早至午刻，雨；未牌，阴；以后皆然。早刻，至集圣庙中叩神，随即而来。家君之恙又稍愈，饮食渐增。徐子翁之方得能见效，是为至幸。仲达自晚刻来。

十二日丙申　晴。家君之恙渐愈，饮食渐加，仍吃子刚兄方药，最为见效，幸甚幸甚。

十三日丁酉 阴、晴、雨不一而定。家君之恙已愈。

十四日戊戌 晴。家君已至客间应酬矣。眉甫先生自早刻来，诸君互叙畅谈，亦一乐事也。

十五日己亥 早至卯刻，雨；辰牌以后至晚均阴。席邀仲达晚膳，邀眉甫先生、达云母舅、子刚、习之、孟东、篪卿、伯端、子俊诸君，相叙席散而别。

十六日庚子 卯牌，细雨，片时即晴，阴；以后皆然。致何见石老伯一信、沈梅史一信，均是家君嘱书，封交邮筒寄投矣。徐子刚兄自晚刻去。

十七日辛丑 早至午初，晴；午末，阴；午牌，雨；以后皆然，其雨颇大。眉甫先生及仲达均于早刻去。

十八日壬寅 寅前，雨；卯至午刻，阴；未时以后均晴。昨日雨水最大，而里洋各处已有积水，幸今日天已放晴，即能退放，晚禾无碍，是为至幸。晚刻，至子俊及谱香母舅两处，晤叙至晚而来。

十九日癸卯 晴。早刻，至海门楚卿处，晤章焕新、何霭生、周孟东诸君，相叙半晌，值楚卿即将到家，与其同来。

二十日甲辰 午前，阴；午牌，细雨；申时，雨；以后皆然。

廿一日乙巳 晴。午膳后至分府署，晤周达云母舅、心斋、道周两宗叔及周梅翁、陶习之、习恭昆季、李仲贤、张岳生诸君，互叙至晚，过晚膳后而来。王旭初兄自晚刻来。

廿二日丙午 阴。来少卿至自治会公文言，禁烟董事魏紫珊兄由海门移驻本镇分府署云云。晚刻，至尚德小学校，晤王俊卿兄、邱正中少叙，至吴玉成、翁子俊兄处，相叙半晌而别。章伯纯兄来言，子修、仲厚两兄近欲赴杭肄业云云。

廿三日丁未 阴。晚刻，至子俊兄处，晤达云母舅及灿霞诸君，互叙至晚而来。致华最和尚一信，交邮寄至天台山华顶禅院。

廿四日戊申 早至午刻，阴；未牌，雨；以后皆然。早刻，相约达云母舅及子俊、子轩、旭初、老广先至赤山寺，相叙过午膳后，至晚而来。

廿五日己酉 早至卯刻，细雨；辰牌，阴；以后皆然。章子修兄同王畴五于午刻来，即请其午膳。随同伯纯兄至申，子修、畴五两君至杭肄业法政学堂，伯纯系至苏州去，托伯端兄代买另星各物，并附价洋四十元，早刻，交桂玉老司送矣。陈少渭、徐子刚两君均于晚刻来。

廿六日庚戌 卯前，阴；辰、巳、午刻，雨颇大；未时雨晴，阴；以后皆然。

廿七日辛亥 晴。陈少渭兄自晚刻至家去。徐子刚兄应楚卿兄请其看病，即于晚刻去。

廿八日壬子 晴。晚刻，梅翁来约同邱楚翁至海门永宁局，晤陶寿农、江梦生、吴勉生、卢槐士、申桢夫诸君，相叙一刻，即同梅五、楚言至楚卿处，晤徐子刚、陶刁之，言及朱益敷先生来台接办榷运局之说，楚卿留过晚膳后而来，至家时将二鼓矣。

廿九日癸丑 卯前，阴；辰牌细雨；巳刻雨晴，阴；以后皆然。

九月初一日甲寅 早至午初，阴；午末，雨；未刻，阴；申时细雨；以后皆然。家君与王旭初先生同至下洋郑，将新向王氏购来之址界石栽就，来时已经晚膳矣。老麻小弟来言，周吕球、潘良法等(将)其瓯打。但老麻小弟本是无赖之徒，因代陶刁之令弟至街买物致相瓯伤，陶刁之大不为然，即邀保安队将周吕球拿来，随送至海门警署，请其移县惩办。此亦惩戒凶徒之一道也。

初二日乙卯 早至午刻，阴；未、申、酉时，雨颇大；戌时雨晴，阴；以后皆然。早刻，至楚卿处，晤道周宗叔、吴玉成、周孟东、陶刁之诸君，相叙过午膳后而来。楚卿言上与下公事曰训令、指令；并行者曰咨文；下与上者曰呈文云云。陈家小姨托余代买金镯计洋一百五十元，顷陶刁之兄言近有赴杭之行，即将该洋一百五十元送托刁之兄代于上海购买金镯，该洋饬祖元送交矣。

初三日丙辰 阴、晴。前托蓉江兄代陈家购买镴器等件均于早刻代为购到，遣价取来矣。

初四日丁巳 晴。致陈家岳母一信，并内附镴器发单一纸、信远发单一纸，外附镴器等共计四盒，饬老二送交。

初五日戊午 晴。早刻，和尚有病，至陶宅，托章杞棠先生代诊一方。寿翁柬邀余午膳，随至寿翁处，晤杞棠、舜卿、伯端、俊卿以及习之诸君，相叙席散，同伯端、舜卿来叙至晚而别。余又托伯端兄代买摹本袍料一件，面交英洋十元，倘若不敷之处，容日面算可也。家君同达云母舅以及王旭初先生、刘秀亭诸君至兴国寺诸处看地，早膳后动身，至晚膳后而来。

初六日己未 晴。

初七日庚申 阴。陈家岳母将代买镴器及信远之货洋均已照数送来，即交嘉先转送清讫矣。

初八日辛酉 晴。早刻，云初兄来叙半晌，同至楚卿处，晤道周宗叔少坐，道周相约至文昌阁，晤周梅五、汪伯端、周作羹、凌巨卿、罗枚也、洪少琴诸君，相叙过午膳而来。

初九日壬戌 晴。家君嘱书致徐霭人一信，交凌亦鉴送交。早刻，同达云母舅及黄楚卿、周孟东、黄道周、王旭初、李舜卿、洪少琴、邱楚言、汪伯端、李仲贤、张岳生、王让卿、倪寿生、周篪卿、罗梅也、黄少湖同至上白云山登高一天，互叙至晚而来。

初十日癸亥 晴。致王仲达一信，交朱先生寄交。王旭初于早刻去。

十一日甲子 早至未刻，晴；申牌，阴；以后皆然。家君自午膳后趁永大小轮至郡。

十二日乙丑 晴。

十三日丙寅 辰前，阴；巳牌，细雨；午时，阴；未刻以后均晴。早刻，卢槐士兄、李仲贤兄、张岳生兄来叙至晚而去。

十四日丁卯 阴。黄楚卿兄遣人来言，章唤新升调浙江南洋分统，约余明日午刻公请，随即致楚卿兄一信，允拼一股，遣吕保送交。寄奉家君一禀，交邮寄郡。采东兄托余代致丹亭亲家一信，即交采东交邮寄苏。前托陶习之兄代陈家由沪购买金镯一对，顷已买来，照其原单计洋九十六元五角五分，尚馀洋五十三元四角五分，托其汇交永利商轮林梓星，即致陶习之兄一信，恐习之兄赴杭，又致朱雨田一信，托其转付可也。接章伯纯兄一信，托余转送府上，信面附有净丝四包、绒衣一件，并无书明代带之人姓名，难于向取。即致伯纯兄一信，询明原带友人姓名，以便代取，该函交邮寄至上海法界懿德里张公馆转递矣。老二相来云，各人拼请汪伯端兄，余亦托其代拼一分，即于今日晚膳，即至文昌阁，同作东人者余与篪卿故也。少湖、孟东五人拼请并邀凌巨卿、周作羹、邱楚卿、李舜卿诸君陪客，相叙席散后同至建西处，晤达云母舅及周梅翁、王子轩、周载熙少谈，来时已将二鼓矣。

十五日戊辰 晴。寄奉家君一信，交航船寄郡。早刻，至海门元泰典，晤楚卿，言公请章焕新改为明日晚膳，随至永宁局，晤陶寿翁、黄义臣、陈文佑、丁梦生、徐富春、杨伯藩诸君，互叙半晌而来，至家时方午膳矣。

十六日己巳 晴。寄奉家君一禀，交玉先送郡。晚刻，家君自郡城来。早刻，应公请章焕新，席设镇署，至海门镇署，晤章焕新、蔡帮统、王煦亭、来少卿、吴伯熊、李少云、陈文佑、黄义臣、陈公会、魏紫珊、张华五、王霭亭、何霭生、王辅臣、周梅五、黄楚卿、王云初、黄镜三、黄漱泉、王槐卿、徐富春、娄祝三等共计三十馀人，计四席，并唱梨园，相叙席散，时已下午九句钟，随即乘舆至家，时经十一句钟矣。晚刻先行合照摄影，而后坐席耳。

十七日庚午 晴。昨仲达托完其王德泰、王诵记钱粮两户，并洋五十元，即于早刻嘱道正先送至粮厂完纳，共计洋四十五元零，随找还英洋四元、开洋九角、铜板两枚，即为封就。并致仲达一信，另交妥友带至黄城可也。和尚之病尚未痊愈，现请陈季达先生诊视矣。晚刻，至楚卿家相叙一刻而来。

十八日辛未 晴。致仲达之信，并粮串、馀洋等均交玉姆带交矣。

十九日壬申　晴。晚刻，因自治会开会，至会中，晤陶寿翁以及议员诸君，相叙至晚而来。所议各事颇长，另详可也。

二十日癸酉　晴。

廿一日甲戌　晴。

廿二日乙亥　晴。致张华五兄一信，饬祖元送交。致章伯纯兄一信，并附其府上托寄英洋五十元、皮袍一件、皮马褂一件、絮近身一件、絮满洲裤一腰，交嘉先送至海门。值永利商轮不知如何延搁，尚未到埠，交阿昌之妻收藏，俟阿昌来时，即托其带申矣。早刻，至海门，晤华五兄，相叙半晌而来。少愚之子瑞荣于早间逝世，其年方廿馀岁，幸其妻有数月之孕，倘得是男，深为至幸。其妻系东山头人，尚能勤俭贤淑，何其命途之多舛若是也。

廿三日丙子　晴。瑞荣于晚刻葬，其丧停大头园西首。

廿四日丁丑　晴。祥高先来言，阿昌已将托带伯纯兄之函并洋件均已带申。即致伯纯兄一信，交邮寄至上海，以便接洽耳。晚刻，东首之芳厂有务农之吕法所居，不知如何起因，忽然被焚，其母年将八十，向系求吃度日，亦经焚毙，人之生死亦大数耳。

廿五日戊寅　晴。季达先生自早刻去，和尚之病亦经痊愈。

廿六日己卯　晴。前向洛卿丈公分有牡丹一茎，幸扦活，次年开有一朵，其花大自雄，其色白中带有粉色，颇为鲜艳，余深爱之，不意再次年而叶萎。昨季达先生言，洛卿丈公种植牡丹之处今欲造屋，余又遣人向分，早刻价来，取有一茎颇大，随即照花镜中法栽下，定能得法而花繁盛也。牡丹乃花中之王，书厅之前植有数本，藉资玩赏，亦一乐事。咏仙兄之长子正大配棚浦苏志虎之女，择于今日完姻矣。

廿七日庚辰　晴。致张柳桥兄一信，交邮寄郡。晚膳后至楚卿处，晤道周、梅五、作羹、遇琴、敬甫诸君，晤叙半晌而来。至家时逾二鼓矣。

廿八日辛巳　晴。王灿霞来邀晚膳，随至保源布店，晤桐甫、子俊、周梅五及达云母舅，相叙席散而来。

廿九日壬午 晴。又致张柳桥兄一信，交玉先送交。早刻，楚卿兄来约至海门之游，余以无事，致字推却。海门之椒江舞台经陶寿翁为首集股，已将其戏台造就，梨园子弟由申、宁招集，曾经大半到台，有此一举，则地方贻害不浅也。上年，缪赞卿经办摩尼社倒闭之后，余所深幸，今陶寿翁新造戏台，招集梨园与前更甚，贫民度日为艰，深为至虑耳。

十月初一日癸未 晴。

初二日甲申 晴。接伯端兄来片言自早刻旋里，托买各件均已买来，计价洋四十四元九角六分，又，徐子刚兄托买各件等计价洋三元五角五分，共计洋四十八元五角一分。但子刚兄之物，并致一信，均饬老官专送西山矣。海门之椒江舞台戏园系陶寿翁经办，即于今夜开演，从此以后，人民多一分化费，深堪代惜，只愿早一日关闭，即早一日地方之幸也。

初三日乙酉 早至未刻，晴；申时，阴；以后皆然。

初四日丙戌 阴。陶家三先言，海门之椒江舞台戏园自初一之后日见冷淡，倘得冰消、关闭，乃地方之福也；又言仙居小老周滋扰之处颇广，深为至虑，能得速为敉平，是为至幸。

初五日丁亥 细雨。晚刻，至子俊处，晤达云母舅，相叙至晚而来。

初六日戊子 阴。

初七日己丑 阴。致陶习之兄一信，交永利茶房带至上海。致贺蓉江兄一信，均交嘉先送交矣。

初八日庚寅 天气颇热。

初九日辛卯 晴。天气颇热，大似小春气节耳。

初十日壬辰 巳前，雨；午、未刻，阴；申牌，细雨；酉时，阴；以后皆然。

十一日癸巳 早至申刻，阴；酉牌，雨；以后皆然。午膳后，至海门永利局，晤陶寿翁及喻子韶老伯、陈炳生兄、张仲丹兄，相叙一刻。就道至警察分署，晤张华五兄、张行生兄、魏紫珊兄、陈桂舟兄少谈。至椒江舞台看戏，圆场后即来，至家时经晚膳矣。中路分统本包纪堂效忠，因案撤任，现委傅衡山嵩龄接手矣。按：包纪堂原名万胜，初入台防协镇补一兵额，因事斥革，随入匪党，日渐月积，声名日广，以致海标去拿被伤者，屡与其战斗，官兵反成大败，彼海洋最为熟识之所致。时海标亦有惧途之意，值钟厚堂观察统领台防，本可拿获，彼邀黄旭东、吴玉成两君作说，投营效力赎罪。时钟厚堂观察与其取名曰效忠，即为防营某哨副哨，后递正哨。因其熟识海洋，即带扮商，屡有获胜之功，而后不改匪性，明为获匪，暗与匪通，看上司之不急要拿获者即为说开，代其包护；土匪有赃，彼即向分；匪之有钱，彼要贿赂；匪缺军饷彼亦节济，如是者有年。而后，浙江设一统领，分南路、中路、北路三分统，每一分统设四营官，每一营设哨船四艘或五艘。方改之初，效忠因获匪之功即为中路二营管带，后值刘君曼观察来台，保为中路分统，迄今四载，其通匪之技仍然不改。现闻宁波某商号船在洋被劫，深知包效忠之历史，将其叙情上控，以致撤任。如是者有真凭实据，恐不止于此也。

陈桂秋兄托余代向庆源取株票两纸，随交立茂取出，计本利结洋三元又开洋十角耳。

十二日甲午　辰前，雨颇大；巳牌，细雨；午刻雨晴，阴；以后皆然。致陈桂秋兄一信，附其托取大小珍珠三十粒、银手镯一只，即饬老二送交。随接福信，附还典中当本取利计洋三元，又开洋十角，随交立茂收讫矣。前子俊兄假去《六法大全》一册，嘱祖元向其取还矣。

十三日乙未　阴。接杨伯藩兄一信、贺蓉江兄一信，前托买吕宋烟、东洋参均已购来，惟汇洋言习之兄赴杭，俟其旋沪向取云云。又接许眉甫先生一信，言初二日动身，初四日到杭，附其家信即交祖涛寄交矣。

十四日丙申　阴。

十五日丁酉 早至未初，阴；未末申初，雨；申末，阴；以后皆然。早刻，卢槐士兄来叙一刻。晚刻，遇琴兄来少坐，相约至槐士处，互谈至晚而来。

十六日戊戌 辰前，雨；巳、午、未刻，阴；申时，雨；以后皆然。致徐德园兄一信，饬老二送交。晚刻，至陶寿翁处，晤李舜卿、汪伯端、周作羹、黄伯寅、周篪卿诸君，互叙至晚而来。

十七日己亥 阴，西北风颇(大)。早刻，伯端、篪卿两兄来叙，过午膳后，相约达云母舅、道周宗叔及周建西、周作羹、周篪卿、汪伯端、李舜卿、邱遇琴、王子轩、洪少琴诸君趁小船至海门看戏，随至宾来春晚膳，后至椒江舞台看戏，完时经下午十二句钟。随吃点心后，同建西、子轩、篪卿同行至家时已一句钟矣。同与诸君互叙一天，亦人生之乐事耳。

十八日庚子 晴。

十九日辛丑 晴。

二十日壬寅 晴。早刻，至海门永宁局，晤陶寿翁、黄义臣、黄子霖诸君，相叙一刻，言黄漱泉兄本可贵商轮账房，自己另做生意，蓄积逾万，现今其东人将其歇出，一切账目均于十六日交卸矣。就道至楚卿处，晤章焕新分统，少谈而来。

廿一日癸卯 晴。谱香母舅之尊堂伯婆洪太淑人于明日入厝，自早刻趁永新小轮至黄岩描儿桥谱香母舅处，晤喜亭母舅、金仲弢兄，诸君谈过午膳，吊唁毕，随即趁永新旋椒船中，晤吴勉生兄，相叙半晌，至家时方下午五句钟耳。

廿二日甲辰 晴。

廿三日乙巳 晴。

廿四日丙午 晴。

廿五日丁未 晴。致陈训甫兄一信，附还抄票一纸，计洋五元，前接来信，托余代买舍衣，系浙江军用票代用，数处均以碍手，退还，所以附函向换耳。早刻，交西山老二送交。致蒋敬甫兄一信，交其令郎带交。晚刻，晤吴玉翁，言周梅翁之旧病复发，已邀皮申甫诊视，未识得能即奏肤功否也。

廿六日戊申 晴。致何蓉江兄一信。

廿七日己酉 晴。致柯辅殷老伯一信，托子俊兄带交。致张丹翁一信，附致伯纯兄一信，封交邮筒寄申。亦兰兄来，接丹翁一信，言苏焕堂现留在其公馆中，月薪计洋十二元，此亲戚情分而已。嘱寄章家岳母一信，交十里铺陈家长工带交。县中来札，嘱填典中表册，余即填写常年入金一万元另、出金九千元另、存款二千元另、资本四千元、利息二分而已，彼嘱王大闲送来，随交还彼矣。陈家托买另星，早刻，叫嘉先送交永利商轮阿昌兄代买，嘱其即班带台，并附其英洋十元，不敷之处，俟其买到送还不误。

廿八日庚戌 晴。早刻，谱香母舅来叙半晌，言及周梅翁之元配夫人黄氏，即心斋宗叔令姊及继配朱氏、花氏并未嫁之女，均于十一月初三日入厝于上北山之麓，即梅翁之寿域亦在于此，并言王少常兄自上海来，现已到家。徐德园兄自早刻来，留过午膳而去，言怡昌小轮自郡城下港，过三港口道头，有搭客上岸过小船时，该小船尚未开驶，而怡昌小轮即刻开行，以致小船翻身，将附搭之上岸各客均翻落水，有说三人，有说五人，尚未的确，中有一人至郡起诉。但怡昌小轮系霭人先生及各人均有股分，今霭人先生至郡调停其事，未识如何了结。总而言(之)，附趁轮船无论大小均须小心谨慎，是为至要。大凡出门作客均须小心宽缓，不致误事，是为至切。

廿九日辛亥 晴。

三十日壬子 晴。

十一月初一日癸丑 阴。华最和尚及英祥师均来叙半晌，言及前托代刊上方广"阿弥陀佛"四篆字现已刊就，计工洋三元二角，随交其带去清讫矣。周梅翁为其夫人择于初三日入厝于上北山之麓，来柬邀余助祭，难于见却而允之。

初二日甲寅 晴。早刻，至周梅翁府上，同道周、作羹、绿孚、建西致祭其黄氏、朱氏、花氏三位夫人，毕后于时将晚，过晚膳后而来。其家中人客尚多，未及均载姓名而已。

初三日乙卯　晴。早刻，至周梅翁府上，同道周、作羹、建西、绿孚诸君同至上北山致祭毕即动身至其家中，时经下午四句钟，与诸君互叙至晚，过晚膳后而来。

初四日丙辰　晴。早刻，汪伯端兄来言，习之自昨日趁永利商轮到台，曾于早刻到家，在申时染天花之症，现尚未愈，前托其代购金镯之馀洋五十三元四角五分，即由三先送来清讫。晚刻，至其家中问候，晤习谦，相叙半晌而来。前嘱阿昌代陈家寄买另星，顷须购来，计洋十七元八角，除付十元外，尚少七元八角明日遣价送交可也。张宝田先生自早刻来，言系丹庭亲家请其到台看地云云。

初五日丁巳　晴。

初六日戊午　阴，西北风颇大。

初七日丁未　晴。洪少琴兄于昨夜生一子。

初八日庚申　晴。

初九日辛酉　晴。少琴来邀晚膳，席设尚德小学堂。晚刻，至尚德，晤达云母舅、子俊、王俊卿、施见夫、周建西、周篪卿诸君，相叙席散而来。

初十日壬戌　晴。家君同宝田先生至东枫诸处看地。

十一日癸亥　阴、晴。致丁子祥兄一信，交寿生相送交。致贺蓉江一信，交亦兰兄送交。致达云母舅一信，附李姓田契三纸，交小保送交矣。据《镜花缘》所纪：真茶有损，假茶亦有害，不如不吃茶叶为贵。余于客来泡茶，不得不用茶叶，乃俗例使然，余自日夕所吃均用广皮或焦白术而已。

十二日甲子　早至午刻，阴；未牌，细雨；申时，阴；以后皆然。晚膳后，至建西处，晤作羹、载熙、伯端以及达云母舅、子轩诸君，互叙半晌，言周霞卿太太于今晚下午六句钟时作古。按：霞卿太太系周氏大分品堂公长孙女，初适傅氏，家颇富有，未及三年，其傅氏之夫逝世，再适葛逸仙兵部。但葛逸仙先生元配某氏生一子，字曰兰荪而故，继配屈氏生一子，又娶一妾，之后再娶霞卿，虽借他处成礼，而有继配，又有妾在先，如是者究不能为妻室，现逸仙先生及兰荪昆季相继作古，今霞卿年虽将花甲，在于此中，深为可惜，殊不值也。大约如斯，是为之记。

十三日乙丑 晴。致陈翼亭一信，饬老二送交。致陈少渭兄，交女媪带交。致张淇璇兄一信，亦交女媪带交。家君与张宝田先生看风水来，宝田先生代丹庭兄觅有一地在东澍地方，随托人向说，想能成议耳。

十四日丙寅 巳前，阴；午刻，细雨、雾；以后皆然。致张丹庭兄一信，交邮寄至苏垣矣。子衡兄来叙过午膳而去，言郡城中学堂于十七日招生，其郎庭槐赴考，托家君致函托其监督陈性存照拂一切，函随交其本人带投。现在中学堂每府只设一座而已。

十五日丁卯 早至巳刻，阴、浓雾；午、未时，晴；申牌，阴；以后皆然。早刻，梓能表叔公来言，修模宗叔于昨夜三更时分作古。按：修模宗叔，系禹门叔公之四子，以姊妹排行谓之第七，年二十岁，上年聘本街何氏吕润女，年亦二十。早刻，心泉来云，其婶何氏因闻夫惊耗，随即自投毒药片刻而逝，真可谓烈女。孝子忠臣、节烈义妇，乃人生难见事也。孝子、忠臣、节女、贞女、节妇、烈妇等人倘若归阴，神明钦敬，如堂婶何氏年方二十，而贞烈如斯，更非易事，馨香恒古，万民表率，真女中丈夫也。光绪初年，李春生先生之千金适栅浦王卓峰先生之公子，闻夫死，随即自尽，转瞬三十馀年，今日重所见闻耳。早刻，至周家吊唁葛太太，晤少云、喜亭诸君，少坐而来。言及人生，均听人自为，堂婶何烈女以平民出身，一旦殉夫，作惊天动地之事业，鬼神钦敬，万姓钦仰，馨香千古，何等清高、沉重！周霞卿太太以宦室千金初适傅氏，私奔葛氏，今亦逝世，何等遗臭！如此比较，相渊天壤何如耳！余记其大略，以待高明者代为公论可也。

十六日戊辰 阴、晴。晚刻，至子俊兄处，晤达云母舅及洪少琴诸君,相叙半晌,言及何烈女平日行为,事父母以孝称,自幼迄今,年经二十,足不出户,自闻夫故,即投毒药,随即身亡,难得之至。况其父何吕润先生家颇少康,父母爱烈女犹如掌珠,一旦节烈如斯,最为难得,非独烈女,仰邀鬼神钦敬,父母、翁姑、夫主增光,即叨居岁末以及宗族诸人均沾光泽不浅矣。

十七日己巳 阴、晴。致王仲达一信,致洪金畴一信,附英佛百尊又另星等件,另致季盘兄一信,托其代为带交,饬祖元送托。早刻,赴吊何烈女,但烈女面色如生,亦非易事,烈女从容赴义,近所罕有也。

十八日庚午 早至午刻,细雨;未牌雨晴,阴;以后皆然。致张丹庭兄一信,交邮寄申。何烈女与修模宗叔均于十九日大殓云云。

十九日辛未 阴。早刻,至何烈女家,同道周宗叔、达云母舅及绿孚、作羹诸君同行致祭毕即动身,以全副执事接何烈女柩至修模宗叔家,俟修模宗叔大殓后即出殡。至二府署前,阖方绅耆均聚集于此,致祭烈女。彼即道过本街,至停柩处,后至其家中行堂祭礼毕,过晚膳后而来。其子丈邱子盘、陈松岩均至其家中吊唁已,何烈女节烈可风,此番亦可谓风光,至其呈请旌表之处,随即由自治会代其出详可也。前托凌合兰兄代买乌缎鞋一双、吕宋烟两盒均已购来。

二十日壬申 晴。楚卿兄来言,何烈女之请旌表之处,即由自治会出详,临海县知事代详省长呈请旌表云云。但自治会出详公事即托载熙兄代为行文,言廿七日可以成篇。现改阳历,已将岁杪,须早日出详为妙。

廿一日癸酉 晴。早刻,至子俊兄处,晤达云母舅及楚卿诸君,晤叙半晌,来时已将午膳。晚刻,同宝田先生至周梅翁、邱楚翁两处,均相叙一刻而来。陈少渭兄自晚刻来。

廿二日甲戌 晴。致何禹渡兄一信,倪寿生柬邀午膳,即至其家中,晤周梅五及达云母舅、少湖、作羹、周建西、李舜卿诸君,相叙席散而来。

廿三日乙亥 早至午刻，阴；未牌，细雨；片刻即晴，阴；申、酉时，阴；戌时，雨；以后皆然。致杨子韶先生一信。接陈洛卿丈公一信，即福洛卿丈公一信，交其来人带交。宝田先生意欲至海门看戏，余即约同宝田先生及李舜卿、洪少琴、周篪卿、蒋敬甫诸君至海门看戏，毕后值大雨淋漓，随宿在同宁旅馆。陈少渭兄自早刻去。

廿四日丙子 雨。早刻，自同宁旅馆动身，来时将午膳矣。

廿五日丁丑 早至巳刻，雨；午牌，阴；以后皆然。时冬至佳节，早刻，家君与余同至大宗祠，晤吉甫宗伯、道周宗叔、伯寅宗叔、季明宗叔、锡九宗弟、楚卿宗兄、崇鑫宗弟、正裕宗侄等，均行致祭祖先毕后，过午膳后而来。余早步出后，而锡九与崇鑫为名单未曾全开，致相草闹，殊不成事体。楚卿兄来言，自治会请蔡新之兄之学生王君为文牍云云，又言星斋宗叔至凤尾山保枪，被土匪将洋枪劫掠一空。保枪被抢，最为倒煤，未识如何了结也。

廿六日戊寅 早至巳刻，阴；午时，晴；以后皆然。家君至早刻至麻车诸处丈地、挑河，旋时已晚。达云母舅留过晚膳而来。

廿七日己卯 阴。晚刻，至伯端兄处少坐，同至六舟先生处晤叙一刻而来，言及张丹翁于初二日来台一行。

廿八日庚辰 雨。家慈自莘山来，至家已逾晚膳，因下马截坝挑河，所以船至该处稍搁，乘轿而来，以致迟迟也。

廿九日辛巳 早至午刻，雨；未牌，阴；以后皆然。家君席请王让卿，并邀周谱香、张宝田、王心泉诸君陪客。

十二月初一日壬午 晴。宝田先生因陈少渭兄请其看地，至其府上去。王让卿于晚刻解馆而去。王旭初先生于晚刻来。

初二日癸未 晴。普陀山志修师来叙至晚，留宿一夕。

初三日甲申 阴；晚刻，雪。志修师于早刻去。陶河清来邀午膳，至其家中，晤金菊如、王六皆、陶吉云、陶习恭诸君，相叙席散而来。过楚言处少坐，言周篪卿于初二日早晨，其尊夫人分娩一子，亦为幸也。

初四日乙酉　晴,西北(风)颇大。致杨伯藩兄一信,附还托送许霞标先生寿礼洋三元,封交祖元送托永宁商轮阿昌兄代为带申矣。晚刻,楚卿兄送来何霭生先生代做何烈女禀稿一纸,其中语句甚佳,随即缮就交邮呈县矣。晚膳后,至建西处,晤周梅五、周作羹、李舜卿、李仲贤、张岳生、王子轩、周篪卿、汪伯端诸君,相叙半晌而来,言及篪卿之子系初二日寅时生。

初五日丙戌　晴。周篪卿柬邀晚膳,晚刻,至篪卿处,晤达云母舅、道周宗叔、少湖宗叔及李舜卿、周孟东、周作羹、周建西、汪伯端、王子轩诸君,相叙席散而来。

初六日丁亥　晴。致张丹庭兄一信,托李舜卿兄代为转寄。

初七日戊子　晴。陶寿翁柬邀午膳,早刻,至其家中,晤黄楚卿、李舜卿、陶柳亭、周载熙、汪伯端诸君,相叙席散而别。言及下荡之种地者昨夜被抢去耕牛四角及被等,此次致有如此匪徒,深为至虑焉。晚刻,周少云、王少亭来,又云塘家岙管德舆先生家亦于昨夜被抢,失赃颇巨。时值年冬,土匪如是之多,巡防之疏忽竟然若是,深堪浩叹!

初八日己巳　晴。洪少琴为郎团月,设席请客,柬邀晚膳。晚刻,至其家中,晤达云母舅及邱遇琴、邱蕙夫、李舜卿、周作羹、王俊卿、翁子俊、黄道周、王少常、金宜卿、罗梅也、黄少湖、凌巨卿、周载熙、周建西、周篪卿、汪伯端诸君,相叙席散而来。张宝田先生自罗屿来,前代张丹庭兄择定葫芦岙之坟地,现向郸呈瑞等购来,计价洋八十二元,即于晚刻成契矣。该契即交宝田先生代交矣。

初九日庚寅　晴。

初十日辛卯　晴。家君同宝田先生至下洋郑定坟向,至晚而来。

十一日壬辰　晴。王子正兄来言,昨夕到会相叙一刻,家君席邀张宝田先生午膳,并邀王旭初、王六皆、王子正、陈少渭、陶柳亭、潘子祥诸君陪客,晤谈至席散而别,同至陶习之处少坐而来。接张丹庭兄一信,系周沅鉴送来。

十二日癸巳　晴。致丹庭兄一信,附章伯纯寄年糕两捆,交二头带至上海送交。家君择定下洋郑地方一地预为寿域之备,定于十三日丑时祀山破土,巳时分金,已于早刻同王旭初至下洋郑备办造寿域一切。但此地系应方圃先生择定佳处,张宝田先生改定方向,现邀王旭初先生再为格定方针矣。但宝田先生因有急事,即于晚刻趁永利商轮去矣。

十三日甲午 晴。天气颇冷,家君同王旭初先生均于午刻来言,下洋郑坟地土色不佳,只作罢论,因灰砖人工等均已到山,嘱其将就做两所而已。陈少渭兄之如夫人于晚刻来,其人年纪不大,尚可教调而已。

十四日乙未 晴。晚膳后至楚卿处,晤周梅翁、周谱香母舅及李舜卿、周作羹诸君,相叙半晌而来。

十五日丙申 晴。楚卿兄相邀至海门,同至永宁局,晤陶寿翁、蒋敬甫、王子正、卢槐士诸君,相叙半晌,转至楚卿处,晤王云梯、黄公达、陈舜卿诸君,少坐而来,至家时将晚膳矣。

十六日丁酉 阴、晴。楚卿兄相邀公请王煦亭,即于早刻至海门元泰典,同至陶寿翁处,相叙片时,随同至楚卿处。午膳后即同至镇署,晤王煦亭、吴伯熊、朱德侯、娄祝三、陶寿农、钱亮卿、陈晋三、华逊甫以及商界诸君,看戏后晤谈,席散时已下午十一句钟,动身至家。此一应酬事耳。

十七日戊戌 阴;早刻,卢槐士兄、王子正兄、汪伯端兄来谈至晚而去。丹庭兄现移住上海英大马路永和里一百四十七号门牌张公馆。仲甫兄现住宁波府城内新城隍庙后门老石巷张寓,有函交海通商轮张其高手即可送到。

十八日己亥 阴、晴;早刻,重雾、南风,全日皆然。致张丹庭兄一信,附年糕两百根,计两捆,交昌相带至上海英大马路永和里四百三十七号门牌张寓。至张仲甫兄一信,交邮寄至宁波府城新城隍庙后门老石巷张寓。

十九日庚子 晴。

二十日辛丑　晴。致张丹庭兄一信，交邮寄至上海永和里第一百四十七号门牌张公馆。

廿一日壬寅　晴。许眉甫先生同柯定础兄来，均留宿。眉甫先生言赴慈溪县署科员，定础兄转赴太原云云。

廿二日癸卯　阴。致金仁甫一信，交眉甫先生带交，因彼欲至其网行勾留数日，致函代托耳。眉甫先生于晚刻至海门去，柯定础兄即于早刻至海门趁可贵商轮至申赴晋矣。

廿三日甲辰　晴。

廿四日乙巳　晴。致张丹庭兄一信，交邮保险寄交。晚刻，合兰兄送来张丹翁一信，并附垫付葫芦岙坟地山价洋四十元，即致覆丹翁一信，随托合兰兄带交。海通商轮茶房张富江送来张仲甫兄一信，言由永利局划还英洋英洋三百元，系庚戌年借去之款，即嘱祥高先向其取还，时徐富春扣去洋一百十四元另，余前少永利局洋四十七元另，本当送交，因陶寿翁欠余洋五十元，上年二次面托代划永利局，客岁冬杪未见该局遣人向取，余思该洋寿翁已代汇划，以后未曾提及，顷阅其来账尚未代过此款，另向寿翁取还可也。又，来账上年六月初十日托换纹银申计洋二百六十元另三角另九，已有其局中来账为凭，今其账开此笔换银申洋二百元另，另三角另九，其中少洋六十元之多，又，中华银行余并无来往，彼代付洋一元二角，未识其洋从何代付，两相核算，舛错洋六十六元四角，另行致函，明日向算可也。大凡来往账目必须勤笔，以免后来诸多争执而已。

廿五日丙午　晴。致福仲甫兄一信，交邮寄甬。致徐富春兄一信，并附抄账，取还英洋六十元，尚少六元四角推于甬局。致陶寿翁一信。致贺蓉江一信，随接蓉江福信，言该洋五元已交永利局代寄，今又扣除，即为向查云云。

廿六日丁未　晴。致陶寿翁一信，饬二头送至海门永利局。

廿七日戊申　阴、晴。致张丹翁一信，交邮双保险寄至沪江。

廿八日己酉　晴。早刻，雾甚浓，至日出渐散，古语云："冬雾雪”,况数日前天气甚暖,大有下雪之景。丑、寅间,致谢天地神明,乃一年之内,叨天福佑,时届岁杪,理应报答神庥于万一耳。

廿九日庚戌 早至辰刻,雨;巳牌,晴;以后皆然。

三十日辛亥 除夕,晴。今又一年矣,一年之中均叨大佑,大小平安,诸事顺适,敬感神圣福佑于靡涯矣。只愿岁岁平安,事事顺适,深为至幸。

甲寅岁(1914)正月初一日壬子 早至午刻,阴、晴;未牌,晴;申时,阴;酉初,细雨;一阵即晴;其馀均阴。夜间天阴、护,不见星光;卯时天明后至午时,云白色,中有云块,间见青天;未时见日之处,即见青天,四围仍是白云;申时以后均白云拥护。早晨,稍有西北风,至巳牌风静,至晚均无风色,天气寒中之和而已。早刻,卢槐士兄来贺新年,少坐即同至本街各处叩岁,至午方旋。晚刻,来者多,未及详注耳。元旦天气虽是上护云,尚在晴明而无雨雪,颇爽人意而已。

初二日癸丑 晴。早刻,至楚卿兄及吴玉翁、李舜卿兄诸处,均相叙一刻而来。在舜卿处,晤陈舜卿,言楚卿兄前办海门统捐局时,系康丽先生为督舱、潘道中为核算,但统捐局中以督舱者最为要紧,核算之人,最要熟识,此两职司均是急要耳。

初三日甲寅 晴。楚卿兄柬邀晚膳,于晚刻至其府上,晤达云母舅、道周宗叔、少湖宗叔、槐士、建西、镜三、石甫、梗卿、篪卿、少琴、云初、作羹、子俊、伯端、舜卿、少裳,相叙席散而来。云初兄现娶有小星,其房家之女也。

初四日乙卯 早至午刻,阴;未牌以后均细雨。家君席邀陈翼亭、黄伯寅、季明、少愚、子权晚膳,相叙席散而去。楚卿、寿农、恒山诸君相约于初六日公请,余即允诺矣。

初五日丙辰 早至巳刻,阴、雾;午牌,晴;以后皆然。周允东新正开灵设奠。少云来柬邀余等助祭,早刻,至其府上,午膳后,同梅五、孟东、六孚、心斋、槐士、佩秋、兴臣致祭毕。值周霞卿太太亦新正开灵设奠,其屈氏太太相邀,均代其致祭后即晚膳,席散而别。但允东故后乏嗣，即以少云次子吕球承继。忆允东当年与余及子衡、载熙诸君同学时，志气扬扬，正不知后事何等优渥之想，甲午岁年方二十即经入泮，又是一番得意，其心何等自雄，焉知今日之如斯，心堪浩叹！按：允东生平快才苛刻、心计过尖，凡事总以便宜自是，此其一生之大略也。我辈为人为事仁恕待人，毋得苛刻，是为至切。

初六日丁巳 辰前，雨；巳至申刻，阴；酉牌，雨；以后皆然。早刻，因公请至海门元泰，晤楚卿、云梯，晤叙一刻，至何霭翁及大关王冠卿处，晤郦漱芳，均少谈，至永宁局，晤杨定甫先生及朱德侯、陶寿农、李子棠、申桢夫、徐富春、杨子韶、王芹甫诸君，互叙过午膳后，至椒江舞台，公请看戏、饮酒，计六席，在座者大半初会见面，虽问姓名，中多忘却，不便详注，席散已经下午十一句钟，随即乘舆而来，至家已经一句钟矣。

初七日戊午 晴。致丹庭兄一信，系采东兄托余代书，该函即托采东代为转寄耳。

初八日己未 晴。家君席邀吴玉翁、邱仲翁、周梅翁、黄星翁、黄楚卿、李舜卿、周载熙、汪伯端诸君晚膳，相叙席散而去。

初九日庚申 晴。早刻，至仲玉处，晤叙一刻，适其动身赴黄而别。王子振兄来叙一刻，言自昨晚由郡趁轮，今早方到，并云省中有电致三台中学堂校长关演九曰："李超群、华祝等与前校长反对，毋许在校充当教习"云云。李超群字韶甫，北岸大汾人。华祝字郁文，郡城人。家君席请达云母舅及黄道周、周作羹、翁子俊、邱遇琴、黄少湖、周建西、周篪卿诸君晚膳，相叙席散而去。

初十日辛酉 子刻立春，早至午初，阴；午末，细雨；以后皆然。长女自早刻来叩岁，并言朱敷五先生之祖母、缦云先生之夫人于初七日仙逝，十一日入厝云云。朱敷五一字益敷，名谦，入继缦云名旭初，生三子，长子劼丞名文劭，次子文勣字鼎丞，三子弼臣，均已长成，惟文劭有名焉，三女，一适黄城林蔚生先生少君启人，馀未得详。

十一日壬戌 细雨；惟早刻雾，至午牌，雾散，细雨耳。

十二日癸亥 辰前,细雨;巳牌,阴;以后皆然。王仲达自晚刻来。金洪畴亦于晚刻来,言赴郡入高等小学肄业云云。

十三日甲子 辰前,细雨;巳至酉刻,阴;戌、亥时大雨;以后西北风起而雨晴。晚膳后,同仲达、洪畴至海门之椒江舞台看戏,在海谷春晚膳,至夜戏完时方来,至家时经一句钟矣。

十四日乙丑 阴、晴,西北风颇大,天气骤冷。

十五日丙寅 晴。莘山郑芝亭于晚刻同洪畴赴郡肄业,但芝亭系章仁甫之外甥。现值元宵佳节,天气晴明,足快人心耳。晚膳后,至集圣庙看戏,晤周梅五、黄道周,言郡城之三台学堂有停止之说云云。现在学堂林立,而中文日下,子弟悉被为害,将为何底?急将学堂改作书院,专心实学圣人经书,知孝弟忠信礼义廉耻,为幸多矣。

十六日丁卯 阴,天气似欲下雪景象。家君席请仲达、少渭、芝庭、洪畴,并邀达云母舅及子俊、习之及孟东诸君晚膳,相叙席散而别。少渭兄言自昨晚来葭。

十七日戊辰 晴。洪畴与芝庭均于早刻至郡肄业学堂,未知果如何处肄业,现尚未定,家君遣忠梅送其到郡。子衡、徙南两兄于早刻来叙至晚,留宿。家君席请季盘,并邀俊卿,翼亭、徙南、子衡、石甫、习谦、禄孚诸君,相叙席散而别。早刻,本邀王子振兄陪客,晚刻,接其来字云其乃祖作古,辞谢焉。

十八日乙巳 晴。子衡、徙南兄均于早刻去。

十九日庚午 晴。仲达于早刻去,余即于早刻动身至十里铺陈宅,时方向午。岳母处叩岁后 ,晤子春兄,言仲善已于初十日动身晋京肄业。屈计仲善在京五载,未识毕业时在何年。至训甫处少坐,随转子春家宿。

二十日辛未 阴。岳母设席(宴请)余与训甫、子春三人耳。

廿一日壬申 卯前,细雨;辰牌,阴、雾;巳刻,阴;午时,晴;以后皆然。早膳后,自十里铺动身,至前宅章家岳母处叩岁后,晤伯纯、子修、季甫诸君,晤叙言及仲厚自初九日至路桥岳家叩年未旋,子修兄言廿三日趁永利动身赴杭肄业云云。

廿二日癸酉 晴。金佑生兄亦在章宅选夫家，相叙半晌，岳母设席晚膳，同席者：余与子修、佑生、正寿、伯纯，晤谈席散而别。伯纯兄云亦于明日因事至郡云云。

廿三日甲戌 卯前，重雾；辰至巳，晴；午刻，细雨；未、申、酉刻，阴、雾；戌时，雷雨甚大；以后皆然。子修兄即于早晨动身至海门，余于早膳后动身至十里铺陈宅。岳母向余假洋两百元，即为允诺，本欲至家与他，适值仲达遣人邀余，随轿至黄城仲达家，即向仲达假洋两百元交陈宅用人带交。晤少葵兄，相叙半晌，午膳后同至楚言处，晤仲玉、伯埙少叙。伯埙之郎已于十九日完姻，往看新人，其新人系王仲楚兄之令媛。随即旋至仲达家，晤其叔李平业师、刘仲权兄，相叙至晚。陈宅有洋用人名曰福荣。

廿四日乙亥 早至巳刻，阴、重雾。仲达邀余晚膳，同席者：刘仲权、江德明、林叙彝、王伯鲁、池少逵、郭再芳诸君，相叙席散而别。

廿五日丙子 早至巳刻，重雾；午牌，阴；以后皆然。早膳后，自黄城动身至家时方午膳。洛卿丈公因其婿娶向假寿屏三堂，余即检新旧之假寿屏两堂并向寿翁家假一堂，合计三堂，遣人送至长甸矣。接叶徙南兄一信，随覆徙南兄一信，交其来人带福。秉礼教读洪秀卿先生已于昨日聚馆矣。

廿六日丁丑 阴。早至达云母舅及诸君兄两处，均相叙一刻而来。接眉甫先生一信，云上年至甬，承金仁赓招呼，留其公所中，至正月初四日才方动身，至慈溪各科均已有人，留在警察中书记，每月计俸洋十二元而已。

廿七日戊寅 雨。萧子华现奉县委为海葭镇禁烟董事，魏紫珊至黄岩县署收发。但子华在台有年，其地方情形早已深悉，想其诸事均能圆通耳。

廿八日己卯 辰前，雨；巳至午刻，阴；申、酉时，细雨；戌牌，雨晴，阴；以后皆然。家君言吴玉成家中购有山兰，花开并蒂，亦一吉祥事也。大凡购买山兰时须要留心其中系兰或并蒂，时或有之，一次能得一茎，须多需几何亦值得耳。

廿九日庚辰 晴。早刻，至吴玉翁处少坐，看其新购山兰四盆，内一盆中有两茎并蒂，又一盆中有三茎并蒂，其外瓣色稍白，惟其心红，与各种山兰不同，只非素兰耳，无心购得如是之佳卉，大非易事。晚刻，至楚言处，晤沈子方先生，相叙半晌而来。少愚之子瑞荣娶未长久即行染病，吐血而伤，当幸其妻有孕，代其欣幸，昨夜其妻分娩生下一女，而少愚年经花甲，又经染病颇笃，如是想之，深堪浩叹！

三十日辛巳 晴。接王勤甫先生一信，言慎昌事面商一切，随至海门永宁局，晤勤甫先生，言慎昌之红单，现已寄来，上年只有拆息而已。晤罗小村、王莲卿诸君，少坐而别。过元泰典，楚卿未曾在家，晤王少南、陈舜卿两君，相叙半晌而来。至家，值陈涵甫先生来叙，云自客岁之冬由晋旋里，现因与允东有交结未清，所以家中相叙，就道而来晤叙旧情，深为至乐也。

二月初一日壬午 阴。陶寿翁、周梅翁来约至海门之椒江舞台看戏至晚，至楚卿处，晤王霭亭、王少南、陈舜卿，相叙过晚膳后，至椒江舞台看戏完来，至家时经二句钟矣。尽一日之欢，亦人生之乐事也。楚卿言，台防统领已委金寿山名富有，即前第七营管带，大约不日即可抵台接手，台州之地方法院，归并临海县矣。浙江共设地方厅四处：杭嘉湖设在杭州、金衢严设在衢州、宁绍台设在宁波、温处设在温州云云。之前托郦漱芳兄代书篆字直条，现在人已至甬江，托写之屏纸已携至甬，想作罢论耳。

初二日癸未 晴。二月二日乃是花朝，系探花谷旦之晨，幸值天气晴明，定歌大有之预喜也。早刻，子衡兄来言与叶徙南兄至石浦之南田筑塘，因彼处相识乏人，托余转托陶寿翁代其函达石浦之轮船局代为招呼一切。午膳后，挽余同至海门永宁局，晤徐富春、丁梦生，言陶寿翁已于早刻至路桥其亲戚家去，即托徐富春代为函托石浦之永利分局曾友于先生代为招呼一切，晤陆野亭、申桢夫两君，少谈而来，至家时将晚膳矣。

初三日甲申　细雨。

初四日乙酉　阴；晚膳后，至洪少琴处，晤达云母舅及李舜卿、子俊、道周、伯端诸君，相叙半晌而来。

初五日丙戌　早至午刻，雨；午牌雨晴，阴；以后皆然。翁子俊兄约至海门看戏，于晚刻至少琴处，晤达云母舅、翁子俊、汪伯端、邱遇琴、周作羹，并与少琴买舟至海门。天气尚早，至魏槐中处，晤周萍洄、何禹渡，相叙一刻，至萧子华处少坐，至邱遇琴之洋油行，晚膳后至椒江舞台看完(戏)而来，时已二句钟矣。

初六日丁亥　晴。黄少愚兄于昨夜作古。但少愚系长房。长房帐才公两子：长仁贤公，次茂行公。仁贤公两子：长古愚公，次古心公。茂行公一子：赓云公。少愚即古愚公之长子，次子崇兰早故，赓云公乏嗣，以少愚兼祧。古心公又乏嗣，亦是少愚兼祧。少愚本有两子：长正泽，次正梁。正泽系元配所出，未婚而殇。正梁娶周氏，遗腹一女，而正梁于上年已逝。现少愚又故，长房祀主乏人，即以二房之长房之三房咏花之子正衡兼祧矣。但少愚之继配本与元配系是同胞姊妹，元配性情尚佳，现继配性情乖戾，笔难详述，龌龊之语日夕为言，苛待丈夫，凌虐正泽，而正泽乃被逼迫而故。即正梁系此妇亲生，待其甚苛，尚最虐于媳。此等悍妇未所未闻也。现其夫子皆亡，尚以日夕凶悍为事，口出污语，无所不言。人家有此泼悍恶妇，祖上不幸，冤哉！

周篪卿之子于上年十二月初二日生，择于今日设席请客。晚刻，至其家中，晤达云母舅、周作羹、汪伯端、黄道周、罗梅也、张岳生、陶习之、李舜卿、黄少和、周载熙、周建西、周孟东、洪少琴诸君，相叙席散而来。

初七日戊子　阴。少愚兄于今日午刻大殓，毕后，邀陈禄孚、黄锡九、张岳生、周篪卿诸君同余致祭事毕，过晚膳后而来。言及陶寿翁已于昨晚至海门，今趁永利商轮赴申。前寿翁云，沪江之公升南货号自开办迄今已届三周，一切账目须与各股东相约到号详为算核，若有赢馀即分与各股东红利而已。但陶寿翁系是创办为首之人，须到号接洽一切云云。今晚，张漱芳兄亦来，其郎友谅年经十三岁，人颇清秀，亦难得耳。今日趁轮至普陀进香者甚旺。

初八日己丑 辰牌，细雨；巳刻雨晴；以后皆然。连日重雾，正是对面不能见人耳。达云母舅之表弟今年请周子雨先生为教读，达云母舅请子雨午膳，邀余与翁子俊、李舜卿、周作羹、洪少琴诸君，相叙席散而来。

初九日庚辰 阴、晴，将行礼嘱价挑至海门之平安商轮。但该轮即至普陀短班就转海门，俟是十二日开班。过普陀转至上海，故今日定于二句钟即行开驶，就于午刻至轮，该轮即于下午二句钟开行矣。

初十日辛卯 巳刻前，雨；南风甚大；至午牌方靖；午牌雨晴，阴；以后皆然。该轮于天明即抵普陀，因风浪大甚，不能上岸，至午牌上岸时晤陈巽庚兄，同至紫竹林，晤志修和尚，相叙曲衷而已。

十一日壬辰 晴。同巽庚至各庙叩神毕，天时已晚，转至紫竹林住宿耳。

十二日癸亥 早至巳刻，阴，西北风颇大；午牌，雨；戌时，雷雨甚大；以后皆然。平安商轮已于早抵普陀，时西北风虽大，幸无风浪，即同巽庚就紫竹林动身抵轮，晤王右庚、徐少帆两君，畅叙至晚。但右庚系宣平县知事，少帆系下洋人，前武举人耳。

十三日甲午 午前阴、晴；未刻，阴；申、酉时，雨；戌、亥牌雨晴，阴。该轮上午十句钟抵上海。即同右庚、巽庚至三洋泾桥双庆里德兴隆客栈，晤陈祝再、蔡瀛生两君，相叙半晌。至永利局，晤陶寿翁、申桢夫、杨伯藩、林渭友诸君，少叙而来。晚刻，至英大马路永和里彤和祥洋货栈张丹翁公馆中，晤其教读范兰卿先生少叙，将丹翁寄存丰泰英洋一千元并息洋五十三元之汇票及代买东澍坟地契两纸，因丹翁及孟定均在苏垣，亲见亲母时一切面交清讫，言丹亭兄明日可以来申云云。就转至栈，晚膳后，至大舞台看戏，毕时下午十二句钟矣。

但陈巽庚至苏州去矣。

十四日乙未 早至午刻，阴；未牌，雨；申时雨晴，阴；以后皆然。王醉卿兄来叙一刻，言即至杭垣。王右庚兄于晚刻动身赴杭矣。晚膳后，张丹翁自苏州来，至栈中畅叙半晌，言及卢鹿萍兄之差使已将交卸云云。

十五日丙申 早至巳刻，雨；午牌雨晴，阴；以后皆然。早刻，至丹翁处，晤叙半晌而来。

十六日丁酉 阴。

十七日戊戌 晴。晚刻，席设华庆园，请章一山老伯、喻志韶老伯及钱达三先生、陈巽庚、张孟定两君，相叙席散而别。

十八日己亥 晴。

十九日庚子 晴。

二十日辛丑 晴。

廿一日壬寅 晴。

廿二日癸卯 晴。

廿三日甲辰 晴。

廿四日乙巳 晴。

廿五日丙午 晴。挽蔡瀛生代购另星。但章一山老伯现寓外虹口朱家木桥东有恒路德裕里，言四月间欲移住青岛云。但青岛系山东胶州属，今系德国租界。喻志韶先生现寓法界打铁浜馨德里。

廿六日丁酉 早至晚刻，阴；夜，雨。陈训甫、周梅翁两君均至沪江，陈训甫同其亲戚蔡鲁风、金雅甫、仲甫住宝善街公顺里惠通客栈，周梅五先生现寓三洋泾桥南首永兴南里惠来正记客栈，系林槐生自行开设而已。王少常亦至上海，进广慈医院戒烟，亦寓惠通客栈。

廿七日戊申 雨。

廿八日己酉 阴。趁平安商轮动身，陈祝翁、陈训甫均行同船，轮中晤邬荣甫兄，言自武林旋里云云。

廿九日庚戌 阴。该轮于午后抵普陀，晤王六溪祖孙三人，言自普陀旋里云云。

三十日辛亥 晴。该轮于早晨抵埠，即行买舆到家，时值早膳之后，到家叩祖母、父亲，悉均安吉，深为欣幸。而家慈尚在莘山小妹家未旋。张宝田先生现在家中，言代娄宅看地而来。但娄宅人在上海未遇，所以来家畅叙数天，深为欣幸。地方亦均平安。

三月初一日壬子 阴。早刻，吴玉翁、周作羹兄来叙半晌而去。午膳后，至李舜卿处，晤作羹、陈舜卿少谈，言及海门开往宁波之海通商轮于廿七日被礁碰坏，损失甚巨，搭客亦失三人，不胜其惨也。又言陶习之素与海门先桂头之外甥女陈氏来往，日前习之自普陀来台，至海门，就道至其家中，又有福建人与陈女同床，习之恨极，次日叫无赖十馀人同其乃弟习恭至其家中，适福建人尚未去，即将福建人拔至门外重打二下钟之久，复将其人捆就放在水中一小时，拔起而放。此亦毒手，争野花而竟如是，亦所少闻也。

初二日癸丑 早至午刻，阴、雾；未牌，雨；以后皆然。早刻，至作羹及吴玉翁、达云母舅诸处，均相叙半晌而来。

初三日甲寅 早至巳刻，雨；午时，阴；以后皆然。李舜卿兄为其令姊并其姊夫王仲友兄入厝，邀余代为助祭。晚膳后，至栅浦文昌阁，晤王虞臣兄少谈，作羹、道周、寿民秀清诸君同行致祭毕，即邀坐席相叙，席散而来。值子衡兄来叙一刻而去。但舜卿兄令姊乃李春生先生千金，幼字栅浦王卓峰孝廉二令郎仲友，未及婚姻而仲友染恙作古，李氏在闺中，闻讣从容仰药而亡，如此闺秀，节烈可嘉。当将其柩至栅浦与仲友同行暂停，随即呈请浙江学政某星使专摺奏请奉旨旌表贞烈，建坊于彼处，此等女流何易须眉耳！但王氏家业失微，现均李氏代为修葬，今已入厝，烈女一生事业可谓毕世矣，即其烈女牌坊亦是李春生先生在日代为建造耳。

初四日己卯 晴。致张丹翁一信，致蔡瀛生一信，均交亦兰代带沪江。致章子修兄一信，交邮寄至武林。致金洪畴一信，饬老二送至莘山。老广先言，云梯之母于昨日早膳之后身体有发寒热，至夜十句钟作古，年逾古稀之人，其考终命如是之速，亦是福分非浅耳。午膳后，相约张宝田先生及少渭、子俊、少琴、俊卿诸君趁永新小轮至海门。仆人言，仲达之家眷自普陀趁永利商轮已于早刻至埠，现宿永宁局。随即至永宁局，晤江梦生先生及仲达、陶寿翁、徐富春、王槐卿诸君，相叙半晌。但梦生先生及仲达并两家眷属等均至，趁永新小轮至黄城去时，晤别之后，随至椒江舞台看戏后而来，至家时经一句钟矣。陶寿翁言，周梅翁亦趁永利商轮已于早刻到台，现至家矣。

初五日丙辰 晴。早刻，吴玉翁、周梅翁来叙半晌，言及此班永利商轮搭客最多云云。

初六日丁巳 早至未刻，晴；申牌，阴；酉时，细雨；以后皆然；午、未间南风最大。前在沪江向永利沪局假洋二百六十元，顷致徐富春兄一信，附还永利台局英洋一百十三元，交人绸先送交富春手，尚少之数因丹庭兄嘱购东澍坟地代为垫付地价洋一百四十七元，已函嘱其付还永利沪局矣，容俟汇付之后可以两讫。早刻，家君同余及张宝田先生至马屿头祭扫先曾祖母墓毕，至金德生处少坐，过午膳后而来。至家之后，时方见雨，亦一幸也。云梯兄之母于明日初七大殓，开灵设奠，邀同助祭，既有来柬，当为允诺矣。

初七日戊午 雨。张宝田先生于晚刻至海门娄家去，此次代娄宅看地而来。午膳后，至云梯家，同李舜卿、黄道周、王俊卿、周作羹诸君同行致祭其令堂刘氏毕后，过晚膳而来。云梯令堂今年方届八秩，亦可谓人瑞而已。心泉女婿吴伯熊令郎字曰敬初。

初八日己未 雨，天气骤寒。

初九日庚申 早至卯刻，雨；辰牌雨晴，阴；以后皆然。

初十日辛酉 阴。晚刻，至达云母舅(处)，晤子俊、作羹两兄，少叙而来。言及海门戏园正二两月做下颇有亏控，但愿早日关闭，即地方之幸也。

十一日壬戌 辰前，雨；巳牌雨晴，阴；以后皆然。

十二日癸亥 晴。早刻，汪伯端兄来言自沪江才方旋里，相叙半晌而别。晚刻,周梅翁来叙片时,相约至楚卿、伯端、楚言诸君各处,均晤叙一刻而来,言及孟东兄近已置妾,已将成允矣。

十三日甲子 晴。致仲达一信。

十四日乙丑 晴。晚刻,同达云母舅及周梅翁、孟东、子俊、伯端、少琴至海门椒江舞台看戏完后而来,至家时经二句钟矣。

十五日丙寅 晴。三老司送来建素两盆、夜来香两盆,计价洋四元四角。而建素每盆两元,倘真是素兰,即两元一盆亦不为贵。余即购盆种植,亦是幽闲之一道也。家君自早刻至荐堂上先祖坟,明日可以旋里。

十六日丁卯 辰牌,雨,一刻即晴;巳初,晴;以后皆然。晚刻,至吴玉翁处少坐而来。家君自荐堂上坟来,到时已将晚膳矣。

十七日戊辰 早至午刻,晴;未、申时,阴;酉牌,雷雨颇大;戌时雨细;以后皆然。

十八日己巳 阴。接张丹翁一信,并附致傅恒山一信,即饬茂汉、天骥送投矣。四房祖坟今年大房值年,家君自上刻同至兴家屿及东岙两处祭扫祖墓,来时已经晚膳矣。临海房捐局经事者胡树云号鹤汀来叙至晚,留过晚膳而去。典中每月屋捐洋八角,即书允定矣。

十九日庚午 阴。陈少渭兄来约至海门看戏,即同宝田先生同至椒江舞台,看毕时经十二句钟,随即到家,经二句钟矣。

二十日辛未 晴。少渭来约晚膳,即于晚刻,至其家中,晤张宝田先生、王心泉、蒋敬甫诸君,相叙席散而来。但少渭之妾染恙尚未痊愈,现邀符姓诊治,未识得奏肤公否也。王一家荣相与达云母舅令郎妹相诊视,外毒今已出浓,想自今以后,渐可就痊,亦免一番挂念而已。

廿一日壬申 晴。家君嘱书致何见石老伯一信,交邮寄郡。余前做有一树对板一副,本拟将郦漱芳书铁线篆描刊其中,再四看其笔画太细而罢,昨思张逖先书篆对(此系石鼓文)字颇粗,现即将此对描就,拟即刊在其中,亦壮观瞻也。

廿二日癸酉　晴。张宝田先生于早刻德广老请其看地，即于晚刻去，家君请周冠卿先生看地，亦于晚刻来。

廿三日甲戌　日间，阴；夜间，细雨。接陈祝翁一信，并附还前在上海代向永利局借洋一百元。张宝田先生早刻自德广老家来，即于晚刻至海门去矣。

廿四日乙亥　早至午刻，阴；申、酉时，细雨；戌时，雨晴，阴；以后皆然。致福陈祝翁一信，交其来人带福矣。

廿五日丙子　晴。家君云，洛卿丈公现在海门看戏，嘱沅至海门问候，即于晚刻至海门。先过楚卿处，晤陶寿农、杨子屏、张淇泉、余琢斋、金寿山、邱楚言、花春庭、陈晋康、钟康侯、吕维周、黄子霖、周孟东、陶习之诸君，畅叙半晌。淇泉言，洛卿丈公未来，其姑婆并四表姑、六表姑均在海门寓同源客栈。但四表姑即淇泉夫人，六表姑即琢斋夫人。余三姑婆，自洛卿丈公元配已于辛丑岁作古后，续娶王氏，向未见过，故未往候。适楚卿邀余并各人晚膳，即在楚卿处晚膳后，同陶寿翁、花春庭、张淇泉、余琢斋、陈晋康至椒江舞台看戏毕即来，至家时经一句钟矣。但金寿山现台防统领。钟康侯系温台糖捐局征收员。吕维周亦是瓯人。花春庭，郡城人，系第五营管带，现在分驻宁海，其人尚不浮华耳。

廿六日丁丑　阴；许眉甫先生来言，许颖生来函邀其（做）自己公馆中书启，即于廿八日趁轮至申赴杭，但颖生之寓在武林佑圣观巷云。

廿七日戊寅　早至未刻，阴；申牌，细雨；酉时雨晴，阴；以后皆然。晚刻，至洪少琴、汪伯端、邱楚言、吴玉成诸处，均晤叙半晌而来，言及昨夜航船在道头方将开出，被匪抢劫一空，驻水驻陆勇丁并未追拿，亦一恨事也。

廿八日己卯　卯前，雷雨颇大；辰刻以后均晴；至晚皆然。致萧子翁一信，饬周依发送交矣。余在申时听说番菜馆以一言亭颇为便宜，当欲至其处，未得其住址而止，顷阅报纸中纪一言亭在上海贵州路六号，其电话二四四九耳。

廿九日庚辰 晴。

四月初一日辛巳 早至午刻，阴；未牌，细雨；申时雨晴，阴；以后皆然。周冠卿先生日前至海门去，于今晚来。

初二日壬午 早至巳刻，阴；午、未时，晴；申牌，细雨；酉时，晴；以后皆然。家君与冠卿先生至西山诸处看地。晚刻，至楚言处少坐而来。

初三日癸未 阴；晚刻，家君同冠卿先生自西山及马屿头诸处看地来。

初四日甲申 晴。多日未见大雨，直在关田时节，只求上苍速沛甘霖，以慰农望，是所切盼之至。苏焕堂自苏州来言，张丹庭兄之苏防浅水兵轮司令部已经取消，现为南京二等咨议官云云。杨姊太所出之小妹，日前家君将其庚甲与达云母舅之令郎文普表弟说合，已经成说，今媒人陈翼亭、翁子俊兄言定于本月十四日文定云云。

初五日乙酉 晴。早刻，至海门楚卿处，晤杨子屏、俞伯恭、陈文佑金富荃、张作楫、张仲楣诸君，相叙过午膳后而来。

初六日丙辰 细雨。

初七日丁亥 早至未刻，阴；申牌，雨；以后皆然。洪少琴来邀晚膳，至其家中，晤达云母舅及道周、孟东、作羹、子俊、少湖、蕙夫诸君，相叙席散而来。

初八日戊子 雨。连日细雨，正值望雨之时，禾田欠缺，今日大雨一天，均已富足，叨天福佑在于无穷也，深为寅感之至。

初九日己丑 晴。

初十日庚寅 晴。晚刻，至楚卿处，晤黄星斋、黄道周、吴玉成、周梅五、卢槐士、邱楚言诸君互叙半晌。楚卿言，十三日偕其夫人至申一行云云。并言云梯兄之杜渎已将告卸，接手者朱姓。

十一日辛卯 晴。托虞韶先生代买另星，均已收讫，价洋十二元。

十二日壬辰 阴;惟未牌细雨;片时即晴,馀则均阴。致陈虞韶先生一信,附洋十二元,饬祖元送至海门,旋言送交其府上收下矣。

十三日癸巳 晴。

十四日甲午 日阴夜雨。仲达于早刻来,小妹与达云母舅之令文普表弟说合者已于今日纳采,翁子俊兄与陈翼亭为媒。午刻,家君席请媒人,邀仲达、秀卿、冠卿诸君陪客。目下四月中旬,本镇文昌阁及栅浦堂均唱梨园,惟栅浦近日最兴而已。月之初十夜,北山王子衡兄家被抢,什物捣毁,早刻,吴玉翁言所失约值两千。十二夜,栅浦何桂海家又被抢去什物另星,亦值数百。而匪势如此之盛,有是责者置若罔闻,今年遭匪之害乌和何底,深为忧甚。只求驻防营弁严于巡查,破获原赃真匪,为幸多矣。

十五日乙未 阴。晚刻,同冠卿先生、仲达至栅浦堂看戏,晤子祥,邀至其家中晚膳后而来。

十六日丙申 早至午刻,晴;未牌,阴;申时,细雨;酉刻雨晴,阴;以后皆然。晚刻,同仲达至海门永宁局,晤陶寿农、金寿山、高幼孟诸君,相叙至晚,过晚膳后至椒江舞台看戏,晤胡鹤汀、蒋敬甫、邱遇琴诸君,互叙至觑[①]完而来,至家时经一下钟矣。

十七日丁酉 晴。孙旭东自晚刻来。

十八日戊戌 晴。家君席请仲达晚膳,邀周冠卿、汪伯端、孙旭东、周篪卿、陈少渭、符印亭诸君陪客,相叙席散而去。接眉甫先生一信,附致其令弟惠甫及涧泉各一信,即交祖泰转寄矣。许颖生代荐开化县科员,辞却而未去,今则仍留其公馆中耳。

十九日己亥 晴。正值需水之候,虽尚有雨而未充足,禾田大半已燥,农民望雨之心甚切,只求上苍速沛甘霖以惠生民,是所至切。但今日天气骤热,似有雷雨之景,如是想之,明日定有大雨,是为至幸。晚刻,同仲达及冠卿先生至栅浦堂看戏,晤舜卿、伯端、篪卿、子

---

① 当为“戏”。

祥，相叙半晌。该处有售画者，携画颇多，均无有上等书画，余同各人详为拣选，中有王湍亭之墨竹中堂一轴，颇为不俗，即代仲达购来，计洋两元，想亦不贵耳。吴玉翁来叙半晌，言子衡家被抢之案，现金寿山统领饬弁获到土匪七人，尚有原赃等物，想此案可破矣。陶寿翁来叙半晌，言昨晚自海门来，闻临海县知事田遇秋有调动信息云云。

二十日庚子　早至未刻，阴；申时，细雨；酉牌，阴；戌时，雨；以后皆然。仲达、旭东均于早刻去。家慈与小妹于早刻动身至天台山做水陆追荐叔文，想五月初二日可以旋里云云。汪伯端兄柬邀晚膳，席设文昌阁，即于晚刻至文昌阁，晤达云母舅及道周、少湖、作羹、寿生、习谦、柳亭、永孝、篪卿、少琴、舜卿诸君，相叙席散，过子俊处少坐而来，至家时将二鼓矣。

廿一日辛丑　卯前，雨；辰至未刻，阴；申牌，雨；酉时雨晴，阴；以后皆然。至眉甫先生一信，交邮寄杭州佑圣观巷许公馆投递。

廿二日壬寅　晴。未刻，翁子俊兄来约余与达云母舅、作羹、少琴同至海门看戏毕后而来，至家时经二句钟矣。

廿三日癸卯　早至申刻，晴；酉牌，阴；以后皆然。

廿四日甲辰　雨。早刻，解惠甫兄来叙，过午膳而去，云续娶海门蔡子葵之女即于五月十一日完姻云。

廿五日己丑　早至申刻，阴；酉时雨；以后皆然。农民待泽已急，幸蒙上苍速沛甘霖，深为感切之至。致王仲达一信，附洋两百元，交六先送交。致解惠夫兄一信，托邱遇琴带交矣。陶寿农之三女许莘山金萍生之令郎，于明日廿六文定云。晚刻，至陶寿农处，适其由海门方来，言临海县知事田遇秋君曾经调省，新来者陈姓将近到台云云。

廿六日丙午　雨。近地之嫁娶文定有邀人接媒人之俗例，今日陶寿翁之五令嫒纳采，邀余接媒人。早刻，至其家中，与汪伯端兄同接，彼代媒者金彤甫、金谔轩两兄，并同周载熙、蒋敬甫诸君午膳，席毕而彤甫、谔轩即去，随来。今日雨如是之大，彼至莘山恐时已晚耳。

廿七日丁未 晴。达云母舅邀余与少琴、冠卿、子俊至海门看戏，完时而来，至家时经二句钟矣。在椒江舞台时，晤王勤甫先生向余暂假，当即允诺，言明日遣人来取云云。

廿八日戊申 巳前，阴；午、未、申刻，晴；酉牌，阴；以后皆然。接王勤甫先生一信，暂假英佛，余即询翼亭，云馀有毛诗一部，即将存洋三百元，并致勤甫先生一信，随交其来人带交矣。

廿九日己酉 早至巳刻，阴；午、未时，晴；申牌，阴；酉牌，细雨；戌时雨晴，阴；以后皆然。李子延自黄城来，仲达托完临海钱粮，余即嘱子延代为完纳矣。徐子刚兄自海门来，托其代开一方，彼于午膳后而去。

三十日庚戌 晴。

五月初一日辛亥 晴。致张丹庭兄一信，交邮寄至上海英大马路永和里永和里彤和祥洋货号内投。

初二日壬子 阴、晴。周冠卿先生同玉先(至)荐堂及太平诸处看地。徐子刚先生自晚刻来。

初三日癸丑 早至巳刻，雨；午牌雨晴，阴；以后皆然。

初四日甲寅 卯前，雨；辰至午均阴；未初，细雨；未末雨晴，阴；以后皆然。冠卿先生同玉先自南边看地来。

初五日乙卯 早至巳刻，雨；午牌雨晴，阴；以后皆然。接仲达一信，言其弟叔平染恙，托余代请章杞堂先生诊治，现杞堂先生在寿翁府上，就至彼处，晤杞堂先生，相叙一刻，言明日赴城，未识果然否也。家慈同小妹自天台山来时下午四句钟趁小轮到埠矣。

初六日丙辰 阴。晚刻，陶寿翁。翁子俊来叙间，言及丹庭兄现至海门，即日至黄城看屋云云。并言海门之椒江舞台曾经停歇。近又有娄祝三同高幼孟、来少卿、金寿山诸君集资再开。但戏园一开，地方化费许多浮费，现经停闭，即是地方之幸。今又有重开，又不知需费若干，人民之苦难可胜言耳。子俊兄留过晚膳后同至楚卿兄处，晤李鹤亭先生，晤叙一刻而来。但楚卿自初四日由申到家，因染微恙，请鹤亭先生诊视耳。

初七日丁巳 早至巳刻，细雨；午牌雨晴，阴；以后皆然。早刻，至海门永利局，晤张丹庭兄、申桢夫、徐富春、陈少山诸君，相叙一刻而来。丹庭即于早刻趁小轮至黄城看新造房屋一行云云。周冠卿先生于晚刻至海门去，徐子刚兄亦于晚刻去矣。

初八日戊午 早至巳刻，雨；午至申，阴；酉牌，雨；以后皆然。

初九日己未 阴。晚刻，丹庭亲家自黄城来，留过晚膳后即至海门去。

初十日庚申 晴。晚刻，至尚德小学校，晤王俊卿、邱蕙夫、王云梯、邱遇琴诸君相叙一刻而来，言解惠甫兄现寓海门阮家结婚，娶蔡子葵兄令媛，即于明日十一喜期云。周冠卿先生自晚刻由海门来。

十一日辛酉 晴。

十二日壬午 晴。武圣庙寿戏之梨园子弟已于今夜开演。

十三日癸亥 阴。早刻，至江边堂，晤陆显廷，相叙一刻。汪伯端、黄道周、洪少琴诸君与沅同行致祭圣神后，过午膳而来。

十四日甲子 阴、晴。徐子刚兄于晚刻来。

十五日乙丑 巳刻，晴；午、未时，阴；申、酉牌，雷雨；戌刻雨晴，阴；以后皆然。现在农田正值缺水之时，幸蒙上苍甘霖即降，叨天福佑于无涯矣。

十六日丙寅 雨颇大。接眉甫先生两信，并附乌摹本一丈三尺，计洋十二元二角，又，全鹿丸洋两元、邮费洋四角，附其府上家信一封，嘱寄洋十四元。余即照其信面书附之洋数，遣老二送交其府上，取惠甫先生收条一纸。附寄涧泉先生一信，亦嘱老二送投，尚少洋六角，另日清算可也。

十七日丁卯 雨。致眉甫先生一信，交邮寄至杭垣。

十八日戊辰 雨。致王勤甫先生一信，饬小保送交至永宁局，言其尚在黄城未旋，即存典中，俟其来时再投可也。

十九日己巳 辰前，大雨；巳牌雨晴，阴；以后皆然。

二十日庚午　日阴夜雨。家祖慈节孝坊石料已于早刻到埠。

廿一日辛未　雨。小妹于今早至莘山去。

廿二日壬申　雨。汪伯端兄令郎今日弥月之辰，柬邀晚膳。即于晚刻至伯端兄处，晤达云母舅及李舜卿、黄道周、陶吉云、周作羹、周载熙、陶习谦、周篪卿、倪寿生、洪少琴、周建西、朱永孝、黄少湖、罗梅也、周孟东诸君，相叙席散而来。道周宗叔言金仪卿兄于月之十九日丑时已生一子，深为欣喜。

廿三日癸酉　晴。致王仲达一信，交女媪送交。致王勤甫先生一信，交玉先送至黄城。周冠卿先生于早刻至郡城去。徐子刚兄于晚刻至海门去。

廿四日甲戌　卯前，雷雨颇大；辰牌雨晴，阴；巳至申刻，阴；酉、戌时，雷雨亦大；亥刻雨晴，阴。至王仲达一信，交邮寄至黄城矣。

廿五日乙亥　雨，雷雨换作时雨矣。接眉甫先生一信。

廿六日丙子　雨。前王勤甫先生撮去英佛三百尊，顷致王勤甫先生一信，饬小保送去，向其取还清讫，并接勤甫福信一函矣。

廿七日丁丑　辰前，雨；巳至酉刻，阴；戌时雨晴，阴；以后皆然。

廿八日戊寅　晴。早刻，邀达云母舅及吴玉成、翁子俊、洪少琴诸君叙过午膳而去。

廿九日己卯　阴、雨，不一而定。似有风水之景，幸是南风，可无致碍。早刻，东南风；午牌，正南风，后又东南风；将晚又是正南风。现雨水已经富足，再若多雨，又恐致碍，只求上苍厚佑，早日天气晴明，是所深幸。

闰五月初一日庚辰　晴。幸托上苍敷佑，天气晴明，定歌大有，是所深幸。

初二日辛巳　晴。致仲善兄一信，交邮寄京，托其代购《虞初新志》《人海记》《亚谷丛书》《池北偶谈》及《袁子才先生全集》各一册，并膏药梅花点舌丹等件。

初三日壬午　早至未刻，晴，天气最热；申牌，雷雨，少顷即晴，东方挂虹；酉时，晴；以后皆然。晚刻，至洪少琴处，晤伯端、篪卿、作羹诸君，晤谈至晚而来。周冠卿先生亦于晚刻自郡城来言，郡城亦有东洋车，此亦开通风化以便民也。

初四日癸亥　早至午初，晴；天气最热；午末，雷雨，一刻即晴；未时，晴；以后皆然。晚刻，至洪少琴处，晤达云母舅及周篪卿、周冠卿、翁子俊、周作羹、汪伯端诸君，相约至椒江舞台看戏，随即买舟至海门，时已将晚，随进椒江舞台看毕而来，至家时经二句钟矣。但椒江舞台本陶寿翁首创，数月间亏本颇多，已于上月初二日停闭。而后，娄祝三、高幼孟诸君续行拼夥再行开办，已于上月二十日开演。此等戏园，开耗地方之钱不少，今又再演，乃地方多一层耗散而已。

初五日甲申　晴。晚膳后至周作羹兄处少叙而来。

初六日乙酉　晴。祖母苏太夫人之节孝坊中对联，家君嘱沅转恳王子常太守代撰。早刻，至北桥王子常老伯处，托其代撰节孝坊石柱对联两副，即承允诺，言毕随即而来。家祖母苏太夫人与先祖鸣皋公同庚，年十七即归先祖，十九岁甲寅而家君生焉。咸丰丁巳先祖故，时六月十九日。先曾祖沧山公早五日亦故，即于是月十四日也。时家君年方四岁，幸先曾祖母应太夫人在焉，一家孤苦，难堪言状，而家祖慈侍姑至孝，乡里无间，守柏舟节，勤俭自持，饮泣抚孤，今已七十有九。当遭大故之后，足不出户，家中事无大小，均是应太夫人日夕经理，而苏太夫人惟日侍起居而已。至光绪庚子，应太夫人仙逝之先，而苏太夫人亲侍汤药，衣不解带。至九月十五日，应太夫人仙逝之后，而苏太夫人哀毁迫切，哭声终夕，四邻咸哀，而此日诵《金刚经》而六十年如一日也。光绪七年郎中傅钟麟将苏太夫人生平实事具呈，奉旨以节孝旌表。坊本早建，但家君自光绪庚辰以通判入都听鼓，两署西城兵马司正指挥，至光绪乙未选授云南新兴州牧。戊戌大计卓异，庚子丁重艰，癸卯服阕，甲辰入都再选山西吉州牧兼护吉州学正，调署虞乡县令，才于壬子旋里，随即精选坊石。方自春间得有相称石料，随即向购，已于上月二十日到埠，择吉开工可也。沅今四十有一，悉均亲见，是为之记。

初七日丙戌 晴。早刻，卢槐士兄及达云母舅、周篪卿诸君来叙过午膳后而去。槐士兄言，郡城盐务已归陶寿翁总办，另组公司，以少南兄为经理云云。

初八日丁亥 晴。接许眉甫先生一信，言此次旋台为许颖生兄家事而来。顷与其乃翁同赴杭垣云云。早刻，达云母舅及周篪卿、汪伯端、洪少琴诸君来叙，过午膳而去。晚刻，至椒江网业公所，晤卢槐士、施见甫、刘梅卿诸君，相叙一刻而来。

初九日戊子 风、阴、雨不一而定，大有风水景象，幸风雨不大，深为欣幸。外甥孙克淦本上年五月十八日生，至本年五月十八日对周之期，现值有闰月，即改于闰五月十八日对周，余礼物均于早刻遣人送去矣。胡鹤亭兄自早刻来叙，过午膳而去。本月初六日《赤霞报》纪袁总统生晨系咸丰九年八月二十日，未识何时，不及详注，据周冠卿先生查是日以午时最佳云。前嘱阿三代买双料广嗣金丹一盒、单料广嗣金丹一盒，适徐子刚先生亦托余代其寄买单料广嗣金丹一盒，计洋九元，当即付交。昨日遣祖元向其取来，顷值徐子刚兄遣价来取豆子之便，即将寄买一盒就交其来价带交矣。

初十日己丑 卯前，雨；辰时以后均晴；晚刻，至子俊处，晤达云母舅，互叙一刻而来。阅《申报》纪：广东、湖南、江西三省约二十馀县悉均大雨，人民之被灾者不少。现各处均设局募捐以济穷民，能得集腋成裘以赈穷黎，为幸多矣。

十一日庚寅 晴。

十二日辛卯 晴。

十三日壬辰 晴。早至江边堂同吴玉成、洪少琴、陶吉云、王俊卿、伍菊香致祭武圣，毕后过午膳，至尚德小学校，晤金先生及俊卿令弟玉衡、遇琴诸君，相叙至晚。过晚膳后至施见甫处，晤翁子俊、洪少琴、周作羹、陈翼亭、王俊卿、伍菊香诸君，畅叙一刻而来，至家时经八句钟矣。

十四日癸巳 晴。早刻，至达云母舅处，晤周作羹、周篪卿、翁子俊诸君，相叙至晚而来。

十五日甲午 阴、晴、雨不一而定。顷阅《申报》纪云：广东一省有一千二百英里被水冲没颇重，急于待赈，而湖北、湖南、江西均亦大水。虽是天意，闻者深为抱忧耳。年歌大有之方，叨天福于无穷也。

十六日乙未 阴、晴、雨不一而定。

十七日丙申 晴。

十八日丁酉 晴。楚卿兄令堂蔡氏生晨系五月十八日，今值逢闰之期，单邀午膳。早刻，至其府上，晤吴玉翁、邱楚言、周孟东、黄道周、王云梯、陈翼亭、叶石甫、缪性言、陶吉云，相叙席散而来。言及王少常兄烟瘾未除，与禁烟董事周更臣未曾晤面，在烟馆中吃烟，其禁烟局中人将其拿至局中禁押一夜，更臣方悉其系王子常太守少君，似难为情，又经拿局，罚洋四元了事，释放矣。但少常兄经此一番倒煤，得能永远戒除，深为至幸。

十九日戊戌 晴。天气颇暖。

二十日己亥 晴。

廿一日庚子 阴、雨、风不一而定。东北风颇大，已成风水，现值早季收成之候，只求上苍敷佑，即日风静雨晴，是为至幸。

廿二日辛丑 阴、雨不一而定。幸东北风已转南风，想无风水，是所深幸焉。

廿三日壬寅 晴。

廿四日癸卯 晴。

廿五日甲辰 晴。金仪卿兄上月其继嗣生一子，今已满月，柬邀晚膳。晚刻，至楚言处少坐，即至仪卿处，晤道周、子祥、半塘、石甫、少琴、见甫诸君，相叙席散后，同见(甫)、道周、子祥至少琴处，相叙半晌而来，至家时将二鼓矣。

廿六日乙巳 卯、辰两刻，雨最大；巳时雨晴，阴；午牌，晴；至晚皆然。晚刻，至陶寿翁处，晤蒋敬甫，相叙一刻而来。

廿七日丙午 晴。接许眉甫先生一信，欲于本地寻觅一教习位置，即与陶寿翁商酌，据云尚德小学校国文教习叶勋甫兄曾经作古，今尚未请，须与楚卿、俊卿接洽。至尚德小学校，晤金禹亭、邱威甫两兄，互叙一刻，言俊卿至家去，楚卿至海门去，均未面晤，就与陆显廷兄处少叙而来。晚膳后，同周冠卿先生至洪少琴处，晤翁子俊、汪伯端、邱威甫，相叙一刻，同至江边堂看戏一刻而来，至家时将二鼓矣。

廿八日丁未 晴。致王俊卿兄一信，专价送交，旋接福函。致福眉甫先生一信，交邮寄至杭州省城九曲巷第一号门牌许公馆。晚刻，至楚卿处，晤邱楚言，相叙一刻，楚卿留过晚膳后，梅五、道周、遇琴、云梯同至江边堂看戏一刻而来，至家时经十句钟矣。

廿九日戊申 晴。王俊卿兄来叙一刻，言尚德小学校本年下学期请眉甫先生为国文教习事可成说，惟半年束金只得四五十元之间，为数太少，未识眉甫先生以为然否也。仲达于晚刻来，楚卿柬邀晚膳，即至楚卿处，晤金寿山、王霭亭、邱舜琴、何霭生、周梅五、吴玉成、杨子屏、陈桂云诸君，相叙席散而来。

三十日己酉 晴。天气最热，本镇五圣庙送暑迎会，定于今日早刻至周梅翁处看会，晤江梦生先生、吴勉生、叶伯芳诸君，互叙一刻，梅翁留过午膳后而来。适陶习之来叙至晚，过晚膳后同勉生、仲达、习之至江边堂看戏，来时已逾二鼓矣，晤施见甫、王云梯、邱遇琴、黄道周，言黄俊庭之妻于昨日作古，幸其子尚获平安。按:其妻系是孀妇，本海门王七女，初嫁张姓，再嫁于俊庭耳。

六月初一日庚戌 晴。天气最暖，致许眉甫先生一信，交小保送交邮政信局转寄杭州省城九曲巷许公馆。家君席请吴勉生、王仲达，并邀周梅翁、周冠卿诸君陪客，相叙席散而别。惟勉生即至海门去矣。同仲达至江边堂看戏，晤李舜卿、陶习之、卢槐士、王兴臣诸君少谈，言黄心斋宗叔现今染恙，未识得占勿药之爻否也。

初二日辛亥 晴。仲达自早刻去。早刻，楚卿兄来约至子俊、梅五两处，均相叙半晌而别。晚刻，因五圣庙邀为助祭，随即到庙，晤吴玉翁、缪性言、王云梯、周淑芳、陈禄孚、叶石甫，同行致祭神圣毕即送出。随同玉成、性言、云梯至楚卿处，值楚卿兄将至海门有事，少坐而来，云仙居近有土匪致扰，想此跳梁小丑，即是清平，是所至幸。

初三日壬子　晴。

初四日癸丑　早至巳刻，阴；午、未牌，晴；申时以后均阴，西北风最大，似乎有风水之景，幸无雨、风，又是西北，想能平安为幸多矣。

初五日甲寅　晴。

初六日乙卯　晴。近日天气最热异常。

初七日丙辰　晴。

初八日丁巳　晴。晚膳后，至子俊处，晤洪少琴相叙至十句钟而来。

初九日戊午　晴。接眉甫先生一信，言本月之内，即可旋台，附寄其家信一封，即交左焘转寄矣。

初十日己未　晴。侍妾曹氏自上年十月怀孕，于未刻生一女，其生产可云快便，是为至幸。晚刻，楚卿兄来言，上春将仙居县分属金华府，方值土匪滋事，其统领董道胜者带兵进攻，因道路生疏致败，董君被毙，其随身百馀人半毙半逃，省中即将仙居、天台两县仍居于台属。但台州本八营，计二千四百人，亦于上春裁撤，仅剩八百人。金寿山统领所统之兵虽已出发，其仙居城现尚被困，未识其管带黄义臣、陈文佑两君进攻得能顺手否也，续得确信另行再记。葭沚、海门两处因防营均已调至仙居，地方公议海门添招保安队四十人，本镇已有三棚，再添十人。本镇之哨弁陈庆祥调至海门，徐树梅至本镇为哨长而已。想有防备，可以无碍也。

十一日庚申　晴。早刻，黄镜三来叙，过午膳后至晚而去矣。

十二日辛酉　晴。天气最热。初生女儿病所难者仅只两日有馀，虽不能言语，而其筋骨最为滋嫩，随邀平桥石人先生及曹家六爷代为诊视，均用针灸，初则啼哭，而后方安，即能食乳，深为至幸。但石先生年虽耄，其针法尚佳，以此想之，幼孩之病不得不仰针灸之力也。闻小儿科有上山洞人童再春先生医理亦极高明耳。本镇保安队徐福山汝梅哨长已于早刻到地，陈翼亭庆祥亦于早刻至海门去矣。闻徐福生缉捕最为认精云。倪寿生相代宗林道人托余代书扇一把，即代书就，遣老二送交矣。

十三日壬戌　晴。致王仲达一信，交典中代为转寄。黄城哨官徐福生来叙一刻，看其人颇为干练，缉捕一道定能勤谨耳。晚刻，至作羹处，相叙一刻而来，托余代书扇面四把，一款竹峰，一系颇自作羹款，二系单款，据说绿乎兄转托代书，就遣和尚送交矣。

十四日癸亥　早至巳，晴；午牌，阴；以后皆然。晚刻，惟闻雷声，未曾见雨，现农田望雨之心最切，急望上苍急降甘霖，是所深幸。

十五日甲子　早至午刻，晴；未牌以后均阴。近因晚来缺水，即能大雨，蒙天而降，为幸多矣。细看远处已经下雨，近地仍护而未见降，未识即遂所愿否也。晚刻，陶习谦、翁子俊两君来叙半晌。习谦言黄义臣、陈文佑至仙居攻匪已获胜仗，其匪首名曰陈万赀亦经被毙，倘即能清剿，乃台州之幸耳。

十六日乙丑　晴。晚刻，章子修兄同赵楚峰惟心来言，其黄属南乡肠谷岙地方聚集瓯匪颇多，附近乡民之殷实者被劫，日有所闻。向有驻防之哨亦于上春裁撤，彼之院墙、沙埠及前宅、猬屿诸处，均已恐惧。闻张喧初载阳已到台州为镇守使，随带勇颇多，来具禀镇守使及金寿山统领驻兵镇压，随遣人探张镇守使明日可到海门，俟其来时再递可也，并言其黄岩县知事及城中诸绅亦在明日可到云云。

十七日丙寅　早至巳刻，阴；午初以后均阴。酉时正立秋。风：早刻西南；巳牌，南风；午、未以后，东南；晚仍东风。近处稻田均已缺水，晚禾望雨最切，深求上苍敷佑，即渥甘霖以养民，深为至幸。家君席请赵楚峰、章子修两君，并邀达云母舅及翁子俊、周篪卿陪客，相叙席散而别。

十八日丁卯　晴。早刻，同章子修、赵楚峰两兄至海门永宁局，晤陶寿翁、黄楚卿、吴勉生、陈少山、李子棠诸君相叙。寿翁言黄义臣、陈文佑赴仙居剿匪大为得法，已将仙居匪徒打毙颇多，零星匪徒均已逃避，此番已奏凯旋，而黄义臣兄大为出力，金寿山统领拟保黄义臣为金华统领云云。又言张镇守使已于昨日至海门，同来者有参谋长吴钟琦、盛开第两君，暂驻演武厅为行辕，金寿山统领已移出镇署，驻防郡城，大约十九日、二十等日动身，即将镇署修整与镇守使为衙署。赵楚峰、章子修兄即将原禀分作两分，一递统领，一递镇守使。因方知事及黄城诸绅尚未来椒，章子修与赵楚峰均寓椒江旅馆，今晚，俟黄岩县方知事及诸绅到时接洽一切。即在永宁局过午膳后，杨云帆、夏季高两君来局晤叙至晚而去，余亦即动身至家，时方晚膳矣。吴勉生言钱粮每两增加钱价两成、外费一成，系浙江单行，现裁兵亦是浙江单行，其馀杂捐，浙江呈请试办者颇多。现仙居之陶知事文渊任性罔为，不恤民情，致酿如此巨案，仙居之民弱者吃有如此大亏，强者稍同决列，亦致毙命，言闻目睹，深为惨切，未识何日得睹升平，再见光天化日，是为至幸。

十九日戊辰 晴。仍然天气晴明，均无雨意，农田待泽最急，深为至虑，急求上苍敷佑，早即速降甘霖，以惠苍生，幸甚幸甚！章子修、赵楚峰两君晚刻自海门来。

二十日己巳 晴。章子修、赵楚峰两兄均于早刻趁小轮至黄城去矣。邱遇琴托余代书扇面一把，即代书就，系是单款。

廿一日庚午 晴。

廿二日辛未 晴。眉甫先生自早刻由杭州来，前托买湖绵等件均已买来，计价洋十元，随即付交矣。言许颖生以道尹用。

廿三日壬申 子牌，雨，不甚大；丑至午均晴；未刻，细雨，一刻均晴；阴；以后皆然。农田正值待雨，日望云霓之心最切，现虽有小雨而稻苗已沾润泽，万望上苍迭降甘霖，是所切幸。致子裳老伯一信，专老二送至赵桥，其府上言其已赴黄城，即交其府上代为转寄矣。许眉甫先(生)于早刻至家去矣。

廿四日癸酉 阴、晴、雨不一而定。雨不甚大，农田有水者甚佳，无水及已燥者仍然如旧。只求上苍速沛甘霖，是所至祷。显寿托余代书扇面一把，即代书就矣。阅六月廿一日《申报》纪杂评“互相攻入”节云：“交战国之仇敌既各有所抱之主义，各各不同，昨晚言之矣。而交战国之用兵，其攻入之点又各各不同：法兵攻入德界，德兵攻入比界即法界，俄兵攻入奥界，德兵攻入俄界，奥兵又攻入塞界，犹之俄界，互相攻入而又互相为人攻入其间，所谓加入交战国而未尝攻入人界亦未尝被人攻入者，惟英耳。现今各国开战之初，奥、塞向为航路，已成积忿，今年春夏之交，奥国之储君夫妻游历至塞被刺，致起衅端，牵涉俄、英、法、德、意、比等国，大相战争。但俄、英、法、比塞同盟，德、意、奥同盟，所以互相攻讦。但英又与日本同盟，日亦有兵端，意中事也。”瓯州各国互相用兵，未知何日能息。现青岛系德国租界，最为吃紧，只愿早日和平解决，方为善策，未识得能如愿否也。

廿五日甲戌 早至未，阴、晴；申时以后均阴。晚刻，达云母舅及翁子俊、陶刁谦、汪伯端、周载熙、周醉香、子权诸君来叙至晚而去。言及海门戏园又将重开之说，未知果否，言非子虚，则海门又多一层化费，海门以及附近诸处大受其累不浅耳。前山西巡抚丁衡甫中丞宝铨为水利副总裁而不就，可谓难得，现居上海，作林下散人。

阅六月二十日《申报》纪“青岛之近状”节云：“《字林西报》云：昨日早间有侨寓青岛西妇及孩童二十馀人乘沪宁快车抵沪，该报访员即向探询青岛一切情形，据言，妇女寓青岛者仍属不少，且有英妇数人亦在其内，惟大约日内归来上海者必多，或全行迁归沪地亦未可知。青岛现在预备战事，非常忙碌，市面停涩，自不必言，工商各界均协力相助，以备守御。亨利希旅馆中之大舞台以及前面大厅已暂改为行医之所，计可安放病床八十，其弹子房则改为外科医室。该地所有粮食现时格外节省，以应将来之需求，甚至电汽车不许跑出租界之外，盖欲用以巡守要津也。华人之居青岛者殊不自安，该地政府现筹种种方法使之安居不动，尝闻德人对华人云不怕不怕，然华人之乘汽车离去者为数已属不少，均有一定之限制云。青岛港口之戒严，前星期即已慎事布置，港前灯光一概熄灭，甚至星期四夜各寓所以及旅馆亦均不许点灯，于是，青岛全在黑幕之中矣。即德国舰队即于星期四晚间全行开驶出港，翌晨炮声隆隆，或问其故，则以水兵试演为答，直至星期五晚，该舰队尚未旋港云。俄国义勇舰为德舰哀姆登所获者现仍拘留青岛，惟该舰上人员及搭客均已送往济南府。”如是所云，德、俄已在青岛开战，深为至虑焉。

中国已宣告中立。阅六月廿二日《申报》纪：“英文京报论中国中立之难点”节云：“我国此次宣布中立，外报颇批评及之，兹录以供参考。英文《北京日报》略谓瓯洲各国交战，其中不免有交战之国侵入中国领土，假此以苦敌人者，中国由日俄战争之经验当深悉中立之难。此次战争虽可以供人侵害中立之机会较少，然青岛实为可注目之问题。论中国之能力，颇似瓯洲之弱国，不能自全其中立之义务，今既已宣言中立为正义之要求，则其如何维持之法，不得不详为讨究。如中国自问：对于各国侵害其中立之举动不能积极的有以制止之，则莫如其事后向于各国要求相当之赔偿，而于事前则无须严加干涉也。且吾人于兹所认为有可研究者即为中国中立，究竟现在已否为人侵害之问题，如以日内所传青岛军队使用中国苦力之事视为确实，则中国似已不能无所干涉，然为之解者或以此等苦力居于青岛非属于中国主权之范围，此则系于人民自由之权利未曾重视者也。至于今日此问题或无暇详为讨究，然愿中国于事后要求赔偿之时犹能记忆之。又据英文京报所论赞美中国宣告中立之正当及中立条规之详密，然其中所视为可成疑问者以为关于《庚子和约》中所载各国使馆护卫兵及天津山海关间守备兵之一层，据中立条规所规定，此等军队不许加入此次战争，而他处所驻在各国军队似亦适用此约。惟此中似有一法理问题存焉，缘《庚子和约》实以各国使馆区域及北京山海关沿线视为各国共同防守之范围，英、法、俄、德等国因皆参列于此约者，若此次战争使各国共同联合之团体竟至解散，则中国共同协约上之义务仍然存在与否，实为问题。如其竟不存在，则其不适用之期限，惟限于战争之期限内与否，亦为问题也。次之，所视为可疑者则为主权所在之领域，如青岛即其例也。英德交哄，英国不能无意于青岛，此固吾人意料所及者。若英、德为争青岛而至于海战，则中国领海求其不为所侵犯，其事最难。而中立条规固明之有'交战国不得于中国领土交战'之规定也。然则欲使其规定发生效力，中国将以何法御之乎？凡此数层，皆于中立条规中所视为可供研究者，愿吾国政府及人民其三思之。"如是所云，更为致虑焉。

是日《申报》又纪杂评"新战国策"节："今日之战国可谓极纵横捭阖之能事矣。其大者，非秉齐秦之态度即具韩魏赵之策略，决谋运智，各尽所长，而小弱者介乎其间，最难应付。齐伐宋，宋告急于燕曰：'取秦，上交也；伐齐，正利也。尊上交、务正利，小国之所宜有事也。'今瓯洲小国亦每每卷入战争漩涡中，岂皆所谓尊上交、务正利者耶？特为大势所趋驱迫焉耳！抑记者更有慨。赵恢语赵王曰：'伐齐未必利也，而越得乘其弊以霸。'今之欲乘弊以图霸者亦大有人在，此殆又战，势所趋必至之公例欤？当今时局一大战国耳。"以战国比之，正其宜也？否也？

廿六日乙亥 晴。又未下雨，农民待泽甚切，敬求上苍速降甘霖，是所至幸。晚刻，陶寿翁来邀至其府上，晤梅五、楚卿，言海门已经设坛求雨，本镇亦将设坛，定在七月朔日起求雨云。并言董道胜统领字耀庭，被匪打毙在仙居，其柩将至海门由县知事，邀同各人致祭云。

廿七日丙子 晴。今日又未见雨，农田旱燥，急求上苍速惠甘霖，是所至幸。蔡鹤亭于晚刻来。送董统领挽联已经书就，其对语云："一旅独奔驰，誓克日荡平悍贼，保我台疆，何期临难捐躯，英武直追陈勇烈；两区齐痛愤，当时[1]固守穷城，歼其巨寇，从此闻风匿迹，威灵犹感董将军。"按：董道胜系青帮枭匪出身，投诚大清，曾保显秩，

---

① 据上联，"当时"前疑脱一字，如"忆"等。

又入民国充金华统带。现虽如是结果，亦其至幸耳。上春省中分划军区，将仙居划入金属，自董统领毙命之后，亦将仙居转划台属矣。

廿八日丁丑 早至辰，阴；巳时以后均晴。惟亥刻闻雷声，大有雨意，求上苍速降甘霖，是为至祷。叶鹤亭因偶染足疾，即于晚刻去矣。今《申报》未来，不知外事若何也。

廿九日戊寅 子、丑刻，雷雨，正是“久旱逢甘雨，他乡遇过知”；寅时以后至戌刻均晴；亥牌又见雷声。急求上苍再降甘霖，是所切幸。女媪自黄城来，言外甥孙染恙已经多日尚未痊愈，余明日亲往探视可也。接李特夫兄一信，随即致福特夫一信，交其来人带福矣。本镇即于今日起禁止屠宰，即就集圣庙设坛，明日起祷雨，翼格神佑，速沛甘霖，以慰农望，是所至幸。周冠卿先生于晚刻自海门来。

第四十五章

甲寅(1914)七月初一日起

七月初一日己卯　晴，连日望雨最切，近处禾田已成白地，急求上苍迭沛甘霖，以慰民望，是为至幸。致眉甫先生一信，托王俊卿兄代为递交矣。早刻，同冠卿先生至黄诚王仲达处，晤其昆季等，互叙一刻。而童醉春先生言，仲达郎克淦因服药夹杂，以致愈翻不一，今日较昨日稍愈。彼之医生颇多，药性亦难捉摸，所以迟迟尚未就痊。但童醉春先生于小儿科一门，最为精明周妥。即达亲母，重托醉春先生诊治，定能渐奏肤公也。

初二日庚申　晴。早刻，至吉人先生及子裳老伯两处，均相叙一刻而别。少顷，朱益敷先生、王吉人先生、江梦生先生来叙，席散至晚而去。益敷先生言，日本致青岛德国政府之爱的美敦书，要求各节至阳历八日廿三号止，而不允诺，即与开战云云。青岛一隅，日人又要开战端，致牵全局，深为致虑，不知何日能已也。外国之爱的美敦书即曰战书耳。

初三日辛巳　晴，西北风颇大。早刻自黄严动身，乘舆至长甸，道过浮桥，均是咸潮。昨夜之潮较前之潮加大数倍，以致路中均是潮水、潮泥。日将向午，即抵洛卿丈公府上，晤蕙夫、克明两表叔，相叙过午膳后，同克明至祝再先生处，晤叙至晚。过晚膳后，转至洛卿丈公处，相谈一夕。是夜天已护云，无如西北[①]加大，而云即散，心为焦急耳。

初四日壬午 晴。晚刻趁黄岩小轮至黄城，时经下午四句钟，路晤陈训甫兄，同至仲达处，晤池少衢，相叙至晚。训甫于晚膳后而去，言克淦之病今日渐愈，深为至幸也。

初五日癸未 晴。晚刻同周冠卿先生至羽山洞少坐，一路看潮水弥满沟渠，至羽山之北，田中积潮皆满，现值久旱，又加咸潮平积，晚季稻禾已去，即明年田禾亦深致虑。随道至十里铺陈家岳母处，晤子春、仲善两舅、训甫兄，互叙至晚。但仲善尚染恙未愈。

初六日甲申 晴，至夜见雨而不大，"久旱逢甘雨，他乡遇故知"，深为至幸。早刻至训甫处，过午膳后，梁槐卿兄来叙至晚，转至岳母处。但梁槐卿系许卓敷先生外甥，前在杭州中学堂毕业，亦十里铺人。

初七日乙酉 晴。晚刻，王岂凡先生来与仲善看病，留宿。晚刻，岳母设席，余与岂凡先生及槐卿、训甫、子春、仲善诸君相叙席散而别。

初八日丙戌 晨初，雨，一阵即晴；以后均晴。王岂凡先生自早刻去。但岂凡先生，柏岙人，医道最为高明。

初九日丁亥 晴。余韶圃先生来与仲善诊治，但其疝气之症须以渐渐就痊，非急而能治。彼由黄城，仲槐兄请其与夫人看病，就道而来，过午膳后而去。但仲槐兄之夫人系长旬陈煦皆先生之令妹，言其螺洋田水现尚未缺，近日得能甘霖迭降，晚季尚歌大有，急求上苍能即随民愿，是为大幸。

初十日戊子 辰初刻，雨，一刻即晴；以后均晴。早刻，自十里铺动身，至午抵家。冠卿先生亦与同来，一路看，自黄岩至三山以上，禾苗尚青，田均白地，自三山以东至家子，田白、苗黄、叶卷。本镇已于

---

① 疑缺一"风"字。

今日祷雨，阖地人户均至各方求祷甘霖，急求上苍迭沛甘霖，养活苍生，是所至幸。稻苗青者雨水即能满足，尚有七八分收成；苗卷者，雨即能足，亦有薄收；若苗焦者，雨即能足，只恐无收，深为至虑。外荡之棉花亦被潮进，无望收成，急见喜雨多霖，尚为至幸。私心沐祷，未识得随所愿否也。家祖母苏太夫人节孝坊已于今日起工，就黄氏宗祠为作场，西首凤翼三间亦于今日起工矣。晚刻，至宗祠一走而来，过周梅翁处，晤孟东，言其乃翁染恙未愈。

阅七月初六日《申报》纪德皇十九号致胶督电云："尔等须尽心竭力于胶州之防备。在胶德军心甚坚，闻本国捷报益踊跃，妇人有不出境而自愿入红十字会者。美领事亦独不出境。"是日《申报》又纪："阳历二十三夜，英舰在青岛海面击德台一炮，不中而退。昨电误为德台击英舰。"是日《申报》又纪："潍县至莱阳交通已断。"是日《申报》又纪："日军刻正轰击青岛。"又纪："东京电云：今日正午之后，全城各报散发传单，谓德皇命青岛戍军竭力抵御日本攫夺青岛。此信仅引起稳静之感动。明日正午，东京将开炮一响，报告日本已向德国宣战。内阁枢密院陆海军各员，连日均开会议。内阁已规定用兵规则，将于阳历八月二十四日宣战。官报海军总司令尚未简定，日本各报对于美国曾疑日本致爱的美敦书之主意一节，殊深差异，此间现信。寓美德人运动排日，以期鼓动舆情，至开衅而后已。惟官报及各大报记者皆深信美日人民感情颇好。首相大隈伯爵面告路透访员，谓有公文证据可以表明，英国会曾赞成日本之完全计划。东京接北京电报，谓驻华德使正将与中国外交总长签定关于青岛之条约时，而日本政府宣布决议。中国外交总长乃不允续商一切。"以上所云各节，以致牵连中国，未识即能清了否，深为至虑焉。

阅二月廿九日《申报》纪杂评节"中国之战"："各国今日多有战事，而我谓中国亦在交战之中。唯我所谓交战者，非如各国之炮火相见也。内债能战胜外债，外忧能战胜内乱，爱国之心能战胜自私自利，振作之气能战胜偷安之念，保国之念能战胜保位之念，胥在今日之交锋矣。”所评极雅，恐非其时，惜哉！

阅七月初一《申报》纪杂评：“中立之难”节：“呜呼！中国中立之难，意若是乎？中国为严守中立，故不干涉青岛，而人乃曰中国于青岛可施主权。今一任德人之备战，是已自违中立也。设以青岛为我有主权，故而收受德人之交还，则人又曰不能收受。青岛于平时而收受于德人，危急之时，是中国破坏中立也。此二说见昨报专电与路透电。青岛不交还，则一方面必攻青岛，攻青岛难保不碍及中国。于是一方面又将起而责之，曰中国不能按约行事，不能保守中立，中国应有之权利义务，是又自犯中立也。由斯以言，则中国无往而不违背其中立，吾不知今日所谓严守云者将从何处严守耶。呜呼，难矣！”所评中国中立情形，竟如是耶？否耶？是日，《申报》又纪：“北京电：归德电局夏邑境之韩德口被匪占，防营失利。”按：夏邑县系河南省属。又纪：“白虽歼，馀匪势尚猖狂，据前敌报告，宋老年等率股八百馀人在信阳附近滋扰。”即各处又复不少。外事如斯，内患亦如是，早得安谧，深为至幸。倘非速为和平清肃，民无安枕之日，深为至虑耳。

十一日己丑　卯时，雨；辰、巳刻，晴；午时，雨；未至申，晴；戌牌，雨；以后，阴。虽经下雨三次，均不大，而又细。急求上苍汪霖迭降，是所深祷。栅浦于今日祷雨，至本镇时经下午时，至大桥头接水，晤达云母舅及翁子俊、周载熙、黄道周、邱玉堂诸君，相叙一刻。倪寿生亦来言，周梅翁染病又增云云，即同子俊至达云母舅府上少坐。值永义相言李鹤亭与梅翁看病，言其已笃，随至海门去矣。来值陶寿翁、汪伯端在家，晤叙一刻，言习谦之岳家送满月菜来，邀至其家相叙，席散而来。曹公嘉来与翼亭言，昨夜有土匪至道头，约有数十人之多，随通知徐福生请其夜间蜜[①]于巡防。陶寿翁云，镇守使与统领颇有意见，未识果然否也。

阅七月初七日《申报》纪杂评“瓯洲第一次大战”节：“何谓大战，

① “蜜”，当为“密”之误。

盖以前之战均德与比战而已，非与英、法、比之联盟军战也；以前之战，仅为德军假道于比之战也，非为其攻法之目的战也；今此次之战，德与联军交绥矣，已越比而在比、法之交界矣，故曰瓯洲第一次大战。”如是所言，德与英、法、比已开大战。各报所言，胜败恐有不实、不尽之处，想再后之消息方有真确也。

阅七月初八日《申报》纪杂评“瓯洲战事之教训”节：“瓯洲战事，足为我人感触者，兵之死伤多于平民，将官之死伤先于兵士，非若中国屡次革命与是适相反也；每一大战，兵士之死伤者必以数千数万闻，而平民之死者未闻有是也；每一大战必有大将或伤或死者，如塞子太子、德之太子、德之两军长及统率禁卫军之亲王，均是身先士卒，胜而或伤或死，非若我国之先败而逃也。”如是所言，论中国与各国情形大约如斯，深为我国为虑。只愿继起诸人以国事为事，奋发精神，力图自强，是为至幸也。

十二日庚寅 子至卯刻，雷雨最大；辰至未，晴；申牌，阴；以后皆然。叨天福佑，半夜之间，雨泽敷足，深所欣幸！仰见上苍养民而无偏视，是所深感之至。自此之后，约有半收，万民即可深幸也。早刻，倪寿生来言，周梅五于寅刻作古。按：周梅五名定和，系宅西公长子，少年亦好冶游，壮捐同知职衔，充当本镇保甲董事，于光绪甲午带靖海团，半载而散，后亦在地方逐队经事。宣统辛亥革命之后，为临海区官，壬子正月朔起至癸丑四月止。以后日夕多病，今则逝世，年已六十有三。长子孟东，性好奢华；次子尚幼，未识能得箕裘克兆[①]否也。早刻，至陶寿翁府上，晤卢槐士兄，相叙过午同来。适子俊、载熙两兄亦来，相叙至晚而别。

阅七月初五日《申报》纪杂评“东亚三前途”节：“当𡚁塞龃龉之始，人咸盼望战祸之仅限于奥塞两国，未几而蔓延全瓯矣。于是人又盼望战祸之仅限于瓯洲，未几而蔓延至东亚矣。于是人复盼望战祸

① “兆”，当为“绍”。

之仅限于青岛。夫战祸之所以延及于东亚者，以青岛在德人手也，各国与德为敌，故而青岛宣战非与东亚有所仇也。非与东亚有所仇，故战祸决不及于青岛以外。然各国对德之国交既破，则凡德人所在之地，又难保枝节之不生。如前日《字林》报谓日本照会奉天德领事，令即离境。昨日《大陆报》谓俄使照会我政府，如不调停，俄将攫取德人汉口之利权。此两说果确，将来奉天、汉口之枝节也。战国足令中立国受害，枝节亦令中立国为难。我故不仅盼望战祸之勿延于青岛以外，尤盼望青岛以外之不另生枝节也。”如是所云，各国战争情形大约如斯。私心祷祝早日和平，深为欣幸。

又阅七月初九日《申报》纪杂评“交战中之新发生事件”节：“此两日间，过去之大战既已过去，未来之大战尚属于未来，故战局无大变动。而战局之外则又有新发生之事件，如奥国之于日本宣战也、土耳其之急治兵备也、法国之改易内阁也，皆与以后之战局有密切关系者也。”现在，各国自开战局日有枝节横生，终非人民之幸福，尤望和平解决为幸多矣。

十三日辛卯 辰时以前，大雨淋漓，各处河渠均沾富足；巳至酉刻均阴；戌牌，雨；以后均然。叨天福佑，迭降甘霖，小民深受无穷之幸福也。至章子修兄一信，交邮寄至黄岩前宅。晚刻，翁子俊、陶习谦诸君来叙至晚而去。前托何蓉江代买吕宋烟四盒，均已买来，计洋三元八角。

十四日壬辰 阴、晴、雨不一而去[①]。晚刻，卢槐士兄来叙少顷。但周梅五姻长即于申刻大殓，昨日周延梅出柬邀余助祭，即同卢槐士兄至其府上，晤陶寿农、黄道周、黄心斋、邱楚言、李舜卿、周作羹、陈禄孚、周建西、周载熙、汪伯端、花梯香诸君，同行致祭毕后过晚膳而来。当时与诸君晤叙时，言及少裳兄已于昨日移住黄城去矣。

阅七月初七日《申报》纪“科罚烟犯之准则”节云：“上海县知事奉

---

① 当为“不一而定”。

江苏巡按使公署通饬云，案：照烟案罚金，新刑律业经订有专条，各知事对于所获贩毒、私吃各烟犯，务当按律执行，不得于定律外任意苛罚，致启假公济私之渐，且所科罚金务于按月禁烟报告表内详细登注，亦不得隐瞒疏漏。其或有特别情形，及拿获大宗土烟土，非重罚不足以惩者，即当专案详请核示办理，不得意为轻重，私自执行。除通行外，合行饬知该知事遵照办理，勿稍玩忽为要。"现在查禁烟贩吃烟之私行取饱囊橐者，想有此示文，不知能得遵行否也。须有是责者认真办理，是为大幸也耳。

十五日癸巳 日，晴；戌刻，月食；亥刻，雨，少顷即晴，阴，所谓还光雨也。家君背生一疮。早刻，致羊有龄先生一信，饬祖元送至海门达贯堂，请其诊治。早刻，有龄先生来，家君即与其看后，据云疮本不要紧，系生于背，非即可就痊，须待十馀日可奏肤公。但外科一道，有龄先生可谓高明，既云如是，定能逐渐痊愈耳。早刻，至楚卿处，晤吴玉翁、卢槐士两君，相叙一刻。楚卿相约至陶寿翁府上，互叙半晌，言栅浦、三山两庄嘱其取资经费设立保安队，各两棚，倘能同行设立，则六庄、江岸一带可得安枕耳。

十六日甲午 阴、晴、雨不一而定。晚刻，至陶寿翁府上，晤许吉轩、皮申甫两君，互叙一刻，就道至吴玉翁处少坐而来。当今之世，各国战争之候，未入战线之内，人民幸中之幸也。阅七月十一日《申报》纪"英报潍县通信"节："英文载《北京日报》云：山东潍县特别通信言上星期六之夜，德国驻守青岛军队将该处所有高峙之烟筒及其他建筑物均自行炸毁，以防敌舰用以为发泡之准的，此可谓极防守之能事矣。今该处灯塔已毁裂。其一外人之桥居此地(即潍县)者，虽以该县距青岛有一百英里之遥，当此项消息未到之先，已闻爆炸之声，而悬论及此。迨至揭晓之后，始知当日可怖声音之远届潍县者，洵非虚也。又据一可靠之消息，谓德国驻守青岛军队除将所有林木斩伐净尽外，并将某村落毁为平地。该村落之位置实靠近防御线以外较为平坦之地峡，大约将来陆地战争必邻近此地峡间矣。至所有其地之妇稚，均于上星期六搭载轮车离开青岛，其留者除服役红十字会之妇人外，尚有英国妇女三人。美国领事裴克君仍留驻青岛，以监守该处美、英、法三国之利益。至副领事芮密拉已携带领事馆文卷于上星期六赴济南府矣。”如是所云，附近战线之居民，其苦上之苦，难堪言状，闻者深为浩叹。只愿青岛干戈化为玉帛，为幸多矣。

十七日乙未 晴、阴、雨不一，大约雨多，阴、晴少。秀卿先生于早刻去。日昨家君邀羊有龄先生医治背疮，未能见效，即于早刻邀张迪先生诊治。晚刻，迪先生来言，家君所发之疮颇沉，幸时不久，尚能易于医治，亦需时日。只得顺手就痊，是为至幸。

十八日丙申 辰牌前，雨；以后至晚，均阴。连日东北风最大。张连生于早刻去。家君之背疮仍然如昨，想能逐渐就痊，是为至幸耳。接何霭翁来柬，其令嫒定于九月初四日出阁。

十九日丁酉 风静，辰前雨晴，至晚均阴。晚刻，至徐福生处少坐。福生言，欲合同黄义臣哨中至涌泉之中岙追剿土匪，云此亦能战能守之义，最为善也。家君背疮仍然如旧。张笛生今尚未来。适俞新吾至楚卿家之便，请其诊视，随敷上药粉，初则舒展，至晚更痛。随换张笛生之药粉，明日再为转请。想能渐痊，是为至幸。

二十日戊戌 阴、雨不一而定。致丹庭兄一信，交翼亭代为带申。家君之疮仍然如昨，加之寒热，小便不长。再邀叶石甫先生诊治药，药下，不大见效，拟请王岂凡先生珍视外科。张迪生先生亦于晚刻来，内外并治，定能渐奏肤公也。

廿一日己亥 阴、雨不一而定。致王岂凡先生一信，专老二送投，请其惠临，与家君诊视。想风大，明日可来。家君背疮今日稍静，想可逐渐痊愈，是为至幸。接章子修兄一信。

廿二日庚子 晴。家君背疮今日已出甘浓颇多。迪生先生言有把握，自此之后。即可渐痊。但迪生先生因要旋里，言廿四日准来云。请王岂凡先生于晚刻来，即与家君诊视，言无大积疾，即可痊愈。现饮食渐加，深为至幸也。

廿三日辛丑 晴。家君背疮出浓颇多,恐非急于完工,须逐渐安痊。自吃岂凡先生药剂之后,饮食渐加,小便亦长,自此之后,可以只顾疮累一面而已。陈仲善兄来言,至京留学,挽留相叙数天。晚刻,西山老二自长甸来,言陈祝再姻长于廿一日晚刻作古。以此想之,人生空甚。忆自初三日至其府上畅叙,言谈颇为自若,不意半月之后,以至永别,深为怅然。按:陈祝再烟长讳鹤年,由监生加捐主事,指分农工商部广东清吏司学习行走,加员外衔,奖叙花翎。现年四十二岁。幸本年二月初五日得有一子,能得克绍箕裘,为幸多矣。

廿四日壬寅 晴。王岂凡先生于早刻去。家君之病已愈,饮食渐加。惟背疮未痊,想可渐奏肤公而已。

廿五日癸卯 晴。早刻,张迪生来,即治家君之背疮。浓多去后,颇觉清爽。此非急于痊可,据云须缓时日而能安愈也。请张迪生、陈仲善两君午膳,邀达云母舅、翁子俊、许眉甫先生、洪秀卿、周冠卿诸君陪客,相叙席散而别。张迪生言,妻产后致病,而去,说定准于廿七日再来。陈仲善至海门趁轮至上海,转搭轮车晋京肄业。现值多事之秋,远途跋涉,令人致忧耳。

阅七月十九日《申报》纪"战事盲谈"节云:"瓯西之战,信虽两方各有不同,然未有如今相反之甚者。德人谓德军之右翼俘敌万馀,获炮三百馀,夺旗十馀,敌退向巴黎,不相呼应。而英人谓击退敌人,双炮十二,而敌不敢犯。且两方均谓,已有证据。其实皆实,而先后不同欤。抑各胜其胜,各败其胜,而两不相涉也。然而两方尚在剧战之中,则可断言也。"如是云云,瓯西各国现方剧战,至小胜小败,一时难于评论。俟日后深有评定胜败而已。

是日《申报》第二张纪"战势力之盘旋"节云:"青岛战机发动于阳历八月十七之日本爱的美敦书决定于二十三日之德国无覆文,故当时论者以为日书期满以后,即日日在炮火相见中也。谓自二十三日至今,已阅十五日矣。而尚未见正式之开战,其盘旋愈甚,则其发也愈猛。多延一日开战,即攻两方面多一日准备,准备愈力,则攻与守之作势愈勇，而将来之战斗必愈剧烈。然则此十五日中，殆无一非作势之日。又因作势而牵及战国外之纠葛，要求、抗议，相继而起。是此十五日中，又无一非中立国困难之日也。虽然，此犹仅发难之始日也。”如是所云，则中立之难，今则政府受困，恐生意外之虞，则吾侪小民，深为至虑焉。

廿六日甲辰 晴。致章子修兄一信，饬老官送交邮筒寄至前宅。黄俊峰来，携有张丹翁一信。徐霭人先生来叙至晚，留宿一夕。言及彼处之保安队，楚卿之意急欲成聚，倘能设立，则西边一带可以照顾周妥而已。

廿七日乙巳 晴。致张迪生先生一信，饬老二送交，旋言其妻故，近日不能出门云。早刻，陈翼亭自上海来，接张丹亭兄一信，言瓯西风云急促云云。家祖母之节孝坊，其坊石已经买来，曾于月初开工，至功夫若干，未曾包就。今挽翁子俊兄、李舜卿兄两君代为包就。计工一千三百五十工，每工大洋二角，计洋两百七十元。即与王太贵老司已订合同，盟据两纸，各藏一纸，此一大事也。晚刻，陶寿翁言，生发背有分上、中、下，以下发背最重。消症亦分上、中、下，以下消最重。其受病之源，生发背确由消症起，因消症未愈，则发背虽能去腐生新，不易收口云云。家君亦于上年致有消症之病，据章屺堂先生言，系中消。今其背疮，据医者所云，亦是中发背，此言非子虚。现值去腐之时，俟至生新，再请屺堂先生诊治可也。幸已知受病之源，则医治可有把握也。徐霭人先生于晚刻去。

廿八日 丙，午晴。家君之疮亦仍如旧，想能逐渐就愈，是为至幸。

廿九日 丁未，晴。家君之背疮稍平，其色鲜红，惟浓颇少，深为至虑。张迪生先生尚未见其来，俟明日遣人专请可以也。

阅七月廿二日《申报》纪北京电云：“确悉日兵登龙口后，先至黄县，分向莱州、平度、潍县进发，将占德之石油矿”云。但该处又加大雨时行，该处百姓之苦，何可胜言。是日《申报》又纪北京电：“日兵在鲁省颇扰累，外交部已照会日使质问。”未识有效否也。是日《申报》又纪：“江西电局忽有日人往检查电报，详情待查”云云。此节未识果否，深为致虑焉。

现在之军器愈出愈奇，昔时刀枪剑戟可为利器；至顺治初年，则为红衣抢莫敌于天下；道光年间则有洋枪巨炮，尚有火药弹丸；至同治年间则有后膛枪，药弹做在一壳之内；自光绪初年以迄于今，后膛名目不一而定；炮有开化、有落地，开化亦不一而定；有机关枪、机关炮等名目，难于胜纪。今则各国战争，则有飞机，飞至数百丈之上即可抛掷炸弹。被掷之处，更为惨切。真是《封神》《镜花缘》之闲谈语言不是过也。再后数年，不知再有何等新名色否也。言虽若是，倘遇两国战争之地，人民之受苦深为惨切耳。

三十日戊申 晴。致张迪生先生一信，伤老二送交。晚刻，张迪生来言，家君之背疮，现已转机，即可渐渐就痊，若待收工，尚需时日，深为欣幸。王达夫兄亦于晚刻来视家君之背疮，言亦相若。从此之后，可以渐痊也。家君之消症不得不顾及，拟明日再请章屺堂先生诊治可耳。

阅七日廿六日《申报》纪太原电：“豫西土匪因连日官兵追剿，已窜至山西境内之平阳府一带，不功城池，专掠乡村，晋军已派兵赴剿”云云。是日《申报》又纪张家口电：“库伦政府现派兵在内外蒙交界处乌登地方，严设关卡，所有来往商人，均须受其检查。且入口货物亦须纳税。其税则毫无一定规则，如有私送贿金，亦可放行”云云。是日《申报》又纪济南府电：“据华人消息，日本步兵、马兵三千人，于阳历九月十一在高望及平度间前进发。尚有野战炮一纵队，行动于莱州府及平度之间”云云。近来如是情形，山东之日本兵如是登岸，山东大雨又复如是，四川又复大雨，以致歉收，如两湖、皖北、广东又复大水，各省土匪不靖，以豫南为最。当此之时，百姓之受荼毒者，深堪惨切耳。

阅七日廿七日《申报》纪北京电：“据十四日外交部官电，谓金海滨总督致殖民部大臣电文如下：战地陆军之副官郝恩培君报告德军软壳子弹事，谓软壳子弹所致之伤极为可怖。余偿见一人，其脚仅受一弹，竟全被轰去。余现已觅得膨胀弹三种，主任医员留存每种若干枚，并有从受伤士兵所取出者。瓯洲德人及土著咸用此种子弹，而犹屡谎言，竭力掩饰，使人不知其何从得此军火。足见德人未尝不深知此种军火为非法也。金海滨主任医员喀拉利巨刻在杜戈兰陆军任职，八月十七日报告如下：本医员等在军营中医治之伤，皆系大口径软壳弹所致者，此种伤势甚为利害，骨为之粉碎，肌肉之组织亦为之毁伤，刻已有一种受伤者，不深不用锯断法治之。受伤之敌人为本医员等所医治者，其伤处确与此不同"云云。所云软壳弹一层，非独向所未闻，即自古及今，亦未有人言及此者。今果出于战争之世，可见利器之新奇，愈出愈奇，未识至于何底也，是为之记。

八月初一日 己酉，阴。致章屺堂先生一信，请其来家与家君诊视。又致王仲达一信，嘱其代催，饬老二送交。旋言吉云兄请其看病，坐待，想于夜半可到。致娄祝三兄一信，系金荣托余代书，即交其带交矣。本镇谢水戏于上月廿八日起至今夜止，今日致祭神圣，即于早刻至集圣庙，晤吴玉翁、黄星斋、王云梯、邱遇琴、李舜卿、周作羹、周淑芳、周诗南、倪寿生、吴永义、周孟东、缪性言诸君，同行致祭毕，即恭送潘元帅至新堂。旋至集圣庙午膳后，过达云母舅府上少坐而来。管端甫先生来叙至晚，留宿。家君之背疮今日又稍愈，即可渐痊，深为欣幸。

初二日庚戌 子牌，细雨；丑时，阴；至晚皆然。家君之恙因日久未愈，用道士十二人求祷之，须叨神佑藉，得早日痊愈，是为至幸。晚刻，章杞堂先生同河清、习谦来，杞堂先生与家君诊视，言痰湿所发。张迪生先生所医之法最为得法。凡生发背搭手，若进清凉解毒之药，必至大碍。今家君所进药剂均是温补顶托，所以就痊亦颇易快，深为欣幸之至。今杞堂先生所开方药亦是温补而兼顾痟症而已，定能即奏肤公也。杞堂先生即转陶丽生去矣。

初三日辛亥 阴。管端甫先生于晚刻去。早刻，至陶丽生店，晤章杞堂先生、魏华屏两君，相叙一刻，言及吉云兄之病已有转机矣。晚刻，至吴玉翁及道周宗叔、星斋宗叔、邱楚翁诸处，均相叙半晌而来。在道周处晤吴桐洲兄，互谈一刻。现家君之背疮今得少愈，可以渐奏肤公也。

初四日壬子 子、丑刻，细雨；寅牌以后，均阴。晚刻，至子俊兄处少坐，同至达云母舅处晤少云，互叙半晌而来。少云言王子轩家放头聚赌最兴，连日已输数十元，其妻在场多话，即与其口角，忿恨已极，各以安慰数言而已。家君背疮亦与昨日访佛[1]，请张迪生先生，言明日可来。

阅七月廿九日《申报》纪“山东大水三志”：“据周村消息云，连日由黄县、掖县因受兵祸之灾，避难至潍县者甚多，然值昌邑一带水灾，遍地汪洋，进退不能，其惨切之状况直令人伤心惨目，不忍闻睹。又据东来者某君言，此次水灾为数十年未有之灾变。昌邑、潍县历年溃决，自不足怪。所异者潍县之白狼河至嘉庆年间曾为巨灾一次，至今百有馀年，未至泛澜若是。某君又言，此次自胶县来，西至潍县，见沿铁路两旁皆成泽国，老幼妇女呼号，惨怛之声直触于耳。铁路上轨之冲毁者已有六七处，自东来者皆用小摇车节节而至。水之最甚者以胶县、昌邑、潍县为最烈，平度、高密等县次之。据闻胶县淹没百馀村庄，昌邑淹没百馀村庄，潍县淹没数千村庄，盖东西三百馀里，南北百有馀里，在在皆浜水也。田园庐舍已尽付诸洪水澎湃之中矣。潍县东关外之广文学堂，系教会所立者，亦被波及。又闻自兼旬大雨后，潍县、高密两县河水暴发。潍县城西之小圩河、城东之白浪河堤防开决，平地水深一二三丈不等；高密则蔡家庄一带被淹数十里”云云。该处地近青岛，现值德国与日本开战，兵祸不远，又经如此大水，人民之苦深堪惨切，正目不忍闻，深为浩叹而已。

---

① 当为“仿佛”。

初五日癸丑 阴;晚刻,至李舜卿、周谱香母舅两处,少坐而来。祖元言陶寿翁与羊有龄同至彼家,随至寿翁府上,晤羊有龄先生少谈。前家君请其看疮之谢金,当面送讫。寿翁言,涌泉之中岙土匪聚集约计二三百人,专寻官兵战斗,真不成事体。幸仙居土匪已平,金寿山统领近日可至郡城,须急于征剿,可望敉平,未识张暄初如何布置,但欲速为剿灭,是为至幸。晚膳后至洪少琴处少坐,随至楚卿处晤邱遇琴、黄道周、王云初、蒋敬甫、邱楚言,互叙半晌而别,至家时逾二鼓矣。楚卿因近来土匪方盛,只以本镇保安队四十,恐难震摄,拟邀八村及赤山东诸处集资,再募两棚,以保治安。倘能速即成队,亦一幸事又言姚梧冈有京师高等检察厅检事之信云。家君之背疮仍然如昨。张迪生先生昨日言,今日早晚可到,至夜未来,不知明日能来否,深为念念。

阅八月初二日《申报》纪“山东蹂躏记”:“《大陆报》纪:十日莱州访函云,四日前有日本马队四百人、步军五千人、军械二百辆过此,或尚在省城,亦未可知。本日经过此间者,尚有数千人。鲁省北岸龙口及许汇庄两地,停泊日本运船约三四十艘,军队由该运船等上岸者,约居半数。有由该地来着言,村落之间,兵士极夥,途为之塞云。此访函能否达沪,殊不敢必,惟姑一试而已。近来邮务多受日军挪揄,据传邮者言,某地邮差送信时,邮袋为日军抢去,开验之后,所有函件东抛西掷而去。又有传言电讯机关亦已断绝,将来消息恐难外达矣。就居民情形而言,大有每下愈况之概,上等之家,均为兵士占据,而主人翁反驱户外矣。所有食物,苟其所好,攫取无忌,小鸡遭殃无幸免者。日来多雨,该兵士等衣服透湿,到此之后,即在民家高堂之中作火以烘。柴若不足,则椅桌以及可焚之器具,无不用以代薪烘衣、烧饭,沿途均是如此办法。此辈本可望其早日离此,不幸而霪雨未已,今且将在此耽搁一时矣。惊扰民居,掠夺民食,正未有矣。前晚,日军三千人到此,适大雨滂沱,该军士等由西门、南门进城后,即直入占据民家。妇女惊惶失措,狂奔于道路旷野之间,风雨凄凄,全夜未息也。闻有日军不许妇女他奔者，其家男人受尽恐吓。商学各界上流人物，均被勒逼，挑水运薪，伺候军人。有蔡姓者，此间官话教授，人极可敬，且受过上等教育，其家被占之后，其女欲逃，日军不允，蔡某远道冒雨求援于吾侪，然无如之何也。及返家时，见其门户重闭不通，忿急更不可言，幸其妻女已由墙中钻隙而出。据言该兵士等，现时仍在其家。自谓属于红十字会云此种情事，多不胜纪，以上云云，不过千举其一而已。莱州府城附近一带一恐慌现象，商店均已闭户，交易停止，米价骤增，影响贫民，殊非浅鲜。街道之中行人非常拥挤，第无商业可言耳。又闻日军要需牲口，强逼人民帮运军需品等种种，不可胜载。一兵向华警索取时计，不应而逸，即闻枪声随其后矣。惟该枪何向而发，尚未探悉。日昨有一队直入教会园中采食葡萄，挥之不去，甚至持枪相向。某医士与之争，该兵士等竞作瓯打之恐吓。现时妇女多已远避村落之中，闻某妇之家被占后，奔命而逃，误坠井中。或者故意自尽，亦是难言。探日本军队，并不携带军幕以及种种应带之粮食品，是其如何之蓄意也。又，十二日莱州访函云，此间外人皆闭门不轻出，免与日本有所冲突。昨访员言，因有事不得不入城，一行甫入城门，即为日本卫兵所拘，欲归寓而不可得，示以种种证据，亦不之信，乃为押至司令部，卒经一中国译员证明余非德人，乃得释。是城管理权已全在日本掌握，华官似无丝毫权力也。”该报如是所云果非虚，则鲁省莱州百姓困苦情形，难堪言状，深堪浩叹，是为之记。

初六日甲寅 卯前，细雨；辰、巳刻，阴；午时以后均雨。余栽有本山来心兰两盆，自栽植以来，不大得法，于三月十五日，余用黄泥转栽之后日渐焦燥，似有窒碍之景。今将泥头灰头捣碎，即将盆中之黄泥去净，随即将所捣黄泥粉换下，幸值下雨，不再加水，想能得法。至此想之，非是黄泥之故，所碍者在上春三月耳。凡山兰、建兰以及各等兰花，均是秋分之后移植为佳，切勿在于春月移植为要。是为之记。陶习谦兄之女择于今日作弥月之期，来柬邀晚膳。晚刻至寿翁处，晤黄义臣、王正标明斋、徐福生、黄楚卿、李舜卿、周孟东、周载熙、黄心斋、黄道周、陶河清、周建西、周作羹、黄少湖、蒋敬甫、朱永孝，相叙席散后，楚卿言涌泉土匪以及两百馀人，后膛亦将两百，在该处大为滋扰，而黄义臣、王明斋两君营勇及本镇保安队徐福生兄，及于今夜九句钟，分三路进攻。只愿速报捷音，是为至幸。但黄义臣、王明斋两君营勇及本镇保安队徐福生兄已于今夜九句钟分三路进攻，只愿速报捷音，是为至幸。但黄义臣、王明斋、徐福生三君均有宿名，定能马到成功，额手相庆也。

陶寿翁与其姑母建即孝坊，遣石工至温州打来样式，其款系是四柱通天，花亦颇多，横料字板均用青石，柱料仍然白石，石价约计三百元左右，功夫亦须百馀。前太渠老司为祖母大人节孝坊，向黄诚买来，连加顶盖，石价计洋一百九十元。以此相较，颇为便宜。未识建竖之后，何人为工。以余鄙见，坊系留名之古迹，总以地盘干固、笋头相若、字板深明为上，至花草粗细次之，未识高明者亦为然否也。至家时将二鼓矣。家君之背疮，今日又稍愈，想能逐渐痊安，是为深幸。所幸者当起初以来，兼剂均无错误，致可顺手耳。而张迪生先生初四日在泽裤阮寿德堂，言初五日准到，今初六日尚未见其来家，想金次卿兄再三挽留而不得脱身。今早，莘山船夫孔善来言，次卿兄肚生一毒，其症颇沉，昨张迪生先生代为医治，已将其毒放出，白色甘浓颇多，想能渐痊为幸。

余洁斋兄惠金鱼二十尾，均是四尾，黑者多，大者少。据仆人言，金鱼初生之子，色如水晶，数日后分有黑白两样，黑者多而白者最少。黑色金鱼至大须变为红白色，身尚黑者，其鱼尚未大耳。至黑而不变者，最为稀少。初生白色者，至大亦是纯白，或变为红白相间，亦是稀少。金鱼总以眼弹尾大为佳。为佳者，身又要短少①。至督令、文弹、武弹，亦其名色而已。每至年冬，外来售卖金鱼者，其鱼甚细，其色已红，皆是石膏水投下，金鱼吞食过石膏水，其色即能变红，所以过

---

① 当为“短小”。文中“小”与“少”多混淆，此以原迹字形为定。

目前能喜人。人能起眼，易于售脱。人不知其底组，卖来蓄至仲春，均至倒坏。即须如是，亦有药可解，其药不知耳。阅《花镜》中有养金鱼法，水中用沙，杂以枫树皮、白杨树皮为善，倘若有病，投以粪汁即愈。余于二十尾中，八尾與洪畴外甥，自留十二尾。连前惠来金鱼尚留五尾，共计十七尾。得能顺手而发，他日滋多也。

余看花中以牡丹为最，其种色台州甚少，大约粉重楼、紫平头两种耳。余所植牡丹均极细少，紫平头者计有三株，粉重楼亦有三株。三株中有两样，一是重楼锁腰，二是重楼之式而不锁腰，未识某种真是重楼，未得详考。余看重楼以中少、上下花瓣实而重叠为佳。但牡丹确在秋分日起至霜降日为止，可以移植，过此总为不妥。即《花镜》中所言亦然。大凡花木当春分后栽植，改为秋分后不佳。当秋分后移植之种，改为在春分后者亦然。至茶花移植最长，春秋均可移植。是兰花切不可在春间移植为要。今之素兰，种不得法，可谓明证。凡栽植花木之时，择日子中有栽种遇雨为佳之至。但移种兰花确须吉日，遇雨最为相宜。即各种花木移植者，亦是遇雨为佳耳。是为之记。

阅八月初一《申报》“皖属又报水灾”节云：“今岁皖北各属，始因干旱，蝗蝻遍起，以致秋收失望，米麦价昂，人民已不堪其苦。讵蝗蝻灭后，六安、泗县等处忽又大雨数天，平地水深四五尺，淹毙人畜无数，田庐屋舍亦多被淹没”云云。山东兵水为灾，如是之巨，而皖北又复如是，如今人事如斯，天心亦只如斯，小民之苦深堪浩叹。是日《申报》纪“青岛来电”一节言：“青岛业已开战，两军哨兵昨在白沙河滨之流亭及租借地边际距铁路东之基路密达通即墨之大道小战，预备队陆军中尉里特塞尔男爵系北京德使馆二等书记官阵亡。青岛德人阵亡者此为第一”云。如是所云，青岛现已开战，或胜或败，均非中国人民之福。而中国人民所私愿者，总望早日和平，是为至幸也。

文昌阁斗首本周梅翁，现梅翁已经作古，两会中各人即举周孟东为斗首，即于今日聚斗云。

初七日乙卯 辰晴，雨；巳牌，阴；以后皆然。接管端甫先生一信。张迪生先生自晚刻来，言家君之背疮已愈将半，即可逐渐痊愈，深为至幸。各处之生外毒者来恳迪生先生诊治，而迪翁均代一一敷药，诚至善之事也。

初八日丙辰 晴。前管端甫先生为其今媛与其同宗潘子祥兄为墙砖之事，余自代洋三元交其令郎带交矣。早刻至文昌阁，晤黄少湖、朱永孝、倪寿生、倪玉泉、倪子强诸君，相叙半晌。玉泉兄方至北岸来，言各处防勇调至涌泉与土匪开战，闻昨日已在涌泉之黄山前与土匪接仗，已毙匪二人之说。现匪逃至桐树山，听各防勇均已追至该处征剿，未识得能尽灭否也。周孟东兄今日聚斗，于早刻致贺，彼尚未至坛，未晤而来。午膳后，至吴玉翁及邱楚翁两处相谈至晚而来。张迪生先生于早刻去，言家君之背疮就可逐渐痊愈，深为至幸。但张迪生先生于外科一道，可谓高明，即各人请其诊治，亦均见效。凡学内、外两科，均要精明，非独藉酬敬以肥囊，并可积阴德于后嗣。倘若庸医者，造业亦巨，即索其酬敬，亦当有报之。

顷阅《解人颐》中有云："王百谷初任太和，一日坐堂，放告一士，公服昂然。而近曰一等生员告状，百谷敛容答曰：'三甲进士，不准！'胥吏无不掩口。"其言近诙谐，亦急志之语耳。又纪云："前明解学士侍文皇，尝谓曰：'有一书句甚难。'其对曰：'色难。'解即应曰：'容易。'文皇不省，曰：'既云易矣，何久不对？'解答曰：'臣适已对矣。'上始晤，不觉大笑。"此亦应对如流所为难，是为之记。

阅《花镜》所纪：瓯兰即是山兰，一名报春先，多生南浙阴地山谷间，叶细而长，四时尝青，秋发蕊，冬尽春初开花，有紫茎、玉茎、青茎者，一茎一花，其紫花黄心、白花紫心者，酷似建兰，而香尤甚，盆种之清芳，可供一月。故江南以兰为香祖，若欲移种，必须待土厚墩，方能常盛。种宜黄沙土，用羊鹿尿和水浇。若遇暑月，须每早浇以冷茶，尝移盆，四面晒则四面有花。冬月当藏暖处，经霜雪恐冻伤其盖。然较建兰，入窖则不必矣。又一种叶，较兰稍阔而柔，花开紫白者，名苏。凡花开久，香尽，即当连茎剪去，勿令结子，恐耗气夺力，则来年花不繁也。又纪建阑产自福建，而花之名目甚多，或以形色、或以地里、或以姓氏得名。其花，五六月放一干九花，香馥幽异，叶似瓯叶而阔大劲直。凡兰皆有一滴露珠在花蕊间，谓之兰膏，虽美，不可多取，恐损花本。花若年久苗盛，盛盆至秋分后可分种。泥须用黄土，预用措蕨草火将泥煨过方用，分时勿惜小费，必击碎其盆，将竹刀先剔去其旁土，缓缓解折其交结之根，毋有拔断之失。然后逐篦蘗取出种年腐卢头，方用新盆。先将瓦片填底，后以冻过土覆上，即将三篦蘗之，互相枕藉，作三方向而种之。上覆瘦沙泥少许，浇清水一勺，以定其根。兰根香甜，蚁最喜食，多做窠其上，以至根伤叶瘁。须置一浅盆坐水，使蚁不能渡。若页上生黄白斑点，谓之兰虫，用鱼腥水洒之，或研大蒜和水，或蚌水，以白笔蘸之拂洗叶上数次，则虫自无矣。如梅连朝则水太多，一过烈日，热蒸则根必烂。须移阴处。养兰诀云："春不出（无霜雪冷冻之患），夏不日（最忌炎蒸烈日），秋不干（多浇肥水或豆汁），冬不湿（宜藏暖室或土坑内）。"其法尽矣。兰花得其清气，牡丹得其雄壮之气，余所种爱也。至盘拆之花，人所做作，非余之所好耳。

初九日丁巳 晴。家君之背疮又稍愈，似将满肉，即可就痊，深为至幸。陈子寿兄于晚刻来，言至海门有事，少坐而去，言明后日转来，未识果来否也。陶寿翁于晚刻来叙一刻，言此次海门黄义臣之防营及保安队又统领之勇，约计三百馀人，至涌泉剿匪，不意匪早一刻而逃。少顷，而官兵已到该处，尚有馀匪五人至人家奸淫。初匪去时，因官兵速来，未及吹号。而淫匪不得而知，闻官兵号令，该匪误听匪号而出，偶然而出，随即被获，当即枪毙一匪，其中两匪解交统领。又二匪其地方绅士欲保，此台州恶习也。地方有势利之不正者，遇匪代其包护，藉得谢金。匪若被获，又出而抱释，此等劣绅，何易养匪、容匪，其过恶于匪徒，深为实恨。现各营兵勇均追匪迹，未识得能大获胜仗否也。

余载有玉兰三盆，两盆已大，一盆尚小。其中一大盆，叶早憔悴，即于早刻移植各盆，看其根多煤烂。想经转移，可望得法。又一大盆，余固其尊不能相对，亦即转移陶缸，根泥甚落，为识即能复盆否也。但玉兰香味颇浓，而无盘拆，人家多载数盆，亦颇清趣。惟其易发，冬令收藏，颇为费事耳。晚刻，二头来，嘱其购买双料广嗣金丹一盒、吕宋烟两盒，面交英佛七尊，彼言至家延搁一班，十七日班期去申，屈计至廿三日可以到埠云。早刻，应子能先生来，言伯寅宗叔请其看病，叙过午膳后而去，言伯寅之病，人甚虚寒，以至肚中作痛，非一时可以痊愈，须至渐有攻效耳。

阅八月初三日《申报》纪德国与英、法、比、俄等国联军开战以来，据旧金山电云，德军至阳历九月十四日止，死、伤、被俘者共三万五千人，而德国所俘之敌兵三十万人，内有英人九千、法人十万、俄人十五万、比人五万。是日该报“时评”节纪“战事盲谈”云：“据德人言，俘敌之数已及三十万人。据英人言，此次大战已历二星期，日战死者约七八千人。据英、德两方言，此次战线约百馀里。据英陆军部言，此次战局须历十八个月始了。以前三事论，其钜、其烈，均为历史以来所未有；以后一端论，其期之短，亦以前大战所未有也。因是以知，世界日进，则为力愈大，而费时愈少，即战事亦然也。”此云外国事也。

是日《申报》纪北京电：“日兵约一万，内有十五日上午由津启程之关兵八百五十，由金家口上陆，十七日兵占胶县车站。后捕获旅客列车，在车之山东铁路督办亦被捕云。”此中国与外国交涉事也。是日《申报》又纪：“洛阳电：丁、宋二匪经奉天骑兵围在怀庆府进剿，后刻又渡河南下，在汝宝一带召集亡命设卡，分防清乡局一无所为云。”又纪：“南阳电：尹老婆所率一股，前已窜至鄂境枣阳，现又回窜西坪云。”是日《申报》又纪：“张家口电云：口北悍匪屡次掳我边疆云云。”以此所云，外事如是之裂、交涉如是之棘、土匪如是之扰、边疆如是之迫，天时人事如斯，吾侪小民深为致虑焉。

初十日戊午 早至未刻，晴；申牌以后均阴。晚刻，楚卿、槐士兄来，言及今黄义臣、徐福生、王明斋诸君至北岸拿匪，幸均顺手，已得胜仗，亦地方之福也。晚膳后，至尚德小学校，晤眉甫先生及王俊卿两君，相叙半响。但眉甫先生染恙初愈，而面色极次。邀请子能先生代为诊视，定可加餐耳。就道至楚卿处，晤蒋敬甫、黄道周、王云梯、邱遇琴诸君，相叙半响而别。敬甫言，心斋欲于冬季仍办保枪，但保枪之事，须由浙江水警总署王载卿兄加札，现彼托伊转托洪宇卿代为运动云云。闻冬季保枪之出息尚佳，而其卑鄙要求，亦人所不堪也。

阅八月初四日《申报》纪"日德流言"云："古人有言：'中立而不倚强者矫。'是故中立固强者之事，而非弱者所能也。方中国之宣告中立也，人每谓中国政府亲德而排日，及至日兵龙口上陆后，而德人又谓中国政府与日本有密约。盖日人之言，恐中国阻止日兵之上陆也。德人之言，为中国不阻止日兵之上陆也。然而阻止不阻止，必有强力以为后盾，则其言始有效，而人乃服从。若中国之弱者，则左右为人交谪而已。故曰：中立者，强者之事，而非弱者之所能也。虽然，不中立者，亦岂弱者所可能耶！中立之弱，受人破坏；不中立之弱，其言不仅破坏而已。是故流言不能免者也"云云。如今之中立，与前明福王立南京时，史相国言"划江能战、而划江能守"之意相若也。

十一日己未　晴。家君之背疮今又稍愈，惟修功须需时日为妙。早刻，至集圣庙叩神后，过黄氏宗祠，看石工做家祖母之坊石，已见粗配，其料石尚佳，赐买价值亦颇便宜。晚刻，子俊、载熙、子权、少琴诸君来叙至晚而去。晚膳后，至辅香之永顺行中，晤缪性言、伍菊香两君，相叙半晌而来。至家尚未二鼓耳。十里铺陈家价来言，岳母染恙颇沉，即遣女媪问讯，未识得已痊愈否也。

阅八月初五日《申报》纪云南府电云："法人之休假者已奉法领事之命，忽遽离此，因河口发生事变，恐铁路将中断也。"所云如是，则河口又起事端于不远，正是"一波未平，一波又起"，小民之苦，何可胜言耳。

阅八月初七日《申报》纪"领空"节云："领土内不容他国军队侵犯

也，于是有所谓领土权；领海内不容他国军队驶入也，于是有所谓领海权。今之战事于用军队、军舰外，又有飞行机翱翔于空际，于是乃有领空之名词出现。领空内不容有他国飞行机飞行，于是乃有保全领空权之献议。虽然中国之领土、领海已纷纷侵入而不能保，故所领土与海之权已成为空权，亦可谓之'领空'也。况兹领空之势，更难避飞机之侵入，则所谓'领空权'者，真空之又空也哉！或曰，中国之权无一不徒拥抱虚名，一切皆作'领空'观可也。中国之情形，非独领空之成空，甚于此者非独此止也，悲哉！"

余栽有建兰，本有土盆，曾已有年，自后送仲达及陈范若先生各两盆，尚存七盆。内有一盆最旺，嘱花匠亦鉴分作三盆。又有两盆颇旺，各分两盆，共计十一盆，以供夏日清香，亦一韵事耳。但花中以建兰足可清趣，倘有素心者，更为至秒。惟盘拆各花，诸多俗气。时届中秋，能得各种美菊数盆，聊堪解忧耳。

十二日庚申 晴。张迪生先生于晚刻来，言家君之背疮已愈十之六七，随敷新药，至此可以就痊，深为至幸。达云母舅及翁子俊、周子羽、汪伯端、伍菊香诸君于午膳后来叙，至晚而别。言及此次保安队至北江剿匪，今尚未来，闻其追至金洞坑，已经四散。目下虽云安谧，只恐兵旋匪聚，深为至虑。子羽言，此次若不剿灭，北江之谣传恐成巨患。全靠一番征剿之力，即或日后有聚，又去剿灭而已。总而言之，本年苏州遣散各营，遣发旋台，及台州裁撤防营水师，裁去者共计五六千人。人若当兵之后，无人管束，能得自谋积业者，十之一二，在地方上滋扰不堪者，十之二三，在家坐困者亦十之一二，馀则游手好闲，吃食已广，进账已无，流入匪类，亦意中事耳。

阅八月初五日《申报》纪："阳历九月二十号即阴八月初三日，赣垣于是日八句钟时，忽然天空下雪，鹅毛片片飞翔空际，其时日光甚大，坠瓦融消，历四十分之久始止。众人聚观，时有人谓前光绪乙未年本城内席公祠及德外蛟桥一带，天雨红血，当以为不祥。今阴历七月，天气热度甚高，不知何以忽然下雪，与乙未年一红一白相比例者。

或又谓雪色白属金，主多事者，纷纷妄测。是日之雪，本城如南昌府背德胜门、城隍庙、棕帽巷、系马桥、东湖边等处，面积甚广，各处有人登高望远，或以测远望之，顷刻全城传为奇事云云。”凡事总以安详顺序为宜，若下红雨、非时下雪，均是反常，不祥之兆也。

十三日辛酉 晴。家君之背疮今又少愈，即可逐渐就痊，深为至幸。

十四日壬戌 晴。家君嘱书致金雨梧、金少圃两君各一信，即交莘山来之长工带交矣。家君之疮今亦稍愈耳。周冠卿先生于早刻至海门去，晚刻乃玉来言包万胜经人告发，以私藏军火之事，已于昨日临海县陈知事及临海警察署长张槐五君、统领金寿山君下港至海门。金寿山君先至包万胜家，将其带至镇守使衙门之后，邱舜卿带头，将其家中搜出洋枪子弹颇多。云其济匪，恐非子虚，此亦自作自受之业降也。按：包万胜，北岸包山人，自幼充当台协兵丁，后至本处做匪，大作威福，是处之小康者大受其亏，难于胜计。自此官兵征剿均不得手。于光绪年间，浙江巡抚刘景韩中丞委钟厚堂观察统领台州军务。钟观察到营之后，看剿其一时不能到手，邀其投诚，委充台防什长，后充哨长，再充浙江水师二营管带，后充中路分统。不意不改前非，与海盗时有重物进贿，经人告发，监禁五年。为时不多，以病出狱至家。今又经人告发，搜出赃物如此之多，未识作何处置也。以包万胜作有如此业障，若以分统终身，未免过于便宜，今则如是结局，亦是天理昭彰。古人云：“为善者昌”，斯言不谬也。凡人总以直道顺天而行，眼前虽无所见，久后必受其福。《太上感应篇》云：“吉人语善、视善、行善三年，天必降之福；凶人语恶、视恶、行恶三年，天必降之祸。”斯言信然哉！万望后来君子勿以斯言为河汉，为幸多矣。

十五日癸亥 晴。家君之背疮今又稍愈，深为欣喜。晚刻，吴玉翁来言，包万胜曾于昨日解省，下轮时用脚镣手铐，未识省中作何办理也。早刻,李仲贤、张鹿筹两君柬邀晚胜[1],席设东岸李宅。晚刻至李舜卿家,晤李仲贤、张鹿筹、张岳生、周载熙、黄少湖、黄道周、罗梅也、汪伯端、周作羹、周建西、朱永孝、王伯常诸君,相叙席散而别。就道至达云母舅府上,晤周子羽及徐老姻丈,相叙一刻而来,至家时方二鼓矣。徐老姻丈系外婆之亲戚,久年而无来往,今因是处多盗,以致拔人,暂避而来。现在土匪如此之多,小康者而无安居之处,商贾无处流易,百姓之苦何可胜言,深为致虑焉。

阅八月十一日《申报》纪"鸡翅生爪"节云:"日前阅江西省某新闻,载有本省今年所饲新鸡翅上生有一爪,爪上有甲,与脚爪相似,一般人民惊为变物,相与骇怪。近则各相属发现,好事者妄为附会,酿成种种谣言,甚至对于此项之鸡,既不敢蓄,又不敢食,尤以景德镇人迷信最深。近日乡人贩鸡来镇者,因此受累甚巨。愚民无知,殊可悯也。"鸡果翅央生爪,亦反常之事,恐非吉兆也。

阅八月十一日《申报》纪"战事盲谈"节云:"瓯战至于今日,几及二月矣,此二月间之战绩如何,可简略言之,曰德与俄攻人,而比与德与奥被人攻者也。英则在属地攻人而在瓯陆则助人守也。此其大较也。若论胜负,则今实未实。"此瓯战情形大略即在于此数言。而中国山东则有德、日已经开战,该省及广东皖北、江西、四川诸处之水灾,当此浩劫流行之候,又复加田粮以及杂税等名目,不知其数。南省又经裁撤营兵,以致地方扰攘不堪,百姓之困苦难堪言状。吾侪小民徒增浩叹而已。

是日《申报》又纪"北满之炸弹"节云:"《字林报》九月十四日哈尔滨通讯云:某日清晨,有猎者过松花江桥附近之铁路时,轨道之上发现炸弹一枚,显图炸毁由乌苏里开往战地之运兵火车者,乃即报告宪兵将该炸弹移去。未及数分钟,火车直驶而过,亦云幸矣。"现在满地荆棘,坐轮行车,均须谨慎为上,一有错误,致有性命之虞,险哉!

---

[1] 当为"晚膳"。

是日《申报》纪：竞舞台唱前后本连柗，《李陵碑》《鸨完闹院》、新排五六本《三笑姻缘》；是夕，丹桂第一台唱《六月雪》《探亲相骂》《草桥关》《举鼎》《观画》《狮子楼》《万里封侯》《英雄义》《白虎堂》《贵妃醉酒》、十二本《铁公鸡》《法界迎仙》；凤舞台于是夕唱《一捧雪》《目连救母》《对银杯》《阵前认子》《托北碰碑》《拿高登》《双摇大会》《东宫扫雪》《黄鹤楼》《推头》《义麻雀》；是夕，大舞台唱《雁门关》《望儿楼》《梳妆柜》《池马鞍山》《莲花湖》《空城计》、四本《铁公鸡》、头本《戏迷传》、全本《南北和》《宝善街》。丹桂茶园是夕唱《乾元山》《八义山》《八义图》《卖雄鸡》《母女顶嘴》《三娘教子》《花田错》《三国志》《过江赴宴》等剧。以上戏园所唱戏剧。民鸣新剧社唱《琵琶记》，女子慈善新剧社唱《家庭恩怨记》，春柳新剧社唱《错中缘》《秋海棠》，南市久大码头大观园新剧社唱《一女三婚》，以上各新剧社演唱诸剧。上海一隅竟有如此繁华，如此热闹；山东诸处如此残甚，如此悲惨。两相比较，岂只天渊！古人云乐极生悲，犹恐不免，深为隐忧耳。

阅八月十二日《申报》纪"扰扰者尚不悟耶"节云："国家者，政府与国民共有者也。今日之国家为至危极险之国家，宜上下各出其良心以相见矣。尚容丝毫吹索敷衍之手段耶！对于党人宜从诚意消弭前隙，发哀痛恳切之布告，若徒为此'自新免究'之空言，无益矣。对于财政宜兼顾民力，稍予以休息之机，若徒知责各省以搜刮，而于地方用款则任其自筹，人民则听其自生自灭，非计也。对于所提议之自治宜从完全之权利予国民，若徒颁布此有名无实之条例以涂饰耳目，亦非所宜也。对于其他一切行政，宜力举一二民所欲得之事以示信，而不宜再有权谋威压之行为也。呜呼！吾国上下再不悟而失此最后图存之机会者，他日纵悔宁有及耶！"是言虽且近时事，恐当局者未必为此方针，深为惜哉。

阅八月初十日《申报》纪："潍县电：日兵由昌邑南境分两枝，一赴坊子，一赴柞山。龙口、莱州境内日军已全数南下，现在仅留有少数兵队为防护兵站粮之用。闻即墨县城已被日军把守，邮便电报均被阻碍，城南流亭一带居民全移县境。东北方面日军神尾司令已由平度赴即墨。”是日《申报》又纪：“潍县电：前夜日军一营到潍县，即将车站占据。日军占据车站时枪毙铁路职事一人云云。”阅八月十三日《申报》纪“胶济铁路”节云：“因青岛故而及胶济铁路，因胶济铁路而及济南，于是日兵遂入与德全无关系之济南。日人则曰，此胶济铁路之济南车站，德人产也。故日兵之入济南。入胶济车站，非入济南也。中国则曰，胶济铁路之济南车站，在济南，非在他处也。济南为中立地，无敌人在，不当有兵队来也。此今日中、日二国交涉之争点也。虽然，平心论之，胶济铁路如为德人产，日军苟欲占据之，当自青岛方面之铁路占据之，而不当从济南方面之铁路占据之也。盖胶济铁路既由《青岛条约》而生，日军未得青岛，不当享有此条约之权利也。即更让一步言之，如欲占据济南方面之胶济铁路，亦当用别种方法以占据之，不当用兵队以占据之也。盖德人今日于此铁路上并无兵队之防守也。若以兵队占据胶济铁路而用兵于无敌之地，非谓侵犯中立之地不可得也。不然，尚有其他之中立国人在，亦可委托以暂时管理之，日兵决不当越中立界而入济南也。”鲁省既有如是情形，恐致各省亦有不可免之处，深为致虑焉。平民安居，与人有怨恨者，每有以二次革命、三次革命，致陷重典，人所不测也。

阅八月十三日《申报》纪“炸弹案”节云：“可畏哉，今日之侦探也！果认张阿三与炸弹案确有关系，则当于公堂审讯时质证，质证而后以公堂之判断为未允，亦应以正当之手续起诉。今乃于公堂审讯，既不质证，而突乘审明无罪，驱逐出境时，横行截拘，加以捆缚，则其蛮横不法，宁可恕也？且张阿三候接其兄而来，似不敢藏带手枪以自蹈于危险，乃忽称在其身畔搜出，更可异矣。夫贪功挟嫌、抛脏图害，为侦探之惯技，又安得不令人疑耶！呜呼，今日之侦探”云云。而侦探如斯，又有妄指之徒，人之安居不亦难乎。此居名城市镇者之为难，若处近山人稀以及乡间小镇受土匪之害，如山东者，有兵灾之扰，该省以及直隶、皖北、江淮、广东、湖南、四川诸处又有水灾之危，除却诸邑者，现在粮赋如此之重，贸易者杂损如此之厚，满地荆棘，何可胜言！未识何日得睹升平，是为至幸。

是日申报又纪："本年天时，湖南所损为最：三次水灾，原气业已大丧，而继以衡阳、大庸等县之旱灾，保靖、凤凰等属之虫灾，秋收之歉，遂不堪问。闻衡阳、大庸两县，自水灾以后，即未获涓滴之雨，灾情较重之处，无不破甑生尘，以野草、瓜藤为食者比比皆是，情形之惨，不忍卒述。保靖、凤凰之虫灾则尤有甚焉者，据保靖知事公署护兵报告，谓东门外有许氏兄弟者，素来以耕田为业，本年蝗虫为灾，秋收无望，竟至自缢。幸经旁人瞥见，始行救出。虫灾之盛，已可概见。计本月以来，请缓田赋者至三十馀起之多云云。"今年大水为灾，以及旱灾、虫灾，在湖南、山东、四川、广东、皖北诸处，大致相若，闻者深为惨切。只愿明岁风调雨顺，是为自幸耳。

十六日甲子 早至辰刻，阴；巳初，细雨；巳末，阴；以后皆然。篪卿自郡来言，郡城附近数十里之内，恐土匪致扰，家有小康者，悉均移住郡城。日前黄义臣、王明斋、徐福生诸君至北岸征剿之后，现经该匪等均已星散，目下尚称安谧，以后不致再为聚集，是为至幸。

十七日乙丑 阴。晚刻，陈少谓兄来，晚膳后，同至施见甫处，晤汪伯端兄，相叙半晌而来。至家时方二鼓矣。

十八日丙寅 早至酉刻，阴；戌、亥时，细雨。晚刻，达云母舅及翁子俊、伍菊香诸君来叙至晚而去。杜祺地方目前北岸土匪至其村中族户抢掠，并有拔去两人，至小康之家悉均逃住黄岩城内及路桥诸处。日昨又有土匪至其地方，黄义臣兄闻之，得即调其营中勇丁约计三百馀名，已于今早出发至杜祺，未识作何办理，今尚不得而知。在北江一带，土匪最多，能得营勇严于追剿，该匪虽不能全行被获，藉可敛迹，以安目前也。

阅八月初十日《申报》纪"京山县土匪又起"节云："鄂省京山县为刘铁党羽最盛之区，距县城五十里汤家店地方，目前土匪二百馀人，摇旗持械，肆行抢劫，并火毁民房五十馀间，杀毙当地民团二十馀人，驻防该县鄂军第一团长孙国安闻报，亲率兵士跟踪追捕，击杀二十馀名、拘获四十馀人，馀匪向下汤一带逃逸”云云。现在土匪滋事之处，非独吾浙，各省亦如斯，深为致虑，未识何日得见光天化日，是为至幸。

十九日丁卯 早至巳刻，细雨；午时，雨晴，阴；以后皆然。致陈仲善兄一信，交邮寄至京城青厂黄岩会馆转交矣。长甸陈宅有仆人来言，十七夜间，有航船载营勇廿八人驶至长甸附近之处，遇见土匪之小船两艘。一艘土匪四人，老大一人；又一艘土匪五人，老大一人。土匪见航船，不知载有官兵，相近之处，该匪叫其停船，航船亦即停止，即在长甸附近之处。官兵见匪已近，将须过船之候，即行开枪。打毙土匪五人、老大一人，内中一匪重伤，尚未毙命。小船亦被重伤，水满，一船中均是血水。次日将漏船用泥暂渡，均解至郡。当时官兵与匪开枪之时，惊动长甸地方，均来接应，内有一匪船尚未逼连，即已远飏。闻说未死之匪言是涌泉中岙人，能得枪毙五人，地方即少五人之扰，亦一幸事。昨黄义臣之营勇及保安队兵丁至长甸，暂宿陈煦皆先生府上。想今日可北岸追剿，未识得能多获积匪否也。

阅八月十五日《申报》纪云：“据最近消息，平度、掖县一带土匪蜂起，结伙成群，有数百馀名之多者。平度之大泽山、掖县之沙河镇，抢劫之案一日至有十馀起。人民处兵火水灾之中，又遭此等惨劫，叫苦连天，无可告诉。该县知事拟筹乡团以滋维持，而荡析离居无有应者。”如是所云，百姓处在此境之苦何可胜言，深为惨切。

是日《申报》又纪：“京城京融向日无何等之变动，数日来，银价忽大张，每银一两其兑换价涨至四吊三百文，乃至四吊五百文，实为从来所未有云云。”按：京钱每吊只钱一百文，每两兑钱四吊五百，只实钱四百五十文。现今长安真不易居耳。

是日《申报》又纪：“车站职员向在车房办事，近日乃至车开而无人售票。某日行自张店，秩序益纷乱，车之忽东忽西，或行或止，无正式之宣布。时则秋阳亢燥，空气陡增其热度，乘客咸碟躞轨道旁，额汗淫淫。下十二时，忽喧传车开矣。舍此无可乘。货车之制度，四围皆铁壁，而缺其顶，亦莫肯启门。群额蜂拥上，皆逾壁以入。余杂以进车，满置褐色碎石，方趺坐。某役锁一犬于旁，犬貌殊狞恶，顾亦若震于战祸，且至帖然弗为动。车既行，群役乃大索钱，钱无定额，欲满始已。乡人某与之过少，竟被批颊。余虽愤愤，莫能为之理。其于余，雅荷垂青，似不欲复为已甚者云云。”当此扰攘之时，轮船、轮车每每如是，阅报心酸，为之纪载，后来者方知今日之苦况也。

是日《申报》又纪云：“颇闻青州一带，当道请于省吏，暂将学校一律停闭云云。”现在正当扰攘之秋，学校理应停闭，即将经费移作防堵之资，亦一美事，未识省中得逐所请否也。倘太平之时，理当弦歌户诵，如是时势，当为停闭，其所请者大有识见耳。

阅八月十四日《申报》“即墨人民苦况”节云：“据东来者言，城阳蓝村迤北之数十里内，自遭淫雨之后，田作无望，居民溺死者三百馀人。且以此处为交战之所，炮大无情，死于非命者，日有所闻。故该处一带居民，四路奔散，各村莊十室九空，鸡犬之声无闻焉。”现今炮弹之猛，人之所畏，称早逃避，亦是人情之常。无如远出，逼于饥寒，不知凡几。速求早日和平，是为至幸。

是日《申报》又纪成都电云：稻乡变兵杀害旅长一人、团长二人、县知事一人，闻主谋系陈营长作模云云。现在在上不正，为下者安得能正，势所然也。

阅八月十五日《申报》纪“战事盲谈”节云：“此次战事之新，战具除飞行机与大无畏舰外，以前所秘密而今渐渐发现者甚多。如德国之电气水雷也、攻城大炮也、法国机关大炮也，不但以前战争事所未有，且战事以前所未闻也。苟至战事结局时，我知新器之发现者，尚不止此也。”现在利器之精，难于甚述，亦素所未闻，真与《封神榜》上之语相近也。

阅八月十六日《申报》纪“青岛战云中之京华消息”节云：“胶济铁路交涉纪闻，阳历九月三十日，英文京报载称，本报现探悉日本驻京公使日置益氏于本星期一为山东铁路之事特赴外交部知照中国政府，谓为系私人交谊起见，特来宣布日本将占据自青岛至济南府铁路之意思，望贵政府承认云云。但闻中政府因此事系破坏中立，坚不允其请云云。”立中立地位，破坏中立，理应不许其请。然无兵力，恐不得不允其请，亦不能允其所请，两相兼顾，未悉政府作何办理也。

二十日戊辰 晴。陈少渭兄于早刻去。早刻，张迪生先生来视家君之背疮，言已愈八九分，大约十日左右即可收功矣。随于晚刻而去。徐福生已于晚刻来营。早刻，至吴玉翁处，晤驻棚浦之副哨长吕云山玉广，相叙一刻而来。玉翁言，楚卿欲就六庄再添六十人，并连家子、海门、棚浦已招之勇合成一营云云。前一营之勇计五百人，后改为三百人，今则一营四棚，每棚四十人，统计一百六十人。凡事后不如前之干固，即营勇亦不如前之人数，言之曰“偷体”可也。陈春亭之郎配黄崇高之女，已于今日文定矣。阅《人海记》纪：“明孝陵即梁名宝志公瘗所，旁有八公德水。诚意伯奏改葬之，乃见二大缶对合，启之志，公端坐于内，发被体，指爪绕腰矣。瘗既迁，水亦随往，太祖异焉，勒建灵谷寺，赐之庄田甚广，仍迎其像，建塔居之，命太常岁祭”云云。可见佛法无边，诚非虚语也。言及于此，私心致敬焉。

廿一日己巳 晴。早刻，至徐福生处少坐，言其在涌泉已获匪一人，即于昨日送交镇守使矣。就道至椒江，晤李炳章、周载熙、张岳诸君，相叙一刻。就道至达云母舅、陶寿翁两处少谈而来。但寿农、载熙均言日军至山东者颇多，所到之处，均日占据，中国欲与其交涉，否则欲与其开仗之说。阅八月十八日《申报》纪：“北京电云：初三日曹次长亲赴日使馆，辨明并无与日开战之意。”是日《申报》又纪：“北京电云：日军已得由潍县通车至胶州”云云。其言孰是孰非，不知何言为是也。《申报》又纪丁振铎已故。按：丁振铎系河南罗山县人，同治辛未科翰林，迭掌文衡，历任云、贵、闽、浙等处总督，夏间入值参政院参事，今报所云已故，殊不值也。十九日《申报》纪：“芜湖快信，言皖境本年叠遭兵、风、水、旱、蝗等灾，现闻报荒者四十四县，停征者十八县。舒城、六安之间日前发蛟三次，梅河全镇冲没，淹毙一千二百馀人。”自山东之外，尚有皖北如此巨灾，可见各省之艰苦，何可胜言，深为惨切。

十八日《申报》纪“祈祷会与曲阜大会”节云：“美总统以今日战祸非人心所能感化，特电请我国同开祈祷大会，以冀挽回世界之和平，意盖谓舍祈祷外无他术也。而吾国之孔教会适于是时将举行第二次曲阜大会。孔子抱拯民救世之志，今日战祸乃直逼于父母之邦，金革之声，几闻坛坫，人民废弦诵、辍耒耜，流离转徙而无告，我孔子在天之灵，当亦叹鲁难未已而痛心者也。孔教会同人既心祀孔，何不祷孔？孔子曰：‘获罪于天，无所祷也。’今之东亚战祸，非我人民之获罪于天，而无他术以求解免。则第二次之曲阜大会或亦将表同意于祈祷会乎？”获罪于天，本无所祈祷，人人果真遵孔圣礼法而行，无庸祈祷，即免战祸而能获福也。能得均遵孔圣礼法而行，水、旱、风、蝗等灾亦能幸免。倘若见背，即或日日求祷，亦无灵验耳。

是日《申报》又纪“查烟如查党匪”节云：“苏垣近因戒严期内多派军警水陆检查，致往来商民多所不便，啧有烦言。然恐党人匪徒乘间混入，为维持秩序计，不得不然。若鸦片烟究非扰乱治安之物，似未便与对待党匪同一办理。乃军警查有夹带烟具、烟膏之人，必以麻绳系之项颈，由巡警牵之以行，并有执枪巡士数人押解进城。且往往有人挟嫌捏名具书报告，以某姓家藏私土私卖等情，交邮局递送或假冒调查员捏报，厅长不查虚实，竟饬警搜查。迨搜查之时翻箱倒笼，拆床损柜，甚至掘地砖、掘屋瓦，搜至数时之久，毫无烟土等违禁物者。如日前班连巷内前某营稽查员王连孙家及日昨仙乡桥郭姓杂货店内，均受此种骚扰。试问与搜查军械炸弹何以异耶！况邮递捏名禀词，久干例禁，执政诸公其注意及之”云云。现在查搜烟土者悉皆为然，非独苏垣也，甚于此者不知凡几，笔难甚述耳！

十七日《申报》纪“战线附近汇兑不通”节云：“上海邮务管理局局长鲁士君昨日发出第二百三十号布告云，照得下开山东邮务区内各地方，现值战线内危急之际，所有兑汇事务暂行停办，特布告周知。”计开昌、邑县、柳庄、莱州府、沙河、莱阳县、海阳县、高密县、岞山坊子、安邱县、潍县、昌乐县、淄川县、诸诚县等处，邮政不通，其百姓不知如何之困苦也。

是日《申报》又纪“财政上之苦痛”节云：“据财部某要人言，统计现时及预定将来收入，约足维持至来年三月，故财政上尚未感何等苦痛。斯言果确，则我急欲为政府告，盖今日政府财政虽未感苦痛，而人民财政则感苦痛甚矣。他姑勿论，即以失业之苦力言之，各埠小工与回国华工两项，已不下数百人。上海路工开始即拥挤如是，可见急待维持者之多。政府于此宜略分任其苦痛，切筹经费，饬各省将种种以工代账[①]之法一律迅速举办，盖此辈工人感苦痛最甚，故最宜注意者也。若不切实维持其生计，而徒作抚慰哀恤之空言，则推其结果，人民受苦痛之极，终必将感及于政府，奈何不早为之计耶！”报馆主笔先生虽言云及，未识执政者果能计及否也。台州一隅，各处散兵之归里，已至如是，况各大埠小工失业，以及各国华工旋国如是之多，若不速为生计，为害正非浅，深哉！

周冠卿先生于早刻来言，包万胜解省之后，王醉卿兄大有帮忙之象。早刻，陶寿翁云，其人虽不致大为有碍，想是监禁而已。王子衡兄令郎十月初八日完姻云。向有俗语言：“人有不睦，晤即相闹。”人曰彼与尔是“甲寅年打伤”之所致。本年岁值甲寅，德、奥与俄、英、法、比、塞诸国，互相战斗，而日本又进兵于山东，将来如何结局，难于预料，岂非应在“甲寅年打伤”之语也。古人云：“凡有大事之前，必有童谣而起。”而“甲寅年打伤”之语，岂非童谣乎？

八月十八日《申报》纪上海郑总办以工匠之中，前有不安本分、以平等自由为宗旨者，曾要挟厂员，发现不法举动，实与厂规有碍。是以昨饬各厂委员，着与未开工之前，一律清查。如有从前不法工匠，概行斥革，勿任朦混进局，以肃厂规云云。以一厂之工匠有存平等自由之心者，即有不法举动，况一国之大，照其革命之初，均以平等、自由

① 当为“赈”。

为宗旨，安能得保治安乎！如一家则有家长，有家长而有秩序，使幼辈不致为非；一乡则有乡绅，有乡绅而有秩序，使无赖者有所畏惧；一县则有县主，有县主而有秩序，使乡民之曲者有所伸诉；一国则有天子，有天子而有秩序，使上下不致倒置。反此则为乱，顺此则为治，理所然也。

是日《申报》纪参政院各参政质问政府，语甚长，未便详录。惟"杂评"节纪参政院大会议云："以奄奄一息之参政院而其提议之激昂如此，各员所发表之言，惊心动魄，如此之非大足令人感慨之事耶！夫让必有让之限度，忍必有忍之止境。天下事至让无可让、忍无可忍，必将不顾一切、不计利害而蹶起抗之，此在人民普通之心理然也。而国际间之交涉亦然。今参政院之抗议如此，所以表示其不能再让与不能再忍也。一方面与不能再让与再忍，一方面又如此相逼，则邦上危机以起。前数日所传之消息，皆日趋于危机之时。而今忽然得胶济铁路和平解决之西电，意者天不欲使中日邦交终沦于危机，故有此转而为安之佳音也"云云。参政院诸老先生虽有如此高论，恐非补救方法，亦足人民动听，事虽满纸空言，所惜者非得其时，惜哉！

廿二日庚午 晴。家君嘱书致王子常老伯一信，交黄岩担翻当者代为带交。黄楚卿同吴玉翁来叙一刻，言山东之日军登岸一节，而参政院各参政虽如此所云，而政府不敢与其角力云云。同至陶寿翁（处）相叙半晌，言公债票临海分借两万之说，而寿翁与楚卿各假一千。但临海土匪如此之多，各处均须招保卫队以自守，日需经费已化不少。此外，又有加粮如此之巨，若迟完纳，罚款又如此之重，商家之酒捐、印花捐及一切杂捐，名目繁多，今则又要公债之款，百姓脂膏日其竭矣。晚膳后至椒江网业公所，晤卢槐士、汪伯卿、周梅卿、陈少泉，相叙半晌，来时已逾二鼓矣。

廿三日辛未 晴。家君之背疮已将就痊，是所深幸。晚刻，陶习谦、伍菊香、周达云母舅诸君来叙，至晚而去。言及托人写字云云。余论字以人重，如宋之文丞相、明之史丞相，其人万古钦敬，即其字亦万古珍重。近今之刘大臣亦足与文丞相、史丞相可以相称，即其字迹流传后世，亦可与诸公相并也。

廿四日壬申　早至未刻，晴；申牌，阴；以后皆然。致喻志韶先生一信，附五尺宣纸直条四幅、大红描金花七言蜡笺对联纸一副，托其转托刘幼云先生法书，未识刘公在申否，倘若旅沪，定能求得。但宣笺对纸均托杨伯藩先生代由上海三马路口抛球场九华堂购买。另致伯藩兄一信，即致志韶先生之信，均托伯藩兄代为饬记送至法界打铁浜馨德里，致伯藩兄之信封交邮筒寄至沪江矣。致陈舜卿兄一信，交应吉甫送交。家君之背疮已将收口，深为欣幸。早刻，家君同沅与周冠卿先生、应吉甫同至东岸黄氏宗祠看祖母之节孝坊，花版粗地已成。冠卿先生格定坊基，在宗祠东南首，坐丑向未，兼癸、丁云云。

晚刻翁子俊兄云，赤山东诸处，楚卿兄拟招保安队四十人，所筹经费极难，十亩田之家，每月须捐洋七角，小康着最为焦急。但事已办理，亦不得不为。按亩派捐，殊非易事，未识得能成允否也。应吉甫言，上年本在温岭萃亨药店作夥，今年林星斋与海门周东元子拼开万通药铺，用彼为夥，未及开店，林星斋即经分手，而经事者久而未得，东元即邀吉甫兼理其事，代其赴申办货，及新开部署一切，为日未久，又往辞却。大凡店无大小，用为经事，即作往经事者看待。即歇经事之人，须至岁杪分手为善。今则即为辞却，甚无谓也。素知东元为人，最为贪小，性情偏执，非独为夥者不能投契，即其生意定难出色，势所然也。

秀卿先生言，黄属之东南乡，每逢拜雨之日，必向庙吃酒，以此为俗。该庙中蓄积亦富。今年其庙中首事有张姓者，认张子渊先生为本家乡人，向有望族在城，必占便宜。其张姓首事往与子远先言，欲禁除拜雨、吃酒之俗例。七月初旬，值彼处拜雨，张姓首事除止吃酒。而洪家场人之无赖者不复[①]，与张首事滋闹，将其家中什物、酒肉、食物搬移去不少，两相争执，张子远先生诉与知事，饬差勾获两人，当因

① 当为“服”。

人夥，搬去什物亦难追究，以致延搁至今。而首事所住之乡，进出须过洪家场地方。洪家场人云，彼处人若过我之乡，无论张姓不张姓、首事不首事，均须吊禁以为被勾之人报冤。以后，而首事果不敢经过洪家场，出入最为非易。县中亦只勾去二人发押外，亦不能再生枝节。以此，首事之乡欲寻洪家场人说情，还其酒席，将勾去之人放还，另作东道和事，尚未清理，此真弄巧反拙。此等俗例，若在光天化日之下，理应除止。现在时事如斯，只得将就，以从俗可也。首事等，既强硬在前，禁其出入，即有如此懦弱，与之曰弄巧反拙可耳。现在时事如斯，本非弦歌户诵之日，而椒江学堂年需经费数千，无益于地方。况其学生年龄最少，其数亦只三十人左右，正可停闭，将其经费充作保安队之需，真是有益地方多矣。楚卿兄将下马以及诸处按亩派捐，诸非易事，舍难取易，何乐不为？深为惜哉！

《阅微草堂》纪："董秋原言，昔为巨野学官时，有门役典守节孝祠，即携家居祠侧。一日秋祀，门役夜起洒扫，其妻犹寝，梦中见妇女数十辈，联袂入祠，心知神降，亦不恐怖。忽见所识二分贫媪亦在其中，再三审视，真不缪怪。问其为邀旌表，何亦一同来？一媪答曰：'人世旌表，岂能遍及穷乡蔀屋，淹没不彰者，在在有之。鬼神愍其荼苦，虽祠不设位，亦招之来飨。或藏瑕匿垢，冒滥馨香，难位设祠中，反不容入。故我二人得至此也。'此事颇创闻，然揆以神理，似当如是。又，献县礼房吏魏某临终喃喃自语曰：'吾处间曹，自谓未尝作恶业，不虞贫妇请旌索其常例，冥谪如是其重也。'二事足相发明。信忠孝节义，感天地、动鬼神矣！"如是所云，"忠孝节义"四字，人得一字，足邀鬼神钦敬。能四字归全者，竟何如耳。陆申甫大中丞钟琦，浙江萧山县人，寄籍顺天宛平。公子陆亮臣太史光熙，光绪甲辰科翰林。陆大中丞，光绪己丑科翰林，由记名道府、京察一等，简放江苏粮储道，升授江苏布政使，于宣统元年护理江苏巡抚。辛亥岁升授山西巡抚，是年八月间赴任。即于九月初八日，太原新军起事，勒要陆中丞为都督，再言不允，其仆徒某在侧，正言一说，该新军即将其仆从某一枪而毙。而陆中丞发怒，即将大中丞遇害。其公子亮臣太史在上房，闻大中丞遇害，出而哀悼。该新军又将太史遇害。逐直进上房抢物，开放一枪。适其夫人抱幼孙尚睡而未起，闻说中丞、太史悉均遇害之耗，其所放之枪中其脚肚，颇痛，俟新军枪物去后，嘱媳妇急抱小孙远出，以留陆氏一线之延。而夫人未死，适有新军进房抢物，而夫人手中带有金镯，随将金镯出与抢物之人，嘱其一刀毕命。其人得镯，不与其刀而去。再来者[①]，与其一刀而故。此中丞、太史、夫人、仆从，悉均遇害。随将此事奏闻，赐谥文烈。哀以"忠孝节义"之语，意者，陆申甫中丞逼为都督而不就，谓之"忠"；陆夫人恐贼威逼，自行求死，谓之"节"；陆太史闻变哀悼遇害，谓之"孝"；仆人见主上危急，不逃而死，谓之"义"。人生久后必须一死，得此忠孝节义完全而死，亦不枉一生苦志也。千百年后，馨香万古，势所然耳。是为之记。

廿五日癸酉 早至未刻，晴；申牌，阴；以后皆然。阅八月二十日《申报》纪："福州电：福建安德县现有匪首陈塔，勾通漳浦匪首王桃，各聚党四五百人，杀官起事。许巡按使已由省拨派新兵一团前赴剿"云云。是日《申报》又纪："长沙电：湖南道县会匪李国柱，日前领悍股六七百人，攻夺城池，现经伍使剿平，李国柱脱逃未获。"是日《申报》又纪："奉天电：奉天东边濛江胡匪屡灭屡起，居民逃避一空。张将军特调马统领带队防守。"是日《申报》又纪："成都电：川边变兵以政府欠饷为辞，到处煽惑，大有鹤唳风声之势。张镇守已电胡将军，请速拨款，不然边局不堪设想"云云。此国内情形如是。

是日《申报》又纪"战事盲谈"节云："法境战事无变动。比境战事，则比新都将陷，而又迁新都。俄、奥境战事，则俄仍谓俄胜，而德则谓德、奥胜。而其外之新发现事，则德报谓德人将以齐柏林之气队攻英伦也，其说果行与否及胜败如何，今不可知。若其说果行，则英境亦有战事矣，是诚战事之蔓衍无止也。"此外国战事如是之广，加之

---

① 原文"再来者者"，疑衍一字，或为"再来者某"。

各省或有兵灾、或有水旱、或有瘟疫、或有蝗虫为灾，一言难甚。倘经身受之处，深为惨切。

阅八月廿一日《申报》纪"党人害人自害"节云："前在芜湖及泸州等处运动失败，党人张士珍于五月间来沪，专事诬陷平民为党人，希图邀赏。此次又将王明杰指为侠义团长，王铎自充眼线，报告淞沪警厅。侦缉处将王明杰拘获解厅，转送上海。镇守使署讯明，并非王铎，即由郑镇守使饬厅，即将原报告人张士珍等拿获到案。讯得张士珍实系诬指，意在冒攻图赏，判处死刑。详奉上峰核准，于昨日午后二点钟时，饬将张士珍枪毙。惟王明杰亦有不合，另行处治。所有罪状，明日再录"云云。如是诬指平民为党人者非只一案，非只一事，能得讯明反坐，亦可儆戒于将来也。

八月二十日《申报》附张纪"咏史"三首："其一，邻国纷争二百年，秦齐楚赵魏韩燕。纵横学启公孙衍，排解功高鲁仲连。狗盗鸡鸣为上客，豕交兽畜待群贤。刘邦生自东周末，嬴吕称皇仅二传。其二，朝分南北晋东西，庾亮楼高月影低。对客还扪王猛虱，起予无过祖生鸡。君臣辑穆国家福，将相调和心力齐。何处扁舟过午渚，照开水府且然犀。其三，割弃燕云十六州，中原瓯脱地难收。五朝兴发先梁晋，八姓乘除后汉周。王朴别存匡世界，陈抟自署睡乡侯。历年四百出明祖，一统谁新制度修。"又纪"秋景"："夜冷怯衣单，秋深气已寒。虫声明月里，雁影断云端。岸蓼露华白，江枫霜叶丹。鲤气报风信，迢递感征鞍。"又纪"入秋感事"："关塞归鸿又报秋，人生天地等蜉蝣。萧萧江叶牵闲思，消息凭谁问御沟。"又纪"月饼"："未许姮娥贮镜奁，一规喜把掌中瞻。捧时应笑吴牛喘，吞处何须夏秋嫌。蟾窟有酥宜作箔，仙宫除梦总成甜。劝君留得此儿在，好斗初三眉样纤。"又纪"云片"："难道餐霞术不凡，干云有志喜频衔。炼将玉液弭天缺，切就银刀疗我饶[①]。未出因知成片段，甫尝早许辨甜咸。漫讥一幅浮光

① 原作"饶"，于韵不合，文意亦不通，疑为"馋"。

影，点点红心个里嵌。”该报所作诗语颇为有趣，是为之记。

日昨，黄楚卿兄言，临海县知事陈再祝初至海门，与金寿山、洪宇卿诸君打牌吃酒，再来亦然，三次来时吃酒，即行叫局。日前，陈知事来时，吃酒叫局，不意酒醉，即宿在桂香家，住宿一夕。如今有如是风流知事，亦是如今时事也。周孟东乃翁梅五先生于七月中旬作古之后，未及终七。值本保庙做谢水戏，即去看戏。八月初六日陶习谦女值弥日办酒，彼亦去吃酒。顷周作羹兄言，棚浦有女不端者，彼亦去胡闹，常至海门娼家游玩。日夕又以摩散消遣，事本风流，当在大丧之候而不顾，深为窃耻，不免旁人议论也，宜哉！万望后来君子谨守家规，勿效此等行为，是为至切。前京师极尊者称曰老先生，自内阁以至大小九卿皆然。门生称座主，亦不过老先生至严分宜。当国而谀者日众，甚者称夫子，此后门生称座主俱曰老师，又有无故而称老师者，不可胜记。当此之时，已有趣下之势，今则愈甚，未识将来再有何等尊称耳。

《人海记》纪“鹿茸”节云：“鹿茸初解角时，其长如茧栗，蒸而食之，嫩如乳酥，色白而微红。余陪猎三次，仅得一尝香味，谓江瑶柱食品无对，惟此可以相配”云云。鹿茸本是贵重之品，其鲜味定能佳美也。《人海记》纪“大房牡丹”节：“大房山僧多植牡丹，其色有大红、浅绿二种最佳，未识今有犹存否。但牡丹性喜寒畏熟[①]，所以牡丹之佳种均出于北方归多也。”《人海记》纪“移封诰命之之姑”：“宏治十一年，大学士谢迁言：‘臣祖荣任福建布政使都事，例不得封，乞以已得诰命移赠。’上并予之。天启初，太子太保吏部尚书张向达言；‘臣父某任四川眉州判官，坐劾夺职，臣令潍县复冠带不得封，今乞恩命。’许之。”此亦尽人子之心也。

廿六日甲戌 阴。周冠卿先生于早刻至屿岙及兴国等诸处看地，来时已将晚膳矣。家君之背疮今已收功，深为至幸。而张迪生先生外科一道可谓高明矣。

---

① 当为“热”。

廿七日乙亥 早至巳刻，细雨；午牌，阴；至晚皆然。阅八月廿三日《申报》纪"纽约电"节云："盎凡尔内炮台失陷数座后，星期五日下午已入德军之手，守将及防军已离该城"云云。并绘有盎凡尔地图，下注其地之历史云："盎凡尔者，盎凡尔省之首府，比国之口岸也。在斯歇尔特河右岸，距北海六十英里，距不鲁塞尔北二十七英里。不特为比国商业之中心点，且为瓯洲主要口岸之一，有极大之埠头及船坞多所。红星邮船公司至纽约之船线及其他航线均以此为起点。去年，轮船入口者不下一千一百万吨有奇。该城建于第七世纪，其最兴盛之时代乃在第十四世纪至第十六世纪之间。一千五百七十八年为西班牙之兵攻入，大肆掳掠。一千五百八十三年，有法军四千攻之，为城中之民击退，法兵死者过半，馀悉就擒。一千五百八十四年，为西班牙大将巴尔玛公爵围攻，翌年始下。一千七百九十四年，为法兵所占，至一千八百一十四年始克复之。一千八百三十二年，其近城之炮台为法兵围功之后占据之，其旧炮台曾经拆毁。近年复按新式，筑有半圆形之炮台。故该城为此国之金汤，亦为瓯洲防务最坚者之一。其北部惟驻炮队，不设炮台，则可决坝淹没以阻敌军之进。防务之周备若是，而卒不能久守，可以想见德军进功之猛烈矣。该城之天主教堂为瓯洲之最庄丽者，建于一千三百五十二年，至十六世纪之初，功始告竣。塔尖高四百英尺，内藏名画甚多。该教堂苟有损失，则宗教界上及美术界上有将增一极大憾事。城中居民平日约三十余万人，惟近来各处避难于是者为数甚巨，故自德军轰击该城后，数日之间，逃抵荷兰境内者已有五十万名之众。该城主要实业为造船、糖、棉织物、花边、煤油、烟草，其大宗出口品为玻璃、石灰、化学品、钢铁、棉花、药料等物。闻德国急下该城，其目的实欲利用斯歇尔特河口为根据地以攻英伦，故该城之下，关系西瓯海陆战局匪浅也。"如是所云，目未亲见，不知果否，质诸高明者为然否也。是为之记。

阅八月廿四日《申报》纪"中国人之对于时局"节云："我中国人对于时局当奈何，一言以蔽之，曰不投入而已。非持于战事不投入也。

其外一切与战事有关而足以启日后之纠葛者，悉不投入。中国人，无力者也。既无力矣，决不能有助于他人，亦不能有害于他人。故中国之不投入与人决无关系也。然苟有人侵犯者，抗议之可也；抗议而无效，听之可也。决不可因此故而投入也。我之所谓不投入者，非拱无为，苟延残喘之说也。我国内当事之事甚多，无暇投入此国外之时局也。夫国内不自治，国外断无幸免之理。及此时期，借国外之风潮，人人自警以惕励国内之要政者，此中国人今日当举国一致之不二法门也”云云。该报所议，颇有情理，是为之记。

是日《申报》附张纪“又是一个铺盖”节云：“曾记去年法租界发见一铺盖，内有女尸一具，今英租界草地上亦发见一铺盖，内有男尸一具，摇摇相对，如出一辙。惟一则当场获住一人，案即明白；一则未有所获，尚待访缉耳。然死者颈间既有麻绳，其被人谋害亦已显著矣。何沪上命案之多耶！呜呼，人心险恶，日甚一日，害人生命之事，已视为无足重轻，吾不知未经发觉之铺盖尚有几许也”云云。当今之时，时势如斯，正所谓人心险恶，日甚一日。凡人远行，无论上海以及何处，无操切之语，必须和颜悦色以待人，万勿吝惜小费，诸事谨慎暗防，或可能免，是为至切。是为之记。

阅八月廿五日《申报》纪“云南各属匪警志”节云：“云南之中甸县、维西县以及临安县、元江州、永善县、通海县、麻栗坡、个旧锡厂诸处，均有匪徒滋扰。”未识均已叛平否也。抱杞忧者，深为至切焉。

廿三日《申报》纪“中秋”云：“一年容易又中秋，瞥眼花阴似水流。处处笙歌新世界，家家灯火旧神州。劫余差幸身无恙，老去空嗟志未酬。共獒才经年又歉，何时得解杞人忧。”又纪：“且看明月满层楼，良夜须将大白浮。万事每多圆缺感，一轮偏照古今愁。携来桂子香盈袖，怕有霜华白上头。笑煞阶前小儿女，苦争瓜果不知休。”又纪“有所见”：“滔滔江汉竞朝宗，浪破千重又万重。晓起暴腮犹是鲤，晚来烧尾便蛟龙。”

八月廿二十五日《申报》附张纪“杨柳枝四章”：“其一，杨柳依依拂面丝，章台摇曳亦多姿。几随窗外微风起，惹动楼头少妇思。帘幕低回枝节旅，空庭寂寞叶参差。无端幻作浓阴色，愁煞当年杜牧之。其二，临风飘拂最长条，宿雨新晴分外娇。万缕低牵京兆市，一枝斜折霸陵桥。白公老去秋霜鬓，陶谷闲来狎素腰。花木有情还惜别，几随青眼送征轺。其三，杨柳迷离苏小家，驹光如驶惜年华。苍茫四顾飞残絮，憔悴三生感落花。羌笛声高春怨泄，流莺转处夕阳斜。可怜叶老枝消瘦，剩有疏阴憩幕鸦。其四，袅袅因风画苑东，不堪回首夕阳中。颠狂败絮飞春雪，摇落残花趁晚风。青眼倦来犹娜娜，白头老去感飘篷。江南狼籍花多少，怕溯章台点点缀工。"又纪"秋虫"："何事秋来唧唧声，昆虫十万一齐鸣。金笼闲作平章意，玉剪初开少妇情。老树摧残风四壁，清堪捣和月三更。寒号岂是无声者，露滴空阶寄不平。"以上小诗阅有趣味，是为之记。

八月廿四日申报纪"咏物"四首："其一，骥行千里号龙文，逸足腾骧自不群，蕞尔蝇营何狡狯，也知符尾上青云。其二，小人得志善投机，据社凭城事已非。况复山君威可假，狐狸常饱虎常饥。其三，振羽派排云上九霄，秋风鹤唳一声高。自从卫国乘轩后，窃禄虚名不可逃。其三，世无良药谁知已，久困风尘枥下驹。马首千金应自惜，莫因刍豆诡驰驱。"亦颇有趣味也。

人生性命犹为最重之事，虽云有数，亦须自当保重。古人云："千金之子，不立岩墙之下。"其意亦为自保。如上海之楼外楼地方，虽云赏快，宜有两险，一防火，一防损坏。如八月廿五日《申报》纪："湖北路浙江路口楼外楼近来添置玩物，并演唱滩簧，游客颇形拥挤。前晚十一时，适印捕追捕快马车，狂吹警笛，一般游人疑有以上所云之警，相率逃下，一时男女之失去钗遗履者甚众。迨至楼下，始悉其情，然已饱受虚警矣。"须云虚警最为至幸，万一致有其实，如之奈何。万望后未诸君，切勿至是处消遣，是为至要。

鸡翼生指，初闻于江西，继则上海亦有其说。顷阅八月廿五日《申报》附张纪广东亦有其说云："广东省城警察厅出示云，近日城厢内外发生一种邪说，谓鸡翼生指，唤人辄死，道路传谣，致愚夫愚妇群相警扰，以为灾异即在目前。然从未见有能唤人之鸡，亦从未闻有为鸡唤死之人，其为不安本分之徒，欲以左道惑众，从中造谣生事，已可概见。”此等谣言，理宜禁止也。

廿八日丙子 早至辰刻，阴；巳至未时，晴；申牌，阴；以后皆然。天气颇热。丁子祥早刻来叙，过午膳而去。阅八月廿三日《申报》纪时评节“久暂解”云：“久暂，无定时也，永远无定期也。是故今日外交家之言，暂时占据，或言非永远占据者，真所谓外交家之言也。夫人生百年，最多之日也。然而百年则必死，此有定期者也。若天地之长久、人种之递嬗，虽亦有世界末日之说、种族灭亡之谈，然而欲问其末于何日，灭于何时，则非我人今日人类之所知也。以一息为暂者，以一时为久；以一日为暂者，以一年为久。久暂无一定之界限，则暂时与永远将何所分。故占据与不占据有分别，而暂时占据与永远占据，其分别甚难也。况乎我以为不当占据，而人且以为当占据矣。然则我以为已永远者，人独不可曰尚暂时也耶。故曰暂时、永远云云者，皆外交家之言也。自战局开后，我于交战国之侵人中立者，屡闻是语，故为之解释。”如此所言，颇为中理，是为之记。

八月二十日《申报》纪时评“兵说”云：“兵，强者之所惧而非弱者之所畏也。斯言也，骤聆之，未有不笑其无理也。然而深思之，乃有至理存焉。何则？所谓强者，以有兵力也。我有兵力而人以兵力来临，则必战。战而败，则我强也，毁矣！若弱者，则无兵力者也。无兵力，则决不以兵力抗，故以兵力临而其求可得也。即布以兵力临而其求亦可得也。不以兵力而其求可得，仍以兵力临之，徒增弱者之愤懑，而已于事实无益也。故曰兵，强者之所惧而非弱者之所畏也。夫国之不亡，必有所以不亡之故。若恃兵力而不亡者，兵力去，则国亡随之矣。若原无兵力所能亡之也。故亡强国以兵，亡弱国不以兵也。故曰兵强国之所惧而非弱国之所畏也。”所论如斯，颇为有理，亦为之记。

晚刻，蒋敬甫兄来叙半晌，言及楚卿招保安队六棚，二棚分驻三山下半庄，二棚分驻赤山东庄之横泾堂，二棚分驻赤山东庄之沙门，于地方最有裨益，而经费颇属为难。晚刻，即嘱彼与子俊兄至彼处，按亩派捐，未识能集腋成裘，以足其数否也。治瘰疬方：用佩兰叶一钱、红枣七粒，每晨空腹时，将药煎过，朝东方太阳，带红枣服下，少顷用饭。以全愈为度，切不可间断。轻则四个月，重则一二年，未有不愈者也。此黄道之药，无急切之功。余与人说此方药，医愈数辈，悉皆见效如神，能深广为传布，是为至幸。

廿九日乙丑　晴。应子能先生因伯寅请其看病来椒，过家一叙而去。

九月初一日　戊寅，早至未刻，晴；申牌，阴；以后皆然。午末时闻雷声响亮，而未见雨。接张丹庭兄一信，随福丹翁一信，交二头带申矣。王六皆移居甬江多年，而复又移至沪，闻今已携眷旋台。其老屋即今槐士兄所住之处。数十年前，开生记糖行，最为殷实云。六皆先生亦老矣，幸其二子尚守规矩，足为相继耳。

八月廿二日《申报》纪"鲁省水灾之调查报"节云："山东调查水灾员邓笠航等报告云：连日黄掖等县百姓，因避兵至潍县者，络绎不断。然值昌邑一县，水势未退，遍地汪洋，其颠沛流离之状，令人伤心惨目，不忍闻睹。铁路两旁，尽成泽国，老幼妇女呼号之声，不断于耳。自东来均用小摇车，节节而至。水灾之最甚者，以胶县、昌邑、潍县为更烈，淹没已百馀村。平度、高密等县次之，淹没村庄，亦至数十。综计东西三百馀里、南北百有馀里，田园庐舍，均付诸洪水膨湃之中矣。潍县东关外之广文学堂，系教会所立者，亦遭波及。南门外，一望皆水。该处天主堂露出水面只数英尺，主教及教士数人，避居最高楼上。现在水势虽已渐退，而砖泥房屋多遭冲坍，财产什物均漂没一空。潍城一大沙地，系市集之所，骤变为一片空地。店铺数百家不知去向，店中人亦多溺毙，尸骸满路，棺木一空。北地苦寒，新秋已甚，灾后馀生，既无御寒之具，又无果腹之粮，朝啼夕号，行道酸鼻，若不设法施放急赈，吾恐灾民不死于水，亦必无生全之望也。"是处水灾既然如是，又加兵灾，如是之急，闻者正是酸鼻。思之甚为惨切，是为记载，使后日深知今日之鲁民苦况也。

初二日已卯 辰前，雨；巳牌，阴；以后皆然。早刻桂连老大来言，拟于本道头创造小轮船埠，与余接洽。据言已由周萍翁与楚卿祥酌一切，余已嘱其与萍洄言，先将章程酌好，以后集股，易于成功。言虽若是，告竣之时，未识在于何日也。余植红色茶花四盆，内有两盆，叶色焦黄，恐根受伤，即嘱长工将根淘沃净尽，随将新泥覆护，未识得能起发否也。

阅八月六日《申报》纪“海上竹枝词”节云：“舶来品物竟行销，国货何曾挂眼稍。学得流行门面语，逢人偏说是同胞。国民心死最堪伤，人到财多血更凉。慈善一毛偏不拔，每逢和酒却双双。申宁隔海一宵程，宁绍江天与甬兴。莫谓华人工媚外，价廉姑趁北京行。兜销牙粉把铃摇，假虎真人次第跑。为欲国人用国货，别开生面活商标。青年妇女斗新妆，参酌东西计短长。革履套裙欧美派，绾成发髻效东洋。中西一样看跑马，舍己从人别肺肠。试问泥城桥外客，几曾絜伴到江湾[1]。勿知艰苦勿知愁，野马难羁好浪游。有意使人争注目，汽车络绎出风头。近来新剧皆称社，旧剧园亭尽舞台。男女合班谁作俑，丧心淫戏间天排。几辈青年亦太呆，呼朋结伴戏场来。一心都在包厢内，两目何曾到戏台。青楼陷阱害人多，狐媚偏工术有魔。朔望烧香红庙去，轻将罪恶委弥陀。深宵冷巷尚徘徊，雉妓生涯亦可哀。一度春风两鹰饼，美人情重饷杨梅。说到男儿更谁差，妇人装饰几无差。广生花露春林粉，夏士莲牌好雪花。欧人装束未装齐，便把同胞差意欺。若问英文通语否？洋泾浜语爱皮西。伦香窃玉好功夫，艳丽居然入网罗。但有一椿奇怪事，状头人亦画葫芦。乡愚发辫偏难去，女子翻能剪勿留。不料中央严命令，反先遵到女人头。春江有薮可逋逃，喜煞烟霞客一淘。漫道年来生计窘，七钱银购八分膏。”真是

---

[1] 原作“江湾”，但韵不合，疑字序误抄，或当将二字倒换。

沪江实话,颇为有趣,是为之记。

本镇添招保安队六十人,已于今日成军,以徐福生为营长,现在防营中每营亦只四哨,每哨四棚,共计一百六十人。六庄之保安队亦分四哨,每哨四棚,附近诸处,想可安谧如恒也。

初三日庚辰 早至巳刻,阴;午牌,细雨;未时,雨晴,阴;以后皆然。早刻,至楚卿处,晤吴玉成、王六皆、周作羹、黄道周、金子和、周载熙诸君,相叙至午,楚卿兄留过午膳后而来。相叙间言及现政府欲与美国、德国互相联合以攻某国之说,未知果有其事否也。子和言其辛山有一圆光者颇准,今早遣人邀其来葭,楚卿拟圆一光,问地方均能安谧否也。六皆先生言,至赴甬迄今,曾经十二载,今则归里,看其衣束,尚称小康。其令郎一在楚卿之南通州树号中作夥,一在苏州测绘队,悉均抵气,尚为至幸。

初四日辛巳 早至午刻,细雨;未牌,雨晴、阴;以后皆然。晚膳后,至楚卿处,晤槐士、仲玉、子和,互叙一刻而来。

阅九月初一日《申报》附张纪"东阳匪患录"节:"东阳焚劫县署详情,浙江东阳县匪徒焚署抢劫,略志报端,尚未详尽。兹据访员报告,顷晤新自该处来者为述目击状况,特录如下:东阳城内只有兵一哨,已形单博。此次任知事到任,又将小队裁汰,更足以启盗心。阳历本月七日,东乡七都玉山镇茶场庙及马塘已有匪徒抢劫,知事据报,并不捕拿,亦不戒备。其未肇事前,有东乡乡民至县密告,东乡有匪徒三百,意欲破城。任知事反以其造谣,意欲拿办,乡民惧,逃去。及十号,城内果有匪迹,各饭店有十馀人,始知事不妙,亲自出巡盘查一周,均供称香客。知事以若辈衣便衣、无军械,遂不介意。后查得杨宗德一名有讨袁军票布两张,遂拘县枪毙。匪见杨死,于是,一时许举事。由南门引进百馀人,皆衣绒服,持枪械,先焚县署,次劫牢,次抢劫。知事闻变,单衣出走,衙警皆逃。嗣幸屠管带来援,巷战多时,始获匪六人。匪既饱掠,退去。天亦随明。匪退,知事来检点一周,县署大堂及知事之物均烧,公文亦散失。惟东首征收柜六间,西首审检所及串房尚存，财政、民政两科卷宗已无，惟教育科尚存。看守所人犯已逃，剩有年老者三人。市面店铺抢劫无遗。有传鼎和大铺独邀免。禁烟局董吴加芝家亦遭抢劫。惟政务厅长吴佩葱君、前任知事魏云辉，先时引避，得免焉。今皆已来省矣。既而知事回署，当将所获六匪先枪毙，一面电省告急。现经省宪先派兵一连到县，近又经徐乐尧司令随带机关枪连前往，秩序已稍恢复矣。”但东阳与仙居相近，东阳既如此之后，仙居近又多事，未知急于征剿安谧否也，心为焦急焉。

初五日壬午 细雨。接张友桥兄一信，附柬其令郎于九月十六日完姻喜期云。

阅八月廿九日《申报》附张纪“秋海棠”二律云：“其一，春风去远莫知愁，尚认棠阴庇此州。怨若可填休唤海，花如无憾不关秋。热肠几度怜卿断，艳福三生望汝修。弱质何堪供俗赏，晚霞相对意悠悠。其二，秋来庭院发幽姿，妆扮娇容怕入时。千古艳情留点血，一轮明月鉴相思。矜怜骨格防人妒，冷淡风怀付蝶知。欲表卿心频搁笔，少陵当日且无诗。”颇有趣味，是为之记。

是日《申报》纪杂评“战事盲谈”节云：“今日欧战中，最新发现之事，唯又一英舰被德击沉于北海而已。失一战舰，于英虽不利，而于德亦无大益也。盖海上之力量，断非一二战舰所能损益也。其外，陆战消息之两岐者，仍在俄、德之间而已。各曰虏敌万人亦可异矣。”虽云各异，现各战争之势可无疑议。若使久战，总非各国之福，急求和平解决，是为至幸。

日前有云，徐花农先生因事被逮之说，余非为然，未曾记载。顷阅八月廿九日《申报》纪：“徐花农君自北京来函云：敬启者，连日接南中亲友来电，争询起居，初不解其故，昨由杭垣寄阅《之江报》，始知以守真照相馆事误述。鄙人窃思，平日与守真素不相识，因即函达《之江报》馆主笔，乞为更正声明。昨又接香港寄到《华国报》，亦述鄙人被铺，并有现图‘保释’二字，固属子虚。下四字亦为误听，犹恐远方未能尽悉，特将致《之江报》馆稿，寄请贵报代登报端，庶释群疑，而免淆乱。另附小诗二首，寄谢亲知，同博一笑。诗曰：其一，野鹤何堪比恶鸮，且能同室供漂摇。微风过树须详听，松柏由来是后凋。其二，诸公垂问岂无因，固识曾参未杀人。久作京华侨隐客，月明古井不生尘。”附录致《之江报》馆函云：“《之江报》馆大主笔先生台鉴：敬启者，顷由杭信寄到九月廿八日贵报所登，据北京电：守真照相馆至处云云，不胜骇异。鄙人平日与该照相馆素无往来，所称名单中有鄙人之名，全属子虚。兹持专函奉达，请为更正。此等事有关名誉，并望知照京都访事人，凡事总得探听真切，始可报告，以重贵报价值而昭信用，是为至要。更正后，请将报纸寄至：京都宣式门外烂缦胡同南头路西敝寓为祷，此颂，台祺。徐祺花农氏谨启。”现今各报兹多，而访事屡有失实，以至动摇。即此一节，可知其大概，是为之纪。

九月初一日《申报》纪：“花堤各闸，旧时启闭以时，兹为行盐便利，各闸洞开，终年不闭，以至海水倒灌，农田秋收大减。各区绅士，援引碑文，呼吁长官，迄今尚无结果。于是发现一种歌谣，庄谐杂见，其辞有足采者，爰亟录之，以供众览云：海水来，莫洗面，洗了面，面皮变。面皮娇似女儿家，丈夫有时御铅华，铅华颇合销药店。价钱高，海皮硝。海水来，不可饮，要吃茶，先掘开。井水亦成咸地浆，肚里变作烧盐场。盐卤到，大便颇不妙，腌谷道。海水来，风车落。风车落，田干搁。稻田今岁没收成，问汝来年耕不耕？官谓民毋恼，为汝安排好，盐当饱。海水来，闸坝开，为行盐，农田灾。农民呼吁仅一纸，将为盐商压迫死。商谓民毋赘，国家重盐税，宁汝憋。海水来，口粮贵，哪有米，完国税。税完七成稻三折，民向催科吏哭泣。科吏不谓然，汝家自有钱，卖了船。海水来，泪如雨，哭饥荒，小儿女。爷辞女儿各分散，打点去吃江南饭。江南人已满，仍回江北岸，生机断。海水来，何所赖？民流离，为乞丐。乞丐亦望大丰年，年荒何处去要钱？没钱命不保，残冬多饿殍，膏野草。海水来，穷无告。迫饥寒，将为盗。为盗不是好身手，官军捉去头要走。砍头亦可怜，家为种田贫，良国民。”所阅情辞，深为惨切，是为之记。后来倘有为力诸君，即将该闸复位启闭有时，不致农田受累，功德无量。

初六日癸未　辰前，雨；巳牌，阴；午时，晴；以后皆然。致张柳桥兄一信，附贺仪一封，附在信内，封交人绸先送交航船代为带郡。晚刻，至楚卿处，晤金子和、黄道周、王云初、邱遇琴、徐福生、邱仲玉诸君，互叙至九句钟而来。

阅九月初二日《申报》附张纪“竹枝词”云：“同心结子玉环连，柔情万缕柳丝穿。南山梨花北苑杏，春光明媚花光映。一庭飞絮一帘花，翠槛参差紫慕[①]斜。云淡雨香天欲暮，画栏闲倚数归鸦。”词颇切实，是为之记。

九月初三日《申报》纪“海面盗匪之蜂起”节云：“烟台消息云：近有水警厅密报到厅报告，现有大股海盗散布某某等海洋，肆行抢掠，并有绑票勒赎情事。尹厅长即饬令第一炮舰澄海号、第二炮舰济安号，同时上足煤炭，并于各炮舰配制钢炮多尊，及新式快枪钢弹，即于日前出发某某等海洋杜截，协力剿捕，期在必获”云云。只愿速为剿捕，以清海晏，是为至幸。现在陆路如斯，海道又复如是，正是满地荆棘，未识何日得睹升平之日，是所深幸。

初二日《申报》纪山东曲阜县大成至圣孔子庙庭之大概情形：“由津浦铁路下车之车站，与曲阜城约十八里之遥，并无居人，此北省之情形大略如斯。雇车而行，约十里，至汶水，问津而渡。汶水清且浅，其流甚急，除渡舟外，无一片帆影。乘骡车者端坐弗动，骡可荷车涉水。北岸为堤，高可丈许；南岸则平沙没胫。计自离车站，行经二小时，方可入城。曲阜全城面积，孔圣庙庭约三分归其一。孔庙之南，将抵城南门，其北将抵城北门。东西之墙，自北至南尚直。城之北门外为孔林。自孔林至北门为极长之辇道，苍松夹路，匝地成阴。入孔庙大成门以南，为奎文阁，旧藏图书之处，立有孔庙诸碑石，长松大柏无数，衬以丰草，高与人齐，殆采后儒‘绿满窗前草不除’之义乎。大成门内东

---

① “慕”，疑为“幕”。

偏，孔子手植桧，其北，杏坛，坛前新栽二杏。大成殿供奉大成至圣孔子圣像，旁坐四贤十哲，其上，大清列祖列宗御额，大略为："德齐帱载"、"圣协时中"字样。大成殿殿东偏有诗礼堂，其后，有孔子宅。故井旁为鲁壁，则鲁恭王坏宅处也。诗礼堂前，唐槐一本，古干如铁。大成殿之西偏为金丝堂，陈乐器数十事，琴太古而无弦。孔庙祭田凡三千六百顷，租税所入，悉以归孔上公耳。自古迄今，国步虽更，成规未尝废也。庙中乐舞生约计三百人，前科举时，每科挑秀才四人充之，今则择其聪慧者补之。"大约如斯，阅其所纪，诚敬之心如亲叩孔庙，谨为记载，他日得亲至山东，瞻仰一番，以遂平生之素愿，未识能偿否也。

初七日甲申 阴。黄岩王宅价来言，王叔平之夫人于日昨分娩一女。晚刻，楚卿兄柬邀晚膳，即于晚刻至王六皆府上，晤卢槐士兄，相叙一刻。同至楚卿处，晤金子和、吴至成、徐福生、翁子俊、周冠卿，相叙至席散而来。但子和言及风水最为用心，人能专致，无论何事，均能致其中奥妙，勿致偏执，可以无误耳。邱处翁之病颇沉，现仲玉来与请医调治，未识即能就痊否也。楚卿兄言，浙江苏杭甬铁路现归国有，以前集股资本，分年付还各股东，先为取息，其息及至还本之年，均至浙江铁路公司取领云云。王六翁言瞿子玖先生现尚归上海，藉得悠游自乐，亦一幸事也。

初八日乙酉 晴，天气颇热。阅九月初二日《申报》附张纪"当局应知之事"节云："凡立一法，自其利之方面言之，无往而不见其利；自其害之方面而言之，又无往而不见其害。如广东之有奖义会，倡之者曰：为整顿纸币也、为振济灾民也。而反对者则哗然曰：此开赌变名也、此国民大祸也。今日政府发行有奖储蓄票，倡之者亦曰将导民以赌也，与从前之彩票无异也。此二者分别以观，利固有利，害固有害，要在当局合利害而熟权其轻重。非特此一事为然，凡百立法行政均不可不先具此辨别心，是又政府所应知者也。"可见当局或立一法，或行一政，须详酌其利害而后施行，使百姓不致受亏也。是为记载，深望后来君子于当局之日，必须详细谨慎，是为至切耳。

第四十六章

甲寅(1914)九月初九日起

九月初九日丙戌　早至卯刻，细雨；辰至巳初，阴；巳末，细雨；午时，阴；以后皆然。接贺蓉江兄一信，并附代买□菊花四盆，内两种尚佳。但菊花最能耐久，每年须植数盆，颇有趣味。早刻同达云母舅及李仲贤、张鹿筹、卢槐士、汪伯端、周冠卿、洪秀卿、翁子俊、邱仲玉、季延、伍菊香、叶石甫、洪少琴诸君登上白云山晤谈过午膳而来，足于一日之乐，亦人生之幸事也。

初十日丁亥　早至巳刻，阴；午初，细雨，片时即晴；午末，阴；未牌亦然；申初又雨；以后均细雨。接杨伯藩兄一信，托买玉版宣纸及红对均已代购，计洋一元四角，及代送交志韶先生收矣。致陈翼亭一信，交典中寄交矣。寿翁之令郎习恭年前配亲黄岩朱省三先生令媛，择于月之十四日完婚。即于今日出发妆奁，其物颇为丰厚，其中有红缎绣花卓衣、椅披坐褥一堂，将进门时经雨打湿，深为可惜。晚刻，华最和尚来叙半响而去，言即就道至温州、上海诸处一行；言华顶寺各圣像今虽雕刻，今年恐来不及，须至明年方可装金，定丙辰之春开光云云。

阅九月初六日《申报》纪“军费与教育”节云：“立国之道，当谋根本、永久之计，而不能为目前一时之计也。即目前为时势所迫，不能不谋一时救急之策，然亦不能并根本永久之图而尽弃之。扩张兵备为一时计也；教育根本，永久之图也。中国今日之时势，诚不能不稍注重于兵备，然决不可因此而大减其根本上计划。东西各交战国正在倾全力于武备之时，然遇关于扩充各种事业之预算案，无不照常通过。乃我中央对于军费力谋增加，亟亟以练兵为务，而于教育费，则工、医减其半，法政去其三，农则全删焉。减振兴农工各学之费，以附益于练兵之用途，是果合于谋国之道耶？世界之上，未有专恃武力以立国者。专以武力争雄于一时，其败也涂地而不可救。苟有立国之根本维系其间，则虽败，而人心必不尽；人心不尽，则国家必不尽亡，是盖至确之论也"云云。言颇中肯，是为之记。

周冠卿先生因金子和请至黄城去，想有数日羁留耳。九月十日《申报》纪"德国之大炮"，记云："《大陆报》纪云：十一日，彼得格勒传来消息，德军此次所用十六寸径口大炮，计分四段，每段由特備货车分别输运，若无铁轨之处则虽预备汽轮三辆方可转运。道路苟非十分坚硬，均不可行。炮弹每枚约重九百基罗格兰姆，约合英国一千九百八十磅有奇。此项大炮由克虏伯机器厂特派专员司理开放安置等一切事宜。另设电机，以便开放。开放之时，炮手须与大炮距离一基罗米达，约合中国两里之遥。闻管理此项大炮者，每尊须工人四百名，其致远力可行十七英里有奇，约合中国五十六里有奇"云。恃有如此大炮，攻虽无不克，奈于人民何，未独目所未睹，亦耳所未闻也。是为之记，以广识见云。

九月初五日《申报》纪"山东日照县怪闻种种"节云："日照来函，谓该县自阴历七月迄今，桃、杏花大开，梨花、栀子花亦同时烂熳，各处皆然，尤以右所圈子二荘为甚。现在鸡犬猫牛纷纷瘟毙，牛瘟尚轻，鸡瘟最甚。阴历八月十四日夜，狂风骤雨一时并作。涛洛以南一带风势更大，居民见有怪物至东南而西北，且呼啸之声非常惊人。又日前小海口进船一只，由他县带来流民百三十馀人，不知如何安插"云云。凡事顺序而来者吉，逆施者不吉。时有如此故事，有如此之逆也。惟鲁省之民今岁偶遇此等变故，深为惨切。

九月初六日《申报》纪"杂评奇案"节云；"人心风俗日坏，道德日偷，则社会上奇奇怪怪之事日多。行凶、抢击、窃盗、暗杀，为社会上一种普通事业，不足为异。然而今日之所谓淫杀、窃盗，则情节每多离奇、手段日益新异。如江西械斗之风素盛，今永丰中沙村吴案之聚族殴击知事矣。广东浮风最盛，今顺德麦俪昭恋奸谋夫案为风流案中最奇艳，不啻一出新《刁刘氏》好戏。上海暗杀之风素盛，今金陵船上铺盖中之分尸案，惨酷残忍，亦为暗杀案中所仅见。奇奇怪怪之事日多，则社会日趋于败坏。有心人其谓之何哉"云云。目今人心之坏已极，时势如斯，人心安得不如是？正是满地荆棘，旅行宿寓者必须谨慎小心而无意外之虑，是为至幸。

是日《申报》又纪"留学生考试一夕话"节云："自阳历九月十七日总统发布申令有考试留学生之宣布，于是由东西洋毕业旋国得有博士、学士之新头衔者，无不跃跃欲试。昨闻留学试验报名处处员谈及考试之概情如下：留学生考试始于光绪三十年，其时卒业回国者人数尚少，故金邦平一榜尽赐及第，各授高官。当时中外报章犹有讥笑之者。然但赐进士，举人未尝分别科目也。其后牙科进士、染织翰林，纷然并起。由是以部试为授予学位之途，以廷试为授官之路，前后六七年，考试授官者二千馀人。入民国以来，各留学生回者不少，而国家既未举行文官、外交官等项试验，应知事试验而及格者亦少数。当道深恐怀才欲试之徒无所归宿，故特发布此令以招揽之。申令既下，国务卿乃本其意于政事堂设立报名处，拟定章程，呈请总统核定。令中资格有博士、学士之限制。然如日本各种官立专科学校卒业生并无学士称号，而于私立明治日本各法政大学之专门部毕业者反有学士之名称，故以后通融办理，以在外国大学及专门学校毕业者为限，不拘有无学士名称也。政府初意但嘱处员接洽，询事考言，拟于其中擢用数人，以系众望。后以报名者日众，即从前经过部试及现有职务之荐任官，均可报考。仅恃处员接洽以定用否，殊不足以昭慎重。闻已由处员请示是否照从前学部考试之办法，统为一种学位授与试，抑或即为高等文官考试。由国务卿呈候总统核定，尚未批行。然外间所传则有考科学一场、口试一场，及第者发交各部学习一年，然后授职之说”云云。如是所云，外国毕业旋国诸生即或批准予试，未便易于从前也。

九月初四日《申报》纪：“浙江路股清算处主任者叶葵初，前因索取第一期股款事，赴京交通部接洽，已迭志报端。兹第一期股款九十万八千三百馀元零，已于本月十二日由部填出期票交付叶手，到期在交通银行上海分行取兑云云。其付还路股条例：一，浙路息票，内积欠股息划分三期清付；二，付还此项息款，由部定于下：记月份支付，第一期股息于民国四年四月三十日照付，第二期七月三十一日，第三期十二月三十一日，均照阳历计算；三，每期付息数目，不以息票原期分先后，而以每息票前后应付之总数，平均作三份，分三期摊还；四，此项发款机关，或由部委托交通银行，或托浙路清算处，俟再核定；五，不另设期票，即于原有息票上加盖交通部图记，按期向指定机关取款足后，由该机关将息票缴部核销；六，此项息票概照原息支付，不再加息。以上各条件，在交通部之意，欲叶葵初承认。叶君言，无承认此项条件之权限，当俟归浙后开股东会代达。部中困难情形，作为部中提出之意见则可，作为代表磋商之纲要则不能。且表示，如欲强其相从，则当朴被而去之意。部中知不可强，遂允将上述之条件留待后日解决。而叶葵初乃于前日挟九十万元之期票南旋矣。如部中所定章程，各股东免一番周转，现叶葵初君已挟期票南归，则各股东易于向取耳。”日前长甸陈宅三分来询其事，即照此情函覆可以。

阅九月初五日，《申报》纪“理无强弱说”云：“国有强弱，势有强弱，力有强弱，而理无强弱。然而有谓强者无理而有理，弱者有理而无理；强者有理而有用，弱者有理亦无用。是理亦有强弱也。不知所谓有用无用者，以理之功效而言，而理之本体实无分有用无用也。何则？有用，固其理在；无用，而其理亦在也。且所谓有用无用者，以一时而言，若经久，则其理无不有用也。何则？有理者，难暂屈而必伸；无理者，难苟得而必失也。故曰理无强弱也。何为理？理之远者、大者、精者、微妙者，我勿言，言亦勿尽。我且言其初浅而易晓者：真，理也；假，非理也。不欺人，理也；欺人，非理也。假者、欺人者，即以势力之强，而使人不得不从，且使人不得言其非理。然而其理故自在也。其理在，则其心固有知觉也；有知觉，即能记忆也。故虽千年万载而不能忘也。故曰：以力服人者，非心服也，力不足也。若以理服人，则无有不服者矣。虽然，理真者也。”所言理者不易之道。如今世事背理极矣。理之见背如斯，致有兵灾、水、旱、风、蝗之患，倘循乎理数而行，则此等灾患悉皆能免矣。自此之后，只愿“循理”二字，切记于心，是为至幸。

九月初四日《申报》纪“战事与中国人之生活”节云：“战事与中国政府之生活有关系，此或可言也，何则？政府赖以生活者，外债与国税也。自战事起，而外债不可得，关税日以减，政府之生活自觉其日难也。然而谓战事与中国人民之生活有关系，此不可言也。何则？以中国土地之广、物产之富，若食、若衣、若用，无一不备，非若他国之须恃外来接济也。所不外来者，外国之奢华品耳，与中国人之生活何预！然而，自战事起后，中国人民亦岌岌难安，群叹生活之艰。一若瓯战不即止，中国人之生活亦将不可久。呜呼！此人民平时无自立之业，今日无自信之力也。不然，乘此时机极力整顿国货，以替代外货，且非大好机会也。东邻之日本，今以战事，故而发起推行国货之大会也；西邻之英国，且于交战之中，为夺外人之商业而重振其初报悲观之工厂矣。奈何我中国人，并此力量、并此志愿而无之！”该报所言时事，颇云切实耳。

十一日戊子 早至已刻，雨；午牌，雨晴、阴；以后皆然。晚刻，寿生相言，本街鞋匠万松之义外甥女初嫁成衣匠，带至杭州后，与细木匠某私逃至姑苏，未久即至上海为娼年馀，在七月间旋台，宿在万松家。但万松之鞋店与孟东之裕丰南货店相连，其女颇有姿色，经孟东看见，最为中式，叫其店伙牟先说合。时孟东乃翁梅五先生七次尚未过，言俟其廿九日末七之夕即进其家中作妾。廿九之日，经其妗母知道，力阻孟东不可造次。而孟东亦难为情，本意欲为迟缓。不意其女情急，即于是夕叫牟先转达孟东。不意孟东又经至店，即与其理论。而孟东大发其怒，以万松捣毁什物为言，片请徐福生带同保安队饬逐。而徐福生亲带数人先至孟东之裕丰，后至万松店中。时万松已逃，其女出而诉之。徐福生因知如是者，各人亦是如是说法，不能再作别较而去。当徐福生至其店中查询时，通街之人犹如山积。当夜已知其事，未得其详，今寿生所云，已得确言矣。当夜，孟东欲将万松作为地痞禀请当道，经周建西出而阻止。孟东欲将野鸡充作家鸡，不意中途阻止，而孟东之幸。而孟东竟以父七未终即作奸淫之行，法所不宥，非独其人有所不齿，即地方亦至辱之事也。晚膳后，至陶寿翁处，晤李舜卿、汪伯端、习之、习谦、敬甫，相叙一刻而来，至家时将二鼓矣。陶习恭于十四日喜期，诸事备极繁华，不减于楚卿家一切。惟习恭烟瘾颇大，未识娶亲之后能得断瘾否也。

《申报》纪“楼仙”节云：“湖南某家云有仙，其初不过其屋瓦作响，家人疑慑。楼居者迁而避，楼空，仙遂不居之。日间不甚有声息，入夜则笙歌沸作，夹以歌雏之歌声，舞女之木底声，皆整齐合节奏。时而暗恶叱咤，如主人训其婢媪；时而细语缠绵，又似男女相爱悦者。家人安之，惟未敢登楼窥视，呼以楼仙。又恐其久而恶作剧也。每朔望则设酒醴以荐于楼仙，且爵而祝曰：‘愿仙静居楼上也，吾家人谨虔敬致供事；楼下污浊，尘壁败几，不足辱仙趾，乞勿光降。’仙感主人诚，与主人极相契。偶主人家有喜庆，管弦丝竹之音，辄彻日不辍；主人与客夜饮，则楼上歌女尽其靡蔓之声伎以悦客。偶主人酒罄，仓卒无以为继，而客兴方酣，主人妻乃祝楼仙曰：‘今壶子罄矣。去市远，度莫能得。使吾客索酒而无以应，必以我为漫，且我主妇不能蓄旨酒，人将谓我勿职。能分我仙壶馀滴乎？当谨以黍鸡为报。’祝甫毕，而壶现于手右，佳酿也。客饮而甘之，惜壶小，数杯之量耳，然而屡酌不竭。偶主人夜行而烛灭，踉跄不得路，忽闻有声在前，如两箸相敲者。随声行，声止，已抵家矣。岁暮，主人妻方与家人谈笑，忽闻空中人语曰：‘久援居停，未修客子礼，今日略设备请登楼小饮。’主人妻登，则楼上陈列华灿如贵家，珍馐罗列。方近席，椅接于后，箸现于前，有相寒暄相问答，惟不睹其形耳。谢饮而下，家人欢然。次日，小孩庆新年，着新衣，向尊长拜受赐钱。忽数小孩鱼贯登楼，若有掖之者，及下，则赐赉丰甚，均精绣品。有识者曰：‘此苏杭物也。’主人有李甥而美，偶宿主人家，夜闻艳歌，登楼窃睨，歌者丽甚，见李亦不避，转秋波微睨之。李心醉，归而祝，愿再觇颜色。次夕，歌者至，自言：‘侬为楼仙第九女，尚无阿婿。’李曰：‘吾且乞吾舅为冰人，请于若翁。’歌者赧然去。主人为甥请，楼仙坚不承，曰：‘吾九女已许人矣。’李又来宿，思见歌者，卒不得，愤而登楼。则楼上但有破几垒垒极高，李思一一倾掷之，而几已自倒，压李趾令痛，李懊丧而下，见梯又腐朽，作欲断状。李跃下，归家，恨楼仙不止。一日仙谓主人曰：‘吾九女已嫁矣。嫁为神妃，吾亦以神封得此方香火，盍为我作庙。’主人奔走募建，庙成，备仪仗迎楼仙。仙舆空空，十人肩之不能胜，倍之始行。李阴随舆后，出利刃断舆杠。舆坠，异声发，若有物堕，视之，水也。可石许，集为涔涔，至今存，不枯不溢。庙即建涔上。庙中不塑像，拜者皆跪涔前。涔水酿酒极香冽云。”节似《聊斋志异》，颇有趣味。该报日久遗失，姑而录之。

十二日己丑 早至午刻，阴；未牌，晴；申时，阴；以后皆然。有名维松者，向往东岸荡中种地有年，异常勤俭，近年来颇称小康。其所居仍是茅厂，门极松陋。不意昨夜三更时分，有土匪至其家中，并无洋枪，将其门一脚踏进。适其父子均在睡乡，该匪将其子连被一拥而去。其所住之处，逼连下船，低违咫尺。该匪将其人被背至船中。适值潮候方涨，随驶至北江而去。时报保安队徐福生往拿，匪已远飏。徐福生随饬哨长带同团丁至北江急追，该匪知有团丁哨长后追，即将拔去维松之子放逃，方至中途，即遇哨长团丁，带转至家。该匪续即捕获。维松之子来言，土匪有十二人，内有二人面颇孰[①]，似本镇人云云。本镇小户之家，竟至拔人而去，殊不成事体。幸即放走，经哨长追转，尚有体面。以后徐福生兄须要谨慎小心，勤于巡查，是为至要。午膳后至陶寿翁府上，晤黄楚卿、卢槐士、汪伯端、李舜卿、丁辅香、王六皆、周载熙、谢仲衡、侯洁斋、周孟东诸君，互叙过晚膳后而来。晚刻，有海门之江西女校书至其家中唱戏，热闹异常，喜事之中最为乐事也。

阅九月初十日《申报》附张纪"新官场竹枝词"云："其一，想做官儿运动忙，吃[②]怜暮夜实堪伤。一朝得到官儿手，便觉今生姓氏香。其二，跑到东阳惟半载，牛皮吹的丈三高。笑他理案都颠倒，还算能员意自豪。其三，案据咨称奉准开，漫讯老套骗钱来。暗中不结风头客，休想升官衣锦回。其四，闷坐六天玩一天，今天且喜可双眠。先将底事低声说，下个星期值宿员。其五，传来一语心惊跳，说道科员要减人。莫管风声真也未，我姑先借十天薪。其六，楚馆秦楼我惯游，双和双酒买风流。何来公债优先票，摊扣三番弗色头。其七，百外薪津实在多，馀来讨个好姨婆。可怜公事忙无暇，夜半归家已有夫。其八，见利争先事本常，托名公益饱私囊。看他吃尽民间血，还说共和乐未央。"极切实新官场时事，是为之记。

九月初六日《申报》纪："江西馀江县属匪徒数百名，头扎红巾，手持枪刀，于十四号夜间蜂拥进城，焚毁县署，劫放监犯，并烧抢商店数家，全城地方几为糜烂。业据急电请兵援救，现经当道率兵两队星夜驰往，商同该县知事，相讯[③]剿办，刻闻来电，匪势已退"云云。此情略与浙江东阳县土匪扰乱治安相若，若不急于追剿平静，为害和[④]

---

① 当为"熟"。
② 疑为"乞"。
③ 当为"机"。
④ 当为"何"。

底？未识均能一律肃清否也。

重阳日《申报》纪诗选节："忆菊诗"："寥落园林夕照残，潇潇风雨暮天寒。清怜佳友盟心切，谈到高人觌面难。此日篱东重九寂，去年径北数枝攒。何时冷艳俱清赏，醉饮芳樽倚玉阑。""寻菊诗"："半村半郭几人家，淡淡幽香绕径赊。冒雨不嫌萝磴滑，含烟方恐槿篱遮。可曾玉蕊凌霜折，定有金英带露斜。指点夕阳葭岸阔，归来碧树正栖鸦。""种菊诗"："邀来隐士寸心投，夜静无人玉露流。弄影何曾三径冷，折腰好似一庭秋。天然映衬烟云绕，地亦清奇水石幽。劳我携锄来薄暮，清芬馥郁数枝抽。""簪菊诗"："不分黄白满东篱，采采簪时夕秀披。嫩碧香侵丝鬓细，碎金光压帽檐欹。宫花不羡琼林宴，秋色偏偕处士宜。最是双丫芳气袭，黄华犹带露痕滋。"

是日《申报》又纪"用'满城风雨近重阳'句"七律五首："其一，满城风雨近重阳，扫室悠然冷趣长。黯黯茶樯连酒市，萧萧蟹舍接鱼庄。黄花小圃开犹未，红树晴皋湿不妨。竟日东篱看自足，未嫌作序拟宾王。其二，秋露涓涓秋树苍，满城风雨近重阳。到来白袷烟中误，归去青鞋霁后忙。午后黑甜怜菊枕，佳晨清晓制萸囊。叩门纵看催租吏，一句休教诗价偿。其三，秋来景物记江乡，桐荫萧条竹影凉。三径云烟才九月，满城风雨近重阳。出门游屐湖山好，入市人家稻蟹香。检点来朝诗料否，题糕险韵不曾忘。其四，戏马台遥未可望，小江桥畔问轻航。人迷秋水蒹葭路，客忆寒山橘柚旁。几日霜花移晚节，满城风雨近重阳。湖光树色萧疏里，好是勾留解此乡。其五，堤边衰柳欲成行，淡白轻飞万壑霜。秋草已消三寸绿，寒花未足十分黄。垫巾事比林宗达，落帽人言楚客狂。煞是一年风景好，满城风雨近重阳。"阅之颇有趣味，姑而录之。

九月初六日《申报》附张纪"嵌剧名诗"七律六首："其一，'梅花节'候'九更天'，独'坐楼'思'马上缘'。'戏凤'人曾'挂玉带'，'讨鱼税'自'荡湖船'。'黑风帕'起'观灯'过，'明月珠'凭'赠剑'传。'宋锦诗'成'缝搭膊'，'玉堂春'醉'雪杯圆'。其二，'祝家庄'上去'探亲’，未‘送银灯’叹‘月昏’。‘二度梅’思‘池水驿’，‘一枝桃’忆‘画春园’。‘大回朝’过‘三岔口’，‘小放牛’归‘四杰村’。‘母女会’当勤‘教子’，‘纺棉花’榜‘检柴’门。其三，‘七星灯’照‘满堂红’，过‘断桥’‘游六殿’中。‘遗翠花’迷‘黑水国’，‘摇钱树’榜[①]‘紫霞宫’。‘琼林宴’赴‘葡萄会’，‘御果园’遭‘宇宙风’。‘扫雪’‘白门楼’外看，‘珍珠塔’上‘玉玲珑’。其四，‘铁莲花’放‘柳林池’，‘六月雪’晴‘醉酒’时。‘小逛庙’遂‘随马计’，‘大登殿’拟‘进蛮诗’。‘双摇会’惧‘胭脂虎’，‘丑表功’馀‘血泪碑’。‘探母’‘岳家庄’外过，‘采桑’闲看‘打金枝’。其五，‘群英会’议‘取城都’，‘水战杨公’‘落马湖’。‘烈火旗’翻‘铜网阵’，‘宝莲灯’照‘海朝珠’。‘乌龙院’里‘风云会’，‘白虎堂’中‘日月图’。‘武十回’经‘夺小沛’，‘五人义’欲‘盗银壶’。其六，‘开山献佛’‘目莲僧’，‘孝感天’留‘祭塔’名。‘白马坡’前‘演大锟’，‘洪羊洞’里‘盗魂铃’。‘氤氲阵’列‘潮金顶’，‘忠孝图’悬‘请宋灵’。‘三世修’成‘烧骨计’，‘闹东海’化‘玉蜻蜓’。”嵌剧律诗颇为切当，阅之亦有趣味，是为之记。

十三日庚寅　晴。早刻，至[②]陶寿翁一信，托其代经代为汇划一节。晚刻，至陶寿翁家中，晤黄楚卿、王六皆、李舜卿、汪伯端、周载熙、张岳生、李仲贤、黄道周、张鹿筹、冯敷五、伍菊香、潘子祥、邱仲玉、卢槐士、周作䕫、朱永孝、周孟东、王槐卿诸君，相叙席散后，而楚卿邀同至其家中，晤王雪春、王云初及槐士、仲士诸君。少坐而来，至家时逾二鼓矣。

十四日辛卯　晴。早刻，因陶寿翁请代其接客，至其家中，晤王醉卿兄、金寿山统领、洪宇卿兄、张署长、曹督察长、娄竹珊、王六皆、陶河清、徐福生、吴玉成、陶祝卿、谢仲衡、吴勉生、冯敷五、王槐卿、解昆珊、黄楚卿、黄义臣、李少云、周孟东，相叙至晚膳后而来。新妇到

---

① “榜”，疑作“傍”。

② 当为“致”。

时将六句钟，其时尚早，诸事均称完美。代媒者，李舜卿、汪伯端两兄。晚刻，海门来有妓女四名，夹唱小调，更加孰闹[①]，亦所谓乐中加乐也。

阅九月十一日《申报》纪“市上发现不时之食物”节云：“近来本邑四乡田中发现乌笋并毛针等物。查毛针为小孩玩耍所食，乌笋为居家日用菜蔬，必于春间生长。闻有节交霜降发现此物者，日来乡人采赴市上求售，沪人士见之，均诧为罕有”云。前报纪山东日照花开不时，近上海又食物不时而生，此非顺序，亦不知何朕兆也。

十五日壬辰 早至酉刻，阴；戌牌，雷雨，颇大；以后皆然。时将立冬，尚有雷雨，亦所罕见。陶寿翁柬邀晚膳。晚刻，至其家中，晤谱香母舅及王六皆、周作羹、黄道周、张绰如、汪伯端、朱永孝、周载熙、黄少湖、邱仲玉、周孟东、李少云、李舜卿、谢少玉、陶河清、陶柳亭诸君，相叙过席散而别。周冠卿先生晚刻自黄城来。

十六日癸巳 早至卯刻，雨颇大；辰至戌初，晴；戌末，雨。早刻，吴玉翁来叙，过午膳后同至陶寿翁处，晤伯端，相叙半晌而来。晚膳后，同周冠卿先生至翁子俊兄处，晤叙片时，来时已将二鼓矣。侍妾曹氏面多黑斑，每次托余代购治斑之物，无以应者。顷阅《申报》纪美容药名曰皮肤白色素，功效如神，未识果否。他日赴申之便，购买一瓶试试可也。该店开在上海北京路中紫阳里对面顾家弄内白色素总经理处售购之处，其分售处在小花园南震华号。杭州胡庆馀堂现分设至上海，其基地购在沪江北京路紫阳里，但屋未造就，暂租河南路抛球场一百廿三号宝成银楼旧址，先售丸胶等药云云。

十七日甲午 辰前，雨；巳、午刻，阴；未牌，雨；以后皆然，惟酉、戌时雨颇大。汪伯端兄席请朱惠甫兄，邀余与河清、柳亭、习恭、华屏、道周诸君陪客。晚刻，至其府上相叙席散而来，至家时经十一句钟矣。

---

① 当为“热闹”。

十八日乙未 子、丑时，雨；寅牌，雨晴；至晚均晴。连日天气和暖，虽晴，似有潮湿之气。今早，西风，则天气晴明，就即转冷矣。早刻，周潜溪来言，代为购来绿萼梅花两盆，计洋八角，就即照数付交。该花俟有至海门之便，向取可也。早刻，陶河清来柬邀余陪宾。至其府上，晤朱蕙甫及魏莘偁、汪伯端、王俊卿、陶柳亭、陶习恭诸君，相叙席散而别。陶寿翁席请朱惠甫兄晚膳，来柬邀余陪客，就至其府上，晤朱蕙甫及达云母舅，并仲玉、楚卿、伯端、柳亭诸君，相叙席散而来。席间言及陶吉云兄之病颇沉。魏华屏、莘偁昆季均吉云兄之妻舅，人颇能干耳。

十二日《申报》记“战事影响与币制”节云：“某省曰，战事影响烈，金融急请印纸币；某省曰，战事影响烈，金融急请添铸银币；某省曰，战事影响烈，金融急请添造铜币。而中央亦以受战事影响将裁撤币制局，总裁且将辞职。于是，市面上纸币、银币、铜币日益纷乱，而中央从前种种整理币制之盛意、之计划、之手续，早已抛之于九霄云外。呜呼！战事影响果若是之甚耶？然而有纸可印、有银可铸、有铜可造，暂时可以救金融之急，而市面无扰犹幸也。”而银币、铜币无扰市面犹可，惟纸币只愿其应暂时为幸，倘若日久，则百姓受无穷之累耳。

十五日《申报》纪“土耳其与中国论”节云：“每闻世人谓东方两大病夫国，即土耳其与中国是也。然而两国之所以病则相似，然其不同也：土耳其能战而病，中国以不能战而病；土耳其病于战，故病而仍能战；中国病于不能战，故愈病而逾不能战。古人有言‘世乱识英雄’，其实世乱亦可识凡庸。何谓识英雄？世不乱，英雄有时而湮没也。何谓识凡庸？世不乱，凡庸有时而藏拙也。唯有乱，乃英雄自显其为英雄，而凡庸自显其为凡庸矣。岂特人为然，即国亦然。自此次世界大乱后，坚忍者坚忍、沉毅者沉毅、勇猛者勇猛、狡谲者狡谲、懦弱者懦弱，各国之国民性无一不显呈于世界焉。呜呼！此岂特土耳其与中国而已哉”云云。所论最为合理，是为记载焉。

九月十二日《申报》纪：“东京电：十月廿七日，即阴历九月初九日,山东气候在华氏寒暑表五十六度,屋外则四十六度,露营地之霜一白如银”云云。记忆是日天气颇为和暖,山东如此之冷,可见南北气候之不同有若是也。

九月十五日《申报》纪“拐匪之暗号”节云:“救济妇孺会因近来浦东一带时有拐匪,将拐来妇孺由烂泥渡等处码头将搭商轮出口贩卖,闻若辈暗号:呼妇女为条子,呼小孩为石头,出口几人称为条子几条、石头几块。昨已致函淞沪警察厅,请饬三区第一分署署员严加侦察矣。”正是满地荆棘,妇孺小孩出门必须严加谨慎,是为至切耳。

九月十二日《申报》纪杂评“财政与兵备”节:“吾尝谓今日欲整理中国,绝非议一法、行一令所能奏效也。财政、兵备为中国所最需要,仅议其办法,则参政诸公洋洋大文自可立就,仅以其办法空言责令奉行,则不数日而中央之文电遍于各省,特无如其不能实行乎。所谓不能实行者,非尽官场奉行不力也,亦实有无能为力之处。财政,必人人勤其力、当其用,又增以知事能力,而后可言整理矣;兵备,必人人奋其勇、习其术,又助以利器、财力,而后可言整理。试问,国人果能之耶? 然而不可不自勉矣!”言颇切实,所以徒托空言者,无益于事明矣。

现浙江加粮户书弄币,百姓之苦莫可言喻。继即裁兵,以致土匪横行,小康之家终无安枕之日。若无预为防范,处处皆然。如九月二十日《申报》纪“虹口又有枪毙人命之劫案”节云:“虹口蓬路恒济典当伙任功甫,昨晨十一时由该典经理嘱往麦加利等银行,收取现洋四百馀元,乘坐黄包车旋店。讵行至天潼路公济医院,后面突遇匪徒拦劫,因与争持,致被该匪等连击三枪,两弹均从肚腹间洞穿后背,一弹击中脑部,当时毙命。该匪等即携洋逃避。旋由三百五十五号印捕查见回禀,捕头立饬中西通班探捕,前往兜拿。该匪等已早远遁。遂即将尸舁至斐伦路验明所,报请公共公廨中西官莅验。旋经该典得悉,前往辨认。面目已被轰击,血肉模糊,不能辨识,惟死者所穿衣服及手上所戴珠戒确系任物,始得认明。据闻年只二十九岁,系宜兴人。已由该典通知其家属来沪棺殓,并请捕房严缉匪徒惩治”云云。上海东方竟有如此不法之事,何况各处。现今做人之难甚已哉！吾侪小民,未识何日得见光天化日,是为至幸。

阅九月十三日《申报》纪“浙江新陈两案记”,系言丽水县知事郎允麟违法滥杀云云。按:郎允麟系郎翰臣老伯之大世兄,字曰苐潮,人颇能干。何至如此荒唐？未识又有郎允麟与其同名,未识其任知事以来性情自是是否若何,容得确实再行记注可也。

十九日丙申　晴。早刻,陶柳亭兄席请朱惠甫兄午膳,邀余陪客。即至其府上,晤朱惠甫及达云母舅并王六皆、伍菊香、陶习恭、陶河清、汪伯端、周谱香诸君相叙。席散后,就道至尚德小学校晤眉甫先生及邱惠甫,少叙而来。达云母舅席请朱惠甫兄,来柬邀余陪客。即于晚刻至其府上,晤朱惠甫及谱香母舅、翁子俊、陶习恭、陶柳亭、周作羹、周子雨、汪伯端诸君,互叙至席散而别。至家时将二鼓矣。伯寅宗叔于十三日作古,今日头七之期,念佛一天,追荐之。但伯寅宗叔系禹门叔公之长子,谱名修吉,年三十有七岁。禹门叔祖娶妾生子,最为娇养,不意烟、赌交加,竟将其祖业荡然几尽。其生一子,名崇坡,尚在襁褓;女三,长年十八,均未许字,现界天寒,尚穿单衣,深为长叹。当禹门叔公在日,不料未及十年以至若是。人生均无后顾之忧耳。

二十日丁酉　早至未刻,晴;申牌,阴;以后皆然。家君席请朱惠甫兄午膳,并邀达云母舅及陶习恭、翁子俊、王六皆、陶柳亭、汪伯端、周冠卿诸君陪客,相叙席散而去。但陶习恭兄烟霞之辟,日须两馀,惠甫兄之瘾尚不及习恭之大耳。柳亭兄言,陶吉云兄现由丽生洋货店搬移至家,病已增剧,只恐危在旦夕。其元配许氏生四子,长娶潘天球之妹,夫妇早故。继娶蔡氏,生一女。续娶魏氏,于上春生一子。其家事一切均操诸己手。次子不长进,一旦如是,其家中亦恐无主。如是想之,人生空甚。今日而想,只愿转危为安,是所至幸。上洋谢崇甫之子大玉年将弱冠,专事烟赌,日前陶习恭喜期,彼至其家中吃酒，麻雀输洋三百馀元，亦所少有。现今麻雀底百元或五十元，此真无理以极，即十元者亦不近人情。人能相识，均有交情，无事消遣聚而麻雀，底只可一元为止，万不可逾于一元之外，是为至要。

现在男婚女嫁均极繁华，余幼时新人嫁妆尚须朴素，衣橱均自路桥所做，即新衣服虽有摹本缎不过二三件而已，头上珍珠均细而不多。至余娶亲，亦与前相仿。自后二十馀年，日渐奢侈，木橱面嵌厚镜出自甬江，妇人衣服无非摹本，值至摹本尚为下次，须用外国缎，头上珍珠非数金不为体面，即分妆亦须五六百金。所以嫁女之家稍不经心，以致家空户败在于立见。在于男家，在于新妇贤德，不在嫁妆之厚薄，在新妇命好，不着[①]嫁来衣。如此奢华，理宜禁止。首在男女之家各须原谅，挽转颓风，是为至切。此嫁妆当须俭约，即日用之资亦必事之从俭，是为至要。万望后来君子勿以余言为河汉，为幸多矣。

前伯寅家有高凤翰画岩石小中堂一轴，吴历画山水小直条一幅，余于辛亥之春向其购来，计洋十六元。此外，有谢份画山水大中堂一轴，余因其画身颇大，于乐琴书室中间不能悬挂，未及向购。今其家中售于陶习谦，洋十元，画中山水情气颇足。谢份虽未查识，定是名家所绘，其款字题："己未画于止园之某堂，谢份时年七十有八。"但止园系巢公鸣盛之园，查巢公系明末隐逸，己未岁定是康熙年间之己未。人若识其底蕴，知谢份来历，如此山水非数十元不可得也。即余购之高凤翰岩石，查高凤翰系乾隆年间名家，江南盐漕中候补人员，籍自山东，纪文达之《阅微草堂》已有纪载，其画法亦颇有情。吴历画中有"延陵墨井"图章，想是延陵墨井道人，前阅过某处，墨井道人系康熙年间之名家，其所画山水情气亦足。前将两幅以洋十六元购自得之，亦可谓便宜。

字画以后贵重者以人重，如忠臣、直臣、烈士、节烈、孝子、义士、

---

① 疑为"不在"。

循吏手笔者，千百年后定能敬重之。如绿筠女史朱怜所绘工笔花卉，其画虽工，后人亦能追及。查绿筠女史出自名门闺女，侍亲甚孝，家贫，专以写画以养亲。因自貌陋，年逾三十而未嫁。时值粤匪攻破杭城，必即服毒自尽，被压墙下。待匪退，已逾半载，人将修理倒墙，见有女尸，面色如生，认之绿筠女士也。其忠孝节烈若是，所以手笔千年不休，视其画当须敬而重之。有云文天祥书对悬于中堂，颠人不敢经过其处，其忠烈之气现于楮墨，岂谬然哉！余前购彭刚直公梅花之直条四幅，当时深为欣喜，自徐子刚兄指明其假之后，作为作论①。今思所藏字画：绿筠女史牡丹小中堂一轴、荷花小中堂一轴，张蟹山先生行书小中堂一轴，高凤翰画岩石小中堂一轴，桂雩门先生书直条砖文四幅，刘幼云先生书行书直条一幅，傅少生先生画墨竹直条四幅，方梅画梅花直条四幅，吴廷康书篆文直条四幅，贺太峰书行书直条四幅，张曲江先生画花卉直条八幅，何子贞先生书草字对一幅，钱南园先生书楷书对一幅，龙继栋篆书对一副，贺太峰行书对一副，吴廷康隶书对一副，傅少生隶书对一副，仇十洲画工笔八仙横批一幅，刘石庵先生行书扇面两幅，以上各画虽非最好之宝贵，想是真迹。即陈桂舟先生之隶书草书，蒲竹英先生之山水、墨竹、梅花，亦可出客。大凡客厅悬画，忠臣烈士之手笔不易寻觅，必求其不俗，是为至要。余书房悬有汪蕉雪篆书“退一步想”，小单一幅，其中有刘纶拜跋。以余视之，跋字与边书：“境无终穷，愿难常足；惟贫生妄，惟谦受福；知止不殆，持盈以虚；眼前地步，退则有馀。”自书之字相若，如此自警，虽非刘轮所书，亦颇不俗。故嘱手民做以玻璃长架上之，以垂久远。查汪蕉雪系汪文端公由敦之公子，名承霈，由荫生出身。适值乾隆皇上南巡接驾，恩赏中书，而至侍郎。其人品行亦佳，是为之记。

伯寅家又有文征明行书册页一本，书系《北山移文》，亦售与陶寿翁。但文征明之墨宝，余无见过，其册页之书法最为老到，果若真迹，

① 当为“罢论”。

即数十元不为多也。前明盛世，文衡山（征明）、唐六如（寅）、祝枝山（允明）均同时而出，亦均齐名。文衡山、唐六如书画均称大家，惟祝枝山书法亦成大家。以后世视之，唐六如不及文衡山之敬贵。何也？唐六如虽风流不羁，近于偏风，而文衡山一生诚厚、壮重、清高，即在于此耳。

廿一日戊戌 阴。冠卿先生因楚卿请其至海门去。早刻，至蒋敬甫处，云其在海门未旋，随与侯洁斋相叙一刻而来。晚刻，周篪卿兄来言今夜趁航船至郡，余即将周潜溪托余代印其屋契一纸。转交其代郡代为交房向署用印，并附带洋两元，不敷之处俟印来时即行付交可也。眉甫先生来叙至晚而去。晚膳后至楚言处少坐，就道至心斋宗叔处，相叙一刻而来，至家时方二鼓矣。但楚言之病已愈，惟人未复原耳。晚刻，陶习谦兄言，海门之椒江舞台仍于十月初旬开演。言若果然，该处经商以及居民，日夕须费不资，正是有用之银钱化于无用之地，深为可惜耳。

廿二日巳亥 辰前，雨；巳刻，阴；以后皆然。致杨伯藩兄一信，附洋九元四角，饬祖元送海门交二头带至沪江，内一元四角，付还其代卖笺纸价洋；内八元，托其向胡庆馀购买全鹿丸，未识即班轮期得能带台否也。周冠卿先生自晚刻来，言楚卿因造当屋，邀其代格方向耳。前楚卿无论造物以及大小时日均不用日子、不用方向，今亦相信矣。陶吉云兄已于昨日作古，年只四十有五，遗子四人，女一人。其人平素过于拘谨，今则如是者，空耳！旁人不过代其一叹而已。

阅九月十八日《申报》纪“空文与实力”节云：“此次世界之大战，空文与实力之相抵触者，已不知凡几矣。苟至战局定后，更不知其增有若干也。何谓空文？条约也、宣言也。何谓实力？海、陆军之战斗力也。何谓空文与实力相抵触？有海、陆军之战斗力也，条约可以废弃，宣言可以反汗[①]。据今以观，实力胜而空文败也。条约、宣言不

① 疑为“反讦”。

能拘束海、陆军之战斗力，而海、陆军之战斗力可以突破条约、宣言也。然而，假使战局而永无已时，我勿能言也；苟有一日战事而已，我盖决其结束此战事者非他，仍为此空文之条约与宣言也。于此空文外，别无他法可以结束之也。是故，空文与实力迭为因果者也。空文无效而战，战罢而仍将乞灵于空文也。故我谓有实力者勿太轻视空文，轻视空文，在战时似无关系，而日后必将自食其报也。”此空文、实力两相比较颇为紧切，是为记载。

廿三日庚子 阴。陶寿翁出帖代吉云柬邀明日晚刻助祭，当应情面难却而允诺之。

廿四日辛丑 晴。早刻，因陶寿农柬邀助祭，至汪伯端处，晤王六皆、陶寿农、刁谦、黄道周、魏怀平、莘俑昆季相叙。过午膳后，致祭吉云兄，毕后，而吉云兄出丧后，至其家堂祭毕后而来。言及黄岩高等小学校设在樊川书院旧址，肄业学士廿五人，日昨土匪来拔去肄业学士廿二人，又，教习一人。一学堂廿五生，一夜失去廿二人，可谓全军覆没，未识在于何处，尚未详实，不知作何设法也。自此之后，黄邑在乡之各小学堂均纷纷散走。有司者宜于严追土匪，是为致幸。现在入学读书者，必须择方而读为要。河清兄女婿林扃生所言颇确，并云黄岩北门卷洞于十九日无故崩泻约计数尺，未识又有朕兆否也。现在时事如斯，有此奇异，不亦宜乎！周冠卿先生至海门来，言楚卿向来创造店屋，均不择日、格向，现造其海门元泰当屋，请其格向。其所造之处与本屋方向，适今年遇山杀，此楚卿近年运气健旺，可以建造，若在别人，切不可效其所为也。

阅九月廿一日《申报》纪“法国之奇异炮弹”记云：“《字林报》云：据著名化学家洛柏脱近在伦敦某报作一报告，略言德军某步队受过法军炮击之后，僵立而死，且手中犹执来福枪作瞄击状，未知法军果用何炮，致有此等效果。又据某英伦日报访员称有美国红十字会会员目击德军营寨被攻情形：法炮过后，德军全队受损，查其枪械各犹靠在肩际。怪异之事，除古书纪载鬼神故事外，实所仅见云云。此项新发明之弹并非寻常炮机可以装放，闻其适当用之，炮架形式极为特别，且构造亦极艰难，管理一切事宜均归专家担任，该弹名为毒而霹雳脱（此名本于发明家而仍之），一触人身，即使神经失觉，立时殒命。且屡经试验，临死之顷，一毫不苦痛，是自有军械以来，当推此项新发明利器为最近于人道主义者也。又据英报斯登塔访员通讯云，近赴玛恩战场观察情形，见法国所用三寸径口野炮，其利害之处询非吾人梦想所及，偶中敌军，全队同时立毙，俨如触电，相传人与木石无异。附近某丛林边地有某军一队，触弹而死，似觉惊惶失措，不知炮火何来之状，内有哨兵两名，手犹执枪，距离数武之地有一兵司探报之职者僵卧不动。再行而前，见一军官贴地长眠，与其军队距离不过数码之遥。该军队死后尚有两人手拈纸牌者。大抵法炮来时无论醒者、睡者，一经相触，同归于尽，神速之极，不及防避也。又有某军六十名枪械山积，释手安眠于一草堆之旁，法弹来时，前后左右四面并至，似有痕迹可稽。该六十人等有覆地而卧者，有仰天直视者，当是弹力发作之际，四肢麻木，欲动不能，故有此动景象。再验死者之身，皮肤纯好，并无伤痕，亦可异也。闻某军罹此祸者并非一处。据法军炮手言，某军若遇此项三寸口炮弹时鲜有幸免”云云。其炮弹如此精利，何异《封神》《镜花缘》中事也。

廿五日壬寅 晴。致陈仲善兄一信，交邮寄至京都黄岩会馆转交矣。家君同周冠卿先生至黄门岙去，明日造墓。一切什物、人工悉均今日而去，未识向下得有善穴否也。

九月二十日《申报》纪“谈话会”节：“莫行心上过不去之事，莫萌事上行不去之心。存知足心，去妒忌心，方寸中何等安闲自在！凡一事而关人终身，虽实见实闻，不可失口；凡一语而伤吾长厚，虽闲谈闲谑，切须谨言。遇沉沉不语之士，切莫输心；见悻悻自逞之徒，急须防口。君子有三惜：此生不学，一可惜；此日闲过，二可惜；此身一败，三可惜。富贵如传舍，惟谨慎可得久居。无病之身，不知其乐也，病生始知无病之乐矣；无事之家，不知其福也，事至始知无事之福矣。人欺不是辱，人怕不是福。祸莫大于纵己之欲，恶莫大于言人之非，病莫大于知己之失。登天难，求人更难；黄连苦，贫穷更苦；春水薄，人情更薄；江湖险，人心更险。知其难，甘其苦，耐其薄，测其险，可以处世矣，可以应变矣。口体之欲何穷？每加节俭，则无忧不足矣。八珍在前，不过一饱，粗粝既饱，八珍亦无味矣；狐貉在御，不过一暖，敝缊既暖，视狐貉亦无华矣。对失意人莫谈得意事，处得意时常想失意事。凡事只可罪己，不可尤人。薛文清云：不忮不求，何用不藏，是守身常法。"为人不得不三思，此等语言何异《五种遗规》《传家宝》之言！人生均得如此处世方合为人之道，是不可忽也。是为之记。

廿一日《申报》又纪：中国租德之青岛已被日军攻破矣。是日该报"青岛之论"云："青岛今又自德人之手而移诸日人之手矣！以青岛之本体言，朝秦暮楚，宛如无主之花，一任路人攀折，呜呼！其可悲！青岛之闻于世也，以德人之血染之，以日人之血染之，以英人之血染之，以中国人之血染之，血染愈赤，而青岛之价值愈高。然则青岛而今不陆沉，日后更不知染人血几许，呜呼！青岛其可惨！青岛第一次之价值不过一教士耳，今则德人若干、日人若干、英人若干，且附之以地主之中国人若干，不足，且复附之以各国人之财产若干、坚固之炮垒若干、军舰若干、枪炮若干、子弹若干、雄壮之建筑物若干，而后青岛乃自德人之手而移诸日人之手。呜呼！青岛其可惧！"如是所云，青岛已破，现今山东一省日军之势力愈大矣。总求战事早日和平解决，乃是小民之幸也。

阅九月二十日《申报》杂评节纪"法与本"云："近来中央所注意者，一为治国之法，一为治国之本。何谓法？若立法院之组织已着手、国民会议已起草、自治调查亦已交审议，凡从前推翻之一切机关今将复动。何谓本？若参政严复辈之立国精神，案：注重忠孝廉节肃政夏寅官等之，请饬内务、教育两部尽力于教忠、教孝，凡从前鄙弃之为人要道，今将复明。且今所谓法，采各国最新之学说者也；今所谓本，采我国最古之学说者也。然采新学说而不会其通，则法仍无用；

采古学说而仅得一偏，则本仍不立。盖治国之道，无论言法、言本，均非一端所能赅其全体，又非矫揉造作与假借传会所能有成。呜呼！岂易言哉！”所言已识其端，欲归其本，一则非易，时事又复如是，一旦复还，果岂易哉！

二十日《申报》又纪“荷倩”节云：“济南校书王荷倩，苏人也，祖、父业儒。女生而聪慧，美丽绝伦，幼从父读，即明大义。十二岁时父母接踵逝世，孤雏无依，乃为乡邻无赖诱拐至鲁省济南作卖笑业。女知已落陷阱，难保玉洁，遂顺鸨意接客，芳名噪一郡，寻花者皆以一见为荣。女心欲于诸客中择善而从，奈多浮华少年，俗气逼人，无当意者，历四五年，愿未终遂。有秦生者，金陵人，幼孤，赖老母抚成，潇洒不群，笃性好学，弱冠犹未婚。闻京师某大学名，遂邀邑友颜生共赴京都，道经济南，有葭莩亲某居城中，遂居停其家。居停主于闲言中道及荷倩名，颜素有花癖，即强生往访。及觌面，几疑嫦娥下降，后聆其言词，则多大雅，且含有悔恨之意，迥超凡妓所可望其项背，生于是心醉。女见生举止温柔，吐纳诚笃，目所稀见，遂亦倾心，两情爱慕，言语益亲。颜固解人，乃为撮合，强生留宿。数日后，感情愈深。女尽吐胸中事，誓以身侍生。生亦爱女，即共结盟，约为未来之夫妇。生恋女几不忍别，频经女促，方偕颜启程。月馀后，颜忽返，独诣女所。女询生近况，颜则唏嘘，曰：‘秦君好学，恒终日不释卷，致脑部受重伤，方抵京，脑病忽发，医药罔治，十日前竟与余辈长别。余此时方舁柩回宁，子尚问乎？’言已泣下。女闻言惊曰：‘君言果真乎？’颜曰：‘此何事？岂诳汝！盖偕余一视其柩，以稍酬前日爱汝之情。’女知生死非谬，不觉涕泪横陈，几欲失声。颜曰：‘子既情真，盍往棺前一哭？’女乃拭泪，偕颜往至逆旅，果有一棺。女见棺乃放声，若丧所天，久之始哽咽向颜曰：‘妾前与秦郎已结盟誓，今秦郎不幸身逝，妾实为秦氏妇，自当为秦郎归侍老母晨昏，以娱晚景。妾五年来私蓄有资，乞为妾赎身，以与君回宁。君与秦郎素契，谅必不辞。’言讫，言复涔涔下。颜见其意诚挚，知非伪，乃诺之。事毕，遂共扶柩启行，一路哀泣，实有陈后主之日以眼泪洗面者。及抵秦宅，颜乃一一白秦母。秦母悲声谢女曰：'寒门不幸，殃及小子，承为扶柩回里，已属不当。老妪龙钟，岂敢复劳君驾？且君方青年，岂可守誓言而累终身乎！'女曰：'不然，妾生不辰，堕落花丛，幸蒙公子垂青，相约百年。孰意公子遽逝，妾之命薄如此可知。且妾五六年间已尝遍世人滋味，若再飘蓬，至珠黄人老之时，恐求如今之境地者亦不可得。母其毋辞！'秦母以其言近乎理，且有颜生襄赞，遂亦不过却。女侍秦母若生母，晨昏定省，无时或缺，秦母颇安乐之。越四五年，不幸二次革命军兴，殃及金陵，秦母受惊过甚，因而物故。女哭殓成礼，丧事毕后，乃招邻人与颜生至，谓颜曰：'秦郎生时契友惟君，是以家事屡渎君神。今尚有一事相累，希勿辞。妾姑已逝，妾职务已完，妾生亦无所事事，今将往九泉之下见秦郎矣，死后尸身累君收殓。'言讫，袖出白刃，向项下一勒。及颜与诸邻急救，时已不及。"噫！如斯女者可谓情义俱尽、智孝皆备矣！果如是者，虽受泥污之玷亦不失女中豪杰也。是为之记。

是日《申报》附张又纪诗选，"题出吴淞口"："不到吴淞口，于今已六年。老夫仍故我，沧海忽桑田。扬子悲歧路，尼山叹逝川。离愁何所似，秋水接长天。"词颇老到，并而志之。

廿一日《申报》纪："山东泰安县城东南五十五里有村曰范家镇，其民以制针为业。当二三十年以前，岁出针价值总额约二十万元之谱。其制针也分功而治，或炼钢，或丝焉，或引使细焉，或磨使锐焉，或穴其尾焉，倚以为生者奚啻数十万。自洋针输入，土针一败涂地，现业此者仅存一二家，专制长针，稍[1]山、陕等僻地，稍补洋针之缺"云云。业针者，其业已微乎之微，自通商之后进有洋针，几全失业，亦惨已哉！中国人日用一切什物均喜自外国所进者，不得不至钱财日尽也。

廿六日癸卯 寅牌，细雨；至巳，阴；午初，微雨，片时即晴；午末

---

① 当为"销"。

至酉均阴;戌时,细雨;以后皆然。早刻,至王门岙,家君与冠卿先生均在山中,时金井已开成就,定寅时破土,午时分金、行砖。于时尚早,同至微登家,午膳后时方十一句钟,同至山中。冠卿先生格准坐坤向艮,随即行砖起造,其土色已变,本山已及龙虎两手尚能相称,家君言只将就而已。所造之处系家君与家母寿域及先母佳城,共计三所而已。前择先母入厝吉日定在十月初八日,至家后探听是日娶亲者颇多,轿班与吹手不能凑足人数,俟家君与冠卿先生于是处公事完竣到家再作准定可也。贺蓉江兄来言,郡城同昌之运客集股,余允集一股,容日再言一切。但台州盐务分局三层,运为一层,销为一层,厘为一层。集资设立总经理,向各盐场购来售与销号,谓之运。销号向各运客购来售与散贩,谓之销。厘即曰榷运局,专向销号取厘报解公家而已。运之盈者向各盐场购来盐价盈馀,但盐务专售一处可以,非馀不售,所亏之处,盐有在路散失,及未上销号之散失,均是运客之责。销取盐仲之出息,销能畅旺,而无事故,即销者为佳,倘若滞销及有别故,均是销者之责。销、运均是商人性质,惟榷运、抽厘系官之性质耳。

《阅微草堂》之卷十二纪云:"刑曹案牍多,被瓯后以伤风死者,在保辜限内,于律不能不拟抵。吕太常含晖尝刊秘方:以荆芥、黄蜡、鱼鳔三味(鱼鳔炒黄色)各五钱、艾叶三斤入无灰酒一碗,重汤煮一炷香,热饮之,汗出立愈,惟百日以内不得食鸡肉。后其子慕堂登庚午贤书,人以为刊方之报也。"人若行善须有善报,必矣。是节又纪:"《酉阳杂俎》载:骰子咒曰:'伊帝弥帝弥揭罗帝',诵至十万遍,则六子皆随呼而转。试之,或验或不验。余谓此犹诵驴字治病耳。大抵精神所聚,气机应之;气机所感,鬼神通之,所谓至诚则金石为开也。笃信之则诚,诚则必动,姑试之,则不诚,不诚则不动。凡持炼之术,莫不如是。"非独此咒为然矣。凡所为者须有诚心为要耳。

廿七日甲辰 卯前,细雨;辰时雨晴,阴;以后皆然。徐福生至北岸与黄义臣获匪已经多日,今尚未来,不知至于何处,顷尚未得而知。

街上闲谈之人言本镇保卫团系本镇百姓捐钱而招之，只得防赌本镇而已，不应出外剿匪。吴玉成昨至北岸，代其义孙探亲，旋言在北岸遇有前在其营中当勇之人云该匪所言亦然。如此所云，该匪之言固属如是，本镇街上闲谈之人皆不识世务，有如是言者，均不知史可法相国所言“过江能战、划江能守”之义耳。

阅《人海记》纪堂联云：“一品荣归日，双亲未老时（严文靖公）。”“无毁无誉，三代直道而行；知止知足，四时成功者退（申文定公）。”“财不求赢，敢为子孙益过；位常逾分，当思齿德难兼（陆五台）。”观此足见盛世缙绅气象，逢时逢事颇难，是为之记。又纪：“采大参之处在辽阳东二百馀里，山深林密，不见日色，下产人参，其苗高出百草之上。采参以夏五月，裹粮披榛而入，或迷径为虎狼所�；或人相遇，弱者死，强者攫所有而出，利之所在，置性命于不顾，人人如是者多也。”又纪：“旱金莲花，在五台山，出瓣如池莲较小，色如真金，曝干可致远。初友自山西归有分饷者，以点茶一瓯置一朵，花开沸汤中，鲜新可爱。后扈从出古北口外塞，山多有之，开花在五六（月）间，一入秋，茎株俱萎矣。”如是莲花，深为可爱，据言出自五台山。余客太原时，未所见闻，未识未在深求，亦未识昔有而今无也。又纪：“古北口外有老树根，为沙水浸润，岁久发光，以刀削出薄皮，肌理莹彻，大者合抱，小如臂指，皆透明如琉璃水精，夜置暗室中照见细字，因呼为夜光木。出水半月后，湿气渐干，光亦渐灭，成枯橛矣。”真物理之莫解者，此树亦不知其名，如此光明树木，若得少许，可作为至宝也。

廿八日乙巳 晴。家君与冠卿先生自午膳后到家，山中一切均已告竣，言泥水匠以老炳系东河头人为最佳，本镇人小美亦佳。如做卷洞者，泥水匠必须好手，是为至要。

阅九月廿四日《申报》纪杂评三“知事第一声”云：“好知事不在能得勋章，仅邀太史赏识也，而在去则民思，留则民爱。所以能爱且思者以善恤民隐也。恤民隐之道不一端，而要在注意于教育及地方一切公益事业，利民者，力兴之，害民者，力去之。苟能勤于其职，则官民之间亲若家庭，遇事自无隔，虽号称极难治之地，而无不治。此乃第一等好官，我则未之见也。今上海新知事来矣，商议房捐为新政策，见诸报纸之第一声也，试观其后"云云。现今知事均能勤明亲民，则地方无不治矣。

是日《申报》又纪"郧西知事贩烟败露"，纪云："湖北郧西知事尹忠系本省武昌人，前以同盟会员资格而得斯缺，贪横残刻，劣迹甚多，而又烟癖素深，属下莫敢举发，因此其胆愈大，竟以法人而故犯法、禁烟而自贩烟。盖郧西毗连川陕，烟土充斥，每每由解公款之船搜查所得积存充公之烟土私运至武汉销售，业已解运多次，初无知者。此次为郧民赵斌侦知报告，襄阳道尹朱佑保委襄邑知事潘邠于阳历十月十七日解款船抵襄时亲诣该船搜查，当于郧西县知事尹盖印封条箱内搜出烟土，称重二十九斤十二两，又在尹之家丁彭贵身上搜出烟土十馀两。当时人船一并解送道署，经朱道尹当堂验明加盖印封解省具详巡按核示，一面先行电陈"云云。现在禁烟如此严厉，郧西县知事竟将搜取私烟自为贩卖，生财之道未为不善，既经被获，若不严为办理，何以儆戒小民！究未识作何办理，容后再记。

九月廿五日《申报》纪："苏州天平山范文正公坟墓为吴中名迹，历代封禁有案，乃有人欲私行开采山石，并不有匪徒砍伐树木、毁损古迹情事，特由文正书院主奉范端信查抄成案，拟具临时善后等章程具禀内务、司法各部，核饬江苏巡按使申明禁令加意保存，当经殷道尹转饬警察厅派队前往驻扎巡护。昨孙厅长已派令骑巡队长潘复棠率带骑兵一排前往驻巡，定明、后日开差"云云。范文正公当年忠义名称一时，至今已逾千载，其名不朽。即今时事如斯，亦当钦仰忠臣义士，反此则何如耳。

廿九日丙午 晴。先慈周太恭人入厝之期谨择定十月初八日吉，寅时开圹，未时入圹、封门，即于初七日开吊一天。先于初二日子时拆卸丧屋，未时起柩，今将讣闻发正亲各家，均已写就。致张丹庭亲家之柬已于晚刻交邮寄沪矣。吹手、纸匝等均已定妥，惟轿班因日子太大，只定大轿一乘，嘱其再觅，未识得能寻觅否也。

三十日丁未 晴。致杨伯藩兄一信，交邮寄申。先母周太恭人初八日入厝诸事粗为部署矣，榜、讣亦已写就，至轿夫未知多小，现尚未定，只得借马以补轿之不足也。陶寿翁于早刻来言，海门有一历书，九月作小。海门市面九月均作小，余查代历，九月作大，即洪潮和《通书》亦九月作大，何至历书致有如是舛错，亦所罕闻。现在时事如斯，于民无措手足，以致历书于民无措手足，又不知至于何底也。晚刻，至陶寿翁府上，看有郦漱芳兄篆书直条四幅，细为详阅，其中有“山”字间架虽倒，笔划灵敏，有一号字一小直无情，除此之外均无批评。四幅中即有一二字稍有不周，亦可谓全美矣。余所见近今之人写篆者，以郦漱芳兄可谓第一人耳。习谦兄出示万八峰人墨竹牡丹大中堂，其名曰“平安富贵”，确是真迹，其墨迹已经成化，非假冒者所能也。余亦藏有万八峰人真迹白鹭荷花，其名曰“一鹭封荷”，其情气两能相若也。见画之墨迹能化者人必清爽，若遇假货，其中浊气有不可言耳。即厅堂悬画必须有清爽之气，广开眉宇为妙。

十月初一日戊申 晴。致眉甫先生、俊卿兄一信，托其代做先母祭文，早日预备，勿使临时逼迫耳。陶寿翁晚刻来言，樊川小学校之肄业各生被土匪拔去，其中教习一人、校长一人，现已放转。该匪分作上中下三等，嘱其家属向取，现尚无有取来云云。现今土匪竟以拔人勒取，时事如斯，深为至虑耳。晚膳后，至徐福生兄处，相叙一刻，言金寿山统领同李少云兄已至旸公岙诸处剿匪，张镇守使委黄义臣兄会同彼等带勇亦至该处，合同会剿，能得均为缉获，地方幸甚，人民幸甚。就道至陶寿翁处，晤谢仲衡兄，相叙半晌而来，至家尚未二鼓耳。

初二日己酉 晴。接张丹庭兄一信，先母丧屋于子时起手拆卸，未时起柩，奉棺至门首以便装式，于初八日进坟而已。

初三日庚戌 辰前，细雨；巳至未牌，阴；申时，细雨；以后皆然。西风已出，想能放晴。致楚卿兄一信，交玉先送交，旋接楚卿兄覆信一函，代丹庭兄移挪之处曾经允诺云云。接杨伯藩兄一信，托购全鹿丸均已照数购来矣，并接陶寿翁来示，言郦漱芳兄曾已来台，现寓海门，但漱芳先生之篆书将来可作至宝，近今以来，如是篆者所罕见也。

阅九月廿九日《申报》纪时评“亲疏大小之别”节云：“中国观念：先其亲者，后其疏者；瓯西人之观念：先其大者，后其小者，此东西人观念之不同也。是故瓯洲各国之开战也，国内之人无不一心以为国，无所谓党也、家也、身也。党之主义可牺牲也，家之财产可牺牲也，身之生命可牺牲也，而未闻有乘此以求其党之利、家之利、身之利者。盖以国为大，而党与家、与身小也。中国人则不然，外患虽迫，国本虽危，而为身、为家、为党之念却不能因之而稍动于中，非但不能稍动于中，且有视以为机会焉。故亚东战事起，而各地之破机关起乱事者转胜于往日，非中国人之爱国不欧人若也，盖以身与家、与党为亲而国疏也。”亲疏大小观念之不同，而其果效乃若是焉，呜呼！如是所论中国人之肺腑洞见矣。

是日《申报》又纪“英报之德国飞机谈”：“英国《泰晤士报》云：近由德军某航空家论认别德国飞艇一篇甚详，盖欲示其异点之处，以免误认敌艇为德艇也。据言，德国飞艇计分四种：一，齐泊林式，如长管；二；储特兰士，形如众小鱼身；三，巴西法尔，形如雪茄烟；四，军用式，为德军哥罗司统带所创，式如鱼雷，艇底有龙骨，头极尖，身涂黄色。再据本年春间德报登录飞艇日记一篇，记载一切亦颇详细。是时齐泊林共有八艘，储特兰士两艘，巴西法尔三艘，军用式两艘。由今日言之，其增加之数或不甚夥，盖新者虽时添造而旧者损坏难堪，势须废弃。四种之中，以齐泊林为最著，今姑就齐泊林而言之。现时齐泊林最老者第二号，千九百十二年建造，可容气质一万七千八百立方米达，长一百四十八米达，有生力机三部，每部有一百五十马力。其次为第三号，千九百十二年建造，容积一万七千五百立方米达，长一百四十米达，马力四百五十。第四号及第一号，后者为继续原始第一号而设，并第五、第六两号，此四者约略相似，各有容积一万九千五百立方米达，长一百四十一米达，马力五百四十。最近建造者第七、第八两号，容积二万二千立方米达，长一百五十六米达，马力一百四十。各艇速率最高者每小时不过行五十英里，其最低者每小时约行四十英里有奇。其第二、第三两号无甚可纪，且系两、三年前所造，现时似不适用。而今年春间以来业已破坏者计有两艘，新添者似亦不过两艘，是此种飞艇所馀者不过六艘而已。各种飞艇飞高能力似至一万二千尺为止。以上所言，乃属于陆军者。此外尚有海军飞艇为用较广，去岁计有四艘：第一号，千九百十二年建造，容积二万二千四百六十五立方米达，长一百五十八米达，马力五百四十，惟该飞艇已于去岁九月失于北海之间。第二号，容积三万七千立方米达，长一百五十八米达，马力七百二十，亦于去岁九月在约翰匿沙尔地方爆裂。第二、第四两号今年春初犹在建造之中，前者容积二万七千立方米达，长约一百六十米达，马力七百二十。(后者)容积二万立方米达，长一百六十五米达，马力九百六十，为德国飞行机中最大之艇，即全球飞艇中并无其匹。此外又有齐泊林三艘专供游客之用，闻亦归入海军调遣。馀如商办飞艇不过五艇，且极少，不足用也。"现时飞艇如是之多、如是之大，直与战舰争能作战舰之需，亘古以来所罕闻也。是为记载。

九月廿七日《商办》纪杂评"婚事用军乐解"云："铜鼓蓬蓬然，洋号呜呜然，军笛萧萧然，洋洋乎军乐声也。果何为乎来哉？出军乎？凯旋乎？阅操乎？曰：'皆不然也，盖婚事之家行亲迎之礼耳！'风头健矣，架子摆矣。然试思之，军乐用于战争者也，振士气、肃队伍、上阵杀敌者之所用也，战胜攻取者之所行也，凶声也，杀声也。而婚事，喜事也、吉事也。以喜吉之事用凶杀之声，毋乃不可乎？解之者曰：'否。婚事之用军乐，实表示其先天之遗传性耳。盖上古之世妻必劫掠而后得，劫掠之时战争在所不免，故娶妻与战争一而二，二而一者也。苟劫掠而得，则欣喜忭舞，于是发为凯旋之曲。如今之前导用军乐然。及后，此风渐泯，然婚事必有雀角之事随之，俗谓之喜雀者，是犹有战争之遗风也。今则事事复古，婚事亦然，纵不能仍如前之劫掠，然用大吹大打、瓶甏碎响之军乐，则亦已具劫掠之形式矣。故乐声洋洋，似说新郎夺得小姑来也。'"婚事之用军乐意在斯乎？言颇有趣，姑而志之。

廿六日《申报》纪："定海一名舟山，前古名曰滃洲。列国时越王勾践幽夫差于甬东，相传即是岛也。"是为之记。又纪"好官毕竟系人思"："定海北门外普慈寺之旁有缪公衣冠墓，公讳燧，江苏江阴人。康熙乙亥至定海，宰是邑者二十二年，惠政不胜枚举。时及兵燹之后，疮痍满目，公拊循绥集俾遗民，得渐谋生聚。没后，居民争留骸骨，至与缪公子弟涉讼，经年不胜，乃留葬衣冠，岁时祭扫不断。余曾携士绅往谒，墓木葱茏，碑亭兀立，去思之永，可想见矣。可见为父母者，实有甘棠遗爱之口碑载道，虽经三百年之后，其颂德之声不衰"云。又纪："贵州来电云：昨日此间冰雹之灾为生平罕见，由午后三句钟起至五句钟止，大者如鹅卵，雷声交作，屋瓦十存其四，蔬菜、花果无完全者，幸灾区不广，仅附郭二三里一带之遥"云云。时事如斯，天道焉得不如是也。

廿九日《申报》纪杂评三"死灰"节云："内务部电饬各省调查禁烟，谓毋令死灰复燃。而江苏吸烟者尚多，则烟灰尚未死也。据外人言，江苏尚有种土，则苗未死也；私运之破获纷纷，则贩土者之心未死也；上海存土尚多，则买卖之路未死也。各省防烟祸之死而复燃，江苏则力求馀灰之死而不得，今当道已请派员来沪调查。意者江苏烟毒之馀灰其有死机乎？"烟毒流行中国经百馀年矣，自行新政以来，禁除烟土乃系最善，以致上下隔漠，弊窦丛生，虽报肃清，实在不然。竟将有用银钱逐诸外国，深为可惜。能得实将上海一隅无许售卖洋土，外国不得进口，全国实禁净尽，为生民造无穷之福，中国幸甚，人民幸甚。

黄岩樊川学堂之教习、学生等被土匪拔去二十馀人之案，《申报》中已有京电饬浙江官场严缉，未识得能速为缉获否也。晚刻，陈翼亭来言，赵桥及西山两处连日均有被匪抢劫成事，又未识即得追获原赃否也。时事如斯，正是满地荆棘，不知何日得睹升平之福，为幸多矣。

初四日辛亥 晴。今早。西风已出，时令转冷，天气晴明。想初八日先母入厝之期，可以望晴，深为至幸。早膳后，因丹庭兄托余代假英佛三千尊，一时不凑，昨函托楚卿兄代向浙江分银行暂假一节，昨接楚卿兄福函云可照办。即至海门与楚卿兄接洽，随同至分银行晤其当手韩屺堂先生，相叙半晌，允诺代为汇申。余代出票息，计按月一分期，订四个月，汇费每千计洋三元，一切言明。随同转至楚卿处，晤周萍洄、郦漱芳、陈舜卿、黄子霖、何霭生诸君，互叙一刻而来。至家后，随致张丹庭兄一信，写明附洋三千元，另立借票一纸，计洋三千元，息按月一分正，期订四个月，交陈翼亭专送与楚卿兄接洽后，楚卿兄即嘱陈舜卿同至浙江分银行面交韩屺堂先生代为汇申，汇费计洋九元，即由典中垫付清讫矣。晚刻，周孟东兄言海门禁烟局中有人至本镇烟馆方炳家拿去烟具并方炳一人，时有地痞老润三约同无赖数十人至上张路廊将方炳抢转，并将其拿禁烟馆之人瓯辱颇沉，此亦目无法纪，未识作何办法也。徐福生兄带同保卫队五十馀人至黄岩西乡剿匪，闻系镇守使调其而往，闻是处以及袁桥以上各村庄匪风颇盛，想此跳梁小丑，现今金寿山统领曾已出征，定可即日敉平也。周萍洄兄言，彼之石浦开拓涂地已有就绪，亦不允久，须至是处调度一切云云。

初五日壬子 晴。先慈于初八日入厝，定初六日开吊，初七日家祭，请王六皆、黄道周、许眉甫、翁子俊、王俊卿、汪伯端诸君同行助祭，初八日点主亦请王六皆先生，只求天气晴明，是为至幸。周冠卿先生至郡代桂连长年于初七日做坟去，云初七日晚刻准来云云。

初六日癸丑 雨。至夜方见西风，想明日可卜晴明。先慈于今日开吊，各家以及亲戚之祭礼并人情均来，已十之八九矣。接张丹庭亲家二函，其人情亦已寄来。张仲厚、陈子春两舅均于晚刻到。而连日下雨，心甚焦急，至夜间有西风，只求明日晴明，是为至幸。

初七日甲寅 晴。今日已得天气晴明，深为欣幸。来吊者颇多，晚刻，家祭主祭者请王六皆先生，并请眉甫先生及道周宗叔、翁子俊兄、汪伯端兄、王俊卿诸位助祭。以俗例，致祭以伸哀忱，而俊卿因写捐事沉，到时已晚，仲达因其弟季平明日完姻，家中诸事忙迫，到时亦迟，均是忙中而来也。但季平配亲朱似兰令媛，初八日喜期，今日才发嫁资云。先慈明日入厝，所用诸事均已齐备，亦均顺适，一切执事有而不多，至挽幛缎呢计三十支，挽联亦有三十五副，尚可将就而已。周文浦姊丈亦来吊孝。先慈周太恭人年十九生沅，仅十四日而逝，迄今四十一年才方安厝，幸其棺木悉均全善，深为欣幸。此番安厝，一切诸事能得周到，稍慰人子之心耳。周冠卿先生亦于晚刻来。仲达言，樊川学堂拔去之肄业诸生近因金寿山统领追获颇急，已逃转六人，其亏亦吃得不少矣。

初八日乙卯 晴。先慈入厝之日，天气晴明，人心欣喜。先慈周太恭人入厝，于早膳后起柩，上午十二句半钟到王门岙，随行致祭后，即食午膳，时经下午一句三刻钟，值正未时奉棺入椁毕即封门，候门墙封完，随即绍坟后即捧灵位到家，于时尚早，随请王六皆先生恭点先慈周太恭人神主，即行致祭安神，随奉灵位上神座，诸事悉均顺适，是所欣幸。而仲达因其令弟季平亦于今日完姻，送至栅浦而去，想午膳时可以到家，幸其令亲朱家住在后一巷，诸事尚可周转也。

初九日丙辰 晴。子春、仲厚两兄均于早刻去，亦鉴老司送来牡丹一株，云是粉重楼，其质颇大，计价洋四元，随嘱其栽在乐琴书室之前西首半圆坛中。牡丹花颇雄壮，足为富贵之景象，三坛中大小牡丹计六株，盛开时可邀二三良友畅谈赏玩，亦人生之乐事也。

初十日丁巳 早至午刻，晴；未时以后至晚均阴。俗例：先人安厝，第三日有设祭席上供之礼，名曰看三日，即于早刻至王门岙致祭行礼毕后至微登家，邀同各人过午膳后而来。至家中尚早，诸事均称顺适，是所欣幸。

十一日戊午 晴。致张丹庭兄一信，交邮寄沪。致陈子春兄一信，交和尚送至十里铺。致李克三先生一信，交十里铺长工带交。周冠卿先生自早刻由海门来，言陶寿农将椒江舞台又经昨日开演，地方又受其累，不知何日能止。昨刻，冠卿先生相约同达云母舅、洪少琴兄至海门，至椒江舞台，门首见有"特请著名串客张仲雨君"，大字下注："张艺员乃张丹庭统领之二公子，向在上海、奉天、东三省等处唱演名剧"云云。内悬十月十三、十四、十五等日张仲雨准演《八顺回朝》《空城计》等剧牌，不胜诧异。询仲雨现在娄宅，随至娄宅，晤张仲雨，言及果然。即为力劝作罢，彼面虽允诺，只恐阳奉阴违。随至电报局，拟电语："上海英大马路永和里彤和祥张丹庭：仲雨在椒江舞台演戏，请即速急电促回，勿使在台受辱，至切！沅。"计四十字，即行打出。据仲雨自言，此番欲登台演剧系陶寿农力为怂恿。但寿翁与丹庭兄素有交情，今则怂恿其令郎流落优界，深为寒心。此次虽经致电、致函，只恐缓不济急，果若登台，衣冠子弟又恐效尤，深为至虑。只其速为旋沪，是为至幸。来时已经十一句钟矣。接周萍洄先生一信。

十二日己未 晴。致张丹庭兄一信，饬祖元送交海门邮政局双保险挂号寄申。致娄祝三兄一信，附还英洋两元，亦交祖元送交。致周萍洄先生一信，饬东枫老二送交。娄祝三遣人携张孟定致娄恒泰电，嘱仲雨速旋沪江，而仲雨不允旋申。人家出此辈子弟，乃丹庭兄家数气，未识此信到申之后，丹庭兄有法召回否也。早刻，又遣女媪至海门，旋云张仲雨性情浮躁异常，又不知世事。但丹庭兄宦游十六年，诸事谦和，银钱看空，曾署定海镇总兵，在台州可谓阀阅门庭，其二令郎仲雨竟登台演戏，深为可惜。古人云："须积德与子孙，子孙荣昌"，斯言不谬也。晚刻，至吴玉成处少坐，玉成上条陈于镇守使时骑马跌伤，额角当时有血，今亦止矣，惟身上尚痛而未愈，想能逐渐痊可也。

十三日庚申 晴。

十四日辛酉 早至巳刻，晴；午、未牌，阴；申时细雨；以后皆然。

致丁升东一信，交十里铺长工带至黄城元美。致陈舜卿先生一信，饬老二送至海门，旋接舜卿先生福函，并附有浙江分银行接有彤和祥张丹庭兄收条汇洋三千元，已于初十日收到矣。

十五日壬戌 早至午刻，晴；未时，阴；以后皆然。致张柳桥兄一信，托周篪卿兄带郡，并将王姓屋基契纸三纸及分据均托篪卿兄带郡代印。致王仲达一信，附致张迪生兄一信。日昨媪来，言及外甥孙瘰尚未愈，深为焦急，恐金丽生先生一时未能速效，即代转请迪生先生诊视，想平淡疮瘰易于见功也。接张丹庭兄一信，言该款已经收到云云。周冠卿先生至上澄代戴玉珊看地，想有数日延搁也。

阅十月初十日《申报》纪“战事盲谈”云：“战事仍故，而交战国以外跃跃欲动而未动者则又有数国焉，其一为葡萄牙，其一为意大利，其一为罗马尼亚。观于今日路透电所传已各各预备矣，此又一新现象也。”现在外国战事未息，而又有欲动如斯，不知何日能已，深为至虑焉。

是日《申报》又纪杂评三“工界之生计”节云：“上海工界之罢工风潮业已次第解决矣。工人之所以甘冒不韪且不惜牺牲其数日之工资而必欲达到目的者，无他，盖为生计艰难之故也。为生计艰难，故而求加工资，其理由亦非不充足。然而工人之确知生计艰难者亦能有几人哉！其工作馀暇，时时种种挥霍，姑置勿论，即纸烟一项，已几乎无人不吃，无时不吃，综其所出亦岂在少数哉！以我思之，此次所加之二三十文亦仅数枝纸烟之所值耳。设纸烟之价值而再有增涨，则竭力争来之二三十文又悉归于乌有矣，可不惜哉！”我故劝一般自食其力者稍节其流，即自裕生计之道也。乌烟将除而纸烟不知禁止，民间浪费何异乌烟？前乌烟每元售八两、七两，于时尚早，即未禁烟之前，初收成时，每元尚有四两之外，每两加在收膏尚能相等，每人烟瘾每日四钱者归多，八钱一两以及一两之外者不少，一钱、二钱以及数分者亦有之，以四钱计之，每洋一元尚有十日可吸。今之纸烟，上等者每洋一元只得数十枝，次等亦只百数十枝，中等计之，百枝而已。

每人每日吸十枝者亦不为多，百枝亦只十日耳。而乌烟尚随地可出，纸烟均从外洋而进，虽吸乌烟者已至内地诸省，纸烟只行沿海诸省，两相比较浪费之资不相上下。乌烟已禁，纸烟亦宜禁除也。倘若禁除，而乌烟瘾已上，戒难，纸烟即虽有瘾，总不致难耳。

初六日《申报》纪杂评二“天讨府”节云：“天讨府之说创自三十年前之日人，其时以各国战祸方烈，格而不行，今人见平和会无实力以为后盾也，于是复从而提倡之。且有人拟议办法，设立万国军团之总机关，以为时机已至。吾谓此议，他日或有实行之时，而在今日，则仍嫌过早，盖今日各国战祸之郁勃犹之三十年前也，再三十后庶几其有望乎！”所云天讨府一语，素所未闻。该报言及云云，是为之记。

十六日癸亥　雨。入冬以来时常见雨，只恐有碍草麦，深为至虑。独坐寒窗，毫无所事，搜阅《人海记》纪云“一榜三忠臣”节云：“明宏治五年，吾浙乡榜胡世宁、孙燧、王守仁三人同举，是年场中见三巨人，后宸濠之变，胡发其奸以巡抚死难，平其乱者文成也。三忠臣供成一事，岂非前定？因记宋宝佑四年登科录第一甲一名文天祥字宋瑞，小名云孙，小字从龙，年二十；第二甲一名谢枋得字君直，小名钟，小字君和，年三十。第二甲二十七名陆秀夫，字君实，年十九。是榜三忠臣死宋，乃皆少年，尤奇。”

又纪“南渡三疑案”节云：“明南渡立国有三疑案：甲申十二月有僧大悲踪迹颇异，至石城门为逻者所执，招府、部、科、道、法司会审，据供称先帝时封齐王，以崇祯十五年渡江，其语似颠似狂，词连申绍芳、钱谦益。于是阮大铖、杨维垣等令张孙振穷治之，欲借此以罗织清流，造为五十三参、十八罗汉之名，如徐石麒、徐汧、陈子龙、祁彪佳等东林复社计一网尽之。孙振审词云，大悲本是神棍，故作风颠主使，实繁有徒阴提线索，语多挑激上怒，而上意不欲深究。御史高允兹上疏解之，申、钱各具疏辩，马士英遂不穷其事，以宏光一年三月弃大悲于市。

时又有童妃及北来太子二案真伪莫辨。上初封德昌郡王，娶黄氏，早薨；继李氏；再继童氏，封王妃，生子不育，洛阳陷，逃民间，与上相失。太妃及童氏各依人自活，太妃之南也，巡按御史陈潜夫奏妃故，在上不问，至是自诣巡抚越其杰，所具陈本末，广昌伯刘良佐以仪卫送至都。上大愠，下镇抚拷问，妃在狱细书入宫月日及相离情事，云以某月日城陷争出宫，妾具馔，奉帕裹上头，逾墙而逃，求冯宗可为之转达。上弃去弗视，命屈尚志加酷刑，妃号呼咀骂，寻瘐死狱中。或云在狱未死，南京陷，不知所之。有言童氏，周府宫人，逃乱至蔚氏，遇上旅邸相依，生一子，已六岁。上南奔，各不相顾，氏遂委身民间。马士英劝上迎入宫，不听，刘良佐奏童氏实非假冒，恳赐曲全。上谕：'童氏妖妇，冒朕结发，宫闱风化所关，岂容阑入，法司即示情节，以息群疑。'览上谕，但斥其结发，则为继妃无疑。马士英据外讹传，谓逆旅生子已六岁，劝上迎致，此语大妄，不思洛阳之陷在崇祯十四年辛巳正月，距甲申才四年耳，安得有六岁子哉！宜上之不听也。

至大悲，事迹始终不明，既入狱受当事意旨，不得不托风颠，意其招词必有骇听之语，故急诛之以安反侧耳。不然，阮大铖方欲快心于东林，岂绍芳、谦益一辨疏可免？士英何所思忌，劝令中止，上意复何顾惜，不欲深究。其中颠末，朝臣固不能知也。初，福世子殁，德昌郡王以次当立，士英抚凤阳时，有以居民藏之印首者，取视，则福王印也。询其人云，有负博进者持以质钱。士英因物色之，上与士英初不相识，但据王印所在以为真世子。甲申国变后，南都方议所立，士英遽从外拥戴福王以为己功。大悲者或云齐庶宗，士英之不肯穷治，或止知德昌之当为福世子，犹未能实信上之果为德昌也。上之不欲深究，亦有自知之明耶？童妃但知德昌即位，故诣阙求见，而不知今日之德昌非昔日之德昌也。大悲但知福王世子应属德昌，而不知上之业已为德昌也。童氏既下狱，自言失身之妇，无敢复生，非望但求一睹天颜，归死掖庭。夫童氏陈情愈切，则天颜愈远，何不求见太妃，召入永巷面讯之也。童氏既不容见，则大悲之死固其所矣。明烈皇帝殉国，或传太子匿太监曹化淳家，为嘉定侯，周某出首或云被胁东出，薨于三河，所传不一。宏光改元，有少年至留都，自称故太子也。时马士英未敢决以为伪，但设三疑端以迎合上意，而首斥其伪者王铎也。铎不过欲效隽不疑以自附通经足用者耳。至于方拱乾辨识，面质其伪，反滋人疑拱乾。是时，方从北来，挂名从贼之案，待命吴门，一旦召之入都，还其原官，许其湔雪，有不奉马、阮之意旨者乎！拱乾旧为太子讲官，考东宫出阁去乙酉无几时，岂有少年于众中望见拱乾即指彼髯者呼为方先生，而东宫面貌拱乾反不识耶！果其伪也，一见立辨，即宜叱下，如隽不疑叱收伪卫太子事，岂不直捷，乃漫不置一语。顾以讲读时琐事为问，盖当时讲官止拱乾一人在列，旁无一人为之证佐，即少年所答尽是，拱乾尽以为非，谁从质耶？及再审时，置禁城图于前，指宫殿名目及帝后所御居，无一差谬。士英初令大珰、卢九德及旧东宫内臣城外僻处，以先帝并永定二王庚甲及宫廷制度诘之，无不熟识，于是鞫问计穷，杨维垣乃飏言于朝曰：'驸马都尉王昺侄孙王之明貌类太子，固悉宫中事。'士英以其言入奏，从此遂称为王之明。维垣以逆案废锢十七年馀，宫闱亲密何由知悉？而此所独出于其口，闻维垣飏言时亦只系揣度之辞，后遂据为定案。时江督袁继咸、楚抚何腾蛟皆有疏力争，上虽晓谕再三，人不见信也。本朝兵下南都，豫王命少年坐圣安上携以北去，不知存亡云。桐城钱饮光熟于南都后事，余尝询之，先生曰：'大悲本末不可知，而决为中州之郡王也；童妃出身不可考，而决为德昌之故妃也；少年之为东宫不可信，而信其决非王之明也。'先生有传疑诗三首载《田间集》中。"所云明时掌故，是为之记。

是集又纪："元旦日立春楹联，康熙乙丑年元旦立春，有大老署门云："岁朝春百年难遇；圣天子万寿无疆。"按：崇祯元年元旦立春陈眉公用此联作楹帖云，若遇岁首立春，如此联句最为切帖耳，姑而录之。

十七日甲子 雨。冬甲子雨，只恐多雨。黄岩人来言克淦之疮瘰今日稍愈，均敷张迪生药粉。外科一道，迪生先生可谓精明耳。连日大雨，揶揄无聊，翻阅《人海记》纪云："《齐东野蚕》纪云：明永乐时山东进野蚕丝制衾荐太庙，群臣称贺。今齐东山谷处处有之，与家蚕等蚕月浴种出蛾，散置树上，听其眠食。食槲叶者名槲紬，食椿叶者名椿绸，食椒叶者名椒绸。野人伺蚕驾庐，其下手长竿逐树按行，为御鸟鼠，其穰者，春夏秋岁三收焉。有一种蚕之小者，作茧坚如石，大才如指顶，在深谷丛林间，不关人力，樵牧遇之，收曰山茧云。"记之以广识见。

是集又记"四明中秋宴"节云："四明中秋宴饮以八月十六日，相传史弥远官临安，还家度节沮风，是夕始到，遂沿为俗。叶业师云，中秋佳节均以八月十五日，惟台俗甬中有十六日为中秋，台人言天台贾似道当宋南迁临安时，官至相国，候八月十五日朝贺毕到家已经十六日，沿俗如斯。"未识孰是，并而录之。

是集又纪："明制：各边军士从战，身荷锁甲战裙遮臂等具重四十五斤，铁盔铁脑，盖重七斤，顿顶护心肋铁重五斤，撒箭袋重十斤，腰刀三斤半，蒺藜骨朵重三斤，箭箙一斤，通计七十四斤半。"人之身上如穿袍褂已觉沉重，若穿七十四斤半之盔甲，尚可打仗，岂前人与今人各异乎！礼殊不解，是为记载，以质高明者可也。

是集纪各省贡茶节云："各省岁贡芽茶共四千二十二斤，内江南：宜兴县百斤、六安州三百斤、广德州七十二斤、建平县二十五斤；浙江：长兴县三十五斤、嵊县十八斤、会籍县三十斤、永嘉十斤、临安二十斤、富阳二十斤、龙游等县共二十斤、慈溪二百六十斤(宋制茶局进贡，元、明因之)、丽水二十斤、金华十二斤、临海等县共十五斤、建德五斤、淳安五斤、遂安、寿昌二县共六斤、桐庐二斤、分水一斤；江西：南昌府七十五斤、南康府二十五斤、赣州府十一斤、袁州府十八斤、临江府四十七斤、九江府一百二十斤、瑞州府三十斤、建昌二十三斤、抚州府二十四斤、吉安府十八斤、广信府二十二斤、饶州府二十七斤、南安府南康县十斤；湖广：武昌府六十斤、岳州府湘阴县六十斤、宝庆府朝阳县二十斤、武冈州二十四斤、新化县十八斤、长沙府安化县二十二斤、宁乡县二十斤、益阳县二十斤；福建省：建宁府建安县一千三百六十斤，内探春二十一斤、先春六百四十三斤、次春二百六十三斤、紫笋二百二十七斤、荐新二百一斤，崇安县九百四十一斤，内探春三十三斤、先春三百八十斤、次春一百五十斤、荐新四百二十八斤。淮南宋时苏州茶额六千五百斤，元无额，明纳钱三百十九万三千有奇。成化三年南京户部奏准供用库岁用芽茶坐派池州府三千斤、徽州府三千斤，茶叶：徽州府三千斤、苏州府三千斤、滁州府三百斤、徐州二百斤、和州三百斤、广德州三百斤。四川茶园十株取一征茶二两，茶四十斤易蕃马一匹，李文忠以茶五十馀万斤易马一万三千五十八匹。今茶课本色十五万八千八百五十九斤，系石泉、建始、长宁等县并建昌、天全、乌蒙、镇雄、永宁九姓土司办纳。陕西茶课今五万一千三百八十四斤，系兴安、紫阳、石泉、汉阴、西乡岁办。宋、元时贡芽茶以建安为上，明朝不贡闽茶，即贡亦备宫中浣濯瓯盏之用，贡使率赍银抵京买纳，间有采办，亦取诸延平，非武彝也。延平人呼制茶者曰碧竖云。”前朝贡茶如是之巨，是为记载，以广识见。

阅《夜谭随录》纪“地震”节云：“老人相传雍正庚戌岁京师地震之前一日，西城一人抱三四岁小儿入茶肆，甫及门，小儿辄抱其颈不肯入，但曰：“小。”“小”者，小儿不愿之语也。乃之他肆，复曰：“小。”强之入则啼，连走数四，皆然。其人深以为异，问：‘汝平日极喜入茶社食蜜果，今日胡为乎？’儿曰：‘今日各肆卖茶人及饮茶人皆各颈带铁索，故不欲入。且今日往来街市之人何带锁者之多也。’其人笑其妄。路遇一相识，问所之，白其故，大笑而去。儿哂曰：‘彼已被锁，尚笑人耶。’其人归，逢所知辄告之。或曰：‘小儿眼净，所见未必无因，伺之可也。’小儿有堂兄二人，亦惊其颈有锁。次日地大震，所居顷毁无数，凡小儿不入之肆，无不催折，竟无一人得免，二堂兄亦为墙所压，访所遇相识，亦死于屋下矣。”劫数之不逃也类如此，可见凡事均有定数，万无可逃之理，平日作事，只求无愧于神、无愧于心而已。是为之记。

阅十月十二日《申报》纪杂评三“不耐劳苦之害”节云：“俄、德、比境大雪，兵士于对敌外，又须与天来之大敌战，其苦可知矣。我国黑龙江大雪，粮食、皮衣、煤炭俱涨，贫民颇以为苦。然较之俄、德、比之兵士，则苦乐悬殊矣。若南，素难得雪天气，苟稍寒冷则重裘围炉，较之北满之人苦乐之悬殊矣。饱暖思淫欲，以故，上海之社会富有力者奢靡骄侈，日为无益之事；贫无力者则盗窃掳掠，无所不为，今日抢案之多，足使闻者寒心。此虽为生计困难所驱迫，实亦由人民不耐劳苦，其惰性使然也。吾国人最大之病源即在此，贪安乐而恶劳苦，谋国者须于此痛下针砭焉。人能不畏劳苦，无不安享茶饭，若贪安乐，渐至劳苦，势所然也。有一种不自量力，日夕消耗，渐至穷困，渐至为非，皆以安乐之所窘，不知凡几耳。”

十月十三日《申报》纪杂评—“战事盲谈”节云：“波兰之战，德、俄之决胜战也。亦即瓯洲之决胜战也。德人谓此战毕后，战事可了，以俄决无再战之力也。然而近两日之路透电则谓俄已胜德，德已失其主力。而德电则又谓德有进步。英之晨报访员又谓俄之胜德，而其情形，现尚不能发表。”然则此战之现状果何如也耶？真令人大费猜疑矣。然此电信若非实在情形，果某国为胜、果某国为败，即我阅报日多，亦难揣测，断之曰均在战争之地可也。

十八日乙丑　雨。连日多雨，冬季草麦被坏，亦非佳境，深为至虑焉。晚刻，丁升东兄来言包造小轮码头，有士明老司颇为熟识情形，海门之小轮码头系彼承包，现在黄岩潮济工尚未竣云。日前萍洄先生来信言本处小轮码头，台郡拖轮及楚卿与余三股合拼，今升东云，黄岩小轮须拼一股，分作四股，事亦甚善，拟函达萍洄先生可也。

阅十月十三日《申报》纪“日人口吻”节云：“日人口吻不得即谓之为日人事实也。虽然，日人之事实往往有与口吻相应者，故日人之口吻又不得仅视为口吻已也。日人之攻青岛非先口吻而后事实乎？日人之假道山东非先口吻而后事实乎？如日人之欲中日联盟及不许以中国利权让诸外国，非日前之口吻乎？而今拟在议会提出条件矣。又如日人谓德国不容日本之哀的美敦书，日人无归还青岛于中国之义务，此亦非日前之口吻乎！而今且谓撤兵，不庸中国置喙矣，是故日人之口吻非偶然者也，安可仅以其仅为口吻而忽之也。”凡事存诸心，起心有主而口吻焉，人有口吻而岂可忽乎！

十月十二日《申报》附张纪诗选“读《陶靖节集》得诗四首”云：“其一：哀荣无定在，有酒斟酌之。知白守其黑，知雄守起雌。登高且舒啸，对酒遣愁诗。忧道不忧贫，圣训不吾欺。其二：积善云有报，君子赖固穷。夷齐首阳隐，跖死东林中。蝘蜓自蝘蜓，神龙自神龙。鸱鸮学凤凰，凤凰栖梧桐。其三：福兮祸所伏，祸兮福所倚。吉凶与消长，迭相成泰否。人生如幻化，万事东流水。解脱尘网中，吾生亦幸矣。其四：啸傲田园里，相命肆农耕。与世无所求，无[①]人无所争。富贵非吾愿，比之如浮云。贫贱自贫贱，重之如千钧。”词颇傲世，与余心相若也，是为之记。

阅《人海记》云：“左萝石讳懋第，北使被幽，宏光败报至，摄政王使人宴，左侍郎饮酣语曰：‘此太平宴也。’左问所自，曰：‘江南破矣。’左悲不自胜，仆席于地，作绝命诗。闰六月十八日遇害，都人吴某收殡，同时被难者五人，其一则兵部司务加职方司主事昆山陈用极也。”人若精忠，虽死犹生，何今日如是者无也，惜哉！又纪：“崇文门内旧有于忠肃公祠，万历乙未二月己未敕建，额曰忠节。本朝顺治中，公像被毁，吾邑人谈孺木作《吊于太傅祠文》以悯之，今日相传为京城城隍神云。”生为忠臣，死为神明，宜哉！又纪：“明万历甲申进士同姓名者张铨，一大名人，一沁水人，俱乙亥正月三十六日生。”科第子女皆同，如是颇以为异。惟周梅五与海门王鹤汀同庚同月同日时生。王早年入泮，现尚康健；周早岁重于淫欲，花甲岁为本地区官，方将周岁而病，于秋月竟作古人。何其生同而死不同？或曰：王君幼年抱守青灯，诸事俭约，淡于淫欲。周君出自世家，过于挥霍，浓于冶游，所以生同而死不同也。未识果然否，是为之记。

---

① 疑为“与”。

是集又纪:“明朝籍田之礼:先期一日顺天府行宛平、大兴两县选集老人年高有行者数十人于本府气候堂,后随班习仪,预备牛、黎、谷种及耕敛器具、良民二百馀人,于地坛内搭盖耕棚,方广五十馀步,土取罗细数次,覆黄土其上。至期,教坊司妆扮优人为风伯、雨师、土地等神,小伶为村庄男妇播鼗鼓唱太平歌,两县民执农具各列籍田左右。驾至,左手执鞭,右手执金龙,犁稍前导驾二员、牵牛老人二、扶犁老人二、执箕桶老人二,夹驾左右,名帮耜臣,凡往回者三驾,升望耕台御座,公卿以次亲耕。耕毕,顺天府治中通判推官各携谷种箱一遍散地上,老人牵牛覆土为耕种状,小伶百馀,衣田家男女服,奉五谷以进。驾回斋堂,受贺毕,宴三品以上官,赐耆老及农民各馒头二个、肉二斤,随驾官民各执农具从至午门,复赏老人各布二匹,老夫各布一匹”云云。大清沿明旧制,想亦大约如斯耳。

十月十三日《申报》纪杂评二云:“今之官场,无论中央、地方,莫不以扩张权势为事。欲扩张一己之权势,必先压抑他人之权势,事苟有牵制,而不能伸其权势者则必曰法之不善也、制之不良也,于是更之、易之,且争执之,而民国之法制,遂纷然朝行暮改,永无确定基础之一日。如今之请仿行藩臬旧制者以厅长有直接中央之权,欲从而抑之也。政治讨论会之所以否决者,恐抑厅长之权,而巡按使之权又将驾乎督抚之上也。两方均于权势是争,而于立法之本意、官制之统系并不计较焉,是其一证也。”如今时势如斯,理之然也。

《人海记》纪定水带节云:“明季正阳门外穷市有古铁,长三寸许、衡二寸,形若革带,中空,外绣而背隐起钉如鼓,不甚可辨。一日高丽使见之,售以五十金,云此定水带也。大禹治九州岛,作九带,此其一也。若航海之水咸不可饮,投以带,立甘冽,故贵耳。市中好事者随至会同馆汲苦水石馀,投盐数斤,揉之使浊,乃投带于中,沸涌作鱼眼数十,少顷,味极甘冽云。”屈指计时二百七十馀年,其物未识在于日本何所耳。

十九日丙寅　晴。大凡甲子日雨,六十日中大约雨多晴小;丙寅日晴，大约晴多雨小。现值冬令，正要天气晴明，油菜、草麦均须种植，甲子日虽雨而丙寅日晴明，想能晴明，方快人心，是为至幸。致周萍洄先生一信，遣价送交，随接萍洄先生福信言黄岩小轮拼本镇小轮埠头，个人不能作主，须与陆柳亭兄相酌，再行接洽可也。接喻志韶先生一信，言刘公现至青岛，托写对联屏副，暂为存留，俟其来沪之便代为托书可也。接罗卓卿兄一信。徐霭人先生为该处创办保卫团经费来与楚卿兄商酌，来家留宿一夕。

十月十四日《申报》纪"内务部调查孔庙乐器"节云："内务部特派本部佥事陶洙、董瑞椿二人前往济南、曲阜调查乐器，惟节颇长，只摘抄一二而已。阙里乐器，镈钟仅存南吕一架，春秋合用，笙箫篪笛之属均已破碎，琴瑟无弦，文舞六佾系升大祀以前之制，歌工歌声小不能辨，惟编钟编磬皆康熙五十二年所制，音律无讹。钟鼓而外，乐器中尚有足鼓、鼗鼓、应鼓各二，殿陛下有鼍鼓一，大成门左右有门鼓、门钟各一，皆京师孔子庙所无。济南乐器其镈钟特磬，虽皆有夹钟、南吕各一，春秋可以分用，然编钟编磬系将顺治十四年、康熙四十年、光绪二十三年三次所制杂凑而成，阴吕阳律全然无可判别。笙箫篪笛之属发声过高，非童子不能和谐，惟琴瑟尚能弹之成声。鼓之属，比较阙里则又多悬鼓而少足鼓。此外，别有节舞用之铎、引道乐用之头管、云锣、拍板等器，亦非京师孔子庙所有。就所陈乐器，询以黄钟大吕之音、正工小工之调，将阙里、济南两处乐工类皆瞠目而不知所答。盖民国以来，伶官之失职甚矣，赞引读祝诸调亦多掺杂土音，引吭直呼，殊少抑扬顿挫之节"云云。

是日《申报》又纪杂评二"山东省之乐器"节云："自青岛战事起，调查员络绎于京鲁间，办理交涉，则派调查员也；探访战情，则派调查员也；考察华人损失，则派调查员也。此种种调查员皆关于战事也。乃有不关战事者，则调查乐器是已。调查乐器所以示尊孔也。然而，山东之大局几残破矣；山东之人民几散亡矣。收拾补救，殊无策划，而尚有馀力以救乐器之残破散亡、考订乐章之源流得失，诚可谓好整以暇矣。虽然，乐云、乐云，钟鼓云乎哉。”如是所云，调查山东乐器值此之时，犹如保护学校之理同也。

十月十四日“论生计”节云：“罢工多何也？抢劫多何也？匪徒多何也？党人之起事多何也？各种之谣言多何也？一言以蔽之，曰皆生计为之也。中国人之生计，前已为难矣，而况又加以革命之役、二次革命之役，又加以今日瓯洲之战，又加以今日冬令之期，故今日种种扰乱者，势有所必然者也。生计之为难，政治不良、人民无业为之也；政治不良，故人民之企业多为政治所阻碍，而人民之无业者愈多。人民无业，故黠者群趋于仕途，而蠢者多趋于盗贼。仕途庞杂，盗贼横行，而政治益以不良。故今日欲为国民生计，计不及他求也。政府宜改良其政治，能便利国民之企业者为良政治；人民宜各求其职业，能自食其力者为良职业，各尽其本分之最粗最浅者，而生计即在其中，勿先侈谈高远也。”所论并非不是，而计划生计难中之难，即或有所计划之处，而不安本分之徒尚欲难填其欲壑，深为怅然。总以民者能守正业，而当道妥筹生计，得以总一枢纽，是为至幸。接罗卓卿兄一信，又接张丹庭兄一信。

二十日丁卯 雨。致罗卓卿兄福信一函，交邮寄至黄城。陶柳亭兄令媛招赘北岸子林人张修爵，于昨十九日喜期，今日办酒请客，知单来邀。晚刻，至柳亭处，晤其新婿张修爵，并送郎王丽斋、张子贞及王六皆、周谱香、黄道周、伍菊香、陶河清诸君，相叙席散而来，至家时逾二鼓矣。

廿一日戊辰 阴。晚刻，至周孟东处少坐而来。至家，值达云母舅、翁子俊在家，晤叙至晚而去。少云言，周允东之次女适黄宏德者定在明年十月十四日喜期，曾经送日子矣。子能先生自郡来。徐霭人先生于早刻去。

《人海记》纪“铁券样式”云：“铁券分三等：国公式二，其一高一尺，博尺有六寸五分，次高九寸五分，博尺有六寸；侯式三，其一高九寸，博尺有五寸五分，次高八寸五分，博同上，又次高八寸，博尺有四寸五分;伯式耳,其一高七寸五分,博尺有三寸五分,次高六寸五分,博尺有二寸五分。”台州钱武肃王缪当时功高,上赏铁券,今其子孙现尚留存。余只闻其名,未见其物,未识果如是否也。

又纪:“安庆设巡抚起于明命崇祯初年,用归安沈司寇演之议也。”可知江南、安徽合为一省而已。是集又纪“翰林院积沙故事”节云:“翰林院门左右飞沙,积岁高与墙齐。明世庙中掌院尝令除去,官僚罢谪几空,未几,沙还积如故。或以为形胜宜尔”云。前《藤阴杂记》云亦如是,未知何故。现今科举已停,翰林将断,未识积沙亦如是否也。

是集又纪:“本朝禁中宫殿门名大概仍明之旧,与《酌中志》所载略同。乾清门之内为乾清宫,宫之东曰昭仁殿,西曰宏德殿,东宫及诸王读书之所一在门之东,曰东书房;一在门之西,曰西书房,皆北向。翰林院直庐曰南书房,与西书房才隔一垣。循西廊稍北曰翻书房,在月华门之南。月华门北曰懋勤殿。乾清宫正北曰交泰殿,交泰殿正北曰坤宁宫,宫有东西二暖殿。坤宁宫直北曰钦安殿,又北为御花园、神武门。自昭仁、宏德而北两翼相比者,东曰延禧宫、承乾宫、景阳宫、景仁宫、长春宫、钟粹宫,西曰翊坤宫、承和宫、永和宫、咸福宫、永寿宫、启祥宫、储秀宫。御茶房在乾清宫东北,御书房、古董房在景阳宫内,敬事房在景仁宫内,中正殿在长春宫之西,又西为咸安宫。天穹殿在景阳宫之东(以上皆宫门之内)。乾清门之东曰内左门,西曰内右门,北下东向者曰日精门、昭华门、基化门、景和门、近光左门,西向者曰月华门、端则门、隆福门、近光右门,月华门之外曰隆宗门。门之西曰养心殿,南曰慈宁宫(太皇太后所居),景和门之东曰毓庆宫(皇太子宫也),又东为宁寿宫(皇太后所居)。此外,尚有兆祥所、遇喜所,所内永安亭、南府西路、南府中路、东库房、西库房、鹰房、大小狗房、鸟枪房、鸽子房、药房、露房等名,皆不在宫殿之数。”是为记载,以广识见。

又纪:“棍树叶与乌柏相似而大如团扇,有钜齿,初生时可裹饼饵蒸食，霜后鲜赤若丹枫，照耀岩谷，其皮柔韧如麻皮，乌喇之人采以治绳，作鱼网入水不濡，又可为鸟枪火绳，中国所无也。”按：《本草》人参条下所载椵木音贾，而此音断不同。又纪：“细鳞鱼产湾河中，旁近溪涧多有之，重唇，鳞如鲂，中有黑斑，大者一头重斤许，味极鲜腴，又有柘缘，鱼味与细鳞略同而形差小。又有柳根赤，长不过二三寸，入钓最多，竿不虚举。此鱼族聚缓流中，好食柳根，故名。”并而录之。

廿二日己巳 卯前，雨；辰、巳，阴；午牌，细雨；未时，阴；以后皆然。接潘子祥兄一信。午膳后，至椒江中学堂，晤王伯常、周载熙及其教习周亦琛、张岳生、张鹿筹、李仲贤，互叙半晌，就道至翁子俊处，晤达云母舅、周月波，相谈至晚而来。晚膳后，至洪少琴处，言王俊卿暂租其后房，即于今日进屋，晤俊卿及眉甫先生、邱渭夫，互叙一刻而来。

阅十月十七日《申报》纪“中日银行”节云：“中国以财政困乏为难者也，日本主张中日提携，而扶助中国财政入手，日本之美意也，中日银行之提携且有似将实行之消息。我如何反对之哉！虽然，我有一言，为我所不能已者：银行既出资万万，中国乃不出一资，其为中日合办者耶？安能以不出资之中国与出资万万之日本同为银行之主耶？世安有此不平均事！日本即惠我，我能受之而无愧耶？稍有国家资格之政府决不至觍然无耻若是也。其为日本独办者耶？则一日本人之银行设之于中国者耳，犹之俄国之华俄银行、德国之德华银行，不过名称之联合，于中国只有商业上之关系，无其他结合也。而奈何又有凡借款由彼包办之条件耶？呜呼！此诚我之所难解者矣！”如是所云，我亦难解。总而言之，有其名以便商业之关系，无其实而无其利可入于中国可也。中国如斯，何况一银行仅得其空名而已。

十月十八日《申报》纪：“湖南洞庭西湖之羊角脑为沅江、常德交界之大商埠，天心湖、荒湖之流水汇流之区，其间，桅樯林立，商务繁盛。本月二十三号，天心湖陡发大水，澎湃飞腾，势甚汹涌，冲覆民船及岸旁房屋无算，淹毙人口在百人以上。”因变起一时，不及防护，致罹此厄，亦云惨矣。又纪："泸溪县距城四十里至荔溪地方向有向市镇，商务颇繁，本月二十号午后二时，忽起巨风，势极猛烈，将街上房屋吹倒过半，一时砖瓦纷飞，势如雨下，伤毙人口不计其数。河下有扎就木牌竟被风吹至该处十五里之小潭地方，打死七人。"亦一浩劫也。又纪："衡阳县自阳历八月二十二号起迄今已三阅月，大雨如注，雷电时作，合计此三月中其偶然放晴者不过十馀日，以致乡间之茶、棉、豆茹、菜蔬等物大受损伤，且多虫害。其尤异者，东乡大牧村近忽发生一种怪虫，人之目力所能见，凡仓储之谷莫不受其伤害，细察伤痕，略如针孔，吸去米质仅存空壳。被伤之谷，每石仅出米二三斗，其无形之损失为数颇巨。故目前该处米价每石售票钱八千三四百文，铜元以九四折扣，尚有加涨之势，食力贫民已不胜其苦矣"云云。最为惨切，记其事，使后来方知该处今日之苦也。

阅十月十七日《申报》纪"仿造轰击飞艇之快炮"节云："上海制造局奉陆军部饬，云近来各国开战，彼此均以飞艇暗攻，是以德、日等国特制向天快炮一种，名曰击飞，如果军队之中见有飞艇行驶，在上即将击飞机炮望上开放，俾使轰击飞艇使其受伤坠下，其法甚巧。现既有此利器，我国军队亦应预备，藉以防范，因特觅到击飞机炮图样一纸。该炮计长英尺三尺，六寸口径，以一磅子弹装配，饬仰如式仿造等。因闻郑总办已将奉发图样于昨日发交绘图员迅速测绘内部机关分寸，以便先行试造二尊，如果合法，再行增造云。"凡一物为利，必有一物为害，飞艇今用击飞制之，未识击飞用何法制之耳。

廿三日庚午 雨。连日多雨，大碍冬季，心为怅然，只求速发西风，是为至幸。王俊卿来邀晚膳，至其家中，晤遇琴、少琴、建夫诸君，相叙席散而来，至家时逾二鼓矣。来时雨大，而西风亦大，能即放晴，深为至幸。

阅十月十八日《申报》纪云"战事盲谈"节言："今日瓯西战事虽稍稍活动，然而仍无大变动可言，瓯东则更沉寂。今日战报中所可注意者，唯路透电谓塞国之情势颇危急而已。其外则英皇至法劳军颇盛况也。仅此二语而已。”现今世界争战若是，未识何日能已，只求早日和平解决，为幸多矣。

十月十六日《申报》纪杂评二“两说加赋”节云：“加赋为近今理财公家认之论，然其间有二派：一主先事清丈，一主直截增赋。清丈既非数年不成，而财政又若是之急，则势必趋于直截加赋之一派。昨电谓增赋以丈量费巨需时，故迄无成议。吾谓中国事大率以救急为前提，每不暇从根本着手，故成议之期或恐不速也。”上年浙江以及各省自加赋额以来，小民之困苦束手情形，难堪言状。现中央又增加赋之议，又未识至于何底也。

十月十七日《申报》纪：“云南府电云：匪徒在云南、贵州交界处割断电线四十里，故二十二日以来电信交通为之中断。缅甸边界腾越境内刻有匪徒作乱，云南安谧”云云。现在满地荆棘，未识何时得睹光天化日否也。

第四十七章

甲寅(1914)十月廿四日起

十月廿四日辛未 卯前雨,辰至午刻,阴;未时,细雨;以后皆然。只求早日晴明,草麦藉得早种以丰,小民为幸多矣。

廿五日壬申 晴,西风颇大。晚刻,至李舜卿处,晤施见甫、汪伯端,相叙一刻,言杨府庙有戏,随至该处看戏。完时,李舜卿邀留晚膳,同伯端、寿生至其府上。过晚膳后,值周载熙、李仲贤、张鹿筹、张岳生诸君来叙一刻。二分禹门叔公之寿域,年前做在东岙之麓,现冠卿先生代其择十一月初二日入厝矣。

廿六日癸酉 晴。晚刻,至楚卿处,晤郑夔友、邱楚言,相叙至晚,留过晚膳后,值黄道周、邱遇琴、王云初、王俊卿,互叙半晌,至家时将二鼓矣。晚刻楚卿言近日赴杭,即托其代买全鹿丸洋四元、万应膏洋一元、羊毫极品两支、五紫五羊毫十支。余向来均书邵芝岩精制之折笔,近来书邵芝岩之五紫五羊亦颇顺手。但五紫五羊稍为纯润,即改书五紫五羊为佳。郑夔友兄现改名敦采,声音、字样均以寅亮二字颇佳,改为敦采未知有何深意也。

阅十月廿一日《申报》纪云杂评一"战事盲谈"节言:"西瓯仍无大胜负,东瓯且无战报。今所可以注意者,以塞尔维亚之旧京被陷,而交战国之耳目群注集于巴尔干,其他小邦恐将又产节外之战事焉。"外国战事如斯,未识何日和平解决耳。

廿三日《申报》纪杂评三:"我人所望于英使者"节云:"英使朱尔

典氏素提倡禁烟者也，前次减发租界售烟执照之议，英使力主之，事虽未实行，已令我人深感。今之抵沪，未知何事。然我终望，望英使深体烟祸之烈，善为磋商，有以竟其未竟之美意。斯则记者敢代表我国人以请愿于英使者也。”烟之为害甚矣！今虽严于禁除，未识何日得能净尽为幸。

十月廿一日《申报》附张纪“谈话会”节云：“富贵的一世宠荣，到死时反增了一个‘恋’字，如负重担；贫贱的一世清苦，到死时反脱了一个‘厌’字，如释重枷。人诚想念到此，当急回贪恋之首而猛舒愁苦之眉矣。迷则乐境成苦海，如水凝为冰；悟则苦海为乐境，犹冰涣作水。可见苦乐无二境，迷悟非两心，只在一转念间耳。两个空拳握古今，握住了还当放手；一条竹杖担风月，担到时也要息肩。阶下几点飞翠落红，收拾来无非诗料；窗前一片浮青映白，悟入处尽是禅机。东海水曾闻无定波，世事何须扼腕；北邙山未省留闲地，人生且自舒泰。天地尚无停息，日月且有盈亏，况区区人世能事事圆满而时时暇逸乎？只是向忙里偷闲，遇缺处知足，则操纵在我，作息自如，即造物不得与之论劳逸、较亏盈矣。会心不在远，得趣不在多。盆池拳石间便居然有万里山川之势，片言只语内便宛然见千古圣贤之心，才是高士眼界，达人的胸襟。天地景物，如山间之空翠、水上之涟漪、潭中之云影、草际之烟光、月下之花容、风中之柳态，若有若无，半真半幻，最足以悦人心目而豁人性灵，真天地间一妙境也。”所云如是，正人生在世之处境。言颇有趣，是为之记。

十月廿三日《申报》纪时评“大局”节云：“今日所云大局者，有世界之大局，有中国之大局。世界之大局有变动，其影响能及于中国，故今日研究中国之大局者，不可不更留意于世界之大局。然而中国之大局，除世界之大局所影响外，亦有自身之大局也。何谓中国自身之大局？财政能不危乎？匪徒能不扰乎？军队能不变乎？执政者能不捣乱乎？若然，中国大局可谓平定，而再进以求第二之进步也；若然，则世界之大局虽有变动，而中国大局之受其影响者，仅仅世界大局之变动而已也。故研究中国之大局不可不留意世界之大局，而研究中国将来受世界大局之影响者，又不可不先巩固中国自身之大局。世界大局，我国之力所不能及也；中国大局，我上下其共致力之。”所论大局，颇为致至，姑而录之。

阅十月二十日《申报》纪时评“勿自乱”节云：“国之被人侵略也，必先内乱而后可以乘间而入，此定例也。故谋人国者，必先令其国内之不和、有力者之互相猜忌，而后外力得以有所凭藉，此又定例也。故欲谋自保而不使人之有间可乘者，亦必先众心一志不为外摇。有离间之谋、怪异之事，各各平心静气细察其谋、其事之由来，而默为之备，勿操切、勿愤激，自乱以中人策，此又定例也。今日中国其适丁此时期也，怪诞之说之日出，是使我人早为留意者也。我之上下尽力于国事者，勿于此时起猜忌之心也。盖我今之所谓自乱者，非匪徒也，非党人也，同处患难之国人与政府也。”论颇有致，勿以自乱，中国幸甚，人民幸甚。是为记之。

是日《申报》又纪杂评一“战事盲谈”节云：“今日战报仍属无事也。据今日德首相之宣言与以前英首相之宣言，均谓不达胜利之目的决不罢战。然而两雄又岂能两胜哉？是则战局终无已时欤？”言之如斯，益增致虑耳。

十月廿一日《申报》纪“铁矿国有之近情”节云：“政府近有将全国铁矿收为国有之意。曾志本报，兹据探闻该问题政府现正骎骎进行，其提议已在日前通过，拟四五日内教会公布。或云已饬政事堂，将矿务国有之条陈交由农商部详加讨论妥筹进行之方，以便通饬各省，切实筹办。至其所据国有之理由有三：一则铁业为一大实业，应由官办以收利益；二则一国军器须要独立，故官营铁业以谋军器之独立；三则中国铁矿甚多而不精，故欲采其优者以供国家之用。其中第一理由系农商部有力人员所主张，第二理由多系陆军总长段祺瑞一派所主张，第三理由系铁政司长张轶瓯所主张。惟政府之意，此次铁矿国有之实行，固以将全国所有铁矿收归国有为本则，然其事之范围太广，关系重大且有种种不便之处，故于本则以外拟设除外，一例许可一般人民在与官营铁营不相妨碍之范围以内仍可办铁业，而政府将来收为国有之铁矿，现在种种调查之中，至其性质优良大有希望者，恐不甚多。而关乎既得权者不加拘束，其中惟限于无果能开采之希望者，或应设法取消以归国有，而至外款，或与外国云云，并无何等之关系。全系独立自主之处置云。”前将铁路已归国有，现将铁矿又归国有，当道者精于整顿而蒸蒸日上，可预卜也。

十月廿三日《申报》纪“不吸卷烟联合会通告”节云：“在会同志诸君子公鉴敬启者：本会鉴于时艰，暂停开会，近以劝导人少吸者渐多，为此通告公举正、副会长二人，重行整顿办理。务望我在会诸同志协力同心、广为劝戒、再接再厉，务期国家社会扫除毒害而后已。奉上公举票人名单各一纸，请即举定按期投箱以便公布。兹定于阳历十二月七号起投票六日，至十三号星期日止，午后二时开箱揭晓。凡投票者如有要事不能亲来，或请代表，或写信来皆可。敬此通告。伍廷芳、王文典、李佳白等计五十六人。以上诸君或助经费，或任编辑、演讲、书记、会计、劝导等干事员，或全不吸烟者，均有选举权及被选举权。”吃卷烟者日夕需费不减于鸦片，能得联合禁除亦弥一片消耗，吾亦赞成其事。是为记焉。

廿七日甲戌 晴。致杨伯藩兄一信，致贺蓉江兄一信，附洋四元托买吕宋烟，均饬祖元送交。旋言蓉江兄云，吕宋烟俟下班轮期可买到。午膳后至楚言处，晤李舜卿、伍菊香、周孟东、王采东、王让卿诸君，相叙至晚而来，言楚卿兄明日赴省云云。

廿八日乙亥 晴。午膳后相约达云母舅及翁子俊、王六皆、伍菊香、周篪卿、洪少琴、倪寿生诸君，至海门四海春过晚膳，后至椒江舞台看戏，所演《张汶祥刺死马新贻》全剧，忆及此剧，余在沪江时看大舞台所演，大约情节两相仿佛，其中细情曲节不及大舞台所演之剧详细也。到家时已经一句半钟矣。

阅十月廿四日《申报》纪“帮匪骚扰商轮之骇闻”节云：“长江一带

帮匪自严饬缉捕后，无地自容，群以上海为逋逃薮，已经淞沪警察厅长侦悉，迭饬各区署严行查饬在案。讵前日午间，浦东日商大阪公司长江商轮大吉、大利两轮，自汉回沪到埠时，突有帮匪二百数十人各执器械蜂拥上轮，将旅客行李强行攫抢。该公司所用侦探苏麟上前拦阻，欲与为难。苏探立鸣警笛，由该公司所用印捕四名及邻近太古码头侦探顾三福闻警赶来，开放空枪两排，始将各匪驱散，幸未肇事”云云。上海地方轮埠之流氓如是猖獗，各处轮埠更须留心。当今此势，行商旅客为难甚矣，一勿留心，致遭不测即在指顾间耳。是为记载，以为旅客行商者鉴耳。

廿九日丙子　晴。午膳后至楚言处，晤王六皆，相叙至晚而来。解芝村兄来叙至晚，留宿一夕。

十一月初一日丁丑　晴。芝春兄即于早刻言至海门去矣。禹门叔公及其叔婆并姨婆之寿域已做在东岙大仁山脚，择定明日初二入厝，即于今日开吊一天。早刻至其家中，晤达云母舅及王六皆、黄道周、李舜卿、汪伯端、周作羹、邱盘之、陈松岩、冯质彬、子权，相叙至晚。致祭，伯端兄主祭，六皆题主，舜卿、道周、达云母舅、作羹助祭毕，即晚膳后而来，至家时将二鼓矣。周冠卿先生亦于晚刻来。

初二日戊寅　晴。早刻至禹门公家送丧，至栅浦而止。过潘子祥处，与子权、正火少坐而来。午膳后，至楚言处相叙一刻，至二分少顷，而彼等还山矣。诸事均称顺适，而禹门公一生可谓毕世矣。嘉先言，今早即初二上午五句钟时，黄楚卿之沈芝仙生产一子，而楚卿方于初一日晚刻赴沪至杭动身矣。余在二分过晚膳后，同道周、作羹两君至心斋处，相谈半晌而来，至家时逾二鼓矣。

阅十月廿八日《申报》纪杂评三“水雷之谣言”节云：“吴淞口外发现水雷之谣，数日前传之，而旋即消灭。今西报忽又载此种种消息，且谓五枚之多，目见者亦非一人，此诚极可骇怪之事也。夫水雷一物，各交战国所恃以危敌者也。瓯洲海战之地有之，青岛亦有之，决不能远流而至于扬子江，更漓然止于吴淞口外也。然则此可异之水雷何自而来？果非谣言者，将何说以解之哉？且因之此水雷之谣言而引起扬子江警权归英、归日之谣言则愈玄邈微茫，令人不可思议。然而，他姑勿论，航行者已大受惊惶矣。”此等之谣言即无有其事，一若有人而言之，必一传十、十传百之广。倘若至其处者，必惊心吊胆，不言可知矣。

十月廿七日《申报》纪时评“清丈”节云：“当扰扰于外患内乱之秋，政府所急急者，非曰交涉，即曰平乱；其次，非曰抵矿、抵路，即曰参案、奖案，中国之所谓时局者，不过如是而已。从未有于国内之土地、人民一为之计算也。有之，则自清丈田亩始。然则，清丈田亩，其为今日之根本政治欤？曰：然。虽然，须视其命意何如、施行何如耳。命意而为清理土地也者，诚根本之政治也；命意而为筹款也者，则验税之类也。土地仍勿能清理也，于国之根本无关也。施行而能实事求是、一无弊窦也者，命意虽在筹款，人民尚不至受其害也；施行而付诸贪黠狡猾者之手，则上下其手，人民受纷扰，土地益淆乱，不但无益于国之根本，且更凿丧国之根本而有馀矣。政府之举行此事也，慎之慎之。”此言确然有理，是为之记。

初三日己卯 晴。早刻，伍菊香来叙。过午膳后，至楚言处，晤篪卿、孟东，相谈至晚刻而来。

阅十月廿八日《申报》纪要闻二“办理清丈之起点”节云：“整理田赋之议，可谓发诸山东巡按使蔡儒楷氏。但蔡之说得‘加赋二字，及多取之，而不为虐之’一句任性话，并无何等动人听闻之法。财政部明知如此简单着笔易起反对，遂稍稍有清丈之议论。其初预定时期十年，当局大为退沮。后有分整理之事为三期，以二年六个月完成。清丈之说究竟如何定议尚未可知。惟财政部于整理赋税中兼设田赋委员会之外，确已筹设清丈全国田地局，业已呈明总统。且闻‘清丈局’三字经总统亲笔改为‘经界局’，此局督办一席当以财政总长兼任。闻周总长曾保王揖唐参政，总统嫌其为人和易，恐未免过顺人情，不以为可。周又举前黑龙江都督宋小濂君，亦未当总统意。故以周自行督办云。”

十月廿七日《申报》纪“京汉路局推行印花办法”节云：“印花税办法前由政府通饬各衙署及各机关各局所设法推行。兹悉京汉局机务处特加参酌，订有推行办法，爰节录如下：一，发票。凡购买商家物料价在十元以上之发票，应贴印花一分，凡由本处发出废料与夫材料所让出一切料物，其账单亦应照贴。二，收据。凡银钱收据价在十元以上者，应贴印花二分。三，账簿。本处所用各项账簿，每年每册应贴印花二分，其次年不换之账簿与零星账单汇总成册之册数，亦各应分别照贴。四，雇用人员之契约。凡在十元以上者，当尊章照贴印花一分。五，各项包单。凡卸运料件，其价在十元以上者，应令承包人照章贴用印花二分。六，各项承揽字样。凡招人承揽一切工程，其合同及约据应令经办者按照下开税法双方照贴：由十元至百元者，应贴印花二分；由二百元至五百元者，应贴四分；由五百元至千元者，应贴十分；由千元至五千元者，应贴二十分；由五千元至万元者，应贴五十分；由万元至五万元者，应贴一元；五万元以上者，应贴一元五角。七，各项保单。凡员司、工匠入局时取具之保单，应照章贴印花二分，其馀如预定货物之单据，以及提货单、保险单等件应贴印花，均由总管理处材料课办理。凡贴用印花应于骑缝处签字或盖图章方为有效”云云。自后印花通行，又费诸多手脚也。

初四日庚辰　晴。致岳母一信，交王宅仆人带黄转寄前宅。昨夜在上午二句钟时，朱子延喊叫包房有贼。往看银器房之北首即在中透西翼头，该处向藏另件等物，无人往宿，该贼即将是处之墙拆去数尺。不意所拆之墙东首即是银器间，西首系是包房壁下。贼进银器间，即将银器橱开出，格亦拔出约二个字号，所失银器等件一时难于计数。即由朱子延评查，约一二日间可有实数。幸朱子延当贼进间时已经知觉，虽是银器房，想所失之数亦是不多。该贼之进由西北首墙上而来，出亦该处所出，遗有狭扶梯一架，想人已知道，不及急挪，所以遗在墙内。但典物所失，不得不即追查，随即具禀海门警局，由陈翼亭送去，旋言警官明日派侦探来视云云。一面即邀本镇保安队追查。但徐福生兄因公外出，即由王春圃、吕云生四处探听追查，书记陶永言由署派人查问，未识即能追获原赃否也。至典中所失之物，不得草率了事，须以破案方可息事而已。陶永言系海门人，前在郡城相晤以后，约经二十年，方于今日晤面，人将老矣，不道其名而不能相识也。

早刻，陶寿翁来邀，随至其府上，言其乃翁虞乡先生已竖坟面，其石料已将告成，其面字如何书式，询余，随拟就，交陈崇山先生代书矣。并晤吴玉翁，相叙一刻而来。但寿翁言海门有急事，随于午膳后转至海门去矣。王荫樾之郎道福配亲周月波之女，于初八日喜期亲迎，邀余代媒。随即允诺。咖啡一物，酒食之后若饮一杯，最为得宜。顷阅十月廿七日《申报》纪上海英大马路东首广兴公司所售之奇香咖啡最佳，未识果然否也。上海设立俭德会，其规则有五：一，不狎邪；二，不赌博；三，不必以酒食结交；四，不必华服；五，不轻寒素。入会者颇多，人生果有五则而全者，诚亦美差耳。

初五日辛巳 阴，晴。致杨伯藩兄一信，附洋二元，托购参贝、陈皮及映对头花之茶叶各一元，饬祖元送交。至永利局，询伯潘兄尚未至海门，即托贺蓉江代为转交矣。蓉江兄代为寄买吕宋烟四盒亦代购来矣。午膳后，至子俊及达云母舅两处，相谈至晚而来。

阅十月初二日《申报》纪时评“继续”节云：“今有一事最足以证中国人之心理者，即此次之瓯战是也。当瓯战之初，稍知时事之人莫不关心于瓯战，以为此乃世界变迁之原因、中国兴废之关系，苟生今世，不可不知其究竟。乃未几而瓯战之变动稍滞，人心已渐渐暇怠矣。及至青岛事起，关于中国者切，于是，人心又为之一动。及至青岛既陷，东亚之事面似和平，瓯洲之战难决，而前之所谓关心者，又莫不视为故常，安然若忘之矣。此何以故？以中国人之精神兴味只萃于开始之一时，而无继续以至于收成之故也。然而瓯人之身当其冲者，则且以为尚有一年焉、有二年焉、有三年焉、有不达其目的不止焉。继续力之有无，全视继续思想之何若。今以中国之继续思想，与瓯人较相差何远也。呜呼！继续力者，经营事业之一大原素也。”中国之人心理，言之致至，是为至记。

是日《申报》又纪专电：“北京电云：昨有友自英归，经脑威、芬兰，乘西比利亚到京，仅二十五日，芬兰湾、北海等处设置新式水雷极多，沿途甚险。据近讯，尚系德胜消息为多，巴黎之陷仅时日问题。俄境方面，德连捷四次”云云。近今瓯战或胜或北，均无益于中国，为中国之人民，只求和平解决，为幸多矣。又纪：“北京电云：财政部前派李盛衔、日人常吉德寿赴江浙查田赋已两月，现归京。彼等鉴于浙之清丈沙田、苏之清丈宝山等县均取费于民而不扰，故均主清丈及加赋可行。但谓清丈费每亩加征六分已足，每县约四万，苏所办每县则十万。常吉又谓加赋准于地价，地价则以地上出产总额四倍为标准，每亩岁收八元，则其价定为三十二元。常吉并拟经界局官制总裁、副总裁各一，参事二，佥事、主事无定额，高等顾问一，部拟用督办、会办，总长兼督办。余晤此中主者，渠谓现各省多无鱼鳞册，惟据庄册，由庄书把持，混乱飞洒，若不清丈，加赋固难，即减赋亦难。又，为国库计议者，主加重烟酒税，然有关税限制，现不如田赋可恃”云云。所言虽深知其中利弊，只办理时不入奸猾书吏之手是为至幸。

十一月初二日《申报》又纪：《大陆报》所云克虏伯围城大炮为世界最可怖之物，有三十二生的者，有四十二生的者，其最巨者则为六十一生的，能放极大爆弹至三十英里之远。如是炮弹非独素所无闻，即闲书小说亦无有言之。今之炮弹，正所谓愈出愈奇可也。是节报载最长，无暇抄录，只记其讵炮情形而已。

十一月初一日《申报》纪时评“消极团体与积极团体论”节云：“中国人之易结消极团体而不易结积极团体者，盖有二因：第一因为懦怯不负责任。懦怯不负责任，此消极团体之所易结也。盖消极之事必有不利，不利者不敢一人独当之，又不愿一人独当之，乃思集众人以同当此不利。第二因为贪黩而又自私。贪黩而又自私，此积极团体之所以不易结也。盖积极必有所作为,其为利耶?恐人分其利;其为名耶?恐人分其名。故能得利、能得名者唯恐人分之;又不能得利、不能得名者,亦不愿为人名利故而相助。有斯二因,而乃始有今日之结果焉。虽然,苟精心深思之,消极之团体无益,而积极之团体有益;消极之团体难久,而积极之团体能久也。何则?积极之团体多则事业兴,消极之团体多则事业败。积极之团体不能少数破之,譬如百人共营一事,十人背之,九十人仍能进行也。消极之团体能以一人破之,百人相戒不作某事,一人背之而不作某事之目的已不能达矣。故我愿国人易其结合消极团体之心力方法以结合积极团体,则中国之兴庶有望欤!"言颇言切中国人心,是为记焉。

初二日《申报》又纪"组织上海商团之草章"节云:"本邑绅商吕耀庭、钱贵三等,近因盗案迭出,拟恢复上海商团以资保护,曾将会议编制办法,略纪前报。兹悉吕君等现已拟就草章三十条,昨已呈请上海郑镇守使核夺,一面定于下星期再行邀集本埠旧有各商团领袖暨南北市各业董到会集议筹措经济问题,一俟就绪,即当开办。兹将草章录后:

第一章。第一条,遵照本年某月某日大总统命令,就上海商人组织之故,定名曰'上海商团'。第二条,本团为维持地方治安,补助军警之不足,遇有重大事故,受地方长官之委托得尽出防协助之义。第三条,本团职务以懂事、团练二部分任之。第四条,本团所用枪械等件,应呈请地方长官发给烙印。第五条,所有团中枪械等件存放各区警署代为保管。第六条,团员服装除由本团置备给发外,其馀一切附属品均应照本团定式由各团员自行购办。第七条,本团成立之始,先就旧有各业商团会员志趣高尚、成绩优美者组织模范队,操演三个月后再行扩充。第八条,本团之员入队操演一年以内为现役团员,一年以后为续备团员,三年后为后补团员。第九条,团员如遇召集命令,无论操演出防务须遵令行之。

第二章,董事部。第十条,本团公举总董一员、副董二员,代表本团一切事务。总董有事故时副董代行职务。第十一条,本团公举董事若干人,以商界有声望者任之,计分经济、交际、坐办、文牍、审查、评议。第十二条,董事部议决本团一切议案后送候总董执行之。第十三条,本团团练部主任有董事部推任之。第十四条,本团内部一切雇员由总董委任之。

第三章,团员。第十五条,凡在上海商人,年逾十八岁以上、五十岁以下,品行端方、身家清白、无疾、无嗜好、稍通文字,有确实商号保证书者均有入团资格。第十六条,凡入团时须具志愿书及确实商号保证书。第十七条,凡入团者遵章缴纳入团费。第十八条,凡入团者须遵章认缴年费,每年至少四元,入团时预缴半年。第十九条,凡入团者须遵守本团一切规章。除本章书之各规条,另立专条。

第四章,团练部。第二十条,凡关于操练、编制、课程、召集、出防等项,均由团练部主任计划之。第二十一条,团设特设助教若干人,视其确有资格者由主任开名保送总董核准委任之。第二十二条,主任得督察全团操练之优劣、勤惰及旷课之多寡、成绩之美否,每期应造表册送请董事部鉴核奖励之。第二十四条,每年春秋二季应请地方长官举行阅兵式各一次,以促进步。

第五章,办事处。第二十五条,本团应设总事务所于交通利便之处。第二十六条,本团设大队本部于沪南商务分会及西门外憩园。第二十七条,本团设枪械所于指定各区警察署。第二十八条,本团应设俱乐部。

第六章,经费。第二十九条,本团开办及经常费由董事部筹画之。第三十条,如有热心公益者愿助本团经费,由本团推为名誉董事及赞成员,按第二十三条为访员。漏抄容后补录"云云。其商会如是办理有否成效,以观于后可也,是为之记。

初二日《申报》纪"经界局派员之揣测"节云:"筹办清丈从京畿入手,已奉明令着内务、财政两部会定办法呈候特派大员设局编制。外间对于此局督办一席,早传有派周总长兼任之说,并谓周曾保荐王揖唐及宋小濂均未当总统意云云。此说虽亦确凿，不过为将来登场人物之陪笔。在保人者固欲藉以试探总统意旨，而总统则以‘派人尚早，故以令周兼任’一语暂行宕开。据闻，将来有希望者仅周学熙、张镇芳、梁士诒、周自齐等寥寥数人。命令中所谓大员，显有资格之限制矣。然周学熙氏并总长尚不肯做，张镇芳氏又专心筹画盐业银行，均未必肯出担任。周自齐、梁士诒两氏中，未知鹿死谁手也。又一消息则谓闻此项机关即日组织，即将财政部中之官产调查处及赋税清理处两机关并入，必为一独立机关，并有派王璟芳督办之说”云云。有习其事者，其权勿入奸书猾吏之手，中国百姓幸甚。

初二日《申报》附张纪“文字因缘，金缕曲先生祝朱谦甫君四句寿词”节云：“放眼乾坤小。任纵横、大千世界，谁能同调？我亦当年学高适，几见词林品藻。为野纳、破荒介绍。酒丐诗狂恣游戏，最相关、总是忧心抱。可语者，使君操。述怀争似忘怀好。看如许、牧猪屠狗，争雄入道。尚是依刘作王粲，不及退权房老。幸精力、春华朗照。除却凌烟问何志，到皈依、惟有楼圆峤。无量寿，无穷祷。”阅之颇有趣味，是为之记。

初一日《申报》附张纪笔记“蒋拜庚行状”云：“嘉定、青浦交界间，有黄渡镇者，为苏沪往来孔道，平日驻有重兵。咸丰庚申之乱，全镇被扰，室庐荡然，靡有孑遗。凡附近居民之遭其荼毒者，殆不可胜纪。蒋拜庚其一也。拜庚名汝枚，青浦诸生，居黄渡附近之蒋家行村。自少，敦历名节，喜结纳豪俊，研精经学，间涉猎诸史。至古人节义事，辄慷慨激昂，作不平鸣甚，有拍案叫绝，为之涕下沾襟者，旁观咸笑其狂，弗顾也。与友人张渭、章树福善，尝以节义相期。咸丰初元，土匪周立春之乱，拜庚以倡办义团，戢匪有声于时。十年庚申，苏、常沦陷。谓其友张渭、章树福曰：‘我辈读圣贤书，幸而时际升平，殁世不称，君子所疾；不幸生值乱离，则正大丈夫建功立业时耳，效命疆场，以马革裹尸，行事岂不光明磊落？宁肯老死牖下，嗫嚅效儿女子熊[①]乎！’爰仍办义团，仿保甲法，家出一丁。拜庚以信义孚于乡，以故，乡人多乐为之用，不数日得千馀人，而义团集事，亲自训练，昼夜巡缉。及闻邑城陷，戒备尤严。贼至与战，善以少击众，相拒数月，势不稍挫。嗣贼举大众突至，民团不敌，相率溃散。有劝之逃。拜庚笑曰：‘我自起义，先于诸君约誓不受辱，倘遇不测，蹈吴淞死耳。否刻，刀踞鼎镬，亦甘之如饴。岂有偷生畏死之蒋拜庚哉！’卒不去，手一《易经》，朗诵不彻，贼众大至，读《易》如故。贼协之降。拜庚抗顾，责以大义。贼辈咸瞠目视，茫然不解所谓，协之益力。遂厉声大骂。贼怒，断其舌，投之河中。明日获其尸于水次，面犹如生”云云。如是者，当今之世岂易得哉？

初六日壬午　卯前，雨；辰牌，阴；巳、午、未刻，细雨；申时雨晴，阴；以后皆然。已出西风，想明日可望晴明也。周听涛、翁卓峰两君自早刻来叙，至晚而去。

初七日癸未　阴。

初八日甲申　早至午刻，阴；未牌，雨；以后皆然。周冠卿先生自早刻至海门去。早至王灿霞家代媒，随轿至周月波处，晤周谱香母舅及朱少卿、翁子俊、周少云，相叙席散，同达云母舅至灿霞家，过晚膳后而来。其嫁妆颇薄，而新人尚佳。晤林云芝、丁辅香，相叙半晌。辅香言，其沪江所购川麻出手较易耳。徐子刚先生于晚刻来。

初九日乙酉　阴。徐子刚兄于早刻去，王灿霞来邀晚膳。晚刻至灿霞处，晤达云母舅及丁辅香、永义相、老五先，相叙席散而来。

初十日　丙戌，晴。早刻，至子俊处，相叙一刻而来。午膳后，至海门警察局，晤所长张丙勋兄及其朋友章君，具递典中失窃禀单，托其代为详县，允即为详县饬追云云。出后，至陈舜卿处，相叙一刻，邀留晚膳。就道至永宁局，晤陶寿农、吴勉生、陈少山、余桐舟、王勤甫、

---

① 疑为“态”。

陈少亭、陈文佑、丁梦生诸君，相谈至晚。转至舜卿处，晤张丙勋、陈晋三、王雪春、何利川、马敬斋诸君，相叙席散。至椒江舞台看戏，晤王少常、周冠卿、陶寿农、习之、李舜卿。但寿农因其如夫人已将分产，戏未完先来，余及各人均至戏完而来。冠卿先生言十二日来葭云云。西首凤翼楼屋三间其后小屋均于寅时竖柱、巳时上行，逢吉大利。

阅十一月初四《申报》纪时评"旧道德与新思想"节云："世人所谓中国好旧而瓯人喜新，遂谓新为佳名而旧为恶谥，其实非也。盖道德自以旧者为厚，而思想则以新者为精，故中国人之好旧、重道德耳，瓯人之喜新思想耳。思想未发达，则人自忠厚而纯朴；思想既发达，则人自浇薄而变幻。中国人之好旧、好忠厚纯朴耳，其不喜新、不喜浇薄、变幻耳。故有新旧调和之说者，遂倡旧道德与新思想之说。虽然，中国忠厚纯朴之旧道德，仍消极之道德也。忠厚纯朴之道德，以不害人为道德，非以为利人为道德也。然而圣贤者则之、众人重之，成为世风，而阻害进步者矣。盖中国人之心以为无害已足，瓯人之心以为苟有进步，虽害足偿，非恶道德而破除者也。思想日益发达，旧道德自不能束缚之；既不能束缚而强行遏抑，必思想不能猛进而透澈，道德又能不破坏而灭裂，成为今日既无思想又无道德之中国人而已矣。"

初五日《申报》纪时评"安乐与快乐"节云："世界之人莫不悬一最大幸福之目的，而后向之而趋，而此最大幸福之目的即其民族心理之最著者也。中国人向来最大之目的者——安逸而已。使其人而富焉，(富)而足如其愿焉，其算计之归结者求其安逸也；使其人而贵焉，贵而足如其愿焉，其算计之归结者亦安逸也。故安逸者，中国人之最终点，即中国人视为最大幸福者也。瓯洲之人则不然，其最大幸福之目的为快乐也。其富、其贵、其算计之归结无不为快乐也。夫安逸有止境，而快乐无止境；安逸则精神日怠，而快乐则精神日奋；求安逸则不多事，而求快乐则不肯放弃。此瓯人有进步，而中国人所以知足为尚而无进步欤"云云，所论中国人心大概如是，最为切当，是为记之。

初四日《申报》纪云："成都电：四川自陈步三拥兵反叛，党人乘机起事，以期响应，日有所闻。现永川、铜梁、蛰江一带群盗如毛、商旅不通，土著人民间亦迁徙一空。国家收入者日形减少，各驻军队遇小股则张皇大敌，希图邀功；遇大股，置若罔闻。至合江、永宁一带仍为陈步三馀党占据。黔军入境助剿，并无一战之功，惟闻黔军各带烟土纷纷至泸州出售以获厚利。此地方大略情形也。至政治内容，胡将军籍隶川中，现所有师长及其他各统兵大员与之意见不甚相融，故指挥不能得手。胡将军已知难而退，电请中央派员接代"云云。

是日《申报》又纪济南电云："山东邹、藤连日土匪纷纷四起，势甚猖獗。并据报峄县兰山亦有土匪攻扑县城之说。靳将军恐其牵动大局，特饬田镇守使从速扑灭以维治安，并申饬该使防御疏忽，努力自赎。"

是日《申报》又纪电南电云："云南昭通府一带悉被匪扰，居民一空。并据称该处匪徒系由川上窜"云云。

初五日《申报》又纪打箭炉电云："陈步三以一叛军占据永宁、赤水一带，已与云、贵二省土匪勾结甚深，其部下实有二万之多。蜀、滇、黔三省军队屡报战捷，并未交绥，以至势力愈张，声气愈广。近闻陈步三又将蛮夷两族俱已联络独霸，并派员用藏文公事由中甸入藏联络藏番。所派之员，西昌县知事刘廷杰中途搜获，起出公文，用汉译出大旨：陈愿为内应，指使藏番进攻边川，大业可成云云。张镇守使接得是项消息，非常焦急，已电请胡将军速派得力军队入驻叙州，相机进剿，万不可以寻常土匪视之"云云。如是所云，鲁、蜀、滇三省之叛军、土匪如是之多，益增焦虑，只愿当道者速为扑灭，地方幸甚。

十一日丁亥　阴。致陈少山兄一信，附还其昨撮来英洋五元，交祖元送至海门面交矣。接叶莩庭一信，即致覆莩庭一信，交其来人带交。早刻，桂玉老司言，陶寿翁之如夫人于上午十二句三刻钟时生产一子，其八字：甲寅、丙子、丁亥、庚子，而寿翁则有五子矣。周冠卿先生、洪秀卿先生均于晚刻来。

初五日《申报》纪云“章太炎近况之一说”节言：“近闻友人谈及章太炎近状一节，颇与外间所传者不同，兹特述之如左。太炎自移居钱粮胡同后，除旧日门下士谈经问字而外，其他往还之客无之。月前，有往访太炎者，见其孤坐一室，朗诵大乘起信论，其声琅琅，为苦为乐则不得而知矣。有黄侃者，鄂人，太炎弟子中高足者也，曩岁在沪主持某日报，本年某月应北京大学文科之聘北来，颇受学生欢迓。太炎寂寞邀与同居，数月以来，师若弟，甚相得也。闻某日之夜，突有警卒数十人乘太炎熟睡闯入其家，迫令黄侃迁徙。诘以何故。曰：‘无他事，奉总监令不许尔与太炎同处而已。’黄谓此刻已夜深，出门无所投止，乞缓数小时何如？一再磋商，始允其请，次日凌晨即怱怱移去。行时欲求一晤太炎而不得，愤惋殊甚。寻得家电，称其母疾，遂仓卒南归矣。自尔以还，太炎门首复为警卒监视，遏其交通，一复从前龙泉寺之旧态矣。”按章太炎，字炳麟，前革命中巨子。其所言所行反复无常，今则如是者，所谓万幸耳。是为记载，未识其后事若何。

阅十一月初三日《申报》附张纪笔记“徐孝子”节云：“徐孝子名梦熊，江苏元和县人也。少有异禀，笃天性，善事亲，读书应童子试未售，遂弃举子业，终身不求仕进，以不忍远离亲侧也。年十七，侍父疾，疾笃，日夜祷天矢以身代。父卒，哀毁欲绝。母谕之曰：‘汝欲从父于地下，汝获见父，吾不获见汝矣，忍乎哉！’哀乃少间。父卒后，与兄析产，良田美宅多让兄，以为：昆弟至宝也，田宅非宝，贪田宅而弃昆弟不少傎乎，况昆弟二人即吾父一人之身也，以一身而歧视之，是犹爱左手憎右手也。推之吾族，数十人亦即吾祖一人之身也，以数十人而蔑视之，是知有首领不知有百体也。于是修谱系、建宗祠、立义田、定家法，蔼然秩然，以读书敦聘为急务。先是，其父长庆曾襄堂尝谓孝子曰：‘天有缺陷，星沉日蚀；地有缺陷，山颓水涸；人有缺陷，鳏寡孤独。善堂者所以补人之缺陷也，尔其勉旃！’孝子敬志之，不敢忘，尝刻《阴骘文》觉世劝孝戒淫诸书以牖世，日诵朱柏庐先生《治家格言》，曰：‘人心不可一日无所鉴，亦不可一日无所寄。无所鉴则暗如幽室，鉴之斯明；无寄则动如流水，寄之斯定。吾读《格言》，亦鉴吾心不令昧、寄吾心不令放也。’道光己酉，苏郡水灾，孝子曰：‘吾生平有散财之志，今可以散吾财矣。’用倾巨资以拯饥溺，事竣，力辞奖叙，禀母教也。母七十寿辰，孝子适患痈疽，称觞尽欢，秘不以告。兄知之，潜以告母。母劝使就医，甫解维而母病作，追之返。母执孝子手呜咽曰：‘吾犹及见汝耶。’盖孝子至性所感，虽弥留之时若为孝子留也。母殁，丧葬毕，曰：‘向所以未从吾父于地下者，以老母在也。今老母已弃养矣，尚何系恋而不去哉？’遂以毁，卒年四十二，时咸丰某年也。及光绪间，大吏采访得孝子事实，旌表如例，赞曰：具区区湄，虎邱巍巍。笃生孝子，为百世师。姜被我法，范田我规。神训是刻，格言是披。二负肆虐，其鱼兴嗟。朱提累累，援溺拯饥。母寿古稀，莱采戏嬉。慈竹乍赁，芳兰旋催。觽觽孝子，实至名归。拜曾揖闵，候其祎而。”孝行如斯，理宜旌表，是为之记，足为后人效法也。

十一月初三日《申报》又纪“设局之费用”节云：“厘正经界清丈地亩已见明文。兹闻财、内两部会商之下，谓：据命令指定先从京兆办起，现时京兆已派出四十馀委员分赴二十县，清查王公圈地，其费已属不赀。若清丈全属地亩，预算开办经费每年须三百万左右。查出之地非加数倍升科，不易抵还费用。至于各省推行经费如何筹措，是为目前最费研究之问题”云云。是为记载，以观各省如何办理也。

初五日《申报》纪“经界局规画进行”节云：“组织法之起草清理田亩一节，闻现在内务、财政两部已会同从事起草该局组织法，不久当可见草就实行。又闻总统前曾面谕徐世昌谓：对于该局组织法之拟定应注意者有三：第一，经费务求樽节，不可稍涉虚糜；第二，设员务求简单，不可过于繁冗；第三，布置务求实在，不可从事铺张。徐世昌奉谕，当即饬知该部，务秉此意为起草员之根据”云云。又纪“财政部之规画”云：“自经局发动后，一切规画，在财政部方面惟顾问常吉德寿氏是赖，凡章程说帖进呈总统内叙，日人某某所拟或主张者已数见不鲜。昨呈经界局官制亦出其手，内容设总裁、副总裁各一人，参事二人，佥事、主事无定额。内分清丈、均赋二科。尚有高等顾问名目。惟财政部对于总裁名称尚有斟酌，似乎仍主用督办、会办字样。据部中人目光观之，督办一席终归财政总长兼任，因蔻得大员资格为总统属意者恐终究扭捏不来。而其肯来者，似不能以一人而兼两督办也。果若是，则会办一席王璟芳亦甚有望，此亦一说也；改定税率，该部亦正在研究中，常吉氏之意见颇主以地价为标准，而地价则以土地上出产额之四倍为标准。所谓出产者，并非指纯收益而言，乃指出产总额。例如中等田一亩每岁收获得总收入八元，即定亩价为三十二元是也。此四倍之标准初无根据，或即由江浙情形参酌得来。揣常吉氏之意，既计算地上出产矣，何以不以纯收益为税率之标准？而仍借迳于土地价格者，则以可省去考察各地出产额后，复须考察消费额之二层繁杂也。此系后来之事，尽可从容讨论，惟财政部增加地税之议决不能迟！至经界既正、税率既均之后，业已分电各省长官，征求对于增税之意。见其措辞，则谓地税收入既列在预算之中，而征收费用则由政府担任，此项费用无着云云。实则预算中之收入宁非国家之收入，而预算中之支出原应列征收费用一项也。闻各省覆电亦意见不齐，一时恐难定议也”云云。此须有利无弊，不使蠹书墨吏借词敛财，为幸多矣，即百姓之福也。

十一月初六日《申报》纪时评“人之解释”节云：“人生在世，必若何而始得为人？其解释为人所不可少也。中国人之解释大抵在形体，而瓯西人之解释大抵在意志。此非我之妄断也，最大幸福之目的既有安逸与快乐之别，安逸在形体而快乐在意志，此其一证也；不自由，毋宁死，自由为意志之关系，而死则形体之关系，此其二证也。夫人必具形体而后有意志，形体既毁，意志将何所丽？此中国人之所以重形体也。然而形体非我之真我，意志乃我之真我。苟我具形体而处境事事与我之意志相反，我仅供人驱使之机械而已，于我何涉哉？此瓯西人之所以重意志也。重形体，则一切困难皆必退避，不退避则我之形体恐有毁坏之虞；重意志，则一切困难皆当破除，不破除则我之意志终无达到之日。瓯西人之能成事业者以此，中国人之不能成事业者以此。瓯西人今日之大战者，此心理之果效；中国人今日之屈伏者，亦此心理之效果"云云。

初七日《申报》纪时评"轻重"节云："不识轻重，沾沾于其目前，而不知世界之大局者，不仅中国人然也。唯他国人则有明白者为之矫正，中国人则视如分内，无人矫正之耳。日本今日之政争，所谓沾沾于目前者也；英国人之足球热，亦所谓沾沾于目前者也。盖瓯战在前，各国之人民政府皆有盛衰存亡之关系，均能宜专心一致，以为国家争盛衰存亡之机，而不当有所他务也。今以政争之故、足球热之故，纷乱而放弃之，是所谓不识世界之大局也。然而，在日本则有实业家之调和、言论家之攻击；在英国则有将士之高呼、报纸之纠正，是又所谓明白人之矫正也。然观中国上下之水火不知止，无谓之举动日有闻，人民政府之精神销磨，于纷乱与放弃者，更视政争、足球为多，又视政争、足球为无益而有害。然而，为中国人者，曾有一人大声疾呼、出死力以为之矫正乎？呜呼！其效果乃在他日也。"

初八日《申报》纪时评"非约"节云："人谓弱国无公法，余谓弱国无条约。弱国之条约者，限制弱国自身而已，为强国添藉口之资而已，于弱国无丝毫之利益也。故我屡为政府忠告，勿与他国立约也。盖权利土地之被侵夺，约亦侵夺，不约亦侵夺。条约非能抗拒，侵夺之具或反为侵夺者，于强力外多一文字之武器。且不约而被侵夺，我力不足，我心之不愿，可示也。约而被侵夺，并我不愿之心而无从表见焉。苟不信者，中俄关于蒙事之约今日何如乎？俄蒙经订路电之约而中国能顾问乎？恰克图之中俄蒙会议，今日有何结果乎？其约果可信乎？又不信者，中日今日青岛税关之交涉何如乎？彼同盟之英，且于报纸鸣其不平，而中国有何方法乎？此皆可证条约之无能也，已往之约既然，将来之约可知矣。"所云如是，颇为精到，是为记之。

十一月初八日《申报》纪杂评一“战事盲谈”节云：“近日以来，非特战局无大变动，而战略上亦无变动。初战时重在瓯西，继而移于瓯东，继而又移于瓯西，继而又移于瓯东。今则非特交战之两方势力平，即瓯东西之轻重亦势力平，故今日者，真可谓相持不下时也。”时事如斯，深为焦急，只求早日和平解决是为至幸。

十二日戊子 晴。接杨伯藩兄一信，附茶叶一包，参贝、陈皮十盒，均已收到。晚刻同周冠卿先生、倪寿生至栅桥澄清庙看地。该处说有风水可以做坟者，即在庙之南首朝北，细为详看，恐是古坟为多。穴之前有一排乱石颇齐，想是古坟之坟坛，西首颇见石坟围之隐约处。如是古坟约是宋代之前所做，非近数百年耳。即有风水，若遇古坟，只作罢论而已。旋时就道至横申堂少坐而来，至家于时尚早。晚膳后，至楚言处，晤叶石甫，相叙一刻。言黄岩王仲藩兄于昨日作古，并云下洋四甲人有积匪杨高林者，于附近诸处抢案颇多。经葭镇保卫团之海门哨横经堂哨拿获，随即格斗枪毙。如是巨匪既经毙命，近处百姓可以安枕，正所谓除暴即是安良耳。现在官兵日减，不敷调遣，地方设立保卫团大有裨益也。石甫先生言某日《之江报》纪临海县陈再祝知事屡宿海门桂香家摩鹊以及宿夜，均已详言云云。正所谓风流知事，如是本县知事宿在属县娼家，亦所罕见，虽云潇洒，亦太不避嫌疑耳。

十一月初六日《申报》纪要闻二“田赋问题之进行”节云：“三派主张之平议，自近日清理田赋、筹设经界局之说发表后，总统府内史处所接收此项条陈说帖已盈筐累箧，而其所主张之点则略有差异，大别之可分三派：甲派之主张为积极主义，乙派之主张为消极主义，丙派之主张为折衷主义。积极主义说，谓理财致用，端在开源。中国田赋之轻微较之各国莫与比伦，现在国用匮乏，徒事补苴，不惟无以救危济急，且使国脉日渐斫伤。若亟将田赋改良增加，在今日实为当务之急。消极主义说，谓现在民凋物敝已达极点，休养生息尚虑调摄之不及，岂可再日削月朘？且民智未开，常识不足，狃于积惯，一闻此种政策，必群起而哗然，则枝节别生，恐实行之次，其利益未收而弊害转见。折衷主义说，谓积极主义说固言之成理，而消极主义说又持之有故，为今之计，实莫若于清理田赋入手。盖田亩既经清理，则田赋收入自然增多，此所谓不加之加也。且俟田亩清理后，冲其赋税而平均之，或比较收入之损益而定增加之数，在人民方面亦大是有益无害之举。以上三说聚讼纷纭，莫衷一是。兹当轴者对于此项意见，本极端主张折衷主义，以渐入手为整理财政之本源。至甲、乙、丙说之所主张者，平情而论，诚有过与不及之缺憾。又闻内务、财政两部起草经界局组织章程，财政部已派李景铭、杂税处总办曲卓新与内务部职方司司长吕铸会同商订矣。"

是日《申报》又纪"清丈税率之方针"节云："清丈田亩问题发生以来，租税改率问题亦继续而起，往往将两者混合为一。兹据当局者之言，清丈改租均应实行，然先有清丈而后可以改租。故此次先由清丈着手，而其大致方针先以整理地亩之漏税者及变移地基而脱租者，为将来土地整理及平均税率之基础，其所需时日约在三年，而其所需经费约伍千万元。因其结果，所得田赋增加约有三千五百万元云。"

是日《申报》又纪"加收附征之办法"节云："田赋旧制，正额以外例有平馀、火耗、串费、票钱各项，名目既极纷繁，性质又甚复杂，种种弊窦不可思议。改革以后，各省改良征收办法，所有平馀规费，非悉行豁免，即涓滴归公。多将收额统于预算列收，另于支出一门列入田赋征收费。本年政府所为整理田赋、增加收入起见，通电各省，拟将此项征收费全数归公，准于正额以外百分之十以内之征费。现闻各省先后具复，有请酌量加收者，有另筹抵补方法者，有现正妥筹办法者。如江苏则拟按照各县定率随正附收四厘至八厘不等；浙江则于地丁项下附收百分之九、抵补金项下附收百分之三；江西则按地丁每两收银元七分，漕米每石收银元六分，其馀等项每两收银元一角；奉天则每收正款大银元一元附收经费大银元一角。此皆已遵照部电均实办理，酌量加收者也。此外，直隶山东、陕西、湖北、湖南等省则另筹方法抵补此项经费;河南、吉林、云南、甘肃、黑龙江等省亦正在妥筹办法以期收入增加。此虽未能遽行加征,将来均有增收之希望者也。

十一月初九日《申报》纪时评"中国事"节云:"瓯战初起,全国人尽注目于瓯战。瓯战沉滞,全国人移其瓯战之注目而变为悬望,一若除瓯战可注目外,无一事当用我心力也。夫瓯战固世界之大事,处于此世界者,将来断不能脱离其关系。然关系虽不能免,而其根本究在国中也。然而,试观瓯战以后,我国中曾有一事足为立国之根基者乎? 将我国之事,事事须俟瓯战之局定,而后始得着手者乎? 夫以我国之衰弱,瓯战绝非我利用之机,然我用之以外展国力固非其机,利用之以内整国本,不得为非机也。奈何我上下奄奄忽忽,尚坐以视他日更重之危难乎"云云。

十一日《申报》纪时评"纪念日"节云:"世界上可以为后人之纪念者,其时必有所牺牲,以为他年之代价。今日瓯洲之战事,其牺牲为前此所未有,则他年之必能纪念无疑矣。然牺牲之纪念不若和平纪念之有益于人世也。试观此百年以前之今日,英美平和之纪念日也;一千九百十四年以前之今日,瓯美和平使者耶稣降生之纪念日也。其感触与人心,以视今日所遗之战争纪念日何如? 牺牲之纪念日,惨烈而尊荣;平和之纪念日,亲爱而和乐。平和有时亦由牺牲而来,然而其日之悲乐不同矣。然则,中国之今后其将传牺牲之纪念日于后人耶? 抑传和平之今日于后人耶? 抑仅仅传此割亡要盟痛耻之纪念日于后人耶? 是在今日之政府与国民矣。"所论颇有理致,是为之记。

初九日《申报》纪"战事盲谈"节云:"德人持器,英人持财,俄人持众,此今日交战国中各人之特色也。德人非俟器尽不停战,英人非俟财尽不停战,俄人非俟众尽不停战,此交战国各人之决心也。今日相持之局,正德人用器、英人用财、俄人用众之时,苟一国而所用先尽者则胜负于是定矣"云云。各交战国各以财、器、众以决胜负,则胜负尚需时日也,深为致虑,默祷之想,只求早日和平解决是为至幸。

十三日巳丑 晴。致福杨伯藩兄一信,交邮寄申。致章伯纯兄一信,附托余代买映对豆花茶叶计洋一元,遣和尚送交,旋接还英洋一元讫。致周篪卿兄一信,交航船带至郡城。

初九日《申报》纪"德军中之利器"节云:"《大陆报》佛兰得斯通讯云:德军攻击决不停战。虽受损失,然仍准备进攻,毫不隐讳。德军损失虽多,波兰又有战事,然新军源源而来,类皆英年健儿,而新机械之活动尤足令人惊异。其最新之器为摩托船,专用于运河,有护甲及机关枪,且有小炮。此船大约战事发生后特制者,以备此境战事之用。陆地又有一种摩托炮车,专为毁灭摩托机关枪而造,上置炮数尊,发射开花炮弹。车身虽重,行动却速,乃毁灭摩托机关枪极对之利器也。尚有一武器为余所目睹而详察者,则为近由德军战壕中取出臼炮二尊之是也。实为最新式之物,其式几与前在白堂海陆军器展览会中所见中古时代之臼炮相同。炮身不足一码,而发出之炮弹则颇大,装弹之法极为灵便,用电气发出,与其他德国新炮之弹相同。其口径约六寸二三分,其全身不甚大,故便用于战濠之内,虽不易移动,然用于战濠,战争两方面相距不远者,似极有效力也。其射距固短,其战道则无异于榴弹炮也。尚有一机可名之曰摩托轮机关枪。其效用如装于摩托车上,有保护之机关枪,而灵则过之,旋转迅速,如有掩蔽,移动极易。德军有此利器,焉肯停战哉!"所云德军利器如斯,非独目所未睹、素所未闻,正所谓愈出愈奇。不知后日之利器又有过于此者否也,姑而记之。

初九日《申报》纪要闻二"杂税处筹办之内容"节云:"杂税之中,以烟酒为最钜,闻当局为避种种难关,现筹得一法——拟对于全国烟草施用印花税法。无论中外烟草,非粘有财政部之印花不准在内地销售。此法一行,即彼外人之烟草,亦无从漏税。盖外国烟草销售内地,不能不假手于我国之商人。我对于外来烟草输入虽不能自由加税,而对于本国之商人则固有增税之权也。酒税一项,关于外人输入之洋酒,其课税之困难亦与烟草同一难题,且我国之酒以烧酒为最通行，而烧酒又系家家所能制造之物。若欲一律取，则稽查甚非易事。现闻当局有令民家自行造酒者亦须先报税之说也。杂税之设，本以筹办烟酒二税为其主要目的，后以契税一项自施行验契税以来，无论新旧契纸均取一元。人民以既纳临时之费，以为止此已足，对于新契例应报税之契多观望不报，以致今岁之验契收入虽有可观，而普通契税则大为减少。财政当局以曲氏在山东办理契税极为得手，故又将契税一项归其管理，以冀有所整顿。此外，尚有牲畜税一项，亦划归杂税处管理。此项税目向来惟东三省收数可观，北方各省次之，南省则向无此税。现闻该处拟整顿此税，并将推行及于南省，然办亦殊非易易也”云云。其言颇为洞识，未识其作何办理，是为记焉。

十一月初八日《申报》附张纪“胃腑连动”节云：“据俄国某学生之说，人间之不消化病皆由胃腑常居于不动之位置，不动则病生。欲免斯病者，当时时倒立，头下足上，使胃腑亦因之倒转，则此病即可防止”云云。斯言颇有理致，姑而录之。

十四日庚寅 早至未刻，晴；申牌，阴中有雨，辰时即晴；以后均阴。晚刻，至陶寿翁处，言有省委姚凤鸣者号寿亭，直隶人，来查本镇网业一切。未识何人，在中作何景况也。

阅十一月初十日《申报》纪“电报机器之精进”节云：“洋泾浜外滩大北电报公司专收发瓯美各处电报，所用电机系用二十六字母之暗记。接电后，由局中照暗码并成句语，方能送达。闻该公司因德国新发明一种简便电机，名泼林偷，不可暗记，亦无须翻译，接电时机括一开，电文逐字自出。留底一页，亦在机上印就，一经取下即可送达，比旧机可省几番周折。故该公司大班特向德国厂家订购此机，前日已从香港轮运到沪，现正装配，大约明正即可改用新机”云云。现在无事无不愈出愈奇，未识至于何底也。

十五日辛卯 卯前，雨；辰至午刻，阴；未时又雨；以后皆然。初十日《申报》附张纪“松竹庐之杂缀”节云：“士君子之涉世，于人不可轻于喜怒，喜怒轻，则心腹肝胆皆为人所窥；于物不可重于憎爱，憎爱重，则意气精神悉为物所制。又云：倚高才而玩世，背后须防射影之虫；饰厚貌而欺人，面前恐有照胆之镜。心体澄澈，常在明镜、止水之中，则天下自无可厌之事；意气和平，常在丽日春光之内，则天下自无可恶之人。又云：当是非、邪正之交，不可少迁就，少迁就则失从违之正；值厉害、得失之会，不可太分明，太分明则起趋避之私。又云：苍蝇附骥，捷则捷矣，难辞处后之羞；萝葛依松，高则高矣，未免仰攀之耻。所以君子宁以风霜励己，毋为鱼鸟亲人。又云：伺察以为明者，常因明而生暗，故君子以恬养智；奋迅以求速者，多因速而致迟，故君子以重持轻。又云：士君子济人利物，宜居其实，不宜居其名，居其名则德损；士大夫忧国为民，当有其心，不当有其语，有其语则毁来。又云：使人有面前之誉，不若使其无背后之毁；使人有乍交之欢，不使若使其无久处之厌。又云：随时之内善救时，若和风之消酷暑；混浴之中能脱俗，似朗月之映轻微。又云：思入世而有为者，须先领得世外风光，否则无以脱垢浊之缘尘；思出世而无染者，须先谙尽世中滋味，否则无以持空寂之苦趣。功名富贵，直从灭处观其究竟，则贪恋自轻；横逆困穷，直从起处究其由来，则怨尤自息。又云：宇宙内事要力担当，又要善摆脱。不担当，则无经世之事业；不摆脱，则无出世之襟期。又云：仇边之弩易避，而恩里之戈难忘；苦时之坎易逃，而乐处之阱难脱。膻秽则蝇蚋丛嘬，芳馨则蜂蝶交侵。故君子不作垢业，亦不立芳名，只是元气浑然，圭角不露，便是持身涉世一安乐窝也。又云：吾国早婚之弊已成通病。女子之早婚者，虽能为人妻或不能为人母，实终身之不幸；男子之早婚者，身体未完固智识未充足，一婚而凡百之进步阻矣。为父母者不察，使速婚速娶以图目前之娱乐而害及终身，岂非不慈之甚哉？又云：女子择婿莫不欲得富贵之家，不知富贵不足恃者也。使所择之婿而贤，则今日贫贱，焉知异日不富贵耶？使所择婿而不贤，则今日富贵，焉知异日不贫贱耶？《论语》云：'南容三复白圭，孔子以其兄之子妻之。'圣人择婿以道德而不以贫富，非明证与？又云：今日习俗大抵慕文明之美而不知文弱之弊。所谓文明者，只求服饰居处、口腹之奉，衣华服、居大厦、食山珍海错，逐诩诩然自炫为文明，实大误也。汲汲于物质上之改良而不求知识上之文明，则必流于文弱之弊，反不如野蛮人之质朴而坚毅也。罗马之亡其前车矣！”所论如斯，足以自警，足以鉴后人。后来者须从此论为则，是为至幸。是为记焉。

十六日壬辰 早至辰刻，雨；巳牌雨晴，阴；以后皆然。

十七日癸巳 阴。早刻，何烈女之坊石已到埠。家君嘱其暂上东岸之面场，以便转扛至祠堂开工做造。午膳后，侍家君至东岸面场，看石料现尚未齐，石柱已到三根，尚少一根，云约在日底月初可以到埠云云。路遇伍菊香，同至丁辅香处少坐。辅香邀菊香代其至海门之麻行代为帮忙做账云，面托辅香赴申之便托买《董公选要》一册。周冠卿先生自早刻至上澄戴玉珊家去，言明日即转云。晚刻又至尚德小学校，晤眉甫先生及王俊卿、邱惠甫，相叙一刻而来。

阅十一月十二日《申报》纪“经界局预定之清丈时期”节云：“清丈田亩刻已着手进行，闻预定分七个时期办理，其计划如下：其一，京兆区，四年一月至六月；其二，直隶、山东、河南、山西省，七月至十二月；其三，江苏、安徽、浙江、福建、江西五省，五年一月至六月；其四，湖南、湖北、四川三省，七月至十二月；其五，广东、广西、云南、贵州四省，六年一月至六月；其六，奉天、黑龙江、吉林三省，又，热河，七月至十二月；其七，陕西、甘肃、新疆三省，七年一月至六月。总计以三年半之时间丈清二十二行省之田亩，惟蒙、藏不在计划之内。至办理清丈事务之经界局官制：总裁、副总裁下开设六科：一，丈量科；二，调查科；三，测绘科；四，文牍科；五，稽核科；六，庶务科。除文牍、庶务两科外，其馀各科人员均取有专门学识者，一俟内部组织就绪，即施行之计划，故日来正物色相当之人才也”云云。只求所委得当，不致为民受亏，百姓幸甚，天下幸甚。

又纪《蒙事种种》节云：“恰克图中俄蒙会议开幕已数月矣，其间开会十馀次，而未见有若何之效果。据最近消息云，该会中国全权专使毕桂芳电达政府，谓该会开议以来，蒙人强硬异常，对于要求各条，多不退让，允许极为困难，恐年内无良好结果等语。果尔，则恰克图会议殆成泡影矣。又一消息云，该会副使陈箓氏本任为墨西哥公使，未经起程，滞京半年有馀，而政府又使其赴恰克图为毕专使副，又，陈迟迟未行。目前适澳门划界事起，政府又派之赴澳与葡萄牙代表会议要务，现闻毕专使以蒙事棘手，陈氏谙熟外交，特电政府催促陈氏赴恰，以期群策进行"云云。

是日《申报》又纪"滥刑"节云："不肖之官，非贪赃枉法即肆威滥刑。贪赃由于贪，滥刑由于忍。贪欲残忍之官最为害民之大蠹。民之大蠹，今宝山帮审员之匪刑逼供可谓忍矣。勿论其事处于颁布笞刑条例之前有犯刑律，即在笞刑条例以后，而条例乃适用于已定罪名之徒刑折易，非用于审讯时之嫌疑犯也。且条例仅许笞臀不得笞及腰背等处，今乃责手心至红肿腐烂，鞭背至血肉横飞，且又加以掌颊焉，此岂笞刑条例所有耶？即不致如是之甚，而加戒责笞责于嫌疑犯，彼固自认，讵不干犯刑律耶？茹委员将何以自解？然自如茹者比比矣，呜呼"云云。如遇盗匪，不得不为严责。若遇轻犯，严于重责，于心何忍？其责果如是者，凡为上官，宜于督责，不致为民受亏，斯民之大幸耳。

是日《申报》附张纪"至圣诞日释奠礼成恭纪和姚都转文栋韵"云："圣人诞降关崧岳，亘古斯文炳日星。韶乐瑟琴听隔壁，周家彝鼎拜当庭。两楹梦寐通天数，一脉山河接岱青。东鲁南州同释奠，诗书莫忘溯明馨。"又纪"管宁"节云："五十馀年一榻寒，不分夏暑月双单。墨胎亮节差堪喻，终古辽东管幼安。"诗均精切，是为之记。

是日《申报》纪"特姆特姆子弹与新式硬壳子弹之比较观"节云："《华德日报》言有友人投稿谈论特姆特姆子弹曰，近来德国屡有报告，当今交战之际，发见敌人对于吾军使用特姆特姆子弹之事，今若乘暇，略论此种弹子之梗概，或亦不无情趣焉。新式步枪需用小口径子弹，已属人所共知之事。兹查德国步枪所用子弹其直径七米粒密达九;法国步枪之子弹,其直径八米粒密达;英国步枪之子弹,其直径七米粒密达五;日本步枪之子弹,其直径仅六米粒密达五。而弹丸之尖端,非钝即锐,亦各不同,如法国新式火药,即锐利如尖楔子形是也。现今新式步枪小口径之弹丸大抵以有硬壳为其特质,此种硬壳多系刨钢所制,而壳之内包有硬铅核一枚。惟有法国子弹,据吾人所知,纯用硬质金类,实则即铜料耳。而弹丸则赖有此种弹壳,外表极形坚固,纵令其达到目的时反复跳跃,其创形亦较少变异。旧式之弹丸,如纯用软质之铅块所造者,则与此迥乎不同。加入金壳之弹丸射中人体,则仅穿过其胴,虽筋骨难免殃及,而弹丸断不致有实在变异之虞。盖弹射入之创无异弹丸之尖所躬到者也。弹丸洞穿之创口大抵甚小,至若所谓之横穿者或炸裂之子弹,则可令人获至大之创伤焉。新式步枪弹丸之速率甚巨,约计每秒钟能行六百五十至八百二十米达,故弹丸之体质虽较小者,其生机力之大亦异于寻常。简而言之,即大有洞穿力是也。大凡筋与皮肤皆易为此种弹丸所穿透,但纯粹中在软质部分之创口并无大患,所以受有此种创伤者,虽负创伤,亦能依然力战,亦不致于稍受创伤即痛苦难堪。但是弹丸若中立大血管之上,或其他满有流质之骨穴处,则后有一种裂口之影响,可令伤痕日见膨胀,愈延愈巨,而且射击之距离愈短,此种裂口之影响亦大抵愈大。倘是近处之射击,则卒能致有可怕之创伤也。假令全弹中入骨髓,则该弹在枪创管之周围纷纷炸碎为小屑末。若射击距离远过一千五百馀密达,则该弹丸纵令尔后多能于创口周围使骨有裂口或断折之现像,亦仅穿过骨胴成一平滑之洞眼而已。新式小口径之弹丸,若据吾人所知者而论,则迄今尚无此崩裂之功效,故其杀人之能力较小,而且弹丸纵令射中,亦不能使受创者无力战斗也。是以今人纷纷研究,以期此种炮弹有更可怕之功效,于是乎遂有空尖弹丸之构造焉。此种弹丸有硬壳,有铅核,惟仅有一半而令其尖端留为空壳,庶乎此种半壳弹丸中于软质部分及骨髓处,其软质铅核可以冲出硬壳之外成一菌形,或即迸出而已。惟有创伤已非平正,乃破烂甚广，盖软质之铅核一经炸裂，虽多寡不等，而必有几分迸出所碎之弹壳也”云云。所论子弹情形如是，亦素未闻，是为记载，以观后日有过于此否也。

十八日甲午 阴。晚刻，至陶寿翁处，晤徐子刚、黄道周、汪伯端诸君，互叙一刻，言及寿翁之篷室十一日所生之郎病笃，危在旦夕云。即同道周、伯端两君来家少坐，子刚亦来谈半晌而去，达云母舅及子俊兄来叙至晚而别。秉礼等明年之熟师[①]，今家君请定张韵卿先生教读，计束金洋三十八元而已。达云母舅府上明年请张元甫教读其表弟诸人，关约均于晚刻写好，束金亦然。周冠卿先生自上澄来。

阅十一月十二日《申报》纪杂评二“三年半之清丈”节云：“中国人看事太易，故易举；办事又畏难，故易举而易废。试观历年所办要政，贸然而兴，倏然而消灭，皆坐此弊也。今经界局预定清丈分为七时期，以半年为一期，算至民国七年六月而全国告竣，以如此繁杂重要之事而观成于三年半之中，能如是敏捷耶？法之行也，历三十馀年；日本之行也，历十馀年。法、日以此长时期整理，然事竣后，尚患不均而再三改正。吾国土地之广狭较法、日何如？整理之经济力较法、日何如？清丈之人才较法、日何如？是固不待言矣。夫土地广、经济困、人才乏，皆足以延长时期者也。他国竭数十年或十数年之力而不能得完美之结果者，吾国乃欲责成于三年半极短之时期，非所谓看事太易耶？看事太易之结果，未有不入于畏难者也。清丈之前途可预测矣”云云。所论如斯，未识果如是，以观其后可也。

十九日乙未日 阴，惟亥牌雨。晚刻，周冠卿先生相约至海门椒江舞台看戏，晤王仲达、王芹甫，相叙半晌，因雨已下，即同仲达均暂寓同元旅馆。王少裳兄来叙一刻而去。晤李子棠兄，言徐福生兄现上游准调分驻仙居营管带，本镇保卫团管带张喧初委潘伯埙任之。但伯埙前差颇阔，恐其未必而来也。

---

① 当为“塾师”。

第四十八章

甲寅(1914)十一月二十日起

十一月二十日丙申　早至午刻，阴；未牌，晴；以后皆然。早膳后，由同元栈动身，仲达至永宁局耽搁一天，拟明日赴城云。余与冠卿先生即买舟来葭，至家于时尚早。洪秀卿先生于晚刻解馆而去矣。

廿一日丁酉　辰前，雨；巳时以后均阴。晚刻，嘉先来字，言陈舜卿先生、德律风云丹庭兄、楚卿兄均于早刻旋台，现寓海门。随至海门，(晤)楚卿兄及镇守使张喧初、清乡委员陈鲸量、戴钧海诸君，互叙一刻而别。过午膳后，同楚卿至永宁局，晤张丹庭、金少圃、王勤甫、卢鹿平、王仲波、王仲达、徐富春、李子棠、陈少山、李挺生诸君，相叙半晌，同勤甫、仲达至椒江舞台看戏，完时转至永宁局住宿一夕。

廿二日戊戌　晴。早膳后，卢鹿平、王仲达、王仲波均趁永新小轮赴黄去矣。金少圃兄亦于早刻至莘山去。余过楚卿处，晤何霭生先生，相叙一刻而来，至家时尚未午。陈洛卿丈公已于昨日来，适达云母舅遣人来邀，随至其府上，晤翁子俊、周月波、侯孟贤，相叙席散而来。家君请洛卿丈公晚膳，邀吴玉翁、周冠卿先生陪客，相叙席散而别。

阅十一月十六日《申报》纪“经界局有缓办消息”节云：“整理田赋之举，若从根本着手，将全国田赋切实清丈，以为改革，厘订张本，则需费极钜，且非十年八载不减功效，度非今日所能实行。若就现制，显然加赋则又非今日政府所愿。兹闻当局现于经界一事已有缓办之意，盖当局筹办此事之始，意以为此局一开，则一年半载之内便可增加多少收入，得以有补于目下紧急之财政。后经几番讨论，且历接各巡按使条陈，如浙江等处尚有以减赋为请者，知今日加赋既难骤行，而清丈所得亦无把握。又政界之老成稳练一派亦多有以田赋关系天下人心，不宜轻于更改为言者，故此事遂因之中止进行。惟以命令既已发表，不便无故中止，闻将财政部内设一经界筹备处，以为他日进行之预备，其他机关之设立、局长之请简，则均将俟诸异日。又近日政界中有得见总统者，闻总统语云：'近日各机关有以财政困难请加田赋者，余以田赋为全国农民生计所关，决不之许也。'"云云。观此更足以证明经界局缓解消息之非虚矣。言非子虚，则缓解者必矣，未识果是若何。

十六日《申报》纪北京电云："政府拟变更各省巡按使驻扎地点，苏选苏州，闽选厦门，川选重庆，直选保定，皖选庐州，鄂选汉阳，湘选岳州，赣选九江，陕、粤、奉不选"云。十五日《申报》纪"经界局近闻"节云："政府经界局办理丈量事宜，既无例可援，又无法可遵，民国初建，财政又十分困难，民生亦尚艰窘，丝毫不慎，恐生意外枝节。而五族平等担负不能平均，又背共和原理，进退两难，诸多棘手。第一难关即经费问题。是事属内务，而与财政部有密切关系。日前将进行手续交内务、财政两部会议，俾财政部从实稽核，可省尽省，万不能少则从减，规定内务部亦悉心相商，加倍慎重，俾不致横生枝节。经界局之官制尚未确定，闻拟设总理一人，总理各课；此外复组织土地评议员会，令各部次长充之。一面为咨问机关，一面即为该局与各部间之调和机关，此种建议最为有力。至于清丈田亩之事务，至少亦须费十四五年之久，然既属于中国最为紧要之事项，故先议定以二年为整理之第一期"云。所云如是，想亦未闻十六日《申报》所纪之消息也，是为记载，以备评考。

十一月十四日《申报》纪"德锐殉难事"：德明府锐官陕西，历宰三原、长安诸县，政清事治，民爱之若父母。辛亥九月，秦中革命事起，遇满人皆杀之。入德明府室，时德公正与家人共食。革命诘之曰：‘公廉明得民心，我辈不忍及死，公请速出城。’德公谢曰：‘感诸君意，然余满人也，不忍视满祀之斩，诸君刃加余颈可也，出城何为？’革命者犹逡巡不决，德公怒目自夺其刀，刺死其夫人、公子，亦自刎。”吁！烈矣。辛亥岁殉难者，满汉皆夥，未能详晰，今得而悉者是为之记。

十八日《申报》纪云：“入冬以来，蔬菜中惟白菜（一名青菜）最佳。偶忆前贤题白菜句云：‘士大夫不可无此味，小民不可有此色。’方今灾黎遍地，愿当道诸公，一念及之。朱晦庵先生访婿蔡沉不值，其女出葱汤麦饭留之，谓翁曰：‘简略不堪。’翁题诗曰：‘葱汤麦饭两相宜，葱暖丹田麦疗饥。莫道此中滋味淡，前村还有断炊时。’因己之饱想到他人之饥，仁人君子之怀抱不当如是耶！宋黄裳五岁时，母与饼食，出门见丐童呼饿，即转与之。美华盛顿幼时，向母索钱买要物，持钱出，中途遇一乞丐，即以钱悉数与之。归，母询其故，欲责之，初不敢言，既乃以直对。可见恻隐之心人皆有之，而能成伟大人物者必先之以道德，道德于人生之关系顾不重哉！大画家沈石田先生有诗云：‘脂粉两般迷眼药，笙歌一路败家声。’可唤醒一世梦梦。人生爵位，自是分定，若枉道营求而得者，必不能不贪，是徒然沾污清净世界、徒然玷辱清白家门，甚如刘鼎锡之枪毙，是转不若穷檐茅屋田夫牧子老死无闻者，反得免此一场大丑也。昔贤有句云：‘苦心未必天终负，辣手须防人不堪。’凡服用、饮食、宴会可省则省。人当困厄之中，箪食、豆羹得之则生，弗得则死，省无益作有益，利孰大焉？”言均切是，姑而录之。

十一月十九日《申报》纪时评赌云：“赌，私德也，而其害实及公安。赌可以废时失业，于国家之进步有妨害也；赌可以破家荡产，于人民之生计有妨害也；赌因以伤廉失耻，于人民之道德有妨害也；赌因以作奸犯科，于国家之法纪有妨害也。盖赌本无妨害，赌而伤其不相称之资财，则一切妨害由此生焉。然而，所谓相称、不相称者，他人不能限制也。法律不能制定之，其所限制、其所制定者，唯当事人之心耳。然而无学无识之人，往往不能自制其心，则许之赌，无异许之行彼一切妨碍之事矣，其可得耶！故国民程度高者，赌禁可宽；国民之程度低者，赌禁当严。以人民不能自行管束，政府有代人民管束之责也。北京警厅加严禁赌，然令出必宜永久”云云。所言赌之事在政府宜当严禁，在人民宜当自戒，不致有用之精神化于无用之地，有用之钱财化于无用之地，咸相自守，是为至切。

是日《申报》又纪“调查江浙两省田赋情形报告”节云：“地之种类。其一，查江浙两省土地种类，就性质言，不外田、地、山、荡四种。但就科则言，同为田、地、山、荡，其中分别名称亦至复杂。第就田而论，浙省各县分立名目不下百馀种，苏省据各县已查复者亦不下数十种。考其性质，非各有特殊之差异，因赋立名，徒滋淆混。兹谨将所查浙省各县土地种类亩分缮具清册，先行陈请察核。其苏省之部，容俟各县查复齐全再行续陈。其二，亩之弓步。查江浙两省田亩弓步，以前各县自为风气，无一定之标准，大抵每亩均合二百四十步。惟弓步之大小不一，有以库尺为一步者(如苏之铜山县是)、有以营造尺六尺为一步者(如苏属青浦县是)、有以营造尺五尺八寸为一步者(如浙省东阳县是)、有以部尺四尺八寸为一步者(如苏属之崇明县是)、有以鲁班尺六尺为一步者(如苏属之吴江县是)、有以鲁班尺五尺六寸为一步者(如浙省镇海县是)，以致清丈田亩所得数目多与原额不符。即就昆山县而论，康熙年间开办清丈所用弓步以古尺六尺为准，当时丈见亩数较原额(额田名为一百七十万亩，实沾明代虚数)甚短，缩弓三次不足，复于每亩公加若干，反溢旧额。以故，每亩有大至二百五十馀步者，亦有小至二百步者(厥后同治年间复从清丈，仍以六尺为步丈，见缺额公加一零九七，名曰伸弓，以符原额)。淆乱纷纭，由来已久，此弊之原于不统一者。再就他方面研究。洪杨之乱，江浙两省蹂躏最甚，多数县分户口凋零，田畴荒废。承平而后，招徕新垦，其时，鱼鳞册籍荡毁无存，民间承报升科，县中因无原册可稽，多照所报田数目随时入册征粮，其中捏大报小、匿多报少者比比皆是，重以庄册隐混、寄酒飞嵌，经界不明，于兹为甚，此弊之原于办理失当者。故今日欲清理以立田赋之基础，实行清丈，诚一日不容缓之要图。”此节未完，俟下日报纸到时即行记录可也。

廿三日己亥 晴。致申桢夫兄一信，交玉先送至黄城。晚刻，黄楚卿兄来叙一刻，托购各物均已买来，计洋十元零四分。晚膳后，至楚卿兄处，晤徐福生、赵友竹、王云初、黄道周、汪伯端、邱遇琴诸君，互叙半晌。面交楚卿兄代买另星价洋十元，来时就道至遇琴处少坐，至家时将二鼓矣。

廿四日庚子 早至酉刻，阴；戌牌，雨；以后皆然。早刻，至保卫团，晤陶永言，相叙一刻，言徐福生至海门去。但徐福生现调分驻黄岩管带，分防路桥，本镇保卫团管带系俞鸿宾字映崇来接，想在近日耳。

廿五日辛丑 早至辰刻，雨；巳、午牌，阴；未时，雨；申刻雨晴，阴；以后皆然。洛卿丈公自早刻去至海门去。早，家君席邀张丹翁兄午膳，丹庭兄来时已将午膳，并邀达云母舅及翁子俊、汪伯端、周冠卿、陶习芝诸君陪客，相叙席散而别。叶启荣欲荐水师粮额，家君托丹庭兄代为转荐，未识得邀如愿否也。内子所存金子六两六钱五分，即托丹庭兄代为带申兑换矣。

十一月十六日《申报》纪杂评二“希望和平之一日”云：“人情困苦甚者则志愿易满，日在饥寒之中，苟得混饱足矣，不暇他求也。吾之对于民国四年亦然。三年内各省之财政日在慌乱中也，但愿四年稍得活动；各省之教育日在危险中也，但愿四年稍得整齐；各省之实业日在堕落中也，但愿四年稍得补救；各省之水旱、蝗灾无地不有也，但愿四年天灾不降；各省之土匪、盗贼无时不有也，但愿四年人祸不生；各省地方之治安因兵祸影响而不安也，但愿四年瓯战早息、祸乱早弭，而人民得以稍享安乐。凡民国三年中之扰扰而为百事之阻力者，四年得减少若干焉，则国人即得若干分之馀力以从事于各人之事业；各人能各就其事业，而后国民之幸福乃可以言，此我人对于民国四年之希望也。今交战国与非交战国莫不曰希望东亚之和平,吾即以'和平'二字祝我民国四年之国民、并祝东亚与瓯洲之大局"云云。吾亦以民国四年以后均和平之心想,如是所云,即以如是所愿,是为至幸。

十八日《申报》纪"杭州西子湖节"云:"杭州西湖于冬季时寒风凛冽,游客极寡。自旗营改建马路后,湖滨公园仅成一部,然草地、长椅已足供游人之休憩,且西园新开,层楼高耸,正据圣地,山色湖光全然在目。入夜则电灯辉耀,光渡与水波相映,明照数里,入其间者几疑在水晶宫也。其背后为湖山共一楼,亦近日新设,虽地点不及西园,而初次营业,客亦颇不稀。两园贬价招客,适值天气晴和,故客来尤众,下午三时以后,座上客常满,而路旁游行者亦复络绎不断,较之前数年冬季之情形大相悬殊也。"西湖增胜,足为游览,亦人生之乐事也。

廿六日壬寅 晴。本镇有周景祺者,九子一女,第二子老扁及老十尚存,馀则均故。老扁向为小本经营,其子延俊兄弟二人宰猪为业,其弟老十亦是宰猪生涯。月之廿二日,老扁与老十以口角细故,老十将宰猪尖刀与老扁杀死,当毙命。时保卫团管带因凶犯近在咫尺,即将老十拿来,随将其实情禀明送县究办。昨日县中执法员来地勘明,未识作何办理。但弟弑兄,重案,若不执法严办,将来效犹,其害非浅耳。

周建西之女于今日出嫁王六皆先生之二令郎克恒,亦于今日完姻。午刻,至周建西处,晤达云母舅及道周、少湖、孟东诸君,相叙席散而来。就道至楚言处,晤心斋宗叔,相叙半晌,就道至王六翁处,晤伍菊香、周谱香、王让卿、陶柳亭诸君,相叙席散而别。就道至洪少琴处,晤达云母舅、汪伯端、周篪卿、周作羹诸君,互叙一刻,至家方将二鼓矣。

廿七日癸卯 辰前,晴;巳牌,阴;以后皆然,惟未时以后西北风颇大。接叶绍伯兄一信,言其令弟祝三现署广西融县知事云。晚刻,王六皆先生来邀晚膳,随至其府上,晤达云母舅及谱香、槐士、菊香、柳亭诸君，相叙席散后，同至楚卿兄处，晤邱遇琴、方恭士、陈炳生，互叙一刻而来，至家时将二鼓矣。楚卿现在武林，聘陈炳生为织布当事，购有织布机器数十具，就在女学堂开工，未识能得顺手否也。楚卿兄言，本镇保卫团管带现镇守使札委曹广辉云。

廿八日甲辰 早至辰刻，晴；巳牌，阴；以后皆然。西北风大而天气颇为增冷，俗语云，十一月廿七日起风，其中二十七日均有如此大风，未识果然否也。阅十一月二十日《申报》纪“续调查江浙两省田赋情形报告”节云：“其三，各种土地之利用方法及其收益。江浙两省号称产米之区，所有土地种类不外田地山荡，故其利用方法亦复无甚出入，大抵水田宜稻、沙田宜棉、旱田宜种杂粮、荡田则栽芦苇。就两省土地面积计之，宜种禾、麦者约占十之六七，棉则十之二三，其馀类植杂粮。查田亩之收获，每年以稻、麦两熟为普通，然亦有少至一熟，或多至三熟以上者。以普通田亩计之，中稔之年每亩平均计算，约可收谷三石，合米一石五斗、大麦六七斗不等。其次地亩亦收两熟，约可得麦七斗、杂粮一石。他若栽棉之田每亩多则一担，少则七八十斤，棉价昂时，获利丰于禾稻。惟芦荡之收益则甚微末。近者苏之苏、常一带与浙之嘉禾等属蚕桑之利甚溥，因之禾田改植桑株者，所在多有桑之收获，每亩约可二十元，乡民眩于重利，不惜弃稻而植桑，十年以来非复旧观。故就苏省言，苏属产米多而蚕桑亦盛，宁属则多植杂粮、木棉，亦有兼植禾稻者，第其收益不如苏属。就浙省言，则浙西已多蚕桑，浙东仍重农事，此两省土地利用及收益之大概情形也。其四，免税地之种类。查免税地江浙各县大致相同，如衙署、坛庙、校场、营基、城壕、义冢等向不征税者居多。又，铁路用地者，定章在全路未竣或通车未获利以前亦暂不征税。此免税地之属于官有或公有者。其他私有土地，除荒废坍没以及逃亡故绝之类，历由经征县署列册注销，剔除赋额而外，别无免税之规定”云云。调查如是者，虽官样文章，亦可云精细而已。

早刻，致叶绍伯一信，随交小保送邮寄至杭州省城闹市口直街四号门牌叶公馆。早刻，至徐福生处少坐，就道至翁子俊兄处，晤达云母舅，互叙半晌而来。十一月廿一日《申报》纪“时评纵横之说”节云：“自瓯战事起，各国尽力于纵横之术，协(约)与同盟之联合固无论矣，其外，若意之守中立、比之投战局、土之蹶起、日之加入、葡荷之审顾，用耳干各邦之回旋，以及非族回教之左右，无一非各交战国尽力纵横者有以致之。虽然，若中国者决不宜于投此纵横之中，而亦决不能应用是纵横之策者也。何以故？以中国无是力量，亦无所利益故然。而外间之人日有以纵横之说传于众者，如曰中日同盟也、中美联盟也、中德联盟也，苟见我国与某国稍亲善者，必曰与某国联盟，或曰某国运动中国联盟，见诸东西各报者屡屡矣，不知中国今日与人联盟有何利益，不特中国，即各国之运动中国之联盟者，亦有何益哉！协约国之运动欧洲国者，为能助战也；德之运动土耳其者，为能助战也。若中国岂能助人战之国哉，是故纵横之说，决不行于中国也。”如是，理之明如同皓月，是为记载，质诸高明者，想亦为然也。

十一月廿二日《申报》再续纪“调查江浙两省田赋情形报告”节云：“其五，现行田赋制度。甲：税率。查江浙两省赋额繁重为各省之冠，两省之中如苏省之苏松太、浙省之杭嘉湖尤最甚者也。其科则名目繁杂，苏省一县之中等级多者有百馀则，其重者每亩科银一钱九分、科米一斗九升；其轻者每亩仅及几厘。浙省一县之中等级，多者亦有五六十，则重者每亩科银三钱有零、科米二斗四升有零；轻者每亩亦仅及数厘数秒。除将浙省各县征收地丁抵补全科则表先行附请鉴核外，其苏省一部容俟各县报告到齐再行续陈。乙：粮册。查江浙两省征收田赋向有鱼鳞册详载土地之坐落，复有花名册记载地主之姓名，依地亩科则以完全纳之数，按图稽考，本极明了。至洪杨变后，此项册籍各县仍保存者不及十之一二，其散失各县征收田赋有以旧时庄书所藏之底册为依据者、有参考历年串粮及草册编造办理者，在当时固属从权之举，厥后历年编造征册皆以此为基础，而庄册遂变为正式之粮册。查此项之粮册于业户之姓名、田地之亩数、科则之等级，虽均有记载，惟无鱼鳞册以为根据，土地之坐落漫无稽考。因之庄书隐匿朦混，弊窦滋生，赋制窳败，由来已久，此其观点也。按：庄书舞弊缘于鱼鳞册之散失者，例如民间买卖田产，须立粮户姓名，习惯上谓之过户，过户之权大都操之庄书，庄书视买主之肥瘠、强弱、定手数料之高下，谓之过户费，乡间小民买卖田亩有终其身不得过户者，甚至有田易数主而粮户之名册或终未过者，故或田多而粮少，或田少而粮多，或肥土而负轻粮、始瘠地而纳重税，不惟人民之负担有失平均，而国家正赋之短收亦多基于此。丙：串单。串单为人民纳税之证据，其式样之良否于赋税之整理亦极有关系。查苏省现用之三联式似较浙省之六联式为良(其式样附呈察核)。此外尚有相同之缺点，例如所查各县版串及由单，其表面上仅印有丁漕之正额，其馀附征之税捐名目及其额数均未并列。虽据各该县声称临时均加盖红戳，然不肖胥吏难保不藉此隐瞒需索，此亟宜改良，以防流弊者也。”有再续，容俟另纪可也。

廿九日乙巳 阴。西北风颇大，天气冷甚。接陈洛卿丈公一信，又接张淇璇兄一信。日前，典中代假英佛五百尊，并附其寄永宁局徐富春兄一函，随即遣祖元同其来人送交，即接有徐富春兄收条一纸。随即致福洛卿丈公一信，交其来人带福矣。周少云之次子与允东继祀者名吕球即于今日完姻，至其家中，晤达云母舅、心斋宗叔及周谱香、卢槐士、翁子俊、周月波诸君，相叙席散而来。

阅十一月廿三日《申报》续纪“调查家江浙两省田赋情形报告”节云：

丁：灾歉之申报及蠲免。查江浙两省各属，凡遇灾歉之年，向例由地方绅董随时报县履勘、申请省委复勘属实，然后详部分别蠲免。现在各属仍然旧制，遇有歉收年分，由绅董报县履勘属实，详请财政厅派委会县复勘明确，酌拟普减成色，报厅核定。如遇被灾之年，由县勘明属实详报财政厅派委复勘，汇详财政部暨巡按使呈请分别蠲免。如此，但实行履勘在未办清丈之前灾区范围往往未能明确，此现在办理之困难情形也。

戊：田赋之耗羡杂费。查江浙两省前解兑忙漕时代均系折合银两，故有倾镕大耗杂费等项，今改经征田赋悉以通用银元解库，所有耗羡、杂费等项早已归入正课项下，折价征收，现在无复此项名目。惟在地方经费不足，无所取给，苏省各县于地丁正课及带征征收费百分之六外，有附征积谷、自治、警察、清乡、保卫、串票、手数料等费者。附加较重者，如南通县每地丁银一两，带征各项捐款约在一元以上，其轻者亦带征四五角不等，漕则一律每石折价五元，征收费在内。浙省于壬子岁经临时省议会议决各县地丁每两折收约二元二角五分，以正捐一元五角、粮捐三角解省，馀充粮税，原有耗羡杂费即归入县税之内，由县支配地方公用。本年对于地丁正项之外，又有每两加征百分之九，对于抵补金加征百分之三以充征收经费者，此外各县有详准加征积谷、特捐、海塘等费之例（如萧山县是）。各县平均计算，地丁除正项外，每两约附加各项地方税捐七角左右，抵补金则每石折合五元，并无各项附加。此江浙两省现在办理之大概情形也。

六，现行征收制度。

甲，征收机关。查江浙两省征收田赋均设柜于县知事公署，其距城窎远及交通不便之乡镇则设有分柜，至征收员额，总柜大都设有总经征员或征收主任一人，其下设有会计员、书记、查票员等若干名，分柜大都设有经征员一人至数人。又，视区域之广狭、粮额之多寡，酌设雇员若干人。其各项人员之资格有以旧时庄书、粮书充任者，亦有由县知事或征收主任员选派者，虽各县习惯微有不同，大致无甚差别。

乙，征收方法。查江浙两省各县习惯均不一致，有由民间自封投柜者，有派催收生按户截串催收者，开征以前大都出示通告并刊印由单，详载该业户应完粮米数目，先期发给各户，俾知实数，以便届期完纳。至对于滞纳者之处分，苏省定章：逾期未完处以应征数十分之一之罚；再迟一月，处以拘押；拘押至一月以上仍未完者，将欠税之田查封拍卖。浙省定章：逾限未完，处以应征数十分之一之罚金；逾一月后尚未完纳者，处以十分之二之罚金；逾两月后犹未完纳者，将业户处以拘押；下忙仍欠未完并得封产备抵完清之日返还之。此其大较也。

丙，征收时期。查征收时期，江浙两省现均以阳历规定。苏省：上忙七月开征，八月底全完；下忙九月十六日开征，十一月五日全完。芦课等项同漕米，十二月十六日开征，次年二月十五日全完。倘各县有因习惯不能如期开征者，得预先详请展缓，或提前办理。浙省：上忙征期以三个月为限，下忙征期以两个月为限。其开征日期：上忙最早为四月一日，最迟为六月一日；下忙最早为十月一日，最迟为十二月一日。各县应适用何项征期，由县知事从其习惯酌量规定。至漕南抵补金征收日期，浙东一律依地丁办理，浙西适用地丁下忙征收日期。

丁，银钱之折合。查江浙两省地丁漕粮向例以银米为本位，但考其实际，生银久不通行，即以前地丁已收制钱折合，而漕米亦如之。所以各县所定折价往往参差不一，过低则不胜赔累，过高则每涉浮收，困难情形莫此为甚。迨壬子之后，苏省始由省议会议定章程：每忙银一两折征银元一元八角，以一元五角为正税，三角为附税；漕米每石折征银元五元，以四元为正税，以一元为附税。本年又由财政厅详准通饬，自上忙起，每忙银一两加收省附税三角，连前共征二元一角。漕米仍照旧章。浙省则每银一两折征一元八角，以一元五角为正税，三角为粮捐，一律解省；馀则取充县税，名为特捐，备地方公用。其抵补金一项，在元、二两年每石仅折征三元，自三年起已一律改为五元。至于民间完纳银漕，江浙各属通用银元之处，殆已十之八九，所有零星尾找，概照市价折算。间有偏僻之区（如铜山、宿迁等县）仍以铜元或制钱完纳者，则每元约折合制钱一千三百二三十文。

此江浙两省征收银钱折合价格之大概情形也。

阅十一月廿六日《申报》纪："北京电：王金发投诚来京，住长安饭店，将谋图功自赎"云云。是日《申报》又纪："北京电：浙江庆馀堂案已裁决，主用内务部处分变业之所有职，庆馀堂产业应由浙江巡抚使备价收回发给原业主志森执管，其志森承认价值二十万一百元之年利花红仍缴由巡按使署归还，前经动用遣散旗营安抚旗民之款以足额为止。"按：志森字少严，前署山西布政使，后调补山东布政使，即前文将军之公子也。

廿五日《申报》纪诗选"题皖江寄渔钓鱼台"诗云："万顷晴光映绿蓑，飞花片片入江波，一竿好把闲情寄，明月清风养太和。为避嚣尘隐钓台，皖江旧吕莫相猜，绿波如镜山如画，句索枯肠向晚来。村醪漫酌对凉风，乡味秋莼共晚菘，醉倒不知新月上，醒来犹卧荻芦中。茫茫烟水独垂纶，万迳人稀郎涌银，剩得朔风兼瑞雪，三生有约伴吟身。"又纪"舟夜闻笛"诗云："待泛幽溪月，前山暗不分。谁将一枝笛，吹破万重云。"颇有趣味，是为之记。

廿五日《申报》纪杂评三"民生问题"节云："人民生活程度日高而经济力日困，于是，道德日益堕落，社会上为非作恶之事日益多，盗贼横行，土匪纷起，此乃天然之结果。今上海且劫及贫苦小民，亦甚可怜之现象也。世之有心人竭力倡节俭主义，然无论奢侈之习惯，一时难以改；即能改之，而百物既贵，人事又繁，虽节俭而仍无以资生也。又有人哀呼当道维持，然无论证诸前事之多空言，即非空言，而百孔千疮随在皆是，虽欲维持而无此大愿力也。故今日欲谋安民之术而使民无扰者，此问题最要，而最难解决。探本之论归于生利，然又从何生起，各省长官既奉命令以民生为务，其将何策以处此哉！"所言最为切要，姑而录之，以观后日果有善策否也。

廿三日《申报》纪杂评一"战事盲评"节云："瓯战至今，军士之莅疆场者已数百万人矣。苟尽其数而至于死伤力尽，其损害已不知凡几，况今又各增兵力耶！英曰三百万，俄曰五十万，德奥亦必称是数以为敌，是战地又增数百万人矣。是其他日之损害又加增数倍也。交战国以增加兵力为豪，而旁观者视之实不胜叹惜之也。”我亦深为叹息，望各交战国早日和平解决，是所深幸。

廿五日《申报》纪“安庆拿办清乡局长”节云：“安徽颍上县八里垛清乡局长郑松年、局董郑棣年等于日前因事诈索四林庄民人王好善不遂，乃赴长淮水上警察厅密告，谓王之子系柏文蔚干儿，家有快枪数支、土枪十馀支等语，当经季厅长派警前往密查，毫无影响，并悉王系前安徽都督孙毓筠之戚，向素良善。季厅长以郑等身任清乡局长，竟至诬良为匪，若不从严惩办，将何以安闾阎？故电禀饬县拿办矣。”如是清乡局长，若不严于惩办，只恐不止郑松年一人耳。

阅十一月廿四日《申报》纪时评“新道德说”节云：“中国以前之所谓道德者，大抵以个人闲言也。然而‘道德’二字，其范围甚广：国家有国家之道德，社会有社会之道德，家庭有家庭之道德，职业有职业之道德。故入其国而欲知其国人之道德如何者，即一事、一业、一物、一器，皆可以察而知之。盖人之道德心随在而流露，即不道德心随在而流露也。中国自古以人与人间道德为重。故除人外，对于一切事物皆不道德者居多。中国之事业、器物窳陋，凡百现腐败之象者，职此由也。夫对于人之道德易，对于事物之道德难，以人有反动，而事物之反动其力不显也。以不道德加人者，人必反抗；即不反抗，非有特别缘由者，必不忍受也，以不道德加于事物，事物固无言也。对于事物之不道德如何？曰：作弊也、敷衍也、取巧也、冒牌也，种种中国人通行之欺饰术也。工商业之不发达，此其原也。”所论如斯，颇切实中国人之心理，是为记焉。

廿四日《申报》附张纪“窗玻璃之代用品”节云：“飞律宾群岛土人往昔窗无玻璃，而以其地所产之一种贝壳代玻璃之用，此贝能通适度之光线，且较玻璃尤能耐风雨。近来美国亦以此贝代窗玻璃之用，一时大为流行，故目下由飞律宾布哇蒙洲等所输入此种之贝为数骤增”云。其贝如是者，即代玻璃亦有别致也。是为之记。

十二月初一日丙午 辰前，雪，满目山河如同银汉；巳、午刻，阴；未时又雪；以后皆然。倘无闰月，今日即是元旦，瑞雪迭来，足为明岁丰年之兆耳。陈企闵于晚刻来叙一刻，即至椒江去，言江北著名积匪老麻松者向在该处抢劫之案累累迭积，官兵往捕，屡次拒斗，而营勇丧失颇多，于上月廿四日又与官兵拒敌，致受一伤。该匪至其附近某处医伤，其轿夫某因有赏格洋五百元，即通信第八署水师管带某君派人擒来颇易，随即解至海门镇守使惩办矣。南则杨高林已剿，北则老麻松已擒，目下可以高枕无忧矣。

十一月廿四日《申报》纪杂评三"民国人瑞"节云："年丰物阜、天灾不行，国民之祥也；安居乐业、盗贼不兴，国民之祥也；内乱消弭、一切祸乱不生，国民之祥也。今我国人死亡于时役者，不知几何；被害于盗贼者，不知几何；流离转徙于内乱者，不知几何。我国民之不幸可谓甚矣！乃多数国民之不祥，而独钟其祥于一人、一家，如四川某中将之母乃逾百载，所谓民国人瑞者，讵不令人感慨耶！然而祯祥之验，验之于将来，意者民国四年之国民将大有幸福在其后也。"现今人逾百岁亦有人瑞之称，是为记焉。

初二日丁未 晴。瑞雪之次日即得天气晴明，足快人心耳。午膳后，至周少云处看新人，少坐而来。翁子俊兄、汪伯端兄来叙半晌而别。吴玉成系今日生辰，今年已届七秩矣。前托丁辅香代买书等计洋十四角，晚刻，遣祖元照数送交清讫。

初三日戊申 晴。致王俊卿谱弟一柬，托其代撰家祖母坊传，早日做就，以便备纸托书可也。早刻，新接保卫团管带曹执忠兄广辉来叙一刻。晚刻，至曹执忠兄处少坐。但彼系是昨日到防，徐福生兄亦于昨日至路桥管带耳。曹执忠前当第二营哨长有年，向驻北岸涌泉地方，捕匪颇严，颇有著名于乡间也。所幸南则著匪杨高林、北则老麻松两匪均经剿获，想今冬可望安谧耳。就道至吴玉翁处少坐而来。曹执翁言前临海县萧伯康、前黄岩县知县王鸣九两君均是湖南人，现在永州某处知事云。

初四日己酉 阴。晚刻，至周达云母舅处少坐，同至子俊兄处，晤道周宗叔，互叙至晚而来。前托施见甫代写明年五月十三日武圣庙寿戏一台，计四夜三日，今日施见甫来说已代写就正生五班，计洋三十二元，准于明年五月十一夜到台，随即付洋念六元交施见甫代为带交，所写戏票一纸，亦交施见甫代为收存矣。尚少洋六元，言明俟戏到台时即行付讫。

初五日庚辰 晴。接卢鹿平为其乃翁半江先生于十五日入厝讣闻。阅十一月廿七日《申报》纪时评“气字”节云：“国之强弱何分乎！其一在民力，其二在民才，其三在民心，其四在民气。此次瓯战胜负之结果不能逃此例也。民力相等，则视民才；民才相等，则视民心；民心相等，则视民气。四者均相等，则决不至有胜负。然而，此必无之事也。何谓民力？体质之强弱是也，人数之多寡是也。何谓民才？战术之良否是也，战器之利否是也。何谓民心？举国一致否是也，爱国之厚薄是也。何谓民气？有坚忍之气，有不屈之气，有勇往之气，有果敢之气，真伪、久暂之比较是也。中国近年来之弱，弱于民力，诚有之也；弱于民才，亦有之也；弱于民心，亦有之也；然而，实无如弱于民气之甚。何以见之？人人尽曰：‘中国弱也。’‘中国弱也’，其气弱之表现也。人人尽曰中国弱也，而人人乃无必使中国返弱为强之快心，其气弱之明证也。然而，民力弱，中国人自知之；民才、民心弱，中国人亦知之；独至民气弱，中国人非但不自知，且或恐其强而为患者，是可惧也”云云。论其气弱，颇有理致。早知气弱而有转弱为强，断不致此也，亦是中国人自为至此云耳。

十一月廿八日《申报》四纪“调查江浙两省田赋情形报告”节云：

其七：浙省现办清量情形。查浙省各县办理清粮事理，现告竣者约居三分之一，其办法大概依照旧有粮册及串根编制田赋清册及征册两种，田赋清册以图庄为纲，凡业户粮产向隶某图庄之旧册者，仍入某图庄清册；其在同一图庄之内、本人有二个以上之户名者，改填本人真实姓名而合并之，以便稽核，每年编审一次，五年换造一次。征册则每年编造一次，并于清粮办竣后另制明细户折，发给各业户以为承粮之证据。察其效果于户粮之清厘、旧册之整理，未始无所裨益，但其根据既不离乎旧册，其中纵有舛误之处，亦莫由更正，且无详细地图以明土地之坐落，则胥吏蒙混等弊仍不能免，正本清源，非办理清丈不足以语改良焉。

其八，江苏筹办清丈事宜。查苏省自民国成立以来，业以举办清丈者，亦共有三县：曰宝山、曰昆山、曰南通，除宝山一邑业已办竣后，其结果全县丈馀田额十七项外，其馀如昆山、南通两县已丈之田约在十分之四。调查员等此次前往实地调查，于现办清丈状况，略悉梗概，谨详陈之。查昆山邑清丈于民国元年十月开办，通邑本较昆山为先，但中辍年馀，现方赓续。办理昆邑清丈经费，按照预算约，以十分之六取诸丈费、十分之四取诸方单费。丈费分四年筹集，随忙漕带征，每忙银一两带征银元二角、漕米一石带征银元二角，此外，俟丈竣发给方单时每亩再收银元五分。通邑丈费每亩收银元五分，以丈后二十日为限，逾限加收一分，收绘图费每张二角，与丈费同时缴纳。其清丈总局两邑均设于城内，于各市乡镇或设分局、或设事务所。组织情形微有不同：昆邑分局各设分局长一人，暨稽察员、组长、丈生等分司职务。其分局长一席，昆邑即以地方绅董任之，通邑事务所由总局派委组长主持。筹备之始，昆邑仿照宝山办法，先设绘丈传习所，考取学生入所学习半年，毕业另招粗有测绘程度之学生赴宝插班实习半载，以两项毕业生充当丈生，以三人为一组，每组组长则借材宝山者居多，每组丈生每年以履丈一万三千亩为及格，并为格定赏罚以资考绩。至通邑，此项丈生即在本地师范学堂内附设传习所，开办教授，亦以半年为毕业，惟其程度似较昆邑稍高，但亦间有借材宝山者。其办理情形与昆邑不同之点，除组织机关外，又有顺序之先后，盖通邑则在先办测量，俟全境告竣后然后开丈而已。昆邑则一面测量，一面清丈，双方并举，似乎手续时间较可节省。至其施丈器具，昆邑始用密达软尺，继因不能耐久，改用统长之灯心纱带敷以生漆两次，固定其伸缩之方面，以铜字分别尺数，较木质步弓为良亦颇耐用。通邑则参用软尺，其弓步之标准均以工部营造尺，五尺为一步(每尺合迈当百分之三十二)，以二百四十步为一亩。经于开办时详省核准，丈生每日出丈后绘具图册，分别注明弓尺数目及业户姓名，每图丈竣后由各该局发给小票，由业户领取，为换领方单之证，方单式样纵约一尺，横约一尺四寸。通邑稍大。均于正面书明图名、圩名、亩分、业户姓名，背面绘画田形，并填注四址及业户姓名，在未发方单之前，小票效力与方单同。惟各业户领取小票者以小户为多，大户往往延不领取，办理颇形困难。现查昆邑南北两乡将次丈竣，其丈见实数，南乡至窄之田有在八折以下者，北乡较大之田每亩亏折约在九折左右，亦有并不亏折者。查该邑全县田额虽称一百十七万亩，实征户额不过一百万亩有奇，虚额相悬竟有二十万亩。现以南北两乡已丈之四成计之，共缺额田一万五千六百馀亩，共增捏荒二万九千五百馀亩，除抵补缺额外，尚盈一万三千九百馀亩。以此类推，则东西两乡未丈之六成以盈补拙，虽未能预计其应馀若干，要亦不至亏折，可断言者。至于通邑情形，则弓步不一，向有大亶、小亶之分，大亶每亩五百步，小亶二百五十步。现在该邑清丈既取准于营造尺，在官厅本期一律以二百四十步为一亩，而民间则借口于习惯，仍馀以二百五十步为一亩，相持至今，迄未解决。但就二百四十步为标准丈竣之田已馀四分之一，将来全部告竣，应馀田亩势必较昆为多。不过丈量之时，昆邑凡遇河港及公用道路均概行除去。而通邑一律丈入田内，此则不如昆邑之适当。若大两邑，此次办理情形，清丈情形其在技术上、手续上种种设施较诸从前固似甚有进步，但就调查员等所见以为如彼测量绘图，犹嫌过于精密，所以两邑开办至今，不独迁延时日，亦且虚靡经费。现查昆、通两邑均以五年为期，时间未免过长，苟于技术上更求简明、手续上再谋便捷，则虽缩短半期，亦未始不可蒇事。此江苏现办清丈事宜之大概情形也。所有两邑关于清丈各项章程、表册，理合择要附陈云云。

是日《申报》又纪"内务部征求岳王画像"节云："内务部通告访求岳武穆王画像，其文略曰：硕辅宣劳，作一朝之心膂；忠臣遗像，肃万古之羽毛。名迹留遗，馨香勿替。有若岳武穆王者，精心涅臂，久矢丹诚，背嵬成军，同坚白水，誓将中原揞定、敌垒荡平。蒙莫须有之诬，凌烟独遗其壮烈；挽不可为之局，绣丝宜编于当时。然而阅世沧桑，巍功汗竹，妇孺咸钦。其忠义庙貌久失于传摹，兹者，大总统明令涣号崇祠贲饰，虽春秋俎豆，已格神明，而褒鄂弓刀，未瞻毛发，毋乃贻钦崇之遗憾，而亏肸蠁之隆仪欤！兹承军府征求，将以传诸摹泐。窃虑俗流响壁，莫由图龙翔之冠裳；坊本传讹，或尽失欧公之型韵。是用广为搜访，刊列报端，或金陀遗裔、石墨名家具有收藏，不吝传写，庶几金丝鲁壁，或来献于河间，将如刻画梁祠，获瞻型于异代。伫盼嗣音，曷胜翘企"云云。按：岳武穆王乃宋代大忠臣也，尊崇庙貌，分所宜然，倘言王像留藏，谨宜呈奉刊刻庙庭，是为至切。

十二月初一日《申报》纪："《曲理希邮报》曰：勤苦无倦之倍尔他虽其能力举世无匹、行动便捷，而用之者谨慎勤俭，不敢专恣，盖使用该炮弹及其次第相连合各部分之磨擦皆有关系也。而且炮弹一枚，价值德金一万八千马克，如此耗费，亦非细故惟有。若谓此种巨炮每次仅能连放至一定之若干响，如所谓连放六十响，或曰一百五十响，然后不能再放者，则属无稽之谈，缘目前此种巨炮连放百馀响者亦不鲜见，而其准力亦未见言变动之患。开炮之际，凡每放一响必先核算其目的地之距离，嗣定炮位，俟距离之大小核算再再，确无错误，方可按照所定之方向瞄准目的，于是再考察一次的确无可疑，然后方轰一声，弹由空中呼啸而去，故其到后必中目的、获良结果也。而先则见一殊属可观之火柱矗然直立，高达霄汉，嗣有黑黄相兼之烟云一片，团团如球，即铁混凝石泥土以及其他种种物件一经炸烈，遂纷纷乱起，高逾百密达之上者。然后则闻自远而近之爆发声，砰砰湃湃，乱成一阵。四十二生的密达之田鸡炮炮弹，若遇非尽属岩石之土质，则可入地八九密达至十密达之深。而其所穿之洞形如漏斗，计其直径，约有十五至十八密达之谱。呜呼！一弹之力能穿如此巨洞，安得不令闻者胆惊、见者咋舌也哉！德军重炮队因其炮料珍贵，向不独行，动而携有勤苦无倦之倍尔他，各营尤其甚焉。大凡重炮每一行动，其然后左右即随在皆有马重兵为护卫，故滑稽者曰多谓国家元首出入扈从，尊严无比。但不知较今德国田鸡炮之护卫如何，若今专制君主恐亦自愧不及，于是可想德军护卫重炮之盛况矣。而实则德国田鸡炮之护卫不止于此，如行军之时遇有敌人突来旁袭，则有机关炮与轻炮队为之防御焉。除此以外，每遇战时，田鸡大炮并不临近前敌，乃远在交战之军队后以防侵寇之患。故自开战以来，德军之敌人始终未得侵及田鸡大炮之阵地，而余所深知者，其敌人之炮队恒定一万密达为至大之防卫界，田鸡大炮则在一万五千密达之外（即中国十里左右）之馀地以资防卫。再者，其炮程与准力所及虽定有四万四千密达，即四十四启罗密达，合中国八十馀里，而未尝在如是其大之距离上开炮轰击，倘若开炮射击，则不仅有徒费一二珍贵火药之患，且亦需炮之耐久性甚巨。盖其距离如此远大，实难监视炮弹射出后之功效也。总之，田鸡大炮虽约有四万四千密达之弹程，而在二万馀密达（四十里）之外开炮射击，已属罕见之事。且如此远大之距离，亦可谓合乎今日之战术也。当今时代，如此巨炮所获之功效，不特举世各国人士闻之，惊以为奇，即德国军人中凡未曾躬身试验使用与目睹者，亦不敢尽信。盖其能力之巨，殊出乎世人意料之外也。故今之传言者，多有此种田鸡大炮及开战之始方由克虏伯厂所造，而今仍由克虏伯之技士工师等专司开放等等谬说。其实，德国徒步炮队早已通用大炮，即四十二生的密达之田鸡炮，在德军中亦非一朝一夕，不过事关军机,例守秘密,外人无从得悉耳。但德国炮兵考试委员会同克虏伯厂详加研究,治事一年,方可获有此种举世无敌之大炮,是以多谓若四十二生的密达田鸡大炮者诚当今技术中完全之出产也。若谓德国徒步炮兵有此巨炮不善使用,必须造炮之技士工师代其操作,则属无稽之谈。如不我信,请至战地一观。德国军士纵遇非常困难之势亦能使之动转如愿等情,当知德军于是操练有素,亦非开战后方可采用者矣"云云。德国今有如是大炮,是为记载,以观日后有逾于此者否也。

十一月廿三日《申报》纪奥国之摩托炮台节云:"北洋《德华日报》曰:奥京纳也纳各据公家通信员威廉氏所传布,而由马尔肯总司令部所发出之报告曰:德与奥匈造有彼此各不相关之巨炮,虽最新式之要塞亦非其敌,于是可想德奥两国之炮力如何矣。德国有克虏伯厂所造之田鸡大炮,其口径计有四十二生的密达,合中国营造尺约有一尺四五寸之谱。德国所以构造此种巨炮者,以法国边境之要塞层层密布,坚固无匹,且多属新式。倘德、法两国一旦失和,则德国方面不可不有精美绝伦之炮火以与法战,故谓德国构造此种巨炮,以备与法交绥应用,是其第一要件,诚非谬误之设想也。惟此种巨炮如不欲徒费许多光阴装配其甚形重大之炮架,则惟有用铁路随时运送,以便急需耳。此事若在交通不便之地,或者难行;而在瓯洲铁路之线纵横如网、蔓延甚广之邦,则无不便。故今四十二生的密达之田鸡大炮安然驰驱于瓯洲战场千军万马之中,而其炮弹重率之巨与其弹中所藏炸药之多,尤其视新式要塞不足为敌焉。奥匈军部于此问题所研究者则与德国迥乎不同,或且视为殊难解决之问题焉。盖奥匈于未开战前所可视为战场者西瓯,而在其东邻也,其地铁路之线网眼孔甚稀,亦非西瓯者所可比拟,而且所可论攻击之要塞亦多远在敌国境内,故奥匈军部若建造攻击之大炮,则不得不决定使此种大炮不受铁路之束缚,而无论在何种道路上皆可行动。是以尔后卒定摩托车运送此种重炮,即用自动机关车运行所谓摩托炮台者是也。夫运炮之车虽决定用摩托机关车，而炮之轻重大小尚须详加研究。盖道路平坦，纵令车炮过重，尚不难行；若道路之目的物，如桥梁、涵洞等负载力较小，与夫行军桥梁仅限于军旅之用而不能容田鸡炮车，视之其车视如楼房者，则军中虽有巨炮亦如无也。是以造炮之前屡次分别调查沿途一切情形以便研究。洎夫研究之后，方决定炮筒最大之口径如三十个半生的密达，则不但行动灵便，且亦甚乎以上所言之条件，于是乎奥匈军部遂饬令皮尔森田鸡大炮矣。而此种炮之小口径若求与大口径效力相等，则不得不增加其炮弹之重量与开始之速力，以便于轰击最坚固之混凝石、铁墙时保有必需射穿力。奥匈军部曾在射击场实地试演，加之炮弹重量与开始之速力，若就所轰击之混凝石、铁目的物而论，则敌国要塞纵令为最新式、坚固无比，亦不值一击。盖试验时尝将特筑坚固之混凝石掩护物全然射穿，即对于防御物为必胜之攻击军械是也”云云。该炮如斯，并而志之。

初六日辛亥 晴。致徐福生兄一信，代林树勋荐为充补该营粮额。章家外婆托余代寄丹庭兄年糕两捆，即嘱祖元送交永利商轮亦兰兄带至上海转交矣。陈仲善兄自早刻由海门来，言上月廿四日自都至黄矣。

续纪“奥国之摩托炮台”节云：“当承平之时，德国军部已知三十个半生的密达（约中国一尺）田鸡炮有此种功效，且亦与奥国政府早表同意，故德意志帝国政府若与法国开战之始，即注重此种摩托炮台一二大价值之协同功效，则非出人意外也。三十个半生的密达之田鸡炮所放开花弹计重三百八十启罗格拉姆，约合中国六百一二十斤之谱，有摩托机关车一部马力百匹，系以副车三乘载之而行。所造此种副车适合其所加重载，盖因运送炮筒、炮架或炮床等物所设也。若按此种田鸡炮之构造法而论，则诚可谓富有理想，缘如此重炮装配甚速，约到阵地后四五十分钟内即可预备开炮射击也。至于拆卸，则因其装配迅速，亦甚利便。总之，此种巨炮更换阵地易于携行，即于危急时纵无炮床，如在路途上亦可开炮轰击而已。若夫三十九生的密达(合中国一尺三寸之谱)之田鸡炮,则因其范围较小,更易到处寻觅掩护物焉,是以亦属敌人甚难窥见而争之目的物也。”

初七日壬子 晴。接倪寿生一信。达云母舅及翁子俊、王六皆、汪伯端诸君来叙至晚,留过晚膳而去。冠卿先生代苏礼三做坟,于晚刻至栅浦去,言初十日可旋云。

初八日癸丑 晴。陈仲善兄自早刻趁轮至黄城去矣。午膳后,至陶寿翁处,晤汪伯端,相叙一刻。寿翁相约至天妃宫新创之椒江织布厂,晤吴玉成、王六皆互叙半晌而别。同寿翁至二分少坐,但海秋叔公之叔婆及仲辰宗叔均于明日入厝矣。

初九日甲寅 辰前,阴;巳牌,晴;以后皆然,老二分四叔婆及仲辰宗叔均于早刻入厝,其坟做在兴家屿。早刻,侍家君同至该处送丧出街,至凉棚头,而家君同陶寿翁等送至山,余与陶习之、习恭而来。随至尚德小学校,晤王俊卿及眉甫先生、金禹庭,相叙半晌。午膳后,至吴玉翁、邱遇琴两处,均少坐而别。随至二分,晤陶寿农、黄道周、周载熙、汪伯端、王六皆,同行致祭毕而来,至家时将晚膳矣,其题主亦是六皆先生耳。

阅十二月初五日《申报》纪时评“直捷了当”节云:“直捷了当与迂回曲折二者固熟[①]善欤?直捷了当之贬语名之曰操切。操切,世人所诟病者也。迂回,操切之褒词,名之曰手段。手段,又世人所称道者也。然则以今日之世情论道,直捷了当固不若迂回曲折之善也。然而,以中国今日之情势言,岂尚能待迂回曲折之情势耶!事事直捷了当尚恐不及,而乃事事迂回曲折耶!况直捷了当而苟出于诚者,人能谅之也,无所谓操切也。迂回曲折而不出于诚者,虽一时为人愚,人必口是而心非也,手段究经无益也。且直捷了当,事事成败、利害,即时见耳。若迂回曲折,则事事是否不能知、利害无由见,此任事者所以可以敷衍塞责、便私废公,功罪无由见也。窃以为不取也。”论颇

---

① 当为“孰”。

切实，是为记载，以质高明者，斯论以为何如耳。

十二月初六日《申报》纪“来凤田赋之大整顿”节云：“湖北来凤县旧属土司，每年额征钱粮仅四十九两零，自改土归流以后，亦未切实整顿，赋税之轻则甲于全省。近经财政厅长胡文藻访询曾任该县知事及熟识该处情形之人，据称该县粮户共五千户，每户纳钱一百二十文，田亩多寡在所不计。有某户年收租谷三万串上下，只完二户，共钱二百四十文等语。是该县粮户尚系按额摊派，并非计田科征。现在生齿日繁，土地加辟，即论户数，断不止五千户。长此因循不改，公家正供受损失，税法原理亦相背驰。是以特饬该县知事迅即会同士绅，将全县究有山地若干、田地若干，切实调查，着手清理。至清理之法，自以计亩升科为最正当，倘事实上或一时未能办到之处，准以契价或租息为标准，切实筹议，酌拟整顿方法，详候核夺”云云。田赋有如是之轻者，想自土司当年之办法，归流之后，未曾整顿之所致也。是为之记。

十二月初三日《申报》纪“德国之炸弹炮”节云：“《字林报》云：近日东西两战地传来战讯中往往有‘炸弹炮’之名词，此为新近发明之利器，前所未有者也。据巴黎杂志云，德军新运来一种高炮专为堑壕战争之用，德人名之为抛掷炸弹机。此种新炮能以发出炸弹虽不能及远，然足射中敌人战濠。炸弹炮种类不一，其最大者能发出十磅火药之炸弹，最小者略如三寸口径之炮，能发两磅炸药之弹，皆为可怖之杀人利器。德军开战未久，即用此种新炮，可见其布置完善，早已准备此次之战争矣”云云。其炸弹炮又有如此之新发明者，是为记载，以观日后又有逾于此否也。

初十日己卯 晴。早刻，眉甫先生来叙，过午膳后而去。晚刻，至子俊处，晤达云母舅、潘子祥两君，相叙至晚而来。

阅十二月初四日《申报》纪时评“心理”节云：“近人往往于举办或废弃一事之际为之揣摩而研究之，曰如此乃合心理、如此乃不合心理。以为合心理者，其目的可达；不合心理者，其目的不可达也。此为心理之说之所以大行于今日也。虽然,余则以为心理者不过辅佐之作用,而其力量决不能夺正理而代之也。其为正理欤?顺心理而为之,目的易达;不顺心理而为之,目的难达。其所别者,难易之间而已。其为非正理欤?不顺心理者,其目的固不可达,即顺心理者,其目的亦不可达也。即一时为心理者,其目的亦不可达也。即一时为心理所蒙,或偶达其目的,然其结果终必至于得而即失也。余故曰心理决不能夺正理而代之也。盖心理云者,利用人一时之感情,而正理则颠扑不破也。呜呼!今之谈心理者,亦苟且自欺矣!谋财政则用朝三暮四之策;掠国土则用假虞灭虢之谋,东方人之利用心理何其与正理相反之甚耶!呜呼!"所云心理如斯,再切中国人之心理颇为得当,姑而录之。

是日《申报》纪:"北京电:昨财政部呈财政计画:其一,附加税提归中央,地方另筹;其二,将田亩加特别捐一次,每亩铜元十一。显此即采用余前此通信某驻外委员特别捐之说。徐菊人大不满意,手批极长,有'不通民隐,失信于民'之语。袁总统意见征求各省意见。现交财政讨论会核议"云云。又纪:"北京电云:日本不肯撤消山东之战区,显即据为经营之势力范围,而其公文则称以现日德方在交战状态之故。现日在鲁于铁道联队中特设矿山部,于德人沿路所开者继续之,并派人四出探采,其铁道线内不许华警拦入一步。所驻兵自称不过万馀,据其实数调查,则在二万馀以上"云云。所云如是,恐不能易于辙退也。

十二月初三日《申报》纪"龙建章请规复府州县"节云:"署贵州巡按使龙建章近曾呈请政府规复府州县官制,并严定赏罚,暨采用三参办法各节,别报已有述其略情者,兹录原文如次:窃惟安民之道莫先于察吏,而察吏之方莫先于严定赏罚,赏罚明则吏治清矣。惟是赏之之道,实惠不若虚名。盖惠则有时而穷,且个人关系随得而忘;虚名则取之不尽,且为一般人民观瞻所属,荣辱随之。荣辱既随,则鼓舞即寓其中矣。查现今外官官制,道尹之下即列知事,知事之晋擢道尹，犹天之不可阶而升。故高等人材不肯俯就，即现任知事亦以希望既无，无力求上进之心，吏治之隳职由于此。查前官制有府州县之分，即日本亦有府郡县之别，实为驭吏良法，愚拟规复府州县制度仍为三级，但不相统属，而严辨等威，其任用之方复予限制。如此则一面可生其无穷希望之心，一面可重其爱惜资格之念，此后吏治当必日有起色。至罚之之法亦须严定查。现在各知事对于诉讼案失出失入不负责任，治盗亦无处分专条，长官无从考成，属吏遂生玩视，似宜规复初参、二参、三参办法，以资考核而重责成。以上所陈各节，拟请饬下内务部、司法部、法制局、铨叙局核议施行。一月十日已奉批令，外官官制现方采用三级制度，其各县缺分亦并分别繁简、酌定等级，不患无迁转之途，何得轻议更张，致滋流弊。至所请规复三参办法严定责成之处，交内务、司法两部议覆此批”云云。可见今之制度不如前善也。

又纪：“京讯中之巡按与军人”节云：“巡按出巡标准、巡按、巡视所属办法草案，政事堂与各部往返研究已将要点逐一解决，大致如下：一，清丈田亩之着手；一，办理选举之手续；一，币制能否划一；一，盐政能否改革；一，河上水利之情形；一，地方自治之现状；一，权度之习惯；一，教育之成绩；一，司法上效果；一，交通上之进步；一，道尹县知事掾属之贤否；一，地方之民生；一，人民有无上控案；一，控诉案情重大得电内部核办；一，巡按出省后由首道暂护；一，首道如直隶之津海、江苏之金陵、浙江之钱塘，馀可类推。又闻某肃政史日昨呈递条陈一件，内容系因总统特令各省巡按使出巡地方问民疾苦，意属至善，然恐出巡一事民间不知底蕴，讹言相传，反致误会等情。故请总统饬政事堂于编定出巡条例内应令巡按使在出巡[①]以前，宜将总统颁布出巡之命令刊印布告，在本境内遍处张贴，以期周知。次由巡按使再将约束扈从人等情形亦列于布告中，俾免疑惧”云云。均是新定

---

① 原文衍一“出”字。

官制执权，姑而记之。

是日《申报》又纪“京尘中之名宿消息辜鸿铭”节云：“辜鸿铭已于前年来京为奥国使馆及五国银行团翻译，客腊充英文京报记者，著作虽不多觏，而精美异常，读之殊为有味。其后，因中国妇女问题，辜深以中国新流行之风俗为不佳，改与京报记者陈友琴君大起辩论，尝见其刊登英文《北京日报》诗中有‘千古伤明妃，都因夏降夷。如何汉臣女，亦欲作胡姬’之句，亦足见其痕恨切齿于女界新人物之一斑矣。”又纪：“王晋卿直隶为畿辅重地北方文化之渊薮，该省人士刻正征求文献，而有畿辅编书之设，闻已组织就绪，地址在畿辅先哲祠。内设局长一人、编辑二人、庶务、书记若干人，局长系王晋卿充任。王着有《北学师承记》，又，《畿辅通志》《畿辅丛书》等，王亦多所裁定。惟旧日著作已多散轶，刻又重新搜订作为底本，已将直隶各府名儒著作目录编订成书，名为《畿辅文征》，即以此书作为调查范围云。”又纪杨守敬：“参政院参政杨守敬现已七十六岁，夙与王壬秋、马湘伯同负盛名，素少疾病，忽于九号偶感微恙，遂以溘逝。其家藏书最富，月前曾运来古籍一千三百馀箱，著述极富，尤脍炙人口者为地理一书，有水经注，时人公推善本。二十年前曾经驻日公使李广昌在东搜集中国古集之流入日本为我国所佚失者数种，还归本国，称‘古帙丛书’。故其逝世之后，同人颇为悼惜云尔。”如杨守敬者，年如此之高，著述如此之富，又欲出山，不久而毙，代其可惜前程耳。

初四日《申报》纪：“德文《新报》曰：兹有德军某少尉于十一月底自法国前敌致其友人之书一件，专论敌军飞行家使用炸弹轰击之事，爰录于下，以供众览：‘法国飞行家捣乱之事，前次函中已经言及，今已稍好，并非先前动受其苦，盖近日来，吾军已有气球炮保护也。倘开始即用此防御，则敌人之飞行家早已成齑粉矣，又何致于为患也哉！今日下午四点钟，鄙人在炮队前，适值瞭望之差代吾连长，以便其稍事休息。而忽有英国飞行家一人回翔余前，于是，吾气球炮亦当治事焉。而其人甚猾，一见余开炮即遁走矣。昨日，吾气球炮曾击落英国飞行机一部，当其时，瞭望者已经炸毙，而其领袖亦已受伤，彼等于未坠落以前本图逃脱，不意其机器忽然为吾炮所射穿，然其受伤后又能向前飞行二百密达之谱，方由距地五十密达之空中砰然一声堕落尘埃。惟有飞机所受损害甚微，是诚奇怪耳。而吾得之，大可照旧使用者，亦即职是之故，吾人应当感激气球炮之处，亦非笔能罄述，今姑将吾等未得其保护以前所经之患难择录一则，亦足可见吾等所受其惠非浅焉：一日晚间六点半钟，吾等已伏处露营其地，有小森林一片遮覆其上，盖此乃防备飞行家所必需者也，惟此仅能遮蔽于上耳。是时忽有飞行家三人出现于头上，其中有二部，吾等一见即知其属法人，而该飞行家亦必深知吾等隐伏林中，故其直奔吾炮队而来。于是，吾军遂一齐开枪以拒其下，惟终无济于事。其一先越吾等而去，然后回旋而下，至是同人遂各自忖思，曰：噫，此怪物究将何所轰击也哉！已而该飞行家犹如肉食之鸟扑奔吾等，而吾同人既不能抵御，亦惟有效乡人之鸡所为，各自觅地以避之，其实劳而无功。然此次竟幸而得免于难焉，盖其炸弹为风所驱，落于林边一小池之中也。连有教士一人适坐于池旁，因而其脊之下部受有微伤。不意该飞行家一击不中，尚不死心，仍绕一大圈旋转而来。今幸其二已经他去，至于其三，余因其建筑式及两羽下所钉黑十字二个视为德国者，亦渐渐鼓翼而下，经过吾军之前，当是时也，忽闻轰然一声，有一炸弹发于大炮之间。先时，爆裂之声不绝于耳，殊属可惧；后则见有尘土与烟云缭绕，直冲霄汉，而忽闻喧哗与呻吟之声相继而起，盖此一弹死有四人，伤有数人也。及余走近时，见吾炸毙之同人所有四肢已成齑粉，呜呼哀哉！四人乃皆年长之续备军，而入伍到差，屈指计之只有十四日也，而今徒然遭此横祸，岂不大可哀乎！然此惨剧又未已也，缘其他一飞行家先前赠吾同人以炸弹一枚者今已乘隙而来，惟有此次轰然爆发一声突起于炮队中，余遂飞奔前往，见炸毙马六匹，并伤人四名。所幸伤之人三轻一重，尚无性命之虞，吾仆之马虽脏腑已流出腹外，而尚痴立如前。余遂用手枪送其残生，以免其再受痛苦。然此良马无辜而亡，终不免令人悲惜也。至于前言其三飞行家余视为德国者，实非德国飞行家，乃一英人，特用德国标记以欺吾人也。故其飞行家较其他二人甚低，而今德国飞行家除此种标记外，已用有特别记号一种，无论昼夜均易辨识。昨日，吾飞行家又到有新式炸弹一种，倘再有敌来，吾自射之，必不令其张狂如前。惟有夜间尚须建筑夜营以防卫之，盖黑暗中不良于轰击也。”所云如是。如今之势，利器如斯，各国战事竟至如是之决裂，深为忧急，私心望祷，只求早日和平解决，深为至幸。

十一日丙辰 晴。早刻，翁子俊兄柬邀午膳，随至其府上，晤达云母舅及周作羹、周少云、周月波诸君，相叙席散而来。至家后，吴玉成、王六皆诸君来叙至晚而去。至署，晤曹执忠、蒋敬甫、许子升，互叙半晌而来。

阅十二月初七日《申报》附张纪“夕阳晚眺歌和文丞相元韵”节云：“青山欲暝生晚凉，六龙西迈金轮光，升高眺远穷微茫。落霞孤鹜江天长，归鸦投树行旅忙。远航犹共雪飞扬，须臾暝色忽如忘。玉盘东升银汉藏，丈夫捧日心激昂，诘朝更看黄人黄。”按：文丞相乃宋朝大忠臣，因和大忠臣元韵，是为之记。

初八日《申报》纪杂评二“不知民隐”节云：“伐人之国，必先探得敌国之隐而后施攻击；盗人之财，必先探其家室之隐而后施技能。安有治国家而不知民之隐者？夫民之隐非难知也，非有所秘密必待侦探家穷搜而后得也。盖民隐固尝暴露于外，苟稍关念即能得之。然而今日之治国家者往往不知民隐：见夫公债之踊跃，则曰民则未尝穷也，而不知其忍痛绞血以应之；见夫乱事之纷起，则曰民心何好乱也，而不知生计困难有以迫之；见夫有所反对、有所抗议，则曰民气何嚣张，何不谅政府之甚也，而不知其非有意与政府为难，实亦出于爱国之愚诚。民意本无他，而或疑为有所匿；民力固乐输，而或疑为有所靳，此皆所谓不知民隐也。宁独加赋一事为然？国务卿徐世昌批语，殆已得治国之要道欤？”所云如斯，颇切民间食苦，姑而录之。

是日《申报》又纪“经界局办法之讨论”节云：“经界局开办伊始，凡事必须慎重。据闻经界局办法，总统曾与徐菊人讨论，再四惟求无害于民、有益于国，凡有室碍难行之处，皆筹议妥善。又饬交财政、内务两部筹议详细办法，曾经该两部会同派员在财政部内设一筹备处，以期精细研求，必于民无繁难之举，于国可收实在之利。其大致办法：一，进行之程序；一，进行之办法；一，组织问题；一，年限问题；一，人才问题；一，经费问题。其进行之程序，则先从京兆、直隶入手，而后再推至各省。闻外省中以江苏为水陆通区，进行便利，必须提前办理。至京兆一区，正在筹画进行，不久即可举办。惟京兆一区田地极为杂乱，盖旗地、民地互相夹杂，故京兆之办法较他处为尤难。惟据某当局者云，此次京兆举办经界，筹画极其周密，缘京兆既为试办区，尚须作为表率故也。至其他进行之办法、组织问题，亦有极详细之规定。年限问题，以京兆试办区为最短，直隶闻定为二十年、江苏十八年、各省三十年，此种年限皆悉当局传述之言，是否事实，尚不必然。各省举办经界之时皆须至限定年限一律测量告竣，不得稍有耽延，以贻误国家，并以此觇官吏之督率如何，人才问题尚未悉如何办法，闻需育才费为数甚钜，大约提前育养此种人才以为从事经界之用。至经费一节，京兆特别区已另有预计外，闻直隶、江苏两省之测丈费亦正在计画之中，其他各省当次第拟定。惟此次经界既为数百年来之创举，则费用之规定不能不稍为从宽，刻下研究此种办法，闻已由内务、财政两部筹拟完妥，呈奉总统鉴核。惟该两部所拟办法是否与此次所闻相合，尚难知悉。”

是日《申报》又纪“加赋问题之前途”节云：“加赋案已通咨各省，该报所纪四年度预算不足，财政部亟筹填补方法，拟就每亩平均加征铜元若干枚、说帖两种，呈总统后，已蒙首肯各节。兹悉：此项说帖至政事堂，徐菊人即于其上批‘不知民隐’四字；而政治讨论会中人则赞成、反对议论甚不一致；惟总统之意则谓加赋一事，不可轻易赞成，然不必一定反对，以理论之未尝不可行，语意虽似两可，而实偏于赞成方面。颇闻财政部已以每亩加征铜元一枚至三枚，通咨各省酌定办法报部，一面呈总统鉴核备案。大约已先得总统许可矣，搜取加赋可谓甚矣。”

是日《申报》又纪“浙巡按主张不加赋”节云：“浙江巡按使屈映光前日下午三（点）钟经总统传见，总统以浙之地方秩序与人民治安相垂询，屈氏举现在浙江秩序之安静、人民之和平，当面敷陈，总统甚器重之。闻其友人谓屈使尚抱有两种政策：一，对于田赋之政策；一，对于厘税之政策。日前所上征收赋税条例，第就浙江一省言之。至其对于全国田赋，则以为近日政府整顿田赋、设立经界局，意在清丈田亩，剔除隐匿，一般国民惊为加赋之举动，此等风传足以谣惑人心。在前康熙年间曾奉有永不加赋之谕旨，丰碑屹屹，垂之累世，一般人民指为一朝仁政，以轻徭薄赋为仁政之要端也。自辛亥以来，未闻仁惠之推施，先闻加赋之恶声，致恐人民顿生恶感。拟请总统明降命令永不加赋，经界局之设专以清丈田亩，剔除隐匿，与永不加赋之说并行不悖。各省亩法最为复杂，十折、八折兼有，暗垦熟荒，分毫无补国家。但取均赋主意，使有地不得隐匿，则虽永不加赋，而田赋收入之增加当有倍蓰者。至于厘税征收，甲午赔款有一番之增加，庚子赔款有一番之增加，忽而烟酒有加，而印花有税，政府殊无一定标的。以故，税员得以意为上下，商民受此不规则之苛求，非政体也。拟请规定一律税则收入，既便于预算，而商人亦有所遵循，税员亦不得而偷漏矣。”以上两种政策所云如是，事事能否实行，尚难预定，亦可知于民隐，是为记焉。

初八日《申报》纪要闻“新发明之炸药与大炮”节云：“《字林报》云：最近收到之《谦白报》载有新闻一则，颇饶兴趣，内谓著名英国化学家某氏，其姓名未便宣布，尝以发明之新炸药一种，呈请法政府试用，取名曰‘毁灭’。凡含有此种炸药之炮弹，一经炸裂，则空中火焰四射，长可二千码，阔可一二百码，火焰所及之处，人畜物资皆成灰烬。据该报声称，此种炸弹可令战壕、炮台及一切防御物皆无效用，凡炸裂处周围之空气全行烧尽，盖因空气中之养气受化学之作用变成烈火也。又云：《大陆报》云：今人多常云及奥国所造之三十生的半马托大炮，自出[①]炮出后，围城重炮之输重问题遂得解决。该炮造于二百匹马力之马托车上，除载有应用之子药外，且拖有四轮运输平车三辆，炮架紧附汽车之后，再后则为炮身与底板焉。凡欲发炮，先以底板降落一同式之凹处，然后拨动机关，则炮架即移于底板之上，炮身亦嵌入炮架之中，灵便简巧，不足三、五十分钟即可发炮矣。监造此炮者为奥国斯柯达君，奥皇以其有功，锡以男爵，且经德皇邀至德军大本营亲自接收三十生的密半马克大炮之模型及写真片。德国斯特特茄大学则赠以名誉博士之学位云。"所云如此炸药、如此大炮，当今之第一之利器，是为记载，未识日后又有逾于此否也。

初七日《申报》纪"清理田赋之进行手续"节云："清丈田亩一事，手续极为纷繁，除经界局督办特简蔡松波将军担任已见明令外，最要问题即为经费之筹备。当局者对于此层详加筹画，拟定之办法系中央所设之经界局，其一切经费由中央筹措，各省所设之分局及清丈时所需之经费由各省自行设法，呈由中央核定之。若边地财政困难省分实无可设法，准各该省详细声叙其理由，呈报中央，亦可由中央酌为补助。此项办法业经通电于各省巡按使，征求其意见，刻已陆续接到各省巡按使电复，莫不赞同。至中央经界局所需之款，闻当局者最近之计议，大致经常费当另为徐图措置，而开办费则拟由三年度内国公债提用若干，以为补充"云云。

是日《申报》又纪"田亩旧名调查"："民国田亩分官、民二种，特调查分志如后，以为清丈之一助。一，直隶省民赋田（即普通民田）更名田（即明朝各藩所领以后编入民田者），农桑田、蒿草籽粒课田归并衙所地、河淤田；一，山东省民赋（田）更名田，归并衙所地、制盐地；一，山西省民赋田更名田，归并衙所地；一，江苏省民赋田、山荡、溇滩；

① 当为"自此"。

一，河南省民赋田更名田，归并卫田；一，安徽省民赋田、水警卫所屯田、草山；一，江西省民赋田、塘归并卫田；一，福建省民赋田、汲入田，废寺田；一，浙江省民赋田、荡、塘、湖、地卫所田地；一，湖北省民赋田更名田、卫田、地屯田；一，湖南省民赋田更名田、屯田；一，陕西省民赋田更名田、屯田；一，甘肃省民赋田、土司田更名田、屯地、藩地；一，四川省民赋田、屯地、土司田；一，广东省民赋田、屯地、地沟、车池；一，广西省民赋田、猺田、獞田；一，云南省民赋田、马场夷地；贵州省民赋田、苗田、土司田、屯田；一，新疆省民赋田、回田；一，东三省民赋田、皇室庄、宗室庄、八旗庄、驻防庄。"调查清丈颇为详晰，是为之记。

是日《申报》纪要闻二"崇祀文武两圣之典礼"节云："孔庙免提祀田。曲阜孔庙向有祀田以备岁中祀费，前此拟订崇圣典例，将祀田岁入改由官家提取，而岁费一层再由官家支给。闻衍圣公孔令贻以如此办法既费手续，亦形不便，曾迭次呈请停支岁费免提祀田，以从简便。总统为国家尊崇圣祀，即将此意批交内务部，按崇圣典例，查照修正。顷该部业经遵批将崇圣典例第六、第十、第十七等条修正完妥，缮单呈请鉴核公布。兹探其修正各条条文如下：第六条，衍圣公每年祭祀经费，即由孔氏原有祀田收入支给；第七条，前条祀田税租仍由衍圣公自行征收，并着各该地方官妥为保护；第十七条，衍圣公旧有管勾屯官及府属员役仍依旧制自行选充，其俸薪由衍圣公岁入内支给。但旧设之赍奏随朝伴官等名目均撤销。"

又纪武庙将行建立："政府为崇尚武德，建立武庙一节已见命令。惟此祀礼，吾国向无定制，惟关庙前已列祀典，而其祀礼并不适用于军人，故特派员拟定武庙祀礼。后因事关军界，已改令由陆军军部统率处拟定，现已由该两部及统率处派员会同起草矣。至武庙一节，因京中向无关、岳合祀之庙，已派员勘测适宜地址，俾从事建筑。刻下关壮穆、岳武穆二公神位先就后门外光贤祠供奉，即日前模范军团致祭之处，一俟地址勘择就妥，即可兴工，大约武庙成立之时期须在本年三四月间。并闻陆军部现将地安门外西皇城根之白马关帝庙大加修饰，所有在京之军队，如混成旅、模范团等于十三日开始分日列队前往行礼。又，内务部征求岳武穆王画像一事，现已征得一张，其形式上为敕文，下为画像，据闻系为赝品，现已存留部中以资考证。并闻某总长关于午末祀典之实行，刻已正式提案，其内容：其一，于京师特建设宏壮武庙，并各省亦一律建设，以崇礼制；其二，于春秋应确定祭期，以便祭典举行；其三，应速制定祭时之一切礼节，以昭郑重。”事关大圣大贤大忠大孝大义祀典，谨为详载。

十二日丁巳 早至午刻，阴；未时，细雨；以后皆然。时候骤暖，似有落雪之景。早刻，达云母舅、翁子俊两君来叙一刻。平桥王官富、官贵为屋基事与王道隆、道兴互相争执，即请两君至彼处代为理说。午刻，至子俊处，晤达云母舅、三先，言及此事，代为说妥，两人盟据，言明十九日画押云。

阅十二月初七日《申报》纪“德国之空中鱼雷”节云：“《字林报》云：伦敦《每日新闻》载有荷兰洛特丹访函云：英人某氏道出此间，遄赴伦敦，曾以在德国巴伐里亚某镇发见之奇事语余（访员自称），氏拟于回国后以事实真相详报陆军部，故余仅纪大要焉。距氏居处数英里，有一广场上造巨大之木架，仿佛以之代军舰或屋面者。氏尝见广场空际有齐泊林飞船从事操练，历数日之久，盖即以木架为其标的也。飞船掷下者并非寻常之赝炸弹，乃属一种重量之物，其式如艇，殆为空中鱼雷也。夫此飞船既能于云霄之中射出鱼雷，则除飞机之外，无与匹敌。大约因其射出之物制法奇特，故取准似较寻常之圆炸弹更可命中也。氏以望远镜潜伏屋顶窃视，一日，有二弹飞过其前，击中烟囱，幸击处甚远，故得于军警抵屋之前远走以避之。半小时后，有群人协助警察于该屋附近搜查一英国细作，而氏亦杂于群人之中，无疑其为细作者矣。”现今战争之势，出有空中鱼雷，于利器中又进一层，是为记载，未识日后又有过于此否也。

是日《申报》又纪：“北京电经界局实际办法仍不外预电所云，先办京兆一二县，先陈报，次抽查，次清丈。各省已有请办土地调查处者，先试办后，再设经界行局。即以各巡按为会办，全国经界局督办，分测丈、造册、清赋、总务诸科，并设测丈学校。故现在仅为筹办之用，蔡意亦不主多用人。有以周宏业为局长说部呈注重现在执事人员，对于人民尤宜格外和平，务使晓然，实为国家厘定正供，为人民保障权利，并非有增加负担之意。”又是经界局事宜，为之记焉。

十三日戊午　辰前，雨；巳牌雨晴，阴；午刻，晴；以后皆然。早刻，至海门丰泰，晤蓉江，少叙半晌，至永宁局，晤张丹庭、孟定乔梓及杨定甫先生、陶寿农、黄楚卿、陈桂荣、徐富春、江梦生先生诸君，互叙半晌。过午膳后，同江梦生先生、张丹庭、孟定趁永大利小轮至黄城卢鹿平府上吊唁，其乃翁卢半江先生于十五日入厝，诸事最为整齐。晤林霨生老伯、项伯吹、王季球、夏振之、童百里、王子绶、王勤甫、王炳生诸君，相叙席散后，适仲达遣人来邀，而丹庭兄乔梓均宿勤甫处，余至仲达家，晤俞仲征、尤伯和两君，相叙一刻。

十四日己未　晴。同俞仲征兄至梦生先生府上少坐，即至丹庭兄之新造屋中，晤丹庭乔梓及勤甫，看其屋系包工创造，诸事草率异常。丹庭兄过于要好，钱亦颇看得空，均勿过责，旁人实看不过耳。即同勤甫、孟东至勤甫先生府上过午膳。但勤甫之新屋计七间，最为精致而又干固，所云内行与否，大相悬殊也。相约至西江别墅，晤王仲楚兄少谈，同孟定至仲达家，适邱仲玉、泽生乔梓来叙至晚而别。

十五日庚申　早至午刻，晴；未时至晚均阴。早刻，看卢宅送葬执事以及诸事最旺，送者亦多闹热异常。过午膳后，趁永新小轮转至海门，至永宁局，晤陶寿农、黄楚卿、郦潄芳、徐富春，相叙半晌，即行至家。而少渭兄已于日昨来家矣。

十六日辛酉　细雨。致张丹庭、孟定乔梓各一信，遣兆满送至黄城卖缸巷王勤甫宅面投，旋言丹翁即于今晚至海门云。潘子祥、孟东来叙至晚而去。

阅十二月初九日《申报》纪要闻一“德国飞艇攻英记”节云：“《华德日报》曰德国飞艇之攻击英国已见诸二十日柏林专电，今姑不复赘。德国徐柏林飞艇第一次攻击英国所获之成绩已殊甚佳许，据路透电称，本月十九日午后，有德国飞艇三只由荷兰亚米伦岛飞向西去。又谓德国飞艇先至英国约茅资海口附近，向约茅资、克洛末、希林干姆、桑林干姆及金斯林等处抛却炸弹。按：此五处皆在洛福克州，而约茅资则为英国东海之名港，于十一月三日曾经德国巡洋舰轰击一次，此诚近百年来英国海口被敌国战舰攻击之第一次也。克洛末为沿海渔村，无关重要，自约茅资至瓦湿湾必经其地，惟该处灯塔于英国舰队关系重要。希林干姆亦一小村，在克洛末之西，相距有十启罗密达。桑特林干姆为哇新附近之小村，地势优雅，英皇爱德华七世为太子时尝建邸于此，今属其后亚历山大拉。德国飞艇到时，英王乔治偕其后方去无数小时，亦云幸矣。金斯林系一小市，有居民二万五千人，以沿哇斯河铸铁造机为业，河水北流数启罗密达既入于瓦湿湾。而金斯林在约茅资之西，相距有九十启罗密达。德国飞艇深入敌境如是其远，则其此行重要，诚有令吾人注意者，盖其不仅越海四百启罗密达、止乎英国海口，且深入英国内地几及三百启罗密达亦未遭英国之害也。”现德攻英，未识英攻德若何也。是为之记。

是日《申报》纪要闻二“经界局之入手办法”节云：“经界局督办蔡松波氏自被任命后，前日曾与财政、内务两总长会晤一次，旋即晋谒总统，其意仍欲坚辞。总统不之允。故日来正在蒐集各种书类以为规画之预备也。至关于此次办法之条议，近日传于人口者，有公家所筹拟，有私人之条陈。约略举之，则第一，为内务、财政两部遵令合拟之办法，呈文拟于京兆区域内择一二县设经界行局，局设坐办一人、事务员若干人，分测丈、造册、清赋、总务诸科，丈至何处，局即移至何处。并办一测丈学校，研究三角地形，以陆续毕业之学生出外组织测量队，由一县推至全省，由一省推至全国，规画略具雏形。第二，为参政院参政姚锡光、胡钧提出之建议案，内容亦主张从造就测量人才入手，并以此事除内务、财政两部外，与交通、农商亦有关系，应令四部开联合会议筹拟一切。此案提出已经多日，姚、胡二君初意欲不开大会，就此咨送政府，林秘书长谓与法定程序不合，主张开会议决。今该案连署者尚缺两人，大约俟补齐十人后于本星期内必将通告开会矣。第三，为财政部参事贾士毅之清丈议，共分十条，自设局以至给单，脉络相通，始末略具，而尤兢兢于恤民、均赋之旨，强毅久远之图，处处从便民着想。闻月前以递请周总长转呈总统俯予采择矣。又闻经界局之进行方法盖以测量为初基、以清赋为中权、以登记为结果，凡各省已设有土地调查者，一律改为经界行局，经费亦由各该省自行筹拨，中央所设总局所有开办经费暂由内国公债项下拨付两万元，常年经费则由财政部另行筹拨。其员、司之组织方法，内务部、财政部各有规定。内务部初拟之制度系于总裁下设置两处，一曰造册处，一曰测丈处，各设处长一人，别置总务、均赋两科，所有人员均为内务、财政两部人员兼职。别设技术官若干人，又设许议会以内务、陆军、财政三部总长领之。而财政部所拟者则又一制度，系照普通官制置佥事、主事若干员，于总裁之下又置参议若干额，则系兼职。以上所述二种组织草案系总裁未发表以前之所拟，现在既经专任蔡松波氏为总裁，则一切组织之法自须由蔡氏再行斟酌。且总裁既为专任，则内务、财政二部所定之司官兼职方法当然不能适用。闻蔡氏所定该局组织方针、开办之始规模无取铺张，拟用之人员皆取通晓专门技术之士，为数不过二三十员”云云。事关清丈之议，是为之记。

十二月十一日《申报》纪要闻二“参政院提议经界局问题”节云：“参政院参政姚锡光、胡钧等关于清丈问题条陈意见，其原提议书大意以为总统命令着内务、参政两部会同办理此事之主干，尤宜令农商、交通、司法、教育、陆军、海军各部通力合作，汇成一种专门图表册籍，以为行政上应用之要需。盖人材问题取材测绘，测绘人才以军部为多，其他铁路、矿业等项均在清丈之列，则交通、农商各部亦有应负之责任。经费问题，由各部通力合作，部员皆有原俸，旅费亦自可给，津帖亦必较轻。各省仿此意为之，中央之受累必少。时期问题，由各部制定应需图表目录，随地随时由测绘清丈人员调查填写，事易集而为日少。至其办理手续，分为两次：第一次，但求每县面积，实数若干、成熟之田若干、宅地若干、公地若干、无用之地若干与其纳税等则之宏纲巨目；第二次，实行逐户清丈，某人有某地若干、著为细册。前次由政府派员会同绅耆办理，二次则有自治会员同绅耆办理，而政府所派之员，但督其成。其所拟办法分四大纲：一，开办及人才之养成；其二，经界局经费之预算；其三，办理经界局之程序；其四，清丈后之成绩。人才养成之办法，中央于局中设经界讲习堂六个月，第一班毕业，先于直隶、山东、河南、山西、江苏、安徽、湖北、江西、浙江、福建、湖南、广东等十二省开设经界事务所，附设传习所，亦令六个月讲竣一次，以后于直隶等十二省开办第一次事务。讲习堂第二班毕业，于奉天、吉林、黑龙江、四川、陕西、甘肃、广西、云南、贵州、新疆及特别行政区域各设经界事务所，附设传习所。再六个月届满，则于奉天等十省及各特别行政区域开办，第一次事务办完即办第二次事务。经费预算之大略，此次经界局竣事以七年为满期，经费全数不过三千五百万元，二十二行省分之一省不过一百五十万元，七年分担，每年每省不过二十馀万元，亦不难于筹措。即不能负担，而令中央分担三分之二，地方分担其三分之一，虽瘠省亦不难筹办。至办理经界之程序，细目凡八：其一，七年办竣，自民国四年七月起在京兆开办，十一年七月止，奉天等十省办竣；其二，不扰民，七年之间，就各地方分言之不过两次，事务不逾一年；其三，以京兆为模范；其四，各省分五期竣事；其五，五期之中先少后多，历练多而手续熟也；其六，每县分期，先其易而后其难；其七，特别区域属县少则不必拘定五期；其八，三藩另定特别办法。至清丈后之成绩，分两类：其一，财政上之成绩；其二，行政上之成绩。则各部悉有公使，闻此种意见书提出时参政院正在代行立法闭会时，各参政分居各寓，致令连署人不满法定人数（法定数十人），只有八人连署，现闻该提议人又有补署之人，已满法定人数，即将提出该院讨论矣。”此节又关清丈事宜，是为之记。

是日《申报》又纪“清丈政策激起风潮”节云：“清丈政策为中央近

今最大之政策也，既有煌煌之命令，下属百僚不得不驱风旨以从事于筹画，此新民县官民之冲突也。余得友人报告所述，据云先是奉天因中央将实行清丈政策，乃特设土地调查局一所，以孙葆瑨长之，并经委任清丈委员二十馀员，如文光、林树芬、永厚、王国藩、何启钧、赵锦芝、何恩川、蒋绍彭、张镜清、孙继光、常山、寿松、富甲、胡世镛、胡世焘、万君印、赵连甲、李向南、王德甫、张德儒、朱宝儒、朱宝钧、刘存常、徐焕廷等均其职员也。布置堂皇，局面之可观，足以冠奉天各局所而上者。乃开办不数日，遂成激变端，噫！亦厄矣哉！风潮之发端，闻在新民清丈局田字段委员张锡福而起也，张究为土地总局所特派，抑为前原有之清丈局之属员，尚未明悉。惟张系新任未愈三日者，盖初到新时即欲厉行清丈。适有该县姚凤之子横霸无比，竟鸣锣撞钟，纠集乡民约二三百人，各执枪、刀，群呼喊叫，拥至清丈局团团围住，如临大敌，并声言须将一切人员拉至河畔一律枪毙。委员见势不佳，乃出而鞠躬，向众劝慰，奈众人百折不回，谓我等只知有旧例，不知有大总统的新章程。姚某腰带一刀，口含一刀，手执匣枪，凶恶异常，直欲上前用武。该委员以其来势甚汹，急退入屋内，将门紧闭。姚某号令开枪，于是言未毕而弹如雨下，直向屋内射击。屋内人员伏匿榻下，不敢越雷池一步。此时护警十一名欲开门迎敌，张委员扣头苦劝，不敢出门，恐有意外之变，势将更难收拾。众警只得贴墙而立，保护门窗。然以有警兵在内，众民亦始终不敢进屋行凶，乃作两军之对垒相持之局矣。众既不散，愈聚愈多，直围至翌日夜仍不懈，内外信息不通，屋内人员自被围后未得一餐，大小便俱溺在内室，前后共打子弹约有三四百枚之多，然屋内则未向外发一枪。姚某见屋不服，益大肆强悍，决入内行凶，当先跃入。不意甫登屋，为民间乡人一枪误中之，倒毙檐下。众民仍攻围如故，毫无退意。后闻该村村长暗报外乡巡警，当时有警兵多名赶至，始为稍解。惟众人仍未退，聚扎一旁，大有复起之势。委员张某手部微伤，局员刘仁堂一弹由胯下穿入，贴皮而过，幸未着重伤。当时已函报县署，县知事廖君接函，即星夜前往，与法库县知事同往公主屯，将此事和平完结，并将姚某验埋。委员张锡福与别字段两相更替，其馀情形，容后续报”云云。事因清丈而起，以致完结，姑而记之。

是日《申报》杂评二纪“奉天清丈风潮”节云：“清丈事之将来必起风潮，固为我人所预料，盖以调查户口之微无关权利得丧。而当初办时，愚民无知犹且迭酿风潮，则清丈之前途可知矣。特不料经界局之设置在规画中，而官民两昼夜之激战已起，讵非可骇之甚耶！吾谓此次新民县中闹事，虽由于反对清丈事务局，而其实必积有他方之激刺。盖近来奉天丈荒风潮屡起，类皆由于不肖官吏所激成。如昨报所载：锦县丈荒杨总办被乡民控告颠倒等，则受贿舞弊；辽源县丈荒黄总办被乡民控告婪赃违法、舞弊殃民，而查办者又多官官相护、含糊详覆。丈荒事之积怨已深，故乡民一闻设局清丈，以为祸患将至，遂不期而群起反抗。观于此而益知办理清丈之用人不可不预为谨慎矣。然新民县之乡民亦太不明利害，彼谓‘我等只知旧利[①]，不知新章’，则新民之民不得谓新，毋乃受此‘新民’两字而有愧欤。”又言清丈之论者，姑而记之。

十二月十二日《申报》纪“贾士毅清丈建议书”节云：“参议员姚参政关于经界局计划概略已志昨报，兹又有财政部参事贾士毅将清丈事宜拟一管见书，前列办法十九款，后又逐款说明，计十五条，原文洋洋数千言，不备全载，撮其大意如下：其一，省县以次设局，取官督绅办办法。省设经界局巡按使，财政厅长督率其事，另委公正士绅于长丈有经验者为局长；县设经界事务局，县知事督理其事，另由省委派该县公正士绅为局长；绘丈人员则取材于讲习所。其二，分年举办，先从京直江浙入手，续丈全国。京直为北方行省之模范，办有头绪，东则推之奉、吉、黑，西则推之鲁、豫、陕、甘、晋、新；江浙为南方行省之模范，西推之皖、赣、鄂、湘、云、贵、川，南推之闽、粤，其次第则列为

---

① 当为“旧例”。

三期云。其三,经费以按亩计算。膏腴之田亩出一角四分上下,平旷之地亩出一角上下。其四,造材及分配。绘丈人员设绘丈讲习所,本赫德氏储才分遣遗意,辗转任用。其五,业户之填报。此事当注意者三:甲,事项宜简明;乙,期限以三月;丙,由绅劝谕,饬员分填。其六,先测后丈。测绘以求全境之面积,清丈以定业户之亩分。其七,丈器丈法。丈器以营造尺五尺为步、二百四十步为亩,总须遵照定制,重行较准。其八,免税地课。税地凡官衙、官地、公用地、塘、岸、河滨、沟道、铁路用地、固有森林、义冢定为免税地,此外所有一切田地统称课税地。其九,复丈。此项分三种:子,抽查免误之覆丈;丑,申告不实之覆丈;寅,杜绝情弊之覆丈。其十,册书。此等之应备者三:一,鱼鳞册;一,归户册;一,清赋册。其十一,立户暨田单。各业户于清丈后立户注册,概不收费,由官按号该给新田单,归业主执管。其十二,画界。农田以纵横畔岸为准,镇市以胡同或墙为准,均勘明立石。其十三,丈量之禁令。本届清丈仿前康熙、雍正间两次办法,有违法者按官吏犯赃条例治罪;其十四,改正科则。此项办法分三种要素:一,税率之标准;二,科则之多寡;三,改正之期间。其十五,善后之办法。各县署派定专员并延聘公正绅董专司整理田赋,凡改给田单、过户、推收、征收田契各税皆属之,每年编查更名析户册以归核实。现此书已呈总长阅核,闻周总长对之甚为嘉许。”此关清丈事宜,是为记焉。

是日《申报》又纪“施鹤征收田赋之整顿”节云:“湖北来凤县田赋额少,近经财政厅饬该县知事将合邑田地亩数切实清理以为按亩计科之预备。兹该厅又以施南府及鹤峰直隶厅所属鹤峰、建始、利川、咸丰、宣恩各县,辟处山乡,幅员辽阔,考其面积有千馀里者、有数百里者,而稽核粮赋多则九百馀两,少则百馀两及数十两不等,推原其故,盖以该地向属土司粮赋,轻减相沿已久,自改土归流以后,并未切实整顿。现在生齿日繁,土地加僻,虽山岭重叠田地无多,而按亩科征,断断不止此数。故民间有田无粮者有之,田多粮少者有之,赋课不均,莫此为甚,亟应设法清理,从事升科。昨特饬行各县知事会同士绅切实查明县境面积大小、粮赋多寡及山地田地各若干,逐一丈量,调查清理,并拟具整顿方法,详候核夺,以均税法而裕国课”云云。是为记载,以观其后如何科则升报耳。

十二月十三日《申报》纪“俭德文”,系四言:“唐高侍郎,兄弟三人。俱居清列,节约终身。不速之客,无兼味陈。每当夕食,匐匏同珍。能节滥费,夫岂忧贫。宋朝宰相,李文靖公。其治居第,不尚丰隆。厅事之前,仅可旋骢。或云太隘,公清已洪。善于节制,永世家风。真宗之相,有寇准焉。凡事从节,居第亦然。庭阶之下,馀地一卷。栽花仅可,咫尺当前。欲节侈肆,景仰前贤。人居之乐,孰可追踪?惟辟玉食,何物不供?味淡撤蟹,惟宋仁宗。节省物力,其意甚浓。况其下者,敢不景从。温公之父,为司马池。偶有客至,必须酒卮。三行五行,即便已而。果肴器用,常品为宜。犹存友道,其节堪思。俭为善德,人所同称。齐用晏婴,其俭足征。狐裘卅载,被体有恒。国奢示俭,贤者乃能。斯世君子,闻者其兴。汉武乡侯,诸葛孔明。淡泊明志,始终不更。俭以养德,戒子奉行。不纵于欲,其心自清。惟兹俭德,何可忘情。隋有王通,原系名儒。服尚其俭,长物全无。绮罗锦绣,室可入乎?御惟黄白,不嫌其粗。有深意者,品格自殊。唐代文宗,俭约之君。袖经三浣,示臣所云。诏戒宦官,勿着绮文。世称其俭,人所共闻。讥其固漏,岂在人群。张用晦者,非宋相与。自奉必俭,惟奢是锄。俭难奢易,其语凛如。苟入奢矣,习气莫除。如何守俭,常此居诸。”现在设有俭德会,而入会者颇多,阅此俭德文即为俭德之前导,宜当遵守是语而毋忘也。

十二月十一日《申报》纪“具覆上海租界内升科换契之为难”节云:“沪海道尹兼特派交涉员杨小川君前接财政部饬:议覆租界内清丈、升科、验契、过户等办法,是否可行?兹闻杨君具覆财政部文,略谓清丈、升科两项头绪极繁,非统筹全局、妥为办理,窃恐未见其利,先见窒碍。至换契一节,自属切要之图,第以界内业户华洋杂处,情形尤与内地不同，恒以不动产用作动产，展转抵押，有一业而年易数主者，其效用固在道契，而实权仍在注册之领署。既有租界警察之关系，则取缔之方殊无把握。若援照内地章程一律办理，尤恐不易着手。事关国家赋税，请钧部转咨外交部，先向公使团提议妥商办法，然后施行，是否有当，扶候核夺"云云。姑而记载，以观日后作何办理也。

是日《申报》杂评三纪"所以异于交战国者"节云："交战国近正以飞机祸敌国人，而我广东之飞机则以试验而遇祸；交战国近屡击沉敌国之商轮，而我湖北之商轮则无端而自撞沉；交战日出其新奇之枪炮以轰击敌国人，而我国之枪炮则日在匪徒之中，为轰击己国人之用；交战国之商业货物日日宣言己国如何发达、如何充足，而我不战之国则日日言如何困苦，如何窳败。此中国之所以不同于交战国欤？"如是所云，优劣之势而可概见矣，是为之记。

十二月十二日《申报》纪时评"交换条件"节云："余谓今日与日本交涉，第一所宜破除者，是为交换条件。今日译电所传诸款，殆即所谓中日之新涉，而东电所谓子虚者欤？虽然，今日或诚子虚，然日后中国政府而必请其撤兵，日本未必不以是子虚者为实在。苟实在之是，即谓交换条件也。日本《京报》之言曰：'中国尽自交涉，日本尽自不理。'质言之即中国尽自请其撤兵，日本尽自不撤兵也。然而日本政府则决不能如是言之也。盖青岛以外之山东断非日本之地，更非德人租界之地，乃中国之地也。中国之地，而日本驻兵，在前为攻青岛也，于今为与德战事未了也。若日后而世界永无和平者，则日兵可永驻勿撤。不然，中国即不交涉，日本亦岂能尽置之不理而尽不撤兵也。故日本政府不能如是言之也。日本政府之计划，其最利者唯有交换条件而已。虽然，自我中国言之，青岛之攻击，非我中国所主张也，况乎青岛以外之地本为我中国所固有，因何理由而[1]欲我以他种

① 原文衍一"而"。

利权交换哉!”

十三日《申报》又纪时评“交换条件”节云:“今日北京专电亦云,日本提出具体的条件二十馀款矣。其言犹之昨日之译电也,即昨评所谓撤兵之交换条件也。而余必以为不可者,盖日后之撤兵既无交涉之理由,而今日之交换即与撤兵无预,故中本[①]而于中国欲得权利者,另要索之可也,即中国而愿以权利与日本者,亦另允许之可也,决不能以此次青岛战事有所关系也。何则?中国之失土地有与权利也屡矣,日本而要索,中国而允许,固寻常事也。然而,中国以前所失之土地不外有二原因:其一,与人战而败、败而割弃者也;其一,以中国之善意而让与也。若此次青岛之战事,中国既未预闻,而假道之战区,中国且受其祸害,故即以善意论,亦当为别一交涉,而与撤兵无关也。如撤兵而欲交换条件,毋宁使天下咸知日本以攻击青岛为名,据我假道之山东驻兵勿撤之为愈也。何则?苟此事而可为交换之理由,则日后借口占据而交换者宁有尽耶!”如是所云,则强弱而可概见矣。

---

① 当为“日本”。

第四十九章

甲寅(1914)十二月十七日起

十二月十七日壬戌　早至未刻，晴；申时，阴；以后皆然。早膳后，同陈少渭兄至海门永宁局，晤张丹庭、陶寿农、周□□、陈桂云、黄楚卿诸君，相叙至晚而来，至家时方晚膳矣。

阅十二月十二日《申报》纪“美员参观德国船厂记”节云：“《大陆报》录载纽约《特里本报》德国基尔访函云：余（访员自称）蒙德员允许参观德国超等无敌潜艇，时舰长语余曰：‘余有数友，执役于英国无敌大战舰爱桀克斯号，余甚愿与此舰相遇。设余不获见之，则余愿得与英国狮号或虎号或英皇乔治第五号相周旋。’言次胪举英国无敌大战舰之名，有灭此朝食之意。此种论调，德海军人人有之。余乘小汽船绕行基尔海港，港中泊之中两舰队，各八艘，一为无敌式大战舰，一为旧式大战舰。余乃登无敌式战舰玛克格拉号，舰中炮兵异常忙迫从事操练，余闻德员云新定规则，德舰每日应操炮五小时，以期纯熟。舰长邀余至前面炮塔，塔上置十二寸口径炮两尊，舰长传令谓英国无敌战舰刻在七英里内，警笛一鸣，炮兵咸聚精会神准备一切，一若真有战事者然。旋作炮塔慌乱、炮位被毁、炮兵死伤等状。舰长乃下最后力战之令，舰中生力炮兵乃涌上炮塔以代死伤之兵，舰之两旁六寸口径炮位亦各作交战之行动。疗治室中医员亦极忙冗，轻伤者敷药裹布，重伤者置于案上，以待开刮。凡种种筹备之事，莫不练习。其最可注意者为施放鱼雷之操演，平时鱼雷管中之水先须抽出，然后放入鱼雷，惟战时不然，以免靡费时间。船顶上放下鱼雷置管中准备施放，仅须一分四十秒。时余又至海军大船坞参观，其中工作者日有八千人、夜有三千人。时天气已晚，而工人犹焚膏继昼工作不止。已造之战舰尚须一年馀始可完工者，现已暂时停工，盖德人现竭力赶造者为三个月内可以驶出作战之舰也。佛里特里索特厂中亦有三千人日夜工作，专造鱼雷及鱼雷管。余在基尔所遇之海军人员，虽未能料定英国海军大战之期在于何日，然皆知两国舰队必有决战之日，并希望与英海军大战以分胜负。德员语余曰德舰并不畏缩退避，若英舰寻觅德舰则可于北海中见之。英国小军舰较德国为多，至于无敌式大战舰，德国并不逊于英国。然大海战之胜负不尽系于吨位之大、炮力之猛也。”如是所云，德国有如此战舰因此强盛，未识中国亦有此式舰队在于何日也。

十八日癸亥 雨。周篪卿来叙至晚而去，言今印契之价已涨，每元计洋四分云；清丈已将开办，约在明春就可开丈云。未识临海以及各县均能顺手否也。

阅十二月十二日纪“德国军人之征书”节云：“德文《新报》曰：兹有德国后备军鲁斯特上士于去岁十一月二日，即阳历计算，自俄国边境致远东友人书一件，叙述战地战况颇为详备，爰录于下：鄙人请假西来，适瓯战开幕，匆匆入伍，竟未暇问候，今姑将鄙人在东瓯出征之情形函告左右，不乞致意所识诸子，某也无恙，是所切盼。惟有伏处寒气侵人之战壕中，或深夜之间孤立战场，辄不禁思及旧日所侨居之汉口耳，而又亟欲归其地焉。鄙人自一九一四年八月四日，即动员令后之第四日，既已奉调入后备军第七十六团充当上士而来，乘轮车方到檀恩贝哥，至后狠石太茵一带，即受最有名望之炮火洗礼。惟吾同人于此一役多丧命疆场，是可惜耳！自此以还，吾辈既追踪敌人、深入敌境、直捣其要塞。至是之后，四面皆敌。若论兵力，则彼敌人诚过于吾军。然可疑之端亦在所不免，有时如吾人正力向前战，而背后忽报言敌人来袭焉，此吾军不得不还击侵袭吾后之敌，时而敌又远去矣。是此奔走疲命之情形，可谓殊属不利。而凡吾军之企图无不如愿以偿，大得胜利。此诚当感谢吾炮队者，盖其材料、技术等项无一不优越绝伦也。假若重榴弹与霰弹者，首先施其莫与伦比之炸裂力以为前卫掩护吾辈，则敌人纵令再强数倍，吾辈亦恒踊跃争先、奋勇战斗，并不知有所恐惧。十月初间，因敌国败残之纳尔夫及尼们两军已从新组织完备还攻，吾军不得不由俄国退至东普鲁斯边境十四五启罗蜜达。而此以还，逐日与彼人从事战斗焉。然彼等亦未敢入吾边境，或追击吾军，乃深沟高垒，专候吾军去攻，诚欲赠吾人以攻取之机。盖吾辈正有意作全然包围及割断彼等战线之举也。惟时由其要塞施用其新运来之重炮轰击吾军在吕克山林内所掘之深地洞，甚形猛烈，以阻吾计画之实行。于是，吾军为纯粹之洞民，犹如小儿，除饮食之外，无所需求。顾俄国炮声虽隆隆，震动山林、损坏树木甚夥，而吾军则每日深赖其护免，是以军中称所牺牲之树木为救命恩神。然吾军人仍各执其事，未尝因敌军炮火凶猛有所却退，故彼此之战斗始终未尝少息也。鄙人自从征以来，除檀恩贝哥一役外，屈指计之，已战有十次，现在一役自十月十七日吾军取攻势起，迄于今日，又日与敌人交绥未已，惟今大战初开之时，贱体甚形衰弱，不禁愧恨，此盖夙日侨居东亚，不知讲求体骨之过也。幸而后已日见强壮，且进步甚速，尚不愧为军人，堪慰左右耳。尔后，因久居山林之内，地势潮湿，获有筋骨痛症甚重，但旋已全愈，并不致有后患。若论攻击敌人，则以西伯利亚之巡防团最易攻取，惟有死勇耳。至于哥萨克骑兵则徒拥虚名，最为胆怯，胜则蜂拥而上，败则如散砂，各不相顾，纵有军令亦不易拘束。然其衣饰最易辨识，可望影而捕之也。”现在泰西各邦尚在战斗，不知何日能已。私心祷祝，深望早日和平解决，是为至幸。

十二日《申报》纪上海安定小学校致徐厅长函云：“敬启者：为匪徒拦路劫银，请求讯予追缉而安地方事。兹于阳历一月二十二日夜十二时，本校教员严性初向居治下城内九亩地敦顺里金陵王寓内，是夜由租界回家，身携银洋六十五元、钞币二百四十元，合计三百另五元,行经九亩地路,突遇匪徒二人,全无声息,立被捆住两手,揿倒地上,团纸口中。初则欲剥外衣,继被探有银洋钞币,遂为劫去银洋六十五元、钞票一百九十五元,合计银二百六十元为一包悉被劫去,尚馀钞票银四十五元未被搜抢,二匪即逸失所在。事后,扭松两手得挣扎以起,当即告知弄外警士,复携同友人投报北区分局,悉已具详动座此事颠末,谅邀洞鉴矣。唯念严性初家素清贫,难堪赔累,而华界尚少匪徒抢劫等事。警政之良,功在地方,誉腾众口,想厅长先生必能为地方造福,利开寒士之欢颜,为国家伸法律,保安宁之秩序,用特敬陈事实,恳求饬下言行查缉,务获究惩,如得珠还合浦,固当镂骨衔恩,且令宵小寒心,不特敝校所感激者也。"上海一区为万商云集、人材荟萃之方,现今匪徒竟至如是之多,何况偏僻之村庄,深望有司者严于防缉,人民幸甚,地方幸甚。陈少渭自早刻去。明府先生自郡来。

十九日甲子 晴,天气颇暖。家君致何见石老伯一信,交邮寄郡。接陈仲善兄一信,附致娄仁一一信,即交邮筒寄至京邸工艺专门学校。上月初三夜典中被窃,幸朱子延已醒,所偷颇微。但典中之物既有所失,不得不严加追查。近日探悉贼系峡市老二,即陶老五所偷,邀本镇保卫团至路桥第二营管带再行派兵,于昨夜至峡市该贼家中,适贼方逸,将其赃物追转,内有银手镯等系是号货原物,据说常有当票十馀张留在第二营,容即遣夥向各典取出认还可也。此次贼虽而逸,赃能追转,亦可谓破案也。平桥王官富、官贵之事,经达云母舅及子俊兄至其家中与道兴、道隆说开,即于今日写据,余亦列在公人画押,官贵设席谢劳。达云母舅及子俊兄、陈禹堂来叙过午膳而去。晚刻,至载熙兄处少坐而来。

十二月初九日纪"教科与礼制"之商榷者节云:"《论》《孟》两科加入问题,教育部日前呈核拟定小学教科书时,经总统批令于初等、高等小学加入《论语》《孟子》两科。教育部复于日前商榷加入《论语》《孟子》"云云。

是日《申报》又纪“广东新飞行家遇险”节云：“飞行之预备月之十七号，广东龙将军将前所购之飞机在北教场试演。是晨，余（访员自称）亲到该处调查。到场后，有棚匠多名将飞机厂四面竹栏拆去，仍有军队，在此逻守，馀无他人。十时许，飞机师陈桂攀君乘舆而至，余向陈为礼询其是否即日试演，陈曰：‘是。’准期即日下午一时操演。余复询问此飞机系由何国购来、其价值若干？陈云：‘此飞机系由政府向美国山打哥埠卡喇式公司购来，其价值系港纸二万五千馀金。’余复问此飞机是何形式？陈云：‘此名卡喇士式，如华语之所谓蜻蜓式也。’余指机上一字形之车页问之，叩其是否单页式，陈曰：‘是。’后询此机有若干匹马力、能容几人并飞行高度若干？陈曰：‘此机系有八十匹马力，能容一人或三人，不能再多。其飞行高度，现甫操演，尚难逆料。’余复问陈君向在何处飞行学堂肄业？陈云：‘余向在美国山打哥卡喇士学堂肄业，领有优等毕业文凭。’询其从前操演若干次，据云曾在山打哥埠及屋仑大埠历次试演，此次因受官厅聘请，则属初回祖国矣。余问官厅聘请是否只任试演飞机一事？陈曰：‘否，现政府因乏航空之人材，故聘余回粤设立飞机学堂以为造就人材之计。今之操演不过征诸实验而已。’语毕，陈即将机上各机开示余，并指机上之车页及机上之柱曰同是一物，系用数种木结构而成云云。余复问陈曰：‘粤人冯如前在屋仑埠制造飞机，陈君与其相识否？’陈云与其素未蒙面。语毕，陈君遂将机上各枢纽料理，余恐阻碍其时间，遂退。是日，陈身穿黄皮衣一袭、黄皮帽一顶，袖携小影镜一副，料理飞机既毕，即着人将横枝岗之枯树斩去，以其阻碍航线也。十二时许，士女之到场参观者已如山海矣。将军行署王参谋、水陆两警厅龙镇守使先后到场。陈飞机师即鼓动机力将机驶出郊前，往返者凡四次，先后作势预备飞行，最后之第四次以十馀人将飞机紧扳，一撒手间，飞机直走如箭，正欲向东而飞，奈此机尚未腾起，适走至北郊右使之基学处，即将前轮阻压。陈机师将手所持之机关一抽，意欲避此阻力，讵知前轮已伤，柁机不能灵动，而机力仍然直驶，遂至头低尾高，全身翻转,陈机师被其掷至二丈馀高,堕落一片田梁启开之坟圈上,坟圈亦为掷烂。是日陈机师之父母及姊并有美人三名暨各文武官员赌[①]此情景,立即驰往救护,将陈机师扛厂内,暂放木箱之上。此时陈君右股经已跌至重伤,其头部所戴之皮帽幸能护头部,故陈君犹能言语。是日未有十字会莅场,其父母及姊即雇肩舆一辆,将陈君扛回长堤大巷住所,延医调治。龙将军闻报,派员慰问,并延西医为之调治。据医生云,尚无性命之虞,惟将来两股能否灵敏,现未可知。后各官员即饬兵士将机扛转厂内,验得前轮折断、右便底篷撞烂、右便头柱拆去一杆,诚恐未易修理。闻陈君前在屋仑大埠及山打哥埠经已遇险四次,此为第五次,所历之阶级,后起者幸勿以此自馁。”查陈现年二十一岁,别号廷桂,为粤省新会县人。中国之飞机请机师陈廷桂初为试演,竟有如是遇险,较之德国之齐柏林飞机往还敌区之上,优劣如何耳。

阅十一月廿七日《申报》纪“新闻家旅行战地纪事”节云:“《字林报》纪:阳历十一月二十八日巴黎通讯云:战情停滞,两军阵地各屹立不动,陆军当道遂允各国战事访员亲赴前敌观察军情,以备报章所载之不及,勿得宣布所经各地之名。余等乘汽车至北方阵地,途经桑泥斯及克莱尔,法员虽不欲吾曹言及地名,然吾曹新闻家未能遵守其言者也。阵地景象惨淡,遍地皆霜,泥土冻结,战士以地湿为苦,不以地冻为苦,故虽冰天雪地,兵士颇觉欣快,甚于阴雨绵延时也。此次战争,两军据壕相持,故名之曰堑壕之战争。堑壕造法颇为精巧,吾曹曾经导观其最佳者之一,战地形势平坦,若在天朗气清之时,德军炮队得以瞭望极远。吾曹之得达火线,乃由一纡曲之堑壕而进,其长约两英里许,左右筑提,两方面之炮队守视甚近而谨,苟无此纡曲之堑壕贯通其,则军士更番进退之际,难免不受重创也。距堑壕线后百码之遥有一大穴,上覆木板,四周亦然,以防坍塌,此为更番室,军士驻

① 当为“睹”。

此,以俟轮流开赴火线。穴有沟渠泄水,另筑专室以供军官及伤兵居之,室内火炉上置茶汤等物,盖便随时供给堑壕之军士也。军士状颇愉快,似若愿居堑壕。该堑壕中之位置既尊崇,从事于此者可免清洁军装及军士生活应有之烦役也。纡曲之路既穷,乃临前敌之堑壕,初仅有断续之炮声传入吾曹之耳,至是枪声大作,堑壕之中有卧者、有坐者、有休息者、有由枪穴开枪而子弹散置于身旁者。德军之堑壕相距仅约二百五十码,举目前望,无一敌兵,即法军之炮手亦不能见之。余乃由一枪穴中窥视时,突闻轰然一声,不禁为之惊跃。军士多目余而笑,盖为法军排炮由阵后两英里之地位发炮也。既而炮声屡作,一若欢迎吾曹者。余复就枪穴视之,见有数弹炸于远处,曾否损及敌军则不得知也。此后,吾曹往坎斯洛瓦产森台尔,是处在数月前为平原中之一村,今则瓦砾成堆,炮痕狼藉矣。吾曹乘薄暮之际步行抵此,颠踬于[1]乱石破瓦之间,低声相语,恐为德军所闻——德军距此约六百码,若被知觉,则吾曹将不免受炮火之灾。村中有战壕甚狭,当法军进据时,濠中皆德兵死尸。此村易守难攻,进攻者适当炮火之冲,无所掩蔽。法军当时以二十五尊大炮攻之,又以步兵十五大队围击之,然因德炮猛烈,仅能止于中途。次日复猛攻之,始克夺获。迨法军占据后,德军复来攻击,连战两日,法军坚守不退。是役敌军死六千人,并失大炮三尊、机关枪二架,盖仓皇走时不及携之俱去也;法兵亦死二千人,两军恶战之情形亦可知矣。吾曹宿于亚米恩,其地虽曾为德军所占,然未大受损伤。德军今常派飞机驶至,赠以炸弹,居民之被击毙者时有所闻。但此种事为居民所习惯,今已安之若素。杜伦等处居民亦不以战祸介怀,惟亚拉一处受灾最重:战前有居民二万五千人,颇为繁盛;今仅有千人左右,且穴居窖中。昔之繁华地,今成瓦砾场,言之可为黯然。今德军炮弹仍有时向之轰击,推德军之意盖因不能前进,特毁灭此镇,聊抒愤怒故也。镇中有维尔旅馆,建筑已

---

① 原文衍一"于"。

久，规模雄伟，今已破坏不堪，其钟楼亦毁去大半，仅馀残柱破垣而已。据居民言，德军安设炮位正对维尔旅馆，一日之内发炮弹六十九枚，其最后一弹始击倒钟楼。敌军至是始停炮火云。”泰西各国尚有如此剧战，非独兵士朝生暮死之侧，即彼处居民遭此浩劫，深堪痛惜。只求上天好生之德，早日和平解决，化干戈为玉帛，天下幸甚，友邦幸甚，人民又幸甚。

二十日乙丑 雨。惟辰、申时闻有雷声。连日多雨，草麦未能畅旺，只望早即晴明以丰小收为幸。

阅十二月十四日《申报》纪要闻“清丈与加赋之前途”节云：“经界筹备事宜，经界局目前之测丈人员闻拟借调陆军所属之测量局员并交通部所属之测量队暂行充用，日内即将与各部商量借调之办法。至该局官制，则正由法制局起草，约于月内外即当公布，惟其内容之权限关系似多阻碍不便之处。闻徐菊人君昨曾在政事堂邀集内务、财政、农商等部各总长开特别密议，讨论良久，一切办法闻已暂行解决，仍应以督办煤油事务局之成例为范围。其经费一层，据各方面之主张：其一，经界分年筹备，其款项由国库担任，将来由亩清理后，盈馀之数统入国库；其二，举办经界税，所入税款专办经界事宜，此税以经界终了时为止；其三，将全款分作两股，以征税为一股，以国款为一股；其四，加征田亩附加税及经界手数料以充经费。”

又纪“增加亩捐问题”：“据《京报》转述某财政界中人云：增加亩捐一事，经财政部通咨各省征求意见后，已有数省来电反对，故除东三省及直隶等数省外，未必能一律实行。并闻周总长本意亦并不赞成此事。最初，赋税司长李景铭拟一节略面呈总长，时周氏即援笔批两语，谓‘田赋当求均平，不可使重者愈重’云云。后来之忽变主张，或以舍此别无计画耳。据财政界一部分之意见，每谓南方人民对于税课之增减与否均视若寻常，虽加一二百文，蚩蚩者亦常漠然受之，况仅仅二三十文乎！其意直谓各省巡按使多事，民力固能堪此也。不知此事幸尚有人反对，否则今年数十、明年数百，挥霍终于无度，增加焉有已时？试问人民能到底漠然否耶？即果无反对者，则并此望梅止渴之经界事业，虽至今不发动可也”云云。

又纪“查验出口肉质问题”节云：“内务部日前准外交部咨开准驻津美国领事，函称天津有商家数人拟将肉质运入美国口岸，惟天津现无查验肉质人员，故于贩运此项营业颇生阻碍，民国政府如愿允派驻津美国兵营兽医官沙安德为查验员，则情愿不受薪金，每次只愿领取照费等。因咨行到部，经内务部议得：‘查验肉质系我国警察行政范围，天津商人既有运肉出口情事，自应由吾警署照章查验，发给执照，以免外人藉口。至该领事所函驻津美国兵营兽医官承愿承派查验不受薪金、只取照费一节，虽出自个人请愿，然所请侵入警察行政范围，殊与天津警察职权有碍，未便照准。’惟外交部咨末有除分咨直隶巡按使外一语，特于昨日又电朱巡按使，申明部议理由，请巡按使查照，并将办理情形速复云云，一面又咨复外交部请查照办理矣。”

又纪“盐税与印花税之乐观”节云：“预估今年盐税收入节云：关于本年我国关税及监税之收入在关系列国公使团与银行团之预想颇有不同之点，故对此问题各有所研究，今闻某财政家之谈云：关税之收入各人所见相同，只以瓯战结局如何为计算之标准。至于盐税一项，三年之收入约有五千四百万元。而其征收入法，北部一半盐场每一百斤抽洋二元五角，南部一半则仍旧法抽税。若本年据规定盐税法施行，每百斤抽洋三元之征收法，即应减数百万元。然据北方逐年之经验，税银似乎减少，而于其数量为增加，故于收税总额却可得征收，且四川、云南等处昨年未有盐税收入之解部者，而本年渐已整理，有顺次送款于中央之状况。以此推之，本年盐税收入可达六千万元”云云。

又纪“外人允贴印花税”节云：“吾国现行之印花税，则本与各国一例，惟从前各国商人多示反对之意，其藉口三端，则谓吾国人民尚未一体购用，故彼等定然可以不纳。此等论调虽不合理，然亦足见外人对于吾国之态度矣。现闻各国商人已变易其向持之态度，拟于吾国人民一例购用。盖彼等在吾国商业甚大，此区区之税究非十分计较也。今葡萄牙政府已命其留华商人照章纳税；广东之秘鲁领事及汉口之俄国领事亦通饬其本国人民，凡领取游历执照，皆须贴印花税纸；日本正金银行总裁亦表明极愿纳税之意；其他英、法、美及丹麦公使皆谓此税则其本国人民应当缴纳。”

又纪“整饬吏治之种种”节云：“弹劾案查覆期限，某肃史因弹劾案提出后，各行政机关对于查覆事件往往稽延时日，特拟定期限，不日提出，呈请施行：其一，在京官吏被劾案提出政事堂后应于十四日内查覆；其二，各省大吏被劾案，限一月内查覆；其三，道尹及同等被劾案，应令巡按使十四日内查覆；其四，县知事被劾案，由巡按使饬道尹十日内查覆。其曾奉总统交惩戒会查办者不在此限”云云。

又纪“各税局今后考成”节云：“税吏考成法现在已经提议，大约分四层办法：多收一成者仍留局办事，以观后效；二成记功；三成擢升；四成至五成则一律提前委任县知事，且于所盈内按成分给花红。其少收一成者，记过；二成，停其升转；三成，不准留用；四成至五成者，撤差勒赔。并闻此后委用是项人员必须有五年以上经验，并定有久任章程，不合资格者一概撤换”云云。

又纪“政事堂考核功过”：“徐菊人因政事堂办事人员多不按时到堂，殊与政务进行有碍，特定考核功过办法：甲，本堂在事人员之功过以左列定之：一，考勤簿（逐日书写）；二，日记簿（星期编写）。乙，前项簿、本随时呈核，以定功过。丙，刊定后另行记录。丁，功过均分等差，积三小功为一大功，过亦随之。戊，功过准相抵。己，考核之结果得依法律分别奖励、惩戒”云云。

又纪“礼制馆讨论功制”节云：“政事堂礼制馆成立以来，关于总统所提交之礼制大纲均已次第编制竣事，而此机关尚存在未取消者，缘有两次问题尚须讨论也。即第一为功制问题，第二为官吏丁忧假期办法。兹闻该馆刻正从事讨论功制问题。盖所谓功者即系官吏有功记功之意，其名称为功一次、功二次以次递加，若有过则以功抵扣，则仿照加级记录之意而变通之以拟议者也。大约此问题斟酌妥协后,即从事于官吏丁忧假期办法之规定,若此事告厥成功,则该馆亦即取消”云云。

阅十二月十四日《申报》纪“美报论日本之侵略中国政策”节云:“《大陆报》言:前某君于阳历十二月廿四日致书本馆询问时事,内有如日本果侵略中国,不尊重关于中国土地完全及其完全主权之条约,英国又不扶助中国则欲保全开放门户及中国完全之两主义,有何策乎?美国处此地位,将有若何行动乎等语。自某君问难以来一月,于兹日本于此时期中对于中国进行其危害之举动日新月异,毫无顾忌:始则有阴诡之侵略;继则有公然之占据;今则挟其威胁之力,更进而要求特别之权利矣。日本刻方乘此大战时局之机遇扩充其在中国之土地占领权及其独有之商业地位,直至遇限制而后已。中国之公平友人不为才力、道德上之无脊骨动物者,皆不能复自欺骗而视若无睹也。日本方逐步进取,以尽其力之所能为必不自立限制,惟武强大足以强迫日本之国,始能以干涉限制日本之侵略。然世界各国有此资格足以单独或联合强迫日本者,果为谁乎?此吾人所欲就今日时局及战事所发生之将来时局详加剖析而讨论者也。中国有天赋责任以拒日本侵略,但势力薄弱,刻不能单独行之。若中国稍有武力,则今日之时局不致发生。是以他国人民为保全自己安宁、自由起见,观于无良善政治、无充分武力之国必遭危机之现象,而不能不为之注意不置焉。中国有应行之事以阻止日本,今日或将来他国之扶助中国与否,皆系于此,凡可使日本藉口以行其严厉手腕而以棘冠加于中国之首者皆勿行之,此为中国所行之事。但中国即慎重行事亦不能使日本无隙可乘,中国即不予以破隙,日本亦必自生托词,山东事可谓明证:无论中国有何行动,凡抗议及维持权力等事,在日人视之,皆可谓为不正当、谓为无理,此为吾人所敢断言也。观于日本对于中国取消山东战域之举动足证吾言之不谬,世间事有较日本态度更为无理、更为厚颜者乎!试回溯始末情形以明之:当日本在山东发难之前,曾有可以确保青岛在战争时之中立不须以武力解决之提议，乃日本不允，决计侵犯中国土地以攻青岛。其时，中国之政治顾问某日人劝中国自定山东省一部分以作日军经过之区域，中国从之。德国起而抗议，谓中国破坏中立，盖以日军由此战域以趋青岛较为便利也。此举诚为中立之破坏，亦双方之破坏。日本侵入中国土地先破坏之；中国圈出战域，继破坏之。日本此后置中国抗议于不顾，扩充战域，圈入山东省一大部分，继续破坏中国中立，复占据胶济铁道全线，其所推脱之理由明显可见，足使持公论者为之厌恶。现中国拟取消无存在必要之战域，以使日军占领地限于德国前所租借之境，中国此举果可视为无理乎？乃日本竟视为无理，谓中国应先与日本磋商云！中国撤除战域，毫无碍于日本之地位，何为应与日本磋商乎？数月前，德、日两军皆以战域之存立利于进攻青岛之师，日本尤争论不有争域，则不能攻陷青岛，今反欲保留战域，不亦奇乎！日本既得青岛，且得德国租借地全域，乃欲视此战域为青岛防务上之必要，以普通知识言之，青岛刻有何等攻击可虑乎！以极合法之行动欲恢复其被占之领土，乃无闻日本竟指为藐视、凌辱，而欲中国允其要求予以不独在山东全省，且在中国各省之铁路及矿业让与权以为赔偿矣！泰西国籍明白事理之人久居辽东，熟悉此间情形者现尚有信，日本在山东行动之诚意及其意思之公正者乎？青岛陷落三月，于兹而得英国合力，得法、俄同意行事，以保全远东和平之日本已全占其地矣。日本曾宣告世界：日本将管理青岛及铁路，按照开放门户商业主义，一如德国昔所行者，并有他种尊重中国完全之言，试问日本种种约言，迄今有一实行者乎？无有也。他国商人皆见拒于青岛之外，或受商业上之阻碍，不能稍有施展，而日本商业利益则满布于青岛及山东全省，与日本占据满洲时情形无异，并握取特别优先权利，足以使与之竞争者无施展之馀地，一如日人在满所为。远东世界今已洞悉日本之方法，逆知其结果为何。如日本未尝不举其理由以告人，然日本善于穿凿附会，其所谓理由者，谁复信之乎！在远东明白事理者观之，日本虽有其管理土地内公正贸易之约言，然其履行约言之信用今已并无丧失，嬉笑怒骂之声现渐加于日本矣。至日本承认尊重中国土地完全及行政主权之言，正与日本商业政策同为不可信，朝鲜、满洲殷鉴犹不远也。”所论如斯，未识果是，以为记载，容观日后若何也。

廿一日丙寅 早至午刻，晴；未时以后均阴，似又下雨之景耳。午刻，至子俊兄处，晤达云母舅，相叙半晌而来。

阅十二月十五日《申报》纪“增设掾史与甄别知事”节云：“客岁政治讨论会议覆安徽巡按使条陈关于用人事项分拟办法，当于阳历十二月二十一日奉批交财政部覆该，兹者该部已遵披覆呈，并拟有知事甄别章程七条，并于一月二十二日奉批准如所拟办理矣。原呈略云：查官署文卷至关重要，近时政务殷阗、簿书日杂，若非遇事参稽成案，深虑无从考证、弊混潜滋，自前裁汰书吏以迄于今，昔之把持积弊虽可祛除，而典守之责不专，每遇新旧交替之时，辄有凌乱散失之患，倘不及早清厘，责成专员管理，势必积时愈久，稽查愈难。政治讨论会请省道县增设掾史数缺保管文卷，作为永久之职，自属切要之图，应请照准添设，各就本署经费内匀配开支。惟地方情形不同，事务繁简各异，某公署需设几缺，应由各地方长官分别酌拟咨部核定，并由部遵照原议，将此项掾史选用资格、办事程序、劝惩方法拟定条例，另文呈请鉴核。又，查安民之道，首在察吏。旧制：到省人员则有甄别、实缺人员则有大计，而督抚之考察又随时可以举劾，法至周也。近来分发各省知事员数逐渐增多，自非详加考核不足以崇吏治而肃官方。政治讨论会请由巡按使认真甄别，凡未经甄别人员不准请补县缺，实属探原之论，由部参照甄别，则例详细拟定章程七条，另缮清单呈请核定，如蒙允准，再由本部通行各省遵照办理云云。附县知事甄别章程七条：第一条，本章程为甄别县知事而设，凡试验及格、审查免试及劳绩保准分发之县知事均照本章程规定办理。第二条，甄别分为二项：甲，到省甄别；乙，期年甄别。第三条，到省甄别。凡分发任用之县知事，应至到省之日扣足满一年，由该长官认真考核，出具切实考核,呈报大总统分别照章程补用;才识短绌或不堪造就者,分别以县佐改用或咨送原籍。但须详列事实,不得以笼统考语率行参劾。凡未经此项甄别人员,应不得呈请试署县缺。第四条,期半甄别,凡在任之县知事,无论补缺署事之员,除有特别劳绩并重大案件由该省长官随时呈明办理外,应由该管道尹将所辖县知事在任已满一年之员任内所办事实,详为声叙,分别优劣,出具切实考语,详由该省巡按使核明加考呈报大总统,优者酌予奖赏,或仍留原任,其才具较次及庸劣不职之员分别撤任或按知事惩戒办理。第五条,凡有左例各项资格之一者免到省甄别:甲,曾任实缺州县以上人员;乙,曾因在差在缺著有成绩,得赏勋章及奉令嘉奖人员;丙,曾经高等文官甄别委员会甄别合格人员。第六条,应受第三条甄别人员,如该管长官认为才具优长,于未经甄别之先呈请大总统破格录用,补署县缺,奉令照准者,应将原保长官一并注册;如该员等在任犯有赃私罪,即由内务部查核呈明将该长官送交高等文官惩戒委员会一并议处。第七条,本章程自批准之日施行。"如是所云,可见立法不如前日为善,以此想之,事事复旧,足为明证矣。

阅十二月十五日《申报》纪"广东岳世杰印呈先像"节云:"广东岳世杰致报界公函云:顷读报载,世杰影呈先忠武王遗像请送中央一节,此事系世杰阅阳历十一月十二号各报电拦内中央通行各省巡按使征求岳忠武王真像,当即将家传大像请至惠爱街镜光印像馆用十二寸照片照下,装呈巡按使请转送中央,并请送当道各一张,非请严厅长代送也。国报内云约三十馀岁、无须之说,原像实有微须,且先王祖正命实三十九岁,非另有大年之像,祈为更正为叩。像片玻底现存镜光像馆,如诸君子暨海内同人欲瞻仰者,请往镜光请阅,世杰自愧力薄,不能普送,尚祈谅之。"乃宋朝大忠大孝真像,得能瞻仰,亦三生之幸。沅以路远,未得亲赴瞻云,深为歉然。是为之记。

是日《申报》又纪"领事官职务条例"节云:"第一条,驻外总领事、领事、副领事在所驻国管辖区域内以发展本国商业、抚绥侨商为职务。第二条,驻外各领事、各所驻国之本国公使指挥监督。第三条,各领事在所驻地遇有疑难事件应随时商承公使办理,其有事关紧要而离公使所驻地较远者得直接请示外交部,外交部所发训条仍应随时详报公使接洽。第四条,除无公使驻扎之国外,各领事不得与所驻国之中央政府直接交涉,遇事须详由公使商办,其所驻国之地方政府在管辖区域内者,各领事得随时与之直接办事。第五条,各领事于其职务上应守秘密事件,不得泄露,非有外交部长官暨公使训条不得随意宣布登报,至外报有议论本国要政者须随时详报。第六条,领事对于所驻国之各项法律暨与本国所订国际条约应详细研究,并须熟识习所驻地暨管辖区域内通商行船之法律与其习惯。第七条,本国各部暨驻他国各使领馆有委托领事办理或调查之事,应即遵办领事致各部公文,除奉有特别训条外,均详由外交部转达,惟委托事件在领事有以为碍难照办者,得详请外交部核示。第八条,本国人在外出入国籍、生死、婚娶各项事宜按照本国或所驻国法律应由领事证明者,各领事得发证明书并随时分别详报外交部。第九条,侨民在外身故,其所遗产业如未留有遗嘱、无亲属证明领取者,得由领事证明者暂为接收,一面详报外交部转行核办。第十条,在外侨商人数、职业暨本国与所驻国通商、进出口货物统计均由领事调查造册。每年一次报告外交部、农商部。第十一条,关于所驻国商业、工艺、农产、银行、交通、公共卫生各项情形,由领事按季报告外交、农商两部,其有重要变更,如修改税则、颁布新律及有关于本国货物之输出、该国货物之输入等事,应随时从速详报。第十二条,领事官有器物及馆屋情形应遵照审计处拟定检查官有财产附属明细表,按年度报告。第十三条,各领事依照前列各条按期报告外交部外,应兼详公使备案,领事、副领事馆并应兼报总领事馆。第十四条,本条例未尽事宜暨将来各种法律颁布如有应行增修之处,得随时修正之。第十五条,本条例致公布日施行。"

廿二日丁卯 卯初刻立春,是日均阴。风自西北来,西多而北少，天气颇冷，似有下雪之景。晚刻，东方似有积云。立春乃是新年佳节，幸得天气阴晴，定歌大有。土语有云：“最喜立春晴一日，农夫不用力耕田。”吾侪小民只求雨季丰收、人口平安、地方安谧，年年如是，深为至幸。晚刻，至洪少琴处，晤王俊卿，言定明日来家代为书写春联。随道至汪伯端兄处，(晤)篪卿、载熙两兄，少叙而来。篪卿兄言今夜赴郡，前丹庭兄托印田契六纸，内两纸已托侯洁斋兄代为带印，尚馀四纸，均托篪卿代为带郡赴印矣。

阅十二月十六日《申报》纪要闻二“误传各省加赋之由来”节云：“今日外间喧传财政部通电各省地亩一律加赋若干，全国人民颇为注意，兹闻此说全属谣传。而谣传之所由来亦非并无原因，爰抉择其致误之点说明如下：日前某政客所上条陈，其主要者有两端：一将地方自治费改归为国家费，至地方一切用项，令其另筹，则国库可增一大进款；其他一端即通电各省按亩加赋是也。惟此项条陈财政部以于施行多有窒碍，已一笑置之。而此消息传出，遂讹传已成为事实，此其致误之由来，一也。又，濮阳河口工程浩大，政府令直隶、山东、河南三省各协济二百万以资防堵，惟各省财政困难如出一辙，河南尚可勉力从事，而直隶、山东则无法筹凑，而工程紧急，又万难掩延，山东巡按使乃呈请财政部于常赋之外每亩约加若干作为临时增收，并不据为常例；直隶巡按使呈请财政部按粮米银每两酌加若干，以二百万为限，谓此乃于紧急用款时无可如何之中为暂时挹注之计，财政部颇有允准之势。而外间遂误为各省一律加赋，此其致误之由来，二也。此外，尚有一事足以惹起外间之误会者即清丈田亩是也。查清丈田地，政府以厘革隐瞒之弊为言，于加赋两不相涉，而外间不免猜疑，遂与加赋视有连带之关系，谓清丈之举全为加赋起见。故财政部此次所定清丈条例于此特别注意，闻其中有清丈后如地有赢馀则仍令原地主耕种，嗣后，惟令其照常纳租，以前之事，概不追究。该条例草案闻已拟就矣。”事言清丈情节者，是为记载。

是日《申报》又纪“南北满之奇寒谭”节云：“营口《满洲新报》云：

自本月十二日，即阴历十一月廿八日以来，天气酷寒，为从来所未有。满洲极贫之人民殆将全灭，其数达三千人之多；奉天府内冻毙六十三名；奉天全省冻死达一千二百馀人；其他目下罹冻伤病者悲痛之状难可言喻，约计其数可四五千人。此种可惊之惨剧，中国官吏及豪绅等拟设一细民救济会，现正在募集赞助员。本月二十日，哈埠天气异常寒冷，摄氏寒暑表终日三十四度，而据秦家岗俄天气台报告，是日夜间之冷较昼间尤甚，摄氏表竟降至三十八度，与兴安岭之严寒仅差六度，诚从未有之奇冷也。哈尔滨俄董事会以本埠日来天气过于寒冷，行路之人冻伤面目、手足者极多，亟宜设法保护，现已拨出款项购办木炭与大盆若干，分设于各街市之行人最多处，以便行路者随时烘烤、藉御严寒云云。哈埠向年结冰时，往来于江面上者并无何项危险，不意本月二十日夜间极寒冷时，哈埠松花江左岸附近之冰忽裂开大缝一道，宽四五尺，长十馀丈，正当江南北车马往来之处，幸在夜间，故无人遇此危险，此诚一可异之事也。”上月廿八日起至本月初二日止，其冷最甚，余所知者，自光绪壬辰年十一月杪之后无过于此之奇寒也。

阅十二月十八日《申报》纪“经界政策之近情”节云：“清查田亩章程自清丈之议起，外间纷纷谣传，有疑为加赋之先声者，有疑为无粮黑地将尽归公者，皆系悬揣之词，未免有失清丈之本意。查清丈自京兆区域开始，京兆清查地亩章程即为将来各省之蓝本。兹者，财政部所拟修正京兆清查田亩章程，计六章十二条，其中注重者为施行程序与奖罚等事，原文甚长，另于专件栏详之，以供国人之先睹”云云。

是日《申报》又纪设立土地调查局：“经界局已由蔡督办组织就绪，次第进行，先测绘、次丈量、次造册与清赋，而尤以调查为入手之第一步，盖非先经调查，测绘既无从着手，丈量更无由实施也。闻蔡督办为图此事之顺序进行，已商同内务、财政朱、周两总长，除奉天、福建两省已设有土地调查局，业经咨报备案外，拟令各省悉仿照奉天、福建办法，设立土地调查局，即日将此办法会同呈请总统核准，以便转行通照”云云。

是日《申报》又纪“电饬晓谕人民”节云:“清丈田地系为厘正田赋起见,自与加增税赋不同。然清丈之后不加赋而赋自增,此则国家之利益也。政府恐小民不知真理,未免惶惑,特电饬各省巡按使出示,晓谕人民。经界局尚拟撰具白话告示,先在办理清丈县份张贴。”云云。

是日《申报》又纪“修正京兆清查地亩章程”节云①:“第一章,总纲。第一条,京兆尹公署内设清查地亩筹办处,办理清查京兆所属地亩事宜,俟京兆经界行局成立时再行归并办理。第二章,职员。第二条,总处设坐办一员、委员若干员,均由京兆尹遴员委任;各县酌设分局者设立主任一人,以县知事兼充之。第三条,各县知事得慎选熟悉情形之公正员绅数人为清查员,惟须视县缺之大小定人数之多寡,拟定后即详请京兆尹核准委派。第四条,清查员及技工、助手、雇员额数以足敷办公为限,力戒冗员,耗费另编预算,分别详咨内务、财政两部核准施行。第三章,权限及职务。第五条,总处坐办承京兆尹之命总司全属清查地亩一切事宜,分处主任承京兆尹之命办理清查地亩事宜。第六条,清查员及技士、助手、雇员承各分处主任之命执行其主管职务。第四章,第七条,本处办理清查事务,应听人民自行禀报升科纳粮,以期确定人民权力、厘正国家田赋。第八条,各属无粮黑地。由于旗民不分地址夹杂,兼有罩占影射情弊,各该县自清查分处成立后,应由该知事出示所有无粮黑地,以两个月为限,其馀旗户及民间有粮各地,以四个月为限。各业户应于限内开具田产所坐落村庄及俗称、小地名并四至、亩数及地邻姓名、购买时户名、管业人姓名,出具切结并加具地邻保结,赴本县分处禀报候查,有粮者将老契纸黏同粮串一并送验,以昭核实。区分七类如左:第一类,凡王公府第及各旗地亩约分三种:一,恩赏地;一,原有圈地;一自行契买之地。

---

① 此处页边原注:“京兆区清丈地亩章程。”

应分别送验龙照契据并图册租账，如果亩数相符，确系仍是原主者，应给部照，管业每亩收照费大洋五分，注册费则照第九条办理。如此项契据图册未经送验者，仍照呈准征免办法分别办理。至完粮一层，除契买之地照旧纳粮外，其圈地等项应另定章程办理，若地经转售即应作为民地论。”馀俟续记。

廿三日戊辰 晴。致周篪卿兄，饬吕保送交杭船带郡江下街黄岩道头永源麦行。早刻，请王俊卿兄来将新年对联均以书写，至祖母苏太恭人节孝坊字并对联两副均托俊卿代为写讫，惟小序俟见石先生做来即托书写可也。坊联语云：“柔顺含贞，慈惠是则；言规行表，母教之宗。”系王子裳先生代拟。又一联云：“两代母仪，芳流葭渚；一门天眷，宠渥芝纶。”系眉甫先生所拟。中间字版：“光绪八年十一月详请诰封中宪黄公元配苏太恭人节孝坊，宣统二年三月建立。”苏太恭人节孝坊已于光绪八年十一月间蒙礼部郎中傅钟麟呈请奉旨俞允在案，本早须建造，时家君初宦京秩，出宰滇、晋，因之延搁至今，所以补书宣统二年间建造耳。额以“石实坊芳”书之，沅谨按家祖母苏太恭人一生之实德也。

十二月十八日《申报》纪杂评二“闽运使之盐务政策”节云：“如以外省人不谙本省盐务而请缓场知事之分未始非一说也，以本省人熟谙本省盐务之故而用及教会之牧师，则其见解可谓新奇。教会之规约：牧师除一心传道外，不能兼任他职。今令其办理政界中事，则非特有犯教规，且牧师亦只熟谙本地情形，未必其熟谙盐务也。而闽运使之意固不以其熟谙盐务情形，惟以其熟谙外情，谓牧师与分所洋员心理相同耳。然则闽运使亦但知迎合洋员心理而已，以牧师办盐务，破坏用人制度，其谬一；牧师不问外事，安必与洋员相合，其谬二；即合矣，办盐务而专以迎合洋员为主，不问有无流弊，其谬三。以此特别见解之运使而办此特别情形之盐务，呜呼！闽省之运使可知矣！”此等运使之用心可以云与众不同，是为之记。

廿四日己巳 雨。年关已届，阴雨纷纭，一盘商业夥友不胜其苦耳。闻陶寿翁现至郡城盐号,不知何事,未得其详。周李光者一名小老周,天台人,与天台曹氏反对,致逼为非。当壬子春月将天台县城破,进劫县署,居民幸未有损,以致名气日大。自后投诚处州统领吕东升营中为哨长,自吕君故后,周亦自返故土,与官兵拒敌数十次,今则或行或在,均未能探悉。吴玉翁言黄楚卿托人买嘱其手下陈鉴行为内线,即嘱徐福生赴申访拿而不获,今则复为买线追捕,未识如何结局,亦难预定。现吴玉成先生所云如是,为之记载,以观其后可也。楚卿兄之嫂生有一女,今日团月矣。

廿五日庚午 阴。路晤汪伯端、陶习谦,同至翁子俊处,晤达云母舅,相叙半晌而来。适陶寿农自海门来,即至其家中,相叙一刻而别。

阅十二月十九日《申报》附张纪云:“人孰能无过? 有过而不知改,皆因循退缩之徒。诚能奋然振作,从前种种譬如昨日死,以后种种譬如今日生,圣贤不难致也。予尝予人能每日搜寻自己过失,每事搜寻自己过失,便是大豪杰。才敏过人,不足过也;舌辩过人,不足重也;人生第一善惟勇于改过而已。”其言系致理明言,是为之记。

又纪诗选“山居”诗云:“扁舟送我累渔翁,从此桃园路易通。鸡犬桑麻娱晚景,禽鱼花鸟畅清风。一庭明月书声里,四壁青山画稿中,报读七经真快事,有时瀹茗课儿童。”又纪“棉花”诗云:“东邻织锦段,西邻刺绣纹。中有谁家妇,棉花晒夕曛。闭户理弓弦,中夜弹声起。一弹心已悲,再弹泪不止。弹花花乱飞,飞不出庭帏。郎行不归天欲雪,路长何处寄棉衣?”读其诗颇清趣,姑而录之。

廿六日辛未 阴。早刻,起即沐浴,敬谨叩谢天地神圣,毕时天尚未明。致陈仲善一信,交其送糖来人带交矣。早刻,至子俊兄处,晤达云母舅,相叙至午而来。晚刻,至蒋敬甫处,晤黄少湖、周作羹、黄道周诸君。言李舜卿有病,随同至其府上,适王达夫来与其看病,而其喉痛今日稍愈,想即可勿药耳。

阅十二月二十日《申报》纪“经界局组织委员会”节云:“督办经界

局事务蔡锷呈请总统文略云:伏查经界事宜为现时之要政、国计民生胥关重要,既经内务、财政两部筹有大端办法,锷谨遵照批令切实办理,依次进行。惟刻值设局之始,百端待理,而兹事体大,非讨论精详不足以期完备而昭慎重。现拟就前币制局暂设筹办处,先经组织一经界评议委员会,由锷征集富于经验、精于技术暨各机关主管人员为本会会员,按照部呈原拟办法逐节筹议,所有关于三角测量地形测量应如何布置,清查、清丈、登记各事应如何设施,以及测丈队班之编定、测丈人材之养成,各有计画,均须详加研求,俾增妥协。至于局内日行事务,拟设一总务处,分司会计、文牍、庶务,遴员充任,以专职守;一面由锷会同参谋、内务、财政各部,陆续将经界局编制及经界行局编制详慎拟订,另案呈请鉴核,藉规久远。至开办伊始,往来文牍甚繁,拟请饬下政事堂印铸局刊发'督办经界局事务'关防一颗,俾昭信守。一月二十七日奉批,令如呈备案,交政事堂饬印铸局刊给关防,俾资信守此批。"节系经界事宜,是为之记。

十二月二十日《申报》纪时评"他力"节云:"藉自立者罔不立,藉他力者罔不朴[①]。苟有藉他力以能力者,必他力之重心得其平也。一旦他力之重心而失其平,则仍仆焉而已。不然,为他力挟而驱之以去焉耳。今日中国之情势正类此也。青岛之战,日乘德虚以攻德也,以平常人之识见而论,德必仇日无疑也。然而今日乃反有日与德联之谣。其言虽未可即信,然而其事亦非必决无,盖德之联日为日有力也,有力即有利害关系也。非若日人所云之中国联德,有是说,决不有是事也。即有是事,亦无利害关系也,何则?以中国无力也。虽然,天之赋人宁以国异?中国之所以无力者,非天不赋力也。中国人不知自用,复不知善用,其力隐而不见耳。苟人人只己之有力而一自奋勉焉,未必其力之不如人也,我国民其勉之!"言论如斯,颇有理致,是为记焉。

---

① 疑为"仆"。

是日《申报》又纪“鄂省误会加提学捐之争议”节云：“湖北各县随粮征收之学堂捐，前经巡按署通饬，以五成五解省补助教育经费，计每正银一两按照征收学堂捐五百六十文计算，实应解钱三百零八文，嗣复声明，向例征收之数大于五百六十文，仍照向例征收五百六十文之数者，一律依五百六十数收纳，提解之款，统以五成五扣算，以期增加收入，不能以每两提解三百零八文为定案。于是各县学界遂误会为加提，群起争执，并举代表邱东阳等为全省县教育会代表赴部呈请维持，俾免各县学务瓦解。教育部以该代表所呈情形如果属实，则地方教育不特无望普及，抑且难于维持，特咨请段巡按统筹兼顾，酌量办理，以资维持。段巡按昨已将提解办法，系按各县实征之数为标准，并非以三百零八文为成案情形，咨复教育部，并缕陈鄂中教育费困难情形，省县原属系统相联，尤望化除畛域、共济时艰云云。盖以教育部汤总长来咨颇不以提款为然，故复咨如此措词也。”

阅十二月一日《申报》纪专件“修正京兆清查地亩章程”节云[1]：“第二类，内务府各项租地应照王公府第地亩一律办理。第三类，内务府暨王公府第、各旗地亩应否纳粮，除另定章程外，其馀无种公共团体名义之地一律按照民地办理。第四类，凡八项旗租地如已推当过户、执有契据已过验者，应准照旧纳租；其并未验契者，应责令补验，并由县改发承租官、地三联执照，以一联交业户、一联存县，送京兆尹公署备案，嗣后即改称官地租以符名实。所发执照每张收大洋两角充纸张、辛工之费。第五类，凡民国已报升科之地，执有县照而未纳粮者，虽已将县照照章送县查验，仍应补发部照，其已缴照费者即无庸再缴，否则每亩应缴照费大洋五分。第六类，凡已报升科之地执有部照、粮串者，如未照新章送验，应将部照粮串契据送验，按照验契条例缴费，免收照费，并由处注册归该户永远执业，其已经送验者只须将契送处查验，即由处注册，俾各照旧纳粮、永远执业，亦免收照

---

① 原文页边注：“续记京兆区清丈章程。”

费。至注册费，无论何种地亩均照第九条办理。第七类，凡民间有粮之地执有白契而无红契者，除令照章报验缴纳验契费、注册费，并补交契税外，再行给予部照，但不另收照费。前项报查期限将届满时，得由各县知事察酌情形，详请展限。第九条，清查期间，无论平地、山坡、沙域，凡属无粮黑地，不问有无红契，一律征收照费大洋二角。各业户领照之后，地已确定，一面注册承粮，注册之费每亩收洋三分，不论地亩多小，一律征收。第十条，清查时，凡属纯粹官荒或向系无主废地现以已复游堪以种植禀请领垦者，自应查照部颁官产处分条例第十条、十一条、第十七条分别办理，其地价则应分别生、熟、荒，随时核定。第十一条，清查地亩无分满汉人民，均一律按营造尺以二百四十弓为一亩，不得言大亩、小亩之分。第十二条，此次清查之地凡应升科者，由各该分处查明土地之高下、肥瘠以定等次，上等每亩纳粮六分、中等纳粮五分、下等纳粮四分，分别注册作为定章。第五章，奖例及罚则。第十三条，在事员绅清查完竣办理妥帖迅速者，由京兆尹查明酌请奖励，其尤为出力者得提前请奖；如查报不公、从中索诈舞弊或因而酿事者，一经查出或被告发，由京兆尹查明惩办。第十四条，在定限之内遵章报查者，除无粮黑地仅收照费，已属格外从宽，碍难减免外，所有旗及民间有粮之地，如已经遵章验契，应准免缴注册费以昭奖劝。第十五条，凡各地业户展限期间始行报查者，如系无粮黑地，已执有红契县照，五倍征收照费，即每亩大洋一元。倘无红契，应分三等缴，价每亩上等五元、中等四元、下等三元，其注册费仍查照第九条办理。至旗户及民间有粮之地，确系原产主者，应将注册费加倍征收，以示薄惩。第十六条，凡无粮黑地既匿不报者，充公变价，原如报弓口不实、并查验契据亩数不符，而实系有意以多报少者、将少报之地充公仍尽原业主缴价承领，不愿者招买。如将他项科则较重之地取巧捏报，应按照科则加二十倍处罚。以上各项倘被人举发调查得实，酌给举发人赏金，其金额由京兆尹核定。如系挟嫌诬捏，照律惩罚。其以少报多者应予更正，并按地亩实数完粮。至王公府第暨旗户及民间有粮地之证据确实，如有以上情弊，处罚亦同。但因有不得已事故、无心过失，量时自行补报者，仍得酌核情形，照条办理。第十七条，在旗在民各业户如有冒报有主之地或恃强欺占等情，一经告发质实，应分别交由各该管地方按律办理。第十八条，各员司对于报到花户应负指导之义务，其闻报有不淆晰或差误者，须详晰指示，不得稍涉威吓。倘不能尽职，甚至有招摇勒索、图贿滋扰等弊，一经查实，或被告发，按照官吏惩戒法分别惩办。第十六章，附则。第十九条，本章程设有应增应减之处，得随时修正，商明内务、财政两部呈请大总统批准施行。第二十条，本章程自大总统批准之日施行。”事关清丈事宜，是为之记。

廿七日壬申 卯前，雷雨；辰牌以后，细雨；以后皆然。土语有云：“未过京直响雷鸣，一日落雨一日晴”，斯言若然，则京直以前雨水定多，只愿长年雨旸时若、早晚丰收、人民安谧，深为至幸。致何见石老伯一信，交邮寄郡。晚刻，至陶寿农处，晤潘子祥、卢槐士两君相叙半晌而来。

阅十二月廿三日《申报》纪时评“逐条讨论”节云：“日本要求条件之会议，中国政府主逐条讨论，日使主大体讨论。余谓国家关系之大，非可草草者；国家权利之得失须至确切，非可含糊者，故逐条讨论，中国政府之主张当也。日使所以欲大体讨论者，意在速决也。夫交涉而望速急，孰无此心？特以速决而复遗日后之交涉，毋宁稍事郑重，使日后勿再起交涉也。况乎瓯洲虽有战事，而东方已属平和，并无迫不及待之理由也。故逐条讨论，中国政府主张当也。况乎中国既承认讨论，则中国之善意可知矣，更何待急之哉！”所云如是，果属的当，无如要求之苛，中国又无武力可以对敌，如之奈何！

十二月廿二日《申报》附张纪：“临事让人一步，自有馀地；临财放宽一步，自有馀味。无如天下人少能之者，故往往争论不休，以致兴讼等等，身败名裂，悔之晚矣。筋力愈劳而愈健，精神愈用而愈出，自藐躬验之，果然。俭，美德也，古以养廉，而今徒以守钱；隐，高风也，古以避世，而今反以钓名；狂，奇节也，古以进取，而今借以肆骂；勤，盛心也，古以修业，而今以治生。学，本业也，古以成材，而今专以取贵；戒杀好生，善事也，古以自尽其方寸，而今以邀福于幽冥。郑板桥曰：'天寒冰冻时，穷亲戚朋友到门，先泡一大炮炒米送手中，佐以酱姜一小碟，最是旋老温贫之具，暇日咽碎米饼、煮糊涂粥，双手捧碗，缩颈而啜之，霜晨雪早，得此周身俱暖。'嗟乎，先生此言蔼然仁者。今日天气严寒，北方冻死者甚多，吾不知有先生之存心者否。曾闻长者有言曰：'放棉衣不如施粥，盖衣薄者尚不至冻死，惟既无衣而腹中又无粒米则立毙。'此言甚精，海内大慈善者注意焉。天下之物但有一节之可取，即不为世所弃：顽如石而有攻玉之用；毒如蝮而有和药之需；粪极秽矣，施之肥田，则五谷赖之以秀实。今人之见弃于人者，皆自弃也。可以人不如物乎！"言切时事，是为记焉。

纪诗选"雪夜吟"节云："其一：家人睡熟一灯偕，自去烹茶自拾柴。夜中雪晴天转暖，怒销如雨滴空阶。其二：不卷帘帏怯朔风，批裘犹拥火炉烘。如斯凛冽冰轮住，天上姮娥定热中。"又纪《独坐无聊赋此排闷》诗云："逼来风气侈新奇，往事重提悔已迟。卅载山林空抱膝，半生诗社苦攒眉。香芰藜藿聊供膳，冷嚼梅花欲疗饥。淡泊自甘尤怨释，才人终古罕逢时。"又纪"谢友赠茗"诗云："赠来佳茗若为情，白石山人旧有名。安得访君风雪夜，一炉好倩小红烹。"又纪"望雪"诗云："欲雪天寒噪暮鸦，晓来一望白无涯。冬风更比春风好，万树吹开顷刻花。"诗颇趣味，姑而录之。

又纪曲选"新样四时花"云："（小桃红）红粉艳，芙蓉片，碧纱庵，梧桐院。（月上海棠）颤金风玉露，一粟壶天。（红芍药）谁借与香火姻缘，同惜取宝瑟华年？（石榴花）问檀糟买春多小钱，卷珠帘，移灯开宴。（水红花）宴璇闺萸囊菊盏。（玉芙蓉）情深酒怕瑶卮浅，恨断文回锦字连。（梅花塘）依依恋恋，诗中卷属饮中仙，思缠绵。（水仙子）知否，盟钗誓钿，广寒宫，嫦娥可怜。"颇有清趣，是为之记。

又纪笔记"某氏妇"节云："《杏圃》言：某氏妇由沪往汉搭某轮统

舱中，时邻榻已先有一少年，衣履整洁，甜卧衾上，妇徐徐理榻，竟坐床头息。及晚餐，少年始醒，见妇颇现喜色，遂并坐扳谈。问妇行将何往？妇曰：'余与夫不相安，此行将往母家耳。'问母家何处？妇言汉口。少年喜曰：'我亦往汉口，长途相伴，庶不寂寞。'言次入以游语，妇但笑。少年心亦荡。及寝，少年阴以足踹妇腹，妇推去之。又踹，妇曰：'君何不知趣？此广众间焉可者？后日抵汉口，吾人假逆旅作长夜欢，岂不较此犹佳。'少年喜妇谋周，遂不复扰。次日妇缀脚布、裹银币数枚，阴置少年网篮内，仍日与之谈笑。少年益迷，常市果饵食妇，妇亦不却。将抵汉，搭客各检行装，妇忽失声曰：'余被盗矣。余置枕下之银币今乃不翼而飞矣。嗟乎，此乃假诸友人者，今失去，吾其尚能生乎！'言讫，哭不已。众又怜之，乃召轮舟执事来检查。妇又泣曰：'余初即惧失，却故缀脚布裹之以为标识，孰知亦被窃乎！'执事问其数目，乃曰：'予既有标识，当不难觅得。'遂检众人箱箧，后于上年网篮中得之。少年莫名其故，急辨非盗。妇不待辞毕，以手连批其颊，骂曰：'若于途中屡戏我，今又窃我银币，若果何心？'众人都不直少年，执事亦掌其颊曰：'赃在尔行囊中，尔尚何辨？今且恕尔，后再如是，便捉将官里去矣。'少年无奈，忍受而已。及抵埠，各分道去。妇尤詈少年不置云。论曰：少年戏妇受辱，其祸非外至也。上海之如少年者不知几千万焉，得某氏妇者，几千万而尽批其颊哉！"然上海之妇女亦难言矣。如是妇人不愧女中豪杰，是为记焉。

廿八日癸酉 雨颇大。接倪寿生一信，言徐福生管带日夕在西乡诸处拿匪，彼从其后者，均以脚肿筋痛暂留宁溪以待，又经数日，尚未见其来，此真可谓辛苦矣。并言义平之村被抢者十三家，并有一王姓，系东洋毕业生，当抢之夜，被匪枪毙。此案颇为紧急，现在徐君赴天台、临海及温州交界之处剿匪，未识即能追获匪首否也。周篪卿兄自郡来言，现契之正税未涨，馀则加倍。前托其带印之张丹庭兄田契四契，闻有涨价之语，即行沥函阻止。无如契已入署，难于取转，只得印来，契计四纸，正税及另星小费共计洋十八元二角，随即照数面交清讫。但周篪卿诸事托其代转颇为有心，其存心可谓厚道。当今之世，即如是者，亦所罕有也。

廿九日甲戌 早至午刻，阴，其中下雪一刻即晴；未牌至晚均晴。午刻，至陶寿农处，晤卢槐士、汪伯端、周载熙、黄少湖、张与龄、黄道周诸君，相叙至晚而来。寿农于今日生晨也，其午膳时食面，中杂吴乃玉坐在二位，未免太污。但吴乃玉系吴德之子，即曰吴林，吴德当二府署差役三十馀年，吴林亦是二府衙门散差，二十馀岁，跟前任二府张浚如司马晋京后方退役，跟李雨田明府至福建，年馀旋里，改业开烟馆。现寿农以上宾相待，未免太烂，有识者卑之。卢槐士兄拟就海门租屋开药店生理，但海门来往者颇多，药业定须得法。但事本善，须得经手者系是紧要。以余观之，凡百生意，自己内行，用人得宜，无论何等生意，必须得法而有馀资；倘若自己漫不经心，所用非人，无论何等生意，无不亏控资本，未识高明者以为然否也。

十二月廿二日《申报》纪杂评三"唤起教育感觉"节云："人谓欧洲战足以唤起国人教育之感觉，我谓今日日本之要求瓯战为切己更足以唤起国人之感觉也。盖外侮之来由于国弱之原由于国民无智识能力；国民无智识能力之故，由于国民教育不兴。是故，国民教育者，立国之原则也。我国民而尚懵然不知外侮之危急也者，则已苟且知之，可不亟图所以兴起之耶。若曰'外侮近而急、教育迂而缓'，是自弃之言也。"所云如是，教育足为补救之方，能得真心教育，毋得有名无实之教育，为幸多矣。甲寅之岁忽忽过去矣。吾侪于此一年之中进步几许，回忆以前之光阴尚能再过于此生乎？可胜浩叹！

纪："江苏全省厘税局所一览表：一，大胜关厘局；二，六合厘局；三，大河口厘局；四，下关厘局；五，荷花地厘局；六，如皋厘局；七，瓜州厘局；八，泗源沟厘局；九，上新河木厘局；十，界口厘局；十一；泰兴厘局；十二，运北统捐局；十三，宁垣认捐局；十四，驻芜米捐局；十五，高邮厘局；十六，湾邵厘局；十七，孔仙厘局；十八，姜泰厘局；十九，海安厘局；二十，樊兴厘局；二十一，东台厘局；二十二，宝应厘局；二十三，盐城厘局；二十四，钱集厘局；二十五，青口厘局；二十六，车桥厘局；二十七，杨庄厘局；二十八，众兴厘局；二十九，阜宁厘局；卅，龙沟厘局；三十一，蒋坝厘局；三十二，沙沟厘局；三十三，宿迁厘局；三十四，窑湾厘局；三十五，东海厘局；三十六，微山厘局；三十七，北河口木厘局；三十八，镇江木厘局；三十九，宁垣烟酒捐局；四十，南通货税公所；四十一，海门货税公所；四十二，苏城货税公所；四十三，同里货税公所；四十四，常海货税公所；四十五，无锡货税公所；四十六，武丹货税公所；四十七，宜南货税公所；四十八，江阴货税公所；四十九，靖江货税公所；五十，丹徒货税公所；五十一，上海货税公所；五十二，吴淞货税公所；五十三，闵行货税公所；五十四，五库货税公所；五十五，昆太货税公所；五十六，盛泽货税公所；五十七，震泽货税公所；五十八，吴淞沙钓船稽征局；五十九，长江盐务稽查；六十，江北厘务总稽查；六十一，苏属税务总稽查；六十二，太湖税务总稽查；六十三，江北猪只总稽查；六十四，徐属湖屯田租总局；六十五，淮扬海荡滩田租总局。[①] 江苏省大小总局计六十五所，此外尚有分局分所不在其内，该省可谓至广耳。

三十日乙亥 晴。光阴易过，又是一年，一年之中幸均顺适，叨天福佑于无涯矣，只愿岁岁平安、年年顺吉，是所深幸。接张孟定兄一信，并附前托代购《董公选要》四册、《池北偶谈》一册，均已收到。但《董公选要》一书于择日中最为紧要，凡事须从《董公选要》中精于详核，即可趋吉避凶，可无舛错。余前本有一册，而后不知何人借去，竟至忘却。年前至申寻觅而不得，后又托友觅购又不得，前晤张孟定兄言及允为搜寻，今寄来四册之多，足可存阅。拟送仲达一册，现已岁除，赴城需人，至新正初上即为寄去可也。

---

① 原文条序自十一起皆为柴码。

第五十章

乙卯(1915)正月初一日起

乙卯岁正月初一日丙子 早至巳刻,晴;午时至戌初均阴。早刻,见有日光之时,云多白色;晚刻,日护,满天均是护云一色。风稍见东来,颇和,气候亦颇温和。今日乃是今年之元旦,愿得风调雨顺、民情安谧、岁岁平安、年年顺适,是所至幸。早刻,自家中叩神、叩岁之后,随至本街各家叩贺新年,亦是向例如斯也。

初二日丁丑 子、丑刻,雨;寅时以后至晚均阴。早刻,起盥沐后叩天地神圣毕,即至海门各地叩贺新年,就道至江边衙王宅吊孝后而来,至家时只十句钟。午膳后至本街各家吊唁,就道至金仪卿处少坐而来。晚膳后至楚卿处,晤王六皆、赵友竹、叶石甫、黄道周诸君,互叙半晌而来,至家时将二鼓矣。典中柜上伙友范道正先因至家日子太多,诸事颇多大意,曾经分手,已用黄祺端先、张仲增先为柜上,因柜上一人难为周转,随用二人耳。

阅甲寅年十二月廿五日《申报》附张纪"立春"诗云:"隔江风信递梅枝,又到天涯春困时。春去春来莺易老,水寒水暖鸭先知。欲敲贾岛初成句,且绣平原未断丝。雪满幽窗花满树,一琴相对日迟迟。"又纪"新年"诗云:"凛冽严寒酿雪天,梅花风里过新年。买灯懒问金钱价,煮笋疑产玉版禅。五白当场当①笑口,半红刻烛耸吟肩。兼旬宴

---

① "当",疑为"开"。

集伊川第，庭院深深自管弦。”颇切新年，是为之记。

是日《申报》又纪“程树德条陈之真相”云：“程树德闽人，举人出身，留日本西京帝国大学法政毕业，旋国赴学部考取翰林，现入法制局为编纂员，上书总统，因施愚氏以进，主张一院制，渐为世人所知，现为约法议员兼充参政，上书总统请废小学、复科举。总统批令教育部会同讨论，不过照例批发，并无深意，余专电中已具言之。教育部特开会议请程到，程不敢到而托人向汤总长声说”云云。

附程树德《改良教育办法刍议》原文云：“吾国教育制度之紊乱始自瓯化东渐，当局昧于国情，袭西人教育之形式而遗其精神。初创之时，学校规模粗具，教科书之鄙陋无文与夫教授方法之乖谬，举国上下皆知其非。兴办几二十年，毫无成效，而其最大之恶果则迩年以来识字之人渐少、人才日呈消乏之状况是也。论者率以为教育尚未推广、学校尚未遍设之所致，而不知循斯方法以求教育之普及，则学校愈多，教育之程度必愈退，国民之识字必愈减少，是何以故？盖吾国自唐虞三代迄今二千馀年，本有一定不易之教育主意，教育方法违背斯义，以求教育之发达，无当也。窃尝求其故，以为吾国之言教育，与东、西洋诸国不同者，探其本原盖有二焉。瓯西诸国，其大者不过当之数行省，小者不过一府县之地，无如吾国版图之广者，至户口之殷富，则尤远逊吾国，故其对于吾国教育率取干涉主义，定义务教育之年龄，有背此法令者，则国家罪之，诚为良法。然吾国自古即取放任主义，不取干涉主义，盖以吾国幅员之广袤，欲实行干涉主义之义务教育，至少须有百十万之小学校，姑无论国家之才力万万不及，即使果有此种经费，而国家代为之谋，恒不如人民自谋之亲切。故私塾之设，本以辅助国家教育之力所不及，以前家弦户诵，人民犹有承平之景象，自严禁私塾、废止书院，士子无讲学之地，都会城市间有小学，其偏僻村落则不知有读书之事矣。故吾国非无义务教育，而独不能采取瓯美之纯粹强迫主义者，则以土地人民有广狭、繁简之殊也。泰西文字主于谐声，故恒言文一致；吾国六书并用，谐声之外杂以象形、转注诸法，故言文稍歧。然吾国文字之优点则无论何种语言皆可用同一之文字，远为泰西诸国所不及。然因此而来，其教育方法亦不得不殊，约而言之，其不同之点有二：言文一致之国，其初学率尚浅显，故有以白话为小学入手之教科者，若吾国，则初学即授大学、中庸，甚或授以尔雅，皆以其艰于记忆，先其所难，凡幼时所读之书及老犹能背记，而中年以后所授则逾时而忘，此其一也；言文一致之国，其读书不尚背诵，而吾国则以其人聪颖与否分背诵之难易，然无不背诵者，后废背诵之法，学校三年毕业，胸中实不存一字，与未学等，此其二也。夫以枘凿不相容之法施之，吾国其效果本应如是，而世人方且如梦如狂，或归咎于科举馀毒之未尽，或归咎于办学之不力，是何异痴人说梦！

然积久不变，则其祸不特亡国，且可亡种，何也？前之学制凌乱无序，而其最足以屈抑人才，使全国之青年子弟胥成弃材者，则莫如小学。天之生人本有智愚之不平等，智者或一目而十行，愚者则穷年而未罄。今无贤不肖，一律限以三年或四年毕业，则高明者英华为之消阻，愚笨者勉力或犹不及，加以手工、图画、唱歌诸科，几占全科目之半。乡里既无明师，一知半解，以之为他日谋生之具，则尚苦不足；以消磨岁月，则觉其有馀。荏苒三载，胸无点墨，徒执一毕业证书，而欲博社会之青眼，其谁信之？故昔日但获一矜，已足耸同类之耳目，而今则大学毕业或置为卑卑不足道，人心之趋向，乃至使国家之赏罚成为无效。夫国家因其毕业而授亦证书，是奖之也；国家奖之，而社会蔑视之，国家之赏罚不足以操纵天下，其制度之不良固不待言，如是而其国能存者鲜矣。小学毕业之后，文理既未通顺，徒养成嚣张弛跅之习，始基既坏，他日即使升入大学，而其为废材自若也。个人既无实力，不足以自谋生活，因之窭人日多，故十年以来，社会经济时呈窘迫之状，此犹其小焉者也；使吾数千年文物之邦将凌夷而为鄙陋不文之国，祸大于洪水而烈于猛兽。印度、埃及，彼独非文明发达最早之国哉？徒以醉心瓯化，丧其国粹，至于覆没，可为殷鉴。昔唐末之乱,学制凌夷,沿及五季,干戈扰乱,未遑兴学,国祚短促,契丹乘之,历百年而后定。及今不治,一旦老成凋谢,二十年所种之馀毒横决溃裂,其智者则暴烈而叫嚣,其愚者则鄙陋而不学,虽有善者,恐无以善其后矣。故今日正本清源之法莫如停止小学、奖励私塾,国家止于各省设立提学专官,以前考取生员之例,凡汉文通顺、文理优长者限以定额考入中学。而国家之设立学校以中学为起点,至小学则纯采放任主义,自足以培国民之始基而端人民之趋向。观于今日各省,学校林立,而家资稍裕者则莫不延师以课其子弟。盖入校以掇国家之功名,而延师所以养子弟之实力。而学校校长日谈义务教育,而己之子弟独惧其沾染恶习,不肯入校,盖良心有不能昧者,亦可觇群情之趋向矣。特今日尚有一部分谬悠之口、耳食不化,猝闻停止小学,非目为迂拘守旧,即以为恢复科举仲尼、子产之圣。改革之始,犹不免谤,司马君实初废青苗,天下至为哗然,民可与图成而难与虑始。然上下争执,究非国家之福,不如别图和平改良之法。树德不揣庸陋,谨就管见所及贡其一得之愚,惟大总统采择焉:

一,举行中学入学考试。依今制,小学升入中学亦应考试,然必以曾毕业小学或在高等小学肄业者为限,窃以为各省小学之已设者不必废止,应设法逐渐改良,使为地方之模范。至升入中学则别定考试之法,应试者不以曾毕业小学为限,凡私塾学生皆可一律与考,国家止定一定之科目程度,合于此程度者皆得升入中学。兹将办法详烈于左:甲,考试科目分国文、历史、地理、算学四种;乙,考试中额照取生员中额办理;丙,考试次数先由县知事按照前定科目举行考试一次,录取后再送各省提学考试;丁,考试职官于各省设提学,巡行各县,考试合格者即送入中学肄业,约三年考试两次,资格不设限制,已考试年龄不设限制;庚,考试方法:(一),县试三场,国文一艺,而以历史、地理、算学三者分属三场为次艺,提学举行考试时二场,国文为一场,历史、地理、算学为一场;(二),小学生非考试及格不许升入中学;(三),县试不用糊名之法,惟提学考试则糊名。谨按:考试之法,无如中国之密，限以额数，则考官不至滥取；加以弥封，则阅卷无从舞弊，而其最大之精神则资格年龄二者均不设限制，是年学校以外未始无才，试而不中，则人皆自怨其学之不及，而不敢怨国家之不公。历来皆守此法，辍耕太息无自而生，长治久安未始不由此，若夫年龄则更不宜限制，但使程度相若，虽数龄之童亦许其升入中学培育人才之道莫便于此者。”其节未完，容后再续。

初三日戊寅　卯前，雨；辰、巳、午牌，阴；未时以后均雨。

续记程树德条陈节之“举行考试”节云：“以上办法有种种利益：(一)，升入中学学生大都文字优长，他日可养成远到之人才；(二)，现在中学之人入学虽有考试，然遇学生缺乏之时，率不问其程度之合与否，滥行录取，往往程度不齐，经提学考试自无此弊；(三)，科目既简，乡里延师甚易，私塾发达，可辅助国家之力所不及；(四)，可收罗学校以外之人才，怀才者得以自见，不至横决而为乱；(五)，且可督促小学之改良，使之反省。

二，颁定私塾章程。前自学制颁行以后，私塾日少，家有子弟则怅怅无所适从，欲入小学则惧其沾染恶习；欲延师自习，则恐阻其升进，徘徊迟延，至于废学者不知凡几。窃以为国家为奖励人民从事教育起见，宜颁定私塾规程，俾可遵守，于采放任主义中仍寓干涉之意，兹将办法略陈于左：(一)，凡自行设私塾募集学徒、教授者，应受县知事之考查，但聘请之私塾则不在考查之则；(二)，私塾许用背诵之法；(三)，私塾除国文、历史、地理、算学应遵部章指定书目教授外，其自行添入他科目者听之；(四)，私塾概用单级教授外，其因人数较多，须分班教授者，每班以十人之为限。此种办法亦有种种利益：(一)，学生之汉文稍通者，官绅可延以为师，否则亦可自设私塾以资糊口，游民渐寡，生计稍舒；(二)，如该地方小学不良子弟不愿入学者，可延师自课，其效力与入学等，有时成效较速，不至彷徨废；(三)，国家既颁布规程，虽穷僻之乡亦必有设立私塾者，教育渐可普及。

三，增设中学。中学入学既由提学考试，则各省之中学应由提学会同巡按使酌定每省应设立中学之数，视各省取中额数之多少定之，约每数县设立一中学，至中学校长应由提学遴选富于教育经验者充任，以昭慎重，将来成绩之优可以预卜。盖吾国地广而民穷，欲每县设立百十小学，力尚不足，合数县设一中学，似尚可行，此增设中学之理由也。

四，厘定教科书。查前学部审定及坊间通行之国文教科书，编纂者既非通儒，讲习者每下愈况，学子不通之病率由于此，姑学[①]数例：第一课为元旦拜年，系编自纂；第二课忽引前代轶事，读者辄误编者之言为故典，一经引用，动成笑柄；又如前课为普通文法，次课忽而唱歌，歌词又极鄙俚，诚不解先哲手定之经史何以逊于近人之大笔，百思不得其故；其自命为教育家者，动以经史艰深，恐坏儿童脑力为言。殊不知吾国文字与瓯西不同，故记诵方法亦不得不异，前已言之。且自秦汉以来垂三千年，名儒文苑代不乏人，从未闻因幼读经史脑力不济成为废人者。窃以为现在编行之国文教科书取其不适宜者以命令一律废止，将经史子集择其便于初学者，列为小学之教科书，其便于中学者，列为中学教科书。至历史一科，坊间亦多有教科书之作，过于简略，读者干燥无味，往往历史专科毕业面询以汉唐诸大事尚不能举者，似亦宜择先哲所编之定本取其稍简者作为中小学之教科书。至算学、地理姑存其旧，尚无大弊。再如采用第一条办法，则国文、历史、地理、算学四科为小学升学之考试科目，应由部颁定本，如国文应读何书、历史应读何书之类，俾私塾得以延师自习，且可收教育统一之效。诗歌一道本为陶情之具，世界各国无不有之。吾国近年以来国学凌夷，学校学生至不知四声为何物，至于诗词骈俪则更无人问津，再阅数年不知成何景象，似宜于各学校乐歌科目内受以唐宋名人诗词及文选。孔子云：‘小子何莫学乎诗？’又言：‘不学诗无以言。’亦先圣之遗教也。”节尚未完，容日续记可也。

---

① “学”，疑为“举”。

初四日己卯 早至未刻，晴；申牌，阴、晴；以后皆然。典中亦于上午六句钟开门交易矣，幸得天气晴明，虽生意颇佳。张仲增已于早刻进店。牟则福先来言，彼恒泰典之写票夥友与祥高先对调，余即允诺矣。早刻，至西山徐宅吊孝，晤徐晓园、潘雪岩两君，相叙过午膳而别。过北山子衡处少坐，至家时尚早，随至周宅吊孝，晤花辅卿、周载熙、周建西、周作羹诸君，互叙一刻，就道至达云母舅府上少坐而来。家君席邀周谱香、周少云以及各店诸友及典中各伙晚膳，相叙席散而去。陈春庭言，施见甫于盐号中分手，与卢槐士诸君拼开树场于聚元旧址，即与见甫经理账务云云。

阅十二月廿五日《申报》纪时评"外交之强弱"节云："外交之强弱，国家之强弱也。国家弱而欲求外交之强，不可能也。国家强，须外交之手段因之而强，此其关系盖非偶然也。日本对我之要求，所传既不一说，据今日之路透电谓日本坚不退让，其要求显较外间所宣布者更为重大。而日本方面，东京电所述加藤外相之言，则谓要求并不酷烈。何其歧异若是也，岂言者之眼光不同欤？抑其说之或有一非欤？如路透电说，强国之用其强外交手段也；如东京电说，强国犹未尽用其外交之手段也。二说果未知孰是。"所云如是，姑而记之，以观日后之果否也。

阅十二月廿六日《申报》纪续录程树德条程之"真相"节云："五，扩充实业教育为当今之急务。人皆知之，前以官奖励实业牙科或为进士，闻者齿冷。至于今日，则习农工毕业者，生活较难，因而群趋于法政之一途，实业教育益以不振。窃以为欲实业教育之发达当自改良办法始，今日非无工商学校，然其科目大半仿照日本，与国情多所龃龉，且长于理论而短于实用，于工商业之前途丝毫无有禅益，国民淡漠视之，盖非无因。查吾国之实业计分二种，有吾国昔日最发达之实业而今渐衰落者，有吾国所缺而为国民所必需者。似宜责成教育部会同农商部调查全国实业进行方针，如闽地产茶，则设制茶之专门学校；浙地产丝，则设制丝之专门学校；某地洋布输入最多，则设制洋布之专门学校。大都按照国情及地方之需要由各省有教育之责者调查情形，次第设立。不特设立，教育普及，而一国之工商业必因之进步，不必徒悬工商学校招牌、徒袭有机化学之科目。至此项扩充实业教育之经费，由各省巡按使设法担任，且异日各省私立法政林立，即减缩官立法政学校之经费移为扩充实业教育之经费，于事实上想亦无甚妨碍也。以上所陈皆就制度上应行改良者言之。然孟子云：'徒法不能以自行。'前者学风大坏之时，丧心病狂之徒即此言先圣，仅辨字母便说自由，隐溃礼义廉耻之防，酿成犯上作乱之渐，世道之忧莫大于此。推厥原由，盖办学校者，保持名位，则姑息以养奸；为学生者，窥其隐微，益猖獗而无忌。入校之始已无向学之心，毕业之后则群奔竞之计，此风不革，何以为治？然亦不能尽咎于学生者，良以国家进身之阶本无定之常轨，因之人存非分之想，各有幸进之心，观于此而知登庸之法，不可不速行厘定者，一也。古者，太史陈诗以观民风，迄于后世，犹有观风俗使之设。以吾国地广人众，一省之长，其耳目万不能周，不能不有輶轩之使，以专司督察之责。康乾之际，督学者率皆名儒，奖掖后进，讲学之盛，几埒汉唐，必提倡有人而后士知向学，观于此而知提学之官不可遽废者，又一也。从前儿童入学便授《学》、《庸》，虽至村俗之子，目不知书，而《大学》数言，或亦略能上口，教育家以为艰深，概行屏斥，而以教科书代之，初亦觉其良便，迄今思之，乃大不然。荀子有言，人性本恶。束发授书，即以先圣忠孝节义之言，使之先入为主，而后世乱臣贼子犹间世而生，况乎入学之初便闻平等自由之义，宜其敢于非尧舜而薄汤武，乃知古人立法未可厚非。查小学读经久经大总统明令施行，然非急起直追，则学风不易遽变。盖儿童迟得一日之学育，即国家多一不学之游民，观于此而知学校读经不可不急行严令者，又一也。以上三者皆直接、间接与教育有密切关系，而改良学风，则又改良教育之根本也。”所云如是，正切教育之前途，未识教育部如何议果，姑而记载，以观日后何如耳。

是日《申报》又纪“经界局建议案打消”节云：“参政院日昨下午开

参政院本身第一次大会，议案为姚锡光、胡钧等提出经界局办法建议案，院长、主席首由汪有龄谓提案时经界局尚未派员，现在派督办，政府方针如何，好在蔡督办亦在本院，可请其说明。蔡锷即登台谓本院一面为咨询机关，一面代行立法，代表民意，若由本院提议必能震动人民之耳目。事更易办，自是很好。惟原案所主张多与现时情形不同：一，人员由各部派员兼任，此层不易办到：一[①]，经费原列之数万不敷用，即仪器一项已需六十馀万圆。三，清丈完竣决非三数年所能竣事。说毕，王家襄请照院章付审查表决此案成立与不成立者，又有主张原案与现在情形不同，或由本院另行起草，并请蔡督办。到会者众论纷纭，卒从多数主张打消”云云。

是日《申报》又纪“经界局之评议委员会”节云：“经界局组织评议委员会早见本报，兹闻本星期六即为第一次开会之期，会章亦经蔡督办核定，共十九条，内容有：委员长、名誉委员长、副委员长及委员等名目；委员长由督办自任，名誉委员长聘请有经界学识之高级行政长官充任，副委员长于委员中选任；委员分专任、兼任两种，专任五人，兼任二十五人；会中分设测量、清丈、登记三股，设股长；每星期二、四、六日上午九时至十二时为会议时期，议案除委员长交议外，委员亦得提议；议决之案移请经界局采择，委员长并得提交复议”云云。节言经界事宜，是为之记。

是日《申报》时评纪“外交与和平”节云：“东亚和平云者，非但中国人望之，凡与东亚有关系之国皆望之也。有能维持东亚之和平者，非但中国人受其益，凡东亚有关系之国皆受其益也。反是，而破坏者，亦非一国受其害。今之能任维持东亚和平之责者谁乎？人莫不曰日本。而日本固尝以维持之责自任者，然则其外交政策当不违背此维持之宗旨可知也。不违背此维持之宗旨，则对于我国要求必不至于酷烈，或无让步。况乎日本尝谓与我有亲善关系，而欲以善意疏

---

① 此标序有误，当为“二”，或下之“三”仍为“一”。

通也耶！我固甚望两国之磋商从速解决困难，不致如西电所述虑摇和平之局也。”东亚之战局，急望和平解决，是为至幸耳。

是日《申报》附张纪诗选“春夜偶题”诗云：“杯中有酒且同斟，莫管更残玉漏深。风雨西窗无限意，将来都付短长吟。”又纪“冬雪”诗云：“狂飙万点不停飞，炉火初烘歆绣帏。腊鼓愁听摧日短，寒生槛外雨霏霏。”又纪“画梅”诗云：“冰姿能耐百年寒，疏影横斜朵朵安。寄语惜花人莫羡，清奇只许画中看。”又纪“郊行”诗云：“遍寻樵径隔溪村，落日江边欲断魂。此去蓬山深莫问，烟笼古树月黄昏。”词颇有味，是为记焉。

阅十二月廿四日《申报》纪“教育部请设教育厅之原因”节云：“教育部日前呈请总统各省设教育厅一节已志前报，兹闻此问题之发生起于各省所派部视学之报告：三年冬月，该部共派视学员五人，东三省为一路，派钱某；西北陕甘诸省为一路，派杨某；两广、福建派一人；四川、云贵派一人；中部派（一）人。视学员刻有三人归来，据视察陕西之报告，谓各县学务多不成事体，叩以部颁法则茫然不知；又经视察东三省之报告亦大略相同，乃知一省学务委诸教育科之科长、科员，人微力薄，呼唤不灵，而巡按事务冗烦，势又难以兼顾。事关国民教育而无专任大员主持于上，则教育前途何堪设想？以故，该部总长乃有各省设教育厅之呈请，闻政府中消息，此等建议未必能邀准云云。”所云如是，姑而录之。

送《董公选要》一本与仲达，适朱子延早刻至黄城有事，交其转递矣。

初五日庚辰 卯前，雨；辰时至晚均阴。早刻，仲增先言有兄弟在申来信有病，即于早刻动身赴沪云云，其铺盖、箱等亦同时而去。晚刻，朱子延自黄城来言，仲增先有一弟在家，已于上年逝世，并无兄弟，所云定是谬语。随接仲增致翼亭、子延一信，言转至元泰及敷衍一切云云。既要转去，不妨言明，如此而去，未免太无道理，只作罢论。况仲增面上无肉，难于同宿，自后遇有此等人者加以小心为要。

翼亭于晚刻至海门恒泰典询荣满先之奇湍先何至今日尚未至店，据荣满先之言亦甚吞吐，亦作罢论可也。但典中柜上伙友不为难用，彼等如是者，只得从容另觅，可无致误耳。

初六日辛巳 晴。致牟则福先一信，将祥高先对调之写票作罢，由翼亭致函恒泰包房将奇湍先辞却。即由翼亭致函郑侣三代为荐用柜上夥友，接其令郎来信云侣三现至莘山有事，俟其来时即为寻觅可也。早刻，陶柳亭、伍菊香、王六皆、王俊卿诸君来叙至晚而别。

初七日壬午 晴。早起，见霜颇大。古语云："春霜不可露白，倘若露白，只恐有雨耳。"

阅十二月初十日《申报》纪"德国海军谈"节云："德国继尔军港之近况，德国《文报》据十一月二十九日继尔函称曰：兹有潜水艇数只停于旧日美国特等战舰来访继尔时所泊之坞旁，而一切战舰则均在岩石富有之湾内，各舰之上所刷战色焕然一新，鱼雷、索具亦件件完备，大有待时而动之势。至于帝国海军会馆则有红十字旗飞扬空中，船厂内之大光明灯业已变白为黑，盖防有敌国飞艇乘光侵袭之患也。因而各旅馆之房屋亦每于燃灯之前先闭外面板窗，庶乎敌国飞行家来时无一线光明可辨东西。而各高楼大厦之顶上则统设巨炮及守望军队，以防御空中敌人之攻击。至于陆路亦设有荆棘、铁丝网罗，以防继尔运河方面有陆路之侵袭，其实并不致有，此不过谨慎防备耳。然除此以外，继尔军港之现状仍无异于旧日，如港内、市内一律照常，安然度日是也。德国海军人员对于美国报界通信员来游此海军重大之根基地，尝备极欢迎，决不秘蜜限制其行动，且率该通信员等遍地游览焉。如鱼雷制造厂乃夙无闲人出入者，今导之遍观矣。又如于新造之潜水艇内大战斗舰上令其参观演习射击。此外，若修缮刷洗鱼雷、潜水等艇各坞，亦无一不令其详细观览是也。而凡该通信员等所叩问，又无不一一答复焉。故该通信员等参观后欣然而去，声言德国陆海军队苟非敌国皆可如意饱览，并非其敌动守秘密、严禁外人者也。德国舰队备战之事早已告竣，而德国战斗舰及其巡洋舰等尤早于开战之始除刷新舱房板壁及调补一二人员外无所事焉。至于一切勤务，除风纪惊卫[1]及前哨斥堠稍形严厉外，亦悉照常。舰队之大增，德国潜水艇若按去岁海军豫算案言则当建造为数甚多，洎夫今日几已全然工竣，而开战之始出坞、入伍供差者，数亦不鲜。凡新造者皆属至大之模型。据德人称，现在德国所有潜水艇已比英国多多，不特此也，即灭鱼雷艇队，自开战以来亦大见增加，查各小艇每一小时皆有能行三十六海哩之速力，此显而易见者，然近来主要战斗舰之数亦增加甚多也。”

又纪：“新式潜水艇”：“据该通信员等称，观察潜水艇时最为有趣，计见有二艘：其一即海军大尉魏狄氏所率名震寰宇之U字九号，是为旧式；其他一只为最新式，且系今方入伍者。此种潜水艇苟其船员力能耐劳即可久伏海底潜行，如遇有危险则其前后皆有浮标可以系牢其练，以资援救，并且有小浮标一件，其上设有电话机及电灯等物，以备急需。如是完备之模型，纵令其艇上受有大洞，而其船员亦可无性命之忧。自开战以来，鱼雷制造厂之能力几加多一倍尔，今港内所治战舰惟有一只战迹宛然，即旧瓯尔孰堡是也。现时此船已专用作演习射击之目标。”所云如是，姑而记载，以观日后果如何耳。

家祖母苏太恭人节孝坊上年十二月初上已经停工，方于正月初四日开工再为续做，其一中块字板已于早刻亲至祠堂即将写就字样粘贴石板中以便刊刻，其坊额拟用“石实坊芳”四字最为切实耳。

初八日癸未 晴。现值上八佳日，天气晴明，足爽人意。接周德臣兄及仲达各一信。家君席请包达信、周谱香、达云母舅、翁子俊、王俊卿、伍菊香、洪少琴、周孟东、黄季明诸君，相叙席散而别。

初九日甲申 晴。接郑侣山一信。早刻，至大宗祠，看祖慈苏太恭人节孝坊横额已开落数字平底，工尚齐整，但坊字齐整深明以经永久。道至楚卿处，晤章屺堂先生及王云初，互叙一刻。同云初至吴玉

---

[1] 当为“警卫”。

翁处，晤王六皆先生，相叙一刻而来。家君席请吴玉翁、王六皆、卢槐士、黄楚卿、黄心斋、周载熙、周作羹诸君晚膳，相叙席散而别。请曹执中，适其至章安去。陶寿农适至海门去未来。楚卿兄令堂于初六日起身发热而又喘气，现邀屺堂先生诊视，未见肤公，今又邀陈夔明先生诊视，想其老发旧症易于医治耳。

初十日乙酉　辰牌，雨；巳时雨晴，阴；以后皆然。致郑侣山兄一信，饬二头送至路桥葆丰拆衣店面交。致贺蓉江、陈渔韶各一信，附李曼士绘花卉直条八幅，托渔韶兄代为带甬交四明文宝斋，装裱白色绢边，画脚仍用树筒，均饬安燕送至海门丰泰面交矣。

十一日丙戌　辰前，雾甚浓；巳时雾散，晴；以后皆然。许眉甫先生自早刻来。章子修兄于晚刻来。

十二日丁亥　辰前，细雨；巳时以后均晴。致周德臣兄一信，饬小和尚送投。家君席请章子修兄午膳，并邀许眉甫先生及河清、石甫、道周、伯端诸君，相叙席散而别。眉甫先生于晚刻至海门去，言临海县知事陈再祝因案交卸矣。

十三日戊子　晴。早刻，同章子修兄动身，子修兄就道至黄城，余于午刻至十里铺陈家岳母处叩岁，晤子春、仲善两舅及叶叔筠、陈训甫及罗卓卿、阮凤鸣两连襟。诸君互相畅叙，岳母席请晚膳，相叙席散，而训甫兄少叙即至家去矣。

十四日己丑　晴。晚刻，仲善兄令岳叶辅廷先生来，言及子春、仲善两兄分爨诸事云云。

十五日庚寅　晴。叶叔筠兄于晚刻去。

十六日辛卯　晴。岳母席请叶辅廷先生以及各人午膳，相叙席散后，相叙至晚，过梁怀卿兄处少坐。晚膳后同辅廷先生及卓卿、凤鸣、子春、仲善至土屿张鉴亭、张琪璇、张伯鸣诸君府上，相叙一刻而来。

十七日壬辰　晴。叶辅廷先生自晚刻去，余亦于晚刻动身至前宅章家岳母处叩岁，晤伯纯、仲厚、子修、季甫，互相畅叙至晚，一年一见,亦人生之幸事耳。

十八日癸巳 晴。岳母席请晚膳。

十九日甲午 卯前细雨;辰后均晴;至晚皆然。早刻,至十里铺陈家岳母处,仍晤凤鸣、卓卿、子春、仲善诸君,互相畅叙,亦一乐也。

二十日乙未 晴。叶辅廷先生、李克三舅公均来,议及分家诸事。

廿一日丙申 辰前,细雨;巳牌雨晴,阴;以后皆然。仲善、子春两家分爨诸事已将议讫书据矣,惟克三先生因事忙迫而去。

廿二日丁酉 卯前,细雨;以后皆阴。早刻,即将分书押画后,同凤鸣兄动身。余于午刻至家,张韵卿先生曾经坐馆,许眉甫先生亦在家,少顷,罗梅也、李仲贤、张鹿筹、张岳生、王俊卿诸君来叙少顷而去。接王勤甫先生一信,即遣克瑞先往取慎昌煤号之甲寅年之红单一分,言股息汇在永新小轮,俟取来即行送下云云。本是现洋,既云汇在永新,亦不得不为延缓数天而已。

廿三日戊戌 晴。致张丹庭兄一信,并附致孟定兄一信,交邮寄申。晚刻,至椒江中学堂,晤周载熙、周作羹、李仲贤、张鹿筹、张岳生、罗梅也诸君,互叙半晌,同作羹兄至达云母舅府上少坐而来。

何见石老伯寄家君函中附祖母黄太恭人节孝坊序赞一份,即托王俊卿代为书就,即可交手民刊刻矣。其文曰:“黄太恭人建坊序赞。太恭人姓苏氏,临海栅浦人也。父鸿,候选县丞。幼娴诗礼,年十七归家子鸣皋黄公讳冠清。公有胆气,浙抚檄剿嘉湖盗,寻病卒。太恭人年二十有二,惨不欲生,奉姑应以孝闻。有子曰寿征,甫四龄,摩抚成人,由京僚宰滇、晋,所至有声。孙男三:秉义、秉礼、秉衡。太恭人寿逾古稀,犹长斋礼佛。光绪八年奉旨旌表。今上纪元,寿征将伐石树坊,寓书都下,属奏篪序其事,义不敢辞。赞曰:昔在尼父,诗表共姜,两髦矢誓,万世为防。由来女杰,不厄不彰。天生恭人,冰蘖早尝。君姑笃老,稚子凄凉。奉乳画荻,蒿砧不亡。果然梓舍,克报萱堂,名高朝列,续奏贤良。天子曰都,贤母之庆,命彼礼臣,建此崇坊,五色纶涬，十丈辉煌，清台比竣，贞里齐芳。孙枝立玉，寿母称觞，吁嗟粉黛，咸式冰霜！遂作诵曰：凤山高兮椒水长，婺宿下兮扶人纲，贞珉之石矗路旁，节孝之门世其昌，千秋景仰江夏黄。宣统己酉孟夏吉旦法部会计司郎中正掌印世愚弟何奏篪拜撰，世再侄王衷善拜书。"

廿四日己亥 阴。家君嘱书致何见石老伯一信，交邮寄郡。早刻，至大宗祠看坊石，已逾半就矣。就道至尚德小学校，晤王俊卿、黄道周、黄少湖、邱遇琴、王云初、邱惠夫、金雨亭诸君，叙过午膳后，伍菊香来叙一刻，相约至心斋宗叔处，相谈半晌而来。眉甫先生自早刻去。

廿五日庚子 晴。早刻，至海门永宁局，晤陶寿翁处[1]曹执中少叙，同曹执翁至楚卿处，相叙一刻，过丰泰，晤贺蓉江、陈少香，互谈半晌。慎昌之股息，前克瑞传述王勤甫先生言汇在永新小轮，顷据陶寿翁言，勤甫先生方于昨晚赴沪云云。随致勤甫先生一信，托蓉江收藏，俟勤甫旋台向取股息，代为收存。言毕，随即动身，至家时未午膳。晚刻，至子俊处，(晤)达云母舅，相叙一刻，就道至二分子权处，晤方赓甫、丁旭东少谈。因心斋宗叔柬邀晚膳，就道至心斋宗叔处，晤王六皆、黄道周、缪性言、叶石甫、周作夔、周孟东、汪伯端诸君，相叙席散后，言陶寿翁已于晚刻到家去，心斋宗叔相约余及伯端、道周至寿农府上，晤蒋敬甫，互叙一刻。寿翁言临海新知事曾经到台，姓张名兰号右荃，直隶宁津县人云云。

廿六日辛丑 晴。早刻，至陶寿翁处，晤汪伯端、钟焕堂诸君，相叙半晌而来。寿翁为其乃翁虞卿先生竖立坟面，即于早刻至南乡梅山去。章子修兄于早刻来言，即于今晚趁平安商轮动身赴杭，午膳后至海门去矣。

阅正月廿二日《申报》纪时评"决心"节云："战谓之决战，斗谓之决斗，乃其所以示必胜也。今中日交涉，日本以中国每次承允若干条

---

① 此句衍一"晤"或"处"字。

为延宕，而欲下决心。决心者何？亦所以示必胜而已矣。虽然，日本苟以必胜为的，则当交涉之初只须开条件若干于中国，示之曰可、不可两言而决耳，无所谓之交涉，亦无所用其开议也。今既交涉而又开议矣，则某可允、某条不可允，固属会议之常事。若以一有不可允者即为延宕，并以可允者不能一时尽允谓之延宕，是则日本之心自在也、日本之力自在也，自决之，即此开议交条件于中国亦已多事矣。”

阅廿一日《申(报)》纪“自由谈”节言[1]：“士无恒则学业必无进步，农工商无恒则事业必无发达。君子自重，非妄自尊大也；君子自谦，非胁肩谄笑也。差之毫厘，谬以千里，学子不可不慎。古之所称为全人者，寥寥无几；今之所称为全才者，亦不易觏。师古者常舍其所短师其所长；用人者当弃其所短用其所长。矫慎太过者则失之伪；随俗太过者则失之流。人之有功于天者，天当重视此人；物之有功于人者，亦当重视此物。大丈夫作事，毋快意于一时，留骂名于千古。勿使人逢迎我，勿使人阿附我，勿使人轻贱我，勿使人怠慢我。处迫不及待之时，人每穷于应付，无他，读书少而阅历浅也。强人所难之事，问心何安？令人难堪之处，居心何忍？遇不足计较之事无庸争论，遇不足计较之人亦无庸深究。无大损于我而有大益于人，此等事不妨多做；有大损于人而有大益于我，此等事绝不可为。居家固宜节俭，然应酬亦不可太奢，量入为出，此语诚然。家庭之间，最难处也，一有谗闲，必致参商，惟以静默处之，则谗闲者自退。不轻易许人之事切莫慢然应允，须防自家制肘。小不如意，常事也，当以漠然视之；大不得志，天命也，当以泰然处之。”此节颇可采择在处，是为之记。

廿二日《申报》附张纪“元旦述怀”节云：“不愿今年胜去年，但愿来年似往年。心上并无半点事，囊中常有一文钱。菜根烂煮天然味，稻草新铺自在眠。利锁名缰俱摆脱，爱拈诗句耸吟肩。”“默默通诚一

① 页边注：“此节大有采择之处。”

炷香,并无奢望拜苍穹[①]。近邻小酌肴丰洁,远地来书语吉祥。倾瓮尚馀今夕酒,开厨犹有隔宵粮。天怀淡定无纷扰,穷困频年也不妨。”诗词语意颇有趣味,是为记之。

廿七日壬寅 早至午刻,阴;未时以后至晚均细雨。早刻,至吴玉成处相叙一刻,言台防统领向来一人,今省中分作二人,金寿山与镇守炮台统领陈君互调,赴台统黄岩、仙居、太平三县,黄义臣升统临海、天台、宁海三县云云。又言张右荃系直隶河津任邱县人。郡城各人做前任临海县知事陈再祝诗一联云:“右手明珠左手璧,下堂堂子上堂官。”颇肖其小传云尔。别后就道至尚德小学堂,晤王俊卿、王云初、邱惠甫,相叙一刻,即同王俊卿至大宗祠看石坊刊字,少坐而来,时将午膳矣。

阅正月廿二日《申报》纪“种痘新说”节云:“牛痘与人之关系,虽经初种,必须再种各节。一,历史。天花祸人最速、最烈,古今中外受其害者何可胜计。当西班牙人寻获墨西哥时,墨国人口一千二百万,西班牙人有患天花病者,墨西哥人受其传染,势若燎原,因而死者居全国人口之半,毒焰之炽可见一班。虽亚洲及非洲北部已有接种之术,稍可防免,然法尚未妥,效果亦不甚彰。迨一千七百九十七年英医景耨氏乃发明牛痘之法,战胜天花,造福人类,为医学史放一异彩。二,原理。夫天花之毒由于一种微生物曰天花微者侵入人体,致人于死,今向已患天花之牛身取出天花微之弱种种入人体血液,即能发生一种敌微[②]质以灭天花微。病微既绝,敌微质则仍留血中至数年之久。故受种牛痘之后,虽遇天花微亦能扑灭,而勿遭其害。三,初种。凡健全之婴孩生后二三月即宜接种牛痘,以防天花微之侵袭。若时当严寒酷署,或婴孩有疾,可暂为延缓。此外,无论何时皆可接种,不必限定春季。四,再种。种痘后,血液中所生之敌微质究能存留几

---

① 当为“穹苍”方合于韵。

② 本段“微”字原文多无双人旁。

时，则因人而异，少或一年，多约十年，之后必须再种方妥。西国通例多三年一种。然据多数名医之意见，大抵一生至少种四次当可无虞，即生后二三月、四五岁、十二三岁及二十岁各种一次，此后纵染天花亦必轻微，以血中已含有多数敌微质能抵抗病毒也。五，消毒。种痘手术最要者须慎重消毒，施术者之受种处之皮（或臂或腿，只须一肢，勿种两边，加苦婴儿）以及应用之器具务必以消毒药（如百分之三之石炭酸水等）浸洗，以除外界之毒，浆液既干，则护以消毒绷带。甲孩种后，其小刀必重行消毒，始可为乙孩接种，否则，甲孩或有疾病必藉刀为媒介与牛痘之浆同种于乙孩矣。六，现象。正当之牛痘种后三四日即起小粒，四周呈红晕，五六日成疱，七八日发育达于极期，体温升腾，人颇不宁，疱大而圆，内含清液，十日疱周之皮爇热，所含清液化为浓，十一二日炎状遂减，尔后种痘瘢痕，再种之痘症状较轻，经过亦短。此外异常之症候不一而足，兹篇不赘。七，禁忌。旧俗有种痘禁忌冲犯，忌孝服之人入室，忌月之十一、十五，受种皆毫无价值，不待辩驳。近今医家认为当禁忌者，咸本科学之经验而定，如饮食忌肥腻、衣被忌污秽、房屋忌幽闭、起居忌烦劳，皆所以求种痘者心身之安舒，以免兼患他症而已。八，传浆。内地盛行传浆之法实为大弊，盖多种传染性疾病能由痘浆传于他人。某医曾实地试验，从有遗传梅毒之婴孩收取痘浆以种己身，未几，种处即成梅毒蚀疡，急除全疡，数星期后遍身已发梅毒症状，其传染之剧有如此者。馀如麻风、痨瘵、疮癞等症亦能出由痘浆传染于人。故欲防免此弊，惟有纯用新鲜之牛痘浆耳。九，成效。牛痘防免成效早为举世所公认，一千八百九十六年，菲律宾岛人死于天花者逾四万人，嗣由官吏派医布种牛痘，至一千九百零七年死数渐减至三百〇四人，后数年，竟不死一人者。某年美国斐城天花流行时，病中有七百医学生护持病人，此七百人只有一人尚未种牛痘，后此人独得天花之传染。德国最严再种牛痘之律，其结果三十年来至不有以痘症死者，效力之伟，可以想见。十，结论。牛痘之功既著，故各国政府之提倡此术者亦无微不至。日本至明治十八年即订种痘之律，凡小儿产后一年以内必行种痘，五至七年后行再种，更五至七年行三种。种痘既毕，须领医生之种痘症书呈于公署，违者处罚。一面于城市町村广设牛痘局，便民就种，法良意美，设备至用。吾国接种之法发明尚早（相传鼻苗始于宋真宗时），牛痘之益自必易于领悟，深望人人能注意实行，在上者并立强迫种痘之法以保我亿万之赤子也。”言颇深明，是为之记。

凡人生早起有无数益处，然亦必须早眠。余尝谓人曰：早起者气必清，晏起者神必昏。晏起者既不便于作事，复妨碍于卫身。西人诗圣弥顿曰：“冬则晨钟未动，夏则宿鸟初鸣，起坐读书以练思想。”斯威德曰：“夜明而犹横陈于床榻间者，无伟大之人物。”盖至言也。此乃涉世之道，是为记焉。

廿八日癸卯　晴。西风起，天气颇冷。接子衡兄一信，交其郎槐森送来，随留过午膳，同至椒江，晤载熙、鹿筹、岳生、永孝，相叙一刻，即托载熙将槐森一学年凭单出来，以便彼至黄城清献学校可照一学年之用。此单随交槐森收去。同鹿筹、永孝、伍菊香来叙至晚而别。

廿九日甲寅辰　阴，天气颇冷。晚刻，王六皆、卢槐士及达云母舅来叙至晚而去。

三十日乙巳　阴。接张丹庭兄一信，言前代经之款计洋三千元曾已汇交楚卿转上分银行，该息由永利局汇付云云。随即致楚卿兄一信，交克瑞先送交，旋接还前代经凭票一纸，当即涂销矣。午膳后，卢槐士、伍菊香及达云母舅来叙至晚而去。

二月初一日丙午　细雨。致张丹庭兄一信，交邮寄申。致王勤甫先生一信，交亦兰兄带申，并托亦兰兄代购吕宋烟、洋袜、全鹿丸等，交祥高先送交，带购价洋十四元。晚刻，家君席请张韵卿先生晚膳，适心斋宗叔、达云母舅、翁子俊、蒋敬甫诸君来叙至晚，均留过晚膳后而别。

初二日丁未　晴。日值探花谷旦之晨，幸得天气晴明，今岁定歌大有，可以预卜也。家祖母苏太恭人节孝坊中间背后“彤管扬辉”四个大字,即于早刻粘贴,随嘱石工刊刻矣。晚膳后,至心斋宗叔处,晤道周宗叔,相叙一刻而来,言及小老周即周永广在山东潍县地方被获矣。

初三日戊申 晴。晚刻,卢槐士兄携新中华储畜票一卷,家君向购八张,余向购一张。晚刻,因缪性言令郎昨日完姻,柬邀晚膳,至其府上,晤方恭士,相叙席散而来。同席者颇多,均是少年,姓字未及询问一一。

初四日己酉 晴。早刻,至大宗祠中,嘱手民将已刊就之石柱用生漆和煤垫盖,惟序赞俟刊就即当加盖可也。晚膳后,至遇琴处,晤王俊卿、王云梯、邱辅廷、周作羹、洪少琴诸君,互叙半晌而来,至家时将二鼓矣。

阅二月初一日《申报》纪"葛将军"节云:"鸦片之战,英人犯定海,我兵御之事败,三总兵皆殁于阵。三总兵者王刚节锡朋、葛壮节云飞、郑忠节国鸿是也。而死事最烈者,独推葛壮节。公字雨田,浙之山阴人,以武进士官守备,五擢而至定海镇总兵,寻丁外艰归。公在籍时目睹外患日迫,尝上书大府,言广东禁鸦片方急,恐波及浙洋,宜先事定谋。及英兵据定海,大吏服公先见,驰书要公诣镇海计防御。公适督耕陇上,得书白母,母拊其背曰:'行矣,勉力杀敌,毋以我为念。'公泣拜而去。时道光二十年七月也。公至镇海,请尽出劲兵扼金鸡、招宝两山间,集定海溃兵,大阅海上。会英兵官安突得被执,敌大惊扰,公请即出兵复定海,当事不能从。明年,公与王刚节、郑忠节偕往镇定海。定海三面踞山,临海无屏蔽,公议城其三面列巨炮塞竹山门深港,使不得通舟楫,增筑南路土城与五奎山诸岛相犄角。当事又以费钜,不允行(可叹)。七月,英人陷厦门,公闻之,立牒大府,以土城守兵单薄,晓峰背负海有间道,宜增炮及以营船,备水战,皆不省。八月,敌果犯定海。先是,守兵皆驻城中,唯公自驻土城,及是乃由王公出守晓峰,郑公守竹山门。敌船二十九艘,众至二万馀。我兵合三镇仅四千,不待交绥而知其不敌矣。公于是飞书大府,请济师,勿许,戒死守毋望援(此事可恨可杀)。会天雨浃旬,泥泞不可着足。公青布帕首、麻袍、著铁齿靴,日携士卒往来霪潦中,慷慨誓师,屡战屡却敌,相持凡数日。天忽大雾,对面不相见,敌全队逼土城,公炮沉其舟。敌分道攻晓峰、竹山。晓峰无炮,敌众夺间道下攻破竹山门,王公、郑公皆战死。进簿土城,公手掇四千斤大炮回击之。敌殊死进,公率步卒二百馀人持刀械步斗。敌兵官安突得(时安已由巡抚释放回船)执大绿旗麾兵进。公骂曰:'孺子终污吾刃。'斩之,刀折,复拔所佩刀二冲入敌中,至竹山门,方仰登,敌刀劈,公面去其半,血淋漓,径登,敌骇进。间忽有炮背击,公洞胸,穴如碗,遂力战而殁。方敌之逼土城也,公行营有药桶二,遂密纳火线其中,而朱书其上曰军饷。城陷,敌入公营,争取之,药发,焚毙数百人。义勇徐保夜迹公尸走竹山门,雨霁月明,见公半面宛然植立崖石下,两手握刀不释,左一目犹睒睒如生。欲负之行,不能起,拜而祝曰:'曷归见太夫人乎?'乃起。一说公战殁后遗骸为敌所得,有侍妾某氏亦山阴人,容止闲雅而富有胆略,闻耗大恸,遂率残卒数百乘夜突入英垒夺公遗骸,还归葬之。当时汪芙生孝廉曾制'葛将军妾'七古一首以咏其事,诗云:舟山潮与东溟接,战血模糊留雉堞。废垒犹传诸葛营,行人尚说将军妾。其道名姝越国生,苎罗村里早知名。自从嫁得浮云婿,到处相随却月营。清油幕底红灯下,缓带轻裘人隽雅。月明细柳看谈兵,日暖长楸看走马。一朝开府海门东,歌舞声传画角中。不问孤军悬渤海,但思长剑倚崆峒。新声休唱丁都护,金盒牙旗多内助。虎幄方吹少女风,鲸波忽起蚩尤雾。一军如雪阵云高,独凿凶门入怒涛。谁使孝候初拔剑,可怜光弼竟抽刀。凄凉东岳宫前路(公战死于东岳宫前),消息传来泪如注。三千铁甲尽苍黄,十二金钗齐缟素。绣旗素钺雪纷纷,报主从来岂顾身?已誓此身拚一死,顿教作气动三军。马蹄湿尽胭脂血,战苦缘沉枪欲折。归元先轸面如生,杀贼心娥心如铁。一从巾帼战场行,雌霓翻成贯日明。不负将军能报国,居然女子也知兵!归来肠断军门柳,犀铠龙旗亦何有。不作孤臣李祐妻,尚留遗恨韩家妇。还乡着取嫁时裳，粉黛弓刀尽何伤。风雨曹娥江上住，夜深还梦旧沙场。”忆阅《先正事略》纪葛将军事略最为惨切，未及如是之详，是为之记。中国鸦片之役殉国者尚有陈忠愍公化成，顾以知之者多，不再述。方今外患之急十倍于道光时代，而旷观当世，所谓拥高才、建大纛者，安得复有葛壮节、陈忠愍其人乎！心为悲夫。

初五日庚戌 晴。午膳后，汪伯端、卢槐士、周篪卿、伍菊香来叙一刻，言陶寿翁自路桥来，即至其府上，晤叶辅廷、蒋敬甫，相叙半晌而别。

阅正月三十日《申报》纪“三元里义民”节云：“诸君读历史亦知吾国有鸦片之战乎？亦知此时有数万义兵崛起于广州之三元里中、奋其空拳以与敌人斗乎？当道光二十一年三月，政府以敌氛日炽，钦差琦善、将军奕山皆丧师误国，乃起林则徐于废籍，命以四品京堂驰赴广东会办军务。方是时，敌舰已连破虎门各隘及东西各炮台、扼猎得沙及大黄滘两咽喉以为久守计，而吾国除湘兵以外，所募于福建、香山、东莞等处水勇均未集，军械亦不足，提督杨芳以兵无胜算，不欲浪战，乃奕山惑于随员之言，一意孤行，遽于四月朔日之夜半分三路进攻，战至天明，洋兵大集，乘风纵火，延及广州城，我兵败走。越三日，敌又约诘朝大战，至期，洋兵环攻城东、西、南三面，于是天字炮台及泥城四方炮台皆失守，守台兵望风争窜，陨崖坠石，死者无虑数百人，阖城军民遂如坐井中而听井上之下石，束手无策矣。粤民夙以义勇闻，当战衅初开之际，已大起团练，传檄远近，不支官饷，亦不受官约束，自愿与敌人一胜负，而官吏不之许，至是闻败，则其愤怒，咸跃跃欲试。而洋兵既得胜又日肆淫掠，粤民目眦俱裂，一呼而集者千人。十二日和议成，十三日洋兵由四方炮台回至泥城，沿途复纵淫掠。于是，三元里之乡民乃愤起报复，各举其农器以与快枪利刃相决战，洋兵出不意，反戈相向，乡民冒死前进，呼声动天地，咸欲灭此朝食。洋兵见不敌，欲夺路出顾，以四面设伏，如兽陷阱，自朝至于日昃，突围者屡终不能得一生路，而洋兵之死者已二百，渠帅伯麦霞毕亦殁于阵，并夺获其调兵金符、黄金宝敕及双响手枪无数。方是时，粤民敌忾达于极点，三元里鏖战正酣，而附近日三村之乡民亦闻风而起，杀敌无算，及夺其枪械千计。其渠魁义律闻之驰赴三元里救援，复陷入重围。而乡民则愈聚愈众，层层密布，几欲聚而歼旃。洋兵大窘，乃告急于知府余葆莼。余驰往解劝竟日，乡民始恨之而退。洋兵既回船，知粤民之不可犯，乃渐次退出。然乡民之怒犹未已也。其大船有搁浅者欲截而火之，为官吏所尼始已。迨四月初四日，敌舰方麕集虎门，新安县武举人庾体群以大船三队自穿鼻洋夜半出发，乘潮以攻之，毁其一舰，佛山义勇亦截击于各炮台，据上风纵毒烟以眯之，歼杀数十，又破其赴援之杉板大船一艘。事后，洋官乃出示自解言：'百姓此次刁抗，蒙吾国（指彼国）官宪宽容，后毋再犯。'粤民愤甚，回檄诟之曰：'尔自谓船炮无不敌，何不于林制府任内攻犯广东？尔前日被围时何不能力战自拔而救于首府？此次由奸相（指奕山）受尔笼络，主款撤防救尔，得乘虚深入。倘再犯内河，我百姓若不云集十万众，各出草筏、沉沙石、整枪炮，截尔首尾、沉尔船舰、歼尔丑类者，我等即非中华大国之人民。'是时，南海、番禺二县团勇三万六千昼夜演练，洋人侦知内河有备，竟不敢报复，向厦门遁去云云。"前有人言之约略，未有如是之详，是为之记。

初六日辛亥 晴。接阮凤鸣兄一信。晚刻，叶启荣与玉先来言小老周曾经被获，已解至省矣。并阅二月初二日《申报》纪"周永广（即小老周）侦获枪毙"节云："台匪周永广久缉未获，现由浙探在山东潍县侦获，于阳历三月十五日迎提到浙，朱军督亲督法官详加研讯，该匪供认谋乱不讳，即日判处死刑，即行枪毙云云。"小老周现经被获枪毙，台州幸得除一大患也，台民幸甚。早刻，路遇琴轩之嫂言楚卿兄之第三子系沈小者所生亦于昨夕而殇云云。

阅二月初三日《申报》附张纪"陈化成传"云："公讳化成，字莲峰，福建同安人。由行伍荐升福建提督，于道光二十年调任江南，总督伊里布、巡抚裕谦皆倚为重。时西人内犯，沿海戒严，抵任甫六日，闻定海失守，即督兵驻吴淞口以西炮台，三面环海，最为要冲，依塘列帐，坐卧其中，凡三载，与士卒同甘苦，未尝一日离戎幕，兵民相安，呼为陈老佛。时驾小舟往来风浪中，纵观水道，西人畏其威不敢犯。二十二年四月，乍浦告陷，邻邑骚动，吴淞口犹安堵如故。公日夜鼓励军士，喻以大义，派员防守，布置周密。五月初八日黎明，西船驶入，以轮船为先锋。公挥众军并力轰击之，西兵欲退者。再总督牛鉴带兵至教场，西兵从墙头望见，架炮击之，牛不敢前。徐州总兵王志元闻声先遁，诸军尾之，西兵遂悉锐攻炮台。公亲督战，右肋受伤，颠复起，犹挥旗不去手，旋中重伤阵亡。武进刘国标夺尸以旋，匿芦苇中，越十日，辇至嘉定以殓，面如生。事闻，予恤荫，并敕建专祠，谥忠愍公。同时吴淞营把总龚增龄以被虏不屈死，恤赠如例。”武将如是者，当今之世何至未见一人？深为可叹！

二月初四日《申报》纪“冯婉贞”节云：“咸丰庚申岁，英法联军自海入侵，乘舆播迁，京邑骚然。一时三时抗手之雄、燕赵悲歌之士，走激泣血、筑寨办团，义声所照，风云色变。乃有纤纤弱女子特起异军仓头中，操弓挟弹，日与碧眼儿相博战，卒能以少击众、以奇破正，使强敌仓皇夜遁，呜呼！豪矣！离圆明园十里，有村曰谢庄，环村居者均猎户。中有冯三保者，鲁人，素精技击，侨此已再世。冯有女曰婉贞，年十九，姿容妙曼，而自幼好武术，冯之技，女无不习，习无不精。是年，谢庄办团，以三保勇而多艺，推为长。筑石砦土堡于要隘，树帜曰‘谢庄团练冯’。一日向午，侦者飞报敌骑至。旋闻洋号呜呜，登砦瞭望，见一白酋督印度卒约百人，掮洋枪、骑骏马，驰而前，步伐整齐，势颇盛。三保戒团众装药实弹，毋妄发，曰：‘此劲敌也，度不中而轻发，徒糜药弹，无益吾事，勉矣！慎之！’时敌军已近砦，离约百步，枪声隆然，连发者三，子弹劈空气蚩然作怪响，砦中人鹜伏不少动。既而敌行益迩，驻骑瞠视，一似窃怪砦中若无人也者。三保见敌势可乘，急挥帜，曰：‘开伙！’开伙者，军中发枪之号也。于是众枪齐发，敌人纷堕如落叶。及敌枪回击，砦中人又鹜伏矣，盖藉砦墙为蔽也。攻约一时，敌以伤多，退去。阖夫三保亦沾沾自喜。婉贞独戚然曰：'小敌去，大敌来矣。设彼以炮至，吾村不齑粉乎？愿吾父老尚其留意！'三保瞿然曰：'子言不为无见，虽然，何以为计？'婉贞曰：'吾闻西人长火器而短技击，火器利袭远，技击利巷战。吾村十里皆平原，而与之竞火器，其何能胜？为今计，莫如以吾所长，攻敌所短，操刀挟盾，猱进鸷击，侥天之幸，或能免乎？'三保曰：'悉吾村之众，精技击者不过百人，以区区百人，投身大敌，与之扑斗，何异以孤羊投群狼？吾不知死所矣。小女子罔知军旅，闭口毋多谈。'婉贞知父性执拗，非口舌所能争，泪眦莹然，既而微叹曰：'嗟夫，吾村亡无日矣。吾必尽吾力以拯吾村，拯吾村即所以卫吾父。'于是，集谢庄少年之精技击者而诏之曰：'诸君亦知吾村之危如累卵，吾侪之不寿如朝露乎！与其坐而待亡，孰若起而拯之？吾既言于吾父，惜吾父不悟，然吾终不忍吾村，吾将万死不顾以求一当。诸君无意则已；诸君而有意，请瞻予马首。'众皆感奋，诺声如雷，佥曰：'妹一女子且奋不顾身，吾侪而畏死，须眉巾帼矣，宁不愧死！今日之事，愿断胫决腹、一瞑不视！'婉贞喜曰：'得诸君如此，吾村免矣！自古无可亡之国、可破之家，所谓亡国破家相随属者，必其家国先有亡破之道也。'于是率诸少年结束而出，皆玄衣白刃，剽疾如猿猴。去村有四五里，有森林，阴翳蔽日，伏焉。未几，西兵果舁炮至，马蹄声如擂鼓，佐以军乐，洋洋盈耳，振旅而过者盖五六百人也。婉贞挟刃奋起，率众袭之，猛如虎豹，疾若鹰隼。西兵出不意，大惊扰，用枪上刀相搏击，而便捷猛鸷终弗逮。婉贞挥刀奋斫，纵横跳荡，所当无不披靡，西兵乃纷退。婉贞大呼曰：'诸君！敌人远吾远，以火器困吾也，急逐弗失！'于是众人竭力挠之，彼此错杂，纷纭拏斗，西兵枪终不得发。日暮，所击杀者无虑百十人。西将知不敌，弃炮仓皇遁，于是谢庄遂安。"如是女子可称女中大丈夫，当今不能再见有如是者，深为仄然，是为之记。

初七日壬子　晴。午膳后，达云母舅、翁子俊、邱遇琴诸君来叙至晚而去。晚膳后，至陶寿农处，晤周载熙，少坐而来。

初八日癸丑 阴。阅二月初五日《申报》纪“许仁”节云：“明嘉靖时有许仁者，口操北音，未详其籍，身短、微髭，业操舟，结庐浦江东，人咸呼为许矮子。素习水性，洪涛巨浪中能蜷伏经时。每遇大风海溢，必掉小舟巡视浦滨，救覆溺而不索酬，人咸德之。时有外人纠合内地奸民来扰沿海各省，而江浙为尤甚。一日，许驾一小舟于海外，而敌适至，许急欲跃入海中已不及，竟为所擒。敌既得许，谓之曰：‘汝若愿为我辈之向导，则后日不独生还汝，且当以重金酬汝……’许不待其言毕，遽切齿大骂：‘我乃大明知礼识义之大丈夫，安肯为敌人作向导而禽害我自己之同乡哉！汝休妄想！’敌婉转劝之，许仍骂不止，乃杀之而沉其尸于海”云云。

是日《申报》附张又纪“黄氏三杰”节云：“明嘉定黄姚里者以渔海为业，积资财巨万，年四十后连举三子：长曰亮，次曰龙，幼曰明，三人皆生而有神勇，矫捷善斗，能捍卫乡里，因称黄氏三杰。时海滨多盗，恒昼劫村镇，惟黄所居周数十里内不敢犯。嘉靖时匪邓才、郭俊等掠嘉定、上海等处，游击周显、指挥萧尚仁等死焉。贼纵火焚庐舍、杀伤兵民甚众，官悉遁走。亮及诸弟因谓父曰：‘寇掠妇女、掳财物而去，将为我乡患。当事者又不惜民命，闻惊即逸。若不集义兵痛加剿杀，沿海居民无安枕日矣！我将晓村人以大义，誓师灭贼！’父许之，诸弟兄皆大喜，乃竖义旗，召乡人言之曰：‘今海盗以野蛮之行为杀我大朝之人、掠我大朝之物，今且及我乡，君等皆大丈夫，曷不从余去杀贼？’众咸呼曰：‘愿去。’于是，片刻间竟得六百馀人，号黄家兵。时郡司马任杰有将略，麾下多勇敢士，三杰往见，礼以上宾，每赴敌以黄氏兵为前驱，先后破贼多次，斩获甚众。一日，贼大集于七里村，官军与战，已失利，三杰大呼直前，一跃数丈，力斩其酋，官军继之，群贼遂败，而三杰亦于乱军中被杀。任司马闻之，哀痛数日，为之请于朝，厚恤其家焉。”如是者可不愧为三杰！如今者而未见有许仁、三杰之人，深为怅然，是为之记。

是日《申报》附张又纪“张义士”节云：“张义士名鸣，本吴门樵者，以勇著。明神宗时，税珰四出，省会之地无不骚扰，吴门为尤甚。群小附和者辄称税官，冠带咆哮，市中蔬果鱼肉之类一出一入亦不能免，郡县不能制之。张不胜愤，号呼集众，晨拥入局，搏税珰，沉诸城壕。官吏闻警至，众皆星散，张独被获。官吏既得张，令供同党。张大骂曰：'毋多言，男儿死耳！彼魏贼无耻之宦官者耳，后日必覆我国，余今忤彼奸贼而受戮，是为国而死，死亦有荣。若汝等者，食国家之厚俸而助彼无耻之奸贼，斯乃生不如死耳！'上官闻之，怒，报于魏珰，乃寸殛之。后苏人感其义，遂称以张义士云。"魏珰忠贤穷凶极恶，人得皆知，崇祯御极乃治其罪，有即覆其国者以为何如？惜少一张义士，亦为恨事。是为之记。

是日《申报》又纪杂评二"忍痛"节云："观近来之人心，固皆知国之可贵而亟思所以保守之矣。然保守之道不仅在以力自卫，而要在能以力自治。苟不能自治其国，则纵能自卫于一时，必不能永守而弗失也。我国人今所唤起之感觉在一时之自卫，而未暇及于自治，从前所放弃忽略之事，或屡经提倡而迁延未举之事，今仍未能忍痛为之。夫发愤自治而有所痛，小痛也。不忍小痛，则大痛在其后矣。今日所受对外之痛，犹一时之痛也。我苟忍小痛而发愤者，犹能救之；倘仍悠忽如前，则他日之大痛接续而起，不能救矣。呜呼！国人可不悟欤" 云云。言虽如斯，惜为太晚，姑而录之。

初九日甲寅 早至巳刻，雨；午牌，阴；以后皆然。接张丹庭兄一信。晚刻，楚卿兄来言，路桥有织布厂技工欲与前其杭州雇来技工争夺生意，悉均节俭认办，楚卿欲假分府署之二堂上房等处再设布机六十具云云。晚膳后至楚卿处，晤周萍洄、王六皆、吴玉成、王云梯诸君，互叙至二鼓而来。言周永广在申与陈姓相识，陈姓亦浙省须拿获之犯，而永广靠为腹心，不想陈姓与其与省中密约可以赎罪，又可得赏格之资，同彼至日本，由日本同至山东潍县，言客栈中均有侦探，而周不知也。与其同至该处将军署后，陈自作侦探往诉被获，电至浙江，询悉其事，而浙省电覆后即行解至杭州枪毙。今永广已除，台州可以治安，乃台民之福也。台防左翼统领黄义臣、右翼统领陈步堂均已到防，金寿山亦至镇海去矣。金寿山之坐营即与黄义臣管带，黄义臣之营与徐福生管带，徐福生之营与陈步堂管带耳。

阅二月初二日《申报》纪杂评二“教育部之新提倡”节云：“教育部应时局需要而倡道德、尚武、实用三要素。夫道德、尚武本已提倡之，实用则素所未讲。因不讲实用，故中国人之所学悉成无用之学也。然欲学之有实用，须先启发学生之自动力；而学生之自动力非先锻炼其知识以范围之，则其力之所动容或不轨于正，故须有有秩序之活泼。能自动则不畏事；有秩序则不误事，故此自动力与有秩序之活泼最通于今日时局上之实用也。虽然，此其义宁仅学生知之，凡百之人皆宜知之。”言颇有致，是为之记。

陶寿翁于昨夕趁轮赴申，想为公升事也。周篪卿兄来，言明日至郡，托携张丹庭兄契纸两纸，计契价洋一百九十二元，倘若印来，并前已印四纸均可寄申耳。

初十日己卯　晴。阅二月初六日《申报》纪“马江中力战之英雄”节云：“我国之示弱外人，自中法一役，始而张佩纶马江之败尤为是役中之一大关键，后之论者，当时用人不当、诸将士之不肯踊跃用命而叹息痛恨之。然以吾所闻，是役中亦有荦荦者数人足以为吾国生色，固未可一概抹杀也。方光绪十年，中法战衅既开，沿海各口戒严，朝命翰林院侍读张佩纶督战舰防马江。张为京官时素好大言，负虚名，到闽后一味骄倨，视破敌如反掌，并不筹及防务。闰五月二十一日，法船一艘进港。二十四日，法水师提督孤拔坐舰又进口，泊于罗星塔上流。由是日有一二船来，至二十八日共得八号。而我船之在港内者仅六号：曰扬威、曰福星、曰艺新、曰琛航、曰福胜、曰建胜，驻船厂者陆军四营而已。其后又得济安、飞云、伏波、振威、永保等五艘，又添调闽安平海师船八号、剪镇炳南炮船十号，添募陆军数千，军威为之一震。相持匝月，至七月初三日而难作矣。先二日，法人递战书于扬武管驾张诚，张诚达之浙闽总督，何如璋秘不发。初二日各国领事、商人均下船避难，众知必战，入请戒备。张佩纶斥之出，谓：‘我在此，法人何敢尔尔！’请领军火，又靳不发。船厂中洋教习法人迈达不忍坐视，告之学生魏瀚。魏瀚畏张佩纶之势焰不敢入白。初三日之晨，见法船升火起碇，魏瀚始仓促驰告，而法人已照会未刻开战。张佩纶大恐，遣魏瀚向孤拔乞缓，比登舟而敌炮已发，我船盖犹未起碇也。我三船在罗星塔下流者先被击沉，振威管驾许寿山死之。其在罗星塔上流者扬武先沉，管驾坐杉板而遁，伏波、艺新随之。福星欲斫碇赴救，业已不及。斯时也，敌船炮弹如雨。福星管驾陈英屹立望台，传呼开炮击敌，其仆请曰：‘伏波、艺新已开向上流矣，我船亦宜相机行事。’英瞠目曰：‘尔欲我走耶！’叱之退，遂令于众曰：‘男子汉受国重禄，当以死报。今日之事，有进无退。我船既锐进，当有继者，安知不可转败为胜！’全船皆感激，愿听命。于是鼓轮掌舵，贯敌阵前而开边炮左右击，惜炮小（盖福星系小战舰），未能中敌舰要害。我船虽被弹数处，然尚无大害，复在下流装足子弹，贯敌阵而回击之如前。然我船已受创甚矣，维时随其后者虽有福胜、建胜二船，惜船小行迟，不能随同攻击，只遥为声援而已。福星至此遂成孤立之势，孤拔见之，乃以三船合围。管驾陈英中弹殒于炮台。三副王涟开炮夺击，亦被弹洞胸而死。船上死伤枕籍，顾仍力战不退，迨火药舱中弹，军士始纷纷赴水。该船额配九十五名，存者仅二十馀，可谓血战矣。福星既沉，建胜亦被轰沉，管驾林森中弹殒。福胜督带吕瀚亦及于难，盖吕正在船也。是时，全队尽殒，仅馀福胜一船，船尾亦受弹火发，尚燃炮猛击，管炮翁守正发数枪殪敌二人，敌弹贯其胸而踣。管驾叶琛方在望台指挥，忽一弹飞来，贯其额，已仆矣。复跃而起，传令装炮。敌弹复集其肋而亡。于是，全船所存者仅有学生二人，船亦沉其半截。此二学生者亦不赴水图遁，见孤拔方植立督战，乃从容装药瞄准孤拔而击之，殪其左右二人，孤拔亦受伤。是役也，各船管驾力战阵亡者四人，皆世家读书子弟，说者谓其读书明大义，故能见危授命如此，洵笃论也”云云。此事余幼时有说于此，未有如此之详，是为记焉。

十一日丙辰 阴,有下土之景。

十二日丁巳 晴。致王芹甫先生一信,交邮寄申,托其由申代购燕窝一斤。早刻,至大宗祠,少顷,家君同吴玉翁均来。今日粗工扛石料者四十馀人,将树架均已搭就,柱石及天盘等均已扛至坊基之上,俟十四日吉时竖立可也。

十三日戊午 早至未刻,阴;申牌,细雨;以后皆然。晚刻,至子俊兄处,晤达云母舅,相叙半晌而来。阅二月初七日《申报》纪"卢和"节云:"卢和,潮州静海人也,寓惠来县东郊涂城,身长七尺,面黧须长,为一邑壮丁。顺治乙酉年,林学贤发难,攻围县城者数,阅月不得解,内无饷、械,外无援助,内信息不得通,县令沈维煌召集阖城士绅谋求救之策,拟命卢和突围赴郡乞师。和欣然允诺,了无惧色,胸藏血书,怀二鸽,从南门縋出。夜暗如墨,渺不见人,和匍匐膝行者十五里,抵神泉遵海而东从□御所过潮阳入郡,至则放鸽为号。夜或遇敌,则蹲伏似狗,又或似弃尸,如是者二十四次,敌竟以是被绐。几历艰辛,书始得达,援兵至而围始解"云云。如是者今亦少见,是为之记。

阅二月初六日《申报》时评"多类是"节云:"何谓'多类是',是所谓含糊以过去是也。今日中国之处境固属甚难,因甚难而(无)法解脱其难,则只有含糊过去之一法。何谓'含糊过去'?明白答应则既不忍于心,又无以对国人之责望;明白抗拒,则既无此能力,又无此胆量。于是,不得不用含糊之法,事事皆在若认若否之间,此中国政府之态度也。外人于是亦利用此态度,有所质问,亦以含糊答之。而中国复利用其含糊以含糊过去,故近日之所谓消息者'多类是'也。"此中国人之通病,所言者亦不出此等情理,姑而记之。

阅二月十一日《申报》纪"张得胜"节云:"张得胜,金鸡山炮台之炮手也。有中表弟曰郑占标者亦录名台中为什长,同袍共列,相得甚深,而得胜尤慷慨好义。时中法交恶,边氛日紧,法舰屡示威于沿海,将乘衅而逞。沿海各口岸皆戒严,厉兵防战,浙海一域尤为敌之战的。金、招两炮台防守益轧沕遴兵选械，朝夕不遑。而招宝山南台缺炮长，遂挑材于金鸡山炮台中，占标独入选，因改籍焉。然是时政府诸公方厚贿言和，按兵不战，欲以夸言抵铳剑，折冲于庙堂。而法人遂益骄戾，议久不能定。敌将孤拔扬言曰：'支那一弱虫，不灭此，吾岂能遽朝食，坐贻后患耶！'故屡驶其舰绕浙海，海滨骚然，兵民咸苦之。一日得胜诏占标于招宝山，时敌舰久不至，兵士皆趁间给假入城市粮食、营私务，占标亦随众而行。比得胜至，已不相值，乃坐而待之，兀尻无聊，举目眺望金鸡山，林峦耸秀，台垒依稀，方深神往，忽见红旗一片自瞭望楼飘出，迎风而飐，渐升渐高。大惊，急就炮架中取远镜探之，则见敌舰一艘方乘风破浪而来，去码宝山不过百馀码，而司令台中仿佛有敌将出令指挥。得胜惶急，曰：'势危矣！台中官长又不在，脱禀命后行则敌已乘间登陆矣。苟有疏虞，大局何堪设想！济变以权，今其时也！'因转移炮位，开机瞄准径发焉。炮发声震五六里，海水沾云，硝烟蔽日。台之兵若将咸惊骇，奔返流汗相询曰：'发炮者谁？'得胜挺身曰：'金鸡山炮台炮手张得胜也。'官愕眙曰：'嘻！汝不闻和议期中禁止发炮邪？奈何无故而越俎犯军令，汝知罪论斩乎？'得胜笑曰：'卒知之，然我守议和之约，而敌思乘间以逞，顷者敌舰距炮台仅百馀码，千钧一发，危在燃眉，而台之弟兄及官长又不在左右，不能猝为请报，致误时机。而为大局忧，谨忘身发炮矣。至军有常律，愿以身当，不敢牵累他士也。'于是，自系手足请罪官中，台之将士莫不感动泣下。上官廉，得其情，心实悯之，故姑囚闭以观变。越日，法将孤拔之凶耗至矣。先是，孤拔攻定海久不得间，遂匿迹以懈我军心，我军果渐疏防守。孤拔突振队来袭，亲登司令台以远镜觇形胜，扬鞭指挥。不图得胜之遽击弹着司令台，毁断孤拔左股，坠焉。于是，法舰悉消声引去，军气为之大沮。而其公使之持议乃逐渐和平，两国之和约因订定，官中遂私宥得胜罪，锡金优奖之，放归田里。而孤拔归国，竟以创重而死矣。南村曰：'张得胜，一炮卒耳，非拥高牙、建大纛、膺疆圻之任者，比而能爱国忘身、慷慨赴义有如此，可不令人钦仰崇拜于千秋万世哉！'"定海炮毙孤拔，近地人云是吴吉人，此张《申报》纪云是张得胜，亦所未闻，此事足为万民钦仰，是为之记。

十四日己未 晴。祖母苏太恭人节孝坊即于今日卯刻起手竖柱，至晨牌，四柱均已竖立，中间横额并中间字版均已上，诸事均顺手。家祖母自祖父封翁公弃世后，迄今垂六十年，白首完贞，随侍曾祖母应太恭人以孝闻。日前，何见石老伯撰苏太恭人坊赞序颂中均已将实事伸明，今值竖坊吉日，诸事顺适，天气晴明，乃祖母太恭人一生之苦志所积、而今日褒扬然也。沅谨志慈德于大略耳。陈洛卿丈公于早刻来。

阅十一日《申报》纪"世界最奇之钟"节云："瑞士为钟表著名之区，所制钟表非他国所能企及。考其国内最精之钟为伯尔尼亚议院之钟为最。钟筑于议院第八层楼之前，钟面之磁盘直径凡三十五英尺，计时之针以极精之钢为之，贮机器之室容积为四万七千〇四十立方尺。最奇者，钟之上有一台，台上置一大钟，钟后有小室，室有门。每届半点钟及一点钟，则室内有二铜人持棍开门而出，向钟左右立，然后敲钟，凡二数以上各敌一下，依次而敲，毫无纷乱，且时几时亦无差错，每日行人之观此钟者以万计，机器之精美令人赞叹不置。"姑而记之以广识见云。

初九日《申报》附致纪"乔镗"节云："乔镗字子声，号春山，川沙人，明[①]太学生，慷慨有志略，尝谓大丈夫当殉知遇、赴缓急，功在社稷、利及桑梓，乃不虚生天壤间，负此七尺躯；若硁硁然自托绳墨而毫无益于成败之数，直曹蜍李志耳！会嘉靖癸丑，外夷入犯，镗首发团练土兵之议。时幕府征诸道兵数十万，以不习地利，每战则衄，得镗议，奇之。又为画便计塞川沙洼口、浚护塘外濠，幕府将次第行之。先以浚濠试镗，镗躬亲畚钟，与役同劳苦，濠不日成，长亘将百里，夷不能竟渡，塘以内得为备。镗复募勇士，得千人，各从所亲为伍、所习

① 此处衍一"明"字，已删。

为技，部署既定，出战无不以一当百，斩获无算。既又议塞川沙洼口，镗谓莫若筑城以抵其冲。幕府从之，檄镗领事。镗益奋励，遍召里中父老子弟，克日受版筑，严督之，平日相等，夷者无少假。由是谤议日起，造蜚语陷镗。镗忿恨以殁。而城卒成垣墉屹然，夷之出没海洼者不敢复近。乡人思其德、痛其冤，建乡德祠祀之。”亦大丈夫所为也，是为之记。

阅二月初七日《申报》附致纪“留学生之用途”节云：“中国费无数之金钱派遣留学生留学，而或废于半途，或因事斥退，或被累停费，其学成而归者无几也。果学成归国矣，而或为他国用焉，或为地方用焉，或竟置之闲散焉，其为政府用者无几也。今政府思有以用之矣。思用之，于是乎，有考试之举。而或被摈于文字焉，或被摈于科学焉，或被摈于口试焉，其合于政府所悬之格者又无几也。此无几合格之学生，其必能尽用矣乎？然而，据都人士推测，则谓此次考试学生因受减政裁员影响，即所取最优等之数人，恐亦不能尽用。呜呼！此果留学生一时之命运欤？抑中国之留学生天然特定一种学优不仕之学生也。”乃中国之情形如斯，姑而记之。

十五日庚申 晴。达云母舅、翁子俊兄来叙至晚而去。

十六日辛酉 早至午刻，雨；未牌雨晴，阴；以后皆然。午膳后，至东洋大宗祠看坊之边间字版，东首字板已成，背后刊“百练不销”四大(字)亦已开就两个，西首石板字亦大半刻就，只少二十馀字，想明、后日即可告竣矣。就道至下街尚德小学校，晤王俊卿、黄道周、王云初诸君，互叙至晚而来。本镇之保团酌减四成，前有五哨，今则并作三哨，自开办以来，经费短绌，楚卿兄拟收至三月杪为止，以后亦照去四成收法云云。

十七日壬戌 早至申牌，阴；酉时，雷雨最大，以后皆大。致娄祝三一信，交小玉相送投。

十八日癸亥 辰前，雨；巳牌雨晴，阴；至晚皆然。夜间见月色甚明，足为春景。致王芹甫先生一信，交祖涛送邮政局寄沪。祖母苏太恭人节孝坊即于今日午刻加上天盘，其右边字版一方亦经刊就，背后贴“四序逾秀”四大字亦均刻就，左右两方序赞颂等均经告竣，就于早刻嘱小吕先加上生漆和墨煤于字间以垂永久耳。早刻，雨霁纷纭，至午牌时上天盘之前雨晴，遂有日光，即是天气晴明，乃祖母大人福寿无涯，此一生苦志所积也，沅谨志焉。

十九日甲子 阴。早刻，雾颇大，午牌方散；戌时雨颇大；以后皆然。早刻，至东岸大宗祠，看坊赞已经大半垫就矣。

二十日乙丑 辰前，雨；巳刻雨晴，阴；以后皆然。早刻，至东岸，视坊序均已垫就，用纸封固。据小吕先言，垫生漆者大约四五日即可能坐实。见祖母大人节孝坊柱石稍有青色，字板白色，将来边间序赞字板加上亦是白色，青、白最为出色。至今得有此等坊石，最非易事。家君于上年竟得如此坊石，乃祖母大人福分深厚，是一生苦志而上苍所以报施也。就道至周建西处少坐而来，时未至午。家君席请洛卿丈公晚膳，并邀达云母舅、道周宗叔、翁子俊兄、张韵卿先生及叶蓴庭、周丙南晚膳，相叙席散而别。金叔文妹丈之女字大板桥黄贯吾郎孟嘉，即于今日文定矣。

廿一日丙寅 卯前，雨；辰时刻雨晴，阴；午牌以后至晚均晴。陈洛卿丈公于早刻去。晚膳后至心斋宗叔处少坐而来，言吴玉成于早刻出外，欲谋差使。但彼年经七十，又欲营谋，多见其不知谅也，能否亦尚无定耳。

廿二日丁卯 卯前，雨；辰、巳刻，阴；午牌至申，雷雨颇大；酉时雨稍细；以后皆然。卯初刻，晴明佳节。早刻，家君偕余同秉礼、秉衡两弟坐小船至王门岙祭扫先慈周太恭人墓，出门时天将下雨，小船将到之时大雨淋漓，当供献之时雨亦最大，祀事稍毕，即侍家君、两弟同至微登家午膳矣。

廿三日戊辰 晴。接海门分银行一信。

廿四日己巳 晴。致楚卿兄一信，交祥高先送至海门。致丹庭兄一信，交邮保险寄沪。午前，微庆来言，先慈坟上其砖似有移动。

午膳后侍家君至王门岙先慈墓所，至墓前尚看不出，即嘱随人至坟头将附外稻草起去，即见乱砖堆积，确是被贼所拆。随将乱砖一去，即见先慈周太恭人棺之上角所锯解去二尺许。随人将已解棺角起去，即见先慈周太恭人面色如生，天青缎外套其色如旧，补褂仍然，只金线变作青色，面之皮肤只修而未坏，头发尚与头肉相连。佛经云："金刚不坏之身"，现先慈可谓仿佛也。附棺衣服盖被以及手饰均被恶盗去。沅不孝，生方半月，先慈见背，迄今四十二年，见此狼籍，真是心如刀锯，悲痛之情、惨切之心，难堪言状。既已如斯，只得忍痛伤心，遂作安神之计，续报不共戴天之仇。得叨神佑，速获仇人，生食其肉，方慰为子之心。伤心惨切，笔难详述，是为记载。

廿五日庚午　晴。王门岙人乌皮等三人来说，西山人名开龙二头者向来盗坟，又是大匠出身。但先慈棺盖锯解最齐，非大匠不得如此内行，事有六七相像，即请曹执翁派人至西山寻拿，一面邀玉先至黄岩县具禀呈报。因王门岙系是黄属，贼又是黄属人，须至黄岩县呈报，以便送案惩办。晚刻，保卫队将开龙二头拿到，即送曹执翁追究，想此次盗案须可破案。前先慈周太恭人灵柩暂厝屋西，有贼毁拆坟屋，遂即灵显异常。此番事前屡闻鬼叫，房内无故自鸣，只思别事。但先慈柩已入土，并无虑及于此，竟已被贼盗坟，致有如是灵显，亦所不及料也。事后获盗，能得破案，皆先慈暗指而得耳。

廿六日辛未　阴。盗坟贼开龙供出各人所藏赃物等，早刻遣人追查，均不甚实。如供王门岙人汪姓者，其人素向忠厚，想其挟嫌所致，即此一节可知矣。家君将其详情转告曹执翁代为再讯，总以水落石出方可送究。曹君云："至夜讯明，明早可有实供，再行追查可也。"但该贼所供先慈周太恭人棺内各物无大变异，惟所供之人不像，定该贼狡猾所致。非详细严讯，只恐不得实情，俟明日看其今夜如何供法，再行想法可也。

廿七日壬申　晴。该匪叶开龙于昨夜供出赃藏著匪周天顺家。于天未明时至其家中寻觅，赃已转过各家，周匪亦已远遁，原赃尚未得实。想招棺内物已相符，赃定能渐追，能得速得原赃，是为至幸。陈翼亭自黄城来，言递黄岩县署之禀曾经投递矣。黄俊庭于廿五日作古，现黄星斋宗叔出帖来邀廿九日助祭，遂即允诺矣。

廿八日癸酉 巳前，雾；午牌，晴；以后皆然。早晨，侍家君乘船至王门岙先慈墓所，即将先慈周太恭人安棺请出，将先慈周太恭人遗体将丝绵护好，盖以棉被，复将弹絮施在左右并以上层各处，复用新做被絮加盖整齐，即将被贼锯解棺盖用生漆胶连，暂停王门岙人家附近之侧，俟至方向大利之年择定吉日再行安厝可也。王子衡兄及畏三来叙一刻，至家时下午三时。接到王芹甫先生代买燕窝一斤，计价洋念四元，内半斤系仲达托买，明日遣送可也。陶寿翁自沪江来，晚膳后至寿翁处少坐而来。女媪带来王仲达购买高丽参洋五十元，即为寄购可也。

廿九日甲戌 早至申刻，晴；酉时雷雨最大；以后皆然。惟戌初下雹一刻，数年来而未见雹，今日出现也。致杨伯藩兄一信，附洋五十元，系仲达托购高丽参，又托买广锁、洋锁等函件，均托徐富春兄代为带沪，并致徐富春一信，交玉先带交。致王仲达一信，附燕窝八两，饬小妹送至黄城，旋接仲达寄洋六元。致王子政兄一信，饬燕富送至海门商会。致章家岳母一信，托张韶卿先生代为带交。黄俊庭于早刻小殡，前系星斋宗叔出帖柬邀助祭，即于早刻至其家中，晤道周、云梯、遇琴、作羹，同行致祭毕而来。徐子刚兄来说，其家中昨夜被匪抢光，又徐老四及其婶计三家悉均被抢。惟子刚家所失最多，拟至各衙门呈报，未识得获原赃否也。

三月初一日乙亥 卯前，雨；辰、巳、午，阴；未牌，雨颇大；以后皆然。致杨伯藩兄一信，交邮寄沪，托其再购广锁一枚。致李克三先生一信、致王仲达一信，饬小妹送交。老四房祖茔今年挨至老二房二分承值，家君自早刻至兴家屿、东岙两处祭扫，至晚而旋，时未至夜，尚云快便。周载熙兄早刻来叙一刻，做就何烈女对语云：“身未分明，岂有腐衣化蝴蝶；死何慷慨，合生芳树栖鸳鸯。”又一对语云：“贵义轻身，乃邦之媛；以死励世，其烈可风。”又，坊中横额三福，一“翦金表志”，一“誓水明心”，一“义气烈决”。何烈女坊中对、额已经齐全耳。达云母舅、翁子俊兄来叙至晚而去。周玉先同叶呈标至塘头丈该处老地，想因雨未来，宿在朝灿相家过夜。张韵卿先生自早刻至家去。

初二日丙子 辰前，雨；巳牌雨晴，阴；以后皆然。接李克三先生一信。早刻，至王门岙叩先慈周太恭人停柩之处，现坟屋经老炳将篾篱已将成功，屋瓦亦于今日加盖矣。先慈本经安厝，今日又要停丧他处，回忆一想，深为惨切。旋时已经下午四句钟矣。周在舆先生于晚刻来叙一刻，托余代完其家中钱粮两户，余托其代买穿藤椅八把、珠兰四盆。

初三日丁丑 阴。致李克三先生一信，附英洋三元、开洋七角，前托购另星计洋十三元七角，此外十元日前交玉先送交，并今日东澍老二送交之洋，两均清讫。梦云先生自晚刻来，留宿。

初四日戊寅 阴。早刻，同梦云先生至子俊及达云母舅两处，晤叙半晌，就道至东岸黄氏祠堂之侧，看祖慈苏太恭人节孝坊已成大半，字版极为深明。晚刻，至陶寿翁处少叙而来。

初五日己卯 雨。

初六日庚辰 卯前，雨；辰时雨晴，阴。接眉甫先生一信，又接王仲达一信。

初七日辛巳 卯前，雨；巳牌雨晴，阴；以后皆然。早刻，侍家君至马屿头祭扫先曾祖暨曾祖妣两处墓毕后，就金德生家午膳后，就道至黄城王仲达家，于时尚早，晤其令弟叔平、季若及吴勉生、江德明、黄佩舟宗伯诸君，相叙一天。勉生兄言盗坟贼叶开龙已由本镇曹执中管带送至县署收押矣。即将其一切原情再就县署投递一呈。

初八日壬午 阴。早刻，至邱仲玉及王勤甫、李克三诸君府上，均互叙半晌而来。仲达请余晚膳，并邀朱益敷老伯、江梦生先生、王吉人先生、吴勉生、邱仲玉、朱蕙甫、王勤甫诸君，相叙席散而别，席间言及现在印花税各典商均认领云云。

初九日癸未 阴。早膳后即动身，就道至喻志韶先生府上少坐而来，至家时方午膳，值达云母舅及子俊兄来叙至晚而别。家君嘱请达云母舅、黄心斋宗叔及翁子俊、周作羹、王俊卿诸君于十一日祭坊。

初十日甲申 阴。明日祖母苏太恭人建造节孝坊落成，送礼者颇多，应酬忙碌耳。

十一日乙酉 辰前，阴；巳牌，细雨；午刻雨晴，阴；未、申时细雨；酉时，阴；以后皆然。午刻，祖母苏太恭人节孝坊加上圣旨石，家君请达云母舅、星斋宗叔、作羹、子俊、俊卿诸君同行致祭后土诸神。早刻，侍家君同至建坊之处，助祭诸君均来，祖母亦至是处观瞻。致祭之时，细雨方晴，藉得从容致祭毕，至家午膳，诸事均得顺适，深为至幸。家君席请助祭诸君及梦云先生、韵卿先生、霭人先生、冠卿先生同叔伯诸君，晚膳后而散。祖母苏太恭人一生苦志守节茹素，经六十年，而今节孝坊成，流芳千古于不朽也。

十二日丙戌 细雨，惟未初晴一刻。早晨，仲达来信言黄岩县札冯鲁伯先生光宇至王门岙勘验云云，遂即乘舆至王门岙被盗墓中看毕绘图讫，留过午膳而去。即就道至北山子衡府上，晤其乔梓，相叙半晌而来，至家时将晚膳矣。接张孟定兄一信，言分银行之息曾经带付矣。

十三日丁亥 卯前，雨，辰牌至晚均阴。致黄楚卿兄一信，附张孟定来信，交周炳南带至郡城。致丁梦生一信，饬老四送交，旋接杨伯藩兄一信，附代买高丽参一盒，共五支，计洋五十五元四角八分，阅其葆大发单以规元四十两另五分所拆也。即致王仲达一信，附高丽参一盒计五支并葆大发单，适任先生赴黄城之便，交其送交。致陈翼亭一信，亦交任先生带投矣。祖母苏太恭人于十一日竖立节孝坊之期，各亲友送礼致贺诸君，家君设晚膳请各亲友来叙一番，均相谈席散而别。何烈女之坊已于十一日开工，请周冠卿先生代选四月十一日竖柱、十七日悬挂恩荣云。

十四日戊子 雨。石工言祖母苏太恭人石坊转换之石狮已到，随至大宗祠，见其物尚工整，亦是留名千古也。

十五日己丑 早至午刻，阴；未牌，晴；以后皆然。致解芝郇兄一信，随接芝郇兄覆信一函。周篪卿兄自郡来，前托其代张丹翁印契两纸，计洋十元零另二分九厘，随即面交清讫。篪卿兄受人所托颇为有心，此亦诚厚之道。陶习谦来言，彼与丁明轩赌郡城有无张藻，向余借张曲江先生字画有款者一幅，遂即取交其带去。按：张曲江先生藻系郡城张氏大族，乾隆年间人，其翎毛、花卉大有工夫，自后台人如是者亦少见耳。

十六日庚寅 晴。致陈翼亭一信，饬老官送交矣。家君命沅及二弟秉礼、三弟秉衡三人分烟各爨，言之甚实，只得谨遵严命。但庆源典，家君自癸卯三月间开张迄今，初则创始之初，中则洋身亏短，所存资本不多，非独无盈，且有亏短。辛亥之秋，又以时事不佳，以致停止。壬子七月重开，均是客款，自己资本已化乌有。其中账款艰难，不堪言状。停则有碍门面，家君又嘱沅力为周转，邀达云母舅及翁子俊兄力为从旁致议。沅以家君所命，又以达云母舅、子俊兄力为劝导，只得允从。但庆源典中自历年进出账目与存架以及架利两相推除外，尚不敷若干。另嘱玉先集成盘簿以清界限。至家君自壬子到家以后，向庆源典中提用四千八百馀元并欠前欠数百之处，家君面嘱将架利除底，现提八百馀并前欠数百元之处及陈账外，尚不敷四千元，以本年早谷粜出弥补一千元，嘱沅及秉礼、秉衡兄弟三人弥补三千元，亦得谨遵严命。家君又嘱家中田业约一千零八十馀亩内，抽曾祖考、曾祖妣膳田六十亩与沅让长田五十亩、二弟秉礼折亲田十二亩、三弟秉衡折亲田十二亩、二妹遣嫁田二十亩、三妹遣嫁田十四亩，尚馀田九百馀亩与沅兄弟三人，各分田三百馀亩。就三百馀亩中各抽田七十馀亩，约计两百二十亩之则，与祖母、父亲、母亲三人膳田之资。其意大约如斯，遂请陶寿翁、黄楚卿、黄道周、许眉甫、王六皆、王俊卿以及达云母舅、翁子俊、正衡各人公同议据，以及另产平分等事。沅以出自家君之意，均谨遵命而已。俟诸君将家内产业分派均�，议立分据，以顺老人之心可也。家君意嘱沅自立门户，祖母及二弟、三弟、二妹、三妹各人，家君自连一家。沅以两弟尚幼，本不能分爨，今家君所命如斯，又是亲朋满座，所嘱不得不顺，只得谨遵严命而已。所有分产、嘱书如何立法以及详细情形若何，容后再记。

十七日辛卯　卯前，细雨；辰至酉刻均阴；戌牌，细雨；以后皆然。致阮凤鸣兄一信，交邮寄至阮寿德内投矣。梦云先生、眉甫先生均于早刻去。晚刻，至子俊处少坐而来。椒江教习张岳生兄柬邀明日申刻晚膳，席散[①]李舜卿处，当即允陪矣。贺蓉江兄自海门来云，王芹甫之洋曾经 交到。

十八日壬辰　卯前，细雨；辰时至酉，阴；戌刻，细雨；以后皆然。致杨伯藩兄一信，交邮寄申。午膳后，吕润相来邀周冠卿先生同至大宗祠格定西南首建造烈女牌坊基址。就道至吴玉成及达云母舅、翁子俊各处，均晤叙半晌，言及张岳生兄今夜席散李舜卿家请客，因生令郎而设也。至家时，陶习谦将张曲江花卉一轴送还，并携旧画来看。余见其有柯夏卿草书直条一幅，字迹颇古云。因张岳生兄遣人来邀，遂至东岸李宅，晤张岳生、李舜卿、陶习之、李仲贤、张鹿筹、李炳章、周载熙、周作羹、周国化、黄少湖、黄子权、汪伯端诸君，相叙而来，至家时将二鼓矣。冠卿先生言《董公选要览》最精，托辅香由沪购买，不易寻觅，余即送其一册，遂函托并伯藩兄代买四册，未识能得寻觅否也。

十九日癸巳　卯前，雨；辰刻，晴；至晚皆然。

二十日甲午　晴。致杨伯藩兄一信，交邮寄申永利局。家君同周冠卿先生至荐堂祭扫祖考墓，并看该处附近地理，大约明日可以到家。

廿一日乙未　晴。致曹执中兄一信。达云母舅、子俊兄来叙至晚而去。晚刻，至楚卿兄处，晤吴玉成、王云梯，相叙一刻而来。适陶

---

① 当为“席设”。

寿翁、陶柳亭、汪伯端、蒋敬甫诸君,互叙半晌而别。言及前临海县知事陈再祝现今告卸,因事不能即行动身,在郡荒以甚。此等官宦成何事体,殊不值也。

廿二日丙申 晴。何烈女坊已将成就,坊联字样送托王俊卿兄代为书写。

廿三日丁酉 早至巳,阴,又有淡雾;午时以后至晚均晴。

廿四日戊戌 晴。致王仲达一信,饬小妹送投。接杨伯藩兄一信,前托买广锁两支、洋锁三支均已买来,计价洋两元七角,另日寄还可也。冯温如兄来叙至晚,留宿一夕。

廿五日己亥 阴。早刻,至大宗祠贴何烈女坊联,以便手民刊刻可也。

廿六日庚子 早至酉刻,阴;戌牌,细雨;以后皆然。达云母舅及子俊来叙至晚而去。陈姨太于晚膳后蓦然不知人事,手足冰冷,颇为惊惶,余即将四美人依法医治,少顷方能转气,幸子能先生即投以药,想即奏效。所以居家之四美人定须预备一瓶,是为至要,洋人之药治急病者亦颇为有功焉。

廿七日辛巳 早至未刻,阴;以后皆然。日前将何烈女坊联贴上,石工尚未刊完,被过路者扯去两字,此等无聊之徒,可恶以极!随请王俊翁再为书写、粘贴。晚刻,至大宗祠之侧,看其后补两字曾经刊下,尚无大易,字虽平底,其石底颇粗,不及石衢岙石之完善也。过周作羹处少坐而来。陈姨太于早刻再惊一次,医者言系痰迷之病,今则已愈,须将化痰渐投,藉得消除,可无易日之虑也。

廿八日壬寅 卯前,雨;辰时至晚均晴。早刻,余桐舟兄来取典中三年之帖租当税,遂嘱典中清付面交,留过午膳后而去。言及海门东岳宫值在寿诞之期,人山人海,热闹异常云云,并言楚卿此次赴省同周萍泗而去也。

廿九日癸卯 晴。家君嘱书致何见石老伯一信,遣老四送投。张韵卿先生昨至海门,方于晚刻来。陈姨太日前染恙,请巫十二人于今日禳祷之，其所染之病据子能先生言已稍痊愈，定能渐奏肤公也。李舜卿、周篪卿、朱永孝于晚刻来叙半晌，言及陶习之兄弟四人各自分爨，择在四月初二日，各人向其裕大典中每年支洋八百元，自己伙食及自己需用均在支用八百以内，至人情来往不在此中，至裕大典中账务归习谦经理之。

三十日甲辰 阴、晴。早刻，柬托王俊卿兄代书何烈女坊之中间长条，即曰："故儒士黄修模未婚妻何氏之坊，民国二年十二月呈请，四年五月建立。"晚刻，李舜卿、朱永孝、汪伯端诸君来叙半晌，同至尚德，晤俊卿、子强两君，相叙一刻而来。

阅二月十六日《申报》附致纪"周茂勋"节云："马江之役，法人先发制人，我军水陆不利，沉战舰、毁炮台，金牌长门天险尽失，任其纵横海上，蹋澎湖、踞基隆，游奕浙洋，猖獗不可复制。乙酉正月十五日，法舰五艘闯入蛟门，其先锋船得利容芳逼近招宝威远炮台，勇目周茂勋瞭见之，即欲发炮击之。时管带吴杰往南岸请令未旋，众以未得军令为辞。茂勋曰：'若待军令，必为马江之续矣！'腾身跨大炮上，霹雳一声中之。敌舰飞炮回击，折茂勋左足，屹立不动，连复发三炮，俱中要害。敌舰始回防。见威远获胜，两岸夹击，炮弹蔽天，烟焰涨海，自未至申，卒击退。法舰嗣后往来游弋洋面屡被击退，终不敢进招宝一步。是役也，伤军士三人，茂勋足趾既断，医治月馀，杖而能行。事平，赏蓝翎，终身食五品俸。嗟夫！自马江败衄，军气丧尽，法人蔑视中国，气吞蛟海，经茂勋一击，法军受创，始帖耳就抚，茂勋诚功之首哉！"屈计茂勋成此大功不过二十馀年，何二十馀年之后竟无一人若是？深为怅然，是为之记。

第五十一章

乙卯(1915)四月初一日起

四月初一日乙巳　晴。致黄佩周先生一信,交□□林送投。早刻,至海门东岳宫叩神后,晤罗翼亭姻长及陈子春、蔡子葵、张与林诸君,相叙一刻而来,至家尚未午膳矣。

初二日丙午　早至未刻,晴;申时,阴而有雷声;酉时,雷雨,不甚大。午膳后,至翁子俊兄处,相叙半晌,同至大宗祠,看何烈女之坊架已经竖立,其中间姓氏已经刊刻。旋时已经晚膳矣。

初三日丁未　阴、晴。

初四日戊申　晴。致杨伯藩兄一信,附英洋八元、开洋三角,托绫亦兰兄代为带交,其洋系前托买高丽参及洋锁、广锁等不敷之洋八元二角八分,顷将前欠寄交清讫。前亦兰兄送来丹庭兄托印田契六纸,计价洋六百馀元,共计印价及杂费等念八元七角零,当面交亦兰兄代为带申转交丹庭兄,又托亦兰兄带申装裱童二树先生草书及梅花册页各一幅,并托代做玻璃架两个,并托询伯藩兄代买洋箱等曾否买就一切。致邱楚翁一信,交邮寄至山北尤,并烦尤秀卿兄代为转交矣。晚刻,解芝村兄来,将本年黄岩县临寄庄粮串送来,留宿。周桂卿先生及玉先均于早刻至长甸去。

初五日己酉　早至巳刻,阴;午、未、申、酉时,雨;戌牌雨晴,阴;以后皆然。接杨伯藩兄一信,并附茂生皂两盒,计六块,系前托其代购,顷已收到。

初六日庚戌 晴。致杨伯藩兄一信，交邮沪。早刻，至子俊处，晤叙半晌而来。

初七日辛亥 早至未刻，阴；申时，雨不甚大；以后皆然。致贺蓉江兄一信，遂接福信一函。早至大宗祠，看何烈女之坊中间字板现已开好，尚能工整。至边间字板方到，手民刊刻尚需时日。至其竖坊吉期系是十一日卯时，恐不能完工，廿三日竖立褒扬字石之期，其边间字板未识能得告竣否也。

初八日壬子 阴。晚刻，至子俊兄处少坐，言达云母舅于初七日申刻添丁之喜云云。

初九日癸丑 早至巳刻，细雨；午牌雨晴，阴；以后皆然。

初十日甲寅 卯前细雨；辰牌以后至晚均阴。许眉甫先生、洛卿丈公均于晚刻来。

十一日乙卯 晴。接杨伯藩兄来信，代买洋箱已经收到，阅其来单计价洋念三元。前由亦兰兄向张丹翁取印契之洋三十一元八角，已向其取来，内三十元转付伯藩兄矣。惟来信中有代买冯了性药酒一瓶未曾收到，不知交何人代带，另日再查可也。王仲达于早刻来。

家君命沅分爨，为日已久，庆源典务嘱沅独力资持，当时力为推诿，大发怒气，经达云母舅、洛卿丈公、子俊兄力为解排，不得不为允从严命。家君当时将典中盘清，照本计一分五厘五息，尚不敷洋四千元，家君将存谷粜出，补洋一千元，尚少三千元嘱沅兄弟三人划去自还云云。遂请子俊兄做据，诸事均于二月中旬议妥。余不甚(想)分爨，亦不得不为从命。家君将典中于三月间盘讫，至四月初一日即嘱沅接手。但沅既奉严命，只于是日遵从，加“质记”二字，亦家君所嘱。分产嘱书亦于三月廿九日画押，在场议嘱诸公亦于是日画押。家君力嘱沅于四月初一日接手典务，所以定三月廿九日邀诸公画押。各食本定是日，俗言廿九日近于月杪，所以定于四月十一日也。诸亲友送礼者颇多，遂请各亲友惠临清酌一杯，以尽地主之谊耳。早刻，将分来诸事悉均渐为安置，惟各亲友送礼过丰，心实不安，只得各领厚情而已。

十二日丙辰 早至巳刻,阴;午牌,晴;以后皆然。仲善兄于晚刻来。

十三日丁巳 早至午时,阴;未、申时,细雨;酉刻雨晴,阴;以后皆然。子春兄于晚刻来。

十四日戊午 晴。致杨伯藩兄一信,交邮寄申。许眉甫先生于早刻去矣。家君席请洛卿丈公、子春、仲善两兄、仲达及梦云先生、韵卿先生、冠卿先生诸君晚膳。

十五日己未 晴。潘子祥兄来邀午膳。早刻,侍家君同梦云先生、洛卿丈公、子春、仲善、仲达及达云母舅、子俊兄至栅浦堂看剧。少顷,因子祥来邀,遂至其府上,晤王六皆、叶石甫、伍菊香、丁子祥诸君,相叙席散而来。余因紫藤散乱,嘱小头将紫藤修拾一番,不意其自棚上跌下,不知人事。适王达夫在栅浦其亲戚家,遂请其诊治,即能见效,定能渐奏肤公也。

十六日庚申 晴。小头之伤仍然如旧,王达夫虽云来看,颇不放心,再请杨桂华先生诊视,向陶刁恭讨七厘散一瓶,即为饮下,颇为见效,定能就痊。余竹斋、陈克明两君来,留宿。席请陈洛卿丈公、余竹斋、陈子春、陈仲善、王仲达、陈克明诸君晚膳,并邀周达云母舅、王梦云先生、张韵卿先生、周冠卿先生、翁子俊兄陪客,相叙席散而别。本镇文昌阁及栅浦堂均称热闹,人生晤叙,集天伦之乐事也。接章伯纯兄一信,托余代为寄申买茶叶洋一元。

十七日辛酉 晴。家君席请余竹斋诸君,相叙席散而别。余竹斋、陈克明均至海门去,竹斋言即就海门至沪江一行云。梦云先生亦于晚刻去。小头之伤已愈,深为至幸。

十八日壬戌 晴。现值要水之时,晴虽不久,而田水将甘,急求上苍速降甘霖以活民生,是为至幸。家君今日寿辰,叩寿后送呈寿面,并邀达云母舅及洛卿丈公、子春、仲善、仲达、韵卿、冠卿诸君,互叙席散,而洛卿丈公即至海门去,就道趋赴长甸。冠卿先生亦至海门，云明日至长甸代陈宅及马敬斋看地云。接杨伯藩兄一信，并附代买来《董公选要览》四册、冯了性药酒一瓶。连日所书扇面：二弟秉礼、三弟秉衡各一把；梦云先生嘱书两把，一是梦云先生自款，一是道南款；洛卿丈公嘱书扇面两把，款彝甫、兆桂；寿生相托余代写扇面四把，款导泽、伯森、英夫、寿田；周秉南托余代书扇面一把，款书根二字，即其令郎也；冠卿先生托余代写扇面三把，一冠卿自款，一翰卿，一敬贵。陈仲善兄于晚刻至海门娄宅，就道至家云。

十九日癸亥 晴。望雨之心甚切，急求上天速降甘霖以慰农望，是所至幸。陈子春、王仲达均于早刻至城去矣。晚刻，将家中诸事稍为部署。

二十日甲子 晴。日望喜雨将至而不来，心为甚切，急求上苍速沛甘霖以活生民，万姓幸甚，台州幸甚。周月波之郎配婚翁子俊兄令媛，即于今日文定，两家均邀吃酒。早刻，侍家君至子俊兄处，晤达云母舅、谱香、少云、金奎先、吕蔡先、李舜卿、王桐甫、洪少琴诸君，叙过午膳而来。洪少琴托余代写扇面两把，均其自己款字。王六皆、伍菊香两君来叙一刻而别。阿详来言，王仲达即于今早由黄城至海门去，言明后来家云。晚刻，侍家君同韵卿先生至月波处，晤达云母舅及谱香、少云、王俊卿、汪伯端、周篪卿诸君，相叙席散而来。

廿一日乙丑 晴。连日盼望云霓之心，深为甚切，速求上苍敷佑，即降甘霖以活生民，是为至幸。接眉甫先生一信，言祖涛欲自寻生计。凡典中学生未至柜上，倘若歇出，再荐各典殊非易事，所以本典学生只要人能可靠，无不曲从，今其定要自寻生计，只得听之可也。致覆眉甫先生一信，即交祖涛带去矣。早刻，至吴玉翁及王俊卿处，均相叙一刻。“烈女坊”三字匾额已经写好，携至关爷庙坊中粘贴以便手民刊刻耳。午膳后，达云母舅及李舜卿、周孟东、周篪卿、汪伯端来叙至晚而去。

廿二日丙寅 早至巳刻，阴；午、未、申时，晴；酉时，阴；戌牌，雷雨颇大。万民盼望云霓之心正切，今晚得此喜雨，早季藉得收成大有，深感上天覆载之恩于弥穷，正是上天养民，降甘霖于顷刻也。早刻，仲达来，过午膳后即转海门去，因脚生疮瘰，请海门医院某医生就医，所以暂寓永宁局，托余代书扇面两把，余即转托罗梅也兄代为法书。至椒江，晤罗梅也、张鹿筹、李仲贤、李炳章、张岳生、周载熙诸君，相叙半晌而别。就道至翁子俊处少坐，彼适昨夜于客间失窃约值数十元之物耳。王云初兄托余代书扇面一把，系是单款，一面即其自己所画草虫，写就，即嘱老官送交矣。

廿三日丁卯　早至辰刻，雨；巳时，阴；午、未牌，雨颇大；申时，细雨；以后皆然。自昨夕得喜雨，迄至今日晚刻，各处农田水均充足，早季收成定歌大有，万民藉得乐业，叨天厚德，敬感之至。早刻，仲达遣价携吉人先生来函，言临海典业代表推寿农、楚卿两君，此亦致善。即致福仲达一信，并附王吉老原信，饬小和尚送交矣。

廿四日戊辰　卯前，雨；辰至未刻，阴；申时，雷雨甚大；酉牌，阴；以后皆然。早刻，楚卿、云初两兄来叙半晌，言及路桥于昨夕大遭劫数，约数家，亦是处大劫如斯也。晚刻，至王六翁处，相约至楚卿家，晤郑夔友兄，相叙一刻。就道至尚德，晤王俊卿、倪子强两君，少谈而来。

廿五日己巳　辰前，雨；巳至酉刻，阴；戌牌，小雨；以后皆然。晚刻，曹执中、汪伯端、翁子俊、周篪卿及达云母舅来叙至晚而去。

廿六日庚午　辰前，雨；巳、午、未申时，阴；酉刻，雷雨颇大；戌牌，阴；以后皆然。王俊卿将何烈女序赞曾经写就取来，其序赞云："何烈女序赞：烈女氏何，临海葭沚人也，幼通文义，父吕顺尤钟爱之。年十八，字同里清候选知县见清黄公四子修模，成婚有日，而修模乃染疫不起，女闻耗亦于是日服药殉。其义烈有足风者，诸经事为之呈请褒扬，伐石竖坊，礼也。赞曰：夫妇之伦，厥于倡随，死则同穴，生则同居。吁嗟烈女，尚未结缡，从容仰药，大义昭垂，贤哉巾帼，愧煞须眉！"容俟明日粘贴刊刻可也。

廿七日辛未　辰前，雨；巳至未刻，阴；申牌，雨；以后皆然。致陶河清兄一信，托其转向魏莘卿兄代取法绘帐前。早刻，至大宗祠，将烈女坊序赞代为粘贴石上，以便手民刊刻可也。

廿八日壬申 早至晚刻，雨；未牌，阴；以后皆然。

廿九日癸酉 阴，接倪寿生一信。午膳后，卢槐士、王六翁、伍菊香、周篪卿、周孟东诸君来叙至晚而去。

三十日甲戌 午刻，阴；未牌，晴；以后皆然。致邱楚言一信，饬小和尚送投至北山尤其亲戚家转交。接杭垣典业公所一信，言浙江创设典业公所，各县各推举发起人，省中设一公所总会，各府县联络各设分所云云。其杭垣典业公所设忠孝巷十四号门牌。即由典中致覆一信，推举陶寿翁、黄楚卿为临海代表人，函交玉先送交，陶寿翁代为附寄矣。晚刻，王仲达自海门来，言典业公所事明日就海门开会，黄、太各典商谅于今晚至海门云。仲达亦即转至海门永利商轮局。晚膳后，至洪少琴处，晤施建甫、王让卿，言据汪伯端兄云，王金发已经枪毙。彼辛亥壬子岁在绍兴正是荼毒生民，难堪言状，今则如此结果，乃是报应昭彰也。

曹海鲲兄来叙一刻，言傅歗生先生所书隶书小对最佳，余出何子贞法书对联，据云其字最为纯熟，恐非真迹。余细为详揣，颇有可疑之处。看字看画最非易事，以伪杂真之物，世上最多。如前购彭刚直公法绘梅花直条四轴，初看的真，自后徐子刚兄言假之后，再为揣摩，渐露假意，以致见其浊气矣。自今之后，看字无论何人法书，亦不论精草隶篆等书，如书，看其全幅中每字无倒、一字中一划一直无倒；如画，看其全幅见其生气现现，并无浊气，亦无糊涂笔法，即是佳物。余所藏高西园法绘岩石、黄慎法绘人物、朱绿筠法绘牡丹、荷花各一轴及方梅之梅花、张曲江之花卉、傅歗生之墨竹，均是画中之佳者；桂雩门之隶书、贺太峰之草书、张菊溪之行书、吴康甫之隶书、龙继栋之篆、张逖先之篆字均极老到无偏。但张逖先所篆“烧柏子香读周易，滴荷花露写唐诗”对、陈桂舟篆书“为文有经术者贵，所居在廉让之间”两对，可谓一字一划一直，一无偏枯。即傅歗生所隶“守淡泊以镇俗，安和静而随时”之小对，其中“淡”字亦倒。此当时法书时(未)留意之所致也。所以求全责备事亦最难，如翟文泉法书隶字“不作风波于世上，别有天地非人间”之七言小对字字老到、笔笔不苟，能书如是，亦非易易。陈恭寿隶书“春雨杏花虞学士，酒旗山谷杜司勋”七言小对，字亦最佳，不及翟文泉隶书之老到也。自今以后，能得逾于前人书画者，幸甚幸甚。

五月初一日乙亥 早至辰刻，阴；巳时细雨；一刻即晴；午牌，晴；以后皆然。早刻，至吴玉翁、卢槐士、王六皆诸处，均相叙半晌而来。晚刻，同伍菊香、周篪卿至大宗祠看何烈女坊石，就道至李舜卿处，晤李仲贤、张鹿筹、张岳生、李炳章、周载熙诸君，互叙一刻而来。

初二日丙子 晴。致王耀南兄一信，交玉先带至郡城。致杨伯藩兄一信，附象牙圈一个，托其向原店调换细小一的，交祥高先带海门交亦兰兄代为带申。前托亦兰代买茶叶洋两元计三包已经买就取来。永利今日赴瓯一行，伯藩兄代购之玻璃架两个，内嵌童二树先生草书梅花册页，因该轮开行在于即刻，未便再取，言俟温州旋后向取云。

初三日丁丑 晴。致王耀南兄一信，交邮寄郡。致章伯纯兄一信，饬小和尚送交。玉先自郡来，前嘱完仲达及周在舆之钱粮均已完来。闻仲达尚在海门，即致仲达一信，并粮串两对；致周在舆一信，附粮串两对，均饬老四送交矣。

初四日戊寅 晴。灶旧气漏，择于今日丑刻动手将旧灶拆卸，随即重行新造，至晚完竣，此亦家政之要务也。何烈女之坊于今日巳刻加上褒扬，同达云母舅及子俊、俊卿、载熙、子权诸君同至是处致祭毕，挽至家中午膳。但吕顺相有菜一席借余家请客耳。晚刻，陶习谦、李舜卿两君相叙至晚而去。习谦托余代书扇面一把，随即书好，饬老官送交矣。日前曹海鲲言余藏之何子贞所书对联恐非真迹之语，余不以为信，今晚出示诸君，据王俊卿以及诸君详为留览，据言何子贞先生字能至润至熟且庄重凝厚，乃国朝名手中亦安一位置。此对书法至脚均见轻飘,定非亲笔。所幸其冒名之人字亦颇熟,只以字尚能悬挂,不作何子贞先生法书可也。前托杨伯藩先生代做玻璃架两张,内上童二树先生字梅各一幅,已于今早取来,其做法尚不土俗耳。

初五日己卯 早至未刻,晴;申、酉时,阴;戌时,雨;以后皆然。致王仲达一信,交小押来人带交。致倪寿生一信,交邮转递。早刻,至楚卿家,适其方至海门,晤陈夔明先生,相叙半晌,就道至吴玉翁处少坐而来。未刻,至曹执中营中,晤其令弟海鲲,互叙一刻。就道至子俊兄处,晤达云母舅,相叙一刻而来。古人云"端阳有雨是丰年"之句,今值端阳佳节,即于晚刻潇湘烟雨,此歌大有之预兆也,台民幸甚,万幸幸甚!

初六日庚辰 早至酉刻,雨;戌牌雨晴,阴;以后皆然。雨水富足,稻苗佳妙,早季收成定歌大有,是为至幸。接王仲达一信,并找还代付粮钱计洋一元一角讫。

初七日辛巳 辰前,雨;巳牌,阴;以后皆然。

初八日壬午 早至酉牌,阴;戌时,雨颇大;以后皆然。早刻,至曹执中处,晤曹海鲲、蒋敬甫诸君,相叙半晌。敬甫言,前二府署公件除周梅五做区官撤销移解临海县外,尚馀未解公件本存在本署,现楚卿将二府旧署改作织布厂,即将案卷焚毁,现均无存矣。周冠卿先生自晚刻来言,初五日由长甸至椒,均宿在王克仁家,因克仁于初六日竖屋日子系彼所择耳。

初九日癸未 早至卯刻,雨;辰至酉,阴;戌时又雨;以后皆然。晚刻,至楚卿处,晤王六皆、吴玉成,相叙一刻。楚卿相约余同王六皆至袁子羽处,晤卓伦少谈,过其布厂一坐而来。

初十日甲申 早至辰刻,大雨淋漓;巳牌方晴,阴;以后皆然。接陶河清兄一信。王六皆来叙至晚而别。

十一日乙酉 早至辰刻,阴;巳牌,大雨;至晚皆然。

十二日丙戌 晴。连日大雨,远近河塘悉均富足,今值天气晴明，早季收成定歌大有，上苍厚待台民，难可限量也。明日十三，江边堂武圣庙寿戏已于今夜到台矣。晚刻，贺蓉江兄来，托其转托陈渔樵兄代为带甬交四明文宝斋装裱程恩泽行书旧对一副，书明画脚仍用树筒。查程恩泽已入《先正事略》，其行书颇为纯熟，尚可悬挂耳。午膳后，达云母舅及子俊兄来叙至晚而去。晚膳后，同韵卿至洪少琴处，(晤)道周宗叔及达云母舅、作羹、孟东、作羹[①]、伯端诸君，互叙半晌而来。言及永宁局于日昨值自瓯江来，有瓯人寄甬英佛一箱，计一千五百八十元，送至局中，值其账房陈少山至其妾家宿夜，以至当夜被窃，未识得获原赃否也。并云楚卿所设天妃宫、二府署两处布厂每日能出布七八十匹之多，合而计之，每年盈馀不少。楚卿之心思获利，无所不至矣。又言现在舟山米价颇贵，自台出口至定海者，每石可以约馀三四元之则。李子棠时常做米出口，所获利益不少也。

查程恩泽先生字春海，号云芬，安徽歙人，嘉庆辛未进士，选庶吉士，授编修，道光元年直南书房上书房行走，典四川乡试，官工部侍郎，调户部侍郎、贵州、湖南学政，工篆法云云。但其对语"深院钞书梧叶雨，曲栏联韵藕花风"十四字系是行书，款系大草，最为纯熟。其篆法既工，草书亦工。看其图章最佳，纸色亦旧，定系真迹，语颇清雅，悬挂小厅颇为适宜也。

十三日丁亥 卯前，雨；辰时以后至晚均阴。早刻，侍家君同张韵卿至江边堂，晤道周、心斋、吴玉成、王俊卿、洪少琴、周冠卿、伍菊香、王六皆、黄子权、王云初、陶柳亭，同行致祭武圣毕后，过午膳而来。晚膳后，至翁子俊处少坐而来。

十四日戊子 辰前，雨；巳牌雨晴，阴；以后皆然。致王子政兄一信，系张韵卿先生托余代书，该函亦交其来人送交矣。接倪寿生一信。晚膳后，至周冠卿处，同赴尚德小学校，晤王俊卿少坐。相约至洪少琴行中，适篪卿兄来叙半晌而来，时经十一下钟矣。

---

① 二字应为衍文。

十五日己丑 早至巳刻，阴；午牌，晴；以后皆然。致贺蓉江一信，交老官送交，旋接蓉江覆信一函。周在舆先代买藤床一张放其行中，并前托买镜一枚、头梳、雨套均其带来。致周在舆先一信，并附英洋十元，托人代为带交，其洋系托其代买藤床、藤椅之价值也。致覆倪寿生相一信，饬小和尚送其家中代为寄交矣。伍菊香、王俊卿、汪伯端、周篪(卿)、洪少琴诸君来叙至晚而去。陶习谦兄来言，郦漱芳兄将至台关，值人绸先在家，交洋两角托其就海门代买生中匹纸两张，交其送交丁明轩兄收交习谦代为转恳漱芳兄法篆。前年托楚卿兄代求直条四轴已为无有，今日托其代求，未识应愿以偿否也。

十六日庚寅 晴，天气骤热。致黄义臣统领一信，交阿四送交邮政局转寄郡城矣。

十七日辛卯 早至未刻，晴；申、酉牌，阴而见雷声；戌时，雨不甚大，一刻即晴，阴；以后皆然。陈翼亭言，今岁早苗四处皆佳，而江沿一带犹好，乃上天爱养小民，小民得唱大有之歌也，台州幸甚，万民幸甚！早刻，至翁子俊处，晤达云母舅，相叙半晌而来。晚刻，至二府署，晤曹海鲲、蒋敬甫，相叙一刻。敬甫言至海门有事，随即而去。海鲲兄言章焕新现由甬江来台，暂寓海门，想有数天耽搁也。并言浙江南、中、北三路水师分统以中路分统驻防海门为最云云。晚膳后，至辅香处，晤伯端少谈，恐致大雨而来。

言及浙匪王金发本巨匪出身，当辛亥之前，暗通革命，奔日本诸处，图谋起事。当辛亥光复时，该匪王金发自为绍兴军政分府，荼毒生灵，无所不至，受其破家丧命者不下千馀家，乃绍兴之巨劫也。取消之后，该匪积有现资三百馀万，潜匿沪江，复于癸丑图谋二次革命，不就，潜居日本。上年归国，浙省有司将其正法，此乃足快人心。现在国库窘迫，何勿将其家资充军饷，犹为万民之所愿耳。该匪未光复之先虽经抢夺人财，浪进浪出，本无馀积，自为绍兴军政分府，未及一年，积资三百馀万，均是绍兴一府生灵之膏血。今则人已伏法，资当充饷，分所宜然。未识当道者作何办理，报章未及记载。该匪之资，正所谓《太上感应篇》曰“鸩酒救饥，非不暂饱，死亦及之”无异也。该匪所为固亦少有，为人涉世之道，确夺规矩而不得遍。向遵《太上感应篇》曰：“是道则进，非道则退。不履邪径，不欺暗室。积德累功，慈心于物。忠孝友悌，正己化人。矜孤恤寡，敬老怀幼。昆虫草木，犹不可伤。宜悯人之凶、乐人之善、济人之急、救人之危。见人之得如己之得，见人之失如己之失。不彰人短，不炫己长。遏恶扬善，推多取少。受辱不怨，受宠若惊。施恩不求报，与人不追悔”云云，方可为人之道。以上数语，万望后来君子记忆于心，随时而行，是所切盼。

阅《阅微草堂》纪：“乌鲁木齐虎峰书院旧有遣犯妇缢窗棂上。山长前巴县令陈执礼一夜明烛观书，闻窗内承尘上窸窣有声，仰视，见女子两纤足自纸罅徐徐垂下，渐露膝，渐露股。陈先知是事，厉声曰：‘尔自以奸败，愤恚死，将祸我耶！我非尔仇，将魅我耶！’我一生不入花柳丛，尔亦不能惑，尔敢下，我且以夏楚扑尔！”乃徐徐敛足上，微闻叹息声，俄从纸罅露面下，视甚校好。陈仰面唾曰：‘死尚无耻耶！’遂退入。陈灭烛就寝，袖刃以待其来，竟不下。次日，陈题桥访之，话及是事，承尘上有声如裂帛，后不再见。然其仆寝于外室，夜恒呓语，久而渐病瘵，垂之死时，陈以其相从二万里外，哭甚悲。仆挥手曰：‘有好妇尝私就我，今招我为婿，此去殊乐，勿悲也。’陈顿足曰：‘吾自恃胆力不移居，祸及汝矣，甚哉！如是之害事也！’同年六安杨君逢源代掌书院，避居他室曰：‘孟子有言，不立乎严墙之下。’”云云。此乃杨君高见，正所(谓)恶人远避也。是为之记焉。

十八日壬辰　雨。致王仲达一信，楚卿之母于今日生日，来邀晚膳。家君早至其家。晚刻，过尚德学校，同王俊卿、王云梯、黄道周至楚卿处，晤曹执忠、吴玉成、王六皆、黄星斋、陈翼亭、金仪卿、周冠卿、卢槐士、叶石甫诸君，相叙席散而别，过星斋处少坐而来。

十九日癸巳　卯前，雨；辰至酉刻，阴；戌牌，小雨；以后皆然。早刻，曹执中、陈翼亭两君来叙一刻。执翁言，今保卫队现有缺额，前仲达托余代荐之人可以充补。即致仲达一信，嘱其将罗玉麟来椒可也。

接王少南兄一信，言孝廉堂未推钱粮尚有十馀年，可以向收云云。

二十日甲午　早至晚刻，晴；申初见有雷声而即下雨最大，至戌牌方晴；以后均阴。晚刻，伍菊香来叙半晌，相约至李舜卿处少坐而来。

廿一日乙未　早至申刻，阴；酉时，雨；以后皆然。接蒋敬甫兄一信，催罗玉麟进营，随将原信饬老二送交仲达。晚刻，罗玉麟来，接仲达一信，随嘱玉麟进营。去后，值曹管带至海门去，嘱其明日进去可也。致覆蒋敬甫兄一信，书函时而玉麟尚未来，因此先为致覆耳。

廿二日丙申　早至辰刻，雨；巳牌，阴；以后皆然。致王仲达一信。接黄义臣统领一信。晚刻，达云母舅、伍菊香、陶习谦诸君来叙至晚而别。罗玉麟来说，曹管带将其补在分驻海门哨中矣。

廿三日丁酉　晴。致张柳桥兄一信，交邮寄郡。接倪寿生一信，并附其家信，向余借洋一元云云。晚刻，至曹海鲲处少坐，言有卖绢者，系南乡人，日前宿在海门同和栈对门老跛家。昨日晚膳后，老跛催其至家子卖绢。其卖绢客因天晚，欲明日方行，而老跛再催，不得不走，并邀二人与其同行。走至杨家桥地方，其所同来之人将卖绢客夫刀捣伤二十馀刀，夺绢而去，计其已死耳。地近杨家桥，是处人随即禀报保安队，遂即查问卖绢客。客伤虽重，心尚未迷，言出以上原情。而曹管带即至海门将其歇家及从来之二人遂即拿获，并取还所夺之绢。而曹管带即将伤主、凶手、歇家并原绢均送至海门请镇守使作何办理耳。是处来往之人日夕牵连，而海门、家子均有驻守兵士及保卫队又在咫尺，该凶犯竟在是处如此行凶强夺、杀人，真是胆大已极。若不从严办理，将何以儆戒将来？未识当道者得即严办否也。

晚刻，达云母舅及子俊兄来叙至晚而去。言据其亲戚马屿头人言，兴家屿人名先福者住宅临近有一古墓，计年已久，乃祖即认为已上人，节届清明均经祭扫亦历有年。至先福代亦然。坟侧有大树判与杨姓，有名小荣者，挂其不叫其做牙，私将其原情与黄心斋宗叔言之，而心斋即起贪心，私叫周星虎认为祖坟，至彼处识认。值先福将树已伐,星虎出头大为滋闹。星斋即将所伐大树载至三春树场售卖,藉此可得树价之资以饱私囊。如是所为,不过名誉,何异无赖,正人所不耻也。是为之记。

廿四日戊戌　雨。早刻,将倪寿生托寄之信并附借洋一元饬小和尚送交倪庆云收矣。

廿五日己亥　早至未刻,雨;申牌,阴;酉时,晴;以后皆然。玉先言马头山叶家菊仙之奶奶膳田本有计谷七百石左右,因还账两千馀元及造葬需费连年颠倒,只剩三百馀石,年前因子所分已化为乌有,再与两子七十石作为衣食之资。今其子欲私卖乃母膳田,其母欲先自行售卖云云。至若是不亦惨乎! 按:叶蓉斋军门绍春本是贫家出身,幼年寥落,谋以小本经营,赴欧投营,充当兵士。年将四十方由把总拔补千总,遂补守备,历次战功,数年间升任温州镇总兵。时浙洋获盗,大著威名,海中有"叶老虎"之称。当咸丰初年召见称旨,圣怀眷宠,调补福建台湾镇总兵。时台湾初方开恳,财阜物美,未及周年,赢馀之数不下数十万之巨。升授浙江全省提督,在任已逾五载,积资亦巨。告病旋里,置业造宅,林下优游,时当粤匪猖獗,其地方亦未糟蹋,至同治初年方福寿全归。令子叶五丰茂才宝璋生自浙江提督任内,余二祖姑妻之,时丁侍郎绍周学使浙江按临台属,考取入泮,遂行完姻之礼,次年生子。不意五丰公又逝,其子亦殇,言亦惨然。以嫡堂兄叶承露之长子菊仙承祀,娶土屿黄氏为室,人尚沉静,并侧室,于壬辰岁各生一子。于光绪三十年间,菊仙公逝世,二祖姑亦继而逝。时田尚千计,黄金馀亦不少。两子长成,一娶黄城牟氏,即牟伯谦之女;一娶土屿黄氏。但牟氏悍妬无耻,黄氏懦弱无能,两子不肖,十年间即将家资化为乌有。古人云:"积财与子孙,子孙未能用;积书与子孙,子孙未能读;积德与子孙,子孙乃昌。"斯言须谨志五衷莫忘,是为之记。

廿六日庚子　早至午刻,阴;未时,晴;以后皆然。晚刻,陶习谦兄来,将前托裱陈桂舟先生法隶横披曾已裱来,计工洋四角,遂交其带去矣。吴玉成、翁子俊、曹执翁来叙半晌而去。

廿七日辛丑　早至午牌，阴、晴；未时，阴；以后皆然。马头山叶家为菊仙奶奶与其令郎私售膳田来请家君至其家中云云，家君允其明日上港。翁子俊兄、达云母舅及陶习谦来叙至晚而别。晚膳后，至丁辅香处，晤王六皆、伍菊香、陶习谦，互叙半晌而来。克瑞先至马头山来言，江梦翁已至叶家云云。

廿八日壬寅　晴。雨水富足，现值天晴，叨天厚福，今岁已歌大有，欣幸之至。早刻，邀曹执中、海鲲昆季、达云母舅、王六皆先生、翁子俊兄、伍菊香、张韵卿、陶习谦诸君同家君，相叙席散后，家君即行趁轮至马头山去矣。致王仲达一信，并附致邱楚翁一信，交仲达送礼来人带交。晚膳后，至陶寿翁处，阅其西席陆先生做《陶宜人坊赞》，未为出色。言习谦之嫂曾经有孕，约在冬月分娩。又言子俊兄之嫂客冬有孕，分娩之期于不远也。

廿九日癸卯　晴。致杨伯藩兄一信，交邮寄申，托其买春字号鼻烟壶一瓶、暖脐膏念张、细蕉扇一把。吴玉翁托余与其同致子衡兄一信，该函送交吴玉翁送交矣。晚膳后，至孟东处，晤陶寿翁、黄道周、李舜卿、陶习谦、汪伯端、花梯香诸君，相叙半晌，来时已将二鼓矣。倪寿生来言方自乌岩来，已调杨府庙，前向余汇付其家中洋一元曾经送还矣。陶习谦言，有人冒称镇守使署侦探长至北岸扰诈银物而不遂，将其人拔去。其家中人想其拔去定至海门，即至海门镇守使公署探问究为何事，欲为料理一切。不想海门镇守使署并无其事，亦并无其人，遂即禀明镇守使，即饬海葭保卫队至北岸追究假冒侦探长，并追还拔去之人云云。如今世风险甚，咫尺之地竟有如此假冒扰诈拔人，深为至虑耳。

六月初一日甲辰　晴。接王子衡兄一信。早刻，至楚卿处，相叙半晌而来。晚刻，至子俊处少坐，同至孟东处。互叙至晚而别，言及本年五黄坐在中宫，而楚卿家竟将中堂做地，正其福气鸿远也。

初二日己巳　晴。作羹兄托余代书扇面三把，款题秀卿、镇桢、旭斋，随即写就，饬小和尚送交矣。接陈仲善兄来片，托余代写折扇各一把，并转托周作羹兄法绘云云。

初三日丙午 晴。仲善兄托余代书团扇、折扇各一把，已代写就，即致字托作羹兄代为绘花卉矣。晚膳后，至子俊处少坐而来。

初四日丁未 晴。晚膳后，至洪少琴处，晤达云母舅、子俊兄、周作羹、周篪卿诸君，互叙少顷而别，子俊时将二鼓矣。

初五日戊申 晴。

初六日己酉 晴。林质彬兄来言，现在涂地均须丈量、报升征税，今晚至楚卿之涂田丈量，余所经之涂地俟明日丈量云云，现尚宿在楚卿处。随至楚卿处，晤林质彬，并晤其同来娄克明兄，相叙半晌而来。

初七日庚戌 晴。席请林质彬、娄克明午膳，并邀达云母舅及翁子俊、周篪卿、汪伯端诸君，相叙席散而别。

初八日辛亥 致杨伯藩兄一信，交邮寄申。

初九日壬子 子初刻，雨，一刻即晴；以后均晴。童子林之媳，北岸杨施王氏人，其子泰顺娶已数年，夫妻时常不睦，因泰顺外遇所致也。昨晚又与其妻致闹被责，以致服卤身故，母家人来颇多，经王云初兄诸君代为说开梁王追荐，厚于后事而葬焉。其妻之死最为苦极。凡为翁姑总以宽鸿从事，为夫主者涵容致性，为妻室者柔顺静睦，一家恭敬谦和，一家庆幸，即是幸福无量耳。

达云母舅席请朱明远兄晚膳，来片邀余陪客。晚刻，至其府上，晤朱明远、陶习恭、李舜卿、翁子俊、周作羹诸君，相叙席散而别。就道至习恭处少坐而来，至家时逾二鼓矣。早刻，吕宝来言，其妻病笃，托余片请皮申甫先生代为诊视，而申甫来家过时，余已至周宅，未晤为歉。长高先之妻已于昨日故，其生乳毒兼感外邪，请某医生诊治，误用东洋参两钱，将外邪不得而出，以致毙命。所以庸医杀人恨甚。现值夏令，街上人染肚症者颇多，只愿遇良医，藉得顺手而愈，幸甚。今岁早季收成可歌大有，勤种者能拥肥料者皆丰，惰者无料皆薄。棚浦、杨家桥两处向来薄岁归多，土多碱性，五日雨水富足，收成加倍。本镇及下马诸处尚佳。各淡地之村庄及近山水充沾之方，即或勤于种作者，亦薄耳。今之收成大概情形如斯也。立茂托余书扇面一把，款题瑞蓂，遂即写就面交矣。前托周作羹兄绘仲善兄团扇、折扇各一把曾经画就送来，容俟有便寄交可也。

初十日癸丑　阴、晴、雨不一。早刻，至江边堂叩神毕而来。适卢槐士兄来叙少顷而去。

十一日甲寅　卯前，雨；辰至未刻，晴；申初小雨，片刻即晴；至晚均晴。谢仲衡兄于晚刻来少坐而去。晚膳后，至子俊兄府上，相约至洪少琴处，互叙一刻而来，至家时将二鼓矣。

十二日乙卯　早至午刻，晴；未牌，阴；以后皆然。闻有雷声，西北颇黑，似有雷雨之景而未下。

十三日丙辰　晴。致杨伯藩兄一信，承代买来蕉扇一把计价洋二角五分、春字号鼻烟一小瓶计价洋一角、暖脐膏念张计价洋四角，均由蓉江兄送来。林质彬兄来言所丈下荡、内外荡涂地九十六亩，黄唐臣承分外荡两亩均在其内，馀则均是年前家君助入各庙，现均余代经。此次开丈、报税，均是余自已具名，所言地中报升费本照上则报升，每亩计洋一元五角。楚卿兄与其通融办理，均照中则报升，每亩计洋一元。公费照上则付缴每亩计洋一角五分。余代经涂地九十六亩，每亩一角五分计算，共计英洋十四元四角，现交林质彬先生带去英洋十三元八角矣。至报升费计洋九十六元，俟办理完结，另行照缴可也。

栅浦苏焕堂之表嫂携两子，大六岁、小三岁，来看大暑，拜佛看戏，不意于午牌时发病，即请周雍贤，云自病而未来，随请曹六爷诊治，于时已晚，无救，即于晚刻而殇，代为惨切，遂即埋葬矣。倪寿生兄来邀余代书扇面一把，即书就，款题寿田，面交矣。陶习恭席请其妻舅朱明远，来柬（邀）余陪客。晚刻，至其府上，晤明远及其西席陆先生、习谦、习敬诸君，互叙席散而来。至家时逾二鼓矣。

十四日丁巳　早至午刻，晴；未初，雨；未末雨晴；至晚均晴。金九苏来叙，已晚，留宿一夕。

十五日戊午　晴。金九苏早刻去。陶习恭片邀晚膳，至其府上，晤其令舅朱明远兄、陆先生及其昆季，相叙席散而来。

十六日己未　阴、晴、雨不一而定。

十七日庚申　阴、晴、雨不一而定。

十八日辛酉　阴、晴、雨不一而定。午刻，陶宅仆人来言，徐子刚先生，习恭请其与其夫人看病。晚膳后，至陶宅，晤习恭、习芝、习谦、子刚先生及朱明远诸君，互叙至二鼓而来。

十九日壬戌　晴。徐子刚兄于晚刻来叙，过晚膳后转至习恭处去矣。

二十日癸亥　晴。徐子翁早来，过午膳后至海门去。

廿一日甲子　晴。伍菊香先生托余代其令郎凤祥函托章子端先生代为录用，余以情难却而允焉。晚膳后，至丁辅香处，晤周冠卿先生，互叙半晌而来。

廿二日乙丑　晴。致章子端先生一信，交伍菊香转交其令郎投递矣。许眉甫先生自晚刻来。

廿三日丙寅　晴。致杨伯藩兄一信，并附英洋两元，交丙南送海门交永利茶房二头代为带申，家君托买鼻烟一瓶、章家外婆托买中和净丝洋一元。

廿四日丁卯　晴，天气最热。家君云，黄义臣统领意欲住至本镇，购黄吉甫之屋作为前透，又拟买其屋后陈姓之田新造后透。其事若成，地方亦多一殷实之家也。许眉甫先生自晚刻至西山去，言明日至章安方子元府上坐馆云。

廿五日戊辰　早至午刻，晴；未牌，雷雨；申、酉，阴；戌时又雨；以后皆然。接王仲达一信，前还林娟记之款，日前陈翼亭送至黄城，因林姓未曾在家，即托仲达代为收付，顷已付还清讫，已将原券取转附还收讫矣。

廿六日己巳 早至未刻，晴；申牌，阴；以后皆然。致覆仲达一信，即交其来人带交矣。

廿七日庚午 早至午刻，晴；未初，阴；未末至申初，雷雨最大；申末，细雨；以后皆然。致岳母一信，函外附片封交邮筒寄至十里铺交仲善兄代奉呈。早刻，至子俊处少坐。午膳后，至吴玉翁处，相叙一刻。就道至楚言处，阻雨，至晚方来。近日农民方待雨泽，今日上苍即沛甘霖，晚季定歌大有，乃上天养民厚之至极也。

廿八日辛未 阴、晴、雨不一而定，惟戌牌雷雨最大，亥时稍细。

廿九日壬申 晴。致陈舜卿一信，托其寄闽之漳州购尺二及六寸格盘各一个，饬玉先送交，旋言舜卿兄未曾在典，由马敬斋兄代为转寄矣。三女阿朝染病未愈，昨、今均请剑相趁治，仍然如旧。幼孩染恙，口不能言，致以为虑。

三十日癸酉 早至酉刻，阴；戌时，雨。早刻，请水门六爷趁治，阿朝能得就痊，是为至幸。晚膳后，又请董家洋人石先生趁治，于时已晚，留宿。据云阿朝之病须用针之后可无致虑也。

七月初一日甲戌 晴。石先生于早膳后去。阿朝之病已分寒热，可以无虑。又邀陶吉人再开一方，均能见效，是为至幸。

初二日乙亥 晴，天气颇热。早刻，楚卿兄与曹执中来言，六庄之保卫队拟裁半数，惟葭沚之保卫队仍留四十名云。至陶寿翁处少坐，其习谦出示有人送售袁江山水之小中堂一轴，其画法最为工致。惟袁江何时人物，不得其详。

初三日丙子 晴。致林质彬一信，致[①]接林质彬福信。三女阿朝之病稍愈。陶习谦言，童醉春先生现因习之请其与小女看病已至其家。晚膳后，至陶宅，晤陶寿翁及醉春先生，相叙半晌而来。

初四日丁丑 早至巳初，晴；巳末，雨；午牌，晴；以后皆然。早刻，请醉春先生就便与阿朝一看，而醉春先生及陶习之均于晚刻来，

---

① 此字疑当为“旋”。

值达云母舅、翁子俊兄均来，互叙至晚，留过晚膳后而去。

初五日戊寅　晴。接许眉甫先生一信。三女之病已愈大半，孩科以童醉春先生近今可为魁手矣。

初六日己卯　晴，天气最热。致林质彬一信，交周炳南送至海门面交。接杨伯藩兄一信，并附鼻烟、净丝均已买来，计价洋两元。前嘱二头购买之糟蛋亦买来，前付过英洋一元，未识价洋若干，因炳南未来，不得其详，俟炳南来询明，下班永利来时付还可也。周篪卿兄来云，伯藩兄曾已旋台矣。

初七日庚辰　晴。

初八日辛巳　晴。

初九日壬午　晴。

初十日癸未　晴。

十一日甲申　晴。致黄楚卿兄一信，交黄崇胜送交。陶习谦来，言及杨伯藩兄将永利商轮局账房一席已经分手，想彼自做生意不离于上海耳。

十二日乙酉　阴、晴、雨不一而定，惟亥牌雨颇大，西北风亦大。

十三日丙戌　晴。晚刻，潘子祥来叙至晚，留过晚膳后，同至楚卿处，晤王六皆、周谱香、李舜卿诸君，互叙半晌而来。

十四日丁亥　阴、晴、雨不一而定。菊香来，携章子端兄一信。言其经办安昌统捐征收局已将告卸、赴京考询云云。

十五日戊子　晴。致福章子端兄一信，交邮寄至绍兴安昌统捐局。伍菊香托余书扇面一把，即代写就，交小四送交矣。

十六日己丑　早至申刻，晴；酉时以后均雨。

十七日庚寅　晴。曹执中已去，换庞廷卿字春生为哨弁。李舜卿兄令郎字伯涵与许连城同至北京肄业商业学堂。

十八日辛卯　晴。早刻，卢槐士兄来叙至晚，同至陶寿农处少坐。与道周、伯端、作羹、少湖拼饯李伯涵、许连城，并邀舜卿、梗卿陪客，席设文昌阁，相叙席散后客去。伯端因办调查、选举事急而去，余同道周、作羹诸君同舜卿兄至其府上，互叙一刻而来。言及邱舜琴名绍虞，本葭沚邱家祖人，其父邱阿清流氓出身，投入绿营，遂移家至海门，身在营中当差，家售酒米生理，展转有年，升至百队。时值海门耶稣教当兴，即入为教民，其子绍虞亦随之。时绍虞年纪尚稚，复值天主教当兴，复入为天主教民，其子绍虞谋为坐堂，藉此荼毒生民。自丙午岁曹绍雍统领与天主教争衡之后，看天主无能无力，即谋为尚德小学校教员。辛亥出外谋生而得营弁。今则而竖为灾，其症最重。现李鹤亭先生为其决症，倘一作古以毕一生事业也。

十九日壬辰 早至巳刻，阴；午牌，雨；以后皆然。早刻，楚卿来言，曹执中兄现充内港水师厅长，驻防长甸。但其人亦最有见识，现充其任，颇为得宜。同至寿农处，晤魏毓卿，相叙半晌而来。

二十日癸巳 晴，天气最热，入秋以来，今日可谓甚热矣。致朱子延一信。朱子延亦于晚刻来矣。王季若之嫂朱氏于昨晚作古，系朱似兰兄之女，年只十八岁，不幸毕世，代为可惜而已。李舜卿兄令郎李伯咸明日动身入都肄业，今晚来辞行，其礼可谓周到，只愿毕业之后优为进取，是为至幸。

廿一日甲午 早至午刻，阴；未牌，雨；以后皆然。

廿二日乙未 晴。晚膳后，至辅香处，晤周冠卿先生、李舜卿两君，相叙半晌。舜卿兄言，昨同其令郎至海门，本拟趁永利动身，值许廉臣偶恙，不能即行，容俟下班永利首途云云。

廿三日丙申 早至午刻，晴；未、申时，阴；酉牌，雨；以后皆然。长工自长甸来，言洛卿丈公染恙。炳南至长甸问候，想无紧要也。

廿四日丁酉 晴。西北风起，暑气半消。炳南自长甸来，言洛卿丈公染恙颇沉，余拟明日至长甸一走，以尽礼数而已。丁子祥同柯育卿兄来叙一刻而去，言及朱敷五先生近日做六十寿辰，颇形热闹云云。晚膳后，至楚言处少坐，言及楚卿所办织布厂所织之布日多，出货颇滞，现发瓯、闽等处销售，未识得能源源畅销否也。彼之两厂日出布计七十馀匹之数，可谓快便以极，倘能晓畅不停，利息源源而积矣。

廿五日戊午 晴。致张仲厚兄一信，饬老四送交。午膳后，趁顺昌小轮，晤楚卿兄相叙一刻，言赴郡城云。小顷，抵长甸洛卿丈公处，看洛卿丈公之病虽是痢疾，其气尚佳，每餐能食粥一碗，如是想之，可无窒碍。晤季达、俊修、聘石、衡甫、蕙夫、克明、琢斋诸君，互叙至晚焉。

廿六日乙亥 早至午刻，晴；未牌，阴；以后皆然。早刻，自长甸揖别洛卿丈公，即行动身，舟抵本镇道头，时方上午十一句钟。午膳后，周篪卿兄来约至子俊兄处少坐，同至达云母舅及李舜卿兄两处，均值公出，未晤而来。

廿七日庚子 晴。

廿八日辛丑 晴。

廿九日壬寅 晴。章仲厚兄于早刻来。族兄崇甫之祀母邱氏于昨晚作古，即于今晚小殓，遂即入厝。其夫子琴宗伯在光绪四五年间去世，邱氏伯母守节迄今时近四十年，真正足不出户、声无出室，其清节洁操人无间言，可质神明。只生一女，最为钟爱，当嫁时随奁颇厚。今与祀子者无长物，稍有所訾亦人情之常耳。早刻，同漱芳先生至椒江中学校访载熙，适其至海门未来，晤罗梅也、赵醒黄、张岳生、黄子权、张鹿筹诸君，互叙半晌而来。

八月初一日癸卯 晴。致周冠卿先生一信，因章仲厚兄请其看地，邀章仲厚兄午膳，并邀达云母舅及张韵卿先生、翁子俊、李舜卿、周篪卿诸君陪客，相叙席散而别。谢仲衡兄于晚刻来，亦留过晚膳后而去。冠卿于晚刻来。

初二日甲辰 晴。致叶徙南兄一信，交叶癸江送交。章仲厚同周冠卿先生均于早刻赴黄去。长甸来人言，洛卿丈公近日病颇加增，请陈瞿明先生。但瞿明在海门看病，即代为邀请而去，未识即能药到病除否也。

初三日乙巳 晴。早刻，家君同炳南至长甸洛卿丈公府上问候，能即安痊，是为至幸。

初四日丙午 晴。

初五日丁未 晴。长甸无信，未识洛卿丈公曾经安痊否也。汪伯端兄于晚刻来言，屈文洛有自请出洋云云。

初六日戊申 晴。家君自长甸来言，洛卿丈公病颇笃。幸其元气尚可支持，未识得能就痊否也。晚刻，邱楚言姻长、周达云母舅、翁子俊兄、周孟东兄来叙过晚膳后而去。

初七日己酉 阴。早刻，至子俊处，晤达云母舅，相叙半晌，同至其府上，留过午膳后而来。晚膳后，人倜先来，托其带交永利茶房亦兰兄英洋一元就申购买各色菊花八盆，时值新秋，须植佳菊数种，藉堪清趣耳。又交其带子洋两角转付亦兰相，前代买之糟蛋找尾而已。又托其向海门缸场购买大小花缸六口，面交英洋一元，倘不敷之处，俟去担缸之时带付清讫可也。

初八日庚戌 晴。致周在舆先生一信，交人倜先带交其府上代寄瓯江。季岑叔公之叔婆陶氏节孝坊已于今早竖立，在祖慈坊右，石工颇佳耳。晚膳后，至楚卿处，晤载熙、伯端、云梯诸君，相叙半晌而来。言庞春生今日移住邱遇琴兄对门矣。按：季岑公系老二房铭三公四子，初名志清，字海秋，后改鹤龄，字季岑，由监生捐巡检，指分江苏，得有巡查保甲差使，未久殁于省寓。时光绪丁亥之春生，自咸丰乙卯，时龄三十有三。其陶氏宜人系本镇朴齐公次女，即寿农之姑母，生自咸丰丙辰，三十有二守节，卒于光绪辛丑，时年四十有六。以禹门叔公次子仲辰名寿云为祀，娶王氏，数年亦故。当陶宜人殁时，积资颇厚，议以建坊，嘱寿农托人呈请，于例稍有未符。不意仲辰故时于时未久，家道萧条，幸有馀资在寿农之陶裕大典中，致有今日竖立牌坊之一日，若与仲辰浪用，亦化于乌有也。是为之记。

初九日辛亥 卯前，阴；辰、巳刻，雨颇细；午时以后均阴。晚刻，周篪卿兄来叙半晌，言及前署临海知事，续调杭县知事。周六介名李光，方告卸杭县之次日即行故世矣。邱舜琴之病现又加剧，前邀陈葵明与其诊治，亦经决症矣。人生之空，莫过于此也。阅《解人颐》纪："晋阮瞻不信鬼，常作《无鬼论》，一日忽有客来访与语，议论风生，以为鬼所必有，瞻为必无，争辨不已。客笑云：'吾即是鬼，君何不识？'因起立，披发吐舌，亦现鬼形，瞥然不见。瞻乃大惊"云云，斯言岂谬语哉！

初十日壬子　晴。阅《解人颐》纪云："仁厚、刻薄是修短关；谦虚、盈满是祸福关；勤俭、奋惰是贫富关；保养、纵欲是人鬼关。"斯言岂虚语哉！是为之记。

十一日癸丑　晴。致贺云江一信，向取前托寄甬江装裱直条两堂，即接福函，尚未裱来云。长甸来言，陈洛卿丈公染恙渐愈，深为至幸。向典中假英佛百尊，随交其来人带去矣。

十二日甲寅　晴。午膳后，达云母舅、翁子俊、伍菊香、汪伯端诸君来叙，至晚而别。

十三日乙卯　早至午刻，晴；未牌，阴；申时，雨；以后皆然。陶习之、罗建臣两兄来叙半晌，习之言海门邱舜琴曾经作古，此其一生事业至此毕也。以流氓之子，虽善钻賨，以至管带，今虽毕世，可谓更宜事也。又言海门将开戏馆之说，该处亦多一番浪费，深为可惜。建臣言自都城方旋，现询台州馆馆长现王熙尹兄、经账何渭春兄云。

十四日丙辰　晴。天气颇热，似七月之候也。早刻，周在舆先生来，托其代买绿萼梅花四盆。天台山华顶方丈华最和尚亦于早刻来，均留午膳而去。余于癸丑在天台时，敬塑华顶寺观音大士金身像一尊，其工价英佛一百五十番，上年秋间交英祥带去百番，顷交华最和尚带去五十番，曾经清讫，乃遵先曾祖母应太夫人遗命耳。华最和尚言明岁可以贴金、丁巳春间开光云。

十五日丁巳　晴。午膳后，达云母舅及伍菊香、汪伯端、周篪卿诸君来叙至晚，言及海门之椒江舞台已于今夜开演。地方有此戏台，百姓多一层之累，有用之银钱化于无有之地，深为可惜，乃海门之大不幸事也。今岁晚季收成以台州而论可称大有，台民叨天之福于无穷耳。

十六日戊午　晴。

十七日己未　晴。致林质彬兄一信，交玉先带郡。

十八日庚申　晴。余之建兰今日分栽，亦得其时，原有大缸四盆、小缸两盆，分作大缸七盆、小缸四盆，其中大缸三盆并原缸五盆，共计八盆，排在书室之前，现分之大缸四盆送奉家君处，分出之小缸四盆即送达云母舅及子俊兄各两盆。但分栽兰花确在今之秋分后半月之内可以无失，倘若迟早均有窒碍而已。上年将猪骨粉拥在建兰之根侧，今年颇为得法，惟初分之年不能即拥，今将未分之五盆均用是粉拥下，想明岁可以繁盛耳。花若盛开，其清香之气颇有趣味。余喜植牡丹，而牡丹未能得法，深为憾事耳。

十九日辛酉　雨。西北风起，颇为寒冷。

二十日壬戌　辰前，阴；巳牌，雨；午时以后均阴。致王云溪一信，交张振达送投。致陶寿翁一信，交陈茂送投矣。

廿一日癸亥　晴。致王子振兄一信，交陈茂送投。长甸有人来言，洛卿丈公染恙本稍愈，近日又翻转。老年人病若再翻，深以为虑，只求逐渐痊愈，是所至幸。谢仲衡兄于早刻来叙半晌，向典中假英佛三百尊，息计按月分六，即取去百元，其馀言廿三日来取云。晚膳后，至作羹处少坐，言楚卿兄于晚刻自北岸来，相约至楚卿处，晤道周，互叙一刻。适有黄吉臣者，系北岸芙蓉北宅人，至其家中言事，少坐而去。其表侄许连城自北京来函云已进校肄业，每月饭食之资须洋七元，日用书籍亦须此数，加之星期日酬应一切，年而计之，毛诗一部，须俭之又俭而已。李舜卿兄令郎亦与其同校，需费必须此数耳。

廿二日甲子　晴。

廿三日乙丑　早至午刻，晴；未牌，细雨；申、酉时，阴；戌刻，细雨；亥时雨晴，阴。长甸来人言洛卿丈公已于早晨仙逝。按：洛卿丈公年六十有三，元配系三祖姑，生三子、五女：长名宝信，字子宣，娶徐氏，系其姑表妹也，无出，而子宣于癸卯岁作古；次名宝慈，字惠夫，娶俞氏，生一子字肇滋，即与子宣入继，而俞氏已故，未曾续娶；三名宝俊，字克明，娶卢氏；长女适石曲方堂卿，生一女，现适黄岩朱弼臣为室，而堂卿夫妇双亡；次适黄邑头涂桥吴访岩，生有三子，长光文，字少访，次三亦均长成，而访岩已经作古；三适土屿张琪璇；四适郡城余竹斋，生有一子名守衡；五适摊头柳少愚，生有两子。而三祖母已于癸卯秋冬之间作古。续娶王氏，系黄城王铭阶先生令妹也，生一子一女，子名宝伦，俱幼。但洛卿丈公少年入泮，人极公正诚厚笃实，今则盖棺，则一生事业已毕也。

廿四日丙寅 晴。早刻，趁顺昌小轮至长甸吊唁，时俞仲征已来，与惠夫、克明两表叔及东香、季达诸君互叙至晚。

廿五日丁卯 晴。吴少访、柳少愚、张琪璇、王铭阶诸君均来，而洛卿丈公即于早刻小殓，随即叩吊，就于是夕致祭，毕时已将天明矣。

廿六日戊辰 辰前，雾；巳牌以后均晴。早刻，趁怡昌小轮至家，时将午膳矣。少顷，周达云母舅及翁子俊、汪伯端、李舜卿、周作羹、周篪卿诸君来叙一刻，言及周载熙已纳妾，系半洋王人，已于廿四日进门。适谢蕴山来邀看戏，随同诸君至上洋其家中，而仲衡至郡未来，而庞春生、施见甫、王仲裳已至家中，相叙一夕。

廿七日己巳 辰前，雾；巳牌，晴；以后皆然。自上洋至三山闸之浦，其中有数处泥涨，遇有积雨，稻田即没，大损稻禾。前仲衡言欲挖浚以便流通积水，嘱余代为帮忙，而玉先亦至其家中，即同公咸至三山闸附近之处，详加精视，携有树弓，计量五百弓左右，此其出水之处。又，其上洋之后须造一小闸，若遇要水之时可以蓄积。挽同达云母舅及石匠官福看视，工尚未估。达云母舅先转谢家，余至三山闸看浦，来时而达云母舅及汪伯端、李舜卿、周作羹、庞春生、翁子俊、周篪卿诸君均已先来。少顷，谢仲衡同祝熙绩自郡来，过午膳后亦至家，时将晚膳矣。

廿八日庚午 晴。晚刻，达云母舅及伯端、篪卿、菊香来叙半晌，相约至海门舞台看戏，过洪少琴处，适作羹兄亦来，同至海门醉白园。

晚膳后至永利局，晤陶寿农、黄义臣、江梦生、徐富春，相谈少顷，至椒江舞台看戏完时而来，至家时经一句钟矣。陶寿翁言，其四令郎老九相配婚王仲达之次妹已经成说，在十月间定亲云。

廿九日辛未 早至未刻，晴；酉时，阴；戌牌，雷雨颇大；亥时，雨稍细。晚刻，卢槐士兄、周达云母舅、周篪卿、汪伯端兄、伍菊香诸君来叙至晚，留过晚膳后而别。菊香言，子端兄曾经到台，不日晋京云云。

三十日壬申 卯前，雨；辰至未刻，阴；申牌，细雨；酉时，阴；以后皆然。早刻，至翁子俊处，晤达云母舅及周月波。相叙一刻，就道至李舜卿处，过午膳而来。

九月初一日癸酉 雨，惟早晨雨颇大，以后稍细。

初二日甲戌 雨。

初三日乙亥 早至巳刻，晴；午牌，阴；以后皆然。晚膳后，至周作羹处，晤舜卿、篪卿，相叙半晌而来，至家时逾二鼓矣。舜卿言其令郎伯涵之学校在京都西安门外大街，名曰新华商校云云。

初四日丙子 阴。早刻，至吴玉翁处少坐而来。前托贺云江寄裱花卉直条四幅曾于早刻取来，无如裱工极次，未识何处装裱而来也。

初五日丁丑 阴。早至吴玉翁及翁子俊兄两处，相叙半晌而来。

初六日戊寅 雨。

初七日己卯 雨。

初八日庚辰 雨。独坐寒窗，毫无所事。

初九日辛巳 晴。早刻，约同达云母舅及王六翁、张韵卿、李舜卿、洪少琴、王俊卿、伍菊香、朱子延、周篪卿、周作羹、周孟东、陶习之诸君同至上白云山登高，作互叙之欢，亦一乐也。言及王子宜兄之郎名天赞者，年十四岁，因表兄弟娶亲，即周定础兄令郎，至其家中吃酒，就道至文昌阁游玩，晤一周姓同学者，因无长者在侧，遂得罪神明，而周姓与彼发病甚笃。可见神圣须当钦敬，前人言念及此，今之新学中人言即反此而为，以致二孺子得此重症，非神圣责罚是何？以后倘见神圣，当须钦敬，是为至盼，万勿以余言为河汉也，幸甚。同过午膳后而来。陈舜卿兄三令郎于明日完姻，柬邀吃酒，就至其家中，相叙席散后，至李舜卿兄处少坐而来，至家时将二鼓矣。

初十日壬午　辰前，雨；巳、午时，阴；未初，雨；未末至酉，阴；戌时，雨；亥时，阴。前托人倜先寄购之菊花八盆曾经买来。张丹庭亲翁言至海门永宁局，余即于晚刻至海门永宁局中，晤丹庭兄及杨定甫先生、徐富春、徐子刚、陶寿翁、李子棠、丁梦生、陈少山诸君，相叙至晚。就局中晚膳后，同子刚先生及赵少臣兄至椒江舞台看戏，完后而来，至家时将半夜矣。早刻，汪伯端兄来约明日赴郡，余即允诺矣。

十一日癸未　晴。早刻，同潘子祥、苏伯芬、黄星斋、汪伯端、王云梯、黄少湖、黄道周、邱遇琴、周篪卿、洪少琴、周作羹、王六皆、伍菊香、周月波、黄子权、陈春亭同至郡城，于时已晚，余同篪卿宿在江厦永源过塘行中，其馀各人均宿在谦泰典及盐公司两处。

十二日甲申　晴；天气颇热。早膳后，至何见石老伯府上并其令弟肃堂、煊夫两先生及伯琴、仲宏两世兄，互叙至午，而见石老伯留过午膳后而来，言及朱劼丞兄以将请假旋里云。应少圃表叔公由赵巷移住何子升兄对门，就道至其府上少坐。现子升兄作古之后，乃翁木生老伯及其伯母均已相继去世，满目凄凉之景。就道至陈范若老伯处，相叙一刻。至黄义臣处少谈，至同昌，晤吴雁书、蒋子忠、王六皆、伍菊香、周月波，相叙至晚。过晚膳后，至谦泰典，晤黄楚卿、黄星斋、黄道周、黄少湖、黄子权、邱遇琴、谢仲衡、潘子祥、王云梯、洪少琴、周作羹诸君，互叙半晌。同篪卿、少琴至余琢斋府上，晤杨文斋、朱益卿、蒋哲夫诸君，畅谈半刻，转至永源宿夜矣。

十三日乙酉　晴。早刻，王六皆、伍菊香、黄子权、潘子祥、徐德园、周月波来，即同趁顺昌小轮下港，至家时方午膳矣。晚刻，至翁子俊兄处，晤达云母舅及周淑芳老太，相叙一刻而来。

十四日丙戌　晴。

十五日丁亥 卯前，雨；辰至午刻，阴；未牌，细（雨）；申时雨晴，阴；以后皆然。早刻，林质彬兄来叙，过午膳后而去。随至海门永宁局，晤陶寿农、张丹庭、黄楚卿、李子常、黄镜三、陈少山、徐富春诸君，相叙至晚。托丹庭兄代买托力克近视眼镜一副，其深浅即照旧眼镜样式，交其用人收藏。但旧眼镜已倒，亦托丹翁代为带修矣。即在永宁局过晚膳后，至椒江舞台看戏毕后而来，至家时经半夜矣。

十六日戊子 早至巳刻，晴；午时以后均阴。晚刻，卢槐士兄来叙少顷，同至习之处，晤周笃初、习谦诸君，相叙一刻而来。

十七日己丑 晴。

十八日庚寅 晴。晚刻，徐子刚先生来叙至晚，留宿，言及子宜兄令郎天赞已于今晚逝世矣。王云梯、卢槐士两兄即于今早动身晋省。

十九日辛卯 晴。

二十日壬辰 晴。

廿一日癸巳 晴。徐子刚先生于晚刻去。丁辅香兄之女适王克仁之侄已于十九日于归。今早，丁辅香至其家中看三日，柬邀午膳。适汪伯端兄来叙一刻，随即同至其家中，晤李舜卿兄、周冠卿先生、曾先生，相叙席散而来。梯仙宗叔之嫂邱氏宜人因其侄女于十九日于归之期，至其家中吃酒，不意偶发痰气颇沉，稍愈即行旋里，未识即能奏报肤功否也。

廿二日甲午 雨。致莲谷方丈一信，寄至华顶寺。楚卿来柬邀助祭二太太，其来人言二太太病自十八日起，楚言不肯与其旋里，日重一日，已于早晨作古。虽是孀居，不失于好人耳。

廿三日乙未 卯前，雨；辰至酉刻，阴；戌牌，雨；以后皆然。邱氏宜人灵柩下午三时就楚卿台门前设祭，即至其家中，晤楚卿、赵友竹、黄道周、王六皆、吴玉成、王俊卿，同行致祭毕，即送至其停丧之大头园，就转至其家中致祭后，过晚膳而来。楚言、仲玉两君均送丧同来，而二太太今已作古，想邱楚翁在家子之日不能多得也。

廿四日丙申　雨。

廿五日丁酉　辰前，雨；巳牌，阴；以后皆然。晚刻，曹海鲲及达云母舅、伍菊香诸君来叙半晌而别。晚季收有可称大有，而惰于种作尚欲分收亦不免耳。

廿六日戊戌　早至未刻，阴；申时，雨；以后皆然。午膳后，汪伯端、周篪卿、伍菊香诸君来叙至晚而去。

廿七日己亥　雨。周篪卿兄柬邀午膳，席散[1]江边堂。早刻，至江边堂，晤周篪卿、赵友竹、黄道周、洪少琴、周作羹、汪伯端诸君，相叙席散后同至少琴处，晤谈至晚而来。

廿八日庚子　雨颇大。晚季收成未得晒燥，深以为虑焉。

廿九日辛丑　卯前，雨；辰至未刻，阴；申时，雨；以后皆然。

十月初一日壬寅　卯前，雨；辰牌至酉时，阴；戌刻，雨；以后仍然。

初二日癸卯　辰前，雨；巳时至酉刻，阴；戌牌，雨；以后皆然。未刻，罗建臣仝陶习之、汪伯端及达云母舅来叙至晚而去。伯端兄言，拟初五日赴省云云。

初三日甲辰　卯前，雨；巳刻，阴；午、未时，晴；申牌，阴；以后皆然。未刻，至海门椒江舞台看戏，晤曹执中、陶寿翁，相叙半晌，言及黄义臣已入赘太平云云。戏完而来，至家时经三更矣。

初四日乙巳　卯前，雨；辰、巳、午刻，晴；未牌，阴；以后皆然。致张丹庭兄一信，交邮寄沪。致王景常一信，即交何大炳带交矣。晚膳后，至翁子俊处，晤周月波，相叙一刻，言童醉春先生现在习之处与其令嫒看病。就道至习之处，晤再春先生，互谈少顷而来，至家时逾二鼓矣。

初五日丙午　阴、晴。

初六日丁未　阴、晴。周建西柬邀晚膳。晚刻，汪伯端、伍菊香、

---

[1] 当为“席设”。

陶习谦来叙半晌。伯端、菊香相约至周孟东处，晤其亲戚章书敏兄，互叙少顷。即同伯端至建西处，晤张岳生、罗梅也、庞春生、黄道周、黄少湖、周作羹、李舜卿及达云母舅，相叙席散而别，言黄星斋膺初选议员，已于昨日趁轮赴省云云。

初七日戊申 阴、晴。早刻，至吴玉成处少坐而来。晚膳后，至子俊兄处，相约至作羹处，互叙半晌，来时已将二鼓矣。

初八日己酉 晴。早刻，陈庆祥兄来叙一刻，言现黄义臣兄入赘太平，已于初六日转至海门。家君与余均送喜仪，即托陈哨官代带交矣。

初九日庚戌 辰刻前，雨；巳牌以后均晴。晚刻，至庞春生处，晤唐岳不，相叙半晌而来，言王云梯兄已由省垣旋里云。

初十日辛亥 早至酉刻，阴；戌、亥时，细雨。即将代经道头西边宕涂地悉均书写领种票据矣。晚膳，至遇琴处，晤王云梯兄，言邱楚言尚在楚卿家，即同至楚卿处，晤楚言、六皆、道周诸君，互叙至二鼓时而来。云楚卿现寓甬江，未曾赴省。并言上海镇守使郑姓被人暗杀，是处颇为惊惶云云。周篪卿兄言，汪伯端兄即于今夜趁轮赴省矣。

十一日壬子 阴、晴。晚刻，至子俊处、达云母舅处，均互叙半晌而来。周允东令媛适黄少明令郎宏德相，即于十四日完姻矣。星斋系宏德胞伯，适其喜日，又以议员赴省，不知何日能归也。晚膳后，至遇琴处，晤云梯、少湖、道周，相叙一刻而来。

晚刻，王俊卿同郑秀峰兄来叙半晌，言贺太峰之字最为老到，其犹佳者，旧纸红对一副；桂雩门之隶书最有擘力；吴康甫之隶书亦称佳妙耳。余所藏大中堂汪霖画墨水之山水中堂、夏古崖画松鹤、朱绿筠画牡丹、戴天瑞画墨水之山水、黄慎画墨水人物、高西园画岩石、朱绿筠画之荷花、冷红玉之行书、张船山之行书六尺直条、陈桂舟之隶书、邱敬五之楷书、郭花农之草书、张积素之山水、张曲江之花卉五条直条、桂雩门之隶书、绢底无款之山水、方雪坡之雪景梅花、傅啸生之墨竹四尺直条、贺太峰之行书、吴康甫之隶书砖文、夏古崖之兰花八言对联、张百龄之行书、张逖先之篆书七言对联、赵退庵之行书、钱南园之楷书、龙槐庐之篆书、贺太峰之行书、翟文泉之隶书、陈恭寿之隶、张逖先之篆书五言对联、吴康甫之隶书小条、吴历之山水、贺太峰之行草、汪承霈之篆书团扇、李若农之行书、张逖先之篆书、林鸿年之篆书、周小棠之草书、朱绿筠画松鼠花卉、牡丹各一把、杨应选画之人物册页、童二树之草书、之梅花、仇十洲之人物、高西园之花卉、周少白之岩石、纸扇面白描之太白醉白、李某生之山水、刘石庵之楷书两把，均可出客。如蒲竹英之山水墨竹、松鹤、梅花、王香谷之兰花、李曼士之花卉尚称不俗而已。余存程恩泽行书旧纸七言对一副，字颇大方，前托何蓉江兄代为寄裱，不知送在何处裱来，其工之劣难堪言状，深为可惜耳。

十二日癸丑　晴。早刻，至尚德小学堂，晤郑秀峰、王云梯、王俊卿、倪志强，相叙半晌而来。云梯言，楚卿已由甬江旋台，现在海门，尚未至家云。并言梅鹤亭因案被押在高等审判厅。如今做官最难，倘一失足，即不顾面子而已。

十三日丙寅　阴、晴。早晨，至集圣庙，叩神毕，来时方早膳，就将应送人情遣人送去。晚刻，谢仲衡兄来叙至晚而去。

十四日乙卯　早至晚刻，阴；申牌，雨；以后皆然。道周宗叔令嫒适北岸胡田，即于今日于归，早刻来邀吃午膳。至其家中，轿已进门，媒人系金姓、项姓，并晤李舜卿、邱遇琴、黄少湖、洪少琴、周作羹、周篪卿、周建西，相叙席散后，随至宏德家祭轿后，晤王六翁，相谈至晚。适邱楚言、郑夔友、蔡大保、邱遇琴来叙，席散而别，至家时方二鼓矣。

十五日丙辰　雨。早刻，钟焕堂先生来叙，至午膳后而去。黄毅卿柬邀晚膳，遂至毅卿家，晤王六皆、邱楚言、郑夔友、邱遇琴诸君，相叙席散而来，至家时方二鼓矣。

十六日丁巳　子、丑刻，雨；寅至申牌，阴；酉时，细雨；以后皆然。致丹庭兄一信，前托买来近光眼镜价洋六元，托云江兄代为带交永利商轮友带沪。致杨伯藩兄一信，附前代买来另星尾找子洋八角、铜板两枚，托云江兄代交。信远[1]叔藩转寄还信远货账计洋念三元、子洋十二角，因桂玉老司连日甚忙，无暇至海门，亦交云江兄代为带付矣。日昨，达云母舅染有疟疾未清，晚刻，至其府上问候，因近地医生无有精者，已邀章杞堂先生诊治，现尚未至。但杞棠先生于疟疾一门最精，想其来时一诊，定能药到病除，即邀吉人天相也。并晤王柳堂、李舜卿、翁子俊诸君，相叙至晚而来。倪寿生自营中来叙一刻，云十九日转去。彼家道凄凉，现在营中须是书识，因得月饷尚可敷衍耳。

十七日戊午 雨。连日多雨，步履为艰。何见石老伯寄奉家君一信。家君嘱书致福见石老伯一信，即交其原人带呈矣。晚膳后，至楚卿兄处，晤邱楚言、王六皆、邱遇琴诸君，相叙至二鼓时而来。言星斋宗叔前公举为初选议员，本县结有证书为凭，赴省复选，曾经人去多日，不意将县结证书遗在家中，昨致电来取，亦一笑话也。

十八日己未 阴。西风已出，想即天气晴明也。早刻，许眉甫先生、周冠卿先生来叙，过午膳后而去。致贺云江兄一信，饬小四送至海门丰泰，附冠卿先生择就日子一纸。晚刻，至达云母舅府上，晤章杞堂先生、翁子俊、王让卿诸君，相叙半晌，言达云母舅之恙系是寒湿所致，渐能消除而邀吉人天相耳。即同杞堂先生至陶寿翁处少坐，言其习谦之嫂夫人于今日辰刻产下一女，其老九相亦于今日送聘计洋二百四十元，外加手饰之金镯、珠花、金簪、珠簪等物，现在世事诸色繁华，不知何底也。

十九日庚申 晴。致陈翼亭一信，饬小四专送至黄城。早刻，达云母舅席请章杞堂先生午膳，柬邀陪客，随侍家君至其府上，晤杞棠先生、周作羹、王让卿、翁子俊诸君，相叙席散后，值谱香母舅来叙少顷。但达云母舅之恙系是寒湿，须以渐能消化，想能逐渐痊愈也。楚卿在甬时，亦受有寒湿，尚未痊愈，亦请杞棠先生诊治。而章君因至

---

① 二字当为衍文。

路桥着急，就道而去，未至海门经过耳。

二十日辛酉 晴。早刻，至达云母舅府上，晤翁子俊兄，相叙半晌。但达云母舅今见稍愈，即可渐奏肤公耳。晚膳后，至洪少琴处，晤周作羹、翁子俊、王俊卿、伍菊香诸君，相谈至二鼓后而来。

廿一日壬戌 晴。家君听孙旭东言购屿岙坟地一所，当即做下，本欲与先曾祖母应太夫人之佳城，不意开下系是古坟，但砖石蜊灰已载至该处，随即将就做下，迄今十有馀载。上年先慈周太恭人入厝以后，致被贼劫，不愿仍入原坟，急欲再行觅地。又听旭东所言，不肯抛却屿岙，请冠卿先生往视，言原做坟下似有穴处，即山主解姓妻葬坟头。随叫旭东与解姓说妥，将其妻坟另迁别处，并行购买，计价洋二百五十元，言将成说。其中，旭东后手亦不知已扣多少矣。家君邀余于早刻同旭东、冠卿、韵卿诸君乘船至该处，余即至山尖及四周详览一周，觉其外局尚佳，不知其内中果否，亦难预料。但旭东留在该处写契一切，家君与余及冠卿先生、韵卿先生先来，至家时经二鼓矣。

廿二日癸亥 晴。接子衡兄一信，随即致覆子衡兄一信，交其来人带交矣。早刻，至达云母舅处，相叙半晌。达云母舅之恙渐已就痊，可毋庸虑矣。

廿三日甲子 晴。王少亭早刻来叙，留过午膳后而去。有人来言，江边堂武圣庙缓级无故而倒，随至其处看，系年久失修致被倒坏，即叫王春圃派人同农工整理修拾，一处另日重行修理可也。就道至尚德小学校，晤王俊卿、倪子强、王六皆、黄子权、邱威甫，相叙半晌，六皆相约至其家中，晤叙片时而来。六皆家中所植牡丹颇为兴发，若至暮春亦足赏目于一时也。

廿四日乙丑 晴。日昨将所仗田亩租当轻者加、当重者减，与公咸各人妥酌定当，即嘱各佃户来家书写领种票，自此之后，不致便宜委曲，以免收租时藉词宕塞而已。晚刻，伍菊香先生来家，托其代为帮忙小顷，尚有未齐，俟廿九日再行书写可也。前槐士兄言，现杭州有钱庄收买公债票之说，值伯端兄赴省之便，托其将典中之公债票百元代为带杭售销。晚刻，篪卿兄来言，接伯端兄来信所云，杭省并无收买公债票之所，即作罢论可也。晚膳后，至楚言处，晤王六皆、叶石甫两君，相叙一刻而来，至家时将二鼓矣。言及吴玉翁文孙已择十一月十三日完姻云。

廿五日丙寅　晴。致汪伯端兄一信，早刻，交邮寄杭。晚刻，接伯端兄明信片，言公债票已询有收买之所，但价洋只得六十三四之则云云。家君与周冠卿先生及孙旭东至太平东焦湾看坟地，想来往须俟数日云。早刻，周篪卿来叙过午膳后，相约至椒江，晤周载熙、罗梅也、张岳生诸君，相叙半晌。值其教授体操功课，全班学生只仅八人，地方化用如此巨款，而学生如是之少，深为可惜耳。就道至李舜卿处，晤张六筹、李仲贤、黄道周、黄少湖、周作羹诸君，相谈至晚而来。晚膳后，张韵卿先生相约至翁子俊兄处，言至达云母舅府上去。就道至达云母舅处，晤子俊、让卿两君，互叙少顷而来。

阅《解人颐》俭约类节云："甘矮梅先生有其徒某御史来访，留之馔，惟葱汤麦饭，因口中一诗云：'葱汤麦饭丹田暖，麦饭葱汤也可怜。试向城中高处望，人家几处未炊烟。'又，章文懿公懋曰：'持[①]客之礼当存古意。闻薛文清待客，一鸡一黍，酒三行，食饭而罢，此可为法。但贫者入一钱，出不及一钱，虽贫亦富也；富者入千钱，出浮于千钱，虽富亦贫也。故强取不如节用。百日省，一日不省，则一日之失，与百日不省同；百事节，一事不节，则一事之耗与百事不节同。'"

又纪勤俭类云："入其家，闻书声、纺织声，俱是兴隆气象。诸铁生曰：'富不在外求，惟使天无遗时、地晤遗利、人无遗力耳。'柳靖公戒弟曰：'虚掷岁月，得罪于天；荒芜田土，得罪于地，戒之，戒之！'"

又纪清廉类云："海瑞为晋南冢宰，以弊物为贺者俱不受，报名纸用红者亦以为侈而恶之。郑文标以青蚨三十文入贺，海见之，喜曰：'如此方是。'乃受之。越数日，置酒酬邹，惟肴四盂、市饼一盘、佳酿

---

① 当为"待"。

数巡而已。汉杨震惟廉介，或馈以金，却之。其人曰：'暮夜无知者。'震曰：'天知、地知、子知、我知。何谓无知？'范文正公未遇时，常读书僧舍，家贫苦，日以黄荠为羹。乃作一韵，中有联云：'陶家一肉，腌成碧绿青黄；措大口中，嚼出宫商角徵。'吕荣公未居秀州真扬间十馀年，衣食不给，至有绝粮数日者，公处之晏然，静坐一室，不问家事，并不以毫发事干托州县，尝作诗云：'除却借书沽酒外，更无一事扰公庭。'明李达庵性廉介，一毫不取。郑沧泉韩晓乃其得意门生，一日侍坐最久，有布鞋在袖，逡巡不敢进。公问何物，对曰：'晓妻手制一履，欲送老师。'公见其诚，取而着之，生平所受惟此。康熙甲子八月，中州汤潜庵制军讳斌巡抚湖南，莅任以后，惟欲吴中一杯水，不受公私半文钱，兴学校、讲乡约、崇节义、敦孝友、尚俭约、毁淫词、禁豪强、止赌博，专务以德化民，改过即止，安静简默，无为而治。丙寅清和月，内召京辅导东宫，士庶攀辕位留，为之罢市。去之日只有图书数箧，人谓海忠介。周文忱再见云此均闲书小说而言之。"以上数端，均可为人效法之处，是为之记。

廿六日丁卯 晴。致福汪伯端兄一信，交邮寄杭。早刻，乃玉言下洋郑王少亭、王小林两家均于昨夜被抢，土匪约二十馀人。至庞春生处少坐，言王牛头地方苏小鉴家亦于昨夜被抢，据云，小鉴之子在苏州天主堂当承务，有洋寄家，因此，土匪贪心，其小鉴手臂又被土匪刀伤云云。今晚季才方收成，土匪抢掠一夜中即见数家，不知年终作何，如之奈何，奈何！只望有是责者严于防范，是为至幸。

晚膳后，至楚卿处，晤王云初、王六皆、邱楚言诸君，互叙半晌而来，至家时将二鼓矣。楚卿言出洋三千元左右购买爱国说二十万，部分送各直省请奖少大夫衔云云。六翁云，子权昨日偶染寒邪，致有寒热颇沉。忆廿三日至尚德小学校时，值子权先在该处，欢谈颇久，又同至其府上相叙少顷，均是欣喜，不意一二日间即染寒热交作之病，虽能渐痊，可见人生祸福无常，如是想之，深为致惧。大凡遇有勿得意时即作如是想之，心即能平如冰水耳。

六翁又言，兆桥人云，有某自北岸人，幼至该处帮工牵牛，以致作头数十年帮在人家，人极可靠诚厚，能勤又能俭，约数十年中畜积置田十七亩，娶妻生两子，亦均务农为业。某作头年亦望七，一日发心舍田一亩烧茶，助田两亩文昌阁，又助田两亩宾兴，尚馀田十二亩，两子各分四亩，其馀四亩为自已两老身后之需。分派之后，不及两年，某作头亦故，有其帮工主家之女约十岁左右，某作头在日，时邀其手抱。一日，主家之女幼孩得病身故，见某作头身穿乌布外套坐在一处，极为清致，茶饭均能如意。少顷，见有绰号天蛇丝者拿来，受诸苦毒，难堪言状。但天蛇丝系蔡洋人，为前举人李子笃孝廉庆仆人，一生藉主人声势，无恶不作、无钱不贪，故有如是绰号。冥罚如斯，礼所难免。当女孩病时，不知天蛇丝有否疾病，其父闻女孩还转所言，询悉天蛇丝方经故世。如是所云，言亦不谬。可知当日李子笃孝廉用天蛇丝犹如黄旭东孝廉用姜松岳，系是一色皆同。自天蛇丝故后，颇有畜积，至今一败涂地。但姜松岳畜积颇多，人又康健，其子经商亦颇正经，又是不同，未知其有何善果。总而言之，为人须积善果，即致身故可以逍遥自在，是为至要。万勿听人云无报应，是为至切。又言卢槐士兄在沪拟开土店，现今卖土虽是赚钱，作是业者定是有关人品，非卢君所为之业，想是传闻之误亦未可知。但杨子祁兄亦在沪江开设土店，已得馀利不少矣。楚卿言，现今德国屡见胜仗，尚无议和之说。瓯西大局不和，天下不能安枕，草野小民私心望想瓯西和议急于告成、天下安谧、风调雨顺、人寿年丰，天下幸甚，人民幸甚！

阅《解人颐》纪“安分歌”云：“汉疏广告归，将朝廷所赐黄金买酒，请族人故旧相与娱乐。或劝为子孙立产，答曰：‘贤而多财，则损其志；愚而多财，则益其过。且富贵，众共知也。吾既无以教化子孙，不欲增其过而敛怨。况此金者，圣主所以惠赐，老臣故乐与乡党共飨之，以尽我兴，不亦可乎！’”又纪：“王参政伯太尝作四留铭云：‘留有馀不尽之巧以还造化，留有馀不尽之禄以还朝廷，留有馀不尽之财以还百姓，留有馀不尽之福以还子孙。’因自号为留耕道人。”人能如此想之，即是安乐国，万望诸君勿以斯言为河汉，幸甚，幸甚！

廿七日戊辰　晴。晚刻，楚卿兄来叙半晌，言及北岸山中颇有风水者最夥，惟南岸人至其地非易，视为畏途云。廿五日早晨，家君同冠卿先生及孙旭东至太平洞桥地，今晚方旋。晚膳后，同冠卿至楚卿处，晤楚言、孟东、六皆、菊香、子俊、作羹诸君，互叙至二鼓时而来。言宏德相烟瘾已上且大，现今禁令虽严，尚可隐瞒，而烟价如是之贵，实难为力耳。

廿八日己巳　晴。早刻，伍菊翁来叙至晚，相约至子权处，晤长甸陈莘野先生、张岳生两君，相叙半晌。现子权请莘野先生来与其看病，云系寒湿拥闭，须以渐能肤功云。

廿九日庚午　晴。早刻，陶寿翁来叙半晌，言海门之椒江舞台曾经开演，系是绍兴班，戏无大佳，价亦从减。即或如是，附近之家居作伙者日夕开费亦不知已增凡几矣。

阅《解人颐》纪"邵尧夫养心歌"节云："得岁月，延岁月。得欢悦，且欢悦。万世乘除总在天，何必愁肠千万结？放心宽，莫胆窄，古今兴废如眉列。金谷繁华眼底尘，淮阴事业锋头血。陶潜篱畔菊花黄，范蠡湖边芦絮白，临潼会上胆气雄，丹阳县里(箫)声绝。时来顽铁有光辉，运退黄金无艳色。逍遥且学圣贤心，到此方知滋味别。粗衣淡饭足家常，养得浮生一世拙。"

又纪"知命歌"节云："扰扰浮生，待足何足？据现在，随家丰俭，便堪龟缩。得意浓时休进步，须防世事多有反覆，枉叫人白了少年头，空碌碌。谁不愿黄金屋？谁不愿千钟粟？算五行不是这般题目，枉使心机闲计较，儿孙自有儿孙福。又何须采药蓬莱？但寡欲。"又纪："居之安平为福，万事分定要知足。粗衣布袜山水间，放浪形骸无拘束。好展卷[1]，爱种竹，花木数枝喜清目。涤烦襟，远尘俗，静里系相下指熟。渴烹茶，无可水，慎交游，论心腹，中则正，满则覆，推己及

① 疑为"卷"。

人人信服。不妄动，不问卜，衣食随缘何碌碌。遇饮酒，一歌曲，欢会无多歌再续。尝警省，念无欲，世事茫茫如转轴。人生七十古来稀，百岁光阴真迅速。对青山，依水绿，造屋同游何所乐？及时免励乐馀年，一日清闲一日福。”

又纪“高贤自咏”节云：“半间屋，六尺地，虽不庄严，却也精致。蒲作团，步作被，日间可坐，夜间可睡。灯一盏，香一炷，石磬数声，木鱼几击。龛常关，门常闭，好人放参，恶人回避。发不剃，肉不忌，道人心肠，儒家服制。上无师，下无弟，不传衣钵，不立文字。不参禅，不说偈，但无妄想，亦无妄意。不贪荣，不贪利，无罣碍，无拘系，了清净缘，作解脱计。闲便来，忙便去，省闲非，省闲气。也非庵，也非寺，在家出家，在世出世。即此上乘，即此三昧。日复日，岁复岁，毕我此生，任我后裔。”

又纪“沈石田田家乐”节云：“田家快乐没嗟吁，数椽茅屋尽安居。春养花蚕供衣服，冬舂白米有赢馀。田家快乐真不俗，沉醉高歌自鼓腹。门前鸡犬乱纷纷，地上桑麻花碌碌。虽无柏叶珍珠酒，也有清醪三五斗。虽无猪羊大荤肴，也有鱼虾堪适口。虽无圆眼与荔枝，也有荸荠共菱藕。虽无异供好蔬菜，也有乌菘并嫩韭。虽无歌唱美女娘，也有村姬伴相府。米有舂，酒有做，纺棉花，织大布。不顾小小贫，不顾大大富，没头船尽可渡。牛自有，不须雇，且吃荤，莫吃素。黄脚鸡，锅里煮，添些盐，用些醋。煨芋艿，煎豆腐，沉沉吃到日将慕①。深缸汤，软草铺，且留一宿到明朝，这般快活真千古。”

又纪“安分咏”二首节云：“功名大小，天已安排了，何用百般机巧！荣休喜，辱休恼，开先谢早，此理人知少。万事算来由命，听自然，真个好！荣枯得失，天已安排毕，何苦劳心力！得一日，过一日，泰来丕极，机巧终何益！万事付之一笑，前程事，暗如漆。”

又纪“山居自乐”，计春夏秋冬四首云：“爱山居，春色佳，有桃花

① 当为“暮”。

与杏花，绿杨深处莺儿骂。天晴草色连云暖，夜静花阴带月斜。兴来时，醉倒在荼蘼[①]下。这是俺山中和气，岂恋他金谷繁华！爱山居，夏日长，抚苍松，坐翠篁。南风不用蒲葵扇，放开短发迎朝爽，洗涤尘襟纳晚凉。竹方床一枕清无汗，这是芳菲黄菊开三径。风前依石吹长笛，月下焚香抚玉琴，木兰花队。俺山中潇洒，岂恋他束带矜庄。爱山居，秋月清，白苹洲，红蓼汀，朝露堪饮，这是俺山中雅淡，岂恋他入世红尘。爱山居，冬景馀。俺柴门着道书，红炉榾柮煨山芋，开窗积雪千峰白，绕屋梅花几树疏。兴来时，驴背上寻佳句。这是俺山中冷趣，岂恋他车马驰驱。"

以上数章，均适自在，人生藉此自乐，真是一生福分不浅也，滋味盎然，是为之记。

三十日辛未　卯前，细雨；辰、巳刻，雾；午牌，雾散，阴。致余琢斋先生一信，交陈得胜送投。系华最和尚徒弟英贤之胞弟，太平人，前当警察巡士，续因遣散日久，前华最和尚托余代其想法巡警，前托余琢斋代为转荐，续据余君言，现张槐五兄已至别处，无可设法安置，只有水上警察厅长王醉卿处尚可代荐云云。现得胜已来，即为致函向取荐信耳。家君嘱书致何见石老伯一信，即为写就，呈家君转发矣。汪伯端兄自早刻由武林旋里，前托买之物，曾经代为买来，该洋若干，未见发单，尚未送交。前托售之公债票未曾代售，已将原物送还，即交玉先收藏矣。晚刻，至汪伯端兄处，晤陶柳亭，互相畅叙半晌而来。

阅《解人颐》纪"村居足歌"节云："村居足，村居足，富贵荣华心不欲。茅檐草舍土墙垣，瓦盂木酌酸虀粥。不堆金，不积玉，瓶常剩得粮和粟。乘车骑马便颠狂，夹犁牵卖无拘束。诗也吟，书也读，言谈举动自不俗。聪明伶俐惹非灾，蠢汉愚痴享平福。莫操戈，莫调曲，市井狂人笑我浊。纯良村叟少更移，虚浮伪士多反覆。厌华堂，喜茅

---

① 当为"荼蘼"。

屋，布衣草席无裀褥。春来约邻翁，幽窗镇日敲棋局。篱笋透，杨花朴，双双语燕梁间宿。又添杜字转乔林，蘋听莺声啼晓谷。[1] 子孙勤，农务熟，高种棉花低种谷。密密桑，森森竹，蓝靛红花齐簇簇。交加千本树头青，参差数亩秧针绿。泥腌蛋，火熏肉，虾米干鱼堪过伏。芒鞋蒲扇葛巾披，清溪柳荫频频俗。暑气消，金风逐，月下敲砧声断续。老妻勤俭会持家，无争无竞常和睦。碧树头，云沟目，耳畔丁丁风戛木。桂花落尽菊花开，豆苗收罢禾苗熟。命儿孙，遣童仆，整顿牵拢吃晒谷。我等切莫惮勤劳，早办皇家粮数斛。避风朝阳谷，山松斫来多积蓄，终朝无可却寒威，热汤暖酝壮心腹。残岁尽，新年续，岭畔梅花将破玉。野童遇节自追欢，山翁增寿人称福。布衣安，胜锦立，清贫何必沽玉禄。妻贤子孝一身闲，雨顺风调万事足。”

又纪“安贫咏”节云：“黄菜叶，白盐炒，只要撑得肚皮饱。若因滋味妄贪求，须多俯仰曾烦恼。破纳头，无价饱[2]，补上又补年年好。盈箱满笼替人藏，何曾件件穿到老？硬木床，铺软草，高枕无忧酣不了。锦衾绣褥不成眠，翻来覆去天已晓。旧房屋，只要扫，及时修理便不倒。所来多少好楼台，牛[3]成瓦砾生青草。”

又纪“醒迷歌”节云：“醒迷人，甘淡冶，茅屋布衣心便足。布衣不破胜罗衣，茅屋不漏如瓦屋。不求荣，不近辱，平心随分随时俗。违却人间是与非，逢场作戏相欢逐。也若毅，也若朴，一心正直无私曲。终日睡到日三竿，起来几万黄虀粥。吃一碗，唱一曲，自歌自在无拘束。客来相欢奉青茶，落去还将猿马缚。或弹丝，或品竹，总笑他人空碌碌。南北奔驰为利名，为谁辛苦为谁蓄！夫妻缘，儿孙欲，雨里鲜花风里烛。多少乌头送白头，多少老人为少哭。满盈金，满堂玉，何曾买得无常足？临危终觉一场空，只有孤身无绊束。厚木棺，坚石

---

① “杜字”当为“杜宇”，“蘋”当为“频”。

② 当为“宝”。

③ 疑为“半”。

椁，此身也回黄泉伏。世上从无再活人，何须苦苦多劳碌！张门田，李门屋，今日钱家明日陆。桑田变海海为田，从来如此多翻覆。识得破，万事足，惟有修行为己禄。百般美玩眼前花，无忧无虑方是福。时未来，眉莫蹙，八字亨通有迟速。甘罗十二受秦恩，太公八十餐周禄。笑阿房，叹金谷，古来兴废如棋局。我今打破醒迷关，迷者欲醒须当读。"

又纪"醒世歌"节云："南来北往走东西，看得浮生总是空。天也空，地也空，人生杳杳在其中。日也空，月也空，来来往往有何功？田也空，地也空，换了多少主人翁！金也空，银也空，死后何曾在手中？妻也空，子也空，黄泉路上不相逢。大藏经中空是色，般若经自色是空。朝为西来暮走东，人生拾得采花蜂：采得百花成蜜后，到头辛苦一场空。夜深听尽三更反，番身不觉五更钟。从头仔细思量看，便是南柯一梦中。"

又纪"幽居自适"计四首节云："水竹之居，吾爱吾庐，石邻匕装砌阶除。轩窗随意，小巧规模，确也清幽、也潇洒、也宽舒。懒散无拘，此乐何如？俯阑干临水观鱼。风花雪月，赢得工夫，好烧些香、说些话、读些书。净扫尘埃，护惜苍苔，在门前红绿铺排。景甚图画，趣也奇哉！有几枝松、数竿竹、数枝梅。花本栽培，几次教开，明朝事、天自安排。知他富贵几时来？但且优游、且随分、且宽怀。短短横墙，矮矮疏窗，忔憎儿小巧池塘。高低叠嶂，绿水边傍，也有些风、有些月、有些凉。日用家常，竹几藤床，据眼前水色山光。客来无酒沽何妨？但细烹（茶）、热烘盏、浅烧汤。阆苑瀛洲，人世丹邱，梅花绕屋溪迎眸。夭桃媚柳，丹桂红榴，却也宜春、也宜夏、也宜秋。酒熟堪篘，客至须留，更无荣、无辱、无忧。退闲一步，著甚来由？但倦时眠、渴时饮、醉时讴。"

又纪"安命歌"计六首节云："安命歌，安命歌，人生有命待如何？也有画栋连云汉，也有蓬门施薜萝。石崇昔日繁华谷，邵子当年安命歌。他的雕甍强似我，我的幽斋胜似他。安命歌，歌也么歌！右咏居室。安命歌，安命歌，人生有命待如何？也有贵客飘朱绂，也有田翁批绿蓑。苏秦锦绣干纯[1]有，小子悬鹑百结多。他的轻裘强似我，我的粗衣胜似他。安命歌，歌也么歌！右咏衣服。安命歌，安命歌，人生有命待如何？也有筵开玳瑁（席），也有尘封釜甑无。何曾下箸千钱少，范子虀盐一味疏。他的珍肴强似我，我的藜羹胜似他。安命歌，歌也么歌！右咏饮食。安命歌，安命歌，人生有命待若何？也有村汉盈千贯，也有才人没一蚨。陶朱致富花添锦，蒙正挨贫厌拨炉。他的朱提强似我，我的青灯胜似他。安命歌，歌也么歌！右咏钱财。安命歌，安命歌，人生有命待若何？也有早岁登黄甲，也有晚年钓绿波。终军射策年方富，梁灏成名鬓已皤。他的春华强似我，我的秋荣胜似他。安命歌，歌也么歌！右咏功名。安命歌，安命歌，人生有命待若何？也有壮岁生麟趾，也有衰龄产凤雏。燕山丹桂先秋发，合浦明珠老蚌多。他的龙驹强似我，我的宁馨胜似他。安命歌，歌也么歌！右咏子息后嗣。”

又纪“知足歌”计六首节云：“知足歌，知足歌，栋垣何必要嵯峨？茅屋数椽蔽风雨，颇甚容膝且由他。君不见世间还有无家者，露处沙眠可奈何！请看破，莫求过。竹篱茅舍心常足，便是神仙安乐窝。右咏居室。知足歌，知足歌，田园何必苦谋多？只用平畴十数亩，或禾或菽自耕锄。君不见世间还有无田者，籽粒艰难可奈何！请看破，莫求过。一犁春雨常知足，身伴闲云挂绿蓑。右咏田产。知足歌，知足歌，衣裳何必用绫罗？布衣亦足遮身体，破纳胸中寓太和。君不见世间还有无衣者，霜雪侵肌可奈何！请看破，莫求过。鹑衣百结常知足，胜佩朝臣待漏珂。右咏衣服。知足歌，知足歌，盘餐何必羡鱼鹅？蔬食菜羹聊适口，欣然一饱便吟哦。君不见世间还有无粮者，爨冷烟消可奈何！请看破，莫求过。粗茶淡饭常知足，鼓腹遨游傲太和。右咏饮食。知足歌，知足歌，娶妻何必定娇娥？荆钗布裙知勤俭，黾勉

① 二字疑有误，“干”当为“千”。

同心乐更多。君不见世间还有无妻者，独宿孤眠可奈何！请看破，莫求过。妻房丑陋常知足，白首谐欢赛翠娥。右咏妻房。知足歌，知足歌，养儿何必尽登科？当知有子万事足，虽然顽钝可磋磨。君不见世间还有无子者，只影单形可奈何！请看破，莫求过。有儿绕膝常知足，切莫劳形作奔波。右咏子息。”

又纪“一世歌”节云：“人生七十古来稀，前除幼年后除老。中间光景不多时，又有炎霜与烦恼。过了中秋月不明，过了清明花不好。花前月下且高歌，急须满把金樽倒。世上钱多赚不尽，朝里官多做不了。官大钱多心转忧，落得自家头自[①]早。春夏秋冬燃[②]指间，钟送黄昏鸡报晓。请君细点眼前人，一年一度埋荒草。草里高低多少坟，一年一半无人扫。”

又纪“一年歌”节云：“一年三百六十日，春夏秋冬各九十。冬寒夏热最难当，寒则如刀热如炙。春三秋九号温和，天气温和风雨多。一年细算良辰少，况且难逢美景何！美景良辰倘遭遇，又有赏心并乐事。不烧高烛照芳樽，也是虚生在人世。古人信有达者哉，劝人秉烛夜游来。春宵一刻千金价，我道千金买不来。”

又纪“高人自咏”计三首云：“茅屋蓬门不用开，书斋散步且偷闲。客来自有儿童报，只在山间与水间。懒视门前长者车，有山堪采水堪渔。是非不入东风耳，花落花开只读书。钓罢归来不系船，江村月落正堪眠。纵然一夜风吹去，只在六花[③]浅水边。”

又纪“花下酌酒歌”节云：“九十春光一掷梭，花前酌酒且高歌。枝上花开能几日？世上人生能几何？昨朝花信今朝好，今朝花落成秋草。花前人是去年身，去年人比今年老。今日花开又一枝，明日来看知是谁？明年今日花开否，明日今年谁共知？天时不测多风雨，人

---

① “自”，疑为“白”。

② “燃”，疑为“撚”，简作“捻”。

③ “六花”当为“芦花”。

事难量多龃龉。天时人事两不齐，莫把春花付流水。好花难种不常开，少年易老不重来。人生不向花前醉，花笑人生也是呆。”

又纪杜甫“江咏”节云：“朝回日日典春衣，每日江头尽醉归。酒债寻常行处有，人生七十古来稀。穿花蛱蝶深深现，点水蜻蜓款款飞。传语风光共流转，暂时相赏莫相违。”

又纪欧阳公“种花”：“深红浅白宜相间，先后宜须次第栽。我欲四时携酒赏，莫教一日不花开。”

又纪石天基“爱书歌”云：“我爱书，我爱书，书田菽粟乐岂馀？圣贤血脉须寻着，天地经纶有展舒。工夫若到通彻处，尽心知性契真如。莫将私欲蔽明镜，忘却妙义都成虚。许多快恬说不尽，人不读书何其愚！”

又纪“爱酒歌”云：“我爱酒，我爱酒，酒中快活真个有。不必炮凤与烹龙，随便山肴皆适口。举杯忧虑尽消除，凡同花月为三友。随我意量饮几杯，何必酕醄醉百斗。混混沌沌体融合，风风颠颠神抖擞。或诗或曲或文词，信口狂歌三五首。仰面大笑天地宽，这等趣味又知否。”

又纪“爱花歌”云：“我爱花，我爱花，花香花色尽堪夸。但得有花常玩赏，莫待无花空怨嗟。花里高歌花自好，看花酌酒兴偏赊。一年四季花多有，不论何花总是佳。花来向我为知己，我不爱花辜负花。”

又纪“爱月歌”云：“我爱月，我爱月，万里寒光俱照彻。玉盘金瓶出天衢，亭台花竹都精巧。我今静坐玩婵娟，另具乾坤真奇巧。犹如广寒殿上游，犹如水晶宫里歇。清凉魂魄跃冰壶，踊跃精神朝玉阙。把酒狂歌气浩然，但愿银蟾莫少别。”

以上数篇，均堪趣味，是为之记。

第五十二章

缺

第五十三章

乙卯(1915)十二月初一日起

十二月初一日辛丑　阴。亥牌见有雪子。接张琪翁一信，随即致覆琪璇先生一信，交其来人带交。接陈翼亭兄一信，托张家来人代为带至黄城递交矣。晚刻，朱桐冈先生来叙至晚，留宿。久年未见，一旦畅叙，亦一乐也。

初二日壬寅　细雨。朱桐冈先生于早刻去。应俊生表叔公坟做岙里庙其祖茔之侧，即于今日入厝矣。应子能先生于早刻来叙至晚，留过晚膳后至季明家去云。

初三日癸卯　雨。致周作羹兄一信。载熙兄柬邀晚膳，就于晚刻至载熙处，晤作羹、少湖、李仲贤、张六筹、赵性簧、汪伯端、周孟东、周篪卿、洪少琴、朱永孝、罗梅也诸君，相叙席散而来。孟东言，其令尊梅五姻长择于本月十四日入厝云云。

初四日甲辰　雨。

初五日乙巳　雨。

初六日丙午　晴。西北风颇大。致陈仲善兄一信，并附英佛两百尊。即托岳母代为带交矣。接丹庭兄一信，并附托买高丽参四两，均已收到，此系仲达托余代购，顷值长工颇忙，俟初九日遣人送交可也。早刻，丁辅香来叙半晌，言明日赴沪，余托其代买吕宋烟四盒。晚刻，至庞春生兄、翁子俊兄两处，均相叙少顷而来。路晤达云母舅，相约至家，互叙一刻而别。应子能先生今尚未转北江，即将新春对联均托其代为书写矣。

初七日丁未 晴。

初八日戊申 晴。致王仲达一信,并附高丽参一盒计七枝,交朱子延带交。致贺蓉江兄一信,交罗二头带至海门丰泰面交矣。子俊兄令郎弥月办酒,柬邀晚膳。晚刻,侍家君同至其家中,晤达云母舅、谱香、少云、李舜卿、周作羹、洪少琴、周月波、丁辅香、陶习之、周冠卿、周谷山、周梅卿诸君,相叙席散而来。

初九日己酉 晴。致牟小士一信,交王克淦送交。王灿霞令孙今日弥月,柬邀晚膳,于晚刻至其家中,晤周达云母舅、翁子俊、丁辅香诸君,相叙席散后,至辅香处,晤冠卿先生,互叙半晌,至家时逾二鼓矣。

初十日庚戌 阴。接俞仲征一信,即行致仲征兄一函,交其来人带福矣。致陈翼亭一信。晚刻,翼亭来。永义相女适李子忠,即于今日纳采,柬邀午膳。早刻,至彼处,其席借适达云母舅府上,林云芝、周诗杞为媒,并晤周谱香母舅、周月波诸君,相叙席散。就道至子俊兄处,互叙少顷而来。接陈子春兄一信。

十一日辛亥 晴。下街得力风来言,张丹庭兄现已来台,宿在永宁局。随即至海门永宁局,晤丹庭兄及黄子霖、娄祝三、黄小泉、章云甫、何霭生、徐富春、陈少山诸君。相叙过午膳后,同子霖至祝三处,晤徐晓园少谈。就道至娄德辉处,看其面容瘦之异常,只以敷衍数言而别。转至永宁局时,就向贺云江兄撮洋五十三元,面交丹庭兄代为垫付仲达寄买高丽参之价洋,面交清讫。适陶习之兄来言,乃翁自莘山至家,就即而来,至陶寿翁处少坐而来。丹庭兄托余代定其令媛嫁资茶盘、桶货等类,时届岁杪,只得邀玉先至黄城托李克三先生代为定做可也。

十二日壬子 晴。致陈子春兄一信。柬邀张丹翁午膳,并邀吴玉翁、陶寿农、翁子俊兄及达云母舅陪客,相叙席散而去。

十三日癸丑 晴。(致)李克三先生一信,托其代丹庭兄定做桶器等件，交翼亭专送至城。晚刻，至周梅翁家吊唁，并与汪伯端、黄星斋、黄道周、周载熙、周建西诸位同行致祭毕后，过晚膳后而来。

十四日甲寅　晴。早刻，至周宅，晤道周、建西、伯端、载熙诸君，同行致祭梅五姻长灵柩毕，即行动身至三龙口。午膳后，即至下北山致祭后，就道至海门永宁局，晤张丹庭、黄义臣、章焕新、金烈轩、王勤甫、陶寿农诸君，相叙半晌而别。过丰泰，晤洪惠甫少坐而来，至家时将晚膳，晤章仲厚兄于晚刻来。

十五日乙卯　晴。致陈翼庭一信，饬老官专送至黄城面交矣。章仲厚兄于晚刻至路桥去矣。

十六日丙辰　晴。周孟东柬邀晚膳，晚刻，至孟东家，晤黄道周、黄少湖、邱遇琴、周作羹、周篪卿、周建西、庞春生、李舜卿、周载熙、汪伯端、洪少琴及达云母舅，相叙席散后而别，至家时逾二鼓矣。

十七日丁巳　晴。接李克三先生一信，并惠《救劫回生》一部，即致覆克三先生一信，交万福小押来人带交矣。

十八日戊午　晴。早刻，达云母舅及翁子俊、李舜卿来叙，过午膳后至晚而去。晚刻，谢仲衡来叙过晚膳后而去。

十九日己未　西北风甚大；午前，瑞雪飞来，似应明年丰岁之预兆；晚后似再有大雪之景，而天气骤冷，今年以来冷之第一日也。周篪卿兄将前托印契纸及托买水笔、信封均已送来，内汪伯端兄田契两契，即嘱显寿送交矣。至印契价洋若干，俟其开单来再行付账可也。

二十日庚申　晴。天气寒冷异常，幸有日色，颇解寒气。早刻，至庞春生处少坐，就道至达云母舅处，晤子俊兄，相叙半晌而来，至家时将午膳矣。

廿一日辛酉　晴。晚刻，谢仲衡兄来叙至晚，留过午膳后而去。闻张琪璇兄为其乃翁入厝，未识何日，不得而知。向无人情来往，似可无庸致送。大凡远路人情，红事有帖来即可致送，白事无帖，倘竟忘却，致多见挂也。明年作头于今日上工矣。

廿二日壬戌　早至巳刻，雨；午牌雨晴，阴；以后皆然。接张琪璇兄一信，随即致覆琪璇兄一信，交其来人带福矣。

阅《申报》纪诗选录"庚戌除夕大雪"诗云："三十九年随例去，光阴可惜一宵残。迷离变幻今何世？俯仰茫茫不忍看。朔风吹雪送残年，守岁何因得早眠？历尽炎凉吾倦矣，遣魔聊祭旧诗篇。世路难填可奈何？飘零岁月等闲过。一年容易今宵尽，惆怅罇前百岁多。撩乱纷纷总是愁，临风涕泪望神州。江山何故改颜色？也为年华感白头。"节颇有趣，是为之记。

廿三日癸亥　晴。

廿四日甲子　晴。致张丹庭兄一信，交邮寄申。

廿五日乙丑　阴。早刻，汪伯端兄来言，槐士兄由沪旋台，即于晚刻同伯端兄至其府上，互叙半晌而别。就道至伯端兄处少坐而来，言及滇黔风云颇急，未识后事若何，亦难预料。

廿六日丙寅　阴。早刻，贺云江兄来言，现瓯西战事未平，靛青一项出自德国者今已中断，所以黄少泉与各人拼开靛青之业现已收场，深为可惜。以商业而论，非独靛青，即各项颜料等物价均飞涨。人人发财均是运气，如黄少泉业靛青者，已增巨款。楚卿于上年商船载树售销亦最赚钱，今年载树生意悉均亏控，即各家继其后而售树者亦亏不少。当今之世，运气鸿妙、正在发财最为易事也。人生得在鸿运之时，无往不利耳。

廿七日丁卯　寅、卯时，细雨；以后，阴。上午二句钟恭谢土地并各庙神圣，叩毕时尚未晓，约二句钟时方明亮。致章仲厚兄一信，遣人送交，随接仲厚兄复函。前代托丁子祥绘其丈母容像，随信送交。覆信云不相像，价洋八元已交来人带下，俟丁子祥兄来说面交可也。早刻，黄星斋宗叔来人言楚卿兄曾经到家。晚膳后，至其家中，晤王俊卿、邱遇琴、卢槐士、王六皆、方恭士诸君，互叙一刻而来。晚刻时，李舜卿兄来言，外面谣言不佳，而许连城又到家，早刻，专人到京邀其令郎伯咸旋里，而此一往经费颇巨也。

廿八日戊辰　阴。接周孟云相一信，附还英洋两元。

廿九日己巳 阴。月小，今日即是岁除。今岁家中大小均叨天佑，幸各平安，深为敬感。只愿岁岁均得平安，是为至幸、至感。早刻，丁子祥兄来，即将章仲厚所该英洋八元面交清讫。与其详阅所藏各画，据云瘿瓢子绘人物为最；张积素所绘山水直条八幅中，幅幅中均有别景，其中意味之佳莫可言宣；朱绿�绘之牡丹、荷花均有深景，其中之佳处最多；高西园之岩石亦最有生机；至张曲江先生绘之直条，亦今人所难也。其所论如斯，余亦深以为然。留过午膳后而去。晚刻，供献祖先毕，即将年事均为部署清讫矣。

丙辰岁(1916)正月初一日庚午 阴。惟巳时稍见日色，天气熙和，云见白色，其中稍有云块似有淡黑，自早至晚不致大易，总是护云之景。风自东来，颇为和细。丙辰之岁自今日为首，自后，伏愿早晚收成歌唱大有、地方安谧、家中大小均各平安、生意兴隆、诸事顺适、岁岁平安、喜添丁口、生齿日繁，是为至幸。早刻，恭叩天地神明并祖先后叩年，随至本街来往各家恭贺新禧，来时已将午矣。

初二日辛未 雨，细雨不甚大。早起，叩神，俗例曰开年。本拟至各处相谈，以雨阻止耳。

初三日壬申 早至巳刻，细雨；午至酉，均阴；戌牌，细雨；以后皆然。早刻，至二太太处吊唁，晤楚言、楚卿、绿孚、泽生、槐士诸君，相叙一刻。就道至吴玉成、王六皆、陶寿农诸君(处)，均晤谈半晌而来。午膳后，至翁子俊兄处少坐而别。晚膳后，至楚卿处，晤槐士、梗卿、孟东、楚言、子明、泽生诸君，互叙一刻，来时已逾九句钟矣。楚卿兄言欲就沪江设一洋货店，与周丙南经事，邀周萍洄先生寓在该处，藉通信息云云。

初四日癸酉 早至辰刻，细雨兼重雾；巳时雾散雨晴，至午均阴；未牌，晴；以后皆然。家君自早刻至长田陈家吊唁。席请周冠卿先生及丁辅香、周醉香、周少云、苏月波、季明、子权晚膳，相叙席散而别。

初五日甲午 早至未刻，阴；申、酉时，细雨；戌牌雨晴，阴；以后皆然。晚刻，贺云江兄来言，靛油生意安里司字号现甬江蔡鉴堂认包，为浙江全省开设宁波美益公司；坎信字号已由丁阿良认包云云。伊欲初八日赴申，现至家去，初七日可转海门。午膳后，陶习恭、汪伯端、王俊卿、周篪卿来叙半晌，习恭相约至其家中，互叙至晚而来。

初六日乙亥　阴，似有下雪之景。翁子俊兄及达云母舅来叙至晚。因楚卿兄柬邀晚膳，同至其家中，晤周作羹、黄星斋、卢槐士、黄道周、王厚哉、黄毅卿、许连城、邱遇琴、王云梯、王俊卿、周孟东、李舜卿、黄文山诸君，相叙席散后，又互叙半晌而别，至家时逾二鼓矣。

初七日丙子　阴。致张丹翁兄一信，交贺云江兄代为带申，托其代为询悉靛油如何包办情形，并附洋二元二角，系上年代买咖啡之价洋。云江兄今自家至海门，明日趁轮赴申云。晚刻，至达云母舅处少坐，相约至李舜卿处，互叙半晌而来。

初八日丁丑　晴。俗语有云“上八晴，好年成”，今值上八，得天气晴明，定是丰年之预兆。但愿歌唱大有、地方安谧、岁岁平安，是为至幸。黄伯寅之女适黄城焦梦周兄续娶者，即于今日完姻矣。柬邀吴玉翁、邱楚言、周谱香、王六皆、黄星斋、陶习恭、汪伯端、周篪卿诸君午膳，相叙席散后而别。晚膳后，至翁子俊处，晤曹六爷，少谈而来。

初九日戊寅　晴。早刻，柬请庞春生、王云初、邱遇琴、伍菊香、黄少湖、黄道周、洪少琴、丁子祥、黄子权诸君午膳，相叙席散而别。王仲达自晚刻来。邀菊香、子权、篪卿来叙过晚膳后而去。许连城兄配亲洪氏者，即于明日初十日入赘矣。

初十日己卯　晴。

十一日庚辰　晴。

十二日辛巳　晴。周建西之郎于昨日完姻，柬邀晚膳，晤达云母舅及李舜卿、黄道周、黄少湖、庞春生、谢仲衡、陶习之、汪伯端、周载熙诸君，相叙席散而来。

十三日壬午　晴。家君自早刻由长甸来言，洛卿丈公家事均已言讫。

十四日癸未 早至酉刻，阴；戌时，细雨；以后皆然。侍家君席请仲达晚膳，并邀达云母舅及翁子俊、叶石甫、李舜卿、陶习敬、周作羹、周篪卿诸君陪客，相叙席散而别。今岁首庙挨值喜保，系黄楚卿兄经事，下街灯楼颇为热闹。本至街上玩游一周，适值细雨中止，俟明日雨晴再游可也。

十五日甲申 辰前，雨；巳牌以后至晚均阴。早刻，德律风来言，丹庭兄已于昨夕至海门，寓永宁局。随即至海门，过丰泰，晤云江兄，相叙一刻，言托买之物均已买来。就至永宁局，晤张丹翁、陶寿农、王煦亭、娄祝三、丁明轩、王勤甫，互叙半晌而来，至家时方午膳。即至函云江兄，饬小和尚送交，向取托买之件，晚刻均已取来，计价洋五元五角，随即登账矣。家君席请仲达午膳，并邀吴玉翁及达云母舅、黄星斋、黄道周两宗叔、翁子俊兄、卢槐士兄，相叙席散而别。仲达随即乘舆至黄城去。星斋宗叔柬邀晚膳，即于晚刻至星斋宗叔(处)，晤叶石甫先生、王六皆先生、黄道周宗叔、卢槐士兄、周作羹兄、王俊卿兄，相叙席散而别。过楚卿处，晤陶寿农、王云初、相叙半晌，至家时逾二鼓矣。

十六日乙酉 细雨。早刻，陶河清兄席请陶寿翁令祖金伯明午膳，柬邀余陪客。随至河清兄处，晤金伯明、陶习敬、王俊卿、陶柳亭、汪伯端诸君，相叙席散后，伯端兄言，李舜卿令郎伯咸自都肄业旋里，相约至其府上，晤赵友竹、罗梅也、道周宗叔，相叙至晚，舜卿兄留过晚膳后而来。

十七日丙戌 辰前，雨；巳、午、未刻，阴；申时，雨；以后皆然。接王子衡兄一信，随即致覆子衡兄一信，饬老官送交。陶习之席请金伯明兄晚膳，柬邀陪客，晚刻，汪伯端兄来叙半晌，同至其家中，晤金伯明、俞怀仁及达云母舅、李舜卿、陶柳亭、陶卓如并其昆季，相叙席散后，互叙一刻而别，至家时逾二鼓矣。

十八日丁亥 雨。早刻，买舆至十里铺陈岳母家拜年，时方将午，并晤子春、仲善两舅及牟贞纯、陈训甫兄，互叙畅叙至晚而矣。

十九日戊子　晴。致陈翼亭兄一信，交罗福春带交。晚刻，至任缉生兄府上，相叙半晌而来。少顷，缉生兄来叙，过晚膳而去。

二十日己丑　早刻，雾。以后至晚均阴。早刻，乘舆至前宅章岳母家叩年，并晤伯纯、仲厚两舅及子修、季甫两兄，互叙畅叙至晚。值张韵卿先生来叙少顷而去，言廿五日到馆云。

廿一日庚寅　晴。

廿二日辛卯　晴。

廿三日壬辰　细雨。

廿四日癸巳　阴。仲厚兄席请晚膳，同席者：伯纯、子修、季甫、选甫诸君，相叙席散而别。

廿五日甲午　阴。伯纯兄席请午膳，同席者：仲厚、子修、季甫、抡生诸君，相叙席散而别。晚刻，章子修兄令祖叶国祥白山人至其家中叩岁，朱序东亦至其府上。是夕，子修兄设两席，人客颇盛，邀余陪客，相叙席散而别。

廿六日乙未　晴。致陈翼亭兄一信，交小和尚带家。早刻，大伯婆席请国祥，邀余同子修、仲厚、季甫、抡生诸君陪客，席散而别。季甫兄席请国祥午膳，邀余与伯纯、仲厚、子修、抡生诸君陪客，相叙席散而别。子修兄席请令祖国祥晚膳，邀余与伯纯、仲厚、序东、抡生诸君陪客，相叙席散而别。

廿七日丙申　晴。早刻，乘舆至十里铺陈宅。阮凤鸣兄云已于廿二日来。子春兄席请余与凤鸣兄晚膳，同席者：仲善、缉生、训甫、贞纯，相叙席散而别。

廿八日丁酉　晴。仲善兄席请余与凤鸣兄晚膳，同席者：子春、缉生、训甫、贞纯，相叙席散而别。

廿九日戊戌　晴。致章仲厚兄一信。致贺云江兄一信。早刻，乘舆至黄城仲达家，晤其令弟叔平、季若两君，相叙半晌。言及王镜泉兄染恙颇沉。晚刻，至叶辅廷先生府上，晤朱鼎臣兄，相叙半晌而别。就道至仲玉先生处，言其公出未晤，转至仲达家。晚膳后少顷，邱仲玉先生、林俊卿兄来叙一刻而去。

三十日己亥 晴。仲达请余午膳,同席者:许蓉垣先生及江梦生先生、朱喆丞、林子泉、王子寿、王吉人、王仲槐、叶辅廷诸君,相叙席散而别。

二月初一日庚子 晴。早刻,乘舆至家,时方午后。

初二日辛丑 阴。仆人言,海门娄德晖兄作古,年方二十有九,深为可惜耳。

初三日壬寅 早刻,细雨;晚刻,阴。致章仲厚兄一信,致章子修兄一信,方交邮筒转递,值子修兄来人送下一信,即将两函均交其来人带交矣。致贺云江兄一信,饬小和尚送投。

初四日癸卯 雨。

初五日甲辰 辰前,雨;巳牌至晚均阴。女仆自黄城来言,王镜泉先生于昨日作古,年六十有九,幸有一子,年方十三岁,系周槐卿令嫒所出,已定亲卢鹿萍兄令嫒矣。

初六日乙巳 阴。早刻,达云母舅及翁子俊兄来叙至晚而去。少顷,陶寿翁来叙半晌,言及张丹翁合办定海盐务曾经开张矣。

初七日丙午 早至午刻,雨颇大;未牌雨晴,阴;以后皆然。致陈翼亭兄一信,交西山老二送交。章子修兄、章伯纯兄均于晚刻来。

初八日丁未 阴。早刻,同子修、伯纯两兄至海门丰泰,晤云江,相叙一刻,至醉白楼午膳后,过楚卿处,晤周萍洄、徐福生诸君,互叙半晌而来,至家时将晚膳矣。

初九日戊申 早至未刻,阴;申牌,雨;以后皆然。家君席请子修、伯纯两君晚膳,并邀张韵卿及达云母舅、应子能先生、周冠卿先生、翁子俊兄诸君陪客,相谈席散而别。

初十日己酉 早刻,雾、细雨;晚刻,雨稍大;以后皆然。席请子修、伯纯两君午膳,并邀张韵卿先生、达云母舅、应子能先生、周冠卿先生、翁子俊兄诸君陪客,相叙席散后谈至晚而别。

十一日庚戌 早至午刻,雨颇大;未牌雨晴,阴;以后皆然。

十二日辛亥 阴。子修、伯纯两兄均于早刻去。晚刻，亦鉴老司来，即嘱其将建素两盆分作四盆。但建素根已满盆，须分栽，易于起发，惟时未至春分，只恐尚早半月，未识无碍否也。

十三日壬子 阴。致贺云江兄一信，饬荣清送投，随接福信一函。晚膳后，至洪少琴处，晤赵子修、周作羹、周篪卿诸君，互叙半晌，来时已逾二鼓矣。

十四日癸丑 阴、晴。接许达三先生一信。王六皆先生柬邀午膳，早刻，至其府上，晤吴玉翁及星斋宗叔、伍菊香诸君，言今日系六皆先生生辰也，面觞毕而来。过达云母舅府上，相叙至晚而来。晚膳后，至楚卿兄处，晤王云初、郑夔友、王六皆诸君，畅叙半晌而来，至家时逾二鼓矣。言及张暄初有一少君定亲楚卿兄令媛，何霭翁、章焕翁两君为媒，言在四月间纳采云。

十五日甲寅 阴。晚刻，伯端兄来叙半晌，相约至丁辅香处过晚膳后而来。

十六日乙卯 雨。

十七日丙辰 雨。致覆许德三兄一信，交邮寄至沙埠。

十八日丁巳 卯前，雨；辰牌雨晴，阴；以后皆然。早刻，贺云江兄来，留过午膳后而去。晚膳后至丁辅香处，晤陶习之、汪伯端诸君，相叙半晌，来时曾经二鼓矣。

十九日戊午 晴。接章伯纯兄一信。晚刻，黄楚卿、陈夔友、王六皆、伍菊香及达云母舅来叙半晌，楚卿相约至其布厂互谈至晚而别，就道至子俊兄处少坐而来。

二十日己未 晴。楚卿兄令媛适黄属田后张之正三兄令郎者于今日纳采，来柬邀席。早刻，侍家君至其家中，晤吴玉翁、王六翁、郑夔友、邱遇琴、汪伯端、庞春生、江石卿、许连城、周冠卿、缪性言、翁子俊、周谱香、黄道周、黄星斋、王俊卿诸君，相叙席散后少谈而来。其代媒者应姓、李姓均素不相识，其送聘洋六百元、大宝四锭计二百两、金手镯、金簪、金戒珠、小丁香，又麻本衣料四件、礼春箱两扛而已。

楚卿还他英洋一百四十元、元宝两锭，另加小宝八锭，每锭重计两馀，及照例另星等件。现在男婚女嫁，事事从丰，如楚卿之家计，丰俭本窒碍，倘在小康之家，实在难办耳。只愿日后风俗得以朴实，为幸多矣。

廿一日庚申 晴。

廿二日辛酉 晴。早刻，至保卫团晤江石卿、庞春生，相叙一刻，就道至子俊兄府上，晤达云母舅少谈而别。过椒江学校，晤赵只修、周载熙、张六筹、李仲贤、赵醒黄、张岳生诸君，互相畅叙一刻。值监考赵渭三写对及条幅，看其书法颇为工雅，此亦新时字手。于时将午，未得多叙而来，至家时方午膳矣。

廿三日壬戌 晴。午膳后，至李舜卿处，晤黄少和、周载熙、罗梅也、李仲贤、赵醒黄、汪伯端、张六筹、张岳生诸君，互谈至晚而来，言及楚卿兄现在海门往来均派人护卫，亦防宵小暗算也。

廿四日癸亥 早至午刻，晴；未、申时，阴；酉牌，雨；戌刻以后均阴。早刻，亦鉴老司携有玉兰一株、珠兰四株、夜来香四株，计洋两元四角，随交其去即送六皆先生及伯端兄夜来香各一株，馀则均嘱亦鉴栽植磁盆。惟花架未做，据说至黄城一走，下次来葭即为代做可也。但珠兰、玉兰颇有清气，惟冬季不易收藏耳。修理文庙之地现余自行修理。早刻，邀子俊兄带同木匠定三、泥水呈瑞至文昌阁中透东首，找谷倒坏，木匠工价计洋八元，找谷及道人住房后壁墙垣稍加修理，共计英洋十四元，明日来付定洋。俟其购料做就，即为修理，均已议妥。今年只有修理此处之洋，俟有馀积，渐为修理而已。周月波兄购黄吉甫之屋，即于今日进住，晚刻来邀晚膳，至其家中，晤庞春生及达云母舅、谱香母舅、翁子俊兄、少云、王春圃、陶习敬、黄吉甫、刘玉庭、王俊卿诸君，相叙席散而来。

廿五日甲子 晴。晚刻，达云母舅及六皆先生、汪伯端兄、翁子俊兄、伍菊香先生来叙至晚而别。晚膳后，至洪少琴处，晤赵子修、周篪卿、周作羹诸君，互叙半晌而来，至家时经二鼓矣。

廿六日乙丑 早至未牌，晴；申时，阴；以后皆然。晚刻，翁子俊兄来叙半晌，言及入春以来烦恼日多，拟俟三月初旬清明日起将祖墓祭扫清讫之后，约同达云母舅及子俊兄、伯端兄、菊香先生、篪卿诸君至天台山玩游胜景，藉脱积尘。须自家至郡一日，自郡至清溪乘坐长船须两日可到，宿国清一日，由国清至华顶一日，游拜经台、拈花室等处一日，在华顶游左右茅庵一日，至方广看石梁瀑布一日，过高明寺一日，就高明寺至清溪一日，由清溪坐长船至郡一日，由郡趁小轮至家一日。如是计之，倘得雨旸时若，则十二天耳。十二日中，得数知己日夕谈心，晓畅胸怀，亦人生不可多得事也。忆甲午岁同眉甫先生、周允翁至省乡试，道过天台；癸卯岁为庶曾祖母郑太宜人做水陆，同金叔文妹丈至天台华顶寺；乙巳岁为元配章宜人做水陆，至天台国清寺；癸丑岁再为先曾祖母应太夫人做水陆，至天台山华顶寺。虽至数次，均无知己者同行，每多涉瞑想，无此次之快乐也。此次之行，专为玩游，览处处之胜景，足饱眼界，只愿雨旸时若，不致裹足延误时日，为幸多矣。忆甲午岁与禹门叔公、苏菊香舅公游嵩岩；戊戌岁与仲辰宗叔、王子宜兄、褚琴轩兄再游嵩岩，迄今十馀年，而各人不知何处去向。沅叨天福庇，尚能健饭，亦人生之足乐。凡为人少年时日思进取，日复一日、年复一年，只愿岁岁平安、继起有人，素愿已足。日夕安闲，同知友以谈心，藉花月以赏心、寡欲以清心，如此之外，夫复何求！再愿数十年之后，光景依然，诸友依然，人之五官亦复依然，如此福分，胜如王侯岂止倍徙也！顷偶忆及，是为记之。山景玩游之后，再为记载焉。

廿七日丙寅 雨。致章仲厚兄，交丁辅香兄代为带交矣。

廿八日丁卯 早至巳刻，晴；午、未时，阴；申、酉牌，雷雨；戌时雨晴，阴；以后皆然。晚刻，相约翁子俊兄、达云母舅至李舜卿兄处，晤汪伯端兄，相叙半晌而来。

廿九日戊辰 阴、晴。致吴勉生兄及王仲达各一信，均交潘子祥送投。晚刻，达云母舅、周作羹、赵子修、汪伯端、伍菊香、周篪卿、潘子祥诸君来叙至晚而来。

赵子修兄言及何子贞先生之书法彼有亲见者，余将何子贞先生所书之对出示，据云确是真迹，并言其图章确是子贞向用之物，是亲笔无疑。上年各友论其描写亦有可凭。细阅其字画，只取纯熟而已。前曹海鲲兄云，子贞有亲戚杨姓者素摩其书法，约有八九相上，有人求其写对，非知己者及不喜作书时均邀杨某执笔，所盖图章确是彼物，此亦一说，悉均记之，质诸高明者，不难辨其真伪也。

余有贺太峰书对，系是蜡笺，久年墨迹深透纸背，当与邱仲翁粗心一看，其字虽佳，惜是印板，非为雅观。自后，细为详览，始知久年笺纸确系如印，此看字之难也。贺太峰先生之草书，当嘉道年间声名最著，其字劲骨老到，用笔纯熟，非有久年刻苦工夫，断不能至此，得而藏之，亦足宝贵也。出示黄慎所绘《羲之放鹤图》，笔笔融化，确是真迹。但朱绿筠女士所绘牡丹及荷花之中堂并扇面花卉等件，其工笔虽然工雅，就其好处亦不多得，喜为宝贵者，重其人耳。按：朱绿筠女士系是闺女，年将而立，未经许配，因粤匪攻破武林之后，女士仰药殉节，待贼去而殓，中隔两月有馀，面色如生。可见忠烈之气存乎于心，得其遗迹而钦敬者即在于此也。余得有中堂两轴，亦非易易耳。阅其画，虽非与大名家可以并持，即后人摩仿者亦非易事，其工雅鲜艳亦出于寻常也。均为之记。接章仲厚兄一信。

三十日己巳 晴。李舜卿兄请赵子修兄午膳，来柬邀余陪客。早刻，至子俊兄处，晤达云母舅，相叙半晌，即同达云母舅至舜卿府上，晤赵子修兄、黄少湖、周作羹及水产学校王、潘、杨诸君，相叙席散而别。同达云母舅、少湖、子修两君至家，互叙至晚而去。晚膳后，至星斋宗叔处，晤袁子羽先生，言及章一山先生现在沪江，同瞿子玖相国、劳玉初先生诸巨公结一逸社，终日做诗、写字，亦一乐也。来时已将二鼓矣。

三月初一日庚午 卯前，阴；辰、巳刻，雨；午时，阴；以后皆然。早刻，丁辅香兄来叙一刻，托其寄申向九华堂购买各色花蜡笺七言对纸六副、五尺宣纸四张、四尺宣纸两张，俟其购来再为函托一山先生托友代书可也。

初二日辛未　早至巳刻，阴。午牌至晚均晴。早刻，卢槐士兄来叙半晌而去。许眉甫先生自章安来，相叙至晚，留宿焉。

初三日壬申　晴。许眉甫先生自早刻去。早刻，侍家君同两弟至马屿头曾祖考暨曾祖妣两处扫墓毕。至金德生处午膳，晤有姓黄名吕送者言，今岁得有一子，但彼年经六十有一，亦最难得事也。并言钗洋李体庄发癫，是真非真，无言不出诸口云。按：李体庄字紫堂，系李酒襟之子，兄弟两人，体庄居长。幼习南货生理，未及出师而即归家，就蓄小队代人说案，有不从其言者即以威喝之。其有从堂兄弟名体微者，人亦无赖，不以体庄之言为是，体庄即将体微谋害。就近十馀里畏其如虎，时有案情，幸姑夫林仲西先生代为理料。但仲西先生系黄岩林蔚生先生令弟，人极诚厚，因在正亲之谊，不得不为照应，面虽代其周转，心亦非之。数年间，日甚一日。以后与天主教堂阮承务名迪斋交情，每有鱼肉乡人之事，阮迪斋亦代其藉教滋横。当甲午岁，天主教与耶苏教两相滋闹，阮迪斋邀体庄将其地方之无赖数十人叫至海门，横行无忌。时台防管带曹绍雍统领出自弹压，彼开枪放在曹统领左侧，幸未受伤。时电禀浙江抚宪张少帅发谕拿办，而体庄知事机不妙，脱逃在外。初至闽垣，未见得法。有其胞叔李少兰者时在江苏以巡检候补，当辛亥岁谋有管带，如此野心无制之人，得有管带之差，真是胆大罔为，所闹者岂止数十案，癸丑岁即撤差。回家时身带现洋数千，皆是无法无理之钱。到家之后，又不安分。就至海门开客栈、闹妓女，不一而足。其心亦高，上年至申，遇有强中逢强之人将其诱至北京，作为乱党，彼所带现洋及衣服等均骗而去。彼身因在狱，心甚跼蹐，以至发癫。当道者知有癫病，由驿解至黄岩，而后藉癫无赖。昨日道至东山头某店中，因其屡次欧骂，避无可避，叫人将其偏打而已。如此凶横之徒，今至如斯，亦报应昭彰也。但德生之女初字其附近名仙球者，不幸少年而故，再嫁紫堂，亦作为女婿，时相往来。但金德生之人性情喜为装阔，与紫堂所为相近，故与来往，亦时以体庄为婿，自思颇为相得耳。体庄平日之为人，今体庄以至如是，岂不宜哉！

相谈毕即行起身，就道至王门岙周太恭人停柩之前祭扫毕。回忆上年周太恭人墓被贼盗窃之事，心甚怅然。过周微登家吃点心后而来，至家时下午约三点钟许。晚膳后，至丁辅香兄行中，晤汪伯端、施建甫两兄，相叙半晌而来，至家时逾二鼓矣。伯端兄言，陶寿翁现由沪江购有广东玉兰一株，其叶粗而光，其花粗大，亦是六七两月开放，即植在坛，至冬令无庸收藏遮盖。果如是者，余至乐琴书室前亦须栽植一株，藉得清趣，为幸多矣。

初四日癸酉 晴。

初五日甲戌 晴。侍家君同季明、言相、子衡于早刻至兴家屿地方祭扫高高祖考墓，是处祖茔系四房发家墓所。致供毕，至先福家吃点心后，即至东岙高祖考墓所致祭毕，过山主家吃午膳后而来，至家时经五句钟矣。晚膳后，至辅香处，晤曾先生，相叙半晌而来，至家时将二鼓矣。

初六日乙亥 晴。致陈仲善兄一信，交女媪寄至十里铺矣。侍家君同达云母舅、子俊先生、冠卿先生、韵卿先生于午膳后乘坐小船至路桥刘剑郎兄府上，晤李广生先生、邱楚言姻长，相叙至晚，剑郎兄留过晚膳后，转宿船中。

初七日丙子 辰前，阴；巳初，细雨；巳末至申，晴；酉牌，阴；戌时，细雨；以后皆然。早刻，至荐堂祖考墓所致祭毕，至山主家吃饭。适章子修兄来言，其令尊云程母舅亦初造是处附近，请冠卿先生代为详格毕，子修兄转去，韵卿先生亦至家去。侍家君并同去诸君乘坐小船至家，时方晚膳矣。是处祖茔坟石外上红苔、有气，可知即是风水，据阴阳家所云亦为上吉，冠卿先生所云亦然。但风水本属无凭，既有其言，亦不得不为选择。倘是吉壤，亦安于心，果属有凭，亦无损于事，所以为上人择地不得不选吉壤耳。

初八日丁丑　早至辰刻，雨；巳时，阴；以后皆然。周冠卿先生自早刻去。陈克明姻长于晚刻至家君处相叙一刻，晚膳后而去。晚刻，至李舜卿府上，相叙半晌，相约至陶寿翁处，晤周谱香、周建西、周篪卿、汪伯端诸君，互谈至晚而来。

初九日戊寅　阴。致章仲厚兄一信。晚膳后，至心斋宗叔处，晤六皆先生、伯端兄，相叙半晌而来。

初十日己卯　早至酉刻，晴；戌时雷雨颇大；亥牌，细雨。早刻，相约达云母舅及伍菊香、汪伯端、李舜卿、周篪卿玩游天台山，就道至洪少琴处，晤六皆先生，相叙半晌。即趁升昌小轮于下午四句钟至郡城永源过塘行，即托丁继梅讨长船两艘，悬至天台，随即下船。本一艘可以乘坐，恐人多喜于舒展，故雇二艘而已。即于是夜潮涨时开行耳。

十一日庚辰　早至巳刻，阴；午、未、申、酉时，晴；戌时，雷雨，至亥时方晴。因山水颇大，长船只行四十馀里耳。

十二日辛巳　日中，阴；夜间复雷雨。只行三十馀里而已。

十三日壬午　阴。下午一句钟抵埠，遂即乘轿至国清寺宿夜，时尚未晚膳，晤梅开和尚，相谈至晚。

十四日癸未　阴。早刻，由国清寺动身至高明寺，过午，取阅寺中所藏隋圣僧智者大师紫金钵、贝叶经娑加诸古物，看紫金钵、贝叶经真似旧时古物，惟娑加恐不以为然。晚刻，至华顶寺，于时尚早，晤华最和尚及桐鉴师、万贤师、静定师，相谈至晚。余有密蜡朝珠一副助入华顶常住，即交华最和尚存储矣。

十五日甲申　晴。同达云母舅、菊香、舜卿、伯端、篪卿诸君至拜经台一游。但是处有一小塔，相传谓智者大师伏魔在其中，即名曰伏魔塔，近不知何人将其塔挖出，只数寸深耳。即问僧人，云亦不知何人所挖耳。路过拈花室小坐，该处重造，尚未完工。

十六日乙酉　晴，天气颇热。晚刻，相约同行诸君至翠云庵少坐而来。

十七日丙戌 晴，天气颇热。晚刻，相约同行诸君至妙峰庵，相谈至晚，方转华顶耳。

十八日丁亥 辰前，阴；巳初，晴；巳末，雷雨；午、未、申刻雨晴，阴；戌初，雨；戌末，阴；以后皆然。李舜卿兄有姊因病未曾出闺，现在华顶做水陆大斋一堂，于十二日起佛，不能同行，即与达云母舅、伍菊香、汪伯端、周篪卿诸君于早刻乘舆动身。道过方广寺，前余篆“阿弥陀佛”四字托英祥师带刊方广路亭之侧岩中，曾经刊就，颇为雅观。至昙华亭看石梁瀑布少顷而来。至龙王堂已见雷雨，少停而行。至天台县城时下午三句钟。过信行寺李少云管带处少坐，就道至城内文明巷曹士衡兄处，相叙半晌而别。至姜宝山、姜竹林处，士衡兄来叙片时而别。李管带柬邀晚膳。一面即托竹林兄代雇长船一艘，即行将什物移至船中安置清讫。同伯端兄至信行寺李少云处，晤王雨生、曹士衡、陈友生、罗阜臣诸君，相叙席散后少坐，言及月之初十日吾浙已告独立云云，海门镇守使张喧初君已调至省，顾乃斌来台为海门镇守使云。转至船中，已逾二鼓矣。

十九日戊子 辰前，雾；巳牌，阴；午、未、申时，晴；酉刻，雨；以后皆然。长船自早晨动身，至下午三句钟即抵郡城。至永源过塘行，晤章书勉兄、蒋敬甫兄，相叙至晚，均至趣园晚膳后，同至敬甫兄处少坐而别。现敬甫住在李雨田家中。随即同至家子埠，航船下港。据蒋敬甫兄言，现屈文六带兵驱逐朱介人出署，而朱介人看时势不佳，即行远逃，不知去向，随行独立云云。屈文六知朱介人出署之后，将其亲信各人悉均逐去，台州叶子布昆季、王煦亭、许颖生、徐品耕各人名为送台由地方官保护，实则押解原籍。朱介人之下人将其署中悉均抢掠一空。现在用人最难，上下皆然，世风日薄，不知何底。行秩序尚安，吾侪只求地方安谧，为幸多矣。

二十日己丑 阴；早刻，雾，至巳刻方散。早即抵埠，遂即至家。自祖慈以下皆安，深为至幸。现楚卿兄再添台州巡防一营计一百六十人，以庞春生为管带，海葭之保卫队王春圃管带，台州添一兵士即台州又多一处□□，但时势如斯，亦不得不为招募。晚刻，至翁子俊兄府上，畅叙半晌而来。晚膳后，至丁辅香兄永顺利麻行中，晤陶习之兄少谈。辅香兄言即趁永利商轮赴沪，前托辅香带购各件之单，取还作罢，现再开单，托其向九华堂购：大红描真金七言对两副；湖色、桃红蜡笺描真金七言对各一副；麒麟牌洋袜六双；檀香皂两块，每块价约四五角之则；吃吕宋烟之烟杆一根；吕宋烟六盒，照附牌子，每盒约洋一元左右。所购对纸四副托张逖先书写，现逖先寓在上海，托其至后马路浆园巷第三巷询云峰寺和尚了尘师即知其住处，据华最和尚所云即携华最和尚一片，想可指示矣。

廿一日庚寅 惟午牌晴，馀均阴。早刻，庞春生兄来叙半晌，彼现住在岩屿街路廊，言及独立者，如云南、贵州为始，广西次，广东又次之。四川、北滇两军已经交战，湖南颇属危险。近日只浙江两省独立而已。事又驱将军以自立，只恐北军来浙开战，深为至虑焉。晚膳后至楚卿处，晤王六皆、汪伯端、周篪卿、郑夔友、陶柳亭诸君，相叙半晌。言现北军来至上海，计有两师，每师计一万二千五百人，吾浙恐致多事。近日安然不动者，北京因与滇军议和停战期内，所以未曾发表而已。未知当道者作何主意也。

阅三月十五日《申报》公电纪“浙国会议员致屈映光电”节云：“杭州屈文六君鉴：浙人独立，发于护国正义，众论所激，似非公退让蔑以明志，桑梓敬恭墟墓财产，保浙即所以自保。尤望维持秩序，留与乡人相见地步。临书不尽所言。杜士珍、俞凤鸣、许桑、殷汝骊、徐象先、杜师业、周珏等同叩。”又，“致浙江各界电”节云：“杭州夏伯吹、夏定侯、徐允中、王悦山、顾子才、俞丹屏诸公鉴，并转吕戴之、周公选、张煊初诸公鉴，暨军警、报界、商会均鉴：浙省独立，义声传播，全浙人士莫不欢忭。乃消息传来，屈映光巡按使兼总司令布告内外，非驴非马，惊骇万状。论屈在浙四载，平时唯知竭浙民脂膏以固一己荣宠，辄复俯首称臣，首先劝进。滇黔事起，各省中立，独屈筹饷括款进供恐后，献策效忠，累篇不绝。其为祸害民国，厥罪尤深，若戴为本[1]省长官，实不足以副公等义举之盛心，今且通电输诚伪命嘉奖，既誓死于独夫，奚忠诚于民军？不独反侧堪虞，粤事可为殷鉴，且使我三千万浙人何面目以见天下！为吾浙计、为公等计，均宜速加斥逐，勿任迁延贻祸，公推贤者，维持治安。同人非与屈个人有所嫌怨，大局攸关，难安缄默。无任主臣：杜士珍、俞凤韶、许燊、殷汝骊、徐象先、杜师业、周珏等同叩。”又，“致温州戴司令电”节云：“温州戴司令鉴：浙省独立，屈氏仍以巡按使名义通告内外，人心迷惑，宁绍军警绅商已公电反对，誓去屈氏，另推贤者，请公一致进行，以光全浙。许燊、徐象先、殷汝骊、杜师业同叩。”阅此数节均为反对电文，未识后来作何结局，是为之记。

廿二日辛卯 雨。黄少湖、伍菊香、汪伯端诸君来叙至晚而别。言及海门镇守使顾乃斌明日可以到台云。天台山华顶寺附近产沙罗树，均在山上，至龙王堂即少见植，据是处人言，沙罗树花颇为可观。余在山上即携有大者两株、少者数株，日昨至家，遂即栽植。其小者，看其叶已鲜，想可荫根，其大者叶柔，恐难望活。昨夕楚卿兄欲分栽，余即已种之大者再为拔出送其一株，未识即能荫根否也。幸今日天气尚佳，即能成荫亦未可知。其花样式若何，余未见过。其叶上有出，想是花蕊亦未可知。所携之大者一株，叶上似蕊颇多，今日见大半已落，想转根一番，今年不能开花必矣。其小者虽看其已经转根，何日得能见花亦难预料。其树宜在山上，不宜在于山下，想其性喜寒畏热可知。但余客厅之前夏令即盖凉棚，不常见日，想能合树性也。

廿三日壬辰 阴。女媪言，十里铺陈仲善兄之嫂于月初生一令郎，代为欣幸。

廿四日癸巳 阴。晚刻，陈少渭兄来叙至晚，留过晚膳后，同张韵卿先生至少琴处少坐，就道至作羹处，晤伯端兄，互叙半晌而来。

---

① 原文衍一“本”，已删。

余辛亥拾有夏古崖绘兰花直条四轴，即于晚刻悬挂于客厅。与王香谷之墨水兰花相较，古崖笔法老劲，香谷用笔秀丽，究属何人为最，再质于高明者评定可也。至陈竹泉先生之兰花，亦取其秀丽间有长笔，人所不及，出名者亦在于此也。

廿五日甲午　早至午刻，阴；未时至晚均晴。早刻，至达云母舅并吴玉翁两处，均相叙一刻而来。午膳后，林质彬兄来，将丈涂地领照费付洋十元交其带去，尚少之处，俟完粮时带交可也。据说现转至海门去。赵醒黄、李仲贤、张六筹、伍菊香、子权诸君来谈至晚而去。

廿六日乙未　早至巳刻，细雨；午牌，晴；以后皆然。晚刻，至子俊兄处，晤达云母舅及洪少琴、周月波诸君，互叙半晌而来。

廿七日丙申　辰前，阴；巳时，晴；以后皆然。早刻，至椒江，晤赵子修、叔梅昆季、周载熙、李仲贤、赵醒黄、张六筹、张岳生、罗梅也诸君，相叙半晌而别。现椒江改为水产学校，经赵子翁昆季办理。但载熙兄所办之商校移至海门印山，亦在近日须至彼处驻足矣。晚刻，徐德园兄来叙一刻而去，言至栅浦。篪卿、菊香、伯端于晚刻来叙半晌，言及周少云第四子于昨日至街中，彼东岸人滥潺及法根等将捣伤五刀，当时流血颇多，现已医治，想其不致毙命。现地方此等游民日夕滋事，恐致人命，未识何日地方得有长官驻防，再见光天化日，为幸多矣。晚膳后，同韵卿先生至子俊兄处，相叙半晌，言其令郎染恙尚未就痊，嘱余代请童醉春先生诊视云云。少坐而来。

廿八日丁酉　卯前，阴；辰、巳刻，雷雨颇大；午刻，阴；以后皆然。致童醉春先生一信，饬小和尚送交。晚刻，醉春先生来。即同至子俊兄处，视其令郎之恙系是虚寒，无紧要之病也，即用补剂而进数帖即可就痊云云。并晤王桐甫、周月波两君，相叙半晌而来。

廿九日戊戌　早至午刻，雨，不甚大；未牌至晚均阴。午刻，请醉春先生小酌，并邀达云母舅、子俊、韵卿先生、周篪卿诸君，相叙席散后，子俊兄邀醉春先生晚膳，并邀余陪客。即于晚刻同醉春先生至子俊处，视其令郎之症曾已痊愈，可占勿药之爻，为幸多矣。并晤达云母舅及王桐甫、周篪卿、周月波诸君，相叙席散后而来，至家时逾二鼓矣。

四月初一日己亥 早至巳刻，雨；午牌雨晴，阴；以后皆然。至丁辅香兄一信，由海门裕大典托习谦代为交邮寄申。嘉先送来培源靛青行股分单两纸一股，每股计本洋四百元。午膳后，至海门丰泰行，晤云江兄，言明日赴申，托其代买另星。随同至培源靛青行，晤王俊卿及其令弟子寿，互叙半晌。但培源经事字曰王俊卿，与尚德小学校校长王俊卿姓号相同，系是两人而已。就道至永宁局，晤陶寿翁及楚卿兄、章焕新、黄义臣、陈文佑、李少云、王鸣辉、俞昭甫、吴勉生诸君，相叙一刻。海门有妓女名美昭与昭甫作妾，身价洋一千，即于今日说成，宿在永宁局后楼，想近日带至路桥去矣。黄宝舟兄亦在局中，代其购办衣服等件。俞昭甫兄欲纳妾而生子，美昭系是著名娼妓，焉能生育？幸其年尚十六，亦恐不能生养，今则据然纳其为妾，恐其后悔莫及耳。就道至和生丁鸣轩兄处，晤陶习谦、钟焕堂两君，畅叙一刻。即同焕堂先生、习谦兄至裕大典，其西首造屋已造有七间，其树料结实精致，前排又欲造九间，尚未动手。如此造法，将来完工，其款必巨。现方初创，尚不知完工之数目也。陶寿翁购有广东玉兰一株，其叶青而且厚，看其样式可不畏寒，其花言在盛夏开放，香而可食，随即函托辅香兄就申购买一株以为雅观可也。来时过上张路廊庞春生兄处少坐，至家时将晚膳矣。

习谦兄处有《画精录》，余取阅，纪吴历、查士标均是著名大家。余藏有吴历之山水，已见其老到。查士标之岩石笔虽老劲，不及高西园之岩石层叠老到。高西园未入是册，颇多疑心。又未识查画岩石有人描访亦未可知，存质高明者一言可知也，是为之记。彼之《画精录》人数不多，只是大清一朝，另日购买历代《画精录》详查可以无误耳。

初二日庚子 阴。早刻，至李舜卿处，晤田彝安兄，相叙一刻而来。但彝安系直隶人，向系水产学堂毕业，现为水产学校教习，名曰家鼎。

初三日辛丑　阴。致陈翼亭一信，嘱其向取丹亭兄定做桶器，函饬老官送至黄城。晚刻，达云母舅及翁子俊、田彝安两君互叙半晌而别。接叶祖香太守讣闻，叶太尊于乙卯岁十二月十二日亥终正寝，其寓在武林闹市口直街四号。其二少君祝三兄现权广西融县知事，其大少君绍伯兄亦在融县。阅其哀启，叶祖香太守仙逝之后，绍伯兄奔丧来浙，祝三兄仍权县篆。现当民国时代而不奔丧，此亦秕政也。叶公有三令郎：长绍伯，名远标；次祝三，名远荣；三名远樟，前在二府署所出，现年尚幼。晚膳后，至作羹处少坐，言赵子修兄税周家横屋，定初八日进屋。

初四日壬寅　卯前，细雨；辰、巳刻，阴；午时以后均晴。早刻，至椒江，晤田彝安兄，相叙半晌而来。

初五日癸卯　晴。早至巳刻，无风；午时以后均南风，不甚大，地多潮湿，一时而骤热。晚刻，达云母舅及子俊兄、孟东兄、伯端兄来叙至晚而去。应焕云来言，乃翁少圃表叔公于昨夕逝世，借其英佛念番，适不凑手，即致王耀南兄一信，托其代与盐公司帖税项下支付可也。该函即托焕云代为带郡面交矣。

初六日甲辰　辰刻前，雨颇大；巳牌雨晴，阴；以后皆然。西北风起，天气骤冷，昨日与今日相较，须隔一月之气候也。

初七日乙巳　阴，惟酉牌有夕阳返照之景。卢槐士兄及达云母舅、翁子俊兄、伯端兄、伍菊香先生、周篪卿、李舜卿诸君来叙至晚而别。

初八日丙午　晴。致陈翼亭一信，饬小和尚专送至黄城。张丹翁托定桶器已于晚刻由黄城载来，计一百馀件，看其货尚工整，惟价值太贵耳。

初九日丁未　早至酉刻，晴；戌牌，雷雨颇大；亥时雨晴，阴。致陈翼亭兄一信，交西山老二带至黄城。丁辅香兄自沪江来，前托买各件均已买来，洋玉兰亦经购来，计价洋五元，余即栽植于乐琴书室前之半边圆坛中。前伯端兄言洋玉兰花颇香，开自盛夏，藉堪清赏。将来花树即或长大，再行设法遮盖，近数年即架凉棚，可无窒碍耳。赵子翁于今日进屋。晚刻，同周作羹兄至其府上到喜，晤金建清、田彝安、潘子玖、林少秋诸君，相叙一刻，子修兄留过晚膳后，就道至丁辅香兄处少坐而来。

初十日戊申 阴。晚刻，达云母舅及汪伯端、李舜卿、伍菊香、金建清、林少秋、金子和、周冠卿诸君来叙半晌而别。随至楚卿处，相谈至晚，楚卿留过晚膳。值金子和、王云梯、邱遇琴、王六皆、王春圃来，互叙少顷而来，至家时将二鼓矣。楚卿有令媛与桥下陈姓郎说合，云梯兄代其踏亲方来，言将成说云。

十一日己酉 晴。赵子修兄来柬邀晚膳，至其府上，晤达云母舅及少湖宗叔、周作羹、李舜卿、汪伯端、陶习之、周载熙、林伯琴并主人，相叙席散后少坐而来。言及习之兄家于初九夜有贼至其房间，失去烟筒并衣服等件，旁有皮夹中藏五响后膛炮子数百粒，贼误认为英佛，将其皮夹焚去大半，知是炮子，即行扑灭，未及出险，尚为至幸。现饬保卫队查获窃贼，未识即能破案否也。凡人家夜后总须小心，是为至要。楚卿兄来柬，其三女许张暄初令郎者于明日纳采云。

十二日庚戌 晴。早刻，同子俊兄至楚卿处，其三女纳采。但张暄初现经晋省，其父在海门主持，媒人系章焕新、何霭生两君。送来礼物金镯一双、金耳环一副、金簪一支、玉簪一支、珍珠一颗、小瓶（如酒钟之大小）内储茶叶计六十瓶、外国花缎衣料八件，其馀均是杭线做就各式各色之灯台、角黍、大小鸡子及另星等件，叠满二十四盘，即五色果亦用色线色纸花色而成。阅其恳帖上用郡名称曰姻家弟，又用张姓，但暄初系新昌县人，与台州俗礼大相悬殊，即亲呼楚卿之女许暄初之子，暄初令尊出帖，系长辈，因用姻教生，彼用姻家弟，未识俗例如斯，亦未识经理者未曾留意，于此帖中用郡名又用姓氏，未免双出。台属俗[1]，女家用恳帖，彼又用台允，亦是不同。余不知新昌之俗例，不能言其不是也。楚卿亦照其俗例回盘，亦用名等，杭线做就各等花色，惟衣料做成摹本广纱两套而已，允帖改为台命，名帖亦用郡名加姓氏，称曰春晚生而已。家君亦至其府上，并晤周谱香、黄星斋、邱遇琴、吴玉成、王云初、叶石甫、周冠卿、陶习之、王六皆、黄道周、金子和诸君，相叙席散后而来。

十三日辛亥 晴。致陶习谦兄一信，饬老官送至海门其裕大典中，取有代代花一盆，栽植盆中，藉堪雅玩而已。周金玉先来言，三山庄立有黄质诚户，开有民田一百七十亩，并地、水塘等一亩另。

十四日壬子 辰前，雨颇大；巳刻雨晴，阴；以后皆然。致章一山先生一信，附各色蜡笺对纸四副、宣纸对纸两副、宣纸直条纸两堂，均托其代求逸社诸公法书，并附送其弹饼两盒、茶叶两盒，托亦兰相代为带申。其公馆在于何处，前袁子羽先生言及，一时忘却，即嘱亦兰兄转询丹亭兄在于何所，就即送投。内宣纸对纸及宣纸直条纸均托亦兰兄由申向九华堂购来，就便附送矣。又致张丹翁一信，致孟定世兄一信，均交亦兰相带交耳，并交亦兰兄带付纸洋二元。

十五日癸丑 早至午刻，晴，天气颇热；未牌，雷雨颇大；申时雨晴，阴；酉刻以后均晴。致周在舆先生一信，饬弟梅送托丁辅香兄代带海门，倘未在家，即托其询明居址交邮送交矣。函中托其由瓯代购山茶四株、各色梅花四株、宝珠茉莉两盆，未识何日能购得也。早刻，至栅浦堂，敬叩神圣毕即来。至新挑河，晤汪伯端、王春圃、周孟东，相约(至)栅浦黄少轩家。海门有皮箱店瓯女名玉梅者，少轩购为作妾，言价两百云云。少轩留过午膳后，过半塘处少坐，适闻雷声，随即来，方至家后即大雨，尚为至幸耳。入夏以来，雨水调匀，农民叨天福佑于无穷也。

余客厅之前限于地方，花木不能多植，倘得加倍之大，得能多植

---

① 原文衍一“俗”，已删。

花木，亦足暇时赏玩。惟玉兰一本，其花盛开，香气足可赏心。其树本，久晒则叶萎，久阴则叶太嫩，每到冬、腊，大半枯殁，最难调治。现植洋玉兰，看其叶颇厚实，想其不致畏寒，倘得花香，能多放数朵，与玉兰相较，大相悬殊也。前伯端兄所云，洋玉兰树本将来长大非常，余又植在坛中。每到夏秋须盖凉棚于其上，颇为未便，将来再行想法可也。凡夏秋之际，常得香花日见，亦一清趣耳。

十六日甲寅 早至午刻，阴；未、申时，晴；酉牌，阴；戌时细雨；以后皆然。致王心泉兄一信，托王云初兄附其家信中附寄矣，托其由闽代买山茶花四株，如遇五魁颜色，即托买五魁山茶。但山茶花五魁颜色不易多得，忆前王焕如兄言彼在闽时购有山茶花一本，淡红，或再淡红，或大红，或白，或白中间红，或红中间白，或红白相半，或红二而白三，或白二而红三，而有十八朵不同者，名曰“十八学士”，此等茶花即在闽垣亦不多得。言因质颇大，难于转移，未曾携带，深为可惜。此番心泉兄得能接信而能代买否也，即或购来而有五魁否也。又托其购买颜色鲜艳香花数种，未识得能代买数种否也。

凡人家清赏花木，如牡丹一本，花本雄盛，正如富贵之气焰，无如所放无多、为日不久。芍药一本，花亦佳妙，亦不如山茶之日久。山茶色有多种，花式亦有多种，常种全白、全红、大红、淡红、粉红，或白中间有红点，或红白相间，或五魁颜色，时有见之。如“十八学士”之色，只闻焕如兄所言，余目所未睹也。即如常见各色，亦可动人心目。其式有圆，有六角，有八角，有鹤顶，亦所赏心悦目。能得色佳而式又佳，常置于座右，岂非常放畅怀？惜无香气。再如秋菊，能得百数种或数百种环绕目前，亦一别开世界，可惜亦无香气。如玉兰、建兰、山兰之香文而且雅，古人云香为王者香。玉兰色能如玉，较之各等香花犹佳。桂花之香与兰花相较，别一滋味，其时候亦不及兰花之久也。余拟于书室之前，有佳卉香花栽植数种，足于暇时玩赏可也。

晚刻，同韵卿先生至栅浦堂看戏，晤潘子祥兄，邀至其家，晤周孟东、王六皆、伍菊香、王云初、邱遇琴诸君，相叙席散而来，至家尚未二鼓耳。余所购之洋玉兰未识今年能否开放，倘据伯端兄所云，盛夏开花，其花粗大、其香浓厚而能可食者，亦一清趣。现看其新叶已发，植已得法矣。据《花镜》所云，玉兰花有九瓣，本无嫩枝，花香而可食，与前购玉兰各异，与洋玉兰稍有相合，惟云花后见叶，即此不同。究未识某种为然，俟其开放之后而能明识也。余书室前有两圆半坛，初拟植玉堂花、牡丹花，取其名曰玉堂富贵。无如栽植玉堂而不能得法，而牡丹色粉红、重楼，已见得法，而后植玉堂之坛购一牡丹，本已粗大，又不得法，现植玉兰，想能得法，但未识其花性。但此处即盖凉棚于其上，夏日不能见日，倘性喜阳，恐难得法；倘性喜阴，现植是处，得其所哉。能得顺手成荫，名曰玉兰、富贵，亦成美善耳。

十七日乙卯　辰前，阴；巳牌，细雨；午、未、申时，阴；酉牌雨细；戌、亥时雨颇大。晚刻，篪卿、少琴来言，栅浦于今夜放焰，相约而去。至栅浦，晤子祥兄，相叙至晚。留过晚膳后，看其雨已大而风来，天气颇冷，即行归家，外衫均湿矣。家君于早刻至长甸，因许葵夫邀其而去也。

十八日丙辰　早至巳刻，雨细；午至申牌，阴；酉时，细雨；以后皆然。席请赵只修、叔楣昆季、田彝安、林少秋、王伯芹、王安清、杨栖筠、潘子久诸君，并邀张韵卿先生陪客，相叙席散而别。当托赵叔翁赴杭之便，烦其代买细蕉扇一把、新式纸扇一把扇面单面呢赤金，又扇面一把单面洒金，均由本店写就精楷及画就山水或花卉而已。王伯芹兄系只修兄妹夫耳。

晚膳后，至丁辅香兄处少坐，本处各庙演剧自正月十六日叶先金家获到革命之后，经镇守使张喧初出示禁止，上月，张喧初调赴嘉湖镇守使兼师长之后，接任镇守使顾乃斌到台之后，言演剧无碍于事，所以栅浦值在四月半堂中寿戏敢为唱演。辅香兄言，现海门已集股再开戏园，曾经赴申挑选梨园子弟云云。各庙寿戏均是三夜为多，四夜、五夜或乎有之亦无多处，即栅浦惟四月半一台系有七夜之戏，即或七昼夜，究属为日无多，居民虽云化钱亦是有限。惟戏园重开之后，日日如斯，年长日久，近处居民需用之费几于无底。所幸地方偏狭，多次开演均至亏控而止。只愿即或开演之后，不久亏控，使其不歇而闭，亦居民之大幸也。

余植坛中之洋玉兰之侧抽有小枝，余初误是野草，将其拔去两枝，现据丁辅香兄言，上海售卖洋玉兰之园中栽植玉兰之侧或大或小之小枝颇多，偏侧所抽果是玉兰之芽，不意拔去两枝，深为可惜。倘若为然，现值百树发芽之际，不久另有再发，现植方只十日，即有萌芽，他日边芽当亦不少，另行分种亦较易事，未识果能易于分栽否也。早刻，将旧种白色杜鹃一株，其本颇大，移种盆中，幸今天气最佳，想即能成荫，是为至幸。

十九日丁巳 阴。翁子俊兄早刻来邀午膳，遂去其府上，晤达云母舅以及各位，相叙席散后，因李舜卿兄之嫂有病，就道至其家中。舜卿言其夫人病已稍愈，饬价专请章杞堂先生诊视，现尚未来云云。并晤罗梅也、黄少湖、汪伯端诸君，相叙少顷而来。晚膳后，至星斋宗叔处少坐，言及其在广东时，香花最多，惟有洋夜来香花大似菊，其香亦浓，其色如同夜来。如是香花亦足雅观，又在盛夏开放，足为消遣。未识上海花园中亦有此等香花售卖否也，另日托友代为寻觅，申江果有是花，亦不得不栽植一盆，以备暇日清玩，为幸多矣。

二十日戊午 晴。家君自晚刻由长甸来。徐霭人先生早刻来叙，过午膳后而去。晚刻，陶习谦兄来言，章杞堂先生因舜卿兄请其与夫人看病，现至其家中。遂至习之处，晤杞棠先生，烦其代开一方，来时已将晚膳。先于晚刻，星斋宗叔来叙半晌，言余所植之洋玉兰广东并无此花见过。据汪伯端兄云，其花香而大，现已购来，未识开放时果如其言否也，亦未识盛夏时定能开放否。据《花镜》所云，玉兰一本系花开后抽叶，又未识是此等玉兰否也。接丁铭轩兄一信，言上年内国公债之实收早可寄县调换公债票，迟恐不及。忆此事前丁铭轩兄言过，为日已久，竟然忘却。顷即嘱翼亭检出，遂交陶习谦兄代为带换来。习谦兄于晚刻来叙半晌而去。贺云江兄来言，自甬江方于早晨到台，前代仲厚兄托其代买各件，因未赴申，未曾代购云云，另日赴沪时代为购得可也。现甬江申水每百计洋六元云。

廿一日己未 晴。致杨伯藩兄一信，交亦兰兄代为带至沪江小东门外琪园，托其代买洋夜来香一株，未识沪江有是花售卖否也。接张孟定世兄一信，并接亦兰兄来示，言章一山先生现寓上海卡德路高照里第五百廿二号门牌章公馆[1]。接一山先生来片，物已收到，屏对俟写就代寄可也。亦兰相言，须两月之后可以寄台云云。晚刻，达云母舅及翁子俊兄、少湖诸君来叙少顷而去。洪少琴兄来叙至晚，留过晚膳后而去。王梦云先生于晚刻来，留宿焉。余再(将)何子贞之对出示，据云字迹颇佳，与子贞先生所书之墨迹似乎不合。余再四惟思，子贞先生所书之对可以不真，断之可也。至程恩泽所书之对语云“深院钞书梧叶雨，曲栏联韵藕花风”，其书法最佳，惜其纸已破碎，深为憾事耳。

廿二日庚申 晴。梦云先生自早刻至黄城，即于晚刻来。洪少琴兄来叙至晚膳后而去。

廿三日辛酉 早至午刻，晴；未、申、酉时，阴；戌、亥牌，雨最大。

廿四日壬戌 雨。

廿五日癸亥 早至辰刻，阴；巳、午时，晴；未牌，雨；以后皆然。梦云先生做楚卿兄诗云：“变态风云转眼空，百年事业梦游中。果能识破名和利，胜似蓬莱第一宫。夺利争名百事烦，人生何日得清闲？若非跳出红尘界，安得如云自在山。”

廿六日甲子 卯前，细雨；辰牌雨晴，阴；至晚皆然。致贺云江兄一信，托子祥兄代为带交，因前托其遇便到申代买衣料等物，顷托潘子祥兄代为带购，托其不必再买可也。晚刻，潘子祥兄来言，今晚趁轮到申，余将伯纯、仲厚两兄寄购各物即托其就便代买矣，所该价洋俟其买来付还可也。梦云先生于晚刻去。晚膳后，至星斋宗叔处，晤

---

① 页边注：“章公馆住址。”

王六翁、叶石甫、黄道周、汪伯端、伍菊香、罗树南诸君，相叙一刻而来。看其前透堆积早殳千馀包，均将做成熟米，据星斋宗叔言，楚卿兄籴来装载出外售粜，现在海关严禁出米，惟楚卿兄之米可以出关，亦时世所然也。又言屈文洛以银洋八千番将台州府署购去，近彼至台仍住东胜旧宅。想府署系在府城，恐一时有关异议，放在缓日进住亦未可知耳。

廿七日乙丑 晴。致章仲厚兄一信，女媪带至十里铺转寄前宅。

廿八日丙寅 晴。致陈翼亭一信，交典中转寄城内。早刻，王芹甫先生来叙，过午膳后而去。言海门戏园男女合演约在五月初上开台，现戏子已有到海门，一致开演，海门附近诸人亦多一层开费，有用之钱化于无用之地，深为可惜耳。

阅《花镜》纪："玉兰一本，其花未放时多浇粪水，其花大而香浓"云云。余植之玉兰其花蕊已大，尚未开放，早刻已将粪水浇之，未识果如所云否也。前购之玉兰与现买来之玉兰两相比较，其本不同以前。均言前买谓之玉兰，不知另有一种玉兰，据《花镜》所云，亦现购之玉兰为是。前购之玉兰，一枝数花，其花从叶根所生，非在支杪。现买之玉兰，其花生在支头，《花镜》所云一干一花与现购之玉兰为是。其花尚未开放，其花果然与《花镜》所载为然否，大约以后买之为玉兰为是。早刻，芹甫先生所云前购之玉兰谓之白兰花，现购之谓玉兰。即玉兰中，其叶尖稍圆与否，又是不同。但寿翁所购之玉兰与余植之玉兰相若，彼购有两株，内一株其叶稍圆，未识开放时有何分别，另日再为详询颠末可也。大约前购之玉兰确是夜合所接，现买之玉兰确是木笔所接，即此可以为据也。

阅四月廿二日《申报》附张纪："李文忠公之太夫人八十生辰，时在仲春，其兄小荃尚书正督两湖。李篁仙先生适在鄂，赠以联云：'福算晋八旬，任多子多孙齐捧出王母碧桃、麻姑仙草；寿筵刚二月，看难兄难弟正开到尚书红杏、宰相梅花。'"按：李文忠名鸿章，字少荃，安徽合肥县人，丁未翰林，平粤寇有功，官至文华殿大学士、直隶总督。

乃兄小荃尚书名瀚章，亦有名放。“时又赠曾忠襄公五十寿联云：‘天特以黄发相加，自李邺侯退居衡岳而来，刚当一万八千日；公肯为苍生再出，到文潞国征起洛阳之岁，凡报九重三十年。’其时，忠襄公以浙抚退衡岳也。”按：曾忠襄公系曾文正公胞弟，名国荃，字沅浦，湖南长沙人，由优贡起家，平粤寇、克复南京大功，官至两江总督，俗曰曾九帅。又纪：“长沙郑幼惶观察名业敩，早岁佐左文襄公军幕多年，官至直隶霸昌道，其后因某制军调赴江南，因卜居焉。子名沅，以甲第三人及第。观察七十生辰，樊云门赠以联云：‘借筹公佐中兴业；进酒儿探上苑花。’又，李梅庵赠以联云：‘有子声名动天阙；祝公眉寿齐霍衡。’”以上所纪语意均老劲，是为之记。

廿九日丁卯　早至未刻，晴；申牌，阴，闻有雷声而未见雨；以后均阴。早至吴玉成府上，言其至常州原籍尚未归来。朱子贤托写扇面一把，款书浣生；六皆先生托写扇面一把，时及草率书写，舛错颇多，再行补写扇面一把，款均书六皆；遇琴兄托写扇面一把，款书遇琴，均即遣人送交矣。周冠卿先生托写扇面一把，即写就面交讫，款书冠卿耳。

三十日戊辰　晴。阅《花镜》纪：“木兰一名木莲，一名杜兰，生零陵山谷及泰山，其状上如楠树，高数尺，枝叶扶疏，皮似桂而香，叶似长生，有三道纵纹，似辛夷，内白外紫，亦有红、黄、白数种，交冬则荣，亦有四季开花，实如小柿，甘美可食。昔张抟植木兰于堂前，花盛开，陆龟蒙醉赋两句云：‘洞庭波浪渺无律，日日征帆送远人。几度木兰船上望，不知原是此花身。’”如是所云，亦多清趣。得购植一株于厅前以远仰慕之殷，为幸多矣。未识沪江有售卖否，托人寻觅可也。

五月初一日己巳　早至巳刻，阴；午牌，晴；以后皆然。陈育民兄来言即于今夜趁永宁商轮赴甬、由甬至杭，欲于武林设法谋一栖身之所云云。家君留过午膳后，就道至海门。周小保托余代写扇面两把，遂即写成，款书勋铭，并遂亭，即交育民兄之仆人代为带交。晚刻，达云母舅及王六皆、丁辅香、翁子俊、周篪卿、李舜卿、黄少湖诸君来叙至晚而去。晚膳后,至丁辅香兄处,晤施建甫、汪伯端两君,相叙少顷,来时已将二鼓。伯端兄言,应椒江水产学校庶务之聘,拟过节后入校,周作羹兄亦入水产学校中文教习云。但彼之椒江小学校长另订他人代庖,尚未妥议。丁辅香兄言,海门之椒江舞台已于今夜开演,自此之后,海门与戏园附近居民及大小商店夥友则多一层化费,深为可惜耳。余植客厅之半圆坛中玉兰蕊计八朵,日渐雄壮。前伯端兄言系在盛夏开放,看其蕊日渐雄,想至天时大热即能放发,藉得芬芳,日坐其侧,其中清趣何待言欤!阅《花镜》纪:"玉兰一本,古名木兰,出于马迹山紫府观者为佳,今南浙、苏、皖等处亦广,其树高大而坚,花开九瓣,碧白色如莲,心紫绿而香,并无柔条。隆冬结蒂,一干一花皆在木杪,花落,叶从蒂中抽出。在未放时多浇粪水,则花大而香浓。但忌水浸,与木笔并植,秋后接换甚便。其瓣择浣清洁拖面麻油煎食极佳。"如是所云,园中亦增一番清趣耳。惟树高大,现植其所,他日花木成荫,加盖凉棚诸非易事,只得另日再行想法可也。

初二日庚午 晴。早刻,至椒江,晤田彝安、赵叔楣、林少秋、潘子久诸君,畅叙半晌,就道至达云母舅府上少坐而来。

初三日辛未 晴。翼亭自郡来言,钱粮县中已于上月之杪截止,出厂之期约在端节之后。今年厂完与城完钱数相若,既已截止,只得厂完可也。

初四日壬申 早至辰刻,晴;巳牌,细雨;午时,阴;未刻至晚均晴。早刻,至习谦处,托其代为寄申代购木兰一株。但木兰看《花镜》所云与玉兰、玉堂、白兰花各色悉均相若,花式亦均相仿,托其代买单中均书名晰,未识其购来时得能无舛错否也。

初五日癸酉 卯前,雨;辰至酉刻,晴;戌、亥时,雨颇大。晚刻,至洪少琴处,相约达云母舅及周作羹、翁子俊、汪伯端、周冠卿、周篪卿、李舜卿、伍菊香、洪少琴同至海门看戏。趁小船至海门时方下午三句钟,过永利商轮局,晤陶寿农、金银谷、周映江、吴勉生、丁辅香、王仲达、徐富春、陈少山,相叙少顷。至培源,晤王俊卿少叙。至丰泰贺云江兄处晚膳后，至椒江舞台看戏毕而来，至家已夜深将二句钟矣。

初六日甲戌　大雨淋漓，四野已沾富足矣。致罗梅也兄一信，附洪畴托其写字屏纸一堂，饬小和尚送至海门印山。仲达自早刻来。翁子俊、汪伯端两兄来谈至晚，因大雨淋漓，留宿一夕。

初七日乙亥　雨，惟午后阴、晴片时，即复雨耳。子俊兄、伯端兄均于晚刻去。陶习恭请其令舅朱明远，来柬邀余与仲达陪客。晚刻，同仲达至习恭处，晤朱明远、陶习之、陶习敬、汪伯端诸君，相叙席散后而来。至家时逾二鼓矣。汪伯端兄因椒江水产学校聘为该校庶务，已于晚刻入校矣。本年祀租承值，马屿头山业归入祀租，今年亦归余经理，该处杨梅，嘱小和尚同官林、老官至其地看过，杨梅须如上年，判价约洋十馀元之则，俟其出来即为出判可也。余书室之前圆门墙外至内小台门本有石路，一直左右均是泥地，排花非其所宜，顷拟将石路左右再踏石板，候可排花，藉堪雅观耳。

初八日丙子　雨。晚刻，达云母舅及子俊兄、作羹、少湖、篪卿诸君来叙至晚而去。作羹兄托余书扇面四把，一款克家，一款衡甫，一款桐甫，又一把系单款而已。

初九日丁丑　早至晚刻，晴；申牌以后均阴。连日多雨，幸值天气晴明，人心大爽，何乐如之！晚刻，翼亭自海门来，言及国贼袁世凯曾经毙命，大快人心。按：袁贼世凯字慰庭，河南项城人，由附生入资同知，赴韩随员，保至道员，统兵武卫军，蒙恩简放浙江温处兵备道。德宗景皇帝因其才德堪大用，以对品京堂用，留京练兵，擢三品京堂，加恩赏加侍郎衔，署山东巡抚，旋即补授是缺，升直隶总督。数年间赏赉优渥，升外务部尚书、军机大臣，加太子太保、双眼花翎、头品顶戴。以附生出身升擢是职，圣恩不谓不厚。戊申孟东，两宫殡天，监国摄政亦加赏赉。旋以脚疾乞休，奉旨俞允。贤员当以卸肩为贺，不意袁贼怀抱怨恨。及至辛亥之秋，武昌事起，当时皇上冲龄，监国一时误听奸臣鬼计，起用袁贼。在贤者当以仰报恩眷之隆以尽祖上未甚之事，不意袁贼图谋篡窃，祸及朝廷，将中国时事以至如是，其罪重矣！历代奸雄比较，有过而无不及也。春间竟以“洪宪”自号，罪恶弥天。今已自毙，在朝有何面目对历祖历宗在天之灵！在家有何面目对乃祖乃父于地下！后事若何，容后再记。

初十日戊寅 晴。晚刻，席请仲达，并邀达云母舅及翁子俊兄、汪伯端兄、王六皆先生、李舜卿、周篪卿、张云卿诸君陪客，相叙席散而别。

十一日己卯 早刻。晴；晚刻，阴；戌时，细雨，片时即晴；以后均阴。许眉甫先生自章安来，留宿一夕。眉甫先生嘱书扇面一把，随即写就面交矣。眉甫先生言，国贼袁世凯系上月廿五日染恙，至本月初六日逝世。现黎元洪为大总统。现今时事如斯，均坏在袁贼之手，大中华四百兆生灵将来苦况何堪设想，言念及此，只得涕淋吐哭而已。

十二日庚辰 晴。眉甫先生于早刻去，仲达亦于早刻去，托余代为完纳王德泰、王诵记两户钱粮，并存洋五十五元，俟完来清算可也。陶习之兄来言，月前地痞互相斗欧将周少云之子阿四用尖刀伤去五处，幸未毙命。少云因前与习之挟嫌，将其凶手抛去，直告习之用刀将其子瓯伤五处等捏词，经保安队王春圃将其同党地痞徐法根（亦非正凶）获来解赴镇守使，而镇守使饬拿互瓯地痞，而王春圃即将少云次子吕求获来，随即解至镇守使严办。而少云极恨习之，于初九日，习之至丁辅香家而来，见少云父子数人，其手持尖刀截路欲瓯之势，外貌极为凶顽，未识此事将来作何结局也。

十三日辛巳 晴。早刻，侍家君同秉礼、秉衡两弟至江边堂，晤吴玉成、黄星斋、王六皆、张韵卿、黄道周、黄毅卿、洪少琴、叶石甫、王云初、金仪卿、王俊卿、黄子权、陈春亭、伍菊香诸君，同行致祭武圣。礼毕之后，谈至午刻，均食午餐之后，少琴兄相约余及道周宗叔、张云卿先生至其家中，互叙将晚而来。余植厅前之玉兰花蕊计有九朵，内五朵之外毛壳均已落，其蕊日见其大，与毛壳未落之四朵相比大相悬殊。据《花镜》所云，玉兰花开有九瓣，看其花蕊如此之大，想有九瓣，其言不谬。但其毛壳初落，其色尚青，花瓣最为贴伏，想其开放尚有数日。前伯端兄所云，玉兰开放须在盛夏，现已五月十有三日，其花蕊色尚青，瓣尚贴伏，须至盛夏开放无疑矣。能得花开耐久，其香浓厚，更为清趣雅爱耳。

十四日壬午 晴。接丁铭轩兄一信，并附铁梅庵、文征明、远香字画各一轴，细阅铁梅庵草书中堂确是真迹，惜其蜡笺底纸曾经古旧，不易重裱。据说系王香谷先生府上之物，欲售洋十元，倘是除笺，价在十元是太便宜，彼是蜡笺，不值钱耳。文待诏山水定是假货。梅远香雨景山水系是指书，细阅款字，与画似乎两人手笔，梅远香之图章亦非名人所用之物。即致覆丁铭轩兄一信，并字画三轴，即交其来人带还矣。早刻，陶寿翁来单，请其令祖金伯明兄晚膳，单邀余陪客。晚刻，至寿翁处，晤金伯明兄及周达云母舅、周作羹、汪伯端、李舜卿并刁谦、刁敬诸君，相叙席散而来。晚刻，周篪卿兄来托余写扇面一把，随即写就，饬沙隆送交矣。晚刻，潘子祥兄来叙少顷，前代仲厚兄托其代买各件均已买来，惟洋皂一样价与海门相若，未曾代购。所购各物，计价洋七十六元一角二分，当即付交英洋五十元，馀则俟仲厚兄处取来即行付讫可也。惟高丽一项，每支重八钱者，每两价洋十五元，吃配之高丽参每支重四钱，每两只六元计算，其价有如此悬殊，未识功效亦有如此悬殊否也。宗叔修模未婚妻何氏，现县中公事已到，其裒扬给以"心坚匪石"四字，公费计洋六元，即将公事明日交与何吕顺向取公费送缴可也。

十五日癸未 早至午刻，晴；未时，阴；申牌，雨；以后皆然。致章伯纯兄一信，并附代买吕宋烟、牙刷等件。致章仲厚兄一信，并附代其买来参、燕、衣料等件，均饬小四专送至前宅面交矣。余植厅前坛中之玉兰即于今日开放，早晨初放，尚不甚大，至午时大放，其口大如大碗，式与白莲花约有八九分相若，外瓣计有七八，其内亦有数瓣。《花镜》所云九瓣，但所开之花以内、外计之，不止九瓣。其花心与夜合之花心相若，大如夜合花心数倍而已。至晚刻，天将下雨时渐渐收缩，如同早上将放之花式相若。闻其香最清，极有深味，如同清气满中而已。其色纯白如同羊脂白玉，名曰玉兰，想亦于此取义耳。得能耐久，更增宝贵。晚膳后，至陶寿翁处，晤金伯明、陈半塘，相叙一刻而来。陶寿翁言，玉兰开久，其花瓣檐边有红色一线。但今日所开并无红色，亦无红色影约，未识开放日久致有红边亦未可知，亦未识红边者另一种否也，明日再行续记可耳。再为细阅已开之花，内一朵内外计十一瓣，内二朵内外计九瓣，《花镜》所云九瓣之言不谬也。但多两瓣花只一朵，想在首先开放而厚于得土耳。

十六日甲申 早至未刻，晴；申、酉时，阴；戌初，雨；戌末雨晴，阴；以后皆然。早刻，小四自前宅来，接章伯纯来片，并收还代买吕宋烟并牙刷价洋清讫。接章仲厚一信，并收代买衣料、参、燕等价洋五十元。函中云衣料有与季甫兄寄买之物尚未算讫，所以尚少二十馀元，缓几日专人送来云云。即致潘子祥兄一信，并附代买各件，尚少洋二十六元、又子洋一角、铜板四个，就饬小四送交，随接福片，购买另星账均清讫矣。早刻，至子俊兄处，晤周谱香、周月波，相叙一刻。晚刻，达云母舅同翁子俊、王六皆、洪少琴、周篪卿诸君来叙至晚而去。晚膳后，至陶寿翁处，晤李舜卿并习谦少谈，言习之、习敬、习恭同金伯明均于晚刻至海门之椒江舞台看戏去矣。寿翁之五小者方经归宁，伯明来，亦因其妻在母家前后而来，夜间夫妻同宿临海。俗例，向来女在母家，婿即至岳家，夫妻不能同宿一房，今伯明夫妻同宿岳家共房，亦一少见也。余植厅前坛中之玉兰，昨日早晨开放至晚，遇雨即能收缩，今日早晨见日，即渐大放，至晚未见转缩，戌初遇雨亦未见其再收，未识明日若何，得能多开几日，藉堪清趣，是为至幸。晚刻，王六翁言，荷花初开之日，至晚亦能收缩，次日大开，至第三日瓣落，看玉兰花式大似荷花，初放与次日均与荷花相仿，至第三日能与次日相若，自后，多留数日，为幸多矣。《花镜》纪：木兰一名木莲，一名杜兰。其花内白外紫，亦有红、黄、白数种。以此想之，木兰一名木莲，其花式亦于玉兰相仿，不过内白外紫，如得白种，何异与玉兰，想在花之大小分别耳。能得早为购得，目见一番，即知其花式也。李舜卿兄、陶刁敬托余书扇各一把，随即写就，遣价送交，款即书舜卿、刁敬。

十七日乙酉　晴。今日玉兰又开两朵，其口尚含，未甚大放，前开之玉兰花三朵，瓣虽未落，亦无异与落花流水而已。前据伯端兄所云，开放不止三天。今我三日而谢，未识如是，又未识因雨有损，不能久放。今日天气晴明，又非大热，看二次之花若何，可以为则也。子俊兄托余书扇面三把，内两把均是子俊双款，一把系是单款耳。

十八日丙戌　晴。晚刻，至吴玉成(处)少坐而来。晚膳后，至洪少琴处，晤达云母舅、翁子俊、周篪卿、伍菊香、周作羹诸君，互叙至二鼓时而来。

十九日丁亥　晴。早刻，至椒江水产学校，晤赵叔枚、林少秋、汪伯端诸君，互叙半晌而来。晚膳后，至陶寿翁处，晤金伯明并李舜卿、刁之、刁谦昆季，相叙一刻而来，至家时将二鼓矣。典夥托余代书扇面三把，款一子美、一振华、一单款，随即写就送交矣。寿翁言，楚卿遣人赴省运动创办台温处三府盐商，闻将成熟，已电邀王云初兄晋省。乃翁初办台属临仙缙永武五县盐商，事多掣肘，现楚卿创办三府盐商，定然安妥，其权力过于乃翁多多矣。办理盐商，在楚卿现在权力虽无掣肘其事，至于盐商总有克剥小民，将来总有分别，未审若何，亦难预料。以楚卿论之，现在富甲一郡，尽可安享清闲之福，何必终日为利是图、奔波不尽也。

二十日戊子　晴。致王仲达一信，交任先生送交。晚膳后，至心斋宗叔处，晤周孟东，相叙半晌而来，言楚卿之继配王氏于昨十九日午刻生一子，楚卿现有三子矣。

廿一日己丑　晴。翼亭自黄城来，言子春、仲善两兄均至海门，随即乘舆至海门椒江舞台，晤子春、仲善两兄及刁谦、寿翁、芹甫先生、吴勉生诸君，看至戏完毕。本力挽子春、仲善同来，因彼已宿娄宅，随夜而来，颇难为情，彼就明日来。余只得先来，至家已二句钟矣。明日再行饬价力邀可也。

廿二日庚寅 晴。南风颇大。丑刻夏至。天气虽热,亦非甚热。早刻,至丁辅香处,晤蔡绍庭、汪伯端诸君,相叙半晌而来。三春场来柬邀晚膳,晚刻,至三春树场,晤黄心斋、黄道周、李舜卿、王春圃、周孟东、叶石甫、施建甫、蔡绍庭诸君,相叙席散而来,至家时将二鼓矣。晚刻,翼亭至海门去时,致字托施月槎带至上海向九华堂购买桃红湖色泻真金四尺蜡笺纸各一张,即托本店代裁对开,分作对纸两副。

廿三日辛卯 晴。致施月槎兄一信,饬老官专送至海门信远面交,托其代买洋磁料咖啡壶一把,此系仲达托余代购。晚刻,李舜卿兄来叙半晌,言海门之椒江舞台有子弟数人,均是上海出名之名角,看戏者颇多,地方多一人看戏即多一人化费,有用钱财化于无用之地,深为可惜耳。

廿四日壬辰 晴。惟夜间似乎有雨之景,南风连日最大。晚刻,见有东风,想其有雨。现农工正欲望雨,其雨将见,深为至幸。陈仲善兄于晚刻至海门来。晚膳后,至陶习之兄处,晤叙少顷,言楚卿现为都督名誉顾问,此番赴省,想为此事而去也。

廿五日癸巳 阴,惟酉时细雨,片时即晴。达云母舅及子俊兄早刻来叙,过午膳后至晚而去。

廿六日甲午 晴。早刻,达云母舅及舜卿、子俊、篪卿诸君来叙至晚而去。

廿七日乙未 晴。早刻,同仲善兄至椒江,晤汪伯端、金建卿、林少秋诸君,相叙半晌而来。章仲厚兄同王寅生兄均自黄城来。

廿八日丙申 晴。接何煊夫先生一信,遂即致覆煊夫先生一信,交其来人带郡。席请陈仲善、章仲厚、王寅生午膳,并邀张韵卿先生、达云母舅、子俊兄、习谦兄陪客,相叙席散而去。晚刻,同仲善、仲厚、寅生、少琴、篪卿至海门看戏完后而来,至家时经二句钟矣。

廿九日丁酉 晴。日久未雨,农民望雨之心甚切,求上苍敷佑,即降甘霖,是所大幸。李舜卿兄来叙至晚,留过晚膳而去。晚膳后,同仲厚兄至习之处，晤童醉春先生，相叙半晌而来。

六月初一日戊戌 晴。陈仲善、章仲厚、王寅生诸君均于早刻趁小轮至黄城去矣。洪少琴兄托余代写扇面一把，随即写就，饬沙隆送交。

初二日己亥 晴。天气颇热，至晚膳时见东北风起，似有下雨之景。现旱苗正值待雨甚切，急求上苍速沛甘霖以养民生，是为至幸。蒋敬甫、周篪卿来叙至晚，留过晚膳后而去。

初三日庚子 早至辰刻，阴；巳时以后均晴。日盼云霓之心甚切，急求上苍速降甘霖以慰生民，深为至幸。致蒋敬甫兄一信，托其代定油黑竹帘三张，长计八尺、阔计三尺四寸，均照裁缝尺量，计三张一样。因客厅之前树木过多，时有飞丝，日坐其中，诸多龌龊，用帘张挂，以免此等污物而已。达云母舅、陶习谦兄来叙至晚而去，言习之兄令郎普桂系癸丑岁二月廿四日申时生，洪少琴、周篪卿、谢仲衡来叙至晚，留过晚膳后而去。陈子春兄于晚刻来。

初四日辛丑 晴。连日天气颇热，农民望雨之心最切，急求上苍敷佑，速沛甘霖，养活民生，为幸多矣。席请陈子春兄晚膳，家君邀达云母舅并张韵卿先生、王六皆先生、翁子俊兄、伍菊香先生、洪少琴兄、周篪卿兄诸君陪客，相叙席散而别。言及陶习谦新造海门其裕大典之西首住屋，工极精细，坚固华丽，将来计算，为数颇巨也。

初五日壬寅 晴。晚刻，见有雷声而未见雨，日将落山时，东南方有虹，不甚长，有曰断虹，似乎东南有雨之景。近处又无见雨，农民望雨之心最切。急求上苍养活小民，速沛甘霖以慰农望，是所至幸。早刻，接张丹庭兄一信，言其令郎孟定现为浙江都督府咨议员云。晚刻，徐德园兄来叙至晚，留过晚膳后而去。陈子春兄于早刻至海门去。

余于年前购有傅献生先生款山水之小中堂一轴，其画法老劲，似其亲迹，其款字虽非尽佳，即所写书法亦过得去，图章篆文系“傅氏叔廉”四字，刊颇佳妙。自后与傅献生画之墨竹直条及对联两相比较，阅其款字系是两人笔迹，图章亦不及墨竹对联之佳，即其题款样式亦非大方，以此疑之，山水小中堂假者为多。昨再与六皆先生详阅，云恐天台陈鸣泉所访摹。大凡书画虽非尽善，必须本人姓名题款，疑其冒名，人有可疑之处，即悬诸小厅，不免土俗之气。虽经装裱得宜，亦素未悬挂耳。昨子春兄向余假中堂，即将此幅借于彼早刻带去矣。早刻，正华来言，彼于日前至郡询余竹斋兄于初四日赴沪，现尚未旋里云。晚膳后，至子俊兄处，晤项林先，相叙少顷而来。言及天台出产之二麻已大半被晒，是处民生望雨之心更切于怀也。

初六日癸卯 早至未刻，晴；天气最热，申时见有雷声，以后均阴，惟酉初雷雨，片时即晴。日久未雨，晚刻，彤云密布，似下大雨之景象，又至渐渐而散，仅只小雨一刻。早苗待水甚切，农民之望云霓亦最切于怀。急求上苍养活小民，速降甘霖以慰生民，是为至幸。晚刻，至翁子俊兄处，晤童醉春先生，相叙半晌，相约同至陶寿翁处，晤章郁卿、王子政、汪伯端诸君，互叙一刻而来。言及海门之椒江舞台现经暂停，并云周孟东之裕丰货店今日关闭。周梅翁未死之前，看家内情形已难支持，以至抑郁于心。自梅翁作古之后，孟东又不自谅，诸事均不在心，仍然日夕浪费。加之芙蓉膏开费无资，裕丰日夕所售之洋不足家内需费，店中购货取诸田亩，不及两年，田完店闭。后事若何，难堪言状。子孙至此，代为寒心。我辈为人须以积德于子孙，子孙得以贤能，虽薄于资助，亦能于久享也。早刻，将书画均晒过、修拾一番，亦算一年中之一事耳。伯端兄言，张孟定任浙都督府之咨议已见诸公报矣。

初七日甲辰 晴。晚刻稍阴而未雨。早稻望雨甚切，急求上天养民，速降甘霖以养小民，为幸多矣。致张丹庭兄一信，交邮寄至沪江永和里。致李克三先生一信，交小和尚专送黄城矣。晚刻，至陶寿翁处，晤李舜卿、周作羹、黄少和诸君，相叙至晚而来。

初八日己巳 早至晚均晴；戌、亥刻，雷雨颇大。戌时小暑节。日久未雨，早苗待泽甚切，幸蒙上天敷佑，渥沛甘霖以活民生，深为敬感。所以，天地生人即在指顾间耳。家君席邀张韵卿先生、周冠卿先生、周达云母舅、翁子俊兄、李舜卿兄、施建甫兄，诸君相叙席散而去。典中托余写扇面一把，款题云波，随即写就，交望手转交矣。晚刻，接李克三先生一信。陈仲善兄令郎系本年三月十六日辰时生，命定丙辰、壬辰、乙酉、庚辰，六岁行运云。

初九日丙午 早至未刻，晴；申、酉时，阴；戌牌，雷雨颇大；亥时，阴。致李克三先生一信，饬小和尚送投。接陈子春兄一信。但子春同梁洪畴、张斗富拼带戏班，其令堂及岳母均大不为然，因其戏衣向楚卿家税用，其岳母托余代其推却。初邀嘉先来说，托其转税他人，方能允诺。自后，子春因克三所言，致函托余代却，一面自邀斗富向说，仍然欲税，而嘉先亦仍税与他，此亦彼望钱之多寡而已。

早刻，周冠卿先生来叙至晚而去，言楚卿之继配王氏于五月十九日午时所生之子八字：丙辰、甲午、丁亥、丙午，其命太梗。丁亥系是十恶大败，但大败遇有财官可以相制，无碍于事。彼之大败，四柱无财，只亥水官星，犹如杯水不能救一车薪之火。此子之命可谓大败，无制而已。查其行运：六岁交乙未，年幼平平；十六岁交丙申，正得发生大败；廿六岁交丁酉，亦非佳兆；三十六岁戊戌，但戊字五年尚与丁酉相访，至四十一岁交戌运，甚之又甚。命书有云“有辰难见戌，有戌难见辰”，命中戌、辰谓之天罗地网、走头无路。现其出生言即如是，未识后日贤愚果是若何，其言能否应验，是为之记。赵子修兄柬邀晚膳，晚刻，至椒江水产学校，晤达云母舅及李舜卿、黄少湖、汪伯端、潘子久、王伯琴诸君，相叙席散而来。

初十日丁未 早至未刻，晴；申时以后均阴。晚膳后，至周作羹处，晤达云母舅及翁子俊、黄少湖诸君，相叙半晌。言及孟贤相现办葭沚粮厂，将各花户吃亏不少，实在有口难言，未识有司者知情否也。

十一日戊申 晴。早刻，卢槐士兄来叙半晌，言及楚卿并余琢斋夫妻均于昨夕旋里，楚卿现办台温处盐务已经成就，每年报缴盐厘计洋十二万元。王云梯兄经张暄初代荐为运使署调查员，每月薪水计洋六十元，不远可任盐事长云。晚膳后，至卢槐士兄处，晤王六皆先生，相叙少顷，同至楚卿处，晤赵友竹、邱遇琴、王俊卿、周载熙、黄道周诸君，互叙半晌。王六翁、黄道周相约至洪少琴处，晤张韵卿、李舜卿、周篪卿、施建甫、王仲裳、蒋敬斋，相叙一刻而来，至家时方二鼓矣。篪卿言，伯端兄此次赴郡详阅三台形式而去也。

前人言，先人办理台属盐商自应东圃太舅公、孙野亭先生之先数主，当时极一时之盛，至后死亡无继，后代式微，难堪言状。黄旭东宗伯于光绪十一年间接办临、仙、缙、永、武五县之同昌盐务、至光绪廿二年接办宁、天二县之鼎新盐务以来，虽有掣肘，其事亦均化吉。至后，宣统二年，旭东宗伯逝世，年亦六十有二，一生厚福庸庸。是年经楚卿手中退办，先后二十六年，其家中支用及告退时事事搜罗计洋五十馀(万)元。而又楚卿之能力过于乃父，如是者亦所罕见、罕闻。自后楚卿事事顺手，正是名成利就，在楚卿，抱得意不宜再往，方为善策。现楚卿非独不往，更增其门面，现经台、温、处三全府、宁、金二府中数县，计三十馀县，较前计增五倍，如是者，则后事难言矣。楚卿现至于此，尽可力行善事，常享安闲之福，正其所宜。彼均背此而行，其心不足至于何底也。

十二日己酉 晴。接陈子春兄一信。早刻，楚卿来邀至布厂，晤邱遇琴、翁子俊诸君，相叙过午膳后，至晚而来。晚膳后，至子俊兄府上少坐而来。楚卿兄言，浙省未独立之先每月提解京款计五十万元；自独立之后，未解此款。自后，虽言取消独立，省款均无解京，非独浙江一省而已。但浙江此款未曾提解，每月需费亦尚不足。现在，吕戴之酬应最巨，咨议员、军咨官、顾问官及助理秘书，此等均无要紧之人，亦以千计。现在，省垣候缺候差者人达万计，用财如水，虽金银堆积如泰山之广，亦有告罄[①]之日，后事难言。京中前各省均有解款尚且窘迫异常，今则解款已无，全持借款为事，虽诸葛复生亦难补救于

① 当为“告罄”。

万一也。前托卢槐士兄代买之玻璃镜架已代购来，即将瘿瓢子绘之醉翁引在其内悬挂于书室。余藏瘿瓢子绘醉翁横披及招鹤中堂两幅，早刻，详加辨览，题醉翁款字与题招鹤款字均极纯熟，其笔迹似乎不同，未识孰是孰伪，一时难于辨识。但其所绘醉翁、招鹤两均全美，亦得赏心悦目而已。是为之记，再质诸高明者可也。

十三日庚戌 晴。致福陈子春兄一信，即交其来人带交矣。早刻，袁子雨先生来叙半晌，言及月之初上，其天台各处下雨最大云。午膳后，达云母舅及子俊兄、舜卿兄、载熙兄、少琴兄来叙至晚而去。张韵卿先生于今晚至家去。三弟秉衡配亲张鉴堂令媛，系韵卿先生执柯，交其带去小定金戒指两个。晚膳后，至袁子雨先生处，晤叙一刻，就道至星斋宗叔处，晤李舜卿兄，相叙少顷。看初十日《申报》纪苏州等处于上月杪及月初上连日阴雨云云。来时已将二鼓矣。

国家古籍整理出版专项经费资助项目

中国近现代稀见史料丛刊【第四辑】

张剑 徐雁平 彭国忠 主编

黄秉义日记（壹）

黄秉义 著

周兴禄 整理

本辑执行主编 张剑

凤凰出版社

图书在版编目（C I P）数据

黄秉义日记 / 黄秉义著 ; 周兴禄整理. -- 南京 : 凤凰出版社, 2017.6
（中国近现代稀见史料丛刊. 第四辑）
ISBN 978-7-5506-2591-4

Ⅰ. ①黄… Ⅱ. ①黄… ②周… Ⅲ. ①黄秉义一日记 Ⅳ. ①K825.4

中国版本图书馆CIP数据核字(2017)第099247号

书　　名	黄秉义日记
著　　者	黄秉义 著　周兴禄 整理
责任编辑	卞　岐
出版发行	凤凰出版社(原江苏古籍出版社) 发行部电话025-83223462
出版社地址	南京市中央路165号,邮编:210009
出版社网址	http://www.fhcbs.com
照　　排	南京凯建图文制作有限公司
印　　刷	江苏凤凰通达印刷有限公司 南京市六合区冶山镇,邮编:211523
开　　本	880×1230毫米　1/32
印　　张	75.625
字　　数	1965千字
版　　次	2017年6月第1版　2017年6月第1次印刷
标准书号	ISBN 978-7-5506-2591-4
定　　价	350.00元(全五册)

(本书凡印装错误可向承印厂调换,电话:025-57572508)

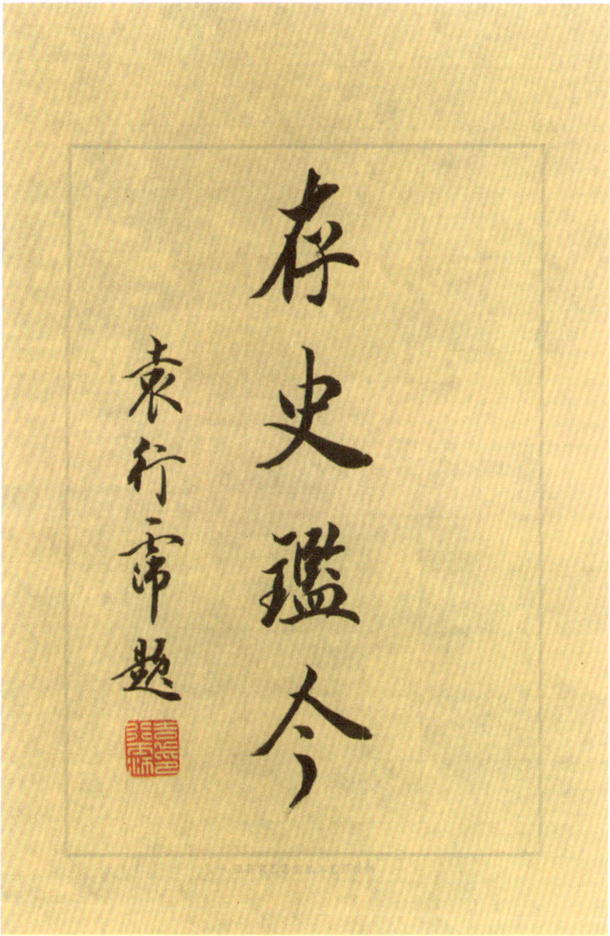

袁行霈先生题辞

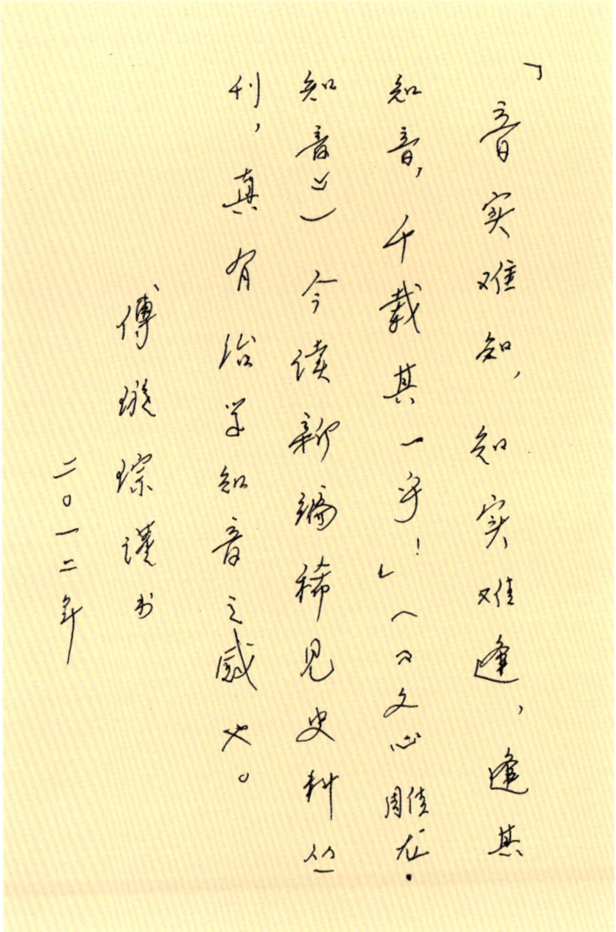
「音实难知，知实难逢，逢其知音，千载其一乎！」（《文心雕龙·知音》）今读新编稀见史料丛刊，真有治学知音之感矣。

傅璇琮谨书

二〇一二年

傅璇琮先生题辞

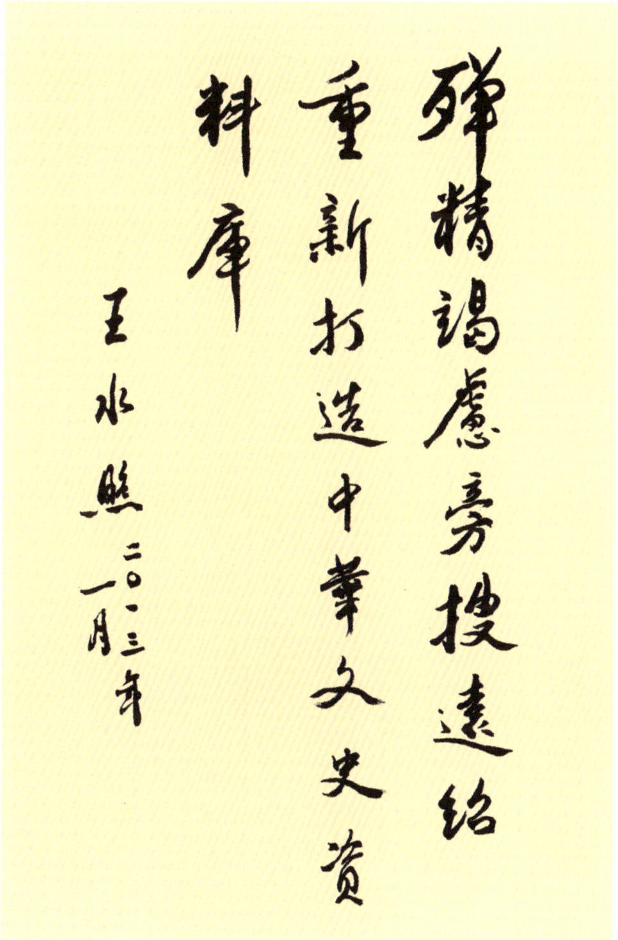

王水照先生题辞

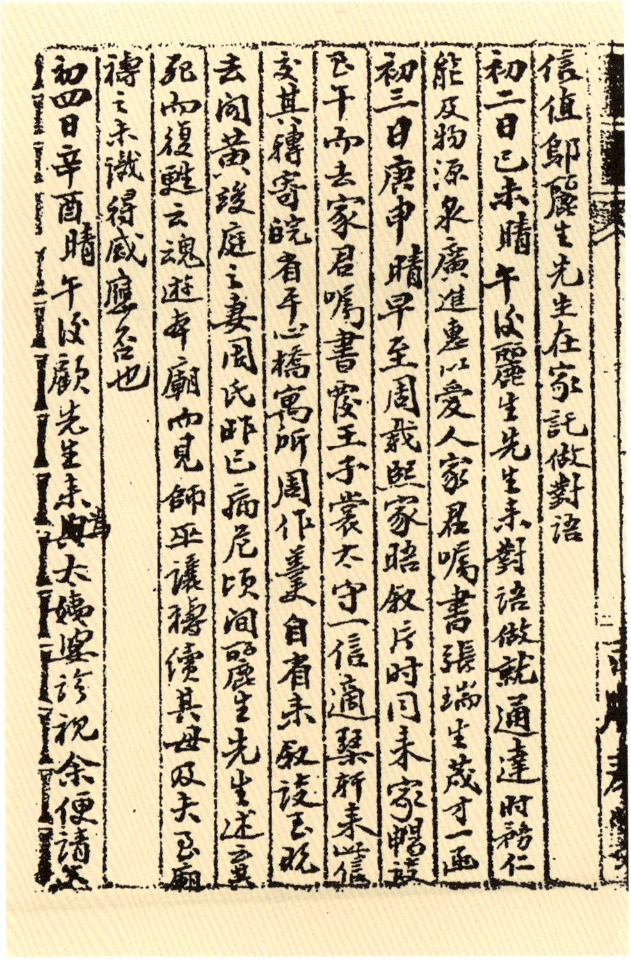
信值鄔麗生先生在家託做對語
初二日己未晴 午後麗生先生來對語做就通達時務仁
能及物源泉廣進惠以愛人家君囑書張瑞生歲寸一函
初三日庚申 晴早至周義熙家暗敘片時同來家暢談
飯午而去家君囑書贈王子裳太守一信適棨軒來談信
交其轉寄皖省手心橋寓所周作羹自省來敘談飯既
去聞黃筱庭之妻周氏昨已病危頃聞麗生先生述冥
死而復甦云魂遊本廟而見師巫議禱僅其母及夫至廟
禱之未識得感應否也
初四日辛酉晴 午後歐先生來與太孃寶診視余便請其

黄秉义日记书影

《中国近现代稀见史料丛刊》总序

在世界所有的文明中，中华文明也许可说是“唯一从古代存留至今的文明”（罗素《中国问题》）。她绵延不绝、永葆生机的秘诀何在？袁行霈先生做过很好的总结：“和平、和谐、包容、开明、革新、开放，就是回顾中华文明史所得到的主要启示。凡是大体上处于这种状况的时候，文明就繁荣发展，而当与之背离的时候，文明就会减慢发展的速度甚至停滞不前。”（《中华文明的历史启示》，《北京大学学报》2007年第1期）

但我们也要清醒看到，数千年的中华文明带给我们的并不全是积极遗产，其长时段积累而成的生活方式与价值观具有强大的稳定性，使她在应对挑战时所做的必要革新与转变，相比他者往往显得迟缓和沉重。即使是面对佛教这种柔性的文化进入，也是历经数百年之久才使之彻底完成中国化，成为中华文明的一部分；更不用说遭逢“数千年来未有之变局”、“数千年未有之强敌”（李鸿章《筹议海防折》），“数千年未有之巨劫奇变”（陈寅恪《王观堂先生挽词序》）的中国近现代。晚清至今虽历一百六十余年，但是，足以应对当今世界全方位挑战的新型中华文明还没能最终形成，变动和融合仍在进行。1998年6月17日，美国三位前总统（布什、卡特、福特）和二十四位前国务卿、前财政部长、前国防部长、前国家安全顾问致信国会称：“中国注定要在21世纪中成为一个伟大的经济和政治强国。”（徐中约著《中国近代史》上册第六版英文版序，香港中文大学2002年版）即便如此，我们也不能盲目乐观，认为中华文明已经转型成功，相反，中华文明今天面对的挑战更为复杂和严峻。新型的中华文明到底会怎样呈现，又怎样具体表现或作用于政治、经济、文化等层面，人们还在不断探索。这个问题，我们这一代恐怕无法给出答案。但我们坚信，在历史上曾经灿烂辉煌的中华文明必将凤凰浴火，涅槃重生。这既是数千年已经存在的中华文明发展史告诉我们的经验事实，也是所有为中国文化所化之人应有的信念和责任。

不过，对于近现代这一涉及当代中国合法性的重要历史阶段，我们了解得还过于粗线条。她所遗存下来的史料范围广阔，内容复杂，且有数量庞大且富有价值的稀见史料未被发掘和利用，这不仅会影响到我们对这段历史的全面了解和规律性认识，也会影响到今天中国新型文明和现代化建设对它的科学借鉴。有一则印度谚语如是说："骑在树枝上锯树枝的时候，千万不要锯自己骑着的那一根。"那么，就让我们用自己的专业知识与能力，为承载和养育我们的中华文明做一点有益的事情——这是我们编纂这套《中国近现代稀见史料丛刊》的初衷。

书名中的"近现代"，主要指 1840—1949 年这一时段，但上限并非以一标志性的事件一刀切割，可以适当向前延展，然与所指较为宽泛的包含整个清朝的"近代中国"、"晚期中华帝国"又有所区分。将近现代连为一体，并有意淡化起始的界限，是想表达一种历史的整体观。我们观看社会发展变革的波澜，当然要回看波澜如何生，风从何处来；也要看波澜如何扩散，或为涟漪，或为浪涛。个人的生活记录，与大历史相比，更多地显现出生活的连续。变局中的个体，经历的可能是渐变。《丛刊》期望通过整合多种稀见史料，以个体陈述的方式，从生活、文化、风习、人情等多个层面，重现具有连续性的近现代中国社会。

书名中的"稀见"，只是相对而言。因为随着时代与科技的进步，越来越多的珍本秘籍经影印或数字化方式处理后，真身虽仍"稀见"，化身却成为"可见"。但是，高昂的定价、难辨的字迹、未经标点的文本，仍使其处于专业研究的小众阅读状态。况且尚有大量未被影印或数字化的文献，或流传较少，或未被整合，也造成阅读和利用的不便。因此，《丛刊》侧重选择未被纳入电子数据库的文献，尤欢迎整理那些辨识困难、断句费力、裒合不易或是其他具有难度和挑战性的文献，也欢迎整理那些确有价值但被人们习见思维与眼光所遮蔽的文献，在我们看来，这些文献都可属于“稀见”。

书名中的“史料”，不局限于严格意义上的历史学范畴，举凡日记、书信、奏牍、笔记、诗文集、诗话、词话乃至序跋汇编等，只要是某方面能够反映时代政治、经济、文化特色以及人物生平、思想、性情的文献，都在考虑之列。我们的目的，是想以切实的工作，促进处于秘藏、边缘、零散等状态的史料转化为新型的文献，通过一辑、二辑、三辑……这样的累积性整理，自然地呈现出一种规模与气象，与其他已经整理出版的文献相互关联，形成一个丰茂的文献群，从而揭示在宏大的中国近现代叙事背后，还有很多未被打量过的局部、日常与细节；在主流周边或更远处，还有富于变化的细小溪流；甚至在主流中，还有漩涡，在边缘，还有静止之水。近现代中国是大变革、大痛苦的时代，身处变局中的个体接物处事的伸屈、所思所想的起落，藉纸墨得以留存，这是一个时代的个人记录。此中有文学、文化、生活；也时有动乱、战争、革命。我们整理史料，是提供一种俯首细看的方式，或者一种贴近近现代社会和文化的文本。当然，对这些个人印记明显的史料，也要客观地看待其价值，需要与其他史料联系和比照阅读，减少因个人视角、立场或叙述体裁带来的偏差。

知识皆有其价值和魅力，知识分子也应具有价值关怀和理想追求。清人舒位诗云“名士十年无赖贼”（《金谷园故址》），我们警惕袖手空谈，傲慢指点江山；鲁迅先生诗云“我以我血荐轩辕”（《自题小像》），我们愿意埋头苦干，逐步趋近理想。我们没有奢望这套《丛刊》产生宏大的效果，只是盼望所做的一切，能融合于前贤时彦所做的贡献之中，共同为中华文明的成功转型，适当“缩短和减轻分娩的痛苦”

(马克思《资本论》第一卷第一版序言)。

《丛刊》的编纂,得到了诸多前辈、时贤和出版社的大力扶植。袁行霈先生、傅璇琮先生、王水照先生题辞勖勉,周勋初先生来信鼓励,凤凰出版社姜小青总编辑赋予信任,刘跃进先生还慷慨同意将其列入"中华文学史史料学会"重大规划项目,学界其他友好也多有不同形式的帮助……这些,都增添了我们做好这套《丛刊》的信心。必须一提的是,《丛刊》原拟主编四人(张剑、张晖、徐雁平、彭国忠),每位主编负责一辑,周而复始,滚动发展,原计划由张晖负责第四辑,但他尚未正式投入工作即于2013年3月15日赍志而殁,令人抱恨终天,我们将以兢兢业业的工作表达对他的怀念。

《丛刊》的基本整理方式为简体横排和标点(鼓励必要的校释),以期更广泛地传播知识、更好地服务社会。希望我们的工作,得到更多朋友的理解和支持。

2013年4月15日

目　录

壹

贰

叁

肆

伍

前　言

本日记的作者是黄秉义（1874—1920后），台州葭沚人，曾于清光绪九年（1884）考取詹事府供事，民国后为第二届国会（安福国会）众议员。日记记于1902—1918年，对清朝末年、辛亥革命及民国初年的时政大事、浙东社会生活、官场商界人物轶事、诗联书画品评等有较多记载，是这一重要历史时期不可多得的士人亲历所记，具有较高的历史文化价值。日记原稿共六十四册，其中缺第五十二册，底本藏于广东省立中山图书馆。

一

关于黄秉义的生平，别处少见有可靠材料，但从其日记中可找到较为详实可靠的记录。作者记于辛亥（1911）年农历（下同）四月初五的日记云："余行名上崇下沛，初赴詹事府投考供事名沅，恭修穆宗毅皇帝实录告竣，得议叙末秩。之后，适逢甲午（1894）科浙江乡试，复以名秉义，纳监由杭州府送考，入闱而不售，上年由家君虞乡县署就道入都，拟由议叙出身再行想法，仍以黄沅二字为名。初字曰质诚，一字沅浦，今仍用沅名，则字沅浦未免名号难分，字仍曰质诚，一字曰灌园。但谱中所修部名沅，小名秉义，字质诚，一字沅浦。而今之后遇书沅浦者改曰灌园可也。"同年五月初二日又记云："余自幼年侍奉家君在都考取供事履历……时幼，承马蔚林老伯取名沅，送考供事，方在十岁，格于例章，册填十六岁。于光绪九年考取詹事府供事四十六名，旋于是年十一月咨送国史馆当差，是年十二月复送武英殿当差，是年十二月二十六日邀臣工列传书成议叙列为一等，经部题覆以从九品双月三缺后选用……至光绪二十年甲午科赴省乡试，改名秉义，纳监入闱不售……念及供事尚可藉此出身，至三十二年赴部，请领供事执照，方至上年入都商定，即由从九指分省分候补，仍用沅名而已。今名仍用沅，所取秉义名作为小字，号质诚，即家谱中亦是如此书录矣。"

可见作者原名"黄崇沛"，是按作者族谱字派所取之名[①]。十岁赴考詹事府供事时请马蔚林取名"黄沅"，并考取供事，曾在京城国史馆及武英殿当差。成年后回乡参加浙江乡试，可能因前曾虚报岁数并曾在京当差有不便，所以改名"黄秉义"，但最终乡试落榜。此后作者又希望以曾经考取的供事作出身，赴京请领供事执照，所以又恢复旧名黄沅，称之为"部名"，即吏部所注之名。上述日记记于辛亥上半年，可见作者仍希望有出身，用考取供事的姓名黄沅，并积极筹资捐纳做官。作者早年极富于仕进心，其曾云："余之仕进之心最切，初因停止捐纳，即拟由从九加捐分发，藉资进取。"[②]其日记中记自己直到辛亥革命爆发前夕仍在托人捐纳，捐官之款都已汇到上海，只因纳款数目上涨才没有及时付兑。辛亥革命爆发后，作者捐官希望落空，原考取供事用的黄沅一名已失去意义，所以此后的日记中常用黄秉义之名，包括后来他当选民国国会众议员及为受灾家乡发起"募捐启"(俱详下文)的署名都是黄秉义。现今其家乡一些记录文字中，黄秉义之名时有提及，且尚有耆老能知，而黄沅之名则随着清廷的覆亡而逐渐湮没了。

从日记中尚可考知黄氏生卒年的一些情况。日记始记于壬寅

① 作者壬子(1912)年十一月二十四日日记云："余族辈曰：'克景怀仁子，可永明世家，懋修崇正道，元善应荣昌。'余系'崇'行。"

② 辛亥(1911)九月二十五日日记。

(1902年)九月初一日，开篇序言的首句即称“余年二十有九”；又，记于丁巳(1917)闰二月十四日的日记中作者提到自己的八字为：甲戌、辛未、己巳、丙寅，由此可推知作者生于同治末年即甲戌(1874)年的五月二十八日。至于其卒年，不可详考，但可提供一些线索。日记止于1918年三月二十九日，此前曾多次记到自己体弱多病，预感年岁不久，作者是否此后不久即病故而其日记亦因此终止呢？细思该册已录完整，难得恰巧此时即停笔；又，查民国第二届国会(安福国会)众议院议员姓名录中浙江籍的有“黄秉义”一名，该名即作者后来参加乡试之名，此届国会于公历1918年8月12日经选举产生，说明作者至少当时尚在世。再考民国九年(1920)七月台州海门镇骤遭台风暴潮，淹毙千馀人，损失甚巨，为台州历史上罕见之大灾，当地乡绅贤达发起募捐，当时发布的“募捐启”的发起人共十人中即有“黄秉义、黄寿征”之名，乃作者及其父亲之名，亦可见作者在1920年后尚在世。

惟此后作者情况尚付阙如。据其日记中提供信息，可作大致推测。如作者日记中多次记述自己生病的经历，并称自己身体薄弱，难享长寿，其长期患疝气之症，为治病，于1903年夏间开始吸食鸦片，故作者亦可能在1920年后不久病故。其记于丁巳(1917)十月二十二日的日记中记述为自己及妻妾等已造好寿域，在马屿头其曾祖母应太夫人墓旁，作者故后应即安葬于此。只是沧海桑田，尤其是近年大规模的建设开发，今天原墓可能不再存在，故未及细考是否有碑刻记录其卒年等后期情况。另，日记中曾记录作者多次赴天台山游玩并做佛事等，且于壬子(1912)正月十四日致天台山和尚英祥一信，并自述云：“余欲邀英祥来商就其天台山拈花室之侧造一茅棚，名曰止园，落成已后，抛却家务，隐居于此，以终天年，为幸多矣。”作者此前亦有类似表述，故其此后行踪亦有去天台山出家或隐居之可能。鉴于作者长期保持写日记的习惯，几乎无一日停笔，故推测其日记在六十四册后尚有记录，只是此后的日记可能尚未为外人发现，或是作者后人保存失落(如其中第五十二册已佚),故中山图书馆亦未能收全之。

从日记内容看,作者关怀国事,洞悉社会生活,熟识诸多官、商、文及宗教等界人士,质性温和、心地善良,经常参加地方赈济、赞襄义举、接济困难人士,又曾刊行药方免费赠人,爱好诗书花木,是一名正直善良、勤奋精明而又富于生活情趣的文人雅士。

作者家世情况,上引辛亥五月初二日的日记中录有作者光绪九年(1883)年考取供事后,光绪十二年浙江临海官府为递呈上级作的关于作者身世的查复禀稿云:"詹事府供事黄沅现年十九岁,身中,面白无须,系浙江台州府临海县人,住家子镇,曾祖沧山(殁)、曾祖母王氏(殁)、应氏(存,现年七十五岁)、祖鸣皋(殁)、祖母苏氏(存,现年五十二岁)、父寿征(存,现年三十五岁)、生母周氏(殁)、继母章氏(存,现年二十九岁)。家长于光绪九年十月考取詹事府供事,兹于十二年十二月十一日奉文传知。"禀中虽将时龄十三岁的黄沅虚报为十九岁,但记录其家人年龄情况较为准确详细。又据作者记于甲寅(1914)闰五月初六日的日记所云:"家祖母苏太夫人与先祖鸣皋公同庚,年十七即归先祖,十九岁甲寅而家君生焉。咸丰丁巳(1857)先祖故,时六月十九日。先曾祖沧山公早五日亦故,即于是月十四日也。时家君年方四岁……至光绪庚子(1900),应太夫人仙逝之先,而苏太夫人亲侍汤药,衣不解带。至九月十五日,应太夫人仙逝。"两相参看,可推算其曾祖沧山卒于 1857 年(生年不详);其王氏曾祖母生卒年不详,日记别处亦再无提到。其另一曾祖母应氏生于 1813 年,卒于 1900 年,日记中多次提到自己是应氏抚养成人,二者感情很深;其祖鸣皋、祖母苏氏皆生于 1836 年,鸣皋卒于 1857 年,苏氏则至日记终止的 1918 年尚在世;其父黄寿征生于甲寅(1854)年四月十八日①,至 1920 年台州海门遭风暴潮时尚在世。其生母周氏生于 1856

① 作者丁巳(1917)四月十八日日记云:"家君今日生辰。"

年，卒于甲戌(1874)六月十二日，卒时“年仅十九岁”[①]，作者方出生十四日。继母章氏生于1859年，自1918年尚在世。又，综合其日记所记信息，尚可知作者妻室、子女情况：作者元配章氏，乃其继母之侄女，甲午(1894)二月成婚，生有二女，于甲辰(1904)九月二十五日在其次女出生的第十四日卒，同年十一月二十八日作者以二百八十元买水门曹氏为妾，丁未(1807)秋续娶陈氏作继室。曹氏生于丁亥(1887)四月二十日，生有一女一子。陈氏生于丁亥(1887)二月十六日，尚未生育。因此作者育有三女一男：长女生于丙申(1896)，于壬子(1912)二月嫁黄岩王崇甫司马长子王华相字仲达，已育二子一女；次女生于甲辰(1904)，许配张连胜(丹庭)第三子茂荣，定于日记终止之年(1918)的十一月十三日完婚，日记尚未记到此时；三女生于甲寅(1914)年，年仅三岁即许配作者继母内侄、元配之弟章仲厚之子；作者唯一儿子名正椿，小名朝儿、四妹，又请天台山尼姑妙源取有法名华禧，生于丁巳(1917)二月二十三日，至日记终止时年方年逾周岁。

另据作者乙卯(1915)正月二十三日日记中所录法部会计司郎中何奏篪为其祖母苏氏节孝坊所作序赞云：“太恭人姓苏氏……年十七归家子鸣皋黄公讳冠清。公有胆气，浙抚檄剿嘉湖盗，寻病卒。太恭人年二十有二，惨不欲生，奉姑应以孝闻。有子曰寿征，甫四龄，摩抚成人，由京僚宰滇、晋，至有声。孙男三：秉义、秉礼、秉衡。太恭人寿逾古稀，犹长斋礼佛。光绪八年奉旨旌表。”可见其祖鸣皋名冠清，曾参加浙江剿匪，二十二岁而卒。而二位弟弟皆其父亲在山西做官时纳妾所生。

作者家世中以其父亲黄寿征较为显达，日记对其言行记录亦较多。其父名寿征，号悦卿。作者壬子(1912)三月二十三日的日记云：“家君自光绪纪元之岁(1875)入资通判，丁丑(1877)赴部候选。癸未岁(1883)，蒙都察院锡拣选西城兵马司差委两署正指挥，历保四品

---

① 乙巳(1905)四月二十二日日记。

衔，补缺后以知州升用。辛卯岁（1891），又以获盗出力，由西城监察御史麟侍郎御趾、何侍郎福堃送部引见，奉上谕着照所请，就于壬辰（1892）三月初旬引见，奉旨着以知州即选。乙未（1895）二月，分选云南新兴州知州，即于三月引见、起程，于十月间赴云南省城，即于十二月初九日赴新兴州本任。戊戌（1898）冬大计卓异。庚子（1900）九月丁先曾祖母应太夫人艰，交卸旋里。癸卯（1903）岁服阕，甲辰（1904）四月赴都引见，奉旨以卓异加一级仍注册候升，七月分选授山西吉州知州，十二月间到省，于乙巳（1905）岁三月十二日赴吉州任，丙午（1906）岁四月告卸。丁未（1907）八月二十七日仍赴吉州本任，于己酉（1909）八月二十五日藩辕牌示调署虞乡县知县。十月初三日告卸吉州，十八日赴虞乡署任，至辛亥（1911）十一月十八日告卸虞乡县篆务。以后告贷清楚，方于今日到家。”较为详细叙述了其父仕宦履历。

作者日记中尤为强调其父仕宦刚正清廉，在所辖之地广行仁政、德政。作者引述其父在云南新兴州知州任时所云：“我自任云南新兴州将近五载，青夜而思，暇无终日。遇有凶岁，即行造报，上有恤赈，即行颁发……即民有隐情达于上，减夷粮每年将近千金，造报钱粮本无可减，将粮裁减即将平馀弥补，上可无损，民得实惠。创兴敬一书院……署中本有米行捐费，每年约计四百千文，因此款系是漏规，即将该款助书院延师以及奖赏之费。每至年终，必给孤贫钱米……”但其父不肯阿谀奉承上司，不事干谒请托，以致久沉下僚。如其在山西任时，“山西荐保卓异州县者五人，州县卓异人员曾经引见注册候升者，家君一人耳”[①]。但就是得不到升补。作者云：“家君历任皆以公办公勤能自任，守正不阿，并无请托……家君皆以实事求是，视民如子，巨细必亲，无假手于胥吏，创学堂，报垦田，想上游皆得精明当道，虽无请托，能得见闻政绩，亦未可知也。”[②]结果“初任新兴，迄今吉

① 戊申（1908）四月初七日日记。

② 戊申（1908）正月十五日日记。

州，将近十年，仍然州牧”[①]。最后两任最为贫瘠的吉州知州后，又调任虞乡知县，直到辛亥革命爆发后卸任，未进半格。作者对官场体系不免生疑：“若以官声而论，任吉州以来，该州万民皆以‘真吾父母’之称，历办学堂、垦务诸大端及除暴安良，民皆心悦，即邻县之民皆得沾惠，何至未得调繁？难以预料。总而言之，不肯招呼耳！”[②]作者对官场黑暗虽然不满，但颇以其父清廉为荣：“家君历任以来，爱民如子，不名一钱，以致两袖清风，存以政绩。”[③]并多次引述其父之言：“家君常训义云：‘官以钱升，不得言官。若以取下媚上，吾不为也。吾历任以来，无取非分毫厘，为国治民，无愧于心，无愧于神而已。’”[④]“家君常曰：‘拜爵于公庭，叩恩于私堂，吾不为也。’”[⑤]

作者多次强调对其父不是拔高颂扬，而是实情，并有别人作证：“但家君在滇所行各节一切用心之处，即朱桐冈、郑荻洲、苏月波、苏焕堂诸君在署，初至家乡言之皆然。况家君生平谨慎，向无虚语，与人言之此言，断勿自行粉饰。余虽父子，但在滇、来家诸君言之皆如此说，即可为凭。”[⑥]“据月波、焕堂两君言，家君任吉州时，待民仁爱，深知民隐，而告卸之后，州民颂德不休，而今吉州之民深感家君盛德，非平日广施善政，何至于此？”[⑦]“家君历任州县以来皆是爱民如子，民亦以‘万家生佛’称。”[⑧]

按常理，我们对作者所记仍不免存私笔谀颂之疑。作者之父不过数任知州、知县，官阶并不高，故文献对其记载亦少，但在能搜见的

① 戊申(1908)四月初七日日记。
② 戊申(1908)七月十八日日记。
③ 戊申(1908)四月初二日日记。
④ 戊申(1908)四月初七日日记。
⑤ 戊申(1908)七月十八日日记。
⑥ 乙巳(1905)五月二十二日日记。
⑦ 丁未(1907)七月十六日日记。
⑧ 庚戌(1910)九月十二日日记。

除此日记之外的其它材料中，确实未见对其父黄寿征的负面记录。除上引 1920 年台州罕见水灾有其父子参与发起募捐的记录外，现见地方志中尚有数处对黄寿征事迹有记载，如“吉县大事记”云：“光绪三十年(1904)，是年，知州黄寿征(浙江人)从龙王迪船税中抽款4000千文，兴办学堂和育婴堂。正月十九日，州办工艺厂，所产之草帽辫、毡毯，经布政司查验，准其所支银两列入官本，分年归还。州城成立教育会、劝学所、简易识字学塾、自治所、育婴堂、宣讲所、女子学堂，高等小学堂。”多方面的材料都记录了黄寿征的正面形象。其父久历州县之任，对地方官应尽职责亦有体认：“亲民之官莫如州县，民有曲直，州县为始。国朝体察民情，无微不至，仁德及民，使诸州县然后受诸于民也。民之隐情亦由州县而上达焉，兴利除弊亦由于州县，除暴安良亦是州县。”①在今天看来，黄寿征亦不失为正直勤能的官员，所以我们说日记作者虽对其父不免有所溢美，但作者引以为豪亦属有由。

作者父亲毕竟为宦多年，丁艰在家又开典当业及做其它生意，作者本人亦多方经营，加之祖业较为丰裕，“家中田业约一千零八十馀亩内”②，故作者家业在台州亦算上等人家。据日记中记录每遇赈济、捐赠、平粜等，其家总与最著名的富商黄崇威、陶祝华两家一起布施，当时其家业在台州仅次于上二家。现今台州葭沚街道镇西路七十三号的黄大夫第即是其故居，占地千馀平方米，为四合院式，分前中后三进，东西厢房各六间，建筑宏大、布局规整，用材考究、雕饰精美，足见当年门第之盛。

综上所述，我们可对作者生平及家世作一个简要勾勒。作者幼名黄崇沛，十岁始更名为黄沅赴京考取詹事府供事，二十一岁再次更名为黄秉义，参加浙江乡试未第，后一度复名沅，辛亥革命后以秉义

① 乙巳(1905)五月二十二日日记。

② 乙卯(1915)三月十六日日记中引其父黄寿征之言。

行。字质诚，一字沅浦，又字灌园，号乐琴书室主人。曾任民国第二届国会众议院议员，此后不知所终。育有三女一子。其祖父黄冠清字鸣皋，曾参加浙江剿匪。其父黄寿征入资通判，曾两署北京西城兵马司正指挥，选任云南新兴州知州、两任山西吉州知州、调署虞乡县知县，俱有政声，辛亥革命后卸任归家。其家在台州亦属名门。

二

《黄秉义日记》起于壬寅年(1902)九月初一日，止于戊午年(1918)三月二十九日，这段时间是近代中国历史上的一个重要历史时期，包含清朝最后十年、辛亥革命、民国最初数年，日记中记录了大量相关时政大事、社会生活、人物轶事等方面的内容，具有史料价值。

日记记录的时政大事以辛亥革命为中心，作者对辛亥革命经过所下笔墨尤多，仅仅辛亥一年所记就有六册，尤其是武昌起义爆发后，作者每月即记完一册，日均记逾千字。在辛亥之前，作者即已关注了广东、云南两处革命党起事事件，当时作者尚对清廷充满信心。如其戊申(1908)四月二十一日日记写到革命党进攻云南河口地方，滇督宪锡箴帅驻通海，以便调度军旅，大兵驻蒙自县境，朝廷亦召见刘春霖，赏以三品京堂候补并统辖云军速赴剿灭，并派通海镇白金柱为刘春霖先锋，先行征剿。作者云："想跳梁小丑即以白金柱可以剿灭，俟调集各省大兵，到时早可敉安也。计国朝深仁厚泽，而逆匪孙汶竟以猖獗如此，实出意料。"称孙中山及其领导的革命党为"跳梁小丑""逆匪"，把他们等同于之前太平天国、义和团等起义运动者，均视为匪，主张迅速剿灭。这些革命皆以失败告终，清廷对征剿者普遍恩赏。

武昌起义后，作者甚为震惊，每了解一点信息，旋即以大量笔墨分析，一厢情愿地在日记中替清廷及各路前往镇压的军队统帅出谋划策。如其辛亥十一月二十三日记自己与人谈及报中所载倪嗣冲已克复正阳关，乃记云："报中所言正阳关者，未识在于何处，即查天下图未曾详注，不得其详。前直隶滦州亦有兵变，幸只千馀人，当即扑灭，可无内患之忧。又云四川总督赵制军已将叛兵逐退，今则安谧如恒。陕西、山西已平，京汉道可以毋庸重兵固守。湖北之武昌、汉阳、汉口已克，贼之巢穴已破。而冯爵帅大军可分两路：一取长沙，与朱观察军连合；一可直下南京。奉命安徽巡抚倪中丞已克凤、颍、六、泗等处，进攻正阳关，即与张子轩军门大军联合，一攻扬州，即可围南京，一可克安徽之安庆等处。倘安庆克复，江西随手而得，毋庸干戈。扬州破后，攻取南京之后，即克复镇江、苏州，随电平上海以及浙江，亦无动干戈也。但福建、广东克后，广西、贵州即可一鼓而定；云南须战，亦能易取。其大局如斯，即能速为克复，天下幸甚，万民幸甚！"作者尚不知正阳关所在，更未身临其境，就对当时四川、山西、陕西、直隶、湖北、湖南、江苏、安徽、江西、上海、浙江、福建、广东、广西、贵州、云南十馀省地的形势做了预判，认为清廷必然很快收复平定这些地方。但事实上当时清廷派出的征剿各军多停滞不前，不甘心为朝廷卖命，袁世凯等人正与清廷讨价还价，与革命军作战尚不占绝对优势。作者前两日还记到："现匪首孙汶自为伪大总统，已于十三日称尊矣。"可见作者不独对孙中山领导的辛亥革命及取得的政权不予认同，且对当时形势存在严重误判，字里行间充满书生之见。

在清廷覆亡之际，作者也在思考肇乱根源，他于辛亥九月十六日总结的原因为："停科举、离民心、设学堂、倡革命，此十二字以致今日之势。初则两宫而不审，继则监国摄政王又不审，以致今日事最束手。"次日又记云："总而言之，'停科举，瓦解人心；设学堂，倡言革命；练陆军，干戈倒击'二十一字致有今日之祸。"应该说他总结的十二字和二十一字是有见解的，他认为原因在内部，源头在于张之洞上书废除科举，继而办新学、新军等，尽为革命党利用，作者深切痛恨之，把他与明宦官魏忠贤相比："今国朝张之洞之广种祸殃，百姓阴受其毒，推原其实，逾过魏忠贤之万万耳。其凶险亦逾过于魏忠贤。魏忠贤之奸即著，张之洞之阴险尚能瞒于目前，乃朝廷有天覆地载之患。”[①]而作者在辛亥革命之前数年的丙午(1906)十二月初十日的日记中还赞扬过张之洞：“况湖广督臣张之洞通经守正，当代儒宗。”可见作者并非有先见之明。

辛亥革命虽然推翻清王朝，但当时各地依然乱象丛生，作者忧戚国事，其丁巳(1917)七月二十六日日记云：“川省自刘存厚与戴戡、罗佩金大战之后，又有川、滇之战，而川省百姓又有与官军决裂之战，虽云兵连祸结，川省兵灾可云尽矣，其咎皆由川省之无聊赖者自取焉。河南之土匪、山东之土匪，湖南又将独立，而湘、鄂、豫、鲁、直等省之水灾，又，山西南部之土寇，开封大水之后又见大水，奉天之大水，水灾、兵灾及被土匪之各省，万民之受荼毒者何堪设想？正所谓‘二千九百劫数临’，皆在上者之所为，在下者当为效法耳！”

作者对其家乡浙江台州、宁波、温州等地乱象尤为熟悉，如其丁巳(1917)五月十一日日记云：“褚慧僧及王文庆、屈文洛诸人在宁、台、温诸处力为运动，彼意欲就外自立，再行想法杭州。”[②]同年十月二十日日记则记了军阀蒋百器指使甬江独立，兵至百官，与省成所派之兵接战，败北之后，蒋百器远遁，而其败兵则就宁波城中大肆抢劫，甬江商会不得已乃集资遣散。

除了集中关注辛亥革命之外，作者日记中还对此前的清廷停止科举、预备立宪，之后的议员选举、省地独立、土地丈量、蒙藏及中俄边界紧张形势、日本侵占青岛并骚扰山东、第一次世界大战及世界新式军备的出现等均有记录、议论。这些时政大事，作者主要从报刊中得知，作者订阅、借阅了不少报刊，对《申报》等有影响的报刊尤其关注，摘录了其中重点关注的事件并直抒己见，体现了作者忧心国事、关怀天下的士人精神，正如其甲寅(1914)七月十一日日记云：“论中

---

① 辛亥(1911)十二月二十六日日记。

② 丁巳(1917)五月十一日日记。

国与各国情形大约如斯,深为我国为虑。只愿继起诸人以国事为事,奋发精神,力图自强,是为至幸也。”可以看出,随着时政的发展,作者世界观也逐渐发生变化,思想在不断进步,视野也更加开阔了。

除了时政大事外,作者还以较多笔墨描写了当时的社会生活。作者主要生活地在浙江台州,其笔下所描绘的社会生活现象较多的是对以台州为中心的浙东社会场景的反映。当时的浙东沿海商业已较为繁荣,有钱人家所用的日常物品不少来自于外地,作者日记中多次出现一些新商品名称,如仅癸卯年二月二十一、二十三两天的日记就记录了其典当铺账房褚用九从宁波寄来的多件物品:茂生皂一盒、洋绒巾四根、眼镜一副、庆源橡皮印大小四个、洋灯带一包、铜手照一对。所举虽是小物,且时间尚在其开记不久的1903年春,但已可见台州士人家庭所用外地及外洋商品日渐丰富。此后台州航运业迅速发展,作者记于戊申(1908)二十六日日记云:“台、甬往来商轮初行只海门轮一只,续添永宁轮,计二艘常川来往,生意颇为兴旺。上年又来宝华商轮杂在其中……今则永利、可贵,台、申常川往来也。”清朝末年台州开行上海的商轮就先后有海门、锦茂、永宁、永江、永利、可贵等船号,随着航运业的兴起,台州与外地尤其与十里洋场的上海商业往来甚为频繁。作者家也经常托轮船夥友及驻温州、宁波、杭州、上海乃至驻京的买办朋友寄带商品。商业之外,文化交流亦增多,如台州戏班增多了,也开设了剧院,连台演出多种剧目,这些都较多出现在其日记中。

与外界联系带来商业、文化日渐繁荣的同时,各种不良社会现象也在台州大量出现,如吸食鸦片、赌博、花会、教会恶斗等,作者在其日记中皆予以揭露、谴责。

作者称自己是因为治病而吸食鸦片,其癸卯(1903)十一月二十六日记云:“余自夏间习染烟霞。”作者时龄三十,方沾染上瘾即欲戒除烟瘾,此后多次尝试戒烟,从报纸上、朋友处及远宦的父亲处抄录多种戒烟药方并加以尝试,又从上海等地购买多种戒烟药丸,经历了各种戒烟之苦。但因疝气及其它病症发作，又重新吸烟止痛，多次反复，其日记中终未明确记载其已戒断烟瘾。但作者从自身痛苦体验中反复告诫家人及外人不要吸毒，如其甲辰(1904)十二月二十九日记云："余之吃烟本因疝气，初望烟止疝气之痛，瘾念即疝气亦无所用。后来百倍之苦，对何人言？终身受之，何日脱之？瘾如此之深，只逐渐求脱，未能得遂于万一否也。未吃烟者，切勿入其牢笼，是为至要！"

作者身边吸食鸦片之人甚多，地方政府亦主张戒烟、禁烟。但鸦片禁、戒皆难，有时因地方政府强制推行禁烟竟至酿成惨剧，如其辛亥(1911)四月初二日日记云："省委候补县丞赴温州瑞安禁烟，被该处百姓戕害，深为惨恻，并死随从者六人，伤者颇多。"辛亥革命后民国政府亦严令禁烟，但时有地方官借此敲诈吸烟者，甚至不吸烟者亦被栽赃诈骗财物，日记中记台州黄岩县知事更是过分，如壬子(1912)七月二十五日日记云："现黄岩县知事赵胜之君到任以来，禁烟之令最严，专为有钱者为难。"记赵知事探悉当地绅士郑夔友"向系吃烟"，即派人至其家，虽"搜查遍及，未见烟浆及烟具"，亦将其妻子捉去重罚。此郑夔友原系孝廉，是台州首富、实际当权者黄楚卿的妹夫，其家尚且遭到敲诈，其它被重罚更多，以致不少小康之家被罚破产、逃亡，在作者笔下亦屡有记载。但作者认为："以余言之，搜获烟鬼即是赵君德政，重罚烟户，分所宜然。"并云："官能严于禁烟者有益于民，非苛政也。"①可见作者对鸦片之危害多么深恶痛绝。作者日记中还记录了不少地方官乃至高级议员、法官贩毒、包庇毒贩等事件。

作者同样深恶痛绝赌博，他认为赌博必导致盗窃、抢劫："为匪之初，皆是赌博、花会。赌博、花会者即是土匪之报种……赌之为害不一：斗、敲、争讼是非。盗贼初则皆是为赌也。"②其日记中多次记录

---

① 丁巳(1917)九月二十七日日记。

② 乙巳(1905)十一月初四日日记。

赌博之非，甚至有黄煦东父子带头开设赌博以抽头盈利，但因其势力甚大，地方官亦无可奈何，作者只得反复告诫自己家人不得赌博，对自己家下人有沾染赌博之习气者即予斥逐。

日记中还记录了多起台州匪患，陆地、海洋中皆有，辛亥革命前后皆有，这些劫匪主要是打劫钱财，因大富人家防范严密，就多寻中小甚至贫困家庭下手，动辄开枪杀人。地方官的一项重要任务即是剿匪，其间有的进剿颇有成就，逮毙多名匪徒，但官府有时也被匪徒煽动群众围攻而被迫放人，甚至招安匪首为巡防头目。作者家亦时有家丁持枪防范，虽未遭匪，但其当铺、家中多次被盗，所以作者对匪、盗皆深恶痛绝。

教案也是这个历史时期的产物，尽管这些教会的大头目多是外国人，但各地负责人则多是地方有势力者，在作者笔下他们多是恶霸一方、危害百姓之人。如其所记海门天主教头目云："阮德斋振铎系是牧养贫民送养天主，成人后考取承务，分充台州天主堂承务将近二十年，无恶不作，无钱不贪。其兄阮蓂斋瑞铭系漆匠出身，数年间勒索台民膏血，积有洋蚨二十万之多，捐纳同知职衔、蓝翎，俨然搢绅。"[①]教会与地方政府、绅商、各教会之间彼此均有联系，也有利益争斗，作者笔下重点记录了一次较大规模的海门天主、耶稣两教恶斗及官府派兵平定的过程。其丙午(1906)九月二十七日记云："周梅翁来云，天主堂与耶稣堂互相聚众之事，当日经曹绍雍统领出为弹压。时天主堂人多，颇为凶勇，耶稣堂人少。天主堂之枪手将后膛炮几放毙曹统领，幸曹绍雍福大，未及打伤，将在左右之人二名中枪，一毙一重伤。当时，曹统领至诉阮德斋承务，进说未及开言，阮即饬人将曹禁留天主堂。幸镇宪吴周卿军门即行进堂，将曹绍雍统领随手带出。当出来之时，天主堂之土匪又将枪放。曹统领三枪皆不中，将曹统领所骑之马即受伤，数步即毙。当日，幸吴军门将曹统领带出，又未枪

① 丙午(1906)十月初七日日记。

毙,倘若枪毙曹统领,定与南昌教案无异也。当临黄太绅商电致张抚台,有覆电颇厚于曹统领。”台州海门天主堂势力之大,不但敢于欺压百姓、与耶稣堂聚众械斗,还敢监禁、毙伤地方官兵,所以政府下决心予以打击,此后浙江全省通缉逮捕教会数人,但教会又在台州、宁波等地聚众骚乱,甚至围堵商轮等,其洋人头目则如法国传教士李思聪等向浙江巡抚等高层施压,乃至惊动全国,进行外务交涉,不得不放了部分教会头目。可见当时教会势力之大几乎已至于难以控制局面。

除了对具体事件的描述外,作者记录当时的社会生活场景尚有诸多广阔、深刻的场面。如清廷迫于内外形势,被迫立宪实行新政,作者到其家君所任知县之地山西虞乡,亲身体会到新政弊端,其庚戌(1910)六月十一日日记云:“今日,又河东道宪委有何姓委员察看巡警事宜、办理新政,以致抚委、藩委、臬委、提学委、巡道委、本道委、本府委各等委员,或直隶州、或知州、或同知、或通判、或知县、或府经、县丞以及佐杂等班连络不断。每次所送程敬,知县以上各委员或送十二两,或十六两、十八两、二十两、二十四两、二十八两、三十两、三十二两不等,府经以下各委员或送八两、六两、或六两四钱、或四两八钱、三两二(钱)不等。此外,来一委员均要送酒一席,并饭、菜、车钱,此犹小焉者也……以致通省皆成瘠苦矣。”如前所述,其父尚属清廉正直之官,但也不得不随流敬送钱物给不断前来视察的各级官员,最后负担亦不得不转嫁本已甚为贫苦的地方百姓,可见新政不但对根除积弊无益,反增加地方负担,危机重重,而起义暴动大有一触即发之势。

内政如此腐败,外强亦加重侵夺。作者日记中记录了浙江为争取铁路权而拒贷洋款并自行集资修路事件,还记录了日本以设立“日中银行”为名侵吞控制中国经济命脉,以及各地设立洋关对商民的抢夺等,如其戊申(1908)四月初一日日记云:“日前,永利商轮由沪开行时,各人所带另星各件及铜板,被洋人搜值数千金之多。每轮过,洋人到轮搜寻者，每年不过二三次而已。若来寻觅，一无所留。吾中国与洋人通商，本中国关津派员寻彼船中货物，而今被彼立洋关寻觅吾中国船中货物，宾来夺主，未识初年订约从何取议。万望吾侪急图报本，转弱为强，以雪今日之恨，是所至幸、万幸！”作者另外还记录了一次受岳母所托，请人在上海买皮箱，在回台轮中亦与众人之物一同被洋关之人强夺去，经托人去上海说情时皮箱已被变卖，未能取回，只得作罢。日记记录了列强不但从经济上加紧掠夺、剥削中国，其爪牙竟然还明目张胆地抢夺百姓财物，作者对此深感愤怒。

清廷预备立宪及辛亥革命后的民国都实行议员选举，同样都发生投票舞弊案，作者描述了多次选举投票舞弊案。如清廷预备立宪选举时，宣统己酉(1909)五月二十五日日记云：“六月初一日郡城选举全台议员，初选有名者欲得再选，于心甚热，有周姓者尚少三人，竟出每名洋五十元向买。朝廷立宪，各直厅州县选举议员事本至公，不想有运动而得者，有用压力而得者，有用财买来者，其中花色不一而足。”同样，辛亥革命后各地选举投票舞弊亦如旧，在台州地方则前后几乎都是黄楚卿一人操控，如壬子(1912)十月二十三日日记云：“本镇为第七区，楚卿将其票及票匭取来，自己写定几人可为自己扛轿者放入匭内，另行照范做票数百张。”之后到郡城选举，黄楚卿亦是出钱购买选票而当选。当然购买选票的不止黄楚卿一人，乃普遍现象，这在全省议员选举中亦如此，作者壬子(1912)十一月二十日日记云：“至于省议会众议院之初选议员，均有势力者自行书写之亲戚朋友数人，以备复选投彼之姓名可以操券。真是人民自选者，今则于时尚早，即或有之，非独百不得一，即千恐不得其一耳。一县一府如斯，想各县各府亦如斯，此等选举有何俾益！此番初选者，到甬人欲投彼之姓名者，多方体贴，多方运动，其势定是如斯，此等议员即或而得复选议员者，俯心自问何如耳！”

作者日记中还详实记录了不少关系普通民众生活的谷物、猪肉等价格变动、婚丧嫁娶风俗及开销等民生情况。大体上是“自甲午

(1894)之后,年贵一年”,并详细记录甲午前猪肉一元买十六七斤、早谷每元计一石二三斗,到壬子(1912)十二月年底,猪肉涨至每元四斤馀两、早谷涨至每元计价三斗五六升。作者深为下层人民忧虑:“即如柴油盐酱醋茶,无不倍徙之贵,若是者无业穷人将何以堪?”①但地方风俗却存在奢侈攀比的不良风气,如其丁巳(1917)九月十六日日记云:“黄、太婚嫁之俗过于奢侈,惟郡城稍能节俭,稍合于古礼,近年以来亦渐于奢侈矣。……凡请客酒席首用翅、参,定以四大四小。”所以他多次呼吁:“如今官长有能禁止此等縻费者即是上等好官,余当崇拜之。”而有十里洋场之称的上海更是歌舞不断,同张报纸刊载上海各个舞台演出剧目竟达四十场之多,各大名角悉数登场,作者不由感叹:“现今江北以及山东、河南、山西、直隶、天津、奉天有如此水灾,湖南有如此战祸,而上海有如此乐景,正是别开世界,岂谬言哉!”②

除家乡外,作者曾随外出作官的父亲先后到过北京、云南、山西、上海等地生活过一段时期,日记中对各地的社会生活状况或多或少亦有反映,如前述清廷新政山西官场频繁检查收贿即是一例。

日记中还记录了不少人物轶事,可分为两部分,一部分是作者亲自接触、日夕交游或常有书信来往的,这主要是生活在台州、浙江的人物及生活在外的本地籍人物;另一部分是公众人物如国家领袖、政府要人、历史名人等,这部分作者主要是从书报及从其它渠道间接了解到的。其中以记录前一部分人物较为生动和有历史价值。

作者父亲长期做官,家庭殷实,自己文化层次亦较高,所以结交面较广,与其往来者中不乏官、商、文化以及宗教等社会各界人物。作者对官界人物主要记录其仕宦经历、政绩成就等,在其卒后总要总结评议一番,保留了不少高层官僚的历史资料,如辛亥革命后台州地方第一任台州军政分府都督姚桐豫(梧冈)、其亲家即曾任江浙多地

---

① 壬子(1912)十二月二十八日日记。

② 丁巳(1917)九月十一日日记。

军警首领的张连胜以及台州籍浙江要人王文庆、屈映光等，他们多与作者早年相识，辛亥革命时成为革命党，革命后成为浙江重要官员、议员，之后或因失势而下野或因厌倦政治而隐退、从商等，在作者日记中均留下了宝贵资料。作者与文化界的交往主要是基于自己爱好书画诗联，因而索购书画家字画、请有名文人撰联做文等，较为单纯。作者还与宗教等社会各界人士俱有往来。

作者自己主要还是一个商人，虽然不大，但对商场业界了解颇多，与众多商人交往频繁，故保留了很多珍贵的商业资料及商人轶事。日记中出现次数较多的商人是黄煦东、黄楚卿父子及陶寿翁等，当时台州影响最大的也就是他们。关于黄煦东父子，现在有一些学术论文、地方文史资料等对他们作了研究介绍①，多从商业实力、地方贡献等方面予以积极评价，有的是其后人所作著述，又由于时代相隔，自有不尽全面客观处。但与作者笔下的黄煦东父子形象有所不同。

作者与黄崇威(楚卿)是同里、同宗、同辈关系，又同经商，有的行业中还彼此均参股，他仅小楚卿一岁，因此彼此关系较一般人特殊。楚卿拥资百万，富甲一方，即便在全浙都是商界名人，而作者资产与其相去甚远。但正如作者云："楚卿之短不一，穷奢极欲、目不识丁之徒，其自之得意处办理台属盐商，于台州府县中广通声气，鱼肉乡愚。"而作者则文化程度较高、生活节制、多与人为善。所以二者明显不同。

作者辛亥(1911)十月二十日记云："楚卿小名杞楠，行名崇仁，名崇威，号楚卿，幼亦专事嫖赌，初娶金氏，后娶妾四人，自金氏故后，再娶王氏。上年九月，旭东故后，今年四月再置沈氏为妾。其凶焰之气

① 详见周宾贤《黄楚卿史略》、黄正逵《忆父亲黄楚卿》(俱载《椒江文史资料》第六辑)，郭剑波《民初台州首富黄崇威论略》(《台州学院学报》2002 年第 2 期)等。

更尽乃父，穷奢极欲在于一身，有求者无不周至，无求之人自大之气何待言欤！前与姚梧冈谊结金兰，方值革命起事，杭州失守，而楚卿即行致电杭军政府投顺归降，霸业台州。姚梧冈为台州军政分府，楚卿即为军政财政部长，利权藉可独握。今值革军与官军正值交战之时，彼大肆威福，无所不至。倘做一年，可馀四十馀万之巨，两年即百万矣。其三代进钱均是如此之易，自此眼见日涨夜大，非独富于一县，即富于一府、一省亦指顾间耳。但楚卿与人交接反敛之快，亦人所不及也，其专心致至，挖人骨髓，亦人所不及也。”黄楚卿因与姚桐豫关系亲密，早年即资助姚赴日本留学，革命后姚为地方长官，实际财力支持则全仰仗楚卿，楚卿亦欲借机敛财。时刚发生辛亥革命，作者反对革命，对楚卿不免存有偏见。但其记载楚卿财力雄厚、用度奢侈则属实，作者早在乙巳(1905)七月初四日的日记中即记云：“楚卿家实有一百馀万之基业。人说楚卿百万，言之过多，我说楚卿百万亦少而言之。何也？即可以指说：楚卿之田业可值四万元；同昌、鼎新两盐号可值三十万之馀；五艘大船、五艘小船之船本及做生意之本约计二十万左右；各处屋业及自己当屋、自己住家之屋，可值洋十五万之则；公利、同德约计一万；公兴、元记及另星基业约计五万；宁庄存款约计十万；其基地等项约计五万。即此而言，已将百万。尚有衣服、古玩、存家金银珠宝。此外借与人者不算在内。”前述黄楚卿尚操纵台州选举及贿赂当选全郡、全省议员等亦是一例。故作者对其下结论云：“余识黄楚卿“苛刻贪淫”四字以千古确论。”①

作者对楚卿之父煦东的记录亦几无一褒词，如其丙午(1906)十二月二十三日记云：“黄煦东孝廉蒸云，本镇人也，系土豪镜泉封翁涟清之子也。幼本游荡之子，不务正业，专侠娼优以自娱。年弱冠成家后纳粟太学生，并捐同知职衔，值光绪纪元乙亥恩科，倩黄岩岁贡生王桐卿广文翰屏作枪，于浙江乡试之场揭榜中式第六名举人……丙

① 乙巳(1905)五月二十五日日记。

子会试赴郡，邀黄岩牟赞卿明府育作枪覆试，列取二等……甲申岁承办临、仙、缙、永、武五县盐商，苛刻贫民无所不至，若遇私贩，无不尽力追呼，须鬻男女尚不足抵偿之家，言之难尽。历任府县，因其如此而又报缴盐厘甚钜，难加严责，皆以嘱助、嘱捐、贿赂而已。"现今地方文史多叙述煦东是地方引以为豪的全省第六名举人，而作者则称其"幼未读书，专事冶游"①，其第六名举人是请黄岩岁贡生王翰屏代其捉刀舞弊而来，其会试列取二等是邀黄岩牟赞卿作枪覆试而得，只差最后考进士时因无法请人帮助而未考中。日记中多次提及，言之凿凿，不由人不信。作者还记录了不少煦东抱揽词讼敛财致人破产、私自吊打拘禁绅民、患病而买人心肝调药、广收义子、纵任恶仆行凶敲诈、四处摊派强征等实例，多次评云："煦东宗伯生平索取民间财物，抱揽词讼，负断乡曲，无所不为。"②"煦东专以抱揽词讼，谋人财产，鱼肉乡民，虽积资巨富，大半如是而得。"③

作者笔下虽如此记录，但他平时与楚卿父子面子上的交往却似乎很好，他自己也说："楚卿与余亦是交好。余之日记勿以余好者专记其长，勿以与余恶者专记其短。余之记于人者，公平而论，勿以偏枯，以免后人论及于余也。"④"余与煦东宗伯日夕交好，本不敢也。"⑤"余素不言人之过，何况书于楮墨。但煦东平日之行为尚有甚于此者数十里，童稚皆知，老幼无异词也。余特记其事，以为后来诸君勿效煦东之污名被人书记之丑，又望后来诸君子只守清贫，万勿效煦东之浊富，是为万幸万幸。"⑥在其日记中，作者记与楚卿父子交往确实甚

---

① 辛亥(1911)十月二十日日记。
② 丁未(1907)十二月十五日日记。
③ 戊申(1908)三月初三日日记。
④ 乙巳(1905)五月二十五日日记。
⑤ 乙巳(1905)五月二十九日日记。
⑥ 戊申(1908)三月初四日日记。

多，举凡同游共宴、捎带什物、共议地方举措、共襄义举等，其中亦不乏善行，几乎看不出彼此有何决裂，但在总结评论时，总义不容辞予以揭露谴责。作者自己认为记日记是公正客观纪事，须存古良史之心："但余登诸日记，非谓与余有交情者，即言其如此之优、如此之清，与余无交情即不言矣。若有如此之心，记非直言，即是私情。余此事断不敢书，亦无有如是心。"①

对于国家领袖、政府要人等公众人物，作者由于没有亲与交接谈处，所著议论不免受人影响。但看得出随着朝代更替、时代发展、了解深入，观点也在逐渐变化中，如他对影响时代最为深远的孙中山、袁世凯等人物前后看法变化很大。在革命成功之前，作者一直对孙中山及其领导的这场革命予以批判，动辄称其为"匪首"、"跳梁小丑"，民国成立后，他不再直接批判。虽然这与当时作者身边多是革命新贵、言论不很自由相关，如其壬子(1912)五月二十日日记云："如今世时皆以言语为刀枪剑戟，一言而致福，一言而致祸，凡遇说话中，必须格外留心，是为至切。"但随着时代发展，他对革命中人亦逐渐接纳。如他早年即与曾在浙江台温嘉湖等地任过清朝地方军事长官的张连胜往来密切，但张连胜后来投入革命、曾率兵参战攻取南京，后任总统府咨议，孙中山题词赞其为"革命先锋"。作者当时对张连胜有所埋怨谴责，后渐渐与其相处融洽，还将二女儿许配其三子，并与其合股在上海创办企业，自己亦当选国会议员等。但对他认为导致清廷覆亡负有重大责任的朝廷内部要人，如袁世凯，不肯原谅。在辛亥革命胜利前，他对袁世凯评价很高，尤其是武昌起义后，清廷启用袁世凯平叛，他对袁寄以厚望，认为其必将建立盖世之功，甚至功高盖过曾国藩，对袁甚为尊崇。但革命成功后，尤其是袁世凯死后，关于袁世凯的传记逸闻传开，在对袁了解进一步加深后，作者便多次称袁世凯为"袁贼""国贼"，称其"竭尽天下民膏民脂，万民吐骂，后世吐

① 乙巳(1905)八月二十二日日记。

骂，谁不曰‘国贼’二字加之！”[①]他认为清廷覆亡乃至民国成立后的乱象之源头是张之洞，而直接祸首则是袁世凯、奕劻：“各省不能统一，水灾、兵祸层见叠出，推其源过，祸首在于袁世凯、纵袁世凯者奕劻，万民之遭殃不得不推首祸之人也。”[②]但他对曾是袁的部下的段祺瑞则评价较高。他虽然对段听取梁启超意见与德绝交、对德宣战感到不可理解，但认为段祺瑞应有能力把握分寸：“以段芝泉之人论之，段芝泉自北洋第一次陆军学生毕业，曾经出洋，而又当国有年，天下情形早经洞悉，非前庆亲王奕劻长处深宫、见财若命之可比。既已敢为宣战，虽无果有战争之能力，曾经出言均照敌国办理，已经结怨于德、奥、土三国，利在何处，彼之胸中早经料及，非吾侪小民而敢拟议也。”[③]一年之后，他参与民国第二届国会，这是在段支持、操纵下产生的新一届国会。作者向不参加选举，因此后日记未见，尚不知其如何当选为此届国会众议员。

作者在日记中还记录了不少已故前贤及当世英烈轶事，如其多次提到辛亥革命时山西巡抚陆钟琦及其妻、子、仆被该省革命党人残忍杀害的经过，认为其“‘忠孝节义’出于一门，死犹生也”[④]。又如其记录陕西满人官员德锐在辛亥九月，“秦中革命事起，遇满人皆杀之。入德明府室，时德公正与家人共食。革命诘之曰：‘公廉明得民心，我辈不忍及死，公请速出城。’德公谢曰：‘感诸君意，然余满人也，不忍视满祀之斩，诸君刃加余颈可也，出城何为？’革命者犹逡巡不决，德公怒目自夺其刀，刺死其夫人、公子，亦自刎”。其它还记有多名死于革命的各级官员等。作者记录这些在辛亥革命中被杀的官员事迹，固然有对革命不满之意，但这些事迹多来自于辛亥革命后的《申报》

① 丙辰(1916)七月十五日日记。
② 丁巳(1917)九月初一日日记。
③ 丁巳(1917)七月十二日日记。
④ 壬子(1912)十月十五日日记。

等报刊，这些报刊长期是受革命党影响甚至操控的，也说明当时革命过程中本身存在狭隘的民族主义与过度施暴的一面，不能单纯认为作者是仇恨革命。其实作者曾对参与辛亥革命而后在混乱局面中罹难的革命党人亦有同情，如其癸丑（1913）四月二十四日日记在记录军阀徐宝山在家中被炸死之事后感叹云："今岁以来，初则刺死宋教仁，继则林述庆死之，今又见徐宝山死之。今日时事，刺客如是之多，深堪浩叹！"①

三

在记录时政大事、社会生活、人物轶事之外，作者日记还有很多篇幅是关于自己兴趣爱好、精神追求方面的内容。其戊申（1908）五月二十五日日记云："凡人生脱却名利之外，安坐闲居，古人书画并现时工雅书画、香花竹木等，不可缺也。"其甚为爱好诗联书画，以及花木医药等。从所摘抄诗联及所购求书画的记录看，其文学与书画鉴赏水平较高，其书法创作还较有成就。

作者日记中记其幼入学庠，曾受教于梦云先生等塾师，前述其十岁即赴京考取供事，虽是虚报岁数，且我们对考试情况是否公正尚不知情，但按常理推，其十岁能考取供事，又送国史馆当差，自己亦津津乐道此事，应属英才早发。其成年后又曾参加科举考试，当时考试主要是八股文，作八股文，亦须有诗赋对联基础，虽未考取，其对科举考试所做呈文应有所训练。如其癸卯（1903）六月十三日日记中记自己撰送天台山之拈花室一联云："大地豁尘襟，闻磬几声春梦醒；名山留胜迹，拈花一笑天颜开。"托可亭先生书隶字，后可亭先生书写时代其改为："圣地隔尘嚣，闻磬几声春梦醒；真灵蒙庇佑，拈花一笑圣颜

① 癸丑（1913）四月二十四日日记。

开。”[1]书者将作者原上下联的前五字改过，突出天台山佛教净土的环境，而作者原联实际是突出写自己游此胜景而了悟佛法之意，除以“圣地”改“大地”较佳外，实际改联亦未必胜过作者原联，故作者亦不予评判。

其日记中叙录大量对联。所录对联可分为两部分，一部分是自己及周边往来的文人所撰，另一部分则抄录自名胜古迹及各种书籍。

前一部分，除少数自己及其父亲所撰外，多数是当时当地的文人所作，多为书贺店铺开张、婚丧寿宴及为天台山寺庙等名胜所作对联。据其日记云其曾为天台山、普陀山及白云山等多处寺庙许赠板联多副，对联内容多是请人所作，有时同一处不止请一人作，作来后他再择用，如其癸丑(1913)三月初七日日记云：“接梦云先生来示代做慧济禅院对语曰：‘对佛爷而顶礼，遍十方皈依，胜会启无遮，想照见三千大千世界；修慧业以济民，度一切苦厄，延生诚有道，愿归来二九六九香期。’”两日后又记云：“王子常老伯代做佛顶山慧济禅院对语云：‘慧日常转，法云自在；济时道广，救苦心慈。’此王子常老伯所做之语，以余阅之，较梦云先生代做语言较为妥当，即以此对为然可也。”所云梦云先生是作者塾师，而王子常是进士、翰林，且做过安徽多地要员，曾被派出洋考察，有多本著作问世，是作者最为钦敬的本籍著名文人。作者许下送慧济禅院刊刻板对，邀二位当地文士所作对联，虽都切合佛寺，比较而言，其塾师梦云所作显得刻板、平庸、冗长，而王子常所作既为藏头联，文辞亦精简透彻得多，故作者选后者之作书写刊刻赠送寺庙。其所录对联多是此类应时应景的酬赠之作，虽皆具有实用性，但文词精辟之作不多。

另一部分是摘录之作，其中有些是其游览名胜时抄录当地悬挂的对联，这些名胜对联多是历史上不同时期的著名文人所作，比作者请人所作文采更佳些，如其癸丑(1913)三月二十四日记赴天台山上

---

① 见癸卯(1903)六月十三日日记。

方广寺游览时："又阅方丈下之客堂中有俞曲园先生所书一匾、一对，匾曰'禅心自得'，对曰：'邀月替灯，临流代镜；叠藓为褥，拓松作屏。'"所录为清末著名学者、诗文书法俱擅的俞樾(1821—1907)之作，自然十分精警。另外更多的是抄自对联书，其中以摘录《楹联丛话》较多，对其中的佳对、巧对等尤为钟爱。其中一些是集句联，如集自古诗的"枫叶荻花秋瑟瑟，闲云潭影日悠悠""劝君更尽一杯酒，与尔同销万古愁"等，他认为皆是天然凑泊之作。也有集自同一篇文章，如从王羲之《兰亭序》就集了二十对。有些他认为适合其家庭悬挂的，如"古梅盖屋多盘错，新笋出林自展舒"等，他请当时书法名家毛镜泉书写装裱悬挂在家欣赏。他还摘录了不少具有传奇色彩的寿联、字联乃至乩语联等，多为历代登科夺魁、君臣雅士所作，其中不乏名家如朱熹、纪晓岚之作，或得自梦中，或假托乩仙之口道出，多生动机趣，充满神秘色彩，他多是将对联连同发生的故事背景皆录下，使得人物形象鲜活毕现。这些对联虽不具有实用性，但更有文学性，文人案头阅读则甚觉解颐，亦宜作闲谈之资。

相比所录对联而言，其所录诗歌则更能反应社会生活，且具有更高艺术价值。其所录诗作约有两百首、两万馀字，其中以抄自《申报》诗选栏所载最多，史料与文学价值亦较高。作者抄录这些诗作时多没有注明原作者为谁，其中绝大多数诗作作者今天已难于查实。作者抄录这些诗作后往往附以简短评语，如作者在甲寅(1914)九月二十五日录二十日《申报》附张载《题出吴淞口》云："不到吴淞口，于今已六年。老夫仍故我，沧海忽桑田。扬子悲歧路，尼山叹逝川。离愁何所似？秋水接长天。"其评语云："词颇老到，并而志之。"其它评语还有如词气老劲、词颇清趣、情句颇佳等。其所谓的老到、老劲之作多是一些抒发时代变迁、社会沧桑之作，可见作者是借此表达易代之感。而其所谓"清趣"之作则多是抒发隐逸情怀或生活乐趣之作，如其同年十一月二十八日录二十五日《申报》载《题皖江寄渔钓鱼台》绝句四首的其一、其三云："万顷晴光映绿蓑，飞花片片入江波。一竿好把闲情寄，明月清风养太和。”“村醪漫酌对凉风，乡味秋莼共晚菘。醉倒不知新月上，醒来犹卧荻芦中。”《舟夜闻笛》诗云：“待泛幽溪月，前山暗不分。谁将一枝笛，吹破万重云。”其后附作者评云：“颇有趣味，是为之记。”

作者抄录诗作偶有连同故事背景亦予以抄录，如其辛亥(1911)十一月初三日抄录十月二十七日《申报》云：“福建漳州府属角尾田里社有岁贡生王乘龙字少枚，看时局如斯，乃敬备香案，向北谢恩后，写出五言诗一首，悬梁自尽。其诗曰：‘毫发千钧重，山河一注孤。勤王心未死，结草赴京都。’我朝能得均如王明经之心为心，何患革匪猖獗哉！”这位书生王乘龙应是感到皇朝覆灭后，自己所学无用，再难乘龙做官、适应新社会，所以竟为刚刚覆亡的清廷殉节，并题诗一首以明志。日记作者则对其予以赞赏。

作者抄录《申报》所发表诗作，除了内容切合自己情趣外，也注重诗歌形式翻新之作，如其日记中先后录了“嵌剧名诗七律六首”、“海上竹枝词”、“新官场竹枝词”、“杨柳枝四章”、“曲选新样四时花”等。其中如“海上竹枝词”反应了上海的半殖民地时代风貌，而“新官场竹枝词”则重在讥刺革命胜利后的新贵忙于运动、吹嘘、嫖妓、置妾等荒淫生活。这些诗作不独形势新颖活波，亦能反映时代社会面貌，具有一定历史、文学价值。

除了《申报》等报刊外，日记中还有不少诗歌抄录自当时刊行诗集，其中以《著竹林》为多。今不详此书情况，但从作者抄录诗作中可略知端倪。日记中多数亦未注原诗作者姓名，唯有其丙辰(1916)十月二十五日日记则透露所录为“陈鹿生制军璚《八十自述》六首”，经查陈璚(1827—1906)字鹿笙，又作六笙、鹿生，号澹园，进士出身，广西贵港市人，曾做过杭州知府、四川按察使等，著有《澹园吟草》等诗集。故知该诗应为陈璚1906年作，日记所录其《八十自述》的末首云：“一生癖爱水云乡，老去襟期夏亦凉。入画江山共点笔，多情花鸟劝浮觞。西湖韵事追苏白，南渡风云感谢王。最好重开真率会，年年奏曲赏荷香（自注云：贱辰六月十六，先荷花三日，同人拟于西湖演剧介寿，第以天气炎热，先于润四月十六日致庆，雅意浓情，感慰无量）。”可知是陈璚退休后于杭州所作。日记作者最后还加按语云：“陈鹿生制军三守台郡，尚有政声，阅其诗词，为之记载。”由此可推测《著竹林》大概是当时生活在浙江一些名流文士、前清遗老所作诗选集。其中不乏反映当时时代背景之作，如作者同年十一月十五日抄录此书中《阅日俄战争写真帖有感》诗云：“丈夫真慷慨，热血洒沙场。饮马长城窟，屠龙大海洋。牺牲拼一己，气魄压三光。挥洒忧时泪，临风空断肠。”诗作对清末日俄两国在中国东北恶战非常义愤，诗作亦慷慨激昂，可明该诗作者及《著竹林》编者乃至日记作者的爱国情怀。

此外，作者从《著竹林》中还录了一些颇有文学趣味的诗，如《游仙诗十四首》，题目、篇数虽与晋代郭璞所作相同，但郭璞所作为五言古风，而日记作者所录全为七言绝句，诗风实近李商隐，并评赞云“情句颇佳”。还有如“交枝如×字”“交加木如亚字”“结梢如爻字”[①]等，皆为七律，如后一首颔联“残雪压枝纸作友，冻云盖顶便成交”，写似“爻”字的枝柯较为生动逼真。

作者还抄录一些流行读物中的诗歌，主要是《宗圣汇志》、《同善录》、《解人颐》等所记尊孔崇儒、教人俭善及抒发乐天知足情怀之类作品，多为自唐至清诗人所作，其中不乏一些名家如杜甫、邵雍等人之诗，但就其日记及所处时代而言，这些诗的历史价值并不甚高，应是日记作者为寄托自己思想而录。

除了录自公开发行的书报中的诗之外，日记中还记录了数篇作者周边好友所作之诗，有些亦有对当时当地社会生活的深刻反映，如其庚戌（1910）八月初一日日记抄录卢槐士所作《同昌号事诗十首》，所录为七言绝句十首，反映当时楚卿包办的盐号生意因绅民反对而

---

① 丁巳（1917）二月二十八日日记。

面临易手的情况。诗并非佳构,但作者抄录时在诗中加了近千字的注语,几乎每句都有,如第一首第三句“银钱逼杀卢槐士”下注云:“槐士名锦篇,临海杨渡人,由廪生捐巡检,指分福建候补。前壬辰岁从李翰虚读馆旭东家,因楚卿亦从翰虚,而翰虚自带学生五人,槐士即在其中。是年入泮后,煦东夫人将其内侄女许与槐士,从此之后邀其至同昌代为经理,后至银钱交与槐士经手。连年同昌生意颇佳,槐士亦有所积,捐巡检,开阜康油行于郡城。但同昌银钱向来急迫,而槐士善于交游,代号中借进之洋亦颇巨,以此权日加重焉。”交代了卢槐士与煦东、楚卿父子关系。第二首首句“官办商包事了然”下注云:“但同昌向来官督商办,实则商办,每年缴其厘金而已,生意如何,官亦不问。自上年,成竹如太尊将同昌底蕴明白具禀之后,上宪加厘官办,发交原商经理。现楚卿与台州府启迪斋郡伯贿赂通行之后,名之官办商包,实则仍然照旧而行。不意临海县尹何勉之明府与郡伯意见不睦,将启迪斋太守与楚卿包护情形直达抚宪。今虽启太守之情分,将来定至实行官办商包,楚卿其中出息颇多。”注明煦东、楚卿父子贿赂地方官,将关乎台州七县百姓生活的盐号私人包办。前已述及楚卿百万家资中,盐号实为其赖以起家、具有稳定高额利润、维系其奢靡生活的主要支柱。这组诗是楚卿家的高级佣人卢槐士所作,又经与楚卿关系密切的日记作者加注,内容又关涉全台州百姓生活及台州商业状况,因此具有重要历史价值。

作者还录了一些当时当地之人的赠酬诗。赠诗酬答本是文人雅士具有高雅情调的生活方式,但在台州一隅尚无多少才华出众的高雅文士,包括日记作者自己可能亦不具备此才,所录仅是为表告诫、讥刺的少数赠诗而无酬答,如乙卯(1915)四月二十五日日记记作者与楚卿共同的塾师梦云先生就曾赠楚卿诗二首云:“变态风云转眼空,百年事业梦游中。果能识破名和利,胜似蓬莱第一宫。”“夺利争名百事烦,人生何日得清闲。若非跳出红尘界,安得如云自在山。”辛亥革命后楚卿地位更高,是台州的实际统治者,尚在积极谋获更高位置、更大利益，但其师赠诗内容则劝其收敛，不要过分追名逐利。楚卿并没有多少文化，但读懂此诗是没问题的，只是不愿听取为师之诗谏罢了，他后来终因政治靠山垮台、手下侵吞、背叛以及遭遇自然灾害等原因，家财散尽，1931年，年近六旬的他在贫病中撒手西去，只不过日记中尚未记到此时罢了。

作者较为迷信，其亦相信诗谶、乩诗等以诗的形式传播的迷信思想，只不过由于诗语更加含蓄，所以更让其犹疑猜度罢了。如其癸卯(1903)十月初三日从一位堪舆先生张宝钿那里抄有四百馀言的“王八禅师歌”一纸，中有如“东南半壁红巾扰，西北千群白帽来”“西方又见南军至，刚到金蛇运已终”等句，还有日记中多次提到的辛亥九月十五日夜太平城内请仙乩语“二千九百劫数临”等，作者认为“以上乩诗语虽未明晰，奈今时事如斯，其中大有深意在焉。”[①]正当辛亥革命之际，作者认为这些大有深意的谶诗、乩诗暗示了清王朝覆灭的命运。

此外，日记中尚录了《申报》等所载不少关于时事评论方面的短文，类似杂文，多切中时弊、文笔犀利，不少篇目有较高的文采，且具有很浓厚的思辩色彩，亦能反映出当时的士人思想与文风。此外，作者还摘录一些修身养性、为人处世方面的格言、谚语、感悟等，多蕴含较为深邃的哲理，不少是对语，文采亦佳。

作者亦甚为爱好、擅长书画，并不无自负地说：“余平生书画亦能粗识。”[②]他收藏了大量书画，日记中提到的作品就有上百副。他多次自己买纸、备礼、付钱，亲自登门或托人向尚在世的书画家求购作品，对前人、古人之作，他看上后就从其他收藏者中转购，其外宦的父亲亦时有收购。他经常托人到宁波、上海等地代裱书画作品，家中时常挂着众多书画作品，还在不同季节不断替换。由于他自己是行家，

---

① 癸丑(1913)四月十五日日记。

② 丙午(1906)七月十八日日记。

所以他收藏的作品购价多不很高，但有不少是名人杰作。

他收购、评价书画有自己的标准，日记中多次陈述："物以人重，字画亦以人重。"[①]"余论字以人重，如宋之文丞相、明之史丞相，其人万古钦敬，即其字亦万古珍重。近今之刘大臣亦足与文丞相、史丞相可以相称，即其字迹流传后世，亦可与诸公相并也。"[②]这些名人多数位高名重、名垂丹青，所以他常读他们的事迹，认为："凡所悬字画均须《先正事略》或《名臣言行录》中有其名者可谓上雅耳。"[③]从其实际收藏的书画来看，他是以作者人品为重，兼重艺术成就："凡书画家非只工于书画，半在人品。人品正，书画只可将就即好书画；人品不正，书画即佳亦非好书画。人品若正，书画亦佳，可谓至宝。"[④]至于做官的品级他倒不甚为看重："书画即重其人品，人品端方，非专以功名荣显而已；人品不端，贵为宰辅何足论哉！人品端方，即是布衣亦宜当慎重。人品能得端方，兼为朝中柱石，建功立业则更重矣。家藏书画者宜当所书画之人品为最。按：董醴卿尚书恂，同治及光绪初年时为尚书，看其隶书颇为壮老，未识其人品果何如哉。"[⑤]作者对贵为两朝尚书的书法家董恂尚且怀疑其人品，因前人的《先正事略》或《名臣言行录》皆没有写到这位同光尚书董恂。又如他在北京都琉璃厂旧货店廉价收购到曾是状元及第、任过同治光绪两代帝师的翁同龢的对联，嘱装裱店将其上款"文谟五兄先生雅嘱"八字挖去，还是不想挂出："余以翁叔平品行不佳，弃而不用曾已多年。客岁嘉平晤杨子平兄，言近今京华字家以翁叔平所书之字不次，余即寻检而装裱之。"[⑥]

---

① 丁未(1907)二月初九日日记。

② 甲寅(1914)八月廿三日日记。

③ 辛亥(1911)四月廿九日日记。

④ 辛亥(1911)三月十七日日记。

⑤ 丁未(1907)十二月廿四日日记。

⑥ 戊午(1918)元月初二日日记。

可见他的确把人品看得高于官品，只是其对人品高低的认识标准不免会受到历史时代及个人见解所制约。作者收录的众多书画除了大小各级官员所作之外，也有不少专业书画家之作，中有一位女画家朱绿筠之作他也很看重，该女士只是杭州一位貌寝未嫁的女画家，因咸丰年间太平天国起义军攻破城门，其服毒殉节而死，这样的人自然不会入《名臣言行录》等，但却符合作者所崇尚的节妇烈女形象，所以仍然视其画为珍宝。

除了按人品评字画外，作者亦具有一定的书画鉴定水平。其父从别家取来恽寿平所画工笔花卉鸳鸯小中堂一幅，意欲向购。但他“精细阅看，恐非真迹。前与邱仲玉姻丈看，云格局虽佳，似无生气，并且花蕊太板。但恽南田先生系是大名家，既画工笔，确有气色相应，以此阅之，恐非原笔”①。因此自行还人家而不肯购买了。日记中还多次记录他与其他行家一起鉴定书画真伪、品评作品优劣的内容，不乏真知灼见。

他对书画装裱及如何悬挂等亦有见解：“详览李檠所绘之山水，其中周致转拆笔笔均有深意，非大名家不能有此佳笔，余深喜悬挂，但其绢底过于黑旧，只宜夏令为善。现其装裱，即能快便，亦至秋凉，须明年初夏方可悬挂耳。余拟新正悬挂中堂朱绿筠绘之牡丹、夏古崖绘之松鹤；三四等月，蒋礼山行书、高西园绘之岩石、查士标绘之岩石均可；八九两月亦然；五、七等月须以黄瘿瓢绘之人物、戴天瑞绘之山水、李檠绘之山水为宜；冬令有冷纮玉行书中堂亦佳，藏有数幅字画，常为调换可也。至于对联颜色，正二月须悬大红，三四等月须悬旧红色或黄或绿，五六七至八月初旬须古旧颜色，中秋至九十等月须悬桃红，十一及嘉平两月确须桂红方为合式。”②

作者本人的书画创作水平如何？从日记字迹来看，其六十多册

---

① 癸卯(1903)五月二十日日记。

② 丙辰(1916)七月初八日日记。

的封面标签皆是楷书，端正清雅，正文则全是行书，前半部分略显稚拙，后半部分则秀润流畅，可见其行、楷均具有较高水平。但其日记中记录其更爱好和擅长的是篆书，他多次记录托人购买篆书字帖、自己学习篆书并代人书篆字等，并收购、品评不少名家的篆书作品亦更在行，可能其篆书水平确实更高些，只是现在没能看到其篆书作品，而其在日记中加盖的篆章则是请人刻的，不能见其书篆水平。其没有谈到过自己的绘画水平，也没有见到其画作。

有一幅款署黄秉义的楷书信函作品，从字迹看与日记上各册所题书签字体相似，应是作者手迹，不但具有较高的楷书水平，且亦具有史料价值。其主要内容为其向九云先生投寄自己的出生八字，请其代为推算。这位九云先生是谁？日记中未提及，但有数次提到向周冠卿、张韵卿、徐月秋及天台人能推邵康节铁板数者等寄过自己的八字，并托人到杭州请一位女算命师为其推算，不知九云先生是否其中一人之字号。又，该函称自己八字是甲戌、辛未、己巳、丁卯，而前引其丁巳(1917)闰二月十四日的日记中提到自己八字是甲戌、辛未、己巳、丙寅，出生相差一个时辰。其实作者当日及前一日日记中曾提到其出生时辰是据其父亲说的“日色照至西横楼之朝东楼门，将至泥阶”，当时没有钟表，只是照俗语说日出即为卯时，但作者详考其出生的农历五月二十八日已近六月，天亮得早，太阳刚出，实未到卯时，所以认定是寅时，并说：“自后须照寅时定命，方为有则。”所以因该函仍然书自己的出生时辰为丁卯，定然是在日记中所记改定寅时出生这一日之前，即所发现的作者致九云先生信函手稿的书写日期应该在丁巳(1917)闰二月十三日之前。这封信函署名为黄秉义，应是在辛亥革命后，甚至更晚些，因其迷上算命也是在其最后两年的日记中才集中体现，所以极有可能是这段时间所作。作者每日致信对象几乎都记录在日记中，因此这位九云先生及此函可能已出现在其日记中，只是字号不能确定是谁，且信函内容作者日记中多未提及，难于考查罢了。

此外，作者还爱好栽种花草树木，其家所植花木甚多，一年四季均有鲜花盛开。他时常托人到温州、上海、福建等地购买花木，并购买《花镜》等书籍研究学习花木栽培、辨别花木种类。他欣赏花木崇尚天然，反对人工雕饰的盘花："凡人家欲购花消遣，切勿可以盘花为雅。凡事总以天然为贵，人力所能者不胜其浊。"①

他还略通医理药性，日记中摘抄了不少药方，比较得失。其中因其生母及元配章氏皆产后病故，加上其妻妾所生子女有数人出生不久即夭折，所以他较为重视抄录、推荐医治产妇、婴幼儿的药方。他还选择自认为较好的药方加以刊行免费送人。但他对传抄方药亦不是一味盲从，如丁巳(1917)七月二十四日日记云："初阅其方，颇有理致，继尔抄录之。继阅其后方，系是大凉大泻之物，万不可用，因而抄录即补数语，或有生鱼口便毒者，切勿仿照此方而用之，非受益，反而有损也，是为之记。"

从上述可知，作者心怀家国天下、洞悉社会生活、熟悉人物掌故，亦具有较高的人文素质修养，但他作为旧社会文人，其旧思想总是顽固存在着，在其日记中也时常冒出来。如其反对女子入学。台州设立女学堂后，作者也去看过："同诸君至天后宫，看已立之女学堂，习学女子计二十馀人，年计七八岁至十三四岁也。以余思，殊不成事体，又以男人教习，再无道理。忆先曾祖母应太夫人云：'女人不识字为一德。'今则立学堂，又以男人教授，更为成何事体！"②而其对修建烈女贞节牌坊却甚热心。当地李育英都戎次女自幼许配王复旦孝廉之子，但"未娶时遽逝，报至李宅，烈妇闻之，悲恸交集，立即仰药身亡。"当地方奏报后奉旨旌表，作者不但认同为："彰其贞烈，所谓死后如生，芬芳千古矣！"③还同意交换自家田地以便竖立牌坊，并多次关

① 戊申(1908)三月十六日日记。

② 戊申(1908)二月十八日日记。

③ 癸卯(1903)十月十五日日记。

心、协助为几位烈女节妇竖坊。稍具进步思想的是其亦反对女子缠足:“但女子缠足本是通病,女子无病自寻有病,情实可怜,此实于女子治病亦是幸事,愿均速治之,幸甚。”①

作者日记中还充满着大量迷信思想:遇婚丧建竖等大事总先择吉日,甚至远至宁波、泉州等地花钱请人择日子;天旱则求雨祷告;生病亦请巫道禳祷;求子则许愿,求父亲升迁则请人占卜,并多次赴天台山等处寺庙做水陆道场、还愿;笃信因果报应,认为遭雷击毙的农工是“定有积恶,致干天谴”等,还不惮其烦地摘抄举列了诸多拒色诱而中举得福、纵淫欲而落第丧生之事例;甚至认为革命、暴动等皆是上天注定的:“‘甲子丰年丙子旱,戊子蝗虫庚子乱,惟有壬子水滔天’,颇为有应。如今年元旦庚子以后,四月间广东革命党滋事,幸张坚帅随时扑灭;七月间四川为路归国有,亦匪徒滋事一番;今八月以致湖北滋扰,以此可见也。”②

这当然是时代局限性,其周边多数人皆然,甚至比他还迷信,以致误事丧命,如他记同属士绅的同街周梅翁的儿媳妇金氏染恙后,不请医诊治,专以巫者化解,花费不少,而年仅二十二岁的金氏却死去了,但与金氏所患之病大略相同的邱泽生,其父却请多名医生诊治,虽未邀巫求祷,但是医治痊愈,花费亦不多。作者因此告诫:“大凡染恙者求医须要精酌,用药确须仔细,能得有命,断无不治之理。未闻不求医而求巫者而能生者也。”③作者自己及家人生病时虽然也邀巫求祷,但他们始终积极医治,对擅长各科的医生也有较为全面的了解,自己甚至抄写了不少医方,所以说作者并非全信求神请巫之类的迷信。

在其后期的日记中,作者对算命也十分迷信,他不但向远近术士

① 癸卯(1903)三月初二日日记。

② 辛亥(1911)八月二十九日日记。

③ 丁未(1907)十二月十一日日记。

请教，还钻研命理学说，购置了大量算命之书，以比较其中优劣，折中采用，遇人则为其推算一番，很多人也找他算命，他还将自己推查过的数十人的八字命理等信息记录在日记中。他始终相信一切皆存于数，事皆前定，而让他十分困惑的是八字很好的如自己母舅的孩子等人，竟然夭折："余见此等八字，以致如斯，代为怅叹之至。闻其表弟系十四个月生，亦是贵命，何至如斯，再四维思，究属难解也。"①但他认为是命理玄妙，自己尚未钻研透彻之故。

相较而言，他对扶乩之事不甚深信，他亲自参加验证了几次所谓乩仙的骗人伎俩，知道文昌阁道人李吕彬的"乩语均是吕仙药签并郡城八仙岩生生数作为仙佛降坛语言，不识者被欺正不知凡几"，但他虽然揭露了李道人扶乩作假之事，却又认为："至于请仙批乩，人若虔心诚意，询问之事必须正大光明者，遇有上仙下降时亦有之。"②可见其对扶乩在将信将疑之间。

日记中还记录了他与其父多次与多名堪舆术士寻找风水宝地之事，但他对此心里也不是很信，只是半听术士之言，半就方便，视实际情况而定。如其记云："风水先生甲看得佳，乙即言驳，总有不佳之处。人无主意，则必迁葬。再邀丙看，言乙地又是不佳，必将再更。一行改葬，则彼可进数十元。如孙旭东，非只数十元而已，此等贪徒，万不可听信。既信一人，看定吉壤而葬焉，不宜再邀人往视。风水无凭，岂可真能相信哉！"③

其它方面，如反对演戏看戏、诫勿骑马、戒吃牛肉狗肉等，亦体现作者迂腐的一面。尽管其思想存在落后一面，但我们认为其心是善良、坦荡的："以余存心，只人有欺我，我终不欺人；凡事能对于人，又

---

① 丁巳(1917)七月二十九日日记。

② 丁巳(1917)八月十五日日记。

③ 丁巳(1917)九月二十七日日记。

能对于神,愿之所然也。”[1]作者记日记除了为一个时代作记录外,还有一个重要的目的是教化作用,不光是对自己后人,也寄希望于包括其亲属在内的后人受到教化。他反复陈言“总而言之,积财于子孙,子孙未必能用:积书于子孙,子未必能读;必须积德于子孙,子孙荣昌于万世矣。余又一言:凡事只须人负我,我不可负人。我之子孙即此二句可作传家之宝耳”[2]。

此外,日记中尚存在较为芜杂的其它内容,由于作者坚持每日皆录,又应接繁忙,不免将一些生活琐事、往来人情账簿、宴会等价值不大的内容皆记录其中,具有杂录性质,对作者而言是为取阅、查找方便,但不免影响、削弱了日记的史料价值。

四

本日记底本藏于广东省立中山图书馆,后收入由广东省立中山图书馆、中山大学图书馆所编《清代稿抄本》第一辑,取名为《黄沅日记》,广东人民出版社影印出版,本书据此整理。前文已详考了作者行名变更情况,觉得以其最后更用之名黄秉义命名本日记更为恰当些,故名为《黄秉义日记》。

作者在日记序言中说:“自今日为记以后,务须‘言讷行敏、性和气平’八字,随时随记,不得忘却。日有所事,登诸记簿,不得始勤终怠为要。”在收入此书中除其中一册已佚外,尚存六十三册,约有两百万字,真正做到其序言中的自我要求,其在事务繁忙、身处异乡、舟车行旅、小恙不适之时,亦未辍笔作记,即使病至不能下笔,在身体稍可后亦即予以补记。但正如作者自云:“余之日记不知工拙,心有所言,

① 丙午(1906)十一月二十日日记。

② 丁巳(1917)六月初十日日记。

随笔书记，贻笑方家齿冷也。”[①]虽是谦辞，但也有几分真实，如其中不少句法、文字都有随意性，很多字是用音同、音近字代书，存在不少错讹之字，有的文字甚至是作者臆造等等，所以整理时不但标点为难，辨别、猜测文字亦为难。

在反复阅读、思考，并参考其它古籍的整理范例后，我根据本日记实际情况制定以下整理方案：一，凡原文谐音字、错字，一般仍照原文，初次出现时加以注明“当为某字”，不能确定的则注“疑当为某字”，由于此类现象较多，以后再出现的谐音字、错字，在不影响阅读的情况下不再一一标出，所记人名、地名因谐音替代而前后不一者则不标注；二，作者臆造之字则尽量改为本字，实在不便替代的则照原文现造文字；三，为便阅读，原文明显系是衍文则删去再予以注明所删为何字，脱文则将其可能脱的字加上，以括号标出，不详所脱何字及所脱字数较多者则只出注；四，原文涂改、潦草不能辨认之字及因书籍破损不见之字，则以□代之，不明所缺字数时则以省略号代之；五，原书有部分数字是旧时柴码书写，也有部分大写数字，整理时俱转换为简写中文数字；六，整理稿全文皆用规范简化字，但因原文主要是文言文，又以第一人称记述，大量出现第一人称的“余”字及姓氏之“余”，为免文意混淆，凡含“多馀”之意的“馀”均加了偏旁；七，作者原书写于页面外以便提醒、查找的文字，整理时则移作注语；八，原日记每册是百馀页稿子装订而成，封面作者皆题签为“第某册”，因与整理后成书分册易混淆，所以易“册”为“章”，全书共六十四章，原缺第五十二册则仍缺此章；九，原书每册封面皆书“某年某月，江夏质诚手录，诸君勿哂为幸”，每册正文第一行皆书“日记第某本，乐琴书室主者质诚手录”，整理时皆予以删除；十，为便阅读与体例统一，每章起首开记之日及每年起始之日的纪年干支后皆加以括号注明公元纪年，至于封面月份有以“荷月”、“瓜月”等代称的一律改为中文月份

---

① 丙午(1906)七月二十日日记。

数字。

我从2013年夏开始整理本日记，已是我在首都师范大学书法院博士后流动站工作的第三年，由于此前已完成了自己的博士后工作报告，此时我每天主要任务就是去导师欧阳中石先生家聆听先生教导、观摩先生写字，学习之馀，就主要从事本书的整理工作。整理工作中经常遇到日记中出现的诸如上海舞台演出剧目及不少旧时人物地名等，不熟悉处我常向先生请教。先生精于京剧并熟知不少旧闻掌故，又对我知无不言，使我受益良多。而整理方将及半，先生竟于2014年底因脑溢血复发卧病在床，至今将近一年尚未好转，心常不安，失去先生的指点，阻障陡增。

本书整理工作还有幸得到了中国社会科学院文学研究所研究员、《文学遗产》副主编张剑先生的悉心指导，张先生不但将原书稿复印惠赠，还始终关心整理进度及我的工作生活等情况，十分感激！此外还得到台州王及老先生、我的家人、亲戚、学生等多方面的支持帮助，深为感谢！由于日记卷帙浩繁，又系缩印稿，文字辨认、录入工作甚为艰难，整整两年才方录完，已是腰肌劳损、视野茫茫，以后再用百馀日方检校一过。虽然如此，书中定还存在不少错误，敬请方家批判指正！

周兴禄

2015年11月16日

于北京花园桥首都师范大学书法院寓舍

第一章[①]

壬寅(1902)九月初一日起

余年二十有九，自知追悔莫及。自今日为记以后，务须“言讷行敏、性和气平”八字，随时随记，不得忘却。日有所事，登诸记簿，不得始勤终怠为要。乐琴书室主者自记。

壬寅(1902)九月初一日戊午 晴。朝刻，偕金叔文妹丈至椒江，谒秦师梗友、许师九碗，晤谈及昼，许师挽留过午。晚刻，叔文挽余至海门，谒郎翰臣老伯片时。欲回，蒋君植臣晤，邀至其店。适今日蒋君开张之日，店号“通源仁记”，米、炭过塘生意。再三留酌，余因时已晚，固辞而别，到家已及戌刻。家君嘱书叶蓉秋、金云舟两君各一信。值邬丽生先生在家，托做对语。

初二日己未 晴。午后，丽生先生来，对语做就：“通达时务，仁能及物；源泉广进，惠以爱人。”家君嘱书张瑞生茂才一函。

初三日庚申 晴。早至周载熙家，晤叙片时，同来家畅谈，至午而去。家君嘱书覆王子裳太守一信，适琴轩来，此信交其转寄皖省平心桥寓所。周作羹自省来，叙谈至晚，去。闻黄竣庭之妻周氏昨已病危，顷间丽生先生述云其死而复苏，云魂游本庙而见，师巫让祷，续其

① 按：“章”原为“册”，原为手抄稿一本，现集册成书，改称“章”，仍以原书一册为一章。

母及夫至庙祷之，未识得感应否也。

初四日辛酉 晴。午后，顾先生来为太姨婆诊视。余便请其一诊，言有寒湿，当书水法夏、茅术等六味饮之。船夫送来郡城陈少竹先生赴闻一柬，当即函托同昌账房李君秉南代送奠仪洋一元，信交吕来送至航船寄郡。蒋颖芝先生来谈地理。陶售翁姻丈遣价送来《申报》一束计六张。

初五日壬戌 晴。早，褚君梓棠来，邀余同蒋君至山南看地，回家时已午牌。邬丽生先生来，余问俊庭[1]之妻病愈否，据云稍愈。倘得还生，师巫求祷亦有灵验也。邬君子仁来，叔文妹丈挽余与其同至周君载熙家，相叙片时，邀同至文昌阁一游。至家，适曾君六舟先生由省回台，言月之十三日发乡试榜。蒋君颖芝趁小船回家。曾君六舟因事至周宅。马夫老五至海门向永宁取来《申报》纸一卷，内三种系寿翁寄购，当即遣人送交矣。

初六日癸亥 晴。午后，邬丽生先生来述俊庭之妻周氏今早已逝。人之死生大矣，岂求祷而保延年也夫！周君麟生来，余约初九日登白云山。叔文云友人某曾捐京职，续捐外衔，指省候补，二月间入都，日习花柳，随种疮毒。初稍见而无碍，于七月间回台，至家，恶疮顿发，头面皆是，即见客亦有难色。彼是分发省分人员，凭限早过，不能起行禀到，心甚追悔莫及。凡我辈中人，至申赴京，切不可终迷花柳，致受恶毒，是为至要至切。

初七日甲子 晴。早，叶蓉秋自莘山来言，叔文家事尚未清理。接陈君锡斋一信。陈洛卿丈公交乳媪带来一缄。

初八日乙丑 未时寒露，晴。早，至椒江邀秦、许两师，明日适重阳佳节，仝游白云山。秦师稍受寒邪初愈。叔文因家事定要回家，余至再挽留，竟然不遂而别。午刻，周君梅五、陶君寿农偕许师九碗来

---

① “俊庭”前作“竣亭”。作者日记中记相同之人名、地名多有前后不一者，多为同音、音近混用，以下均照原文，不再一一标注。

与家君言，萧公急办保甲以靖闾阎，闲谈至晚而去。褚君用九来言，昨夜庆丰店失窃，偷去麻一件并另星各物，追查未得。悉归原主否也。家君嘱书金竹友大令一信。

初九日丙寅 晴。早，余作东道主，邀许师九碗、邬师丽生暨载熙、梓棠、少愚诸君，同赴白云深处，过午，畅谈而回。作覆陈锡斋兄台一信。

初十日丁卯 晴。邬丽生先生畅谈至夜，去。仲辰宗叔挽许笠夫先生来与太姨婆看病，并言老年气血就衰，一时强健为难。记太姨婆今年七十四岁。作函覆陈洛卿丈公。

十一日戊辰 晴。接俞振甫一信，其当店账房郑姓送来。王师梦云之世妹出阁佳期将近，家君送其呢被面，余致函道贺。家君嘱书送山东丁家粉敬，黄岩周喜亭母舅贺敬各一封。回忆陈锡斋系王实斋三字，大凡写信记姓不可舛错为要。周载熙明经来，接谈良久而别。

十二日己巳 早至辰刻，细雨；后，阴。前在省时，有送人扇面八把，托杨子升兄画山水，托苏绩臣兄写字，致函向取扇面，接杨君回片并扇面三把，馀在苏君处，彼至书院去，未曾取来。作函覆俞振甫，其典中司账郑姓号鲁卿。余至庆丰，褚用九先生今晚至宁，有事代董家托修坐钟镜面，又购另星各物。此班《申报》，老五取来，计六张。

十三日庚午 早至辰，细雨；后，阴，稍见日；戌刻，雨。卯刻，余前透放廊；午刻，前透横楼前间接造一间。午后，至邬丽生家，子仁世兄有肚痢之症，余送处术，未识速奏功效否也。莘山有仆来，余作函致金叔文妹丈，并送松烟四块。余妹稍受寒邪，请王书城先生诊视，言能即愈。并与太姨婆诊治，年迈气血衰颓，能早奏孚功，是为至幸。

十四日辛未 晴。早至周载熙家，续至少芳店中，晤作羹，相聚，回时已及午牌。作羹谈画之工拙，余送山水册页四幅。

十五日壬申 晴。静斋宗叔来假福字，为做坟内用。许师九碗来邀晚膳。通泰店之顾先生来与太姨婆诊视，尚未愈，饮食少进。至椒江许师处，同席者：沈君子臣、杨君畴九、梯仙、少湖两宗叔、周君载熙、秦师梗友，计七客，晤谈不觉其久，回时梆鱼三跃，月圆如镜，明倍中秋，同游夜景，其乐难言。

十六日癸酉　晴。载熙、少芳、丽生先生谈至晚而别。闻梅五姻丈之夫人小产无血，人事不知，惊恐。余往视之，云已数日，今稍愈，李君健生言可无碍。于十九日请师巫让祷[①]。符三先士正今晚自家来。

十七日甲戌　晴。黄岩官子皋先生瑞椿来，至晚去。按：官君系江南候补府经历，由陆师学堂委员保举免补本班，以知县用。午后，轮船到，《申报》已取来。

十八日乙亥　早，晴；午后，阴。褚用九先生宁波回，寄买各件均已购到。王元俊来，家君嘱书函与金叔文妹丈，交其带交。

十九日丙子　晴。农夫蔡永利之母年已七十有二，在家已十馀年，前侍奉先曾祖慈，今老病十馀日，饬其子买舆到家。得奏孚功，再延数载否也。

二十日丁丑　晴。通泰顾先生来与太姨婆视病，言稍愈。余妹疟病已愈。仆人李阿香自省垣回，黄君霁胸交其带到一函。

廿一日戊寅　晴。致函曾君六舟，交阿香送去，随接覆函。作函覆霁胸先生，交善相送邮政局转递。午后，至椒江许师九碗、秦师梗友(处)[②]，续至梅五姑丈(处)。同周君麟生至梯仙宗叔家，悉其如夫人于二十四日进门。到家已晚膳，后王师梦云、杨君俊甫自后洋王来家。杨君意将下船，天已晚，留宿。

廿二日己卯　晴，天时颇暖；夜，雨。杨君俊甫回府。王达泉孝廉来，为黄岩林家当事，去时已申牌。函向苏绩臣取扇面。玉先自石曲回，言叔文妹丈向余借《申报》，另日有便寄交。作函与张丹亭参

---

① “让”，当为“禳”。

② 文中有脱字处，均照文意补足，以括号标注。

戌,为已收并汇,先后计四百五十元。前年,余代其向陶裕大借洋蚨五百翼,尚少本计五十元,尚少先后息洋五十八元。信交褚琴轩带交。余阅九月十二日《申报》,兴荷田禄奉上谕补授云南迤东兵备道。

廿三日庚辰 早至午,细雨;午后,阴;酉刻,霜降。家君作函致王达泉孝廉。王师梦云至海门去。太姨婆老病缠绵,今身体又热,王书城先生诊视,能得药石奏功,得以延年否也。

廿四日辛巳 晴。前陶致和先生送王实斋《黄庭经》三本,托余代寄函致王君,并经嘱阿寿专送。长田三姑婆前已有病,遣价致候,回云病颇觉沉重,心甚念甚,能养延年否也。许君九碗来约至宗叔梯仙家看如夫人,余与同去。其人尚称中等,求得多育麟儿,两得全美。太姨婆病日甚一日,饮药如水,速得灵丹相救否也。

廿五日壬午 晴。早辰,家君至长田视三姑婆疾。太姨婆病日沉一日,请顾先生诊,云幸肚无颜色,想能补救。宗叔祖禹门及寿农姻丈来视疾。宗叔星斋来邀家君,未晤而去。丽生先生来,云子仁兄前染疟疾,今稍愈,须用川朴。余赠少许,定即一剂而愈也。阿专自章宅回,接王实斋兄覆信。农夫阿三早辰从家君至长田,回云三姑婆病稍愈,能复延年而不难也。

廿六日癸未 早,阴;午后,晴,即阴。顾先生来与太姨婆诊视,言稍愈,薄鬻能吃。得以逐渐平复否也。二故婆来视太姨婆疾。麟生来云,楚卿之亲戚蔡鹤亭于辰刻逝世,年未及三十,幸有三子,其内人尚有孕。三春先托余写信与王曰德长年,欲其舢板之鹾货进其义记鹾行中售脱。

阅九月二十日《申报》,京师大学堂招考学生考法章程,开办速成科,内分仕学、师范两门,其应收取考人员按照原奏京官五品以下、八品以上,外官、候选及因事留京者,道员以下、教职以上,皆准入仕学馆肄业,举贡生监皆准入师范馆肄业。其考试之法,按照此次奏定章程分作两场。第一场:仕学馆试以世学论一篇、政治策一篇、算学一篇、英文论一篇;师范试以修身论理大义一篇、中外史学十二问、算学六问、英文论一篇。第二场:仕学馆试以舆地策一篇、交涉策一篇、物理策一篇;师范馆试以教育学大义一篇、中外地理学十二问、物理及化学六问、日本文论一篇。以上所试各学,皆于试日分出两题,一深一浅,深者以待成材,浅者以试初学,取进后分出班次,各按浅深分门肄习。至英文、日文等论未习过者,皆可不作。算学、物理、化学等策问,不必尽通,但取文笔条鬯、事理明白。所有史学、舆地、算学、物理、化学等问,只须笔答数语,举一反三,无取求备,十事对九,以待通才。受学之初,姑从宽录。查仕学馆以考取政治为先,师范馆为培植教育之地,凡应考者,必须品行端方、志趣宏远之士,方足以资造就而广甄陶。凡有志响学者,除京员由本员呈请本衙门堂官咨送考试外,候选及因事留京人员、查举、贡、生、监等,各按籍贯,八旗取具本旗佐领图片,各直省同乡京官印结,各开具三代年岁履历,亲赴大学堂报名投考。已于九月十三日开考矣。想将章赴考学堂者不必于此也。

廿七日甲申 早辰,雨;后,阴。顾醉葩来与太姨婆诊视,稍愈,未识从此和平否也。家君自长田回,言三姑婆病亦稍愈。应子能先生与家君同来,亦与太姨婆诊视,已吃一剂,速奏乎功否也。是日天时颇暖,夜十下钟时见雷声并雨。

廿八日乙酉 早至辰,雨;后,阴。应子能先生与太姨婆诊视,今日又稍沉。此症不得速愈,甚焦急。应君与邬子仁兄视,来云疟疾尚未愈。余抄摘张冶秋大冢宰拟定《京师大学堂章程》,所拟甚长,文甚详。

廿九日 是月小,作三十日丙戌,阴;晚刻,天时稍寒。王师梦云趁市船回家去。太姨婆今日病又增,饮药如水,未识何日得愈否也。午刻,至周君载熙家,晤其亲戚李君少笃,相叙片时而回。褚琴轩来邀至庆丰吃晚膳。因象山麻客汪君新兰、陈君桂泉店中夥友至彼处购麻,均在其行中,今彼来台,故设席以待之。今日庆丰新用夥友官德先系竹篷人。

十月初一日丁亥 早至午,阴;午后至晚,雨,不甚大。太姨婆之病较之昨稍轻。吕来自外来云,周达云母舅与其堂兄允东母舅为田吵闹,何日能休也否。麟生过家,谈至晚而别。褚琴轩到象山买麻去,到家过,随即起程趁轮。

初二日戊子 晴,应子能先生与太姨婆诊视,病亦如昨,难以速效。午后麟生来,挽余至东岸看戏,至晚时,槐卿之女婿陈姓留吃晚膳,席甚厚。同留席者,陶寿翁、楚卿、性言、梅五、槐卿、麟生与余七人。回时帮鱼二跃。至家,晤陶柳桥,递郎翰臣老伯一信,叫余代其写信与叶徙南,为其令兄祝三,前在行中作夥,尚有未清事件,并有透支,至申时已远,未见回台,欲徙南致函叫其转台结清事件,并弥透支。

初三日己丑 晴。应子能先生与太姨婆视疾,言病稍愈。余君少梧自黄岩来。邬丽生来邀子能先生与其子子仁视疾,回云疟疾稍愈,想得逐渐和平耳。

初四日庚寅 晴。太姨婆之病今日又沉肚簿,口舌似乎糊涂。据应子能先生云,阴极,如树根已枯,枝叶稍茂,恐不久又焦,能得逐渐培补原阴否也。代郎翰臣老伯致函达叶徙南兄台,遣人送南申屿,原价回云,叶君明日自来,未及作书答覆。余君少梧于午后至海门去。梯仙宗叔来谈片时而去。

初五日辛卯 早至午均阴;未、申刻,有微雨;随阴。太姨婆之病如昨,奈何奈何!幸语言今日稍明。胡呈仙来,云及八月间子亡,言之痛心,代其叹息耳!应子能先生代描张逖先书对联对语:“硕人所处安以乐;君子之车庶而多”,篆字。鄙意欲用杏树刊板联。至周君载熙府上,周君亦前数日受疟疾,已愈,尚未复元。周君麟生来言,前七月敬请三官大帝于地方保安,今地方幸托神佑,曾已平善,敬送还宫,阖保送以匾额一方。余妹于今日回转莘山,外甥自上年八月初三日未时生,已逾周岁,土例有外婆理送周衣等件,亦与今日曾将周衣遣送矣。

初六日壬辰 早,晴;晚,阴。太姨婆之病如昨,只恐难愈。星斋与清斋两宗叔来，谈至晚而去。丽生先生来云，子仁兄之病稍愈，余送术、台鲞、烟斗三礼。孙旭东先生晚刻自孔化岙来。

初七日癸巳　晴。早至椒江，晤秦师、许师，相叙一下钟时。早上两点钟系中教习上堂讲授，适秦师已上堂而别。午后至周梅五家，谈一下钟时。与麟生同至陶宅，寿翁至海门未回，不晤为歉。太姨婆之病亦如昨。丽生先生来邀（为）子仁看病，回云病颇沉，虽进药石，非一时能见功效。晚刻，应子能先生与夏子谦先生之次世兄旭东来言，子谦先生已与上月作果。宗山兄来借套，于明日祭送三官大帝用。并闻云梯之侄缉熙兄之次子一时痧症，口不能言，已求神并愿以师巫让祷，能以速愈否也。摘抄学堂章程，已将《中学堂章程》已抄完璧。

初八日甲午　晴。早辰，家君与旭东、丽生、子棠诸君至桐屿看圹地，至载熙家谈一下钟时回。许师九碗来，不晤而去。徐君少卿来，谈至晚而去。太姨婆之病今日稍愈，能以逐日渐愈否也。接叶君徙南覆信，言其兄祝三与郎翰臣老伯之账，另日托有王植夫来至海门与其理算讫。函中“祝三在申，有爱妓携带作妾”等语。沪江乃酒地花天之处，无人不与其所惑，吾侪中人若到此处，万勿被三四狐媚所绊，是当切切慎之，勿忘为要。家君与丽生、子棠两先生回时，帮鱼三跃，云旭东先生尚留观山水而未返。

初九日乙未　酉时立冬，晴。太阳落山，颇见红色。太姨婆之病稍愈。午后，旭东先生看风水回。庆丰夥友至天台买麻，便过郡城。余作函托何见石老伯，并求法书扇面，又带郡裱中堂荷花一轴。同昌催取木器，并购另星各件。

初十日丙申　晴。太姨婆之病较昨日稍愈，饮食能下，得以逐日痊愈，甚为深幸。周君载熙晤谈片时，适麟生邀余至海门，路遇许君东吕，系安徽人，上海英二马路卜内门制造洋碱有限公司之夥友，同至海门怡香居，晤赵守戎瀛洲、池君柳亭、娄君明卿。按：明卿系占梅之世兄。续晤蒋君植臣、余君少梧、徐君少卿、蒋君子纯，相叙至晚。

向少卿假马，与东吕同回，至家适值晚膳。东吕欲招商，与本处设做肥皂公司，兼售各色洋碱，但做肥皂，其料作向其申江公司购价甚廉，所用什物亦均代办，价在百元之内。公司中代荐熟手夥友传授，择本地一人习之，二人可以制造，能得消路广阔，其中取息甚肥。余禀告家君云，但海门曾开设一处，只恐消路不广为碍，云待海门已开之店消路之多寡再行妥酌。明日欲邀符士正先生与许君同至其店看情形，再行探听消场，以定行止。应子能先生于今晚至海门去。

十一日丁酉 晴。符士正先生与旭东先生代张丹享参戎阅地，未至海门。太姨婆之病稍愈。马头山遣价来视太姨婆疾，云三姑婆病已愈，欣幸之至。东吕云，沪江法兰西地界天主堂总理各教堂之总神父价姓，性气和平。午后同东吕至陶宅，为欲其拼开肥皂生理。陶寿翁云，此是手艺生意，只恐与其高等司务者一有意见不合，中途作废，故有是碍。余素有疝气之病，一痛即愈，今日又见。应子能先生自海门回，请其诊视，曾吃一方，难奏孚功，奈何奈何！

十二日戊戌 晴。太姨婆之病稍愈。许东吕回转海门，与符士正先生同去视洋皂之做法。符先生回云："此物台关已有数处开就，但恐消路不广，有人能至宁波江北岸开设，得广消路，息甚厚也。"余疝气痛甚，请子能先诊视，未见功效。王绍占之妻亡，邀余作祭。午后至其家，晤其亲戚陶寿翁、周少芳，同做祭：周漱翁、王云梯，余因气痛，草草了事，回时更鱼三跃。

十三日己亥 雨。本镇神庙阮总师寿诞，按户均设肉礼往庙致祭，余因病未去。太姨婆之病今日脉色又变，得能逐渐平愈否也。余疝气甚痛，请子能先生诊视，云寒湿在下，有偏队[①]之痛，日食两方，不得速见孚功，心甚焦急。六皆先生自宁波回台，来云昨日黄岩喻志韶太史本科得河南之顺天乡试房考事毕，同趁永宁回台。

十四日庚子 晴。太姨婆病仍如昨。余疝气痛甚，起居痛不可

---

① 疑当为"坠"。

言，请子能先生诊视，第一次方吃仍无济，第二次方吃下稍能止痛，不知何药可治否也。用九先生来。庆丰之夥友自郡城回，前托何见石老伯法楷扇面曾已写来，覆余一信，并致家君一函，所买黾鹿二仙胶，曾已购一斤，计洋五元一角另，其馀各件均带来，至同昌木器漆未坐实，待数日后，云代寄来。

十五日辛丑 早辰，阴；后，雨。农工自马头山回，云叶菊仙表叔之大表弟前聘黄岩牟赞卿大令育[1]之孙女已于月之十四日文定。道过长田，三姑婆之病又翻，不知得占勿药否也。太姨婆病亦如昨。周君载熙之夫人因牙痛请应子能诊视，回云已有喜脉数月矣。余疝气痛甚，请子能先生又开两方，均吃，不能见效，痛亦如昨。周作羹兄来，余阅有《申报》，内刊顺天、江南两处乡试三场首艺借与，余因疝气痛不能久答而别。子能先生云，子仁之病颇沉，请章屺堂先生诊视，能奏孚功。今晚请章屺堂先生诊视。未识得奏孚功否也。

十六日壬寅 晴。余疝气尚痛，人觉无力，寒湿颇重。子能先生因有要事，今晚回转郡城，曾留一方，于明日吃。大姨婆病亦如昨。周君梅五之夫人花氏于昨夜逝世。邬君子仁之病又增，能占勿药否也。

十七日癸卯 早辰，阴；辰后均雨。余疝气稍愈，仍吃应子能先生所留之方。太姨婆之病亦如昨，只恐难养天年，奈何奈何！但求老病延年，亦为深幸。晚刻，长田价来云，三姑婆于今日逝世，年将近五旬。闻讣之下，流涕三叹。早闻有病，余未及躬亲问候，心甚追悔莫及！今当大殓，余又累疝气之病，艰于步履，不能亲赴吊唁，哀哀！回忆清和中浣，在家所言各事，爱余甚亲，言语形容，思之如昨，遽去九泉，一生永别，呜呼哀哉！永无再见之期，言之心痛而难言也哉！

十八日甲辰 雨，午前雨颇大，午后稍细。太姨婆之病又沉，只

---

① 作者在书人名及头衔下往往注明其名或字，此处“牟赞卿大令育”意为牟育字赞卿，职务为县令。以下类同，不再标注。

恐难保延年，奈何奈何！余疝气今日稍愈。晚刻，万香自海门来，带有本期轮舟《申报》一束。

十九日己巳 晴。家君早辰至长田吊丧。三姑婆之大表叔子宣因痛母情切，今食生鸦片，据仆从回家云，其人指甲已黑，想受毒已深，已有多人急救。能无恙否也。早刻，秦师梗友、周君载熙来阅报，至午而去。苏君咏夫自黄岩回来，谈至晚而去。晚刻，接王达泉孝廉与家君一信，云其令媛聘黄岩林桐甫大令之二少爷，已于月之廿九日入赘，借寿屏各件。因家君未曾在家，已空片答覆。太姨婆之病，今邀醉葩先生诊视，病又加增，如何是好。余疝气今稍愈，亦邀醉葩开一方，已吃两剂。玉先至邬子仁兄处回云病亦如昨，未识得保天年否也。余自痛不暇，未亲问候，心甚焦念。

二十日丙午 晴。余疝气稍愈。太姨婆之病，元阴燥甚，饮食时舌头颇痛，百病丛生，恐难延年，应子能先生诊视，药石不见效，奈何奈何！早辰，长田价来云，子宣表叔于十九日晚刻逝世，年仅二十有九，下无子女。悠悠苍天，哲人其逝，情心痛母，遽然长逝，呜呼哀哉！痛哉！陈云生先生、王子莘先生来谈片时而去。褚君子棠自郡已来。阿香自长田来云，马头山叶菊仙表叔于今早逝世，年三十有九。一日两闻哀信，不胜哀悼之至，笔难甚述。邬丽生先生来言，子仁兄之病稍愈，幸甚！

廿一日丁未 早辰细雨，辰后晴。太姨婆之病又沉，应子能先生言难保天年，奈何奈何！余疝气稍愈。王六皆先生来谈至晚而别。

廿二日戊申 雨。太姨婆之病仍如昨，饮食少进，补救为难，心甚焦急异常。余疝气不痛，方能步履。褚君子棠自西山潘家来，过家少坐。张凤山先生携侄至武林去，来家过，适雨，艰于步履，留其至下班轮期到宁。许师九碗过家，相叙片时而别。王冰如先生之令尊前与柳桥兄言，欲向余讨天生磺，余送其少许。在省时已交柳桥兄带奉，但彼由武林便道于潜，想未到郡。顷凤山先生云，尚未接到。顷作函达，如柳翁到郡，便可向取。晚刻，接家君信，余照信所言作函与金叔文妹丈，托子棠先生寄至石曲，转递莘山。张凤山先生云，本年值科考，学中曾奉学台牌示，于本月廿二日县试首场，于十一月十二日府试首场。

廿三日己酉　晴。余受冷气，脐下颇痛。太姨婆之病今稍愈。焕堂表叔来谈至晚去。

廿四日庚戌　晴，子时小雪。朝刻，家君于廿三日到马头山，今由马头山回家，嘱书旭东先生一信，托买砖瓦，并嘱书陈永文一函，并附还英洋三元，交长田陈宅农夫带交。王达泉孝廉来字借去假屏壹堂，交其原人带去。嘱厨子设有小酌与张凤山先生，并邀褚子棠、邬丽生先生陪之。周君麟生来云，欲于月杪至江北买陆陈生意。太姨婆之病今日稍愈，不吃药石，专以高丽参饮之。余感冷气已愈，疝气尚未愈。

廿五日辛亥　晴。张凤山先生因有事，于今日趁永宁至宁到杭州去。家母受邪，体发热，请子能先生诊视，想定即占勿药也。太姨婆之病稍愈，想能逐渐平和。余疝气已愈大半，至周君载熙家，彼亦有邪，来邀子能先生诊视。续至椒江晤许师九碗，谈片时而回。钟焕堂先生与少芳兄台谈至晚而去。接许东吕由上海发一信，并询云南路径，前托买疝气药，均已递到。但此贴招纸云功效颇速且工，余因洋药不敢吃。家君嘱书一信，托周映江先生代请王四先生改移房间，已叫吕来专送东山，回云近日能来。

廿六日壬子　晴。晚刻，至子仁兄家，视其病颇重，未悉得邀延年否也。太姨婆病仍如昨。家慈受邪稍愈。余疝气已愈，能吃补剂。续至王子宜兄家，谒钟焕堂先生，谈片时而回。晤邱兄遇琴。过庆丰少坐至家，作函覆许君东吕。周君梅五来言，分府萧伯康司马于十一月初十日生辰，与寿农、煦东诸君并邀家君拼送戏三夜、酒四筵，允与。按：萧伯康司马邦恺系浙江候补知县，代理台州海防同知，办事尚属认精，名宦后嗣，两袖清风，审断悉均妥洽，近来作宦者不可多得如萧公也。值其生辰，拼送盛仪礼焉。

廿七日癸丑 晴。家君嘱送王达泉孝廉令婿入赘贺仪洋一元。嘱书函覆何见石老伯，均遣吕求分送。苏君咏孚、王君子衡、苏君绩臣来谈至晚，去。周君麟生来时已晚，相叙片时而别。太姨婆仍病如昨。家慈染恙尚未愈，身体尚暖而不退凉，邀子能先生诊视，曾吃一方，想定速奏孚功也。静斋宗叔来借《申报》，余遣阿香向作羹兄取转借其，计报两张。

廿八日甲寅 早，晴；晚，阴。太姨婆病仍如昨。家慈身尚未凉，心甚焦急异常。周君麟生来云，今晚动身至长江买陆陈货物。褚子棠先生、黄君宗山、钟焕堂先生来谈至晚而去。葛逸仙先生由宁波自廿四日来台，余往谒，询查三国之管辂何处人氏，嘱假《尚友录》，余代其向载熙兄借，未知遣仆送交否。转往周允东母舅处，谈片时而回，适赵瀛洲老伯与家君相叙将去。郑君载华自海门来，余留宿。倪君少峰来云，周达云母舅数日前生一表弟。接何蔼生先生一信向借衣物，已照信函覆，并各件均交其原友带去。载华云，余君少梧此次自海门回黄，染恙颇沉，未识速占勿药否也。褚用九先生来云，象山麻将到台，琴轩近日可以回家。

廿九日乙卯 阴。太姨婆病仍未减。家慈身尚未退凉，心甚焦急异常。应子能先生历次开方，不甚见效。家君嘱阿香至长田请陈吉夫先生来诊，定能药到病除，是为深幸。郑君载华于晚刻回家。子能先生与玉先至子仁兄家视疾，回云子仁兄病颇沉，恐难延年，余闻之不胜焦急。但愿天佑逐渐平愈，长聚朋情，是为万幸！

三十日丙辰 早，细雨；辰后，晴，天气颇暖。褚子棠先生来言邬子仁兄病甚危急，其令尊丽生先生前日至钗洋李少笃之曾祖并祖做坟去。余闻此言，作函随遣阿寿专送，叫其速回。周君载熙兄来谈片时而去。阿香至长甸同陈吉夫先生来与太姨婆诊视，云老病缠绵，药石一时未能见效。与家慈诊视云，受寒邪尚轻，无碍也，想近能占勿药之爻。周少云母舅来云，梅五姻丈四次续弦于前妻花氏之娣，已送日子，十一月十六日入赘。

十一月初一日丁巳 晴。太姨婆病仍如昨。家慈病稍愈。陈吉夫先生诊视，药亦见效。邬丽生先生钗洋已回，来邀吉夫先生诊视，回云子仁兄之病难愈。所难堪者父老衰颓，又无子嗣，代其可怜。丽生先生一生忠厚待人，何至若是！但求皇天佑其速愈，加其寿算，能得一脉流传，以慰老人之望，私心所愿也。黄岩林蔚生大令于十月十七日告卸华亭县署篆，稍请假回家，于今日趁轮来家，谈至夜，去趁永宁到宁转至江苏。但林老伯曾题补吴县实缺此回去即赴任。周达云母舅来云，本届县试，首场第一尹恭寿，二场第一王道周。

初二日戊午 晴。太姨婆病稍愈。家慈病稍愈。家君嘱书单奏堂先生一信，当交吕求送至航船，寄郡德清巷周萃兴银楼转寄。周枚五姻丈、禹门叔祖、仲辰宗叔来谈至晚而去。莘山金叔文妹丈于辛丑年八月初三未时生一子，今年周岁，择吉做麻糍，于今日送来，并寄余一信。当即禀告家君，作函覆，并致褚子棠先生一信，褚君立于今日至莘山去，均交其来人带交。续接植臣一信，空片作答。

初三日己未 晴。太姨婆病又沉。家慈稍愈。午刻，备席请陈吉甫先生、许师九碗，陪者：应子能先生、宗叔祖禹门及仲辰宗叔、家君与余，计七人同席。吕来至，云邬子仁砚兄于巳刻逝世，闻之，不胜嗟叹。回忆余与邬君自辛卯同从学与王师梦云，相见之初便情投意合，壬辰、癸巳，是岁县试列取第三，府试廿名，院试已列板牌，覆试名落孙山，命也，心甚忧郁。余亦赴试不售，同病相邻[1]，善言劝慰，至久忘却。甲午，同受业与许师眉甫，至乙未，届计五年，日则同食，时常相谈心事。故子仁兄之生平，余深知也：为人纯正，惟性固执，诵读不倦，不喜交游。明年丙申，邬兄至白云山课读，余仍从王师梦云，尚有书函来往，无抛书本之味。至辛丑之岁，元配褚氏抱病已忘。今岁六月，继配陈氏，尚未成婚，遽然长逝。呜呼！知友未得青衫之愿，竟抛七秩老人，哀痛之情，难可言状。我友子仁，其福何其薄也！其寿

---

① 当为“怜”。

何其促也！九泉归去，相见何期？哀哉，痛心！其尊翁丽生先生生平厚道待人，何至若是！但愿其尊翁作期颐上寿，以慰鄙怀耳！晚刻，至葛逸仙先生处，一刻而返，身虽与言，心尚不安。王书城先生来谈，至晚而去。

初四日庚申 晴。太姨婆病仍如昨。家慈病稍愈。午后至椒江，晤许师九碗先生，秦师梗友已自郡回，相谈片时而回。陈吉甫先生已去。陶寿翁来云，海门城外道头洋人所造房屋并街道已于初三日开市，贸易人颇多。城内原设三、八市，改作五、十为市。

初五日辛酉 巳、丑前后，雨；以后，阴。太姨婆病仍如昨。家慈病稍愈。余往吊子仁兄，晤丽生先生，情实可怜，悲惨以极。道过庆丰，一坐而返。继善相自东山来，留宿。莘山价来，家君嘱书叔文妹丈一缄，并致子棠先生一信，均交莘山来人带交。

初六日壬戌 晴。太姨婆病又沉。家慈病稍愈。接苏咏夫兄自黄岩寄来一信，言托载熙兄补县试，曾已函托。适周君来假呢轴，又面托矣。萧公之老太太于今日生辰，家君嘱余与周君梅五、陶君寿农、周君允东同进署叩视，晤黄煦东宗伯、许师九碗、秦师梗友，过午而回。褚子棠先生自莘山回，过家即去。郑礼郑王先生来格移房间，云东正屋为最，另择日转移，并云房门以艮方出入为佳。作函覆咏夫兄，饬吕来送仁记转寄，适咏夫兄自黄岩回。褚琴轩自象山回，来谈片时而去。

初七日癸亥 晴。风颇大，天时已寒。太姨婆病仍如昨。家慈能饮食，起居不能甚健，均请应子能先生诊视，药颇见效。午后至载熙处，适彼出，未晤。续至葛逸仙先生府上，适其在允东处小坐，晤寿卿并升水之子，自溧阳回，言前任海防同知姚子祁司马已于十月间作古。按：姚公自戊戌七月间到任，庚子八月告卸，已及两载，声名平常。回时天已将暮，褚琴轩来，并送麟生自沪江寄一信。

初八日甲子 早，晴；午后，阴；晚，细雨，片时即晴。家君嘱书张丹亭参戎一信。太姨婆病稍沉。家慈病稍愈。至庆丰少坐，出时见其屋主台门悬张燮钧大宗师给邑庠生周炯妻陈氏“苍岩凛节”四字匾额。按:陈氏之夫已故,数十年冰清节操,得张学宪循例汇奏,真无愧焉。马头山二姑婆来视太姨婆疾。单奏堂先生偕其孙至胡陈馆,过家留宿。褚琴轩来代人借去寿屏,为其友人入赘用。

初九日乙丑 早,阴;晚,晴。巳时立冬。太姨婆病又重,饮食难进。余心甚急,能得老病延年,是为深幸。家慈病亦如昨。余与寿侬、枚五、楚卿、允东诸君晋谒萧公寿。按:萧伯康司马系初十日生辰,预日暖寿,礼焉。咏夫赴郡过家,余托买《八宅明镜》《聊斋志异》各一册。单奏堂先生偕其孙至胡呈到馆中去。

初十日丙寅 巳前,阴;巳后、午前,晴;午后,雨,不甚大。太姨婆病亦如之。家慈病稍愈。进谒萧伯康司马生辰,午膳同席者:寿农、枚五、楚卿、余洁斋、允东与余六人,晚膳同席者:余与台防统领王官名立堂、寿农、允东、枚五、楚卿、洁斋、代东分台委员叶凤衢,计八人耳。

十一日丁卯 晴。太姨婆病似如昨。家慈稍愈。王师梦云、林聘士来留宿。宗叔祖禹门及仲辰宗叔来视太姨婆病。余至庆丰少坐,同应子能先生至邬丽生先生处,谈片时而回。路晤寿翁,来坐半晌而去。前托褚仲逸寄宁代裱罗南桥行书四轴,至今未曾裱来,适其在甬,作函向取。褚琴轩借之寿屏已送转。

十二日戊辰 晴,天气颇暖;戌、亥刻,细雨。聘士至家去。太姨婆病亦如昨。家慈已吃补剂,可无忧矣。王梦云师台亦去。接邱仲玉姻丈来信,言叔文妹丈家与四叔家事未清之事,其四叔与志韶太史亲家喻老先生托仲玉姻丈挽余至莘山排解家事,当禀告家君,请其鼎力劝解。此事讼则终凶,况彼一本至亲,断不可伤于和气。作函覆交其原人带回。杨定甫太姻长文孙于月之初八完姻,今日席设永宁船局,柬邀,家君嘱余至海门。同席者:厘局委员秦心泉大令觐荣、张子远世伯、陶寿翁、周梅翁、娄晋阶先生、王勤翁、余与主人,计八人耳。回时,更鱼两跃。秦心泉公祖云,黄印山参戎文琮已加副将衔,同案列保者张丹亭参戎亦蒙恩赏加副将衔，吾台生色，闻者不胜额手称贺也。郑载华自黄岩来，同至海门，相叙片时而回。晤吴芝庭先生，谈半晌而别。邬丽生先生来谈一刻，余来，彼已去。

十三日己巳 雨。太姨婆病仍如昨。家慈病已愈。仲辰宗叔来视太姨婆疾。作函致咏夫兄，交其令弟寄郡。

十四日庚午 晴，夜风颇大。家君嘱书(致)金云舟一函，托子棠先生带往莘山。接张丹亭参戎一信，为前日蔡子葵先生，黄灵生之亲戚，曾叫灵生言过，恐不能了结。张子渊老伯自海门来，过家少坐而去。续许君六溪为云舟兄之事，相叙片时而去。周君麟生自沪江来，托买玻璃瓦各物，均已买来。玻璃瓦每张计洋九分。太姨婆病仍如昨。内人咽喉忽生双哦，据应子能先生云，幸尚轻，因吃知阴数剂，定无碍也。

十五日辛未 晴。太姨婆病加增，眼不视人，视之苦甚。内人咽喉之病今请子能先生诊视，药已下，饮食犹不能多进，未识何故也。下午至麟生处一坐，与枚五、麟生同至楚卿家一坐，晤娄祝三、金辅卿、王心泉，各人同至寿农家少坐而回。适家君遣桥相至郡有事，致函请外科翁梅村先生。伯寅宗叔来，代人借去寿屏一堂。阅《申报》，内详浙江巡抚任道镕奏为大岚山肃清案内请奖异常劳绩文职四员、武职七员；寻常劳绩文职十二员、武职四员。异常劳绩内列补用参将张连胜请以免补本班，以副将仍留原省补用等语。按：张君字丹亭，台州黄岩唐家岙人，与余世交深，其人性情慷慨，捕匪剿贼，不避艰苦，前署太平营参将，现署定海中营游击，两处百姓咸沾惠泽亦复不少，著名积匪受擒者为数颇多。任大中丞趋荐于朝，奖以优异，张君任之，亦无愧焉。余公道评论，毫无偏见。家君嘱书函覆张丹亭都督，交庆丰转送邮政寄之。

十六日壬申 晴。庶曾祖母郑太宜人于卯刻逝世，当临终时，阖家跪送，哀痛迫切，徒深恻怛而已。伏思郑太宜人，先曾祖之庶也。当先曾祖于咸丰丁巳仙逝，年仅二十有九。所出两姑婆，长适马头山叶五丰茂才宝章，次适长甸陈洛卿茂才辅周。先祖系出嫡母曾祖妣应太夫人也。此时，先曾祖、先祖相继而亡，郑太宜人相随应太夫人，节俭温顺，闾阎父老毫无间言。当粤匪窜台，买舟避乱，奔驰间，其苦笔难甚述。此时家祖慈又是孀居，家君尚幼，困苦之情，难堪言状，事须应太夫人历历艰辛，郑太宜人同干受苦，亦为不易。值余生未半月，母周太恭人作古，起居饮食皆赖应太夫人抚养，郑太宜人亦随时照顾。应太夫人已于庚子九月十五日午刻仙逝，时值家君作宦滇南，奉药侍茶，分所宜然。余素不谙药性，投药未周，竟至罔效，痛苦之忱，百身莫赎。未及三载，郑太宜人年须七十有四，余当侍养数年，稍堪报答，又遽长逝。呜呼痛哉！何时再见报养生成于万一！哭泣流涕，莫可言宣。请禹门宗叔祖来酌治丧事。内人喉症稍愈，方能进食。

十七日癸酉 晴。庶曾祖慈郑太宜人于巳刻小殓，亥刻打衾。来吊者陈洛卿丈公、金叔文妹丈，均于午后到。内人喉病，早刻声下痰滞，即遣价往叫外婆，于晚时来。郡城翁枚村先生于午后亦来。曾投药剂，顷仅一时，尚未见功。

十八日甲戌 晴。先曾祖妣应太夫人前庚子九月十五日午刻仙游，棺上中堂，至壬寅八月廿六日暂停前透东南首墙内，于今日出停屋之西北首墙外，此亦暂停之所，欲于明岁安厝。庶曾祖妣郑太宜人于巳刻大殓，棺停与应太夫人之侧。致祭者：周君枚五、王君书城、周君载熙、黄君宗山、应君子能五位，亲戚房族躬亲吊送者不少。内人喉痛稍愈，饮食尚不能多进。褚子棠自莘山来。

十九日乙亥 早至巳，阴；巳后，雨。内人喉症稍愈，仍邀翁枚村先生诊视。三丈公与二姑婆均于早辰回家。褚子棠先生来谈至晚，去。

二十日丙子 阴。内人喉症稍愈，饮食能进，尚有寒热，仍邀翁枚村先生诊视。黄碗香宗伯自石浦道过舟山回，来家谈至晚，去。家君与余至先曾祖慈、先庶曾祖慈暂停之所叩谒。符士正先生自家来。

周少谦先生瀚清，东胜人，偕其侄百贤兄至省回，过家谈半晌而去。金云舟姻兄自家来。陶君寿农来谈至晚而去。前尹东母舅与余言梯仙宗叔之婶向梯仙借洋两百元，说内人托其向借。余问内人，确无托其向借之事，无奈其事曾已多年，其婶未曾付还梯仙。余恐其事以贯作真，余至梯仙宗叔家，将此事言明底蕴，不至年深月久，致受其累时说此事。陈半堂值在梯仙宗叔家，余将此事已言明白。续仲辰宗叔、丁辅香、张柳村均至，晤谈二鼓而回。

廿一日丁丑 晴，午后，阴；晚，细雨，即晴。家君与金云舟姻兄同至黄城。许师九碗自郡回，来谈过午，同至海门同昌分号，晤楚卿相叙片时，均至怡香居少坐，晤少云母舅、六皆先生、少芳砚兄、少愚宗兄，均楚卿留晚膳。惟余回，至家已将晚膳，时旭东先生与友人同来留宿。内人喉症稍愈。

廿二日戊寅 晴。内人喉症已愈。张丹亭都督交周安福送来两函，并英洋七十八元两角，托转代付梁姓。但其事未讫，暂留。又附寄英洋二元，托代送黄煦东宗伯之老太太厝收，已遣老五送交矣。家君自黄岩回，时值午刻。云舟兄未与同来。符士正适便至舟山，作函覆丹亭都督。旭东先生之同来友人回。翁梅村先生趁航船回郡。周达云母舅前生之表弟于今日有团月之吉。邬丽生先生来谈至晚而回。庶曾祖慈郑太宜人于今日头七之期，请释教五人追荐。

廿三日己卯 晴。家君拟拜挽庶曾祖慈联："耄耋证菩提，矢志靡他，毕生苦守青年节；孩提资抚育，深恩未报，四年荣赐紫诰封。"莘山金仲泉之生母系实园先生之庶，于七间作古，择于嘉平初四日开吊，拟挽其联："壶范遽云遥，子孝孙贤，凤继五花承北阙；坤仪何处仰，风清月朗，鸾舆七宝返西池。"黄煦东宗伯之母童氏择嘉平十四日安厝，挽联云："淑德本淑身，阖邑钦崇，一室闺仪昭浙水；福人归福地，佳城巩固，千秋华表障台垣。"早刻，与作羹、载熙、少芳同至椒江谒九碗先生，晤谈畅快，回时当正午。晚刻，许师九碗、黄梯仙宗叔来谈片时而回。李舜卿兄来叙少顷即去。家君因孙旭东先生其事不清，嘱书函托秦雨亭先生一信、蒋近斋先生一函。晤褚仲逸，前托之直条尚未裱来。

廿四日庚辰　晴，寅时初冬至。家君与余同至宗祠祭祖，回时已晚。符士正先生自定海回。接张丹亭都督一信，并云已调提标中营参将，闻者亦代为欣喜也。金叔文妹丈于早刻回。应子能先生、孙旭东先生亦于早刻趁小轮到郡。托子能先生裱册页四张、瓯姓画花卉四幅。家君嘱书金云舟姻兄一函。

廿五日辛巳　晴。黄岩王子舜茂才来叙片时而回。外婆于早刻回家。作函覆张丹亭都督，前后两缄。日昨单奏堂先生托寄有竹箱一只、竹匾箱一只、书橱一只、铺盖一个，存有原信，加函交船友带郡大街周萃兴银店。子能先生寄存有鹾货两罍，并沥函寄郡。

廿六日壬午　晴。王君六皆来谈片时，与其同至椒江及达云母舅两处，均主人未在而回。续至仁大邀蓉秋适。又到家，与章波谈片时而出。至麟生府上，同其到家，相谈至晚而去。至梯仙宗叔处少坐，晤叶君石甫。

廿七日癸未　晴。马头山叶家二姑婆以释教七人追荐生母、庶曾祖慈郑宜人三天，以今日为始。作函托石甫先生刻牙章一方，托刻“乐琴书室启事”六字，阳文。接子能先生由郡寄一信。许师九碗来，过午同至王君六皆处少坐，续至煦东宗伯、梯仙宗叔、少芳各处，均相叙片时，回时天将昏矣。

廿八日甲申　晴。作函福应子能先生一信，交航船寄郡。午刻，黄岩喻志韶太史来为其亲戚萍生叔公与云舟之事，邀家君同去。家君已约定三十日与喻太史同至路桥，帮同排解是事，并嘱余作函寄莘山通候邱仲玉姻丈，邀其代请诸位均至路桥。喻太史即于晚刻先回黄岩，挽同张子远明府同行。前托何玉洲先生代做木器各件，曾已做好，已由航船寄到矣。作函致莘山金宗辰处转交邱仲玉姻丈；家君又书一信致云舟姻兄，均于明早遣价送去。褚子棠先生自莘山回，余少梧兄前闻有恙，今适符士正先生便至西乡，往询愈否。

廿九日乙酉 晴。马头山叶二姑婆荐庶曾祖慈郑太宜人七灵，前来菜一席，六大六小荤菜、六大六小四席、粗菜八席、八碗四席。苏君咏夫昨日自郡试回，来谈片时，并云余君少梧于初旬逝世。回忆余与余君自戊戌之春来叙数天，深知性情慷慨而无流俗之气，时常往来，恭谦厚道。己亥小春，余君在郡府试，余亦在郡城，与其同约咏夫、梅溪、谷斋，计五人同往玄坛庙照一相。转瞬之间，今岁四月之中旬，葛君梅溪生毒逝世，年仅二十，余甚痛惜。转眼间，少梧兄又逝，不觉悲情又至，人之生死不可测也。少梧兄于十月之初尚在家相叙言欢，谈中身之乐事，别后未及两月，初闻有疾，继闻长逝。呜呼！人之生也如梦，人之死也如醒，再见之时未悉何时。所痛者少梧兄六旬老母，两弟尚幼，恩爱妻奴如何抱[①]却，下无子女，何忍安心而去也！哀哉，痛哉，我友余君也！金叔文妹丈来，前用九先生与余言代其荐第三子为店之学生，余与叔文言过，另有地方再示。

三十日丙戌 雨。早辰，家君与叔文同至路桥。午后，杨俊甫先生自泽库来叙至晚，趁航船至郡。咏夫兄来谈至晚，因雨留宿。

十二月初一日丁亥 阴。咏夫早去。周君梅五、王君六皆来谈半晌而去。邬丽生先生来叙至夜而别。张富昌兄来，余托其代喻志韶太史寄甬兑换元宝一锭，并留有照式一锭，亦交其带去照样。褚仲逸兄来云近至宁去，余托其代裱潘谓夫画小中堂一轴、吴肃堂太史书红对一副，并代刻图章大小计六十七块。明年家君欲将就家之前透开小典，所用店号曰"庆源"二字。晚刻，接王子衡兄一信，当作函交其原人带交。接应子能先生一信、孙旭东先生寄与家君一信，因家君未曾在家，未即作覆。续接何见石刑部与家君一信，便托寄金仲泉之母祭幛一包，未即作福。余先泐取片，仍交船友带回。

初二日戊子 晴。咏夫兄来谈片时而去。作函先福孙旭东先生一信，并覆应子能先生一函，均托咏夫兄带行转交航船带郡。午后，

---

① 疑当为"抛"。

与许师九碗、载熙、少芳、琴轩、少愚诸君同至海门怡香居相叙言欢，晤谈乐事，不觉已晚，并吃晚膳，回时已将二鼓矣。

初三日己丑 晴。作函覆金叔文妹丈，交阿四带交。周载熙明经来，谈片时而去。往谒萧伯康司马，晤谈片时而回。

初四日庚寅 晴。家君自石曲回。蔡子葵、黄灵生两君来晤谈至晚而去。作函致张丹亭都督，托子翁带去海门转交邮政局寄至定海。接霭人先生来信借袍套，初六日用，余允其初六日来取。至枚五姻丈处，晤谈良久。蓉秋来谈片时而回。旭东先生自孔化。

初五日辛卯 晴。早至庆丰少坐而回。接台郡城应子能先生一信，并残屏、八行书、信封两包。苏君焕堂来谈至晚留宿。咏夫兄来少坐而去，云明日至黄城。禹门叔公于明日做寿圹，旭东先生至东岙代其看地立向。前托褚仲逸裱之小中堂并对及刻图章之样式，闻其近日不至甬江，已嘱老五取回。

初六日壬辰 辰刻前，雪；辰后，晴。许师九碗、秦师梗友、周君载熙来谈过后而去。许、秦两君曾已解馆，许师明日回杭，余往谒，未晤而返。旭东先生自东岙回。焕堂表叔已去。接张君丹亭一函。少愚来少坐而去。霭人先生来借套，至海门回，少坐而去。

初七日癸巳 晴。前日喻志韶太史托换宝银一锭，曾托阿昌换来，并照式一锭，致函并附宁郡润康银庄来单，饬阿四送至黄城。晚刻，阿四回，接喻太史回信。接张丹亭都督一函。续接王子衡、郑载华两君各一信，随福王子衡兄一信，交其原人带回。接张凤山先生致家君一函，并送密荐两件。前托购马剃脚凳带，均已收到。往谒许师九碗，并送行。至王子宜处少坐，晤王君云梯暨琴轩、心泉诸君子。

初八日甲午 晴。戌刻小寒。至庆丰，过星斋宗叔处少坐。周君作羹、周君载熙、王六皆、陈云生两先生来谈片时而去。余书送邬子仁砚兄挽联一副，对语云："念乃父绕膝望孙、齐眉丧偶，多情歌雉掺，悲七旬黄发，已觉伤神，又谁知伯道无儿，负杖向天凄欲绝；记与君挑灯话雨、把酒论文，苦志励鸡窗，奈一领青衿，未酬夙愿，胡遽尔钟期死别，挥琴洒泪不成声。”余又挽余君少梧一联，语云：“知己叹云亡，月落屋梁，数载仪容空想象；斯人竟长谢，魂游竺国，半生志气甚消磨。”送周映江老先生之母挽联语云；“相夫子，振家声，太史采风，坤德良箴昭国册；教儿孙，成学业，门庭叙顺，女宗懿行著乡评。”又，挽林仲西之夫人一联，语云：“入世类陶英，毕生训懔闺门，巾帼大家钦懿范；出身降皇女，一旦魂游竺国，瑶池胜会话仙缘。”郡城蒋馥堂先生来谈片时而别。

初九日乙未 晴。连日天气颇寒。早至周君载熙处少坐，晤王子衡砚兄来，至庆丰少坐而回，过午而去。子棠先生自南乡来云，泽国阮晓云观察于月之初七日微疾而终，年六十有五，亦所谓考终命。

初十日丙申 晴。邬丽生先生来谈至晚。褚用九今晚至宁波去，托其代买另星各件，并托刊图章六十七方，代裱中堂两幅、对联一副。郡城姚梧冈孝廉桐豫来谈片时，回楚卿家去。邱楚言姻丈来叙片时而回楚卿家。梧冈、楚言两君均因煦东之母入厝，请其做祭而来。

十一日丁酉 晴。晚刻至庆丰少坐而回。谢崇甫来少坐而去。林品士来云前少其保康宁账洋两元之则。回忆此洋前已与朱桐冈先生算讫，桐冈尚少余洋，作函交其转寄。先清店账馀洋，烦托其另寄。邬丽生先生来叙片时，玉先请其至岩屿街格地而去。

十二日戊戌 晴。连日天气颇寒。应子能先生自郡来，前托裱之画均已裱来。王师梦云来留宿。邬丽生先生来托做庆源典财神殿对联语：“庆贺吉祥，生财有道；源流通达，取利无疆。”周载熙明经来叙片时，前假之杂记簿一本曾已送转。

十三日己亥 晴。长甸陈洛卿丈公以释教七人追荐其岳母、庶曾祖慈郑太宜人四七灵前，菜食并粗细菜计十馀席，均其来。黄许生来叙片时。接张丹亭都督一信。

十四日庚子 早至辰，细雨；辰至午，晴；午后，雨，不甚大。郡城蒋征九先生来晤叙片时，至寿农家去。郑文府、张子谷、梁采山诸君来叙过午，至楚卿家去。家君挽阮晓云大令绫丝语云："勋烈著遐方，政善民安，文水灵山咸颂德；声名传梓里，亲和族睦，丹崖苍邑共称仁。"按：阮大人之前任广东灵山、文昌两处县令，地方施诸德政，闻其交卸时，牌伞、留别诗不少。续捐双月道员并加三品衔，退归林下。其世兄右垣大令尚贤，现投江西义宁州分州，曾捐知县。又，挽管惠农大令绫丝语云："善政布遐方，惠爱堪思，邻水百年留旧迹；仁声昭梓里，箕裘克绍，台山千载仰先型。"按：管老先生同治甲子并行丁卯并科举人，初捐郎中，签分兵部学习，续捐知县，选投四川邻水县知县十馀年，续后俸满，请咨赴引，因病回家，不复再图出山之计，闻彼处父老颂德者不鲜。今已西游，真所谓福寿全归。其世兄少农大令穰，由附生捐知县，指分湖北试用。又，挽后庭之母绫丝语云："既能教子，又善相夫，闾里咸称淑德；魂归自天，魄降乎地，遐迩莫觌尊容。"又，挽梅五之续配花氏绫丝语云："和妯娌，敬丈夫，叙顺在家庭，妇孺正堪为表率；别亲邻，弃儿女，精灵归冥府，乡闾无复见音容。"又，挽少鸣绫丝语云："一举卜成名，晋省奔波，素愿未伸人已谢；半生有大志，归家抱病，英魂既渺世难寻。"

十五日辛丑 雨。赵瀛洲老伯来，过午而去。余至楚卿家，晤黄玉堂、金次斋两君，晤叙片时，续至梯仙家，晤邱楚言姻丈、张柳村。随至裕泰典，谒郑文府、张子谷、梁采山诸位，晤文府先生令弟仲雅茂才，相叙半晌而回。丽生先生在家，相谈至晚。作函寄宁张仲甫。阅十二月初二日《申报》，十一月三十日内阁抄奉上谕："前据礼部奏请，新科举人覆试于会试揭晓后举行，深恐士子守候日久，旅费维艰，着改于会试三场后即行覆试，以示体恤。此项试卷，著知贡举严密包封，解送到部。由该部奏请简派大员阅看。钦此。"接陈云生先生来字，借去喜屏一堂，并作覆函，均交子宜家之农夫老二手送去。

十六日壬寅 阴。何玉洲、周载熙两君晤叙片时而去。喻志韶太史今日动身至京去，过家少坐，至海门趁轮。家君嘱书孙旭东先生一信，交阿堂送航船寄郡城税务街张宅。丽生先生、靖斋宗叔、宗山诸君相叙至晚。余晚膳后，至梯仙宗叔家，与楚言姻丈晤谈，回时更鱼二跃。

十七日癸卯 晴。早刻，至周载熙明经处，适其未曾在家，不晤。随至庆丰，少坐而返。丽生先生来叙至晚而去。

十八日甲辰 晴。作函致季志标，交莘山金宅农夫带交。楚言姻丈、丽生先生来谈至晚而去。咏夫兄自黄岩回，来家少坐而去。杨君翼亭来，过午回家。杨君今住山下郎。

十九日己巳 晴。用九先生自宁波来，前托买另星，均已买来。作函至张丹亭都督，并送年糕等物，闻张丹翁已于月之十六日已卸定海镇中营游击署篆，十八日可到宁郡。蔡子葵先生来，少坐而去。差帖至分府署封印到喜。焕堂、咏夫两君来少坐。至庆丰少坐，续至丽生先生府上，晤碧人，又至载熙兄处而回。玉成先生来，至晚去。梓棠先生自莘山回，过家少坐而去。楚言姻丈、梯仙宗叔来叙，回时已及亥牌。

二十日丙午 晴。值庶曾祖慈郑太宜人五七之期，以释教五人追荐之。梅五自黄城花宅入赘回，晤谈片时而去。晚膳后往谒贺梅五入赘之喜，片时而返。回时适丽生先生在家，晤谈至晚而去。

廿一日丁未 晴。早膳后至海门何霭生先生处少坐。随至郎翰臣老伯(处)，叙谈片时出，至怡香居少坐。至盐号，楚卿留吃午膳，晤娄祝三、黄子林、陈舜清、蒋立更、郭少春，叙谈片时，与楚卿同回，路晤徐少卿。至家，适金君德生来，相叙至晚而去。与子能先生同至梯仙家，晤楚言姻丈，谈至二鼓而回。郡城应少圃表叔公来，留宿。接张丹亭都督一信。

廿二日戊申 晴。早至庆丰少坐而回。家君嘱书函致金云舟姻兄，代荐琪端先与惠来典，交光赤先带交。梅五之续配花氏今日来家。禹门叔公、丽生先生来，少坐而回。旭东先生来，留宿。

廿三日己酉 晴，未刻大寒。作函致卢槐士兄，交阜泰夥友带交。家君嘱书函致蒋征久先生，交旭东先生之仆从带交。至梯仙宗叔处，与楚言姻丈晤谈片时，至晚而回。设席请少圃表叔公。符士正先生来。家君嘱书致陈洛卿丈公，交其来人带交。家君嘱书函致郎翰臣老伯，交童先生带交。

廿四日庚戌 雨。作函致卢槐士一信，托应少圃表叔公带郡交，应君与孙旭东先生同赴郡城。

廿五日辛亥 早，阴；晚，雾颇大，对面不能相见。咏夫来，过午而去。丽生先生来叙，至晚而回。

廿六日壬子 晴。丽生先生、麟生、梅五来谈至晚而去。

廿七日癸丑 晴，天气颇暖，地多潮湿。家君挽李春生姻伯之夫人联语云："妇道著椒江，耄耋从夫，象服辉煌施藻绘；女宗钦梓里，义方教子，龙章宠锡荐芹香。"又，挽丁晓云之夫人联语云："治内本多才，熊梦偏征，戚里倾心怀壶范；持家诚有道，鸾舆西去，亲邻回首望瑶池。"又，挽周少云之母联语云："坤德著葭乡，遽见星茫沉宝婺；母仪昭梓里，遥看鸾御返瑶池。"庶曾祖慈郑太宜人值六七之期，以释教五人追荐。

廿八日甲寅 早至未末申初，阴；申后，雨。苏绩臣来叙谈至晚，家君嘱书函致海门娄晋阶先生，交苏绩臣转送。

廿九日乙卯 雨，晚刻间有雪子。寅、卯刻，敬叩天地及神圣。岁除在即，街上生意清淡，财路窘甚，贫民谋食维艰，心甚不安之至。家君嘱书致洛卿丈公一信，交送礼长年带至长甸面交。

三十日丙辰 晴。日已除夕，饬丁至分府署辞年到喜，并沈子仁师爷。

癸卯(1903)年正月初一日丁巳 子、丑、寅刻，雪，屋瓦已积；卯刻稍细；辰、巳阴，满天白云，悉皆雪景；午牌又雪；未、申、酉以后大雪纷纷，数年未有如此之多。日值元旦，得此佳雪，丰年瑞兆而此预见。是日晚刻见西北风，天气颇冷。早刻叩岁，晚至海门谒新年之庆，回时天时已晚。

初二日戊午 雨；晚刻，雪消。庶曾祖慈郑太宜人开灵设奠，分府宪萧伯康司马来吊，云海防同知藩宪曾悬牌，郭司马琪署理。

初三日己未 早至辰刻，微雨，辰后阴。至本镇各家拜年并吊丧。煦东宗伯来云，同昌厘金增加一万二千番，内二千，想派饬私用费，未识运宪得能允从否也。

初四日庚申 阴。庶太祖慈郑宜人满七之期。

初五日辛酉 阴。庶太祖慈郑宜人于晚刻闭灵祭之。

初六日壬午 晴。褚子棠先生来谈，至晚而去。

初七日癸亥 晴。接叶辅廷先生来信，托荐张左培于惠来典夥。随代作函与金叔文妹丈，交其原人带交，并片福辅廷先生。晚刻，至海门永宁船局陶寿翁处，晤杨定甫给谏、杨子升、王勤甫、江素峰广文诸君，同至永宁，相叙半晌而来，至家天已晚。

初八日甲子 晴，辰刻立春。周麟生来，过午同至槐士处，适其未在，随至大兴，遇琴、子宜诸君相叙片时。过丽生先生处，晤谈半晌而回。晚膳，闻爆竹连声，此值上八之佳趣也。

初九日乙丑 晴。梯仙宗叔之母许氏宗叔祖母于初八日丑刻逝世，晚刻往吊。咏夫兄自黄回来，谈至晚而去。

初十日丙寅 晴。梦云先生自海门来。萧伯康司马来柬，请家君与余明日未刻酒，余遣价执柬送辞。

十一日丁卯 晴。梦云先生早刻回家去。

十二日戊辰 早至未刻，阴；申、酉以后，细雨。晚刻，至海门同昌少坐，晤解昆山、陈舜卿两君，少谈而回。至怡香居少坐，路晤阿昌言张丹亭都督自定海至台，往谒，适至镇署，未晤，回时已晚。黄岩叶辅廷先生来少谈，至星斋家去。莘山金云舟姻兄自山东来。接陈洛卿丈公致家君一信，当作函福，交其原价带转。作函致甬江耕玉斋处，交阿昌兄带交。戌刻，张丹亭都督自海门来留宿，云新任台同知郭万丰司马，浙抚已简聂仲芳大中丞缉规，浙藩已简翁少山方伯曾桂，均近可履新矣。

十三日己巳 晴；戌刻细雨。张丹亭都督早刻至海门谒徐太尊。

家君柬邀金叔文、夏子英、王雪渔、叶辅廷、许幼堂、邱仲玉、周载熙、苏咏夫诸君，于午刻清酌一叙。晚刻，蔡子葵茂才过舍，至夜而回。丹亭兄即搭永宁回定海。

十四日庚午　早至巳刻，微雨；午至申，阴；申后，雾。金云舟兄回转山东丈家。早至梯仙宗叔家，谒楚言、仲玉两姻丈。

十五日辛未　阴。巳刻，屋之大门外放阔路，屋之北面开浚河。允东于午刻设席，邀余与楚言、仲玉、梅五、槐士、楚卿诸君。申刻，家君柬邀楚言、仲玉、寿农、梅五、麟生、槐士、允东、楚卿诸君。

十六日壬申　晴。苏咏夫代购来竹对一副。

十七日癸酉　晴。周梅五姻丈柬邀午膳，固辞。早刻，何蔼生先生来云，新任同知系郭外峰司马，前误书“万丰”二字。家君嘱书管少农大令一信，托子棠先生转寄。

十八日甲戌　晴。周载熙砚兄来云近至黄岩九峰读书。王六皆先生来云，桃渚郎显臣误听妻言，将其内亲张子仁铁器毁伤颇重，幸未毙命，此实郎氏叨天之福也。大凡妻言断难听信，是所切记。家君嘱书致郎伟臣刺史一信，托用九先生带甬盈泰新转寄古滇。

十九日乙亥　早辰，细雨；辰后，阴。早至周载熙兄家少坐。函托卢槐士兄代定综棚一张、小二四蓝呢轿一顶。庆源包房夥友童先生于今日进店。禹门叔公与桂秋先生及咏花兄来少坐。此次桂秋来，为下洋峙董家与陶寿农姻丈之借款尚少尾找，欲与算讫，并缴原票。家君设席邀童吕荣、邬丽生、周荫甫、褚用九、褚梓棠、官德先诸君晚膳。

二十日丙子　阴；午后，晴。家君于申刻设席柬邀陈桂秋、周达云、李舜卿、王六皆、咏先、咏花诸君并禹门叔祖。

廿一日丁丑　晴。麟生邀余晚膳，续至禹门叔公处少坐，回时更鱼三跃。

廿二日戊寅　晴。苏咏夫兄来谈，过午而去。至周达云母舅处少坐，晤永义相，同至叶蓉秋处少坐。续至许生处，适其未曾在而回。

晚至庆丰，晤应子能先生，适已自郡来，同至家，邬丽生先生已在家中，相叙至晚。

廿三日己卯 晴。寅刻雨水节。早膳后，乘马至黄岩前宅岳母家叩岁，并谒子修、仲铨两姻兄，续晤距泉、道铨两姻兄。后至子修家，相叙至晚而回岳母家。

廿四日庚辰 晴，西北风颇大。晚刻，至子修家，晤陈君美山，据云能识阴阳之术。郑载华自黄岩来。道铨号友文。

廿五日辛巳 晴。岳母于申刻设席，邀余与郑载华、章端甫、子修、仲铨及两舅。子修姻兄荐卓毓卿之侄于庆源学徒。毓卿先生精于岐黄之术云。樊川书院山长张翰谷孝廉。

廿六日壬午 晴。送道芝、道全两舅至文昌祠从学王实斋，午刻，至文昌祠，适其出外，未晤为歉。至邱宅过午，晤楚言、仲玉两姻长。续至仲楚兄台家少坐而回。晚刻，至九峰书院，晤载熙兄台，少坐而回，至家已晚。庆源店夥王姓、詹姓两人进店。王师梦云来送其世兄立茂为庆源店学徒。

廿七日癸未 晴。早刻，梦云先生去。家君嘱书函致何见石比部，何君将往会试，送贶一函，均托浚藻相带郡送交。金君德生来时已晚，留宿。旭东先生自孔化岙来。

廿八日甲申 晴。庆源店夥牟则福、王似海两人来。廿六日来之王姓名伯巽，詹姓名官桃。

廿九日乙酉 晴。致函托咏夫代购砚瓦。下洋峙善谷相来，为讨托向陶寿翁取票，适陶君未曾在家，空回而去。

二月初一日丙戌 早至午，晴；午至晚，阴；夜，稍有微雨。接周炳南一信，并瓦一载，当作函覆，交载瓦船夫带交。

初二日丁亥 雨。家君嘱书致蒋征九一信。阅正月廿三日《中外日报》：正月廿二日电音，正月廿一日内阁抄奉上谕："江西广信府知府着沈曾植补授。钦此。"

初三日戊子 晴。家君嘱书送前所巡司桃敬洋一元，交老五送交。家君嘱书寄张丹亭都督一信，代周晋琴托其代荐勇额，交其本人带甬。接蔡子葵先生一信，覆原人一片。函致褚用九先生一信，托买烟竹筒一支，交四妹附寄甬江。家君差王伯巽先至郡，柬向卢槐士兄取轿，船夫送到卢槐士兄寄之综棚。邬丽生先生做庆源财神座对联两副，语云："庆贺吉祥，生财有道；源流通达，取利无疆。""庆集华堂，初开骏业；源探金穴，永保鸿基。"又做尚用对语两联语云："庆值三春，开张骏发；源来万里，创造鸿庥。""庆喜大来，利以义取；源泉远到，财自道生。"①

初四日己丑 晴。椒江中学山长秦师梗友来谈片时而去。晚刻，至椒江，谒秦师梗友，续至梅五处，与梅五、麟生同至禹门宗叔祖处少坐而回。禹门叔祖、梅五、麟生同至家，少坐，去时已晚。庆源店夥杨姓仙芳进店，惠来典应茂江荐。李白孙二尹陶朱来谒，未晤而去。子能先生自郡来。

初五日庚寅 细雨。接喻君憩臣来片荐店学徒，并接葛俊生来信代憩臣先生之亲戚张姓荐店夥，因人已足，渤函覆，并覆喻君一片，均交其原人带交。函致褚用九先生，托其代详择开店日子，信托邮政局寄甬。

初六日辛卯 早至午，雾；午至晚，阴。琴轩来送年内寄宁裱之画。家君嘱书函致王香谷先生，交琴轩带交。陶寿翁来谈至晚而去。

初七日壬辰 早至午，阴；午至晚，雨。家君嘱书覆蒋征九一信，交航船带郡。

初八日癸巳 早至午，阴；午至晚，雨。岳母于今日趁轮进香，余往送焉。至子葵、香谷两先生处，相叙片时。续至何君霭生处少坐，回时天已晚，雨下走马，偏湿袍襟。

初九日甲午 阴。早刻，惊蛰节。苏咏夫兄自黄岩回，相谈过午而去。作函致章子修兄，托咏夫兄转寄。作函致许师九碗，托邮政信

---

① 页边注："庆源对语，计四联。"

局转寄杭垣上军督司巷。

初十日己未 早至午，淡雾后阴；午至晚，细雨。苏咏夫兄至黄岩，过家少坐，借去《申报》一卷。

十一日丙申 早，雾；辰后，阴。萧伯康司马邀晚膳，同席者：秦君、王君、沈君、李、周诸君。萧公云，新补台州海防同知曾广宗系楚湘曾文正之文孙也。名宦后裔，来莅斯土，定见一番振作。署理之郭外峰司马恐不到任。邬丽生先生续偶，年仅二十有一。

十二日丁酉 早至辰，雾兼细雨；辰后，雨，天气颇寒。椒江于今日开学堂，中学教习秦梗友副贡楠；西学教习王鸣九志鹤，湖南衡州人，系王植衫二尹之公子也。入学者五十馀人。晚刻，周麟生来云，新署海防同知郭外峰司马因家属在瓯，已至温州，将近到任，斯言不识确凿否也。玉先云之仆从王大保早刻来。作函致金叔文妹丈，交其来人带交。

十三日戊戌 早至午，晴；午至晚，阴。午后，至梅五姻丈处少坐，续至椒江，晤王师鸣九，相叙片时而回。秦师适功课上堂，不晤。路晤少芳兄，至家中少谈而回。阿昌来送用九先生托带宁波各物，均系庆源所用各件。郭外峰司马已于晚到葭沚，公馆暂在江边堂。

十四日己亥 晴。郭外峰司马于午刻接篆任事。孙清卿别驾子元与王鸣九来叙，过午而去。按：孙清卿别驾系前任海门镇总兵孙毅侯军门之大公子，恩荫通判，分发浙江候补，现在宁波差次，公馆在宁郡老城隍庙前迁善公所，系湘南衡州府清泉县人。柬向苏少白先生代分玉堂花数株。许眉甫先生、林云耕先生来谈，留宿。玉品王姓夥友送其子名正伦为庆源学徒。是夜雨。

十五日庚子 早至未刻，细雨；未后，雾。许眉甫先生于早刻回。郭外峰司马来拜客。随往道喜，适至海门未回，不晤而返。家母至莘山金宅。家君嘱书致褚用九先生一信。

十六日辛丑 早至辰，雾；辰至午，晴；未刻，阴；申刻，细雨。晚刻，至陶寿翁处少坐。

十七日壬寅　子至卯，雨；卯至午，晴；午至戌，阴；戌后，雨。至邬丽生先生处少坐而回。接王君子衡来柬借寿屏，当覆一片，并假屏一堂，交其原人带去。

十八日癸卯　早至辰，雨；辰后均阴。家君偕余至分府署并同阖镇绅耆送萧伯康司马德政伞一顶、德政牌两对，同各人均在江边堂设席两桌，并演梨園，公荐萧伯康司马，陪客者：新任分府郭外峰司马、海标左营游击黄印山游戎。往谒新任郭公，随至庆丰，设路酒送萧伯康司马行。萧公系上年五月接篆，至今将近一周，政声颇佳，咸占惠泽者亦复不少，父老悉均颂德。萧公系兼办渔团之差，今仍驻海门，并奉府委札办保甲事务，尚可时睹芳容也。新任郭外峰司马亦与是日进署。

十九日甲辰　早至午，阴；午至晚，雨。永宁轮阿昌带来褚用九先生代买玻璃八片、墨乙包。家君嘱书函致褚用九先生，交琴轩递寄，为王君六皆租屋之事。

二十日乙巳　阴；夜，雨。褚用九先生寄来保险大挂灯乙盏、保险坐灯乙对、庆源用砚瓦三块。家君嘱书致惠来典季志标先一信，交家君自饬人送交。陈云生、王子新两先生来，晤谈片时而去。家母偕舍妹自莘山回。接金叔文妹丈一信，随作覆言，并《申报》一卷，交其船夫带呈。是夜雨。

廿一日丙午　卯前，雨；卯后至申，晴；申至戌，雨；戌后，晴。家君嘱书函致蒋征久先生托请庆源告示，交王伯巽带郡。咏夫兄自黄城回，晤谈片时，同至梯仙宗叔处，适其尚睡，未晤。随至星斋宗叔处，晤允东母舅、洪舜生，相谈过晚膳，回时更鱼二跃。闻李卧南云，准补海防同知非是曾广忠司马，云是沈东禄司马荣庆，系沈幼丹公之公子。两公未知孰是，尚未确实。褚用九先生寄来茂生皂乙盒、洋绒巾四根、代买眼镜一副、转修眼镜一副、庆源橡皮印大小四个、洋灯带一包。

廿二日丁未　晴。接应子能先生一信。岳母偕表妹各人自普陀来，王君子逊自申江来，均留。褚用九先生寄来烟竹筒一根。陶致和先生自黄岩来，相叙片时，至陶宅去。

廿三日戊申 晴。接褚用九先生寄铜手照一对。作寄褚用九先生一信，交官桃先送邮政局寄甬。王子逊兄回黄城去。接章子修姻兄一信，荐陈美山先生之郎为庆源学徒。

廿四日己酉 晴，寅时春分。陈美山去。侯洁斋来云，史仁伯大令恩伟实缺临海县知县于昨夜仙逝。闻陶寿翁云，府委代理临海县者系方荣申大令荣阳，系实缺台州府经历。晚刻，至禹门叔祖处少坐，至王君子宜处，晤钟焕堂、云梯、洁斋诸君，晤叙片时。接王君子衡一片，并送还假屏一堂计十二轴。

廿五日庚戌 卯前，细雨；辰至午，晴；午至申，阴；申后，细雨。伯巽先自郡回。接临海县发庆源告示一纸。作函致张丹亭都督、褚用九先生各一信，均交大保送海门邮政局寄宁。

廿六日辛亥 早至巳刻，晴；午刻，细雨；未至晚，阴。午刻，二重台门穿樽上行。早至椒江，晤秦师梗友，续至梅五姻丈处，少坐而回。黄岩王祥九兄来，未晤，至陶宅。晚至陶寿翁(处)，谒祥九兄，并送鸡血藤膏及肉桂少许。至子宜处，晤钟焕堂先生，晤谈片时。过仲辰处，适其今日开酒米小店，号曰永顺。应继善相聘本镇中街源春烟酒店刘老仙之次女，于今日文定，计送洋四十八元，刘边收洋三十六元，乾生为媒约。

廿七日壬子 早至午，细雨；午至晚，阴。昨夜四更时分，本镇街中小桥头上徐吕广家向开拆衣铺时，有土匪三十馀人至其店中，劫去一空，当即喊分府署，待发兵，匪已将什物搬去矣。本镇之中街，仅以三十人左右一扫而光，匪胆甚大，被抢甚易，皆因地方而未防御，署驻防营两棚亲兵二十人，平时悉不放哨巡查之故也。新任郭外峰司马甫经到任，地方情形尚未熟识，急愿速办防赌以备将来，幸甚幸甚！陶君寿农、周君枚五来云，郭公请其进署妥商办团，据云十家一连环，册给有力者仍出资募勇连络。言虽善，只恐渐至具文也。郡城陈振卿来（振卿系愚村先生之世兄），携吴慕庐兄一信，当即作覆，托其转交吴君矣。

廿八日癸丑　阴。王阮荣前与王清甫稍有口角，王清甫（名沛霖，附生）将下洋各处无赖之辈四十馀人叫来，王清甫自己带至王阮荣家，什物悉均捣毁，衣物铜镴器一扫而光，及邻边东岸各处十馀家悉被扫抢，欲带至下街再抢什物。王阮荣至分府署喊控，分府宪郭公随即出署，王清甫尚敢兜瓯，阖镇百姓众怒，将王清甫及馀党十四人悉均挪署，王阮荣及被累十馀家喊诉，请分府宪详办。除被执十四人外，均逃散，未识分府宪如何办法，馀党尚追究否，容后续闻，再当详注。周小玉先自郡回。家君嘱书又致蒋征九先生一信，交伯巽先送郡。

廿九日甲寅　阴。王清甫已求许哨弁取给保释，馀党尚押署中，闻被抢各家至府投诉。季志标先托刻惠来典改泰盛字号图书两块，已泐函托用九先生代刊矣。

三十日乙卯　早至午，雨；午至晚，阴。早辰雷声甚响，苏咏夫兄来云，牟根亭兄曾在省学堂肄业，函来叫其到省肄业，苏君意欲近日赴省。王清甫之馀党请王香谷、蔡子葵来保，郭外峰司马尚未允诺。倘若取保，似太便宜。

第二章

癸卯(1903)三月初一日起

三月初一日丙辰 卯前，雨；卯至辰，雾；辰至晚，阴。早刻，日蚀，鸣锣护日，例也。林蔚生先生送庆源联一副，语云："善庆长馀，造福乡里；财源博发，贻谋子孙。"家君嘱书寄王子裳太守一信，托陶寿翁转寄。皖江徐君晓园来云，欲托汪更生代报廪生，借去《筹饷则例》一册。

初二日丁巳 卯前，雨；辰至酉，晴；戌刻，雷雨。苏咏夫兄于今日趁永宁轮舟至武林学堂肄业，过家相叙半晌，并送赆点。周载熙兄自黄岩九峰书院肄业，于今日回家，来谈片时，云张夔钧学宪将近按临台属，于初四日赴郡廪保；并云黄城近开女学堂，设不缠足会，此约未悉得遍行否也。但女子缠足本是通病，女子无病自寻有病，情实可怜，此实于女子治病亦实幸事，愿均速治之，幸甚。致张柳桥兄一信，托周君带郡转交。符士正自黄邑西乡买板回，晚刻回家去。王师梦云之世兄前送庆源为学徒，因有小恙回家，今已愈，转店。郭外峰司马饬纪送来《实报录》《思悲录》《借铎》各一本。

初三日戊午 巳前雨；巳后至晚，阴。晚刻，至周载熙兄处，仝其同至少芳兄处少坐。过庆丰，至梯仙宗叔处，适其至东山头去，不晤。过子宜处，晤秉彝宗伯、云梯，相叙片时而回。王君六皆送庆源对一副。孙旭东先生自太平来，送庆源对一副。前咏夫兄借去《汉书》一册，今至武林，向其令兄佐卿兄取还。托载熙兄带郡代购《协记》等书四册。褚用九先生寄到庆源秤一根。

初四日己未　辰前，雨；辰至午，阴；午至晚，雨。致徐君晓云一信，交阿香转寄西山。致季志标先一信，交福逊之兄带交。王君少南自郡来言，明日趁轮至武林，托购十八方宫扇扇面一把，家君托领庆源部帖，县中咨文曾已结来，并帖费均明日送交带省。周达云母舅、金叔文妹丈送庆源对各一副。

初五日庚申　阴。家君嘱书函托王君少南请领部帖并临海县咨文省信一函、费洋四百念元，均交阿二送至江边卫交王君带省。林同源送庆源对联一副。晚刻，至庆丰，晤许师眉甫，即今夜至郡。

初六日辛酉　辰前雨，辰后至晚，晴。接许师九碗信云，今岁馆于海宁州属长安镇仰山书院。前署分府李稚白司马之公子白荪二尹陶朱系是分台委员，今奉府委代理前所司巡检，于月之初四日接钤，今来谒客，晤谈片时而回。阅二月廿八日《申报》，悉黄岩王吉人老伯被议，不胜嗟叹。按：王公印士骏，癸酉拔贡，出仕闽垣二十馀年，谨慎勤能，钜细必亲，所历县署，政声卓著。闻出是事，亦为乡人被累，此被枉以极。梅五姻丈、寿翁来叙片时而去。同昌盐号卢君槐士送庆源对各一副。至梯仙宗叔处，晤蓝裕泉、苏炯斋两君，均是奉办樟脑局蔡宝臣司马之幕宾，均是江西人，及卢君槐士，相叙半晌而回，并托卢君至郡代购《加许律例》《八宅明镜》《万法归宗》各一册。

初七日壬戌　晴。饬阿二至前所司差帖谢步。

初八日癸亥　晴。至周达云母舅处少坐。至梅五姻丈处，适其未在而回。褚子棠同童子章、褚用九同周荫甫，送庆源对各一副，王心泉、王子舜送庆源对各一副。金叔文妹丈来。

初九日甲子　晴，辰时清明节。家君偕余谒先曾祖慈墓。致褚用九先生一信，交庆丰转寄甬江。葛逸仙兵部送庆源对一副，语云："庆善所基，福富斯积；源永侔汉，流深若渊。"周允东母舅送庆源对一副，语云："庆集祥聚，惠覃里党；源开流节，泽衍毗礽。"云此对语亦是葛公所作。李春生姻丈送庆源对一副。高六成、陈骏声、方通泰三君，陶寿翁、周梅翁、周麟翁三君，王书城、绍占两母舅、周淑芳、周延杏两先生四君拼送庆源对各一副。

初十日乙丑 晴。致褚用九先生一信，代叔文妹丈购物，交老五送邮政寄宁。致董丕泰一信，遣人送下洋峙代买屋瓦。接张丹亭都督一信，云又奉提宪札委署定海镇中营游击并带练军。褚用九先生寄庆源对、图一块，金泰盛图章两块，均交叔文妹丈矣。苏焕翁、裕泰典送庆源对各一副，均未书字。河清与吉云、苏少白先生送庆源对各一副。禹门叔公来留宿。

十一日丙寅 卯前，雨；辰、巳，细雨；午至申，阴；申后雨，不甚大。寅时庆源财帛星君开光，即时开店门，赴当者颇旺，日至晚计有八百馀号。张丹亭都督寄送庆源对一副，语云："庆溢同人，丰登大有；源流九府，利达万邦。"叶蓉秋先生送庆源对一副，语云："庆值升平，财通九府；源逢左右，赖及万方。"煦东宗伯、星斋宗叔送庆源对各一副。章道芝送庆源对一副。晚刻，柬请伯叔房族、近邻诸君及庆源典中各夥友，计设酒六席。

十二日丁卯 卯前，雨；卯至午，晴；午至未，阴；未后，雨。家君偕余谒本生母周太恭人墓。

十三日戊辰 卯前，雨，雷颇响；辰至午，晴；午至未，阴；申后，雨。与叔文至集圣庙看戏，晤梅五、麟生、寿农、楚卿诸君，相叙片时而回。禹门叔祖于晚刻去。家君嘱书柬邀诸君庆源人情酒，订明日申刻。

十四日己巳 晴。家君偕余至马屿头谒先曾祖墓。续至德生家过午，回时钟约三下。申刻，庆源人情酒订六席。

十五日庚午 午前，晴；午后，阴。萧伯康司马柬邀家君与余于明日午膳，并送来其尊大人萧杞山方伯墓碑记各两张。余遣老五执原柬辞谢。

十六日辛未 卯前，雨；辰至巳，雾；巳后至晚，晴。接卢君槐士一信云，临海县缺曾于初十日藩宪牌示，秦心泉大令观荣接署。按：

秦公方卸海门厘局。随作覆槐士兄一信，并致张君柳桥一信，附叔文妹丈托画光绫账前一根。又致周载熙兄一信，仆从大保明日赴郡，嘱其送交各位。与叔文、琴轩、宗山诸君趁船，值天气清平、风和潮顺，杪时即底。海门人烟倜密[1]，较胜里闾。随至怡香居少坐，晤子申、祝卿、申甫，相叙片时，续至各处玩游半刻，相约缓步而回，底家已将晚膳。家君赴萧伯康司马席，回时更鱼两跃。作致张丹亭都督一函，并寄褚用九先生一信，均交老五送邮政局转寄宁郡。

十七日壬申 雨。家君嘱书杨子升一信，饬老五递交。禹门叔公托完粮户，代作函托槐士兄代完，饬大保送交。与叔文至庆丰少坐。

十八日癸酉 辰、巳，雷声颇响，雨甚大；午至晚，晴。黄许生之亲戚与张丹亭都督之令弟仲甫之事才于今日了结清讫。许生设酒邀余与达云母舅、李君舜卿、潘君云生并夥两人。云生云，此番院试，周君载熙列号场第五名。叔文妹丈胸中作痛，随请顾醉葩许生诊视，后稍愈。

十九日甲戌 子、丑前后，雷颇响，雨颇大；卯至晚，阴。孙旭东先生来。郭外峰司马设本镇集圣庙宣讲圣谕，家君偕余往听焉。叔文妹丈胸中作痛尚未愈。

二十日乙亥 晴。仆从大保自郡回，接载熙兄一片并卢君槐士一信。叔文妹丈兄痛已愈。静斋宗叔自郡考回云，载熙兄列县学正案一等第二名，叨在同窗，亦属增光，首列者系郡城人周继滐。寄槐士兄、载熙兄各一信，交阿二送航船寄郡分递。载熙兄现寓板港口秦公院黄岩九峰书院。庆源人情酒计两席，于申刻柬邀诸君。麟生云，其令亲徐荫亭家其先人鹏渡先生藏有白镪于屋之架首翼头，但此屋早分其乃兄，曾于客岁故世，今始悉其形迹可疑，未得实据，但其寡嫂

---

① “倜密”当为“稠密”，此句前“底”当为“抵”。作者此类形近、音近字误甚多，不一一标注。

苏氏与其互相阻挠，请天主堂阮姓说明前后，敢开此矿，未悉其虚实，已择廿一日两面公同开挖。

廿一日丙子 晴，家君与丽生、旭东两君同荐堂谒先祖墓。晚刻，与叔文同至寿翁处少坐，晤河清、梅五诸君，续至梅五处相叙片时而回。前少禹门叔公英佛一尊，并蓉秋先生托交洋六角，均饬老五送交矣。阅《申报》载有一分时神油，发售处在上海英界六马路仁济堂斜对门老仁寿里内第五石库门便是，大瓶一元，小瓶五角，治铜铁伤口，不论巨细，及皮泡肉烂、一切跌打外伤敷之，功效如神。

廿二日丁丑 早至巳，晴；午刻，阴；未后，雷雨。致张丹亭都督一信，并附英洋七十元、废票[①]两纸、盟据一纸；又寄褚用九先生一缄，均托琴轩转寄宁波。与叔文相熟之阮君自太平来。晚膳后，洛卿丈公来。

廿三日戊寅 晴。早刻致函与苏咏夫兄，饬老五送交邮政局寄至武林。午后，咏夫兄之令弟李卿递来咏夫自杭州寄回一信，云于月之初十日抵杭，十三日至西湖蚕学堂馆，每月膳费计洋两元四角，屋舍亦颇精致。晚刻，同叔文至天后宫看戏，晤寿农、枚五、楚卿、尹东诸君。续至禹门叔祖处少坐，过仲辰宗叔家，晤宗山，续过子宜家，晤秉彝宗伯，过云梯、琴轩诸君，相叙片时而回。褚用九先生自宁郡卖网回，托带买各件均已买来。子宜兄此番院试曾列板牌，覆试因题错误而不售。但王君文已清通，暂时委曲，定游泮水不远也。

廿四日己卯 卯刻谷雨，早至戌刻，阴；戌后，雨。午刻，设席请陈洛卿丈公、金叔文妹丈，陪者阮六轩、周少芳、黄楚卿、仲辰宗叔诸君。早刻，至集圣庙，分府郭外峰司马宣讲圣谕，煦东宗伯、寿农、梅五、楚卿、允东诸君均在焉。家君与旭东、丽生两先生看风水回。

廿五日庚辰 雨。早刻，洛卿丈公去。

廿六日辛巳 早至戌刻，阴；戌后，雨。家君嘱书致志标先一信，

---

① 疑当为“发票”。

托旭东先生带至石曲惠来转交。阮六轩先生于早刻趁小轮至郡。二姑婆于庶曾祖慈郑太宜人定天台山做水陆一堂。家君嘱余至天台山拜佛，与叔文妹丈于申刻起身，因潮候尚早，道过王君心泉处，过晚膳，趁航船至郡。早刻，周载熙兄自郡回，云张燮钧大宗师已于月之廿四日起马按临温属，周君挨保入泮者两人，托买《玉匣记》《万宝全书》均已买来。朝相托完粮之户。

廿七日　壬午，晴。适值小水，九下钟始抵罾彭坞，即雇长船，十一下钟抵路口，与叔文同至品亨过午膳，晤星斋宗叔、潘梦生、孙友山、王采东、王载福诸君。续至同昌，仆从阿香、大保将行李均带至该处，住楼上，晤槐士兄、梯仙宗叔、何玉洲先生、江子菁大令。晚刻，至子能、少圃两姻丈家及征九先生、柳桥兄处，均适不晤。续至张凤山先生处少坐而回。星斋宗叔、德轩宗伯来少坐。晤苏炯斋、蓝裕泉、陈熙春，相叙片时。陈君系蔡宝臣司马之幕宾。晚膳后至葛逸仙先生处少坐而回，时已更鱼两跃。应少圃、子能两姻丈、成咏夫、彭逊甫、张凤山诸先生及张君次珩来，相叙半晌而去。次珩兄云，其先君少甫先生在时，董家有事相托，今其事已讫，欲其相谢，托代转言。凤山先生云，郎翰臣老伯之世兄希亨院试入泮。

廿八日癸未　晴。早刻，至何见石老伯处相叙片时，送云山数金洋十元。续至江子菁大令及孙冶亭先生各处，晤谈半晌而回。晚刻，江子菁大令来叙片刻，去。何见石老伯柬邀明日午膳。江子菁大令柬邀明日晚膳。子能先生、阮君六轩来谈半刻而去。晚膳后，张君柳桥、王君煦斋、陈君仁山来叙片时而回。星斋宗叔来云，今晚下港。与叔文妹丈同至逸仙太老伯处，适其出外。晤兰荪先生，云其夫人病颇沉。大台华顶寺僧自马头山叶家来约上山日期。同叔文妹丈、子能先生至洪宅看古名人书画，适主人出外，不晤为歉。

廿九日甲申　晴。早刻，何见石老伯、葛逸仙老伯来叙片时而回。午刻，何见石老伯邀余与叔文妹丈，陪者奚君洁斋、叔棠先生，计五人一席。见石先生托余代寄宁波府学孙补山广文一信，并英洋十八元四角。余代作函转托褚琴轩交轮船友人代寄甬江，其洋、信并寄家君两禀，均托达云母舅之农夫三哥带交。寄章道芝姻兄一信，并少云一信、家君一禀，均于早辰交小四带交。晚刻，至道司东首奚家阮君六轩处，续至道司西北南乡义塾秦师梗友处，至苟皿巷奚君洁斋处、上草巷张君柳桥各处，均相叙片时而回。征九先生处及子能先生、少圃先生、月樵先生各处，均不晤为歉。晚刻，江子菁大令请蔡宝臣司马，邀余与叔文妹丈、伍子宗二尹、高墀伯二尹、卢槐士二尹、林云樵先生，与主人八人一席。按：伍子宗二尹钟俊、高墀伯二尹蓥系高与卿观察之侄，均是分台委员。秦师梗友来，适未晤而去。谒蔡宝臣司马，司马即还谒，互叙片时。何玉洲先生托余便带至天台买补药十帖，并送来英洋两元。少圃姻丈、云樵先生、玉洲先生相叙至漏三下。何见石老伯于清和中浣入都供职，托卢君槐士代向同昌支洋十元，固封代送何比部赆仪。华顶寺僧宏德于今日先赴清溪矣。晚刻，接家君一谕。

四月初一日乙酉 早至酉刻，阴；酉刻后，雨。早刻，雇轿两乘，与叔文妹丈由同昌起身，并二挑夫，携仆从两人，午刻至中渡过渡。但其渡船本是义渡，吾侪过此不得不给钱文也，同人往过均须给钱为要。将抵清溪时，雨颇大，行囊颇湿，尚可将就。暂寓大有庆过塘行，拟于明早赴山。

初二日丙戌 辰前，雨颇大，风颇大；巳刻，雨晴；后均阴。就由大有庆雇轿两乘，并仆从两人、挑夫一人，与叔文妹丈就该处动身。过万松径，计程七里，至国清寺叩先曾祖妣应太夫人神位。此位自辛丑九月，家君亲至山修水陆大斋，并奉神位于大悲忏堂东首。又计十五里，至塔院头，此先圣智者大师葬所，名曰真觉禅寺。接客僧名曰定荣，留过午膳，给厨者英佛一尊，小僧侍茶，赏龙钱两枚。此路颇崎岖，行颇不易。至龙王堂，路又计十五里，山路颇平。又十五里，至华顶禅院，路浚颇觉难行，余在轿中心甚惧，就出步行数里，叔文亦然。风又大，遥望晚烟四起，水声颇响，此真山川拱秀、万物增辉，天台第一世界也。接客僧名曰法昌，方丈大和尚名崇敬，晤谈至晚。据云自本年二月以前，华最大和尚方丈，二月以后，崇敬和尚接手。随定水陆起佛日期，余准定在月初四日，并书庶祖妣郑宜人及乡里号交于崇敬和尚矣。接（客）方丈法名从镜二字，非崇敬。

初三日丁亥 晴。看华顶寺大殿门首有一联云："结习已空花不住；胜游无碍脚谁轻。"内大殿上首有一联语云："飞不到半点红尘即是西方乐土；撇脱尽诸般色相乃为上乘菩提。住持本泉和尚敬立。仁和高邕书。"中柱一联语云："韵事传晋唐，池凿右军，堂开太白，溯自昔代住文人，勿谓名山僧尽占；华峰镇瓯越，坛称伏虎，塔建降魔，到于今时怀奇迹，须知胜地佛常灵。原住持僧达浚敬立。新昌陈福堂书。"外柱一联语云："风声、水声、虫声、鸟声、梵呗声，合之一百八击钟鼓声，无声不寂；天色、月色、草色、树色、烟霞色，加以四万千丈峰峦色，有色皆空。住持华最和尚敬立。古剡麓泉茹鲁书。"早刻，至拈花室，叩先高祖暨先曾祖、先曾祖妣应太夫人先祖神位，住持者英祥未在，不晤为歉。道过圆通庵，续至药师庵，住庵兴造者亦是今华顶方丈从镜和尚。庵门首有廖寿丰书"药师庵"三字，匾内门首悬俞曲园先生书"药师静居"额。地方颇精致，内室亦颇工雅，客堂亦佳。有此佳处，时来抛却红尘，久住此处，吾志如斯，未识得偿鄙愿否也。

晚刻，偕叔文妹丈、僧宏德，同至妙峰庵、必明庵，亦均清趣。如此名山，异常清洁，一尘不染，于世俗天渊之隔也。山上与山下寒暑相差二月之候。老僧云，盛夏亦无酷署。山上生长瓜果，亦差二月方能结实。即茶叶一项，自龙王堂之下，大约谷雨之后就见新茶；龙王堂以上至华顶寺及各茅庵，所散云雾茶叶，须待小满之后方可取成。山上茶叶，妙峰庵为最，但上山所产无多，非亲至山上不能买得云雾茶叶。但真山上细茶，果有清香之味，斯言不谬。若至各县所售之叶，均非台山所产，即售龙王堂茶叶即为上品。即山上山下均有杂叶冲和，以至不洁不净之病。如购茶时细细看明，真山云雾茶，叶叶细，色清不甚浓，味清香，叶根根相似，此真而无杂。稍不相似，味不清香，即色须佳，恐非庐山真面目。如色浓叶粗，即非山中之货。即龙王堂之茶，与山上较之，只差味之清香耳。色之稍浓稍淡，粗看亦无异，细视之是有高下。如真有龙王堂无杂之细茶，携至发售，购者即供高士亦无愧焉。恐不能真耳。余欲购茶至家，时已近立夏，尚无新茶，曾托老僧购旧茶数斤，聊衍塞责。如陈茶叶而不出气走味，新亦不如旧为妙。华顶寺方丈从镜和尚又名曰晓然。叔文妹丈游拜经台，片时而回华顶寺。

初四日戊子 早至午，晴；午至未，阴；未后，雨雾，不甚大。追荐庶曾祖妣郑太宜人水陆于早辰起佛，余亲叩本寺各厅、殿菩萨毕，吃早膳。叔文妹丈因其令兄次卿姻兄于月之十三日续弦吉日，与余佛散回家恐来不及，故于早刻买舆过方广寺一宿，即下山至家，届计初七日可以至家子。仆从阿香从叔文妹丈去，致琴轩、炳南各一信，交阿香送交。叔文去后，独坐寒窗，抑郁无聊，与僧同游拜经台。门首有“天台第一峰”五字碑，已将颓，同治壬申前抚浙江使者李垣题。内亦颇精致，左稍高处有小塔古迹，据住该处妙晤老僧云，古时先圣智者大师降魔于内，名曰降魔塔。右有大师原时拜经之基垢，名曰拜经台之古迹，茅庵即名曰拜经台。内有大草板联两副，余不能甚记，故未书焉。下约里许，有地藏殿，亦清雅。左有太白堂，内颇清趣。门内有石碑曰“唐李太白读书堂”七字，并款，均隶书，前浙江学使南海潘衍桐书，属前邑令刘桓勒石。时天已下雨，未及细游。自龙王堂以上，每年积雪颇多，所盖屋瓦，诸多易碎，每年须要重加，瓦之运上亦非易。草庵悉盖茅干，谓之茅篷，一年一盖，相积多年，颇厚。华顶寺大殿所盖系是铁瓦，二门盖屋瓦，禄位堂亦盖。屋后堂及后方丈两横厢大门上均盖茅干，其余盖瓦者颇少。晚雾四起，时气颇冷，所携衣服不足御寒。晚刻时已下雨，回忆叔文妹丈尚在方广寺留宿，作函遣人至方广，回云，曾已动身下山，心甚怅怅。

初五日己丑 卯前，雾；卯后至晚，晴。早起至内坛拜佛。昨与叔文同去之僧宏德回云，金君昨日在方广过午膳即至兰花庵作别下山至县，并携有叔文妹丈信一函，云石梁瀑布大有可观之景。但曾已起佛，未及趋陪，心甚为歉。只待佛满，再作玩游之想。与僧同至拈花室，英祥师尚未回山，以英佛五尊交显山师，谈定月之初十日以僧五人忏一日、焰口一堂荐先曾祖妣应太夫人。按：显山师是华最和尚敷法徒弟，英祥师是华最和尚亲收徒弟也。同至不昧居草庵僧华池和尚其处亦雅，相叙半晌而回华顶。

初六日庚寅 晴；夜，小雨。时已清和，早晚寒风入骨，无易正月，奈余携寒具无多，冷甚。如下次有人至华顶者，即须六月，带絮袍絮褂方无冻馁，是为至要。早刻，与方丈老僧同至药师庵，畅叙甚久，但无佳对。余思家中藏有吴廷康先生书隶书字五言对一副，语曰："松柏有本性，冰雪净聪明。"其句亦雅，字佳，许以将原对另抄字格奉送。回时已向午。晚刻，至拈花室与僧相叙约钟三下。奈台山山青水绿，与世无闻，恨不抛却尘缘，深居幽处，心甚怅怅。华顶寺后堂道地有池，不甚深，据僧云，前晋王右军砚池。言虽若是，未得确据也。水陆之正表僧名梅开，号雪谷，以梅开、雪谷取义稍有趣味。拈花室住僧英祥，太平人；聚盛，黄之路桥人；永兴，金华郡人；显山，黄之横街人。作函致周炳南一信，托本寺账房转寄郡城协记行交航船寄家。

初七日辛卯 卯前，风雨；辰至午，阴；午至申，雨，不甚大；未后，雾颇浓；戌牌又雨。时与老纳谈禅，谢却红尘，竟超世外，细阅拈花室清静趣雅，无复言欤。他时约二三良友至此避俗，三生有幸耳。

初八日壬辰 辰前，雨；辰后，均晴。早刻，叩本寺各厅殿菩萨，水陆施斋。

初九日癸巳 晴。晚刻，至优昙庵少坐。

初十日甲午 早至午前，晴；午牌，雷雨，一刻即晴；申牌，细雨片刻；后均晴。庶曾祖慈郑太宜人追荐水陆于晚刻圆满。追荐先祖慈应太夫人于拈花室神位前。早刻，功果起佛，是夜圆满。

十一日乙未 辰前，雷雨颇大；辰至巳，雾颇重；午至晚，阴。丑刻立夏。早辰自华顶动身，大雨初晴，雾颇重，对面几不能见人。地又滑，高山峻岭，身虽乘舆，心甚惧焉。该处轿夫颇健，无失足之危，亦一幸事。至龙王堂，雾散，山多沙地，无害行人，心颇畅赏。向午已抵清溪大有庆，过午膳，随买长船，就宿船中。

十二日丙申 晴。早刻开船，未刻已抵郡城，可谓顺便。暂寓协丰鹾货行，过晚膳，道过征久、子能两先生处，均未晤为歉。代从镜、英祥、显三各僧人托煦东宗伯画兰花直条各一副。同趁船来之向在天台县署桂松言，天台县署内有古刚[1]，常有升沉，以卜官之休咎。前邑令张亦元明府绍恺将布做衣一件加上，以后每任均加一件为例。但此事目所未睹，言甚确实。九下钟买小船，就郡动身，十二下钟已抵马头山叶家过宿。应子能先生来舟相访，时腰颇痛，未及晤谈，心甚为歉。欲与同行，视其烟具未携，行装急促，未便强邀。

十三日丁酉 晴。晤其西席蒋静斋先生。

十四日戊午 晴。叶宅菊仙表叔之襟侄许梅麓茂才彦槐，黄岩十里铺人，因本科新入泮水来拜客，随与接谈，人甚慷慨安详。叶宅请许君与余，同席者：静斋先生、吕求先、叶启茂，又一客，不识其号。

十五日己亥 早至未，阴；未后，细雨。早膳后由马头山动身，午后至家。适长田陈君祝再在家晤谈，留宿。

十六日庚子 早至辰，细雨；辰至未，阴；未后，雨，不甚大。专席请陈君祝再，陪者：丽生先生、章子章、陈永文、蔡野村、家君与余七人。祝再兄与永文均晚刻至栅浦去。作函致金叔文妹丈一信。作函致应少圃表叔公，前托代定之轿，在郡时已带来，尚少未曾做就之物，托其代催，信交老五送至航船带郡。野村云，炳传表叔已于初十日续弦，系再醮之妇，颇悍。宗山兄来假袍褂，为明日子宜之父出丧，代其做祭。老五海门来，携来《申报》一卷。接楚言姻丈一信。接苏咏夫自杭西湖蚕学馆发一信。并接卢槐士兄一信，并《刑案汇编》一册，计十六本。

---

① 疑当为"缸"。

十七日辛丑 辰前，雨；辰后至午，阴；午后均晴。家君嘱书致何见石比部一信，交航船带郡。家君又嘱致张丹亭都督一信，托用九先生带交。致苏咏夫先生一信，交邮政局寄杭西湖蚕学馆。致覆邱楚言姻丈一信，交庆源之则福光转寄。早刻，至栅浦堂，苏焕堂姻丈留午膳，回时已将申牌。褚琴轩自宁郡来，前何见石老伯托寄其令亲孙补山广文银、信曾已收到，取有回片。孙补山广文官印树义。北岸周君楚笙自栅浦堂来，留宿。节届清和，颇觉和暖。

十八日壬寅 晴。家君生辰，早刻叩寿后即动身。上午十二下钟至黄岩九峰书院周载熙兄处，晤谈片时，留过午膳，晤杨君子韶。至前宅岳母家，时已申牌。近日岳母稍有违和，今均痊愈，饮食如旧。两舅均在黄城文昌阁读书未回。至子修家，晤季甫、友闻两兄，相叙至晚回，宿岳母家。

十九日癸卯 晴。早膳后自章宅起身，至黄城邱楚言姻丈处，留过午膳，晚刻回家，已及酉牌。

二十日甲辰 早至巳，阴；巳至未，晴；未后均阴。早刻，至椒江书院，谒秦师梗友、王鸣九两先生，续谒葛逸仙太老伯，过允东母舅处，相叙片时而回。晚刻，应子能先生由郡城过北岸来。书送华最和尚对语云："华严经真言奥妙；最上乘密旨玄通。"送允馨和尚对语云："允吉长荣书带草；馨香初放钵罗花。"送若净和尚对语云："若圣仁性天皓洁；净洗濯心地光明。"送从镜和尚对语云："从古参今通妙谛；镜花水月悟良因。"送显三和尚对语云："显达难期留胜迹；三生幸遇话前缘。"送英祥和尚对语云："英气胸藏征色相；祥光透顶见功修。"

廿一日己巳 辰前，细雨；巳至午，晴；未刻，细雨，一阵即阴；申，阴；酉后，细雨。家君嘱书函致岳母，交其来人带交。家君嘱书柬邀葛逸仙老伯、秦、王两师、泽生兄，于明日申刻。午刻，至陶寿农处，代阿昌说留永宁船夥，承允。晤梅五姻丈，家子新立保甲十六人驻椒江书院，即于今夜为始。阅十月十四日《申报》，纪本科会试，台州中式者两人，黄岩余棣生印树棠由廪生中式，庚子、辛丑恩正并科举人。

本年会试中式进士。天台金性山印文田系丁酉科拔贡，即于是科中式举人、本年会试中式进士。浙江统共会榜中式二十三人，台州得承二人亦足生色也。

廿二日丙午 辰前，细雨；辰至申，阴；酉后，细雨。作函至梦云先生，托其转烦搜岩兄代僧人写片字。申刻，家君设席邀葛逸仙老伯、秦师、王师、周枚五、允东、子能姻丈诸位。

廿三日丁未 辰前，细雨；辰至申，阴；申至酉，细雨；酉后，阴。致咏夫兄一信，交琴轩带交邮局寄杭。致载熙兄一信，交则福先之来人送黄，并代书扇面一把。

廿四日戊申 晴。早刻，至集圣庙，分府郭公宣讲圣谕。午膳，至逸仙先生府上，晤星斋宗叔、允东母舅、枚五姻丈、麟生、李君健生，相谈至晚，允东邀吃晚膳，回时更鱼二跃。

廿五日己酉 早至未，阴；申后，雨，不甚大。午膳后至逸仙先生处，与梅五、允东诸君晤谈至晚。单奏堂先生自郡来。

廿六日庚戌 申时小满节，雨。致煦东宗伯一信，交值日航船带郡同昌，向取托代画兰花。褚用九先生来晤谈至晚而去。书送华最和尚直条一幅。郎茀庭世兄自郡来，至海门去。接张丹亭都督一信。家慈于昨日起身体颇热，饮食减少，请子能先生诊视，想即占勿药之庆。

廿七日辛亥 巳前，雨；巳后至晚，阴。作覆张丹亭都督一信，并前托买烟浆已买就曹干净浆一百零二两，装成一罐。并作致戴云珊先生一信，均交阿昌带托云珊转寄舟山。家母恙亦如昨，仍请子能先生诊视。则福先自黄岩回，携接邱楚言姻丈一信，随作覆函交其带黄投递矣。午膳后，逸仙先生遣人来邀，即至彼处，晤梅五、允东，相叙至晚。

廿八日壬子 阴。单奏堂先生至路桥去。邬丽生先生来云，海门徐荫亭家云其先人有庄镪，日昨邀同众人将圹开挖，仅水一窟，古树一株，仍然妙手空空耶。孙旭东先生自太平来，家慈恙亦如昨，请旭东先生诊治，想能逐渐平愈也。

廿九日癸丑　晴。家慈病仍如昨，心颇焦急，乃请孙君诊治，未识得奏肤功否也。早刻，至集圣庙，郭外峰公祖宣讲圣谕。晤允东母舅，云逸仙老伯已于昨日赴馆横湖宗文书院讲席。陶寿翁云，据黄岩县尊沈小荣大令言，王吉人老伯有改撤任调省差遣等语，其言未识的确否也，倘非子虚，是为深幸。按：王公在闽数十年以来，官声颇佳，宦囊尚空，民有青天之称，上苍定孚佑好人也。作函至金叔文妹丈并萧杞山方伯墓志碑铭两道，英佛十五尊，交桂玉老司带至莘山。晚刻，陶寿翁处晤蒋敬甫砚兄自郡来，云亲[①]新任临海县尊贝公，其官名言而忘却，又云王少南兄自省垣来。

三十日甲寅　晴。家母病稍愈，仍子能先生诊治，想能逐渐痊愈，是为深幸。孙旭东先生于早刻回家去。接成咏夫先生一信。

五月初一日乙卯　巳前，雨；巳后至午，阴；未刻，雨，片时即阴，至晚亦然。家慈恙稍愈，仍请子能先生诊治。家君嘱书致王少南兄一信。寄覆成咏夫先生一函，交航船带郡。

初二日丙辰　晴。家母病亦如昨。早刻，请子能先生诊治。晚刻，请解玉泉先生诊治，肚尚痛，不能速愈，心甚焦急异常。致邱楚言姻丈一信，交士海先带黄。晚刻，至禹门叔公处少坐，晤宗山兄。

初三日丁巳　晴。家母病亦如旧，仍请子能先生诊治，未识速占勿药之爻否，心甚急甚。晚刻，至北山叩高祖墓，所供之菜借三龙口会因堂可昌和尚处吃，回时日已衔山。前梓棠先生托代寄郡完褚永发、褚永兴两户粮串，值其来时，均交其点收矣。

初四日戊午　晴。家慈恙稍愈，仍请子能先生诊视。太平范少池兄自东山头来，留宿。接张丹亭都督一信，托买烟浆二三十元。

初五日己未　晴。值悬蒲令节剪艾良辰。范少池兄于晚刻去。家母病稍愈，饮食加增，心甚快慰。仍请子能先生诊视。作函致金叔

---

① 此字疑为衍文。

文妹丈，并致季志标先生一信，均莘山送节来价带交。另附泰盛子号角木图章两块，均交其带交志标先。

初六日庚申 晴。母亲病亦如昨，肚尚作痛，仍请子能先生诊视，得以逐渐痊愈，是为深幸。俗例有道士让[①]灾之事，今日请道士十四人在家求祷，合家持斋叩祷保安，诚信感格，上苍定能孚佑也。彭子材总戎保清来谈片时，即至海门。按：彭子材总戎前任海标右营游击，后升福建铜山营参将，保过副将，续保免补副将，以总兵记名简放。今铜山营俸满，请咨引见，由上海来浙至台杨定甫给谏处有事。家君在都时相识，便道一过，即夜趁海门商轮至宁，顺道晋京。陶祝卿少尹来叙过午膳，晚刻至海门去。

初七日辛酉 早至巳，阴；午刻，晴；未至晚，阴。家慈病亦如昨，不即痊愈，心甚急促异常。禹门叔公来视家母疾，仍请子能先生诊视。武圣庙于五月十三日圣筵，计庙对四副，请子能先生书。小妹于晚刻自莘山归宁，接金叔文妹丈一信。

初八日壬戌 卯至辰，细雨；辰至晚均阴。家母恙稍愈，饮食亦加，惟肚尚未愈，仍请子能先生诊视，药石见效，得奏肤功在指顾间耳。作函致金叔文妹丈一信，交其农夫带呈。致叶石甫先生一信，交赵福带郡转交。家君嘱书致余懋圃先生一信，请其来与家母视疾。晚刻接其回信，须待两日能到。致苏咏夫兄一信，并赏阿昌带洋一元，均交琴轩带至海门分送郡城。何见石老伯晋京去，于昨日至海门，过家留宿。

初九日癸亥 早至午，阴；午至晚，晴。家慈病稍愈，饮食稍加，惟肚未愈。据子能先生诊视，湿热久蓄而将出，定能逐渐就痊。何见石比部于早刻至海门，晚刻，家君趋谒即回。早刻，至集圣庙听宣圣谕。晚刻，莘山价来，接金叔文妹丈一信。

初十日甲子 晴。家母病如昨，饮食稍加，肚尚未愈而气坠也，

---

① 当为“禳”，下同。

仍请子能先生诊视。作函致金叔文妹丈。家君嘱请横湖陈春甫先生，信交莘山来人带交。

十一日乙丑　早至巳，阴；巳至午，晴；午后均阴。家慈病稍愈，惟肚尚坠，仍请子能先生诊视。晚刻，同周君麟生至陶寿翁处，少坐而返。邮政递来苏咏夫兄自武林寄来一信，并附寄一函，即饬价送交矣。晚膳后，同琴轩至星斋宗叔处少坐，晤静斋、友山诸君。适武圣庙寿诞之戏于今夜开唱，至看半晌，晤梅五、玉泉、楚卿、子宣、允东诸君。

十二日丙寅　卯刻芒种节，早至巳，阴；巳至午，晴；午、未两时，阴；申至酉，雷雨；后，晴。母亲病如昨，请王心云先生诊视，不得速愈，心为念甚。致张丹亭都督一信，托其转托永宁带浆，交琴轩带定面交。又交琴轩带宁裱拼字四幅、黄子琴画八仙四幅、罗楠桥写黄笺对一副。蒋敬甫兄来谈，过午而回。陶家柬向周梅五姻丈借来《律例》一册计四套。致陈君祝再一信，交熙春带至长田。

十三日丁卯　辰前，细雨；巳至申，阴；酉刻后，雷雨。家母病稍愈，仍请子能先生诊视。日值武圣寿诞之期，家君偕余与禹门叔祖、星斋、静斋两宗叔、静轩、宗山、云芝、吉云、一支诸君，同至江边堂敬谨致祭武圣帝君，回时已晚。接叶石甫先生一信，并托刊牙章一方“乐琴书室启事”六字。

十四日戊辰　早至未，晴；未至申，阴；酉，雨，不甚大；后，阴。家母病稍愈，早刻，子能先生诊视，晚刻，陈春甫先生诊视。早刻，至集圣庙听宣圣谕。家君嘱书致金叔文妹丈一信，遣价专送。致苏咏夫兄一信，交老五送海门邮政局寄杭。适去后，其令弟三春先携黄岩邱君泽善信，言其令兄伯埙茂才现在其丈人王质甫老伯处，王公现署邳州刺史，邀咏夫同至署中。余作函相劝舍旧从新之意一信，交其令弟附其家信寄杭。晚刻，同仲辰宗叔至武圣庙看戏，片时即回。太平陈春甫先生来。续金叔文妹丈来，并写有林蓴友书红对一副，语曰：“道德神仙，增荣益誉；福禄欢喜，长乐永康。”

十五日己巳 早至未，晴；未、申两刻，雷雨颇大；申后，阴。家母病稍愈，饮食稍加，惟肚尚作痛，仍请陈春甫先生诊视。作函致张丹亭都督，并烟浆计漕平重一百三十两净，装成一罐，并家君嘱书致褚琴轩一信，托买全鹿凡，均托褚四妹送至永宁轮船交阿昌带定并宁波分递。晚刻，林芹圃兄来，携其令尊子棠先生一信，随作覆函交芹圃寄家，时已将晚，留宿。家君设席请陈春甫先生。分府宪郭外峰司马来柬，借去《申报》一卷。

十六日庚午 辰前，阴；辰后至巳，雨颇大；巳后至未，阴；未、申，雨；申后均阴。母亲病亦如昨，早刻，仍请陈春甫先(生)诊视。女宝莲腰发粒如米，请顾醉葩先生视之，恐腰带，幸初发，治之亦颇易。陈春甫于早膳后去。作函致张柳桥兄，交阿香送交航船夫寄郡。星斋宗叔遣价来，荐买茶叶，余向购两元。

十七日辛未 辰前，阴；辰后至巳，雨不甚大；巳后至未，阴；未刻，细雨，片时即阴，至晚亦然。母亲恙亦如昨，饮食稍增，仍请子能先生诊视。小女腰生之细累，用草药敷上，已得其效，想能逐渐平愈也。致邱楚言姻丈一信，交阿香托吕槐店夥带黄递交。仲辰宗叔来，同余与叔文妹丈至星斋处，少坐，晤德轩先生。丽生先生于十二日稍感寒邪，曾已愈，晚刻来，谈笑自若，老年人精力尚不衰也。

十八日壬申 晴。母亲病稍愈，仍请子能先生诊视。至楚卿处，适其令堂生辰，晤梅五、允东、星斋、云初、子宜、寿南、心言、吉云、玉泉诸君，云海门新创轮船埠，顷已告成，择于月之二十日开埠，相约往视。孙旭东先生于晚刻来。接苏咏夫自西湖发一信云，近日赴邳州王质甫老伯署中。

十九日癸酉 晴。母亲病亦如昨，仍请子能先生诊视，想逐渐痊愈，是为深幸。致周载熙兄一信，交小四送至九峰书院，原价回带还福片一柬。早刻，诣集圣庙，听宣圣谕。午膳后，楚卿约余与叔文妹丈、梅五、麟生诸君，同至海门分号，相叙片时，出至同德少坐。晤陶君祝卿、娄祝三、杨子升、徐达庵诸君，仍在分号过晚膳后，看戏片时，回时更鱼三跃。晚刻，至轮船埠，曾均告成，即遇疾风暴雨无碍行人，亦谓一美事也。晤李仁甫、王勤甫诸位，至怡香居少坐，晤周君槐卿、徐君荫亭、叶君佩生、王君兴臣，相叙半晌而散。

二十日甲戌 雨，不甚大。家母病亦如昨，惟肚坠。请子能与旭东两先生诊视，未得速效，心甚急甚。致何见石老伯一信，并茶叶一盒，作函托张丹亭都督代寄京城。

廿一日己亥 早至未，阴；未、申，雨，一阵即阴，至晚亦然。母亲恙亦如昨，仍请子能、旭东两先生诊视。晚刻，至椒江，晤鸣九先生及孙君海秋，续至梅五姻丈处，少坐而回，至庆丰少谈。

廿二日丙子 晴。家母病稍愈，仍请子能、旭东两先生诊视。午膳后，梅五约余同叔文妹丈、子能先生至海门怡香居少坐，续至和生，晤陶君寿农，路晤王香谷先生，回时已将晚膳。至楚卿处少坐，回时更鱼三跃。晤允东、梅五诸君。

廿三日丁丑 晴。家母恙稍愈，惟饮食不能复旧，仍能[①]子能、旭东两先生诊视。麟生来，托荐叔文处太平当为学生，家君嘱书致志标先一信，交梓棠先生带交。

廿四日戊寅 晴。母亲病稍愈，饮食稍加，仍请子能先生诊视，定能逐渐痊愈，是为深幸。叔文妹丈与小妹均回莘山，旭东先生同至莘山去。早刻至集圣庙，听宣圣谕。载熙兄自黄岩九峰书院来云，近黄岩文昌阁祠之蒙学社有肄业者数人剃辫、改更洋装。中人更式，闻香港、申江有之，台州向无更改之人。适初剃辫、穿洋衣，学西人之外套，亦一鲜见。其教习者，杨云帆上舍、许焯甫茂才、邱霄羽茂才均未改式。该学社时有定期演说，所说之书均是新译新话，自称谓之维新，视九峰肄业诸君谓之顽固。维新者各有别号，亦颇奇特，日有体操之勇，自称新学最重，视九峰书院肄业者为卑，时常评论，各执意见。以余论之，两处肄业诸君学问文章以长者为师也。晚刻，至载熙

---

① 当为“请”。

兄处，少坐即回。少愚宗兄携有恽南田先生绘芙蓉鸳鸯中堂一轴，亦颇工雅，想是明贤真迹也。

廿五日巳卯　晴。母亲之恙幸获痊愈，尚未复原，安心调养，可无虑矣，仍请子能先生诊视。上年托褚仲逸寄甬裱之直条四幅，曾已送来，该裱工大洋八角六分，即叫桥相照数送交矣。致张柳桥兄一信，托子能先生转托夏旭东带郡代交。向取叔文之账前，至天台时，何玉洲托余代买補方，尚少洋五角，晚刻，彼自送来，讫矣。晚刻，同丽生先生至仲辰宗叔处，过晚膳来，已更鱼二跃。

廿六日庚辰　晴。母亲之恙气又滞，仍请子能先生诊视，得能速效否也。梅五来约至寿农处少坐，晤楚卿，相叙片时。椒江秦、王两师来，叙片时而去，云孙海秋已回甬江去。褚四妹至甬江回，接张丹亭都督一封，云烟浆均已照数收到。

廿七日辛巳　阴。母亲之恙仍如昨，请子能先生诊视。家君嘱书致岳母一信并勒鱼一百三十乙个，遣工送交。家君嘱书致郎伟臣刺史一信，并附昭信股票印收两纸，计银二百两，托其代请移奖伯寅、仲辰两人。实监昭信票，民间可以抵卖他人，惟官场之票，只准移三代，中有一代相同之子侄兄弟。但与伯寅昆季仅同曾祖，与例亦属相符。并何见石比部托寄其亲家宁府学孙补山广文一信，均托用九先生交四妹带宁转交，不致有误。海门取来《申报》一卷，内附有《中外日报》《外交报》，系是陶寿翁寄买，即饬庆源学徒送交。

廿八日壬午　寅前，雨；卯至辰刻，晴；巳刻，雨，一阵即阴；巳至未，阴；未至申，细雨；申后，阴。母亲恙仍如昨，饮食不能如旧，心甚为虑，得速加增饮食，是为幸甚。仍请子能先生诊视。致张丹亭都督一信，托桃先带交邮政局转寄舟山。致金叔文妹丈一信，家君嘱书致孙旭东先生一信，均交莘山来价带交。

廿九日癸未　早至巳，阴；巳刻，晴；午，阴，中间细雨，片刻即阴；午后至晚均阴。晚刻，至楚卿兄处，适其至海门去，未晤。随至星斋宗叔处少坐，晤允东母舅。

闰五月初一日甲申 早至午，阴；未至申前，细雨；申至酉前，阴；酉，细雨；酉后，阴。早刻，至椒江，晤秦梗友、王鸣九两先生，相叙片时即回。晚刻，孙旭东先生自莘山来，即回家去。母亲之恙稍愈，饮食渐加，仍请子能先生诊视。家君嘱书至张丹亭都督一信。因上年金叔文妹丈托余出票向丹翁转向宁郡钱庄借来英洋两千元，至今年三月廿三日对年之期，向取不凑。接其惠来典经事者志标先来信云，缓两个月。至五月又是到期，家君托梓棠先生向取，但其当中取者甚属寥寥，速凑为艰，只得函恳其通融，至九月廿三日期送还，未识其能见诺否也。但钱庄之洋票期定须准确，此是有关自已门面，不比相知亲戚者事能拖缓也。函交琴轩专送海门邮政局寄舟山。

初二日乙酉 晴。母亲恙幸获安愈，心甚为幸，惟精力未曾如旧，安心调养，定能逐渐复元，仍请子能先生诊视。晚刻，至梅五处少坐，晤性言、心泉诸君。至麟生处，晤徐君勉斋，同出看戏片时，晤允东、槐卿诸君。回时，过达云母舅府上，相叙片时。

初三日丙戌 早、午，晴；未至申，阴；酉刻，雷雨，一阵即阴，至夜均阴。母亲之恙渐痊，仍请子能先生诊视。接苏咏夫兄由武林交邮政局递来一信，内附寄林健行一函，随作函托邱少羽转交，函交似海先便寄黄城。家君嘱书致季志标先生一信，交农夫老二带石曲送交。接张丹亭都督一信。晚刻，至陶寿翁处少坐即回，晤周枚五姻丈，携楚卿信，约明日至海门。晚刻，接志标先覆信一函。

初四日丁亥 卯前，细雨；辰至巳，阴；巳后至午，细雨；未至酉，阴；酉后均细雨。早至海门同昌分号，楚卿、梅五、尹东、楚卿[①]诸君相叙至晚而回。玉先云，早刻三春来云咏夫兄有不吉之信，心甚惊惧之至，随遣阿香、三春先询问，适伊已至海门趁轮至外探询消息。余心实不安，即作代楚言姻丈致伯勋先生一信，是否请即示知，以免悬念。但昨日接咏夫兄之信，云正五月十六日自杭州西湖蚕馆所发，内

① 此二字重出，应系衍文。

语云伯勋先生之令岳丈王质甫老伯顷署江南徐州府属邳州刺史，彼欲十九日就杭束装至邳州，欲伯勋先生代其想法觅一糊口之方。此言前在家时早有此意，余所深知，今作函问伯翁，俟接其覆信。如无到邳，其言恐实；若已到邳，此信定与其有歉者所造也。言须[①]若是，疑信参半。母亲之恙可告安痊，仍请子能先生诊视，能吃补剂，是为幸甚。

初五戊子　雨颇大。母亲恙幸获痊愈，饮食渐加，请子能先生诊，方吃补剂矣。郡城沈拱臣茂才祥庚自本年入泮，来拜客。致邱伯埙先生一信，托四春先转交邮政局寄至江苏邳州署。阅五月廿六日《申报》，附张纪有戒烟奇品最便，无害速效，寄售处上海大马路杨祥记玻璃号及升昌源五金号。其药之装式系烟叶包卷纸烟，兼治气喘、咳、瘴气、疟疾，顺气毋瘾，一钱吃烟二支，连吃十匣，自觉食烟无味，不思呼吸，初瘾更为容易，故其价每包计十二支计洋一角，西文签字。如斯言不缪，脱离苦海，得超彼岸在指顾间耳，只恐其言过于药性也。有瘾者能购而试之，幸价尚廉。

初六日己丑　雨，颇大。接苏君左卿一信，当即作覆一函，饬价送义记转递。

初七日庚寅　辰前，雨，辰后至晚均阴。

初八日辛卯　晴。早刻，至珊浦少白先生府上，晤佐卿相叙，云咏乎之信息，细思其深意，是有歉者捏造归多。倘若真有其事，其人代其埋葬，又代费用之洋，又写信通知家庭，此大好事，生者感其仁恩不浅，死者亦当衔信报恩。何至不写其真名？而书“山东沂州府小本贸易人氏痴愚子启”。据云其侄子能书字者写，非是贸易之目不识丁者书也。大半疑其贾。但信局之向章接信时加盖本局图书一块，过一处必须加盖图章一块，即须高邮至台必过上海、宁波两局而到台。此次之信，其背后仅有高邮局图章一块，而无上海、宁波戳记，况今之

---

① 当为“虽”。文中多“虽”、“须”混用，不再标注。

寄信均由邮政局寄者多，而信局寄者甚属寥寥，说无信局图记，其信何处飞来？确是捏造而无疑也。所可惜者，相累其弟三春往返之川费而已。况初三日接咏夫兄五月十六日自武林发内云十九日束装赴邳，据其伪信云咏夫二十日至高邮失足，届计十九日动身，二十日尚在由杭至申小轮。回忆此轮余去秋乡试往返均由此道，并无至高邮属之地方，此番云在高邮失足，高邮从何飞来？可见确信其伪而无疑。如廿一日尚在上海，断不至高邮。据十六日寄余信内云到邳时即寄余一信，届计十九日动身，大约闰月初旬上即可到邳，其来信想在二十左右得见其实音也。其令弟往返想亦在此时，相劝其府上不必其疑虑也。

卢槐士兄自黄城来至楚卿处，过家少叙。晚膳后，余至楚卿处，谒槐士兄，晤楚卿、性言、心言诸君，晤谈片时，即至星斋宗叔处，晤卧南、岳生、尹东诸君。与静斋宗叔同回，时已更鱼三跃。正五月廿八日《申报》纪：本年恩正并科会试中式殿试于是日升殿传胪，状元王寿彭，山东淮县人；榜眼左霈，广东驻防旗人；探花杨兆麟，贵州遵义人；传胪黎湛枝，广东南海县人。沈拱臣于早刻至北岸去。

初九日壬辰 早至午，阴；未至申，细雨；酉后均阴。早刻至集圣庙听宣圣谕，晤郭外峰司马、星斋鹾尹、尹东茂才。

初十日癸巳 早至午，晴；午至未，雨；未至申，阴；酉后，雨。致张丹亭都督一信，饬老五送永宁交阿昌带定。接子衡兄一信，当即片覆。陶寿翁之仆从送来《申报》一卷。郎翰臣老伯送庆源对联一副。钮少苏老伯寄家君一信，自申江缄寄，并紫毫、羊毫各一匣，每匣计笔五支。阅闰五月初二日《申报》纪：云南正主考张星吉，副主考吴庆坻；贵州正主考李哲明，副主考刘彭年。阅闰五月初八日《申报》纪殿试全录：台州新中金性山文田、俞棣生树棠均分三甲。

十一日甲午 辰前，雨；辰后至晚，阴。王玉寿托余荐分府署亲兵，余饬阿香携帖至署，由门丁转达。郭公云，俟其补时通知饬其进署差遣。秦师梗友来，晤叙至晚而去。用九先生来云，其子琴轩于日前至大陈山买墨鱼鲞，已接其来信云已买就三百担。

十二日乙未 雨。桥相自家来。

十三日丙申 巳前，雨；巳后至晚均阴。至武庙叩谒武圣重寿诞。四春先携其兄三春先信来云，于初七日已抵申江，暂寓同福祥客栈，咏孚之信息，上海杳然，彼即由是夕至高邮探询实音。以余想之，与其有歉伪造者归多，是否，旬日间定有确音也。椒江王师鸣九饬价来借去《申报》一卷并《万宝全书》两本。晚刻，至椒江，晤秦、王两师，相叙片时而别。致邱楚言姻丈一信，交前宅之老二哥带交。致金叔文妹丈一信，交成衣阿奶带至莘山面交。

十四日丁酉 晴。申刻小暑节。天时颇寒。早刻，至集圣庙听宣圣谕，郭外峰司马在焉，晤李春生太姻丈、星斋、尹东诸君。接邱君霄羽一信，当即作覆，并寄楚言姻丈一函，钧柬托邱泽生兄代寄黄城。王六皆先生来借马于明日至埠头堂扫墓，余允焉。

十五日戊戌 早至未，晴；未后均阴。周少云母舅来云，葛逸仙兵部自宗文学堂回，余往谒之。接《申报》一卷，闰五月初九日《申报》：俞棣生树棠系本科新中贡士，殿试分二甲。前初六日《申报》纪其三甲，系是错误。金性山先生仍在三甲。阅初十、十一两日《申报》：俞君棣生树棠朝考列二等第八名，覆试列二等第二名；金君性山文田朝考覆试均在三等，戊戌科中式进士未曾朝考。宁海县人黄君瀚坡和銮今科補试，朝考列三等。阅闰五月十二日《申报》纪内阁抄奉上谕：俞树棠分部学习，金文田、黄和銮均以知县分省補用。

十六日己亥 早至辰，阴；巳刻，细雨；巳末至晚均阴。早至逸仙先生处少坐。王牛头林姓孀妇与地方不睦之人为□□不遂，以奸事架陷该妇，情实可恶。但该妇家颇小康，托允东母舅经手，至分府署结讼。续至梅五姻丈处小坐而回。致金叔文妹丈一信，饬农夫阿先送至莘山。楩友先生借去《申报》一束。前托陈舜卿代买夏帽缨，于晚刻遣价送来，价洋两元一角。随作函并附洋两枚又一角，均托继善相便带海门送交。逸仙先生于今晚回转郡城。

十七日庚子 雨。闻楚卿兄新带之戏名曰大春台，于今晚在江边堂开唱。闻允东母舅传述许洛溪云王弢甫京卿之世兄南沄于上春逝世，闻言之下，不胜感痛之至。回忆南沄仁兄自戊戌之冬受知于唐春卿学使入泮，其人沉静无哗，品学兼优。余与其亦颇相得，如会晤时均言世事之艰难，急开学校，使后进者急图进境之路，何至中道而殇，人难预料，呜呼哀哉！痛哉！其尊翁弢甫老伯心甚悲痛异常，淡于宦迹，意欲退归林下矣。近又多日未得咏孚兄之确耗，心甚为念，以余论之，定是与其有歉者捏造，未识果出与余之所料否也。

十八日辛丑 早至辰，细雨；巳至申，晴；酉刻，阴；戌后，雨颇大。早刻，至楚卿兄(处)，晤槐士兄自郡城来，同邀至江边堂看戏。该班系楚卿兄新带东洋京调，唱得颇佳，以及服色，台州而论，可算上等。楚卿兄留吃午膳。晚刻，又至江边堂看戏，晤梅五姻丈、允东母舅、心泉、性言诸君。适楚卿兄之令堂伯母叠寿之期，其子婿郑夔友兄送有酒两席，楚卿兄留之。适江子青大令自黄岩来，黄梯仙宗叔至郡垣回，同席者又有陶君吉云、星斋宗叔、解君玉泉，郑君夔友亦于今晚来至楚卿家。回时更鱼二跃。闻夔友云，黄岩邱斐南、柯心补两君至日本大板看会，叶君辅廷登瀛本分省安徽试用之县丞，自黄岩购有土官纱颇多，欲至日本售脱，带至上海，出口均要捐税至彼处，捐钞颇距，以至中止，仍至皖江候補。又云近有习洋学者，以剃辫为新奇，有数人至省城学堂肄业，为有司者闻之。非独不能进堂肄业，尚要惩办，均各潜回原籍，意欲仍然长发，不习西装。黄梯仙宗叔本福建试用通判，有旧友亦福建候補通判保至同知，補同知后知府用，曾署过台湾知府。蔡宝臣司马系奏办浙江樟脑公司事务，顷蔡宝臣司马至各府开办，至台州一府禀准抚宪，札饬梯仙宗叔帮办，现在梯仙宗叔系丁忧人员，倘脑务办有成效，不无裨益也。

十九日壬寅 早至巳，阴；巳后均晴。郭外峰司马饬书宣讲圣谕，余往听之，晤李春生太姻丈、心斋宗叔。咏孚兄之弟三春先于初四日出门探其乃兄之确耗，于昨晚回云，咏孚兄自武林动身，深悉长江之轮船扒手颇多，只恐防不胜防，夜则不寐，于正五月廿一日早辰到高邮属，至邳州，此登岸之所，时天颇早，适精神疲倦之至，急欲登岸，船舱又滑，过船之所偶然失足而逝。幸船夫即将尸身寻获，船主代其买棺收葬，于廿三日入殓，棺暂停高邮相隔四十里之外。其三弟询其船局确实之情形，并亲至停棺之所。当是时，悲痛之情，难堪言状。叨在久年交好，闻此等凶言，不胜嗟叹流涕。所难堪者，抛却七秩双亲，真心痛哭，如之奈何！呜呼！我友苏君，其命何其促也，其福何其薄也，死何其苦也！回忆咏孚兄，自幼亦颇相识，壬辰之岁以后日渐亲近，时常来家叙谈心事。但其今生细微之事，余无不知也。细思其平生并无不可对人言之事，死固天命也，何至溺水而毙！其苦情苦况，难堪设想。其人性情温和、作事安详，其相并非夭殂，以至如此，定是前生夙怨，年仅三十有三而无团圆之庆，其命之丑何至如此！十馀年交情厚谊，只作长叹而已。其三弟三春先自外到家，悲痛甚切，未及来家，余遣夥友细询其确耗，先作叹息数言，容日会晤后再为详记。

二十日癸卯 辰前，细雨；巳至未，晴；申后，雷雨。早至椒江书院，晤秦梗友、王鸣九两三长，相叙片时而别。致邱君霄羽一信，并内附楚言姻长一函，均托泽生兄转寄黄城，致张柳桥兄一信，托子能先生代交，函托航船带郡。

廿一日甲辰 晴。咏孚兄之弟三春先来云咏孚之死原由，与日昨对夥友之言大致相同。但上海至邳州路程，须由长江轮船至镇江换小轮拖船至靖江，由靖江登岸，陆道到邳，镇江由小轮至靖江水道须过高邮。咏孚此次只恐该处扒手甚多，疏于防守，恐至丧资之苦，将所携之洋交该船账房暂为登收。时已二十之夜已及三更时分，精神疲倦，又至该船账房询确行资，回转所宿之所未到，该船之旁本有一路，时又天雨初晴，船板又滑，偶然失足。闻者不胜悲惨。云于廿五日，其家代其立座棺，暂过高邮州六十里界首之分局尚有十里外。其令弟三春代其坟扦写明浙之台州临海人苏咏孚之名讳。另如有便道过该处询叩一阅，足甚久年交好之情分也。倘得代其丧回故里，乃咏孚之万幸。余曾有此愿，未得有时否也。顷作一跋云：苏君咏孚者，浙之临海人也，幼读书，性倜傥，不急急于功名，家庭聚处，父母兄弟之间，怡然自乐。立志甚高，择配颇严，故年逾自立，依然童子，犹未婚也。素与黄邑诸君游，若邱君楚言昆弟更为莫逆。与予朝夕相接，十有数年无间言。辛丑岁肄业黄之清献学堂，博览群书，文思大进。本岁癸卯，慕武林西湖山水之胜、洋学之盛，负笈往游，寓于蚕学塾中。适值黄岩王质甫太守任邳州篆，楚言堂弟伯埙，质甫婿也，随任，所书柬来召，缘于端阳节后束装就道。将行，邮递一函告予，定于十九日起行，内有一联云："今日安居，自比孤山处士；他年旋里，恐为洛水苏郎。"予时不以介怀。谁知闰五月初四日，其令弟升豹来云，接得高邮局发山东痴愚子启，说咏孚失水事。予不以为然，视为妄说。升豹手足情深，胸中将信将疑，禀双亲、别兄弟、亲至高邮，果有其事，祭哭柩前。十七日旋里，与予言，予不胜悲感。回忆信中，竟成谶语。呜呼！咏孚，予与尔相识有年，迹尔生平，并无短行，何至命薄如斯！搔首向天，奚胜感慨。呜呼！咏孚，灵其不昧，定鉴予衷。叩首泣涟，爰述其事如右。作直联四幅送与，稍表微忱。

阅闰五月十三日《申报》纪五月分选单：黄岩江梅渡大令若梁选授贵州都匀县知县。按：江梅渡大令若梁系戊子科浙江乡试中式举人，报捐知县，指分福建，先署长汀县知县，题补上杭县缺，未曾到任，接丁内艰，服阕归部铨选，顷选该缺。晚刻，至集圣庙看戏片刻而回，其戏系楚卿兄新带，颇佳。

廿二日乙巳　晴。郎翰臣老伯致家君一信，家君嘱书作覆一函，交其原人带回。阅闰五月十四日《申报》纪五月十二日内阁抄奉上谕："广东正主考着达寿去，副主考着景芳昶去。钦此。"同日奉上谕："广西正主考着骆成骧去，副主考着钱能训去。钦此。"同日奉上谕："福建正主考着李联芳去，副主考着刘学谦去。钦此。"晚刻，至煦东宗伯处去，适其看戏去，未晤为歉。至心斋宗叔处少坐而来。

廿三日丙午 晴。家君嘱书致应子能先生一信，交航船夫带郡。晚刻至煦东宗伯处，代仲辰宗叔托其画扇面，晤鲍子封、潘谓夫、叶石甫诸君，少谈而回。接金叔文妹丈一信，内附寄少云一函，即遣价送交。代兑青蚨百串，均已收讫，当作覆信交原人带还矣。

廿四日丁未 晴。郭外峰司马饬书于集圣庙宣讲圣谕，余往听焉，晤心斋宗叔。郭公云近浙江抚宪开办认捐名色，台州委有候补知府，旗籍人，来各县开办，曾奉有公文，委员尚未到台。接王子衡先生一信，为琴轩兄处借款，据允，六月中旬付还，当作函覆，交其原人带交。晚刻，又作一信托马屿头金老二带交。琴轩于明日至宁波售墨鱼鲞，余寄买：杭官纱长衫料一件，计一丈五尺；并空心扣一副、十景烟箱一只、广斗一对、洋白铜盘一个、烟酒、筒嘴脚等；前带裱之画计十轴倘已裱好，托其即班寄下；卫生丸洋一元。栅浦苏焕堂来，托余代向家君拟去英洋十元。大暑节，向来六月之先庙中演戏，至送暑为止。今年六月初一日大暑，今夜曾已演戏，闻所唱该班系楚卿兄新带东洋京调，送暑者今日已旺。闻昨夜黄岩属之半洋王地方谈者，忘其姓名，家颇小康，被土匪抢劫一空。今尚田野多水之时，曾有抢案，将来如之奈何？万望统兵大员饬弁严搜匪穴，以静闾阎，地方幸甚。椒江山长秦师梗友饬价向余借去《申报》一卷。

廿五日戊申 晴。叔文妹丈向丹亭代经借来英洋二仟元，息分四季送宁，于今年三月廿三日对期。今日其惠来典之账房志标先送来英洋一千六百元，当面点验，尚少一元，并少本洋四百元。三月廿三日至本月廿三日止，闰月不计外，该息洋四十六元六角六分，由庆源代垫英洋四百四十七元七角。合计本洋二仟元，息洋四十六元七角，并交褚琴轩带至舟山托张丹亭都督代寄甬江。上年余尚存有凭券一纸，顷作一函亦交琴轩附带向取凭券。前其惠来典存有过桥凭券一纸，检还志标先生，带交叔文所垫计洋四百四十七元七角，系向庆源挂账暂拟。家君嘱书致函与叔文妹丈，此款陆续掷还，信亦托志标先带交矣。

午膳后，潘君谓夫、王君六皆同来，相叙片时而去。晚刻，至江边堂看戏，该班系楚卿兄新带之大春台东洋京调，唱得颇称佳美。晤萧伯康司马、黄印山游戎、镇幕余君寿松、椒江秦梗友、王鸣九两山长，暨丁君飚绵、王君六皆、卢君槐士及楚卿堂兄，同看至晚而来。应子能先生自郡来。周少云母舅寄叔文妹丈并泰隆典之林厚甫各一信，均附寄叔文妹丈之信内矣。致刘逸仙兄一信，托志标先带至路桥交刘瑞昌转交，内云多时未晤，两地怀思，慰语空言。

廿六日己酉 晴。晚刻，詹冰湘与其亲戚黄岩毛翊庭同来，相叙片时，同至江边堂看戏。道过裕泰典，谒渭夫先生，悉其看戏，未晤。随至庙中账房，晤渭夫先生、梅五姑丈、煦东宗伯暨六皆、玉泉、玉洲、心斋、寿农、允东、槐士、楚卿、夔友诸君。该班系楚卿兄新带东洋京调，唱得颇佳，情色亦极周到，台州而论，无出其左，言确然矣。看者甚多，所碍者，时值酷暑，人气颇盛而已。晚膳后至陶寿翁处少坐，晤董君聘珍。致张柳桥兄一信，交航船夫带郡上草巷。

廿七日庚戌 晴。家君嘱书送王心泉鲢货行贺对一副，其店号鸿丽，对语云："鸿业肇基，继踵胶鬲；丽泉长涌，比美陶朱。"周君麟生惠送甘露二十包。阅闰五月廿四日《申报》纪廿二日内阁抄奉旨："四川正主考着王荣商去，副主考着张世培去。钦此。"同日奉旨："湖南正主考着支恒荣去，副主考着吕佩芬去。钦此。"同日奉旨："甘肃正主考着马吉樟去，副主考着朱锡恩去。钦此。"按：王荣商系浙江镇海县人。阅闰五月十九日《申报》纪：本科乡试提调事务派时蓬仙观察，监试事宜派郭馥斋观察办理，均奉巡宪翁筱山中丞札谕矣。前护宁乡台兵备道前署台州府开缺宁波府知府高与卿观察以道员交军机处存记，仍发往原省补用矣。致梦云先生一信，交三茂转寄后洋王。

廿八日辛亥 晴。家君嘱书致曹雷谷先生一信，交其令郎转寄山西当。早刻，至椒江，晤秦、王两师，相叙片时而回。至江边堂叩圣，时值酷暑，未及看戏即回。晤叶石府先生，相叙片刻即别。续至六皆府上，适未曾在家，不晤。便道至梯仙宗叔处，适其尚睡而未晤。

随至子宜处，晤徐子刚，相谈片刻即来。寄曹雷谷先生之信。为代麟生兄之侄引荐为学徒，未知得能允诺否也。晚膳后至梯仙宗叔处少坐，晤秦梗友先生、邱君泽生、潘云生、周醉香、丁兆法，相叙半晌，回时更鱼二跃。

廿九日壬子 晴。郭外峰司马饬书在集圣庙宣讲圣谕，余往听焉，晤心斋宗叔。晚刻，咏孚之四弟季卿携有咏孚作绝命词一首，云其界首携回行箧中检出，余细视笔迹，确是咏夫兄亲写。余抄一纸，并作一函托泽生兄带交霄羽先生，思恋故人之馀迹也，信交和尚送椒江泽生兄。梯仙宗叔送余樟油一瓶。郡城洪姓者携有梅谷画耄耋富贵小条一幅，余视尚清趣，向购，计洋五角。

六月初一日 早至巳，晴；巳后至晚，阴晴；癸丑巳时大暑节。致张丹亭都督一信，托买春城氏广斗一只，托四妹交邮政局寄至舟山，午膳后至梅五府上少坐，续至叶蓉秋当中少坐而回。椒江山长秦梗友、王鸣九两先生来云，明日解馆。海门轮船带来琴轩代买花杭官纱一丈五尺，计洋九元七角八分，系鸿彰抄庄发单。

初二日甲寅 阴。家君嘱书致褚琴轩一信托兑龙洋计大洋三百元，由庆丰附寄，前托买之广斗因托丹亭兄买春城氏斗，嘱其不必再购，其馀仍照原单。六皆先生来谈至晚而去。

初三日乙卯 阴。接邱伯埙兄自邳州发一信，苏咏孚兄之事，彼确探其消息，据其友人陆浩翁云，其正五月廿一日三更时分因小便失水。呜呼哀哉！人之死生大矣，咏孚如此死法苦甚。咏孚生时朝夕谈心，于三月出外，竟作永别之人，叨居密友，不免伤心，青夜思之，哀之惨然。既见其绝命诗词，照录于下，据其词曰："催魂鼓点响疼疼，敲澈诗人病目昏。转见豪门诸公子，停车执辔待夷门。不忠不孝一身当，燕雀无端到画堂。敝屣江山云富贵，草头露水瓦边霜。今日题诗泪若麻，廿年细事诉君家。相逢此后如冰炭，莫作情痴葬落花。千年青史万言书，一夕全抛返故居。父母恸儿寿限促，春兰秋菊有来时。我是球中识性人，五官经过不求精。世间万事偶然尔，尚恐征袍沾血腥。诸君悼我去匆匆，我与诸君事不同。妻子终无身不养，他年董史也轻松。一到蓬莱身便轻，父兄母妹路旁人。有钱沽酒邀明月，鹤戾西风鹊赏音。记得游春试马期，长街曲巷话迷离。百年好友千年别，我别诸君早有时。天命从来不可攀，中庸性字我曾参。今宵一去如花谢，来岁逢春放一番。绝命诗词唱来回，风声喇喇鬼声哀。”此篇系咏孚之四弟季卿携来，余阅其字迹确是咏孚兄亲笔，此亦未死之前预兆也。今既其死，视者伤心痛切也。余之本愿：虽叨好友，今既其死不能复生，但其家颇寒，其棺路途千里，欲将其柩般回故里以尽友谊焉。晚刻，至裕泰当，晤潘谓夫先生，并与鲍君子封相叙片刻，续至梯仙处少坐。梦云先生于晚刻来。

初四日丙辰 晴。致褚琴轩一信，为子衡之事曾已言及，又作一函，托购荷兰水四瓶，均交邮政局带宁江厦双街广润行内。梦云先生于晚刻去。郭外峰司马饬书至集圣庙宣讲圣谕，余往听焉，晤旭东宗伯。庆源店夥伯巽于晚刻回家去，余托其送张柳桥兄元敬一函，计一元，并托取光绫帐前，送拈花室之板对，托其祖父王可亭先生书隶字。接张丹亭都督一信。

初五日丁巳 晴。至褚琴轩一信，交阿霓送海门，托成保带至宁波江厦双街广润行内转交琴轩。王香谷先生送其侄孙为庆源学徒。晚刻，至丽生先生府上少坐。至庆丰，晤用九、梓棠诸君，晤叙片时。家君嘱书致孙旭东先生一信，托买大陈砖五千块，交永文带寄孔化忝。

初六日戊午 晴。所藏字画于早刻一统开晒，晚刻收藏原处。但寿屏字画等件每年于六月初上择其日色晴明必须照晒一次，以免虫伤，但皮货衣裳必须二月上旬择其日色晴明并无飞丝之日一统照晒，晚刻候冷时收藏原处，加用樟冰，此是极妙。但六月照晒，日色颇浓，毛皮衣又恐焦，晒之不美，不如二月初上照晒为妙。台州而论，此时已去皮衣，各处亦不以为然，即迟亦在三月晴明之日为妙事。

初七日己未 早至未，晴；未刻，细雨，一阵即晴；未、申二时，晴；

酉刻，细雨，片时即晴。东北风起，似作风雨之景。丽生先生来谈至晚。苏咏孚兄之诗下尚少二句，余代续之："身骑箕尾归清汉，岂为孤魂守夜台。"已全我友苏兄平生之卓志也。余见其诗、思其人，不胜长叹也夫。

初八日庚申 卯前，细雨；卯至辰，阴；巳刻，雨，一阵即阴；午刻，雨，即阴；午后至晚，夜雨、阴不时。是日，北风兼东风，幸不甚大，未收早禾，幸无为碍。但求速转和风，幸甚幸甚。

初九日辛酉 雨颇大，子、丑二时西北风大作。余家西北老墙倒坏三丈馀，地墙脚尚无碍。至巳刻，风稍静。余家之西横楼上栋头亦倒。全日之风雨均大，此番台州可谓风水，民间子粒未曾收成者，不知去得多少，难以计算，速求和风，是为至幸。近数年间，未曾见此番之大风水也。

初十日壬戌 晴，风静。幸托上苍孚佑，早禾所损者不多。早刻，子棠先生来递有玉品罗明九一信，代其亲戚王实斋借监照。近地王姓者均无十成监生。随作函福答，仍托梓棠先生带交。家君嘱书致张丹亭都督一信，交用九先生转交昌相带定。接何见石比部寄家君一信，言在正五月廿九日到闰月朔，到司销假云云。少云来云，此番风水，屋有损坏，托家君转向达云母舅言，欲将所押之屋转卖。家君嘱余至达云母舅府上与其言，据云另覆家君。续至梅五姻丈处少坐，其新屋两间将已落成。续至寿农处少坐，晤性言、麟生诸君。晚刻，心泉来叙片时而去。

十一日癸未 晴。琴轩自宁波回，前托买各物均已买来，惟带裱之画未曾带来。今夜，其弟四妹至宁卖勒鱼，嘱其带来。并送到张丹亭都督一信，并掷还前代叔文代借之凭券一纸，并云内有铜洋六元、本枝十元，随作覆函，请其将次洋寄回转换，函交四妹带至定海中府署。接江梅渡老伯一信云于昨夜抵台关云云，随作覆函，饬老五送至海门永宁船局转呈。寄邱楚言一信，致周载熙兄一信，均交则福先带至黄岩交两家。

十二日甲子　晴。接易凤渠二尹一信云向家君讨天生磺，随作一函并附天生磺少许，函托鲍子封先生转寄郡城。褚琴轩送来荷兰水二瓶，饬阿香送呈郭外峰公祖。前庚子之春，褚琴轩托余代向王子衡兄借来英洋一百元，顷琴轩送来开洋一千零九十角，折计英洋一百元。壬寅四月付过息洋三十元，尚少利息。子衡与琴轩谊属知交，托余写信代叙交谊，余代作一函并开洋照数，饬阿先专送北山取回信并原券，均交玉先送交琴轩矣。晚刻，至邬丽生先生府上，相叙片时，其日前稍受暑气，已占勿药之庆矣。

十三日乙丑　晴。张丹亭兄托余代寄其家中小皮箱、洋棉纱等物，早刻饬阿先送至唐家岙交其太太收矣。周君少芳来叙片时而去。晚刻，庆源夥友伯巽自郡来，前托其祖父可亭先生书隶字对字送天台山之拈花室，原语系："大地豁尘襟，闻磬几声春梦醒；名山留胜迹，拈花一笑天颜开。"顷其代余改曰："胜地隔尘嚣，闻磬几声春梦醒；真灵蒙庇佑，拈花一笑圣颜开。"柳桥兄之账前，据云在凤山先生处尚未取来。适梓棠先生来，余托其转烦潘云轩寄买板对两副，一寸净厚、一尺一寸阔、七尺长，内一副，前有愿送白云山对一副，其对字于丙申之岁曾托栅浦苏耕云先生曾已写好，语云："胜地入白云，常喜慈云满座；遥天连碧海，有谁苦海能航。"顷欲同刊，敬送两处。麟生兄来询余言其侄代荐为学徒，但前已家君函托曹雷谷先生，未接其回信，不知得能允诺否也。

十四日丙寅　卯前，雨；卯刻，阴；辰、巳，细雨；午刻，晴；未后，均阴；戌、亥，细雨。

十五日丁卯　卯前，雨，不甚大；卯至巳，晴；巳末刻，雨，即晴；午至申，晴；酉牌，雨，不甚大；以后，阴。西北旧墙于初九日被风吹倒，今日添修西横楼，北首之栋头亦于今日加修。家君嘱书覆何见石老伯一信，交至寿带交琴轩送海门邮政局寄至京都后孙公围台州会馆。

十六日戊辰　晴。梅五姻丈来约余至海门同昌分号楚卿兄处，晤陈舜卿、解昆山、王勤甫、徐丽生，相叙片时，仝梅五、楚卿至新轮船埠岸新造洋房三间处，看所造之工拙，云其工价、料价颇廉，其料物颇不坚固，须称工雅，只是眼前，不顾其后也。同至祝三处，其新屋已造三间，于昨十五日穿挎上梁，尚有四间未曾穿挎。其柱料工雅，兼且宽大，均是柏树以及硬树，并无松树而夹杂，其楣均是槠树，据云高有二丈七尺馀。永宁商轮本是今晚到埠日期，据云因风阻止，时针六点，尚未戾止。楚卿兄因有微疴，已在海门多日，即于梅五同回，到家已将晚膳。适邬丽生先生在家，相叙言欢。致则福先一信，交阿张送至黄岩南门交。

十七日己巳　晴；丑时立秋节。家君嘱书致孙旭东先生一信，饬正中送交。致邱楚言姻丈一信，饬先品送至下洋邱。琴轩来云，今夜趁轮至象山买麻。接张丹亭都督一信，当即覆一函，托琴轩带轮交阿昌带至定海中府署呈。

十八日庚午　晴。日值酷暑，寻觅凉风之所颇不易易。阅六月十三日《申报》，纪有浙江乡试，奉护抚翁筱山中丞调，帘差建德县知县谢大令福庆、西安县知县胡大令寿海、准补富阳县知县现署宁海县知县董大令凤来，建德县以卢大令士鸿代理，西安县以潘大令诚志代理，宁海县以萧大令庆增代理。其馀甚多，大向尚须续调也。按：胡大令寿海系江苏清河县举人，谢大令福庆系江苏如皋县进士。

十九日辛未　晴。阅六月十三日《申报》，纪有枪戒藤莲膏功效如神，该价每盒计洋六角，每打计洋六元，该售处系上海二马路中市西鼎新里石库门内暹逻大德通公司批发。

二十日壬申　晴。接叶徙南兄一信，当即覆一函交其原友带还。家君嘱书致蒋征九先生一信，交用九先生托人带郡，托其请领庆丰牙帖。

廿一日癸酉　早至午刻，晴；未刻，大雨，片时即晴；以后均阴。载熙、少芳两君来叙片时。晚刻，至载熙处，晤少芳、作羹、子轩诸君晤谈。时值东北风颇大，随即下雨颇大，约半刻时针已及晴霁。出时路（晤）宗山、仲辰，同至咏仙处少坐，前闻咏仙染恙数天，已占勿药矣。出至禹门叔祖处少坐，同宗山、仲辰至家中。适王书城先生在家，时余颇不如意。子能先生日前染恙，尚未痊愈，请其一诊，已有湿邪内闭而将出，幸不甚重。晚刻饮食尚未减少，想不日定然痊愈。前二月时小妹叫余转托柳桥兄代画之帐前曾已画好，交少芳兄带来矣。

廿二日甲戌 雨，颇大。晚刻，身体发热，饮食减少，坐立为艰。

廿三日乙亥 早至午，雨；午至晚均阴。

廿四日丙子 晴。

廿五日丁丑

廿六日戊寅

廿七日己卯

廿八日庚辰 雨，颇大。

廿九日辛巳 早至巳，雨；午后均阴。

三十日壬午

七月初一日癸未

初二日甲申 酉刻处暑。

初三日乙酉

初四日丙戌

初五日丁亥

初六日戊子

初七日己丑

初八日庚寅 接金叔文妹丈一信，未曾作答。

初九日辛卯

初十日壬辰

十一日癸巳

十二日甲午

十三日乙未

十四日丙申

十五日丁酉

十六日戊戌

十七日己亥

十八日庚子 卯时白露，雨。

十九日辛丑 雨。

二十日壬寅 早至午，雨；午至晚，阴。余自六月廿二日起至廿九日，身体发热，起坐为艰。初请顾醉葩诊治，药均无效。细思六月初旬不识已受微邪，误食卫生丸以致邪闭，加受暑邪，致有是病。至廿九日才思此意，急用菜头丝汤饮之，以通积气，就思饮食，不致遍体致痛。三十日寒热尚未愈，饮食稍加，身体稍能通泰，请黄岩章屺堂先生诊治，积食寒热尚不能退。七月初四日，据屺堂先生云，邪退是虚，随用补剂。人须稍能如意，寒热如前。初五日章君回黄。初九日，许笠夫先生适在陶宅，请其一诊，未见其效。随请解玉泉先生诊之，日渐痊愈，饮食渐加，至十九日寒热已止。前数日肚荡，至今日亦稍愈，亦请解君诊之，馀病均愈。惟饮食未能复元，口舌寒湿颇重，据玉泉先生言，须饮热药兼补得奏肤功。

月杪月初，接张丹亭都督三信，并托买烟浆洋三十元，家君曾叫桥相至北岸购来，价计曹平每元三两，托友作函覆答，曾已寄定。上月杪送其牲口，接来信托寻马夫，余叫小李将阿方叫来，荐其至定，亦于上班轮期到定矣。并接李君广生、王君雪渔、夏君振之、许君东吕各一信，随托友代书函覆。接何见石比部一信，并红槅字格两堂。沈拱臣兄一信尚未作答。余病一月之久，承世交以及友人来问者颇多，未及酬应，俟疾愈后，亲至诸君府上致谢。周君载熙至省乡试，余托买油靴、扇面，已于十七日首途矣。昨卢槐士兄因乡试赴省过舍，适家君有事至庆丰，未晤，云少南先生托其向金九疏取庆源典帖。小妹已于六月廿五日申刻生一外甥女，幸平善。六月廿二日起至七月十九日止，均在病中，举笔为艰，雨、阳而不能记忆，故未录焉。

廿一日癸卯 早至巳初，雨；巳至午初，阴；午、未，细雨；未后至晚，阴。余病稍能通泰，仍请解玉泉先生诊治。

廿二日甲辰　晴。仍吃原方，身体亦稍通跨。邱楚言姻长来谈至晚。致张丹亭都督一信，交马夫小李送托昌相带定。家君嘱书送吉甫宗叔赆仪一函。阅七月十三日《申报》纪本届浙闱乡试，兹又调候补中帘官若干员，衔名开列于后：前宁海县知县沈维贤、即用知县郝毓椿、张介禄、赵熙光、杜光佑、大姚知县陈丽生、张子谦、王岗年、季向庭、盛鸿焘，候补知县韦其谦、曾毓经、洪锡初、胡远芬、李登云、胡为和、杨泰阶、胡裔麟、黄士懋、伊象昂，其内监试则委候补知府萧太守文昭，内取掌委候补同知钱司马增勋，各至期到差。阅七月十八日《申报》纪：近兴商务，新立商部衙门，曾奉上谕："商部尚书着载振补授，伍廷芳着补授商部左侍郎，陈璧着补授商部右侍郎。钦此。"

廿三日己巳　晴。仍用原方，肚稍愈。

廿四日丙午　晴。解君至黄未回，仍以原方饮之，肚已愈，湿寒多，一时不能清脱。

廿五日丁未　晴。何见石比部寄家君并余各一信。致何叔棠先生一函，托梓棠先生交轮船带郡。今日又稍愈。仍将原方饮之。

廿六日戊申　早至申，晴；申至酉，阴；戌后，雷雨。仍食原方。孙旭东先生于午刻自孔化岙来。

廿七日己酉　早至午，阴；午刻，细雨，片时即晴；午后至申，晴；酉刻，阴；戌后，雷雨。余病可谓愈矣，饮食渐加，请旭东先生诊视。但余心地素是寒冷，此番病后，更觉寒凉。方中桂、附二味万不可缺。

廿八日庚戌　早至辰，雨；辰后至午，阴；午后至未，雨；未后，阴；申刻，雨；酉后，阴。致周载熙兄一信，交小李送海门邮政局寄杭。致金叔文妹丈一信，交桂玉带至莘山。

阅七月廿一日《申报》纪：浙省帘差由崔磐石方伯添调正任安吉县调署山阴县汪大令一麟、大挑县[1]杨大令清绶，候补知县汝大令梦庚、薛大令应枢数员，以便入闱办事。又纪：浙江主考唐侍郎景崇、齐

---

[1] 疑当为"大姚县"。

太史忠甲曾已抵申。又纪：七月十九日内阁抄奉上谕："浙江盐运使员缺着惠森补授，高英着补授宁绍台道。钦此。"按：高与卿太守英前任临海县知县，贤声颇著，谨慎勤能，足应循良之选，调任龙游县，升任东防司马十有馀年，捐升知府，曾署严州知府，补授宁波府知府、权守台州郡守，卸后到任。上年曾署宁绍台道数月，所过皆有政声，今简授是缺，想近即能到任，定有一番振作也。前署台守时，创造临海试寓，如遇大考之年，士子赴试者，税寓之日大致酷暑之日归多，今有试寓，不致汗流浃背之苦，寒士可省床税，则感其恩不浅矣。

邬丽生先生六月之杪、七月之初亦感暑邪，今亦愈矣。

廿九日辛亥 晴。先曾祖慈应太夫人暨庶曾祖慈郑太宜人之坟地，前孙旭东先生代择于黄岩属之屿奥，与路桥相近，与本地相隔二十余里。已于前年买就，择于今岁八月初二日卯刻开山，巳时分金，申初封旷，其坟砖均于日昨载运至该处。今早刻，家君与孙旭东先生并携另星各物，由内湖船至该处先为酌妥穴处，不致临时舛错也。晚刻，至梯仙宗叔(处)，适邱君楚言曾已回黄，主人尚睡而未晤。至星斋宗叔处少坐而来。

阅七月初二日《申报》纪："调任广西巡抚柯逊庵大中丞奏请捐输推广三条计开：一，候补、候选人员捐分缺先用分缺，间用本班、尽先三项花样。查实官捐输，业经奉旨停止，惟候补、候选人员系已经得有职官，加捐花样，似无大碍。且此三项，均应分班轮用，亦不致占缺过多，拟请准照筹饷例十成实银数收捐。一，从九未入人员捐请指项。查此项人员亦系已有官职，拟请准其照筹饷例以十成实银收捐。一，由海防郑工新海防遇缺先选补实缺，未经到任或到任未满一年丁忧人员，准捐归原班选补。查丁忧人员系以礼去官，该员等报效钜款未获久于其任，不免向隅，拟照本班尽先银数十成实银报捐，即以归原班选补。一，已请封典人员准捐实职。查捐封定例，本已周匝无遗，惟封号一律从同，尚未足遂显扬之志。窃思六朝有版授之官，唐宋有员外之置，拟请凡已请封典之员准其再捐实职，酌照筹饷例；由贡监生捐双月银数核减四成，定为此项例银。如有指定缺分报捐者，另加三成，分别已故、现存为恩赠、恩授某官、给予诰轴，但不得选补实缺，亦不得由此续请保奖。他官仍照振捐章程，以五成实银兑取，至三品以上，可否酌采古制肇锡嘉名应酌定例银若干，并请饬部覆议遵办。以上各条，如蒙允准，应请专归广西收捐二年，合并声名，奉朱批览。钦此。”

八月初一日壬子　晴。晚刻，至上街看戏，晤陶君寿农、周君枚五、麟生、李德轩诸君、梯仙宗叔，相叙至晚而别。接应子能先生寄家君一信，言饮食少进，其恙亦稍愈，但求逐渐痊愈，是为至幸。邬丽生先生、梓棠先生同进屿奥看地。

初二日癸丑　晴。早刻，江梅渡老伯来与家君相叙，适至屿奥未回，过午而去。晚刻，家君与梓棠先生自屿奥回言，该处攻地，今早金井开下，泥不甘洁，兼有水湿，以作罢论而已，草草了事，另日再行寻觅。但求速得佳城，是为深幸。至陶寿翁处少坐。至江边堂看戏，晤煦东宗伯、梅五姻丈、楚卿兄及沈子琪兄，回时已晚。道过庆丰，嘱送拼送分府郭外峰司马万民伞洋一元五角于楚卿兄收。

初三日甲寅　晴。邬丽生先生、孙旭东先生均于屿奥来。晚刻，至陶寿翁处，适韶谱先生在焉，请其诊开一方，用补肾家等药。

初四日乙卯　晴。覆何见石老伯一信。致张丹亭都督一信，均交邮政局转寄。致吴笛秋兄一信，托孙旭东先生带至头涂桥。晚刻，至梅五姻丈处少坐，晤其令弟麟生，续至达云母舅处相叙片时，回时椒江山长秦师梗友在焉，未曾乡试，已于初二日已至椒江矣。

初五日丙辰　晴。晚刻，至煦东宗伯处，晤性言、少愚、石甫诸君，相叙片时而回。麟生向余借马至海门，允焉，即嘱马夫送至其府上。蒋征久先生自郡来，家君托其请领庆丰、恒记伢帖“麻网、鲑鲜、南北杂货”八字。据云帖本计银一百二十两，拆洋一百八十元，外费计洋二元五角，以十五年为限。本街麻行陶万和、陈荣森，永顺利、乾泰昌，鲑货行邱大兴、洪德顺、聚元记，竹木场黄三春，计八家呈控临海县家子、栅浦两村私行，计家子未曾领帖之麻行丁永利、泰来、庆丰，鹾货行义记、鸿丽五家。庆丰，家君于辛丑之岁出资本，叫褚用九购卖洋货，适用九本做网生意，续言买麻发售，本即请领伢帖，因未识该店之利息能足开缴否，其账尚未算给，因此暂缓，今既其呈内有庆丰名字，即托其请领部帖。泰来今改为复生，亦请部帖。但其原告者有荣森名字，但荣森系早经闭歇，今开旧时荣森之行屋者系元泰字号。续又八家呈控私行。临海县批示，查庆丰、泰来(改曰复生)已今禀请领帖，查陶万和、陈荣森、洪德顺、黄三春、黄元记、邱大兴各帖，已经违限作废，例应换领新帖。乾泰昌历年帖粮未缴，着即清缴。苏义记、丁永利、鸿丽即饬查封闭。按：此事省中已委温太守专查伢帖，其小委员马姓、伍姓将近到台，伢行有帖，违限者即着更换，未曾领请者即着禀请领帖，帖税未清者即行追缴。迟则各家亦有一番转拆[①]，今已请领，以免下次之转拆。但彼原呈之主见者亦不懂公事故也。

玉先云，今晚街中之周麟斋名仙吕向开布店，颇称殷富，适中街有开饭铺者向人借洋六元，追讨颇急，其妻求人纠一小会，值聚会之日，计有洋十五元，其妻之弟亦贫家子也，看其姊有洋在手，坐待至门外，即将洋拾手即出，其妻见洋被其弟窃去，一时难追，债主追者又急，即吞生芙蓉膏，值人看见，叫人呼救，适周麟斋才至其门首，进去自己取洋十五元藏在格内，即云原洋十五元在焉，何必着急？其妻幸人扶救而未受毒。按：此节周麟斋存心为善，余闻甚确，为之记焉。但愿后人均有如此存心，幸哉！

初六日丁巳 晴。早至椒江谒秦师梗友，相叙片时而回。陶寿翁之三姑染恙，请太平陈春甫先生诊治，昨来在陶宅，适家慈及内人均欲其诊视。晚刻，至陶寿翁处晤春甫先生，请其来家(为)家母与余及内人、小女开四方，后即回陶宅。致董丕泰一信，托永元三舟带至新桥转寄下洋祠。前丕泰托余代其寄宁陈日省堂，代择其祖造坟吉

---

① 当为“转折”。文中“折”多书为“拆”，不另标注。

日，本托阿昌带宁。顷昌兄染恙至家，代丕泰致陈日省堂催取日子一信，其信托用九先生转寄交邮政局带甬。麟生兄来叙片时即回。致金叔文妹丈一信，交仁大转寄惠来递至莘山。

初七日戊午 晴。孙旭东先生于晚刻自头涂桥回。聚元遣夥来云，前托买之花桐对板曾已到场。

初八日己未 辰前，雨；巳至午，阴；午末至未，雨；未至申，阴；酉刻，雨；后均阴，间有细雨。孙旭东于早刻回家。陈永义相来，其泉泰之拆衣店有货售在天台，其洋转汇庆丰，至天台买麻，庆丰之洋通融先付，其事家君允焉。适梓棠先生来，托其即嘱庆丰另日天台买麻之洋不必现带，彼至惠来买货，意欲独买。与家君言，家君嘱余致惠来典应、李两先生一函，其信交其原人带交。

初九日庚申 晴。郭外峰司马饬书于集圣庙宣讲圣谕，余往听焉，晤梅五姻丈、星斋诸君。家君嘱书致江梅渡老伯一信，交似海先友人带黄。晚刻，至仲辰宗叔处少坐，进与禹门叔祖处，晤叙半晌，续至庆丰，回时已晚。

初十日辛酉 晴。晚刻，在庆丰少坐。

十一日壬戌 晴。早刻，家君与旭东先生同至屿奥再看该地，仗打穴土，于晚刻回云，其呢[1]色白，据云尚有润色，欲于十四日再行开做，未识能得真穴否也。旭东先生亦于早辰去。家君嘱书覆郎翰臣老伯一信，交庆源另托小当便寄桃渚。叶蓉秋先生来云，家君函托曹雷谷先生代槐卿之郎荐太平山西当为学徒，顷已允定，嘱其今日进店。随叫官桃先通知麟生矣。

十二日癸亥 晴。接张丹亭都督一信，并代买浆洋十二元。小妹于晚刻自莘山来。

阅八月初三日《中外日报》纪：初一日奉上谕："本年值更换学政之期，除顺天、甘肃、福建、广东、广西、云南、奉天毋庸更换外，江苏学

---

① 当为"泥"。

政着唐景崇去，安徽学政着寿耆去，山东学政着载昌（去），山西学政着宝熙去，河南学政着王垿去，陕西学政着朱益藩去，浙江学政着陈兆文去，江西学政着黄均隆去，湖北学政着李家驹去，湖南学政着吴庆坻去，四川学政着郑沅去，贵州学政着朱福诜去。以上各员有现经出差者，即赴新任，毋庸来京请训。钦此。”按：顺天学政系陆宝忠侍郎，甘肃学政系叶昌炽太史，福建学政系秦绶章侍郎，广东学政系朱祖谋侍郎，广西学政系汪诒书太史，云南学政系吴鲁太史，奉天学政例以奉天府府丞兼办。按：放学政各官曾经本科主考者，唐景崇系浙江正主考，李家驹系江西副主考，吴庆坻系云南副主考，郑沅系山西正主考。查新任浙江学政陈兆文官太常寺正卿，湖南桂阳州人，丙子科翰林。

十三日甲子 晴。周谱香母舅前任安徽黟县知县，于辛丑之春被议投劾。贻霭人侍郎谷奉旨开办山西之边界外内蒙古荒地恳务，壬寅随贻侍郎至该处，系贻公奏调带往，顷请假暂行回籍，于本月初八日由海门轮船到家。早刻，余至谱香母舅处，晤叙半晌，据云该处天气颇寒，盛夏须穿棉衣，于七月十六日动身尚穿棉衣三件，陆道十三天能到京都，续后束装回家，蒙钦差大臣贻公格外垂青，派会办兼文案差使，已于上年奏调，开服原衔，得开保之案，望可开服原官。该处荒地计有三千馀里，曾经勘丈报恳者已有二百馀万顷，每顷计一百亩。包恳税则分上、中、下，以四、三、二钱为则，大约计之，每亩约以三钱为规，每次计银三十两，二分解上，一分奏留开支薪水。彼每月可得薪水银四十两。彼处百物奇昂，白米每斤计洋四元左右，如此米价所罕闻者也。酒席每桌约计二十两为起码，所得薪水仅能倍补而已。该处人民苦难胜言。家君与孙旭东先生同至屿岙，再开穴土，亦未识得有佳土否也。晚刻，至梯仙宗叔处少坐，便道至庆丰，回时已晚。家君前托何升培至杭代买全鹿丸洋一元，顷已寄来，并寄家君一信。

十四日乙丑 早至未，晴；未至戌，阴；戌刻，雨；后，阴。郭外峰司马饬书至集圣庙宣讲圣谕，余往焉，晤星斋。家君与孙旭东先生于晚刻回云，该处坟地开下即见古坟，随即封固。家君意即作实意罢论，孙旭东先生定叫呢水夫将所携之砖照示加做，亦意抛而已。

十五日丙寅 早至午前，细雨；午后至未，晴；未末，细雨，一阵即阴；至戌均阴；戌后，细雨。值中秋佳节，分府郭外峰司马遣号房来贺秋节，即饬价至署贺节挂号。晚刻，至庆丰，托用九先生至宁代买乌绒缨帽一顶、小帽一顶、烟斗各件。续至陶寿农姻丈府上，晤周谱香母舅，相叙片时，同至家中晤叙，至晚而去。孙旭东先生于晚刻回家去。

十六日丁卯 早至未，晴；未后，均阴。晚刻，至梯仙、星斋处少坐，回时道过大兴遇琴处，晤徐君子江，相叙片时而别。

十七日戊辰 辰前，雨，颇大；巳至未，晴；申至酉，阴；戌刻，雨，不多时雨晴，天气颇暖。昨日晚刻，有识地理者何先生来，太平与乐清交界之大金地方人。徐子刚兄来叙，片时而去。小李至海门将《申报》取来，内附陶寿翁之《中外(日)报》并《外交报》，即饬老二送交矣。家君嘱书致金叔文妹丈一信，交杨先生带至惠来转寄莘山。

梅五姻丈来云，家子于光绪之初年集有会试宾兴，计六钱洋六百元，由台防同知衙门发存生息，该息结本地孝廉入都履资。该款存陶寿翁之祖父手续经管，会试宾兴董事谕陶寿翁之父虞卿内翰树棠，续虞卿先生故后即谕陶寿翁。癸卯科会试前，周黍香孝廉提取拆息入都。后无人会试，故未取该息。积至丁酉，前署海防同知李稚白司马将息逐年算至丁酉年止，小息不计外，核积英洋二千馀元，仍存陶寿翁处。戊戌，黄煦东孝廉入都，大挑二府署结领该息六钱，洋四百元，拆英洋三百九十元左右。六月，李公卸事，新任姚子祁司马景夔到任，振兴学校，购办椒江书籍，无款可筹，商诸本镇绅士，将会试宾兴拆息提取谕结，陶君领洋五百元为椒江买书之资。续考观风以前列十人，陈云生茂才豳图为第一，问其十人欲更椒江监院领管书籍，以前监院王六皆明经不在住院之日多，周允东、陶舜韶二人意欲谋监院，商诸各人，均以二人荐之。随结发谕单，事须整顿，肄业者不多，至壬寅改为小学堂，重订新章。至今又无中式之人，该息又无人结算。周允东前与陶寿翁不睦，以功济私，怂恿黄煦东宗伯，先于六月二十日将郭外峰司马请至海门枫山，请酒游胜为名，恐在署中耳目过多，将该款与郭外峰司马详言，欲以按年结算，以小息逐年递加小息。两君又不知买书之洋姚公已有谕单。续后黄煦东蒸云、周允东建勋、陈葩辰桂荣、缪性言桢元四名具禀请追该款并结算，息上加息，不认买书之洋。郭公亦未识该款未曾逐年结算存案，照例不能加小息算结，又不知姚子祁司马结发谕单之情，即将该禀批准饬追，出牌差追，后陶寿翁亦诉禀批驳，相持日久。郭公详识该款未曾按年算结，姚公结发谕单取洋，亲至椒江盘书价目亦相若，故不能不认该款。随挽黄楚卿与陶寿翁接头，就以丁酉年李稚白司马算结计洋两千馀元，照息计算，不加小息，除椒江买书之洋，黄煦东入都大挑之款，今日尚未定局。楚卿亦未在作中人，陶寿翁亦未识作何意见。以公论之，正可请缴，延宕日久，牵累子孙，殊不值也。

十八日己巳 辰前雨；辰后至巳，阴；午刻，雨，不甚大；申后均阴。能识地理金洛卿先生于早刻来，系仙居人。日昨闻周达云母舅染恙，晚刻，至其府上，据云月之初一日染恙，寒热八九日，今日方愈，饮食才加。形容尚未复元，想病已除，渐定复如初也。

十九日庚午 阴。金洛卿先生于晚刻去。至椒江秦师梗友先生处相叙片时。续至梅五姻丈处，晤李健生先生，晤谈半晌，云楚卿兄近日稍受寒邪，即日闽省一行，并与解昆山同去。麟生云，槐卿之郎定于月之廿四日送至太平山西当学习。

二十日辛未 阴。日前，董丕泰来信托寄甬江代择其祖父造坟日子，曾已择好，日昨，阿昌兄带到，早刻，值玉先至下洋祠，交其带交矣。晚刻，至庆丰，过遇琴处少坐，云子宜兄已有来信，大约月杪可以到家。丽生先生来谈至夜，去时已将二鼓矣。

廿一日壬申 早至申，阴；酉刻，雨，不甚大；后亦阴、细雨。接子能先生寄玉先一信，适玉先至下洋峙去，未曾在家。家君嘱书致王少南一信，托支同昌帖税洋五元与子能先生，并嘱书致子能先生一信，附寄原浆五两，托用九送交航船夫带郡。符士正先生于晚刻来。晚刻，饬价送《申报》一卷与秦梗友先生。

廿二日癸酉 辰前，雨，不甚大；辰后至午，阴；午后至晚，晴。

廿三日甲戌 晴。家君与何巨明、童子章、褚子棠至南边看地。日值永宁轮到埠，遣价至局将本班《申报》取来。

阅八月十七日《申报》附张纪："浙江巡抚翁曾桂附片奏请，据黄岩县详称候选教谕江青联名柬称，黄岩之北门外唐门三旧元台州路达鲁花赤泰不华。考泰不华姓伯牙，吾台方氏，本台日野山人，其父搭不台台州录事判官，遂家于台，泰不华以进士及第，累官至礼部尚书，左迁台州路达鲁花赤，招捕方国珍遇害，追赠魏国公，谥忠介，立庙台州，赐额崇节。由翁筱山大中丞考《元史》，按其实在功德在民，出具切实考语，奏请列入祀典，春秋官为致祭。已于七月廿三日奉朱批允准矣。"按：唐门三即土民呼为双宝珠山，不甚高，中有岩壁，岩壁中刊有"元魏国公殉节处"，江青书，隶字。山下有魏国公庙，大殿三间，尚有馀屋数椽，亦颇清趣。江青即江素峰广文。魏国公庙前已倾颓，亦江素峰广文为首捐创。余于壬寅之仲春偕郑涤洲茂才至黄，值坐小船，行至近处，视颇幽雅，即嘱暂停至庙，庙中亦有守庙之仆，烹茗小酌而回。余曾过庙而知庙清趣，今见有入祀奏片，故录其摺之大概情形也。

晚刻，致应子能表叔公一信，饬吕仁送船带郡。

廿四日乙亥 晴。郭外峰司马饬书在集圣庙宣讲圣谕，余往听焉，晤煦东、星斋。晚刻，家君看地回，何巨明先生同来，方君子原、李君舜卿因其亲戚通泰之事与家君言之。玉先至下洋峙，过郡城，于早刻回，云应子能先生之病颇重，更兼家贫，叨在葭莩，闻其贫病交迫，不胜代其悲惨，但求上苍庇佑，药进病除，是所深幸。庆源店夥王伯巽前于六月间因病回家，今已就痊，深幸之至。致邱楚言姻丈一信，饬小李送至黄城矣。

后洋王卧南公因至其栅浦亲戚家，过家晤叙至晚，仍回其亲戚家。云及王子常老伯上春蒙抚宪委运盐厘局总办差使，其差缺颇佳，宦囊充裕。其家信云，原住之赵桥地方离城颇远，只恐冬防不靖，购屋黄城，意欲退休林下，长作富家翁矣。按：王子常太守咏霓为诸生时，博学渊源，为一时文名广著，每逢院试，皆列案首，台州之宿儒前辈无不称羡赞美。由廪生应试同治甲子并行丁卯并科中式副车第一，受知于张香涛钦使之洞，极为赏识。应试庚午科中式正榜，考取官学教习。光绪庚辰科中式会榜第三，覆试二等，殿试二甲，朝考二等，奉旨以部属用签掣刑部学习。续后，许竹筼星使出使德、美，奏调随员，未曾期满，因丁内艰回籍。北洋购办兵船出力，前北洋大臣文华殿大学士直隶总督李少荃爵阁部堂鸿章奏保，由主事请以直隶州知州分省补用，入资知府。前安徽巡抚沈大中丞秉成明保，奉上谕，仍以知府发往安徽补用。到省后即委厘局差使，期满后三署凤阳郡守，仍然两袖清风。今得运盐厘局总办，得以由贵而致富，不负十馀年窗下苦志、数十载东西奔走之劳。其世兄少潭茂才方将入资筮仕搢绅，世第清贵自持，皆由十年窗下苦心励节而来也。其族党亲朋沾其惠泽者亦复不少。王公年六十有五，已四子两孙，簪缨相继，后福无涯矣。

廿五日丙子 晴。晚膳后至陶寿翁处，晤叶蓉秋先生，回时已逾二鼓矣。

廿六日丁丑 早至午，晴；未至申，阴；酉刻后，细雨。接徐少卿一信，当即作函福。闻周家外婆有小恙，晚刻，至周家，据达云母舅云，曾已痊愈。继至谱香母舅少坐，续至煦东宗伯处，晤缪性言先生，少谈。请解玉泉先生诊开补方。晤叶石甫先生，晤叙片时。便道过至梯仙宗叔处，适其至黄城岳家去未回，不晤为歉。晤泽生兄，少谈。出晤张颖川先生，同邀褚子棠先生回时已晚。

廿七日戊寅 晴。

廿八日己卯 晴。周允东母舅之表妹于上年聘海门娄晋阶姻长之三令郎，于今日文定，代媒者姚云从、金夏亭两君，邀余与梅五姻丈接媒人。同席者：两媒翁、余与梅五姻丈、谱香母舅、煦东宗伯、梯仙宗叔七人。晤星斋宗叔、择生姻兄、李镜人、朱介眉、褚仲逸诸君。梯仙宗叔与余至家，适丽生先生在家，陶寿翁来托丽生先生代其批择日子与其祖上做坟用。

廿九日庚辰 晴。接子衡兄来片，云其堂兄涤斋于九月初二日续弦喜期，借寿屏一堂，即交其原价带去。

九月初一日辛巳 晴。接涤斋兄来字借假寿屏一堂，即交其原价带去。接周君载熙来片，并前托买各件均已送来，云昨晚趁永宁轮船来台。晚刻，至载熙兄处，晤叙片时，据云场中悉均安吉，所作三场文艺亦颇得意。以余论之周君，余与其同学以来，苦志其中，寒暑无间，同受业于王师梦云，甚为器重，续即入泮，即补廪膳后，奋志如初。其古学一道，素所见长，今改策论，亦其得意之手段，本科自颇称得意，定拆桂枝在指顾间耳。并云郡城咏夫茂才景修病故省城试寓，作客千里，求名而丧命，闻亦惨然。邑中相识诸君均称得意，亦为幸矣。续至少芳砚兄处，适其出外，不晤为歉。随至作羹兄处，少坐而回。周君麟生，前本闻其有病，亦不过微恙偶占，乾生来云近日颇沉，随即至其家，尚在房而未晤，与其妻舅桃相少谈。即至梅五姻丈处，据云近颇有颜色，幸饮食能进，近请奚劭补先生诊治，定能逐渐平愈也。大凡痢疾之症，能进饮食、药石无误，定即安痊。其令兄槐卿之千金于明日出阁。晚至楚卿兄处，本邀解玉泉先生诊治，适其未在为歉。晤丁辅香相叙，回时已将二鼓矣。托楚翁转托谈少莲二尹绘并书单面泥金十八方扇面一把。

初二日壬午 雨，不甚大。桂玉来，接叔文妹丈来片，云及温岭当泰亨字号周而复始，亦所谓盛事，届时欲演剧以贺，欲写大春台，其班长系楚卿兄，即叫玉先问。楚翁回云，该班曾写至十月均有地方排演。随作函覆叔文妹丈。托楚卿兄寄闽代购提灯一对。张颖川先生于早刻来，与家君医瘤，曾已见功矣。梓棠先生至郡有事，托其向同昌支帖税洋三元。家君嘱送何见石比部之千金于十一日出阁送粉敬洋两元。又托潘谓夫先生画扇面，送一元为润笔之资。家君嘱书致涌泉冯敷五先生一信，交尹定高带交。周君载熙、黄吉甫宗叔均出省回，相叙片时，云及家子静斋宗叔、六皆先生因病未曾满场，今年场规破宽。

初三日癸未 早至巳，阴；巳后，晴。周少芳兄来叙片时而去。晚刻，至周达云母舅处，云外婆之恙稍愈。至周君麟生府上，晤其令兄槐卿、李子寿先生。其舅曹枚卿云，麟生之恙近日颇沉，吃子寿先生之药，稍能见效，想定逐渐痊愈也。续至庆丰，托用九先生代买各物。至仲辰宗叔处少坐，晤宗山兄。张颖川先生于晚刻回家去郡城。周君梅补携其友人盛仲甫同来，家君前在郡城读书时与其相识，今来代收育婴堂捐费，暂寓家中。彼系前礼部主事马蔚林老伯彦森之女婿也，其弟周钟俊系庚子恩科并行辛丑正科副车。

初四日甲申 晴。郭外峰司马饬书在集圣庙宣讲圣谕，余往焉，晤煦东宗伯、星斋宗叔。晚刻，与何巨明同至椒江，晤秦梗友先生，相叙半晌，出至文昌阁少坐。至周梅五姻丈处，晤谈片刻，言其令弟麟生之恙稍愈，想能逐渐痊愈矣。仆从福圆于早刻来。

初五日乙酉 晴。王少南先生来叙片时而回，云及近领牙帖只有印收而无部帖。庆源之帖，想槐士兄回台想可带来。前托楚卿兄转托谈少莲父台画之扇面，顷楚卿兄因欲赴闽垣，交少南先生带郡转交矣。云潘谓夫先生近至太平去，未曾在郡。晚刻，家君设席请周君梅补、盛仲甫，邀何巨明、邬丽生先生、禹门叔祖，仲辰宗叔值来家，邀其同陪。昨夜在十二点馀钟，闻西北枪声颇近，即叫仆人将屋内细视，尚无碍。续即连声响亮，稍迟一刻，椒江之保甲发号声时，即保甲勇及驻文昌阁之房勇相接至西，后闻枪声不绝。睡后及至天明早饭后，闻栅浦何堂轩先生家被土匪抢劫一空。土匪仅二十馀人，自北岸过江来，将堂轩先生拷打异常，暗伤颇重。其仆媪曾有弹伤，幸在脚腿，须急医治，不致丧命。其衣物等件均满载而归，其门壁箱柜均被打破，闻者颇惨。晚刻，椒江之保甲勇吕保来云，栅浦何家被抢之土匪船当过江时，海标分驻当江之炮船健儿闻岸上枪声，定有匪徒扰壤，即当来寻，近觅有一小船颇可疑心，即刻询问，一面开枪，一面追获至王礁相近。该匪能识水性者即跳下水而逸，内有二匪及衣物等被获，当夜解至海门，候官长法办。其后事如何，未得而知。何家住处与港边相近，北岸匪船来时颇便，炮船驻扎，闻即被获，追得原赃数件，亦可谓速，不幸中之侥幸也。

初六日丙戌 早至辰，阴；巳刻，细雨；午至未，晴；申后均阴，天气颇暖。昨日少甫兄言及同昌之各县盐帖顷运房，欲各帖户重领更换，变通想法，由同昌本盐商具禀，开取各帖号数及请领部帖年分。家中藏有缙云部帖一柬，于早刻交则福先送至海门，交其抄阅，随手带转。并云达云府上亦藏有一柬，余至达云母舅处，据云仅有仙居县戳记，系盐厘总局宁绍台道周给发应韩玉名字，并无盐帖。闻栅浦苏铭寿家藏有一柬，未得其详。铭寿系济桥之子。并梓棠先生已由郡回，托带扇面两把，因渭夫先生至太平去，扇面带还。顷将各情并扇面两把，曾作一函交则福先带交少南矣。晚刻，至载熙、少芳、作羹诸兄处相叙片时而回。致张丹亭都督一信，交小李带交永宁带至舟山呈递。

阅九月初二日《申报》，纪广西巡抚柯逊庵大中丞据摺奏请开捐一节，摘抄以志之："所有各项推广升衔及三品以上虚衔实官报捐花翎，请援照各省振捐及贵州筹饷捐案，概准报捐，其虚衔升阶封典及减成贡监，仿照山东、四川，以四成填实收。又，报劾钜款请奖实官，捐银二万两；请奖举人，并援照山东成案。准随时专摺请旨遵行，各等语曾奏请，已奉旨允准矣。"

初七日丁亥 辰前，细雨；巳至午，阴；未刻，细雨；酉后，均阴。接何见石比部来柬，其千金于十一日出阁。家君于昨夜因天寒热不时，身体稍有寒热，请李子寿先生诊视，于晚稍愈，饮食如恒。周麟斋其令郎于十一日喜期，来借寿屏并院屋，余允焉，家君嘱送贺仪洋一元。梓棠先生，家君叫其至石曲惠来典有事，于晚刻去。槐卿与梅卿来云，麟生之病又稍愈，得奏肤功在指顾间耳。

初八日戊子 阴，西风已见。仲辰宗叔向借牲口至大路王收租，即嘱小李送去，片向王涤斋将前借去寿屏两堂均取回。家君之恙已愈。

初九日己丑 巳前，雨；午刻，阴；未至晚，均雨。日值重阳佳节，幸得丽生先生及巨明、载熙、少芳、作羹、紫章诸君同上白云，效古人落帽之游。因雨阻止，随将小席就设家中，仍约诸君少坐，至晚而别。致许九碗先生一信，饬小李送至邮政局寄至杭州下城仙林寺西首往北军督司巷坐东朝西第一道墙门内递呈。周麟斋遣夥借去假寿屏一堂，计十二轴。

初十日庚寅 晴，西风颇大。晚刻，至梅五处，适其至文昌阁去，未晤。晤梅卿云，麟生之病已占勿药之庆矣。便道至陶寿翁处，晤何酉更，少谈而回。晚膳，麟斋来邀吃喜酒，路晤谱香母舅，少谈而别，并晤载熙兄，同至麟斋家，晤梅五、六孚、子轩诸君。麟斋长子号曰子莲，于明日完婚，今夜设酒，俗例曰闹房，席散回时常早。何巨明先生向余讨西牛黄，但此物家君自云南购来无多，送其少许，于早刻去。据云至镇军巡捕周海山者，系黄岩人，请其看地，遣价将其行李送至海门。邬丽生先生，日昨家君托其代择修灶吉日，抄单择在明日卯时起工修灶，黄道大吉。梅五云，楚卿于昨日起程赴闽。侯吉斋并蒋馥堂先生之世兄敬斋来向家君代其叔征九先生暂假番佛，云前署台州海防同知李稚白司马炳堃委署宁海县篆。按：李公系江南丹徒县人，入资通判，指分浙江试用，向充宁绍台发审局委员，前委台州渔团局总办差使，丙申之冬奉委台州海防同知缺。其人谨慎和平，明于听断，至戊戌之夏卸署，地方父老颂德者亦不乏人。至宁仍当发审局兼宁波洋务局差使，由办湖北赈捐案内保加四品衔，委护理宁波鄞县令篆，卸后委护慈溪县知县篆，接篆不久告卸，委署诸暨县知县，一年左右告卸，仍当洋务局差使，历署各县尹皆有政声。今值宁海闹教之后，委署斯缺，上游亦因地择人也。

十一日辛卯 晴。少芳兄之妹于今日遣嫁。秦梗友先生、周载熙兄来叙片时而去。苏三春先来云，海门厘局委员余大令奉委查办各行牙帖，颇为认真，彼所开义记鲢货行未曾请领部帖，形颇拮据。闻前抢栅浦何堂轩先生家之土匪已被获两人，已由临海县尊秦心泉大令严讯，以曾正法，其破案亦可谓速也。陶寿翁之夫人前因染恙，请道士十二人在家作福。致孙旭东先生一信，托叔文妹丈递交，函托叶蓉秋先生代寄莘山。今旭东先生现在管渭郑看地，与莘山相近，想饬纪递交，不致违失也。

十二日壬辰 晴。家君嘱书致孙旭东先生一信，交惠来夥友转寄管渭郑。接董丕泰一信，托代查其先人做坟日子。陶吉云兄续弦于十三日喜期，其亲眷结路桥蔡姓，邀余与寿翁代媒，邀吃晚膳，晤陶寿翁、魏兰生、王云梯、陈禄孚诸君，相叙片时出。至六皆先生府上，晤叙半晌，云乡试颇苦，勉强仅进首场，随因旧疾，二三场未曾入闱。今其恙稍愈。槐士兄道过沪江今尚未回，花天酒地，实人生之乐事。此景此乐，难得多聚，回时已将二鼓矣。值永宁轮船于晚刻到埠，遣挪《申报》，附有陶寿翁《中外日报》一卷，即遣人送交矣。阅《申报》云浙江乡试榜定于十三日发，诸生翘企泥金者，即在指顾间耳。家君嘱书送麟斋之女出阁粉敬、吉云续弦贺敬各一函。吉云兄借去假寿屏一堂，即麟斋前借去之屏取转物也。

十三日癸巳 晴。接张丹亭都督来信并附有锔子、帽珍两件，当即遣小李去取，因急至陶宅未曾作答。是夜回时，家君云锔已收下，帽珍并覆信即交原轮带还矣。早刻，至陶吉云处。与寿翁同至路桥前蔡地方，其亲戚系蔡朗西少尹之次女公子，其长女公子早适泽国阮右垣刺史，亦续弦也。晤蔡瑶卿茂才旦、刘绍连茂才珩并其亲戚阮右垣刺史，晤叙两下钟许，席散与新人同回，时将晚矣，晚膳而回，已逾二更。按：蔡朗西少尹炯向以入资巡检指分闽垣，补授大寺寨巡检，历署渔溪分司、光泽县典史，于上年仙游，其少君年纪尚轻。孙旭东先生于晚刻来。

十四日甲午 晴。阅九月初七八两日《申报》附张，护理浙江巡抚翁少山大中丞因上春捕获北岸上匪李锡图即老长、王盈龙即小老王、徐金朝即老赵，奏请奖保案内，均由海门总兵余军门详请文武员弁各九人，均奉旨允准矣。椒江之洋学山长王鸣九志鹤由五品顶戴浙江试用县丞，王志鹤请以知县仍留原省补用。县丞李成绮请以免补本班以知县仍留原省补用。此二人均是分台委员，馀七人想是宁波委员。其武职副将衔参将黄文琼请免补参将，以副将仍留原省尽先补用，尽先参将补用:游击包国才请免补游击，以参将尽先补用;都司黄崇良请免补都司，以游击仍留原省尽先补用。此三人以台州而论，饬捕颇资得力。早刻，周载熙兄来叙片时，同邀至椒江，晤秦师梗友，云及王鸣九先生前捐县丞时尚未入泮，续即游泮水，随补天禄，其县丞尚未到省，今得以知县补用，亦所谓侥幸之至矣。今回籍乡试尚未来台。陶君吉云来邀吃晚膳，便道过德轩宗伯处少坐，彼中堂悬张曲江先生藻绘花卉四幅，物颇工雅。出至陶宅，晤陶寿翁、魏楠生、王云梯、陈六孚、王书城诸君，席散即出，过禹门叔祖处少谈，回时已将二鼓矣。

十五日乙未 早至巳，阴;午至未，雨，不甚大;申至酉前，晴;酉后至晚，均阴。致张丹亭都督一信。家君嘱书致郎伟臣刺史一函，并托买滇缎紫浆二皿袍料各两件、思茅烟斗十只，信于明日送交邮政局寄至舟山及云南威远街晴雪堂赵良臣转寄昆阳州署，均想不致遗失。柬托丽生先生代董丕泰代合其祖上造坟吉日。梅五来邀至海门一游，因雨阻止，不胜怅怅。

十六日丙申 早至午，晴;午至晚均阴。许九碗先生今岁安砚于海宁州之长安镇仰山书院，初九日函寄其杭州府上，恐未速接，顷又致一信，交邮政信局寄至仰山书院。晚书致张、郎两君信，均交邮政局分寄矣。晚刻，周君梅五来邀至海门同昌少坐，晤王子宾，言煦东宗伯之女婿郑夔友于本科乡试中式正榜。续至海门轮船局黄子霖兄处，晤其船中账房杜君咏宾及委办台州樟脑局帮办委员万雨生、盐尹詹心斋、黄宝周诸君，少叙出至怡香居少坐。至同昌盐分号，适煦东宗伯才于山东回，并晤赵瀛洲姻丈，晤谈片刻。煦东宗伯之用心绘兰，真寒暑舟车无间也，惜未得其中实意，不甚秀丽以阅人心耳。回时天已将晚。子霖兄云，卢槐士兄与夔友同至武林应试，后同游沪江，尚未回台。今夔友幸得中式，想重至省垣，回时尚晚，前托取庆源之帖未知得能携带否也。

十七日丁酉 阴、雨。邬丽生先生来将前托代董丕泰并其祖上造坟吉日曾已并好，只其时辰稍改，随作函托梓棠先生之三哥带至新桥转寄下洋峙。至陶寿翁处少坐，其奶奶请王渭川先生看病，渭川先生在□向家君讨天生磺少许，晚膳后饬价送交矣。

十八日戊戌 卯前，雨；辰至巳，阴；午至申，雨，均不甚大；酉后，均阴。家君嘱书致陈藻卿孝廉一信，托孙旭东先生带至东礁弯转交。梯仙宗叔来叙至晚而去。晚刻，继周来，递到张丹亭都督一信，当即作覆函交继周带回舟山矣。

十九日己巳 晴。少芳、载熙两兄来叙片时，少芳云其纸铺中已歇学徒曹圣明分首后改业船上生意，初则存规矩，后有别情，不得而知。前年至镇海洋面被营勾获送县，曾已三年，深知痛改前非，呈求释放，已蒙镇海县批准取保，苦无熟人。但其父□□年逾八十四而多病，子仅四周，家贫如洗，托余欲求丹亭兄代其想法保释。但其事实情未知如是否，余允代其写信转托详察，能否释放，亦不得而知也。晚刻，余因性寒，至陶寿翁处托渭川先生开一方。续至梯仙宗叔处少坐，回时已晚。

二十日庚子 晴。王渭川先生来为家母诊视。

廿一日辛丑 晴。家君嘱送王渭川先生酬敬一元。代少芳兄致张丹亭都督一信，交少芳兄转寄舟山。载熙兄来云，欲托王弢甫京卿代其转存作幕之方，未知得识得如愿否也。阅九月初十日《申报》纪内阁抄奉上谕："河南正考官着于齐庆去，副考官着刘福姚去。钦此。"但河南乡试本系八月，因顺天借闱河南，故本省乡试改于十月，此是壬寅年为始也。

廿二日壬寅　晴。前何巨明先生看马屿头之山可造坟之处，系北扬之物，家君昨叫小荣与彼说好，计价洋念五元，晚刻来成契，洋均付讫矣。

廿三日癸卯　晴。家君于早刻至马屿头将前辛卯年二月所造之新坟开进，看看好否。晚刻回云，坟内尚无碍，只寿砖与宝屏相并，不知藏进时均在当中，亦不知就如此藏法，事隔十馀年，原造之老司亦记不清楚。晚刻，至寿翁处少坐，续至禹门叔祖处谈至晚。东首凤翼于今日起手。

廿四日甲申　晴。早刻，金叔文妹丈来，并云及其姊夫方行卿兄于月之廿二日仙游。许雁臣先生来谈至晚。永宁到埠，遣价将《申报》取来，附有《中外日报》一卷系陶寿翁寄购，即饬福元送交矣。三春先来云，奉宪委办台属牙帖事物海门厘局总办余明府，顷余公至地劝办，彼因开苏义记咸货生理资本颇虚，情形竭蹶异常。接张丹亭都督一信，云高明地师张宝钿先生，彼请其来与祖上择地，暂寓家中，准于廿九日来台。琴轩同石浦来。

廿五日己巳　晴。金次卿、陈祝再两兄自石曲来云，行卿故后，其原开之方惠来典本于庚子四月时顶与逊甫太亲翁接手，与其四叔印石先生有借款未清。今印石先生与典中为难，值该典才于本月由黄岩县禀准请领部帖，其文才出，改店号曰泰盛，中难下台。昨叔文妹丈来邀家父与其四叔印石先生从中调停。但事无头绪，本不欲去，顷又次卿与祝再来，又再三相邀不已，于晚刻同挽梓棠先生与叔文诸人均至石曲典中，不知事能了否，不得而知。致张丹亭都督一信，交庆丰转交永宁寄定。致少南先生一函，交轮船寄郡同昌盐号。

廿六日丙午　晴。致蒋征九先生一信，交琴轩送航船寄郡。梅五来约至海门。晚刻，同梅五至海门同昌分号，晤子宾少坐。至永宁商轮，晤陶寿翁、李仁甫、蒋子纯、方笃初、杨子云、侯洁斋诸君，晤谈片时，云及宁海之教案已将敉平，惟匪首尚未被获。出至同昌分号，有大分李福五来云，郑涤洲先生有电致彼，代荐湘学使吴子修太史处作幕宾，彼欲以电覆，未识郑君之寓所。余答以电值至滇学署可也。回时已晚膳，后至煦东宗伯处，询悉卢槐士兄现寓上海棋盘街和平里高升栈。晤李健生、邱遇琴诸君一叙，回时已将二鼓矣。

廿七日丁未　晴。周谱香母舅偕其庶太太回转山西差次，昨日来家，余适至海门，未曾会晤，今于早刻至其府上，少叙，晤蔡君子成，嘉兴石门县人，晤叙片时而回。蔡子仁者，系临海县学教谕蔡硕如广文之世兄也。续至文昌阁照一相。晚刻，致卢槐士兄一信，托何升培转交，恐未抵杭，又作一函寄上海，二信均交邮政信分寄。

廿八日戊申　早至巳，阴；巳至午，细雨；未、申两时，阴；酉刻，细雨；后，阴。卢槐士兄于昨晚由沪江回，来至省垣。早刻，至煦东宗伯处，晤卢槐士兄、缪性言先生，晤叙过午而回。晚刻，家君与梓棠先生而石曲回，方宅与金叔文家之事未及了结。家君嘱书致蒋征久先生一信，交玉先带交。家君嘱又致叔文妹丈一信，交原船带还。因向其取还英洋一百元，至家检查并角子仅洋五十元。送金仲泉之父入厝挽对一副，语云："宠命锡皇朝，子贵孙荣，三代褒封昭世德；福星归吉壤，山明水秀，五行化育产奇英。"

廿九日己酉　卯前，细雨；辰后，晴，天气颇暖。卢槐士兄来叙片时而去。托用九先生带宁代做貂皮缨帽一顶。家慈于晚刻头痛，即请顾醉葩先生诊视，据云虚甚以致头昏，须用甚补能见功效。周少云来云，周谱香大令偕其庶太太于昨日趁新到商轮戴阳丸至上海，续至山西差次。按：周谱香大令宪章由廪生于壬辰之岁报捐知县，不论双单月遇缺先即选。于癸巳之冬选授直隶新河知县，未曾赴引，接丁生母忧即开缺出京。但彼捐时报明出继，系是一年服阕，即于丙申之冬选授安徽黟县知县。丁酉到省，秋间奉檄到任，己亥八月因案撤任，十一月交卸。适庚子冬间王芍棠中丞举劾属员，案内被议，后宦囊如洗。王弢甫京卿念同里之情，荐钦差垦务大臣贻霭人少司马谷。壬寅之夏，随贻公至山西归化城差次。先于辛丑之冬奏调带往差遣，即派以文案差使，今已有成效。于七月间请假回籍，顷于昨日携眷回差。想彼办有成效，适又贻公由兵部侍郎即奉旨补授绥远城将军，开保之日，能得原官开服委用，不枉三年辛苦也。据[①]山西归化城与绥远城相隔五里之遥。

三十日庚戌 早至午，晴；午至晚，阴。家慈之病已愈。昨据顾醉葩先生云是虚晕无疑矣，人虚则晕，一补即愈。晚刻，至周载熙兄处少坐，言及俟接王弢甫京卿回信再定行止。续至周梅翁，晤叙片时，云麟生之病颇沉，其奶奶亦患毒疮，托葛逸仙兵部代请郡城杨姓诊治，想即日能奏肤功也。晚刻，张丹亭都督请有定海人张宝钿先生来台，先行过家，代其祖上看地，曾于晚刻来家，并接丹亭兄来信。

---

① 疑当为“按”，或有脱文。

第三章

癸卯(1903)十月初一日起

十月初一日辛亥　辰前,细雨;巳至未,晴;申后,阴。致金叔文妹丈一信,饬阿先带交。孙旭东先生自南乡来。张宝钿先生云,宁郡陈日省择日馆分有两派,曰敬时堂、敬授堂,各人佩服者敬时堂为佳。玉先自郡来,子能先生病稍愈,亦为至幸。

初二日壬子　早至未,雨,不甚大;申、酉,阴;酉后均细雨。早刻,童子章云,周君麟生于昨夜作果,年仅三十有九。但彼生平勤俭,诸事均以将就,据然溘逝,心甚哀哉。晚刻,其令兄梅五姻丈作柬邀余于月之初四日代其助祭。梓棠先生嘱余向丽生先生借治眼科书一本,即假来交彼带去。用九先生来云,本至甬江一行,因其二令郎于月之十六日喜期,改缓二十左右赴宁,托购之物亦须届时代买也。

初三日癸丑　雨。晚刻,至麟生家吊孝,晤梅五、槐卿,少坐即回。

张宝钿先生抄有"王八禅师歌"一纸,录而志之:"日月落时江海碧,青猿相遇判兴亡。八牛运同真黔甚,二九丹成壑谷藏。黑虎当头际遇康,东南尽定堪垂裳。唐虞以后无斯盛,五五还兼六六长。有一真人出雍州,鹌鸰原上使人愁。须知此刻无长得,玉兔嗟逢岁一周。乾卦占来景运隆,一盘花甲祖孙同。外庭类占酬边策,内禅无惭太上风。赤龙受毖事堪嘉,那怕莲池发白花。二十五弦弹已毕,龙来龙去不逢蛇。白蛇当道缦腾光,宵旰勤劳一世忙。不信英雄来海洋,望洋从此叹汪汪。亥豕无讹两卦开，三三加二实堪哀。东南半壁红巾扰，西北千群白帽来。治安逢犬又重兴，四海稍平水沸腾。一纪刚占阳一复，寒冰空自战兢兢。光茫炀炀见亥兴，统绪旁延幸有凭。秦晋一家成鼎立，黄牛运厄力难胜。用武时交白虎年，四方各自抒烽烟。九州又见三分鼎，七载终留一线延。红鸡啼候鬼生愁，宝位纷争半壁休。幸有金鳌能戴主，旗分八面到秦州。中兴合解属麟儿，豕后牛前耀德仪。继统偏安三十六，坐观境外血如縻。赤鼠年来时不同，中兴景象不为功。西方又见南军至，刚到金蛇运已终。日月推进似转轮，嗟争世事更无因。老僧从此休饶舌，后事还须问后人。”

致叔文妹丈一信。

初四日甲寅 卯前，雨；辰、巳两刻，阴；午至未，晴；申后，阴。早刻，郭外峰司马饬书就集圣庙宣讲圣谕，余往听焉，晤星斋宗叔。即至麟生府上做祭，同事者，陶寿翁、周尹东、周麟斋、陈六孚诸君，回时已将二鼓矣。金叔文妹丈于晚刻来，云及其泰盛典之事曾已了结，已于初一日仍当如初，亦谓至幸。梦云先生于晚刻来。

初五日乙卯 早至午，晴；午至晚，均阴。梦云先生于早刻去。晚刻，与叔文妹丈至海门同昌分号少坐，晤陈舜卿。续至怡香居楼上，晤王兴臣、方元度、吴蓉溪，晤叙片时。方君元度系戴阳丸商轮之夥友，黄岩人。吴蓉溪系广东香山县人，现在东山头�美学堂之西学习。�美学堂系路桥与东山头两书院合请，路桥文昌阁设一年，东山头文昌阁设一年，其经费系两书院合用，今岁在东山头，明岁即在路桥，后年又在东山头矣。今筣美书院中学教习系杨定甫给谏。按：杨定甫给谏晨，一字蓉初，黄岩县之路桥镇人，系由廪膳生应同治丁卯补行甲子并科乡试中式举人，续入资内阁中书，应光绪丁丑科会试中式贡士，殿试二甲，朝考一等，钦点翰林院庶吉士。庚辰留馆编修，顺天乡试同考官，甲申之岁考取记名以御史用。丙戌年奉旨简补山东道监察御史，京察一等记名道府，升补户科给事中，转掌刑科给事中，两次仓场监察巡视城差一年，奉旨记名繁缺道。今则林下优游，乐则极矣。上春,其文孙名绍瀚亦游泮水矣。

路晤黄君子霖,相邀至海门商轮局一坐,据云彼与余族系是通谱,排行系是"修"字,长余一辈。余族行第系"克景怀仁子,可永明世家。懋修崇正道,元喜应荣昌",计二十字,此谱中语也。顷黄氏家谱前年将修,尚未告成。彼云兄弟四人:长即子霖;次,小泉;三,宝周;四,心斋。畅谈片时。与叔文同至广货店一坐,其店夥于正斋系黄岩梦春之郎,亦颇招呼。回时曾将晚膳矣。

初六日丙辰 阴。张宝钿先生至唐家岙一带看地。

初七日丁巳 早至巳,晴;巳后至晚,均阴。晚刻,同叔文妹丈至庆丰少坐。随至梯仙宗叔处,晤心泉、少云诸君,晤叙片时。同梯仙宗叔至梅五之裕丰店中,晤叙一刻。回时已将晚膳矣。

初八日戊午 早至晚,阴;夜,雨,不甚大。周梅五姻丈来叙片时。请邬丽生先生来格东首,造凤翼基址。

初九日己未 卯刻前,雨中见雪子;卯刻后至晚均晴。昨日永宁轮带来寄张宝钿先生包袱一个,并其皮箱,作柬饬维才送至唐家岙,接回片,曾均收到矣。至张丹亭兄一信,交邮政局送至舟山中署。西风颇大,天时已冷。东首凤翼于卯刻定磉,黄道大吉。邬丽生先生来云及择日子书须用《协记辨方》《历象考成》《象吉通书》《通德汇情》,推算子平之书须用《神峰通考》《星平汇海》《五星汇参》,以上计书七册,须要购备矣。明年逢有院试考期,定向书坊购办为要。

初十日庚申 晴。晚刻,至海门分号少坐,晤子宾、子封两君。子封昨日,楚卿在沪江电信叫其至申,彼即与晚刻趁海门商轮至甬,转赴申江,未识何事,不得其详。周君梅五云,子霖兄之三弟宝周兄荐临海县秦心泉大令为丝厂夥友,托鲍子封先生到申之便,购春城氏烟斗一只。

十一日辛酉 张炯斋二尹于早刻来。张宝钿先生自马屿地看地来。

十二日壬戌 晴。家君席邀张宝钿、周载熙两君,陪者金叔文、邬丽生、褚子棠诸君。张炯斋二尹于早刻去。

十三日癸亥 晴。集圣庙主佛圣诞，于早刻沐浴衣冠，躬亲叩祝。周载熙明经来云，承王弢甫京卿荐朱冠卿学使为幕友，本于今日同江梅渡大令赴黔，接其来信云十九日动身，彼亦待十九日与其同行也。

十四日甲子 晴。晚刻，宝钿先生、叔文妹丈邀余至集圣庙看戏，晤梅五、寿农两君，回时已晚。用九先生之二嗣君于十六日吉席，家君嘱书“如鼓琴瑟”四字，做红羽毛额送之。晚膳后，两君又邀余看戏，晤梯仙宗叔，回时已逾二鼓矣。闻昨夜与此地相隔五里之栅桥地方被劫，闻其家仅足糊口，其姓名未得其详。接萧子华二尹寿春来片，并送其子妇熊氏宜人《烈妇殉节事略》一本。接黄岩柯心补先生致一信，并附山东捐奖单一纸。

十五日乙丑 晴，风颇大。莘山金家夥友杨姓来，接云洲兄一信。用九先生之次郎于明日喜期，晚刻，邀余吃酒，晤遇琴、载熙、少愚诸君，席散即来。达云母舅与李君舜卿来向家君换栅浦之交界道枧堂之田，为李舜卿之姊造烈妇坊用，家君允焉，请丽生先生书契。按：烈妇李氏系李春生都戎育英次女公子，幼聘栅浦王卓丰孝廉复旦之二嗣君，未娶时遽逝，报至李宅，烈妇闻之，悲恸交集，立即仰药身亡。乡人皆哀之，即行具禀，由浙江学政某学使汇奏后，奉旨旌表。今立坊以彰其贞烈，所谓死后如生，芬芳千古矣。大约光绪五六年事，余尚记忆不清。

十六日丙寅 晴。早刻，与叔文至琴轩处，晤丁辅香少谈，同至庆丰一坐，至家将午而去。张宝钿先生同邬丽生先生至南乡一带看风水。早刻，叫官桃先同杨先生至山东询明云洲兄托询查一节，即作覆函托杨先生带回莘山矣。致刘逸仙兄一信，托杨先生便带路桥刘瑞昌附寄皖江。

十七日丁卯 晴。东首凤翼于寅刻合博，未刻上梁。金叔文妹丈于晚刻去。家君嘱书致应子能先生一信，并原浆一碗，玉先交苏总法带郡交伊。

柯心补咸尹玫由海门来，云及彼于上春东游至日本，览胜博物院，其中言之玩物，笔难尽述，单言日本人民无吃烟者，即此而论，富国之根基也。其客栈火食格外昂贵，每天以二十元至二元而止，所谓奇贵以极。即中国上海之客栈，每天不过三百文，亦谓奇贵，与日本之下等客栈二元而论，亦贵六七倍也。其馀各物亦甚奇贵。其屋内无椅桌眠床，人客进去，即主人亦然，门外即脱鞋，夜睡即在地上。其屋之地平颇高，以避湿气。其语言，非有通事者，无一能听。其国之有事而归议院论之，其设官之大小，亦无威仪，即其国皇，除坐马车外，亦无仪仗可观。其官府亦无仆从，其事以实事求是，而无虚哗。其女风坏甚，夫妻如朋友，隔宿而去，无追呼之例，一女能嫁十馀夫而无碍。夫不喜妻可即分去，妻不喜夫可即去，无追捕之条。其父子不甚孝敬，君臣之间无甚规礼，惟朋友颇能相信，其子女有无不计。其工艺极贵，国中无破衣之人、无吃丐之徒，此人民皆有积艺不致冻馁，虽食用奇昂，稍能积习亦足糊口，无游民。如各国能制造之物，日本人民均能访制。若各国作贾是邦者，可税彼处女人来宿夜，有说明连饭不连饭，如连饭者，其价稍贵。日中帮男者习艺不连饭者，日中彼自去谋生，夜间晚膳后即来，至早辰天明即去，其价稍廉。如男者不喜女，将每日工洋算清，女者即去。如女者不喜男，彼有枕头带来，即将枕头带去，其人不来矣，即有工洋未清，亦不向算。如街中作市，日中不如夜间闹热，何也？日中各人皆有各事，夜间无事，至街买物，故如是旺也。男女无惊避，如有奸淫等事，官府不追究，国中无犯奸之例，此是淫风坏甚。大凡我国人民，若到彼处，必须持重洁己，勿被此等恶习传染，是所深幸，切切为要。彼日本无盗贼，此善政也，何则？但须有一处彼窃，到处均有德力风，四处即知其事，到处均有巡街捕，一闻即获。衙署中无差役，有事即可与官面言，拿人即饬巡街捕，故匪类之徒难于隐藏，易于捕获，此节彼国之善政也。但中国地广，经费难筹，虽有善法难于布致。如到日本之船，获有烟具一副，即罚船主银五百两，本人间禁十年，其例如此之重，吃烟者可以通国全无，亦彼国之善政也。中国之烟起自印度，西人续染，通国皆是，中国政治从宽故也。彼国大阪商埠，其工艺盛旺，以致国渐富强。中国政治，勿以工艺而论，故有积习相沿之苦。如游历彼处者，定择其善而去其坏，是所至幸。以上所言，大概情形，未得详达。如有志之士，腰囊丰裕，定须游览泰西以及东瀛诸国，不枉生平之志愿。

柯君道过沪江，山东赈捐待急，设局申江，向其局中领有部照百纸单，以虚衔封典翎枝，亲至各处亲朋之家广为劝办。查虚衔一项照例银仅以一成二上兑，可谓便宜以极。余自戊戌由湖北赈捐局上兑一同知职衔，尚要一成五计算，今一成二，较之亦便宜三厘矣。昨叔文妹丈云其亲戚欲捐一衔封，欲致询，未识报捐否也。

十八日戊辰　晴。柯心补鹾尹于早刻至东山头去。张宝钿先生于晚刻到南乡一带看地回。早刻，至用九处看新人，续至载熙兄处少坐。至达云母舅处，适其外出未晤。至舜卿府上，彼又不在家，晤其尊公春生先生，晤叙一刻而别，云及欲与后嗣分爨。永宁于晚刻到埠之期，即遣小李至海门将《申报》取来，内附有陶寿翁《中外日报》六纸，即遣价送交矣。晚刻，达云母舅来叙片时。梓棠先生之令堂于十六日逝世，择于月之二十日入厝，送其绫丝一副，语云："五世同堂今罕有；九旬大觉古犹稀。"

十九日己巳　阴。致张丹亭都督一信，交邮政局寄至舟山。达云母舅来叙片时而去。载熙兄来云，承王弢甫京卿荐朱冠卿星使，至贵州作幕，尚未接王京卿致朱冠卿学使信，定至沪江发电与王公，一面电至朱星使，彼此均可接头，准于今晚趁永宁商轮起身，同江梅渡大令赴黔。晚刻，至周载翁府上，适以荣行，未晤为歉。但余与周载熙兄同学，迄今亦颇相得，但伊只身万里，愿以福星载道，是所深幸也。黄岩阿度来云，彼是舟山中署厨房，丹亭都督于八月廿九日交其带一信，并寄前宅章外婆银裱两只，彼至家染恙，才于晚刻送到。即作收到时裱之信，交其带至舟山销差矣。

二十日庚子 子、丑时前，细雨；寅后至晚均晴；申初刻，大雪。梓棠先生之母于今日大殡，即日入厝，邀余与作羹、云梯、禄孚、宗山诸君做祭。晚刻，至梯仙宗叔府上，晤心泉、张君柳村，晤叙片时。宝钿先生(言)宁郡笔店以邵润之为最佳。

廿一日辛未 晴。致徐晓园先生一信，饬价送交，向取筹饷事例。接回片：黄岩友人借去，俟其取转即送还。葛逸仙兵部于昨日至周宅，晚刻，至其府上，晤尹东、仲逸，相叙一番，回时已晚。

廿二日壬申 早至未，晴；后，阴；致张丹亭都督一信，为石浦陈大源麻业之事，并寄王春渠一信，均交小法带至石浦岭下庄陈大源行中交。张宝钿先生晚刻至东山头之前看水龙地理，回云该处水龙颇佳，即宁波亦所稀少。

廿三日癸酉 晴。孙旭东先生于早刻来。接郡城张柳桥兄来信，并送余茶叶四瓶。

廿四日甲戌 早至酉，晴；酉至戌后，细雨。晚刻，家君与宝钿、旭东、梓棠诸君同至太平一带看地。接张丹亭都督一信，并接前托买之鼻烟一瓶，沪江北永泰来单，价洋五元六角。

廿五日乙亥 晴。覆张丹亭都督一信，托戴云珊先生带舟山。早刻，至叶蓉秋处，晤叙片时。晚刻，至海门同昌分号，晤旭东宗伯、黄印山都督、黄子霖、陈舜卿，畅叙片时，回时将晚矣。舜卿云，楚卿兄于昨日趁永宁商轮回台。黄宗山、褚琴轩两君来谈至晚而去。符士正先生向余代向庆源抧洋十元交其，于早刻去。

廿六日丙子 晴，天气和暖。早刻，至椒江秦梗友先生处，晤叙一刻。晚刻，至葛逸仙兵部府上，晤梅五、允东诸君，续后梗友先生来，相谈至晚而来。晚膳后，至陶寿翁少坐，托其代买之《申报》，费计洋四元，照数面交矣。

廿七日丁丑 早至午，阴；午后至晚，雨，不甚大。东首凤翼盖瓦。前宅价来，接岳母一信，即作覆函，并张丹亭兄代修好银裱两只，均交原价带交。晚刻，至葛逸仙兵部处，晤允东、健生、秦师梗友诸君，晤谈至晚。敬送天台山华顶寺后方丈瓦联两副，对语托逸仙先生代作，今已做好，语云："搔首问青天，雨作方知雷在下；凭阑望沧海，云开遥见日升东。"又一联语云："灏气接云霄，高与天通，已在四万八千丈上；戒心增定慧，我闻佛说，不外三百六十旬中。"

廿八日戊寅 晴。早至葛逸仙先生处少坐，晤允东母舅。晚刻，又至逸仙先生(处)一坐，续至庆丰，过至梯仙宗叔处，出至楚卿兄府上，晤允东，相叙片刻。楚卿于廿四日自闽至申到家，言及郡城郎吉夫太守曾过班入都。按：郎吉夫太守庆瑞系盐运使衔补用道、前福建候补班补用知府、前劳绩同知内阁中书、光绪丙子举人郎仁圃庆恩之嫡弟也。于壬辰之岁由监生入资通判不论双单月，指分福建试用，历办漳州等处差使，辛丑之年加捐知府，仍留原省补用，顷已请咨入都引见。又云王吉人先生年虽六十有六，将束装奔赴京华，意欲到地后再欲商酌另图出山之计。黄岩王崇甫司马近得漳州厘局差使。按：王崇甫司马士芬于辛丑之岁由监生捐同知不论双单月并分缺先花样，指分福建补用，壬寅引见后到省候补，新授浙江宁绍台兵备道高与卿观察英本即可履任，因事掣肘，过福建帮办船政事务矣。回时已晚。家君与宝钿先生、丽生先生、梓棠诸位于太平一带看地来。旭东先生至管渭郑去，未与同来。金云舟兄与其舅公于晚由山东来。

廿九日己卯 晴。少云来云，葛逸仙先生至太平馆中去。接叶徙南兄一函，当即作覆信交其来人带回。致张丹亭兄一信，托黄子霖转交邮政局友即其令弟星斋代寄舟山，想不致中途遗失也。

三十日庚辰 晴。接周载熙兄自沪江发一信云，廿三日抵埠，廿四日接王弢甫京卿回电，代其转达朱冠卿星使，已于廿六日就沪动身，与江梅渡大令同行赴黔矣。托楚卿兄代买提灯，遣价至海门同昌分号取来。

十一月初一日辛巳 晴。早刻，接张丹亭都督来信，云于上月廿七日辰时得获麟之庆，深为致贺，并附送余王筱和荣绘就花卉光同帐前一根。午后，与宝钿先生至下街看戏，晤煦东宗伯、梗友先生、心泉、性言。续至星斋处少坐，晤潘梦生、许六斋、李健生诸君。回过庆丰少坐，晤梓棠先生。

初二日壬午 晴。家君与宝钿先生、梓棠诸君至兴国寺一带看地。晚刻，至梅五处，适其外出，未晤，回至椒江秦梗友先生处少坐。晚膳后，至梯仙宗叔处，晤李健生，相叙片时，同至心泉看戏，晤煦东宗伯、楚卿、梅五、性言、申甫诸君，回时已愈二鼓矣。

初三日癸未 晴。家君与宝钿先生、梓棠先生自南乡看地来。

初四日甲申 晴。接王君子舜一信，系邦赤先递来，当作覆函，交邦赤先带。接周映江先生来片假补服一副，即交其原友带还，并作覆片。晚刻，与宝钿先生同至栅浦一带看地，路晤焕堂表叔，同至其家中少坐，云及陈锦斋所造之商船被坏，闻者心实可怜。回时路晤其郎半塘亦言如是，不胜嗟叹也夫。

初五日乙酉 晴。辰刻冬至节。马屿人金张苗老二因在小花会场中，经黄岩都署营兵被获，但其人尚守本分，惟赌博有所不免。该处董事金德生至城保释，未得开放。家君念祖茔在与该处，深知其人除赌博之外并无别事，经黄岩县曾经杖架，托江梦生大令代其保释，函须书好，交金德翁带托江梦翁，未知得能如愿开释否也。家君与余至大宗祠致祭，晤吕泮叔曾祖、煦东、秉彝、梯仙、星斋、吉甫诸伯叔及宗山、楚卿堂兄等，祭完席散后，天已将晚。家君言于大宗祠中早晚香烛，嘱住该处之轿夫早晚敬请点上香烛，至永元立手摺交该轿夫，按日向取，该费由煦东宗伯与家中两分付结。

初六日丙戌 晴。东北造墙于今日起首。萧伯康太令之太夫人即原任江西布政司萧杞山方伯之夫人，现在其公子伯康大令现办渔团局差次，于今日寿辰，家君亲至该处祝嘏，并送寿帐等件，回时天已将晚。早刻，致董丕泰一信，适其夥友善可相之子在家，托其带交。马夫阿堂于晚刻来上工。接张丹亭都督一信并家禽二只。

初七日丁亥 晴。张宝田先生于晚刻回转舟山，致张丹亭都督一信，并送橘两篓均交宝田先生带交。致王少南兄一信，交阿儿送航船带郡城同昌盐号。

初八日戊子 辰前，雨；巳至午，阴；午至未前，雨；未后至申，晴；酉后均阴。致王子舜兄一信，交邦赤先至黄城之便带交。前苏焕堂表叔向借寿屏于十二日用，今其人来取，余查询该屏曾早借与人，随作函交其原人带福。

初九日己丑 阴。早刻，至梅五处少叙，续至寿翁处，云及初二夜东澍官龙家被劫，盗仅十馀人，将其家中一扫而空，惨然。台州盗风如此不清，将何以处治也。余瑞庭军门宏亮于月之十六日大开寿筵。晤梅翁、皮申甫、陶河清诸君，相叙片时而回。日昨叶寿卿兄代友向借寿屏于十六日用，细询家中之寿屏均借与人，作函回福带玉先带交。王梦云先生于晚刻来，留宿。

初十日庚寅 阴。接王子舜兄两缄，内云及王弢甫京卿之太封翁于月之十二日入厝，十一日开吊，即饬送挽幛仪等。致张丹亭都督一信，交四妹送邮政局寄定海中署。晚刻，王子裳太守由皖省芜湖之运漕差次暂时回台，于初九日至海门其亲家娄晋阶先生府上小住，来家少叙。据云该差颇优，尚计大功十次，明岁望可留办。年前所假之处，今均还偿，亦厚道之君子也。仍转海门娄宅，想在明日可回府上。余与其甲午之秋自省垣会晤，迄今曾将十载，精神如旧，亦台州之人瑞也。尹裕卿茂才至葛逸仙兵部处有事，适葛公至太平宗文书院尚未回，过家少坐而去。张宝田先生之住处在定海南门外济生斋。

十一日辛卯 晴。梦云先生于早刻回家去。家君因事至长甸陈洛卿丈公府上。晚刻，秦师梗友来叙片时，云黄煦翁有叫文昌阁之照相者画一放大照相，邀余同至文昌阁，晤夏旭东少坐而回。向其取有照架一个，计洋三角。

十二日壬辰 晴。女儿偶受寒邪，请醉葩先生诊视，据云寒气入内，故致瓯吐，想一二刻即可安痊也。

十三日癸巳 晴。女儿受寒邪尚未愈，仍请醉葩先生诊之，再拟一方吃后，晚刻稍愈，定能逐渐安痊。章宅外婆托寄张丹亭都督年饭米、年粉各一捆，冬笋、密桔各两篓，代作一信，托继周代至舟山送交中署。晚刻，至海门同昌分号，晤子宾少坐。续至永宁商轮晤戴云珊先生云，丹亭兄趁海门轮来台为余瑞庭军门祝嘏。至怡香居晤宗山兄，晤叙片时，回时曾将晚膳矣。褚子棠先生自南乡来。致金叔文妹丈一信，交仆妇带至莘山转交。接许九碗先生一信。

十四日甲午 晴。女儿病尚未愈，请解玉泉先生诊视。晚刻，楚卿、梅翁同邀余至海门同昌分号少坐。该处之前透，楚卿将其屋修整，欲开典铺。与梅翁至和生，晤寿翁，晤叙片时而别。接星斋宗叔来(信)，欲拼送余军门寿幛，但家君曾与陶寿翁拼送矣，当即作函覆。

十五日乙未 阴。家君自长甸来。女儿之病仍然如昨，邀书城、醉葩两先生诊视，云是冬温，心甚焦急异常。即修函专价托道芝兄转请卓毓卿先生诊治，价回云，卓先生准明日来，未识得以药到病除否也。与寿翁各拼送余瑞庭军门之寿礼，仅领上下款字，馀均嘱谢。

十六日丙申 阴。致金叔文妹丈一信，饬仙品送交。张丹亭都督于早刻来，因余瑞庭军门寿辰，趁海门商轮于昨日到台，过午而回转海门永宁局，云及彼与定海厅杨公合办救生局，事亦善举也。随至海门同昌分号晤陈舜卿、姚梧冈孝廉，相叙片时。至永宁局，适丹亭兄已至镇署，未晤为歉。与杨子云、方笃初、蒋子纯诸君相叙片时而别。女儿病亦如昨，请卓毓卿先生诊视，于晚刻来诊后，云是邪食之症，将占勿药之爻亦易也。

十七日丁酉 早至午，阴；未、申两时，晴；酉后，均阴。张丹亭兄惠吾《董公选要览》一册，计一本，此书择日最为妥便。晚刻，至椒江晤王师鸣九，据云才于月之十四日到馆，楚南雨水稀少，不便行舟，内湖小船颇为不便，以致湖南至台路途相搁已将一月之久。女儿之病稍愈，仍请卓毓卿先生诊方饮之，颇为见效，定能逐渐痊愈也。

十八日戊戌 晴。女儿病稍愈。秦师梗友、王师鸣九来叙片时，梗友先生云将询保案一节，托转致函询王君子舜。家君嘱书柬邀丹亭兄，饬价送至海门，回云张君曾于昨夜趁东阳丸商轮回定海供职。

禹门叔祖来云，仲辰宗叔曾于昨日由下洋岐回，云董宅近时为其祖上做坟，亦一要急的事，与丽生先生过晚膳而去。旭东先生于晚刻自莘山来。

十九日己亥 晴。女儿病仍如昨。旭东先生于早刻至马屿头一带看地。代梗友先生致王君子舜一信，交启浩带至黄城大通布店。许东吕自温州来台，过家留宿。

二十日庚子 晴。家君与陶寿翁同至赵桥王子常太守府上。致周载熙兄一信，饬阿堂送海门邮政局挂号寄至贵州学政衙门。女儿病稍愈，定即逐渐痊愈。孙旭东先生至南边看地来。秦师梗友与台郡宿仙马蔚林先生之令弟并其世兄幼林兄同来，过午膳而去，据云至三春行中有事。

廿一日辛丑 晴。女儿病稍愈，旭东先生于早刻回家去。煦东宗伯请其子婿郑夔友孝廉邀余与秦师梗友、王师鸣九、周君允东、缪君性言、心斋、梯仙及楚卿诸君晚膳，回时已将二鼓矣。虎老司之次子阿田染恙颇沉，前请毓卿先生诊视，药下稍能见效，早刻，仍邀毓卿先生至其诊视，亦能逐渐平愈也。致张宝田先生一信，交四妹送海门邮政局寄至舟山南门外济生斋。

廿二日壬寅 晴。女儿病稍愈。接王君子舜一信。卓君毓卿先生言及店头之南乡从佛岭而进之太和山脚①，四围悉均高山，其地名曰南落坑，地方烟灶均有六七十家，家家亦颇殷实，勤俭之所致也。一方之中均无烟具，当今之世亦所罕见。该处人民富有之家亦过万金，数千金及千馀金之家有半焉，贫者之家不致乞丐，可谓善处。将来约一二知交玩游是处，以为乐土，亦为幸甚。尹裕卿来询逸仙先生尚未回家，至家留宿。

廿三日癸卯 晴。女儿病仍如昨。早刻至椒江晤秦师梗友处少坐。尹裕卿亦至彼处，晤叙片时。

---

① 页边注："此系要语。"

廿四日甲辰 晴。女儿病稍愈。卓毓卿先生因章距泉兄之令郎染恙，于早刻动身至章宅。何巨明先生于晚刻自黄岩来。

廿五日乙巳 早至巳，细雨；午后至晚，均阴。女儿病稍愈，能进饮食。此是寒食之所致，进熟药即见效，此后定即逐渐痊愈也。用九先于晚刻至甬江有事，托其代做貂帽一顶，并托另购各物。致张丹亭兄一信。前张宝田先生在家时看好埠头堂左近大人山脚一地，系王少河家之公山，曾已托人买好，契价英洋四十元，王姓后手中人小费共计英洋三十二元，共计英洋七十二元，洋托梓棠先生送至少河府上付讫，该山凭契亦在少河家写好，梓棠先生带来附在信内，交用九先生便带舟山中署面交。致宝田先生一信，附至丹亭兄信内转致。丹亭兄前添一三令郎，送其小帽两顶、屎兜两个，小帽仍托用九先生就宁波代购，便送屎兜两个，家内做好，交用九先生带送。顷托用九先生代买真朱砂印色一盒，未知宁郡有否。晚刻，莘山价来，致叔文妹丈一信，交其带交。梓棠先生云，前钟焕堂代陶寿翁代择南乡狮子山脚吉壤一所，择于明日做坟，未识土色能佳否也。

廿六日丙午 早至巳刻，雾；巳后至未，晴；申至酉前，阴；酉后均雾。天气颇和暖，似乎作雪气象。葛逸仙兵部遣价来云，葛老先生于昨日自太平宗文书院回。家君至葛家来云，北山不知何人家于昨夜被匪抢劫，时值冬防，不得不先为防范也。余自夏间习染烟霞，加以病后尚多疝气之病，颇为深念。但此物再四惟思，虽非为钱起见，实因身体颓唐有碍于子嗣，况余年已三十，仅之一女，不得不速为断戒，即有子嗣，亦断不吃为要。鸦片之物，终非佳品，此后有吃烟者，深为劝戒为要为妙。余拾一方[①]：去枝叶金银花二钱，盐水炒去丝；厚杜仲四钱；远志筒二钱；花槟廊一钱；布包全腹花二钱；抱木白茯神二钱；炒淮枣仁二钱；大腹皮一钱；原支捣淮山药四钱；白茯苓二钱；东山楂二钱；炙甘草一钱。如烟瘾每日一钱，加烟灰五分，二钱者加灰

① 页边注："戒烟药方。"

一钱，量之大小照此推算，另加红糖一斤，修合成膏，每日饭后吃膏一匙，则瘾能止。下次将灰减少，灰断则瘾断矣。于早刻将此方煎好，曾将午膳后吃下，瘾难止，此后未识从此能断否也。女儿之病又稍愈，仍吃卓毓卿先生所留之方，饮下亦逐渐见效，亦所深幸矣。

廿七日丁未　晴。早刻，梓棠先生来云，张邦翰先生与伊商酌，欲在沪江开设代台州各属行店公号，挽余与丹亭兄同拼，家君允焉。即作函托用九先生就甬之便面达丹翁，未识能否聘合否也。但如此坐号，要在沪银行必须通气，方足购办。丹翁能将沪江银号说通，此事定须美善。据云资本约计万数之则，彼有集资之道有二：一，邦翰自己与人承聘一股，挽余聘一股，挽丹亭都督聘一股，即以三股成集其事；一，将资本分作十股，每股千番。以余论之，分三股方足美善。将此大略情形函托用九先生转告丹翁，信托琴轩转寄甬江矣。晚刻，至梯仙宗叔家，尚睡而未晤。适黄岩清相在焉，相叙片时。续至逸仙先生府上，晤梅五、尹东诸君，晤叙片时而回。女儿病又稍愈，饮食能进，尚未复元耳。早刻，邀旭东先生诊，饮一方，药均见效。

廿八日戊申　早至晚，阴；晚膳后，稍有细雨。旭东先生于早刻至莘山去，接叔文妹丈一信云假轿。苏焕堂表叔来过晚膳而去，云及王子常太守于廿五日趁永宁轮至宁，转至皖垣运漕供职，并云及次少君聘黄煦东孝廉之次女公子，闻有冰媒作合，两家悉诺，尚未聘定耳。女儿病稍愈。

廿九日己酉　早至巳，细雨；巳后至晚均阴。接金叔文妹丈一信借轿，即作福信交其轿夫，轿亦交该夫于明日抬去。葛逸仙先生托代寄金德友一信，附寄叔文兄信内，托其于即日转递东洋。女儿病稍愈。

十二月初一日庚戌　辰前，细雨；巳刻，阴；午牌尚见雪子，未后至晚，均阴。女儿病亦稍愈，惟饮食尚未复原，请醉葩先生诊治。轿并昨日所书之信均交莘山轿夫带去矣。达云母舅邀余转托柯心补嵯尹代捐监生，随作一信交其自己专人送至黄城柯泰丰矣。晚刻，至葛逸仙先生处，晤周君少芳、允东、梅五、达庵诸君，相叙片时。逸仙先生言书篆字之帖，李斯书《峄山碑》[①]京中之篆字帖最佳，又《石古文》[②]之篆字亦佳，余欲作一信，托何见石老伯就京中代购，容日书函。碑名只恐一时忘却，此云为记，如另有书函时，托如有各种篆字有佳者，托其再购一二种，是为至要。续至梅五姻丈府上，邀叶寿卿兄托其转向黄石荃二尹之世兄代购篆字一二幅。

初二日辛亥　辰前，雪，颇大，满眼山河竟成白布；辰后至午刻，细雨；午后至晚均阴。

初三日壬子　辰前，雪，颇大；巳至未，雪，不甚大；申后至晚，大雪纷纷，瓦上约计五寸有馀，平地悉均积雪，遍地银河。古云"江南三尺雪，人稻十年丰"，此是雪兆丰年之象也。早刻，逸仙先生柬假《佩文韵府》《尚友录》二书，适家中无存，向少芳、作羹两兄暂假，均无。晚刻，向作羹兄假来《名臣言行录》一部，计八本，但此书与《言行录》相访，欲将此书送与葛公一览，尚未送去。

初四日癸丑　晴。何巨明先生于早刻黄岩去。《名臣言行录》遣价送交逸仙先生。

初五日甲寅　晴。周作羹兄来假大褂于十二日一用。晚刻，至海门同昌分号，晤楚卿、舜卿，晤叙片时而来。梓棠先生与路桥杨载唐兄来与家君合股聘开路桥桓茂泰油行，分作十二股开，每服[③]计洋一百六十元。家君承五股，载唐承五股，梓棠承一股，昆生承一股，请昆生管账，邀丽生先生作据。载唐所开之恒茂字号油行一切账目说明算至年终为止，明年正月初八日为新开恒茂泰字号。彼因事已去，约于初七八来家酌妥画押。此行虽已木成舟楫，未悉将来能得法否

---

① 页边注："篆字书名。"

② 即《石鼓文》。

③ 当为"股"。日记中多有形近之讹字，均照原文转录，不影响阅读处不再标注。

也。郎翰臣老伯于晚刻自郡来。

初六日乙卯 晴。家君请翰臣老伯晚膳，邀逸仙先生暨禹门叔祖、寿农、梅五、尹东诸位陪之。

初七日丙辰 晴。郎翰臣老伯于早刻至北岸去。遣价至海门取本班永宁轮来之《申报》，价至晚回云，该轮尚未进关，

初八日丁巳 晴。晚刻，同少芳、作羹、琴轩诸君同至海门怡香居少坐，晤丁君福庵，相谈片刻而别。永宁商船亦于晚刻到埠。褚用九先生亦于晚刻回台，托买各物均已买来，惟托做貂帽因皮不宽作罢。日昨舍亲章宅送寄张丹亭都督年糕两捆，昨晚交阿堂带至海门，因永宁未曾到埠，暂托蒋子纯先生收存，顷间作片叫阿昌兄向蒋子纯取回，代带舟山转交矣。此字亦托用九先生明日遣人送至海门。据用九先生云及丹亭都督近加总兵衔，未识何案汇保，尚未见明文。按：丹亭都督整饬戎行，实事求是，营务娴熟，训练求精，果是实音，可见朝廷论功行赏，体察下情之致意也。闻福庵、少芳各人谈及王子裳太守上月因公暂回珂里，将平生所注之书刊就书板，计有数十扛，由海门运至家中。但其府第在兆桥地方，离城较远，系在偏僻乡间，匪类闻知扛中白镪盈积，家中并前欲购地鸠工新造大厦，意将开质库之语，不意于月之初六日夜被匪抢劫一空。值其四妹将近遣嫁，想藏镪妆奁不免无散失之患也。

阅十二月初三日《申报》，汤廙仙都转寿潜于十二月初一日内阁抄奉上谕："前安徽青阳县知县汤寿潜着赏给道衔，署理两淮盐运使。钦此。"按：汤公由进士、翰林庶吉士散馆、知县，系绍郡人，虽著作颇多，以知县升署运台，国朝以资格所限，如此升迁有所罕见矣。

初九日戊午 晴。午膳后至逸仙先生处少坐，晤尹东、健生、醉香诸君，相叙片时而回。家君嘱书为代张丹亭兄已购浪汤之水龙穴之田，曾向彼处说好，计洋八十元，又代郎翰臣刺史欲想法开服二节。致张丹亭都督一信，托继治相带至海门邮政局转寄舟山。接丁琴泉一信借寿屏，因已借与人，即作函交其原人带去回福。琴轩之弟四妹

来假去假寿屏一堂，云代东曹人借去。

初十日己未　晴。晚刻，至逸仙先生晤谈至晚，留吃晚膳后，回时更鱼二跃矣。晚刻时，接作羹来字，嘱书“桃源深处”横额一个，即嘱人送交，并假去皮袍套一身。少芳兄来叙片时，假去皮套一件。

十一日庚申　早至午，阴；午后至晚，雨，不甚大。今日人家婚娶者颇多，凡庚申、甲子之日子，房事最忌，娶亲之日遇庚申日子，以鄙见论之，大不取也。逸仙先生假去《申报》一卷。陈半塘兄来云，其父饰斋先生向做全宝盛商船，于十月间在瓯捆载木料，至申交卸，不想十月至廿五日至吴松口被太平轮船冲坏，寸板无存。当承朱宝珊、杨雪岩诸公代为理说议陪。先当坏时尚有船内之什物及木料散在洋面，当有岱山之船户金万顺、俞周大两船遗拾不少，但海洋拾取坏船之物例有赎取之条，当时向取，该船潜回，但被在申议陪，事尚未讫。先嘱其四子圣明至舟山具禀定中署，托余函托张丹亭都督代其眷顾。余因其家道中落，大不如从前，先均有交谊，况张丹翁桑梓之谊最重，随作一函托其想法，如得原璧归返，所縻少费，悉听其嘱。函交其转寄舟山。接临海县秦心泉公祖并培元局董秦禹亭广文为修理府学文庙派捐事各一信。

十二日辛酉　阴。东首凤翼后小屋于早刻穿博上行。家君嘱书送苏少白先生挽联一副，语云：“七秩著贤声，惠爱为怀，誉溢闾阎称上舍；三秋逢蹇运，悲思成疾，身骑箕尾到中天。”又，嘱书送梯仙之母挽联，语云：“同是一家人，最难得鸿按矜庄，坊表分明树珂里；待赓八旬寿，深可惜鸾軿催促，旌幢仓卒返瑶池。”又，嘱书送葛兰荪之夫人挽联，语云：“儿女藉提携，家室和平，从来名媛难称寿；翁姑资奉养，门庭叙顺，自古贤妃不计年。”

十三日壬戌　早至巳，阴；巳后至晚，均雨。达云母舅来叙片时而别。时值腊鼓摧残，家中所造之凤翼，工尚未竣，缓待明春，所有木匠工人均行停止。早刻，接柯心补先生福信，前代达云母舅捐垫监生，其部照曾经垫好带来，即将部照随交达云母舅矣。接何见石老伯寄家君一信，内附骆西园先生为询余之同知部照。福何见石比部一函。晚刻，接张丹亭都督一信，并张宝田先生一函。日前家君托用九先生代买《通书》两本，曾已买好送来矣。

十四日癸亥 阴。致张丹亭都督一信，交四妹送至永宁托阿昌带定海中署。

十五日甲子 阴。早刻，少芳兄来叙片时而别。午膳后至少芳处少坐，晤作羹兄，相叙片时而回。晚刻，黄岩子舜兄价来递到一函，为前梗友先生托其一节，函言其事尚可代办，仅在一日之时。但秦君曾已解馆，但其家住郡城之南乡义城，即须致函，恐来不及，即作函覆，交其原人带还。

十六日乙丑 阴。早刻，梅五姻丈来叙片时，与家君至煦东宗伯家去。煦东宗伯之次女系庶母所出，适北桥王子常太守上海太太所出之次少君，于今日纳采。家君于晚刻回云，聘金英佛二百四十尊，又，珠花、珠丁、香玉、手镯、金簪等件、糕饼四担，可谓丰矣。接张丹亭都督一信，前代半塘所托致函之事曾有查实函福矣。旭东先生于晚刻自太平莘山来。晚膳后，陈半塘兄来叙至三更而回，将张丹翁来信悉均面告，即可以取赎，但腰囊如洗，只得其父回台再行至定向取前所散各物，并托另日阿昌兄来台代询所取该费若干而已。

十七日丙寅 早至午，晴；午至晚，阴。孙旭东先生于早刻回转孔化岙去。邱仲钰先生于昨日至其令亲梯仙家，过家相谈至夜而去。

十八日丁卯 早至辰，细雨；辰后至晚，阴。早刻，至梯仙宗叔家，谒仲玉先生，适邱赞臣先生及其世兄泽生兄在焉，相叙片时。适仲玉将至洪家场亲眷处，据云回转家子，转回黄城家中去。晚刻，接周载熙兄自湖南沅江发一信，据云于十一月十六日安抵沅江，信即十七日发寄，信内附寄黄少湖一信，即遣福缘送交。独坐寒窗，抑郁无聊，遗拾旧纸，苍率学篆，分送周君作羹、洪君少琴各一堂，真不免方家齿冷也。

十九日戊辰 早至酉，阴；酉后细雨。接张丹亭都督一信，并惠建柚、酱鸭等件。洛卿丈公寄家君一信。长甸陈君祝再及永文大爷于晚刻来。

二十日己巳 阴;未初刻立春。接张丹亭都督一信。午膳后与祝再姻丈同至海门同昌分号,晤周君梅五、陈舜卿,续至永宁轮船局晤杨定甫给谏、陶君寿农、陶君祝卿,晤叙片时。祝再姻丈欲捐双月州同,托寿农姻丈代其寄申代办。据云王芹甫未得到沪,去者系是蒋子纯,办捐之事,恐不能托,以作罢论而回。但祝翁之监照在家未曾带来,今早叫永文大爷至家取来。余代作一信并捐费英洋八百元,托张丹亭兄代其转捐,不知事无掣彤①否。函并年糕一篓,信托陶寿翁转交蒋子纯先生代带定海面交。其令叔煦阶先生尚存监照二纸,托余并托丹翁代捐从九,时因商轮曾已开行,只待海门轮到埠后再行函寄为妥。煦阶先生亦与晚刻来。

廿一日庚午 阴。祝再与煦阶两君均早刻回家去。

廿二日辛未 巳前,细雨;午后至晚,均阴。少圃表叔公于昨夜自郡来。童子章云,楚卿欲将海门之同昌分号之南所购之屋计有数十椽,尚有新造数十椽,将旧屋大加修整,间设当铺,店号曰元泰,据择于明春正月初六日开张,未知实否。少圃姻丈云,临海县知县今换张姓,未见明文,不知实否。家君与杨载唐拼开路桥恒茂泰字号油行,曾请丽生先生书合同公据,今日画押,家君承五分,杨载唐承五分,梓棠承一股,昆生承一股,计自十二股开计算,每股计洋一百八十元,该行未识不致亏本否也。

廿三日壬申 晴。家君嘱书致王子衡兄一信,并附还英洋一百元,交阿香兄送至北山面交。香回,接其回信一函。家君嘱书致郎翰臣老伯一信,托本当代寄。早刻,至庆丰少坐,晤少芳兄,同至其府上,晤叙片时而回。致张丹亭都督一信,托琴轩转送邮政局寄至定海中署。

---

① 当为"掣肘"。

廿四日癸酉　晴。家君嘱书致赵瀛洲老伯一信，交宗山送至海门面交。又嘱书至王少甫一信，交少圃表叔公带郡面交。少圃表叔公于今夜回郡城去。家君又嘱书致永文大爷一信，饬阿六送交。梯仙与少韶姻丈来叙片时，少韶代梯仙与家君说欲将乾泰典之货出顶他人一节，家君恐典中资本不敷，叫童子章去与王哲人说欲将该典之货出顶与王子常太守，其事未识允否。钗洋李少兰兄由京回家，带有何见石比部寄家君红榻直条四副，并寄家君一信。

廿五日甲戌　晴。早膳后，至庆丰少坐，续至梯仙宗叔府上，晤邱君少韶，晤叙片时而别。童子章至海门与王哲人商酌，回云，据彼云另与王少潭兄商叙后再作覆答。但乾泰之事，只恐其兄弟事不同心以致作罢，倘若均愿出顶，想能成允。但此典本是梯仙、星斋、少明兄弟三人之物，上存货物资本，三人均平。但梯仙、少明，自俸俭约，非独典中少支，并且尚有银洋借存典中，故典中日日起息，其本故馀。惟星斋自俸奢侈，家中颇迫，非无存典内，即照分所支之洋，亦故支数倍。但典中收进之款，每年计利亦复不少，故梯仙、少明本多而心斋资本不足，以之所致。但少明已故，梯仙资本又要归转，故典中洋窘甚，向外人暂借又不能，以致经手者大以为难。凡开典质者，须存架至二万之数，方计算利息、开销费用外，尚有稍可赢馀；如在一万之馀存架，利息不能多算，尚有亏本。况乾泰架中约仅在六千左右，亏本之洋年复不少。闻心斋股分非独有进，尚要贴出，今若顶脱，心斋无分进之洋，恐不能允从。但梯仙与少明之郎宏德计算：开，不如顶与他人为上策。彼之家事，局外人只可言其皮毛耳。

廿六日乙亥　晴。饬价向徐晓园将前借去之筹饷事例取还。庆丰之夥友林先，前曾遣人回歇，今日出店矣。

廿七日丙子　晴。早刻谢年。接郎翰臣刺史寄家君一信，系仍交前托小当之价送去原价带还。

廿八日丁丑　晴。午膳，至达云母舅、梅五姻丈两处，均言未在而回。接黄岩汪君更生一信，托荐学徒，但典中人用已足，即作覆函交其原价带回矣。

廿九日戊寅　晴。晚膳后至庆丰少坐。岁除即迩，街上颇见清淡，财路衰甚。家君嘱书致谢李子寿先生酬敬一函计洋一元，嘱阿儿送交。晚刻，东北风颇健。

三十日己卯　晴。早刻，接陈祝再姻丈来信，当即作覆函交其原人带还。并王师梦云寄家君一信，暂假一节，家君因近日典中颇急，难以允从，即作覆函交其原人带还。晚刻，海门邮政局递到张丹亭都督一信，言前托代陈君祝再托捐州同并其叔捐职衔一事，云曾转托朱士兰兄代捐，尚未接士兰回信，即先致函覆。日值岁除，街上财路衰，地方颇见清淡，生意场中亦不见佳，将作何法兴地方、旺财源，是所深幸。

甲辰(1904)年元月初一日庚辰　子、丑两时，稍有微雨，天颇黑；早至午，晴；未、申两牌，阴；申后至晚，晴；晚刻，有乌云接日之象。日颇有西南风起，亦是和顺。查《通书》纪一龙治水，想定雨水调筠，但愿以风调雨顺、国泰民安，海国边氓得沾惠泽，幸甚幸甚。更求私愿家门安吉，诸事和平，典中生意加赠，广进财源，余愿足矣。早膳后，至后黄房族予贺岁。午膳后，至本街各家贺岁。

初二日辛巳　晴。家君至海门贺岁，余于早刻至栅浦贺岁。致王师梦云、许师眉甫贺柬两缄，饬价送去，当带还覆柬。并至少白先生、麟生先生、梓棠先生之母、阮竹三之母、梅仙宗叔之老太太、遇琴之母、潘天球之妻各处吊孝。接梯仙宗叔来柬，假《通书》一本，交其来人带去。晚刻，琴轩来叙片时，仝至庆丰少坐，代写直条八幅以为补壁之助。学篆未成，草率作书，真不免方家齿冷也。

初三日壬午　晴。煦东宗伯再开海门店铺，于月之初八日开张，家君嘱书送其对联一副，语云："元运逢时，百禄是总；泰阶耀彩，万宝朝宗。"其店号曰元泰，故嵌"元泰"二字。庆源送其对一副，语云："元善无私，财通九府；泰年有象，赖及万方。"致张柳桥兄贺柬一函。

初四日癸未　早至午，晴；午后至晚，均阴。家子之俗例，当铺新年开店在于初四日，值市日之期，庆源亦在于早刻开店门，当者亦颇兴旺。卢槐士兄于年内聘黄岩王氏、即允东母舅之妻妹为妻，择于月之十二日完姻。其府上本在郡城之上乡杨渡，今移本街王六皆明经之屋住，王六皆于年内移住宁郡，今其移进住矣。早刻，卢槐士兄、何霭生广文、丁飏绵州司马亲来贺岁，晤叙片时而别。槐士兄来柬邀余代媒。午膳后，至陶寿翁家少坐，适其至海门，未及久谈。至禹门叔祖家少坐，续至梯仙宗叔家，晤少韶、少羽、梅五、醉香诸君，晤叙片时。与梅五、少韶同至槐士家晤叙半晌，仍回梯仙家，相谈至晚而来。晚刻，庆源设开店酒两席，并邀邬丽生先生、褚子棠先生。

初五日甲申　晴。庆源柜上夥王姓于今日进店。晚刻，至栅浦苏佐卿家助祭，晤伍菊香、戴一枝、苏焕堂、潘云轩，续至陈半塘家少坐而来。致子能表叔公一信，交航船便带郡城。

初六日乙酉　卯前，细雨；辰至午，晴；未至晚，阴。致周君载熙一信。家君嘱书致何见石老伯一信。仲钰、少羽两君来叙片时，同至尹东、梅五两处，晤谈至晚而来。晚膳后，至槐士兄家，适其至煦东宗伯家，未晤。随至煦东府上，晤槐士兄，托其代完家中之三山、赤山西两庄粮户。晤煦东宗伯、丁辅香兄，云及临海县秦心泉大令于月之初九日告卸，新任者系张姓。续至梯仙宗叔家，晤仲玉、少羽两君，相叙片时。适辅香来，同至永顺利麻行少坐，来时值将二鼓矣。

初七日丙丙戌　晴。新任临海县张大令介禄来拜客，昨趁载阳丸轮舟来，寓海门，家君随往还谒。

初八日丁亥　晴。煦东宗伯于海门同昌分号之南首新造平屋三间为店堂，其馀旧屋为包房，开设当铺田，店号曰元泰，择于今日早辰开店门。早刻往贺，晤楚卿兄、缪性言先生、黄君子林、娄君竹三、娄晋阶太姻丈、黄印山、都督陶君祝卿、卢槐士兄、王君少南、鲍君子封、陈舜卿、丁辅香、王子宾、李健生，晤叙至晚。楚卿设开店酒三席，邀余，过晚膳，同楚卿、槐士、性言诸君同来。路过岩屿街，值初八日迎圣之晨，并放焰火，路中看者颇多。致张丹亭都督一信，托其代陈煦皆姻丈报捐州判职衔，并附监照、部照各一纸，适子林兄到甬之便，托其代带舟山面交。托其带宁代购全鹿丸洋两元。早刻，仝子林兄至邮政局，其局夥即其四弟字曰心斋。初六日所书致见石老伯、载熙兄各一信，均托挂号即寄京都及贵州两处。

初九日戊子 晴。家君作书致陈日省敬时堂一信，代先曾祖慈择造旷吉日，并附润笔洋两元，适黄子林兄到宁郡之便，特修一信，托其代带甬江确交选择，信交童先生代带海门商轮局交。家君柬邀仲玉、寿翁、梅五、允东、梯仙宗叔、禹门叔祖晚膳。野春于晚刻来贺岁，留宿四分。禹门叔祖之叔婆于昨日晚刻逝世，其小姑适庆源之夥友官德先，竹篷村人。卢槐士兄于晚刻办进屋酒，邀余，余因家中请客，辞之。接栅浦苏绩臣兄来柬假去旧絮套一件，交其原价带去。

初十日己丑 早至未，雨；未后至晚，阴。致郑涤洲先生一信，交邮政局带至滇省学署。禹卿之叔婆于今日大殓，邀秉彝宗伯、云梯、少芳与余助祭。马头山人来云，吕求先于初九日晚刻作古。晚刻，至子宜处少坐。昨日苏绩臣假去之套取转矣。

十一日庚寅 晴，天气颇暖。晚刻，邱君来叙至晚而别。早至槐士兄处少坐，花堂已就，向余假去羽毛大堂帐一顶。周君作羹于十三日续弦，假去红缎寿屏一堂。家君嘱送作羹兄贺仪一函。槐士兄邀吃晚膳，随至其府上，晤高稚白二尹、姚实轩、王云梯、王子宜、周梅五、黄楚卿、褚琴轩、鲍子封、解玉泉、李健生、许星河、周允东、金子源、陈舜卿，晤叙片时。适有新昌小调因新正在街唱戏，进唱数场，亦颇热闹。续至梯仙宗叔处少坐，晤仲玉，相叙半晌，来时已二鼓矣。槐士兄之父笏臣先生于昨日来，往叙数语而别。

十二日辛卯 晴。家君嘱书致金叔文妹丈一信。孙旭东先生于晚刻自家来。槐士兄邀余与允东代媒。早辰至槐士家，即行动身至黄城王剑臣兄府上，时已十一下三刻钟矣。晤邱惠远、王文甫、张小泉先生，同席。三下钟起身至卢宅，时钟下午六点一刻另即行花烛，贺者盈门。席散，与诸君相叙至吃小饭后，来家时已近三下钟矣。早刻时，家君嘱书送王宅粉仪一函，带交其账房矣。

十三日壬辰 晴。致张丹亭都督一信，托阿昌兄带至舟山。作羹兄于今日续弦之吉，早刻，至其府上少坐。续至槐士家，与稚伯晤叙片时而回。接黄岩王子浚兄一信。槐士兄来邀晚膳，随至其家，其舅王君剑臣来看三日，相叙片时。剑臣云及蒙余军门补授海标中营把总。与其同煦东宗伯处少坐，转至其家过晚膳，是夕计鱼翅席七桌，百子花炮连连，颇称热闹，高朋满座，亦一时之盛也。席散，至梯仙宗叔处少坐，晤少韶云明日至泽库去。同丁辅香至作羹兄处，看新人颇佳。与达云母舅、少芳兄、仲辰宗叔，相叙片时，来时已十一下钟。接丁君琴泉来信代杨子祁借寿屏于十六日开贺一用，余允其十五日遣人来取。

十四日癸巳 雨。接张丹亭都督一信，由监生捐实官之条尚未开办，即作函致陈君祝再，遣人送交。致丁辅香一信，彼有至申之语，托其代买《说文首部》一册，家君于晚刻设酒四席，邀本街诸君，以为春茗之消遣耳。

十五日甲午 早至巳晴；巳后至申，阴；申后至晚，均雨。陈君祝再姻丈与永文大爷于晚刻来。虎老司来云，其子桂玉于十四日午刻生一子，亦一幸也。今日本街文昌阁财帛星君出位，各色花灯颇多，小孩作各路财神骑马十数匹，并有布做花龙两条，各家迎接，花炮百子，节节连连，亦一时之盛。满街灯火辉煌，上元佳节，古语有云“君乐民乐”，斯言不谬也。楚卿兄邀余晚膳，席散后同各人至槐士兄府上，相叙片时，来时已将三鼓矣。

十六日乙未 早至未，晴；未后至酉，阴；戌后，雨。早刻，余与祝再姻丈至海门同昌少坐，晤舜卿、实轩、寿南诸君，随至张宅何少峰守戎家，晤汪更生游戎，相叙片时。至海门商轮局晤黄子霖兄，相叙半晌。前托购全鹿丸并托择日子均已带来，其令弟心斋兄至邮政局取来许九碗兄寄余一信，并张丹亭兄一信。晚刻，桃渚郎君茀潮自海门来云，其令叔伟臣老伯由云南昆阳州调署禄劝县知县，去年八月间到任。家君席请祝再姻丈并苐潮、李舜卿、卢槐士诸君、伯寅、仲辰两宗叔。李君舜卿托余致柯心补先生一信，代询监生并同知职衔捐实银若干倍，即交李舜翁带去转寄黄城。

十七日丙申 早至午，晴；午至申，阴；酉后，雨。致张丹亭兄一信，交邮政局带至定海。接玉先一信，前寄买之屋瓦曾已载，计洋六元，交其原船夫带交。祝再姻丈、郎苐潮兄均于早刻去。祝再姻丈意欲报效知县，约清河赴都。

十八日丁酉 早至午，晴；未至申，阴；酉后，雨。致许九碗先生一信，交詹恒丰之仆人带至海门邮政局寄至杭州下城仙林桥西首往北军督司巷送交。允东邀明日午膳，应[1]至前宅，沥柬往辞。陶寿翁饬价送来《申报》一卷，至本年正月初十日止。

十九日戊戌 早至辰，雨；辰后至午。阴；午后至晚均雨。早刻，乘舆至黄城邱宅，楚言姻丈留同楚翁至心补先生店中，适其未在而回邱宅，晤叙片时，即动身至前宅章宅岳母处，天已将晚，晤两舅及子修姻兄，相谈至晚。

二十日己亥 阴，西风颇大。陈君裕卿自施岙来。卓毓卿先生自袁桥来，相叙至晚，均留宿。

廿一日庚子 雨。岳母席邀晚膳。

廿二日辛丑 早至午，晴；未后，均阴。早刻，与卓毓卿先生同至仲铨兄处，适其有足疾，因急于动身，未及细谈。同裕卿乘舆至黄城，彼至家去，余至邱宅晤楚言，相叙片时，过午膳，柬邀心补先生至邱宅，托其寄京代查由职衔保实之盐大使、藩库大使两项，何项选缺较易。云及邱君少羽及黄邑多人均出各处肄业，并及洛卿丈公续聘黄城王姓，择于二月廿八日入赘。由城至家，曾将晚矣。接张丹亭都督十六、十八日所发二信。黄俊庭兄于正月入赘黄城，今日新媳妇到家。

---

① 当为“因”，文中二字偶有混用，以下不再一一标注。

廿二日壬寅 雨。致陈祝再姻丈一信，家君嘱以明日遣人送至长甸。邬丽生先生来叙至晚而别。

廿四日癸卯 早至未，阴；未牌见日，片时即阴；至晚均阴。郎翰臣老伯致家君一信，言前托伟臣先生将前任新兴州时之报效昭信股票银两代核奖与伯寅、仲辰两监生之信曾已收到。家君嘱书致蒋征九、王少南各一信，均交褚琴轩送至郡城矣。

廿五日甲辰 早至戌，阴；戌后，细雨。早膳后至楚卿兄处少坐，晤心河、槐士两兄，相叙片时。楚卿兄云，其令弟兆兰今岁请王云梯为师，今日上馆。槐士兄约同至枚五府上相谈，过午而来。接陈祝再姻丈覆信一缄。晚刻，接张丹亭都督一信。晚刻，至海门同昌分号，晤陈舜卿、许六溪、褚仲逸，相叙片时。续至永宁轮局，晤王芹甫、杨子云、王子良诸君，相叙半晌。出至路，晤戴云珊先生，随至何霭生先生府上，云其足疾已愈，曾至局，未晤而来。至岩屿街晤蒋子纯，云年内托带陈祝再之部照、监照各一纸，均已带定转交张丹翁矣。来时将晚矣。

廿六日乙巳 早至巳初刻，雨；巳末至午，阴；未刻，晴；申牌之后均阴。覆张丹亭都督一信，并附凭摺，饬阿香送永宁托昌相带至舟山。并致戴云珊一信。褚琴轩由郡城回至家少坐，带有蒋征九致家君一信。琴轩于今夜趁永宁至宁波，欲购货于行中售销，余托其代买乌缎鞋一双。楚卿兄于晚刻席邀其妹丈郑夔友兄，并邀余与槐士、健生、性言、云梯、允东诸君陪之，散后至槐士兄处少坐，来时已逾二鼓矣。夔友兄云，于月之廿九日，同黄邑诸孝廉至河南春闱。闻陶寿翁之夫人染恙颇沉，现邀郡城王渭川、金翘补、褚先生诊视，未识得以药到病除否也。

廿七日丙午 晴。致丁琴泉兄一信。前杨子祁兄借去之寿屏已交原人带还。致金叔文妹丈一信，饬先品带至莘山，家君嘱书致王子衡兄一信，并英洋七十元，前有次洋一元调换，均饬阿香送交。年内已送还百番，前假之洋清讫，家君凭券已取还矣。槐士兄于午刻席请郑夔友兄，邀余与楚卿、允东、梅五、云梯、心斋诸君陪之，席散，夔友即行回家，据云廿九日趁轮至甬，转赴汴梁会试。至家后，续至陶寿翁府上相叙片时，晤王渭川先生、梅五姻丈、柳亭、吕元先、骏声。即邀渭川先生至家与家慈、内人一诊，据云，内人已有喜脉，亦一幸事也。

廿八日丁未 申已前，雨；已后至晚，均阴。昨日晤楚卿兄，云向余分《申报》一分，余将海门局带来之《申报》自初三日起至十九日均检齐，并致一字，饬阿堂送至其府上。晚刻，适海门到埠之期，至片与子霖兄，将以后《申报》均送同昌分号楚卿兄处，今日带到之《申报》并一片亦送交楚卿兄矣。东首凤翼小屋尚未造就，于今日起工接造。晚刻，接金叔文妹丈一信，并托代买五品女补一副。晚刻，接子霖兄覆函。

廿九日戊申 雨。致金叔文妹丈一信，并《申报》一卷，均交桂玉带交。致子霖兄一信，附英佛七尊。代叔文寄买五品女补交阿堂送海门轮局，当接覆示。家君嘱书致蒋征九一信。致王少南一信，托买全鹿丸洋四元，向由同昌支付，信托梓棠先生带至郡城，并托代买毛边纸、朱砂等件。海门周在舆来过午膳，托其至瓯、至甬之便，向旧货店拾篆帖一二种，未得如愿否也。

三十日己酉 早至辰，雨；巳刻，阴；午后至晚均雨。接柯心补先生一信，因代询舜卿托捐之函，即致一片，饬阿儿送交，并内致周允东两缄，亦即饬阿儿送交矣。

三月初一日庚戌 早至巳初刻，雨；巳末至晚均晴；未刻，日蚀。家君嘱书代叶蓉秋至郎德泰买货致郎君显臣一信。晚刻，至海门分号，晤楚卿、梅五、舜卿、子封、槐士诸君，晤谈片刻，至怡香居少坐，晤瑶甫。续至海门商轮局，晤子霖兄、霭生先生、王君定九、窦君小初，相谈半晌而别，来时已将晚膳。接张丹亭都督一信，并前陈泽南寄捐部照监照各一纸、新捐州判衔实收一纸；又，陈森南由附生捐监实收一纸；又，捐州同衔实收一纸。

初二日辛亥 早至辰，晴；辰末至未刻，阴；申后，细雨。早刻，至海门，晤丁君飏绵，同至渔团局少坐，云及今夜同汪更生兄专为救护难民案趁轮至省。续至霭生先生处晤叙片时。至永宁局，晤子纯兄，询陈祝再姻丈之监照究在何处，据云，年内恐带至沪江交似兰兄，其言未实，云今晚至宁，托其与张丹翁接头，未识陈君之照得能下落否也。随至永宁轮云珊处少坐，云陈君之监照，已晤丹翁，尚未收到。回至同昌，晤楚卿、槐士、霭生诸君，相谈片时而别，至家将午矣。随作书致张丹亭都督一信，托查陈祝再姻丈之监照，并余托捐布库大使职衔，附监照两纸，托褚四妹送至海门交永宁昌相带至定海，并托其送丁君飏绵点心四盒。晚刻，至梯仙宗叔处，因前闻其有恙，据其二婶云，今日稍愈。晤丁君辅香，据云自申江于初一日回台，同至心斋处少坐。

初三日壬子 早至未刻，晴；未末至申，阴；酉牌以后，均晴。致陈祝再姻丈一信，并附陈泽南旧照两纸，新捐收一纸，陈森南新捐实收两纸，饬阿六送交。家君嘱书致王子升先生一信，饬官华送交。允东遣人送来其小姨八字一纸，即作函寄蒋征九先生与奚洁斋说合，未识得以三生石上已订前缘否也。椒江山长秦师梗友来云，已于昨日到馆，晤叙片时而别。晚刻，至椒江，适其尚未回院，不晤而返。

初四日癸丑 早至未，晴；申后，阴。早至椒江秦师梗友处，相叙片时而来。接王君子升覆家君一信。褚子棠先生自郡回，接蒋征九覆家君一信。泐柬向黄子霖兄取前托买之女补，已交原价带来矣。

初五日甲寅 晴。致金叔文妹丈一信并女补一副，计洋两元四角八分，前寄洋七元尚馀四元六角，均饬先品带交。少芳兄来言，欲至王子裳太守处为书禀，托余书家君名致王公一信，仍交少芳兄代寄安徽运漕。午膳后，至枚五府上少坐，晤舜卿，云及海门镇总兵余瑞庭军门宏亮于正月三十日仙逝，今日大殓。按：余军门系丁酉之岁到任，己亥九月升署浙江提督，壬寅八月卸篆回任海门镇署本任，官声和平而已。其少君余名猷昆，由恩荫通判，仍指分浙江候补委办海门厘金局事务，现想报丁忧，其一缺一差，未识继其后者何人也。分府署郭外峰司马挪做花会之听筒者颇严，将本街之听筒杨四福家房屋拆卸，其人潜脱。但彼未做花会，仅只听筒，今即拆屋，未免过严也。晚刻，将王云梯之弟采东，亦为听筒之事，派差挪署，闻责掌身五百，发押班管。署中有房司，温州人，当官坐堂时对官言："我亦输他数十元。"亦责五百板。此次严挪听筒者亦应署中人投纳花会过输也。

初六日乙卯　晴。接子修兄一信，即作函覆，交其来人带还。接周福先来字假女衤一副，即检交其来人带去。

初七日丙辰　早至辰，细雨；巳后至晚，均阴。褚琴轩自宁波来，前托各物均已买到。并接张丹亭兄一信，并陈深南监生及都司衔实收两纸，并云定海官绅联名禀请余瑞庭军门建立专祠，邀余与陶寿翁、煦东宗伯接头。余即与寿翁言允，煦东宗伯未曾在家，与楚卿兄言允，禀知家君，均允，联名另开条寄舟山。晚刻，星斋邀秦师梗友、梅五、允东、楚卿、兴臣与余晚膳。续至梯仙宗叔处少坐，其恙已愈，尚未复原。晤邱玉堂、清相，相谈半刻，来时已逾二鼓。海门厘金局余别驾丁忧，近奉府委萧伯康大令兼护。楚卿兄言海门镇余瑞庭军门薨逝，奉提宪委台防统领王都督立堂兼护，未知实缺实差何人，尚未见明文也。王采堂因听筒事，经分府署获，楚卿兄从中调停，认罚号衣十二件、门子、厨子一切费用数十元，今日已释。

初八日丁巳　雨。覆张丹亭兄一信，交(阿)香送永宁交阿昌带至舟山。家祖慈、家君、家慈、女儿均趁永宁至普陀进香，此次进香者家子人颇多。

初九日戊午　早至辰，细雨；巳至申初，阴；申末刻，细雨；酉后，均阴。意欲至龙潭岙一游，早刻诸多雨意，未便步履，只作中止。晚刻，王兴臣兄来叙片时。

初十日己未　辰前，细雨；巳至未，阴；申牌，细雨；酉刻后均阴。日昨家君因服阕咨文尚未领出，嘱书致函蒋征九先生，托其代催，并托其代致藩吏房俞凤生一信，并送润笔洋五十元，抚吏房亦托俞君代送洋十元,共计洋六十番,均托梓棠先生于早刻送至郡城。并托梓棠先生向同昌支洋买参一两,萧伯康大令护办海门厘金局,饬阿堂携帖道喜。

十一日庚申 早至辰,雨;巳至申,阴;酉牌,细雨,片时即阴;戌后,细雨。晚膳后至庆丰少坐。皖香来云,宁波售之十三边毛边纸颇光润,写篆字最相宜,有便至宁甬者须托其代购也。

十二日辛酉 早至辰,雨;巳后至晚,均阴。席请何霭生先生,并邀秦师梗友、黄君子霖、王君兴臣、邬丽生先生、心斋诸君于午膳。晚刻,何巨明先生偕其令郎同来。

十三日壬戌 早至辰,雨,不甚大;巳至未,阴;未末牌,微雨即阴;酉后,细雨。继周送来张丹亭都督一信,并代捐实收及前寄捐部照计三纸,即作覆函,交继周带转舟山。

十四日癸亥 早至未,晴;申后至晚,均阴。午膳后,余(与)巨明先生至允东母舅处少坐,云及彼至普陀寓紫竹林。梅五、楚卿均昨日趁永宁轮回台,并云家君与家祖慈、家慈、岳母偕女儿同寓百子堂,彼来时尚未动身,想小作勾留,至下班轮期即可转关矣。续至秦师梗友处少坐,便道至庆丰,即至梯仙宗叔,晤叙半晌。云及葛逸仙兵部之夫人屈云珊茝让幼著才名,诗赋颇佳,远迩驰有才女之名,今岁黄城创设女学堂,请其为教习,乃女中人极,真不愧才女之名也。其妹屈逸珊蕙让才华亦著,此是横湖灵气所产,非易然也。逸珊字黄城王子裳太守咏霓,伉俪甚笃。两才女合著有《同根草诗词》,佳妙难可胜言。均太平岁贡生屈子城先生之千金,长即云珊,字逸仙兵部;次逸珊,字子裳太守。同胞之才女配同科之进士,才名兼冠浙东,如此佳婿,不易选择。续至禹门叔祖处少坐,来时曾将晚膳。

十五日甲子 晴。午膳后至达云母舅少坐,即至梅五处晤叙半晌而回。梓棠先生自郡回,家君托办服阕公事尚未发出。临海县张公致煦东与家君、寿侬、梅五、晋阶共一信,为催取府学文庙捐费。

十六日乙丑 晴。致周载熙兄一信,交邮政局寄至黔中。余约十下钟时仝丽生先生、巨明、梓棠、吉夫、夏旭东诸君趁小舟至海门怡香居，晤陈骏声，方泰来之当手者，晤叙片时。适海门商轮到埠，即至轮。适家君、家祖慈、家慈、岳母、女儿均自普陀回台，即饬阿堂、阿香雇船至家，惟家慈及女儿雇轿至家。暂假海门轮局少坐，晤子霖先生，相叙片刻。至渔团局，适何霭翁未曾在局，随至其府上晤谈半晌，所托谋保一节已承允诺。出晤黄楚卿兄，随至其同昌分号中少坐。何霭翁来叙一刻，因即趁小轮至郡而别。转至怡香居，约同各人回家，来时天常[1]未晚。祝再姻丈亦由普陀来。王师梦云自家来。楚卿兄言，海门镇缺现由申衡游击邱世藩爵都督暂行护理，闻代署理者现由浙江提督军门禀委王立堂总戎署理，俟接闽浙督宪札文后再行赴任接署。

十七日丙寅 早至辰，细雨；巳牌，阴；午至未，晴；申后，均阴。致张丹亭都督一信，遣阿堂送交邮政局寄至舟山。王师梦云至家去。孙旭东先生自太平来。

十八日丁卯 辰前，雨；巳至未初刻，阴；未末至晚，均雨，不甚大。陈祝再姻丈与孙旭东先生均回家去。家君嘱书致蒋征九先生一信，托催咨文。余前托少南转托画之扇面尚未画来，作函向取，信均饬福缘送至郡城。

十九日戊辰 晴。何巨明与童子章至西山一带看地。午膳后至海门，余因小便不通，至詹禹卿先生（处），邀其诊治，据云系湿热下陷，宜开湿而润下，可即愈矣。托开一方而饮，愈否尚未见效。永宁到埠，本邀章季甫兄，至船寻觅而无得见。续至怡香居晤江子寿，相叙半晌而别。至同昌分号小坐，晤陈舜卿，相谈半刻而来。

二十日己巳 晴。致张丹亭兄一信，托用九先生带至舟山。未刻清明。午膳后，至先曾祖慈、庶曾祖慈及先慈两处祭扫。童子章至西山已来。

---

[1] 当为“尚”。

廿一日庚午 晴。何巨明先生至西山看地来。

廿二日辛未 辰前，雨；巳牌，阴；午至晚，均雨。寄福缘一谕，嘱买《堂麟通书》一本、老酒一刁，向同昌支洋一元付价洋。

廿三日壬申 辰前，雨；巳至午，阴；未至酉，雨，颇大；戌后，雨晴。连日大雨，烟苗颇有碍，但愿五谷丰登，即烟全无收成亦上苍厚待我小民也。楚卿兄处遣人至省垣与卢君槐士有事，余作一信托其代向邵芝岩买纯羊毫四支，何巨翁托买一[①]寸格盘一个，函交楚卿兄所遣之价带交。

家君嘱云，辛丑之夏，仲辰宗叔之祀母四叔婆即陶寿翁之二姑娘，值将病笃时，将所馀积之洋抽五百元，内三百元存在陶裕大典中，内二百元存海门复昌小押中，该票交与家君，他日代其造坊造墓用处。续恐复昌不甚妥当，向其取转所存二百元均归清讫。内一百元，因仲辰宗叔来说急于要需取去百番，将四叔婆存在王浚藻相百元之券一时不能清付该券作底，又百元转存庆源典中。裕大及浚藻相两处之票息均已按期取来，并存庆源之息，一并均算至癸卯年嘉平月为止，家君均交与仲辰宗叔，并与仲辰宗叔当面算讫。家君顷因赴都之行，恐彼要用，故将该票均交陶寿翁。寿翁云，裕大之三百元凭券仍交家君代其收藏，庆源之一百元凭券并浚藻相一百元凭券均交陶寿翁收藏，竖坊做坟一切事件均代托陶寿翁。倘仲辰宗叔要用该处之洋，亦由陶寿翁取付庆源之洋，前至癸卯年十二月止，该息均付仲辰清讫，自算后至二月二十日止之息均书票内，该票即存在陶寿翁处之券也。

追荐先庶曾祖慈郑太宜人梁皇一期于今日净坛，明日廿四日起佛，廿八日为满。

廿四日癸酉 晴。洛卿丈公致家君一信，并托代核其宝慈表叔

---

① 原为一竖，系是民国前之计数码，俗称柴码，作者日记中多处用此码标记，此直接转呈中文数字。

完姻吉期一纸。家君随托何巨翁代核，覆选本年九月十一日完姻，另抄一纸，并作一信交其原人带还，未识其用否。家君嘱书致赵瀛洲姻丈一信，代土屿人玉相代荐入营，未知能否。外婆与女儿早刻至前宅去。金君德生之令祖山头王人王子宾兄来留宿。仲辰宗叔之丈母家因其婶有喜，俗名催生酒送来两席，邀余与何巨翁仝至其家，晤禹门叔祖、咏心、少愚、伯寅、宗山、均五、作羹、道周、少鑫诸君，晤叙片刻，席散而来。

廿五日甲戌 早至未刻，晴；申后均阴。家君嘱书致金叔文妹丈一信，饬仙品送至莘山。余于午膳后仝王子宾至梅五府上，均至海门永宁商轮，晤老亨先，代庆源托买人朱洋一元。接张丹亭兄一信，并附陈祝再姻丈州同职衔实收一纸。续至怡香居，晤陶少玉兄自普陀来，许六溪先生自黄岩来，相叙片时。六溪兄云，王弢甫老伯彦威补授太常寺少卿。阅二月十八日《申报》纪十七日内阁抄奉上谕："太常寺少卿着王彦威补授。钦此。"台州一区，国朝自开国以来未见实缺之京堂，此台属之伟人也。喻志韶太史之太夫人于正月十一日仙逝，已于二月之初由京回藉，择于三月初一二三，三天开灵设奠。续至同昌分号，晤楚卿兄、遇琴、子宜诸君，相谈半晌而来，至家已将晚膳矣。

廿六日乙亥 辰前，雨；巳至申，阴；酉后，细雨。午膳后，王子宾兄至家去。孙旭东先生于早刻自家来。

廿七日丙子 雨。家君与孙旭东、何巨明为先曾祖母造墓，其地择在马屿头地方，选在廿八日巳刻开土，三月初六日辰刻分金，均于早刻趁船至马屿头，该处未识土色佳否。

廿八日丁丑 晴。庶曾祖慈郑太宜人梁皇之僧人于晚刻均散，五天功事均璧。晚刻，至禹门叔公处少坐，褚子棠先生自太平回。接秦雨亭先生致家君一信，由梗友先生处送来。

廿九日戊寅 早至午，雨；未至晚均阴。周梅五姻丈托余代致函托丹翁，代其宁郡元记、源康、震昌、公兴四家南货号中，代其说通一家，行期按期清付。即作一函交官桃先送与梅翁看过，即托恒丰之学徒代托邮政局带至舟山。家君与旭东、巨明诸君自马屿头来，该处之土色颇佳。用九先生自宁郡卖麻，于昨日趁海门商轮转台。

三十日己卯 早至酉，阴；戌牌末后，雨。接许东吕一信。梦云先生、王子宾兄均自家来。早刻，至椒江书院，晤秦师梗友，晤叙片时，云及郡庠修理文庙，派临海之费由临海县转派各家，谕培元局董事秦雨亭先生转函各家，与家君言捐，家君允其随众。但其信由梗友先生饬纪送来，顷与秦师接头，托其函告秦君。

第四章

甲辰(1904)三月初一日起

三月初一日庚辰 辰前,雨;巳至酉,阴;戌刻末后,雨。致许东吕一信,交邮政局寄至沪江。孙旭东、何巨明两先生均至海门去。接陈祝再姻丈一信,并家君托其代买各件均照单收到,即作函覆,交其来价代覆。其令叔涧人先生前捐来之虚监,恐致部驳,即将虚监实收,并作一信托张丹亭都督代其转换十成监生,信交官桃先明日送至永宁交昌相带至舟山。接何霭生先生来片,为东门岭至金沙洞一带造(路,求)为出力,至各处写数,亦成善举。余助路十丈,照来片云,路每丈计洋八角五分。

初二日辛巳 巳前,雨;巳末刻至申牌,阴;酉后,雨;戌、亥二刻,雨颇大。早膳后买舆至黄城邱宅,晤楚言、仲玉两君,相叙片刻。过午,仝仲玉姻丈至喻宅吊唁,晤柯君心补、王君晓凡、柯君云琴、夏君子英、池君子建、叶君辅廷、王君雪渔。续至内,晤志韶先生一叙,邀余代其助祭。仝辅廷先生至林蔚生老伯府上,相叙一刻,至兴臣府上,晤允东母舅、桥生诸君,相叙至夜。转至邱宅,时值三更矣。

初三日壬午 雨,颇大,早膳后,仝仲玉至王宅,偕尹东至喻宅,晤志韶先生、憩臣先生,邀过午膳,晤孙漱泉先生、花君辅卿、葉君辅廷、夏君子英、王君雪渔、江素峰先生、叶君少卿、王君少眉、汪君舜生。晚刻,回转邱宅。晚膳后,仝楚言姻丈至大通布庄,晤王君子舜、方君春谷,晤叙片刻,转至邱宅,已将二鼓矣。

初四日癸未 早至未，阴；申后至晚，均雨。早膳后，适王君子舜来，至邱宅，仝彼与仲玉至妹梨巷福庆堂，晤女教习屈云珊太太，并晤方君春谷，晤叙片刻。仝仲玉至喻宅，晤志韶先生、憩臣先生、许君初堂、许君六溪，并助祭诸君：林蔚生先生、张子远先生、孙漱泉先生、江素峰先生、江梦生先生、金萍生姻丈、汪君舜生、王君子寿、朱缦云老前辈、王君雪渔、叶君辅廷、花君辅卿、夏君子英、周君允东、李君庆生、王君少眉、柯君云琴、柯君心补、林君叙彝，祭事毕，过晚膳。适王兴臣兄又邀晚膳，随至王宅，晤允东母舅、张君子馀、培生、松亭诸君，席散至邱宅，已将三鼓。适接王子舜、王松亭两兄来柬，于初五日，余因事急欲旋里，随即遣价辞却。

初五日甲申 辰前，雨，颇大；辰末至未，阴；申刻，细雨；酉后均阴。早膳后，买舆旋里，便道至大义巷天主堂，晤王君松亭，少坐即来，至家时值午膳。家君与巨明、旭东两先生均至马屿头去，前择初六日为先曾祖慈造墓，今日先去将砖石等料载去，妥为安置也。王师梦云、王子宾兄均去。官桃先送来周载熙兄自贵州发一信，云及正月廿一日到贵州省垣，路均平安。并许东吕兄一信，又，周载熙兄寄王子轩兄一信，即遣福缘送交矣。

初六日乙酉 晴。接郎显臣致家君一信。覆许东吕一信。接槐士兄来柬并惠□丝油一瓶，言昨由省垣旋里。即致槐士兄处，晤叙片时而别。前函托买格盘、笔等，计洋两元四角，即照数交官兴送去，并致一柬。至马屿头祭祖，即先曾祖之墓、先曾祖慈之墓，均已做好。余与家君、孙旭东先生将新置界石均分栽定，该处，余视之亦平安之地，幸与曾祖之坟连近为妙。先曾祖之墓地，以余视局面极佳，山龙健旺，确是龙真穴的。尚未得运，若他年得气之年，定当兴发，妙不可言。可见前人眼式足过常人，倘后嗣再寻此式之佳穴，真不易也。并晤子常先生、巨明先生、王师梦云、德生兆扬诸君，晤叙片时而来。家君以及各人均言明日可以来家。至邱仲玉姻丈一信，托购朝珠饬阿儿送去，适其至莘山去，不晤。

初七日丙戌 早至辰刻初，晴；辰刻末，细雨，片时即阴，晴；巳后至晚均阴。早膳后，至达云母舅、梅五姻丈两处少坐。午膳后，家君与孙旭东、何巨明两君至马屿头造墓回家。接张丹亭都督一信，并前托祝再姻丈寄捐八百元。除照祝再姻丈寄捐陈森南、陈泽南、陈际南及祝再姻丈自捐职衔，共计银二百九十两零八钱六分，一五五五元[1]，伸计洋四百五十二元二角八分七厘。加祝再姻丈照费洋四元，余托捐念六两，计洋四十元另四角三分，交昌相送到，计洋三百零另三元四角，合八百元之数相符。槐士兄来叙片时，接少南先生寄家君一信云，办服阕公事须要六十八元，除曾付过洋五十元，尚少十八元，嘱同昌转付清讫。分驻家子文昌阁防营哨官王金明玉堂来叙片时，云于明日至郡。

初八日丁亥 辰刻，细雨；巳至未，晴；申刻，细雨，片刻即阴；酉后，均晴，夜见月色。致陈祝再姻丈一信，并昨日张丹翁寄来英洋三百另三元四角及余借捐英洋四十元另五角，另附所捐细账一纸、张丹翁原信，均交林吉先送至长甸。家君嘱书致蒋征久先生一信，交阿儿送至航船转寄郡城。致张丹翁一信，代祝再姻丈催取监照，交官桃先送至永宁商轮托老亨先转寄舟山。前托老亨先代买人朱洋一元，曾已取来，计八包。晚膳后，莘山价来云，金家老亲母于初七日仙逝，即办送丧礼物，于明日遣价送至莘山金宅。晚刻，至文昌阁还谒王金明兄，片时而来。闻仲辰宗叔于初七日其小婶生产，男女尚未确闻。旭东与巨明于早刻至涌泉，回时已将晚膳。家君因造先曾祖慈墓已成，其地旭东、巨明两君所看，设晚膳款之。适王子衡兄来，留晚膳，并邀丽生先生、达云母舅、梓棠、子章诸君。

阅二月廿七日《申报》纪有急救吞生鸦片灵方，语云："鸦片流内中国，愚民因此轻生者不知凡几，予自得此方，活人不下百数，拟欲诸公同好，除刊印分送外，散诸时列报章，以冀遍传宇内。方用：南硼砂

---

① 此处用柴码记。

七钱，潮脑二钱，海金沙一钱五分，轻粉三钱，共为细末，老桐油调摊油纸上，令吞烟者正坐，将药紧贴肛门，药从下部入，烟毒即从口中吐出。无论吞服烟土烟膏，皆可救活，履试履验，海内君子勿轻视焉。”[①]晚膳后，林吉先来，接陈祝冉姻丈覆信一函。

初九日戊子 晴。后墙西首开小台门。致王兴臣兄一信，并送拙篆一堂，并附代交送叶培生兄拙篆一堂，均交丁寿松带交至黄城。孙旭东先生回家。何巨明先生代仲辰宗叔之祖母四叔婆于西山造墓，择今日破土毕，晚刻来。仲辰宗叔之小婶于初七日产一女儿。接陶吉云兄来柬云，其堂大人染恙，请垣头沈子轩来诊，于晚刻设席，并邀余。晚刻，至吉云兄处，晤沈君子轩、季君子衡、河清、柳亭诸君。云及吉云与河清拼开南货兼油烛生理，开设本街卖肉巷，店号曰丽生。席散至梯仙宗叔府上，晤健生先生，相叙半晌，至家已逾二鼓矣。

初十日己丑 巳刻前，细雨；巳末至未，阴；申后至晚均雨，不甚大。午膳后至枚五处少坐，云及台防统领王立堂总戎奉闽浙督宪札，委署黄岩镇总兵缺，于初九日接篆矣。家君与房族各人至兴家屿、东岙各处上坟，转时已将晚膳。

十一日庚寅 早至辰，雨；巳至晚均阴。玉先于晚刻下洋峙买砖瓦。致孙旭东先生一信，并送拙篆一堂，托玉先生带交。

十二日辛卯 早至巳，晴；午至未，阴；未末牌，细雨，片时即阴；申刻，阴；酉时，细雨；酉末至晚以后，均阴。早膳后，乘舆至海门永宁陶寿翁处，适其方起，允东、梅五两君续来。晤芹圃、笃初、程云溪，适何巨明又到，与诸君晤叙片刻。余同寿农、梅五、允东诸君拜署海门总镇统领台防王立堂总戎任祜，晤叙一刻即回。至永宁轮局，过午膳，至渔团局，路晤萧伯康公祖、丁飏绵兄，至局晤何霭生先生，晤谈半晌。即至永宁局与芹圃先生、笃初兄一坐即来。至家，适苏君焕堂、韩君静波、梯仙宗叔，叙谈至晚而去。丁晓云父子于月十七日入

---

① 页边注：“录即急救吞鸦片烟灵方。”

厝，书送挽联一副，语云："此处是佳城，水绕山环，千载长留名胜迹；高人归吉壤，子兴孙振，万家同拜发祥坟。"梅五姻丈嘱书送丁君挽联一副，语云："凤穴自天成，日吉时良，两世一堂归大域；牛眠占地利，山明水秀，百年千载著贤声。"

十三日壬辰 晴。午膳后，至陶寿翁处，晤叙片时，致张丹翁一信，代陈祝再姻丈寻觅监照，并向取涧人先生之转换实监实收，交邮政局转寄舟山。陶河清并其弟吉云将开本街南货兼油烛生理，店号曰丽生，家君嘱书对联一副语云："丽日光天，交道接礼；生财致富，取义行仁。"秦师梗友来叙片时而别。致陈祝再姻丈一信，并附庆源典券一纸、永宁轮期单一纸、拙篆一堂，草草涂鸦，真不免方家齿冷也。明日专人送至长甸。

十四日癸巳 辰初刻以前，雾；辰末牌，雨；巳初即阴；巳末至晚，均晴。是夜月色颇明。家君嘱书致王少潭兄一信。早膳后，欲趁灵江至郡，检点行囊，至船埠之处，该小轮未来，潮已将落。随至聚元潘云轩处留过午膳，晤牟子仁兄相叙一刻。午后买舟，因小轮尚在海门，即至海门，将行囊放在该小轮舱内，随至阮日生药铺(与)朱桐冈先生晤叙两下钟之久，承送至船舱内。晤宁波人售水电之客徐仁甫兄，谈颇相得。开船已四下钟，至郡钟已九下。饬仆搬运行囊，余先至同昌总号楚卿兄处，晤娄晋阶先生、彭逊甫先生、王少南、卢槐士、张次行诸君及少圃姻丈、解昆珊兄，适娄徐三兄亦趁该轮到号，叙谈半晌，睡时已将三鼓矣。阅楚卿兄曾绘就工艺局基址造法样式图两纸，所造之处即旧时台州府署之馀基，亦颇宽敞。

十五日甲午 晴。早膳后，同楚卿兄至方荣申公祖处，因日前致函与家君并送工艺局捐册两本，家君因近欲晋京，未便代捐，嘱余送还一本，尚存一本，另书家中之捐数，另日并捐之洋送缴，方公允焉。方公嘱代致函与马头山叶宅代捐工艺局数银，转号后即作一信，家君出名，与马头山叶宅，交楚卿兄转寄。午刻，晤江子菁大令、叶凤衢二尹，相叙片时。膳后至梓能表叔公处，晤叙一刻，同至馥堂先生府上，云征九先生于月初至雷头邱桐府家，不晤。至秦雨亭老伯府上，谈叙一刻，言及郡庠文庙修理捐费，日昨家君嘱以念元，雨亭先生言稍加若干，而别，至少圃表叔公府上谈一刻。至葛逸仙先生府上，适有已经圈点《纲鉴》，即将《明史》阅看，两下钟时而来。晤少南、月樵、逊甫诸先生，叙谈至晚膳后，即至梓能表叔公处，同至馥堂先生府上。因庆源典帖文书帖费并省中开销，一切均已上年托燿南先生，并托征九先生致杨振甫一信，均于上年四月十五日燿南在省交付清讫。省帖延宕至今未曾领出，托其想法急于领取，未能[①]得从鄙愿否也。又，据馥堂先生云家君服阕之公事，已接省友俞凤笙来信到籍，公事尚未到省，即邀县吏房李旭斋询问，据云曾已办出。即叫其致函与俞凤笙，未识此事究经早已到省否也。函交邮政带省。

十六日乙未 早至申刻，晴；酉初刻，阴；酉末雷雨；戌时，雨晴；亥牌又雨。早刻，楚卿兄邀余至八仙宫之山上名曰上仙洞处，颇清雅，才于客岁重修，设席清谈，亦颇自得。同席者：江子菁大令、李白荪二尹、汪心田少尉、易凤渠二尹暨蒋印潭、何镜泉两先生、解昆珊、娄徐三及余与楚卿十人，谈亦相得。李白荪父台带有气枪照放准子，亦消遣之一助耳。席散而回。道过子能表叔公府上少坐。至柳桥兄处晤陈仁山，晤叙半晌，同柳翁至号。适子能表叔公来，叙谈过晚膳而去。晚膳后晤高志伯二尹，相叙片刻即去。至洪六卿兄房内少坐，适少圃表叔公来，叙至三更而去。致家君一禀，饬仆从送至船转寄家中。

十七日丙申 晴。逸仙先生之世兄兰荪兄于廿一日续弦，饬仆送贺仪一函，计洋两元。日前，家君嘱买毛板胶带京送人用，早膳后同洪六卿兄至方一仁堂晤毛鸿斋，向购龟板胶，每盒一斤计两盒，每盒八两计四盒，每盒六两计十盒，每盒四两计四盒，计大小二十盒，共计英洋十九元。转号，仆云方荣申大令还谒，适不晤为歉。午膳后至

---

① “未能”疑当为“未识”。

万茂漆铺，晤李白荪二尹，晤叙一刻。随至秦雨亭先生府上，家父嘱送郡庠文庙修理捐费，先送英洋念元，余亲交雨亭先生，彼欲再加若干，答另日至家再行奉寄若干。余在家时家君嘱询何叔棠先生，有家信寄与见石老伯，进京时代其携带。便道至何宅，晤叔棠、喧夫两先生，并及令甥陈亦兰兄，叙谈片时，言家君入都时预日通知，有信托带。言俄日肇衅之事，即都中亦闻之不确，言之不实。见石先生已将管发印给，曾管印戳，近日以来值在停捐，赴部注册者颇少，印给亦甚寥寥。别后，因江子菁父台邀余两点钟时清酌，随至其公馆，晤新任仙居县高寅生大令，系福建闽县人，由进士出身之同知指分浙江候补，借署仙居邑宰。及晋阶先生、槐士、楚卿两兄，席散回号，已将晚膳。江父台云，何见石比部致其函云，浙江前请停分发，至本年八月限期已满，彼入都之期约在秋间。席散回号，已将晚膳之侯。前托潘谓夫先生画光同色竹大横批各一张，均已送来，随托少南兄送渭夫先生润笔英佛两尊。仆言何肃堂先生来还谒，值尚未回，不晤为歉。随接肃堂先生来柬邀，余即作函辞谢，并付还原柬。晚膳后，张柳桥兄并惠篆一本。梓能表叔公及翼亭同来叙至二鼓而去。翼亭携傅啸生先生色兰十二幅，其物恐未罗山[①]真面目。并携有张雨村册页三本，尚佳，嘱其多带古画、另星玉器送至家子与家君阅看。至楚卿兄房内晤方荣申公祖、王冰如大令，畅谈一刻而去。

十八日丁酉 晴。早膳后至逸仙先生府上，适兰荪兄续弦，于早刻发嫁资，其妆奁颇称丰厚。晤印潭先生、晋阶姻丈及诸君，晤谈半晌而来。蒋馥堂先生饬纪送来俞凤笙先生寄征九一信，并日前所发家君服阕公事一包，据其丁忧到籍及服阕分案咨详方是合例，县吏房李旭斋将所详公事丁忧到籍及服阕文件一并通详。丁忧甘结亦须书明履历、三代，旭斋又未书明。今俞凤生恐致批驳，即将公件一并寄回，余即挽旭斋即刻转办，均照俞凤生来信书好。另嘱其再行用印，

① 当为“庐山”。

以免批驳。但家君自光绪庚子九月十五日丁承重艰，十月十一日在滇省接到浙江电音，十五日禀报丁忧守候咨文，是年十二月初三日就滇动身，辛丑年正月初四日到籍。三月间托李旭斋禀报丁艰并咨文，嘱其随禀投递。时托逸仙先生付其润笔洋八元，不想李旭斋将洋取去，咨文搁在家中竟然不报。值至本年正月，家君意欲入都，托其禀报服阕，李旭斋又糊涂。续催甚急，付润笔洋十六元始将报禀，公事又多糊涂敷衍。此吏房李旭斋最为可恶，顷虽嘱其即速重抄更正，未识至省又多舛错否也。午膳后至逸仙先生府上，将此各节与其言之。

至馥堂先生府上，托其至征九先生处寻检杨振甫收到庆源之领帖文书及各帖费开销之信。转号，与逊甫、少南两先生阅之，均言尚可用。随至张凤山先生处，适其未曾在家，不晤。其壁中悬有王礼泉书篆字横批，颇纯熟。回号，适秦雨亭先生来号，晤叙一刻，凤山先生续来，谈至晚而去。致家君一禀，致官桃先一信，均交升玉老司带交。晚膳后，购纸四轴，转至凤山先生处托其世兄辅仁代托礼泉先生书篆。随至李旭斋家催取公件，据允明日定可办齐，未识又要迟延否也。楚卿兄来云，方荣申公祖托余与蒋印潭先生同至马头山写工艺局捐费，余因难却，允其二十日旋里便道一行，未识能否允诺，不得而知也，晤周亦士副车钟俊、谢辅卿(天台人)、王少南兄、蒋印潭、彭逊甫先生、葛炳南、楚卿、槐士，畅谈至十二下钟许。

十九日戊戌 雨。接家君一信，家君服阕公事并丁忧到籍公事及送缴咨文、申文，均由李旭斋书好，饬仆同李旭斋之子送至县署用印。年前家君在滇省带来咨文一角尚未呈缴，容日附缴，现由旭斋处取，容日并附送省，并与旭斋言明，准于廿三四日向县中取出，廿五日遣人向取，想其不致中搁也。楚卿兄设晚膳，邀江子菁、高志伯两父台、王君冰如、张树生、娄徐三及晋阶先生、解玉泉先生，云及同昌督办委员系高志伯，督销委员系台州府经历杨公及江子菁大令。托王冰如先生法书扇面一把，云廿五六日致函遣价向取。张凤山先生来云，托其转请王礼泉篆之直条亦在月杪可以写来。

二十日己亥 早至辰，雨；巳至申，阴；酉刻，细雨；戌刻后，雨晴。致家君一禀，饬仆送航船转寄家中。夏旭东先生来，接家中来字云所少其印契英洋三元四角，照数交其带去。本拟今日下港，因蒋印潭先生来约缓明日同至马头山。晚刻，王师梦云来叙片时而别。卢槐士兄因喜期之人情酒，于今夜设席请客，并邀余陪之，晤冰如、玉泉、葛炳南诸君，相叙半晌而去。前将王兴臣兄之妹即尹东、槐士之妻妹八字托征九代送余洁斋兄说合，顷余君因工艺局至北岸一带劝捐，未曾在家，不得会晤，未知三生石上已订前缘否也。即作函托槐士兄留存，探其转郡送交。葛炳南云，新任海门厘局委员于月廿一日接办局务。

廿一日庚子 晴。辰刻立夏。印潭先生来云，兰荪兄于今日喜期，邀留迟一日下港。早膳后至印潭先生府上及渭夫先生、镜泉先生各处一坐而来。周君楚笙来云，桥相于十七日因至涌泉载板，适冯大梅托其代带杉木，不知此树与郑性尚有口角未清，以致牵连受曲。此事，桥相平素做事诸多糊涂之所致也。致家君一禀，交鸿封带呈。午膳后至方笃轩先生处少坐，续至逸仙太老伯府上，值兰荪先生续弦吉席，高朋满座，晤陈少亭守戎，畅叙一刻而来。适督轩先生、夏旭东兄在寓，叙谈半晌而去。应少圃姻丈邀余与槐士、昆珊同至其家晚膳，适渭夫先生至寓，相叙片时而别。

廿二日辛丑 阴。致家君一禀，饬仆送至航船寄家子。槐士兄邀留午膳，因急下港而辞。梦云先生至同昌，过午而别，将行装雇工挑至江下街王永兴过糖行王冰如兄处，晤其尊翁朗轩老伯。印潭老伯来云，屈指潮候，至马头山恐至夜，诸多不便，再缓一天。转号不便，即宿是处，晤陈少亭守戎，相叙半晌。日昨托冰翁法书扇面曾已书好，取来。葛宅遣人来邀晚膳，随至葛宅。晤逸仙先生及兰荪先生，相叙片刻，同席者：印潭老伯、史瑞卿二尹、冯克甫（即兰荪之妹丈）、杨雨梅（即韵仙先生之女婿也）、并褚姓与余，席散相叙半刻。转至永兴，时将三更，城门已闭。晤冰翁令弟星如兄，谈片时而别。晚刻，印潭老伯云，郡城培元局董事系秦雨亭先生、姚梧冈孝廉，孝廉堂董事徐逊甫副车章、黄煦东孝廉。

廿三日壬寅 晴。早刻，蒋映潭[①]先生来，同其趁船至马头山，时将午膳，晤其西席周岐山兄，谒二姑婆，谈叙家事，颇渴劝捐工艺捐，不能即允。映潭先生柬邀王柬轩先生来叙，再劝亦不得即允，晤叙至晚而去。但其系该处董事，俟先至长甸后再邀其接头，想其允诺也。

廿四日癸卯 晴。早刻，与映潭老伯买舟至长甸，映潭先生上岸至陈宅及各处写捐，余驾一叶小舟，片时即至珂乡，将家君嘱买各件均奉讫。接王子常太守寄家君一信。接张丹亭都督一信，系早日官桃先已向永宁取来矣。送余瑞亭[②]军门之轴字，致柬饬福缘送托叶石甫先生代书“鹤驾仙游”四字，即饬嘱裱画匠王姓代做矣。接詹观澜兄一信。永文大爷来，至夜潮趁船而去。致祝再姻丈一信，托永文相带交。玉先亦至下洋祠买砖瓦。

廿五日甲辰 辰前，雨；巳刻，阴；午牌至晚，均晴。分驻葭仙之哨官王金明守戎，邀余作篆，余亦不知自愧，竟然涂鸦，饬价送交该哨转寄王君，真不免方家齿冷也。早刻，周少芳兄来叙半晌，午膳至梅五处，同其至海门同昌分号，晤楚卿兄、子林兄。适秦心泉公祖之少君仲海方来，将至郡城，与其令尊算任内一切交代等事，即饬纪送詹禹卿先生粗点四包以作托其诊视之薄仪也。随至渔团局何霭生先生处晤叙一刻，前助金沙洞石板路十丈，该费八元五角照数亲交矣。适萧伯康公祖、子林、仲海均至房中，相叙一刻，并晤丁君飏绵。即转同昌分号，随至其前透元泰典中，晤舜卿、子封、祝卿，即同楚卿、梅五而回。

阅本班商轮带到月之二十日《申报》，纪秦心泉公祖、方荣申公

---

① 前作“蒋印潭”。

② 前作“余瑞庭”。

祖、沈俊人都戎均被议，前台州府知府、本任处州府知府赵寅臣太守调省察看，真宦海风波，险之异常。晚膳后至陶寿翁府上，其夫人有恙未愈，请郡城王渭川先生诊视，与其晤叙至逾二鼓而来。同昌分号，顷楚卿兄诸多布致，工雅异常。俗云繁华天上，神仙人间，相府虽非神仙相府，可谓繁华之极。但楚卿府上有典铺两间、大船六艘，承办临、仙、缙、永、武、宁、天七属盐商，又有咸货、过塘各行、药铺六成各店，积家资数十万，每年出息计七八万，又有良田二千馀亩，虽此繁华，不足为过。但各人无楚卿之家财出息，访[①]如此之繁华，贫穷即在目前，万勿效焉，万勿效焉，是为至要。今之世人，不知自己之家财出息，要学逾出息家财之奢侈，即贫穷之立见，宜深戒之，宜深戒之。大凡做事，宜先量己之所入，然后施之所出，可不谓过也。余先曾祖慈在日时嘱云："未富先富，到脚不富；未贫学贫，到老不贫。"愿子孙效而为之，不负先人之遗嘱也。

廿六日乙巳　早至申初刻，晴；申末至酉时，阴；戌初牌，雷风、雷雨颇大，一刻之后，雷雨晴；后细雨。家君为服阕事未讫，午膳后，趁灵江小轮至郡。致张辅仁兄一信，托代取前托王礼泉先生篆书，交福缘带郡。午膳后，至旭东宗叔处，晤叙一刻，适其为缴乾泰典帖事将至黄城，续至禹门叔祖处少坐而来。符三正先于晚刻来。周梅五姻丈来云，前托张丹翁代与宁郡南货号中作说之事，因其店夥无暇到宁，云代缓。言李镜人来云，郭外峰司马瓜期将届，现奉藩宪牌示，接署者金慈生司马遵祖，系安徽人，浙江候补通判，委署是缺，其德政未识何如耳。接许东吕自申江发一信。

廿七日丙午　阴。致孙旭东先生一信，托其代买开砖两载，饬吕保送至孔化岙。昨日当有雷风时，屈计家君船未至郡，心甚焦急，并嘱吕保买舟至郡询家君安否。日昨家君嘱云，翰臣老伯有事托丹亭兄。前接丹翁来云，廿五日到台，与翰臣先生言待其来接头。复闻丹

① 当作"仿"。

翁因事未来，想在明日趁海门轮定然来台。顷翰臣先生已至海门，接其来柬，即作覆函交其原价带呈。

廿八日丁未　早至辰，阴；巳初刻，晴，即阴；巳末至晚，均阴；酉刻，稍有微雨，即晴。致周载熙兄一信，交邮政局转寄贵州学署。余瑞亭军门于今日开吊。早膳后至海门同昌分号，同楚卿、梅五、允东、寿农诸君至镇署吊唁。回转同昌分号，晤旭东宗伯、江子菁大令、陈兰桥二尹、土药局委员李公祖，晤叙片时。适杨定甫给谏同子林兄至同昌，相叙一刻，云及丹亭都督曾趁海门商轮到埠矣。午膳后至永宁轮局谒丹翁，并晤郎翰臣老伯，事均言讫。翰臣先生因事趁灵江小轮至郡城。并与陶寿翁相叙间，适江子菁大令、煦东宗伯、楚卿兄来，叙半晌而别。适太平中衡守府杨守戎来叙一刻而出，至海门商轮局黄子林兄处，托其寄申代购洋销两枚，晤其令弟宝舟兄并曹升阶少允[①]晋泰，相谈半晌。转至同昌，晤何霭生先生，葛君炳南、缪君性言。余因张丹翁来台，江子菁父台又在海门，应当设席以周地主之谊。邀其至家，诸多未便，曾与陶寿翁妥商，借永宁局一请席，托陈舜卿先生代饬厨之做好，准在明日午刻。至家，已将晚膳。接金醉葩一信。在永宁局时晤杨子祁孝廉、琴泉诸君。

廿九日戊申　晴。致金叔文妹丈一信，交其来人带交。早膳后至海门同昌分号，晤楚卿兄、煦东宗伯，晤叙间，适曹升阶二尹来谈一刻。托陈舜卿日昨代定一席，嘱其挑至永宁轮局。随至局，寿农姻丈适尚睡。至丹亭都督处，晤杨定甫给谏来谈一刻。续至寿翁房内，适江子菁大令、楚卿兄来。昨邀霭生先生陪客，接其来柬云，至统领处有事而辞。即邀丹亭都督、子菁大令、定甫给谏、寿翁、楚卿、丹翁少君宝少爷午膳，席散尚谈半晌。至寿翁处晤陈少亭守戎，即至东岳宫叩神。

后至同昌分号，晤楚卿兄、程雪轩司马煜（系指分浙江候补同知，

---

① 疑当为“少尹”。

前署□州府同知，江苏松江府青浦县人，云年六十有一岁，现委台州土药局委员）张星伯大令懋荣（系辛卯科举人，入资内阁中书，改捐知县，指分浙江候补，前署上虞县知县，壬寅年补行庚子、辛丑恩正并科及癸卯恩科乡试均入内帘，现委海门厘局差使，系江苏苏州府人）、陈仲星大令（浙江候补知县，现委台州牛税捐局差使）。楚卿兄邀余晚膳，并晤允东母舅、霭生先生、丹亭兄、梅鹤亭游戎占魁（系安徽寿州人，现带台防分驻太平各处营官），相叙一刻。丹翁云，定海公事多端，未便久住，即于是夜趁海门商轮回定而别。楚卿兄设席邀程雪轩公祖、张星伯公祖、陈仲星公祖、江子菁父台、梅鹤亭游戎、霭生先生、允东母舅、余与东人，又是一番晤叙。星伯大令云及庚子衢州之事，颇极详细，席散而别。晤葛君炳南，叙谈片刻而来，至家已逾二鼓。适北岸周君楚生在家。接孙旭东先生覆函云，前托买之砖，约在四月初二三可以载来。并接秦雨亭广文寄家君一信、应子能先生寄家君一信、陶祝卿托家君带京代查一条。

四月初一日己酉　阴。致蒋敬甫兄一信，托梓棠先生代寄海门和生。午膳后永文大爷来接陈祝再姻丈一信，内附煦皆先生致家君一片，附洋一元分鸡血藤膏，彼随船上港。即奉覆一信，并附涧人先生职衔实收一纸，并送煦皆先生鸡血藤膏少许，原洋附璧均交永文兄带还。丹翁之世兄寅卿来台县试，但试期在初七日，今日尚早，过家小作勾留。莘山金苑秋姻兄来，托家君带京代捐职衔五人。

初二日庚戌　晴。金苑秋于早刻至家去。张寅卿亦至家过，即至黄城县试。家君自郡来，服阕公事曾办妥，已寄省垣，亦未识有舛错否也。周映江先生致家君一信。秦师楩友来叙片时，云即至郡。致函汪更生兄云事与其商酌，函交官涛先送至海门，来云，更生兄才于晚刻趁永宁商轮到埠，曾寓何少峰家，言明日与其面商。楩友先生来云，因航船适仙居县封去，未便同趁，只搁一天。与梯仙宗叔才黄城来，叙半晌而别。林蔚生观察至省去，便道至家。接张丹亭兄一信，附寄其世兄寅卿衣服一包，据官涛先云，适昌相至家之便带交矣。

致章子修兄一信，俟明日遣人送至前宅。

初三日辛亥 雨，不甚大。致张丹翁一信，饬阿堂送海门邮政局寄至定海。林蔚生老伯于晚刻至海门，趁永宁轮至省。家君嘱书致章道芝一信。接子修兄致家君一信。

初四日壬子 晴。接应少圃一信。午膳后至梯仙宗叔处，晤楚卿兄云，欲托家君代带京铜局由双月通判加捐同知，由同知保知府。但今之新章系实官可捐应升之班，通判与同知虽是应升之班，楚卿所捐之通判系是双月选月加捐应升之班，未知合例否。楚卿兄云，谱香母舅及眷属均来，据云阅贻谷人军帅札谕，已经奏请开复原官，原衔、原省补用。彼系开复人员，到部引见尚要数千金化用后，始得奉上谕发往原省序补，彼应所用之银一时不凑，故未到京。楚卿兄来与家君接头。余与梯仙宗叔同至海门同昌分号晤舜卿、煦东宗伯、性言、石甫诸君。至张宅晤汪更生兄，相叙片时而出。至怡香居少坐。至海门轮局晤子霖、仁甫两兄，谈半晌而来，至(家)已将晚膳。

按加捐新章，外官八品以上、京官九品以上递捐应升之班，所选者须到部投供后，候补者须指分省分到省禀到，准其加捐升班。未曾到部投供、未曾到省禀到，加捐升班，恐不合新章。余亦记忆不清，俟查后方知底蕴。据更生云，旧例世袭加捐人员可免捐、免保举字样，印给减半。新章世袭确系嫡派者系仍免捐免保举一层，印给减半。世袭非是嫡派兼袭之人，需要承袭一年之后免保举，仍然全免，印给减半；未及一年者，免保照常投纳，印给仍亦照常。余年前阅《申报》纪有御史彭述奏案内变通章程，世袭及兼袭者一概仍然交纳免保举银数，续后部议作何办法，余亦记忆不清。惟廕生出身者免保举，可以全免，印给减半，仍遵旧章也。

初五日癸丑 晴。家君嘱书致杨载唐一信，托梓棠先生带交。接孙旭东先生一信，托买之砖已买好，因近日船不便，嘱由家子买舟去载。即嘱玉先去觅，亦云值大脚在即，俟月半去载，船力能颇便宜也。

初六甲寅　晴。借王燿南兄出信致杨振甫一函，饬阿堂送海门邮政局寄杭城车驾桥，托金九疏兄饬纪转交，振甫家亦住车驾桥。午膳后闻梯仙宗叔至郡去，即作一函致张柳桥兄，并送烟斗一只，亲交其带郡转送，与其晤叙一刻。前向余讨打烟石，四处寻觅不得。昨日家君检点行装，觅得一块，亲带奉赠。并至书城母舅府上相叙半晌，其正月间染恙，至初愈，其脚尚带微肿尚未退，想亦无碍也。致柬与子霖兄向取前托买之洋锁两枚，阿堂曾已携来，照来码计价洋一元二角。玉先云，陶寿翁之夫人病颇沉，但其儿女颇多，年纪尚轻，只求速痊为幸。

初七日乙卯　晴。戌刻，小满节。早刻，周谱香母舅来叙半晌而别。家君嘱书致陈祝再姻丈一信，致何肃堂先生一信，借陶寿翁出信致杨振甫向取庆源典帖，并作一函托蒋馥堂先生转寄省垣，未知得悉速惠否也。各函均明日遣人送交。丁飏绵、詹冰湘两兄来叙一刻而去。飏绵兄亦欲与月之中浣入都，但其由州同保免补本班以知州用，未知能顺手否也。并兼袭云骑尉，免保银两未识能免否也。

初八日丙辰　早至午，晴；未刻，阴；申刻，雷雨颇大；酉牌，雨细；戌后，雨晴。午膳后至谱香母舅家相叙一刻而别。致黄子霖兄一信，并洋锁两枚价洋一元两角附信内，饬阿堂送至海门商轮局。转云子霖兄已至甬去，交其令弟手。接张丹亭都督一信。接达云母舅柬邀明日晚膳，随即致片辞谢。近村本是少水之乡，上春本是雨旸时若，顷数日间未曾下雨，人心颇觉焦急，即惠大雨淋淋，正是上苍佑我小民不浅也。

初九日丁巳　早至午，晴；未初刻，阴；未末牌，雷雨颇大；申时，雨，不甚大；酉后，雨晴，阴。家君嘱书致梓棠先生一信，饬阿香送至路桥恒茂泰。福缘自郡城来，接何肃堂寄家君一信，并托代带其令兄见石老伯箧篓捆就三件，并惠金腿两双、点心四盒。陶寿翁之继配李恭人于早刻仙游。按：李恭人，先其姊原配寿农，自丁亥之岁逝后，即将其妹继配陶君，即李恭人也，自戊子之冬归于陶君，连生四子四女，迄今将近二十年，亦颇贤淑，家亦和顺，年三十有四，遽然长逝，诚可惜也。晚刻，至陶宅晤寿翁，不胜哀痛迫切之至。秉彝宗伯来叙至晚，挽留晚膳而去。

初十日戊午 早至午，晴；未后，均阴。蒋馥堂先生自郡来，至晚到海门有事。孙旭东先生自晚刻来，接集三老伯毓松致家君一信。家君嘱书致片与笃初，询锦茂商轮至舟山停几点钟，覆云至舟山停两点钟。公咸来云，黄煦东宗伯与允东茂才全至上洋一带写工艺局捐数，每家约田十亩以内者捐洋一元，馀以此推之。如此写法，捐款可谓巨矣。

十一日己未 晴。接洛卿丈公一信，假平金女补，但家慈之新补云莘山借去，只觅旧补一副，并作一函交其原人带去。接金苑秋兄一柬，并送来托家君代捐英洋七十元，云今可捐实官否？如可捐实官，欲捐县丞。随即禀告家君矣。并作一信，交其来(人)带去。俞逸坰鹾尹来叙至晚而去。章子修姻兄以骑都尉世袭至京赴引，晚刻来与家君同行。

十二日庚申 早至巳，晴；午至未，阴；申牌以后均雨。周谱香母舅来托家君代带《今世文编》与王弢甫夫京卿。少圃表叔公致家君一信，即嘱书覆一函，交航船带至郡城。

十三日辛酉 雨，不甚大。家君早拟今日赴都候选，值锦茂商轮才于晚刻到埠，例搁一天，于晚刻至海门和生，相待一日，明日上船。家君系在云南新兴州任内，值戊戌大计荐举卓异，未及赴京，即丁承重艰，到家守制。上年本是服阕，因事未讫，至今赴京。例归应补之卓，即班次选缺，单月即选。愿得选近省，以便定省，是所至幸。至行李各件，明日送至该轮。阿香来云，陈祝再姻丈已至海门矣。

十四日壬戌 早至午，雨；未后，均阴。早刻，家君之行李各件均饬福缘送至海门。午膳，仝子修姻兄趁船至海门锦茂商轮一看，即登岸和生糖行，晤祝再姻丈，仝子修兄晤叙片时。家君所嘱家内未了各件，适周麟斋相叙一片而来，但愿一路福星，诸事平安，是为至幸。随至家，梅五姻丈之世兄文波配李呈林相之女，于今文定，邀余陪客。道过叶蓉秋先生处，叙一刻，仝至周宅，晤谱香、允东、楚卿、梯仙宗叔、辅香诸君，相叙席散，来将二鼓矣。谱香母舅云，京城草家七条胡同册字者颇精。

十五日癸未 阴。午膳后至允东、谱香、梅五、达云、梯仙诸君处晤叙片刻。续至煦东处，适其至栅浦，楚卿又至莘山，未晤。续至文昌阁少坐，来时已经晚膳。

十六日甲子 晴。早膳后同孙旭东先生至栅浦焕堂府上少坐，同至武庙看梨园一宵，是处正值寿诞之晨，四处香客及售另星者颇旺。来时已将午膳矣。接洛卿丈公一柬，交永文带来，并还前借去之平金女补，并托带交正中英佛一尊，当即交玉先转致矣。

十七日乙丑 晴。孙旭东先生于早刻同永文大爷去。晚刻，梯仙宗叔邀晚膳，晤江子菁大令之令弟尧来、梗友先生、梅五、石甫诸君，相叙席散而来。新任海防同知金慈生司马遵祖于晚刻趁海门商轮到台，即至家子，寓椒江小学堂为公馆，梗友先生本至椒江，同金公借寓，暂借梯仙宗叔府上宿一夕，于晚刻回转郡城。

十八日丙寅 晴。金慈生公祖、张星伯公祖均来拜客，均饬丁挡驾，即同陶寿翁、周梅五至椒江书院还谒金慈生司马，晤叙一刻。金公系浙江试用通判，进课吏馆考取，委署是缺，台同知本是瘠苦异常，闻有津贴一千，亦可敷衍。初晤金公，人颇精明，其将来办事未识若何。续谒郭外峰司马，晤叙半晌，据云新任金公择于廿三日接篆，彼即廿四日趁海门商轮至甬转至杭城，因中丞调考日期逼迫。按：郭外峰司马自上年三月接篆迄今，其居心廉介可取，过于慈爱，今之顽民知法而不知恩者云其太懦，除此之外，可谓好官。晚刻，即饬仆持柬至海门厘局张星伯大令处差拜到喜，后至梅五姻丈府上少坐，来时已将晚膳矣。

十九日丁卯 晴。接孙旭东一信，并托买之砖已载来一载。接叔文妹丈之令堂太亲母讣闻一柬，择于月廿六日开吊。接郎翰臣老伯一信，交官桃先带来。顷官桃先至桃渚为向翰臣老伯府上取息，该息因近急用巨款，缓于五月中旬向取，只得按期缓取可也。余瑞廷军门之侄少爷毅成来拜客，云月之廿二日归里，郭外峰司马柬向借马，送其侄少君至海门趁轮至瓯郡，闻其眷属亦于今日同去矣。

二十日戊辰 晴。致张丹翁一信。覆孙旭东柬一函，并附砖洋七十元，封交仙根三带交。晚刻，伯巽先嘱其完纳田粮六户，致协丰咸货行一信，交伯巽先带交。向取英佛十五尊，购买另星之需，并裱郑太宜人追容一轴。符士正自舟山来，接张丹翁一信，并附惠寄浆油各件。金老亲母范太宜人于月之廿六日开吊，送挽联语云："梓里仰芳徽，淑慎慈勤，凤诰五花承北阙；莘亲钦令范，温良恭俭，鸾舆七宝返西池。"拟于廿三日饬价送至莘山。符三先云，在舟山时，闻本科会试，台属人中式者两人，一宁海章一山梫，一黄岩劼丞朱文劭。据云，闻于电报之语，倘非子虚，亦台属则可争光也。按：朱君即敷五老伯之世兄，年仅二十有三。少年登第，颇非易事也。

廿一日己巳 晴；戌刻稍有细雨，片刻即晴。致伯巽先一信，内附岳武穆公小像一幅，嘱其交裱画铺装裱。致孙旭东一信，因昨日买来之砖大半生砖，托其向窑户理说，欲其补换若干，未知能否也。明日遣仆送交。叶蓉秋先生来云，近至莘山前徐宅当有玉碗一口，托其带至莘山转售。

廿二日庚午 雨。金慈生司马接分府署篆。接伯巽先来信云，协丰之洋不能应付。即作函饬阿堂送航船带郡交。伯巽先云，籌洋叫协丰汇付，馀只从缓。

廿三日辛未 晴。金慈生司马因接篆，郭外峰司马已交卸辞行，均来拜客，饬丁挡驾。梯仙宗叔邀余同梓能先生至黄山头看戏一刻，晤旭东宗伯、性言诸君，至光法家过晚膳，来时未及二鼓。

廿四日壬申 早至午，阴；午后至晚，□①。闻周家外婆有恙，早

① 此处疑脱相关天气的一字或数字，如"晴"、"雨"等。

刻至其家问候，达云母舅适未在家，未晤。即出至裕丰店，晤梅五姻丈。郭外峰司马已于昨日趁东阳丸轮至申矣。金慈生司马择于廿六日进署，约余到喜同去。余因明日至莘山去，留帖至其进署时嘱阿儿送去，挂号到喜。接尹东来柬，其令媛已字少明宗叔之少君宏德，亦于廿六日采纳，固辞之。吉甫宗叔向余借去广纱袍套一身。张凤山先生、王君子宾均于晚刻来留宿。昨饬价送礼至莘山已转，云叔文妹丈向余借《申报》。闻新任分府金慈生公祖方经到任，至本保庙，适有赌博数人，即挪，一人笞责数百，即行开释，亦为善政也。

廿五癸酉 早至巳，阴；巳末至晚均晴。致蒋敬甫兄一信，托凤山先生便带郡城袖交。早膳后动身，约十下钟至潞桥恒茂泰油行，晤梓棠、昆生、载唐，相叙一刻。至郑文府先生处，叙半晌，转行过午膳。回忆家内尚有小事，即致一信与童子章，函交子棠先生寄家。即动身，约六下钟至莘山金宅，晤云舟、次卿、叔文诸君，晚膳时晤其西席陈松亭先生并李玉斋、金笠轩诸君，相叙一刻而别。

廿六日甲戌 晴。致玉先一信，交轿夫带至家中。致梓棠先生一信，托其代买帽筒茶全，函托叔文兄代寄潞桥恒茂泰。日昨梯仙宗叔托买瓷屏，顷叔文妹丈代购矣。早膳后吊唁。午后至烈轩兄处，晤仲泉姻丈，相叙一刻而别。适邱仲玉在与晤府上，邀余至其府上晤仲玉、与晤、金吟谷、赵范卿、衡士、烈轩诸君，叙谈半晌而别。云烈轩兄之令妹配大溪，于今日文定。晤苑秋兄，云仲玉来说，就莘山设立义务学堂集股三千番之则，择能究心时务者四人或六人，至杭州、上海、日本诸处，习学语言文字以及医学、光、天、化、电诸学并有用时务之学，分门习授，以四年为满时。集股之款给与习学诸生经费，俟得有入门之路，毕业后另筹创设学堂，宣化后进诸生。其实培植人才，殷实之家理合为之，亦成善举也。本科会试中式黄岩朱劼丞文劭、宁海章一山梫，已邀中式，亦台属争光矣。太亲母范太宜人于今日成服之期，是夜做祭，横湖向例如斯。晚刻，晤范君少池，相叙一刻。

廿七日乙亥 早至午初，阴；午刻稍有细雨；未初刻即阴；未末至酉初牌，阴；酉末，雨；戌后雨晴。昨夜，太亲母范太宜人祭毕，东方将白。睡至午而起，晤陈君松亭、范君少池，晤叙片时。午膳后同叔文妹丈至其楼旗金氏祖坟一阅，该处坟面上书“旗山毓秀”四篆字，以下坟面石板苍苔罩模，不甚明白。至坟上细看，局度宽阔，近今之地不易得也。南首约三十馀丈有溪，溪外有旗峰书院，是处又有桥，确是古之大家之遗址。四围乱石墙垣，其中颇大。据叔文兄云，自宋朝名宦之宅，度其住址无疑矣。一路细阅，山水秀雅异常。金宅围墙之内北首有方岩一块，约三丈方圆，直对中堂头门之内，中堂四透左右凤翼计二十馀透，墙内二十馀家均称殷实之家。该处阳宅，台属论之，亦所罕有。金伯吹刺史韶系入资知州，并捐分缺间花样加运同升衔，奖捐花翎，归部候选，上年广西因候补者乏人，署粤都岑云帅奏请，拣发赴拣广西差遣。今接有家信云，蒙广西巡抚柯大中丞逢时请补横州知州，虽未接部覆，但今之督抚请补之员无不允准之理。其透里而论，今又有金仲泉观察葆廉，系入资主事，签掣户部，加捐花翎，升道员，指分江西试用。金竹友大令梦松，由附生入资知县、同知，升衔花翎，指分湖北试用。金与晤大令润棠，入资府经，保升知县，指分江苏试用。尚有金仲弢茂才兆璜、金云舟茂才尚增。以上悉均现在之人。以前尚有福建候补知府保升道员、曾任教谕、训导者数人、举人数人、副贡数人、岁贡、廪贡、廪生、附生数十人，透里可谓大族也。二十馀家资约计二三百万，惟伯吹刺史一家计有三十馀万，可谓台属之首富，可谓丁财秀俱全。如此望族，岂易言哉！烈轩来过晚膳，去时约计三鼓矣。

廿八日丙午　早至辰，阴；辰中刻，细雨，片时即阴；巳末牌，雨一刻；至午，阴；未后至晚均晴。早膳，辞别云舟、次卿、叔文、季盘诸君，即乘舆，约计下午三下钟至前宅岳母家。至仲铨兄处，晤叙一刻，其足疾稍愈。

廿九日丁丑　晴。早膳后自前宅岳母家动身，约十一下钟至马屿头金德生处，相谈一刻即至家，时约下午四下钟矣。接何霭生先生一信，云所托保案已代嵌下，先通融半数，拟明日遣人送交。

三十日戊寅 早至午，晴；未至申初刻，阴；申末，雨，不甚大；酉后至晚，均阴。覆何霭生先生一信，并附半数，交官桃先送交。即代转福音一缄。致褚琴轩兄一函，托其代买杭访一匹，信交维新代寄甬江。致梓棠先生一信，托用九先生代寄路桥恒茂泰，托其代向朱永丰买广皮一斤。顷官桃先向永宁局取来《申报》四月十八日起至廿三日止，计六张。接镇台王军门立堂柬邀初二日午膳，并请家君一柬，即将单上书明"赴京候选"，辞谢。午膳后，谢仲衡来借袍套一身。至尹东母舅处少坐，晤仲逸、仲衡，晤叙片时而别。至梅五府上，适其出外，未晤。至陶寿翁处，相谈半晌而别。并约初二日同至海门和生后，同进镇署。

五月初一日己卯 阴。致家君一禀，系第一号家言，交邮政局带京。午膳后，接卢槐士兄一函，并附黄咸顺、黄禹畴、黄裕畴银米各一对，黄坤顺渔米一纸，共计粮串七纸，均是禹门叔公府上之粮。即饬祖元送交，即作函覆槐士兄，交航船带至郡城同昌。周叔玉相来，前托买毛边及另星计洋一元又龙洋十角，照数面交。梓棠先生自路桥来，晚刻，至梯仙宗叔处少坐。晚膳后，至达云母舅府上，询外婆染恙已愈否，据说少愈。随至梅五处，晤允东、仲逸、舜卿、汀西、荫亭、梅卿、辅香，相叙半晌。适其屋后值五月朔向有梨园一唱，随看片时。晤陶寿翁少坐，来时已逾二鼓矣。

初二日庚辰 晴，天气颇暖，节候宜然也。早膳后至海门，海门商轮局晤黄子霖兄，并其令弟漱泉、宝舟两兄。随至渔团局何霭生先生处少坐，即至永宁轮局晤杨子云兄。接有朱似兰交金秀山带台寄还陈祝再姻丈部监两照，前其取讨，颇讨颇急，顷已带到，随即带来。路晤梯仙宗叔，同其回海门轮局少坐。便道亲谒张星伯大令，适其未在，局中挡驾。随镇署至林葵南守戎、洪封山千戎房内，晤陶寿农、周梅五、黄梯仙、周允东、阮蕒斋、王香谷、蔡湘岩、娄晋阶、金夏亭、蔡子葵、李子寿诸君，相谈一刻，同晋谒台防统领兼署海门镇总戎王军门，相叙片时，即午膳时晤李何举大令。席散即同梯仙宗叔至海门局少坐，随至怡香居。饬阿儿邀夔先向娄晋阶姻丈前借去洋枪两枝，据说俟其买来即当送还。并晤王子轩兄，据说自石浦才回，并娄君瑶甫，谈片刻。转子霖兄处，询前托其代买洋锁两枚计价洋一元两角，当在四月初八日作函并价饬阿堂送交，适其至宁，据阿堂言交其令弟手，即托代询令弟，均言并无接到洋、信。但阿堂曾已歇业，明日饬先品询问，倘果未交，阿堂实为可恶。顷又托子霖兄寄申代购铜水箭两枝，承其允诺，许约月之十二日可以买到。饬阿儿至永宁局取来《申报》四月廿四日起至廿八日止，子翁昆季颇为客气，同梯仙宗叔乘舆而来。适符三先已自家来云，明日至舟山去。

初三日辛巳 早至未初刻，阴；未末至酉牌，雨；戌时，雨晴；亥刻，雨。致陈祝再姻丈一信，因昨日接到其监照，询其有用处，即当寄京。致张丹亭都督一函，本交符三先带定，因雨阻止，两信均交恒丰担货之小三带至海门交邮政局分寄京都及定海中署。前家君购有吴廷康小对一副：“松柏有本性，冰雪净聪明”，隶书颇佳，余早有意欲访此字式做板联，顷托梓能先生代描好，并张逖先书篆一副，饬木匠将所藏杏树做就板联两对。

初四日壬子 早至午初，晴；午末至未，阴；申至戌，雨，不甚大；亥牌，雨晴。伯巽先自郡来，托完之粮惟尚有一户舛错，晚刻，饬其至郡向房更正。致夏旭东一信，询其本推收几亩。致王心泉一函，近心泉在郡，因品亨事未讫，年内江边堂五月十三日之戏系彼经手，今闻不能到台，询其即速设法。两函均交其带郡。符三先于晚刻去。善相来，托其代飞研朱砂、石渌两件。少芳兄来云，杨子韶兄近欲至都赴考学堂，但学堂得能考取，学习期满后闻奖赏颇称优异；并借去本班《申报》数纸。致程雪轩司马一函，饬阿儿送交衣官航船带至郡城天后宫土药局。

初五日癸未 雨。近处江岸一带，值待雨之时，即沛甘霖，使万姓呼欢之愿，又适端阳佳节，正喜雨而迭沛，上苍佑我小民，恩何其渥也。早刻，接家君自上海发两函，云廿五日自沪江动身赴京，此信系四月二十日所发。并接陈祝再姻丈一信，并附其家信一封寄陈涧吟太姻丈。又附朱似兰兄致葵秀山一函，向取监照，但其监照已于初二日由杨子云递到矣，嘱将监照速寄京城。朱似兰兄之信，拟另日寄还。褚子棠先生欲今日至南乡去，家君函内云近闻两广开办公务捐，因行期匆促，未得实在章程。即作一函与金苑秋兄通知彼处有人至上海托其询问实音，信托梓棠先生带交叔文妹丈转寄高洋庄。饬阿寿持帖至分府署即海门各处贺节到喜。阿先云，缸由南乡有，售价颇相宜，作函与谢仲衡彼处代买之缸不必买可也。信托其糕饼店转寄上洋。接陈杏葩先生为庆丰网客之事，即遣价同其来人与褚用九接头，即致柬贺午禧。

初六日甲申 早至酉初，阴；酉末，雨，不甚大；戌刻，雨晴。致陈祝再姻丈一信，并附其监照两纸，交善相带至海门交邮政局保险寄京，饬阿寿送祝再姻丈家信一封，并附一片，至长甸交涧吟收。带回涧吟太姻丈覆信一函。饬阿先至南边买缸，回云无售。仍托仲衡兄转托代购。致陈日省敬时堂择进坟日子一信，并附润笔洋两元；并代章道芝致敬时堂择完姻一吉日，附润笔龙洋六角。致崇鑫一信，托其代送敬时堂两信，并托其日子择好交轮寄家，两信均附致崇鑫信内，交琴轩兄代寄甬江。接王心泉自郡寄一信，附代寄李则轩、郑仲雅、蔡霖泉三函。仲雅、霖泉二信，作函托杨载唐代为分送，即饬老二送至钗洋、路桥两处。晚刻，至梯仙宗叔处少坐。

初七日乙酉 早至申初，阴；申末至酉，细雨，不甚大；戌后，雨晴。覆涧吟先生一信，交玉先转托船夫带至长甸。午膳后至达云母舅、梅翁、丽叟各处，晤叙片时。与周梅翁谈及金慈生公祖驭下颇严，其舞弊者亦可敛迹矣。但海防同知前任姚子祁、叶湘雯两司马，听信丁役之言甚矣。萧伯康司马性情刚直，丁役亦不敢作弊。郭外峰司马性过慈惠兼且多病，丁役颟顸于上，官虽两袖清风，其声名亦被丁役之所坏也。本任金公严于驭下，虽法令之初，下无颟[①]上之人，将来其政治不致于丁役之所阻也。梓棠先生于早刻至路桥去，托其向朱永丰代买广皮及洋铁帽筒各物。

初八日丙戌 早至巳，雨，不甚大；巳末至晚，均雨，颇大。小者自莘山来。致朱似兰兄一信，并前附寄祝翁信内。致金绣三之信，专为讨照，但该照已由杨紫云交到，均将原信附还。饬祖元至海门将《申报》取来，系四月廿九日起至五月初四日止；并取陶寿翁之《中外日报》《新闻报》两卷，即饬庆丰学徒和尚送交矣。接梓棠先生自路桥发一信，云十三日之寿戏恐不能到台。

初九日丁亥 连日雨颇大。卯刻夏至。早刻，西北风起。覆梓棠先生一信，交小者来之船夫带至路桥恒茂泰。王心泉自郡来云，代经之戏，急于追呼。但本地之五月十三日寿戏有无，亦无窒碍。但后来如遇地方庙中寿戏或平安戏所写之班不能到台，只与其戏头言明议罚若干，切不可押箱挪子，第依一时之性，两相聚众，致祸及身，将何了之。无如三思而行，决勿误事。况神明至大至诚，断勿以戏之有无见责也。将来如遇做首事，戏不能到台，切勿听众口之言，多小倒煤致干不法为幸。如非为首事，亦劝其从缓，议罚若干了事为要。即如本年五月十三日之寿戏，写有戏票，戏金已于年内付结，戏不能到台，彼是下礼之至。戏头已叫郑文甫先生与梓棠言，梓棠来信与余言，戏实不能到台。余即允其：如可到则到；万一本班不能到台，各班相代亦可；万一各班亦无，迟缓亦可；戏金总要其议减若干。听王心泉之言，恐致不法，何日了之，后来必须以此节为效焉，为要切切。

致章子修兄一信，内附致陈祝再一信，封交邮政局寄京。昨日书致朱似兰兄一信，亦饬阿先交邮政局寄至上海四马路华英大药房。前张丹亭兄托买烟浆已买就八十五两五钱，洋铁卸去，盖计重六两五钱，均折糟平称，每元以三两及三两一钱、三两二钱不等，共计英洋念

---

① “颟”应为“瞒”。

七元八角零，装成一罐，并作一信饬阿先送至永宁轮船交水手挑挑带至舟山。恐船中不便，又作一信托该轮账房云珊先生，以免托带之为难也。此信亦交挑挑转递戴君。庆源夥伯巽自郡来，托其转完田粮一户，据云舛错之粮俟其出厂后再行改正。并接蒋榕斋先生一信，内书蒋青选、映台二名，为向庆源取存架捐各费。但庆源之帖尚搁在省中，藩署何有该典之名？只作函饬阿儿送交值日航船寄至郡城县学前西首覆其，俟帖到之日应缴费用随众清奉，不致有误。但此信并书馥堂先生之名事，实馥堂先生曾知细底。请蒋榕翁商于馥堂先生，未知该帖得速惠否也。

初十日戊子　雨，连日甘霖迭降，田水已敷，但天时尚凉。速求上苍庇佑，和暖天时，即收雨意，速放晴光，虔感之至。接郑文甫先生一信云，三月十三日之戏，本班不能到台，先欲以子英班相底，因梓棠先生未允，另写别处。允其从缓来唱，并代其说好，言即作信，交其原价带还。如子英班可以设法，总以寿日有戏为是。万一不能，只从梓棠先生原议，迟至廿三日到台为是。晚刻，王心泉来云，子英前与黄星斋有银钱未楚，来则恐致多话，不如有各班相代，更为至妙，如各班难以寻觅，亦只缓至廿三日为是。

十一日己丑　早至辰，雨，颇大；巳至午，阴；未、申间，细雨；酉后均阴。

十二日庚寅　早至辰，雾；巳刻，阴；午初，细雨；午末至晚，阴、晴。致家君一禀，系第二号安信，并致丹亭兄一信，均交官桃先送至海门，交邮政局寄至北京、舟山各处。前交阿堂送交黄子林兄代买洋锁一元二角并一函，前询并无收到，并询阿堂，言多糊涂。但牵马者均不可靠，如阿堂之荒唐甚矣。但物代买来，只赔一元两角，交官桃先带送子霖矣。前托买之铜水箭两枝，曾已取来，价洋据云经手者尚未来，俟到即行通知另送。金云舟姻兄之令弟季盘聘陶寿翁之大小者，亲事将成，今日来至陶宅踏亲，过家晤叙，过午而去。

十三日辛卯　早至辰，雾；巳至酉，晴；戌初刻，雨，一刻即晴；后见月色。至江边堂同黄煦东宗伯、梯仙宗叔、宗山、云芝、秉彝宗伯、静斋宗叔致祭关圣大帝，礼毕，晤叙至晚。过晚膳，梯仙宗叔，邱仲玉姻丈在其家中，即与梯仙宗叔同至其府上，晤叙片时。仲玉云及王弢甫京卿府上于十一日接京中来电云，弢甫老伯仙逝。闻言之下，不胜诧异。彼亦风闻之语，若是捏造，是所万幸，倘非子虚，有关台属之风水荣辱也。并云喻志韶太史于月之初旬转至京城，彼是守制人员，但其闻讣之时，急于奔丧，其眷未及随徙，故即转京而携眷也。

十四日壬辰 早至辰，阴；巳至未，晴；申刻，雨，不甚大；酉后，阴、晴。午膳后，至梅五处，适其出去，未晤。至达云母舅处少坐。即至陶寿翁处，晤香谷先生，晤叙半晌。并晤陈锦斋，言前所失之木料各件，年内时，半塘托余致丹翁代其寻觅，已得原物，尚未齐数。顷锦斋欲至彼处取赎，托寿翁托余代其再致函托丹翁代其托人取赎，余允焉。饬仆至海门永宁轮局取来《申报》一卷，自五月初五起至十一日止。

晤陶寿翁时，云及王弢甫京卿之惊电确是，台州之福分何其薄若是也。按：王弢甫京卿彦威性情和厚，兄弟和睦。同治庚午科由廪膳生应浙江乡试中式举人，受知瑞安，黄漱兰少司马督学江南时随任看卷，后入资主事，签分工部候补虞衡司行走。乙酉岁考取军机处记右章京行走，历办档册出力，保至补缺。后以本部员外郎无论咨留遇缺即补，并加四品衔。辛卯，蒙总理军机大臣庆亲王奏补章京。丙申之岁补授本部都水司主事，转升屯田司员外郎，考取记名御史。丁酉岁，档册告成出力，保以御史传到，后作为历俸期满，并加随带二级。又奉旨派修会典，过半，保以御史传到，后以道府遇缺简放。并值皇上三旬万寿，赏加三品衔。壬寅值御史已将传到，总理军机大臣庆亲王熟识，奏请因军机需人，将御史注销，改作五品京堂。前辛丑随驾，保以免补五品京堂，以四品京堂候补，并赏加二品顶顶，充政务处，提请派管缶厂事务。甲辰二月十七日，内阁抄奉上谕："太常寺少卿着王彦威补授。"枢密宣劳，曾已多年，乡邻戚族沾光者不少。不意于五月初八日仙逝，行年六十有三。今朝六部九卿年均花甲古稀，值至宰辅尚书，大半耄耋之年。即如少年名登甲第，限于资格，非享高年，何以到此。以王公而论，年六十有三，可谓寿；官至九卿，可谓贵。能多享数年，可至侍郎、尚书，台属亦可争光。今一旦若是，台属之福何其薄也。今幸其外甥朱劼丞文劭本科贡士，想已晋都。同乡俞棣生主政树棠亦在都城，尚有同乡在京者亦复不少。惜其眷属于三月间南旋，亦命也。其世兄年甫四岁。其弟质甫刺史彦征，现署江南邳州缺。又，其弟稚季大令彦成，安徽候补府经，才之过班知县二府署。蠹役马庆、无赖亲兵缪仙梧，本任金公访察确实，即于昨日饬革，亦夸人心也。

十五日癸巳 早巳刻，晴、雨不时；午至未，雨，时晴；申初牌，细雨片时；至酉均阴；戌刻，细雨，片刻即晴，即见月色。致张丹亭兄一信，交陈汀西带交其父锦斋带至定海。午膳后，梅五邀余同至海门同昌分号楚卿兄[①]。王少南、卢槐士两君均于十二日由郡下港。并晤黄子林、褚仲逸、陈舜卿、陈夔友兄，相叙两下钟时而别。夔友云，即于月之十三日趁锦茂商轮由河南会试至申，相搁十馀日，由沪江至台。至陶祝卿处畅谈片时，据云其所捐之遇缺先典史，未见选缺，恐有窒碍。阅其部照，并无舛错，理宜选缺。惟监照系由虚监上兑，不知有碍否也。前托家君代查，尚未接覆信，其心颇急。路晤琴轩，云今夜至象山买麻去。

十六日甲午 阴、晴、雨不时，大半晴多阴少，雨亦微细。函询符三先至定在于何日，接其覆字云，待十八日赴定海时过家。因杨振甫之事至今信息杳然，作函向取。并致协丰行一信，向取息洋，转向周震发代购鏄及脚箩等件，均交玉先带郡。彼拟今夜动身，因潮候去时已涨，改于明日上港。晚刻，出至梯仙宗叔府上，路晤梯翁并邱仲玉，同其来家，叙过晚膳，去时已逾二鼓矣。

---

① 文意不完整，疑后缺一"处"字，或"楚卿"前缺一"晤"字。

十七日乙未 晴。致潘云轩兄一字，询前托买之板对树，未知已有买来否。覆云，另日买来再覆。午膳后，朱桐冈先生来叙半晌而别。至槐士兄府上，适其出外，未晤为歉。至梯仙宗叔处少坐。至楚卿处，晤煦东宗伯、尹东、性言诸君，晤叙一刻，至夔友房间，并至楚卿兄客间，晤解玉泉，相叙至晚，留过晚膳。梅五、槐士两君来谈，来时已逾二鼓矣。

十八日丙申 晴。接柯心补先生一信，向达云母舅取前捐之监生，除收外，尚少一元四角，即遣桂玉老司向取来英洋一元。并询尹东母舅前托之中书衔捐否，亦遣桂玉老司往询尹东母舅，来云嘱另由方君处捐矣。即作函福心翁，并附英洋一元，交其原人带还。致梓棠先生一信，并托觅用能做厨者一人，并就路桥买紫光八两、西生八两、绿色颜料四两，附洋一元，交阿先送至路桥恒茂泰油行。并致张丹翁一信，托代托王筱和画直条四幅，函并纸均符三先生带至舟山。并致张宝田、夏振之各一柬。楚卿之令堂于今日生辰，送寿礼四包，收领烛面，接单，邀晚膳。午膳后至允东处少坐而来。随至梯仙宗叔府上，晤仲玉姻丈，云及柯心补先生信云，前梯翁托更生图谋一节，今有其事，托仲玉转与其接头确实。同仲玉至楚卿兄府上，晤旭东宗伯少谈，至楚卿客间，晤谱香母舅、梅五、少南、槐士、梯仙、祝卿、尹东、夔友，晤谈半晌，席散后少坐，来时已逾二鼓矣。

十九日丁酉 晴。接蒋近斋一信。近斋名曰锡圭，原名克昌，前接蒋青选之信，即号淡斋，前作覆书误书榕斋。并附庆源存架加信银两之事临海县谕单一纸。但庆源之帖，其帖本银两，上年清河之初时，家君在家时托王少南兄带省转托杨振甫代办，迄今已经一载，尚未发下。适少南兄在楚卿兄府上，随至楚卿家与少南兄一叙，据云帖尚搁省。只作函托其从缓，俟帖到即照数清缴。并晤夔友兄叙半晌而来。即作覆函交其原人带覆，亦照实情相告而已。敬甫兄自郡来，阿堂来言，前饬其送交子霖兄一信并洋一元两角，据云确是送交，即同桥相至海门询明。接黄子霖兄来云，其令弟漱泉经手。仲玉姻丈托余便代送邮政局寄沪江交其泽生一信，亦嘱桥相便送邮政局矣。

二十日戊戌 卯刻，细雨；辰、巳两刻，阴、晴；午牌，细雨；午末至晚均阴。上年，家君向黄少愚取来恽寿平所画工笔花卉鸳鸯小中中[①]堂一幅，意欲向购。精细阅看，恐非真迹。前与邱仲玉姻丈看，云格局虽佳，似无生气，并且花蕊太板。但恽南田先生系是大名家，既画工笔，确有气色相应，以此阅之，恐非原笔，质诸识者多人，亦无异。家君进京时嘱将该画还他，今适少愚同静斋宗叔来叙片时，余将恽南田所画之小中堂检出交还少愚矣。当还时，静斋宗叔、子能先生、敬甫兄均在焉。彼应画之贵重，余阅伪物，既已交还，是为之记。但所藏之钱南园书正楷对联一副，系旧红笺，家君在云南新兴州任内时购来，阅过多人云是真迹，据云南人云均称佳焉。邱仲翁云，笔画老道，满纸正气，非人正即多功夫者不能到此也。书字、书画而兼人重。按：钱南园太史沣，滇南正气一代伟人，得彼真迹，敬谨藏之。晚膳后，至庆丰阅盘簿账目，来时已逾二鼓矣。据蒋敬甫兄，今署临海县张受伯大令介禄断事精明，威慈并济。前闻陶寿翁云，黄岩县知县陈伯平大令为鉴、太平县知县孙叔平大令启泰，均是精明能干之员，现署台州海防同知金慈生司马，亦是清廉自持。台州何幸，得此贤父母乎。此皆中丞公有贤正之声，其所选各员亦是贤声昭著，但愿久留于任，台民幸甚，地方幸甚。

廿一日己亥 晴。修理郡庠文庙董事系秦雨亭先生，派捐家中英洋三十元，余前在郡时已送交雨亭先生英洋念元，尚少十元。适桥相至郡，即作一信，并附英洋十元，交桥相带交雨亭先生矣。张继臣送来英洋一百六十元，云丹亭兄府上谷洋，托余代其寄定。即作一信，并附原洋一百六十元交永宁局送至舟山交张丹翁收，并取有汇费四角八分，即向取有收条一纸。五月十三日之戏不能到台，该班长托

---

① 疑衍一“中”字。

郑文府先生洌函来说，迟缓廿三日到台，至今廿一日未见花把送来，即作函询文府先生。信送出后，该班花把送到，此信是多发也。庆源部帖，上年由征九先生函托杨振甫代领，帖价银二百两另一钱，折英洋三百元，另并藩房费用英洋一百三十八元，均托王少南兄带至省垣交杨振甫先生代办。延搁至今，本县催缴存架捐费用颇急，部帖又未到，缴该银捐银两恐省中无此名号，恐亦不便不缴该捐银两，县中亦急催取。家君前云出京时到省向取，恐在年终，恐不及待。值蒋敬甫兄欲寻陶寿翁之便，烦托其到省向杨振甫催讨，送川费英洋三十元，于今夜趁永宁商轮动身到杭矣。并托其代买皿假领、代印片纸等，计洋一元，均托带杭。庆源洋价每元定钱九百二十文，龙洋每角仍定钱八十七文，外面兑进仅只八十六文，拟于六月初一日亦改定钱八十六文，使进出无亏之议。

廿二日庚子　早至晚均晴；戌后，雨颇大，片时即晴，仍见星斗。早刻，蒋馥堂先生来云，庆源之号已列本年春季由本县造册具报，其存架捐银四十两，计英洋六十四元，不能免缴，即照数交其带缴矣。其帖，敬甫兄已至省向取。据馥堂先生云，县中又造册报，彼又急速函催，想杨振甫不能再行延搁也。

廿三日辛丑　晴、雨不时，大约晴多雨少。细思端午节接家君自申江所发谕言，云四月廿五日趁新裕商轮北上，屈计时日，早抵京华，将近一月未见长安竹报，心甚焦急万分，愿得速降朵云，是为万幸，亦未知家君不喜写信，兼行装初卸，应酬茫迫，无暇修函，以致迟迟亦未可知，徘徊设想，眠食难安，拟明日遣人向邮政局询问是否即作禀言聊慰鄙怀耳。晚刻，周梅翁姻丈来云，黄煦东宗伯所写工艺局经费至下洋以及各村，按田十亩捐洋一元，未及十亩者亦捐洋一元，无乃太刻也。楚卿兄已置妾两人，不见生产，再欲买妾，已与其妹夫夔友兄至黄城阅看，有人代其说合作妾之闺女也。未知有合其式否。

廿四日壬寅　晴。四妹送到宁波陈日省敬时堂选择先曾祖慈应太夫人入厝日子一纸，但在本年八月初七日破土十九日入厝，并竖坟面，屈计是日家君现在京都，恐不能到家，即作一信并附原择日子寄还敬时堂，托其转选十一月、十二月中吉日良辰为妙，信仍托用九先生转寄宁波，仍托敬时堂代选。至张丹亭都督一信，交邮政局寄至舟山，前托黄子霖兄代购行军散等计洋两元，致柬向其取来。并致一柬与邮政局黄心斋兄，托其家君自都门有信寄至彼处即专人送来。午膳后至允东母舅、谱香母舅、叶蓉秋兄各处，适均出去未晤。并晤王章波先相叙片刻，即至梅五姻丈府上，晤子宜、荫亭、舜卿诸君，相谈半晌，续即谱香母舅来谈至晚而来。闻秦梗友先生已至椒江，即至淑江晤梗友先生，适其稍受寒邪，相叙一刻而来，梅五云，临海县知县张受伯大令之令弟及海门厘捐张星伯大令之令弟均应会试中式贡士，亦受替缨也。章道芝相之完姻吉期，前岳母托余代择，亦托敬时堂择来在乙巳年十一月初十日为完姻吉席之期，接玉先自郡发一信并托买各件已有买来，尚未寄齐，晚膳后至江边堂看戏，晤梅五、楚卿、云梯、槐士、子宜诸君，相谈半晌。楚卿兄前至黄城看妾均不合式，才于晚刻来家，云近日因事至郡，并云接家君自月之初九日发寄与彼之信，其前托家君代其由通判捐升同知，查通判以及各项报捐升阶须补捐免保举以及各项银两方准交纳升阶银两，须需银三千五百元之数，彼不欲上兑，即由通判保直隶州矣。前交局寄京两千之则即作函向原汇银号取还矣。来时已逾二鼓。

廿五日癸卯 晴。桥相自郡来，接秦雨亭先生覆信，云文庙捐家子煦东宗伯、寿翁及家中派捐英洋一百元，因有另星不便，各承洋三十四元一分，除前面交洋念元外，尚少之数已由同昌汇付矣。顷附寄洋十元照数带还矣。接郑文府先生来信，即致柬片覆。陈月波兄来云，黄德轩尚少彼之息洋今有三元由协丰交玉先托其转交月波，但玉先尚未来，已覆俟玉先来时询明付交可也。

廿六日甲辰 早至酉，晴；戌刻，细雨，片刻即晴。致家君一禀，饬祖元带交邮政局寄至京都。适永宁到埠，向其《申报》取来，自五月十八日起至廿三日止。至增三，即王玉寿崇行三郎黄崇山托余代求张丹亭兄托其转荐炮船，即作一信，交其转送托永宁夥带至舟山。梯仙宗叔来云，仲玉姻丈近因牙痛至家去。

廿七日乙巳 晴。

廿八日丙午 晴。值余贱辰，邀丽生先生、少芳、作羹、琴轩、少愚诸君，值金君德生于早刻来，及紫章、子能两先生于午刻治面一酌，畅叙言欢，亦人生之乐事也。金君因事而去，云明日再来。少芳以及诸君去时值将晚矣。

廿九日丁未 早至巳，晴；午牌，阴；未初稍有微雨，即晴；未末至晚，均阴。致陈祝再姻丈一信，询其前所寄各函均系收到否。午膳，至椒江书院晤秦师梗友，相叙一刻。其前有微恙，今已痊愈。此椒江前近两月将山长房空锁初开，偶沾湿邪之所致也。随至梅五姻丈处少坐，云周芾常老伯之惊信即于是日自邮政局送至其府上，其亲戚王子轩兄携阅，信是福建漳州云霄厅幕友陈蕉青鸿万所书致其世兄载熙明经，云芾常自清和之初旧疾复发，延至五月初四日仙游，此亦命也。兼且两袖清风，目无亲人，闻者伤心，听之倍惨。今载熙兄又游幕黔中，父子相违竟然万里，即传噩耗须隔半年，度其情理，惨莫胜然。今子轩兄欲致函福陈君已代收葬，感情之至。今其世兄载熙远幕黔中，即当函告，俟其旋台，即作奔丧之计。一面函告载熙兄，度载熙兄之深情苦不胜苦，向所长弢夫老伯之力，今弢夫以致仙逝，又闻尊甫惊言，终日含泪，又满目无亲，片言半语相告何人，命途何其舛也。但载熙兄得闻此信，行止不得，其初行也腰囊如洗，执八行书走万里路，因人作嫁，今作归计，仍然囊橐如洗，即然到家，依然裹足。倘仍然游幕，有伤父子之恩。其尊甫芾常老伯自丁亥之岁起行赴闽，载熙兄年仅一十有四，今已弃养久而不归，未免有伤孝道。以余论之，只暂缓一年而旋里后即奔丧，将丧搬运故里，此两全之美，未知载熙兄所定亦此意否也。载熙兄既得此信须与同人榷商，其东家朱冠卿太史亦与其有世交之情，代其想法，定能两全之美也。来时晤周达云母舅，晤叙片时而别。言及金慈生司马讯断颇称精明而且慈爱。金君德生之女婿王子宾兄为其家中耕牛被窃觅获书券彼因教图赖一案，于晚刻经金慈生司马讯断，亦极明察曲直能分，此贤令尹也。

第五章

甲辰(1904)六月初一日起

六月初一日戊申　卯刻，雨，不甚大；辰后至酉时，阴；戌牌，细雨，片时即晴。午膳后，秦师梗友来叙片时，云及金慈生公祖干而且练，堂讯均能断结，恩威并济，此贤令尹也。杨翼亭兄来叙至晚，留宿。言及现在黄邑西乡端岩初等小学堂□□□□□□带宁交裱画铺裱周太老人遗像一轴、王宾谷行书一堂、王醴泉篆书屏一堂、苏耕云隶书对一副、潘谓夫画墨竹横批一轴、锦屏杨柳鸲鸽图一轴。

初二日己酉　晴、阴、雨不时，大约阴多晴少，雨犹少。致叔文妹丈一信。饬仙品送至莘山。午膳后至庆丰少坐。闻琴轩稍感寒邪，请子能先生诊视，据云身虽有寒热，幸邪不重，即日就可痊愈。续至丽生先生府上，晤叙片刻，便道至琴轩处少坐而来，

初三日庚戌　阴、雨不时，兼多东北风，夜转东南，想不致风雨，幸甚。梓棠先生自路桥来云，柏岙地方，蛟龙初出，近村一带，田禾被坏者颇多。此亦数也。符三先自舟山来云，张丹翁托其至台向郎小保取已定之石板。上月廿七日至其家，延宕至今，仅止数片，但此石急于需用，只至南仓向购。向余暂假英洋十五元，便付定洋，待丹翁寄来付还。并接张丹翁一信。晚刻，价自莘山来，向叔文之裱取转，被坏镜面又碎，杪针又坏，其中未知又有坏否，不得而知。托用九先生带宁修理。

初四日辛亥　晴、阴、雨不时，大约晴多与少，幸是南风颇大，不

致风雨之忧。至玉先一信，前仙品送交，叫其早来，因稻熟即迩。接周载熙兄一信，自四月廿三日贵州大定府考棚所发。符三先早至海门去，来时已下午矣。闻陶寿农姻丈自宁波于昨日趁永宁商轮来。晚膳后，至陶寿翁处。接本班《申报》，自五月廿四日《申报》至廿八日止。五月廿四日《申报》刊五月十五日奉旨："卓异前云南新兴州知州黄寿征，着准其卓异加一级，仍注册候升。钦此。"悉家君自五月十四日引见，十五日所下之谕旨也。未接到京家信，想其行装初卸，酬应葱茫，以致迟之又久。但阅上年四月间吏部更议，因公开缺人员赴选更为夸便，但服阕人员，即前因公开缺，今赴部选，名曰应补班加得计典，此应补卓即班，按例逢单月见缺即选，未知曾经投供否。倘得六月投供，七月即可望选。尚未接家言，不得其详。

廿六日《申报》刊本科殿试一甲三名及二甲一名姓名："状元刘春霖，直隶人；榜眼朱汝珍，广东人；探花商衍鎏，广东驻防旗人；传胪张启后，安徽人。"接张丹亭都督一信，来时已将二鼓。符三先亦于晚刻至南仓代丹翁买石板。王子轩来云，酌寄载熙兄覆信，去时已将十下钟矣。陶寿翁云及各典存架捐加倍之事，系奉旨通饬之案，不得不照章递加也。

初五日壬子　晴、阴、雨不时，大约晴多雨少，幸是南风，不致风水之忧。王书城母舅自去冬染恙，迄今初愈，与宗山兄仝来，过午膳而别。晚刻，至丽生先生府上，晤叙片时，云其先生姆于月初二夜产一女。但丽生先生年已六十有七，其续配年仅二十二，既已老阳少阴，幸得受孕，喜出望外。今产是女，不胜代其嗟叹，愿再得麟儿，以娱老年，是为至幸。昨因丹翁来信托买处术，面托子棠先生向朱永丰代购两斤，又托转叫符三先前其托买之石板系急于要需，即作一信，明日遣价送交。

初六日癸丑　晴、阴、雨不时。接丽生先生来字云有邬姓送匾至邬氏祠堂，向余假袍褂。午膳后，至陶寿翁处少坐，来时适周梅翁来叙片时而别。晚膳后，至梯仙宗叔府上晤谈，托余致函与家君代买靴一双，并书片字一个。并晤楚卿、允东，至星斋处少坐，来时已逾二鼓矣。遣送符三先信人来，云其已代张大人买石板至南仓去矣，其石板初十左右可有若干。陶寿翁云，朱劼丞之殿试卷曾进呈在第七本，虽不能鼎甲，庶吉士尚可望也，亦足吾台生色。

初七日甲寅 辰前，雨；巳后至晚，均晴。致家君一禀，系第四号平安家信；致周载熙兄一信，交善相带至海门邮政局保险分寄京都、贵州各处。午膳后，至周允东处，适其至维新，未晤。与徐达庵相叙一刻。至叶蓉秋处少坐续至梅五府上，仝其至星斋、梯仙两宗叔处少坐。至楚卿府上，适江边堂每年大暑节送暑演戏，均旭东宗伯为首事，同至江边堂看戏，晤旭东宗伯、何玉洲、洪六卿、叶石甫，叙谈一刻即来。

初八日乙卯 早至辰，阴；巳后至晚，雨。江子菁父台、夔友、楚卿、子霖、介亭、舜卿、道周诸君来叙片时而别。少芳兄、仲辰宗叔来叙，过午而去。午膳后至楚卿兄府上，晤江子菁父台、姚梧冈、姚实轩、郑夔友、邵介甫、卢槐士、丁辅香、黄子霖、黄漱泉，相谈半晌而来。卢槐士兄邀余于明日午膳，余允焉。柬邀江子菁父台、郑夔友姻兄、姚梧冈先生、姚实轩兄、槐士兄、介甫兄、子霖、漱泉、楚卿诸君于明日晚膳。

初九日丙辰 早至下午五点钟时，晴，天气颇热，六点至七点钟时阴；八点钟以后，雷雨，颇大；至亥牌雨晴。接陈祝再姻(丈)[1]自五月二十一日由京城发一信，言初六日所寄之监照已于五月十七日接到矣。至槐士兄处，同其至江边堂看戏半刻，晤江子菁父台、姚梧冈先生、王莘台父台、旭东宗伯、梅五、楚卿、漱泉、六皆、夔友、实轩、窦小山、邵介亭。晤叙片时，席散即来，并与杨月湖谈片刻。洪六卿、牟琼卿(系赞卿先生令弟)来叙一刻而别，询及牟勉号伯谦。子菁父台、梧冈诸君来过晚膳而别。适郑家裕相来时已晚，邀席，留宿。符士正

---

① 原文缺“丈”字，据前文述及二人关系补上。

先生自南仓代丹翁买石板来云，二十左右可以运载至定海。

初十日丁巳　早至未，晴；申后均阴。接陈祝再姻丈竹报一函，余代寄其府上。适有长田炤相之奶奶在江边堂看戏，即饬阿儿送交托其代带长田载华兄。于晚膳后至楚卿府上。接张鼎翁一信云，代陈涧人太姻丈补邀实监实银三十七两四钱四分，核照市价计英洋五十八元二角一分九厘二毛，彼已代付矣。晚刻，李则轩兄来假牲口至海门去。王兴臣兄来叙片时，邀余同至槐士兄府上，晤实轩兄，晤谈至晚，留过晚膳，来时至梯仙宗叔处少坐即来。永宁商轮到埠，遣价向其《申报》取来，五月廿九日起至六月初六日止。阅六月初四日《申报》刊殿试名单，黄岩朱文劭分二甲，临海章梫分三甲，不知朝考得能前列否也。符三先兄云付定洋，向余抧去洋十元。

十一日戊午　早至未刻，晴；申时以后，阴。申刻大暑。每年值大暑节，向有送暑之例，均黄煦东宗伯为首事。煦东宗伯邀余助祭。晚刻，至江边堂晤梯仙、星斋、性言、静轩、吉夫、少愚、玉洲、六皆、允东，晤叙至席散而来。致张丹亭兄一信，交詹恒丰之阿三带至海门交邮政局寄至舟山。致陈涧人先生一信，饬阿寿送至长田，因接丹翁来信云其补交实监费洋曾已代垫，将其原单附送。接蒋馥堂先生来信，并附家君服阕公事，系俞凤笙才之寄到，拟明日交邮筒寄都。送信之友人云在葭沚粮厂，祝姓。余至家后阅桌上一字悉。潘谓夫由郡来，现寓裕泰典中。

十二日己未　晴。接陈涧人先生覆信云，捐数舛错，俟函询丹翁可也。致家君一禀，系第五号平安家信，并附蒋馥堂先生送来家君服阕公文两角，托邮政局加保险寄至京都。致邮政局黄心斋一信。午膳后，王君子辛来叙两下钟许而别。

十三日庚申　晴。早晨，余日习所用墨盒两个被梁上君子窃去。其物甚微，但日用器具，心甚怅恨。适致函与陈祝再姻丈，并附墨盒式纸样四个，附托陈君就京代购。信饬祖元送至邮政局寄至京城。家君自四月十三日动身，于廿五日至申江所发一信，言即日动身，屈计月杪安抵长安。五月朔日迄今，余已发禀言五函，未得还云。不识如何，近来未知安否，心甚焦念异常，眠食难安。愿得速降平安一纸，藉堪焦念，未审何时得随鄙愿否也。

十四日辛酉 晴。

十五日壬戌 晴、阴、雨不时。早刻，姚梧冈孝廉、高志伯二尹来谒，因均穿衣冠而辞。午膳后，金慈生公祖来谒而辞。余同陶寿翁、周梅翁至分府署还。金慈生公祖云为郡城工艺局事，姚、高两君托其代言。余答此事系前四月之初家君晋都时曾与邑尊张受伯公祖言及此捐，俟其旋里再说。但局已开工，可缓则缓，至家君来时再说，如是要急，俟致函家君，接其福信再酌可也。承金公祖允焉。嘱与高、姚接头，晤叙良久而别。梅翁求其出示禁卖网者稍迟来售，公允焉。续同陶、周两君至楚卿府上，晤高志伯二尹、姚梧冈孝廉、郑夔友孝廉、槐士、麟斋诸君，叙谈片时，将此各情与高君言之，亦允焉。因姚君有事，未便即言，托槐士兄代达而来。前宅价来云，女儿稍感微邪，心甚忧闷，拟即明日遣老媪去问近日愈否。

值永宁到埠之期，向其《申报》取来，六月初七日起至十一日止。阅初九日纪朝考名单，一等第一谭延闿，即本科会元也。台州宁海章一山梫列一等二十名，黄岩朱劼丞文劭列在二等。阅初十日《中外日报》纪六月初八日内阁抄奉上谕，章梫改为庶吉士，阅《申报》未见章梫之名，只有章祖申，恐是舛错之误，未知孰是也。度章梫朝考列一等，殿试虽在三甲，例可得庶吉士，想是《申报》之错居多。黄岩朱文劭分部学习第一名，《申报》《中外日报》均是相同。倘得符《中外日报》之纪事，台州翰林、部曹各一，亦足吾台生色多矣。查朱文劭殿试虽在二甲，朝考列三等，例得主事无疑矣。幸年轻，将来出山之日未遥也。庆源英洋每元作钱九百一十文，龙洋每角作钱八十六文，定自今日始。

十六日癸亥 阴、雨不时，日雨少阴多；戌后，雨颇大。晚刻，高志伯二尹、姚梧冈先生来柬邀，即至楚卿处，晤高、姚两君，云及工艺局捐事,昨余云俟家君来时再说,彼因家君旋里期遥,欲书若干,俟家君到家后付洋,余未允。因邀陶寿翁来至,只明日再说。并晤麟斋、夔友、友山、槐士、梅五、允东诸君,相叙一刻而别。来时,至陶寿翁府上少坐。至家时将晚膳矣。

阅六月初四日《申报》纪:六月初二日内阁抄奉上谕:“方今时事多艰,民生重困,而官吏壅蔽,下情不通,甚至地方钱粮浮收中饱,以完作欠,百弊丛生,大负朝廷恤民之意。着各省督抚,将各属经征钱粮,限三个月内开列简明表,再该州县钱粮正额若干,现在实征若干,向系收银者注明,每赋一两正耗各收银若干,或系收钱折银,或系收银元作银,均注明每银一两折收若干。每漕粮一石收本色者正耗各收米若干,收折色者,每石收银钱若干。此外有无陋规杂费,逐一登明,据实声叙,各令和盘托出,不准含混遗漏。俟该省奏报到后,着户部核对,由政务处刊入官报,俾众共知,藉以察官方而通民隐。各该督抚务即认真办理,毋得徇饰延宕。倘敢敷衍搪塞,并将该省藩、司、粮道从重惩处。钦此。”如今各省州县遵此节谕旨,一切和盘托出,官则两袖清风,亦尽其职。至府中办公经费一切大差经费,将何资取,能将一切浮用屏斥,亦一善政也。

十七日甲子 雨。晚刻,姚梧冈、高志伯两君为工艺局捐来柬又邀,晚膳后至楚卿处,晤陶寿翁、梅五、性言诸君,晤叙半晌。姚梧冈为捐事再四相劝,各保分派,煦东、寿翁与余三家各承五十番,余亦难为情,只得允诺,俟家君旋里后给付该局费用。来时已逾二鼓矣。

十八日己丑 午前,雨;午后,阴。接周载熙兄于五月二十日自贵州遵义府学棚发一信。

十九日丙寅 辰前,雨,不甚大;巳至未牌,晴;申至酉,阴;戌刻,雷声;而后,雨。致张丹亭兄一信,前托买处术两斤,分装两包,致片托黄子霖兄代寄舟山,饬祖元送交,当接有覆片。

二十日丁卯 卯前,雨;辰至未初刻,晴;未末牌,雨,片时即晴;申后均阴。陶寿翁来邀午膳,余因寒湿颇重,值在夏令,再忌厚味而辞却之。

廿一日戊辰 早至未刻，晴；申刻，细雨，片时即晴；申末至晚，均阴。午膳后，因前闻梯仙宗叔染恙，至其府上，晤柯云琴先生来与梯仙宗叔诊治，邱仲玉先生亦在焉，叙谈片时而来。晚膳后，至陶寿翁处少坐，来时已将二鼓矣。

廿二日己巳 辰前，阴；巳、午两刻，晴；未至申，阴；酉牌，细雨；后，阴。符三先来云，张丹翁托买石板因雨阻止，尚未装载到埠，并陈涧人先生托询捐监银数。即作一信与张丹翁，信饬阿寿送至海门永宁轮夥桃桃转寄舟山矣。昨日，永宁商轮到埠，《申报》送至陶寿翁处，向其取来，六月十二日起至十八日止。

廿三日庚午 早至午，晴；未刻，雨；片时，晴；至晚均阴。致郑夔友兄一信。前托琴轩代外婆买净丝洋一元，曾已送来，拟明日遣阿寿分送。未刻，梅五姻丈来云，楚卿之万隆商船被坏在福建洋面。梯仙、星斋两宗叔染恙，随同梅翁至其府上，晤仲玉，同至梯仙宗叔房内，看其面色颇不佳，片时而出。至心斋处，晤心斋，言及恙稍愈而无碍。转至仲玉姻丈，言及梯仙宗叔之恙颇重，心甚怅怅而来。路晤子宜兄，携其子年甫三龄，嬉游自若，亦家庭之乐事也。

廿四日辛未 早至午，阴；午末，雨，即晴；未、申，阴；酉后，雨。早刻，致家君一禀，饬祖元送至海门交邮政局转寄京城。符三先代丹亭兄购石板，又向余暂假英洋五十元，亦于晚刻去。梯仙宗叔于今早作古，闻者不胜长叹。但其生平刚直无私，惟胸襟过窄而已，除此之外，别无其短。年甫弱冠，入资通判，指分福建试用。甲申、乙酉之间得粮台差使，将公银数千存庄生息，不意该庄歇闭，该银化为乌有，取私囊弥补公款，皆因量窄所致也。续退林下数年，丁外艰，至丁内艰，均以归心刚直。如今之世，奸刁之人相宜，刚直者谓之背时。愿干守拙十馀年，自俸俭约，得积腰囊稍裕，年至四十馀而乏祀，上年始纳妾，非与贪淫恋色者可同日论也。迄今继其后者又乏人，命也，数也，闻者亦不胜叹息也。呜呼！好人不在世也。近年以来，余常与其接谈，深知其性情如斯也。其弟星斋病稍愈。应子能先生因叔文来字，请其至石曲方宅看症，得能顺手否也。

廿五日壬申　阴、雨不时，大约雨多阴少。早刻，接章子修兄自京城发一信，并内附家君惠寄一信，云及五月初九日曾发家书一函，迄今未曾收到，心甚疑虑，并云五月初一日所发第一号安禀亦未收到，幸此信挂明号码。并接陈祝再姻丈自京发一函，内附家君致郎翰臣老伯一信，此信系六月初九日所发，章子翁信系六月十一日所发。即作函致邮政局黄心斋查询各信；并致章仲铨、章季甫两姻兄各一信，代达子翁来信各节；并致黄楚卿兄一信，均交玉先带至海门分送代寄。转云自京寄来之信细查不得，五月初一日所书寄京第一号安禀系五月初二日交邮政局挂号转寄，据云即代沏函代查，想不致遗失也。邱仲玉姻丈来叙过午而去。琴轩兄来云其令尊稍感暑邪，讨川朴少许而去。即至梯仙宗叔处吊唁。回忆半月之前尚请其陪客，十日之前尚与其晤叙，染恙只十日，遽然长逝，不胜长叹也夫。并晤楚言、梅五、楚卿、健生、转香、梓棠诸君，相谈半晌而来。适梓能先生自石曲来云，方衡卿之妻亦逝。何其与财运无缘若是也。霭人先生来云，接金公祖来柬误云做寿，而不知万寿，故其预日而来，留宿。接蒋敬甫兄来信云，前寄有一信，但此函未曾收到，想亦邮局遗失。并云杨振甫至绍兴，未曾在杭，此其有心趋避，心甚急促万分。即致丽生先生一字，并将原信饬价送交，请其明早来家相叙。接金慈生公祖来柬，请明日未刻酒。蒋敬甫现寓杭州中城梅花碑杭严卫管带警察军右哨章焕星处。接煦东宗伯出帖为梯仙宗叔于明日大殡来邀助祭。阿寿来，昨向郑夔友兄取代书片字，已带来之片字过大，并片纸五十张。接柯心补先生一信。

廿六日癸酉　早至未，晴；申刻，雨；酉后，雨晴。覆蒋敬夫兄一信；覆柯心补先生，均饬阿寿送海门邮政局转寄。致郎翰臣老伯一函，前接家君致郎老伯一信亦附信内，致柬托陈舜卿代寄桃渚，均交阿寿送交。今岁消灾，于今日起佛。早刻至集圣庙拜佛，晤陶寿翁、黄煦东宗伯、周作羹、陈禄孚、缪性言诸君。十下钟至下街梯仙宗叔府上助祭，主祭者系周谱香大令，同助祭者周梅五、陈姓、缪性言、李健生、王云梯与余六人。并晤楚言、仲玉、楚卿、辅香诸君。其承继者系煦东宗伯之次子、楚卿兄之令弟崇韬，小名兆兰，年六岁，此是爱继。查梯仙宗叔系镜明公之长子。镜明公生三子，长梯仙，次星斋，三少明。长乏祀，次尚未出，三有一子名宏德。该祀本是宏德兼挑应继。今之承继崇韬，系镜明公之胞兄镜泉公之次孙也。镜明公兄弟四人：公行三；镜泉公系行二；之兄、彼之长房即曰茂汉公。茂汉公一子，均故，尚孙两人，名崇潮、崇桂。今崇潮又故，仅崇桂一支流传二房。镜泉公早故，一子即煦东宗伯，两孙：长孙谱名崇仁，小字杞南，官名崇威，号楚卿；次孙谱名崇韬，小字兆兰，即出继三房长子梯仙公为祀也。三房镜明公故，长子梯仙乏祀，择贤兆兰为祀；次子星斋未出；三子少明，一子名宏德；四子即月波之父也。月波并有两子，应从爱继，本出祀母。查例载爱继重于应继，故彼之出择二房之次孙也。毕后，同梅五、寿农、楚卿均整衣冠至署，随谒金慈生公祖，并晤谱香、允东、陈姓、王香谷、阮蓂斋、蔡子葵、徐霭人、曹裕卿、潘云卿、高六成、黄煦东、谢仲衡、贺楚材诸君，相叙半晌，东人即邀看戏一下钟许。席计三桌，毕后即来，已逾二鼓矣。徐霭人先生至黄吉夫处去。致金浣秋兄一信，托梓棠先生代寄太平高年庄转交矣。

廿七日甲戌 晴。致家君一禀，系升字第七号，并致章子修兄一信，均交邮政局带京。今值永宁到埠之期，向其《申报》取来，六月十九日起至廿四日止，计六纸。午膳后至仁大典晤叶蓉秋先生少谈，即至梅五府上，相叙片时而来。梅翁托余致函家君时，代其买男文五品纱补乌一对。昨托海门元泰典代寄桃渚郎翰臣老伯一信，内附家君致其一函，恐其不能收到，适上盘元济代步有人至庆源有事，即作一信交其带交郎公，询其昨寄之信曾经收到否也。

廿八日乙亥 晴。接家君一信，系六月初九日所发第一号，家君嘱通知詹彬湘、陶祝卿各节。即致詹彬湘、陶祝卿各一信，均交恒丰仆人送交。致福缘一字，嘱购王兴臣兄铜千两报。午膳后，东岸被灾四家惨甚，此亦天数耳。符士正先生来云，前代丹翁买之石板约订今日到埠，载至舟山。尚未□到将何对销，又云下期轮船初五日准能到海门，届日未知得以如数装载否也。晚膳后至下街黄宅，晤仲玉、楚言、梅五诸君，晤叙半晌，梅五前来，余来时已将二鼓矣。

廿九日丙子　早至辰刻，晴；巳初，细雨，片时即晴；巳末至晚，均晴。晚刻，至陶寿翁(处)，晤王少亭，相叙片时即来。仆从蒙周今日来，梅翁之仆子连荐。

七月初一日丁丑　晴。辛山杨先生来，留宿。致叔文妹丈一片，托代询前致浣秋兄之信已收到否。符三先来云，代丹亭兄买之石板已有一载到埠，计五十片，均已做好。适永宁船已去，俟下班永宁轮期装载定海。致陈洛卿丈公一信，明日叫庆源夥友崇吉先送至长甸。

初二日戊寅　晴。接洛卿丈公福信一函。

初三日己卯　晴。致洛卿丈公一信，明日遣价送交。

初四日庚辰　晴。值永宁到埠之日，向其《申报》取来，六月廿五日起，七月初一日止。接张丹翁惠寄两函，托再代买处术一斤，并云交郎小保带来信两函。前托代托王小和兄画直条四幅未见送来，并其致郎小保一函。即作一字并信，拟明日早晨饬官华送交，并向取信及画。符三先于早刻去。接陈洛卿丈公覆信一函。致章仲铨兄一信。褚子棠先生自路桥来，前向恒茂泰买来之菜油计两次，即托梓棠先生代交价洋念元。

初五日辛巳　卯前，雨，不甚大；辰至未初刻，晴；未末，阴；酉时细雨，片时即晴。致张丹亭兄一信，交官龙带至定海。官龙托余代荐张君代其转荐勇缺一方，故今晚自赴定海也。丹翁信内附寄郎小保一信。早刻，遣官华送交，适其未曾在家。前丹翁托其带信两函，并直条四轴，仍未带来。晚刻，至梅五处，适至白云山未曾会晤，来时至周谱香母舅府上少坐，来将晚矣。晚膳后，王丽斋先生因许星河处看症，过家相叙，留宿。晤谱香母舅相叙时，云及楚卿于今日设席于白云山，邀梅五、王子宜、仲逸、辅香、麟斋，各人至山手谈一宵。但其来往颇大，事虽闲谈而且避暑，乎谈过大，殊不因也。裕泰夥友仲增先来云，煦东宗伯之次公子与梯仙宗叔入继，梯仙宗叔所开之东山头乾泰典与兄弟分承三股之一，计架本两千之则，独在彼处恐致亏短，将其所承之货盘至裕泰典中，装载小船数艘而来。路过高桥，河中适有农民车架河中车水，小船将该车椤坏。其装载之工人与该处之农民两相口角。初则该小船工人太强，车坏而不陪[①]，尚出大言，继则该处农民发忿；初则两相叫骂，继则两相瓯辱；初则工人虽出大言，继则农民众忿，工人稍吃亏一的。闻煦东宗伯发怒，将何以了事，未得其详。

初六日壬午 早至辰，阴；巳初，细雨；巳末，阴；午后至晚，阴、雨不时，大约雨多阴少，雨不甚大，兼北风颇大，间有东北风。接张丹亭兄惠寄两函，并直条四幅，即前托其转托王小和代画，前交王小保带台，才至今日送到。致家君一禀，系第八号家信，交邮政局带至京城。系饬祖元送交邮政局，接有邮政局保险单一纸。

初七日癸未 晴；未、午未刻之间，阴，片刻细雨，一阵即晴。致江子菁大令一信，询其何日晋都。家君来信托其带另星。致陈祝再姻丈一信。昨接丹亭兄来信云，涧人先生补监之处，因捐局将贡生算在内，致多银十一两。但该照曾托祝翁带京，故致函通知。致蒋敬甫兄一信，其未知已于杨振甫接头否，心甚念念。各函均饬祖元送至海门邮政局，按照信面分寄。晚刻，至梅五处少坐，适其外出。即与丁辅香、陈舜卿相叙一刻而来。

初八日甲申 晴。家君出信致蒋馥堂先生，向取典帖书，六月廿五日自都门发。余并致蒋馥堂先生一信，封并一函，交邮政局寄至郡城。午膳后，至海门同昌分号，晤王丽生兄少谈。至渔团局何霭生先生处，适其至镇署，未晤。至海门商轮局晤黄子霖兄、王选甫兄、王香

---

① 当为“赔”。

谷先生，相叙半晌。同子霖兄至永宁局晤陶寿侬姻丈、杨子云、吴阿坤、朱雨田，叙谈至晚，过晚膳。寿翁邀余挽梅五、子宜于同日午膳，席设海门观音洞。出至霭生先生(处)，适其才出，云至同昌分号。随至同昌，适其又出至大关。晤霭生先生、洪枫山及该局习事陆姓，相叙一刻，并询何霭翁之保举案是否。据云府中尚未出详，倘若出去省中可不致批驳也。即出至同昌少坐，晤李健生、王寿南，来时已逾二鼓矣。余思明日天气颇热，不愿去陪席，但寿翁因为手谈而设席。即致一字与周麟斋兄，并代其相邀周梅五、王子宜两君准去。

初九日乙酉　晴。郎小保来云，张丹亭兄托其代购石板，彼已代买就，石板计洋两百元，做工在外。该洋接其来信，托王芹甫代付，适王芹甫在申，该局无人接头。做石板工匠颇多，洋无从取资，向余暂假英洋三十元，并其致张丹翁收条一纸，俟下班轮期代其寄定取还垫洋。符三先已于昨日至路桥去，向余假去代丹翁买石板洋十五元。余托其代带朱永丰字一纸，向购处术三斤，并托恒茂泰转寄家中，今尚未寄到，不知已有买来否。梓棠先生来云，恒茂泰之聘夥杨载唐前有豆饼带至郡城售锁[1]，彼至郡城手谈，已去有英佛五百馀尊，实为可惜。该行账房黄昆生因辛苦不起，早欲分手，留待今日，接其账房者章小何先亦梓棠先生所用之夥友，因账房有新旧之交，恐有不周之处。梓棠先生同丽生先生均于早刻买舟至路桥。午膳后，周谱香母舅来叙片时，其有园地一片，陶寿翁之先人借停其所，彼意欲售于陶君，托余代询其购否。余允其俟询陶寿翁后再行面覆。闻陶寿翁今尚在海门而未来。至下街黄宅，晤邱楚言、仲玉两君，相谈至晚，留过晚膳而来。

初十日丙戌　早至未初刻，晴；未末至申初，雨；申末以后均阴。接王质甫老伯来柬，因自外来台，由海门至黄城恐有雨，假油布围轿一需。即致柬请其来家，曾已远去，未及晤谈为歉。据来使云，弢甫

---

① 当为“售销”。

老伯之柩已于初九日旋台，亦于今日到城矣。值永宁到埠之期，向其《申报》取来，七月初二日起，初七日止。接家君一信，系六月廿三日所发。又接张丹亭兄一信，前叫符三先至路桥朱永丰买之处术，曾已寄到，仅仅一斤。

十一日丁亥　晴。致家君一禀，系第九号家信。于早刻交四妹带交邮政局转递京城。致梓棠先生、金叔文妹丈各一信，适家慈有价至莘山去，嘱其带交矣。致张丹亭都督一函，并附处术一斤，饬祖元送交永宁水手桃桃带至定海面呈。前符三先代买之石板已于早刻载到一百另二片，即交永宁装载定海交张丹翁收矣。其符三先日前至南乡去，今尚未来。致许洛溪一信，询弢夫先生定于何日开吊，并致章季甫兄一柬，均饬阿寿送至黄城分送。转接洛卿先生福函云，弢甫先生开吊之期尚未定期，据云俟其定后当发讣闻也。午膳后至陶寿翁府上，将日前将谱香母舅嘱询一节与其接头后，即至谱香母舅处少坐而来。

十二日戊子　晴。

十三日己丑　早至巳。晴；午刻，雨；未后至晚，晴。午膳后至周梅五处少坐，晤陈六孚，相叙一刻而来。路晤卢槐士兄，云自早刻由郡来。

十四日庚寅　晴。接张丹亭兄一信。前荐之官龙因病而回。接蒋敬甫兄自省发一信，云杨振夫今尚未得亲晤一面，此事未识将何了结也。午膳后至陶寿翁(处)少坐，彼将至海门而来，即至丽生先生府上一叙而来，彼与梓棠于今早由路桥来，言恒茂泰生意尚佳，如再唐不再荒唐，该行尚可成聚也。

十五日辛卯　阴、晴。午膳后，至卢槐士府上，适其出去，未晤而来。检王宸画山水横批一幅、蒋礼山行书小中堂一幅、蒲竹英画岩石小中堂一幅，并前各画，均托琴轩带宁代裱。符三先于前日代丹亭兄购石板自白岩山来至家，于早刻向余暂假番蚨十枚至家去。其郎自海门来，适其自曾已起身到家矣。

十六日壬辰 早至巳，阴；午后至晚，阴、雨，大小不时。接张丹翁来片云，符三先之石板做工颇粗，不合用，嘱其加工做细为要。太婆进坟日子已由宁波敬时堂曾已寄到，十一月初三日，用否再行选核为准。即作覆交张丹亭兄，托琴轩转交桃桃带至舟山。

十七日癸巳 雨；午后，雨颇大。琴轩于今日至象山购麻，前托其代裱之[1]画，叫其交永宁阿昌带宁代裱。符三先来向余假洋十元，交付水客石板洋。彼于今日至舟山去，余将请帖延搁至今，一切情形托张丹翁代为想法，可以速取否也。即作一信，内附前庆源向取之洋凭券一纸、并郎小保汇去计洋三十元收字一纸、朱永丰买来处术发单一纸，外附代买小种处术一斤，计洋两元；奉送伏鲞二十片。均托符三先带至定海面呈丹亭兄。阿儿言，管涛先脚疾稍愈，初能步履，可谓至幸也。

十八日甲午 晴。接金浣秋兄一信，即作覆函交其来价带还矣。

十九日乙未 晴。致家君一禀，系第十号平安家信。午膳后至邱楚言处少坐，同其至家过晚膳，去时已逾二鼓矣。至谱香母舅处晤谈一刻。接家君一信，系月之初十日自京城所发，言山西出有吉州一缺。查吉州向系选缺，家君之卓即班知州归单月见缺即选，如七月分如无各处缺出，可坐选吉州，有各处同月出缺，于廿一日到吏部掣签。大凡食禄有方，不知何所也。续接佳音，确悉实音，六月投供，七月即行选缺，亦可谓夸之已极。信中言前周麟斋托其将所捐之巡检本指安徽欲改于家君同省，想在山西归多，未知彼能去否，嘱为一询。倘若愿去，须补捐改省银两。饬价往询，适其未曾在家，明日再与其接头可也。又云陈祝再姻丈、章子修姻兄均于月初六日就京动身。尚未到台，想其中途阻搁，锦旋亦不远也。查吉州较之前任云南新兴州缺尚苦，未识该处风土人民尚循良否也。

二十日丙申 晴。致金叔文妹丈一信。致仙吕相一字，云接京

---

① 原文衍一“之”字，已删。

信，曾否改省。尚未覆答。

廿一日丁酉　晴。致葛逸仙兵部一信，饬祖元送邮政局寄至郡城。午后，梅五姻丈与谱香母舅来叙片时。谱香母舅言董家大奶奶因放水灯至其家中，即请女仆去请，云明日至前宅，不肯来。晚膳后至梅五府上，适其未在，不晤，与舜卿、禄孚、焕堂、麟斋诸君相谈一刻而来。

廿二日戊戌　晴。接家君一谕，系本月十二日所发，云山西吉州一缺曾已到部，若再无出有州缺，坐选吉州。但天气严寒，其缺颇苦耳。刻因引见，要需嘱汇英洋六百元。即作覆禀一缄，系第十一号安禀，又□汇英洋一信，面书十二号□并附英洋六百元，托用九先生明趁永宁轮带甬，十一号禀言交邮政局寄京，十二号禀言并洋托银号汇京。叔文妹丈于早刻自黄城来，接张丹翁一柬，并递到代付石板价洋一百元。

廿三日己亥　晴。梓棠先生来云，所寄汇洋交用九至甬亦多一番转折，诸多未便，不如交永宁带至舟山托张丹翁代汇为妥。即作一信，寄托张丹亭兄代汇都城。所书十二号汇信封致丹翁信内，叫童先生送交永宁账房即寄舟山。陈祝再姻丈、章子修表兄均于晚刻到，相违数月，古人云“如隔三秋”，言不谬矣。云及家君到京以后亦均安吉。今之牛庄与烟台相交口岸日人设有鱼雷艇，商轮进出深为虑。即接家君一谕，并收到高丽参十支、次参八支，计成一盒，保赤万应散五包，金银线各一较，随交家慈，制半夏四两计一盒，参条一包，内子女补一副。并嘱致潘天球一信，其托换之金已换，计洋五十二元五角。并致詹彬湘一信，金浣秋托捐各照，并致一函，亦均寄来。以上各物，均子修兄代带。嘱寄林仲西先生一信，并附还英洋一元六角，托子修兄代带黄城。前托竹再姻丈代买之墨盒四个，云已买来，价洋三元七角，因取不便，俟到府后送下，洋照数付讫。前嘱福缘买之墨盒一个，并兴臣兄代买之墨盒一个均接到，即作一函并墨盒致片托允东代寄黄城交王兴臣兄收矣。黄楚卿兄片来，假去夏帽一顶。

廿四日庚子 早至午，晴；未初，阴；未末至申，雷雨颇大；酉刻，阴；戌后，雷雨颇大，平地水深尺馀。致金浣秋一信，并附家君寄来彼托捐各部照十纸，并寄伊一信，封交陈升鉴送至太平□年庄矣。家君致周麟斋一信，即饬乾生送交。午刻，设席请祝再姻丈、子修姻兄、叔文妹丈诸君。祝再姻丈言已到台，归心甚急，即买舟于午后至家去。子修姻兄亦归心似箭，再三挽留宿而不得，即于午后买舆而去。起身天时已阴，余亦不知有此大雨，挽留再四，不允，出即见雨，即饬价邀转，又不肯而去。接连大雨如注，想在路定然避之，余心实不安之至。祝再姻丈去时潮候已晚，恐其一潮不能即至长甸，余亦为念。今日想留两客，欲与接谈一宵而不得，去亦如此大雨，余心焦急异常，俟明日价来而知能否在路平安、稍慰鄙怀否也。前质夫老伯借有大小油布三张尚未送转，即作一片饬官华送托许六溪先生向取。

廿五日辛丑 早至巳，晴；午至申初，阴；申末细雨；酉后至夜，雨；戌后，大雨如注。致江子菁父台、张丹亭兄台各一信，并子修兄嘱寄张学成一信，均饬祖元送海门邮政局分送各处。家君嘱寄詹彬湘一信，亦饬祖元带交矣。叔文妹丈于午刻去。午膳后至梅翁处少坐而出，路晤卢槐士兄、署台州府经历杨父台，同至谱香母舅府上叙谈一刻。杨父台而知地理，云周宅诸多衰气。出与其至家中前后透看，气象颇佳，后透不如前透为妙，房间亦移至前透为是，若以东首房间门向朝西最佳。余亦已动，转动非易，容缓图之为妙。去时将晚矣。饬至莘山之陈升鉴转言，金浣秋兄部照送去，而无福信交其带转。昨饬官华送子修表兄转，言去时只至三山，适逢大雨而避之，大约一更时分方到前宅。幸均无雨，稍慰鄙怀耳。阿香送祝再姻丈来云，亦于一更时分安抵长甸。彼与叔文妹丈家去。晚膳后至楚卿处，适其至海门，未晤。即至煦东宗伯处少坐，言其婿夔友兄自黄城来。至杨父台房内少坐，出至夔友房中畅叙一刻而别。至对门楚言姻丈处谈一刻而来，路遇一时大雨，遍身皆湿，殊多无味。接黄岩杨姓一信，并送余海棠果一盒。上春家君代张阿玉托周海山代补黄标一粮，彼遣人云，今有粮出，已荐张丹亭兄处，呈其代为补饷，已将实言嘱其转达周君矣。昨桥相买朱砂(□)两，托继善相代为飞开。昨据桥相在郡时据馥堂先生云，托杨振甫代领之帖近可寄到等语。适桥相至郡之便，致蒋君一柬，嘱其向询是否，只恐斯言不实也。

廿六日壬寅 早至未，阴；申牌，雨，不甚大；酉后雨晴，阴。致章子修姻兄一信，其所存之行李均交其来人挑去。午膳后，至陶寿翁府上少坐。

廿七日癸卯 早至酉初，阴；酉末，雨；戌后，雨晴。致陈祝再姻丈一信，差老二送交至长甸。价来带有前托买之墨盒四个，并家君托其带来之阿胶两斤，一斤嘱系官涛先托买。张凤山先生与王礼泉先生于早刻自郡来。午膳后，至谱香母舅处，适其未在即来。

廿八日甲辰 早至未，晴。申、酉两刻，阴；戌末，雨，不甚大，片时即晴。陶寿翁送来捐封实收一纸，托家君代领诰轴。致家君一禀，系第十三号家信。陶寿翁送来之实收亦封在信内，饬祖元送至海门交邮政局寄京。昨祝再姻丈处取来家君托带之阿胶两斤，内一斤系官涛先托买，亦交祖元送交，并字询其足疾愈否。来云今稍愈，云下月定可来家矣。今日值永宁商轮到埠之期，向其《申报》取来，系本月二十日起至廿四日为止。接蒋敬甫一信，并印就片纸五百张。晚刻，至陶寿翁处，云其实收由局寄京只恐有失，彼云保险，不致有失也。

廿九日乙巳 早至未，晴；申、酉两刻，阴；戌刻，雷雨。接张丹翁一信，云前托代汇家君洋六百元已转托王芹甫代交源丰润汇至京都矣。前托用九先生代修之裱一只曾已修好，其郎四妹送来，计修洋一元五角。致谢仲珩一信，公咸带交，询前托买之缸曾否买来。午膳后至谱香处，晤喜亭晤叙一刻，出至梅五处少坐而来，路晤陶寿翁、柳桥相言片时。托王澧泉篆书《朱子家训》格帖一个，曾已书好。

三十日丙午 早至午，晴；未至酉，阴；戌后，雨，不甚大。

八月初一日丁未 晴。致蒋馥堂先生一信，因昨据桥相来云彼已由县文催取部帖，其言未曾明确，即作函叫伯巽先至郡向询是否。

致岳母一函，明日遣女妪送去。致洛卿丈公一信。家君选授吉州知州，其山东报房于晚刻到，云由上海到宁，趁海门商轮到台。午刻后，周梅翁来叙一刻，同其至陶寿翁，谈叙至晚而来。

初二日戊申　晴。王少南兄来托余代其致函托家君，时其世袭王燮爵转托朱友三代办之事，洋烦逐缓清付；如已出京，托其代托何见石比部为照顾，相叙片时而去。致岳母一信，饬女妪送交。余欲于月中到省，内人恐届时分娩，请其来家以作主持，致此信即昨日所书，遣人送去矣。致陈祝再姻丈一信。致伯巽先一函，托其往询逸仙先生，陈咏孚守戎去去世之信确否，如彼故后，其省中尚有人相熟否也。适桥相到郡之便，托其带交矣。

初三日己酉　早至巳，晴；午刻，雷雨如注；未后均晴。接祝再姻丈信，即作福函，适玉先至家，交寄交，彼云参条系家君托其代带，信中云及未曾交原带下。应子能先生因家中有事，同王澧泉先生均至郡去，张凤山先生至海门去。均在家朝夕聚谈，今皆去，殊夕[①]寂寞也。

初四日庚戌　早至午，晴；午末牌，细雨，片时即晴；至晚均阴。午后，同丽生先生至马屿头金德生府上少坐，晤其令祖王子宾及能识岐黄之王辅仁，晤叙片时，新旧两坟均去一阅，来时已将晚膳矣[②]。致周载熙兄一信，托褚四妹带至邮政局转寄贵州学署。前托琴轩代裱之画，当向该店取有发单一纸，将原单带交阿昌带宁向取该画，并裱工洋四元，亦向庆丰取交矣。童先生来云，子棠染恙颇沉。前遣前宅之女妪来，带还岳母凭券一纸，曾已涂圈。永宁于晚刻到埠，向其《申报》取来，七月廿五日起至三十日止。

初五(日)辛亥　晴。致应子能先生一信，因用九来云子棠有病，代作函请其早来与其诊视。……代寄。致叔文妹丈一信，交阿香送

---

① “夕”疑当为“多”。

② 原文后尚有“致将晚膳矣”五字，应为衍文。

至莘山。午膳，至子棠处少坐，其病想是多湿之所致也。至楚言、仲玉处少坐，续至楚卿府上晤叙一刻，晤云梯兄，来时已将（晚膳）矣。晚膳后至寿翁府上，晤丽生相叙一刻而来。

初六日壬子 晴。伯巽先自郡来，接馥堂先生、子能先生各一信，据询逸仙先生云，陈咏孚守戎确是去世。年华未大，实在可惜。午膳后，赵桥辉相来托余问洛卿丈公之外甥孙女之八字，来与王子裳太守之少君配合，未识能否。昨据楚卿云，保案可有所望。午膳后至海门同昌分号晤楚卿、舜卿，相叙一刻。至渔团局，晤王定九、丁飏绵两君相叙，适萧伯康公祖来谈一刻。续至镇署巡捕晤林葵南守戎、洪封山守戎、花子升守戎，叙谈一刻。至何霭生先生房内，云及保案将可出详。余以部库大使归部遇缺即选字样未识能否，亦听天命而已。适丁飏绵、汪更生两君相叙片时而出，至楚卿（处）少坐，至家时将晚膳矣。晚膳后，邱仲玉姻丈在陶寿翁府上，邀余至其府上，晤阮右垣刺史、陶吉云兄，谈至两更之后而来。丽生先生向余假英佛三尊。

初七日癸丑 晴。早膳后，买舟山至长甸洛卿丈公府上。过午膳，至祝再姻丈府上，叙谈至晚。转洛卿丈公府上宿。其宝慈表叔号惠夫，于九月十一日完姻。

初八日甲寅 晴。洛卿丈公设晚膳，同席者：祝再、寿臣两姻丈。

初九日乙卯 晴。祝再姻丈设晚膳，午刻，同洛卿丈公至其府上，同席者：洛卿丈公、涧人、煦皆两太姻丈。家中价云。家君有信寄来，不知何事，未得其详。余患胸中之左边稍作痛，归心似箭，因席散潮期又迫，只得明日旋里可也。

初十日丙辰 晴，早刻，由长甸买舟至家，约在上午十下钟左右。接家君于七月廿六日发两函，又七月三十日发一信，本即作禀，因胸中左边尚痛，不便写字，即叫童紫章代书一信。接金苑秋兄一信，并家君代捐尚少英洋念四元八角。该洋交童先生收藏。接应子能先生一信，云十二日可以来家。前蒋馥堂先生云庆源之帖已由县文书向催，待初十左右旬差到台可以带到，届在所见之时未便作信，即交伯巽先携片至郡向取，未识能如愿否也。倘该帖不得即取，欲叫王少南先生代作一信与杨振甫先生，以便余自带向领，余亦不便作信，片亦交伯巽先带郡。

十一日丁巳 晴。致陈祝再姻丈、陈洛卿丈公各一信，交用九先生送至长甸。致章子修姻兄一信，饬老二送至前宅，并致王兴臣兄一信。接章子修先生福信一函，并取□。舜臣托其代带云亭款墨盒两个，前因楚卿兄言云亭系元泰典之夥友，托余向其取来，即致柬并墨盒两个，饬阿儿送交楚卿兄。午膳后少芳兄同夹礼郑能识地理之王姓来叙片刻，至子宜兄处。余即嘱乾生治面留于晚膳。至陶寿翁处少坐，同王姓至集圣庙看戏，片时而来。闻琴轩自象山来，同少芳至恒大，与琴轩来家少坐，去时已逾二鼓矣。在集圣庙时晤梅五、仲玉两君，言及南洋各营勇丁有改洋式衣服。但其《中外日报》虽有言及，以余鄙见，断不致易服也。琴轩之弟四妹言，前托裱之画尚未带到。

十二日戊午 晴。回忆庆源之帖尚未取来，心甚焦急异常。又致少南、馥堂先生各一信，县文出去届时已久，未曾寄到，即代作一信，余自到省向取。饬阿香送郡。王先生于早刻去。子能先生自郡来。梓棠先生染恙颇沉，得邀吉人天相否也。

十三日己未 晴。致章子修兄一信，余欲急于赴省，接其福函，欲缓廿二日动身。余亦因内人稍受微躯，迟亦可矣。致王少南先生一信，前家君信中言托其代买火腿十只，故致函托其代买，信交航船带郡。余胸之左边又痛，不知是何起因也。午后，至梗友先生、王子升先生、楚言、仲玉两姻丈处，少坐而来。至梓棠先生处，视其病势颇沉，未识得占勿药否也。楚言姻丈来叙片时而去。晚膳后至少芳处少坐，过丽生府上，云初八日代云舟兄之令弟季盘文定陶寿翁之大千金代媒。后至莘山时亦染微躯，十一日旋里，今日稍愈，即占勿药之庆矣。

十四日庚辰 晴。饬阿香往询子修兄，余不必同去，未知可以否。但余内人已将分娩，又染恙，心甚焦念。与其同至省垣，心实难抛，不知可否。接伯巽先一信。桥相来，接祝再姻丈一信，前向其暂假之数均饬纪送来，余本即交海门轮带定，托丹翁转寄家君。细思海门轮不甚可靠，不如十七日托永宁带至定海为妥。并嘱寄家君一信，又嘱寄张丹翁一信，并涧人先生之托捐尚少英洋廿四元六角，包内计洋念元，想涧人先生处付出时未免有舛错之误。即作一信托祝再姻丈代为一查，并凭券封在一函，托其来纪带福祝再姻丈矣。致洛卿丈公一信，并珠花两对，均托祝再姻丈之来纪代带交洛卿丈公。岳母因内人将分娩，早刻送过洋饭来。余邀楚言、少芳、琴轩来过午膳，道志相之完姻吉日，前托宁郡敬时堂择来在乙巳年十一月初十日，将其原单封计一函，托其来纪带交。致片询邮政局之黄心斋，近有家君信来否。价来云，近无来信。前寄之英洋六百元未知收到否，心甚为念。秦师梗友、周君梅五来叙片时而别。子能先生自梓棠处看病来云，其症稍愈。丽生先生来云，杨载唐在郡时赌博，确输英洋六百元左右，如此荒唐，将何了局也。恒茂泰又是彼一人当手，亦无可如何。家君来时不知作何主见。

十五日辛酉 日，晴；夜，雨。早刻，至周梅翁、仲辰宗叔处少坐。仲辰宗叔前染恙已稍愈。午膳后，琴轩来云，梓棠先生于午刻去世，闻者不胜代其悲惨异常。但其生平勤俭持家，心直口夸，幸留一子而延其嗣，是为至幸耳。至陶寿翁府上，晤王君子辛、荣华相、衣标相、夏旭东，相谈片刻而来。西首小屋徐茂贤妻于四月间偶发疮瘰，近日稍愈，亦能饮食。其子保玉路遇庸医，云能针灸之术，即叫其至家，将其母背脊骨中刺一针，用不知何样膏药贴下，片刻口中吐血两口，即忘[①]。此亦天数也。其子仍捕庸医来大加凌辱，余知而急出，即放而去。何也？其虽庸医，保玉不叫来灸治，彼亦断不来，但针灸之术最难，一移线地之穴，立即丧命。此等庸医出来偏[②]钱，即其存心欲伤

① 当为“亡”。

② 当为“骗”。

于人，断无是理，其命既伤将脊骨误刺之故也。虽鸣官究治，亦不过笞责而释，既经凌辱，送官又要化钱，母已死又不能复生，只逐其去而已。故余即解排饬逐力押，不可乱打，致有误伤，但其侄又将秽物辱其，此甚矣，何复多言。晚膳至仲玉姻丈处少坐而来，尚未二鼓。岳母于晚刻来，因内人胎气不调，今日亦幸稍愈，能即吉人天相也。今日适值中秋佳节，饬价持帖片至各处署中贺节到喜。

十六日壬戌 晴。陶寿翁来叙片时而别。秦师梗友向余假去前班《申报》一卷。琴轩之弟至海门，适永宁到埠，向其《申报》取来，本月初八日起至十三日为止。前托琴轩代裱之画均经裱来，惟山水横批一幅不能重裱，只作罢论而已。

十七日癸亥 晴。致家君一信，系第十四号安禀，交童先生并洋一千四百元送至海门。邮政局递到家君一信系八月初七日所发，嘱言洋已向孙辅臣老伯已代措置，嘱寄英洋四百元。即遣人取还英洋一千元。即又致家君一禀，系第十五号家信，均交邮政局双保险寄京。即转张丹亭兄一信，内附致家君汇信一封，信面书第十六号禀言，并附英洋四百元，又附祝再姻丈托寄英洋念四元六角，并致丹翁一函，均附信内。午膳后，亲至海门面托永宁轮夥友桃桃代带舟山。祝再姻丈嘱寄家君一信，亦交邮政局寄京。致洛卿丈公一信，并附珠瑚蝶一对，又致祝再姻丈一信，饬附香[1]送至长甸。晚刻，珠瑚蝶带还，云换珠蜗。又至玉先一信，交阿香带至长甸转寄浦口。适莘山有人来家，即致一信交其来人带交。

胡玉成都督忠选自杭州来台，至家拜客，寓在煦东宗伯府上。晚膳后至煦东宗伯(处)，晤胡玉成都督一叙。后至楚卿房内，晤鲍子封、丁辅香，适周谱香母舅来叙半晌，来时已逾二鼓矣。查开方之天下图，山西吉州系山西之边疆，西即横河为界，横河之西即陕西为界。邱仲玉姻丈来云，山西之横河水尚清而不黄，水之来源从龙门之下，

① 当为“阿香”。

水势颇险。幸吉州尚在龙门之上而无水患，是为至幸。又无河工，可见河西而无患也。闻胡玉成都督现寓杭州新北门花牌楼。金九疏尚在胡玉成公馆中。楚卿云，家子所办网行生意，已由府署主持给帖开办，此化私为公也。此事不知顺手乎否。

十八日家子 晴。致家君一禀，系第十七号，并致张丹翁一信，均交恒丰小当之仆带交海门邮政局转寄。褚子棠先生于晚刻大殡，其家属邀余与少芳、作羹、云梯、绿孚各人做祭。晚膳后，至陶寿翁府上，晤仲玉，相叙片时，来时已逾二鼓矣。陶寿翁云，赵寅臣太守曾于月之初旬在处州仙逝。但赵公由京缺出守台、处两府郡守，其人过于刚直，性情太急，每事有未及详察即行审断，易于濛混。年近七秩，可谓福寿全归矣。惟闻宦囊不丰，尚可以对人言。永文大爷于晚刻来云，祝再姻丈尚在黄岩，未曾旋里。

仲玉姻丈云，楚卿兄将葭沚网栈一节禀请徐汝皋太尊自行开办，提其出息于郡城工艺局及三台、椒江两学堂，稍为分润，其事未识能否，倘得顺手，其出息可谓大宗计也。该网栈之情形系壬寅之岁褚仲逸集向未做网之永顺利、丁永利、恒利及其自亦承一家，店号曰乾泰昌，续改维新，四家，台州合四家为一处，发载宁波开设网栈，以为渔网独聚一处发售，该价即可自定。但宁郡每年可销至渔网八百担左右，加有馀货两百担左右，统计一千担左右，于是年秋间至宁售销。向来网价散售，本属便宜，归其一人承做，其价大涨，宁郡买主颇为缩手，以致是年尚要亏短。明年癸卯，旧货已完，不得不进新货，如每家向各花户购来每担价若洋三十元算，仲逸向四家购价洋三十三元，至宁可售一至每担价洋四十五六元不等，台州价增一二元，彼处即增三四元，每年可售一千担左右，每担可有十馀元出息，计合馀至英洋一万馀元左右，其获利甚厚也。故至人人垂涎，若此每年归其独办，虽得繁缺州县，不及彼之馀货，倘若彼人分认不能获此厚利，台州发售，定有涨落，宁波售出之所亦然。褚仲达之富贵利达，在此一举也。未识亦依其所算否。

十九日乙丑　晴。接章子修兄一信，即作覆信交其来人带去。致祝再姻丈一信，托永文大爷带交。午膳后至梅五、谱香、达云、寿农诸君府上少坐而来。内人气痛稍愈。

二十日丙寅　早至午初，阴；午末，细雨，片时即晴；至晚均阴，夜有微雨。周枚翁邀余至海门同昌盐号少坐，晤黄煦东宗伯、吴玉成都督、陈舜卿，相叙一刻，同至永宁局，晤王芹甫先生少谈。至海门轮局，适黄子霖兄至天台去，未曾在局，即过同昌分号而来。庆丰之夥友官德先聘禹卿叔公之小姑，于今日文定，邀余吃酒，晤书城母舅、秉彝宗伯、云梯、遇琴诸君，相叙席散而来，尚未二鼓。接王子升先生向余分高丽参三两，因所剩无多，前阿香尚有参买来销售，即嘱其至家取若干，拟明日交其原人带去。

廿一日丁卯　早至未刻，雨；申后雨晴。覆王子升先生一信，交其来人带交。接祝再姻丈一信，并前尚少处洋四元，即作覆函交其来纪带覆矣。内人肚痛尚未痊愈，不知得即占勿药否也。

廿二日戊辰　阴。内人染气痛尚未痊愈。致余樵圃先生一信，请其来家与其一诊，早刻遣人至其府上并其坐店各处询问，均值不晤而来。并原价询子修兄何日到省，价来云明日先来家，到省。致玉先一信，交其母手带去。楚言姻丈来荐仆从桂彬，余亦难为情而允之，即于晚刻来家。馥堂先生来为庆丰之事，余亦允其随众而已。梅五姻丈来云，娄晋阶姻丈有留声气，音颇鸣亮，约余至其家中一看。陈祝再姻丈于晚刻来，并见惠珍物多件，余因自无则领，已有则璧，感谢之至。永文兄亦于晚来。致柬向秦梗友先生假《中外一统舆图》一册，计六本。适永宁商轮到埠，向其《申报》取来，自本月十四日起至十九日止，纪有家君引见之上谕。并接张丹亭都督一信，上班托其代寄家君之洋四百元曾已收到，已代交银号汇京矣。

廿三日己巳　晴。接王子莘先生一信，即作覆函交其来人带福。内人气痛尚未愈，函请卓毓卿先生诊治，价来云，明日可以来家。章子修兄于晚刻来家，于廿六日趁海门商轮赴杭。

廿四日庚午 早至午初，晴；午末，阴，片时即晴，至晚均晴。蒋馥堂先生来，托其代致杨振甫一信，托子修兄带省面交。午刻，设席请吴玉成都督、子修姻丈，并邀梅五、楚卿、华士诸君陪客。晚刻，卓毓卿先生来与内人诊治，内人之气痛稍愈一的。晚膳后，因葭沚之网业现经楚卿兄承办，但庆丰本承一股，计担馀洋每月五十元，尚有馀货每月计洋五十元，此是仲逸所办之旧例，恐有不遵旧章，至庆丰与用九接头后，至楚卿兄处与其接头，当面允俟姚梧冈来再行接头，以定行止。恐其馀货之洋致与减少也。并晤吴玉成都督、杨参军、黄子霖兄，相叙片时。并至楚言、馥堂先生两处少坐，来时已将二鼓矣。遣阿香送还秦梗友先生《中外地舆图》一册计六本。王子轩兄来云，接周载熙兄信，内有附致余一缄，云郑涤洲先生由滇抚送至东洋游历，道过黔省，云及郎伟丞老伯调署罗次，闻该缺与其原选之昆阳州相去一半，未识何日得到本任否也。但郑君游历后可有一优奖，不胜欣幸之至。

廿五日辛未 晴。内人气痛稍愈。黄煦东宗伯设午膳请吴玉成都督，并请金慈生司马、萧伯康大令并余。萧公祖云，值奉命裁撤佐二各官，浙江抚宪裁杭州府通判、乍浦同知、温州同知、处州同知各缺。席散而别。至梅五姻丈、谱香母舅各处少坐而来。但葭沚网业系分作二十股开，楚卿承十股，黄子霖兄承四股，周谱香母舅承三股，姚梧冈承二股，鲍子封承一股，曾经黄煦东宗伯、周谱香母舅具呈台州府，已蒙徐公批准矣。系缴郡城工艺局常年经费英洋六百元，郡城之三台学堂、椒江小学堂各缴三百元，以作游历人经费需款，此亦善举也。

廿六日壬申 阴。致张丹亭督一信，致金九疏先一信，致杨振甫一信。适章子修姻兄到省，托其代向杨振甫取还典帖，各信均交子修兄代带面交诸君。章子修兄于今日趁海门商轮动身，余仝祝再姻丈送其至海门轮上，并至怡香居过午膳。祝再姻丈至家去，子修兄到海门商轮上安放行李，并托其到省代购另星各件。余至同昌分号晤张星伯大令、黄楚卿、王子宜、黄子霖、黄嫩泉[①]诸君，相叙半晌而别。至娄晋阶太姻丈府上少坐而来，至家。陈云芝之夫人去世，柬邀余明日助祭。接王兴臣兄一信，寄还代买墨盒洋一元。但墨盒价未及一元之数，交原其送来之周宅三哥带还，即作一信交桂玉老司送托三哥带福。家慈于月之初八日到莘山小妹家，晚刻来，金叔文妹丈亦于晚刻来。内人恙亦稍愈。闻黄楚卿新办之网栈，丁兆法暗合黄子霖兄承四股分二股，且为宁郡网栈之经事，且丁兆法之专心用志，不亦善乎。

廿七日癸酉 晴。陈云芝先生之夫人于午刻大殡，邀余主祭。卓毓卿先生于早刻去。

廿八日甲戌 晴。午膳后仝叔文妹丈至梅五府上，邀其同至海门同昌分号，晤徐丽生、周喜亭，相叙片时。至永宁局，晤杨子云、方笃初两君，相叙半晌而来。设有小酌请叔文妹丈，并楚言、子能、丽生、紫章、琴轩诸位。接张丹亭都督一信，并前代付石板等洋，归还英洋五十二元二角，托余代购处术、茯苓。值永宁到埠，向其《申报》取来，八月二十日起至廿五日止。

廿九日乙亥 晴。致张丹亭都督一信，托褚琴轩兄代交永宁转寄舟山。致周载熙兄一信，交官涛先之弟送邮政局转寄贵州学署。午膳后，仝叔文妹丈至遇琴、梅五、楚言三处少坐。前洛卿丈公托买之呢帽托桃桃带宁买来，计洋一元三角三分，适桥相至长甸之便，致其一片，并帽交其带至长甸矣。

九月初一日丙子 晴。致玉先一信，饬老二送至马头山，转接福信一函。午膳后，至楚卿府上，晤秦师梗友，相叙片时。因内人气尚疼痛，适许立夫先生在仲辰处，亲至其府上邀许君诊治。少时，笠夫先生来家诊后，即开一方。不识得奏肤公否也。楚卿因创办公利网行，于今日为始，邀余晚膳，其公利之行即开在前玉品之旧处。晤周

---

① 当为“黄漱泉”。

谱香母舅、姚梧冈、黄子霖、黄漱泉诸君，相叙席散而来，已逾三鼓矣。叔文妹丈与丽生、子能两先生及少愚，至横泾堂祈梦。

初二日丁丑 晴。接章子修兄一信，内附暖脐膏三张、高丽参两支。午膳后至陶寿农处少坐，周谱香母舅来叙片时而别。公利网行邀余晚膳，晤煦东宗伯、楚卿、梧冈、谱香母舅、寿农、梅五、子宜、云梯、楚言，相叙半晌，席散而来，已将二鼓矣。周梅圃先生与其友仲甫于晚刻自郡来，明日至乌石取育婴堂租殳。

初三日戊寅 晴。内人气痛尚未愈，致函余樵圃先生与其诊治，专价去请，来云又不得面晤。琴轩因在公利网行作夥，专在宁局售锁[1]货物，于晚刻海门商轮到宁，致张丹亭都督一信，交琴轩带定转递。托子能先生代致一信与郡徐少申，托其代丹翁购买处术两斤。

初四日己卯 晴。午膳后至邱楚言处，适其至海门，未晤。续至谱香、枚五两处少坐而来。

初五日庚寅 晴。早刻，接到徐少申兄致子能表叔公，外附处术两斤，每斤计价洋三元五角。即致一信，并附处术两斤，托褚四妹递交永宁轮夥转寄舟山交张丹亭兄收。值永宁到埠，向其《申报》取来，八月廿六日起至九月初二日止。接蒋敬甫兄一信，并皿缎领一条，系前托买之物。并接张丹亭都督一信，郎小保于晚刻已来，前假去之洋三十元，丹亭兄因其石板未曾寄到，该洋嘱余自向取讨。据小保云，石板已有买来。余嘱将石板速即送出，该洋只搁数日，俟其取来付还可也。

初六日辛巳 早至巳，雨，不甚大；午牌，晴，片时即阴；未后至晚均阴。周梅补[2]先生偕其友仲甫在三山事讫，于晚刻来。邱楚言姻丈于晚刻来叙，过晚膳而别。内人气痛尚未愈，再遣价去请。

初七日壬午 早至巳，阴；午刻，晴，片时即阴；未后即阴。早刻，

---

① 当为"销"。

② 当为"周梅圃"。

送长甸陈宅人情，前借之假屏一堂并大堂帐一顶，均交送人情之价带交。午刻，接洛卿丈公来信，前本邀余代媒，余因内人染恙颇沉，兼在双身，心甚焦急，兼又十一日禳祷，万难脱身，只作函推迟。信借之画交其托人带去：李曼士花卉八幅、翰苑拼字八幅、施士龙花卉四幅、祁隽藻红榻四幅、潘谓夫竹四幅、李小香篆字四幅、苏耕云隶书四幅、蒲竹英山水四幅、红联十四对，均交其带上。晚刻，价转，代媒万不可却。但内人如此光景，万难脱身，只邀少愚兄代余与其代媒。适其来纪尚未去，即作函交其带交。云借珠凤一对，询内人尚在下洋峙董宅，即作函与董丕泰，交陈家之人带去，如其要用，彼自行带去向借。余樵圃先生于晚刻来。邱楚言姻丈来叙至晚而别。内人之恙今邀樵圃先生诊治，未识速奏肤功否也。

初八日癸未 晴。接陈洛卿丈公来柬，即将假屏一堂，并假寿对一副，共计十四轴，并挑桥袍套一身、皿瑚绉长衫、呢帽、领、靴，一并均叫玉先于晚潮送至长甸。子能先生至北岸看病去。

初九日甲申 晴。内人之恙稍愈，杨子升兄来邀韶谱先生即于早刻[①]其家，晚刻来。至张丹亭都督一信。致蒋敬甫兄一信，日前接其信云，现寓定海镇署。两函均交詹恒丰之阿三转递邮政局分寄定海。午膳后至椒江秦师梗友、枚五、楚言各处，适均公出未晤。路至泉泰，与达云母舅相叙片时。闻永二相云，黄岩王稚季大令系在安徽候补奉差，染恙请假，即行治装旋里，至宁波趁海门商轮，即经去世。呜呼！皖垣而来，路经数千里，不幸至海门，及其家（即黄岩县城）仅四十馀里，不得到门而别，惨甚。何其福如此之薄也，不胜代其一叹耳。晚膳后至陶寿翁府上，相叙半晌而来。彼云楚卿携宁波来之妓女双凤至白云山，设席颇丰，并邀王云梯、王子宜、周麟斋、邱楚言并黄子霖、邱遇琴同到山中，效古人落帽之风，席散即行打牌。事虽乐，其名甚不雅。惟楚卿兄作此之乐境分所宜然，大凡各人以及各友作

---

① 后疑脱“去”。

如此之行有所不[1]。因白云山乃仙趾所过之方，岂容此辈污坏清处。如各友宜当劝止，为有司者理宜禁止，以免将来。切切，是为记。

初十日乙酉 晴。致贺楚材兄一信。致柬向王云梯做呢帽一顶。午刻，设小酌请韶谱先生，并邀书城母舅、丽生先生、楚言、少芳诸君。陶寿翁来请韶谱先生与其子女诊治。内人之恙稍愈。

十一日丙戌 晴。余韶补先生于早刻去。午刻内人分娩产一女，生颇为夸便，生后啖[2]迷两次，适请道士八人禳祷，又许于十六日再请道士十二人禳祷，求得上苍敷佑母女二人均安，是为至幸，至幸。即作函请子能表叔公来与其诊治，愿得药到恙除为幸。到时已将三鼓矣。周梅五姻丈来云，谱香母舅本与煦东宗伯合禀开设公利网行，当承郡尊批准，楚卿兄已集股将近开办，谱香母舅与其意见不合，再行具呈台州府，意欲分手，承办公款亦欲分缴。闻府批不准其分办云云。但其如何分法，府中如何批法，未得详细。网行之事，宜尽[3]不宜闹，尽则取利颇厚，闹则两归无益。总而言之，利之所在，人所垂涎。楚卿虽经开办，是事得以始终如一否也。

十二日丁亥 寅、卯两刻，雨；卯末至辰初，阴；辰末至巳牌，雨；午时雨晴，至后均阴。致张丹翁一信，致褚琴轩一信，均交桃桃送交。晚膳后，至陶寿翁(处)少坐而来。接楚卿兄一信，即至其府上，晤健生、子封、槐士诸君，晤叙半晌，来时已逾二鼓矣。内人之恙稍安，其阴过虚，兼在产后血少而燥，遣人再请少圃先生诊治，尚未来，不知明日能到家否也。

十三日戊子 阴。内人病仍未痊，请少圃先生尚未来，舌上多白胎，邀詹禹卿先生趁治。得以药到病除否也。周麟斋来云，网业一节，与其同至梅五府上，晤楚卿、建西、允东，相叙至晚，留过晚膳

---

① 后疑脱“宜”。

② 当为“痰”。

③ “尽”似当作“静”，同句另处亦然。

而来。

十四日己丑　晴。玉先自长甸来，前借去寿屏及各等均已带转，惟袍套尚未带来。内人病尚未愈，明日再遣人去请。午膳后至麟斋处，适其未在为歉。即至谱香母舅府上，晤允东、梅五诸君，相叙片时，至达云母舅处少坐而来。路晤少云，同其至家少坐。晚膳后，至楚卿兄府上，晤楚言、子封、性言、镜人诸君，畅叙至二鼓而来。大板桥黄道耕相因完姻来假寿屏，因长甸尚未带到，即致片交其来人带覆矣。前向云梯假来呢帽，晚刻时遣桂炳送还矣。

十五日庚寅　早至午，雨，不甚大；未后至晚，均阴。致函请少圃先生来与内人看病，遣价去请，尚未来。内人病尚未愈。早刻，因太婆之坟面石料尚未载齐，叫朝相同透老司至南仓去催石料，未识得全齐载否也。

十六日辛卯　早至卯，阴，辰、巳两时，细雨；午后至晚，均阴。内人病稍愈。十二人禳祷求安，想今日即可逐渐痊愈也。余韶圃先生于晚刻来。家君于晚刻到家，言自九月初一日自京中动身，至申江转载戴阳丸商轮到台；言山西吉州缺颇清苦，欲即于年内动身赴晋。届时天气严寒，路途艰苦，复何言欤。

十七日壬辰　晴。内人之病稍愈，接吴玉成都督一信，其公馆系在杭城花牌楼，寄前托琴轩买帽碗一顶，曾已寄到，计洋七角。

十八日癸巳　早至巳，阴；午后至晚，晴。永宁轮夥桃桃送到蒋敬甫兄自舟山发一信，并片戳一个，前托其带省代印片纸。致王兴臣兄一信，并铜尺两根，交福缘送托槐士府上转寄黄城矣。内人之病较之昨日稍愈。

十九日甲午　阴。内人病重。余韶圃先生于晚刻去。即致函请章杞堂先生，叫六先趁船去请。管平甫携张丹亭兄一信，言荐其与家君为跟随，家君允其，俟十一月赴晋时嘱其同行。平甫系子仁子，前在王质甫老伯处。致阮右垣兄一信，向讨真新会皮，即于晚刻饬老五送至泽国。女儿因其母有病于晚刻来。小妹来，叔文妹丈代请赵蓉舟先生来与内人诊治。

二十日乙未 晴。家君出信致张丹亭兄一信，交用九转送邮政局寄至舟山，接章子修兄自武林十三日发一信。内人病稍愈，想其不致□命，亦未可知。赵蓉舟先生自早刻去。老五至泽国来，接阮右垣兄福函，并承惠代州皮一个，心感之至。

廿一日丙申 早至巳，阴；午牌，细雨，片时即晴；未后至晚，均阴。昨晚，洛卿丈公处送分粧人来，即作函交其来带去。覆章子修兄一信，又，家君出信致章子翁一函，并封交邮政局寄至杭城牛羊司巷海标塘务处唐家。昨阅其来信，前寓望仙桥老晋绅堂客栈第念二号房间。前在天台拈花室时英祥、显三托余代书片戳字，家君代其写来，并印片各五十张，并致各一信，封交玉先带托栅浦堂三和尚代寄天台山矣。内人病仍如旧，日前函请章杞堂先生，今仍未到，望眼将穿也。接则福先一信，云俟杞堂先生来时与其同来。杞堂先生于二鼓后来。

廿二日丁酉 阴。内人病仍如旧，请杞堂先生诊治，药稍见效。杨载唐来，家君欲邀潘云生将恒茂泰再行集股整开，但此事既经如此，恐无整顿之日也。

廿三日戊戌 阴。家君出信致王少南兄一信，托楚卿兄代寄。杞堂先生与内人诊治，今日才有转机，想能逐渐痊愈也。岳母嘱以明日又邀巫者十六人禳祷，定叨上苍之庇佑也。永宁商轮于今日到埠之期，向其《申报》取来，九月十五日起至二十日止。

廿四日己亥 阴。内人自八月初八日因气坠，初邀子能先生诊治，再邀卓毓卿先生诊治，或愈或仍病，不一而定，总而饮食少进，后至断食。又邀余韶圃先生诊治，至九月十一日分娩一女，随即痰迷，污血上攻，形容日渐憔悴，心甚焦急万分。再请少圃而不能到，又邀子能先生、笠甫先生诊治，药均无效，即中旬少圃来治亦不见效。又请章杞堂先生来诊，亦不见工。求巫三次禳祷，一无能验。延至今夜十一点一刻，竟然长逝。呜呼哀哉！内人系继母之内侄女，自庚寅四月文定，甲午二月归余。品行端方，性情严肃，侍翁姑可谓柔顺。丙申正月分娩一女，今年已九岁。丁酉、戊戌两年皆分娩两儿均幼殇，心甚痛郁。后又小产一次。今又产女孩，何其之命薄如是耶！不胜嗟叹。夙夜思之，妇德妇严，悉皆敬重，终身含泪，莫可言喻，思其形容，终身长叹。所遗两女，艰苦难言，余亦甚人事而已。今既其逝，速治丧事，死者安，以尽生者心耳。章杞堂先生适谱香母舅请其代陈姓看症，随至陶寿翁府上宿。大凡医者之心本善，俗例请其看症，人已亡，医者即去，以免送终之名，故之医师常带轿夫，即为此也。余论之，人之死生亦非医者之所能为也，既不得手，何去之太速也。即可缓缓而行，有何碍乎！

廿五日庚子 晴。内人之衣服尚有未备，即嘱衣匠速为做就。

廿六日辛丑 阴。内人于早刻出殓，女儿出吊，想此情形，心更倍惨。回忆余出世十四日，母周太恭人即逝，今内人产女亦在十四日而忘，触目惊心，惟思愈惨。余幼丧母，中年丧妻，命途多舛何若是也。旬日忧心百促，哀痛倍切，心乱如麻，计语难以详言，时时再行补录哉。

廿七日壬寅 早至午，阴；未牌，微雨，即晴，阴；申至酉，阴；戌、亥，细雨。接章子修兄自省垣月之廿一日发一信，家君出信，即覆一函交恒丰之仆从带交邮政局转寄省垣。

廿八日癸卯 阴。内人于午刻大殓，即出暂停屋之西首，先慈所停之北首二丈许。今日之情形，泪如涌出。但妇人之心，自己出者，即有恶事歹言，有方掩饰；非己出者，稍有不周，痛恨终身，人人皆然。余元配章宜人出两女，长年仅九龄，幼未弥月，不胜倍惨。本街褚子棠故后，其前妻出有一女，其女染恙，向其后母求一汤药而不得。一想心更惨甚。余立定主意准不续弦，再四惟思，尚无后嗣，于心不安。俟明岁，只得纳妾。倘得贤能之女，得产男儿而能成立，俟其幼女出嫁后，择日邀戚族，升为继室带用诰命。若不贤兼无出，即行出逐，再纳贤妾而延嗣。此余自出立定主意而不易也[1]。内人出时，邀陶吉云、周少芳、周作羹、黄宗山、黄少愚诸君助祭，去时已将二鼓。晚刻，陈咏丹先生自郡来，系家君请其至山西任内为书启幕宾，在申江时，马少葵少尹所荐也。

廿九日甲辰 晴。接张丹亭兄一信。家君致赵瀛洲守戎一信，交恒丰之仆送托邮政局转寄舟山中营守署。

十月初一日乙巳 晴。午膳后，至楚卿兄处，晤江子菁大令、黄子霖兄、解玉泉、卢槐士，相叙片时而来。至二府署谒金慈生公祖，晤谈片时而别。致张丹亭都督一信，饬老五送邮政局寄至定海。内人出丧已及三天，俗例有往谒之例，晚刻，携女儿亲至该处，叩谒璧[2]即来。其圹屋甫将成就，思之惨甚。回视二女，惨莫可言。

初二日丙午 晴。内人头七之期，以僧人七人追荐，愿得来生享期颐之上寿，是所深幸。接黄岩杨仆一禀，并橘子一篓。家君致何见石比部一信，交恒丰之仆送海门邮政局转寄京华。江子菁大令来云，彼入都之期定在明春，并云余与楚卿兄之保案尚搁府中，恐难上达。大凡谋事在人成事在天耳。陈咏夫先生之关书于今日家君送奉矣。公利网栈之事，褚仲逸处，江子翁已代妥说，惟谱香母舅尚未言妥，想亦不相上下也。

初三日丁未 晴。阿香自杭城来，接章子修一信，并寄家君一函，言杨振甫有临海架之款，未知可以作抵否。杨振甫寄家君一信。何肃堂先生寄家君一信，并北山捐簿一本。张式棠致家君一信，并惠橘一篓。阿香来，接到章子修兄寄到全鹿丸四包，每包计洋一元，湖锦一斤，计洋两元七角五分，内阿[3]寄岳母处并其府各件均已代收，容即代寄。

---

① 原文旁加圈点处，下同。

② “璧”疑当为“毕”。

③ 当为“附”。

初四日戊申　晴。家君致福何肃堂先生一信，交其来友带福。致金九疏先生一信，致陈祝再姻丈一信，均遣老二送投。致蒋馥堂先生一信，内附杨振甫致其一函，叫伯巽先送郡，询其是否，系家君出信。陈咏丹先生亦与早刻至郡。午膳后，至梅五、寿农两处，少坐而来。金德生于午刻来，相叙至晚而去。

初五日己酉　晴。接金九疏福家君一信，言王燿南兄所交彼仅洋念元，内十元送与杨振甫之仆董姓，尚十元代王少南买另星物件。梅五姻丈来云，邱君楚言已由下洋邱收租来。晚膳后至楚言处，晤邱玉堂兄，相叙片时，来时将及二鼓矣。玉先与子能先生自马头山来云，玉先之嫂生乳毒，已出浓而无碍。谱香母舅来，托余代其有徐元福一人转荐与保甲。曾与梅五接头，保甲尚未开办，俟开办之日再行书名可也。陶寿翁之世兄聘泽库阮右垣刺史之胞侄女，于明日文定。

初六日庚戌　阴。接张丹翁一信。午膳后至谱香母舅、寿翁各处，晤叙片时。邱楚言姻丈来谈至二鼓而去。章子修兄托寄各物，早刻遣老二送去，晚刻来，带来絮袍一件，另即代寄杭垣。

初七日辛亥　卯前，雨，不甚大；辰至巳，阴；午后至晚均晴。小阳天气，异常和暖。伯巽至郡，询馥堂先生作何福答，本即专覆。章子翁尚未下港，望眼将穿，心甚焦急，即作函致伯巽先一信，嘱其立即下港，以便作福。恐信一时不能得到，又作一信与玉先，嘱催伯巽即日下港，未识明日能来否也。张丹翁之大世兄来台应试过舍。张世兄号寅侯，考名伯彝。晚膳后至楚言处，晤叙片时而来，秦师梗友来云，其师母亦小产而亡，幸有世兄两位，其平生亦不致落空也。彼与余同病相连，闻者不胜倍惨，呜呼哀哉！

初八日壬子　早至辰，雨；巳牌，阴；午初刻，雨，不甚大；未后至(晚)均阴。已出西风，天气从暖转寒矣。玉先自郡来言，伯巽先今晚可以下港矣。

初九日癸丑　晴。家君致王少南兄一信，饬阿儿送船转寄郡同昌，伯巽先生接馥堂先生福家君一信，并杨振甫一信。张寅侯于早刻至海门转趁小轮到郡应试。闻院宪定于月之十二日取齐，大约月半左右可以到台。早膳后至椒江书院，晤秦师梗友，适其将至郡城，相叙片刻而来。今日适值内人二七之期，邀僧五人追荐一天，水忏并焰口一堂，并兰盆一盆。目睹此物，不觉伤心痛哭，不胜悲惨异常。长女宝莲早刻偶占寒邪，此无母之女，其苦何可言哉！

初十日甲寅　晴。致卢槐士兄乙信，家君致王少南、陈咏丹各一函，饬伯巽先专送郡城。致章子修兄一信，托其代其买棉丝、马带各件。家君致章子翁一信，并内附其竹报一函、馥堂致杨振甫一信。接金九疏原信一封，紫浆宁绸絮袍一件，饬阿香专送省垣，于晚刻至海门趁海门商轮至□。晚膳后至邱楚言处少坐，仝其来叙至晚，留晚膳，去时已逾二鼓矣。玉先云，周少云意欲放头叫褚炳云打牌，炳云不允至其家中代其放头，两相口角，值讼炳云欠其赌钱颇巨。但炳云虽云赌徒，尚有钱之人，断不致欠少云。今闻如此呈告，不胜诧异。如今之人心若是也。大凡赌场，切不可至，是处便可捏造是非，岂不慎哉，慎哉！为人赌博，有则速即断戒，无则加勉焉，切不可入其牢笼，是为至要至切。内人起造冥屋，于今日起手。台郡俗例均有冥屋，曰库屋，均是有之故，亦从俗焉。

十一日乙卯　晴。晚膳后至庆丰少坐，邱遇琴兄之令媛于今日嫁洪德顺之荣熙为耦。

十二日丙辰　晴。午膳后至海门商轮局，晤黄子霖兄，相叙一刻，托其代染密色四开袍料染为老金酱色。并至渔团局晤丁飏绵兄、萧伯康公祖，相叙片时。萧公云，自黄城来，偶染微邪，请解玉泉先生诊治，幸占勿药之庆矣。接章子修兄托余代寄陈祝再姻丈一信。转时适金慈生公祖邀余看戏，即至署中，晤其幕友吴宾来、其少君金唐印、其令祖王少猷及允东、健生诸君，相谈至晚，留过晚膳而来，未及二鼓矣。吴宾翁云，近来最著之医生莫过于湖北省王姓，但其人最细少，并点指不全，其名医者远近皆知也。倘若慕名至郢垣，老幼皆知其住处。况近来各省督抚以及殷富诸君均请其诊视也。

十三日丁巳 晴。早膳后至梅五处少坐，言及葭沚保甲于月之十五日开办。至家后，值集圣庙阮总帅圣诞，即整衣冠诣庙行香，晤心斋宗叔，相叙片时而来，并晤潘耀光。晚膳后，月明如画，如此月色，人甚快乐。随踏而出，至星斋府上，晤耀光，相叙半晌。耀光系郡城人，能识医理，其指甲约长二尺[①]有馀，亦罕见也。伯森先于晚刻自郡来，前托陈咏丹先生代刻先曾祖母之讣闻，字多舛错，但日期已迫，家君心颇急，即致陈君一信，仍嘱伯森先到郡，嘱其再行更换。不知得能合适否也。

十四日戊午 晴。桥相自家来云，陈亦纯先生言先曾祖母之十一月初三日入厝之日子不甚妥善。家君诸多疑惑，请丽生先生来询，其可用否。据云日子颇佳，尚可以用。既有其言，心总有碍。适玉先至家来，嘱其将宁波择来之日子带托水家洋金姓代为再详。曾于午膳后往询，未识佳否，俟其来家可定行止也。

十五日己未 晴。清相来，代邱君伯勋一信，托家君代带冬衣与其令弟少羽，家君允焉。即作函福，仍交清相带还。伯森先来，其转到之讣闻，咏丹先生来亲自附带。晚膳后，与清相仝至集圣庙看戏，道过允东处少坐，晤谱香、仲逸，相叙片时而来，已将二鼓。清相云，学宪陈公已与今日到黄城，明日可到郡矣。

十六日庚申 晴。玉先来云，先曾祖母安厝日子稍有不周，其金姓转择十一月十八日壬辰，但余系戌命，恐有不为妥善，仍用初三日为是。日值内人三七之期，先于十四日请僧七人起佛，至今夜为止，并库屋、兰盆各件。岳母家于今夜荐七灵前八大小一席、六大六小两席、粗菜三席，亦礼也。陈咏丹先生于晚刻来，先曾祖慈之讣闻曾已带到。学宪今日到郡矣。接章子修兄于初六日至杭垣发一信。

十七日辛酉 晴。先曾祖慈入厝讣闻分送各处。金九疏兄来叙已晚，留宿。岳母遣价托余代买铜帽，但此物无处可售，余尚存有一

---

① 疑为"二寸"。

盒，拟将分用。

十八日壬戌 晴。致张丹（亭）兄一信，家君出信并附先曾祖慈讣闻一柬，内附致赵瀛洲守戎一柬，亦托丹翁代交，函饬阿先送邮政局转寄舟山。接郎翰臣老伯致家君一信，并惠伏鲞廿二片。家君早刻至马屿头，至晚刻来。午膳后至陶寿翁（处）少坐。绍占相来言，寿翁之祖母云托家君代与仲辰言将其母之坊或就学宪汇咨，或托京友代请。余询及家君云，俟再商。用九先生与昆生自路桥来云，恒茂泰诸多糊涂，家君欲急完结，诸多不便也。

十九日癸亥 晴。前楚言姻丈在家时，有其房族邱兆培与三山人官富老二，为买花致干不睦，托余致柬与贺楚才兄，代其两相排解。今楚才兄已代妥说，花烛上门，顷因本人患病，遣人送去，其不肯允从。据公咸说，官富老二实因有病。余代致一信与邱楚翁，两相和睦，函交公咸寄至黄城。恒茂泰之事，家君已叫杨载唐来，未知作何了结，尚未定局。福缘自黄岩来云，张锡光及朱桐冈、陶连山、徐光赤四人之讣闻不知住处，均托清相代为分送。接应子能先生一函，代徐少申籴糯殳，但家中之糯殳为数无多，除自己做酒外，已家君许诺他人，拟函回福。家君嘱福郎翰臣老伯一信，并其世兄部照两纸、监照一纸及叭杏，均托其来人带福矣。

二十日甲子 晴。福子能表叔一信；家君致何见石之令弟肃堂先生一函，均饬阿儿送航船转寄郡垣分送。致黄子霖兄一信，并附英洋三元，托其代买洋蛛，系饬老五送至海门商轮局。致王子舜兄一信，并托做方竹烟杆五枝，又托其代觅大轿；又致邱仲玉姻丈一柬，均饬吕保送至黄城分交。金叔文妹丈于晚刻来。吕保来，接仲玉姻丈福信一函。吕保云，子舜兄未在家中，方竹转托仲玉姻丈代为托做。云舟兄于晚膳后来，欲明日到郡。童先生云，恒泰典之夥友吉人子自安徽发信云，王少潭兄于十月间仙逝，其言未知确否，不得其详。

廿一日己丑 晴。崇吉先昨托买之白布、毛皿，均已买到矣。

廿二日丙子 早至午，阴；未刻，细雨，片时即阴；申、酉两牌，细雨，即晴、阴；后均阴。云舟、叔文两兄均趁小轮到郡，家君嘱书致卢槐士兄一信，并附先曾祖母安厝请其做祭帖一柬，饬老五送至航船转寄郡城。致应子能先生一信，本饬桂彬同叔文到郡，因去时轮已行，故饬阿儿送交航船转寄郡垣。致邱仲玉姻丈一函；家君嘱书致金仲泉观察一信，均拟明日遣价分送。

廿三日丁卯　早至巳，阴，午刻至晚，均晴。饬桂彬到郡，专购另星各物。楚卿兄来叙片时，云及廿五日趁轮到申。午膳后，至楚卿兄、星斋宗叔两处，晤叙片时而别。内人值四七之期，请僧五人追荐，道场一日一夜。金叔文妹丈荐七，此俗例也。

廿四日戊辰　晴。西风颇大，天气觉是寒冷。家君嘱书致永文大爷一信，饬玉先送至长甸。陶寿翁之次女适路桥俞梧生之子，今日纳采。

廿五日己巳　晴。接章子修兄寄家君一信，家君嘱书福一信，又嘱致吴子仁兄一函，均饬恒丰仆阿三送交邮政局保险转寄各处。接周载熙兄自贵州发一缄。致章子修兄一信，附家君信内，寄至杭垣。金慈生公祖于明日廿六寿辰，均辞不做寿。

廿六日过午　晴。福周载熙兄一信；家君嘱书致章子修兄一函，均饬老五送邮政局转寄。家君致葛逸仙先生一信，交航船带郡。致仲铨、季甫一信，明日遣人送交。

廿七日辛未　晴。家君嘱书致金叔文妹丈一信，嘱其即日下港。嘱致映江先生一柬向借轿一乘。致周枚五姻丈……前发江子菁之讣闻未曾收到，此事系伯巽先带郡分送，即致一信询其曾已分送否也。桂彬自郡来，协丰之洋无有付出。学宪于十一月初一日起马。本科书坊较之各年旺数倍。致海门商轮局黄子霖兄一柬，向取前托买之洋蛛，物已买来，计十二斤四两，其价洋三元日前送交矣。

廿八日壬申　晴。先曾祖母安厝日迫，诸事均已馀备，致柬向映江先生假轿一乘，亦为进圹用，俟日向取，即叫官华送去，来云允焉。家君嘱书致王少南兄一信，托其代送王瑞生仪一封，向同昌支洋一元送去。致同昌讣闻一柬。金叔文妹丈自郡来,即至家去,向其假来《中兴名臣事略》一册计四本。

廿九日癸酉 晴。先曾祖慈安厝日促,诸事均已忙录。

三十日甲戌 晴。先曾祖慈于十一月初三日子,据玉先述孙旭东云有大碍,但时已迫促,难以转移。此事幸有两说。此地明谓孙旭东选择,又有何巨明复看,做坟时亦旭东、巨明格定,申龙入首,立坐申向寅兼庚申,系庚申、庚寅分针。前于本年三月初六日新造,当做坟时,依何巨明要上丈馀,孙旭东要下数尺,家君看上数丈馀,不合众望。下数尺内有古坟,均不可,家君自要即在此间,尚有旺气。若有真龙大地,其穴土岂可尺寸相移。家君看亦平安之地,余亦此论,实则家君自定也。当时家君请孙、何两君来看。若言非是其择,有碍情面;若不说出,即其功,即酬孙旭东洋念四元、何巨明洋念四元而已。续孙旭东挂余言非其所择,其心大有不平,今安葬未请其看地,深知此日子系余经手,故来说此日子有碍,显自己之高见矣。此十一月初三日子系宁波敬时堂所选,即请邬丽生详加查核,若是有不佳,何宁郡敬时堂选出,未免有碍门面。丽生先生久年交好而不言也,若均见识未到,亦余家数如斯,何可言哉!

俗例,各家大小日子均请横经堂赵元帅神位到家,诸事无忌。余沐浴,于晚刻亲至横经堂敬请赵大元帅神位到家,诸事均化凶为吉也。先人之事,稍有不周,心实忧甚。余至横经堂,晤旭东宗伯,相叙片时,旭东宗伯修理庙貌,在此多日,亦善举也。金叔文妹丈与小妹均晚刻来。接王子舜兄一信,前函托其代借大轿,今已向林宅借,允。但进坟用大轿,前函托借,信去,适子舜兄至郡未来,多日未见信息,已向金仲泉观察借来矣。先曾祖母一切均粗部署矣。

第六章

甲辰(1904)十一月初一日起

十一月初一日乙亥 晴。先曾祖慈于今日午开灵设奠,家君请周梅翁姻丈、达云母舅代为招呼。早刻,家君与余恭请先曾祖慈应太夫人暨先庶曾祖慈郑太宜人神位至中堂后,续即来吊者江子菁大令、何霱生广文、周谱香大令、周允东茂才、黄星斋咸尹,诸君相叙片时即去。及叔伯诸君,至晚亦去。陈洛卿丈公携其宝俊表叔、陈祝再姻丈、叶启茂姻弟、苏月波、唤堂两姻丈、应少圃太姻丈、周在舆禹门叔公、金德生九疏诸君,均邀宿夜,亦颇闹热,一切执事均粗部署。梅翁云,本科院试入泮之王子宜、黄道周两君于明日下港。俗例,入泮到家,向请绅耆至道头迎迓,亦一时之光荣也。王梦云师台自宁郡来台,过家少坐而去。周梅翁云,荐仆从小朝于暂时帮忙,家君允焉。洛卿丈公之惠夫表叔本科曾列板牌而不售,深为可惜。学宪陈石荪星使于今日起马矣。邱仲玉姻丈、王子舜兄、张伯旋兄诸君来吊,均留宿。葛逸仙兵部于早刻来吊先曾祖慈,言及昨日自郡来,并云戒烟最佳者仁济参片为上品,王子裳太守前烟瘾颇大,续亦仁济参片断瘾,已将三十载,年逾花甲,精神倍加。余亦被烟瘾所累,能已入苦海之徒得超彼岸否也。

初二日丙子 晴。家君邀陶寿翁、周梅翁、卢槐士、陈禄孚、陈祝再诸君致祭先曾祖慈,并邀王策臣先生点主于晚刻来。明日先曾祖慈出门,执事尚少红绿衣,即致函托林逵南兄代向镇署暂假。饬小朝送去，即假来全堂。适气候晴明，可谓幸事也。祭后设酒八席，相请来吊先曾祖慈诸君晚膳。金德生于早刻去。尤翰帆先生、林汝奚兄均于晚刻来。少圃表叔公、张凤山先生亦到，均留宿。数天来吊先曾祖慈者亦颇热闹。邬丽生先生至马屿头格定竖坟面坐向，能致无误为幸。

初三日丁丑 晴。家君偕余奉先曾祖慈暨先庶曾祖慈灵柩于早刻就家中致祭后动身，即至马屿头山，时已二下钟。至上街达云母舅处设祭一次，致栅浦月波、焕堂两表叔处设祭一次。到时，德生、子宾、九疏诸君致祭一次。续将入圹，又祭一次。叔伯及亲戚朋友男女亲送者八十馀人，内二十馀人均至栅浦而来，馀六十馀人均送到山，承诸君情分以增光也。叩准时针五点一刻，先曾祖慈暨先庶曾祖慈入圹，即请丽生先生格定坐申向寅兼申庚三分，即行封定。绍坟后，余与家君同至家中，即请王策臣先生谨题神位，随即致祭安神，送上神座，功事毕焉，叨神佑以平安，即叩送元帅，愿得安吉是为至幸。尤翰帆先生、林汝奚兄均于早刻去。

初四日戊寅 阴。家君设酒两席，请致祭先曾祖慈诸君及亲戚各位于晚膳。接张丹亭一信，并补寄先曾祖慈宁绸祭幛一轴。子舜兄于早刻去。

初五日己卯 晴。接金慈生公祖致蔡燕生给谏金台一信，并英洋五十元，托家君带京代京[①]。适家君至马屿头看三日，未曾到家，晚刻来，即面呈矣。家君与祝再姻丈于早刻同至马屿头，至晚膳后来家。王策臣老太于早刻去。前向金仲泉观察暇[②]来绿呢大轿，即遣轿夫送还，及向映江先生借来之轿亦送还。先曾祖慈安厝所用各物均大半送还矣。

初六日庚辰 阴；夜，雨不甚大。家君赴晋于今日动身，亲戚邻

---

① 当为“代带京”。

② 当为“假”。

朋均来送行，暂寓海门和生糖行，明日趁永宁至宁。上年所购之庶母杨氏，亦于今日就路桥其家中出门，至海门詹彬湘家宿一夜，明日仝家君赴晋。陈咏丹先生亦与家君同行。接章子修兄致家君一信，向定海饷银汇去英洋五百元，并言上月廿六日晚刻出去，房内被窃约计百金之谱，亦运气也。禹门叔公于晚刻至家去。祝再姻丈于晚刻送家君至海门。连日心绪如麻，未便多录。

初七日辛巳 早至未刻，雨不甚大；申后至戌，雨稍大；戌后，雨细。早刻，阿昌兄送来张丹翁一信，云章子修兄汇去英洋五百元，但其洋本即寄还，因家君所携行李颇多，家中一时不凑，即与家君言至舟山转达丹翁，暂十三日凑足寄还。午后，至海门和生晤家君，已将到船。并晤咏丹先生、彬湘，相谈片刻，仝祝再姻丈至怡香居少坐而来。一时风雨颇大，衣服被湿，到家时已值晚膳。值内人六七之期，请僧人五人追荐一日一夜道场。

初八日日壬午 早至午，晴；未后至晚，均阴。陈洛卿丈公、祝再姻丈、克明表叔、伯旋兄均于早刻去。少圃表叔公、张凤山先生至海门去，明日到郡。家君出信致何肃堂先生一信，附谢帛竹布两个；陈少平一信，内附璧洋一元；张佩之老伯一信，附璧洋一元；王瑞生一信，附璧洋一元，均托少圃表叔公带郡代为分送。致林汝奚一信，附谢帛毛皿一个；王子舜一信，附谢帛毛皿一个；邱仲玉一信，附皿呢一副；并王太常寺府弟，谢帛皿呢一幅，均嘱管庸代送黄城。晚刻，至葛逸仙老先生府上少坐，晤梅五，相叙片时。至尹东处，晤袁子雨、周谱香母舅，相谈半晌而来。逸仙先生言戒烟最见功者仁济参片为上品也。致章季甫兄一信，内内附子修兄自杭垣发竹报一函。

初九日癸未 晴。早刻至梅五姻丈处少坐，云及萧伯康大令于明日生辰，约与寿农拼送寿帐，余允焉。彼仆从晚刻来云，礼物均未收。梦云先生于晚刻去。接绍兴吴子仁兄及章子修兄寄家君各一信。陈春亭来云，其所住之处通泰，自用通泰向余所税之屋，彼欲税，余允其俟通泰交还定税与彼也。

初十日甲申 早至午，晴；未后至晚，均阴。福章子修兄一信，福吴子仁兄一信，均交邮政局转寄杭州、绍兴两处。早刻，至梅五府上，与其同至海门和生，晤寿农允东诸君，均穿衣冠叩萧伯康大令生辰，相叙半晌，留面点而出。至浚发过午膳，晤蒋立更。续至和生少坐，晤王香谷先生，相谈片时。同寿翁、梅翁、尹翁至毓才书院一坐而来，至家已将晚膳。后至玉先先生府上，晤谱香、梅五、尹东相谈一刻，到已逾二鼓矣。

十一日乙酉 晴。早膳，约同周梅翁、童紫章至邵岙褚琴轩之亲戚杜三爷处。过午膳后，至马屿头金德生府上少坐，即至先曾祖慈墓处一阅。但其坟前欲再结圆坛一层，已嘱石匠于十六日开工一切，坟面值在做工，尚未告竣。随至西山一坐，路晤洛卿丈公云与祝再姻丈同至石曲方宅，祝翁轿已过前，未曾面晤。即行起身，到家日已沉西。萧伯康大令来柬邀余明日未刻酒席。琴轩云，张丹翁有调署提标中营参将之语，言非子虚，宦途中多进一层矣。

十二日丙戌 晴。家君出信至尤翰帆一函、致戴玉山一信，均附竹布谢帛一端。晚膳后至海门和生，晤寿农、梅五，相叙半时。路晤詹彬湘、秦雨亭先生，云本班永宁由嘉兴到甬至台。同周梅翁、寿翁至萧伯康大令处，同席者：王香谷、陈少斋二尹、黄煦东宗伯、周梅五、周允东、陶寿翁、丁飏绵、余及主人，并陈姓者十人。席散，过和生少坐，即起身到家，已将二鼓矣。接家君自甬江发一信，云马屿头先曾祖慈坟前三尺土定须塞实，以免积水。即嘱老五至马屿头与石匠透老五言明矣。丹翁处汇款系二十外要，需二十日寄到，尚可无碍。童紫章云，琴轩十九日趁永宁商轮到甬，拟交被[①]带交为妥。金叔文妹丈于晚刻来。

十三日丁亥 晴。致张丹亭兄一信，托琴轩转交永宁轮夥带至定海。晚刻，仝叔文至逸仙先生府上少坐，晤梅五，相叙片时而来。

---

① 当为“彼”。

金九疏兄来叙，留宿。小朝晚刻来。日前桂彬叫官涛先言欲歇业，即允其去，而无仆从，故叫小朝来以应差遣。

十四日戊子　晴。值内人末七之期，请僧人五人追荐一日夜，并请僧二人诵经一天。接张柳桥兄一信，并其令弟于廿二日喜期帖一柬，并托代送周允翁一柬，即饬老二送交。覆张柳桥兄一信，交阿儿送航船寄至郡城。致周朝灿相一信，托柳桥相带交。晚刻，仝叔文至逸仙先生府上少坐，晤允东，相叙片时而来。

十五日己丑　阴。早刻，邀邬丽生先生来，与家祖慈格定竖节孝坊基址，至东岸黄氏大宗祠东首格定一处，立定向，准于明日冬至日雇工担泥。家祖慈苏太夫人年十七归先祖，十九岁生家君，廿二岁先祖弃世，家祖慈矢志守节。是年先曾祖亦逝，追念而思，惨莫可言。侍先曾祖慈至孝，诸事均称和顺。先曾祖慈至庚子年去世，年八十九岁。家祖慈侍奉必亲，乡里均称孝慈端庄，至光绪九年蒙礼部主事傅钟麟具奏奉旨旌表焉。今将坊基须经格定，竖坊之日，俟家君训示遵行也。余生十四日，先慈去世，全仗先曾祖慈、家祖慈敷养成人，恩莫大焉。余内人生女，亦经十四日而亡，亦赖家祖慈暨家慈抱养。如此鸿恩，如天之高，如地之厚，将何也报于万一也。

十六日庚寅　阴。天气颇冷。家祖母之节孝坊基于今日雇工起手矣。早刻，至大宗祠晤吕泮太公、煦东、秉彝宗伯、道周、星斋、仲辰、吉夫宗叔、宗山、楚卿宗兄，致祭考妣毕，即过午膳。席散，过楚卿府上少坐而来。祠堂之栋屋瓦破坏，即叫玉先转嘱新玉于十八日起工，将所破之处均行修整矣。

十七日辛卯　晴。致王少南兄一信，托其代送孙冶亭先生香仪英洋一元，洋向同昌支付。致张柳桥兄一信，并附送其令弟贺仪英洋一元，均饬阿仙送托王少南先生代带郡城。叔文妹丈同寿翁至海门，至夜来。晚膳后至黄心斋宗叔处少坐，来时已将二鼓矣。早刻，遣小朝送子霖兄一柬，并英洋三元，并代买暖靴价洋并托染袍料之费。接其回字，暖靴曾已买来，计洋一元八角。

十八日壬辰 晴。早刻，同周梅翁至海门看购皮衣，一无中意之物。路晤詹彬湘、王香谷、蔡湘岩、娄祝三诸君，至和生陶寿翁(处)少坐而来。午膳后，闻禹卿叔公染恙，即至其问候，是疾湿之症，颇沉，云请余韶圃先生诊视，想能逐渐痊愈也。致邱楚言姻丈一信，饬季明送至黄城面交。送朱劼丞兄之琼仪亦交季明送交矣。老五自海门来，值永宁到埠，接有张丹亭兄片柬云趁永宁到台，即饬老五柬邀丹翁于明日午膳，未识得有空闲之候否也。

十九日癸巳 晴。早膳后，至海门永宁轮局，晤张丹亭兄，相叙片时，云及宝田先生于明年二月初上到台看地，来时钟已十一下矣。席请葛逸仙兵部、何霭生广文、丁飏绵州司马、楚卿别驾、允东茂才、叔文及余与童紫章，散时已下午四点钟矣。前章子修兄向定饷汇来英洋五百元，亦于上早面交。赠楚卿兄大理石一块，饬仆送其府上。

二十日甲午 晴。送王兴臣兄贺仪一函，寄托楚言兄代为饬纪送至竹场前阮宅。

廿一日乙未 晴。致邱楚言兄一信，托先灼先代带黄城。禹卿叔公于二十日子时作古，系月之初一日受湿瘟之症，竟然不起，思亦惨然。禹卿叔公历年本有所积，其女将现洋及值钱之物私藏而去，托禹门叔公向余借担，叫玉先与余言。余至禹门叔公处接头，云其一切身后之物皆无钱，深知其女搬运。既言家贫如洗，余念同宗之谊，允假英洋念元，至家后即叫官涛先送英洋念元交禹门叔公代为付交。琴轩来云，子宜兄之夫人于昨夜生一子。但子宜今岁入泮，今又生子，此乃双喜临门，亦难遇事也。便至其家少坐，晤采东，谈片刻而来。

午膳后，叔文兄约余同至海门同昌分号黄楚卿处，晤郎吉夫太守，云才于昨日由福建到申至宁趁永宁商轮到台。张星伯公祖、萧伯康公祖、管孟基大令彬、朱似兰兄、娄晋阶先生、王芹甫先生、黄子霖、小泉两昆季、丁飏绵兄，相叙至晚。过晚膳，同叔文至何霭生先生府上晤谈一刻，仍至楚卿处少坐，即起身到家，时已十下钟矣。余与叔文兄向楚卿兄暂假英佛各十尊。接[①]：郎吉夫太守庆瑞系郎仁圃观察之堂弟，郡城人，入资通判，指分福建试用，委过数次大小厘差，未得署缺。捐升知府，上年入都引见。出京到台，适遇丁忧，因闽垣事未讫，故即到闽，始经事讫到籍守制人员。其堂郎仁圃观察庆恩，光绪丙子科本省乡试中式举人，考取内阁中书，续经补缺，奉前升任台州府陈鹿笙制军督办团练，剿办仙居土匪，案内肃清后，请保以同知分发省分归候补班补用，后捐指福建候补。光绪十一年间充当玉牒馆纂修官，告成后请保免补同知，以知府仍留原省归候补班补用，并赏加盐运使衔。到省后不知某案保以知府补缺，后以道员在任候补。续蒙闽督卞颂阁制军委办漳州厘局，仙逝，此台属之风水薄也。管孟基大令彬系黄岩属新桥管人，由监生捐知县，指江苏试用。

廿二日丙申　晴。早刻，同紫章、琴轩相叙一刻。晚膳后至陶寿翁处少坐，来时已将二鼓矣。

廿三日丁酉　晴。早至未刻，晴；未后至晚，阴。早膳后至第四分禹卿叔公处吊丧，晤均五宗叔云禹卿叔公于廿四日大殓。午膳后至逸仙先生府上，晤梅五、谱香，相叙片时而来。致子能先生一信。接王渭川先生一信，欲以天生磺配药。此物本所存无多，曾已用罄，只作空覆而已。

廿四日戊戌　晴。早刻，禹卿叔公大殡，即出丧，至其家中送丧。晚刻，至心斋宗叔处少坐即来。致子能表叔公一信。至禹卿叔公处拜祭，系王子宜兄主祭，助祭者秉彝宗伯、云梯、书城诸君，禹门叔祖亦在焉，祭毕即来。章子修兄自省垣来，托买各物均已买来，庆源之典帖亦已带来。仆从二头来，接家君一信。接王兴臣兄假马及寿屏，但寿屏已允既善相，难以再许，即作覆兴臣兄函，托允东母舅府上代寄。路晤秦师梗友、梅五、寿农诸君。梗友先生言才于近日到馆。永宁夥友送到张丹翁一信。

---

① 当为“按”。

廿五日己亥 晴。覆张丹亭兄一信，并附汇洋七十元，托褚琴轩带至定海。致王兴臣兄一信，交卢槐士兄府上带交。钟焕堂先生来叙片时。心斋宗叔来邀与其伯母停丧处一看，据云朝向不佳。梅五姻丈、秉彝宗伯均来，相叙半晌而去。祝再姻丈自石曲来。前托子修兄代买各件今已买到，向取各件而来。接褚仲逸一信，云兴臣兄之马本于明日牵至黄城，彼欲借骑至黄，余即允焉。

廿六日庚子 晴。致王渭川先生一信，因前信向余讨天生磺，因此物家君携来，曾已用完，今其来人又来，故作函福。代叔文妹丈致何霭生先生一函，明日遣人送交。致洛卿丈公一柬，附托子修兄代其买来之访绸，托祝再姻丈带交。致王兴臣兄贺信一函，交马夫带交。子修兄代书致张伯旋兄一信。晚刻，席请章子修兄，并邀祝再姻丈、梅五、谱香、达云、蓉秋、心斋宗叔、禹门叔祖诸君。席散后，至逸仙先生府上，晤谱香、梅五、心斋诸君相叙，来时已逾二鼓矣。

廿七日辛丑 晴。子修兄、祝再姻丈均于早刻去。致蒋馥堂先生乙信，内附杨振甫附公件一函，交邮政局保险寄郡，代子修兄送童汉亭一信，致何霭生先生一信，均饬小照送至海门分递。早刻，至梅五姻丈府上少坐。午膳后，至逸仙先生府上，晤谱香母舅、少吹兄，相谈至晚而来。致家君一禀，系第一号家信，内附致陈咏丹先生一信，交邮政局转寄山西太原省城新道街口外上小墙路东候补直隶州陈仲怀直刺转交家君收启。

廿八日壬寅 晴。余因元配章氏于九月廿五日去世，急求子嗣，当即议速纳妾。连日四处寻觅，择水门曹氏女，年十八岁，其八字系丁亥四月二十日酉时生。谢公咸为媒说就，计价英洋二百八十元，于今日付洋，写立婚书，出书者其生母曹王氏、胞弟公鉴等。但愿贤淑，是所深幸。应既善相今日喜期，早膳后至其家中，晤子能表叔公、少愚及书城母舅，相叙半晌而来。午膳后，至椒江书院，适秦梗友先生曾已出来，晤月波，相谈半刻。至逸仙先生府上，晤梗友先生、谱香、梅五诸君，来时已晚膳。后至继善相家，适其交拜花烛，人颇旺。即至楚卿兄处，前向其借来洋盆有一口被坏，已托子修兄买来带陪一口。晤江子菁大令、梅五、健生、性言、子霖诸君，相叙一刻。楚卿邀看戏，随至集圣庙看戏一刻，来时已将二鼓。致褚琴轩兄一信，交邮政局寄至宁波江北岸毛公馆公利网栈。余之印信图章汇用"匣镜琴丝"四字以今日为始。王师梦云于晚刻来。接何霭生先生一柬，并嘱代寄一函。致叔文妹丈一信，饬裁缝阿奶专送莘山。

廿九日癸卯　晴。天气和暖，当午稍有微雨片刻。致叔文妹丈一信，代梦云先生荐馆基。梦云先生于早刻至海门去。楚卿邀午膳，席设江边堂后楼。至该处，晤楚卿兄、煦东宗伯、逸仙先生、子菁父台、子宜、梅五、云梯、子霖与余九人，席(散)同诸君至楚卿府上少坐而来。继善相邀吃喜酒，同童紫章、玉先至其家中，晤书城母舅、少愚、子能表叔公，席散即来。随至集圣庙看戏，晤江子菁大令、梅五、子霖、子宜、兆发诸君，晤一刻，来时已逾二鼓矣。张丹亭兄托买之处术已由玉先买来。代叔文妹丈至家君一信，交恒丰仆从带交邮政局转寄山西托陈仲怀直刺转递。

三十日甲辰　早至巳初，晴；巳末，阴；午至申初，晴；申末至晚，均阴。致张丹亭兄一信，并附处术两斤，计英洋五元。致黄子霖兄一信，并附托染旧宁绸袍料一件，均托褚四妹相代送。致道芝姻兄一信，内附致岳母一函，亲托楚言姻丈代寄前宅。早膳后，乘马至黄城王兴臣兄府上，适其喜期已过为日无多，即看新人。晤叶培生、其弟春生、林仲辰、叶静斋诸君，相叙片时，至楚言姻丈府上少坐。转至兴臣府上，过午膳，闻陶寿翁现在元发南货店，随至元发，适至章杞堂先生万育店中。随至万育，晤陶寿翁、章杞堂、柯心补、王梅友、江克明、朱似兰诸君，相叙片时，即动身至家，时将晚膳。接褚琴轩兄自甬江北岸毛公馆台州公利网栈发一信，并前托买天青缎套料一件、老紫酱杭宁四开袍料一件、洋灰鼠出风皮一张。即作福褚琴轩兄一信，交其尊翁用九先生转寄甬江。回忆江子菁父台云郡城王朝轩先生仙逝，此亦福寿全归也。托兴臣兄饬纪代分，林汝奚、江克明、王子舜片纸之分。天气颇觉和暖，恐近有雨雪也。

十二月初一日乙巳 辰前，雨；辰末，阴；巳、午、未，晴；申后，阴。致张丹亭兄一信，并附并托买原块茯苓三枚，计重四斤六两，价洋一元六角。午膳后，秦师梗友来叙片时，同至逸仙先生府上，晤梅五、仲逸、谱香诸君，相叙至晚而来。续至允东处，晤晓园兄。晚膳后，应子能先生来，叶蓉秋先生来，谈半晌而别。晚膳后，至逸仙先生府上，晤仲逸、谱香母舅，相叙片时。同至集圣庙看戏，晤梅五、子宜、月波、作羹诸君，晤叙一刻。来时已逾二鼓矣。

初二日丙午 晴。王虞臣兄来，接其令尊卧南先生一柬，向余暂假，余亦因典中垫款颇多，拟另日函福而已。午膳后至海门同昌分号，适楚卿兄请客，邀余同席，晤金寿荃、朱会保、王冠卿、黄子霖、黄少泉、周梅五、缪性言、丁飕绵，相叙席散而来。适张柳桥兄因县学沈老师邀其下港向王子宜兄收册费，现在子宜处，来家少坐，即至子宜家去。晚膳后(至)子宜处，晤柳桥、宗山。即与柳桥兄同至允东处，晤徐子刚少坐。至逸仙先生府上，晤周枚五、周谱香、褚仲逸诸君。来时已逾二鼓矣。致褚琴轩兄一信，饬老五送邮政局转寄宁波江北岸台州公利网栈。

初三日丁未 晴。致郳丽生先生一信，并致叔文兄一信，托叔文家来之仆人带交。致邱楚言姻丈一信，并致王兴臣兄一信，均饬桂明送至黄城。接岳母致张丹亭兄一信，即附一柬加封，交邮政局寄至舟山。致褚琴轩兄一信，交邮政局寄至宁波。午膳后，至心斋宗叔处少坐。来时过子宜处，适其未在。即至逸仙先生府上，晤梅五、谱香诸君，相叙至晚而来。晚膳后，至逸仙先生处，托其代做送王朗轩先生、梯仙宗叔挽联两对，并晤梅五、谱香。来时已逾二鼓矣。

初四日戊申 早至巳，阴；午后至晚，雨不甚大。致褚琴轩兄一信。蒋福堂先生来，杨振甫所少本年十二月之洋百元托其代取，信、票均交其带去矣。晚刻，邀蒋福堂先生、张柳桥、王子宜、王云梯、周少芳、应子能表叔公、子章诸君晚膳，席散而去。

初五日己酉　阴。托逸仙先生代做送王朗轩先生挽联，语云："最喜客来不速，授餐适馆，至即如归，记曾斗室赁居，对夜雨秋窗，备承缱绻；亦知忧易伤人，返本还原，去胡太骤，异日高斋重过，听夕阳邻笛，无限凄凉。"送托张柳桥兄带郡转交。午膳后至逸仙先生府上少坐，晤梅五、仲逸、谱香诸君。王子宜兄邀余晚膳，即至其家，仝席者张柳桥、周梅五、周少芳、作羹、王云梯、王心泉、子宜与余，相谈席散而来。

初六日庚戌　阴。致邬丽生先生一柬，并致叔文妹丈一信，饬季明送至莘山。褚仲逸兄席请葛逸仙先生，邀余陪客。早刻，至其家，晤逸仙先生、王少猷兄、周谱香母舅、梅五、允东、余与主人，相谈席散而来。适永宁船夥友带到张丹亭兄一信，托买闽豕一只。致褚琴轩一信，托其四妹附寄甬江。

初七日辛亥　雨。接邬丽生先生一信、叔文妹丈一信、褚琴轩一信，并前托买衣料照信收到。即福琴轩一函。午膳后至逸仙先生府上，晤谱香母舅、仲逸，相叙至晚而别。据丽生先生信云，纳妾日子本月十六庚寅日不如廿二丙寅日为佳，心多疑惑，拟函询陈逸纯先生，两日未知何日为佳。

初八日壬子　早至巳细雨；午后至晚，均阴。早刻，遣价往叫朝相转托逸纯先生，价转，接桥相来示，云逸纯先生曾已去世。午刻，至逸仙先生府上，晤梅五、谱香母舅，相叙至晚而来。邀崇辅先来再酌成婚吉日，以十六庚申与廿二丙寅日，两日未知何日为美善，据云廿二丙寅日为妥善。即托童子章先生于明日至水门与曹家言妥，准廿二日午刻出闺，未时进门。周允东邀余明日晚膳。

初九日癸丑　早至晚，阴；夜，雨，不甚大。早膳后，至海门同昌分号，晤楚卿兄，留过午膳。至镇署巡捕房，晤周申甫、洪封山、林葵南三守戎。相叙间，适何霭生广文来，为金明亮，前做蛀生网业，前已倒闭，值仲逸办网时彼至京去，未曾言及，今岁来台，适楚卿开公利网栈，各四家均公利为总行，彼欲分一股。前楚卿与余言，欲将永顺利、恒利、丁永利、维新,四分中各抽一股为明亮甡生之股。其言多时,未曾云及,今霭翁仍挽楚卿兄照此议说,楚卿云已允从。丁永利系兆发之业。楚卿兄说亦允公利自己抽分一股,恒利与余说亦允一股,尚仲逸之维新、麟斋之永顺利未曾接头,彼云至葭沚与允东挽仲逸说等语。相叙片时,即至楚卿处少坐。至锦茂商轮局,晤黄嫩泉宝舟,相谈一刻,同至海门商轮局,晤黄子霖兄。适楚卿兄与朱为宝来叙片时,即转至同昌分号,同楚卿兄来家。适何霭生先生已至家,留字而去,托余代其与麟斋永顺利说抽一股之语。闻霭翁在陶寿翁处,随至陶宅晤霭翁、明亮,相叙中情,即至顺兴泰。霭生先生即至楚卿府上。余与麟斋代达各情,已允随众。即至楚卿家,与何霭翁接头一切,后何君而去。

余至周允东家晚膳,晤逸仙先生、王少猷、金唐印、周谱香、梅五、仲逸诸君。云及王子常太守之长孙少潭兄之长子,于本月初一日送少潭兄之柩自皖到台,即于初三日得疾,初四日而逝。其亦家运多乖,代其一叹。相谈席散即来。周允翁此席系请葛逸仙先生也。周梅翁云,陶寿翁已将陈一明之女为妾,已有成说,尚未得确音。王少猷兄云,金慈生公祖前染寒邪,曾已吉人天相,已占勿药之庆矣。致福王卧南先生一信,交庆源转寄矣。在海门同昌分号,楚卿兄家有船至闽去,余托其代买二号挂提灯两对,一号黄通奉第,一号黄庆源,年内不知得能带台否。接王策臣老先生一信,向余借假寿屏,余允焉。其在十六日喜期。童子章先生至海门曹宅,将妾进门已改说定本月廿二日午时出闺,未时进门。致褚琴轩兄一信,交邮政局转寄宁波江北岸毛公馆台州公利网栈。汪更生参戎光祖奉督宪委署海标中衡游府,择本月十六日接篆任事。

初十日甲寅 早至辰,雨,不甚大;巳后至晚,均阴。致郛丽生先生、金叔文妹丈各一信,饬老五送至石曲。早刻,至分府署晤王少猷兄、金唐印兄,相叙片时而别。午膳后至楚卿兄府上少坐,致煦东宗伯一信,托其代寄郡城。晤云梯、性言、子封诸君,相叙半晌,同楚卿至梅五府上少坐而来。晚膳后至逸仙先生处，晤谱香母舅、仲逸，相叙一刻。来时已逾二鼓矣。

十一日乙卯 早至辰，晴；巳初牌，阴；巳末，细雨；午后至晚，均阴。午膳后，接苏绩臣兄来片，暂假呢帽。即检出一支，并福一片，交其原人带福。接王冰如兄之封翁讣闻，于月之十一日开吊。至海门同昌分号少坐，晤叶寿卿兄，言李子寿先生于前日晚仙逝，寿六十有六。老成去世，人皆惜之。来时，天时将晚矣。至陶寿农府上少坐，闻本已凭媒说合将陈一明之女为妾，昨日写纸付洋。其夥友至其家中，陈一明之女为侧室，曾经允从，纸中定写“来往”二字，陶寿翁不允，以致罢论。此亦三生石上未定前缘也。

十二日丙辰 晴。适值南风，天气颇觉和暖。昨日，楚卿兄云，小河先已派有地方，彼尚在路桥恒茂泰，未在，至家致其一信，交童先生代寄通知。致梦云先生一信，交立茂带交。外婆遣价送有年糕两捆[①]，托余代寄舟山张丹亭兄，适明日永宁轮期代寄。即致章子修一信，交其来价带呈。致金叔文妹丈一信。早刻，周梅翁来叙片时而别。午膳后至秉彝宗伯处少坐，即至逸仙先生府上，晤谱香母舅、谢崇甫兄。至允东处晤池柳亭。至梅五家晤陈保夫、周建西，相谈至晚而来。允东云，汪更生兄已至海门公馆中住。永宁到埠，《申报》取来，十二月初三日起至初九日止。

阅十二月初七日《申报》，十二月初六日内阁抄奉上谕：“吴廷斌着调补云南布政使。山西布政使着张绍华调补。钦此。”按：吴廷斌原系山西布政使；张绍华原系湖南布政使，调补云南布政使，今调补山西布政使，甲戌科翰林，安徽桐城县人。接张丹亭兄一信，并惠带鱼、山东菜、鳗鲞各件，均与章外婆对分，并托余再(买)年猪两只，大约二十左右寄至定海。前寄各件均已收到矣。晚膳后，至陶寿翁处少坐，来时已将二鼓矣。

---

① 原作“悃”，后亦径改之。

十三日丁巳 早至巳刻雾、露，颇大；至未，晴；申、酉两时，阴；戌后，雨，不甚大。早刻，同周梅翁至海门，彼至镇署巡捕，余至新署中营游击汪更生参戎公馆少坐。至同昌分号晤楚卿兄、朱德生兄、万雨生大令、陈舜卿、徐丽生，适梅五亦来。过午膳，至何霭生先生处，适其未曾在家，转至同昌分号，相叙半晌而来。按：汪更生参戎祖光，系黄岩城里大寺巷人，兼袭三等轻车尉，引见后发往海标学习。顷奉闽浙总督魏午庄制军札，委署海标中衡游击，据云于十六日辰时接篆。黄岩人署海标中营游府，亦光荣乡里也。汪君又于救护难民案内，由三等轻车尉请保免补游击以参将仍留原省补用，曾奉旨允准矣。于时未久，札委中营游击，亦可谓侥幸也。按：万雨生大令绳武，系江西人，浙江候补道万观察福康之侄，江苏试用知县，丁忧到浙，奉运宪札办台属樟脑一差使，到台后，奉郡伯徐汝皋太守委办工艺局差使，顷将服阕，已将回省矣。

前何见石老伯来信，托家君代买使女，家君适将到晋，嘱余代觅，但本地售妾者有之，其价颇昂，如价廉而售使女者亦属稀少。将此各情，托朱德生先生到郡之便转达见石老伯令弟肃堂世叔矣。致张丹亭都督一信，附前嘱买宰就猪一只，价计十二元八角算，计重毛猪九十六斤，除接骨二斤在外，计洋每元毛猪七斤十五两零，共计九十六斤，共计英洋十二元零三分，又，宰工洋三角。又，猪油一付、大小肠一付、腰一个、猪肝肺一个，并章家托寄年糕两捆，饬老五送至海门交永宁轮夥阿昌兄代带舟山。致褚琴轩兄一信，托买龙光花二皿、宁绸四开袍料一件，函亦饬老五交阿昌代带宁波矣。周家邀余晚膳，即至逸仙先生府上，晤周梅翁、周谱翁、周允东、褚仲逸、黄星斋宗叔诸君相叙。席散，至允东处，晤谢仲衡，相谈片时而来。邱楚言姻丈于晚刻自黄岩至其亲戚家中，过家相叙至二鼓而别。

据汪更翁云，周允东由附生兼办难廕以知县用，计洋八百元，部中事已将部署，本县公文尚未详发，未识得能顺手也否。查难廕知县仅是双月选用，尚免保举一项可以免交，其馀三班及指省分发各项并印均要现银。费用可省者不过千元之则，能得知县，何惜千金之费？不如搜寻别项进取，勿以图俭千元而入此道。但允东母舅本是高明之见，余亦不必与言。况彼已成舟楫，更无多言。如各人以及戚友将来有此道之谋，定要力劝中止，是为至要。见人之是，力赞成功；见人之非，力劝罢论。勿以知是不言，弃人之非，是为至要。譬如隐恶扬善，亦此之意。是为之记。

十四日戊午　卯时前，雨颇大，兼有雷声；卯至巳，雾；辰牌，雨细；辰末至晚，均阴。近地之俗语，每年之年糕有关家数之吉凶。值年终，家家均做年糕，其色鲜明而甘，给人喜，明年有庆幸事；其色变而异，明年恐有不如意事，人皆有是心。大凡做年糕，值天气严寒，西风冷落，当此时磨粉，其色定邀鲜明；倘遇发雾而暖，其色每致各异，何待言之。大凡以后如遇年终做年糕，磨粉定择天气寒而多西风，其色不言而邀鲜明也。余嘱农工于初十日做年糕，其色幸鲜明而甘给其心，不致明年诸多疑惑也。致梦云先生一函，交立茂带交。策臣老先生前向借寿屏，亦交立茂带交。接煦东宗伯一信。午膳后至下街黄宅楚言姻丈处，晤叙半晌。又至星斋宗叔处少坐，晤王心泉，同其又至楚言处少坐，来时天将晚矣。致符三先一信，饬吕保送交，向其取还前借去之洋。晚刻来云，近日来家面言。郎小保之洋，据云十九日来家面言。近日天时颇觉暖，即不正气，余稍感寒邪，诸不如意，饮食稍减，口无美味，即请子能表叔公诊治，代开一方，药下，能即立效否也。

十五日己未　早至午，阴，兼有雾；午后至晚，均雨。玉先自家来，前祝再姻丈假去之花衣亦已带转。邱楚言姻丈来谈至晚，留宿。前染微邪，请子能先生开之方吃下，稍愈，惟饮食尚无美味，仍请子能先生再开一方，想即得奏肤功也。老媪名老义云，陶寿翁买东庄谢斗谷之女为妾，已将成说矣。邱楚翁言，黄楚卿至北岸涂下桥买旧典谦吉之屋，欲创兴新典。楚卿乃商业中之能人也。

十六日庚申　早至午初，雾，颇大；午末，晴；未刻，阴；申牌，雨，细；酉后均阴。接张丹亭兄、王兴臣兄各信。午膳后至陶寿翁处少坐，其妾系谢斗谷之女，曾已成说，计价洋二百念元。随至周梅翁处，晤谱香母舅，相叙片时而来。至洪少猷兄处，晤金唐印兄，相叙半晌而来。邱楚言姻丈于晚刻去海门景芳园。葛姓来云，洪雨生先生自京来，至晚而去。邬丽生先生来谈至晚而去。致洪少猷兄一信，饬小朝送至署中面呈。

十七日辛酉 卯时前，雨，不甚大；辰、巳，雨、阴，兼有雾、露；午后至晚，阴。汪更生兄因接署海标中衡拜客，即挡驾。即至海门还拜，适其未曾在署，亦挡而来。晚刻，至陶寿翁处少坐。接周载熙兄自贵州镇远府棚内发一信，系十一月初十日发。接王冰如一信。徐君晓凡来，因时已晚，留宿。晚膳后，周君梅五来叙片时而别。余之受邪稍愈，仍请子能先生诊视。

十八日壬戌 阴。致周载熙兄一信，饬老五送邮政局转寄贵州学署。致章子修兄一信，饬小朝送交。致金叔文妹倩一信，交庆源夥友从吉先专送莘山。永宁到埠，饬老五将《申报》取来，十二月初十日起至十五日止。午膳后，至马屿头看坟，但坟面石匠虽已完工，其石料极为粗糙，泥水尚未完工。晤王子宾兄，相叙片时而来。阅十二月十一日《中外日报》，初十日内阁抄奉上谕："山西平阳府知府着杨士燮补授。钦此。"接邱仲玉一信，即与陶寿翁接头，即福邱君一函，饬老五送下街黄宅转寄黄城。徐晓凡于早刻去。

十九日癸亥 雨，至夜而止。致王兴臣兄一信，叫卢宅转寄黄城。致邱楚言姻丈一信，交阿义送托公利网栈转寄黄城。致张丹亭兄一信，并附年糕计一百七十五根，又麻糍一皿，捆成两篓，并附前托买猪两只，均已宰就，内一只计九十五斤，又一只计八十二斤，除折骨四斤，计净肉一百七十三斤，十二元八角算，每元计价洋七斤十五两零，共计英洋念一元九角三分七厘，加宰工英洋六角，并附猪油两副、猪腰两个、大小肠各两副、猪肝肺等各一副，均送托永宁商轮阿昌兄代带舟山。金德生自海门来借雨具，少坐而去。

二十日甲子 早至午，阴；午末至酉，雨；戌后，雨。连日天雨，或大或小，地多潮湿。接章子修兄一信。致蒋馥堂先生一信，代庆源向取杨振甫之款，又致黄协丰一信，均交伯森先专送郡城。致家君一禀，书明第二号安禀。致陈咏丹先生一信。致焕堂、月波各一柬。致陈仲怀直刺一函，因家君寓所未得住处，均托仲怀直刺代为饬纪送投，各函均封致仲怀直刺信内，交邮政局双保险寄至山西省城新道街口外上小墙路东确交矣。

廿一日乙丑 晴。连日多雨，出有西风，即见太阳。午膳后，至周梅翁处，适其至海门，未晤而来。子能表叔公于晚刻至郡城去。

廿二日丙寅 晴。至崇吉先一信，饬官华送至路桥。陶寿翁托余致函与陈祝再姻丈，拼集新购轮船股份，适六卿丈公处有价来，交其带去。妾曹氏与晚刻进门，周梅五、黄楚卿、卢槐士、禹门叔公、王子宜、周少芳、周作羹、李舜卿、黄宗山、黄仲辰、周允东、黄伯寅、邬丽生，来叙片时而去。陶寿翁之妾谢氏亦与今日进门，至其家中相叙片时而来。禹门叔公、允东母舅、丙寅、仲辰来过晚膳而别。塘头周楚生先生于早刻来，晚刻至海门，来时天时已晚，留宿。

廿三日丁卯 阴。天气颇冷，有下雪之景象，崇吉先来，接叔文妹丈一信。早膳后，周梅五、黄楚卿、卢槐士诸君来邀余同至海门同昌分号少坐。过午膳，晤舜卿、寿南、徐丽生，相叙半晌，同梅五姻丈、槐士兄来家。周楚生先生已去。即至尹东母舅处，晤李卧南、褚仲逸，谈一刻而别。

廿四日戊辰 阴。接陈祝再姻丈一信，并嘱寄子修兄烟浆三罐。接章子修兄自海门发一信，并全鹿丸一盒，云昨日已至海门寓童溪亭处。即至海门溪亭府上，晤子修兄，相叙半晌。本至飚绵府上，适于路晤，转至童宅少坐。同子修兄至家，云及项翰卿大令本选河南项城令，曾已到省，已饬赴本任，此再幸事也。按：项翰卿大令梦罢，台州仙居附生，捐遇缺先知县，选授陕西安塞知县。是邑异常清苦，到任不及二年丁忧开缺。俟服阕归应补班选授河南陈州府项城县知县，系本年七月分。是邑系是繁剧之乡，兼有铁路往来，非精明干练之员恐难胜任。闻项君过于忠厚，恐不能当此。今虽到任，未知得能顺手否也。溪亭云，陈祝再姻丈所办难廕曾已到台，事虽已成，此亦险中之侥幸也。倘有人与余言，定劝其不必走此道，是为至要、至要。

廿五日己巳 子时以后大雪纷纷，满眼银河，如此景象，亦所罕见。山色以及田地变成一色，雪之光也。雪能兆丰年之庆。章子修兄于早刻因事急要旋里，再四挽留而不得。时值年终，为商旋者因雪阻止，其苦何可言。谓游人见雪而乐，商人年终见雪多见其苦也。

廿六日庚午 雪晴，阴；戌后，雨，不甚大。早刻，致谢天地神明。典中亦于早辰谢年。接伯森先一信，内附子能表叔公一片。接张丹亭都督一信，内附章一山先生查章氏谱序。

廿七日辛未 午前，雨；午刻后，阴。致章子修兄一信，内附章一山先生一字，查章氏谱序。致章道芝先生一片，并附丹翁送糖糕六块。致王子升先生一信，代庆源书附英洋念六元，均饬季明专送各处。致子能表叔公一信，并致伯森先一信，又致德轩宗叔一信，均饬小招专送郡城。接童溪亭一信，云子修兄，镇宪王锦章军门传见要事，因季明曾已起身，即将原信并附一片，饬弟头专送前宅交子章兄。晚刻，季明来，接王子升先生一信，并接章子修兄福信一函。岁除将迫，街上情形诸多冷淡，真是一年不如一年也。蒋敬甫兄自定海来云，张丹亭都督明岁初上同汪柳门侍郎至台，因喻子韶太史为其封翁入厝也。彼系从定海镇王军门书选至定，每月俸金仅止十馀元，方足免强支持而已。夏旭东先生来云。已将至郡，即作致张柳桥兄贺信一函，托其便带郡城，于新正初上饬纪送交。

廿八日壬申 阴，天气严寒。回忆家君远途万里，值此年终岁迫更甚栖凉[①]，兼又寒风凛凛，将何以御寒。转念而思，寐不成，食无味，未知何日得侍起居否也。玉先、桥相均已相继分手，此余今岁家

---

① 当为“凄凉”。

道不甚顺适，腰囊不裕，欲以稍为俭约之想。为俭之始，诸事均须亲自过目，不致虚迷，是为至幸。旧年将去，新岁又来，愿求上苍庇佑，家道顺适，老幼均安，家君远道亦如磐石之妥，公私亦均顺适，余心之愿无他焉。

林子棠先生于辛丑之岁冬月向家君借去英佛三十尊，迄今子母无归，早刻致函专人向取，适其未曾在家，仍然妙手空空，甚觉无味。章子修兄由都骑尉禀到，蒙镇宪王锦章军门有传见之语，适其至家，未曾在辕听鼓，昨日通函又未来椒，又致一信，托张伯旋兄代为专寄前宅，未知得速来晋谒否也。杨振甫所汇之款已由馥堂先生，顷小招下港，接其还云，仅归一半，不敷年内售出之款，如之何？又接子能先生一函，嘱付数元店帐，此又增一层之急促也。晚刻，至梅翁处，向其稍为暂假，冲解燃眉之急，承允焉。晚膳后，蒋敬甫兄而来畅谈，去时已逾二鼓矣。

廿九日癸酉　是月小，即除夕日，阴。致何霭生先生一信，即接福片。饬小招致分府署辞年。饬阿香至海门各署辞年。晚刻，至陶寿翁处小坐而来。苏绩臣兄来，送还前假去呢彰。官德先及周载熙兄之府上饬人来假呢彰各一支。致梦云先生贺信一柬，并托其代带空片十柬，均嘱新正专送达泉先生、涧泉、渐盘、映江、子强、德生、子宾、晓园、子刚及三爷诸处，恭贺新禧。戌刻后时，余因烟瘾颇大，欲少吃，不想天气严寒，加之今午、晚两膳均食粉食，又感冷气，以致当肚脐之中作痛，生平之所未受之苦。满身冷汗，即去后便，口吐清水。余深知烟瘾已念，加受寒，致有如此之痛。心知而不能明言，中苦情形难堪言，尚致累堂上担忧，心实不安。即饬仆将烟做好吃下三筒，计两钱，汗痛即止，即仙丹所不及也。其害非浅，余心忧甚。余之吃烟本因疝气，初望烟止疝气之痛，瘾念即疝气亦无所用。后来百倍之苦，对何人言？终身受之，何日脱之？瘾如此之深，只逐渐求脱，未能得遂于万一否也。未吃烟者，切勿入其牢笼，是为至要。有未吃烟之人，有一时吃烟，定劝其勿再吃为要。即将上瘾之苦，详细言之，彼有寒心之惊恐，即其不入苦海之幸。已吃而未深者，速劝其戒瘾，是为至要、至幸。瘾入而深者，劝其逐渐减少，如少吃一分即一分之福。吃烟之苦，余实尝之，何日得超彼岸，即是更生之福地。余心存之，未识能否而未卜也。

乙巳岁(1905)正月戊寅初一日甲戌 辰时前，稍见雪子而不甚大；辰时后，阴；早晚皆然。虽见西风而不大，可谓和风之语。戌刻立春，夜颇黑。新年景象，愿得丰年，是为至幸。早膳后，至海门各处叩贺新禧，请见者，汪更生参戎，馀均挡驾。午膳后，至本街各家叩贺新禧，请见者，允东母舅、达云母舅、梅五姻丈、仲逸兄、寿农姻丈、敬甫兄、禹门叔祖、仲辰宗叔、咏仙宗兄、云梯、子宜两茂才、楚卿宗兄、星斋宗叔、吉云兄，馀均而未见。来谒而见面者，允东母舅、楚卿宗兄、少猷仁兄，座谈少刻而别，馀来适均出外而未畅谈为歉。晚刻，邀琴轩兄来，托其明日代为帮忙。是日午、未时稍见日光，亦不甚明。

初二日乙亥 早至巳，阴；午牌，雪，不甚大，片刻而止；未时至晚均阴。内人章氏新正接纸今日起，来吊者颇多，不及注。晚刻，往吊陶寿翁之夫人及褚子常先生、禹卿叔祖、梯仙宗叔、俊臣兄。至梯仙宗叔府上时，适楚言姻丈才从黄岩来，并晤泽生、玉泉、辅香，相叙片时而来。接章子修兄一信，前因王锦章军门传见，彼已于嘉平廿八日至海门晋谒矣。

初三日丙子 早至未，阴；申后至亥，雪，屋上均已积白矣。早刻，至陈、王两家吊唁，片刻而来。致陈祝再姻丈一信，托其送礼人带去。章仲厚自晚刻来吊唁内人，云及其兄道芝号伯存，仲厚即道全也。满天雪意，诗人之兴致悠然。

初四日丁丑 雪颇大。满眼山河竟成白布，如此雪景，数年来之未有也。晚刻，公利来邀晚膳，与琴轩同至公利，晤楚卿兄、梅五姻丈、子封、陈舜卿、子俊、性言诸君。席散时，楚卿因拼做风尾山渔网生意，公利承十股，广生承五股，顺利承五股，永利承二股，恒利承二股，又抽二股以为各夥友花红，共计廿六股开，每股计本洋二百元，以廿四股拼本计四千八百元资本，名曰义记，专做海洋渔网生意。公利即楚卿集股之网行，广生系翁子俊字号，顺利即周麟斋之永顺利，永利系兆发丁永利麻行，恒利即庆丰也。立合同据五纸，各执己纸，中见鲍子封、陈舜卿，代笔缪性言。如此拢断基业，恐非恒产矣。来时至楚言处少坐，至家钟已十一下。遍地积雪，已有尺馀。晤卢槐士兄，相叙半晌，云才今日下港。

初五日戊寅 卯时前，雪。辰至午，雪晴，阴。平地雪积二尺左右。现届春气已动，如此大雪，亦所稀也。未牌至申，雪颇大；酉时，雪晴，阴；戌、亥，又雪，亦大。内人于今日除灵，请丽生先生、少愚、子章与余同做祭，并邀褚琴轩晚膳。典中开店酒亦今日设席。

初六日己卯 晴。禹卿叔公于今日安厝，午刻往送，路上均是积雪，未送上山，至东岸即来。午刻，至陶寿翁府上少坐，晤敬甫、明轩，相叙片时，同敬甫来家少谈，因至海门而去。典中连家内请岁酒，设酒三席。

初七日庚辰 晴。午后至陶寿翁府上，彼于初九日至沪江购置轮船，托其代金叔文兄买送人用衣料等件，计英洋四十元。晤周枚翁相叙片时而来。柬请洪少猷、金唐印、禹门叔祖、陶寿农、周谱香、邱楚言、周允东、章仲厚诸君晚膳，席散而别。

初八日辛巳 早至酉刻，阴；戌后，雪子。柬请汪更生参戎、丁飏绵兄、黄子霖、周枚(五)、达云母舅、云梯、子宜诸君午膳，席散而别。晚刻，至分府署谒少猷兄，适其至海门，未晤而来。幼女偶染微邪，柬请醉葩先生诊视，少坐而别。至楚言处，晤泽生、辅香。过晚膳，至心斋宗叔处，晤李品三，相叙半晌，转至楚言处少坐而来，时钟已九下矣。

初九日壬午 早至未，雨，不甚大；申、酉两刻，雨中雪子；戌后，雪颇大。旧雪尚存，新雪又至，今岁春雪之多，又如此之大，久未有之也。适莘山有仆人来，即作一信与金叔文妹夫，交其来人带交矣。

初十日癸未 卯时前，雪颇大，满眼山河，又成白布；辰后至晚，晴。早刻,至汪更生参戎署中,晤太平营守备杨守戎,相叙半晌而去。续黄煦东宗伯、波臣、允东、梁俊卿守(戎)、贺少峰守戎、陈守戎相谈,席散而来。晚膳后至楚言处,适其在楚卿府上,随即至楚卿处,晤楚言、槐士,相谈一刻,来时钟十下矣。

十一日甲申 晴。早刻,卢槐士来叙片时,与章仲厚同至允东母舅府上,相叙半晌。卢槐士兄而去。同允东与仲厚至谱香母舅府上少坐,过午膳而来。仲厚即回家去。接陈咏丹一信,内附致金叔文兄一函、金慈生公祖一函,系家君寄奉。褚琴轩来云,近至宁波,托其代买衣料并代买另星等件,并代裱内人章宜人像一轴、陈桂舟书隶字对一副。

十二日乙酉 早至午,阴;未至申,细雨;酉后,雨晴,阴。家君致金慈生公祖一信,饬小招送至分府署。洪少猷兄来片,借去一字椅四把、茶几二把,交其分府署亲兵官龙带去。致金叔文兄一信,并附咏丹寄其一信。早刻,至达云母舅、蓉秋先生、梅五姻丈各处少坐。晚刻,至楚言处,过晚膳而来。二头言,阮季良兄于月之廿四日续弦,即封贺敬一函,计洋一元,交其带呈。通泰之顾醉葩改号杏人。

十三日丙戌 早至午,晴;未刻后至晚,阴。邀解玉泉、顾杏人、苏绩臣、王书城、叶石甫、邱楚言、周麟斋诸君午膳,席散而别。张丹翁之太太自定海署中趁永宁商轮于晚刻到台,来家小住,云丹翁同徐子静侍郎乔梓至黄岩喻志韶太史府上,喻太史之封翁入厝,请徐侍郎题主而来也。李白荪二尹来云,工艺之捐册尚未缴府等语,相谈片时,即至海门张星伯大令局中。余将捐册出送楚卿兄带府,晤槐士、少南,相叙一刻而来。晚膳后,梅五姻丈来言,尚有工艺局捐未曾清缴等语,挽余同至楚卿处,查工艺局捐尚有周姓一户同昌之洋未曾付汇,故不能圆转,尚有找尾未曾收来。余欲明日还谒李父台,托余将此情转告。白翁捐册并余之捐册一本均带来,明日面交李父台。并晤王少南、鲍子封、丁辅香、卢槐士诸君,相叙半晌而来。

十四日丁亥 早至午,晴,未后至晚,均阴。致玉先生,向取前托定张家之坟砖，并附送其令尊香仪一函，计洋一元，饬季明送至马头山。晚刻来云，该砖明日可以载到。午膳后，至海门同昌分号，晤江子菁大令、高志伯二尹，相叙半晌。至海门厘局，晤李白荪二尹、张星伯大令，相叙片刻而别。至永宁轮局，晤杨子云、朱雨田，托其代买本年《申报》一分即来。至锦茂商轮局，晤黄漱泉、黄宝舟两兄，相叙一刻。转同昌，晤江、高两父台，少谈而来。至家，适金九疏自黄岩来，少谈。至分府署晤洪少猷兄，叙谈片刻。至允东母舅府上，晤周哲人兄，少谈。即至周梅五府上，彼昨日柬邀晚膳，同席者：周谱香、邱楚言、黄心斋、周允东、黄楚卿、卢槐士、陈波臣诸君，醉饮畅谈为快，席散而来。接金慈生公祖一信，内附家君一函，嘱寄晋垣。

十五日戊子　早至辰，阴；巳刻，雪子；午后至晚，雨颇大。张太太于晚刻至唐家岙去。早膳后，至海门詹彬湘兄府上少坐。即至汪更生先生处，晤丁飏绵兄，相叙半晌，更翁留饭。过午膳，转至彬湘兄处，因雨颇大，即觅轿夫，但海门地方虽大，轿夫颇少。相待两下钟许，仅觅轿夫两名，所携小轿又无门帘，所穿衣服被湿，幸扣衷围身，不致甚湿为幸。里人值元宵佳节，敬请文昌阁财帛星君出位散地方之财源，愿得地方生意如意，名利称心。晚刻，至家叩祷后，因煦东宗伯柬邀晚膳，即至其府上，晤楚卿兄、江子菁大令、高志伯二尹、卢槐士、缪性言、王少南、周梅五、黄子霖、陶吉云诸君，相谈席散，甚为畅决[①]。至家时钟约十二下矣。接玉先来，托定张丹亭都督之坟砖曾已载到。适值时雨颇大，未便雇夫挑点，拟晴即点。尚有头丝砖未曾载到。马夫老五自黄岩来云，张丹亭兄约十七日过家，即趁商轮赴定矣。

十六日己丑　雨。致张丹亭兄一信，并附一柬，请其明日午膳。周允东邀余午膳，晤周谱香、褚仲逸、洪少猷、金唐印、周梅五，相叙席散而来。即邀江子菁大令、高志伯二尹、黄楚卿兄、卢槐士、王少南、

---

① 当为“畅快”。

金九疏、童紫章诸君相叙，席散而别。至分府署晤洪少猷、金唐印两兄，相叙片刻而别。卢槐士兄邀余晚膳，晤周梅五、王云梯、李健生、解玉泉诸君，叙谈席散而来，已将二鼓矣。金九疏兄于晚刻去。

十七日庚寅 雨。张丹亭兄自唐家岙来叙半晌，即设席以为畅谈便酌，倍[①]者邬丽生先生、邱楚言、周少芳、褚用九，席散即至海门。昨因楚卿兄于今日备酌，托余代邀，仝至海门同昌分号，晤楚卿兄、汪更生参戎、王承甫、丁飚绵、黄子霖、黄宝舟诸君。席散，均至锦茂商轮局，晤管孟基大令，相叙一刻。轮船三叫，张丹翁即动身赴轮，各人送其起身。适褚琴轩兄亦至甬江，一叙而别，来时已十二点矣。早刻，洪少猷兄来叙片时而别。张丹翁云及永宁商轮局接到沪江陶寿翁来信，新买轮船曾已买就，大约月内可以到台。

十八日辛卯 雨多阴少。心斋宗叔邀余晚膳，同席者：洪少猷兄、周谱香、允东母舅，畅谈席散而别。至楚言处，晤泽生、辅香，来时钟已十二下矣。

十九日壬辰 早至午，阴；未后至晚，晴。乘舆至黄城邱宅，晤仲玉姻丈，过午，仝仲翁至德明府上，适在睡乡。伯震老伯未曾在家而来。至喻志韶老伯府上，晤其令弟憩臣先生、张瀚卿，相叙片时。欲即于今晚至前宅，志韶先生再留晚膳，难却。晤徐子静侍郎、其世兄莹夫太史、徐君子廷、朱益夫老伯、邱仲翁，相谈至晚，留过晚膳，同席者相叙诸君也。转至邱宅，钟已十下矣。致玉先一信，交官涛先明日遣人送交。致谱香母舅一信，并附璧请柬谢之。饬仆从陈福送张锡光粉敬一函，计洋一元。午膳后同邱仲翁至文昌祠，晤柯定初、郑佑之、陈瑞卿，相叙片时。定初兄云，家君于七年十二月初十日就京动身赴晋，彼自十四日由京动身，十七日到家也。

按：徐子静侍郎致靖，江苏宜兴人，住直隶多年，今住杭州府城，由翰林院编修荐升侍郎，误保康有为被议。上年甲辰，恭逢皇太后七

---

① 当为“陪”。

旬万寿，加恩赏还顶戴。长公子仁铸，系翰林院编修，简放湖南学政，时亦因康有为案牵连被议，忧郁成疾而卒。次世兄仁镜，甲午翰林，即莹夫其人，宽宏诚厚，将来定位国朝梁栋，未可限量也。三公子系进士，主事。四公子亦举人。其莹夫太史年仅三十有四，三四公子均是少年登第。

二十日癸巳　早至酉，阴；戌后，雨。早膳后，邱少羽兄来叙片时，即辞别仲翁，动身至前宅岳母处叩岁，伯纯、仲厚两舅亦在家中。即至子修兄府上少叙，晤季甫兄。仲铨兄云有微躯，未得会晤。晚膳后，子修兄来叙半晌而别。

廿一日甲午　雨。子修兄来叙至晚。

廿二日乙未　早至辰，雨；巳牌，阴；午刻至戌，晴；亥时，雨。岳母设席邀余，同席者：子修、兰泉、友文三姻兄、伯纯、仲厚两舅。家中价来，即致童子章、官涛先各一信，交其于早刻去矣。出门仅止四天，心甚记念。

廿三日丙申　卯前，雨；辰后至晚，阴。西北风颇大。早膳后，买舆起身，午后至家。接子能先生一信，并灯笼十盏。晚膳后至楚言处，晤辅香，相叙半晌，云及萧伯康大令署理临海县知县。向仰萧公祖精明勤慎，此番权篆首邑，定有一番政绩可观也。泽生云，明日至黄城，来时已将二鼓矣。

廿四日丁酉　阴。致褚琴轩一信，交官桃先带邮政局转寄甬江。日昨张太太向余转向庆源取洋五十元，即向庆源取出，饬季明专送，接其回字已收到。仆从小招患瘰痊之症，闻王子升先生有治瘰痊之方，即作一函，适邱泽生向余借马，交马夫老六送交。午后，王子舜兄由海门来家，相叙片时，即至黄城贺萧伯康大令署临海县喜，适其出去，未晤而来。即(致)张丹翁一信，内附寄其太太一函，拟明日遣价送交。

廿五日戊戌　阴。致王子舜兄一信，内附致金叔文妹丈一信，饬阿三送至黄城大通布庄，并张丹翁寄其太太竹报一信，亦饬阿三送交。午膳后，至周梅五姻丈处少坐，并送还前假来英洋五十元。与其同至邱楚言处少坐，与其同至家中过晚膳而去。适张宝田先生自舟山趁永宁，代张丹翁做坟来台，过舍留宿。致家君一禀，内附致陈咏丹先生一信，并附金慈生寄家君一信，交邮政局保险寄至山西省城新道街口外上小墙路东，托陈仲怀直刺转递家君。又致张丹翁一信，亦交邮政局寄至舟山。

廿六日己亥 晴。致褚琴轩一信，饬小招送邮筒转寄甬江江北岸毛公馆。午膳后至楚言处，适已至黄城。随至心斋宗叔处少坐，彼将至赤山寺看戏而别。转至秉彝宗伯处少坐而来。玉先将代丹翁托买坟砖，嘱船夫载到，点计三千五百八十块。即作一信，并附英洋四元，即交原船夫带交。

廿七日庚子 雨，不甚大。接伯巽先一信，即作函福，交航船带至郡城。椒江书院西学山长胡文蔚来拜客，饬丁挡驾。

廿八日辛丑 早至午，雨，不甚大；午末至晚，雨晴，阴。接黄岩王子升先生一信，内附治疬串秘方[①]：佩兰一钱，红枣七粒，每日清晨空心煎服，并红枣肉食下，不可间断，俟瘰核化尽方可勿药矣。查此方轻则食四个月，重则须要一年可愈，此黄道药方而无近功也。接陈祝再姻丈一信，即作函福，交其原人带还。陈君出月约友有进香之行。致玉先一信，明日遣人送至浦口。致张丹亭都督府上一信，饬季明送至塘家岙其宅第，其太太尚在前宅岳母处，原函叫其家中人转送前宅，信内附有张宝田先生代择其府上造坟日子一纸。午后至椒江书院还谒胡山长，亦挡驾而来。

廿九日壬寅 晴。接林子棠先生一信。致张丹翁、褚琴轩各一信，均交邮政局代寄。午膳后，与张宝田先生同至海门商轮局，晤黄子霖兄、王香谷先生、徐仁甫、朱为宝、杨寿卿诸君，相叙半晌，来时日将晚矣。子霖兄云，萧伯康公祖今日已至郡城，择二月初一日接临海

① 页边注："治疬串初起秘方。"

县篆。黄宝周、丁飏绵两兄均同萧公到郡作幕。萧伯康公祖原办台属渔团局及海门保甲事务，奉府尊徐乳羔太尊札，现署临海县丞候补知县江子菁大令兼办，闻亦二月初一日接手。江子菁父台所署县丞之处本海门相隔颇远，但江公人极能干，台属有要急事均委代办，无不妥善，徐太尊素所信仰，此番兼办渔团差使，亦酬其劳也。来时至梅五处少坐而来。

三十日癸卯　阴。午后至梅翁、谱香两君处少坐。接张太太一信，前宝田先生所批日子，嘱余转达丹亭。又接王石斋一信，均张老二送来。接子葵来柬，托余代野村荐梅五处馆师，但彼请兆桥人矣，即作函福。前楚言所云之皮衣，已饬桂玉取来，均不合式，即明日遣人送还。

二月初一日甲辰　早至未，晴；申后至晚，均阴。致邱楚言姻丈一信，并皮衣等，饬季明送至黄城。即接回示，物已收到矣。致张丹亭兄一信，内附日子一纸；致周载熙兄一信，交邮政局分寄。致片向苏绩臣兄，取所托书扇面。价来云，尚未书就。岳母处遣轿来接张宝田先生至其府上看地，询其云，因约余同郡城一游，旋里后即至章宅。照言作福矣。

初二日乙巳　晴。俗云："二月二日天气晴明，定主年丰之兆。"早刻，至梅五、谱香两处少坐而来。午膳后，谱香母舅来云，山西天气十月始冷，至立春为止，立春之后便觉和暖，此天时正气也。接邱伯埙先生一信，即作福一函，交其清相带交矣。致陈祝再一信，交阿三带至长甸。闻楚卿兄自郡城来，晚膳后，至其府上，晤鲍子封、王云梯、王子宜、周梅五，相叙半晌，来时已将二鼓。楚卿兄取有照片一纸，云方荣申代其就姑苏购有一妾，已有成说，价洋五百，已遣其仆从祥朋往苏携带，约在月内可以带台。又云萧伯康公祖定于月之初四日接临海县篆，张受伯公祖于初八日动身晋省，约余与梅五准初五日到郡，因送张受伯大令万民伞也。

初三日丙午　晴。接金九疏兄一信。楚卿兄柬邀宝田先(生)代其造屋格地。即同宝田先生至其府上，格其正透之后墙外造七间高大楼屋，亦南向也，并托选造屋日子。晤其夥友解玉泉、王雨卿、范寿田，相叙半晌而别。来时过庆丰少坐，至家，适丽生先生在焉。椒江山长秦梗友先生来叙片时，云初二日到馆；西学山长胡茂才文蔚号祝三，天台人也。致夏旭东一信，饬交航船带至郡城。

初四日丁未 早至午，晴；午后至晚，均阴。福金九疏兄一信，交鉴相转寄黄城。致褚琴轩一信，交邮政局寄甬。午膳后，至同[①]张宝田先生至海门同昌分号，晤黄楚卿、周梅五、江子菁大令、张星伯大令、黄子霖、曹菊生、梅鹤亭参戎、解玉泉、孙友三、解昆珊、王丽生、王香谷先生诸君，相叙至晚，楚卿兄留过晚膳，来时已将二鼓矣。江子菁大令奉府宪徐乳羔太守札委台属渔团局兼海门保甲局，已于初一日接黔记，今日由郡至海门到局矣。

初五日戊申 阴；惟未刻[②]细雨，片刻即晴，随阴。致褚琴轩兄，交官涛先送庆丰加封转寄甬江公利网行。莘山价来云，叔文之夫人于初四日早生一子。即致片贺喜。早膳后，同张宝田先生至道头晤周梅五姻丈。少待，永大小商轮到埠，即同至船。晤楚卿兄、金仲泉观察、胡葵生兄，相叙三点钟许，即底郡城，尚称夸便。葵生兄系临海县萧伯康公祖幕宾，先至县署。余同梅五、楚卿、仲泉、宝田诸君同至同昌总号。安置已定，晤槐士兄、少南兄、煦东宗伯、潘谓夫、林罄三、潘勾溪、秦云亭、李祥暄、高志伯、费子赞两二尹，诸君相叙片时。与仲泉、梅五两君同至逸仙先生府上，并晤韵仙先生，晤叙半晌而别。续至姚梧冈孝廉、秦云亭广文、郎吉夫太守诸君府上，均未在而来。至子能先生处，同其至馥堂先生处，适又未在而来。晚膳后，至少圃表叔公处少坐而来。

初六日己酉 晴。致周少芳一信、平甫一示，均交邮政局转寄。

① “至”系衍文。

② 原文“刻”重文衍。

早膳后，金灿霞内翰埰、项恭甫封员、项楚生因送临海县张受百公祖万民伞，来叙片时。同昌亦制万民伞一顶、万民牌两对、万民衣一件、扁一方“慈父神君”四字。余与梅五、槐士、楚卿诸君同至邑署，晤典史陈少尉相叙片刻，张受百公祖留吃点心而来。即同梅五、楚卿诸君至新任临海县萧伯康公祖处，叩贺任禧，适其至府署，挡驾而来。午膳后，至张柳桥兄处少坐，据云其令尊佩五老伯月初自宁郡旋里，稍染微邪，今幸稍愈。随至凤山先生处，适其出外，未晤。至逊甫先生府上少坐，晤金文卿，相叙片时而来。丁飏绵来叙片刻。同楚卿、梅五、飏绵至工艺局李伯纯二尹处少坐而来，天时已晚。金仲泉观察至家去。楚卿兄设晚膳，邀余与宗叔兰、郭午桥、潘谓夫、王少南诸君，相叙席散。萧伯康公祖柬邀初七日晚膳。楚卿兄柬邀初七日午膳，席设上洞天。高志伯、李伯纯两二尹柬邀初八日午膳。晤杨柳河、姚梧冈、王冰如、费子赞、李伯纯、高志伯、汪心田、孙仰芝诸君，相叙半晌而别。致金叔文兄一信，交二头带交矣。浙江送洋游学生由各厅州县考取后送省覆试，临海县示期初六日扃门考试。葛逸仙先生、邱霄羽兄来，适余出外，未晤为歉。金仲泉观察去时，托余向李伯纯二尹处取由三江口至郡运来护照一纸。

初七日庚戌 卯前，雨；辰后至(晚)，均阴。少芳兄因考出洋，于早刻到郡。致临海县萧伯康公祖一信，代夏旭东兄求充代书。闻萧公代书均仍如旧，求其如有更动之处，代其补充，信中亦曾书明。往谒程雪轩司马、陈南樵二尹、邱霄羽、方笃轩各处，相叙片时而别。至费子赞二尹处，适其公出而来。楚卿兄邀余与梅五、少芳、葵生、飏绵、宝周，至上洞天酌叙，席散而别。来时道过八仙宫，晤郎吉甫太守、陈少萍孝廉，相叙一刻而来。仝楚卿、梅五至临海县署萧伯康公祖处，酌叙晚膳，同席者：周梅五、陈葩辰、余吉斋、姚梧冈、余与主人，相叙席散而来。萧公云，夏旭东之事，今代书均已定，续有更动之处代其补充。来时已将十下钟矣。程雪轩公祖、陈南樵父台、方笃轩先生还谒，均适未晤，留片而悉。飏绵兄云，何霭生先生于月之初五日自府上旋台，闻萧伯康公祖云，何霭生先生本即来郡，因冒微寒，未及即来。想其自府上来往已将一月，要急公事，未及清了，一时不得脱身故也。同昌督锁差使本委江子菁公祖，楚卿兄云，江大令已奉府委渔团、保甲差使，已到海门，不能在郡，另委陈南樵二尹矣。其俸金每月计洋三十元。

胡葵生兄(云)，谭如玉大令本寒儒起家，由进士奉旨以知县分发浙江候补，历办大差，历署大缺知县，挥金如土。前署有一阔缺知县，十四个月进账五万之数，用出十四万之谱。除作抵外，尚亏九万馀金，以致被议，监禁杭府司狱，想法逃脱。浙江巡抚奏准海挪究办，以致无家可归，无人可见，皆是挥金如土之所致也。古语云："莫待无时想有时。"斯言真金玉语也。能勤俭，莫奢侈，此不谬言。愿后人在家、在官，无论有无，以"勤俭"二字，一生受用不尽矣。

初八日辛亥 早至巳，阴；午刻见日；未牌至酉，阴；戌初，雷声；后，雨不甚大。致童子章先生一信。李伯纯、高志伯邀余与楚卿、梧冈、少南、槐士、洁斋、梅五诸君午膳，席设工艺局，相谈席散而来。至集三老伯、柳桥、醴泉先生府上少坐而别。至周梅谱、蒋映潭老伯、任心田、陈少斋诸处，适均未在而来。购五尺直条纸一堂、四尺纸对联两副，笺纸对一副，附柬饬小招送托王礼泉先生法书篆字。张凤山先生来，适未晤为歉。李伯纯二尹、少圃表叔公、柳桥兄来叙片时而别。少圃表叔公云，集三老伯之大少君子元系江西候补知县，今署某县知县，曾今去世，只恐集三老伯老年人过于悲切，各人均隐尽而不与其知也。

临海县萧公今日正法哥老会匪一人，案奉上宪订封。姚梧冈孝廉云，该犯向充饬补营勇目，私为哥老会首，续其声名招著，经饬捕营哨官花春亭都戎至天台捕获，经前县尊详审明确，今已正法，戒化莠民之善政也。送洋游学生，台州府徐乳羔太守定今日考试，周少芳兄入场试毕来云，在府署扃门，颇称严密，想太尊存心想拔人才，不得不破除情面也。其题目云："今日之事，不愆于五步六步七步，夫子勖哉。不愆于四伐五伐六伐七伐,勖哉夫子”义;其二题目云:“李纲言:‘御金必可守而后战,可战而后和’”论。少芳虽经试考,不知能录取否也。

初九日壬子 早至巳,阴;午至酉,雨;未刻时,雷声颇大;申时有雾,戌后雨晴,阴。致张丹翁一信,交邮政局转寄定海。至馥堂先生、柳桥兄各一信,饬仆递交。早刻,仝梅翁至余洁斋、潘谓夫诸君府上,适均未在而来。晚刻,潘谓夫、应子能、费子赞二尹、李伯纯二尹来谈至晚而别。姚梧冈孝廉昨日邀余晚膳,仝梅翁至梧翁府上,晤高志伯、李伯纯、郎达臣、余洁斋、叶赞堂、范子湘诸君,相谈席散而别。余洁斋兄邀余明日晚膳,再三辞谢矣。王冰如先生来邀明日午膳,但余与梅翁、楚翁均欲明日旋里,致片辞谢。接其福片云,明日小轮系下午一点钟开行,邀上午十下钟席,恐难辞谢。少芳兄云,游历学生投考诸君,府署牌示定初十日覆试。此番来郡,本欲同宝田先生至各处游阅一次以广识见,况巾山寺久有存心往视,不想到城之后,酬应纷繁,无暇及此,何不随心愿若是也。任心田二尹来叙半晌,去时钟将十二下矣。

初十日癸丑 早至巳,阴;午至申,雨;酉、戌两刻,雨晴,阴;亥时,雨。早膳后至何喧夫先生处少坐,云其令兄肃堂先生送见石老伯家眷于正月廿六日动身赴都。同梅五、楚卿、少南、槐士至冰如先生府上午膳,相谈席散而别。时下午二点时,余与梅翁、楚卿两君抵永大小轮,张宝田先生已在轮中,并晤何霭生、丁飏绵两君,相叙片刻抵埠,时天尚未晚。至家,彬相适在家中,接张丹亭兄一信,并接上班曾已寄到一信,并褚琴轩兄一信,外附托买各件,尚未寄齐。做厨之加潮与其在郡同来。

十一日甲寅 早至巳,雨,午后至晚,均阴。致金仲泉观察一信,并附府署来护照一纸,明日遣价送交。致丹亭兄一信。又致褚琴轩一信,外附套料两件、袍料一件,致函托黄子霖兄代寄各处。王锦章军门柬邀十三日午膳,因各人均未去,即饬仆辞谢。阅《申报》附有

“三圣经灵验图注”，其功德最为灵验，倘得施送，功德无量；若能日诵，子孙定能繁昌；仿而行之，后世荣华富贵，妙不可言。余有此心，不知得能如愿否也。

十二日乙卯 早至午，阴；未后至晚，均雨。致章子修兄一信，交阿香送至前宅。张宝田先生至丹亭兄府上去矣。

十三日丙辰 早至卯，雨；辰至未，阴；申后至晚，雨。……寄家君一信，致家君一禀，系书明第四号平安家信，交邮政局寄至山西托陈仲怀直刺转递。午膳后至梅五处，晤徐荫亭、朱德甫两君，相叙一刻。至海门何霭生先生府上，适值至镇署去。余因镇宪王锦章军门邀今日午膳辞谢而未去，今至镇署，难以为情，故而中止而未晤。至黄子霖兄少坐而别。至同昌分号，晤江子菁父台、黄楚卿兄，相叙片时。楚卿兄托宝田先生代择造屋日子，已代择好，托余代交。余藏在家中未曾带交，至家后即封一信，并致一片，托其府上送至海门，交楚卿兄收矣。接褚琴轩兄一信，在同昌分号时，楚卿兄云，萧子华少尉现寓号中，即留片致候。

十四日丁巳 雨，连日多雨，步履为艰，心甚忧闷。致褚琴轩兄一信，交邮政局寄至甬江。致宝田先生一信，交金老二带交。阅福元寄阿香信云，家君上年十一月十九日由上海起身，廿七日到京。十二月初十日由京正阳门外包三等火轮车至镇定府，每人三元一角，行李包在西河沿客栈，每百斤银四两，一值到省，所坐脚阿子每辆十五金，可坐二人，统坐板车，价银廿二金，一并下人均在其内。如到镇定府时包骡子每匹三金可以到省。十七日到山西省城。想开印之后可以悬牌，如到吉州，其缺颇苦耳。家君现寓在山西太原省城西校尉黄公馆。

十五日戊午 子、丑两刻，雨；寅后至晚，均阴。江子菁大令因接渔团来拜客，饬丁挡驾，并柬邀明日午膳。二头来说，约二十日动身赴晋。

十六日己未 早至午，雨；午末至晚，阴。早膳后乘舆至海门同昌分号，谒江子菁大令，即缴帖。并晤梅五、楚卿、王香谷、蔡子葵、黄子霖、阮萁斋、王子宜、顾文伯、王会东、王春茂、杨伯藩、陶祝卿、王丽生诸君，相叙片时。适海门商轮到埠，王寿南兄自苏州来。寿南，前楚卿兄因托方荣申代其买妾，前接其来信并附有女照一张，其貌尚称美，楚卿意欲纳之，故差寿南兄及其仆从祥蓬到苏付洋。寿南到苏阅所照之女不甚妥善，叫方荣申做主，方君又不能代为作主，以作罢论，故是空回。好事多摩，此亦三生石上未定前缘也。[①]

适永大自郡到椒，姚梧冈先生、王少南先生自郡垣来，江子翁均邀席。王少南兄谈及上年有言官奏参台州府徐乳皋太守及候补知县方荣阳、候补都司沈平和、候补县丞谈程、拣选知县举人姚桐豫、光禄寺署正衔监生俞臻萃，各人朋比为奸等语。当时奉上谕“着浙江巡抚查明”等语。当即聂大中丞即委刘云樵观察并会同印官浙江宁绍台兵备道高与卿观察查明详覆。即时查明详覆：方荣阳、沈平和曾已奏参及俞臻萃并无其人，均无庸议；姚桐豫、谈程均有奏参之语；台州府徐乳羔太守亦有降级之语。所降不知虚实，尚未深知。言虽若是，未见明文，难以深信也。但俞臻萃是不知是何许人。姚桐豫是桐冈先生，名望素孚，何至被议？想是虚传亦未可知。顷，姚梧翁意欲赴京探听虚实。相谈席散。

至何霭生先生及汪更生参戎、阮萁翁各处少坐，即转至同昌分号。周梅翁曾已回家。晤杨定甫给谏，云及永江商轮近将到埠，少坐而别。即致片与杨定甫给谏。至家已将晚膳。但台州偏僻一区，往申、往宁轮舟四艘，细微货物均载出口售销，将来市价高抬，乌乎无底。幸米食尚称严禁出洋，价尚从廉，小民赖可谋生。此郡伯徐乳羔太守老于任事，实惠及民也。接张宝田先生一信，张丹翁府上做坟日子遵其所择，嘱余早至其府上代其敷排一切。余允十九日至唐家岙去。闻邱仲玉姻丈已至下街黄宅。晚膳后，至仲玉处，相叙半晌。并

---

① 此后原有“楚卿”二字，其中“卿”已圈去，并是衍文，故删。

接王子舜兄信，云明日十七动身赴都投考大学堂。来时已将二鼓矣。

十七日庚申 阴。早刻，至梅五府上，晤邱仲玉姻丈，相叙半晌。接洪少游兄一信，向借《申报》，本即函福，因欲至海门，匆匆未及书函，即致一片道候，并附正月分《申报》一卷。张太太遣平甫来说其做坟日子，因接其丹翁来信，欲暂从缓。宝田先生邀余至唐家岙各处看地，余欲明日往焉。午膳后同周梅翁因送姚梧翁赴都，至海门同昌分号，晤何霭生先生、楚卿、梧冈、少南，相叙半晌，何霭翁即已回府。楚卿兄云，江子菁大令于今日进局，即同梅五、楚卿、少南诸君至渔团局谒江子菁父台，并晤丁飏绵兄，叙谈一刻。姚梧翁亦至局中，即与楚卿、梅五、飏绵诸君至海门商轮局黄子霖兄处，晤胡葵生、王春茂两兄少坐。即至中衡游府署汪更生游戎处，相叙一刻而别。飏绵去。余与梅翁、楚卿转至同昌分号。过晚膳后，与楚翁、梅翁、少南兄送姚梧冈先生至海门轮船而别。即与周梅翁来，至路中晤金叔文妹丈，询云今夜趁轮至普陀进香，邬丽生先生亦同往焉。彼轿我马相遇途中，不得多语。询其何日旋里，据云相隔一班而别，至家时将二鼓。家慈亦于今晚自莘山小妹家仝叔文妹丈来家，即进问安，后接有王子舜兄一信。

十八日辛酉 阴。覆子舜兄一信。早膳后，至唐家岙，时将向午。晤张宝田先生，云值明日二月十九日观音大士圣诞。即于今日晚刻携仆同至开口岩，路亦颇浚，幸不甚多，尚有平路，亦有一堂。又，敬奉观音大士圣像到时，余亦进谒少坐，即到开口岩，时约四下钟许。其处屋前后两进大门上订有“东南第一”四字，唐绍廉书匾额一方，“光绪二十七年正月敬献”字样，上下均奉观音大士圣像。即叩谒毕，将眠床安置妥定。是处拜佛之人男女约计数百，人声、香烟旺甚，只得将就一宿。出至门外，看东至海门，西至黄岩之西，大小村庄均见烟火，港水环绕，小河如带，水白田绿，此时此景，人难多得。开口岩南北两块岩头约有平地，边有黄鼓岩顶亦有平地，人虽可走，上落颇险，余亦畏前行。后有诸君欲到开口岩拜佛，本是盛事，两岩之平顶及黄鼓岩顶，切不可走，是所至要。倘有失足之处，如之奈何也。古人云："知命者，不立岩墙之下"，即此之谓也。余深戒焉。

宝田先生代楚卿兄府上造后透日子已代择好，其宅坐子向午，兼癸、丁分度，按天星选择。本年二月十九壬戌日未时告土卸旧，合斗罡指坎大利。择二月廿二乙丑日丑时向南员木，未时平基大利。择三月二十癸巳日卯时，定磉安门槛大利。择五月十一癸未日卯时，抢榑竖柱大利，注：是日有雨。又五月十二甲申日卯时，作福上梁大利，注：是日有雨。择五月十八庚寅日卯时，入宅大利，注：是日有雨。所选十一、十二、十三日，按天星均注有雨，不知果能灵验否也。天星日子扣准，吉星到宫，无论所作何事，定能立发，不必合事主命宫。若时辰舛错，不能应验也。象吉日子作事之向及本人命宫，均要会局相合，方能选择，所用时辰亦要扣准为是，倘万一迟早片时亦无大误。所选日子，天星、象吉各有所长，以余论之，尚要用象吉，何也？天星日子如猛药也，象吉日子如太平药也，如人家一切均要平安，即是福地天星日子。宝田先生可谓高明。象吉日子，福建洪潮和堂麟择日馆为最佳，不要误认堂燕为要。就近而论，宁波陈日省敬时堂为最佳，不要误投敬授堂为要。倘有大事，所用日子定要寄福建洪潮和堂麟择来为妥为佳，无人可托，即差人到彼处，不要惜此小费为要。如小事，以陈日省敬时堂亦可用得。此余之鄙意如斯，倘实能精明星宿者亦可也，只恐度虚名而无虚效[①]者多也。如今风水先生江湖派头多，存心各有偏见，胸无实济，倘得纯正而无偏、兼通实□，即谓高明也。宝田先生存心正而无偏，余欲求择一地，不知得能如愿否也。

十九日壬戌　早至巳初，阴；巳末至午，雨；未后至晚，均阴。早膳后，同宝田先生环绕山间随步而行，仍至唐家岙张宅。回忆山水之乐，天然之景，其□味人生鲜得也。故智者静，斯言不缪[②]哉。

---

① 当为"实效"。
② 当为"谬"。

二十日癸亥 辰初前，雨颇大；辰末，雨晴，至晚均阴。致黄楚卿兄一信，并附宝田先生所批其府上造后透日子一纸，交透老司送交。午膳后，同宝田先生偕仆至埠头堂安置住宿一夜。路过白闸岭，其处亦颇清雅，岭下有杨定甫给谏祖坟一所，其坟据宝田先生言不甚佳，只恐有损而已。晚刻，二头送来苏焕堂姻丈一信，自去岁十二月廿八日所发，言至北天门车上失手，将左手中指被坏，其痛苦情形难堪言状，至是稍愈，免强方能写字。又接家君一谕，二月初二日自山西省城所发。言及二月初二日奉藩宪牌示饬赴吉州本任。该州清苦异常，又兼如此寒冷，心甚不安之至。内附咏丹先生、月波、焕堂各致余一信。又，家君附寄禹门叔公、洛卿丈公、达云母舅、叔文妹丈、梅五姻丈、寿农、祝再两姻丈、德生诸君各一信，俟到家后即行分送。适金仙元来，将家君寄金德生一信托其带交矣。内有咏丹寄家信一函，亦另寄交。但埠头堂大殿颇大，塑佛像亦大。后殿须大，其屋之破坏，若再不即修理，定至倒坏矣。后殿上订有“心地均清”四字匾额，系康熙四十八年住持僧本杰敬立。又有订“光明世界”四字匾额，康熙四十六年，亦是住持僧本杰敬立也。如此高大古刹，致被破坏至此，深为可失①，未识将来出大施主重建寺院否也。

廿一日甲子 早子、丑、寅三时，雷雨颇大；卯刻，雨晴；辰后至晚，均阴。早膳后，至埠头堂乘舆到家，已将午后。接褚琴轩一信，附有托买衣料、全鹿丸等件。至卢华士兄一函，内附陈咏丹先生托寄家信一封，送托楚卿兄代寄郡城。晤李健生先生相谈片时。至仲玉处，据云曾已回黄城。随至星斋宗叔府上，晤陈六孚、静斋宗(叔)，晤叙半晌至家。梅五来云，少南于廿二日招赘，约余同往道贺。家君致禹门叔祖、达云母舅、梅五姻丈各信，即饬二头送交。接王子舜兄一字，云于十九日动身赴都矣，在申寓永宁公客栈，在京寓青厂黄岩会馆。

---

① 当为“可惜”。

廿一日乙丑　阴。致章子修兄一信，内附家君寄其一函，明日饬阿香送至前宅。早刻，梅五姻丈来约余同至小白云山，晤黄楚卿、王子宜、王云梯、邱遇琴诸君，相谈过午膳，来时已将晚矣。洛卿丈公因壬寅之冬姑婆去世，甲辰二月续娶黄岩王姓，今永文大爷来说，于正月间举一子，今年五十有三岁，老年得子，真难得也。陈云芝先生年亦五十有馀，上年其妻去世，续娶黄氏，于今日拜堂，此亦老阳配少阴也。潘天球其妻前年去世，续配北岸某氏，亦于今日拜堂。家慈于昨日稍染微邪，早刻，请李健生先生诊治，定即占勿药之爻矣。

廿三日丙寅　早至巳，阴；午后至晚均晴。家慈之恙，尚不得即愈，健生先生已至海门去，即至解玉泉先生一信，交轿夫送至黄岩东禅巷，请其即来于家慈诊视。王少南于昨招赘海门之岩头地方，早刻，至周梅翁处，同其至海门分号，约江子菁父台、黄楚卿、黄子霖两兄同至是处道喜，其新人亦颇雅而不俗也。相叙片时，道过乃演，转至同昌分号，晤陈舜卿兄，少叙而来。适宝田先生自同屿看地来，据云彼处相隔数里许有一处尚可将就而未至路桥，前致杨载唐一信，亦曾带转而未投。至晚，解玉泉先生尚未来，即请宝田先生与家慈诊视，即开一方，食下，不知即奏肤公否也。请玉泉先生之轿夫来，携有覆字云其玉泉先生出去未在家中，俟其到家即当来家也。覆字其府上夥友所书。

廿四日丁卯　晴。致玉先一信，托买砖一载，以为加墙之用。解玉泉先生于早刻自黄城来。晚刻，转黄楚卿兄府上。至椒江，晤秦师梗友，云金慈生公祖于三月十七做寿，周允东托其代做寿序一篇，曾已成文。续至谱香母舅处少坐而来。家慈恙稍愈，不胜欣喜之至。

廿五日戊辰　晴。晚膳后，至梅翁姻丈处少坐。仍请解玉泉先生来与家慈诊视，恙又稍愈，饮食渐增，不胜欣幸。叔文妹丈与丽生先生自普陀山来。张丹翁太太自府上将至舟山，因船期于明日起行，今晚到家时，家慈留其住宿一天，明日趁永宁到定海丹翁署中。今日值永宁到埠，取有《申报》，纪有浙江巡抚聂仲芳大中丞委员查明奏请将台州府徐太尊交部议处，饬司察看。候补巡检谈少莲理、举人姚梧冈桐豫均着斥革，姚桐豫并撤去培元督销两局董事等语。不胜诧异，此亦存诸数定也。

廿六日己巳　午前，雨颇大；午后，雨晴；至晚，阴。金叔文妹丈因家中事急，于早刻去矣。致家君一禀，系第五号家信。致陈咏丹先生、苏月波、焕堂两姻丈各一信，均附家君禀内，托彬相送交邮政局双保险寄至山西平阳府吉州署中。前接家君谕言，云二月初二日曾已悬牌，约月杪、月初可以履任，想此信到晋时定可进署，此信专寄吉州署可收览矣。致琴轩一信，托买铜铫一个，信亦由邮筒寄甬。张太太亦于晚刻趁轮到定，并代抄其山向交太太带交矣。家慈之恙亦稍愈，饮食渐进矣。

廿七日庚午　早至未，阴；申刻以后，雨，不甚大。家慈仍请玉泉先生诊治，又稍愈，饮食渐进，可无虑也。致王子舜兄一信，致陶寿翁一信，托买朝珠记念一副，函均交二头带至上海永宁公分递。二头求阮右垣刺史代荐陶寿翁之新办永江商轮为茶房，今寿翁现在沪江，彼至沪之行也。闻永江商轮将近可以到台，其轮中一切均是朱葆珊观察代办，申江亦是朱似兰兄经理，台州本是杨定甫给谏经理其事，给谏家住路桥，住远不便，请陶寿翁襄办一切，有要事仍请事于杨给谏也。阮右垣刺史因太平县孙叔平大令启泰瓜期已届，纠集同人绘有攀辕图一幅，亦颇清趣，今嘱二头带申装裱。但万民伞、万民衣、攀辕图等物件本是送卸任地方官之客套，以孙叔平公祖论之，勤俭持平，常有实惠及民，受亦无愧焉。黄岩王晓凡兄自海门来，过家留宿。久年交好，相叙旧情，亦谓幸事也。

廿八日辛未　早至午，雨；未后至晚，雨晴，阴。家慈请王晓凡兄诊视，药亦见功。午刻，同王晓翁至子宜兄处少坐。与子宜兄至四分英姑娘处，晤秉彝宗伯及其新郎官德与、少愚、林先、均五，相叙一刻而来。

廿九日壬申　早至午，雨，不甚大；未后，雨晴，阴。致王澧泉先生一信，向取篆书直条对联，前在郡时托其代书。致应子能先生一信，致张柳桥兄一信，适仆从小朝至郡医治病串，交其带郡分送。金叔文兄自家来，即至海门趁商轮至甬江买衣料，嫁妹之需。致褚琴轩一信，托叔文代交。晚刻，楚卿兄邀晓凡兄与其妾看病。余因官德先入赘来叫吃酒，即至其处，晤秉彝宗伯、伯寅、仲辰诸人，相叙一刻。过晚膳，即至禹门叔祖处少坐。至楚卿兄处，晤云梯兄少谈。即与晓翁至心斋宗叔处相叙片时而来，时已逾二鼓矣。楚卿兄邀明日同晓凡兄至海门一走。家慈仍请晓凡兄诊视，饮食渐进矣。

禹卿叔公系是第四分，所造之屋将余祖屋基占去十馀间。是时禹河、禹卿均在日，时其心过凶，适余尚幼，家君又在都候选，先曾祖慈又不能与其理论，心想家君旋里再与其说，适后家君选授云南新兴多年，无暇与说，彼即将屋造就。家君再任晋垣，禹河、禹卿两叔祖相继而故，只恐后人不知是事之原由。家君又不能来家与说，顷接谕言，嘱余转挽禹门叔公向说。家君又致禹门叔祖一信，中亦曾将此事奉托。今晚，余晤禹门叔公，言托丽生先生代作一据底，彼从中嘱其画押。但彼之修云叔其心过节，禹门叔祖言虽若是，恐致多费唇舌也。余记忆先曾祖慈言，先曾祖兄弟四人，先曾祖归三也。祖屋本是四股分派，长、次两股均卖与余家，连自己一股，四得三股矣。今第四分将屋新造一透，故将余之祖屋基相占十馀间。亦尚存有长、次两分卖契可以为据，而今与后，再不与其言，后人恐无知其底蕴也。今禹门叔公言虽若是，恐是空言而无益，即是书立盟据，亦使后人知此原由，想其原璧归赵而不能也。未知丽生先生再与禹门叔公言作何向说，适丽生先生值在家中，即将此情细达。据云，明日与禹门叔公接头而矣。

三十日癸酉　晴，惟午时阴，一刻即晴。午膳后，周梅翁邀余至海门同昌分号，适楚卿兄出外，未曾会晤。与陈舜卿、王丽生、郑柳夔相叙一刻。与梅翁至汪更生处，晤丁飏绵、陈崇山两君，少叙而别。至海门商轮局，适黄子霖兄亦未在局中，即与王姓少谈。转至同昌分号，晤何霭生先生，相叙半晌而别。即至霭翁府上，其家人云至局中，不晤而来。适楚卿兄邀晓凡兄与其夫人看病，亦至号中与其晤叙一刻，即仝周梅翁至家矣。

第七章

乙巳(1905)三月初一日起

三月初一日甲戌　晴。午时初刻清明。□□□各家理当祭扫。早刻,至马屿头祭曾祖及曾祖慈两处墓。张宝田先生,余相邀其同行。祭毕,将祭菜饬仆担至金德翁府上,相叙。过午膳,再同宝田先生至曾祖慈之墓,上年十一月初三日入厝即此墓也。此处据云坐申向寅兼庚、甲分度,此家君因有旺气而葬之。余因此处与曾祖之墓相近,虽无大好,只得将就。顷据宝田先生云,此墓系坐申向寅兼庚、甲,辛方缺陷,戌方高山,不利于长房,将来长房遇辰年定有破财等事。上年家君偕余将坟已择日做好,奉先曾祖慈暨庶曾祖慈之棺曾已安葬,只得将就而已。高峰原有好歹,将高峰收来即是帮助为利,高峰不能收用,即是克星。愿得遇吉而解,即吾家之幸也。当时家君与余因有旺气,与孙旭东、何巨明言之,彼二人看余与家君意欲将此为曾祖慈做坟,孙、何二人串通说是吉壤大地,空图谢金。但此处当时家君向金姓买来开下,其泥色虽佳,一片皆然,想有旺气无疑矣。长房虽然有碍,余归长房,幸赖祖宗庇荫则皆然也。前本托孙旭东择吉壤一所,不想孙旭东肥己腰囊,代向山头解名小林买有山地一片,所费颇巨,购办砖石,择癸卯岁八月初二日做坟。金井开下,均是湿气,泥色丑甚。此时天晴多日,尚有水湿,此日中止。旭东因坟不做,不得向取谢金,假借批降之鬼话,说在所开之相近即是穴土,定要隔十二日再行做坟。至日又开金井,即见古墓,因此抛弃。又,己亥之夏，内人已有四月之孕，适孙旭东来家时，内人有不大安善，请其诊治[①]，看出确是有孕，彼将山赤参三钱。此余不知药性，即将方药吃下，即致坠胎。续后又坠两次，数年不育，皆是孙旭东之害，可谓甚矣。将来有胎之药，不可不慎也。即各色病，端药亦要谨慎，是为至要。先曾祖之墓前，曾祖在日时将此坟做好，向立坐酉向卯，兼乙、辛，咸丰庚申岁安葬，光绪戊子建立坟面，迄今均幸平安。上年，孙旭东串通何巨明欲作肥己之想，设词来说欲将坟面改立，此语不合于众听也。顷据宝田先生云，坟向只有照此立法，再无更动之处。况多年古墓，岂可轻动乎。但孙旭东、何巨明见财起意，不顾人家道兴衰，实属可恨。此后做坟请师不得不慎也。是为之记。

附近一阅，转至金德翁府上，适王师梦云、卧南先生、虞臣兄及王达泉先生之世兄亦在德翁处，相叙半晌而别。至家尚早。官德先言，洪少猷、金唐印两兄来访不晤。即至二府署谒洪少翁、金唐翁两君，晤叙半晌而别。至家，适王晓凡兄自海门同昌分号来与家慈诊治，恙亦渐愈。接周作羹兄来字，代借玉器为太平新河迎会六房轿之用，但余前幼时坐六房轮之玉器均是亲友家借来，自己虽有一些，迄今二十馀年，均在家慈处。家慈恙虽渐愈，尚未复原，不便寻检，即片覆。

午膳时，宝田先生云，前几年有舟山人在船时得有大鼋一个，同事诸人均要煮吃，惟其口应代杀，私将大鼋放还海中。不久，其船被风覆坏，船失人亡。惟放鼋之尸，鼋将其尸背数百里水面至其家相近之港岸，鼋亦守而不去。其魂托梦于其妻子，将棺木安葬毕，其鼋始去。斯言甚确。鼋尚知报不杀之恩，何况人乎！大凡买生灵而放生，不能即见其积德，神明皆知，如有可行之德，无论大小，当力行之为要。行善以孝为先，行恶以淫为首，力行孝道，痛改淫非，是为至幸。接张丹翁一信，内托代寄章道芝兄一函。丽生先生来托其代拟四分屋基盟据一稿。

---

① 此处原文衍一“治”，已删。

初二日乙亥 晴。致玉先一信，托其代买开砖一载，饬仆送去。转云，明日可以载到。家慈仍请王晓翁诊治，恙已安痊，尚未复原耳。晚刻，至谱香母舅府上，晤叙半晌而别。晚膳时，至谒先慈墓，叩后即来。周少芳兄来约宝田先生及晓凡兄至其府上，相叙至晚而来。家中因清明令节，设席供献祖宗，亦于今夕也。

初三日丙子 未前，晴；未后，阴。宝田先生于晚刻至黄岩代张丹翁之屋基格定方向，致夏子英先生一信，托宝田先生带交。其屋基托其指点，宝田先生亦宿其府上过一夜，明日来家。子英先生之令弟振之兄现在丹翁署教读，至其府上也。王晓凡兄亦于晚刻回转黄城其府上矣。家慈请其又开一方，明日可进补剂，逐渐定可复原也。金九疏兄来，欲谋同昌夥友一处，彼致一函与王少南兄，余代其致王少翁一信，饬阿三送至其府上，回云，适均未在家中，交其家中代寄郡城。周梅翁自泽库看迎会，于早刻来至家，言及彼处旗装尚称鲜明。文昌阁后宫奉三官大帝，今年值满之前，三圣出位保平安。黄煦东宗伯为首，遍贴招纸，请各处能习一艺者来集为迎会，并造旗装执事等，未识能得鲜明否也。但地方有曰迎会一举，各家之开费不少，此有用之钱财化为乌有，深为惜哉！饬仆至黄城购有柏树秧五十株，送栽马屿头太婆坟围外，不知均能得土而生长否也。

初四日丁丑 晴，金九疏兄于早刻去。宝田先生于晚刻自黄城来云，张丹翁之屋基在黄城南门，南北约六十馀步，东西计一百馀步，立向子午兼癸丁颇佳。午膳后约周梅翁至海门同昌分号，晤陈舜卿、王丽生、吴兰友，相叙半晌。至何霭生先生府上，相叙半晌，云及徐汝皋太守现在染恙，请有宁郡某医生来台，至署诊治，想定吉人天相之庆。按：徐太尊莅任多年，循声卓著，万民感戴也。并云江子菁大令曾已交卸临海县丞黔记。新任太平县左大令宜之曾已到海门，即日履新矣。接临海县丞黔记者系陈少斋二尹。别后转至同昌分号，适海门商轮到埠，本望叔文妹丈回台，晤丁辅香云，叔文大约初六日趁永宁商轮，初七日可以到台矣。同梅翁至城隍庙看戏一刻，来时晤李舜卿、王子宜，相叙片时而别。来时已将晚矣。

初五日戊寅 雨，不甚大。接周作羹兄来字借去《申报》一卷。本约张宝钿、邬丽生先生至荐堂上坟，因雨中止，俟天晴后即买舟同去。

初六日己卯 早至巳，阴；午刻，晴；未后，阴。午膳后仝宝田先生、丽生先生同至荐堂。至文昌阁，适船尚未到，即同宝田先生至永清宫，晤黄煦东宗伯，相叙半晌，煦东宗伯现宿文昌阁，为满三官会首事，已宿三日矣。船到埠即下舟，底路桥已将四下钟矣。上岸，晤叶蓉秋先生，相叙半晌，即留晚膳后，庆源夥友从吉来，同其至恒茂泰，适杨载唐兄未曾在行，留字托其代买板联对板四对，未知是处有售否。即至文府先生府上，相叙片时，并晤其令侄桂厚，即王心泉之婿。其令尊仲雅先生亦未曾在家。转至船中，时将十下钟矣。宝田先生云，甬江大药房售有玻璃膏，粘玻璃可如原物，并能无缝，另有友人到甬之便，托其代买少许用之，不知果如其言否。路桥有至交来，托其代带两片与翰谷、逸仙两君道候焉。

初七日庚辰 子至午，阴；未至申，雨，不甚大；酉后雨晴，阴。早抵双庙，丽生先生自己祭祖墓毕，同至其令亲家过早膳。其令亲陶姓，祖上系父子孝行，传闻有登城隍之职，是言虽无目见，父子孝行确然也。乾隆年间有旌表之文，今其后代不甚大旺，其中尴尬不知在于何处也。抵荐堂时已向午，晋叩宋九尚书庙后，即至祖墓祭叩毕。仝宝田、丽生两先生至管坟之家过午膳。趁原舟至东鉴登岸，同丽生先生、宝田先生至是处，岙里有泽库阮公墓，其坟面花均颇细，系翰林院修撰梁耀枢题字，板分三格，有对一副，其对语云：“华表西方归鹤驾；佳城东鉴启鸿图。”前有大小屏风两道，书院公平生事迹。左有祀神停一座，其石料均称高大，坟围亦是石头给成，是坟阮公即泽库阮藻云观察，阮馥云孝廉之父，阮右垣刺史、阮与九大令、阮季良部郎之祖也。坟之左有一穴，大约坐癸向丁，尚有兼度，因时仓促，未能格妥。余阅是处气颇紧，兼能朝暖，以余视之，亦是少有之方，只缓想法，托人向购，不知得能随愿否也。仍然下舟，即抵桐屿，时已将晚，至菊红家一坐，托其代买东鉴之坟地。随至舟中，嘱船夫驶至路桥，时愈二鼓。下雨颇大，坐舟写字，颇为不便，未及详记。

初八日辛巳　寅前，雨；卯后至未，晴；申后至晚，阴。早刻，至恒茂泰晤杨载唐兄，过早膳，即由原船至家，已是未牌矣。至周梅五处，路晤周达云母舅、翁子俊兄，相叙片时。至梅翁处少坐，并邀余晚膳。出时晤王子轩兄、洪少猷、金唐印两君，相叙一刻。至家后，金叔文妹丈自宁郡趁永宁商轮到台，至家相谈一番。

适《申报》送到，阅三月初三日报章第二张纪有二月分缺单，台州府徐承礼降，不胜代为一叹。按：徐太尊自己亥岁补授是缺，郑重行事，下民亦颇感其德。庚子秋，台民颇有蠢动之心，徐太尊亲自下乡至各村一巡，万民信服，将厄而复安如磐石，即此一端，台民则感惠多矣。时有匪徒闹教，徐太尊即行弹押，非是徐公治台，恐致不至于此而已。辛丑，上游以不善治理暂行撤任，去时民多抱泣。接是缺者系张太尊署理，一年期满仍以徐汝皋太尊回任，民以还我使君之欢，迄今数年，均仗其信德服人之庆。即壬寅之岁，借民间殷实之家钱作购米之需，即开平粜之举，而至稻熟始止，平粜洋均照数拨还借户，不缺一文，此亦善政也。此时代办之委员萧伯康、江子菁两公，亦均尽心力赞襄其美焉。至上年，御史因事奏参兼连，此亦为数也，台民何至无福若是也。又阅初四日《申报》第二张，纪有二月分选单，台州府张西园，贵州甲。想科甲出身，出守是邦，定有一番善政及民也。

余至梅五处，晤楚卿、子宜两兄，并晤其塾师王姓，系兆桥人，云及王子裳太守已交卸运漕厘局差使，家眷均已回台，有意退归林下焉。楚卿兄云，徐太尊之恙颇沉，想是贤太守定有吉人天相之幸。席散而别。至文昌阁晤宝田先生、叔文妹丈，值近有迎会之举，今夜有道士唱戏，颇为热闹，片时而来。叔文兄云，黄岩王吉人老伯京中事讫，于昨日趁永宁商轮到台矣。叔文兄此番到宁，为其令妹于月之十二日于归与郡城余洁斋兄，购办木料而行也。云及宁郡木料物虽精致，而价亦颇昂贵耳。接玉先一信，并代买到开砖四千二百块，即覆一片，附洋五元托其代买屋瓦，洋两元再购开砖，凑成一载，片并洋均交载砖船夫带去矣。此番迎会，本是三官大帝出保平安，黄煦东宗伯遍贴招纸有作迎会之举，四处男女来看会者想亦不少，大小之家所需费用计之颇巨，将有用之银钱化于乌有，殊为可惜耳！

二月分选单又纪，陶祝卿少尉梦良现选直隶顺天府三河县典史缺。回忆前晤祝卿兄云，有由本县行文告近之事，今选直隶，非是近省，不知有碍处否。祝卿之意恐选陕、甘、云、贵、广西等省，故意作告近之举。如选直隶亦无易于近省，不知前番告近之文已达部否，倘未达部，即现选三河路亦颇近，路上不致艰辛也。

前任台州府知府郭谷斋太守式昌交卸后即过道班，仍留浙江候补，续即补授浙江金衢严道，上年奉聂中丞札委署理浙江按察使司，本年正月初二日接篆。顷阅三月初五日《申报》，郭谷斋廉访于三月间因病出缺，其公子有名重光者现挽江苏元和县篆来浙治理丧事。但郭公年逾八十，名高望重，今薨于位，亦尽人事焉。前阅某日《申报》，其大公子春榆侍郎有请假之语，想亦因郭公之病也。郭谷斋廉访前守台州，清廉朴实，解任时，民有郭老佛之请，亦稀焉。今其公子、孙科甲连绵，实亦报公之德也。新选台州府知府张西园，选单书是贵州甲，阅《搢绅》，刑部广东司郎中张西园，山西平定州人，甲戌进士，不知何处为是也。

初九日壬午 早至午，阴；未至酉，雨；戌后雨晴，阴。致陶祝卿兄贺信一函，饬三妹送交。接章子修兄一信。接卢槐士兄一信，并代买到篛十张，脚箩念双。金叔文妹丈因十二日令妹于归期迫，即于早刻至莘山府上矣。小朝来云，前托王澧泉先生篆书各物尚未写好，俟其写好即代寄下。饬仆将铁杖带至东鉴所看之地打下二尺许，即见古坟，只得中止而已。

初十日癸未 卯前，雨；辰后，阴。致周载熙兄一信，致陶寿翁一信，致褚琴轩一信，托其代刻片戳，各信均饬阿香送至海门交邮政局分寄各处。覆章子修兄一信，交杨从曹带奉，昨日寄余之函，亦杨从曹送来。三妹自楚卿兄处歇出，尚无栖身之所，前因小朝至郡，叫其帮忙，数日前，叔文兄在家时，云箬黄江子寿欲觅一仆，日昨小朝已来，三妹求余代荐一处。余念其家贫亲老，代作一信与叔文兄，嘱其送至莘山，托叔文妹丈代致一函与江子寿兄，不知得能留用否，难以预料。午膳后，同宝田先生至文昌阁，晤煦东宗伯、周梅翁、少芳、子宜、心泉、采东，相叙片时而别。煦东宗伯嘱余代人写帐前上层篆字两根，带家后即代写好，饬官兴送交煦东宗伯矣。此番迎会已成大半，有镴器执事，全堂曾已打就，颇能久用。符士正兄云，明日至舟山，余托其代带两片道候张丹翁。陶祝卿兄来云，二月分选顺天三河县典史未得信息，接余贺函才知选缺之信，言近日至郡，询逸仙先生一切情形。

晚膳后同陶祝翁至楚卿兄府上，晤李健翁、周梅翁、解玉翁、王云梯、陈舜卿、鲍子封、丁辅香，相叙半晌。褚琴轩来云，于晚刻趁海门商轮到台。楚卿兄云，徐汝皋太尊染恙颇沉，日前请解玉泉诊治，亦吃数剂，不能即见奇功，请有寓申广东人景姓太医来台，至署诊治，不知得奏肤功否也。想徐太尊治台，万民感戴，定有吉人天相，早占勿药之庆。祝卿兄宿楚卿府上。同琴轩至家，适丽生先生在家，相叙一刻而别。叔文妹丈昨日托余将装载海门商轮妆奁木料十四件，今晚可以到埠。即致黄子霖兄一信，并附货单，饬阿香至海门检点。阿香来云，本将小船说好，其令亲余家人将小船回止自定航船，至明日到商轮搬运妆奁到郡。阿香点交其令亲余家人与农工三人，至家钟将一点矣。交邮政局寄琴轩一信，此是空寄，想信送至彼处，该处夥友想能代为收藏。

十一日甲申 卯前，雨；辰、巳，阴；午牌，晴；未、申、酉三刻，阴；戌后，细雨。玉先于早刻来。余家之仆人来云，海门商轮之妆奁因与其面生，不得交付。余致其一片，向取，至晚未见来说，向已取去也。午膳后，至周梅翁府上相叙半晌，晤周少云，同其至家少坐而去。三妹托余转托叔文妹丈代荐与江子寿兄，余致叔文兄一信，交其面交。彼因路途太远而止，交伊之信，亦未投递于金叔翁也。庆源开店本是癸卯三月十一日，本日即于财神爷寿诞之期，适值是日，设有粗菜三席以为店中夥友清酌一餐，并柬邀丽生先生、褚琴轩两君。褚琴轩因事而未来。宝田先生至东枫一带看地，来时天将晚矣。

十二日乙酉 早至未，雨颇大；申后雨晴，阴。今日文昌阁永清宫三官大帝本出位保平安，因雨阻止。胡玉来说，接有金学启信，云印契费尚未付讫。但此事，余在郡向方笃轩云尚少洋八角，至同昌照数付讫，今彼接金姓之信，言尚未清，即代致一信与方笃轩，仍交胡玉送至航船寄郡城。印契本托笃轩，此笃轩转叫金学启代印。陈惠夫并其令弟宝俊相偕友星一，又有三人，本看迎会，至家宿，午膳而去。永文大爷来家，留宿一宵。叔文妹丈之令妹适郡城余洁斋兄，于今日喜期，由莘山至家子，趁永大小轮到郡。时雨颇大，婚娶遇雨，诸多不便也。

十三日丙戌 晴。致章伯纯兄一信，并附天青缎女套料一件，英佛十七尊，又致章子修兄一信，均饬弟头送至前宅。江德明兄补入天禄，于十四日开贺，送去贺仪一函，亦饬弟头带送黄城。文昌阁三官大帝出位，其旗幛一切均是从旧，四处传闻今有将宁郡税来新式旌旗颇多，实则并无其事，故来看者甚众。早刻，陈崇山先生偕友来叙片时而别。路晤邱楚言姻丈、仲华兄、程蕙夫即程云溪千戎礼锦之世兄及清相来叙。过午膳，同其至下街少坐。即至楚卿兄府上，晤其令亲郑夔友暨王梅友两孝廉、黄玉堂兄、叶少枫诸君，相谈半晌而别。楚卿兄向余假洋盆十二口，交其仆从崇福带去。路晤周梅五，一叙而别。家慈前染恙，饮食渐增，请解玉泉先生开补剂一方，亦为庆幸也。接章子修兄覆信一函。接郡城陈古民泰初一信，并托余代寄其叔咏丹一信，并另星一包，顷代为收下，俟阿香至山西之便，嘱其带交可也。楚卿兄言，郭谷斋观察于二月间仙逝，前阅《申报》之言所不谬也。

十四日丁亥 晴。午膳后，至分府署，谒洪少猷兄，适星斋宗叔来叙半晌而来。晚膳后，至楚言处，晤季华、惠夫、健生诸君，相叙一刻，同邱楚翁至周梅翁府上相谈少顷，来时已将二鼓矣。洪少翁言，徐汝皋太守染恙颇沉，不知得邀吉人天相否也。楚翁言，王子裳太守已于昨日趁永宁轮商轮到台，闻云在府少作勾留，再作赴皖之行，宦途意味尚未疏冷也。楚言云，晤黄漱泉云，代余之碗盏外套一席，曾已买来，其价颇昂贵，明日遣价向取。阅《申报》，张太守西园已于三月初七日召见，想在夏秋间即可履新矣。

十五日戊子 早至未，晴；申时，阴；酉，雷雨，片时即晴，阴；以后均阴。午膳后同宝田先生一带看地，前彼代阅一处，系在苏庵之后，余视之不甚合意。余马块，至乌石平桥借王姓家少坐避雨一刻，即至家中。宝田先生至上洋官兴家避雨，并留在其家中一宿。接周载熙兄自黔省锦州学棚所发一信。致黄漱泉一片，遣阿先去挑碗盏，来云，未曾在局，不得接头，另日去取可也。

十六日己丑 卯前，雨；辰时，阴；巳后至晚，均晴。接何煊夫先生一信，并附其令兄见石比部代寄到先曾祖沧山公、先祖鸣皋公诰命两轴，系家君上年选授山西吉州知州，适逢皇太后七旬，万寿覃恩例得封轴，家君可邀覃恩加一级，即作福函交其来人带奉矣。并致方笃轩一信，亦托其来人代送，此恐前寄之信不得寄到，故又致一函。接章子修兄一信。午膳后，宝田先生于早刻来。至分府署晤金唐印兄，相叙片时而别。同周梅翁至海门，晤楚卿兄、夔友兄、玉泉先生、舜卿、昆珊诸君，相叙片时。至锦茂商轮局，适黄小泉出去，未曾会晤。至海门商轮局，晤子霖兄云，白料碗盏因价太贵，未曾买来，即嘱其不必买可也。前托染之宁绸袍料，曾已染来，并向其买来明角灯一对，计洋四元三角。托其代买高梁杯十口、绍兴酒二坛、白料茶盏十口，云下班轮期可以带到。出时，晤张星伯大令，云台州知府已奉藩宪牌示，何姓系江苏常州人，想近日可以到台。

至娄晋阶姻丈府上，晤黄小泉兄，相叙片时，同至其典中。谒王子裳太守，云自趁永宁到台，明日早辰即至府上。并言徐汝皋太守系叫部议处降三级调用，公罪准其抵销。但徐太尊仅有二级可抵，尚降一实级，故有开缺，若有三级可以作抵，不致开缺也。查知府加一级计银二百四十两之数，大凡官之大小加级不得不捐也。想当时亦无虑及，故未曾报捐，有致今日之苦。其染恙今亦稍愈。王公现交运漕差使，奉皖垣省营务处探矿价来浙之行，将家中一切布置妥定，明年再作赴皖之行，宦途意味不能抛却也。别时转至同昌分号，郑夔友兄已至家子，与楚卿、子封诸君相叙半晌而来。晚膳后至庆丰少坐，同琴轩至楚言处，云道头堂有戏，即至彼处看戏，晤煦东宗伯一叙。来时钟将十二点矣。

十七日庚寅 早至申，阴；酉牌，雨，片时即晴；以后均阴；夜雨。致黄子霖兄一信，并附英洋六元七角，饬小朝送至海门面交。接张丹翁一信，即作覆信一函，送邮政局转寄舟山。接祝再姻丈一信，并送余笋一担，即作覆信交其来人带还。小朝自海门来，接有子霖兄收字一纸。戌、亥两时雨颇大。

十八日辛卯 早至午，雨；未至申，阴；酉刻，雨，片时即晴，以后均阴。午膳后，至梅五姻丈府上少叙，适谱香母舅价来，云挽拼送分府金慈生公祖寿轴，余允其坐半，梅五、谱翁一半，即至顺兴泰买大红缎一丈五尺，并竹布等。转至梅翁处少坐，续至谱香母舅处，晤叙半晌而别。路晤达云母舅、翁子俊，相叙一刻而来。适秦师梗友来叙，至晚而别。晚膳后，太平有阮君、潘君明日至郡，过家留宿。张漱芳、陈月香两兄来云，欲向余开马屿头坟粮，余久[1]其候家君到家后再开可也。

十九日壬辰 早至巳，阴；午后至晚，雨，不甚大。致章子修兄一信，饬弟头送至前宅。致杨载唐一信，托仁大转寄路桥周作羹兄。张漱芳、郑月香来叙片时而别。饬阿三叫阿香向苏绩臣取前托写扇一

---

① 当为“允”。

把。来云，明日向其取来。褚琴轩来云，明日至宁波去，托代买另星物件。太平来之潘君、阮君均于早刻至郡去。

二十日癸巳 早至巳，阴；午刻至晚，均晴。接洪少猷兄一信，即作覆信一封，并附《申报》，交其原人带奉。星斋宗叔邀余午膳，周梅翁、褚琴轩来叙片时。梅翁云，陶寿翁府上托拼送分府金慈生公祖寿幛一股，即书陶寿翁衔名，即嘱王姓做款字。即致一信与陶寿翁，交琴轩送邮政局寄至申江。琴轩云同楚卿兄即于晚刻趁轮至甬。两君别后，即至星翁府上，晤袁子羽兄之令弟、解玉泉先生、周梅翁、周允东诸君，相叙席散。适靖斋宗叔来叙一刻而别。至楚言姻丈处少坐。至椒江书院，晤少梧云秦师梗友公出。即至家中，星斋宗叔托余代致一信请钟焕堂先生至其府上看地。

廿一日甲午 早至酉，阴；戌刻，细雨，片时即晴；以后均阴。致章子修兄一信，托杨姓带交。致则福先、继南先、丁子祥各一信，饬福逊送至黄城。致黄子香一信，交航船送郡协丰咸货行。王兴臣来云，昨日来宿允东母舅处。过午膳后，同至允东府上，晤洪少猷、褚仲逸、李卧南诸君，相叙半晌。允翁言，椒江秦师梗友与肄业者稍有不睦，致函与金慈生公祖，意欲辞馆。椒江司事少梧来云，恐秦师即于今晚到郡。续至椒江，晤秦师梗友，相叙半晌，探其意无回郡之心。即至洋学胡师处一叙而别。至家后，至楚言处，晤梅五姻丈之世兄老五，相邀余代其出一号。但其小名文津，余即代出号子宾，官名周启泰，余思之亦颇清雅，未知用否。留过晚膳而来。便道过庆丰，晤用九、宗山一叙而别。至家已将二鼓矣。

廿二日乙未 早至午，晴；未刻，阴；申后，雷雨。张宝钿先生至长甸一带看地。适海门商轮于今晚到埠，致片向黄子霖兄，将前托买之绍酒两小坛、堆花烛一双曾已取来。午膳后，至梅五处、蓉秋处，适均未在而来。则福先，前函托其至嵩岩后寺说定水陆，今其来云，四月初六日因有人定做，欲缓一期。但此次水陆已与外婆说定时日，再不能延缓，明日遣人再为向说。丽生先生来，因雨留宿。前托玉先代买之砖及代张丹翁代买之坟砖均已算讫。金德生公祖遣号房陈岳借去方桌面两张。朱炳舜于廿四日喜期,人情已送去,亲来借去天青宁绸单套一件。

廿三日丙申 晴。致家君一禀,系第六号家信,内附陈咏丹先生一信,并附其府上竹报一函。致张丹翁一信,饬阿儿送邮政局转寄。致嵩岩山和尚显良一信,订定四月初六日起佛,饬阿先专送嵩岩山,便道至黄城,向丁子祥取代画扇面,不识得能携带否也。午膳后,周麟翁来叙半晌,同其致分府署,晤金慈生公祖,相叙一刻而别。与洪少猷、金唐印两兄、周尹东、褚仲逸诸君相谈半晌,少猷留吃点心后而来。金公饬号房携片借去大保险灯一盏,匾方灯四盏,以廿六日生辰之用。葆田先生于晚刻看地来。

廿四日丁酉 早至巳,雨,不甚大;午刻雨晴,阴;未、申,细雨;酉牌,雷雨颇大;戌时,雨细;亥时,雨晴,阴。金慈生公祖饬周炳来借去抗枕抗垫一堂,椅批椅垫各七个。晚刻,与梅五、谱香、寿农诸位拼之寿字,并糕、桃、烛、面、寿酒,饬价送去。接金司马来片相邀,即至分府署,晤金慈生公祖、洪少猷、唐印两兄、梅五、允东、仲逸诸位,相谈至晚,留过晚膳。金慈生公祖邀余于廿五六两日寿辰代其知客,并接一帖,来时已逾二鼓矣。

廿五日戊申 早至巳,阴;午后至晚,均晴。金慈生公祖来片借去一字椅八把、抗桌一张,交其号房周炳手;即晚刻借去十景大碗四口、中斗碗八口,大盆四口、五寸盆十二口,共计廿八件,交号房徐俊手;又借去镴瓢羹八个、镴瓢垫八个、镴化生瓜子垫八个、镴酱醋叠八个、镴点心叠八个,共计镴器四十件,磁料酒钟八个、竹箸十双,均交汪太手去。早刻,至分府署,适戏已到署开唱,晤金慈生公祖,相邀看戏。并晤洪少猷、金唐印两兄、周梅五、周尹东、周谱香、黄心斋、徐晓园、褚仲逸诸君,过午膳。叙谈至晚,同叩金慈生公祖寿,相邀晚膳,同席者:晓园、谱香、心斋、梅五、尹东与余六人,晤叙席散而别,至家已逾十点钟。接郎翰臣老伯一信,内附前年家君将前在新兴州任内报效昭信股票，代伯寅、仲辰两宗叔奖二监生，曾已奖准取有云南藩司刘捐札两件，遣价送来。即作覆翰臣老伯一信，敬使龙洋三角，交其来人带还。又接王子舜兄于三月十一日自京中发一信。接黄子香一信。适解芸村兄暨元鉴先来家留宿。适丽生先生亦在家中，相叙一刻而去。前洪少猷兄云，欲用一仆，适三妹邀邱楚言姻丈托余代其转荐洪君，昨日同梅翁代荐妥定，即于早刻进署时将三妹带进矣。

廿六日己亥 晴。致金叔文兄一信，封内附王子舜兄信带阅，饬弟头专送莘山。金慈生公祖来片借去十景一品碗四口，九寸盆四口、中斗小盏十四口，共计廿二件。早膳后，至分府署叩金慈生公祖寿辰，即代知客，并晤唐印、少猷两兄，梅五、允东两君亦同知客。海门镇王锦章军门、中营汪更生游戎、城守营萧守戎，前所司巡检吴父台，均来叩金慈生公祖寿毕，叙片时而别。秦梗友先生、胡学馀兄、黄煦东宗伯、李健生、心斋宗叔、周谱香母舅、周麟斋、褚仲逸、陈禄夫、吉夫、王子宜、潘云轩、阮铭斋、蔡子渠、蔡湘岩、谢仲衡、娄瑶甫诸君叩寿后，洪少猷挽留看戏，并留晚膳，诸君相谈席散而别。至家时钟已十一点二刻。椒江书院肄业诸生均来至署叩寿毕，邀膳面后即去矣。余昨夜与今夜两次赏戏，均各费英佛一尊。

煦东宗伯上年有一仆，其年纪颇少，自去岁十月间歇出，无以谋生，寻思学戏。竟然做戏，此实误人子弟不少也。大凡有少年儿子来为仆从者，必定劝其改为别业。为仆者专习吃穿工雅，况年轻子弟不知财物来历艰难，一经歇出，不能粗做，即至下聊，此意中事也。遇有年轻子弟，其自无业可图，即代觅一谋生手艺、谋生之所，功德无量。长随之人，最为卑下，出门奔走，亦不得不用若辈，可靠者最少。总择其老成者，不致荒唐，确定探听在前之主家，素无大过方可留用，若用其进来，看其不习嫖赌二字，即可留用，倘有小过，而不能求全责备，此原待小人也，我以厚待，想其不致负我。若年轻而未立成者，断勿留用也。彼有荒唐而不预防，若一犯出，乌乎无底，岂不慎哉。是为之记。褚琴轩兄寄来全鹿丸一盒。

廿七日庚子　辰前，阴；巳至未，雨；申刻，雨晴；以后均阴。早膳后，金慈生公祖遣使来邀看戏，即至署中，晤金公暨唐寅、少猷两君，续即梅五、允东、仲逸均至署中。至午，戏毕，金公邀留午膳而别。晚刻，金慈生公祖来谢步，即饬丁挡驾。金叔文于晚刻来，王子宾兄亦于晚刻来。解芸村兄与元鉴先均去，托芸村兄向丁子祥取还前托画之扇面。阿香自前宅来云，外婆云，嵩岩之水陆初六日既然无暇，缓至十三日亦可。晚膳后至楚言处，晤孙友三相叙片时而来。金慈生公祖云，新任台州张西园太守，云南人。《申报》纪贵州人，《搢绅》纪山西平定人，究经不知何省人，未得其详。阅三月廿乙日《申报》引见单纪："台州府知府着张安园补授。"前《申报》纪选单及《搢绅》均纪张西园，亦不知孰是。阅三月二十日《申报》纪三月十九日内阁抄奉上谕："程仪洛奏原籍安徽应否回避，奏明请旨等语。程仪洛着调补山西按察使，即赴新任，毋庸来京请训。濮子潼着仍留安徽按察使之任。广东按察使着沈瑜庆调补。钦此。"

廿八日辛丑　晴。致褚琴轩兄一信，托买皿苎布帐料一顶。覆王子舜兄一信，饬阿先送海门邮政局转寄各处。陶寿翁于昨日晚刻到家。永宁商轮亦于昨晚到台，于今日下午十点钟开行为始，以后七日一周，台、申常川来往，以便商旋也。前托陶寿翁代买各件已饬二头送来，余尚少洋虎毯一根，计价洋五元六角。叔文兄处除付过外，尚少英洋五元七角，即于金叔文兄言过矣。即至陶寿翁府上，相叙一刻而来。据二头云，该轮之股分，陶寿翁自承一百股，永宁商轮局承二百股，海门商轮局承一百股，王仲蕃、江梦生、阮右垣各承五十股，宁波严少舫承一百股，其馀之股分周映江、杨子升、王子宜诸君共承五十股，尚少之数由朱宝珊观察代为支垫。据寿翁言，轮价八万之则，尚加开费一万左右，将近十万事业。不三日而成，台州人而论，可谓速也。

午膳后，余同王子宾、金叔文两兄同至海门同昌分号，晤王丽生，相叙一叙。即至何霭生先生府上少坐，适其腰痛而不能久坐，相叙片时而来。即至王松亭兄处,代章子修所委之事,托其代为排解。据云,近至上海去,候其来时与说清讫。并晤王子元兄,一叙而别。便道至江子菁大令局中,适其公出,不晤。至黄子霖兄处,晤叙半晌,云及前托买之绍酒并龙凤烛计价洋二元五角,即面交洋三元,尚有托其代买之物,另日再算可也。即至永江商轮,晤少云母舅,相叙片时。看此轮较永宁商轮稍长一些,馀亦仿佛。即至永宁商轮局中,晤朱雨田、陶寿翁,晤叙半晌而别。局中今日值新轮开行之期,亦颇辉煌。晤子宾、叔文,同至怡香居少坐。转至同昌分号少坐,相约而来。张宝田先生同童子章先生至海门,云于今夜留宿恒丰小押,明日可来。

抵家时,适少芳兄将前宝田先生之麻书借抄毕送还。前少芳兄送来售之烟浆已算讫,除前付过洋七元,尚少洋二元,均交其亲带去矣。前分府署借去各件,均未送还,即饬阿香去催,嘱其速即送还,据言明日送还。不知各物能齐数无缺否也。叔文兄昨夜留丽生先生一宿,其家被窃,晚刻来,据言所失不多,尚为幸也。忆何霭生先生言,新署台州府何太守大约清和之初可以履新矣。嵩岩之和尚来言,做水陆之价颇过多,作罢。只改日至天台山可也。宝田先生于十二钟时来。童先生仍宿海门。

廿九日壬寅 晴。致何霭生先生一信,问其贵恙曾已安否,饬阿三送交。晚接其覆信云代邀宝田先生酌拟一方,为蒸酒之用。即请张君拟妥一方,即作覆何霭翁一函,交其来人带福。接褚琴轩兄一信,即福一封,托邮政局寄甬。王子宜兄于晚刻至家去。童先生于早刻至海门来。前分府署借去各物均已送还一字椅、抗桌、椅披椅垫,其馀各物云又明日可以送来。

四月初一日癸卯 晴。接陈祝再姻丈一信,即福陈君一函,仍托来人带交。致洪少猷兄一信,交其仆从三妹带交。午膳后至陶寿翁处,相叙半晌,前托代买洋毯一根,计洋五元二角,照数面交。至周梅翁处,适至海门,未曾会晤。至谱香母舅府上,会谈片时而来。王兴臣兄来云,今日黄城来相谈至晚而别,萧伯康公祖因接新任何太守至海门，便道至家拜客，饬丁挡驾。

初二日甲辰 早至巳，阴；午后至晚，均晴。致金九疏兄一信，致柬托王兴臣兄代带黄城。致蒋馥堂先生一信、伯森先一信、致周载熙兄一信、致褚琴轩一信，均交邮政局分寄各处。周梅翁来挽余并路遇允东，同至海门外海商轮局，还拜萧伯康公祖，饬丁挡驾，便道往谒江子菁大令，亦饬丁挡驾，均未曾在局故也。来时，陶寿翁亦至海门还拜萧伯康公祖。至家时闻张丹翁之世兄寅侯于今晚趁永宁到台，即遣价去请其至家设席晚膳，请金叔文妹丈，并邀张寅侯世兄、洪少猷、金唐印两兄、张宝田先生、周梅翁、黄心斋宗叔诸君，相叙席散而别。留张寅侯世兄宿。接张丹亭都督一信。晤陶寿翁言，徐乳羔太守染恙颇沉。心斋宗叔托余代其致函请钟焕堂先生看地。

初三日乙巳 早至未，晴；申时，阴；酉牌，雷雨，不大，片时即晴，阴；以后均阴。张宝田先生于早刻至长甸去，饬阿儿送其同去。代心斋宗叔请钟焕堂先生一信，交阿儿带至长甸托祝再姻丈代寄。张寅侯世兄于早刻至唐家去，即至黄城县试，云是四月初七首场。午膳后至分府署，晤洪少猷兄，相叙片时而别。章子修、张伯旋两姻兄均于晚刻来留宿，话谈旧雨，何乐如之。

初四日丙午 子、丑，雷雨颇大；寅时，雨晴；卯至午初，均晴；午末，阴；未初刻，雨；未末雨晴，阴；申牌以后均阴。午膳后同叔文妹丈、子修、伯旋、少愚诸君趁船至海门怡香居晤谈一刻，子修兄因事至海门也。来时适陶寿农姻丈、邬丽生先生均在家中，相叙半晌，寿农而去，丽生先生留过晚膳，去时已逾二鼓。拟初六日午刻设席请章子翁、张伯旋兄，即致柬请何霭生先生陪客，柬饬阿香送至海门递呈何公馆。金慈生公祖做寿时来柬借去碗盏灯椅及另星，向取数十次，碗盏调换九口，幸均取转，惟金边红花细磁料圆酒钟八口均遗失，只作罢论而已。

初五日丁未 子、丑时，雷雨颇大；寅时，雨晴；卯至酉，阴；戌牌，雷雨颇大；亥刻稍晴。接何霭生先生来片云，于今日至郡，并辞帖。

晚刻，至梅五处，路晤其同至尹东处少至[1]，见有一字云，新署台州府何太守官名彦达，非是念达，号月丹，乙酉科举人出身。即同至寿农姻丈府上，相叙半晌，云及月丹太守已于今日到台，即至郡城矣。

初六日戊申 雨，设午膳一席，请章子修兄、张伯旋兄，并邀金叔文、陶寿农、周梅五、邬丽生、童子章诸君陪客。寿农云，何月丹太守于初八日接印。厨房老跛染恙颇沉，请顾杏人先生看病。据云，周麟斋至钗洋赌博，所输颇巨。大凡人家子弟，入赌者贫穷立见；入嫖者，丧德而促寿也。即烟霞一道，亦非正路。余习烟瘾，悔之晚矣。只以逐渐消除，未知得能如愿否也。如遇有少年子弟习嫖、赌、烟者，确定立劝之，倘入此径，即劝之，其中利害分明开导，得能痛改前非，亦不枉费一番苦口。遇有人家子弟为非，即思自己子弟为非。自己儿子有作歹事，自思若何。人之儿子为非，人之父母思亦如是如此之存心，万不可改移丝毫，是为至要至切。积财为子孙，子孙未便能用；积书为子孙，子孙未便能读；积德为子孙，子孙荣昌。并要隐人之恶，扬人之善。如自己有错者，思当立改；人有错者，可劝则劝之，不可劝，万不可宣扬也。余平生最可恶者，引诱人之为非也。此等之人，断无后昌之理，即天理亦不容也。凡人有所托，尽力而为之，万不可搬弄，是为至要。作此数语，是为之记。接洪少猷兄一信，即作覆一函，交原人带还。

初七日己酉 子至卯，雨；辰后至晚，均阴。致张柳桥兄一信，又致褚琴轩一信，均饬阿三送邮政局转寄。午膳后，至楚言处，云其已至黄城。便道至子宜处少坐，即至周梅翁处，适已出去，未曾会晤为歉。至家后，周谱香、达云两母舅来叙半晌。谱香母舅言，西藏活佛自知何日作果，投生于某处某家子，吩咐众徒等，隔数年后确至彼处，接其转坐莲台，仍为佛祖。轮回之初，便能言我是活佛投生也。生家之父母，喜出非常。国朝向例赐俸之条。所穿服色，黄色、红色为分，

---

[1] 当为“坐”。

即是黄教、红教也。先知轮回者，即是黄教也。红教尚不及黄教，阖藏众人均信服黄教佛祖。家有三子，定送一子为僧。彼处人众本是稀少，加以为僧者众，户口之所更少。家有积聚，即为僧之子照股分管。为僧之子若到家，阖家钦敬，倍于众子。彼处之信服佛教者与各处不同也。如有僧人至家，其孝敬非常。此亦大略而言。回忆家君所言，亦仿佛也。西藏之情形，圣武记载之较确，余幼时大略一看，今回忆不清，大约亦是相若。今之噶吗僧人来京朝觐，皇上待之颇为优厚也。

初八日庚戌 早至未，晴；申后至晚，均阴。致褚琴轩一信，托其代买各物之价洋若干，均嘱抄示。适用九先生来，托其转寄宁波。家母之外甥女，土屿人，张翰卿姨丈之表妹，伯旋之妹也。其母即家母之胞姊。其萱堂故后，翰卿姨丈续娶黄岩李氏，即李广生兄之堂妹，待之甚薄，加后又椿树凋零，照料需人。其同胞兄弟五人，伯旋归长，今尚存三人。姊妹二人，其姊字黄城。上年三月间家母将其带来，代其许字。上年家君将庚甲托永文大爷送许长甸陈煦皆先生泽南之次公，即曾已允合。与阿香二人为媒，择今日纳采。其文定，连日子，计洋二百四十元。永文兄将礼担送来时，因潮候颇早，至家尚未早膳，留过早膳后即去。

章子翁与伯旋本约今日到黄城去，余与叔文送至道头，因潮已落，挽留再宿一宵。来时便道至聚元树场，晤绍占相，晤叙一刻，向该场买松木十二段，计价洋五元五角。午膳后，梅翁来叙一刻，云新署台州何月丹太守年岁不大。按：何太守系乙酉科举人，中后迄今二十一载，大约四十馀岁。即同章子翁至谱香母舅府上少坐，续至梅五、寿农两君府上，均已出去，均未晤为歉。晚膳时，陶寿翁遣人将《申报》送来，云永宁商轮已于晚刻到埠。阅四月初三日《申报》纪有辩证小二惊风说一篇，阅之亦颇周到。另立《见闻摘要》一本，以后如有要闻之事，即为抄摘，以便裁考为要。莘山妹于晚刻来。

初九日辛亥 晴。致叶石甫先生一信，托刻冻石图章一块，饬阿三送交。章子修、张伯旋两兄均于早刻至黄城去。午膳后，至陶寿翁府上少坐，承惠《重楼玉钥新篇》一册，计一本，是书专言喉疯等症，系是申江善士分赠，倘得集资分送，亦足平生乐事，未识得能如愿否也。并云黄城江素峰广文青，现奉藩宪委署金华府属汤溪县教谕，曾于三月间赴任矣。但永江商轮初次开驶失去铁锚一座，并连链条百馀丈，当失时而无风浪，亦奇事也。至家时路晤周梅翁，同至维新绸缎店，晤仲逸，相叙半时。维新布店本是乾泰昌之改号也。乾泰昌系周谱香母舅所开，即在周家大分之屋内另立小台门出入。已亥之春三月间被劫，是时谱香母舅当权黟县篆，其令弟喜亭母舅出挽蓉秋、子封、仲逸聘股整开，续各股均聘合褚仲逸一人承开，改号曰维新。壬寅之岁，褚仲逸挽葛逸仙兵部为出言，纠合家子各家做网者拢集一家，至宁售销。癸卯之年获利颇厚。是年之冬，添开麻业。甲辰之秋，黄楚卿兄开设公利网栈，将网业拢集公利，其维新之网，准其照股售销与公利。谱香母舅又要加增屋税，故之上年嘉平月将账收结后，今岁正月将店暂行闭歇。今税卖狗桥许保和之旧屋重修，移开维新字号布店，兼售网麻，不知得能兴起否也。已于本月初四日售卖另星，于明日初十日新开店门。出后同至梅翁府上少坐而来。晚膳后，同叔文兄至子宜处，晤周梅五、褚仲逸、李卧南，相叙半晌，便道至心斋宗叔处少坐，至家时逾二鼓矣。

向子宜兄假新书，名曰《李鸿章》一册。按：李鸿章字少荃，安徽合肥县人，道光朝丁未进士，平粤匪、捻匪历著大功，官至直隶、两广总督，加太子太傅，赏用紫缰、三眼花翎、黄马褂、文华殿大学士、晋一等肃毅伯。辛丑之秋，上命将和议已将告成，薨于京城。增一等侯世袭，谥文忠公。京城以及立功省分概行建立专祠。其公子经述承袭侯爵，由员外郎上用三品京堂。次公子经迈，由员外郎以四品京堂用。其公子有名经芳者，由道员交军机处存记，服满送部引见。孙五人，员外郎均以郎中用，主事者均员外郎用，未及岁者均赏给举人，俟服满均着部引见，举人均着一体会试等语。续以和议告成，上加恩承袭侯爵。三品京堂李经述着以侍郎候补，四品京堂李经迈着以三品京堂用，军机存记道李经芳着以四品京堂用。次年，其大公子李经述字仲彭因老中堂薨逝，悲泣过甚而逝。戚里咸仰其纯孝，奉旨旌表孝行。古人云："忠臣之后，必有孝子。"合肥相国乔梓者无愧焉。今著书名之曰《李鸿章》，所著李鸿章之书者，非人也，只可阅后弃之，不可藏也。

初十日壬子 晴。周梅翁、陶寿翁、柳亭诸君来叙，至晚而别。

十一日癸丑 早至午初，晴；午末至未初，阴；未末至申牌，雨；酉后至晚，雨晴，阴。致褚琴轩兄一信，托订秤一支，信饬阿三送邮政局寄宁。接洪少猷兄一信，借扣衷。即作覆一函，并附扣衷，交其原人带交。应子能表叔公与其郎第二表叔于早刻来，云及徐乳羔太守于本月初九之夕仙逝，闻者代其一叹。按：徐太尊自己亥之岁题补，秋间到台州府任。庚子之夏，海乡无赖之徒几肇事端，黄太相交之处有元芳、二头等纠集匪徒数十，仇教为名，以黄林干蓬为艘，焚栅桥天主教堂，抢劫教民数家。后方衡卿家亦是时被劫，四处匪徒均有蠢动。幸徐太尊闻报即行下乡弹压一次，海乡以及各处之匪悉均敛迹。会黄岩县韩子衡大令铨妥为捕获匪首，众匪四散，转危为安。海乡之匪，若徐太尊迟两日下乡，即致难以结局。幸徐太尊办理之速，此皆徐公善为筹画之所致也。台民受其实惠不少，非是徐公守台，恐不致如此之速也。上责其不得先为防范，辛丑之春撤任，去时乡民皆以流泪。接署者张某。壬寅之春，徐乳羔太守奉札回任，阖县皆以还我使君之欢。随办平粜，计亦颇善，亏短者皆以捐廉弥补。癸卯之秋，宁海教案，办亦妥善。其平生政治，郑重而行。今春以二竖为灾，遽然不起，其福何其薄也，其命何其促也，其功德在民，死犹生也。又云宁海钱粮封柜之期不远，但家中之粮均未完纳，拟十三日遣人到郡完纳，不知逾期否也。午膳后，至陶寿翁府上，相叙半晌而别。接褚仲逸帖，邀十三日晚膳，因开维新而设席也。

十二日甲寅 早至午，阴；未时，晴；申后至晚，均阴。致卢槐士、解昆珊一信，致蒋馥堂一信，致王澧泉一信，致夏旭东一信，均明日叫伯森先至郡分送。并完纳粮户。接张伯泉一信，即福柏泉兄一信，即交其原人带还。致章子修兄一信，内附伯纯一函，附致子修兄信内，托柏泉兄之仆人代送前宅。晚刻，至陶寿翁府上少坐而别。代庆源书致章伯纯一信，外附英洋二百念三元交前宅伯纯差来之仆人带交矣。接洪少猷兄一信，并附还叩衷一件，即福还一信，交其原人带呈。

十三日乙卯　晴。昨夜洋交伯纯家之农工于早膳后去，其农夫名曰学贤。晚刻，至周梅翁府上少坐，同至维新晚膳。同席者：余与梅五、允东、子宜、卧南及主人，相谈席散而别，至家时逾二鼓矣。叔文兄稍染微恙，请子能先生诊治，想得速奏肤功也。

十四日丙辰　早至午，晴；未至申，阴；酉刻，雷雨，不甚大；戌刻，雨晴；至后均阴。致章伯纯兄一信。早刻，周梅翁邀午膳，即至梅五府上，晤陶寿翁、王子宜兄、褚仲逸、周尹东，相叙席散。余因事先来至家后，适永文大爷与其友二人来看四月半，均留宿。叔文兄之恙稍愈。

十五日丁巳　卯时，雨颇大；辰至午初，细雨；午末至晚均阴。每年值清和中浣，本镇之文昌阁、栅浦武圣庙悉均热闹，均有梨园开唱。于午膳后至文昌阁看戏，晤梅五、仲逸两君，相谈至晚而来。晚膳后，至栅浦看戏，晤周梅五、周允东、李则轩、王子宜、褚仲逸诸君，相叙半晌而别。至家时逾二鼓矣。

十六日戊午　晴。致家君一禀，升第七号家信。并附全鹿丸洋五元，屈臣氏买敷痔疮药粉一瓶、金腿十只、香烟三十匣，计四件，另函托琴轩兄代为买来，就宁波捆好，便带山西。又广纱套一件、黄菊花三瓶、西洋参二两、白茯苓一块计重四斤、铁灯盏碗四个、冰糖三斤，伏鲞一捆计三十片、年饭米一包。又致陈咏丹先生一信，并附其府上托寄衣服一包。致苏焕堂姻丈一信，并附其托买海盐计洋一元等，均交阿香。另致褚琴轩兄一信，托买全鹿丸洋五元，屈臣氏买敷痔疮药粉一瓶，香烟三十匣，金腿十只，海盐计洋一元，均就宁波买好即交阿香带至山西。阿香本定月杪同永文大爷赴晋，余因明日早辰至天台山一行，故先将各物备齐，即于晚刻面交阿香矣。官涛先云，其椿堂于早刻受拼，即行仙逝，故人生旦夕祸福难以预料也，即于晚刻至家去治理丧事。接陈洛卿丈公致玉先一信，并附英洋十五元，即饬阿香送交。阿香因至山西去，其家中开销一切，向余支每月洋两元，另立凭摺一个，交其带与家中支用。致陈洛卿丈公一信，交其来人带呈。林葵南兄于早刻来，至栅浦堂看戏，留过午膳而去。致陈祝再姻丈一信，内附致张宝田先生一函，托陈洛卿丈公之仆人带至长甸面呈矣。

十七日己未 辰时前，阴；巳、午、未，雨；申时雨晴，阴；酉牌以后，雨不甚大。致张丹亭都督一信，饬阿三送邮政局寄舟山。致章子修兄一信，留交便者带呈。追荐元配妻章氏水陆一堂，欲至天台山华顶寺拜念。于早辰趁永大小商轮至郡，至轮时晤金夏亭先生，相叙一刻。至郡时将及午，至江厦街黄协丰过糖行暂为一宿，晤老二先、黄子香一谈。庆源夥友王伯森来云，前托完之粮计洋二百廿七元左右，前现带洋一百元，向同昌支洋六十元，本由蒋馥堂先生处洋五十亦汇作完粮之用，彼先付洋十元，尚少之数，云停数日代为完纳。余嘱伯森先在郡俟其完来，一并将粮串带至家中。又，尚少之数，又致一信与槐士、昆珊代为同昌再支洋四十元。伯森先将信送去，来云，允付洋念元。俟馥堂先生之洋取来方足数矣。托买树板之洋尚不在数，只得另日再想可也。带阿先同至郡城，即作致官兴一信，交阿先带交矣。本欲明日乘轿至天台，因恐有雨，路上诸多不便，适四作头在郡，即嘱其雇一长船，计船力洋四元四角，价颇昂贵。晚膳后下船即开驶至石鼓，停泊宿夜。自海门至石鼓尚有潮候可到，自石鼓之上而无潮候矣。

十八日庚申 卯前，雨；卯后至晚均晴。早刻，船夫由石鼓起身，午后过中渡。忆癸卯之四月初上，同叔文兄至天台山，与庶曾祖母郑太宜人做水陆，不觉已逾两载。即过大渚，其水流颇急，岩石亦颇险。

随抵百步，时已将晚，船亦停于此。即上岸，其岭有百步，即取地名亦曰百步。其间有道院一所，供奉紫阳真人。山门上有“敕建紫阳道院”，统带饬捕营沈平和自甲辰之春建立也。左有御碑亭一座，内有嘉庆皇上御笔石碑。后有土地庙，曾已倒坏。左即紫阳观，旧时做工，极为精致。阅石柱上题自道光甲辰岁建造，迄今岁久，故有如是之旧坏也。回忆甲午之七月初九日，同许师眉甫、周允东母舅至省乡试，至郡亦雇长船，是夕亦泊于此，转瞬间不觉十二载矣。十二年中，一事无成，人生之抱愧何可言哉！再一转瞬间，人将老矣。

十九日辛酉　早至未，晴；申时以后至晚均阴；戌刻尚有雨。早刻，由百步至清溪即天台县南门外，其溪水清见底，即名之曰清溪。大有庆过糖行少坐，即买舆至国清寺，晤当家梅开法师、知客受能法师，说定水陆一堂，计英洋二百元，均在其内，并无再添外费。即于本月廿二甲子日起佛。随宿寺中，即饬人至大有庆饬仆将行李一切均运至寺中安歇。一路至天台，万山万水相绕，其间趣味甚得。惜未与宝田先生同至山中，颇觉冷落。前已函达宝田先生，其未知能得续后而来否也。此次水陆本至华顶山拜念功果，因在大有庆徐先生言华顶方丈华最大和尚曾已退院，故至国清。至国清，受能法师又言华最大和尚自斋僧斋后即行告退方丈，接方丈者系万信和尚。余与万信和尚素无相识。国清寺水陆二百元一堂，又能允诺，故即允于此也。前托煦东宗伯代画兰屏四幅送与从镜和尚，据受能和尚云，从镜和尚已至上海去，未在药师庵。即将送彼之兰屏托受能代为转寄从镜和尚也。值寺中有水陆一堂，于今日圆满，晤做水陆天台人陈柳堂、陈俊卿、孟起诸君，相叙片时而别。国清寺与华顶寺亦各有一景也。至禄位堂叩谒曾祖妣应太夫人神位，阅神位曾已加漆，与二分四叔婆之位同列一玻璃镜内，亦颇为清净，将来供奉神位，确做一玻璃外罩，是为至要。

二十日壬戌　子、丑，雨；寅时雨晴；卯至午，晴；未时至晚均阴。致官兴一信，内附致叔文兄一函。致章伯纯兄一信，均托受能师差人至天台县城邮政局转寄各处。致英祥师一信,并附兰花两堂计八幅,篆字一堂计四幅,亦托受能师代寄山上拈花室。据受能师言,山上云雾茶尚未收成,龙王堂以下茶叶已将收成矣。其价颇廉,前梅五、心斋、允东、仲逸托余代购茶叶,只将此处之茶叶买来以报命耳。

闻现在本寺做水陆之涂镇人金镇元兄言,晤万年寺和尚送其师至上海,回转时便道过宁,亲见宁波至镇海本有小轮两艘,一朝来夕去,一夕去朝来,宁镇常川来往,夜中各停一艘,此为定例也。此番四月中旬,镇海作有迎神之举,看会者甚众。月之十三日由宁往镇之小轮,人坐过多数倍,轮将到埠,客均争登岸,此处又无埠,而小轮转雇到埠,客将坐小船。小船而未接到。时小轮单边时太重,不意而翻。落水而毙命者将近两百人,幸救船连近,得救而生者一百馀人,其中有两人于时过久,幸得救出而苏,亦此数也。此两百人亦是数也。呜呼!取乐而致祸,其死亦枉也。大凡无论小船、小轮,人既多,再不可搭。如在轮至埠时有埠头之轮,迟早而无妨;若无埠头之轮,先至小船而登岸者,须缓一刻,俟其人静。然后将行李检点至小船,而人登岸,可无误事。如此小费万不可惜也。凡轮到埠,万不得荒张。荒张,行李有失,其事须小,致恐不便也。出门人,斯言要留心,而不得忽略,是为至要。忆此事,前十六日林葵南守戎至舍时言及海龙小轮。余询其闻人所言,不甚为信。十七日到郡时亦有人言及。今日和尚之语较确,前后相若。故为之记。以为后人趁船、不论趁轮,须要小心而谨慎,此预言也。

廿一日癸亥 早至午,阴;未时细雨;申时以后,雨。致褚琴轩一信,致子能先生一信,托授能师差人送天台县城交邮政局转寄。晤陈柳生明经,相叙一刻而别。仝授能师至各处一游,细检以先做过水陆神位,至祖堂寻得先曾祖暨先祖合刻一神位,敬谨恭奉送至楼上门口汀渐入藏海之小匾额内间,与先曾祖妣应太夫人之神位一处,敬叩毕。转与授能相叙一刻。时届端阳令节,天气颇寒,虽有僧人相谈,亦颇无味,无异独坐山中也。余口觉无味,食后觉得饱在胸中,此次带来之烟膏系阿香代买陈浆，吃颇苦口，是有采。何采相冲，不得而知。如此之浆，若吃多日，恐受疾病。幸有新浆煎好带来，吃后觉得与陈浆味大不同。如此有采，虽云陈浆，不如新浆受益多矣。当日来时，忆有极好陈浆两许，未曾携带。但烟浆新陈均非好物。余既受烟瘾之苦难言，只得逐渐断瘾，未知得能如愿否也。余将做水陆计英洋两百元均交与授能师矣。并托其代买茶叶英洋六元，内四元系梅五、心斋、允东、仲逸诸君托余代买也。追荐内人水陆，择明日起佛，先于今夜净坛矣。

廿二日甲子 辰时前，雨兼雾；巳时雨晴，阴，雾散；午牌以后均晴。追荐内人章氏水陆于早刻起佛，夜间放五僧焰口一堂，此水陆内之焰口也。以洋二元托授能师代做玻璃盒一个，候可坐四位神位，又代托寻先母亲周太恭人之水陆神位。忆前先曾祖母云，先母之水陆，余幼时家君至天台拜荐，不知在国清、上方广、华顶禅寺三处，余因年久记忆不清。今托授能师代寻，如在国清寺荐念，确的可以寻觅也。今夜托寻先母神位动念，先母周太恭人系家君元配母，余亲生母也。同治甲戌五月廿八日生余，即于是年六月十二日而死。生余至母死日仅止十四日，生余之苦，未及半月而死，年仅十九岁。其命如此之促，其苦亦如此之促。余之一事无成，何以对亲母之灵。全赖先曾祖母、家祖母抱养成人。余若不肖，何以对生养两大之恩也。余之平生而知者，心性粗暴，一刻之昏迷，过即知已过，如此粗暴。即至知过之时，事已行，悔之晚矣。自今之后，痛改前非之粗暴心。余之短处，余幸自知，至短处之初心又迷而不审。自今之后，将自之短逐渐痛改前非，上以告生养之灵，上可告家祖母望孙之心。余虽如是言，不知如愿否也。只存是心而不得忘也。思内子章氏，生次女十四日而亡，念生母亲生余十四日而亡，悲哀痛苦，莫可言欤。

廿三日乙丑 晴。此次追荐内人水陆，在家时欲至天台山华顶寺拜念。但山脚至华顶寺有名曰金鸡岭颇浚，故未与长女同来，恐其上岭，轿中诸多未便，而其太小故也。不想至天台时，即至国清寺询老僧言即能允做水陆，此长女未来，心多未安。但元配所生仅此两女，均未到场，受其一拜，故有未安于心也。但进叩水陆，余亦持斋虔叩，想亦无易也。早刻，同授能师至大殿之后，阅有御碑一座，乾隆元年四月初八日上谕，但追念皇考之意。无如谕言颇长，余虽阅后，记忆不清。是户部员外郎加一级戴临奉敕敬书，前后四围上下均是龙边。旧时所造皇亭曾已倒坏，此是乾隆初元，迄今年数过久也。国朝深仁厚泽，无微不至焉。

午膳后，有法国教士安和当及分驻天台传教者渴望霓、项秉藩，来叙半晌。但渴望霓号听涛，其家住后洋王相近之处，前与梦云先生至家过；项秉藩号谔夫，路桥人，均奉天主教。去时，余同诸君至方丈处又一叙而别。从和教士之副济方春圃是路桥后方人。忆前在海门时，黄宝舟兄现在天台县署作幕，饬仆往询，并无其人。此次出来而无相熟同来，幸作客而相叙有人，不致涉漠也。余静思，余幸叨天之福，托上人之庇廕，尚有糊口，心中百结千思，无时解脱，不如为僧之清闲自在也。余年虽三十有二，是一事无成，得以削发静坐山中，无人顾问，鄙愿足焉。但国清寺与县城过近，亦不如华顶寺之左右茅屋静居清闲自得也。

廿四日丙寅　晴。追荐内人章氏水陆于早辰进内坛，叩念主法妙老和尚，正表梅开、副表受能两法师念毕出坛，虔叩阖寺神位毕。

阅抄本寺对额，祖堂外首额云“台教开宗”四字，又，对语云：“为寻古刹耽山水；来访灵踪识圣贤。”均雍正甲寅东海朱伦瀚题。按：国清寺系雍正十二年甲寅奉旨敕建，想奉旨建造使臣定是朱伦瀚也。内额云“福臻源远”四字，又，对语云：“高提祖印，五峰环翠散天花；德被苍生，双涧回澜鸣鹿苑。”均道光庚寅春月黄岩平江杨济舟书，其匾有“住持壁松敬立”字款。东首方丈上额悬“晋唐古方丈”五字，八分，嘉庆九年阮元题。连后有跋一首云：“寺之在台山也，晋以前旧名天台，迄隋改为国清，旋废，而唐重建。其地五峰耸秀，双涧环流，为台山名胜之一。先太傅文达公于嘉庆九年抚浙阅海，道出天台，顺游于此，题其方丈曰‘晋唐古方丈’，后遭火厄。庚子岁，栋宇重新，益加宏厂（敞），而原额不复留。余于咸丰壬子秋权篆，始丰公馀过访，适住持莲舟述其颠末，请复于余，因恭摹先太傅原题五字额之，以冀手泽之永存焉尔。知天台县事真州阮思洪谨识。”[①]方丈门外对语云：“鸿爪雪留痕，八度来游，计当年爨火传薪，曾向灶前参拾得；僧寮云补衲，六人见在，趁此会招根下榻，宛然石上话三生。”系光绪十五年己丑清和月邑居士赵应槐时年六十有五隶书。方丈客堂外柱联语云：“灶火传三贤，去算局了，一行来问老僧是色是空，少借前缘参近偈；钟竟日度五峰垱凌云俯双涧[②]，为此地好山好水，暂携游屐进禅堂。”聘度范许珍行书。方丈客堂内柱联语云：“三度入天台，挹寒山袖，拍拾得肩，是佛是仙，追往事都成梦幻；半生充隐吏，餐赤城霞，饮浣江水，一官一邑，待何年克遂皈依。光绪初元乙亥翊亭刘引之撰并书。”又，朝进柱联语云：“斯民父母，前度神仙，未了结夙缘，久与名山忘主客；拱秀五峰，观澜双涧，此间得佳趣，每因招隐到林泉。光绪初元乙亥知天台县事泽州刘引之撰并书。”西首有五百尊罗汉，堂外有额云“皆大欢喜”四字，“光绪癸巳中秋月莆田吴鸿宾敬题”。又，柱对语云：“长啸云中，声振林木；旷游海外，气伏鱼龙。光绪十九年孟东临邑淦川金世忠敬献。”草书。又，堂内悬柱联语云：“结五百人无量缘，便成真果；登万八丈最高处，即是上乘。光绪十九年冬月临邑淦川金起予敬献。”篆字。又，朝出柱对语云：“西竺如来现丈六金身，当日驼经归上国；大阿尊者列五百法相，何年卓锡入天台。光绪癸巳年八月调署临海县知县知天台县事莆田吴鸿宾敬题。”行楷。楼上即是藏经阁，外首对语云：“佛出西乾，祥光普照；教沛东土，正法宏宣。同治九年齐楷书。”大草。额“法宝流通”四字精楷，齐楷书。又，朝出对语

---

① 按，此跋中“宏厂”宜为“宏敞”，“丰公”宜为“奉公”，不知是作者笔误还是原文如此。

② 此下联前部不通，疑是作者抄错。

云:“理胜常虚寂;神通自卷舒。”系光绪十九年许鸿柱敬献。此处,前透西方殿对语云:“三十二相,相相离诸苦,故十方悉耀慈辉;四十八愿,愿愿度众生,故九界咸知圣泽。”无款,行书。又,对语云:“石上清泉,松间明月;山光鸟性,潭影人心。光绪初元乙亥泽州刘引之撰并书。”尚有对语未及抄示。

小僧以帐前六根索书,余以草草覆答,工拙不计也。致褚琴兄一信,托授能师饬人送天台县邮政局转寄宁波矣。国清寺之客堂南首上奉观音大士神像,下藏有漏锅一口颇大,据授能师云,当日观音大士化身在寺煮饭,罗汉化身住寺,以砂和入锅内,大士将锅破一口,曰漏砂不漏米,故曰漏砂锅,至今留于寺中,古迹云尔。从镜和尚现住上海外虹口飞轮路寿泽庵。送从镜和尚之兰花直条四幅,受能师转托其师孙锡良师代寄也。细阅国清寺山门上有:“奉旨重建国清寺,雍正十二年岁次甲寅谷旦。”金刚殿有“雨花殿”三字匾额,系雍正甲寅九月谷旦东海朱伦瀚,想当日奉旨敕建使臣朱伦瀚无疑矣。

廿五日丁卯 晴。晤陈柳生并其亲戚杨仙露,海门人,相叙半晌而别。陈柳生系天台陈省钦明府之文孙,云其令祖省钦先生系乙丑进士,分发福建即用知县,两署将乐令,补平南县,未曾到任而丁艰回籍。今天台有曹士衡大令桂籍偕其侄仙甫大令云芝,均附生捐知县,均指福建试用。并云金性山大令本山东即用知县,携凭时久未曾到省,今将赴山左矣。授能师言天台到郡城路有中渡,一江相隔,均用小船过渡,殊多未便,今有善士善僧发愿,欲将是处造建石桥,其款颇巨,四处造化,本是至大善举,未识速随其愿否也。云是处山水颇大,得能固厚否也。倘得功成,正是千万人来往之桥,功莫大焉。并云杭出钱塘门六十里有云西寺,水陆颇多,此亦最盛处也。按:陈柳堂官名钟祥,系附生捐县丞,指分江苏试用也。柳翁阅有《近世中国秘史》,扪虱谈虎客编,想是康梁所造,余借阅之,文理颇佳也。

廿六日戊辰 早至午,阴;未时以后至晚,雨。与陈柳生相叙,亦颇相得也。

廿七日乙巳 早至午初，雨。午、未至晚均阴。幸与老僧接谈，亦颇不涉漠也。追荐内人水陆，于今夜放五方焰口，此亦水陆中之功果。

廿八日庚午 晴。追荐内人水陆于今日圆满，幸得天气晴明，众僧颇为齐整，可为幸也。水陆神位，此定例也。内人水陆神位，老僧已书发刊恭奉水陆堂中。所书字样曰："本府临海县家子镇正荐元配故妻，修建水陆大斋。皇清诰封宜人黄门章氏宜人之灵位，不杖期夫黄秉义恭奉。"此式，余托授能师，俟刻好即将神位盒做就，即请先曾祖暨先祖及先曾妣并内子章氏之位均奉玻璃盒内，以得清净之所。如今后[①]先母周太恭人之神位倘得寻见，亦请藏于一处也。余于伽蓝佛前许有一愿，余得招子嗣，愿将金刚神像重为添相，若此后下乡到家，若子招来，即凑英佛一百六十尊送到寺中，交方丈或交当家代为添相，切不可忘却，是为至要[②]、至切。是为至[③]记。余事已讫，拟明日买舟旋里，即于晚刻饬仆送片与和教士及汤、项两分教处谢步一次。便道致陈柳生、王雨生两君一片，托姜宝山过糖行代雇一舟，计洋两元二角。票已悬来，自己一只，不致另星散失。况此番另星颇多，诸多未便也。晤可谈师云，头门上"国清寺"三字系颜鲁公所书，石刻历久，雍正年间加"奉旨重建"字样。余思之，国清寺本开晋唐之间，当时亦是至大禅林，请颜鲁公书之亦可信也。老僧又将帐前索书，余即以草率作答，正不知自丑也。

廿九日辛未 晴。晚刻时，天气颇为和暖，此正其时也。早刻，趋叩先曾祖暨先曾祖慈、先祖神位后，即别老退院和尚授能、梅开、可谈诸法师，即乘轿至天台县城南门外姜宝山过糖行，晤其行主姜子林，招呼亦颇周到。即乘长船，至下午两点钟许抵郡城，暂寓同昌盐

---

① "今后"二字原残缺不清，据文意补。

② "要"右原画二圈以示着重强调。

③ 当为"之"。

号。晤昆珊、铭恩两兄，云槐士兄至杨渡家中去，王少南先生至家去，均未在号。煦东宗伯才于廿八日至家去矣。并晤姚梧冈先生、黄子霖兄，相叙半晌。姚梧冈先生言，近与楚卿兄同至沪江至台旋里，楚卿只在扬州置有一妾，至通州亦置有一妾。扬州之妾曾已带台，已至家中，通州之妾尚未来台。子霖兄言，詹彬湘兄偶染时邪，于近日逝世，代其一叹。其夫人系是元配，台州人，今住福建开木行生理之良兴相女，值夫故时，即刻仰药而亡，与夫故时稍迟一点钟。夫妇同游于地下，真不易得也。如此烈妇，地方有司者定邀旌表建坊，以表节烈无愧焉。惜无子嗣，可怜悲哉。

李商卿茂才、傅蓝客孝廉、张子谷从九、陈贤龄兄，均来叙半晌而别。致函王醴泉先生，向取前托篆字直条，并对三副。价转，对联三副已取来，直条据云尚未写好。至少圃表叔公府上少坐，言于五月初六日府试首场。今之考市所售书坊大半已来，即至考市街购有《聊斋》《镜花缘》、最新尺牍各一册。便道至梧冈先生处，适其公出，不晤为歉。适李伯纯父台来，叙片时而别，去后，少圃表叔公来谈至二鼓之后而去。接[①]：詹彬湘兄官名启明，捐指福建试用典史，今虽仙逝，妻能节烈，死亦馨香于千古也。送解昆珊兄、铭恩兄茶叶各一包，接姚梧冈先生一信，内附托查布库大使捐单一纸。晤何玉洲先生相叙一刻，于时久矣。姚梧冈翁言，陶祝卿本选顺天三河县典史，因前有告，近曾已注册，即扣留改选近省，本下月有近省缺出，即可选授。近有佐杂各班，均叩外补之说，言非子虚，尚要加捐指省，诸多未便也。

---

① 当为“按”。

第八章[1]

乙巳(1905)四月三十日起

四月三十日壬申　晴。早刻，即将行囊趁永大小轮，动身至轮时晤黄子霖兄、潘秋舫大令崇桂及府幕陈君，畅叙闲情。本至马头山叶宅过，因子霖兄邀余至家，后至马头山，即于午后抵家。先在郡时，因李伯纯兄、傅蓝客、张子谷、陈贤龄诸君均来相叙，饬茂林均致柬谢步。子霖兄言，徐乳羔太守择于五月初四日开灵设奠，即于十二日丧转江苏六合县珂里。潘秋舫大令云，新署何月丹太守系监生捐郎中，应乙酉科乡试中式举人，后改捐知府，指分浙江候补，奉札委署台州府知府缺，家颇殷实，现住扬州，其宅第甚佳，尚有花园之雅，其老大人曾任实缺道员，其兄某现官山东某处道员。潘秋舫公祖系捐浙江候补知县，安徽休宁县人，与金慈生公祖同乡，上月同何月丹太守到台，有意分台之想，人颇精明也。童先生云，王少南兄之三令弟至三枣园购办板炭等件，寓福泰分号，被匪丧命，闻者不胜其惨也。晚刻，将前梅五姻丈、心斋宗叔、允东母舅、仲逸托买之茶叶各一元，即照数分送矣。晚刻后，同童先生至楚卿处晤云梯、谱香，言集圣庙唱平安戏，相约看戏。过梅五处少坐，同至本保庙一坐，来时已逾二鼓矣。

阅四月廿二日《申报》纪：正任山西冀宁道连甲，于四月廿二日内阁抄奉上谕："山东按察使着连甲补授。钦此。"同日内阁抄奉上谕：

---

① 原注："此册草率记之，诸君勿以见哂为幸。"

"山西冀宁道员缺着丁保铨补授。钦此。"阅四月十六日《申报》纪:四月十五日内阁抄奉上谕:"本日召见之广东补用道李准,着以总兵记名简放署理水师提督。钦此。"近来以道员改署总兵有黄姓观察(阅时已久,其名忘却)署江苏福山镇总兵,续孙道仁以福建补用道署福宁镇总兵,今李准署理提督,前后三见矣。

五月初一日癸酉 早至申,阴;酉刻,细雨;戌时以后,雨颇大。晚刻,至楚卿兄府上,看其苏州人之妾相貌颇佳,云年十七岁。又看扬州人之妾之照片,其相貌较之苏州人更佳数倍,云亦十七岁,今尚住扬州,下半年可以带台。与解玉泉、李健生、王云梯诸君相谈至晚,楚翁留过晚膳而别。至心斋宗叔、褚仲逸、周允东诸君府上,相叙半晌,至家时逾二鼓矣。前将寄家君之禀言及前接家君谕言嘱买各物、台州所买之件,均已买齐,尚有宁波所办之物,另函托褚琴轩兄就宁波代买。前嘱阿香于四月十九日动身赴晋,顷阿香来云,因账未清,尚未动身,余即将黄老四欠香洋廿三元余照数垫付,嘱蔡启旦向老四取来转还与余,一面嘱阿香速即束装起行。家君远宦万里,未曾携带厨者,心甚不安。寄家君之安禀及已办各件,并致琴轩代买物件之信,曾于四月十六日已交阿香,迄今未得动身,心多着急之至。

初二日甲戌 早至午,雨大如注;未时雨细;申时雨晴,阴;至晚均阴。接徐乳羔太守讣闻,系本月初四日开吊。梅翁、寿翁邀余明日同至郡吊唁。晚刻,即将行囊收拾,明日趁永大小轮至郡。心斋宗叔来片,托余代其拼送礼物,余因有皿麻本假轴在家,欲将此轴送他,彼又来字云,送假轴仅只两人,其洋过多,其意又不欲拼送,作罢。至寿翁府上,晤梅五姻丈,相叙片时而别。购礼八件送金慈生公祖午节,仅领四件而已。致授能师一信,并附前向借圆箩一双,片托栅浦堂三和尚代寄天台山国清禅寺。晚膳后,周梅翁来云,同余拼送挽帐与徐太尊,心斋宗叔来字又欲拼送。梅翁邀余看戏,至集圣庙晤周允东云,又拼一股,此轴,余与梅五、心斋、允东四人合送焉。褚用九先生来云,前欲购办洋油至甬,已趁永宁于晚刻到台,过家少坐。前托琴轩代订家用秤一支，并托刻片纸戳一个，并代印好片纸百张，已由用九先生带来矣。

初三日乙亥 晴。致张丹翁一信，托用九先生代寄宁之定海。早刻，趁永大小轮，下午一点钟时即抵郡。先至轮时晤梅五、寿农、楚卿、江子菁大令、张星伯大令、何霭生广文、梅鹤亭、黄子禾两都戎、苏星坡、夏振之、张寅侯、王雪渔、王晓凡、王俊卿、萧子华少尹诸君，畅叙一番，抵郡而别。适值府试之期，趁轮者颇多。余与楚卿、梅五、鹤亭、子禾均至同昌盐号，解玉泉先生、王少南兄亦来郡至号，苏星坡、夏振之、张寅侯均寓五凤坊吴宅，王雪渔、王晓凡两兄均寓旧仓头杨宅，均因府试而至郡也。至同昌晤卢华士、解昆珊、陶铭恩、彭逊甫先生，诸君相叙片时。余将送徐乳羔太尊之轴托铭恩相代书“福寿全归”四字，梅五、心斋、允东与余四人同书衔名，即制成同号中之挽幛送至府署矣。华士言，萧伯康公祖之正太太于昨夜仙逝，择初五日大殓，今既到郡，理应届日往送焉。

午膳后，至馥堂先生府上，催取托完之粮串。据家中云其未曾在家，晤其少君韵梅一叙，言馥堂出去，即差人往寻。抵号后，适馥堂先生来云，托完之粮，除去其自所该英洋五十元外，尚少英洋九元三角。余即付洋十元，托其找洋及粮串，即烦完来送至号中。但此款据伯巽言已相若，何至尚少九元三角，不解其故，俟其账抄来可以明晰。陶寿翁来，约叩新署台州府知府何月丹太守，同梅五姻丈至育婴堂何太尊公馆，至官厅晤宁海县知县张受伯公祖、梅鹤亭、黄子禾、沈俊人三都戎、陈南桥二尹，相叙半晌。张受伯公祖先见，黄子禾请账房进见，请寿翁与余、梅翁、鹤翁、俊翁、南樵父台相叙半晌，询及地方情形，颇为详晰，而别。先，陈南樵父台云，何太尊之老人在安徽实任大缺知县，续至道员，署过按察使，官名何栻，其令兄现任山东登莱青兵备道。晚膳后，仍至馥堂先生府上，向取粮串，尚未取来。据昆珊云，今晚城完截止，心甚着急。据其家中云，至署向出，不知能出来否。至五凤坊吴宅晤苏星坡、夏振之、张寅侯诸君，相叙一刻而别，来时愈二鼓矣。应少圃表叔公来叙半晌而别。夏振之兄前考名绍夔，今改于素存。

初四日丙子 早至午，晴；未初，阴；未末，雷雨；申时雨晴，晴；酉牌，阴；以后均阴。致童先生一信，交盐号中夥友带至下港送交。致王醴泉先生一片，向取前托写直条四幅，已篆好《五柳先生传》，亦颇佳。馥香[①]先生代完粮串四户，曾已完来，饬小招向其取来。早刻，陶寿翁来与余同梅五、槐士至府署吊徐乳羔太守丧，知客者楚卿、余洁斋两兄，并晤陈南樵二尹、费子赞二尹、王冰如兄，相叙片时而别。路桥巡检曹升阶二尹晋泰亦寓号中，相叙半晌。至楚卿房间，晤傅蓝客孝廉、江子菁父台，相谈一刻而别。寿翁、梅翁同余至贺协台、李白荪父台、张受伯公祖、陈南樵父台各处拜客，均挡驾而未见。续何月丹太守、贺协台来海拜，均饬丁挡驾。午膳后同梅五至寿翁处，同其至葛逸仙先生府上少坐。逸仙先生前染微恙，幸得稍愈，定邀吉人天相得占勿药之爻。晤蒋印潭先生、韵仙先生、张柳桥、张凤山诸君，相叙一刻，适张宝初来。已闻雷声，恐致雨而来，至路而雨，幸速走而未湿也。应少圃表叔公、李商卿来叙一刻而去。萧伯康公祖之太太于戌刻大殓，晚膳后，陶寿翁来约余与楚卿、梅五、槐士、玉泉均至临海县署吊丧。晤冰如、洁斋及郎吉甫太守，相叙片时而别。又致童先生一信，内附寄伯巽先一函，交号中夥友送至航船转寄家中。李子勋、王杏村来叙一刻，去时将十二点矣。楚卿兄邀余明日晚膳，余允陪焉。梅鹤亭、黄子禾两都戎于早刻下港。

初五日丁丑 辰前，阴；巳、午两刻，晴；未、申两时，阴；酉牌，雨；戌后雨晴，阴。饬丁携帖至台州府署、临海县署、工艺局、李白荪二尹、江子菁大令各处贺节到喜。李白荪二尹来贺节，相叙片时即去。萧伯康公祖、江子菁大令均来贺节，饬丁挡驾。梅五、楚卿约余同至姚梧冈先生，适槐士亦在焉，晤郎达臣及其令弟实轩，畅叙至午，姚梧

---

① 前作“馥堂”。

冈兄留过午膳而别。至江子菁父台、王雪渔、王晓凡、何喧夫、李商卿、应少圃各处，相叙半晌。至秦雨亭先生、郎吉甫太守、张柳桥兄、傅蓝客孝廉、蒋印潭老伯各处，均适未曾在家，留片而来。张柳桥兄其府上云其到海门去，未曾在家。来时值郎吉甫太守在拆衣店中，与其晤叙一刻。陈南樵二尹邀明日午膳，因明日下港，即书辞谢。楚卿兄于晚刻请客，首席仙居县余挺生大令筠、江子菁大令、曹升阶二尹、王冰如、陶寿农、姚梧冈、郑西亭、余与主人，计十座。郑西亭系江苏扬州府人，捐有杂职，意欲到台候补，故先来台看情形之是否，亦寓同昌盐号。仙居县余挺生大令，安徽人，与分府宪金慈生同乡，系入资盐大使，由海运保举知县，题补仙居县知县。其年颇轻，阅其人亦颇能谏，定有作为之有司也。至书坊购有《阅微草堂笔记》《今古奇观注释》《燕山外史》《圣武记》《增广仕商应酬便览》《增批分类尺牍》正、续二集、《花月痕全传》各一册，统计四十六本，共计价洋二元一角，想此书价亦不过于昂贵也。古语云“端阳有雨是丰年”，今值端阳令节而有雨，必是丰年矣。

初六日戊寅 阴。早膳后，晤叶凤逵二尹，相叙一刻。因楚卿兄云初八日下港。致周作夔兄一信，托同昌账房代寄雷宅家子寓。同周梅翁至王冰如兄府上，晤叙一刻。即至永大商轮，晤江子菁大令、法国教士和安、当分驻天台教士项谓夫，相叙抵埠而别。本至马头山过，因胸中作吐而未去。至家后，适蓉秋先生在家，相叙一刻。张宝田先生亦在家中。琴轩尚未赴晋，心甚着急。前立有凭摺每月准其洋二元，彼不肯。即付英洋念元交其送至家中。准其初九日趁永宁动身。永文大爷亦在家中，亦于初九日到山西去。

初七日己卯 早至巳，细雨；午至申，阴；酉后，雨，不甚大。点检行装，遗有扇一把，忆落在冰如府上，亦不知失在永大小轮中。即致王冰翁一信，托寻纸扇，如得寻觅否。倘落在永大轮中，只作罢而已。晚刻，至分府署晤洪少猷、金唐印两兄，相叙半晌。少翁云，补授是缺之沈东禄司马璿庆，已于四月十四日由藩辕悬牌，即饬赴任。禀辞，已至沪江，闻月内即要到任矣。周梅翁亦在，相叙半晌而来。心斋宗叔、钟焕堂先生来谈一刻而去。丽生先生来过晚膳而去。阿霓云，谷价已跌，家中之谷大半未粜。晚膳后至子宜处，晤周梅翁、王采东，相叙一刻，即至心斋宗叔处，晤钟焕堂、李健生先生，晤谈半晌而来，已逾二鼓。心斋宗叔言，新任海防同知沈东禄司马之家丁已至海门，闻有月之十六日接篆之语，未知确是否也。

初八日庚辰 早至巳，细雨；午至晚均阴。梅翁来云，拼[①]送金慈生公祖万民伞，余允焉。王子莘、王哲人两先生来叙片时，言宿裕泰典中。夏旭东来，余托其代抄近年推收册籍。周梅翁云，新任沈东禄司马之家丁、什物均已到台，现寓椒江书院为公馆。晚膳后至王子宜兄处，晤周涧泉鹾尹、褚仲逸，相叙半晌，来时逾二鼓矣。

初九日辛巳 早至辰，阴；巳时，雨，不甚大；午刻，阴；未、申、酉三刻，晴；戌刻以后，雨。早膳后至周梅翁府上相叙一刻。午膳后至海门王子源家中，本寻松亭，为子修兄所托杨姓之事，托其理说。晤子源兄云，松亭已至黄岩天主堂去矣。即至同昌分号，晤陈舜卿兄，相叙片时。至霭生先生府上，言其公出，不晤而来。阿香本拟四月十九日动身赴晋，余将致家君之禀及附带各件交其清楚。余十七日至天台去，至三十日天台来，尚未动身，催之甚急，嘱其速将家务了结，急于赴晋，才于今晚趁永宁商轮动身。结其川费英洋三十元。又致琴轩兄一信，并附王醴泉篆对一副，就宁代裱黄花绫边。托琴轩买寄家君各物之信，已于上月十六日所书，交其附带矣。永文大爷亦于晚刻同阿香至山西，向余借去英洋十元。张宝田先生亦于晚刻趁永宁商轮至定海，送其川费英洋十元，非敢言谢，聊表微忱。永文、宝田先生均送茶、食四盒。前托琴轩代买之苎布破帐料已寄到四丈五尺，其料太次，尚少三幅。即嘱桂玉老司至店买三幅聘合金顶矣。陶祝卿兄本选直隶三河县典史缺，因告近扣选，顷据陈舜卿兄言，今选福建

---

① 此字原涂改不清，据文意补。

上杭县典史。阅五月初五日《申报》纪四月分选单,“典史:福建上杭陶梦良,浙江监”。祝卿兄荣选闽省,亦颇为近,况闽垣同乡颇多,诸事亦可仰仗也。

初十日壬午 辰前,雨,不甚大;巳刻雨晴,阴;午刻初,细雨,即晴;午末至晚均阴。致章子修兄一信,内附至王松亭兄一信,饬价送去。晚刻价来,接其福信,杨姓之事已讫,王松亭之信不投也。初八日饬官涛先至桃渚向郎伟臣讨取息洋,于晚转,接郎翰臣老伯一信,暂缓六月间将息洋送来。至裕泰还谒王子莘先生,晤会炳先及叶石甫,云王子莘已于昨日至海门去。来时至子宜处,亦出去,均未会晤也。玉先亦于晚刻自马头山(来)云,叶家之祖坟山是有被占,未得亲看,不知果然否也。叫余至其家中一走,余因家务羁绊,允其迟日一去也。晚膳后至子宜兄处,云钟焕堂今晚至西山一带地。晤梅五,同其至陶寿翁,相叙一刻,云陈仲怀老伯于山西请假旋里,想不久亦要赴晋。阅有徐乳皋太守行状,但其官虽佳,政声颇著,行状所言,不免有私也。相[①]是谈少莲所著。云及新任分府宪沈东禄司马于明日可以来台,定有政绩也。来时逾二鼓矣。接叶家二姑婆一信。前向子宜兄借来《李鸿章》一本,亦于今夜带还矣。

十一日癸未 晴,兼落土。致蒲竹英先生一信,并送去台山茶叶两盒、团扇一把,托其代画设色山水;致从镜大和尚一信,均饬二头送至申江外虹口飞轮路寿泽庵。竹英先生寓所不得其详,亦托从镜和尚代指。前在郡时,落王冰如兄处纸扇一把,彼托楚卿兄代带,并徐乳羔太守行状一本,楚卿兄饬价惠送矣。早刻,至楚卿兄处,晤解玉泉先生,畅叙半晌而来。午膳后至分府署,晤洪少猷、金唐印两兄,相叙片时而别。即至谱香母舅处少坐。至家后,新任分府宪沈东禄司马初至家,亦来家拜客,即饬丁挡驾。至陶寿翁府上,晤梅翁,相叙半晌,言及沈东禄司马系沈文肃公之五公子、林文忠公之外甥孙,籍隶

① 当为“想”。

福建省垣，由恩赓赏以光禄寺署正用补缺，后截取同知，分发浙江候补有年矣。历署开化、桐乡等县知县、乍浦同知，所到之处均有政声卓著，补授是缺，定有一番（作为）。系忠臣世胄，与俗吏难可同日语也。黄岩县之粮串，均由元鉴先送来所该银米折洋均算，交元鉴先带去清讫矣。玉先云欲请丽生先生至马头山，余请其先去。忆宝田先生去时有留一字，嘱有信寄与其，须寄至定海南门内托恒三油烛店代为取下，即代转寄至大展村张久华染坊交宝田先生收可无失也①。久华染坊即宝田先生自开之店。

余看《今古奇观》四十回真可作传家之宝。余将来有子孙之日必以《今古奇观》传于子孙，参得《今古奇观》之做人，余亦瞑目矣。今阅《今古奇观》之报应昭彰，毛骨悚然，想后人阅之亦然。凡幼稚上学必定请其师长将《今古奇观》一书与其说、与其看，虽不得全学，只学得一二亦余之幸也。自己有子孙使其学，即人之子弟，必以《今古奇观》劝之、教之，是为至要、至幸。《今古奇观》可作正书看，可作正书读，亦可作闲书看之，人人皆而喜也，定然。《今古奇观》一书，余准作传家之宝看之，劝人亦然，示人亦然也。②

十二日甲申 晴，兼落土，不及昨日之多。致周载熙兄一信，交邮政局转寄黔垣。沈东禄司马于今日辰刻接篆任事。余与寿翁、梅翁至椒江书院晋谒，请见相叙半晌。其言语非静懂其事颇难听，看其相貌宽宏，语言豪爽，忠良之后，究与平人不同也。初莅斯土，定有一番政绩可观，台民之造福不次焉。午膳后至海门同昌分号，晤王丽斋少叙，即至渔团局晤姚梧冈、李白纯及徐乳羔太守之亲戚曹师爷及江子菁公祖，相叙半晌而别。至何霭生府上，适又公出，不得会晤，而至海门局，晤子霖兄，云萧伯康之夫人于十五日开吊，又言其令弟小泉

---

① 页边注："宝田先生住处。"

② 页边注："余生平看《今古奇观》最得意之书，余必以《今古奇观》准作传家之宝，以示后人也，必矣。"

已住至海门徐少卿家。即至小泉处，晤子源、仁甫，相叙一刻而来。至家后即作一信与子霖兄，外皿摹本假轴一支，托其代做金字，寄至郡城，送与邑署太太，以为吊唁而已。即至楚卿府上相谈至晚，留过晚膳而来。楚卿家新造后透，于今日卯时上栋行。邬丽生先生与玉先于晚刻至马头山叶家去。

十三日乙酉　晴。昨托子霖兄代送邑侯萧公正太太礼物之款，母家姓氏误书，即作一信，饬阿三送至海门商轮局面交。致楚卿兄一信。早刻，至江边堂晤黄心斋、黄静斋、黄宗山、范靖轩、黄道周、王子宜、戴一权、王书城、陶吉云、黄秉彝诸君，与余计十一人，致祭武圣寿诞良辰，年年皆然也。叩毕后至黄三春(处)少坐而来。接蒋馥堂先生一信，催取典税及存架捐。但典税三十年，系是十一日发给典帖，据杨振甫与子修所言，可不必完纳。据会炳先言，存架捐，黄、太两县均无加增，惟临海已加，各人欲求请减，不知得能如愿否。是否候接头后完纳？即作函交其来人带还矣。晚膳后，至心斋宗叔府上，晤秉彝、钟焕堂先生，相叙半晌。前宝田先生云，郡城近有木龙地方阳龙一所，未知究竟佳否，请焕堂先生代为一看。据云，大约二十左右至家去，余欲同往焉。钟先生府上与马屿头相近，与木龙相隔五六十里水陆而已。

十四日丙戌　晴。徐乳羔太守于今日趁可贵商轮到申，余于早刻同陶寿翁、周梅翁至海门永宁商轮局，晤杨定甫给谏、王勤甫、方善初、方笃初、杨子升诸君相叙半晌，留过午膳，来邀路祭徐太尊。同其至同昌分号，晤姚梧冈、谈少莲、曹献章，相叙间，适费子赞、曹星阶亦至号中，煦东宗伯亦来，坐谈一刻。楚卿约余与梅五及煦东宗伯至浚发糖行，晤王子莘先生、蒋立耕少坐，适徐太尊灵柩经过，均祭毕，同送至可贵轮中。晤杨定甫给谏、王子裳太守、费子谈、朱会保，晤叙少顷而来。至同昌分号，适洪少猷兄遣价相邀在永宁商轮局，即至是处，晤王少莘、杨给谏、王勤甫、何霭生少坐。霭生先生去后，至陶寿翁房间少坐，而至恒茂泰典，言子裳先生已去而来。至霭生先生府上，云尚未至家。即至海门商轮局，晤江子菁大令、黄楚卿、周梅五、何霭生先生，诸君晤叙一刻而来。

忆《今古奇观》卷三十三“唐解元玩世出奇”节，但唐解元名寅，号伯虎，学问、文章、书画、诗集，千古留名，所记是事，未必果然。即有是事，有唐解元才行，出如此之事。名曰风流才子；若无唐解元之才，亦作是事，名之曰下流荡子，如此才名，古今罕有。余痴心想之，即有唐解元之才调，有唐解元之学问，即名望亦然，亦不得有如此之行为。余虽不肖，一无所能，尚要说出此言，即不自谅，见笑大方多矣。余之存心纯正为主，痴心作纯正二字为念，自岂有纯正之行，我辈中定然笑我也，须要谅我也。后人勿以纯正二字影响抛诸九霄云外。虽勿纯正，存纯正之心，作纯正之想，无论后人及友人子弟存诸纯正二字于心，是为万幸也。余最恶者夷学、夷言，无如世风以此为进益，于吾不取也。言虽若是，即有夷学、夷言亦有优劣，不可执一而论。通其实事，即为优也。学其皮毛，为害不浅。见机而行，勿以偏执，乃万幸之幸，质诸诸公，未识以为然否也。

十五日丁亥 晴。致张丹亭兄一信，附前托买台浆，天平秤计重一百七十八两五钱，计价洋四十七元一角七分七厘，分装两洋铁罐，饬官涛先送至海门。闻其世兄寅侯由府试毕，曾至海门，寓永宁局，即面托其附带矣。三月廿二日交邮政局致家君第六号安禀，于晚刻坐回，不知何意，即作函询黄星翁，亦交官涛先送交。来云，未曾在局。不得福音，心为致念。地方公送金慈生公祖万民伞一顶，匾一个，缎牌两对，同送者陶寿农、周梅五、黄心斋、周谱香、周允东、褚仲逸、黄吉夫、王子宜与余，进署叩谒后，金公设席相叙，席散而来。即至周达云母舅、周梅五姻丈、陶寿农姻丈(处)，均相叙片时而来。寿翁言，月之廿二日金慈生司马荣行，设永宁局一席为饯行之礼，余与其拼请，相约定妥矣。晚膳后至王子宜处少坐。闻集圣庙有戏，同宗山兄至是处看戏，晤周梅翁、仲逸兄，相叙半晌，来时逾二鼓矣。

富贵贫贱皆是前生数定，焉可希图进取也。忆《今古奇观》卷三十四“女秀才移花接木”节，文法意味虽佳，后有幼稚者阅之，不知其中深意，拾其皮毛，不无窒碍也。吾实不取。田百禄官虽教职，教职乃是清贵之班，其子田孟沂就馆于人，本是正事，夜宿人家，虽女郎佳于文墨，亦是非礼，故以鬼祟隐之，阅者当知。恐不得其深意，易履邪径。闻确官至参将。参将系是三品大员，非为不贵，其女闻俊卿希图进取，父不阻止，再何言欤。虽与魏撰之、杜子中三人结为同窗密友，以致自择配偶，考寓云雨，与私奔何异？虽得景小姐配合撰之，当撰之心何满足，不无丑声。闻俊卿虽配子中，而无长者之命，景小姐自专择配，均非正礼。但用意虽佳，幼稚者难知深意，曷履邪径。当其长者定虽正言开导，是为至切。女子抱守闺门，其礼宜然，即有妇女学堂，亦不得赴堂学习。女子虽能识字通文，有何用处，其害不浅。何也？女若读书，能作诗赋，万一与蹊跷之徒拾之，恐致是非，悔之何及！不如当初不要识字，尽坐闺门，得以清闲自在。将来有女子者切勿使其识字，是为最要也。此节有如此之事，于吾不取，为之记焉。忆卷三十五“王娇鸾百年长恨”节，此皆女子识字之害也。王娇鸾若不识字，周廷章亦无诗词来往；而无诗词来往，何有此事焉。有百年长恨此事，虽报应昭彰，实女子读书之害不浅也。此后女子断勿送学读书识字，是为至切。戒后来女子读书，不得不详记焉。

十六日戊子 早至辰，阴；巳刻初，细雨，片时即晴；巳末至午初，阴；午末至晚，晴。致黄心斋兄一信，饬价送去。转来时，接其覆信云，山西平阳府曾有邮政局，平阳府至吉州尚有二百馀里，山路僻壤，转寄非易，信系双保险，故之坐回，即为此也。吉州路途遥远，邮政局不得设立，此处之艰苦不言可知，兼且异常寒苦，子粒昂贵如珠，往来信札有如此之艰难也。即将原信加封，仍交邮政局双保险寄至山西太原省城新道街口外上小墙路東托陈仲怀老伯代为转寄，不知得能登收否也。晚刻，周梅翁来叙片时，相约至子宜处，适其家中有事而去。余至子宜处，晤焕堂先生，相叙半晌而别。邱少时、邱惠远、王鼎成诸君来叙片时，云于昨日自申来台，宿下街黄宅。去后即至是处，云其曾已至黄城，不得畅叙片时为歉。晤楚卿兄少叙而来。

十七日己丑 晴。午膳，至周谱香母舅府上少坐，仝其至梅五处相叙一刻，同其至楚卿处少坐。同楚卿至子宜处，晤仲逸，相谈片时而来。

十八日庚寅 晴。早刻，致娄晋阶太姻丈一信，饬福逊送交，即接其福信一函。早刻，黄楚翁来邀午膳，席设江边堂。即至江边堂，晤楚卿、梅五、云梯、王四先生、陶吉云、许星河诸君，相叙席散而来。同周梅翁至寿翁府上，晤馥堂、吉斋少坐，寿翁嘱写请金公帖。至家后，馥堂先生同吉斋来催缴庆源帖税银五十两，计英洋八十元。余将杨振甫五月分之洋一百五十元票交其代领，扣除英洋八十元，尚少七十元，说妥缓六月十一日准向侯吉斋取洋七十元以清汇数。楚卿云，前托张宝田先生代选五月十二日上梁日子，至日已用，不意其外甥即郑夔友之郎有病，即将栋梁拆卸，欲托宝田先生再则一吉日上梁。已书一信托余代寄宝田先生，本今日送至海门，因天时已晚，俟明日送寄。尹东与仲逸邀余陪客，席设尹东家中，即之尹东府上，晤洪少猷及其公郎、金唐荫兄及其令弟、周梅翁，相叙席散而来，已将二鼓矣。

十九日辛卯 顷值稻苗做肚，须要雨水富足可成大有，近将半月未得甘霖，心甚焦急，急求上苍速降甘霖，以慰民生，是所深幸。早刻，致张丹翁一信，内附致宝田先生一函，并附还其竹报一函，并楚卿兄寄彼一信，托丹翁专差送交，信交邮政局保险寄至舟山。早刻，至钱粮厂向蒋馥堂先生取庆源三十年分税银库收一纸，至家后将库收交童先生收藏典中。晚膳后至陶寿翁处，晤梅五，相叙半晌而来，至家曾将二鼓矣。

二十日壬辰 巳刻夏至，早至未刻初，晴；未末，阴，见雷声；申初，细雨，片时即晴；以后中午均晴、阴。陶寿翁与余致柬祖饯金慈生公祖及其令姐[①]、洪少猷、其少君唐荫两兄，廿二日申刻席设海门商

① 当为“令祖”。

轮局，并邀张星伯大令、汪更生参戎陪客。帖去，均允焉。晚膳后至陶寿翁府上少坐而来。

廿一日癸巳 晴。致家君一禀，系第八号家信，内附致陈咏丹先生一信、致苏焕堂一信，封交邮政局寄至晋垣，托陈仲怀直刺代收转寄吉州。适叶家有价来邀，即致丽生先生一信。晚刻，王子宜、黄楚卿兄来叙半晌，子宜兄去，同楚卿至陶寿翁、周梅翁两处少坐而别。金慈生公祖及其少君唐荫均来辞行，即饬丁挡驾。晚膳后至子宜兄处，晤梅五，同至楚卿府上，晤云梯、辅香两兄，相叙片时而别。来时至丁永顺行中少坐而来，至家曾将二鼓矣。

廿二日甲午 晴。农民望雨之心甚切，余心甚焦急，伏祈上苍速沛甘霖，以慰民望，心甚感戴。接家君一信，系四月廿二日所发，云及曾于三月十二日接印，但吉州衙署在于山上，四围无有一里平路，城里仅只数百家，皆是贫户归多。是处如此艰苦，想无复于此也。内附寄金慈生公祖、萧伯康公祖各一信。咏丹先生寄余一信，并托余代寄家信一封。寄金慈生公祖之信，即饬价送署。随接福信一函，托余代寄家君。即作一信与陈古民兄，内附咏丹先生家信一封。致张宝田先生一信，致褚琴轩一信，托买全鹿丸洋二元，并家君寄萧公一信，均遣小朝送邮政局分寄。寄陈古民之信，加保险单。

金慈生公祖于今日出署，早刻往送，相叙片时而别。与梅五、寿翁三人，有路酒借设裕丰店前，即至裕丰候金公，到时送行后而来。午膳后，仝陶寿翁至海门永宁商轮局，已备有酒席，与王勤甫、方笃初诸君少谈，即遣价请金慈生司马、洪少猷、金唐荫两兄，并请张星伯大令、汪庚生参戎陪客，均来晤谈，席散而别。楚卿、梅五来云，姚梧冈亦于今夜趁可贵至申，赴东洋游学，槐士兄送其至海门。即至同昌分号，晤梧冈、槐士、舜卿、王丽生诸君，相叙半晌，即馈赆一函与梧冈，与楚卿、梅五、槐士送梧冈至道头而别。即至怡香居，晤允东、仲逸、陶寿农、谢仲衡，诸君相叙一刻，转至同昌分号少坐，与梅五同来。至家时针逾十二下矣。

在海门时议论金慈生司马颇多，自然为做官者去后总有议论一番，有受其好处，定说其好，稍有吃亏，定说其歹。平心而言，金公可谓瑜瑕相间。金慈生司马于上年四月来台，继郭外峰司马后任。郭公自虽俭约，驭下太宽，以致物议。金公驭下严，家丁、房差之言一概不听，诸事明其曲折，情分亦颇厚，俸亦从俭约，人亦沉静，即此数端，其之所长也。言其署任一年有馀，而无善政施于地方。但海防同知上有知府、知县已专责守六庄地面而无善政可施，即能为善政，而无的款可筹。即若筹款倘致不妥，添增招怨，此节可无论也。台州海防同知异常清苦，其缺之出息，每年廉银定例本有纹银五百两，今之三除四扣，领不到五百元之数。俸银作抵罚俸尚且不足。临海、黄岩、太平三属津贴每年计洋一千二百元，海门之厘局及渔团局两处，每年计有二百元左右。家子、海门、栅浦三处南货、咸货、竹木各行抽出四成。就四成之中，以六成归郡育婴堂经费，尚馀四成约计一百馀元，归分府署修理衙署经费。尚有凤尾山秤税及道头涂地房税少许，又有细微漏规，约有一百馀元。六庄义仓谷出旧易新定例长馀七厘，二厘鼠耗，二厘积籴仓谷，三厘归分府署。此款前张浚如公祖作为出巡六庄经费，约计四百馀元。此系贫民之款，仁厚者不取此款，即将此款仍归还原仓积存仓谷。尚有亲兵二十名，今改十名，此款由府局领取，大约用十名者多，不用十名时少。统计及仓谷出息三厘一并在内，计英洋二千五百元。如萧伯康公祖内有五百馀元不取。即使取足二千五百之数，外要酬应、延请幕友，内要伙食及一切费用，即从至俭尚且敷衍为艰。金慈生公祖将款内提洋二千元以裕囊橐，如署一年之缺，仅馀两千，数本非多，尚合于理也。但在省候补者委署委差，求之非易，倘若一二年中无缺无差，意中事，两千之数不足为多。此缺如此清苦，又提两千，费用已罄而无费用，故将门口上每月提洋一百五十元作为用费。但门口之钱，向无的款可筹；而无的款，必虽在外张罗；在外张罗，委诸家丁、委诸亲戚，易地皆然。金公不委家丁，尚无张罗之名，委诸亲戚，亲戚故有张罗之玷，此实官之所委也。其亲戚既受此任，上又要提如此巨款，不得不在案情中想法。案情中既有弊窦，金公即使深知案中，不与曲从，此款从何而来？既以曲从，不得不包护曲断，理之宜然。而包护曲断，以致声名不雅，此由缺之清苦而来。若此缺，除开销外，可剩两千之数，金公断勿顾声之理。只除家积巨富为名筮仕者之外，则亦皆然，非独金公也。即此一端，非所长，亦出无奈也。尚不至过于糊涂，去时尚有伞、牌，即颂德者亦有之，可谓瑜瑕相间而已。以余论之，作宦者既有弥补一时肥私囊者断勿敢取。此任虽之清苦，兼且清廉自持，定知遇于上游。上游器重，民间无怨，公私两无愧焉。

家君尚嘱余曰："亲民之官莫如州县，民有曲直，州县为始。国朝体察民情，无微不至，仁德及民，使诸州县然后受诸于民也。民之隐情亦由州县而上达焉，兴利除弊亦由于州县，除暴安良亦是州县。上责州县之任颇重，如除暴安良、兴利除弊，上有恩即施于民，民有曲即达于上，此之数端，州县分类事也。如得除暴安良、兴利除弊、上下不使隔漠，无愧州县之任。倘得贤能牧令，必须超乎数端之上，可谓贤良之选。为州县者无愧州县之责，问心可无愧焉。即如宦囊虚悬，孜孜民事为己任，亦是州县分内事。如今之不肖州县一言难尽。再可恶者，上有恩不得及民，民有曲不得达上，民视官如虎，视书吏为爪牙，出则威风凛凛，入则利欲熏心，此等州县与匪徒何异！"又曰："我自任云南新兴州将近五载，青夜而思，暇无终日。遇有凶岁，即行造报，上有恤赈，即行颁发。即此一端，是邦父老者言之，向来只有报歉，而无发赈、恤赈字样，仅今日始见也。即民有隐情达乎上，減夷粮每年将近千金，造报钱粮本无可减，将粮裁减即将平馀弥补，上可无损，民得实惠。创兴敬一书院。是处书院自乾嘉间始创，迄今已废时将六十馀年。捐廉为修造屋宇尚不敷之处，商诸是处殷实之家，愿助之捐助若干，不愿助者，即巨富之绅不敢向捐。一切起造，委诸地绅，告成后造报。捐廉之款，即交诸绅，劝助之款，亦由绅士向取造报。署中本有米行捐费，每年约计四百千文，因此款系是漏规，即将该款助书院延师以及奖赏之费。每至年终，必给孤贫钱米。禁宰耕牛。新兴州外来贩客至城售销者，至城门时定要抽原物少许。到任时未及三月，即行出示禁止，修治山岭一百馀里。民有报盗窃者，即行出资购线步获。遇有户婚田宅之案，先按情批发，两造齐集，即行审结，无得迟延一二日之隔。告状者必须亲自坐堂问其详细，当审者提集两造，可以经中清理者，即批理取，不使讼累，亦体察民情之道。遇赌博者，即笞责数百，就时开释。一切体察民情而后行之，仅只稍为自慰，尽州县之职，犹恐不及。戊戌之冬，值举计典上以卓异荐保，余心愧甚。”又云：“后人如有为官者，牧令书不得不详细翻览，倘将牧令书又加随时参酌而行，为州县可无愧焉。”

回忆以上数语，系家君嘱余之语，今值言做官之道，故为详记之。倘后人筮仕者尽其职而行，不负家君谆谆告诫之心，余亦幸焉。但家君在滇所行各节一切用心之处，即朱桐冈、郑荻洲、苏月波、苏焕堂诸君在署，初至家乡言之皆然。况家君生平谨慎，向无虚语，与人言之此言，断勿自行粉饰。余虽父子，但在滇来家诸君言之皆如此说，即可为凭。况父嘱子之言，断勿虚语见嘱，愿得后人筮仕者效之，幸甚幸甚。

廿三日乙未 晴。望雨之心，余甚盼祷之切，愿得上苍速沛甘霖，以慰民望，是为至幸、至感。接章子修兄一信。楚卿昨日相约数人，相隔半月须备珍物数味携至小白云畅叙一番，各人均作东道一次，约定今日，楚卿自为东道主。早刻，至小白云，晤梅五、楚卿、槐士、子宜、辅香、云梯，与余共计七人，尽一日之长畅谈，颇为至美，来时日衔山。随至周麟斋处，代明亮之事与其说妥，彼于今夜至楚卿兄府上接头。晚膳后至庆丰少坐，即至楚卿兄处，晤舜卿、辅香，续梅五、麟斋、遇琴诸兄均来相叙。明亮之事，公利、恒利、顺利、永利、维新各处抽洋四十元。麟斋自与楚卿接头妥定而别。来时与麟斋过子宜府上少坐而别，至家时逾二鼓矣。沈东录公祖于今日早刻进衙署，当时遣仆携帖到署到喜挂号。

廿四日丙申　晴。覆章子修兄一信。晚刻，至梅五家，晤允东，相叙一刻而别。东首中透农工所宿之房于早刻被小贼窃去农工衣物数件与农夫用被一床，皆因人之进出颇杂，虽之小窃，亦儆戒日后必须勤于防范也。典中之夥友士海先因前娶亲，各人送其贺仪，亦未有人至其家中吃酒，故于晚膳设两席于店中，请有叶蓉秋先生，余与其相叙，酒散后来家少坐，去时将二鼓矣。

廿五日丁酉　早至未初，晴，天气颇热；未末，阴，雷声颇响，四处均有雨意；申初，雷、风，后雷雨颇大，一刻即晴，后尚有雷声；申、未以后均阴。早刻，周麟斋之次世兄来家，云及其亲戚高姓有网三担，另曾经由公利捐过，本售后亦至公利盖印，方准出行各处。但未至公利盖印，已卖于狼鸡山人自用之物。直然担至海门，路过岩屿街，被公利巡丁见获。据云楚卿欲将公利定例议罚，但彼顺利系在股之人，将其退股等语。来托余代其与楚卿说从轻议罚。余又欲至马头山，曾将动身，即作函交其送交楚卿，未知得能从轻议罚否也。

即趁小船，至轮时遇有死尸一具，望之代其悲惨。本即嘱船夫将尸捞获，无如船已过身，转去不便，即嘱船夫，俟余至小轮后即将原船捕获原尸，余愿出洋两枚赏与船夫。余已登轮，曾经开驶，未知得能捕获否也。闻此尸系三江口人，年仅十四岁，帮鱼船为伙工，人颇忠厚而谨慎，又能勤苦。船上夥计、小夥计各有一股，老大双股，伙工半股。但该工东人因其可用，小夥准带一股计算，此番船已进关，算给小夥计洋有二十馀元可分。向例，船已到关，该洋即要付讫，各夥友均到家一走。但前日，船已进关，老大因有要事，该洋未及付给。该工待洋，亦未到家。倘若付讫，已至家中，昨夜无有此祸，亦未可知之。人之死生亦大数也。因老大未曾到家，该工守船，性喜酒，昨晚饮过醉，又因天气太热，睡该船鳖壳之上，酒尚未醒，翻身落水。船内尚睡有两人，亦在睡乡，不得而知此情。先在道头饭店待轮时，遇其船主，言之较确。又云其父母得信，悲哭异常。片刻即见其尸，不觉代其伤心。大凡上船，一切均要仔细，以免失足之危，是为至要也，切切。是为之记。

至船时，遇蒋馥堂先生。又至官舱，晤高志伯父台，又，关岭局张委员，均至郡城谒郡伯。至马头山道头，即雇小船至叶家。谒二姑婆，叙以衷曲。晤丽生先生、玉先。适长甸有人来，即作一信，寄于祝再姻丈。信交来人带交，并带两片与洛卿丈公及惠夫表叔。

宁波、石浦、凤尾山、镇海、金申谷各处捕鱼者所用之网，均是海门葭沚、栅浦之附近数十村庄约计二十馀里内之贫户妇女所织也。宁海亦有出网之方，颇少。葭沚附近出网最多，网之名曰童子、曰大头、曰直洞、曰百生，各聘一个，合为一口，十口曰一担，又曰网担。又或童子十个、百生十五个、直洞五个、大头十个，聘合四十个一担，曰馀货。总以百生、童子、大头、直洞，不论多寡，合成四十个捆就，均曰馀货一担。向来葭沚人数家收买捆成担数，葭沚四九、海门三八、栅浦二七市日，网之各名色售销。三处市日向购外，又有十馀人专至附近各村庄相信之贫户，将麻放与该户，嘱其织成网之名色，除麻本，给其净赚若干，其价大约与至市售销者仿佛。经手人名曰放网客。放网客均是里洋各处人多，家子人少。收网之家系葭沚人多，附近里洋人少。

与家子附近之横甲村，旧时有领过网业之帖，已逾百载。家子之售网处均设在集圣庙卖卖，谓之网场。横申人每至市日至网场收伸，积习相沿亦一百馀年。至光绪乙未岁，周顺利麻行兼贩鱼网生理，与横申人王姓者为网伸口角。后王姓病故，以假人命架周顺利。适值分府系张浚如司马利心颇重，周顺利挽绅士周梅五以孔兄代达细情。幸此事实是病故，与口角无涉。周顺利此时店主周仁寿在日，向来忠厚畏事，故作是举。闻官神各有分润。张公即出差压葬，直详临海县结案。此时天主堂声势方盛，横申人议将古帖送助天主堂，压制家子人收网各家。天主堂即将伸钱加倍收缴，横申人又将伸钱包收，每年净缴天主堂外，各有分肥。此各收网之家即从加倍，伸钱分计网口而论，亦是无几，以此各得允从。

家子收网者,向来周顺利续分出丁永利。乾泰昌向来周谱香之字号,后卖与褚炳云,后改为维新。褚恒利后与庆丰麻行各均拼合琛记一家,系金明亮所开,因亏本过多,庚子之冬倒闭。所用放网客颇多,每年辛资颇重。将网载至宁波各处售销,大约本洋廿五六元左右,贩至各处售价计念八九元之则。网之售多寡亦从海水好歹,大约截长补短。宁波大约可售至全网八九百担,馀货可售至二三百担。镇海、石浦两处每年大约全网可售一百馀担,馀货可售五六十担左右。凤尾山、金申两处大约全网可售三四百担,馀货可售一百馀担。全网与馀货每担而论,买进全网价多二三元,馀货每担价廉二三元之则。贩洋售销,全网各照定价,馀货彼自有旧货破坏来买。馀货每担售完,较全网长三四元之数。每年各人以资本多者多卖若干,以资本少者少售若干。至后丁永利系丁兆发所开,彼格外放价,各人均放,甚至放至本钱尚要亏短,此皆丁兆法为始也。各人均以亏本为苦,若以照本发售,甚至一年不得售销一担,丁兆发为害不少。

辛丑之岁,有许俊香,向来前台宁轮船未曾通商时,将网捆好,担至宁波发售,名曰脚担,此等人有六七十人,均以日夕担网,台、宁常川来往。许俊香看网业出在台州,即台州亦在家子附近诸处。出此坏人,将如此基业又伤血本,未免可惜。来与家君说,如今网业如此情形,殊为可惜,请家君出面至宁波开一网号,纠集家子网业同人确至网号一处售销,公议定价每担若干元,各人不得私加私减。每家各售四十担,周而复始,亦不得争先恐后,亦不得多售过数,言以各人均以此为然。网号中每担酌抽若干,以为号中经费。

家君详细而言曰:“台州生意以至如此亏本,实属可惜。但如此公号同人协力,固属美善。倘有人出而为之,又无领帖,亦不得叫其不能为也。倘若阻之,即以居奇垄断。况国朝例章,居奇垄断各情有犯例禁,若有告发而禁止,其辱在何人?况刻薄民生,亦非我之所为也。”即以此谢止。此家君仁厚之言。当时又嘱余曰:“我虽筮仕有年,均以黎民如赤子,并无刻薄之心,亦无刻薄之语。有人求于我者,可以曲护，即以代成全人美。亦勿姑息养奸以致后患。如彼言办公号之言，若以定价过厚，所积者在于数家；若以定价过廉，彼以刻薄贫民，过在何人？公号之出息多寡尚未可定，贫民之见怨啧有烦言，我断勿为之尔。亦当知我之用也。”家君之设立公号尚且过虑，可知存心如此仁厚纯正，待人亦以诚厚。余之不肖，不及于万一，心实愧甚。

许俊香因此言与家君说之，家君如此谢止。与续至维新与褚炳云说知各情，恐以力不从心，即扦周允东代挽葛逸仙兵部代其为主。自出挽周顺利、丁永利、恒利与自维新四家，各以每班以四十担全网销售，除买进正本外，净赚英洋三元，亦均周而复始之例，各立凭据。惟恒利向销馀货，每月除进本外，加赚洋五十元。事定后即于壬寅二月间挽葛逸仙兵部、周允东两人代褚炳云具禀，设立网业公所，愿于报效经费。时徐乳羔太守以迹近营私批驳。又将各情具禀宁绍台道高与卿观察处，亦以跐近居奇垄断批驳炳云，勿以具禀不准为歉。

即就宁波税屋开设维新网业公所，以四家定本洋三十元，加赚洋三元，贩宁售洋四十一二元之则，馀货售洋四十二三元，均以每担计算。是年宁波各渔户因骤涨均以退缩。冬间，有同源布店东人林老五亦买网至宁售销。炳云访识此情，即刻投海门天主堂阮承务振铎之仆从王子元承务，有书“神父”二字，又曰阮公其仆从曰副济，即说明每年谢王子元英洋二百元，又说明谢阮公之兄阮冥斋每年英洋二百元。两人带褚炳云进见阮公，说知网业一节，只准顺利、永利、恒利、维新四家字号发网出关，其馀字号出关作为私货。均由天主堂至永宁海门两商轮查搜，如各处船只均有放线确实，即由天主堂派人查检，一经查出，即作为私货即充公，人即挪至天主堂受责一顿，又要上下化费，此向例也。说明写助天主堂天成会每年助洋四百元，管门之阿四每年送洋五十元，如获私网之洋，亦赏结天主堂用人均分。镇海、石浦、凤尾山、金申各处网业亦听各人自卖，不入维新之事。当时均言炳云太甚，今而思之，宽之甚矣。周允东亦有股分，外每年送洋三百六十元。葛逸仙兵部每年送洋二百元。是年冬间算结，尚要亏短，实宁波人自行禁止不购故也。

癸卯之岁，周允东曾已退股，每年仅收束修英洋三百六十元，名曰“出官”。此年宁波洋海水颇佳，旧网用完，不得不添备新网，生意骤增。天主堂挪得偷私网出口者许俊香，系始创之人，自为犯法，可见报应昭彰。俊香已帮维新卖货，每年工洋亦得一百二十元，又偷私网，于理未合，被获后，将网公卖，自不必说。挪至天主堂，受两夜之苦，用费三十馀元。本将卖货职司革退，续其兄许六溪挽陈舜卿代说情分，仍然如旧。丁兆法亦将私网被获，幸其自旧与天主堂相识，未得受苦，网充公，化钱罢论。兆发又是派股之人，又贩私网，本要退股，不知再托何人向炳云说后，仍准其如旧。林老五将网出口，阮公叫其一番训斥，今值初次，原网领还，再若发网亦充公。尚有聘夥两人，给其英洋二百元以作了事。是年至冬结账，用九言之甚确：全网售至八百馀担，馀货售至三百担左右。全网每担除进本外，净赚英洋十一元之则，馀货每担除进本外，净赚英洋十三元之则。八百、三百计算，是年净赚网担中，英洋一万三千元左右。除开销及酬应家中一切费用、布店亏短一切除净，馀英洋六千元之馀。甲辰之岁生意亦佳，如此得能久业，虽大缺知县不及也。若得安然无事，数年间台州定为巨富矣。六月间，炳云时常与个人摩鹊，均以百元为底，一切费用奢侈过人。与周允东结为死友，楚卿常看甚鄙，对面以言语堆答，过边即论其长短，以此畜积久矣。

周允东近年来最巴结煦东宗伯。星斋宗叔之元配系允东之胞姊，煦东宗伯之元配内侄女即卢华士兄之元配，故后，允东即以妻妹，系黄岩王辅卿守戎之次女，即为华士继配，颇密而厚。星斋宗叔家用有农工名曰新朝，在家中已有七八年，被偷什物颇多。四月间，星斋知觉，欧辱饬逐。允东胞姊于春间生有一女，星斋四月间赴郡，五月是幼女故。适新朝至其家中，允东之姊叫其将幼女尸埋在祖墓之侧。不想祖墓方向有碍，星斋有病，梯仙宗叔病故。煦东宗伯家有商船名曰万隆，被风坏在闽洋，长房亦损丁，均在六月间事，怨恨祖墓有碍。

究其根源，新朝将星斋幼女尸藏埋坟侧。查新潮系是饬逐之人，即倩人寻新朝。适新朝在允东家，一面叫人将新朝挪来，吊打一顿，悬在五圣庙梁上一夕，许即送分府署金慈生公祖责办，发押听审。至八月间，吴玉成参戎因事来台保释。允东因在自家挪出，颇为倒煤，又出许多语言，以此日疏。一面安坟，星斋病日渐愈。梯仙与少明本是胞弟，少明子宏德，允东以次女妻之。梯仙故，无嗣，本是宏德兼挑。梯仙临终时说与少明在日不睦，嗣与宏德不甘，即以煦东宗伯之次子兆兰继之。允东因女婿不得承继，心亦不甘，彼此怀恨。

适方荣申请办台州工艺局，曾经徐汝皋太守批准，谕蒋映潭老伯与黄楚卿、姚梧冈为董事。方荣申另案被议，诸事禀求徐太尊，重托姚梧冈、黄楚卿二人玉成其事。六庄一带工艺局捐，煦东宗伯曾已写好。姚梧冈借收工艺局捐之名来看大暑，宿楚卿家，说出炳云一切来历。梧冈与楚卿两人以目下工艺局售款颇非易事，借报效工艺局经费英洋六百元、三台学堂经费英洋三百元、椒江学堂经费英洋三百元为名，将成办维新字号改作公利，罩准张受伯公祖。但张公任临海邑篆，只知维新如此成办，不想如今加至无数捐款酌定界限，先将临海县批准成案。初，煦东宗伯与谱香母舅具禀，即将酌妥章程一及详细情形粉饰妥当。楚卿与梧冈求准张受伯公祖详达徐乳羔太守，一切明晰，即与刑名说妥，始得批详各大宪立案给谕，均知已成维新之事，而不知新添许多名色。张公若知今日之事，断勿丧德也。况受伯公祖系是明敏干练之员，一面移文至省请领麻网部帖，一面千二百元详请商部立案明定界限，妥议章程。但其章程余曾看过，记忆不清，不及备录。一面与天主堂说妥，天成会旧有四百元，加四百元，计缴洋八百元；阮冥斋旧有两百元，加两百元，计缴洋四百元。一切旧有规模，均加倍送缴。

四家之中全网亦照旧规，一切馀货均归公利自卖，即恒利每年少馀货洋六百元。但恒利本是褚用九所开之网业字号，支本缺乏。辛丑之春，家君与其拼开庆丰字号麻业，资本均是家中支垫，一切将据做明,庆丰、恒利均与其对半拼分,支本均家中借垫,议还息洋。公利、庆丰如有长馀亏短,均是对半分派。用九因维新有馀货中六百元,今公利扣除,心所未甘,再三托余向说。余与其说后,恒利、顺利、永利三家均有另加之款。惟丁永利系自拼股,有无另加,不得而知。以此事定后,即于甲辰年九月初一日开办矣。一切行政用人、大小主意均出诸楚卿。但楚卿一向心多苛刻,如有与其说话者加以束金,忠厚者置诸事外。公利行中之夥友均如狼似虎。前维新知有私网叫天主堂搜获,公利自用巡丁十馀人专获私网,一经被获,即将网担送县领回售销,将洋售出充作公费,酌分巡丁少许,一切声势过于维新多矣。闻有私网,无论路之远近,即往寻获。所获私网,说请议罚,发还者有之;有将私网送县领回,变卖充公者有之。时常闻其私网被获颇多,计其大略,未及详述。周谱香母舅本与煦东宗伯合禀请开,诸事俱出诸楚卿,心有不复,即设词两相具呈。经江子菁大令代其解排,每年送其束金英洋四百元,即具禀退办,均归楚卿经办。

市中售卖另星各网,均要抽捐费,每个不论百生、大头、童子、直洞,均要抽钱三十文。以四个合成一口,一口计捐费钱一百二十文。每担十口,计捐费钱一千二百文。即馀货每个抽钱三十文,每担计四十个,合计抽钱一千二百文。初办公利,家子设有总局一所,宁波设有一局,以便销路。即将网担每担价涨至五十一二元,台州购进之本连各家加赚一并在内,计价三十六元。馀货售出,价涨至五十五六元,馀货购进三十元左右。此是公利自卖,与各人无涉,将贫民日夕辛苦织成各等各色网之出息颇微。又要抽捐,每个均要钱三十文。均以敢怒而不敢言也。公利之股份,楚卿自承半,姚梧冈、黄子霖、丁兆发、卢槐士、鲍子封、邱仲玉各人分以多寡合承一半。每年仅提利息,三年一结洋,均楚卿自家派用。此外,楚卿每年束金英洋四百元,总办束金英洋八百元。今岁春间,拼有义记字号,专做镇海、石浦、凤尾山、金申各处网业,均另设分行。分行中均有巡丁,一经知觉,即将渔网充公,如有网担而无公利印记,即作私网而论。

如此网业，宁波、镇海等处，全网可销至一千四百担左右，馀货可售至四百馀担。所进网担，每担购本三十六元，售洋五十二元之则，每担可赚洋十六元左右。馀货自购之货每担计购本三十元之则，可售至五十五六元，每担可赚洋念六元。抽捐每担计钱一千二百文，一千八百担，计抽捐二千一百六十千文，此是净钱，约英洋二千六百元。全担每担赚十六元，一千四百担计算，赚洋二万二千四百元。馀货四百担计算，计赚洋一万零八百元。三项共计英洋三万五千八百元之则。此是褚用九先生详细确算，一无虚缪也。邱仲玉姻丈算其用费，家子、六百、金申、凤尾山四处设有四局，均有巡丁，石浦、镇海均是托人寄售，及网担贴费三元，缴款一千二百元，一切修金、伙食开销一并在内，连海门关捐费均在内，约准一万元开支。每年除一切开销，净赚英洋二万五千元之则。

最可恶者，每网一个收捐钱三十文，统计英洋二千六百元，此是千家万户之卖网者咒卖之钱，使卖网之人裹足而不得前行。贫户欲望网之织就多卖数十文而不得。买进之价多寡是公利所定，售出之价多寡亦是公利所定，公利之定价即是楚卿之所定也。自设公利会后，家子附近之贫户妇女全仗织网而谋生者，受其压制，不知千千万家。宁波及镇海、石浦、凤尾山、金申各处渔户受其独卖而制者不知几千家矣。此等生意非甘心愿买愿卖者可比，此是倚势受制，搜挖贫户妇女及渔户不甘心之钱。虽获厚利，即而致富，于理有所不合，此是刻薄中之刻薄也。古人云："刻薄成家，理无久享。"彼以刻薄中之刻薄而致富，当何以报之！今之网业，至于如此苛刻，初是许俊香为祸首，继则褚炳云玉成其事，黄楚卿顿起贪心，夺其已成之业，又以加倍苛刻。虽黄楚卿居心荼毒，实则姚梧冈从中怂恿。而无姚梧冈实情转达，张受伯公祖不代通详界限，何至今日！黄楚卿之昊天无道，实则姚梧冈之所使也。即此一端，姚梧冈于上春另案奏革，有何代其惜哉！公利虽有拚股之人，权均楚卿一人。楚卿虽是承半，三年其钱过多，各人所得好处定是无几，实则黄楚卿一人也。苛刻亦是黄楚卿一人。黄楚卿,今诸事均为顺美,其所为苛刻已甚,而未即报者,想其旧德而未消磨。若到消磨之日,如此之苛勒,如此之刻薄,如此之淫行,如此之奢侈,上苍焉有不报之理！报者定然不爽。后人愿以守拙而无能,千万不得效黄楚卿分毫为幸。

余识黄楚卿“苛刻贪淫”四字以千古确论,未识高明者以余论以为然否也。况且四字均有确据,“苛刻”二字,连而言之,即如公利一节,而未苛刻是何？此外待人,顺其者生,逆其者死,彼自常出有此言。言既出,可见其存心如此。出言如此,况其一生均以刻薄于人,非苛刻是何？“贪”字而论,黄楚卿见有美色则必取之,非贪是何？利心甚重,无钱于其入手者不肯为,少钱者彼且看不上眼,人有衣服,彼有所中,均要齐备,非贪是何？“淫”字而论,自从幼奸淫人女,不知几十,元配金氏,前至温州纳妾两人,至苏州纳一妾,至通州纳一妾,非淫是何？余以“苛刻贪淫”四字评之,千古不移之确论也。况余与楚卿兄日夕叙晤,非知确据而记之,亦罪过也。但楚卿与余亦是交好。余之日记勿以余好者专记其长,勿以与余恶者专记其短。余之记于人者,公平而论,勿以偏枯,以免后人论及于余也。但公利一切,余所知较确,本早为详记,因转折太多,非静坐难以周到。顷在叶家,与丽生先生论之确实,幸无人客来,以为详记焉。愿得后人勿效黄楚卿之行为,即勿负余之一番详记,幸甚幸甚。后人有筮仕者,人有洋来报充经费等事,本是美事,若不详细体察,其祸害犹烈。其过在何？人与人交情者有来求我,均是甘言,一经失察而允,过在何人？虽与人交好,勿以一言一事而可靠即以彼为诚信,必虽体其人平日向来诚厚有事所托,即其来说,虽有不周,勿以过苛也。

张受伯公祖亦误一时,而未详察实在情形。姚梧冈乃一世之罪人也。黄楚卿过于贪心,不顾事后,一味苛刻,乃是罪之又罪也。许俊香乃是罪之首也。褚炳云亦是罪人也。筮仕者岂不详察细情者乎！黄楚卿无名无业之人,百年后人不得知有黄楚卿,余误将千古加之,此过誉太甚哉！

廿六日戊戌 早至巳，晴；午初，阴；午末，雨；未刻，晴；申后至晚均阴。两日均沛甘霖，上苍养民颇厚也，不胜感戴无涯矣。愿以甘霖迭降，上季可歌大有也。二姑婆之祖坟被占地少许，系山头蒋姓人，前洛卿丈公代其理说，未得清理，两造均以呈告临海县矣。二姑婆嘱余至其坟山究有被占之地多寡，并请丽生先生看是处新坟做下与祖坟有碍否也。即于早刻同丽生先生至新堂叶家祖墓之所。此处系良全公即蓉斋太亲翁之祖墓。墓之右首系郑太夫人之墓。墓之右上丈许，据叶家从人说和尚之坟。下两丈许即蒋姓新坟。界石即在其中间，被蒋姓捣碎，幸有形迹。上中两界，因和尚坟左近稍进一的，中界石有八字，照八字牵下新坟，被占四五尺许。当时界若直牵界石断勿八字，左边之界石亦是八字式，故可照样。下首右之界石被蒋姓新坟做下，曾已挖出。最可恶者，将左首下界石亦被挖，使其消磨痕迹，其存心可知。有恩湛相欲与从中理处，未知得能如愿否。倘得将就可了，余即劝其息讼为佳。但是处有关祖墓之风水，又说有占界内之地，一切主意，余不得擅专，均请其自行作主也。设晚膳一席，请余与丽生先生。菊仙表叔故后，门庭颇为冷落也。新屋之前透尚未告成。

廿七日己亥 日，晴；夜，雷雨颇大，田水已足，上季可歌大有矣。恩湛相与蒋姓来，其事可将排解。明日兼界再若酌中允诺则可收给也。玉先请丽生先生至附近各处稍为一看。前宝田先生将看过冷水地方(即与郡城相近与白兴寺左右之处)洋龙一所，绘有一图，据云此处颇低，倘若要做坟定要堆积一二丈高。与丽生先生酌之，只恐不便。况堆积必虽实固方在无虞，万一崩坐，殊多不便。余心不决，只从缓计议可也。

廿八日庚子 早至巳，阴；午刻，雷雨；至晚均雨。早刻，同恩湛相同到山中将坟界均代牵准，用石栽记，蒋姓老官人颇踌躇，不知又要翻悔否也。余于今日生晨，每年均治面与友畅叙一番，今为亲戚相邀。既来之，其事是乎可了，亦不得不代其理说。欲其说楚，亦不得不多耽搁日子也。人虽在外，家事颇为挂念，明日定欲旋里，未识得能如愿否也。日则虽与丽生相叙世情。苦无长语，余将心事记之。

余生平，人有委曲事来托余者，必察其人与余平时交情厚薄。厚者，然后询其事之曲直。若其人平时与余交情颇厚，其事又直，若委焉，可以代为效力者，虽则烦难而不易，须代设法而解。倘己不能为者，则代其托人而解之。既受其托，即如自己事也。若有功，不以功为己任，事若有过失，则如己之过失。倘其钱有不敷，则己亦当担任此等之钱。倘若支垫，或与说明，或不与说明，心即不思其归还日子，彼富然之，彼贫亦然之。倘其人与余平时交厚，查其事曲者，既与人以交厚称之，必劝其速改前非，即代其弥补过短，彼有短者宜即隐之。若与余平时交情厚者与人口角，即当代为排解。如理直，即代其评论；如理曲，即代其敷衍了结，当面开导，是为至切。彼有曲而言其直，非是交情者之所为也。若托余之人非是与余平时交情厚而无亲戚相关者，察其事真是直，亦不可代其从中理说。何也？其人与余平时交情非厚，又无亲戚代其情，托余管讼何异？况事颇在细微，事若有所失，过在何人？若因事托余之人平时交情不厚，又无亲戚，察其事非直，当时即当训斥，置诸不问为要。此上数语，人有事托余排解而论。

若以经官之事，若其人平时与余交厚，有关亲戚，察其事是实直而吃苦者，只代其剖切数语而止。彼若呈控等事，切不可从中代谋，是为至切。其事非直，其人虽有至交而亲戚，即剖切数语亦不可说，即以理却，是为至要。若其人非是交好亲戚，即理而直，既经兴讼，则可劝其息讼而已，万不可与其代托为要。若事非直，又经兴讼，人非至交，又非戚族，即时亦当训斥而却之。余之守身必以洁白自爱，若代人经讼者必自鄙也。余管讼之人鄙而看之，人虽管讼，我亦不说其是非，亦不与其共事，若有事，万不可与此等人言也。人污我洁，只以心会之，万不可以语传之。若出语，必招祸也。人之祸福皆从口出也。人有善，当即扬之；人有过，即当隐之。此心必以时时注意而不忘，是为至要至盼。

人有患难等事，如生死、饥馑，回家而无川费，人之生养而无衣食……诸如此色来有求，余不论平时有交好而无交好，有亲戚而无亲戚，即生平而无识面，定当允从，断勿使其空回。此等费用，切勿悭吝，是为至切。见人无衣食，见人有疾病，医药、掩埋而无力者，为小费以致厄急者，死而无葬费者……量力而借助之，断勿知而惜小费以致不允，是为至要。人若清贫，余当敬之；人若诚厚，余当敬之；人能行善者，余当敬之。浊富之人，余当鄙之；履邪径而不行正道者，余亦恶之。此等人，余当避路而行，何况与言也。见渔色如见死尸，转念思之，则必冰消矣。有功与人，勿思求报。人有得如己之得，人有失如己至失。最可恶者，幸灾乐祸也、奸刁诈伪也；最敬重者，仁厚端方也、乐善好施也。余之心事若是，余有后人效余数语而行，余不胜至幸。余平生己之所用当以俭约，人有馈送者，余必却之；余之有允于人者，当以信也。事无大小，既言若是，断勿失信，是为至要。后人当以“谨诚信俭”四字，日日存诸心，时时存诸心，是为至幸。心事若此，当详记焉。

其塾师林枣生，郡城人，晚膳设有一席，邀余与丽生先生及其塾师林枣生，相叙席散而别。二姑婆亦于今日生辰也。

廿九日辛丑 早至辰，细雨；辰至巳初，阴；辰末时尚有细雨，一刻即晴，阴；巳末至酉，雨颇大；戌牌，细雨；亥牌，雨晴，阴。玉先已于昨夜至家子，恩湛即于早刻去，所云坟山一节，大半就绪，想其不致翻悔也。早膳后，辞二姑婆，即驾小舟至家，时将午膳。晚刻，玉先来家畅叙，过晚膳，据云今夜欲至家去。玉先言林枣生曾补过廪，其人亦颇厚道。又言楚卿兄所带之戏放在横申开唱，有本地王晏清即小郎三之子台寿，至是处于班内人口角，两相聚众各有数十，几乎闹事，幸地方人急于排解，各已相安。每年大小村庄做戏之举积习相沿，难可挽回。戏之害颇多，每有妇女藉看戏为名，致干是非。不少做戏之处，两相口角而致讼者不少。何勿将每年做戏之所耗资财移作善举及恤赈贫民，功莫大焉。

戏自唐朝贵者取乐，令下人在梨园中唱演即名曰梨园、曰高腔、曰徽班、曰乱谈之分，总之曰戏、曰梨园。其中调曲不等，难以详述。历代迄今，梨园子弟最为下贱，子弟即曰优伶。至贱至下之人，莫甚于优伶。国朝例载八款，曰娼、曰优、曰隶、曰卒、曰刽、曰屠、曰渔、曰猎。最下贱者在上四字，优人列八款上四字之二。犯此八款子孙不准考试，贱之甚矣。今之带戏之人曰班长，戏之管账者曰堂簿，代班写戏者曰土狗，做戏之人曰子弟，又曰优伶。优伶中以男开脸穿红绿衣衫曰男脚，以男装女、穿女衣者曰女脚，如此之人，廉耻丧甚，令其贱字，幸之多矣。做戏之衣服，曰行头，有带戏之班长自无行头，必向税而用之，有备行头专税与人，即曰行头班长。做戏者分为前后场，前场子弟专做戏而唱戏，后场子弟专习丝弦而兼唱。合成一班曰戏班，又曰众班。每年分作春秋两季。春季自正月初二日起唱至大暑为止，秋季七月初二日起唱至冬至为止，戏班之定例也。带戏者即曰班长。众班如此之贱，班长有何贵乎？有何荣乎？识者众班与班长有何异哉！余目之亦然，论之亦然也。班长无异与众班子弟、众班优伶。子弟既曰优伶，一班之长非是优伶是何？故谓班长即与子弟同类哉。子弟呼之曰班长，人呼之亦曰班长，一班之中以带戏为长，故曰班长，非是同群是何为？班长者即无聊之人为之，世有贵者为之，殊不值也。

此班虽曰楚卿兄为班长，楚卿兄实不愿为班长，实则煦东宗伯所带也。煦东宗伯所带之班，即煦东宗伯为班长也。煦东宗伯亦非愿与优伶同列于同群，实则喜若辈之谈唱，忘自己之清高。今虽年将耳顺，无异少年也。煦东宗伯生平最喜优伶谈唱于堂中，最喜学画兰花，自光绪乙亥恩科举孝廉之后，即作带戏之举，迄今三十年馀年。每季或两班，或三班，最少一班而不易，未闻有空季而不带班之理。优伶将聚散之时，或在本地开唱，必至自家唱谈终夕。日习兰花，迄今已垂四十馀载，无日不画，无时不习，寒暑而无间也。画兰本是美事，但煦东宗伯日习之兰花，即十年之前后取而阅之，毫无进益，兼无生机。不学，常在清闲日；虽习之，徒费纸墨，益在何处？自思带戏，日夕取乐于梨园中，将班长之贱名相杂贤书之贵，班长之名日重，即将举人之名日轻矣。煦东宗伯所受带戏、画兰两事，视为并重，爱则并重，实则相称也。余而论，日作无益，不如不作为是；班长相杂于贤书，咎由自取也。两相并论，未识诸君以为然否也。但余与煦东宗伯日夕交好，本不敢也。但“举人带戏”四字有关风化，不得不详为评论以示后人也。后人虽非举人，而不得带戏。即欲习上者亦不得带戏，非是自己不可带戏，视带戏即是下流也。是为切记。煦东宗伯事比而言之，余之愿后人日习于上，日行正道，存心纯正。在家为孝友，出则尊亲敬上；在学重师长训诲，日夕勤诵。不交损友，不言非礼。与益友言者，须取信于人。勿思侥幸事，问心无愧，行为不苟。在官忠君亲上，勤政爱民，实事求是，勿谋之财物，勿视人所好心亦欲焉。余亦幸甚，是详记焉。

三十日壬寅 大雨至酉末戌初方晴，阴。致褚琴轩兄一信，饬阿三送交邮政局转寄宁波江北岸毛公馆。独坐寒窗相叙需人，即将官绅所用帖片详记之。

大凡片样式与单板之大，有书衔名印好曰衔名大片；有写亲呼下书官名，曰晚生、曰受业、曰世侄、曰世晚生、曰乡晚生，有姻谊曰姻晚生、曰姻愚侄，有曾本省做过官而入都曰治晚生之类；又有不书亲呼，仅写官名之大片，均是在京人员所用也。在京之人，除该官上司用手本外，见长官用官衔大片；有世谊、有乡谊，有拜过老师及见之官长于己者均用亲呼大片；而无世谊、乡谊、年谊之官，长于己者，或年老者，均用大片，之所致敬也。见同乡及平辈者均用名片，而无用拜帖之理，即外省人员进京亦然也。外官进去，或在京之官遇引见及初委有差使之人员，初次拜客，均用印好之官衔大片，无论大小及有亲呼者、无亲呼者均用之。在省候补人员有用手本，有用官衔，有用亲呼。拜帖有用小官衔片之分。在京之官衔如单板之大，在省用之官衔片如名片之大。初见督抚、藩臬、首道、首府及外任知县，及初见本道、本府，均用递履历之仪注手本式，用五全红帖，上下均用。粘有乌色印指日高陞，本色花之面即曰手本，写某衔、候补某官、某人，书在上，空二指许，左空一指，其字细而匀，可谓恭敬，即是手本样式。官衔帖及用有亲呼拜帖仍是五全红帖，较之手本稍大的，写在左边之下，候上下一半处稍高一二字，官衔帖写某衔、某官、某人顿首拜。有亲呼即书某亲呼，下某人顿首。又有一种见督抚、两司道府之幕友之手本，不书官衔，单写官名而已。有见拜过老师者，用受业某人之手本，官衔片均写在手本之处，只书某衔、某官、某人而已，不书顿首拜，即曰官衔片，大小皆同。又有履历式。即是五全双红手本，上下亦有印本色乌花指日高陞，第一行写某衔、某官、某人谨；第二行写“呈”字；第三行写“计开”二字；第四行，卑职现年若干岁，某省某府州县人，由某出身。以后接连分行将出身写至到省之日为止，给脚有须至履历者为止。其中有遇“引见”及“恩赏”字样均要三抬、双抬，均要随时与有识者酌好，切勿外错为要。

如候补者，如道见督抚，即于两司同官厅，候补府自有官厅，同知、通判虽曰佐二，却是府佐，与知府同一官厅，候补、有缺皆同。惟现任首府见督抚与两司道同官厅见，两目亦在。知府官厅、直隶州知州有缺及候补者亦与知州同一官厅。散州知州与知县同一官厅，县丞主簿本与知县同一官厅。如知县官厅人多，另有佐杂官厅。知县以下官无论候补、有缺者均曰佐杂，知州以下官亦曰佐杂。知州虽高知县两品，一切仪注均与知县同，皆是府属故也。惟知县见直隶州知州用手本请安，知州见直隶州知州用晚生帖而已。同知、通判、知州、知县四项均可互署。署在何缺，即行某官仪注，如候补知州。署直隶州属之知县即于知县同见本管之直隶州亦用手本，初见亦递履历。盐课大使、盐库大使见督抚、两司，另有盐务官厅，如初禀到人员及见新任上司仪注颇多。余未曾到省候补过，一切均未得其详。余所识者，皮毛中之皮毛也。只以私自言之，有识者见哂也。

如到省后，有同乡及坐者诸友有相熟同寅诸君上司号房定有相识，此中即可传授。即如知县一项而言，大约先至官厅将手本交与本官上司之号房挂号处，用一官衔片。督抚衙门有巡捕两司，道府衙门有接帖爷门，因用小费不得吝惜，尚要从丰酌送。彼将手本转达长官，倘辞不见，即可以出；倘若要见及未说出见与不见等语，须迟之又允，即天色昏晚，或明日来，或不见，确询号房巡捕实信，差仆从去说无用，必要自己与其说明。如说明日来见，明日定要转去，亦要静候。再说明日来见，至时亦要转去，不得烦脑。切不可说出不平之语，切不可说出真心实话，切不可说人长短，此最要紧要的。切不可一时之误致干终身之怨，是为至要，此最要紧的事。官厅闲谈，只言风月、问姓安好外不出一言，更为至妙。官厅中岂无上司亲信人在其中。做官之人，心皆最险。倘要肚饥，须带点心。吃点心须请同坐者亦要吃一的，静心伺候，不可心粗。此是有求与人，如此静候，不谓吃苦也。

倘若传见，切不可慌张，致干失仪之责，相见时虽要仔细，主在右朝上，宾在左朝上。如客厅朝厅南而论，宾立在东南首，朝西北跪下磕首，看长官先起，如长官不还大礼，见其要恭敬之色，须主人礼毕前后起立，亦不得过缓。起立之时，不得慌张，不得忙碌。行大礼不得对长官，跪拜亦不得朝正北跪拜，此是官场大忌之事，须要留心，切勿占犯，是为至要。俟大礼毕后，即要打千。打千即是请安，先请安后接打千，即奉递履历。如主人指坐何椅，不得推让。如主人自送茶或仆从送茶，主人作谒，宾不得还谒。还谒乃是相见并辈同寅之礼。只可直立，形似恭敬。如长官送坑，亦不得推让。俟其送茶毕即打千，名曰谢大人赐坑，前后坐上。无论坐椅坐坑，均要恭敬朝视主人。如坐式，一脚迫在坐处作打千形，一脚用力踏地，一手带拱，一手垂直，必要自然兼恭敬。说话身不得动摇，亦不得做作。尽听言语，如问何事，即以某事相对，不得多言，不得插嘴。有事相禀，看其说话完时，先将言语思量，定当将事直而说之，可无误也。如长官自言及对别人言，切不可直言公事。见机而行，难以预述。俟主人先举杯后即将茶盏捧上一吃，吃后即起身而行。主人送客作礼，客不得还礼。见同寅者即可还礼，见长官只是直立，长官送客，客不得与主人并走，须退主人后一步而行，到止步处即快一步直立。俟主人进去，前后可走。常见不磕头，只打一千，馀同而已。惟委缺、委差后禀辞，见到时即打千，如常见相同，俟送茶后磕头打千。如此仪注，余未曾经历，之所识者，皮毛中至皮毛也。到省须与熟识者指示的确，是为至要至盼。

初见督抚司道及新任之该管上司，所受手本、履历，均不发还。常见手本发还，不用履历。挂号均用一官衔片。知县见同知、通判，本是上司，虽用手本，手本发还；虽用履历，接后不看即发还。见督抚司道及该管上司之幕府均用不书官衔之手本，附一官衔片。如见候补道府、直隶州知州，均用手本附一官衔片，候补与有缺相同。见同寅者及以下之官均用名片。帖用教弟、愚弟，如其年老者用晚生，均附名片。如用愚弟者用教弟，用教弟，用晚生，所谓礼重莫怪。官场大约不用教弟多，如其年老者不如用晚生为是。如因用晚生误用愚弟、教弟，见者定然招怪。余心只以礼重莫怪焉为是。

如在乡里做绅士，见长官，不见则罢，见则同寅礼，亦要恭敬。如用手本，加“治下”二字，附一名片。用稍长之地方官，治晚生帖，知县以下见者用治教弟、治愚弟，本省候补官无论大小，有缺无缺，均加一“治”字之帖。见武官提镇用手本外，均用“镇晚生”、“镇愚弟”，有缺者加一“镇”字，无缺者用片纸而已。大凡写帖如写晚生帖，不得写愚弟、教弟，如写教弟、愚弟，确与晚生另分写一束为要，只恐仆从误翻故也。无论在省候补，在乡为绅，拜客之用帖，切勿叫仆从将我某帖送投。但做仆从者，不识字者多，即或识字，其心必谎，不顾主人招怪，一经误投，岂非招怪。倘若用帖，定要自己过目，叫其送投，可不致误也。大凡素帖，切不可藏诸帖包之内，如素帖用后即时弃诸字纸篓中，何也？如万一粗心之仆从误将素帖送投与人，岂不招怪，尚要结怨。如有要用之处，必定先识即购一帖写好，用后仍藏诸纸篓，所化至微，所得少，其中关系颇大也。在官在乡皆然，岂不慎哉！一切用帖，均要自过目留心，是为至要。相见仪注，尚要与识者细心谈论会意，又要随时见机而行，是为至切也。余之所知者，皮毛中皮毛也。

第九章

乙巳(1905)六月初一日起

六月初一日癸卯 子、丑，雨；寅至巳，晴；午牌至晚，均雨，颇大。分府署亲兵送有临海县萧伯康公祖寄家君一信，交余转寄山西。余长女宝莲于昨日起身体发，今日觉沉，饮食而不能进。请应子能先生诊视，云是湿邪，夹食颇重，即于朝夕连开两方，未知得以速奏肤功否也。

初二日甲辰 辰时前，雨颇大；巳刻，阴；午初，晴；午末，晴，中雨，片时仍晴。至晚均晴。永江商轮于昨日到埠，前交二头带申托蒲竹英先生画扇一柄，今已带来，已承画好设色山水，题有“夏山苍翠而如滴”句，画式颇雅也。并接竹英先生福信一函。长女宝莲染恙，早刻颇不知人事，即请李健生、杏人两先生与梓能先生诊视，云已湿盛化火，以致发热谵语。余心颇急，即批课甚有尴尬，允于初五日请巫祷让，让即进寒凉之药，至晚刻稍知吃药，想能逐渐即可痊愈为幸。

晚刻，周梅翁来叙半晌，云及周麟斋前将其亲戚高姓之网售与狼鸡山人。照楚卿兄之定例，各家之网虽已赴捐，售与人，即买主自载至家，亦至公利给一大票。但其未给大票，担出被获。所给大票一纸，仅钱六百文，为数不多，今既被获。梅翁本欲与楚卿兄处代言从轻议罚。据楚卿言，公利之义记公据内有云拼股偷税，将股分充公。即麟斋之顺利所拼义记四股意欲充公。即不充公，所议颇巨。所售之网本是高姓之货，况捐过小票亦是高姓。但楚卿兄言其藉此射影论之，故之中止。但此事，余至马头山时，麟斋之世兄来与余言，托余代说。余因轮期已迫，已代其致函与楚卿兄，既允其所托，不得不代为一询也。晚膳后至楚卿兄府上，云其至海门，未晤。随至梅五处，约同至子宜处，晤钟焕堂先生、仲辰宗叔，相叙一刻，来时将逾二鼓。但麟斋之事，用九先生于晚刻来，云及此事相若，不过惜小费之所致也。况所获之网，系是凤尾山所用之货，非售宁波之料也。子宜兄言，新任分府宪沈东录公祖诸事廉而且明兼率真。不愧忠尽之世裔，幸是题补实缺，吾民之受惠无穷哉。

初三日乙巳 晴。天气颇热，此正其时也。接王醴泉先生一信，即作覆函交邮政局寄郡。致黄子霖兄一信，饬小朝送交。来云其至家去，未归轮局。前托竹英先生画之团扇于昨日带到，附片遣小朝送托张星伯公祖法书矣。致玉先一信，交蒋姓带交。适叶家有价来，即作一信交其带覆。余长女染恙幸稍有转机，可以逐渐痊愈，仍子能先生诊治。晚刻至陶寿翁、心斋宗叔两处少坐，至槐士、子宜两处，适均未在家中而来。

阅五月廿九日《申报》，纪王仁和相国以当差有年，勤劳素著，现在年逾七旬，每日召对，起跪未免艰难，自应量予体恤，著开去军机大臣差使，以节劳勚，以兵部左侍郎徐菊人少司马世昌代之，均五月廿八日内阁抄奉上谕也。按徐菊人少司马，直隶天津县人，丙戌翰林院编修，开坊后数年间升至兵部左侍郎，晋军机大臣差使，其圣眷可谓优隆矣。

阅五月廿六日《申报》，纪全庶熙方伯之次嗣君官名焕荣者以同知指分云南候补，曾于五月十八日引见矣。按：全庶熙方伯懋绩，绍兴会稽县人，从亲戚游幕至滇，投效岑勤襄公大营文案，时滇省匪徒震动，全公请带勇剿匪，大小数十战，累功保至补用知府道员。续办滇省矿务数十年，授贵州省镇远府知府，政声卓著，时上简放云南迤西道。平素精于交涉，到滇办理教案，迄后即署云南臬司，续署云南迤东道，续仍署臬司，升署藩司。时上命补贵州臬司，续两署藩条，家素节俭，续任藩臬亦如故也。所到之处皆有政声，体察民情无微不至，乡谊亦颇厚也。其嗣君三人均以知府同知州分发省分候补矣。忆家君言之颇详，今已言及，是为记焉。

黄子香在郡有年，来所前署临海县题补宁海县张受伯公祖署任以来，所办各案节节佳妙，其神断明察妙不可言，笔难甚述。为州县者明敏有为，本分内事，无愧为州县者，今亦鲜矣。如张受伯公祖可谓无愧州县之任也。按：张受伯公祖，山东进士，签掣浙江即用知县，曾署镇海县，瓜期届后，前署临海县秦心泉大令因案撤委，聂大中丞以张公继之。于甲辰正月到任之初及至告卸为止，无论大小案件，均能察其隐微，委人致当，一切行政精明和缓，始终如一。题补临海县于春间去任，士民颂德不朽也。

初四日丙午 晴。致家君一禀，系第九号家信，内附致咏丹先生一信，饬阿三送交邮政局转寄山西。晚刻至叶蓉秋典中，少坐而别。过梅五、谱香两君府上，均言出外，未曾晤言。路遇枚五、谱香、寿翁诸君，相叙一刻而别。周建西来叙一刻，言及沈东录公祖非是同知分内事不喜顾问，亦礼之然也。叶家于早刻有人来，即致玉先一信。晚刻，蒋姓又来。昨交其带交玉先之信，因其时常出外，未得晤面，故将原信带回。并云玉先性喜樗蒲，时常不在家也。长女染恙如旧，仍请子能先生诊治，未识速奏肤公否也。

初五日丁未 早至申，晴；酉刻，阴，有雷声而无雨；至晚均阴。女儿之病，早饭仍不得进，晚刻稍愈，请子能、健生两先生各开一方而进之，云是湿尚闭而不能透也。早刻，以巫者十二人禳祷之，至夜而散。金浣秋偕其友李少猷于晚刻来云，其家中有驴一只被新来马夫名阿四窃去，过家子至海门押于上街人升水之子。阿四其人乃地方之注名淫赌棍徒，金君欲向其取赎。余本可叫其来说，但此等无赖之徒，恐不能允从，以致无味。余同浣翁、少翁至周梅翁处托其代言。据说阿四已至海门，未在家中，只俟其来再说可也。适椒江书院山长秦梗友、胡学馀两先生来叙半晌，云及自初四日到院，明日初六日沈东录公祖示考椒江肄业诸生功课一次。梅翁言楚卿兄在海门已昨日到家,今日早刻已至郡城去矣,余同金李两君至家时将晚膳矣。浣秋兄言被窃之马夫名曰阿四是李君代荐,其兄弟三人亦颇小康,如此等佣者其可靠不待言,故做出此等事,故人生之难料有若是之难也。马头山叶家之坟山一节,余来家后尚致口角不清,托邱大法相于早刻至马头山,先至叶家,俟明日到山再看,未识原界是有移动否也,愿得速为清了为幸。李君号少佑,亦是浣翁处人,善能治马。价至海门来云,此马则轩借去,于早刻已还,被欲带至北岸,才尧代其扣留,已在其马房,原物不致遗失也。梅翁于晚膳后来叙一刻,去时曾将二鼓矣。

初六日戊申 早至午,晴;未刻,阴,兼有雷声;至晚均阴。购面相邀金浣翁、李少翁两君,并邀梅五、健生、心泉,相叙半晌而别。女病亦渐痊愈,身已退凉,饮食亦加增矣。请健生先生诊视,代开一方。余之所畜牲口,上年因人借骑远路而损,时常有病,至冬为甚。晚刻,请少猷先生代打三针,想不致如旧也。余之马自周君麟生所畜牝马生之马带至已可佩鞍,时在乙未岁,周君适至江南带勇,此马一时无人接手,商与余。时余与周君本是世交,又兼日夕来往,因情难却,以洋五十元购之,非余之本意,实出于情分。畜至于今已将十载,售脱无人接手,时常浩悔难以言欤。常致至险之处,笔难甚罄,且戒后人万乎不可畜马,是为至要。其中之害,容后详记。晚膳后与同浣翁、少翁至陶寿翁处相叙一刻,来时逾二鼓。邱大法相与玉先自马头山来云,叶家坟山之事不能落节,蒋姓实是移界,前看年纪已老之蒋嘉谷颇是忠厚,如此看来其面与心不同也,可见阅人之难者有如是哉。此后不论在家在官,勿以貌之忠厚而可实信之,总以细察其事之前后细情为要。大凡事无大小,总要详察,如今之人心颇险也。此后叶家之事只定推却而已。

初七日己酉 早至未初,晴;未末,阴;雷声颇响,看西北方均有雨意,至晚均阴。接张丹亭都督一信,托余代买糟力鱼力洋三元。午膳后浣秋兄与少翁挽余至海门同昌分号，晤陈舜卿先生少坐。至霭生先生府上，适其公出而未晤。同浣秋兄谒汪更生参戎，相叙半晌而别。同至海门商轮局，晤子霖兄、霭生先生、江子菁、张申伯两公祖，相叙半晌。申伯公祖、何霭翁均去。江公与子霖挽余与浣秋兄晤谈至晚，留过晚膳。适窦小山兄来谈半晌，别后至同昌分号，适张申伯明府将前托书之团扇致片饬纪送来，其行书颇秀而美也。即与浣翁、少翁仝至家中，曾将十二点钟矣。晚刻，向子霖兄扻来英洋十五元，当时即还五元，尚少洋十元，俟明日送还。托子霖兄寄申代买气枕、气垫各一个。但气枕、气垫所用颇长，其价虽昂，出门人用之最宜。所买此物必须上等，次恐不能久用也。

初八日庚戌 晴。致黄子霖兄一信，内附英洋十元，饬阿三手送交。来时接有覆字云，子霖兄公出，洋、信曾经收到。并致陈舜卿兄一信，亦交阿三带交。致何霭生先生一信，饬小招送交。昨日，霭生先生托余代达允东言，宁海保案曾经人已足数。于午膳后之允东处少坐而来，已将所嘱之语转告矣。陶寿翁、叶蓉秋先生、丽生先生来叙半晌而别。金浣翁同李少猷先生均于晚刻去。浣翁所失之驴已于前日带转，亦于早刻遣价送去矣。德轩宗伯请子能先生至洪家场与其亲戚看病，云明日可来。晚膳后至子宜兄处，晤周梅五、苏绩臣，畅叙为快，来时已将二鼓矣。积臣兄言新顶之药铺号曰存诚，以存诚二字取义颇为美善，是为之记。

初九日辛未 早至未，晴，申至晚均阴，惟酉牌雷声，即见细雨，片时即晴，至后均阴。永宁、永大两商轮均于昨日晚刻到埠，交老六送嘱二头带申代买长方大号玻璃四张、小号四方玻璃十二张，裁之大小均有新做就之画架带去照样，并嘱买生熟漆各一斤，晚刻至周梅翁府上少坐而来。

阅六月初四日《申报》附张纪新授浙江按察司按察使丰荷庭廉访绅泰，自交卸晋藩署篆，已五月初六日请训，不日即可南下，杭省官场已专员赴沪迎迓矣。现署是缺之粮道顾啸夏观察不日即回本任矣。

现在之《申报》更改新法，所纪之奏摺颇少。余之阅报专阅所纪论事一篇，次阅奏摺以广见闻，今之报馆授以贿嘱，记事之工拙不可以深信也。

初十日壬子 晴。接祝再姻丈一信，并附小典凭券一纸。即覆祝再姻丈一函，并附英洋六百十九元九角三分，交官兴仝来人送至长甸面交。晚刻，至禹门叔公处，晤徐副爷、少愚相叙半晌。便道至子宜处，云其至海门去，未晤。即至楚卿处，云才于早刻由郡垣至海门才到家中，相叙一刻而来，相约白云山之会准定十三日至山。楚翁言梧冈于本月十一日同余棣生、朱劼丞两君至东洋游历矣。楚卿托余代其致函与宝田先生催取日子，但余曾寄两信，未见福音，不知何故也。

十一日癸丑 晴。致张丹亭兄一信，内附致宝田先生一函，代楚卿兄催取上行日子，托用九先生代寄。致周载熙兄一信；致郎伟臣老伯一信，托其代买滇缎袍料一件、象牙箸两桌，信均饬阿三交邮政局保险转寄矣。蒋家岙之蒋嘉谷之子与其亲戚杨姓来说与叶家之事，言欲照前议清了，断无翻悔。想可清讫矣，即叫玉先与蒋姓同去，未识果然无翻悔否也。晚膳后至梅翁府上，据其仆从言，其前日夜间感受风邪，身有寒热，因在房中，未及晤面而来。便道至谱香母舅处少坐，言及公利前将徐晓园兄之网捕获解县，其至县府曾经呈诉，闻其已至宁波道署呈诉，后即有至省之议，此事亦有转节一番也。来时至椒江小学堂，晤秦师梗友及陶寿翁、周允翁、胡师学徐诸君，云及今奉上宪通饬札文，各府州县曾经设立蒙学堂、小学堂及中学堂，肄业者之人数均照通饬章程而行，日习功课及堂中规矩、一切经费奖赏并录取名次，一并大小事件，均要汇文咨浙江学务处稽查考察，当事日用苦心，无微不至，只恐各堂视为具文，终无实效也。秦、胡两师因上春意欲辞馆，再三相留至今，又欲辞馆，故董事、监院均殷殷留止。但两师去意颇坚，恐不得相留也。晚膳后至楚卿兄府上相叙半晌而来。本约十三日到山，因其至海门有事，改于十四日到山，并邀子霖兄同去。云其小妹前适王子常太守之二少君于明日送日子，并云王公近奉陆春帅之命即欲晋谒，想其定有佳处也。路遇宗山、用九两君，均至家中晤谈一刻，去时逾二鼓矣。

十二日甲寅 晴。早刻，楚卿兄因其妹送日子，邀余陪媒人，即至其府上，即至其府上，晤健生先生、舜卿、子俊相叙一刻。王子常先生邀潘云槎、洪眉夫两君，为送日子代媒，相谈席散后，适叶石甫先生从煦东宗伯至凤尾山来云，煦东宗伯已至道头，其所用什物均已到家，本待煦东宗伯来叙一刻，因邀健生先生来与女儿诊视，故先来家而未会晤。女儿之病虽愈，人常未复元，今再请健生先生与其一诊，至家时少坐而别。丽生先生与尹东母舅来叙片时而别。晚膳后月色最明，游人甚喜，至周梅五姻丈、黄煦东宗伯两处相叙半晌。梅翁日前染恙亦逐渐痊愈，来时路遇李舜卿、黄道周。相约至子宜府上，晤仲辰宗叔、云梯少叙，来时逾二鼓。楚卿兄江霭生先生代明亮所支网行津贴底稿出示与余，事颇周到也。公利与徐晓园之事，亦不知作何结局也。昨祝再姻丈与官兴言，明日趁可贵商轮往苏，准今日过家静候。全日未见其来，不知其府上因事羁绊否也。

阅五月廿一日《申报》纪有岑云帅奏保人材再志云汪贻书可任封疆，张元济可任使才，陈宝琛、于式枚、张謇可备顾问，馀如秦炳直、欧阳中鹄、王秉恩等可备器使等语，此云帅亦是量才使用也。如今时事维艰，诸公亦不得不力图报效也。

十三日乙卯 晴。祝再姻丈想已至海门，即作一信，并送点心四盒，即饬小朝送至海门可贵轮上。并致柬请子霖兄，明日至白云山小酌。接楚卿、云梯来信，云赴山欲改迟缓，但子霖兄已允趋陪，难已推却，即作一信送交楚卿兄，不得改缓矣。晚刻至允东处少坐，同其至陶寿翁处相谈至晚而别，云及秦梗友先生已去。再与沈东录公祖相酌，作函相请，未识即能转院否也。日前褚仲逸代买来春纱，计价十二元六角，即照数交桂玉送至维新矣。

十四日丙辰 晴。致金叔文兄一信，饬农工专送莘山。接叶家二姑婆一信。楚卿兄有登山之约，本至白云相聚，诸友畅叙一番。楚卿兄因事至海门去，诸君均以至白云山为畏，即改设家中。黄子霖兄本至白云山，晤楚卿兄，相邀至家，及梅五姻丈之世兄、及子宜、云梯、遇琴、辅香均来晤谈，席散而别。致柳桥兄一信，交船友带至郡城矣。

十五日丁巳 晴。致杨载唐兄一信，饬弟头送交。早刻至潭头堂拜佛。潭头堂山门订有一匾曰沙龙宫，正屋大殿上悬“有求必得”匾额，前后高屋四透，自道光年间起造，至今年久，大半倒坏。虔诚礼拜后即动身至家，时方午膳。梓能表叔公于早刻自洪家场来。二头已将上班叫其代买之玻璃、生熟漆等均已寄到，照其来单计洋五元八角。晚刻至同昌分号时照数付交清讫，前班代买各物面付洋一元二角。午膳后仝少愚至海门同昌分号，晤楚卿、性言、石甫、舜卿、王丽生、时卿诸君，相叙半晌。楚翁言江子菁父台即于二十外至京引见，即托楚卿兄代包一席于明日午刻借设海门外沙观音洞畅谈，即柬请江子菁大令作祖饯之礼，并柬邀何霭生先生暨黄子霖兄、王子宜、缪性言、楚卿诸君陪客。海门诸君均托楚卿兄代为相邀。楚翁留过晚膳，来时已将二鼓。

至家时，适玉先自马头山来云，叶家与蒋嘉谷为坟山之事，蒋姓照余原议意欲清了，叶家不愿与其和，何也？二姑婆因其亲家牟伯谦太守曾已到家，误思其已畏而来说和。不想此事余之所说而无偏枯，彼即允和亦是成理，二姑婆之误会若是，其浅见何若是也。牟伯谦系黄岩人，案由临海县讯结，事至过分。牟伯谦虽以山西试用知府，直与邑尊说情，萧公虽均准其情分，不过拆坟罢事，所用讼费以至不少。但余与说已至拆坟地步，所碍者蒋姓不允，今蒋姓愿照余之所议，不意叶家不允，亦出人之所料。况邑尊未必准其情分，以致邑尊生疑，恐有不美之地步。以知府压制本邑县尊，虽各省之实缺道府有何畏哉。况牟伯谦全无资格之试用知府，邑仆不听其语言，全案翻做，试问其亲家太守有何法哉！余自今以后看此事以至如何地步，均推而已。二姑婆是女人，见识虽浅，事之曲直亦所心知，看得试用知府如天。况二姑婆又是宦室，其浅量若是，亦所罕闻也。按：牟伯谦太守勉，由监生捐双单月选用知县。其尊翁赞卿先生育，系光绪乙亥恩科举人，考取咸安宫教习期满，以知县用。壬辰会试中式进士，后将教习知县注销，殿试三甲，以知县用，签掣四川即用，补授蓬溪知县，加知府，不论双单月选用。时岑云阶制军督川，时因案被议降级，捐升知府，未参在内，其捐案尚未核准，即将原捐知府改于选用知县。牟勉以知府不论双单月选用，捐指山西试用，于甲辰五月间引见，于乙巳二月间到山西省候补，闻其奉委购办晋省学堂书籍差使至申江，便道至家，如是此差不能久留其家也。王子舜兄自京来，过家留宿。

十六日戊午 晴。天气颇热。王子翁言丁飏绵兄自京至省，曾已到申，同其趁永江商轮于昨日到台。前托子翁代买各物，均已买来，所藏行箱不便即取，俟至家后送来，即欲早潮至黄城，余留过午膳。即于早膳后同子舜、子宜两兄同至海门同昌分号，晤舜卿，言楚卿兄已于早刻代邀诸君至外沙观音洞，性言先生尚未去。同其均至外沙内洞，晤江子菁大令、何霭生先生、子霖兄。即托楚卿兄饬纪代请丁飏绵兄，片时而来，畅谈席散而别。仍至同昌分号，后即至渔团局晤江子菁父台，托其代带白兔皮马褂统一件，代拼套统，并托买白银鼠套风一堂，附带密腊朝珠一副，托其代串珠绳并换计念，托买新时朝珠一副，并托带布库大使职衔实收一纸，并带验监生照两纸，托其代换职衔部照，并托代查供事，托改黄沅名字，一切均已详细抄单。奉英洋三十元，倘若不敷，托其代向见石先生汇来付还。并送贶敬一函。晤霭生先生，相叙半晌而别。转至楚卿兄处，留过晚膳，并与子宜兄同来。王子舜兄即于海门买舟至黄城。少间，江子菁父台来叙一刻而去。

汪更生参戎来云，余伦岗之衣服数箱藏在前署海标中衡游击邱乳屏爵都督署中，闻有被窃，据邱中府查有当在恒泰典中，两造具禀。前府尊徐太尊委萧伯康公祖会同汪更生参戎查覆，余君未至，尚未检查，而萧公署临海县篆，接渔团局系江子菁父台，此事亦由江公查覆。

顼汪中府与江大令言之颇为不易，提宪吕道生军门亦为此事，近委张丹亭都督会同查检，但此事隐微曲折颇多，亦恐不易详查。但丹亭兄尚未到台，此事悬之日久，不知作何了结也。

楚卿兄言，葛逸仙兵部于十四日仙逝，前晤允东云叫其太太到郡，因逸仙先生病重，玉先前日在郡，闻之亦然，今竟闻其仙逝，不胜代其一叹。逸仙先生前在郡时，余于五月间至其府上。余视其形容憔悴，据云痢之日久。余云久痢必伤阴，况老年人元气若虚，恐有不侧[①]，急进高丽毛角，阴阳两补而可见效。适其令弟韵仙先生、凤山先生、映潭老伯在侧。余之所言，韵仙先生不以为然。是时急进补剂，若能多延时日亦未可知。人之死生大数在焉，亦非补剂之可救命，多进补剂以尽后者之心耳。况逸仙先生久痢之病，理宜食补而不补，问后人之心愧否？葛公平生交友诚信，朴实无哗，前利心颇重，出于无奈，少登甲第，寿逾花甲有五，今虽云亡，亦何愧焉。按：葛逸仙兵部咏裳，由廪生应同治庚午科本省乡试中式举人，大挑以教谕用，应光绪庚辰科会试中式进士，注销教谕，殿试二甲，钦点兵部主事，签分武选司行走。其数十年来，大约在京之日少，在家之日多，不得补缺者即在于此。其世兄二人，孙一人。长世兄号兰荪，官名信芳，戊戌岁入泮。孙即兰翁之元配所出也。次世袭及孙世兄均从师肄业，闻其曾已清通，其书香定相继也。注有《辄囊诗集》一册，其生平著作均在于此。前癸巳之夏赴都后，将二十四史全册详细批点，因庚子之变，仓促出都，未曾携带，实在可惜。其《辄囊诗集》速得刊传，不负葛公四十馀年之用心矣。

忆幼岁曾经海门外沙里洞，其大殿数间造之年久，未免将颓，并无墙垣。今日再到是处，大殿三间，左右各两间，两厢各楼屋三间，山门上书“承天禅寺”，四围墙垣均是新艳，洞之前首造有亭屋一座，亦初落成也。其住持僧名德桂，四处化缘之所致，其亦一片苦心哉。

---

① 当为“测”。

十七日己未 晴。晚刻，至江边堂看戏，晤煦东宗伯、陶寿翁、楚卿兄，相叙片时而别。

十八日庚申 晴。致王子舜兄一信，饬阿三送去，晚刻，接到一信，并承代买羔皮袍统一件、信封百个、信笺四盒、《朝市丛载》一册、送宝田先生墨盒一个，朝珠绳等均已照单带到，并惠我墨盂一个、阿胶一盒，计价若干，未曾明示。王子舜兄前考名浚哲，顷阅惠我之墨盂及来信均书王钦，想其改于王钦也。

午膳后，至陶寿翁处，少坐而至周允翁处，相叙半晌。云及葛逸仙先生自春间染病初起即痢，其生平元气甚佳，不甚介意。每年石浦之鱼洋，必由台州府札委名望重者，至是处保护各渔户，各抽若干，与局中费用外，尚有馀剩若干。今岁逸仙先生承办，于三月间曾已染病，尚至石浦保护渔洋。至四月间，痢有红色而转郡城家中调治医药，此时元气已有见损，本吃补剂方能有剂，亦未可知，此逸仙先生不肯服补，续至逸仙先生急欲吃高丽毛角，其令弟韵仙先生以药价太昂不肯购办，逸先生亦无可如何。韵仙云其积食是要痢泻，不能食补。实则非实不能食补，不愿化钱也。其世兄兰荪尚在石浦代理渔洋而未来，当其有病，仍以饭一碗，小菜两盆，不值钱十文之物。若吃，听之；不吃，亦听之。如有医者来云其积血理应进泻药，其价贱者，韵仙说其是；医者言其已伤元气，欲进补剂，韵仙说其不识医理而逐之。逸仙先生与弟言，我之病已如此光景，欲卖高丽毛角吃后，即死甘心，言之已甚。韵仙尚说无有真者可购，令托到宁波、上海购办。况郡城有震元、一仁两处大药铺，断勿无真高丽毛角发售之理。即说无售，今至上海、宁波，有大小商轮来往，何日无之？其居心不购，以此饰词伪言，故终无见物之日。逸仙先生祖上遗下本无馀业，其自登两榜之后，年年均有积蓄。丙申之岁在京总管印给，积有一万七八千元，前后计有两万之外。其向来手足之谊过厚而重，所进之款，八分交与弟韵仙收藏，二分交与子兰荪收藏，不想韵仙以手足之谊视若路人，以至逸仙先生因病买药之资分文不付，言之甚哉。其夫人屈氏云珊即王子常太守之夫人屈氏逸珊之姊，向有才女之名，今岁黄岩女学堂请屈云珊太太为教习，并有一子，年未弱冠，亦从云珊太太至学堂中。逸仙先生与其向来言不相合，至此时念及夫人，连日计书急信五函，韵仙悉均扣留而不发。云珊太太与其世兄亦不知逸仙先生病到如此之沉。至六月十二日，逸仙先生病至沉重，韵仙尚不肯请精于医理者于其诊治，亦不肯将出原信去叫云珊。至十三日，韵仙看其症已难医，直然不请医者与其诊之。其世兄兰荪至家，不问其尊翁逸仙先生病之原由，尚说某处之洋不付，某处之款未清，具禀临海县请追诸款。此时逸仙先生口已不能言，心尚明白，见其说出如此语言，更增闷气，方发信至黄岩叫屈氏太太发信至家子叫周氏太太。屈氏太太与其次世兄即至家中，口虽不能说话，而心尚明白。周氏太太尚延搁一日，至家时，逸仙先生曾已仙逝。逸仙先生染病至逝曾将半载，一无精于医者诊之，并无吃过贵重之补剂。

人之死生，不以药之贵品非贵品也，如吃过贵药而医过高明之师，虽死，为后人者亦安于心。如逸仙如此而逝，闻其后人之心安否？前在家子周宅与余朝夕交好，昨闻其死，人生寿高终须不免，今闻如此形状，不胜代浩叹。允翁又云，逸仙先生故后，其弟、其子置之度外，终无化费一钱治葬，如此草率，闻言之下，与其相交者更加悲切，何况其亲弟、亲子乎！人生有财、有名者，有子、有孙，将死如此之苦，死后如此之草率，呜呼哀哉！论其功名：少年入泮，随食天禄，两登甲第，官至主事，虽云不显，亦是六品清贵之班。论其读书：文章诗赋以及杂作皆称魁首，非今所罕，即近代亦少。论其兄弟妻子：其弟韵仙，家中一切均出其手；元配黄氏遗一子即兰荪，考名信芳，戊戌入泮；继配屈氏亦遗一子，尚有周氏，又妾一人；其孙即兰荪之子，年已十周；女二人，均已出嫁，外甥孙及外甥孙女均有数人，可谓子孙满堂。论其家资：韵仙先生之尊翁师竹广文本是寒素，逸仙先生自中两榜后积有两万之馀，尚有良田数百，又有葛永盛油烛店，资本计有五千，虽不能巨富，即如此之家，台城亦是不多。论其交谊：葛振卿大司寇宝华、王子常太守咏霓与其最为亲近，此外贵显者往来亦不少，其生平交友颇称诚笃，在京而不阿谀，居家均是谦和，而无骄奢之念。此数端其之所长。尚有人求其说事，取其谢金颇厚，即有匪徒径有司勾获，有贿相通，即能代为保释。周氏系是寡居，不以名望已重，尚娶孀妇。此数端，即其非长。今之将死，其弟、其子待其如此之薄，苦难言哉！

允翁有浙江学务务处章程一本，余视之颇长，不得详记。别后至梅五府上少坐，同其至楚卿处，晤杨云帆、陈舜卿、王子宜、丁辅香、鲍子封，相谈至晚，楚卿留过晚膳。后顺道至子宜处，晤褚仲逸、黄漱泉，相叙一刻而别。时值大暑，街上来往者颇多。便道至琴轩处，同其至家少坐而去，时将二鼓矣。补记：十五日有宁海姜姓携黄煦东宗伯名片，云造是处之路近大里村寅宾、寅饯两桥，余允书洋五元，即书函交原人带托同昌代付，未知已经清付否也。

十九日辛酉 晴。致叔文妹丈一信，托典中友人代寄莘山。至江边堂叩神后至煦东宗伯府上，并晤性言、楚卿诸君，相叙一刻。便道至子宜处，晤琴轩、三春先、少芳、徐章梅，相叙半晌而别。江边堂奉五圣大神，每年至大暑节前六日就该处开唱梨园，每年神明出位至本方，保安、执事颇多，花城台扛亦有之，人众颇多，名之曰“小迎会”。每以相隔数年招集，各处技艺子弟，名曰“大迎会”。看会之人颇多，每年预备神船一艘，至大暑日由首事邀集庙中，致祭神明毕，即将神船多人扛至道头，雇船送至海门关外，名曰“送暑”。兴起至今已有数十年，均是煦东宗伯为首事。今岁六月廿六日大暑，曾于十五日开唱梨园矣。今日叨神及来看之人颇多，来来往往不知几千，地方之大暑一节最为兴旺也。

周少芳兄有志出洋之念，上年楚卿兄创办公利章程，内有报效椒江经费洋三百元举一人出洋之资，前陶寿翁、楚翁选择地方出洋之人，念及少芳兄可以相称。顷少芳兄亦有此志，正合其意也。但出东洋肄业须定三年可以毕业，若得毕业回国，其进境不少也。勿以中途抛弃，是为至幸。顷与少芳兄会晤，云已于寿翁、楚翁曾已接头，大约瓜月中旬荣行。幸是邦之台人颇多,不致他乡涉漠也。昨晤杨云帆兄言俞棣生、朱劼丞均由部属呈请游历东瀛,及姚梧冈三人均于是月十八日由申江动身矣。

致王子舜兄一信,并附托买各物计英洋念元,交则福先代带黄城新大通面交。但代买各物其价洋未曾明示,未知已附垫数否,少则另日再补,若多则可带还矣。

二十日壬戌 晴。接洛卿丈公一信,即覆洛卿丈公一信,并附英洋一百念元交其来人寿全带福。寿全,据云永文大爷之子。早刻,官兴与启旦到各处看稻,于今日起。金云洲兄于早刻来留宿,拟明日午刻请其一席。梅五姻丈邀余与云洲兄晚膳。晚刻同金云翁至梅翁府上,晤黄楚卿兄、褚仲逸、丁辅香、褚琴轩诸君,相叙席散而别。午后时,王兴臣兄来叙半晌而去。遣伯森先明日到郡,嘱致王澧泉先生一柬,并送英佛六尊以作酬金。

阅六月十三日《申报》纪“镇江地陷”节:“初九日镇江来电云,本日晨刻,镇江对岸某村地忽坍下忽长七十码、阔二十码,房屋数幢均坍入水中。据有人报称,所坍之处约水深三丈。现民人甚为惊惶,盖恐将来复肇此等祸事也。”所纪此事,阅前明亦有此等不祥之异,此皆人民过于淫欲、过于奢侈、不孝不弟、轻弃五谷之所致,均皆上苍警戒后人之预兆。伏愿后人速修孝道。人之受恩之致大者莫如父母,受人之大德大恩常可施报,惟父母之恩难以报称万一,若不孝敬相顺,何曷非人!父本当孝顺,生我之母,我本当孝,后母、庶母亦当孝敬。父母之恩、之德,如天之覆,如地之载,不以孝顺,枉生人世。孝乃为善之一。人之一生,衣食皆所前定,若能勤俭,加我寿算;过于奢侈,减我永年。若能勤而且俭,受益良多也。淫、欲,人何无之?父母早有代我预谋,故年未弱冠即为婚配。淫欲亦当有节,古人云“寡欲多男”即此谓也。淫欲不能无之,切不得过之。过于淫欲即损己寿,节于淫欲,寿命永长,并且日常强健。淫欲之事,岂不得不节也?所谓淫欲,是为妻室身上而论。若强人妇女即谓奸淫。人生奸淫非谓损寿而止，最损阴德，常有报应，近在妻妾，远在子孙。宵夜而思，岂不惧哉！报应昭彰，岂不惧哉！万恶淫为首，百善孝为先，是为谨慎三思，是为至要。今之人生尚有乱伦之行，人生若犯此习，过下狗彘之流。此等下人，若闻其声名倘若是确，视即避道。若遇有司，当以直言告之。若有司怨，陷人如此等语，较自犯之加倍论责。天生五谷养活人命，无故轻弃五谷，故受天谴也。五谷乃养命根本，岂不敬重哉！背此数端，上苍定所震怒，故先借是异警戒下民，若得敬重珍爱，上苍定然转祸为福，愿我同人以及后人有则速为改之。人能改过，定赦前非，国法如斯，天道亦然。无则加勉焉。勿以斯言为谬语，是为幸哉！孝第忠信礼义廉耻，孝则居其首，若能纯孝，馀事必出于礼也。

阅六月十四日《申报》纪六月十二日奉上谕："本日引见之出洋学生金邦平、唐宝锷均着给予进士出身，赏给翰林院检讨；张锳绪、曹汝霖、钱成鋕、胡宗瀛、戢翼翚均着给予进士出身，检照所习科学以主事分部学习行走；陆宗舆着给予举人，以内阁中书用；王守善、陆世芬、王宰善、高淑琦、沈琨、林棨均着给予举人出身，以知县分省补用。钦此。"近今新定章程奖给如此优异，亦所罕闻，是为之记。

阅六月十六日《申报》纪六月十五日奉上谕："翰林院编修陈伯陶、袁励准均着在南书房行走。钦此。"

阅六月十七日《申报》纪六月十五日奉上谕："史念祖着赏给副都统衔，随同赵尔巽办理赈抚事宜。钦此。"查国朝定例，有专给满员之官，其衔亦专给满员；有官专为汉人任之，其衔满员亦不得加焉。有满汉同列之官阶，大约同列之官多，专给之官少。如各省将军，专简满员；总督、巡抚，满汉同列之官。有将军因事卸篆，新简将军未曾到省，例因督抚兼署。如督抚须是汉人亦可兼署。如京官、理藩院衙门大小官阶、銮仪卫衙门除经历外大小官阶、盛京将军及五部衙门大小官阶，本均满员任之，间乎汉军人员亦有分任。外省如驻防之都统及副都统、牛录各员，均是满员专简之官，即有汉军人员任此各职，亦是最少，其衔亦专给满员也。今史念祖系是江南江都县人，汉员又非汉军人员，蒙上赏给副都统衔，随同盛京将军赵尔巽办理赈抚事宜。按：副都统系是满官，汉人加满官衔，此亦新定变通章程，旧事本无是例，是为之记。亦如上命，满汉均准结亲，及道员可简总兵两条，旧时均无是例，亦是新定变通章程也。按：史念祖由监生捐知县，历任州县，擢升云南督粮道数年间，奉上命补授云南布政使。甲午岁，值皇太后六旬万寿，北上祝嘏。转至云南，升署滇抚，奉上命补授广西巡抚，后经御史某公因案奏参，奉旨交部议处去任，大约在丁酉、戊戌年也。上年，蒙恩进京召见，赏加道员衔，交两广总督张之洞差遣。今叠蒙恩赏副都统衔，至盛京，勉力从公，得有成效，将来上命定有优赏也。乙未岁，家君初至滇省，史公初摄滇抚篆，今见其上奖优异，是为评记焉。

廿一日癸亥 晴。日值大暑、致叶培生兄一信，托兴臣兄代带黄城袖交。请金云舟兄午膳一席，并邀允东母舅、少芳、作羹、琴轩、兴臣、紫章诸君陪客，相叙席散而别。并邀仲逸兄相陪，未见惠顾。黄煦东宗伯邀余于晚刻致祭五圣大神。此向来均有致祭之举，适云舟兄亦欲趋谒煦东宗伯，即于晚刻同至江边堂，同煦东宗伯、性言及星斋宗叔、秉彝宗伯、作羹、道周、吉夫宗叔祭毕。本有晚膳一席，余因家中有客，即行辞谢而来。

前同金浣翁至海门中府署晤汪更生参戎，云及黄岩柯心补曾经捐指省分候补矣。阅六月初九日《申报》纪柯心补鹾尹捐指两淮候补，曾经验看，想已引见。按：柯心补鹾尹玫，由监生，前因太平属洋面救护难民案内出力，捐盐课大使职衔，于癸卯之秋，经署浙江巡抚翁中丞汇案奏准盐课大使职衔柯玫着以盐课大使归部，遇缺即选，兼挑承袭云骑尉世职，捐指两淮候补，现因黄岩属洋面救护难民案内由兼袭云骑尉指分两淮劳绩试用盐课大使，请以补缺后以知县候补班在任候补，闻此案已由宁绍台道高与卿观察委员查办，详覆校准后通详，抚宪尚搁而未奏请等语。

廿二日甲子 早至申刻，晴；酉后，阴。午膳后同金云舟、邬丽生先生至陶寿翁府上，晤周梅翁，相叙半晌而来。有路桥人林姓在其家中修整钟表。阅六月初七日《申报》纪直隶总督袁慰廷宫保谕：饬实缺州县无论选补须先赴日本游历三月，然后饬赴本任，尚要日记呈验，如有托故不往者即停止赴任，以示限制等语。倘若确行此节，直隶候补各员如有嗜好者心多忙碌也。

廿三日乙丑　晴。致郎显臣先生，交典中转寄桃渚。前托琴轩代裱内人像一轴、陈桂舟书对一付，曾已裱就寄来，尚有王醴泉篆对一付尚未裱就。琴轩来叙片时而别。梓能表叔公因德轩宗伯再请其与亲戚看病，曾于晚刻去矣。晚膳后至子宜处，晤梅翁，相叙一刻，来时逾二鼓矣。天气异常之热，亦正其时也。

晚间翻阅旧报，阅四月廿七日《申报》纪有“筵资移助”节，言邵君琴涛因产麟儿，承族戚惠我厚贶多端，本即开筵作汤饼之会，兹将该费资洋二百元移助牛痘局保赤会内以作善举经费之需。此邵君深明大义之所致也。如今酒席价昂倍徙，即设盛筵邀同戚族相欢，不过一时之乐，移作善举，则多人深感其德，非独邵君之德，即邵君戚族亦得分占也。倘得后人如遇此等之费皆移善举，是为至幸。非是此等之盛筵，即如遇喜庆，因设之盛筵皆可移助，其中所碍者亦为情面。而近地以来而无首倡之人为歉，倘得人人深明大义，则吾之愿足矣。得人之心如我之心，幸也。古人云：“富贵一席酒，贫家半年粮。”如今之席倘若丰盛，不止半年之粮也。倘若是酒给与贫家之粮，造福无穷矣！

廿四日丙寅　早至午，晴；未后至晚，阴；似乎有雨之景。早季大半收成，农民望雨之心颇切，倘得速降甘霖，是为至幸也。午膳后至梅五姻丈府上，相叙片时而别，路遇达云母舅少谈而来。

廿五日丁卯　卯刻，雨，不甚大；辰至未，阴；申后至晚均雨。致张宝田先生一信，并附送墨盒一方，函托张丹翁代为饬纪送交信并墨盒，内托子霖兄代寄舟山。致子霖兄一信，饬阿三专送海门商轮局。转接子霖兄福信一函，托其代买之气枕、气垫均已带来，阅来单共计英洋七元，俟明日送赵。接伯森先一信，即作覆信交航船夫带至郡城，并嘱其代买方灯笼十盏，号红字“江夏乐琴书室”。小朝自外来，闻云周梅翁之郎老五相染恙颇沉，明日请巫禳祷之。

金云舟兄于早刻趁永大小轮至郡城去，言及其亲戚余洁斋兄其祖上本宁波慈溪人，移籍台郡，与慈溪陈瑶圃侍郎有葭莩之谊，于上春由难廕知县入都，改捐主事，此亦甚善也。按：陈瑶圃侍郎邦瑞，系光绪初元乙亥恩科举人，连捷丙子恩科进士，钦定户部主事，送考军机处章京，补授章京，升补领班，以四品京堂用内阁侍读学士，续补顺天府府丞，升补府尹，续至行在，署工部侍郎，续署兵部、礼部、吏部侍郎。辛丑之冬，回銮后补授户部左侍郎、三库事务，开去军机处领班章京。已补侍郎，不得仍在章京位次，此定例也。壬寅补行庚子、辛丑恩、正并科顺天乡试大主考，其年仅五十有馀，将来尚书大拜即在指顾间耳。

所办难廕之例，如有知府、直隶州同知等官，殁于王事，汇案请衈赏加京卿衔，廕一子入监读书，六月后以知县用，归部选用知州、知县等官；廕一子以州同县丞用。此国朝优待荩臣无微不至，此为定例，各官之履历、尽难年分早经达部。大约荩臣之后有全家而殁，有子孙式微不知上人有如此至功绩，虽部中有名而不知也。有子孙腰囊如洗，不能至此地步，其初报只有其言，即当候补者亦如此之报及何年，某省阵殁，不知某省何县人氏。部中亦因年久，其中有粤匪、拳匪之变，虽有册籍，总不整齐，难以稽查，只有造报以及按例赐衈之案存诸部库。胥吏生弊，如有人欲办难廕，择其同姓一人，本人具禀，将自己本生祖父仍有填注姓名，其尽难之功臣自认为胞伯胞叔，将其衈典为己也。如今所办难廕知县、县丞有如此之易。鄙意有馀之人不肯为此无功无业之举也。台州人所办难廕，余所知者：王冰如由附生承廕知县捐指江西候补；天台曹仙甫由附生承廕知县捐指福建候补；黄岩王仲璠由监生承廕知县选用；本方周尹东由附生承廕知县选用；长甸陈祝再由监生承廕知县选用；郡城陈雨卿由选拔贡生承廕知县，曾经到部候选。姚梧冈举人经御史黄昌年奏参台州府知府徐案内奉旨饬浙江巡抚聂查办,案内奏覆详革改名承廕知县。有一说将举人捐复筹饷事例,详革举人准捐开复之条,其人已至日本肄业,不知所走何路,未得其详。褚仲逸及周梅翁之世兄均由监生承廕县丞。此外所办颇多,余均未得其详,大约出名后然后方知也。前据允东母舅云,葛兰荪亦办有承廕知县,大约所办此等知县均作廕生出身。查廕生出身之人不用补交免保举银两,加捐可作双月之银数,印结亦可省一半之数,所化不过数百金,从俭可值数千,本是便宜之至。余之存心,得能捐官,多化数千不谓多,少用两千不谓少,无力捐官,就此打算不如不捐为是。余亦不愿后人有能捐官,不在此打算袭他人之功绩。人有来与余言,余当力劝其不惜此之少数。数千金本不可谓少数,若以捐官而论,可谓少数也。质诸高明者,余言以为然否也。

廿六日戊辰 晴。昨晚至夜均大雨纷纷,今早即晴,使农夫即可做工,上苍恩惠及民所谓致厚也。致黄子霖兄一信,并附英洋七元,饬阿三送交,当接覆片矣。晚刻至允翁处,相叙间,适洪少猷兄自申江来,晤谈半晌,云及金慈生公祖于五月廿九日自上海趁小轮到杭,其中稍染微恙,幸即愈矣。少翁因朱幼鸿观察畴留其在申,少作勾留,朱幼鸿观察邀其至镇海之行,便道而来台也,现宿允东母舅府上。晤别后至梅翁府上,询及世兄之恙系肚痛,今稍愈,能进饮食,想即能逐渐安痊矣。来时至陶寿翁府上,晤孙鸣辉先生,相谈一刻,至家曾将晚膳矣。

廿七日己巳 晴。致金叔文兄一信,饬升鉴专送莘山。晚刻,由邮政局递到家君自五月廿四日在吉州所发一信,内附寄童先生一信,即送交矣。又,五月廿一日寄家君一信系第八号禀言,托仲怀老伯代寄,信面注云:陈公出差,无人收寄,原信寄还。又,接到张宝田先生一信,内附楚卿兄托择日子一纸,选在七月初一日,即将原字送交楚卿府上矣。江子菁公祖于今日动身进京,周梅翁约余同至海门送行。午膳后至梅五姻丈处,与其同至海门同昌分号,晤楚卿、健生先生,相叙间，郡城王冰如兄、丁兆法来云均于晚刻趁船到宁。黄小泉兄来叙一刻。与梅翁至渔团局晤江子菁公祖及其令弟尧章兄、何霭生先生、丁飏绵兄，诸君晤叙半晌而别。转至楚卿处留过晚膳，与王冰翁少谈，来时已将二鼓。可贵、永宁两商轮均于今晚开行沪江、宁江。丁辅香言拼集股分开设海门馆店一处，云将定妥，今至申江购办店中所用什物，如此开式，生意佳妙亦未可知，恐不致过于赢馀也。何霭翁言及今见新章，浙江省所有防营均改于六十五队，五十队驻防各州县，十五队留省操演，立操演学堂一处，如有成效，分驻外县，将外县未曾操演之队调至省城，仍前演习，如此轮流。每队计有一百五十名勇丁，队中有队长、队目等各色，未得详阅章程，不知详细。倘得勤于训练，亦善策也。

廿八日庚午 晴，接王子舜兄一信，并收到代买信封、信笺等件，均则福先带来，并承惠我刻金表巾护书，但两物并作覆信一函，均嘱阿根带还致谢。又致邱仲玉姻丈一信，亦嘱阿根送交。升鉴于晚刻自莘山来，接叔文兄覆信一函。三春先代老七相并秉彝老伯各借去皿呢轴一支。早刻，琴轩来叙，过午而别。允东母舅因请洪少猷兄并邀余陪客。晚刻至允翁府上晤洪少翁、梅五姻丈、谱香母舅、仲逸、卧南诸君，相叙晚膳，席散而别。前托琴轩兄就宁代裱王醴泉兄篆书对联曾经裱就带来矣。

廿九日辛未 晴。致陈仲怀老伯一信，托询家君在山西坐省友人姓名住址，函托伯巽先送交，向取福信，致陈公信亦附伯森先信内交邮政局专寄郡垣，即于早刻饬老六送至邮政局。致黄心斋兄一信，托其即将此信即附邮筒速寄，恐陈仲怀直刺转至晋垣有事相托，不得不速为转寄也。又恐此信未送至伯森先家中，即又作一信交航船带郡，嘱伯森先至邮政局向取此信，想不致延迟也。致黄子霖兄一信，拟明日遣人送交。王子宜与其祖柳庵公祖妣洪氏及其令尊福斋先生，均于七月初二日安厝，先于今日廿九日、明日初一两日间吊。早刻，至子宜府上吊孝，晤少芳兄，相叙半晌，彼请少芳兄资客也，据云请东山头周善盘先生点主、孔子强兄主祭。善盘先生系映江先生之尊翁也。子宜兄之夫人系映江先生之长女,其次女即孔子强大令之夫人也。褚仲逸兄请洪少猷兄邀余陪客,晚刻至陶寿翁府上少坐,随至仲逸处,晤洪少猷、周尹东、周梅五、周喜亭、前在乾泰昌夥友马先生、李卧南诸君,畅谈席散而别。余拟明日备席,开单请洪少猷兄,晚刻饬仆去请。云明日趁永江转至沪江,即辞谢矣。褚琴轩兄送子宜府上之挽联语嘱余代书,余即篆成,工拙不计也。陈舜卿遣楚卿之仆从与余言何霭生先生于初一日入宅,新进之屋就同昌分号之北首,亦是楚卿兄新造税与彼也。是月小,今日即作三十日。

阅六月二十日《申报》纪六月十九日奉上谕:"甘肃布政使着丰绅泰补授。王仁宝着补授浙江按察使。钦此。"同日奉上谕:"我朝开国以来,天威天下,故向制考验官员、训练军士均用骑射,所以崇尚武功昭示来许,惟近来兵法日变,器械日新,当仰体列圣崇武之精心,力行有用之实政,嗣后八旗王公大臣均当深求兵学,修明武备,勿尚虚文,所有引见人员例应持弓者,着毋庸持弓,其出入扈从、宫禁守卫官兵所备军械尤应变通尽善,不准虚应。故事,至考取各项侍卫、拔补内外官员、挑选满汉兵丁应如何验其学识、试其旅力,考其艺能之处,均着御前大臣会同兵部妥定章程,奏明办理。钦此。"如今试考此职武艺,国初新定何常不善?皆因兵法日变,器械日新,故谓以致虚文,今以深宫悉皆洞鉴,著定新立章程,断无不善之理。如何定法,俟见明文即行再记。

阅六月十九日《申报》纪六月十八日奉上谕:"甘肃布政使何福堃着开缺。钦此。"按:何积轩制军福堃系山西灵石县人,丁丑科翰林考取御史,续补御史升补给事中,俸满后简放甘肃安肃兵备道,俸满升补甘肃布政使,署陕甘总督,卸署后升补甘肃布政使,垂将十载,今已开缺,亦可归林矣。继其后者即浙江按察使丰绅泰升补也。何制军任给谏时有奉旨巡视西城之差,此时家君在西城拣发兵马司正指挥,与同余厚甫直刺钟麟、吴镜清直刺云溥、孙辅臣大令德成迭次获盗出力，蒙满汉两城宪奏保奉旨送部引见，此辛卯十月初二日奏准，续壬辰三月初四日由吏部带领引见后均照补缺后升阶特用，深受皇仁之厚泽也。满巡城宪系麟仲山给谏趾，汉城宪即何公也。

余厚甫、吴镜清有直隶州升阶，家君有知州升阶，孙辅臣以直隶试用知县，奉旨均照升阶。特旨直隶试用知县，奉旨即以知县用。余厚甫直刺自过班后在京候选多年，未曾选缺即至家去。吴镜清直刺掣签直隶试用，署过沧州一年后跨鹤仙归。其世兄子仁官名振麟，捐过双单月典史。孙辅臣大令自引见转至直隶候补，不多时补授新乐县知县，戊戌之冬，大计荐保卓异，续调雄县南皮等县。其世兄有名希元者系捐主事分发户部江南司行走，又有一世兄捐过盐大使。家君自引见后投供候选，初选云南新兴州知州，自乙未十月初八日到省禀见，十一日蒙藩宪汤小秋方伯悬牌饬赴本任，随经藩宪示期考试列一等，以罗杏初大令会元次之。即于十二月初一日禀辞，初二日就省动身到征江府，初九日到州接篆，以后地方悉均安谧。戊戌之冬，大计蒙督宪崧锡侯制军以“教化有方、声名广著”考语咨部荐保卓异，庚子七月初四日交卸，以卓异照例给咨送部引见，将公事告贷清楚，闰八月廿二日到省。本即束装北上，因曾祖母应太夫人仙逝，于十月十一日接到讣电，禀报丁忧，年终到家守制。癸卯之春服阕，即行禀报服阕，于甲辰五月十五日以卓异引见，奉上谕：“卓异官前云南新兴州知州某人[①]着以卓异加一级。”六月初一日到部投供候选，于七月廿五日选授山西吉州知州，即于八月初三日以月官引见，奉上谕：“山西吉州知州着某人补授。”十二月十七日到省禀见各大宪，于乙巳二月初二日蒙吴方伯悬牌饬赴本任，后辞行，到平阳府后即至吉州接篆矣。山西省系是苦寒省分，该州系山西第一苦缺也。

阅六月十八日《申报》纪六月十七日奉上谕：“张廷燎着开缺，另候简用；广西布政使着张鸣岐署理。钦此。”奉上谕：“奎俊着调补吏

---

① 此处避其夫讳，未书其父黄寿征之名。下同。

部尚书;刑部尚书着溥兴调补;特图慎着调补理藩院尚书。钦此。”同日奉上谕:“张人骏着调署山西巡抚;湖南巡抚着张曾敭调署。均着迅速赴任。钦此。”按:张安圃中丞人骏,直隶丰润县人,戊辰科翰林出身。由河南巡抚调补广东巡抚,顷因广东巡抚一席系是裁缺,归并总督兼管,故之调补山西巡抚。按:张曾敭中丞系直隶南皮人,戊辰科翰林,由广西布政使升补山西巡抚,顷因湖南巡抚端方奉旨调往泰西各国游历,故之张中丞调署是缺也。

阅六月二十日《申报》附张纪:广西巡抚李仲仙中丞经义专摺奏请广西兴安县知县贺源清曾署柳州府知府,顷奏请补授柳州知府,奉旨允准。虽是广西有军务省分,亦所破格录用也。查贺源清系四川德阳县人,由附生改捐监生,加捐县丞,双月选用,投效山东河工,复遵新海防例,补足三班分省试用,以堵筑山东胡家岸等处漫口合龙尤为出力,汇案保奏免补本班以知县仍分省补用,捐指广西归原班补用,期满甄别留省补用,因前往山东运河出力保加同知衔加捐本班侭先花样候补,历署凌云、容县、马平、贵县及补授兴安县各缺,两次抚臣奏请奉旨奖励,有两广赈捐案内奖叙花翎,续署督岑奏请奉旨传奖,委署平乐府知府,今广西巡抚李奏以该员胆识兼优、力能任重、才足济艰、操持廉正、坚实耐劳等语,又将守柳州一切情形专摺上达宸衷,可谓知遇之隆,可谓被泽之厚也。若以牧令实心任事、胆识兼优者,则知县即升知府亦所宜然也。州县乃是亲民之官,若得人人均以实心任事,则四百兆生民安于枕席,何患国不富强哉!

七月初一日壬申 早至未,晴;日中有雨,片时或雨或晴数次;申后至晚均阴。致何霭生先生,贺其进屋一信,并送礼四样,接其福片言进屋尚无定期,仅收桃而馀色璧,何详明之言而无定也。致叔文妹丈一信,交则福先专送莘山。昨书子霖兄一信,即于早刻饬老六送至海门商轮局,来云子翁至郡,尚未到局。致洪少猷兄一信,托其晤令岳金慈生司马代为致意。接其福音云不到省垣,即于十一日至京赴引,送其粗点两包而收矣。即至允东母舅处,晤少翁言由议叙通判即赴京师，于八月分引见，曾捐指浙江候补，大约九月间可以到省。相叙其将动身而别，允翁与仲逸、卧南亲送其至海门，亦可谓周到也。晚膳后至煦东宗伯府上，晤其乔梓及石甫先生，畅叙一刻而至星斋宗叔府上少坐而别，至家时愈二鼓矣。

初二日癸酉 晴。前将裱托陶寿翁府上之修裱者代修，晚刻往询，据云尚未修好。

初三日甲戌 晴。致章子修一信，饬升鉴送去。晚刻来，接有章子翁福信一函，言顷海门镇王总戎立堂与定海王总戎书选互相调署。本至海门迎新送旧，因足疾未愈而不得来也。致道芝相一信，并附还泽库英洋十元，亦交升鉴送交。致叔文兄一信，并内附凭券一纸。致则福先一信。伯森先自郡来，前寄买各物均已带来，云前寄陈仲怀直刺之函曾已收到，已亲送交，接其福音云，家君赴任之后，凡有事及来往信件均托现任按察使经历厅金云谷先生代办，彼近日转至晋垣，有带晋之物，可代带。想近日陈公可过舍也。接周载熙兄一信，系五月初六日所发，自都匀府棚内寄。晚刻，周梅翁来云，路桥任重号星云及管扇白诸人欲办渔网生意，挽杨定甫给谏为领袖，已叫褚炳云至路桥与其接谈，不知作何举动，未得而知。同其至陶寿翁处相叙半晌而来。梅翁言星斋宗叔之正夫人即允翁之令姊于初五夜生一子，亦喜出望外也。

初四日乙亥 晴。天气颇热，亦正其时也。致崇吉先一信。致杨载唐兄一信，向询其板买来否；致朱永丰一信，均饬吕保送交。来云，对板尚有杏树数联近日可以送来，向朱永丰买之陈皮两斤、正气丸一斤均已带来。致张丹翁一信，并附还英洋一千元、抄账一纸，又，洋四十元三角，信并另数面交琴轩兄，洋一千元即于晚刻叫官德先送至海门面交琴轩。托其代带舟山奉还张丹亭兄。致符三先一信，向取还前拟之洋十元，未知能还否，信亦托琴轩兄带至舟山。致琴轩兄前后两信，致蒋笠耕先生一信，托其代探陈仲怀直刺来否。则福先自莘山来，洋已带来，票有舛错，明日再寄。阿根自黄岩来，接仲玉姻丈覆信一函。晚刻至子宜处，适其未在家中，而至心斋宗叔府上，晤钟焕堂相叙片时。同焕堂先生至家，适丽生先生均来，畅叙至晚，留过晚膳。适陈仲怀直刺来言，今日自郡至家子，现宿其亲戚下街洪姓家中，晤叙半晌，去时将二鼓矣。

楚卿兄于四月至江苏扬州、通州各置一妾，扬州之妾至家时即带其来家，通州之妾尚住其母家。今将税郡城房屋一处，即前方荣申之公馆，荣申去后，程雪轩公祖莹为公馆，程公到省后，楚卿向其税来，为通州之妾住房，今将是处加为修整。遣其亲戚在船夥友许星河至通州将其妾带来，趁可贵商轮于晚刻来台，即至家中小搁数天前后至郡。闻其人貌颇佳美，尚有亲人送其来台。楚卿一妻四妾，人生之取乐境者莫过于楚卿也。有楚卿之进业，如楚卿之用度可也；无楚卿之进业，若效楚卿之用度，转眼间即穷人矣。按：楚卿之家资，田计一千馀亩，约进洋三千之则；有同昌、鼎新两总号分出子店将近百处，在临、仙、缙、永、武、宁、天七县大小村庄，同昌一号，每年约销三万馀包，每包除厘金、帖税及本钱、署中用费及一切上下开销辛资除净，可剩英洋六角，以三万包计算，可剩英洋一万八千元之则；鼎新例规计以斤数，照以三百斤一包而计，约售二万馀包，除一切厘金、一切用费外，可剩洋一万二千元之则；尚有本方家子裕泰当、海门元泰当、涂镇晋泰当三处当店，约计存架洋十万馀元，自己之洋归多，客款微乎之微，除帖税、存架捐一切用费外，可剩英洋一万馀元；尚有万隆、万兴、万茂、万泰、万丰五艘大商船，每艘商轮本洋一万馀元，在船本洋一万馀元，五艘计算，约计十馀万元。做船生意，大约赚者归多，亏短时少，连年均称顺当，即不算赚之洋，即提其官息每年约计二万元左右；此外尚有公利网行可赚六千馀元；同德药店每年官息赚洋可进一千元之则；尚有元计竹木行、公兴过塘行，每年可提洋一千元左右；本方家子屋业基地、海门屋业基地、凤尾山屋业基地、郡城屋业基地，大约屋业一千馀间，基地不少，每年约计出息英洋四千元之则；尚有涂地一切零星基业尚有一千馀元。算其每年进账有洋五六十万元。除号中厘金、应征各处款、公利报效、田业钱粮、每处伙食、每处夥友辛资一切用费、应酬开锁[①]外，净利每年约赚英洋八万元左右。尚有宁庄存款以十万长存。如此殷实之家，台州而论，可算其一。楚卿之繁华奢侈分所宜然也。其家中奢侈，台州而论，可算其一。楚卿之殷实，每年之出息，家中之奢侈，一切应酬，台州而论，均无出其右也。无楚卿殷实，无楚卿之出息，学楚卿之繁华，学楚卿奢侈，转眼间岂不穷人哉！楚卿之繁华奢侈在各人而论，太过之太过；在楚卿，尚不足之不足。楚卿何况仅置四妾，即置四十妾不为多也。除楚卿外，各人切勿可学楚卿之分厘，是为至要。楚卿家实有一百馀万之基业。人说楚卿百万，言之过多，我说楚卿百万亦少而言之。何也？即可以指说：楚卿之田业可值四万元；同昌、鼎新两盐号可值三十万之馀；五艘大船、五艘小船之船本及做生意之本约计二十万左右；各处屋业及自己当屋、自己住家之屋，可值洋十五万之则；公利、同德约计一万；公兴、元记及另星基业约计五万；宁庄存款约计十万；其基地等项约计五万。即此而言，已将百万。尚有衣服、古玩、存家金银珠宝。此外借与人者不算在内。如各人学楚卿之繁华奢侈，亦可以学，总有家资实有百万者可无窒碍。即有百万之家，亦要调度有方，可以无碍。若调度不得其宜，亦难保无危。况台州并无百万之家而可效楚卿繁华奢侈于万一也。陈仲怀直刺言山西大家家资实有百万者即现任道府三司之家及生意场中各达四方之东家，其家中之繁华用度而无楚卿十分之一也。愿后人切勿效楚卿之繁华，是为至要。故为记之，以为后人思之、筹之，是为至切也哉！

初五日丙子　晴。天气异常之热，惟晚刻阴，得片时即晴。看南方已降甘霖，近地连日皆晴，农民之望云霓者甚切于怀也。昨日叔文遣有船夫送则福先来家，即作一信并附典中凭券一纸交其来船夫带交矣。早刻，还谒陈仲怀直刺，相叙半晌，云及因解京饷至都，因前保

---

① 当为“开销”。

过直隶州用，现就京中以直隶州引见仍然分发山西候补。别后至煦东宗伯府上，晤煦东宗伯相叙一刻。楚卿因其弟读书在家，天气过热，将书院移至江边堂后亭之后下，至是处安置书院一切，而未晤。即专柬请陈仲怀直刺晚膳，并邀梅五、谱香、允东、仲逸、寿农、梓能、丽生先生陪客，陶寿翁因有微恙而辞，丽生先生亦未来。陈仲怀直刺、周谱香母舅、梅五姻丈、允东母舅、仲逸兄、并邀能表叔公相谈，席散而别。仲怀老伯代有张小荣荐一典中夥友，据说其人前在涂镇广济代步为学生，后至夥友，计有九年，今因广济顶与楚卿兄改开晋泰当后而分手。今之各家典铺均人浮于事，即代为趋荐亦颇为难，只再于童先生酌之，得能安置其人而报答雅命否也。

初六日丁丑 早至申，晴；酉后至晚，阴，远有雷声而未得雨，农民之待泽者甚切于怀也。致褚琴轩一信，饬老六送至邮政局寄至甬江。寄家君一禀，系第十号家信，外附冬粉、年饭米各一包、广皮一斤、藿香正气丸一斤、虾皮一包、伏鳖二十片、米面干一百五十束，分捆三篓。又，敷痔疮药水一瓶，信内附还第八号家信，此系交邮政局已寄晋因陈公出差无人代收因此寄还。致陈咏丹先生一信，致苏焕堂姻丈一信，均附第十号禀内，俟明日送托陈仲怀直刺代为带晋。晚刻，陈仲怀直刺来叙半晌而别。晚膳后至陶寿翁府上少坐而来。饬老六至海门时，此班《申报》随带来矣。子霖兄代买之鞋亦带来，计价洋一元四角，明送交。少芳兄托余附寄载熙兄一信。

近来戒烟之药各等各色颇多，顷阅《新闻报》纪印度新到亚弥莲花之名色，生在印度亚弥莲山上，其花异样，四季不枯，戒烟最为灵验。如烟瘾每日一钱者买此花洋一元，如每日瘾二钱者，买此花洋二元，烟之多寡即买洋之若干。[1] 据《新闻报》之所纪，最为灵验，未悉果然否也。系印度哥耳末医生所制其售发处在上海盆汤弄新生阳南货店后所售也。余之烟瘾颇深，阅此花有如此灵验，另日购试，未知

---

① 此段原文旁注："向购亚弥莲花戒烟药之住址。"

果然否也。

初七日戊寅 早至午，晴；未初刻，雷声明亮，即刻雷雨颇大，于两点钟之候；申后至晚均阴。适值苗枯之候，有此大雨，一时正所谓遍地黄金，斯言不谬也。致周载熙兄一信，内附少芳兄托寄一函；致黄子霖兄一信，并附代买鞋洋一元四角，均饬老六送至海门，载熙兄信交邮政局转寄贵州。接子霖兄福信一函。邱少羽来片辞行，云于今晚趁海门商轮就道到省考取浙江官学生送考覆试后游学东洋，倘随其愿，即于七月中旬可出东洋矣。即致其一信，并送粗点两包，仅收其半而致谢焉。接王虚甫兄一信，并代送官涛先转来，即还一片。早膳后至陈仲怀直刺处，面托其代带家君禀信，并托其代带另星捆成三篓，相叙半晌而别。至楚卿兄处，晤子宜兄少谈，同至子宜兄府上相叙片时而来。午膳后，被猴咬及两手，其痛颇甚，即将药粉敷上，其痛而止。陶寿翁请陈仲怀直刺，并邀余陪客，即至其府上，晤陈仲怀直刺、其西席应勉夫先生系黄城人、周梅翁姻丈，相谈席散而来。

初八日乙卯 晴。致福王虚甫兄一信，饬老六送至海门。顷海门镇台王荫常军门立堂与定海镇台王书选互相调署，定海镇台先行交卸，大约明日初九日可以到台海门接篆。其定海镇篆，奉督宪委中衡游击张丹亭兄暂行署理。海门镇王公因带台防统领，上游尚未委人，不得脱身到定海接篆，尚未有定。丹亭兄护理镇篆可以久任也。早闻其言，未得实音，早刻，函询汪更生兄事之是否，接其福字言此事实然也，亦不胜欣幸之至。台州数十年来未有镇台之官，今丹翁虽护定镇缺，亦台属争光也。按：张丹亭总戎连胜由提标保举把举，其祖父、叔父、伯父等五人殉难，均蒙皇恩赏给云骑尉世袭，丹翁均是应继之人，由黄岩县查明达部，悬国朝并案给赏之例，于丁酉五月间引见，奉旨赏给二等轻车都尉世袭，发往浙江提标学习。蒙浙江提台陈云卿军门咨请闽督札委海标太平营参将，于己亥九月间到任，因实缺之章参将到任，于庚子正月间交卸。又蒙提台咨请督宪札委定海镇中衡游击，蒙闽浙总督许筠庵制军应骙出具切实考语，密保案内奉旨传旨嘉奖，于壬寅之春学习期满，禀准提台余瑞庭军门，札委定海镇中衡守备暂行护理，送部引见，以参将用，发往浙江提标候补，即于八月间转至定海镇中衡游击本任。癸卯之岁，因迭次捕获大岚山著名巨匪，蒙提台保请，蒙闽浙总督许筠庵制军奏请："前署太平营参将候补参将张连胜请免补参将以副将仍留原省补用。"到任迄今已经数载，军民悉均悦服，官声颇为佳妙，即于七月间奉督宪崇制军委护定海镇篆务，亦为欣幸也。闻闽浙候补副将人员不多，丹翁列在第二，补缺之期不远也。

午膳后至周梅翁处少坐，同其至楚卿处，云其至海门去，未晤。即至子宜处，晤宗山、焕堂先生，相叙半晌。即同梅五、宗山至禹门叔公府上少坐，云有信寄与家君，托仲怀老伯代带。至家后，即送一片交其同带与陈仲怀太守，因其与陈公素无识面也。王荫常军门已将卸篆，家子阖方拟送伞颂其德政，楚卿兄为首制送，遣人与余言，即允焉。焕堂先生代心斋宗叔看有停柩一处，其地系允东母舅之物，当向其税停，随即允之，托人再与其说妥，计议税金尚称客气，择定停柩之日，心斋早一日向其说定日子，允东言再托人来说可也。续又叫原人向言，答云："我自己要停，不税。"如不税，何当日如此说法？殊不近人情。况心斋与尹东系是郎舅至亲，该处果然佳否，尚未立见，其两无味已形于色也。任星云孝廉重致函与其堂兄于余，言现与管扇白挽定甫先生连办网行，其馀利抽缴学堂经费，挽余拼集股分。余即未允而却之。况此事彼处均未立有头绪，无办法经络，致用当道者公事，恐其不能成事也。其中一切转拆过多，未便详记，大约黄岩王子寿挽人拼做，稍有合办之法。鄙见公利一行如此多人搬弄，恐不能久守而已。

初九日庚辰 晴。致陈仲怀直刺一行，并托其代带山西转寄吉州署送呈家君收。闻其已至海门，托四妹相送至海门浚发，并附敷痔疮药水一瓶。寄家君之信已书在内，托代时未曾检交也。至杨载唐兄一信，托童先生代为转寄。闻周家外婆染恙颇沉，午膳后至其府上问候，晤达云母舅，云其不吃药剂，心颇偏执，恐难安痊。即至梅五姻丈府上少坐，同至陶寿翁处，晤楚卿，相谈至晚而来。接张丹翁福信一函，并附还废券一纸。接家君自六月初八日发寄童先生一信：前带有杨仙芳者于五月廿九夜四更时分忽单身至署之东荒园，不知所作何事，巡兵教习等以为窃贼追出，问之不应，及至面前方是他，亦无言语，转至房中，次日觉其神气稍异。平时出外间行，归来吃饭，习以为常。以署中并无伊事，听其闲游，亦可散心。不料本月，即六月初二日，早饭后出去，至暮不来。即派人四处寻觅无踪，至今六日，影踪全无。而又遍贴招纸赏格，移文邻县，竟无实耗，而不知竟至何方。又附寄其弟小保一信，想甚最急之函也。据童先生言，其人最为阴滑，其归心恐有不侧也。据陈仲怀直刺言，家君省中有事均托金云谷先生代为转寄，家君至童先生之信如有回信，托府报王姓转寄。但金云谷先生系是现任按察使经历，但经历署系臬署之侧，尚可寄投，而府报房寓处未曾详注，不得易于寄。托四妹相询明永宁账房，定海镇篆正是张丹翁护理，新任海门镇王书选已于晚刻到台矣。楚卿兄云，王荫常军门将统领一差详保曹旗官世华，公事已出，尚未批覆，不知允准否也。

初十日辛巳　晴。致张丹翁一信，交邮政局寄定。因事又致张丹翁一信，交永宁水手成保带至定海。致褚琴轩兄一信，致王子舜兄一信，均交邮筒分寄。早刻，童先生因送杨小保之信，叫升鉴送至路桥。余本致叔文兄一函，信虽写好，其人去矣。崇吉先言路桥有杏树对板，非载唐所托之处，系崇吉先自与做板联铺诸夥所言，所言尚有杏树之对板四副。余嘱其寄信去说定向购可也。昨写就寄杨载唐之信以作罢论。午膳后至海门同昌分号，晤陶祝卿兄，相叙半晌。彼本选授顺天府三河县典史，因请告近，改选福建上杭县典史，其缺大不如三河也。官无大小，食禄有方而已。云及何见石老伯现管印结，与其令弟叔兰先生均在都中，诸事颇为精明，即同乡所托亦然也。并云黄岩许蓉垣先生今岁尚在陈瑶圃侍郎为教读，瑶圃先生之世兄有名燕秦者亦是分部学习主事，同乡之谊亦颇为笃也。同其至霭生先生府上，云其至局，未晤，其住处已移至楚卿兄新造之屋曾多日矣。即至浚发拜访，陈仲怀太守适又公出，不得相叙为歉。即与蒋笠耕先生少坐而来，其郎名福政者号伯云。至海门商轮局，云子霖兄已至家去，未晤。即与其令弟心斋兄相叙片时，而至怡香居畅谈一点钟之许。晤黄岩裕相言其所蓄之马被人盗窃至宁波，已有实音，即于今晚趁永宁商轮至甬江追查，未识得能捕获否也。并云及新署海门镇王书选择定明日十一接篆。其统领一差，虽未见明文，大约王书选之兼统归多也。如统领归并王书选，则王荫常军门定须至定海接篆，丹翁之获镇篆为日非长。续至同昌分号，晤王丽生，少谈而别。至家天尚未晚，童先生言吴玉成参戎寄有家信言，浙江抚台聂仲帅有升云贵制台之说。昨晤楚卿未曾道及，恐非实音也。陶祝翁云阿香与永文兄自六月初旬自京城动身赴晋，到署想至下旬，昨童先生接家君六月初八日发惠言正是未曾到署也。

十一日壬午 晴。致符三先一信，因前扨去英洋十元，饬吕保送至其家中，据云近日来家。致郎显臣先生一信，饬官涛先送至桃渚，并带柬致候郎翰臣老伯。早膳后，楚卿与少芳来叙半晌，同至陶寿翁府上，言沈东禄公祖送椒江肄业之杨姓及少芳两君，至沪江习东文拼字，转至地方设立蒙学堂，以为新进后生之进步所，亦治之一道也。寿翁与楚卿同少芳及杨姓进谒沈东禄公祖，同出而来。午膳后至达云母舅处问外婆之病，据云请许笠轩先生诊治，尚未来，其病亦然如旧。至梅五处少坐。至允东母舅处，言至晚而别。据言沈东禄公祖云有名翼清者系长兄之子，承袭文肃公一等轻车都尉，并钦赐举人，捐道员；次兄系湖南候补知府；四兄广东臬司，名瑨庆；行五即东录公祖也；行六系商部郎中；行七者系江苏候补道员也。沈文肃公之后裔最为繁盛。接前六月初四日寄家君第九号安禀，系托仲怀直刺代寄吉州，顷陈直刺解京饷赴京，其公馆中无人代收，邮政局注明而退还也。

十二日癸未 晴。农民之望雨心甚切于怀，颇得上苍速沛甘霖以惠民生，是为至幸也，致家君一禀系第十一号安信，并附昨日寄还第九号一信，并附金慈生公祖一函，又附致陈咏丹、苏焕堂姻丈各一信，封就另函托金云谷先生代寄吉州。寄家君安禀附在金云谷先生信内，饬吕保送至海门交邮政局双保险速寄山西太原省城。午膳后，周尹东母舅、周梅翁来叙半晌，云及黄岩各乡村曾经祷雨。黄心斋宗叔来柬邀晚膳，余即允之。送两君至路，晤陶寿翁，一谈片时来。新署海门镇总兵王军门书选于今日寅时任事，至家子各家拜客，至家，饬丁挡驾。周梅翁与寿翁来约十四日早辰至海门还拜而谢步焉。梅翁云，王荫常军门因统领尚未见明文，未曾交卸，至定之期尚需时日。晚刻，至楚卿处，言其至海门尚未来家。即至心斋宗叔府上，晤梅翁、焕堂先生、梦生、子宜诸君，畅谈席散而别。据其仆人云，楚卿兄已由海门来家，饬仆佳询送王荫常军门之伞定在何日。覆云，万民伞尚未写好，俟送之日再行通知也。楚卿云，明日欲至郡城之说，想送其通州人之妾至郡住，闻税郡城之屋已将重加修整，颇为工雅。

阅心斋宗叔府上有新《搢绅》，实缺山西按察使经历厅金云谷先(生)官名宸寅，顺天宛平县人，由监生出身，系三十年三月分题補是缺。在心斋府上，各人云及新署海门镇王书选军门壮年时不知投效某处大营，已保参将。自从前杨西园尚书到台带勇时，杨公仅用在号房差遣，续驻防黄岩某处之防军为副哨官。自杨尚书升阅提督后，陈钰卿军门[①]至，孙毅侯军门升为正哨官，续将正哨官又曾撤消，赴闽收标，委署瑞安协副将，转补督标左营参将，保有补用副将，升署定海镇总兵，调署海门镇总兵，彼之官星可谓至幸也。虽前得有保案，到台之初仅之哨官，而至海门镇总兵，不过十馀年而已，官运若此周济极矣。按：杨西园尚书岐珍，安徽省凤阳府寿州人，由军功投效淮军之李中堂大营，历保至记名提督，简放总兵花翎阿巴图鲁奉札统领台属五营，大约光绪初年到台，当时捕匪而地方感其恩德者实在不少。奉命署理海门镇总兵兼带统翎，迭受皇恩，以云骑尉世袭赏赐福寿，屡蒙上赐珍物，赏加尚书衔。辛卯之岁，奉命升简福建陆路提督，即交卸海门镇篆，继其后者系堪胜提督，定海镇总兵调署海门镇总兵陈

---

① 原文衍一"门"字，已删。

钰卿军永春，又是安徽人，淮军之将弁也。其统领一差，交王辅臣总戎敖接手。赴京召见后，到闽，续调台湾镇挂印总兵，因甲午中东之役，将台湾一岛退让日本，转投福建陆路提督，兼统七营，屡建战功，上加太子少保衔，至庚子之冬薨于位。一勇之夫而至封疆，又加宫少保，晋尚书头衔，即武员中亦不可多得。杨西园尚书实心求是，亦不可多得也。忠心为国，其报者亦最为厚焉。闻王书选军门今自定海交卸，其声名颇为平常，论以实心求是，王荫常军门可谓恩威并济，近岁台属捕获著名匪徒不少，地方藉以敉安而感其仁德者岂浅鲜哉！

十三日甲午 早至未，晴；申初，阴；申末后均雷雨。“秋霖一夜，遍地是黄金”，正此之谓也。农民之待泽颇殷，而上苍即惠甘霖，待我黎民者最厚也。接褚琴轩兄一信，而其弟四妹送来。午膳后至达云母舅府上，言外婆之病今日稍愈一的。便道至谱香先生府上，言至本保殿，未曾会晤。而至允翁处，言曾早刻谒过王书选，并云少芳兄即于今日晚刻趁轮至沪江肄业。但少芳与椒江肄业之杨姓同至申江，其经费均是椒江经费酌给，三个月期满。闻周作羹、黄道周亦欲赴学。至家后即购粗点饬送周少芳兄矣。东文虽浅而易学，仅以三个月而卒业，未必有如此之易上，未必将来以为何如耳。

阅七月初三日附张，纪前署浙江盐运使候补道降用同知许豫生司马贞干之仆从某者，于六月二十四日在省城驰马踏伤周大成烟铺主七十一岁老人之周震霖，惨被折落门牙三齿，踏断鼻梁，伤破手骨，命在垂危。当即就地之四十一家众商人公禀警察局，请究在案，当许司马再三弥缝，将所伤之人速即医治、平复，幸毋致命，议给三千金以为该伤之周姓购药，调治复元所化不下万金。而四十一家尚且不允，复以具禀云：许贞干纵仆驰马踏伤老叟几乎毙命，虽即医治而伤及手齿，律有明条，因此公愤具禀请究。当时，许司马挽人向四十一家说情，议罚地方公款，又以三千金再为弥缝。此事幸未毙命，需洋两方之则，尚刊列报章而骂之，倘致毙命，该仆从抵罪自不必说，牵连许司马想亦不可了结也。

余切戒后人切勿骑马。而许贞干由翰林保送道员，奉旨发往浙江候补，其人之英姿明敏，而候补道府中无出其右也。到浙之初，历任抚台均然瞻仰，不得补缺者以资格相限，故三署盐运司，一署臬司，会办善后局、全省厘金总局、课吏馆、洋务局，办理交涉各案，言之致当，乃浙江候补道中第一之能干员也。前署运台任内有罚盐商巨款，该款实交浙江抚台聂中丞作充别项经费，未及奏报，有人奏参许豫生，牵连此案，奉上命饬浙江巡抚聂查办。但聂中丞深知此款自己拨充别项经费，当即未曾奏销，今已查办，事来即奏过迟，一面托许豫生稍吃一亏。而聂中丞惧有人参己，故不能代其申说，议以公罚降一级以同知用。又与许公言今虽受亏，续即代为想法而开复原官。今中丞尚未调任，即有重大案件，代其挑肩自不必说。况如此一事，又未毙命，用此巨款方能粗为布置。若非许豫生有此事更大，其人若毙命，即许豫生亦无可如何。

但人生骑马有何趣味？若在家中，切戒养马。若养马化费亦无要紧，若马养在家中，如骑马自己亦受其苦，难对人言。若自己骑马，有伤与人，其祸何以当之。如有幸而不毙命，化费自不必说，以致家破户败在于此。若踏人伤命，自己抵罪，又要化用，以致破家。在外亦切勿骑马，若有损伤，其祸立即身受。祸福无门，为人是召。骑马而致伤人，召即是祸。若坐轿，则安如泰山，又无损害，岂非福也？在家在外，均戒骑马，定然坐轿而得福也。杭州人之往来，更多人多之处，定有瞽叟及聋钟者，若骑马常遇此等之人。恐马性大而不得相留，致肇此祸，与许豫生之仆从何易[①]焉。许豫生有此等声势以致如此，我辈至杭，一无相识，转眼即在囹圄矣。非召祸者是何？杭州路上及大街小巷均有马牵在手，逢人叫骑。其税钱及酒钱亦不甚便宜，其马大半不听所调，若因一时之误，致肇祸端，受一世之苦，悔之何及！其不得不先为虑及，是为至要。况杭州大街小巷之轿行最多，而

① “易”疑当为“异”。

又有坐在街上之店前叫人坐轿，向其讨轿之钱，与税马者其钱不相上下。况杭州之过街轿稳而且跨，可无有意外之危，骑马改于坐轿，乐何如之！吾辈以及后人，若遇乡试而至杭者，及经商而至杭者，意欲骑马而代步者，确改坐轿，是为至要。即多用小费，亦坐轿为是，况马税与轿资不相上下。即人骑马尚有担忧，而坐轿可无担忧，骑马而改于坐轿，是为至盼也。勿以余为虚言，幸甚！幸甚！

古诗云："人无远虑，必有近忧。"既有其言，岂无其事哉！余之所畜一马，追悔何及！溯其衷曲，以为吾辈者谅之为幸。况余之牲口购而及于今，其中受险而侥幸者数次，叨上苍敷佑，托祖德蒙庇，逢凶化吉，望后人勿效余之不肖为幸。余幼时因元配章氏之岳父畜有一驴借与余畜数月，适岳父自己要用，差人要还，即送还矣。适本方有周麟生从九兆麟与陶寿翁拼购一马，此马产一小马，大马归还寿翁，其小马即于麟生，以此分定，麟生素畜在家。时值甲午中日之役将兴，两江总督宪因办江南诸处防赌，札饬已革副将陶梯云都督宝登召集台州乡勇一营调赴江南诸处。此营到防之后，督宪委候补道桂查点该营，而陶都督馈送不丰，数月遣辙。初招之时，周麟生意欲充当哨官，急于出门，而悉余向岳父之马借来曾经送还。即挽王心泉与余言，欲将此马售脱与余。此时余年甫弱冠，尚无主意，又以情面难却，因此受其危。以鹰鸟四十翼向其调换，既向其购来而屡次骑出。有一次，因周涧泉孝廉时将会试进京，值家君尚在京中候选，有信及另星等件托周涧泉先生带交家君，一切面托代带。将马骑出，甫出台门之东南首，有十字路，南至东山各处，东至二府署及街上诸处，北首即至家中来，西至栅浦各处。余将马骑出一湾，转南到十字路之处。余要到东山而往南，马急欲往东，以此加鞭，尚且阻搁，即自已翻身落马。幸在正月杪、二月初，衣服尚多，虽有石板大路，左边亦有石板路，而未受伤。此次若无侥幸，自己几乎坠命。有一次因事骑至周家，三透前门有三义路。余从北而往南，适有女吃丐年将四十左右，身背一幼孩，手牵一幼孩。马性过大，留手不及，而女吃丐亦不及趋避，直前冲去，将女吃丐冲倒在地，马过其女吃丐母子身上而行，过去后幸无伤痕，身背之幼孩虽哭亦幸无损，手牵之幼孩稍远亦幸无伤。余面如土色而心竞竞[①]，至家后方觉初惺。优给女妪而去，愈思愈虑，愈思愈惧，数日间心尚惊惧。细思此妪若有伤痕，其祸不少，况有两襁褓之物，受伤受惊最于易事，若至毙命，如之奈何！至今事隔十馀年，青夜思及此事，竞竞之心无时或释。如遇人之骑马，余即力为劝止。身遇如此危险之处，幸化吉祥，深蒙上苍感佑而得侥幸也。从此之后，余无紧要之事不敢骑马，如遇有时，即或骑马，亦因马而未脱手。余立意欲将此马售脱于人，而无人接手，故之至今尚畜在家中而不敢骑也。即有要事骑马，自己格外仔细，并嘱马夫在前引导，如一次无事即一次之福也。

余之所购畜牲口急欲售脱而不能，闻楚卿兄所畜牲口喂以谷米犬彘，食人之食，于心何尽。谷米麦豆喂马均自马夫作主，东人不严为禁止，其心以谷米喂马分所宜然，其责任在于主人而不在于仆从。如谷米喂马何等罪过！马夫无知，本不知情，为东人者虽[②]宜细为劝导。余时常告诫马夫，若以谷米喂马，其中罪孽非常之巨，并说其中之报应昭彰。况余之马非是余本心想畜，亦因无人接手出于不已，切嘱其禁止谷米豆麦喂马，时常告诫。只恐其常有私事喂马，常至马房细看数次，虽未见有米豆等物，犹恐其不能全无，心以为虑。余致诚劝后，后人在家切不可畜马，在外切不可税马，若至杭万不可税驴马而代步以招横祸，是为至要。虽骑马未必人人招祸，但祸在不侧，万一遇之，追悔何及！余亦有经过骑马之危，不得不为远虑也。万望吾辈以及后人勿以身试法之为幸。若要代步，即为坐轿，得享长生之福，而无意外之危为盼。勿以斯言竟成虚语，幸甚幸甚！余之最卢[③]

---

① “竞竞”疑当为“兢兢”，下同。

② “虽”当为“须”。

③ 原文为繁体之“盧”，疑当为“慮”，即“虑”。

者在于此，另再详记条规，先为草率而记之。

忆洪少猷兄言朱幼鸿观察畴之尊翁亦浙江之候补道，某公馆中素畜一马，其长兄某时捐有道员，今亦指分江苏补用。时在杭骑马踏毙旗籍幼孩，经审十馀堂。而前抚台崧振青中丞审结，所需不下百万，朱幼鸿代兄抵罪。幸未及岁，贿以重款，议以军罪发配黑龙江效力，续缴台费。幸遇皇太后六旬万寿，报效巨款得赦释回至家。其父布政使衔浙江候补道当时奏参革职。此因一时之误，连累其父其弟，化用家资百万，幸逃法外。其骑马之害有如此之烈，岂不深戒哉！故骑马之虑，不得不深为远虑，是为至切也。请劝吾辈如遇骑马即改为坐轿，万分之幸焉，勿以斯言置之度外，幸甚幸甚！

十四日乙酉 早至午初，晴；午末，雷声明，后雨；至申，雨颇大；酉后均晴。早膳，至海门，路晤心斋宗叔，同至演武厅，云新署海门镇王镇军已于早刻进署。即至镇署，晤张襄臣守戎，相叙一刻，即投刺而请会，往谒。王镇军其人面上颇为谦和，不知其政治何如耳。云及张丹翁现护定海镇篆，所办诸事颇为精明而勤谨也。王荫常军门已移住陈公祠，其统领一差尚未奉明文而不得赴定。至家时已将向午。午膳后，至达云母舅府上问候外婆安否，据云饮食而不得进，致恐有碍也。外婆不喜吃药，又勿请医调治，不易安痊。即至梅五姻丈府上，晤性言、健生两先生少谈，云及王书选镇军初进演武厅公馆，将到时，轿杠断折，不知主何预兆也。并言其任定海时声名颇为平常，此番任海门镇篆，得以恩威并济否也。晚膳后至楚卿府上，晤梅五、健生、性言诸君，相叙半晌，来时曾将二鼓。楚卿明日至郡城去。

阅七月初五日《申报》附张纪“未毕业学生不准朦考”节：“日前江苏学政唐薇卿大宗师考试苏垣时，出有示谕云：‘案准学务处大臣咨会各学堂，未毕业各学生不准应乡、会试、岁科考及各项考试等，因谕饬遵照，凡各学堂未毕业各学生咸不准考试，如敢朦混入考，一经查出，定即扣除查办，虽取进亦当扣除毋违。’”想此节条谕江苏既经遵此办理，各省定即依然也。

楚卿兄言上海当包探听之为首者十馀人，每为首一人，其下所管小包探听一百馀人，有一百数十人，有两百人。上海之一区包探听不下两千馀人，一切新闻其包探听甚得而知也。上海有巡捕及包探听人数如此之多，如一人当包探听，不论大小居身用度及所养父母妻子皆从此度日，仅以包探听，虽地方长阔，往来众多，想其不得有此进款，定兼为捕盗。如今之事，监者在彼，作者亦恐在彼。上海时常失窃，及夜深独自携物单行，有涂面而夺之，此中未必无知情，亦未必无此中人也。出门作客而及经商者，定须谨慎小心，是为至要！

作头阿先名曰张先根，自壬寅岁来为二作农夫。癸卯夏间，家君嘱其为作头，一曰长年头，迄今三载有馀，其人工艺不甚佳妙，为人尚称忠厚，而不干外事。前因家中葱韭菜等件，自无栽值，余亦不满于心，上月时嘱其多种而已。今年浆油又将被坏，责其不识工艺故也。昨日作何意思，叫启旦与余言，欲歇。余因久年仆从，而不允其歇业，即欲歇业亦待年终。又叫官兴与余言欲歇。余思彼心既然欲歇，即再三挽留终无有益，不如听其歇之为妙。即叫人与旧用之作头，其工艺较之阿先尚多一的，即与说妥。当时歇出，亦因同夥口角，歇出用转，亦无窒碍。幸彼尚未帮人而允转来。即将阿先工夫支账清算，其中多给少许，彼即与早刻而去，两相光免而无争执。说妥之作头大约十七八日准可以上工。此后如有工人自己欲歇者，只听其自便可也，向无大过，彼亦不欲歇，只可将就。即有时之过，因此歇出，彼若托人来说挽留，看其人之可否，尚可以将就者，只得将就而已，亦毋过于苛刻。所用之夥友、农夫、仆从，各相不同，可轻待者只仆从而已。在家账目交与夥友，农夫卖力之人，均要厚顾。惟仆从可以轻看之。若出门之所携仆从，必择忠厚可靠者为要。既带出门，万不可轻待，一切行李交与彼，若轻待与彼，彼生异心，如之奈何！故带出门一切工钱须要优给，使其知我以恩，而无异心。即有不到之处，只可勉强包容，俟转家后即行行发[1]为要。此是人生第一件急要之事，切勿轻视，勿因一时之怒致招不测之虑，是为至切也。

丽生先生云，周槐卿兄之在闽垣经商，自去冬到闽，至今日才转台关，携有芾棠老伯灵柩一具，亦不胜之喜也。芾棠老伯自丁亥之春捐有巡检，赴闽候补，其中亦有差使之年多，尚署过某县典史，其宦囊仍然如洗。皆因职卑，常习烟霞，故不得积储也。不意于甲辰夏间接有福建云霄同知幕友陈鸿万寄其世兄载熙兄信函，言于五月之初仙游，不胜长叹。届计芾棠老伯赴闽已垂二十载，春间意欲旋里，续即因病缠绵，竟归长逝。呜呼哀哉！其世兄载熙明经游幕黔中，讣音到黔而载熙兄急于赴闽迎榇，而被其东人朱冠卿学使再三相留，不得竟随其愿。曾经发电陈君代为照顾，俟考毕后即当就道赴闽迎榇，而今槐卿兄念同乡、同宗之情，代为带转，可为不胜之喜也。在载熙兄即赴闽一番，分所当然。而已归故土，俟载熙兄旋里即议窀穸之安，可不延迟时日，亦为幸哉！

十五日丙戌 晴。接王辉甫兄一信。官涛先自桃渚转，接郎显先生一信，其息缓中秋前后。接褚琴轩兄一信，并接到东洋信纸、薛涛笺各一盒、东洋信封一百个，尚有除笺大小十八张、家慈寄买高丽参十乙支，据信书云托丁辅香带台，尚未送来，遣价向取，据其行中言尚在海门，未至家子。晚刻，丽生先生来云，载熙兄之舅王子轩托其代择芾棠老伯之停柩处，已代其择好，于十七日起柩，暂停与载翁令堂伯母之侧，颇为善也。晚膳后，邱楚言姻丈与子宜兄来叙半晌。楚翁自上洋邱收殳便道而来，留过点心。时遇有雨，片时即晴，后月明，而去时将三鼓矣。子宜兄言黄楚卿兄其淫欲过重，幸贵重之药时常进之，今幸而无碍，未悉将来以为何如哉！琴轩兄代买之东洋信封无花、无印红千，拟明日寄换可也。

十六日丁亥 早至午，晴；未初，阴；未末，雨，一刻即晴；申后至

① 当为“打发”。

晚均阴。致周载熙兄一信。致褚琴轩兄一信，并附还东洋信封一函，计百个，均托褚四妹相代送海门转寄。琴轩交兆发带来之高丽参一函，四尺、五尺、六尺[①]白除笺共计十八张，均于早刻送到无误。许洛溪先生于晚刻来，并接王子舜兄一信，留宿。周梅翁相叙半晌而别。余至达云母舅府上问候外婆之恙，据云仍旧，老年人，又(不)肯服药，不知得能安痊否也。别后至谱香母舅府上，其开有酒米店，自做豆麦发售。并晤梅翁，畅叙片时而来。在达云母舅府上，阅有《廿四史通俗演义》，各节颇为易便，俟院试时再购一册，亦想有进益也。阅七月初五日《申报》附张纪“浙省开办奉天实官捐”，杭省六贯巷口舆图局内现设奉天实官捐局，即由学务处提调汤晴川太守综理一切，备有捐照实收，一经上兑，即可禀到，名列仕途，可谓易矣。

十七日戊子　子时前，雨；丑、寅，雨晴；至晚均晴。连日虽得雨而未足，农民待泽者甚切于怀，幸南乡、太平诸处雨常富足，晚禾尚无碍也。致章子修兄一信，托洛溪先生代至黄城代寄前宅。致叔文兄一函，饬弟头专送莘山。祠堂东首二间之二步行因年久笋头被坏，以致卸下，砖瓦等物均倒被坏，即叫木匠老二老司，饬力保往，估[②]俟接头后即行修理。余亦亲至东岸大祠堂中看过，此处不得不即于加修也。周芾棠老伯灵柩由海门已到本方，暂停伯母之侧。忆芾棠老伯丁亥岁夏间赴闽后竟至不得而见，呜呼哀哉！其世兄载熙明经游幕黔中，不得亲迎，今日灵柩转台，又不得亲接停所，不胜代其长叹。载熙兄游幕万里，囊橐空虚，往返非易，又以东人再四挽留，亦不得不节哀以尽人事，与无事远游者不同也。使载熙兄腰囊稍裕，则早至闽垣侍奉多年矣。前之赴黔亦出于不已，同侪者亦须见谅也。

午膳后至下街邱楚言姻丈处，晤梅五姻丈之世兄及泽生，相叙半晌，云及四月间黄岩有不明白之绸绉计十馀匹携至霨生观察及仲西

---

① 原为柴码尺寸，此转为中文数字。

② 当为“姑”。

先生所开之新大通布庄售销，其价甚廉，店夥将允向购。而仲西先生闻知此事，即与诸夥言："贸易者不可欺人，如此之货价十仅得三，明知其不白，各人若知，说吾鬼道，即或有赚，吾人有所不值也。"反责诸夥，即将各货交还本人，嘱其速去。素闻霨生观察之令弟仲西明经向有长厚之风，闻此一节，而仲西先生可不愧洁已自持也。闻霨生先生与仲西先生均以勤俭持家、朴实无华，其世兄汝奚仁兄克绍箕裘，而霨生先生之世兄名迪者亦经入泮。世守书香，即台属论之，亦所罕见也。但霨生老伯癸巳、甲午连捷进士，签分江苏即用知县，到省后数载优差，奉署华亭三载，题补吴县，历保直隶州知府，由报效案内奖给道员三品衔花翎，指分湖南，充全省营务处，续陆春江中丞元鼎调抚江苏，奏调霨生老伯赴苏候补。而其服用悉均节俭，人所不及。但后人以及同侪者得能效之，则余亦至幸焉。

别后，便道至子宜处少坐。至达云母舅府上问候外婆之恙安否，据云亦如旧也，现专请章杞堂先生诊视，尚未来。出时至梅翁府上少坐，而至家时将晚膳矣。洛溪先生于早刻至谱香母舅府上，至晚刻来，留过晚膳后转至周宅去。周梅翁约余至子宜兄府上，晤楚言、辅香、心泉诸君，相叙一刻，来时曾将二鼓矣。辅香云，张丹翁之护理定海镇篆初时，王禹亭军门来台接海门镇篆，其定海镇篆封库，暂交中军张连胜接护，即通禀督宪。因王荫常军门统领一差未曾委人，其定镇镇[①]缺奉督宪批准委中军张连胜护理，一面附片奏请。故之，张丹翁才于十四日奉督宪电谕，并提宪吕道生军门饬知后，即于十六日接定海镇印。故以前一切，尚不能照镇台仪注，接护理公事后，可接篆而护镇军矣。

辅香前与人就海门税屋拼开菜馆、大土烟室，至申购办一切器具。此次自至沪江购买各物，其价颇昂，尚未买来，其开否，尚未定规。如此生意，在下等人所做，辅香尚在经商之人，即做此等生意，恐其不能得法，今则以此中止，尚未亏折也。陶寿翁遣人将本班永宁带

---

① 当为"定海镇"。

到之《申报》送来矣。

凡为人须下自至上者顺于人心，即生意场中亦有上中下之分，如某等人做某等生意，可无愧焉。如下等人做中等生意，中等人做上等生意，正合于理；如上等人做中等，中等人做下等生意，识者就轻之也。生意场中，菜馆、烟馆均是至贱之贸易，丁辅香尚习之艺，其自不以此为鄙污。以余视之，丁辅香虽非上等之人，而习至贱之业，代其抱愧。今虽有其言，至此中止，即其自幸。倘若开张，非说钱之赚，实即其人亦有所贱也。愿我同侪及后人，下自至上，做官卑而至大者，余亦所窃喜也。余之愿人有所得如己之得，人有所失即如己之所失，勿以苛刻与人，勿以骄蹈与人，即吾之所愿也。人之愿者亦若是否？诸君之愿亦与余同否？诸君之志亦与余同否？余之志愿则无他焉。

《申报》中屡纪电带之治病，甚为灵效，俟有至申之便，托其向询是否，未识果然否也。所售之处在上海英大马路江西路转角长命洋行发售也。

十八日己丑　晴。致字向达云母舅借来《名臣言行录》一册，计八本。

十九日庚寅　早至未初，晴；未末，阴，兼有雷声；申初，雷雨；申末雨晴，阴；酉初，雨；酉末雨晴，阴；以后均阴。午膳后，至达云母舅处，问候外婆之恙今稍愈否。据云亦仍如旧，屡次投药，而不得见效。去请许笠甫先生诊治，往请多次，允许其来，将近半月而不得至其家。如今医生请者颇难，许笠夫更加难请之有如此也。相叙一刻而别。至梅翁处，适其出去而未晤。而至楚言姻丈亲戚处，晤泽生，清相亦于晚刻来，相叙半晌而别。就道至煦东宗伯府上，畅叙片时而来。云及分府沈东禄公祖访拿地痞王吕凤（即曰红毛）最急。但红毛，地方无赖之辈，今有强占妇女一案，分府判给前夫，亦正于理，其后夫某贿嘱红毛阻住。分府差，竟不得归还。而沈公震怒，立拿红毛，尚未到手。该逃妇虽一时阻搁，想其不得不遵断给也。该地棍红毛有此蛮横，敢阻官差，倘不即为惩办，若辈持蛮，肆无忌惮，而良厚乡民受其荼毒，乌乎无底。故曰："除暴即是安良。"斯言而不谬也。晚刻，至周宅时路遇分府署亲兵，言沈东禄公祖即于今晚趁海门商轮因公至省也。

清相云，近来连日黄岩县属各都图均拜雨进城，其人颇众。有一日，仙浦喻地方阖方亦拜雨进城，与城之西门外桥上街无赖辈口角，将喻志樵太史长兄之子瓯辱，柬托陈锡九孝廉昆季代为理说，闻将清了。连日黄岩县陈伯平明府诣坛求雨，异常虔诚。为有司者遇拜雨求祷等事，不得不虔心也。而本方各村闻已求雨，有已取水，有未取水，本地尚未求祷，今日幸得上苍速降甘霖，而拜雨之议可作罢论矣。愿得大雨通足，而晚季田禾尚不致大损也。谚云："处暑若无雨，白露往来霖。"幸处暑节尚未到，若得雨足而不至损坏，"秋霖一夜雨，遍地是黄金。"今则见雨，民心安固，黄金焉能致购众心也。

楚言姻丈云，黄楚卿于十五日送通州人妾进住郡城另税之屋。楚卿一妻四妾，又非过长精神之人，又不能节欲，虽日食燕窝、高丽，度然无益，尚致有损也。谚云："寡欲多男。"斯言而不谬。即奢淫而无节者，育男而非易。楚卿置妾如此之多，日食补剂如此之多，诸妾又不能生养。如女子年将及冠笄，正在血气当盛之年，又无疾病，无不受孕之理。楚卿之妾而不受孕者，皆是楚卿而不节欲故也。楚卿之置温州两妾有年矣，均无受孕。女子经水不调而不得受孕者固亦有之。其元配金氏嫂，未置妾以前年年生产，何也？楚卿时年当少壮，而未过于丧失，故金氏嫂时常而能受孕。楚卿自置妾之后，连金氏嫂又不能受孕，非楚卿丧失过度何也？以此则可明鉴矣。楚卿前在瓯连置两妾，其已属过度，今又新置苏州、通州两妾。万望楚卿格外保养，即可宜男，未识楚卿意为然否也。伏愿同侪以及后人，当以"寡欲多男"存诸于心，余之意愿幸甚！

人生之衣食服用皆有前定，若衣食服用而未尽，兼能节欲者，故享遐龄之福，若过于奢侈而不节欲者，万无得享长生之理。凡人之死生固属前定，大半犹己所造也。《文昌帝君感应篇》云："祸福无门，为人自召。"死生无门，亦为人自召，何也？如近小人，远君子，日履邪径,出言不逊,待已以优,待人以苛,常占便宜,荼毒生灵,不忠、不孝、不弟而无耻者,召之是祸。以致家道衰颓,给连词讼,损人利已,奸淫人之妻女,报应者即在自己妻女,所召之非祸是何?能远小人,近君子,日行正道,见人之失如已之失,见人之得如已之得,能吃人亏,戒杀放生,矜孤衈寡,敬老邻贫;在家则孝顺双亲,敬兄信友,出门则见伯叔,及族中有长老,恪恭而悌;又须勤俭持家,出入如一;在官则忠君亲上,巨细必亲,广行阴骘,故召之是福,必致家门和顺。遇有凶歉之年,当以赈衈邻明,天理昭彰,报之是福。若过于奢侈,过于奸淫,执一已之偏,不恤人隐,遇事故于苛刻,专为口福而致杀生灵,又以饮食而无节者,非是速死是何?即食贵重药剂,亦不可而无节。古人云:"人至花甲以上者,非帛不暖,非肉不饱。"今之少年者,衣则轻裘,食则鱼肉,尚日食燕窝、高丽以及毛角、吉林鱼肚,倘若遇有疾病,试问何药可吃?亦是速死之道。若能节欲而又节俭,孝弟忠信、礼义廉耻长存于心,就是长生之福。死即是祸,生即是福,故之祸福死生,均是人之所自召也。伏愿后人,祸福死生时常详细审察,则余之至幸也。

二十辛卯 早至巳初,阴;巳末至午初,晴;午末,阴;未刻,雷雨颇大;申初雨晴,阴;申末,雷雨;酉初雨晴,阴;至晚均阴。晚膳后至楚言姻丈处,晤王子宜兄,相叙半晌,来时将二鼓。云其女婿系山北尤人,尤姓,平生人颇薄弱,常吃高丽、毛角及贵重之药,于上年秋间受冒外邪,进药而不能见功,竟至逝世,行年未及四十。可见药剂只能治病,人若无病,不能多进补剂,以免应当食药之时。进药而无功。平素若常吃参、燕,若至应吃参、燕之时,则参、燕不得即能见功也。不待言而自知矣。

人生一食一粥均是前定,一切富贵利达、妻财子禄,未生之时早有定数焉,可强乎!百事尽人力而听天命可也。古人论一粥一饭者此至微而言,至微之言,均有数定。如富贵利达、妻财子禄,人生至大事也。至大之事岂无定数乎!"富"字而论,有先人已有积聚,生养即是富人;有先人无有积聚,自己命运亨通,贸易而致富。富有大小之分，百而至千，千而至万，万而至亿，亿而至兆。“贵”字而论，有先人建功立业遗廕，生来即致贵者；有由寒儒芸窗苦志名登金榜而致贵者；有因入资起家而致贵者；有由枪林弹雨中幸得保全而致贵者；有因寒素充当笔墨得遇知遇之隆而致贵者。如登贵显之时，兴利除弊，万民受其指挥，关系非轻也。如知县，则一邑之关系；知府则一府之关系；道而至三司者则一省之关系也；督抚职重而关系尤重也；督师大将者，则国之荣辱兴衰之关系也。内自各寺、部卿者，则各直省兴废之关系也。“利达”者，命运之亨通也。能利达，则能亨通；若不利达，则命途乖舛；命途乖舛，步履维艰。“妻”者，人之配偶也。有贤妇，有悍妇，有淫妇，有强妇。妇人之贤否，则关系一家也。“财”同与“富”，有利达则有财，有财即是富也。不得利达，财不能聚焉。财富则利达之关系也。“子”者儿子，继于后嗣。人生寡欲多男，男能节欲，妇能贤淑，子定是贤能。有贤能之子，有不肖之子；有孝子，有逆子；有守礼之子，有漂荡流落之子；有蠢子，有败子；有下流而忘反之子，有蒸蒸而上之子。子之贤否皆出于人从心也。“求忠臣必登孝子之门”，斯言而不谬。“禄”者禄位也。皆出于定数，皆不可求也。圣人云：“富不可求。富若可求，虽执鞭之事，吾亦为之。”大凡事在数定，非可求，明矣。即不可求，必须尽人事而听天命哉！

廿一日壬辰 早至午初，晴；午末，阴；未牌至酉，雷雨颇大；戌后雨晴；晚刻，大雨淋漓，顷刻间田水已足。上苍敷佑生民，恩泽至厚也。江岸一带有水塘可济之田，晚季收成可以加倍；即无水塘之田，此次大雨之后亦可收成，不致大损也。今年豆棉花之收成确有把握矣。晚刻，雷声大震，下荡奈鹅桥地方田间击毙农工一人，想此人定有积恶，致干天谴。闻此人系北岸某处人，现帮在本街官德三家为农。有同夥种田者三人，均隐雨一处，两人无恙，罪及此一人，天道昭彰，丝毫不爽也。闻其祖母帮在汪绍箕家为仆妪，不知如何隐恶，尚未闻名。相传古语云：“隐恶若已人知，不致天谴；有隐恶而人不知，以致天谴也。”天若不诛，其隐恶害人之处无人得知。为人终须为善，人虽不知，天早知之。为人造孽作恶，人虽不知，天早知之，若犯糜[1]天大恶，虽瞒得一时，终致天谴，故报应昭彰，岂有舛错丝毫也。伏愿同侪以及后人，行善之心始终不去，是为至盼、至幸。

余阅《名臣言行录》，明朝忠臣于忠肃公、杨忠愍公、周忠武公、海忠介公，诸公行状，心所钦仰，各忠臣之言行尚未翻阅。为人者存心必以名登竹帛之心为心，是为至要。若以流芳后世，不枉为人一世也。余看世上万物皆空，若以名登竹帛，流芳千古，死亦无憾哉！致章子修兄一信，饬升鉴送交。晚刻，接子修兄福信云，十七日托许洛溪先生代带一信，尚未寄到，不知阻搁何方。

廿二日癸巳 早至午初，阴；午末至未刻，雷雨如注；申刻雨晴，阴；酉后戌初，雨颇大；戌末，雨；以后细雨。致楚卿兄一信，送托其夥友孙友三代寄郡城同昌盐号。致章子修兄一信，交老六送邮政局转寄。致董丕泰一信，交童先生明日遣伯巽先代寄下洋祠。前丹翁言救护之案，未知何日可以出详，未知作何保法。今日亲自舟山询问是否。于晚刻嘱仆治理行囊，至海门，闻永江商轮到时稍早一的。但永江而无船埠。即趁小船至该轮，所看情形不如永宁妥便，即随小船趁至永宁商轮。晤戴云珊先生，相叙半晌，即宿房舱。安置妥定后，转至云珊处，晤前太平营守备杨云生守戎少谈。

杨守戎因其参将杨士骧为送万民伞与本城绅士陈湘林明经互相禀控，经镇宪余瑞庭军门札委中营游击邱汝屏爵都督至该处查办是案。邱将直情通禀镇军，余军门即将直情转禀督宪崇制军转参被议。杨守戎官虽无能，为此案连累，实属委曲。忆此事之原由，前叔文兄曾有言及细情，顷云珊又已转述云：泽库有陈简斋者同太平人某，各做米食出洋售粜，时值府尊禁米出口，均饬营县严查，倘获私米出口者，将米充公。陈简斋与太平人之米各偷出口，均被太平营所获。陈简斋因米被获，托县城绅士陈湘林至参署说情议罚，而杨参将不允其

① 当为“弥”。

说，执意将米充公。陈湘林心甚忿怒，事在禁令，亦不敢再言而已。太平人某因米被获，托天主堂李、阮两公致函说情，而杨参将据然允诺，将米给还。米给还之人议送匾伞以酬之。杨云生守戎官虽中军守备，事之允否均出参将之意，实无干涉。陈简斋与陈湘林深知送伞之情由，出有积忿之语，有人诉诸杨参将。杨闻言之下，亦不胜浩怒，当送伞之日，派亲兵二十人护送。该亲兵闻说参府震怒，存心与陈绅多事。送伞之路径本不过陈绅门首，该亲兵自要过陈绅门前，至门前时锣鼓炮格外响亮。陈简斋适在湘林家，闻知此事，果出说空话，该亲兵闻知陈姓多言，即时辱骂。湘林家之教读某亦是年老诸生，出为排解。该亲兵将简斋及教读某均扭至参署。湘林见事至此，出来阻留。将湘林悉均瓯辱，又被吊禁。与湘林同学者及与湘林亲戚朋友均有不平之心，数十诸生即至参署保人。杨参戎初本不见各生，诸生均因公愤，定要进见。杨参戎即饬亲兵关闭大门，数十诸生直捣毁大门及大堂门户，进见简斋及湘林并教读某三人尚吊在柱中，即时自己解放而出。诸生即诉邑尊。孙叔平明府颇为精明，阴嘱诸生上控等语。即时杨参将诉诸邑侯，而邑侯面则代叹数语，故即不理。太平营参将杨士骧因捣毁大门及大堂门壁，自己出禀文武各上宪。陈湘林闻参将曾经出禀各上宪，即至各上宪衙门呈控杨参将各情。时镇宪余瑞庭军门委中营署游击邱汝屏爵都督查办此案，台州府委萧伯康明府查覆。两公亲自横湖访实此情是实，均直情禀覆。后余瑞庭军门即通详至督，言太平营参将杨士骧纵兵滋事，中军守备杨云生行伍废弛。适福建将军兼署闽浙总督崇制军即照海门镇所出考语呈奏于朝，即被议焉。官有德政，绅民感其恩德，无以报称，公制万民伞匾等以颂其德。官知有伞匾者须再三推却。绅民感戴至诚不已，却之不恭然后受之，文武皆然。不肖之杨参将因媚教堂之情，所送匾伞出于一己之私，已不值也；知其送伞尚有人招怨而不推却，尚发怒而派亲兵护送，无齿已极，再不值也；又使亲兵因送伞之事至有口怨绅士之门前而嘻赫之，三不值也。如此三不值之伞，却受之，亦何荣焉？瓯辱绅士多人，得罪地方者，以致获谴，咎所应得，又何怨焉！杨云生守戎闻知上台受此等民怨之万民伞，理当劝阻，虽劝阻而不听，任在中军；当亲兵闹事之时，理当出为弹押；既然弹押不听，当瓯辱绅士事即可代为调停释放。初不能劝阻，继不能弹阻，又不能调停开释，咎亦有应得。竟至被议，似乎太过。余之私论与识者评之然否也。看永宁一轮鸡鸭及鸡子、鸭子装载出口，不以数计，又米、豆、麦及所有价廉者各物均装出洋售销。永宁一轮一班中出口货物如此之多，台州有永宁、海门、永江、可贵四艘商轮，分期沪江、甬江常川来往，此后台州无物不甚于昂贵也。经商稍占润泽，民间之吃苦行状何可言欤！

廿三日甲午 卯前，雨；辰巳两刻，阴；午未时，雨不甚大。申牌以后均阴。晤宁郡元一绸缎庄之夥友王祖荫兄及杨云生、戴云珊，相叙半晌。轮抵石浦时尚早，停时约半点馀钟即开驶，至定海时下午两点一刻。同云珊、云生登岸，至越东公司，即永宁、永江两轮之栈房，晤吴阿坤、懋生昆季，相叙半晌。云及张丹亭镇军因护理定海镇篆，于昨日趁小轮至宁波提宪吕道生军门处谢委。即饬仆借轮片时，轮轿至道头时即乘舆至中府署。丹翁虽护镇篆，惟日无多，均未搬移，而镇署一切修饰以俟后任也。进署时晤其寅侯世兄并其西席夏振之茂才、其本家听楼兄，畅叙半晌。云及定海镇缺现奉督宪崇制军札委姚汉卿军门期珍署理，闻到定之期不远。前署海标左营守备柯干卿守戎桢，现授定镇中营守备；赵瀛洲姻丈廷鳌，现授定镇左营守备，均是台州黄岩县人。现在定镇武员，黄岩人颇为一时之盛云。按：柯干卿守戎系黄岩县属灵溪人，已卯科由武生应本省乡试中式武举人，丙戌会试中式武进士，以守备用，前署海标左营守备，才于癸卯岁题补是缺。赵瀛洲守戎由行伍起家，历保补用都司尽先守备，历署海标各营把总、千总，中营、左营、右营、城守营守备、石浦营都司、定镇中营守备，才于甲辰岁题补是缺。今至省垣领定镇秋季散放粮饷，尚未到署，不得会晤为歉。寅侯世兄云其八月初旬可转定海也。余与赵瀛洲守戎有葭莩之谊焉。

第十章

乙巳(1905)七月二十四日起

七月廿四日　乙未，早至巳，雨颇大；午牌，阴；未、戌以后均雨颇大。致张宝田先生一信，托寅侯世兄代为专□送其府上。寅侯世兄设席邀余晚膳，并邀洋文教习马君棣生，系舟山城里人；及中文教习夏振之先生，系黄岩城中巷人，与余旧友也；幕友王君文波，系绍兴人，现在吴吉人军门处幕友王少和先生之令弟，现在幕中兼带定海炮台；及柯干卿守戎；听楼兄。相叙席散而别。干翁言其世兄三人，长次两人自幼均请塾师在家诵读，长世兄读至十七岁作罢，改理家务，而家信尚不能书写。时次世兄十五岁，即送从宁溪王鹏图茂才成旷，读两年后即能文，而书法亦颇可观，始知仍从旧日之师读，其进益未必如此之速也。但小子幼时入学之初确从贤师读，必有入门之径，不使旷功，以后可以培植。若从不肖之师读，即读与不读有何易焉。今有为师范者而知学徒家裕，非独不为教授侧，徒之所喜即以其喜者诱之，甚至学生嫖、赌、烟以及非礼者，知而不言，尚要引诱为非，此等师范可恶以极，闻者不觉寒心。与吾同侪有后嗣者及自己后人有初入学者，其择师不得不善而严也。遇有贤师而教育者所送束金不得不从丰厚，理当恭敬而优待之为切为要。师之授徒功课，必以日定约章，逐渐揣摩，寒暑无间，无使旷功为幸也。子弟虽有贤愚之分，若能勉强敷衍之家，经书不得不读，从读经书者塾师，不得不从善而兼严明为要。

张丹翁之长次两世兄，天姿明敏，即三世兄年甫三岁，其相貌颇为温厚。求其后嗣而贤淑者非常之难，非大积阴德，断难至此。余看丹翁之后嗣如此之佳，其所积阴德非常之厚，不言可知也。人生百色可以自求，惟后嗣兴衰实为阴德之厚薄也。自今以后，日习行事，当以三思，使无舛错，是为至幸哉！

廿五日丙申 辰前，雨；巳至未，阴；申、酉两时，雨，不甚大；戌刻以后，阴。晤振之兄及游榆东、听楼、寅侯诸君，相谈至晚。榆东官名焘，系湖南省垣人，余瑞亭军门荐于丹翁署中作幕，近因抱采薪之忧数日而不得晤面。其人颇为诚厚焉。云及丹翁虽护理镇篆为日不多，可免骑射查武职，当抚宪大阅时均要骑射，惟镇军不论署护，例应可免，亦可谓侥幸。武员至镇军之位，可称方面，坐镇一方，不易求焉。丹翁至宁，明日可以旋里。但丹翁如此宽梧之人，颇为难得。今得护理镇篆，亦可谓吾台生色。其亲翁王雨生观察修植之世兄来署少坐，振翁言其年甫十三岁，其学问颇佳，未识得能箕裘克绍否也。

廿六日丁酉 晴。午膳后同文波兄、寅侯世兄至上荣庙少坐，据云庙主系三国汉副军帅庞士元先生也。续即至祖印庙晤张听楼兄，寓所少坐。听楼兄系官医局医生，寓在此处。并会张会西千戎，相叙片时。诸君约余同至镇署内外一看。该署较之海门镇署宽阔大半，其修饰颇为工雅也。至巡捕房少坐，续至中守署柯干卿守戎处，相叙半晌。赵瀛洲守戎亦住是署之正厅。送别后，转至中游署。后丹翁自宁郡来云，新署定海镇姚汉卿军门已至沪江，今日即可到定，接篆之期尚未定也。所云救护之保案，因中丞公过于精明而恐阻搁，均未举动，即从缓而行，未识得能顺适否。余本欲今晚趁永宁到台，丹翁因才抵署，再四留待一天，而明日趁永宁商轮转台。余亦因难却而允焉。晤海标左营守备郑申甫守戎胜元，相叙半晌而别。郑申翁因领海标秋季粮饷到省便道定海而谒丹翁也。

廿七日戊戌 晴。致宝田先生一信，托寅侯世兄代为转寄。寅侯世兄寄黄岩张季炎一信，余代其带台转寄。新署定海镇总兵姚汉卿军门期珍趁永宁商轮自沪江至定海，时下午两点钟到定，即直进镇署，择八月初三日接印。据丹翁云，姚汉卿军门年已六十有七，系湖南省城人，投效原任东阁大学士左季高宫保大营，历保花翎，记名提督，简放总兵。前署浙江湖州协副将，福建福宁镇总兵，现署斯缺。游榆东兄托余有便友进京代其购墨盒一方。午膳后与文波、榆东、寅侯、听楼出去四处一游，至祖印寺听楼寓所少坐而来。晚膳后即趁永江商轮旋里。承丹翁送至道头越东公司。晤朱葆生，相叙片时，云及永江商轮昨夜自沪江开出大洋时，有风车叶一支被坏，该轮虽可行驶，而不能跨便，又不得安稳。同丹翁登轮，晤现任石浦营都司方都戎朱懋生及林汝奚兄，相叙半响。即送张丹翁登岸后，汝奚兄言，丹翁虽护镇篆仅只半月，亦可谓镇军，即吾台自数十年来护理者亦鲜其人，丹翁此番虽言护理，将来定可到提镇地步也。并晤郑坤芝兄，系五部鹿门老伯之孙世兄书甫先生之文郎也，自湖北肄业来。汝奚兄于五月间以布政使理问至福建候补禀到，顷请假而来；又晤方元度兄，系鲍子封之女婿方馥荪长兄，由上海学堂来；及黄岩清汉书院西文教习朱姓。梦云先生自嘉兴来，不意同舟相遇，晤谈旧雨，颇为相得也。

廿八日己亥 卯前，雨不甚大；辰刻至午牌，晴；未时，雨，片时即晴；申刻已后均阴。早刻，与梦云先生、汝奚、坤芝、元度诸君畅叙一朝。坤芝兄言同乡余棣生先生、朱劼丞、姚梧冈、邱少伟、杨云帆及同时出洋游学者数十人均割发辫，亦不知无发者有何趣味也。该轮抵石浦天时尚早，停搁一点钟之久，抵台关时下午四点一刻钟也。该轮行驶本不安稳，加之风车叶损坏，更加不便。抵海门时，即将行囊饬仆装载小舟，即至家中。余先登岸，至何霭生先生府上，言其公出，不得会晤。而至同昌分号，晤楚卿、舜卿、少南诸君，相叙半晌而别。抵家时将晚膳。童子章先生云，周家外婆于廿五日仙逝，礼物虽经送去而未往吊，心甚为歉。但时已过，即待首七之期往吊焉。接周载熙兄于六月廿五日自黔垣所发一信。在轮时，该轮之茶房二头云，有上海人寄与陶寿翁戒烟茶叶一瓶，余曾阅过，当尝其味不甚苦。其招纸注云："每次烟瘾二三钱者，每次吃此茶叶七分，三日减半，七日又减半，十二日断瘾。"照单所云功效有如此之速，未知果然否也。倘得斯言不谬，拯救生民当不数计也。余受瘾之迄今已逾三载，急欲断瘾而无妥便，阅此茶叶似乎可以尝试。即向寿翁取来以便使用。即托该轮茶房三妹照式代买一瓶而还寿翁也。此物系上海棋盘街江左书林代售瑞轩王记戒烟参茸香片茶叶，倘得见效，使各人悉均断瘾，余亦不胜之幸也。

廿九日庚子 晴。致章子修兄一信，饬季明送去，并问候其前染恙已愈否。晚刻，接其覆信云系是三阴之症，大约中秋前后至海门晋谒镇军，便道来家。早膳后，至达云母舅府上问候，后至梅五姻丈处少坐而来。煦东宗伯为首制送王荫常军门万民伞曾已做就，遣人来家约余，准定明日初一至海门同昌分号会齐，余即允焉。午膳后，允东母舅来叙半晌，谢崇甫来与允东同去。即至子宜府上，相叙一刻，而至楚言姻丈处少坐，相约至家。适邬丽生先生在焉，云及椒江学堂三长秦师楩友来访而不得会晤为歉。留过晚膳后，适叶蓉秋与丁辅香来邀楚言，相叙半晌，去时已逾二鼓。余因疝气之症染习烟霞已逾三载，深知被其所害，时欲断瘾而不得其便，心甚为忧。顷于早刻将戒烟参茸香片茶叶依次而食，至晚，烟瘾果止，未知其后之功效亦不谬否也。其单云："若吃此叶之后，万不可吃洋烟，如吃洋烟，头晕呕吐。"晚刻，大烟虽未再吃，而吃烟酒后亦觉头晕呕吐，此后烟酒亦不敢再吃。其单云："吃此叶之后，七日内不可饮酒。"余亦遵戒而已。所云十二天断瘾，未识果然灵验否也。倘得以此断瘾，则感戴瑞轩王记不浅也夫。

八月初一日辛丑 早至申时初刻，晴；申末，雨，片时即晴，至晚均阴。致张丹翁一信，致周载熙兄一信，致褚琴轩一信，及寅侯世兄寄夏季炎一信，均饬仆送邮政局分寄各处。早膳后，至海门同昌分号，晤楚卿兄，云送伞约待于晚刻，同至汪更生兄署中，适其公出未及会晤。便道至娄晋阶姻丈府上，相叙半晌。忆晋阶先生自上年会晤后，较之今年，精神大相悬殊也。至永宁商轮局陶寿农处，梅五亦来，已至是处，相叙半晌。寿农云，金烈轩兄亦于昨日来局，即与其相叙少顷。言及云舟兄自在郡城时染恙，至家十有馀日，尚未安痊，想定逐渐痊愈也。楚卿兄来，约余与梅五转至同昌分号，即至煦东宗伯房中相叙片时而别。适王子宜兄亦来，并晤金佐卿兄相叙。过午膳后而至王香谷先生府上，晤蔡湘岩先生，相谈一刻。转至同昌分号，适将送伞，即同楚卿宗兄乔梓及梅五、子宜、寿农至其公馆中进谒王荫常军门，相谈席散而别。转至楚卿处，晤王少南兄，相叙片时而来，至家时将晚膳矣。适琴轩之弟将托琴轩自宁买来乌缎鞋及乌缎水鞋各一双。但乌缎鞋系是红皮薄底，余不中意，俟明日遣人送去，托其至宁转换纸底可也。又，家慈嘱其代亲戚买之各物亦同送来，随即送呈家母矣。按：王荫常军门立堂投效淮军，历保花翎，补用副将，赴浙省武林带勇营官而至两营，辛丑岁来台统领各营，其将才虽不出众，尚能守拙而用心。如今之统领营旗哨各官均以挂名之洋视为大宗，而王荫常军门视钱亦颇看空，挂名虽不得静清，较各人者大相悬殊。即此等武员而兼统领者亦所难得也。壬寅之岁，前闽浙总督许制军奏请传旨嘉奖，张丹翁之嘉奖案，亦是同摺奏保也。甲辰初夏，奉闽浙总督奏请奉旨署理海门镇总兵。本年夏间，闽浙总督崇制军札饬与定海镇总兵王雨亭军门互相对调，续因保留统领，仍留台防统领差使。家子镇制送万民伞，因请防军数棚驻防本地保卫闾阎，承其见允焉。

晚膳后至楚言处，晤谱香言前在沪江时晤台属诸生赴日本留学者，此次动身三十馀人，均托上海慎记钱庄代为致函托日本某钱庄代为眷顾。内余棣生、朱劼丞两主政、姚梧冈孝廉、王伯禅二尹四人未割发辫，其馀诸君有全割者，有半割者，有稍剩少许者，均是无辫。余、朱、姚、王四人之辫系盘在顶上，其馀亦是东洋装式。惟邱少伟先生均剃完，一发无存焉。他日有赴日本者，其辫盘上，将来归国之日，不致无发也哉。

初二日壬寅　晴、阴、雨不时。接江荣禄兄一信，即作覆江子菁公祖一函，片托荣禄兄代寄京城。致黄漱泉兄一信，均饬老六专送海门。致褚琴轩一信，托其令尊代寄。昨日代买来之红皮底鞋，送托四妹代寄还琴轩调换薄纸底之乌缎鞋。早膳后，至椒江书院谒秦师梗友、胡师学馀，相叙半晌而别。便道至梅五、允东两君府上少坐而来。周家外婆于今日头七之期，因前未至灵前叩奠，晚膳后至彼处外婆灵前吊奠一次。今日亦有僧者五人追荐功果一日夜。并晤达云母舅，相叙一刻而来，至家时将二鼓。杨翼亭兄来，留宿一夕。余今日仍食此药，其等分少两分，亦觉无异，以此断瘾，是为至幸也。翼廷兄云，夏振翁于上春补入天禄，与余旧友，其年长余数岁，但其丁：世兄两人均年十馀岁；财：其府上亦颇少康；秀：则曾补廪膳生员。振翁之本身，丁、财、秀可谓全矣，其最难得世兄两人均颇秀雅也。

初三日癸卯　阴、雨不时，东北风颇大，已作风水。速转和风甘雨是为至幸。致邱霄伟兄一信，附托伯埙先生一信，乞其代寄东洋，托楚言姻丈代寄黄城。王子舜兄于晚刻自黄城来留宿，云初七日趁永江商轮动身晋京供职，言沪江晋京新裕、新丰、新济、安平四艘商轮按期津沪常川来往，稳而且跨也。现在寓京者：何见石比部及其令弟肃堂茂才；宁海章一山太史，现在协学馆提调；肄业大学堂者：任莘云孝廉重、王槽渠孝廉秉珩、柯云初茂才、管扇白茂才望清、徐月波茂才；肄业协学馆者：陈性惇茂才、南仲樵明经（系逊补先生之世兄），尚有王星垣大令之世兄敦礼、王吉人明府之世兄叔政；肄业实业学堂者：任舜臣茂才及陈膺夫，又，唤云先生之世兄；医学堂肄业者：俞榆荪一人；路桥陈正斋现在工艺学堂洋皂库差使。台州人才辈出，将来大增台属之荣光焉。

初四日甲辰　晴。致黄子霖兄一信，饬吕保送之海门商轮局。致江子菁公祖一信，托王子舜兄代带京城向取余之监照两纸。王籽舜兄因事于早刻至海门，来时已将下午两点矣。即备小酌相邀，并请梅翁、子宜、楚言诸君陪客。余于早刻因积食而又伤风，身体发寒热，余意急欲断瘾，此番之寒热大半从戒烟而来。王籽舜兄于于晚刻去后，余不能应酬，时作瓯吐。即请子能先生诊治。

初五日己巳 晴。托子能先生代余致王籽舜兄一信，并附另星。王籽翁言准于今晚至海门趁永宁商轮赴甬。饬阿儿送至海门，询问尚未到海门而来。余染恙较之昨日尚沉，不已将大烟再吃下，即觉稍愈，其功如此之速。功如此之速，其害犹烈。大凡后人未吃烟者，切不可入其牢笼，是为至切也。吃大烟之苦，苦不胜言。余之入此道，悔之晚已。万望未吃大烟之诸君子切勿吃大烟，是为至盼。余此次又不超脱苦海，续再觅良法以图后效也。

初六日丙午 晴。余之染恙稍愈，稍能进饮食，想能逐渐痊愈也。星斋宗叔之宗小弟值今团月之期，邀余吃酒。余因恙未愈，即辞却之。

初七日丁未 早至巳，晴；午、未，阴；申初，细雨，片时即晴，阴；申末至酉，阴；戌牌，雨，不甚大；亥时后，雨晴，阴。至王籽舜兄一信，并具赆及礼物等，遣桂明送至其家中。片时后，籽舜兄遣价来，接其一信云，本于初五日趁永宁赴甬，因事未楚，暂缓至初八日趁海门商轮赴甬。余尚不能致函，即致片福。晚刻，桂明来，接福信，礼收赆璧。余之恙，今日较之昨日稍愈大半，仍请子能先生诊治。早刻，童献廷来云，有太平救护案出，未酌与余。余思此事堆积颇多，总之在前之案能出一二案，若再办出，不致拥挤也。并托余有便通知子修兄，大约中秋之前与其一叙。彼欲中秋节后欲赴都门一走，留过午膳而去。接梦云先生一片，言其族侄立章为人带信至从奇，被人瓯辱，嘱余代其函托被处有相识者代其伸雪，余与被处之人并无相识，只其有一信寄与长甸陈洛卿丈公，余附一片与陈洛卿丈公也。谱香、允东两母舅、梅五姻丈均来问候，实不敢当也。

初八日戊申 早至午初，阴；午末至晚均雨。致褚琴轩兄一信。余之恙虽无寒热，饮食不得多进，最为无味，每饭后时常呕吐，仍请子能先生诊治，未知得能逐渐痊否也。

初九日己酉　早至巳，晴；午刻，阴；未初，雨，不甚大；未末刻至晚均阴。余之染恙仍然如昨，亦请子能先生诊治，未知何日得可消除疾厄，是为幸甚。徐晓翁于晚刻来云，今日至允翁府上，过家留过晚膳，仍转允翁府上矣。

初十日庚戌　晴。余病仍如昨，请子能诊治。

十一日辛亥　晴。余病仍然呕吐。早刻，请子能先生诊治，药下而不能止。午膳后，请李健生先生视，开一方食下，吐即能止，是为至幸也。即作一信，请伯森先到郡请王渭川先生诊治，余恐变成泛胃，殊多未便，倘若逐渐安痊，是为至幸。梅五、书城、秉彝、子宜相谈至晚而别。接家君自七月初十日所发一信，内致童先生一函，即送交矣。

十二日壬子　晴。余病仍如昨。伯森先去请渭川先生，尚未来，今日扔请子能先生视，开一方，而呕吐之病幸渐痊矣。楚卿兄来柬邀余午膳，余即辞谢矣。接陈洛卿丈公一信，因病而不能作福，即致片福答。

十三日癸丑　晴。接张丹亭镇军一信。周梅翁、楚卿兄均来问候，并来约十五日至白云山小酌，余病尚未愈，未知能酬应否。余恙仍如昨，请子能先生诊治。日前去请渭川先生，尚未来。楚卿兄云，陶祝卿于明日动身赴闽。叶蓉秋先生来云，陶寿翁言各典加缴存架之事，因连年加款，连年各典生意寥寥。明日到郡同定甫先生开之郡城仁济当相酌，具禀邑尊，未识得能加捐之处作罢否也。但临属有帖之典与无帖之押生意均是相同，有帖如此税银，如此架捐，无帖之押均从俭而不费分文，未免偏枯过尽，其中各情不得不宜，然申雪其所有小费理应照听，余即允焉。叔文妹丈之胞妹于上春适郡城余洁斋兄，择今日归宁，迫于潮候，过家留宿一夕，拟明日到莘山去。据其仆从言，余洁斋兄现捐部曹到京，现在尚在京中，何日旋里，尚未定期也。

十四日甲寅 晴。夜间月色倍觉鲜明。古人云:“月到中秋分外明。”斯言是不谬也。余病稍愈。王渭川先生于早刻来,即请其诊视,想定逐渐安痊。丽生先生于晚刻来,代家慈致家君一信。

阅八月初五日《申报》,纪台州太平县桥下村人陈菜臣鹾尹一泉部选两淮通属丰利场大使,到任已将两载,今以移挪公款修理衙署,经分司某查悉计参撤任,交卸关防后来扬听鼓,泊舟河下,命仆李贵觅屋而未就,暂寓其亲串俞遥垌寓中。不意开放手枪使女后心情恍惚,其仆李贵劝止,即将该仆亦放一枪,随时毙命。其亲串俞姓恐事被累,亦恐再肇事端,其人以成疯癫样式,即捆送该处有司衙门。经该县甘泉令白大令亲自勘验后,将陈鹾尹带县发押捕厅云云。凡人生性情均出天生本性,性之大、小、纯、歪,不可思量,富贵、贫贱、寿夭均是天性所生也。性若偏狂,一见即知其大概。余自戊戌至申客栈,寓陈菜臣,即知其人恍惚,而今意然也。此人量窄而狂,见识浅陋,即在乡间,抱守私囊尚且不足,何况其纳粟而列仕图,定招是非,确是无宜。按:陈菜臣者,本无识见,至愚之人,至蠢之物,时因腰囊颇裕,于光绪廿三四年间入资上兑遇缺先盐大使。廿八年部选两淮通属丰利场缺,随年到省,廿九年冬间到任,迄今未及两周,竟至撤任而闹案,岂非性情使然也?而今以后,其功名安能保全!官场均以疯之谈及,即幸事能解脱,成为笑柄。况此人命一时恐未必能了也。后人以及有人之后者,看其人近何等、性近何样以相近者,使之不致终成笑柄。如陈菜臣之等人,即安在家中,尚要有人随时开导,安能任己之偏狂即据入仕图者乎!切不可为逾限之事,是为至要。

周家三分大伯婆于昨日晚刻作古,亦甚人事也。按:大伯婆郑氏,系余生母周太淑人之胞伯母,未及二十归周氏,时将三载,早丧夫主,迄今七十七岁,守节五十馀年,乡里老幼均无闲言。少年时收有义子名恭寿者亦游庠序而故,媳某氏当时存烈,均有葛逸仙兵部在京时即将直情具禀汇奏,奉旨旌表,即在东岸地方建造婆媳同建节烈之坊。今虽仙游,即完一生人事也,虽死亦有荣焉。人生于“忠孝节义”

中得守一字以终身，虽死亦犹生焉。周大伯婆，余素所钦仰而敬佩也。渭川先生自陶寿翁处来云，沈东禄公祖已于月之初十日自省来，急欲开办小学堂，为政者亦治之一道也。余恙尚未愈，欲记之事未能详明，心甚愧焉。

十五日乙卯 晴。早膳后即至周宅大伯婆处吊丧，毕后晤醉香、少云，留少谈。后即至允东母舅府上，相叙一刻而别。即乘舆至小白云，晤梅五、楚卿、子霖、子宜、云梯、遇琴诸君及金辅卿兄，相谈至晚，抵家时已下午四点钟矣。余恙又稍愈，仍请王渭川先生诊开一方，逐渐痊愈也。日值中秋佳节，饬仆携帖至分府署沈东禄公祖及各处贺节到喜。梅翁言，此番沈公自省垣转署急办六庄蒙学，择童子入学，以三年为期，另发新定章程，俟蒙学毕业后转送小学堂，依次推升。将来科举恐致停止，以此为进身之路。时事、新章日易，余阅报章亦无把握。今上命张香涛宫保、袁蔚廷宫保、张冶秋大冢宰、瞿子玖尚书、赵次帅、岑云帅、周玉帅及当道诸王公妥定新政，有停止科举之条，尚有王夔石中堂、孙燮臣中堂、鹿芝圃尚书、葛震卿尚书诸公颇不愿骤停科举，将来未知作何结局也。今则朝廷纷纷议政为民，上者不得不预于布置也。

接张丹亭镇军一信。子霖兄云，洪少猷兄尚在沪江；褚仲逸兄近已赴都城，想为网行之事，与任星云孝廉同行，是事不知作何举动也。

十六日丙辰日 晴。戌末刻细雨，片时即晴，仍然月色鲜明。致黄子霖兄一信，饬老六送至海门商轮局面呈。致章子修兄一信，饬弟头送至前宅。晚刻来云，子修兄于昨日已至海门。晚刻，子修兄自海门来云，于昨日自府上至海门晋谒王禹廷军门也。老六至海门时带来漱泉兄一信，并代买来参茸香片一匣，计价洋一元二角。卖绢之二头客言，长甸陈洛卿丈公之弟二惠夫表叔上年九月十一日娶路桥俞氏为媳，即于本月初六日生产一男，未及对周，幸即宜男，此实便而且速也。余恙今日亦稍愈，仍请王渭川先生诊视。章子翁云，其令弟仲铨姻兄染恙颇为沉重，堂上年高，诸多为忧切也。永宁商轮于晚刻来，接到本班《申报》。

阅八月十三日《申报》纪八月十一日内阁抄奉上谕："朕奉慈禧端佑康颐昭豫庄诚寿恭钦献崇熙皇太后懿旨，周馥、陆元鼎电奏称，本月初三四两日，风潮涌猛，川沙、宝山、南汇、崇明等属各沙居民被灾，淹毙人口至数千之多，情形惨甚。朝廷深为悯恻，着赏银三万两，由周馥等特派妥员先行急赈，尽心抚恤，毋使流离失所，馀着照所议。钦此。"按：今上遇报灾区即行发帑赈恤，历代以来，皇仁广被莫过于国朝也。近有不肖官吏将实惠竟入私囊，此等污官，置之重典，方申国法。贤者亦复不少。倘得人人皆以国事为己任，虽得优赏，亦无愧焉。虽然，官有清浊，其报应昭彰，丝毫不爽也。余愿后人及我同侪诸君子，身在宦途，当以国事为己任，民为己之赤子，是为至幸。果有存心若是，今天道断毋委曲毫厘哉！勉焉，慎焉。勿以斯言置诸度外，是为至切也哉！寓申朱葆三观察邀集筹赈，同人创立善会，普救宝山、崇明各属等被难之民人。愿我同人能速解囊，即为赈救，则如此积德累功，不可思量也。

十七日丁亥 晴。致黄漱泉兄一信，并附还代买香片英洋一元二角，饬老六送至海门锦茂商轮局，转接收条矣。前张丹翁将沈守备千金之庚帖寄来与余说合，即请丽生先生代为评批，与余之命恰不相合，只作罢论。即作福丹亭镇军一信，并附庚帖一纸，饬老六送海门邮政局保险转寄舟山矣。余恙今日又稍愈，仍邀王渭川先生诊开一方，颇为见效。晚刻至梅五姻丈府上，适其公出。即至楚卿处，适至海门，未曾会晤。即与煦东宗伯畅叙一刻，邀余代请渭荃先生代为一诊。来时，至子宜府上少坐而来。老六自海门携来《申报》，内附陶寿翁《中外日报》《新闻报》各一份，系陶寿翁寄买之物，即于晚刻遣弟头送交。前向寿翁借来瑞轩王记香片一匣，昨承漱泉兄买来，亦饬弟头送交矣。晚刻，有密腊朝珠送来售脱，看其物系是洋货，惟计念珠是真珊瑚，无如其价过昂，就即却矣。

丽生先生自晚刻来，云及前闻有言其事甚确，云某府有近山之小村庄民居约计二三百家，有一日龙虎交斗其地，将一地之居民屋宇甚均弃散，民人均四处抛吹，无一人而完全者，一方数百家内皆遭此难。内有三家屋宇完全，三家之产业一无见损，三家之大小均无窒碍。事后审知，一方之中各家因在近山之处与城市路途遥远，有客人借宿，各家均将客人丧命财物均于己有，则如此不良也。惟三家中有客人借宿者并无有见害之心、无艺[1]之财一无贪心相受也，故至此日之报。抵留三家而完全，可见天道昭彰，丝毫不爽。丽生先生言之较[2]，故作记焉。凡为人者，善有善报，恶有恶报，而不即报，尚有祖德而未尽也。古语云："为善不昌，祖父有遗殃，殃尽必昌；为恶不报，祖父有遗德，德灭必报。"此之数语，岂谬言哉！望我同侪及后人者必以积德累功，是为至要也。今之宝山南汇各属受此奇祸，总以天道使然，定无舛错。事后见者，如此之惨，亦不得不即为解囊赈恤，是为至盼也哉！故以"万恶淫为首，百善孝为先"，人生以此十字勿以片时去诸于心，是为至要。即看今之后嗣荣昌者，其先世岂是不善之人。善人之后定是富贵以报之，不善之人，定是贫贱以报之。故我同人，定须为善、为孝，是为至切也。

十八日戊午 早至午初刻，晴；午末刻，阴；未初，雨；未末雨晴，阴；申时，阴；酉初，雨，片时即晴，至晚均阴。作头来，有人与其琴轩代买之皮箱已寄至同昌分号，即致陈舜卿兄一片，饬作头去向其取来三担，无琴轩之信，其价若干，犹未知也。接应吉甫信云借寿屏，前托吉甫老伯代办上北山祖坟，彼应有事而不肯代办。前送去英洋一元，已由吕保送还。余即交乾生代为办好，准于廿五日上坟。周允翁母舅来叙片时，适值将午，留过午膳而别。渭荃先生府上价来云，张柳桥兄之尊翁佩五老伯于十七日仙游，闻信之下，不胜浩叹。按：佩五老伯今年寿登六十有六，长公子柳桥兄曾游泮水，次世兄亦已成立，

---

① 当为"义"。

② 疑脱一"确"字。

均有文孙三四人，可谓寿考，而幸子孙满堂，所碍者腰囊不甚丰裕耳。子修兄府上价来云，其令弟仲铨兄恙颇加增，心甚为忧。愿得上苍敷佑，速为安痊，速为至幸也。晚刻，席请子修兄，并邀渭荃先生、梅五、允东、梓能先生、丽生先生、子章诸君陪客，相谈席散而别。用九先生于晚膳后来云，琴轩代买之皮箱二号两对，计价洋十二元八角，小号皮箱一对，计价洋五元六角。如今价金逾于以前将倍也。

十九日己未 早至未，阴；申末刻，细雨，片时即晴；至晚均阴。子修兄于早刻至家去，托余代为饬仆送柯育卿兄一信，即于早刻遣老六送至海门镇署巡捕面投育卿兄，取还福片。致张丹翁一信，致王籽舜兄一信，均遣老六送海门邮政局分寄舟山及北京两处。致张柳桥兄慰信一封，并附寄送其尊翁香仪一函，计洋一元，并送其尊翁挽联一对，均封托王渭川先生代带郡城饬纪送投。王渭川先生于晚刻去，送其酬敬一函计洋八元，交其仆从带用川费开洋四角。应子能先生亦于晚刻去。午膳后至陶寿翁府上相叙一刻。晤书城母舅、梅五、柳亭，相谈半晌。书城母舅之弟绍占相因丧偶后早欲续弦，近路桥有一女子说成，年仅廿七岁，来归绍占相，曾已九日，细察绍占相年已五十有八，心多悟悔而去。但聘金等计需英佛四十尊，意欲向追此款而不遂，即欲进呈追还，此事亦可谓笑谈也。与梅翁至允东母舅府上相谈至晚而来。

前宅价来报，章仲铨兄于早刻仙逝，不胜长叹，年仅三十有四，幸有一子，而母老子幼，少年而逝，不胜其惨也。丁琴泉兄来云，孔子强兄染恙颇沉，语言而无论次，其家中常喜批降，所谓医治之师均非老手，不知能奏肤功否也。幸其令岳映江先生系是精明之人，想不致糊涂进药而为至幸。大凡人有疾病，其请医不得不慎于选择，是为至要。倘药而误投，悔之何及！人以余樵补先生可谓善于岐黄也，但余于樵补先生亦相谈多日，不过名堂过重，利心过厚，请其再难，又不能代挑肩仔，即精于医术亦有何益哉！以余论之，非独无益，反觉有碍。何也？即是难请，又不挑肩仔，未识知其者此言为然否也。但医生者，医虽最次，亦有得手之症，甚高明亦有不得手之病。病之愈否，不得不甚归咎于太医。但愿医生而不舛错，是为至幸也。樵补先生每每问本人何处作痛，即开某药而治，而无己出之主意，但问病治药，本然美善，而无已出主意而大有误也。既习岐黄而行道者，凡有病之人，看其来如仙之下降。余樵补先生倘若请其来医，非求之四五次不得而来。即或而来，诸多推三阻四，如此之习气非独无益，尚碍有病之人不少矣。琴泉兄又云，此番子强兄之病，此樵补先生亦有药误投。此等医生，余劝以后因病者切不可请其诊治为盼。余樵补先生之本事在王渭川先生下之又下，亦不及梓能先生尚且多矣。其虚名甚重，度虚名而无实济，有何益哉！两日之间，闻一友一亲相继而逝，友年老，亲年少。细思我仲铨姻兄年当少壮，上弃老母、中抛妻、下别子而去，老母、少妻、孤子亦不胜其惨。回忆正月间与其坐谈终日，一别之后，竟然长别，不觉悲泪交迫矣。

二十日庚申　阴。致章子修兄一信，并附柯华福片一纸，饬季明因送人情带交。前程云溪兄托写直条两堂。曾已写就，并致程云翁一信，饬弟头送交。黄漱泉兄来，携其令兄子霖一信，向余通融英佛五百尊，即询童先生而不能凑手，即代致张丹亭镇军一函，托其代向甬江庄上暂为通融，期准在十二月廿七日付还，代存手券一纸。午膳后，至达云母舅府上相叙，少坐而至梅五、楚卿、子宜诸处，适均出外而来。早刻，周梅翁来云，其世兄文津三月间托姚梧翁办有难麽知县，今梧冈已出东洋，实轩到京之便，向询此事，已被人取去。适有州判一人尚未承麽，其价金须加五十金可以代办。梅翁恐州判须走边省而又加价，不肯托办，即作函福实轩，如县丞与前价相若者则可，若要加价以及州判即作罢论。余思此事，梧冈向说其价尚廉，今不过欲加若干而已，断无彼周姓而无合例之人也。

廿一日辛酉　早至午初，阴；午末，雨，不甚大；未牌，阴；申刻，雨；酉时以后至晚均阴。致郎显臣先生一信，遣官涛先专(送)桃渚。致陈祝再姻丈一信，饬老六送海门托永江商轮转寄申江，托永宁公及怡春茶栈代交，未知得能送得到否。余恙可谓愈矣，饮食亦逐渐加增也。乃玉来，玉先三日自家至家子赌博输至二百元左右，如此不早回头，将可结局也。晚膳后至子宜兄处，晤周梅翁，相叙半晌，来时已将二鼓矣。

廿二日壬戌 阴。早膳后，差官兴至塘头收地税，来云俟十月霜降后可以清收。并言楚翁之眼疾颇觉沉重，今请郡城能识眼科者诊治，未知得奏肤公否也。至梅翁府上相叙一叙，约于晚刻同至海门。续至谱香母舅、允东母舅两处少坐而来。适德轩宗伯同金申谷人黄佩秋先生名诺英来云欲合修宗谱，余因黄氏之谱未能修整，允其即于修整，一切开费准为代垫，留过午膳而去。即同梅翁至海门同昌分号，晤王丽生、苏时卿少谈。而至海门商轮局，晤丁辅香、子霖、漱泉、宝舟、丁飏绵、戴云珊诸君，畅叙至晚，到家已将晚膳矣。托子霖兄代托郦淑芳兄代书篆字四条。云珊云，彼到宁之便，准为代带托书。晚膳后便道过庆丰，晤用九少谈。至黄楚卿家，晤佩秋少谈。至云梯书房，晤梅五、子宜、石甫诸君，相谈半晌。子宜与梅五同至杨家桥看戏，余与诸君又相叙一刻，来时已将二鼓矣。忆戴云珊言，张丹亭兄近奉闽浙总督崇制军札委浙江全省提标中军参军。查提中参系全省各营镇之领袖，可谓至顺也。永宁商轮于今晚来关时尚早，向其取来《申报》。

阅八月十四日第三张《申报》纪有分发人员名单，其中纪江文光，安徽。浙江系七月分验看诸君也。按：江子菁公祖已于七月下旬验看，定是八月初上引见，想九月初旬可以到台。江子菁明府诸事精明勤谨，在台有年，历任台州郡伯均器重之，今则高与卿观察格外垂青，上游均有识见而无舛错。此次来台，能任大邑，定有一番振作，而邑民感戴，不待言矣。即前在台时奉府委至宁海、天台、仙居及各处所办疑难案件及署路桥之黄岩县丞、临海县丞、台州府经历各缺，不鸣一钱，所到之处，该处子民均沾实惠也。但其家中人口颇多，腰囊如洗，而又不要非分钱，可谓不易哉。现办台州渔团局，除正项外，无得非分之项，余所深知。但余登诸日记，非谓与余有交情者，即言其如此之优、如此之清，与余无交情即不言矣。若有如此之心，记非直言，即是私情。余此事断不敢书，亦无有如是心。但江子菁大令实有如是之长，故敢直言而记焉，非敢以私情而说其优长也。质诸知江公者言余之言虚设否也？

又阅八月十四日第一张《申报》，八月初九日内阁抄奉上谕："山西大同镇总兵员缺着韩廷贵补授。钦此。"但人之补选，本与余非涉，即日记中可不必有记。现在家君任山西吉州知州缺，故之补选、有关仕途者，无论要紧不要紧，即有诸报章而记之也。阅本日《申报》有会奏立停科举、推广学堂，摺颇长，另书《见闻摘要》以志焉。"前署过云南布政使迤东道陈启泰丁忧，后授直隶永定河道，现奉旨简授安徽按察使。钦此。"按：廉访系湖南省城人。阅八月十七日《申报》纪七月分部选人员均于八月初七日引见单，有山西河津县知县着汪张敩补授，山西赵城县知县着王圻镇补授。现在各省候补道有曾带过统领及将门之后，有各督抚将军保过晓畅戎机、通达洋务、谙知弢略者及有武备学堂、江南陆师学堂，又有日本武备学堂及有明保各候补道者，有各学堂教习，有从各学堂出身人员，及有呈奏武备章程合格者之各直省候补道员，均即奉旨简放总兵及有即署提督者，可谓破格录用，如此之皇仁广被诸道员厚之又厚也。余阅报章，初有黄忠浩，次有孙道仁及徐少桢，均从候补道员请旨简放总兵也。楚卿兄云，有候补道员即署某省提督，余忆报章亦有其事，某人尚记忆不清。查总兵系正二品武职大员，提督系从一品武职大员，改文即是督抚。若以道员系是正四品文职大员，以四品文职改署及改补二品及一品武职大员，转看间即是督抚地位，再若不以尽忠报国，有何面目立于人世乎！想以道员改署、改补诸君，朝廷均择之至再也。忆前闻林汝奚兄、福建候补道孙道仁，现补福建福宁镇总兵，系湖南人，前福建陆路提督孙开华之公子，现在署福宁镇任，确有格外优长，营规较诸各镇见长颇多，可无愧为将门之后也。可见朝廷选择人才非是幸进焉。

周允翁言其大伯婆郑太安人于八月十三日仙逝，停至十六日大殓，数日间天气颇极和暖，非独晤死者之气，临葬之日，其殡中堂时有闻檀香之香。临葬时闻之香气，细思非檀香之气，非香花之气，总之异香满室，葬后逐渐而散。可见善人之死也有异香之气。只闻其言，未闻其人，今郑太安人有此香气，可见有所其言，定有其事。但郑太安人者，余之姻长亲也，年已将八十，以前事余未有眼见，只有所闻。郑太安人年未弱冠归于周家三分大伯公，未及数年而大伯公逝世，时郑太安人年仅二十馀岁，青年守寡，静坐闺门，即家中非大事不出户，故其家中大小长幼均无闲言，语言颇为谨慎，守节五十馀年，毋沾人便宜之物，只静坐闺房而吃素，亦五十馀年，即乡党中亦无人言郑太安人有非分事。少年在周家事长亲尽孝，中年确守妇道，老年拜佛念经。总之，郑太安人自守节之年起，至今死之年日止，除拜佛念经外别无所事，即其家中及乡党老幼知者亦知其除拜佛念经外别无所事。持斋一世，不说人非礼之事，女流中如此之人，真是女中大丈夫。今其死之后有异香满室，即上苍报其一生苦志，以为后人守节之妇人为效法焉。余之生平闻郑太安人，心所钦仰。人心均以钦敬为心，可见其为人无偏焉。郑太安人岂非女中大丈夫乎！愿得后之妇女，以郑太安人为效法，无愧其为人哉！郑太安人发异香之气，亦可谓一世苦志以此结果也。若以此结果，虽死何异于生！郑太安人今虽死，即为神矣！

廿三日癸亥 阴。周梅翁、蒋馥堂先生来叙半晌而别。晚刻，至星斋宗叔、梅五府上相叙一刻而来。周家外婆于今夜四七之期，备席荐七。晚刻，至达云母舅府上，晤谱香母舅、醉香母舅、丽生先生、李舜卿、周作羹诸君，叙谈席散，与谱香母舅同至灵前叩毕而来。醉香云及其大伯婆郑太安人临终时是有异香满室，与允东母舅之言于同。并云大伯婆先知自于八月十三日终期，可见节妇归天之期，预先自知，并有异(香)满室，定是为神也。云及大伯婆自廿七岁守节，今年七十有九岁，守节五十二年。如此而终，亦所罕见，所以报节妇之苦志，可谓至厚也哉！

阅八月十四日第三张《申报》纪有"户部奏推广捐输条例章程"，摺内有一条，盐运副及盐运判两项，旧例本无捐免保举之条例，今新增，自奉旨之日起概令按照品级补缴免保举银两，并取具同乡京官加用戳记印结赴部库完纳，以昭平允等语。查盐务之盐大使旧例本有免保举银两，而运副、运判无之，不解其故。今则加增，亦实在于理然也。

数月以来，报章均纪有禁用美国货物，言之最为妥当，为首之沪江商务局总董曾少卿观察亦今之人杰也。华人之在美国经商及为工匠者，美人视华人最为鄙下，加之庚子变后，看华人更鄙。华人之往美境者，租业及货物一切均被其损坏。华人一经有病，即入该处医院，一入医院，即置之死地。其中有危处逢生之人，转来中国，备述虐待细情，均以敢怒而不敢言。出有闽人在上海商务局之曾少卿观察，示禁美国货物以抵制美人虐待华人之报，所议章程无不妥善。倘得美人视于中外如一，则开通禁约，此后可见中国民心甘固，外人不敢虐待我中国在外之人民，是为至幸。如此之功德无量，功若完全，则大半全归于曾少卿先生也。则中国经商及生民者皆有血性焉，曾少卿观察可为首焉。则举动禁制美约之初[①]至大焉。非曾少卿观察，孰能为之！禁约之举最难也，倘得完善，本是美事，又是善事，又是积德积功之事。若不完善，反坐之咎大以哉！今则已议禁用美货，常[②]未开禁，但愿速有人将美人虐待之条改为优待之约，一面仍用美货，而开禁约，是为至幸。速愿曾少卿之功早日完全，则余之愿也，则中国生民无不欣幸也，则往美之华民感戴非常也。质诸我中国四万万生民以为然否也？

廿四日甲子 早至未，阴；申时，晴；酉后至晚均阴。致黄子霖兄

---

① "初"疑当为"功"。
② "常"疑当为"尚"。

一信，饬老六送交。来云，前托买各物尚未买来，俟下班可贵到埠可以带到。官涛先自桃渚来云，郎显臣先生尚在郡城，该息洋尚无取来。只作函寄郡城向取可也。梅五姻丈、秉彝宗伯来叙至晚而别。许眉甫先生来叙半晌，留过午膳而去。云及孔子强兄染恙颇沉，此是庸医者误医以致如此，初误在余樵圃，再误在陶舜韶及下梁人梁姓者。系子强兄初本无重症，后至愈医愈沉，皆被庸者所害也。劝我同人，如有疾病，请医不得不慎。若其医靠不过者，不如不医为妙。古人云："勿药为中医。"斯言为不谬也。即勿药者亦看如何症体。若遇子强兄之病，不得不医，既若请医，不得不慎，是为至切。按：孔子强大令广德，太平县乡间人也，幼年即有才名，十二岁出考县试十名、府试案首，时府尊赵寅臣太守最为赏识。是年院试入泮，以此文名日著，配黄邑廪生周映江明经祥麟之令媛。此后数科接列一等，续以案首补入天禄。癸卯科考取优贡生，张燮锡学使亨嘉最为赞美。是年廿一岁，行完姻礼，夫妇颇为相得，租屋移住东山头地方。甲辰赴京朝考列一等，奉旨以知县用，入大学堂肄业。时大学堂总办张冶秋大冢宰百熙大加赏识，收为门下。即请假到籍，秋间即欲北上而致病。愿得逐渐安痊，将来定是吾台生色也。

廿五日乙丑 早至巳，晴；午末，阴、晴；申后至晚均阴。永文大爷之子来云，张家折饬头之事，余即请询家慈，云及张家之意。即代致一信与洛卿丈公，即托其带交。前交漱泉代寄丹翁之信，尚未寄去，日前闻戴云珊云其升署浙江提标中营参将，即作贺信一函，与张丹亭镇军贺信面托漱泉兄代寄舟山。早膳后至海门同昌分号，晤王丽生先生，云卢槐士兄昨日携友自郡到海门。即至锦茂商轮局，晤漱泉畅谈半晌。即至海门商轮局晤子霖兄、槐士兄、潘秋舫大令、陈兰樵父台及邑侯之幕数人，畅叙半晌。并晤何霭生先生少谈，云及前尹东云，海门有救护一案，经临海县代办，其公事一切均汪更生参戎经手。

午膳后，至陶寿农处，晤允东、梅五、秦梗友先生、柳亭诸君，相叙一刻。云及天台金性山先生由进士即用知县领凭到省，不意将部凭领来，到家已隔四年，而未到省。按国朝向例，不论大小官员，领凭后逾期不到省分候补者，照例降三级调用，官小无级可降着即革职。金性山先生系理学君子，致干此议，诚为可惜也。按[①]：金性山明府文田，天台县城人也，情性诚厚，朴实无哗，素以理学文明，遐迩皆知。少年曾游泮水，即补廪饩，屡次院试考列一等，丁酉科拔贡，是年乡试中式举人。举人别名曰“孝廉”，惟性山先生无愧孝廉二字。台人如得五贡及中举人者，初中时均将三场文艺发刻一本，名曰“朱卷”，分于亲戚朋友及乡党稍有知识之人，各人均送洋、物，交情厚薄即送洋之多寡，名曰“抽丰”。此外尚有同姓之人请其已经发达者到祠堂祭祖，即送祠中匾额一方，各同族诸人拼洋送与已发之人，此向例也。惟性山先生中拔贡及举人，以后中进士，此等之洋及抽丰一概不受。即有同姓请其祭祖，亦因情面难却而去，祭后同族诸君送其议洋分文不受。所有朱卷均勿刊刻，亦勿分送与人，此清高君子，非与浊者可同日语也。癸卯补行辛丑、壬寅恩正并科中式进士，殿试二甲，朝考三等，奉旨以知县用，签分山东即用，领凭本即到省候补。而恶官场习而不到省，即至家中，受三台山长之聘两年，又恶热闹而不清静，上年散馆后即辞馆。今岁初，董事函请而不受，续又监院及教官诸君函请，亦不受。顷台州府何月丹太守作函去请，亦然辞却。其品行清高若是也。家颇清贫，非分之洋一概不受，即送其赆仪，与其知交者敢受一二，若多亦不受，非深交者亦不受。顷借住天台山茅庵中养静读书以自乐也。自俸极为俭约，前为诸生时及后至两登蕊榜，服用衣饰皆然，毫无骄气。余看读书中以金性山先生可为效法也。今岁在五十有四，精神强健，无易少年之爽。日与老僧谈妙，颇为相得，其所性如是焉。其世兄两人均补食廪膳，此为厚道者之报也。

家慈肚痛，请解玉泉先生诊治，亦稍见效。忆陶寿翁(云)椒江本

---

① 原文误为“接”。

是小学堂，尚再立一蒙学堂，今沈东录公祖颇为用心专致。今则科举已停，各处设立学堂为当今要务也。卢槐士兄于晚刻来叙半晌而去，云及邑侯萧伯康公祖意欲就郡城设立电报局，以海门为总局，接通太平、宁海诸处，如得能通宁波，是为至幸。倘能完全是事，四处消息即可通便，此亦美事。顷函邀煦东宗伯及陶寿翁、黄子霖到郡面商是事，其资本意欲拼集股分。并云晤王子宜兄自东山来言，孔子强兄已经仙逝，此实庸医杀人，可恶、可恨至极也。

余之祖上大约可永辈祖坟在北山地方，当时已失数十年，前稽查宗谱，始得寻觅。而无基业出息，可作上坟备席之资，本派各家均有上过。前年家君与同族诸君议云，候何人管祠堂大祭者，内之出息抽钱一千文以为北山祖山祖坟备席之资。今大宗祠大祭，系禹门叔公承管，被不肯将钱挪出备席。余即出资备席，饬仆邀集是派诸人同至该处上墓。余幸托祖宗之福荫，尚可糊口，家君幸得一官，而遇祖上之事理当为之。今夏大宗祠行倒一架，余即代修理焉。晚膳后，至子宜兄处，适其出去。即至楚卿兄处，相叙半晌。云月之廿九日至郡去，云同昌账房林云樵先生现在家中染恙颇沉。

阅其房间桌上之《中外日报》二十日张纪有八月十八日内阁抄奉上谕："山西按察使着吴匡补授。钦此。"按：新任山西按察使吴匡号书年，系浙江湖州府乌程县人，与郡城陈仲怀太守稍有亲戚。自游幕而山右，由监生入资报效佐杂，保至知县，历任知县、知州、直隶州知州，升补知府，调补山西太原府知府，奉上谕简放山西河东盐务兵备道。而今升臬司，将来迭晋开府，指顾间耳。早刻，在漱泉处晤丁敬安，系舟山人，可贵商轮之船主也。其令叔丁庆斋先生由举人大挑知县签分云南候补，到省补授恩安县知县。未曾到任，调署罗次县知县，因案被议。云该缺清苦，每年所进之银仅在两千之馀。今郎伟臣老伯本选昆阳知州，调署亦是罗次县缺也。漱泉兄云，路桥之黄岩县巡检曹升阶二尹曾将交缺，新署是缺系蔡姓也。分驻前所临海县巡检杨二尹文桢因才到任，而来拜客，即饬丁挡驾。

廿六日丙寅 晴。家慈肚痛仍然如昨，请书城先生诊开一方，能得见效否也。午膳后至梅五姻丈府上少坐而来，接子霖兄来柬邀明日午膳，席设白云山。

廿七日丁卯 晴。致函请王晓凡兄与家慈看病，遣桂明送至黄城。晚刻来云，王晓凡兄就馆长甸，未在府上，原信带还。早刻至白云山，晤黄楚卿、周梅五、黄子霖、卢槐士、王云梯、邱遇琴、丁飏绵、丁辅香，畅叙为快，席散已将下午四点钟。楚卿云，新授台州府知府张西守[①]太守曾经藩司悬牌，九月间即可履新矣。萧伯康公祖因公于昨晚至海门，今日趁永大小轮转至郡城，云及今岁本是科考之期，因奉旨停止科举，本年台属尚未按临考试亦均作罢。所可惜州府县试曾经取列十名及案首诸生不得与试，诸多扫兴也。幸有司认真办理学堂，其果有真才者，其进取颇为优异。

晚膳后，至陶寿农处，晤周梅五、黄楚卿、解昆珊、陶柳亭诸君。寿翁云及沈东录公祖即将椒江学堂分作高等、初等两班，高等选择二十名，教习即请秦师梗友、胡师学徐两君传授。初等选择四十名，另请初等教习，闻周作羹兄充有初等教习之说。两等肄业诸生均立清册，若进堂之后须要三年毕后方准出堂，其章程颇为周详，亦曾阅过，头绪颇多，记忆不清，未及详记。倘得完全功课，于地方中亦不无裨益云。若地方官能将有心办事，亦无不就之理。

邱仲玉有致陶寿翁、黄楚翁信，云有人将渔网一节在京师商部具呈，欲将报效商部经费及大学堂经费，二处报效之款亦是不少，欲将台州渔网专办之事。今以黄邑巨绅杨定夫给谏、王子常太守。喻志樵太史、朱益夫明府欲至椒江议办实业农学水产学堂，将公利已办台州网业经费提充是款，一面转咨商部等语。诸君先嘱仲玉通知寿农、楚卿两君，均已廿九日到郡之语函福。但彼到郡，因萧伯康公祖函商其办理电报之举，由海门通郡城，值至宁海各处。郡城设立总局，海

---

① 当为"张西园"。

门、宁海各设分局。云初设之经费约计洋三万元，以台州各处厘金及藩库提款开创，常年经费每处约计每月须需一百六十番。以官电为主，以商家、民间各电为宾，商民所进电费外，将渔团局、盐商及可想法之处相筹。但此事本是通便声气之美事，如开创之巨款藩宪能将拨款创始，则常年经费尚可易筹耳。今府县均欲创办台属电报，此举甚善，此得成全其事。台州曾有商轮，沪江、甬江常川四艘，加之电报通行，则四处消息片时间皆已周知也。

楚卿又云，新授台州府知府张西园太守于八月十五日到省，十八日禀见各宪，十九日藩宪翁小山方伯即行悬牌饬赴本任，甚为便捷。闻张太守系是山西平定州人，今已六十岁，由甲戌进士钦点刑部主事，升至广东司郎中，在京三十馀年京秩，又已部选实缺到省，故上游不得掣肘也。又云浙江巡抚聂中芳大中丞有交终养数次，上均不得准其所请，今有再四呈请之摺，故有准其所请。其缺有旗籍宝大中丞继其后者。但有其言，未见谕旨，而不得深信为然也。至家时将二鼓矣。

廿八日戊戌 晴。致黄子霖兄一信，饬阿儿送至海门商轮局，即取有福信。早膳后，梅翁约余同至上洋谢崇甫家，至时，晤国极相及崇甫、仲衡、允东诸君，相叙一宵，来而将晚。适二头现在家中，前代各件计洋五元二角，即照数付交。永宁商轮今晚到埠，陶寿翁将《申报》向取送来。阅八月二十日《申报》纪有八月十九日内阁抄奉上谕："山西河东道员缺着陈际唐补授。钦此。"按：山西河东即系河东盐务兵备道，分巡平、满、解、绛、霍、险等处地方，兼管水利，山西、陕西、河南等处地方盐法事物。旧任即系吴书年廉访匡曾任是缺。阅十八日《申报》纪上谕："吴匡升补山西按察使。"故今河东道员缺上简陈际唐补授也。

阅八月廿五日《申报》纪八月廿四日内阁抄奉上谕："福建兴泉永道员缺着姚文倬补授。钦此。"按：姚稷臣观察文倬系浙江杭州府仁和县人，由戊子科举人，己丑科进士，殿试三甲，朝考一等，以翰林院庶吉士用。庚寅留馆检讨，甲午简放云南学政，毕差后改捐道员，指分广东试用，前承岑云阶制军明保奉旨交军机处存记，今简是缺也。姚观察举人、进士均与瑞安黄叔颂观察绍弟同科中发，颇为相得。家君在京时与其相识。乙未，家君选云南新兴州缺，适姚公任云南学使，因此聚首有年。今适其简放福建兴泉永道，故之记焉。

前丹亭兄托余代买板刷两把，前承楚卿兄送余，即此将此物交二头带送张丹翁矣。二头云，丹亭镇军九月初八日赴宁波接提标中衡参篆也。又云，陈祝再姻丈因至苏卖茶，此次趁永江商轮到台。其所售茶未识得获利益否。

乃玉言玉先尚在杨普监家，未至家中，不胜诧异。但玉先系吕球先之子，吕球先自幼因其母在余家为工，彼亦在余家。稍长，其母至马头山叶家二姑婆家处，被亦在马头山，后租叶家之水家洋屋住。吕求先送至郡城杂货店为徒，其人颇为勤俭而厚道，稍长娶亲，十年左右而生玉先。在郡城店中为徒，及至以后，生意学满，即在本店作夥十有馀年，而歇在家，只能勉强支持。于庚寅之岁，家君因家中需人管理账房，叫其即在家中充当此任，议结辛资。彼始终格外勤俭，数年间颇有畜积，购有田数亩。时新泰来值是家中与东山头周姓拼开药店，是其子玉先稍长，家君嘱其送新泰来学习药业。初来，看其子弟颇为灵便，二三年后性喜赌博，颇习外务。因其父吕求先情面亦无人言其是非，其算盘、银洋两件虽非真，亦能勉强，一切应对又颇有头绪。至乙未岁，家君选云南新兴州牧，因经管需人，将新泰来出顶陶寿翁承开，时玉先仍然如旧。至丙申正月将玉先歇，因其父在余家中管账，彼亦在家中，叫其做事颇佳。此时，吕求先虽稍有盈馀，均已购业。彼自手内空空，虽习外事，无钱在手，亦无格外为非。戊戌之春，家君到滇之初，带有桐冈、荻洲两君，时桐冈先生先后来家，署中需人。时小妹又要遣嫁，小妹若来，家慈虽[1]与同来。因接家慈需人，

---

① “虽”当为“须”。

即邀吕求先同荻洲先生均至云南家君署中。是年冬间，荻洲先生送家慈到家，而吕求先留署中。因其人可以交托，诸事均交其经理，家中田租一切均交玉先经管。不想玉先经管租业，将租殳中另生支节，每年所进颇有若干。将其中之洋，其辛资亦照其父之数付给，两项之洋，其数不少。不思勤俭而畜，只以日习糕饼及出外赌博，交接与其年相若者为友，每次出去用度二三元、五六元，不在于意。又，喜吃乌烟，己亥之岁，将乌烟上瘾。初则夜间出去，余尚不知有瘾，续待两年之后，方知烟瘾已深。每年其赌博、吃烟及交接朋友非数百元难以敷衍。况其烟均是大土陈浆。庚子之秋，其父吕求先因病先来，戊戌三月起身赴滇，至庚子七月自滇到家。在署虽是三年，实则仅只足满两年。其所积有洋一千五百元之多，带至家中，不入玉先之手。自买田业十亩左右，先后约计田十馀亩，除用外尚剩有英洋一千馀元，均借与人。其利息虽不甚厚，均甚妥当，到台后亦在家中。辛丑之春，家君与用九拼开庆丰麻行，用吕求先在庆丰管账，玉先在家中管账，本然甚美。不想玉先而思父有千馀元现洋、田业十馀亩，其交接朋友吃乌烟自不必说，其赌博每次输至一百元、两百元，均无要紧，值至每年输至四五百元或六七百元，向其父取洋。吕求先不肯与其一文。值知洋输颇巨，经人劝吕求先代其还账，说之再四，仅能与其洋一百元。自此赌博账能得还清，此等巨款其父仅与百元，即辛资每年仅数十，其赌款还清何至如此之速？除非将家中田租中另生支节外，别无想法，一想而知。无如玉先前账还清，后账又来，及每年用又如此之巨，均无要急而已。甲辰之正月，吕求先不想久病而逝，现洋均到玉先之手。彼尚在家中管账，倘若收头，尚无要急。始终不改赌博，又出有不实之事。余只将一年做满，于年终歇业。其父现洋各人知其者云之尚有七八百之则，本即尚可敷衍。不想玉先专习赌博，正二三之三个月所赌输至甚巨。其现洋除其母积两百左右外，一均无存。将田业已卖有四五亩。四月中旬至家子，宿在杨普鉴家及吴折玉家两处，又输至洋二三百元，将祖业街中屋业基五间均已售卖。前在家中一月有馀,向人借去又有数十元。但其洋如借来,及何处想法而来,一若到手,即便赌博及买大土,有洋今日用不知明日事,已至走头无路[1]。二十日与梓能先生一同出去,子能先生已至家中,今日未见玉先,余思玉先亦至家去,今闻其尚未到家,仍在普鉴家专习烟、赌,而此不胜诧异。余前年知玉先如此行为、如此光景,时常劝其改过,彼以余之言非是,反有怒意。余至此后不说其非是一句,自此以后可知其无回头日子。既知其无回心之日,言亦无益,故不言耳。此等之人,尚聪明子弟,而至从下流而忘返,甚为可惜!吕求先现在泉下倘若有灵,亦不免含泪也。

凡为人者虽要习上,如入下流,为父母、祖上,心均含泪,人人皆同。但玉先,前家中管账时如此用度,均可敷衍。其赌博尚前几年输得多,今年输得少,一切用费前数年有钱在手,比之今年无钱更巨数倍。前在家中管账,均可敷衍。去岁年终歇出,至今未及一年,将其父所遗之洋均已化为乌有。尚且以至如此,可见前家中将另生支节之洋不少归身用度。可见人家店家看有夥友诸人有不守店规、及有外交、及习外事以致吃烟嫖赌者,一经知觉,即察其细情。如果交朋友多人,或进或出,定是多事。赌博及摩鹊、嫖人妻女、走入野路,以上各节,立即歇业,是为至美。勿以情面难却,是为至要至切也。惟吃烟或因有病而食者,或因无病而食者,虽即察其细情,如有病而食烟者,嘱其病愈即行戒瘾,万一不得断瘾,嘱限制而食,吃后定嘱其吹灯,尚能勉强而无大碍。如因而食瘾者,及有病食瘾后,又要吃陈浆大土者,均即歇业,万勿以情面难却。但余看玉先之父吕求先之情,以此因循数年,但其将余租殳中另生支节之洋不少到手也。此后无论店中家中之夥友犯此等规例及有犯店规之人,如有风闻,即要体察,即是一次,亦要开发。如一次本是可恕,而不可恕者,余知之一次,恐不止一次也。此等之情,万勿以情面因循,是为至要至切。此

---

① 当为“走投无路”。

等之人，立即歇业，可以警戒后人，又自己不受其累。此言紧要，是为记焉。

廿九日己巳 早至巳，阴；午末牌，晴；申后至晚均阴。致云舟兄一信；致叔文妹倩一信；致王少棠一信，托其代买草子一百念斤，均托金家工人带托叔文兄代为分寄。致褚琴轩兄一信，饬老六送海门邮政寄至宁波公利分行。致郎显臣先生一信，交伯巽先送至郡城，向取息洋。致琴轩，函托其就宁代买镇江宁绸黑色套料，未知宁郡有售否。子宜兄借去之水缨帽已遣人送还。午膳后至椒江书院，晤秦梗友、胡学馀两山长，相叙一刻，而至梅五姻丈处，晤麟斋，少谈而来。家慈之肚痛稍愈，请杏人代开一方，未识即奏肤公否也。晚膳后，至子宜处，晤宗山、秉彝、旭东诸君，相叙片时。而至楚卿处，晤辅香少谈。云及沈东录公祖之太太因病请洋医白君诊，借寓楚卿之如夫人处，即于今晚买舟赴郡。并言公利之管账陈舜卿与杨伯凡拼做私网，楚卿稍有漏风，舜卿挂琴轩通知楚卿另生支节，与楚卿言琴轩之短处，歇业，以黄阿从代之。可见用人之难。楚卿用舜卿为公利总账房，及万隆、万兴、万丰、万茂、万泰五艘大船之总房，其言楚卿亦颇为相信。明分每年辛资英洋两百元，各船托其照拂，每年所送亦不下数百元，及一切私进亦有若干，一总每年可进五六百元之大夥友。自在公利吃饭，尚偷公利之私网，可见如今人心之不恻有如是也。

真犯店规之人，看其人三字无犯。大凡用人各有自己本分，如人过于当面之巴吉，此等之人无论家中、店中夥友及交接之朋，须要格外留心为要。如陈舜卿见东人无不小心奉承，背后即做如此犯例之事，楚卿既知其如此行为，若不歇业，将来其私弊恐不止在此也。若遇有夥友格外奉承，即当留心，一年期满，即要歇业。若遇有朋友过于奉承者，即当于其断交，是为至盼、至切也。朋友、夥友若一秉大公，断勿格外奉承也。遇有格外奉承之人，彼即有想我、骗我之心。彼若骗我、想我，彼无不甘言，一切奉承无不周到也。一有不留心，即被其骗，以后暗害，悔之晚矣。在家乡是急要之事，若在官场防之尤为紧要。若真心语言，切勿漏于人，在家、在官场均是皆然，是为至切。大凡说人是非即是非之人，古语有云，岂谬言哉！

三十日庚午　早至巳，晴；午末，阴；申末，雨，片时即阴；至晚均阴。接子修兄来片云，至海门未戴暖帽。即福一信，并交其来人带去呢帽两顶、皿缎领两条。丁辅香作主人，约至白云山，晤楚卿、子霖、子宜、遇琴、梅五，相叙至晚而来。子霖言可贵商轮明日到埠，托买之戒烟药，想可带到也。晚膳后，至陶寿翁处，晤邱仲玉先生，相叙一刻而来。云及晚刻自黄岩来，为公利之馀利有人自商部具呈报效开办，彼挽黄岩诸巨绅创办椒江农务水产学堂，一面禀覆商部诸公。拟明日来，嘱邱仲翁今日先来，一切代为周知也。

第十一章

乙巳(1905)九月初一日起

九月初一日辛未　早至午，雨；未时至申，阴；酉刻，雨；戌刻以后至晚均阴。阅《申报》刊有上海四马路及北京琉璃厂两处之有正书局售有天然墨，所用颇为简便也。致章子修兄一信，致黄子霖兄一信，均饬老六送至海门。致褚琴轩兄一信，饬老六送海门交邮政局转寄宁波公利网栈。子修兄于晚刻自海门来。喻志韶太史因为创办椒江农务实业学堂来家拜客，即饬丁挡驾。即至周允翁处，同其至椒江书院谒志韶先生。适王子常太守亦在焉，并晤秦梗友先生、陶寿翁、楚卿兄，相叙半晌而别。路晤谱香母舅，相叙片时。彼因人多不便，亦转去，未曾往见。志韶先生邀同子裳先生诸君来至家子。椒江学堂欲将公利网行之馀利提作椒江创办农务水产学堂经费。忆楚卿云，日前云及，如诸巨公来，欲将公利所该恒利、永顺利、维新之各股网担之馀利及各人束金，并天主堂各人诸款，如各人能助学堂，则此款缴入学堂，公利之出息，其意不肯助缴。但志韶先生诸公之意欲将公利所有出息无论公私均要归并学堂经费。想杨定甫给谏亦于即日来堂与楚卿兄公同酌议，未识作何定局也。但公利之遗利过厚，所以各人均有垂涎之心，若统归学堂经费，亦一善举焉。鄙见如楚卿兄意欲各人之款归并学堂，公利之出息不肯抽提，恐各人未免人人均以允从也。但诸公如何议法，尚不得其详，得有消息，再即详记焉。

初二日壬申　早至午牌，雨，不甚大；未时雨晴，至晚均阴。致子霖兄一信，因前托其代买之戒烟药云托人代买，彼将原单失落，顷抄附一纸，再托其代买，未识能照单买来否。致褚琴轩一信，托其代买紫酱宁绸袍料一件。两信均饬老六专送海门。子修兄言，童献亭兄近欲进京。王子常太守来家拜客，即饬丁挡驾。费子赞少尉亦差片。午膳后至楚卿兄处，路晤梅五姻丈，同晋谒费子赞父台，并晤卢槐士兄，畅叙半晌。云新任郡伯张太守已于八月十九日经藩宪翁小山方伯牌示饬赴本任，曾经禀辞，想近日即可履新。费子翁此次来至家子，因何月丹太守与同昌盐号中尚有未了各情，楚卿兄又未到郡，故彼来与楚卿接头一切。槐士兄言明早同楚卿兄、费子赞父台均趁小轮到郡清了同昌各节也。又言新郡伯张太守年已六十有九，其精神尚强健，日起颇早。

槐士兄自黄城来云，黄岩县串费一节，杨定甫给谏前在御史时奏定每对计费钱三十六文，已奉上谕允准，请饬浙江巡抚通行在案。各县均是朦混，阳奉阴违，并无一县遵照。即黄岩县亦是历任朦混，仍在每对收钱七十文。今黄岩县创办学堂，待需交费，议即此处串费中尚有朦收，城中诸绅仍挽杨定甫给谏进与黄岩县陈伯平明府言明此中情节，议将今收之串费钱七十文中内除奏定串费钱三十六文，再抽钱二十文以作各学堂经费之需，尚馀十六文减还民间，即欲照此办理。陈伯平明府传集各柜书吏通饬此事，即请绅士王吉人大令、张子远大令、王子寿诸君云及此事："余将卸事，本无不可，只恐后任未免有碍，欲将抽办学堂之串费钱二十文遵照办理，减还民间之每对十六文。云民间以将完粮之花户，不在钱十六文之多减也。欲收民间仍照旧式收钱七十文，就七十文抽钱二十文以作学堂经费，请诸君再酌与杨定甫给谏。"今陈伯平大令既出如此主意，想亦即照此办理，亦未可知。亦黄岩县系是板串，每年约计串二十万对，每对抽钱二十文，可抽钱四千串，折计英洋四千四百馀元，归并学堂经费不无少补云。今仅黄岩一属已如此办理，有益于学堂而无损于民间，法亦至善。愿得勿以日久相沿此款，另加民间之串外馀钱，为幸多矣。目今黄岩一属串钱曾已抽出，但粮串一县自有一县规例，串有板串，有活串。板串者，如各花户应完粮银一两、米一斗，早已印定。如花户将银一两冲足可以完粮，未足一两之钱不得完纳，而无落厘之弊。活串之例有花户应完银一两者，如花户仅八钱、六钱之洋在手，即完六钱、八钱，即给一串，未完之银，再完可也。如再完，再给一串，其完银之若干如时盖印，尚有应完银一两者，彼房无心印九分八厘，尚欠二厘。花户心知已完清讫，而册中尚欠二厘，如出差时将名亦写签上，差至花户之家，未免扰索，又要花用小费，此名曰落厘。以为民间计，活串不如板串为佳。如板串每年若干串，可以预先计数，活串只有多而无少，不可预计。黄岩县例是板串，临海县系是活串。临海县粮串如城完，收串费每对钱七十二文，至出厂。又有大小地方不同，大地方粮厂收串费每对钱一百二十文至二百馀文不等，小地方收串费每对钱二百馀文至三四百文不等。如小地方而忠厚之人完纳粮户而吃亏者不少也。倘若一统照以每对收钱三十六文或五十六文而至七十文，大小地方一律如是办理，如官能整顿，则公侯万代；绅能从公整顿，则子孙荣昌。如此则大家小户均沾其实惠不少，功德无量也。今则黄岩已经照办，临海不知何日可以整顿也。

同周梅翁至王子宜处少坐，云及孔子强兄于上月廿五日仙逝，先一日至本日止均如檀香之香满透皆然。其老伯母云及彼往太平江湾地方百馀家均是孔氏，真是至圣先师之后，尚留有圣人铜像一尊，照房挨藏，挨到准藏一年，以正月初八夜新旧交接，此为定例。其尊翁在日，以童生训蒙为业。是年正月初八夜，接到圣人铜像。时夫妇年逾四十，供奉铜像，日日求祷子嗣，数月而受孕，而至明年正月初八夜送交铜像而寤，后即产有一子。时天尚未明，见有生下子而无血，亦不哭，将子抱出，见口中有血，即将口血挖后，而后才哭数声而止，其母方见污血。自幼常睡，有时睡去，抱在手中，不意见有毛，不知何物，再见再是彼也。六个月能言笑，三四岁即能认字。初生时见有檀香气，闻两日始散。五岁上学，如千字等与其读，彼言颇无，即读上论、五经诸书。六岁经书无不纯熟，父出，彼即能点同学诸书，是年即能成文。七岁，文已全篇，即能清通。八岁时，父带其至县考试，亦取数场，因年太稚，未去府试。十岁时县试第二，府试十名。时学使某言其年过小，而不得入泮。十二岁县试第一，府试第二，是年入学。而后补廪，考取优贡。上年赴都朝考列一等，以知县用。今年二十三岁而卒，亦见有檀香之气，前后遥遥相对，颇为奇也。天既生其才而不加其寿，惜哉！幸其夫人尚有六月之胎，倘得麟儿相继，是为至幸甚。

续至允翁处少坐，云及杨定甫给谏已至椒江，议立学堂诸事，未识如何议法，尚不得详识焉。槐士兄言本奉谕旨停止科举，岁科试亦一律停止，云是丙午科为始。今岁乙巳，值科考之期，并无有本年即停岁科试之说，想有科考亦未可知也。

初三日癸酉 巳刻前细雨，午时以后均阴。致王晓凡兄一信，饬桂明送至长甸其书院。家慈肚痛尚有未愈，请晓翁诊视。王晓凡兄于晚刻自长甸来。谱香母舅来云，杨定甫给谏与喻志韶太史因公利事至郡城，想其请事何月丹太守定夺也。黄楚卿兄、卢槐翁、陶寿翁均于早刻趁永大小轮赴郡矣。闻其网行之事，楚卿与志韶先生于昨日在椒江书院言明，将各人所进各项及恒利、永利、顺利、维新网担之馀利悉均撤销，报效椒江实业水产学堂经费洋五千元，至前报效工艺局、三台、椒江各款均在其内，另报效天主堂经费洋四百元，悉照旧章。又言举楚卿为总办，每年收金英洋三百六十元，言虽若是，恐未必然也。此事即虽如此说法，天主堂之洋仍然报缴，各人之洋均各开除，以理论其均以从公办理，如此说法未必尽于公论。言虽未实，倘若如是说法，不知各人均以为然否也。晚刻，至王子宜府上，晤丁辅香、采东两兄，相叙半晌。来时，辅香同至家中，晤谈一刻而去。近阅《镜花缘》一书，其笔墨颇为周到，虽无其事，则一切见识可谓远到，所刊药方数纸，已详《见闻摘要》。询诸识者，言外治数方颇佳，得观全部奥妙，亦不无少补云耳。章子翁云，洪友梅都戎系提标学习候补人员。顷丹翁升署提中参府，但颇为照应同乡，况与洪君又是旧友，定能代其安置眷顾也。

初四日甲戌 晴。致王少棠一信，向取草子。章子修兄于早刻买舟至家去。午膳后，至文昌阁，晤周梅翁，畅叙半晌而别。过谱香母舅少坐，晤梅翁，相谈片时，而至子宜处，云其至海门去，未晤而来。家慈肚痛稍愈，仍食晓凡兄之方，想定逐渐而安愈也。官岳来云，徐晓园兄于上月二十日为网业事出去，未知作何举动否也。总以利之所在，人所垂涎也。

初五日乙亥 晴。接陈祝再姻丈一信，并代买来苏纱花衣料一件，计价洋七元九角。即作福祝再姻丈一信，并还代价洋七元九角，交其来人带赵。由祝翁信内附来张丹翁一信，系彼过舟山时托其代带也。云及上月廿一日奉提宪吕道生军门札委提署提标中衡参将，所遗定海中衡缺系定左营游击张槽山游戎调署，所遗定海左营游缺以石浦营都司张炳文署理。丹翁履任想在重阳前后也。附有邹筠翁一信，云海运须要先将衔名，咨部有案可以列保，否则防其撤销。即作福张丹亭镇军一信，并附还筠翁一信，并托其代为函托其代筹，附衔名条一纸。信饬弟头专送海门邮政局加保险专寄舟山矣。午膳后，秦梗友先生、周梅五姻丈来叙半晌。闻仆从云中街失慎，心甚恐惧，出门一看，即是二府署东首何吕华、吕润弟兄三家，吕华家新屋尚无恙，其弟两家均被劫数，不胜其惨也。凡人家男女均要谨慎，是为至切至要。席请王晓凡兄晚膳，并邀丽生先生、王子宜兄、作羹兄、少愚兄、子章兄诸君陪客，相谈席散而别。接许东吕兄一信，王晓翁言治小儿误将头发系肾囊一方，又治脱肛一方，又治双喉哦一方，所用之方，药料等物及一切治法，另详《见闻摘要》。

梗友先生言，前杨定甫给谏、王子常太守、喻志樵太史及邱仲玉兄来，至椒江书院同陶寿翁、黄楚卿兄所议公利网业之事，公利字号改为椒江承小字样，每年议缴椒江经费洋三千八百元作为坐款，尚有报效工艺局洋六百元，椒江、三台两学堂经费洋各三百元，海门育才学堂经费洋四百元。育才学堂即系天主堂所办之学堂。四处系是善举之款，均照旧章。其馀闲款及各人束金之洋并恒利、永利、顺利、维新四家网担之馀利均即停止，但网均由总行自行购办。如此法若行，各家素贩网业者则何为生也。即若遵照办理，私网有所不免。如私网充贩，则官网未免有碍也。另议楚卿兄束金，每年计洋三百六十元，其馀出息作为店中花红。此次诸君在椒江所议各节，想此为实情，今至郡尚有是否更改，不得而知。褚仲逸兄在京具呈商部，前据周允翁云其大慨情形，报效商部经费六千、大学堂经费两千，网担亦由总行自行购办，亦除去四家网担之馀利及一切束金并闲款之洋。以此论之，两处若成，恒利、永利、顺利、维新四家网担之馀利均要除止，倘若除去各家之馀利，恐有另生支节之弊也。如网之售数大约有定销之规，若多售私网一担，则官网少售一担，此因售销之数相限故也。总以利之所在，人所垂涎。永宁商轮此番带来之《申报》曾取来矣。

初六日丙子　晴。福许东昌一信，交官涛先送邮政局转寄。致黄楚卿兄一信，交其府上转寄郡城同昌总号。家慈之肚痛稍愈，仍请晓凡兄诊开一方。其肚痛宜泻为主，晓翁欲用大黄一药，余恐家慈性颇薄弱，而不敢用。幸有前买来泻叶而代之，颇为见效。周允东母舅来邀王晓翁代开一方。周梅圃先生偕其友仲甫于今日下港，至三山一带收育婴堂田税及各行四成之款，均系育婴堂经费，暂宿家中。言及何月丹太守于月之初四日丁艰，其印封库，公事均由临海县萧伯康明府代拆、代行，亦循于例章也。新任张太守已将到任，有汪心田二尹已至海门办迎接差使，杨定甫给谏与喻志韶太史到郡，本晋谒何月丹太守，因故而又将卸事，均已挡驾。网行一切，想俟张太守到任后再定行止也。允翁云，姚梧冈现在日本，列在附班，诸事颇为吃亏。晚膳后，同晓翁至遇琴处，云褚琴轩已于昨日来家，今早同子宜兄诸人至新河，想初九日可以来家。并言郑夔友兄现在楚卿处。即同至夔友处，相叙半晌，来时曾将二鼓矣。

初七日丁丑 晴。致郎显臣一信，饬官涛先专送桃渚。遇琴、夔友、友三诸君来叙半晌。友三言，楚卿兄明日自郡可以旋里。煦东宗伯现至北岸章安去，未在家中。家慈肚幸顺而不滞，仍请晓凡兄诊开一方，定能见效也。接张宝田先生一信，系八月廿七日所发，由邮政局转交和生代送，阻搁至今才之送到。云梯兄邀王晓翁看病。晚膳后托晓翁至云梯处，相叙半晌。但其疟病想定速为痊愈也。琴轩已于初五日来台，至初一、初二所寄两信，托买之件，此信定无接到。宝田先生信云，有福件须寄至定海城南门外同德箔庄转交张宝翁，不致有误也。

初八日戊寅 晴。致张宝田先生一信，交邮政局寄至舟山城南门外同德箔庄转交①。致张丹翁一信，内附致夏振趾兄一信，托子霖兄转托海门商轮局转交。本交邮政局带呈，颇为妥便，因丹翁系初七日到宁，初八日接提标中营参将篆，恐舟山有事未讫，少作勾留，亦意中事也。托轮友询明送交不致有误。此致微事，不得不预料。王晓凡兄于早刻转至长甸书院，托余函托丹翁代荐其世兄至宁郡店家学习生意，未知能就否。琴轩来叙半晌而别，代买来乌缎鞋一双，托买素宁绸套料亦无代买，至初一、初二所寄两函果未收到。宁波网担自正月至今仅售四百担，此皆私货充销以致如此，否则不致于此也。午膳后至海门同昌分号，晤王丽生少谈。而至何霭生先生府上，云因抱恙而候安，云初四日起疟疾，今日才方少愈。言及海门营船被失之案，曾将救护难民之员衔名曾已出详，不知中丞公得能允准否也。闻说丁飏绵保以免补知州，以直隶州知州不论双单月归候补班，前先即补，亦不知保以免补本班以直隶州知州不论双单月归部遇缺即选，倘若各案均能顺手，丁飏翁不三年可至道府而顶红矣。并言新任张太守号翰卿，官名西园，已将到台，临海县亦将办差迎接，郡城太守调动一番，则各员送旧迎新，诸多忙碌也。别后，至子霖兄局中，晤朱会

---

① 此处页边注：“宝田先(生)住处。”

保、吴九香、心斋，漱泉兄亦已旋台，畅叙一番。

前托买之蒣莲膏六瓶计价洋三元。即尝试之，其味颇恼人，虽即冲烟戒吃，未知有其招纸所言之功效否。并云，尚有托永江轮友代买六瓶，倘若无效，则多化费而无益也。少谈后而至中军署汪庚生参戎处，晤谈半晌，染头痛之病尚未痊愈，意欲到宁求提宪代为设法调署各缺，未知得能如愿否。别后，即至家中治面，请周梅圃先生并仲甫，邀丽生先生、童子章陪客。余深恶吃烟，自已习瘾，悔之莫及。今之蒣莲膏曾已取来，即于今晚戒起，未知能如愿否。但照单云，瘾每日三钱即秤烟九钱冲蒣莲膏一钱，依次推减，十期为止，但烟减完而枪除矣。余所虑此膏但无烟同做则吃不下，只恐烟减完时专吃清膏，未知可能吃否。鄙见今日为始，以后照其招纸所言减烟加膏之理试之，俟其不得下时再将林文忠公制方煎吃，得以断瘾，是为至幸哉！

初九日己卯 晴。致王晓凡兄一信。褚琴轩兄言，楚卿已于昨晚自郡到家。即至仲玉处少坐，云及网担仍归恒利、永利、顺利、维新四家承办，每担抽利益洋一元五角。但此事如此办法总非善策。即同至楚卿处，晤夔友，相叙半晌。仲玉云，东洋之制器现已买到，急代安置，随即至家去。同楚卿至陶寿翁处，晤作羹、道周，相叙一刻。云椒江蒙学举彼二人为学习，专为临海人可以入学。寿农为长子祖香取考名曰振学，号习之，亦送椒江蒙学堂肄业。但条例有云，非清白者不准入学。内有学生马庆之子，亦进堂肄业。马庆系现在二府差总，如此可以同学，则清浊不分矣。但陶寿翁名登庠序，常与二府差马庆、胡林同床吃烟、同席吃饭，未免有玷。寿农为临海商董，椒江学堂又是董事，以致如此不知自爱，实不取也。楚卿云，张瀚卿太守于九月初三日禀辞，现在上海，于廿二日到台接印，闻县中已邀分台委员汪心田二尹已至海门办迎接差使矣。

初十日庚辰 阴、晴。致黄子霖兄一信，并附还代买戒烟药等英洋三元五角，交老六送至海门商轮局，接有收字一纸。至梅五处，晤允东母舅畅叙半晌，来时路晤寿农、梗友先生，少谈而来。梅谱先生云，吴书年廉访之夫人系郡城陈西园妹，即集三老伯之侄女婿也。接郎显臣福信，云其令兄伟臣刺史本是部选云南昆阳州知州，到省后调署罗次县知县，今调署曲靖府平彝县知县，于七月间履任矣。晚膳后至陶寿翁处，晤道周、作羹两君，相叙半晌。阅有喻志樵太史拟椒江实业学堂章程及办理渔网章程，各六条，事虽妥善，恐未必照此行也。

今值永宁到埠，即将《申报》取来。阅九月初七日《申报》纪“各国假丝大碍中国丝业”等语。但其所做湖绉等料大约与真湖绉摹本假宁绸确是不相上下，其不能经穿，势所必然，将来所买衣料不得不格外详细看明，是为至要、至盼也。梅谱先生言马蔚林老伯之世兄前光绪五年间考取供事，议叙以未入用，于廿八年选授湖南桂东县典史，而未托友招顾通知，值至上年始悉此事，查悉曾已逾限，已于上年四月转选他人矣，诚为可惜。但余前于光绪九年在京考取供事，议叙从九用，但彼能选缺，余亦不得不托人代为招顾通知也。陶寿翁言黄岩县知县陈伯平大令呈请墓假，本俟省委到时交卸，因急欲卸肩，何月丹太守委分台委员试用知县潘秋访大令先行护理，近日已到黄岩任事也。

十一日辛巳 晴。致家君一禀，系第十二号家信，内附致陈咏丹先生一信，交邮政局双保险寄至山西太原省城新道街口外上小墙路东，托陈仲怀直刺代寄吉州署中。北岸叶赞堂兄来，与梅谱先生相叙半晌。余看其人颇为能干。梅五、允东两君来叙半晌而别。昨日周梅翁托余转托丽生代并其老五相于明年四月十六日娶亲吉日可以用否，顷丽生先生来，即将原条托其代合。农民言白鹤殿盛元鉴先家被劫。每届年冬，乡抢劫之事终不能无之，如之奈何！总之小心严防，是为至要。梅谱先生云郡城孝廉堂董事系是黄煦东宗伯，监院系是徐申甫先生，经手者又是蒋映潭老伯。培元局正董事秦雨亭老伯，副董事傅兰客兄。育婴堂董事周梅圃先生、张仙槎先生。保甲局旧本姚梧冈为正董，因事退董，何月丹太守允傅兰客之令弟，萧伯康公祖允王冰如先生，因此均未发谕。副董事系是余洁斋兄。闻秦雨亭老伯与傅兰客兄稍有龃龉焉。丽生先生云，今日遇金危之，古语云：“如遇金危之日，虔诚求祷财帛星君，即可赐之以福也。”但言之过迟，备办礼物已来不及矣。

十二日壬午 晴。致蒋映潭老伯一信，托梅谱先生带郡代交，托查孝廉堂之田粮，未知得能如愿算结否也。但此田系是黄岩县属，其号未得详晰。致解芝村兄一信，托其代查。信交则福先带至黄城送交。接王达泉孝廉一柬，借寿屏与其世兄吉期之用。但寿屏则福先已经借去，即作福王达泉孝廉，信交其原人带还。周梅圃先生与徐仲甫均与至郡矣。午膳后，至尹翁处少坐，同至梅五姻丈府上畅叙半晌。梅五云，闻学署已有公事到县，言本年科试即行停止，但府县曾经录取之案首及十名者异常吃亏也。晤辅香、采东，相叙一刻而来。

十三日癸未 晴。致二姑婆一信，并附代购紫丬洋十二元，又船力等洋九角，均交原船成老大带去。午膳后，至同昌分号，晤丽生少谈。即至霭生先生府上，相叙间，适汪更翁来叙半晌。云及张瀚卿太守准于月之十八日到台，择廿一日卯时接印。本年科考，县中已接学宪公事，准定停止，实音矣。闻江子菁公祖同何肃堂先生曾已出京，才于今晚到台，肃堂先生亦寓渔团局。即同周梅翁至渔团局，晤江子菁公祖、李商卿兄，相叙半晌。云及余之盐照已交王耔舜矣。前托购各件曾已买来，初到未便寻检，想明日可以送来。并言前交其带去之贾银鼠马褂料，因色已黄，不能转聘，已代买一件矣。即谒何肃堂先生，又坐一刻。云是八月廿八日自京中动身，均未阻搁，惟至宁波，因晋谒高与卿观察，少作勾留，屈指到台仅只半月，可谓快便也。后至黄子霖兄处少坐，将余之蒣莲膏又代买来六盒，颇为多也。托其代定一品锅一个，于明日送肃堂先生之用，并交其定洋一元矣，尚少之洋明日再奉可也。

售印度亚弥莲花丸之店在上海盆汤巷新生阳南货店后，凡戒烟之药总不出烟灰、吗啡而止瘾，若以烟灰吗啡为药，即用生烟及灰酒而止瘾为妙。灰酒、生烟戒瘾，其人过于相损。故化钱而购药，若以不惜重本，只愿断瘾为要，务所购之药须要无烟节灰节方为善道。但林文忠公所制之戒烟方虽有烟灰而无多，若人得以甘心将灰一服少减一服，理之甚善，法之甚美。而洋药戒烟者有名枪戒䕏莲膏，其戒法：减烟充膏，仍然过筒，其发何尝不美。余细视，䕏莲膏无异甘草膏。但甘草亦颇解烟毒，经洋商制合，美配外匣，售价每元仅止一两，须不惜重资。亦不愿食此膏为戒烟瘾，况和酒过筒，味颇恼人，殊不值也。又，此䕏莲膏如初烟多膏少时做尚非难，后烟少膏多之时做，颇不易，故此䕏莲膏为不取。以余论，戒烟之药若以欲急于断瘾者，则用印度亚弥莲花丸为妙。但其价虽昂，而戒亦易。其戒法：亚弥莲花丸每元仅只四十八粒，如烟一钱，每日早晨食丸七粒，如二钱瘾者，再加七粒，照烟加减，七日而止。其丸中并无苦味，可见并无吗啡、烟灰等节。度其意思，物以相克之意，与招纸之言可相仿佛。既无吗啡等节，其人则不损矣。若以忍心戒瘾者，则用林文忠公之制最方善也。除此两药之外，并无再有至善之药过于此也。余初意本用亚弥莲花丸，先为断瘾，七日之后再用林文忠公之制方而防已有不和之候，本然美善。戒烟之初而无一定主意，以致转拆为艰。初晤陶寿翁与余言，戒烟者有瑞轩王记戒烟参茸香片茶叶为致善，余即寄买此物。食时烟瘾亦即能止，又无苦味，饮食如恒，余亦信为然也。不意其质颇为寒凉，余性又寒，而致寒性又遇寒药，加以积食后误食参汤，即发疟疾。幸即数日而愈，而烟瘾仍然如旧，愈后再作戒烟之想。闻邬丽生先生云，有枪戒䕏莲膏为最善，余即托人购来。始知如此，既已买来，又有一打之多，即照服法，仍然过筒，人虽无易旧时，只恐烟少膏多时做非易事。以致仍用初意，再购亚弥莲花丸为止瘾之物，后则仍用林文忠公之制方，想有灵验也。言虽若是，未知得能如愿否。是为之记。绍沾相云，陶寿翁之祖母戴氏于八月十四日生日，其母冯氏于八月十三日生日，婆媳生辰仅隔一日也。

十四日甲申 晴。致黄子霖兄一信，并附代买戒烟药洋四元，饬小招送交。接其福字，曾已收到。昨托黄子翁代定品锅一个，早刻做好，即由小招取来，就送何肃堂先生为洗尘之礼。接其福片，力洋八角，可为客气之至。早膳后至谱香母舅府上，畅叙半晌，而至允东母舅处少坐，晤梅五，畅叙片时而别。晚膳后，至陶寿翁处，晤陈少苹孝廉，言郎吉夫与陈少亭、黄楚卿均在后间，想为公利而来也。因其机密议事，余亦未会晤即来。而至王子宜家，晤梅五、采东、谱香，会谈一刻而来，曾逾二鼓矣。晚刻，邬丽生先生云，周梅翁托余转托其代呈其世兄明年四月十六日完姻日子，据说细查《协记》，不甚佳妙。本欲与梅五细言，顷间晤梅五时因其所书之字未曾带去，尚未言及也。小招言永宁商轮因机器彼[①]坏，已至沪江修理一切。但轮船机器必须格外干固，倘有稍不固厚，即有倒坏之虞。永宁商轮连年尚请顺适，每年除拆息外，稍有赢馀。而被永江之累，填款不少。将来永江未知得能出山否也。

忆楚卿前云，谈少莲二尹理现在申江开有画馆，拈有访单，其价颇昂。所画花卉、行书亦颇工雅，有别名白云山人者也。将来有至申江之便，托其代画一二，亦颇清趣也。按：谈少莲二尹理，江苏江宁府吴江县人，由附生捐县丞不论双月，指分浙江试用。因与前台州府徐乳羔太守有旧，分府到台，委台州府局收支差使兼府署书启。人颇和平，与前署临海县秦心泉大令有歉。秦大令因被议忧郁，于甲辰岁皇太后七旬万寿祝嘏，到京诉冤，兼累谈少莲。经御史黄昌年上达，九重饬下浙江巡抚聂大中丞查办。台州府徐案内谈少莲与姚梧冈同案被议，竟然废弃，深为可惜。而姚梧冈常有管讼，又有非分之事。而谈并无招怨，亦无非分、非礼之声名，连累若是，深为可惜哉！

十五日乙酉　早至未，晴；申时以后均阴。致邱伯埙一信，致仲玉先生一信，致解芝村一信，均交朱六先带黄岩分送各处。柯育卿兄来云，黄岩救护之案已代列名达省，向余说及拼用之费，并接有汪更生参戎一函。余因此等保案恐致阻搁，即覆汪更翁一信。但此案能

---

① “彼”当为“被”。文中多二字混用，他处不一一注。

得由中丞公出奏后照议加倍酬送。信仍托柯育卿兄带福。黄楚卿兄于申刻请郎吉甫太守诸君晚膳，并邀余陪客。用九来云，郎吉甫与陈少萍、陈少亭诸君来，为欲禀分府宪将公利之渔网抽提数百为郡城学务处用费，沈东录公祖未曾允准。丁辅香来云，欲办渔网之事。但此事容俟琴轩来仝辅香至彼处看一切情形再作想法。午膳后，至陶寿翁处，晤六成、霭人、仲衡、楚卿诸君，畅叙一刻而别。梅翁来，余将丽生先生代呈之日子不可处与其说明，少坐而去。

郎吉甫太守与陈少亭守戎来叙片时而别。即至楚卿府上，晤郎吉甫太守、陈少亭守戎、陈少萍孝廉、郑夔友孝廉、张雨臣、周梅五、陶寿翁、煦东宗伯乔梓，相叙席散而别。少亭言，新任台州府张翰卿太守年尚五十九岁。如是五十九岁，彼中甲戌科进士迄今三十二年，其中发尚在少年也。吉甫老伯向余讨天生磺，但此物系家君均带晋垣，而却之。只有鸡血藤膏系治女科，明日送其少许也。

同梅翁、寿翁而至子宜府上少坐而来。寿翁云，海门之东山书院现今海门绅士将一切经费送与天主堂，阮公改作育才学堂用费。沈东录公祖欲将此款取转以为椒江学堂经费。今日至海门东山书院，即请阮迪斋公到堂将一切情形向说，均经允许焉。椒江书院公请各人到堂，将本镇之乡试、会试两项宾兴拨作学堂。顷因奉上谕停止科举，而无乡、会两试，致兴此议也。沈东录公祖兴办学堂颇为有心，未知得能安善否也。

十六日丙戌 早至未，阴、晴；申牌，阴；酉刻，细雨，片时即晴；戌后均阴。致章子修兄一信，致六先一信，嘱其向取福信，均饬桂明送交。致金叔文妹丈一信，饬弟头送至莘山。接何霭生先生一信，即作福何霭翁一函，并附致汪更生一信，饬作头送至海门。午膳后，至椒江书院，晤月波云，楩友先生又到家去，而来。至允东、达云、梅五诸君府上少坐而来。郡城秦雨亭先生来拜客，即饬丁挡驾。晚膳后，至周云浦先生府上，晤雨亭先生，畅叙片时而来。

十七日丁亥 阴。致应子能先生一信。家慈肚症今又多次而又作痛,函请子能先生诊治也。子宜兄来邀今日于小白云畅叙一番。早膳后,即至小白云,晤楚卿、梅五、子宜、遇琴、辅香诸君,相叙席散而别。同楚卿兄至海门同昌分号,晤王丽生少谈,而至霭生先生府上,晤叙片时。云及黄岩之保案欲为支垫,但此等之费系水中望月,初次曾已抛过,再抛,余断不允,以此托其转达汪更生矣。出后,至海门商轮局,晤张申伯公祖、王定九兄、王俊卿兄、黄子霖兄,畅叙半晌。申伯公祖言及接有金慈生公祖之信,言其正太太于八月间仙逝,此即洪少游兄之岳母也。转至同昌分号。楚卿兄亦曾出去,余即来家,时将晚膳矣。接陈桂舟先生一信,接张柳桥兄一信,接章子修兄福信一函,接叶培生兄一信,接王耔舜兄一信。

十八日戊子 早至申时,阴;酉后,雨,不甚大。致褚琴轩兄一信,托其代印片纸五百张,信并片戳均交丁辅香带宁。达云母舅托余代李舜翁致王渭川先生,请其看病,信嘱世正送交达云母舅转交矣。永文大爷之子有信一封托余转寄山西平阳府号房王书五先生转寄吉州。忆前家君有信寄童先生,内云有福信寄平阳府号房王姓转寄,想即书五先生也。午膳后,至蓉秋先生典中少坐,而至梅五处,晤谱香母舅,少谈而别。

十九己丑 阴。致张宝田先生一信,交邮政局寄至舟山。致黄子霖兄一信,并洋一元,假来本班《申报》一卷。午膳后,至永义相处,晤谱香、达云两母舅,相叙半晌。即至梅翁处少谈,同至子宜府上,相叙片时,而至禹门叔公处,晤叙一刻而来。致子霖兄之信内附洋一元,以清品锅之洋也。饬老六送至海门商轮局。

阅九月十三日《申报》纪九月十二日奉上谕:崇善覆奏谕内,“浙江巡抚聂缉规、布政使翁曾桂均着开缺”等语,阅九月十四日《申报》纪九月十三日奉上谕:“湖南巡抚着庞鸿书署理。钦此。”同日奉上谕:“浙江巡抚着张曾敭调补,并着迅速赴任,未到任以前着瑞兴暂行兼署。钦此。”同日奉上谕:“山西巡抚着张人骏补授。钦此。”同日奉上谕:“浙江布政使着宝棻补授。增韫着补授直隶按察使。钦此。”

按:新任浙江巡抚张大中丞,系山西巡抚调署湖南巡抚,而湖南巡抚以庞大中丞署理,则调补浙江巡抚也。按:浙江布政使宝棻系直隶按察使升补也。按:署闽浙总督奏覆摺,系御史姚舒密参摺,奉上谕:“着署闽浙总督崇善详查,浙江巡抚聂缉规、布政使翁曾桂均着开缺。”候补道朱畴,候补知府文锦、伍元芝,候补知县陈廷澍,候补游击吴家正均被议,并有“永不叙用”字样。候补同知陈祖荫亦被议。前署盐运使候补道许贞干,前经降补同知,今又降府经县丞,抚幕徐在箴、粮幕费堃均着驱逐等语,馀者免置议。接王子舜兄一信。接苏焕堂一信,内附家信并玉先各一函,拟明日托人分送。

二十日庚寅 雨。致家君一禀,系第十三号,案内附致陈咏丹先生一信,饬老六送海门邮政局保险寄至山西太原省城新道街口外上小墙路东,托陈仲怀直刺代收转寄吉州署。致福王籽舜兄一信,饬桂明海门邮政局保险寄至京都黄岩会馆。苏焕堂之家信,饬老六送至其府上矣。第四分修赞叔之婶黄张氏有田一亩五分,坐大头园,自己挽众出卖与楚卿之表侄,即蔡鹤亭之子继统,英洋念八元,限十年为满契,中书禹门叔公与余代为见面,托余代其见面画押。余即询其何人承种。据说蔡启浩承种。即叫启浩问明,确是黄张氏发其已种多年。又叫官兴问明禹门叔公,确是黄张氏自分之业。黄张氏又自来说明。余因系房分难却,即允其见面矣。

余自壬寅因疝气而习瘾,心实恶之,戒之多次而不得断瘾,心实愧而实恨,终无长策。自七月间阅《申报》有瑞轩王记戒烟参茸茶叶,虽能止瘾,其性颇寒,余性亦寒,偶感寒邪而作吐,数日则复习瘾,心实愧甚。又阅《申报》有藤莲膏,系枪上和烟而减烟加膏之法,适丽生先生言之颇善,法亦颇美。余购而食之,味颇恼人,不意两次托人购办,度化银钱终无受益。续阅《申报》纪有亚弥莲花丸,照法日进七糕,七日后而断。七日之后虽不能全断,而烟味颇淡,亦可谓有益。七日之后而用林文忠公古方,饬均照方而烟灰仅用一钱,每日减去一粒,而丸尽则烟瘾断矣。余食林文忠公之方丸药已经多日,均能如愿，想能逐渐消除也。昨向子霖兄借来《申报》一卷，于晚刻饬桂明带还矣。

廿一日辛卯 早至晚，阴，惟申刻细雨，片时即晴；亥牌，雨。致章子修一信，饬老六送邮政局寄黄岩柯泰丰转寄前宅。接允东母舅一示，即福其一信，交原人带还。早刻，周梅翁来约余晚刻至海门。午膳后，至梅五处，同至海门同昌分号，晤黄煦东宗伯、德轩宗伯少叙。至霭生先生府上，其仆从云其至渔团去，不遇。即至渔团局，晤江尧章父台，云何霭翁才至统领处，又不得会晤。并与黄子和都戎统领、陈、张两幕友、窦小山兄、江子菁公祖、梅鹤亭游戎、丁飏绵兄、子霖兄畅叙片时。云及现在聂仲芳中丞交卸，新任抚台张大中丞未到任以前瑞兴兼护。瑞兴系镇守浙江将军也。并言张翰卿太守于十九日趁海门商轮，由宁波谒道台高与卿观察后而来台，到时下午两点钟许，借海门商轮局宿一夜，于二十日早趁永大小轮到郡，暂借育婴堂为行辕。家眷中有一兄一侄，据说兄是张翰卿太守之胞兄，侄少爷是堂侄也。太尊有一正太太，一姨太太，太尊之兄亦有一姨太太随任。有一外甥。张太尊年六十有三，人颇和平，想作事亦是和平又俭朴。于今日卯时任事。按：张翰卿太守三十馀年部曹而出守，实是勤俭和平之人可知矣。前任何月丹太守云廿三、廿六两日动身。出后至同昌分号，晤煦东宗伯、王丽生，云梅五早已来家。即至家，天时尚早。晚膳后，至子宜处，晤楚卿、梅五、云梯、心泉、采东、道周、作羹、辅香诸君，畅叙片时，来时曾将二鼓。楚卿云，沈东录公祖政体稍有违和，亦无要紧，近欲至申江请洋医诊治云。

廿二日壬辰 阴。天气一时而冷，西风颇大。致子能表叔公一信，饬阿儿送航船寄郡城。午膳后，至允东处，晤梅五，畅叙一刻。云褚仲逸于今晚趁永江商轮而来台。同周梅翁至寿农府上，少坐而别。

廿三日癸巳 阴。接载熙兄自八月初十日自黔学署所发一函，时尚未知停考消息也。早膳后，至蓉秋先生、梅五姻丈两处，晤谈半晌而来。内人于去岁九月廿五日逝世，已将一载，请僧五人至家拜念道场一期，今日起佛，至廿五日而散。洛卿丈公与祝再姻丈均与晚刻来，为送张家表叔折饬头番佛。

廿四日甲午 阴。接子能先生一信，并惠寄挂面、粟子计一篮，由航船寄来。阅九月十九日《申报》纪镇浙将军瑞兴现奉电谕兼署浙抚，已定十七日巳刻接篆。闻聂中丞于交卸后即须起节，行李、船只业已部署妥当矣。惟翁方伯所遗之篆须俟瑞将军兴委署，闻拟令运司信都督署理藩篆，杭嘉湖道崔观察署理运篆，另委候补道署理杭道篆务。惟翁方伯因铜元局垫款甚钜，并多经手，未完之案，未能立时交卸，刻下赶办移交清釐库帑，大有不遑启处之概云。

廿五日乙未 晴。接王伯巽先生一信。晚刻，设席请洛卿丈公及祝再姻丈，并邀陶寿翁、丽生先生、周允东、禹门叔公陪客。

廿六日丙申 早至未，晴；申牌，阴；酉后至晚，微雨。致王晓凡兄一信，饬升鉴专送长甸其学堂中。致郎显臣一信，明日专人送交。接王晓凡兄一信。洛卿丈公、祝再姻丈均于午牌趁船至家去。陈祝再姻丈嘱余代寄家君一信，并嘱余代寄买亚弥莲花丸洋两元。洛卿丈公嘱余寄买艾罗补脑汁半打。晚刻，至海门同昌分号少坐。寄家君之函，即饬老五送交邮局。本至海门商轮局，路晤楚卿云何月丹太守于今日动身，送太守各人均寓局中而来，转至同昌分号，与楚卿兄相叙半晌。云于明日到郡，十月初二日定须转至下乡，因江子菁明府之千金配黄子和都戎之少君，于初四日文定，邀其代媒，不得不先来也。即邀子霖兄至号，托其代买亚弥莲花丸洋两元，洋均面付。因陈君洋交余，余即将原洋转交子霖兄代买。至补脑汁，子霖兄言，是电气水，食之非独无益，尚有见损。前丽生先生闻人云孔子强兄于夏间食有艾罗补脑汁，约计半打，已至如此，想无疑只作罢论。另函福洛卿丈公而已。来时日尚未晚。张凤山先生与子能表叔公均于今日下港，畅叙半晌。即至周麟斋家，其次世兄于今日喜期吃酒，新人来时颇晚，而其亲家在黄城，路颇遥隔也。晤梅五、允东、子宜、子轩诸君，相叙席散而别，来时已将二鼓。张凤山先生出去，未知到何人家去，不得其详。

廿七日丁酉　细雨，惟午、酉两时晴而阴。接王晓凡兄一信。昨书致郎显翁之函于早上饬阿四送至桃渚。

廿八日戊戌　早至巳，微雨；午后至晚均阴。致褚琴轩一信，饬老六送邮政局带宁。差桃渚人来云，郎显臣至仙茗去，未在家中，仍空走一次，该息未知何日能归也。午膳后至梅五处少坐，同其至仲逸处相谈半晌而别。阅九月廿二日《申报》纪九月廿一日内阁抄奉上谕岑云阶制军奏请广西全省肃清一摺，同日奉上谕："岑春煊实心任事，调度有方，允宜特膺懋赏，着加恩赏加太子少保衔开缺巡抚。李经义着交部从优议叙。广西右江镇总兵丁槐着补授广西提督。广西按察使余诚格着赏加头品顶戴。广西布政使胡湘林均着交部从优议叙。太平思顺道张鸣岐加随带三级，两广委用。存记道朱荣璪、广东补用道王秉恩均着赏给头品顶戴。广东候补知府陈望曾着交军机处存记。其馀单开各员着该部议奏"等语。现在广西想已肃清，中国今广西已平，可无内忧之为幸矣。章道芝相托余代寄丹亭兄一信，并栗一包。

廿九日己亥　早至卯，细雨；辰、巳两刻，阴；午刻至申，晴；酉后，阴。致张丹亭兄一信，并附道芝相一信、栗一包。内附寄夏振趾先生一函，托褚琴轩代寄宁波湖西提中衡参署。琴轩昨日由宁来，所寄一信仍然空寄也。周梅翁来叙片时。本于今日赴郡，因雨而缓一天，拟明日到郡。午膳后至椒江书院，晤胡学馀先生、陶寿翁，相叙半晌而别，至庆丰少坐而来。晚膳后，至子宜兄府上，晤周梅翁、王心泉、采东、周麟斋、褚琴轩、丁辅香诸君，畅叙半晌而来，时逾二鼓矣。琴轩代余片纸印来，计一百张。前托代买之衣料尚未买来，说定下次来台可以带来。子宜云，李健生茂才于早刻病故，请彼作主祭，向余假朝珠一副。托褚仲逸兄代买乌绒连缨大帽一顶、平金五品、女补一副，未知得能代假否也。是月小，今日即是三十日。

十月初一日庚子　早至巳，阴；午至申，晴；酉牌以后，阴。致王耔舜兄一信。早刻，至道头，适值小轮尚在郡城。但永宁局悬牌十月初一日为始，每日朝上夕下，今值朔而不对期，局中悬牌亦不以为然也。况今日上落已遍贴招纸，岂可失信！此担误一天，于余尚无碍于事，恐有远处商民则多一朝费用也。周梅翁亦至道头，亦因此而来。午膳后，褚琴轩来，托其代带一函，并托其带宁代刊信纸格板一方，其样式：起首用“一日清闲一日仙”图书一方，下书“乐琴书室监制”，仍印八行，红格。并托其就宁代印洋纸信笺红底四百张、白底六百张，未识能印来否也。至周允翁处，云其至海门，未晤而来。续至陶寿翁府上少坐而来。

书城先生之弟绍占相前托余代做小会一脚，但做会余甚恶之。但其小会每次荫洋两番，亦应情面难却，不得而允焉。已于昨日首会，即叫典中代做，荫出收进均由庆源也。但每季稻熟，分稻者出门确须极早，若以到田，天尚未明，更为至妙。如有人叫分稻者，确定俟分稻之人到田方才开割。此言必定预先与其说明，是为至要。若分稻之人到田曾经开割者，须要其认交为要。晚季天日不长，出去分稻由宜极早为要。

如今新开外务部、商部两处，今之通达时务之员进身颇为跨便。阅九月廿四日《申报》纪九月廿二日内阁抄奉上谕：“汪大燮现在出差，外务部右丞着邹嘉来署理。道员朱宝奎着署外务部右参议。钦此。”按：外务部右参议系三品京堂，以道员署理参议，颇为便宜。况朱宝奎又是直隶候补道员，署理三品京堂，颇甚便宜也。通达时务之员，朝廷视为柱石。通达时务之员以天下为己任为幸也。是日《申报》纪新任山西巡抚张安帅定于本月廿六日接篆。前张大中丞早经交卸，已于藩司护院。闻其稍染微躯，少作勾留，何日赴浙江巡抚新任，尚无定期。按：此节前任山西抚宪张大中丞本调署湖南巡抚，交卸不远，尚未动身，已拜授浙江巡抚命矣。现署浙江巡抚瑞将军虽是护理，亦可不即为交卸也。现今改省候补、前江苏候补道周学琛者系周玉帅之公子。

晚刻，自椒江屋外而来，看椒江新立学堂肄业小徒放学而来，颇有趣味。回忆幼时自塾中散学之时，何等散心！如在昨日。不意已逾二十馀年，转念间，余年已逾三十，古人已于一世，尚无子嗣以绕膝下之欢，心甚冷然。元配章氏人虽强悍，仅留二女而逝。瞬息间又逾一载。转思其心常诚厚，以致少年夭殂，心甚悲痛。故后，余本意若留一子则不再娶，以报结发之情深。不得一男，不得已须要再娶，出于无奈而不忍。即置妾以为添嗣之计。娶妾曹氏又将经年，不得受孕，心甚畏惧以甚。若曹氏于今岁能受孕，则就此以娱残年。万一再不受孕，父母之命，逼定续弦。初次置妾，常有言而可对，再若置妾，则无言而对堂上。但愿我祖宗之灵，速为佑余育男，则家中之福益。我之寿，余深知薄弱，若将再娶，如之奈何！余自出世之初，即伤萱堂，养我成人而最爱我者，曾祖慈应太夫人也。祖慈苏太夫人青年守志，年已古稀，爱我之心甚切于怀。余年逾三十，一事无成，无以报称，终夜思之，心甚愧甚。愿得椿树长荣，早日宜男，是为稍慰我心。未知速得全我愿否也。继母之前，余虽事事宜顺，犹恐不周，椿堂远宦，不得朝夕承欢，心又愧甚。今夜而无友朋谈叙，则将心事记之。

初二日辛丑 卯前阴；辰牌，细雨；巳刻至未，晴；申后至晚均阴。早膳后，至永大小轮，同梅五姻丈至郡，轮中晤海门厘局张星伯明府、黄子霖兄，陈舜卿兄亦赴郡垣，相叙半晌。至上午十二点钟抵郡。至同昌盐号，周梅翁、黄子翁、陈舜翁及张公祖均寓同昌。余与张公祖、周梅翁同宿一房。晤煦东宗伯、解昆珊兄、卢槐士兄，相叙半晌。至王少南兄房间少坐，并晤心斋宗叔、叶石甫、何月丹诸君。云及楚卿兄因有外疮，宿在西门五钦巷其通州人之妾寓所中。过午膳后，至周梅谱先生、应少圃先生两处少坐。前托开孝廉堂之粮，据云现与徐申甫先生接头，粮由同昌少南先生接头，可以代付，粮亦托少南先生代为转开孝廉堂户下。但此事系黄岩临寄庄其粮房解芝村先生经手，现与其说明矣。

至蒋印潭老伯府上，适其公出，不晤。转至同昌，同周梅翁至楚卿寓中，遇陈兰樵父台，寓中相叙一刻。而晤楚卿兄，相叙半晌，而陈舜翁在焉。少顷，陈兰樵父台、张星伯公祖来叙半晌。张公祖邀留晚膳，席设聚丰园。张公祖先别，而同陈兰樵父台、周梅翁至聚丰园，晤张星伯公祖作东道主，同席李伯荪父台、黄子霖兄、卢槐士兄，相叙席散，而同转至同昌盐号。少顷，江子菁公祖、周梅谱先生、应少圃表叔公来叙片时而别。账房晤陈文波、潘钧秋、陈少亭、解昆珊、洪静斋（连波令弟）、陈舜卿、方笃轩诸君，相叙片时而别。梅谱先生言郡城保甲局萧伯康公祖谕蒋映潭老伯为总董，王冰如先生为帮董。

初三日壬寅 晴。致家内官兴一信，托梅升带永大小轮代带家中，嘱官兴送仲翁一函。张星伯明府于早刻趁永大转至海门差次。早膳后同周梅翁晋谒台州府张翰卿太守，相叙半晌。看其性气颇为和平，地方情形，虽初赴任，颇为留心，将来定是贤太守。前任何月丹太守较之相悬天壤，人人均是言之。辞别后，谒江子菁、萧伯康两公祖，因穿衣冠，均饬丁挡驾。卢槐士、解昆珊两兄邀余至八仙宫午膳。即同周梅翁至八仙宫，同席者：余与梅翁、陈舜卿、王少南、王雨卿诸君及星斋宗叔并主人，畅谈席散而别。就道至蒋馥堂、张柳桥、徐申甫、蒋映潭诸君府上，均适公出而不得会晤。至秦雨亭先生府上少坐而别。

本至方笃翁府上，而笃翁路遇，即同至同昌，叙谈至晚而去。云及现今郡城培元局改为学务处，张翰卿太守谕何肃堂先生为总董，陈少萍孝廉为考察，郎吉夫太守为监议，又有监察董事数人，秦雨亭广文、傅兰客孝廉、徐申甫副车、蒋映潭明经亦均在焉。每逢三、八之日均到学务处议事一次。邑侯亦须到学务处商议。自今以后，官绅可谓一气，勿以不肖者同列为幸。晚刻，又至郎吉夫太守、傅兰翁两处，均至学务处，不晤而来。周梅谱先生来柬邀余与周梅翁明日午膳，辞之不得，只明日酬应可也。黄子霖兄亦于早刻转至海门矣。晚膳后，张柳桥兄来谈半晌，留过点心而别，时逾二鼓矣。何肃堂老伯来柬邀余与周梅翁明日晚膳。但未曾往谒，来柬见召，实难为情，拟明日携柬亲辞，未识得能如愿否也。至槐士兄房中，晤周梅溪先生、蒋质夫兄少谈而别。

至煦东宗伯处，适与德轩宗伯、王少南及罗姓手谈，左右立看颇众云。煦东宗伯最喜棋子，自家来盐号，定邀数人打棋子，夜夜皆然。但煦东宗伯平生无忧虑心，人所不及，其家中每年开费非万金难以下手，楚卿每年用费非万金不可，而尚上年开设元泰典，今岁开设晋泰典，连年创造巨船，又新造海门大小房屋五十馀房，其自家中新造大屋一周，非八千金而不得也。又造各处大小房屋二十馀间，又新购北岸涂下桥晋泰典之基址，洋计五千，即新造典屋三十馀间，亦非五千金不可。今年又通州、苏州两妾，身价及购衣服、手饰亦计五千番之则。约其家中一切费用，造船、造屋之资，两典存架约计四万金之则。及典屋基址，买妾，又酬应颇巨。三年之前费用不计，只三年之内约计用去英鸟二十万只。非同昌、鼎新两商之进款馀资之洋，计其各处之进款亦颇寥寥，可见同昌、鼎新之馀资不算其账，不知其细情，只看三年中之行挑，可知其有如此之出息也。故楚卿之用度、之应酬、之日食、珍物，各人切勿效之，是为至要。以余论之，即有如此之进款，亦宜节俭，以积福为幸。况无楚卿之进款、无楚卿之盐号、无楚卿之家世，岂可妄为！若一妄为，即至无可结局之日矣！古人云："有势不可荣尽，有财不可用尽，有食不可吃尽，有衣不可穿尽。"人若能明此理，即是传家之宝。宜无去于心，是为至切。是为记焉。

江子翁公祖代将由议叙从九加捐不论双单月指分省分试用，查来约计二千数百两之则，即一切费用，一切川费，拆洋四千元之谱。余之本意，归家不如出外。归家本是致善，一切如意莫非归家。上有堂上朝夕即可侍奉，友朋亲戚不时可以聚首，此归家之善也。世务之繁沉不如出外。身若在外，一身之外，别无他顾，则出外之善也。余之心喜出外，即以出外为善。但州县之官，余无才见可以相称，况时事日艰，宦途风波颇是非易。前家君所言，外官则以布库大使为善，又无一切词讼等事；京官则以部曹为善。况入资州县之资颇非易事，若将保案得能顺手，以布库大使用，再捐指省分发候补，是为至幸。倘若保案肘掣，则张罗英佛四千尊以为进身之路，是为至幸焉。

初四日癸卯 晴。早膳后，同梅翁、槐翁之肃堂先生府上，晤其令弟煊夫先生及戴桂林参戎，并其幕友萧君，相叙半晌而友别，邀留晚膳而不得辞却。即同卢、周两君因周梅谱先生之召午膳，至八仙宫之望江楼，晤梅谱先生、陈文波先生、仲甫诸君，相叙席散而来。前查入孝廉堂之田一亩零，坐半洋王寺殿，误查寺前埭，托仲甫兄查有寺殿之田无误，系祝道宾种也。按：戴桂林参戎承凤湖南人，现在台州统带台防饬捕营。适楚卿兄与费子赞父台来，叙半晌而别。台州府张翰卿太守来还拜，即饬丁挡驾，亦同梅五、槐士两君至肃堂先生府上，晤其令弟煊夫先生、桂林参戎并其令亲柳晓清兄，相叙席散而来。据槐士兄言柳晓清兄前在江南陆师学堂毕业生，捐府经历指分江南候补。肃堂先生言，余洁斋兄所办难餍，知[①]而不能注册，转袭云骑尉加捐主事云云。洁斋兄本名增瑞，现改光宇。陈少平孝廉来叙半晌而别。

初五日甲辰 晴。致黄子霖兄一信，交邮筒转寄海门。早膳后同周梅五姻丈、星斋宗叔至戴桂林参戎公馆中，晤仙居县吴公祖、杜渎场丁父台，相叙半晌而别。向闻郡城后山鲍爷店有借银之说，须至殿叩说原情，跪拔千诗，允借若干，即将彼处不论多寡注明若干之纸银锭十个取到家中，藏在家堂土地爷之前，今年大能顺景，向来均称灵验。即与诸君同至后岭殿鲍财神庙中，适楚卿、槐士两兄均在焉。即叩谒鲍财神，跪拔签诗，允假九千三百数，即注明纸锭而取焉，须明年虽确购纸锭照数奉还。既有是言，又能允假，神明正值，定能顺适也。楚卿兄饬仆带有小菜，过午而来。

过东湖，回忆丁酉之岁，余与梦云先生、尹东。琴轩、子衡诸君至此地游学。之后又是十年之隔，亦如昨日。前东湖均已旧坏，今日视

---

① 原文衍一“知”，删去一个。

之忽然一新，头门之左右又添造两处以助游玩之乐。槐士兄云，秦雨亭先生现将东湖之出息盈馀中所积之款为添造及重加修饰之费用，足见雨亭先生实心任事，不以公款为私，此长厚之为焉。便道至集成陈少平孝廉府上，晤孙仰之、蒋质夫，相叙片时而别。便道至孙仰之处过，留片而来。仆从言，戴桂林参戎来还拜，彼即挡驾。秦雨亭先生、徐申甫先生、何肃堂先生、蒋映潭老伯均至号中，因余出外而去。陈文波先生、高志伯父台、陈兰樵父台、萧子华父台、李伯荪父台均来叙一刻而别。文波云，其令兄少亭同郎吉夫太守至海门去矣。同梅翁至府署费子赞父台处，适其公出，留片而来。邑侯萧伯康公祖来还拜，晤叙半晌而别。王冰如先生来云，郡城保甲于今日起，蒋印潭先生为总董，冰如与陈少亭守戎襄办董事。

初六日乙巳 晴。致徐申甫先生一信。早膳后，同梅翁、星斋宗叔还谒萧子华父台，相叙半晌，而便道至方笃轩先生处。其世兄长号镜堂，次号少轩。少坐，过工艺局门首，谒李伯荪父台，云未在局，留片而转至同昌，修拾行囊。过午膳，辞别诸君，同梅翁至王冰如兄处，适其公出。即至永大小轮，晤杨定甫给谏，畅叙片时。该轮抵埠已将晚膳矣。晤子能先生少谈。接张丹亭镇军两信。周载熙兄自桂月二十日自黔垣所发一信，内托余代寄少芳兄两纸，未知少翁行止，不得即时代寄。孝廉堂已前之粮已算洋三十元，由少南先生处汇来，即托少南先生到省之便代买衣料三件、笔墨之需，另抄单一纸而托少南先生矣。少翁此次到省，因省中加厘之事也。

初七日丙午 阴，北风颇大。晚刻，邬丽生先生、周允东母舅来叙至晚，留过晚膳而别。

初八日丁未 晴。致王耔舜兄一信。早膳后，至谱香母舅、梅五姻丈两处少坐。至允东母舅处，尚在睡乡而来。梅翁约余晚刻至海门。午膳后，至梅翁府上，晤徐荫庭兄少谈而别。同至海门同昌分号，晤王丽生、苏时卿，相叙一刻。云及前托买之提灯，家中与典中各一对，共计洋二元三角。信笺、信封计洋一元四角，均已带台，曾已送至楚卿处。至海门商轮局，晤子霖兄、会保兄，相叙半晌。前托买之亚弥莲花丸一瓶曾已买来。转至同昌分号少坐而来。至家后遣价向其提灯及信封、信笺等取来。但提灯误书“吴姓典中之提灯”，亦书吴姓，无如提灯姓氏，既已误书，不得将就，只明日送托其寄转闽垣，代为转号可也。日前接载熙兄信内有寄少芳兄一纸，但其在申何处，未得详晰。询其府上，云在四马路永宁公后新衙门番译学堂肄业也。接江夏街协记抄账信一函。

初九日戊申 晴。致王丽生一信，并附误书吴姓提灯两对，交阿儿送海门面交。致王少南先生一信，交邮政局寄郡。接喻志韶太史来柬云，马头山之事，即与原人详言，致片覆达。午膳后，丁辅香、周麟斋两兄来叙半晌而别，至梅五处，晤谱香母舅、允东母舅、王子宜兄、徐荫亭、秦师梗友、胡师学馀，相叙半晌。同允东母舅至其府上相叙片时而来。晚膳后至陶寿翁处少坐，至王子宜处，晤梅五、琴轩、辅香、心泉、采东诸君，畅叙片时而来，时将二鼓矣。晚刻，二头来，前其代买来各件计洋五元四角，即照数面交清讫。阿儿自海门来云，据王丽生言，现无便船到闽。俟有便即托其带闽转书可也。

初十日己酉 晴。寄周载熙兄一信，致王籽舜兄一信，致张宝田先生一信，致解芝村兄一信，均饬老六送海门交邮政局分送贵州、京都、舟山、黄岩各处。致周少芳兄一信，交二头带至沪江四马路永宁公后新衙门番译学堂。午膳后，梅五姻丈来叙半晌，同至谱香、允东两处少坐而来。

十一日庚戌 晴。致张丹亭镇军一信，致周梅谱先生一信，均交邮筒分寄。致张伯泉兄一信，内附家君寄其一函，适其价来，即交来人带交。曹公德托余代荐粮缺，余允其代荐。午膳后至海门中署，晤汪更生参戎，代荐曹公德之粮。据云，俟有缺出即为代补。至同昌分号，晤陈舜卿先生，相叙半晌。适何霭生先生来叙片时，云及镇海县韩子衡公祖处有办捐局等事，但各等以三成六上兑。未加遇缺先花样亦能少一的否？去后即至霭翁府上，托其代为向询也。至海门商轮局，晤王姓，言子霖于前日至宁去，十五日可以来台。闻陶寿翁于今夜至申去。即至永宁局，晤陶寿翁、朱葆生、沈桢夫、王芹甫诸君，相叙半晌。托葆生代修眼镜一副，并托照式代买眼镜一副。并嘱二头买虾子洋一元、玻璃一张，并交带去玻璃架一个，以便照式向购。即嘱老六购茶食四匣送与陶寿翁。续再至同昌，晤王丽生先生，前代买提灯、信纸等计洋三元七角，顷付洋三元交丽生先生手。来时方将晚膳矣。晚膳后，王子宜、丁辅香两兄来叙半晌，去时逾二鼓。

日昨周允东母舅说，闻椒江书院今年仍有考试信息，余恐书院招谣，不以为然。顷，子宜兄云，是有考试，于月之廿三日调考宁海县童生，学宪想于年内可以到台，此事若然，何如今时事若是，其中详细章程未得详晰。但科举一道，自唐代迄至国朝，其中虽有变更，未有据然[①]停止之说。前日已奉谕旨停止，今又仍然举行科试，究经[②]不解。细阅《申报》中亦未提及焉。

晚刻，接家君谕，言署中均获平安，不胜欣幸。但是处如此之苦，如此之冷，心实不安。内附寄周梅五姻丈、周达云母舅、陈洛卿丈公、陈祝再姻丈、张伯泉兄各一信，梅五姻丈、达云母舅，尚有寄童子章先生、子能表叔公各信，随即面交。尚有寄丽生先生一函，亦即送交。寄伯泉兄一信，已交其来人带交矣。其馀各函，即便送投。

黄岩柯辅周先生骅葳系拔贡出身，捐足本班直隶州州判，归第一候选者，不得选缺。顷阅十月初二日《申报》附张纪九月分直州判：陕西乾州柯骅葳，浙江拔。方知辅周先生选授陕西乾州直隶州判也。

十二日辛亥　晴。致王子舜兄一信，致郑困芝兄一信，交邮政分寄。致章子修兄一信，内附家君寄其一函，交伯纯家之仆人带交。伯纯兄于十一月初十日喜期，向余假寿屏、麻姑瓶镜、万民伞等物。但万民伞，上年家君赴晋时曾经带去，难以应命。午膳后，周梅翁、丽生

---

① “据然”当为“遽然”。
② “究经”当为“究竟”。

先生来叙，至晚而别。

十三日壬子 晴。致金叔文妹丈一函，拟明日农人送交。钟焕堂先生来叙半晌，嘱余代其书寄陶寿翁一函。午膳后至梅翁、秦师梗友先生、学馀先生诸处，相叙半晌而来。学馀先生于今日起稍染寒邪。接王晓凡兄一信。

十四日癸丑 晴。致陈洛卿丈公一函，致陈祝再姻丈一函，并附《申报》一卷、亚弥莲花丸两瓶，饬桂明送交。致王晓凡兄覆信一函，饬农工送交。至章子修兄一信，饬阿庆送交。午膳后，钟焕堂先生来叙半晌，同(至)周梅翁府上少坐。嘱其代致亲戚花辅卿兄一信，面寄至福建省城西门外警察三局花收。向王子宜兄借来十八省分图一本。楚卿兄之农人说楚卿已于昨日由郡至家矣。价来，接王晓凡覆信一封，接陈祝再一纸福信一封，接子修兄福信一封。岳母因伯纯舅喜期，邀余代媒，不得不允也。晚膳后，至楚卿兄处，据云，前沈东录公祖谕其为椒江网业公所坐办董事，而心不欲至署，力辞，而举永利、顺利、泰昌、恒利四家合为坐办，但四家系无人专主，亦不得成也。楚卿既推，另日，喻志韶太史再□想法叫人坐办，而不免一番转折而已。少顷而秦师梗友暨周作羹、黄道周、周梅翁来叙半晌而来，至家时将二鼓矣。

十五日甲寅 晴。致朱似兰兄一信，并附英洋一百元。致王耔舜兄汇信一封，信面写明洋数，托其代寄京城青厂黄岩会交王耔舜兄收，信并洋均面托子霖兄代托可贵商轮代寄上海四马路华英大药房交朱似兰收可也。致王耔舜兄一信，交邮政局保险寄京。致萧子华父台一信，并附侯姓女庚甲一纸，托同昌分号王丽生先生代寄郡城三台坊侯宅其公馆中。早刻，周梅翁来叙半晌，假去英洋五十元。午膳后至同昌分号，晤丽生、舜卿两君，相叙一刻。至海门商轮局晤子霖、会保两君及江子菁公祖，相叙半晌。托江子菁公祖代询购奉天股票价之是否，倘得有便宜，托购一千二百两，未知得能如愿否。前托子霖兄代买之鲜荔枝、桂圆、膏蟹糊，均已买来，计价洋四元五角。续至可贵商轮局晤漱泉兄及郑守戎，相叙一刻而别。至怡香居，晤蔡子葵兄少谈，即至霭生先生府上，适其公出而来，至家时将晚膳矣。至莘山价来，接叔文兄来示，云金仲泉观察现寓江西省城都司前夏宅金公馆。

十六日乙卯 阴、晴，天气颇为和暖。致金仲泉观察一信，并代叔文兄致仲泉观察一信，交邮政局寄江西省城都司前夏宅，托其代查江西候补府经者人数若干、有何花样易于补缺。致周涧泉鹾尹一信，交邮筒寄至福建省城北后街胡家周公馆。致黄子霖兄一信，并附代买各物计英洋四元五角，饬老六送至海门商轮局。来云，子霖兄未在局中，洋、信各友代收，取有福片。致何肃堂先生一信，外附鲜桂圆四盒、鲜荔枝四盒、膏蟹糊两瓶、米面干一百四十束，交伯森先送至郡城面交。梅五姻丈之世兄老五相于今日送日子，明年四月十六日喜期。午膳后至其府上贺喜。过尹东母舅处，晤褚仲逸兄，相叙一刻而来。适秦师楩友来云，本年科考本是奉旨停止科举，适学宪已马牌至处州举行科考，接谕旨而即转省，因各童生求禀处州府转详学宪，而陈学使电达学务大臣，奉旨准其处州考毕，而学宪转至处州考试。而温、台两府尚未开考，两府各童均求府尊代达学宪，而学使虽据情代奏，未知上谕能允准否也。周梅翁邀余晚膳。晚刻至梅翁府上，晤两媒人及允东母舅、仲逸兄、建西诸君，相叙席散，适星斋宗叔来叙半晌而来。

十七日丙辰 早至午初，阴，天气颇为和暖；午末至未初，雨颇大；未末雨晴而见日，片时即阴；致晚均阴。致汪更生参戎一信，致江子菁公祖一信，均饬三妹送至海门。致周载熙兄一信，致何肃堂先生一函，饬三妹送邮政局分送。晚刻，周梅翁来云，姚实轩代其世兄所办之县丞曾已办来，但其所需费用过多，五十两，所以托人之事难也。前托朱茂生代买眼镜一副，曾已买来，计洋一元四角，托其代修眼镜尚未修好。

第十二章

乙巳(1905)十月十八日起

十八日丁巳　子、丑时，雨；寅后至晚均阴。致王籽舜兄一信，交邮筒寄都；致朱茂生一信，并附致陶寿翁一信，附还眼镜计洋一元四角，饬老六送永宁局托杨子云先生代交。午膳后至周梅翁府上少谈，同至允东府上，晤褚仲逸兄，相叙半晌。适汪更生为天台因仇教事带练军至家子，雇船到郡，而从陆道行，适潮候尚早，过允东处少坐而别。

十九日戊午　阴，二分从堂兄名从槱号咏花于早刻逝世，年三十八岁，遗下两女子，一子名正珩。午膳后至梅翁府上，同其至海门同昌分号晤王丽生先生少谈，而至可贵商轮局少坐。至娄竹三兄处，晤余抡岗别驾，相叙一刻，而至娄晋阶姻丈府上少谈而来。向余伦翁购来狐皮袍一件、狐皮马褂一件、铁线纱花衣一件，计洋八十三，即向黄漱泉先生假来付讫矣。

二十己未　阴。致黄漱泉兄一信，并附还英洋八十三元，接有收字为凭。寄家君一禀，系第十四号家信，交邮政局保险寄至山西太原省城新道街口外上小墙路东，托陈仲怀直刺代为转寄吉州。早刻，至咏仙兄处，相叙半晌而别。午膳后，因楚卿兄约游，至海门，至楚卿处。因至子宜府上，相约同至海门同昌分号少坐。即至余抡岗公祖处相叙半晌，而至可贵商轮局，晤漱泉、松亭诸君，相谈一刻之许。即至家中，已将晚膳。楚卿兄云，奉天新捐以二成六上兑，可谓便宜，不知遇缺先花样补足几成，即托楚卿兄代为询问。彼近至杭垣，过上海便可问询也。

阅十月初十日《申报》纪政府将拟裁九卿衙门共计十部，原有吏、户、礼、兵、刑、工六部，新设外务部、商部、警部，又新设学部，计有十部。今拟十部之外又拟添设法部、海部，总共凑设十二部云。晚膳后至允东母舅处，晤寿卿兄相叙片时而来。

独坐而思，人生境遇不一，处境亦不一也。处境甚于艰难皆是生来命限，无可强求。但余之处境，外视余则无不如意，以余思，实在危险，何可言欤！愿得速求外出之道，实为万幸。未知得能如愿否也。但余之思心危险难以明言，故妻章氏所深知也。青夜思之，枕边泣泪，难与人言。侍妾曹氏初来未久，年纪尚轻，不知渊源，言亦无益。言既无益，不言为是，惟心悲泣而已。但得无愧于天地神明祖宗，则愿足矣。

廿一日庚申　晴。致张宝田先生一信。致邱仲玉姻丈一信。因王云梯兄邀午膳，席设海门同昌分号。周梅翁来邀同行，雨早刻至海门同昌分号，晤楚卿、云梯、子霖、子宜、遇琴、辅香诸君，相叙席散。适祝三、飏绵、漱泉、宝舟诸君来叙半晌，同至海门商轮局子霖处，晤可贵商轮船主阮印吾兄、徐仁甫少谈，云及朱会保兄曾经分手。续至可贵商轮局，晤何霭生先生，相叙一刻。托子霖兄代买吕宋烟一箱。前托舜卿先生寄宁代买衣料三件，曾经买来。转至同昌分号。楚卿云，谱香母舅之妗母朱氏宜人前至母家，稍染寒邪，于早刻故在母家。其母家在黄岩城朱宅，系朱德圆主政之千金也，年约五十左右，颇为强健，不料二竖为灾，竟然不起，亦难预料也。

楚卿兄言，邑尊萧伯康公祖之太夫人于十一月初六日大开专宴。按：萧伯康明府之太夫人系原任浙江按察使升任江西布政使萧杞山方伯之夫人，年届古稀，子孙绕膝，可谓福寿双全。顷伯康公祖权临海县事，颇著贤声，绅民感戴，大开寿会，理之然也。各人拼送寿屏。楚卿兄与余云，余即允焉。即将家君官衔及余两条均抄交楚卿矣。

天时将晚，即至家中，已将晚膳。接咏仙兄因咏花明日大殓，柬邀助祭。忆楚卿兄言，前提标守备黄俊臣守戎于廿三日入厝。接何肃堂老伯一信，并附代查府经县丞注册印结各费计银二百五十馀两。楚卿云，奉天新捐二成六上兑，据朱敷五老所言，未知实然否也。彼近至申之行，余托其详询，倘非子虚，可谓便宜也。

廿二日辛酉 晴。致仲玉姻丈一信，致子霖兄一信，附托带交可贵商轮友交邮筒寄王耔舜兄一信，均饬桂明送交。午膳，至二分，同道周、作羹、宗山、云梯致祭咏花兄。忆咏花前丁亥岁同从陈理堂先生读，后不觉已十九年，如在目前。咏花不幸而逝，不得一领青衫，未遂其愿，行年仅只三十有八。幸有子嗣，曾经诵读，但得此子早为发达，是为至幸也。祭后，晤伯寅、仲辰，相叙一刻，至禹门叔公房中少坐。过晚膳，同云梯至子宜兄府上，晤梅五、采东、心泉、辅香、夏咏仙诸君，相叙半晌而来，至家已逾二鼓。云梯兄言，楚卿于早刻自海门到家，约廿四日趁轮到申也。阅《申报》，前姚子祁司马请椒江书院山长胡右阶太守念修，本是江苏候补知府，保有以道员用升阶，今则过班道员仍留江苏候补，曾今到省矣。

廿三日壬戌 晴。早刻，周梅翁来叙半晌，托余代其书寄卢槐士兄一信。午膳后，至楚卿兄府上相叙一刻，云及明日偕其夫人同至申江看病。托询之件，即抄单面托矣。邀余晚膳，同席者：云梯、舜卿、性言、辅香、子俊诸君，相叙席散而来。今值永宁到埠，《申报》取来。阅十月十五日《申报》纪九月分验看，纪郡城余洁斋兄光启曾捐主事，于九月分验看。洁斋兄本名增瑞，前在郡时晤何肃堂先生言洁斋兄改名光启，由世袭云骑尉改捐主事。今有余光启捐主事验看，定是余洁翁也。

廿四日癸亥 晴。致周梅圃先生一信，交伯森先代送郡城。接丹翁一信，即作覆张丹翁一函，交邮筒寄甬。午膳后至海门同昌分号，晤楚卿兄、王丽生、陈舜卿、王芹甫诸君，相叙半晌。同楚卿至海门商轮局，晤子霖、飏绵两君，小谈而来。楚卿兄于今晚趁轮到申，即送便点而别。

廿五日甲子 午膳后至梅五、允东、谱香、子宜各处，相叙一刻而来。

廿六日乙丑 晴。致陶祝卿兄一信，交邮政局带闽，与周涧泉鹾尹同寓闽垣北后街胡家。致邱仲玉姻丈一信，饬桂名专送黄城。带有覆信一封。午膳后至梅翁府上，晤周麟斋少谈，来时路晤谱香母舅，同至允东处，晤星斋宗叔，畅叙片时而来。

廿七日丙寅 晴。致邱仲玉姻丈一信。接仲逸兄一函。

廿八日丁卯 晴，接徐霭人先生一信，午膳后至梅五姻丈府上，晤允东母舅、仲逸兄、普陀山紫竹林僧志修法师，相叙一刻而来。典中金生雨字号货本计钱三百六十串，于今日发卖，各拆衣者计价一十六三算。此是初拆两字，颇为便宜，下盘想不只于此也。晚膳后，至子宜兄处晤谱香少谈，来时已逾二鼓。

廿九日戊辰 晴。接王子舜兄于月之初八日发一信。早刻，周梅翁来约至海门。晚膳后至梅五处，同至海门外商轮局黄子霖兄处少谈，而至同昌分号，晤陈舜卿、王少南诸君，相叙半晌而来。永宁商轮于晚刻到埠。张宝田先生来家，云及张丹翁现挽提中参署，公事实在繁多也。并言宁属印花纸现已颁行。晚膳后，子宜兄来，与约定下月初三日同宝田先生至东岙诸处看地。接张丹亭兄一信。

三十日己巳 晴。致赵虞芗兄一信，交邮政局保险专寄鄂垣。

十一月初一日庚午 晴。致煦东宗伯一信，托其代为拼送萧邑侯之太夫人寿屏等。代叔文兄致金仲泉观察一信，交邮政局转寄江西省城都司前夏宅。午膳后，缪性言先生来叙半晌，随至梅五府上，云其至栅桥去，不晤而来。便道至谱香母舅处，晤允东母舅，相叙半晌而来。谱香母舅云，沈东录公祖系原任两江总督沈幼丹宫保之五公子，廕生，光禄寺署正，补缺后截取同知，指分浙江候补，历署开化、桐乡两县知县、乍补同知，补授台州海防同知。先在候补时委办海运，保有知府，在任候补，于五月到任，顷已呈请开缺过班知府，已奉抚宪批准。已委署是缺者恽姓，系江苏人也，官篆未得详悉，容日再记。

初二日辛未 晴。致王子舜兄一信，交阿昌带至上海，转交邮政局保险寄京。接陈祝再姻丈一函。即覆祝再姻丈一信，并附《申报》一卷，英洋一元，交其原人带还。午膳后，至海门同昌分号，晤少南、舜卿、丽生诸君，相叙半晌。少南先生于晚刻趁轮赴省，为缙云县闹号之事，然赴运台署呈控也。大约月杪可以旋里。即送粗点四盒。续至何霭生先生府上，适其公出，不晤。至海门商轮局，晤子霖兄、春茂兄，相叙一刻。前托买茂生皂一盒，曾已买来。转至同昌分号少坐，至家时尚早。达云母舅嘱寄家君一信，适值安禀方寄，只将收藏，俟另寄安禀时附寄可也。邱仲玉姻丈自黄岩来，畅谈至晚，留过晚膳，而至其亲戚府上宿。云及遇缺先之佐杂班江西、安徽均是易于补缺，福建之遇缺先府经尚在需人。府经之缺各省均是极次，若报捐者须以钱庄为妥。沪江钱庄新泰原颇为诚实也。

初三日壬申 晴。致叔文兄一信，交弟头送至莘山。致张丹亭兄一信；致陶寿翁一信，家慈嘱其就申代买云肩一个，两函均交邮政局分寄。早刻，同宝田先生约子宜兄至东岙解和坤四爷家过宿，以便此地阅看。但解四爷与子宜兄相识之人，子宜兄令祖、令尊两坟均做在东岙之麓。

初四日癸酉 晴。早刻，同宝田先生、子宜兄、和坤四爷至仰天窝看地，借僧堂过午膳。该处坟亦多处，据宝田先生云，堂后一处颇有道理。但是处山路约计四里许，恐致不便，容日再酌可也。晚刻下山，各处亦细一阅。宝田先生言，山下之田亦颇有气，即托四爷代为向买。至晚，转至解家。据云，初二夜西山某家被抢，当时有土匪一人被获，想即送黄岩县。但抢后有一土匪被获，则易于捕获。初三夜，山头金地方金三爷家又抢。但今年未有闻见土匪抢劫。今值冬令，两夜中接连两处被抢，为有司者，若不严加捕获，乡间小民将何为生也。但黄岩县主潘秋舫大令崇桂护理，闻其平素精明，适将交卸，不知从严追获否也。

但土匪非是生来即是土匪，皆是饥寒而生横心，以致为匪。古人云：“饱暖思淫欲，饥寒发盗心。”为匪之初，皆是赌博、花会。赌博、花会者即是土匪之报种。地方若有聚赌之家少年子弟，为父兄者理当相戒，为有司者急宜禁止。赌之为害不一，斗、敲、争讼是非。盗贼初则皆是为赌也。为有司者则禁止其初源，可无后患之忧。乡间小民、做工、务农之人，不以日习勤能，若入于赌，非是为匪之根源是何？故赌之为害不浅。赌者无不输之理，输之后即是匪徒。故是土匪生来非是土匪，则急禁止其源，可不至之为匪也。为有司者，若以姑息养奸，则地方受其暗害不浅矣。赌之为害矣。花会之害甚于赌博。地方若有花会者，则数十里贫富之家，不论男女则不顾廉耻。男则深山冷岙，一闻有能点，不论三更半夜，即去批降；女则亦然。无赖之徒，藉此奸淫。花会无有不输之理，一至输后即是匪徒。若以赌博、花会，初则父兄者宜当戒止，为家主者亦当戒，为有司者闻有此等闲非，急宜封禁，以清其源，地方赖以敉安，则受恩不浅。愿得家家相戒为非、村村相戒、县县相戒，是为至幸。

初五日甲戌 早至未，阴；申后，晴。接煦东宗伯一信。和坤四爷屋后田中据云尚可将就。余思坟地亦是要需之物，但余急欲出门，内子章氏之柩亦不得不为安葬也。余看如此之方，虽无好处，想亦无碍于事。即托四爷代为向买，其价金未识若何。午膳后即与宝田先生、子宜兄同至家中，天时尚早。周梅翁来云，约余赴郡晋祝邑侯萧太夫人寿辰也。余允准于明早同至郡城。接许东吕兄一信，并惠图书谱两副。接杨定甫给谏帖，因其文孙于本月廿七日授室，届时另送贺敬可也。晚膳后，至子宜处，晤梅五姻丈、辅香、中相、麟斋诸君，相叙片时而来。

如今世风奢侈异常，即余幼时看人之穿宁绸衣服颇少，湖绉亦不多。至今无论商贾，而家中稍能糊口者出来均是宁绸、湖绉，甚至光缎、摹本缎，衣服食用无不过于奢侈者也。至摩鹊一端，与赌何异？

以前底以一元、两元，如今皆以十元如常事。甚至摩鹊可以请客，殊为非礼也。但余思之，衣服一项既在家中，诸色均可将就。至于出门，各人均以如此衣服鲜明，既在此，亦不得过于从俭，亦不得过于奢侈。但不俭即是奢，不奢即是俭，酌中之事，本是最难。以余论之，如当用一物，即多若干亦须购办；当穿之衣，即须昂贵亦要购备；若用不到之物，穿不到之衣，虽之格外便宜亦不宜购办。是为至要。凡事者即所用之物、所穿之衣，必须三思然后购办，是为至要。勿以看见人有此物，我即要办；人有此衣，我亦要购。若然，家有万金亦不足供其挥霍。虽是细微一物，将要购办，定要三思。是为至切也。但余愿后人只从俭约，是为至要。

如摩鹊一端，朋友再三相邀，本不可却。余有一法：非至好友朋相邀者均要推却；若至好朋友来邀者，初次必允，若允，只求其输，切勿求其赢。若输一次，下次朋友知我而不懂者，彼定不叫我也。此可顾面子，又可顾情分。即输数元亦是情分，切勿可见输之后想再赢转，是为至要。若想赢转，定是输多钱，万不可再想赢转为要也。出门时，有朋友邀摩鹊，初次彼是无心，如今时事，文场作戏，何人无之？再邀而为非者，彼是有心。有心之友来邀为非友，亦不是良友，宜与其不要往来，是为至切。亦须三思而行，不致舛错。

我辈在家中，在客乡，在官场，凡事必须三思而后行，定无舛错。见朋友，见尊长，见同寅，见上司，言语应对亦须三思而后言，可全情分为宗旨。凡人有事托我者，三思之，可以允则允之，当时如何允，即至以后亦要何如行法。若事做不到，以后不能照所允行法，定要当时推却，不致以后失情为要。我有言与人说者，我有事求与人者，看人之喜怒。人若喜，则我之言、之事说出，人定能允我；若人有不喜者，则我之言、之事即与彼说，亦是无益。既无益于事，不如不言。故言语、行事，一切巨细之事定要三思而为至要也。愿后人勿以三思可去诸怀抱为幸。“三思”二字为益非浅，人若以三思而行，可无愧焉。

初六日乙亥 晴。致子舜兄一信，交邮政局寄京。致戴云珊先生一信，附洋两元，托买全鹿丸，交老六手送交。早刻，至永大小轮，晤周梅翁、戴桂林参戎，相叙半晌。戴桂林参戎云，上月三十夜台州府署签押房失窃，将张太守衣服一箱偷去。不知所进之处，细检是府署后墙而出。访得贼将衣服偷出，路过家子，将衣服数件当在裕泰典中。故之，戴参戎尚在天台，闻得此信，即时来台，亲自家子裕泰典，将衣服取去，细访该贼已去。贼至道头时无钱付船力，询有担夫名明松："此地有典铺否？"明松将贼带至裕泰典中当衣。当时向贼借有洋一元。明松亦知是贼，不知此物从何处偷来，该贼即去。即将明松带郡，送至临海县追寻该贼踪迹，未知得即捕获否也。

抵郡时已下午一点馀钟。同周梅翁至同昌号，晤解昆珊先生、煦东宗伯，相叙一刻。即同梅翁晋祝萧伯康公祖之太夫人寿晨，晤李伯纯父台、陈少平孝廉诸君，相叙片时而来。即至何肃堂老伯府上，晤叶赞堂先生，相叙一刻而别。便道至江子菁明府、戴桂林参戎两处，均挡驾。即转至同昌煦东宗伯房间，晤喻志韶太史、方笃轩先生、陈少亭守戎，相叙半晌。因临海县萧伯康公祖柬邀晚膳，同煦东宗伯、梅翁、江子菁公祖、陈少翁同至临海县署。所晤者人甚多，同席者：江子菁公祖、煦东宗伯、梅翁、何木生先生及两幕友，两谈[①]席散而来。就道至三台学堂，谒喻志韶太史、邱仲玉姻丈、郑吉甫先生、牟根亭先生、章姑也先生，相叙半晌而来。适周梅谱先生、王冰如先生来叙一刻。梅谱先生携下彼同余同案供事底稿一纸、当时通详禀覆底稿一纸，并晤解昆珊先生、蒋笠耕先生少谈。解昆翁言槐士兄因其亲戚有恙，于早刻至府上去。章姑也兄系章一山太史之堂弟，宁海经已调考学宪，想近可以按临台属也。

初七日丙子　晴。早，何肃堂老伯、邱仲玉姻丈、郑吉甫兄来叙半晌而别。午膳后，辞别煦东宗伯，同周梅翁至周梅谱先生、王冰如先生两处少坐。过协丰鹾货行少坐，晤心斋宗叔、宝舟兄、允东母舅、

---

① 当为"相谈"。

李晤南。同至永大小轮，晤前所司相叙少许。至家时已将二鼓矣。接周载熙兄自九月廿一日黔省发一信，云及廿五日束装南旋，二十年良友一别三年，云将归里，相谈在迩，不胜欣幸也。仲玉先生云，章一山太史之令弟台甫是“幼霞”二字，昨日误记“姑也”二字，系附生。章幼翁人颇诚厚端方。

初八日丁丑 早至卯，雨；辰刻，阴；巳初牌，雨；巳末至未初，阴；未末至晚均晴。致王子舜兄一信，交玉相送邮政局双保险速寄都城。章伯纯兄于本月初十日完姻，向余借假寿屏一堂、兰花喜屏一堂、大红缎麻姑一幅、大红缎额一堂、保险挂灯一盏、保险坐灯一对、瓶镜一堂，均饬农夫送去。女儿亦于早刻至外婆家吃喜酒。余本今日去，因事未清，准明日去。

接到邱少羽兄一信，并附早稻田大学清国留学生部章程一本。邱少翁现在日本早稻田大学堂肄业。致邱君之信须书明“日本东京早稻田大学清国留学生第二寄宿舍第十五号邱少翁收”，可不致误也。来信云及早稻田大学堂则有速成门，有政治门，有法律门，均以二年毕业。警察门、师范门、实业门均以年半毕业。工艺门则以一年、半载不等。完全者则有大学院、商务学校诸专门学科，非有五六年功夫不能及格。所惠各学校章程颇为详晰。现在黄岩友人在东肄业者：焦君蔓周、解君纬卿、夏君例生，均已工艺卒业；郑君荻洲则已法政卒业；周君季访则已士官卒业；许君卓夫则已师范卒业。吾台人材辈出，大有荣光焉。按：郑涤洲先生溱系捐府经历指分云南试用，前年奉云南巡抚林赞虞大中丞绍年札委护送云南游学诸生到东。想远涉道途，转省之日，定有优保。彼有政法卒业，则进益非少矣。但官送诸生与自备资斧诸生将来毕业送考均是一体。少年诸生能耐劳苦者，出洋游学不得不去也。但余年华老大，恐不得与诸君作伴，甚为憾事。秋间，俞棣生主政树棠、朱劼丞主政文劭及姚梧冈赴东进早稻田大学堂，现学政治、法律速成诸科，均以两年可以领取毕业文凭也。

海门商轮于晚刻到埠，前托陶寿翁带申之便代买各件，已由二头送来，云陶寿翁亦于晚刻转台，已至其府上。适邬丽生先生在家，与其同至陶寿翁处，相叙半晌，来时已将二鼓。和坤四爷来云，昨所看过之田前途有意售脱，余允其能与田价仿佛则向其购买也。

阅在日本大清国留学生部章程纪早稻田之校长法学博士鸠山和夫氏，之学监法学博士高田早苗氏。伏愿少年诸生游学则宜去愈多愈妙，心术则当纯正而无偏，是为至要。我朝开国以来，列圣相传，迄今已垂三百载矣，法度最为美善，设官最为周妥，赋税薄而刑罚简。遇有饥荒则即奉旨赈恤，轻则缓征，再则免粮，即加赈恤；重则拨帑金数万、数十万，以及数百万，加以上谕煌煌，灾民无得失所，此天高地厚之恩，历代以来无如此之优渥。若遇庆典，即以开恩科，加惠士子，减粮赋以疏民困，体察民情，无微不至。有此大德大恩以及民生，故民心有如此之干固。文章取士法亦至善，大儒硕望出于者不以数计。无如宽仁厚惠，数百年来积习相沿，以致不肖有司，上惠不及下民，以致悬隔，亦不知凡几。此等不肖之徒既是贪污，又以严刑，民怨不得上伸，亦不知凡几。该管上司亦有贤否。贤者诸事精明，公事多端，有时无暇访及，使彼幸逃法外；不贤者受其贿赂，非独不以躯逐，尚带弥缝，若辈甚为窃幸。现今封疆大吏，贤者多，不贤者少。究是路途遥远，防不胜防，若辈亦能逃诸法外。今之下情而不得上达者，皆在于此也。若辈在位则以侵吞，致干废弛。即有贤能，一时亦难即返，故之施仁行政不及外邦。倘得访外邦之严令，申我朝之典制，封疆大吏专心选择得以亲民之官甚是贤能廉洁者，则善政即以振兴，暴政即以驱除。县县若是，天下皆然，邦基永固，为幸非常。

家君前权新兴牧篆，后来家，嘱于余曰："我自莅任以来，愿守其拙，事无巨细，须以亲自检点，体察民情，三思而后行。凡事则无愧于天地、神明、祖宗焉。六年州篆，除受廉俸平馀之外，未受非分分文。青夜思之，亦恐不称其职。戊戌岁值大计之年，上游以'教化有方、声名广著'以上达者，心实愧焉。我勿以卓异为喜，实为卓异为愧也。"

余领训之后，方悉家君之用心。余当振刷精神，窃愿无忘父训，则平生之心愿足矣。

初九日戊寅 晴。早刻，至黄城邱楚言姻丈府上，过午膳，至伯翁处，适其公出，不晤为歉。即至解芝村府上少坐，为开郡城孝廉堂之粮，与其说妥，托其另与昆珊兄接头可也。过东禅巷徐义大，购白肚灰皮袍统一件，皿绸面羔皮灰鼠两接皮袍统一件，计价洋十三元、十元，共念三元。托原店友送至典中，字托童子章先生付给。转至邱宅，言及白肚灰统十三元，价尚不贵，此物又是要需。但皿绸面皮袍价虽不甚昂，此物又不要需，只另膳一信，托童子章先生退还可也。即乘舆至章宅，已将下午四点多钟矣。到时，晤谱香、喜亭两母舅，子修、季甫、伯纯、道全诸姻兄，少云、迭山、育卿、尤秀卿、张柏泉、林甫、张寅侯昆季，相谈至晚。

初十日己卯 子、丑两刻，雨，不甚大；寅时，雨晴，阴；卯至巳牌，晴；午初，雷声两次；午末，雨，天均有日色；午末时东北方挂虹，约半点钟始收；未初，阴；未末，东方又见挂虹，时雨，约半点钟雨晴，雨晴时虹亦收；申时至晚均阴。天气颇为和暖，时值立冬时光，三日天气与九月节气不相上下。两次见虹，不知主何预兆也。章伯纯姻兄早配黄岩陈锡九孝廉千金，择在今日完姻，邀余与谱香母舅代媒。发轿时已上午九下钟，执事仅可将就，至黄岩陈宅已将十二点多钟矣。进去时，彼处接媒者林子全、王仲楚两君。并晤亲翁锡九先生，相叙一刻，及晤苏星坡明经、王梦九孝廉、夏子英茂才、叶辅廷二尹、王少明茂才、王梅生诸君少谈。过午膳，同席者：余与谱香母舅、子英、子全、仲楚诸君，相谈席散。时适新人已动身，余与谱香母舅[①]，时已下午三点三刻矣。抵章宅已七下三刻时钟，新人进门，随即设法花烛。人颇热闹，余亦甚一日之欢也。早刻时，致童子章先生一信，嘱将皿绸面之皮袍退还，饬弟头送交。晚刻来云，送到时，彼处之物尚未送到

① 句意不完整，尚缺如“亦动身”等字。

家中，彼已知之。今夜花烛时来看新人者人山人市，即城各处无过如是焉。酒筵将半方才疏朗，洞房时已将四鼓也。寅侯世兄云，其祖老太太母家陈姓。

今晚叶辅廷先生云，安徽之候补府经历者人员不多，捐遇先者现在亦有。彼才于上月自皖省来台，云明岁正二月间转至皖江。又言安徽之府经叙补章程以三缺为一轮，捐遇缺先承二缺，各色花样承一缺。一缺中，以分缺先；分缺间，劳绩尽先；劳绩，正班、本班尽先。每轮仅插一人而已，如第一轮，一二缺补捐遇缺先花样人员，三次缺出，补分缺先花样人员；如分缺先无人，补分缺间；如分缺间无人，补劳绩尽先；如劳绩尽先无人，补本班尽先；如本班尽先无人，方可插补试用人员。如仅一试用者非在轮内，可以聚补，须以各班需人才可插入第二轮。一二次缺出，亦补遇缺先人员。第三次缺出补之亦然。以五轮为一周，若以五等花样均有人员，一轮计三缺，五轮计十五缺。十五缺中捐遇缺先者可补十人，其馀五等花样仅承五缺。故之，捐遇缺先花样补缺较之易便。安徽之佐杂补缺章程大约若是，各省各有不同，统而核之，不相上下也。若捐遇缺先花样，安徽大约若是，即各省之捐遇缺先花样者亦大约若是。据云，各省中府经与县丞品级相同，捐数亦是一体。府经之缺，一府一缺，故之府经少县丞。一县中一缺、两三缺不等。一县中无县丞缺亦有之，大约有县丞者多，无县丞者少。统而计之，县丞之缺与知县相仿佛。故之，一省中均有数十缺不等，湖北一省中六十馀缺。况且府经之署均是在府署之署内当知府差使，并无别样可以想法，亦无民事可理，故之捐府经者少，捐府经遇缺先者更少，亦无一省中无遇缺先之人员。但县丞与知县同城有之，不同城者多分防。县丞可理就近民事，诸色亦可疏通，况县丞分防之所与知县路途遥远者兼收钱粮之缺亦有之，故之，捐县丞者较多。府经有花样者，无省无之，捐遇缺先亦无省无之。一省中计府经出缺少，府经班次人亦少。县丞缺多，出缺亦多，捐县丞候补者亦多也。余论府经缺虽少，有花样者亦少，捐遇缺先者虽有而不多。府经之缺虽在府署之内，别无生色，幸无风波之险，只以守拙，可以无虑。若隆宪眷，遇有本属知县事，故急于交卸者，府委即可护理、代理，县丞一项缺虽多，候补者亦多，有花样者亦不少，捐遇缺先者定多于府经。遇缺先之人，虽分防间手有兼辖钱粮者，须以独当一面。但时事日艰，该职官小而责颇重，非精明干达者宜[1]也。但余急欲藉此以图进身，宜于府经而不宜于县丞也。余过于无能，毫无识见，即府经一项，亦不知相宜否也。今夜是为之记，他年未知若是也。

十一日庚辰 早至辰，阴；巳时以后至晚，细雨。新人过门后，女家之父或兄或弟须来一人，曰“看三日”。黄岩诸处均是日子后第一日或第二日、第三四日，太平诸处，喜日后一二个月，甚至三四个月均是有之，如余家中诸处及郡城一带，须以一月之后。新亲眷来，须邀友人或亲戚两人接新客。新客来备便菜一席曰“接风”，再请新客须用丰厚酒席，曰“专请”，新客去时亦用便菜一席曰“送风”，须是各异，均俗例也。伯纯姻兄之岳父陈锡九孝廉于今日来“看三日”，到时已下午二点钟矣。邀余与谱香母舅接新客，即用饭。而同席者：新亲翁锡九孝廉、谱香母舅、喜亭母舅、寅侯、子修并余与伯纯六人，畅叙席散而别。锡九先生云，前署嘉兴府嘉兴县教谕才于八月间告卸，九月而到家中。其世兄莘洵兄系附生，上年到京考取译学馆，即于客岁九月间进馆肄业，扣足五年毕业。若由毕业后，再由上简总裁分为最优等、优等、中等、下等。若考最优等者，内用以主事分部学习，外用以直隶州分省候补；优等者，内用以中书候补，外用以知县分省候补；中等给予举人出身，亦给官职；若以下等者，再行留馆肄业，下届考期再行送考，仍然荀山，即给毕业文凭而已。此皆译学馆大约章程，另有奏定详细章程焉。京都肄业之方颇多，有五年毕业，有三年毕业而不一，毕业后给予出身亦不一也。均有详细钦定新章，余尚未见焉。但学堂诸事尚未大定，俟其妥定后其详细新章当为购览一番，以广

---

① 文意应为“不宜”。

识见。

云及柯辅周先生选授陕西乾州直隶州州判，曾经到家。但州判一官，本与通判、县丞不相上下。按：非理民之同知、通判，直隶州州同、州判、州同州判[①]、县丞、主簿各官。即以各直省计之，缺苦者多而不苦者小，况秦晋两省州县尚且异常清苦，此等闲曹不待言而可知矣。幸秦晋民情颇厚而易治也。秦晋两省洋教亦不多，三江而及鄂省缺虽较丰，秦晋民情不及。秦晋洋教各州县中设立者多，间乎而未设立者甚少。噬仕者甚人力，不在缺之苦乐，民情一道，诚厚者则易治，强悍者则不易治。诚厚之邦，善政易行；强悍之邦，虽以先为教化得宜，然后可行仁政。所以治诚厚者易，治强悍者颇为难也。自道光朝通商以来，即有天主、耶稣两教，初则设立各通商口岸，继则京城以及各省、各府、州、县皆有两教。地方往往有无赖之徒藉闹教希图财物，甚至毁教堂，害教士，此等不法之徒，皆以初则有司不以为然，继则不法，而治不易，屡屡赔款。今奉旨各直省督抚、将军、司、道以及府、州、县则严加保护，则稍有疏忽，后事难言。此皆以先疏于防范之所致。若以初闻游民方将不法者即以除办，定无后害。总而言之，为亲民之官，日以清、勤、廉而存诸心，定无此等事也。

十二日辛巳 早至午，雨，不甚大；未时雨晴，至晚均阴。本于今日旋里，因岳母挽留，于晚刻请新亲翁陪客而难却。子修兄邀明日午膳，亦是难却，只过明日午膳后而旋里也。与锡九先生、谱香、喜亭两母舅、子修姻兄诸君畅叙，不觉又是一天。锡九先生云，岑云帅有调两江之说。余近多日未阅《申报》，不得详晰。忆前阅《申报》有御史奏参江南苏常镇道郭观察摺，内牵连两江总督周玉山制军之说。闻此事虽委人查办，但周玉帅声名颇重，断不致被累，倘若有调动之风声，两江系是紧要之缺，定简精明干练之督抚方任此职，今之各省总督，岑云阶制军声名久著，以此度之，此言不为无因也。中国之大局

---

① 此四字疑为衍文。

责任最重，系是直隶兼北洋、通商之任，又统武卫全军次之，两江兼南洋通商之任、两湖总督一缺亦是紧要，有关大局，故三处中均要精明干练者方能任之。直隶袁宫保、两湖张宫保均久著，方情形早经洞悉，两江周玉帅声名亦重，万一调动岑云帅亦未可知。如今时事未阅明文，亦难预料也。

十三日壬午 晴。友文兄邀留早膳，却之再三而不得，即与谱香、喜亭两母舅、寅侯兄、少云母舅同至彼处，相谈席散而别。谱香、相谈、少云诸君均买舟旋里，余乘轿而来，抵家时已下午三点馀钟。接周少芳兄一信。戴云珊先生代买之全鹿丸，洋两元，已代买来，收到矣。早刻时，子修兄府上有乳妪某氏系太平人，前年该妪夫故，各人说其再醮，该氏并无出言允从，今其值在歇业，于早刻回家，方出大门，有无赖某将该氏强抢至家，意欲成亲，以致章家邻里均甚怒，立即将该氏带转。如此强抢孀妇，有关风化，即虽带转，亦当将强抢者送有司衙门惩办，方是正理。此时，余即将动身，不知后事若何。章宅今做喜事，前后透均架阮屋，上用篛盖以备风雨，日子过后，须将阮屋拆卸。于早刻拆卸时，有帮忙之农夫至柱上拆卸，不意阮屋斜倒，该农夫自头先至地，适此又是石板道地，但头至地而无血，人初不省人事。如此破伤则甚于明伤，不知能得无恙否。凡人家所做各事，及造屋一切，无论巨细，均要格外仔细，以免粗忽干危，是为至要。以后如遇此等，一切须要格外精细检点，是为至切也。是为之记。

十四日癸未 早至巳，雨，不甚大，兼有雾；午刻雨晴见日，片时即阴；未、甚、酉三时，阴；申、酉雨，雾、露颇大；戌牌，雨。张宝田先生因张宅于十五日开金井，于今日至唐家畲去，以便明日主持也。余本与宝田先生同至张宅，因做坟日子在于廿一日，今日又有雨而止，只二十日到张宅可也。仆从言，楚卿兄曾由申江旋里，昨日至家，适尚未来而去。午膳后，至楚卿府，晤云梯兄，相叙一刻。言及奉天昭信股票系十成买票，若价无便宜，不如实银上兑为妙。奉天捐系九扣上兑。煦东宗伯方自郡城来家。别后至子宜兄处少坐，同其至梅五姻丈处相叙一刻。言及宁海亦有闹教之风声，张太尊现委江子菁明府至宁海办一切事宜，未知转危为安得以速成否也。但江子菁公祖现为分台委员中第一能干之员，官场之实心任事，不备艰苦，除江公之外无人矣。按：江子菁大令文光，捐巡检指分浙江试用，系安徽寿州人，前从升任海门镇总兵杨西园宫保岐珍到台作幕有年，深悉台属情形，适升任栋鹿笙制军橘任守台州，见其贤，即行呈请分台。历任台州府知府委其所办各事，无不甚心力。于辛丑岁加捐知县，于夏间赴都引见，尚未到省禀见，而台州教案迭出，张翰卿太守委其到地清理。但江公虽先委有渔团局差使，尚不足酬其劳也。得以如此有司，亦斯民之万幸。

十五日甲申 阴。心斋宗叔邀余午膳，时因将午，辞谢。晚刻，致陶寿翁府上少坐。同至梅翁处，适其出外。而至子宜处，晤楚卿兄、苏绩臣兄、采东兄，相叙半晌而别。即至心斋宗叔府上，晤钟焕堂先生、梅五姻丈、子宜兄，畅叙片时。同梅五、子宜两君至楚卿兄处，晤云梯兄，相谈至晚，留过晚膳而来，时将二鼓。阅楚卿兄新造后透，颇为工雅，已将落成。楚卿兄云，东洋早稻田大学堂之太平、天台、仙居、宁海人肄业诸生来函，欲公利取资经费，实为可笑。适性言先生来云，即致函覆东洋大学堂肄业诸君，均推诿杨定甫给谏、喻志韶太史也。又言京师之大学堂肄业亦要津贴，此言非子虚，则寒儒者颇为难也。

十六日乙酉 晴。致洛卿丈公一信，致王晓凡兄一信，均交永文大爷之子带交。致何月洲先生一信，饬从福送达下街黄宅转寄。午膳后至允东母舅处，畅叙半晌而别。至梅翁府上，云其(至)海门，不得会晤而来。

十七日丙午 晴。寄家君一禀，系第十五号家信，交邮政局保险寄山西平阳府署，询托王书五先生代收，转寄吉州署。接许东吕一信。早刻，袁子羽先生及椒江洋学三长胡学馀先生来叙半晌而别。午膳后，同周梅翁至海门同昌分号，少坐而至外海商轮局，晤黄宝舟兄、胡葵生先生、丁飏绵兄，相叙半晌而别。至永宁轮局，晤陶寿翁、王芹甫先生、沈桢夫诸君，少谈而别。即动身至家，已将晚膳。接到王子舜自十一月初八日发一信，言先于初三日曾发一信，未曾收到。俟明日函托黄心翁代为查检可也。陈祝再姻丈借去铁杖一支，已遣价送还矣。在海门时，适永宁轮到埠，王六皆先生亦于此班商轮自宁至台。晚膳后至允翁府上，晤梅五、舜卿、麟斋相叙片时，来时已将二鼓。

允翁言，周涧泉先生已得邵武厘局差使。按：周涧泉鹾尹作东系黄岩县属之东山人，由附生应光绪癸巳恩科中式举人，戊戌科大挑二等，以教谕用，是年会试荐卷。辛卯岁改捐盐场大使，指分福建试用。壬寅岁赴都引见，发往福建，照例补用。随年到省禀到，迄今已四载，幸得一差。闻是差亦不胜苦，将来期满亦可敷衍听鼓之资也。忆据胡奎翁言新署海防同知，曾已禀辞，其姓名不得其详。但署缺人员已经禀辞，到任之期不远也。在海门，托永宁商轮局杨子云先生代送杨定甫给谏文孙喜期贺敬一函，计英洋两元。前据陈锡九孝廉云，岑云帅有调两江之说，询胡奎翁云，并无见闻，想是传闻之误。

十八日丁亥　雨。致黄心翁一信。致许东吕一信。接王子舜兄自十一月初三日所发一信，即覆子舜兄一函，交邮政局保险寄都。接张寅侯世兄一信，其亲戚凌合兰兄送来。即福寅侯兄一信，并附英洋一百元、椅披六根、坐垫六个、桌衣一条、拜垫两，均交合兰兄与贵相带交。接张宝田先生一信。即覆宝田先生一函，亦托合兰兄带交矣。

大凡为人者，必有节制，无节者，即是废人。为人焉能无错，而能改者即是好人。友人劝而后改者，亦是好人。既为错事，知而不改，劝又不改，此等之徒，何异匪人，枉生世上。治家之道责在当家之人。为政者亦然。古人云："治家先为立身。"为人身能自立，前后而可治家。立身者须以孝、弟、忠、信一无可缺，礼、义、廉、耻亦无可缺。人生能孝，则八字在其中矣。孝字最难，故居在首。孝字最易，居在其首则可推于第[1]、忠、信、礼、义、廉、耻者。何也？若孝字难而言，百事若以孝居于心，若兄长不弟，即是不孝；为官不忠，即是不孝；交友不信，即是不孝；人若无礼，亦是不孝；人若无义，亦不孝；人若不廉，亦是不孝；人若无耻，亦是不孝。故孝字理居为首。人若能孝，则弟、忠、信、礼、义、廉、耻在其中矣。故孝最是为难。人若能孝，何易圣贤！

对亲前既不能孝，则其顺字亦非易事。人若能顺，即与孝近。如今之世，即是顺字，亦是难中之难。人若不得与孝，又不能顺，即是废人。既处人世，虽不能尽于孝道，不得不顺也。孝而从易言之，人生处世，父母生我，我生子女，返心自问，不得不孝，不得不顺。父母爱子之心皆然。父母既然爱我，我当以孝顺报之，何谓过也？父母之前，内则体察亲心，外则处事不苟，即是孝道，以此言，何为难也？既然孝顺，则弟、忠、信、礼、义、廉、耻隐在其中，则全孝、弟、忠、信、礼、义、廉、耻，则身能立也。

既能立身，然后可以治家。为家之主，在下诸人无不仰主人之行止。主人行为若正，在下诸人无不端正；主人若偏，在下诸人虽能正，亦不得不偏也。

既能治家，然后治国。古人云："治国即今之州县也。"今之亲民之官，莫如州县。若为州县者能贤而体察民情，则一州一县之民坐享无穷之福。今之州县，媚上虐下者多，既为州县者如此存心，非谓尸位，无异匪徒。则一州一县之民人受其灾，殃亦无穷矣。若为州县者，虽无媚上虐下之心，近则幕宾，下则侍从，一切署内之胥吏、差役，无不欺瞒。为政者幕宾贤者本多，不肖者亦不少，不得不严于选择。幕宾用之最难。幕宾若贤，本不待言矣；幕宾不肖，为政者即能知觉，不得一时躯逐，若有欺瞒之事，亦不得一时反逐，只以从缓。虽能代其敷饰，则小民受其荼毒不少矣。故用幕宾最难也。况今为政者听

---

① 当为"悌"。

信幕宾之人居多,聘请幕宾岂不慎哉!家丁、侍从,小人也,为政者大半受其欺骗。彼则不顾廉耻,专以媚官之心为己任。若辈既为奔走,除奔走之外,言语不可听从。听其语言,即受其欺骗。此等小人,不得不慎于防范。若在官场,一有署缺,补缺委差,此等定邀亲友以及同寅、平时相识之绅士及上司之门丁、上司之幕友、上司之亲戚,甚之上司自荐者,受之不得,不受亦不得。总之,可却则却之;万一不能推却者,既受之,到署以后,若辈语言切不可听从,是为至要。

胥吏、差役,在署则无不顺从,出外虐民之手段无不稍松。此等之言,为政者本不听从者多。胥吏则以悬例欺满,差役亦然。胥吏、差役,虐民之罪,即为政之罪也。故为州县者定须事事留心,遇有案情,必须详细体察,三思而后行,方为尽职。亲民之官,遇事能得事事体察,三思尚且不足,何况今之亲民者诸为漠视民事。故为州县者,不得不三思、体察,时时事事存诸于心也。差役之徒,既为差役,身为下贱,本无廉耻,无事无时不存欺骗之心。彼虽欺骗,我当谨慎而防之。若遇有案,出一牌限几日,满日必须缴转,以免其虐民。为治者,时时言语不得苟且为至切。总以喜怒不形于色,方为亲民之官职分也。

为政者,到任之初,绅士不得不见也。接见绅士均要和颜悦色,其言语不得不听,不得全听。细察某绅士向来保固声名,平时来说者并非私语,均是公话者,我当敬重、尊崇;细察平时不顾声名,平时专为私事来说之绅士,虽鄙薄,当面亦要顾其体面为要。其言断不可听,虽存不听语言之心,亦不得不为详察为要。总以为政者不得罪于巨室、一切同寅,虽要随时审察,不得粗心。为政之道须以体察民情为宗旨。既能为州县之官,可谓无愧即能治天下;既能无愧州县之职,以小至大推之,府、道及至三司、督抚,其体不出于此也。圣人云:“治家、治国、治天下,皆以立身为始。”立身之道无不尊崇于孝道也。余虽是言,余未必是行,余亦不能至此地步。余虽记之,后有阅者,勿笑余之狂语是为至幸也。

十九日戊子 阴。致王子衡兄一信，因静斋先生托余代其荐馆也。周梅翁来叙[①]半晌，托余代其致花辅卿兄一函。天气颇为阴寒，南方既如此气象，本方定然下雪。回忆家君现在晋之边界，其寒苦不待言矣。余不得亲自侍奉，责无旁贷也。午膳后至下街往谒袁子羽先生，适其公出，不晤为歉。即至梅翁处，晤周允翁，下相叙片时而别。来时过陶寿翁处，相叙一刻而来。弟头自莘山来云，叔文兄今日曾已动身来家。弟头走来，叔文兄船来。即遣价至横径堂[②]寻觅。叔文兄之船寻至二鼓之后竟然不得，想因天时已晚，宿在石曲其泰盛典中，明日可以来家也。价来为时已久，而来时将一点钟矣。

二十日己丑 雨。至夜，雨晴。日间雨中带雾，西北风颇大。致邬丽生先生一信，致章伯纯兄一函，向取屏镜。早膳后至唐家岙时值方午，仲甫兄适有恙，不得相叙。晤振趾兄及宝田先生、心补磋尹、子英先生、辅庭二尹、许幼堂、张少泉先生诸君，畅叙至晚。夜间庆相来云，丹翁本定请假来台经理一切治葬事宜，适吕道生军门于十七日值在出洋之期，彼是任在中军，向来题军巡洋理应中军代拆代行，故去请假，而吕道生军门不允也。此亦出于无奈而不得已焉。于叶辅廷先生云，林仲西先生之元配夫人亦于廿三日入厝，余当往吊，只于廿二日进城至其府上可也。一切人情托辅廷先生代为饬纪购送矣。

廿一日庚寅 辰前，阴；巳、午两刻，晴一片时，雨一片时，大约阴多；至晚均阴。早刻，至岭下周张宅之坟，金井开下，左右之泥与中央之泥系是各样，左右之泥硬而白，而中央之泥柔而结，又有宝光，真是穴土可无疑矣，实张宅之福地也。宝田先生亦是同去，格准方向，扣准巳时正刻分金后而来。转至张宅，时将向午。晤张子远老伯、王子寿、王六皆、郑伯申诸君，相叙半晌。夏振之兄料理一切祭事，于未、申时致祭诰封武显将军晋封建威将军子谦张老大人暨德配诰封夫人

---

① "来叙"中原有一"刻"字，应为衍文，删。

② 另处有作"横泾堂"、"横经堂"。今此处名"横泾堂"。

晋封一品夫人张母陈太夫人。主祭者系张子远明府。祭毕，时将戌初矣。

廿二日辛卯 阴。接周涧泉先生一信，接何月洲先生一信，均是家中遣农工送来。致童子章先生一信。早膳后致黄岩林仲西先生府上进谒其元配夫人之灵，晤王梦九孝廉、王少槐、李广生、王少明、夏子英、王子寿、王仲楚、邱楚言、李则轩、柯辅周、尤翰帆、尤芾臣、李乔生、柯心补诸君，相叙半晌，留过午膳而别。辅[①]至唐家岙张宅，时将下午四点矣。张宅请做祭，诸君均去，只王六皆、张少泉、张翰卿尚在张宅料理一切事务。

张寅侯系肄业夏振之。适值学宪陈星使按临台属，于昨日到郡。但振之兄系是廪生分保，各事难误去之理，然定邀寅侯同去，此不合于理也。在寅侯其年尚轻，业师定然邀其同至郡城赴试，于情难却。在振之不合于理。何也？但寅侯此番到台为其祖父入厝而来，寅侯来台，亦是治理一切葬。但其尊翁丹亭兄心亦立定到台治葬，以尽子职，无奈吕道生军门值在出洋。但丹翁系归中军要职，提宪出洋，责任均在中军，又请过假，而吕军门不允，亦出于无奈。而寅侯因考试而去，本不合于理。但其年纪尚轻，业师定要其同行，此其业师振之兄之责，不在于寅侯。但振之云已有仲甫在家可以送葬一切，而不思寅侯系在长孙，亦难远去，即过廿三日送葬后，送考到郡不误考期，亦未可知。而明日即可送葬以清其事，竟而今日定要其同行，其责非在振之，系在何人？昨夜时，余将各情与振之言过，欲其廿三夜起行，而振之不允，今日竟然而去，有难逃众论也。寅侯今日而赴郡考试，假如张丹翁若在家中，断不使其到郡。丹亭兄如今之局面，寅侯即能名列庠序未足为荣，寅侯即不赴考，而不入泮，在丹翁有何愧焉。仲甫兄邀余明日代其顶马，余亦允焉。

廿三日壬辰 阴。早刻送丧，代其顶马，至岭下周时已将下午三

---

① 疑当为“甫”，或“辅周”之名脱一字。

点钟。余到山后，因日是壬辰，与余戌命不合，即至其管山尚寿家少坐，而小泉先生及王六皆、张翰卿、管子仁、章伯纯均至尚寿家，相叙半晌。宝田先生代其坟向格准，癸丁独向。俟彼祭毕，转至张宅时将晚膳矣。

廿四日癸巳 晴，西北风颇大。早刻，先将行囊料理清楚，饬仆从先来。章伯纯兄亦于早刻去，午膳后同六皆先生买舆至家，时将晚膳矣。晚膳后至子宜处，晤梅五、谱香、夏咏仙诸君，相叙半晌，来时适将二鼓矣。

廿五日甲午 早至未，晴；申后至晚均阴。西风颇大，天气严寒，是乎下雪景象。早刻，至允东、梅五两处少坐。午膳后，至寿农、子宜、禹门叔公处，相叙半晌而来。周梅翁来云，新任海防同知吴公有信到署，言嘉平月十一日到任。闻吴司马系浙江候补知县，署过平湖令，而升署斯缺，过于清苦，恐又非其所宜也。

米行街有行地两间，前税与阮仁鼎起造小屋，至光绪八年仁鼎改造楼店，向家中说明地基与其造屋，该屋造成，议物价一百千文，五十千作前欠款、五十千以作贴地，每年又该税钱十九千文，均有详细契据。而进住后，税钱分文不付，至廿二年与其算结，除贴地推除外，尚欠税钱一百九十千文。迄至今年，其仁鼎又故，税钱又不付分文，利息不计，共计税钱欠钱三百六十千文左右。余欲叫其出屋，其长子小保、次子弟头又要迁延。至十月廿八日，余亲将该处门壁封丁，至十一月十四日开进。周梅翁从中理说，小保愿即出屋，而小弟头不肯。余又十八日遣人将小弟头之屋门板取来，今晚小弟头求子宜兄与余言，门板先交还，准于十二月二十日之前出屋。余亦情面难却而允焉。即于晚刻将门壁交其代去。梅翁与子宜兄相叙半晌而别。从福云，王少南先生已由杭垣旋里，即遣老六询问。据云，其令弟已来，少南先生想在嘉平之初可以到台。

廿六日乙未 晴。致叔文兄一信，交正中送邮政局转寄郡城。致邱霄伟兄一信，交邮政局转寄日本东京早稻田大学堂第二寄宿舍十五号，确交大清国留学生邱君收。致褚琴轩兄一信，交庆丰转寄。适值冬至佳节，约上午十一点钟许，诣黄氏大宗祠，晤心斋宗叔、伯寅、仲辰两叔、俊臣、宗山，致祭历代祖考毕，相叙席散而别。来时路晤江子菁公祖，云前托代买之奉天昭信股票，彼代致函京友代买。据接覆信云，今之票价颇为昂贵，须加三可购。原信示余阅，与子舜兄之函所言大致相同也。彼云明日赴省禀到，少叙而别。张家做坟所少之砖，家中尚留有一千左右，即将全数遣人送去。接其福片，据云，均已收到。晚膳后，至子宜兄处，晤何子正兄，相叙半晌而来。子正兄言，杨定甫给谏之第二文孙系聘大板桥黄寿人兄之女也，于明日喜期。定甫先生府上之人情已托子云兄代送。查黄宅亦有人情，只明日遣价送去可也。

廿七日丙申 巳前，雨；午牌，雨晴，阴；未后，细雨。致张丹亭兄一信。交邮政局转寄宁波湖西。致黄子霖兄一信，附还前托买茂生皂洋八角。致江子菁公祖一信，附还原信一封，均饬老六送托子霖兄转交。致张柳桥兄一信，内附致夏振趾兄一信，附致周作羹兄一信，托买《说文》一册，交邮政局寄郡上草巷。致章伯纯一信，托维新转寄前宅。接子霖兄福字，云送江公橘洋一元。再寄子霖兄一函，并附橘洋一元，饬老六送交子霖兄。致褚琴轩一信，托探提标粮额能易补否，交项南如转送永宁轮友带至宁波恒春转交。子宜兄来叙半晌而别。

大凡为人者，须要思后，若不思后，即眼前就吃亏矣。余欲出门，仆从不得不用。在家中可以不用，但时常出外应酬，亦无可想之处。凡仆从能得可靠者，待之必要宽恕。旧仆小招上年冬间从余，彼虽有不到之事，而无大错者，余均不计。彼常交游地方匪徒，余屡次申饬，深知此人不可久用，欲至明年出门时另用一人，将其转荐。前十日间，带其到郡而来家后有病，适周少云家开场聚赌，彼病愈，纠集游手好闲之辈至其家赌博，初赢洋十馀元，续即输洋五十元左右。有人与余言，余大加申饬，将其歇出。余思彼若改过，亦想用至明年，不想彼当余知后一日，即又至周少云家再赌，输洋十七元，续又输洋七八十元。如此接连赌博，戒之而又不听，姑知其人难以收留，即将其饬逐。但此等人赌博，戒之不听，今虽自己将罗之洋，后若用其，定累我之洋也。故不得不为饬逐，幸余尚无钱在其手中。仆从小东福本在楚卿家作仆多年，初叫其来帮忙，看其人尚不结交匪人，即用其，计每月工洋两元，自十月廿九日王云梯兄代叫其进来。

廿八日丁酉 早至巳，雨；午、未两时，阴；申初，晴，一刻即阴；至晚均阴。全日雾、露颇大。天气颇为和暖，百物均潮，冬月如此天气，作雪之象必矣。午膳后，玉修言相看新人。少顷而至子宜处，晤六皆、卧南两君，相叙半晌。让卿来云，袁子羽尚在其亲戚处，未曾赴郡。即至黄宅，晤袁君子羽，少谈转至王子宜处，少坐而来。晚膳后，至梅翁处，晤子宜兄，相叙半晌，来时已将二鼓。

云及上月杪有四川候补道府李姓，系广东人，其眷属先行旋里。但家系广东，其路程须过汉口而至上海，转趁轮而可赴广东也。李宦家眷来时购有使女数人，带至汉口，暂寓客栈。该处之包探捕头疑为贩卖子女者，意欲动手，而李宦家属已趁上海商轮矣。该处之捕头有电达上海包探捕头，而上海各捕头深知此事，探该轮到埠，即将李宦从人仆妇扭住，将宦妇李王氏带至新衙门。华洋同知某当时审结而未判，暂为发押听审所。而该捕头怂恿德副领事嗾捕殴差侮辱华洋同知，抢夺宦妇李王氏追押西牢。但李宦系广东著名大绅，在沪经商者均识其人。而该商等知李宦眷属为无犯法事，竟然发押西牢，大抱不平，激成众怒。是粤人闻知此事，即至该公堂大加毁闹。其事颇为震动全沪，诸人致成交涉，即行电达各处。而南洋大臣周玉山宫保、北洋大臣袁蔚庭宫保均至申江。幸事即为敉安，当稍平，而后两宫保然后转至署。今之商议对付各情均是上海道袁海观观察照会各国领事。但《申报》所上上海道袁观察照会条程颇多，不及详载。所幸上海一区，五方荟萃，各国通商之大码头，洋人所聚上海财产颇巨，每年生意颇巨。事既敉平，想交涉事易于了结。但所购使女，本至微事，是处捕头而起疑心者，想该宦妇所带衣箱什物过多，以致生疑，致有如此重大案件。李宦虽是无碍于事，亦不免诸多转拆。但事多一事不如少一事，少一事不如无事。况如此重大之事乎！

大凡出门作客者所携带行李只可将就，若遇有沉重之物，不如露出在外，即有匪徒，一阅而可知无疑矣。如遇端砚、古铜鼎器及碗盏、玩石等物，人之所爱，虽值千金、万金，人若不爱，则不值分文。此等各物，人之所爱，少若露在外，则各人即有疑心。来阅是铜、砚石等货，则其心可解矣。故出门作客，均要详细留心、处处仔细。素不相识之人，有烟有茶切不可受而吃之，人有便宜切不可受之。倘若吃之、受之，定落其圈套。作客中定要和颜悦色，是为至要。存心则处处定要谨慎，留心则言语句句均宽缓。随身所带银钱切不可与人看见，若付船力以及挑夫，船力[①]者，预先大约要付若干即取若干付他，切不可多于示人，以致人起异心，是为至要。

凡出门所带仆从，须要平素知其人忠厚可靠而带用，可无意外之危。凡为仆从者均是荒唐而不可靠之人，多意欲出门。是要携带仆人，须先用来，看其人若荒唐而又性喜嫖赌者，即行歇之。即有外面是乎忠厚，其性喜嫖赌，亦不可用。即有忠厚，过于无用，亦不可用。此等人本是可用，但其人过忠厚，本是无用之别名，而过忠厚即是块然一物，如此之人，虽是可靠，带之何用？所带之人，须要人性忠厚而安静、不喜外交冶游、能积财物之人，才方可用。但仆人不用而已，用之待其须要宽恕，使其无怀谙怨之心，是为至要。凡用人无大过，人若可用，只可宽恕也。此出门作客之用人，若有缺者之用人、仆从之语切不可听，即平时可靠之人，亦不可听。凡为政者巨细必要留心详察，此等之人虽是忠厚，总是下等之辈，见财无不贪，彼得钱无不来瞒我，故是言切不可相信。即彼有言，若详细察之亦可用也。以上各语，虽不详细，均是出门作客之要诀。

---

① “船力”二字重出，疑为衍文。

凡为人者,求人不如求己,求己之道,始在节俭从廉。余若顾家中,则要经理家务,百色节俭,方为正办。余之取竟不得自寻头路,再四维思无处可寻安身之所,只思在热中方可为暂时安栖也。余今之局面,若捐大班,则有财力不及,只捐小班,以固进身之地步。既思此道,余于今岁制成冬夏衣服等件。倘若出门,衣服不得可以缺少。若临时做之,亦有不及之危。故今值在家,则冬夏之衣衫不稍为制造也。余之制衣出于不已,非喜外装而制之。余即做一件,须要细细参酌,然后做之。当用之则做,若用不到之衣,即作罢轮而已。凡事无大小,须要参酌,三思然后可耳。

廿九日戊戌 雨。晚刻,雨颇大。午膳后,张宝田先生自唐家岙来云,仲甫兄欲明日赴甬,过家转至海门趁轮。适值永宁商轮到埠,即遣价向其《申报》取来。阅十一月廿一日《申报》,纪有"邮政局专差投递书信新章"节云:"大清邮政局现为便商起见,先于北京、天津、上海三处试办专差投递书信法。每收一信,分量可重至七钱半,一律收寄费洋一角。现已印成三连邮票,一交寄信人,作为邮局收据;一由寄信人黏贴信面;一作邮局存根。"此项书信名为专差,投递邮件,十分迅速,闻不日即须开办矣。阅报章纪上海哄闹公堂之案,上月杪沪江有罢市数日,经上海道袁海观观察暨上海县汪瑶庭大令,肩舆到市相劝开市,想不日即可开市矣。但此事历日所纪函电、照会及一切条程颇多,未便详记焉。

第十三章

乙巳(1905)十二月初一日起

十二月初一日己亥　晴。接家君自十月二十日所发一谕，言及庶母杨氏于十月十九日生一女。昨夜庆源典中被窃，看其贼之踪趾，将东南首朝南墙脚拆去一洞，进东横楼包房之屋檐上去瓦三行、榑三条，敲开榑下竹篱。即嘱店夥盘查货物字号，检查盘簿，系河麟两字货，计失二十九号，当本计钱二十四千馀文，即行具禀分府署，并粘抄失单。沈东洛公主接阅后即至家中，到该处细阅一过即去。随即禀批云，批候饬差严密查缉，限五日内人赃并获，逾限干比。即饬差役陈果、黄高、周全、邬魁、缪太、王庆等六人。批既如此森严，不知能得追还赃物否。于早刻即叫保甲之什长仙梧及普琴四人带同保甲、土勇诸人至四处追捕。晚刻，保甲拿有一贼，系洪家场人，据云限至初三四日为止能代追寻，未识得能寻觅否。倘至时不得原赃，再即追拿可也。

张仲甫兄过家，即于晚刻趁永宁商轮到宁。余即备席，请宝田先生及仲甫兄，并邀梅五、子宜两君陪客，相谈席散而别。宝田先生及仲甫兄均至海门趁永宁到甬江去矣。余送宝田先生、仲甫兄粗点各四包，并送宝田先生赆仪洋四元。宝田先生云，东岙之坟地若买来，其立向系坐申向乾兼辰、戌也。张丹翁之亲戚应贵相来，送还前寅侯兄扠去英佛一百尊，即交童子章先生收存矣。晚膳后，至子宜府上，晤梅五姻丈，云及沈东洛公祖之眷属均于今日趁轮赴杭矣。并言开震丰纸店之方玉现今赌博输洋颇巨。但地方赌风如此之盛，如此之人及窃贼定见其多也。梅翁云，已饬保甲诸人于今夜起至家子连近诸处坊拿窃贼，不知速觅典中原赃否也。但典中之物被窃，不得不急于追捕。子宜兄云，陈石荪学使于初四日起马，已于廿七日考临海、黄岩、仙居三县，想在今日可有正案，家乡赴试者不知得有入泮否也。

初二日庚子　早至午初，阴[1]；午末至未初，阴；未末申初，晴；申末以后至晚均阴。致郎翰臣老伯一信，致郎显臣先生一信，均饬弟二明日专送桃诸，向取欠款，未知得能付我否也。童子章先生递来陈咏丹先生一信，自十月廿八日所发也。昨递分府署之禀，批于昨晚已出。午膳后，携有牌示严拿窃贼，并追还原赃，未知得能赃、贼并获否也。晚刻，至达云母舅、梅五姻丈两处，相叙半晌而来。达云母舅自郡才于早刻到家，此番院试，家子无人入泮。上辇高六成之郎于此番院试入泮矣。陈石荪学使于初四日起马赴杭。叔文兄于早刻趁永大小轮至海门，晚刻，由海门到家，时值晚膳矣。托卖之《协纪辩方》一册已代卖来，尚有《象吉》亦曾卖来，附行箧带家。

初三日辛丑　日，阴；大约下午九点钟许，雨，不甚大。致褚琴轩兄一信，交邮政局寄甬。早膳后，同叔文兄挽周梅翁同至海门，看所售衣服。同至海门看过，并无可用之衣。而至子霖、漱泉两处，均云未曾在家。而至永宁商轮局，晤陶寿翁、王芹甫。适子宜兄亦至永宁局，寿翁挽留午膳后，而(晤)丁辅香、张申伯公祖、王子源、丁飚绵诸君，相谈将晚。向王芹甫扨来英洋拾元。叔文与梅翁云，过晚膳而来。余与子宜兄先来，至家时晚膳。即取洋十元并附片纸封就，饬弟头送至海门永宁局交芹甫先生收，并嘱桂名各人接叔文兄同来。

阿儿来云，前日仙梧抱去洪家场人污家今日来云，欲再延缓。但初次云缓，嘱其转寻，理应允许，再说迟缓，而有意延搁。即嘱阿儿去寻仙梧，而不得，即叫该差。来云明日该差同仙梧诸人转至洪家场追

---

[1] 疑当为“晴”。

寻赃、贼。只恐不能着实,亲至分府署,与署中门丁说明各节,嘱其转着原差、亲兵去寻,可不至宕搁也。但此番被窃,不得不从严追觅为要。马夫和尚来云,王少南先生自省垣才于晚刻趁海门轮到家。晚膳后,适弟头到海门,向其取托买各物,即检交其带来衣料、湖绵女帽、笔等,尚有墨未曾带来。适雨不止,叔文兄宿在永宁局。

初四日壬寅 巳前,雨;午至未,阴;申牌,细雨,片时雨晴;至晚均阴。启旦自郎宅来,接希庭兄一信,此款尚要迟缓,此亦不得不从也。周允东母舅于晚刻来叙半晌,云及此番陈石荪学使按临台属,而六庄人入泮者,海门有张姓、詹姓两人,上辇徐姓、苏姓,计四人而矣。叔文兄于晚刻自海门来。

初五日癸卯 辰初刻,阴;辰末,细雨,片时即晴;巳刻以后至晚均阴。早膳后,至海门王少南兄府上,托其代取杨振甫所汇临海县本期之洋百番,未识能得如愿否。据说近日赴郡,托买之墨在于同昌分号。即至黄子霖兄处少坐,过同昌分号,将其墨取来,松烟八两,松滋侯四两、兰烟两斤。前煦东宗伯送来余细花考篮一只。余于早刻送其次公郎兆兰宗弟珠圆玉润四支、墨盒、兰烟、摺卷等。彼收笔、墨盒两件,馀璧。午膳后,至允东母舅府上及梅五姻丈、仲逸、少云诸处,相叙半晌而来。晚膳后,至子宜处,晤梅五、仲逸、舜卿、卧南、采东诸君,相叙片时而来。云及沈东洛太守曾于昨晚趁海门商轮到宁。闻新任海防同知吴公明日永宁商轮到埠可以到台,何日任事,尚未定期也。但沈东洛公祖在任已及半载,诸事均照同知分内所为,亦以清廉可取也。未识新任者作何局面,不知其孰优焉。

近时制有墨汁,有正书局制有天然墨,又有软墨,虽各有所长。惟墨汁一道,京都所制,上等者其价最为昂贵,中等价亦不贱,次等价虽不贵,而无可用。余自幼写字之初,字虽不精,又未得写字之法,每日字亦写得不少,所用笔墨最为讲究。总不如古制之松烟、兰烟两墨为上品。若写大字,须用兰烟,磨染较准墨盒为佳。若写小楷、摺卷及应酬信函,均用松烟磨染较准墨盒为妙。此两等均是千金不易之妙品也。凡我同侪者，若学字、写字及应酬信札，一切并能。写字诸公均用兰烟、松烟为佳，但兰烟、松烟较之，兰烟价稍便宜，其色亮、胶重；松烟其价虽贵一的，胶亦有轻重，其色黑。故兰烟之妙不如松烟也。若写一切小楷，确有松烟为妙。切不可购用墨汁、天然墨、软墨等件，是为至要。

但所用之笔，只以羊毫、紫毫两途。售笔之处系湖州胡文瑞为最，杭州邵芝岩、宁郡邵润芝三处售出各种羊毫、紫毫，无有不可写之处。若于复荫陆星槎及各字号售出之笔，非独不可写，尚不经用也。售墨之铺，徽州休城及分杭州胡开文为最，若胡学文、程圣文、詹达三、查二妙各店之墨，总不如胡开文为上品。若买笔墨，定须至其本店向购为妙。若发售之笔墨、货号虽同，物料总不及也。余深知笔墨之工拙，所书之字一无所能，实为笔墨所笑也。

初六日甲辰 晴，西风颇大。致夏旭翁一信。王六皆先生、邱仲玉姻丈来叙至晚，留膳而别。褚琴轩兄于晚刻趁永宁到台，来云沈东洛公祖暨新任海防同知吴公均于本班永宁商轮今晚到台矣。接丹亭兄一信。忆接周载熙兄自九月所发之函云九月杪自黔垣动身，忽将三月，尚未旋里，心甚为念。十馀年交好，自癸卯之冬分袂以后，虽音问常通，地北天南，不得面谈衷曲，最为憾事。阅其来书又将三月，心甚怅然，未识东人相挽而不得首途，亦未识偕友玩游延搁，论理岁除将到，理急安旋也。琴轩兄云，欲就甬江设立蛋行，未识得能如愿否。但彼用度颇奢，恐非经商之善道也。

初七日乙巳 晴。惟晚刻阴、晴，天气颇严。致洛卿丈公一信，致祝再姻丈一信。叔文兄于早刻马送其到莘山去。张丹亭镇军之太太及其世兄寅侯自府上来家留过午膳，即至海门趁永宁商轮到宁。沈东洛公祖来辞行，云明日趁永江商轮到申新任矣。吴绍春公祖世钦于酉刻任事。晚刻，至海门同昌分号少坐，而至永宁局，晤芹甫先生、寅侯、朱茂生、杨子云诸君少谈。即至海门商轮局，晤徐崇甫、子霖、朱似兰、丁飏绵诸君，相谈至晚，子霖兄留过晚膳而来。即至陶寿翁府上，相叙片时而来。言及各典之存架捐均延搁而未付此款，不知得能延搁否也。飏绵兄言及吴绍春司马系云南人，举人出身，年已六十有馀，曾任浙江多处知县，过班同知，今署斯缺也。

初八日丙午 晴。致汪更生兄一信，饬阿灿送交。早刻，至周梅翁处少坐，云分府沈东洛公祖于晚刻趁永江商轮到申，相约至海门送行。午膳后，同周梅翁来家，相约即同至海门同昌分号，晤舜卿、伯藩、玉泉诸君少谈。适万茂船三头先自青口来，本船装载有豆饼一万馀片及黄豆、花生、胶面等件。并云煦东宗伯于今日至大陈山去。即同梅翁至永宁局晋谒沈东洛公祖，并晤陶寿翁，相叙半晌。言及新任海防总捕同知吴绍春公祖系云南人，由举人入资刑部员外郎，改捐知县，指分浙江候补，署过东阳、上虞、平湖各县知县，才过班同知，今署斯缺也。闻其在省一切诸事均询诸金慈生司马而来。别后即转同昌分号，即同梅翁至家，于时尚早。按：沈东洛公祖在任半载，清廉自持，诸色均可将就，无如是缺清苦，均自己带资为官，亦少闻也。今其去矣，可不愧文肃公之后裔焉。新任吴绍春公祖带有前任海门厘局司事王心斋为账房，另有刑名一席，但缺过清苦，恐不足供其用度也。晚膳后，至子宜处少坐而来。即请子能先生代将新正月用春联均写就矣。

初九日丁未 雨，不甚大。早刻，吴绍春公祖来拜客，即至分府署还拜吴公，相叙半晌，言及彼是云南永昌府人。

初十日戊申 巳前，雨，不甚大；午后至晚均阴。致黄子和游戎、致江尧章父台各一信，因仙梧来云，前典中所窃货物之贼，据洪家场人王阿奇说呈裕、延松二人偷去，现在路桥，即函托路桥下洋殿哨黄子和游戎代为派勇拿获，函饬仙梧送至路桥，与王阿奇同去，令阿奇作为耳目，未识得能被获否也。午膳，至周梅翁府上，晤允东，相谈片时。言及新任海防同知吴绍春公祖系云南永昌府保山县人，先由监生捐员外郎分发刑部广东行走，改捐同知，指分浙江试用。先署上虞县，次署东阳县，办过湖州丝捐、塘西厘局，署过平湖县知县，今署斯缺。前在浙江粮道文案办浙江海运差使，保有补缺，后以知府在任候补。系己丑科由刑部员外郎应本省乡试中式举人也。晚膳后，至陶寿翁处。至子宜处，晤梅翁、柳亭、卧南诸君，相叙半晌而来，已将二鼓矣。

十一日己酉 早至未，阴；申初，雨，不甚大；申末至晚均阴。庆源典卖丽水两号货物。午膳后，路晤周梅翁，至允翁处少坐。言及典中拆衣，来看衣服，少谈而别。昨日遣保甲勇并函托路桥防营黄子和游戎代派勇丁拿获窃贼，于晚，保甲勇并路桥防营勇丁获解积贼蔡老岳到地，言与呈裕、延松同夥，愿通知家中叫着实人抱追还原赃。但余亦欲追还原赃，以免赔累，只缓其一日，看明日人来果否靠实，再作施行可也。晚膳后至陶寿翁府上，言及此事不如送官为是。但余已允其缓一日再看，只明日酌实，送官可也。晤周载熙明经已来，云及自九月廿五日自贵州动身，路上阻风，才于今晚自海门到府上。数十年知交，一朝阔别，不觉两年，而今聚首，不胜欣幸之至也。

十二日庚戌 阴。覆黄子和游戎一信，交其原勇带呈。早膳后，至周载熙兄府上，晤梅五姻丈，欣幸片时而来。载熙兄来叙半晌而别。小吕邀余做会，亦因难却而允。彼席借设子宜兄处。晚刻，至子宜府上，晤陶寿翁、周尹东、李舜卿、褚仲逸、丁辅香、周麟斋诸君，相叙席散。而(与)夏咏仙、苏绩臣两兄少谈而来。三春先云耕云先生之坟已做，前有洋十元，托苏绩臣兄代为转交，尚未付出，即致积臣兄一信，以便向取也。

十三日辛亥 阴。致戴云珊先生一信，交二头送交。前日，黄子和游戎饬勇拿来积贼蔡阿岳，本即送分府衙门惩办押追，因识其贼前俞大亨失窃系被[1]作线，故交保甲管守，而被求张子国及陈鸣九二人来抱，该保甲勇仙梧亦求将被放出。余初不允，被又求周梅翁来说，叫彼书抱一字，以张子国、缪仙梧为抱，认陈鸣九代笔，余意亦欲追原

① 当为“彼”，下同。

赃而有此据，故允焉。但此事不知得能追获原赃否也。许洛溪先生来叙半晌，已晚，留宿。

十四日壬子　阴。洛溪先生于早刻去。午膳后，周梅翁来叙半晌，云及楚卿兄已由郡城来，即同至陶寿翁、黄楚卿两处少坐而别。过子宜处，相叙半晌而来。官兴云，蒋馥堂先生来家少坐，适余出去，未晤。晚后，至下街粮厂晤馥堂先生，言征九先生现在闽垣李文卿兄处，明岁可转台垣，来时已将二鼓。接方笃轩一信。

十五日癸丑　早至未刻，阴；酉牌，细雨；戌刻以后雨晴，阴。天气颇为和暖，似乎作雪景象。寄家君一禀，系第十六号安信，内附致陈咏丹先生一信，交邮政局双保险寄至山西太原省城新道街口外上小墙路东，托陈仲怀直刺转寄平阳府吉州署，交家君收。致王少南先生一信，内附寄方笃轩一函，均托邮筒寄郡。早刻，周梅翁来云，李伯纯父台及王冰如兄奉府委巡阅保甲到地，现宿楚卿兄处，来约拼请一席，订在明日午刻。即作柬相邀。但冰如与楚卿明日到郡而辞，伯纯父台允来。午膳后至楚卿兄府上，谒伯纯父台及冰如兄，相叙半晌而别。过梅翁、达云母舅、允翁，相叙半晌。至家后，仆从言伯纯父台及冰如明府来家，适余尚(未)至家而去矣。

阅《申报》纪，现在中国肄业东洋早稻田诸生计有八千人，而日政府加之“取缔”二字，而肄业诸生悉均发愤不愿上堂，致肇事端，幸即驻日星使转圆而敉平。而不愿在日肄业者约计千人旋里焉。按：“取缔”二字，即中国曰“严加管束”也。查日本有“取缔”二字者，只妓馆而已。今学堂加“取缔”二字，未免有碍国体，无褂诸生发愤也。但出洋游学，取彼之长，补我之短，至善之良法也。日本设立早稻田大学，中国诸生至彼肄业，颇为踊跃，计有八千馀人，取彼之长未能即见，而破货资财逐渐增多矣。况日本诸色颇为昂贵，我国一生至彼肄业一年之中用数千者有之，用一二千者有之，用千馀者亦有之，至俭须需五百金。须均以五百金算计，每年须需费四五百万金。资财外耗，何待言矣。以余论之，我国滚滚诸公，创办中国大学堂一所，经费一切，请旨饬各直省筹画钜款，先创建屋舍，并酌常年经费若干，酌访东、西洋诸国所长实业等学，酌定分门、学业、一切章程及诸生如何进身之阶，聘请各国师范。倘酌议之后，奏请皇上钦定主裁，以昭慎重。倘得如此办法，则我国诸生何必出洋游学？不数年间，学有实业，则外国诸生来学采我之长也。我国资财用于我国，外国资财亦用于我国，则国富兵强，何畏强邻哉！鄙见质诸高明者，未识然否也。

王冰翁云，新任张大中丞幕府中不用幕友，而用属员办理一切事宜，法亦至善。闻现调素望最著之候补知府五员，法犹善也。幕友不端者颇多，而廉洁者亦多。属员中清廉自持本多，而不肖者亦不泛[1]人。而科甲出身，官至黄堂，多是正经之人，即有不及者，到此地位，上台隆重，恐致失足，断不敢试其技俩。不比幕友有宾东之谊，即有不端，不顾一时苛责之人也。故用幕友不如用属员。用属员须用品学素著之候补道府。今张中丞用名望素著之候补府者，至善之良法也。

接丁辅香兄一信，并附英洋二百元，该洋金数交童先生收矣。接家君谕书，卓异在任候升直隶者仅一人在前，想在明岁可以到班。家君现在吉州缺最为清苦，通省著名苦缺。明岁得能调署别缺更为至妙。万一不然，得以升调直隶州，即最清苦之缺，总佳如吉州也。查山西直隶州有平定州、忻州、解州、绛州、保德州、沁州、代州、辽州、霍州、隰州，计有十缺。十缺之内曾任者总有调动之人，若得调动出缺，即可望补直隶州也。前余思卓异应升之阶颇难，而今看山西章程，卓异班次升阶颇为佳妙。然一省自有一省章程不同。阅《申报》纪新任浙江巡抚张小帆大中丞现已到浙任事，到省所有一切轿马悉均自行给资，毋许属员办差，一切门包悉均禁止，浙省大吏中亦所仅见也。如此精明，定有一番政绩可观。

十六日甲寅　雨，早刻时雨颇大。致陈祝再姻丈一信，并附信报

---

①　当为“乏”。

一卷，饬桂明送至长甸。致金德生一信，饬阿儿送交。与周梅翁拼请李、王两君之酒，本借设江边堂后亭，因雨不便，改设家中。早刻，李白荪父台、王冰如明府、周允翁、周梅翁来叙，席散而别。土乌人张宅表妹于今日遣嫁长甸煦皆先生之令侄，今日喜期，其嫁妆一切系家慈办送也。王冰翁托余寄张仲甫兄一信，照信面云，内附洋六元。仲甫兄现寓宁波府城黑风巷。

十七日乙卯 辰前，阴；巳牌，细雨，不甚大；午刻，雨晴，阴；未时至申初，雪子；申末至晚雪子、晴而阴。致郎显臣先生一信，遣官法送交。致子霖兄一信，饬老六送交。前托买另星各物，计洋十一元另。午膳后，周梅翁来叙半晌而别。接葛逸仙兵部讣闻，系丙午年正月十五日开吊。周梅翁托余代其书致其亲戚花醉卿兄一信。晚膳后写就，遣桂明送交矣。

十八日丙辰 阴，天气颇为寒冷。致金叔文兄一信，内附丹亭兄千金庚甲一纸，与金仲泉观察公子说合，未知得能三生石上已订前缘否也。函饬阿庆送至莘山。致张丹亭兄一信，外附送年糕一百四十条、麻糍十双，计成一捆。信内附寄仲甫兄一信，并冰如兄寄仲甫兄一信，并附洋六元，饬作头送托子霖兄转寄。适子霖兄至府上，未在海门，即送托永宁局王芹甫先生代寄。致子霖兄一信，并附托买另星计洋十一元二角，均饬作头送至海门局。适子霖兄未在局中，托张先生代收转交。接尹东母舅来字，并接阅萧子华父台一信。即作福尹东母舅一函，饬从福送交。

早刻，马头山价来言，叶家二姑婆于十四日染恙，迄今未愈，病颇沉重。即至周载熙兄府上，想叙[①]半晌。来时过梅翁府上，适其公出而来。午膳后，至达云母舅府上，所云黄岩人玉先明岁允来，至辛资仍托达云母舅代议。来时至陶寿翁处少坐，而又至楚卿处，晤性言、梅五、夔友、辅香诸君，相叙半晌而来。楚卿兄送来捐例一本，并云及

---

① 当为“相叙”。

现在奉天捐以三成二上兑。接王少南兄一信，云杨振甫先生之款询及县署账房胡奎翁、袁复翁，言年内曾经汇付，既有所言，只明年上忙代为扣留也。原券均藏在少南兄处。

马头山价来云，叶家二姑婆于今日午后故世，闻言之下，不胜叹息。按：二姑婆系余胞祖姑母也，自幼适马头山叶蓉斋军门之公子五丰茂才，年十七日归叶宅，未及一年而五丰茂才仙逝，随即守寡，迄今年五十七岁，遽然而逝。所可忧之处，世子菊仙表叔故世，两孙俱幼。呜呼痛哉！周载熙兄来借布袍套一身。黄岩李广生先生自海门来话旧雨也。接陈祝再姻丈一信，住小屋之蔡启旦染恙数日，亦余午刻而逝。

十九日丁巳 晴。致张丹翁一信，饬老六送交邮政局寄宁提中署。致符士正一信，向取前欠之洋，饬阿儿送至其家。来云，先付息洋，廿三四日可以送来。未识然否。致王子衡兄一信，饬则福送交。致郑涤洲先生一信，另片托夔友兄带黄代寄五部。接方笃轩先生一函。午膳后，同李广生先生至允东母舅府上，晤梅五姻丈，相叙半晌而别。路晤载熙兄少谈。楚卿兄遣价来邀晚膳，即至楚卿兄处，晤云梯、梅五、辅香、夔友、子俊、舜卿、友三诸君，相谈席散而来，时逾二鼓矣。适允东母舅来叙半晌而别。农工弟头自莘山来，带有《象吉》一册，系前叔文兄代买寄来也。楚卿兄言，椒江中学三长明年请曾六舟副车士瀛。

阅楚卿之万生船之豆饼一项自青口来，价货本计三四[1]算，不如售出若干也。前徐晓园兄自上春做网生意，运至朱岙，被公利巡丁扣留，当时楚卿将该网送县领还售销，此事本楚卿为得太过。而晓园兄至府及省中控告此事，而不得准，今托梅友转挽夔友兄来与楚卿说情，楚卿而不允。按：此事晓园兄初欲说情给还，而不应呈控；既然呈控，不应再要说情。但晓凡兄初不欲说情而呈控至府、至省，控告不

① 原为柴码，此转书中文。

准，今挽人来与楚卿说情，殊不值也。楚卿不允，在理之然。但楚卿如能看空，准人说情，徐晓园亦倒煤之至。前官德先代人借去寿屏，今晚遣老六取转矣。莘山金襄廷观察于廿二日入厝，今日遣价送去挽联等件。海门蔡子葵兄令弟于廿二日喜期，早刻，遣老六送去贺敬一函，寄仪洋一元。

二十日戊午 早至未，晴；申后至晚，阴。致许洛溪先生一信，托李广生先生带交。早刻，同李广生至道头，适黄岩船曾已开行，即同趁一船。至三江口，李广翁上岸，走至黄城。即行开驶，抵马头山，适时值午膳矣。即至叶家，晤洛卿丈公，言已昨日到。询及二姑婆于廿三日小殓。菊仙表叔于壬寅冬故，其棺尚停在外透横楼，先于廿二日将其丧出，以便廿三日二姑婆之柩可上马矣。

廿一日己未 晴。蒋靖斋先生及碧山兄均至叶宅。大凡红白各事过奢本是不宜，过俭有伤大体，亦不宜也。二姑婆至十八日故后，其衣服虽已预备，其馀一切亦当随时举办。迄今廿一，已将四日，毫无举动，非为人后者如此尽也。其媳菊仙表婶是女流，向未经事，又遭大故，不知一切各事，本无所责，理当请人主持。而不请人主持丧事，责之不亦宜乎。而不请人住持一切事宜，以免用费。况今其叶家田地数百，遗下黄白各金亦不少，非用其媳自己之金，有如此之铿吝，亦不亦宜乎。但二姑婆一生勤俭奔波，过于勤俭，而今其身后，其媳妇更加从俭，亦理之然也。凡为人者，红字格外从俭，理之当然；白字为上人之事，即或从俭，当俭则俭，当用之处，万不能从俭。即至俭之人，断无已将四日而吹手、高帽全无，即至贫之家亦非如是。况彼系至富之家，作如是所为，外则已伤大体，内则问其自身抱愧否也。如是看之，余虽至亲，以后往来，吃其清饭数粒，定然伤心，不如从此之后再勿往来，以免其心痛为妙。此不近人情之女姬耳！愿得各人勿效叶家女姬之所为是为至幸。其中有伤大体之俭约，笔难详述，聊记数语，愿得后人勿效其所为之幸多矣。蒋靖斋先生年逾六十，其人颇为强健、颇为勤俭，若得能自俸俭约，定然致寿也。

廿二日庚申 晴。菊仙表叔于早刻出丧。东轩、德渊、季达、克明均于晚刻至叶家。其请蒋靖斋、王东轩、陈德渊、陈季达、蒋喜堂于晚刻祭叶母黄太恭人。其祭式于黄城及家子各处稍为各异，其礼一也。克明云，土屿人表妹之姊丈号曰建卿。

廿三日辛酉 晴。叶家诸事均讫，即于早晨买舟而来。因潮水太落，只至栅浦已过勉强，即就栅浦道头登岸，至家时将午膳。接王晓凡兄一信，内附寄云梯兄一函，即饬老六送交。午膳后，琴轩兄来云，网业生意本喻志韶太史诸君禀请前任台同知沈东洛公祖批准开办，今志韶先生现在椒江，褚仲逸兄向其包办，认缴椒江实业经费洋四千元。今志韶先生尚在椒江，即至椒江谒志韶先生，并晤郑吉夫、邱仲玉、陶寿农诸君，相叙半晌。并晤少芳兄，言才于昨日自申江旋里。别后至仲逸、子宜、楚卿诸君府上，少坐而来。晚刻，周少芳兄来叙一刻而别。即至子宜处，晤琴轩、梅五、辅香诸君，相叙半晌而来，时将二鼓。辅香云及仲逸此次认办网业，计全年费用须需万馀，若得顺手，足可敷衍，若遇掣肘，则颇为难也。

廿四日壬戌 日阴夜雨。琴轩兄来云，楚卿兄欲将所积之网悉均载宁售销，仲逸兄不肯允，未识将何了局也。柬请喻志韶太史及郑吉甫、邱仲玉两君，均言将去而辞。午膳后，至椒江，适喻志韶太史已赴郡城，晤郑吉甫、许洛溪两君，相叙半晌而别。即至梅翁府上少坐，而至载熙兄处，晤少芳兄，相叙片时而别。过陶寿翁，晤子霖、仲玉两君少谈，云楚卿兄所积之渔网明日是要载宁，仲逸兄云，如楚卿之网若出，不肯接办。而子霖兄从中调停。余与彼说，再与楚卿说，少出一的，未识得能允让否。子霖兄已去，不知是否，余不得而知。至家后，梅翁来叙半晌而去。但区区网业经费如此之多转拆，如此之艰，出于人之预料也。

廿五日癸亥 晴。致广生先生一信，并附赆仪，明日饬弟头送交。接邱霄伟兄自十二日由东洋早稻田发一信，并附《日本政俗撷要》一本。接王籽舜兄自海门所发一信，言才到海门，但其仆从在申时，将开轮，彼上岸买物未曾到船，轮已开行。因至海门照料需人。即覆籽舜兄一信，遣官兴到轮代其管理什物，请其到舍面叙一切也。早刻，至允东、梅五两处，相叙半晌而别。午膳后，谱香、梅五、达云、作羹诸君来叙片时，即至子宜处，晤辅香，云楚卿兄所积渔网均于今日装载甬江矣。官兴来云，到轮时已买舟赴黄城，容新正来叙一切也。张丹翁交轮寄来带鱼两捆，内一捆寄送章伯纯兄。

廿六日甲子 晴。致章伯纯兄一信，并附寄丹翁寄送带鱼一捆。致王籽舜兄一信，均饬弟头带交。早刻，金次卿兄来云，其石曲泰盛典顶于王子常太守，其价计十二五算，货约一万四千左右。该款分期付缴。此处生意本是可做，因与上手方姓诸多转拆未清，故急顶脱。而顶后尚有积存制钱六百馀串，及另星存在典中。而方姓将其盘抢一空，无如此事本是向说顺手，但该典当时向方姓顶来，有十五年限，今顶王子常太守而无限期，此中是有不便之处。而方姓邀柴益甫明府挽杨定甫给谏从中理说，而未落拆，来邀陶寿翁代其向说。即同次卿兄至陶寿翁府上，允其同至路桥，云挽邱仲玉同去。至家即柬邀邱仲翁。片时仲翁来，过午膳后同至寿翁处少坐，而寿农、仲玉、次卿同去。此事未识若何落拆也。梅翁来云，楚卿之令堂恙已稍愈，于今日巫者让祷[1]，即送礼六包矣。寿翁永江商轮今年大多亏拆，明岁欲再购新轮，但集股事颇为难，未识能得如愿否也。晚膳后，至子宜处，晤云梯兄少谈，同至楚卿处，晤煦东宗伯少坐，而至楚卿客间，晤许立夫、周梅五、翁子俊、卢槐士、丁辅香诸君，畅叙半晌，来时已逾二鼓。载熙兄来，借去山水、墨竹各一堂。

廿七日乙丑 雨。接王籽舜兄福信一函，并黄沉片戳一个、印就片纸三百张、平金补一副。但此等平金补，余已有数副。前托买系丝线补，未识退还有人要否。送榆东、寅侯墨盒各一方、子宜兄朝珠一副、梅五姻丈片戳一个，即饬老六送交。致子宜兄一函，附寄楚卿兄

---

① 当为“禳祷”。

一信，即饬老六送交矣。接李广生先生福信一封。岁除已迫，阴雨连棉，颇为寂漠也。梓能先生于早刻趁永宁大小轮赴郡。夏旭东先生屡次取契赴印，但家中连年因典垫款颇多，尚有借垫，而未置业。再三来说，仅检得前黄崇魁所卖田一亩五分，计卖契、断契两纸，交其代印，并托推收一切。但置业无多，心实抱愧也。

廿八日丙寅 雨。致王耔舜兄一信，饬老六送海门，交邮筒寄至黄城。仙梧来云，路桥该贼蔡老岳均无见获，但贼系张翰阁之弟子，阁抱去。即致翰阁孝廉一信，仍遣仙梧明日送交，未识是否也。

廿九日丁卯 雨。早刻，致谢天地神明。庆源典中亦于早辰致谢财神。后致达云母舅一信，托其代叫夥友玉先于明早来。琴轩来云，官德挂账颇多，嘱其另觅地方。官德来云，挂账先行弥补，候账算结后再作想法也。作羹兄来云，代其亲戚吴吕金说定税米行街屋两间，即于今日成契矣。明年进屋时价洋付讫也。楚卿兄遣人来取还凭摺，但彼不开公利，将摺留下亦是无用。若接公利，不付此款说不出，将该摺还他矣。岁除即迩，连日阴雨，收账者不免艰苦异常也。蔡子葵兄代驻防本镇文昌阁邬锡元借去直条两堂。

三十日戊辰 早至午初，阴、晴；午末至晚，晴。致心斋宗叔一片。致载熙兄一函。午膳后，至分府署辞年到喜，并晤吴绍春公祖，相叙半晌而别。至载熙兄处少坐。王耔舜兄自海门来，过家相叙片时，话谈旧雨，深甚为乐。时已岁除，难以久留而去。云新正月半左右又来也。前托买《搢绅》一册亦送来。言及平金补价金计银二两四钱，子宜兄托买之朝珠计洋二元三角。阅《搢绅》，黄岩郑鹿门孝廉士抡于三十年十一月选嘉兴府桐乡县教谕。耔舜兄云，余之托领议部照已代托部友代为转领，已将封印，想明岁二三月间可以领出也。

前承邱霄伟兄惠我《日本政俗撷要》一书，系湘乡萧孝廉鸿钧所著。披阅之馀，萧孝廉关心时事，无微不至。读至《游台纪略》，不胜披肝沥胆。伏愿我同侪者，力图报本，以国为心，是为至幸。所云中国鸦片、裹足两害，言之至切。从此之后，切实改良，先除鸦片，禁止缠足，吾民幸甚，国家幸甚。余亦传染烟霞，不即断瘾，心实抱愧。余常急欲戒烟，无如患有疝气，急恐无功，只从缓戒，是所至切也。伏愿我国中四万万生民曾经习瘾者，速即除戒；未经习瘾者，切勿再叨恶习。女子曾经裹足者可放速即放之；未经裹足者，切宜禁止，是所至幸也。是为记。

丙午(1906)岁正月初一日己巳 晴。午前，西北风颇大，午后稍细，天气颇为明，云青色与白色。早辰，开笔后恭叩神明及祖先前岁，续即叩祖母、母亲岁。后致梦云先生贺信一函交立茂转寄。即至分府署吴绍春公祖及各亲友相识各处叩贺新禧。各人来家叩年者，均饬丁挡驾。晤楚卿兄云，昨因吴绍春公祖邀，云杨定甫给谏、喻志韶太史、王子常太守、朱益甫明府、陶寿农茂才、陈禹卿孝廉、秦梗友副车、周萍回孝廉、邱仲玉县尉公举褚仲逸兄为椒江渔网坐办之禀已于年内嘉平廿九日送署，并附褚仲逸缴椒江常年款其维新票洋四千元。但此事在椒江既有缴票，不患经费无着。在仲逸曾经附券，若不口齿言明，想致不美之处。想均有定见，无用鄙人之用心也。楚卿言，郡城姚梧冈孝廉在日本于上年归于嘉平廿八日，由申到台，即赴郡城。

阅《搢绅》，户部候补主事孙希元号肆三，系江西司行走。肆翁令尊孙辅臣老伯德成，由西城兵马司吏目升副指挥，保知县，指直隶候补。辛卯岁与家君同保，以知县仍留原省即补，于壬辰三月引见，到省后，癸巳岁补授新乐县知县。戊戌大计，荐保卓异，调署雄县。后仍转新乐，续署南皮县令。伏思家君赴晋又经一载，不得亲侍晨昏，心甚抱愧。奈家事牵连，诚为一生之累。前接家君谕书，吉州异常艰苦。幸卓异在先者仅只一人，早得升调，诚为至幸也。

初二日庚午 早至午，阴；未牌，阴、晴；申后至晚均阴。早辰，敬请天地神明。早膳后，同陶寿翁、周梅翁、黄心斋宗叔、楚卿诸君至海门各处叩岁到喜，晤汪庚翁云，新任浙江巡抚张小帆大中丞诸事颇为精明，镇海县韩子衡大令有差役奉牌拿花会，彼贿差洋三元，张中丞闻悉此事，将差治重罪。韩令幸代求者颇多，仅只撤任。楚卿兄留过午膳而来。即至各家吊唁，并至禹门叔公处叩岁，少坐而来。各友而来叩岁者，均饬丁挡驾。

初三日辛未　阴。致王兴臣兄贺片一函，托周允翁代寄黄城。致在舆先生一信，饬作头送交其家中。来云，彼尚在船中，未曾来台。早膳后，因载熙兄前邀余招呼人客，即至其府上畅叙一刻。至允东母舅府上，晤仲逸兄云，志韶先生及定甫、子常两公近日来至椒江创办学堂及网业各节，彼意亦在诸公来后再作举动。转至周载翁处过午膳，来时将晚矣。晚膳后，至子子宜处，同子宜至楚卿处，晤王少南、周枚五、丁辅香、鲍子封、翁子俊，畅叙半晌。云及喻太史为公利改为椒江承办网业各节，举仲逸为坐办董事，禀诸分府宪给谕，初则颇觉为难。迨仲逸邀允东昨日至署与吴绍春公祖接洽后，随即出批准其承办等语。楚卿处已贴退办宁网招纸矣。周梅翁云至江边堂看戏，各人同看一刻而来，时将二鼓。该戏系煦东宗伯所带也。但仲逸接办网业，若得顺手，颇有馀利在其中，倘一肘掣，亦颇为难也。

初四日壬申　早至午，晴；未后至晚均阴。致王冰翁一信，饬从福交楚卿府上转寄郡垣。庆源生意不得增添，欲歇中学生两人，一系官涛，一系伯森。官涛先年内已去，伯森先邀其父谢堂先生与余言，亦因情面难却而允之。晚膳后，至陶寿翁府上晤少芳兄，相叙半晌，云及楚卿之万兴商船自福建载树往北售销，于年内十二月廿七日晚刻驶至钩牌门冲礁而漏，即退至沙滩，适是夜猛风相撞，通船皆漏水至笔壳。幸船内均是树段，尚未隐水。该船外面之树均已卸在沙滩，今邀永宁商船拖进关内，来与陶寿翁酌之。寿翁因事颇重大，尚未允诺。但此等事多一日即多一日之为难。假使廿八九即有商轮代拖者颇易，修则稍俭。今则非独代拖为难，修亦不易。该船外装树计约三千，内装约计千金，倘得顺手，进关需费亦约数千而已。但船中生意出息颇厚，其险亦颇为危也。幸楚卿之局面亦不专为在此计较矣。

初五日癸酉　晴。早刻，章伯纯姻兄昨至谱香母舅府上来家叩岁，留过午膳而别。周家外婆朱太恭人于今日除灵做祭，即至周宅祭。后载熙兄之尊翁亦于今日除灵，邀余代其助祭。周家外婆做祭者：丽生先生、宗山、李舜卿、作羹、少芳诸君。载熙兄致祭其令尊芾棠老伯，助祭者：周作羹、周少芳、陶寿翁、葩辰与余，并晤梅五、子轩两君相叙。过晚膳后，至子宜兄处少坐，来时已逾二鼓。达云母舅云其姊，即余之小娘姨，适东岸李尧卿姨丈，于初四日仙逝。尧卿姨丈早逝，而娘姨青年守志，今则仙逝，可全节操矣，例应旌表也。陶寿翁言，楚卿兄之万兴商船冲礁，邀永宁商轮代其带关，因风浪颇大，不敢[①]行险，以作罢论。永宁不能代拖，想邀海门商轮带其拖带也。

初六日甲戌 晴。前托王子舜兄买来之平金补，但余已有多副，昨周梅翁云，其世兄欲购补服，即将此补饬弟头送交。请王书城、黄秉彝、黄吉甫、陈云芝、褚琴轩、陈官德、黄静斋、黄宗山、黄少愚、邬丽生、周建西诸君惠临，相叙春茗，谈至席散而别。柬邀章伯纯晚膳，曾于早刻去矣。

初七日乙亥 雨；早刻兼有雾。请周梅五姻丈、周谱香母舅及心斋宗叔、载熙、少芳、作羹、仲辰宗叔、子章，相叙春茗，谈至席散而别。柬邀禹门叔祖，辞而未来。周梅翁云，余洁斋兄已于年内由京南下，已至莘山叩岁，但余洁斋主政光启由世袭改捐主事，签分刑部福建司行走。

余阅《日本政俗撷要》一书颇为良善。日人之所长者勤能，诸事实事求是，自明治维新不下三十年以致道不拾遗，夜不闭户，如此风景言之非易，非大圣人治国，安能若是！况日本一国仅与吾中国四川一省之大，以致英、法、德比美，诸强国敌体称雄，更非易事。初胜我国，又胜俄国，其武备约在伊藤博文一人也。乃日皇用人之善，良臣辅弼，百废俱举，文明若是，政治若是，上下一心，军民一心，虽尧舜之世亦不过如此也。我中国地面如此之广，财赋如此之厚，古制如此之佳，衣冠文武如此之美，以至如此之弱，其根由非一朝一夕之所积，大

---

① “敢”原误作“感”。

半人在烟霞,不知振兴为要务之所致。愿吾同侪,急唤迷津,振刷精神,伸雪国耻,是为至切也。日人论吾国之短,烟霞之害及女子缠足两端。凡我国四百兆生民,如已习瘾者,急速戒瘾,是为至切要务。女子缠足在日本人少,男人为国出力,为工者虽用女子,女子既为工匠,不得不放足,以图奔走之劳。我国人数非少,女子缠足本非佳妙,缠足一事本非出于女箴。本女既要缠足,听之而已;不肯缠足之女,为父母者不得相强也。日本虽既维新,亦鲜耻也。日本之女,淫字无碍。若女子于淫为当事,真鲜耻之人。既鲜耻之人,何足道哉!我中国人常顾某耻也。伏愿我国撬衣大夫振兴百务,以国为心,是为至切。

处置戒烟者仿日人治台湾之例,颇为美善。无如中国均以情面、贿赂两端,万难解脱。倘得存心公正之大员行之,亦非难也。倘各直省中先从官场起,如为官者先限戒烟,能戒者免,不戒者议以处分。续将各直省之各府、州、县造册,有瘾者人数若干,每人、每日所吃若干。即于各直省、各府、各州、各县城内及各村庄,虽以十里、五里,各设官烟局一所,有已习瘾者之人,确要至局买烟,每人每日一买,或五日一买。如种烟之田,须要预先报名所放烟若干,均要售于官烟局,毋得私自卖于吃烟之人。若以私卖查出,即治以罪。如已报名习瘾之人外,再有习瘾者,亦治以罪。如三月、半载之后已戒者,烟局除名以奖赏。如一年、二年断瘾者,亦奖赏。倘已断瘾再吃者,照初习瘾之人治罪。倘此秉公行之,不数年间,有瘾者即可逐渐消除,使后无习瘾之人。振兴学务,百废俱举。烟戒则民富,烟戒则民强;民强则兵强,民富即国富。国富兵强,伸雪国耻在于掌握也。鄙愿若是,未知撬衣大夫亦有念及否也。

初八日丙子 午前,雨;午后,阴。致王子裳先生一信,交典夥带至黄城。致黄子霖兄一信,饬老六送交。来云子霖兄近日赴宁,未在局中。接汪更翁柬邀明日申刻酒。

初九日丁丑 晴。致黄漱泉兄一信。卢华士兄来拜客,即饬丁挡驾。午膳后，至槐士兄府上，相叙半晌，同至楚卿处，适已至海门，未晤而来。即至海门同昌分号，晤王少南先生、陈舜卿、王丽生少谈，云煦东宗伯亦在楼上。即至煦东宗伯处叩岁，晤潘云轩兄，相叙一叙，云楚卿兄已至中署。即至汪更翁处，晤楚卿，云江子菁公祖、何霭翁、丁飏绵兄均至郡，约十二日可至海门。约定十三日午刻，席借设同昌分号，请江公祖及何君、丁君。并晤李河清系宁郡人，镇宪王雨亭军门之幕宾，及梅五、允东、林葵南兄、陈守戎方策、包纪堂千戎效忠诸君，相叙席散而来，时逾二鼓。庚翁言张申伯公祖奉张小帆札，调抚署文案兼办省城牙厘局，海门厘金局委有魏姓，闻已悬牌。又云王荫常军门兼带嘉湖陆路统领。槐士兄言姚梧冈自上年嘉平之杪旋里，约月杪、月初又赴东瀛游学矣。

初十日戊寅 早至卯，阴；辰至午，雪；未牌，雪晴；至晚均阴。致张丹翁一信，内附致尤榆东兄一信，并附送榆东墨匣一方，又送寅侯世兄墨盒一方，并附寄前丹翁借存公事桌一张。附片饬弟头送托子霖兄代托海门商轮带甬交永宁局转送提中署。致张宝田先生一信，交邮政局寄定海恒三转寄大展。接有知单，邀集本镇各绅聚文昌阁议社会事，余因下雪而未去。咏仙兄之女许涌泉于今日文定，邀余午膳而辞。

晚膳后至子宜兄处，晤云梯、辅香，相叙一刻。云及楚卿兄初四日进分府署与吴绍春公祖说："时届新正，各家售网者，今褚仲逸虽已接办，尚未购买，故我公利不得不为代收。"不想起早已遣数十人至网场收买一切渔网，一概不准褚仲逸夥友收买。当时，褚边之人虽已开场买网，看如此形势即退，让楚卿边人独买。初七日栅浦市、初八日海门市、初九日仍本镇市日，楚卿亦派人收买如故，褚边亦退让如故。但此渔网一端，经喻志韶太史、杨定甫给谏、王子常太守禀准各宪，报缴学堂常年经费四千元。后而楚卿即行具禀退办。邀郑吉甫、邱仲玉、许六溪诸君向挽承办，楚卿兄又当面不允接办。事前沈东洛公祖照会楚卿坐办，楚卿亦即退禀坐办，公事已进分府署及台州府署。度楚卿之意一定不要坐办。续喻太史诸公邀许六溪诸君挽褚仲逸接办。而仲逸坐办后，楚卿兄不大为然，广收渔网。时年终末班轮期装载到宁计有一百七十三件，时尚未过年，不准楚卿之网出口尚说不出。楚卿即有此班之网在宁。今年上春，生意大半被荐。今年正月初上又大收渔网，又罩准吴绍春公祖，虽顾自己之气，不顾地方之议论。但楚卿兄存心者，喻志韶太史与张翰卿太守稍有不得相头，故之，我虽不受坐办公事，不缴公款，可以买网、售网。褚仲逸虽接坐办而报效巨款，反不得买网、售网，如此所为，专为势也，非为礼也。但此事喻太史与杨、王诸公及陶寿翁从中专主，又是创办学堂公事，非以楚卿兄从中一闹作罢，断无是礼。余论楚卿之主意左也。若楚卿要办，即受报效公事；既不受，从中如此相阻，非场面上人所为事也。未知楚卿兄用翁子俊、丁辅香及姚梧冈诸君有何长策否也。辅香兄云，街上有戏弄诸公画图。但此事，以意度之，所为之事即所言之人也。

十一日己卯 晴。前寄赵虞卿兄之信交邮筒保险寄鄂，不得寻觅，而原信坐还。早刻，喻志韶太史来拜客，饬丁挡驾。其价言，昨晚到椒江书院。接陶寿翁柬邀晚膳，席设椒江书院。接褚仲逸兄明日申刻(柬)。即至椒江，还叩喻志韶太史，并晤谱香母舅及允东、仲逸、载熙诸君，相叙片时而来。即柬邀喻志韶太史及陶寿翁、卢槐翁、邱仲翁、周允东母舅、仲逸兄明日午膳。午膳后，又至椒江，晤志韶先生及寿农、槐士、洛溪、仲玉、载熙诸君，畅叙半晌。同槐士至允东处，晤谱香、梅五，少坐而来。因陶寿翁来邀至椒江，晤吴绍春公祖、喻志韶太史、梅五、楚卿、仲玉、槐士、寿农，相谈席散。后云及椒江两等小学堂堂长举周少芳，请吴绍春公祖给一照会。吴公已受条矣。楚卿兄云，江子菁公祖于明日正月十二生日，与寿翁、梅翁拼送酒一席，并云准明日十点钟至椒江议举实业学堂，商议各节。又畅叙半晌而散，至家时将十点钟矣。

十二日庚辰 晴，子时立春。早刻，接有知单，即至椒江。本镇绅矜均聚集，议举中学堂一切章程，大约稍有就绪，尚未详晰。即邀志韶先生、陶寿翁、邱仲玉、周允东、褚仲逸至家午膳，相叙席散而别。黄岩局房两人来云，开马屿头先曾祖慈坟地粮户，余即允开，说明费洋三元，俟开后付结。即至仲逸兄处，晤志韶老伯、谱香、允东、梅五、子宜、仲玉诸君，相谈席散而来。过梅五处少坐，至家时将二鼓矣。今日立春，天气颇为晴明，农民之幸。古语云："最喜立春晴一日，农夫不用力耕田"，此之谓也。

十三日辛巳 阴，片托周梅翁代送葛兵部挽联一对并仪一封，饬官明送交。早刻，至海门同昌分号，晤楚卿、余洁斋、王荣臣、梅鹤亭、黄子霖、王少南、王丽生诸君，相叙半晌。余洁斋兄昨日自莘山其妻舅家拜岁至海门，即于今早趁永大小轮到郡。别后即往谒梅鹤亭参戎，相叙一刻，转至同昌分号。汪更翁因事而辞。即邀江子菁公祖及其令弟、尧章父台、何霭生先生、丁飏绵、王少南、黄楚卿、黄子霖并其令弟漱泉诸君午膳，相叙席散而别。云及张受伯公祖已奉张小帆中丞札委浙江省城牙厘局文案，已于元月初五日接手，原办海门厘局一差已委魏大令桐接办，想二月朔日可以接差。并言江子菁公祖因宁海县张受伯公祖急请交卸，张翰卿太守欲委其代理宁海县缺。但江公之意恐代理县篆不得兼办渔团，意欲辞，已请事高观察及翰卿太守，如代理宁海能兼渔团亦可，如先代理后改署理如能可行，即欲接手，尚未奉札。但台属委员办事勤能，不受非分之钱，只江大令一人而已。

即至海门商轮局，晤黄子霖、何霭生、黄楚卿、戴云珊、汪庚生、王香谷、丁飏绵、梅鹤亭、江子菁尧章、阮友三即明斋之世兄，及顾文伯、王俊卿、陆文卿、沈桢夫、王仲璠诸君，相叙席散而别。汪更翁云，王雨亭镇军营下代其做寿，已寄买厘金寿屏一堂、黄笺泻金寿屏一堂。其寿辰在二月朔日，寿序已托王叔铭孝廉曾已做就。黄子霖兄近欲赴申一行，余托其代买小羔皮袍统一件、高丽参四两，至家时已逾二鼓。家慈云，禹门叔祖之第四叔于明日十四喜期，亲娶涌泉冯氏，其仲辰叔来借去大红假寿屏一堂、兰花喜屏一堂、大洋灯一堂及屏镜衔牌两对、万民伞一顶、寿额一个及金字对等件。永宁商轮已于昨日到埠，陶寿翁已将《申报》送来。阅元月初四日报章纪浙江学政陈石荪星使兆文已于上年十二月廿七日奉上谕补授都察院左副都御史矣。

十四日壬午　早至午初，晴；午末至申初，阴；申末至戌初，雨；戌末以后，雨晴，阴。早刻，至下街卢槐士兄府上，云其出外，未晤。即至黄宅，晤邱楚翁，云黄城开设实业社，购办日本制器，招工专做国缎，已有缎织成，工料亦颇工整，劝余集股。但每股计洋四十元，余允拼一股，该洋俟股分单送来再付股本也。即（至）禹门叔祖处，晤其亲翁北岸陈兆连，系前任江苏高邮营守备，相叙一刻，过午膳而来。但轿已早辰发去，作羹、道周两君代媒。玉先来，即同其至庆丰，晤用九乔梓及丽生先生，相叙半晌，转至禹门公处，晤其亲翁陈守戎、陶寿翁、黄宗山，相谈至晚。新人到时已将上灯，即行花烛后设席，人情亦颇多。余因事即来，未及久于诸君相叙也。枧头三名学贤说上年十一月廿九夜典中失窃之贼港口人名三所，说赃物即与，童先生言颇为典中之货仿佛，即叫阿儿与作头到地探听颇确，但去仅三人，不敢拿获，而来叫保甲之仙梧、普琴说定明日去拿可也。

闰正月初五日《申报》纪泽公、尚其亨、李盛铎三钦使所至各国由日本赴美，再由美至英，由英至比、至法，其参随各员则分二为二，曰随行、曰专驻，随行者遍历各国，专驻者则迳赴所驻之国，俟考查事毕随同回国。计派驻日本者七员，英、法、比共十一员，又驻沪者三员。兹将参随各员名单开录于后。随行各员：左秉隆、周树模、刘彭年、陈恩焘、冯国勋、柏锐、戢翼翚、赵从蕃、杨寿楠、王慕陶、刘思源、姚鹏图、关景贤、尚久懋、刘钟琳、钱锡霖、葆椿、黄瑞麒、德奎、刘长礼、周蕴华、曹复赓。驻日本：钱恂、唐宝锷、杨道霖、钱承志、夏曾佑、文澜、孙守仁。驻英：严璩、张允恺、欧阳祺、徐世襄、李焜瀛。驻法：赵葆泰、段庆熙。驻比：吴宗濂、杨灿麟、沈觐宸、蒋履福。驻沪：顾金寿、崔曾耀、朱淑程。诸公远涉重洋，将来归国，定有新政可观，只愿效日本维新不及三十年，外则区区一岛，与诸强国并列称雄，内治道不拾遗、夜不闭户，物景光华，称为盛世。中国历代以来衣冠文物、政治人品冠于天下，积习相沿数百年来，利欲熏心，以致外侮如此，而又广西尚有土寇未平，内政亦如是，转瞬间革面洗心，相并唐尧之盛世，固厚邦基，四万万生民是为至幸也。煦东宗伯柬邀十五日申刻。心斋宗叔柬邀十六日巳刻。吴绍春公祖柬邀十七日申刻。

十五日癸未 早至午，阴；未、申时，晴；酉后仍阴。夜间月色虽明而有雾。早刻，保甲勇仙梧、普琴带同勇丁十人至三港口将积贼许阿三拿到手，即将窝家金和尚并拿来，并搜出原赃八件，并尚有赃货数件，内中有原赃两件。据该贼云，乌石村董陈仙保当时将所偷之赃截去，便道至其家中搜出窝贼二人，拿到时将早膳。据该贼许阿三言，当于十一月廿九夜将典中衣服偷出，时将天明，不便搬运，暂藏在新挑河坟洞之中，隔数夜而担至窝家金和尚家。其馀因时已久，大半已散。余即叫童先生详检原赃。据云，仅检八件，外均交缪仙梧转手交还该窝家矣。即饬仙梧等将该贼许阿三并窝家金和尚均送至分府署。即饬仆携帖至署，先将原情禀明吴绍春公祖，蒙即收押班管，即将窝贼并获赃真贼确之禀托原经承李镜人送署，附有已获赃单，尚有未获货物再求饬追矣。但窃案赃贼并获，最非易事也。

禹门叔祖之亲翁陈步云都戎兆连来叙半晌而别。即至禹门叔公府上，并送祖母大人洋六元，与新人见面之仪。适其新人之堂兄来“看三日”，与其相叙一刻而别。即至楚卿府上，晤其妹夫郑夔友孝廉、缪性言先生、解玉泉先生，相叙片时。并晤梅五、寿农、载熙、昆珊、仲玉、波臣、子封、心斋诸君，相谈席散而别。同梅翁、仲翁、寿翁至街上看灯。但本镇向例：正月中旬，地方为集圣庙财帛星君圣诞，本庙演梨园四周夜。今年加演二周夜，计有六周夜，均挂灯、放百子庆、赏元宵，神人共乐，仰答升平为岁首。今值天气晴明，以为游人之至乐也。

十六日甲申 早至午，晴；未后至晚，阴。致黄子霖兄一信，托其由上海代买另星，饬阿儿送至海门面交。阿儿来，接有子霖兄福信云明日赴申也。早刻，至庆丰少坐，就至星斋宗叔(处)，晤寿农、梅五、允东、仲玉、玉泉诸君，相叙席散而来。土屿人表妹之姊丈长甸陈俊英兄于晚刻来叩岁，但彼号俊英，非建卿也。邀仲逸兄、童子章同来陪客。过晚膳后，同俊英至陶寿翁府上少坐，至梅翁、仲逸两处相叙片时，而至楚卿府上，晤夔友、昆珊、槐士诸君，相谈半晌而来，时逾二鼓矣。

十七日乙酉 早至午，雪；未后至晚，雨。吴绍春公祖柬邀。晚刻至分府署谒吴公祖，并晤陶寿农、周梅五、黄煦东、黄心斋、周允东、潘云轩、周麟斋诸君，相叙席散而别。江子菁公祖柬邀明日午刻。周梅五姻丈柬邀明日申刻。余本明日申刻请陈俊翁，并邀达云母舅、子宜、云梯、玉泉、昆三、夔友、槐士、舜卿诸君陪客，夔友、槐士两君均辞谢，而又梅翁处亦明日申刻请客，余只改于十九日午刻。即转书知单，嘱阿儿通知诸君也。

十八日丙戌 阴。接邱霄伟兄正月初一日发贺信一函。家君自年内十二月二十日寄童子章先生一信，云前交三鸿寄徐贤昌洋三百元。上年接其来信云，仅收到二百十三元，尚少洋八十三元，已逾一载尚未收到，何若是之荒唐也。早刻，至海门渔团局晋谒江子菁公祖，并晤何霭翁、丁飏翁，相叙半晌，与夔友、商卿、少山叙谈席散而来。至家后即席请陈俊英兄，并邀达云、子宜、杏人、丽生先生、子章、辅香诸君，相谈席散而别。玉泉先生辞谢矣。即至梅五处，晤寿农、楚卿、仲逸、波臣、心斋及其令舅朱德甫、仲玉、允东诸君，相谈席散而来。至家时将二鼓矣。

十九日丁亥 早至未，阴；申牌以后，细雨。十五日将积贼许阿三及窝家金和尚送分府署，已承吴绍春公祖堂审，所供亦然。并供有窝家金老二，曾已補题，即出差矣。周允东母舅邀明日上午。吴绍春公祖已于晚刻趁轮赴省，晋谒抚藩。卧南来云，张抚台派文案英太守麟、杨少莲太守则濂兼署中防同知、邹映波明府□，又有张伯芹太守琳，所派各员均是聊属[1]，不请幕友，亦为政者之一道也。张大中丞如此精明，将来吾浙民人受惠未可限量也。忆吴绍春公祖云，天生磺一药，云南大理府浪穹县所出最为佳品。查天生磺性最热而颇壮阳，老年人食之最为相宜，年当少壮者不宜食为是。即欲吃此物，亦宜少吃为妙。

二十日戊子 早至巳，雨；午初，雨晴，至晚均阴。早刻，至允东处，晤梅五、谱香、心斋、仲玉诸君，相谈席散而别。至庆丰少坐，同琴轩至子宜处，畅叙半晌，云及楚卿兄虽将公利让与仲逸，而楚卿连日渔网又要购买，如此做下，仲逸接办渔网报效椒江公款不少，楚卿一无报效公款，将来仲逸恐至无底也。

廿一日己丑 早至巳，阴；午牌至晚，雨。致邱肖伟兄一信，饬老六送邮政局转寄日本东京牛亡区早稻田大学堂。接子能先生一信，云向同昌汇去英洋五元。陈俊英兄于早辰去，托其代买紫爿，英洋十元，洋即面交。饬老六过前所还叩于巡司俭。郑舜丞兄相尧由分府署来拜客，即饬丁挡驾。按：舜丞兄前庚子岁相见时在海门带哨，颇有文边之人气象，今在吴绍春公祖署中游幕，亦颇为相宜。舜丞兄系云南人，吴公祖亦是云南人。按：吴绍春公祖之老大人任湖北蕲州刺史，其令弟吴太史式钊系翰林院编修，因公被议，奉旨赏用主事。吴公祖又是举人，由部曹而筮仕，其府上世家可知矣。

廿二日庚寅 辰前，雨；巳、午两刻，阴，兼雾颇大；未后至晚，雨、雾。早膳后，至分府署还拜郑舜丞兄，相叙一刻，云及吴绍春公祖之令弟吴楚生太史式钊现在东三省办理矿务。吴太史奉旨赏用主事，分工部候补。别后至家。琴轩来云，仲逸将六埠网业送与天主堂办理。此事既经如此情形，不知后事若何也。午膳后，至周梅翁处少坐，托余代致花醉卿一信。同(至)周允东处，晤仲逸、卧南，相谈至晚而来。署中将贼带查，追有当票三纸，两是黄城德泰典票，一是本镇

---

[1] 当为“僚属”。

裕泰典票，未识究是原赃否也。明日遣人提看是否，当即片覆。门口接有汪庚生参戎帖，其令侄名立方者于二月初三日喜期也。

廿三日辛卯　阴。早刻，周梅翁来叙半晌，托余代写之信面交矣。同梅翁至尹东处，晤子祥、寿卿，相叙一刻而来。至庆丰取洋四十元，即送交邱仲玉姻丈，即聘东兴织染有限公司股分洋四十元，余允聘一股，已付清讫。同仲翁至子宜府上，晤辅香、卧南、麟斋，畅叙半晌而别。昨日，分府差带贼取还当票，顷据童先生云，真是典中原赃货物也。接周谱香母舅柬邀明日申刻晚膳。后至子宜处，晤梅翁，均至楚卿兄府上，晤辅香、舜卿、云梯诸君，相叙半晌而别。彼处有《官场现形记》小说，余取阅之，颇觉有趣。但如今官场大半如是，非无因也。

廿四日壬辰　雨。午前大雨如注，午后稍细一的，夜间亦颇大。寄家君一禀，系第十七号家信，交邮政局双保险转寄山西平阳府署托王书五先生代寄吉州署内，附寄咏丹先生一信，又致万香一信。郑舜丞兄送我团扇一柄、黄竹�写对联一副，均已题款收领，尚有馀物璧谢。晚刻，舜丞兄来叙半晌而别。即至谱香母舅处，晤梅五、仲逸、寿农、允东、心斋诸君，畅叙席散而来。明日，海门王子源纳粟开贺，前接一帖，诚可笑也。周作羹兄来云，其亲戚大约二月初旬进屋。椒江初等蒙学已择廿六日开馆。

廿五日癸巳　雨。连日大雨如注，欲与二三知己相叙谈心，艰于步履。兹阅报章足以自娱。阅初十日《申报》纪直督袁慰廷宫保派员赴台湾调查禁烟章程，回直后即取东洋成法及体察中国人吃烟情形，特饬专员酌定禁烟章程，一切办法现已拟妥。举其大概情形：加重膏捐、奏立烟籍，不仅卖者有税，买者亦需纳税。凡吃烟之人均列入烟籍，四十以上年力就衰，戒否听其自便；四十以下则发给戒烟丸药，限期断瘾。另设戒烟局，专售戒烟药，如逾期不能戒脱，则列入烟籍，名之曰废民籍。凡吃烟悉不准自己熬土，必向烟局购买，然必先领有执照方准售给。每日吃烟若干，领执照时先行报明，随后许减不许增，每月即按执照上购烟之数照章抽税。倘无吃烟执照向局私购，一经查觉，卖者、买者均严行罚办。并准人指控，即将罚款赏给指控人一半。总之，近可抽大宗之膏捐，远可以为自强之基础。故办法不得不严。且既立烟籍，人皆以为耻，有志者自必竭力除根，而萎靡不振之徒，纵令甘作废民，此后究亦有减无增云云。批阅之馀，不胜畅快。但余之习瘾，因病而起，病愈而瘾不能断，心甚怒悔。见他人之有瘾者心甚卑鄙。余当设法戒除，即登彼岸。倘若此谕通行，则后来再无习瘾之人，以图自强，余心幸甚，后人幸甚，国家幸甚！私心切祷，望速遵行，是所至盼也。

《申报》纪黄岩林霨生观察奉陆春江中丞札委帮办兵备处事务。又纪由山西巡抚奉命调补浙江巡抚张大中丞带有山西候补直隶州知州李刺史益智随同来，现奉中丞札委浙江省防陆军统领差，其营旗哨弁均由陆军学生承乏之，定有一番振作也。又纪新授浙江藩司宝方伯棻已于正月初十日接印任事矣。忆前据陶寿翁云，上年有御史姚侍御舒密奏参浙江巡抚聂及藩司翁、候补道朱畴、伍元芝、候补知府文锦等。原摺经署闽浙总督崇制军查办，聂、翁均去任，朱畴、伍元芝、文锦等均被议，许贞干降级案内。当时聂中丞疑是候补道徐士霖、毕奎、刘更新诸观察及向来心有未遂之属员怂恿奏参一摺，颇为机密，意图报复。聂中丞去任时，徐士霖等尚不知有此摺曾经出奏，去后方知，即合同案被议各员赴京呈控聂、翁两大宪。当聂中丞虽去，翁方伯尚在省，颇属无味。原摺尚有新铜圆局未奉部覆即行开办，其中尚亏短，本不能脱却，加之徐道等案尚未讫，难以交卸。但翁小山方伯于上年嘉平之杪云赴天竺行香，私自潜逃到家，殊不值也。云徐士霖等呈控之案由部堂移请浙江新任抚台张小帆大中丞查办，未识此案将来如何详覆也。但翁小山方伯任浙藩司有年，曾护浙抚，去时如此潜逃，向所未有。昨据郑舜翁云，徐道、毕道、刘道均是能干，若据废弃，颇为可惜。

廿六日甲午 早至巳，雨，仍然大雨如注；午至申，阴；酉后至晚均雨。晚刻，分府署谒郑舜丞兄，并晤王心斋兄，相叙半晌而别。肖芳兄来云，其令弟于廿九日娶，向余借寿屏。但余之寿屏与德员之弟今日喜期用，允其明日洳函取来借与彼可也。留过晚膳后而去。

廿七日乙未 日，阴；夜，细雨。致楚卿兄一信，询公荐王荫常镇军定在何日。代少芳兄致徐德圆兄取还前借去之寿屏一信，交少芳兄差人送去。取来时接有德圆兄一片，此是其堂弟喜期，昨日送去之人情璧谢。接郑涤洲先生一函，内有“还滇之后无力引见，翻成不合例人员”，良足虑耳。按：荻洲先生系是府经历捐指云南试用，意欲引见之，想定得保升，已竞过班知县。但郑公由云南试用府经历，于甲辰夏奉林中丞札委送云南肄业日本诸生赴东，并以考察学务、工艺、警察、监狱各项。到省例有保案，由府经历升知县，亦是按例。但未曾到省已得知县升阶，殊不解也。

周梅五姻丈来云，托余代其自覆卢槐士兄一信，并致黄漱泉兄一信。但梅翁于上年托姚梧冈代其世兄文津办一县丞，说定以两百数为限。梧翁旋里云加二十元，曾已允许。适梧翁赴日，其令弟实轩到京之便，托其取照。见其覆信云：“前事已被他人取去，要办须加五十数。”当时梅翁函达槐士兄函福作罢，嗣后云公事曾已办来，须加五十，尚未允许。今接看其原信，费洋二百五十元，外尚加银五十两，曾已划付。但此事虽属于小事，可见托人之难也。

午膳后，至海门王子元兄府上，晤松亭、允东、冀斋、香谷、湘茗、则轩、蔡丽生、兰友、玉山、崇甫诸君，相谈至晚，留过席散而来。蔡丽生即路桥跛脚大夫也。松亭兄云，褚仲逸承办宁网之事，因楚卿从中掣肘，事事刁难，曾已到郡具禀退辞。但此事楚卿如此从中为难，只以退办为是。未识后事若何，难可预料。过同昌分号，晤楚卿、汪更生参戎及金烈轩、王仲璠、陈少亭、何霭生、黄宝舟、丁飏绵、王梅友、陈舜卿诸君，相叙一刻而来，至家时方二鼓矣。楚卿兄云，葭沚、海门公荐王荫常镇军定在二月初四日，并托余便中通知梅五、寿农、允东、心斋、子宜诸君。但王荫常镇军调统浙江嘉湖陆路统领，闻有七千馀人，颇有面子也。

廿八日丙申 雨。连日多雨，步履为艰，静坐寒窗，颇多寂漠。致叔文妹丈一信，并致李则轩兄一信，附鸡血藤少许，均交则福先送交。致允东母舅一函，饬老六送至海门王宅。送汪庚生参戎令侄贺仪一封计两元，饬老六送海门中署。致伯森先一信，由官兴交典中有便带郡。接郎吉夫太守为其尊堂开吊闻讣，云二月初八日领帖。柬邀郑舜丞兄及王心斋、解玉泉、王云梯、王子宜、周梅五、黄伯寅诸君于明日晚膳。褚琴轩来，过晚膳而去。弟头自莘山来云，叔文兄之次公郎染恙已愈，云舍妹于近日染恙。想是底子薄弱，加之双身易于受邪，想逐渐得可安痊也。潘云轩同乌石村董陈仙保来云，贼当夜将典中赃物担至该处，截去各货，经保甲勇取转，外尚有衣物六件，顷均全数送还，求免催追。时童先生允许，余即允从。但此次典中窃案，已将原赃亦有捕来，原贼并窝家均获送案，曾经押追，又出催牌。今仙保又有原赃送还，虽未全数归赵，亦可了事矣。倘若再行追下，事甚过分，近于非礼，余再不做下。但窝家金和尚之亲戚马屿头人邀张苗老二来求代为求官开释，余亦允许。无如吴公祖到省尚未旋署，只俟吴公来时代为想法求官开释可也，窃案从此足可归结。凡事有十分只可做得五六分而已。况此案已有六七分，足可了结。余之做事颇为自谅，伏愿后人凡遇有大小的事，切不可做到甚头地步，是为至切也。鄙意如斯，知我者谅我也。是为之记。

廿九日丁酉 雨颇大，早刻，雷电声鸣亮一刻。晚刻，郑舜丞兄、王心斋兄及仲玉、云梯、伯寅诸君来叙，席散而别。则福先自莘山来，云小妹之恙稍愈。叔文兄同云舟均至黄城，想为方姓之事也。

第十四章

丙午(1906)二月初一日起

二月初一日戊戌 早至申牌,阴;酉时以后均雨。致周在舆先生一信,饬老六送至其家中,因前托其买镴磁,所附买单不甚明晰,故又开单相告。周载熙兄于早刻将前年借去四史一册送还,并相叙一刻。早刻,至栅浦老炳先及顺记两场买有木料及松板、杉板,计洋三十有馀。至家时将午膳。晚刻,因连日多雨,而今日虽无日光,幸天气颇为晴明。至梅五姻丈、叶蓉秋先生、谱香母舅、载熙兄诸处均相叙一刻。晤卧南,云仲逸兄本到郡退办宁网,而谒喻志韶太史,嘱其俟再调停一番,再行斟酌,不必过于着急。闻邀煦东宗伯到郡,不知作何定见也。亥刻,大雨如注。晚刻,琴轩云,此次王荫常军门奉调嘉湖陆路各营帮统,所遗台属统领一席,有张丹亭兄承乏之说。但前楚卿说,系曹小荣参戎世华为帮统,其统领仍是王荫常军门。前据丁飏绵言,曹小翁亦未奉札,不知孰是也。

初二日己亥 雨。致张丹翁一信,并附英洋一百四十九元。并致函托王芹甫、杨子云代为寄宁。接其福信,计汇费洋四角五分。系饬弟头送至永宁局,福信亦是弟头带转。接张丹亭兄一信,托余代买海山茶盘石板七十块。俟询石匠,再作函覆可也。晚刻,因下街二婶请仲玉姻丈,邀余陪客。便道至子宜兄处,晤云梯、心泉相叙半晌而别。即至下街二婶处,晤仲玉、云梯、心斋宗叔、辅香、老五相、允东诸君,相叙席散而来,至家时将二鼓。

阅正月廿六日《申报》纪正月廿五日奉上谕:“江苏巡抚着陈夔龙调补。张人骏着调河南巡抚。山西巡抚着恩寿补授。钦此。”按:张安圃大中丞人骏由广东裁缺巡抚调补山西巡抚,甫将半载而转调河南矣。按:恩艺师由江苏巡抚调补江淮漕运总督,而后开缺,补授山西巡抚矣。又纪新任浙江按察使王仁宝因病奉旨开缺。正月廿七日《申报》纪正月廿六日奉上谕:“浙江按察使着颜钟骥调补。继昌着补授河南按察使。钦此。”按:颜小夏廉访钟骥由湖南长沙府知府于上年简授浙江粮储道,到省即署臬司,续署藩司,本调湖南臬司,未曾到任,即调补浙江臬司。前浙江学政瞿子玖尚书鸿机已升外务部尚书。奉上谕:“瞿鸿机着以外务部尚书协办大学士。钦此。”台属统领王荫常镇军奉调浙西帮统。顷接游榆东先生函,云高与卿观察及吴吉人军门保张丹亭兄承代,而丹翁因在乡闾,再四力辞。张伯勤太守保曹绍雍参戎承乏,尚未奉明文也。故前楚卿、飏绵、琴轩所言均有风闻也。海门蔡家价来云,二姨婆于早刻故世,青年守志,抚子成人,宜因旌表焉。

初三日庚子 雨,连日颇大。日前,莘山价来,云小妹稍染微恙,即遣价询问,据说稍愈。但在双身,母亲总不放怀,于早刻买舟至莘山矣。早刻,遣价叫石匠透老司于晚刻来云,茶盘石板片子过细,色红而薄,不如太平之南仓石料之佳。但南仓石料色白无争,每丈计价洋一元,每块五尺至八尺,照量同价,惟九尺增加石价。每丈若仿两边斧计做五工,每工计工夫辛资连饭食需一角七分。自南仓载至海门交卸,每载船力计洋一元,每载可载石板十丈有奇。其言若是,只作函覆丹翁,俟接覆音后即行包定,限期载宁可也。

初四日辛丑 早至午,阴;未牌后至晚,晴。西北风颇大。致张丹翁一信,致王少南兄一信,均饬从福送邮政局分递各处。前因楚卿邀集葭沚、海门诸君公饯王荫常镇军,于早刻至海门同昌分号,晤楚卿寿农、梅五,并江子菁公祖、王香谷、蔡子葵、周允东、窦小山、王合丰、蔡湘茗、丁飏绵、黄心斋、娄祝三诸君,公请新调嘉湖帮统台防统领王荫常镇军，并邀新委台防统领曹绍雍都督、调省牙厘局文案、前办海门厘金局张申伯明府、新任海门厘金局魏屏笙明府陪客相叙，席散而别。早刻至海门时，即至蔡家二姨婆吊孝毕，即转号中，与诸君应酬毕，即至家，时将二鼓。适许眉甫先生、王子舜兄均于晚刻来，话谈旧雨，何乐如之！

初五日壬寅 早至申刻，晴；酉时以后，阴。致张丹翁一信，饬老六送邮政局寄宁。致陈舜卿先生一信，交从岳送公利转交。托其留意楚卿家有船赴闽，以便眉甫先生赴闽。眉甫先生云，闽垣泰生行东良兴相请其教读，函邀其趁娄、黄两宅近日有船到闽附搭。午膳后，至子宜兄处，相叙一刻而来，设便席请王籽舜兄、许眉甫先生，并邀子宜、积臣、丽生先生相谈，席散而别。前子舜兄上年在都时函假英佛百尊，已照数送还，并提前代买另星及托其代领议叙部照费等，即将收还之数内奉留存英佛念尊，容日照算可也。

初六日癸卯 晴。致娄晋阶先生一信，致楚卿兄一信，均交官德适至海门。晋阶先生云，其船月杪可以到台。接楚卿兄一示。致李广生先生一信。送柯辅周贺仪两元，送张子远老伯之世兄芹敬一元，均饬老六送至黄城。许眉甫先生、王籽舜兄均于晚刻去。晚刻，至尹东、梅五两处少坐，云及曹绍雍统领于今日接授台防统领关防。据楚卿字云，王荫常镇军行期尚未定也。

初七日甲辰 阴。早刻，至椒江还谒新请教习曾六舟兄，并晤少芳兄，相叙一刻而来。晚刻，仲逸兄接办椒江网业信记，柬邀申刻。至庆丰及子宜兄处少坐而来。适郑舜丞兄来叙，至晚而别。新接台防统领曹绍雍都督世华来拜客，即饬丁挡驾。至仲逸处，晤阮蕡翁、王子元、王松亭、周梅五、周谱香、王子宜、周麟斋、褚琴轩、周允东诸君，相叙席散而来，时将二鼓矣。

初八日乙巳 晴。致邱仲玉一信；致王籽舜一信；致邱楚言一片，恐仲翁到泽库令亲处，托其代寄；致章子修一信，均饬桂明送交。来时接子修兄一片，云近日到海门面叙一切。午刻，接仲玉姻丈一信。即覆一函，托其来人带还。早刻，子宜处人来云，王荫常镇军于八九点钟起节，相约同去送行。即同子宜兄乘舆至海门，适王镇军方上轮舟。即还拜曹绍雍都督，又适公出而未会。即至家中，时方午膳。晚刻，至分府署谒郑舜丞兄，司阍者云郑君方至海门，即留片而来。至载熙兄府上，言其出去而未晤。因昨晤绍占相，禹门叔公近有红痰之病，即至其府上，相叙一刻而来。至楚卿处，晤子宜、遇琴两兄，相叙片时而别。过陶寿翁处少坐，云即至海门去，明日到郡，不知因何事体也。晚膳后，至庆丰，嘱官德将账详细做就，以便清交。

与琴轩至子宜处，晤梅五、采东、宗山，相叙半晌，相约明日至龙潭岙玩游一宵，亦足平生之乐事。但龙潭岙每年以二月初九日为龙母圣诞，均演剧，人甚热闹，数十里值寿日热闹之方，无过于此。古语云，龙王来宫祝嘏初九日，后三日之内是要下雨一次，雨来即龙王来宫也。余所知，二月初九日起前后三日或四五日均是有雨，想古语而无虚传。今日天气晴明，想明日亦然。倘若天气晴明，玩游至庙叩祝一番，分所宜然。适又子宜兄相约，更为至妙。

阅初三日《申报》纪初二日奉上谕："浙江杭州府知府员缺紧要，着该抚于通省知府内拣员调补。所遗员缺着姚舒密补授。钦此。"按：新简浙江遗缺知府姚舒密，山东钜锂县人，由甲午科翰林考取御史，掌浙江道监察御史，到省后不知题补某府太守也。《申报》附张，江西候补道员本有三十馀人，自上年周藩台到任后，调省者及请假、借端被议、改省、丁忧者计去二十三人，不及两年而去三分之二，亦可异也。吾台太平金仲泉观察葆廉由户部学习主事捐升道员，指分江西试用，已于上年到省，想人员不多，则易授差委也。

晚刻，晤楚卿兄，言及永江商轮机器大半老旧，时常修理，破费不少。杨定甫给谏、陶寿翁及朱宝珊观察并邀集股诸君商议，欲易商轮一艘，须需银十万元。但永江商轮购来价计八万，今估价仅只四方[1],相底新轮,尚需六方等款颇觉为艰,不得不将永江将就。若永江不即大加修理及售变新轮,目下情形,恐致年年赔累,难堪设想矣。未知诸公作何定见,尚未妥定也。

初九日丙午 晴。致黄协丰一信,饬从福送郡,嘱其所借之款立摺取息。早刻,子宜兄来,同至龙潭岙毓龙宫,适值是处首事致祭圣后毕。晤策臣老先生、梦云师台及王六溪、王六笙、洪秀卿、王卧南、王子临、王虞臣、王立辉、苏绩臣、戚辉堂诸君,畅叙半晌,留过午膳而别。阅毓龙宫前后两大殿,前大殿门首有古樟一株颇大,想有数百年也。前大殿之后有圣后出身之匾,保下王会畴撰、邑人王旭初书,隶字,同治三年敬立。按:王会畴者,王子常太守之尊翁。同子宜兄来时过钗洋,至李则轩府上少坐,并留点心后而别。至家时过晚膳矣。

初十日丁未 晴。致汪庚生兄一信饬老六送至海门。寄从福一字,交阿儿送交航船带郡。接庚生兄柬邀晚膳,亦并辞谢。咏仙堂兄之长女年已长成,许涌泉冯姓,于今日嫁。早刻,因邀接媒人而至彼处,轿已进门,晤冯姓代媒者邱子轩文华及翁汝梅二人,相叙半晌。而过午膳后,随即发轿,于时尚早,王书臣母舅牵新妇上轿。功事毕后,至禹门公处少坐,又至子宜处少坐而来。适周梅翁来叙一刻,而至麟斋店中少坐而别。至家,接张丹亭兄一信,是要买茶盘石板七十块,但是处路途颇远,只叫透老司至是处向购可也。

晚膳后,至子宜兄处,晤周梅五姻丈,相叙一刻,云丁辅香于初九日有南埠网一担卖与栅浦人渔户,未曾报捐,担至栅浦被信记巡丁看见被获,将网担来,即作私网送郡具禀台州府矣。而辅香出名纠集南埠渔户数十人、售销南埠渔网者数十人、横申人收网仲者五六十人,并自告抢网,分作四案,即于是日至郡呈控。不知何如控法,不得其详。其中主使用钱均是有人,未知府尊作何批示也。但此事既至如此地步,何日可了,难以预料。晚刻,在麟斋处,云仲逸新立信记字号

---

[1] 当为“万”,下同。

加收捐费，较之楚卿义记捐例加之一倍。如此收捐，渔户大受其亏，则信记出息可谓大宗进款。其收捐之例大约度头每口捐钱八十文，百生捐钱六十文，童子直同均酌量加捐。其捐例尚不得详晰，容日再记。

十一日戊申 晴，兼下土景象。天能下土，年岁定能丰收。致王籽舜兄一信，饬阿儿送邮政局转寄黄城。接许眉甫先生一函，嘱询黄安吉商船何日赴闽。即代其致王丽生先生一信，致黄子霖兄一片，饬老六送交。来接王丽生兄覆信一函，云黄安吉船于月之十三日开行到闽。接子霖兄覆信云，托买各物计洋十五元一角。适叔文兄家夥友林先生来叙半晌，即致叔文兄一信，托林先生带交。

早刻，黄吉甫同俊卿来，云法领事至浙江招工赴云南建筑铁道，局设宁波，有函托郡城蒋映潭老伯转函托王俊卿代招。阅其章程，铁工、石工每日给工洋九角，其馀木匠及各等匠工均要每日给辛工七角，惟小工每日工洋四角。其馀订明章程颇多，大约每千人到云南做工之处，其招工者及工头每月均结辛资洋百元，其川费均由总公司自给，期以二年半为限。俊卿本有书馆教读，今欲招工，将馆辞退等语，与余言。查云南铁道一节，前法国政府与中国政府订约，大约路成，中国亦沾有利益。时法国派委员至滇仗定路界。自蒙自县至开化府征江各处经过，直接省垣。时家君尚任新兴州知州，法国仗地委员亦过新兴州，但所仗地数，蒙自至开化数百里烟瘴颇重，征江到省数百里烟瘴稍轻。自从仗勘后，相隔数年，续李仲仙中丞抚滇时将滇省铁路均送与法人承办，又搁数年，迄今方将开办。但云南各工匠本是不多，而加最重瘴励[①]之乡，知其情形者悉均畏行，故至各省招工赴筑。若不知是处情形，若到彼处误触烟瘴，定无[②]性命之忧。今俊卿兄阅其章程中招工者有百元一月，私想又有折扣，不知此中利害烟瘴之

---

① 当为“瘴疠”。

② 当为“定有”。

苦，故即辞馆以往之，此其贪心过甚也。今其来与余言，余即将彼处实在烟瘴情形、其中苦境及招工与为工头最难之处即以实告。未知俊卿兄能将招工之事作罢否也。但此事其中为难之处最多。若浙江不知烟瘴之毒，若遇烟瘴，定无性命之忧。若上等易于趋避，此等做工下人，不知趋避，易于冲受。即到彼处山路崎岖，须所进工洋稍丰一的，但路途过远，未免多来多去，将来结局之日，仍然无钱。若招工者须有每月工洋百元，但所招如有犯法，公司中确向招工者及工头是问。但所招工之人大约均是无赖之徒，焉保不犯法违章乎！若工人犯法违章，为招工者及工头，小则倒煤，大则受辱，殊不值也。若知此中利害，断不致招人到滇。若得前事作废，台民幸甚。

琴轩将仲逸与天主堂及明斋、子元、松亭订立信记开办南埠渔网合同公据与余阅，其据中南埠专售大陈山、塘角两处渔网，另立信记字号。天主堂所创办毓才学堂承四十股，王子元承廿股、阮明斋承十股，王松亭承十股，褚仲逸承四十股，分作一百二十股，每股集本洋五十元。仲逸所承四十股中分允东母舅承十股，派顺利、恒利共承念股，仲逸自承十股，须另立公据。该据尚未订立。托与周允东接头后妥商定确。晚膳后至允东母舅处，晤仲逸、卧南，相叙一刻。据云，该据俟另酌好通知可也。来时逾二鼓矣。

十二日己酉　晴。致许眉甫先生一信，饬桂名送交。致金叔文兄一信，饬弟头送交。致黄子霖兄一信，并附还代买各物等英洋十五元一角，饬阿儿送交。早刻，至海门中府署晤汪庚生兄。适其请客，晤左营张游戎、城守营萧都戎仁福及郑胜元、包逖臣诸君，并留过午膳。因托其询问有营船开往茶盘山否，据云，坐驾即于今夜开行。即辞别至家，时将下午四点钟。即差叫石匠阿透，来时已过晚膳。即遣其至海门，片托汪更翁，转至坐驾，询问系至石浦，不能至茶盘挽埠。若至石浦再行趁船，亦多未便而来。据说十七号营船，俟镇宪王雨亭军门到署后开行，故迟数日附搭可也。晚刻，嘱二头到申代买大小洋门权十六个。

十三日庚戌 晴。西北风尚大。致邱仲玉姻丈一信，饬阿儿送交。致张丹亭兄一信，饬老六送交邮政局寄宁。阿透来云，管带梅标十七号营船洪家场人陈姓，税在海门镇署西南首张宅住，该船大约十七八日可以动身到茶盘石浦，届时可以附搭也。二月初八日《申报》纪浙江巡抚张大中丞所延幕友：督练参谋兵备处总办，程恩培；兵备处提调，三多；参谋处提调，李续祜；兵备处庶务兼收支，胡远芬；教练处教育，张其昌；兵备军营事务，万宗林；兼办督务处文案，邹镕；参谋处文案兼收发，强运开；兵备处文案兼收发，杨继忠；教练处文案兼收发，蒋福昌；委充副教练官，南洋毕业生陆殿奎；总教练官兼武备副管带，毕业生徐方诏；副教练官，毕业生陈步棠；武备处舆图兼石印事务，毕业生潘庆麟。以上系设立督练公所诸君也。又纪新任藩宪宝方伯近复聘请友四人：一，陈兰洲，司升铨；一，吴子屿，司钱谷；一，程景祥，司支放；一，陶进甫，司局务，俾资襄理。

十四日辛亥 晴。致叔文兄一信，饬弟头送交。昨向楚卿兄借有《官场现形记》一册，即于晚刻饬阿四送交矣。早刻，海标十七号营船管带郑继云来片，该船即于今夜开驶至茶盘山及石浦各处扫洋，即嘱透老司趁该船至茶盘山购办石板，交其带去购石板即川费洋念元，倘若不敷，嘱其买来后再付可也。接邱仲玉姻丈覆信一函。晚刻，曾六舟兄、周梅五姻丈均来叙半晌而别。至椒江晤六舟、学馀、少芳、作羹，至允东处晤仲逸、卧南，至周梅翁诸处，均畅叙半晌而来。

周梅翁云，丁辅香为首纠集各网户至台州府呈控一节。辅香已来，携有府批，云其颇长，大约前黄绅燕云等禀开公利渔网系专售宁波诸处，并无牵连大陈、塘角、南埠诸处渔网，今喻绅禀请宁网专归诸锦金承办，南埠渔网本举周绅建勋承办之处，均无庸议等语云云。此丁辅香最为得意事。但售宁网本与南埠无涉，前仲逸初办及楚卿接办，先维新后公利，均是无碍。今仲逸接办椒江网业公所，专售宁网，本与南埠无涉，所防南埠者即防辅香将南埠之网偷至山北售销也。山北系售宁网之源，故不得不公举一人。若奉府尊批驳，南埠诸处有碍于宁网者，所碍即在此也。以余论之，妥筹善策无碍于宁网、无碍于南埠方为善道，据然批驳。无赖之徒冲塞其源，即有碍于宁网。既有碍于宁网，则承办宁网者不得甘心。既然如此，只恐后事难言。鄙见如斯，未识知此中者另有高明之见否也。

十五日壬子 阴。从福自郡垣来，嘱买另星均已买来。晚膳后，至子宜处，适其至东山令亲处尚未来家。即至楚卿兄处，晤王云梯、丁辅香、翁子俊、许星河、周少云，片时，周梅五、陶吉云均来，畅叙半晌。丁辅香、翁子俊二人所云，此番呈控，南埠奉府批撤销所举承办一节，大为得意洋洋。所说周允东之短过甚，听者亦难为情，当面媚黄楚卿者亦过甚，听着甚为唆鼻。此等小人，将来晤见难与其坐，难与其言。此等小人说此言者，非能干事人也。若能干事者，断勿说人之短，有如此说法，媚人之喜，有如此之高抬，此等小人不足道也。加之周少云论人长短，无话不言。满座小人，余难开口，本即欲来。因周梅翁挽坐一刻，亦难为情，只得相叙半晌而别，至家时逾二鼓矣。

十六日癸丑 早至午，阴；未后至晚，雨，不甚大。接家君一信，自正月十三日自山西吉州缄发。午膳后至允东母舅处，晤高少成，相叙一刻而来。晚膳后，至陶寿翁处，相叙半晌，即至庆丰，嘱官德先将麻斤核准，以便盘点。庆丰盘下亏短之数颇巨，将如何了结也。

十七日甲寅 晴。致张丹翁一信，致王耔舜兄一信，均饬老六送邮局转寄。致卢槐士兄一信，饬阿四送下街黄宅代寄。午膳后，至周梅五府上少坐，言楚卿于早刻至郡。同至尹东处，晤仲逸，少谈而别。仍同梅翁至子宜府上，晤夏咏仙、云梯、胡学馀、少芳、采东，相叙一刻。日前咏仙代印来崇奎卖契两纸，计田一亩二分五。值咏仙将至郡城，面交其印契洋一元，其馀俟其令弟旭东来面算讫可也。

十八日己卯 晴。致黄子霖兄一信，饬老六送交。陈仲怀老伯上年托余代荐其亲戚为典铺夥友，晚刻，其令亲来叙片时而去。但其亲戚姓张，号申甫。但各典人均浮于事，不得代荐，将何以示覆陈公也。苏绩臣兄来叙片时，托余代向典中抧洋十元，允一月送赵。前嘱二头带申买之洋门权等，今晚老五代其送来，价值不得明言。

十九日丙辰 早至未，阴；申、酉两刻，雨，不甚大；戌刻以后雨晴，阴。卧南公来过午膳而去。叔文妹丈于午刻自黄城来。陶寿翁因其长世兄聘路镇俞宅于明日文定，来邀晚膳。晚刻，至陶售翁处，晤曾六舟、周梅五、周谱香、陶吉云、周允东、黄伯寅、黄道周、周少芳、王子宜、周载熙、周作羹诸君，相叙席散而来。寿翁云，明日赴永宁赴申，托其代买阿弥莲花丸五瓶。余又欲戒烟，凡戒烟者以此为最。子宜兄来叙半晌而去。又及，孔子强兄之夫人于上年十二月廿四日遗腹生一子，颇为欣幸。但子强兄值去世之先云有子嗣在腹，此子将来之学问文章逾于我也。今子果应，以后未识果然否也。

二十日丁巳 晴。致籽舜兄一信，交典中代寄。

廿一日戊午 晴。早刻，王锡秋兄及令弟翰平兄来叙半晌而去。午膳，姚梧冈、卢槐士、周少芳诸君来叙一刻。姚梧冈已改洋装，与洋人仿佛。上年嘉平月廿五日自东洋归国，今则转至东洋，自郡动身，便道来家少坐。槐士兄送其至海门，据云趁可贵商轮廿三日赴申。苏绩臣兄携有赵子昂八骏并文征明大草手卷一轴欲售，但其(价)颇昂，其物真贾①难以辨识，未敢向购也。即还谒梧冈兄，至楚卿处，晤王冰如、姚梧冈、张复源(亦是洋装，天台人)、周少芳、王云梯、周梅五、王子宜诸君，畅叙片时而别。槐士兄云，张复源兄赴日本早稻田大学堂肄业已有四年，其学问颇深，专心枪炮等门径，其人亦颇为诚厚。申刻，专席请叔文兄，并邀曾六舟、卢槐士、黄道周、陶吉云、王子宜、邬丽生诸君陪客，均来畅叙，席散而别。

家中之粮户计临海十一户，均已抄托卢槐士兄吉便带郡代为完纳，连加闰，约计洋二百元之则。但杨振甫所该乙巳冬间票洋一百元系向临海县署取付。上年十二月时托王少南兄代为向取，适已付出，允俟本年上春代为扣留，票存少南处，前说明该款代汇完粮之需。顷

---

① 当为“真假”。

间完粮，除此款洋一百元，现交托卢槐士兄带郡洋五十元，尚少之款，托代向同昌支付。晚刻，自楚卿处来时，路晤郑吉甫兄少谈，据云现至楚卿处，因喻志韶太史为椒江网业之事，即自郡来与楚卿乔梓接头也。接陈俊英兄一信，云代买之紫爿因价太贵未曾买来，言于月之十八日赴杭肄业。有志上进，亦可谓难得。言及其堂弟观德兄系煦皆姻丈之世兄，随同梧冈先生赴东洋学习。晚刻，梧翁云，吾临海同赴日本者四人，北岸王景常先生之世兄亦同赴日。民志渐开，将来人材辈出，未可限量也。代琴轩致宁波瑞茂行曦潮先生一信，交其自寄。

廿二日己未 晴。致王哲人兄一信，托琴轩代寄。女媪言洛卿丈公旧恙复发，未识得能逐渐安痊否也。长女于昨日起饮食减少，至今日身体发有寒热，即邀解玉泉先生诊治，未识得奏肤公否也。郑吉甫兄于早刻来叙半晌。

喻志韶太史差片来谒，昨日已至楚卿处，为椒江网事一切来，有知单为网事聚集椒江相议。即至椒江还（谒）喻志韶太史，并邀议网事，晤郑吉甫、姚梧冈、张复元、周谱香、周梅五、黄楚卿、周载熙、曾六舟、胡学馀、王子宜、黄道周、周作羹、周少芳、周尹东、褚仲逸、王冰如、黄吉甫诸君，相谈至晚而来。但网业为公则南埠、宁网均无窒碍；为私，南埠不举人经理则宁网大受其亏。黄楚卿所谈一切并其居心均以私意连连，则椒江难以集聚。楚卿之存心将仲逸承办之处作废，网业均归公办。试问公办何人出此如此巨款？倘若无人出资，仍归楚卿经理；仍归楚卿经理，与前公利无易，反壮其胆、雄其量。看今日之情形，楚卿不过一介庸碌之人而已。楚卿之短不一，穷奢极欲，目不识丁之徒。其自之得意处办理台属盐商，于台州府县中广通声气，鱼肉乡愚。其在座诸君大半均是附庸，何况朝中权势之辈何人与其争锋哉！可见“守正不阿”四字而能称职者即今之圣人也。今日在座者姚梧冈、卢槐士，食者楚卿之食，穿者楚卿之衣，用者楚卿之财，归附顺情皆在于礼之中，甚于此万倍之事，亦是分所宜然。云梯数年以来皆是楚卿请其[1]教育其弟，平日则受惠不少。冰如与楚卿义结金兰，平时亦常沾惠泽，将来欲望楚卿借贷，如此者附庸顺情亦所宜然。此外，常有多人无甚沾其佳处，不过杯酒，亦能如此附庸，真不取也。余则自量居心无偏，未识若何，不得自言。余阅今日诸君言语而无偏者王子宜兄一人而已。其中诚厚而不言者亦不乏人。可见，人则遇事易见其高低也。是为记之。

透老司于晚刻自茶盘山来云，该处石板太贵，载运最为不便，船亦无可雇载，故石料未曾买来。前带去之购石板洋念元尚存郑继云船中，俟该船到关即能送转，彼另趁商轮而先来台也。吴绍春公祖晚刻自省垣来署。

廿三日庚申 阴，惟巳牌细雨，片时即晴，均阴。致陈祝再姻丈一信，内附家君寄其候信一函，并附托其代交陈俊英兄一信，于早饬弟头至石春办砖瓦就便送交。致张丹亭兄一信，饬桂明送邮政局转寄宁波提中署，系保险也。早刻，吴绍春公祖因楚卿及喻志韶太史将网业议论纷纷不一，楚卿之意，现包仲逸承办，其意甚为不平，将此事归与椒江举董经理订立公司集股开办。但仲逸之意即归椒江订立公司亦可，欲以下半年为始。故邀本镇诸绅耆同至椒江集议。即至椒江，晤喻志韶太史及曾六舟、胡学馀、黄道周、周作羹、姚梧冈、张复元、卢槐士、王冰如、周谱香、周少芳、周梅五、周尹东、褚仲逸、王子宜、陈绿孚、王云梯诸君，相叙片时。后吴公祖而来，畅叙片时别。楚卿之意附庸者人多，仲逸之意虽有喻太史从中主见，势不甚于楚卿，想遂楚卿之志方能允从。在椒江时举经董四人。阅楚卿嘱翁子俊约议草章程，经董一人，不知四人、一人，尚未定局。但得为公方为美善，恐不得为公耳！

叔文妹丈于早刻转至莘山去矣。梅五姻丈来约，云姚梧冈于晚刻趁可贵商轮转至东洋学习，至海门送行。即至梅翁府上，同至海门

---

① “请其”原重文，删去。

同昌分号，晤楚卿、梧冈、复元，王景常（送其令郎赴日）、陈煦皆（送其令郎、令侄均赴日本肄业）、陈舜卿、梅鹤亭、张翰谷、卢槐士、陈少亭诸君，畅谈一刻。即至子霖兄处，托其代寄杭垣购办杭官纱三丈。据云，王雨亭镇军本调湖州镇缺，现故调福建福宁镇缺，所遗是缺有督标吴姓署理。江子菁公祖已接署宁海县知县公事，大约三月初旬接篆，现在尚在郡城，大约廿六日可到海门，即日就道宁海云云。相别后，路晤陈俊英兄，云及于今夜趁轮至申，转赴杭城肄业，同至同昌分号少坐，即购送便点四盒而别，因时已晚，不得还谒。楚卿兄邀过晚膳而来。长女染恙，承玉泉先生昨晚请其趁视，服药后，今日稍愈。早刻，又请其来诊开一方。药已对症，定能逐渐安痊也。

廿四日辛酉　晴。喻志韶太史来谒，即饬丁挡驾。午膳后，至允东处，云及喻太史于早刻去矣。并晤梅五、镜人、仲逸、卧南诸君，畅叙半晌而别。前分府署派差带贼追赃，缴还当票三纸，前已收到，当时该差具有差禀。顷值吴公祖自省来署，批将原当票发还该典验明具领。即书片一纸，写明收到当票字样，照此存案，当托卧南遣人送署矣。晚膳后至子宜处，晤曾六舟、胡学馀、周作羹、黄道周、周少芳、周梅五、周载熙、翁子俊、卢槐士、黄宗山、王采东诸君，有五柳贼在焉。谈及椒江网业归于椒江自办，公举经事员及董事者，订立公司，事本妥善。但所议章程大半附庸楚卿私意及自己私心，如此私意私心，断无能办至公之事也。以余论之，网业既归椒江自办，订立公司，先将椒江旧款提出作为椒江坐款，每年议还利息与椒江。提椒江之款，办椒江之事，利息悉归椒江，事本至善，集股各款亦还，每年拆息，公举董事，由董事邀同各人公同议举经事员，订立章程，邀同公议妥确后具禀分府宪通详，立案开办，以垂永久。请与识者言之，斯言不谬否也。

长女染恙，承玉泉先生两剂而愈，深为至幸。大凡染恙，请医不得不慎，良医者遇病即愈，庸医者即杀人也。长女此番染恙，身体发热而不得退凉，口多乱言，幸请玉泉先生诊视，一剂即能饮食，病去大半，两剂而愈。恐误庸医，即或有幸，而无如此之速也。故之，请医治病，须要格外谨慎为至要焉。

廿五日壬戌 早至午，阴；未初牌，细雨；未末牌，雨晴，晴即阴；申时以后至晚均阴。午膳后，至卢槐士处，云其出去，不晤。至子宜处，晤槐士、少芳，少谈而别。适梅翁来叙一刻，云及网业之事，非举陶寿翁承办为经理员不能妥善。即举寿翁，恐寿翁而又辞却也。琴轩送来王哲人覆信一函。晚膳后，至庆丰，嘱其苎网各账查为盘就，以便查点，并晤秉彝宿伯来叙一刻而来，时将二鼓矣。

廿六日癸未 早至午，阴；申初刻，雨，片时即晴；申末牌至晚均阴。致何玉州先生一信，交阿四送托黄楚卿处代寄郡城同昌盐号。午刻，接有知单，邀集本镇诸绅至椒江商议网事条程，举董经办各节。至椒江，晤楚卿、梅五、谱香、槐士、子宜、载熙、少芳、作羹、云梯、绿孚诸君及五柳贼，虽同商议其章程，禀稿均已做好，由槐士兄抄就，未及记忆。即进谒吴绍春公祖，吴公亦看诸神之公意若何，无不照准。海门天主堂法国教士李思聪有信与吴公，而吴公将原信出示之。信大略椒江之网已包与褚锦金承办，限有三年，倘有不合于式，只候褚姓告退。附有包据底稿一纸，系喻志韶、杨定甫、王子常、陶寿农、周尹东、邱仲玉诸君所书之据底。相叙片时而别。而法教士李思聪致葩辰、梅五、谱香、尹东与余五人公信一函，其意与致吴公祖之信仿佛，阅后即送与葩辰处。如何作覆之处，须详加精酌然后方行。此等事可以宕塞，不如不覆为是，未识诸公作何定见也。周麟斋之三子配王子轩之女，于今日送日子，并其儿子辈分家来邀晚膳。即至麟斋府上，晤载熙、绿孚、老五相，相叙席散而别。过尹东母舅，晤仲逸、松亭、子元诸君，畅叙片时而来，时将二鼓矣。

廿七日甲子 阴。椒江网业订立公司办理，事颇甚善，公举周梅五姻丈为经董，公禀余亦附列，即于早刻递呈分府宪矣。晚刻，吴公祖来邀，即进谒，云及网业，楚卿边是有心为公订立公司开办网业，事虽甚善，但仲逸兄已有三年之据，不肯告退坐办。吴公托余与梅翁往询是否。晚膳后，至子宜处，约同周梅翁至仲逸处，晤子元、尹东、葩辰、麟斋，相叙一刻，询及仲逸传述吴公之意。彼则执意不允告退，心中有天主堂法国教士李思聪之信为力主持。余听其所云，定难告退，少坐而别。即转至子宜处，晤槐士、辅香、云梯、采东诸君，仲逸既经执意，即将此意明日覆达可也。晚刻，阅所递公禀，举梅翁为经董，吴公祖曾经批准矣。典中所获窃贼□□三及窝家金和尚当即送署，责枷示众。但赃已获过半，金和尚已求高六成及张苗老二来求，余当即允其保释。彼求人至分府署，将金和尚并窃贼均于晚刻开释矣。

廿八日乙丑 晴。早膳后，因楚卿兄相约公请江子菁公祖，至海门同昌分号，晤梅五、子宜两兄，同至渔团局贺江子菁公祖署宁海县缺喜，相叙半晌，云及明日赴郡，即由郡城赴宁海，择三于初二日接印。未刻，余与汪庚生、梅鹤亭、丁飏绵、何霭生、窦小山、王冠卿、黄楚卿、周梅五、王子宜、黄子霖、黄漱泉诸君公请江子菁明府，并邀曹绍雍都督、吴绍春司马、魏萍生明府陪客，相叙席散而别，至家时将二鼓。庚翁云，王雨亭军门奉督宪调署福建福宁镇总兵，接署黄岩镇总兵缺水恭吴镇军鼎，署理吴绍春公祖。现任杭州府宗子材太守因事被议，抚宪札委钟太守培署理，钟太守系湖州府缺，所遗湖州府知府以张伯勤太守琳署理。至家时接陈祝再姻丈一信。汪庚翁所云现在奉札武边官制悉均更改，有都统、帮统之称，但未得其详，容日再记。

廿九日丙寅 子至丑刻初，阴；丑末至卯初，雷雨颇大，雷声极为鸣亮；辰刻以后(至)晚均阴。寄家君一禀，系第十八号家信，交邮政局双保险寄至太原省城，托陈仲怀老伯代寄吉州，内附致陈咏丹先生一信。致黄子霖兄一函，交老六送至海门商轮局，托其代寄申江代买紫藤，未知有否。接林云庚一信，托余代其荐楚卿之盐号夥友。但云庚，余未识其人，据然托荐夥友，殊属荒谬。晚膳后，至子宜处，晤梅五、采东、载熙诸君，畅叙半晌。云及槐士兄因楚卿邀至海门，尚未来家。吴绍春公祖因为网事一切，赴郡请事张瀚卿定夺施行。但吴公可谓精明矣。至家时将二鼓。

三十日丁卯 早至未，阴；申时至戌刻，雷雨颇大。钟焕堂先生与和坤四爷均于晚刻自黄城来，留宿，托焕堂先生择定三月十五日为元配内人章氏宜人除灵。忆内室章氏宜人自甲午春二月归于余，生两子而不育，仅遗大小两女。虽用小费，皆是施舍济贫，以致亏短。自俸俭约，惟性情过刚直。刚直即是悍也。余实深知，侍余颇为周到。不料于甲辰之秋二竖为灾，又加双身，于九月十一日分娩后病又如旧，至廿五日子刻仙逝。心思悲痛，莫可言宣。转瞬间又经三载，今将除灵矣，心甚浩叹！

三月初一日戊辰 雨；惟未初牌雪子一刻。致黄子霖兄，代托海门轮友向宁波东渡门大街大有丰广货店，代钟焕堂先生买双料参茸卫生丸洋一元。早膳后，至楚卿处，晤云梯、遇琴，相叙半晌，楚卿留过晚膳而来，便道过子宜处少坐而来。

初二日己巳 早至午，阴；未刻以后至晚均雨。钟焕堂先生于晚刻至子宜处。庆丰网账，用九曾已算好，交老六带来。颇无道礼[①]，不知细账若何，如此荒唐，真不合于礼也。晚膳后，接楚卿兄一字，即覆楚卿兄一信，并内附致陈舜卿先生一信，托其代算义记所存股本及拆息赢馀，另提作拼办椒江网业股分之资也。接家君一谕，自正月廿九日所发，内附致吴绍春公祖一信、符三先一信、张丹亭镇军一信。

初三日庚午 卯前，细雨；辰至午，阴；未至酉，细雨；戌后雨晴，阴。致张丹亭兄一信，内附家君寄其一函，交邮政局寄宁。琴轩云，吴绍春公祖于昨晚自郡来署，即将家君寄其一函饬从福送呈。周梅翁来云，楚卿兄邀其椒江网业公所局仍设公利之旧局，以余思之，颇为不妥也。晚膳后，因椒江网业公所来邀商议各节，至楚卿兄处，晤梅五、槐士、子宜、云梯、昆珊、子封、辅香诸君，相叙半晌。但再具公禀，又蒙分府宪批示，大约："由举定经董周绅即速开办，并向褚边算结应缴经费"等语，欲即明日开局承办，暂借公利各夥，俟新夥用来，

---

① 当为"道理"。

应即告退。公议经理账务诚实夥友颇难，未识究是何人可当此任，尚未酌妥。别后至子宜处，晤焕堂先生，少坐而来。便道至琴轩处，向庆丰所存押契一纸、恒利与义记拼据一纸、童先求三屋押与庆丰押票一纸，均向其取来。

初四日辛未 雨。接伍菊香一信，即覆伍菊香一函，即交其人带交。椒江网业公所局仍设公利之旧屋，台门上字号改曰椒江网业公所，于今日开办。晚刻，至子宜处，晤焕堂先生、采东、心泉，相叙一刻。同子宜兄至椒江网业所，晤楚卿、梅五、子俊、槐士、载熙诸君。阅吴绍春公祖通详创立椒江网业禀底颇为周到，但禀言颇长，未及录记。闻是稿系吴公祖自起，禀稿故有如此周详，吴公深知公事之官也。楚卿兄云，汪更生兄与其言，王雨亭军门将调赴闽，其亲随者均欲侍赴闽垣，其粮缺急欲告退，前托其代补曹公德粮，言向其中购顶一分，事颇美善。即饬阿儿通知公德。覆云明日来。另致函□洋托办可也。伍菊香之函亦是为此。

二月廿五日《申报》纪二月廿四日奉上谕："翰林院侍读学士着黄绍箕补授。钦此。"按：黄仲弢学士绍箕系温州府瑞安县人，原任兵部左侍郎黄漱兰少司马之公子也。己卯举人，连捷庚辰进士，钦定翰林院庶吉士，癸未留馆以编修用，乙酉简放四川大主考，丁酉开坊升翰林院侍讲，简放湖北大主考，戊戌升侍读升右春坊右庶子，转左春坊左庶子，升翰林院侍读学士。丁亥转侍读学士，未及谢恩，即以读礼去官。服阕后授鄂督张香涛制军之聘，在鄂数年，办理全省学堂事务，大有裨益。甲辰赴京供职管学。大臣张野秋大司农等奏请易学馆提调，深识黄学士谙通中西学术，今已补授翰林侍读学士。今值改更新政之时，如此鸿才，定作国朝柱石也。接张丹翁一信，即致褚仲逸兄一函，交翼亭送交。来云，仲逸未曾在店，托柳堂代为转交矣。

初五日壬申 早至未，阴；申初牌，雨，片时即晴；申末至晚均阴。接张丹亭兄一信，嘱买南仓石板七十块。接陈舜卿兄一信，托余代其堂弟官普荐为网公所夥友。致翁子俊兄一信，饬老六送交。接仲逸兄一信，并收到英佛五数，即覆片一柬交学徒带交仲逸兄，致汪庚生兄一信，致伍橘香一信，拟明日遣价送投。但公德之事，早刻，蓉江来云，彼已代荐大田盐号出栈，不欲至营当兵，只泐函作罢可也。早刻，至仲逸处，晤柳堂、卧南，相叙一刻而来。晚膳后，至椒江网业公所，晤楚卿、子俊、梅五、子宜、馥荪、载熙、槐士诸君，集议开办椒江中学堂章程及开办网业各节，惟学堂中章程，载熙兄已议有草稿，俟请是[①]吴公祖后再行通禀，吴公祖为椒江开办集股公司章程一切曾于今日通详抚、藩、臬、道、商务处各宪矣。所举经事者尚未择妥。舜卿兄托荐其堂兄弟为夥友一节，已与梅翁言过，只恐下手夥友亦是人浮于事也。

初六日癸酉 阴。致陶寿翁一函，饬福逊送海门永宁局转寄申江中府，各函亦饬福逊送交。莘山人来云，小妹于昨初五日未刻分娩一男，欣幸之至。吴绍春公祖寄家君一信，送来附寄吉州署。焕堂先生同秉彝宗伯来叙至晚，留过晚膳。同至子宜处，晤梅五、谱香、少芳、载熙、心泉、采东诸君，相叙间，适楚卿来云，公利麻行择初十日搬运出行。同班至椒江网业公所，晤槐士、云梯、馥荪、子俊，相议缉私章程一纸，拟即发刊招贴。来时已逾二鼓。焕堂先生言，陶寿翁现在沪江，将永江商轮曾经发卖，即购有轮船一艘，作为台申商轮。未识果然否也，亦未识新轮得能得法否也。

初七日甲戌 晴。致杨子云、戴云珊各一信，均附英洋一元，饬福逊送至海门分递。致叔文妹丈贺信一函，交其来(人)带福。解玉泉先生与周禹臣兄自黄城来，过午膳而至海门去矣。福逊自海门来云，永宁轮至申修船去，约二十左右可以到台。致杨子云、戴云珊两信并洋均带转。接赵赓亭明府一信，云新任海门镇总兵吴周卿军门鼎(已于昨日到海门矣)其人实心办事，欲为民造福也。吴绍春公祖将帮办椒江网业公所照会已于晚刻遣号房送来。褚仲逸因网业款缴

① 当为“请示”。

费，邀卧南来托余代其减少。但此网业公款，椒江的款本是四千，工艺局六百、三台学堂三百、育才学堂四百，照例均无可减。既伊所托，即至子宜处，晤梅翁、子宜以及各人，言及亦颇为难。来时与允东母舅接头，言及其中各节而来，只候明日将仲逸办起之日往求吴公祖，再行定夺可也。

初八日乙亥　晴。早刻，吴周卿军门来拜客，即饬丁挡驾。载熙兄来云，椒江学堂所定出洋经费过少，请吴公祖再酌定三千，相叙一刻而别。作羹、道周、六舟、学馀、少芳来约同往谒吴公祖。即至分府署，晤吴绍春公祖，言及褚仲逸求减公款各节。而吴公意欲以地方诸绅酌妥，官可不必异同，只候仲逸再行具禀求减可也。少芳所云椒江学堂各节，而吴公意欲急于定日开办，预料派人出洋，以便通详，免得上游公事严催。相谈一点钟许而别。晚刻，梦云先生自府上来留宿，晚膳后同至椒江网业公所，晤楚卿、梅五、子宜、琴轩、子俊、少芳、载熙、槐士诸君，相叙半晌而别。过禹门叔公处少坐而来，时将二鼓矣。

初九日丙子　晴。致王籽舜兄一信，饬阿四送至黄城。少芳兄为其亲友托余转托黄城友人代探一节。余代其致籽舜兄一信，交少芳兄亲戚送托。晚刻，接王籽舜兄自轮船发一信，言已至申江多日，才于今晚到台，叫余至海门与相叙一番。现在海门商轮局，明日即趁可贵到申，即赴京城。始知今早浙发两缄均是虚掷，只明日至海门与其相叙可也。早刻，周梅翁约余同至海门晋谒吴周卿军门，相叙半晌，言颇谦恭，乃足有将才之镇军也。午膳后，王梦云先生至家去。因楚卿兄来邀，至椒江公所，晤槐士、楚卿、子霖、舜卿、子宜、馥荪、载熙诸君。言及须向吴绍春公祖取转草定椒江开办相谈章程及一切禀酌开办学堂各节。即同楚卿、槐士、子宜、载熙、梅五晋谒吴公祖，取转粗拟椒江学堂章程，并托余向询褚仲逸邀款一节，相叙一刻而别。至椒江少坐，过允东母舅府上，言其至海门尚未来家。晚膳后，至允翁府上，晤仲逸、琴轩及谱香母舅。言公款一节，候禀请吴公酌减可也。晤叙片时而来，至家时将二鼓。早刻至海门时，过子霖处，适子霖已至家子。晤王先生，代买双料参茸卫生丸洋一元、洋门闩四个，面交王先生托买卫生丸洋两元。

初十日丁丑　晴。昨因籽舜兄相邀，于早刻至海门同昌分号，晤舜卿、时卿两兄及汪庚生参戎、郑申甫守戎，相叙半晌。即至海门商轮局，晤子霖及王先生、黄春桂诸兄，相叙半晌，留过午膳。后丁飏绵、王籽舜两君来叙片时。籽舜兄云，本于今晚趁永江到申，因事羁绊，改于十三日趁可贵商轮，到申后即行晋京。因学部将开学堂，即时开学，欲此进身，不得久羁于家园。托籽舜兄带京代出大毛出风皮一堂，价约四十元之则，宁绸套面，曾已做就，并托其带京，又托买谷色龙光葛纱四开袍料一件、刻丝宫扇扇袋一个，又，新时扇袋一个、新时乌绒大帽一顶、羔皮女袄一件，价约四五元之则、新《搢绅》一部、二十方单面泥真金宫扇扇面一把、十八方单面泥真金宫扇扇面一把，并托其转友人代为写就。又，子宜兄因蜜蜡朝珠粒子过细而短，将朝珠托其带京代购朝珠垫一堂，并托其串就，并买夏用桃核朝珠一副。面交其英洋五十元，倘若不敷之处，说明托其代垫，容日奉赵。相叙间而海门轮进关。

章家岳母至局云，上月至普陀进香，过宁波义女婿张丹亭兄处，因其太太留数日，才于晚刻转至台关。并云大舅伯纯现宿丹亭兄处，与其世兄同学念书，约五月间可以到台。即买舆同至家中，适家慈自莘山小妹家来矣。即至允东母舅府上，云仲逸兄之事，公款本年酌减。即至分府署谒吴绍春公祖，言及公款恐为地方窒碍，难以据允减少。但仲逸兄云，倘若不能允减，俟陶寿翁到家，再行与各人相酌一番，然后呈缴，因此面呈。吴公允俟缓至寿翁到家可也。相叙半晌而来。昨日，寿翁之仆人送寄买之洋伞来云，寿翁大约十六日可以到家，未识果来否也。晚膳后，至椒江公所，晤梅五、子宜、槐士、子俊诸兄，相叙半晌而来，至家时将二鼓。前余允拚公所股分三股，但义记尚有所该麻行之款，余即托子俊、馥荪即汇付股分洋一百元，其馀尚少之洋并本年拆息另向其算来。但股分每股计洋百元，既允三股，除汇付百番外，尚少之洋另将所积存网交其可也。前交钟焕堂先生托子霖兄代买宁波东渡门大街大有丰广货店粤东陈福兰堂德轩寄售双料参茸卫生丸，于晚刻由海门轮买来，计四个。但白蜡壳已碎两个。将外壳未碎之两个托子宜兄代交，已碎之两个，余即自用，俟下用余托其买来时补还两个可也。晚刻，岳母交余洋两元，云张丹亭兄托余代其寄至其府上上坟用。

十一日戊寅 阴、晴。致祝再姻丈一信，附永文兄家信一函。适煦皆先生代余之柴买来载下，即交其船夫带交。致子修兄一信，饬桂明送交。张丹翁托余代寄其府上两元，亦交桂明送至唐家呑。梅翁之世兄来云，托余代其女婿荐网公所为夥友。晚膳后，王子宜处晤焕堂先生及其母舅，相叙一刻。即将梅翁之意与子宜相酌，即同至椒江网公所与槐士兄酌之，可以代为安置也。并晤子俊、梅五、少芳、六舟诸君，畅叙半晌而来，至家时将二鼓。仆人从福言，福缘有寄其信，云本官有呈请告卸之语。忆家君之家信，自正月廿九日寄出，本月初二日接到之函，亦言欲将旧岁钱粮清理后呈请告卸。想经一月之隔，粮若征讫，则可以呈请告卸也。如此则旋里之日不远矣。

十二日己卯 雨。至苏绩臣兄一信，饬老六送至栅浦，来云未曾在家。前托其代觅前人字迹，未识果有否也。余因新客房已将落成，欲觅古人字画以补蓬荜，深为至幸焉。午膳后，至椒江网业公所，晤楚卿、梅五、槐士、馥荪、子宜诸君，相叙片时而来。早刻，少芳兄来字，送有光洋纸如意笺一刀。饬从福往询价钱，云洋两角，即照数付讫。

十三日庚辰 外婆于早刻去。接何玉洲先生一信，前托定木器已有撞橱两对、一字椅八把、茶几四张做来，已嘱漆工方将漆就，大约四月半左右交连可以钉好。前将凭摺木器价洋十九元误入廿九元，已由账房收转十元矣。晚膳后，至椒江网业公所，晤槐士、梅五、子俊、辅香各人，少谈即来。家母云，陈俊英兄至上海染恙，曾已转至家中，未知愈否，明日遣价往询可也。

十四日辛巳　早至卯，雷雨颇大；辰、巳两刻，阴；午至申，晴；酉牌，阴；戌刻后，雨。致陈俊英兄一信，饬弟头送交。家慈嘱致玉先一信，由长甸转寄浦口。弟头来，接俊英兄覆信一函。晚膳后，至王子宜处，晤梅五、载熙、云梯诸君少谈。同至椒江网公所，晤槐士兄，云定所拼股分，十一日曾由义记汇去英洋一百元，恒利渔网计英洋七十元，现付洋三十元，交槐士兄收账。向取网公所股分单两纸，各计洋一百元。时值雷雨颇大，来时已将十一点钟矣。晤箕甫兄，少谈而别。

十五日壬午　辰前，雷雨如注；巳至未，晴；申牌，阴；酉刻，雨；戌后雨晴，阴。午膳后，因前信记将丁兆法之网作为私网被获送至分府署，经杨定甫给谏、喻志韶太史等具禀批以"是否南埠宁网，均候各绅验明分别办理"等语。今丁兆法邀同网号各人至椒江看验，至椒江学堂晤楚卿、梅五、载熙、华词、少芳，验示各网据，辅香自云确是南埠渔网，楚卿、五柳贼所云亦然。即同（至）分府署晤吴绍春公祖，相叙半晌。邀余向仲逸处取缴公款。但款照算，本是八百八十馀元，具禀奉批准免八十馀元，净缴八百元。辞别后，至仲逸处，晤允东母舅，相叙一刻。仲逸云，有麻账计四千馀斤，已过椒江网业公所，或汇、或将该洋取来送缴，均请吴公祖酌夺可也。

十六日癸未　晴。前托陶寿翁代买之戒烟药曾于晚刻交永江之二头带来，名曰亚支，仍五盒，每盒计洋一元。但余急欲戒瘾，未识得能灵验否。即由福逊手转交二头带还陶寿翁代垫价洋五元。据云，陶寿翁亦是此药断瘾。如今时事，稍有血性者定要断瘾也。午膳后，即至分府署，晤吴绍春公祖，言仲逸之公款欲由放麻作抵，吴公不允，如有麻与网公所，由仲逸自向网公所算还，但此公款确要现洋呈缴。辞别后，即至允东处，云及吴公祖之意，适仲逸、卧南均在尹翁处，相叙半晌而别。阅有喻志韶太史致周允翁一信，云代致吴公即将椒江学堂开办云云。但所云四千的款，仲逸处曾减八十馀元，不能足数也。

十七日甲申 晴。寄家君一禀，系十九号家信，饬老六送交邮政局双保险专寄山西太原省城新道街口外上小墙路东，托陈仲怀直刺代收转寄平阳府吉州署内，附吴绍春公祖寄家君覆信一函。致张丹翁一信，外附章家外婆寄伯纯姻兄网篮一只、衣服一包，送托黄子霖兄交其海门轮代带宁波湖西提中署。致子霖兄一信，前托买之洋门闩曾已买来，内有大小各四副，但小号尚可用，至大号颇大。即又致子霖一片，将原买之大号洋铁闩四副转送海门，托其转带宁波换小号为要。黄岩人杨阿三来云，其弟启芳现在宁波提标练军副中营充当下四棚护哨，急欲销差，而该哨长不允。托余代其函恳丹亭兄转饬该哨长准其销差，余即允焉。代其又致张丹翁一信，随交其自送邮局转寄宁波矣。晚膳后，至尹东母舅处，晤仲逸、琴轩，畅叙半晌而别。

阅二月三十日《申报》纪军机处招考供事，分作三班，三月二十日考头班，廿一日考二班，廿二日考三班。每班计以百人，故王籽舜兄急赴京者想为此之机会也。按：军机处之供事，一切当差与各部、寺不相上下，将来开保较优于各处也。阅三月初五日《申报》纪江苏牙厘局总办一席，经濮紫帅欲委林蔚生观察办理，尚未奉明也文也。

十八日乙酉 晴。致陶寿翁一信，饬老六交其令郎转寄上海。午膳后，叶蓉秋先生来，余与其云椒江网业，彼有意拼股，但欲荐一夥友耳。晚膳后，至网业公所，与子宜兄言蓉秋先生之意，据云颇善。顷值账房夥友尚未用，若待荐来，更为至妙，只明日与其接头可也。与梅翁、载熙、槐士、吉云、鸣岗诸君相叙半晌而来，至家时逾二鼓矣。

十九日丙戌 雨；戌、亥两刻雨颇大。至子宜兄一信，因蓉秋先生所荐网公所之夥友名光昌先，托子宜兄代询诸公，未识公允否也。但光昌先系拆衣店出身，前在其自己之葆泰拆衣店管账有年。想蓉秋先生既能代荐，定然可靠之人。

二十日丁亥 雨。全日雨颇大，艰于步履，独坐寒窗，抑郁无聊。

廿一日戊子 子至巳，阴；午牌以后，晴。寄岳母一信，交其来人带交。午膳后，至椒江网公所，晤子宜兄、槐士、楚卿、梅五诸君，相叙半晌。云永义相欲拼股分，托余代与达云母舅接头。至家后，适蓉秋先生来叙一刻，同至达云母舅处，言及永义相一节，彼云，俟询后再行接头可也。

廿二日己丑 早至巳刻，阴，兼有雾；午初，阴、晴，雾散；午、未至申初刻，晴；申末、酉初，阴；酉后，雷雨；至晚皆然。致洛卿丈公一信，并家慈嘱书附寿母会洋三十七元五角。家慈嘱书陈俊英姻兄一信，向其夫人即土屿人表妹取珠花及花衫等件，均饬弟头送至长甸。至王籽舜兄一信，托购墨盒一方，托刻《太上感应篇》全首，函饬老六送海门邮政局由保险寄京。致蓉秋先生一信，饬桂明送至仁大当，因彼代荐网局夥友，因各人不得齐心，故致函托其从缓再酌可也。

早刻，楚卿兄邀游枫山清修寺。即至枫山，晤楚卿及学馀、少芳、云梯、槐士、陈舜卿诸君。但各人均未习瘾，惟余有烟霞之癖，心甚悔悟，急欲戒烟，未识得能如愿否也。早刻，余思子宜兄定去，但子宜兄定待烟具，而余未曾携带也。至山，适子宜兄未去，而无烟具。楚卿遣价至海门同昌分号携取烟具，不胜烦琐。但烟瘾定须要戒，是为至要至切也。云梯带有学徒十三人，衣服均是一色，今之学堂与昔之书院俨然各异。余阅十三人中，惟天台袁子羽先生之侄颇有文气，将来定能出山。楚卿之令弟过于单薄，想是中等之人。均是中等之人多，尚有其中之三四人皆是俗相，姓名不便明言。忆前聚集诸君畅叙醉饮，何乐如之！转念间，余前次游枫山清修寺屈指二十年矣。忆前游之日，值在端阳节日，想来同往者系是褚琴轩及梦云先生并其大世兄大相、应俊生、周允东诸君。至山，晤翁子俊相叙，后至今日重游之日，相隔二十年，而应俊生姻丈早经去世，周尹东幸游庠序，梦云先生出外携工种田，大相曾已长成，褚琴轩曾已经商。而此一想，正所谓聚散无常也。但余昔游之日，年仅十六，今已三十有三矣。尚无子嗣，心甚悲切。伏愿上苍佑我，育男之后，即送匾、对以敬神庥焉。

楚卿兄留过午膳后，随即先为下山，至家时方下雨，是为幸甚。枫山之清修寺之山门有“清修禅院”匾一方，住持德桂立，海门王梦兰书。大殿门首有“霖雨苍生”，四字匾额，神座左右一对，宋高宗御题对语曰：“清修风景千年在，沧海烟岚一笑开。”少芳兄(云)此对系是重描，原书对联早经被人窃去。忆昔有人所云亦然。尚有两对，未曾书写，记忆不清，不得记焉。陈舜卿云，梦云先生于昨夜趁永江商轮赴申，转趁小轮赴嘉兴种田之处矣。

廿三日庚寅 雨，不甚大。蓉秋先生来云，光昌先曾经歇业，已至仁大典中。前日与子宜兄接头，因各人未得齐心，即于昨夜覆其不必叫他。不意其今日又来，颇难为情。即致函托子宜兄代与诸君妥商安置椒江网局账房司清帐可也，函饬作头送交子宜兄。晚膳后，至子宜兄府上，晤梅五、楚卿、槐士、六舟、学馀、作羹、道周、云梯诸君，相叙半晌。

适辅香兄来云，趁海门商轮于今晚到埠，言宁波网业情形，已将宁波售网之局曾经税妥，计税洋一百念元为一年。又有瑞茂中夥友来说，嘱将渔网藏在该行，彼刻代售，价由局中定好，每担计价若干，彼即代销若干。如网载至该行，彼可支垫而无辛资及一切縻费。惟售洋每百元，彼抽洋一元五角或一元二角，若允后即与其说妥，计抽若干，总以一元二角至一元五角为止。若此，若网出口则无意外之虞。若自己税屋派人售销，虽无力抽，则有一切縻费，所用之人，亦颇为难。各人共商，则上在瑞茂为是。倘若上在瑞茂酌妥，即函将税屋之处作罢，则仍由辅香再至宁波与瑞茂加抽之处酌定若干可也。以余论之，即以瑞茂代售为是，若加抽之处或二、或三四，再由辅香与其接头妥定可也。但周梅翁毫无主见，实可笑也。

子宜兄(云)，楚卿之公利前就宁波自税屋立局发售，用琴轩为夥友，未及一年，用至六百之则。但琴轩之用费均将余之洋扣除，但余之所荐也，故所谓荐夥之难。自上年九月之后，楚卿将琴轩歇业，将网上在瑞茂代售，所抽之处，每百元计洋三元。瑞茂实抽洋两元，内一元送与陈舜卿后手，楚卿兄毫不知识，所以用人之难也。本年仲逸将网亦上在瑞茂加抽之处，每百元计抽洋两元，已减去一元之浮费。

今则椒江网业承办瑞茂，邀人招呼，又恳减价，此为最善。以余论之，即是一元五，亦足便宜。况又一元五中尚可酌少。而周梅翁毫无识见，少中而又欲少也。但自己派夥友税屋发售，用费即在于此，无人支垫，而又担险。包瑞茂代售而无担险，又有支垫，即抽一元五之数，岂不值也？以余论之，上于瑞茂代售至善至美，未识各人又有别论否也。至家时将二鼓矣，

阅三月十六日《申报》纪广东绅士梁庆桂号小山、黎国廉号季裴，均粤大绅士也。阅三月十八日《申报》纪政务处议覆巡警部，前奏准将绿营一律改为巡警，已奉朱批依议矣。阅三月十四日《申报》附张纪浙江抚台张大中丞谕以文武庙行香，均有属员候补者站班，此后，无论出辕谒神，不得再行站班。且谓无论末识均是同寅，苟才具见长，必秉公录用，决不以奔竞为勤怠，毋徒敷衍缛节云。此亦体察属员之至意也。《申报》已取到三月二十日止矣。

廿四日辛卯 阴。早刻，蓉秋先生与李光香来，留过午膳，同至子宜兄处。本将光香先荐与椒江网公所作夥，子宜兄云，人手虽敷，欲将彼将就安置，即与光香先说妥，准于廿八日来店而去。吴公祖来邀余与子宜、槐士两君，即同各人至分府署谒吴公。但吴公祖意各庄来请公款自办蒙学堂者，虽要实事求是，若是敷衍，不如不必请领。如此各节，又是非官可说之语，嘱余各人与各人说明可也。少坐而别。云梯兄邀晚膳，即至云梯处，晤子宜、梅五、楚卿、槐士、更梅、崇甫、辅香、秉彝、六舟、学馀、少芳、载熙，相谈席散而别。言及椒江网公所，宁网已包与瑞茂代售，已用之孔辅君只安置公所之账房，本街公所账房既用孔辅君，再毋庸用李光香可也。只与蓉秋先生接头，一面将光香夥友之处作罢可也。即与蓉秋先接头，云光香已于晚刻至路桥，已在之葆丰回歇。既然所云，只函致光香，嘱其不必分手可也。适值子宜兄之西首天后宫有戏，与各人及童先生同看一刻。与童子章来时已逾二鼓矣。

廿五日壬辰 阴。致何玉洲先生一信，代蓉秋先生致李光香一

信。午膳后，至子宜兄处少坐，同子宜兄至椒江网业公所，晤周梅翁商议各节。楚卿兄欲将仁记麻行及南网一切账目均顶与椒江网局。但南埠网账，海水若好，陈账、新账均可收结；海水若坏，即新账亦难收结，故之疑碍尚未定也。蓉秋先生代荐之光香先昨晚接头，本可安置，昨夜又多疑议，即于今早，蓉秋先生函去，不必分手，差升鉴送去。来云，光香已歇，现至家去。晚刻，与诸君商之，亦可安置，即字通知叶先生去将光香先叫来，速为进店，以免另生疑议也。先爵先自章宅来云，欲将董宅各账算清，即叫伯森先同至下洋峙去，未知得能算讫否也。槐士兄因同昌之永康盐号多事，即于午膳后趁小轮至郡矣。楚卿亦欲仁记了结后至郡，故之速为妥议也。

廿六日癸巳　早至未初牌，阴；未末刻至晚均细雨。遣人往询阿透云，张丹亭兄寄买之石板大约四月半之后可以做成。网局遣人来邀，云仲逸之宁网十七日公议送官各等语。即至局中，晤梅五、辅香、子宜、子封、馥荪，言及此事。但彼市市收买，不得不认真；倘若认真，只送官充公也。少坐而来，尚未酌妥。伯森先昨日同先酌先至下洋峙去，自晚刻同善可相来，算清董宅欠款，收付推除外，共该本、息洋二百三十八元一角零，即另抄账交与善可相手。据善可相云，董奶奶言，尚有玉先经手一笔，而有舛错，俟玉先来时可以向询也。

廿七日甲午　雨。

廿八日乙未早至卯　雨颇大，正所谓大雨如注；辰刻雨晴，阴；巳牌，细雨，片时即晴，阴；午初至申刻，晴。天气甚为和暖，全日雾颇大，酉刻，雷雨甚大，天雨中兼有薄(雾)；戌初刻，雨晴，以后均阴。致苏绩臣兄一信，饬老六送至其家中。致王少南兄一信。致卢槐士兄一信，催其速向道署领取杨振甫票款。致何玉洲一信，托其凉床现有做就即代买两张，若无做就，速为代定。致张柳桥兄一信，代觅洪蒲仙家之字画。致陶寿翁一信，询其临属架捐作何定见。致丹亭兄一信，云代买之石板大约四月之内可有，请其自嘱永宁账房戴云珊，以便石板到埠可饬该轮水手装载到宁。均饬老六送至海门交邮政局转寄各处。致黄子霖兄一信，亦饬老六送至海门商轮局。言其至申未来，将信留在局中代寄。致周在舆一信，亦饬老六送其家中。来云，彼尚在瓯江，信留其家中。致叔文妹丈一信，交家慈转寄莘山。

周梅翁来叙半晌，云欲明日发网，遣辅香到宁，暂寄瑞茂代售。楚卿与子宜云，总不合其意，于心未遂。但此事于楚卿而无专责，不得与其作主也。即同其至子宜处，晤其亲戚缪云生，少叙，同至网局。但维新所和宁网十七口曾经送署批发充作椒江学堂用费。并晤辅香、载熙两兄，相叙一刻而别。至家后，蓉秋先生来云，但其所荐之李光香已来，即同其至局，相谈至晚，过晚膳而来。

廿九日丙申 卯前，雨；辰至午，阴兼雾；未刻，细雨，片时即晴，阴；申时以后均阴。致张丹亭镇军一信，附五尺纸一堂、扇面两把，托丁辅香代带宁波提中参署。午膳后至网局，晤辅香、光香、梅五、子封、云梯，畅叙半响。椒江网局才于今日发网，暂寄宁波瑞茂代售。坐宁售网者用缪云笙去，系子宜亲戚。并邀辅香兄到宁代为安置事宜，并托辅[①]香带宁代卖单面呢真金十八方宫扇扇面一把，又，二十方新时扇面一把，就宁卖好。并信送交提中署托丹翁转祈王小和代为法绘。再代卖每斤八块兰烟两斤、乌缎红皮高底水鞋一双，并带裱王醴泉篆字桃红笺对一副、王醴泉篆字直条一堂、王小和花卉直条一堂，以上均裱湖邑绢边。又，黄竹筠写行对一副，托裱黄花绫边，又绿筠画牡丹团扇一把、李汉章写行书团扇一把，系均重裱旧式上镜架用之册页。来时至子宜处，晤琴轩、缪云笙，相叙半晌而来。

三十日丁酉 阴。致丽生先生一信，相约清和初旬至南乡扫墓，饬老官送至上澄。接其覆字云，初五日先为来家，以便同行也。枧头三来说，永江商轮有更换水手，来说代浚藻相之妻舅山头金阿四代为一荐。即致陶寿翁一信，未知能允诺否也，信即交枧头三代为送寄。午刻，至先慈周太淑人处及元配章宜人之柩前扫墓。晚刻，周梅翁来

---

① 原文“托辅”二字重复，删去衍文。

邀为其世兄日子写帖子，即至梅翁府上代为一书。晚膳后，至网局晤辅香，云本昨晚趁海门商轮到宁，因走迟一刻而被落。即向其致张丹亭之信取转重写，俟明日交其带宁可也。辅香亦明日趁可贵至舟山后赴甬。并晤梅翁、琴轩、云梯、载熙、少芳、明渊、子宜，相叙一刻。子宜兄云，赴宁售网用方馥荪去颇为至善，并言李明渊账务颇为外行。但其曾已进店，亦不得不为勉强敷衍半载也。来时已将二鼓矣。接到何玉洲兄覆信一函云，凉床曾经定做，大约月杪可以做就，价约四元之外。

正四月初一日戊戌 巳前，阴；午时至申，晴；酉后，阴。致张丹翁一信，托其转寄省垣代买雪湖杭纺一匹、大斗清水湖绵二斤、金丝满汉带一报[①]，并附扇面、直条，扔托丁辅香带宁。早刻，玉先来嘱其算结合记麻斤，俟归清垫款，则补还瑞茂行款。约周梅翁同至海门同昌分号，晤陈舜卿、苏时卿少谈。至东岳宫恭叩神明，后即至永宁商轮，晤戴云珊、申桢夫，相叙一刻。但永宁才方到埠，在申修理计有二十馀天，云及修费计需洋一万元左右。并云陶寿翁现在沪江欲将永江换掉，尚未议妥，俟杨定甫给谏到申方可定夺。现杨给谏尚在嘉兴未来，陶寿翁至家尚需时日。陶寿翁与王仲凡、金列轩诸君均经断瘾，但戒本易，守之颇难也。云叶励若在申被雩蒲相损颇巨。凡作客者需要老成，是为至要。现在沪江万物价加倍徙，初见时鱼计得八斤售洋六十元，亦所罕闻。相别后，转至同昌分号，晤王少南少谈。云武义之事尚未了结。楚卿现在郡城将至山外也。

余自海门来去均乘所畜之马，今晚来时，才方上马，边有三龄幼孩在其前，幸马纯良而无相损，忽有不侧，则余之奈(何)。则万望后人出门、在家，切勿骑马，免生意外之虞，是为至切。闻有候补朱幼鸿观察畴，其父前是浙江候补道，江南人，家富千万。朱幼鸿幼时私自骑马踏毙旗人之幼孩，案累数年，幼鸿之父被议。幼鸿自己登台，需

---

① “报”疑当为“包”。

费不下百万方才解脱。事隔数十年，幼鸿长成，仍损[1]道员，指分浙江候补，曾署粮道。上年有御史姚舒密将其前陈事历陈圣听，又致被议。可见骑马之害，乌乎何底！切戒各人，万勿畜马、骑马。余今晚之事，转念而思，愈增畏却，是为之记。但余之马原由前经详记，如有人欲购，余立定主意售脱，以后再勿畜马、骑马。余虽畜马，至海门不得已而代步，倘得售后，再勿骑他人之马。万望后人再勿骑马，是为至切至要也。[2]

阿昌现在永江作夥，托其代买洋门杈八个，即面交其价洋一元。阅三月廿二日《申报》纪三月十六日军机处交出军机大臣面奉谕旨："本日吏部带领引见之附生张端瑾、左图楫着以主事用。钦此。"如今破格录用甚为优异也。

初二日己亥 雨。致王少南先生一信，代朱丙森荐为同昌作夥，未知得能允诺否。信即交朱丙森送至郡城。晚刻，接卢槐士兄覆信一函，云近日将县署之票洋领出即代完粮也。前饬从福带定之扁皮箱一只，曾由航船寄到矣。仲逸与琴轩来叙半晌，云及现在张小帅便服赴宁数日，寓在佛照楼而各人均不得而知。将去之日，往谒巨绅某。而高与卿观察方识中丞公现在甬江察访，随即提道往谒，而竟去矣。故甬江之一切情形，张中丞均深识焉。甬江之江岸有一处均是妓女所宿，一切服用、屋宇极为华丽。在甬之富商均至此处消遣，每年化此酒地花天，实在不少。住甬之富绅王月亭日习此中，寒暑无间。中丞公访识底蕴，即饬鄞县移拿，严禁此风。此整风化之道也。若得中丞公随处访察，则贪赃污吏者稍能敛迹矣。按：王月亭者，官名澄，系附生加捐，其上人开沪江大有丰洋庄起家，其家资足逾二百馀万，其宁郡有一典铺颇大，存架约计数十万之谱。若此一番经练，再不蹈前故辙也。

---

① "损"疑当为"捐"。

② 页边注："切戒骑马、畜马，是为至切。"

又云陶吉云之郎私纠数人借有连近一家摩鹊，将散之时，被分府署差役知情，即向其输索数元，告其父吉云。云而无赌具，又无赌博之人，不允其所索之数。该差即自具禀分府宪，经吴绍春公祖随即批准拿办，亦饬差八人坐其家。吉云知事难下台，即倩人托煦东宗伯代为理料。煦东宗伯即许用差费洋十元，而门丁又需数十元乃止。此等细故，竟一差禀可坐凭据，使差输索数将近百，成何事体！又，日前禹门叔祖家中女眷数人摩鹊，分府差役听识内里有摩鹊之声，而台门曾经关闭，即爬墙头而进。该女眷见有人进即散，而无赌具，又无赌博之人。该差去诉门丁。该门丁即至其家中访识，并无赌博痕迹，而又勒索洋十馀元而止。幸在禹门叔祖之家尚不至甚于无礼。如此则与夜中窃贼何异？两节：陶吉云之事，曾经差禀吴司马批准，其输索禹门叔祖家中之事，虽不知情，竟无觉察。但张大中丞既至宁访察，若至台之海门而至家子访识此情，而吴绍春司马亦难辞其咎也。

阅三月廿四、廿五两日《申报》纪：金华府绅士何韶等具禀府尊海太守之文，为工艺局习艺匪徒籍端抢劫，该局并在城富绅两处不遗一物各等语。忆台州前年方荣申大令提倡工艺局，禀准抚宪徐汝皋太守并谕姚梧冈及黄楚卿为局中董事。局事方准，局捐方开，而方荣申被议。时徐汝皋太守因事已批准，复委谈少莲为督办。方有就绪，另案徐汝皋太守、谈少莲二尹、姚梧冈孝(廉)均被议。但在籍举人而无教案，竟至被革，亦所罕闻也。倘若顺手而行，方荣申大令而无此次被议，则工艺局事成；若工艺局事成，未必无金华之故辙。前阅工艺局章程，将临海县署之犯事匪徒至局习艺。但事本是美事，开一线之生路，功德无量。奈该匪徒竟能革过自新，愿甘习艺以待超脱。倘若贼志复萌，祸害何底，难以预料。但工艺局墙垣初造，未及弥月，无故崩颓而不能告成，匪徒而无声事之忧，而台州之大幸也。可见台州尚有德泽在民。而有两次参案凑集其中，而工艺局墙垣又倒，以致中止。今见金华之事，方悉工艺局招集犯徒定是无益，明以哉。倘若集资开办工艺局，若得招工兴办，仿效黄慎之殿撰所办京城之工艺局章程，方为善举，则有益于台民多以哉！

此次永宁带来《申报》，自三月廿一日起至廿八日止。廿六日《申报》纪有广西巡抚林赞虞大中丞因桂林府僻在西北，所办交涉诸多不便，奏请将省会移至南宁府，已奉旨允准矣。

余自本月初一日起与友人来往信件名字之顿首草字中盖一“侣”字篆字小戳一方，与长辈来往信件名字之下书“谨肃”或叩首字上盖一“秉义谨肃”篆字图书一方，以作记号。信套前后上下盖一“乐琴书室启事”篆字图书一方，无要紧之字往来名字下盖“乐琴书室”篆字图书一方。但“侣”字篆字外圆式，“侣”字阳文；“秉义谨肃”篆字阴文，长方式。此两方均是来往确用之图书。如遇极要紧之信件用“勤以补拙”篆阳文图书一方，外式两头稍尖、长式，亦盖在名字之下顿首中也。此方图书非极紧要函件均不盖用。“乐琴书室启事”篆字长方式阳文及“乐琴书室”篆字阳文上下稍尖长式，即信件及来往字条，虽是盖用，亦不得作为凭据。与长辈往来信外盖“谨封”、“禀封”，及与平辈之信外盖“护封”各图书，均是与“乐琴书室启事”及“乐琴书室”事同，一律均不得作为信据也。若遇银钱借贷，另立凭据，非信函可以为凭。即遇有书收条等件，盖用“匣镜琴丝”图书，阴文、方式，盖在收到某物之上。则名字之下盖用“勤以补拙”图书式、“侣”字图书，亦是无定，总是“匣镜琴丝”之图书方为凭据。尚有“心正”线文图书亦与“勤以补拙”之章并重，其馀一切图书尚有“质诚”二字篆字阳文盖用手票外。余尚书篆字，若将其一切号及官名并一切闲图用盖，均非支取物件及言事可作为凭也。余所盖图章最为谨慎，是为之记。① 另有官名及别字□号等及一切图章盖用余书篆字或行书用均不得为凭也。

初三日庚子 寅时前，雨；卯时至午，晴；未至申，阴；酉牌，细雨；片时即晴，阴；戌初刻，阴；戌末以后，雷雨颇大。致丽生先生一信，致

① 此段文字所在之两页之上边分别盖有印兑十方，并附有说明。

子宜兄一信，托其代寄辅香函汇瑞茂洋二百元。瑞茂之夥友章姓言为庆丰之事再三向说，所该之款与琴轩各半付结，余承半计洋二百念元。托子宜函嘱辅香代汇洋二百元，其馀由庆丰付讫。早刻，周允翁柬邀午膳。即至允东府上，晤谱香、仲逸、徐晓园、卧南，相叙席谈而来。周允翁为晓园而设席也。聚元夥来云，前托买之白羊树板已代载来，即至聚元，将其白羊树板取来，计大小五片，作为对板可为十馀副。来时过子宜兄处少坐，言申江土价稍平，欲赴申购办，来台售卖，其□□□函与丹亭兄商酌也。

中国近现代稀见史料丛刊【第四辑】

张剑 徐雁平 彭国忠 主编

黄秉义日记（贰）

黄秉义 著

周兴禄 整理

本辑执行主编 张剑

凤凰出版社

第十五章

丙午(1906)四月初四日起

正月初四日辛丑 卯时前，雨颇大；辰时至申初刻，阴；申末以后，雨。上春多雨，恐碍小收。伏愿上苍恩佑，十风五雨，以惠民生，是为幸甚幸甚。致丁辅香一信，托询沪江之大土价洋正是每只计念六元五角否也。函交邮筒寄甬江北岸宁海商轮局。现在椒江网公所税在甬江之宁海商轮局之楼上，作为售网公所。早刻，至马屿头扫墓，恭叩先曾祖及先曾祖妣两墓。但先曾祖妣应太夫人暨庶先曾祖妣郑太宜人之坟系甲辰之冬所进，现在坟头三尺土之上已坐有数寸，须择日修补为要。致祭毕后，至金德生府上相谈过午而来。

至家，仆人言，今日值本街无市日，有无赖之徒藉米价昂贵以致哄抢。吴绍春公祖当时来柬相邀商酌平价，适余出外，曾经出示上白米价平定每元二斗八升，次米三斗。余恐四乡谷价颇贵，定价过平，恐贩者不来，又致民心不安。即至分府署谒吴公祖，详达细情，俟下次市日请派亲兵至市清查，不使再蹈故辙，是为至幸。上年，临黄各处早季颇稔，晚季江岸一带本有窒碍，而南乡、太平诸处可称大有，不至于此。但天台、仙居两邑全在麦季，今岁小麦最次，以致米价随昂也。相别后，因对板买来，欲送天台国清禅寺板对一副，其对语至椒江托曾六舟先生代做，并晤胡君学馀，畅谈片时而来。

初五日壬寅 早至未，晴；申至酉，阴；戌后至晚，雨。致陶寿翁一信，交邮筒寄申，请其早日旋里。致王醴泉先生一信，交伯森先寄郡，托其写送国清寺对联一副。昨晚托曾六舟先生代做国清寺对语已遣从福取来，语曰："前有孙兴公赋，后有李谪仙诗，爱此间好山好水，每闻清磬一声自万八千丈峰中飞出；西瞻身毒五邦，东瞻蓬莱三岛，惟我佛大慈大智，常任法轮四转从九十六种道外传来。"六舟先生及少芳兄来叙半晌而别。晚膳后，至庆丰阅南乡抄收所放麻账，约计一串六百馀千，未知得能清收否。至网局晤子宜兄、仲辰宗叔、道周、梅翁、箕甫诸君，畅叙一刻而来。并言及周作羹兄于月之初二日赴杭城蚕学馆肄业，是处系九十天毕业也。椒江之小等学堂托道周及少芳、少湖诸君代为兼顾。仲辰宗叔云，普陀山紫竹林之资客和尚有一北岸人法名志修者，想是上午在周梅翁处会晤之僧也。

初六日癸卯　阴。崇甫来云，分府宪平定早殳六斗二升，京殳五斗八升。因各处殳价大涨，恐平此价，各贩无敢至市售销，以致百姓众心未安。余急虑此地步，即至周梅翁处少坐，随至分府署谒吴绍春公祖，达及此意，不知吴公急于想法否也。元鉴先及芝村郎六卿将临寄庄串送来，即付交洋十五元托完大粮，不敷之处均另并算可也。丽生先生于晚刻自上澄馆中来，留过晚膳而去。晚膳后，至网局，晤子宜、六舟、学馀、道周、少芳，相叙半晌而别，至家尚未二鼓。

初七日甲辰　雨。致丁辅香兄一信，托汇瑞茂洋二百元。致张丹翁一信，均托瑞茂夥友章先生送宁。接家君自三月初八日所发一信，云奉上游调省，想二十左右可以交卸吉州篆务。现今调省，想委别缺也。有云"欲请假至家一走，未知能如愿否"之语。云如三月二十左右交卸，则四月半可以到省，所委某缺则闰月或五月定有佳音。想如此调省定有上游垂青在其中矣。并附寄炳南一信，容日寄交。晚膳后，至椒江书院，晤曾六舟先生、煦东宗伯及梅五、少芳、道周、学馀诸君。议椒江所造体操场之田价，与醉香、谷山、骏声各人公议，以每亩计洋四十八元算。少芳兄云，陶寿翁才方到家。煦东宗伯言，此番吴绍春公祖定殳价六斗二升系周建西所言，若至地方闹事皆建西之咎也。于椒江出后即至陶寿翁府上，畅叙半晌而来。

永宁于今晚到埠，向其《申报》取来，自三月廿九日起至四月初四日止。阅三月三十日《申报》，山西平阳府知府与浙江嘉兴府知府惠格互相对调。四月初一日《新闻报》纪：粤省岑云帅札行州、县，查明县属劣绅详请严惩，风闻番禺县柴令近日已遵札查明沙茭两司劣绅三十馀人，通详奏革云。又闻潮州府李守前访得各属绅士优劣，通饬各该县核实揭示。兹闻澄海县奉到名册，优者分为最优、次优、三等；劣者分为痞棍、斋堂、盗贼、四等。惟其中是非不免颠倒，一经揭示，更不足以昭劝戒，故至今尚未张挂等语。按：禺番[①]县柴令维桐，系岑云帅私人，前为铁路各事与该处绅士冲突，其存心不免视绅如仇之恨。今岑云帅亦是被绅肘掣，不得以一事权，故有分别绅士优劣之札。粤东通省只有柴令预先举行，其事可知矣。次而潮州府李守亦举此议，想是同与柴令一流人物。况柴令为是事将至被议，假公济私不待言矣。为绅士者本有劣优。若勇为地方善举，直者而赞成之，曲者而阻止之。若直在平民，曲在官长，该绅若优，助直而阻曲，有犯官长之怒，有司又有分别之责。即优者定作劣举，若庸劣之绅凡事附庸官长，指鹿为马，欺虐平民以媚官长，即如此劣绅定作优选，颠倒是非不出于此。凡为公正绅士，或致仕而归，或有名誉而未仕者，或系搢绅世家，劣者详请革职。国朝例载督抚而无举劾绅士之权，据然谕各牧令分别绅士优劣之责，非是冲突后之归心报复是何哉？岑云帅若久督粤东，而不满云帅之粤绅恐皆有报复之举也。朝廷有急行立宪之举，而大小臣工均有如此存心而无立宪之日。总之，三百馀年皆以专制，据行更改，岂易言哉！

初八日乙巳 早至申，阴；酉牌以后，细雨。致祝再姻丈一信，并附家君寄玉先一信，托其转寄浦口，信饬弟头送交。晚膳后，至网局，晤子宜兄畅叙一刻，适方馥荪兄至宁网局托其代买卫生丸洋两元。(与)载熙兄相谈半晌，同至家少坐。

---

① 当为“番禺”。

初九日丙午　阴。晚刻，欲至椒江，路晤金九疏兄，同至家中。

初十日丁未　早至未，阴、晴；申至酉初刻，阴；戌刻，细雨。金九疏兄于早刻至马屿头去。

十一日戊申　早至申，阴；酉后，雨。致王子莘先生一信，交则福先送交。晚刻，至梅五府上。其世兄于十六喜期，向余借寿屏两堂，余允焉。即随交其来价取去。昨接帖邀余代媒，前交伯森先带托王醴泉先生代书天台山国清禅林对字曾经寄来。托吴绍春公祖法书之屏纸，彼分书两对，饬价送来矣。

十二日己酉　早至辰，阴、晴。巳至未，晴；申后至晚，阴。致方馥荪兄一信，交邮政局寄甬，托询《太上感应篇》每部价金若干。代王凤翔致高六成一信，交本人面交。遣价向子霖兄取代买各件，来云，子霖兄至舟山去，明日可以转台。叔文兄于晚刻来。晚膳后，同至网局晤子宜、舜卿、载熙诸君，畅叙片时而来。

十三日庚戌　辰前，雨甚大；巳刻，阴；午、未、申三刻，晴；酉后，阴。接家君自三月十八日发一函，内附寄祝再姻丈一信，嘱即专价送交。余幼所许各庙板联，均于今日刊刻完工矣。晚膳后，至周梅翁府上，相叙一刻，即至椒江网局。适丁辅香于今晚趁永轮到台至局，并晤王云梯、鲍子封、王子宜、褚琴轩、李光香诸君，畅叙半晌。辅香云，沪江土价计洋念七元左右，如此价值尚可购售也。瑞茂之汇洋两百番曾于昨十二日汇去矣。晚刻，遣价向永宁局《申报》取来，十月初五日起至四月初十日止。余宿愿欲抄《太上感应篇》以便日诵，亦于今日抄完，敬谨诵读，是为深幸哉。阅四月初五日《申报》附张纪江子菁大令文光本奉府委护理宁海县缺，先奉藩宪牌示以代理改为署理矣。

十四日辛亥　早至申，阴；酉后至晚，雨。章家岳母寄其伯纯兄一信，并附锁匙一枚、衣服扁皮箱一只，即致张丹翁一信，内附锁匙，并附衣服扁皮箱，又附致章伯纯兄一信。另致函托杨子云先生转交永宁轮转寄，饬老六并章宅仆人送至海门。恐甬江永宁局不得即送提中署，又致张丹翁一信，交邮筒寄甬。致陈祝再姻丈一信，并附家君寄其一函。曾将发时，而祝再姻丈来家矣。但其由盐大使衔保以盐大使选用奉旨允准，不胜欣幸也。晚膳后，至网局，晤卢槐士兄，云因张翰卿太尊郡城谷价太贵，嘱其至太平、莘山各处籴谷，至家过到局，相叙半晌，并晤子宜、云梯、光香诸君，同叙一刻而来，至家时将二鼓矣。

十五日壬子 辰前，雨；巳时至晚均阴。未刻，席请祝再姻丈、叔文妹夫，并邀林厚甫、王子宜、丁辅香、邬丽生诸君陪客，相叙席散，后至梅五姻丈府上吃喜酒，并晤寿翁、允东、漱翁、碗香、建西、箕甫，相叙席散而来。

十六日癸丑 辰刻前，阴；巳时以后至晚均晴。早刻，至梅五姻丈府上，同周允翁为其世兄孟东代媒至其亲戚林元先府上，时方将午。彼处接媒人系金夏亭、陶立珊两君，并晤其西席王宾谷先生，相叙席散而别。新任起身，下午四下钟矣。至家时方将晚。为喜事者，天气晴明，颇多清爽也。晤星斋宗叔、李舜卿、谢仲衡相谈席散而来，过子宜兄府上晤辅香、吉云、琴轩、采东诸位，相叙片时而来。陈祝再姻丈于午刻时至家去矣。

十七日甲寅 阴。接王荫常镇军谢信一函。吴公来邀，即往谒绍春公祖，云及各节，相叙半晌而别。午膳后，同叔文及其典中管包林厚甫至海门同昌分号，晤陈舜卿少谈。至漱泉兄处，言子霖兄现在舟山籴米，拟明日趁可贵商轮至台。又至恒泰当，晤晋阶先生及王哲人，畅叙一刻。厚甫宿在恒泰。即同叔文兄至家时将晚膳矣。

十八日乙卯 阴。接王子莘先生一信。吴绍春公祖今日寿辰，即备糕、桃、烛、面礼送，全收。同陶寿翁至分府署祝吴公寿，相叙片时，留过面点而来。林厚甫于晚刻自海门来。至栅浦苏绩臣兄处，前有赵子昂手卷来售，余阅恐不能见真，即于晚刻带交。并晤徐晓园及子刚昆季，相叙一刻而来。因周梅翁来邀晚膳，即至梅五府上。晤寿农、六舟、祝三、少芳、载熙、子宜、道周、尹东、谱香及心斋宗叔，相谈席散，同寿翁来叙至二鼓而别。接吴绍春公祖柬邀明日午膳。

十九日丙辰　晴。致王子莘先生一信，饬官兴送交。接林葵南兄一函，讨鸡血藤膏，即覆其一信，并鸡血藤膏少许，即交其来人带交。吴绍春公祖饬纪来邀午膳，即至分府署，晤梅五、寿农、载熙、少芳、道周、煦东、子宜诸君相叙席散而来。

二十日丁巳　早至未，阴；申、酉两牌，细雨；戊戌，雨晴，阴，日中兼有雾。至郎翰臣老伯一信，致郎显臣一信，郡饬庆丰之伙工送至桃渚。至张丹亭兄一信，因石板已载至海门，即托永宁装载四十四片，尚有十六片，该轮船主恐太重，而下班轮期代带可也，暂上海门船埠。接方馥荪兄一信。午膳后至网局，晤子宜兄、周梅五姻丈及丁辅香，畅叙一刻而来。叔文兄于早刻至家去，林厚甫亦于早刻至黄岩去矣。前托子霖兄转托汪更翁代买之杭官纱三丈、湖绵两斤均已买来，交老六带到，共计价洋念六元三角，俟明日遣价送交可也。其馀各物尚未买来。饬老六向永宁《申报》取来，自四月十一日起至十六日止。

廿一日戊午　早至巳，阴；午至申，阴、晴；酉牌，阴；戌后，细雨。黄子霖兄代买之洋，遣老六送交。彼已于昨趁永宁赴宁矣。庆丰之伙工来云，显臣先生已至亲戚家未来，信留在其家中而无覆信，又无本息。接郎翰臣老伯一信，虽云代催，又恐是纸上所言也。

廿二日己未　早至辰，细雨兼雾；巳至申，晴；酉后，阴。寄家君一禀，系第二十号家信，并附致陈咏丹先生一信、致苏焕堂一信、至永文兄一信，致万香、福缘一函，饬老六送海门邮政局转寄山西太原省城桥头街交陈仲怀老伯代收转交家君收。但仲怀老伯本住新道街口外上小墙路东，接家君谕言中，仲怀老伯移至桥头街。午膳后，至分府署，晤吴绍春公祖，相叙半晌而别。至网局晤梅五、子宜两君，少谈而来。

廿三日庚申　辰前，雷雨；巳至申，晴；酉初刻，阴；酉末以后均阴。代网局致卢槐士兄一信。午膳后至椒江，晤六舟、竹三两山长及少芳兄，相叙半晌。至竹三兄处，适其绘美人颇有道礼，别后同少芳兄至文昌阁少坐而来。

至子宜兄处,云及褚仲逸为椒江网局入于椒江自行集股开办,于心未遂,请夏敬甫先生作讼。敬甫自月之初八日至仲逸家,即递分府署控丁辅香报复私网一呈。当十二日至家去,二十日至海门同周麟斋、褚琴轩先至甬江赴道辕呈递。续后,仲逸出同各人赴省呈控,托周尹东代其写信托前署分府金慈生公祖代为照顾一切事宜,又云赴省后又虽晋京也。但所控者不止一呈,所控之人大约分府宪吴绍春公祖及煦东宗伯、楚卿兄、梅五姻丈、槐士兄、舜卿、辅香、子宜与余等。但此事周梅翁与余等五人均是吴绍春公祖照会经董、帮董,然后开办网局,一面通详在案,台州府张翰卿太守又经通详。所办网业馀利滴滴归公,非图私饱,即彼呈控,又何忧焉!并言梅翁所述谱香母舅言之亦然。麟斋、琴轩均已出去,斯言确非子虚也。按:周尹东与金慈生公祖之女婿洪少猷义订金兰,前金公在分府任时,允东与少猷作内外之交情最密,凡有词讼均是尹东母舅进贿,今仲逸与尹东又是生死之交,故能代其写信转托。无如省城过大,金慈生公祖恐不能为力也。况此事又是滴滴归公,非一人、一家之私利。如今学堂,朝廷明诏何等严密,焉有非弃[1]之理。但余等各人所办椒江学堂,网业中多一番忙碌,倘得废弃,则以安逸也,恐不能废耳。余等又无荣辱攸关,有何忧焉!按:网业前仲逸包办,则尹东有甘收每年四百金,今归椒江集股,举董经办,尹东每年四百金全废,于心何安?亦不得不借此发愤耳。余等则静候宪批可也。

李则轩兄来家,相叙至晚,留宿一夕。饬老六送海门交永江商轮之阿昌洋五元,托买白地印皿花洋纱帐料五匹,向二头之洋铁门带四副取来矣。

廿四日辛酉 辰前,阴;巳后至晚,阴、雨而无定期。梅五姻丈之侄女即麟生之女适郡城章榕光茂才之世兄,于今日纳采,邀余接媒人。早膳后,同李则轩兄至梅翁处少坐,则轩而至家去矣。片时,而

① 当为“废弃”。

其亲翁章榕光及周吉士副贡并跃洲诸君来叙片时，而过午膳后去。但郡城俗例，男女文定而其男家长者而至女家来拜恳。黄岩、太平两邑则无是例也。晚膳后，至子宜处，云定拚送吴绍春公祖寿屏，各人已托曾六舟先生代做，即以六舟先生拜撰，煦东宗伯拜书，家君及网局五人并楚卿、寿农共计十人，而煦东宗伯处未曾言过。来时至煦东宗伯府上与其言定，来时曾经二鼓矣。但寿屏序言已托六舟先生代做，拟明日催其做就，以便廿六日带宁购写可也。

廿五日壬戌　阴。接金九疏兄来柬，移住海门林宅，邀余晚膳。因事羁绊，即至函覆。接丹亭兄一信，石板已经收到，托余代买新浆洋四十元、陈浆洋十元。但余拟明日赴宁，俟旋里代买可也。午膳后，周梅翁来云，送吴公祖之寿屏须购办泥金，即致函催少芳转托六舟先生代将寿屏序言速为做就，以便明日带宁可也。按：吴绍春公祖创椒江学堂颇为有心，致闻欲明日趁轮赴省，亦为学堂事。值吴公生辰系是四月，今年又是逢闰，代其晋祝亦理之然也。同至子宜兄处，晤各人将送泥金屏处云之妥确，以便购办可也。阅四月廿一日《申报》纪四月二十日奉上谕，各直省学政改为提学使司，提学使专管学堂事务，各直省之提学使司提学使均奉旨简放矣。按：署四川提学使方逢仙学使旭系拔贡出使。但拔贡出身可放提学使，以为学堂出身放提学使作为正途之地步。按：方逢仙由拔贡保知州，选四川篷州知州，升直隶州，保知府仅止十年，今署提学使可谓侥幸也。

廿六日癸亥　阴、晴。致少芳兄一信，向取六舟先生代做寿序，言随即带来。致章伯纯兄一信，饬桂名送交。致卢槐士兄一信，交邮政寄郡。致子宜兄一信，托其代催周梅翁于廿九日动身来甬。梅翁来叙半晌而别，云及吴绍春公祖亦于晚刻送姨太太趁轮到杭。午膳后，至海门同昌分号，晤陶祝卿少尉，云已奉闽宪牌示赴上杭县典史本任。并晤舜卿，相叙至晚，留过晚膳。至永宁商轮住宿房舱，并晤戴云珊、顾文伯，畅叙一刻。适丁辅香兄亦至轮，少谈而别。开轮时已十下钟矣。

廿七日甲子 阴、晴。由永宁抵定海时下午三点时矣。同丁辅香至黄子霖寓所，晤孙凤如、丁七先生，相叙至晚，留过晚膳，转至轮中。

廿八日乙丑 早至申刻，阴，兼雾颇大；酉牌，雨；至晚均雨。八点半钟，永宁由定海动身，十二点钟抵镇海。下午一点钟由镇海动身，三下钟抵宁波。晤赵瀛洲守戎及枣甘甫，畅叙半晌，轮抵埠。即至宁海商轮局之椒江网局，晤方馥荪少谈，即嘱丁辅香兄代探各行情形。余即乘轿至中府衙门，晤丹翁镇军及其世兄寅侯，畅叙半晌。寅侯兄从东洋人石井先生授东文语言文字。晤石井先生，其言语余听不明白，看其声气颇为和平。赵瀛洲守戎、枣甘翁亦至丹翁(处)，互相畅叙一刻。赵君即于晚刻趁轮赴杭领响[①]，余向其代买雪湖罗纺一匹、湖绵三斤、新时扇骨一把、扇面两把。前托丹翁寄买各物之信未曾寄到，故未寄买也。

廿九日丙寅 雨，连日颇大。致子宜兄一信，致童子章一信，均交邮政局转寄。因雨颇大，寄买各物均未向购。辅香兄自网局来叙至晚，留宿中署。丹翁云，每年购真鹿角胶一斤、龟板胶两斤和核桃、冰糖，每以十月起至次年二月止，每日食而无间颇有益云。

闰四月初一日丁卯 早至辰，细雨；巳至午，阴；未后细雨。致子宜兄一信，交邮局转寄。早刻，同辅香至街中代买各物，网局送吴公寿之寿星、麻姑，已向四明文宝斋定好，计价洋八元。子宜及寿翁、梅翁并余等送吴公寿之呢真金寿屏计十二轮并木匣，共计洋十一元，并嘱该店代写。少芳兄托买之朱砂屏亦曾买来，计价洋七元两角。均向文宝斋订购，即付定洋念元，其馀洋俟货做好后付讫可也。少芳兄托买之赤金曾买来，计价洋四元八角。并诣椒江分局少坐。高与卿难察[②]于四月初四日告卸，才于今日到杭，送者颇旺，亦一时之盛也。

---

① 当为“饷”。

② 当为“观察”。

洪友梅守戎来叙半晌而别，即片差拜洪友梅守戎、李欣斋都戎、杨守戎及仲甫兄。丹翁席邀余晚膳，同席者：石井信五郎（系东洋人）、罗鹤汀（系日报之坐宁访事人）、刘幼峰都戎（现署宁城守都司）、杨守戎（系中军守备）、李欣斋守戎、丁辅香、枣甘甫诸君，相叙席散而别。杨守戎云宁海人，与杨少渔孝廉秉鉴胞弟兄也。丁辅香兄席后即转至局矣。

初二日戊辰　晴。早刻，同枣甘甫至仲甫兄处，过午膳而来。丹翁言，宁之商务局总办吴嘉苍、帮办顾元生、预事陈岳生、董事王月亭汤仲盘、笔墨梅仲香诸君。枣甘甫于早刻至镇海去矣。晚刻至电报局发家君一电，曰："太原桥头街陈仲怀转黄公：吉州来安否？电覆。义。"因在家时浮言太多，而致电音，俟覆电，可息浮言也。

初三日己巳　晴。致少芳兄一信，并附寿屏一堂，系六尺朱砂，计十二轴。外附函托子霖兄代送椒江，均托海门商轮代带。恐子霖兄不能即代饬纪送交，又致少芳兄一信，托其自己遣人走取可也。内附寄官兴一信，致叔文兄一信，均交邮筒代寄。早刻，至椒江分局，接周梅翁云，因事羁绊，不得即来。即覆周梅翁一信，亦交邮筒带台。同辅香至张家，晤仲甫及沈久香两兄，畅叙至晚，留过晚膳而来。晤丹翁云，商务局之总办吴葭苍至绍兴去，帮办顾元生至省垣去。局中朋友梅仲香云，须要分府吴绍春公祖愿[①]详公事一看，方为合式，亦知底蕴。但原详公事余未曾携带，即致函寄局向抄可也。忆前月立案之初有通详道宪公事，已托丹翁托人转向道房代抄底稿可也。

初四日庚午　早至申初，阴；申末以后，雨。致王子宜兄一信，交邮筒寄台网局。恐通详底稿道署一时难觅，托由本地抄示可也。书分府通详时日并台州府通详网局立案时日，托丹翁转托人至道署代抄，未识得能寻获否也。早刻，至椒江网业分局，过午膳，借张家席请仲甫、辅香及戴华生、久香诸君。仲甫借王家请余一席，华生借徐家

---

① 当为"原"。

请仲甫及余各人一席。时适大雨纷纭，不得进城，即宿在局中也。宁城街中店面式颇华丽，以银楼为最，洋货铺次之，其馀各店亦颇精巧也。东渡门之内大街各店装式，台州较之，无一处可以相比。即杭城如此装法亦是不多，至钱庄均在墙门之内，非如此辉篁[①]也。仲甫兄云，王月亭先生已由沪江到宁矣。按：月亭兄此次到申，为《申报》局访闻其张中丞罚其公费洋两万元，实无其事，因此到申剖白之。可见各报馆之言，难以足凭也。现简宁绍台道世观察善现署杭州府正任湖州知府，传闻现获宁绍台道之正宁波府知府喻庶三太守调往杭州，接署宁波府者刘太守，未识果然否也。按：喻庶三太守兆蕃系己丑进士，授翰林院编修，呈请以知府指浙江候补，到省后在海运案内保以道员在任补用，续补宁波府知府，到任未及三载而署宁绍台道，可谓便捷也。高与卿观察卸任之由，因宁绍台道缺，每岁本有四万三千之数，现张小帅札提三万五千番，高观察因事两难，故即告病开缺也。如今宦途之难，处处皆然也。

初五日辛未　辰时前，阴；午牌，细雨；未时以后，阴。早刻，自局中转至中署，丹翁将抄单嘱人至道署代抄详文，据云号房未曾在署，明日往查可也。

初六日壬申　晴。致周少芳兄一信，并附赤金一箱，饬从福送交永宁轮夥寄台。致周梅翁一信，交网局转寄。早刻，丹翁云，网局与七行订约，自行妥说则可，叫商务局代言有碍。只至台后妥商可也。故先致梅翁一言也。早刻，仲甫兄来叙半晌。午膳后同至网局，晤辅香、馥荪两兄少谈。接到周梅翁一信，各人聘送吴公寿之寿烛并网局各一双均买来，计洋三元。同至张家，晤叶子布兄，与永宁船主偓君相叙一刻而别。片时后，沈久香、戴存康、戴祖荫及仲甫、辅香、馥荪诸君，相叙席散而别，时将九下钟矣。即宿在椒江网局，而未进城也。据馥荪云，三春先因事而至甬也，亦宿在局内。

---

① 当为“辉煌”。

初七日癸酉 晴。早刻，转至中署，晤丹翁、欣斋，畅叙半晌而别。丹翁言，甬地米行粗工因加粗工费洋与该店闹事，各官然赴弹压，尚未清结。

初八日甲戌 晴。早刻，向四明文宝斋将所定呢金寿屏、寿星、麻姑等已经做好取藏于网局，尚有未清之洋均由分所付讫，即宿在分所。

初九日乙亥 晴。致梅五姻丈一信，并附呢金寿屏一堂、寿星、麻姑一堂，并款字大红缎寿幛、龙凤烛两双。并致童子章先生一信，交辅香兄于明日早辰趁海门商轮旋里。早刻，转至中署，即欲旋里，因丹翁留待永宁返舍，难以见却而允之。

初十日丙子 晴。方馥荪兄来云，椒江网业公所已经宁波华胜洋行保险计银四千两，每年认缴保险费银六十两，该洋曾经划付清讫矣。接有子宜兄一信，嘱余代泰来汇瑞茂洋三百五十元，又汇乾大有洋七十元，又嘱代复生汇瑞茂洋二百元。又接周梅五姻丈一信，云辅香兄因病未曾趁海门轮到台。早刻，至仲甫兄处，留过午膳。转至中署，现值奉吕军门会同黄都戎殿魁札查营房，连日甚忙，即欲与其相叙之时最少也。

十一日丁丑 晴。叶云耕先生来云，吴绍春公祖已自省中来至宁波，现寓永宁商轮局。即往谒吴绍春公祖，相叙半晌。并晤朱雨田先生少谈。至网公所少坐而来。过午膳后，同丹翁至王月亭府上，畅叙片时而来。晤黄德甫游戎殿魁、赵荫槐游戎荣，会叙一刻而别。张丹翁托余代买寸八对开杉板一百丈、双边斧石板五十丈、单边斧石板五十丈，王月翁托余代买寸八对开松板五十丈，俟到家后买齐寄轮转寄可也。

十二日戊寅 晴。晚刻，至仲甫兄处少坐，并至江北永宁船内谒吴绍春公祖，相叙一刻而别。晤戴云珊、朱雨田两君，少谈而来。陶寿翁致丹翁一信，台地米价甚为昂贵，欲由宁之海米购办若干，无如宁地亦颇为惊荒，恐难为力，托余代为转达陶君也。

十三日己卯 阴。早刻，谒别张丹翁，即至永宁商轮局，晤朱雨田少谈，至永宁商轮谒吴绍春，相叙一刻。而丹翁来轮送行，畅叙半晌而别。仲甫、久香两君亦来叙一刻而别，晤该轮买办戴云山、账房陈渔樵、船主渥萃生，相谈一刻，而十一下钟，永宁自甬开行，下午四下钟至定海。

十四日庚辰 早至酉阴；戌牌，细雨；亥刻，阴。子刻自定海开行，至下午一下钟到台关。吴绍春公祖即乘舆到署。余上岸到可贵商轮晤楚卿、子霖、嫩泉、仁甫诸君少谈。而至同昌分号，晤舜卿、楚卿、王丽生、潘秋舫公祖、王少南诸君，相叙一刻。而江尧章父台来叙片时，即同楚卿至家。适地方议平粜，柬邀至集圣庙，晤陶寿翁、周梅翁、李舜卿、缪性言、倪少峰、王子宜、陶河清、陶吉云、黄楚卿诸君，相叙一刻。寿翁与楚卿及余三家议粜十二日，其馀以中等殷照派。即同子宜兄至家，晤少愚及秉彝宗伯，相谈至晚，留过晚膳。同至子宜兄府上，晤辅香诸君少谈。至楚卿兄处，晤王少常、王云梯诸君，畅叙片时而来。按：潘秋舫公祖崇桂现奉府委札办海门渔团局差使，已于闰四月初一日到差矣。

十五日辛巳 晴。迭接何玉洲先生两信，云凉床曾经做就，撞橱、茶几、椅等均已漆就。即福何玉洲一信，准二十日遣价走领。早刻，黄楚卿、周梅翁来叙半晌，同至文昌阁看戏一刻，同至梅翁府上，留过午膳。适黄子霖兄来叙一刻而来。即至椒江网局，云子宜兄已至栅浦去。即至栅浦存诚药店，晤子宜、笃初、积臣、则轩诸君，相谈至晚，留过晚膳而来。楚卿兄云，王子裳太守咏霓现奉皖藩冯梦华方伯牌示，委署池州知府篆务，想近可到任矣。

十六日壬午 晴。至何玉洲先生一信，交伯森先送郡，向取木器。致解昆珊先生，亦托伯森先带交，并嘱伯森先就郡代买脚萝篰等。早刻，陈郁英兄携友至长甸来，祝再姻丈于晚刻来，均留宿一宵。其友人三君于晚刻至海门去。早刻，至分府署谒吴绍春公祖，相叙半晌而别。陶寿翁处拟平粜于明日起喜保西柱丁口户，余嘱老广先代为抄写。寿翁来约至集圣庙公议，即至庙中，晤梅翁、寿翁、李舜卿及本镇诸君少谈，言义仓米价每升售钱三十二文，议粜十五日之后，拟以地方小康者挨粜，每升拟加钱四文也。来时，过椒江书院，晤曾六舟、胡竹三两山长及少芳、载熙诸君。但椒江送吴公祖之寿屏系苏绩臣兄代为写好，金亦贴就矣。台防统领曹绍雍都督柬邀明日午膳，余允焉。

十七日癸未 早至未刻，阴；申后至戌牌，雷雨；亥牌，雨晴，阴。送吴公焰灯一节，致函托潘云轩兄说定。早刻，至海门同昌分号，晤陈舜卿少谈片时。而子宜兄来，同至曹统领公馆，晤王直衫父台，相叙一刻。而梅五、允东两君来，相叙席散而别。来时，过渔团局，谒潘秋舫公祖任禧，相叙片时而别。至家后，云祝再姻丈同郁英兄均于晚刻到家去。接张丹翁一信，嘱汇郎吉甫太守洋一百元。即至分府署叩吴公寿，并晤王心斋、毛岫芙两君及煦东宗伯、心斋宗叔、楚卿、寿翁、梅翁，相叙席散，看戏一刻，来时已将二鼓矣。吴公祖邀余与楚卿于明日代其资客。

十八日甲申 早至辰，阴；巳、午两刻，晴；未时以后，雷雨，至亥时雨晴，阴。致郎吉甫太守代丹翁汇信一封。并附英洋一百元交童先生送托楚卿兄代寄郡城，即覆张丹亭镇军一信，交邮政局寄甬。早刻，即进分府署，祝吴绍春公祖寿辰，托楚卿兄代其资客。来祝者颇多，不及详注。楚卿兄云，郡城为闹米事，捣毁米店三四家，殷户数家，将何以安民心也。寿翁云，本镇自仓米粜后，即嘱余接粜四天。但家中所存之谷恐不足接济，如今局面，有钱难以籴，如之奈何！潘云轩已送署焰灯两堂。晚膳后即放，颇为热闹也。楚卿兄于今晚嘱其夥友陈舜卿至吴淞籴米，不知得能如愿否。今晚刻，吴公请客，计有五席，相谈席散，又看戏一刻，来时已逾十二点钟矣。毛岫芙先生名俊德，系广西人也。

十九日乙酉 早至午，阴、晴；未、申初，阴；申末至戌，雨；亥牌雨晴，阴。寄元裕一信，交椒江网公所代寄，向取网洋十七元。接周在舆先生来字言托寄瓯代买锡器、皮椅等物已买来，现在海门船中，午膳后，至子宜兄处，少坐而来。适吴公祖柬邀看戏并晚膳。即至分府署，晤吴公祖并毛岫芙、王心斋、周梅翁、王子宜、陶寿翁、煦东宗伯、心斋宗叔、楚卿、曾六舟、黄道周、周少芳、周载熙、苏绩臣、周允东、周谱香、周作羹诸君，畅叙席散而来，时将十二下钟矣。早刻，遣人送托吴绍春公祖法篆直条横批对联、扇面各一副。

二十日丙戌 早至未，晴；申刻，阴；酉牌，细雨；戌后雨晴，阴。致周在舆先生一信，交官兴送交，向其镴碗等取来。其价颇贵，较前二年买来物价一倍。内有子宜兄托买镴碗两口，系是大号，即饬老六送交矣。伯森先于早刻自郡来，向何玉洲先生之代定凉床两张均已取来，前定来之木器才方漆就，尚未取来。早刻，至陶寿翁处少坐而来。午膳后，为议粜米事至集圣庙，晤本镇诸君，因未平允，未议妥而散。晚膳后，至子宜处，晤辅香兄，来叙一刻。适方馥荪兄自宁郡来云，今晚由永宁到台。现在甬局渔网均未售销，子宜兄拟用辅香到局专为经理售网一切也。

廿一日丁亥 早至未初，阴；未末至申初，细雨；申末以后雨晴，阴。昨晚，方馥荪兄言丹翁有信交永宁寄与余，即于早刻致函向戴云珊先生取有张丹翁信，并附三连单一本，计一百张。但三连单中未有注明某处钱庄，来信中亦未提及。即覆张丹翁一信，交邮政局寄宁。金九疏兄来云，邀余做首会。余允第十一会，计洋九元。接有会帖，系本月廿八日开会。午膳后，至集圣庙公议平粜。为达云母舅之日份与周梅翁大相不睦，晚膳后，至分府署，谒吴绍春公祖，告退椒江网业公所帮办，并理清经手各节。本镇平粜，家中自五月初四日起至初七日止，每升计价钱三十六文。

廿二日戊子 雨。早至楚卿处少坐，续至椒江网公所，而子宜兄至局相叙，过午膳而来。

廿三日己丑 雨。邬丽生先生于早刻来。晚刻，至陶寿翁处少坐而来。

廿四日庚寅 早至未，晴；申时以后，阴。致张丹翁一信，外附托买台浆一百七十六两另四分五厘，每元曹平三两八钱，计洋四十六元三角另。适李明渊到宁，交其带甬。午膳后，至楚卿兄处少坐，而至椒江网局，晤子宜、辅香，畅叙一刻而来。

廿五日辛卯 早至申，晴；酉牌，阴；戌刻以后，雨。晚刻，至寿翁处少坐而来。接许眉甫先生一信。

廿六日壬辰 晴。致张仲甫兄一信，致许眉甫先生一信，均饬老六送交邮政局分寄。阅《申报》纪各省提学使司提学使系正三品，官在布政使之下、按察使之左，均归督抚节制，专管学堂事务。接张丹亭镇军一信云，黄子霖兄所办官米，蒙喻庶三观察允出五千石，陆续载运到台，想此可以接济，可安民心也。

廿七日癸巳 早至午，晴；未时以后至晚均阴。致家君一禀，系第二十一号家信，饬老四送交邮政局双保险转寄山西太原省垣道头街，托陈仲怀直刺转交，想无误也。致金九疏先生一信，亦饬老四送交。致张丹亭镇军一信，饬网局巡丁送交邮政局寄甬。言前托买之松板已向栅浦顺记之老炳先定好一百五十丈，内五十丈言明五月初八日载至好海门交卸，其馀须要延缓。板系寸八对开，每丈约计十三片，光边，每方圆一丈计价洋一元七角五分，函中均已写明。但杉板据云每丈要两元六七角之数，片子又狭，不敢代买，俟询是否，再说可也。老炳先于晚刻来，即付过定洋念元，彼云欲凑成百数，刻因不凑，允其五月初五六日付足可也。

午膳后，吴公祖遣人来邀，即同陶寿翁至分府署。海门贫户欲将义仓粜完，明则妇女二十馀辈求粜，暗则欲闹事。加之东岸人有无赖之徒，绰号曰蛇眼，纠众将东岸之女僧堂夜半哄抢。经董事缪性言等联名公禀，于月之廿一日，吴公祖访察实情，即派差将为首者之蛇眼拿来发押听审所。因连日海门闹米，无暇问哄[①]。彼有羽党十馀辈

---

① 当为“供”。

至署，并望者数百人大相艸闹[①]，定要吴公祖即刻发放。吴公亦无可奈何，即将蛇眼放出。如此辖制官长，目无法纪极矣。海门米价亦照呈批示，亦无法纪之极。如此两案，不若严加惩办，将来如之奈何！聚闹约两时许方散。

并晤煦东宗伯、周梅翁、王心斋诸君，畅叙半晌而来。只恐家子各殷户平粜又致多事，明日再行集议。晚膳后至网局，晤子宜、寿翁、煦东宗伯、梅五、作羹、道周诸君，相叙各情，来时已逾二鼓矣。接金九疏先生一信。新驻文昌阁哨官姓薛名尚先，在署时相叙一刻。晚刻，倘若早邀哨官带人弹压，不致如此闹法，亦未可知。

丹翁与王月亭兄托买之松板及石板欲装永宁商轮载宁，晚刻，已与陶寿翁接头矣。但松板除月亭兄托买五十丈外之松板百丈、石板百丈系宁波提标造将弁学堂需用，将来买来之时饬营船来载更为至妙。余思营中所用之物用营中之船，想无窒碍。函中亦曾言明，未识丹翁定何主意也。

陶寿翁云，连日海门民心不安，日日攻闹，牵连各庄不安，初误于汪庚生也。但汪庚生参戎私心我是黄岩人，前在海门镇署充当稿书，今做到海门镇中衡游击，事事恩及百姓。今之人知威而不知恩者十有八九，不顾大局之惟难，以致民心得五而取十也。前有米数十包过境，营中将米扣留，即行平价发粜。此等米食前有办过，随即随粜。汪中府饬绅董写贫户丁口发粜，不顾发单平粜，须要粜至稻熟为止。以致扣留之米粜完，各贫户不肯。执定义仓粜时，管仓者未曾备办，即将管仓各家攻闹。后攻闹之时，镇宪饬汪中府弹压。汪中府一味因循，以致民心汹汹，牵连各庄多事。此番各庄多事，首在海门庄。海门庄如此日日滋闹，皆是汪中府为害。今则绅士已怨汪庚生，将来事平，官办百姓，百姓又要怨到汪庚生地步，绅、民均已招怨，镇宪访悉细情，庚生之责因归否也。但本地人做本地官，各省人做各省官更

---

① 当为“吵闹”。

难，又不事事周到，贻害民间，何可言欤！做官无论大小、文武，如遇此等之事，均要周顾大局，第一要事，切不可忽也。是为之记。

廿八日甲午　晴。接郎吉甫太守一信，即福郎太守一函，饬老六送交邮政局转寄郡城。接江子菁公祖一信，即覆江明府一函，随交其来人带福。早刻，至陶寿翁处，晤周梅翁，云本镇殷户平粜与义仓同价，如此办法，煦东宗伯、寿翁及余三家尚能勉强，尚有承粜一日半日之家，则大受其亏也。午膳后，至分府署，晤吴绍春公祖，言及此事，出于不已也。所误者系是汪庚生一人而已。徐晓园兄来云，其亲戚家亦为平粜闹事，将来受亏者不知凡几。晚膳后，至网局，晤邱楚言姻丈，云于今晚至其亲戚家，畅叙半晌，而来时曾逾二鼓矣。网局择明日办酒开店门三十日，请本镇各绅及署中王心斋、毛岫芙两幕友。

廿九日乙未　晴。天气甚暖，早刻，往谒邱楚言姻丈，畅叙半晌。过网局少坐，至楚卿府上，适其客间已移至新屋，晤娄晋阶太姻丈，相叙一叙而来。晚刻，陶寿翁遣人来云，义仓米于今日粜完，明日各殷户接粜，以煦东宗伯为始。即于晚刻至集圣庙换结保米凭单，即至陶宅，晤寿农、梅五两姻丈及楚卿宗兄。同至集圣庙，煦东宗伯、缪性言、周载熙、周少芳、倪少峰、黄少愚各人在焉，少坐，将凭单换结后而别。至家时，适邱楚言姻丈在焉，相叙至晚，留过晚膳而去。各殷户承粜米价，分府吴绍春公祖出示，定每角开洋籴米三升，承籴之家颇多亏短。各人云，今日本镇市日，米价每元计二斗二三升之则，平粜每开洋三升，每元计之须三斗馀矣。

三十日丙午　阴。致李明渊一信，交邮政局送宁。又致李明渊一信，托丁辅香附寄甬江。作头吕仁于昨夜故世。椒江网局择廿八日开店门，今日午刻请客。早刻，至楚言姻丈处少坐，同至网局，晤梅五、寿农、云梯、靖斋、心斋、靖轩、绿孚、性言、子宜、辅香、六舟、少芳、作羹、载熙、宗山、吉甫、辅香、克仁、吉云诸君，并署中幕友王心斋、毛岫芙，相叙席散而别。周梅翁言，分府宪吴绍春公祖通详网业公事已奉批文矣。褚仲逸邀夏敬甫做呈，叫麟斋、琴轩至省抚宪衙门递呈，闻张中丞不收呈词。此通详公事，余料定不能批准，而不知随即不收也。

五月初一日丁酉 辰前，阴；巳至未，晴，天气颇热；申牌，雷雨，一刻即晴，阴，至晚均阴。致王耔舜兄一信，交邮政局寄都。早刻，至网局，过午而来。便道至陶寿翁处，少坐而别。片时来邀为粜米事，前吴公定价米每一升计价钱四十文，续减价钱三十四文，因闹事后再定价钱三十文。上月廿九日仓米粜完后，三十日，黄煦东接粜，价定廿六文。各人因亏短太巨，具禀。吴公批示陶寿翁妥酌。即至陶宅，晤梅五、仲逸、允东、舜樵、舜卿诸君酌之，不能定妥。而至分府署晤王心斋，云吴公祖染恙而不能见客，相叙一刻而别。托心斋兄转达吴公祖与煦东相酌。晚膳后，至网局，闻云吴公祖遣人与煦东说知此事，彼云初二日仍照旧价，初三日又再贱价售卖，但余系接初四日平粜，恐至闹事。即至分府署晤志斋兄，云及此事，据说煦东明日到署与其再商妥确可也。楚卿兄于晚刻至家，即至海门，随至郡城甚急，未知因何急事。邱楚言姻丈云，其黄岩城内于正月中浣时，北门起至约半城许，满街臭气，不知主何兆，尚未应验。

初二日戊戌 早至未刻，晴；申刻以后均阴。至王少南先生一信，饬从福送交楚卿家用人代寄郡城。接陈郁英兄一信，即覆郁英兄一信。午膳后至楚言处少坐，同至网局，相谈至晚而来。李则轩兄云，林蔚生观察于月初到家，并言陆春江中丞本退归林下，今又欲再萌筮仕之心，热心之人焉恳竟作家居也。

初三日己亥 早至未，阴；申后至晚，雷雨颇大。致则福先一信，交弟头便带其家中。致五丰钱庄一信，饬阿四送邮政局保险寄至宁波滨江庙前间。交信送局后，丁辅香来云，即于今晚趁永宁至甬售网。甬局渔网如此滞销，不知得能疏通否也。

初四日庚子 卯前，雨，辰至申，阴；酉后至晚均雨。本镇平粜，家中承粜四日，自今日起。早刻，来粜者甚多。永文大爷于今晚趁永江商轮到台来家，接家君两信，云家君于正四月初三日告卸，廿四日到省，现税公馆在新道街路北。前在宁波致其电信亦即收到。现在省垣均获平安，想不久可有地方也。

前为翻粜义仓事，中等殷户难以支持，经李春生、周梅五、周允东、陶舜韶、王子宜、周阮河、丁辅香、褚仲逸、黄仲辰、陈荣茂、陈骏声等十一人具禀。内有呈词，言及黄煦东不知大义等语，亦无大伤损。黄煦东于昨得知此禀内有一句“随众浮沉”，抄禀底者误抄“聚众浮沉”，煦东父子大发雷霆之怒，遣自素畜羽党数十人，旧悍仆松岳为首，至李春生、陶舜韶、周允东各家，欲拔其人，均内眷阻挡，至陈骏声家，将其拔出，幸周载熙拦阻。周梅五知事发作，即至煦东家中说好话而了。遣人询子宜，亦推无其事。自叫辅香到家大骂一次。阮河托人至煦东面前说情作罢。即以梅五、阮河、子宜、辅香勒递检举，方肯罢论。将小队数十人拔仲逸，适仲逸至店中相遇，将其拔至江边堂吊禁半日许。经其母至分府署喊冤。时吴公祖深知仲逸本非好人，煦东如此做法目无法纪以极，亦以煦东声势汹汹，即柬与煦东，将仲逸带署开释，亦世所罕闻。分府署遣送片纸之差役名马庆。古语云：“势毫[①]持横，鱼肉平民。”正所谓无差若辈也。晚刻，至网局，云子宜兄在楚言处。即至楚言处，晤子宜，相叙一刻，同至心斋宗叔府上，相叙一刻。同楚言姻丈至家中，少坐而别。

初五日辛丑 晴。致丁辅香兄一信，内附致张仲甫兄一信，托辅香代付英洋十七元，并送信饬老六送交邮政局保险寄宁。致金九疏兄一信，并付会洋、开洋九十角、铜元五十枚，拆洋九元，饬老六送交。带有覆信一函，欲余做第四会，但已允做十一会，又要第四会，实不知谅也。并附有第会票一纸，明日送还可也。接有李明渊兄一信，云五丰之汇洋已经照付。据子宜兄云，此洋已汇大新到台矣。早刻，王子宜兄来叙半晌而别。晚刻，至子宜处少坐，晤楚言姻丈，云卢槐士兄于昨日自太平办米，事讫至家。即至其府上，言即于今晚买舟赴郡

---

① “毫”当为“豪”。

矣。随同邱楚翁至家，留过晚膳而别，去时已将二鼓矣。云煦东宗伯将李春生及各人之禀底抄有十馀张，四处粘贴，又造无名贴，粘其禀稿之后，又云递检举者十一人中，李春生、周梅五、王子宜、丁辅香、阮河、黄仲仁、陈荣茂七人，尚有允东、仲逸、舜韶、骏声四人以作对主。此事未知作何了局也。

初六日壬寅 晴。致金九疏先生一信，并附还第四会票一纸，饬老六送交。致丁辅香一信，交邮筒寄甬。接赵瀛洲守戎一信，并前托买杭罗纺一匹，并湖绵、扇头两把、扇骨一把，均已送来，订价洋三十五元四角八分二厘，系向海标饷银汇来，由刘姓百队代汇。即福一函，并付还价洋三十五元五角，交其来人带交。即致赵瀛洲守戎一信，亦交邮筒寄至定海。早刻，致允东处，少坐而别。秉彝宗伯来云，仲逸已邀夏敬甫先生来至其家中代为作讼。未知煦东与仲逸各人之事将何了局。少芳兄来，谈及楚卿立意欲东和钜北，未识若何。永文兄于早刻至家矣。

初七日癸卯 晴。接童献亭先生一信，由周朝�送来。苏绩臣兄来，代写武圣庙对联六副，留过午膳。同至子宜兄处，适染微躯，并晤秉彝宗伯，相叙而来。本镇保米承枭四月初四日起至今日止，即于今晚将分府署之平枭告示饬老六送交陶寿翁矣。老六云，陶寿翁昨晚自郡来。即至寿翁府上，晤载熙兄，相叙半晌而来。云金慈生公祖奉中丞札委催临海县地丁公事毕，于昨日下港，至海门，随夜趁海门商轮到宁晋省矣。

初八日甲辰 晴。天气颇热。致章子修兄一信，附童献亭先生来函，交玉先带托季甫兄代寄。致陈祝再姻丈一信，饬吕保送至长甸。致邬丽生先生一信，交透老司送交。接林仲西老伯一信。即福仲西老伯一函，交其来人带还。接陈洛卿丈公一信。即福洛卿丈公一函，并附英洋五十元，交其来人寿泉带还。接张丹亭镇军一信。晚刻，至陶寿翁处，晤载熙兄，相叙一刻。至楚卿处，晤德轩、叶赞堂兄，相叙半晌而来。晚膳后，至子宜处，晤梅五、寿农、六舟、道周、作羹、少芳、采东、云梯、舜卿诸君，畅叙为快，来时已逾二鼓矣。

初九日乙巳 晴。致解昆珊兄一信，托元鉴先带交。致丁辅香一信，托戴云珊先生带交。又致辅香一信，交邮筒寄甬。接陈祝再姻丈一信，云不至苏州。邬丽生先生于早刻来。至陶寿翁(处)，晤陈骏声，少谈而别。云因翻粜义仓事斶[1]怒煦东，因未递检举，尚遣羽党捕获，事之为甚之又甚也。午膳后，至海门同昌分号，晤陈舜卿、陶祝卿两君少谈。言祝卿于十二日到闽。随至永宁商轮局，晤杨子云先生少谈。至永宁轮船，晤云珊先生少坐，并晤章伯纯兄，云于今晚趁轮到宁，因风过大而止。即同(至)海门商轮局，将伯纯兄所带行李均所带行李均借藏局中，托王先生代为照顾。适王香谷先生在局，即托其代为法绘扇面一把。来时过同昌分号少坐而别，至家时将晚膳矣。

初十日丙午 早至申，晴，天气最热；酉初以后均阴，雷声震动，雨仅片时，不大而晴。致章子修兄一信，托先爵先送交。席请彼处兄晚膳，并邀楚言、苏绩臣诸君陪客，相叙席散而别，时逾二鼓矣。

十一日丁未 早至未，晴；申牌、日中，雷雨；申末，雷声颇响，片时而止；酉时以后，阴。接丁辅香兄一信。午膳后，至子宜处，少坐而别。王耔舜兄趁永江商轮到台，过家，承代领黄沅名字之供事部照已代领出带来。

十二日戊申 晴。致丁辅香兄一信，内附致五丰钱庄照信一封，饬老六送交邮政局保险寄甬。致黄楚卿一信。致张丹翁一信。王子舜兄于早刻至家去，伯纯兄亦同子舜兄至黄城其岳家去。早，至子宜府上少坐。午膳后，二分之大分三嫂，涂镇人外公、伯公、叔公来叙片时，为三嫂与二嫂口角细故，即至二分谒其外公诸位，并挽书城先生、咏仙，将其子正行叫来劝导一番。即至禹门叔公处，一切接头说妥矣。金德生于晚刻来，留宿一夕，彼因事至葩辰处而来家也。

十三日己酉 晴。李则轩兄于早刻来叙半晌，同德生至陈家去。

---

① “斶”，疑为“觸(即触)”。

日值武圣千秋，早刻谒庙致祭，同祭者：黄心斋、黄仲辰、黄秉彝、王云梯、王子宜、黄宗山、范静轩、黄少愚、陈云芝诸君。致祭毕，同至禹门叔公处，晤咏仙，相叙半晌而来。

十四日庚戌 早至未初，晴；未末，阴；至申，雷颇响，雨不甚大；酉时以后雨晴，阴。早刻，子宜兄来叙。过午膳后，同至分府署，晤王心斋少坐而别。至秉彝宗伯处，畅叙一刻而来。接丁辅香兄两信。接张丹翁一信。

十五日辛亥 早至未初，晴；未末至酉初，阴，雷声响而未见雨；酉末，又见日。致何玉洲先生一信，饬从福到郡向取托漆之撞橱两对、一字椅、茶几等。致丁辅香兄一信，饬老六送邮政局保险寄甬。又致丁辅香一信，交网局附寄到甬。先酌先来云，伯纯兄转黄城后宿在岳家，不欲赴甬，托余将所寄张君各件代为寄甬。即代伯纯兄代致张寅侯世兄一信，外附老酒两坛、醋一小坛、台官纱一匹、粗纯参十二束、步荠两篓、栲绢衫裤一身、钉靴两双。又代其致戴云珊先生一函，托其代带甬江交永宁甬局转交中府署。午膳后，至子宜府上，晤周梅翁、采东、馥荪诸君，相叙半晌而别。过楚卿处、楚言处，均少坐。馥荪云才于今日来，嘱其到局经理一切也。楚卿云，仲逸饬夏敬甫并麟斋、琴轩到省呈控网事，呈附洋人信内递抚署，真可笑也。闻见五呈，未见一批，亦出人之意料。教士例应不得兼理民事，既附信呈递，荒唐至极，理应批驳。况事经台州府并台同知通详立案，告本无益。竟至五呈，未见一批，亦意料之外也。

十六日壬子 早至未，晴；申后至晚，阴，有雷声而未见雨。陶寿翁、周梅翁来叙半晌，云煦东为拔仲逸吊禁后递临海县呈批，大约谕陶绅代为理处云云。又云此事经汪更生参戎、何霭生广文代为理说，已将就绪。晚刻，至子宜兄处，言甬江网行有函与褚仲逸、周梅五，向网局结网两百担，价洋以四十一元五六角[1]算。但其言有疑心，至家

---

① 原为柴码数字。

后即叫周梅五来云，系接甬江乾大有来信。所云如此情形，甬江渔网可以畅售也。

十七日癸酉 早至未，晴；申后至晚均阴。雷声响亮而未见雨。邱少羽兄自东京早稻田大学堂寄有《日露战争着色写真贴》一本。接丁辅香兄一信，云即于十七日到马意一走，事毕转局，约四五日而已。接李明渊一信，云椒江网局已有渔网百担售出。午膳后至楚卿兄处，晤郑夔友、王少常、鲍子封、王子宜、翁子俊诸君，畅叙一刻。至椒江台局少坐，晤梅五姻丈，同至楚言及心斋宗叔两处，少谈而来。

十八日甲寅 晴。致李明渊一信，饬老六送交邮政局寄甬。致邮政局黄星斋一信，又致李明渊一信，交网局附寄。接从福来信云，小者嘱定之凉床价须五元二角，问过小者允诺。即寄从福一示，交航船带郡。苏步洲同挺生来云，何升标之事经吴绍春公祖谕步洲理处，来叙一刻而别。邱楚言姻丈来谈至晚，留过晚膳而去。至庆丰，嘱善友先明日至大陈山收账，彼处所该庆丰之网账不知得能归结否也。

十九日乙卯 晴。致杨子云先生一信，因王月亭兄托余代买之松板已到，有三十馀丈，借永宁船埠之木斗船暂上，候永宁到埠即托其代带甬江。

二十日丙辰 寄家君一禀，系第二十二号家信，饬作头送交邮政局保险寄至山西太原省城新道街路北，即呈黄公馆。内附致苏月波一信，致苏焕堂一信，致李万香一示，均附在内。致戴云珊先生一信，托其代为照顾张丹翁代买之松板。今日作头至海门，因栅浦顺记场量板之人未曾接头，亦未丈量。晚刻，接丁辅香兄一信。至子宜处，晤李明渊，曾已旋里，相叙一刻而来。

廿一日丁巳 早至酉初，阴；酉末以后，大雨，夜间亦然。致云珊先生一信，托其代带板片。致张丹翁一信，外附王月亭先生托买松片三十七丈，计三百八十三片，内附致五丰钱庄一信，又附致张仲甫兄一信，托云珊先生带宁。致丁辅香一信，内附致丁元裕一函，亦托云珊先生带交。致黄煦东宗伯一信，交福逊同用九送至大陈山面交。

晚刻，王子宜兄同少芳兄来叙至晚，留过晚膳。因雨甚大，留宿一夕。

廿二日戊午 晴。子宜、少芳两兄均于早刻去。致金叔文兄一信。从福于早刻自郡城来，前托何玉洲代定之撞橱两对、一字椅八把、茶几四张，抄账计洋三十馀元。接槐士兄来片，前托代向临海县划汇杨振甫之洋而不能允诺。该洋既不能代汇，须早寄还，今既久之又久，值然寄还，此少南、槐士两兄颇为搬弄于我也。但该系须蒋库房代汇，只托馥堂先生代为想法，未知以为然否也。托人之难，有何言哉！即于晚刻至粮厂，晤侯洁斋、少卿两兄，云馥堂先生来恐尚需时日，只明日函达可也。晚膳后，梅翁来叙一刻，同至陶寿翁处，晤周载翁，相谈半晌。同至子宜兄处，晤云梯、秉彝诸君，相叙过二鼓后而来。云及现在张中丞派出查察各州县贤否之委员数十人，贤明大吏考察精明若是也。

廿三日己未 晴。致蒋馥堂先生一信，内附杨振甫汇票两纸。致侯洁斋，托其代带郡城。午膳后，至子宜处，晤梅五诸君，相叙一刻。而至楚言处，晤叶寿卿，相叙一刻。同楚翁至家，相谈至晚，留过晚膳而去，时将二鼓矣。

廿四日庚申 早至午，晴；未至申，阴；酉刻，雨；戌后雨晴，阴。致张丹翁一信，内附五丰连单，计洋九百三十五元，系前代椒江网局向其借来。致五丰钱庄照信一函。致丁辅香一信，并附五丰钱庄过复生洋二百元、过泰来洋二百元、过万和洋伍佰元，共三纸，计洋九百元。适李明渊到甬之便，均托明渊带交。由全盛信局递来五丰钱庄一信。弟头自莘山(来)，接叔文兄覆信一函，并托余代寄云舟兄一信。午膳后，至周梅翁处少坐而来。郑夔友、王少常兄来叙一刻而别。晚膳后至子宜处，晤云梯、采东、竹三，相叙一刻而来。竹三言分府署将前月廿八日闹署逼放监犯之犯拿来重惩，以儆戒将来，亦在于礼也。梅翁于晚刻时云，谱香母舅至安徽去，不知为何事也。

廿五日辛酉 阴，致金云舟兄一信，内附叔文兄寄云翁一函，又托其代寄叔文兄一信，均交桂玉老司代寄海门。午膳后，至庆丰少坐，即至子宜兄处，晤周梅翁及云梯兄，相叙一刻。适夔友字托余代写篆字，但余不知自丑，即代其缪篆一番。至家后，适云洲兄自海门来，言及向娄宅取讨王子常太守汇款，颇多转拆也。

廿六日壬戌　晴。同周梅翁、子宜兄拼致卢槐士兄一信，交吕保送交航船寄郡同昌盐号。接苏焕堂自四月十二日所发一函，内附至其家信一封，即饬人送其府上矣。接丁辅香一信。接张丹翁一信，云已寄之板曾已收到，未寄之板不必再寄可也。晚刻，张宝田先生自舟山来。

廿七日癸未　辰前，阴；巳至未初，晴；未末，阴；申后，雨。致张丹翁一信。致丁辅香一信，均饬老六送交邮政局转寄甬。请金云舟兄及张宝田先生，并邀周梅翁、邱楚言姻丈两君陪客，相叙席散而别。

廿八日甲子　阴、雨不时，惟午膳后阴两时许。午膳后，金云舟兄至海门去。晚膳后，至楚言处少坐，过子宜府上，晤梅五、云梯、采东诸君，相叙一刻而来。并云及煦东宗伯与仲逸之事，经汪庚生、何霭生诸君从中代为说和，本待煦东到家言之作罢。昨煦东自大陈山来，尚不肯允诺，以致中止。闻褚仲逸与云路昨趁永宁到甬，想有别生事端也。

廿九日乙丑　早至申初，晴；未末至酉末，阴；戌初，雨，不甚大，片时即晴，以后均阴。午膳后，王子宜、卢槐士、鲍子封、周梅五诸君来叙一刻。值大暑节近，每逢大暑之前六日起至大暑之日止，江边均有戏，系煦东宗伯为首事。即同诸君至江边堂看戏，晤魏萍生明府、汪庚生参戎、费子赞二尹及楚卿、少裳诸君，相谈至晚。过椒江网局，适丁辅香兄由甬江趁海门商轮于晚刻到埠至局，接五丰钱庄一信、张仲甫兄一信，相叙至晚。过晚膳，同至子宜处少坐而来。云及甬局渔网前后计售一百六十馀担，并另货约计洋九千番左右，则可谓转机也。

六月初一日丙寅　晴。致李明渊一信，饬老六送邮政局寄甬。早刻至周梅翁处；至叶蓉秋典中，晤张柳村；至椒江少芳处，均相叙一刻而来。少芳将椒江之屋大加修整，需费颇多也。午膳后，周梅翁来叙一刻，同至卢槐士兄府上，云其出外，未曾会晤。而至子宜处，晤辅香、云梯、槐士诸君，畅叙一刻而来。晚膳后，至子宜兄府上，晤陶寿翁、周梅翁，相邀同至江边堂看戏，晤夔友、少常、宝舟、楚卿诸君。来时已逾二鼓矣。

初二日丁卯 早至未刻，阴；申初，雨，不甚大片时而晴；至晚均阴。元配章宜人于午刻除灵，俗名曰移座。忆元配章氏宜人于甲午之春二月归于余，不觉间已逾十载。于甲辰之秋、九月将杪，因胎前染恙，至产后而逝。呜呼痛哉！转瞬间又经三载，于今日移座，即于午刻请入神棚，以僧五人追荐之。回忆甲午之春来归之日，如同昨日耳。仅遗二女，不胜触目伤情。但余生母系家君元配，诰封淑人、晋封夫人。周太夫人于甲戌之夏五月生余，至六月十二日仙逝，仅只十四日，此情此境，何可言哉！余回忆时终夕悲痛，难以释泪。不幸余内人元配章宜人生次女之日至逝之日亦仅十四日，每念觸目伤心，有何言哉！我之不幸若是也。

椒江台局夥友子宜兄之侄老二头来说，辅香兄代局中转向王保源汇有洋二百元，书明初四日，连单向五丰钱庄过付，单即交老二头手带交矣。金德生来叙一刻而别。辅香兄来叙，网局如此情形，急图善后。适槐士兄来邀，即至子宜处，同至网局少坐，即至其府上，适子霖兄、周梅翁均来。子霖因天主堂托其向网局取毓才学堂及阮蒉斋、王子元各处经捐，即允，嘱方馥荪书好交其带交，相叙一刻而别。至家后，仆从言，黄宝舟兄至家，未晤而去。适金叔文兄同其令郎至家。过晚膳后，至楚卿兄处，云宝舟于晚刻去矣。晤槐士、夔友、少常，相叙片时而别。过子宜兄府上，晤周梅五、陶寿农、王采东、丁辅香、王云梯及秉彝宗伯、杨醉堂、郑真侯诸君，叙谈半晌而来。至家时将二鼓矣。

初三日戊辰 早至巳牌，阴；午后至晚均晴。早刻，徐子刚兄、苏绩臣兄来看大暑，留过午膳，同至子宜处少坐。至江边堂看戏，晤煦东、玉洲、心斋、孙少臣、王少常、郑夔友、槐士、楚卿各人，谈至将晚，同至子宜处，晤云梯，少坐而来。楚卿所言网局之事颇为精明。余于上春误入网局，悔之晚矣。幸未代经各事，稍慰寸心耳。接张丹翁一信。

初四日己巳　晴。子时大暑节。致邱霄伟兄一信，交二头带至上海转交邮政局寄至日本东京早稻田大学。致五丰钱庄一信，内附寄张丹翁一函，交二头带交海门邮政局保险寄至宁波。致李明渊一信，交老二头带附网局信内寄甬。早刻，至梅五处少坐而来。张宝田先生于晚刻至海门趁永江商轮至舟山去。煦东遣人来邀致祭。即至江边堂煦东处，晤煦东、心斋、吉甫、静斋、作羹、子宜、少芳、靖轩、道周、性言诸君。恭祭五圣大神毕，敬送后，过子宜兄处，晤醉棠、云梯，少谈而来。

初五日庚午　早至巳初刻，晴；巳末，雨，不甚大，片时即晴；午牌，阴；未后至晚，阴、晴。槐士兄来邀，于午膳后至网局，晤子宜、梅五、云梯、少南、子封、楚卿各人，相叙一刻。因子封与各人接头，云其女婿馥荪分手生意，已于早刻至家去，透支之洋、并向宁海商轮暂撮之洋，均由彼自弥补云云。看楚卿之意，听楚卿之言，欲接网业之意甚急。同梅五至陶寿(翁)处畅叙一刻而别。至家后，翁子俊、黄崇先在家，接谈一刻。云及余等业告退网业，宜速不宜缓。但翁子俊系楚卿腹心之人，崇先亦楚卿之用人，言之若是，楚卿之意可知矣。少墀先生自东山头来。

初六日辛未　晴。早刻，至网局，嘱吕池速将渔网捆好，明日海门班期装载十担，以便凑成四十担，售于甬江新永顺之数已足，可向其支取网款也。过周梅翁府上，晤娄祝三之三弟，相叙一刻而别。接李明渊一信，云初一日所寄一函，内附账单一纸，并薄荷霜一瓶，未曾接到，不知寄于何处，亦不知何处账单，即作函通知向查，不知觅得原物否也。署中送来郑舜丞兄一信。

初七日壬申　晴。致李明渊一信，交网局附寄。致张丹翁一信，又致李明渊一信，均交玉先带宁。致邱仲玉姻丈一函，附致楚言姻丈一函，托其代寄山北尤其亲戚家中。席请范少墀先生及叔文妹倩乔梓，并邀子宜、辅香、丽生先生、容秋诸君晚膳，相叙席散。后载熙、少芳来叙来云，椒江之中学堂，分府吴绍春公祖照会黄煦东、陶寿翁为总协理，而又催办甚促。但两君诸多推托，不知何日得能成工也。以余论之，创办学堂之经费皆取资于网业之馀利，办理网业与创办学堂系是并重，能得黄、陶两君专一而办，则见工之速，质诸高明，未识以然否也。子宜兄云，东洋之留学生寄其一信，欲速考选出洋诸生，能得用心专办事，皆能成工耳。

初八日癸酉 早至未，晴，天气甚热；申至酉初，阴；酉末以后，雷雨。寄福逊一信，饬褚四妹转寄。大陈范少墀先生于早刻至东山头其亲戚涧泉家。晚刻，黄心斋宗叔来邀晚膳，即至王子宜府上少坐，而至心斋府上，晤王心斋、毛岫芙、周梅五、池少逸、孙少臣诸君，相叙席散，来时已将十二点钟矣。单奏堂先生偕其孙于昨日自北岸来，留过一宿，均于早刻转至北岸去矣。

初九日甲戌 早至辰，阴；巳牌，阴、晴；午至申，晴；酉刻以后，阴。接张丹翁一信，云附痧药百小瓶未曾收到，据送信之阿标言，该药系交和生之担货老五代带，亦未送来。接李明渊一信，系六月初一日所发，并薄荷霜一瓶，系普太保买之玻璃瓶，托买者系树瓶之薄荷霜，今已寄来则非其物也。早季曾已收成，均歌大有也。

初十日乙亥 晴。天气颇热，致郑舜丞兄一信，交邮政寄平湖县幕中。接李明渊兄一信，云接总局来信云新永顺之款除过黄万记外，均过入宏泰庄。适子宜兄在家，询其是否，并未知有宏泰等语。即代网公所致甬分局一信。又致李明渊一信，交公所转寄。张丹翁附寄之痧药，顷由永宁局遣人送来，计捆一篓，并附托寄其府上并合兰、章伯纯兄各一篓。适值仆从甚忙，俟稍有工夫即遣人分送可也。

十一日丙子 早至午，晴；午、申两刻，阴、晴；酉初牌，雨，片时即晴；至晚均阴。早刻，饬褚四妹又到大陈收账去。致福逊一信，片托潘云轩代寄大陈山。晚膳后，至子宜处，晤辅香、云梯、少芳、载熙、采东及秉彝宗伯，诸君畅叙半晌而来，时将二鼓矣。

十二日丁丑 早至午，晴，天气甚热；未牌，雷雨甚大；申时雨晴，至晚均阴。玉先自宁波来，接李明渊一信，云永顺之款仅过一千一百元，屈计网局垫尚不得清偿也。

十三日戊寅 晴，天气甚热。致李明渊一信，交邮筒寄甬。接到甬五丰钱庄一函，内附清单一纸。周潄芳与褚德舜之事，褚姓托余转托子宜兄代为理说，于晚刻设席通知。晚刻，至子宜兄(处)，晤云梯，少坐。均至少芳处，晤作羹、载熙、建西诸君，畅谈席散而别。少芳兄言，仲辰宗叔于本月初十日午刻生一子，吾黄氏经久未见添丁，今幸添一丁，亦谓至幸也。小妹因次外甥染微恙，于早刻携外甥及甥女均转莘山去矣。

十四日乙卯 晴。致李明渊一信，函托黄潄泉祈可贵轮友代带定海交邮筒寄甬。叔文兄于晚刻至海门去。桂明自莘山来云，次外甥染恙已愈。即致叔文兄一信，以免其挂念也。晚刻，至陶寿翁处少坐，即至子宜府上，晤时卿、云梯、采东诸君，相叙一刻而来。

十五日庚辰 晴。致五丰钱庄一信，并附连单一纸，计洋两百元。因伯纯兄向余代汇，亦交伯纯兄带甬。接金仲泉观察一信，向余转向张丹亭镇军书其千金庚帖。适伯纯兄至甬之便，即致张丹翁一信，并附金仲泉观察原信。早刻，章伯纯兄同其堂舅陈焕云先生之世兄雄飞来向余假洋两数，即允其由甬五丰转汇。留过午膳，即至海门，于明日趁永宁商轮到宁。晚刻，卢槐翁、王子宜兄来叙片时，议送李明渊兄束金，约洋五十之则。即邀叶蓉秋先生来酌，托其转达。据云须同方馥荪之辛资相同则可。又与子宜、梅五两君接头云。但馥荪之辛资尚未说妥，今明渊议以每年洋五十元，每年来往四次川力洋十元，自己来往则川资自用，局中公事则付局中，花红照分。蓉秋言与其接头可也。戌刻月蚀，约一时许而复明如初焉。

十六日辛巳 晴。天气甚热。致张丹翁镇军一信，外附贡椅四张，函托章伯纯代带甬江，饬桂名送至海门。接李明渊一信，并附薄荷霜一瓶，由局送来。晚刻，辅香来，同至子宜处，晤秉彝宗伯、宗山诸君，相叙一刻。云及卢槐士兄已至海门，转赴郡城去矣。但庆丰所赊天台各账，均官德经手，今将归结，向取各账，非官德向讨难以清楚。便道过官德处，晤苏鸣岗、苏三春、孙会宾，与其订说准于七月廿一日早赴郡，上天台向讨。余须遣一夥友同去，至时遣阿嘉与其同去可也。

十七日壬午 晴。天气颇热。接杨振甫致章子修兄一信，即代章子修兄致福杨振甫一信，并函托侯洁斋带托蒋馥堂先生代寄杭垣。

十八日癸未 早至未，晴；申初，阴，兼有雷声；申末雷雨颇大；酉后均阴。致周映江先生一信，托其代请王先生，函托则福先至莘山之便带交。致郎显臣一信，向取借洋，未知能得付息否也，本洋未知何日可以归还，饬吕保专至桃渚，并带致候翰臣先生一片。晚刻，至周梅翁处少坐，云临海之出东洋者数人来过，彼意椒江一节，不欲先开预科，即将派洋肄业为先也。果是若何，尚未定见。晚膳后，至子宜处，晤周梅五、王云梯、褚用九、丁辅香、黄秉彝各人，相叙半晌而来。

十九日甲申 早至午，晴；未刻，阴；申初，雷雨颇大；申末以后均阴。接李明渊一信。陶寿翁来叙半晌，云及其亲戚王辉甫于十五日逝世。丁辅香兄来云，准于月之廿二日赴永宁商轮赴宁，余即检汪木山水大中堂一轴、蒋南沙小中堂一轴、夏古崖中堂一轴、王崇简小中堂两轴、池逸臣花卉册页八幅、苏耕云隶字册页四张（上下花卉，中夹隶书，分作裱直条四幅）、仇十洲八仙横批一轴、汪石潭鹭雁横批一轴，托其带宁交四明文宝斋代裱，其中绫边、绢边均另书字条附在中，想不致舛错也，当与其酌妥。廿二日动身，廿四日到宁，廿五日送交文宝斋，至七月初七日，定能裱就，向其取来。即托永宁轮账房、戴云珊带台，初九日永宁到埠之期向其取来可无误也。

二十日乙酉 晴。致张柳桥兄一信。吕保来，接翰臣先生一信云，显臣现在郡城未来，前数日前，伟臣寄有英蚨千翼，其息洋未识能付否也。周梅翁来云，黄煦东近无案不管，所管之案均有数百以及数十均要进手，今自大暑以后，历管词讼进来之洋亦将千缗。但煦东富甲一县，又是七县总商，当铺三间，存架约计二十馀万，又要如此包揽词讼之洋归于私囊，实不取也。将何以报之，未审何年耳。

廿一日丙戌 晴，金叔文兄于早刻去。接甬局李明渊兄一信，并接五丰钱庄一信。梅五、子宜来云，托蓉秋代假一节，息颇重。先酌先来言，岳母急邀伯纯到家，明日趁永宁相邀，未知能即转家否也。晚膳后，至陶寿翁处，晤周载熙兄，相叙一刻，同至子宜府上，晤周梅五、云梯、采东诸君，畅叙半晌而来。

廿二日丁亥 晴。致黄子霖兄一信，寄家君一禀，系第廿三号家信，交邮政局保险专寄山西太原省城新道街路北，呈黄公馆。内附致苏月波一信，苏焕堂一信，均饬阿四送至海门分寄。致张丹翁一信，托仙酌先带宁。丁辅香兄因染微邪，今日不欲赴甬，日昨托其带裱之画均由从福向其取转。致李明渊一信，内附致四明文宝斋一信，并附向丁辅香取转之画，均托李明渊代为面交。裱画工价嘱李明渊由甬局付讫，函并画均托仙酌先带甬交李明渊收。致董丕泰一信，适伯森先赴郡之便，交其送至下洋峙，向取借洋，未知得能付我若干否也。

廿三日戊子 晴。晚膳后，至椒江书院，晤陶寿农、黄楚卿、黄道周、黄少湖、周少芳、周载熙、周作羹、王子宜，并北岸李超群，多人来议椒江善后各节。而李超群议以派本地两人至东洋游历，而载熙、少芳两人允去，不知得能事有终始否也。同寿翁，因少芳留过晚膳而来。

过王子宜处，晤周梅五，相叙一刻而别。言及牟伯谦太守委署府道颇见其速，其中大有可疑之处。按：牟伯谦太守系赞卿先生之长公子。按：黄岩牟赞卿明府育，中式光绪元年乙亥恩科举人，考取咸安宫教习，期满以知县用。光绪壬辰可会试中式进士，覆试二等，朝考三等，殿试三甲，奉旨以知县用，签掣四川即用知县，丁酉四川乡试同考官，庚子奉委署理蓬来县知县，辛丑补授是缺，壬寅因案撤任。适岑云阶制军督川时降以从末用，旋里焉。未降之先捐有知府不论双单月选用，当降之时，未曾指有捐升知府之语。适长公子伯谦太守勉于辛丑岁由监生捐知县不论双单月选用，其父降后，查捐案尚未核准，即将牟育所捐知府改为牟勉。甲辰五月间捐指山西试用，引见后，是年之冬到省，乙巳委有购办书籍差使。销差后自请劝捐差使，而赴各府劝办。

日前，闻翁子俊言牟赞卿先生有函致煦东，云："小儿勉奉委代理朔平府知府，由代理而改署理、由署理而补是缺，劝办赈捐数逾巨万，晋抚专保以道员在任，即补委署冀宁道"等语。今至本镇开报，阅报单，二品衔即选道，特授平阳府、署理潞安府、代理朔平府，何自相矛盾若是也。但试用知府，代理、署理皆合例章，而试用题补实缺，山西虽属边省，断无如此便宜之事。查平阳府及朔平府皆是请旨简放之缺，断无外补之例。查冀宁道系是山西省首道，驻在省城太原府。伯谦太守虽补平阳府，断无外府知府调署首道之例。若以外府调署首道，则太原首府面存何处。况彼致煦东之函与报单所书不相符之若是也。余疑一试用知府，数月间以代理即署理，署理即题补知府，而又署首道，虽有大力者照顾，断无如此之速。拟函询苏焕堂，俟接覆音方可为凭也。以理度之，定无是理。

方今时事更新，即或有之亦未可知。传闻江梅渡老伯系实缺贵州都匀府都匀县知县，适都匀府潘樵孙太守被议，即以都匀县江梅渡代理都匀府知府，亦合于理、合于例也。晚刻，晤陶寿翁云，有人自黄岩来云，牟宅贴有门条云："钦命二品衔山西分巡冀宁道，统辖太、汾、潞、泽、辽、沁、平等七府兼管水利事务"等语，其出报之报单书："二品衔，即选道特授平阳府正堂、署理潞安府正堂、代理朔平府正堂"等语，何至矛盾如是也。

廿四日己丑 晴。天气甚热。王秄舜兄自沪江来，相叙一刻即至黄岩去矣。言及江梦生明府署南平县知县。查福建南平县系延平府首县也，其缺颇佳。

廿五日庚寅 晴。天气甚热，致苏焕堂一信，交网局遣人送邮筒寄晋。致张丹翁一信，遣阿四送邮筒寄甬。接王子舜兄一信。即覆子舜兄一信，并昨日所存小皮箱一只。致章子修兄一信，内附杨振甫原信并覆信稿，又附致岳母一信，均托子舜兄之来友带至黄城转寄前宅。接家君一信，自本月初七日所发，内附洪连波家信一函，并汇洋五十元，嘱寄郡城汇龙桥交其弟洪祝南收，值朱先生之亲戚于今夜到郡，即至洪祝南一信，并附洪连波寄其家信一封，附汇洋五十元，托其带郡交伯森先送交。并致伯森先一信，嘱其向取收条。接子霖兄覆片云，徐贤昌兄住在上海十六铺大成水果行内便是。致李明渊一信，交网局附寄。

廿六日辛卯 晴。早，上午四下钟至分府署，晤吴公并煦东、梅五、寿农、心斋，随班晋祝皇上万寿，礼毕。值集圣庙做消灾，于今日起佛，道场七天，均诣集圣庙叩神毕，少坐而来。午膳后，丁辅香来叙半晌，云前染恙已愈，准于廿八日赴甬。适褚琴轩来叙一刻而别。吴公祖来柬，借去圆桌面一张，并邀廿八日申刻清酌，知单即书允陪。值做万寿戏，来邀看戏，此班系黄煦东所带也。晚刻，至子宜处，晤梅五姻丈、云梯、采东，相叙至晚，留过晚膳而来。

廿七日壬辰 早至酉，晴，天气甚热；戌初，风甚大，片时即止；戌末，雨，片时即晴；亥初刻，即见星光。陈汀西送来张丹亭兄一信，云伯纯约同其寅侯世兄均赴京城。仙爵先想至申叫其转台，丹翁亦遣人去叫寅侯，未知能转否也。吴公祖柬邀晚膳便饭，即辞谢矣。

廿八日癸巳 早至午，晴；未初，雷雨、风，一刻即晴；未末，晴；申时，风甚大，雷雨亦甚大，风将二府署二堂柏树打倒；酉刻以后雨晴，均阴。致符三先一信，遣吕保送至白石。覆张丹翁一信，并附台鲞三十二片。致张仲甫一信，并附台鲞十二片。致五丰钱庄一信，均托丁辅香于今晚到甬之便带交。辅香向余假洋五百元，由五丰汇，云彼自行中付还。吴公祖遣人来邀午膳，即至分府署，晤黄煦东、周梅五、陶寿农、子宜、载熙、作羹、少芳、云轩及其幕友岫芙、心斋，诸君相叙席散。吴绍春公祖邀留看戏至晚，复留晚膳后而来。该班黄煦东孝廉所带，服色颇佳。子宜兄言，李春生太姻丈之长子出继大分者于昨日逝世，请彼与少芳、作羹做祭。

陶寿翁自黄城仲凡处有事来云，有人伪造伯谦太守假信，云代理朔平府，复又伪电五次，初云署潞安府，再补平阳府，三署冀宁道，四护山西布政使，五云赞卿封翁由降从末开复以四品京堂用。但赞卿封翁望子成名之心最切，不察真伪，随即开报，续将电字与各人，详察是假，然后方悉有人搬弄，浩悔莫及。以至黄城各人付诸笑谈也。

廿九日甲午 早至未初，晴；未末牌，阴，即雷雨，片时即晴；申时以后至晚均阴；惟戌末，雨，一刻即晴。致伯森先一信，嘱其向洪宅速取收条，以便寄晋。晚刻，至周梅翁府上，少坐而来。邀琴轩来云，初一日同玉先至南乡收账。晚膳后至子宜处，晤琴轩，留过点心而来。

三十日乙未 早至未，晴；申时以后，阴；戌刻有雷声而未雨。接李明渊兄两函，均有网公所巡丁送来。仙爵先自宁波来云，伯纯前至甬一宿即至沪，寅侯亦于廿二日到沪，丹翁知之若是，即遣人将寅侯叫转，而仙爵先即到申与伯纯晤见，言之再四，而伯纯不肯归家，已相约朋友数人同赴京城矣。仙爵先即趁船到黄，恐岳母闻见再增一番心事。无如伯纯人虽长大，年纪尚轻，尚未老成。幸其令舅陈心纯在都，兄其不致荒唐也。陶寿翁与钟焕堂先生来叙半晌，焕堂先生今宿在寿翁府上。明渊信云，前寄甬交文宝斋装裱之画共计十一轴，定初五六日均可裱齐，准于初八日托戴云珊先生带台也。

第十六章

丙午(1906)七月初一日起

七月初一丙申　早至未牌，晴；申、酉两时，阴；戌初，细雨，片时即晴；以后均阴。致徐贤昌先生一信，饬老六送邮政局寄□，托其代向三鸿讨转前未交到之洋，未知得能璧赵否也。致叔文妹丈一信，饬老六送至莘山。致陈祝再姻丈一信，饬宝玉之弟送至长甸。致李明渊兄一信，交老二先附网局信内寄甬。致伯森先一信，交老二先差人送至航船带郡。致符三先一信，饬吕保送交。晚刻，宝玉之弟来，接祝再姻丈一信。航船夫送到伯森先一信，内附洪祝南福信并洋，信送到收条一纸。钟焕堂先生同陶寿翁、周载熙、汪伯端来叙一刻。余托焕堂先生代格出水之处。据云，照旧颇佳，惟客厅之出水改至东首花坛西边为佳。俟另做石板道地时再开可也。

晚膳后，至陶寿翁处，言及闻梅翁所云金清谷虽添一分局，以防彼处私网出口。寿翁亦不能一时即知底细，再与子宜兄酌之可也。即同寿翁、焕堂先生致子子宜处，言及私网，金清未曾立局，皆以金清出口。若金清立局，彼则定偷私网，即各处亦可出口。若局立金清，不如舟山为妥。并晤云梯、和坤四爷，相叙一刻，留过点心而来。云及周载熙、少芳两兄由椒江派其游学，并调查学堂规模，大约月内即可首途也。所需经费皆取资于椒江公款提用，此亦造就人才之道焉。

初二日丁酉　晴。寄家君一禀，系廿四号家信，内附洪祝南收条，并寄余福信。又，陈祝再寄余福信，并附致月波、焕堂一信，均封交从福送海门邮政局，保险寄至山西太原省新道街路北黄公馆收。

初三日戊戌 晴。接张丹翁一信，内附寄章家外婆一函。请周载熙、少芳、钟焕堂先生晚膳，并邀邱楚言、秉彝宗伯、子宜兄陪客，相叙席散而别。

初四日亥 晴。日晴已久，稻禾待霈久矣。愿得求上苍迭沛甘霖，以慰农望。小民赖以沾庥，为幸多矣，不胜敬感之至。午膳后，至周梅翁处少坐。同至网公所，晤子宜兄，相叙一刻。管账之罗鸣九曾已到店，便道至楚言处少坐而来。但彼染署邪，向余假川朴，即允其价来取，随送其少许。代周梅翁致黄子霖兄一信，随由公所中饬巡丁送至海门也。

初五日庚子 早至未，晴；申、酉两时，阴；戌初牌，细雨，一阵即晴，后云罩星光。致岳母一信，交至玉先带黄片托季甫兄代寄前宅。午膳后，梅五姻丈来约，同至陶寿翁处，晤焕堂先生、锦斋、少芳兄，相叙一刻而来。少芳兄云，大约月抄同戴熙兄出洋留学也。前周允东借去《筹饷事例》一册，顷向其取转。仆从小潘来，言及周允东近欲入资赴都，将前汪更生游戎代其有难廕知县办来，捐加三班指分安徽试用。余核算由难廕知县加捐三班并指省分发即验看印结等费，须需实银二千金，较与生监加捐知县者得少银一千四百两而已。凡有钱而能捐官者，切不可想此便宜。倘若财力不及，即捐少一级亦可。今则允东办此难廕尚可勉强，以他人切不可以此取巧，是为至要。如有人与余言，余当力阻耳。

初六日辛丑 晴。寄家君一禀，系第廿五号家信。致金仲泉观察一信，内附张丹亭都督千金庚帖一柬，均交邮政局保险专寄。致郎翰臣老伯一信，致郎显臣一信，均饬吕保专送桃渚。致李明渊一信，内附致丁辅香一信，亦交邮筒带甬。晚，椒江网局送到李明渊一信，并附前托裱之画，计十一轴，装式尚可将就。阅文宝斋发单，计工价洋六元，未免太贵。晚刻，至网公所，晤罗鸣九少坐，过邱楚言处，相叙一刻，而至子宜兄处，少谈而来。

初七日壬寅 晴。多日未雨，正值晚苗待泽之时，如此之缺，心最忧甚，伏愿上苍即降甘霖，沾养小民，是所仰盼之至。致李明渊一信，交网局附寄甬江。伯森先生自郡来，云日前郡城前福建候补从九李曼士少尹家之后透有一秀士，因烟灯在楼上，人至楼下有事，未曾吹灭，从此失慎，延前后各家大小房屋计有九十馀间，此亦数也，不过借端于某秀才家而已。凡一切灯火之事，须当格外小心谨慎，是为至切。又言董家姑媳不睦，以致两边俱至郡税屋兴讼，闻言之下，不胜该异[①]。如此与同室操戈者论之，更甚也。若非子虚，则媳不孝之罪何以当之。伏读国朝例载以孝治天下，姑虽至无礼以甚，为媳者理宜顺受，不听姑训即是不孝。今至兴讼，定有口角。若姑媳两相兴讼，事之是非，在后论之，先将不孝之罪，即当首先治之，国法宜然也。其姑系余之堂祖姑，其媳即余元配章宜人之姊，其夫董定讦在日，虽是连襟，论交颇厚。今定讦兄自辛丑之冬作古后，余虽至亲至好，其家中一切余不得而知也。因相隔一水，往来者又少，故不得有闻也。闻言之下，余当至其家排解，使其姑媳敬顺如初，余分所宜然。但其家中定讦襟兄之子丕泰尚幼，其馀均是女流。其姑虽是余之堂祖姑，相见之日少，余又是后辈，其媳年又不大，亦未见过。即定讦兄在日时，余至其府上，彼亦趋避，故未见面也。即虽代其排解，言恐未必为然。既能自料若是，不如不与闻为是，既有言听见若此，不胜长叹而已。但其媳将来有何面目相见于定讦兄黄泉路上乎！家庭理宜姑慈媳孝为然，家庭和睦之家理宜昌盛，未闻昌盛之家而非家庭和睦乎。若此者将来如何设想也。

晚刻至仁大典晤叶蓉秋先生，相叙一叙，至梅五处少坐。言陶寿翁之祖母染恙，即至陶寿翁府上询其祖母系肚症，本是无碍，但彼是八十之外老人，颇为可畏，已请许烈夫先生诊治，想无碍也。回忆余先曾祖母应太夫人于庚子之秋染恙时未曾聘请许烈夫先生看过，以

---

① “该异”，疑为“骇异”。

致不起。生死虽有定数，但许先生未曾看过，心尚抱悔以极，自问甚为有愧，及追悔亦何及也。至家后，适吕保来云，郎显臣尚未至家，接郎翰臣老伯覆信，云伟臣老伯于平彝县转昆阳本任矣。俟再有寄来，代为追取，未知在于何时。

初八日癸卯 晴、阴、雨不时。是乎做风水格式，愿得上苍速降甘霖，是所深幸也。今夕所降雨尚不大也。以僧五人拜忏一天，夜间放焰口一堂，每年均以七月度孤，日有迟早，亦候所择之吉，总在七日之内，亦旧例也。陶宅之仆从小中来讨兰花加药，云其主人陶寿翁之令祖母染恙颇沉。适丽生先生来云，据许立甫先生言，寿翁之令祖肚症在少壮之年，可云无碍，但彼年八十有六，亦可畏焉。

初九日甲辰 晴、阴、雨不时，大约阴多，晴、雨少。寄家君一禀，系第二十六号家信，饬老六送至海门交邮政局双保险寄至山西太原省城新道街路北，呈卓异直隶州特授吉州正堂黄公馆安启。周梅五姻丈请其世兄之妻舅即金香泉先生之次世兄，邀余陪客。晚刻，至陶寿翁府上，云寿翁至海门去未晤，其三先言其老太婆之病稍愈。即至梅翁府上，晤其小舅及载熙、少芳、作羹诸君，相叙席散而别。过楚言姻丈处，晤蓉秋、柳村两君，相叙一刻而来，时将二鼓矣。

楚翁言，周尹东云将难麿知县指分安徽试用，加捐三班并印结注册并赴引等费约计实银二千余两，拆洋三千馀元。欲向其长女亲家海门娄晋阶先生借洋一千五百元，闻已允洋一千元。欲向其次女亲母即黄宏德之母借洋一千元，闻三奶奶已照数允诺。欲向其前拜之义子各家各借洋一二百元，闻其已合成五百数矣。彼自前姚子祁、郭外峰、叶湘雯、金慈生四任二府任内经管词讼，扣头及谢金之洋，除已托汪庚生参戎经办难麿知县计需洋八百元及一切开锁[①]外，尚有存在褚仲逸兄之维新布店计洋一千馀元，向其取转，合成借款，计有三千五百馀元。俟借款到手，随即赴都矣。按：周尹东自甲午徐季和学

① 当为“开销”。

宪科考侥幸入泮，以后妙手清风，数年间竟得一知县到省试用，可谓飞天手段。倘得到手后亦能如此顺景否也。但周尹东平生之手段有人所不能及、有人所不可及也。接徐贤昌先生一信。

初十日乙巳 阴、雨不时，大约雨多而阴少。致张丹翁一信，托其寄杭向种德堂代买全鹿丸洋四元，内附家慈寄其太太一信。至李明渊一信，附致丁辅香兄一信。致戴云珊先生一信，附洋两元，托其带宁向存仁堂代买全鹿丸，均饬老六送至海门。来云，永宁因阻风水尚未到埠。俟探永宁到埠时送去可也。

十一日丙午 阴、雨不时，晚刻，风静，夜间而见月色。致苏寿铭一信，饬老官送交。田发佃户承种本是晚二季交殳，若种棉花，须早季交殳七成，至晚季交三成，即棉花收成不佳而无减少之例。若种早稻及晚稻，遇年岁不登，有减少租殳即及分等事。本年麻车地方佃户钟棉花者颇多，早季已过一月之久，是种棉花之田租殳均未送来。初则玉先同官兴向取，即云宽缓，又叫作头及吕保来。吕保向取云缓，以致缓到今日。早刻，遣人向取，均云明、后日想法送交。惟华荣所种棉花田一亩二分五厘，以至延宕而又言语不好，据向取之吕来、吕保所言相同。如此刁徒，若不禀追，恐至均皆效由[①]，以致租殳难收；若据然禀追，彼又是贫民。但是田初发牡土承种，华荣与牡土系是亲戚，由牡土转发华荣承种。与童先生再四相酌，只邀值日差至彼处追讨一番。使彼得以从速交齐作罢，若再不送交，迟日禀追可也。晚膳后，至分府署晤王心翁，言请其派值日差明日至彼处代为一催，当承允诺矣。

晚刻，王子宜兄来云，苏时卿之借洋两百元，但庆丰已收，到如此地步，只将庆丰之麻售与椒江网业公所之款汇划可也。晚膳后，路遇陶寿翁，言其老太婆之恙曾已安痊，可谓至幸也。至楚言处，晤子宜、蓉秋、柳村诸君，相叙半晌而来，时将二鼓矣。

---

① 当为“效尤”。

子宜兄云，椒江网公所之仆从三妹纠集行内各夥在仁记屋内抽豆，实属不成事体。但三妹不得不将速为饬逐以儆戒之。无论何处夥友及用人赌博并摩鹊，凡正月初旬尚合于俗例，当家折衣客在店应酬，亦难禁止。除此之外，此等虽彼辛力之钱，若赢，本无碍事，有赢即是有输，若输之后，钱无处可取，以致作窃等事，岂非作此非分之事而来乎！况赌博及摩鹊均是犯禁之事，为东人者，若遇赌博、摩鹊，无论夥友、仆从以及用人，均要严加禁止。为东人者与夥友合为非分之事，即店，无有店不败者；即家，无有家不败之理。古语云："正人须要正己"，即此之谓也。圣人云："修身然后治家，治家然后治国，治国然后平治天下。"以少至大者，皆以正身、正心为始也。正心之道，以余论之，凡事皆可对人，皆可对神。而可对神明无愧者，在家无不兴也，即在国亦无不兴也。无愧与神明，始在谨慎。凡事皆以谨慎为心，何愁事不成也。言之尽微，难以详言，取其大概而言。是为之记焉。家母自晚刻起，身体发热，时因已晚，俟明日请医调治可也。

十二日丁未　晴。王老二先来云，永宁商轮于早刻来，言子宜兄嘱发连单一纸书第十一号，即交彼带局寄甬。即致五丰钱庄一信，交其附总局函寄甬。前送托戴云珊先生之函，并托代送之信，又，托买全鹿丸洋两元，均饬老六送至海门面交矣。接李明渊兄一信。黄楚卿兄来云，周谱香母舅于昨日其上海人太太生一子。按：周谱香母舅元配朱氏太太，又两妾，年已五十有四，老年得子，颇非易事也。

楚卿兄约同至椒江学堂，晤载熙、少芳、少湖、作羹诸君，相叙一刻而别。但椒江小等学堂曾经上课。午膳后，周梅翁来约至分府署，晤王心翁少谈而别。同至楚卿处，适子宜、载熙、少芳、楚言及陶寿翁来叙半晌，云周仙吕之子装运私网，借黄岩学堂生为名，欲偷至宁。据线民言，其网装在皮箱及竹箱之内。但椒江网局虽有巡丁，至轮虽可捕获，而无确有信息，彼之皮箱内及竹箱难以值然开验。况今之学堂生无论内外关局均是看空放行。但网局巡丁虽可查验，确有证据则可，若无私网，又未奉旨公事，难以为然，颇为棘手。再四商酌，会同网局巡丁查验方为美善。楚卿相约梅五、子宜与余同至海门同昌分号,晤陈舜卿、王丽生,相叙至晚。楚卿同梅五至网局说好,关局之巡丁合同网局巡丁至永宁捕获。据该巡丁云,明知箱内是有私网,该学生巨阻,该巡丁而不敢直然开视,来云。楚卿云:“事已至此,难已下台。”即嘱该巡丁定要开视。去后来云,已获私网竹箱两只,又,衣箱下一半私网,又,皮箱内亦是私网,尚有私网藏在大红呢被里,是网悉均获到。楚卿云将网明日具禀分府宪通详可也。

楚卿邀余及梅五、子宜、舜卿同至海谷春酒馆吃饭。但新开海谷春酒馆房间颇为清致,但菜席甚贵,所出样色亦非甚好,菜及点心、面等仅十二碗,又无鱼翅,所需洋六元矣。席散时经二鼓。同至海门商轮局,晤选甫、子霖、飏绵诸君,畅叙半晌而别。转至楚卿处少坐。子宜兄因浚发有事,即至浚发去。即同周梅翁而来至家,时将十二下钟矣。便道因捕网一切情形,至陶寿翁处少坐。昨晚家慈染恙,身体而未退凉,于早刻,请杏人先诊治,不能即奏肤公,候明日遣人至黄城请王晓凡先生诊视可也。

海门关出官道书陆文轩铭祖,查验司事王冠卿锡、总经事窦小山华棣。渔团局潘秋舫明府崇桂,安徽婺源人,指分浙江补用知县,甲辰到省,乙巳夏间请分台州委员,是年之秋奉前署台州府何月丹太守彦达札委护理黄岩县知县,嘉平卸篆。丙午之春,前办渔团局委员江子菁大令奉札署理宁海县事,当奉张翰卿太尊接办渔团也。按:渔团之委员,不过候补人员中一优差耳。所用一切,均是何霭生广文包办一切,其馀一切公事,均由何霭翁派人经理事务。按:何霭生广文兼善系杭州府海宁州附生,随同前创办渔团局委员黄南垣明府秉钧作幕到台,即在海门渔团局之书启幕友。续渔团局委员李稚白通守炳堃兼署同知台州府事,在署作刑席幕友。续韩子衡明府将渔团局通盘禀报,后奉抚宪札饬台州府知府督办,后即何霭生广文向台州府署包认一切也。故今渔团局之权均在何霭翁,而不在委员,故何君之出息颇厚焉。今海门土药局创立未久,亦派有委员,其官阶、名姓均未得其详。今海门厘捐局委员魏平阶明府诸事颇为精明也。江子菁公祖自赴宁海县,其一切眷属均住楚卿之同昌分号东首屋内。但楚卿今将同昌分号新屋左右南北造得不少墙垣,颇为坚固焉。

十三日戊申 晴。致王晓凡兄一信,早辰时,饬老六送至黄城。午后接其来信云:“染恙方愈,未便出门。”即致函请章屺堂先生,饬阿庆送交。其时已晚,尚未来家,不知得能来家否也。请解玉泉先生,而玉泉先生又在黄城。请杏人,而杏人又到家去。家慈染恙仍然如昨,尚未退凉,不知进以何药为善也。而请医生多人,不意各医生悉均不遇,竟全日不得进药,心甚为念。致子宜兄一信,交其老二先专人送至海门浚发。吕保言,下洋李麟元老太家中栽种茉莉花颇多。托丽生先生致其一信,饬桂明送去。承其送余两盆,均即挑来。

午膳后,周梅翁来云,昨夕私网被捕之事须要即行通禀。随同至网局,点实计宁网七十四口。所获之皮箱粘有洋字,随即描写,以便翻阅。即至陶寿翁府上,晤载熙、少芳两兄,相叙细情,即拟禀稿。随同周梅五姻丈至分府署,晤王心翁,言明昨日所获私网一切情形,畅叙一刻而别。至家时方晚膳。近自大风之后,昨、今两日天气甚热,恐致人多疾病也。网局送来李明渊一信,云前陶寿翁言贴永宁管码头者两人每月各洋两元。彼云:“不如分局自用巡丁一人为妥。”此亦在于理也。又接陈郁英兄一信,内附锁匙三支。即送交其夫人,即张家表妹收也。

十四日己酉 早、未,晴;申至酉,阴;戌牌,细雨,片时即晴。接杞堂先生来字,云忙甚,不得脱身。度其意须再请可以来。子宜兄代致王庆荪先生一信,饬老六送交。承即于早刻来家,请与家慈诊脉后,言所染暑邪尚轻。药下即稍愈,想逐渐安痊也。午膳后,至周载熙及周梅五、王子宜诸处。过楚卿处,晤性言及其海门同德坐店医生阮建城先生,并过楚言处,均少谈而来。子宜先来云,载熙、少芳两兄均于十六日动身，经费由网局支发《毛诗》[1]两部，嘱余代其书发连单。晚膳后，周梅翁来云，所获私网之禀已于早刻并获来私网一并送呈分府署，如何出示之处，均候吴绍春公祖。即约邀至陶寿翁处少坐，托余代书致仲玉、槐士各一信。天台山拈花室僧英祥于晚刻来，但余前做就国清寺拜经台、华顶寺、拈花室各处各板对一副，托其代带天台分送，彼即允焉。俟至天台时捆好交其带上可也。庆荪先生所开之方药颇有验，余请其留宿。张凤山先生于早刻来过午膳即转至北江矣。云章安祥源代步，彼同友人拼顶承开。但章安之代步货物颇好，与各处之代步不同也。

十五日庚戌　早至午，阴；未刻以后，雨，不甚大。致黄楚卿兄一信。因昨日彼欲代姚梧冈于网局中筹若干，余代与寿翁言过，如此允许，定难为情，总以想一名目为美善。早刻，又叫老二先来邀，因事羁绊，故作函覆也。代椒江网局出名致邱仲玉先生一信，又代致卢槐士兄一信，均交老二先带局转寄。

英祥师来过晚膳，转至江边堂。致国清寺僧梅开、授能二和尚一信，并敬送国清寺板联一副、挂对用寿桃钉一对、钉对脚用八角钉两副，并送天台山华顶寺拜经台、拈花室板对各一副，并寿桃钉、八角钉共计四包，均已捆就，均托英祥师代带到山。据云彼自至宁一行，信已交其己手，板对四副先交其带来之用人带至山上。英祥师系天台山拈花室住持僧也。但拈花室系天台山之茅棚，上华顶寺两里许，地方颇为清雅。余高祖晚年时隐在是处，静坐二十馀年。今拈花室，余家祖上均有长生禄位，曾祖母应太夫人于壬寅岁亦奉有一禄位。但拈花室僧每年须至家一次，送来茶叶、山粉，不论多寡只收受。须请其素斋一席，即送其英洋两元作为川费，又送其洋两元作为禄位香灯之资。每年送洋共计四元作为常例，彼若来时，切不可缺。余于癸卯岁夏间在山恭叩菩萨后即诣叩先人禄位，僧人留茶，余看其无匾对，

① 此代指数额三百(元)，因诗经有三百篇。

余即言敬送板对一副。今已做好，托其带山代挂，亦了心愿，亦分所宜然也。敬送拈花室之对联及华顶寺拜经台、国清寺各对，均是清漆绿字一色也。但山上云雾之日甚多，如此做法，想其久远而不朽焉。

王子宜兄来云，载熙、少芳两兄明日动身，托余代其转向五丰汇洋。但其洋近有一千之数汇在五丰，余只允焉。载熙兄来云，遇考贡之月预寄信通知。均留晚膳而别。但姚梧冈偕弟均在东洋肄业，所需交费颇巨，而楚卿兄自己代其想法汇寄，分所宜然，向网局想法，于理未宜。据云，前公利中一切禀稿均是梧冈动笔。但公利前是楚卿之基业，今则化私为公，助于椒江经费。但梧冈有功于楚卿，非有功于椒江。既有功于楚卿，则楚卿虽云前假不计，今每年酬应不少。按：梧冈于楚卿之交情非是公利之一端，数年来，楚卿家许多宜难事件，一切想法、一切笔墨，皆出诸梧冈。而梧冈有功于楚卿不知凡几，即公利助于椒江，楚卿本非本意，即梧冈之心亦何愿焉，皆出诸情节时势公论。而楚卿不能保守，如此而来，即梧冈全心试法亦不能为力。大顾楚卿面子，理应楚卿代其想法宜然。梧冈于椒江何德何能？而楚卿代其想法椒江之钱，出诸成理之外。即或经事者允从，而取诸局中之钱而各股东心何以甘？取诸椒江之钱，而台属六邑诸生亦何以甘愿？但楚卿虽借梧冈川费及照应梧冈家用之钱，论梧冈与楚卿之功相抵，十尚不及一。今楚卿虽借梧冈出洋费用一千，每年照应其家内需费三百，而知梧冈与楚卿情形者何足多焉。

家慈染恙渐愈，饮食亦渐进。王庆荪先生于晚刻转至海门浚发。但庆荪先生系浚发南货行经理账务也。

十六日辛亥 阴，接楚卿兄自海门同昌分号来字云，有牟锡如者来云被获私网一节，邀余与梅五、子宜并约陶寿翁同至分号商酌提议各节。因时已晚，拟明日同去可也。接五丰钱庄一信。接李明渊一信。永宁商轮于早刻到埠，致戴云珊先生一信，饬老六送交。前班托买之全鹿丸亦买到带来矣。同梅五、子宜覆楚卿兄一信。早刻，至子宜府上，同子宜至少芳、载熙两兄府上送行，均未晤为歉。向五丰汇取经费之连单，子宜交淑芳先生转交少芳矣。便道至梅五姻丈、谱香母舅两处，相叙一刻而来。至家后，从福言，载熙、少芳两兄均来辞行，亦未晤也。

阅七月初十日之《新闻报》云，前任海防同知闽垣沈文肃公之五公子沈公祖之胞兄沈爱苍方伯瑜庆，由广东臬司，于上春奉旨简授江西藩司第。沈方伯有介弟沈鲁卿太守璘庆，以知府在江西候补。但胞兄补江西藩司，不得兄弟同官一省，例应回避，系候补知府例应调省。但江西抚宪吴仲怿大中丞拟将沈鲁卿太守请补实缺南康府知府后，即由别省实缺知府互相对调，此真便宜之事。古人云："朝廷无人莫做官"，即此之谓也。按：沈东洛太守璿庆补授台州海防同知，到任未久即请交卸，以知府候补。在任数月清廉自持，真不愧为文肃公之后裔焉。家慈染恙较之昨日饮食亦增，可谓痊愈，未曾复原耳。晚刻，至陶寿翁府上，适王庆荪来，与寿翁之令祖母诊治，余请其来与家慈诊视，亦云恙已安痊，已进补剂，亦可逐渐复原也。

阅七月初十日《申报》纪皖抚批池州府履勘各学校情形表，所云各节，其字句颇多，未便全录，纪其大概各节。访闻该府按临各属至官立、民立各学堂，或即翻阅其课本，或即看其体操，至于一切管理之法、学科、学额、程度、经费，以及校舍、操场、图书、仪器，全不细心调查。此外，公立、民立之学堂，只凭一表一册，草草过目，并未一一履勘。即如青阳之灵岩学堂，乃一二方劣绅籍学堂各自为侵占官荒地步，复有人控其无教员、无学生，而该府仍为列表，试问该府曾亲见之否？又，建德县公立之小学堂两所，学生多至三班，学科多至九门，而教员只各有一人，其为铺张失实已可概见，该府而计及之否？该府由翰苑出身，著述颇多，当札派之初，本部院以为必能认真考查，设法整齐，不同于俗吏之所为云云。

按：现署池州府知府系王子裳太守咏霓，庚辰进士，刑部主事，前从许竹筼星使出使英、法、德、日等国，随员两载有馀，当蒙北洋大臣李少荃爵相于购办德国铁舰案内汇保以直隶州用，入资双月知府。

时安徽巡抚沈大中丞秉诚保举人才，送部引见，奉旨以知府用，仍发安徽候补。两次优差，三署凤阳郡守，素抱经济之才，远迩驰名。所著诗集、文集、日记及各等书集不下数十种，时人曾已采取。其学问、文章，非独吾台为冠，即浙省与其齐名亦不可多得。况外洋形势颇在胸怀，关心时务已逾数十年。阅公之《道西齐日记》，即知其洋务皆在胸中。于夏间蒙恩新甫中丞铭札委池州，况是省藩宪冯梦花方伯煦深知学问，素所赏识。今以巡阅是郡学堂慢不经心，而本委抚宪即有如此批示，可见朝廷求贤若渴，整顿学堂，何等郑重。若今之为守、为牧，今者事事均要留心，而无经济亦难塞责。何况初登仕版即知世务乎！

十七日壬子　早至午，阴、晴，未后至晚，阴；惟申末刻细雨，片时即止。早刻，陶寿翁、周梅翁因牟锡如之事在海门楚卿之同昌分号，邀余同行。即同至海门楚卿处，梅五、少芳、载熙两兄曾经到轮，即同至永宁商轮，晤周载熙兄、周少芳兄、李昭甫兄、戴云珊兄及陈渔樵兄、陈汀西、魏平阶明府、潘秋舫明祖、王冠卿兄，诸君畅叙半晌，该轮即开行矣。同梅五、寿农两君即至永江商轮，晤该轮关籍方翰卿并王芹甫诸君，少坐，即至楚卿之分号中留过午膳。而牟锡如云及陈春生私带渔网而累及同事者有所不平。寿翁云，此事系仲玉原经，即嘱余代椒江网局出名致仲玉先生一信，即交老二先专饬巡丁到黄。即邀邱仲翁来局，商订章程可也。即同寿翁、梅五、楚卿、芹甫诸君至海谷春菜馆少坐，而晤李伯纯父台、何霭翁，少谈而别。至永宁商轮局畅叙一刻，至明轩处少坐而来，至家时将晚膳矣。童先生送来则福先一信。天台山拈花室僧英祥来云，有早殳籴来而无口袋，向余借袋。即嘱仙海先于旧字号中检山旧袋三条，即交其手带去。在海门时，托芹甫先生代买置酒汤杯十副。寿翁言其令媛买碗盏时一并开单寄买可也。

牟锡如兄云，仙居人项翰卿明府为其世兄某捐一主事，已指分工部额外行走，计费一并在内，约需七十金之谱。并云翰卿明府近有调济之说也。按:项翰卿明府梦熊由附生捐遇缺先即选知县,于丁酉岁选授陕西安塞县知县,庚子岁丁内艰,后于甲辰秋七月部选河南项城县知县,因事调省另候差委,迄今将近一载矣。今之调济,未知坐还本缺,亦未知另调别缺。闻项城县缺每岁可馀四万馀金,即在河南省中论尚在中等之缺,可见河南之优缺甚多也。

山西省分天下论之,可谓寒苦省分,吉州在山西论之,可谓最苦之州县也。家君任云南新兴州六载,官声甚好,戊戌之岁,大计首荐。但新兴地近省垣,民事繁多,官之贤否,上游耳目最近。再任吉州府,将一载而有调省另候差委之札。吉州在山西之边陲,民事、讼事无多,以致调省,但吉州虽家君不愿久任之方,以致调省差委,未免有碍于面子。前知新兴州时延郑涤洲为书启。按:郑涤洲公事虽未甚熟识,诸事颇为周到,一派均是新时。再知吉州,请陈咏丹为幕友。按:陈咏丹,粗看人甚忠厚纯正,实则阴险,真要钱之太守。前阅苏焕堂之信,云咏丹之行为,余早料见。家君系长厚仁慈正直之官,而无亲人在边,即彼有贿赂与吏目分肥,别人而不得言上达,致被蒙闭。迨平阳府知府杨渭春太守下州亲讯,即不过面子,而有调省之札,可见用人不得不慎于选择也。况家君存心向来无偏,推知人亦无偏于己,不知陈咏丹诸事濛混,以致不觉。余履次函禀,早日呈请告卸,深知陈咏丹之险恶,至今果然。家君若得请假旋里,余得仰承训诲,是为至幸也。倘若仍然筮仕,余定作函详禀一切,未知家君能得俯纳下言否也。

十八日癸丑 早至辰,阴;巳牌,晴;午至申,阴、晴;酉至戌初,阴;戌末以后,雨,似乎仍有风水之景象也。致章伯纯兄一信,饬老六送海门邮政局转寄京城,托其代商其令舅心存兄埂,向文宝斋、松竹斋及清秘阁、翰墨林询有能写篆书者,无论铁线、玉箸及邓派、石古各体,托其代买五尺生玉版宣、屏风三四堂、桃红洒真金七言、除笺对四副、八言对纸两副、八言绿色对纸两副,即嘱原纸铺代写,未识得能如愿否。凡托人写字画,红绿花卉及画墨水字画,均以白生除笺为最,京都有屏纸白玉版宣者即上好除笺也。夹贡次之。托人写对以各色洒真金除笺对纸为最，各色画金之腊笺次之。但腊笺目前虽佳，不得久厚。送人之对纸，须用腊笺托人书写，切不可买腊笺为要。余平生书画亦能粗识，所恨未曾久客京城而见识不广也。

致李明渊兄一信，交网公所代为附寄甬江。家慈恙可谓安痊，而人尚未复原，饮食日渐加增，深为至幸。午膳后，至网局晤罗鸣九少谈，路遇卢槐士兄云昨日下港，并晤楚卿、云梯。相约至椒江学堂，晤曾六舟、胡竹珊两山长，才方到院，并天台县诸生将赴东洋之谢翰卿等五人。内有曹姓、胡姓曾在早稻田留学两年，因暑假到家，复赴东洋。及叶石甫、周作羹诸君，相叙半晌而别。至周梅翁处少坐。过邱楚言处，晤叶蓉秋先生畅叙一刻，而至子宜兄府上，留过晚膳而来。当在子宜处晤苏鸣冈，云及焕堂至今未来，似乎以前之语尚是实在。焕堂若不到家，总不释群疑。

杨定甫给谏有函致陶寿翁，言实业章程未得预闻。因府尊来书托其作覆，以便致函。但寿翁将信送至子宜处，而未与寿翁接头，不知何故。以余思之，函中系云实业未得预闻。按：实业章程系椒江开办实业学堂之章程，想寿翁叫子宜兄抄示分府吴绍春公祖，禀稿系是网业，亦未知实业、网业，未曾明晰也。接邱仲翁覆信云，明日来椒前致其函示已交朱劼丞主政转告各肄业学堂诸生也。杨子祁孝廉至子宜处，相叙一刻而别。按：子祁兄来椒系为讼事，到椒请吴绍春公祖出示等语。但台州人存心狭窄，人人皆然，若经登第，皆以讼事出入衙署为正事。即本人纯正，而亲戚邻朋再四求恳，以致心不由主。即有固执爱名诸君，皆是簸仕也。

十九日甲寅 早至午初，阴；午末，雨，不甚大；未刻以后均阴。至苏焕堂姻长一信，交老二头送交邮政局寄至山西省垣新道街路北，呈卓异直隶州特授吉州正堂黄公馆收交。接洛卿丈公来示，云向余取洋二百元。即书五丰连单一纸，系十三号。恐有版规五天，又致五丰钱庄一信，托其即行代付。又致洛卿丈公一信，即饬福逊并来人送至海门面交洛卿丈公。五丰之信并连单,附致洛卿丈公之信内也。午膳后,至槐士兄府上,云现在椒江网局。即至椒江网局,晤槐士、子宜、梅五、寿农、曾六舟、胡竹珊诸君,畅叙半晌,过楚言处少坐而来。陶寿翁云,杨定甫给谏来信,云张翰卿太守来示,询其实业网业之信,托余代其书寄一函。余允其明日代书就可也。一切禀稿已嘱分府房中代书矣。邱仲玉姻丈昨日来信,言及今日到椒与各人接头。今日尚未见其来,不知何事羁绊也。

二十日乙卯 早至辰,阴;巳刻,雨;午刻,阴;未时以后均雨。致洛卿丈公一信,于早刻饬老六送交,欲请其到家留宿两日,趁永宁轮到甬。老六覆云,因友同伴不能到家,即于晚刻趁可贵到申。但可贵系赴申之商轮,不得到宁取洋,即致洛卿丈公一信,并附洋两百元,饬福逊送交。接其覆字,均已收到,想至甬亦有购买另星也。接岳母一信,附嘱与代寄张丹翁一信。即覆岳母一信,又致子修一信,均交其来人带交。寿翁托余代书致杨定甫给谏一信,亦于晚刻书就,交官兴送交。陶寿翁覆云,邱仲玉姻丈已来,现在彼处,邀余一叙。

接邱少翁兄寄余日本《明治维新小史》一本,日本法政大学讲师文学士野村一浩讲述,护理湘乡萧鸿钧编辑,弟萧仲祁楄字,外则夏同和题签,内则杨枢题签,序自韩国人洪昌挟所作。按:夏寿田太史同龢系贵州省麻哈州人,戊戌科会试中式贡士,廷对第一,曾经出洋留学有年,而兼学问、文章、洋务、经济皆称冠首,将来定作中朝柱石,不待言也。屈计邱少伟初次寄赠《日本政俗撷要》,再寄早稻田学刊、大清国留学生部章程,再寄日俄战图,今又寄我《日本维新小史》,屡承惠赠,铭感之至,容日修函致谢可也。

晚膳后,至陶寿翁府上,晤邱仲翁,互相参酌椒江网业公所分设金清、舟山两处分局,宜急而不宜缓也,所有未善之处。但周梅翁过于忠厚,难于干事,值仲玉已来,可又一番增补,不无裨益也。寿翁之亲戚冯甥五先生已来多日,今尚未去,与其少谈,留过点心而来,至家时将十一下钟矣。陶寿翁欲将海门设立商会。查商会一切章程颇为繁杂，立亦非易。邱仲玉带有莘山金氏家政条规一纸，所议条约虽有未全，已议各条颇为妥善，若得遵守，则为子孙可以受福无涯矣。

回忆余幼时，先曾祖慈应太夫人爱余之心，无日能去诸怀，将家政均委诸余。己丑、庚寅之岁，有洋五百授余，续后家务亦从余手经理。此时，家君在京候选，续即筮仕滇南。余当此之时，每多用非分之钱，而喜交游，不计家中进款，以致日饷月虚，非独将每年进款用完，又将太祖母授余之钱用完，尚有亏拆。至家君自滇南旋里，方得清账。至今而思，当日交游酬应之资有何益？将曾祖母应太夫人爱余一片苦心将何也对也。倘若当此之时，直至于今，当用则用，当俭则俭，至今屈计，所积之数不下万金，家内亦不亏损。倘无亏损之资，家君旋里后，当辛丑岁，余之功名亦当报捐矣。至今而思，何至荒唐若是，悔之晚矣！家中之用度，即当用之处，昔俭而今奢，即家内男女用人亦昔少而今多，即或酌中调度，昔易而今难。假使有积万金之数，功名亦曾报捐，即今虽繁杂亦不甚于肘掣也。悔之何及！余命若是，听天命可耳。愿得家君早日到家，余得朝夕仰承训诲，晨昏定省，长受家庭之乐，是所万中之幸。倘若家君执意宦途，早得上游调济一缺，数年以清了而退归林下，优游珂里之乐，亦未知早遂所愿否也。辛卯之岁，家君购有石鼓石料，迄今十六载矣。余于今岁东首凤翼告成后适值手民尚未去，即嘱将石鼓料做平门，计需廿九工，饭食不计，外工洋二元九角，以为新造凤翼中之物也。余之日记不知工拙，心有所言，随笔书记，贻笑方家齿冷也。

廿一日丙辰 雨。致邬丽生先生一信。翻阅典中进出账簿，有苏三春于上年十月初一日借去英洋一百元。但苏三春向余下街屋税去开义记鹾货行，上年向其行中鹾货赊来，计洋四十馀元，内有三十元左右，家中巡检账簿并无收账，寻觅发单亦不得。彼云总清流水均有付账，余不得已照其来账付讫。余戒家中诸人，不再至彼处买货，不与交情。而阅典中借其洋百元，心甚烦恼，即至其义记。适彼未在行中，即至椒江网业公所，晤寿农、梅五、子宜、楚言、鸣九、槐士诸君。

适彼又来，与其理论。据三春言，自向子章来往，与典中无涉。但彼系典中之票，余亦不得不向其讨取。当余问童子章如何将钱借与彼，彼云伪传余言，向其洋取去，故与理论时说自与童子章来往也。但苏三春之为人奸猾异常，典中之账，敢能多付，不敢伪说余言向其借洋，如此者，何事不可为也。并晤王心斋宗叔云，王子常太守近已告卸池州府署任。按：子常太守系四月间委署池州，屈计时日未久，何至告卸？恐以遥传之语，不以为然。楚翁言其令弟仲玉先生于早刻转至黄城矣。

廿二日丁巳　早至午初，晴；午末至未初，阴；未末至酉，雨；戌时以（后）雨晴，阴。至邱仲玉姻丈一信，饬老官送至黄岩。致邱霄伟一信，交小标送邮政局寄日本东京牛亡区早稻田大学堂。致金叔文兄一信，交桂玉老司代寄莘山。小标送到张丹翁一信，内附周梅翁为其令郎向取五品功牌一纸，随即送交，适周梅翁至家时面交矣。相叙一刻，同至网公所，晤罗鸣九，言前李明渊经手账目诸多舛错。但明渊系叶宝泰之学生，虽言已满三年，诸事均是不懂，据然将就管账之席，焉有不坏事之理乎！假使嘱其管到一年，则化弄三千颠倒必矣。但李明渊之经手账簿不必叫能懂账之人看其中有舛错，即余不识之人亦能识其倒置也。今李明渊虽在甬江卖货，亦不知有颠倒是非否也。便道至楚言处、子宜处，少坐而来。但卢槐士兄现至海门去。晚刻，老官来，接有仲玉姻丈福信一缄。

廿三日戊午　早至戌初，晴；戌末雨，片时即晴，以后均阴。致张丹翁一信，饬老六送邮政局寄至宁波。代周梅翁出名致何肃堂先生一信。晚刻，至周梅翁处少坐，续至椒江，晤曾六舟、周作羹，相叙一刻而来。适侯洁斋先生来，云接蒋馥堂先生来信，云杨振甫之汇洋曾由县署付出，须至十一日可以向归。但典税银五十两，计英洋八十元，便为清缴。余嘱将俟杨振甫之洋领出汇付，现需时日，则听息可也。杨振甫之原票及收条均交侯洁斋带还馥堂先生矣，未识得能作抵否也。晚膳后，老二头来云，椒江网业公所待需甚急，向余撮洋，余亦不凑，即同至庆丰，撮去龙洋三百三十角，拆洋三十元。同至子宜处，晤槐士、云梯、秉彝、琴轩、心泉、采东诸君，相叙一刻而来，时将二鼓矣。卢槐翁言周尹东之借撮之事，人所不及，余亦思之果然。但其指省赴都之洋已将就绪，最为不易也。

阅七月十五日《申报》纪立宪、法政等事：七月十三日内阁抄奉上谕："朕钦奉慈禧端佑康颐昭豫庄诚寿恭钦献崇禧[①]皇太后懿旨：我自开国以来，列圣相承，谟烈昭垂，无不因时损益，著为宪典。现在各国交通、政治、法度皆有彼此相因之势，而我国政令积久相仍，日处阽危，受患迫切。非广求智识，更订法制，上无以承祖宗缔造之心，下无以慰臣庶平之望。是以前简派大臣分赴各国考查政治。现载泽等回国陈奏，深以国势不振，实由于上下相暌，内外隔阂，官不知所以保民，民不知所以卫国。而各国之所以富强者，实由于行宪法、取决公论、军民一体、呼吸相通、博采众长、明定政体，以及筹备财政、经划政务，无不公之于黎庶。又在各国相帅变通尽利、政通民和，有由来矣。时处今日，惟有及时详晰甄核，仿行宪政，大权统于朝廷，庶政公诸舆论，以立国家万年有道之基。但目前规制未备，民智未开，若操切从事，徒饰空文，何以对国民而昭大信？故廊[②]清积弊，明定责成，必从官制入手。亟应先将官制分别议定，次第更张，并张各项法律，详慎厘定。而又广兴教育、清理财政、整顿武备、普设巡警，使绅民明悉国政以预备立宪基础。着内外臣工切实振兴，力求成效。俟数年规模粗具，查看情形，参用各国成法，妥议立宪实行期限，再行宣布天下。视进步之迟速，定期限之远近。着各省将军、督抚，晓谕士庶人等，发愤为学，各明忠君爱国之义、合群进化之理，勿以私见害公益，勿以小忿败大谋，尊崇秩序，保守和平，以预储立宪国民之资格，有厚望焉。将此通谕知之。钦此。"

---

① "禧"，当为"熙"。

② "廊"，当为"廓"。

十四日奉上谕："端方着调补两江总督兼南洋大臣。两江地方紧要，着即迅赴新任。钦此。"同日奉上谕："昨日有旨宣示，急为立宪之预备。饬令先行更定官制，事关重要，必当酌古准今，上稽本朝法度之精，旁参列邦规制之善，折衷至当，纤悉无遗，庶几推行尽利。着派载泽、世续、那桐、荣庆、载振、奎俊、铁良、张百熙、戴鸿慈、葛宝华、徐世昌、陆润庠、寿耆、袁世凯公同编纂。该大臣等务当共矢公忠，屏除成见，悉心妥订。并着端方、张之洞、升允、铁良、周馥、岑春煊选派司道大员来京随同参议。并着派庆亲王奕劻、孙家鼐、瞿鸿机总司核定，候旨遵行，以昭郑重。钦此。"按：此上谕一下，则宪法定然遵行也。以余思之，但奉行宪法，亦有益有损，容日详细再记。

廿四日己未 阴。致黄协丰鎈货行一信，交航船友带至郡城。致王子衡兄一信，托罗鸣九转寄放网客代送北山。午膳后，至陶寿翁府上，晤梅五、心泉、柳亭，言及永元之烛陶现在其店主褚德舜兄弟三人亏控颇巨，前欠彼之洋两百元，虽还百番，向取甚急，托心泉代说，将店屋一间作抵。余方思前德舜向典中借去有洋两百元，迟则恐无着落，即邀玉先向取，已允店屋北首一间抵押，俟明日写契可也。按：现彼开永元烛陶系是楼屋两间，南首之一间虽押与陶寿翁，北首一间作抵亦可议，以书明税票每年计税洋念四元，即作所借去英洋两百元之官息也。椒江网局送来李明渊兄一信，云及过汇一节，须在廿八日也。前寄辅香兄之函曾代寄交矣。

廿五日庚申 早至未，晴；申时以后均阴。致李明渊一信，交罗鸣九兄由网局附寄至宁。屈计洛卿丈公将近至甬，倘若至甬时，一概托其代为招呼。并寄洛卿丈公一片，附致明渊信内，托明渊送交。接家君致陈祝再姻丈一信，系七月十一日所发，云奉抚宪札委采买书籍差使，定于本月二十左右赴都，想月杪可以到京也。并云孙肆三主政希元寓在京都正阳门内刑部后街复红井户部孙公馆，寄肆三兄之函照此书式不致有误也。家君寄祝再姻丈之函本今晚遣人送至长甸，因天时已晚，俟明日遣人可也。早刻，子宜兄来云，苏三春托其来说，借洋迟缓。余即允其俟至对期十月初一日，以后总以对期付还可也。并接有台州府张翰卿太守为椒江网局详请抚、藩及各大宪移文一角与吴绍春公祖发出，送至网局公览。此因公款存储之方，仰地方官严加保护，甚为美善。留过午膳后，同至陶寿翁处少坐，至周梅翁处相叙一刻而来。卢槐士兄相约至楚言处吃麦饼，余因情面允之，即同槐士兄至楚言处，晤梅五、心斋、楚卿诸君，相叙席散而别。但麦饼余素所不喜吃，不意今晚吃下心中有不绥服，即吐。幸吐后多吃烟数口而幸愈以无碍焉。

便道至子宜处，晤书城母舅及宗山、心泉、采东诸君，畅叙一刻。云晚刻接到载熙、少芳两兄来信，云十二日永宁班期搜获冒充学堂生夹带渔网之事，实系顺兴泰之店夥兄弟陈荪生冒称浙江武备学堂督练处等字样，及有许颖生之名。此番晤见许颖生，云陈荪生冒称夹带，理宜从重严办，事所当然，同乡之学界中人晤见谈及，所云皆然。并云本月廿二、廿三、廿四等日登有《中外日报》及《南方报》所云浙江武备学堂及督练处等公鉴，其录稿已全，未得记忆，惟肄业北京大学堂管扇白君言须要台州府移详分府吴司马严加押束巡丁，以顾学堂生面子等语，亦无别言也。但同乡学界中人所言，本不必说，即管扇白兄所言亦无碍也。况奉抚宪及各大宪通详案内批示“加意保护”等语。但移文中纪：“抚宪张批府详各属网业公所提归学堂集股自办报缴椒江实业等常费，请立案由，奉批如详立案。此案前据吴丞禀明改办法情形，当经批司饬府会同该丞催绅集股订章，禀报在案。兹据该府详送章程，网业公所业经提归学堂自办，公举周绅为经董，专司集股、筹款，每年除报缴椒江实业学堂常费四千元外，又认津贴郡城工艺局洋六百元、三台学堂洋三百元、海门育才学堂洋四百元，亏则按股摊派，盈则利益均沾，办法甚属周妥。台州各学堂得此不竭之利源，实皆乡士大夫心力之所为。本部院嘉慰无已。吴丞于此一事极意赞成，亦属可嘉。仰学务处饬该府即移吴丞催速开学，并将公所加意保护维持，是为至要。仍移布政司查照缴章程存案。”按：如此批示可谓至美至善也。

又奉藩宪批示:“察核文词所叙集股改良办法,虽与学堂收回之名未尽符合,于学费实为大宗进益。既经官绅互相意见,自应准予立案试办。惟石浦并非台属,章程不许私相授受,其中有无窒碍、是否妥治,应再查议复夺,仰即移行遵照办理。情形暨往复收支各数随时造册具报查考毋违,切切。仍候抚宪暨各宪批示缴抧存。”学务处宪批示:“椒江网捐改归学堂集股自办,察阅章程亦尚妥协,据称学务、商情两有裨益,自应准予立案,仍候上同。”商务处宪并道宪批示:“均各据详已悉,仍候上同。”按:网公所经吴绍春司马通详,禀奉各大宪均以如此批示,可谓根深蒂固矣。

廿六日辛酉 早至巳,阴;午、未两刻稍有微雨;申刻,晴;酉时,阴;以后均阴。致长甸陈祝再姻丈一信,并附家君寄其一信,饬桂明送交。晚刻,接有福信,云月之廿九日来家,桂月初一日趁可贵商轮赴都。王子衡兄来叙半晌而别。晚刻,因褚德舜前向典中借去英洋二百,余嘱其将屋抵押,彼云内有一间系押与陶寿农姻丈之表弟汪吕圣洋一百元。余与寿翁说开押彼洋百番即以屋抵押,亦是活契,另日向找断契可也。余有洋两百元,即嘱其店屋两间写来,另日找断可也。被此[①]均有交情,借洋至于写屋,亦出于不已事也。但彼叔梓棠存在典中洋两百元,其中彼借用,不得不写凭据,他日可将此店屋两间还转梓棠之子管业,以了其事。但德舜所住之内屋,前分与梓棠,今梓棠之子并老八住之内屋系德舜之业。德舜欲将此屋作抵,即写与不写同,可见德舜之行为奸猾以甚。以后与人交涉各事均要事事留心,不得受他人欺骗,是为至幸也。

廿七日壬戌 晴。接到李明渊兄一信,系老二头送来。云今日轮期到埠,已由甬江汇来龙洋计拆英洋五百枚,稍应台局之需。函中并言汇五丰英佛四百尊矣。槐士兄遣价向余假来帽素套等物,即询

---

① 应为“彼此”。

其来人，云陶舜韶于昨晚病故，其主人到彼处吊孝用也。宗山兄来向余借袍，因到陶家做祭一用，即允借去二皿广纱四开袍一件，就交其带去。按：陶舜韶茂才炳暄，改名榴吉，少年入泮，声气甚为骄傲，今已中途而逝。做人事事皆空也。

余一生之愿，只可人负我，我断勿负人。但本镇诸前辈私立乡试、宾兴，无论生、监，均以照股分派，定于宾兴簿之序言。向来监生入闱，皆以照股分派，非独有其言立来而有其事。余于甲午之岁，值逢乡试，余以监生入闱。当时余以初次出考，又不以宾兴之较量。当时，阮洁斋明经分宾兴，将应分宾兴之洋照股分与余。余即将应分宾兴之洋掷还同人，以厚乡谊。此余格外体恤同乡诸君。值此壬寅之岁，适逢并行庚子、辛丑恩正并科乡试，余亦以监生入闱。时录科之后，值分宾兴之日，余应前次掷还各人一次。但此次之应分宾兴之洋例应照股分派，余虽非以宾兴之洋计较，而与宾兴之例计较也。各人不知余前次格外体恤之美意，其中有数无耻之徒以余应得之宾兴因该掷还各人。余以各人既出此言，不知余之体恤美意，余执定照股分派。当在临海试寓时，余出正言与各人理说。当时陶舜樵、陈葩辰、王清甫以利临志昏，只看数元之洋蚨而不思前人之定例。当周载熙明经在中代为排解，宾兴则照股分，来说以抽洋两元以作中人酒席之资。当时余不知其中有抽洋两元与各人吃酒，只知宾兴已照股分来，抽酒席之洋两元，亦周载熙兄代垫，个人均以此相瞒。但余向来心值口快，况此事是有前人定例。而彼等何以再言，亦以此相安。而至第三场时，晤周允东与其说及此中情节。余即以直言与允东言之，又值舜樵在余之隔号，与陈云生茂才闲谈，余又以直言与载熙言，深责载熙相瞒。在载熙兄虽是一片好意，余亦不得不以此见责。不想舜樵闻余之直言，自知理穷而又忿，即邀同陈葩辰、王清甫及其已三人来至余号中同余理论。余又直言开导，不以前人之例言为是，执定余之宾兴应该分摊。两相大闹，又在号舍地方窄狭，以致对瓯，经同号解排而已。此人之自是若是，亦所未闻也。余当时忍辱草草终场，后即旋里焉。至家，将此各情直禀家君，虽闷忿亦无可如何。余亦自解自批，以至积忍而已。不意彼阳律竞逃，阴遣难昧，舜樵为首者以至若是，为从之陈葩辰久病缠绵，王清甫阁方众恶受凌。余则不负于人，天不负我也。皇天垕土明鉴，如斯人岂可负人哉！余以事事均以不负于人，存诸心耳。

童子章先生来云，官兴与仁大之写票者互相对调。但仁大之写票者今日已来，官兴亦今日去，而明日进仁大典中作写票夥友可也。但典中规例，初进曰小学生，稍高曰中学生，稍高大学生、曰副包、曰副账、曰写票、曰柜上、曰管包、曰账房则甚矣。上等夥友管包一人，则东人虽择诚厚可靠者能任其事，其责任甚重，有关于一店之货物进出。管账者亦东人择银钱可靠者任之，其责任亦重。管包、管账均要诚厚靠实为上，二人较之，管包重于管账。管包、管账分作两人方为美善，管包、管账一人任之则亦有之。管包之夥友，一店之货物均向其是问，故包房间用之副包、大学生、中学生确由管包者自用，使彼可管束，则诸事可向管包者是问也。管账者则兼[①]之，倘分出二人，管账亦候东人用也。一当中，惟写票者责任甚轻，写票虽则可称先生，是无易于学生，其责任不及一中学生、小学生。虽东人可以允用，亦候管包者管束，亦不如候管包者自用为妙。典中柜上，夥友其进出责任甚重，实则货能不失，价目之责任已甚轻也。各人均可以代荐，管包、管账者亦可以代荐，必虽东人主持之。是为之记。

阅七月廿四日《新闻报》纪：北京当道者奏请设立元老院，凡现在大学士及军机大臣而不入新内阁者，皆位置于元老院，遇朝廷大事以备顾问焉。余之鄙见，元老院之各色无易于养老院也。

阅《申报》七月廿四日张纪七月廿三日内阁抄奉上谕："云贵总督着岑春煊补授。钦此。"同日奉上谕："周馥着调补两广总督。闽浙总督着丁振铎调补。钦此。"按：云贵两省，前岑勤襄公大有公德著在于

---

① 原文衍"则兼"二字，已删。

此。岑勤襄公敏英以典史赴滇，历著功绩于滇、黔，总督滇、黔有年，薨后赐谥襄勤，追赠太子太保等职。其弟岑楚卿制军毓宝亦以杂职保至道员，擢升藩司，补署云南巡抚，护过云贵总督。其长公子岑尧阶中丞春蓂，由廕生道员分巡湖北汉黄德道有年，叠升湖北按察使、布政使，上简贵州巡抚，日前复阅报章调补湖南巡抚。次公子岑云阶制军春煊，由廕生京卿补过太常寺少卿，升太仆寺卿，简放广东布政使，调署甘肃布政使。值庚子带兵勤王，上简陕西巡抚，转山西巡抚，升督两川，调署广东巡抚，署两广总督，专办广西军务，今补云贵总督。按：岑云阶制军闻抚督诸省皆以锋利，不避劳恳。值丁制军督云贵任皆以敷衍之后，定有一番整顿，滇中属吏不无风波之忧乎。勤能者可以见闻则破格录用，亦在此一举，怠惰无能者定即被黜也。

阅《申报》纪售亚弥莲花者仍住上海盆汤巷丝业会馆后背普业药房内，印度哥耳末医生住处也。

廿八日癸亥 晴。接云洲兄来柬，令弟季盘系聘陶寿翁之千金，邀余代媒。但家事颇多，既然来邀，亦不得不去。午膳后，至周梅翁府上，晤其令祖，言梅翁出去，未曾会晤。余近日饮食无味，昨自书去湿数味吃下，虽无碍，亦未见有功。于早刻，邀叶寿卿来一看，开数药，未知饮食得能增加否也。晚膳后，至楚卿处，晤楚言、毛芙岫[1]、王心斋、周梅五、鲍子封、王云梯诸君，相约至江边堂看戏，少坐而来。该班系楚卿兄自己所带，亦楚卿自己船中愿戏，该班服色颇佳，虽沪江各戏园之梨园子弟不及，以台州论之，可谓上等也。楚卿自己带有一班，名曰大富贵，即此班也。遇有烦闷，即嘱该班至江边堂演剧数天，名则曰自己船中愿戏，或言煦东愿戏，或言煦东之夫人愿戏及言楚卿自己愿戏、楚卿之夫人愿戏，时常唱演。总而言之，其父子意欲看戏，即嘱其至江边堂唱戏而已。但江边堂，土人言曰煦东家之家庙，唱戏在戏台上，固理之当然。彼乔梓若恶其人，及拔来吊禁，亦在

---

① 前皆作“毛岫芙”。

江边堂戏台上也。楚卿家之奢华，复何言哉！楚卿之乔梓喜怒爱欲，一切服用、衣服器用以及服役皆以甚哉！

廿九日甲子 早至未，晴；申时以后至晚均阴。陈祝再姻丈于早刻来，留宿一宵，明日赴都。言由盐大使加捐遇缺先知县，此亦甚为美善，倘经上兑后不久即可得缺也。言及洛卿丈公之第三表叔配乌岩卢慧卿之小者于九月初三日完姻喜日，又其弟五表姑适郡城余洁斋主政之令弟亦于九月间喜期。但余九月间亲戚嫁娶者颇多，陈家计嫁娶两分；又，莘山金家季盘配陶寿翁之小者亦于九月初二日喜期，两边均有人情；此外，黄煦东宗伯之千金适王子裳太守之次公子亦九月间喜期，两家嫁娶亦有人情也。云及洛卿丈公现在颇为积宿已甚，旧有积资得近两方，皆为深藏，以为续配所出之小表叔计也。此亦皆为人情之常理耳。

回忆前先曾祖慈应太夫人爱余之心亦是若是。但太祖母应太夫人所积无多，当授余之洋尽囊而授，仅只五百之数，而又家中进出皆从余手经理。但太祖母之存心家事使余经理，使余自能积聚，所授洋蚨五百翼，不谓不少。余当此之时，最喜交情。家君初则赴京听选，继则筮仕滇南，余又不肯经理生产，初用夥友周吕球先。但吕求先人尚忠厚，而无弊窦，继则交其子周炳南经理。但炳南人甚糊涂，每年将棉花及豆租兜收不少。初则不得而知，皆余自己粗心，以至若是；继则虽识其弊端，亦看其父面上，不肯甚说；以至嫖、赌、烟皆全，视钱如土。人既不可靠，言又不可靠，不得已而歇。屈计丁酉接手租账以来，及至甲辰，八年中，余大慨一想，约在两千之外，断非两千之内也。余又如此交情以及应酬，将自辛卯接手以来，日虽不见其少，月计甚为短绌，将出息之资费用外，将五百元之所积洋亦化为乌有，尚多欠款，幸自家君滇南旋里后方得清账。所授太祖母五百之资，不知太祖母如何辛苦之所致，以致化于乌有，将何对太祖母乎！心实抱愧，而今思之，当日应酬之洋，有何用处？与人交情，有何益我？悔之莫及。幸今追悔之后，稍有蓄积，稍慰太祖母万一中之万一也。自今以后，追念太祖母之遗意，家中既余经理，一切当用则用，不当用，再不敢浪费。与人交情者，如亲戚朋友，理宜往来；有益之友，亦理宜往来。无益之友，系是小人，小人则当远之，何况交情乎！青夜思之，追念太祖母应太夫（人）生平之行为、言语，难以遗忘。得有后人将太祖母应太夫人生平之言语、行为，理宜传布，使后人得效万一，亦万一之幸也。

太祖母，女中豪杰。当咸丰戊午之岁夏间，先太祖暨先祖相继仙游，时家祖慈苏太夫人年仅念二岁，家君方值五岁，又两祖姑年在襁褓。当此之时，强邻豪仆无不欺我。其中又遭粤匪之乱。太祖母应太夫人事事周全，和睦乡邻，勤俭持家。幸家祖母苏太夫人事姑孝行，数十年静坐空房，一切家政皆自太祖母一手所出也。续将两姑，长适马头山叶蓉斋军门之公子五丰茂才，次适长甸陈洛卿茂才。家君元配本镇周氏，即余之生母，继娶前宅章氏。一切嫁娶皆是名门，均从丰厚。又，一手新造新屋一周，即今之住屋皆托太祖母之鸿恩、仁爱。亲戚稍有不周，皆以周恤。故叔伯中无人不敬奉太祖母也，无人不怀恩太祖母也，子侄辈无人不怀畏太祖母也。太祖母之行为、言语可为后人之券。家君初署都门指挥，出仕滇南刺史，尽忠报国，仁爱黎民为言也。即余初入学之日，皆以勤苦诵读相嘱也。余年逾三十，一事无成，将何以对太祖母焉！况太祖母望余成名甚切，心实抱愧，前余元配章氏亦太祖母主持也。太祖母应太夫人可谓女豪杰，余家数十年事事皆太祖母周全，可谓圣贤也。是为之记。

褚德舜之卖契及税契昨嘱玉先向其画押，曾经送来，即交童先生收藏矣。煦东宗伯来片邀午膳，席设江边堂。即至江边堂，晤煦东乔梓及吴绍春司马并其幕友毛岫芙、王心斋及卢槐士、黄心斋、王云梯，计九人，相叙席散而来。此席系煦东宗伯席请吴绍春公祖并看戏，各人及余均陪客也。煦东宗伯家中可谓快乐极矣。托陈祝再姻丈代买桃花洒金除笺七言对纸两副，湖绿洒金除笺七言对纸一副，即嘱都城清秘阁或文宝斋、松竹斋代写对纸篆字，并托代买新《搢绅》一部。倘得张逖先先生仍在都城，托其代书篆字，是为至幸也。

言及汪庚生参戎代其附名保案事未着实，向其洋银两次均说保案需用，其数亦颇巨矣。但汪庚生参戎吃在此、用在此，做官亦在此，非花罗将何取焉。余上冬间，因侍妾之弟托余代其转托相熟者于海标补一名守饷或战饷，当余思与汪庚生参戎虽无大有交情，亦有来往，但代补一名粮饷亦非紧要之事，当时往谒承允，后即带同侍妾之弟叩见。后至本年二月初旬，杳无信息，时询其亦无粮额出缺，须延缓数日有出缺云即代补。隔日，适为因张丹翁托买茶盘石，因路多荆棘，询其近有营船至彼处否，彼即向余借洋二百元。余思上年彼云有凤尾山出有救护保案云代余列有一名在内，续即来函交柯育卿守戎向余取资垫保费洋百元。当余思何霭生先生代余列名附保，言后即向余借去英洋一百五十元，至今信息杳然，难以向取。故即作函覆达，并即于育卿言："案若保准，所该需费候其代议，照数送奉；案若不得照准，余亦不肯再抛此费用也。"今若有洋借与尔，将来向取一则即难为情。即虽迟迟送还，所云代垫保费之洋定然扣除；若不扣除，并出许多语言，定致无味。况今亦无馀费可以借彼，随即云"今值不凑"而已。又隔数日，适王书选镇军将近告卸，接其稿房本镇人伍菊香来信，言王镇军将近告卸，有亲随之人亦将去，欲将钱粮卖洋念元及一切小费，须需洋三十四元。余即询其能否。据侍妾之弟言，不欲吃粮作罢，即泐函致覆。但余与尔汪庚生参戎为此事初则面言，继则致函，既有粮可卖，即自己写信亦何窒碍？又嘱稿房代函，甚不合理。虽稿房伍菊香向有交情，汪庚生参戎为此事嘱其写信与余，大不合理也。上年，因事函询一事，即将余致其原信中该数字附在原信封之内交来人带还，数日后即有保案事，向余借洋。度彼之意将余等均作不识时务之人，彼俨然自尊，冒骗人之财物。凡遇此等小人，须要格外留心，若以情分于彼，彼即思余等名分巴结彼也。余亦非为写信不合理，亦非为向余借洋，余即有如此言语。倘若初次有其情分，将洋借与彼，彼即下次又有想法借贷而来，故作是记，为后人阅者戒。

按：汪庚生参戎祖光，黄岩县城人，幼时在海门何姓小布店为学徒，与其东人之妻不合，歇业至家。后当黄岩县署招房，数年后遇知黄岩县事倪愚山明府望重，因其之言语垫不明白，随责手身十下革退。续至海门中军署当粮房。数年后到京串通部办某人，捏名代台州各人冒办世袭都骑尉，四百元、五百元、六百元，甚至七八百元不等，云骑尉三百元、四百元、五六百元不等。彼向部中人办出，都骑尉不过两百馀元，云骑尉不过一百馀元而已。续有世袭停止之上谕。后即想法出难廕等名目，与台州各殷实者欲办难廕。其价目：知县，八百元、九百元、一千元、一千二百、四百元不等；有县丞、州同、州判，四百元、五百元、六百元、七八百元不等。彼向部中办出，难廕知县大约三四百元之则，县丞、州同、州判不过二百元而已。但所办世袭，无论都骑尉、云骑尉皆是粤匪战过之省分自造名姓，列在汇册，与各人说妥之人具禀，申明某人是我之胞伯或胞叔、堂伯、堂叔、胞叔祖、胞伯祖等名色，将自己之父作为生父。所办难廕亦是战过省分，将候补中检有候补道或候补知府、候补同知、候补直隶州、候补运同、候补知州、候补知县、候补州同、州判、候补县丞。读国朝例载：候补道府、直隶州同知、运同廕一子，入监读书，六月后以知县用；候补知州廕一子，以州同用；候补知县廕一子，以县丞用。皆以入监读书六月后结有明色，将各人姓名并入汇案并存部中，如与人说定价金，亦即具禀，自认支派，将此之馀洋归身用度。汪庚生自己之三等轻车都尉亦是四人，认为本支例得赏以三等轻车都尉，指分海标学习，引见后到标学习。前太平县出有救护案内附列名，蒙前署浙江巡抚翁小山中丞汇奏，以尽先参将用，于甲辰之岁贿嘱闽浙总督署房洋数百元。适海标中军游击邱世藩爵都督署任时将期满，即恳例奉督宪牌示委汪祖光署理，即于是年十二月十六日到任。在任已将两载，其官声亦颇平常也。汪庚生参戎，一海门中军署一名粮房，无功无德，不及十年做至本衙门三品游击，可谓侥幸极矣。但所办世袭难廕之底理，余亦稍能粗识，容日详细再记。

八月初一日乙丑 阴。致王耔舜兄一信，托祝再姻丈代带京都。

致申桢夫兄一信，交老六送至海门，代祝再姻丈于永江轮中通融房舱一所。席请陈祝翁午膳，并邀梅五、子宜、楚言、秉彝诸君陪客。相叙席散后，送陈祝翁动身到海门，并托其代带伏鲞三十片、勒鱼十尾与家君。日前，家君寄彼信云，七月二十左右动身到京购办书籍差使，想已到京。并托陈祝翁代与王籽舜兄算账。但前托籽舜兄已买来各物，并托买大毛套风一堂未曾寄来，亦托祝翁代带。所少籽舜兄若干，均托祝翁代为付讫。并托祝翁代写黄沅片字一个。

周梅翁云及汪庚生参戎来与煦东宗伯及周允东各人之禀粜保米案，于今日午刻和事，以酒四席设集圣庙。早刻，黄煦东出知单中余亦有名字，当余即致谢。并云酒席之洋对煦东说系允东出洋，对允东说煦东自己出洋，设席集圣庙以光面子。其中酒洋系汪庚生支垫，其中又是王剑臣兄垫出。但王弁剑臣国祯系海标中营外委，是允东之妻舅。此案系彼去求汪庚生出来讲案，汪庚生虽云酒洋王剑臣代垫，实则周允东出洋了事。此案，黄煦东拔人吊禁皆有凭据，今虽汪庚生代为说和，而褚仲逸未曾在家。但仲逸系是无耻小人，虽不与说和亦做不出事。总而言之，陶舜樵已故，黄煦东可高枕无忧矣。周允东系趋奉卑贱之徒，恐受黄煦东之乔梓所累，而出钱愿干了事也。但此事黄煦东如此了结是太便宜，将来煦东乔梓吊禁连连，眼所立见，地方小民何以为生？心甚为虑。诸君去后，时将晚膳。接李明渊一信，言廿八日又过五丰两百馀元矣。

初二日丙寅　阴、细雨。致黄协丰咸货行一信，致张柳桥一信，致陈桂秋一封，均交从福明日带至郡城。并嘱从福由郡买片纸五百张、信封百个、毛边一束、水笔五支、广皮五斤等物。余饮食不能多进，邀王书城先生代为一诊，留过晚膳而去。

初三日丁卯　晴。余尚多湿，饮食仍然无味，请书城先生诊治，未识得以安痊否也。

初四日戊辰　晴。天气颇热，有不正之气也。余今日稍愈，仍邀书城先生诊视，已用补剂。午膳后，王子宜、卢槐士、陶寿农诸君来叙，至晚而去。接家君自七月十三日交陈咏丹先生所带一信。接苏焕堂自七月十六日所发一信，接家君自七月二十日所发一信。家君函云，现奉委首县帮审差使，又奉委赴浙采买书籍差使，便道到家一走。本于七月二十左右动身，因姨母染恙，暂缓数日，大约八月初旬动身，想本月可以到家也。咏丹先生曾已到台，想在海门，本当往谒一次，因多病，明日再商可也。嘱买茯苓二十斤（每斤总要一斤之外，若有三四重更好）、处术十馀斤（每斤约一元四五之数，每斤两元之数买三四斤），又买江西子（其名曰金线吊胡芦，有连叶更好）六七斤之数，又买华腿五六只，必须预先办好为要。家君函云，陈仲怀直刺钰现奉委督造陈列所差使，局面颇佳。苏焕堂函云，山西巡抚系恩艺堂大中丞寿；藩司张绍华现调京引见，以臬司吴书年方伯匡署理；臬使以首道丁宝铨署理；首道志森署理；太原府知府杨树；首县朱鸿文系浙江人；实缺凤台县知县现署潞安府知府斌衍、补授朔平府者英华，均旗人；现署平阳府知府刘光炘系直隶人；牟伯谦太守现奉委办理官银号提调差使，每月薪水约计六十两之则。家君于甲辰之岁，倘若改捐省分，早经补缺矣。今则悔之何及！余屡次函劝家君早作卸肩之计，未识能得如愿否也。

初五日己巳 早至未刻，晴；申时以后均阴。致应吉甫一信，饬老六送至海门面交。致陈祝再姻丈一信，饬三妹送交网局巡丁送海门邮政转寄京都。致王少南兄一信，饬三妹送交旭东家中人带寄郡城。致邬丽生先生一信，托择太祖母应太夫人修坟日子。接丽生先生覆信云，八月廿七辛卯日尚可以用。但余总不放心，候带泥水并请丽生先生一阅后方能放怀而已。午膳后，至周梅翁处少坐，同至子宜处，相叙一刻，约至槐士处，即至其府上，适彼出外，未曾会晤。同至楚言处，相谈至晚而来。日前在楚卿处，适彼有做水流者在焉。楚卿问余做否，余亦随口答应，另日再想。彼将其人送来，颇难为情。即允其做在新屋客厅数丈地而已。云其价目每丈计工价共计英洋八角五分。新屋地面不多，据云亦须六丈馀也。余亦不过顺口而言，倘若善于理财者，不致若是也。余染微疴，可谓稍愈，仍邀王书城诊治焉。在子宜处晤丁辅香，云于昨晚到台。现今象山以及天台各处麻价日跌，竟至有货而无人接手之势。并云椒江网局所立甬江分局本在江北岸宁海商轮局楼上，今行夥友李明渊与店东不睦，意欲转移各处，彼将屋已税好。余思商轮局楼上，即人若出外，不用照料，如此屋主本甚美善，又可寄食，诸多便当。移至各处，税价虽云相若，人若出外，须要用人照料，必须自用伙夫，一切未便之处，莫可言也。余在甬局时，看其屋东颇为招呼。彼竟与店东不睦，而拾易就难，人所难料，孩子皮气，莫可言欤。

阅七月廿九日《申报》纪奏请裁罢内监，查内监各国无此名目，独中国有之。事经载泽奏请，不知得邀谕旨废止否也。又纪赣省理财新政，新任江西藩司沈爱苍方伯定期每逢四、九日会同两司、两道及局、处、堂、所总会办，提调各道府均集派办政事处，会议一切新政。月之十四日为第一期会议，所议者：一、流通官票；二、流通铜圆；三、整顿税务，均议定拟洋。惟流通官票行圆先饬首县出示，晓谕各当铺从前所出百文小票，限八月内餇收，不准再用，街市只准通用官票，铜圆自然流通无滞，严限令省属砝码一律改为二十七曹平，不日即可见诸实行矣。

第十七章

丙午(1906)八月初六日起

初六日庚午 阴、晴。函嘱从福就郡购买牡丹两种。早刻，至楚卿兄府上，相叙一刻，即邀玉泉先生诊开一方。过楚言处，少坐而来。晚刻，至陶寿翁少坐。阅《新闻报》七月廿五日纪有外省官制业有成议，北京廿四日专电云："议改官制一事，闻拟于每省总督以下分设财政司、法司、巡警司、提学司、军政司、民政司、农商司、税务司、交涉司、转运司，定为三品，所有道缺一律裁撤；知府、直隶州改为一等知县，同知、知州改为二等知县，通判、知县改为三等知县。一等知县正四品，月俸一千二百两；二等知县从四品，月俸八百两，三等知县正五品，月俸六百两；知县直接于十司，每县下设副官五员，分科治理，均业有成议云。"伏思国朝定鼎以来，设立职官互相兼制，尽为美善。若得加汰，得为全美。全更名色治理，只恐未必善于旧制也。晚膳后，至子宜处，晤曾六洲、胡竹三两山长、周作虁、黄道周、心泉诸君，相叙一刻而来，时将二鼓矣。六洲先生云，立宪之例，京中须设一立法衙门，倘若所立法律有不善者，即行更改，至今以后，不知至于何底也。

新屋客厅之水流于早刻做成，计算工价洋五元八角。晚刻，饬福逊送交楚卿兄转交该匠，不知能得经久否也。辅香兄言，张丹翁之长世兄寅侯前配定海王观察之千金，方于初旬送日子。押帖洋一百六十元，可谓酌中。外加大小礼物二十四件，据云，白光珠珠花一对，计值洋四百馀元；白光珠发身髻一副，约值三百之外；白光珠耳环一对、白光珠簪一支、白光珠挑一对、白光珠赤金底镯一对、赤金镯一对、赤金簪一支、白光珠牙千一副、金表一只、赤金耳环一对、平金绣花等名色之外国缎、中国缎、衣料、裙料、背面及衫料计十二件，共值约计两千之外、三千之内。如此等物，送日子甚为难办，若此娶媳，颇为不易。可见宁郡之男婚女嫁过甚于台属。又云，宁属娶难而嫁易，台属娶易而嫁难，各从风俗不同。但宁郡若遇嫁娶，女家所办外壳木料颇少，台属之嫁娶，女家所办外壳木器甚多。宁属女家所办箱笼均要从实，台属女家所办外物虽多，尚可将就敷衍，亦各从风俗不同也。总而言之，中国无论各省各府各县，男婚女嫁一切浮华之用费正所谓不少。能得各从俭约，亦积源之基础耳。玉泉先生云，煦东宗伯之千金适黄岩王子常太守之少君于十月十六日喜期。

初七日辛未　晴。致丽生先生一信，托其至马屿头代格定先曾祖母应太夫人坟向，以便代择修理坟围，函交轿夫送至上澄。早刻，辅香兄来叙，过午膳，言及现在象山麻价颇廉，各店用夥友至彼处办麻者弊端百出，日日尚要赌博，赢则归己，输则取资于店东。凡事总要自己经手，若委诸于人，百损而无一益也。午膳后，至马屿头金德生家，晤丽生先生，相叙一刻，即至先曾祖母坟前格定后，据丽生先生言，八月廿七日可以修坟动手。但仅坟围内三尺土坐有寸许，皆因初造时泥未实之故。即与呈瑞老司商之，须用砖两百馀块，蜊灰十担，已足敷用，将坟围内重做一次。坟围之上亦有立开，皆因地未坐实之所致也。俟将近日子各物装载到山即可做工。转至金德生府上，承留过点心而来，至家尚未晚也。

初八日壬申　早至午，晴；未刻，雨；申初刻、日中有雨；申末以后至晚均阴。致陈祝再姻丈一信，内附寄家君一禀，系第念七号安禀。又附寄章伯纯兄一信，均交邮政局保险寄至京城孙公园内台州会馆。王老二头兄来说，网局颇为急迫，向益兴泰巽益汇来共计《毛诗》一部，即发连单两纸，分作两函，即交老二先带交。即致李明渊兄一信，云在甬积洋，到期由甬汇还五丰为要。附致五丰照信一函，均封固面托罗鸣九附寄网局信内寄甬，并面托鸣九将局中致函亦提及为要。少坐后即至楚言处，晤梅五姻丈、子宜兄，云接有路桥许鸿文之东家许颖生耀致梅五、楚卿之信，云前陈荪生之渔网系是私自冒其名号云云，嘱余代致福信一函。余即允焉。同至子宜处少坐而来。但益兴泰系本镇人屠人周吕汉所开布店之店号，但益兴泰即本月初二日新开也。余之恙已愈，仍邀书城先生诊开一方。书城先生代人税余下街之楼屋两间，余即允焉，明日再议可也。子宜兄云，吴绍春公祖之太太现在生产，有说是男，有说是女，又言煦东宗伯曾至署到喜。子宜兄相约明日进署一次可也。

初九日癸酉 晴。代周梅翁、楚卿出名致许颖生兄一信，即饬三妹送交周梅翁转寄。早刻，周梅翁来约同至分府署道喜，并约子宜兄同至署中，晤王心斋，相叙一刻，而进谒吴绍春公祖，相叙一刻而别。均（至）椒江学堂，晤六舟、竹三两山长及道周、作羹、少湖诸君，相叙半晌。云及为□网偷税，近武林有信寄至椒江出示，系武备学堂所发也。但此事前登《中外日报》，彼边看及，因各无有其事而致函洗刷，嘱由堂中查明奸商姓名，以便登报以供众览等语。此事既经武备学堂已经致函，续后许颖生兄亦即看见，昨代彼之函，接到之后即知奸商姓名。当晤吴公祖时，嘱将许颖生致梅五与楚卿之函转达与张翰卿太尊一阅可也。此事以致牵缠若是，亦出非所料耳。

初十日甲戌 晴。致邱仲翁一信，因张柳桥来信，并来一洪姓，携有蒲仙先生府上书画十馀轴。余阅有王麓台山水小中堂及方孝孺先生行书小中堂、赵千里山水小中堂、米友仁墨水山水小中堂各一轴，颇有道理。邀则福先携信及同洪姓并画等均送黄城，托仲玉姻丈代为一阅，未知果是真迹否也。晚刻，接张丹翁一信，并附家慈另星，随即送交家慈。附有发单，计洋十五元七角零，除收过洋五元，尚少十元另七角零。并附致徐筱帆一信，因其所畜之牲口有病，彼自向徐筱帆兄买马，托余转饬人去牵可也。但徐筱帆住在下糖角雨伞庙，只明日或后日饬人向取亦可。

邮筒递到苏焕堂姻丈一信，云姨母杨氏于七月初十日染恙痢瘧之症，迭请该处医生诊治，皆无见效，日重一日，至七月廿五日戌刻逝世。遗下一妹，尚未周岁，远魄他乡，不胜其苦，惨然。故陈咏丹先生亦在晋垣染恙，幸得到家，可谓至幸。现由轮舟直至郡城家中，未知已卜勿药之爻否。焕堂云及家君本于七月之初奉上游札委赴浙采买书籍差使，因姨太染恙，不得已请假，至八月之初就晋动身。今至若是，不知八月节之前后能得动身否也。昨日适陶连山先生至家，托其代家君卜得一课，云及至本年嘉平月得能到缺，并言其缺颇佳，不知得能应验否也。

早刻，至分府署，晤王心翁，相叙一刻而别。晚刻，子宜、辅香两兄来叙，过晚膳而去。云及李明渊经手账目甚不清楚，恐现在甬江与各店家来往诸多舛错之误，欲过节后同罗鸣九至甬分局察核一番。余细思此事，宜急不宜缓也。子宜兄言，虽节后赴甬，究不知何日可以起程也。

十一日乙亥 早至午，晴；未时以后均阴。致福张丹翁一信，内附托其代寄章伯纯兄一信，均封固，另函托戴云珊代带甬江。周梅翁来柬邀晚膳，余即允焉。午膳后，至陶寿翁、禹门叔祖、子宜诸处少坐。至楚言处，适楚卿兄来云，集圣庙有戏。相约至集圣庙看戏，该班系是楚卿兄自带，即大富贵也。并晤梅五、寿农、寿卿诸君，畅叙一刻。适王心斋、毛岫芙亦来看戏，毕后同至梅翁府上，与心斋、岫芙、寿农、楚言、楚卿诸君相叙，席散而别。过子宜处，晤伍菊香，云其令媛适路桥郑文府之少君，顷文府抱恙甚重，急欲成亲，虽云从俭，亦出于礼也。并晤心泉、辅香诸君，少谈而来。

十二日丙子 晴。致陈咏丹先生一信，交洪姓带郡。则福先自黄城来，接仲玉姻丈一函，即致福张柳桥兄一信，亦托洪姓带交。仲翁之函云："洪蒲仙先生之小中堂中，米友仁山水、赵千里、王麓台各人之山水恐非真迹。方正学先生之行书小中堂若与其字帖笔迹相合者，可以真论，尚可送人。至高节之字、雨生之梅花，虽佳而真，不足以观大雅。馀亦疑信参半。”余将方正学先生之行书小中书已函托柳桥代询其实价，倘得相合，即向购可也。余阅方正学先生之小中堂盖有图章曰“方孝孺印”四字，阴文，确是玉章。物以人重，但方正学先生之字迹，虽老道高如彼者颇多，其人品何人能及之！前明方正学忠诚之气足垂千古，若得真迹悬诸小舍，亦足为荣也。此幅若得真迹，自悬、送人皆可为然。

午膳后，蒋馥堂先生来云，杨振甫先生之洋须至冬月可以领取。但典中之税银即欲归结，余而未允。即将该洋作抵税洋，容后若有人来取，亦当此言福答可也。倘若先付税洋，容后向取杨振甫之汇款，颇非易事。从福自郡来，牡丹花未曾买来，心甚着急。言郡城之电报曾经通达，语言寄信，转瞬间耳。陈煦皆先生托余代寄包万胜、陈春阳各一函。今日已晚，俟明日照信面送交可也。包万胜官名效忠、纪堂，系豪客投诚，现住海门管带海标练军。陈春阳即常相，号俊英，一号郁英，现在杭垣下城文龙巷振华富强学校肄业[①]。但俊英兄不知何日赴杭，余不得而知。既在杭垣肄业，容日修函致候可也。从福云，台州府之电报曾已告成，已出东门不久，即可至海门转太平接温州之电线。但台州之电线系由宁郡至宁海设一局，由宁海至台郡城，由台郡城至黄岩城，由黄岩县城至海门关，由海门关至太平县城，由太平县城直温州府城。但温州已设电局，台郡城、黄岩县城、海门关及太平县城各立一局，以便就近致电。但台郡城之电信局设在已裁台州卫之旧署中。悟前有人云，海门俟电报造成之后即设洋关。将来洋关若设，即俨然一通商码头矣。

秉彝宗伯来谈至晚，留过晚膳。相约至子宜处，晤云梯，相叙一刻。相约均至楚言处，晤心斋宗叔，畅叙片时，留过点心而来，至家已十一点钟矣。秉彝宗伯云，谱香母舅年三十之内时，精神甚为倦殆。其岳丈黄岩朱德园主政代其设一书院在山间，此中用功甫及两载，即

---

① 本处页边注云：“陈俊英现在杭垣肄业之处记明地名。”

精神倍加。可见保养精神即添寿算，又在山间，日夕得天地之生气，其中进益岂可以言语甚述哉！若能少年不失元阳，日在山中，即是神仙。若得仙家真诀，即日登仙。虽非得有仙诀，则日添寿算，鹤鹿同椿，可谓之券。余欲抛却俗尘，至天台山拈花室静坐数十年，日食三餐外有何求？此愿故是非奢，却被家事缠身，若得如愿，亦颇为难耳。

十三日丁丑 阴。致徐筱帆一信，并附张丹翁致其一函，饬升鉴老官专送至太平属之下塘港雨伞庙前。致应子能先生一信，饬三妹交贤信带至郡城。昨日陈煦皆托寄两函，亦饬三妹送至海门。彼致包纪堂之函，接有福片。彼致陈春阳之信交邮筒矣。致邬丽生先生，请其来家相叙要言。晚刻，丽生先生来。午膳后，至寿农、梅五两处，畅叙一刻而别。子宜兄至家云，定月十七日趁永宁到甬，因恐甬分局与人来往以致舛错也。接李明渊兄一信，云洛卿丈公尚未到甬。

莘山仆人来云，金仲泉观察于上月间在江西公馆中仙逝，闻言之下，不胜浩叹。回忆客岁之春，在郡时，同寓同昌盐号，悠如昨日，不意竟尔隔世。为人空甚，万事皆空，空字一想，不必争名夺利。又云，仲泉观察于上春时赣省有一道缺，每年尚要亏控。前任某观察急欲告卸，苦无人接手。闻彼家颇殷实，欲彼接手。上游亦有意于彼。当因亲戚云是缺过于清苦，恐致长久陪累不起，以致另委某试用道，到任数月，晤见金公，云及该缺不致亏短，彼则日夕忧郁而致疾焉。可见人生无论荣辱，切不可过于忧悲。凡事皆从天数，即日夕悲忧有何益处？转念而思，回悲作喜。是为之记。切戒后人，凡遇悲忧之事于心切不可悲忧也。是为至切耳。

十四日戊寅 早至午，阴；未牌以后，雨。家君出名致萧伯康公祖一信，交邮政局寄郡。致萧公祖一信，致蒋馥堂先生一信，均托侯洁斋转寄郡城。因十五日系是月节，信书十六日缄寄也。为向杨振甫代汇第三期之票洋，作抵典中帖税之资。晚刻，升鉴自雨伞庙来，接徐筱帆福信一函，并托寄张丹翁一函，容日寄甬可也。

阅八月初二日附张纪：京报有云贵总督丁奏请总办洋务局，新授贵州按察使兴禄请奏前来。云南景东厅直隶同知桂福保以俟补知府，后以道员补用四品衔，云南补用。同知黄增禄免补本班，以知府仍留原省，前先补用，及陆邦纯、周沅、蒋立成、陆良照、李文森、郑守钦、谈汝康、丁颐、杨大忠、陆光泽、陆升、罗启麟等十五员。按：桂福年仅三十馀岁，历任知县，今已补授景东理民同知，历保知府、道员。及黄增禄以佐杂到滇，今已保升同知，又保过班知府，均皆优异。但兴禄为洋务局总办，余得在滇南，出其门径，亦颇易耳。此闰四月十八日呈奏摺。

又阅八月初三日《申报》纪“议定分设各部官制专电”节：“北京专电云：会议官制已定分设十一部：一为内务部；二，外务部；三，财政部；四，交通部；五，学部；六，法部；七，海军部；八，陆军部；九，农工商部；十，民政部；十一为理藩部。”此谓十一部。

又阅八月初二日《申报》纪“裁并部院”节：“北京专电云：会议裁并部院现已议定，共分十部：一为内务部；二，外务部；三，学部；四，农工商部；五，财政部；六，理藩部；七，交通部；八，海军部；九，陆军部；十，司法部。”此谓十部。值今尚未妥议之时，不知熟是熟否[①]也。

又阅八月初七日《申报》纪“会议改定内外官制专电”节云：“北京专电云，王大臣会议内外官制，已决定设立集贤院、资政院，专以各部更动裁撤人员位置其中，优予俸禄，不预政治，三品以上，遇有行政司法官缺开单请简四品卿堪外用者候旨简放，五品以下由各部长官考选准用外职实缺加一级额外候补改用，对品外官应分发者优列尽先。至外官，每省各设总督，裁巡抚，分设八司：一，民政司；二，执法司；三，财物司；四，提学司；五，巡警司；六，军法司；七，外交司；八，邮务司。此谓八司。即今新立之司官裁去盐运司，留四道缺：一，关道；二，河道；三，粮道；四，盐道。升秩三品，直接政府。府、州、县照原议，各县官厅均设四部：一为内务；二为警务；三为收税；四为监狱。

---

① 当为“孰是孰否”。

分曹授职用乡长、市长，设乡会、市会，选举议员以佐治理。有旨饬各省将军督抚从速覆奏。”

又阅各报“奏请捐纳有职加捐之实官”等语，“曾经到省者，作为候补选论；未曾到省者，概还原捐银两，按期抽还”等语，已将奏请云云。又阅初二日《申报》纪：直隶督帅袁慰亭宫保有内之消息云云。《申报》又纪“京师近信节”纪自奉上谕：“宣示立宪，各枢臣以新改官制为宪政基础，特设官制局，以王大臣督派孙宝琦、杨士琦为该部提调，巡警部参议钱能训等四员为参赞，外务部主事曹汝霖等十二人为调查员，均已到局视事。”又纪：“官制局会议：裁道府，改知县为四品，视知府一切文书公牍直接督抚，每县分设四科，曰警务科，曰理财科，曰审判科，曰农务科，如钱、谷、兵、刑旧制各设专员分理各科，视知县亦畀以实缺，以下再设乡官数员佐理之事。”如今议论纷纷，不知至于何时、何议为定议也。

十五日己卯 早至午，大雨，正所谓大雨如注；午后至晚，雨不甚大，西北风甚大。致张丹翁一信，附徐筱帆福信一封，交江花带托鸣九代寄甬江，并皿湖绉长衫一件，亦交江花带交鸣九。接陈祝再姻丈自沪江缄发一信，并家慈托买洋缎，计英洋十三元二角。即交家慈收矣。饬价携柬送分府署贺节道喜吴绍春公祖及毛岫芙、王心斋两幕友。

阅八月初二日《申报》纪：瑞华儒观察及曾少卿观察铸、朱葆三观察佩珍、施子英观察则敬电致湖南抚宪庞劬帅及绅士袁海观尹宪、王芍棠中丞、王益吾祭酒、彭向卿侍御，就湘购来十万石接济江南受水之区。想湘中年岁定然丰稔可知矣。阅八月初五日《申报》，改定官制，拟将内阁学士、各部郎中、各寺正卿概行裁撤，所有裁缺各员，察其才另予位置。其才欠开展及年力就衰者分别黜退，以重名实。又纪：上海四马路北首望平街大隆燕窝公司内售化学补肾生精燕窝、珍珠牛髓粉，每匣价洋一元，每打十元。又纪：上海二马路钟市西鼎新里口星罗大德公司售赞医士监制五牛牌珍珠燕窝牛髓粉，每罐洋一元,每打价洋十元。两种不知孰胜也。又纪:吏部将裁所有候选人员统归分省外补。

阅七月廿八日《申报》附张纪:山西巡抚宪恩艺帅奏请裁撤筹饷及清源两局,设财处为全省总汇财政之处,刊财政处之关防。其文曰:山西全省财政处之关防由抚宪檄委两司即冀宁道为督办,并委候补道曹受培为总办、候补道张焕为会办,此外,提调及分所各员亦均慎选才能以次酌派等,因未知总办、会办以下所委几人,系是某人也。

阅七月廿九日《申报》纪“议定各部官制专电”节:“北京专电云:改编官制,现已议定,派庆王为总理大臣,而以瞿鸿机、徐世昌、荣庆、铁良副之,定议各部寺为土部”云云。又电北京专电云:政府会议官制设立内务部,不用尚书、侍郎,设总理、副总理、监督各一人,以王大臣任之,警部改为警察局,增设交通部,专管轮船、电报、邮政、铁路四项,以上各节,闻俟议定之后即行降旨实行,大约在于八月之初也。又纪“接拟升巡抚为总督专电”节云:“北京专电云:会议外省官制,拟定各省巡抚升为总督,专辖一省,知府改为府知事,直隶州知州改为县知事,秩均四品,同通佐二杂职酌量裁留为各县转助官。”议论纷纷,亦不知熟是也。

十六日庚辰 晴。致陈俊英兄一信。家君出信致江子菁公祖贺信一函,均饬老六送邮政局转寄。周谱香母舅之上海太于上月生有表弟,今日团月,设席邀余晚膳。晚刻,至允东处少坐,即至谱香府上,晤本厂幕友王立群、达云母舅及醉香、少云并秉彝诸君,相叙席散而别。过子宜处少坐,因其至宁,托其代购高丽参二两,并晤椒江两教习六舟、竹三及周作羹、辅香、云梯诸君,相叙一刻而来。并云及伍菊香之女适路桥郑文府之次子,系学习布业者,今因文府染恙颇沉,日前来至菊香家中进舍,于今日洞房喜日。生身父母有病之日而竟然花烛,甚不合于礼也甚矣。凡遇此等事,则当力阻,是为至切。但此等事,有人说当从俭,将就其本人之心何甚焉。吴绍春公祖因日前其姨太太生一小者,余等各进署到喜,于明日申刻设席来柬,余即允陪席焉。日前曾托曾六舟先生代做文昌阁吕祖先之前对语,已于昨日做好,其语曰:“溯当年,黄粱梦醒,丹篆功成,曾历几许人间浩劫;看此地,椒水舟横,枫山寺古,羌悟无穷物外清机。”容日托书来做就敬献可也。丽生先生于早刻转至上澄书院中去矣。

十七日辛巳　阴。致罗鸣九一信。午膳后,至陶寿翁处少坐,至子宜兄处,适将至海门趁永宁商轮赴宁,又托其代买乌缎鞋一双。晤周梅翁、云梯、辅香、心香诸君,心香一刻。适至交来说,郑文府先生于十四日故世,但其次子娶伍菊香之女者于昨十六花烛洞房,今日虽到家成服虽无,于理、于心何甚!此等之事,有关于风化,理宜革除,导其利害,使愚昧之徒而知理法,是为至幸也。同至楚言处,少谈而来。即至分府署,因其来邀晚膳而赴席焉,并晤寿农。梅五、楚卿、星斋与主人吴绍春公祖及其幕友毛岫芙、王心斋诸君,相叙席散而别。楚卿云及上海及南京一带因水灾风潮之后,该处米价已粜至每包计洋九元零矣,真出人意外也。长年米贵如珠,如之奈何,奈何。至家时逾二鼓矣。

十八日壬午　早至未刻,晴;申时以后均阴。致章子修兄一信,饬桂明送至前宅。来接覆信一封。午膳后,周梅翁、丁辅香来叙半晌。相约至陶寿翁处,云及朱俊卿先生能善针灸之术,因陈葩辰于闰月中旬脚疾未愈,邀其打针,颇为妥便。同至周梅翁之裕丰南货店少坐,同至周允东处,晤朱俊卿相叙一刻。而至椒江学堂,晤曾六舟、胡竹三两教习及作羹、道周、少湖诸君,相叙一刻。至家时将晚膳矣。适仙爵先自岳母家来云,接伯纯兄自郡中来信,云及在京染恙,岳母颇为挂念云云。晚膳后,至陶丽生南货店,晤陶吉云兄,相叙一刻而来。晚来,辅香携有仲玉所办东兴公司于廿一日开特别议会、并注明携带股分凭摺之知单一纸。余于廿一日无暇到黄,将所有曾拼一股之经摺即托辅香兄代带黄城可也,不知所议何事。仆从从福自煦东家来云,楚卿之庶母所出之妹字黄岩王子常太守之少君字少常,本择十月十六日喜期。接王子常太守来信,曾告卸池州府篆,已至湖北,恐年内不能旋里，无人经理喜事，意欲入赘。初则楚卿未允，今日才与楚卿说定，于九月初三日喜期，屋税前楚卿所开仁记麻行之屋为洞房之所。

十九日癸未 晴。致章子修兄一信，致邱仲玉姻丈一信，均托仙爵先便道带交。仙爵先于早刻至前宅去。致陈祝再姻丈一信，饬老六送交邮政局转寄都城。致子霖兄令弟心斋兄一柬，亦饬老六送交。玉先来云，庆丰所该乾大有麻洋六十元。即致王子宜兄一信，交玉先带交乾大有之夥友带甬，由王子宜兄饬分局付给。午膳后，至楚言处少坐，同至家中相谈至晚，留过晚膳而别。老二头来，送明渊寄来一信，已于十三日过汇五丰毛诗一部。琴轩来云，今晚趁可贵赴甬，俟宁转台，即至南乡收庆丰麻账，大约在于廿六七日。同楚言至楚卿处，晤子封、性言、云梯、哲人诸君。云其令妹之亲事，王子常太守之少君少常于九月初三日入赘，借在仁记之屋成亲，已嘱人泻扫净洗矣。

二十日甲申 晴。致王子宜兄一信，内附致张丹翁一信，交网局巡丁送海门寄至宁波分局。陶家牵马老五来云，黄岩章大老有驴欲售。前张丹翁来信欲买，徐少帆之驴已卖，彼亦须要购，故致函询其是否要买否也。晚刻，因周梅翁来，携有阮蓂斋致其一信，向局取洋，曾付上季半数，并询仲逸所该若干。已与说，俟子宜兄并账房自甬江来时算覆，所少之洋，亦俟子宜兄到台付讫可也。同至寿翁府上，少坐而来。梅翁、寿翁来约至栅浦看戏，过三和尚处少坐而来。陶吉云兄来云，前日托其代汇洋蚨一节，彼言无可代汇等语，去时将晚膳矣。晚膳后，丁辅香兄来叙一刻，相约至楚言处，留过点心而来，时将十一点钟矣。云及楚卿之妹字黄岩王子常太守之二少君，本择九月初三日入赘，因来不及，改至十月十三日喜期，或迟或早，想未定期也。云及仲逸兄近来所办絮夹单之袍衫、马褂、背身计有两百馀件，皮纱亦不过多，套袍又未齐，真是银钱易来，去时亦颇为易也。

廿一日乙酉 早至未，晴；申时以后，阴、晴。致英祥师一信，托栅浦堂代寄天台山拈花室，并柬托三和尚代抄智者大师何时成佛、何时出身等事略，饬吕保送交。来云俟有《智者大师列传》寻出即当送来。致英祥师之信亦托寻《智者大师列传》，未知能得否。余有送天台山拜经台碑石之愿，既书碑石，须要智者大师序言。但做序言而无列传，难以下手。天台山拜经台系智者大师拜经之所也。接陈洛卿丈公一信，云已向五丰支来计洋一百元，但原券系是两百之数。彼向五丰取有一信，以便计核，足见老成之识见也。苏绩臣兄来，过午膳而去。晚刻，至周梅翁、丁辅香两处，相叙半晌而来。侯洁斋兄持蒋馥堂先生信，向取寿翁与余两家捐税。余允俟寿翁处取出，余即当照付可也。

廿二日丙戌 晴。致梅开和尚一信，饬老六送至邮政局寄至天台山国清寺，询前托英祥师之用人代带板对已经收到否。前做就敬送白云山板对一副，于午膳后亲送至白云山，将板对挂在上白云大殿中东西对向柱。余允助敬送白云山板对已逾二十年，今将宿愿还讫，不胜之喜也。回忆余允做白云山板对时，邬子仁兄亦在焉，今将板对敬送到山悬挂，而子仁兄仙逝五载。人生空甚，转念而思，万事皆空。至家后接到周载熙兄自本月初九日在日本早稻田大学堂所发一信，其意欲留东，得进学问，余为友者亦为至幸也。并邱霄伟兄寄下早稻田大学汉译讲义录发行趣旨及章程，又文部省认可清国留学生法政速成科规则各一册，各计一本。又接解芝村兄一信，云孝廉堂之粮尚未开过户，其中诸多转拆也。丁辅香兄云，不至黄城，送还东兴织染公司凭摺一扣，并云邱仲玉姻丈于黄城未即至海门去。晚膳后至陶寿翁处少坐，同至楚言处，晤蓉秋先生，相叙一刻而来，时逾二鼓矣。接子宜兄一信。

廿三日丁亥 晴。致五丰钱庄一信，饬阿标带宁。致子宜、鸣九一函，交老二头转寄。发王保源五丰票一纸，计洋百元，交老二头转交保源寄甬。早刻，典中有玉碗一口，字号已满。前云舟云，金平生欲购，即送至仁大，适云舟曾已出外，未晤。将玉碗送托曹雷谷先生之令郎转交,想无误也。过梅五、达云两处,少坐而来。接邱霄伟一信,亦自八月初九日所发也。午膳后,陶寿翁、黄咏仙兄来叙片时,相约至椒江学堂,晤曾、胡两山长及作羹、少湖,相谈至晚而来。适邱楚言姻丈来叙,过晚膳,约至陶寿翁处,畅叙半晌。并至楚卿处,言载熙兄之事,据云,不如留在东洋为妙。

至家后,长甸寿泉来,接洛卿丈公一信云,适其至申未来,其家中农人失物,将贼拔来,不肯说出赃物,责打一顿。不意该贼夙有疾病,而又饮食不调,于十六七日而毙。已于其兄弟说,开结其安家计需八十番,即行殡殓。后有人将其妇怂恿,串通有势力者代其主使,而不能清了,又掗去。其农夫即说其宝慈表叔帮凶等语。此等之人,实在天良丧甚,取人如此之钱财,子孙焉得昌盛也。余闻言之下,不胜诧异。但嘱余于邑尊之前详达原情,自思恐致无用,即须挽人代达,而有势力者代其一言,则仍然如旧,确与有势力者说开,方为美善。余即沕函嘱原人明早至家询明洛卿丈公,请一人来家,与其商酌。即与有势力者说开,则县中未报,可不必说;若已报,则想法销案可也。未知洛卿丈公另有主意否也。

凡遇彼窃者,不论自己之物,及夥友、帮工之物,可以掗去,更为至妙。若要追获,如有贼拔来,万切不可自己责打,致肇事端。即送县或就便之地方官及捕厅追捕,方为善策,是为至要。即拔贼亦切不可自己叫人去拔,是为至切。如拔贼者,须私自探听贼之踪迹,即具禀,嘱署差去拔,是为至切。贼若自己责打,恐致毙命。彼将人命怪我,岂非与洛卿丈公之工人拔贼、打贼相同?若自己差人拔贼,彼告我哄抢,如之奈何?两节要事,理宜深戒,是为至切至要。贼送官后,由官用刑,即若毙命,官可详报,与我无涉。贼在之家即是窝家,自己叫人去拔,即不能说是哄抢,致恐横祸之非,难可预料。官若派差饬勇去拿,彼若打差,加重一等,万一有横非,官自能挡之,与我无涉。凡遇此等事,不得不为三思而后行之,是为至切。为人者,须要事事仔细,非独此等一件之事也。古人云:“而无远虑,必有近忧。”是为之记。

廿四日戊子 晴。致洛卿丈公两函均交寿泉带交。致陈安所一信，托浚藻相代其三弟托陈杏碗带交。因陈兆连守戎所托一节，陈守戎来叙，过午膳，云至煦东宗伯处去。晚刻，至煦东宗伯处及楚卿、楚言诸处，少坐而来。岳母来云，谱香母舅有致其函云，尹东言伯纯在都染恙颇沉，接到函后即起身欲赴京城。过谱香母舅府上，问尹东其言从何而来，据说有京信。向取京信来看，即云原信遗失。可见其言皆是自造。如此幸灾乐祸，作何居心也！即劝其不必自己进京，多费跋涉。即邀仙爵先至宁波发一电，催促其速来可也。岳母曾经允诺。邱楚翁来叙至晚，留过晚膳而别。

廿五日己丑 晴。致洛卿丈公一信，并附家祖母送新人见面钱洋六元，于早刻遣桂明送至长甸。朱永丰送来处术六斤，并接来函，附发单一纸，计洋九元六角。细阅处术系是旧货，拟廿九日赴莘山之便带换。岳母已允发电催促伯纯即罢赴都之行。早刻，邀谱香母舅来叙细情，并托其代致伯纯一函，留过午膳而去。罗鸣九自晚刻趁海门商轮来台，前托子宜兄代买高丽参二两并乌缎栋鞋一双，核桃肉四斤，并代叔文兄代买乌缎小元头鞋一双，并桃红小人辫线一副均已买来，由老二头送来。晚膳后，鸣九先生来云，子宜今日趁轮赴申，玩游数日而来。老二头云，楚卿同云梯于廿六日亦至沪江，此亦人生乐事也。云及今局网业销路亦颇旺，屈计今岁不致亏损也。即托老二头带海门裱吴绍春公祖书横批一幅。

廿六日庚寅 晴。致张丹翁一信，托其代嘱提标摺差赴都，力劝章伯纯兄即速南旋，并致章伯纯一信，交老二头送托黄子霖兄代寄甬江，并致子霖兄一片，信内并附发伯纯电音十五字，并附报费洋五元，均托丹翁代发。致邱霄伟一信，并谱香母舅致伯纯之函，均饬老官送交邮政局转寄。早刻，陶寿翁携有县署公事并捐簿一本，少坐，同至周梅翁处，相酌此事，拟即函覆可也。相叙半晌，来时已将午膳。黄心斋宗叔来柬邀晚膳，祖饯周尹东。闻尹东于月初赴都，即购礼六包，饬送周允东行，彼收两包。晚刻，至陶寿翁府上少坐，绍占相云，禹门叔公背中生毒，未知能即安痊否也。过网业公所，云罗鸣九已到家去，即至丁永利，云谱香至海门未来。至家，云前宅人来，接子修兄一信，云及亲事，黄城罗姓，不知十里铺陈姓为佳，并附托余代寄柯育卿一信。俟明日遣人送去可也。来人留宿。先爵先本拟赴甬，但已经写信，均托张丹翁代托，亦致中止。早刻，同岳母至家去矣。

至心斋宗叔府上，晤尹东、谱香、寿卿、静斋、楚言、心泉诸君，相叙席散而来。但周尹东虽托汪庚生办有难靡知县，彼今捐三班及指省分发应需之处，亦须四千。但其自己之洋颇属寥寥。闻其亲家娄晋阶借其两千，及向岳家并朋友、义子及以前代管词讼之家竭力张罗，云将足数。果然赴都，此亦非易。彼之心思，人所不及也。允东言，张子谷茂才珂于上月作果。允东又云，褚仲逸同琴轩现在甬江，想不久而赴杭，肇讼之心而未断。心斋宗叔托其就京代为写信之心甚为热焉。

廿七日辛卯 晴。致章子修兄一信，交其来人带覆。致周载熙兄一信，饬老六送邮政局转寄日本。昨子修兄嘱寄育卿兄之函，晚刻饬老六送去。来言柯育卿赴杭多日，尚未旋里，原信带还。陶寿翁令郎来借去寿屏一堂，计十轴，系是新屏。晚刻，至禹门叔公府上，云背中生一毒，今请王丽斋诊视，其本人未来，开有药方一纸，云无碍也。

廿八日壬辰 晴。致林葵南守戎一信，内附子修兄致柯育卿一信，托其收存代为转交。午膳后，性言先生来云，冯宗甫先生之令孙济生无聊以甚，托余做会，余即允焉。即嘱玉先至期付荫计会洋两元，并托余代与陶寿翁说。即同梅五、性言、少云至陶寿翁家中，适其令嫒明日发嫁资，甚为忙迫，即与寿翁说，蒙其允许而别。至家，适周尹东来家辞行，相叙半晌而去。云捐分发一层，不捐指省，此亦可省九百六十两例银也。据其所说，不过需费三千而已。以余思之，亦不相上下。倘若到省后能速得差委，是为至幸也。晚膳后，托二头代买文明戒丸洋两元，云甬江现值修理，大约九月中旬可以告竣，二十左右可以买来。至周尹东处少坐而来。周柳堂来叙一刻。接张丹翁一信,内附托余代送徐肖帆兄一函。俟明日遣人送去,或就太平转寄可也。

廿九日癸巳 晴。致椒江网业分局一函,交老二先寄甬。早刻,趁小船,晚刻抵莘山叔文处,晤云舟少谈,因时觉有病,未甚招呼。

三十日甲午 晴。时颇有病,均未招呼。

九月初一日乙未 晴。与与吾姻丈代媒,趁小船,时将十一下钟抵家,留晤翁宿。在船时,云及彼本因以知县指分江苏,因拟考法律馆,未曾赴引。现值改更立宪之时,法律一门,可以考取总以想法考取为妙。接徐肖帆兄覆一信。

初二日丙申 晴。早刻,同金雨吾姻丈至陶寿翁府上,彼接媒人者系梅五、吉云;牵上轿:王书城。并晤楚言,相叙半晌,留过席散而别。临行时,适江子菁公祖至寿翁处到喜,少谈而别。新人起身时在九点半钟。本拟乘舆至路桥趁船,值至路桥至下洋殿谒黄子禾都戎、江尧章父台,相叙半晌,该船尚未至路桥,随即同雨吾仍然乘舆,值至莘山时天已晚,新人进门时将二鼓矣。金宅接媒人者系仲弢、列轩两君,少谈,并晤桐甫、苹生、焕若、季盘、云舟、次卿、叔文、佑生诸君,畅叙一番。新人花烛之俗例与家子诸处亦有不同也,送洞房时亦将两句钟矣。余染恙是乎[①]少愈,亦勿食药为佳。

初三日丁酉 晴。致萍生、桐甫两君府上,畅叙半晌而别。但桐甫续弦之期择在十月廿九日喜期,聘陈福山之令媛,其令尊伯吹先生本任广西横州知府,调署养利州牧,现调补宁明州知州,将卸养利而赴宁明矣。佑生、与吾诸君来叙一刻,并晤少甫、衡士、桐甫、列轩,相谈至晚,佳朋满座,皆不知其名号者多。前日托叔文兄代送吴公祖致叶云耕之屏字,才于今日晚刻遣人送去,尚未接有福信也。

初四日戊戌 阴、晴。前嘱家中探问樵圃先生,今桂明来云,值

---

① 当为"似乎"。

出外就医，约在后日初六日可以转其自家中。与诸君畅叙言欢，不觉又是一天矣。

初五日己亥 阴、晴，风颇大。致黄籀生兄一信，饬桂明送交。致岳母一信，饬桂明带交玉先转寄前宅。至与吾姻丈府上，相谈至晚而来。云及带都送人之物以真处东姑、茯苓片、处术、天台山茶叶、鱼翅、金腿、黄鱼胶，上海县城里贝松泉又有名笔店，所售紫毫、羊毫、松烟墨、洋漆布，约洋六七角一包之皮丝，均是可用，酌人而送。倘有送大人先生者则用天青缎套料或宁绸套料、二皿或老紫浆宁绸袍料及全足湖绉、屏风、钟等物为佳。即送人之物，亦须酌定为佳。上海所售之洋雨衣、小金表亦颇佳妙。

初六日庚子 晴。早刻，同叔文兄趁小船至家，时过晚膳矣。玉先交来籀生兄覆信一封。并接张凤山先生令郎于月之十一日娶亲喜帖一柬。临行时过与吾姻丈府上，将此事面托确实也。至家时，适正中与人口角，已遣仆带同正中往诉王心翁，托其派值日查明一切可也。家母云禹门叔公染恙甚重，恐在旦夕也。

初七日辛丑 晴。早刻，人来云，禹门叔祖于早寅时故世，年六十有五，亦一世矣。云其连年因妾故后困苦异常，有四子、三女。但四子年甚幼，女仅长适北岸陈兆连寸戎[1]之少君，于十一月于归也。下二女均未字。早膳后，至伯寅处，言禹门叔公择初九日大殡，请寿农主祭，作羹、宗山、书城、道周诸君助祭，并晤书城、宗山，相叙半晌而别。但仲辰宗叔于廿一日赴申，虽发电音，尚未旋里。便道至椒江网局少坐，云鸣九到家尚未转店，子宜兄亦在沪江未来。至楚言处，云寿翁于早刻至黄城。但禹门叔公于初九日大殓，请其主祭，能得旋里否也。并云丁辅香兄亦于昨日趁轮到甬。同楚言至家，相叙至夜而别。

午膳后，伯寅遣人来云，正中与吕寿之事，以洋两元陪还正中，以

---

① 当为“守戎”。

此释事，余劝正中作罢可也。即至分府署，晤王心斋，相叙一刻而来。至周梅翁府上，适至文昌阁，未晤为歉。接陈祝再姻丈于上月廿九日所发一信，云家君于廿二日到京，近日可以南旋。彼上月十九日到京也。并言周梅翁托查其令郎之公文，言其省费未周，故未札悬也。代童先生捐从九职衔计洋十四元。并接周载熙兄自日本所发一信，又接陈俊英自杭城所发一信，并接蒋馥堂一信，由陶寿翁处转送来也。晚刻，周梅翁来云，托买之帽，另代其世兄亦买一顶。容日写信附寄可也。并云小鸡大之案件以洋念元可以释事矣。楚言云，楚卿先至通州，携有优伶同行，实可笑也。

初八日壬寅 晴。致金与吾明府，内附余之供事议叙从九部照一纸，并外附英洋一百元，饬桂明送至莘山。致叶云耕一信，致金季盘兄一信，均饬桂明带交。致张丹亭镇军一信，内附徐肖帆一信，以便丹翁作覆也。致周载熙兄一信，均饬老六送交邮政局转寄载熙兄，信由邮政局寄日本东京牛亡区早稻田町四十一番结诚馆。致李明渊一信，内附致丁辅香兄一函，交阿三送椒江网局，托罗鸣九转寄甬江。昨接载熙兄信，内附致王子轩兄一函，饬老六送交，并致子轩兄一片。早刻，致禹门叔公府上吊孝，并晤陶寿翁、陈兆连守戎，相叙一刻而来。家慈稍染微恙，柬请书城先生来与一诊，想即奏肤公也。

禹门叔公申后[①]颇为急迫，其伯寅宗叔叫三爷来与家慈说有田两亩一分，家慈允之，余亦允焉。即邀宗山书契，计田价洋七十元，即交宗山带交矣。金学溪同岳兼来说，为网未盖戳被获，余与周梅翁说，酌给赏费酒席之资，即于晚刻将原网取转矣。拟初十日请叔文姻兄，即定小廊三处酒席，即付定洋矣。

初九日癸卯 晴。致祝再姻丈一信，饬老官送邮政局寄京。金学溪之网细点所少颇多，即托周梅翁代为追查。周梅翁昨晚至石渠殿祈梦，于早刻十一点钟到家。禹门叔公于午刻大殓。午膳后至伯

---

① 当为“身后”。

寅家中，晤其太亲翁陈兆连守戎，其老五姑丈号松岩相叙，祭毕，过晚膳而来。陶寿翁云长甸洛卿丈公家中之命案，闻云曾已说开，亦可少一事也。并言王云梯兄已由沪江而来。楚卿同子宜过甬，明日可以到台也。桂明自莘山来，接金雨梧姻丈覆信一函，言颇详悉也。

初十日甲辰 晴。致陈祝再姻丈一信。接王月亭先生一信。请金叔文兄午膳，并邀陶寿翁、周梅五、周谱翁、周达云母舅，适单奏堂先生偕其孙来，即邀奏堂先生及童子章诸君陪客，相叙席散而别。伯寅叔之弟四叔欲与兄弟分爨，来邀家慈并余。即同陶寿翁至伯寅宗叔府上，晤陈兆连守戎，相谈分爨之事。彼虽紧急，此非一时一刻之事也，须从缓酌。闻王子宜兄自沪江旋里。晚膳后，至王子宜兄处，并晤陶寿翁、周梅翁、曾六舟、胡竹珊，卢槐士兄云早刻自郡城来，并王云梯、胡楚玉、张逸三、王心泉、秉彝宗伯。按：胡楚玉名士珩，张逸三名丹祥。及苏星坡兄。诸君相叙半晌，留过点心，来时已将十一点钟矣。李明渊兄自甬江来叙一刻而去，云明日至家一走。子宜兄言，姚梧冈先生自东洋归国，亦今日到台，晚寓海门分号中。

十一日乙巳 早至巳，晴；午至申，阴；酉后，雨甚细。致洛卿丈公一信，内附卢槐士兄致其一函。早刻，槐士兄来云，洛卿丈公之事，邑侯请其从中清了，已代了结，彼已有垫出，急欲向归，故托余代其遣人也。留槐士兄过午膳而去，明日代人做媒，借去朝珠一副。至子宜处少坐，云及阮德斋承甫已奉法领事调赴杭州天主堂，而台州天主堂之承甫以徐姓补之，闻其教民保留。托上苍庇佑，阮承甫早一日出台州，即台州之万民早一日不受荼毒也。

闻楚卿兄昨来，宿在海门同昌分号，于晚刻已来。即至楚卿处少坐，云及沪江谈少莲新演《潘烈士投海》新戏四本，看者人山人市，以儆戒吃烟者大有裨益也。至陶寿翁府上，云及王月亭先生来信拆价筹脱永大股份一节，彼欲向购，俟作福函提及可也。至家后，陶寿翁同作羹来叙，至晚而别。云芝先生来说，阮鉴有硝自申江购来，装可贵到台，不想将是货报是洋油，该轮即将洋油换调，以致此货搁在少泉处。少泉系可贵商轮之台局账房，故能作将计就计之事也。

阅八月廿七日《申报》附张纪张丹亭都督有赴沪道署辞行之语，想张丹翁上月有赴申之行也。明渊兄云，甬江旧有江天、北京两轮常川来往，江天系中国招商局之轮，北京系英国太古洋行之商轮。上月来有立大商轮一艘，其商轮较诸江天商轮尚胜一筹，日随江天班期行驶宁沪往来。初是，客位尚不及江天，于本月初旬发大风之日，立大商轮照常到埠。江天商轮迟两点多钟到埠，故江天之客位不及立大多矣。子宜兄云，赴申之夜，趁立大到沪时客位尚不甚夥，所开饭菜甚好。昨日沪江趁立大到甬搭客甚多，所开饭菜不见其佳也。

十二日丙午　雨。致丽生先生一信，致卢槐士兄一信，饬老六送至横申林宅。因彼在林宅代媒，故送彼处。因昨至陈宅仅有携空片而无覆信语言之故，当即泐函奉告也。

十三日丁未　早至午，雨，不甚大；午时以后至晚均阴；惟未刻细雨，即阴。致王月亭兄一信，饬老官送邮政局保险寄甬。致洛卿丈公一信，饬阿寿专送长甸，因卢槐士兄所托也。午刻后，至子宜兄处，晤秉彝宗伯少谈，至槐士兄府上，适其自横申来，相叙一刻而别。至家后，槐士兄来叙至晚而去。禹门叔公于今值一七之期，晚膳后，至其家拜七，后晤伯寅、宗山、咏仙，相叙一刻。云及四少爷之岳母急欲分爨，与下洋祠人姑媳为看玉器大出多话，殊不合于礼也。其家中以前尚称安静，诸事尚均偃饰颇好。皆是公一人也，今晚故世，即如此情形，深为可惧。其第五小姑适北岸陈姓者于归之期已近，所有金器珠帽均是伯寅借当，未知至喜期之日，能得原物续取否也。过黄心斋宗叔处，晤秉彝宗伯，相叙半晌而来，时逾二鼓矣。汪庚生参戎已于昨日交卸海标中营游篆，以右游击张游戎立成署理，所遣海标右营游缺以石浦都司张游戎炳文代之。均于昨日相继任事，均来拜客，均饬丁挡驾。

十四日戊申　早至午初，阴，兼有雾；午末至申，阴。晴；以后均阴。天气颇为和暖。接洛卿丈公前后两函。早刻，周梅五姻丈来约至海门谢步中、右两营新任游击。午膳后，至海门同昌分号，晤楚卿兄及其新来夥友李子衡、寿南诸君，相叙半晌。云阮德斋奉调杭州司铎，邀本地各绅及教内人致电保留，恐未必俯允也。又云今夜有教友百馀人至甬江主教处保留，真不肯抛却台州。倘若阮德斋调出台州，即承代者亦须凶横，断不致与阮德斋也，台民之受福不浅矣。梅五来，同至演武厅晋谒，均挡驾。即至何霭生府上，适其出外，未晤。即至海门局，晤子霖兄，并晤何霭翁及临海县幕友胡葵生、王香谷、何镜泉诸君，畅叙一刻而来。转至同昌分号，晤丁飚绵，少谈而来。云何镜泉即至同昌分号挽楚卿相谈最久，想是保留阮德斋之意也。晚膳后，至子宜兄处，云其出外，未晤为歉。至陶寿翁府上，相叙半晌而来。云煦东宗伯又至横申林姓家曾已多日。但林姓家颇裕，昔拜其为贾子，今其贾子完姻，请其至家作为贾老翁，真可笑也。带有仆辈二十馀人，究不知何事。但煦东宗伯平生于此等事极为欢悦，亦天性使然也。

十五日己酉 阴。致洛卿丈公一信，饬桂明专送长甸。午刻，洛卿丈公遣价送礼来家。又致洛卿丈公一信，即交其来人带交。早刻，周梅翁、卢槐翁来叙半晌而别。午膳后，至寿翁处相约，云黄煦东现在枧头看戏，同至枧头一游，余即允焉。同至枧头庙中，晤黄煦东宗伯、叶石甫、黄德轩，相叙一刻。吟相留过晚膳后，同陶寿翁来家，时逾二鼓矣。但石甫、德轩，又有吕海、吕品，均旭东所带人也。旭东即由林宅其义子家便道至枧头。但吟相是许兰亭之外甥，其家中落，今亦跟随旭东在枧头庙中，所唱之戏即煦东所带也。但煦东系家子名望老绅，东跨西奔，实在成何事体，自愿做作戏头，殊不值也。桂明来，接洛卿丈公覆信一函。

十六日庚戌 子、丑、两刻，雨，不甚大；寅时之后，全日均阴。西北风甚大，天气即寒冷矣。早刻至周梅翁处少坐而别。午膳后，至槐士兄府上，云其出外。即至楚卿处，晤槐士、梅五、云梯、子俊，相叙半晌。槐士兄前托余转交桂明专送陈克明凭票一纸，当面封在信内，不意失落。承洛卿丈公意，另收字作凭，槐士兄允焉。即同槐士兄至子宜处少坐，同至家中，即写收字，系槐士兄书押，送信票之帮工桂明亦画一花押，托子宜兄见面，余代笔即将原委写明。收字中即将卢槐士代垫洛卿丈公之宝俊表叔陈克明票洋两百元当面交槐士带去矣。但陈克明是宝俊表叔之号，实余当日记忆不清，故有是事，宜深戒之。余近年来所问各人各号，过边随即忘却，不知何故也。总是言之万事总要小心为要。

楚卿为其尊翁煦东于明年六十初度之寿启曾已印就，据说该启系姚梧冈所做也，已印千本，计价洋七元，可谓不贵。具启之人，以杨定甫给谏、王子常太守、章一山太史、金次斋明经、金吟阁二尹、谈少莲少尉、姚梧冈孝廉、王香谷茂才、秦梗友副车、曾六舟副车。及本镇梅五、谱香、寿农并家君，尚有何见石主政均列名焉，想届时有一番热闹者哉。接提中参署张丹亭兄来信云，奉吕道生军门札饬赴苏调察警察规模，转时过沪江，适遇家君奉委采办书籍之差亦至沪江。并云家君尚须过苏垣，则可以到家也。前家君来谕赴浙采办书籍之语，适浙江巡抚张小帅前任山西巡抚，系沐恩宪台，想须晋谒也。到家之日，想在十月之初旬矣。章伯纯兄与家君同至沪江矣。前岳母甚为挂念，已至上海，可无庸念也。丹翁函云，徐肖帆之屋料托余代为遣人向取可也。晚膳后，至子宜处，因槐士兄之收字系书子宜兄见面，故托其代为画一花押而已，承即允画来矣。并晤辅香兄、心泉兄，相叙一刻。辅香兄言，值今晚趁永宁到家，同至家中少坐而去。楚卿兄遣仆从阿祥送来前托姚梧冈由日本代购随身图书一方，想梧冈就便转交楚卿兄代寄也。

十七日辛亥 晴。致章子修兄一信，致金叔文兄一信。午膳后，因金与吾今晚到海门趁轮到甬赴京，至海门同昌分号，晤楚卿、槐士两兄，相叙半晌。至永宁局，晤陶寿翁、申桢夫两君，少谈，同至分号。约楚卿兄至电报局，晤其司事汤云鹏、洪子超两兄，相叙一刻。同至楚卿(处)，并晤胡阿坤号逸卿、黄子霖，相叙半晌。即同寿翁、桢夫兄至永宁局，并晤徐福春，相叙过晚膳。即至子霖处少坐，别后，路晤金与吾姻丈云，至小船中才方到埠。将行李至可贵安置后，适晤戴云珊挽至永宁商轮。即嘱水手将行李转至永宁轮中安置，同至永宁局，畅叙一刻，适楚卿、逸卿、子霖、汤云鹏、王炳文诸君，相叙一刻而别。诸事承与吾先生允焉，并云今广东捐系二成五上兑，亦可谓便宜之至也。

但电报局司事系彭云鹏、洪士超两人，送电者人亦多工程局司事喻毓卿。至电报局，阅有一电音曰：“天主堂王，事不准。”楚卿云，海门轮期时，天主堂之司事二十馀人至甬江主教处代阮德斋保留为海门承甫，今阅此电，屈计时日，定是天主堂各司事所发也。云及阮德斋系与嘉兴府天主堂沈姓互相对调，非是调杭承甫。但阮德斋调嘉兴后，其胞兄蓂斋及得宠家奴王三头即曰子元，并蓂斋之亲家蔡湘岩，三人则须要格外敛迹也，亦我台民之大幸哉！阮德斋奉调嘉兴后，湘岩挽同王香谷、金夏亭及海门绅士代其致电与赵主教处保留，未见覆。即有司事到甬具保而有不准之电。今有发通赵主教处一电，其语曰：“宁波赵主教鉴：阮铎在台”云云。既经奉调，则台民之大幸，感激之至。闻有保留之电。蔡霖系阮铎之亲戚，其馀并无其人。云云“台州临海太士农工商公叩”等语。按：此电大约耶稣堂代发居多，保留之电系湘岩挽王香谷代发。但王香谷名王梦兰。阅电语即书“王兰”二字。各人名字虽是三字，彼即写两字，可以云无其人矣。大凡为官者，百姓代其保留，上定疑本人买出，想教堂亦然也。

十八日壬子 阴。早刻，周梅翁来约晚刻至海门一游。午膳后，同梅翁至海门同昌分号，约同楚卿至永宁局，晤陶寿翁、申桢甫、王仲凡诸君，相叙一刻。至娄竹三府上少谈，并晤黄子霖、陈逸卿。适其相近之新堂有戏，即同至新堂看戏，晤渔团局委员潘秋舫公祖及其幕友多人，均未询姓氏，并何[1]霭生、王芹甫诸君，相叙至晚。但潘秋舫

① 原稿衍一“何”字。

年仅三十有六，而即留须，似乎少年老官也。楚卿兄留过晚（膳）而来，至家尚未二鼓矣。晚刻，向海门之书坊点石斋购有《国朝先正事略》一册，计十二本，计洋八角。又，《丁未赏雪斋官商便览》一本即成册，注云九百六十种，虽无九百六十种，其种数亦颇多焉，计洋四角。较之往年考市之书坊所售之书，价颇云昂贵焉。

十九日癸丑 阴。致叔文兄一信，附致叶云耕一信，饬桂明专送莘山。家君同祝再姻丈趁永江商轮，于晚刻到家，云章伯纯亦代带来矣。并云，伯纯在京亏短颇多，家君代其拆洋两百有馀。并言伯纯在京、在申荒唐已甚。如此之人，亦所罕见也。

二十日甲寅 阴。家君出名致何肃堂先生、周梅谱先生、陈咏丹先生各一信，均饬伯巽先送郡分交。陈祝再姻丈于早刻至家去。

廿一日乙卯 阴。致金叔文兄一信，饬老二送交，致苏绩臣兄一信，饬老六送交。家君言，欲请一书启幕友，酌以叶石甫、苏绩臣两君，余思叶石甫不如苏绩臣为佳，与家君言亦然。即致苏绩臣兄函，邀来家，亦有意去也。但州县署之书启须知样式，事亦无碍，书启所难者在道宪署、臬宪、按察使坐还本任，或按察使署藩宪由布政使坐还本任，或布政司护院由巡抚坐还布政使本任，如此禀稿事颂扬之语，颇为难也。若吹嘘之语不实不周，反成不美，如遇此等事之事，须要格外留心也。接叶云耕先生片字，并惠我兰花屏一堂，并附寄吴绍春公祖兰屏一堂，俟明日遣人送交可也。

廿二日丙辰 阴；惟未刻微雨，片时即晴。家君出名，致张丹翁一信，致卢槐士兄一信，均交邮政局转寄。致申桢夫兄一信，托买各件均代买来，计洋八元一角七分。内之汤杯十只，粗细不齐，想当初看时确是细货，嘱该店包时将粗货换调亦未可知。致黄楚卿兄一信。午刻，至子宜处，彼尚在海门未来，未及畅叙为歉。但余之衣包带至莘山，来时，仆从从福留在网篮藏在船中，至家寻觅，已经遗失，顷托桢夫先生代为买来，计洋一元八角五分，此仆人不小心之故也。倘若仔细一的，断不遗失。外看从福尚在老成，以致如此粗心，亦令人难料也。家慈与小妹均于晚刻自莘山来家，云叔文兄弟本与同来，因陶寿翁于廿八日至莘山“看三日”后，即于其郎同来。孙旭东先生与永文大爷均于晚刻来。

廿三日丁巳 阴。致申桢夫一片，并附代买价洋八元，又开洋两角，交李明渊至海门之便送至永宁商轮局，面交李明渊，于晚刻至甬托其代裱徐叔鸿方伯书桂红笺对一副。陈克明有收字一纸，封在信内，交永文大爷带至长甸。晚刻，至梅翁及星斋宗叔处少坐，至子宜、楚卿两处，适均出外，未晤。片时，楚卿同周梅翁来云，阮德斋似乎不去海门之意。楚卿云，今日海门天主教民与耶稣教民互相兜瓯[①]，耶稣教民将阮日生药店捣毁，该店系阮德斋之兄冀斋所开也。天主教民又将耶稣教民所开之店亦有捣毁。苏绩臣兄云，阮日生药店之对头洋货店亦有捣毁。将来此事不知如何结局，未可限量也。家君言，山西大同府驻札丰镇抚民同知缺颇佳，直隶州亦所不及也。家君又云，锡清弼制军良、许紫蕴方伯涵度、吴书年方伯匡，三公皆是同省知县起家，不数年间，锡清弼制军擢至两川总督，许紫蕴方伯擢至四川藩台，吴书年方伯擢至山西布政使，两方伯立见方面，人生命运顺境须立州县之阶，亦易于升迁也。人生取境总是甚人力而听天命耳。

廿四日戊午 阴。致伯森先一信，交船友带至郡城。萧伯康公祖因海门天主堂与耶稣堂两相聚众而来，至家子各家拜客，过家，即饬丁挡驾。晚膳后，至子宜处，晤苏绩臣、钟焕堂、王心泉、王采东、王云梯、邱遇琴、大兴、中相、蛙蟆坠、丁辅香，各人言及海门天主堂阮承务邀南乡土匪数百人至海门与耶稣堂大相闹，文武各官均来弹压，未知究经若何，尚不得而知。并闻有看者被枪毙两人，亦不知实在情形。并言昨日所毁药铺非是阮日生，是天主堂叫来之土匪将吃耶稣教者之店及人家捣毁一空，此言据云是实，此事实在情形容后再记。现在海门天主、耶稣两教互相斗瓯，不知如何结局，为有司者实在为

---

① 今作“斗殴”。

难也。加油武圣庙并添武圣神像，包定方玉先计洋一百念元，定洋曾付矣。

廿五日己未 晴。致朱永丰一信，交阿香带交。接洛卿丈公一信，至梅五、寿农(处)，均在海门未来。不知天主、耶稣两教之事未审若何也。即覆洛卿丈公一信。

廿六日庚申 晴。连三日中北风甚大。接卢槐士兄一信，系洪吉士、张志廉送来，即致覆卢槐士兄一信，交其带还矣。

廿七日辛酉 晴，北风甚大。接陈祝再姻丈一信，前嘱二头代买之戒烟药亦曾买来，价洋付讫。家君本于今日趁小轮赴郡，因风过大，缓至廿九日到郡可也。周梅翁来云，天主堂与耶稣堂互相聚众之事，当日经曹绍雍统领出为弹压。时天主堂人多，颇为凶勇，耶稣堂人少，天主堂之枪手将后膛炮几放毙曹统领，幸曹绍雍福大，未及打伤，将在左右之人二名中枪，一毙一重伤。当时，曹统领至诉阮德斋承务，进说未及开言，阮即饬人将曹禁留天主堂。幸镇宪吴周卿军门即行进堂，将曹绍雍统领随手带出。当出来之时，天主堂之土匪又将枪放。曹统领三枪皆不中，将曹统领所骑之马即受伤，数步即毙。当日，幸吴军门将曹统领带出，又未枪毙，倘若枪毙曹统领，定与南昌教案无易也。当临黄太绅商电致张抚台，有覆电颇厚于曹统领，不知后事若何，未可预料。此事看之，吾台之后福不浅哉！仆从从福跟家君到郡差遣。适小潘在家，余嘱在家帮忙数日，家君云，代荐陈祝再姻丈，未识能得收录否也。此等人可以靠实者甚少，大半初勤终怠。但从福，余用一载有馀，颇为可靠，差亦无误。未知小潘与从福相等否也。

廿八日壬戌 晴，北风又大。致王渭荃先生一信，饬从福送交。致陈祝再姻丈覆信一函，即交其来人带交。致金与吾姻丈一信，饬老官送交邮政局寄京。致申桢夫一信，问其明日永大何时开行。接其福字云，明日因小建随日上落不便，搁一天，于初一日早潮开行也。家君于早刻至马屿头看坟，即于晚刻来云，据德生言，有王梦阳地理颇高，系老鼠桥相近地方人。前与杨定甫先生至各处适均看过，云及先曾祖之坟亦颇有地，惟出脉之处太瘦，故丁不旺耳。拟即赔补可也。晚刻，至楚卿处，晤子宜、云梯，相叙一刻而别。言及海门当天主、耶稣聚众之日，彼有临黄太各绅致张中丞一电，在曹统领之电后发，故接其覆电亦颇佳语。又言亦初一日到郡。家君亦拟初一日赴郡。

永宁商轮于晚刻到埠，饬取《申报》，而携有《南方报》。阅九月廿四日张纪：九月廿二日内阁抄奉上谕："此次改定官制，除民部、学部、农工商部，尚书、侍郎均毋庸更换外，吏部尚书仍着鹿傅霖补授，左侍郎着陈邦瑞补授，右侍郎着唐景崇补授，度支部尚书着溥颋补授，左侍郎着绍英补授，右侍郎仍着[1]陈璧补授。礼部尚书仍着溥良补授，左侍郎着张亨嘉补授，右侍郎着景厚补授；陆军部尚书着铁良补授，左侍郎仍着寿勋补授，右侍郎仍着廕昌补授；法部尚书着戴鸿慈补授，左侍郎着绍昌补授，右侍郎着张仁黻补授；邮政部尚书着张百熙补授，左侍郎着唐绍仪补授，右侍郎着胡燏棻补授；理藩部尚书着寿耆补授，左侍郎（着）堃岫补授，右侍郎着恩顺补授；都察院都御史仍着陆宝忠补捕，副都御使着伊克坦、陈名侃补授。钦此。"

九月廿二日《申报》纪：鹿傅霖、荣庆、徐世昌、铁良均已开去军机大臣之任，以广西巡抚林绍年开去巡抚缺以侍郎用，奉上谕在军机大臣上行走。现在军机大臣：庆亲王奕劻、协办大学士外务部尚书瞿鸿机、大学士世续、候补侍郎林绍年四人。按：林侍郎绍年号赞虞，福建闽县人，甲戌翰林，擢御史，简放云南遗缺知府，补授昭通府知府，调补云南府知府，升迆东道、云南按察使，调贵州按察使，升补云南布政使，升云南巡抚，调广西巡抚，转军机大臣，仅只十年，可谓佳极矣。

又纪：二十日内阁抄奉上谕："朕钦奉慈禧端佑康颐昭豫庄诚寿恭钦献崇熙皇太后懿旨：此次厘定官制，据该王大臣等将部院各衙门

---

① 原稿"仍着"前衍一"着"字，已删。

详核定拟，业经分别降旨施行，其各直省官制着即陆续编订，仍妥核具奏。方今重困皆因庶政未修。州县本亲民之官，乃往往隔阂，诸事废弛，闾阎利病漠不关心。甚至官亲幕友，肆为侵欺；门丁书差，敢于鱼肉。吏治焉得不坏！民气何由而伸！言念及此，深堪痛恨。兹当改定官制，州县各官关系尤要。现在国民资格尚有未及，地方自治一时难以遽行，究应如何，酌核办理。先行预备或增改佐治员缺，并审定办事权限，严防流弊，务通下情。着会商各省督抚，一并妥为筹议，必求斟酌尽善，候旨遵行。朝廷设官分职皆以为民，总期兴养立教，乐业安居，庶几播民和而维邦本，用副怀保群黎，孜孜图治之治意。钦此。”

同日奉上谕：“此次裁决之堂官，均着以原品食俸，听候简用。其裁决衙门之实缺、候补司员笔帖式，或由他衙门调用，或分别班次分发外省补用。着吏部即行妥议具奏。钦此。”

同日奉上谕：“朕钦奉慈禧端佑康颐昭豫庄诚寿恭钦献崇熙皇太后懿旨：前经降旨宣布立宪之预备饬令，先行厘定官制。特派载泽等公同编纂，悉心妥定，并派庆亲王奕劻等总司核定，候旨总行。兹据该王大臣等将编纂原案详核定，拟一并缮单具奏。披览之馀，权衡裁择，用特明白宣谕。仰惟列圣成宪昭垂，法良意美，设官分职，莫不因时制宜。今昔情形既有不同，自应变通尽利，其要旨惟在专责成、清积弊、求实事、去浮文，期于厘百工而熙庶绩。军机处为行政总汇，雍正年间本由内阁分设，取其近接内廷，每日入值称旨，办事较为密速，相承至今，尚无流弊，自毋庸遍改，内阁、军机处，一切规制着照旧行。其各部尚书，均着充参，与政务大臣轮班值日，听候召对。外务部、吏部，均着照旧。巡警为民政之一端，着改为民政部。户部着改为度支部，以财政处并入。礼部着以太常、光禄、鸿胪三寺并入。学部仍旧。兵部着改为陆军部，以练兵处、太仆寺并入。应行设立之海军部及军咨府，未设以前均暂归陆军部办理。刑部着改为法部，责任司法。大理寺着改为大理院，专掌审判。工部着并商部，改为农工商部。轮船、铁路、电线、邮政，应设专司，着名为邮传部。理藩院着改为理藩部。除外务部堂官员缺照旧外，各部堂官均设尚书一员，侍郎二员，不分满汉。都察院本纠察行政之官，职在指陈阙失，伸理冤滞，着改为都御史一员，副都御使二员。大科给事中着改为给事中，与御史各员均暂仍旧。其应行增设者资政院为博采群言，审计院为核查经费，均着以次设立。其馀宗人府、内阁、翰林院、钦天监、銮仪卫、内务府、太医院、各旂营、侍卫处、步军统领衙门、顺天府仓场衙门，均无庸更改。原拟各部院等衙门执掌事宜及员司各缺，仍着各该堂自行核议，悉心妥筹，会同军机大臣奏明办理。此次斟酌损益，原为立宪始基，实行预备，如有未尽合宜之处，仍着体察情形，随时酌改，循序渐进，以臻至善。总之，时局艰危，事机迫切，非定上下共守之法，不足以起衰颓；非通君民一体之情，不足以伸疾苦。所有新简及原派各大臣，责无旁贷，惟当顾名思义，协力同心，尽去偏私，真任劳怨，务使志无不通，政无不举，庶几他日颁行宪法，成效可期。倘仍视为具文，因循不振，则是上负朝廷，下负国民，不能为尔等宽也。将此通谕知之。钦此。”按：此节内官曾经更改，外官不知如何更改，尚不得而知。

叔文兄与其令郎均于晚刻来，云陶寿翁大约明、后日可以到家也。伯森先于晚刻自郡来。陈咏丹先生于九月初四日故，接其令侄泰初覆信亦言及。又云何肃堂先生无暇致覆，容后再寄。又云周梅谱先生言其令岳陈子琴先生尚在郡城也。

廿九日癸亥 晴。北风又大。周梅翁来约至海门。午膳后，至周梅翁处，同至海门同昌分号，晤黄楚卿、丁飏绵诸君，相叙半晌。云及王直衫父台致陈少亭守戎电，催速赴郡。但王直衫二尹室槐现在曹统领营为书识，电催陈少亭到郡，想是曹统领之意也。闻宁绍台道喻庶三观察兆蕃已派委员至海门蜜查暗访天主、耶稣两教聚众之事，现寓大观楼客栈。想省中明查暗访各员接踵而来，不知此事如何结局，不得其详。阅九月二十日《申报》，浙江抚台张大中丞举劾属员一摺，内有前署临海县事、补授宁海知县张介禄，已奉上谕传旨嘉奖。

按：张受伯公祖知临海事时诸事精明，现奉传旨嘉奖，可无愧焉。阅九月廿四日《申报》纪有“会议设立法科大学校”节，言：“日前政府诸公会议，拟在京师设立法科大学校一所，考选文武学堂内精通中西文字之学生，入校研究东西各国法律，分法一切教授章程，参酌法律学堂办理。”按：此节而言京城法律学堂曾经开办矣。

十月初一日甲子 晴。致应吉甫一信。家君自早辰趁永大小轮赴台郡，云初四五日可以旋里也。据丽生先生云，周梅谱先生寄家君函云，其令岳子琴先生已至海游去，恐家君到郡尚需时日，彼是台协分防把总，难以久留。但家君确要与子琴先生接头，想至海游一行也。梅谱先生又荐杨姓为书启幕友，未知允否。但原信送到时，余适至海门，未曾详阅。早刻，家君到郡，因无仆从带家，余嘱从福跟家君同去。但去时前云，有牡丹花未曾向说，只泐函嘱购可也。

初二日乙丑 晴。致仆从从福一谕，嘱其向购牡丹花，未知能得买来否也。午膳后，周梅翁来约至子宜处，适其出外，未曾会晤。即同至谱香母舅府上，言及岳母同大舅将来，尚未到，其下洋峙人大表叔及三表妹皆来矣，相叙一刻而别。

周少云言，天主、耶稣两教相闹之后，曹绍雍统领及临黄太绅商均电致浙江巡抚张小帆大中丞，接其覆电，大约通饬法领、英领、宁道赵主教，严饬两教静候查办，已获枪支存库勿失。其馀洋枪勒令缴出，并密拿首要各犯。并饬吴镇、张守随时弹压。即告临黄太绅商毋惊等语云云。发去电语，未识若何，不得其详。临黄太绅商之电不知何人作主代发，可谓有心人矣，其覆电究在若何，容有看见全纸再记可也。少云又云曹统领已经拨勇将有人获来已交黄岩县管押，未识实是否也，不得其详。周梅翁言，临海县萧伯康公祖已邀江子菁公祖来与两教讲案，究是若何，均不得其详，得有实在之语，容后再记。

章子修云，家君旋里后须来家畅叙数天。但岳母将来，未识子修兄能得同来否也。前张丹翁托余遣人向徐肖帆处载屋料，时因稻熟迟迟已久，于早刻将原信嘱升鉴老官至雨伞庙代载可也。

日前，小潘来家帮忙时，余适致祝再之函，代其书荐。今寿泉来云，祝再姻丈将寿保用来，小潘处作罢可也。当日余代小潘荐与祝再姻丈，奉家君命书。家君不知小潘之来历，余亦不知小潘之细底。但仆从之役，至下、至贱之人，所为至亲、至近之事，暂用数日本是无碍。倘若久用，及带出门之仆役者，须择其家有舍，并细询其前在某处如何心格、如何出来。若有糊涂之处，切不可留用。倘若用来，知其可靠，待其宽恕，诸事切勿苛求，使其心甘，不致另生枝节。此在家乡之用仆从也。倘若居官在都、在省，有同寅、有上司、有幕宾、有上司之司阍、有朋友荐来之仆从，路途遥远，难以询识。平素所为可以推却，定须却之；万不可却者，使其在署派一至轻之事。至门稿一仆、签稿一仆，州县署中最要紧之人，确要择其诚厚，须用平素可以靠实之仆监之；用印一仆、班管一仆，确用平素所用可靠之人；钱粮、宅务两役稍轻一的；差总一仆，须要能干之人；至花厅、茶炉、值堂数等之仆从，即将新荐来之仆充之亦可。并以随时、随事察之，倘有作奸犯科之事，即时饬逐，万万难逗留衙署，不致招摇撞骗，是为至幸也。即须即时饬逐，难以见诸言语形容，亦须善言逐退，此无结怨于小人，是为至切。此居官所用仆从也。居乡、居官所用仆从，知其靠实，必以靠实待之；知其将信将疑，诸事确要留心；知其不可以靠者，即须善言饬退，或多结工资、川费饬退可也。为仆从者，大约积有十元，即有念元之衣服；积有百元，即有两百元之心思；若至无钱之日，无事不为，须要慎之、慎之。为仆役者，能积有洋物，而不见诸言语、形容，即是可靠之人。但此等之人，其役本是日夕巴结为事，若过于巴结，即是非人，须要差使无误，即是巴结。得有此等之人，就是可靠，即有小过，万难责备为要。确要随时随事察其所为之事，是为至切。是为之记。

童子章先生来云，庆丰之行屋，前本向周姓典来，计洋一百四十元，今庆丰闭歇，已典于杨金才三，亦计典价洋一百四十元，已于今日成契矣。倘他日周姓来取之洋，收来即付还杨姓可也。如此契据本是合同，但彼单张曾已写就，即将所写单张之契画押，交于杨姓，容日付洋时缴转可也。庆丰如此归结，常亏得不少，所差者迟一年，悔之何及！

初三日丙寅 晴。寄家君一禀，交航船带至郡城同昌盐号。午膳后，至周梅翁府上，少谈而别。路晤陶寿翁、汪伯端，同至椒江学堂，晤曾六舟、黄少湖、胡竹珊、黄道周诸君，相叙一刻。同曾六舟约至子宜处，路晤王子宜、苏绩臣、黄秉彝及分府署幕友王心斋。适陶寿翁挽至家中，相谈至晚。云及曹绍雍统领因奉张中丞电谕密拿首要，当即饬勇拿到首犯一名，不知是何名姓，尚未详确。又云萧伯康公祖已至海门与甬江天主堂副总教田姓接头，不知是何语言，尚未详晰。但萧伯康公祖遇到教案，最喜敷衍了事。台州临海之二年中教案竟至若是猖獗，皆萧伯康明府敷衍之所致也。如此有司，小民将来受其荼毒，难堪言状。此番天主、耶稣两教互争之事，萧公祖急欲衍饰，幸经吴周卿军门、曹绍雍统领已将电禀张中丞，接有覆电，想萧明府不致草率衍饰也。萧公如此行为，早卸邑篆，则我临海之大幸哉！

初四日丁卯 早至未，晴；申后至晚，阴、晴。接娄祝三兄一信，即覆祝三一信，交其原人带覆矣。家君与王达泉广文同趁永大小轮于晚刻到家，章子修兄于晚刻来云，岳母亦同其来，现宿谱香母舅府上。王达泉广文现奉委署奉化县教谕，将赴任所也。按：王达泉广文泽霖，辛卯科举人，戊戌大挑以教职用。现署奉化县教谕，想大挑班次补缺之期不远也。肃堂先生有寄其令兄见石比部一函，早刻，托家君带来，余即饬吕保专送海门，交邮政局转寄郡城，取有双保险信单一纸，明日寄还可也。

初五日戊辰 晴。家君出名，致何肃堂先生一信，饬阿香送交航船带至郡城。家君嘱覆郑仲雅兄一信。接周载熙兄自日本发一信。早刻，至谱香母舅府上，谒岳母，相叙一刻。即至海门娄祝三府上，与其相叙。三仁之事，据说明后日定来覆也。至家时将午膳。前嘱二头代买之洋绒布，计洋三元二角，随即将价洋交付二头清讫。王达泉广文、戴玉珊均于晚刻去。家君书启一席，本邀苏绩臣兄，此次到郡，周梅谱代杨蔚久茂才力荐，势难推却而允之。明日与子宜兄接头，将积臣处作罢可也。按：杨蔚久茂才系杨楷夫先生之世兄。楷夫先生，前管慰农先生知四川临水县事时亦作书启幕友，其蔚玖亦在管公署中，想有二三年，诸事想能熟识也。

初六日己巳 晴。致许笠甫先生一信，饬从福专送黄城，托换药方一纸。致张丹翁一信，饬老官送交邮政局转寄甬江。致五丰钱庄一信，因子宜兄来托发椒江台局连单一纸，计洋三数，单并信交子宜兄代寄。家君嘱书致周梅谱先生一信，并附平金补服一副。家君交伯森先转寄郡城。午膳后，至子宜处少坐，同至楚卿兄处，晤姚梧冈、王云梯诸君，畅叙半晌。云及宁绍台道喻庶三观察为天主、耶稣互相争闹之事，亲来查办，于晚刻可到海门。郡伯张翰卿太守、萧伯康公祖因道宪来台，已预日至海门矣。各处印委各员，想亦多有至海门也。此番之事，台属官场中不免一番忙碌耳。楚卿之妹适王子常太守之少君者，于本月十三日招赘于隔壁，现槐士兄所住之屋对门东首横楼下间，其屋均已大加修理将竣矣。

至家后，周梅翁来家言，吴绍春公祖邀其进署，向提椒江局之椒江公款，寄至东洋购办仪器，并请教习。但局中生意近最清淡，该款难以取资，商诸寿翁，言之亦然。并约至子宜处再酌。晚膳后，至子宜兄府上，晤陶寿农、柳亭、梅五、云梯、秉彝、心泉、采东诸君，畅叙半晌。言及此番提款，因姚梧冈出洋之便，故相邀吴公转向周梅翁支取，均楚卿之事也。但网局款有取资，理宜清付，如此滞消，只向通融可也。来时已将二鼓矣。苏绩臣兄来，家君允其代荐于陈祝再姻丈，未识能得允诺否也。接张柳桥兄一信，托余代其郎荐学习生理之方，亦颇为难。即托童子章先生代觅，未识能有地方否也。

初七日庚午 晴。接娄祝三兄来信。即覆祝三兄一信，交其来人带覆。应子能先生于早刻自新桥来。家君席请章子修兄及陈步云、金叔(文)兄，并邀子能先生、谱香、达云、少云诸君陪客。席散后，子修兄及叔文同少云至海门，余本相约同去，因事羁绊，不能同行，心甚为歉。来时已将三鼓矣。

晚膳后，至子宜处，晤曾六舟、胡竹三、周梅五[①]、黄道周、王云梯、王心泉、邱遇琴、丁辅香诸君。云及张翰卿太尊、萧伯康公祖及各县主均在海门迎接道宪，而道宪今晚尚未到台，适海门之电线通甬江之中途有一断拆，故尚不识道宪曾否出辕。但既有到台之语，府县亦不得不静候迎迓也。又云天主堂之洋教士李思聪并驻宁天主堂副总教田教士，适张翰卿太尊至海门时均来禀见，其意即欲了结。此番之天主、耶稣互争之事，而天主堂中国教士阮振铎急欲府县代为清结，而萧伯康公祖亦急欲私为说合。无如此番之事，张翰卿太守暨吴周卿军门、曹绍雍统领初刻电禀张中丞，继则合词通禀各大宪。又接有张抚台发电，即萧大令有意敷衍亦难为主。此番互斗，若经各大宪按律惩办一次，乃台民之大幸。倘以萧公之意私为敷衍，将来天主堂荼毒台民，如之奈何？事已至此，未识上宪作何办理也。如此看之，台民幸叨天福庇，事已直达上台，不使庸吏养疽成患，是所大幸。事至若是，乃阮振铎恶贯满盈之所致。按：阮德斋振铎系是牧养贫民送养天主，成人后考取承务，分充台州天主堂承务将近二十年，无恶不作，无钱不贪。其兄阮蓂斋瑞铭系漆匠出身，数年间勒索台民膏血，积有洋蚨二十万之多，捐纳同知职衔、蓝翎，俨然搢绅。尚有娈童王子源秉文，小名三头，系裁缝出身，数年间亦积家资数万之多，皆是横敲而来，亦捐同知职衔，及其亲戚并阮氏亲近之人皆成富户，皆仗阮德斋势焰而来也。台民受十馀年荼毒之苦，一旦超脱，如在地一时登天之乐也。按：喻庶三观察兆蕃由己丑翰林保送知府，指分浙江，试署宁波府知府，补授宁波府。上春，因高与卿观察呈请告卸后即以代理是缺，续调杭州府知府，现奉上谕补授宁绍台兵备道。历任以来，名誉甚佳，足应循良之选。想经办此案，想定精明而无亏于小民也哉！

---

① 原稿“周梅五”重文，已删。

第十八章

丙午(1906)十月初八日起

十月初八日辛未 早至巳，阴，多雾；午、未两刻，阴；申后，细雨。未刻，小雪节。致李明渊兄一信，交邮政局带甬。致苏焕堂一信，交夔先带交邮政局寄晋。家君嘱书至卢槐士兄一信，交洪吉生、张志廉带郡。

初九日壬申 阴，惟晚刻有微雨。家君嘱书致洛卿丈公一信、致陈祝再姻丈一信，均交贤才带交。晚膳后，至子宜处，少坐而别。云及喻庶三观察已于昨日午刻至海门，天主、耶稣互相聚众之事如何说法，不得其详。卢槐士兄于晚刻来云，昨日下港，因楚卿兄之妹于十三日于归而来也。章子修兄于昨日早刻至家去。细思为有司者若遇教案，面子多于教中人，案中实情，厚待与子民，此即谓上等之官。现浙江巡抚张小帅治民之道在于此，前抚山右时，若遇民教之案，须以厚待于民。若所委人员办理教案厚于民，则其心喜；厚于教或教中之人，则其心有所不合焉。所委之员，若此办理，即缓时日，至轻当须辙[1]任。故历任以来，民教相安。现抚吾浙，想海门天主、耶稣聚众之事，想亦存此意办理也。言虽若是，总以见机而行，吾民不致受亏，民教相安，是为至幸哉!。

初十日癸酉 阴。早刻，因吴公来邀，进署晤绍春公祖，晋祝慈

---

① “辙”，疑为“撤”。

禧端佑康颐昭豫庄诚寿恭钦献崇熙皇太后万寿。毕后，晤王心斋，相叙半晌。云及内官曾经改更，外官亦将酌改。大约巡抚改为总督，藩臬、盐运各司及各道，改为丞参，服宋、元、明旧制之仿佛。理民之官分为三等，大约繁中简而别之。知府所辖繁要之县，虽曰知府，秩从四品；直隶知州、直隶同知、抚民同知及府属知州，皆曰知州，辖中要之县分，秩五品；直隶通判、抚民通判及知县，皆曰知县，属辖简缺之县，秩从五品。虽曰知府、知州、知县，各不相属。府、州、县等官下设裁判议员等员，分管地方一切诊治钱粮，仍归府、州、县管辖。曾奉上谕，仍着各省总督总辖其事。按：此节言虽若是，若以酌改定妥，尚需时日也。又云，萧伯康已奉抚宪调省，新委临海县知县闻系彭姓。周梅翁自海门来云亦然。按：萧伯康公祖邦恺，系乙丑春间委署临海县缺，瓜期已届，今则调省，亦分所宜然。不过，值在此时，则有碍于面子也。但改更官制之言另有一单，容日密来再录可也。

正中来云，其妻舅之家住在栅浦，昨夜被有土匪数人一抢而空。宜办冬防，第一要事也。梅翁言，天主、耶稣两教互相聚众之事，张翰卿太守心甚为恨，喻庶三观察已将原委均已踏勘详确，通详抚宪，不知张小帅作何定议也。叔文兄于晚刻自海门来时已逾二鼓。周玉先亦至海门，与叔文兄同来，言九月初七日其妻育有一子，亦代其欣幸也。接金雨梧先生覆信一函，系在苏垣缄寄。云今日之捐纳二层八上兑，至本月底为止。彼所考法律馆列在备取五十之外，至堂肄业正取用后，备取仅需五十名，彼在五十之外，尚需时日。言既若是，余未曾与考，势难代媒也。余只函覆作罢可也。

十一日甲戌 阴。家君嘱书覆郎翰臣先生一信，交其来人带覆。据其来人云，伟臣先生已赴昆阳本任，今岁五月、八月各有千番寄来。少余之款不知何时可以付还也。早刻，至椒江，云曾、胡两山长及作羹、道周均至海门去，未晤。而至梅翁府上，云天主堂中人不知为某事，将六舟先生之亲家拔去，故彼四人至海门想法抱回也。天主堂如此无横，不将阮德斋承务调赴各处，或将斥革，则台民之受累不堪也。

午膳后，至槐士处，云至海门未来。至楚卿处，亦至海门去，晤煦东宗伯及其千金之代媒潘载卿、洪寿田并邱玉堂，相叙半晌而别。玉堂言（与）邱楚言姻丈相叙一刻而来。

十二日乙亥 晴。家君嘱书致洛卿丈公一信，适阿庆送礼去，交其带至长甸。家君又嘱书致周梅谱先生一信，值旭东先生来，已云及，未及送交。致覆周载熙兄一信，饬老六送交邮筒转寄至日本东京早稻田四十一番结诚馆。又致金雨梧兄一信，饬送交邮寄江苏省城吴直殿巷管公馆内致也，内此管公相其亲戚敬舆之寓所。忆前交邮筒寄金雨翁之函于京城台州馆定未接到。晚刻，接到邱少霄兄一信，自九月廿四日付邮，言之最为详晰，所云时事亦惠爱不浅焉。但余家务缠绵，且又家君嘱以明岁赴晋，不得同游日本见新世界，深为抱愧也。

午膳后，因楚卿之妹明日招赘，至楚卿处，晤楚言、性言，诸君畅叙半晌。云及喻庶三观察现在海门，云有吃天主堂亏者皆来招教等语。并言临黄太绅商杨定甫首列及寿翁、楚卿、梅五、槐士、冰如、竹珊、仲玉、梧冈诸君及以下有百馀人，列名陈天主教堂历年实事，具禀于道宪处，不知作何批语，不得而知。下情上达，则台民受惠无穷哉！天主堂羽党捣毁数家，喻庶三观察均挨户踏勘，可谓周详也。并云曾六舟先生之亲家被天主堂拔去，昨日曾六舟托竹珊、作羹、道周、云梯诸君晋谒道宪，并具禀牍后，即饬临海县赴堂提人。而邑尊萧伯康公祖至堂，晤该主教，云并无其事而出，未知作何覆禀道宪。闻曾六舟于晚刻亦至海门，未识如何理处，不得其详。可见萧伯康公祖之庸愚，不可言欤。幸经奉调，亦台民之幸事焉。未知新任彭公之政治若何。即同其所娶花堂处少坐而来。便道至楚言处少坐。又同梅翁至子宜兄府上，相叙一刻而来。又至文昌阁谒哨官曹庆廷哨弁德隆，相叙一刻而别。

遣仆向王心翁处取有厘定官制大臣致各省督抚电，为改外省官制事单纪曰：“现遵谕旨，厘定官制为立宪预备，各省官制目应参仿京部堂官制，妥为厘定。亲民之职，古今中外皆所最重。我朝承明制，管官官多，管民官少，州、县以上，府、道、司、院层层钤制。而以知县一人萃地方百务于其身，又无分曹为佐，遂致假手幕宾，寄权书役，坏吏治，酿祸乱，皆由于此。今拟仿汉唐县分数级之制，分地方为三等：甲等曰府，乙等曰州，丙等曰县。令现设知府解所属州县专治府郭县事，仍称知府，从四品，其原设首县即行裁撤。直隶州知州、直隶厅抚民同知，均不管属县与散州知州，统称知州，正五品。直隶厅抚民通判及知县，统称知县，从五品。每府州县各设六品至九品官分掌财赋、巡警、教育、监狱、农工商及庶务，同集一署办公。别设地方审判厅，置审判官受理诉讼。并画府州县各分为三，每区设谳局一所，置审判官，受理细故，诉讼不服者方准上控于地方审判厅。每府州县各设议事会，由人民选举议员，公议本府州县应办之事。并设董事会，由人民选举会员，辅助地方办理。议事会所议之事，俟府州县议事及董事成立后再推广。设城镇乡各议事会、各董事会及城镇乡长等自治机关。以上均受地方官监督，仍留各巡道监督，各府、州、县宜所体察情形，并按地方广狭、属县多寡，酌量增减，并分置曹佐。以上办法由各省督抚酌量推行。至省城院、司各官，现拟有两层办法。瓯洲各国本土鲜如中国之广，英之属地如加拿大、澳洲及美国各省均设总督，略如中国行省。凡民政、财政等官责为总督所属，与唐初益州、襄州诸道尚书行台，分设子部，元行省设平章、丞、参，明布政司设左右布政、参政、参议者相合大要。汇公牍于一署，则夫承转之繁多，省批评之重叠，不可会商即决，最有益于治。拟仿我朝，如边省将军衙署，分设户、礼、兵、刑、工各司，粮饷各处办法，合院、司所掌于一署，名之曰行省衙门。督抚总理本衙门政务，略如部尚书。藩、臬两司略如部丞，其下参酌京部官制。合并藩、臬以外司、道、局所分设各司酌设官，略如参议者领之。以下分设各曹，置五品至九品官分掌之。每月督抚率同属官定时入署，事关急速者，即可决议施行；疑难者亦可悉心商榷，一稿同画，不必彼此移送申详。各府、州、县公牍直达于省，由省迳行府、州、县。每省各设高等审判厅，置审判官，受理上控案件。行政、司法各有专职文牍简一机关灵通，与立宪国官制最为相近，此为第一层办法。其次以督抚经管外务、军政，兼监督一切行政、司法。以布政司专管民政，兼管农工商；以按察司专管司法，上之行政，监督高等审判厅。另设一财政司，专管一省之财政，兼管交通事务，秩视运使，均酌设属官佐理一切。此界学、盐、粮、关、河各司、道，仍旧制。以上司、道，均按主管事务秉承督抚办理，兼监督各该局所。此系按照现行官制量为变通，以专责成而清权限。此为第二层办法。执事久莅封疆外省，利病皆所稔悉，此次厘定官制关系颇重，究竟此时程度以何者为宜，务请迅赐电覆，无任企祷。”官场中有此电，未知各省督抚、各县宜如何参酌妥定办法也。

十三日丙子 晴。家君嘱书致章子修兄一信，交其来人带交。煦东宗伯之千金适王子常太守之次公郎，于今日招赘，邀余托槐士兄接新郎。余适有事，而郑夔友兄代之。早刻，至集圣庙叩祝神圣寿诞。后至槐士兄处，适新郎少裳已来，并晤刘逸仙、黄宝周、洪蒙西诸君，相谈至晚。过楚言处、子宜处，均少坐而别。陶寿翁、周梅翁来信半晌，云及临黄太绅商致道宪喻庶三观察之禀已于昨晚呈进，喻观察亦于昨夜旋宁矣。前阅《申报》，天主、耶稣两教互相聚众之事，已由浙江抚宪电禀大部，未识部中及抚宪作何主见也。云及曾六舟先生之亲家系王子源作主拔至分堂，已经释放，未知作何结局，难以预料。晚膳后，至少常处看其新人，适值坐筵毕后进房片时而晕，想是注冠之病，亦未识日子之故。再与楚卿、云梯、槐士、逸仙诸君少谈。而至楚卿处，晤潘秋舫公祖及何霭生、费子赞、丁飏绵诸君，少谈而别，至家时将二鼓矣。

阅周梅圃先生寄家君函，云代荐幕友杨蔚九先生考名钦琦。并阅其亲戚马秉臣少尉翰谟系选湖南桂东县典史，当时部选后由府札饬临海县行查，适值秦心泉、方荣申两大令互相交替，未及发房。当时不得而知，年馀之后翻阅《搢绅》，方悉马君曾经荣选，向房中详查方得底细。至萧伯康公祖任内，代其通详到司，不意事隔多时，司中以查无其人，详院开缺云云。今欲以幕游川省，抱病未愈，以致延误。今欲以病痊领部凭，未识得能如愿否也。平心而论，萧伯康公祖知临海县事已将两载，其平日之官声尚称中等之上，以目今之州县较之，尚在上等也。闻其因天主、耶稣两教互相聚众之事，以致调省，叨居宇下者，代其抱怨不待而言，未识何日再任吾邑，神君小民之幸哉！

十四日丁丑　晴。家君嘱书致周梅谱先生一信，内附致陈集三太老伯一信，又附致陈子琴老伯一信，致杨蔚久先生，均家君出名言事。家君嘱书致洪祝南一信，均饬伯森先送郡。接李明渊覆信一函。煦东宗伯来邀晚膳，席设少常处。晚刻，至少常处，晤少常、楚卿、夔友、槐士、慕希、逸仙、王梧冈、宝舟、楚言、王心斋、黄心斋、鲍子封、陶河清、吉云诸君，相叙席散而别。过楚言处少坐，接有家信，云其夫人染恙颇沉，准明日转至黄城。陶寿翁、周梅翁来叙半晌，携有周载熙兄致余及寿翁、子宜兄一信，便带楚卿兄详阅。云请椒江之日本教习也，不知能否请定，俟酌妥再行函覆。

十五日戊寅　早至午，晴；未后至晚均阴。余于甲辰九月下浣元配章宜人因产致疾而逝后，本拟不欲续弦，随纳曹氏为妾。乙巳之四月，为元配章宜人修理功德，致天台山国清寺叩神后，便问签诗语，大约而详，曹氏颇非甚佳，若问续弦语甚好，随发续弦之心。而家君函来又劝续弦，余始成续弦之心。再以曹氏归余自甲辰嘉平，迄今已经两载，又复不育，而续弦之心成矣。闺女与余说合颇多，择有黄城十里铺陈普根之姊，八字尚佳。加之家君又再四成说，余即遵严命而允焉，择明日十六文定。因路途四十馀里，川籍往来诸多不便。家君嘱讨内湖小舟于今日将什物起身，晚夜宿路桥，明日早刻可抵十里铺矣。回忆元配于己丑之四月文定，不觉十八年，如在目前，不意眼泪汪汪，如泉涌出。前言固不足说，愿得曹氏、陈氏速招子嗣以继吾后，是为至幸也。

十六日己卯　早至午初，阴；午末至酉，微雨；戌后，晴，仍见月色。陈祝再姻丈来与家君同赴京城上兑遇缺先知县。但遇缺先班若以上兑到部投供后,想明岁夏秋之间可以望选也。但有司之职做颇为难,不知后来得顺手否也。余之续弦十里铺陈普根之姊,今日文定,人来取日子,带聘礼洋二百八十八元。本送三百念元,当还盘三十二元是此数矣。彼之还礼亦丰。回忆己丑四月,元配章宜人文定,如在昨日,不觉泪下。所遗两女,得能留一子膝下承欢,余断不致有今日作无情之事也。不胜哀痛迫切之至。是为之记。

十七日庚辰 早至午,晴;午后至晚,阴、晴。家君嘱书致何肃堂先生福信一封,彼托家君代带杭头二十四张于其令兄见石老伯,福函即交其来人带覆。槐士来云拟十九日赴郡,因萧伯康公祖交卸时近也。

十八日辛巳 晴。接章子修兄来柬。又接邱霄伟兄一信。又接张丹翁两函,言徐肖帆兄之屋料载来即代寄甬,又托余代买松板并山下廊石板,各洋一百元。午膳后,至槐士府上,适其公出未晤。至楚卿兄处,晤夔友、雪渔两兄,少谈而别。先于早刻,雪渔兄来家,接其来片曰王玱。但雪渔兄原名组绨,初改王玱,一时未解。即询其仆从,方悉雪渔兄也。洪祝南兄及应肖圃姻长均于晚刻自郡来送家君转自晋垣行也。连日宾客颇多,酬应甚繁。前咏仙兄送有王石谷山水手卷并小人物及梁山舟学士行书横批,共计三件,前家藏李梅生画花卉小中堂及心太平室主人绘花卉四幅,均呈家君带至晋垣矣。

十九日壬午 晴。致金雨梧姻丈一信,附藏家君片纸袋里面,嘱万香跟家君至苏州时即送吴殿直巷管公馆面呈,向取余之托带部照一纸,英洋百元,部照取来托陈祝再姻丈带还,洋即呈家君需用,未识即能寻见雨梧姻丈否也。前托王耔舜兄带购代出之大风套面一件,前本托祝再姻丈向取,因事匆忙,未及代带。顷又致王耔舜兄一信,仍托祝再姻丈带京向取套面,倘若该值不敷,仍托祝再姻丈代为清付。陈洛卿丈公于早刻来。褚用九亏控合记名下计洋四百八十馀元,及琴轩名下支洋一百四十馀元,秉彝宗伯及童子章从中代为转向家君理说，将住屋押洋五百元以作该款，于早成契，请郘丽生先生代笔也。

家君同陈祝再姻丈均晚刻动身，趁永江商轮到申。家君至京小作勾留即至山西省垣供职。祝再姻丈赴京报捐遇缺先知县。余同少圃表叔公、洪祝南先生、金叔文妹倩乔梓、达云母舅、子能表叔公、少云、喜亭母舅、童子章先生诸位均送至海门永江商轮中。适楚卿、梅五、飏绵诸君亦至轮中送行，相叙半晌，而至海谷春，晤王少南、郑夔友两兄，并来送行。诸位过晚膳而至怡香居，晤王合丰、娄徐三少谈。先在永江商轮中晤朱敷五老伯、王搜岩兄，相叙半晌而别。但朱敷五明府谦系举人注册，加捐直隶州州同，指分安徽候补，现补安徽泗州直隶州州同，曾奉皖藩牌示饬赴新任，后请假到籍小作勾留，而今赴泗州双沟任所也。按：泗州直州同系分防，双沟缺想不次。王搜岩兄云至湖北去，想托王子常太守代为趋荐湖北为衙署书启之任也。至家时逾二鼓矣。

昨日卢槐士兄交来陈颖生凭票一纸，即检交还洛卿丈公收转矣。晤楚卿时，云及陶寿翁、卢槐士兄均于早刻因事赴郡，并言现买益州商轮。前金烈轩允假巨款而今却之，转寻此款亦颇为一时之迫切，想亦无碍于事。家君今日动身赴晋，想至申、至都均是小住数日，约在葭月中浣可抵省垣。按：朱敷五明府谦，黄城人，系朱劼丞主政文劭之封翁也，乙酉科选拔贡生，本科乡试中式举人，以直州同注册指分安徽试用。适逢王子常太守知凤阳府事时，札委代理定远县知县，现补泗州直州同。朱劼丞主事文劭年十九入泮，明年本省乡试中式举人，即连捷进士，钦点刑部主事，随呈请游学东洋。其志颇为鸿远，将来鹏程万里，未可限量也。可谓乔梓皆贤耳。家君嘱余俟奉委署后即携妾并同杨蔚玖先生同赴晋垣，未识晋藩委缺之日从速否也。在海门来时，过楚卿处，晤郎茀亭、陈季明两兄，相叙一刻。陈季明系雨卿先生之世兄也。并云现奉宝湘石方伯牌示，临海县知县彭大令与现任太平县知县左大令宜之互相调署。闻左公任太平诸事颇为精明，来署吾邑，定有政绩可观也。

二十日癸未 阴，兼雾颇大。致卢槐士兄一信，托长甸来之宝溪相代为寄郡。洛卿丈公于早刻去。许长甸陈俊英兄之土屿人张家表妹于上春归宁，迄今已逾半载，于早刻去矣。童子章先生来云，在陶寿翁府上阅有《中外日报》，在十月十二日张纪详述台州海门两教械斗情形，颇为详细。曹绍雍统领一禀所云已详，台州府张翰卿太守之通禀亦大致相同。后有仙基大老一名应再庚，即前年闹教正法应万德之子。今年由省押保释者一名李体章，目前在黄岩犯案。闻拿脱逃者又有王子元、王清甫即王霈霖、金永章、王达泉、潘林泉、小红毛、李金宝均在场滋事等语云云。按：仙基大老号金德生，家颇殷实。李体章号则轩，酒禚之郎，黄岩林仲西老伯之内侄。王达泉名泽霖，系辛卯本省中式举人，戊戌大挑以教谕用，现署奉化县学教谕，其大世兄系阮蓂斋之亲家蔡湘岩霖女婿，故惹此事。闻当日达泉之大世兄有人带去岳家以示威，致咎其父诸君落其中，殊不值也。但王子元者系阮承务振铎所畜。王清甫沛霖虽忝庠序，无异土匪。应再庚系是地痞。至金永章、潘林泉、小红毛、李金宝，尚不识其人。事既若是，不知将来作何结局，难可预料也。

廿一日甲申 晴。致福邱霄伟一信，并附还见字一纸，交邮政局保险寄至日本东京牛亡区鹤卷町早稻田大学校。致张丹翁一信，亦交邮政局寄至至宁郡湖西中署。日昨陈祝再姻丈向余抯去英洋四元、烟灰四两，今其府上照数遣仆送还。又，煦皆先生托余代交邮政局寄其世兄一信，俟明日遣人送交可也。应少圃暨洪祝南两君均于早刻趁永大小轮赴郡矣。接金雨梧姻丈自上海同福祥于十六日发一信，云十七日动身赴都。

廿二日乙酉 晴。寄家君元号平安家信一封，因接金雨梧函云已于十七日到京，奉禀通达，函交邮政局保险寄至申江十六铺大盛行转即呈家君收，想无遗失。昨陈煦皆先生托寄其世兄之函亦交邮政局转寄日本。晚刻，王子升先生来叙至晚，留宿。陶宅马夫老五来云，永江商轮在舟山时被坏，心甚惊惧。即至海门永宁商轮局，晤徐富春、杨子云两君，云永江在定海将开时，彼山东船冲破当肚，幸于岸相近，客人无碍，客人之行李亦无失。永江即转进定海，彼之山东船亦留定海，来邀杨定夫给谏及陶寿翁至定海与其理论。并言家君同朱敷五老伯均趁海门商轮到甬转趁商轮赴申。言虽若是，总不放心。即至楚卿处，同至电报局，晤其司事彭云鹏兄，托其代发电音问候，电语曰："甬波湖西中府张专黄悦卿：永江坏，人安否？电覆，义。"计二十字，并托楚卿兄，如接覆电即之专送。楚卿兄留余并云鹏及子霖诸君至海谷春过晚膳而来。总接覆电或接覆信方可放怀也。但永江轮自买进至今被坏大小二十馀次，其亏控甚巨，此次不知作何设法也。

楚卿兄言，此次天主、耶稣互相械斗一案，当由浙江抚宪张小帅电达驻京英、法领事并外务部，转行通详各国领事会商办理，未识如何办法，尚未拟定。并言阮承务振铎在宁电致其兄蓂斋云："大约事已讫，赵主教嘱弟转台，弟决意不来"云云，此其衍饰之语也。总而不来，已经调赴各处矣。倘若对调，可谓至幸。恐有此事未了，不止调赴而已。尚未见明文，难以预料。台人皆恶阮振铎，可见其平日行为不待而言。此番闻阮调则喜，闻阮不调，皆有隐忧。其鱼肉乡民，不待而言也。是非难逃公论而已。

廿三日丙戌 晴。寄家君二号安函，面托戴云珊先生代托可贵轮友转交寄呈家君。接张丹翁覆电云："永江失事，宁尚不知。"方知家君尚未到甬。今值永宁到埠之期，周梅翁约余至海门同昌分号，晤楚卿、少南、霭生、寿南诸君，相叙一刻。闻永宁轮已来，即至轮中，晤戴云珊先生。言家君在定海，永江被商船冲坏后即到埠登埠，暂寓吴兰友之福大行中，均已安善，行李悉均无损、无湿，深为至幸。即将二号之信托其转托可贵轮友代带。相别后登岸至永宁局，晤周映江先生及楚卿、梅五、桢夫，相叙一刻。周玉峰先生交来家君托其代带一信，云与云珊之言相同，并言在定海小作勾留，俟可贵商轮到定时趁至申江，并嘱取狐皮马褂等件。闻信之下，则可放心矣。但可贵商轮今晚动身，廿七日早可抵沪江。至家时将已晚。朱先生自桃渚来，接显臣先生寄家君一信，并嘱茀庭兄就申代汇息洋百念元。日昨遣人代丹翁向徐肖帆载运屋料曾已载来，计大小八十三根，俟明日托永宁轮运宁可也。金叔文兄与其令郎均于早刻至家去。王子莘先生于晚刻至海门去。

廿四日丁亥 致张丹翁一信，内附徐肖帆兄托寄一函，外附楼料三间计点大小八十三根，托戴云珊照顾，由永宁轮带至甬江，并致戴云珊先生一信，托其代带屋料也。阿昌来云，在定海时，家君所有行李均彼代为照料，借寓吴福大即兰友之行中，趁可贵商轮到申，一切均无失，亦无湿。可为至幸、至幸，叨天之福不浅矣。据阿昌言，祝再姻丈托余代致函于其家中，以免挂念。俟玉先到家时泐函寄达通知可也。子能先生于晚刻趁航船赴郡。王达泉孝廉因事于早刻来叙至晚，留过晚膳而去。晚膳后，至子宜兄处，晤周梅五、丁辅香、黄秉彝诸君，相叙一刻而别。遇琴兄遣学徒与子宜兄言其正母何氏仙游。想其年亦逾古稀，前先曾祖母应太夫人在日，时常来叙言欢。转瞬间均已隔世，呜呼！人甚皆空，无庸与人争英雄也。

梅翁云，曹绍雍统领有勇札在西山、东山、马庄诸处，虽未明言，想是拿获天主、耶稣互争之事，带土勇助虐为首诸人也。但李体章平日在家畜养小队，素不安分，连近小康之家皆受其鱼肉。至金德生，少年喜游花柳有之，近二十年来在家尽守，并无与人争执。一时误听天主堂司事，带同无赖数十人至堂，原为酬应起见，不意有此事端。而台州府张翰卿太守通详禀内列之为首，甚为惜哉！古人云："一朝惜足[1]，抱恨终生。"言真不谬，岂不慎焉。但金德生年逾四十，愁子之心甚切，今岁方添一丁，家资颇裕。偶惹此事之连牵，亦非数乎？此事若非严加惩办则有碍于地方。倘以按律办下，甚代金德生之可惜。闻阮承务曾已调赴他处，又十三国领事并中国部员大开议会，不

---

① "惜足"，当为"失足"。

知作何定议，不得而知也。为人者总以小心谨慎为主。是为之记。

廿五日戊子　晴。致陈煦皆太姻丈一信，托玉先代寄长甸。因祝再姻丈恐其府上听信浮言，嘱余代为通知其府上，故书函托煦皆先生代为通知也。晚刻，至达云母舅府上，相叙半晌而来。朱先生言，此次十九日永江装载樟脑赴申售销，约计百馀担，价值六七千之则，至定海被水，即或可有陶成，而去大半矣。此番之樟脑均是桃渚各家之货，大半郎家之货多，郎家亦翰臣先生家货归多。幸获利甚厚，即或失一番，亦无窒碍也。但翰臣先生乔梓银钱一事最为认精，自任陆凉四载，缺分非佳，而积有两方有馀。以前又为其两世兄一捐知州，指分贵州；一捐盐大使，指分福建。及一切需费，亦将白镪万金，统而计之，已逾三万。按：翰臣先生前任云南陆凉，与家君现任山西吉州两缺之瘠苦亦相仿佛，但翰臣先生之任陆凉剩下如此之多，家君任吉州尚多亏短，何相隔之悬殊也。但翰臣先生至家后，开小押，购售六成生理，点水不漏。今又购樟变脑，时甫年馀，已购万计，想子已逾母也。可见翰臣先生乔梓三人理财之道，可谓善哉。晚膳后，至子宜处，晤梅五、柳亭、辅香诸君，云及陶寿翁同杨定甫给谏为永江被冲事，于昨晚趁永宁商轮赴定，未知如何向其理论也。并言及永江装载樟脑虽有散失，亦无大碍。此亦翰臣先生之运气尚佳。丁子祥晚刻来留宿一夕，云及大板桥黄籀生兄之留音机器打明字调颇为佳妙。

廿六日己丑　雨，天气颇寒。致周楚生先生一信，托收地税，并送实生令郎喜日贺敬一函，均交阿嘉送至塘头。

廿七日庚寅　晴。致陈洛卿丈公一信，专人送至长甸。周梅翁来约，晚刻同至海门同昌分号，晤潘秋舫公祖，相叙一刻而别。并晤王少南、李先生、翁子俊诸君。云及浙江抚台有电致海门镇吴周卿军门，为天主、耶稣互闹之事，蜜拿当日带兵及在场滋事各人。于早晨，镇署拨勇拿到当日在场滋事犯人王清甫一名。而天主堂李思聪即洋人，该堂洋承甫，进署求保至再，而吴周卿军门不能允诺。出后，吴镇台即电致张中丞，是否定夺，尚未电覆，未识若何也。同梅翁至电报局，晤彭云鹏、黄心斋、徐仁甫诸君，相叙一刻，而至海门商轮局，晤子霖兄少谈，转至同昌分号。翁子俊云，李体章亦经镇军派勇拿至署中，均未识作何办法也。如此看来，台州府张翰卿太守通禀十人均要拿办而已。阅十月十九日《新闻报》纪：新授军机大臣候补侍郎林赞虞侍郎绍年于十月初四日告卸桂抚，即于十月十六日起节由湘鄂赴都矣。

廿八日辛卯 晴。早刻，至梅五处相叙一刻，云及王清甫经镇宪拿获之天主、耶稣互相致闹之犯，已于昨夜提解出外，未识解至何处，尚不得而知。相邀晚膳，晚刻，至梅五处，晤建西及其子婿，相叙席散而来。

廿九日壬辰 晴。致覆陈俊英一信，交邮政局寄杭。接张丹翁一信，言屋料曾已收到，托余代买松板百丈、杉板百（丈）、石板百丈，亦颇为难也。早刻，周梅翁来约同至楚卿处，相约至海门同昌分号少坐，至电报局，晤汤云鹏。云及昨日镇军发解王清甫时，尚有唐瀫廷计两犯，均饬超武兵轮送宁。少顷，甬来有一电，语曰："吴军门鉴：平安解投，花吴同禀。"按：此电想是王清甫、唐瀫廷两犯曾平安解投矣。"花吴同禀"，想是花姓、吴姓，同是押解之官。托云鹏至可贵商轮，晤飏绵、宝舟两兄，云子霖兄因天主堂函诉其东家严子钧，云前喻庶三观察来台时借寓子霖之海门商轮局为行台，疑子霖与道宪前说其空话，故诉其令东。而其东家严子钧接李思聪来函，邀其到甬咨询一切。此次道宪来时，而子霖适至申江，虽续后到台，隔日而喻庶三观察曾已旋宁。况子霖又无谒过道宪，云隔壁相告，而道宪房在楼上，从何而进？此诬枉已极。如此诬语，一言而水落石出，在子霖不过多一番跋涉而已。

楚卿兄并邀其令弟心斋同至海谷春，留过午膳而转至分号，晤何霭生，相叙一刻，云永宁、可贵两轮相继到埠。即至永宁轮中，晤戴云珊，相叙一刻而别。并晤魏平生公祖，少谈少顷，而临海县署幕友袁复初自申江来。又，谈少莲少尹之世兄号曰仲寅亦是沪江来，均至同昌分号。但谈少莲之子仲寅均是洋装，颇肖洋人也。凡我中华大国之人，改服洋装，真出情理之外。按：严子钧系宁波严少访之世兄也。上春，严少访观察仙游之后，一切均出于子钧之手。镇宪派委所解两犯，王清甫系天主堂肇事之犯，唐濊廷系耶稣堂肇事之犯也。楚卿兄言，王荣臣同余洁斋主政均趁可贵，今日到埠。云周尹东所携之行李均假于喻志韶太史之世兄莘候，报捐主事洋尚未还，捐已十月廿四日停止，而七项虽缓一年，费恐不止于此也。未知尹东作何想法，尚不得而知。

阅十月廿二日《申报》纪：内阁抄奉上谕："恩寿奏特参大员庸闇溺职一摺，据称藩司吴匡于委员解饷银被水冲去银鞘一案，屡催追查，含糊漫应，日久并未详参。又，交城县皮商靳汉臣与牛星臣争帖互控一案，业经断补帖案内改叙，靳汉臣之名隐图翻异，似此玩忽欺朦，殊出情理之外，请严行究办等语。藩司任重事繁，应如何正己，率属有旷职守。山西布政使吴匡着即开缺，并着该抚将两案提交太原府澈查究办，以肃官常。馀着照所议办理，该部知道。钦此。"阅十月廿三日《申报》纪十月廿二日奉上谕："宝棻着调补山西布政使。浙江布政使着信勤补授。钦此。"同日奉上谕："浙江盐运使着崔永安补授。李传元着补授浙江督粮道。钦此。"

三十日癸巳　细雨，兼雾颇浓。致陈祝再姻丈一信，内附致家君三号平安家信，托陈祝翁代交邮政局保险寄至山西太原省城新道街问交。余与周梅翁、王子宜同致陶寿翁一信，即由子宜遣人送局寄申。晚刻，至子宜处，晤秉彝宗伯及周梅翁，相叙一刻。云及甬局生意颇为冷淡，李明渊又勿招呼，更为棘手。子宜兄拟过初八日冬至后初九日趁轮到甬，代为设法售销也。

十一月初一日甲午　晴；巳刻雾颇浓。天气颇热，是作雪之气象也。致周载熙兄一信，交椒江学堂伙工德林之小工专送邮政局转寄日本东京牛亡区鹤卷町早稻田大学校。虎老司云，昨夜海门之曹统领及镇宪吴周卿军门两处派勇搜拿天主、耶稣互相械斗各犯，至前洋地方，将天主堂司事王松亭拿去，经过褚仲逸家，欲以通贿释放，而拿勇不允，恐营主闻知，难辞其咎。闻拿至海门，禁在镇署，未识作何办理也。十月初九夜，栅浦东岸有住茅屋一家被抢，其土匪，事主能认识一人。昨日曹统领之勇获到两犯，内有事主认识之匪。于早刻，曹统领派人送至栅浦本处正法矣。此所谓除暴安良，以尽其职也。但曹绍雍统领前管带副中营，驻防北岸时剿匪颇为认真，至今北岸民尚颂德不休矣。

阅《中外日报》之十月二十、廿三、廿四三日之纪：海门天主、耶稣于九月下旬互相械斗之事，而临海县萧令邦恺办理教案不善，敷衍其间，因循了事，即行撤任，以现任太平县左令宜之接署。通饬台州文武员弁严拿匪徒并滋事首要，革除不法教民，按律惩办。并照会英法领事，声名内地会华司事郭慎言、天主教华承甫阮振铎、司事阮瑞铭等均属罪有应得云云。并札各属一体会同地方文武实力保护教堂等语。镇宪吴周卿军门又已获到王清甫、唐黻廷两犯，已竟解宁。曹统领又获到从犯三名，已竟解府。曹绍雍统领昨又获到王松亭。从此之后，教势力可以渐平；从此之后，台州可无教案；从此之后，台州民教可以相安，台民之受张抚台之恩如同再造矣。有司一转移间，相去悬殊也。午膳后，至周梅翁府上晤水门六爷，相叙一刻，云及王松亭住前洋，与水门相近。其平日积恶难以言述。数年间，以赤贫之民积资五六万元之多，一想可知矣。今已被拿，此亦天理昭彰，分所宜然。但此次台州府张翰卿太守原禀中，彼系无名，今已被获，实属不解。

同梅翁至楚卿处，晤娄祝三，相叙一刻。而楚卿云，昨日早晨，宁绍台道喻庶三观察有电致镇宪吴周卿军门及曹绍雍统领，大略电语云“奉中丞札开据法教士李思聪禀称‘官逼民乱，几肇教堂。’通饬各属文武员弁，教堂并一切西教士，均须加意保护。肇事各犯，均严加拿办”等语。想拿获王松亭亦是此电，未得其详，尚未详识原情也。楚卿兄云，萧伯康现将告卸，同昌盐号制就万民伞，邀余同周梅翁于初六日呈送。余欲初五日赴郡祝萧公之老太太生辰，适送万民伞，亦得其便也。

初二日乙未 早至午初，阴、晴；午末至酉初，阴，兼雾甚浓；酉末以后，雨。天气颇为和暖。早刻，周梅翁来约至海门游叙一番。午膳，至梅翁处，同至海门分号，晤楚卿、胡子衡，相叙一刻，云子霖兄已由甬江来。即同梅五、楚卿至海门商轮局，晤子霖、霭生、选甫、春茂诸君，相叙一刻。子霖兄言代海门轮之关箱保定向椒江网业公所分网至定海售销，彼专赚仲钱，并由台局具禀分府宪照会定海厅，出示严拿私网等语。当梅翁允话，即至浚发与王子宜兄接头，再由子宜兄与其接头妥定也。云及永江商轮在定海被商船冲破之事，经杨定甫给谏、陶寿翁至定具禀该厅，而又邀吴吉人军门会同提宪吕道生军门巡洋之便至该处阅看情形，再行妥议定夺，未知是否，大约下班轮期可有消息也。转至同昌分号，晤金夏亭，少谈而别。楚卿兄云，明日趁永大小轮赴郡。

同梅翁至家，时将晚膳矣。梅翁言，分府宪吴绍春司马派差并门丁至街上及连近各处访拿赌棍，探其有钱者在赌博之处，即未曾赌博亦须拿署罚洋，以饱私囊。探其贫民无钱可用者，即在赌场赌博亦置之不问，或该等分数百、数十小头而已。但本镇之集圣庙向来时有赌博桌。初一日，本镇有名吕荣者家颇小康，至街买小菜，过集圣庙，该署门丁及该差亦在庙以待有钱者，适看见吕荣，即将其拿署发押班管。但吕荣家属即求本镇绅士黄煦东孝廉贿洋二百元，尚未释放。若此，何异于土匪也。但该署向用门稿之门丁，今奉上游通饬，各属将门稿改为收发处，前向用门丁，今改收发处，各州县及理民各厅均用佐杂微员以充之。但该署清苦而无佐杂可用。吴绍春公祖禀明上游，将小席幕友王心斋以充任之。又将该署各科书办，每以二人轮班值日。旧时门稿之门丁一切所赚之钱，均今收发处小席幕友王心斋赚之，诸事前门丁开费尚少，今幕友尚多。今吴绍春公祖又将收发处每月提洋一百五十元以作署中厨房用费，故王心斋明目张胆，无案不要贿赂，较之以前不止加倍也。但遇吕荣以赌案加之，总要数百元方可了事。其钱取之非义若是，倘上游闻悉，将何以归罪也。余见该署更改之后有如是，想各处亦不相上下也。总而下人之刻薄皆在于主宪，若为州县者清廉自持，其所用之人皆不能苛取于民。若为州县者贪利忘义，其在下属之幕友、仆从以及彼之属员皆是贪得无厌以可供奉于上也。大小皆同，理之宜然，毋责一区区之分府署也。

屡阅报纸，岑云帅抚秦抚晋、督川督粤，柯中丞抚赣，皆以通饬各属，自两司而至于州县，轻骑简从，门稿改为收发处，门丁改为佐杂微员。继而端午帅抚鄂督江，张小帅抚浙，通饬各属亦然。自思门丁皆是下贱小人，无耻之徒，改用佐杂官、班官虽小，尚是朝廷名器，想顾声名廉耻而用也，其用心未尝不善。彼时捐纳未停，各道府以及州县之门丁腰囊皆裕，何难不惜数百金捐一佐杂，充当收发处委员。此佐杂何异于门丁。而门丁见官尚立而称家人，有事不能与本官对质。本官察知门丁舞弊，即可饬逐。收发处之佐杂言事有坐，而称卑职。若有小过，本官不能一时反面。即有舞弊有据，本官不能一时饬逐，尚要送省言其过失，方能调换。若遇清廉之道府，各厅、州、县察知门丁舞弊，进出即多换几人，无碍于事。若是佐杂，察知舞弊，不能多换。若调多次，定造谣言，不得不为曲护理之然也。新政中用佐杂为收发处，以余论之，不如旧日之门丁，名曰门稿为善。总而言之，清、慎、勤皆在于本官。质诸高明，未识然否？今则各省大吏皆以为然，余亦不过私议而已。吾中国能以立宪通行，民皆团体，夫复何言！

阅报章新例，引见人员须赴吏部考验一次，若以文理清通，方准引见。若不知文法者，及饬学堂肄业，此亦澄叙官方之至要也。

初三日丙申　早至午，阴、晴；未刻以后，阴。致洛卿丈公一信，饬正中专送长甸。致邬丽生先生一信，饬桂明送交。来接覆信一封。家君前嘱为祖上谱传，函托王子常太守代做，将致函而不识其住处，饬从福往询其少君少常世兄。来据云家信中均寄皖垣其昌祥钱庄，可无致误也。早刻，致黄少愚处，将祠堂分肉一切托其代分，并至克仁处少坐，而至德轩宗伯府上，寻觅林子材先生，适至家未曾会晤而来。晚刻，王晓凡兄来云，其栅浦亲戚家邀其看病，来叙至晚，留过晚膳，转至栅浦去矣。

初四日丁酉　早至未，晴；申时以后至晚均阴。晚刻，至周谱香处少坐而至梅五府上，晤寿卿、槐卿并其世兄、令祖，相叙一刻而别。适邱仲翁来云，昨至其令亲府上相叙至晚而去。吉夫宗叔因担北山祖坟加泥，向余将大宗祠之洋取去开洋念角，以作工费之需。

初五日戊戌　阴、晴。致子宜兄一片，托其带宁代裱夏清泉(设)色山水四轴，交玉先带交，并托至甬之便携带徐叔鸿方伯裱就对联一副。早刻，至道头晤解昆珊兄，适至黄城去，相叙一刻，并晤周梅翁、建西、晤南，同趁永大小轮至郡。适葛兵部之屈夫人亦至轮中，言廿五日自申来台，在周宅霞卿太太小作勾留，自今日旋里也。轮中晤窦小山、黄子霖、何霭生、丁飏绵、王接衫二尹、前所司巡检于少尹俭并陈少亭守戎，相叙半晌。约两点钟许抵郡城，同周梅翁至同昌盐号。楚卿兄适祖饯姚梧冈转赴日本肄业，邀余与梅五、余洁斋主政、杨子卿、娄祝三诸君陪客，相叙席散而别。洁斋云，当日同轮来者系王春初，非是王荣臣也。适何霭生、丁飏绵、黄子霖来叙一刻，即去县中叩祝预寿。陈少亭守戎来谈至晚，过晚膳后，同至周梅谱先生府上少坐。本至杨瑜玖先生府上，梅翁遣人往询，适其出去，未曾过去。别后，至少圃表叔公府上，亦适公出，未曾会晤为歉。

初六日己亥　早至未刻，阴；申后细雨。天气甚冷。早刻，同梅五、楚卿至县署晋祝萧伯康公祖之尊堂劳太夫人寿，并晤史端青明府、何肃堂老伯、陈少亭诸君相叙面散而来。晤查小当之陈姓委员，相叙一刻而别。适府总局委员胡树卿二尹、王冰如明府，相叙一刻。楚卿兄云，陈姓查小当委员在太平诸多索扰，并有人命之事。胡瑞卿父台云其系江苏向馆刑名，因事奉抚台驱逐出境，故捐小班到浙候补。今委此差，将太平既如此办法，将来台属各县不堪其扰也。晚膳后，楚卿挽余及梅五、冰如、竹三诸君到县署，晤萧公祖、袁复初、胡葵生、何霭生、丁飏绵、黄子霖诸君，畅叙一刻，至号时将十二点钟矣。

晚刻时，同周梅翁至何肃堂(处)，并晤煊夫，诸君相叙一刻而别。过余洁斋主政处，留片未晤而来。周梅谱及杨瑜玖、何肃堂老伯来叙至晚而去。楚卿兄邀明日送伞，此亦官场酬应而已。

初七日庚子 卯前细雨；辰、巳两牌，阴；午时以后至酉细雨；戌、亥两刻，细雨，中有雪子。早刻，同楚卿、梅五、飏绵送萧公万民伞至署，晤伯康公祖，相叙一刻而别。即时萧公送有八大小一席。至同昌，余与楚卿、梅五、霭生、子霖、飏绵、竹三、少南、霭人诸君相叙席散，即同楚卿、梅五、子霖、飏绵、霭生诸君同行至江厦，适永大尚未到埠，在张恒兴过塘行少坐，适萧伯康公祖来还拜，相叙半晌而别。即趁永大小轮，抵埠时将下午七点钟，时又细雨蒙蒙，至家时逾二鼓矣。接张丹翁寄来一信，并附全鹿丸四包，计洋四元。云甬江现办巡警学堂，彼职中衡，诸多忙碌也。

初八日辛丑 阴、晴，西北风颇大，天气甚寒。丑时冬至。早刻，至大宗祠祭冬，晤心斋、秉彝、吉夫、道周诸宗叔、楚卿宗兄，同祭毕，相叙席散而别。言及煦东宗伯有人请其至北岸某处黄氏宗祠祭冬，想亦贪送若干礼仪而已。贪如此小费，非煦东之所为也。

楚卿兄言，王子元即秉文，小名三头，幼时即入天主堂之天成会，扺十馀岁，习艺裁缝，而该堂承务阮司铎振铎，见其人尚清秀，即收为副济，即曰跟班。专宠弄权十年左右，起造房屋精极华丽，积家资五六万之多，家中无物不美。此番天主、耶稣互斗之事，大半由其妻采菱细故，致肇如此巨祸之所致也。事发后，彼初逃天主堂内，续因堂中亦要搜寻，彼即长夜远逃，而又剃去发瓣[①]，冒充东洋留学生样式，出至温州，方到乐清地面，而营弁池姓晤见被获。云其由温直解甬江，闻者大快人心也。但王子元在教时与阮蓂斋无恶不作，鱼肉乡愚，数年间不知所破之家约计数百家，今已拿获，亦天理人情之所料也。尚有教中巨匪阮蓂斋在逃未获，心所未逮。不知何日能得恶贯

① 当为“辫”。

满盈否也。晚刻，现寓椒江网业公所之周缄三来云天主、耶稣互相械斗之事，闻喻庶三观察意欲严办数人。不知所拟何人，未得其详。接明渊来信，并接前托带裱徐叔鸿桂红笺对一副，言及甬江各行有意进货也。

初九日壬寅 晴。接金雨梧姻丈自京城发一信，云及法律馆一年半毕业，功课宽而保奖优于大学堂。余奉家君命，山右随侍任所，不得分身，深为可惜。只明春赴家君署中禀明各节，再行想法也。午膳后，至子宜处少坐，即至椒江网业公所，还谒周缄三，相叙一刻而别。过楚卿处，晤鲍子封、秉彝宗伯及缪性言，畅叙一刻而别。至仲玉姻丈处，少谈而来。楚卿兄言，椒江网业公所之应该阮蓂斋、王子元出官柬金合计洋八百元，具禀吴公通详台州府宪，将此款作为地方创办巡警经费，甚美善，惟仲玉有此款提作创办童蒙义塾或设立商会费用。巡警经费由地方派捐，但派捐地方事颇难，此款充作巡警需费，以地方善举，用地方馀利，事甚善，不知始终成其事否也。褚琴轩、丁辅香于晚刻来云，周缄三来为代瑞茂向取琴轩所少之账。但余与章姓曾已成说，此不过黄吕崇从中怂恿而来，今尚未起齿，不过于其辙底向说一番可也。

初十日癸卯 晴。晚刻，至子宜处，晤周缄三、辅香、少云、心泉、采东诸君，少坐即同辅香至仲玉处，托仲玉至梅五府上，晤楚卿、子宜、性言各人相叙一刻而别。云及支提学定本月二十日考优，本镇赴考者仅道周、作羹两人。余至家即送作羹、道周赆仪各洋一番而已。闻本镇宾兴每人取洋念元，查考优之册费须需洋念四元，此中寒士颇为难也。

十一日甲辰 晴。致黄子霖兄一信。接家君自十一月初二日由上海发一信，并洋毡、磁面盆、毛燕等，即呈家慈转送。云初二三日趁盛京商轮至秦皇岛到京，路途寒冷苦甚。余未曾亲自晨昏定省，心甚愧甚、罪甚。禹门叔公之老五姑于今日于归于北岸陈守戎之少君松岩，闻其花轿进门颇早。余至其府上，晤其代媒者系罗道生、王质明两君，相叙席散而别。适省委蔡姓二尹赴台查办小当，阅有一牌查缴存架。但庆源之存架捐计洋六十四元，前汇票洋于蒋库书手洋念元，续交侯洁斋手洋四十四元，本已清讫。即至楚卿处面谒蔡委员，言明此情，并开明一条面交蔡委员，以便向房追查可也。并晤王六翁，相叙一刻而别。王六皆明经本住甬江，每年值冬至须旋台祭祖一次，此亦不忘本源，可嘉。周梅五、邱仲玉、秉彝宗伯、少愚来叙至晚。梅翁去，馀留过晚膳后，同至秉彝宗伯(处)少坐而来。

十二日乙巳 晴。致王哲人先生一信，饬老官专送赵桥，询王子常太守现寓皖垣何处。接其覆片云寓皖垣浙江会馆。致陈祝再姻丈一信，内附寄家君四号安禀一封，又附寄王籽舜兄一信，均封交邮政局双保险寄京台州会馆。致张丹亭兄一信，托亦兰兄带甬。周梅翁来约至海门，适黄子霖兄来而止。子霖兄言，潘秋舫公祖之老太太于明正十九日寿晨，各人亦拼送寿屏，余亦托拼一股。晚膳后，邱仲玉姻丈来叙一刻，相约至分府署王心斋处，相叙半晌而别。过仲玉处，留过点心而来。至家时逾二鼓矣。王心翁云，吴绍春公祖于十三日趁可贵商轮因事至申江一行。仲翁云，王子宜兄于晚刻趁永宁商轮至甬江，因椒江之分局货甚阻滞，欲自至甬疏通一番。幸各行有意进货，定能得发也。

十三日丙午 晴。致王六潭太守一信，交邮政局保险寄皖垣浙江会馆。致叔文兄一信，适小妹至莘山，交其用人带交。早刻，周梅翁来约，同至海门同昌分号，楚卿兄留过午膳，同至霭生先生、云鹏、小泉、子霖诸处少坐，一同至分号。并仁甫、飏绵两君均来，相叙一刻而别。惟楚卿同子霖、霭生、飏绵手谈方兴。余同周梅翁相约至家，即遣人邀丁辅香，云其至凤尾山收账，即于晚刻趁船动身矣。楚卿兄云，王子源逃至温郡，经黄标营弁拿获，本值解甬江，因轮舟机器有损，暂羁三号营船抵台，俟轮舟到时，即起解甬。是言已确，闻者颇快人心。并言其妻并松亭妻日昨到甬晋谒□□□[1]，推委不见。乃保名誉，暂作无情汉，亦理之然也。前椒江西文教习王鸣九大令志鹤，现奉浙江提学使支季卿学宪派充课员，系分台委员王接衫二尹之少君也。

十四日丁未 晴。晚刻，至书城先生府上，吊其先生母孝，片时而返。仆从三妹云，局中不知何人贴有无名榜示。秉彝宗伯来邀晚膳，即至其府上，晤谱香母舅，相叙席散而别。至楚卿处，晤梅五、仲玉、子封、云梯，言及局中之买网者吕池是有作弊之意，再行查察可也。来时已逾二鼓矣。

余自责性情甚为狂妄，自今以后，急宜改革，再勿仍蹈前辙为慎、为要。细思余家祖慈苏太夫人青年守志，当侍先曾祖妣应太夫人，已垂五十年，日夕致顺，乡党戚族均无闲言。鄙见神明理宜钦重，何况人道乎！凡余后坤者，敬谨遵式而行，即可无愧于先人也。家严于光绪十馀年时呈告礼部郎中傅钟麟奏请奉旨建坊，以为贞洁者劝。其坊拟造而未就，理宜速成，多遂苏太夫人贞洁之心数十年，余父子之心亦为至幸。本早宜建，家君筮仕山右，愿得调一升阶之后即为告成，是为至愿焉。苏太夫人爱余之心最切，余无报称，心甚为愧。余只存诸于怀耳。余生未经月，母氏仙游，皆赖先曾祖妣应太夫人、家祖慈苏太夫人抚以成人，余以心思论人以父母两天地，余有四天地爱余，厚报愈艰，今生难以报称于四大天地之大恩大德矣，只有存怀不去而已。

十五日戊申 晴。同周梅翁致王子宜兄一信，交典中学生送交梅翁交局寄甬。邱仲翁来云，所该丁辅香兄一款，系裕泰典代汇，即由典中汇付。早刻，至周达云母舅处两次，未晤而来。接蔡选青父台修铨（系本省委查办台属小典）来片，敫[2]余至海门一叙。即于午膳

---

① 原稿三字被涂去，应为某官之名。

② “敫”，疑为“邀”。

后，约周梅翁至海门，晤楚卿及蔡选青父台、胡子衡、缪性言诸君，相叙一刻。蔡选青因有大分小押，不能下台，托余代其想法。但大分典因素不相识而止。又云，上排应允济托余代邀并相叙一刻，适周少云亦至同昌分号，同至子霖处，晤其令弟黄宝舟兄，相叙片时而来。楚卿兄云，电报局司事汤云鹏不知因何事记大过一次，曾已请假，于晚刻趁轮到家完姻去矣。至家时将晚膳。询童子章，言允济典之东人子封现在典中，即于其说明各节。彼明日往谒邱仲玉。周梅翁来叙一刻，携有张翰卿太守因张大中丞为学堂生捏控赃单批查详文。但此事不过多费一番详覆而已。

十六日己酉 晴。致娄祝三兄一信，托童先生便带海门，询其代说三鸿处之洋，未识能得代归否也。致苏月波焕堂一信，亦托童先生带至海门交邮政局转寄晋垣新道街吉州正堂黄公馆内呈。昨日本拟今日遣夥赴桃渚向取郎显臣所该之息洋，据童先生言，典中甚忙，只缓数日遣人可也。

十七日庚戌 晴。同周梅翁合致子霖兄一信。晚刻，至椒江网业公所，晤罗鸣九、周梅翁，相叙一刻而来。阅楚卿与鸣九函，云定要歇网局之放网夥计吕池。梅翁相商云，但吕池经手各网，即嘱同夥三人盘点讫而后歇业可也。前楚卿欲用陈舜卿到局经手，而同事者不允，又荐孔姓，而复不用，心多窒碍。彼将局中诸事甚为掣肘，此其私心而不净故也。至达云母舅府上少坐，阅有宋时赵子昂字帖，其书在绢中，甚为老旧，不知果是真迹否也。咏仙兄来云，为其先人庆五宗伯于正月十五日入厝，亦为后嗣者要务也。晤宗山兄，因楚卿言欲向伯寅宗叔购江边堂之西北首空地，而楚卿言出一百五十之数，托宗山询明伯寅，能得允售否也。楚卿意将此处创造一小等学堂，虽为其令弟起见，亦当今之急务也。但该处，前其家中开过竹木场基，故尚破屋三间在焉。

十八日辛亥 晴。致陈祝再姻丈一信，饬老六送交邮政局寄京。接张丹翁一信，并湖绵四斤，计洋十元。晚刻，晤少愚，言仲辰染恙，现请许笠夫先生诊治。即至仲辰处，晤许笠夫先生，相叙一刻，请其拟开一方。云仲辰系吐泻之症，尚未安痊。而来至家后，即饬作头送去酬洋一封，计洋一元，与笠夫先生酬敬。晚膳后，接宗山兄来字，言因事未与伯寅接头。据其来人云，其小女染恙，而不得脱身。即至伯寅处，问明此事。据说此地较椒江书院田价稍高数元，惟破屋照议。即至楚卿兄府上，所云各节。楚卿兄虽云俟后再说，恐难见成。至破屋是不值钱，一说有贴地亦有窒碍，只恐付诸空谈。至家时逾二鼓矣。

十九日壬子　晴。致福张丹翁一信，饬老六送交邮政局寄宁。致陶寿翁一信，因绍占相托余代荐其亲戚金明行为新轮水手，未识能得允诺否也。函交绍占相寄申。接陈郁英兄一信，所云现在省垣之赤城公学，即贡院东桥文龙巷临海试寓之旧基址也，言将旋里矣。晚刻，至梅五姻丈府上少坐，言及陶寿翁之新购商轮旧名益利，即改曰永利，二十日之外即可开行也。阅《申报》纪：正定府至太原府新造之铁路即曰正太铁路，现今开行矣。赴晋者较诸便捷矣。忆家君动身已周一月，未识已经安抵晋垣否。许久未接家言，心甚为念。秉彝宗伯来叙至晚，留过晚膳而去。言近有临海县学胥斗某云有廪附等由县送考佐杂之谕，临海县送考十人，已有八人，至本镇寻不见一二人，均未有去考之意。晚刻，吕虎兄来，余邀其虔谨代卜一课：家君到晋何日能得到任？据云照课所断大约正二两月可以得缺。忆家君在郡时请潘六轩代卜一课，亦云春月可以得缺。忆余于七八月间邀陶小玉兄代卜一课，云嘉平之月即能蒙宪悬牌，未知何人之阴阳为则。但吉州无米可出，能得调一产米之区否也。言虽若是，数已早定。以余料之，家君能已到晋垣，嘉平之月奉宪悬牌赴任亦未可知。只恐被陈君牵连，恐在京中尚未动身也。总接竹报后方知详细，以免悬望之切哉！

二十日癸丑　早至未，晴；申时以后，阴。路晤静斋宗叔之弟静波，云接有电信，言静斋宗叔于昨日故在省垣学院东首。并言此次考优本拟作罢，因作羹、道周两兄力劝而行，于本月十二日趁轮赴省，昨十九日即故省寓。想在路上致受风霜，又加彼素年抱病，以致若是，此亦数是预定。按：静斋茂才允元，幼时专心诵读，至光绪辛巳，县取案首。是年张学使卿云按临台属，试取入泮，拨入县学。但临海县学廪生出缺甚少，故数次一等而不得补入天禄，历科乡试悉均赴闱，其中亦有荐过一次，终是不售。其存心颇苛刻，而无武艺均做不出，亦可谓忠厚人也，实非忠厚心地。幸有一子，惜未成立耳。接郡城应子能先生来信，云本月十五夜被邻失慎，以致延及彼家，而又在新桥糊口，闻信即到，已隔日。母老家寒，虽操岐黄之术，谋食已觉艰难，今又若是，未免可怜。余前在郡时，其令亲周梅溪先生托少南于余通融，曾已允假洋十元，今又一番不测之后，不免亦须照应而已。此亦天数早定耳。

剃头匠言，楚卿兄之通州置来之妾，初来即税郡城住，续移海门之同昌分号住，于上春受孕，昨夜已产，男女尚未实闻。晚刻，至椒江网局，晤罗鸣九先生，云是女儿。此番楚卿兄望定是男，倘若生女，亦未免有乐中不足之心思也。楚卿为父者只望妾能生子，此人情所然。所产男女亦天数早定之事，难可强求也。一说男女未定，一说是女，果是男女，容日再记。人生一饮一食皆有数定，岂是祸福，相关家道相继，如此大事，非是数定乎？以余存心，只人有欺我，我终不欺人；凡事能对于人，又能对于神，愿之所然也。己此存心，与后人言，亦此数语，即与相知之友言之亦然。即此可谓尽人力，尽人力而听天命可耳。叶寿卿兄来云，周允东现由假冒难廕知县，已于九月之初赴都，现签掣山西试用。但未阅《申报》，不识果然否也。事亦数定，如此张冠李戴，问心不免抱愧也。

廿一日甲寅 晴。晚刻，山下多霞。按：霞即晚雾也。致邱仲玉姻丈一信，交玉先送至黄岩。致洪祝南兄一信，交邮政局转寄郡城大营洪。午膳后，周梅翁来约，同至海门同昌分号，晤子衡兄、子霖、飏绵、寿南诸君，相叙一刻。云及楚卿之通州妾所产是男，系十九日戌时所生也。续至娄祝珊府上少坐而来，至家时将晚膳。后即至楚卿府上，晤许笠夫先生及云梯诸君，畅叙一刻。据楚卿自云是女。亦不知生男说女，以免招谣，亦未可知。但生男说女，台属亦有此风俗焉。萧伯康公祖之老太太及其姨太太两位已由郡城下港至海门，暂寓娄祝珊家中。但竹珊现今新造九间，面正屋九间，加左右各一间，共计十一间，颇为高大而且讲究。楚卿兄说萧伯康公祖临行公饯，邀余拼股。余即拼一股，亦官场之客套也。

廿二日乙卯　晴。致卢槐士兄一信，交楚卿家之仆人带郡。合兰与因桂兄均来，将张丹翁托买之石板已定山下廊计五十丈，石价每元一丈三尺五寸，双偏石工每丈八工，每元连饭五工，大约明岁正月间可以运宁。庆丰之学生和尚，现庆丰歇业，余代荐与椒江网业公所，即于晚刻进店矣。

廿三日丙辰　晴。致卢槐士兄一信，致烈轩兄一信，均交玉先送至莘山。接云舟兄一信。晚刻，永宁到埠，前寄邱霄伟兄之函系双保险寄还。不知何意，想本人未在早稻田学堂也。三妹说，子宜兄于晚刻自甬江来。晚膳后，至其府上，晤云梯、梅五、采东、丁辅香、钟焕堂先生诸君，相叙半晌而别。子宜兄言，现在甬江渔网仅售三十馀担，如此未免拮据也。焕堂先生言，有天台人能推邵康节铁板数者，现在涌泉，余即将家君并余命各一节交与焕堂先生代带，托天台人代推，即送酬敬两元矣。忆前有人言过邵康节先生之铁数最准，凡事虽有数定，能得预知，何惜其小费也。阅十八日《申报》纪林赞虞侍郎已于十四日抵鄂，想即日就可入觐也。

廿四日丁巳　晴。致叔文兄一信，交内里带交。日中多睡，不知何故也。晚膳后，至子宜处，晤钟焕堂先生及梅五、柳堂、柳亭、心泉、采东诸君，相叙一刻而别。焕堂先生云，完姻之日，云冲破，夫之生月及妻之生月均不佳妙，并言寅命卯月不佳。余元配章宜人系寅命，是二月完姻，故之若是。此虽有删去之语，既有是言，不得不为细避。言及马头山之左右金姓者甚佳，余拟将续弦吉日再托焕堂先生带托其再为详合，此细心无过也。来时，过用九处，因叫其子炳鉴向讨小林先所少之洋，迟延未去，其妻甚悍，出言不逊。但其屋曾押与余，其言又若是，心甚忿怒。即至分府署细达，王心翁允即出值日，拟明日具禀驱逐。而子宜兄及老广先、崇鉴相来说，似难为情。若王少林账归清讫，容后再说可也。但庆丰自开店，余垫资本两千，六年间，资本亏完，尚控有客款一千馀元，言之最长，笔难甚详，容后再记可也。

廿五日戊午 晴。褚用九之事，其子邀子宜兄来说，王少林之款系彼自收用，愿缴洋三十元。余念其光景不佳，只作罢论而已。但王心斋处曾已说过，亦由子宜兄自与言明事已作罢可也。午膳后，至周梅翁府上，云其继母于早刻仙逝。闻楚卿家之德律风曾已较就，即至楚卿处，适出去。至其尊翁煦东宗伯处少坐而别。过心斋宗叔府上，相叙一刻。至子宜处一坐而来。在椒江网局之三妹荐仁桥为仆役，余因明岁赴晋，诸多行李，一人恐难照顾，即又允焉。未识其人果可靠实否也。仆人仁桥言系黄岩西乡能溪人。按：能溪与五部地方相近，至黄岩县城路隔六十里之遥。幼时服役黄岩王镜泉，迄今八载，而转郑夔友，歇出而来也。

言及五部郑鹿门明府于上春仙逝。按：郑鹿门明府士抡系庚午举人，报捐知县，于光绪癸巳岁选授广东和平县知县，调署嘉善县知县，因病告休，迄今十馀载。续后改教，于上年改授某县教谕，亦因病未愈，不及赴任。闻其病之原由，前在都时专心花柳，以致杨梅结毒，选后旋里已发，幸即医治而愈。至粤数年复发，致成疯疾终身。但初捐知县，皆借钱义债而来，和平虽任三年，其缺甚清苦，难以弥补。幸调嘉善，缺虽佳，因病而不得赴任，以致债负不清，皆是花柳痴迷之所致也。正所谓一朝失足，抱恨终天。人之色性严加防范，但鹿门先生在都时，年逾半百，以致若是。何况少年后生，岂不受毒，后悔之何及！宜深戒之、慎之，切要、切要。今虽仙逝，幸其公子五人皆游泮水，内一食天禄，一系湖北候补巡检，一系江西试用经历，克绍箕裘，继起可不乏人哉！

并言郑涤洲先生自东洋旋里，即造楼屋数椽未就，惟日已久，尚未赴滇，得能无碍否也。按：涤洲先生系捐府经就，吴肃堂学使鲁赴滇，即指云南试用。适林赞帅抚滇时委其管送云南留学生至东洋，即入早稻田大学堂法政科两年，自上冬旋里，尚未转赴滇南。今又岑春帅督滇，将来赴省禀到，得邀优奖否也。忆春间有人说其已保过班知县，但未于面叙曲衷，未识果然否也。

廿六日己未　晴。致钟焕堂先生一信，托其转托金先生代合续弦日子。致陶小玉兄一信，交加法专送黄城，托其代卜家君已安抵晋垣否。以意度之，想嘉平月可动身赴晋。玉先自莘山来言，叔文府上前急欲分家，竟以嘉平月初八日分爨，真是急来太急也。前托王少南先生代买华腿十只，今已寄来。接来信并附发单，计洋十五元。另一由同昌过汇矣。

廿七日庚申　晴。致郎茀潮兄一信，致郎显臣先生一信，均交阿嘉专送桃渚。前朱先生取有显臣先生致致郎茀潮汇信一封，当寄家君向取，寄至上海，值家君曾已赴都，即将原信寄还，亦交阿嘉带交。致叔文兄一信，交内女媪送至莘山。接郎伟臣老伯自云南昆阳州署缄发一信，并附前借还英洋三百念四元。由盈泰新转交新森泰寄至海门送来。该洋尚在海门新森泰，拟明日书条向取可也。伟臣老伯本选昆阳州，到省后即署罗次二年，续署平彝半载，方饬赴昆阳本任，其缺尚不次也。

周梅翁之继母于廿五日仙逝，邀余代主祭事。早刻，至梅翁府上，晤云梯、子宜、谱香、建西诸君，同为做祭后过午膳。至达云母舅府上，相叙一刻而来。达云母舅适由郡城来，云史端青公祖现奉府委署理杜渎场盐大使。适梅翁送丧已来，即至其府上代做家堂祭毕，留过晚膳。同子宜、云梯、梅五至楚卿处，相叙一刻。云前日海门天主、耶稣两教互相械斗之事，当喻庶三观察到台查办时，台属绅商杨定甫给谏、余棣生主政、朱劼丞主政及陶寿翁、黄楚卿等八十馀人具禀两教情形与道宪。顷接道宪喻庶三观察来电，恐各绅解散，以致后患无穷，虽[①]立团体。楚卿兄即通知各绅。但此事楚卿同寿翁溯列两教列年情形，能得团体，事无关碍，功德无量。恐以下各人一有解散，恐难了局，在此一举也。载熙兄有致楚卿兄之函，现在日本东京丰多摩郡户冢村六百二番町清宾楼。并阅时报，十一月廿二日附张纪：河南布政使升任江西巡抚瑞鼎臣中丞将近告卸藩篆时委有三十馀缺，仙居项翰卿明府委署鲁山县知县。纪项翰卿明府本任项城，系是瘠缺。但瘠缺尚有岁得两万之外，今之鲁山定有四五万之数。可见河南与各省有不同。又纪禹州岁得四万金，实则尚不止四万金也。

廿八日辛酉 阴。致新森泰一信，即向取郎伟丞老伯汇洋三百念四元，内三百元托其转寄张丹翁，并托寄张丹翁附洋、信一封，均交玉先送交。找洋念四元，亦玉先向其取来。致周载熙兄一信，内附寄霄伟寄转之函，托其代为转寄，亦交玉先带交邮政局双保险速寄日本。叔文代丹翁暂假之洋，已由金德敏即平生处转向裕大汇来一千，内三百即由新森泰汇宁，尚七百俟初一日托戴云珊带甬可也。早刻，接到家君自十五日由京都所发一信，云周尹东曾分发山西。祝再姻丈现捐试用知县，方于十二日到京，路上甚为辛苦，幸获平安，想近可抵晋垣也。接陶小玉先生福信，已代卜一卦，云本年十二月即可挂牌，正月可以到缺。大约调任归多，未识果然否也。

廿九日壬戌 卯前，阴；辰时至未刻，雨，不甚大；申后至晚，雨晴，阴。致周梅谱先生一信，交邮筒保险寄郡。致从福一示，交航船带郡。致子宜兄一片，云时卿及王克仁两人，前庆丰褚官乾经手时向时卿借来英洋二百元，向王克仁借来洋四百元，本余与褚官乾两人拼还，因子宜兄来说，褚官乾既然如此之穷，其屋又已押与余，无不取资，只恳余先为垫付，褚官乾有好日子再还与余，亦因情面难却，允之。前由子宜兄经手代付时卿二百元。但克仁，余自付过两百元，彼欠庆丰麻账六十馀元作抵借款，又由椒江网业所将余名下划付英洋

---

① “虽”，当为“须”。作者二字常混用，它处不一一注明。

一百五十元，两人均讫。但庆丰之褚官乾所出凭票本不作凭，洋已还讫，该票现宜托子宜兄代为取转。晚膳后，又至子宜兄处，托其向取两票，据云即代取还可也。阅十一月廿六日《申报》纪周允东于十八日指分山西试用知县矣。宗山兄向余籴晚𣏌三元，明日来取。醉香托余代向达云母舅所说押屋一节，即叫玉先代言，又向余赊晚米洋两元，余即允焉。

阅十一月廿四日《中外日报》纪现新定章程，凡引见人员，无论同、通、州、县，均须考试策论，分别等地揭晓，列一等者，到省后可酌予差委；二等者，准其到省；三等者，则概令留京学习。言虽若是，未识果行否也。该报又纪："杭州抚台大人钧鉴：台州何奏簧败学营私，愚弄张守，惧罪败露，嗾使私戚洪锡彝等捏冒公电，祖恶饰非，迅请委查澈究。台州留东学生全体八十人公叩。"按：何奏簧茂才号叔棠，系何见石主政令弟，与已革举人姚梧冈积不相能，在家无隙可趁。梧冈前被言官参后，赴东洋留学法政，相约同学诸人曾具禀抚宪牵涉。张翰卿太尊已委员赴台查，后适姚梧冈专为此事到台，欲通该委员，闻所委查之某员颇为廉明，未得满梧冈私意。余在郡时，楚卿兄言梧冈又约杨子卿再禀何叔棠，今见此电。按：姚梧冈系十月初上动身赴东，曾已到东洋相约同人致电抚宪。但何叔棠系在籍绅士，无甚不正之处，即抚宪亦无可责备，只见梧冈如此之甚。何、姚两人均是同城，如此而来，其怨声太过。余与何叔棠、姚梧冈均有交情，又知其平日所为，今见此电私议耳。未识知此情者，平心论之若是哉。按：洪锡彝号宿雨，历任知县，是系叔棠亲戚耳。

十二月初一日癸亥　晴。致张丹翁一信，并附英洋七百元。面托陈渔樵转交戴云山代带甬江。致王槐卿一信，交则福先送交。恐所寄两次之洋其中舛错。又致丹翁一信，交邮筒双保险寄甬。致李明渊一信，亦交邮筒寄甬。阿嘉来，接郎翰臣老伯一信，云息洋二十日之外可以送来。接张丹翁一信，嘱将石板、松板即寄若干，因托永宁带洋。晚刻，至海门，适陶寿翁所买永利商轮亦来，即至轮中。细阅均是铁板，外油黄色，看其情形定好于永江，未识果能否也。晤仆人二头，交来家君小像一座，即嘱仆人仁桥带家，并云寿农亦来。即至永宁局，晤陶寿翁及申桢夫、王仲凡、赵叔梅（系洋装，太平人，现由东洋来）、赵范卿、叶厉若、丁甗绵，诸君相叙间，王芹甫、黄楚卿来谈半晌。楚卿兄言方自郡城来，定初四日公荐萧伯康公祖，余已列名矣。金雨梧姻丈亦趁永利来，畅叙至晚，仝陶寿翁至家，时将晚膳矣。早刻，萧伯康公祖来辞行，即饬丁挡驾。丽生先生自上澄书院中来。

阅廿一日《申报》纪十一月二十日内阁抄奉上谕："林绍年着加恩在紫禁城内并西苑内骑马。钦此。"按：林赞帅由广西巡抚调开缺以侍郎候补，着授军机大臣，续又赏骑马，如此圣眷，可谓优隆矣。但林公平素宽大覆人，尝以国事为怀，现作国朝柱石，可无愧焉。

初二日甲子 阴。致金叔文兄一信，饬老二送至莘山。致王槐卿一信，附洋十元，交玉先送交。致邱楚言姻丈一信，典中转寄。晚刻，同少愚至达云母舅处及蓉秋处，均未晤而来。至梅五处少坐，至陶寿翁处，晤楚卿及子宜、吉云诸君，相叙至晚而来。钟焕堂先生来，托余寄甬代买《邵康节先生秘旨》一册。

初三日乙丑 晴。致陈洛卿丈公一信，致陈煦皆太姻丈一信，并祝再姻丈寄物两包。致孙旭东一信，均交正中家吃酒客马头山人带交。午膳后往谒吴绍春公祖，云因冒寒，未晤，即与王心斋相叙一刻而来。

初四日丙寅 晴。致郎伟丞刺史一信，交邮筒保险寄云南昆阳州署。致郎显臣先生一信，托李子衡代寄北岸桃渚。今早做年糕，计晚米十担，做至晚方成。早刻，穿衣冠至海门娄宅，谒萧伯康公祖谢步并送行，适未在家中，挡驾。即至同昌分号，晤陈少亭、李子衡、黄楚卿、王寿南诸君，相叙一刻。适卢槐士兄来，少谈而别，云昨日自郡来，楚卿留过午膳。楚卿兄托余代抄致杨定甫给谏一信，系楚卿与寿农出名。三点钟许，公请萧伯康公祖，并邀吴周卿军门、高志伯父台陪客，同作东者：黄楚卿、周梅五、陶寿农、窦小山、魏平阶、潘秋舫、丁飏绵并余等计八人。相谈席散，同寿农、梅五至家，时逾二鼓矣。公请萧公本有十五人作东，尚有王定久、何霭生、王冠卿、陆文轩、娄竹珊、黄子霖、少泉等七人未来。阅萧公祖虽经告卸临海县篆，曾已捐升知府，本无窒碍，看其气色颇为不佳，亦不知烟瘾之故也。按：萧伯康公祖邦恺，湖南清泉县人，系原任江西布政使、前浙江按察使萧屺山之长公子也。由廪膳生加捐知县，指分浙江试用。辛丑岁，随同前署台州府张伯勤太守琳来台，即以分台委员即委办临海保甲局，历办海门渔团局，兼署台州海防同知，年馀卸署，复赴渔团。后于乙巳春委署临海县知县缺至今，丙午冬告卸，捐升知府。腰囊颇裕，情分虽重，甚为畏事。在临海县任内，遇天主、耶稣两教，事无巨细，愿自解囊敷衍，只顾目前暂安而已。此次天主、耶稣两教互相械斗，亦其敷衍而来。上游即以撤任调省，亦理之然也。为民父母者，理宜代民伸雪，为今之官，皆自保功名为重；自保功名者，亦萧公为最也。本街诸公拼送煦东宗伯明岁正月生晨寿屏，梅翁云，其寿启曾已印来，余向楚卿兄取来一本，拟明日送托曾六舟先生代做序言可也。

初五日丁卯　晴。同梅五、子宜三人出名致曾六舟先生一信，遣人送交，托其代煦东宗伯寿序。上月，家君致子裳太守函恐未接到，因其月朔曾已来台，即将先曾祖慈前九秩寿序并家君行传底抄就，于早刻动身至黄城，午牌抵楚言姻丈府上，相约仲玉同至子常太守府上，面托代做家祖慈苏太夫人七秩晋二寿序一篇并家君行传一篇，均承允诺。看其精力颇衰，未识何日得能成文也。并晤朱缦云太老伯、牟赞卿老伯、王子辛先生及陈夔友、王梅友两兄，相叙半晌而别。来时，至子莘先生处少坐，仲玉姻丈云，楚卿有致其函云，前具禀道宪云阮振铎劣绩之禀，同列者八十一人，内有黄岩人廿馀名。因彼云背列者多，道宪电示务结团体，毋得私递背列，托其代为通知曾已列名诸君。彼已代挽王吉人老伯、张子远老伯同为转达等情。因余已赴黄城之便，至王吉人老伯处，再为一提。至其府上，适其乔梓均公出，不晤而返。即至张子远老伯府上，相叙一刻而来。但子远先生言甚明晰。路晤仲楚兄少谈，即转至邱宅过宿一宵。

初六日戊辰　阴、晴。仲玉姻丈因至山北尤亲戚家做祭之用，向余假大毛套，余即允明日遣人送交。于早刻乘轿，晚刻抵家。接张丹翁致余一信。接陈祝再姻丈一信，云月初可以出京，托余代寄竹报一封，并致丁飏绵兄一信，均明日送交可也。又接张丹翁一信，云所寄洋一千元均已收到矣。

初七日己巳　晴。东北风甚大。致邱仲玉姻丈一信，并附交邮退还家君前寄王六潭太守之函，托其代商是否再送，并昨假皮套一件均饬老六送交。致黄楚卿兄一信，内附致少南、昆珊两君一函，托李子衡代寄。致渔樵、云珊两君一信，托其代带张丹翁托买之松板。同梅五、寿翁三人致何霭生一信，托其代为聘送潘秋舫公祖之太夫人寿屏各附一名。致丁飏绵兄一片，附陈祝再托余代寄飏绵一信，均饬福逊专(送)海门分投。致金叔文兄一信，交其船夫带至莘山。老炳先代张丹翁购定板片曾于早刻载至海门，即遣作头同福逊至海门与其丈量，计光边松板六十五丈，净共计八百五十七片。因永宁轮货已满，难以再上，即叫玉先至海门永宁与戴云珊通融，亦难安置。只借上道头小船人家中，俟下次永宁轮载运可也。板至海门借上人家，不知能得勿失否也。梅五、子宜、秉彝、丽生诸君来叙，留晚膳而别。老六自黄岩来，接邱仲翁来信言前将两底面呈王子常观察，家君所寄之函，可毋庸再呈，原信带还矣。老六言，陶寿翁曾由郡城来矣。

初八日庚午　晴。致陈煦皆太姻丈一信，内附祝再姻丈竹报一封，交老官专送长甸。致娄祝三一信，交竹头送交。代周梅翁出名致邱仲玉一信，洁斋来云，前补杨振甫票洋念元，已托槐士兄由同昌支付。前阅同昌账中曾经付出，据云尚未付缴，即致槐士兄一信，交洁斋带交。问其洋已付出否也。又云临海县钱房库总仍归馥堂先生经办，晚刻路晤周梅翁，同至椒江学堂晤少湖、仲逸，相叙一刻，至达云母舅府上，适至黄城，未晤，而至梅翁府上少坐而来。

初九日辛未　阴、致黄子霖兄一信，交玉先生送交。因张丹翁托买之松板，昨永宁货满不能载运，雇小船亦恐多日，以致散失，欲交海门载甬，而子霖允矣。午膳后，王少槐兄、王兴臣兄来叙半晌，言及现在赴省考优者曾经中式临海冯姓一人、黄岩许蓉垣先生、林霱生老伯之令弟仲西先生暨童仲平等五人。同兴臣兄至槐士及少常两处少坐，晤楚卿、云梯两兄相叙一刻，楚卿兄留至其家过晚膳而来。言月之十二日郡城就孝廉堂大开议会，楚卿兄又欲十一日赴郡。兴臣兄云，周尹东曾由都于昨日到家矣，拟明岁三月赴晋。桂明自莘山来，接雨梧姻丈一信，并附还部照暨洋百番，并送余京货四物。接李明渊兄一信，五丰之款曾经过汇矣。

初十日壬申　卯前，雨；辰、巳两牌，晴；午牌以后均阴。致张丹翁一信，并附光边松板六十五丈方圆，计八百五十七片，饬作头送交，板亦饬作头点交海门轮运甬。又致张丹翁一信，致月波、焕堂两君一信，寄奉家君五号安禀一封，均饬老官送交邮政局分寄、致李明渊兄一信，交罗鸣九附寄甬江。周允东送余京物八样，余收《搢绅》、墨盒，馀璧。午膳后，至允东母舅府上，适其出去，未晤。即至达云母舅处，相叙半晌而别。即至周梅翁处，晤允翁，畅叙一刻，言家君在月之朔日赴晋，彼自上月廿七日出京也。

允东去后，同梅翁至子宜处，晤华士兄，相议椒江网业公所各夥友辛资。但鸣九先生议定八十元。即同公所晤鸣九云所议之处，是乎不敷，再议百数可也，少坐而来。路晤黄少泉兄，适自海门来寻子宜兄一言。梅翁言昨晤何霭翁，将拚送潘秋舫公祖之太夫人寿屏亦曾言及矣。晚膳后，至子宜处，未晤。即至心斋处，晤允东、槐士两君，相叙一刻，来时曾将二鼓矣。允东云，现定新例，赴引各员前一日须至吏部考验一次，事虽若是，亦有名而无实也。周允翁言，黄岩王星垣明府现加捐道员，余在黄城时，邱仲翁未曾言及，不知确否。按：王星垣明府舟瑶，一号枚叔，戊子科优贡，己丑举人，续考有誊录叙以知县用，签掣广东试用，闻得有厘差甚佳，岁约四万馀金，此当日王弢甫京卿专托岑云阶制军之所致也。今捐道员，宦囊若是，亦意中事耳。素闻王玫叔向以敷衍为是,即彼之读书、功名亦然,若无王京卿,焉有若是哉!正所谓“朝廷无人莫做官”,此之谓也。

阅十二月初一日纪湖北按察使梁鼎芬奏请尊崇孔教,并请建山东曲阜学堂,并呈曲阜县志,曾奉旨允行,已饬湖广总督张之洞督饬提学使黄绍箕赴鲁创建曲阜大学堂,并发帑金十万两以为创办经费。并奉上谕,升先师孔子为大祀,足见我皇上尊孔求学,培植人才,无时或释,将来定致昌盛,不待而言。况湖广督臣张之洞通经守正,当代儒宗;学臣黄绍箕受父师之教,学问博洽;臬臣梁鼎芬深明大义,包藏经济。将来曲阜之学堂定然冠于天下,理之然也。义读书未久,草野愚夫,谨阅章奏三篇,不胜敬佩之至。是为之记。

十一日癸酉 晴。致周梅谱先生一信,致片托槐士先生代带郡城。接钟焕堂先生一信,即覆焕堂先生一信,托陶宅夥友三先转交其来友带交。晚刻,接有孙旭东一函,言之太无道理,拟明日函告瑜九先生转致函覆可也。

十二日甲戌 早至午,晴;未时至晚,阴、晴。致杨瑜玖先生一信,内附致孙旭东一函,饬老六送交邮政局保险寄郡龙须巷。致王渭川、王庆荪两先生各一信,因正行染恙,托余代为函请医者诊视,恐渭川未在家中,即邀石斋来视,故作两函而致一也。咏仙兄来云,仲辰染恙尚未愈,而正行病已半月亦未愈。适寿卿兄在家,即同至其家中,与正行、仲辰两人诊视,各开一方。过伯寅宗叔处,少坐而来。阅《新闻报》纪:宝方伯于初七日召见。赴晋之期,想在明春也。初五日《新闻报》纪:“军机处新章:领袖章京食三品俸,八年后放提学、按察、盐运各司帮办章京食四品俸,八年后放要缺道员,襄办枢密,事虽殷繁,较之以前,大为优异”云。

阅初六日《新闻报》纪:“湖北臬使梁星海廉访近又递一封奏,闻其内容系请追录已故大员十二人及起用二人,若前兵部左侍郎黄体芳、礼部右侍郎宝廷、广西巡抚于荫霖、翰林院侍读张佩纶、国子监祭酒盛昱、王懿荣、鸿胪寺卿邓承修、光禄寺屠仁守、御史朱一新、李慈铭、上书房翰林王仁堪、礼科给事中王鹏运等十二员，恳请宣付国史馆立传，开复原官，卹其家属。前江苏学政王先谦、内阁学士陈宝琛、御史吴兆泰，以上三员，精力尚健，及今擢用，必能报国。”未识果蒙圣上录用否也。按：十五人中。惟张佩纶一人向以纸上谈兵，甲申之役奉命赴闽，以致若是，仅以革职，幸逃法外，续又起用编修，似太便宜，再以立传，宣付国史馆，在梁公不知是何意见，至后人定有公论哉！以余私论，黄体芳等十四人向以梗直，名逾兰蕙，视张佩纶如同粪土，岂能同日语哉！阅初九日《新闻报》纪：广西迄今不雨，如之奈何？凡我国中，愿均和风甘雨是为至幸也。

十三日乙亥 早至巳，阴；兼有雾；午至未，阴；申刻，晴；酉时，阴；戌时，雷声颇响，雷雨一刻而晴；亥时又有细雨。时值季冬而有雷声颇少见闻也。致张丹翁一信，外附年糕三百六十根，麻糯砖三十二方。致张仲甫兄一信，外附年糕一百六十根，麻糯砖二十方。致李明渊一信，均交玉先带甬。专遣玉先到甬与五丰算结今年来往各账，前存之三连单簿曾用过十七页，其馀均交玉先带甬矣，并嘱就甬代买另星。前托裕丰代买各物曾经买来。接张丹翁一信，托催石板。但未曾做就，只急催明日可以载甬也。

十四日丙子 阴，夜雨颇大。致曾六舟先生一信，托做送煦东宗伯寿屏序。接其覆信言因染恙未愈，恐难从命。致应继善相一信，交阿嘉送交。午膳后，至达云母舅、梅五、蓉秋、允东诸处少坐而来。云王渭荃先生曾经下港。来家后，咏仙兄来邀，即至其府上矣。其来价云正行之病，近两日亦少安痊，想无碍也。晚膳后，至钱粮厂托侯洁斋代开三山庄溪福兴户、向奚福顺户推田一亩四分二厘，系官明向仁洋开之户子也。来过王渭荃先生处少坐，托其代开一方。来时因雨颇大，衣均湿矣。

十五日丁丑 子、丑，雨；寅至巳，雾；午至申，阴；酉时，细雨；戌后，雨稍大。致叔文兄一信，明日交来人带至莘山。老二头送来李明渊一信，并附托其代裱夏清泉山水四轴。又接张丹翁一信，催寄石板。但石板，合兰兄未曾定就，只明日函福可也。张炯斋来时已晚，留过宿。周梅五姻丈来云，此次郡伯张翰卿太守至孝廉堂开议各节，随致电张中丞矣。

十六日戊寅　辰前，雨；巳牌，雪子；午后至晚，雨；早刻兼有雾。早刻，周少芳兄送有前托买东洋图书、两方质诚、黄沅之印，共计一挂。致福张丹翁一信，托善相带交邮政局寄甬。前托买之处术已有买好三斤，每斤计洋两元，即付洋六元，交其带付。又托买白术十馀斤，俟明岁赴晋时向取。尹东母舅来叙半晌。晚刻，少芳兄来叙半晌，携有叔文兄托买东洋图书一块计洋八角，其刊刻颇为佳雅也。

十七日己卯　寅时以前雨、雪；卯时以后，晴。西北(风)大，天时甚冷。致应吉甫一信，因买来处术中有油货，嘱其勿将油术夹在其中。晚刻，至楚卿处，相叙间，有行梅之岳母来诉云行梅之小船与华方载树，不想此树系苏家阴木，今将船树均解郡归案提究。但彼系华方所讨其船同解，恐延缓时日，行梅又是靠此度日，心甚着急。余代其致苏宅令亲王少槐先生一信，即交本人带黄投诉，即由本人取结发还，未知得能允诺否也。又致王渭荃处少坐，即送其酬洋两元。又至少芳、梅五诸处相叙一刻而来。

十八日庚辰　晴。致周梅谱先生一信，外附代陈宅买坟地价洋七十一元。早刻，饬从福专送郡城。致丁子祥一信，附六友照一张。致金叔文兄一信，交其来人带交。晚刻，叶蓉秋先生来谈至晚，留过晚膳，同至陶寿翁处，晤月波、周作羹、道周、少湖、少芳诸君，相叙半晌，来时已将二鼓。询作羹、道周两兄送煦东寿屏，彼两人各拼一股，并云代胡竹三亦拼一股。少芳云托六舟先生代做屏序，明日彼再函托可也。昨叔文兄将竹友先生之照寄来，托余转交丁子祥代为放大。即于早刻致丁子祥一信，并附竹友先生小照，饬老六送交。接其覆片言须洋十六元未免太多。明日函覆可也。

十九日辛巳　晴。寄家君安禀一封，系六号平安信，交邮政局双保险寄晋垣新道街。致娄祝珊一信，饬福逊送至海门。来接福信一封，云三鸿之款须再缓数日，只得静候可也。致张丹翁一信，外附光边松板三十一丈，共计三百六十九片，交永宁商轮载甬，并致戴云珊一信，代为照拂。致邱仲玉一信，饬老六送交。前借有洋狐套，随即带转。致福丁子祥一信，交阿嘉送托椒江网业公所代寄。晚刻，至允东、谱香、达云母舅、梅五诸处少坐而来。晚膳后，至子宜处，晤梅五，相叙一刻。来价言祝再姻丈已来，即至家中，晤祝再姻丈，畅叙一番，请即留宿。接家君三信，并附致梅谱、梅五、子章、伯纯，容日分寄可也。尚有附寄另星，并楚卿、梅五、叔文托买各物，均候至府上时再检送下可也。周梅翁言，叶绍春公祖之夫人于明日生辰，拼送糕、桃、烛、面可也。

二十日壬午　晴。致郎翰臣老伯一信，向讨天生磺少许。致郎显臣一信，向取所差息洋六十元，能得付讫将票付赵，否则仍然带还，于早刻饬福逊至海门过岸专送桃渚。致周梅谱先生一信，并附家君寄其一函，内附品乌一对，亦交福逊至海门之便带交邮政局保险寄郡。致周梅翁一片并家君寄其一信，并家君代其买来海驴皮帽一顶、连缨两副，均饬仁桥送交。阅家君来函，梅翁托买之皮帽计价洋十元。致陶寿翁一片，附家君代四叔婆请旌行查底一纸，饬从福送交，阅来信计需洋八元。致黄楚卿一片，并附家君代其买来海驴皮帽一顶、连缨、顶戴，饬仁桥送交。尚有另星，祝再因检不便，俟到府上后送来即行送交可也。尚有致彼之函亦另送交。阅家君谕书向祝翁假有英洋五十元，即向典中取来面交清讫。阅四叔婆即黄陶氏请旌公事，系法部员外郎郑兴长具呈请建也。但其多年守节，今已上达天听，可不负其苦志也哉。早刻，备糕、桃、烛、面送暑，叶绍春公祖辞以未曾备办而璧谢矣。午膳后，秉彝宗伯来云，修谱之林子才先生已将到家，向余取垫洋十元，即交秉彝宗伯带交。同至子宜处少坐，陶寿翁来价云，陈崇山先生在其家中代写春联，余亦备纸托其代为一书可也。陈祝再姻丈于早膳后即买舟到家去矣，云家君自本月初二日由京动身赴晋，大约初六七日可抵太原，不知何日可望牌委，心甚为念。

彼亦初二日自京动身，方于昨日到台也。

廿一日癸未 雨。致章伯纯兄一信，内附家君函，内王眉轩寄其一信，明日寄交可也。接王兴臣兄一信。即致福兴臣兄一信，即交其来人带交。晚刻，请陈崇山先生至家代写家中春联毕，留过晚膳而转陶宅。玉先趁海门轮于晚刻来言，五丰算去馀洋，廿八日可以过汇，英洋八百九十九，均丹翁移用矣。但典中因洪姓来取虽迫，丹翁既已取去，只得允诺而已。并言丹翁之二少君配海门娄晋阶之千金，于初八日文定，正才子佳人，理宜作函致贺也。玉先带甬代买各件均已买来矣。并接张丹翁一信，云石板只定五十丈足矣。接卢槐士兄一信，云托开孝廉堂之粮，解芝春云须洋十五元。何至如此之多，不解其故，容日函询可也。

廿二日甲申 晴，致邱仲玉姻丈一信，致解芝村兄一信，内附致昆三兄一函，均交玉先带至黄城分送。致福张丹翁一信，交邮政局寄甬。午膳后，至梅五处少坐，同至子宜处，晤秉彝、积臣、宗山诸君，相叙一刻。同至陶寿翁处，晤少芳、骏声，少谈而来。寿翁出示喻庶三观察致海门镇吴周卿军门昨、今两电：一询阮犯拔人、勒索、圣丹会银两实据，因前各绅具禀道宪，原禀中有天主堂阮振铎拔人、吊禁、勒索银钱借圣丹会实据，以便交涉；一询杨给谏等电致外务部，接章一山太史来电云前海门天主、耶稣互相斗殴一案，现外务部均请浙江巡抚张小帅主持，询杨给谏原电，摘录要端电覆，以便通详抚宪等语。两电之言，楚卿均要查询明确具覆一切，并言曹绍雍统领此次晋省，张中丞大加优礼相待也。

廿三日乙酉 阴，卯时立春佳节；早刻，雾。致覆卢槐士兄一信，并其原信均交槐卿带郡。致玉先一信，内附致王子莘先生一信，饬弟头专送黄城西门桥上街。致张丹翁一信，询发五丰之连单理应缴还否。饬老六送交邮筒保险寄甬，并致片托心斋兄代为想法早寄。昨玉先言有口袋交永宁带台，致字托徐富春查觅不见，不知交于何人寄台也。晚刻，弟头来，接玉先福信一封，云明日可以到家也。谱香母舅代做煦东宗伯寿序现已做就送来，余阅其文法过浅，即代重抄送交子宜兄转商各人酌改可也。晚膳后，至子宜处，晤梅五、道周、作羹、心泉、少湖诸君，畅叙一刻，云及谱香已做寿序，恐难妥洽，即托人再做可也。

按：黄煦东孝廉蒸云，本镇人也，系土豪镜泉封翁涟清之子也。幼本游荡之子，不务正业，专侠娼优以自娱。年弱冠成家后纳粟太学生，并捐同知职衔，值光绪纪元乙亥恩科，倩黄岩岁贡生王桐卿广文翰屏作枪，于浙江乡试之场揭榜中式第六名举人，此真其福也。时湘乡成梓臣太守邦干同知台州府，深识其事，借拜门为名，助洋千元于椒江书院充作膏火之资。丙子会试赴郡，邀黄岩牟赞卿明府育作枪覆试，列取二等，一体会试，而会试亦然不第。而入国史馆誊录，冒戴蓝翎。归家仍作戏头，包揽词讼，畜养小队，一切服用无不精美，有司虽得其情，皆以举人作罢。甲申岁承办临、仙、缙、永、武五县盐商，苛刻贫民无所不至，若遇私贩，无不尽力追呼，须鬻男女尚不足抵偿之家言之难尽。历任府县，因其如此而又报缴盐厘甚钜，难加严责，皆以嘱助、嘱捐、贿赂而已。台郡数十年而无贤使君莅台，故台民久未见青天化日也。丁酉岁，又承办宁、天两县盐厘，其凶横势焰愈甚。其长子楚卿别驾崇威，平日凶横尤尽乃父；一切剥削贫民、苛刻细故亦尽乃父；一切服用奢侈亦过乃父；置美妾、广园宅，苛取贫民之利，无刻放诸怀抱也；广交有势之人，刻薄赤贫之子，凡事台民老幼，无人不识焉。镜泉故后，裕泰典中不过一方，田亩不过五百，共计不满三万之则。今其父子刻薄将近三十载，而有七县总商，当有裕泰、元泰、晋泰三所，大小商船十有馀艘，田园已逾千亩，新造大小房屋约计千间，今计其家资，已逾三十万数。明岁正月之杪，年五十有九，而作六秩初度生辰，一切预备极为精美。如此之家，如此之人，以致如此之盛。古语云："为善不昌，祖宗有馀殃，殃尽必昌；为恶不灭，祖宗有馀德，德尽必灭。"斯言正不谬也。亦未知明则若是，暗中积有阴骘，余虽桑梓，尚不知详晰，亦未可知也。其幼子崇韬系妾所生，年纪尚幼，将来成立之年，能得积善修福否也。

廿四日丙戌 早刻至巳，雨；午时至晚，阴。致陶寿翁一信，饬老六送永宁局转交。接张仲甫兄一信。德轩宗伯同梓材先生来云，取用甚急，前由秉彝宗伯代取十元尚不足用，再嘱余垫洋五元。亦难为情，即允焉。但秉彝宗伯言过，须由彼转付方合前言。留两君过晚膳而去。早刻，谱香母舅来叙，询已做寿序尚可以用否。余即以昨夜子宜兄处之言向说矣。垫付谱局之洋五元，饬从福送交秉彝宗伯，适其至海门，即交小兴相转付焉。前曾祖祖[①]应太夫(人)在日，自屋初成，即有天灯一盏，续因前透又造当屋，不能再点而罢，昨商丽生先生，将当屋之东南首墙内择今日即聚立一竹，以备重点天灯之用，明日为始也。

廿五日丁亥 雨。时值年杪，求晴数天以便商贾行旅之苦也。致陈祝再一信，致钟焕堂先生一信，均饬老二专送长甸及江敷下。午刻时，祝再姻丈已遣人来家，寄来一函并家君托带各件，均交来人送来。内有童先生寄捐从九衔照及缨帽等洋十七元，即向其取来。并附致祝再姻丈一信，均交其来人带福。内有楚卿兄寄买四品顶戴四座、女补两副、挽袖暖脐膏，并前送交之海驴皮帽等，计洋念六元八角，除收过洋念元，尚少六元八角。即致楚卿兄一信，并附家君寄其一函，均饬从福送交。据云，楚卿兄至海门未来，交其仆人收藏，以便转交矣。致王耔舜兄一信，饬从福送维新托寄黄城新天通布店转交。致邱楚卿姻丈一信，交二太太代为转寄黄城。

廿六日戊子 雨。致金叔文妹丈一信，饬弟头送礼之便带交。老二来，接祝再姻丈一信。丁子祥兄将叔文兄所托其代画竹友先生之像送来，余允其年内代其函送莘山也。周梅翁、陶寿翁来叙半晌而别。梅翁云为网事，黄岩人有陈姓来谒吴绍春公祖，而吴公嘱其与彼接头，转与其言同周梅玉接头可也。寿翁云，椒江应付田价甚迫，嘱

---

① 当为“曾祖母”。

余代其通融。但余应付裕丰货洋百元之外，先代暂撮网局垫付该款百元，曾允焉。送吴绍春公祖年节礼物八包，彼收四样而已。接周梅谱先生覆信一封，云前寄之洋七十一元曾已付旭东洋三十一元，尚余之洋四十元，询余曾否留其彼处否也。余思洋已交梅谱先生，只留在彼处，另有买就再代为付价可耳。回忆一想家君初意若肯转至吉州本任，毋庸此次旋里，但此往返约需三千之外，不知能得调署他缺否也。谋事在人，成事在天耳。

廿七日己丑 雨。致丁子祥兄一信，并代子祥致叔文兄一信，本嘱其自送，彼又托余代送莘山也。王心泉代将五月十三之戏写成，计洋三十四元，立有戏票，当付洋三十元，亦交心泉转交。至陶寿翁处，晤少芳、作羹、道周、庆瞻诸君，相叙一刻而来。

廿八日庚寅 卯前，雨，辰至午，阴；未时以后，阴而有西北风。致子宜兄一信，而子宜兄携有查声山临赵孟頫字帖行书手卷一轴，余允其洋三十元，倘卖则已，不售作罢可也。楚卿、寿翁约余于初四日设椒江书院公请一次，邀少芳来说，余即允焉。周梅翁于晚刻来，托余代其自致周海山并升甫两守戎一信，余即代为书就，交其带去矣。

廿九日辛卯 晴。上午，敬谨恭叩谢天地神明，后致王籽舜兄一信，饬弟头专送黄城。来言其令尊云籽舜尚未到家，不知是套曾经购来否也。前托楚言姻丈代买鳗鲞已于早刻□□来，计五斤，并找还洋一元七角，并接楚言姻丈一信。晚接周载熙兄一信，自月十四日所发也。内附致王子轩兄一信，即遣弟头送交矣。载熙兄仍在日本东京丰多摩郡户冢村六百二番町清宾楼，云托辑夫兄代椒江学堂聘请教博物理化者一人，其馀由少芳兄就申江聘就也。现届岁除，叨天福佑，天气晴明，以便商履往来之大幸也。致叔文函件亦于早刻交其来人带至莘山矣。接应吉甫一信，云术已买就，计洋五元，即交其母带去矣。

三十日壬辰 阴。致应吉甫一信，嘱其所买之术勿以油子相夹。致王少南先生一信，前托其代解胡玉印田契两纸倘若印来，即交本人带去可也。致苏绩臣兄一信，向取前扣之洋。接其覆信云，再缓明春二月，未识得能付还否也。岁已除夕，静思家君远宦山右，未得晨昏定省，心甚抱歉，急欲赴晋趋侍左右，恨勿即住[①]也。幸今岁以来，尚获平安，足慰鄙怀耳。

① 当为“往”。

第十九章

丁未(1907)正月初一日起

正月初一日癸巳　卯前,雨;辰至未,阴;未末以后至晚,雨夹雪子。四处皆是护云景象,云色白,暗中有青黑色,大有下雪天气。全日可谓静风,惟早刻稍有西北风,亦甚微,西北微风中亦西少而北稍多也。今日谓全年之首,早晨起即敬谨恭叩天地神明、祖先后,即于天地中卜一牙牌神数,问家君今岁得署优缺否也。随得上上、上中、上上之签,阅所注句语甚佳,首日虔情,定然应验而已。随至海门各处叩年及本家叩年。午膳后,至本镇各家叩年,往谒会晤者:本镇陶寿翁、心斋宗叔、楚卿兄、达云母舅、谱香、允东、醉香、少云诸君而已,馀均未晤。曾来还谒而晤者:心斋宗叔、楚卿两君,馀亦挡驾也。楚卿兄云,镇署行团拜礼,在初五日午膳也,并云以届日早去耳。

初二日甲午　雪,不甚大。致梦云先生贺信一封。

初三日乙未　辰前,雪、雨均晴,阴;巳后至晚,细雨微微。早,至各家吊孝,至后黄二分太爷处,晤其姊丈,陈松岩亦来,相叙一刻而别。晚刻,陈松岩至家叩岁,少坐而去。肖芳兄致曾六舟先生一信,向取代做黄煦东宗伯寿序,余遣老官送至其府上,至晚未归,不知能得做就交其惠带否也。晚刻,至子宜兄府上,晤云梯兄,相叙半晌而来。

初四日丙申　寅时前,雪;卯时至晚均阴、雪,即阳;惟晚细雨,片时即晴。余与寿翁、楚卿诸君公请本镇诸君及署中毛、王两幕友并孟云、吉甫、少芳、道周、槐士、作夔、谱香诸君相席[1]午膳，席散而别。尹东、心斋、云梯、子宜诸君均辞谢而已。来时过陶寿翁处，少坐而来。早刻，周允翁来还叩新年，少谈而别。楚卿兄相约明日至其号中过午膳，后约三点钟赴镇署公席可也。

初五日丁酉 子、丑、寅，雨；卯时雨晴，至晚均晴；西北风颇大，日中晴、阴不定也。接曾六舟先生覆少芳兄函云，因疾未愈，托做煦东宗伯之寿屏序言勉强代做，至初七日想可成文，届日遣人走取可也。早刻，因海门官绅团拜，至海门同昌分号，晤李子衡、王辅卿，言楚卿兄已至南门殿。前本设镇署，日前改设南门殿，以便吹唱梨园，系潘秋舫公祖为首。即整衣冠至南门，晤吴周卿军门及其幕友马师爷、曹绍雍统领、吴绍春公祖、张中府、陶植三、魏平阶公祖、潘秋舫公祖、黄子禾都戎、梅鹤亭参戎、花春亭都戎、洪封山守戎、何霭生明府、陆文轩、王冠卿、顾文伯、陶寿翁、黄楚卿、黄子霖、黄嫩泉、丁飏绵、王香谷、蔡湘岩，诸君相叙，团拜后坐席相叙，席散而来，至家已将下午八点钟矣。

因禹门叔祖今日移座，即至其家做祭，其主者系陶寿翁，助祭：黄宗山、周作夔、黄道周及其女婿陈松岩。诸君祭毕，相叙席散。同少芳兄、陶寿翁至子宜兄处，适其已睡，即至寿翁府上相叙一刻，至家时已十二点钟矣。但洪封山守戎现署中营守备，于客岁嘉平月接篆，现奉上游公事，将绿营兵额裁撤五成。但绿营本是老弱归多，一时裁去五成，武营中恐不足调遣也。以余论，绿营裁兵不裁官，兵既裁，如此武弁自提镇以致千把外司有何用处？防营虽均酌减，大加整顿，不如将绿营与防营并连一气，或提镇作为统领，副参游作为营官，都守等员作为哨官，外委员弁改作牌长或防营之统领即作提镇，营官即作副参游等官，哨官、牌长、什长即以千把外司充之，裁兵节饷，莫善于此。想将来定至如此地步，今则少一言官详达九重而已。

---

① 疑为"相叙"。

初六日戊戌 早至申初，阴；申末，细雨；至晚皆然。早刻，至梅五姻丈、达云母舅、槐士、子宜诸处，相叙一刻而别。禹门叔公于昨日除灵，晚刻出谢，同行者约二十馀人，陶寿翁、道周、宗山、作羹、少芳亦均同行，至上街均散。过尹东处，晤梅五、槐士，畅叙一刻而来。但本镇自昔有出谢之例，孝子同有服制各人均跟在后，至有人情送至有服之家，而孝子踵门叩谢。如此恶俗，仅只家子一乡尚有而未除，此真不合于礼，不知前人从何取义，理宜删除，不知何时得能消除也。典中于晚刻请新年会计四席，包房大学生似海先于今日分手。少芳兄托余代寄长甸陈煦皆先生一信，俟有便时代寄可也。接剑臣、兴臣贺信各一函。

初七日己亥 早至午，晴；未牌以后至晚均阴。同少芳、梅翁诸君致曾六舟先生一信，饬老四送交，向取煦东宗伯寿屏序言。致何见石比部一信，致王籽舜兄一信，内附托其代送喻志韶太史一信，均饬仁桥送邮政局转寄京都台州馆、黄岩馆。致张丹亭镇军一信，致五丰钱庄一信，内附托送王月亭先生一信，亦饬仁桥送邮政局寄甬。致王渭荃先生一信，交伯森先送至郡城，并嘱向协丰取还息洋。致剑臣、兴臣两兄贺信各一封，交附灿转托槐士兄之仆从贤信代带黄城。六舟先生代做煦东宗伯之寿序交老官带来，适梅翁来叙一刻，将六舟代做之寿序带至子宜处，适其出外，即至网业公所少坐。而至煦东宗伯处，晤性言、让卿两君，相叙一刻，将寿序出示，性言先生甚为称善也。

初八日庚子 阴，致邱仲翁一信，交玉先带黄，请其早日来椒相叙网局一切事宜。致丁子祥一信，外附莘山送其酬敬一封。致戴云珊先生一信，询其送煦东宗伯寿屏拼否，均饬弟头送交。致谢崇甫一信，致王子衡一信，均饬老官送交。晚刻，接玉珊先生及崇甫、子衡来片，均言允拼各一股。接李舜卿、作羹两君来片，亦云拼送寿屏各一股。致潘云轩、洪少琴兄各一片，饬从福送交。来云云轩拼送煦东宗伯寿屏已允，洪少琴兄云明日来接洽也。接道周叔来片，彼自及胡山长、黄仲辰各拼一股。晚刻，周梅五姻丈、少芳来叙一刻，同至子宜兄府上，晤云梯兄，相谈拼送煦东寿屏。若买朱砂屏，今已二十馀人，未免太轻，改买全呢金寿屏，每人亦不过两元之外拼资也。拟定购办呢金寿屏可也。陈瀛洲守戎及其堂侄源来至家少坐，为分伯寅叔家事而来，言及拼送煦东寿屏一节，彼亦云拼一股，即书官衔，系两江补用游击扬州营右军守备也。但伯寅叔家事，谈及明日相约寿翁至其家中酌妥一切，早为各食，可免争执为妙。伯森先致郡城来，协丰之洋许仍从缓。接有周梅谱先生一信，嘱代询少芳兄其令弟托带东洋图章早为寄郡为要，余另致字询问可也。晚膳后，至子宜处，晤云梯兄云，楚卿之通州人妾今日到家叩椿萱新禧，而衣服过于精美，其夫人看见通州人如此精洁，大相反目，楚卿兄又将谪妻什物捣毁不少。公论而言，楚卿于归阃之间过于偏爱也。

初九日辛丑 晴。午膳后，还谒陈守戎及陈源来两君，并晤仲辰、宗山兄，云伯寅与其弟老四叔分家一节，诸多掣肘，手足之情颇于薄甚也。欲与陈守戎及陶寿翁将其眼前粗为部署，一时难清了，其兄弟之间亦恐多事也。续至咏仙处少坐而来。少芳、作羹两兄来云，载熙兄人虽未在家中，其送煦东宗伯金屏亦代附列一股，余即允焉，将名节录稿中。至梅五姻丈处，因心斋宗叔柬邀晚膳，同至其家中，晤子宜及署幕友王心翁、毛芙岫先生，并解玉泉、叶寿卿、周谱香母舅，相叙席散而别。即同王心斋、芙岫、梅五、子宜诸君至楚卿兄府上，阅姚梧冈兄致其函云，留东学生函禀外务部为上年九月间海门天主、耶稣互相斗殴之事，言甚切实，其情节甚多，未便详录。

楚卿兄言，镇幕马君云，教案经抚宪张小帅饬世伯先观察与其参差商定，确将华承务阮振铎由天主教斥革承务名色；已获之梳糠、勒鱼、老八三犯治以极刑；又，获之王松亭、王清甫、王子源三犯，监禁六年；在逃之金德生即仙基、李体章、应再庚、阮蓂斋等，均由武营访拿究办。又，将阮蓂斋、王子源等平日横扰之款充公，仍办台属善举。斯言果实，台民之大幸也。又云黄标已奉抚宪札饬绿营兵额裁去一半，今又奉札裁撤五成，将经费由抚宪另外札委员赴台办理警察事宜。如是,绿营有官无兵,有何用处?速将绿营、防营即行归并是为当今之急务也哉。至家时将十点钟矣。并邀丽生先生来商一切,留宿一宵。价云,陶宅来价言陶寿翁之姑爷季盘兄明日来叩岁,想叔文兄亦须近日来也。接邱仲翁来信,询载熙及少芳两兄在东京、上海两处订请椒江学堂教员,系某科卒业生及姓名等语,俟询明函覆可也。

初十日壬寅 晴。致周梅谱先生覆信一封,内附致杨蔚九先生一信,交邮政局带郡。致何玉洲先生一信,小朝带郡,托其代定圆桌面两张、方八仙桌面两张。接子宜兄来示,代陶姓拼送煦东宗伯寿屏一分。午膳后,至海门同昌盐号,晤李子衡、王丽生诸君,相叙一刻。即至海门商轮局,晤黄子霖兄,云申桢夫兄亦拼送煦东宗伯屏分一股。屈计廿七人,即将寿屏序托子霖兄带宁代购呢金寿屏一堂,计十二轴,并托就宁代为写就。云及价金,与客岁四月间余自向宁波四明文宝斋所买金屏送与吴绍春公祖之屏价大相悬殊,无如既已托购,亦难甚于其争价直也。况又是彼代垫价值,我亦是二十多人拼送,即价虽昂,每人所分谅亦不于甚巨也。并晤何霭生、王选甫、黄心斋诸君,相叙半晌而别,至家时将晚膳。因周梅翁来柬相邀申刻酒席,即至其府上,晤梅翁乔梓暨子宜、心斋、谱香诸君及孟云之令舅,相叙席散而别。云及楚卿兄明日赴郡,尹东、槐士两君昨至黄城岳家叩岁。余明日午刻柬邀春酒,有尹东、槐士两君在其中焉,不知得能旋里否也。

十一日癸卯 早至未,晴;申时以后至晚均阴。致邱仲玉一信,交童先生代为寄黄,致叔文兄一信,交女妪带至莘山。早刻,陶寿翁令祖季盘兄来家拜年,相叙一刻而别。柬邀二府署毛芙岫、王心斋及梅五姻丈、谱香、玉泉、黄心斋、秉彝两宗伯,相叙席散而别。至寿翁处还谒其令祖季盘兄,并晤伯端,相叙一刻而来。因椒江网业公所相邀晚膳,至公所中,晤鸣九、梅五、子俊、吉云、少芳诸君,相叙席散而别。托鸣九先生转交吕先生带甬代买另星,并购大红缎料一丈六尺,备送丹翁世兄吉席之用。来时,同梅翁、少芳至子宜处,晤云梯,相叙一刻而来,至家时将二鼓矣。早刻,接钟焕堂先生一信,云及余之命彼到家代为核算，此亦多取谢金之道，并接其前托金先生代择续弦吉日，云原择九月初六甲午日不及十八丙午日为佳，即转达家慈，以十八日为是。

十二日甲辰 早至酉牌，晴；夜戌刻，雪子。致周载熙兄一信，饬老六送交邮政局转寄日本东京丰多摩郡户冢村六百二番町清宾楼。晚刻，咏仙兄遣人来说其尊翁庆五宗伯等于十四日安厝，明日十三开吊，托余代为借炮。即遣从福携柬向二府署借用，随即允焉。寿翁之令祖于十二日来叩岁，昨柬邀其今日晚膳而来，并邀寿翁及达云母舅、子宜兄、孟云、伯寅、仲辰宗叔诸君，相叙席散而别。

子宜兄言，徐德园因其父霭人年内时与人口角呈控分府署，即托署幕兼收发处王心斋速为出差拿获，而心斋未便据允，以此订恨。但德园前以抱揽词讼与心斋往来不无字柬，藉此捏控于藩宪，批示甚为雷厉，余闻之代抱不平。按：王心斋原是身充分府署小席幕友，及兼收发处，地方有隙可寻之钱，无不专心而要。但徐德园虽是明经，就近地方案无大小，均孜孜求利，日与差役往来藉差扰诈，事在多端。其平素志量下如王心斋，其搜寻乡愚财物亦贪如王心斋。今藉考优赴省，即作公禀呈进抚藩两宪，自己俨如正人，故抱不平，以小人假作正人也。倘是堂堂公直绅耆，今则因公起见，所进呈词可无愧焉。又云，其批候台州府查覆等语，未识张翰卿太守果如何禀覆也。

十三日乙巳 细雨，惟午、未两刻雨晴，亦阴。致陈舜卿一信，托买提灯两对，片托李子衡代寄闽垣。致同昌账房解昆珊一信，饬从福寄交。早刻，因咏仙为其令尊庆五宗伯明日安厝，今日开吊，至其家中吊孝，并晤冯子尹及咏仙之女婿冯稷臣，相叙一刻。晚刻做祭，系请陶寿翁主祭，并子尹、秉彝、丽生诸君助祭，毕后而来。叔文兄于晚刻来，接陈煦皆姻丈寄其世兄一信，托余转交邮筒寄至日本也。

十四日丙午 早至巳，雨；午时雨晴，至晚均阴；惟戌刻细雨，片时即晴，均阴。致章子修兄一信，交送礼价带交。早刻，本至后黄二分咏仙家送其庆五先生入厝，因起来其柩已至署前。但女儿已乘舆去送，余即作罢。但女儿送至三山而转，时方午膳矣。晚刻，陶寿翁因请令祖季盘并邀余及叔文、少裳、槐士、少芳诸君，相叙席散而来。槐士兄言邱仲翁约十六七日可以来椒。接家君自嘉平廿三日所发之函，云初八日安抵晋垣，禀见各大宪后，大约饬赴本任归多，亦无可如何。若转吉州，各样之苦尚可将就，惟无米而食麦，心甚为虑。只得到地而后看之可也。公馆未移，仍在原处。

十五日丁未 早至巳，雨；午时以后至晚均阴。致王少南先生一信，询解胡玉之印契及开过户洋若干，饬网局巡丁送至其家中，适已赴郡，即由其家中寄郡。致陈俊英兄一信，致祝再姻丈一信，均遣价送交。陶寿翁来，携有王冰如先生函，纠拼送煦东宗伯寿屏股分，但曾托子霖兄代买，只代寿翁出名致覆王冰翁一信，即送航船寄郡。周尹翁晚刻来叙一刻，云及葛兵部之次少君号芹荪。昨家君所云章一山太史之言，须当函达可也。

十六日戊申 阴。致葛芹荪兄一信，饬老六送托周家葛太太代寄郡垣。寄家君安禀一封，系第七号平安家信，饬老六送交邮政局转寄山西太原省城新道街黄公馆。午膳后，同叔文兄至允东处少坐而别。因逸仙兄来邀代拆三班等费，挽童先生至咏仙处，晤丽生先生，相叙一刻，将其工钱粗初代议，即由童先生代拆。余因子宜兄柬邀晚膳，即至子宜处，晤毛芙岫、秉彝、谱香、云梯、孟云、宗山诸君，相叙席散而别。同秉彝宗伯至街上看元宵，过丁辅香之永利麻行少坐而来，云槐士兄已于昨赴郡城，仲玉姻丈何日来椒尚未定也。

十七日己酉 晴。晚刻，因谱香母舅柬邀晚膳，即至其府上，晤秉彝、心斋、梅五、允东、子宜、少云诸君，相叙席散而别。过煦东宗伯处，晤静轩、仁潮，相叙一刻，至家时将二鼓矣。接萧伯康公祖自沪江发谢信一函。

十八日庚戌 早至未，晴；申时以后，阴、晴。寄家君一禀，系第八号家信，交老六送邮政局保险寄至晋垣新道街黄公馆。早刻，因允东柬邀午膳，同叔文至允东处，晤寿农、梅五、谱香、心斋、寿卿、兴臣诸君，相叙席散。因椒江教习王宗祐于早刻来各家拜客，即同寿农、梅五、心斋、尹东至椒江还谒王宗祐。适又教习郑文荣、沈东升两君亦来，相叙一刻而别。但王宗祐号伟侪，郑文荣号汉英，皆年纪尚轻也。周允东出示有加山西候补知县六六之洋片，但余见过洋片颇多，而加官衔于片纸之上者只初次也。晤少芳兄，曾六舟兄欲赴省考试，但已受椒江之聘，而又赴省，倘得中式而又赴京，以为椒江若何？况椒江开学期近，只邀其自借人代之则可，未知寿翁作何主见也哉。

十九日辛亥 早至未，阴；申时以后，细雨；至晚皆然。潘秋舫公祖为其令祖太太于今日做六秩寿辰，早至海门，路晤陶寿翁，同至渔团局晋祝，晤丁飏绵及潘公祖，相叙一刻而来。但郡城官场中人送呢真金寿屏一堂，郡城绅士及家子、海门并渔团局各绅等公送真呢金寿屏一堂、大红缎寿轴一幅，均每堂计十二幅。官场中之屏系丁飏绵写，余与各绅等公送之屏系魏平阶公祖所书，其书法均佳。

二十日壬子 晴。晚刻，周梅翁来云，椒江中学堂之接待处在文昌阁，今来着甚夥，相约同秉彝宗伯、叔文兄至文昌阁，晤少湖相叙一刻。云及椒江肄业者定额一百二十名，来堂赴考者一百廿六人，想均可入堂肄业也。皆以天、仙、宁、海之人归多，内有黄岩、清献之肄业生，想是看本堂之规模，非在此之肄业也。今则既来，不得不许其考试，其所考之卷由教习定准甲乙，送由吴绍春公祖出榜而已。并言曾六舟先生自己赴省考试，自倩天台人王姓为代庖，云王姓亦颇为饱学。

过梅五府上少坐，同梅五、叔文至楚卿处，晤煦东、叶石甫、翁子俊，相叙一刻。子俊云，椒江网局之账已盘。梅翁云，上年计亏近三千。即邀罗鸣九携有盘簿，注亏计洋两千八百番，至上年岁杪为止。未知今二月能得多售、得稍弥补否也。楚卿兄云，上年之天主、耶稣互相斗瓯之案，前张小帆中丞札委世伯先观察为洋务委员，闻世观察在申江与法领事及赵主教将此案以已获之人准其取抱，未获之人免提，阮德斋调赴各堂，以此了事，并善后各节，将近签字。喻庶三观察闻信即电禀张中丞。闻张中丞大不为然，即有调转世道之语。若是，以此案而论，可以了结，若其平日之结怨若是，犹不足去罪。系左尧卿公祖所言，想不致谬也。石甫先生携有杨蔚九先生致余一信，云及赴晋之期，须接家君实定之信为妙，其言甚然。前接家君谕言亦接其正月所发之谕后动身，想亦在二月之内也。梅翁云，其驴借于王少常兄骑至被坏，此亦在于情上有难言之意。此少常太不懂事。但少常欲马，定向楚卿借用，在理之当然，不向楚卿借而向梅五借，又将其骡骑坏，乃不懂事小孩也。今至若是，问心若何？即向他人借用一物，须珍重于己之物，又要相酌妥当方开言也。

廿一日癸丑 晴。晚刻，至子宜处，云及吴绍春公祖有自请告卸之语。楚卿兄来云，吴绍春公祖自请告卸公事已出。与陶寿翁商酌，因椒江学堂方今初办，欲拟禀留，致电与张中丞，未识得邀允许否也。但地方官有经上游饬赴调省或调他处，经绅士其禀保留，有关官场所忌。今吴绍春自请告卸，今以绅士保留，得邀允准亦未可知。晚刻，周少云柬邀晚膳，同叔文兄至其府上，晤尹东、谱香、子宜诸君，相叙席散而来。

廿二日甲寅 晴。致家君一禀，系第九号平安家信，饬作头送交邮政局保险寄晋垣新道街黄公馆。同周梅五姻丈致吕益卿一信，亦交邮筒寄甬。代网局致裕康一信，又代网局致益卿一信。梅翁来约至子宜处，晤心泉相叙一刻，云楚卿为令尊做寿颇极奢华，一切灯彩均向甬江税来，极为鲜艳云。席请叔文兄晚膳，并邀寿卿、蓉秋、丽生先生、子章、尹东、兴臣诸君陪客，相叙席散而别。符三先自早刻来，云自舟山售货方来，故年内邀其多次而未来也。

廿三日乙卯 晴。致福杨蔚九先生一信，早刻，至黄城，晤仲玉、楚言两君，相谈终日。晚刻，同邱楚言姻丈至吉人老伯，适其乔梓均未在家，留片致候而来。晚膳后，同楚翁至章杞堂先生之万育药铺，托其代开一方，并晤顾碗芳、王兴臣、张小泉、应玉荃诸君，相叙半晌，转至楚言府上过宿一夕焉。

廿四日丙辰 晴。致黄子霖兄一信。鲍子庄先生来叙，同楚翁至王宅，晤其账房陈仲儒，相叙一刻而别。即买舆至家，时将晚膳矣。前寄吕益卿代买各件均已买来，惟石青彩呢据说无售，作罢可也。接陈祝再姻长一信。接吴子仁兄一信，云今住杭垣下城长庆街。晤叶蓉秋先生，相叙一刻，留过晚膳，而至陶寿翁处，晤梅五、子宜、崇甫诸君，相叙一刻而来。子霖兄代买公送煦东宗伯之寿屏曾已买来，计价洋六十二元六角，与前送吴公祖之寿屏物相仿佛，价金大相悬殊也。早刻，邱楚翁云，王吉人先生于廿一日喜添少君，此亦人所意外。但吉人先生年逾七十，其如夫人年三十馀。可见人只要精神壮旺，不在年之高大。今吉人先生之如太太已产麟儿，其次少君仲楚兄夫人亦将分娩，其长世兄焕如鹾尹之次公郎夫人又将分娩。其府上丁本旺，今祖孙叔侄同年生子，亦罕见也。但人家财既足，必加增丁，既足必加增，理之然也。但吉人先生已有五子九孙，其孙系长，次所出三四五尚未婚配，今又增添，其三四五少君婚配后又添，不数年定然发族耳。

廿五日丁巳 晴。致张丹翁一信，交邮筒保险寄宁。致黄子霖兄一信，外附代买金屏洋六十三元三角。内附致申桢夫兄一信，向取屏分洋两元四角，均交嘉先专送海门商轮局，取有收字一纸。致戴玉山世长一信，致王子衡兄一信，均向取屏分之洋，均接福信，并取屏分洋讫。晚刻，周梅翁来约至寿翁处，相叙半晌，同至子宜处少坐而来。楚卿来片借去方桌面三张、洋灯一盏，公送煦东宗伯金屏，已于早刻并附寿礼，计六样，饬价送去。兴泉在子宜处云，楚卿处来江西妓女六名，与令尊寿期唱戏数天，正所谓备极繁华也。今楚卿家如是奢侈则可，万望后人切勿效其万一，是为至要至切。接许眉甫先生一信。

廿六日戊午 晴。致吴子仁世兄一信，交邮政局寄杭州下城长庆街福茂鞋店隔壁询交，早刻，周梅翁来云，今日礼拜，椒江学堂开演说会，吴公祖亦往听焉。即台州椒江学堂，看各教习及少芳均各演说，实兼可笑，并晤吴公祖、陶寿翁、达云母舅、道周、作羹、少湖、楚卿、云梯诸君，相叙一刻而别。午膳后，至梅翁处少坐，同至子宜府上，相约至楚卿家，相叙一刻而别。但楚卿为煦东做寿，一切灯彩皆向甬江税来，颇为闹热，各人礼物送进者亦多，乡间各人做寿若是可谓甚矣。

廿七日己未　晴。致许眉甫先生一信，交微登带交。致金九疏先生一信。老二来说，前将女儿之八字送与黄城王崇甫司马之长子说合，今说将成，来取庚帖，于十六日纳彩。但女已年十二岁，客岁家君在家时嘱为速于许人，余看崇甫家门第亦颇相对，虽崇甫司马前在福建候补数载，不幸后又经四年，其太太守重家规，乡里无间，其子三人亦将成立，其长子年已十六岁，前据鲍子章云其读书资质颇次，其馀亦颇老成。余看今之富有人家皆不能读书，余亦然之，只求其能守世业，是为上等矣，随即允焉。即将庚书交于老二送交，姻缘早定三生石上矣。按：王崇甫司马士芬，黄岩城内人也，素闻其为人慷慨好义，精于经营，于戊戌岁捐同知不论双单月并加分缺间花样，己亥入都引见后签掣福建归分缺间班补用，庚子到省后奉督宪委有一差。但某使，其据江梅渡明府说过，于年已久，记忆不清。癸卯岁仙游，遗有三子两女。其长女已适路桥俞氏，次女尚未字也。余所允其长子名华相，二三两子亦未配婚。但三子之上尚有长子，已娶黄城柯云琴之女，早已夫妇皆亡，皆今之太太所出也。现今长子以次子翻长而已。只愿其白头偕老，子孙绵绵，是为至幸也。晚膳后，陶寿翁、周梅翁相约至楚卿处，其人是人山人海，晤费子赞父台、陶吉云、郑夔友、王少常、陈舜卿诸君，相叙半晌而来，至家时将二鼓矣。此次楚卿为其尊翁煦东宗伯做寿，其寿期未到，人甚旺也。

廿八日庚申　阴，重雾。致符士正一信，即由士保带交。晚刻，交有坤带交二头带申买平金等物并洋十二元，不知得以敷用否也。

廿九日辛酉　阴兼雾，代楚言姻丈致鲍子章先生一信，交邮筒寄至黄城矣。早刻，因楚卿柬邀午膳，即至楚卿处，晤潘秋舫明府、费子赞二尹、黄德甫都戎、王冰如、陈少亭、金立轩、金子禾、卢槐士、金次斋、詹益卿、王少南、陈舜卿、黄子霖、何霭生、王少常、郑夔友、丁飏绵诸君，相叙至晚。午膳、晚膳均是翅菜。晚刻，至邱楚言处，相叙半晌。但煦东宗伯本系己酉正月三十日戌时所生，今年做六十寿辰，适正月小建，本是今日为煦东生日也。因敬避高宗纯皇后忌辰，改为明日二月初一日生辰。各人来为拜寿者均留一日，但其家中热闹异常，近来绅士之家做寿无出其右焉。接郡城周梅谱先生一信。

二月初一日壬戌 阴；早刻，雾，稍有西北风；晚刻，西北（风）颇大，故天气而又转冷也。寄家君一禀，系第十号平安家信，交邮筒保险转寄晋垣新道（街）黄公馆。至戴云山先生一信，交阿嘉送永宁轮托其代带张丹翁托买之石板也。新正以来又经一月矣，为家君今岁何时可以蒙晋藩调署之悬牌时节，于元旦敬谨问卜，得上上、上中、上上之签，注解中有花信及探花之象语词。前丽生先生详曰，二月二日曰花朝，既有花信探花之语，总在二月初上，余亦颇以为然。今已至二月之朝，未识得邀上游牌示否也。其语有“海舶两头高”，详有高水两字，有一相上之州县，查晋省县名文水、高平两县，未识果然否也。余心甚切，既在万里相思，“平安得缺”四字只在课卜，想有灵验耳。

早刻，往叩煦东宗伯寿辰，余与梅鹤亭参戎、何霭生明府、潘秋舫明府、丁飏绵、陶寿农、陶吉云、潘云轩八人代为酬应接客，来祝寿者：吴周卿军门、曹绍雍统领、吴绍春司马、张游戎立成、萧守戎仁福均留过茶点后看戏一刻而去。黄德甫都戎、费子赞二尹、阮右垣刺史、金烈轩明府、周少芳茂才、周作羹茂才、黄道周茂才、王冰如明府、其子婿夔友孝廉及王少常，又，王子宜茂才、王香谷茂才、蔡湘岩、金次斋明经、黄玉堂、何镜泉茂才、蒋步庄明经、蒋哲甫茂才、周映江明经、金叔文司马、金子禾、李镜岩、俞乔甫、詹禹卿、郑千戎继云、张湘臣守戎、王六溪、卢槐士明经、王少南、童子章、何玉洲、蔡子葵茂才、李霭堂茂才、陈登云都戎、高志伯二尹等均留席。晚刻席设三十六席。尚有北岸一老者年九十馀，闻涂镇晋泰典夥邀其来祝。各人送来泥全金写墨字寿屏，每堂十六轴者计两堂；呢全金寿屏王香谷先生画墨兰八轴、潘谓夫先生画墨竹八轴，合计一堂；呢全金写墨字，每堂十二轴者计寿屏两堂；八尺朱砂笺写金字寿屏十四轴者计两堂；六尺朱砂笺写金字寿屏十二轴者一堂；六尺朱砂笺写金字寿屏十轴者一堂；呢金寿对写墨字一对；呢金杭屏写墨字四轴者一堂；大红缎寿星麻姑及福禄寿三星者之寿幛十二支；大红缎寿字之寿幛计念六支；大红呢寿字之寿幛计四十馀支；大红缎写金字之寿对两副；大红缎做金字之寿对计一副；大红缎绣散花大堂帐一顶；大红缎绣金龙大堂帐一顶；大红湖绉大堂帐一顶；大红缎绣花长额两根；大红缎绣金线长额四根；大红羽毛长额三根；朱砂写金字寿对计念三副；时青笺写金字寿对三副；大红、桂红、桃红笺写墨字寿对计念六副；大堂绩锦之寿星、麻姑金花绫边两轴；黄笺桃红绫边横批寿诗墨一轴。约值一千五百番之则。送进寿敬现洋一千馀元。其家中人情可以为夥矣！煦东乔梓以台州而论，交情亦可以为广矣！梨园内外两班，江西堂子自永康包来女娼六名。此番煦东做寿，一切陈式备极繁华，既为人子、为椿萱做寿多用若干，分所宜然。以余论之，煦东之寿辰即楚卿为其父做寿，收各人及诸亲友寿礼等亦分所宜然，但受诸亲友寿敬洋元甚为不宜，此善词也。若非善说，楚卿将其父生日卖得千馀现洋，殊不值也。为椿萱寿辰梨园、酒席、酬应佳宾亦分所宜然，将妓女到家吹唱，殊不宜也。若人说其藉寿期广开妓馆，殊何值焉！况楚卿又代妓女邀亲友摩鹊，每场均各抽洋十二元，虽得洋两三百元，即是楚卿乔梓之面皮卖来，亦何值焉！

初二日癸亥　子刻，雪子，不甚大；丑牌，雪子晴；至午初均阴；午末以后至晚均雪子而带细雨。致张丹翁一信，致吕益卿一信，均邀玉先专送甬江向取联单。晚刻，陶寿翁同阮右垣刺史、金次斋明经、金烈轩明府来叙半晌，邀叔文同至楚卿处。晚刻，至秉彝宗伯府上，晤金先生、子宜、谱香诸君，相叙席散而来。玉先赴甬，托其代买还盘各物，所需之洋均向吕益卿处之椒江甬局代付也。阿香自晋垣来言，正月十六日首途，云家君悬牌之日不远矣。接家君一信，内附致童先生信，随即送交。接张丹翁一信。

初三日甲子 阴。天气甚冷。致陈祝再姻丈一信，致陈洛卿丈公一信，致钟焕堂先生一信，并附《邵康节先生秘旨》一册计十三本，均饬阿四送交。午后，梅五姻丈、达云母舅来叙半晌，云及煦东宗伯此次寿期，外乡之客及稍次者来叩寿，待其甚薄，昨日两次酒席甚薄。仝梅翁至楚卿府上，晤丁飚绵、黄子霖、王六溪诸君，相叙半晌。云及此次妓女六名，所抽头钱约计三百之外，皆楚卿面皮卖来之麻鹊头钱，殊不值也。少坐而来。楚卿柬邀晚膳，余因少有不豫而来。适王冰如先生来谒，挡驾。

初四日乙丑 晴。致章伯纯兄一信，并致章子修兄一信，均附柬遣农工专送前宅。

初五日丙寅 晴。符三先与兄弟之事，因接丹亭兄来信，托余代其理说。昨均来，所云之事甚为纷烦，并言前经黄岩警察局说过。即代致张小泉先生一信，未识得能清理否也。晚刻，黄心斋宗叔席请天台许岱坡，并邀周梅五、尹东、槐士、寿卿、楚言、昆珊与余，相叙席散而来。过子宜处少坐而来，至家时将二鼓矣。前嘱二头就申买之另星曾已买来，惟鞋买错，明日嘱其再购可也。

初六日丁卯 阴。惟未刻细雨，片时即晴，以后均阴。致周梅谱先生一信，明日交从福带郡。寄家君一禀，系第十一号平安家信，交二头带交邮政局转寄晋垣。嘱二头再购笔墨另星等件。叔文兄同丽生先生均至莘山去矣。丽生先生，今岁叔文兄请其教读其令郎。晚膳后，至楚言处，晤张柳村、吕来先，相叙半晌而来，时将二鼓矣。云及天台许岱坡官名朝泰，兄弟皆系武举人，均做过守备。岱坡与星斋宗叔同广东做过同寅也。

初七日戊辰 雨。致何玉洲一信，交小招转寄郡号。又致同昌一信，仆人从福明日到郡，即交其带交。即嘱同昌代付彼莘工每月两元，前本有致函书就交其带交，因日久未去，因此再书。家中做供先曾祖母应太夫人生忌，敬谨叩谒后，不胜流涕。回忆余自生下，萱堂即逝，皆赖先曾祖母应太夫人抚养成人，以至今日。幼时承欢膝下，长方侍奉，不幸二竖为灾，于庚子之秋仙游天上，高寿虽有八十有九，毫无报称生成于万一，心实抱愧。转瞬间又经八载，追念而思，不胜流涕痛哭而已。余年已三十有四，尚需子嗣，心甚忧甚，能得速育男儿以为继启，是为至幸也。接吕益卿一信，又接玉先来信，云石板丹翁处急于要用，即遣老二去催，未知明日得能装载否也。并云丹翁现由提标中衡参将升署温州乐清协镇，闻之不胜欣喜，将任封疆在于指顾间耳。如此官升可谓至快也。接周尹东来字借去《申报》一卷。

初八日己巳 早至午，晴；未时至酉，阴；戌刻以后，雨。接徐德园来片，言十六日其弟喜期借寿屏及女套。余因是日女儿纳采，即致片寄覆。晚刻，至梅翁处少坐，同允东、子宜两处相叙半晌，因楚言之亲戚席请王少常，邀余与寿农、夔友、楚卿、梅五陪客，相叙席散而来。陶寿翁言，张丹亭兄现补瑞安协副将，调署乐清协副将，其官星可谓至顺、至快也。

初九日庚午 雨；早至午牌，大雨纷纷。昨夜约在十二点钟，雷声鸣亮，后即大雨也。致陈舜卿先生一信，饬老六送海门同昌分号，交苏时卿转交。昨闻梅翁云，椒江网业公所账已盘结，定明日初十下午两点钟邀集股东亲到网局察核账目，嘱余函达邱仲玉姻丈。余即泐一函交该局巡丁阿三送交。来接覆片云届时准到可也。台寿来云，卢槐士兄现接其家中来信丁艰，即同其夫人到家去矣。其家住郡城之上数十里白水洋地方。

晚膳后，陶寿翁来叙半晌，云及汪恂上年代杨定甫给谏书有寿屏一堂，仅送洋十二元，以此而论，其价金尚不昂贵。前在张丹翁处阅有汪恂书之篆字对联书法甚好，询价金，送洋四元，以此论之，其价太昂。闻其驻申专以代人书写屏对，刻有访单，另托人将彼之访单抄下，其价果不贵。余欲托其代书屏对两堂，未识得能如愿否也。阅汪恂所书张丹翁处篆对、王月亭红笺行书对、楚卿处朱似兰兄送其令尊煦东之泥金寿对，字画悉均老练。不说前人书画，即在汪恂之行书、楷书、篆书及陶浚宣之八分，数十年后求之亦不易也。余甚爱者，大半字画，凡无论字、无论画，今原难昔比，总在其为人，物以人重，字画亦以人重。按：汪恂，论其功名亦是科甲，其品行，内虽不识，外则尚称端方。陶浚宣者亦然之。阅其书法老练而无做作处，即其功深之所致。送金得能量力，又能送求，不得不托其代书数端，以光蓬荜也。余虽爱惜字画，家藏甚少。但余家住乡间，而无名人相访；即有前人名画，送阅者甚少；或有送阅，而果真迹者又少；即有真迹，余颇所爱，论价颇巨，余亦无力。以此所爱，在于字画，而字画到于余手甚少，不得不访求诸今之名家。余居乡僻之中，即知其书法、画法颇合己志，而送求者殊不易之，故知之而不得到手，以致书画合于己志者甚鲜也。接周载熙兄一信，自正月廿五日自日本所发，今日已到，可谓致快也。

初十日辛未 早至申刻，阴；早刻，雾颇浓；酉牌后，雨；亥牌雨甚大。玉先于晚刻自甬江来，前寄买各件，均已买来，计需洋四十三元。接张丹翁一信，并收到洋一千零十六元，但函中所书寄洋一千零念六元，内十元因来不及未曾交到，内五百嘱由永宁局代划，俟明日向取可也。并嘱余代分其世兄喜帖，即代分送。但丹翁令郎寅侯世兄婚配定海王修植太史之千金，于三月十六日喜期。并言椒江网业甬局现移江北岸余姚码头。午后，至陶寿翁处少坐而来。周梅翁来云，椒江网业公议一节，改明日午刻到局相议片时。三妹来云，仲玉姻丈已来。晚膳后，至仲玉姻丈处，晤楚言、梅五、寿农、子宜，畅叙半晌而来，至家时将二鼓矣。

十一日壬申 辰时前，雨甚大，兼雾；巳牌，雨；午至未，雨晴，阴；申时以后均雨；亥刻，雷声，大雨。致金叔文兄一信，致邬丽生先生一信，均饬弟头专送莘山。致吕益卿一信，交邮政局寄宁。张丹翁托分王伯潜兄喜帖一柬，及张翰卿兄一柬，因送不便，代其加封，均交邮筒转寄。托分海门各帖，即交玉先分送。致张丹翁一信，因昨接其来信云向海门永宁局取洋五百元，晚刻，玉先向取，据云未接丹翁来信，不允付交，即将函中书明，交作头送交邮政局双保险寄甬矣。致仲玉一信，并附阮惠记息洋六十五元，交阿嘉送交，托其代为转寄矣。即接收字。致五丰钱庄一信，附致张丹翁信内，托其代为饬纪送交。

晚刻，至椒江网业公所，周梅翁退办局务，经陶寿翁议，将上年亏款欲将上年公款中酌减二成，拟于府县中具禀，未识得邀允准否也。楚卿至海门来时过迟，尚未妥商。宏德相席请王少常，柬邀余及楚言、星斋、尹东、梅五、玉泉诸君陪客，相叙席散而来。晤梅翁时云及邑侯左尧卿公祖恐属境米价飞涨，亲自各乡劝谕各庄义仓董事及殷实各家，将上等谷价定粜每元四斗八升，次等价定五斗，如此，若以平心论，尽可出售也。已于晚刻至本镇矣。玉先言及张丹翁云，虽奉上游补授瑞安协镇调署乐清协篆，恩至沪矣，但乐清系是专阃之方，又值裁兵之候，恐致不敷调用，致成画饼，不欲然赴新任，即然仍署提中参篆，未识得能如愿否也。按：提中参篆系浙提首领，亦须能干大员可任此席。但丹翁心细才明，勇略过人，历任太平定中提中诸缺，均能布置裕如，非真能实心任事者不足镇摄一方也。接许眉甫先生一信。

十二日癸酉 早至辰，雨颇大；巳、午，雨，不甚大；未时以后细雨。致从福一信，交阿香送交航船带郡。接丽生先生一信，造眠床吉日择在三月初九庚子日也。午膳后，陶寿翁来邀至其府上，晤仲玉、少芳、崇甫、仲衡、子宜诸君，相叙半晌而来。

十三日甲戌 巳前，雨颇大；午刻雨晴，阴；未牌见日；申刻，阴；酉刻以后雨颇大。致永宁局一信，玉先送交张丹翁所汇之款均已照付矣。代陶寿翁代致杨伯藩一信。代周梅翁致王冰如兄一信。致柯心补一片，托其代为指示发张丹翁令郎喜帖，并送许蓉垣先生及柯辅周令郎贺敬各一函，并喜帖，均饬弟头分送。致阮季良一信，交阿嘉送交。来接覆信一封。接洛卿丈公一信，交永文大爷送来，即将向撮洋五十元交永文大爷送交。接陈俊英兄一信。接徐贤昌一信。并接到家君电信一纸云庶母已纳，无庸再娶。前嘱二头买之另星均已买来。

十四日乙亥 卯前，雨；辰刻，雨晴，雾；巳时以后均阴。晚刻云散，似有望霁景象。寄家君安禀一函，系第十二号平安家信。致张丹翁一信，因向永宁局取来汇款通知，一切均饬老六送交邮政局分送。致子宜兄一字，托其代看苏姓字画等件。接卢槐士兄其令尊笏臣先生讣闻一柬，即托宗山兄代做挽联语，余即篆就，并致卢槐士兄哀信一封，并仪一函、烛等，均托允东母舅府上仆从带送杨渡。周梅翁来云，现值横泾堂有戏，黄煦东已于早刻进去，相约余与秉彝宗伯、仲玉、子章同至该处，晤煦东宗伯，相叙一刻，看戏三场而来，至家时将一点钟矣。言及煦东借修理横泾堂出名贴写六庄月米单，约一万五千馀张，岁得米两千石之则，三年圆满，只月米单一项约逾万金，今值做亏，将赌博桌每张抽洋两元、三元不等，烟摊亦收烟费，点心摊亦收费，钱合计约在数百元，虽修横泾堂费洋不到千番，其馀均归肥己。但煦东富甲一乡，此等之钱均积腰囊，实有玷绅富之虚名也。

十五日丙子 早至申，阴；酉后，雨。代周梅翁致何肃堂先生一信。梅翁来，送有禀退椒江网局底稿，阅之拟明日抄递可也。伯寅与其弟等于昨日分爨，今其岳家送有贺新灶酒三席，邀余与作羹、道周、少愚、舜卿诸君，相叙席散而别。过楚言处，适其至横泾堂看戏去，晤仲玉，相叙一刻而来。

十六日丁丑 早至午，雨甚大；未至申，雨，不甚大；酉时以后，雨晴，阴。女儿许黄岩王崇甫司马长子华相，于今日纳采，计礼物川箱两扛、春蓝一担、鹅、鸡等，计文定仪洋两百番，收一百七十六元，押帖仪元私理璧。金手镯一双，约有五两之则；珠花两对，亦颇相像；珠丁香一双、金玉簪各一枚、又珠挑一对，计六样全收。一切还盘各件均照俗例从丰而已。其请代媒者朱缦云封翁、王吉人老伯。余请接代媒者陶寿农、周允东，并设席请同里诸君数十人，均酌谈过午膳而别。邱仲翁来叙一刻，因至泽国阮宅有事，少坐即去。邱楚翁留过晚膳而去。

儿长须娶，女长须嫁，今长女已十二岁，今已纳采，俟至十七岁遣嫁，不过六个年头，一转瞬而已。彼华相年十六岁，读书一途说明无望，一切家事，想能经理。大凡殷实之家，皆不能读书者多。家能殷实，又能读书，千中难得一二人也。古人云："女儿许字，能拣拣儿郎，不拣拣田庄。"今之儿郎拣非易易，又值停止科举，今之学堂入门不知何等儿郎，为上拣之更难。余亦资质甚钝，拣其天资挺秀，难之更难。只拣其田庄，他日不致求人而已。多人说及崇甫家尚有泰来一典，屋业颇有数万，虽分四家，各人亦承一二万之则总有也。若有一二万之家，虽非上户，比上不足，比下绰然有馀也。能得子弟抵气，只有一二万，将来加增即在本人自己之命而已。为父母者只择其眼前尚可将就，后来好歹定然难必。其两人之姻缘虽定，命亦早定也。

十七日戊寅 早至午初，阴；午末，雨，不甚大；未时以后至晚均阴。致周梅谱先生一信，饬阿香送交。余拟三月初九日动身，并嘱阿香询明蔚九先生何日来家同行也。代陶寿翁致林蔚生观察一信，即交寿翁转寄。周梅翁来柬邀明日晚膳，送谢不允，只去酬应可也。同梅翁、寿翁至椒江学堂谒曾六舟先生，并晤少芳及郑文荣、王宗佑两教习，相叙半晌而别。先曾祖诰赠通奉大夫沧山公并应太夫(人)暨先祖诰赠通奉大夫鸣皋公并家祖母苏太夫人及家君之谱序、行传、寿序，一切本托王子常太守代撰，但王子常老伯年纪已老，托其代做此等寿序，虽承允诺，不知何时可以做成，殊非易易。即将原底并家君节略一切重抄，面托曾六舟先生代撰，想较诸子常先生之则可以易成耳。但六舟先生年尚不及子常先生之大，亦在此处用功，则可以易成。子常先生笔墨虽佳，今之托做此等寿序，彼亦无心。但无心所做，不能出色必然。但六舟先生较诸子常先生虽不及，较之他人亦可谓见佳，而又能在意代撰，想笔墨亦不次也。况六舟先生策论及杂作尚称出色，以余想之，托其代撰此等寿序颇极相宜。拟俟六舟先生将家祖慈苏太夫人之七秩晋二寿序做成，余带与家君阅后，秋间到家，过沪江购买泥金寿屏一堂而书之，亦留示来兹可耳。椒江学堂有西教习郑文荣者，系上海澄衷学堂毕业生，将毕业文凭悬诸房壁，亦少见耳。

十八日己卯 早至巳，阴；午时以后至晚均晴。午膳后，秉彝宗伯来叙片时，同至陶寿翁、允东及达云母舅诸处，相叙半晌而别。至周梅五府上，晤允东、寿农、心斋、楚言、六舟、子宜诸君，相叙席散而来。应贵来云，前张丹翁托买之石板曾已载至海门，一百念片，计五十丈，分作两载，现搁在埠，候明日永宁到埠交其装运到宁。现值香客尚夥，不知得能顺手否也。阿香于早刻自郡垣来云，杨蔚九先生准在初上到家，以便同行可也。应贵相托余代寄合兰兄一信，俟便附寄可也。

十九日庚辰 晴。致戴云珊一信，交阿嘉送交永宁轮船。来言云珊至家未来，昨载来之石板，此班轮期香客尚多，不能装载。但丹翁催取甚急，心甚着急也。晚刻，因陶寿翁柬邀晚膳，至其府上，晤周允东及椒江学堂中学山长曾六舟及西学教习王廋峰、郑汉英、瞿华卿、王赞卿诸君，相叙席散而来。永利、永宁均于晚刻到埠，遣价向邮政局查询家君有否信函，谨取来收单一纸，不识家君曾已悬牌否也。到省已久，未识调署或饬赴本任，信息杳然，徘徊思索，毫无就绪，心甚为念。究不知何日得有家君调署之信，是为至幸。接五丰钱庄一信。黄岩卖衣之老二代人将珠花税来与邱遇琴，邱嘱小女送于长女。阅看其小女捧至长女家中开盒开视本有一对，仅在一只，势在惶恐。幸落路中，经人拾去，向其取转费洋五元。此其贪小费而失多金，皆是女流之识见也。此番幸得取转，而本人之大幸耳。玉先询罗鸣九云，椒江网局转过五丰钱庄一款计洋五百元，系月之初十过进也。

二十日辛巳 晴。致五(丰)钱庄一信，并弟兄号连单计百番，信交椒江台局罗鸣九代封信内，交甬局转寄，单交老二先送交陶寿翁带交也。前张丹翁托买之石板五十丈，计一百念片，永宁轮中见此粗重，心甚烦脑，玉先至海门再四面恳，轮中各人方允装载而已。本另致函，因天色已晚，未及作书转寄也。接丹亭镇军一信，附洋三十元，此前账中所找之洋，以前均已清讫。又托余代向南仓购办石板洋两百元之则，另嘱石匠透老司代买可也。余赴晋期近，倘至晋垣，将来载驳，诸多非易，只再想法可也。并云提帅留其办理警察学堂，俟告成后再赴新任。此张丹翁有意不赴乐清协署，有此藉词也。早刻，因周少芳兄柬邀午膳，席设文昌阁。至文昌阁，晤梅五、寿农、作羹、道周、允东、少湖诸君，相叙席散而别。但本镇之小学堂设立文昌阁之魁星阁上，将该处大加修理，亦颇整齐。梅五、寿农两君于晚刻趁永宁赴普陀过宁波小作勾留，梅翁想至月初即可旋里。寿翁云就甬江过上海，来时尚未定也。余托寿翁代买《五种遗规》《传家宝》各一册。但此两书即做人之道理在焉，人能照此而行，非独守家，即理学名臣，亦在其中矣。欲送于婿阅看，不知得能果阅一二否也。又因达云母舅柬邀晚膳，于晚刻至达云母舅府上，晤谱香、作羹、道周、少湖、永义相诸君，相叙席散而别。过子宜兄处，晤心斋、楚言，相叙半晌而来，至家时逾二鼓矣。向其取有何太峰所书对一副，冷红玉所书小中堂一轴。但何太峰之对确系其迹，冷红玉之中堂真假未必也。阅其图章似非甚次，再与人查考可也。余欲再觅傅啸笙之真迹，未识能否。

廿一日壬午　晴。致伯森先一信，内附致蔚九先生一信，均托觅傅啸笙先生真迹山水、花卉、兰竹，未识能得否也。接叔文兄一信，询家君之电音，所询何事，另即函达可也。作羹、道周两君柬邀午膳，席设文昌阁。早刻，过允东处少坐，即至文昌阁晤作羹、道周、少湖、子宜、六舟、少芳、少琴、仲辰诸君，相叙席散而来。子宜兄柬邀廿三日晚膳，即致片辞谢而不克。晚膳后，至楚言处，晤心斋、辅香、子宜、春亭、寿卿，相叙半晌而来，至家时逾二鼓矣。日前，陶云章在寿翁处，云上年黄楚卿主意具禀天主堂之阮振铎兄弟之事，案系天主、耶稣互斗，经绅禀达道宪转详抚宪，以致尚未结局。而阮大挂楚卿乔梓及陶寿翁三人，现欲买人行刺彼三人，现经街上谣语纷纷。寿翁现赴沪江，煦东、楚卿防范最为严密。以余论其情理，两有可疑。论阮德斋身为天主堂承务，其兄蕒斋家资颇巨，一旦以致若是，恨心刺骨，事虽如此，无处可以与其作对。逼出做如此等事，大有可疑之处。论阮德斋系有本事之人，若真做此事，必须异常严密，何至彼人预知，亦大有可疑之处。亦未知傍人度其情理，以致若是，亦未可知。在煦东乔梓及寿翁三人，既有此等谣传，亦不得不严加防范也。古人云“无结怨于人”，即在于此。忆阅《聊斋》董公子节若是，凡为后人可以为鉴矣。

大凡死生有数，前年报章所纪五大臣出洋，方在京城即有此等遇险，均各无恙，左右者人伤有十馀人，岂非数乎！凡吾侪无与人结怨，是为至要也。古语云“日中不做欺人事，夜半敲门不警心”，即此之谓也。按：五大臣者，原奉上谕，载泽、端方、徐世昌、绍英、戴鸿慈，自遇险后，徐世昌、绍英两大臣请假辞差，以李盛铎、尚其亨代之。按：载泽系是亲王；端方号午桥，满洲正白人，举人，时官闽浙总督，现调两江总督、南洋大臣；徐世昌号菊人，直隶天津县人，丙戌翰林，时官侍郎，现升民政部尚书，会办练兵事务；戴鸿慈号少怀，广东南海县人，丙子翰林，时官侍郎，现升法部尚书；绍英，满洲厢黄旗人，监生，户部左侍郎；李盛铎号木斋，江西德化县人，己丑榜眼，官顺天府府丞；尚其亨，举人，直隶布政使司布政使。出洋参考各国政治，旋国后改行新政，即有改官之议。

廿二日癸未 雨。致张丹亭兄一信，交邮政局寄甬。致金叔文兄一信。早刻，至马屿头扫墓，过午而来。心斋来邀晚膳，即至心斋处，晤楚言、辅香、子宜、寿卿诸君，相叙席散而来。今值海门商轮到埠，又未接家君悬牌信息，心甚焦急，不知何日可望调署之佳音，是为至幸。

廿三日甲申 阴。寄家君安禀一封，系十三号平安家信，交邮政局保险专寄山西省城新道街黄公馆。致祝再姻丈一信，交弟头专送长甸。向人新汇来一款，即付五丰连单一纸。致五丰钱庄一信，交邮政局保险寄甬滨江庙前。晚刻，因子宜兄柬邀晚膳，至子宜兄府上，晤楚言、心斋、少芳、道周、少湖、作羹、心斋[1]、寿卿诸君，相叙席散，少坐而来，至家时逾二鼓矣。楚卿兄柬邀明日午膳，席设海门同昌分号，饬纪辞谢而不克，只得允诺而已。晚刻，弟头来，接祝再姻丈一信，云妾已将成，暂住妙儿桥，事亦甚善；晋京尚未定期也。

廿四日乙酉　晴。因楚卿柬邀午膳，早刻，至海门同昌分号，晤楚卿、云梯、少芳、喻铁勤(系曹统领之幕友)、曹清泉(系曹统领之少君)、丁飏绵、何霭生诸君，相叙席散而别。飏绵云，今夜趁可贵商轮赴申晋都，欲以州同指分省分试用，即购送茶点四包以酬应之。至何霭生处少坐，即至永宁局，晤杨子云、徐富春，相叙半晌而来。忆喻铁勤言阮蒉斋之亲家王小吕系武生脚头主人，即解临海县管押。顷接张中丞电音，嘱其转解甬江勤县，与前获各犯同押。闻王小吕年六十之外，子亦武生，家资颇为富厚云云。晚膳后至楚言处，晤赞臣、寿卿、心斋、春亭，相叙一刻而来。言及小吕二爷武生名王凤仪，其孙女与阮蒉斋之次子也。

廿五日丙戌　晴。接五丰钱庄一钱[2]。午膳后至椒江学堂，晤少芳、少湖、瞿华卿，相叙一刻。详阅新自东洋购来仪器、一切试验各件，较诸甬江师范学堂，十不及一也。惟毛笔板印字颇为便捷，余另购一副，以便印字之需可也。但毛笔板在上海四马路科学教育馆所售价约七八元之则，另若买时，墨油、药水、写纸三项多买若干为要。便道过子宜处少坐而来。即谒先母周太恭人处扫墓，此亦大事也。德轩宗伯及子宜兄来叙一刻。德轩宗伯云，黄氏宗谱，林子材先生于三月中旬到局开印，能得此番告成否也。接到家君初七、十一两日所发谕言两缄，云及就省将成之庶母仍然未就，仍嘱家中寻觅可也。

廿六日丁亥　辰前，雨；巳至未，雨晴，阴；申时以后，大雨纷纭。寄家君安禀一封，系第十四号平安家信，饬从福送交邮政局保险寄

---

① “心斋”一名两见，疑为衍文。

② 当为“一信”。

晋。晚刻,因周麟斋兄柬邀晚膳,至其家中,晤允东、谱香、子轩诸君,相叙席散而来。言及前兵部葛逸仙主政之夫人屈太太号云珊于晚刻趁永宁商轮至甬,即赴京都,欲考女教习。不知何日开考,能得收录,本是致善,倘若仍落孙山之叹,则多费一番川资也。允东言,准于初三日动身赴晋,未识果然否也。

廿七日戊子 晴。晚膳后至楚言处,晤秉彝宗伯,相叙一刻而来。

廿八日己丑 早至巳,阴;午、未两刻,晴;申时以后,阴。早刻,至椒江学堂,晤曾六舟先生、少芳、少湖诸君,相叙一刻而别。接五丰钱庄一信。小妹今晚来,叔文兄托买朱砂对一副,系送丹翁令郎喜对也。俟转托椒江网局代购为妥。晚膳后,至楚言处,晤秉彝宗伯、丁辅香兄,相叙一刻而来,时将二鼓矣。辅香兄云,子宜兄令舅东山头映江先生令郎与人口角,今子宜兄至彼处,未知能得清理否也。

廿九日庚寅 晴。寄家君安禀一封,交邮政局保险寄山西省城新道街黄公馆,系十五号平安家信。致徐贤昌一信,询上海习艺学堂尚可习业否,岁需若干。亦交邮政局寄申十六铺大盛行。致叔文兄一信,并附鹤仙油画一轴,交莘山来人带交。晚刻,至楚言处,相叙一刻而来。接杨蔚九先生一信,云洪莲翁之令弟亦欲同赴晋垣。

三十日辛卯 晴。致应子能先生一信,饬从福送交。福杨蔚九先生一信,饬从福送托小朱带郡面交。挽同秉彝宗伯买舟至镇堂上祖墓。午膳后动身,将晚抵路桥,至周正昌鹾货行,即永岳相所开,晤其女婿曹兆河,相叙一刻,转至小舟宿夜。

三月初一日壬辰 卯时初,雨,片刻即晴;辰至午初,阴;午、未至晚均晴。致苏焕堂一信,晚刻,交玉先遣人送交邮政局寄晋。早刻,至镇堂叩谒先祖墓后即至山主家,过午而来。但本山主名和尚者至宁朱家店板桥头帮工,其老三子守契招呼食毕,即转小舟,抵路桥小待即动身,到家时已晚膳后矣。适少圃表叔公在家,云昨日来也。

二月廿四日《申报》纪外部新定出使章程:头等公使秩视尚书,二等公使秩秩视侍郎，差竣旋京，请旨简放。头等参赞秩三品，二等参赞秩四品，三等参赞秩正五品，均视丞参。其随员即行销除等名目，均改为一二三等书记官，一等书记官秩从五品，二等书记秩六品，三等书记秩七品，均视员外、主事、小京官等官。其头等翻译官秩四品，视参议；二等翻译官秩五品，视郎员；三等秩六品，视主事；四等秩七品，视小京官。以上各官均由储才馆及外省洋务局人员派充，出使大臣不得自行奏调，惟医官及录事准其酌带，仍照三年劳绩择尤保奖。阅二月廿六日《申报》第二张纪奉天省各缺因无人才合宜，牧令多缺久悬，顷赵次帅遴员酌补，新设庄河海防同知及州县等十三缺，均将各省调奉之员补授。

初二日癸巳　晴。致张丹翁一信，致吕益卿一信，致五丰钱庄一信，均交老二先带甬。致吕益卿又一函，交罗先生寄甬。接丹翁一函，嘱余代买槛下石板念片。送丹翁令郎喜日人情大红缎喜帐一副、喜酒双坛、喜烛成对、喜炮等件，交阿标带甬，送交中府署。

初三日甲午　早刻，雾；巳至申，阴、晴；酉后均阴。少圃表叔公于早刻去。午后，陶寿翁趁永利自沪江来，二头送来家君自上月廿一日所发一谕，云谒见丁方伯，恐赴本任归多之语，并言宝湘石方伯大约三月初旬可以到晋；并接到家君所发电音言“蔚缓来”，交徐贤昌转寄也。晚刻，赴椒江晤六舟先生及王华卿、少芳诸君，相叙半晌而来。晚膳后，至楚言处，晤陶寿翁，相叙一刻而来，至家时将二鼓矣。

初四日乙未　晴。寄家君安禀一封，系十六号平安家信，交邮政局双保险速寄山西太原城省城新道街，正任吉州正堂黄公馆。晚刻，至达云母舅处，相叙半晌而来。晚刻，因大分二姆娘柬邀晚膳，至其府上，晤少愚、静轩诸君，相叙席散而别。至少愚处，云其令郎瑞荣欲从余出外。只彼云出外，以何处可以安置，颇觉为难，只候函询家君后再作想法可也。即至楚言处，晤陶寿翁、辅香，相叙一刻而来，时将二鼓矣。

初五日丙申　卯刻，雨，不甚大；辰后至晚均阴。寄家君安禀一封，饬阿四送邮政局保险速寄山西太原省城新道街黄公馆，系十七号平安家信。致张丹翁一信，亦交邮政局寄甬。致杨蔚九先生一信，亦交邮政局寄郡。晚刻，至楚言处，云其赴黄城去矣。晤楚卿兄，同至新造崇道蒙学堂。晤云梯兄，相叙一刻，至其府上，晤翁子俊，畅叙半晌而来。楚卿兄云，李淦征已至海门，现寓同昌分号，邀余托其书写一的。余即送五尺屏纸一堂，饬从福送交楚卿代交李君法书，其润笔不知若干，另日再送可也。晚刻，至秉彝宗伯处，晤吕才长年，留过晚膳而来。晚刻，至汪伯端处，晤陶寿翁、河清、吉云、陈崇山诸君，相叙片时而来。

初六日丁酉 雨，天气颇冷，是乎下大雨之景象也。陶寿翁之三姑娘子即汪兆基郎号伯端者于今日喜期，娶黄城草巷黄姓。晚膳后，至伯端处看新人，晤寿翁、仲衡、河清、吉云、孟云、子宜、柳亭、建臣诸君，相叙半晌，同子宜兄过其府上少坐而来，至家时将十二下钟矣。寿翁言十一日趁轮至沪修理永江商轮，俟告成后开驶申、瓯，常川往来也。伯端处代媒者王子宜、陶吉云两君。彼处有鱼胶一个，云售洋三元，即向其取来，明日送交柳亭可也。

初七日戊戌 巳刻以前，雨，不甚大；午牌，阴；未初，阴、晴；未末以后，晴。致伯森先一信。接张丹翁一信。早刻，因伯寅宗叔相邀至分府署，晤吴绍春公祖，相叙半晌而来。接何玉洲一信，托余就晋代买皮袍、皮马褂等，俟到晋后代买可也。

初八日己亥 卯前，雾；辰至未，晴；申后，阴兼雾。又致伯森先一信，致何玉洲一信，均交航船带至郡垣。早，阿标来云，代买送丹翁令郎喜酒等计洋三元四角，除当日付过洋两元，尚少洋一元四角，即由阿嘉付交矣。叔文兄托送丹翁令郎喜帐等，并列轩兄托送贺敬一封，均托阿标代带甬转送中府署矣。云周梅翁曾由沪江来，承惠酱油、普陀烛等，谢之，即至梅翁处少坐，云丹翁升署乐清协缺，本意不欲赴任，亦不得不赴任，只四月到任后再说可也。午膳后，梅翁来叙一刻，同至子宜处，适其出去，至心斋处少坐而别。晚膳后，至伯端处，晤陶寿农、王子宜、周梅五、李舜卿、丁辅香、陈崇山、陈建臣、陶河清、陶吉云、谢仲衡诸君，相叙一刻而来，至家时将二鼓矣。

初九日庚子 卯前，雨；辰时至午，阴；未时以后均雨。早刻，至椒江相邀曾六舟先生，适其公出，未晤而来。楚卿兄来送前托其转托李霁海征代书五尺屏纸，并送余八言对两副，余即送其润笔英洋十二元，亦楚卿兄面情也。少坐，同至陶寿翁府上，并晤梅五、崇山、少芳，畅叙至晚而来。言及镇海出有全口渔网，言非子虚，则椒江网业自此损坏矣。

初十日辛丑 晴。致丁飏绵兄一信，交邮政局寄京。致王伯森先一信，问对语，但时已久，得能写就否也。晚刻，周梅翁来邀晚膳，因饯心斋宗叔也。即至梅五姻丈府，晤心斋、尹东、吕益卿、寿卿、少芳、谱香诸君，相叙席散而别。同梅翁至子宜处，晤柳堂、秉彝、辅香、舜卿诸君相叙一刻而来。陶寿翁今日赴郡，昨云自郡旋里即趁轮赴申修理永江也。尹东、心斋两君均明日动身，尹东赴晋候补，取道京华，分所宜然。系心斋宗叔系广东试用盐大使，亦晋京，乃多此一番跋涉之苦。但心斋宗叔本意欲运动宝瑞庭侍郎代为函托广东大吏，想有一番进益。余思之，求人颇属为难，尹东急挽心斋晋京，因宝瑞庭侍郎前任山西学政，亦想心斋代求宝侍郎代为函托，此亦意外之求也。按：尹东系难廕指分山西试用知县，即有运动函托，未曾期满一年，欲谋差委，颇亦为难奈，在当局者亦不得不如此设想也，此人情之常耳。

十一日壬寅 晴。致张丹翁一信，交邮筒寄甬。接应少甫表叔公一信，请曾六舟先生午膳，并邀叶石甫、周梅五、周达云母舅、秉彝、子宜诸君，相叙席散而别。黄心斋宗叔及尹东今日动身，来家辞行，即至尹东处，晤谱香、梅五两君，少坐而别。即至海门永宁局，晤陶寿翁少谈。即至永利商轮，送心斋宗叔及尹东行，相叙半晌而来。即至电报局，司事邱念村即发太原家君处一电，语曰："太原府新道街黄公馆，庶母定胡陈可否？已悬牌否？覆。"计廿一字，每字计两角二分。

即转永宁局，晤陶寿翁、何霭生、徐富春、杨子云诸君，相叙片时，过晚膳而来。陶寿翁昨至郡城其令亲处，今日下港，即于今夜趁永利商轮赴申，因修理永江商轮而去也。过怡香居，晤伯寅叔及孙星南兄，少谈而别，至家时将八点钟矣。

交伯森先送托其令祖可亭先生代书，并代撰、代书计一对，均已写就寄来。但其字样太细，转托叶石甫先生代书就矣。送文昌阁永清宫吕祖大仙前对语曰："溯当年黄粱梦熟，丹篆功成，曾历几许人间浩劫；看此地椒水舟横，枫山寺古，羌悟无穷物外清机。"又送集圣庙本保爷神前对语曰："葭沚助平倭，真武士，真忠臣，若论千载神灵，当与睢阳同俎豆；椒江咸颂德，亦聪明，亦正直，试看万家祷祝，共推集圣仰威名。"即付手民刊刻也。

余急欲赴晋，而庶母未得速成，心甚为虑。前堂先生看有胡陈一人，初四日曾已致禀，计未到晋，顷又发一电，未识覆电能得允诺否也，又未识已蒙晋藩牌示调署否，倘若调一产米之区，得以悬牌，心甚为幸。未识均随鄙愿否也。又托曾六舟先生代做板对语六副，未识何日能得成文。

今晚，周尹东动身赴晋，意气甚扬，譬如中兴之前各省新举子入都会试之景象，又如杭、嘉、湖、宁、绍各属士子秋闱后未放榜之前仿佛。倘若一二年之后，而新举子相遇名士，嘉湖士子放榜之后，果以试用知县到省即有差缺，非是实会大力者不能。况周尹翁系是承办难縻之班，虽"资格"二字置之度外，而出身毫无，识见毫无，即有人能作八行，从何启齿？况托友代谋八行者，非孔方之物到处无行。即稍有交情，未必代为甚心请托。即有可寻之路，而尹东无此力量，只有黄心斋系冢中枯骨听其搬弄。但尹东力挽心斋到京，而欲心斋代为面求宝瑞庭侍郎之函札。尹东思宝瑞庭侍郎前任山西学政，与山西大寮中定有交情。但宝侍郎任山西时候，张小帅巡抚山西，藩、臬系李少华、吴书年两公。今则抚宪恩大中丞，藩、臬宪系宝方伯、丁廉访两公。即须宝侍郎未必无交情，即心斋与宝瑞庭侍郎亦有交情，而允东托其代求函札，而宝侍郎未必即以空手而允诺也。即或薄送而得一书与恩中丞、与宝方伯，喻志韶太史代为函托锡提学代为照应，究不知两公函札从何落笔。即使顺手发函，而山右当道均有情分，而尹东到省试用未曾期满之年，立见不能差委。即有佳处而蒙当道见委，而同寅置身何地？即当道虽有照顾之心，而不能即有照应之事。允东愚见，前任同至海防同知姚子祁、叶湘雯、郭外峰、金慈生诸公以小利，钻营包管词讼，以此谋利，欲赴晋省与各当道之前亦放此等手段以施之。恐晋垣现恩大中丞及宝方伯、丁廉访、志观察、首府杨太尊诸公及即后来当道未必若是也。

余代尹东而想，既将难䧹已经分发，今到省后，不用八行，在省候补数年后赴京中再行想法，即喻太史致锡提学之函，自能代写，则代带晋投递。若有推托，正可不必。况现今之提学使权力甚微，未识尹东亦从余之所料(否)也。但今之提学使权力虽微，而州县等官亦不得不为酬应。若遇学务，权在提学使，凡在省之提学使，酬应确要周到，不必过于格外可也。余代心斋宗叔之想，既受尹东之危，化钱到京。但彼系广东试用盐大使，现广东徐花农现调广东，则与广东制宪周玉帅定有交情，托人转达徐花农侍郎一函，或另觅与周玉帅公子交情之人一函。闻周玉帅公子系是翰林，京中定有交情之人也。而心斋宗叔与徐花农侍郎又是旧交，又有人代为吹嘘，将来想有差委亦未可知。论其资格、交情，而允东不及心斋多矣。何心斋宗叔诸事仰仗尹东？亦属不解其故。总而言，心斋之本事不及允东多矣。故今有京中跋涉之苦耳。

十二日癸卯　晴。致少圃表叔公一信，交航船寄至郡北巷。晚刻，至椒江学堂，晤曾六舟先生及少湖后，而吴绍春、潘秋舫两公祖来叙半晌而别。潘秋舫公祖因海门毓才学堂由天主堂法国教士具禀台州府及海防府，将毓才学堂归还中国本地官绅办，而台州府及海防府张翰卿大公祖札饬渔团局委员潘秋舫大令调查该学堂案卷，而潘公往询吴公，而吴公又未详悉，故同至椒江学堂询悉此中情形。但少芳兄亦未甚周知，亦恐未必详晰也。别后至家，接山西太原家君发一电语曰：“海门转家子黄质诚：可。”想昨致电问定胡陈庶母可否，覆电曰可。即叫童先生往说定妥，即定十八日进门。童云明日至彼处接头可也。但覆电中曾经悬牌否未及附载，想来悬牌不知能得调署否，心甚为念。因此虔心，即叫崇虎先代卜一课，云近日即可悬牌，未识果然否也。余欲赴晋，不至省垣，直至署中，能得如愿否也。上年叫陶致和代占一课，云十二月间即可到任。当请崇虎先代占一课，曰得缺定在今年三四月间。今值三月，照节候而论，三月已中，四月将近。又占一课，曰近日可望悬牌，想有灵验耳。晚刻，至楚卿兄处少坐。昨托其转送李霁海代书天台山拜经台石牌字曾已写来，其中即曰“隋智者大师拜经处”，上下款字曰“大清光绪三十三年春三月李征书，临海黄寿征率子秉义勒石。”但石牌曾经购来，本即可开工，余因赴晋期迫，俟八月间旋里再嘱石工勒石可也。

十三日甲辰 早至未刻，晴；申牌以后，阴，兼雾霾颇浓。前应贵托余代寄合兰一信，因延多日，方于今日加封，交嘉先送托戴云珊先生代带甬江矣。接丹亭兄一信。晚膳后，至子宜处，晤梅五姻丈及柳堂并舟山人胡姓鸣岗，相叙半晌而来。言及温州所出之网不甚多，果若不多，而椒江网局可无大碍。若无碍于网局，则椒江学堂可以成聚也。但椒江学堂成败有关于地方，况已通禀各大宪成案开办，若事有碍手，非台同知面子不好看，则地方亦不无售费之艰耳。余所愿椒江学堂能无碍手，即楚卿经手，将来即有通融银项之处，亦出于无奈。但上年以至若是，毫无就绪，皆因局无当手之故也。楚卿今用柳堂，余上年亦早言及，因众多不能作主耳。

梅翁云，吴绍春公祖急欲告卸，而新任吴钦山司马虽奉薇垣悬牌，无意赴任，不知何日可以接任也。但新任吴公系邮传部吴仲怿侍郎之公子昂仲，现任河南南汝光兵备道，即到台同知缺，想赴任后即过班知府。而吴公现奉补是缺，又不能不到本任。虽不到任可以过班，查例载可补实缺人员未及到任过班，即照未曾实授办理，因此想彼定须到任也。按：现署台州海防同知吴绍春公祖世钦，云南永昌府太和县人，系由太学生捐纳员外郎，签掣户部分司行走，奉前云贵总督岑毓卿宫保毓英办理该省迤西保甲事务，应己丑恩科乡试中式举人，赴部供职，改以同知，指分浙江试用，曾署秀水、上虞、平湖等知县，现署理是缺。想到省后亦不久定须委署别缺也。故吴绍春司马若是情形急欲告卸，在其本意也。

但台州海防同知缺，每岁明分进款仅只两千元之则，贤者想法调署别缺，不肖者孜孜巧取意外之钱，实在本缺不敷其开销耳。将来台同知缺确须兼办海门厘金局或渔团局，贤者则可敷衍，不想即去；不肖者亦无意外之想。若以酬应开费之外，能积有一二千金，皆无意外之想，人人皆然。按：海门厘金局现虽增缴厘金外，每年大约可馀六千元左右。渔团局虽经司事包办，而委员岁进应得之款每年两千元。以此两端，则能兼一，则可敷衍酬费而安其位矣。余虽论及若是，未识当道者以此为然否也。

阅三月初九日《申报》纪三月初八日奉上谕："东三省吏治因循，民生困苦，亟应认真整顿以除积弊而专责成，盛京将军着改为东三省总督，兼管三省事务，随时分驻三省行台。奉天、吉林、黑龙江各设巡抚一缺，以资治理。徐世昌着补授东三省总督，兼管三省将军事务，并授为钦差大臣。奉天巡抚着唐绍仪补授，朱家宝着署理吉林巡抚，段芝贵赏给布政使衔署理黑龙江巡抚。该督等受兹重寄，务当悉心筹画，破除情面，任怨任劳，于一切应办事宜，切实通筹，次第举办，用副委任。其应如何分设职司之处，即着该督等妥议具奏。钦此。"

十四日乙巳 卯前，雾颇浓；辰、巳两牌，细雨，兼雾亦浓；午时以后，阴，雾稍淡。致五丰钱庄一信，并附乾春钱庄连单一纸，计洋八十六元，交阿标带甬。托带时将乾春连单当面封固面交，想无贻误也。早刻，至达云母舅、梅五姻丈两处，相叙半晌而来。接叔文兄托余代寄其令亲余洁斋兄一信，俟明日代寄可也。丽生先生代做金云舟兄之夫人挽联对语亦于晚刻寄来，语曰："素行著贤声，家室咸宜，妯娌由来钦令范；青年成大梦，阴阳永隔，葭莩从此忆方徽。”但云舟兄之夫人幸有一子继祀，深为至幸，惜在青年，甚为可惜。忆昨子宜兄云，王达泉孝廉于今日仙逝，其言未识确否，不得其详。但子宜兄云其亲戚所云，想非子虚，即或传闻之误，想有疾病亦未可知。斯言确否，容日再记可也。黄岩邱仲玉姻丈之世兄泽生兄于十八日吉席之庆，日前来有喜柬，送其喜仪计洋两元，由玉先送托达云母舅府上送礼之便代带可也。

阅近来之《申报》《中外日报》《新闻报》《南方报》及各种等报，屡屡图画名目，糟蹋人家，名曰“画史”，实在不成事体也。现今当道者理应严禁以厚人心，是为至幸。三月初八日《申报》纪奉上谕：“简放东三省督抚大员详订应设各官员分为奉天、吉林、黑龙江等省。”想司道府州县等官亦即随时妥议详订，奏请简放也。闻东三省前名曰内蒙古、外蒙古，大约数千里之谱，议设省分，亦分所宜然。不知创始之大员选得贤能以资治理否也。阅上谕所简东三省之总督徐菊人制军世昌，虽系两榜钦点主事出身，历任京秩而卿二，题升侍郎、军机大臣、民政部尚书。唐小川中丞亦由历任京秩，虽到侍郎，资格未深，均未出仕外省，而外省详细情形不知熟筹否也。朱家宝中丞虽在外洋有年，亦未出仕外省。段芝贵如何出身未得详识。诸公均受朝廷重寄，而又始创封疆，能得措资裕如，图报皇仁万一否也。

十五日丙午 晴。致郎显臣一信，交阿嘉专送桃渚。昨叔文兄托余代寄余洁斋之函，亦交阿嘉交邮政局寄郡。曾六舟先生将家君行传已代做就送下，相叙半晌，同至煦东处少坐，云楚卿于早刻至海门去。别后过德轩宗伯处，晤秉彝、心泉，相叙一刻而来。晚膳后，至梅五姻丈处，晤其亲家金香泉及金子元，相叙半晌，同至伯端处，晤辅香、仲辰，相叙片时而来，至家时将二鼓矣。

十六日丁未 晴。致王吉人老伯一信，交子衡兄带交，亦为子衡兄所托代为致函也。应玉荃兄来叙，过午膳而去。今年，玉翁在寿翁府上坐馆也。高松来云，其义叔透老司逝世，前托代买丹翁之石板百丈，少洋十元，即转交其丈人太喧老司代买。看其人尚忠厚，想无贻误。立茂自家中来云，王达泉孝廉于日前仙逝，斯言果不谬也。按：王达泉广文泽霖，原名特，幼时天资甚佳，颇有神童名。年十三应童子试，游泮水。后垂三十年，秋闱屡次荐卷堂备，而不能脱却青衫，岁科屡列前茅而不能补入天禄。岁皆就馆，年四十馀补廪，明年应辛卯科本省乡试中式举人，戊戌大挑以教职用，现署慈溪县学教谕，未及半载即以驾鹤仙游，亦命也。年已六十有馀，两子皆已成立，家亦小康。余与达泉广文忝在葭莩之末，是为之记。阿嘉自桃渚来，接郎显臣覆信，将其令兄伟丞先生凭券即取还，换有六十元之凭券，期在十月初旬，未识届时能得清讫否也。仆从言楚卿兄已于昨日赴郡，日前闻高志伯二尹至其家中，想邀其到郡而来也。

午膳后，至椒江学堂，晤六舟、少芳两君相叙，适作羹、道周、少湖自文昌阁(来)，互相畅叙一刻。少芳因椒江常年的款取资网业公所计洋四千元，上年以致亏短，恐致酌减该处经费。但椒江初议章程，前喻志韶太史议订实业中学堂名目。按：办实业，照章购办仪器，该款甚巨，欲拟吴绍春公祖详请省垣太史，改作椒江中学堂等语。不识上游以实业在先、复以仅只办理中学堂，能得俯允否也。但椒江上年仅粗修理，仅购数亩，基址、墙垣均未创造，而经费已需三千有馀，今岁又请教习六员，及有调查者留日肄业又加创各项，只恐该款难以资取，未识董其事者有何长策否也。以余计，椒江浮费中可以节俭者颇多，以至若是开销，皆椒江中而无人认真经理，以致若是。余在局外，只观之、听之可耳。余拟十八日仲玉姻丈之世兄泽生吉席席[①]之喜，欲至彼处一走，未识能得如愿否也。现今有片纸书宋体小字，长约两寸，阔约寸许，白色，谓之洋派。此正不成事体，人用则用之，余则勿以仿效为要。即或取其灵便，若红色亦则勉强入时可也，更有附书官衔，诚为可笑。

---

① 此处疑衍一"席"字。

十七日戊申 雨;早刻,兼雾。寄家君一禀,系十八号平安家信,饬老六送交邮政局双保险专寄山西太原省城新道街吉州正堂黄公馆。接吴绍春公祖谕,以东岸内外荡地廿九亩作为修理文武、杨府各庙费用。但余欲赴晋垣,容即具禀请退可也。既承谕余经理,余只另择子宜兄经理其事可也。前托可亭先生代撰代书送三官大帝对联,已由子能先生带下,语曰:"正气赖调元,天地人统归掌握;存神能过化,上中下尽属帡幪。"即附手民刊刻也。

十八日己酉 早至申,阴、晴;酉后,阴。致应肖圃表叔公一信。致叔文兄一信。早刻,乘舆至黄城邱宅,时将午膳,晤楚言、仲玉,因泽生于今日完姻也。并晤刘舜臣、李桥生,互相畅叙。忆前尹东云,江梅渡老伯近有调省之语,据李桥翁云并无其事。适阮季良、蔡伯良均在邱宅吃酒,云及右垣刺史现赴扬州,为其亲家陈采臣兄之事,代其调停,想可了结也。新人进门时将晚膳,其新人母家即黄邑西乡蓝田,其人尚佳,进门后适均和悦。其黄城新人拜花烛之俗例与家子诸处稍有差别,亦大同少易也。晚刻时子衡兄亦至邱宅,同至吉人老伯府上,适其乔梓皆公出而返,转至邱宅,晤吉人老伯、夏子英兄,相叙一刻而别。泽生兄宅[①]姻系叶辅亭、许少常两君代媒。花烛后至睡时已三更。丁辅香兄亦至邱宅吃酒。

十九日庚戌 早刻,同辅香、清相至王兴臣兄处,晤培生,相叙一刻,而至西江别野。是处于甲辰岁创始也。东有厅屋五间,中奉前知黄岩县事关次深大令钟衡神位,客间悬有关次深大令、江素峰广文两照镜,系是放大也。道地有一方池,刻有"甘泉"二字。西有一亭,亭内一篇系林蔚生观察所书。外有一池曰"半矩池",中应造之屋尚未起造。四处花木,方今初造,尚未成功。内有雨亭,颇有清趣,均初创始之时,一切均是草创之始也。今系该处老绅陆治亭先生经理其事。晤治亭先生,相叙半晌而别。按:关次深大令钟衡系广西拔贡,以边

① "宅",疑为"完"之误。

防例保得劳绩知县，指分浙江委署黄岩知县，重浚五支河及一切，颇著循声。告卸，另委某缺。当庚子之秋，銮舆西狩，关公呈请带兵助剿。时浙江某中丞因一县令据请带兵北上而不与，即仰药身故。而黄邑绅耆追忆旧不休，因创一西江别野以祀之。当江素峰广文提创之始，后江广文亦故，而有附一照镜附祀，使后人念及提创之意。按：江素峰广文青，即黄岩成内人，丁酉科优贡，以教谕归部候选，一署宁波府学教授，两署汤溪县学教谕。其人追念前人功绩亦颇爇心也。

转至邱宅，晤刘舜丞、李桥生、江克明、叶辅廷、柯益孙，适泽生兄之堂兄伯勋方自宁海来，及季华、威远、仲楚、幼棠、少常、鲍子章、陆冶亭，均至邱宅吃酒，相谈席散而别。云及江梅渡老伯现署贵州都匀府缺，今尚未告卸，其令弟江梦生先生现署福建屏南知县，江家颇称一时之盛。江梅渡太守若梁，因父前海门左营游击江游戎九华殉难，以难廕云骑尉世袭，以附生兼袭，中光绪戊子科本省乡试举人，拣选知县加捐同知衔，指分福建试用，两委厘差，署理长汀县知县，补授上杭县知县。未及到任，随丁内艰，服阕归部，以应补班候选。于癸卯岁选授贵州都匀府都匀县知县。到任颇著贤声，奉庞中丞调补仁怀县知县，未及到任，兼护都匀府知府。时多方土匪未平，将该处土匪想法平定。奉庞中丞以护理改作署理，今将一年。其世兄克明兄言以知县护理知府而又改为署理知府，不得不加捐也。今以知县而无过班，又未升阶知府，偶以署理知府，亦异数也。如此可谓侥幸之极矣。但梅渡先生向来任事勤能，故有如此侥幸，人所不及也。江梦生明府若干，原名花，又原名华，又原名鲁望，由廪膳生中式光绪壬午科浙江乡试举人，考取国史馆誊录，议叙以知县用，指分福建试用。由救护难民案内保以补缺后同知直隶州用，捐加知府衔，加奖花翎，上年冬月奉委署理屏南县知县。系梦生明府与梅渡太守同胞兄弟也。李桥翁云江西之州县现今与前大不相同，前云上缺，今变作苦缺；前云苦缺，今尚无甚易。楚言府上于晚刻客计六席，皆细席也。

二十日辛亥 阴、晴。早刻，谒辞楚言、仲玉、季良、伯良、伯勋诸君，即行乘舆至家，时将午膳矣。在黄时闻王仲藩兄于四月十六日喜期，即送其贺仪计一元，即将洋封托泽生兄代送，并托吕益卿代买茶叶洋两元。日前，吴绍春公祖将东岸荡地二十九亩零，因尹东禀退，谕余接管，余因近赴晋垣省亲，当托周建西兄代作一禀请为改委王子宜兄接管，今日做就送来，余阅后即饬从福携柬并禀呈送分府署矣。致子宜兄处，晤舜卿、心泉两君，相叙一刻而别。晚刻，少圃表叔公及祝南兄来，携有傅啸笙先生墨迹与余阅看。洪祝翁云，今日动身赴晋，欲与余同行也。前嘱阿标代买赤金半箱，阅原单计洋两元四角，前付过洋两元，尚少洋四角，明日送交可也。先酌先云，章伯纯兄上年在上海被人诱嫖诱赌，落于路桥人刘姓手计洋票一纸，今已至郡伯呈控，未知此事作何了结。总而言之，少年未及老成之人，不应使其出外，是为上策。今已被骗，不得不代其善为收结也。前张丹翁托余代为买之石板，已由石工太喧老司经手买到五尺做细石板四十六片，计廿三丈，分作两载，即就海门交永宁商轮带甬矣。

洪祝翁言，郡城陈子培观察友璋前以试用知县指分直隶候补，旋补授唐县知县，升补景州知州，擢升深州直隶州知州。与直藩增方伯韫意见不合，奏请被议，蒙直隶州宪袁慰帅蜜保咨送警部差遣，得有道员牌照，泰[①]派外城南分厅知事，俸金一月计六百金，在其以下充当属员者亦复不少。若是，面子甚好，其差亦颇优异。今被御史赵炳麟参劾冒充道员一摺，奉旨发交民政部查覆等语。以余思之，其言定是子虚。适永宁局《申报》于今日送来。阅三月十三日《申报》所纪陈友璋之事，果然如此，则其亲戚叔伯现至京城，想其照应之人数十，将如何安置？并云以羞为伍，又言其道员冒充之语非虚，余亦实为不解。但陈子翁当深州告卸，腰囊颇裕，何经督宪允为照拂而彼不将道员捐为实足？为今之事实在难料。按：陈子培观察友璋系台郡人，前山东栖霞县知县调署藤县令陈集三老伯毓崧之次公子也。其生平专

① 疑为“奏”。

以酬应为事，既蒙直隶总督袁慰亭督帅照顾，深为至幸。今竟如此抛弃，深为可惜。凡为人者，总以谦恭谨慎为第一要旨，若以专事辉煌，富则未免转瞬而贫，贵者则未免而危。故云“富而不溢，可以长守富也；高而不危，可以长守贵也。”若论江梅渡者，勤能任事，则以知县委署知府；陈子培者，保升知府实缺直隶州，以致不安于位，又入京城要差，再致被屈，人论有幸、有不幸，实则过于骄奢之所致也。易地论之，易地就事则皆然也。虽有幸、不幸之分，则在于本人之所为耳。叶辅廷先生云，毛镜泉先生现奉委署瑞金县知县，因地方不安，不敢赴任，是缺亦不甚佳，岁约三千之则。

今日又阅《申报》画有一物，头戴翎顶，兽面人身蛇尾，手拿一人身中口吐元宝银钱于箱内。想有一大员探有小员款吃进去，彼则严加追捕，则小员将吃进之钱皆吐转出藏于自己箱子内，即藏大员私囊之意。若是，想所画大员凶恶可知。未注名姓。又有《申报》画一人戴大帽、马褂、长袍在椅中，一人跪前，注曰：“了翁为两江饥民请命，劝刘军门劝助江赈万金。”故画为跪劝之意。此皆糟蹋人家，想在当道者理宜禁止为要。所云赈济一事，能有一金得三千功，万金则有三千万功，斯言不谬也。有馀之家，遇值灾凶之岁，理应捐资助赈，分所宜然。数十年来，自晋歉岁以后，上年江南可谓再见矣。按：山西于丁亥、戊子年间赤地万里。丙戌之岁，江南之徐、淮海等府潮水、风雨为灾，世之所罕见也。

洪祝翁言陈集三老伯本有六子：一两淮盐大使；一江西候补知县，均仙游矣；一直隶深州直隶州牧，即子培也。尚有三子：一盐大使，在京大学堂肄业；两均在学堂肄业。并云与山东巡抚杨莲甫中丞士骧有儿女姻亲。按：山东巡抚杨士骧兄弟三人，一杨士琦，现邮传部侍郎；一杨士燮，现浙江嘉兴府知府，系安徽泗州人，皆是进士出身，其一家中可谓荣显矣。但《申报》所纪若是，殊不值也。何兄弟三人皆列贵官而不知自爱，亦于心自昧，若不洁己奉公，恐不久于贵显也必矣。凡官无大小，总以清廉正直，以国事为心，是为至切至要。

余念现任台州府知府张翰卿太守西园诸事长厚，虽不易为干事，尚不愧为一郡之主也。

廿一日壬子 雨，不甚大。早刻，雾。接家君一谕，二月廿九日所发也。

廿二日癸丑 晴。早刻，雾。天气一时转暖。致叔文兄一信，内附致丽生先生一函，托其令弟季培兄代带莘山。致张丹翁一信，托肖圃表叔公便带海门，交邮政局带甬，云定槛下石板工价照其原信，三尺六寸高，一丈三尺六寸长。须要四尺高，一丈四尺长可以做净。若是石料每片计洋十一元，与家中之槛下石板之细每片计五十工，大约每片计洋念一元。并言永宁商轮于二十班期交其带甬，五尺石板共四十六片，计廿三丈。但季培兄今至其岳家，为其夫人于日前小产而来。陶寿翁日前到申，尚未旋里。晚刻，至梅五、达云母舅两处，均相叙半晌而别。至子宜兄府上，适其隔墙福建会馆开唱梨园，并晤梅五、厚卿、少云、舜卿、秉彝、方玉、心泉、采东、辅香、云梯、性言诸君，相谈至晚，子宜兄留过晚膳而来。过子能表叔公处，托其代诊，即代酌一方，今日因食下诸多饱闷，定即一剂而愈也。

缪性言云，同昌盐号向以闽粗摩细岁得馀款大宗，近两年来，因广东盐灶倒闭，福建之盐皆至粤地售销，到浙甚少。今岁入春以来，值无闽盐进关，以致号中需货可售。虽货高台，亦无济事。日前楚卿兄具禀台州府，将同昌退办。时张翰卿太守因盐厘巨款需人接手，只邀其仍旧，倘有为力之处，定代其效劳也。厚卿云，楚卿之万生商船上年赴山东来往两次，岁得毛钱约计万馀，而一切费用、拆息、船税、伙食、莘工悉均推除净，馀三千番之谱。但该船系楚卿家之最大船，仅赚若是，则各船虽细小而无如此馀利。若至大修、小修之年，一经开工，仍然空手。今为船业者，因江南歉岁，需人起造树料生意，竟至全清，故船家之清淡大半在于此也。但楚卿兄同昌今年虽云不甚佳美，彼自出息之处定是无遥，即厘金若有短缩，张太尊若代其设法，亏在于人，彼有何指。即各商船虽无多进款，而馀拆息亦复不少。况裕泰、晋泰、元泰三典岁得万金，而台州何人可与彼百分中一二分出息也。楚卿之一切奢侈万勿仿效，是为至要。若效楚卿之奢侈而无楚卿之出息，即取败之道。仅能自给之象，万勿仿效楚卿之一切靡费，是为至切，定须量力而行，是为至要也。

廿三日甲寅 早至申，晴；酉后至晚，阴。午膳后，周梅翁来叙半晌，同至子宜处，晤辅香、六舟、云梯、作羹、道周、心泉、采东，相叙半晌而来。晚膳后，至王子宜兄处，托其就浚发通融一款，即发第三号连单交子宜兄转交浚发寄甬五丰过汇。回忆家君上年四月中浣自家中动身赴晋，欲急望上游牌示赴缺，迄今已经半载，信息杳然，心甚为念。不知在于何日晋藩悬牌也。但新任山西藩宪宝湘石方伯于月之初六日接篆。想查阅案卷在于月中，若能顺手，则在近日可望薇垣牌示，不知月杪可得佳音否也，亦不知不转吉州调赴别缺否也。阅元旦日牙牌神数，调署州县名近“高”字、“水”意，查山西有高平县，又有稷山县别名高京，两有高字，但水意有沁源县、沁水县、陆川县、万泉县，又有浑源州，皆有水意。未识果然否也。陶连山代占一课，近则一缺，恐饬本任，远在五六月能得一缺，可望调署。亦未知应验否也。但余翘望心切，早到调署佳音佳电，是为至幸，是为至盼。

廿四日乙卯 雨。致苏焕堂、月波一信。

廿五日丙辰 晴。子刻立夏节。晚膳后至子宜兄处，晤秉彝宗伯。周梅翁，相叙一刻而来。

廿六日丁巳 早至午刻，阴；未时以后，雨，不甚大。致子衡兄一信，交嘉先带至北山。致五丰钱庄一信，系是汇函，交邮政局保险寄甬，因一发、浚发及谱香兄连单各一纸而致函也。早刻，接章子修兄一信，即致覆子修兄一函，交其人带交。又接岳母一信，云客岁托家君所带之洋交浙江学堂四哥，内取衣、洋尚少念七元。未识是否，另日详覆一切。但余此次赴晋，而各亲友送来礼物计四十馀家，酒十馀席，而一切酬应不胜烦琐也。吴绍春公祖柬邀明日午膳，只得允陪而已。秉彝宗伯及书城母舅来叙至晚，留过晚膳而别。嘉(先)自子衡兄处来，前代托王吉人老伯代说与徐姓取田之事，力为劝助，只恐在于半数而已也。

廿七日戊午 阴。接柯心补先生来信，附有翁国荣部照。但彼系涌泉人，即送往换。但余赴晋日迫，恐来不及致覆心补先生，并附还部照，即交其来人带还。早刻，亲谒各庙，虔叩后，因吴绍春公祖柬邀午膳，即至分府署，晤梅五、子宜、楚卿、少芳、云轩诸君，相叙席散而别。即至椒江学堂，晤曾六舟先生，相叙一刻而来。晚膳后，至楚卿处，晤梅五、子宜、云梯、少芳诸君，晤叙半晌，云及吴绍春公祖将近告卸，拼送万民伞，余亦允拼一股。来时过子宜处，将余经理五月十三日祭圣各节，顷因赴晋，一切均托子宜兄代为经理一切也。至家时将二鼓矣。楚卿兄云，平定州之总厘局虽有六七千金，但陈仲怀直刺所得之差云在平定州之厘局，未识果是该差否也。楚卿兄所云之言，系张翰卿太守令兄所言，想是不谬。只愿仲怀老伯果委是差，是为至幸。

廿八日己未 早至巳，晴；午初，阴；午末，雨，不甚大，片时即晴；未时以后至晚均晴。致陈祝再姻丈一信，内附致孙旭东一信，并附柯心补原信，又附致钟先生一信，均托祝再姻丈代寄，函交玉先留存，俟有人至长甸之便带交。少圃表叔公代洪祝南兄向余假英洋五十元，俟到晋后向其令兄濂波先生处付还，余当允诺。彼立有汇票，余即收藏。但彼系赴晋川费之需，余亦欲向五丰汇取作为川资，当即付洋十元，尚馀四十元与彼说明，俟到沪江即照数付其洋四十元而已。但此次赴晋，各友送礼者甚多，深甚为愧。前拟敬送集圣庙、文昌阁及三官堂板联各一对，日前刻就，即付漆工油漆，今日均已告成，俟晋旋里后即敬谨呈送可也。晚膳后，至德轩宗伯处，将先曾祖慈应太夫人八秩寿序一本、又九秩寿序一本、自曾祖至余四代录谱履历共抄一本、曾祖并祖像赞共抄一本、三代诰命共抄一本、家君历任政绩一本，共计六本，均已当面点交德轩宗伯，以便转交子材先生开印可也。此外，大分曾祖行状并古愚公行状共抄一本，亦交德轩宗伯收存。但张才公讳某，余尚未识，请其转询崇汉兄可也。尚有家祖母苏太夫人八秩寿序，现托六舟先生代撰，尚未成文。余因赴晋期迫，先将已成各件点交德轩宗伯。以后各件，俟做就即当送交可也。少谈即来。

廿九日庚申 早至未，晴；申时以后至晚均阴。五丰连单一切均于晚刻送托达云母舅代为照顾。就道至梅五姻丈、谱香母舅两处少坐而来。适丽生先生来叙。崇汉大爷云曾六舟先生方来，送有家祖母苏太夫人七秩晋二寿序一篇。随即腾抄，即送德轩宗伯转交林子材先生录诸家谱可也。仲辰宗叔托汉上大爷与余言四房挨轮之地税，本五月初十期收，彼因办物、扫墓，向余暂撮十元，俟地税收来扣除。余即允诺，将洋十元及托汉大爷转交仲辰宗叔可也。但六舟先生代做录谱各件，大半成文，本送礼物，日前与少芳兄商酌，俟余自晋垣旋里奉送可也。此次赴晋，戚友送来礼物颇多，另日旋里送还礼物亦不少耳。

第二十章

丁未(1907)四月初一日起

四月初一日辛酉　早刻至分府署，便衣辞行，晤吴绍春公祖，相叙半晌而来，即差片送行。王书城母舅来，未晤而去。晚刻至秉彝宗伯及书城母舅两处，相叙一刻而别。书城先生托余转向陶寿翁相酌，代其令孙荐一造机器生徒，余即允诺，俟到申后再代转荐可也。未识成否，亦尽人事而已。续至椒江书院，适周少芳兄及曾六舟先生均未在书院。至王子宜兄处及云梯、心泉、采东，均至海门，未晤而来。伯寅宗叔邀余晚膳，至其府上，晤书城先生及咏仙、宗山诸君，相叙席散而来。惟崇汉大爷之子瑞荣欲与余同至晋垣，但瑞荣年仅十七岁，尚未老成，果若同赴山右，则余肩子所担不少，只以川费要彼自用，未识果能推却否也。周尹东大令家中之农工送有信两封并另星一娄，又衣服一包，既其送来，只代其带晋可也。

初二日壬戌　早至辰，阴、晴；午、未两刻，晴；申时以后均阴。致王丽斋先生一信，嘱玉先于明日饬老六送交，向其取还托畜之马，因周梅翁欲畜牲口，即将此牲口取来送交梅翁代畜可也。早刻，黄楚卿兄及碗香、梅五、少云、丽生先生均来送行。楚卿兄云崇行三系本镇之凶徒也，与地人名仙钦者为花柳事互相殴辱，于早刻各用夫刀，而崇行三将仙钦五六刀，伤重，尚未毙，而仙钦忍痛将崇行三三四刀，均甚力而下，即时毙命矣。此亦互相斗瓯，亦其命也。午膳后即将行李发至道头小船，而转海门趁永利。但永利今日方来，先将行礼下轮，而庶母及侍妾曹氏并女姬暂宿周在舆家过宿，明日到轮可也。阿香、从福即至永利照管行囊，余同祝南、少圃、耳亭均至永利。将行李安置后，余至浚发晤笠耕、子莘先生、庆荪、子宜，相叙一刻。子宜兄邀留晚膳，并留宿，而少云、秉彝宗伯均送余至海门，秉彝宗伯亦宿在海门浚发中。晚刻，至同昌分号，晤李子衡兄，相叙一刻而别。并至永宁商轮，晤王芹甫、陈渔樵、戴云珊诸君，相叙一刻，即转至子宜兄处矣。

初三日癸亥 雨，致童子章先生一信，交玉先带交。早刻，仆人从福来云，少圃表叔公已于早刻趁永大小轮赴郡矣。玉先来云，代张丹翁买之五尺石板今日载到两载，计念八丈五尺，共五十七片，即嘱玉先雇工装载永宁到宁，想无误也。晚刻，致永利商轮，晤童子章，将房舱悉均安置。而庶母并侍妾及女姬均至轮中。而周梅翁亦至轮中送行，此甚难为情也。楚卿兄之仆人三妹来云，楚卿兄已至海门，即同周梅翁至同昌分号，晤楚卿、梅鹤亭、王子宜、王少南、寿南诸君，互相畅叙。周梅翁即去，楚卿兄留过晚膳。而秉彝宗伯亦至楚卿处相叙一刻即辞。赴轮时七下钟矣。该轮开行定在九点钟。晤丁子祥兄云，此次亦趁永利赴舟山，彼此以相识者相晤，亦为深幸。接张丹翁一信，云调湖州协副将，已将四月抵任。托定槛下石四片，已由玉先转嘱石工代定矣。但石价颇贵，未知能得亦式否也。崇汉大爷之子瑞荣因精细商酌，果若同行，则所担肩子不少。前以一言相却，今虽彼招卦，则日后稍为滋润，定致欢娱。若果带晋，将来事事见恨，返不如今却为妙，而竟却瑞荣者，亦出于不已而言，此崇汉兄多见其不知谅之所致也。

初四日甲子 早至辰，雨；巳时至申，雨晴，阴；酉时以后，雨。早六点钟时抵石浦。七点钟由石浦开驶，至下午一点钟抵普陀。二点钟由普陀开驶，四点钟抵舟山，停轮过宿。片时，永宁商轮亦抵舟山矣。普陀山紫竹林僧志修亦由普陀抵舟山有事，在轮时与余相叙一刻，抵埠后即上岸矣。

初五日乙丑 辰初前，雨；辰末后至未刻，阴；申时以后至戌刻，雨颇大；亥牌雨晴，阴。六点钟由永利在舟山过永宁商轮，仅携一仆，馀均在永利，直赴沪江，说明寓新安泰。十二点钟时抵镇海，在永宁中晤戴云珊及海门大新之账房杨馀福兄，相叙至甬，时下午两点钟。时永宁因天主堂拦阻而未碰埠，即雇小舟登岸。至永宁商轮局晤陶寿翁、王逸梅、王六皆、朱雨田，相叙一刻，即乘舆至湖西中府衙门，晤张丹翁，相叙一刻。适陶寿翁亦至丹翁处，并尹佑卿及杨守戎、鲍千戎、朱先生，畅叙至晚。丹翁现委署湖州协副将，于月之初十日告卸提中篆，十五日就甬动身，廿二日抵湖州协篆。陶寿翁云，永宁后碰埠，被天主堂赵、孙两主教将码头捣毁，实不成事体也。相叙至下午十二点钟许，陶寿翁亦宿丹翁处。丹翁云，黄岩人有许姓者其名忘却，即富春令弟，由云骑尉效力提标，请赴东洋肄业体操，毫无学向，不知何以得有毕业文凭呈缴提宪。而吕道生军门因其赴洋得有毕业文凭，谕充警察学堂教习。所教皆系白字，不知自愧。而学生知其学问浅陋，不肯从学，而怨丹翁不与其招呼，返与丹翁辱骂，以致提宪升堂押问。丹翁念同乡之情，又代其求宽。此等无赖之徒以此强横无礼之极，学界中亦深抱愧也。

初六日丙寅 晴。致童先生一信，内附致玉先一信，交邮筒保险寄台，因张丹翁嘱以所定槛下石四片作为罢论也。早刻，陶寿翁至永宁局去矣。余至五丰钱庄，晤其经事者王士一先生及清账郑卿良，相叙半晌，言明所发连单托达云母舅代出之图记样式。并云另日有汇申者，上海北市承裕钱庄较为妥便。但承裕钱庄系谢纶辉先生经手也。并托代汇上海钧康一单。别后转至丹翁处，过午膳即谢辞。至永宁局，晤陶寿翁、申桢夫、沈宝鸿相叙一刻。寿翁有事至城，余同申桢夫、沈宝鸿同赴江天商轮赴申。该轮动身时下午十点钟也。丹翁令郎寅侯兄来局送行。询及朱先生号隆甫，但沈宝鸿者系沪江煤行之经事也。早刻，至五丰来时，过仲甫处少坐。但仲甫以骑都尉发提标学习，于今日到标。但仲甫前名连斌，今阅其禀帖曰之源。

初七日丁卯 晴。江天商轮于早上四点另钟即到沪江。因家眷已寓东棋盘街新安泰，余到埠后即值至新安泰，同寓者皆台州人多，董煦堂及杨勋甫先生预在栈中。煦堂即于晚刻转台。早刻，赴龙华寺叩神，并晤华最和尚，相叙一刻，留过午膳而来。因华最和尚颇为客气，余赏其用人洋一元。自马路至龙华寺路近念里之遥。但寺中有塔，据华最和尚云，龙华寺系三国时吴国太所造，塔亦国太所造，其中不知倒坏几番，此次重修，系咸同间观竺和尚重修，迄今香火颇盛。但寺中有“大雄宝殿”四字，系礼亲王书也。龙华之塔，忆六舟先生所云亦是吴国太所造，可谓古迹矣。

仲辰宗叔来叙半晌，云现在申售货尚未清讫。仆人言，王籽舜先生已由京城南下，现寓申江同福祥客栈，来寓访余，不晤而去。即至同福祥，晤籽舜兄，相叙一刻。因急趁轮转台，想即作北上之行，就道赴四马路购办另星。后至北市后马路兴仁里钧康钱庄少坐而来，即至十六铺张大成水果行，晤徐贤昌先生，相叙半晌，并托其代觅赴京商轮。据说盛京商轮于初九日开行，颇合鄙意，即趁盛京商轮赴天津可也。但该轮之康白度系同乡，张其祥先生即为妥言矣。黄城许蓉垣先生赴京过沪，寓同福祥客栈，来谒杨勋甫先生，相叙半晌。王子常太守同王缉照兄同晚到沪，亦寓新安泰，相叙一刻，据说送女公子赴学堂肄业，过沪少作勾留。想另有要事也。

初八日戊辰 致陶寿翁一信，交乃玉阿弟带托申桢夫先生代交轮友带甬永宁局。致童紫章先生一信，外附尺头大红缎花衫料一件、天青缎女套料一件计七尺、天青缎线纱女衫料一件计七尺五寸、雪湖摹本缎女衫料一件计七尺五寸、大红缎裙料一腰计一丈(系百东四幅裙料)、大红缎绣花帐前一根、大红缎绣花床围一条，计七样，分作三包，均饬阿香送托申桢夫兄代交永利茶房二头带家。又致童紫章一信，交邮政局带台。阿香至盛京商轮询问，于初十礼拜二开行也。俟明日午后将行礼搬至船中，一切可以妥为安置也。

早刻，杨定甫老伯同申桢夫兄柬邀晚膳，席设麦家园大庆园念四号房内，即同祝南兄至上海县城内购买另星，过十六铺永利商轮局，专谒杨定甫老伯、申桢夫兄，相叙半晌而来。晚刻，杨定甫老伯并申桢夫兄同至王子常老伯处，并邀余同至大庆园。同席者：李雪岩观察、许蓉垣、柯莲卿、焦文溪三优贡、张翰谷孝廉、王熙缉兄、郑涤洲先生、徐贤昌先生、杨勋甫先生及天台人许姓、宁海人孔姓、现在沪江经商人温郡人郭姓（洋装，现在沪江渔团局总理）诸君，畅叙席散而别。杨定甫给谏言，前甬江天主堂赵教士并孙承务及堂中传教数十人捣毁永宁码头之事已经录诸各报。可见宁郡遇有此等事端，各报馆即有闻知，自有一番议论也。涤洲先生云黄叔颂观察现由鄂省来沪，据说因仲弢学使简授湖北提学使，则叔颂观察系湖北候补道员，理因回避，欲赴京一番而转鄂垣呈请也。即至永宁公谒涤洲先生，适其出外尚未归寓而来。于勋甫先生（处）晤管孟继明府，相叙半晌。按：管孟继兄系试用知县，指分此地江苏候补也。

但上海繁华以极，少年者一无把握，定至无底。耳亭云，台郡有数十人因赴上海及南京、江苏考试学堂者，或考而未取，或未曾与考者，均来此间，大半均难了局，言之颇为寒心。古人云："一朝失足，抱恨终生。"彼则一无把握，旅馆萧条，所离者在于毫厘间也。在上海者得能立定主意，不彼全迷，即可谓人极，如在此间得法如朱宝珊观察、徐贤昌先生，大小虽各，于礼惟一。台州到沪，数十年来，人不下数十万计，若是者朱、徐两君外，而有宁海孔姓一人，统计不过三四人而已。以万中选一，言之不易。彼则不只十万中选一，其难者若是也。

初九日己巳　晴。致童紫章先生一信，内附寄王书城先生一信，又附寄少愚兄一信，封交邮筒带家。早刻，至郑涤洲先生之永宁，公晤童仲平、焦文溪、郑简斋、黄籀生诸君，相叙过午膳而别。同至全安栈专谒黄叔颂观察，其仆人云其方出，不遇。而至海天村，晤黄叔颂观察及其令甥林孟浪兄、郭嗖霞先生。同至愚园畅叙至两时之久，过张园少坐而别。过八仙桥、永乐里，谒萧伯康公祖，亦未晤而来。但萧公拼开沪江之客栈者，即全安栈也。但沪江有曰拍卖者，切不可受其欺骗。余于晚刻，至该处看卖席一条，亦受其欺骗。切戒后人到申者勿受所骗。遇有此等拍卖叫货之方看见，须要远避，是为至要至切。盛京于明日上午八点钟开驶，即将另星计衣箱等均捆齐整，饬阿香送至该轮，并嘱阿香在轮照顾。余与家眷等均明早上轮。杨定甫给谏来寓，相叙至晚而去。王熙缉兄言合肥李伯行京卿经芳现奉上谕简放英国使臣，王子常太守此次自皖来沪者，大半送李京堂出使行也。现寓新安泰，饭食并代买另星，均嘱抄账，照示付讫，计洋十元，以免明早起行，不致分繁①也。

初十日庚午 早至午刻，晴；未刻以后至晚均阴。致陶寿翁一信，致张丹翁一信，均托新安泰账房代交邮局寄甬。早刻，即过十六铺张大成水果行，晤徐贤昌先生，畅叙一刻，即同家眷至盛京商轮。安置官舱后，上午九点钟该轮开行后，该轮买办同乡张其祥先生诸事招呼颇为妥便。张翰谷先生、许蓉垣先生及其世兄并柯莲卿、童仲平诸君均趁该轮赴天津而转都城考试也。

十一日辛未 阴，兼海雾甚浓。早起即见黑水，该轮茶房言，上午一点钟至黑水洋，全日皆在黑水洋。幸无风浪，轮颇平稳，深为至幸。

十二日壬申 早刻，晴；巳、午两刻，阴、晴；未时以后至晚均晴。致丁飏绵兄一信，内附致周允东母舅一信，交烟台邮政局寄至都城台州会馆。上午四点半钟，该轮抵威海卫，其水即见绿色。六点钟许，该轮即开行。至下午一点钟抵山东之登州属烟台码头，其水仍以绿色。余托祝南兄赴岸看其风景，大有北省之景象也。路中亦有马路，有东洋车，有小车，有洋房，大有外国之景，亦有群仙、丹桂两处戏园。稍走一刻即转原轮，而该轮至四点钟即仍开驶矣。所见之水皆是绿色。

十三日癸酉 晴。致童紫章一信，本交邮局带台，因晤丁飏绵兄

---

① 当为“纷繁”。

于天津，托其代带。下午一点钟抵大沽口，本于此处耽搁一日或一夜，今值顺风，未曾耽搁，即行直进天津码头。即晤丁飏绵兄，至永和栈相叙一刻。云及周允东母舅曾于前日动身赴晋，心斋宗叔尚在京城，想二十之外可以到台。丁飏翁自就州同指分湖北试用。但彼至湖北定可得法也。许蓉垣先生及柯连卿兄诸君不宿栈房，即就该轮明日趁铁道轮到京。但大沽口直至天津码头，除洋房外皆是呢[①]房，甚为苦楚，与南方大不相同，容日详记可也。

十四日甲戌 晴。上午七点二刻之后乘铁道轮车由天津动身，至下午七下钟抵石家庄，系直隶正定府所属地。天津至石家庄路过良乡、涿州、彰德及直隶省会之保定府，并新乐县正定府而至石家庄。路隔一千馀里，所经之处，亲阅民间之苦楚，笔难详述，俟赴晋后再行详记可也。

十五日乙亥 晴。上午七点另钟自石家庄乘轮车，至下午一点钟抵平定州，即于二点钟自平定州过轮车，至四点钟抵寿阳县，暂宿德义栈。自石家庄抵获鹿县（系正定府属）尚是平地，自获鹿县至寿阳县，路逾六百里，皆是高山峻岭，旧有四天门，今之铁路将四天门之山下凿一大洞，前后相通，候轮车可以进出，车进而不见天日而已。长则约计五十里左右，短则亦有六七里、十馀里不等，计有十二处，且造铁路经费故有如是之巨也。但铁路遇高山则开洞，遇过水则造铁桥，故铁路所过之处稳而且跨也。所过之处均是高山，而无平地，又无可插稻之方，真是地瘠民贫，莫过于此也。抵栈后至寿阳城内，路皆砂地，屋皆倒坏，衙署亦破坏。此衙署缺尚可谓中上，且如是竞况[②]，则他处何待言哉！寿阳县系山西平定州所属，与晋省相隔一百八十里左右。该栈言铁道大约七八月间可以相通，若待通后，颇为至便也。

---

① 当为“泥”。

② 当为“境况”或“景况”。

十六日丙子 早至午刻，阴、晴；未时至晚均阴。满天尘土，行路颇为不便。是夜亦有微雨，一刻即晴。早刻，由寿阳县买乘两大车、两脚下车，此两驴相扛之车也。午刻抵之处，忘却地名，晚刻，抵实帖。所过之处，亦是高山峻岭，皆无种稻、种麦之田，地方如此困苦，难堪言状。

十七日丁丑 晴。早刻，由实帖动身，午刻抵鸣谦，晚刻抵晋垣新道街家君公馆中。即谒家君及月波、焕堂，相叙半晌，而悉家君尚未悬牌，饬赴本任、调署尚未可卜也。省城街道而无片石，皆是灰土。并言周允东母舅已于十五日到省矣。所进系大南门，曰承恩门，满眼凄凉。而山西省城亦是如此景象，何况各府、州、县之苦，不待言而可知矣。今方初到公馆，一切苦况容后再记可也。陈仲怀直刺、洪连波均至差所，未在省垣。

十八日戊寅 晴。致童先生一信，交邮政局保险寄台。阅底抄并家君言，沈曾桐太尊于月初奉上谕简放山西平阳府知府。按：沈子方太守曾桐由天翰林而放是缺也。已作禀致贺矣。早至大观店周允东大令之处，相叙半晌而来。但允翁到省请假三天，今日方在第三日，明日可以禀见也。午膳后，陈缄甫先生来叙半晌。但缄甫先生系仲怀直刺令弟也。即同至牟伯谦太守、陈范若老伯处，晤周吉人先生，畅叙半晌而别。按：周吉人系台州临海大石人，现在晋垣督练公所杂务差使。但牟、陈两公均住一处。允翁来叙一刻，因公馆尚未租定，只暂住大观店而已。

十九日己卯 晴。致童紫章一信，亦交邮筒寄台。午后，牟伯谦太守、周吉人、何木斋、沈梅史老夫子来叙半晌而别。

二十日庚戌 晴。早刻，至尹东大令处少坐而来。午膳后，至督练公所，晤何木斋、周吉人及绍兴人鲁葆文兄，畅叙一刻而别。即至大学堂柯定础兄处，并陈缄三先生处，晤祝南、耳亭，均相叙一刻。向缄翁借来字帖一本。云及晋垣及各府州县久未下雨，皆枯渴极矣。未知何日得沛甘霖，而望云霓甚切于怀，未知吾浙诸省得早被泽否也。家君尚未悬牌,不知何日得蒙薇垣牌示,心甚念切,早得如愿,深为至幸。

廿一日辛巳 晴。早刻,至沈梅史先生处少坐而来。

廿二日壬午 晴。致林仲西老伯一信,致童子章一信,均附家君致童子章信内,交邮筒寄台。何见石老伯前寓台州会馆,今另税京城南横街中间路北屋为公馆。家君尚不得蒙晋藩宪牌示,余心最为着急,究不至仍赴本任,得能调署他缺否也。

廿三日癸未 早至未刻,晴;申时至晚均阴。早至大观店周允翁处,适其已移住在东缉捕营。至东缉捕营门外,未曾粘条,不得寻觅而来。午膳后,周缄甫先生及洪祝南翁来叙半晌,同至陈范若老伯处,畅叙半晌,过陈列所少坐而来。

廿四日甲申 晴。致王少南先生一信,交邮筒寄台郡同昌。晚刻,至周尹翁公馆中,适其出外,来家,适在家中。片时,陈墨农明府祖绶来叙半晌而别。按:陈墨农,浙江温州府城人,由进士即用知县,指分山西候补,现委太原府发审差使。

廿五日乙酉 早至午,晴;未牌,阴,中有小雨,即晴,阴;至晚均阴、晴。晋省久未下雨,而当道连日祷雨。能得速降甘霖以慰农望,为幸多矣。致申桢夫兄一信,交邮政寄申十六铺永利商轮局收投。致周载熙兄一信,交邮政局寄日本东京丰多摩郡户冢村六百二番町清宾楼交留学生部,想勿致误。现看藩垣尚无牌示,而调署或饬本任信息仍属杳然,日夕望眼将穿,未识究在何日可有牌示也。

廿六日丙戌 晴。致致邱仲玉姻丈一信,致王子衡兄一信,致丁飏绵兄一信,均交邮筒寄台。午膳后,至牟伯谦太守处,晤陈范若老伯,相叙一刻。而至督练公所,晤周吉人及同乡柯伯祥、叔瞻昆季,并绍兴人鲁豹文诸君,畅叙半晌而來。口盼家君牌示,竟至望眼将穿仍不可得,未识在于何时。屈计时日,想不远也。家乡诸君,本作候函,今尚无可说,俟家君悬牌后再泐候柬可也。

廿七日丁亥 晴。致应少圃表叔公一信,家君致徐仁甫大令一信，家君又致达云母舅一信，均交邮政局转寄。家君奉财政处司道札委密查平陆县统税事务，系苦差也。日盼悬牌，甚切于怀，而悬牌之信杳然，另委如是苦差，亦难预料。但是差平陆与晋垣相隔一千馀里，道途来往亦须月馀，究不知何日能得藩宪悬牌否也。洪祝南兄来叙一刻，同至允东处一坐而来。

廿八日戊子 晴。致张仲甫兄一信，内附致张丹翁一函，封交邮筒寄宁波思峰巷，恐丹亭兄已赴衢州协新任，亦恐未动身，故托仲甫兄代寄，不致误投。事事均须留心，一不经心，即致舛错。即余所纪日记干支，余亦颇为留意，但初三日在轮时偶不经心。初三日癸亥，初四日亦书癸亥，直至今日皆迟一日之干支[①]。此等事须无碍，若遇要紧之事，可不留心乎！大凡事无大小，总以留意详察，是为至要也。

廿九日己丑 晴。家君嘱书致徐贤昌先生一信，即交邮筒寄至沪江十六铺张大盛水果行。柯定础兄来叙半晌，云及五月中旬赴台过京小作勾留，云王籽舜兄现在北京四眼井工艺局织锦科。但籽舜兄于此事能得顺手，则台州亦人杰耳。此地米价已涨至每斗计钱两千文，亦所未闻事也。省城出来之区价有若是之昂，外府州县未识若何。日夕盼望立沛甘霖，于心甚切。现当道者设坛，朝夕求祷，想沐上苍敷佑，即惠甘霖以慰农望，是为至幸、至感矣。

三十日庚寅 早至午初，阴；午末至晚均雨。日盼云霓甚切，今蒙上苍感格，已惠甘霖，以慰农望，深为至感、至幸。但不知故乡时惠甘霖否也。但是处一雨即通江浙之雨，时常迭惠，又能大雨如注，方足田禾之养活也。致童紫章一信，内附致章子修兄一信、章伯纯兄一信、陈洛卿丈公一信、陈祝再明府一信、陈俊英兄一信、金叔文兄一信、邬丽生先生一信、陶寿翁姻丈一信、应子能表叔公一信、何蓉江兄一信，均叫紫章遣农民工分送。计封固一包，交邮政局寄台。

五月初一日辛卯 晴。致周梅翁一信，交邮政局寄台。前周允

---

① 原稿本月初三日至此日廿八日下之干支，均有改过笔迹。

翁府上托余代带家信，当时收藏考篮书内，昨日细检，难以寻觅。今早不意中检出，即致允翁一函，并其家信均饬阿虎送交。其公馆现住在东缉虎营四十号门牌。家君奉有密查差使，拟明日动身，即于早刻亲自各大宪衙门禀安、禀见、禀辞，中丞衙门仅挂号而未见，藩宪、臬宪均有见到，而藩宪面委经过各州、县新栽树若干，新掘井若干，并探一切情形，此藩宪当面而委也。家君此次差委，晋谒藩宪有如此面委之言，想有差委者言之必矣。故省委到地，凡为州县者，一切酬应不得不周到也。若有不周之处，遇到好人亦无大碍，倘存不睦之心，应藩宪有此面谕，将此进身说几句歹话，即有疲痕，本官仍然不知，再遇有小事，定然无趣必矣。古人曰："事非经过不知难。"晚刻，陈范若老伯、陈緎甫及洪祝南兄来叙一刻而别。但平陆县家君初到彼处，恐人地生疏，承范若老伯代致黄谷生一信。但谷生平陆情形颇为熟识，此番一去，定然辙底[①]清查也。道途如是艰难，心甚为念。上苍敷佑，诸事定然顺手也。

初二日壬辰 晴。致黄楚卿兄一信，致黄伯寅宗叔一信，内附致仲辰宗叔一函，均交邮筒寄台。家君看抚宪辕门抄未书禀辞，恐未挂号，再于早刻晋谒抚宪，即传见。所说此番委查统税，甚为郑重，非例差可比，并谕以认真查办等语云云。转至公馆，即上车首途，但赴平陆，路计千馀里，大约十二日可到平陆，来往廿四日，又加下乡查访，亦须十馀日。即过平阳府，晋谒太尊，亦须一二日。大约六月之初可以转省，未识旋省后得有佳音否也。现今时事艰难，是否之处亦难预料，只得听之可也。晚刻，同洪祝翁、焕堂至街上看看，并过打钟寺。是处颇热闹，衙道中满天灰土，行路颇属为难，非江浙可比万一也。

初三日癸巳 晴。致王子宜兄一信，内附致黄秉彝宗伯一信，交邮政局寄海门浚发行代收，转送葭沚。想无致误。致童子章先生一信，致周少芳兄一信，内附致黄道周宗叔一信，又附致周作羹兄一信，

---

① 当为"彻底"。

均交邮政局寄台。徐仁甫明府寄家君一信，由运城所发也。午膳后，至周缄甫二尹处，晤洪祝南，相叙一刻。同祝南兄至陈列所一游，即同来。适周允翁明府同周吉人兄来叙至晚而别，言及往事，只如昨日也。

初四日甲午 晴。致周在舆先生一信，致周麟斋一信，致许眉（甫）先生一信，致曾六舟先生一信，致丁辅香一信，致何玉洲一信，内附致应少圃表叔公一信，均交邮政局寄台转寄各处。今日，天气最暖，回忆家君奉委赴平陆密查统税，值在路中，困苦之处，实难言状，心实不安，定邀上苍敷佑平安也。午膳后，洪祝南兄来云，已接其令兄莲波先生来信，邀其过午节后而至彼分局，云耳亭兄亦过午节，后至仲怀直刺差使局中。托洪祝翁至陈范若老伯公馆中，晤牟伯谦太守，相叙一刻而别。后即至督练公所，晤何默斋、鲁豹文及其令兄柯伯祥及令弟叔瞻昆季，互相畅叙半晌。阅诸君之名片，何默斋名懿典，柯伯祥名豫时，鲁豹文名蔚亭，周吉人名炳章。云及近日来有同乡黄岩路桥镇人于姓者，同吉人兄公出，未及晤面。即留片致候也。来时过周允东大令公馆中少坐而来。鲁豹文之令兄名鲁葳亭，其号亦一时忘却。于姓者名鼎新。

初五日乙未 阴，惟午牌细雨，即晴，至晚均阴。致陶吉云兄一信，内附致汪伯端一信，封交邮政局寄台。早刻，因各友有片来贺节，即遣价致片各友处贺节。晚刻，至周允翁明府公馆中，适莲坡、缄甫、祝南、耳亭诸君均来，畅叙半晌而来。莲坡先生言，静乐分卡方自晚刻来省，云及坦羊皮袍统系六月之杪开盘，其价每件须银廿七八两，计洋四十元之外、五十元之内，未免太昂。前楚卿兄及梅鹤亭参戎托余代买数件，恐价太昂，只致函询其是否，再行托购可也。今日值端阳，阴而见雨，颇为至幸。古语有云："端阳有雨是丰年"，今日见雨，是丰年之预兆也。未识家乡时惠甘霖，以慰民望否也。

初六日丙申 晴。致叶寿卿兄一信，交邮筒寄台。午膳后，至陈缄甫先生处，谒洪莲波先生，并晤其令弟祝南及耳亭诸君，互相畅叙一刻，同至东门外花园中少坐而来。如是花园，不过与黄城之西江别墅不相上下也。坐时，出有茶及叭杏、瓜子各一盘，续询叭杏一盘计钱四百八十文，瓜子一盘计钱两百四十文，赏茶钱两百文。但叭杏及瓜子本钱不过一百馀文，而售价若是，可谓非常之昂贵也。物若贵，其处若佳，则可说。其地方若是，其所售若是，可谓奇贵也。

初七日丁酉　晴，洪莲坡先生于晚刻来叙一刻，同至陈范若老伯处，晤牟伯谦太尊，暨祝南诸君，相叙半晌而别。洪莲翁言，吴书年方伯曾已晋京，因有人密保其起用，奉旨召见之语。按：吴方伯入资知县，指分来晋，曾任大小州县十馀任，所到之处皆有政声，荐濯[①]平、定州直隶州，升授太原府，奉简河东盐务兵备道，晋授山西按察使，奉旨升补山西布政使司布政使，皆称贤能大吏也。客岁奉旨开缺，今复召见起用，仰知圣主贤能之致意，复任山西藩宪或任封疆，则山右民情早在洞悉，必能体察下情、深知食苦、布置裕如，晋民可受无穷之福也。

初八日戊戌　晴。早刻，洪莲波先生来叙一刻而别。晚刻，至宁化府莲翁处，晤祝南、缄甫，互相畅叙半晌而来。晚膳后，至尹东处少坐而来。日复一日，家君不知何日可望牌示也。家君现赴平陆，屈计尚未到地，想月杪月初可以旋省，心甚为念。鄙见悬牌之期亦在旋省之后，能得调缺，深为至幸。

初九日己亥　早至午初，晴；午末至晚，晴[②]。致周达云母舅一信，交邮政局寄台。致陈仲怀直刺一信，饬阿香送托缄甫先生转寄平定州之新兴滩厘局。陈缄甫先生暨洪莲翁、祝翁来叙半晌而来。阅辕门抄有纪顺霖赴直隶邯郸县恭请铁牌，曾已转省。据缄甫先生言，大禹皇庙在直隶邯郸县，向来直、晋、豫等省若遇祷雨，均至直隶邯郸县迎请大禹皇庙铁牌来。如省垣，即抚、藩、臬各大宪及道府宪并印

---

① 疑为“擢”。

② 此处前后天气同，疑误。

官每日均至恭奉铁牌前求祷；如府垣，则府县及印官；如县城，即知县及印官；如直隶州并州城，则以直隶州知州并知州，皆此为例。即京城，圣上祷雨亦钦派大员赴邯郸县恭请，到即奉旨赴遣官恭代或圣上亲赴铁牌前求祷，俟惠甘霖为止。未请之前早已设坛，恭请到后得惠甘霖，在京则奉旨仍派大员恭送，在省仍派委员，在郡、在州县，大小皆然。恭送还宫，则须照式另造铁牌一位，新旧同送，向来以此定例也。向来奉到铁牌则有迭惠甘霖，屡有灵验。以此如同江浙等省取水拜雨等事同一律也。

初十日庚子 晴。致周谱香母舅一信，交邮政局寄台。午膳后，至洪莲翁处，缄甫、祝南诸君相叙至晚而来。就道至允东处，少坐而来。天气甚暖，家君未识均获顺吉否也。适值酷暑远行，长途跋涉，心甚不安，定邀如愿，深为至幸。

十一日辛丑 晴。致黄楚卿兄一信，致王子宜兄一信，交邮政局寄台之海门元泰及浚发两处代收转寄，想不致误。晋报所纪京师已得甘霖四寸，开阅之馀，不胜欣喜。而晋省不知何日能得数寸甘霖，以慰民望，深为至幸。洪连波、沈梅史先生均来叙一刻而别。晚刻，至陈范若老伯及牟伯谦太尊处，晤祝南、莲波、缄甫诸君，互相畅叙半晌而来。晋报所纪：湖广总督张香涛制军奏请颁行各直省学堂诸生一切衣服定为一律，改行新政中之不可缓事也。窃思定冠服即重学堂。大凡冠服，朝廷向有定制，不意今之无耻诸徒以洋装为喜，以致洋不洋、中不中，成何体制。现张制军急定冠制，通行海内，真老臣持重，有此深谋，人所钦佩之至。又纪有宗室者刺血上禀天主教之罗玛教皇有派我中国之总教，我中国奉旨钦派通使至罗玛；一面中国亦议总教驻京师，亦分派教士至各处，以免藉教滋事，致肇事端。其议亦甚为至善。前鄙见而思，现在晋省许多曾经期满之州、县，薇垣尚未悬牌调动，想是新方伯到任未及三月，不得加考，以致迟延至今，已逾两月，未及调署州、县之牌，想过三月之期自行加考调署而已。但三月之期将届，未识宪意果然否也。

十二日壬寅 晴。致卢槐士兄一信,交邮政局寄至同昌盐号。陈范若老伯、牟赞卿太守、洪祝南兄来叙至晚,留过晚膳而别。前洪祝翁在家时,向余借去英洋五十元,在石家庄又撮去英洋十元,均已还讫。前存凭字一纸交于家君收藏,今家君至平陆,难以寻觅,俟家君旋省后取出即当送还可也。晚膳后,洪莲翁及陈缄翁来信一刻而去。

十三日癸卯 晴。致金叔文妹倩一信,内附致丽生先生一信,封交邮同寄至家中转寄莘山。夜间遥看月色加闰,是有雨意,心甚欣幸,乃久未见雨而望云霓将至也。午膳后,至宁波先生处,晤缄甫,相叙一刻来。价言陈范公及伯谦太守来寓,即同缄甫、祝南两君至寓,晤陈范若老伯、牟伯谦太守及同乡毛熙农先生,相谈至晚,留过晚膳后,洪连翁亦来叙一刻而别。牟伯谦太守奉薇垣札委赴沁州监算冷直刺、曾直刺前后任交代差使。而赴沁州不过四日而已,其差使亦稍有润色,兼有面子。而省垣至沁州四天,道途亦不远也。按:毛熙农通守,浙江湖州人,游幕来晋,捐有佐杂,后过班通判,署过峤县一任,经岑宫保抚晋时被议,今就丰镇厅李少文直刺馆,每月束金计银六十两而已。宦途风波,难以预料。晚刻,阅薇垣牌示,文水县刘明府彤光曾饬赴本任矣。按:刘明府系户部主事,改以知县,来晋候补。年前补授是缺也。今日值武圣寿诞,每年均于是日至江边堂致祭协天大帝,今年适值今日佛像开光,一切致祭等事,余远客山右,不知作何举动也。

十四日甲辰 晴。今日又未见雨,心甚为念。未识指日迭渥甘霖否也。早刻,缄甫、祝南同来约余至尹东处少叙。但尹东饮食少进,人又甚瘦。闻其又欲戒烟,致恐不能支持。同至寓中留过午膳,欲同至范若老伯公馆,适范若老伯、牟伯谦太守及顾子恒先生诸君来叙,至晚而去。但顾子恒先生系山西候补道沈麟乙观察令舅也,今在沈麟乙公馆中作幕。

十五日乙巳 晴。晚刻,莲翁、缄翁同至陈范若老伯处少坐,言及署文水县翁葆昌大令撤任者为该县民因水窒事，故委正任斯缺之刘大令彤光饬赴本任。顷因刘大令又经出差保德州公干，又委王大令代理事宜。可见久未见雨，民心惶恐，但求速惠甘霖，是所深幸。别后至沈梅史先生处，适其出去，未晤而来。但晋省虽久未雨，得能迭沛甘霖，尚无大碍。适值待泽之时，未识家乡时惠甘霖以慰民望否也，心甚为念。晋省抚署直匾曰“都察院”，藩署台门直匾“山西等处承宣布政使司”，边有“洪武九年七月书”。浙江抚署台门直匾书“浙江巡抚部院”，今山西书曰“都察院”，藩署之直匾边书“洪武”字样，可见山西抚署、藩署确是前明所建也，大约衙署皆是前朝建造者多。即浙江之宁波提台衙门云是明大学士沈中堂府重改，中府衙门明刑部陆尚书府改造，可见，非原是衙署，大约大员府重改也。故之，衙门每多阴气。但是屋造后七八百及千馀年以后以致积累而成也。云前任云南新兴州衙门初方建造而又高大，乃千中选一，不易遇耳。

十六日丙午　晴。早刻，至抚署前卜有一课，问家君何日可以悬牌。据云，近日即有牌示，未识得能应验否也。余心甚着急，大约星卜者安人之心亦未可知，或能应验亦未可知，总以不转吉州，是所深幸。近日，想家君早至平陆，未识烟苗得能兴旺否也。大约旋省之期，总在六月之初耳。沈梅史先生来叙一刻。晚膳后，至莲波处，晤缄甫、祝南、耳亭诸君，相叙半晌，同莲波、耳亭来寓少坐而去。洪莲翁言，久未见雨，抚宪已派委赴忻州迎请灵圣，列省果能即渥甘霖，是所深幸。久晴而望云霓，心甚倍切，速惠甘霖，心甚欣幸。未识家乡时惠甘霖以慰农望否也，未接家信，心甚为念。

阅今日晋报纪张之洞奉上谕补授协办大学士，仍督两湖；陆润庠补授吏部尚书；醇亲王并鹿傅霖均奉上谕补授军机大臣也。按：醇亲王，今上御弟，前年有奉命出洋而来也。又纪瞿子玖协揆月初奉旨开缺，今已谢恩。王夔石相国年高不愿做官，历请病假，均未俞允，今有准其开缺之上谕，均想不久南下也。数十年作宦，而翰苑荐升宰辅，向以圣眷优隆。今则退归林下，可享优游之福，乐何如之！想王夔石相国即以此闲散。瞿子玖协揆他日上得召用，仍须效忠也。但王相国年八十，瞿协揆年仅五十馀耳。按：王夔石相国文韶系浙江仁和县人，壬子科进士，钦点主事，考取军机章京，补授主事员外，至领班军机章京，升郎中、京堂而至侍郎，奉命升军机大臣。蒙恩召见，简放湖南巡抚，再任湖南巡抚，升补云贵总督，调直隶总督，升户部尚书，调吏部尚书，晋协办大学士，晋体仁阁大学士，奉旨授军机大臣、全权大臣、政务大臣等差，又赏双眼花翎、黄马挂（褂）、貂素挂（褂）及紫禁城骑马、二人肩舆并上方珍重各物。按：瞿子玖协揆鸿机系湖南善化县人，系辛未科进士，授职编修，奉旨大考翰詹列一等，补授翰林院侍讲、侍读、右庶子、左庶子、翰林院侍讲学士、翰林院侍读学士，升同内阁学士兼礼部侍郎。奉旨简放江南、山东大主考，浙江、四川、江南等省学政，会试大总裁，升侍郎，外务部尚书，晋协办大学士，奉旨补授军机大臣、政务大臣等差，又赏戴双眼花翎、黄马褂、貂素褂、紫禁城骑马并上方珍重等物，皆可谓圣眷优渥也。

十七日丁未 阴。是乎有雨景象。未曾见雨，心甚盼切。早刻，洪莲翁送余菜四碗及包子一盘，是处酒席甚贵，即此可谓客气矣。既其送来，只谨领而已。午膳后，陈范若老伯、洪莲翁、缄甫、祝南诸君，来叙至晚，即将其送来菜请其相互畅叙。于晚膳后，范若老伯即去，余同莲波、缄甫、祝南诸君至允东大令处少坐而别。晚刻，周吉人先生来叙一刻即去。周尹翁言，吉人在督练公所差使，在当某差即某功名，若告辞即无功名。大约新定章程功名随差使，做官筮仕之功名是随人也。并云督练公所一切章程颇为易办云云。现督练公所总办者王镜三观察也。大学堂总办解太史荣辂即山西蒲州府人。师范学堂总办杨太史熊祥，江苏人也。

十八日戊申 晴。久未接有家信，心甚为念。午膳后，至街上古董摊中购有翠玉烟筒主一枚，黄色翠花铜香炉一座，底书“大明宣德年制”，书须若是，定非真是宣德年造也。两物价计钱三千五百文，尚不过昂。适陈范若老伯、牟太尊、洪祝南、陈缄甫并周允翁、顾子杭、洪莲波诸君来叙至晚，留过晚膳而别。但顾子杭先生，日前误书顾子恒，宜当改正，系江苏吴县人。

十九日己酉 早至辰，阴；巳、午、未三刻，雨，不甚大；申后至晚均晴。晚刻，至鼓楼街东首沈麟乙观察公馆中，谒顾子杭先生，云其另住抚署东首延恒堂药铺，并晤吴开明兄，相叙一刻，而即至延恒堂药铺，询其出外，未晤，即留片致候。便道至督练公所，晤周吉人、何木斋、于元培诸君，相叙半晌而别。至古董摊，有形似古玉，实非古玉，可作图章，值计钱四百文，价亦不贵，即向购焉。晚膳后，至允东母舅处，相叙半晌，来时已将二鼓矣。

二十日庚戌 早子、丑、寅三刻雨，不甚大；卯至午初，晴；午末至未初，阴；未末，雷雨，声颇响；申初，雹，每粒大如川豆子；申末至酉初，雷雨；酉末至晚均阴。久未见雨，今日有此一番甘霖，民心大幸也。若再如此甘霖一次，则晋垣可无碍矣。久未接家信，未知家乡亦时惠甘霖以慰民望否也。回忆家君想近日可作归计，未识所查能逾于平陆县原报之数否，想旋省当在六月之初耳。晚刻，陈范若老伯同洪莲翁及其令弟祝南并缄甫诸君来叙至晚，惟范若老伯于晚刻而去，其馀均留过晚膳而别。阅辕门抄简放遗缺知府奎弼太守已至山西，现奉藩宪牌示，太原府知府即以正任蒲州府知府调署太原府杨太守树补授太原府缺，所遗蒲州府知府缺即以遗缺知府奎太守弼请补矣。周允翁之仆人言，允翁曾托杨太史熊祥代求提学宪锡学使赏其差使，喻太史又代其致函与锡提学，想于五月之内得有差使，未识得能如愿否也。但周尹翁明府奔驰万里，速得差使，是为至幸。

廿一日辛亥 晴。午膳后，陈范若老伯及祝南、莲波、缄甫、紫杭诸君来叙至晚而去。回忆家君自至平陆迄今忽已二十天矣，不知月初可以旋省，即望悬牌否也。

廿二日壬子 晴。致何木斋先生一信，并送梅浆一碗。因洪莲翁托余转向其讨药，即接木斋先生福信，并送余行军散、夺命丹、八宝丹等计五瓶，又藿香正气丸一包，深为感谢。但其军营所制痧药功效如神。莲翁、缄甫同余至街上一游，欲购古玉器、铜器而未就，别后至寓。祝南、耳亭、周吉翁来叙一刻，同至尹翁处，相叙至晚而来。接童紫章先生一信，内附接许眉甫先生一信。

廿三日癸丑 早至巳，晴；午至申，阴；酉刻以后，雨。致童子章一信，内附致玉先一信，封交邮政局双保险寄台。午膳后，顾子杭先生、陈范若老伯及洪莲翁、陈缄甫、洪祝南、毛熙农、洪少久诸君来叙至晚，留过晚膳而别。洪少久兄名宗湘，台郡人，现在平遥县盐局司事，言郡城洪雨生兄现署大兴县巡检，不知典吏其缺尚有馀资。

廿四日甲寅 阴。致童子章一信，内附致许眉甫先生一信，又附致叔文兄一信，均交邮政局寄台。周尹东、洪楚卿（即少久，一号楚卿）来叙一刻，同至顾子杭处少坐而来。

廿五日乙卯 阴。徐新勉寄家君一信。楚卿、祝南、缄甫诸君来叙半晌，约至尹东公馆中，晤周吉人、鲁豹文、于元培诸君，相叙一刻，同至范若老伯处，适其公出。牟伯谦太守奉委赴沁州监算交代差使，已于昨日动身。即同荐子巷看买另星，均不适意。同至缄甫处，洪莲翁留过晚膳而来。章耳亭先生明日至仲怀直刺之新兴摊厘局中公干。回忆家君自初二日赴平陆去，迄今不觉二十馀日，想已束装动身，大约月初可以来省也。未知新查种烟之田已逾千亩之外否也。

廿六日丙辰 早至巳，阴；午后至晚，晴。致童子章一信，交邮政局寄台。午膳后，洪连波、洪祝南、洪楚卿、陈缄甫、周允东诸君来叙至晚而别。因范若老伯邀余晚膳，即同莲坡、祝南、楚卿、缄甫至范若老伯处，相叙席散而别。在座者又有其教书先生，未记其姓名，云是陕西榆林人，系拔贡出身，以直州刺在晋候补，范若老伯之庶出世兄名连孙，年十二岁。

廿七日丁巳 晴。午膳后，陈范若老伯及毛熙农先生、洪祝南、洪连坡、洪楚卿、周允东、陈缄甫、顾子杭诸君来叙至晚，留过晚膳而别。范若老伯送余门碗两对，毛熙农先生送余降香四把，均领而致谢焉。

廿八日戊午 晴。值余生辰，正天气晴明，心甚欣幸。午膳后，陈范若老伯及毛熙农大令、洪莲翁、洪楚卿、周允翁、陈缄甫、洪祝南、鲁豹文、周吉人、柯伯祥诸君来叙，至晚而别。云及柯叔瞻兄因文水县因为水滋事，奉上游札委，携同督练公所兵丁赴文水弹压，未识其事已经清了否也。回忆家君自初二日至平陆县密查税项，已将一月，近已旋省否。道途跋涉，异常艰苦，心甚不安。幸得公私顺吉，早得到省，是为至切。

廿九日己未 晴。致童子章一信，内附致丽生一信，封交邮政局寄台。午膳后，洪莲翁、祝南、缄甫诸君来叙一刻，同至允东处，晤周吉人、柯伯祥、鲁豹文，互相畅叙半晌而别。言及尹东于数日前提学宪锡学使悬牌传见，允东即进谒，至所问言语颇为详晰，想有佳音，亦未可知。此番锡学使传见者，因喻太史代其致函，又托杨太史熊祥代其转求，以传见数语，想看其才调若何。自此传见以后，近得差使，乃锡学使有喻志樵太史情分，委以差使；若自传见以后，近仍无差使，想看其才具平庸，即有喻志樵太史情分，恐致同寅中议论以致中止。在允东明府，有差无差，在此一举。但周允翁勉强得有一官，奔驰数千里，到省试用，曾已异常拮据，速得差使，聊以敷衍，以慰彼家中之望，未识果得如愿否也。按：锡学使与喻志樵太史皆是乙未同年翰林，交情颇厚，能代函托得有情分，亦未可知。但周允翁每月所需在三十两之则，得能月有银三十两差使，是所深幸。

六月初一日庚申 晴。致王子宜兄一信，内附致钟焕堂先生一信，封交邮政局寄台。午膳后，至陈范若老伯处，适其公出，即送其弹饼一包，并留片候安。即至柴市巷同来店茅熙农先生处，适其又出，亦即留片致候而来。

初二日辛酉 早至未，晴；申刻以后均阴。致周梅翁一信，内附致童子章一信，内附致玉先一信，封交邮政局寄台。午膳后，洪莲翁及祝南、缄甫并沈梅史先生来叙半晌而别。洪莲翁云，同祝南兄定明日转赴静乐厘局。晚膳后至莲翁处送行，并晤祝南，畅叙半晌而来。

晚刻，沈梅翁先生云藩署有数牌悬挂，往看，正任平定州调署霍州徐直刺树璟调署解州，其馀约十数缺皆是厅州县，一时记忆不清。回忆家君奉札密查平陆统捐税项，自上月初二日自省城动身，今初二日，值已对月，虽来往廿六日，想密查只以十馀日足矣。以此论之，今已一月之隔，今日可旋省矣。未知旋省后即即能可望牌示否也。倘得悬牌，不转吉州，是为万幸，未识得遂鄙愿否也。洪莲翁于晚刻言周允翁明府于上月二十左右锡学使悬牌便衣传见，并留过茶点，并有云询允东与喻志韶太史如何亲戚等语，其心最为得意。今已半月，未见委差，心甚为虑。以与思之，喻志韶太史既代其函托，而又有杨太史代求，故提学悬牌便衣传见，定看其才具若何。但官场当面语言，本不足凭，近有委差，则看其尚可造就。今传见之后仍无差使，恐后来得差亦非易事。周允翁则在此一举也。未识其果是如何。

初三日壬戌 晴。早刻，致祝南兄一信，饬阿香送交，云其将欲动身。接沈梅史先生一信，即附梅史先生一信，随交其来人带交，并送其华腿一只，鳗鲞一根，亦即交其来人代带矣。周允翁心想学堂差使甚切，今阅辕门抄，锡学使委有候补知县尹荣修矣。允翁未识何日得能见委也。

初四日癸亥 早至午初，晴；午末至申，雨，内有一刻雨颇大；酉时以后，细雨。至达云母舅一信，交邮政局寄台。晚刻，接楚卿兄一函，言黄氏宗谱已将开印，台地雨水甚足。其函是五月八日发，计是日之前晋垣正当祷雨之时，江浙又如此多雨，可见数千里之天时不同有若是也。台州海门天主与耶稣两教互相斗殴之事，已由浙江宁绍台道喻庶三观察会同抚宪张小帅已将议结：王子元名秉文即三头先、王松亭名国祥即纯梅、王清甫名霈林即乌龟、仙照子及癞豆元、力鱼等均监禁十年；唐舞廷监禁一年；王小吕姑念年老从宽发回原籍，饬取妥保，并严加管束；陈云山即王子元之跟随、林老八讯系无干，免其置议。其案若是议结，尚不失体面也。并云台州海防同知吴绍春公祖尚未告卸，请补是缺之吴公尚未到省。未识永宁商轮之事若何。

上海徐贤昌寄家君一信。家君近日想在路中,今晚遇此大雨,又须延搁,不知何日可以旋省也,心甚为念。

初五日甲子 晴。致黄德轩宗伯一信,内附致林子材先生一信,封交邮政局寄台。午膳后,至沈梅史先生、陈范若老伯及顾子杭处,均适公出,未晤而来。周允翁、陈缄翁来叙半晌而别。允翁云昨日晋谒提学宪,云师范学堂庶务长一差每月薪水计银五十两,学宪本保伊充是差,而大中丞公改委尹大令荣修,心甚怅恨。据说不知何人致函代尹大令说话,以致夺去。虽提学宪允已再代想法,不知在于何时,亦难预料云云。

初六日乙丑 晴。致黄宗山兄一信,交邮政局寄台。仆人罗顺自今日京中来。午膳后至缄甫处少坐而别。适周吉翁、周允翁来叙至晚而去。罗顺言何见石法部仍移住台州会馆。

初七日丙寅 早至晚申刻,雨;酉刻以后雨晴,阴。致陈祝再姻丈一信,致金叔文兄一信,均交邮政局寄台。今日而又下雨,家君未知已至何处,又经雨阻一天,不知何日到省,心甚为念。

初八日丁卯 晴,惟未、申时日中见雨,甚细,片时即晴。晚刻,余因饮食无味,至督练公所,路晤陈缄翁,同往谒何默斋先生代诊一方,并承默翁送余药丸一瓶,言开胃顺气丸也。承何默斋先生送余药料多种,心实不安,另日寻便之处送其若干可也。并晤陆槐卿大令,相叙半晌。按:槐卿明府系吾浙之绍兴府人,由附生入资知县,指分山西候补,现在督练处文案之差。并柯伯祥兄言,周吉翁现在陆军学堂公干未来。即同默翁、缄翁、伯翁同至周允翁处,云其公出,即同来寓,互相畅叙一刻而别。缄翁云,牟伯谦太守已由沁州到省。即至牟伯谦太守公馆,晤伯谦太守、范若老伯并同乡之候补知县岑明府,少谈而来。云及山西之土药局悉皆裁并,彼办太原县之土药局并阳曲县之土药局兼办,因经费过多,不得不兼并也。顾子翁于昨日至沁州去。牟太守所委沁州监算交代差使均已了结,已得分润而又能望计功也。但牟伯谦太守所委之差迟家君二十馀日动身,而伯谦太守公事了结而又来省，家君尚未到省，公事亦未识若何，心甚为念。晚刻，范若老伯来云，据卸署平陆县令之陆明府言，初据商报十不及一而未查覆，即经告卸而署平陆县，亦陆明府详查覆报，计有六百亩之则。未识家君详查果实若干亩。但六百亩即有将近二成，倘得一千馀亩，其公事详报时即好看矣。未识果得如愿否也。

初九日戊辰 晴。致周达云母舅一信，交邮政局寄台。致何默斋兄一信，饬从福送交，托其代换药方。来云，药照原方，送余丸药一服。屡承见惠，未识何可报覆，心甚为歉。午膳后，陈缄翁来邀余同至允东处，晤默斋先生及伯祥、豹文、元培，互相畅叙半晌而来。适范若老伯来叙一刻而去。言及家君本可早旋省，今尚未到者，想为前任吉州安易县尚少津贴一款，值此便道至安邑向取该款，以致延搁亦未可知。未识果然否也。

初十日己巳 晴，家君于晚刻自平陆县来言，上月廿五日由平陆动身，所查烟亩实仅六百馀亩，俟将报摺抄就，明日即可销差。至安邑向取前任吉州津贴之洋原本银三百两，仅取银一百两，尚少两百数，未识何日能得归赵否也。并赴平阳府晋谒刘太尊，求欲前任吉州日有筹一款现充学堂经费，照例想法筹款，任内理有计功。家君虽系调省，曾经添筹公款充于学堂经费，未曾计功，欲刘太尊代为上达，未识得能如愿否也。晚刻，至范若老伯处，相叙半晌而来。阅辕门抄牟伯谦太守并告卸沁州冷直刺，一消差已取清给了讫，一告贷任内清楚，均赴抚辕禀见矣。

十一日庚午 晴。致童子章一信，交邮政局寄台。家君自平陆往来各处，所云今岁年成约有八九分可收，民康物阜，实有太平之景象也。早刻，致柬饬送何木斋先生白术一斤，接福柬言颇欣喜。

十二日辛未 早至午，晴；未刻，雷声颇响，阴；未牌至酉均阴；酉时雷声亦颇鸣；□□雨；以后均雨。致洪祝南兄一信，交邮政局转寄静乐县城厘金局，即又致陈涵甫参军一片，附洪祝翁凭券一纸，计洋五十元，托其代为转致，可不致误也。接洪莲翁一信，内附致缄翁一信函片，券、函均饬阿香专送宁化府面交陈涵甫先生矣。家君云，提督宪锡学使于今日寿辰[①]，同寅者有亲叩喜，概不见客，寿礼不送者多，即有送者亦概辞却。周允东大令早刻上衙门来叙一刻，今日本上学宪衙门期，云亦概行挡驾矣。

十三日壬申 晴。惟未刻阴，一刻即晴。致洪莲翁一信，交邮政局寄静乐厘卡。接家中玉先一信。午膳后，至范若老伯处，同伯谦太守至万字巷钟薇生大令处，相叙至晚，留过晚膳而来。范若老伯言陈缄翁近染小恙，未识已逾否也。

十四日癸酉 晴。午膳后，至范若老伯处，同伯谦太守至薇生明府公馆，相叙至晚而来。钟明府系杭州人，前山西布政使吴书年方伯之侄女婿也。

十五日甲戌 早至申刻，晴；酉刻初，雨，片时即晴；以后雨晴，阴。家君言寄洪莲翁一信，内附高天海寄洪君一信，封交邮政局寄静乐县城厘卡。午膳后，何君木斋、沈君指南来叙，至晚而别。言昨藩宪牌示，署理浑源州之张思叡刺史由入资直隶州指分山西候补，到省不过两年左右。按：浑源州缺，以山西论之，可谓最优之缺。但张刺史与督练公所总办王观察觐宸同是安徽人，故先委以督练公所兵备股文案之差，今复署浑源大缺，皆王观察之力也。况张思叡系候补直隶州。按：浑源系府属知州，虽直隶州及知州、知县、同知、通判均可互相署理。彼既有大力者，即谋一直隶州及直隶同知非常不可觊觎。浑源州地佳缺美，则专谋于此，如是委署，皆用此法，择肥而食，则真有贤能出色之员、不喜逢迎者，置之闲散必矣。

十六日乙亥 晴。致周少芳兄一信，致黄咏仙兄一信，致童子章一信，内附致叔文兄一信，又附致玉先一信，均交邮政局寄台。午膳后，至陈缄甫处，相叙半晌而来。家君言，据允东云，心斋宗叔近复生毒，累十馀年。前在京日，专花柳，致染杨梅恶疮，当需重资医治。其

---

① 页边原注：“锡学使寿辰”。

疮虽愈，终不能生养。即有生下，无论男女皆以恶毒而毙。少年者染有杨梅恶疮即成废人，可不慎哉！况花柳一事，片刻成灰，转以致终身抱恨。转念一思，即以清身自在，勿被所迷，是所深幸哉！

十七日丙子 早至未牌，晴；申时以后，阴；戌刻，雨。午膳后，至钟薇生明府公馆中，晤范若老伯及陈缄甫参军、陆子香明府、周允东明府、牟伯谦太守，相叙半晌。同允东明府至寓，相叙片时而去。

十八日丁丑 早至巳刻，阴；午时至申，雨颇大，余到晋以来，未见如是甘霖也；酉刻以后至晚均阴。连日盼望家君牌示，而境[1]不得鄙怀，抱急异常，未识果在何日得有牌示，亦未识能得调署各缺否也，心甚为念。

十九日戊寅 寅时前，雨；卯至午，阴，惟辰、巳牌细雨，片时即晴；未时以后均晴。致达云母舅一信，交邮筒寄台。午膳后，至允东明府公馆中，相叙半晌而来。

二十日己卯 晴。致王子宜兄一信，交邮筒寄台。日盼家君悬牌委缺，正是望眼将穿，果是何日得能委署牌示，是所深幸。

廿一日庚辰 阴。

廿二日辛巳 晴。致童子章一信，交邮筒寄台。

廿三日壬午 子、丑两刻，雨；寅至巳，阴；午、未、申牌，晴；酉刻以晚均阴。致应少圃表叔公一信，交邮筒寄台。应其前说郡城有杭轿一把，连轿扛售洋念元左右，即托其如洋念元能售，即烦代向同昌支洋念元代付购轿价洋可也。午膳后，陈涵翁来叙半晌而别。续至督练公所晤鲁指南、何木斋、柯伯祥、叔瞻昆季诸君，互相畅叙一刻。至兵备处文案股陆明府锡麟处，晤新署浑源州之候补直隶州张子香刺史思叡，相叙半晌而来。家君言，藩臬两宪今日晚刻出街查看新造马路一次。盼家君牌示，未识调署、转赴吉州，真是望眼将穿，而信息杳然，不知何日得能悬牌，心甚念甚。

---

① 当为“竟”。

廿四日癸未 卯前，雨；辰牌，阴；巳时以后至晚均晴。家君嘱书致洪莲翁一信，饬敬之送交邮政局寄静乐厘局。午膳后，周允翁明府、沈梅史先生来叙一刻而别。家君言，陈仲怀直刺曾由平定厘局晋省。但正太铁路本前余来时已至寿阳县，近已至省城南门外，惟约廿里左右尚未安铁规①，想月内可将铁条直接省垣，大约七月间可以告成。想告成即可开车，开车之后更加快捷也。但轮船虽快，不及轮车，古人云："善走者日行六百里，快马日行千里。"何等显奇，亦不过一人一物而已。今之轮车每一点钟能行百馀里，日计可行千馀里，其所载之物甚多而又甚重，如是之快，可谓不易。尚有快车日行五千馀里，想自盘古开天以来，未有如是之言也。

廿五日甲申 辰前，阴；巳牌以后至晚均晴。早刻，陈仲怀直刺来寓。时值太早，家君与其会晤一刻而别。午膳后，陈范若老伯暨允东、涵甫诸君来叙至晚，家君留过晚膳而别。余于晚刻至仲怀直刺公馆中，适其公出，未晤而来。接叔文兄来信，云小妹已过十月之期尚未分娩。但其函内有家母寄家君一禀，面书在家中所发。但家母于五月初九日因小妹欲将分娩亲至莘山护生，确候其分娩后可以到家。阅发信时在六月十二日在家中所书，实属不解。但小妹向来均在九月之外分娩，今已逾十月之期尚未分娩，心甚为虑。

廿七日丙戌 晴。致童子章一信，内附寄家母一禀，又附寄叔文兄一信，封交邮政局寄台。早刻，陈仲怀直刺来叙半晌而别。午膳后，陈涵翁来叙一刻，同至范若老伯处，晤伯谦太守，相叙一刻，续同至允翁公馆中，晤周吉人、柯伯祥、叔瞻昆季、鲁豹文兄、于元培兄，诸君互相畅叙一刻，续仲怀先生至允翁处少谈而来。接达云母舅一信。

廿八日丁亥 晴。早刻，陈仲怀直刺送来酱鸭等物，当即领谢。午刻，至仲怀直刺公馆中，适其公出。随至涵翁、至钟薇生明府处，晤范若老伯、陈仲怀直刺、牟伯谦太守，相叙至晚，留过晚膳而来。

---

① 当为"铁轨"。

廿九日戊子 早至辰，阴；巳时以后至晚均雨不甚大。致周达云母舅一信，交邮政局寄台。接玉先一信，系六月十三日发。

三十日己丑 早至申刻，晴；酉时以后，阴。晚刻，至顾紫杭处，适其公出而来。过藩署，阅有牌示：永济县以刘绍曾请补；保德州延祉饬赴本任；芮城县以惠荫乔更补；沁水县以高逢源更补等。今又七月已杪，日盼一日，家君又未悬牌，真是望眼将穿，究不知何日得有悬牌消息，深为至幸。但三四五六等月期满，州、县各缺积有三十馀员，均未悬牌委员接署，究未识宪意若何，人难预料。

七月初一日庚寅 晴。丑时立秋。惟昨夜亥、子间雨甚大，约两点钟时即晴。午膳后，陈涵翁来叙一刻而别。续至仲怀直刺公馆中，云其公出而来。家君早刻上衙门来云，在官厅晤钟薇生明府与允东明府，言凡州、县以及佐杂各官，到省缴凭后须用同乡官印结。询允翁言，四月到省禀到缴凭后并无同乡官印结。但无同乡官印结则到省公事不能详院。但到省候补试用各员须要到省公事详院，叩足一年后由院甄别，加考咨部后方可差委。今允翁至今尚无印结，未曾详院，今则转办印结颇费周章。现晋署虽有可取印结之官，但允翁均无相识，须托友人代为说妥。得有印结，即或详院，则空坐半载矣，再若按例一年考语咨部，后年能得差使，深为至幸。但所托牟伯谦太守代经各节，但牟伯谦太守系是试用知府。查试用知府及部选之州、县各官到省无庸同乡官印结。不想彼是试用知县，确要印结，只记自己，不记别人，亦易于疏忽也。本藩房左人当须指示，皆因其惜于小费，以致藩房亦不指项。可见出门之人，一切小费不可吝惜也。是为之记。

初二日辛卯 晴。致达云母舅一信，交邮政局寄台。午膳后，致牟伯谦太尊处，晤顾紫杭，相叙一刻，同至紫杭公馆中，晤允东明府，互相畅叙至晚，留过晚膳而来。允翁言其印结托徐子嘉明府唐丰转托榆次县沈明府继焱代取。但徐子嘉明府系由幕友而仕，向与沈明府有宾东之谊，定能允诺。据牟伯翁言，抚宪将新到省垣禀到之道、府、州、县及佐杂各员印结处另订新章，确要连环保印，方作为凭。恐新章行后转拆多端，故周允翁于印结一切心甚至急。接童紫章一信，自上月十七日所发，云小姨[1]尚未分娩，心甚为念。

初三日壬辰　晴。财政处遣人来与家君言，藩宪宝湘石方石[2]于明日寿辰，于晚刻晋祝并拼送寿礼，家君悉均允诺。晚刻，至藩署，均因挡驾而未见。沈梅史先生来言，近得信息云家君即日可望悬牌，想能调任。尚未见有牌示，不能信以为然也。新授太原遗缺知府调补蒲州府奎太守弼于上月廿七日到省，即请假三天，于初一日禀到，初二日即牌示。但简放知府到省悬牌竟有如若是之快也。接楚卿兄来函云，台同知新任者吴公曾已到台，定于六月廿五日接印，拼送署任吴绍春公祖德政已于上月十九日公送，各人计分洋一元左右，已由椒江网局代付矣。地方之警察勇曾已招齐，须学习两日后方可照例站街。其经费前禀准抚宪，将阮、王之网局一款及鱼秤并道头一切出息悉归警察之需，此甚善也。晚刻，至允东明府公馆中相叙一刻，云彼之印结须托胡明府毓麟函托沈明府代用印信，明日即遣人专送榆次县，想定能允诺也。但取同乡官结本无要紧，而无交情者亦不肯代用印信者多也。坐省已久，日盼家君早日悬牌后，即赴任安置妥定，余即旋里，深为至幸。

初四日癸巳　早至巳，阴；午牌，风雨，一刻即晴；至晚均阴。致童子章一信，内附覆许眉甫先生一信，致黄楚卿兄一信，均交邮政局寄台。藩宪宝湘石方伯棻于今日寿辰[3]，家君赴署叩寿，悉均挡驾。午膳后，至陈仲怀直刺府上，晤涵甫参军，言仲翁于早刻已赴辛兴摊厘局。即至涵翁处少坐，即同至钟薇生明府公馆中，晤倘若老伯、牟伯谦太守、陆子香明府、赵林一明府、朱幼如明府，相叙一刻而来。吉

---

① 当为“小妹”。

② 当为“方伯”。

③ 页边原注：“宝方伯今日寿辰。”

州谭世荣寄奉家君一禀云，直隶保定府奉旨开办北洋陆军速成学堂，因各直省军队不能一律调取，各省陆军或武备等毕业生送考，录取正额一千二百名，于本年七月初二日上课，两年毕业，仍发各省整顿武备一切。彼由山西送考，曾经录取正额。当道布置一切，可谓无微不至矣。愿得后进诸生人人皆以国事为心，急图报效，是所至幸也。

初五日甲午 早至辰，阴；巳刻，雨颇大；午牌，雨晴，至晚均阴。致王子宜兄一信，交邮政局寄台。午膳后，至沈梅史处少坐而来。但沈梅史先生前寓抚署西首永盛店，今日移至察院后晋陞店，房税每月亦须钱两千之则。

初六日乙未 子、丑、寅三刻，雷雨颇大，卯时以后至晚均晴。致邱楚言姻丈一信，交邮政局寄台交典中转送，想无致误也。午膳后，陈涵翁来叙一刻，同至陈范若老伯公馆中，晤牟伯谦太守、钟薇生明府，相叙席散，留过晚膳而来。接叔文兄一信，言及舍妹已于六月十一日生一女，生母等均无恙，可谓至幸。附接丽生先生一信，言周载熙兄曾由日本归国。不知出洋诸君究有多小学问也。周允翁明府之仆从来说，日昨因同乡官印结，允翁遣价专送托署榆次县事沈仲复明府代用印结，曾已来省，印已代用，可谓至幸。此沈仲复明府大有同乡之友谊也。

初七日丙申 晴。致童紫章一信，内附致邬丽生先生一信，并附致叔文兄一信，封交邮政局寄台。晚刻，允东明府来叙一刻而去。

初八日丁酉 晴。致心斋宗叔一信，致周载熙兄一信，均交邮政局寄台。晚刻，至允东明府公馆中，晤周吉人兄、柯伯祥、叔瞻昆季、于元培兄，相叙一刻而别。适陈缄甫参军来叙一刻，云明日赴丰镇，因奉委至彼处催取钱粮之差，亦稍有分润也。日盼一日，家君又不能见有牌示，心甚为念，未识何日得能悬牌，或饬赴本任，或得调赴各缺，深为至幸。

初九日戊戌 辰刻前，阴；巳、午，晴；未牌以后均阴。

初十日己亥 辰前，阴；巳至未，晴；申刻以后至晚均阴。午膳后，至周允翁公馆中，晤于元培。相叙一刻而来。云及苏州城内用钱甚易，如有年轻者至苏，定须自立主持，不至被人骗弄，是所至幸。但江宁、江苏两处，地方虽佳，州县各缺现之漕粮减色，大不如从前，即须分发州、县，定勿指分江南两处为幸。况金陵候补者无论道府、直、厅、州、县及佐杂加倍，如各省岂止倍徙。无论从何处论来，如即候补者万勿指分江南诸处为幸。万勿以江南繁华之区，不思后事，据指是处为盼。即作客姑苏以及沪江各处，亦须自立主持，是为至幸、万幸。

十一日庚子 晴。致童子章一信。午膳后，至顾紫衡公馆中，晤牟伯谦太守、周允东明府，相叙半晌而来。沈麟乙观察之教读胡开骏先生亦至紫翁(处)，少坐而去。

十二日辛丑 早至午初刻，阴；午末至晚均雨，不甚大。现在晋垣如是雨泽，若是江浙不为多雨，今在山西则雨泽太多矣。致蓉秋先生一信，交邮政局寄台。接许眉甫先生一信。

十三日壬寅 晴。致童紫章先生一信，内附致许眉甫先生一信，致何蓉江先生一信，均交邮政局寄台。蓉江之函托栅浦同德泰代寄水门朝东屋。午膳后，至牟公馆，伯谦太守、范若老伯适均公出，未晤而来。至顾紫杭先生公馆中，晤范若老伯、伯谦太守，相叙半晌而来。家君今晚请领半廉银两，申文赴藩署。仆人言，薇垣有意饬赴本任之语。仆人罗顺所说，未知确否果赴本任。但吉州如是困苦，亦无可如何，只得听之而已。即转本任，亦未识何日得有牌示也。真是望眼将穿，令人焦急万端，未识何日得慰渴想为幸。

余前与朋友缄札，姓名之下书月日之所加盖圆式“侣”字小图章以为暗记，与长者缄札并寄家君禀言均用长方式“秉义谨肃”之图章加盖叩首或谨禀顿首之所。前月就晋城横街旧货店中购有“半窗焦雨”及“怡情”小图各一颗，计钱一千文。“半窗焦雨”之图一块，洪莲坡向余借用，余即将此图送与莲翁。余阅“怡情”之小图书两夫长式，而又“怡情”二字与缄札颇为切贴，自六月初一日起即将“怡情”小图加盖与朋友往来之缄札为暗记，“侣”字图书另用，此后皆以“怡情”之图书加盖可也。与长者并禀言仍用“秉义谨肃”之图章为凭。前未书记，今则补录。前“侣”字之图只用朋友往来缄札，本不足为支取之用，今“怡情”之小图章亦以朋友往来缄札之用，若遇支取，亦不足为凭也。当时购有两夫长式水晶图章，刻有“行乐”二字，计一千二百文，以为带挂牙忏之用，亦不足为支取之用，是为之记。

十四日癸卯 阴。晚刻，周允翁来约至顾紫杭处，晤牟伯谦太守、陈范若老伯，相叙一刻，适家君亦至紫杭处，晤叙至晚而来。藩署自初二日悬牌迄今已将半月，未见悬牌，不知薇垣作何意见也。

十五日甲辰 子、丑牌，雨；寅时至巳，阴；午刻以后均晴。至童子章一信，内附至玉先一信，封交邮政局寄台。晚刻，周允翁同元培兄来叙半晌而去。拟八月初十日动身至台。本欲过汉口至申，趁长江商轮颇为稳便。顷据阿香言，过汉口有四天轮车，过天津两天轮车。但轮车费洋本善不多，奈四天轮车中多两夜宿栈，进出颇为不便。多两夜之栈房费，屈而计之，即两人川资，到台所差之洋三十馀元，又多两天轮车之辛苦，在实为难。余只改拟过天津趁轮至申可也。前余趁盛京商轮自上海至天津亦颇妥便，幸在八月中旬，乘坐轮船想无风浪。只愿值盛京商轮转申是为大幸。倘他日至石家庄时细探，过汉口与过天津稍多十馀元，再作设法过汉口可也。

顷仆人言抚署之仆从言恩艺棠中丞有简授两川总督，所遗山西巡抚即以藩宪宝湘石方伯升补之信息。前阅晋报所纪两川总督赵次帅有月之初十外出京之语。又未奉有明文，难以预料。晚刻，于元培兄言其友人云，两江总督端午桥制军有入京供职语。所遗两江总督缺系紧要，又兼南洋大臣，非向有素望大员难以政摄。端午帅果若晋京，想两江总督定是两川总督赵次帅及岑云帅两制宪调补。但岑宫保调补两江总督，则其两广总督曾已简命张安帅，倘赵次帅调补两江，则两川今尚无人，想恩艺帅奉简升补亦未可知。均以意想之事，难以果是，俟见谕旨之后可以为凭也。余拟果赵次帅调赴两江，则两川以林赞帅升补亦未可知。所遗两川总督一缺，赵次帅调后，总是恩中丞、林中丞两大臣简补。若端午帅无有入都之意，前言均难凭信。现晋省之晋报馆总办本是陈伯陶观察奉办，闻陈伯陶观察总办晋报颇多亏控，抚宪恩大中丞欲将晋报一事并入学堂，统归提学使署经手，亦是传闻之语，均未见明文，未识果是否也。以上两节，本非吾辈所言，但晚刻周允东明府及于元培兄相叙间言及是事，适值录记，偶然而书。

十六日乙巳 晴。余自四月初二日自家动身。十七日到晋，不觉之间已值三个月，如一日耳。日望一日，家君或赴本任，或得调署各缺，总是未见牌示，日夕盼望，真是望眼欲穿，心怀焦急万分，究不知何日如愿为幸。藩署牌示自初二日悬有奎太尊到省牌示之后，迄今已逾半月，未见署前牌示，究不知宪意若何，亦难预料。

晚刻，有李先生言，晋垣本地人颇少，非旗人即是官场中人，非官场候补诸公即是客籍经商，况城中大小各店各府州县人十得其九，本地人即一分亦常不足也。街屋住屋及租公馆之屋甚旧，最古者各衙署，但衙署，宋、元、明所造颇多，即民屋，宋、元、明所造而迄今者亦颇多。即所住之公馆非有福者不能久住，总不能出一年之外；能住一年之外而太平者，总能升官。近年进住是处公馆者李司马庆棻，补授丰镇厅理民同知而去；接而进住者汪太尊德溥，委署朔平府知府而去；家君接手暂租，自上年四月进住，迄今已逾一载，虽少破一的，尚可谓大事平安，不知能得效李司马、汪太尊，竟得升迁即能到署否也。

乃家君部选实缺吉州，虽与杨渭春太守不睦，而至调省已逾一载。又非因事调省，有所不同，无事调省数月，即可饬赴本任。况于时已久，何至未见牌示，出人意料。况家君初任云南新兴州任内，值戊戌大计，荐保卓异。甲辰五月由吏部带领引见，着以卓异注册候升加一级。按：卓异奉旨着加一级，系是实级，应升直隶州或直隶同知，或监掣同知，皆定于例章。无如府、直、厅等官大半归是督抚酌补，家君即升补直隶州知州、直隶州同知、监掣同知皆合于定例。而今以后，究不知饬赴本任，调署要中州、县各缺，亦不知升补直隶州或同知，未见藩署牌示，尚无定见。余遵例章所言，非余之谬语也。愿得速见牌示，是所万幸。据月波、焕堂两君言，家君任吉州时，待民仁爱，深知民隐，而告卸之后，州民颂德不休，而今吉州之民深感家君盛德，非平日广施善政，何至于此？则可见焉。

十七日丙午 晴。晚刻，至督练公所，晤柯叔瞻兄，相叙半晌。各友适均公出，未晤。同叔瞻兄至该处之后有北极阁，前奉文昌帝君神位，后奉九天北极帝君，左右两亭亦奉有神位，未识何神，未曾细阅。该处之东首前有关圣帝君神位，后有蔡公祠。据叔瞻兄言，蔡公者系前山西巡抚，殉难后，乡民戴德而建祠焉。该督练公所会议堂有楼上，即是御书楼，门均封锁，不能进看，未识藏书若干，不得而知。后有御碑亭。但此处系军乐队讲堂，又一队官宿在此处，未便进阅御碑如何谕旨。

余至晋署，无论大小居民之屋皆无楼上，除城门及钟鼓之外，只有师范学堂有三间楼屋。抚署中遥见有楼屋数间，此处有御碑楼一座，此外皆未见有楼屋也。但遥看有晋城城门楼及钟鼓楼，均有三四层，虽未至楼详阅，远看其旧时做工甚为细文，惜久未修，大半倒坏而已。本早时，前朝而无各等洋枪及各等洋炮，遇有战阵，均是大将对面接枪接战，故将城郭干固以备守御。鸣鼓则进，鸣金则退，故造钟鼓楼，高而易看。又发帑费而造，无不精致。自道光年间与各国通商以来，一切军器、枪炮等件日精一日，今若遇战，如庚子年者，真有不可思议之枪炮，加如是之轮船，仅砖造之城郭如何能御？城不能御战，故城楼亦置而不修。自同治年间迄今之军器已有如是利便，未识再后数十年或数百年，军器将于何底利快精便，定无限量也。

鄙见，自强之道，以理财及精制军器两项为先，其馀续即图之。如有实是理财之法、精造军器之法，两项并重，皆取功名，又准专利，其馀各事均以实事求是，无得浮华。各直省、直厅、州、县等官，今以廉薄责重，又多上官酬应，虽至贤者，如何能为？今之改制，确虽去上官，添理民之官，增廉俸，求实效为是。如每一省设一总督，总管大小文武各官，下设理财一官，即曰布政使；理民一官，即曰按察使。下即直厅、州、县，专管钱粮，确须实征实报。一直州，一直厅，一州、县，又设一理刑之官，与直厅、州、县相似，民为钱粮、田宅、屋业等事诉之；理刑之官，民有刑案诉之。管粮之官直接布政使，理刑之官直接按察使，皆以实事求是，力图自强之道。国朝立官，当时深谋远虑，本无可更之理。虽年长时久，不无粉饰，若不改更，责以实事求是，甚为至善。即或改更，倘若如是，不无裨益。未识撬衣大夫何词进献。余本一介寒儒，难言朝政，但日阅报章，议论纷纷，亦不无私议，偶作记草而书之。总而言之，现值圣天子在上，光天化日之下，慎用督抚大员，慎选道府、直厅、州县，须以实事求是。倘得上下大小急发天良，力图报国，须以百废俱举，足食足兵，后汉兴隆，即在指顾间耳。余虽草野愚氓，得蒙庇荫，鄙愿已足，复何求焉！

十八日丁未 晴。致童子章一信，交邮政局寄台。早刻，藩垣牌示，家君仍饬赴吉州本任。道途跋涉，路计十二日，异常艰苦，何可言欤！曾经饬赴本任，又不得不转吉州。家君嘱云，即将省城诸事稍为部署，即于八月初上赴吉接篆。晚刻，至尹东公馆中，晤柯伯祥、叔瞻昆季、元培、吉人诸君，相叙半晌而来。适辕门抄送来所纪署吉州曹灵秀期满遗缺，饬正任斯缺知州黄寿征回任云云。上年正四月初旬告卸，迄今转赴吉州已一年有半矣。家君言仍然转赴吉州，不如上年七八月间到吉。迄今已将一载，亦可望调署。愿得明年早调各缺，是所深幸。

十九日戊申 早至午初，阴；午末至申，细雨；酉牌以后雨晴，阴。致童子章一信，内附致寄叔文兄一信，交邮政局寄台。家君嘱书致陶寿农姻丈一信，家君嘱书致达云母舅一信，家君嘱书致周梅翁一信，均交邮政寄台。致陈祝再一信，交邮政局寄台城，托方一仁夥友毛鸿斋代寄长田，想无致误。早刻，家君诣抚、藩、提、臬、首道、首府，叩谢饬赴吉州本任牌示，均穿花衣，此循例也。周允东明府、周吉人兄、何木斋兄均来叙半晌而去。

二十日己酉 早至午,阴、晴;未牌,阴;申时以后至晚均晴。致章子修兄一信,致洪莲波参军一信,均交邮政局转寄。晚刻,至督练公所,晤陆槐卿明府锡麟、柯伯祥、叔瞻昆季、于元培兄、周吉人兄、何默斋兄,相叙一刻。伯祥言定础兄自五月间赴京,今已大学堂开学,尚未到晋,不知来否,尚未定也。槐翁虽是吾浙之平湖县人,但其先人以官到晋,今四十载矣。凡在省以官为家者甚多。续过允翁公馆中,适其至紫杭处,未晤而来。

廿一日庚戌 晴。致许眉甫先生一信,交邮筒寄典中遣价专送西山。致王子宜兄一信,交邮筒寄其府上。晚刻,至范若老伯处,晤牟伯谦太守、毛熙农老伯,同至顾子杭二尹处,相叙至晚,留过晚膳而来。

廿二日辛亥 晴。家君嘱书致张丹庭都督一信,交邮筒寄湖州协署。晚刻,至允东明府公馆中,晤元培兄,相叙半晌而来。

廿三日壬子 晴。家君嘱书致洪莲波参军一信,交邮筒寄静乐县城厘金局。致陈涵甫二尹一信,交邮筒寄丰镇司狱署。致应少圃表叔公一信,交邮筒(寄)郡。但陈涵甫兄之尊大人陈少尹载沣系实缺大同府丰镇厅司狱有年,今涵甫奉差至彼处催缴钱粮,定在其署中少作勾留。今日函去定能接洽也。家君今日奉到藩宪饬知回任吉州本任,定在八月初六、初十两日自省垣动身至平阳府少作勾留,候廿五日到吉州城,廿七日寅刻接印任事大吉。幕友沈梅史先生议定续弦,于明日喜期,仅住数日,税屋不便,即借住公馆。余客间移出外箱房,即将此房借给与彼矣。

家君吉州书启幕友允请眉甫先生,因束金未曾说妥,不便即叫其来晋,俟余到家与其说妥束金后即请其来晋可也。眉甫先生书启未甚内行,但署中书启一席,本无紧要,无如署中公事一切如何来往,彼均深知,一有不实之人,定招是非,故相酌要事之幕友定须忠厚可靠为要。但眉甫先生人尚厚道,因此将就而已。俟将送关后即请其十一月初旬到晋,以便办理年禧公事。今到任之初,家君意将上行一切贺禀均托夏勉夫先生代为启稿带署缄发，平行一切即托沈梅史先生代办，此为至善。凡为官者如用书启幕友，事本颇不要紧，其人定须择其厚道，以免另生枝节，是为至要。

廿四日癸丑　晴。致童子章一信，交邮筒寄。家君早刻赴各大宪署，叩谢饬知，并锡[1]财政局学习首县帮审等差使。沈梅史先生及其新娶夫人于午膳后进住，家君备席于明日申刻，今日柬请陈范若老伯、牟伯谦太守、茅熙农明府、顾紫杭二尹、沈梅史先生、周允东明府，均已允到。前汪子佩主政言新授平阳府沈子封太尊大约七月之杪可以到省，今七月廿四日矣，尚未下车。家君已定八月初六日赴吉州，未知时能得接洽否也。家君择定八月廿七日丙戌日亥时接吉州印，自初十日由省垣动身，过平阳府少作勾留，大约廿四五日到吉州，以便廿七日任事也。

廿五日甲寅　子、丑牌，雨，不甚大；寅时至酉时，阴；戌后，雨，不甚大。致童子章一信。内附致邬丽生先生一信，托查家君廿七日任事吉日。家君晚刻请客。惟牟伯谦太守、顾薇生参军两君未来，茅熙农老伯、陈范若老伯、周允东明府来谈，过晚膳而去。接童子章一信，云及新任分府吴闰生司马嵚系山东人吴仲怿侍郎之公子，副贡出身，并言台属自六月初上见雨之后，至初十日写信时均未见雨，稻田竟成白地，伏求上苍速降甘霖，以惠台民，是所深幸。此时已经集圣庙已设坛祷雨，至今想沐苍天鸿养，曾已迭降甘霖，是所至感也。

廿六日乙卯　阴。致洪祝南兄一信。家君嘱书致分府宪吴闰生司马一信，均交邮筒转寄。晚刻，牟伯谦太守公馆中，相叙半晌而来。今拟定八月初一日旋里，苏焕堂亦欲至家，余与其同行也。接秉彝宗伯自十五日所发一信，言及尚未得雨，心甚焦急万分。查七月十五日系是处暑，幸得七月二十日之内上苍迭沛甘霖，尚有三分之一可以收成，否则，台州无有太平之日也。所幸苍穹鸿恩至渥，定能二十之内

---

① 疑为“谢”。

速惠甘霖，是所万幸。况二十左右迄今晋省连日阴暗，南省得有大雨亦未可知。时值处暑，至秋分一月，雨最要急，定沐上苍孚佑，雨泽已沾满足亦未可知。晋、浙路途数千里之遥，未能日日得接家信，今已大雨，水塘皆富，亦未可知耳。天地生人，在于一时一刻，定受上天覆载鸿恩，早沾大泽，是所深感、深切也。

廿七日丙辰 晴。家君致童子章一信，附余寄子章一信，致秉彝宗伯一信，均交邮筒寄台。回忆家乡，未识曾沐上天孚佑早沛甘霖，已养台民否也。不得预知详晰，心甚异常焦急，想能得遂鄙愿也。家君定初二日遣张庆赴吉，发给红谕，并携带另星等件。家君柬邀周吉人、何默斋、鲁指南、柯伯祥、叔瞻及现在大学堂之吉州绅士，订八人晚膳，相叙席散而去。拟于八月初三日定玉珍楼请同寅诸公二席，每席计洋四十元，系开洋四百枚，拆英洋三十六元，两席而计七十二元，合计公馆做菜两席，计洋一百元矣。移在家乡，计酒四席不过洋三十元耳。晋垣酒席如是奇贵，亦所罕见。闻家君现幸悬牌即云转吉州，而同寅、同乡酒席酬应万不缺也。余于八月朔日旋里，前来时各亲友酬应颇多，欲购晋垣土产送人甚少，饬价购有潞党十斤，开洋九十六角，黄耆十斤，计开洋七十六角。除此之外，无有可买送人之物，只得少酬应而已。

廿八日丁巳 晴。回忆家乡已沐上苍孚佑早惠甘霖，以慰养台民否也，心甚至念。致达云母舅一信，致玉先一信，均交邮筒寄台。早刻，至允东明府公馆少坐即来。午膳后，周允东明府、牟伯谦太尊、周吉人兄同督练公所之股官唐君及陈寿森明府来叙半晌而别。按：陈寿森明府系范若老伯之令侄，监掣同知姚漫云启瑞之令祖。前以知县指山西候补，授某县知县，值漫云太守题补监掣同知，以翁婿不能同省以实缺回避，呈请开缺指离省，指分河南归候补班补用，曾补授河南开封府新郑县知县[①]。据云河南州、县缺分均佳，惟候补者甚

---

① 页边注："陈寿森兄系是典史，误记知县也。"

多,补缺均非易事。彼已补缺,即曰出头矣。言禹州前每岁可剩四万馀金,今则四处酌减,尚有四万馀金。移至山西,即浑源、应州两缺虽曰极佳,不及禹州三分之一,可见究与山右不同也。所碍者只人员太多之虑。

柯定础兄来叙一刻,言七月初五日自台州动身,道过京华,已于廿五日抵大学堂。彼本京城大学堂优等毕业,以举人赏给内阁中书加捐主事,尚未分部,即未分部,亦最便宜之事也。言及台州于夏间举贡朝考诸公,焦文机等三人皆以一等知县用,邱斐南明经以内阁中书用,太平金仲波兄仍以主事注册分部学习。以台州而论,可谓增光矣。并言陈禹钦明府以知县指分直隶试用,到省未久,即得有研究所差使,月得薪水银六十两;天津县文案,月计薪水银五十两,此亦不易耳。况直隶如是大省,候补如是之多,得有两差,每月计得薪水银一百一十两之多,无大力量而来者定不能至此也。

家君将王麓台之山水手卷一轴交余带还咏仙兄。家君今日定玉珍楼酒四席,初二日起请四大幕,初三日请同寅,初四日请同寅,初五日请财政处同事,每席寄开洋四百一十角,四席共计开洋一千六百四十角,连自做请客酒两席,共计两千角,拆洋二百元,可谓奇贵之甚。若在家乡,即在杭州,如是鱼翅酒六席不过计洋六十元而已。即用燕窝,不过八十元耳。今在此间,菜是鱼翅,价有如是之昂,非是罕有,即是罕闻也。谱香母舅附允东函内与余一信,云前宅章家之事,经下洋祠人代为主持,未知下洋祠何人代经,未知何人代经,尚不得而知,不知如何了结也。并言信任分府宪吴闰生公祖与沈东洛公祖局面访拂,遵照海防同知本分而行,沈东洛公祖不谓不及,但台州同知一缺非行过分之事,即云其过于仁慈也。

廿九日戊午　晴。致章子修兄一信,交邮寄台。接玉先家信一封,系七月十四日书,十九日交邮,云台属尚未得雨,心甚焦急异常。既十四日曾已写就,至十九日方送至海门,何至如是延搁也,实属不解。未识该函写就之后连日大雨至十九日方可行路,亦未可知。只求上苍早惠甘霖,已慰台民之望,是所深幸。周吉人兄及伯祥、叔瞻、元培、木斋、指南诸君柬邀家君及余晚膳,席设第一楼酒馆。家君允陪,余即辞谢不克。午膳后至大学堂,专谒柯定础兄,适允东明府、指南兄、吉人兄均至定翁处,相叙至晚,同至第一楼,晤伯祥、叔瞻、木斋、元培,并家君亦至是处,相叙席散而别。但该处桂花颇多,又有夹竹桃等花,虽属人工所为,亦颇为工雅。生在晋省,如此酒馆,可谓第一楼也。有张中丞板对一副,有连仲甫方伯板对两副、程伯皆观察板对两副。亦水中一亭,似郡城之半勾亭相似。但晋垣只有此处一湖水耳。同乡相叙甚为至乐,愿得家乡早沐苍天爱民保赤,已惠甘霖,早慰台民之望,是所至幸焉。定然若是,乐则犹幸也。定础兄云,王籽舜兄现在京都工艺局织坊科为总办。但京都工艺局在北京城内四眼井地方。

三十日己未 早至巳,阴、晴;未、午两牌,阴;申时,细雨,片时即晴;酉时以后均阴、晴;戌刻,雨。早刻,顾子翁来云欲至府上一走,约余同行,少坐而别。即至督练公所,晤柯伯祥诸君叩辞,相叙一刻。续至允东明府处少坐而来。晚刻,本至牟太尊处,路晤范若老伯及允东明府,同至寓中,相叙至晚而去。言寿森兄系补授岳阳县典史回避呈请开缺,改指河南候补,现补授新郑县典史。日前误记新郑县知县也。牟伯谦太守托余代带家信并照片一包,周允翁明府托余代带家信并另星一包,外注云是潞党参,即遣价携柬至牟太尊及范若老伯处叩辞。本余亲去,时天色已晚,即此将就而已。晚膳后,雨。但是处雨虽不多,曾已富足,未识家乡早经大雨沾足,晚禾悖然兴之,已沐上苍孚佑,迭渥甘霖,培养台民,是为深幸。

第二十一章

丁未(1907)八月初一日起

八月初一日庚申 晴。福洪莲翁一信,交邮政局寄静乐县城。致顾子翁一信。致玉先一信,交邮政局寄家。回忆家乡已沐上苍孚佑迭蕙甘霖,以慰农望否也,心甚焦急,得遂鄙愿为幸。但家乡如是情形,奉家君面谕,本拟今早动身旋里,兹因侍妾染恙颇沉,及余亦稍有不遂,改定初三日首途。致玉先一函,专为此事而言。想初三日动身,三天抵直隶天津,初六、初七两天趁轮,大约四日可抵沪江,少作勾留,道过甬江,大约十八日可以抵家也。只求七月三十日之内,家乡以及各处雨水均沾富足,晚季约有一半可收,是为万幸。鄙愿吃亏于己,受益于人,足余之志也。未识吾台及各处民心早已安定、谷价曾早平直,是所至幸、万幸。家君嘱云,另日许眉甫先生来晋,至平阳府城寓五合店为妥。但五合店时有吉州人至府所住之处,若有转至吉州之车马,附趁更为妥便。何默斋先生言,四马路棋盘街老巡捕房对门同春堂赵宗济售龙涎香老引戒烟丸,每瓶计洋一元,嘱买两瓶寄晋,并云,此等戒烟丸功效甚好。上海中西大药房哥鲁町之洋药专治急症,功效甚为佳妙。侍妾食哥鲁町及何默斋所开之方均颇照对,惟吐数次,想无窒碍也。

初二日辛酉 晴。家君设席玉珍楼,柬请傅、李、何、萧四大幕,并邀范若老伯及熙农老伯、梅史老夫子陪客,并家君作东,计八人。尚初四、初六、初八计分四天,均应酬而不能从俭也。未识早沐上苍庇应，已渥甘霖以慰台民之望否也，未得实音，心甚念切。侍妾之恙，早刻仍请何默斋先生诊视，方药下后颇见功效，可以无虑，明日定然动身旋里。早刻，牟伯谦老伯来叙一刻，托余带台代买黄岩县城之粗烟开洋四十角，代为捆就，代寄沪江永宁公托王莲卿兄转托顾紫杭先生代带晋垣，并言顾子翁亦明日与余同行，颇为致善。并茅熙翁来叙半晌而别。午膳后，至牟伯谦太守公馆中，适范若老伯、寿森少尹均已公出，留片致候而来。家君嘱余赴申买全鹿丸约洋三四元，即交邮筒寄晋。晚膳后接洪莲翁一信，并寄家君一信，附开洋六百六十五角，宝银一锭，计重五十两另三钱二分。内开洋一百角托送其府上，即交月波代送。其馀开洋五百六十五角带还家君上年代垫之款，即奉家君矣。但宝银欲与家君暂用，由舍还洋其府上确交其令堂察收。家君嘱云，省中需费已足数敷用，若代带台难于兑汇，沪江银价又低，即交月波就晋泰官银代为兑汇，明日取有兑单，即附函寄交，共计所兑开洋若干，照数带台，即送交其府上可也。

初三日壬戌 晴。早刻，致洪莲翁覆信一函，交月波转交其车夫带转静乐厘局。但莲翁托代之宝银亦于早刻叫月波至晋泰银号兑拆，亏水一两，计四十九两二钱七分，昨称五十两另三钱二分，计平头及亏水，所差一两另，兑开洋八百三十七角五分九厘。家君嘱云，原单面交莲翁，照单另抄一纸附在函内寄交。所兑角子均已附带，俟到台时专送其府上可也。并附致其令弟祝南兄一信。早晨，叩辞家君后即行上车。余自一马车，焕堂表叔及仆人从福并行李等计一大车，于上早七点钟许动身，晚刻六点钟抵榆次县北门外永成客店住宿，轮车亦在相近，明早即可趁轮车而行，颇为妥便。回忆家乡已沐上苍孚佑迭渥甘霖，早慰台民望切也。

初四日癸亥 早至巳，阴、晴；午刻以后均晴。想早刻之阴，南省总有甘霖之望，是所深幸。早刻，五点五分钟即由榆次趁轮车，至晚刻六点三分钟抵石家庄，仍寓大兴栈。自榆次抵石家庄轮费每人计大洋三十五角，三人共计大洋十一元五角，另星每担轮费计大洋二元二角，一切栈费在外。今日乘坐轮车甚觉辛苦，不如四月中旬诸多安点也。至栈之后，甚为劳力，拟明日暂搁一天，初六日趁轮赴天津可也。栈房主云，山西臬宪丁默存廉访宝铨自初三日由京动身，至石家庄时亦寓是处栈中一宿，计今日初四可抵榆次，初五日可进省城，并云初六日接篆，斯言不谬也。顾紫杭二尹亦因丁廉访将近到省，谊属同乡，不得不待其到省晋谒后而行也。

初五日甲子　子、丑、寅三刻，雨；卯牌至巳，阴；午、未两刻，晴。申时以后至晚均阴。在山西省城与石家庄（系直隶获鹿县所属），较其天气相去一月之候。现八月初旬，在太原穿絮近身夹袍尚冷，至此处石家庄，穿夹近身纺绸长衫，尚见其热，正有相悬一月天时也。本于早刻趁轮车至天津，因昨至此处人不如适，在此将养一日。但此处之大兴栈诸事亦颇如意。但四月间经过此处一宿即行，未曾细阅，今宿两夜，于早膳后至外处细看，颇为热闹。前未通轮车之前，不过一荒野小村耳。今有如是热闹，前后大相悬殊，看来此后更增热闹。但轮车一自天津至此处，须要一宿；一自河南彰德府至此，亦须一宿；一自山西榆次或太原至此，亦须一宿；一自北京至此处，亦须一宿。每日有四处铁道相通，每处客人多则七八百人，少则五六百、三四百人不等。又有货物如此之多，又洋人在此督造轮车一切机器等件，往来如是之多，一年则多一年，一月则多一月，一日则多一日。但铁道相通者，甘肃、陕西、山西、云南、贵州、湖北、湖南、河南以及西藏等处，又有两广、闽浙、江南、江西、安徽，过汉口乘坐轮车北上者及北京赴各等省大小客商及文武官场经过此处，均须暂宿一夜。如此人客，故应有如是兴旺，不言可知。况本省直隶至就近各府，乘坐轮车官商亦须经过此处，兴旺之处定然推广。虽不及上海、汉口两处码头，将来过客逐日加增，定见不让诸处也。市中所卖物件，因是初立码头，虽不甚佳，亦色色皆能足备，将来定见洋商大贾成聚于此处耳。古人云“人杰地灵”，即此而言也。

是处雨水已沾富足，又时有见雨，遥想家乡以及全省各府，定能早荷上天渥沛甘霖。前在晋时，阅晋报所纪河南亦久未见雨，已于七月中旬曾已雨施全境，想全浙各府州县定能甘霖迭施，是所深幸。上月中旬，在晋时见有多夜护云，昨夜初则护云，继即下雨。今夜又是护云，想北省护云，南省定然施雨，家乡雨水富足亦未可知。能得七月二十左右，雨水富足，晚季收成亦有一半左右，得能天、仙诸处，八月稻虽去少许，得有五六分收成，不致甚于惊恐。能得如是，足以万分之幸。俟至沪江，则有实在消息也。看是处石家庄设有巡警局一所，口角是非之事则归其理处，想是佐杂分驻之所，如有要紧之事，定赴获鹿县清理也。但是处南北东西大约有十馀里方圆，地皆沙土，而又平正，将来定能创造马路，以便马车及东洋车往来之妥便。今虽未造，已有洋人驻此颇多，洋房亦有多处，往来客商又如是之多，况以一片荒野小村，已成颇为兴旺之码头，至造马路，定在不数年间耳。

余阅北省民间颇为艰苦，民亦颇诚厚；南省地本奢华，人亦颇为浮华。故北省安如磐石，南省每多盗贼。但北方纳[1]苦，民能纳苦而无生损廉耻之心；地方奢华，民间所进不敷所出，定至相损于廉耻。人将廉耻若丧，何事不可为！北省非人人皆为善类，但能纳苦纳劳，则日用非奢，不致饥渴定不致为伤风败俗之事。南省亦非人人皆为非善，但地方过于奢华，日有所出之所，而无所进之处，不已为此无廉无耻之事也。总而言之，北省人能劳苦，即遇水旱，不致过于伤切。南省平日过于奢华，即是大有之年，已不敷其食用，若遇水旱之年则多盗贼之心。故纳苦之处则能久处，若奢华之地，非是久安也。为南省、北省，求天年之大有，岁岁平安，是所至幸、至切、至感。

初六日乙丑 早至辰刻，阴；巳牌以后至晚均晴。早晨六点钟自石家庄动身，至下午七点钟抵天津镇，暂寓泉盛客栈。但石家庄至天津购三等轮车票，计洋四元七角，行李每担计洋两元三角，若交栈房购买，每张均要扣去一角。在石家庄大兴栈，客饭费钱每日每人计三

---

① “纳”当为“耐”，下同。

百五十文，但上、下力进出栈每人每样均计五十文，余此次三人算去六百文，想照人增加也。惟开洋每枚仅作铜钱八十文。但茶水、小力计洋四角，车夫代力又计开洋四角，此分外之费也。乘坐轮车虽云极快，全日只坐而立，万不能睡，此极至苦，今已轮车两日之苦已过，想轮船较之轮车稍可安逸也。在栈中晚膳后即至太古码头，询其栈主，言盛京商轮于今日上午十点钟开往上海矣。余若勿以石家庄阻搁一天，今日曾已开行，便之至极也。今盛京商轮既已开行，据云招商之遇顺商轮于初八礼拜日上午五点钟开往上海，俟明早与其说妥，能得初八日早辰开行，则亦初十或十一两日可抵申江矣。

初七日丙寅　早至午刻，晴；未牌以后至晚均阴。想远处定是下雨之景象，回忆家乡已早沐上苍迭沛甘霖，是为深幸。早膳后，亲至遇顺商轮，买有格子舱船票三纸，每纸计洋八元，即将该洋均付该轮之经理客位之邵家浩手清讫，邵言明日上早六点钟该轮开驶至烟台、上海诸处，晚刻即可到轮。午膳后即与焕堂携仆将行李移至轮中安置。但搭客甚多，颇为踞脊。晚刻，因商轮未开行，晚膳仍在馆店吃后而来。各处接客之栈均甚可恶，莫过于天津之最。未到将到之时，该栈之接客僧恬言蜜语、情如胶漆，允其进栈之后，初接之人不知去至何处，其馀各人托其买物莫不对半吃扣。若船票叫其代写，洋候叩取，则出门之时仍然甘言数句；若不叫其代写船票，及有未遂其所欲，则出门之时如同欠多还少之相像，客之行李，彼即置之不问。此等小人，处处皆然，以天津犹甚。尚在上海之台州相识者所开栈房尚不至此，其馀之客栈，均不相上下也。余昨进泉盛客栈，余与焕堂及仆从三人仅饭一餐、宿一夜，计房租一元五角，计三人行李大小共十二件，照彼开上力洋七角，上栈一元四角，出栈二元八角，下力钱七角，共计洋七元一角，均照数付后，又茶房及送客酒钱开销十二角。惟买船票，余自向船购买，未满其意，出栈之时语言颇为无趣。幸小费均照其所开，行李尚无失落，为幸多矣。除天津之外，各处不致如是也。

看此处之芦花枕，大号每对计开洋五角，小号每对计开洋四角，尚不甚为昂贵。但余赴晋之时，承各友人送有茶点计有数十分，即购大小十六对，又购五加皮十二瓶，带两物尚可敷衍酬应。惟至天津带家颇为不易，想至沪江之后，幸有商轮直至海门，不致为难也。

初八日丁卯 雨。早晨六点钟，该轮开驶，至塘沽时上午十二点续钟，因装载浙江铁路公司之铁板、机器等物，停搁至夜开行，如是迟延，三天能得至申否也。遥看四处烟云蔽合，回忆浙江各府、州、县，定施雨泽，未识七月二十之内已沐上天孚佑迭惠甘霖，晚禾早皆兴发如初，倍养台民及全浙民生，是所深幸、万幸。

初九日戊辰 雨。该轮于早晨塘沽开，至下午二点钟以后，风浪大作，云是慢彝浪，行坐悉均不安，午、晚两餐均不能进而又吐浪。余出门初次吐浪，人甚不安之至，如同大病之后也。

初十日己巳 阴。大约上午十一点钟风浪少静，早饭仍不能进，午饭少吃一的。下午一点钟至烟台，该轮暂停，二点钟即行，风浪少静，人亦能行走。晚饭仍然未吃。未识家乡何时雨足，未得实音，心甚为念。

十一日庚午 晴。该轮值走黑水洋，均幸顺风无浪，饮食亦颇有味。同人云，明日可以抵上海也。该轮陈先生言，自上海至天津往来商轮颇多，但招商局之安平、新济、怡生、怡和、洋行之景星。按：怡生即怡和洋行亦未可知。此上各只稳而且快，其馀如招商局之新裕亦颇快，此外三公司之商轮均与遇顺不相仿佛。如太古之盛京船本不大，有黄岩人张琪祥先生在其中为买办，诸事藉可招呼也。

十二日辛未 早至巳，晴；午初，阴；午末，雨，不甚大；未牌，阴；申刻，雨；酉时以后至晚均阴。大约上午九点钟抵茶山，过茶山以后，海水与上海十六铺仿拂也。该轮至下午三点钟抵埠。据郑汉泉先生云，若景星、新济、新裕等轮，上午七八点钟时即可抵埠，遇顺每点钟仅走三十馀里，景星、安平、怡生、新济每点钟可走水道六七十里。下次往北定趁安平、景星、新济、怡生是为至妙。但郑君汉泉系镇海人，庚子、辛丑并科举人，本年考职以县丞指分江苏候补，赴京往返多次，斯言不谬也。抵埠后即至棋盘街新安泰暂寓，适遇周笃初兄、周公甫兄、戴友仁兄、周召棠兄，诸君赴杭欲考学堂而不果，方来，亦寓新安泰。云及杭州诸处晚季均佳，云台州至七月之杪雨尚未通。闻言之下，不胜诧异，如是以来，台州匪徒更增，如之奈何。总求上苍孚佑，即迟雨足，晚季亦有一半左右可以收成，是所深幸。但愿天台、仙居诸处八月稻亦有六七分收成，为幸多矣。彼之所言，亦不甚实，今亦相逾多日，得能雨水早足，晚季转有生机，是为万幸也。

十三日壬申　日，雨；夜晴，阴；致申桢夫兄一信，并附送芦花枕一对、五加皮两瓶，交小招带奉。致何默斋先生一信，外附龙涎香戒烟丸两瓶，交邮寄至山西省城督练公所。但托邮政局带物诸多未便，当叫二头送交，颇多转拆，须要验费开洋四角，外加保险费又要两角。所用小费，虽言小事，其中转拆，甚属为难。余因默斋托买戒烟丸，既已代买，又不得不代其寄晋，其中转拆甚为周章也。小招言，台州、太平自泽库以南雨水均已富足，泽库之北至江岸一带，晚季恐难收成，未识得沐上苍孚佑，能得薄收否也。但天台、仙居诸处虽云缺水，亦不甚为歉收，惟未目见，亦难凭信。并言永宁商轮账房戴云珊先生于七月间仙游，闻言之下，代为一叹。但云珊先生相交十年之久，彼在永宁，托其代带一切及托宁波各事，彼若能为者，无不甚心焉。如是作果，正所谓"哲人其萎"也。在轮船中作夥，如云珊先生者亦少有也。再觅如是之人，亦是不易。

阿昌云，仲甫兄现接开老级陛栈，彼亦在申江，即嘱阿昌兄送其菲物两件，彼来栈两次均未会晤为歉。早刻，至十六铺大成水果行，晤徐贤昌先生，相叙一刻而别。戴友仁兄挽余同至中国通商银行报捐盐大使职衔，现捐虚衔，江南赈捐局上兑仅是一成，甚为便宜之至。二头之永利明日动身旋里，余所购送友礼物颇多，均交其带台。余拟趁可贵商轮到台可也。小招言，家中所畜之马于前日倒毙。但此马自乙未二月间买来之后，本不欲变卖，因上年童子章骑至海门将脚损伤，当时又将女妪踢伤。余因欲出门，马在家中，又恐童子章仍蹈前辙，当时将马送于王丽斋先生代畜。上春因梅五姻丈无马，向其牵转，即送与梅翁代畜。不想马脚已伤，以致夜间放出易于倒毙。虽是有数，初时被童子章所坏也。

黄岩余棣生比部树棠、朱劼丞工部文劭因赴东洋肄业法政毕业，于四月间归国，今早趁盛京商轮入都供职。彼来申，亦寓新安泰。余昨晚进栈，彼两君均已出外，今早出门，余尚未起，未曾会晤。俞、朱两部郎以钦点主事往东留学法政毕业，现今晋京供职，值在部务纷更之候，想可调赴外务部亦未可知。如是三年攻苦，想能易于补缺。但主事一官，无论钦点及举人、小京官，一切捐纳出身者，补缺均非易事，能得游学之后易于补缺，亦不枉费一番攻苦也。但未见明文，难以预料。想再考试一番，亦未可知耳。戴友仁兄考名士瀛，与曾六舟先生同名也。仆人从福言仲辰宗叔同张葆初、张辉生、大炮八、永利商轮茶房三妹合夥接顶永宁公客栈。但仲辰宗叔能合夥拼开客栈，久宿上海，亦出人意料之外。

十四日癸酉 晴，致童子章一信，并附在申买就送人各物，捆就衣包一个，另星三捆，均交二头就今日永利商轮带台。周笃初、周召棠、周公甫、陈我轩、冯少吹、陈哲生诸君均于今日趁永利商轮归家。早刻，至四马路西石路连记老级陞栈，晤张仲甫兄，相叙半晌，留过午膳。但是处系同芳里，其屋前后两进铁料之洋床三十馀张，并一切器具均是宁式木器。阅其章程，上等客铺每日房饭计洋一元，中等五角，下等三角五分。如是客栈住宿颇难为情。若在上等，则费用太多；中等，恐未必有空；下等仍难为情。仲甫兄言，曾将宁波黑蜂同之屋变卖，接顶是处客栈。需费太多，恐致不能赚钱。仲甫兄现将其夫人、令郎均已带住是处，现在装式颇为辉煌。云及丹亭兄宁波之屋均已托周孝友代为经理，一切已将告竣。但丹翁湖州协台之缺每年仅只两千左右，尚不及提中参缺之佳，意欲呈请告卸，赴闽寻觅镇缺。倘能如愿，吾台亦可沾光矣。

同仲甫兄至永宁公客栈，晤仲辰宗叔、张葆初、张辉生，相叙半晌。云及王莲卿自永宁公退顶后，另自住五马路，现永宁公账房系张辉生经手。前日牟伯谦太守托余代买粗烟开洋四十角，寄托王莲卿收存，俟顾紫杭旋晋时便道向取带晋。顷因王莲卿告退，恐另日顾紫翁来询，不能接洽，余将托带各情书明，面托张辉生另日粗烟买就寄交张辉生，以便顾紫翁至永宁公向其账房张辉生取带可也。少坐而来。适孙鸣辉先生来叙半晌，云及许河标先生之玻璃店号曰许永利，与本栈相去不远也。

论及仲甫所开同芳里连记老级陞栈屋好，及一切器具皆好，用费太多，恐不能赚钱。永宁公所拼各夥均非开栈之人，恐致不久及作罢论。林槐生所开棋盘街新安泰客寓，人客虽言不多，台州人颇能相信，亦能连络，所幸需费不奢，彼父子自能经理，诸事均可从俭，即至不能多得利益，亦不致亏控也。余论台州人所开三栈如是，将来果得应验否也。家君嘱买扇面三把均已买就，未知托何人书画为善。

十五日甲戌　晴。奉家君一禀，第一号，内附致月波一信，并头髻网六个，交邮政局保险寄至山西平阳府城托王书五代收，觅妥转寄吉州署。王伯然二尹、牟叔伦兄均自东洋肄业归国至此处，亦寓新安泰，互相畅叙半晌。晚刻，至上海县城内购买另星，过咸瓜街阜兴昌三号，晤孙拱辰先生，相叙一刻而来。仆人言，娄祝三兄来访，未晤为歉，言寓同福祥客栈，明日往谒可也。伯然兄云，牟叔伦系毛畲人，其叔即娶十里铺陈氏，是余继配陈氏之姊也。

十六日乙亥　晴。寄奉家君二号安禀一封，交邮政局保险转寄山西平阳府署，托王书五先生代寄吉州署。午膳后，至日新街许永利玻璃店晤河标先生，相叙半晌而来。续后，李炤甫先生来叙一刻，言及周载熙兄于上月染恙，适陈春亭兄来云，载熙兄贵恙曾已安痊。春亭为购买货物而来。李炤甫兄亦赴东洋，道过是处，于明日同伯然、叔伦同赴日本。炤甫兄现寓同福祥客栈，春亭现寓永和泰客栈。但同福祥系北岸泉井人所开，永和泰即陶常熙花罗也。同福祥在三洋泾桥临平里。续至同福祥，晤娄祝三兄，相叙一刻，同至栈中，少坐而别。炤甫兄言，岑云帅今在杭州西湖养病，奉命出使日本大臣李柳溪星使因云帅在杭，其父李明府思敬亦在武林，故出京时即至杭州少作勾留，即赴日本去矣。伯然兄云，山西平阳府宪沈子封太尊与新任直隶总督杨莲帅有儿女姻亲。其兄安徽提学沈子佩学使在南皮张相国两湖节署作幕有年，前简江西赣州府知府，调补首府，升任首道，署臬宪，奉简安徽提学，数年间耳。今沈子封太守奉简山西平阳府，想其题升定是易事。罗复初兄(云)黄岩王西云兄配亲杨慎三太守道霖之女公子，今辞南京差使，同朱劭丞主政、余棣生主政赴京入赘。

十七日丙子 晴。牟叔伦兄、王伯潜兄、罗复初昆季均于早刻趁轮赴东京。伯潜兄托余代带包裹交申桢夫兄或徐富春兄寄其府上。早刻，至仲甫兄之老级陞栈，适仲甫来至余处，同至朱似兰兄处，晤许河标先生，相叙一刻而别。午膳后，至愚园玩游半晌，过永宁公，适其各人均已出外，未晤。来栈，言许河标先生来过，未会为歉。在沪数日，人声最为嘈杂，往来者可谓多甚，真是天下第一码头也。有路桥人于早刻趁可贵商轮来申，言家乡秋间雨水情形，自泽库以南至太平诸处，晚季可谓大有；黄岩城之西乡各庄村亦有一半可收，今雨亦足；自泽库之北、家子、海门以及江岸一带，今尚缺水，晚苗槁矣。得速蒙上苍孚佑，迭渥甘霖，则有四五分可以收成。郡城之上以及天台、仙居各方亦有一半收成，与前二头之语亦是访拂也。余未至家，言虽若是，不以实然，总以至台到家后得有实在消息耳。朱似兰兄所住之处系英四马路永康老栈间壁。但上海四处所遗字纸颇多，何地方若是之大，敬惜字纸者竟至如此需人也。

十八日丁丑 阴。如是景象，不知何处定然有雨。早刻，许河标先生及张仲甫兄来叙半晌而别。即嘱仆人整束行囊，挑至可贵商轮安置房舱。于午膳后过仲甫兄老级陞栈少坐，续至永利商轮局，晤杨伯藩及周玉峰，相叙半晌。伯藩托余代带长衫与喜亭母舅，即饬仆人从福收藏，俟到家遣人送交可也。屈计川费不敷，向伯藩撮有英洋两元，并晤陈芝锘，相叙一刻，云从安徽来，亦趁可贵商轮旋里海门。并言沈子培方伯本是实任安徽提学使，当冯梦花中丞护院时，连仲甫方伯未曾到皖，即奉命以沈子培方伯署理。现连仲甫方伯曾已到皖，而沈子培方伯仍然提学使本任。看来沈子培方伯定然封疆不远也。

十九日戊寅 阴。该轮于上午十一点钟抵定海，适永利商轮亦停是处，其茶房二头来轮云，前交带各件均已送去，家中均已安吉，并嘱二头到申付洋两元于伯藩也。永利于二点钟开往上海矣。并晤梅开和尚，相叙半晌，云自四月中浣到申龙花寺，方今旋转至天台国清本寺也。

二十日己卯 早至巳，雨；午牌以后至晚均阴。该轮至十二点钟抵埠，焕堂即同林先至家，即将轮船各物交农工后，至永宁局，晤杨子云、徐富春两先生，少谈一刻。即将王伯然兄托带之物面托徐富春兄代寄。据富春言，申桢夫府上与伯然府上时有往来，托桢夫兄代带颇为妥便。即乘舆至家，面叩祖母暨母亲，均获平安，小妹亦在家中，均安，两女均吉。即分送戚友人情，但礼物不多，尚不敷分送，俟明日再行购送可也。达云母舅、梅五姻丈、寿农姻丈、秉彝宗伯来叙至晚而别。云本年异常之晴，如之奈何。得沐上苍孚佑，迭渥甘霖，尚有三四分可收。幸路桥之南、太平诸处尚有八九分可收，惟郡城之上、天台、仙居八月稻仅之一半收成，明年深甚为念。

廿一日庚辰 晴。如是又晴，心甚焦急，得沐上苍孚佑，速渥甘霖，晚季尚有三四可望也。致牟赞卿先生一信，并附其伯谦太守家信、另星。致王子莘先生一信，并送潞党、黄蓍各一把，均交玉先带至黄城分送。前伯谦太守托买粗烟，亦交玉先带黄代买。早刻，至允东府上、少云、谱香、达云母舅、蓉秋、梅五姻丈诸处少坐而来。晚刻，至秉彝宗伯、子宜处，适其公出，未晤为歉。至煦东宗伯处，晤金子和兄，相叙半晌而别。即至楚言处，云二婶染恙稍愈。即同楚言至家，适应玉铨、叶蓉秋、醉香、作羹、道周、六舟先生、梅五、伯寅、咏仙、子能表叔公来叙至晚而去。晚膳后，至子宜处，晤梅五姻丈、宗山诸君，相叙半晌。云晚刻至家，适谱香母舅亦至家中，值两路相歧，未晤为歉。

廿二日辛巳 晴。今日仍然未雨，心甚焦急，得沐上苍孚佑速渥甘霖，是所深幸。早刻，至六舟先生处，及至吴玉成、周梅翁、周建西、周淑芳先生、周载熙、黄少愚、王克仁、黄伯寅、咏仙、王子宜、邱楚言诸处少坐。因煦东宗伯邀余午膳，席设江边堂后亭，即至是处，晤煦东宗伯、吴玉成、金子和、范靖轩、翁子俊、王云梯诸君，相叙席散。即至楚言处及心斋宗叔处，相叙半晌而来。至作羹处，适其未晤为歉。载熙兄之恙亦愈，方能进食。家君嘱余带还咏仙兄之王麓台山水手卷，即于早刻至其府上时面交矣。晚刻，秉彝宗伯、心斋宗叔、少芳兄来叙至晚，留秉彝宗伯过晚膳，同至楚言处，晤丁辅香兄，相叙一刻而来。

廿三日壬午 晴。早刻，至秉彝宗伯处，相叙半晌而来。午膳后，周谱香母舅、秉彝宗伯、何蓉江、王子宜、应子能表叔公、吉甫诸君来叙至晚而去。晚膳后，至寿翁处，晤应玉铨先生，言及太平至泽裤止，及黄岩之南乡，晚季八九可收，宁海约有七分可收，天台亦有六七分之则，仙居约有一半可收，惟路桥之北、黄岩之东乡江岸一带晚季，能沐上苍孚佑，迭渥甘霖，仅止二三分可收。如是久晴，人心焦急，明春饥渴，如之奈何？得求雨旸时若、地方安谧，长享太平之福，是所万幸也。

廿四日癸未 晴。致叔文兄一信，饬弟头送交。今日又未见雨，不知何日得沐九天恩渥，迭沛甘霖，是所至幸。余九月十八日续弦，前本欲入赘，今其老二来说，陈家意有不便之处，只得备办，是日娶亲可也。即嘱弟头至莘山之便，购买淡蛛。接申桢夫兄覆信一封，早刻，福逊之父袁桥人四先来，为福逊经手有付账之舛，即将福逊交其带转。前刊送文昌阁吕祖仙前并三官大帝前板对各一副，曾已做就，即敬送庙中悬挂。后至前庙，即家子小学堂中，晤作羹，道周处晤冯少吹先生，相叙半晌，后过梅五姻丈、达云母舅、载熙兄、吉甫宗叔、辅香兄并丽生南货店，晤河清、吉云，各处互相畅叙半晌[1]而来。但金仪卿兄、槐卿姻丈来叙一刻而别。适做厨之乾生及老二两人来，嘱其日子各事清讫。后许眉甫先生来叙至晚，留宿。所言愿欲赴晋，即将每月送其束金英洋十元言明，即送其分类尺牍一册，以便习阅。晚膳后，陶宅农工送来叔文兄一信。至楚翁处，晤陶寿翁、黄心斋、邱玉堂，相叙一刻而来，时将二鼓矣。仆人言，晚刻时，吴玉成来，适未晤为歉。并王子衡兄来，亦未晤，系有要言面叙，何至无缘也。

廿五日甲申 阴。似乎有雨景象，敬祈上苍速渥甘霖为幸。接家君一信，系十二日所发，云于是日动身赴吉，并接洪莲翁一信，托买小墨干二斤。不知小墨干究是何物，俟函询可也。午膳后，邱楚翁、秉彝宗伯、书城母舅、苏绩臣兄、陶吉云兄来叙至晚而别。秉彝宗伯言前税义记下街屋楼上四间，今吕元先向余税住内家，税钱议洋十六元，俟其开行，税金亦照前式，余即允焉。前楚翁云路桥之税庄，余因路远不如东岸之税庄为便，即将路桥税庄却之。

廿六日乙酉 卯前，雨，不甚大；辰至未，阴；申、酉两刻，雨，不甚大；戌时雨晴，阴。至章子修兄一信，遣弟头送交。午膳后，送集圣庙本保神前板对一副。至梅五姻丈处，晤，适其稍染寒邪，进内房问候，后晤孟云、槐卿，至蓉秋先生处，晤应玉铨，续至达云母舅处，晤永义相，均相叙一刻。云陶寿翁及黄煦东宗伯为首重浚新挑河，此阖方吃水，浚亦理然。无如挑资亦就阖方公出。过是处一看而来。仆人言，煦东宗伯来过，未晤为歉。玉先自黄城来，前将牟伯谦太守托带家信、另星送交其府上，取有赞卿太老伯覆片。牟赞卿太尊嘱买黄城粗金奇开洋四十角，曾已买来，明日代其捆成一篓可也。并取有发单，附函寄晋。洪莲翁嘱带开洋八百三十七角五分九厘，饬从福专送其府上，说明送交其令堂老太太，并嘱从福向何玉洲取定做桌面，并买另星，价洋向同昌取付。少圃表叔公之轿未识已有买来否，亦嘱从福

① 原稿误作“半叙”。

往询，相识各友家均带片问候。

廿七日丙戌 早至辰，阴；巳至未，雨，不甚大；申刻以后至晚均阴。屈指家君今日寅刻接吉州印，寄奉家君三号安禀一封，内附致沈梅史先生一信，封交邮政局寄至平阳府署，托王书五先生代寄吉州署。致陈洛卿丈公一信，饬弟头送交。早刻，至谱香母舅及周载熙兄处，相叙半晌而来。即至分府署晋谒吴润生公祖，相叙半晌而别。其人颇为和平，人亦诚厚。晚刻，金仪卿、王兴臣兄来叙半晌而去。秉彝宗伯来过晚膳，同至子宜、楚言两处，相叙一刻而来，时将二鼓矣。

廿八日丁亥 晴。雨仍未通，心甚焦急，只求上苍即日再渥甘霖为幸。致周尹东明府一信，致柯伯祥、叔瞻两兄一信，致周吉人兄一信，致何默斋兄一信，内附寄龙涎香戒烟丸两瓶之保险单一纸，致鲁指南兄一信，致于元培兄一信，均交邮政局分寄各处。致王庆荪先生一信，交嘉先专送郡城，请其即日来家与家母诊视。女媪言家母自六月间由莘山来时即稍有肚症，缠绵至今未愈，前均请子能先生诊治，药均不甚见效，饮食仍然不多。今日请叶寿卿兄诊治，能得见效否也。晚刻，同寿卿至楚言处少坐，即至金仪卿兄处，相叙一刻。杨翼亭兄来，将晚膳，即留宿一宵。新任海门镇札镇军来家拜客，即饬丁挡驾。

廿九日戊子 早至午，阴；未刻，雨；申时以后至晚，雨晴，阴。寄家君四号安禀，交邮政局转寄山西平阳府，托府署房友王书五先生代寄吉州署。致柯定础兄一信，致陈涵翁一信，致张丹亭兄一信，交邮政局转寄。家母染恙仍然如旧，今早请叶寿卿兄诊视，稍安一的，想王庆荪先生明日可以下港。

九月初一日己丑 卯前，雨；辰刻至午，阴；未时以后至晚均雨。致王耔舜先生一信，饬三妹送邮政局保险寄至京都四眼井工艺局织坊科。早刻，吴润生公祖来拜客，饬丁挡驾。典中账房包房均是童紫章经手，今将账房一切均交玉先接手，所有以前一切挂账，计算三百馀元，均由童紫章弥补，尚有海门大通拆衣店货钱一百七八十千文并借洋一百元，均嘱童紫章代为归结。童紫章允俟月杪为止，不知得能清讫否也。所有账簿不知有否舛错之处，俟盘账先生来家一算可以水落石出，容后再说。家慈染恙稍愈，昨请王庆荪先生，已于早刻自郡来，药下，稍能见效。日前，札镇军来家拜客，即于早刻饬三妹携帖挂号谢步而已。

初二日庚寅 雨。致张辉生先生一信，内附致顾紫杭参军一信，内致牟伯谦太守一信，外附伯谦太守嘱购黄岩粗金奇开洋四十角，计买四十八包一另计三两，捆成一篓，托张辉生先生代为收存，俟顾紫翁过申至该栈时托其代带晋垣。又致王莲卿先生一信，前伯谦太守本嘱寄申存永宁公托王莲卿代为收存，不想王莲卿将永宁公已经公顶，今账房张辉生恐顾紫翁询问王莲卿，故致函道达。以上各函并篓均已上月廿九日书就装好，今交二头代带申江。致张仲甫兄一信，亦交二头带至申江四马路西石路同芳里老级陞栈面交，并嘱向取福函。致陈范若[①]太老伯一信，致牟伯谦太守一信，均饬弟头送交邮政局寄山西省城楼儿底牟公馆。家母染恙今日稍愈，以道士十人禳祷之，亦破财获福之道。仍(请)王庆荪先生诊视，药下亦能见效，想可无窒碍也。农工言，连日蒙天孚佑，迭惠甘霖，虽未大通，则里洋各处每亩晚季亦有一担左右可收，则江岸一带仍然如旧，若在有水及太平并黄岩南乡各处，则有实足收成也。

初三日辛卯 早至巳，雨；午时以后至晚均阴。寄家君五号安禀一封，交弟头送邮政局保险寄山西平阳府署，托王书五先生转寄吉州署。接叶蓉秋先生信，言允济应子封先生之事言未着实。即致覆叶蓉秋先生一信，交嘉先专送路桥。家慈染恙稍愈，仍请王庆荪先生诊视。接苏绩臣兄来片，言上洋谢国标相逝世，代为做祭，借去宁绸单套一件。交其来人阿秀带交。晚膳后，同王庆荪先生至楚言处，晤寿卿、辅香诸君，少坐，即至煦东宗伯处，晤迟善乐守戎，相叙半晌，转至

① 原文衍一“若”字，已删。

楚言处，留过点心。同寿卿兄至家，时将二鼓，相叙已晚，留宿。许眉甫先生于晚刻至家去，言赴晋之先半月通知可也。

初四日壬辰　阴。寄家君六号安禀一封，交邮政局保险寄至山西平阳府，托王书五先生代为收下，转寄吉州署。致申桢夫先生一信，交石匠老司送至海门永宁局，即接福片。叶寿卿兄于早刻去。接金叔文兄一信，即托小妹带交叔文兄英洋二百元。从福自郡来，取有洪莲翁府上收条一纸。前嘱买各物均已买齐，并取有同昌英洋十五元，即付价洋。前托何玉洲先生代买圆桌面两张曾已带来，尚有方桌面两张，明日可以寄来。

初五日癸巳　晴。致洪莲波少尹一信，内附其府上收单一纸，交本镇邮政局寄山西静乐县城厘金局。致应少圃表叔公一信，亦交本镇邮政局寄郡。致叔文兄一信，附洋二百元，托小妹带莘山，并内附致邬丽生先生一信。接张丹亭镇军贺一封，系徐家用人手（带）来。即致张丹亭兄令郎寅侯一信，并附贺柬，交其来人代带，托其带至宁波君子营其府上。致张仲甫兄一信，并附贺柬，托徐家用人带交邮政局带申。邱楚言姻丈、丁辅香兄来叙至晚，留过晚膳而别。秋间久未见雨，阖方公请本庙神圣出位，今已有雨，演剧定明日敬送圣像还位，今已有人来通知矣。余于十八日续弦，一切对联均托王庆荪先生代为书就矣。晚膳后，应玉铨先生来叙半晌而去，言及椒江教习王瘦峰先生能画，花卉颇佳。家母恙稍愈，惟肚尚痛，仍请王庆荪先生诊视。

初六日甲午　早至午初，晴；午末，阴；未时以后，雨，不甚大。早刻，王子衡、王谦岳两兄来叙，过午膳而去，言涤斋兄于上月廿二日逝世。晚刻，至集圣庙晤煦东宗伯、寿农姻丈、秉彝宗伯、吉甫、吉云、谱香、绿孚、作羹、漱芳、贤杏老太、倪少峰、心斋宗叔、云芝、孟东诸君，致祭神圣毕后，即至达云母舅处，晤永义相叙一刻，随至椒江学堂，晤曾六舟先生，相叙一刻即来。即托曾六舟先生转托王瘦峰兄代画扇面两把。

前托曾六舟先生代做各庙对语六副曾已做来。送天台山华顶寺对语云:“登琼阙,观晓日初升,正是光满大千世界;临研池,见清风徐起,几疑人从妙一化身。”又,拟送天台山国清寺对语云:“自法轮东转,恒河左右佛教浸微,幸此间蔚起名僧,别树禅宗成大派;惟晋室南迁,浙水东西高人辈至,欣今日旁搜古迹,犹留断碣镇危峰。”又,拟送天台山上方广寺对语云:“看人情冷淡,甚鲜热肠,不如屋外喧哗,瀑布常流声不断;惟世路崎岖,无从插足,还喜此间坦荡,石梁虽峻我来游。”又,送天台山塔顶寺对语云:“好山可作画屏,看古树葱茏,清磬一声知有寺;佛骨终留胜地,喜层楼突兀,闲云四起寂无人。”又,拟送江边堂武圣庙对语云:“山江干不半里而遥,前有好山,后有好水;去汉代阅千年以往,始为人杰,终为人神。”[①]以上六对,均欲制成板对,呈送各庙。已托人代买树板,尚未买来,不知何日可以敬送也。

家母之恙又稍愈,托王庆荪诊视后拟成两方。而庆荪先生于晚刻至海门浚发去。前借苏绩臣兄之单套曾已送还,即转与秉彝宗伯。晚膳后,至本保庙看谢水戏,晤申桢夫、陶寿翁、汪伯端、周梅五、孟东、建西、作羹、道周诸君,少坐,同桢夫、寿农、伯端至楚言姻丈处,互相畅叙,留过点心而来,时逾二鼓矣。

初七日乙未 早至午,晴;未刻以后至晚均阴。家母恙虽愈,惟肚尚痛。北岸允济应子封尚少之欠款均叶蓉秋先生允诺,当蓉秋先生来叙时,余即将应子封借票两纸,一自本月廿九日期,一自明年五月廿二日期,均面交叶蓉秋先生代为归结矣。吴玉成参戎本屋买在小桥头上,即前二分三房之行屋。彼大加修造,已于昨日进住。即于早刻送礼四样。来邀午膳,即致柬道谢,并饬丁携帖到喜。晚刻,将喜事对联均已粘贴。晚膳后,至楚言处,晤辅香、秉彝宗伯,相叙半晌而来,至家时将二鼓矣。

初八日丙申 早至巳,雨;午刻,阴;未牌,晴;申时以后至晚均阴。致杨伯藩兄一信,交嘉先送交永利商轮带申,系初六日书就。致

---

① 此上下联首字不对仗,疑上联首字应为“出”。另,下联“阅”或为“越”。

陈渔韶兄一信，托其就宁代买大号风箱一个，系昨日向子衡兄借来需用，顷托其买来还转子衡兄，函托申桢夫兄代交。晚刻，嘉先至海门将南货买来大半，尚未购齐，逐日再买全可也。晚刻，陶寿翁来叙半晌而别。至吴玉成参戎及楚言处，相叙一刻而来。煦东宗伯来邀明日至枫山登高，余因连日事忙，即辞谢之。阅八月廿九日《申报》所纪八月廿八日奉上谕："陕西巡抚曹鸿勋着开缺来京差遣。恩寿着补授陕西巡抚。张曾歞着补授山西巡抚。钦此。"

初九日丁酉 晴。寄家君七号安禀一封，交邮政局寄至山西吉州署。二头于早刻来，前交其代买各物均已算讫，后笔交其代买各物，即付洋三元，倘若不敷之处，俟买来后再行付讫可也。典中账目因童先生经手诸多纠葛，托友转请黄岩人现在恒利贞账房鲍性德先生代为算结，已于晚刻来家，曾已动手，未识童先生经手各账能得理直否也。晚刻，至达云母舅处，晤永义相，畅叙一刻而来。

初十日戊戌 晴。寄家君八号安禀一封，交永利带申转交邮筒寄晋。接叔文兄一信，托买呢帽一顶，已经交二头代带矣。周梅翁来，与其商酌一切夯目，曾于晚刻送来。但未开名色几人，恐人去所扛何物难于把握，即嘱其某样几人，详示可也。

十一日己亥 早至巳，晴；午末，阴、晴；申初，细雨一刻；申末以后至晚均阴。楚卿兄自申江来。晚刻，至楚卿兄处，相叙半晌而来。

十二日庚子 子、丑，雨；寅时至晚均晴；夜亥刻，雨。致叔文兄一信，外附英洋一百元，饬弟头专送莘山。周梅翁托余代其书致潘秋访公祖一信，即饬三妹送交梅翁。交嘉先送交辅香兄暂撮英洋二百元。早刻，至达云母舅及梅翁处，相叙一刻而来。今日开送执事名单，彼欲加添若干。晚膳后，因所用之件均须借用，二府署并无是物，即往与邱楚言姻丈相酌。彼言黄城曾有是物。明日遣人至黄，托松甫兄代向王吉人老伯诸处代借可也。即至楚卿兄处，晤鲍子封、云梯，相叙一刻而来。言子宜兄自海门来，过子宜处，晤宗山，相叙半晌。至家时逾二鼓矣。

十三日辛丑 晴。致陈祝再姻丈一信,饬升鉴老官送至长甸。致许眉甫先生一信,托小荣代带西山。致邱松甫兄一信,遣人专送黄城,托借执事各物。接邱仲玉姻丈一信,云黄岩社庙执事及吉人老伯之物均已王子寿先生令郎亦于十八日喜期早已借去,只阮家曾有备办,明日遣人向借可也。升鉴老官来云,永文大爷曾于八月间逝世,而洛卿丈公、祝再姻丈均十六七日可以来家。弟头来云,叔文兄于十五日能来。接章士亭令郎鉴林一信。蓉秋先生来荐周仙佑先,言甚着实。子宜兄来叙半晌,同至陶寿翁府上相叙半晌,晤戴玉山先生,少谈而来。

十四日壬寅 晴。寄家君九号安禀,均交邮政局寄至吉州署。致阮季良兄一信,遣价专送宅裤阮第。致应少圃表叔公一信,内附致覆章鉴林一信。致张仲甫兄一信,致张寅侯一信,均交邮政局转寄。晚刻,宅裤价来,所借各件均即登账,尚未齐备。专价向吴润生公祖借炮,即承允诺。专价至江边堂向驻防是处防营借勇八名,以便十八日护送,均即承允,说明十七日夜偕执事人等同行也。

十五日癸卯 丑至辰,雨;巳后至晚均阴。致邱仲玉姻丈、郑夔友兄各一柬,定于今日发嫁资,于一点钟扛者即设饭吃而去,来时下午四点钟许。橱计五口,皮箱大小五担,开门箱、喜桄各一担,一切桌椅、铜镴瓷器均可将就。即将各物饬工安置后,即将晚膳矣。所有花堂,一切均于早刻备办。早刻,至堂分叫其吃酒,晤少愚、咏仙两君,时尚初起,其馀均在睡乡。叔文兄及小妹两令郎同丽生先生均于晚刻至家。

十六日甲辰 早至辰,雨;巳时以后(至)酉,阴;戌刻以后,雨颇大。喜事所有一切均已大半齐备,秉彝宗伯、楚言姻长、子宜兄来叙至晚,留过晚膳,而寿翁、梅翁于晚刻即去。邱楚翁言,华相号仲达。

十七日丁巳 辰前,雨颇大;巳刻,阴;午至申,雨;酉后雨晴,阴。夜间见有星光,明日想能晴霁,亦为至幸也。亲戚洛卿丈公、祝再姻丈、叶启茂兄、陈步洲姻长、子能表叔公暨其三太婆及表姑、章子修姻兄均于晚刻来。明天路上所需一切均托碗香宗伯代经，想均全备。一切酒席均秤交厨子乾老二，想无窒碍。本镇诸君均来到喜，因多未及另书。叔伯诸君亦均来吃酒者不少。喜期所借各物均另由账房详注矣。

十八日丙午 晴。连日多雨，今值晴明，可谓至幸。曾于早四点钟许祭轿，后即行发轿，至下午约六点钟许进门，一切均叨天之福，深为至幸。丁辅香兄之令郎代为顶马，王子宜兄及金叔文妹倩两君代为执柯，其馀执事约计一百一十馀人，亦不得不用也。亲戚朋友人情在二百馀号，晚刻设酒，共计八十六席，一切中军、延班、橱下等均在其内。应肖圃表叔公亦于早刻来，亲戚友朋晤相聚首，乐何如也！惟子宜、叔文两君代媒，未明而去，天晚而来，早晚辛苦，难可言状，心实不安。吴闰生公祖曾于早刻来到喜，余邀陶寿翁代为接客，畅叙半晌而去。伴姑者：周梅翁令侄女、陶河翁令媛、周允东明府令媛、潘天球之妹计四位，送位者：子宜兄夫人及舍妹两位。此台属风俗如斯，不得不习俗而已。肖圃表叔公携有洪莲翁人情一封，系其由山右寄台，可谓有心人也。喜事繁华，余看台属为最，无论何处，并无若是之奢。女子头上皆是金，除为父母增办如此镏珠，非独化钱无益，亦甚为不易。何日得有贤使君将一切奢侈之俗概行删除，深为至幸。

十九日丁未 阴、晴。早至后黄叔伯房分叫吃酒，亦俗例也。午刻拜见，本镇有送人情及有世交并叔伯者均发柬邀晚膳，计酒十一席，亲戚朋友悉皆满座。诸君去时已将十二点钟矣。

二十日戊申 晴。致何霭生先生一信，因署县尊潘秋舫公祖送有人情，托何君如潘公至海门时托其通知以便备席可也。陈步瀛太亲翁、章子修兄均于早刻去，两舅于早刻来“看三朝”，大舅号子春，二舅号琴友，均在海门育才学堂肄业，年均十五，系滴[①]、庶所出也。设席请两舅，并邀洛卿丈公、祝再姻长、叔文兄、子宜、寿农、梅五、达云

---

① 当为“嫡”。

母舅、秉彝宗伯、少圃表叔公、辅香兄并楚言姻长陪客，相叙席散而去。子能表叔公本邀其陪客，因叶菊仙之表婶请其看病，即于早刻至马头山去，作罢而已。子修兄本是再留一天，彼因去志甚坚，不得不遂其愿也。

廿一日己酉 晴。致阮季良兄一信，并附还前借来执事各物，专价送交。陈洛卿丈公、祝再姻长均于早刻去。早刻同子村、琴友至叔伯各家谢恭后来家，即去至海门毓才学堂，彼本毓才学堂肄业也。秉彝宗伯来约至谱局，系席请收谱林子材先生及印谱林蕙甫先生两君，同秉彝宗伯至谱局，晤林子材先生、林蕙甫先生、叶石甫、王书城母舅、吉甫宗叔、许耀甫诸君，相[1]叙席散。即至楚卿处，云其夫人染恙尚未痊可，晤辅香、楚言、金子禾、缪性言诸君，相叙一刻。至子宜兄处，晤苏绩臣兄，畅叙一刻，同至家中，留过晚膳而去。

廿二日庚戌 早至巳，雨；午牌至申，阴；酉刻以后，雨。致潘秋舫公祖谢信一封，交同源转寄郡城。本镇邮筒，同源代经也。致张仲甫兄一信，交三妹寄申，即三妹托余代荐彼处为茶房，不知得能允诺否也。

廿三日辛亥 辰前，雨颇大；巳后至晚，阴。致金苑秋兄一信，交元俊相带至莘山，即元俊相托余代书致洪莲波先生一信，交同源转交邮筒寄至山西静乐县城。致张仲甫兄一信，交同源转交邮筒带申。周梅翁来言，接海门局友来示，言余托陈渔樵代买风箱曾已买来，遣价往询，均未接洽，不知存在何所，明日再询可也。接家君来谕，言庶母及妾在公馆中日日有病，自十二日出寓之后至吉州，路上辛苦，返极平安，饮食加增，可见公馆之尴尬，不言可知。已于廿七日接印，均获安吉。洪封山都戎来家拜客，适寿卿兄言封山兄现署海标中营游击，中营游击张游戎升署台州协副将。

廿四日壬子 雨。家君寄有潘秋访公祖一信，交同源邮政局寄

---

① 原文衍一“相”，已删。

郡。致林子材先生一信，内附家祖母节孝行传一篇，饬老五送交。前托陈渔樵先生代买风箱一个曾已取来，价洋未曾交付，俟廿八日送交可也。喜事应请人客未曾周到，今日备有两席，即行邀诸君及典中各夥，相叙晚膳而别。惟叶寿卿兄相邀代诊，于时已晚，相留过宿。应少圃表叔公于晚刻趁轮赴郡矣。石匠太喧老司来云，前张丹翁代买石板，顷水已通，准廿八日可以载至海门，即于廿九日可交永宁运宁。

廿五日癸丑 晴。致鲍子庄先生一信，交则福先带至黄城。叔文兄与丽生先生均于早刻至莘山去。早至[①]达云母舅及梅五姻丈两处少坐。晚刻，至子宜处，晤梅五，相叙一刻，同子宜、梅五至楚言处，晤心斋、寿卿少谈。至楚卿处，晤煦东宗伯、陶云章、徐勉斋、翁子俊、叶石甫诸君，相叙半晌而来。言警察局定十月初一日开办。接有吴闰生公祖办保甲谕单一纸，前据周梅翁云，警察之外，保甲仍然开办。

廿六日甲寅 晴。致张寅侯兄一信，内附寄其令尊丹亭兄一信，交邮政局寄宁波君子营教场张宅。早刻至海门兼护中衡游击洪封山守戎处还拜到喜，相叙一刻。但封山兄虽保有守备尽先补用，实是海标中营千总署中衡守备，因中营游击张游戎护理台州协副将，则封山兄兼护中衡游击也。封山兄云，委署台协刘都督现署福建陆路提中参将，闻是缺较优如海标中衡游击，定设词推委。恐刘都督设词之后另外委员接署，大约即须辗转一番，年内可望不致交卸也。过李伯纯父台及何霭生先生两处，均挡驾而未晤。晚刻，因家母仍染微邪，邀寿卿兄诊治，不知得速奏肤公否也。楚卿兄因本镇警察局定十月初一日开办，同在事诸君商酌，至楚卿处，晤吴玉成、王子宜、陶寿农、周梅五、王云梯、叶石甫、郑夔友、金子和、翁子俊诸君，相叙一刻。至楚言处，留过晚膳，同至子宜处，晤周梅五、周麟斋、童象衢、黄宗山诸君，相叙半晌，至家时逾二鼓矣。接有许眉甫先生一信。周梅翁云，海防同知仍然吴绍春公祖来署，兼办海门渔团事务，曾于九月初十日

---

① 原文衍一“至”，已删。

奉藩辕牌示矣。并言萧伯康公祖仍随新任台州府知府许邓太尊起超为随员。

廿七日　晴。晚刻,周梅翁来挽至陶寿翁处少坐,同至少芳处相叙一刻,其恙仍然如旧。随至子宜府上少坐而来。家母仍请寿卿兄诊视,药能见效,其恙稍愈,可无碍也。

廿八日丙辰　早至巳,阴;午至申,晴;酉刻以后,阴。眉甫先生于早刻来。周梅翁来云,本镇警察董事即前具禀诸君,计十二人也。曾于五月间,吴绍春公祖同知台州府时发有照会,有一分送至家中,适余赴晋,交于账房,即取阅矣。十二人中,梅五、寿农、煦东、性言、少芳、作羹、载熙、道周、子宜、云梯、槐士与余,计十二人矣。其哨官陈姓,系梅鹤亭游戎所荐也。

廿九日丁巳　辰前,雨;巳刻以后至晚均阴。致杨子云先生一信,因前丹翁托买石板并台门石料载至海门,托其交轮运宁。饬老五送交,来接子云先生覆信一函,永宁中已有王芹甫代王月亭先生买石板。六舟曾已下轮。即将该板五载计四尺、五尺、六尺,共九十四片,并台门石料十一块,暂上怡香居之侧,俟下班商轮到埠运宁可也。眉甫先生已于早刻去。前嘱二头代买丸药计洋六元曾已收到,即将垫洋六元,并托陈渔樵先生代买风箱价洋三元,两共计九元,均交老五专送至海门面交两处矣。陶寿翁于晚刻来,云因曹绍雍统领未在海门,欲警察所用厚镗洋枪,已写信向府局支领矣。鲍性得先生于廿五日至黄城,亦于晚刻来。

三十日戊午　晴。致张寅侯兄一信,交邮筒寄甬。楚卿兄来邀议警察各节,即至其府上相叙一刻。但警察、巡长四名,巡兵廿六名,役夫、饭夫、书记各一名,均归一哨官押束,驻在集圣庙横楼,每岁计需费一千九百五十馀元,以明日十月初一日为始。经费上春通禀案内以椒江网局阮、王两漏规计洋八百五十元,道头渔秤约在六百元,闸中漏规两百元,其馀所少之处,由四保照写,本镇警察经费大约情形如斯也。同楚卿、梅五、寿农、子宜、积臣、子禾、夔友、楚言诸君来叙至晚，留过晚膳而别。楚卿兄邀余至子宜处少坐而来。陶寿翁出示天台人有钟祺者做送喻庶三方伯德政序言，颇为详晰。家慈之恙仍邀寿卿兄诊视，幸已安痊。详阅《中外日报》，近来糟蹋人颇为可笑，颇为可恶，纪有吾浙人汪大燮侍郎向洋人借债造浙江铁路，以路权作抵，曾由外务部允诺其事。倘汪侍郎果有其事，全浙人民大起痛恨，势所必然也。究经是否，不得其详。楚卿兄云，台防统领有驻防郡城之说，果若驻防郡城，则六庄奈何？鄙见郡城已驻有缉捕营，想无再驻统领之理也。

十月初一日己未 晴。早刻，因本镇警察初立局设集圣庙，即至庙中，晤煦东乔梓、寿农、梅五、子宜、云梯、作羹、道周、性言。公请吴闰生公祖赴局亲点局勇，计巡长四名，巡兵廿六名，分早晚两班站立，夜间亦分两班巡值，均归张镜如千戎管束。即日，哨官、所有警察章程，一切均请吴闰生公祖勾点后，悬有局首公事，毕后少叙而别。晚刻，至谱局，晤林子材先生及许耀甫少谈。但黄氏谱亦印一半多矣，告成不远，不知可以将就否也。过子宜兄处，少坐而来。家慈染恙虽愈，惟肚仍薄，又邀寿卿兄诊治，想无窒碍也。

初二日庚申 晴。致朱继南先生一信，交典中托人转寄黄城。致王庆荪先生一信，遣人送至海门，因家慈肚症不能即愈，请其诊视。庆荪先生于晚刻来，即请于家慈诊治，云是虚脉，须用补剂，即可安痊也。早刻，至达云母舅、蓉秋先生、梅五姻丈诸处，畅叙半晌而来。因楚卿兄来邀午膳，即至楚卿兄处，晤李微臣、王云梯、缪性言、周梅五、张镜如、金子和、郑夔友、王荫常诸君，相叙席散而别。但微臣兄系尚德蒙学堂教习，即赴杭城考师范，而楚卿设席荐行也。同梅五至子宜处，同至陶寿翁处，晤河清、吉云诸君，少谈而来。楚卿兄言其元配夫人金氏染恙甚笃，恐难医治。寿翁云其老伯母亦染恙，想无窒碍，连日专请章屺堂先生，想近日可望来椒。子宜兄、少芳兄染恙，今日稍愈。

初三日辛酉 晴。家慈之恙仍请王庆荪先生诊治，药均见效，可以立奏肤公也。梅翁来叙半晌，言及楚卿兄之元配金氏染恙甚沉，在于旦夕。仆人言，楚卿兄之夫人金氏已于早刻逝世矣。其私积近万数，今已检出，可充楚卿兄之需费也。洪祝南兄于昨趁可贵商轮到台，至家留宿一宵，言九月二十日自晋垣动身，并云张小帆大中丞奉命补授山西巡抚，意欲奏请给假一月，今上未允，速催召见，想在十月间即赴山西新任。前任抚宪恩艺棠中丞奉命调补陕，补陕西巡抚，已于九月十四日交卸晋抚印信。以宝湘石方伯护理山西抚篆，所遗藩篆以提学使锡提学护理。太原府杨太尊澍护理山西提学使。山西臬宪丁默存廉访因福公司交涉，带同代表绅士晋京，所遗按察使缺仍以志观察护理。牟伯谦太守奉委代办曲太翼厘金局，前办曲太翼厘金局某太尊护理太原府知府。山西官场一番升调，实在不少。但新抚宪张大中丞到任即迩，所护者为日非久也。

初四日壬戌 晴。致王伯森先一信，附同昌、协丰凭摺各一个，托向同昌支洋三十元，向协丰支洋十元。致杨子云先生一信，均托洪祝南先生带交。但祝南先生于早刻先至海门趁永大小轮到郡。致董家姑婆一信，交先约先带至下洋峙。家慈之恙，请王庆荪先生诊视，已愈，庆荪先生亦于早刻去。午刻，至栅浦焕堂家，将月波表叔借洋六十元，面交其表叔购买妆奁等物，系焕堂表叔小妗婆当面而付讫也。至家时将午膳。午膳后至梅五处少坐，同至楚卿处，晤玉成、夔友、子俊诸君，相叙一刻。云楚卿之夫人故后，搜寻票款，计洋一万数千元，现洋两千之外，金物、珠件、衣裳物件亦计数千。其金氏年仅三十有六，其所积不谓不多矣。云其生平一钱如命，故有若是畜积也。并言其内侄子和兄意欲分润而不得，已于昨日去矣。同至星斋宗叔处少坐，至寿翁处，晤章屺堂先生、陶河清、汪伯端诸君，相叙半晌，云少芳兄之恙亦颇沉，邀屺堂先生诊治，不知得能速奏肤公否也。

初五日癸亥 晴。寄奉家君十一号安禀一封，饬弟头送海门邮政局双保险专寄山西吉州署。上月接家君谕，言邮政局吉州已通可以值寄吉州也。致张寅侯兄一信，外附石板九十四片，台门石料十一块，均托永宁商轮载甬。接张丹翁自湖州寄发一信，午膳后，至楚卿处吊孝。楚卿兄邀余明日代其助祭，曾已允焉。并晤云梯、子宜、夔友。相叙一刻，同子宜、云梯至少芳处少坐，但少芳之恙仍然如旧，恐难急于安痊。今请章屺堂先生诊治，便道过载熙兄处，相叙一刻而来。

初六日甲子 晴。楚卿之元配金氏于晚刻大殓，邀余助祭。午膳后，至子宜处少坐，晤云梯兄，相叙一刻。云童子章曾于西山收账已归，即至子章家，邀其将典中诸事清理后，去留听之。彼即推却包房，当即允其所说。即至家中，问其副包世治先，将典中取印，连闰十三块，盘印十块，卖货印夏冬两块，入留印一块，均交朱继南先生即六先接手，包房中一切均交六先转嘱学生安置后，以便盘货可也。但童先生系是账包兼并夥友，即或分手，须将账包诸事告出清楚后方可出店。今将诸事含糊而去，迹近逃走，不得不遣人跟其代为向归各账，即遣学生至家中代讨各账，况账未盘结，挂欠尚多未清，今虽自行告退包房，又未动手开盘，彼如是行为，情实可恶，想如是逃脱，断无是理。今只嘱六先接手后再说可也。

即至楚卿处做祭，至其家中，晤诸君，相叙一刻，即行动手。郑夔友兄主祭，吴玉成、黄道周、王子宜、王云梯、卢槐士、周孟东、缪性言与余等均助祭。毕后，其金氏柩停元记竹木场之竹篱内，各人均送至元记中，祭告后土一道，均转至楚卿处家堂祭毕，时将二鼓。晤邱楚翁、翁子俊、煦东宗伯，相叙半晌，谈至席散。看楚卿之意，元配金氏故后均无哀痛之心，即客面上虽无哀痛之心，又无哀痛之言，夫妻之情太薄也。道周言周少芳兄染恙甚笃，恐难就痊。相叙一刻而来，至家时下午十二点钟矣。

初七日乙丑 早至午，阴、晴；未至申，阴；酉牌，雨，不甚大。至张丹翁一信，交小招就便带至申江转寄邮政局寄至湖州协署。致仲甫兄一信，交邮寄申。因小招已去，未便交其代带也。前嘱小招代买洋闩、洋帽，已买来，计洋八角，即付交小招洋一元矣。午膳后，周梅五姻丈来叙一刻，言少芳兄曾于上午八九点钟故世。但余与少芳兄自幼同学数年，今闻其不幸而故，深实可惜，年仅三十有三。幸其夫人已怀六甲，若得宜男，尚有一线之传，未识果随私愿否也。同至陶寿翁处，晤王赞清、陈质甫诸君，相叙一刻。同梅翁至槐士处，适其公出，未晤为歉。梅翁云至王子宜处，余至裕泰典中，适鲍子孚先生至家中去，晤孙会宾先，相叙半晌。亦至子宜处，晤梅五、槐士、采东、心泉，相叙间，适陶寿翁云自少芳家来，少坐，同寿翁、梅翁、槐士诸君至楚卿兄府上，晤夔友、昆会、宾先、许四表兄，相叙半晌。

楚卿言郡城定月之二十日开会——浙铁路大议会。但浙江铁路本全浙自行集股开办，初议不集洋股。今年六七月间，英国人规词[①]该路出息颇肥，欲借债，以路权作抵，苏、浙绅民议讵甚坚。当外务部，洋人强借时，有苏浙人邹喜禾、汪大燮、章一山曾在部员一时难却，转达本省绅民。今本省如是决裂，大为照挂。即外务部诸巨公以绅民意有如此议讵，只得另办交涉。但全省铁路和盘计算，尚少一千馀万两之多，故全省开会集股，以便自行开办，资本无缺，方可抵制。故将各府认集股款。台州虽地瘠民贫，今如是公事，亦开会议集多寡之分，想不致全空。但浙江杭州、湖州、绍兴、宁波四府以为全浙富乡，况肥利在后，定能集腋成裘也。别后，过楚言处，相叙至晚，留过晚膳而来。子宜兄与余言，童子章与彼说，今晚至西山去，明日可以来店。既其所云能来，俟其来时嘱其清理可也。

初八日丙寅 阴。覆周映江先生一信，交其来人带交。因接其来信荐季海至家君署中为随丁，但余欲用一办事仆人赴署，今季海足供奔走则可，若委门政则不足，故作函福。晚刻，晤陶寿翁，言明日椒江学堂为少芳开追悼会。余只闻有追悼会之名色，并未见有追悼会之事，明日椒江既为少芳兄开追悼会之事，至时往看，亦长见识[②]也。

---

① “规词”，疑为“窥伺”。

② “见识”原为“见识见”，前字或后字系衍文，此删后字。

晚膳后，蓉秋先生、子宜兄、老广先同子章来云，明日代为往收代经各账。但童先生既云代收经理各账，即余所愿者亦如是。前言经手各账，不允代收则不合于理，余亦不能允诺也。

初九日丁卯 晴。午膳后，至椒江书院，晤王瘦峰、沈东升、瞿槐卿、王赞清诸君，相叙一刻，即至少芳处做祭。但其令尊漱芳先生借建西处为坐客之所。晤云梯、子宜、建西、道周、作羹诸君，代为祭毕。适椒江教习诸君暨学生等及寿农、楚卿均至少芳处送丧，后至椒江学堂开演追悼会。但为少芳兄之追悼会秩序：一，开会；二，三鞠躬礼；三，悼歌；四，读诔文；五，演说；六，来宾演说；七，唱励志歌；八，闭会。后与曾六舟先生少叙，即同至建西处，随同各人做少芳家堂祭后，过晚膳，至子宜处，晤楚言姻丈、梅五姻丈、陶常增相商叙半晌，来时已逾二鼓。至家，接有张仲甫兄一信。

初十日戊辰 晴。接许眉甫先生一信，荡地税钱已由嘉先收来，四房挨轮，地税十元，今年系二房仲辰宗叔挨收，已由做厨老二来取，家君税洋十元交其带交矣。文昌阁税洋十元，即饬从福送交梅翁手矣。许东吕兄于晚刻自上海来，接叶辅廷先生一信，即致片候福。

十一日己巳 早至午，阴；未刻，细雨，片刻即晴；至晚均阴。寄奉家君第十二号安禀一封，交邮政局保险直寄山西吉州署。内附致苏月波一信，致周尹东明府一信，交邮寄至晋垣。致许眉甫先生一信，专人送至西山，价来，接有许眉甫先生覆信一封。接家君自九月廿二日所发一信，言九月十八日进署，所有交盘均已清结。附接沈梅史先生一信。接张茂荣世兄一信，云石板均已收到。早刻，太喧老司来说，石板又有五载到埠，叫玉先至海门永宁局托其即就永宁商轮装载甬江。本即致函，因时已晚，明日书寄可也。午膳后，因警察局来邀相议各节，即同东吕兄过达云母舅处少坐，至周梅翁处，晤寿卿、秉彝宗伯，相叙一刻，同至集圣庙警察局，议所未尽各节并禁烟馆。即同梅五、寿农、子宜、云梯、槐士、性言、楚卿同至分府署，晤吴闰生公祖，请其出示禁闭。随即允诺。畅叙半晌而别。过寿翁处少坐而来。

至家时接有五丰钱庄一信。

阅九月廿四日《中外日报》续张所纪资政院参议官单，各省均派有名望素著诸公以任之，浙江派黄绍箕、汤寿潜、陶葆廉，山西谷如墉、王仪通，各省未及详录。浙江黄绍箕字仲弢，温州人，现官湖北提学使。汤寿潜字蛰仙，绍兴人，前安徽青阳县知县，赏加道衔，署两淮盐运使，未及到任。陶葆廉字淺宣，绍兴人，拔贡生，捐有候选知县。

十二日庚午 阴。昨向椒江王赞青兄借有报纸一卷，即于早刻饬弟头送还矣。许眉甫先生来云，家中云已赴晋，但诸事均未备办，既其出来，只明日诸事代其安置，以便动身可也。陶寿翁来云，朱似兰兄于十四日赴申，眉甫先生亦同其到申，烦其转托张萃甫兄赴津时，轮车中一切托其照顾可也。但张萃甫即其祥先生，拟欲购物寄晋，今其出来，赴轮已迫，又是单行，不能多带行李，只明春有人到晋托其代带可也。应玉铨先生递有女婿仲达一信。晚膳后，至集圣庙看戏，晤梅五、寿农、楚言、玉铨、蓉秋、槐卿、秉彝、槐士诸君，相叙半晌，至家时逾二鼓矣。

十三日辛未 雨，至晚方晴，阴。致玉先一信。早刻，赴集圣庙叩寿，过警局，晤张镜如千戎，相叙半晌。前日碗香宗伯借去一字椅两把，说明近日送还，看其安置颇妥，俟岁杪向取可也。

十四日壬申 巳前，雨，不甚大；午刻至晚均阴。寄家君第十三号安禀一封，致陈涵甫先生一信，致张锐甫即其祥先生一信，致朱似兰兄一信，致张辉生先生一信，均托许眉甫先生带交。眉甫先生于晚刻至海门趁永利商轮动身赴晋，今日自台动身，虽在沪江稍为阻搁，想十一月初旬可以到署。附鱼翅十二副、鱼胶一把，捆成一篓。淡蛛一包、伏鲞十八片，又捆成一篓。又，托其就申代买全鹿丸洋五元、旧湖绉长衫一件，均托眉甫先生带晋。又，扇骨两把、扇面三把，亦托眉甫先带奉侍妾夏衣裤六样，桂花皂一块，交眉甫先生带交。送眉甫先生川费英洋四十元，另洋五元，即托买全鹿丸带晋。眉甫先生托余每月送其府上英洋三元，年杪代付浆洋五元。但其人过于忠厚，得能书启中顺乎其事为幸也。但川费计洋四十元，若至晋垣为数有馀，由省赴吉州只恐不足，托其不敷之处在晋垣时向涵甫先生暂假若干，另向家君处寄还可也。只愿家君早调优缺泽[①]为至幸。许东吕兄亦于早刻去，彼送余各物颇多，即将华腿两只奉还，并送其台米面两百馀束，计洋两元，则了其人情矣。晚膳后，至子宜兄处，晤楚言、梅五、心泉、孟贤相、宗山诸君，相叙半晌而来，至家时将二鼓矣。

十五日癸酉 早至午，雨；未刻雨晴，至晚均阴。致周允东明府一信，交邮筒寄晋。但家君署中有办公事之仆人罗顺者，人甚刁滑，余欲用一孰识公事又可靠实之人赴署。前应玉铨先生荐有王炳堃者，向在县署当差，今在宁海县江子菁公祖署中派征收门上，未见其人，不知可以应役否。今玉铨先生带同王炳堃来见，余看其人颇可相上，俟再探听其平日所为等事。倘若为然，明年家君得有调署各缺，余赴晋时带同王仆到署可也。此等人可以靠实而又懂州县中公事，一切难中又难，得无大碍即可为然也。子宜兄因其令老二相于明日完姻，借去兰屏一堂。

十六日甲戌 雨。致杨子云先生、徐富春先生一信，托其代寄戴云珊先生仪洋一元，交嘉先转饬人送交矣。

十七日乙亥 早至亥，晴；申后至晚均阴。天气甚热，非晴定之景象也。寄奉家君十四号安禀一封，饬弟头送交邮政局山西吉州衙门，内附致沈梅史先生一信。致张丹翁之少君茂荣世兄一信，外附石板五十一片，饬弟(头)送交永宁带至甬江。接家君自九月廿五日所发一信，内附致陶寿翁、叶蓉翁、及梅翁、达云母舅各信，随即饬小四送交。又，丽生先生一函，另日送至莘山可也。典中于今日卖货，价计贯二，实在大倒，真是三年无利，尚要亏本，行成如是，不得不照大慨(概)而已。午膳后，至达云母舅及梅翁处，均相叙半晌而别。过谱香母舅府上，其令郎表弟曾已对周，送其长命富贵一堂，适其出外，即

---

① 疑为“深”。

送交其大伯婆收。晤葛兰荪之令弟，相叙一刻而来。家君谕言中云第四号安禀未曾收到，查第四号安禀系八月廿九日所发，即函询海门邮政局，云曾已发去，未知搁于何处，只将保险单寄于家君查询可也。晚刻，陶寿翁及叶蓉翁来叙半晌而去。接张仲甫兄一信。

十八日丙子 晴。致张丹翁一信，致张仲甫兄一信，饬弟头送交海门邮政局转寄湖州、上海两处。致邱楚言姻长一信。致朱永丰一信，向取息洋，交嘉先送交。晚刻，嘉先来，接朱永丰来信云，息洋已于六月廿七日取来，票已转换。即往询童子章而未见。接邱楚翁福信一函。晚刻，金九疏先生来云，已识理化镀金之理，即留过宿。接仲甫兄一信。周梅翁来叙半晌，相约至寿翁处，云其出外，即至子宜处，晤寿农、楚卿、云梯、子俊，云日前因为禁烟之事，请吴闰生公祖出示禁闭烟馆，吴公祖派差协同地保查明烟馆间数，以便封闭。不想所派之差，赴赤山东西勒索规例，殊不成事体。即嘱子俊代为书函，以警察局董事出名致吴闰生公祖，未识如何托办也。相叙至晚，子宜兄留过晚膳而来。

十九日丁丑 巳前，雨，不甚大；午时，雨晴，至晚均阴。与金九疏先生相戏镀金之技一天而已。

二十日戊寅 晴。致王籽舜先生一信，交邮政局寄京城四眼井工艺局织坊科。接家君十月初一日所发两信，内附致祝再姻长一信，俟明日遣价专送长甸可也。并云新任抚宪张筱帅大约月内到任。早刻，陶寿翁、黄楚卿来云，浙江铁路欲开巨款会，葭沚彼两家各承五十股，欲余亦集数股。未曾即允，亦因棉力之故。随至椒江学堂，晤王赞青、陈赤臣，云椒江之肄业生亦承十馀股，就本镇凑集五十股，拼合一百五十股。即由王赞青拟成电语专送海门同昌分号转交电局专电到杭。并言许邓太守于廿四日来台接篆，并言王子宜兄于今日至文昌阁开设戒烟局。午膳后，至寿农府上，同至子宜处，彼已至文昌阁。过吴玉成府上少坐，因应子能先生染恙，过新泰来子能先生处，但其病亦稍愈，惟饮食甚少。并晤云芝先生、书城、秉彝诸君，相叙一刻，即至文昌阁。路晤周梅翁、汪伯端，同至阁中，晤王子宜及道周、作羹诸君，畅叙半晌。但来戒烟者，周麟斋亦携铺盖来戒，其馀亦有数人，所戒之药亦买上海药料。但戒烟本非难事，惟守甚难，愿得本镇悉皆断瘾，为幸甚矣。未识得能如愿否也。来时过达云母舅处，适其出外而来。

廿一日己卯 子、丑时有雪子。寅刻至申，阴；酉牌以后，雨。致陈祝再姻长一信，内附家君寄其一信，饬升鉴老官专送长甸。致洪祝南兄一信，交邮政局寄至台郡大营洪。晚刻，因周姓和事秉彝宗伯酒一席，至秉彝宗伯府上，晤六舟先生、谱香母舅、作羹、道周、心泉、吉夫、碗香诸君，相叙席散而来。接仲甫兄一信，所云顾姓之事，前后来信多函，悉均字迹不符，孰是孰虚，难出所料。只将其事代为理处一番，否则听之可也。

廿二日庚辰 巳刻以前，雨中雪子；午时雨晴；至晚均阴。天气偶然严寒，而又西北风甚大。致金叔文兄一信，内附致丽生先生一信，并附家君寄其一信，饬弟头专送莘山金宅。应玉铨先生来，托余出名致娄耀甫一信，即交其自己遣人送交，系是荐馆，恐致子虚。辅香兄来叙至晚，留过晚膳而去，云子宜兄，虽今天气严寒，仍宿文昌阁戒烟，不知得能如愿否也。升鉴老官自长田来，接祝再姻长覆信一函。

廿三日辛巳 晴。致陈涵甫先生一信，交邮寄晋宁化府。余昨夜染有肚薄之恙，请叶寿卿先生诊治，未识得能即愈否也。

廿四日壬午 晴。致邬丽生先生一信，饬吕保专送莘山，请其即日来家面叙一切。余邀寿卿兄诊治，稍能见效。今日又邀寿卿兄兄诊治，想能即愈，定无窒碍也。阅十二日《中外日报》纪张筱帅不欲赴山西巡抚新任，不知果然否也。余在晋时，阅张筱帅抚晋时明察如神，晋民咸感其德，正不少也。即任吾浙，上年台州教案，幸赖其力主扶持，以致台属安谧，颂德不朽矣。晚膳后，丁辅香兄来叙一刻，并向典中撮去英佛百番。寿卿兄言孟东之夫人染恙稍愈，亦无碍矣。并云新任台州郡伯许邓太守已于今日趁可贵商轮到台，闻定月之廿七日接篆任事，年约四十左右。委署台州府海防同知吴绍春公祖来否，尚无实音，年内不知履新否也。

廿五日癸未　晴。致张丹翁一信。早刻，托丁辅香兄代送海门交邮保险寄湖州协署。接陈范若太老伯一信，又接陈涵甫先生一信，均托洪祝翁带台交伯森先带，而伯森先又遗在家内，才于今日寄到。接杨蔚堂先(生)一信。接张丹翁一信，云前寄石板已接家信，均已照数收到，惟湖州协台已于上月杪呈请上游交卸，想有另委也。早刻，新任台州府许邓太守起枢分片拜客，前纪新任太尊起超，但超字误记，今阅来片，起枢二字为然也。晚刻，至寿翁处少坐，云新任许邓太尊年不满四十，系河南人，戊戌进士，钦点翰林院编修，改捐知府，指分浙江，方于前年到省，随委法政学堂监督、大关厘局，差使期满后即委署台州府知府。所言新政学堂等事，于心颇切。早刻，即至椒江学堂察看情形后，即转海门，随于今晚赴郡，于廿七日任事。想办学堂等事格外认真。无如郡城学堂颇为废弛，今郡伯整顿一番，定能裕如。后至达云母舅处，晤永义相，畅叙半晌，即至梅翁处，晤舜卿兄、孟东兄少谈，云孟东之夫人恙亦渐愈，此自言自语，颇为切实。此是祟症，今其家中以巫者禳祷后，即可相安也。同梅翁至文昌阁，晤子宜兄、麟斋及两学堂教习作羹、道周、六舟、汉英、赤甫、槐卿诸君少谈。但子宜兄亦以戒烟染恙，仍不开戒，颇是为难。至家天时已晚，适丽生先生自莘山来矣。

廿六日甲申　晴，致陈涵甫先生一信，允其托买各物，俟赴晋时过申代为买就带晋，饬从福送邮政局寄至晋垣。接洪祝翁一信，言有傅少生先生墨竹，须价洋十二元。周朝灿相与朝先自晚刻来过宿。晚膳后，至陶寿翁处，适其令祖金季盘兄方来，及应玉铨先生相叙半晌而来。玉铨先生言其托余代书耀甫之信，送去时适其出外，并云明岁将毓才学堂推却经理各事。但海门毓才学堂本天主堂欲占印山，借办学堂为名，自上年该堂阮承务辙退[1]后将毓才学堂交出，海门绅士接手，自举娄耀甫为总办。但举娄耀甫为总办，因需人支垫经费，故将彼充之。无如天主堂阮承务初办毓才学堂，亦无常年的款。阮承务藉天主堂邪势梗压取款，以致阮承务因案辙退后，各人均有转机，照理而行，故将梗压各款化于乌有。故之该堂将学堂交出之后，虽经娄耀甫接手，而经费艰于取资。今岁学堂又经成立，耀甫不得不为支垫，今岁虽经支垫，明岁势应退办，理之然也。海门地方虽大，办事者实在需人，即今虽耀甫代垫经费，而耀甫之为人素为乡里所轻，又不识办事，虽垫经费不少，而学堂亦无成效。今幸许邓太尊注重学堂，不知能将全台学堂皆能整顿否也。余阅台州所办中小学堂，皆以敷衍了事，但海门毓才学堂即敷衍二事亦不能也，故之办事实事求是岂何言哉！

廿七日乙酉 阴。致郎显臣一信，饬吕保专送桃渚，所少息洋六十元，当收凭券一纸，亦交吕保带交，未识得能清理否也。晚刻，至周梅翁处，晤寿卿兄，相叙一刻，言孟东之夫人恙亦如旧，未识速奏肤公否也。马庆来云，接署台州海防同知吴绍春公祖已饬仆从送有红谕，言于廿一日自省垣动身，道过甬江晋谒道宪，想在葭月初旬须履新，而其姨太已于今日趁永利商轮由上海到台矣。未另设公馆，即就分府署东花厅为上房。送红谕之家人四名，亦于今日同来。同梅翁至文昌阁晤麟斋、少琴、子宜、道周诸君，相叙半晌而来。

今需报纪，阅看如同坐(井)观天，外面信息皆不得而知。又不知晋省近来情形，未审若何，家君到任已届两月，未识可有调署信息否也，心实念甚。余想前年家君任吉州时筹学堂常年的款一千馀两，无伤于民，有益于公，最非易事。况是处地瘠民贫，取有如是巨款，难之至最，理应上达，当时杨渭春郡守不遂贪心，以致被抑，今平阳府宪前刘公，后沈公，皆是明察如神，例当上达家君，只求其按例上达，而又

[1] 当为“撤退”，下同。

前知吉州，仁慈爱民，今任吉州，洁己奉公，百废俱举。不得上游明鉴下沉，即然调升、调优，不以为过。况初任新兴州时前后计有数十次大功，而戊戌大计，荐举卓异，奉旨注册候升，例应升调，今仍复吉州，出于无赖[①]也。余阅前抚晋使恩艺帅非有另外生枝，若仅实惠及民，整顿地方者不足当其宪意，幸现上调抚宪张筱帅前抚晋疆，即是明鉴如神。续调抚浙，属吏则皆改除积弊，百姓深为戴德。即上年办理吾台教案，台民咸受其惠泽，实是不浅。秋间奉命，仍补山西巡抚，何晋民之幸若是也。

晚膳后，至楚卿处，晤云梯、月波，相叙半晌。楚卿言明年欲将椒江学堂敷衍了事，因日前新任台州府许邓太守到堂，阅过情形，不得不照今岁章程而行。但今年该堂教习王搜峰、瞿槐卿、王丽卿、曾六舟、郑汉英、沈东升诸君，明岁辞却曾六舟、沈东升二人，另请周载熙兄及又请一人为教习，其馀仍旧。如是六人之外，另请郡城姚梧冈之三弟为体操教习。按：姚梧冈原名凤鸣，改名桐豫，癸巳科由附生中式副榜，甲午举人，自登贤书后，利于刀笔。六合徐乳羔太尊守台时，委充培元局、保甲局、育婴堂诸处为董事，兼充同昌盐号为出官，与号办理盐务之黄楚卿结为谱友，言出计从，又与府幕谈少莲理及委员前台州府经历捐升知县、曾护临海县事方荣升明府荣阳及台州缉捕营哨弁沈俊人平和数人皆订知交，自台州有遇重案皆为包揽。己巳春，御史黄侍御昌年访悉详情，奏参徐守，牵涉姚，经部议详黜。后即赴都转旋而不得，随同其三弟赴日本肄业早稻田学堂，姚习法政，姚弟习体操，自乙亥秋至丁未春和足一年又半毕业。姚自运动广西某大吏转荐某学堂为法律学习，姚弟经楚卿荐于椒江教习也。

楚卿兄言，日前晤夔邑侯潘秋舫明府云，现郡城陈少萍明府之太太、陈雨卿明府之太太、陈少仙之太太皆管词讼，遇管之案，明然致函与临海县说情，实为可笑。按：陈少萍明府树铭，癸巳科由廪生中式

---

① 当为“无奈”。

浙江乡试举人，注册知县，捐指福建试用。陈雨卿明府润时，丁酉科选拔贡生，教取八旗教习，兼袭难廕知县，归部候选。陈少仙不知何官，未得其详。台州做官最为可惜者杨定甫先生耳。按：杨定甫给谏晨，甲子并行丁卯并科由廪生中式本省乡试举人，捐内阁中书，丁丑科会试中式进士，殿试二甲，钦点翰林院庶吉士，庚辰考取授馆编修，癸未考取御史，简放山东道监察御史，京察一等，记名道府，续补御史。两次稽察仓场事务，奉旨巡视东城，简放户科给事中，会试同考试官记名繁缺道，随退归林下。惜哉！但其理财甚佳，积资颇巨，富甲黄岩一县矣。

廿八日丙戌 晴。接许眉甫先生自廿五日由上海发一信，云盛京商轮曾于廿四日抵埠，想廿六、廿七日可由上海动身，大约葭月初上可抵晋垣矣。

廿九日丁亥 阴。致解芝春兄一信，遣老官送交，即带有福信矣。晚刻，吴玉成来叙至晚，云及武林一切颇为详晰。前张丹翁托买之石板等，顷太喧老司载到海门，四尺十三片，五尺四十六片，六尺[①]八片，均交永宁商轮载甬。来人言尚有念片未载去，俟下班轮期再交其载达可也。晚刻，太平石舱章万兴之老五、水客均来，即邀玉先与其算结，计石板二百九十一丈九尺，石价每元计一丈一尺，每丈做工计六工半，每工计洋二角，自太平至海门船力每丈约洋一角，加长加阔之槛下石六片，计洋一百念元。台门石料系张富天所定，石价计洋三十二元，做工亦计洋三十二元，一并算结计洋八百七十元零三角，曾付水客英洋八百七十元而已清讫，外有井栏圈一个，据云，均打花草，因货物如是之巨，往来此物不算工钱，石料亦于今日交永宁带甬矣。

十月初一日戊子 卯牌，雨，不甚大；辰刻雨晴；至午均阴；未、申以后至晚均雨，不甚大。致张茂荣世兄一信，托其将石板细为查点。

---

① 此句四五六尺原文均为柴码。

致杨伯藩兄一信，致解芝村兄一信，均饬作头送邮政局递交。

初二日己丑　阴。致张仲甫兄一信，内附致丹翁一信，并附石板账一纸，托仲甫兄代为加封转寄。致邱楚翁一信，饬弟头专送路桥。接楚翁福信一函。晚刻，秉彝、吉甫来约至大宗祠议欲修理一切。但宗祠之东西两正间过黑，若一更动，诸多转拆，不如仍旧为是。议添板床两张、兀头十把，以便祭冬到祠之用。晤张镜如千戎云，仍署海防同知吴绍春公祖已于晚刻趁海门商轮到台，即进署中，不另设公馆。来时过梅五处，晤其世兄孟东，少叙而别。云吴闰生公祖意俟新任来署，即欲随班轮期而去，意欲赴省禀到后即行北上。但其令尊翁吴仲怿侍郎现官邮传部左侍郎。

晚膳后，同丽生先生至陶寿翁府上，晤柳亭及其令祖季盘兄，相叙一刻。云及海门裕大典中之柜上夥友圣太先即敖先之子，及其副包美俊先，即吕照之侄，两人串通，逐日吞吃取利之钱。但典中规例，每日柜上将取本若干、取利若干，给进之后抄单两纸，一交账房，一交包房。但账房算明取本、取利及进出相合，本不识其取本若干实在数目，取利亦然。送进包房之账，有包房自己核算取票本利，有由副包核算取票本利，有由大学生核算。但裕大典中之管包丁姓因在典数十年，每多大意，此等核票等事委诸副包每俊核算亦已多年。但柜上圣太先与其串通，亦时日已久。如柜上圣太先经手取利十千，则报六千、五千。账房只管银钱，本不知其[1]取票相合是否。其副包每俊先核算取票，虽知取利实数，曾已通同，票中实在取利十千，今报六千或五千，则亦不言其票算后即归于每月清票。若不知底蕴，如是弊窦颇为难觅，今其同事之似海先知有弊窦，不知详情，亦难出齿。当微悉其弊，即与管账说明。临时差每俊赴各处有事，即嘱似海代算取票，即知不符细情。而知不符之蔽，即将各日之取票复算，即水落石出矣。

---

① 原文衍一“其”字，已删。

但典中规例，一有更动，即有弊端，最忌者在于账房、包房合于一人。余庆源典中前初开时，家君恐需生意，将账房、包房均归童吕荣先(生)一人，而有摊账、挂账、冒账之弊。幸自癸卯至今丁未，五年尚未足月，访悉其弊窦即行归结尚易，若再行延宕，至后则难于归结必矣。向来典中银钱归于账房，货色均归于包房，包房之下有副包。但副包即大学生，如大学生官包自己亲信之人，即曰副包及大学生、中学生用否，均归管包主持，东人不能自用，权在管包。若包中有失，只向管包一人是问。即用小学生，东人可以作主，因其人尚少，而管包易于管束。若小学生与管包不合，即行驱逐，不能复用。管包以及大、中、小学生谓之包房间之人，均候管包者管束，行止亦候管包。即东人进包房有事或看货，须挽管包一同进去，或带同中、小学生同行进去，因其有失，向管包者是问也。包房之人谓之内间，如柜上及写票等项夥友谓之外间，故外间夥友不能进内间包房。每日钱由账房发柜上，而柜上每日领得账房钱洋若干、付当本若干、付另用若干、或收当本若干、收取利若干，至晚结账后抄取两纸，一交账房，以便账房收付；一交包房，以便包房收付存架、进出若干。每日至晚，柜上夥友将全日所需之货交进包房，而包房夥友即将当簿中盖印，若取若干，将取票交与包房，而包房每月一次盖取印于当簿中。而包房核算取本、取利，以免外间不符。典中有上等货物来当，大约每千取钱数文，谓之藏箱。而柜上及内间学生之化利所取不多，以免衣物损坏。而典中卖货，而东人贴出每千计钱四十文。若遇有当货太贵，及有挂欠，即将该钱作底，以免拖欠。

典中规例，立法最善，若以兼并及两人相通作弊之处，亦甚多弊，最重者在账房、包房兼并而已。今陶寿翁之裕大典中柜上圣太先及副包美俊先冒报取利，若以一次而论，为数不多，今以日积月增，所冒之钱亦巨矣。今已发觉，而陶寿翁即将圣太、每俊歇出，所冒之取利算出，该二人亦须照数弥补。但敖先之子尚能弥补，而吕照之侄恐无力弥补，但弥补亦其分类之事。如此弥补、如此弊端，则其二人无处可以作夥。故在当中作夥，初进为小徒，即有化利，就有钱用，将钱看得甚空颇易。人之好否皆在二十岁左右之时，即能得法，皆在中学生或大学生位置。典中学生，三年或四五年之后，其人亦多，各典皆然。况此时位置在于包房，甚为重任，非包房之同行不能代荐，即或手分因人多而歇，荐一地方亦颇为难。若一作弊而歇，作荐更难。故之学生非在本当多年，转荐其事甚难。故之当中作夥歇出在家者不少也。

余将典中定例：学生、小用既收为徒，其武艺能否听之，只其人能得安分。若武艺不好，少加辛资；若有武艺，酌加辛资。其人总以留用，不使其浪费。若有作弊犯规之事，不候年月，即行驱逐。为人无不想为上进，入至下流，皆出于无赖。故学生进来而经事者严于管束，不使其私为邪非，终无作弊等事。但福逊初进为学生，其人颇为活泼，童子章看其人尚灵动，即委其副账而又不管其是非，经事者而不管束，委诸副账，一切银钱交与彼手，如同己出，各人即有知情。有衔口而不言，有不知细情而不敢言，以致其肝渐大。账房中遇有银钱，少数亦自解自庇而不言，其肝愈大。至今年上春付人洋十元而无名字，亦不言，而有二月廿二日直然付余洋六十八元。幸余内外账簿均可核对，又有日记可查，将彼歇业，将所付之洋延宕至今，皆童子章糊涂已甚也。但福逊之冒账，今于正二月间，私自赌博无可弥补，做出如此弊端。若童子章严于管束，不使其自行私赌，不致其如此偷付，亦未可知。以至核对弊端之后，各人查访，方悉其所输数十元之多，其时则已迟矣。典中用人不得不慎，管束学生不得不严。癸卯之年，开当之初，即将账房、包房各用一人，而无今日之蔽。裕大典中若包房自行核算取票，亦无今日之蔽。今皆已悉，其事已出，亦可于后来者戒可也。

晚刻，接应玉铨先生来片，代其友蔡姓取还下洋岙山地，彼欲照原契所卖之洋少若干。晚刻与其接洽，欲少则未允，若以原契所续，则已允诺也。孟东兄言，周允东明府委有催征钱粮差使，亦苦差也。

初三日庚寅 晴。接家君自十月初六日所发一信。接张丹翁一信，前所托各节已承允诺，彼于月初告卸湖协篆务。接洪祝翁一信。早刻，周梅翁来叙一刻而别。吴闰生公祖因今日告卸海防篆务，即于今日趁轮赴杭来辞行，饬丁挡驾，随往拜会、送行而未晤。吴绍春公祖曾于早晨任事，因往送吴闰生公祖，行时致片道喜矣。金季盘、应玉铨两兄来叙半晌而别。

初四日辛卯 晴。早刻，吴绍春公祖来家拜客，随饬丁挡驾，即赴分府署晋谒吴绍春公祖，相叙半晌。云渔团局兼办一席，已承喻庶三方伯与新任台州府许邓太尊言过，俟赴郡后想有把握也。晚刻，路晤陶寿翁，至其府上，晤其令祖季盘兄，相叙一刻，同至文昌阁，晤梅五、子宜两君，互相畅（叙）一刻而别。过达云母舅府上，少坐而来。陶寿翁因席请季盘兄，邀余陪客，至寿翁府上，晤季盘、梅五、作羹、道周、柳亭、玉铨，相叙席散而来。林子材先生之世兄于初六日喜日，送其贺敬洋一元，交木匠老二老司带托谱局代送。

初五日壬辰 早至未，晴；申刻以后至晚均阴。致金叔文兄一信，交小妹带交。小妹亦于今日至莘山去。晚刻，周梅翁来云，煦东宗伯在郡，为同昌事颇急迫，专人叫楚卿到郡，不知因何事体也。并言喻志韶太史现在省城办理学堂一切，不知已有就绪否也。晚刻，至警察局，晤张镜如、黄碗香，畅叙半晌而来。六先将包房盘有就绪，少金戒指两号，又夏衣两号，即嘱伯森先追询童子章，尚无覆音。存架尚未核算，容日核算后为数不知相合否也。

初六日癸巳 晴。将枧头种烟之田直种晚稻，说开每亩该洋一元公用了事。各处亦以此数定例可也。

初七日甲午 晴。寄奉家君第十五号安禀一封，交邮筒保险专寄山西吉州署中，内附致许眉甫先生一信，致洪祝南一信，附洋念元，尚少四十元，函向同昌汇付。又致同昌账房解昆珊先生一信，向取帖税洋四十元，汇交祝南先生。该洋六十元，系家君来谕嘱汇。致协丰行一信，两处均带凭摺付收，均交伯森先带郡。凭摺交伯森先带去，收付亦以凭摺为凭。致王庆荪先生一信，饬弟头送交，因家慈染恙，请其诊视。庆荪先生于晚刻来，留其过宿，想能药到病除，是所深幸。午膳后，路晤周梅翁。至文昌阁晤子宜兄，相叙一刻，云现在省垣开考师范学堂教习，赴考者计有万人之多，录取者仅五百人。皆因考试一停，有难于进身，有难于谋食，闻开师范之考，各府诸生皆来赴试。其人如是之多，录取之难不待言矣。寒儒赴试，已需川资，而又落孙山，不胜其苦。闻少湖亦至武林应试，将已旋里，想亦未曾录取也。来时过达云母舅处，晤永义相，少坐而别。晚膳后，陶寿翁来云，明日欲赴郡城巨款会同议一切。云轩来云，上年代经洋四十四元并息洋十元，定于十二月廿五日向取，惟票据云在童子章手，拟明日向童说明可也。

初八日乙未 晴。致张仲甫兄一信，致洪莲波参军一信，均交邮政局分寄。致王晓凡兄一信，饬老五专送黄城。鲍圣德先将童子章所经各账算结，出内有两户，不识其人。早刻，童子章来云，该二户系自捏造，理归其自己理料一切，并一切挂、欠之账，并邀叶蓉秋先生、邬丽生同童自行核实后再说。午膳后，因昨夜云轩所云票据尚在子章手，余挽同童子章亲至聚元，晤云轩、佩卿、丹霄各人，说明所有票据向童子章自理可也。该本息洋五十四元准于十二月廿五日向取可也。说明后而来，仍邀子章将各账核实，留过晚膳而去。周梅翁、陶寿翁来云，因永大小轮曾已开行，未曾赴郡，畅叙半晌而去。家慈仍邀庆荪先生诊治，病仍如昨，不知速能安痊否也，心甚为念。林云耕来家多日而不去，不知竟何事体也。雁书先生、简夫兄均来过宿。

今典中一切均承蓉秋先生代为转圆，铭感之至。但童子章经手账目，总清中有收付龙门，草薄而无之，或总清过入，新总皆未入过龙门，已查旧薄，各户尚欠息洋二百元之则。彼自捏名曹光贤、应日新两户计本息一百四十馀元。又，今年八月之杪将交账时付去透支洋二百元之则，查该洋收彼亲戚李思梅、潘道全之洋付于透支。如是透支，与抢何异！彼自放去收利，今则难于归结，则归于典中约计三百元左右。统共彼自有私情者约计八百馀元，又，包房中货去而未弥补者计八十馀千文，尚失金戒指两号、夏衣等念馀号，共计三十千文之则，账、包共计一千串左右。尚幸五年，账中易于算结，倘若延缓，则乌乎无底也。俟明日玉先到店抄就，准初十日邀同蓉秋先生以及诸君来为说明是否，此番童先生所经各账可承蓉秋先生、诸君代为清理讫后，一切典中诸事大加整顿，是为至要。不得不以一误再误，是为至切至要。

初九日丙申 晴。寄奉家君第十六号安禀一封，饬有根送至海门邮政局保险专寄山西吉州署中。致叔文兄一信，交道茂先专送莘山。晚刻，王庆荪先生至海门去，林云耕、解简夫均于早刻去。童子章之事包已核实，账已算结。玉先已来，即嘱将舛错之处均已汇好。至梅五、达云、蓉秋诸位处代为理说一切。王晓翁于晚刻来，家慈请其诊治，定能立奏肤公也。晚膳后，挽晓翁至寿翁处，适周梅翁、陶寿翁来家，相叙半晌。但童子章一切，与其面叙，均拟定明日邀来与其理说一番可也。去时已逾二鼓矣。晓凡兄言，黄岩诸位优贡赴都朝考者，童仲平士衡、焦梦舟文基、许咏九耀熏、罗子英荣椿，均奉旨以知县用。焦梦舟明府指陕西试用，许咏九指江西试用，其馀不得而知也。复举人而知县用者：陈锡九明府指广西试用；王梅友明府须已注册，尚未分省。今岁诸生而入仕图以知县用者多人，未识将来何人出色也。[①]

---

① 页边注："十一月初九日止。"

第二十二章

丁未(1907)十一月初十日起

十一月初十日丁酉　晴。接五丰钱庄一信。广请□□□兄、陶寿农姻长、周梅翁姻长、叶蓉秋先生、王丽生先生、周达云母舅、鲍性德先生、童子章诸位晚膳。但典中童子章所经未曾了结，□□□□少各物计五十九千九百九十文，货去而未销号者计钱八十馀千文。永寿翁、蓉翁诸位理说，该两款由童自平，年之化利推除外，尚少之数由其自行补讫。少货中有金簪一支，前本牟则福先所当，据则福先云，当时询过童子章。适值则福先赴黄，俟其来时二人说定，余只要有其坐位可也。金簪当本计钱三十千文。又，账中各户息洋，彼自兜收者，计洋一百五十六元零。彼又透支洋一百七十馀元，合计洋三百三十馀元。彼叨请让其洋一百元，年内十二月中旬付还典中洋一百元，此外一百三十馀元，将明年、后年应得化利弥补。彼账放出计洋八百馀元，由彼代于归结，未识能得归还若干，难以预料。但童子章所经冒去之洋颇多，难有馀资，叫其取转，亦颇为难。能得代归放出之洋，只得允诺。即函禀家君，是否再说可也。

今之情形，所开百项店业甚难，所用经手亦如是之难，总之做事，难上加难也。典中所用童子章，理应专为包房，不致如是。而包房并兼账房，以致如是肝大妄为。幸年分不多，易于核算，尚无大吞巨款。彼虽所放、所吃、所冒，数在一千之谱，五年中彼之所用以及需费之大以及酬应一切亦在一千之则，以致余亦不能起齿。而童之贪心、糊涂皆因重托于前，而致难以归结于后，所有用人一切定当慎选也。但前事既童子章如是结局，现用玉先为账房，六先为包房，出于不得已权宜而行，未识得能始终如一否也。诸君去后，已经十点馀钟，即嘱六先：包房中若遇销号，无许暂挂分文，其馀一切，再行妥定可也。家慈仍请晓凡兄代诊，恙能少愈，想能逐渐痊愈也。

十一日戊戌 晴。致蓉秋先生一信，托其转嘱童紫章将未收各账毋得藉词宕塞，须与其言明，以免其以后多话。晚膳后，至达云母舅处少坐，而至蓉秋先生处，适其售卖二盘，价亦照初盘十二七之外想加一二厘也，并面托一切。别后至周梅翁府上，晤寿卿兄，相叙半晌。梅翁邀余晚膳，当即辞谢。接褚仲逸兄一信，言茂昌之事，因其语言颇多，俟明日接洽，当即书柬言覆矣。家慈染恙稍愈，惟肚症未能除根，仍请晓先生诊治，想无窒碍也。秉彝宗伯、吉夫宗叔来云，宗谱曾已告成，印谱者尚少工钱，邀余支垫。但收谱之洋余已支垫前后计洋一百数十元，今值派收丁钱进款，无于我分出款，余亦不能再垫，即仍邀煦东宗伯再为支垫，俟账算结时再说可也。洪少琴兄、汪伯端兄来叙半晌，少琴兄向典中撮去英洋三十元。

十一日己亥 阴。致张丹翁一信，致五丰钱庄一信，均交玉先送宁，并交玉先带送密橘四篓，并嘱玉先将代经丹亭石板价洋过汇五丰钱庄，并与五丰算结清讫。家慈染恙渐愈，可无窒碍，仍邀晓凡诊视，可以逐渐痊愈也。但家慈人过单薄，须要格外养息，方可无误。晓凡兄已于晚刻去。接五丰钱庄一信。接李伯荪公祖来柬为其尊翁稚白公祖于月之十七日寿辰，拟送寿礼可也。周梅翁来叙，与其商酌送李公寿仪一切，均只各送呢帐而已。秉彝宗伯、仲逸兄来叙至晚，留过晚膳，同至文昌阁，晤王子宜兄、周梅翁、麟斋、李舜卿诸君，相叙一刻而来，至家时将二鼓矣。梅翁云，三妹至其家，说黄少湖现在沪江交接野鸡女娼，初由仲辰宗叔带其同去，继则自往，今已流连。但上海花柳之场，为人易被所迷，少湖著名寒儒，尚且被此等女娼所惑，亦出人之所料。凡赴上海以及花柳之场者，总以自拿主意，勿致被惑为幸。凡至此等之场，将此等之事一思即是皆空。倘或被迷，有何所益，一夕化用，他日将何结局？再四而行，断无被惑之心也。

接台州旅杭同学会集办铁路股劝单一卷，现在杭城同学会者喻志韶太史、杨子屏茂才，寄余之单者，想志韶先生所寄。但浙江铁路将被洋人以梗借洋款谋夺利权，吾浙诸公集款抵制，言甚痛切，理亦所然。自维棉力，无可如何。吾浙殷富颇多，想定集议，定能顾全大局。牵马老五言，陶寿农姻长今日赴郡，想亦集议巨款会事也。

十三日庚子 晴。午膳后，至达云母舅处，适其出外，随至蓉秋先生之仁大典中，言蓉秋先生至路桥去，晤章波少坐而来。至梅翁处，云其至海门去，晤槐卿、寿卿，相叙半晌，因仲逸与元俊相顶货扣头未曾说清，即至茂昌。据元俊相所言各节颇繁，即邀柳棠兄来至茂昌接洽一切。随至仲逸处，续后其店夥徐明甫亦至仲逸处，与其说开，前仲逸所开维新今顶与元俊相，改字号曰茂昌之店屋，照原契加洋两元，修理一切照原账对拆，什物各件照已开之账八扣。前维新未收之老账，今顶与茂昌，除作废外，尚有九百之则，作为一节五计算。面托柳棠、明甫将一切未了之事悉均说讫，票据悉均书明而来。过谱香母舅处，晤秉彝，相叙半晌，托其代做大房伯曾祖张才公谱传，曾承允诺矣。顷又周梅翁遣人来云，李稚白公祖于十七日寿辰，据丁飏翁言，郡城诸君制送寿屏，将彼与余及陶寿翁均拼在其中矣，未识何人经手，亦未识每股计钱若干，俟函询丁飏绵兄可也。

十四日辛丑 晴。接王槐卿兄一信，即致福一信，交其原人带还。晚刻，至陶寿翁府上，晤秉彝宗伯，相叙半晌。寿翁言，飏绵兄云李伯纯公祖为其封翁稚白公祖于十七日做六旬寿辰，郡城王冰如兄做寿屏序，系王冰翁所撰，丁飏绵兄书，寿翁、梅五与余及煦东宗伯乔梓均已拼书屏内，每股计洋两元，另日带交冰如兄可也。

丁飏绵兄鸿年本前年救护难民案内保有州同不论双单月用，指分湖北试用，曾于昨日赴湖北禀到。并言浙江之铁路因外务部强借洋款一百五十磅，合计银一千五百万两。全浙铁路核计尚需路费二千四百万两，全浙人民恐借洋款以铁路抵押致受洋所制，拼集路款二千四百万两，致路款敷足，可以抵制英人勒索路权。当杭垣开全省抵制拒款会，宁波严、周、汤三人认集宁波一府路股款一千万两，各府均认集数百万两，温州已认集路股五千股，计银五十万两。台州值喻志韶太史、杨子屏茂才在杭亦认路款五千股，计银五十万两，函商许邓太守。但集股抵制洋款甚为踊跃。日昨郡城开合府拒款会。郡城已认集八百馀股，每股计洋百元，每年送缴一成，以十年缴讫，每年计息七厘，较买田地无易。台州旅杭同学会所书公启最为恺切，凡稍能勉强者总以认集愈多愈妙，如郡城开会之踊跃，则台州已认五十万两之巨款不难而足。可见众志成城，虽台州地瘠民贫，五十万两巨款想能足数也。但宁波出而认款者，严即严少舫观察之少君严子钧，周即周金盘，汤即汤仰高之少君汤聘三，其三人亦宁郡之领袖也。台州喻志韶太史长霖，乙未榜眼，翰林院编修，现办杭州学务。杨子屏茂才系杨定甫给谏之文孙，现在杭州学堂中肄业，今则出而认款，可谓大有肝略也。陶寿翁、黄楚卿两君各认五十股。台州地瘠民贫，如此踊跃，想各府州县均为如此踊跃，湖州、宁波、杭州、嘉兴、绍兴五府皆全省之富府，皆以众志成城，即核计铁路需费尚少二千四百万两，亦是易举，定能告成。得能告成，全浙铁路贸易之旺，定逾京榆铁路，言之倍徙，非谓过也。别后过达云母舅处少坐。因周梅翁邀余晚膳，至梅翁府上，晤其亲翁金香泉先生、寿卿兄、金子元诸君，相叙席散而来。

十五日壬寅 晴。寄奉家君第十七号安禀一封，交邮政局保险寄山西吉州署中。伯森先于早刻来，接洪莲波先生一信，前汇同昌支取英洋四十元，而解昆珊不肯付出，因有轿钱、椅钱代付而不知，只得另日寄郡可也。晚刻，同秉彝宗伯至谱局，但《黄氏宗谱》曾已告成，将画谱像装订矣。随至集圣庙警察局，晤寿翁、梅翁、六皆、楚卿、载熙、道周、性言、柳亭及哨弁张镜如并子宜、云梯诸君，相叙半晌，云许邓太尊大小诸事均须亲提集讯，现定于十八日开演说会，二十日邀集各乡村[1]庄董事来郡禁止戒烟，一切新政，未识得能始终如一否也。无如台州百姓公事愈管愈多，只恐堆积太繁，日无暇给之忧。凡事欲亲手皆为理结，定无周到，即一家之事、一县之事、一府、一省、天下事皆然也。

十六日癸卯　晴。致洪祝南先生一信，饬从福专送郡城，嘱其询明同昌凭摺中所付轿洋并椅洋系交何人，即向其归转付交祝南，未识能得清付否也。接张丹翁来信云，月之望日交卸湖州协篆，邀余集开化锭戒烟药股分。无如宁、台相隔颇远而股分不多，只得善言辞之。接陈训夫兄来信言，昨夜被匪捣毁台门，幸未入室，所幸鸣枪而散，并捕来抢匪徒一人，送县呈究。托余代买洋枪以为防守计。但托买洋枪颇难，只余藏之洋枪分用可也。陈训甫兄名寿扬，余继配陈氏之堂兄也。午膳后至陶寿翁处，晤陈玉堂兄，相叙一刻。同寿翁至梅翁处，相约至文昌阁，晤仲逸兄，互相畅叙至晚而来。晚膳后，陶寿翁来邀至其府上，晤邱仲玉、周载熙、周梅五、王赞清、陈崇山、叶蓉秋诸君，相叙半晌，来时已将二鼓。言今日椒江中学堂开行动会，教习带同诸学生自本镇至海门转至赤山寺而来，午膳即在赤山寺吃。今学堂如是规模，谓之新学，将来大儒硕望从此起家，不知亦有几人否也。昨阅洪莲翁函云，张筱帅奉命简授山西巡抚，曾已出京，尚未赴晋，不知何日可以履新也。

十七日甲辰　晴。致陈训甫兄一信，借其后膛毛丝两支，枪子四十六粒，并送其铜帽一盒，均交其来人带去。早刻，因李稚白公祖生辰，同陶寿翁及孟东至海门渔团局叩祝，晤前所于巡司，相叙一刻，留过点心而来。但前李稚白公祖方至台州，系渔团局委员，今其少君伯纯父台亦奉张翰卿太守札委渔团局，乔梓相肖非易。出后，同陶寿翁至永宁局，晤杨子云兄，相叙一刻，言曹绍雍统领现至仙居未来。过午膳后，至陈公祠曹统领公馆，谒其幕友俞铁勤父台，言其尚在公馆

---

① 原稿衍“乡村”二字，已删。

未来，但其公馆在王厚卿家，即至其公馆中，晤俞铁勤父台，将十里铺陈训甫兄家于十四夜被匪敲破台门各节言明，一切托其代为致函与路桥、袁桥两处，就近放巡夜哨，以备不虞，相叙一刻而别。转至永宁局，同寿翁而来。但今日西北风颇大，看椒江学堂之新造后墙倒坏。可见包料所造正非干固，如是大风即倒，若遇风水，则全墙皆倒必矣。即至分府署，晤吴绍春公祖，相叙一刻而来。适邱仲玉姻长、邬丽生先生来叙至晚，留过晚膳，同仲玉至陶寿翁府上，相谈颇久，过吃点心而来，至家已十点馀钟。

仲翁言其令亲阮右垣、季良昆季克承先志，奉其尊翁澡云公遗命，愿助义田二百亩，洋两千元，设立义田、义塾，仿照前朝名臣范文正公义田、瞻族章程而行，已具禀呈县通详立案，此事非易。阮氏兄弟虽克承先志，能行如此之事，则台州而论，首屈一指矣。但余亦存此心久矣，无如今之局面真力不从心，亦无可如何。但愿家君宦途顺适，余整理家政适均平顺，得有馀资之日而为先人之志，呈请乐善好施及义田、瞻族两事，能得相继而行之，则余平生之愿足矣。今虽存有是心，得有可行景况而后行之，是余一生之志。承顺先人之命，是为至幸。余今未行其事，骤然而记焉，识者则言余之谬语。但余久存是念，看阮氏兄弟竟行其事，与余心志相合，偶然而记焉。未识竟能果行其事而后已否也，半在于天也。

十八日乙巳　晴。致朱继南先生一信，饬弟头专送黄城。致煦东宗伯一信，因警察局所派不敷之洋，前楚卿兄云，本镇捐洋五十元，喜保承捐洋十八元。但喜保所认捐者计二十馀家，则轻而易举。而煦东宗伯欲借捐助警察为名多派若干，余将彼所派之洋均作为不知，将喜保可以派捐家数请其代派，不致偏枯为幸。致函询问矣。接五丰钱庄一信。早刻，黄碗香宗伯托余代荐为警察勇，余本欲不肯代荐警察之人，今碗香所说杨家法亦出于不已也。汪伯端兄向余取去英洋六十元，系向典中取付也。晚刻，秉彝宗伯来云，家君所助大宗祠涂田十亩，曾入谱中，作为二房公用。但家君所派大宗祠田十亩，小宗祠田十亩。但小宗祠之田因未起造，将田十亩作为四房挨轮祭扫之需，大宗祠田十亩，岁收洋念元，二房分肉五十三斤，约计洋八元。炳龙奶奶岁承洋八元，俟过世后归还二房大宗公用。管祠者每年四元。今又田入二房，未免两歧，即饬人通知，承分个人与其说明，今允曾归还二房公用，须注明更为至妙。即注有二房之语，如是派发，亦无窒碍。但余未见如何书法，果否如何登法也。适叶蓉秋先生来叙一刻，同至谱局，晤金培生、许耀甫相叙一刻而别。过王子宜兄处，相叙半晌而来。

十九日丙午　晴。辰刻正冬至佳节。致五丰钱庄一信，昨周梅翁言，与余合书王冰如先生一信，内附致解昆珊兄一信，均饬阿根送邮政局转寄，因前送李伯纯父台令尊之寿屏系冰如经手，每股承洋两元，因现寄不便，托同昌代付清讫。致叔文兄一信，交其莘山农工代带。早刻，至大宗祠，晤煦东宗伯、秉彝宗伯、吉甫、心斋、道周宗叔，致祭列祖列宗后，而培生、箕甫、清修相来过午膳而来。但德轩所经之账颇多虚报，惟付林子材先生之令尊手洋三十元，据秉彝宗伯言，子材先生云并无收到，其馀少数浮收、浮付，只得听其自报可也。看德轩宗伯其病颇深，煦东宗伯言捐助警察之事，与楚卿未曾接洽，另询楚卿可也。

二十日丁未　阴、晴。致张仲甫兄一信，内附致丹翁一信，交邮政局保险寄申。致陈祝翁一信，附洋六十元，饬弟头专送长甸。秉彝宗伯邀余与吉甫合书致林子材先生一信，由秉彝宗伯托殿甫兄代带。周梅翁托余代其自书致王冰如、黄楚卿一信，即交梅翁自寄。二头自晚刻来，前交其代裱对联一副曾已裱来，计洋三角，并前少其找洋六角，即付其开洋九角，前后清讫。晚刻，至梅翁处，晤寿卿兄，相叙半晌。同梅翁至吴玉成处，相叙一刻，即至仲玉处，留过晚膳，同仲玉、梅翁至子宜府上，晤六皆诸君，畅叙半晌而来。适应玉铨先生来云，方自黄城来椒，相叙一刻而别。弟头来，接祝再姻长一信。二头言，张丹翁曾告卸湖州协篆。因吴吉人军门定邀其仍署定海镇中军游击，曾经通详闽浙督宪下札矣。

廿一日戊申 晴。致王耔舜兄一信，交邮政局寄至京城四眼井京都工艺局总办织坊科。接陈训夫先生一信，假用洋枪，即致覆训夫先生兄一信，并后膛、水杆两支。接邑尊潘秋舫公祖一信，即致楚卿兄一信，交邮寄郡，托其转达邑尊可也。晚刻，至文昌阁，晤梅五、少湖，相叙一刻，过达云母舅处少坐而来。秉彝宗伯、吉夫、清修相、碗香来云，谱局已将告成，尚少费用。但收进之洋，余不得而知，尚少之洋要余代垫，实出于成礼之外，今是缺数余又不得推却，只得垫洋四十元，计前后共垫洋一百七十五元，若谱能齐整，重修、即或代垫，分所宜然。今《黄氏宗谱》如是草率，所垫之洋如此之巨，实在委屈难言。愿得后嗣能将家谱详察，前后宗支更正前非，再行重修一切，即余之幸，即余之愿也。

邱斐南兄于廿三日以七品小京官开贺，饬弟头送去贺仪一封，计洋一元。但训夫兄因前土匪至家中捣破台门，招人防守，托余代买后膛以备不虞。前十七日即托岱甫兄代买，今接训夫兄函催，晚刻遣夥询问，据云此是暗带之物，迟早未定，俟明日函达可也。应玉铨先生托为余代寄李克三先生一信，俟有便时代为附寄可也。接少圃表叔公来信，云极苦衷，将余买轿之洋十八元取去，则难于归还矣。日前，仆人从福买来牡丹花三株，云是三种，曾已种下，倘若应得盛开，则亦祥瑞之兆也。开缺台州海防同知吴闰生公祖之令弟河南汝光兵备道、吴闰生观察山封，皆邮传部吴仲怿侍郎之公子也。阅报章纪章一山太史梫现奉上谕以翰林院检讨用。按：翰林院以修撰、编修、检讨等是一阶也，惟修撰确是殿试一甲一名状元即授之官，今制科已停，状元以后则无，修撰亦无矣。前修撰须六品，编修、检讨皆是七品京秩玉堂，所有开坊皆是一律也。

廿二日己酉 晴。致陈训甫兄一信，并应玉铨先生致李克三先生函，均饬弟头送交。晚膳后至子宜处，云周梅翁之媳孟东之夫人于午刻逝世，即同子宜兄至梅翁府上，相叙一刻，言孟东之夫人年仅廿二岁，适其母方来视女，以致哀痛迫切，代其一叹也。别后，过永义相处少坐而来，适秉彝宗伯、李舜卿来叙一刻，同至文昌阁，晤少湖、宗山、作爨、道周，晤叙一刻，同至舜卿处，相谈至晚，留过晚膳而来。

廿三日庚戌　晴。寄奉家君第十八号安禀一封，饬作头送海门邮政局保险寄至山西吉州署中。接应吉甫一信，即覆吉甫一函，就交其来人带交。晚刻，同秉彝宗伯至子宜兄处，适其出去，未晤。即至邱仲玉处少坐，同仲玉至柳亭处，晤六皆先生、子宜诸君，相叙半晌而别。同仲翁至尚德小学堂，晤云梯、月波两兄，相叙一刻而来。阅有《南方报》纪十一月十一日内阁抄奉上谕："沈曾桐着赏加道衔署理广东提学使。钦此。"又纪十一月十二日抄奉上谕："山西平阳府知府着福荫补授。钦此。"按：沈子封学使曾桐方于四月间由翰林院编修奉简山西平阳府知府，到任未久，随应恩命升署广东提学使，如是圣眷可谓优隆也。顷阅多日报纸，未见张筱帅曾否到任之语，究经现已到任否也。即山西之事，报纸中未曾多纪，又未见另简之语，想已履新亦未可知。鄙见，张大中丞深知晋省利弊，奉命仍补山西抚宪，即是晋民之福，早得履任，为幸多矣。

周梅翁之长媳、孟东兄之夫人于廿五日大殓，来柬邀余助祭。据其仆人言，同为助祭者：子宜兄、作爨、载熙兄、建西诸君而已。闻孟东兄之夫人系冬瘟之症，故有迂语，若得早请名医诊治，不致如是，亦未可知。栅桥天主堂经理账务者系蔡姓，太平人。邱仲玉姻长言椒江学堂当喻志韶太史原禀中系台州实业中学堂，办理实业程度，曾经沈东洛太守同知台州府时通详当道立案。上春周少芳兄因堂中经费为难，商诸同人，改为中学堂，又邀分府吴绍春公祖通详省台立案，未曾允准，而喻太史大不为然。新任郡伯许邓太尊檄委台州府时，喻太史仍请照原详，仍为实业中学堂。现许邓太守曾经赴任，想照实业办理一切事宜。

晚膳后，陶寿农姻长来叙一刻，言方自郡城旋里，云许邓太守于廿二日亲诣城隍庙，提议借款购米等要政。今岁下季台属如是歉收，明岁青黄不接之时定然缺米，欲就邑中殷户借款购米，当今台属第一要务也。但临海阖邑中真有存储现洋者，下洋祠董煦堂、长甸陈祝再明府、北岸卢头卢平阶主政、大田马姓四家而已。能知大义出资购米平粜接济台民，最善之事，何乐不为？况平粜所亏之洋，府、县两宪均由另行筹款弥补。各家所借之款俟过平粜之后，大约六月间仍照原数付还借款，不过所少半年拆息，每家一万元计息五百元而已，况彼等如是巨富，存储家中之洋，半年未必有长五百元拆息。但四家中，想董煦堂一人存心最暗，此外三人均知时事也。但遇如是之年，家中叨天福佑，理应乐善，如余今之情形，真是鞭长莫及。能得积有馀资之日，若遇如是之年，宜得首先借款以为地方者劝，余之所愿也。今台州所最急务者在于此，集股拒款尚次也。但集股拒款亦是要政，无如办理铁路系全省民命犹关，最为急要，虽最急尚是阖省之事。但浙省杭州、宁波、湖州、绍兴、嘉兴等府，皆是殷实富足之乡，巨富之家甚多，若有台州集款未必谓多，即无台州集股，未必谓少。今台州而论，拒款、平粜，尚平粜重如拒款、急如拒款，能得积有巨资，则平粜、拒款皆是现在最为紧急之要也。余论如斯，识者以为然也。

廿四日辛亥 晴。致洪莲翁一信，交邮寄晋。接家君十一月初二日所发一信，又接五丰钱庄一信。午膳后，至陶寿翁处相叙一刻，同至梅翁处，晤邱仲翁，相叙半晌而别。寿翁言于今夜就永宁商轮趁宁，想为慎丰钱庄汇款及修理永江商轮等事而去。仲翁云，楚言姻长已于昨日来椒，楚卿兄亦于昨日自郡城来，郡伯欲就本邑借购米洋款，由楚卿赴芜湖购买，楚卿兄欲用杨子孚赴芜湖办米存储，明岁当青黄不接之时售粜，议所甚善。闻芜湖米价每包计一石二斗，价银二两七钱，拆洋四元之则。自芜湖赴台，水脚每包约计五角之则，出口关税约计洋八角左右，另星亦须一角之谱，通共每米一包，自芜湖粜就装载到台，计洋五元五角左右。每包本定一石二斗为规。如镇江仙女庙出米之斗，到台复量有出，惟芜湖出米之斗犹恐不足也。倘平粜定得每洋一元计米二斗，尚无所亏。若平粜之价值定不止两斗。

未识明岁平粜米价所定若干也。

郎伟臣刺史所欠本洋曾于上年寄还外，尚少息洋六十元。上年向取，携有凭票一纸，期定本年十月，至期向取，许在十一月中旬。顷已过其所许之期，于早刻遣吕保携票向取，未识能得清还否也。晚膳后，应玉铨先生来叙片时而别。至子宜处，晤邱楚翁，畅叙一刻。言楚卿兄来邀，即至楚卿处，晤云梯、杏苑诸君，少谈，留过点心而来，至家时钟十点有馀矣。楚卿云，浙江办理铁路，英人迫借洋款，欲以浙江路权抵押，当外务部侍郎汪大燮、邹嘉禾等贪扣九五抽利，当禀明外务部袁慰亭尚书奏明，咨请浙江抚宪画押向借，准以路权作抵。浙江绅商以铁路借有洋债筑造，以铁路抵押，一切主权不能操诸于己，一失于利，再失于权，洋人牵涉其中，将来掣肘各事，何待言欤。自行集股拒借洋款，即曰拒款会，当外务部议借洋款，计一百五十磅，拆洋一千五百万元。浙江绅商将铁路通盘计算，尚需洋二千四百万元之则，全浙绅界、商界、学界及一切认股最为踊跃，二千四百万之的款曾已集足。但铁路约在十年可也告成，故将认股之洋亦分十年向缴，已缴之洋结有七厘拆息。但铁路分段创造，每段造就，即行开车，可以应付已缴之洋拆息。全浙人虽尚劝集股分，而原数二千四百万元，早已认足。每县举有一县代表，每府举有一府代表，全省举有全省代表。各府州县均已开会议拒，全省亦已开会议妥议。但全省铁路总办本举汤蛰仙京卿寿潜，以刘锦棠观察为帮办。今拒款，全浙代表已举王夔石相国文韶、陆春江中丞元鼎。闻王夔石相国已拜摺奏争，汤蛰仙京卿、陆春江中丞均已北上宫门请安，曾经召见，仰瞻两宫圣意亦颇为然。但外务部侍郎江苏邹嘉禾、浙江汪大燮，江浙两省人民深为鄙卑，及同乡京官统顺舆情，均已力争借洋债之非。惟袁慰亭尚书深知邹嘉禾、汪大燮贪扣私利，初受其欺，不肯翻异，而见王夔石相国拜摺奏争，又见汤蛰仙京卿、陆春江中丞均已北上，又有江浙两省之同乡京官之意见均已不肯借债为然。并深知浙江路股已足，亦有意见拒，另办交涉。无如袁慰亭尚书之门下归津要者甚多，恐如此大事不知担认为然，致于瓦解，不得不认前言之是。想如此而来，袁慰亭尚书亦能逐渐转圆而已。倘得拒款若成，定得行立宪。倘得拒款若成，浙江全省铁路告成之后，苏杭甬生意定然兴旺，集股之款取转数倍，亦未可知。今当拒款集股，有关全省、全国生命，余实棉力，心实抱歉。倘得拒款若成，洋人亦不能轻视我江浙也。

北岸陈步洲守戎于早刻来家，代陈安所之地欲卖与余。但陈安所之先人与家中旧交，又为娶亲将地卖与余，本无推却，无如年内颇为拮据，已书地契，即交其带还。余亦念其旧交，又陈步洲守戎代说其娶亲之需，借其英洋十元，即交陈大老手付，俟明年亦托陈守戎代为归还而已。半念其旧交，又是娶亲之需；半是陈步洲守戎亲自来说，情分难却也。

廿五日壬子 阴。致五丰钱庄一信，交邮寄甬。致洪祝翁一信，交伯森先代为觅寄，致陶寿农姻长一信，即托玉铨先生代寄甬江，为玉铨先生之馆明岁可否询明寿翁也。接周允东明府来信云，许眉甫先生于十一月初七日到晋，幸得安抵晋垣，可以无虑也。彼留住数日，言十三四日买车赴吉州家君署中，大约廿六七日可以抵署。彼所委催解钱粮系平遥、介休、初县、孝义等四县，例送程仪，年内想能敷衍也。早刻，至梅五姻长处，晤子宜、建西、作羹、载熙诸君，致祭其长媳公事毕时已晚，过晚膳而来。言卢槐士兄，楚卿为万兴商轮被外洋船冲坏，叫其出至定海，向其理论而不得直，曾经旋里。吕保自桃渚来云，郎显翁言该洋仍无取资，亦空手而来也。昨楚卿兄言，新任郡伯许邓太守号仲期。

廿六日癸丑 阴、晴。致章道芝兄一信，致章子修兄一信，均饬嘉先专送店头之前宅。致周尹东明府一信，交邮寄晋。晚刻，秉彝宗伯来叙半晌，同至楚言处，晤仲玉，相叙一刻而来，云煦东宗伯明日赴大陈山收渔业捐费。如是收捐，与粤匪作乱时地豪捐资无易。况今岁大陈海水甚次，而煦东宗伯欲再取渔人如是捐费，实出成理之外者也。但煦东宗伯家颇豪富，而同昌盐号漏资甚巨，民间已受其虐非浅，又取渔业非义之洋，其心何甚！

接玉先自甬江所发一信，约廿九日可以到台。接吉甫先生一信，褚仲逸将维新顶与王少棠接手，改开茂昌字号。其货脚等件，当仲逸顶于甬江布店，而甬江布店转顶与少棠，其馀各件由仲逸手顶。其中颇多含糊，曾已说明，前维新字号历年未收账，顶作为一折五计算，原数八百另，一折五计算，作洋一百念元。店中一切生财什物照办进价目八五扣净，计洋一百元，仲逸之内首店屋，前向前途买来，计洋一百七十八元，另加修理数元。今仲逸照契卖与少棠之茂昌，计洋一百八十元，店中修理一切照账计洋四十馀元，两年用旧作净洋三十元。但内首店屋写一契为凭，其馀顶账什物、修理一切另写一顶据为凭，均嘱其店夥徐明甫写就屋契，则柳棠为中，余见面。顶据则柳棠见面，而余为中。但原经陈舜卿、周柳棠二人，因舜卿赴闽，仲逸托余代为理说，今已说明，本即画押，少棠因洋一时不凑，说明至嘉平月初四日清付，仲逸云亦待初四日画押可也。

晚刻，晤逸仙兄，言仲辰宗叔之夫妻两人将顶祀之田业已卖，所剩无多。又将沪地杭船客日均已卖完。但仲辰人已无能，又做船中生业，其所亏则甚易也。但彼之父、兄、弟四人，其父禹门叔祖行二，顶行四海秋叔祖祀。前海秋公故后，四叔婆善于经理，仅只十年之外，以数十田，亦一家之行用田，亦买至数十亩，现洋亦计千馀元。其仲辰幼时入继，亲亦祖母所娶，不意其妻王氏系下洋郑地方王辉亭太姻长之女，与彼本有老亲，母家颇为忠厚，而娶之后，喜于用度，而又奢侈，人甚强捍。其祖姑陶氏颇为勤俭，以致婆媳不睦，仲辰庇妻之不肖，返怨于姑障，亦出诚理之外。迨壬寅岁，其姑陶氏仙逝后，所遗田计八十馀亩，祖遗沪地航船客日以及街中店屋约计两千金，又积现洋一千之外。而此之后，均候王氏手出颇为奢侈，夫妇日食洋烟甚度，又不理生产。仲辰虽食洋烟一途，尚无碍事，而烟之外，又吃大土，每岁共计五六百不等，今则从俭，亦须三百之数，至今方值六载，将所遗祖业曾已售卖，十不得一，甚可惜哉！

故人家之娶亲贤否有关家数，男人只取中平，女若节俭，无不馀剩之理。女若不肖，男人虽有所进，亦及其用度，势所然也。况彼夫妇皆然，定至若是，意中事然之理。余所看者虽云不多，闻者亦颇多，入继昌者十不得一耳。而仲辰宗叔今至如是景况，将来不知如何结局也。余元配章氏自甲午春娶，甲辰秋殁，甫及十载，为人尚无奢侈，心甚慈，喜施于人。后数年因求祀心切，拜经求忏，被女人所惑，屈计前后亦需四千馀金，若返为节俭，则不难剩于万金亦易耳。如是慈善之人，不遂其所愿，乃大数使然，不可逃也。余一生，自辛卯侍奉曾祖母应太夫人，家中诸事均由余出，只诸事周到，仅不苛刻，尚无用度，已垂二十年，每年所进，实在应用之外尚无馀利，以致返成亏控，余细思蔽在周到故也。每岁元配章氏所需亦弥补不少之所致。今元配章氏已故，本即续娶，安顺亲心，亦顺于理，当时应章氏之情，欲不再娶继室，即以纳妾为后祀计。不想妾曹氏之不合于余者难宣楮墨，心甚浩悔于无及。敬遵堂上所嘱，命订陈氏为继室，曾经完姻数月，看其人虽无甚好，亦能节俭，体顺亲心，日视前出两女不致两岐，余心亦安。余自今以后，家中应用照常，此外一切均格外节俭。又，典中一切，亦时常亲视，只愿年有所积，不论多寡，心为至幸。此后将家中前亏均能弥补。而家君老景生香，宦途顺适，精神强健，家祖母老当益壮，精神如旧，家母亦均安吉，家中诸事顺适，继配陈氏多得宜男之庆，将余宿愿渐为告成，则余生平所愿已足耳。

廿七日甲寅 辰前，阴、晴；巳至午初，阴；午末，雨，不甚大；未、申、酉刻，细雨；戌刻以后雨晴，阴。致陶寿农姻长一信，饬吕保送海门邮政局寄甬。致叶蓉秋先生一信，饬仁潮带至路桥叶宝泰提庄。觅有董恂隶书对一副，吕保至海门之便交其带交二头带至申江转裱。此家君在晋垣时云，家中有董恂对之隶书颇佳，今已觅见，破坏不堪，只得重裱。但余已裱之画甚多，家中悬挂甚足，虽有未裱之画不少，俟用得之时即可送裱不迟。今裱董恂之对，遵家君所嘱也。吉甫代在舆先生汆之晚殳计洋三元，早刻，嘱小四专送海门矣。

廿八日乙卯　早晨见有雪花，片时即晴；至午均阴；未、申刻，晴；酉牌以后均阴。致金叔文兄一信，致邬丽生先生一信，均由嘉先专送莘山。晚刻，周梅翁、秉彝宗伯来叙一刻，同至子宜处，晤采东少叙。同子宜至楚言处，言仲玉姻长已转黄城。接五丰钱庄一信。并接许眉甫先生一信，系十四日自晋垣所发，云十五日由晋动身，屈计廿八、廿九日可抵吉州署中。附致许惠甫一信，即饬吕保专送街口刘春源烟酒递交，其信面已书明也。并云新抚宪张筱帅续假一月，未识年内得能履新否也。

廿九日丙辰　晴。致王籽舜兄一信，交邮政局寄京。晚刻，玉先自宁波来，接张丹翁来信云，奉提宪吕道生军门札委定海中营游击，并奉定海镇吴吉人军门因衢州事务繁剧，不能兼顾，咨明闽浙督宪松鹤帅，将定海镇署一切公事代拆、代行，如是中府与镇军无易也。上年代经金姓之款，计洋一千元，并代付石板价洋八百七十元，曾代汇付五丰钱庄英洋一千八百元，尚少金姓息洋一百念元。代付石板中，英洋七十元，均嘱典中转付丹翁户中可也。但代付石板中有价洋数月拆息，已嘱典夥核算，俟算明若干，亦付丹翁户中，另日可以函寄可也。

三十日丁巳　嘉先来，接叔文兄一信，又接丽生先生一信，附致蓉秋先生及童各一信，随遣人送交。蓉秋先生于晚刻来叙半晌，并携有叔文兄一信，云(自)莘山方于昨日旋店也，将童子章之事托其代为归结各账。并玉铨先生、焕堂先生来叙半晌，言陶寿翁为其尊翁做坟，已于廿九日子曾已做就，据说坟地土色甚佳。东枫人携有洛卿丈公一信，托余代其与官明代为理说，即嘱其将官明等叫出代为再说可也。前交玉先带甬所买各件均已买来。蒲竹英先生画墨竹四轴交老二先带交网业公所代为寄甬交裱画店装裱，湖色花绫边，均另书明，并片托周柳堂代为函寄，须于初九日永宁轮期带台也。

十二月初一日戊午　晴。致王籽舜兄一信，交邮寄京。致周尹东明府一信，饬吕保送托其府上代付竹报寄晋。晚刻，因仲玉之世兄染恙，同秉彝宗伯至楚言处，晤仲玉、鹤亭诸君，相叙一刻。但李鹤亭先生系新桥管人，仲翁请其为泽生相看病而来。

初二日己未 晴。晚刻，楚言姻长、鹤亭先生来叙半晌而别，言郡伯许邓仲期太尊又开大会，不知因何事件也。闻周载熙兄赴郡到会，想为学务之事归多。查《搢绅》所纪简授山西平阳府知府福太守荫系翻译举人出身，满洲正红旗人，号纪云，由工部虞衡司郎中、窑厂监督而出守也。

初三日庚申 辰前，雨，不甚大；巳牌至晚均阴。寄奉家君第十九号安禀一封，内附致眉甫先生一信，饬弟头送交邮政局保险寄至山西吉州署中。晚刻，至子宜处，晤周梅翁姻长，相叙一刻，同至楚言处，晤仲玉姻长及医者郭先生，互相畅叙半晌。言及李鹤亭先生素操岐黄，捐县丞，指分江苏试用，檄署苏州长洲县主簿。期满后，本在姑苏候补，应医道不行，即请假旋里，但南乡泽库及其自新桥管诸处颇行其道。邱仲玉之令郎泽生染恙，邀其诊酌之，今已安痊，于早刻去矣。郭先生亦仲玉先生邀其来也。但医理一道最难，如今之人看过数册医书，即时行道，实是误人不浅，问心亦何忍哉！凡请医者须要精酌相邀为幸。

初四日辛酉 晴。褚仲逸兄与少棠之事均已了结。仲逸兄之花押已画，少棠所该屋及生财账脚之洋，除已付过之外，尚少一百三十七元，亦均付讫，并徐明甫兄当面付交仲逸兄矣。顶据及店屋之过桥契并上手亦均当面交少棠兄收执矣。

初五壬戌 晴。致陈洛卿丈公一信，致陈祝再姻长一信，致陈俊英兄一信，均饬弟头送交。致金叔文兄一信，内附致云舟兄一信。前交丽生先生带来托寄湖州寄买湖笔、绵网等物，但玉先未至湖州，而绵网又无朱墨颜色，因之寄还原洋，并内附致丽生先生一信，均托莘山之来价带至莘山面呈。周梅翁来云，黄楚卿自郡来，许邓仲期太尊拟台州办米款售洋十万元，已向藩库借洋五万元，就地借洋五万元，已谕楚卿兄赴芜湖购籴，而楚卿将近赴芜湖矣。晚膳后，至楚卿兄处，晤夔友孝廉、吴玉成、罗一山、阮建臣、周载熙、周梅五姻长，诸君相叙半晌，云郡伯许邓仲期禁烟之令最严，如今未闭烟馆屋均充公，吃烟者将造烟籍。如是而禁，则台州吃烟者即可尽除亦未可知。即或不能，眼见可少大半，为政者如是认真，台民感戴于无穷矣。载熙兄言，陶寿翁姻长于晚刻自沪江来。过子宜兄处少坐而来，至家时将二鼓矣。

初六日癸亥 晴。寄奉家君第二十号安禀一封，致王耔舜兄一信，均饬弟头送至海门交邮政局转寄。致耔舜兄之令尊翁一信，内附托其寄耔舜兄一信，系初四日书就，早刻，交正中送至黄城。致福应玉铨先生一信，饬从福送交。因早刻接其来示托询馆事，曾挽仲玉姻长询明寿翁姻长是否，据云曾经另就，以致函覆也。接邑侯潘秋舫公祖一信，因筹籴芜湖米集，向余假英洋一千元，现今异常急迫，籴米平粜本是要事，但家中如是情形，只得函福，否则只候明年将殳售出后再行设法可也。早刻，至陶寿农姻长处少坐，同至楚言处，晤仲玉及郭先生，相叙一刻，留过午膳。至子宜处，晤梅翁，同至椒江中学堂，晤陶寿翁、仲翁、道周、作羹、云梯、李薇臣、钟德甫、楚卿、载熙及教习王瘦峰，诸君相叙至晚而来。椒江中学堂之监督分府吴绍春公祖谕周载熙兄办理，曾于昨日已到椒江办理经事一切矣。

初七日甲子 早至午初，阴；午末以后至晚均细雨。致覆邑侯潘秋舫公祖一信，交邮筒寄郡。致罗鸣九一信，饬作头送至椒江网业公所。早刻，周梅翁来叙一刻，同至楚言处，晤仲玉、郭实卿，相叙半晌，言泽生兄之恙是乎瘟下，未能清爽，恐致缠绵时日，不能速为安痊为虑。邱楚翁另函请李鹤亭先生诊视，能得药到病除否也。留过午膳。

因椒江中学堂瞿槐卿教习来柬相邀，即同梅翁、仲玉至椒江中学堂，晤槐卿、瘦峰及道周、寿农姻长、少湖、作羹兄、楚卿、云梯、子宜、载熙兄，诸君相叙。为寿翁姻长之大世兄习之日前嬉写揑帖，彼同学窃取贴在本堂屏风中，被教习瞿槐卿看见其揑帖，有同学多人并瞿槐卿、郑汉英、沈晓初诸教习之名均书在其中。而瞿教习看见，即将此单扯去交与众同学，而同学发怒，当即开会，将陶习之兄之肄业除名。时寿农姻长至甬未回，方于初五日旋里，得悉此事，即饬责习之。闻监学王赞清于初六日去，是夜即至椒江送行，询及此事，据同学肄业之章之远言，此字系瞿槐卿教习扯来交与学生，并言学生有自治之权，以至众怒。寿翁言，此是无知者所书，同学者看见此帖有自名字书在其中，以致众怒除名，所写之人分所宜然。但瞿教习系是老成之人，看见无知所书揑帖，或看不言，或扯出摩灭，或扯交监学、监督查明所书之人除名，皆是教习老成者所为。但瞿教习扯交学生，并云学生有自治之权，是何居心？昨寿翁姻长邀同各人到椒江教堂问明瞿教习是何居心。昨各人因如是情形，教习有意开闹风潮，理应学生除名，教习逐退。今日瞿教习以明岁不肯失此三百元束金，自邀各人到堂理论。诸君到堂理论情形，自知言穷理乖，而爱惜束金，怂恿学生言各人到堂有误功课，以致散学。况今日系瞿教习所请，诸位非陶寿农姻长所请。各人昨日寿翁所请，诸位到堂而瞿教习不出理论，以致众议教习逐退，学生除名。瞿教习爱惜束金于心太重，柬请本镇诸位到堂理论，自知意乖言穷，借误功课为名，以致散学。如是教习，如是学生，若不将瞿教习照原议逐退，嬉写揑帖者除名，各学生能在则在，不愿在堂肄业者，任其自去。非是如是办法，明岁定至大起风潮，此是公论。余须事外，既在场所看、所闻之瞿教习如是诡诈行为，大抱不平。未识此后果是如是所议否也。至家时将晚膳。凡有馀之家子弟，总以延师传教以免染此恶习，是为至幸。晚刻，洪祝南先生自郡城来云，近接莲波先生竹报所云，山西抚宪张筱帅将近履新，深为晋民之幸也。

初八日乙丑 卯前雨；辰、巳、午，雾颇大；午牌，细雨；未刻雨晴，至晚均阴。天气甚暖，似乎作雪景象。致金叔文兄一信，致邬丽生先生一信，均饬弟头送至莘山。接则福先一信。早刻，陶寿农姻长来云，现在郡伯许邓仲期太尊电禀藩宪借库洋五万元，已蒙喻庶三方伯允诺，郡伯谕周平汇孝廉赴领汇至上海，交楚卿兄到申领取带芜湖籴米。屈计已有如是巨款，而又转汇，行李颇为易便，又有董煦堂罚借银洋一万元，虽平粜亏控之处亦可弥补。虽向各家所借之洋即有允诺，年内想勿提用，即明春可以转拆，不致向取各家借款亦未可知。言虽如是，俟明年再看可也。前本镇警察局张镜如千戎向余借有前膛洋枪四支，曾向府局已有后膛借来，今日将前借之前膛洋枪四枝均已送还。日接莘山高恙庄金苑秋兄为其令尊金少亭姻长入厝讣闻，今日饬弟头送去纸烛人情矣。

午膳后，秉彝宗伯、申桢夫兄、周梅五姻长、陶寿农姻长来叙一刻，而申桢夫兄言子常老伯家事深为可笑，深为可叹。王子常太尊之次女适海门娄晋皆之次子名小乌，前其令岳带至安徽公馆中读书，已于上春成亲。为向其令岳子常先生支用洋蚨，但子常先生因晋皆所嘱，每日仅付支钱三十文，子常先生付其支用每月洋三十元。小乌欲支五十元，而令岳仅付三十元，于心未遂，心甚讧恨，将子常先生归官所短之处做成一呈。适安徽抚宪冯梦华中丞设有一柜，每日上午八点钟放取大门之前，至下午四点钟收进，专取民间及官场被屈呈纸。而小乌将做成之呈投在柜内，而冯梦华中丞看见如此呈词，心甚致怒，即交学宪沈子培学使查办。幸抚宪、学宪均深知王子常太尊平日归官谨慎，而又同年，由沈提学交还子常太守查悉，此呈系其女婿小乌所捏造也，由学宪代为转旋作罢，不然为害非轻。又致函寄与朱葆珊观察说丈人如是柔弱，无能如是，用人不慎，请葆珊先生致函训饬丈人改行等语。而葆珊观察看见此信，虽其女婿娄小乌出名，但信中句语颇佳，字亦甚好，细察笔迹系王搜岩兄所书，一笑而罢。但搜岩系一寒秀才耳。子常先生念其寒士而又同宗，前知凤阳府及办厘局带为书禀，续后告卸，代为荐在某县为书禀，每年束金亦将三百之谱，此子常先生再造于搜岩也。但搜岩不知本报，反代其无知女婿书写此等信件，实是恩者仇报，故用人不慎也。可见王子常先生向来厚道，上游深知；显见搜岩之轻薄，何待言欤！但王搜岩而无子常先生提携，焉有今日此等轻薄之徒！与其言语，亦须慎密。但子常太守过于厚道，女婿虽若是无行，亦不计较。适其亲翁娄晋皆之典夥王哲人赴皖，将此项情节告诉一切，欲其女婿小乌及其世兄少常交王哲人带来，并向晋皆取还小乌支用洋蚨。但娄小乌不恳旋里，少常兄与哲人已来。但哲人来与晋皆所说各节，而晋皆亦不叫其子小乌来家，亦不寄洋还与子常先生，人之所黑亦莫过于娄晋皆耳。子常先生有如此女婿，有如此少君，亦无可如何。今桢夫兄所说如是，日前楚卿所说亦如是，其言非虚也。

即同寿翁、梅翁两姻长、桢夫兄、秉彝宗伯、祝南兄同至楚言处，晤仲玉、郭实卿，诸君相叙至晚，留过晚膳而来。王少常旋里亦往前归之处，亦至楚言处少坐而去。询泽生之恙今亦少愈，能得速奏肤公否也。洪祝(南)言郡城米价每元一斗八升，邑侯向宁郡籴有外米一千八百担，现设局开粜，每元二斗，现台州米价可谓奇贵，明岁能得每元亦有一斗七八升及两斗之则，民间亦能安谧如恒也。

初九日丙寅 晴。寄奉家君第廿一号安禀一封，饬吕保送交海门邮筒单保险寄山西吉州署。内附致沈梅史先生一信，又附致许眉甫先生一信，又附致苏月波一信，并附致临海县潘秋舫公祖来往信稿，又附洪祝南汇洋六十元之收条一纸。前莲波先生函托家君代汇其府上英洋六十元，上月初旬饬伯森送郡现洋念元，托同昌汇付洋四十元，昨莲翁令弟祝南先生来云，同昌汇洋尚未付出，即向典中取洋四十元交余祝南先生矣，所汇六十元均已现洋付讫。适寄家君安禀，即祈祝翁书有收条附寄矣。洪祝翁于早刻趁永大小轮到郡去矣。

前交椒江网局寄甬代裱蒲竹英墨竹四轴曾已裱来，计裱工洋一元二角，所裱之画颇为草率。但宁波裱画之处以四明文宝斋为最佳，阅来单字号系文云阁，想是小店，无名，故有如是草率。五尺屏裱价一元二角，其价又贵，即四明文宝斋裱价亦无容若是之多。装式定须整齐，再次送裱确须注明宁波东渡门内四明文宝斋代裱为要。午膳后，梅翁、秉彝宗伯来约至陶寿翁才处，晤作羹、道周、载熙、柳亭诸君，互相畅叙半晌。但瞿槐卿教习之合同曾由载熙兄缴转以作废纸，不知另请何人，尚未定妥。作羹兄言，周肖芳兄于上月作古时其夫人已有八个月怀孕，亦于昨夜育有一子，深为至幸。曾经得子，而少芳兄虽不幸而亡，尚不枉费一生也。因陶寿翁至海门去而散。蓉秋先生来叙至晚，留过晚膳而别。言应玉铨先生荐为椒江中学堂之账房，陶寿翁虽经允诺，但事恐非易办也。

初十日丁卯　晴。早刻，雾、露颇大。连日雾、露均大，天气颇为和暖，定然下雪不远也。致申桢夫兄一信，为仲翁托书代荐桂滨为永利茶房，即嘱桂滨送交。典中出名致楚生先生一信，并送陈步州都戎令媛粉敬，专饬吕保专送北岸。玉珊先生贺敬、映江先生贺敬均饬作头送交。接申桢夫兄覆信一函，云有添用茶房即当代补。晚刻，同少愚至达云母舅、蓉秋先生两处少坐而来。晚膳后，梅翁来叙一刻，同至子宜处，适其为何吕富、吕华兄弟不睦至警察局代其理说而出。即至楚言处，晤仲玉及李鹤亭先生，相叙一刻，至家时将二鼓矣。梅翁言，永利商轮本昨日到埠，因海洋重雾，方于晚刻而来。楚卿兄赴芜湖籴米亦趁永利到申，能得顺手，源源接济，是所深幸。

十一日戊辰　阴。致张丹翁一信，饬弟头送交邮政局单保险寄至定海。致陈舜臣即夔先一信，托其代将林裕隆之事即为了结。彼于晚刻来云，俟明日与其接洽后再说可也。晚膳后，至子宜处，晤张镜如守戎，相叙一刻。至楚言处，其仲玉已于早刻至家去。泽生之恙曾已安痊。但泽生兄之病与孟东之夫人金氏之恙大略相同，金氏之病竟至不起，泽生兄染恙幸得痊愈，何也？但金氏染恙之初，而梅翁惜小费，不请有见识之医者诊治，专以巫者化解，费用实需不少，而金氏又至若是，此梅翁外行之故。泽生兄染恙之初，其令尊仲玉姻长而请李鹤亭先生、郭实卿先生互相诊治，虽未邀巫求祷，幸得安痊，需用想亦不多。乃仲翁识于此中之道而得痊愈也。大凡染恙者求医须要精酌，用药确须仔细。能得有命，断无不治之理。未闻不求医而求巫者而能生者也。前梅翁只以寿卿看金氏，始至终无易乃取死之道。但寿卿，一当夥，非独无见识，即医书亦未多见，以至如是。但郭实卿先生医虽中等，较之寿卿，相渊天壤。乃李鹤亭先生而又医道精明，而泽生得生即在此也。医之道甚微，非人人皆云能医，故庸医者害人不浅，看此两人之病足以明证也。并晤梅翁、辅香两君，相叙一刻而来，至家时尚未二鼓。据梅翁言，楚卿赴芜湖籴米，曾经登报矣。

十二日己巳 雨，不甚大。夥友曹公嘉配署东长脚之女，于今日小定。前托金培生画加曾祖苍山公暨祖鸣皋公之遗像二品封典，曾已画就，今饬价取来矣。

十三日庚午 阴。早刻，因子祥兄为其令尊于今日入厝，邀余助祭，早刻，至其家中，晤何堂轩先生暨王子临、苏绩臣兄，诸君同为助祭。余因嘴痛，于晚膳后祭事未毕而来，实难为情也。

十四日辛未 午刻以前，阴；午刻以后，晴。接张丹翁函云，尚有石板念片未曾收到，俟明日嘱嘉先至海门寻觅，俟下班永宁到埠嘱其带甬可也。并言定海镇中衡游击系月之初二日接印矣。

十五日壬申 晴。致杨子云兄一信，交嘉先送至海门永宁局查询后帮寄张丹翁之石板曾否寄出。据云，已于十一月初六日交永宁商轮装载矣。午膳后，至陶寿翁府上少坐，云郡伯许邓仲期太尊访拿劣绅劣差等事，已将劣绅张次珩等四人查是讼棍，劣差大炮八等均发临海县署签押矣。但张次珩向能作讼，远近皆知。其父少甫在日，亦能作刀，其子次珩大有父风。今郡伯大加教训一番，能得改行亦未可知。但同昌盐号用次珩者，亦为笔墨而得收金，将来再在同昌，只恐未必改行。至临海县署差役大炮八最为著名恶棍，无所不为。前高与卿观察守台时曾已惩办，后想出无算弊端，方能出狱，其人实是死足有馀。今郡伯能识其劣迹，复能将大炮八惩办，乃大快人心也。其馀是否，尚不得而知。郡伯许邓太尊到台所行各节正有作为官也，将来台属颓风从此则可一整焉。同寿农姻长、少云诸君至楚言处，晤仲玉，畅叙半晌，来时过子宜处，晤云梯、心泉两君，少谈而来，至家时将晚膳矣。

与本镇相违三里之遥，地名横径，前朝建造一堂，名曰横径堂，今则俗呼曰横径堂，地以堂为名，堂亦以地为名。是处屋计前后三透，均是堂屋，惟前后两横亦有楼，中有戏台，两横之楼专为看戏而造，又为戏子可以设铺之需。初进之透系是台门。中透大殿三间，中间供奉赵元帅，附近数十村庄即葭沚、海门、栅浦均在，其内之归民各家无论红白事日，即有大小动土、修造等事，均供奉赵元帅神位，以为百邪隐伏之义，于时甚久，历所皆然。左右另有两间以为祁梦之所。后透两横以为住祠和尚所归之处，中间亦供奉神圣。但是处至每年二月十六日为神圣寿诞，附最近十馀小村归民皆以寿日而论，是时亦唱梨园两天三夜，以此为常。横经堂之屋看其建造之初定是前朝，不知是何年间，未得详考。

是处做戏之钱本附最近归民照兜足数，屋有破坏亦取资附最近小民家照凑修理。近年以来，横径[1]堂之屋亦有破坏，是处年老者为首事。近有首事胡呈兰者向以横经堂为生涯，每年不过所进无多，欲从此处为利薮，自己恐无大力量，投黄煦东孝廉之门，借修横径堂为名，于己巳岁当二月中旬值是处有戏之时，邀煦东到是处看戏。煦东孝廉于是时到地，想法修理横经堂屋，即行印贴附近之大小数十村庄及葭沚、海门、栅浦各处月米单。前闻周梅翁言，其所贴各处计月米单三万馀张。但月米单者，每家无论大小、贫富皆贴一张，每一张每月米一升，就每月不足一升亦有之，只以两万张计算，每月可进月米二百石，每年计算可进月米一千四百石之多。每元计粜三斗，一千四百石计粜洋四千五百馀元之多。三年圆满，三年月米中可粜洋一万三千馀元。如是计算，月米有多无小，算其用人代取日吃行用，三除其一，亦可净剩月米九千元之则。并各家至庙请神，向其购一纸牌神位，每张印刷不过两文，售钱六十文，每年计进亦有数百千文之多。中收月米一年之后，方且修理庙宇。前据泥水匠、木匠等云，不过需费八百元之则，只有小无多。并用恶仆名松岳者至各家收月米，稍有

---

① 此字文中另有书作“经”、“泾”等。

迟缓一刻，即行派人坐索并罚其修理庙费十元或廿元，皆入煦东孝廉之私囊。煦东孝廉自修理横经堂之后，常至堂中，有设椅、桌、凳等物存在庙中。煦东孝廉常至横经堂，如遇附近归民有歉可寻者，称家之有无，均勒罚堂中修理需费，实饱私囊。

前月横经堂被窃，并梼窗中玻璃一张。时贼偷出之物被新路廊归民看见兜来，但住新路廊之人既知横经堂和尚之物，即送还和尚。煦东孝廉于上月之杪至横经堂吃酒，亦是附近归民梼出之酒，但附近数十村庄之民人仰仗煦东孝廉如此势力，有口难言，真是敢怒不敢言，实畏其势力实倍如畏虎。当煦东孝廉问和尚窗中玻璃如何如是粉碎，和尚对以贼梼，并言住新路廊之人送还窃物各节。但其恶仆松岳言，住新路廊之人有田十馀亩、可用洋元。而煦东孝廉顿起贪心，将住新路廊之人叫来认罚。住新路廊之人云和尚所偷之，被又经送还，又要罚我洋元，有冤莫伸，只得恳求。而煦东宗伯因洋未到手，于心未遂，即自行具禀分府吴绍春公祖处。住新路廊之人知其进禀，自欲寻死以避祸。时有怜其者与其说："煦东如是势力，既已鸣官，有礼可说。况尔种陶寿翁之田，尔去求陶老爷，能代说礼亦未可知。"住新路廊者赴陶家，适寿翁姻长至甬未来，其令堂叫载熙兄与吴绍春公祖处说明细情。吴公已知原情，亦未出差追捕。寿翁旋里后与楚卿说明此事，楚卿只言叫住新路廊之人上还玻璃以此了事。寿农姻长亦因煦东宗伯曾已出禀一次，不赔玻璃，煦东宗伯于是处再难讲案，愿自己出玻璃一张赔还。因其多日无人来取玻璃，恐对楚卿不住，叫松岳遣人将是处之玻璃架取来上还。不想松岳至陶家时，余适在陶家，而寿农姻长叫其取架上还玻璃，而松岳说煦东宗伯之小橱内所失什物不少。此言实欲寿翁认赔小橱里之物，而寿农姻长发怒一次而去。余亦代抱不平也。

奈乡间小民受其如是索取，今寿翁念其原情，既云自赔，彼又捏造煦东宗伯之小橱里什物，实在生事。此等恶仆松岳，较与大炮八之恶不相上下。而大炮八，许邓太尊已知其详晰，即行惩办，而松岳竟然逍遥法外，而天理难容。总而言之，大炮八之索物为己而取，松岳索取民间财物虽尽于大炮八，皆为主人煦东宗伯所取。但煦东宗伯生平索取民间财物，抱揽词讼，负断乡曲，无所不为。所纪横经堂一节，百不及一也。煦东孝廉与大炮八相较，有十倍大炮八犹不止也。大炮八，前高观察守台时惩办一次，今又蒙许邓太尊惩办。今旭东宗伯以孝廉得免，想报昭彰，阳律可逃，阴诛难免。但煦东宗伯之恶，除贪财之外，尚有恶心。其子楚卿用心苛刻，犹尽其父，必有报应。今旭东宗伯青年登第，夫妻偕老，长子能肖，次子又慧，家资虽取无艺之财，亦积有三十馀万。堂堂大家，看其目前而无报应，想其祖德尚厚，以后定有报应，不致如此而已也。但煦东宗伯生平所为行状，余虽归处同乡，稍知大略，亦为最长，一时难为完纪，随时所书可也。万望后来诸君切莫效煦东孝廉之行为，是为幸甚，祖宗幸甚！

十六日癸酉　晴。致张丹翁一信，交邮保险寄定。接夔先一信，言昨日赴通州去，所云裕隆之事，除前娄恒泰照应洋一百四十元外，所允不敷洋廿一元，已与恒泰账房言明，俟二十日向取之时并向账房取足，未识得能果然否也。又，尚不敷洋一百五十元，彼邀焕堂来通融，缓至明岁二月初四日，曾已说明，至期再勿延缓。但裕隆本存票洋三百元，娄恒泰及夔先照应一半及息洋外，俟恒泰及夔先之洋取来再行换票可也。王子衡兄来叙半晌，留过午膳而去。家慈于上月染恙，早已安痊，不意昨夜又翻，饮食少进，肚亦时痛，现邀子能先生诊治，能得速为安痊否也。

十七日甲戌　阴。家慈染恙稍愈，托仲玉姻长函请郭石卿先生诊视，于晚刻来。午膳后，至陶寿翁处，晤侯洁斋、道周、少湖、皮申甫诸君，相叙半晌。云及郡伯许邓太尊访拿者系张次珩、张珩生及江姓昆季，两人均是附生。但张次珩责手心四十，因郡城代其取抱者颇多，发押捕厅署。珩生责手心八十，江姓之兄责手心五百，其弟责手心八百，皆发押厅审所。大炮八当被获时，笞三千，永远监禁，曾发临海县署矣。又言，管讼之人颇多，均须拿获。现郡伯许邓太尊有如是整饬之后，则台属刁狡之徒闻风均可敛迹矣，台民将来颂德不休也。又言北岸金灿霞茂才亦在内，及有名者想均远逃矣。又言当许邓太尊奉札之后，尚在省垣有人将台州一切颓风均已祥告，中有大绅士亦在其列。想该大绅平生劣迹，虽经详晰，一时无歉，亦难下手。能得改行敛迹，则台民戴德不休。既得去少，不如去大，今少已去，大则当设法惩治。许邓太尊可谓台州再造也。

至家后，适倪少峰、道周、少湖、宗山来云，伯寅、老四叔昆季之事，但禹门堂叔祖方于上年去世，当即兄弟相争，今又昆季致讼。但余早有所闻，本早代为解释，时无就绪，不能代言，今既幸诸君来说，则余不避劳怨，念祖上之情，即于晚膳后至伯寅宗叔及老四叔处接洽，所言各节已有大半就绪，尚有未尽处，已托宗山兄代为转圆，再为理说可也。但其家事甚长，不及详记，能得两相允诺，将分书详为书写，以后可以式好如初，深为至幸。

十八日乙亥 晴。致洪莲波先生一信，交邮寄晋。致解昆珊兄一信并凭摺，交伯森先带郡，向同昌盐号算清本年帖税，未识得能清付否也。嘱吕保向二头取带申江裱之董醴卿八分对联，据说尚未取，俟下班轮期代为带台也。官德先与周延岳之事，票洋今已当面付交官德先英洋十八元清讫矣，延岳之票亦由官德交还矣。周梅翁自亲戚家来，至家相叙一刻，言自昨日方到家中。小妹因家慈染恙，晚刻自莘山来。家慈恙亦渐痊愈，可无窒碍，仍进石卿先生所开药剂。丁子祥兄送有叔文兄尊翁遗像一幅，适莘山之农人在家，明日交其带至莘山面交叔文兄可也。

十九日丙子 阴。丁子祥兄托寄叔文兄尊翁油画，早刻交莘山来之农人带至莘山矣。家慈染恙又稍愈，可无窒碍，仍进郭石卿所开之方药也。午膳后，至达云母舅、蓉秋先生两处，适均公出未晤。

至周梅翁府上，相叙半晌，晤徐月波之世兄季樵，出示月波函言将书田充作学堂常年的款一节，并识月波与王子衡致讼之由，两有所错。但月波之祖遗下书田四十亩，其父蓬洲孝廉兄弟三人。当蓬洲孝廉在日，所遗书田皆蓬洲承管。自蓬洲故后，出兄弟三家分管。蓬洲孝廉之子月波家常小康，所分书田均未售与他人。其兄弟两家，家渐中落，自己田业均已售卖，将所分书田卖于山北王子衡乔梓及夏苗人等家为多，另有田二亩馀卖与周涧泉鹾尹之亲戚某，亦是书田其兄弟两家者之下人，即徐春坡及徐陈氏等。月波素向铿吝，亲戚朋友均无与其相头，性最喜讼，又有堂兄弟名佩华号晓园，亦游泮水，向以抱揽词讼为生涯。月波与晓园性情颇相似，亦颇相得，日夕专寻人致讼，彼可在中图利。相酌王子衡及夏苗人各家，其数人之家颇裕，均已无歉，可寻无根，今识其堂兄弟徐春波并孀妇徐陈氏将书田卖与彼等，已悉有歉可寻。

月波名徐焘。于上春正二月间，徐焘、徐佩华及月波之子三人将祖遗书田三十亩充作本方徐氏蒙小学堂常年的款，禀请黄岩县通详立案。月波将自己未卖之田及卖与周涧泉亲戚之田摘去在外，只将春波及徐陈氏卖与子衡乔梓及夏苗人各家之田抄单附入本镇蒙小学堂为常年的款。当时黄岩县令汪明府不知其中详细情形，批示大约准如所请。续王子衡乔梓及夏苗人等具呈说出其堂分春波及徐陈氏等已卖彼等，请结田价，大约批示向卖主结还田价等语。但卖主徐春波等以家渐中落，难求升斗等语呈词，批仍有结价等语。续徐月波等、王子衡等均投诉王吉人先生理说。但吉人先生中以半价结还等语，而子衡等以田买来并无别情，今以半价结还，于心未遂，不肯允从。王吉人先生不以为然。当汪明府另案调省，六月十九日告卸县篆，于六月十八日，汪明府照初禀通详府道提藩抚各大宪，均已未晰详情批示，允如所请立案等情。王子衡等知其通详。新任黄岩县令樊明府接任，而子衡等连名具呈樊明府，批示大约总以结还原价等语。案中等情大约如是，尚未讯结。

本月十四日东山头周映江先生以岁贡竖立旗杆，徐月波在其家吃酒。但徐春波及陈氏以自己分管之田自己售卖，于心已愿，今月波如此致讼，心甚订恨。知月波至东山头吃酒，自叫子衡兄亦至映江先生处吃酒，与彼同出至路中与其理论一番。但子衡、映江先生亦是正亲，亦至映江先生府上吃酒，席毕同月波辞谢而出。至路中晤见春波及陈氏，两相龃龉多晤。适值边有一坑，而春波及陈氏将月波推在坑中，各人而散。但子衡兄初意思春波及徐陈氏晤见相打一番亦未知，不思其将月波推在坑内，今既一同在内，虽非己推，想亦难免，即至本镇以只身至西山落市将彼瓯辱，说月波截路兜拦，过葭沚就便呈请分府宪出差究办等语。而吴绍春公祖亦不识详情，恐有别情，候饬差查明禀覆等词，于昨日出差。而月波与晓园虽至黄城呈请黄岩县樊明府以秽物伤人等语，而黄岩县恐未允准，差亦未出。子衡告月波差已出，坑又落，于心恨甚。但子衡在分府呈控系是初呈，不识详情能得罩准差覆。但徐月波在黄岩县告子衡既已有案，事虽实是，只恐谎罩一词，未必能准，以致如是也。但月波与梅五姻长系是正亲，余与梅五姻长系是亲戚，余与子衡兄系是同学。前子衡兄过家所言甚详，今月波之世兄季樵所言如是，月波函中所言亦如是。但子宜兄与映江先生系是翁婿，昨夜所云亦如是。论者月波与晓园将此事如是呈禀大为非是，春波与徐陈氏将月波推在坑内亦大为非是，所谓“自负人，故人负我”，是为详记焉。切勿自负人，是为切戒切要。

晚刻，晤陶寿翁姻长，相叙至晚，至家时将晚膳矣。昨官德所云欠庆源典中英洋念元当面说定明年五月十五日付还典中，再勿延搁，至时嘱典中向取可也。

二十日丁丑　日中皆阴；戌牌，雨，不甚大；以后皆然。晚刻，周梅翁及周载熙兄来约至寿农姻长处少坐而来。岁除即迩，又是一年，将近一月未接晋疆竹报，家君得能早调优缺或大缺州县或题升优缺直隶州刺史，是所深幸。又久未览报章，未知晋省抚帅张小帆大中丞今已履新否也。家慈染恙已愈，郭石卿先生于早刻去。但家慈肚系老病，或愈或翻，一时总难全愈，只得善于调治，不使其再翻，为幸多矣。

廿一日戊寅　辰前雨，不甚大，中有雾，颇大；巳、午，雾亦浓，阴；

未刻以后，阴、晴。伯森先自郡垣来，将同昌盐号本年帖税均算清讫。午膳后，至陶寿翁府上，晤梅翁、河云、柳亭诸君，相叙一刻，同至警察局，晤张镜如千戎，询问椒江中学堂被窃之事，言贼系牵马三及赵桥四二人，三已逃，四已拿，嘱饬追赃而已。但牵马者均是不可靠，三及四犹甚。大凡游手好闲者严加防范，是为至要。过仁大典，晤章波先少叙而来。

廿二日己卯 阴；早刻，雾颇大。

廿三日庚辰 阴；早刻，雾；晚刻，细雨，片时即晴。是乎下雪景象，想有大雪于不远矣。叶寿卿兄及顾杏人先生酬敬均饬从福送交矣。林子材、陈殿甫、秉彝宗伯、吉甫宗叔来叙一刻，谱局各事本已告成、装订，但殿甫将传中数篇舛错，又经重印，以致延搁。彼今又来，想舛错之处重为整印。余将先曾祖诰赠通奉大夫沧山公暨先祖诰赠通奉大夫鸣皋公两位谱像，均嘱金培生遵照遗像增画矣。但遗像初画时先曾祖系五品衔候选卫千总，先祖初画时系五品衔候选县丞，均是五品水晶顶戴。前年请有诰职二品，今均加画二品红顶矣。

续后，陶寿翁、叶蓉秋、黄宗山诸位来叙半晌，云及煦东宗伯前至凤山收渔人网捐，今年海水最次，在山渔人几至口舌不结，而煦东宗伯至山带有家仆数十人，到山坐讨亦有洋五六百元之则，但渔人亦出于无奈也。并言及郡伯许邓仲期太尊前将张次珩、张珩生及江鉴兄弟四人拿署惩办，想郡城抱揽词讼者则可敛迹矣。今又将北岸金灿霞拿到发押捕厅，则可儆戒势豪于将来。按：金灿霞系附生，捐训导加中书衔，在地方畜养小队员，负断乡曲。今以郡伯访闻薄惩，若辈又可敛迹矣。能得皆以如是拨云雾再见青天白日，则台民长受无穷之福，功德无量也。

廿四日辛巳 早至午，阴；兼雾甚大；未、申，阴；酉时以后，细雨甚微。寄奉家君第廿二号安禀一封，交邮政局保险寄晋吉州署，内附致沈梅史先生、许眉甫先生、苏月波贺新禧片、信各一封。致张丹亭镇军一信，外附年糕八十根，计成一捆，交嘉先送海门交永利之二头带至舟山。致叶蓉秋先生一信，因童子章补缴兜收之款。前陶寿翁及蓉秋先生代为说明，年内补缴洋一百元，今日仅送来洋三十元，尚少洋七十元。但年内馀日无多，托蓉秋先生代为向催，因蓉秋先生系是原经也。接椒江网局来字，收到官佑洋十元，尚少洋十五元，因催取甚急，彼托子宜兄代说暂缓至廿七日付交。至廿七日再行向取可也。

前嘱二头带申裱董醴卿隶书对联一副，今由嘉先向其取来，虽是湖色花绫，但上下过狭，亦非大方。裱画之业，素闻苏州为工，但苏州余无有裱过，未识果否，不得而知。余看宁郡所裱之画可谓工雅矣。宁郡以四明文宝斋为最，其馀亦是平常。今看上海所裱之画，四[①]尺花绫边对裱工价洋四角，价亦太贵，艺不及宁郡多矣。价亦宁郡稍为便宜。

书画一途，兼其人品。但品行端方之人，所出书画即是贵重。书画即重其人品，人品端方，非专以功名荣显而已；人品不端，贵为宰辅何足论哉！人品端方，即是布衣亦宜当慎重。人品能得端方，兼为朝中柱石、建功立业则更重矣。家藏书画者宜当所书画之人品为最。按：董醴卿尚书恂，同治及光绪初年时为尚书，看其隶书颇为壮老，未识其人品果何如哉。

家君当庚子岁自滇旋里后意欲不图进取，而欲学贾，即于辛丑之春同里人褚官乾拼开庆丰麻行生理，交彼当手，一切资本皆是家君支垫。不想彼起贪心，专以行中剥削以肥己。其子名炳鉴者专以渔色，耗取数千金，将行中所有盈馀皆取于私囊。甲辰岁，家君复进京部选吉州后，欲将庆丰归结。此时庆丰虽已亏控，而门面尚且光免，童子章力阻之。迨乙巳之冬，余看如是局面，值家君出仕吉州，余即为归结，而资本两千化于乌有。不想当时褚官乾与童子章系是串通，尚不知也。幸即急于归结，仅取资本之外无多，倘再迟延，几于乌底。此

---

① 原文系柴码数字，本句下同。

外借彼之洋，尚有两百五十元，彼则考考不问。今夜将其叫来，欲向取拆息，言甚含糊。况彼自去庆丰之后，家中颇裕，其钱非取于庆丰而何所得？如是糊言，天良安在？此官乾于庆丰大略情形也。

家君自壬寅岁，因家中尚有馀屋，再造前透左右两横开庆源小押，于癸卯之春开张，用里人童子章名吕荣当手典中事务，家君待其甚厚。不想彼又起贪心，将典中之洋私行借放，自行取息，息则归己，放出之洋而难于归结者则归于典中，为数颇巨，前已详记。上年家君奉檄采办书籍之差至家，看童吕荣如是行为，当因即欲转至晋垣，嘱余，(余)于今岁又欲赴晋之行，以致延搁。于秋间，余自晋垣旋里，急于归结。童子章自癸卯经手，迄今未及五年，即将典中亏控已逾五千。则其贪心不足，未有若辈也。余若不再为整顿，将为何底！年内自晋旋里以后归结典中及庆丰未了一切，稍为整顿一番，其中肘掣者甚多。今值腊鼓催忙，细事甚繁，得能即为清理，是所深幸。今之人心薄甚，拼夥用人得能靠实者实在非易。古人云“事非经过不知难”，正为今者所言也。

廿五日壬午 阴。致叔文兄一信，交其来友带交。晚刻，路晤周梅翁，同至椒江中学堂，晤载熙、道周两君，相叙半晌而别。过达云母舅及蓉秋先生两处少坐，便道至梅五姻长府上，相叙一刻而来。秉彝宗伯及吉甫、清修相诸位来为谱局不敷之处，欲余再为支垫。余因所垫谱局之款，前庚子岁修谱之林子材先生收到之外，尚有洋三十馀元，而德轩归于自己私囊，账付子材先生令尊手。今子材先生来言，查付账之前数日已经到家，尚有伙食簿可稽，则德轩归于私囊则明证矣。但德轩系煦东宗伯所请，理应煦东代赔，将此洋归于公堂，定不认也。况谱局中各人所收各款不少，再欲余代垫，实出情理之外。但所修宗谱实为草率，经事者私意所为亦复不少。能将宗谱更改重修，认真整顿，深为至幸。

晚刻，楚卿兄遣价送来王籽舜兄一信，并前托买白狐套风一件，附有货单，计银三十八两七钱，可谓奇贵已极。即至楚卿兄处，路晤子宜兄,同至楚卿兄府上,晤梅五、云梯诸君,相叙半晌,即至子宜兄处少坐而来。楚卿兄言,芜湖米集出口者最多,向购者亦颇易事。并言籽舜兄信件系王松渠兄托其代带而来也。寿卿兄言,洪少犹保有通判指分江苏之语。按:通判即须保举,若以赴引并捐指分,钱亦颇多,其言未识果然否也。

廿六日癸未 阴。接许眉甫先生一信,自十二月初二日由署缄寄,言上月十五日由省城动身,一切路车均承涵甫先生代雇,廿一日抵平阳府,适值家君晋谒抚宪,亦在平阳府,道途相遇,正是天假人缘也。但眉甫先生就雇车抵署,家君由府城晋谒道宪,想在途须要十馀日,大约初十左右可以抵署。而眉甫先生已于上月廿二日抵署也。余在晋时,家君云赴任后须至代州晋谒缪道宪一次,至此时方才由府城而转代州也。但吉州津贴银前本六百两,承缪观察加银两百,须要叩谢,亦不可想之路。附致吉甫宗叔一信,即饬吕来送交矣。接陈舜卿先生自闽垣所发一信。早刻,至棚浦潘云轩府上,为上年典中之洋与其理说清楚,彼再三向余通融,及其亲自立票,准于明年四月廿六日付还英洋四十元,息照如月分入,另洋四元并拆息十元,均即带来就交典中收账矣。潘云轩所立借票亦交典中玉先收藏。

午膳后,陶寿农姻长、周梅翁姻长、黄星斋宗叔来言,昨夜新路廊被抢,当场获有土匪两人,送官惩办,据彼自云当场被伤者亦有两人。近来未闻某处被抢,昨夜土匪约抢之初即有两人被获,两人被伤,而可儆戒将来也。四处均称安谧,全仗曹绍雍统领认真缉捕之力。但曹统领驻防以来,台民感激不浅矣。陶寿农姻长言永利商轮此次到申,即就申江修理,大约明岁正月之杪方可开行到台也。驻扎江边堂之防营哨弁薛尚先来家拜客,即饬丁挡驾,随致片谢步矣。

廿七日甲申 寅时以前,阴;卯刻至午,大雨纷纭;未牌,雨细;申时雨晴,至晚均阴。接雨伞庙徐肖帆武弁一信,即致肖帆覆信一函,交其来人带交。前年,其屋料送与张丹翁,今欲向丹翁取转价洋,不知是何意思。但余因丹翁所托向其取寄,其物或送、售,请其自询丹翁可也。函亦如是所言。致杨子云先生一信，饬大庆专送海门永宁商轮局。秉彝宗伯同林子材先生来言，宗谱修后尚少其束金数十元，但彼许耀甫兄支账二十馀元，又德轩冒付及自取两计四十馀元，上马黄丁钱并黄玉堂之丁钱及另洋十元，即致函托煦东宗伯代收，一切而无福音。两君在家须要余支垫，余因如是情形，又收进之洋皆与余无涉，余定不恳允诺。两君过晚膳后而去。

接陈涵甫先生一信，亦月之初九日所发也。言允东明府委催钱粮差使之后皆无影响，不知年内可以得差否也。并言张少帅曾已晋京，不久可以履新。前日阅《中外日报》所纪张少帅自欲决计呈请开缺，前日楚卿兄所言山西抚宪曾已易人，究经何言为是，未见报纸，均不得为然也。张少帅若以履任，则有晋信可以为凭；张少帅虽已呈请开缺，确有易人，上谕可以为凭。今报纸所纪皆无易人之事，或然或否，皆无定见。屈计又是一年，余自晋叩别亲颜，忽经五月之久，如同转瞬间耳。虽昨接眉甫先生来信，所言家君公私顺适，福体安康，未识何日可望调缺，心甚为念。能得调署优缺数年，呈请到家长聚家庭之乐，以便朝夕定省，深为至幸。得识早遂所愿，为幸多矣。

廿八日乙酉　晴。上午二点钟，时值丑刻，虔诚叩谢天地并及神明，即另就典中叩谢财神、诸位神圣毕后，时方天明。接叔文兄一信，即致覆叔文兄一函，交其来人带至莘山。晚膳后，陶寿农姻长来约至子宜处少坐而来。家君现任吉州，想均安吉如恒，能得早邀调署优缺，深为至幸。早刻，送吴绍春公祖年节礼物，而彼收领四样，此亦多年旧例也。陶寿翁言，吴绍春公祖现奉郡伯檄办海门渔团局事务，于元月朔日接手。但渔局一差，每年委员经费两千之谱，若以海防同知兼办渔团事务，藉资弥补而已。嘉平月小，明日廿九即是除夕也。

廿九日丙戌　早至午，阴；未牌以后，雨；至晚皆然。梓能先生前至家去，于昨日来椒，宿在新泰来度岁。陶寿翁来言，寄买风箱曾有两只买来，一价洋两元八角，一价洋两元六角，尚在同昌分号，未曾取来。已经除夕，俟明岁向取可也。今已除夕，又是一年，愿得新年诸事顺适，家中祖母大人精神如旧，饮食如恒，以下次第俱安。家君现任吉州早调上等优缺，并托祖宗福荫，仰沐上苍孚佑，得获宜男之庆，均遂所愿，是为至幸也。

第二十三章

戊申(1908)正月初一日起

戊申岁正月初一日丁亥　子前，雨晴；至寅刻，天未明，皆是护云；卯刻，天明，亦是护云；至巳牌均阴。东北□白云，统而计之，大约白云多；午初刻，云散，亦多白云，阴、晴天气也；午末至未约三点钟，晴，见日色，大约中方青天，四处亦多白云；申初牌转护黑白云相间，亦白云多如黑云，细雨，片时即晴；申末以后至晚均护云，大约黑白云相间，亦是白云多如黑云；戌刻以后，夜间亦见星光。午牌时起西北风，大约北风多，西风少；至晚亦然；午牌起西北风；未、申、酉，风稍细；戌牌，风较晚刻稍大一的。

早起，虔叩神圣，以后即行叩岁礼。因陶寿农姻长、黄楚卿兄均来贺年，即至各节恭贺新禧，并晤达云母舅、谱香母舅、梅五姻长乔梓、心斋宗叔、玉成游戎、秉彝宗伯、煦东宗伯并楚卿兄、吉甫宗叔、寿农姻长、咏仙兄，诸位相叙一刻而来。适云梯、子宜两兄贺新，少谈而去。此值新年元旦，忆及家君远宦数千里，未及叩安，并晨昏定省之礼，深为抱歉。只得家君精神如旧，饮食如恒，公私顺适，地方安谧，早邀上游调署优缺，深为至幸，家内得宜男之庆，今岁所愿均得从心，是为万幸也。

初二日戊子　辰前，阴；巳至午初，雨，不甚大；巳末，雨晴，至晚均阴。早六点钟起，虔叩神圣，名曰开年，每岁元月初二日分分皆然。早刻，至周麟斋府上吊其令堂，并至孟东处吊其夫人金氏，李舜卿处吊其令尊春生太姻长及周少芳兄，又至楚卿家吊其夫人金氏。后晤吴玉成参戎、王云梯兄、象山人陈姓诸君，相叙一刻。

阅楚卿之《南方报》，上年十二月廿一日张纪十二月二十日内阁抄奉上谕："山西巡抚张曾敭奏请假期又满，病仍未痊。山西巡抚张曾敭着准其开缺。钦此。"又十二月廿二日张纪，廿一日内阁抄奉上谕："山西巡抚着宝棻补授。钦此。"又奉上谕："山西布政使着丁保铨补授。所遗山西按察使着志森补授。钦此。"按：山西前巡抚恩艺帅调任陕西。张少帅未曾履新，系宝湘帅护院，提学使锡公护理藩宪。丁方伯本是山西臬司，因福公司案赴京城，所遗臬宪本委志廉访署理。但志廉访实缺山西冀宁道。现上以宝大中丞补授山西巡抚，丁方伯升补藩宪，志廉访升补臬宪，未识冀宁道现简何人也。但前署冀宁道者系候补道曹观察受培，今若上简，未识易人否也。午膳后，至海门官绅各处叩贺新禧，晤曹绍雍统领，相叙一刻而来。即至陶寿农姻长府上，晤河清及秉彝宗伯，少谈而来。

初三日己丑 早至未初牌，阴；未末刻，雨，不甚大；以后皆然。致周载熙兄一信，托其代附椒江学堂寄购《申报》一分。午膳后，至新泰来贺梓能表叔公新禧，续至子宜处，晤心泉、云梯，相叙半晌，而至江边堂，晋谒驻是处哨官薛黉甫千戎尚先，晤鲍子孚，畅叙一刻而来。

初四日庚寅 晴。午刻立春节。今日天气晴明，深为至幸。古人云："最善立春晴一日，农夫不用力耕田。"早刻，典中开店门，生意颇为兴旺，愿均顺适为幸。今日开店门，晚刻设席四桌，邀典中各夥，并请中街诸位，相谈席散而别。此为定例，年年皆然也。

初五日辛卯 晴。李舜翁为其尊翁春生太姻长今日闭灵，邀余助祭。晚刻，至东岸李舜翁府上，晤子宜、宗山、道周、秉彝、作羹诸君，致祭春生太姻长，毕后过晚膳而别。并云明日出谢，相约同行，亦俗例也。过周梅翁姻长、蓉秋先生两处少坐而来。

初六日壬辰 晴。接家君自上年十二月初七日所发谕言一封，言晋谒道宪，已于十二月初三日旋署，一切公私适均顺吉。并言接有藩房来信，解州直隶州知州及河东监掣盐务同知时均出缺，应用卓异升用人员。但晋省卓异州县虽有四人，曾经引见注册候升者仅家君一人。藩房例送卓异班次，家君首列。若以资格照补，家君定能升补。无如道员、知府、直隶州知州、直隶及理民监掣等项同知，山西论补章程，到班人员悉均开列，送呈藩宪会同抚宪酌量升补，家君虽经首列于卓异班次，曾由藩房送呈，未识能否升补，出于宪裁，是否于新正二三月之间可有定见也。此次即或不然，想经本班卓异首列，升阶不远矣。按：解州直隶州知州辖安邑、夏县、平陆、芮城四属，政务殷繁，颇为难治。河东监掣盐务同知系河东盐道之属，上仰于道宪，无庸自己主裁，尚可安闲。或升于两缺之中，或在于两缺之外，皆存于数定也。附致陶寿农姻长一信、叶蓉秋先生一信、达云母舅并梅五姻长一信，均即送交。

早刻，子宜兄来约至东岸李舜翁府上，晤谱香母舅、达云母舅、秉彝宗伯、道周宗叔暨作羹、载熙、宗山诸君，随李舜翁于街中拜谢，此亦俗例皆然也。至舜翁亲戚方通泰过午膳而来。适舅陈琴友至家，即拟设席于明日晚膳也。

初七日癸巳 早至巳，阴；午刻，细雨；未刻，雨晴，阴；至晚皆然。接王晓凡兄一信。晚刻，设席请妻舅陈琴友，并邀达云母舅、谱香母舅、秉彝宗伯、伯寅宗叔、李舜卿、周载熙诸君陪客，相叙席散而别。接有柯定础兄朱卷，定本月十四日开贺也。

初八日甲午 晴。寄奉家君第念三号安禀一封，交邮政局单保险寄晋，内附致眉甫先生一信，致陈涵甫先生一信，内附致洪连翁一信，交邮寄晋。致张丹翁一信，交邮寄至舟山。致洪祝翁一信，内附仪洋，交玉先俟有人赴郡带交。接柯定础兄一信。接许眉甫先生一信，自十二月初八日自吉州所发也，内附其家信一封，即饬吕保送刘春源代寄西山。今日天气晴明，今岁定歌大有，即见有预兆云。

初九日乙未 雨，不甚大。致王晓凡兄一信，带十里铺托大舅转饬价送黄邑城内仓头街。早刻，同二舅各乘舆，约下午两点钟抵十里铺陈氏岳母家，晤李克三舅公并大舅及堂舅训甫、李受谦、罗竹卿两襟兄，相叙一刻，叩岁岳母后，即至训甫兄府上叩贺新禧。后及转岳母家与诸君互相畅叙。

初十日丙申 早刻，阴，并雾；晚刻，雨。饬大庆送柯定础主政府上贺仪一函计英佛两尊，因其尊翁辅殷老伯日前惠有定础兄朱卷，并开贺帖，定月之十四日午觞而致送也。晚刻，岳母设席邀余并李克三舅公、李广生先生、任植先生、陈训甫兄、李受谦、罗竹卿两襟兄及两舅，相叙席散。其席最为丰厚。昨夜、今夜来做狮子戏者竟至数十班，每班均需新郎者开拆贺仪，亦俗例所然也。李克三舅公系岳母之胞兄，李受谦襟兄系克三舅公大世兄，余继配妻之胞姊与彼也。余继配陈氏姊妹七人，余妻行四，弟二人。长姊适茅畲牟尾生襟兄继配；二姊适岙口吴大本相元配；三姊适黄城李受谦襟兄元配，系岳母之内侄；四即余继配也；五适黄城罗翼亭姻长令郎竹卿襟兄元配；六适海门娄德辉兄元配；七适泽国阮氏。六七两妻妹尚（未）出闺。妻弟二人，长配李克三舅公之令媛，即岳母之内侄女；次配黄城叶辅亭县尉之令媛。

十一日丁酉 早至巳，雨、雾；午牌至申，阴；酉刻，雨，不甚大；至晚皆然。广生先生本欲进城，余挽留一天。罗竹卿兄于晚刻至家去。陈训甫兄来柬邀余晚膳，晚刻，同克三舅公、两妻舅并受谦襟兄至训甫兄府上，同席者：余与克三舅三①、两舅兄、卓毓卿先生、任植先生、梁槐卿、张碗秋、受谦襟兄，相叙席散，转至岳母家，时钟十点矣。

十二日戊戌 雨，不甚大。午膳后抵店头前宅章家岳母家叩年，晤伯纯、仲厚两舅及子修、吉甫两姻兄，畅叙一刻，言伯纯上年之误失票案，今岳母又将之眉轩监禁县署，此事不知何日可以了结，以速为理说为妙。此事甚长，容日再为详记。大凡票纸须以慎密书写，即或作废，确须涂圈扯碎为要。伯纯人须糊涂，此事实是王眉轩图赖，以

① 据上文，“舅三”当为“舅公”之误。

致两相不便。凡子弟须从幼严于教训，是为至切也。

十三日己亥 雨。至子修兄、季甫兄两处少坐，章家岳母席请余晚膳，并邀卓毓卿先生、章端甫先生、子修、季甫诸君，相叙席散而别。

十四日庚子 寅刻前，雨；卯牌，雨晴；至申均阴；酉牌细雨；以后皆然。伯纯兄之夫人系黄城陈锡九明府令媛，其妻妹于今日出阁蔡氏，伯纯兄于早晨至黄城陈宅去矣。子修兄席请余午膳，并邀章端甫先生及仲厚、季甫、巨泉诸君，相叙席散，即行辞别岳母及子修兄、季甫兄，动身抵十里铺陈宅岳家，时将晚膳矣。晤两舅及训甫兄，互相畅叙。余至前宅时，章家岳母云，小舅仲厚配路桥俞氏，欲明岁春月完姻，夫妇皆是辛卯，托余代为寄宁选择喜期，于今年二月间送日子，俟至家后代为寄甬选择可也。

十五日辛丑 巳刻以前，阴；午牌，雨；至晚皆然。晚刻，雨颇大。早膳后，即叩辞岳母并两舅，即至训甫兄府上辞别后，即由十里铺陈家动身，抵黄城邱楚言姻长府上，晤仲玉姻长，适李广生先生来叙一刻而别。李克三舅公来柬邀余至其府上，余因其客气，颇为不便，即致柬辞谢，即邀陶连山，托其代为问卜。家君来信言解州并监掣同知于客岁仲冬出缺，照例卓异班已经到班，查晋省州县中卓异人员虽有五人，曾经引见者仅家君一人。家君又系戊戌卓异，现藩房送单，家君名列卓异班之一，无如山西省补缺之例，道府、直厅等班须由抚宪酌量请补，但酌量二字，升补由在抚、藩宪意，非在定例也。既归酌量，能经到班首列，若抚宪不以为然，即作罢论，每多情托。家君历任皆以公办公勤能自任，守正不阿，并无请托，不知能否升补，难以预料。早欲问卜，期数定而已。据连山先生卜云，今岁是课一五两爻皆动，一动玄武，一动青龙，须先调署而后升补，今岁二月可能见动，前升署，后升补，两缺皆优，诸事顺适，未识均能应验否也。但连山之课，向能灵验，此番果得应验，亦未可知。家君皆以实事求是，视民如子，巨细必亲，无假手于胥吏，创学堂，报垦田，想上游皆得精明当道，虽无请托，能得见闻政绩，亦未可知也。并晤桂华兄，相叙半晌而去。

邱仲翁言，江南两淮有南北监掣同知各一缺，系是州县中酌量题升，专归饬枭等事，但晋省并无盐枭，易于任事，而任两淮不易，南北殊不同也。并云毛镜泉明府前署江西如金县令，今又调缺矣。按：毛镜泉明府宗澄，丁酉科由廪膳生考取选拔贡生，戊戌科应朝考，后以教习用，本班就职直隶州州判，指分江西试用，前年奉委署理如金县知县。又能调署知县，颇不易事也。广生先生言，王玫伯先生以知县指分广东试用，虽捐道员不论双单月用，尚未过班赴引，仍以知县候补也。

十六日壬寅 子、丑、寅，雪，山上见白，平地即消化矣；卯刻雪晴，至晚均阴。早膳后，即由黄城动身过解芝村兄处少坐，抵家时下午三点钟。接家君一信，系客岁嘉平廿八日所发，内附致吴绍春公祖一信、张丹翁一信，俟明日分寄也。接王晓凡兄一信。接陶寿农姻长邀余晚膳，即至寿翁姻长府上，晤季盘兄、玉成游戎、心斋宗叔、梅五姻长、子宜兄、谱香母舅、载熙兄，诸位相叙席散而来。阅有梅五姻长、楚卿、心斋宗叔柬邀春茗，均已在黄，未到，致谢矣。接吴绍春公祖柬邀明日午膳、谱香母舅柬邀明日晚膳，均明日酬应可也。朱先生与余云，彼亦初八日至家去，日昨来时，前童子章所存铺盖均已取去。但朱先生系是管包，管包出外，诸事均副包经理。但典中副包连大学生世治先，但世治先肝敢将童子章将典中账目未曾了结、兜收透支未曾弥补，一切铺盖均已交还，深为可恶。但童子章铺盖交还事尚少焉，如是大肝，将来诸事不问管包、东人，均交与人，实属可恶罔为。随即饬逐，警戒将来。叶蓉秋先生、应玉铨先生来叙半晌而去。

十七日癸卯 卯前雪，山上见白，而平地仍然消磨；辰刻至午牌，晴；未刻，阴，中见雪子，片时即晴；申牌之初，晴；申末，阴；至晚皆然。早刻，因吴绍春公祖柬邀午膳，即至二府署，晤吴绍春公祖暨陶寿农姻长、周梅五姻长、心斋宗叔、载熙、道周、云梯、作羹、云轩、楚卿、子宜，诸君相叙席散而来。楚卿言，郡伯许邓仲期太尊委办之米曾由芜湖购就一万包，每包计台斗一石二斗四升，价计每包四元数角，出口关税及轮船力、上下力，至台交卸，约计一元另，总计每包而芜湖购就装载到台交卸，购价、驳力在洋六元之内。曾已四千包已载到台，其馀续后可到。现粜每元两斗，想不致亏短。倘已两斗而米又足，人心不至惊惶，若至春夏之交，能得源源接济，深为至幸。

并言潘秋舫公祖奉郡伯札委至海门办理印山书院之事，而法教士李思聪不允交还，颇为无味。日前，郡伯密札拿获娄瑶甫、王香谷到案，而娄、王又已得知消息，即已远避，虽托人去邀，想定到案。彼之所，亦密札，如是疏虞，倘郡伯闻知，亦颇无味。未知印山之事将来作何结局也。家君致吴绍春公祖之函，于早刻送署矣。至家后，适蓉秋先生、丽生先生(来)，余即托其转达寿农姻长，将童子章于典中歇出，俟将余之事了结后进店，曾承允诺。其世兄习之近日赴杭肄业，欲同邱泽生同行也。谱香母舅柬邀晚膳，即至谱香母舅府上，晤吴玉成游戎、秉彝宗伯、梅五姻长、子宜、少云、载熙兄诸君相叙席散而来，时逾二鼓矣。

十八日甲辰 晴。接许东吕一信，系是贺年片纸。早刻，因心斋宗叔柬邀午膳，至子宜处少坐，而童子章托子宜兄与余言以前未了各事，均代清理。若为偷取铺盖之前，上年陶寿农姻长从中理说，本是可以释事，无如彼将铺盖偷过，总不合于理。家君来谕，又未允诺，另日再说可也。晤秉彝宗伯少谈，即同(至)心斋宗叔府上，晤玉泉先生、寿卿诸位，相叙席散而来。适郡城陈光轩先生、祝南先生、叔文妹倩诸位均来，互相畅叙，深为至幸。林先生亦仝叔文兄来，言明后赴郡有事。洪祝翁言，卢槐士兄于今日下港。心斋宗叔取上年嘉平月之十八日《神州日报》纪湖北提学使黄仲弢学宪染恙甚剧，昨据楚卿兄言，正月来之《南方报》纪黄仲弢学使于正月初六日出缺，未识因病呈请开缺，亦未识据然出缺。但仲弢学使年仅五十有六，想而论理，不致据然出缺也。

十九日己巳 晴。致周允东明府覆信一函，交邮寄晋。致张丹亭镇军一信，附家君一信，交邮寄至定海。陈光轩先生、洪祝南先生均于早晨趁永大小轮赴郡。午膳后，周梅翁来叙一刻，言陈葩臣明经于早刻逝世。即同叔文兄至椒江学堂，晤应玉铨、王云梯、周载熙诸君，相叙半晌，言教习均未到堂。并云海门印山学堂之事，郡伯许邓太尊密札曹绍雍统领拿获方谓荃并阮姓两人，随即解郡，未识作何办理。至家后，因吴玉成游戎柬邀晚膳，即至吴宅，晤煦东宗伯、寿农姻长、梅五姻长、子宜兄、少云、谱香母舅、楚卿兄诸君，相叙席散而别。

言及湖北提学使黄仲弢学使已于月之初六日出缺，奉上谕："湖北提学使着黄绍第署理。钦此。"黄学宪绍第字叔颂，系仲弢学使之嫡堂弟也。仲弢学使系漱兰侍郎之少君，叔颂系漱兰侍郎之兄念香主政之少君。黄念香主政体立系进士钦点户部主事。漱兰侍郎体芳，癸亥会元，钦点翰林院庶吉士，就馆编修，官兵部左侍郎、通政使、都察院左副都御使致仕而已。黄仲弢学使绍箕，庚辰科进士，钦点翰林院庶吉士，癸未就馆编修，乙酉科乡试简放四川副主考，考取教习庶吉士两次、京察一等，丁酉开坊，翰林院侍讲，是年乡试简放湖北正主考，戊戌擢侍读、左右庶子、翰林院侍讲学士、翰林院侍读学士。甫及谢恩，即丁侍郎公忧旋里。辛丑岁服阕，受两湖总督张香帅聘办理两湖学务，赖以起色，培植人才最多。甲辰岁入都供职，奉命办理京城驿书局事务，著有成效，补授翰林院侍读学士。丙午岁奉简湖北提学使，甫经三载而已。闻者不(胜)浩叹。上以叔颂学使相继，亦因地任贤也。按：黄叔颂学使绍第系己卯优贡，戊子本省乡试中式举人，庚寅恩科会试中式进士，钦定翰林院庶吉士，壬辰就馆编修，癸巳恩科乡试，奉命简放湖南正主考，甲午科乡试，奉简江南正主考，丁酉科乡试，奉命简放福建副主考，京察一等。庚子入资道员，指分湖北候补。辛丑到省后即奉委办湖广全省盐厘事务，迄今奉命署理湖广提学使。上以因地任贤，将来鹏程万里，未可限量也。

楚卿兄言，昨晤王子常太守，云安徽提学使沈子培方伯现奉命署理安徽藩宪，其弟子封学使以山西知府奉命署理广东提学使，其兄弟受圣主特达之恩可谓优隆也。按：子培方伯曾植，庚辰刑部主事起家；子封学使，丙戌翰林起家。但子常太守亦庚辰进士，钦定刑部主事，今已卅载，虽以知府指分安徽，三署凤阳，一署池州，而不能题补，何以迟速有若是也？

楚卿兄云，潘秋舫公祖奉郡伯许邓太尊札委赴海门办理海门印山学堂之事，适郡伯遣使送示省垣当道密电。潘公应酬酒席后，寻醉甘睡，拆示密电，立拿王香谷等，即将原电与何霭生先生阅看。而霭翁与香谷先生谊关亲戚，即通知香谷，而香谷随夜远去。时江子菁公祖亦因叩年，宿在海门，而酒醉情形，许邓太尊均已详悉。到郡后，郡伯大勿以然，速谕潘公转至海门访拿香谷，并言果若远出，向潘公及何霭翁是问。故潘公于今日适值开印之期，即于昨夜又至海门。但潘公情分颇重，有函与香谷，大约言能即出投到，以官去留保之，倘不能到案，亦难顾情面也。而何霭翁亦难辞咎。未识香谷先生果能投到否也。所以如此情形，皆潘公重于情面之所致。当日，天主堂交出印山学堂与海门接办，而香谷、金夏亭、王鹤汀、张与霖等六人具禀，公举娄瑶甫办理学堂事务，均已言明界限划清，今至若是情形，不得不邀原禀各绅。闻金夏亭日前同江子菁公祖赴郡，看事机不好，转至海门远避。闻郡伯又有拿获金夏亭之语，案至若是，原禀诸绅虽不能得脱。而公举娄瑶甫办理学堂，上年瑶甫创办之后，四处经费因难归结，赴二府、临海县、台州府、道宪、提学使各衙门具禀，均言界限划清，而无阻滞。并晋谒喻庶三方伯，亦如是说法。今之印山学堂经天主堂法教士归转，前言划清界限，诸绅恐均难清脱。如是而论，今瑶甫虽郡伯未及追呼，将来亦难清脱。如是华洋分划界重事，一有不周，即成交涉必矣。况娄瑶甫不谙细故之人，焉能任事？即海门各绅，均不能见任此重事也。今郡伯分划华洋界限，亦通禀抚宪。闻抚宪已饬洋务局委员王观察办理交涉，将近来台，未识作何结局也，容日再记。总而言之，为公事者不在其中则已，若担任公事者，须量力而行，终无不了之事。倘有牵连之事，须早言明，是为至要。大小皆然，勿以小事而疏虞，是为至切。章家岳母托余代择仲厚完姻吉日，晚刻，过子宜兄处，面托老二先代寄宁郡百丈街陈日升敬时堂选择矣。

二十日丙午 早晨，细雨，片时即晴；至晚皆阴。席请叔文兄晚膳，并邀吴玉成游戎、陶寿农、周梅五两姻长、心斋宗叔、子宜兄陪客，相叙席散而别。

廿一日丁未 晴。晚刻，卢槐翁来叙半晌，云潘秋舫公祖现在海门，王香谷有说到案之语。郡伯颇为至急，倘若不然，而潘公颇难为情也。晚刻，因子宜兄来柬邀晚膳，因叔文至子宜兄处，晤寿农姻长、梅五姻长、槐士、玉成游戎、谱香母舅、秉彝、心斋两宗叔，相叙席散而来，时将二鼓矣。晚刻，蓉秋先生来言，世治先之事，邀余留用，彼日昨又托梅翁说过，颇难为情，只得允诺可也。托老二先代为寄甬转交文宝斋代裱贺敦庸对一副，黄色花绫边；冷红玉小中堂一轴，白色狭绢边；蒲竹英山水四轴，白色绢边；张埜秋对一副，黄色绢边；陈松涛对一副，黄色绢边。晚刻，至子宜处，晤老二先云，大约二月初十左右可以寄到。

廿二日戊申 早至辰刻，阴、晴；巳刻以后至晚均晴。晚刻，同叔文兄至子宜处，晤楚卿及寿农姻长，畅叙一刻而来，言椒江学堂自今日开堂，教习各人尚未到堂。蓉秋先生、玉铨先生来叙一刻，而玉铨托余代寄柯定础兄一信，余即欲寄函致候，附寄可也。

廿三日己酉 晴。致柯定础兄一信，内附应玉铨托寄定翁一信，交邮寄晋垣大学堂。早刻，至西山林裕隆代步向取票洋，不能清了，欲即以货抵当，即允诺。恐其易言，即嘱道茂先坐取，余即过午膳而来。至达云母舅处少坐，而至蓉秋先生处，晤永义相、章波先，相叙一刻，过梅五府上，相叙一刻而来。

廿四日庚戌 晴。致王籽舜兄一信，并附来往抄账一纸，交邮政局寄京四眼井工艺局织坊科。早刻，接家君一信，自上年嘉平月廿八日自吉州缄寄也。罗翼亭姻长令叔并携翼亭来片，为其仆人国舜之事，当即均托周建西代为经理也。林裕隆所欠之洋，今日来有另货一担，当下仅值洋十馀元。吕保于早刻去取来，云彼欲以洋弥补，未识得能了结否也。而道炳先仍在裕隆未来。

早刻，嘉先来言，陶吉云所开之丽生南货店之当手夥友某，系沙埠人，日前将货卖下有铜元数枚，内有一枚落在袖里，未曾抛入柜中。适吉云兄之次令郎看见，即将该夥凌辱后随即歇业。尚有透支一二元，而吉云将铺盖不肯还他。无如该夥家甚寒，适今岁米价昂贵，而生意又歇，东人又将彼凌辱，铺盖又不还他，以致方寸燥急，于昨夜投入文昌阁后之内河身死。早刻，方悉其人，即行通知其家属。但其子现在横街学习生意，晚刻，闻陶寿农姻长送其世兄习之至杭城肄业，于今夜趁永利商轮到申。至寿翁府上，晤吉云兄，相叙半晌，言其该夥家属尚未来椒，屈计而椒至沙埠路约五十馀里，早晨已去，至夜可以到葭。值至夜间，其家属尚未来葭，恐其至黄城商酌一切，亦未可知。

其该夥如是而故，本是威逼自尽，即或照例，不过给其安家而已。闻其吉云兄之次子当凌辱时稍有伤痕，倘有伤痕，与无伤痕大有分别也。其家属自今不来椒，定是倩人主使，恐其将来需费颇巨，未识作何了结。此是为小失大，而吉云过于紧手之所致也。无如夥友即或偷钱，只将其歇业，其事已重，若歇业外又要凌辱，无此诚理。彼凌辱又歇，以至如是，亦意中事也。但夥友偷钱，只将其开发，不因即行凌辱。况当手夥友真若偷钱，定勿偷数枚铜元而已。今既生意已歇，仅为数元透支，不应扣留铺盖。若夥友以致东人扣留铺盖，须要大有犯规并透支巨款无法向取，扣留铺盖而倒其煤，使其无言可对。即或扣留铺盖亦所甘心，非以数元透支而可扣留也。但吉云与寿农姻长谊属亲分，若寿翁在家，俟其该夥家属来椒与其理论，即或用钱，为数勿巨。而寿农姻长果若赴申，恐致多事，需费亦巨。今晚寿翁因杨定甫给谏邀其至海门面商要事，不致赴申，而吉云之大幸也。

交三妹带洋一元并片纸携托杨伯藩兄代购《申报》，托其按班寄台。周梅翁姻长邀余晚膳，晚刻，而(至)梅翁府上，晤少湖、作羹、泽生、子宜、云梯诸君，相叙席散而来。此梅翁因其二世兄今岁从学少湖而设席奉托。邱泽生兄言，杭城师范学堂大约二月之杪、三月之初开堂，故彼俟至三月之初动身赴杭肄业。云梯兄云，天主堂法教士李思聪日前赴甬旋台，于昨日到郡。但李教士到甬为印山小学堂之事，彼亦无大能为，今看旋台而又到郡，如是情形，而印山学堂得能归转亦未可知。

云梯兄又云，邑尊潘秋舫公祖于上年左瑶卿公祖告卸时，而潘秋舫公祖不敢接手，恐无力支垫，而何霭生明府腰囊颇裕，嘱潘公接手，一切皆能包认一切。故临海县中官虽潘秋舫公祖，实则皆是何霭生所为，深为可笑。当时恐其不能做到，今春得能开征上忙，不意能得署至今日，深为至幸。不意又有郡伯谕拿王香谷之事，而香谷与霭生谊属至亲，谕潘公密拿香谷，即谕霭生密拿何异？以致香谷远逃，以致郡伯不允，秋舫公祖开征上忙，亦是意外事也。郡伯已得实在情形，香谷果若远逃，将来霭生亦难清脱，亦势所然也。临海系首邑正印，有关六邑观望，使潘公、何霭生如是表里为奸，实在不成事体，故有如是掣肘，亦天理昭彰。按：何霭生明府兼善，自丙申岁由附生从黄南垣明府委办台属渔团到台，充当书禀之使，月支不过八元而已。黄南垣明府告卸后，李稚白司马接办，丁酉兼署海防同知，充当账房。戊戌岁，李公告卸，尚未得法。俟至孙叔平明府接办渔团，当己亥岁徐汝皋太尊守台，而霭生向府署包办渔团，迄今戊申，不过十载，每岁需费不下千金，夫妻新办衣服颇多，由附生捐训导，由训导救护难民案内保以教谕选用，复由教谕捐以知县不论双单月用，用费亦需数千，身边积资计逾两万金。而渔团一差，如是包办，甚为顺手也。

廿五日辛亥 阴。早刻，有细雨，片时即晴，至晚均阴。致洛卿丈公一信，致祝再姻长一信，均交玉先带至长甸。叔文妹倩于早刻至家，其令兄云舟于二月初二日续弦。晚刻，因秉彝宗伯柬邀晚膳，至秉彝宗伯府上，晤子宜兄、心斋宗叔、谱香母舅、少湖、李舜翁诸君，相叙席散而别。至心斋宗叔处少坐，适街中有唱隔壁戏者，而心斋宗叔邀其来唱，虽有各音相杂，亦不甚清楚。适陶寿翁、周梅翁来叙一刻，同寿农姻长至吉云处，晤王晓凡兄、柳亭诸君少谈。晓凡兄系河清兄染恙请其诊治也。但吉云之店夥溺毙之案，早刻，其妹、其妻来椒，而吉云未甚其所欲，转至黄城，相邀至葭与其理论也。陶寿翁言，其店夥死已两日，其妻、其妹来过，又未收葬，是乎藉尸图诈。邀吉云明早至海门，适潘秋舫公祖尚在未去，具禀请其到地看验收葬等语。总而言之，验无伤痕，则其自尽之事可以无碍；万一有伤，即虽验后亦须私和了结。未识得能如是了结，深为至幸。并与金子源先生少叙，同寿农姻长过心斋宗叔少坐而来，至家时逾二鼓矣。

廿六日壬子 早至辰，阴、晴；巳牌以后，晴。

廿七日癸丑 午前，晴；午后，阴；早刻，雾颇重；晚刻，有细雨，片时即晴。致李克三舅公一信，交玉先生带交。晚刻，秉彝宗伯来叙一刻，出晤楚卿、梅五，至寿翁处，晤吉云，相叙一刻。云及吉云之店夥案，吉云已昨具禀邑尊看验收葬。今早刻，邑侯潘秋舫公祖来葭看验，有说有伤，有说无伤，曾已买棺收葬。如是之案，县中五房理应招呼，而吉云均陶寿翁姻长代为经理，五房全然不理，一切开费甚微，恐致另生枝节而已。邑尊看验后，该夥之妻、妹邀黄城张少泉先生至谱香母舅处，亦说俟其亲人自行作主可也。事虽如是，总以不惜小费与其亲人说开为妙。果若固执，将来结讼，犹恐为累方长。未识寿翁作何主持也。言及临海县缺，上游以镇海县尊孙公调署，曾经牌示，想到任不远也。就同秉彝宗伯、寿农姻长、梅五姻长、楚卿兄至子宜处少坐而来。

廿八日丙寅 早至卯，雨；辰牌以后至晚，阴；早刻，雾。接王晓凡兄一信。

廿九日乙卯 阴。致晓凡兄一信，交其来人带福。适晓凡兄因河清兄请其看病，今已稍愈，晚刻至家少坐即去。

三十日丙辰 早至巳刻，雨；午牌以后至晚均阴。早刻，因网业公所上年账均算结，柬邀午膳，至网局，晤寿农姻长、槐士兄、楚卿、子宜、吉云、辅香诸君，相叙席散而来。

二月初一日丁巳 早至午，雨；未刻以后至晚均阴，早刻，兼多雾。致叔文兄一信，饬弟头专送莘山，致杨伯藩兄一信，交永利商轮三妹带至沪江，托其代买洋箱一只、玻璃瓦十张，托其随班轮期带台。计价若干，俟其买来随即寄赵。接家君一信，系正月初八日所发也。晚刻，周梅五姻长、蓉秋先生、秉彝宗伯、子宜兄诸君来叙至晚，留过晚膳而去。

初二日戊午 卯刻，雨；辰牌至晚均阴。

初三日己未 早刻至巳，雾；午后至申，阴；酉牌以后，雨颇大。

初四日庚申 卯刻以前，雨颇大；辰、巳间，雾；午时以后至晚皆阴。接许眉甫先生一信，内附其家信一封，并致涧泉先生一信，俟明日代其送交可也。吴绍春公祖送寄家君一信，另代寄吉州。

初五日辛酉 阴。寄奉家君第念四号安禀一封，饬弟头送海门邮政局转寄晋省吉州署，内附吴绍春公祖寄奉家君一信。昨接眉甫先生家信，并致涧泉先生一信，交嘉先送交刘春源转寄矣。晚刻，蓉秋先生及玉铨先生来叙一刻，至吴玉成参戎并心斋宗叔两处少坐而来。眉甫先生所寄家信并致涧泉先生之函，适玉先赴西山，顺便送投月波家，托寄家信一封，俟有便时代寄可也。

初六日壬戌 晴。天气最为寒冷。寄奉许眉甫先生一信，交邮政局寄晋吉州署中转交，内附月波家信一封。致陈舜卿先生一信，托王茂昌代为转寄闽垣。晚刻，至吉夫宗叔及子宜、秉彝宗伯诸处少坐而来。

初七日癸亥 阴。至秉彝宗伯府上，看有刘文定公草书直条四幅，虽以真伪难别，但其所书之字尚称纯熟。晚刻来家时，云以王香谷墨兰四幅相换，已承允诺矣。

初八日甲子 晴。连日西北风颇大。致王荣臣参戎一信，交邮转寄横湖，系王元俊相托余代为致候。致周允东明府一信，交邮寄晋。致丽生先生一信，饬弟头送交。丽生先生来留宿焉。接周映江先生一信，为林裕隆之事，托余代让。余允让一成，来人言明日接洽可也。早刻，以王香谷兰花四幅，饬从福携片向秉彝宗伯之刘文正公之草书四轴换来，请丽生先生详阅，其字虽纯熟，亦不甚佳。查刘文正公名统勋，字乃清，别号尔钝，其字中书“竹泉”字样，究属不知真伪，难以为别焉。晚刻，至周梅翁及叶蓉翁(处)，均以公出未晤而来。接李克三姻长一信。

初九日乙丑 晴。似有下土景象。致陈涵甫先生一信，饬从福交邮寄晋之宁化府，内附致洪莲翁一信，托涵翁代为转寄静乐厘局。接叶辅廷先生一信。下午，因楚卿兄来邀至尚德小学堂，即至是处，晤楚卿、梅五、玉成、云梯、道周、作羹、王瘦峰、陈汉英诸君小谈，系教习带同学生演说禁烟，余即来矣。适吉夫宗伯并苏德葵兄来叙半晌而别。因秉彝宗伯来邀晚膳，同辅香至秉彝宗伯处，晤谱香母舅，诸君相叙席散而来。

初十日丙寅 晴。早刻，雾，片时即散。福叶辅廷先生一信。致邱仲玉姻长一信，并典中所该阮蕙记息洋六十元，均交玉先带至黄城。晚刻，宗山兄之女适北岸涂镇某于今日文定，邀余晚膳，适李舜卿兄同至宗山兄处，晤伯寅宗叔及书城姻长，相叙席散而别。至金仪卿兄处，为王泰阶之事与其接洽，后即至心斋宗叔处，并秉彝宗伯处少坐而来，至家时将二鼓矣。丽生先生于早刻转至上澄书院。

十一日丁卯 晴。致张丹亭镇军一信，饬弟头送海门邮政局寄至舟山，系单保险。致童子章一信，晚刻来家，嘱其每日至北岸上盘为王泰阶之票洋与其接洽一切。晚刻，辅香并梅五姻长、蓉秋先生来叙至晚而去。代章仲厚兄托椒江网局寄甬江敬时堂选择合卺吉日，于早刻向其取来，阅所选日子系明岁己酉正月廿六日完姻吉日，便即寄交也。

十二日戊辰 阴。早刻，雾甚浓。午膳后，遇琴兄向余撮去计洋三十元，并前次三十元，共计六十元矣。少愚兄来叙一刻，同至椒江学堂，适朱亦卿兄教体操，晤载熙、王赞清、云梯少谈，同载熙兄至王瘦峰处，晤马峻明、郑汉英两教习，相叙半晌，同至达云母舅处少坐而来。时届二月有半，而天气颇为寒冷。

十三日己巳 早至巳，雾兼细雨；至晚皆然。致阮季良兄一信，饬嘉先送，并附典中洋六十元。致李舜翁一信，饬弟头送交。接洪莲翁一信，系上月廿八日所发，言山西之冀宁道一缺，宝方伯奏请现署是缺之曹观察受培请补，想由抚宪奏请，定邀俞允也。后园有白山茶一株，忆种时迄今约十馀年，长计八九尺，于晚刻饬工转移至乐琴书室之前花坛，想能即活，稍瞻清趣可也。

十四日庚午 早刻，雾；午前，晴；午后至晚均阴。小妹于昨日来，同家慈明日至普陀进香，弟头至海门询问永利商轮，晤见三妹，言杨伯藩兄代购训甫兄托买之洋箱曾已买到，现在海门，计洋若干，尚不得而知。彼明日可以来家接洽。

十五日辛未 巳前，雾；巳牌以后至晚均阴。晚膳后，戌刻细雨。接杨伯藩兄一信，系永利商轮厨房三妹送来。言洋箱曾已买来，计洋三十七元；典中用玻璃瓦十张亦已买来，计洋四角。函中所言计洋三十七元七角，所馀三角想是申江之下力也。余即向典中暂付陈训甫兄名下支洋三十七元，并开洋七角。即作一信，并附洋三十七元七角，面交三妹代为带至沪江交还杨伯藩兄矣。

晚刻，家母偕小妹至海门趁永利商轮进香普陀，余即赴永利送家母并小妹动身，适值香期，而永利中客位颇为兴旺。晤莘山金与晤兄少谈，言亦出外，并言及彼已补江南松江府经历，大约秋冬可以履新。并晤牟赞卿太老伯，在永利轮中房舱少谈，系送其孙女婿叶启茂兄至山西曲太翼厘局，伯谦太守之女公子招赘也。但曲太翼厘局在山西平阳府曲沃县城内，赞卿太老伯并有女眷同行。伯谦太守所办曲太翼厘差，据莲波函中云其可望今岁留办是差。但彼系接周太守冕之后，而周太守虽经署理太原府，而太原府杨太守护理提学使，提学使锡公护藩司。现上简山西布政使丁默存方伯若二月履任，锡公转提学使，杨太尊仍转太原府，而周太守另有差缺，则牟伯谦太守可以留办。若周太守例转曲太翼厘局，而牟伯谦太守则须转赴省垣听鼓也。

而莲波函中云牟太尊可以留办，余思丁方伯转至山西，而牟伯谦太守未必然也。言虽若是，谋事在人，成事在天，则彼有运气，即须留办亦未可知也。便道至海门商轮局，晤子霖、小泉、宝舟、仁甫诸君，少谈而别。过永宁商轮局，晤王芹甫、徐富春、杨子云诸君，相叙一刻而来，至家适将晚膳矣。在轮晤见赞卿太老伯时，饬仆购茶点送牟赞卿太老伯暨启茂兄各四包而已。

十六日壬申　辰刻以前，雾；巳牌之后至戌初均阴；戌末以后，雨。致许眉甫先生一信，交本镇邮政局单保险寄晋。致章仲厚兄，托十六铺陈宅农工代为转寄前宅，附彼明年元月廿六日喜日期日子一纸，前岳母嘱余代寄甬江敬时堂代为择来。晚刻，周梅翁、叶蓉秋先生并王槐卿、应玉铨先生来叙至晚而去。忆家慈偕小妹于昨日趁永利商轮至普陀进香，屈计今日大约下午二三点钟可至南海，时值天阴未雨，想彼处亦然也。余虽未曾到过普陀，上年赴晋时趁永利商轮，该轮适至普陀挽埠，看轮中人须趁小船至山脚埠头登岸。即虽有轿可以到堂，如是下雨，诸多未便。今日虽阴尚晴，小船上落颇多便捷，深为至幸耳。

十七日癸酉　卯前，雨；辰、巳两刻，雾颇浓；午牌以后均雨。

十八日甲戌　寅刻前，雨中雪子；卯牌以后至晚均晴。致张丹亭镇军一信，交邮政保险寄至舟山镇署。午膳后，至梅翁（处）少坐，即至子宜兄处，晤秉彝宗伯并金先生、宗山兄，言本镇之女学堂设立天后宫，系宗山兄为监督，尚德蒙学堂诸教习轮流教授，宗山兄每年计薪水洋六十元，其馀诸教习即以尚德学堂之束金，并无另送。同诸君至天后宫，看已立之女学堂，习学女子计二十馀人，年计七八岁至十三四岁也。以余思，殊不成事体，又以男人教习，再无道理。忆先曾祖母应太夫人云："女人不识字为一德。"今则立学堂，又以男人教授，更为成何事体！但女子年少坐守闺阁，教习针线等事，理之然也。故内言不出于阃，外言不入于阃，乃应太夫人所云"女人不识字为一德"者。"使女子不兼外务"，所云正是厚道长者至礼明言之语。今皆反背而为，将来必无规矩定然也。今则彼已既立，言今当行出色之语，余即看其不成事体，只得自家女子不入该堂肄业为是，他人之事是否，置之不问可也。转至子宜兄处，适王子衡兄、童畏三、应佩甫、玉铨诸君来叙一刻，同至家少坐而去。小荣来说，林裕隆代步之事，彼以一百元不允，只得另行设法可也。

十九日乙亥 晴。接家君一谕，系元月廿八日所发，附致吴玉成参戎一信，即嘱嘉先送交，言黄仲弢学使于元月初旬仙逝，想接有福音也。嘱余送其香仪洋念元、蓝缎轴一支，俟有便时寄送可也。接周映江涧水先生一信，云林裕隆之洋是能允诺百数，亦于晚刻嘱周建西代为进呈矣。既有其言，只明日遣夥往询是否，得洋有取来，只作罢论，不然仍然结讼可也。秉彝宗伯邀余晚膳，至其府上，晤李舜卿、金先生、道周、少湖诸君，相叙席散而别。同舜翁至心斋宗叔处，晤梅五姻长、寿卿诸君，相叙一刻而来。叶蓉秋先生托余附寄家君一信，俟有便时代为附寄可也。

二十日丙子 早刻、午初，晴；午末，阴；未、申，细雨；酉牌以后雨晴，阴。早刻，邀朱先生至映江先生处，云林裕隆之事，接其来片云定准于廿六日付洋。无如控林裕隆之事，呈已进，晚刻，晋谒吴绍春公祖，相叙一刻，言及林裕隆之事已承映江先生理说，只得从缓可也。邀金先生及秉彝宗伯、少云、伯寅宗叔相叙席(散)而去。

廿一日丁丑 晴。早刻，微雾。致陈舜卿先生一信，交邮筒寄至福建省垣泛船浦万祥木号。致周映江先生一信，饬老官送至东山。代秉彝宗伯致林子材一信，交其自寄。晚刻，至子宜兄处，晤周梅翁、辅香、采东、玉铨、蓉秋、宗山诸君，相叙半晌。余函托陈舜卿兄就闽代买木本珠兰、草本珠兰各四盆、白玉兰四盆。周梅翁言，玉兰若能开花者，每盆须洋十馀元，如是价值未见名贵，俟明日再为函托，价若过昂，即作罢论可也。同秉彝宗伯、蓉秋先生、玉铨先生来叙至晚，留过晚膳而去。

廿二日戊寅 晴。致陈舜卿一信，交邮寄闽垣泛船浦万祥木号，托其代买五香橄榄兰花、香桂花、香等件。致杨伯藩兄一信，交小招代带沪江，托买各种花木等件。接永宁局来示云申江分局杨伯藩来账代买洋箱之洋未曾收到，即致永宁局杨子云、徐富春一信，饬弟头送交，言明杨伯藩代买洋箱之洋三十七元七角当于十五日即交三妹带申矣。致张丹亭镇军一信，面托合兰兄代带定海镇署。小招来云，周梅翁之令郎孟东兄于今日赴申肄业学堂，欲图出山之计。即购礼送去，仅收茶点而已。少愚兄来云，四分英小者于昨夜逝世。晚刻，秉彝宗伯同金先生来约至椒江学堂，晤载熙、玉铨诸君，相叙一刻而别。过周梅翁府上，适其乔梓均至海门矣。即晤永义相，同至其店中，晤达云母舅，相叙半晌而来。

廿三日己卯　早至辰，雾；巳、午刻。晴；未牌，雨；申刻雨晴，即见日；酉刻仍阴。晚刻，至心斋宗叔处相叙一刻而来。家慈于晚刻趁永宁商轮来台，言小妹便道上海小作勾留，俟永利商轮可以到家。并言陶寿农姻长亦趁永宁轮于晚刻到家矣。

廿四日庚辰　晴。接家君一信，系杏月初三日自吉州署中缄寄，内附阿香家信一封，嘱付其家中英洋十元，便时寄交可也。晚刻，周梅翁来叙半晌，同至陶寿农姻长处相叙一刻而来。

廿五日辛巳　早刻，雾散后均晴。致陈训甫兄一信，内附洋箱发单一纸，计洋三十七元，外附洋箱钥匙一堂，计大小五个，均交十里铺陈三分来价代为带交。致陈祝再姻长一信，饬阿庆送交。晚刻，接祝翁福信一函，言入都之期约在六七月之间。从福至郡去，嘱其就郡向买另星数件，并交其带洋三元，彼叫详朋来代当差数天。晚刻，至陶寿农姻长处少坐，云潘秋舫公祖大约三月之初告卸，继任者系镇海县知县孙公。言孙公于三月初二日告卸镇海县篆务，想到临海接印，总在三月初十之内而已。秉彝宗伯托余代其完纳黄长兴户钱粮，余约近日遣夥赴郡完粮之便代其完纳可也。同至子宜兄处，晤梅五姻长、采东诸君，相叙半晌而来。苏德衢兄来叙一刻，转至栅浦学堂。苏德衢兄今岁在栅浦小学堂教习也。

廿六日壬午　晴。致符三先一信，饬吕保送交，向取所欠借洋，接其来字云过清明之后付还若干，只恐未必然也。早刻，周映江先生暨涧泉先生来，为林裕隆之事，余应情面难却，只得允诺而已。留过午膳而去。晚刻，陶寿农姻长、梅五姻长、寿卿兄诸君互相畅叙至晚。寿农姻长之大令郎习之兄于上月之杪赴申进中国学堂肄业。按：上海中国学堂系郑苏龛廉访为监督，教习者计有四十馀人，分门教授，其中日本籍为教习亦有数人。肄业者每人学费洋四十八元，房租每月洋三元，福食每月洋三元五角，操衣三套计洋十元，另星等亦须洋数十元，每年中至俭须洋二百数十元也。

台、甬往来商轮初行只海门轮一只，续添永宁轮，计二艘常川来往，生意颇为兴旺。上年又来宝华商轮杂在其中，以致生意中大为减色。今永宁、宝华、海门三轮订立公司，每年出息均照三股分摊。每年台、宁仍以两轮常川来往，一轮分走温州，生意盈亏亦照三股分承，曾经月初画押矣。台、申往来初有锦茂商轮，系舟山丁子恒明府集股购办开行，定每以星期来往一次。续因锦茂商轮过旧，购换可贵商轮代之。后台州杨定甫给谏、陶寿农姻长就永宁轮之馀利不敷之处，再行集股购有永江商轮。当购之时，货次而价贵，当开行以后，诸未顺手，仅只两年，亏控颇巨，搭客闻之均不适意。至丙午之冬，驶至舟山，又被商轮撞坏，再购永利商轮代之，今则永利、可贵，台、申常川往来也。生意永利尚增如可贵，诸事亦均顺适。永江自撞坏之后，现搁舟山，尚未修理。顷陶寿农姻长言今托申江洋行中代为拍卖，想即售脱后，价值四去其三，又恐未必也。

海门至郡城以及家子、栅浦、三山三港口并北江各埠，向来均以航船装载人客货物，每至年冬时常被抢劫。郡城陈肖平孝廉集股购有灵江小轮，由郡至海门，兼挽家子、栅浦三港江各埠。初定一天由郡至海门，一天由海门至郡城。但灵江小轮船身太旧，时常煤炉中屡出事端，搭客亦视畏途，均不喜趁，以致生意冷落。即能顺适，亦无馀剩，后至冷落之后，颇为亏短。续永宁轮海门轮局及宁郡王月亭兄并海门天主堂集股购造永大小轮，而月亭兄坐半分子也。今由郡城上落，颇为顺适，每年计算亦须亏控，幸不亏控甚巨而已。永大开行之后，灵江随至破坏不堪，即行停止矣。前灵江定以来往两天，永大初行定亦两天，续改每日来往一次，搭客更为快便。今则小轮虽每日往来一次，但货物仍然装载船舱，因小船之船身太小，不便装载货物也。

现郡城至海门有永大小轮，由海门至宁郡有永宁、宝华、海门三轮，虽每年三轮中分一轮走温州，亦有两轮。但走温州者初年永宁，次年宝华，三年海门，周而复始，而温州之轮船亦通矣。自台海门至申江亦有永利、可贵两轮，四方八达，往来最为易便。前台州轮船未曾通行，一切土产价值皆廉，今轮船通行，诸物价直最为昂贵。将来台州无论一切土产，定与申江、宁郡、温州工价相若。而台民利源未必皆沾，而可贵之亏则皆然也。陶寿农姻长言，喻志韶太史由杭州师范学堂监督告退之后，赴申小作勾留，随赴东洋游历，曾经荣行也。

廿七日癸未　晴。致少南、昆珊两兄一信，饬嘉先专送郡城，托其代完家中钱粮计十一户，计洋两百馀元，均托其代由同昌帖税中支付讫。昨周梅翁托致两君一信，亦代写就，并交嘉先带郡，系托其代完彼周梅五、周文津两户钱粮也。秉彝宗伯托余代完黄长兴钱粮，亦交嘉先带完矣。晚刻，黄宗山兄来叙，云正行家昨夜被窃，托余代其转为函托各典查询，不知能得追获原赃否也。

廿八日甲申　晴。致金叔文兄一信，致叶蓉秋先生一信，均饬弟头送交。晚刻，载熙兄来叙至晚，留过晚膳，同至寿农姻长处，晤梅翁，诸君相叙半晌而来。

廿九日乙酉　早至巳初，阴兼雾；巳末至晚均雨。致王子衡兄一信，饬阿庆送交。接子衡兄福信一函，并收到代垫开洋十六角。接陈训甫兄一信，并收到代付洋箱价洋三十七元，另附水脚洋三元。即作致训甫兄一信，附还馀洋三元，并洋箱一只，均交其来人带交。正行家于廿六夜被窃，托余代其致函各典查询。余嘱六先代其致协济、裕大、恒利贞三典各一信，即托其来人送交。梅五姻长托余代其自己出名致杨伯藩一信，并其令郎孟东兄一信，即交梅翁带去。晚刻，至椒江学堂，晤周载熙、王赞清、朱亦卿诸君，相叙一刻，过谱香母舅处少坐而来。

丁辅香兄来叙半晌，云今晚欲至甬江，永利茶房小招来云，黄岩牟赞卿太老伯于十五日携同眷属至晋其令郎伯谦太守处差次，道过上海，寓老级陞栈仲甫兄处，仲甫兄系赞卿先生侄女婿也。时赞卿先生适染微疴，即罢赴晋之行，而家眷等即趁轮北行。赞卿先生因恙未愈，仲甫兄送其旋台，趁可贵商轮，道至舟山，竟至仙游。其年已长，即须如是，亦不足惜，不能到家，深堪浩叹。按：牟赞卿明府育，光绪纪元丁亥恩科应浙江乡试中式举人，壬辰科会试中式贡士，殿试三甲，以知县签掣四川即用。适张绍原方伯时任两川盐茶道，请其教读数年，奉札补授蓬溪县知县，捐升知府，后因案撤任。时岑云帅方督两川，汇奏降以从九典史用，即解组到家，今五年矣。其大世兄伯谦太守勉已捐知县分省试用，适赞卿先生捐过知府，尚未核准，就部重改知府，指分山西试用，于甲辰岁入都引见后到省。适宝瑞庭侍郎方督学晋疆，与赞卿先生世交，而又壬辰会榜同年，诸事照拂。初委办书籍，到家迎接家眷；再委解饷赴京差使；再委河东劝捐差使，均有赢馀；续委山西官银号提调，莘水每月计银八十两。上年适太原府杨太尊委护提学使，曲太翼厘差周太守冕委护太原府篆务，而曲太翼厘差一席，上游委牟伯谦太守代办。于九月十四日接手，迄今已及半载，而出息已将及万。一试用知府，未曾实缺州县以及杂二，又无正途，又未曾任京秩，而又到省未久，即得要差，非宝侍郎之力则不能也。今出此事，想牟伯谦太守到家不远也。

三月初一日丙戌 早至巳，阴、雾，以后至晚均阴。午膳后，至子宜处少坐而来。子宜兄来约至分府署晤吴绍春公祖，相叙半晌而来。云及德轩宗伯于昨日逝世，彼经手宗谱自戊子起至上年冬间方有就绪，今则尚未装订。煦东宗伯诸多执意，以致延误，其咎非在德轩一人也。

横申地方有潘良培者，家颇小康，素与金谷富妻某氏通奸。而谷富赴海山帮工，家甚贫，兼有子女数人，食用一切皆取资良培。前谷富亦明知，明昧而已。良培与地方无赖者口角，而诸无赖值良培至谷富家，随即执拿，割去发辫。良培不知此事理亏，而又至分府署呈控诸无赖图诈各节。而诸无赖往诉黄煦东孝廉。但煦东与良培心有不足。在上年春间，本镇有无赖者名阿坤，开场聚赌，邀煦东宗伯之堂侄从潮之弟并良培均在场赌博，而煦东宗伯之侄输洋百数，无可取资，往诉煦东。而煦东即云具禀阿坤及在场赌博等人。各人均惧，将崇潮所输之洋均照数还他，皆畏煦东之势焰。良培所赢之洋亦均照数还他。有人与煦东说良培家颇小康，煦东言叫良培送洋两百元拜为义子。时良培所赢之洋均已还他，不肯再拜义子又送洋与煦东。故煦东心怀不足，值诸无赖往诉良培等语，煦东即叫诸无赖呈控良培。

适椒江中学堂开软足会及办仪器，经费难筹，往商吴绍春公祖，将良培之事罚洋三四百元与椒江中学堂作为经费之需。日前，良培与诸无赖均进分府衙门质讯，而吴绍春公祖将良培发押班管。而诸无赖当进呈之初，将金谷富至海洋亦寻来，由金谷富亦进一呈，言良培强占等语。庭讯时吴公将谷富并诸无赖询问数语，即行开释。当分府宪吴公庭讯之时，而煦东又进一信，初云潘良培如此等事，查此案已经呈控。适生员黄书元代其来诉各节，正在从轻议罚，而良培又经翻异。查翻异之意有差马庆包洋三百元，几在必赢云云。庭讯之后，潘良培已经发押，而煦东又与吴公说："此案我已经手，别人不得再为代说。"煦东出与人言，良培不肯以洋二百元拜为义子，今此案定赚其洋二百元，非洋二百元到手，定不甘心。即煦东致吴公之函说生员黄书元代良培来说等语，而良培与黄书元并无见面，所云来诉，语从何来？马庆包洋三百元亦并无其事。总在煦东自想赚洋二百元而已。煦东如是之信，能直写与吴公，除煦东之外，各人定在不敢写，亦不便写。倘若吴公不遵其语，将信直详，则其包揽词讼而有证矣。而吴公能照其信语而行，只吴绍春公祖而已；除吴绍春公祖之外，定不能为然。如是则可照准，台同知只黄煦东而已，何必再设二府？如是绅士，如此官长，偶然相合，故有如此之信，有如此之事。今良培挽与吴公所议罚椒江经费，心愿出洋；若吴公自要修理衙署或饱私囊，亦愿出洋。而吴公言非经煦东之手来说不能允诺开释，若经煦东来说，则煦东之洋两百元即可到手矣。初良培狂心不愿，想发押日久，不得不送洋两百元托煦东经手议罚也。官绅如此相合赚钱，再无出其右耳！前载熙兄所言如是，余不甚信，今识街人人所说皆然，余偶为记焉。

但黄煦东孝廉，七邑盐商总办，大当三间，田业两千亩，大小商船数十艘，定要赚此无艺之钱，委曲下民，于心何忍！亦殊不值也。但煦东无钱不贪，连年顺适，年屈[①]六旬而又强健，不知有何阴骘，人不知耳。古对有云："为恶必灭，为恶不灭，祖上有馀德，德甚必灭；为善必昌，为善不昌，祖上有馀殃，殃甚必昌。"斯言定不谬也。日看阅微草堂所纪顾郎中德懋所云各节，定非虚语："为人存心为善，遇善必为，定有善报；为官存心济民，兴利除弊，无得容缓，子孙定能继起。"理之然也。

初二日丁亥 阴。早刻，雾。寄奉家君第二十五号安禀一信，饬弟头送海门邮政局寄山西吉州署中，内附蓉秋先生寄奉家君一信。接金叔文兄一信。晚刻，梅五姻长、达云母舅、秉彝宗伯来叙至晚而别，言子宜兄于昨夜至宅库看迎会，借此消遣，亦一乐也。

初三日戊子 晴。致金叔文兄一信，交玉先带至莘山。接许眉甫先生一信，内附其家信一封。午膳后，至陶寿翁处少坐，而周阿四来言潘良培之事，与周载熙兄接洽议罚椒江中学堂经费洋三百元，料理衙署并黄煦东进手之洋均叫人与煦东说，想煦东进手并料理衙署亦约三百元之则，未知煦东亦能允诺否也。煦东欲贪如是钱财，殊不

---

① "屈"，疑为"届"。

值也。但煦东之为人，无论何等之洋，得有到手，均饱私囊。古人言："取人财物，均要还债。"煦东自父黄镜泉就贪白来财物，其子煦东又能少年登光绪乙亥恩科贤书，今三十馀年，说案后手，讲案扣头，拜为义子，送来贽敬，并指官撞骗，抱揽词讼，吞吃公款，勒罚售卖私盐者，竟至破家不知凡几，致成巨富，不知将来均须还债否。若遵佛经之语非虚，黄煦东虽粉身碎骨不足抵偿。但煦东之取人财物若不顺手，百计营私，总须入其牢笼。若与偏人财物者定加一倍，以理论之，若是究是若何，亦难预料。天理昭彰，既有是言，不得无是报也。

按：临海黄煦东与黄岩牟赞卿同是道光己酉正月，赞卿廿九日戌时，煦东三十日戌时生也，同(为)光绪纪元乙亥恩科举人。牟赞卿家贫，藉笔墨之资以奉椿萱，平素与其椿萱之前颇为顺适，惟吃酒糊涂，酒后乱言颇多。平素人性颇直，不备怨歉，语言间不甚郑重，每多其言，实无其事。少年攻苦读书，衣食粗粝，年仅弱冠游泮后即食天禄，二十七岁即登贤书；中年复经中式贡士，南北奔驰，无享一日清闲之福；老年作宦两年，又经被降，财不随心，诸事掣肘。笔下千言而能立就，时行八股无出其右。椿萱年登大耋，兄弟四人亦颇和睦。子四，长伯谦太守，由监生加捐知县，时赞卿由蓬溪县捐有知府，值上游因事被降，尚未核准，改捐伯谦之试用知县为试用知府，指分山西。其馀少君亦未甚善。孙亦有数人，可谓子孙满堂。

煦东其父遗下家资亦有数万，人甚庸庸，喜画兰花，寒暑无闲。复喜人无艺之财，今虽积有五六十万之资，大半是抱揽词讼、破人之家而得之。自幼迄今，衣精食美，日享优游之福，并无一日之忧。少年不作文章，年二十七，过人枪替，即得举人，后即以日画兰花、抱揽词讼、负断乡曲以为急务。而煦东之椿树幼凋，萱堂后谢，并无兄弟，子二，长楚卿经管家事甚苛，次幼即出继堂弟梯仙，亦贪小利起见也。

人以赞卿、煦东比较相若，以余思之，亦颇相若。赞卿锦绣文章常怀在抱，游泮后，食廪膳，登鹿鸣，登琼林，作宰两年而被降，进士尚存。煦东胸无点墨，虽举人亦枪替而得之，虽捐有知府升衔，而未仕，乃煦东不及赞卿也。赞卿幼即清贫，衣食粗粝，财不如心，诸事掣肘，少年、中年、老年南北奔驰，未得一日清闲之福。煦东幼即有祖父遗资，今积至五六十万之巨富，承办临、仙、缙、永、武、宁、天七县盐商，衣必丝绸，食必精美，童仆如云，遂心所欲，少年、中年、老年无有一日忧心之累，乃赞卿不及煦东之多矣。赞卿人虽清贫，常清高自得，素无贪小利之心。煦东专以抱揽词讼，谋人财产，鱼肉乡民，虽积资巨富，大半如是而得，此煦东不及赞卿之清高。赞卿之椿萱年登大耋，兄弟四人，子又四人，长现知府分省候补，孙又数人，可谓子孙满堂。煦东之椿树幼凋，萱室继谢，并无兄弟，子虽二人，长楚卿虽捐通判，未曾筮仕，次子虽幼，又经出继他人，此煦东不及赞卿之多。赞卿年虽六十，携眷远出，以致逝在轮中，妻妾子孙不得相见。现煦东年虽六十，尚日画兰花，无与前易，尚能抱揽词讼，此赞卿不及煦东也。若以截长补短，颇极相似。

陶寿农姻长、周梅翁姻长、李舜翁、秉彝宗伯、蓉秋先生来叙至晚而去，云及子宜兄自泽库看迎会于早刻来。晚膳后，至子宜处，相叙片时即来。

初四日己丑 早至午牌，阴兼雾颇浓；未、申、酉，见雨，有雷声；酉刻，雷声一刻，甚为响亮；自未刻以后均雨；戌牌，雨颇大。许眉甫先生附寄家信，交嘉先转托刘春源代寄。致秉彝宗伯一信，内附典中与其往来抄账一纸，并找还本洋四十元另一角二分九，又息洋四元二角，又交嘉先代完来黄长兴户粮串一纸，尚有陈粮串一对交从福手尚未带来，俟带来即当送奉不误。今信中附典中抄账一纸，又代完粮账一纸，英洋四十四元，开洋三角，铜板两枚，钱八文，本年黄长兴户粮串一对，均交祥朋专送其府上。来言当面付交清讫。秉彝宗伯又饬价来邀晚膳，因六爷在家，即致片辞谢。致叔文兄一片并申卷，托莘山之船夫代为带交。丽生先生于早刻来家，水门六爷亦来叙至晚，因雨阻止而留宿焉。

丽生先生今年在上澄教小学，但上澄与横泾堂相近，据云横泾堂于二月十五日寿日唱梨园三天，十四日起至十六夜止，向例如斯也。今年煦东宗伯至横泾堂抽头，庙内每桌抽洋三元，两廊抽洋两元，庙外抽洋一元，约计一百五十馀桌，大约抽洋三百元左右。该洋据煦东说庙中需费，但庙中之月米单贴来逾于修庙之费不止十倍，每年唱演梨园亦由地方照抽。向来并无抽头之例，今年抽头之洋实归煦东自行带家以饱私囊。如此稍知廉耻者断不肯贪欲，而煦东名列孝廉，竟贪如是小利，其是八款中人，亦有所及也。煦东说案，均虽赚扣头，余初思其致少须十数元或七八元方起贪心，顷曹六爷说彼地方有与人结讼差费求煦东代说，其家甚寒，需差费计洋二元四角，煦东亦扣洋五角，亦出人意外也。但煦东家资数十万，又总办临、仙、缙、永、武、宁、天七邑盐商，而复备极奢侈，与至下至贱之人数角扣头之钱均不能相让，其归心竟是何等鄙黑，难以言述，复难笔详，言之可笑，是为记焉。余素不言人之过，何况书于楮墨，但煦东平日之行为尚有甚于此者数十里，童稚皆知，老幼无异词也。余特记其事，以为后来诸君勿效煦东之污名被人书记之丑，又望后来诸君子只守清贫，万勿效煦东之浊富，是为万幸万幸。

初五日庚寅　雨，午刻晴明。昨夜雷雨，至今日未刻方晴。致许眉甫先生一信，交嘉先送邮政局转寄吉州署中。送邮后又接眉甫先生一信，内附沈梅史先生致余一信，眉甫先生又附其府上竹报一函。前竹报方于昨日托源春代寄，顷附寄竹报，亦交嘉先送托刘源春代寄。今接来之信较之前函寄出尚早，而前寄之函后接，不知何处阻搁也。前日秉彝宗伯托余代为专寄林子材先生一信，顷柬询其住处，据说住在南乡打蓬林地方。彼自己之事，彼家中又有帮工，托余代为专差，不胜其烦。适张翰谷来柬于十三日开贺，只送尽时代其并送可也。

初六日辛卯　阴。早刻，雾。晚刻，至子宜处，晤梅五姻长、秉彝宗伯、宗山诸君，畅叙半晌而来。载熙兄来叙一刻，言潘良培之事，昨日煦东来与其说明椒江认罚洋三百元，煦东自己出面洋一百元，又暗赚洋一百元，又两百元说是吴绍春公祖进手，若吴公不要其钱，则洋四百元皆是煦东一人进手。以余思之，绍春公祖如此说法，是乎不要其赃，若果存贪赃之心，则各人经手未免出脚，须煦东代经，彼此对分，则可掩耳盗铃之想也。而又署中下人，大约一百馀元，其夫金谷富明得洋一百元，煦东抽洋五十元，其用人抽洋念元，实得洋三十元而已。良培此案，用后须洋一千元之则，大半用于煦东也。堂堂孝廉，贪此无艺之洋，实损阴德，实损廉耻。所幸煦东不顾廉耻，不顾阴德，非独此等之洋，甚于此者，只得“要”字可也。存而记之，望后来诸君勿效煦东之所行鄙贱，被人书记之丑，是为至幸，是为至盼。

至吉夫宗叔处，晤陈云芝先生少谈而来。仆人从福自郡城来，托同昌代完粮串计十一户，均已完纳，串均带来；送仲弢学宪之奠字亦已做来，计洋一元；并日记簿十本，信封、八行书亦均购来。前嘱二头就申代买包平和乌緞鞋一双，计洋一元六角；又，花瀆一个，洋七角，计英洋一元又开洋十三角，均交小招带交二头也。又致杨子云、徐富春二先生一信，并附代买来风箱一具，计洋两元八角，封在函中，交小招代带永宁局。年内初次买来洋已交老五送交，此二次买来，初因风箱未曾取来，以致价洋搁而未付，日前遣人将风箱取来，于今日将洋送交，以便清讫。周梅翁托余代其自致杨伯藩兄一信，俟代写就，明日送交可也。小招来言，前托杨伯藩代买所种花木，据说向买价值颇贵，恐不合式，即嘱其作罢可也。

初七日壬辰 阴。李阿香附寄家信并洋十元，即交其母手带去。早刻，同丽生先生至马屿头祭扫先曾祖暨先曾祖母墓毕后，赴德生家过午膳。与其管山之金老二点明先曾祖坟之后面计大小杉、柏、枫树四十馀株，本于祖坟相远，而金老二欲余判与他人，而余不敢作主，俟函询家君可也。但先曾祖坟侧已有柏、松等树计三四十株，切不可致伤枝片，是为至切。此有风水攸关，已嘱金老二留心看管矣。先曾祖母墓之上有路隐一行，即嘱老二担泥垫积，以免行人，是为至要。后与吴玉成参戎相叙一刻而来。而吴玉翁之公郎墓亦在马屿头东首，亦于今日赴是处扫墓也。晚刻，李舜翁来言，子宜兄因事至海门去。

初八日癸巳　卯刻前，雨，不甚大；卯刻至巳时，雾；以后至晚均阴。晚刻，梅翁相约至椒江学堂，适载熙兄未在堂中而来。秉彝宗伯来邀晚膳，至其府上，晤舜卿、柳亭相叙。晚膳后，至楚卿兄处及星斋处，均少叙而来，至家时将二鼓矣。

初九日甲午　阴。接玉先一信，致何玉洲一信，交邮寄郡。午膳后，应玉铨兄同椒江教习马俊明兄来叙一刻而别，言调署临海知县孙公择于月之十四日接篆，曾经到郡署。邑尊潘公开征钱粮已于上月廿六日封柜矣。

初十日乙未　早至巳，阴兼雾；午牌，阴、晴；晚刻以后至晚均阴。午膳后，买舟赴荐堂扫墓，而秉彝宗伯至新桥管去，丽生先生至上澄，同趁船而行。晚刻，抵路桥，晚膳后，至叶葆泰晤少秋、寿卿及王先生，相叙半晌，留过点心，转至舟中。而丽生先生当船至上澄时即至馆中去矣。

十一日丙申　寅刻以前，阴；卯刻至巳，雨；午、未两时，阴；申时，仍雨；至晚皆然。嘱船夫于上早即行开驶，大约辰刻即抵，就近至管山家吃早膳后，即嘱管山者将礼担至荐堂，即行供叩尚书庙神，即致祭先祖墓。当祭墓时而雨，稍晴祭毕仍雨，尚为至幸。转至管山家将祭物作餐后，即转舟中，驶至路桥，约在午三点钟。而秉彝宗伯上岸至兆河相处，云明日转趁舟至南乡。余即随舟而来，至家时经晚膳矣。

十二日丁酉　巳牌以前，阴，兼雾颇浓；午、未刻，阴；申刻，雷雨颇大，雷声响亮；至戌后雷雨方晴。致王子衡兄一信，遣工送去，即接有覆函。忆玉先到家不知何事阻搁，今尚未来也。未刻，至陶寿翁处，晤梅五、载熙两君，相叙一刻而来。

十三日戊戌　寅前，雨颇大；卯牌，雨晴，至晚均阴。致玉先一信，饬弟头送交。晚刻，玉先来。陶寿农姻长来叙一刻，云昨日晚刻亮雷时，达云母舅府上有屋被打。续同柳亭、少愚两兄至达云母舅处，看所震之屋系是东首屋柱，想有邪祟隐在其中被击也。续至蓉秋先生之仁大典，言出去尚未转店。过梅翁处少坐而来。

十四日己亥 阴。接杨伯藩兄一信，并代买来白玉兰五盆、白玉花一盆。即嘱长工取来，所言价洋，白玉兰每盆计洋一元六角，白玉花一盆计洋一元五角。与辅香兄对分，余取去白玉兰两盆，并白玉花一盆；小妹取去白玉兰一盆；尚馀两盆，即嘱作头担送辅香之丁永利行中。其计洋，余承四元七角，本即随班寄申，因函中所云与辅香分用，但辅香至镇江未来，俟其旋里接洽后寄申可也。前伯藩兄与小招言沪江买花不易，今有买来寄到，承其费心也。余意诸事从俭，若果从俭，不得稍有偏好。前日因乐琴书室之前欲觅数种香花以为闲时玩赏之，偶然寄买。今承伯藩兄买来，价虽不多，亦去数元。只数元之洋，虽买花玩赏，虽不当用，亦借此消遣。若以事事皆费数元，即积少成多矣，定不可偏爱，是为至要。今伯藩兄代为买花，曾已寄来，所费数元，奈前托舜卿先生代买各种香花另日代为买来，又不知费用几元。托人代买物件，可以从宽，只得不买为是。若万一不可省之物，细为打算，然后方可寄买。托人买来物无大小，已费其心，价洋多寡，只得照数寄赵，不得不为仔细思量，是为至切也。陈训甫兄前代买去洋箱之钥匙不合，曾已寄换，前接久大来字，所云洋箱之钥匙不合，托余代为转换，俟明日嘱嘉先向其调换可也。

十五日庚子 早刻，雾；至午初，阴；午末以后至晚均雨。午膳后，至陶寿翁府上，言其早刻赴郡，为吉云兄送万民伞与邑侯潘秋舫公祖。随至梅翁处少坐，言潘公与今日交卸邑篆。同至建西处少坐，晤漱芳先生，言栽花须用泥头灰为最佳。余至家后，将所栽玉兰皆泥头泥重栽。梅翁与载熙兄来叙半晌而别。早刻，邀嘉先赴久大，代训甫兄之洋箱钥匙换来，适陈岳母家长工因事来家，即将训夫兄之洋箱钥匙托其代带转交矣。晚膳后，至子宜兄处，晤梅翁、宗山、燮堂诸君，相叙一刻而来，时将二鼓矣。适辅香兄自申江来言，玉兰系是拼买，昨送去之玉兰两盆均椒江学堂取去。昨小妹分去玉兰一盆，顷言不要。晤子宜兄言要需，即将此盆分子宜兄可也。

十六日辛丑 雨。致陈舜卿先生一信，交邮寄闽泛船浦吉安里万祥木号。致辅香兄一字，附代买玉兰三盆，土玉兰一盆，共计洋六元三角，均交嘉先送交。但玉兰，余本欲觅两盆，尚馀一盆分与小妹，昨小妹言不要，因子宜兄云要用，欲将是兰送与子宜兄。今日觅有大缸一口，即将是盆改种于大缸中。故致辅香字中托其代子宜兄另觅一盆可也。余生平未有购花数元之多，自乐琴书室成后觅香花数种，闲时消遣可也。余欲事事从俭，购种花木，实是有用钱洋置于无用之地，实在可惜。余虽托伯藩兄代买，亦不预知购有如此之多。凡托人购物，确须仔细思量，以免后悔，是为至切。前函托舜卿先生代买木本珠兰、草本珠兰、白玉兰各四盆，初意想其价值甚廉，故一时未曾细想，即行作书托其代买。续据周梅翁云，白玉兰花价颇昂，即已函止。当时又有函托伯藩兄代买香花数种，彼云不便，余思作罢矣。不想辅香兄赴申，适有售玉兰，而伯藩兄言余欲购香花，而彼代买如是之多。既已买来，只得付洋而已。昨据梅翁、辅香又云，闽省之木本珠兰价值亦贵，余今又致函托其作罢可也。想前信寄出未及一月，彼亦未作旋里之计，定未买就。今日函去，想其定不能买来。惟草本珠兰，闽垣价值甚廉，即购四盆可也。

凡人家欲购花消遣，切勿可以盘花为雅。凡事总以天然为贵，人力所能者不胜其浊，定勿以盘花为然，是为至切。但盘花物实不雅，况多靡费，万勿用其为是。即天然香花，不论工拙，只求月月相接可也。如正月、二月茶花能开。但茶花以十一月初放，接连开至明岁二月之杪、三月之初，或三月中旬或下旬为止。正月、二月山兰亦能盛开，为日亦多。但山兰，不论某盼某心，只买来种后至明年能得复盆为上。正月时水仙花购种数盆亦颇雅事。三月节至四月初以牡丹花为上。但牡丹不论颜色，其花均佳，只得多种数种为妙。即月月红能得多种数种，不论颜色红、白或粉红，均是雅事。五月石榴花甚佳，月杪剑兰亦将开放。但剑兰名曰吉祥草，须多种数盆最雅、最佳。白玉兰亦是五月开放。但剑兰香文，接连开至十月之初。玉兰香浓色白，甚雅，接连开放，亦至十月为止。剑兰大约开至九月之初，年年皆然，至十月之初，或有或无，不能预必矣。至玉兰定然开至十月。六月又荷花，不论颜色，多种数盆甚雅，其叶亦可解暑。木梨花亦五月之杪开放，接连开至八月之杪、九月之初为止，其香武亦颇为雅，多购数盆可也。七月分而剑兰、玉兰、木梨等花皆是盛开之月。八月桂花能放，其香颇浓而且远，家中须种数株，不可无也。九月分而桂花尚能再开，各花尚有重开，其时菊花已盛，但菊花无论颜色，须多种十馀盆或数十盆，足以消遣也。但菊花色佳，而且久。种菊虽每年重种而开得能久，其色最为佳丽，家中不可无也。凡人生总以闲时多，则多种菊花，续自行培植，正是乐是忘忧。十月分芙蓉花则盛开矣。但芙蓉花虽不香，其色早白晚红，又其样式甚佳。十一月、十二月，腊梅花则盛开矣。但腊梅颇香，其香亦文，亦须栽种数种为要。而又山茶花开放矣。

如是一年中无月无花，此其大略而已。既无月[①]均有花接连开放，或将每月中日日皆有名花接连开放亦雅。即将芍药、绣球、紫薇、玉棠、寸金、月桂、状元红、桃花、金银花、白柴爿花、红柴爿花，各色花品加种数盆，不必求其色色皆齐，万不可多费银钱而购得之。而又木本珠兰为最佳。但木本珠兰为素心兰并重，物虽雅而又敬贵，无如最难收藏，虽多需费而购得，或一年，或两年，值在冬令，一不留心，即作废物，多需银钱，深为可惜。不如不购、不种，是为上策。至草本珠兰，其香味、其颜色，与木本珠兰相若。而草本珠兰，闽垣所售，购价甚廉，须购种数种，即至冬令作废，亦不可惜。此外，如粉竹，虽不开花，其色绿亦足喜人。余看马樱花物亦最佳，其叶颇细，叶上皆开小花，色是粉红，数年即能高大。若在远望，甚为佳丽也。如紫藤、银藤，易长易栽，盖为凉棚，本为最佳。无如至秋月生有小虫食叶，颇为

---

① 据文意，“无月”当为“每月”之误。

龌龊。即或栽种，须在远看为佳。凡栽花者，不得一时，定得数十种，总以年年而集之，亦不多为费用，亦可细细思筹，栽种亦可无失也。

余今于乐琴书室前虽栽有各花已数十种，最爱者马樱花、剑兰、玉兰而已，其馀菊花足以消遣。其馀所种各花，虽均爱惜而次之。惟牡丹花，余颇为见爱。上年仆人从福购来三株，其色虽白，其花甚次，又甚不佳，未识初年所开正是如此，亦未识至明年亦如是也。倘明年仍然如是，余即抛弃矣。但牡丹花虽无论颜色，其花须要佳而且大，容俟秋间再行寻觅可也。但牡丹爱其花大而实，马樱喜其远见即佳，剑兰香得能文而又工雅，玉兰香得浓厚而又久开，各见其长。如木梨虽香，究与玉兰亦是各样。今购有玉兰五盆，余分承三盆，其价若其一盆价洋一元六角，则颇多矣。若以玉兰而论，即每盆价洋一元六角亦不甚为昂贵矣。此外，珠兰即是草本亦佳，顷寄买四盆，未识他日买来价值亦不甚贵否也。但珠兰之香亦文，花与草本无易耳。

十七日壬寅 早刻，雾，均晴。致则福先一信，饬弟头送交。致子辛先生一片，附分马樱花少许，亦饬弟头带交。接眉甫先生一信，内附其自家信一封，交嘉先转寄。午膳后，至椒江学堂，晤云梯、玉铨两兄相叙，云及现椒江学堂向海门曹绍雍统领处借有洋号教习两名。但椒江之洋号前有办来，原办洋鼓太少，今又寄买两枚，计洋四十元。今堂中所用仪器非独洋鼓，各色价值均颇昂贵也。言四月初六日郡城许邓仲期太尊开运动会，阖郡之学堂教习及肄业生均行赴会，其人不下数百人耳。但椒江之所栽花木名色颇多，均不成器，亦不值钱。惟菊花计百馀种。但学堂栽花只得如是，可谓上等。凡人家欲购花消遣，亦只如是栽种数十种，足以忘忧耳，切不可购值盘花而已。与云梯谈及，彼亦如是说法。老成者所见相同，惟纨绔子弟不以为然。后来君子无论何事，求其朴实诚厚，是为至盼。

同玉铨至心斋宗叔处，晤吉云、兴臣两君，相叙半晌而来。吉云言，日前赴郡送邑尊潘秋舫公祖万民伞，方于昨日旋里。陶寿翁大约明日可以下港。至家后，适有买花者，余向其购有桂花六株，每株价洋五分，花亦甚少，价亦不贵，惟买得多两株耳。

凡灌花皆用清水为主，如灌各样者须探其合性，又得按时而灌，不致有误，否则不如清水为妙。凡按时灌花者，如牡丹花，每年至秋分之后大约九十两月可用猪大脏放在牡丹之侧，切不可和在牡丹花根。倘若重分，亦在九十月而已。芍药亦在此时分栽，其馀大约春分之后三月中旬，至迟三月之杪可以重分以及另栽。剑兰分栽须在八月或九月更妙，二三两月亦可另栽。灌剑兰者将桐皮豆放在水中，须一月或两月后，将水灌在剑兰之侧，切不可灌在花心为要。凡灌豆水者只可灌用豆水，其豆质切不可放在花侧。至玉兰，除水之外，亦以豆水为妙，切不可灌用豆质也。如木梨花，当在六七月间，值日色甚热，当午、未间，将清水灌在叶中，易见加长。除水之外，鱼腥水亦可。日当午、未最热时灌水，除木梨花之外，无论各等花木，切不可灌水为切。凡灌水，不论何等花木，总在早晨，候日色未出时及夜间二鼓之后灌洒一次更为至妙。如山茶花，至九月间将棉花子捶碎，将花相近之泥搬开少许，即将棉花子和在花根之上，随将原泥加盖，明年即能见功。灌茶花，除水及九月和棉花子之外，只有茶叶质可以日夕拥和，除茶叶及清水、棉花子之外，切不可各样灌泻，是为至切。至玉兰，亦灌豆水及清水为佳，其馀花草，总以清水灌洒为妙。如有草水，无论何等花木均可灌之。

如剑兰、木梨、玉兰等花，每年至立冬之后、小雪之前，须要收藏房内，至明年京直①之后、春分之前，方可扛至天下。大约四个月而有霜水，不能在于天下也。虽藏在房内，水亦不可缺，亦不可多水。缺水恐致卸叶，久缺水致恐伤花，多水恐致冰冻。如遇此等皆有碍于开花也。至当五月之初至七月之杪，日中藏在间下，以避天气太热，夜间扛至天下，可受露水。早晚若扛，进出不便。藏花之处，每至四月之杪加盖凉棚一所，上用篾片，日盖夜收，用绳收放较为妥便。惟

① “京直”，疑为“惊蛰”。

珠兰并夜来香等倍植更难，珠兰其馀不外于此，惟扛出天下在于清明之后，每至霜降之前即须收藏。灌则只用清水，万不能灌用别样也。如藏房间时，水不可缺，灌水须在罇边，不得洒在花根，是为至要。夏日亦与上同。夜来香每至清明之后如旧，种者将水泻在罇边，即盖竹架，数日后，俟天气稍为和暖，则可见雨而无碍。若至秋分之后，将竹架拔去，即将花藤盘在罇上，收藏房间而无见风之处。切不可见水，此时若灌泻点水，每年即作废弃矣。

余看牡丹、马樱、剑兰、玉兰之外，珠兰、夜来香均可，但珠兰，其香文，与剑香真是君子之香。珠兰只是草本就可以用，就算上品。若木本珠兰与白色者无易于草本，物实相同，不过其价昂耳。价虽昂，购来易于收藏，即数年或十馀年或数十年即不经心无碍于事者，不[1]故多花若干亦不足惜。贵价购来，一不经心即年作废，深为可惜，况与草本无易。但草本珠兰亦难收藏，幸其价值尚廉，即或废弃，亦无窒碍。故购买珠兰者，只得草本足矣。如素心兰实则与山兰无易，不过其价值昂贵耳。但夜来香虽难收藏，其价甚廉，即不经心亦不足惜。若得倍植开花，其香甚佳。即玉兰之香虽与夜来不同，花有贵贱不同，今玉兰每罇价洋一元六角，余尚将就向购，若在夜来，即每盆价洋六角，余亦不购矣。玉兰之倍植易与夜来，香味玉兰亦佳如夜来，余即如是之分也。玉兰之名尚贵，夜来之名太贱，其花虽香亦不值耳。

晚刻，王兴臣兄言其亲戚杨姓者在闽购有素心兰、剑兰两罇，价洋五元，玉兰每罇价洋一角。余思花虽至细，断勿如是之贱，即或此价购得，亦偶然耳。倘若致函购买，若友人代为买来，价至倍徙，彼已代买，亦不可争多论少。彼言虽如是，确将其言仔细一想，是有如是否也。闽垣玉兰价较沪江确廉，如沪江售洋一元六角，而闽垣大约在一元之内。素心、剑兰每盆若在沪江、甬江，须洋十馀元，即闽垣花价

---

① 此字疑为衍文。

断不只两元五角。只夜来香，闽垣每株售洋一角，即带沪江，即携至海门，售价亦不过洋二三角耳。在闽者访悉玉兰带至台州，每罇价洋一元，人人争购。十一之利，人人如是，何况十五之利乎！断无如是之理。仆从言在煦东家，其自船中赴闽购有玉兰两盆，长均七尺，价洋六元四角，每盆计洋三元二角。彼虽长，余购来之玉兰虽不大，沪江售洋一元六角，在闽总在一元之内而已。玉兰如是，素心、剑兰则可知矣。总而言之，人家有一厅，花木定不可无栽，即栽花木，其购价定不能多，需价若廉，得多购数十种亦分内所为也。余以洋六元三角，只购花四盆，亦不太于靡费。切不可栽种盘花，是为至切、至切。

晚刻，晤吴玉成参戎，云前郡伯张翰卿太守曾于今日下港，明日趁船赴申，即转山西，退归林下，享优游之乐境也。

第二十四章

戊申(1908)三月十八日起

三月十八日癸卯　阴。致杨伯藩一信,俟永利到埠交其带甬。余四房祖坟两所,一在兴家岹,一在东岙。相传,兴家岹系发族□□也。均以四房承值,今岁余家承值。早刻,同均五、伯寅两宗叔及少愚同至兴家岹上坟,祭毕,借在小荣相家过午膳。本即同至东岙,伯寅宗叔云东岙不欲去,余同其到家。均五、少愚同至东岙致祭焉。余曾祖及伯叔曾祖四人,余曾祖行三也。曾祖分爨之初贮田七分五厘,为兴家岹及东岙两祖墓为祭田。至光绪二十一年,家君选选授云南新兴州时,因祭田太少,即将下荡涂田分贮十亩作为祭田,仍以四房照挨,每年廿收租洋念元。每年至上坟之日,每房各乘一轿,计四乘,由承值出资。多人均去,轿资由本人自给,亦是此时起也。

接章子修兄一信,云福逊之事,欲余宽容,将铺盖还他。余实难为情,只得还他可也。凡典中用人,即福逊一事,余亦深为致惧。但福逊当癸卯岁值开当之初,子修兄荐为学徒时经手,童子章将银钱交他,名曰副账。彼与内家长工夜中赌博,余虽夜间寻访,彼所赌之处甚暗,正是防不及防也,致输巨款,于上年二月廿二日冒付余名下取去英洋六十八元,而童子章竟不查询,真是糊涂已甚。至八月之杪,余自晋垣旋里,与童吕荣交结银钱,于凭摺中核对,并无收过,方知冒付。但余收典中银钱来往有凭摺,又有内外流水为凭,详查并无是笔收付,即将其父叫来,随将福逊情由言明驱逐。彼又邀子修兄与余言:“福逊之事,做一好事作罢。”余与子修兄谊关至亲,实难为情,只得允诺而已。如是之后,典中无论大小等学生、用人、管包,即候管包之人自用,如有疏虞,亦向管包之人是问。今用六先为管包,均与六先言明一切。上年童吕荣后将包货交出,少货数十千,定是福逊之蔽。各人均要面子,定勿为此梁上君子也。即童子章自行监手[①]自盗,断不只此。况福逊上年自典中饬逐后,即有新做长衫近身,定其盗去无宜[②]矣。再可恶者,童子章将藏银洋金珠洋箱钥匙均交与彼,而未盗去巨赃,尚为至幸也。

日前沪江买来玉兰三盆、玉堂一盆,所栽之罇太小,定须转换。想其花出自闽垣,原种之处定然在地,如吾台之种菜样式。在闽省地气和暖则可,在吾台每至立冬之后、小雪之前,确须收藏檐下,或在房内。现在台州如是尚可,若在申江之后,更要收藏和暖之处。故北省之山西并无玉兰见面,即剑兰亦不易于收藏也。早刻,遣价赴海门购有大号花缸两口,计洋一元;长陶缸两口,计洋一元三角。玉堂种在留紫沙花缸,其馀栽植花缸两口、长陶缸一口,尚馀陶缸改种木梨花。但木梨花根多而长,若栽小缸不易得长,栽植长陶纲[③]颇为相宜。即玉兰亦是长陶缸相宜。但花缸较大如陶缸一的,玉堂之根而无木梨之多,即是大号花缸,亦颇相宜也。今将旧存木梨花四盆分为七盆,每盆花枝不多,若得倍植得法,长亦易见也。但每年花宜上春分者,须在春分之后、清明之前,今日已迫谷雨,于时已迟。但在原罇太少,不得不为购换。现值罇颇便当,且有馀剩,即将木梨亦须分栽。于时虽迟,尚幸天气不甚过热,尚可勉强将就而已。而此后即须分栽,宜上春者,只得明春可也。惟菊花今尚栽种耳。余于上年之三月二十左右时,谷雨已过,天气已热,所栽飞桃,竟不得复盆,则可为明证也。

---

① 当为“监守”。

② “无宜”,疑为“无疑”。

③ 当为“陶缸”。

晚刻，路晤子宜、采东两兄亦至水门上坟而来，同至家中相叙半晌而别。晚膳后，至心斋宗叔处少坐而来，时将二鼓矣。言及购有黄色柴爿花一种，亦颇为清趣也。现椒江中学堂、尚德蒙学堂均购种花木，吾乡种植花木亦颇多矣。均不用盘花，正足为花间消遣耳。

十九日甲辰 早至巳，阴、雾；午牌，阴；未刻以后均雨，不甚大。致杨子云一字，托其代检永利上班带到之《申报》，并代寄伯藩一信。即取来《申报》一卷。阅三月初六日纪三月初四日内阁抄奉上谕："礼亲王奏请恭修玉牒告成，在馆出力各员保均三层、两层，计两百馀员。"本朝以孝治天下，谨修玉牒，保举可谓至渥也。晚刻，秉彝宗伯来言昨日自南乡来，前假马褂并代历均已送还。并云子材先生今年馆在新桥管地方，至其馆时晤管少农明府，同至少明府上花园遍阅，地方颇为幽雅。但少农明府朴诚干练，为地方排难解纷，诚为不易也。应玉铨先生来叙半晌而去。

至梅翁处少坐而来，言椒江现买之玉兰两盆在讲堂外甬道两旁之道地中。但玉兰种地本属相宜，若在闽省，则可冬令不必藏在屋内。在于浙江，其暖不及闽垣，冬必收藏，夏必盖棚，方可无碍。但夏令有棚无碍，今即用稻草包果，恐致树木不易，不如收藏屋内为妙。现均云梯兄经手，未识种地得无碍否也。托余代其自己出名致其世兄一信，寄至申江，当即书就，遣价送交也。

二十日己亥 阴。早刻，雾颇浓。致金平生姻长一信，致叔文妹倩一信，均饬六先带至莘山。接家君一信，并附致吴绍春公祖、江子菁公祖、映江先生、陶寿农姻长各一信函，均未封口。但致吴绍春公祖求其追缴林姓借款，但林姓借洋已承映江先生代为理处，曾经作罢，其函不必送交可也。致映江先生之信交典中转寄，致寿农姻长之信即饬价送交矣。午膳后，周谱香母舅、达云母舅、梅五姻长来叙半晌，相约同谱翁至子宜处，晤宗山、楚卿、采东诸君，相叙一刻而来。楚卿言，郡伯许邓仲期太守定四月初六日开阖郡运动会，本镇女学生欲去四五人参观运动会，想亦一番热闹也。并云江子菁公祖于月初告卸后，尚亏控一万八千之多。但在宁海县任时每年致送京城炭敬亦需数千元，而又衣服什物购备不少，故致亏控如是之多。但宁海县自江子菁公祖赴任之初即行裁去钱粮漏规每年约计洋四千馀元，现值交卸，地方所送万民伞及牌匾颇多，彼所控之款又是钱粮项下之款，现新任曹公虽经接篆，而交待尚未清算也。但新任宁海县曹公年仅二十八岁，诸事颇为大意，初莅斯土，其德政果如何也。

郡伯邀陶寿翁议加台州之永利、可贵、永宁、宝华、海门等五轮每轮客位中每人加洋一角，以作台州学堂及海门警察等经费，闻寿翁姻长答俟商各局再行议加也。寿农姻长亦昨晚由郡抵海门，于晚刻到府矣。晚膳后，至寿翁府上少坐，同至子宜处，晤秉彝宗伯、李舜卿、周梅翁，诸君相叙半晌而来，至家时将二鼓矣。但家君致江子菁公祖函欲向其取还前款，楚卿所说彼之情形若是，只作罢论可也。张丹翁嘱亦兰兄送来英洋两百元，即交典中收账，即嘱典中书有收字，随交亦兰兄带还矣。家君函言接有省信言晋省之监掣同知一缺，仍然前阳曲县姚令再行请补，欲以调署，颇非易事也。宗山兄言椒江中学堂现教游戏体操，正与迎会之三十六行相若，现政新章而有若是功课，正文生偶如儿戏也。

姚梧冈孝廉荐郡城侯子贞于广西抚宪张中丞处抄写奏摺。而子贞不欲赴粤西，海门丁飏绵兄欲谋此任。但飏绵文理虽不甚，然其字颇为工整，若得有人作引至张中丞处，想能得法也。凡人生有一艺长，总有出头之日，即有武艺在身，人若荒唐，终成弃物。如丁飏绵者，不过一人耳，其字颇为出色，人亦善于酬应，诸事亦均妥当，能知世事。初入海标当一清书，续黄南垣明府初办渔团之初，荐为抄写，渐入相宜，与幕友何霭生竟成莫逆，每年出息足以用度。适有救护难民之案，由监生捐州同职衔，值聂仲芳中丞将告卸时汇案奏请，准以州同不论双单月分省归候补班补用。续捐指湖北，上年赴部领凭到省。但鄂垣人地生疏，投凭之后即请措资旋里，仍然渔团局书禀。能得张中丞用为抄写奏摺，事颇相宜耳。陶寿农姻长云，新任临海县孙公系江苏上海县城大东门人，年仅三十八岁。新到临海、宁海两邑尊均是青年出任，想有一番政绩可观也。

廿一日丙午 雨。眉甫先生府上托余代寄其家信一封，俟另日寄家信时代寄吉州可也。永利商轮于今夜开行，嘱三妹带申代买荷花一盆，不拘颜色，稍长式、支小坤大之花一株，价洋约共两元之则，未识买到若何。

凡种花宜在上春种植者，须在春分日起至谷雨之日为止。一月中再过阴雨和热之日为最佳，若遇买到时，不得不种者，即谷雨之后至立夏前数日尚可勉强而已。若再迟，只俟明年再行改种可也。但花初种有半月后方能行根，有一月之后，可以行根。若春分至清明节一月之后，在于立夏之前，天气初热，万物生长，最宜种植。若清明至谷雨，即一月后，在小满之前尚能生长万物。若谷雨至立夏节一月后已在芒种，但过芒种即五月矣。五月天气已热，再迟断难种植，不能生长矣。夏去秋来，宜秋种植者颇多，秋有中和之气，若种植在秋者，最佳在秋分之后至寒露节，时值天气和暖。亦宜阴雨之日，即一月之后，在立冬之前，时尚不甚寒冷，以寒露至霜降次之。寒路[①]至霜降一月后在小雪，时已寒冷，若霜降种下之花，未及一月者天气已冷，定须日出至晚收藏房下为妙。宜秋种植者本是不少，总宜春植之花归多，取其义者，秋时万物结实，至春精神泄散。宜春植者，春有生长之气，百物萌芽，均将发泄，各有其意在也。故牡丹、芍药确在于秋，而剑兰总宜满盆。万一花盆太满，又欲分赏者，春秋皆可。以余思之，在于清明前后为宜。大凡花皆属阴，夏日不宜多晒。惟木梨花属阳，夏日值在日中当晒正猛，用冷水灌足，随即新生枝叶。夏日正晒之时，水灌木梨花即能发生枝叶。若当晒之时水灌各花，均即落叶，万乎不可，是为至切。

余所记种花时候，在吾浙地气而言。若南省福建、广东则不然；

---

① 当为“寒露”。

若在北省直隶、山东、河南、山西、陕西、甘肃亦不然。南省之花至北省不大相宜者多,北省之花至南省虽均相宜,夏日均须加盖。如剑兰,南省之花至吾浙本属相宜,不过夏盖冬藏而已。至山东尚有之,至直隶大家亦有收藏,至山西则无见面矣。在南省本不甚贵,至北省其身价太高,而地太寒耳。而剑兰即如是,若珠兰则更甚。珠兰在广东、福建甚贱;若至吾浙,身价已高;再至山东、直隶,则无有矣。直隶天气甚为寒冷,未识圆明园中栽植何等花木,他日能至是处详阅一周,甚为至幸。

阅《先正事略》纪张文和公七十生辰时,高宗皇上以木兰花在赐诗为寿。昨询陶寿农姻长,言木兰花即是玉兰花,果是玉兰。但玉兰出在广东、福建为最多,若至吾浙已贵,再至直隶更贵。玉兰系南省之花有备,想百花圆明园中并大内悉均全备,不言可知。纪张文和公生晨在于九月九日,因花赐诗。按:玉兰自五月开至十月为止,时值九月之初,正是花开之候,亦可相像也。未识木兰花正是玉兰花,容日再询明确再记可也。

余旧有长式砂罇者三口,尚大者一口,稍小者一口。日昨购来之玉堂花种在三口相合之砂罇,今欲再购与玉堂之式相若者一二株栽植砂罇,足为玩赏可也。若再得玉堂更为至妙,如购来红梅或白梅均可,未识如愿否也。但荷花,人家不得不植一二盆,得有小塘栽植荷花更为至妙。其花不拘颜色,均是喜人,其叶亦可做药。故今嘱三妹代买一盆,未识得能复盆否也。余觅有花缸一口,是乎[①]太细,若栽植荷花亦勉强耳。但黄秧树,忆先曾祖母言,人家难于栽植,无论全青之黄秧并瓜子黄秧皆然,其取义在于千年不长故也。前向东庄张家购来紫砂罇中栽有瓜子黄秧一株,即欲送入书院或堂门寺院,昨忆及先曾祖母之语,今日可将所栽之瓜子黄秧取出送于椒江中学堂。但其所栽之黄秧,看其情形,非有百年即有八九十年矣。椒江云梯兄

---

① 当为“似乎”,下同。

送还余紫金树秧一株，即行栽植矣。秉彝宗伯于晚刻来叙半晌，送余白色石榴一株，亦即栽植，未识均能覆盆否。但石榴皆是红色者多，系五月开花，有诗云："五月石榴照眼红。"今其白色亦少见耳。

余上年赴晋时至东门外马氏花园中并晋阳第一楼，晋省可谓出色玩赏之处。但所种盆景除菊花之外，无各样，其馀桂花、飞桃、紫金树、石榴树、不少月月红、状元红而已。时在七月之杪，尚见石榴开放，此南北天气不同也。均无好花。前山西陆道颇多，南省花木不易装载，上年铁道已通，想能逐渐载运矣。想抚署、藩署并富商大贾之家，定有南省之花，余则未见耳。但山西人喜花者颇多，如南省花能内寒[1]者，想能渐渐栽植耳。余看山西所出菊花颜色多而朵又大。但菊花能得有心倍植，处处皆然。余已植有十株，未识如何颜色，至秋皆知。而又椒江颇多，俟明春向椒江有菊花色能新鲜者取种数十种，足以消遣耳。

忆前闻楚卿兄言郡伯许邓太尊将郡城之卖小菜者分为五处售卖，其馀点心等项适归道司售卖；挑大小便方准在上午六点钟以前，便桶悉均加盖；卖柴亦归一处。早已出示，今已实行，亦清街道之一政也。惟禁烟之令最严，此事亦不得不为严办。前阅《申报》所纪奉旨简放丁振铎等四大员为戒烟大臣，能得皆得严禁，甚为至幸。

廿二日丁未 晴。午膳后，应玉铨先生、秉彝宗伯来叙半晌，言椒江中学堂今晚而又体操，同至椒江，晤陶寿农姻长、梅五姻长、子宜、玉成、载熙、云梯、楚卿诸君，互相畅叙半晌而来。晚膳后，陶寿农姻长来叙一刻，相约至楚卿处，晤梅五姻长、柳堂诸君，相叙一刻。适彼唱留音机器，计五十馀片，闻其价亦颇昂贵，较之以前之留音机器稍明一的，总不甚于清朗，亦徒化无益之钱耳。幸楚卿家之留音机器其价虽贵，其令尊煦东取无艺钱用无益之事，亦颇相宜耳。柳堂言前寄甬裱之画曾已裱来带至海门，在同昌分号，俟明日向取可也。少坐

---

① 当为"耐寒"。

而来，至家时将二鼓矣。但楚卿家栽之玉兰树约一丈馀高，仆人从福言，当买来时树亦高大，今又栽值五六年，故有如是之大，亦颇为清趣也。

廿三日戊申 晴，而晚刻，南风甚大。晚刻，遣价赴海门之便，致字向同昌分号取来就甬代裱蒲竹英山水直条四轴、贺敦庸、陈松涛、张百熙所书对联各一对，惟冷红玉写小中堂一轴仍向网局取来。前开原账贺太峰所书黄色花绫边，其馀均裱黄色、白色次绢边，今裱各件均是白色花绫边，裱工虽工，其价亦昂。以余计算，五尺直条价洋一元二角；裱对每副五角，计三副，合洋一元五角；小中堂计洋四角。统而计之，不过三元而已。询其价值，据柳堂言，甬账未曾开进，究不知若何也。嘱嘉先容日询明，即为收入流水。晚刻，至陶寿翁处少坐，看其后园今将修琢，颇为工雅。中、右两间之后河坎上所用石栏杆，据云前向西山买来，计洋十馀元，甚为便宜。但余当丙申岁曾向东庄张家购有石花缸三口、紫砂缸大小二十口，计价洋念元，则更加便宜。但石缸雕刻最为工雅，适在王弢甫老伯处，言及石缸，彼言卖于彼，余因彼已起口，即将石缸送于弢甫老伯矣。紫砂缸本取来二十口，后彼马打破十馀口，今尚存大小六口，即大小紫砂缸六口价值洋六七元。凡人家所用什物，只取其有，切不可过于华丽、精刻，是为至切也。以免造屋物之忌，是为至切。

李舜翁来约至椒江中学堂，晤陶寿农姻长、载熙、云梯、玉铨、亦卿、赞青，相叙半晌而来。同舜卿至家，留过晚膳，适云梯、载熙两兄来叙一刻而去。许雁书先生来时已晚，过云谱香母舅已于昨日出外，因人请其坐局，亦不知其自投奔某处，未得其详，容日再记。

余存心事事均从俭约，而存心偏好甚多：好花，即以花用钱；好画，即以画用钱。但自幼年即以好画，故所需画中之钱，二十馀年买画、裱画、托人写、画，并无好画，统而计之，已需约洋一千之外，若计利息，不知几千。今则虽欲存心从俭，而上月不意托裱数轴，初开原单，木裱次绢边，今则裱来，不知何故失去原单，均裱花绫边而白一色，其价之昂，不言可知。虽自计洋三元，若十年之后，不知几个三元。上春以乐琴书室之前欲借花以消遣，已需洋十元，十年之后又不知几十元。况又托舜卿代买珠兰，又嘱三妹代买玉堂、荷花，又不知几元。有花又须加盖凉棚，又不知需用几元。一朝稍贪清趣，偏好之心则即用钱矣。正月初旬，因陶寿翁及子宜兄相约手谈数天，即须去洋三十元之谱。如是十年后，又不知几三十元矣。

果存俭约之心，推于实行，则此等偏心宜加速改。但余家如是情形，不得不从俭约。总而言之，即或偏好花及画，为数亦不多耳。惟手谈之事，即有人相约，即须当时立定主张，勿被所惑，以免图化无益之钱。其馀即有偏好，确须有则，是为至切。余于乐琴书室之前已有花木，数云不多，亦是消遣。余家之画虽不佳，足以补壁。即有未裱之画，当用而不可，想托裱一二，为数亦不多耳。勿以裱来仍然收藏，真是图化无益之钱耳。即花已足，所赏之多与少何异，不致于无，足矣。偏好有则，是为至切、至切。

廿四日己酉　晴。寄奉家君第廿六号安禀一封，内致沈梅史先生一信，并附致许眉甫先生一信，又附眉甫先生府上家信一封，又附高龙闸人女仆家信二封，饬弟头送海门邮政局转寄山西吉州署中。午膳后，至达云母舅处，相叙半晌，续至尚德蒙学堂，晤寿农姻长暨梅五姻长、道周、李薇臣、赵友竹、秉彝宗伯，互相畅叙一刻。过子宜处，晤心斋宗叔，少谈而来。

乐琴书室之前，今嘱木工做凉棚一个，高计一丈六尺六寸，南北一丈二尺八寸，左右计阔两丈四尺六寸，又各挂檐两尺二寸，共左右计两丈九尺，上盖篾簖三张，俟其做就再行加盖桐油可也。今树购来，计价洋四元二角；楣料两根，系是旧物，约值洋八角；篾簖每张计洋六角，三张而计一元八角。连加盖、桐油并工夫、饭食计算，约洋十元而已。若均从俭朴，此亦分外之钱，余欲借此消遣，亦不过多需十元而已。万事取其有则总不得过于奢侈，是为至切。至凉棚所居之处宜得加盖，亦卫生之道，所需凉棚钱较之别样非分之钱，稍为应用。

余再四惟思，总须加盖而已。但吾台各家盖凉棚者颇少，若至外省之人家加盖凉棚亦颇多。但山西夏亦非热，亦有加盖凉棚。以余思，取在天气正可不必加盖也。夏日炎气逼人，所居之处，得有花木数盆，取其清趣，切不可过多。得有树木之处，而多生气，再须打扫洁净屑少，暑邪亦不易受，即多需费，甚为可惜。只盖凉棚一所，稍增花木数盆，以足夏日之幽雅，亦分内耳。此外分外之钱定须俭约，是为至切也。

若从俭者，非一时一事之俭即谓节俭，须时时事事皆从俭约，谓之节俭。又非单以节俭，须将家内大小各事均须核算，不致浪费，又不致过于铿吝。自俸皆以节俭存诸于心，奈节俭亦须详察。但节俭易于铿吝，易至于贪，易于刻薄。不刻薄不见于铿吝，又不致于贪。要万事从俭，可谓节俭。居家本无所贪，若见人之物心喜，向讨、向借，即谓之贪，贪字之心必须远而又远为切。人生认明真正节俭可以谓俭，俭而能节，正是吾侪之用心也。凡人家奢易俭难，俭而能节更难。而不从俭，日进千金，终是无益。若而能俭，即进一金亦是有馀。吾侪取今之世，不得不从俭约。言虽若是，定须实行，是为至切也。

晚膳后，至心斋宗叔处，晤子宜、采东少谈而来，至家尚未二鼓。晚刻，至尚德蒙学堂，阅四月初六日郡垣开运动会，而周平汇孝廉、王梦九孝廉、周载熙明经、邱少羽茂才诸君所订章程，正是从前肄业诸生幼时放学后自相嬉戏，而师长见责者皆入于功课，今昔情形至于如是，亦出人之所料。当道诸公欲图自强，致有此议。

国朝以孝治天下，以文章科举取士，所有立法致善、致备，一切兵式、操式均是致精、致善，即数代以来无有善于本朝也。世祖章皇帝开国以来，康熙、雍正、乾隆、嘉庆以致道光初年，将垂二百年，国富兵强，可谓全盛，正是道不拾遗，海内升平无过于此时。其中三藩（云南吴三桂、广西尚可喜、福建耿精忠谓之三藩）震动一时，高宗纯皇帝命下，不及两年告竣肃清。又有逆匪田五、逆臣姜环以及会匪等猖獗，奉命之下，随即削平。兵之操演万一不精不善，而得如是之速乎！时有辅弼之臣如于清献公、张文贞公、张文端公、张文和公、刘文正公、文清公、陆清献公、朱文正公、纪文达公、阮文达公、汤文端公、尹文端公、林文忠公，皆出身于科举，而学问经制冠于一时，治国治民甚为得体，虽前朝名相巨公亦鲜相藕，非有功于科举乎！道光季年，奸臣当国，误于法夷，咸丰朝致有粤匪之扰，即有曾文正公、左文襄公不数年间讨而平之。继有捻匪之警，李文忠讨，随平定，诸公亦出身于科举，识兵机、善韬略，莫善于科举。同治朝荡平寇匪，渐至中兴如昔。

今上甲申岁，法夷犯闽，战北之误于张佩纶，实误于李文忠。甲午日夷犯我属国，又战北之，又实误于李文忠。庚子岁，拳匪致扰京师，误诸奸贼。而今当道诸公，急图自强，废制科，以书院改作学堂，继东、西洋之后程。而朝廷需费巨款，民间亦须巨款。今已数年，未得倍植出色之人杰名震海内。丁未岁，皖抚恩申甫中丞致遭徐锡麟之难，大半在于出洋被惑于孙文，以致若是。若得当道诸公于今之世急图善后，总以富国强兵，卫国爱民，急图报效，是为万幸。纲鉴所纪，历代以来，未有本朝之深仁厚泽也。即各国刻薄民间以甚，未有如中国宽大恤民也。各国名言所行宪法，实则甚于专制。而国朝虽云专制，实听民间自由。凡我同人祖宗历代受国之厚泽，宜得激发天良，急图报本，是所万幸。

按：李少荃爵相鸿章，由丁未科进士，通藉后，受知于曾文正公门下襄办军旅，继办捻匪，功绩颇高，历道府、藩臬，开府姑苏，晋一等肃毅伯，赏加太子太傅、双眼花翎，奉命北洋大臣、直隶总督，拜命文华殿大学士，任直隶总督如故。兄翰章总督两广。而晚年性贪安逸，不善振作，故有甲申、甲午均以议和为主。终于辛丑岁，奉命晋一等侯爵，罔替加恩赐谥文忠。以子经述袭侯爵，以三品京堂用；次子经迈，由员外郎亦以三品京堂用；子经芳，以侯爵选道，以四品京堂用；孙国杰、国镇，均由员外郎以郎中用，其馀次孙均赏举人，世受国恩，可谓至优至渥。前阅报纸。李伯行星使经芳奉命出使德国，李经迈奉命补授直隶按察使，孙国杰现授广东都统。按：将军都统本是满官，汉人不能补授，年前奉有上谕，无论何官，满汉均可简放，亦广皇仁也。自今以后，将军都统，汉人亦有补授，如东三省将军上年奉上谕改为总督兼将军事，奉旨以徐世昌补授。按：徐菊人制帅世昌系直隶人，由癸未进士、部曹而至东三省总督，官阶甚于致速也。

廿五日庚戌 早至巳牌，雾；午前均阴；未刻，雨，片时即晴；至申刻均阴；酉时以后均雨，初有雷声，雨细；至戌牌，雨颇大；亥刻，雨又细。早刻，苏方更同其母来诉祖母云，昨与西山学堂仆人口角。方更系家祖母之内侄孙。祖母命义代为向说，义奉祖母所嘱，询其学堂教习某人，据云柯姓、潘姓。余与两人均不相识，即柬托应玉铨先生代为致片与潘姓教习，余附一片。并又致徐晓园兄一片，即交方更带至西山分送两处，想能释事也。

晚膳后，玉铨先生并蓉秋先生来叙半晌而别。余出示张文达公对联与其阅看真贋，据云是乎真迹。余阅其情形亦是乎真迹。京城之纸店冒名书卖甚多，即冒名之字亦甚好，确有图书，前金与吾姻长送余张文达公书之对联而无图书。按：张埜秋尚书奉命管学大臣。但管学大臣时至大学堂，金与吾是大学堂之肄业生，当张管学作书时送求一对颇为致易，故之草率，又无图书，以此是想是乎真迹。昨云梯、载熙兄所言亦是真迹，今已裱来，装式亦颇工雅。余又加盖闲图，聊堪补壁可也。

但客房、书房所悬书画不拘工拙，名亦不拘大小，某人书即题某人名，某人画即题某人名。都城大纸铺每有借名书画，果若悬挂，有识者观之，不胜其笑谈也。但悬挂书画不必求古，大家字画多费巨资，深为可惜。只得今人所书、今人所画，有清趣而无俗气，足矣。余所悬书画无甚值钱，但购买颇多，需费亦不少矣。而今思之，不必购买如是之多，只得大小各有数堂，大小中堂、对联各备数副，亦足需用。幸所书来、画来而未装裱者亦复不少，俟临用时装裱亦不谓迟也。大凡所需各物如书画等物，本无所用，性有偏好，从前购办太多，至今思之，悔之何及！今则皆有多且又多，正可就此将就，无庸再行购备可也。如购一物、办一画，若以一样而论，又非好画，又非好物，本不值钱，若多而计之，积少成多也。

余而幼时迄今，除应用即有偏好，除各备玩物不必如是之多外；即衣物亦须购办，穿不着衣物可以无庸购办外；自料不能成名，无庸应试，除捐纳外；所畜之马当时不必购畜外；而手谈一事，余性素所不喜，勿以一时被惑，虽云无多化费，历年积而计算，为数亦复不少。一切应需、应用、应得、应酬外，统而计之，为数颇巨。自今以后，除应需、应用以及应得、应酬外，切不可因偏好而又因一时被惑致需费用，是为至切。后来君子，见余之言，不免作为笑谈，请详细精想，则余之言皆是金石论也。日前，应乐琴书室之前欲栽花木，托购而未到省者，若已购来，只得付价栽植；若未购到，亦无庸函催可也。花木本雅，须要人工倍植，或明年、或后年、或数年后，远游晋省或赴京华，若所托之人一有失调，今日所购之钱已化乌有。虽不多值钱，亦深为可惜。所记各语，切勿忘却为切、至切。

廿六日辛未　早至巳，雾；至酉牌均阴；戌刻，雨，不甚大，以后亦然。致周允东明府一信，交嘉先送交其府上附寄山西省垣。致王子衡兄一信，交玉先送交。接椒江网业公所前代裱来各画之发单一纸，计洋二元七角，系宁郡翰墨林代裱，即嘱嘉先收入流水，椒江网局代付也。午膳后，周梅五姻长、陶寿农姻长、应玉铨先生、周达云母舅、蓉秋先生同来，畅叙半晌而别。陶寿农姻长系上洋谢崇甫为昆季分爨请其至家作主，尚未分讫，方于晚刻到家。寿农姻长托余代描一对做后墙之需，余即将李济海所书八言对描就遣人送交矣。

吕来言，碗香宗伯于早刻逝世，年已花甲又六，有子有孙，惟家颇寒。其人生平诸事颇为周至，若遇银钱，进则甚为认真，出则最为糊涂。少年亦曾入学，壮年因家清，当成梓臣太守任海防同知时，进当清书，后保戳为经书，后则每年多则多需，少则亦是将就而已，有钱时亦不思无钱之日。值姚子祁司马任内，因事告退，甚为棘手，续其长子普泉与人拼做豆面生理，颇多吞吃作罢，仍然妙手空空，几至口食不给。上年本镇创办警察，托人求楚卿用为警察为账房，每月辛资本有四元之外。定例警察上下除辛资外别无外费，而彼外少有想法，以致声名不佳。又值其长子病，至冬普泉病痊，今岁而彼又病，以致若是，亦命也。凡事，应得之洋外则生枝，实在罔为。其生平大概如斯。长子入贾，续做豆麦生理，作罢后，荐楚卿家售盐作夥；次子因病入道。长子两孙，长已成人，亦在楚卿之分号中为徒；次尚幼。晚膳后，苏焕堂来叙一刻而去。

大凡人生无论贫富，当有钱在手之时，总思无钱之日，凡事无论何物大小相同，只求其有，不必求其多；只求可将就，不必定须工整、精致；饮食只求温饱，粗粝足矣，不必定须何等美食。惟堂上老人，须当竭力侍奉，何况上有遗钱而不承顺乎！父母、祖父当需何物，定须加倍购奉，只求其心喜，定不可为钱之俭约，俭约须在自己身上而言也。

晚刻，焕堂言及山西知县缺中，以万泉县最为安逸，百姓颇为循良。今之优缺皆有请托而至，若专以班次、资格而至，颇为不易也。周允东明府当日签掣山西，适提学使锡公与喻志韶太史系是同年，又有交情，求其代致一函，若有垂青者，虽是试用知县，委一数十两俸金一月之差使，亦不算优，而晋垣亦颇多。况锡提学已于上年九月间护理藩宪，顷又改为署理，迄今半载，应得早宜委用，今仍频班听鼓，可见情托者非厚于交情亦颇不易也。惟牟伯谦太尊与宝瑞庭侍郎厚于世谊，而又宝侍郎心地亦厚，故有如是照拂。牟伯谦太守由监生加捐知府，指分山西试用，无出身，又无资格。初赴晋垣禀到，不数月间委以采办书籍之差，就道到家接眷。续委解饷赴京，稍有赢馀；复委河东劝捐，适有葭莩姚司马任河东监掣同知，代为办理，数逾万两。汇案例保补缺后以道员用。时宝瑞庭侍郎尚奉命提学山西，将行告卸，代为求请中丞，并代为面托张方伯委山西官银号提调之差，每月薪水计银八十两，足能敷衍。适宝湘帅奉命调补晋藩，而又代托，虽致函求请，亦足见其厚于垂青，不数月间委办曲太翼厘差。按：晋省厘局以曲太翼为最，虽以半载卸办，进款足有逾万，其官运虽佳，实则宝侍郎栽倍之力也。后来服阕到省，未识再有如是之机会否。

晚刻，醉香言其丈人前护理浙江提督绍兴协副将叶军门，当时初补黄标千总时，代镇宪送摺晋京时无轮舟，均行陆道，路过班竹即发重症，几至不起。但班竹饭铺均有妓女招呼接客，该妓看其如是重症，送茶一碗，只见油珠而不知何物，细询亦不详言，饮下汗出即愈，明日就能动身。其碗中之物实是心肝粉也。未识该妓从何而得，于心何忍。但叶军门时值重病，不知而食，理无罪业。据仆从言，前从黄煦东宗伯时亦有看过，手为烹调，言之寒心。但煦东素有眼病颇重，医生颇为棘手，有人与其说："若食心肝粉，可以安痊。"而煦东宗伯即不费重资购得心肝粉，调药而食，其眼果愈。如是之物，想是土匪之物被人盗窃，而煦东出资向买，眼疾虽愈，问其居心何忍？

凡人生之生死定之于数，若当死者即虽食下，未必不死；若不当死，即虽不食，亦未必不生。大凡肝粉以及胎衣治病虽佳，向购亦非甚难，万一食下，疾当不死之症，欲速求痊，于来世与是人结不解之冤，亦殊不值。况为眼目，若眼无伤命之忧，万一不食即瞽，食则不瞽。以余思之，只愿目瞽，定不愿食此无天良之物。人生百岁，终须一死，即虽死亦何足惜。以余思之，虽即就死，定勿食此无人情之物也。虽迟数十年归阴，将来与是人之魂相见之时，如是重冤如何得解？悔之何及！不如今之不食为上。余之思心若是，若稍有天良者，想亦是于吾言也。若以余言为缪语，请将易地思之，岂不痛哉！万望后来君子，非独本身知之而止，若遇亲戚朋友有言及食是物，确当竭力劝止，并将易地相思之，想力定作罢，是为至切、至切。即有闲谈中言及，当即易地相思之语甚力一言，使有不意而听者不存如是之心也。

醉香言谱香于日前赴岱山办理盐务，若果赴是处，只恐办非易事。盐厘一项，创办之初，最非易事，况岱山又与宁郡相远，即于定海亦远，其地人颇野蛮，在野蛮之处，提创不易之事，焉有望成之日。在谱香母舅，于心过渴，亦试为之耳。梅五姻长言横申人云南边网亦归椒江网局专售。此事，前仲逸抱办，而楚卿邀横甲人呈控不准兼售南埠各网。续归椒江，举梅五姻长经理，亦未曾兼售。今楚卿接梅翁之手，又要兼专售南埠，乃出乎是反乎是，嬴馀虽归于己，而问心竟何如哉！

廿七日壬子 早至巳刻，雨而又雾；午牌，雨晴，至晚均阴。午膳后，至陶寿农姻长处少坐，续至子宜处，晤秉彝宗伯、梅翁、采东、宗山诸君，互相畅叙一刻而来。张丹翁交逸兰兄送来英洋一百五十元，即交典中，由玉先收册矣。

廿八日癸丑 阴。致张丹亭镇军一信，托亦兰兄代带定海。致叔文兄一信，交正伦送至莘山。早刻，至碗香宗伯处吊丧，彼择明日大殓也。即至子宜处，适其至海门去，不晤。适子衡兄来叙，过午膳，趁永大小轮赴郡城。言种荷花即以水石莲种下可用，彼亦种过，果能生长，其令亲定初兄处之荷花亦水石莲为秧也。余本欲以黄色花八角式缸种荷花，彼言太细，又觅一圆缸，再种荷花，皆以水石莲数十粒放下，果能生长成花一妙事。又，修焕相言，西岙有一塘中亦有荷花，余即嘱长工去取，倘若取来更为至妙；即或不然，能得水石莲生长成花，彼此亦相同也。果得斯言不谬，余栽植两缸，均得生长成花，深为至幸。但荷花叶能解暑邪，暑天配药时欲加用，备得少许，若遇炎天酷暑之际，有人寻觅者，以酬应之，亦尽友谊也。

余家有剑兰六盆，内有一盆，其叶太旺。上年，余赴晋后，时值夏去秋来之候，正值酷暑，太阳正照，未曾加盖，想水亦有缺，以致叶坏大半。其馀五盆中，内有两盆皆以一半全坏。若非日照，即以罇细之故。今值嘉先赴海门之便，嘱其代购花罇，不想买来其物太次，万乎不可将就。而又买来，只得栽植木梨花而已。但木梨所种之罇最喜宽大，因木梨之根最旺，根得生长开阔，枝叶亦得加长如是，花能盛开。木梨之品虽不及剑兰、玉兰，无如香味亦好，得以生长满盆，亦雅事也。余所植木梨亦有七盆，皆得茂盛，日夕盛开，亦颇多矣。余均日夕倍植，若至夏去秋来，玉兰、剑兰、木梨均值盛开，加以各花助兴，虽不足名园之花木，亦足幽雅之一事也。

廿九日甲寅　晴。明日拟至海门一行，未识能得晴明否也。接眉甫先生一信，内附其府报一函，即交嘉先送交刘源春代带西山，又，其附寄涧泉先生一信，即交典中代为转寄东山矣。天气颇为寒冷，愿求上苍敷佑，速即转暖，一切小收各物速为结实，以为下民得充饥渴，深为虔感之至。

四月初一日乙卯　早至巳刻均雨；午牌雨晴，至酉牌均阴；戌刻又雨；以后皆然。致陈舜卿先生一信，托其就闽代买大号玉兰一盆，玉堂两盆，大红色、白色山茶花各一盆、夹竹桃一盆，并前托买之草本珠兰，均已言明。昨因梅翁云，闽垣花木颇为便宜，故又致函托购，未识得能照数购就否也，其价值未识果廉否。余因乐琴书室之前寻觅花木栽种数种，得以长年均有各花接开之存心，本欲已有数种不欲再购，顷闻人一言，彼处之价值便宜，又有托买之心，亦因偏好之故也。栽植香花，藉堪消遣，定勿以盘花，多需价值，致有用之钱化于无用之地，是所至切。

午膳后，至海门东岳宫虔心叩神后，即至永宁商轮局。适陶寿农以姻长方将旋里，晤杨定甫给谏，相叙半晌。过可贵商轮局，晤漱泉兄及梁俊卿诸君，适俞正甫自天台来，互相畅叙一刻而来。晚膳后至寿翁处，相约至子宜府上，晤心斋、秉彝、采东、麟斋诸君，相叙一刻而来，至家时逾二鼓矣。陶寿翁言，昨海门柯姓有申江购来玉兰数盆，转向买来两盆，计洋两元。彼每盆计洋一元，余就申江买来每盆计洋一元六角，相悬三股之一。但购买花木之价值大有上落也，未识托舜卿先生代买之花价值得能廉否。以理论之，闽垣较之沪江总是从廉。寿翁言今将玉兰栽植破缸，俟花潭造就，翻种花潭之地中。椒江学堂之玉兰亦种地中，即前辅香据买花言种地中，先将抵挖深二三尺，用瓦碎垫在下面，上用泥一二尺，之上栽植玉兰，复用灰泥加盖花根，每至四、八月分壅，用小便大能起发。夏盖避热，冬盖避寒，言颇有理。

以余思之，种地虽佳，夏天上盖凉棚，种地与种罇相同。冬日而无凉棚，即用稻草包果[①]，恐有不及者，不如种罇为佳。椒江学堂已种在地，俟寿农姻长处翻种地中，悉均无碍，俟过冬后至明岁暮春，余亦翻种地中可也。在粤、闽，地气暖，所植玉兰本种地中；浙地较寒，种地得能无碍，则种地中，大能得发也。

余拟用数年之心思栽植花木，不论工拙，只得每年中、每月中、每日无论何等花木，均能接连开放，是所深幸。如正月山茶，二月山茶尚能开放；三月中牡丹；四月状元红、满天星黄色；五月、六月、七月石榴、荷花、建兰、玉兰、马樱花均能接连开放；八月而建兰尚开，玉兰亦开，菊花亦将开矣；九月菊花盛开，玉兰尚能开放；十月之初，菊花、玉兰亦能开放，继则芙蓉盛开矣；十一月、十二月而又山茶开放矣，其中腊梅亦于此时盛开。此外则山兰、玫瑰、月月红、桂花、木西、月桂、银藤、紫藤、白木香以及凤仙、木桃等花均能按时助兴，又得清闲静养，即是生平之福。古人云："无事小神仙。"若无事而又日对花木以消遣，何乐如之！今则创始之初，不得不为购置数种而已。需购香花即尽于此，若购盘花，须以花匠修琢，终是何益？万勿栽植盘花，是为至切。以余思之，建兰，香花中为元，玉兰为魁，其馀次之；牡丹，色花中为元，芍药、玉堂为魁，芙蓉亦颇工雅，其馀次之。鄙见如斯，质诸高明者以为然否也。牡丹一名富贵，得玉堂、富贵，大小园中不可缺也。人生亦以玉堂、富贵足矣，外复何求！玉堂、富贵，色美名佳，真是玉堂富贵也。

现值小收在节，适值多雨，伏愿上苍孚佑，晴际数日，均得小收，以充民饥，深为感戴。上苍厚于小民，定遂所愿矣。陶寿农姻长言永宁商轮就宁修理已将告竣，今日可以开往到台，定本月初七夜间开往温州。并言立有洋关之处，所兑铜板及小洋一切另星各物，未曾报关者均作私货而论。日前，永利商轮由沪开行时，各人所带另星各件及

---

① 当为"裹"。

铜板，被洋人搜值数千金之多。每轮过，洋人到轮搜寻者，每年不过二三次而已。若来寻觅，一无所留。吾中国与洋人通商，本中国关津派员寻彼船中货物，而今被彼立洋关寻觅吾中国船中货物，宾来夺主，未识初年订约从何取议。万望吾侪急图报本，转弱为强，以雪今日之恨，是所至幸、万幸。

初二日丙辰 子、丑刻，雨；寅时雨晴，至晚均阴。西北风颇大。今则晴霁，以便小民小收之幸，上苍厚恤吾小民不浅矣。日前，余家中所植马樱树从根报出三支一种，典中包房之墙内，前因黄岩王子辛先生向讨，前送去一支。昨陶寿农姻长亦云，意欲分栽。于早刻，饬从福送去乙支。但马樱树所栽之处，前年家君嘱云，确高如屋。家君前壬辰岁自京中寄来子粒数颗，义遵谕放在家君房间墙外花墙之内。随年即出，仅得一树，三年于墙相并。迄今十七年，其树已高如东横楼之檐，尚未及东柱之上。家君嘱云如斯，想数年后定能高如后透东柱也。但其叶细，早放而晚稍闭，花色粉红，远看甚佳，近则亦无过于出色，至夏后方能见叶。若至秋尽冬来，叶即落矣。每岁皆然。所植树下，若至夏秋之间，颇为凉爽，亦颇洁净。其根发至十馀丈之远，北省颇多，而南省见者甚少。此等树木即至远年不致被坏，若家中有空隙之地，再植数株，甚为清趣。余欲分植，而存心数年，方于今春见有三支，而寿翁、子翁已讨去两支，仅得一支栽植。若再有生长如斯，复将园中以及墙内遍为栽植为幸。惟所植之地确须空阔为要。

上年四月初二日余携侍妾并下洋姨太及男女仆从五人同洪祝南、章耳亭趁轮赴晋，当在海门耽搁一天。初三日晚刻轮，初四日晚抵舟山，其馀各人均随轮抵申。余过永宁商轮，于初五日抵甬，至丹翁处，挽留一天。初六日趁江天，初七日抵沪。初九日趁盛京商轮，于十三日抵天津。十四日即乘坐轮车，夜宿石家庄，系直隶正定府获鹿县属。十五日由轮车抵寿阳，留宿一夕。自天津至此，路计一千馀里。十六日乘坐马车，夜抵榆次县之石铁地方。十七日晚刻安抵省垣，即谒家君，晨昏定省于数千里之外，深为至乐。今日又是四月初二日，相违一载，家君虽任吉州，自上年八月初旬叩辞后，忽经半载有馀，不得即日即刻分身到晋，心甚抑郁。本拟上春再履晋垣，而典中各事缠绵，未得脱身，心甚抱歉。得能将典中一切能得替代有人，即赴家君署中，得以晨昏定省，又得帮同一切，深为至幸。

家君虽任吉州，但吉州自晋之边邑，不胜其苦，一切食物无得售卖，此情、此苦，笔难详述。能得速调优缺一二年，义即力劝家君即作卸肩，长聚家庭之乐，深为至幸。今则义虽力劝而不得，想至此时家君亦为然也。山西河东监掣同知一缺，若论资格、班次，家君例得请补，无如晋之道府、直厅例以酌量请补，但酌量请补者非当道关说而不能也。家君历任以来，爱民如子，不名一钱，以致两袖清风，存以政绩，得邀上游非以关说情托得达上游也。以致是缺上年补于阳曲县令姚明府楷升补，不意未合例章，致干部驳。今岁上游复将姚明府再行升补，未识允准否也。家君任吉州以来，官声、政绩，实于万民戴德。上游虽远，想有所闻。又，资格已深，班次又老，家君系本班卓异，应升卓异班之州县虽有五人，曾经引见者仅家君一人，若升阶应用卓异班者，虽无情托，虽有酌量转圜，亦不能舛错过远。再有直厅、直州出缺者，则立定家君升补。只愿速得调补直厅、直州，深为幸甚。即或不然，得调一沃壤之州县，定不如吉州之最苦，是为至幸。

晚刻，路晤叶蓉秋先生，适椒江尚德中小两学堂肄业诸生于各处排班齐走一次，谓之软足。会前有椒江中学堂黄色龙旗一对，有椒江中学堂、尚德小学堂方旗各一对、洋号一对、大洋鼓一面，方今购来计价洋五十元，不胜其贵，中号洋鼓一对、萧八支，令旗一对。中走肄业生数十人，后一生手携指挥刀，两校教习皆在其后。肄业各生均穿鹅黄色洋斜文布洋衫，裤、帽亦如之。执旗、号、鼓、萧各生均披有洋字红绸斜带，一切诸生以及教习各员均挂有本堂记号铜片。如是一走，何益于功课？实所不解。最所鄙者，向防营借能吹号、打洋鼓之勇目来教各生洋号、洋鼓，今日排走，彼亦穿诸生共色衣服。若果如是，无易迎会之装色。今之学堂，外貌颇为骁勇，问其胸中，无易常人。现当道者所改如斯,不独吾椒江也。试问当道居心何是?恐致战阵不能如是也。后来是否、后来工拙,亦难预于所料耳。过达云母舅处少坐,云及谱香母舅,前杨定甫给谏有言邀其赴苔山代办盐务,每月束金计洋五十元,前出外是与杨定甫给谏接洽一行,非即至外洋。今尚未去,成否亦尚未定耳。至梅五姻长处,言楚卿邀赴海门,未晤而来。

初三日丁巳 阴。致解昆珊兄一信,并附代完钱粮,除支付外,补洋五十元。致王少南兄一信,托购建兰两盆。致何玉洲兄一信,附代为典中销号珍珠帽花一个,计本贯钱三千五百六十四文,均交嘉先送至郡城。同昌盐号早刻去而晚刻来,现今之永大小轮来往可谓至便,取来同昌凭摺一个,往来均曾收付矣。但昆珊未曾在号,洋交槐士兄,而凭摺亦槐士兄代为立来。但前托完钱粮,详核计算,洋一百八十五元另,而摺中付洋一百八十八元另,其中所舛三元。因昆珊未曾在号,不得详核而已。少南兄之函,据言面交,即代为寄买也。而玉洲亦未在号中,函件均托少南兄代为转交,未识合式否也。致陈洛卿丈公一信,并附家君前寄其一信,又,家君寄祝再姻长一信,均饬弟头送交。晚刻来,接洛卿丈公福信矣。据云,其惠夫、克明两表叔均于本月初九日分爨。但洛卿丈公颇为明白,趁即为各食,以免后来一番言多取少也。

晚刻,梅五姻长来云,既已托同昌代买建兰两盆太少,不如购买四盆为是。余亦思之为然,想彼寄买亦断不止两盆,如多购来,另日向取四盆可也。兰花中,余思之以建兰为最,其叶茂盛,多得清气,其花自五月杪即能开放,至九月间尚见兰开,其中六七八等月均值盛开,而六七两月最盛,其香最文。每至六七两月天气最热,日夕看花,方得其时,可谓工雅合时也。余虽有栽植六盆,又得四盆,亦不谓多,其馀得有幽雅香花,再觅数盆,以为闲时玩赏耳。周醉香言,荷花,海门之马房河中颇多,仆从言是处荷花白色。今河水甚满,俟其稍浅时,即遣人去取可也。但是处系营中经管,去取时须觅一与营中相识者同去捞挖可也。

晚膳后，至心斋宗叔处，相叙半晌，来时已将二鼓。言椒江中学堂肄业诸生赴郡城应初六日运动会者，均于晚刻同班趁航船上港矣。定例各学堂教习助赏费每人洋一元，椒江派洋十元，尚德洋八元，均于本堂付于支用项下，不入教习自行开费。现椒江中学堂赴郡之教习朱益卿、王瘦峰、马俊明、王赞青诸君，其馀均未去。载熙兄亦同赴郡。各县学堂想均于明日均能到齐，如是一番甚为热闹耳。女学堂肄业女子赴郡参观者亦计六人，如是各色，均是格外新鲜也。

初四日戊午 晴。致徐梅臣兄一信，交嘉先送至西山，询洛卿丈公之惠夫、克明两表叔何日各食。接其来信，亦不得其详。接眉甫先生一信，上月初八日所发也。附致其府上家信一封，即交嘉先送托刘源春代寄西山矣。但此信若早一刻寄到，交嘉先并带西山更为至妙。其寄到时适嘉先已由西山到家，故托刘源春代为转寄亦无致误。

楚卿兄代售客岁郡伯请款购籴之米，在海门售粜，每元计价二斗三升，于月之初一日涨至二斗一升，又加米中有糙，以致人心债有烦言。初三日海门市日，今初四日本镇市日，米贩因官米涨价，彼亦涨价，以致人心颇为摇惑。今早，有海门及本镇年老女媪百馀人赴分府署请官出谕平粜，而吴绍春公祖赴省未来，随至陶寿翁府上，言开义仓平粜，而寿农姻长于昨日至路桥未来而散。既有其言，想平粜不免，只求早晚歌唱大有，是所深幸。现四处谷米均足，又有外洋所进之米，而价过贵耳。

晚膳后，至子宜处，晤梅五姻长，采东诸君，相叙半晌，言吴玉成参戎于昨日将晚膳时如夫人产一公郎，拟明日至其府上到喜可也。但吴玉成参戎年六十有四，得有宜男之庆，亦大不易耳，理应到贺大喜。至家时将二鼓矣。

初五日己未 晴。致眉甫先生一信，内附致陶寿农姻长寄奉家君一信，饬从福送海门邮政局转寄山西吉州署。午膳后，至吴玉成参戎府上贺其弄璋之庆，畅叙一刻而来。晤遇琴兄云，子衡兄方于早刻同翁子俊兄赴郡，但彼前八日已赴郡城，不知何日下港，今转郡城也。

余所栽植建兰六盆，内有二盆其剑中生虱，此雨水不调之所致，即行寻灭，不知能得新鲜如旧否。如人不倍植，亦须生兰虱，如生后叶黄而不发，又不能生长也。适少愚来言，内有一盆栽植多年，均未分过，今其根太多，定难发枝。即将前由海门购来之歪罇暂行栽植，俟有端正之罇购来，即行重栽可也。今未另分，只是换罇之周转一番，想无窒碍耳。

典中之留号货售于泉泰永义相，价计一贯三五，仁大之留号货价亦计一贯三五，已与仁大相若也。上年童子章经手较之仁大、裕泰货价均差三五厘，自卖货迄今皆然。余自上年接手后，冬盘亦差数厘，今流头与彼相若，另售总盘亦可与相若，可见童子章将自己销号过多，又加詹恒丰之碎货相杂之所致也。恒丰碎货虽未取完，而留号之货则无其物，又无销号，可以相若，今已相同，则下次亦可相并，有关于自己招牌。今岁正当棘手之年，又加岁歉之馀垫款甚多，而又货价相若，最为不易。而典中亦未甚于掣肘，亦不易事也。幸六先经理，包房尚无窒碍，今则留货已与仁大相若，将来总盘可谓相同。即或不然，亦差不远耳。所碍者在于恒丰当货未满之所致，今则守招牌，能得与各典无差，俟恒丰货完，则典中之货而可整齐，将来高于彼亦可望也。

晚膳后，至建西处少坐而来，至家时将二鼓。言椒江中学堂肄业诸生内有一人因大竞走(即跑步)以致肚角相损，见快走即痛，又一生因大竞走而气闭人运。日昨赴郡两人同去，若至郡再行竞走，恐有性命之虞。此次郡伯邀集诸生，不过一时清兴，并无好处，而诸生有如是奔波，倘若有关荣辱而又功名之得失，将性命定然不顾矣。

晚刻，饬仆至海门马房河捞挖荷花，但其河水过深，所得不多，而又细，即种在缸中，能得即活否也。小招来言，前嘱三妹带申购买玉堂、荷花各一样，曾经多日未曾买来，不想彼转托杨伯藩兄代买，而伯藩公事多端，以致延搁。顷嘱小招转达伯藩兄，其花若买来，即日向取带台；若未买就，即作罢论可也。

初六日庚申 晴。有云“庚庚雨,申申晴”,若遇庚申之日,雨多晴少。今值庚申,未曾见雨。现值上春前因莱麦未收,愿得晴霁数日,以便小民收晒充饥。若莱麦收后,值在种植早季之时,均须求雨时至,是所深幸。上苍厚待下民,定然雨旸时若,国泰民安,鄙愿足矣。致丽生先生一信,交嘉先觅寄上澄。晚刻,至集圣庙警察局,晤张镜如千戎,相叙半晌,闻本镇外来之贼颇多,托其转嘱警勇夜间屋之前后多于招呼数次为幸。便道至梅五姻长处,云适自黄城来,因有与其令郎说合续弦,询其是否,均不甚相称,并至谱香母舅处少坐而来。吉云兄来云,其令郎聘潘天球之妹,择月之十六日文定,邀余代媒,余即允矣。并言寿农姻长自路桥已来,同至寿农姻长处少坐,做墙之对已托杨定甫给谏书有一副,颇为切帖陶姓。其修整后园,据三先言,极为细造一番。但在后园,以后公郎娶妇后,此处即有人客来往,到此诸多未便。即或细造,不得延宾分玩也。但修造一处,以为清趣之游,须与内眷隔开以远为妙。以余看,寿翁府上可以延宾者以西首墙内为佳,若于是处修琢,足可幽闲雅玩。而寿农姻长不在是处,在于后,未识有何高见也。前欲赴欧之行,恐致平粜,只改从缓,即于晚刻赴海门。若有人代至欧江,想寿农姻长不去亦未可知。

但本镇即欲平粜义仓,而存仓之殳仅一千二百馀石,本镇人口约有二十日左右可售。幸已四月初旬,即或开粜,须在五月之初。而义仓二十天之后已二十日之外,即售至六月十五日为止,其中殷户分粜计二十馀天。前年尚有数日,因新米已出而未粜者。今若平粜,前未粜各家须照补,而照补之后,再派者不过十馀日,想是易于办理也。忆丙午岁办平粜,正四月下旬曾经开粜,其中有闰四月在焉。今无闰月,虽大暑在六月廿六日,若至十九市,则本镇已有新米可售矣。晚膳后,至心斋宗叔处少坐即来,路晤陶柳亭,据说栅浦官保家有建兰欲售,余即托其代买。倘若有卖,其价值想不昂贵耳。

初七日辛酉 晴。卯刻正立夏佳节。早晨稍见西北风,午膳时稍有南风而不大,申牌则东风颇大,稍见南风,以后风来方向皆然,稍细一的。连日皆以早西晚东，但风来早西晚东，未得骤然见雨。早刻，邀崇虎兄代卜一课，言甲子日可望上苍惠降甘霖也。但崇虎兄卜课颇有灵验，幸上苍待民深厚，得合其课亦未可知。又卜一课，询家君大约何时可以望调优缺，言夏月可以望调，但夏月之中以仲夏为最佳。得以为然，现孟夏四月，即至仲夏五月已不远矣。

日日盼望家君早调优缺，三年之后，家君虽不欲卸肩，义赴晋力劝请假到家长聚家庭之乐，是所深幸。以理论之，家君虽精神如旧，前眉甫先生函云，署中公事无论巨细，均出诸于己，无假手于胥吏，而又两袖清风，义即力劝而不得也。但调优缺一二年之后，应得之处，虽云酌少，亦有若干可剩。义以祖母年高，力劝卸肩，想能俯允耳。现家祖母春秋已高，幸精神如昔，饮食如恒，尚可勉强筮仕而已。家君历任权篆以来，应进之钱，大半酌少，所无馀剩，若稍认真，定能有馀。无取于下，即无媚于上。初任新兴，迄今吉州，将近十年，仍然州牧。其中初任吉州，郡守杨渭春太守士燮，著名之贪，家君而无进献，以致成怒，所以应办公事，诸多掣肘，查核案卷，并无可摘之处，至谒上游时控造空言，以致计过调省。稍有不合例章，定不止此。若有进献若干，定即力保升阶。家君常训义云："官以钱升，不得言官。若以取下媚上，吾不为也。吾历任以来，无取非分毫厘，为国治民，无愧于心，无愧于神而已。"义跪领庭训，凡事以无愧于心，无愧于神，铭刻不忘也。

家君存心如是，前任新兴，值戊戌大计，荐擢卓异，甲辰赴引，奉旨以卓异候升注册加一级，是卓异应升班选授山西吉州牧。查山西荐保卓异州县者五人，州县卓异人员曾经引见注册候升者，家君一人耳。丙午、丁未岁，山西所出绛州直隶州及河东监掣同知两缺，例应卓异应升班请补。但晋垣例章，道府、直厅归抚宪酌补。但酌补再为活动，有钱托者，有情托者，虽不合例，亦能酌补；若无钱、情所托，虽政绩最佳，亦不能酌补。上年所出绛州，例补卓异应升，而酌补截取班庆廉；河东监掣同知亦卓异应升抡补，又复补劳绩应升之阳曲县令姚楷。而姚楷虽酌补，咨部致干部驳，应不合于例章也。闻上游复代酌补咨部，所以钱、情法力宏施。家君虽应补而不补，存心亦不以劳辱，专善于抚民，一切出于亲裁，想多政绩昭著，上游得以廉明者，定能不屈也。想天理亦不屈也。升补迟早，亦有数定耳。

周梅五姻长于晚刻来叙半晌，言椒江中学堂肄业诸生赴郡应初六日郡伯之运动会者，旗被宁海某学堂肄业生夺去，一切装式想椒江为最著也。并云陶寿农姻长之大世兄习之于前月赴申中国学堂肄业，于上月考取。本堂诸生分为三等，一等由中国学堂转送京城学堂肄业，二等诸生由本堂转送天津学堂肄业，三等者仍留本堂肄业。而陶习之兄于应考时列二等，已送天津学堂肄业，其功课未识若何也。并云邱仲翁之世兄泽生于年内赴省考入省城师范肄业生，时因学堂屋未落成，以致延搁数月，曾于今晚趁轮赴申，转至省城肄业矣。《先正事略》纪循吏蒋省斋郡丞任州县时制遵古方三黄宝蜡丸医敷伤口最为见功，寻觅其方，购制若干，备而不用可也[1]。

初八日壬戌 晴。致叔文兄一片并《申报》一卷，托其来人带交。

初九日癸亥 晴。寄奉家君第念七号安禀一封，交邮政局转寄山西乡宁县邮局转送吉州署中。接眉甫先生自三月十八日所发一信，并附其家信一封，即交嘉先送刘源春代为转寄西山矣。陶寿翁来叙一刻，言椒江中学堂肄业诸生赴郡应初六日郡伯运动会所考各技艺均不能首列，又为夺旗与仙居人互相争闹，诸不成事体。想此一番，椒江威风大为减色。肄业诸生均明日可以下港。寿翁云，其世兄习之至天津肄业，即至南京游历一次，转至沪江。汪伯端兄自申江来云，孟东兄所学之处系是技艺，虽与作羹兄同在一处，想其所学无所见长耳。官兴来言，彼亦赴申江售卖纸扇、白炭生理，仲辰之船已坏，所售生理均是亏本。

初十日甲子 早至辰，阴；巳牌，雨，不甚大；午刻雨晴，晴，见有

---

① 页边注："药方（治伤口用）。"

日色;未刻又阴;申刻细雨;以后皆然。致叔文兄一信,交嘉先带至莘山。午刻,接叔文兄一信,并代买来茶叶计洋一元。午膳后,至寿农姻长处,畅叙半晌,云椒江中学堂肄业诸生均于早刻下港矣。日昨托崇虎先代占一课云甲子日能得雨,今值甲子而见雨矣,可谓灵验也。占雨已验,未识占卜家君至夏月可以调缺得能再为灵验否也。若得果然,今已交夏,即至仲夏、季夏于时亦不远耳。

十一日乙丑 阴,而兼细雨濛濛。致叔文兄一信,即托其来人带至莘山。午膳,至陶寿农姻长处,言其至海门,未晤。即至达云母舅处少坐,复至梅翁府上少坐,言王香谷先生于昨日作果。但香谷先生所画墨水兰、山颇为秀丽而兼老到,自今以后则少有人画兰花矣。路晤少湖,同至椒江中学堂,晤载熙,少谈而来。但郡伯所赏之件系日报、洋笔、洋墨水等件,颇为至微,又至两相攻闹,颇为无趣也。

周梅五姻长处有建兰四盆,内三盆其剑长而满,据说上年所开,花枝最多,仿佛如楚卿家之大盆建兰相若。十馀日前,看其盆中泥太多,询梅翁,并无后加。何至如是之满?以余看之,总有后加;即无后加,既如是之满,亦须挖少为是。晚刻,看彼之建兰有十馀枝黄色,每盆约三股之一而生兰虱,若不即行整顿,恐致坏事,甚于可惜。兰花中以素心兰为最贵,有叶如建兰之花,素心有叶如山兰之花,素心最为佳品。素心兰之外,有四季兰。四季兰其叶如同建兰,其花四月、六月、八月、十月所开也。四季兰之外,建兰为佳。以与思之,素心兰、四季兰价值最贵,若不经心倍植,一致被坏,深为可惜。即建兰亦须经心倍植,以素心、四季诸兰较之,建兰亦稍易耳。建兰之盛衰亦关乎家运,建兰一名吉祥草,人家建兰多植数盆,亦颇雅事。即建兰所开之花系五月之杪即能开放,至九月之初尚有建兰花枝,每岁有三个月盛开,不谓不多也。但玉兰与建兰较之,亦建兰稍贵。倍植建兰、玉兰均是雅事。但梅翁府上之玉兰据说已植四年,尚不甚大。余之玉兰方于前月购来,以余思之,若四年之后总较佳长,如彼之玉兰也,今则尚不及于彼。

今看椒江所植玉兰，东首兰叶尚多，西首之叶颇少，若得过夏、过冬均无窒碍。余定种植两盆于乐琴书室之前道地中，前辅香兄种在地中均无窒碍，余只恐冬季难于遮盖。今椒江有种在地中，想至冬季亦不甚于周至。余若植在地中，较之于彼稍可留心也。前有人言，温州某处有一玉兰，植在地中，与余之马樱树之大相若，每岁将支折阡，获利颇厚。以余思之，玉兰台地不多，价有如是之昂，若后各家皆有种植，其价定不如是之昂也。

十二日丙寅 早至辰刻，阴；巳、午、未牌，晴；申时以后至晚均阴。致周允东明府一信，交邮寄晋。小招来言于本月十四日文定，向余借洋十元。余因旧仆，难于辞却，只得允诺，洋即当时付交矣。日前允张炯斋轮费，今小招来云，才于本班赴申，计轮力洋两元三角，亦照数付交小招矣。此物无益应酬，否则难却于一时也。周梅五姻长来言，其世兄肄业之所，教习与肄业一生互相争节，日中上课最少，托余代彼自致一信寄申，叫其世兄即日旋里矣。晚膳后，至子宜处，晤梅五、秉彝、心泉诸君少谈。同梅翁、子宜至楚卿兄处，晤子封，相叙半晌而来，至家时将二鼓矣。据楚卿云，闽垣代买花木，如有商船挽台关者，托其代带，本是妥善。若无挽关，直至上海，其吴淞挽关查验最严，诸多掣肘，颇为不便也。

当立夏日，邀崇虎先代卜一课，问何日得雨，据云初十甲子日即能得雨，至是果雨。并询家君大约何时可望调缺，据云须至夏月。昨又邀崇虎先虔诚再卜家君何日可以望调之信息，据云，遵照挂中，亦是夏月，初爻又是青龙发动，是未日，又乙丑，而丑、未冲动，定是夏月。今已交夏，四月巳、酉、丑会合，六月亥、卯、未又是会合，定是四月、六月可以调动。能得调动，今已四月，即至六月，于时亦迫。前卜雨一次已应，今卜功名两次皆然，想能应验。家君系卓异应升，若论资格，上年已得升补。今晋垣定例，道府、直厅须以酌补，但酌补均有情托、财托。家君以政绩、治行，得上游访闻酌升，亦分内事也。即或不然，亦无愧于神，亦无愧于心。虽云彼有请托，我有政绩及民，能否升补，亦归于定数。若数定如斯，即彼有请托，又何畏焉。今据数之若是，能即升补，在外者亦不得预知也。

十三日丁卯 晴。致陈舜卿先生一信，交小朱送托海门同昌分号代寄闽垣泛船浦万祥木号。忆自上年今日，值赴天津，不想又是一年，正是转瞬间耳。顷许久未接家君谕言，公私顺适否、署中大小均获平安否，心甚焦念，万望即得训谕，是所深幸。亦未识当夏月中得能调补、调署之信息否也。以理论之，卓异班曾经顶补，又已早行到班，即无请托，想能按例酌补于不远耳。午膳后，至谱香母舅府上少坐而来。吴玉成参戎之孙女闺名金钊者适北山子衡兄之令弟，于十六日纳采。晚膳后，至子宜处，适其出外，欲至心斋宗叔处，适晤楚言云于今日来椒，相叙半晌而来，至家时将二鼓矣。言焦梦舟兄由优贡于上年朝考后以知县发往陕西试用，言到省后即行奉札充学堂中教习，每月薪水亦计六十两之则，可谓至幸也。并云丹亭镇军现补嘉茶协副将，深为至幸。但椒江[1]副将中以嘉茶协副将缺为最佳。但丹翁已补副将，则镇帅可在指顾间耳。台州人有乡谊又言而有信者如丹翁之为人亦少也，能得开藩提镇，将来台人可受无穷之福，则增光其次也。

十四日戊辰 晴。接家君四月廿四日所发一信，嘱抄明家君所支账目细账。并接眉甫先生一信，附寄其自家信一封，并托余代送其府上英洋念元。俟二十左右遣人送去可也。家君谕言所云想能望调，在于何时，亦难预料。鄙怀迫切，复邀崇虎先代卜一课，据说是在四月中。所撮“况”字，按：“况”字口在上，几在下，在中即四字，冫字从冰，冰属水。按：四月初八、初九系壬戌、癸亥。再撮“成”字，一边自拾之左右似五，若成拆说，则十五日可以望调。况成字之字面亦事已成就，家君谕言中所说如是，所拆之字亦如是。趋思望想，四月之内可以望调。晚膳后，又有灯花结成，方式亦颇不易。按：结灯花亦

---

① 疑为“浙江”。

是吉庆之兆。果得四月之中，家君得调优缺，而崇虎先之课亦颇为应验也。满望家君即得调一优缺任一二年之后，义即赴晋力劝请假荣旋，长聚家庭之乐，亦便晨昏定省，深为至幸。日夕望切，想得遂愿亦未可知，得早随所愿，深为至幸、至盼。

午膳后，朱桐冈先生来叙半晌，至栅浦去，云及黄岩江梅渡老伯现署普安直隶厅理民同知。但普安厅系贵州全省直厅州县中为最佳者。按：江梅渡太守由附生兼袭云骑尉，应戊子科浙江乡试中式举人，入资知县，指分福建试用。到省后即得优差，署长汀县知县，补授上杭县知县，未及到任，归部铨选。岁癸卯，选授贵州都匀府都匀县知县，到任后，护理都匀府知府，上游以护理改作署理。时学宪朱冠卿学士以其办理学务最为认真，会同抚宪保以直隶州知州在任候补，并捐补直隶州后以知府用，转补仁怀县知县，委署普安直隶厅同知，升补平樾直隶州知州，转瞬间即知府矣。如是官运，可谓至便至顺也。适谱香母舅来叙半晌，同至文昌阁看戏少顷而来。晚膳后，又至文昌阁，晤陶寿农姻长、梅五姻长、楚言姻长、汪伯端、王子宜、黄少湖诸君，相叙一刻，至家时逾二鼓矣。

十五日己巳 雨。

十六日庚午 全日皆雨，颇大。早刻，因吉云兄之长令郎聘潘天球之妹于今日文定，邀余代媒，至其府上，同子宜兄两人代媒，晤河清兄，相叙一刻。后至潘天球家，晤邱遇琴、金仪卿两兄接媒人，此台属俗例也。彼送日子带聘（即送日子），分出文定日子两次，计洋一百四十元，包金手镯一对、金簪、玉簪各一枚，金丁香一副、珠花一对，日子送洋二百四十元，另糕饼、南货等计两扛，而潘天球家收纳采洋一百另八元，并手镯、簪、丁香、珠花等，并收日子洋一百四十元，一切还盘什物等均颇丰厚。午刻，同席者：王书城、周漱芳、黄伯寅、黄咏花及遇琴、仪卿诸君，相叙席散。同子宜兄转至吉云家，晤陶寿农姻长、王书城、汪伯端、邱遇琴、黄道周、黄仲辰及河清、吉云诸君，相叙席散。同寿翁、子宜至楚言处，晤心斋宗叔，相叙半晌，言吴玉成参戎之女孙适子衡兄令弟，于今日纳采，亦颇丰厚。至家时逾二鼓矣。今之时势，男婚女嫁日奢一日，余元配文定计洋一百六十元而已，即今之继配文定亦不甚多，各家皆多于余也。今之陶、潘结婚定仪可谓丰厚。以鄙见论之，今之时势过于奢侈，速定规则以免多于浪费，是为深幸。

十七日辛未 晴。寄奉家君第廿八号家君一封，饬弟头送海门邮政局双保险带至晋垣吉州署。仆从言金池于昨日到台，晚刻来，携有允东母舅一信，函云陆子香明府守文现署阳曲县知县，兼署太原府通判。朔省垣要缺果能双摄，亦大不易事也。但陆子香明府与钟薇生明府谊属连襟，今均任以要缺，皆未必无别情也。晚刻，本镇东西岸之年高女媪又经闹米，皆是游民煽惑之所致也。至寿农姻长处，云本镇义仓欲以月之廿三日开粜，各庄是否，听候分府宪定夺，但吴绍春公祖尚未旋署，不知如何安置否也。并晤楚言、梅五、心斋、子宜诸君，相叙半晌而来。但允东明府之之公馆现移至山西萧墙路西，另日寄函即照此书可也。

十八日壬申 吉，阴。致许眉甫先生一信，交邮政局转寄吉州署。下午两点钟至警察局，晤寿农、梅五两姻长，并性言、楚卿、子宜，公议本镇义食[①]于廿三日开粜，后各股户接粜者，均于廿一日派定每人日数，公粜外米就本镇集圣庙平粜，所亏之数照股分任，此议甚善也。每粜承一日，即作为一股分派，如承粜半日者即以半日分派，接售义仓之后也。所写应籴各户，即通知各柱于明日写就，于二十日齐送陶宅，以备照结平粜之执照。

楚卿云其姨丈王少常兄于明日拆舍，邀余陪客。续至楚卿处，晤少常、玉成、寿翁、梅翁、楚言、槐士、子宜诸君，相叙席散而来。眉甫先生前附寄竹报一函并英洋念元，均照数交祥交先于晚刻专送西山，即写有收条一纸。翁子俊、王槐卿、周载熙、王赞青、朱亦卿诸君来叙半晌而别。现夏盘，裕泰贯三，典中自晚刻与各家议妥一贯三三，即

---

① 疑为“义仓”。

高如裕泰矣。前童子章经手皆少如裕泰、仁大数厘，甚至少至一贯或一贯之外，此销号过多之所致也。今已相并而又高如各人，即可明灯[①]，如此招牌不得不认真耳。但上年向程大通取来之货脚亦作冬夏两盘，其货过次，其价亦颇贱也。童子章于程大通借洋货洋计三百千左右，取转者甚属微几。倘若自为经理，何至若是也。

十九日癸酉 阴。致周允东明府一信，交金池带托其府上代为寄晋。午膳后，至卢槐士兄处，晤培生、兴臣两兄，相叙一刻。晚刻，梦云先生之令弟梦龄及其大相来叙一刻，邀其留宿典中。醉香向余撮去洋一元，今年两次矣。

二十日甲戌 晴。寄奉家君第廿九号安禀一函，内附致眉甫先生一信，并附送其府上洋念元之收条一纸，饬从福带至海门交邮政局带寄晋省吉州署中。王心泉之女适吴梦得之郎，于今日纳采。早刻，来邀午膳，即至其府上，席即设子宜处，晤一支、舜卿、秉彝诸君，相叙席散后至卢槐翁、周达云母舅两处，均已公出。至楚言处，晤秉彝宗伯并老二相、舜卿诸君，相叙半晌而别，云孟东已于昨日旋里。即至孟东处，晤其乔梓，畅叙一刻而来。送黄仲弢学使二蓝缎挽幛一支、仪洋十六元，饬从福于晚刻趁永宁商轮专送温州瑞安县递呈，幛中即用一奠字，并上下款字，并交其带洋一元就瓯购买冥资可也，并交从福川费计洋三元，另嘱其就瓯购买另星花木，未识能得购买几种。屈计廿五日可以旋里。前闻漱芳先生云温州府城有曾氏花园、周氏花园，颇已多年。当年初造时最为精致，至家虽旧，局面犹存。今尚有人在中经理，不致大坏。

喜保西柱即嘱嘉先将平粜之花户大小丁口均于昨日写就，于早刻饬送陶家矣。但余所归西柱花户食平粜米之穷民大者一百零五丁口，小者七十二丁口，喜保计八柱半，而一柱即有如是之多。本镇福、禄、寿、喜四保，计有数千丁口矣。内有数家尚能勉强敷衍，不因食此

---

① “明灯”当为“明证”之误。

平粜米者，亦再四要写在内，此无廉耻之极。又皆以女人出头，如此恶俗亦宜禁止。此西柱如是，想各柱亦如是。况平粜义仓稍有便宜少许，但义仓为日不多。接股户平粜，该价与市中定不致想[①]悬天壤，即有无知之徒，竟如此丧耻，殊不值也。余因西柱人数太多，悉其稍能敷衍者，去其数家，即多招怨，不得已再为加写而已。册送后，少愚来说，后黄有两家不因食此，彼定要写入其内，只得书条再送补入可也。晚刻，片向子宜借有《名臣言行录》一册计六本。新署临海县孙公官名文诒号燕秋，江苏上海县城人，系进士出身，由镇海县调署临海县知县。

廿一日乙亥 晴。晚刻，陶寿农姻长来约同枚五姻长同至楚言处，相叙半晌而来。心斋宗叔柬邀晚膳，兴臣兄来叙半晌而别，言槐士兄已转赴郡城矣。即至心斋宗叔处，晤陶寿翁、周梅翁乔梓及楚言、寿卿、子宜诸君，相叙席散而来。言心斋宗叔系今日生辰也。

阅永利于本班携来之《申报》纪云："逆犯孙汶兴革命党，犯云南之河口地方。现滇督宪锡箴帅驻通海，以便调度军旅，大兵驻蒙自县境，奏请云南兵力太单。上赏刘春霖以三品京堂候补，准其专摺奏事，并统辖云军速赴剿灭。现方入都召见，即着速任云南征剿，未到任以先奉命。着通海镇白金柱为刘春霖先锋，先行征剿，并携带犒赏银两。"想跳梁小丑即以白金柱可以剿灭，俟调集各省大兵，到时早可敉安也。计国朝深仁厚泽，而逆匪孙汶竟以猖獗如此，实出意料。只求不动干戈，即行被获遣散，从党速为敉安，深为至幸，滇南人民幸甚，天下幸甚。刘京卿奏请湖北水陆提督夏毓秀调赴云南以襄军旅。按：夏提督系云南人，深识滇南情形，现刘京卿奏请，可见识度过人也。上得因地任人，事既能济。以余思之，以白金柱足制逆匪孙汶，今上又以刘京卿大兵征剿，绰然有馀也。闻云南地取天险，战守皆易耳。现刘京卿尚未到任，得锡箴帅曾已拿获逆首孙汶，深为至幸。

---

① 当为"相"。

按：锡箴帅以州县起家督抚而督两川又有年矣，复得魏景桐等帮同军旅，指日即奏肤公也。《申报》复纪锡箴帅督师起行，以普洱府知府王正雅太守素谙兵略，派往前敌。复广西张中丞奏派左江道龙观察济光赴滇助剿。公忠体国，不分畛域也。

复纪绥远城将军兼垦务大臣贻将军获咎后，山西抚宪宝中丞即着归绥远道胡公度观察孚宸暂行护理绥远城将军并垦务大臣印信，电奉谕旨谨即传知归绥道胡孚宸仍兼归绥道本缺，以专责成。胡道得邀圣眷，可谓优隆也。《申报》纪四月十二日奉上谕："浙江按察使着惠森补授。王庆平着补授浙江盐运使。钦此。"

接台郡城陈集三封翁讣闻，系三月廿四日仙逝，定五月初一日开吊，至时送礼可也。按：陈集三明府毓崧，幼年因族人筮仕益州，即行赴川。初游幕，后即入资典史，历署数任，补授富顺县典史，捐升知县。选授山东栖霞县知县，调署商河、荣城、藤县等县知县。两次卓异，以同治直隶州在任候补，奖花翎、三品衔，寿七十有八，可谓福寿全归矣。子八，有友璋者任直隶三河县，调开州知州，升补深州直隶州，捐升知府，补外城南巡厅知事被议。其馀有仕有未仕，正是搢绅世家焉。吴绍春公祖尚未旋里，屈计月馀，不知省垣如何阻搁若是焉。

廿二日丙子　晴。寄奉家君第三十号安禀一函，附《申报》所纪鹿中堂覆奏查办绥远城将军摺底一纸，交邮政局寄山西吉州署中。元鉴先来收临寄庄钱粮，计洋十五元另七分，均照数算，交其带去。但临寄粮串，前芝村兄令郎六卿送来。黄岩大粮串前由地保送来，算计英洋十元又开洋十角，当即交原人带去矣。今岁临海、黄岩两县钱粮均已完纳清讫。当完临海粮时，值邑侯潘秋舫公祖将行交卸，洋价定钱一千另三十文，余托解昆珊代完，而又多算去英洋三元另，曾已入同昌凭摺。郡城往返为艰，难以查询，只作罢论。而黄岩县洋价，今邑侯定钱九百文，就洋身一项，邑侯所赚亦不少矣。郡伯许邓仲期太守禁烟之令最严，各县境亦颇严禁，不及临海之认真。惟黄岩县樊明府将禁烟之事置之不问，只以收征钱粮最为认真焉。

晚刻，周梅翁来邀晚膳，并相约至子宜处，晤寿农姻长、采东、苏绩臣、邱楚翁，互相畅叙半晌而来。本镇平粜，寿农姻长云，本定廿三日开售义仓，因各柱花户尚未送齐，不得已稍延一二日而已，大约廿四五日定须售粜也。同陶寿翁至梅翁府上，晤子宜、楚言、寿卿诸君，相叙席散而来。欧轮局致寿翁一电字语颇为糊涂，想永宁商轮小有尴尬也。接陈舜卿兄一信，托余代询褚仲逸之事。但仲逸在甬未来，无从询问，俟其来时代为道达可也。

廿三日丁丑 晴。寄奉家君第三十一号安禀一函，交邮转寄山西吉州署中。秉彝宗伯托余代其自致林子材一信，即交其自寄。午膳后来邀至集圣庙公议平粜，至陶寿翁府上，晤子宜、吉云、河清、楚卿诸君，相叙一刻，均至集圣庙，晤梅翁、性言两君。明日廿四日开粜义仓，定价每升铜板四板，殷户接粜每升铜板五枚籴米一升。贫户册计四千数百丁口，即稍能弥补之家亦均食平粜米，皆以女人出头，此是廉耻丧尽，正恶俗也。查丙午岁办平粜，余与寿翁、楚卿三家各粜四天，以后中户接，或一日，或半(日)，连售至稻熟为止。

楚卿之元配金氏上年临终吩咐欲做好事，于正月之杪，楚卿遣人写本镇贫户四百馀丁口，各人每日结米三结三、莳丝六两，如一家三人结米一升、莳丝一斤，结一百日为止，约计洋八九百元之则。今楚卿言殷户接粜，伊本承粜四日，彼藉以此结过，不再平粜。如是而来，余与寿翁各人或四日、或五日，只得承粜，尚有中户者于心未必相安也。今则各人尚未见闻，未识以后果是若何办理，亦难预料。当约定于晚膳后至楚卿处，派定中户日数。晚膳后，同寿翁至楚卿家，晤梅翁、子宜、云梯、子俊、载熙诸君，言派接粜殷户，而楚卿竟以如是敷衍为言，各人均未执定是否，互相畅叙一刻而别。即至楚言处，晤秉彝、玉堂两君，少坐而来，至家时逾二鼓矣。

晚刻，杨子云至寿翁府上，云昨夜瓯局来电装呢蚶即赴定海发售，邀海门商轮相待一刻，而电局将电码误发，以致疑惑未定。寿农姻长亦恐永宁商轮路中有碍，亦颇疑心。今已明晰，即可释疑也。楚卿言郡城日夕售米颇巨，现郡伯禀请将常平仓存殳禀请三成变米售粜，现禀售三成，想不止售粜三成，至稻熟即行籴转封固，两得其便。郡城常平仓即是临海县仓谷。楚卿言临海县仓谷仅一万石，查《搢绅》所注临海县仓谷计四万七千四百八十三石，何相去若是之多也？郡伯许邓太尊因上年台属歉收，禀请藩宪喻庶三方伯，借库洋五万元以为籴米平粜之资，当札谕楚卿赴芜湖乞籴，今陆续运到，即行发粜。而粜出之洋仍存楚卿之同昌盐号中，楚卿将该洋不免挪移弥补各处。郡城有人出话，楚卿曾已见闻，虽有移用，亦不敢皆动，只恐一时难于弥补前言作实之虑。楚卿之北岸晋泰典于上春支垫甚巨，皆赖此款敷衍，虽至六七月间缴还，而数月拆息则可无庸听出也。人而得知，殊不值耳。

楚卿又言，据报中所纪，逆犯孙汶已犯云南之开化府，想锡箴帅大军到时即可粗安。又云，锡箴帅到后获有胜仗两次，想开化府即可光复。续即刘京卿计日可到，又值胜仗之后，即可一律肃清为幸。孙汶实是跳梁小丑。幸各统兵大员均勿以跳梁小丑作比，想得安置周妥，易于朴灭。将来论功行赏，定从优异，而刘京卿可不在岑云帅之下，并与锡箴帅及白金柱例得晋爵在指顾间耳。王太守正雅亦在三司之列。夏毓秀可即督抚。一切在事诸公，刘京卿春霖、锡制军良、夏军门毓秀、白军门金柱，上即以优异赏赉，其馀文自道员、知府、同知、直隶州知州、知县，武自提镇、副将、参将、游击、都司、守备，一及头品顶戴、二品顶戴、三品衔、四品衔，并各等巴图鲁者不下数百员。文之佐杂，武之千总、把总，花翎、蓝翎者不知凡几，五品、六品功牌随路皆是。正所谓“不入虎口，安得虎子”，古人之言不谬也。所愿者早得肃清，一切大加整顿，在于今岁秋冬之间，即奉纶音，深为至幸。

敝见桃渚郎伟臣老伯由昆阳现今调署新兴州知州。但新兴地当孔道，并有铁道往来，现办要差最为不易，又得严密防范，无扰辖境，续得奖保之日，幸得运同升阶，可望免补运同以知府用，若得优异，以道员用亦未可知。但郎伟臣刺史初以入资州同，选四川涪州之州同，捐升知州，复得卓异候升，若得归原省四川候补，早补升缺。前四川亦有土匪猖獗一次，已得道府亦未可知，不知何意改以归部候选，其中听鼓数年，得选云南昆阳州知州。到省之初，调云龙，调罗次，赴本任，复调新兴，可谓至幸。得以奖保道府，非独戚友增光，即台山足为生色。但郎公谙练有为，定然大器，定得优保所必然也。

廿四日戊寅　早至未刻，晴；申牌，阴；至晚皆然。本镇义仓已于今日开粜，定价每升计钱四十八文。晚刻，至陶寿农姻长处，言义仓售粜之后，本各殷户接售平粜。楚卿云，上春已结过贫户每丁口各结米三合三、蒔丝六两，如三人者结米一升，蒔丝一斤，一百日为止。今接售平粜，不欲照日承粜。寿农姻长云，楚卿果若不粜，彼亦俟义仓粜完之后亦不欲接粜。若果两家不接平粜，则以下各家难以接充。若得果然，余亦无庸接粜。寿翁、楚卿果是如此意见，地方不至多话，可也无庸接粜也。

忆本镇义仓谷愿[1]有一千馀石，前本镇福、禄、寿、喜四保每年择董接管，每至交接之前，旧董交与新董，或即交清，或有拖欠。如拖欠者，而新董须禀官追究，时见讼端。前戊子年，本镇售粜义仓，而接管绅董之家仓谷一时难以凑集，以致地方滋闹。当庚寅之岁又办售粜义仓之后，值张浚如司马同知台州府时，恐前后交替每有仓谷不齐（前仓殳藏在文昌阁，每年绅董经管，每至年冬请分府宪至仓查核一次），以致讼端，将一切仓谷悉均追齐，谕邀陶寿翁接管，不再照挨。每年殳息七厘，内三厘抽归二府署，每年巡阅冬防保甲需费；内四厘仍归原仓置谷，出旧易新，各庄皆然。每年若不平粜，至四五月间售出，至稻熟籴进，计息七厘，有盈而无拙，亦张浚如司马所定也。

不知何年（记忆不清），时因歉收，开粜义仓，而仓谷粜完，尚未稻熟，议再转翻一次（即或平粜一次，至稻熟籴入，不致亏短，当时因殳

① “愿”，疑为“原”。

不敷，当值殳贵时递进，随平价售粜)，以致亏控。当年本稻熟之后议由地方捐还，敷衍原数，当时派家中捐谷六十石，不知七十石(另查账簿再注)，即询寿翁，或谷交仓，或洋交仓。寿翁言之均可，当时即将所派之谷，寿翁府上遣人至家量去。又有一次照谷折洋付交寿翁，不知何年，另查账簿即知矣。其谷息四厘，存仓理应仓谷年年多积，即或平粜一次，若至稻熟，籴转存储，所少不过四厘，亦理应加多。即丙午岁，开粜义仓时，新谷登场，籴入存仓亦无大相亏损，尚馀日子，即均殷户接粜。昨晤陶寿翁云，前因翻粜，至今仅只一千馀石，实属不解，不知仅只家中付出，各家未曾向取，亦不知家中付出之殳陶寿翁未经收入仓谷之内，颇为疑心。

今已多年，查明账簿，亦只心知。事隔多年，即寿翁仅收家中一分归入义仓，其馀未曾向取，即未入仓中，亦难起齿。总而言之，此是善举，置之不问可也。因寿农姻长曾有言及，偶记录之。倘仅家中一分付谷，各家未曾取交，而家中尚叨天之福，均各平安。各家未曾取齐，即各家亦未见多。此等善举之洋、之谷，既已付出，亦置之不问可也。凡人生与人交接钱财，须要明白清楚。如遇善举之钱，只得多出，切不得丝毫入手，是为至要。为绅在家者与人往来，确须清楚钱财；为官出仕者，非分之钱万勿丝毫中饱；若遇赈济一切布置善举，只得自己弥补若干，万勿丝毫入手，是为至切。

晚刻，吴玉成参戎来叙一刻，同至寿农姻长处，晤梅翁，诸君相叙半晌而别。晚膳后，至子宜处，晤梅翁、伯端、采东诸君，相谈半晌，至家时将二鼓矣。丁辅香亦在子宜处，言方晚刻自定海来，畅叙一刻。次女玉莲于前日出麻，邀子能先生代开一方，曾经麻已到脚，可以无虑也。但幼孩出麻，以淡莫鱼干及鲜西河杨柳为最佳。家中种有西河杨柳一株，乃幼孩出麻之圣药也。

廿五日己卯 晴。致朝灿相一信，遣价专送塘头。晚刻，陶寿农姻长来云，此次殷户平粜，若楚卿不允接粜，即余与彼二家承粜亦是无济于事，不如不粜为是。余拟将所存之谷明日即做为米，存储家中。两家若接平粜，则余亦接粜；楚卿、寿翁不接平粜，余亦无庸接粜也。但寿农姻长本无有不承接平粜之心，因楚卿言不平粜，以下派粜一日半日之家亦不允服，因此亦不接粜为是。言虽若是，今尚未定也。

廿六日庚辰 早至未刻，晴；申牌，阴、晴；至晚皆然。吴绍春公祖于晚刻趁永利商轮自省垣来署。从福亦于早刻自温州来，言仲弢学宪之柩尚在湖北，未到瑞安原籍。其家中有一老太太，又有一姚姓之表老爷经理一切，皿缎轴一支、仪洋十六元送去，亦有代茶洋三元，并有其令弟叔颂观察绍第出名领谢帖一纸。晚刻，梅翁与子宜兄来叙一刻，梅翁托余代其自己出名致伯藩兄一信。前嘱从福就温购买花木，据云温州所售花木亦是无意相遇，并无一定可买之处，今均无有买来。昨日路桥老交在家言彼处有人欲售建兰，余即托其代买数盆，未识能否买来。前托少南先生代买建兰，未识曾已买来否也。余所种建兰六盆，今年所发新剑甚多，六盆中共约百剑之外。均得如是长发，两年中即得满盆，三年就六盆，即得十二盆矣。

廿七日辛巳 卯前，雨；辰、巳、午，阴，兼雾。申牌见有日色；酉刻仍阴；至晚皆然。寄奉家君第三十二号安禀一函，交邮筒保险寄至山西吉州署中。致陈舜卿兄一信，交邮寄闽泛船浦吉安里万祥木号。久未接读家君训言，未识已得省垣信息否，心甚盼望至切，早得调署佳音，深为至幸。闻丁默存方伯皆已资格并政绩贤否酌以升迁，斯言不谬，而家君任知州者有年，复以本班卓异应升，曾经首列，或升补，或升署，或调署、调补，均合例章。若论政绩贤否，虽前任新兴不得易闻，现任吉州，爱民如子，视民事如家事，无论巨细皆为细心详察，民最为戴德。况履任以来，并无绩案，想上游有所见闻也。即以政迹而论，亦得升调，仍惠以财、情，家君则不能也，亦不为也。未识孰是，俟接谕言，想有言及耳。

阅十九日《申报》纪滇督锡箴帅致端午帅电云，现白镇军金柱、戴观察厚、王太守正雅均连获胜仗，想此跳梁小丑即日就可扑灭也。广西抚宪张中丞、龙军门裕光、龙观察济光前后带兵助剿已足有馀，上命刘京卿春霖、黄军门忠浩前后携带重兵赴滇剿匪，想此跳梁小丑不故仓率一时，何劳王师远涉也。

廿八日壬午 晴。致杨伯藩一信，托永宁局杨子云代寄沪江。早刻，晋谒吴绍春公祖，相叙一刻，云及云南督宪锡箴帅所派三路进兵悉均胜仗，想蒙自有磐石之安。如是跳梁小丑，可以无庸过虑也。乐琴书室之前因值夏令，热气过大，日前造有凉棚，即于早刻竖盖矣。晚刻，陶寿农姻长来云，本镇殷户接枭，楚卿想不推却，但彼认枭，则各人亦须接枭也。相约至楚言处，晤梅翁、心斋、子宜、宗山、醉香诸君，相叙一刻。来时过建西处，发有一禀，系煦东作主，余等均有连名，公举吴玉成参戎为本镇警察局总办，曾已批示，谕发照会。未识何时所递，余虽有连名，具禀则余不知也。少坐而来，至家时逾二鼓矣。

廿九日癸未 晴。致申桢夫兄一信，交二头客带至海门，因二头客来说，日昨有土官纱十卷带申，趁永利商轮被关搜获，当恳寿翁转饬徐富春向说，所费过多，托余代为函托桢夫兄代为想法，欲从廉的，未识如愿否。晚刻，桢夫兄来说，其官纱被获，昨富春向其关局说妥，计费洋念三元。彼自转托一人代说，多需六元矣，能得即以廿三元了事，亦便宜耳。少顷，陶寿翁、周梅翁、邱楚翁、王子宜及秉彝诸君来叙至晚，留过晚膳而去。

申桢夫兄言，阅四月廿五日《申报》纪有浙江抚宪冯中丞到任，举劾案内有前署临海县知县萧伯康明府邦恺、前署黄岩县事镇海县知县周少谦明府延祚、前署黄岩县知县汪纯生明府熙、前署宁海县知县江子菁明府文光、候补知县史瑞青明府致祥等十馀人均已被议，曾奉上谕矣。据桢夫兄所言最详。但余《申报》系是永利班期到台，虽未见阅，想无舛错。馀则或有好歹，惟江子菁公祖精明干练，况前署宁海县减钱粮数千两，又，该处钱粮本是八百零，而江公定价九百零，即如钱粮一项，较之各任亏近万计，万民感戴于无穷也。惟与学堂中不甚相洽，以致若是，亦出于意料。何至上游毫无觉察，亦是命也。至今若是又亏，应解钱粮一万一千馀两，不知将何弥补，深为浩叹。但桢夫所言得以子虚，深为至幸。否则，想江公定至粤西恢图开复。另阅《申报》，未识果是若何也。

送陈集三封翁人情，饬伯森先专送郡城，计皿呢轴一支而已。并嘱伯森先带申代买八行书、蚊虫香并蚊虫架等件。并托询同昌王少南先生，前托买建兰曾已买来否？若买来即为带下；若未买来，即托其代为函托。未识向买花价得以从廉否也。邮筒送来许眉甫先生惠寄一信，附有其自竹报一函，即交嘉先转交刘源春代带西山交其府上，想无致误耳。

三十日甲申 晴。致许眉甫先生一信，饬吕保专送海门邮政局转寄山西吉州署中，并附致沈梅史先生贺柬一函。晚刻，至陶寿翁府上少坐，同至椒江中学堂，晤云梯、载熙、益卿诸君，相叙半晌。阅廿五日《神州日报》纪抚宪冯中丞举劾属员一节，但所劾者即昨日桢夫兄所言各员，尚有数员均非台州县令。所举者杭州知府某、严州府知府锡纶、署台州府知府许邓起枢暨州县数员，均已奉旨嘉奖矣。近有风闻许邓仲期太守已补台州府，现已奉旨嘉奖之后，可以望补台州郡守也。并纪云南军务曾经克复，上命广西龙军缓行之语。想跳梁小丑已督宪锡制军治之绰然，何劳大军拔涉。事已如是，不出余之所料也。过达云母舅处小坐而来。拟明日送黄岩十里铺岳母家端节礼物，均于晚刻预备整齐矣。椒江中学堂章程已刊刻，言之颇详，每年需费计洋四千枚，得有倍植多人，不负创办苦心，深为至幸。

第二十五章

戊申(1908)五月初一日起

五月初一日乙酉 早至未,晴;申刻以后至晚均阴。前童子章所借各款自己收利,滥则归于典中,俟至彼将典中账目交出,方知私借款项,除拆衣店、小当之外,另星等计两千之则。内程雨田所开大通拆衣店,童子章将典中之款借彼洋一百元,又拆衣店货洋一百八十馀千,当时余嘱童子章向其拆衣店取还旧货,约计七十馀千,此外之洋均成滥账。其馀另星借款,余于年内时急于归结,已得半数之则。当将童子章于九十月间曾经分手,今年进裕大典为柜上。除已归结外,汪笃祥欠洋六十元、陶宗松欠洋四十元、王泰阶欠洋二百元,须要童子章代为归结。此外,除已向收、已经说明叨让、又已成滥账及因情分难于向取之外,尚少洋五百元,只得作罢。童子章自己兜收并透支各款,除年内索取外,尚少两百馀千文,包房挂账数十千文。当时承陶寿农姻长并蓉秋先生以及诸位说明兜收、透支两款除已收外,尚少之钱以今年及明年化利扣除,不敷之处另行弥补。至包房挂账准于今年弥补清讫。但王泰阶所欠之洋票期今尚未到;陶宗松、汪笃祥,当说二月,又缓三月,至时复缓至四月初旬,至时再说又缓,至廿九日准于归结。至廿九日仅取来烟浆计洋三元、现洋十元、金戒指一个,约值洋七八元之则,俟寄沪江兑汇后再行收账。尚少洋念元之则,今彼托蓉秋先生通融,缓至九月重阳,未识至时能得归结否也。至汪笃祥欠洋六十元,分文无着,亦蓉秋先生代为通融,嘱典中过账收转汪笃祥六十元即付童子章自己名下洋六十元，以彼新造楼屋三间底押，于今日成契矣。

顷蓉秋先生所言用夥友最为不易。有王士海者前在余典中作夥三年，丙午岁方知其荒唐，于丁未正月之初歇业。彼荐裕大典副包夥友，不想彼转嫖赌，将包房中之金器偷出，当在本当，每至印货之后收入包房，彼将所偷私当之货敷衍原包。非在包房经手金器者不能作此弊端；如是弊端，未至三十个月后卖货不能出脚；倘若私偷取印加盖，非换包房亦不能出脚。副包及在包房经手学生作如是弊窦，正是防不胜防，闻者颇为寒心。今则又因事端歇业，开看行箱，彼之偷当已经敷衍纸包以及当票均在其内，计钱八十馀千，倘若另有当票，未藏一处，未至盘货，亦不能明晰。即今已透明之款，并透支数千文，合计百馀千矣。余之所幸者尚在早即歇业，倘使延误至今，又是亏控一款，尚为至幸也。

倘若小过，只得从宽，不得过于责备。如各等经手皆须如是，而典中更要慎蜜，若荐进者定须小心，必询其人前在某人处，其行为若何，是为至要。即须询问，询一人所云如是，再询二三人或四五人，言之皆然，方能放心。既已用来，诸事须要体贴，以安其心，是为至切。如用学生，东人不得干预，均候管包，是为上策。如典中之包房用人，本候管包自用，即柜上写票，亦须慎蜜为要。即王士海者系是管包所用，余应其用进亦不能糟蹋于彼也。前在余典中尚透支、挂欠二十馀千文，系童子章经手，前嘱童子章向取，彼许六月付还，今未至时已经歇业，只作滥账。当时已知其荒唐，适家君奉委采办书籍差使过家，定须要歇，而童子章尚不知也。荐裕大典为副包，亦童子章所代荐，可见童子章之为人糊涂已极。彼之透支、挂账亦当进裕大，童子章又不能代为归结。而典中所送童子章手各款，合而计之，其数颇巨也。现在荐裕大典为柜上，但柜上虽无大责成，陶寿农姻长能得允而用之，量颇宏远，又不知童子章所费多少唇舌耳。

邱楚翁来托余代其自己出名致柯叔云、柯听六两君及其堂弟惠远兄各一信,函即交其带去自行交邮分寄矣。应玉铨先生来云,周载熙兄禀请吴绍春公祖于明日至文昌阁开议学行会,将六庄各等小义塾一切经费合计若干,择人开办六庄各处蒙学堂。事本至善,只恐各庄经理公款者既已入手非举破除情面之人经理其事,碍难向取。如今之人家颇小康皆以自保为公,与人为难者甚少也。未识所议一节得以始终其事否焉。

初二日丙戌 雨。致楚卿兄一信,交其府上转寄郡垣。忆上年是日,余在山西省垣家君公馆中,家君奉上游札委赴平陆密查各节,亦是上年是日由公馆中动身。转瞬间曾经一载,余旋里后又将十阅月[①],家君赴任后,未识公私顺适、地方安谧、署中大小均获平安否?不得侍奉膝下朝夕定省,心甚焦急。复将半月未接家君训谕,未识曾经晋省否。幸十月之杪接眉甫先生惠言,略云署内俱安,稍慰鄙怀耳。家君以政绩循声昭著,地方最为感戴,可以无愧于亲民之官也。倘得调繁、调补、升补、升署,而卓异本班早经首列,亦分内耳。若仍权吉篆,只得爱民如子,视民事如家事,州民怀德,亦何愧焉。以余私心望想,只愿家君早日迁升,是为至幸。日夕盼望,能即速遂所愿否也。

今日江岸一带农工方将车水,复蒙上苍敷佑,即惠甘霖,天厚小民不细也。春夏以来悉均雨旸时若,定卜收成,高唱大有之歌,为幸多矣。

初三日丁亥 晴。致金叔文妹倩一信,并附券两纸、洋一百五十一元,又开洋八角,并铅版水布一张,均交其来人代带莘山转交矣。永利商轮于今日到埠,嘱二头代叔文兄买之铅版水布一张曾已买来,计洋七角,随即转寄莘山。前仙酌先带来伯纯兄托修表一只,前嘱小招带申代修,据说尚未修好,说定十一日班永利轮期可以带到。

晚刻,周梅五姻长来云,楚卿曾经旋里,即同梅翁至楚卿处,晤载

---

① “阅”疑为衍文。

熙、云梯，相叙一刻。楚卿云平粜一节，定不出来为首派中户承粜日子，并煦东有信致吴绍春公祖，大约言："奉宪札本应遵谕，倘若议多价值，有碍贫民；议少价值，则与诸绅等意见不合，致多不便，又以目疾重翻，现至盐号养疴，况已于二月初一日起散给四保贫民，约计一千有馀，至四月初十日为止，不无少补"等语。前寿农姻长本是派定，亦因煦东乔梓存此意见，以致中止。故至今日尚未派定中户承粜日子。但义仓粜至初五日为止，于时已迫，只恐不便，未识果何定见也。若楚卿能得执定不粜，亦无庸再派。平粜而无出息之故，能得出息若干而又有面子，只恐争先恐后也。况地方酌派中户承粜，须煦东乔梓并寿农姻长为首，各人只得为从，现煦东乔梓存心如是，以致延宕，势所必然耳。

楚卿言陶寿翁现在海门为永江商轮开股东会，或修转售卖，或即变卖，或修理后想法开行，皆以本意投签，以某样签数归多者从之，此亦新时花样也。总而言(之)，修转售卖、即行变卖，或修理后想法开行，皆已亏巨款。以余论之，不如即行变卖是为上策，未识何等签数归多也。来时过子宜处少坐而别。晚膳后，至蓉秋先生处少坐，过梅翁处，相约至楚言处，晤醉香、子宜、舜卿诸君，相叙半晌而来，至家时将二鼓矣。楚卿言现郡城许邓仲期太尊行禁烟之令最严。余今不得断瘾，心甚抱歉之至，不知何日能得脱离苦海，深为至幸也。今《申报》取来，阅四月廿九日《申报》所纪滇黔督宪锡箴帅电奏："赵金鉴由西路克复河口，王正雅由中路克复老范寨，革党陷入重围，即日就可肃清。"如是跳梁小丑，指日成擒，理所必然，余亦早所料及也。果在余之所料，不胜欣喜之至。楚卿兄言，岑云阶宫保现购杭州前巨商胡雪岩之宅作为住居，优游林下，可谓急流涌退矣。

初四日戊子 晴。致章伯纯兄一信，饬阿庆送交。早刻，周梅翁并楚卿兄相约至海门同昌分号，适何霭生先生来云，江子菁公祖所亏正款银拆计洋一万四千元，所亏外款银洋四千元之则，此款有修理衙署及办公经费，上游能得批准作抵，可以毋庸弥补；即或不能批准，亦可拖欠。所亏正项计洋一万四千元，所有变筹约计六千，楚卿代其弥补一千，欲朱似兰假一千，梅鹤亭、黄子禾各假五百，就宁海有交情者各假一百，合计两千，其馀三千欲于各处向有交情者互相集腋成裘，敷衍其事，未识得能如愿否也。幸江子菁公祖向有交情者颇多，想能敷衍。其馀诸位于所欲之数果否，难以预料，惟楚卿兄已允一千之外，恐不止一千而已。前同昌盐号中当杂乱之时，而江公代其出力之事颇多，今楚卿假其数千，亦分所宜然。

即同霭翁、梅翁、楚卿兄往谒江公，相叙一刻。而子翁当郡伯将传见时，只恐看管，心甚忧虑。晋谒府宪时，而许邓太尊言虽客套，并无看管之语，又有楚卿兄代其帮忙备办敷衍后投效军营，再图开复之计，于心亦不跼脊。言虽客套，谈笑颇为自若。江子菁又言晋省禀见抚宪，而汤中丞亦曾传见，闻其是否教案。言则到任两年有馀，并无教案。时冯中丞问后颇为疑心，并问临海、宁海，询及多次。若已参劾，断无传见；既已传见，时江子翁虽闻冯中丞言及，并不疑有此事端，当又询及同营中丞所说多次，语言亦并无疑及此事。果若临海、宁海之误，而江子翁亦是命也。若论此情、此事，今江子翁理应太尊发临海县或府经厅两处看管，即有面子，须派委员至其公馆中看管。今许邓太尊并无看管之谕，想抚宪深识。江公与楚卿兄久年密友，总能代其想法。又，宁海方今交卸，总有馀积；即或不敷，楚卿能得代其弥补，断无潜逃之理。所亏一万馀金，总能补缴，今不起齿，亦白送人情也。

至楚卿处，过午膳后，江公亦来叙半晌。同至永宁商轮局，晤金烈轩兄、陶寿农姻长，相叙半晌。适邱楚翁、王子宜两君来叙一刻，适章子修兄来云，因事于今夜趁永利商轮赴申，即转杭州。相叙片时，即送子翁至轮少谈，即嘱二头购送子修兄茶点四盒，计洋五角，当即付讫。并托子修兄就杭代买时式二十方扇面两把，就舒莲记已画就为佳。并嘱二头带申代汇金戒指一个，由玉先交与彼，此陶宗松抵账之物。又嘱二头由申代买大小洋锁各一个，并嘱催伯纯兄代修之裱，又买糖霜莲子洋一元。

转至永宁商轮局，同梅翁询寿农姻长议本镇平粜各节，而寿翁只云米尚未到为词，所闻非为所对，实寿翁之意已定，若楚卿不已为合同酌派，而寿翁亦不肯为难也。楚卿云，寿翁日昨邀集永江商轮股东酌议，言及变卖者多。想即变卖为然。时值已晚，诸君力留晚膳，余因夜路不便，仍假乘楚卿兄之马而来，到家时将晚膳矣。义仓至初五日已经粜完，本股户接粜，今均未派定，乃寿农姻长因楚卿兄不肯同行相酌之所致也。而吴绍春公祖又不力邀两君互相办理，至日得以安然，深为至幸。未识得能如愿否也。

四月廿六日纪四月廿五日内阁抄奉上谕："理藩部左侍郎著达寿调补。宝熙着补授学部右侍郎。钦此。"按：宝侍郎熙号瑞庭，前督山西学政，壬辰会试暨胞弟宝铭同榜进士。现蒙上简侍郎，宦途中可谓至顺也。楚卿兄言，萧伯康公祖现在家中续弦，今得此信，不胜浩叹。按：萧伯康公祖署临海县将行告卸，捐有知府，不论双单月用，虽未驻册，而知县被议，则知府不能叙用矣。以理论之，萧公任临海，经此教案之后，早可设法弥补，随即行过班知府，可无如是掣肘，亦未可知。但萧公经临海教案，时张少帅抚浙，而少帅之后署任者系信中丞，而至冯中丞到任，则萧公亦不料及于此。未曾料及，竟至如是，亦难于预料。可见事有定数，非人力所能转圆也。

江子菁公祖言周少溪公祖系镇海县调署鄞县，持自己久任州县，诸事每多自定。宁郡，宁绍台兵备道驻防之处，时喻庶三方伯守宁，周公诸事因有道宪主持，未及令顾府尊，而喻庶三方伯由宁波府升署宁绍台道，调补杭州府，奉命补授宁绍台兵备道，后即升署浙江布政使。复值冯中丞抚浙，举劾确与喻庶三方伯详酌属员一切，故将周公列在其中。虽在于数，虽在于命，若知鄞县时诸事格外招呼喻庶三方伯，而喻方伯善与一言，则周少溪公祖奉旨嘉奖必矣。可见为首邑令尹，当同城道府，而道府两宪均须招呼，不得偏枯，是为至要。余思江公所言必然如是，否则，周少翁告卸黄岩县后并无事过，又未饬赴镇海本任，何至如是也。但丙午岁台州天主、耶稣两教互相滋闹，全仗喻庶三方伯之力，至今均得安然。喻庶三方伯升署藩宪，上年台州秋季歉收，郡伯许邓太尊电禀藩宪，借资平粜，当此库款支绌之时，蒙喻庶三方伯俯允五万元作本，乞籴平粜，而台门藉得相安，虽得许邓太尊电禀之功，实是喻庶三方伯俯允之力也。吾等台民理应颂德于不休哉！

初五日己丑　早至午牌，晴；未刻至酉初，阴；酉末，雨，以后皆雨。农工将欲望雨，即上苍惠以甘霖，厚于台民者不浅也。古语有云："端阳有雨是丰年，芒种逢雷美亦然。"今值端阳佳节，晚刻有雨敷施，早晚两季高唱大有之歌必矣。致周允东明府一信，交邮寄晋。仆从言，海门有收拾古懂之店，允东家有旧酌，与其议价。据说真是旧时古铜，所议价值四百金。此等货物有人喜而向购，即四百金不为多；若无玩古之人，则分文不值也。惜喜其物者少耳。国朝有名寻觅古篆钟鼎仪器者，仪征阮文达公并姑苏潘伯寅尚书也。阮文达公著有《阮氏钟鼎款志》，专觅古篆古鼎之考，并重刻石鼓文置在扬州府学宫，语入《先正事略》。忆友人云，光绪纪元至二十年之内者好古之人尚多，则善言书画者亦于此时较多。近来来则言书画以及金石者不多耳。有旧存古酌一事，顷余检出，即交店夥带海门与收古懂者阅看，未识果是何时物也。

忆客岁端阳节日在晋垣家君公馆中时，家君奉委出差赴平陆，余与诸同乡互相畅叙，忽经一载。家君今任吉州，余归珂里，两地怀思，不得朝夕侍奉，恨无分身之述，鄙怀抱歉甚矣。未识家君何日调升，得以一年或两岁，力劝旋里，长聚家庭之乐，深为至幸。得以速遂所愿，为幸多矣。

初六日庚寅　早至辰，雨颇大；巳时雨晴，阴；至晚皆阴。吴绍春公祖邀集各绅至集圣庙议平粜一切，午膳后至陶寿翁府上，晤吉云，同至集圣庙，晤吴绍春公祖及周梅翁、李舜卿、黄心斋、缪性言诸君，署中开单未曾至庙者颇多，即楚卿兄尚在海门未来。殷户接粜，查丙午岁议派平粜尚有四日而未开粜，今殷户接粜至初十日开粜，先将丙午年未粜之家先行接粜，以后余与煦东宗伯、寿农姻长各粜四日之后，中户接粜至六月十五日为止。公议米价每升订制钱四十六文，每日计售四十七八石之则。如粜外米，来粜者约亏每日计洋三十馀元，照每包六元二角计算，若包米涨价，则又多控若干，能跌若干，则可以少亏。价之涨跌今尚未定，即日由分府宪出示可也。议承粜殷户日子，想照旧稍为更改，大约照丙午年之单归多耳。此平粜一节，可谓定焉。看今之情形，今岁早晚二季定歌大有也。

陶寿农姻长言楚卿兄在海门局赌，但金烈轩兄系莘山人金达泉孝廉之大令郎，入资主事，分部学习，祖遗家资本有二三十万，居台州者可称富有，其性孝赌[①]，每输一二千元或三四千番，以此为常，日前竟输至万馀，幸彼家每岁出息尚巨，不致过迫。其兄弟两人，其令弟亦时常摩鹊，输赢无此之巨。日昨因事(至)海门，寓永宁商轮局，但永宁商轮股分虽有而不多，永江商轮拼股颇巨。楚卿兄闻彼在永宁局，邀集善于赌博者(俗呼曰相识)数人，并邀子宜兄、楚言兄同去，相约数人预为拼定输赢，则楚卿兄自承六股，在中数人共承四股，楚卿一家预拼者分为两家。金烈轩兄一家。明则四家，实则楚卿与烈轩两家。摩鹊底计洋一百元，以八数、十六数解之，如头家每和解一元六角，边家每和解八角，谓之八数、十六数。复以楚卿与烈轩两家每副和炮打洋一百元，如平和每副不论和数之多寡即取和炮洋一百元。如遇一台者即两百元，两台者即取和炮洋三百元，和数、和炮均以类推。以头家平和一副本十和可进洋一百四十八元，尚两家而无和炮，若遇中牌或发牌或白牌或坐风三张，每遇其一为一台，遇其二为二台，馀以类推。如是摩鹊，若四圈或六圈或八圈，则输赢洋一二千元或三四千元不常耳。若无弊窦，各遇运气之好歹，楚卿遇输亦未可知。

---

① 疑为“好赌”。

输赢如此之大，甚属非理。楚卿复邀集相识者多人预先串通，此是何事，实衣冠中何物也？倘若易地想之，此等下聊败坏心术之事，断不敢为也。如楚卿局人如是，若至日后有人如是情形局自己子孙，则自己思之如何？今设想如等技俩局达泉孝廉令郎，他日他人局我子孙必矣。凡人生定须易地想之，日看帘雨水点点无差，可畏哉，可畏哉！凡人生财物一项，人人所贪，人人所喜，取之有道而已。若无艺而进，即出如汤(敷)雪；若进之有道，即或子孙败坏，断不至如汤敷雪也。无论在官、在家，无愧于心、无愧于神而已。

初七日辛卯 卯刻前，雨，不甚大；辰、巳，晴；午、未，阴、晴；申刻以后均阴。致伯森先一信，托在舆先生代带海门交邮筒寄郡。晚刻，至周梅五姻长处少坐，言公举吴玉成参戎为警察局总办，已奉二府宪照会，于早刻到局将警勇吃烟者并无振作之人更改数名，以待另补。但吴玉翁前在杭城带有防营，颇为严明，楚卿兄拟为警察局总办颇为至当也。典中管包朱先生言二盘货价十三五，余曾允诺矣。

初八日壬辰 午前，阴；午后至晚均晴。寄奉家君第三十三号安禀一函，交海门邮政局保险寄山西吉州署。致周在舆先生一信，交嘉先送交。致童子章一信，交牟则福先带交。前闻海门有收买古懂者，余将催生镜交则福先送与彼阅看，未及开口即预知此是催生镜。彼云是镜催生之后确用清净山水一担将镜藏在山水中，过七七四十九日，其水自浑，镜能清净，得以灵验，此言颇合于理。但是镜家君自云南得来，后与幕友阅看，此是催生镜，前有数次借用，均即灵验，均未洗涤，以后如遇借用后再行洗涤洁净可也。此等物件可遇而不可求，得者即大有厚福也。家君任云南新兴州六载，皆以洁己爱民，得有此镜而归。家君偶得奇宝，亦上苍所赐也。既而得之，可作传家之宝，以至后世不忘家君作宦洁己爱民之苦心，义当另作志跋，敬谨而藏之为要。

晚刻，周梅五姻长来约至吴玉成参戎处，晤张镜如千戎、王让卿，相叙半晌。玉翁言昨至海门晤陶寿农姻长及楚卿兄，云平粜官米，自芜湖粜米一万包，寿翁之永宁局粜有外米三千包，其馀诸夥拼粜一千包，共计一万四千包，方自昨日由芜湖装轮，直至海门矣。但轮船本自宁波，定须挽关装驳，此次具禀，郡伯许邓太守电禀宁绍台道宪转达税务司，准其直达台关，可谓至便、至速也。伯森先于早刻自郡垣来，嘱买之物均已买来，惟建兰前托王少南先生代寄仙居购买，尚未买到。昨寄一信，未曾接洽也。玉先于前日至家去，今寄典中一信，与余阅看矣。典中送来旧玉一块，惜其脚已伤，计价钱一千七百文零，本贯均在其内，余思价尚不贵，即嘱账房过账矣。

今吴玉翁言云南军务，滇督宪锡箴帅屡获胜仗，而河口于四月之杪曾经克复。但河口曾经克复则无占据之处，即日可以肃清，已见《申报》，定以为然。余之阅看《申报》于初十日可以带到，想所纪亦如之。此次云南奖保人员，定有数百员，近日可见纶音也。吴绍春公祖来有知单，邀本镇绅士并余等计有十馀人明日申刻清酌，余即订奉陪矣。晚膳后，至陶寿农姻长(处)，晤周梅五姻长，议定平粜日子，于月之初十日起先粜，丙午岁已派未粜吉云、吕寿、克仁每家一日，后煦东宗伯或寿农姻丈两家中先粜四日之后，家中接粜大约在十七日起至二十日为止，以后即上两家中无论某家中接粜四日，再后中户接粜，至六月十七日为止。各人均以平粜多日为难，以余思之，此等平粜，只愿子孙多得承粜一日即多一日之幸也。

初九日癸巳 晴。致玉先一信，交王义利夥友代带黄城。致在舆一信，应应子能先生催取福信，顷代复致函遣人送交。早刻，至椒江中学堂，晤载熙、云梯、赞青、益卿、道周、少湖诸君，相叙半晌，言应玉铨先生云前托寿翁代荐其地人王姓为警勇，今因烟瘾逐退，而余因玉铨所言代致张镜如千戎一信，嘱其本人送交。晚刻，张镜如兄遣人来云，王姓者另有别情，只作罢论可也。因玉铨兄复至黄去，即致玉铨兄一信，托椒江司阍者代寄矣。在舆号仲权，于晚刻因其令尊碧卿姻长在日时欠子能先生英洋四十元，曾经近二十年，自仲权长成出店为徒，每年均有向取数元，积至今年计洋念七元零。顷子能先生光景不佳，向取本洋颇急，昨日仲权欲以所付之外再还本洋了结。昨与子能先生接洽，定要其再加，余欲其再加洋十二元，合已付之洋作为利息。顷仲权亦再三叨让，余即邀子能先生言讫，准付洋五十元，以前所有挂欠悉均言讫。本即代其付洋，而子能先生言碧卿姻长之凭券尚未亲带，余即言俟将其凭券取来，向余取洋五十元。两边允诺而去。

因分府署遣使来催，即至寿农姻长处，同其至署，晤吴玉成、周梅五、黄心斋、周谱香、何霭生、潘云轩、黄楚卿、王心斋诸君，相叙席散而来。武圣庙戏于今夜到台矣。仲权言，近日海门恒泰典之前有林姓者手带金戒指，身藏洋蚨数枚，将十二点许经过是处，遇二歹人，内一人手瞒其眼，一人持尖刀，林姓不敢喊叫，任其搜取。时值两人携灯笼而来，则二歹人不敢搜而去。此等事若在荒洋山僻之中时常有之，余亦时常闻之。按：海门恒泰典在海门镇署之侧，又有卫城，而卫城虽倒，无人守御，而镇署兵丁颇多，又台防统领公馆亦在是处，防营定然驻扎颇多，有兵有勇而有此等事，亦出人所意料也。凡在夜行者，须携灯笼，切不可单行，恐遇是非，是为至切。

初十日甲午 早至午初，阴、晴；午末至晚均阴。致杨伯藩兄一信，附托买《申报》费洋一元，嘱二头代带沪江。二头于晚刻来，前嘱汇之金戒指计兑洋八元九角，嘱典中收入陶宗松名下，取有汇单。致童子章一信，汇单附入其内，即嘱二头带海门交童子章手。前嘱小招带修伯纯兄之裱修好，顷二头带来发单中计洋两元，前交小招带付矣。前嘱二头带购之洋锁，俟下班轮期可以买到。顷嘱二头带申购买雪灰老杭纺一丈七尺五寸，注明做长衫用，须要加重为要。

阅五月初五日《申报》所纪云南督宪电奏：于上月廿七日已克复河口并大小南溪等处，在事犹为出力人员，奉上谕记名：提督云南开广镇总兵白金柱着赏穿黄马褂并赏加头品顶戴，并赏换吉里杭阿巴图鲁名号、二品衔；广东按察使调署云南按察使魏景桐着赏给头品顶戴、二品衔；署理云南临安开广道增厚着遇有应升缺出开列在前，并赏给头品顶戴；及大小文武约二百馀员，赏赉均最优异，悉均两层、三层题升，无论知府、同知、通判、知县等职衔均着以实级官阶特旨班补用，格外优异也。不日即可肃清。将来奏报肃清之后，锡制军保奖人员亦有数百员，天恩奖励定从优异也。正所谓“圣代即今多雨露”，皇仁被泽，无微不至焉。现值雨旸时若，人心固结，而肃清更易耳。

十一日乙未 雨。晚刻，至楚言处，晤陶寿翁、周梅翁、黄心翁、王子宜诸君，相叙至晚，留过晚膳而来。

十二日丙申 辰前，阴；巳、午、未，或阴或晴；申刻，阴；以后皆然。致许眉甫先生一信，交邮寄晋。接陈舜卿一信，约秋凉旋里，所买之花亦亲为带台。晚刻，同至陶寿翁府上，言其三令郎出麻颇沉，请皮申甫代为诊视，少坐后约至椒江中学堂，其司阍者言载熙兄、云梯兄因事至尚德小学堂，即晤教习王瘦峰、郑汉英、王味根、马俊明诸君，相叙半晌而来。适秉彝宗伯及伯端兄来云，云梯兄之千金现与堂侄正衡说合，将有成说，未识三生石上已订前缘否也。并有云及正衡家存有贝叶十八幅画，有工笔罗汉，物极文细，系其令曾祖禹度伯公以重价购而得之，精藏数十年，乃祖、乃父均为珍爱。今为窃案，将贝叶送与大势力者，深代可惜。复诬陷嫡堂叔祖，最无情理。如是看来，得一奇货费得如许精神，只望子孙长为世守，人之常也。即或不肖，难免饥寒，得价而售之，亦在于情理之中。现幸家常小康，以诬陷嫡堂叔祖将祖遗奇宝白送他人，未识他年有何面目得见三代曾祖父于地下乎！

昔方学士有云：“做官之日少，做人之日多；做人之日少，做鬼之日多。当做人之日，不得不思做鬼之日也。”古人云：“积金与子孙，子孙未必能用；积书与子孙，子孙未必能读；确须积德与子孙，子孙荣昌矣。”斯言不谬也。不知此事将何结局，不知此事有大势力者既受重礼，果得代为出力否也。余偶忆及，不胜代为长叹。伏愿后来君子，须以积德与子孙为至幸、至切哉！

邱楚言邀晚膳，至其令亲处，晤陶寿翁、周梅翁、黄心翁、王子宜诸君,相叙席散而来。楚卿于早刻至海门去,为官米由芜湖购有一万包,曾于今晚到埠矣。现海门售粜米价稍能敷衍者每包价尚六元五角,想此班官米而来,数日后当可从廉也。台州著名瘠苦之区,客秋歉收之后,今岁所进外来米,或官或商,约计十万包,计价甚巨,未识有何出产,货出而金进有如此之巨否也。

十三日丁酉 阴。适值武圣寿诞,虔诚赴庙,同心斋宗叔、秉彝宗伯、子宜、宗山、静轩少愚、一枝、吉云等敬谨致祭焉。毕后向有酒两席,适寿卿、玉铨两君来邀,与诸君相叙席散而别。言及吴玉成参戎因楚卿主持将各人连名举为警察总办,由分府宪吴绍春公祖结谕办理。当楚卿之意,因警勇每多不守约章,而吴玉翁经带省防有年,诸事藉堪认真,议举于彼者,想楚卿在于此意也。当连名公举之禀,余亦列名,鄙见楚卿未与余接洽而已。昨梅五姻长、寿翁姻长所云未曾接洽,今子宜兄言亦未接洽,想均未接洽,楚卿乔梓主持耳。楚卿初议未尝不善,前日在集圣庙警局,云吴玉成接谕之初均须点名,后自己书有奉札原委,并约束警勇十罚十赏,无异防营,上有"台州葭沚警察局总办留浙补用副镇吴示"等云,复发有传谕与张哨官,上衔亦是如此官衔。致张哨官条示自称皆曰本总办长、总办短,已深可笑。

今各人言,自玉成做总办之后,地方诉有屑小事故者确须跪而诉焉,即或责办,无异防营规条,只恐非独笑话,致成事端。未识后事如何,亦难预识。如是行为,终非大器。果能深然大局者,做过守备、署过都司、护过游击、带过防营十有馀年,定不肯受分府宪札谕代为管束警勇。即或承举总办,难于推却,定从绅士之所为,诸事确委诸哨弁或尽义务,不过与哨官言之认真而已。彼今之情形,自接总办之后,是大有荣施之想,其量与玉成宜然,与各人定不如是也。按:吴玉成参戎忠选,当同治年间从前台州府成梓臣太守到台充当仆役,因其人尚称勇敢,成太守带有防营挑充副哨。当成太守同知台州府时派充门稿而兼用印,遇有拿匪带为随身仆役。至光绪初年,自成公解同知任,奉札统领镇定海防时,玉成奉札充当中营哨弁。时法防和议告成，该营散撤，而玉成得有甘肃保案守备，随投效浙江提标，保有都司署提标左营守备、护城守都司护左营游击。入资参将，奉札委带防军一营，驻防省垣凤山门外十有馀年，拿获会匪，保有副将，留浙补用，遇事操切。时聂仲帅抚浙撤差，幸有许豫生观察代为照拂，尚在杭垣，日盼委差，奉杭州府三六桥太守札带武林军一队之长。至张筱帅抚浙，许观察出省，三六桥又复入都，性又不改，竟至被议。时张中丞将近告卸，有驱逐出境等谕。家在江南常州，上年到家，少住数月，即至台州。因其元配住在汇头佛堂中，续买小桥头前咸顺行屋，大加修造，优游林下。年六十又四，妾幸宜男，颇为不易。前在杭积有腰囊万馀金，今则食用可称有馀。向与煦东义结金兰。前成梓臣太守同知台州府时，诸事甚为仰仗，时煦东方举孝廉，故与其拜盟，屈指迄今三十馀年矣。

十四日戊戌 早巳刻，雨甚大；午刻雨细；未牌雨晴；至晚皆然。夜间月色朦胧。岁已雨旸时若，叨上天恩赐泽于不浅矣。

十五日己亥 早至巳，阴；午牌以后至晚均晴。致周允东母舅一信，送交其府上转寄晋垣。午膳后，至达云母舅及蓉秋先生、楚言处少坐。至子宜处，晤夔先、采东、梅翁诸君，相叙一刻而来。夔先言，海门有外来之收买古铜、古玉、古器者，其人系杭州人，向允东家之旧鼎买去，计洋五百元，于今日付洋后将其物取去矣，言其名色曰“提篮酉”，系周朝所出物也。计周代迄今将近三千年之古铜，若果非虚，以五百元不谓多也。

早刻，遣嘉先向海门外米粜来，每包计洋六元四角五分，上下力钱并小船力约计洋一角，平粜售价每升计钱四十六文，核计每包计亏洋一元之则。若遇歉收之年，若派殷户平粜，只愿子孙得承多日售粜者，深为至幸。余上年在晋时，家君嘱做杭官纱长衫一件，今已做就，托带不便，只得交邮保险寄至吉州可也。周梅翁言，郎伟臣刺史之少君现在云南，已保至道员选用。余不解其故，忆郎伟臣老伯之少君赴滇时系是难廕知县，虽得保案，系是直隶州知州，况此次克复河口并无郎姓，即前列保者而无如是之速，想系误传亦未可知，其伟丞剌史确系新兴州知州矣。董翰臣兄来叙一刻而去。

十六日庚子 早至午，晴；未牌，阴；至晚皆然。周在舆所欠子能先生旧账英洋四十元，日前说开，除前付过息洋二十馀元外，再付息洋十元，共计本息洋五十元，均于晚刻付交子能先生，所存在舆令尊旧券即行缴还，两均清讫矣。晚刻，往谒董翰臣兄，与其相叙半晌而来。

十七日辛丑 均阴，惟午牌细雨，即晴。寄奉家君第三十四号安禀一函，并附官纱长衫一件，饬弟头送至海门邮局。据说信面写明附有杭官纱长衫，须要写明代带单方可代寄。当即带转写就，明日送交托带可也。永利商轮于晚刻到埠，前嘱二头向购各物均已买来：雪湖杭纺长衫料一丈七尺五寸，计洋九元八角，取有发单；并洋锁两枚，据弟头云，二头说洋九角；并糖霜莲子两罐，前内里嘱二头代十里铺陈宅代买嫁资等物，内有大小皮箱三对，计洋十九元八角，在轮时被洋关搜去，俟函托伯藩兄代取，未识能得取转否也。接伯藩兄一信，并代为买来红梅一盆、夹竹桃两盆，共计价洋一元。但夹竹桃花枝最细，内有一盆，初时阡下未曾转根耳、既已买来，只得将就可也。

晚刻，周梅翁来叙半晌，言及其令亲花醉卿县尉占春本署福建候补巡检，于上年署福宁府宁德县霍童分司巡检，于岁杪兼署县典史，本年正月复护宁德县知县。以巡检一时叠握三符，虽只三个月告卸，亦不易事也。现补寿宁县渔溪巡检。但花醉卿以巡检补缺护过知县；令弟辅卿亦以巡检指分福建试用，得有优差；令弟梅卿补授海标把总。一门之内官虽不大，亦大不易事也，兼又人丁再发，即一邑中亦不多得耳。

十八日壬寅 日，阴；夜有细雨。寄奉家君函件昨应邮局须要书明代带单，顷已书就，即于早刻仍饬弟头交邮局寄晋，计邮费两角四分。若照保险托带，其费尚不止于此也。致杨伯藩一信，附昨二头寄来代陈宅买之皮箱发单一纸，面交小招带至沪江。但皮箱被洋关搜去，托伯藩兄代取来，未识原璧归赵需资若干。小招言，此次永利轮中被洋关搜去货计两千馀金，但上海开行无论何物均须报关，若未报者，均作私货。本关常有情理，上海之洋关更无道理。此是屑少货物，即或报税，亦非易事，经商者甚属为难耳。周梅翁托余代其出名书致其令亲花醉翁一信，曾已书就，饬从福送交矣。永利茶房小招言，张丹翁托余代买烟浆若干，余因现买烟浆诸多不便(因浆局查巡颇严)，即致片询丹翁，若购多寡，即为示知可也。

晚膳后，至子宜处，晤梅翁，相叙半晌而来，至家时将二鼓。梅翁云及现署黄岩县知县樊明府撤委，继署者王鸣九明府，将近到任矣。按：王鸣九明府由附生前经肄业日本早稻田学校，归国后入资县丞，指分浙江试用。前萧伯康司马同知台州府时请为椒江学堂西文教习，时癸卯岁也。适台州拿获著名巨匪老长案内，经前浙江巡抚聂仲帅汇保免补本班，以知县仍留原省补用。到省后均在浙江提学署游幕，现经牌示委署黄岩要缺知县，亦颇不易。其令尊王直衫二尹前游幕前海门镇孙毅侯军门署中有年，后以县丞指分浙江试用，分发来台亦有年矣。现在曹绍雍统领幕中，年内奉札委署宁海分防县丞，其少君奉札委署黄岩知县谊属父子，定须回避也。王植衫二尹现署临海分防县丞，少君奉札委署黄岩知县，最为不易。但王鸣九明府年仅三十之外，黄岩系是繁剧之区，未识即能得法否也。

十九日癸卯　早至未刻，阴，东南风颇大；申刻，雨；至晚皆然。又致杨伯藩兄一信，托其若皮箱取转即代寄台，函交邮筒寄台。致道周宗叔一片，饬阿庆送交。余植有马缨树，其本与之楼屋相若，顷值开花之候，但其花近看不甚可观，远望甚为有趣。今日值有东南风大，将其花大半吹落，深为可惜。玉兰曾已开花，但其花与建兰之花相若，不过全白玉色，名之曰玉兰，深为可爱。余植有三盆，内有一盆其花颇多。日前购有红梅，到即换种长方之紫砂花罇，幸连日天气阴雨，想能速为转根。夹竹桃两盆，内一盆是乎转根，内一盆而初阡者，均种植花坛中，均能无碍否也。陈舜卿兄就闽均能代购各花，再得代买数盆，均得安置妥定，皆得茂盛，岁得接开，藉堪消遣，深为至幸。晚刻，至子宜处，相约至江边堂看戏，晤邱楚翁、王六翁、王晓翁、周孟东诸君，互相畅叙半晌而来。

二十日甲辰 晴。家慈房内有女媪明日至莘山去，致柬嘱其邀叔文兄大暑来家相叙数天。昨周梅翁托余代其自致其令亲辅翁一信，曾经书就，遣价送交矣。晚刻，至楚言处，晤晓凡兄，托其为代一方。晤梅翁，相邀晚膳。至梅翁处，晤子宜、楚言、采东诸君，相叙席散而来。其世兄孟东自沪江购有淡湖洋纱长衫，价计十馀元，但夏天多汗，如是洋纱，不能下水，不如杭官纱为妙。但杭官纱做长衫，即下水数十次可无窒碍。凡事总以从长相酌，非长衫一物为然。即言夏日所穿杭官纱衫裤为最，价非甚贵，又能经久，稍[1]凉以杭纺为最。杭纺价值虽贵，又能经久。此外，白苎布或哆啰麻次之。但哆啰麻苎布只可为衫，不能为裤。凡事无大小，总以经久思之，是为至切。但衣服须从人等而穿，若穿过分或最稀奇均非长厚，非长厚即是不端。为人非独衣服一项，凡事确须酌中、朴诚、长厚，是为至切。万事勿出六字，是为至要。若以六字为则，可以无偏也。

本镇平粜，余承粜四天，至十七日起至今二十日为止，已届四日。家中以谷变米，及粜外米出售，核计亏洋一百四十馀元。此为地方善举，即或所亏，分所宜然。只愿子子孙孙若遇歉收之岁分派殷户承粜日子均得加增，深为至幸。今则余言虽亏，若是于心深为欣喜，皆以渐加增，即上苍所赐厚享攸攸之福也。

廿一日乙巳 早至辰，阴；巳、午、未三时，晴；申刻以后至晚均阴。寄奉家君第三十五号安禀一函，交邮筒保险寄至吉州署中。邬丽生先生自晚刻来。

廿二日丙午 早至未刻，晴；申、酉至戌初均阴；戌末以后，雨。致眉甫先生一信，交邮寄晋。致伯纯兄一信，内附修表发单一纸，外

---

① 疑为“消”。

附彼托余寄修表一只，交女婿带至十里铺。转饬长工送前宅修表费洋两元，向典中付交小招带付清讫。致洛卿丈公一信，饬弟头专送长甸，即取还洛卿丈公覆信矣。应玉铨先生席请王瘦峰、运味两兄，邀余陪客，席设文昌阁。晚刻，至椒江瘦峰处少坐，同至文昌阁，晤东人即玉铨及瘦峰、运味、友竹、薇臣、载熙、少湖、蓉秋诸君，相叙席散而别。当吃酒时，彼处悬有洋灯，其灯头太猛。将所悬之铁灯烧落，以致洋灯落地，灯及罩均打碎，洋油遍地皆然，洋油所到之处均是火。幸文昌阁中间均是石板地，又幸灯未悬席上，倘若灯悬席上及是处地是板平，今夜为祸不细。所以人家切不可用洋灯及用洋油，即防此不测事也。一切洋灯，家中确要禁止，是为至要。即至各处有用洋灯之处，切不可坐在其中。即遇席间有用洋灯者，必须仔细防睹[1]，是为至切。别后，至楚言处少坐，同至子宜处，晤采东、郁文、卧南诸君，相叙半晌而来，至家时将二鼓矣。卧南言，允东明府现又赴解州等处五州县催解地丁，旋省后亦可馀积百馀两而已。

廿三日丁未 卯前，雨；辰、巳雨晴，阴；午、未，雨；申牌雨晴，阴；酉刻又雨，片时即晴；以后均阴，间有细雨。致张丹翁一信，交邮筒寄至定海署。致陈涵甫先生一信，附致洪莲翁一信，封交邮筒寄至晋垣宁化府。致周允东明府一信，交邮寄至晋垣西萧墙。昨晤王瘦峰兄托其就杭代购扇面两把，顷因不欲向买，即致应玉铨先生一片，托其代达作罢可也。云梯兄、少愚兄、书城母舅早刻来叙，留过午膳而去。秉彝宗伯来叙至晚，留过晚膳而去。

廿四日戊申 阴、雨不时。寅刻正夏至节。今日天气颇凉，但夏至日过凉，六七两月定然酷暑必矣。每岁夏至节日须要极热，冬至节日须要极冷，此正天时，否则以后寒热更甚也。致童子章一信，交弟头带至海门。邮局递来前寄家君杭官纱长衫一件，因包面书有“附寄家信”字样，以致未妥，退还。但邮局寄物章程，物件与信件须要分开

---

① 当为“堵”。

方合邮例。即将包面加封，只以杭官纱一件寄至山西云云，即嘱弟头转送海门邮局，另需邮费开洋两角五分而已。但邮局寄物虽妥，最为掣肘也。和生送到伯藩兄一信，云丁辅香之花洋曾已收到。弟头赴轮代取《申报》，又接伯藩兄一信，云托取皮箱一节，但皮箱洋关中曾经拍卖矣，深为可恶。永利轮中各夥友之物被洋关搜去两次，约计英蚨三千之则。此等屑少物件不易报税，又要搜获，为商者不胜其苦也。叶蓉秋先生来叙半晌，至晚而别。

余看玉兰花白色而复清香颇为雅趣。玉兰与建兰比较，其花，建兰不及玉兰；其香，玉兰不及建兰。但建兰香味文细而清，玉兰之香中有滥香梨之气，其味亦清，有不及建兰之处在其中焉。总而言之，玉兰、建兰皆有清香之美味也。茉莉虽香，其香过浊，非玉兰、建兰可同日论耳。余植各花，论香，最爱建兰、玉兰；论花，牡丹、山茶耳。其馀均次之。每月中所放之花，或取于香，或取于花；或取其清趣，或得清气而不俗，须以接连开放，归家中，藉堪消遣，为幸多矣。余植之玉兰三盆，内中一盆其花颇多，一盆其花较少，一盆亦有一蕊。忆梅翁云，彼之玉兰自癸卯冬自闽垣寄来，至丙午夏方见花蕊，丁未夏即有数十朵。今岁枝叶、花蕊最为畅旺。余于今岁方购，随年中其内一盆即有数十蕊矣，将来定见畅旺，不言可知耳。

大凡种植花木，无论贵贱均须培植得宜，即如建兰，自家君购种亦未曾用心培植，家君赴京、赴滇，现任晋垣，余接种植，均未用心，或见水缺于不常，以致花、剑不能畅旺。今岁余稍为培植，每盆中花、剑均发至数十，共六盆，约发一百三十馀剑。假使每岁皆得如是，初植迄今，已垂二十年，则多至数十倍矣。以致仍然如旧。上年，每盆中滥剑不少，皆因未曾细心培植之故。上年余又远出，更加需人经理，以致如是。余自今岁为首，以后年年如是，想见畅旺必然，毋得始勤终懈为幸，是为记焉。

晚膳后至子宜处，晤梅翁、宗山、子宜诸君，相叙半晌，来时已将二鼓。余植之茉莉花七盆，并建西、徐升水送有宝珠茉莉各一盆，均是细少，内有数盆，现有花蕊，即行播下。但花蕊摘去即能旺发枝叶，明、后年则可满盆盛开也。顷看楚言处之茉莉，均极满盆，余折一枝，得能行根，亦明、后年可望满盆盛开也。

廿五日己酉 日中，雨颇大，至夜方晴。致陈舜卿一信，因迭次托买花木，恐有不周，顷通共抄附一单，交邮寄闽。大红山茶、白色山茶、瑞香大玉兰、玉堂、夹竹桃、宝珠茉莉、绿萼梅花(绿萼二字误写鹿鹤)、解飞桃各买一盆、草本珠兰四盆，倘若均代买齐，计二十馀盆，代带诸多未便，不知能得代为买到几盆也。前接舜卿来信曾经允诺，想其不致落空也。此托舜卿代买各等花木，前又托周在舆就瓯代买数种，能均买齐，则有暇时藉堪消遣，深为至幸。童子章来云，海门之外来收买古器者，看书画颇精。余有黄慎画醉翁一轴，并王石谷山水一轴，遣夥送阅，究是工拙否也。亦不知黄慎在于何时人物，试其如何所答耳。但黄慎画之醉翁，其纸已粉碎异常之旧纸，若至此多则千年，少则亦数百年耳。

凡人生脱却名利之外，安坐闲居，古人书画并现时工雅书画、香花竹木等，不可缺也。书画只得自己看阅颇为高雅，不必以重值为佳；花则以香花为工雅，只以岁时接连开放，不必人工盘为物件为佳。以吾阅之盘花不及香花万倍矣。香花天然四时之香，又有四时之景象，得天地之生气，何等贵重！盘花系人工手艺，何等俗气！两相比较，天然香花在于人工所盘之花千万级之上矣。余重四时接开香花，最不爱盘花，想后来君子亦有同心焉。

廿六日庚戌 巳刻前，阴兼雾；午、未、申三刻，晴；酉牌以后均阴。致周仲权即在舆先生一信，由嘉先送交其家中转寄温州，托其就瓯代买绿萼梅花、大红实心梅花、白色实心梅花、夹竹桃花、大红茶花、白色茶花、瑞香玉堂、解飞桃各一盆。但温州售花之处系偶然相遇，不知几种能得代购否也。家君致映江、涧水二位之函，顷于晚刻饬老官专送东山面交映江先生矣。晚刻，至达云母舅并蓉秋先生两处少坐，续至梅翁府上，晤其令亲花梯香，互相畅叙半晌而来。

余将石谷子王翚山水中堂一轴并醉翁横批一幅饬嘉先送至海门与收买古画者阅看，云王石谷之山水画得尽好，若卖于彼，值洋三十元。彼能三十元购买转卖与人，当至加信，可谓至少，不然或两倍、三倍亦不为多。黄慎所画醉翁，其画法可为至佳，所画者何时人物不得其详。余阅醉翁之款字系是大草，最为纯熟，远看最有情气，如是画法，又得如是提款，非大名家不能为然也。惜画太旧，其纸片片另落，难以重裱，用镜架上而悬之，尚能久远阅看也。但客房书房所悬书画不求甚为贵重，只求工雅而已。若得工雅而无俗气，即时人亦可悬之。倘非雅善，即古人亦何所用？何为工雅？非谓人言工雅即为工雅，但自己详看而无俗气即是可为工雅。余所悬书画，以自阅为然即以为然，人言不足为凭哉。余之乐琴书室所植花木，亦自阅看为佳以为佳，最恶盘花，深善四时香花，至所栽植者皆四时香花也。得植四时香花须以岁时接连开放，遇假[1]之日，藉堪消遣，为幸多矣。

廿七日辛亥 晴。早刻，雾。致陶寿翁一信，饬弟头送托杨子云先生代寄，适永宁曾已开行，只托子云代为收存，俟下班永宁轮期代为寄瓯可也。

廿八日壬子 吉，早至未牌，晴；申刻，阴，有雷声；酉牌，雷雨，片时即晴；至晚均阴。邀周梅翁、邱楚翁、叶蓉翁、应玉翁、王子宜、秉彝宗伯诸君相叙，席散后，少愚来，均互相畅叙至晚，留过晚膳而去，尽一日欢谈，何乐如之。家君购有醉翁横批，其底太旧，余拟购玻璃洋漆匡架上之，以垂永久。今值三妹来，嘱其带申代为购拼，即付洋一元，不敷之处，俟买来补付。据说大约两班轮期可以做就带台。

廿九日癸丑 早至巳牌，阴；午刻以后均晴。接王子舜兄之尊翁片名王献章一信，即致福子翁令尊一信，即交其来人带福矣。晚刻，至楚言处，晤子宜、孟东、楚卿、寿卿并心斋宗叔，互相畅叙半晌而来。

三十日甲寅 晴。接家君自五月初四日所发一信，言初六赴郡，

① 当为“暇”。

俟至郡旋署后再行束装赴省。并接眉甫先生一信,内其附家信一封,嘱老官代为送交矣。并言庶母陈氏于八月分娩,未识男女也。晚刻,至谱香母舅并梅翁、达云母舅诸处,均少坐而来。

六月初一日乙卯 晴。致徐富春一信,因陈家托买皮箱,前嘱二头自申买就,至轮时被洋关搜去,前托伯藩代取,接伯藩来信云已拍卖,本作罢论。系二头向其买转,计洋九元,曾送至局,故致函向其取来。前本函托陶寿翁就瓯再为代购,当函送至轮局,适永宁曾已开行,顷嘱嘉先向其原函取转,可以不致两歧也。亦兰兄来云,张丹翁托余代购台浆五十元左右,即代为购就可也。

初二日丙辰 晴。张丹亭兄托购烟浆数十元,但台浆日夕昂贵,顷公咸来云,每元仅只二两又九钱之则,不及三两,颇难为情,未曾代其购买也。二头来云,丹翁于永利下次轮期初八日有到台一行。前嘱二头带申代买各物尚少洋两元九角,于晚刻交其洋三元,并嘱带购细蒲草扇一把,想价值无多耳。晚膳后,至楚言处,晤梅翁、子宜、楚卿诸君,互相畅叙半晌而来,至家时将二鼓矣。言及吴玉成参戎当接分府宪吴绍春公祖照会后,到局颇为认真,遇事即在集圣庙设八仙桌当为案桌,两造问供,并即笞责。但玉成现住本镇,即是本地绅士,虽为警察总办,俨然如是行为,何异武断乡曲。续楚卿设法与其太太言明转达玉成之后,稍为敛迹矣。楚卿云,新任浙江抚宪增中丞于月之初六日出京,大约月中可以任事。新任藩宪颜方伯曾经履新,护藩司喻庶三方伯曾经告卸,仍赴宁绍台道本任,定月之十二日任事。

楚卿又云,曹绍雍统领之少君清泉者现带二十队,队官匿勇约计百人之则,曹统领中营一队亦隐匿百馀人。清泉又有非分之钱,岁进不少。各人所带各队则有统领在侧不能隐匿也。清泉系统领之少君则可明目张胆,任其所为,计其岁进万馀,曹绍雍岁进亦约万金。查前王荫常军门统领台防时并无隐匿等弊,现曹绍雍父子两营如是扣克,正是难容,即问居心何以报答皇仁也。现督抚大宪耳目颇近,何至毫无觉察,实属不解。此等无艺之财,总以平心不克为上,万望后来君子勿效曹绍雍父子之行为，是为至切、至切。

初三日丁巳　早至午牌，晴；未初，阴，兼有雷声；未末即大雨如注；至晚皆然。叶蓉秋先生来叙至晚而去，言家君有寄其一信，曾于昨日接到，内附至陶寿翁一信，即代为寄交矣。

初四日戊午　雨颇大，兼重雾，

初五日己未　早至巳，雨，兼雾；午刻，雨晴；至晚皆然，并雾甚浓；戌牌仍雨。晚刻，蒋馥堂先生同吉斋来取典中帖税，即嘱玉先送洋八十元送交馥堂先生，取有收条。但典帖税金每年计银五十两，拆洋八十元。至子宜处，晤秉彝宗伯及陈绿夫，相叙至晚。伯端来云，陶寿农姻长曾于昨晚自瓯江来至府上矣。子宜兄留过晚膳后至家，仆从言陶寿翁于晚刻到家，未晤而去。即至寿翁处，晤蒋馥堂、侯吉斋诸位，相叙半晌，至家时将二鼓矣。寿翁云，《中外日报》之三月廿五日，亦不知四月廿五日，纪有绍属禀求架捐一节，但是报椒江而有购存，明日向假，未识如何禀求也。

寿翁自瓯江购有建兰六盆，内有两盆系是素心建兰，计价洋五元。内建兰四盆价计洋三元，果是素心建两盆，即价洋五元，亦颇便宜。即是建兰四盆计价三元亦是便宜。按：兰花无论素心建、素心兰、春兰、秋兰、玉兰、木兰以及建兰，并各瓣等兰花，性喜阴而畏寒。而温州以及闽垣地气和暖，易于倍植，台州地气稍寒，已难栽植。若过北一步即寒一步，过北一县、一省，则寒一县、一省，因此不易栽植，故之北省植兰最为不易。余在山西未曾有见兰花一面，而艰于栽植也。以余看之，建兰即花中最为上等，若有各等兰花及玉兰等花，余最所见爱，其香文而且雅也。栽植兰花以及无论何等花木，既得而购者，确须倍植得时，尽人事，即或有不美之处，亦无相怨。倍植各花，细心倍植本是非难，万一不能得手，故购花木者万勿以重价相购。兰花中之素心、墨兰等花本是佳种，亦与建兰无易，若有廉而购者更为至妙。既有建兰，万勿以重价相购素心、墨兰为要。藉堪消遣者，得有多种本是至妙，无得其便，建兰定须购觅也。余所购之玉兰，价非过昂，得多栽植，颇为雅事。每遇香花而天然生气颇为至妙，万勿栽植人工修琢盘花相杂其中，是为至要。藉花消遣，取其清趣天然，花木中有清香，若以人工雕琢，何必定用花木？鄙见如斯，想高明者亦以为然也。

至遇荫各等兰花之水，确用山水为上，天下之水亦不如山水为妙，万不可敷荫土水，是为至切。荫水则只茉莉花须要日中，除茉莉之外，无论何等花木，总须在上早天未明之时，并晚将二鼓之候敷荫为善。即茉莉花虽有日中敷荫之语，以余想之，亦在上早以及晚夜为上。至各等兰花所在之处，每岁须芒种节起架盖凉棚，至秋分为止。其性有畏寒，又有畏热，其最喜在阴，以和暖为上。各等花木皆喜阴而和暖为多，惟茉莉最喜日中正晒为善。栽植花木确须从其所性，是为至要至切也。

初六日庚申　寅前，雨；卯牌以后至晚均晴。致字向椒江之《中外日报》取来，并未纪有绍属禀请求减架捐之事，往询寿翁，觅有原底，系四月廿三日之《中外日报》所纪事也。同至梅翁处少坐，即与梅翁、寿翁至吴玉成参戎处少坐，并即至楚卿处，晤其尊翁煦东宗伯并何镜泉先生，畅叙半晌。过楚言处，晤心斋、寿卿，相叙一刻，至子宜处少坐而来。子宜家适今日承售平粜，据说现售约三十馀石。

初七日辛酉　子、丑、寅刻，雨，不甚大；卯、辰刻，雨晴，雾；巳、午牌，晴；未、申、酉三时，雷雨颇大；午刻雨晴，雾；以后皆然；亥刻而复大雨如注①。典中三盘夏货，本计二百馀千，于今日拍卖，价计十四二，曾于各典仿佛也。上年以及前年典中货价皆低如仁大、裕泰两典，系童子章私自销号过多之所致，今已与仁大、裕泰仿佛者，在管包六先不自贪小便宜，致能如是。倘明年将詹恒丰代步之货售完，将来定然高如仁大、裕泰两典，可以预料也。亥刻而复大雨如注。

初八日壬戌　子、丑，雨；寅牌雨晴，至巳初均阴；巳末，雨，不甚

---

① 此句为行间加注，与本段末句重复。

大；午牌雨晴；至晚均阴。接眉甫先生一信，系五月十五日所发，附有其自家信一封，即嘱嘉先送托刘春源代为转寄西山。周梅翁惠送茉莉花一罇，即嘱来纪带柬致谢焉。前嘱二头带申代买之蒲草扇太粗，不能出客，既已代买，只得将就可也。

初九日癸亥 早至辰，阴兼雾；巳牌以后至晚均晴。致张丹翁一信，并附台浆两洋铁罐，连罐计重六十五两七钱八分，附片交嘉先送托永利商轮方翰卿兄代为带至定海镇，并托向取福信为凭。代张丹翁向下洋人买来之浆每元曹平三两一钱，共计曹平五十九两一钱八分，计价洋十九元另九分，向典中支付清讫，致丹翁函中均已书明。二头于早刻来，昨代买蒲草扇等计洋八角，照数付讫。因昨买来之蒲草扇太粗，嘱其再买一把，候可出客为要。典中嘱买洋圆之蜜蜡印两个角子之蜜蜡印四个，嘱二头带买象牙柄或细草扇或纸扇，大约在两元之外，送于周梅翁可也。言牟伯谦太守在申趁永利商轮于昨日到台，家属男女等均来，就海门以洋十六元雇永大之小轮送至黄城也。彼办曲太翼厘差，计其赢馀约在万元之谱，现今到家，正可敷衍耳。午膳后，至达云母舅并蓉秋先生、梅五姻长诸处，相叙半晌而来。

初十日甲子 晴。接陈舜卿兄来信并附代购花木计十五株，内夹竹桃一株、宝珠茉莉一株、珠兰四株、玉兰两株、红白茶花计四株、黄赛香、铁梗海棠、山摘李各一株，共十五株，价洋二元二角，带费四角。值非贵，而无盆栽来，顷须重栽，时值六月盛夏，能得即时行根，均得无碍否也。当珠兰两株送与陶寿翁矣。尚馀两株合拼一盆，枝叶颇旺，得即行根为幸。其花送来，随即开锁[①]船力、担力开洋共计四角，内有茶花两株，一已断，即作废弃，又一当即线系之栽值，可无窒碍否也。闽垣花木价极便宜，能得多为购植，颇助一时清兴，亦足消遣耳。忆上年今日家君适自平陆密查旋省，转瞬之间已屈一载，光阴迅速如是，未得躬亲侍奉左右，心甚抱愧。万望家君早得调署，一

---

① 当为“开销”。

二年之后即行请假旋里，长聚家庭之乐，深为至幸。速遂鄙愿，为幸多矣。

十一日乙丑 早至午，晴；未初刻，阴，而有雷声；未末，雷风、雷雨甚大，数年来所未见也；至申末稍细；酉刻，风静雨晴；以后皆然。午膳后，亦兰兄来云，张丹亭镇军昨趁海门轮船于昨晚到台，宿在永宁商轮局。片时，张丹翁来，因赴黄城过家少坐，即行动身矣。顷因急事赴黄，不得久留也。并云十三日由黄城转至海门，俟十六日趁永利商转[1]赴署。子宜兄来叙至晚，留过晚膳而别，言椒江中学堂之墙垣系是包料，晚刻，大风已吹倒大半，偶起大风，非只椒江一所，各处定有被坏之方也。早季已托上苍福佑，定唱大有之歌。今晚偶起大风，稻均吹倒，后即日晴，亦无窒碍，均得收成大有，深为至幸耳。

十二日丙寅 早至午，晴；未刻、日中见雷声响亮，而复有雷雨，片时日阴，即复雨；片时雨晴，至晚均阴。前陈舜卿先生就闽代买各等花木计洋两元六角，交嘉先送至茂昌交其令郎德恭收矣，并取有收条为凭，另日交还舜卿先生可也。

十三日丁卯 晴。致陈舜卿兄乙信，并附收条一纸，交邮寄闽万祥木号，并托其代买长大珠兰两盆。其前函言望后旋台，今日寄函，未识能得接洽否也。

十四日戊辰 晴。从福自郡垣来，嘱买之毛边等均已买来。

十五日己巳 晴。接许眉甫先生一信，附有其自竹报一函，明日遣人交其府上可也。岳母家于早刻送催生饭三席，午刻请客两席，邀谱香母舅、秉彝宗伯及子能先生、少愚、焕堂、伯寅、仲辰、修彝、修谟、均五、修言并典中子贤、逸亭、嘉先诸位，相叙席散而别。申刻一席，邀玉成、心斋、达云母舅、楚言、载熙、云梯诸君，相叙席散而别。本邀寿农姻长、子宜兄两君，均因外出而未来。梅五姻长言偶染微邪，并其令郎孟东均即辞谢。饬弟头至海门永利轮中向二头代买取来细草

---

① 当为“商轮”。

扇两把，内一把象牙柄，一是木柄。象牙柄之扇即遣价送周梅翁矣。早刻，备柬相邀张丹亭镇军晚膳，遣弟头送去，适在府上，言将至黄城为山头金之急事，须将前途接洽，因之辞谢，并邀余明日至海门晤会可也。周建西送来茉莉花一盆，但茉莉已栽有十馀盆，均因上春分栽未能畅旺，想明岁均能得发。前承梅翁惠我一盆，今建西又惠一盆，藉花消遣，多多益善也。

十六日庚午 晴。接章子修兄一信，并承代买新时纸扇两把。早刻，子衡兄来叙，过午膳而别。午膳后，至海门，晤陶寿农姻长并杨定甫给谏，相谈至晚，留过晚膳而别。陶寿翁并定甫先生席请瓯郡许君并林孟仓、杨子卿、李时弢诸君，邀余与楚卿、霭生先生陪客也。未曾终席，只恐有雨而来，至海门者，欲与张丹翁面叙一谈。不意至晚后永利已将开行，而丹翁尚未到椒，只得而来。至本镇二府署西首，适丹翁自黄城来，相遇于路中，不得相叙而别，致为歉仄[①]也。晋寄之抄票用于和生丁明轩先生经手，言明十八日向其取洋也。

十七日辛未 早至午刻，晴；未初，阴，见雷声；未末申初，雷雨甚大；至申末，雷雨晴；至晚皆然。昨陶寿翁云，卢槐士兄代其买来建兰十三盆，计洋十四元八角，于早刻向陶寿农姻长府上照数取来，据说代付船力三角八分，即带付清讫矣。但建兰十三盆中内有一盆而多花虱，其馀花剑虽少，亦颇清致，想一二年后即可满盆也。每盆计洋一元馀，价尚便宜，即须无用，一二盆亦无窒碍。建兰之香颇文，栽植者亦多多益善也。早刻，槐士兄来叙，过午而别。晚刻，因张丹翁于今夜动身赴定，至海门永宁商轮局晤张丹亭镇军、李仙屏明府、黄子霖兄，互相畅叙两时而来，至家时将晚膳矣。童子章来云，郎伟丞刺史自云南有电来云，现调石膏井提举司。按：云南之石膏井提举一缺，在云南全省可谓第一优缺，若任三年，可剩银三十馀万两。槐士兄言其令郎笃孙现过知府班候补，将来郎伟丞刺史乔梓台州之官场

---

① 当为“歉疚”。

中可谓名利兼全矣。

十八日壬申　子至未刻，晴；申刻，阴；以后皆然。致周在舆先生一信，交玉先送交其府上转寄，前托其代买花木，若未买就，无庸再买可也。致和生账房丁明轩一信，向取抄票之洋，交玉先送交。玉先来，带有福信，抄票之洋照数取来矣。同楚言姻长致陶寿农姻长一信，遣三妹送永宁局。晚刻，至梅翁并楚翁两处，均相叙半晌而来。

十九日癸酉　阴。

二十日甲戌　早至午刻，晴；未牌，阴，即有细雨，片时即晴；申初仍晴；申末，阴；以后皆然。晚刻，至子宜处，晤周梅翁、李舜卿、洪少琴、王云梯、王采东、陶柳亭、汪伯端诸君，相叙半晌。至楚言处，晤心斋宗叔、槐士兄少谈，同至江边堂看戏少顷，又至子宜处少坐而来。现值大暑，戏已于昨夜到台开唱矣。北岸王德昌代步之欠洋已于今日送还一半，尚少之洋明日遣吕保同至彼处向取可也。

廿一日乙亥　晴。早刻叩神，曰吃新米，每岁皆然，值近大暑，复至江边堂，叩神后，午膳后至陶寿农姻长府上，晤作羹、仲辰诸君，相叙半晌，同至椒江中学堂，晤载熙兄少谈而别。作羹、仲辰两君来家少叙，面托作羹兄代画扇面一把。

廿二日丙子　晴。应少圃表叔公并祝南、陈少香、蒋少甫诸君趁轮于晚刻来看大暑。永利商轮于今日到埠，饬吕荣向二头取来锁一枚，云价洋一元三角，其价太昂，幸物常干固。向取《申报》，二头言明日代为带来。小妹亦于今晚来家，亦因大暑而来也。晚膳后，至子宜处，相叙半晌，至家时将二鼓矣。

廿三日丁丑　早至辰，阴、晴，兼有雾；巳刻以后至晚均晴。连数日天气最热异常。蒋馥堂先生于早刻来叙，过午膳而去。范少池兄并陈琴友兄均来看大暑。晚刻，至江边堂，往来者甚多，而又天气热甚，不敢入内。即至槐翁府上，不晤，便道至楚卿处，晤金子和、王少常、邱楚翁，互相畅叙半晌而别，至子宜处少坐而来。前交永利商轮代带台浆与舟山镇署张士人处，未接福信为念，晚刻，遣世治先往海门永利商轮中询亦兰兄曾否收到，据说曾经收到矣。现值酷暑之日，须多栽花木，足为养生之道。余虽植有数盆，均是初栽之年，未得整齐，须二三年之后，所植之玉兰、建兰、山茶、珠兰、茉莉以及另外数种均能畅茂。若得畅茂者，即多清趣，即是生气也。若得清趣，而又月月接连开放香花，藉堪消遣，深为至幸焉。

廿四日戊寅 晴。天气最暖，接家君一信，系五月三十日由署中缄寄。又接眉甫先生一信。又接洪莲翁一信，言涵甫兄奉委调查局差使，每月薪水计银十六两；仲怀直刺奉委劝工传习所差使，每月薪水计银七十两；周尹东大令奉委赴解州等处催征钱粮差使，大约六月中旬可以到省。迄今已经月杪，想经到省矣。但催征系是短差，尚未得有长差。陈范若老伯仍住水巷，旋南之举尚未定确。家君谕言，现奉省札，蒙藩宪再加津贴每年银二百两。余思之，吉州系著名苦缺，现经一载，理应调署别缺，今有再加津贴之札，恐一时难以望调。日夕望眼将穿，已届一载，尚无调署之信，心甚异常焦急，不知能得望调否也。家君早应赴省，而又不去，未识作何定见。总以晋省禀见之后，得有把握，况有对面之情。今则不欲赴省，亦难于望调明矣。言虽若是，有数存焉，亦难于固强也。嘱付阿香家中每月支用洋五元。眉甫先生附有家信一函，即交嘉先转送刘春源代为转寄西山矣。晚刻，至楚言处，（晤）梅翁、心斋、子宜，相叙一刻，同梅翁至江边堂，晤煦东宗伯、性言诸君，少叙而来，至家时将晚膳矣。

廿五日己卯 晴。申刻大暑节。黄煦东宗伯柬邀致祭，即于晚刻至江边堂，晤煦东、心斋、吉甫、绿孚、性言、少愚诸君，同行虔心致祭神圣。毕后本有酒席，余因请客，即来。每年均于大暑节前五日即行开唱梨园，计五日五夜。煦东孝廉出邀本镇诸绅虔心致祭神圣，敬送神船出关，是五日中拜佛者极旺，即日送暑平安，岁岁皆然，皆是煦东孝廉经手也。

本镇自开办警察之日起，烟馆、赌博两项最为严禁。如遇烟馆，即行封闭，赌博者即行拿办。今少愚言，今六月十八日起，煦东孝廉作主，烟馆、赌博悉均开禁七天，至廿五日大暑节夜为止。大小烟馆每床一张，每日缴洋一元作充公费，统计烟床三百馀张，即三百张而论，十八日至廿五日为止，可收公费洋二千四百馀元。惟赌博各处均无许开赌，均归煦东孝廉之元记鹾货行一处可以赌博。是处楼屋五间，皆设赌桌，计每日收缴头钱计洋四百馀元，每日饭食计需一百馀元，每日可以净收头钱计洋二百五十元，有过而无不及也。亦是十八日起至廿五夜为止，计可净取公费头洋两千馀元。每年大暑，虽有放头之举，所进不多，今各严禁，故有如是之巨。今岁大暑，煦东孝廉计取烟馆、赌博两项洋四千馀元。并言自月之初旬至月半之前，煦东孝廉交松岳手发四处各片一千馀张，皆请各处能赌博者于大暑节来赌博也。今来赌者大小三千馀人，此番大暑节人人旺如往年，不止加倍而已。取钱易莫过于赌博耳。并言有相熟者来赌，现洋带来，倘若输完，向其账房借洋以九角八分作一元、九元八角作十元、九十八元作一百元，至月内廿九日还清，不再加拆息。本至三十日，因是月小，故至廿九日为止。若至七月初一日起以后，即加一月拆息，以如月三分计算，若至八月初一日付还，即两月拆息也。煦东孝廉于财政一道最为精明，若使当度支部主权一切如是思心，以致国朝富强亦指顾间耳。

星斋宗叔云，子宜兄府上于昨夜失窃，不知所失若干，皆因此次大暑人之糟杂所致也。前月少云之郎吕鳌为太平县城外泰隆学徒，将典中货物偷来为数颇巨。但太平泰隆典平生姻长与叔文妹倩昆季拼开，今按平生姻长抄账并各片，计钱九十馀千文，而平生姻长边有如是之巨，想叔文妹倩边亦有如是之多也。即嘱嘉先将抄账送交少云，而少云未在家中，俟其来时向说可也。其来友便道而去，即托其带有各片，先为道候焉。童子章来云，王泰阶欠洋二百元系本月二十日票期，是日取转洋一百元，尚少洋一百元，据说至七月二十日准为代取清讫。既其来说，只得允诺而已。晚刻，席请陈敬友舅兄，邀范少池及少圃、祝南、少夫、少亭、高兴生、何玉洲诸君倍客[1]，相叙席散而别。前郡城做有圆桌面颇为工整，余欲带晋。但是物系是樟木所做，恐至开立[2]，顷托玉洲先生就郡城代做溪罗树板桌面两张，再加厚漆，想无破坏，不知何日得能做就也。

廿六日庚辰 晴。致叔文兄一信，交小妹带交。小妹因其令郎染恙，于早刻去。致解昆珊先生一信，因少圃表叔公向余通融，因其表姑于秋月遣嫁，难以推却，允其借洋四十元，并送洋十元，于十二月分同昌帖税过账，先为函达，即交少圃姻长亲带郡城。少圃并祝南、少香、兴生诸位均于早晨至海门趁永大小轮赴郡矣。

廿七日辛巳 早至辰牌，阴、晴；巳刻以后至晚均晴。范少池兄于早刻至东山头，过后即转太平。少池兄与周涧泉鹾尹亲戚也。王子衡兄于早刻自郡垣来，过午膳，转至家去矣。

廿八日壬午 晴。陈敬友于早刻至家去。日前小妹将子和兄之妹八字取来，托余送与梅翁之令郎说合，于早膳后，即将八字送交梅翁，并与其令亲花悌香相叙半晌，过蓉秋先生及达云母舅两处少谈而来。子和之妹与孟东说合，得已三生石上早订前缘，可谓相得也。莘山金子和者，其姑娘与楚卿兄之元配耳。

廿九日癸未 晴。夜发大浪。接在舆兄一信，言代为买来红梅、绿萼梅、红、白茶花、夹竹桃各一盆，曾经带至海门。即致函遣人向取，据说彼至杨家去。适伯森先至海门去，复致函托其代为雇工送家。来云尚未到家。即与家中说过，想到家后能代为送下，想无致误，未识计价若干。早季收成已歌大有，现复下雨，晚季亦定丰收，深为至幸焉。

七月初一日甲申 晴。周在舆先生代买花木五盆已于早刻遣人送来，接有来字，计价若干，仍未言明。晚膳后，至子宜处，晤梅翁、苏

---

① 当为“陪客”。

② 当为“开裂”。

勷臣、云梯、楚言诸君，相叙半晌。同勷臣兄来家相谈过迟，留宿。

初二日乙酉 晴。托勷臣兄代书扇面一把，即于晚刻去。后至梅翁处，适其花梯香将至家去，相叙半晌而别，言邱楚言姻长至庄收租去矣。今值早季收租已旺，约有九成可收，可唱大有之歌矣。得以再为雨旸时若，晚季亦足丰收，深为至幸。

初三日丙戌 日晴；晚膳后，细雨，片刻即晴。早刻，在舆先生来云，代买红、白梅花各一盆，共计价洋一元六角；红、白茶花各一盆，共计价洋八角；夹竹桃花一盆，计价洋三角。统计洋二元七角，并船力等洋三角，即付三元清讫矣。据说系是甬江芝香园中购来。忆前伯藩就沪代买红梅一盆，计价洋八角，今之梅花每盆亦价计八角，沪江、甬江花价系是相若也。今花未开，沪江买来据说红梅本大，枝叶颇次，今甬江买来红、白梅本稍细，装式工雅，均是桃树重接，亦相若也。前之梅花说是大红，与今之红梅树色、花叶均是各异，亦未识花果相若否也。各种梅花，无论红、白，能得实心而花又大，价即八角非贵。据说绿萼梅花系绿心白叶，白梅花亦然，余素未详辨，未识果然否也。但梅花开放之时，早则年内嘉平，迟则新春正月，当此之时，除腊梅、茶花、水仙之外，所开颇少，因此各色梅花均为清趣，多植数种，藉堪消遣而已。余今岁所购花木均已富足，可以无庸再购，相同花木多亦不胜其烦。惟牡丹确要寻觅数种，是为至要。并明岁正月起至嘉平为止，小园中均有接连开放之花可也。若有相间者，随时留寻觅，足为消遣而已。

初四日丁亥 日中均晴；戌、亥刻，雨，两阵均不甚大。晚刻，邱仲玉姻长、陶寿农姻长、周载熙兄来叙至晚，留仲翁过晚膳。寿翁又来少坐，同至子宜处，互相畅叙半晌，至家时将二鼓矣。

初五日戊子 晴。寄奉家君第三十六号安禀一函；致许眉甫先生一信，内附致苏月波一信；致王耔舜兄一信；致洪莲波一信，均饬吕保送交海门邮政局转寄矣。晚刻，王子宜、陶寿翁、王芹甫、申桢夫、邱仲翁诸君来叙至晚，留过膳后，适赵友竹先生、道周宗叔、作羹来叙少顷。而芹甫、桢夫两君转至海门永宁商轮局中,均至寿翁府上,适梅翁来,均互相畅叙半晌,来时已将二鼓。芹甫先生言徐富春令祖年已九十有三,已见四代满堂,实不易事也。数年后,百龄大庆,五代同堂,定可预见,真是熙朝人瑞、福寿双全矣。接张丹亭镇军一信。

初六日己丑 早至辰刻,阴、晴;巳牌以后至晚均晴。致张丹翁一信,送交本镇邮政局转寄舟山镇署。子衡兄于晚刻来叙半晌,言即至海门趁轮至省。至梅翁府上,晤其乔梓,相叙一刻,就道至椒江中学堂,晤云梯、载熙两兄,相叙一刻而来。

初七日庚寅 晴。致金叔文兄一信,附致莘生姻长一信,晚刻,交阿三带至莘山。阿三系小头荐来作仆,系太平人,云明日到家取衣服,嘱其代带信函。但彼系明日去,函中亦书明日初八日子也。晚刻,周梅翁姻长来云,陶寿翁同邱仲翁均至海门永宁商轮局去矣。晚膳后,至星斋宗叔处少坐,言徐花农侍郎三位令郎,长系主事,留民政部差遣,充崇文门税务局委员;次亦得优差;三令郎旧系刑部主事,现留法部,充当审判厅;并北洋杨莲帅处文案;二小者适掌陕西道监察御史吴经侪侍郎纬炳续弦夫人。查吴侍御系浙江钱塘人也。徐氏门第现尚长厚,真是受天百禄,想其祖上积德累仁,岂易言哉!

忆至客岁是日尚在晋垣,日夕遥望家君牌示调署之心颇切,续仍赴吉州本任。转瞬一年,尚未见有调署各缺之佳音,真是望眼将穿,究经何日得调优缺,是为深幸。若论资格,家君早应调署,不意今之调繁者皆有路即能遂愿,家君不肯托人代言,只以资格以及平日官声得邀上游详察,因此稽迟不易也。未识何时得邀上游详访官声政绩,加以优奖,深为至幸矣。

初八日辛卯 晴。致眉甫先生一信,交邮寄晋。现值中元,邀僧五人拜忏一天,焰口一堂普济,每岁皆然,均在是时上下数日也。晚膳后,至子宜处,晤秉彝宗伯,相叙半晌,同至建西处,邀梓能先生诊视,代开一方,少坐而来,至家时将二鼓矣。

初九日壬辰 晴。自上月十一日大风、大雨之后,虽有雷雨数次，均非大雨，近江岸一带约百馀里农民之盼望云霓者最切。敬求上苍敷佑，速惠甘霖，得以晚季丰收，是所深幸。况立秋已近，立沛甘霖，不可缓也。得以大泽纷纭，顷刻间田水富足，私心盼祷，均得如愿，为幸多矣。致周允东明府一信，饬价送其府上转为附寄山西。晚刻，秉彝宗伯并丽生先生来叙至晚，留过晚膳，同至秉彝宗伯处，晤璧人兄，相叙半晌，至子宜处少坐而来，时逾二鼓，钟已十点一刻。

道至陶宅、陈宅墙夹，闻有鬼声而又犬吠，将出陶宅墙角，至汪姓墙外转湾之处，闻鬼声最近、最明，犬吠又明，仆人作唉声，而鬼声又明数声，闻最相近，心甚寒。细闻其声，即在陶宅前门。余近年来屡次夜行，远闻鬼声已有数次如是相近，今夜初见，至此处时幸至家已近，快行即到，心虽寒而气尚壮。抑素有斯音也，抑值中元而有斯音也，阴阳虽隔，理之相同也。余只以日夕所为，无愧于心，无愧于神，虽夜行何畏哉！凡人生何日无过？何时无过？过则静思，急则改之，是所至幸焉。古人云“无则加勉，有则改之”，是为至切也。

初十日癸巳 早至未刻，晴，西风颇大；申牌，阴、晴；酉刻初，大浪一刻即晴；至晚以后均阴。继配内人自上年受孕，至今戌刻生一女，均叨上苍福佑，适均如意也。

十一日甲午 早至申刻，晴；酉牌，阴；戌初，雨，片刻即晴；戌、未以后均阴。寄奉家君第三十七号安禀一封，交邮保险寄署。致章子修兄一信，交阿庆送至前宅。现江岸一带农民之待泽甚切，敬求上苍沐佑接连迭惠甘霖，是为至切。余家之大台门本是干固，前乃玉来招呼生意，台门加钉铁板，当时相酌而言未曾允定，不想彼将铁板买来，亦因情面难却，只得取下，嘱其来钉可也。请客，至子宜处，适其至心斋府上去，即至心斋宗叔处，晤子宜、仲玉诸君，相叙半晌，同子宜兄至其府上少坐而来。

十二日乙未 晴。江沿一带稻田水枯，农民待泽之心最切。分府宪吴绍春公祖已于初十日出示禁屠，虔心扣求上苍沐佑，速沛甘霖，生养万民，是所至祷。幸太平诸处现尚有水，仍然上年秋月无水之田，而今皆然。仰上天爱民一体，只以甘霖立沛远迩相均也。大台门铁板已于今日早刻加钉东首一扇，已将成就，此处大门当初造时，家君在家选择吉日安门，今虽加钉不能移动，只得立而加丁可也。晚刻，至椒江中学堂，晤云梯、载熙两君，相叙间，适仲翁、寿翁前后而来，互相畅叙半晌而别。适秉彝宗伯于今日生晨，来邀吃面，即至秉彝宗伯处，晤友竹先生、道周、庆斋、舜卿、宗山诸君，席散而来。路晤陶寿翁，同至子宜处，晤仲玉、宗山、绿孚、载熙诸君，相叙半晌，至家时逾二鼓矣。

今日辰初刻立秋佳节。前嘱小头用一能识花仆人，并至各处亲戚家往来闻讯，可以不使农工，以免忙时需人。前日代为荐来一人，今日上工，看其人花中一切均是不懂，恐非其任。既已代为荐来，只得暂用数月，未识可留用否，另日再说可也。上月槐士兄所服黄牛乳最佳，此是确须看定黄牛之乳，非洋铁罐头之牛乳也。其性温暖，功效甚好。余食牛乳性极相合，日昨少愚兄言后黄有售牛乳者，余即向其每日早辰买来一盏，未吃饭之先即行食下，并请梓能先生代拟补中益气加减一方，于晚刻食之，已连数日。心知通快，未识果是牛乳之功、补药之功也。以余想之，牛乳之功归多焉。

十三日丙申　日晴，而有西风。因未雨者，皆是西风之所致。夜间月色濛泷，似有雨意。仍不如愿，心甚焦急万分，伏求上苍敷佑，速惠甘霖，是所至感。未识何日何时沛然大雨，是所(至)切也。分府署吴绍春公祖于晚刻出有知单，定十五日早六点钟同赴集圣庙祷雨。地方祷雨事宜，余等理宜叩祷，分所宜然，至日早至本庙叩祷可也。台门铁板已于晚刻包就，计价洋十五元，即日付讫面交乃玉手，嘱典中付入屋税账内矣。晚刻，苏绩臣兄来叙半晌，留过晚膳，同至陶寿翁府上，晤邱仲翁，相叙半晌而来。

十四日丁酉　早至未刻，晴；申牌，阴；酉刻，雨，不甚大，看西边雨之长久，定然大雨，约一刻即晴；至晚均阴。少愚言昨夜海洋见雨颇大，今晚而又有雨，日日而下，逐渐而大必矣。得沐上苍敷佑，再惠甘霖如注，是所至祷。

饬仆向永宁局徐富春今日永利商轮带来之《申报》取来，阅七月初十日《申报》所纪初九日内阁抄奉上谕：浙江抚宪冯中丞特参一摺，接江子菁公祖之后任署宁海县事宣平县知县曹元恺，并前署临海县知县潘秋舫公祖崇桂，均经被议。有说许邓仲期太尊与冯中丞系是同乡又是亲戚，不无子虚。但潘秋舫考语曰："代理临海县事七月[1]，并未审结一案，任厅幕友、家丁营私舞弊"等语，想潘公均听幕友何霭生之言所致也。但潘秋舫公祖人极和平，任临海时均是何霭生用事，性喜安逸，与许邓仲期太尊不尽相得，竟至被议，深为可惜，宦海风波真是防不胜防。今秋舫公祖被议之后，仍然妙手空空，若仍办理渔团迄今，不致若是，亦未可知。可见任繁缺而又首邑者不易也。余服前署临海县知县左公宜之有先见之明，闻上年左公去台非上游调动，又与前任府宪张翰卿太守最为相得，藉有病即行禀请告卸而去，乃是全始全终。假使左公任至今日，亦恐无此清脱。潘秋舫公祖办理渔团亦无意署理县事，当张翰卿太尊因左公急于告卸，檄委秋舫公祖代理县事。代理人员本无七月之久，因与喻庶三方伯有旧，未曾委署，以致延搁。现喻庶三方伯仍赴宁绍道本任，而冯中丞又将告卸，因此即发矣。

正任台州府知府张翰卿太尊自甲戌科钦点刑部主事，困守京华，经三十馀年，奉选台州府知府。到任三年，并无大事，年已六十有五，而又得一公子，真是喜出望外，自行禀请修墓，即至家中，于心已足，实是难得之至也。计任台州府三年，宦囊足有六方。其家在山西平定州城，是处人均朴实，日用最俭，而有如此巨款，足敷其所用之至也。

前嘱小招带申购到叔文兄图章一块、角子戳一个，彼嘱人送来，计价洋八角，即嘱本人带交矣。余植建兰内有一盆泥中生蚁，昨即芜水中，隔夜而出，今日阅之亦然，即嘱人将花罇换下，将一切旧泥概行

---

① "七月"之中原衍一"阅"字，现已删去。

挖去，加转新泥，想无碍。凡遇生蚁者，无论何等花木，确须即时换罇、换泥，并将花根挖净，而花根又不得相损，是为至切。栽植花木，须得随时留心，亦非易事也。

十五日戊戌 晴。酉牌，太阳方将下山之候，见东南方现有断虹，东北方而有水云连起，今日定有大雨时行。夜间虽月色明亮，定然有雨可必也。况东南方虹隐之后，西方太阳亦隐，并无红云，皆是大雨时行之兆。得以速惠甘霖，是所至幸。寄奉家君第三十八号安禀一封，内附至许眉甫先生一信，饬阿三送交邮政局保险寄署。现单保险信资，前本洋五分，并信之轻重寄费，今寄费外若单保险已加至洋一角。虽邮资加增，寄往便而无失，亦不惜小费耳。早刻，因吴绍春公祖单定今日祷雨，即于早晨天将明之候赴集圣庙，晤张镜如千戎，相叙两点钟许。而陶寿农姻长、周梅翁、煦东、心斋、绿孚、玉堂、吉云并吴绍春公祖前后而来，同至龙坛叩祷毕后，复少叙而来，惟寿翁因事就道至海门去矣。若遇祷雨，龙坛均设在集圣庙，本镇即以集圣庙为主庙，如遇地方大事，均至集圣庙叙议也。

凡人生料人则明，省已则暗，古云"旁观者清，当局者迷"，人之皆然。余自思，凡作一事，事前不能细思参酌，当事之时，稍有舛错，即欲更张而不得，事后追悔之何及。余自思若是，宜当速改。以后事无大小，须当三思而行，是为至切也。

十六日己亥 晴。昨晚本多雨意，今日太阳正照，雨意毫无，奈晚苗将稿，如之奈何。只得私心虔祝，伏求上苍敷佑，即沛甘霖，以慰万民深望，是所至切也。昨日天明赴庙祷雨，因吴绍春公祖暨诸绅未来，相待过久。义前逢祷雨之日均是天明到庙叩祝，近来均迟至七点多钟，则过早膳矣。早刻，过早膳后赴庙之外，闻其已经叩祝，未进，随班而已。就道至梅五姻长、达云母舅两处，均相叙半晌而来。致陈涵甫参军一信，内附致其令兄仲怀直刺一信，封交邮筒寄晋垣之宁化府，仲怀直刺之公馆亦在此方，本当另寄，恐其奉委赴津，尚未旋省，故托涵翁代为转交也。吾台同乡现在山西作宦者均有缺有差，教习诸君亦有讲席，只允东明府未得长差，方自上年赴省禀到，两次奉委催征，尚为至幸耳。余之私心祷祝，只求上天即惠甘霖，晚季亦足丰收，深为万幸耳。

十七日庚子 早至午，晴；未刻，阴；至晚皆然。远有雷声，雷闻百里，雷声闻见，雷雨总在百里之内也。申、酉两刻，看西北云色似有大雨时行，近处未见点雨，鄙怀急甚、焦急甚，伏求上苍敷佑台民，速惠甘霖以养台民，深为至切，未识速遂鄙愿否也。早刻，赴集圣庙晤吉云、吴绍春公祖，诸位互相叩祷，得上天立沛大雨，是所万幸耳。

十八日辛丑 早至未，晴，天气最热；申刻，阴；至晚皆然。看西方又有大雨，近处又无甘霖，鄙怀焦急万分，即求上苍敷佑，速惠甘霖，是所深幸。早刻，赴集圣庙，晤金子元、李舜卿、缪性言、黄煦东、陶吉云并吴绍春公祖，同赴龙坛叩祷，仰沐上天速沛甘霖以慰农望，为幸多矣。

回忆客岁七月十八日家君奉藩宪宝湘石方伯牌示，饬赴吉州本任，余尚在晋垣，得有晨昏定省之乐，转瞬间忽经一载。复值七月十八日，余则在家，相违八千里之遥，未得与家君朝夕相聚于一室，恨无飞身之术即赴吉州问安为歉。而宝湘帅由山西藩宪升任山西抚宪矣。家君仍以吉州困守，未得何是？若以资格论之，家君实缺云南新兴州知州任内，当戊戌大计，督宪荐擢卓异，已于甲辰五月间赴引，奉上谕以家君归卓异班加一级候升，即于是年选授山西吉州知州。赴任前后已届三年，理应以简调繁。山西全省州县中，卓异班人员曾经引见，在任候升者，家君名在首列，理应升调。若以官声而论，任吉州以来，该州万民皆以“真吾父母”之称，历办学堂、恳务[①]诸大端及除暴安良，民皆心悦，即怜县[②]之民皆得沾惠，何至未得调繁？难以预料。总而言之，不肯招呼耳。但山西之例，道员、知府、直隶同知等员皆须酌量请补，而需人招呼，不得升补，此之由也。家君执定做官者

---

① 当为“垦务”之误。

② 当为“邻县”之误。

须以官声、政绩，听上游访采，不肯托人代达，虽有人能为出齿代达者，家君万不能相托也。以卓异人员早经首列，为时已久，尚不能升调也。家君常曰："拜爵于公庭，叩恩于私堂，吾不为也。"义谨遵庭训，铭刻不忘耳。

陈舜卿、叶蓉秋两君于晚刻来叙一刻，舜卿云十四日自闽旋里，言及闽省之州县各缺均是甚苦，而民又强悍。余思州县者任山西各缺可谓苦甚，不意福建之州县各缺亦有如是之苦也。总而言之，苦者犹有苦，佳者犹有佳，难者犹有难，易者犹有易，各听其命耳。接叶徙南兄一信。

十九日壬寅 早至午，晴，天气甚热，未牌以后均阴；至亥初见雨，片刻即晴。能得时常见雨，无论大小，定能逐渐而通，伏求上苍敷佑，日夕惠雨为幸。寄奉家君第三十九号安禀一封，交海门邮政局单保险速寄吉州署。晚刻，至集圣庙晤陶寿农姻长、煦东、吉甫、性言、玉堂、子元、云芝、绿孚诸位，迎接张元帅，虔心叩祷后而别，过子宜处少坐而来。晚膳后，寿翁来约至仲玉处，晤子宜、秉彝宗伯，相叙一刻而来，至家时将二鼓矣。

连日取阅《三国演义》，但《三国演义》笔墨之佳，叙事明而简，无庸智俗，读者皆不释手。其中刘皇叔、孙权、曹操三人为主，谓之三国。刘皇叔乃中山靖王之后，当汉献帝取阅玉牒称曰皇叔。当时皇上称叔，馀皆称曰皇叔。孙权之兄孙策、父孙坚，乃钱塘小吏之子，至坚官至太守，三世而羁，岂可与皇叔出身同日语哉！曹操本曹嵩之子，系夏侯氏继养而已，先则令天子、挟诸侯，继则戮国母、鸠皇子，杀害忠臣，名为汉臣，实为汉贼。汉献帝两次讨曹操之诏，理应即诛，如是出身，更不可与皇叔共论耳。当刘皇叔本是汉朝献帝之叔，当刘献帝懦弱，又无再可更立之人，理应刘皇叔继统，名正理顺。而后刘皇叔克两川之地，欲扶汉室，因未全克，时天下扰让[①]之际，故诸葛武侯暨诸文武大小臣工恐法令不严，尊皇叔为汉中王。当时进禀皇叔，而

---

① 当为"扰攘"。

皇叔数次推让，而文武臣工以此事皇叔不允，即欲瓦解。万一如是，则汉无振兴之日，刘皇叔不得已权受汉中王，况曹操复称魏王矣。续后，曹操身后，其子曹丕竟至篡汉称帝，则汉朝无主。而武侯因天下不得一日而无君，又无宜立之汉君，只得尊刘皇叔继统。时皇叔本立定主意另择因[①]立贤主，不意并无应立者，其下大小臣工执定尊皇叔为汉皇帝。此时刘皇叔再三辞让，出于真心焉。但辞让不已，而受汉禅矣，国号曰章武。但曹操自欲称魏公，加九锡，时有张昭力谏而发怒，即杀焉。续自欲称魏王，初有荀彧谏阻而又怒，死之；继又荀攸立谏而怒，复死之，虽有辞让而假意焉。何也？若真让，岂遇阻者而发怒而死之，而有其谏阻即死之，可见曹操辞让之假焉。可见曹操自称魏公、魏王，与刘皇叔顺天应时称汉中王(岂)可同日语哉！曹操毒伏皇后、弑董贵人、害皇子、囚献帝之身，后贼子曹丕饬华韶逼迫献帝，筑坛受禅，岂可与皇叔因献帝被曹丕废之后顺天应时，以汉裔受禅又可同日语哉！但孙权称王、称帝更不足道焉。

今读《三国演义》者，以刘皇叔得一地，心喜如己之有得也；得一谋士，亦如己之所得而喜也；得一战将于心更喜，若遇输一战、失一地，即如己之有失也。总而言之，刘皇叔有得、有兴，即如己之得、之喜；若刘皇叔有失、有败，即如己之失、之败也。曹操、孙权有得、有兴，于心恶之；曹操、孙权有失、有败，于心颇为欣慰也。至今数千年，人心若是，可见当日刘皇叔顺天应时继受汉禅之所致也。详论三国人才，以紫阳纲目为正，其馀议论之纲纪颇多，余因看《三国演义》之后偶书日记之时记录数语而已。《竞业旬报》在上海美界爱而近里庆祥里。

二十日癸卯 已发大浪，早刻，雨小晴多；晚刻，晴少雨多。想雨能逐渐而大，以慰台民之望，深为至幸，深感上苍惠泽于靡涯矣。早刻，至陶寿翁处，相约赴庙求祷，因雨而止。致卢槐士兄一信，交邮寄郡。致福叶徙南兄一信，交嘉先送交琴轩转寄南申屿矣。近经日久

---

① “因”当为“应”。

未接家君谕书并眉甫先生惠书，未识署中大小均获平安否，公私顺适否，并近得有调署信息否也。倘经奉檄调署之谕，深为至幸。家祖母春秋已高，家君得早调署一任以遂其志，或升署直州一任，余即当赴晋力劝家君即作旋里之计，长聚家庭之乐，得以晨昏定省，为幸多矣。为子者本即可劝家君卸肩言旋，上年在晋时，谨识家君宦志颇浓，求而不得。想升署一年之后，当以力劝，能得俯允为幸。玉铨、蓉秋两君于晚膳后来叙半晌，去时已逾二鼓矣。

廿一日甲辰 大风大雨，早起至晚皆然。可见上天养民，以吾台为最厚焉。台民仰叩天恩于靡涯矣。近处远处田水均足，如是足雨，晚季收成尚望丰收，深为大幸。寄奉家君第四十号安禀一封，交本镇计邮筒寄晋，并附致眉甫先生一信。因前未雨，致恐家君远念家乡情切，今即致禀详达，雨意已足，可毋致念也。丽生先生昨晚来家，因雨阻止而留宿焉。

廿二日乙巳 或阴或雨，不时而定，田水均已富足，禾苗转青，叨天福佑，深为大幸。致周尹东明府一信，交嘉先送其府上代为寄晋。日夕盼望家君有得调署、调升佳音，真是望眼将穿，不知何时而得。晋省自恩中丞调任后，藩宪宝湘帅升补抚宪，臬宪丁默存方伯升补藩宪，道宪志廉访升补臬宪之后，今将一载。家君本早赴省禀贺任禧，致恐地方有事，而又垦务忙碌，尚未晋省禀贺。今下民虽皆感激于靡涯，上游未及招呼，只恐调升、调署之望尚需时日也，得能上游详察政绩者而升调为幸也。如是详察未识何时，亦难预料也。余之思心盼望家君升调之音最切，家君存心以民事为事，亦非希望调升、调署为事也。

晚刻，遣价向海门永利局取有《申报》，纪云：山西抚宪宝湘石中丞上摺云，达赖喇嘛驻扎五台之后颇难供应，现任五台县甚属为难也。并纪有内自王公尚书总宪，外自将军督抚密保内外大小各员，赴都后由部咨询，再行加考切实考语，赴引候旨优奖，亦异数也。现第一期到部者已由部详考矣。

廿三日丙午 晴、阴、雨不一而定，大约阴多而已。早刻，赴集圣庙，晤寿翁、少峰、绿孚、子元、楚卿并吴绍春公祖诸位，均诣神前叩谢时雨，毕即而来。晚刻，至寿翁处少坐，同至梅翁处少坐，言及椒江中学堂请有教习一人，其年最轻。即同陶、周两君至椒江中学堂，晤王赞青、周载熙、朱益卿、王云梯诸位，互相畅叙半晌而来。阅《竞业旬报》所纪鄞县知县高子勋大令、洪云荪大令两节，想是鄞人蹧蹋，正所谓目无官长也。

廿四日丁未 卯刻前，雨；卯刻以后至晚均晴。陶寿翁托余代书其自致孙燕秋公祖一信，即于早刻写就，遣价送交矣。煦东因地方敬送潘元帅演剧酬谢等项经费先为通知，但此次恭请潘元帅到庙，即蒙上苍敷佑，迭惠甘霖，理应酬答神庥。所需若干当即允诺，另日照股认送可也。此阖地欢呼，万民感戴，理应分送若干，另当先为送交，深为大幸。请应梓能先生与内人诊治。但内人自分娩后饮食少进，面上多疮瘰，据梓能先生言系是疆毒，一剂即可安痊，定无贻误也。

廿五日戊申 卯刻以前，雨；辰刻以后至晚均晴。周孟东兄来叙半晌，云其令尊梅翁托余代其书致何肃堂先生一信，即代写就，交其来人带交。同乡陈墨农明府上年委署武乡县知县，现仆人福缘致从福信言陈墨翁补授河津县知县。但河津之缺以山西论之颇优，转念而思，家君卓异应升早经首列，今尚不能望补升缺，心甚焦急。未识何日，未识何时，家君得以调署、调升，深为至幸。现以望眼将穿，得以速遂所愿，为幸多矣。

廿六日己酉 晴。秉彝宗伯来叙至晚，留过晚膳而别，托余代为自书致林子材一信，即代书就，面交其自寄矣。

廿七日庚戌 晴。致许眉甫先生一信，交本镇邮筒寄晋。晚刻，周梅翁来叙半晌，托余代其自致花醉卿、辅卿两君各一信，即代书就，至其府上相叙时面交矣。言及椒江周载熙兄于椒江开议传学舍，欲将六庄一切学务均归椒江经理，以煦东乔梓及寿农姻长为经济董事，禀请分府宪吴绍春公祖到堂开议，一切仍无头绪。而煦东宗伯宿丁晓云家未来，其郎楚卿赴郡未到，寿翁因公至海门永宁商轮局，因此三位经济董事均未到场也。向来各庄公事均归各庄自行办理，现办学务一切，虽各庄需人，本镇虽载熙办理椒江学务，呈请提学使领结黔记。但载熙之才调，即办理椒江已见才力不及，况归各庄公事皆从己出，今虽未曾就绪，即有头绪，任其取焉，料见虎头鼠尾于将来也。

廿八日辛亥 早至未刻，晴；未末，阴；申初，细雨一阵，北风颇大；申末雨晴，阴；至晚皆然；夜间见星光。晚刻，杨伯藩兄来叙半晌，云由郡垣来至海门，即于明日趁永利商轮赴申局，托其代买邓石如增篆《说文》一册，如今板子佳者，沪江得有发售否也。早刻，因岳母遣价来云妻弟琴友欲至椒江肄业，至椒江晤载熙兄云可以插班，曾已开学，须以速来为妥。即将斯言致覆矣。

廿九日壬子 早至辰，雨，不甚大；巳刻雨晴，阴；午牌以后至晚均晴。接玉先一信。早刻，妻弟琴友来，过午膳后片询载熙，言今晚即可入堂。随同寿翁至椒江，将琴友被铺安置妥定。晤载熙、云梯并杨子韶、朱亦卿、应玉铨诸君，相叙半晌。将其名册垫就，系陈根字蓁友名字也，据说可以插入二班肄业，每日上堂可也，均已安置而来。杨子韶兄言近赴杭肄业，即面托其代向邵芝岩购买纯毫极品四支。但所用纯紫、兼毫等笔以武林邵芝岩为最佳耳。便道至寿翁府上，晤梅翁，相叙半晌而来。

三十日癸丑 晴。叶蓉秋先生来约，典中洋价每元跌钱十文，开洋每枚跌钱一文，前洋每元作制钱一千零五十文，跌十文即作钱一千零四十文，开洋前作制钱九十三文，跌一文，作钱九十二文，均定明日为始。但典中洋身一项，前乙巳岁已跌至每元作制钱八百九十文，至上年岁杪接连涨至一千另五十文，其中各家亏累者颇巨。现虽跌钱十文，亦不足弥补百之一也。得以相立一千文之则，尚无亏累，为幸多矣。此次之所涨者，系铜元之累耳。晚刻，至子宜处，晤寿翁、梅翁、麟斋诸君，相叙半晌而来。日中无事，只以书篆消遣，能得每日皆写篆字一百左右，得无间断，将来定然受益良多。余之所愿如斯，得以长受所愿，为幸多矣。

第二十六章

戊申(1908)八月初一日起

八月初一日甲寅 晴。寄奉家君第四十一号安禀一封,饬阿三送海门邮政局保险速寄山西吉州署。接蔡子葵来片,即致片福子翁,封交其来人带奉。晚刻,陶寿农姻长来叙半晌,相约至子宜处,晤伯端、孟东以及诸君,相叙至晚而来。郡伯许邓仲期太尊禁烟之令严明,曾经出示禁种,亦当今之要务也。能得藉此禁止,则台民获福于无穷耳。

初二日乙卯 早至午,晴;未刻以后至晚均阴。致杨伯藩兄一信,交邮寄申。晚刻,至椒江中学堂,晤云梯、玉铨两君,相叙半晌,言及该堂肄业后生将字纸颇为轻亵,此等肄业者年纪皆轻,堂中监督、监学理宜时加训饬,是为至切。先圣造字以来,历代圣人、自古帝皇贤儒率皆尊重敬惜,迄今皆然。若辈果为轻亵,定有重报,信然。敬惜字纸者求长生、求子孙、求福寿、求仕进,所求皆得遂心所欲。轻亵字纸者,斯人无异禽兽畜生,命运颠倒,虽不即见,后即重遣亦不远耳。书中皆有载纪的确,信然。

即近有黄岩人名陶致和号连山,出身务农,向未入学,幼又贫苦无依。年当弱冠,帮工本镇周宅,辛勤数载,嘱其出收字纸。而连山当此之时,无论远近人家,店家有抛弃字纸者,彼均详细搜寻。遇有不洁者,即行浇之,并均拣择洁净而均焚之,数年不倦。一夜梦见神人,指示字中意义,片时而醒。自此之后,即能识字,日见深远,数年后粗细道书均得详晰，并能深识卜易，最为灵验。连山当时两眼内有一眼自幼已瞎，一眼亦看物不明。自梦见神人指示字意之后，已坏之眼虽仍如旧，将坏之眼一切眼病均得全愈，远近光明过于两眼，至今年逾六十，眼之光明如昔。而彼从此之后一心修道，至今道身最厚，颇有积聚，衣食又足，出于人之上也。此敬惜字纸之报也。

路桥有泰昌南货兼油行，当光绪纪元时颇为兴旺，其子某轻亵字纸，不数年后，泰昌行倒闭遭厄。其子两眼均瞎，娶妻乏嗣，一切颠倒，言之难甚。十馀年后，贫病交迫，至成吃丐，数年而亡，亡后迄今不至十年，乃轻亵字纸之报也。今有如是之报应昭彰，书中所言前人之报应定无虚语也，可不惧哉！余闻言之下，方悉椒江中学堂有此等无理之事，当即往告妻弟琴友，不得效众所为，而又字纸当为格外敬重为要。适琴友上堂听学，不能相邀而未得面晤而来，即饬从福至椒江详告一切矣。今有子弟出学肄业者，为父兄、为师友、为亲戚、为朋友，当为力劝其"敬惜字纸"四字，是为至切至要。

初三日丙辰 阴。早刻，楚卿来叙半晌而别。晚刻，至梅翁处少谈，相约至楚卿处，晤子宜兄，互相畅叙一刻而来。忆自客岁八月初三日自晋垣动身，转瞬间已将一载，未识家君署中均获平安、公私顺适否也。自六月廿四日接五月三十日所发谕言之后，迄今月馀，未得家言，至以为念，亦未识已得调署信息否也。但许眉甫先生前均时常惠示，迄今亦已月馀未曾载得惠音，不知何处阻搁。鄙怀更切，亦未识节届中秋，署中办理贺节、贺禀诸多，日夕忙碌无暇寄发家言。万望近日即接家言，以免悬念，是为至幸。

初四日丁巳 早至未刻，雨，不甚大；申刻雨晴，阴；至晚皆然。昨因蓁友现在椒江肄业，余备一席，邀椒江教习王搜峰、洪镜升、王韵味、郑汉英、王赞青、朱亦卿及识员周载熙、王云梯、应玉铨于今日午膳，相叙席散而别。晚刻至王子宜兄处，晤辅香、梅翁、伯端诸君，相叙一刻而来。言及梅鹤亭都戎向带台防副中营，驻防北岸，现因瓯郡王荫常军门本带温防统领，前请补浙江嘉茶协副将，奉抚宪增中丞札饬赴引，将温防统领密保鹤亭都戎管理，已奉上游批允矣。现梅鹤亭都戎将调统瓯江，而向识者悉均致贺，颇为一时清兴也。

初五日戊午　卯前，雨，不甚大；辰刻以后至晚均晴。致何肃堂先生一信，并附送来米面一百五十把、伏鲞念片，饬从福送至郡城。致张丹翁一信，并贺节禧，交邮寄至定海镇署。丹翁本署定海中营游击，但定海镇署日行公事由中军代拆代行，丹翁因此移住镇署耳。致杨伯藩一信，托方翰卿兄代带沪江，托伯藩兄代买桂花皂一盒，并前托买文明社戒烟丸两瓶，并增篆《说文》一册，若有买就，托其即代带台。致童子章一信，交吕保送交。梅鹤亭都戎奉檄调统温州，饬吕保携帖挂号到贺升禧。接带梅鹤亭都戎之副中营者王荣清系新任浙江抚宪增中丞札委也。

周梅翁相约至海门玩游一夕。午膳后，同梅翁、子宜均至海门永宁商轮局，晤陶寿翁、丁明轩、方翰卿、黄宝舟诸君，相叙一刻。适楚卿兄来约梅翁至娄竹珊府上少坐，即至印山商业学堂，晤屈文洛、张鼎丞两君，相叙半晌而来。但作羹兄方于早刻到家，未曾面叙为歉。但印山商业学堂与天主堂相隔之墙现方动手兴工，现学堂中均大加修整也。晚刻，适永利商轮到埠，向取《申报》，纪京都吏部设有秘书郎一官，现奉上谕简员请补矣。未识秘书郎一席专何其责也。此次云南剿匪出力之昭通府知府王太守正雅，前经云贵督宪锡制军保以道员遇缺简放，并有军机处存记字样。顷阅七月廿八日纪内阁抄奉上谕："云南临安开广道员缺着王正雅补授。钦此。"按：王太守保升道员未及数月即以简放关道，此奖励能员起见也。但云南全省道员中缺以临安开广道为最佳，兼管洋关，公事殷繁，又，盐法道次之。朝廷虽奖励劳绩人员，半在王太守官运之佳，适逢其会耳。

同梅翁、楚卿转至同昌分号，过晚膳而来，至家时将二鼓矣。今则到处学堂林立，万望后进儒生须以敬惜字纸，是为至幸。明轩所云和生于申江办货均与怡春茶栈及元记台号两处往来，如有汇寄怡春、元记及永利局均为妥善，可无贻误。但怡春茶栈在上海法界致和里，元记台号在上海小东门洋行街，永利商轮局在上海十六铺滩，今在永利局者杨伯藩、吴秋圃两人。但杨伯藩人颇和平，与余亦有交情；与吴秋圃向来无识面，未识其人果是若何。若有事托杨伯藩兄可无贻误耳。

初六日己未 晴。天气颇有凉风，似有秋节景象矣。致许眉甫先生一信，饬阿三送交海门邮政局保险寄至山西吉州署中。前六月廿四日接家君并眉甫先生各一信，均是五月三十日所发，迄今月馀未接眉甫先生一字，亦未接家君谕言，心甚焦急，未识均获平安否、地方安谧否，亦未识家君已得晋垣升调佳音否也。顷又函询眉甫先生，想知详晰。上月间曾寄多函，想有福音寄出，屈计此信之福音须在九月之中旬或下旬而已。昨楚卿言新署黄岩县知县王鸣九明府于今日可以到椒，将来赴任，其官声、政绩未识若何。

初七日庚申 辰刻前，雨；巳初牌，雨晴，阴；巳末，大雨；午初仍雨晴，阴；午末皆然；未、申、酉皆晴；戌刻以后，雨不甚大。接眉甫先生自上月初九日由署中所发一信，言月波拟中秋前后到家一行，即于十一月转赴晋垣，并云丁默存方伯本系庆邸密保，例应赴部引见，顷抚宪宝湘帅奏留丁方伯无庸赴引，已蒙俞允矣。家君升调消息今尚杳然，应升早经首列，犹不能升补，甚为艰难也。家君又不赴省禀求，虽以清高自守，难于升调而已。家君常言："吾为官以来，皆以无愧于心，无愧于神。"义跪聆庭训，当以铭刻不忘。所任吉州以来，绅民感戴无穷，而官声、政绩留于后世，本是美善。而目今如是清苦，如之奈何。只得私心望想上游早得按例升补或调署，深为至幸矣。眉甫先生附有家信一函，即交嘉先送刘源春代寄其府上矣。

接洪莲翁一信，言吉州龙王蔡厘卡委员谢秉钧被是处绅士上控撤差，藩宪丁方伯批饬吉州暂行办理云云。但眉甫先生函中未曾言及，想眉甫先生之函系初九日所发，莲翁之函系十九日所发，此时署中尚未得信亦未可知。果得是差兼办，不过稍得敷衍，而清苦犹然也。按：谢冷亭参军秉钧系浙江绍兴人，上年夏秋之间本檄委办吉州龙王蔡厘差，迄今甫经一载，何至被绅上控，亦属不解。而莲波函中既有言及，想非子虚。眉甫先生信未云及，定未接洽也。洪莲翁函言，周允东明府恳同乡徐子嘉明府转求臬幕胡平斋老夫子代恳首府杨太尊委其帮审一差，苦无薪水。但允翁两次奉檄催征，所剩之处不过百金，每年需费至俭须在三百之外，亦难于敷衍耳。

初八日辛酉 卯刻以前，雨，不大；辰牌以后至晚均晴。致映江、涧泉二先生一信，因眉甫先生函托其令弟惠夫借洋之事。当即接有映江、涧泉二先生福示，言已当时了结。难以再言，只将来示附寄眉甫先生可也。晚刻，陈舜卿、徐明甫两君同至寿农姻长处，晤王晓凡兄，相叙半晌而来。即至楚卿处少坐而来，言黄岩新令王鸣九明府大约十二日永利到埠之期可以到台，想在中秋节后任事也。叔文兄处遣价来取川朴配药，言染恙未愈。余即送其川朴少许，并致片道候矣。其来价又言，金云舟兄已于月初逝世，曾经五日矣，正当青年英勇之春，据然若是，深为可惜。但莘山金宅气运非佳耳。早刻，遣伯森先赴郡向同昌盐号支取帖税英洋五十元，未识能得应期否也。但前少圃表叔公向余借假之洋，余欲岁杪由同昌支付，未识得能迟至此时否也。

初九日壬戌 晴。致洪莲翁一信，交邮寄晋。早刻，函邀丽生先生来叙，至晚留宿。晚刻，至谱香处少坐而别，即至梅翁府上，晤其世兄孟东，相叙一刻而来，路晤梅翁，相谈片时。早刻，十里铺岳母家送女儿满月衣穿颇为丰厚，计川箱一扛，春篮一担，亦颇不易办也。定十四日送节，即将送礼物件已定，李庆和云定十三日去取可也。昨叔文兄来有一价，今日又来一价，言叔文兄之恙尚未安痊，想是暑气所逼，须逐渐安痊耳。陈舜卿先生送余五香橄榄四篓。但此物能得顺气，而闽垣所出为最佳，即托其代买洋一元，想至冬月可以带台。

初十日癸亥 晴。童畏三兄来云，子衡兄之郎染恙，即代邀应子能先生代为诊视，即至北山去矣。能即速奏肤公，深为至幸。并言子衡兄前赴省垣，想近日可望旋里也。周宅三哥来，即询周允东明府之住处，云今仍寓西萧墙路西。

十一日甲子 晴。致周允东明府一信，交邮寄晋。早刻，因楚卿兄来邀至海门同昌分号，晤楚卿、性言两君，相叙过午膳后，即至和生丁明轩处少坐。随至永宁局，晤陶寿农姻长、徐富春、杨子云诸君，互相畅叙一刻，言真宝丹等药有托永宁局代售。俟富春代为经理，即代向购各药各数瓶，以藏备之。即至何霭生府上，相叙半晌。霭生先生言姚梧冈初投入桂抚张中丞戎幕，而不知其举人被御史黄昌年参劾，月俸一百八十两，颇为器重。续其同年、同乡王玫伯明府晤见张中丞言及各情，代其被屈数语，时张中丞方知梧冈详晰情形也。至于举人，有托余棣生主政代为办理开复之说。前楚卿兄所云由知县保举直隶州之事，系知府过誉之言也。余之疑心未见梧冈有列保举之名刊入《申报》，而今方识原情而已。言及王鸣九明府志鹤奉檄委署黄岩县知县，曾于今日来台，明日赴郡禀见郡伯许邓仲期太尊，定于十八日接篆任事。少坐而后即动身至家，随轮送丽生先生至郡上澄书院去。随至集圣庙看戏，晤周梅翁、郑汉英、王韵味及秉彝宗伯、道周诸君，互相畅叙半晌而来。

十二日乙丑 早至午刻，雨颇大；未刻雨晴，阴；至晚皆然。惟酉牌兼有雾。致丽生先生一信，并棉褥一条，饬小二头专送上澄。接何肃堂先生一信，云及其令兄见石老伯已升法部正印。接杨伯藩先生一信，并代买《说文》一册、文明戒烟丸两瓶，均已买来。所买《说文》系是朱氏，其中虽有增篆，而不明晰，计价洋五元六角。书仅廿四本，又是官太纸木版，其贵之异常也。平心而论，价洋两元四角已见其贵，今已五元六角，其贵何止一倍。既托其代买，又已代为买来，亦不能退还，只得照数付价可也。失之在前，恨之何及！午膳后，至吴玉成参戎府上，适其出外未晤，随至心斋宗叔处，晤玉成参戎，相叙半晌而来。过子宜处少坐，至家时将晚膳矣。

晚膳后，复至子宜处，晤宗山、麟斋，互相畅叙半晌而来，至家时将二鼓矣。子宜兄言，官太纸木板书计廿四本之朱氏《说文》价洋五元六角，尚不甚贵，现之便宜者皆是洋板书籍，木板仍无便宜之理。以余思之，但《说文》板子总不甚好，又非工雅，其价洋如是之多，总是太贵，既已买来，即须太贵，向所甚难为情，只得付价可也。余买此增篆《说文》，心存多年，因价太贵，又思有汉学谐声，尚可将就。日前晤伯藩兄时适写篆字之时，偶然相托，续因既经托买，复致函再托，亦不料如是之贵，其物如是之次，今既买到，有何话说。下次寄买，无论何物，须酌之再酌，然后托人代买，可以无悔。如可将就者，只得从俭，是为至切也。

十三日丙寅 晴。致杨伯藩兄一信，并附代买《说文》、戒烟药丸等计洋七元六角，并附函托徐富春先生一信，伯藩兄之洋、信均托富春代寄沪江。接蓁友一信，托余代其寄买皮鞋一双、天津式皮底鞋一双、乌洋袜两双，并向余撮洋六元。余将向撮洋六元即交来人阿八带交，托买各物，即致字托永宁轮二头带申代买。致富春兄之洋、信，并交二头代买之单，均饬弟头专送海门分交矣。接陈仲怀直刺一信，其新奉差使系满营传习所提调，每月俸金七十两，可谓至优矣。

晚刻，吴玉成参戎来叙半晌，言定月之二十日趁永利商轮赴申，拟先至嘉兴杨渭春太尊及北洋、杭州、山西、京城诸处相识之当道处投奔，一插足，再图出山之计，未识何有相留之处、相留于何地，现难预料也。并赴楚卿兄处，晤载熙兄，相叙一刻，言月之十六日海门印山商务学堂开学之期，邀本镇诸君互相畅叙一天，亦一乐事也，余允而游焉。就道至子宜处，晤梅五姻丈、少愚、宗山、麟斋诸君，互相畅叙一刻而来。适值中秋佳节，应送吴绍春公祖之礼并吴玉成参戎出行之礼，均于早刻遣送。送十里铺陈岳家节礼，现将礼物备齐，定明日早遣工专送也。楚卿兄言，王鸣九公祖定月之十六接任黄岩县事。

十四日丁卯 早至巳刻，晴，天气甚热；午刻大浪，雨甚大；未初雨晴，阴；至晚皆然。早刻，黄楚卿兄来叙一刻，相约至椒江中学堂，晤载熙兄、苏绩臣兄，相叙一刻而来。晚刻，葛芹荪兄来云，其令堂今安徽省城女学堂请其教习，急欲出行，言有洋存郎翰臣老伯处，携有翰臣老伯一信，言因急不凑，嘱余代为汇付葛芹荪兄洋五十元。详阅翰臣老伯来叙，非是真迹，不敢即付；倘若即却，又难为情，只得缓言，俟明日致函并附原信询明翰臣老伯是否可也。

楚卿兄云，潘秋舫公祖，署任临海篆务七阅[①]月，于上春交卸，核算亏控洋一万馀元，计其时上年七月接篆，至本年三月告卸，正值征收钱粮之候，应得赢馀亦有四五千之谱，何至所亏如是之巨？亦属不解，亦难预料，亦人所不知也。其初意拟四处张罗弥补，不想冯星帅将告卸浙江抚篆时专摺参劾属员，案内亦被牵涉其中，竟至被议。难于张罗，先将家属送出，明言至家，实则安置地方后，于日前宝华商轮开行之先数日，将公馆辎重亦从家属而去，所有黑木嵌大理石椅一堂并贡字桌等均卖与楚卿矣。自己公馆中所剩之件甚少，皆不值钱。当宝华商轮开行之日，秋舫公祖亦出去矣。计潘公自上年七月间接篆，今年正月初旬开征钱粮，至三月初旬交卸，计征银一万馀两，一切正项钱粮杂税均未报解，即与后任孙燕秋公祖一切交货均未算结，所征钱粮均已如数提用，竟至脱逃十馀日，而郡伯尚未知晰，此等之事，台州素所未有也，余向来所闻各处亦所未有也。将来郡伯访悉情形，通禀上达，未识上游作何举动，亦不得而知也。当粮均到手而有亏如是之巨，竟至如此远逃，皆出于意料之外也。若论任内亏控钱粮，账房不得辞其咎。查其账房系何霭生先生，潘公作如是之计，非是一日，何至霭生不得而知，亦不解也。未识郡伯许邓仲期太尊禀报后上游如何办法，亦广见闻也。

十五日戊辰 早至未刻，晴；申牌，阴；酉牌，细雨，片时即晴；以后均阴。早刻，本因楚卿兄相邀至海门畅叙一天，相约梅翁，不去，中止。午膳后，至仁大蓉秋先生处少坐，续至周梅翁府上相叙一刻而别。少顷，秉彝宗伯并谱香母舅来叙至晚而去。晚膳后至子宜处，晤少愚兄、秉彝宗伯、乙支、麟斋、宗山诸君，互相畅叙一刻而来，时逾二

---

① 此字疑为衍文。

鼓矣。晚膳后约八点半钟时，月边有云；至九点钟时，云色将散；至十点许，时值亥正，云均四散；以后皆然。真是万里无云，月明如镜。古人云“月到中秋分外明”，正此谓也；又云“惜花春早起，爱月夜眠迟”。如是月色，颇乐一时清兴，是为之记。

十六日己巳 早至未，晴；申刻，发大浪，雨颇大；酉刻以后，细雨；至晚皆然。子衡兄次令郎前染恙，请应子能先生代为诊视两次，早刻，童畏三兄来示，托余代请子能先生诊视，适子能先生应马头山人请去，尚未转店。其来人言之甚急，即代致片请寿卿兄至其府上诊治，未识即奏肤公否也。叔文兄价来言，叔文兄之恙曾已安痊，想即逐渐复原，深为至幸。昨十五日早晨遣吕保至北岸桃渚并致郎翰臣老伯一信，附呈原信询明汇洋五十元与葛芹荪世兄果属是否，顷吕保来，并接翰臣老伯覆信，果是托余代汇洋五十元，准于本月之杪、下月之初送还不误。但前函非其亲笔，系是茀庭世兄所书也。今日之福信系是翰臣老伯亲笔，均言明晰，却之甚难为情，只得十八日照其原信代付葛芹荪世兄可也。覆信中附还前芹荪兄带来之原函。若遇此等之事，一有疏虞，言非易事，当为往询一次，识者不以言之为过也。

十七日庚午 早至巳，雨，不甚大，兼雾；午初以后至晚均阴。午膳后，梅翁来叙一刻，同至子宜处，相约至吴玉成参戎处送行，至其府上，其仆从言至楚卿家去。即至楚卿府上，晤玉成参戎，互相畅叙至晚而来。阿三今已开发去矣。晚膳后，探陶寿农姻长曾于晚刻自海门到家，即至其府上，相约至子宜处，晤梅翁、楚卿、宗山、丁辅香诸君，互相畅叙半晌而来，至家尚未二鼓。楚卿兄言，王鸣九明府定廿三日接黄岩县篆，前言十六者误也。

十八日辛未 雨。日间无事，只学篆书，藉堪消遣而已。

十九日壬申 雨。

二十日癸酉 早至巳，阴兼雾；午、未刻，晴；申刻以后至晚均阴。寄奉家君第四十二号安禀一封，内附致许眉甫先生一信，封交弟头送海门邮政局保险寄至山西吉州署中。晚刻，接家君自七月廿四日所发一信，内附许眉甫先生家信，即遣老官送至西山其府上矣。家君谕言云，七月廿三日接到藩宪公事，该州龙王辿厘差务委吉州家君暂行兼办。但印官兼办厘差是有面子事也。适栅浦焕堂来云，龙王辿厘差每年解缴藩宪均在银一千两左右，收进银数不到两千，报解并需费之外，约有赢馀数百两而已。现家君既奉上游兼办厘差，赢馀之处不以有无计、多寡计，只得上游详察官声、政绩，易于升补、升调，是所至幸也。忆自上年八月二十日适值由山西旋里，不觉之间忽经一载矣。

取阅八月十四日《申报》附张纪：慈溪人钦赠内阁学士、一品封典、直隶特用道严少舫观察信厚在日，时原捐垫田九十七亩、义塾、义庄房屋两所，发典生息银五十两，宁波府城江北岸市房三所及续捐义田六百九十二亩三分零，益以现银五千两，合计库平银四万两，谨照各处义庄订立赡族规条，推及姻亲邻里，设立施种牛痘局、初、高两等小学堂，名曰寿芝山庄。其馀少君二品衔、农工商部二等议员、直隶补用道严子钧观察义炳，仰承先志，造具田、房银数、义庄规条、学堂章程册结呈县详司核明详远奏咨立案，并请援案赏结匾额等情，前来由部转摺奏恳天恩俯准，照例建坊，并乞赏赐御书匾额，以示嘉奖。本年三月十七日奉朱批："着照所请该部知道。钦此。"钦遵到部相应恭录谕旨，咨行浙江巡抚查照可也等。因到本部院准此合行札到该司立部转饬传知钦遵，此等之事，如有力者理应早为。余有久畜是心，自维棉力，心实抱愧。得叨上天敷佑，祖宗惠泽，能遂此愿之后，虽死何憾。忆前先曾祖母应太夫人在日，时亦常念及，皆以棉力而止。为子孙者得遂先人之愿，是为大幸也。近今严子钧观察可谓完人，天下能得行此事者固不乏人，皆以执迷而不肯行，不知何故也。《申报》所纪州县以及各官及选章程详而长，未便抄录焉。

廿一日甲戌 子、丑、寅刻有雷声而又雨；卯刻以后至晚均阴。致洪莲翁一信，交邮寄晋。致杨伯藩兄一信，交邮寄申，托其就申代买桂花皂一盒、戒指烟一箱，余将近由申江买来之《说文》通训定声一册，计廿四本。前存有《汉学谐声》一册计八本，均嘱世治先加订书面告成之后，适苏绩臣兄来叙半晌，托其代为书写之书面字样，颇为工雅也。

廿二日乙亥 阴。午膳后，苏绩臣兄来叙一刻，同至周梅翁处少坐而别。晚膳后至楚卿处，晤何镜泉。解昆珊、鲍子封诸君，互相畅叙半晌，来时便道至子宜处，晤宗山少谈而来，至家时逾二鼓矣。

廿三日丙子 晴。晚刻，王子轩来叙一刻，同至椒江中学堂，晤应玉川先生，相叙一刻而来。莘山来价云，叔文兄前染恙至今尚未安痊，鄙怀焦急，得邀吉人天相，即占勿药之爻，是所深幸。

廿四日丁丑 雨。致叔文兄一信，并附《申报》一卷，已交弟头于明日专送莘山。午膳后至陶寿翁府上，相约同至集圣庙，晤孟东、煦东、少峰、心斋、性言、秉彝诸位同行致祭龙神暨张元帅诸位神圣，毕后本晚刻庙中有酒，余因近日戒烟，忌吃油腻，即行前来，至家时将晚膳矣。余之烟瘾屡戒屡吃，终难断瘾，今日又戒，未识得能遂愿否也。

廿五日戊寅 早至未刻，阴；申初刻，雨；至晚皆然。早刻，家慈因叔文妹丈染恙未愈，亲至莘山问候，谅邀吉人天相，即占勿药之爻矣。未刻，至寿翁府上，晤楚卿、作羹少谈，因寿翁上洋而别。同楚卿兄至子宜处，（晤）苏绩臣兄及秉彝宗伯，畅叙半晌而来。

廿六日己卯 雨。子宜兄邀余午膳，早刻，至子宜府上，晤梅翁、苏绩臣兄，相叙席散而来。次女因恙未愈，请子能先生诊视，云其至郡。转邀寿卿兄诊视，代开一方，留过晚膳而别。余因戒烟，已吃补剂多日，并早晨吃牛乳一盏，亦将两月，近日另晚刻再吃一盏，亦多日矣。顷寿卿兄言，湿已拥，即托其代开一方，即食下，就能见效。可见药之一道，好处有如是之速，倘一舛错，坏处亦如是之速。遇病医药，不可不慎，深宜戒哉。仆人自莘山来言，叔文妹倩之恙仍然如旧，望速安痊，深为至幸。顷永利商轮到埠，前代蓁友寄买之鞋已于晚刻遣小二头向其取来，皮鞋、缎鞋各一双，共计价洋三元六角，系包平和所售也。即送交蓁友兄，据说缎鞋不佳，向换，只得明日仍遣小二头送交原人带换可也。日前阿香附寄之信，顷其子来，即交其子带去矣。

廿七日庚辰 早至巳初刻，阴；巳末至晚均雨。致杨伯藩兄一信，交其细载谢友桂带申，向星罗大德公司及大隆药房买牛髓粉各一盒。《申报》纪其每盒价洋一元，顷交现带洋两元。晚刻，嘱二头送交富昌代买鞋价洋四元，昨买来蓁友兄之皮鞋并乌缎鞋价洋三元六角，顷付交洋四元，尚馀洋四角，嘱其代买乌洋袜两双，倘若不敷，另日再付，均已言明矣。原买之乌缎亦并交二头带交昌相带申向换，亦均照蓁友所云之语言明。《申报》所纪牛髓粉之功效最佳，但牛髓粉所售之店，上海有两处：一在上海二马路中市西鼎新里口星罗大德通公司，系赞医士所制；一在上海四马路北首望平街大隆大药房。所售两处之牛髓粉果是何所为佳，倘若果佳而不谬，另日再行向购可也。

廿八日辛巳 早至巳刻，雨，不甚大；午牌以后至晚均阴。戌刻秋分节。仆自莘山来言，叔文妹丈染恙稍愈，想即逐渐安痊也。余之乐琴书室之前拟栽牡丹数种，存心已久。上年仆从自郡购来之牡丹，色虽白而心空，不像花样，早送与椒江学堂，未识存否，亦不得而知。忆本地之栽值牡丹者，醉香母舅处，前已向说及，曾允分赠，又，六皆府上亦有牡丹颇旺，前六皆到家已向说及，今早遣仆并花匠老五同至两处取来。向醉香母舅取来之牡丹系老枝，颇大，即值北首；向王六翁处取来之牡丹无几，种在南首，据说均是紫色。能得各种颜色皆集数种连栽值，每至季春皆放，一时藉堪消遣，深为至幸。系牡丹乃花中之王，一名富贵。但富贵已兴，玉堂亦不可缺也。余虽有玉堂一株而不大，据老五言，温州有玉堂大者售卖，余嘱其向买一种，俟得兴旺。“玉堂富贵”四字可成佳句也。

廿九日壬午 阴。北岸姑来说二分三太太于昨夜作古，年已六十又五。早刻，至伯寅宗叔并咏仙兄两处少坐，言三太太于初二日大殡，并云禹门叔公于明日初一出丧，来时其托余代赊白布一支。即嘱嘉先向茂昌赊来，计洋纱白布十个，即送交矣。接叔文妹丈来字托余代买佛手糖常鱼，即嘱作头代为向购矣。

九月初一日癸未 阴；夜，细雨。早刻，送禹门叔公出丧，并吊三太太丧，晤其内侄蔡君，并宗山、咏仙、伯寅、仲辰、少愚，相叙一刻而来。适王子衡兄来过午膳，同至楚卿处，其仆人言，楚卿早至海门，并有事赴郡城一行。即至旭东处，晤薛黉甫千戎，相叙一刻，言现署黄岩县尹王鸣九明府到任以后，遵宪谕禁烟之令最严。就道至子宜处，相叙一刻。子衡言及董煦堂因上年郡伯就意潘秋访明府勒借米款英佛万元，恐难归还，呈控抚宪，蒙增中丞批准"按款归还"等语，而董煦堂复将该款拼入铁路公司股分之资，亦一举而两得也。

初二日甲申 早至午牌，晴；未刻以后至晚均阴。致王子衡兄一信，并附还所存各件及监照等物，均交世治先带交。上春三月间承假洋四百元，期本对年，今未值对期，将原洋送还，承其收转，亦情分也。并接子衡兄覆信一函。复接家君一谕，系八月初九日所发，言奉查龙王辿局务，奉薇垣密查详覆，后蒙藩宪批示，大为嘉许，即有兼办龙王辿厘金事务之札。现晋省上游皆不轻易移动，恐调署之望在缓矣。幸升阶曾经到班，未识即能望补否也。并谕言即于初旬上游晋谒抚宪夫人寿辰，须在府中过节，大约中秋节后可以旋署矣。月波、阿香须在九月之初有旋里之行，至家后少作勾留即旋晋耳。

初三日乙酉 晴。天气颇热，但牡丹花曾已栽植三年，未识得窒碍否也。早刻，因蔡定庵来邀午膳，后至正衡家，晤定庵、咏仙、丙寅、仲辰诸君，相叙半晌，适定庵将行动身，即送其行而来。至子宜兄处，晤寿农、楚卿、宗山、云梯诸君，互相畅叙，来时已将晚膳矣。楚卿言郡城周萍汇系是新党，何肃堂先生系是旧党，有杨子卿者系新党中人，屡次糟蹋旧党，为日久矣，近有事不如意而转投入旧党，而何肃堂先生以其人太狡狯，即将其事宣布，识者薄之甚矣。晚刻，郎翰臣老伯遣人来送前借洋五十元，并接有一信，明日致覆可也。其洋即交典中收账清讫矣。

初四日丙戌 早至未刻，晴；申、酉两刻，阴；戌牌，雨；以后皆然。致福郎翰臣老伯一信，并附葛芹荪收条一纸，交其来人带福。午膳后，至寿翁处，晤伯端，相约至子宜处，晤采东诸君，互相畅叙至晚而来。适苏焕堂、叶寿卿来叙,过晚膳而去。相叙间言及生花汤之害,一言难尽。但生花汤皆是破血之药,若误食生花汤,其害之烈,不可言矣。余自今之后方知妇人产后如污血不清者方可食生花汤,其功颇效,若非污血不清之病,一误投生花汤,轻则败血,重则以此结局。至轻则虽无大见病容,其实心血甚矣。余元配当产后之时,非污血不清时即投食生花汤,致即败血;败血之后犹有知觉,再投一剂,以致若是。此又半在生产多次,气血已衰,而再误投,两下相攻之所致也。现今继配产后又投食生花汤,虽无大碍,其实心血已亏,幸其年力富强,又在初次生养,即须过于破血,尚无窒碍也。前不知者只知分娩时确须生花汤为圣药也,今承寿卿兄道达生花汤之药,详细言之,方知以前皆是误之甚矣,悔之晚矣。以后若生产之妇人污血未清者,常可珍酌而用,若无污血之未清,切不可误投生花汤,是为至切至要,诸君相识者当为其详细言之,不使其误投,是为至盼、至切。①

前陶寿翁府上取有《重楼玉钥新编》,附《白喉忌表诀微》一书,本拟自行刊板印刷,今阅是书中之下有注板存浙江省城内下城头巷景文斋刻字铺,刷印价值亦不过昂,顷值小招到申之便,嘱其带申寻觅,如有是书,价亦不贵者,就申向购百部,分赠相交、过旧、戚族、乡邻,未识得能如愿否也。凡人之存心,一人有一人之心,自各不同也。余之存心,自己本欲富贵寿老,子孙绕膝,悉皆贤能,但愿余亲戚、乡邻、相交、过旧、同里、同乡,人人皆得富贵寿老、子孙贤能,而又风调雨顺、物阜民康,年年相是,岁岁皆然,足余之所愿也。余以厚道待人,其人定然以厚道待我。顷书日记之便,偶而录之。

初五日丁亥 晴。致卢槐士兄一信,托其代汇蒋馥棠先生英洋三十二元,系典中架捐之款。接杨伯藩兄一信,并承代买来戒指烟、桂花皂各一函,共计洋两元。前嘱谢友桂买之牛髓粉两盒,均已买来,两号较之望平衡,大隆大药房所售牛髓粉尚有牛肉气味,西鼎新

---

① 此段页边原注:“论生花汤之利害。”

里暹暹大德公司所售牛髓粉并无气味，殊不值也。与寿卿兄互相详酌，牛髓粉一药并无有益之处，《申报》所说之语名过其实耳。早刻，因方第来说王呢堂之山地，同其到地往看，其山名曰长坑山，坟约三四百所可造，计价洋九元。即嘱嘉先书契画押，当即付清价洋矣。契中买主系乐琴书室出名，此等做造舍坟山契，则可如是草率，除此之外如遇买契，不可以乐琴书室出名也。便道过栅浦文昌阁，晤苏德衢、刘秀亭两兄，少谈而来。晚刻，周达云母舅及王兴臣兄来叙半晌而别。陶寿翁暨丽生先生来约至椒江中学堂，晤周载熙兄、王云梯、王赞青诸君，互相畅叙一刻而别。同至周梅翁府上，晤叶寿卿、叶蓉秋、应玉铨诸君，相谈至晚而来。

初六日戊子　辰前，雨；巳、午刻，阴；未、申以后至晚均晴。寄奉家君第四十三号安禀一封，内附致眉甫先生一信，并附眉甫先生《竹报》一函，封交正伦送海门邮政局保险寄至山西吉州署中。林厚甫来向典中买货，同玉铨、蓉秋来，过午膳而别。陶吉云兄来邀余与子宜兄于廿一日为其令郎代媒，当即允焉。同至子宜处少坐，晤楚卿、采东诸君，至梅翁府上，晤槐士，相叙至晚而别。楚卿邀过椒江中学堂，晤载熙兄一叙，即来至家，时将晚膳矣。槐士兄言，自初三日下港，但椒江网业公所初立公利时拨入郡城工艺局款洋六百元，续办椒江中学堂，因网款八成核算不敷之处，当将工艺局之款并入用费开支。现郡伯许邓仲期太尊出谕向楚卿立提该款，楚卿拟即具禀，并邀椒江中学堂监督载熙亦复具禀，倘若郡伯果若提拨该款，楚卿拟停椒江中学堂以底制之。但当椒江中学堂不敷之处，并工艺局之款，虽有具禀府中，而府中未曾批准，因工艺局未曾开办，亦未向提该款。今郡伯即拟向提是款，楚卿即作停罢椒江中学堂以抵制地步，如是而来，定然冲特。若果官绅冲特，孰兴孰败，后事方长，亦难预料。晚刻，至椒江，时栅浦苏绩臣兄铺盖初进，并晤积臣兄亦至椒江矣。楚卿言，积臣现充椒江中学堂书记之任，想楚卿曾经允诺矣。

初七日己丑　晴。早刻，至卢槐士兄处，相叙半晌而来。

初八日庚寅 晴。致眉甫先生一信,交嘉先转付邮寄晋。早刻,买舆至黄城邱仲玉府上。过晚膳,同仲翁至牟伯谦太守府上,适其公出,未晤。即同至警察局,晤牟伯谦太守、王吉人老伯、王梅友孝廉、许幼棠兄、张少泉先生,诸君畅叙半晌,吉人先生言利生典意欲出顶。按:利生当系江梦生明府、王镜泉亲家及张淇泉拼开,三人均是殷实,何至出顶,其中总有不便之处。时及仓促,未及细谈。吉人先生又言,现有省委前署宁绍台道张观察现宿警察局,为徐班候侍御奏参温处道何观察及永嘉县兼前署黄岩县知县樊仰山公祖,由军机处字寄浙江巡抚查办。因有道员参在其内,因此抚宪增中丞札饬张道查办各节,究为某事,未得详晰。即同吉人先生、仲翁至章杞堂先生之万育药铺中,适其未在,而即转仲翁处,晤惠远少谈。即行乘舆至十里铺岳母家,晤李受谦,闻训甫兄之令堂染恙,即至其府上,晤卓荦卿先生,相叙半晌,转至岳家焉。

初九日辛卯 早至晚均雨不甚大。致嘉先一字,交轿夫带家。晚刻,小四来,送到各件,并接眉甫先生一信,附其家信一封,俟至家后转寄可也。并接丽生先生一信。看岳母家有牡丹花,系种不得时,言未能开花。余向其取来,想按时栽值,定能开放必矣。日前家中之乐琴书室前已栽牡丹三种,未识其花何色。现向岳母家之花又取栽是处,多多益善。想多种定有多色,得有各色牡丹齐放,颇多乐趣,藉可消遣,亦一幸事也。忆已栽之牡丹,周、王两家取来之牡丹恐是同色,裕大之牡丹及今岳母家之牡丹,想各自一色也。但牡丹均是紫红、粉红者多,得能大红、洋红及金白色觅得数种,深为至幸。惟白色牡丹曰玉板,皆未能太度。能得玉板之花与各色牡丹大小相若,得觅一种,亦多乐趣也。牡丹之花冠与各花,乃牡丹为花中之王,牡丹中以大红、玉板两色为最贵焉。

初十日壬辰 早雨晚阴。致嘉先一信,即交小四带家。

十一日癸巳 早至午牌,晴,天气颇热;未、申两刻,阴;酉牌,雨。致邱仲翁一信,即嘱小法送其府上,请其在府少待,以便面叙。连日同克三舅公、友三、广生，并琴友昆季互相畅叙数天而已。各客友颇多，岳母家时至从九颇多用度，早刻，复承邀一席而来。至黄城仲翁府上时钟十二句矣，即与仲玉姻长相叙半晌，留过午膳而来，至家时将晚膳矣。眉甫先生函云，大宁县黄明府中瓒现调补河津。查王明府系三十二年选授是缺，迄今未及三年，即行调补优缺，其官运可谓至好也。

十二日甲午　辰刻前，雨；巳、午、未、申，晴；酉牌，阴；戌刻仍雨；早刻，雾颇重，天气最热、寄奉家君第四十四号安禀一封，交海门邮政局双保险寄至晋署。仲翁托寄蓉翁一信，亦交邮筒保险寄京小甜水井大纱帽胡同陈宅转交矣。陶宅遣花匠赴瓯江买花，曾已买来飞桃两株、玉堂一株，计价颇贵。想原买价值定不如是之昂，即照花匠自说，亦不及三元之多。余当日欲购，加瑞香台阁梅两种，屈计并连亦不及三元。今已买来，只作罢论可也。今屈[①]秋甚，尚如五月之热，亦少有之候，想不日须当寒冷也。

十三日乙未　阴。致丁子祥一信，因岳母邀其照相，余代为函邀，据云现在黄城，未曾到家。眉甫先生附致涧泉先生一信，并其家信一封，均饬老官分送矣。应玉铨先生来叙半晌，相约至达云母舅及仁大蓉秋先生、周梅翁诸处，均畅叙半晌而别，言及黄煦东孝廉现奉郡伯许邓太尊札谕："大烟限在三个月一体戒净，不得违误"等语云云。现在戒烟一条系奉旨通饬，若以疆吏效忠，州县精明，无不断戒之理，今则如是实事求是，则将来我国自强之基础也。余烟瘾自上月廿四日起用文明药丸，顷逾半月，初用十粒，今用七颗，均无窒碍，安乐如恒，想得从此断瘾，深为至幸焉。晚膳后，至子宜处，晤周梅翁、王云梯、黄楚卿诸君，互相畅叙半晌而来，至家时将二鼓矣。言及安徽提学使沈子培方伯曾植现署藩宪；王子常太守仍委运糟差使，现是差米捐再加三成，每岁可剩银五万馀两，真优差也。家慈自晚刻莘山

---

① 疑为"届"。

来言，叔文兄之恙曾已安痊，可无庸念矣。

十四日丙申　阴。晚刻，陶寿翁、周梅翁及达云母舅、秉彝宗伯、柳亭诸君来叙半晌而别。陶寿翁因其令祖母柯淑人今日八十有五生晨，来邀晚膳。即至寿翁府上，晤梅翁、载熙、作羹、道周、秉彝、柳亭、仲辰、伯端、吉云、少湖诸君，相叙席散而来。接郡城来柬，洪莲翁之四令弟于月之廿四日完姻，容日致送人情可也。现陶寿翁遣花匠赴瓯买来各等花木数十盆，皆是手工装饰，殊不值也。凡一切花木须出乎自然，皆是手工盘景，有何趣味？并且庸俗之气接种[①]而至，非幽雅之道也。花木虽雅，万不可手工盘景，是为至切。

十五日丁酉　阴。致邱仲玉姻长一信，交玉先带至黄城转送学后巷面交。致丁子祥一信，交玉先带至十里铺询岳母邀其照相，即将此信送交。昨洪莲翁兄来柬于月之廿一日其令弟完姻，附寄伯纯兄贺贴一柬，托余代寄，即于晚刻托十里铺陈宅长工带前宅。蓁友兄于早刻来，留过午膳，即至椒江学堂矣。午膳后，至陶寿翁府上少坐，过子宜处，相叙半晌而来。陈春亭来言欲税下街行屋，但其屋久年未修，因无人税住，顷有人欲税，须即代为修理可也。其税金须洋念元，另日成契可也。伯森先言近日赴郡，托其代送洪宅贺敬一函，计洋两元。郡城江下街杨德春米行东人经手者杨景德先生。

十六日戊戌　日阴夜雨。寄奉家君第四十五号安禀一封，内附致许眉甫先生福信一函，封交弟头送至海门交邮政局保险寄至吉州署。致洪莲翁一信，交嘉先送本镇邮筒寄晋。致杨伯藩先生一信，外附代买湖绉并洋皂、戒指烟等英洋八元又开洋八角，嘱小招带至海门永宁局托徐富春先生代寄沪江永利分局，并致富春一字，托其代寄语，并嘱小招带申向普太和买卫生丸洋二元，均已现洋付讫。午膳后，至下街行屋，嘱木匠修理一切，言明廿一日起工。道至楚卿处，相叙半晌，楚卿言近日赴省一走，为同昌盐号加厘事也。别后，过子宜

---

① 当为“接踵”。

处少坐，过天后宫，晤宗山兄，适载熙兄在女学堂教授一切而来。陈春亭来写税票，计每年税洋念元，准于夏冬两季清付。晤子宜兄言恙尚未痊，虽无窒碍，亦早为医治为幸。

阅《浙江报》纪浙江府辕之辕门抄纪吴绍春公祖曾经禀辞多日，尚未到署，不知何处阻搁也。本镇之女学堂，楚卿议造天后宫，已有树料买来颇多矣。但天后宫系福建泉漳会馆，虽经久未经管，现虽起造女学堂，须与海门之福建会馆经事者言明方为妥善。今楚卿未与闽人言及，只恐不妥，奈办地方新政要公，想无窒碍也。王子常太守现奉檄委仍办运漕厘差，其戚族相识之人并曹晋阶、黄煦东两翁所荐者幕友、司事、跟随、巡丁，如是上下者计百馀人。寿翁言霭生先生亦拟至子常太守局中，系楚卿所荐也。前办运漕时，系申桢夫办理账房，今因去者太多，不欲赴皖，亦是高见。古人云："得意不宜再往"，此之谓也。楚卿言，子常太守前办是差，每年盈馀本有本洋五万数千元，现前任将来捐一项已加增三成，较前更佳，真优差也。按：本洋一元作英洋一元二三角之则耳。安徽系是东南大省，道府差使有如是之优，在皖尚在第二，但晋省统计道府最优差使之盈馀不及其半耳。

十七日己亥 早至巳，阴；午牌以后至晚均雨。致杨伯藩兄一信，交邮寄申，托其代买文明社药丸、卫生丸、参贝、陈皮等物，未识廿五日永利到埠之期可以带台否也。接陈蓁友兄一信，向余撮英洋十元，即嘱嘉先送交。

十八日庚子 阴。早刻，因次女团月，叩谢神圣后，将亲戚曾送月里者悉均报答之。又致杨伯藩兄一信，交嘉先送交轮中带申。嘉先来云，交小招带交伯藩之信已失，附洋八元八角即交永宁局徐富春兄代寄矣。并托应吉甫代请潘子松先生来与家祖慈一诊。家祖慈系是小恙，亦无窒碍也，子松所开之方即购服之，定能即邀吉人天相之庆矣。晚刻，至子宜处，相叙半晌而来。玉先自黄城来言，向讨之牡丹均已作罢。

十九日辛丑 早至巳刻，晴；午牌至晚均阴。致徐富春先生一信，托其致伯藩兄之洋代为寄沪。午膳后，至陶寿翁府上，晤梅翁，言吴玉成参戎曾经旋里，赴申将胡须均剃一光。寿翁相约同至玉成参戎处，相叙半晌，其须之均经剃矣。言自嘉兴谒杨渭春太尊并清江许豫生观察，两处一走，欲觅差使而不得也。并云浙江抚宪增子帅诸事最为精明，意欲大加整顿一次。现今时事，抚宪乃一省之主，有意改良，诸事藉可安置耳。别后，便道至子宜处，晤采东、云梯、辅香及钟焕堂先生，相叙半晌而来。但焕堂先生系丁辅香邀其看地而来，现宿辅香家中。晚刻，字嘱二头带申向买红、白牡丹花两种，未识即班能得买来无误并可包换否也。

二十日壬寅 雨；子、丑牌，雨甚大；戌刻，雨亦大。致叶寿卿兄一信，邀其来家代为一诊。典中冬盘已于今日出卖，分作十五股，货本约七百馀串，价计一十五计算。陶吉云兄令郎配潘天球之妹，于明日完姻，邀余与子宜兄代媒，并邀晚膳。至其府上，晤玉翁、寿翁、宗山、崇山、禄孚、柳亭、伯端诸君，相叙席散，值玉铨相邀而出，适雨如注。至子宜处，衣服均湿，少坐，乘舆至家，时将二鼓矣。

廿一日癸卯 子、丑、寅，均雨甚大；卯牌至巳刻，细雨；午刻以后至晚均阴。致杨伯藩兄一信，交祥交先送海门邮政局寄申，托其就申代买各色牡丹花各一盆，均要起楼，未识得能购得数种否也。余之乐琴书室前之道地本是泥地，因多虫蚁，加盖石板道地，所有花坛大小四个仍在其中。并长花坛太狭，重改稍阔，并稍长一的，均于今日起手矣。但长花坛种植牡丹，得能各色起楼牡丹得集数种，为幸多矣。此外三花坛，一植玉堂，一植夹竹桃，一植白山茶，均是酌妥而种植之，藉堪消遣而已。早刻，因吉云令郎于今日完姻，邀余代媒，至其府上，同子宜兄代媒，至潘宅已下午一二点钟。新人又值有恙未愈，而格外延搁，动身时已将晚膳，幸是本街，路近而无碍也。并与诸客相叙席散，又至柳亭处少坐而来，至家时过二鼓矣。柳亭兄言，吴绍春公祖曾于晚刻由省旋署矣。屈计今日系宝华商轮由宁到埠之期，想吴公赴甬趋谒道宪而来也。

廿二日甲辰 子、丑，细雨；寅、卯、辰刻，阴；巳、午牌，细雨；未刻以后至晚均阴。致子能先生一信，交航船寄郡，托其代买牡丹花，不(知)能得购有数种否也。但余之乐琴书室前长花坛中意欲皆植牡丹，想得多栽颜色，故四处寻觅，不知集得几种否也。玉先至家去，顷欲取现洋，彼将洋箱锁匙带去，致其一信，专取锁匙，于晚刻取来矣。陶吉云兄来邀晚膳，同陶寿翁至其府上，晤子宜、玉铨、少琴、柳亭、伯端诸君，相叙席散而来，至家时逾二鼓。适叶寿卿兄自路桥来，即留宿焉。

若至暮春，得以牡丹盛开，并得颜色多种，相邀良友数人，稍丰筵席畅叙终日，生平之至乐也。余今四处皆觅牡丹，果得几种否也。但牡丹乃花中之王，名曰富贵，加玉堂相配，即曰“玉堂富贵”，其名亦为至美。但玉堂者红、白两色，奈白者多而红者少，余已得两株花，均未放，想均是白色。但牡丹之花起楼者为上，平头者次之。其颜色有大红，有紫红，有玫瑰红，有粉红，有紫色，有绿色，有黄色，有净白色(即曰玉板)，以大红并净白为上，绿色虽有，亦是少见。既觅牡丹，虽颜色不能皆有，得坛中多植几种，是为至幸。若玉堂、富贵之外，加之建兰。但建兰名曰吉祥，余已得有十馀盆。得以玉堂、富贵而复吉祥之外，再有何求？但夹竹桃非香花，其色颇佳，而又经久。山茶颜色甚多，白者为贵。余乐琴书室前植玉堂富贵、夹竹桃、白山茶者，皆有精细而酌定后方种植之，加附吉祥草，以助清兴。其馀如玉兰、飞桃等花，有则亦栽数盆，无则亦不必寻觅可也。兰花中有山兰之素心者得觅三种最为雅事，皆出其自然，切不可用人工盘琢而多混气。现寿翁府上之盘花者虽觅得多种，皆是人工所盘琢，最多混气，余所不取焉。未识知我者以为然否也。

廿三日乙巳 早至午，晴；未刻以后均阴。叶寿卿兄于晚刻(来)，同至周梅翁府上，相叙半晌而别。余次女染恙，已承寿卿诊治，即奏肤公，为幸多矣。

廿四日丙午 晴。次女染恙颇愈，想能逐渐痊愈，可无庸念。晚刻,又邀寿卿兄再开一方,定奏肤公也。晚刻,梅翁来云,陶寿翁为椒江具禀郡伯免提工艺局之款赴郡,但前批示未曾邀准,今则自己晋谒,未识得邀免提否也。按:该工艺局之款既经椒江中学堂移用,可提不可提之间,未识郡伯果何主意也。后园栽植天竹颇多,早刻,分出三股之一植在乐琴书室之墙后,藉堪清趣而已。乐琴书室之道地加盖石板,将此完工精细,想之无多花木可植。四处花坛中已栽玉堂、富贵、夹竹桃、山茶四种之外,再排各色花木,而得清雅者本无多盆。但余已购有建兰、山茶、梅花等已有数十盆之多,曾经购来,只得安置其中,未免跼脊,只得将就而已。

廿五日丁未 晴。致杨伯藩一信,交小招带交,因卫生(丸)已由小招买来,伯藩处无庸再买可也。前嘱小招代买卫生丸均已买来,价洋悉均付讫。梅五来叙一刻,相约至子宜处,晤秉彝宗伯,相叙半晌,代秉彝自己出名,致石庆斋一信,即交其自寄。西山眉甫先生府上托余代寄眉甫先生家信一封,另日附函代寄晋垣吉州可也。

阅九月廿二日《申报》纪九月廿一日内阁抄奉上谕:“验看进士馆毕业学员,考列最优等翰林院庶吉士叶先圻着授职编修,并赏加侍讲衔;考列中等翰林院庶吉士吴德镇、周杰、张承栋均着以授职编修;考列最优等法部主事周之桢着以原官留部遇缺即补;考列优等度支部主事楼思诒着以员外郎遇缺补用;考列中等法部主事萧湘着以原官留部;考列中等内阁中书曲卓部着以主事分部补用。钦此。”同日奉旨:“验看之学部考验游学毕业生陈振先等十四员均着以农科、法政科、工科、格致科进士用,赵连璧等八十九员均着以农科、法政科、工科、医科举人用。钦此。”诸君身受皇恩,可谓至优、至渥,理应以身报国,尚不足抵于万一也。

廿六日戊申 早至午牌,晴;未刻以后至晚均阴。接眉甫先生一信,系九月初八日发,内附其府上一函,即交作头送托刘源春代寄西山矣。言及家君自九月初六日赴河东晋谒道宪陈观察,想陈观察将近告卸赴引之行,大约月半左右可以旋署。并云家君奉檄办理龙王辿厘金之薪水并一切浮费悉均报效国库矣。但局中仅派一仆人福元照料一切，其馀大小诸事均家君自行经理，不胜其繁也。秉彝宗伯来邀至其府上，过晚膳后同至心斋宗叔处，相叙一刻，至家时将二鼓矣。

廿七日己酉　晴。接叔文兄一信，言未复原，托余代请王晓凡兄至其府上诊视，俟明日遣价致函相邀可也，并附洋一元，托余代为寄申购买另星。但永利商轮方于今日开往，屈计初二日到埠，初三日可以寄买。少云来言。谱翁府上有粉红牡丹，即托其代为向讨来一支，随即种下，未识即能得土否也。但牡丹种扦须以五日可见是否，但所取之牡丹毛根颇多，想能得土者多矣。前陶寿翁言毛畲有牡丹售卖，早刻，嘱农工弟头至十里铺陈宅，邀其仆人同至毛畲，托牟尾生兄代为向购，想能买来，不过多少而已。意欲寻觅多种，未识得能如愿否也。伯端来云，陶寿翁于早刻自郡垣来。晚膳后，至寿翁处，相叙半晌，至家时将二鼓矣。

廿八日庚戌　早至辰刻，晴；巳牌以后至晚均阴。致王晓凡兄一信，饬吕鉴专送黄城仓头街，代叔文兄请其至莘山叔文兄府上与其诊治，即报肤公，心为至幸。致叔文兄一信，交其来(人)带交。晚刻，吕鉴来云，晓凡兄明日准至莘山，与其来人同去。接周允东明府一信。晚刻，弟头自毛畲来，并无牡丹买来，又是空走一次，意欲寻其甚为难得，未识伯森先由郡城得购数种否也。允东明府函云，督练公所总办王襟三观察现以道员指分陕西试用，所遗督练公所一席，晋省抚宪宝中丞檄委王子良观察办理，参谋处总办现委刘冠军参戎，教练处总办现委姚鸿禧观察办理，晋垣之督练公所各总办悉均更换矣。按：姚观察江苏镇人，日本陆军学堂毕业生，系陆军部左丞姚锡光之公子，年仅二十馀岁。督练公所各股官，同乡周吉人及鲁指南兄皆从王襟三观察同赴秦州，鲁豹文、于元培两君亦续赴西安，瓯江何默斋兄早经请假旋里，仅伯祥昆季尚在太原。人生分合不一，就山西一年之隔，朝夕相叙诸君亦天南地北矣。

现山西广行新政，调查局、咨议局均已设立，并振兴戏馆，馀利藉充省城马路之资。现山西候补者接踵而至，各大宪遵照部章，设立考验处，委王子良观察为会办。候补人员除正途之外悉均送考，头等人员酌委差使，二等、三等皆入法政学堂肄业，四等者咨送原籍。曾于上月十八日考试一次，至次月十三日尚未揭晓，想八行情分有所不免。同乡王子良观察为干以举人入资黄岩学教谕，徐季和督学浙江明保奉旨以知县用，选授山西某县知县，历任大缺州县数任，升补霍州直隶州，调署平定直隶州，捐升道员，引见，到省即奉抚宪檄委财政处会办，数月之间即委督练公所总办，升阶迭晋，立见升迁，指顾间耳。联直刺恩上年升补代州直隶州知州，前月，雁平道缪观察护送达赖僧王入都，所遗雁平道即檄联直刺护理，如是官运，人所莫及也，亦得其时也。山西同蒲铁路总办何受萱方伯曾经告退，以渠京卿本翘接办。按：渠京卿系山西祁县人，由分省补用道，奉旨以四品京堂用，晋省矿务总办渠京卿本翘。同蒲铁路系刘少兰京卿笃敬太平人为总办，上书记错。山西戒烟局以候补道马观察觐宸为会办，最为认真也。

典中夥友言立茂之祖王策臣老先生于月中仙逝，年在八十左右，正是福寿全归。惜梦云先生因包种田亩赴嘉湖，迄今两载，未曾在家为歉。按：王策臣先生廷献早年入泮即食天禄，以后就馆六十年，悉皆勤慎，正是诚厚长者。近得如是师传，亦颇不易耳。

廿九日辛亥 晴。致伯森先生一信，送交航船寄郡，嘱其牡丹如有买来，早日来店为要。近因店事颇忙，再勿延搁。晚刻，蓉秋先生、玉铨先生两君来叙半晌，蓉秋先生相约十月朔日起，典中洋价每元定钱千零三十文，开洋定十一二，铜片每枚作钱八文而已。

灌拥花木须要得时、得性，不得过多、过少。余之建兰自夏秋以来灌清水颇多，兰剑颇多黄烂，自此之后方悉灌水过多之故。过多有如是之损，过少者亦损必矣，即灌清水，须要酌中得宜，是为至切也。山兰而素心者物甚至善，无如价值太昂，倘可寻觅又不甚贵者，得觅一二盆种植其间，深为至幸。但建兰拥灌可用混物，惟山素最善喜清净之物，每年至小春月用人乳拥灌一二次，馀灌清净山水，切不可混灌水为要。即山水确须酌中，切不可过多，亦不可太少处，酌中之地最为不易也。前丹翁云，甬江殷实各家而爱山素颇多，山素有荷瓣、梅瓣、松花瓣，若得于此在于甬江者，其价异常之贵也。尚有山兰其花黑色者，其价贵如山素十倍。闻山素遇妇人生产而不易者，即将该花送入产房，即能生养。其花黑色者若有一盆，数十丈之内皆无毒物，斯言不谬，可谓至宝。言虽若是，惜未常试耳。况白色、黑色两种均无购存。前至十里铺岳母家有存山素一盆，价亦不昂，俟内子归宁向其原价购取，未识得能如愿否也。倘得允为购取，种植家中以广见识，是为至幸。忆其亲戚言是荷瓣，未识果是荷瓣否也。

三十日壬子 晴。伯森先信来言，因病未愈，以致延搁。晚刻，达云母舅及周梅翁来叙半晌，言郡城某学堂肄业生开旅行会，至本镇及栅浦、海门诸处诸生等约计八十馀人，本镇、椒江并尚德肄业生均出而送之。晚膳后，至子宜处，晤陶寿翁，相叙一刻而来。至家时将二鼓矣。寿翁自海门于晚刻来。陶寿翁言藩宪顾方伯牌示取补台州府者系刘太守宗标，若奉部覆，大约冬杪春初可以赴任。

十月初一日癸丑 子、丑、寅，雨；卯刻以后至晚均晴。晚刻，自陶寿翁府上，晤作羹兄，言及椒江购办东洋之凿井机器凿井，即同相约至椒江，但凿井之机器非独不甚得法，恐与土性不宜，即或凿下数十丈，恐无所用。其所凿之处仅与洋元之大小异与满实，今已开工数日，又凿下已深数丈，未识果能得法否也，其下之水果可以用否也。并与云梯、载熙、亦卿、赞青、伯端诸位相叙半晌而来。

初二日甲寅 晴。致周尹东明府一信，交邮寄晋西萧墙路西周公馆。接伯藩兄一信，并牡丹花四株，言是大红、净白、紫红、粉红，明春准能开放而又起楼者，倘不合式，准可包换，未识果然否也。即嘱花匠栽植，未识中有相损否。计价洋三元，照信无舛，即价三元非贵。函云托买卫生丸、参贝、陈皮等已交可贵代带，未曾收到，不知搁在何所，俟明日函询可也。

初三日乙卯 辰前，阴；辰、巳刻，细雨；午牌，晴；未刻，阴；申刻，雨，不甚大；酉刻以后均阴。致杨伯藩兄一信，前托其代买丸药未曾收到，代为一查，托徐富春先生转寄申江。早刻，因陶寿翁言张丹翁昨日到台，寓永宁局，至永宁局，晤张丹翁并王芹甫、陶寿翁、申桢夫、黄子霖、杨子云、吴秋圃、杨介眉、方翰卿、丁明轩、窦少翁、李云门诸君，互相畅叙。晚刻时，仝寿翁、桢夫两君至何霭生先生府上，相叙一刻，并至裕大典询槐卿在申未曾转店，即向童子章取有牡丹花一支，当饬价专送家中。随转至永宁局，留过晚膳，相叙席散而来，至家时将二鼓矣。当动身时，杨子云送有伯藩托寄丸药一包，托买各件均已齐备，前又嘱小招早已购到，顷伯藩又函代购，以致两歧，既已买来，只得照付价洋可也。

晚刻，陶寿翁嘱秋圃就申购买牡丹等花。但牡丹余昨日已有四盆买来，只恐无大红，即又托秋圃代买大红起楼牡丹一盆，未识所买之牡丹得能均照所说颜色而又起楼者，深为至幸。乐琴书室前之长花坛中已植大小牡丹九株，本地各亲友家讨来者计六种，均非共株，沪江买来种在是处者三株，据言三色，未识能得大红、紫红、老紫红、浓粉红、淡粉红、净白、桃红，分为九色否也。能得一色中或浓或淡，分为九色，每株或多或少均能开放得百朵左右，聊备薄酌，相邀三四良友聚集其中，相谈数日之欢，余所愿也。以余想之，今戊申岁大加栽植，明年己酉虽能开放，定不整齐，再行留心倍植，拥灌得时，至后年庚戌暮春，定得开放数十朵，未识果然否也。

初四日丙辰 阴，时有微雨，细如雾、雨。致杨伯藩兄一信，并附致秋补一片，交邮寄沪永利分局，因杨子云将伯藩代寄之普太和丸药，均已交到，托其毋庸查询可也。昨托秋浦代买大红牡丹，亦毋庸再购可也。洛卿丈公惠我大红牡丹一株，根子颇粗。周宅惠我紫红牡丹一株，皆是重楼，可以预必。即将长花坛中申江购来之牡丹及周宅惠赠之牡丹皆种缸中，随将长甸之大红牡丹植在长花坛中，此坛计大小牡丹种有九株，有中号水灌三口各种牡丹一株，若得盛开时皆得重楼而复多色相杂其中，深为至幸。

初五日丁巳 子、丑、寅刻，细雨；卯时以后至晚均阴。晚刻，秉彝宗伯来叙半晌，假皿宁绸对襟马褂一件，相约至子宜处，畅叙一刻而来。陶寿翁自晚刻海门来。至谱香母舅处少叙，言贞池于上巳赴山西去，现允东明府虽进发审局学习，并无薪水，彼则去亦何益？并云洛阳有浆色金边牡丹。但牡丹本洛阳最盛，颜色颇多，他日道过洛阳，得购数种，亦广识见也。按：洛阳系河南地面，今则河南全省中牡丹皆得畅旺，由汉口铁道过河南，故向购颇为易便。

初六日戊午 早至午刻均雨，不甚大；未牌以后至晚均阴。昨建西言彼家栽植粉红牡丹，初种缸内，放有九朵，后翻在地；又觅紫红牡丹，初栽枝亦颇粗，亦种地中，后加花坛，虽言不高，其花枝亦太深矣。迄今十馀年，粉红者每年或开一二三朵不定，紫红者皆无开放。现粉红之花尚有两枝颇粗，紫红者两枝，极为细少，据说下发一枝，其粗枝即坏，不知何故。若论其年数已十馀年，理应兴旺，断不至如此之少；若论其拥灌，据说每年皆有猪大脏灌之，亦不得谓不拥。即如裕大之牡丹，初栽仅只一干，亦十年左右，已发数十干，何至相形若是？以余想之，其初栽地中，后加花坛，所栽太深，故难起发，一也；又恐遇破闭日并一日栽下，皆不得法，必矣。

余初栽长花坛之各种牡丹，当阅《通书》尚佳，即初二日上海买来四株，即行栽下。查是日甲寅定日，本无窒碍。初四日丙辰破日，向陈宅、周宅之牡丹均是初四日取来，并裕大之牡丹均于是日栽下，将初三日上海买来之牡丹一株改种中缸中，以致初四日所栽四株，内陈宅取来之大红牡丹已于昨日初五日转栽，查初五丁巳危日，亦无窒碍。因今日初六日戊午系是成日黄道，兼日子颇佳，于早刻将上海买来四株转种三株，并陈宅之大红色牡丹、周宅之粉红、紫红两种，共计六株，悉均重种，想前种下为日无多，可无窒碍也。但上海买来之牡丹，即于初二日栽下，近日重种，已见生根，颇为致善。今所载大小牡丹虽有十二株，未识明岁暮春得有几株，可望开放否也。看裕大之牡丹颇为畅旺，所栽花根亦不甚深。余植牡丹亦不过深，未识果能酌中否。

典中之柜上周仙佑先于早刻作古。上年冬达云母舅荐为管包，若允为管包，今至若是，须觅人接手，一切盘货，诸多未便，今在柜上，虽言如是，亦无紧要。闻云下洋峙董老太娘仙游，年逾六十矣。陶寿翁之大令郎字习之者聘路桥俞氏，于今日送日子，闻明岁十月间完姻。寿翁府上向无花木，今年用一盘花者名老五，在家盘有鹤、鹿、狮、鸾，颇多俗气。彼至温州买有数十种，皆用手工盘饰者多。凡花一用手工，即多俗气，殊不值也。余看其府上，现花有数十种之多，若得清趣，少之又少。彼亦寄沪购有牡丹四株，并郡城永泉、海门及柳亭各处取来之牡丹亦有十馀种，未识均能得法否也。

初七日己未　晴。致徐富春先生一信，附洋十元，内七元托伯藩代买丸药，三元系托买牡丹花之需，饬正伦送交。来接子云收字，言富春兄适未在局，洋均收讫，俟其来时面交可也。午膳后至陶寿翁处，晤梅翁，相叙半晌，言明岁九月十二日为其大世兄完姻后，十四日适其令祖母柯氏恭人寿辰，意拟做九十寿辰一次，此亦难遇事也。晚膳后，至建西处，晤孟东诸君，相谈种植花木之是否，来时已值二鼓。

余性素喜幽静清闲，最所喜者天台莲花室并松岩等处，又得种植花木数十盆，日夕聊堪自娱，以乐其志也。奈家务羁绊，未得所愿，深为恨事。性又喜花，自幼书房皆在楼上，无处植花之所，因未购觅。自癸卯岁方造斗室数椽，至丙午初夏落成，命名曰乐琴书室。时值夏令，觅花已迟。丁未探视赴晋归来，曾已中秋，复值续弦，亦无暇及，方至春月得遂平生之愿，购有数种香草而已。最所爱者牡丹、芍药、建兰、山素、山茶、玉兰等花，牡丹、芍药、山茶得其美艳而又经久，建兰、玉兰、山兰、山素得其文雅之香，复玉堂、各种梅花、芙蓉、茉莉、夹竹桃花以及腊梅各种，以助兴致。玉堂其名清贵，与牡丹相配即曰“玉堂富贵”。夹竹桃、芙蓉取其经久，茉莉花、夜来香取其香，腊梅取其独立之意，此外，天竹取其冬令清趣，飞桃以及各种亦助兴致而已。

各种菊花本佳，颇难修琢，因未购觅。现植牡丹十馀种，皆能得土而复盛开之日，相约良友畅叙数天之乐，深为至幸。惟芍药虽佳，难以觅，虽经托友寻觅，未识得购数种否也。以余论，山兰之素心者最为贵重，香远而文；色艳者莫过如牡丹，若牡丹之重楼者不拘何色，最为鲜艳，得玉板而及大红为最佳；此外，芍药次之；芙蓉又次之。但芍药与牡丹并开，既有牡丹，可以无庸再觅芍药，栽植者亦不得不种一二株而已。但芙蓉虽不及牡丹，系是十月开放，此时与牡丹开时相违已久，聊赏数天，亦足幸事。得以月月皆有香花，或有色艳及各种鲜花开放，亦为至乐，复接连相放更为至乐。最恶者花匠手工盘结之花，倘有一种好花，经手工盘结，即佳者而多俗气，殊不值也。是为记焉。

初八日庚申　晴。致邱仲翁一信，饬弟头送交。早刻，善相来言在舆相之母于昨日作古，即饬送礼矣。晚刻，至寿翁处，晤梅翁。至椒江中学堂，晤载熙、云梯，相叙半晌，看该处之井曾深七丈，尚在涨水，颇为不易也。内人自早刻归宁。

初九日辛酉　卯前，雨；辰至戌刻均晴；亥刻仍雨，均细。致伯森先一信，嘱其早日来店。晚刻，价自十里铺陈宅来，岳母将山素交其带来惠于余，亦增生色也。前言彼处之山素系是荷瓣，今送与余，明岁开时，未识果否也。晚刻，至寿翁府上，晤皮申甫，同至子宜处，相叙半晌，至家时逾二鼓矣。寿翁云，黄岩江梦生明府若干本福建试用知县，现奉上游檄委署理云霄厅理事同知，其运可谓佳极也。

初十日壬戌　早至午牌，晴；未至酉，阴；戌、亥刻细雨。接杨伯藩先生一信，前嘱二头带申代购叔文兄托买另星均已买来，另日转寄莘山可也。

十一日癸亥　雨。嘱花匠老五将珠兰两盆均做大架，并将花支整顿一次，稍为清趣而已。接玉铨先生来字，言因喉痛，假去《重楼玉钥》一本，就交其来人带去。

十二日甲子　雨。古人云“庚庚雨，甲甲晴”，今值甲子，连日好雨，想亦不甚然也。适值晚季登场，须晴一月，深为大幸。寄奉家君第四十六号安禀一函,内附致眉甫先生一信,并附其竹报一封,交立茂送海门邮政局寄至晋省吉州署中。并致童子章一字,嘱取陶二欠洋,亦交立茂送交。晚刻,至梅翁处,相叙半晌,晤寿卿兄,各人邀其看病者甚多。周梅翁言允东明府之夫人将近赴晋,前闻贞池曾经动身,此谬语也,实同其夫人并一女妪同行,去则不过多需川费,其馀均从俭约耳。花匠老五言,山兰之素心者系贵重之花,恐人窃取,余值之山素系是紫砂盆,幸有一对,一口已植山素,尚馀一口,即嘱老五另种山兰,一切花叶长短均装山素仿佛,此外装式亦相仿佛也。即山兰得能复盆者,颇为雅趣。余拟购细盆数对专植山兰,亦足雅趣耳。

十三日乙丑 早至巳刻,雨;午后至晚均阴。本庙寿日,早刻,虔至集圣庙叩神后,晤张镜如千戎少谈即来。致叔文兄一信,附其寄买各物,并《申报》一卷,饬阿四送至莘山。致应玉铨先生一信,向取《重楼玉钥》一书,适弟头至十里铺之便交其就道送至黄城。周梅翁来邀晚膳。午膳后,至陶寿翁府上,言何霭生先生函达郡伯后即行赴杭矣。相约至椒江学堂,晤朱亦卿、王云梯、周载熙诸君,相叙半晌,言及周月波等数十股做理豆粉官行,报效椒江经费洋伍百元,下马小义塾洋一百元,由周载熙兄禀请吴绍春公祖出示矣。但此等把持垄断之事得已成办,方算成功,未识能否顺手,亦难预料。即同寿翁至梅翁府上,晤寿卿、伯端诸君,相叙席散而来。

十四日丙寅 日阴,夜见月色。午膳后,至子宜处,适彼至琴轩家食股东酒,此做粉面股东相约之酒。续晤王槐卿,言此事有人邀其拼做,彼以事无着实作罢,未识试办有效、椒江得进馀利否也。至寿翁府上,晤蓉秋先生及柳亭、伯端,相叙一刻,同至家少坐而别。

十五日丁卯 阴。致王渭荃先生二信,均代子宜兄代请诊视,一直寄至其城隍街府上,一交伯森先专送渭荃先生府上,并致伯森先一信,嘱其代请,均交梅申代带郡城。早刻,孟东、宗山、槐卿、伯端来叙,过晚膳后,至陶寿翁府上。适渭川先生方自郡来,因和石老二相请其下港,本即邀过子宜处,因其来人追呼最急而去,言即过子宜处。

晚膳后，至子宜处，渭荃先生尚未来，想老二相留之至急也。忆眉甫先生自九月初八日所发函云，罗顺、张庆皆请假旋里，月波与阿香虽有旋里一行，而家君亦于初旬赴河东晋谒道宪面禀要公，想在月中可以旋署，首途日期想家君到署后可以有定，只恐罗顺、张庆未来，以致延搁。屈计日久未接晋信，想经动身亦未可知，日盼速接鳞鸿，早知首途时日，是所深幸。忆在晋时，闻云吉州之缺近数十任州尊均未连做两年之久，实缺署事皆然，大半升归多也。家君自甲辰选授是缺，乙巳三月到任，丙午四月告卸。署任者曹毓生刺史即于丙午四月到任，丁未八月交卸，均未两年。家君奉薇垣牌示仍赴本任，自丁未八月到任，转瞬间戊申十月，屈指年馀，即至岁杪仅两月有馀，未识能得升调否也。卓异应升早经到班首列，未识能邀上游轮补否，即或升补、升调，分所宜然。但求早日升调，以便明春赴署，晨昏定省之乐，是所至幸哉！

十六日戊辰 子、丑、寅、卯刻，细雨；辰时以后至晚均阴。致邱仲翁一信，饬弟头专送黄城。弟头于昨晚来，接有邱仲翁福片一纸，并向玉铨先生假去之《重楼玉钥》一书亦经取还矣。致伯森先一信，交航船带至郡城，因从福染恙，嘱其通知从福家中遣人来视。晚刻，渭荃先生至家，请其代开补剂一方，适寿翁府上遣人来请谓川先生，即同至寿翁处少坐，同过子宜处，晤其令岳映江先生，畅叙一番。过晚膳后，适寿翁、梅翁亦同至子宜处，互相畅叙。言及办理粉面官行一节，载熙兄最为热心，欲取椒江经费，而初办拟以合本千番，于二十日缴款，未识得能始终其事否也。相邀子宜兄出面，子宜兄因两面均往相挽，亦是含糊允诺而已。拼股者之内，只有苏炳启一人，尚可相称，馀均未得甚善，未识以后果是若何否也。至家时逾二鼓矣。

十七日己巳 雨颇大。阅前后《申报》所纪：上命达赖喇嘛来京陛见，初赴山西五台山驻扎数月，经过秦陇并驻晋省，需费已逾百万，八月廿六日自山西五台山首途赴京，亦需巨款。初驻黄寺，日夕需费一万三千两，到后上即赏赉多珍。并奉上谕：十月初一日准达赖进雍和宫诵经三天。达赖拟宿雍和宫,咨请理藩部代奏部臣,即行入达天听,即蒙俯允,即于初四日移住雍和宫。上月廿二日陛见两宫,上即赐坐,并赐紫光阁筵宴。上命理藩部侍郎达寿连日奉陪,上极优待,无微不至。适值十月初十日皇太后万寿圣节,连日均邀上赏听戏,并两宫赏赉多次,每次多件。黄教达赖喇嘛在国初时赏加西天大善自在佛,今拟国初典礼,奉懿旨恩赏黄教达赖喇嘛诚顺赞化西天大善自在佛,上待最优,上赐最厚,部臣、疆臣迎接亦最厚。向来藩服入觐陛见并无如是之厚、如是之重,今达赖喇嘛亲受皇恩,可谓至再,未知达赖喇嘛将何报答皇仁于万一也。

达赖喇嘛驻山西五台山,动身入觐,山西抚宪宝湘帅檄饬雁平道缪观察彝护送到京。缪观察经前任山西巡抚调抚陕西恩艺帅密保送部引见,绊送达赖喇嘛颇为至便。按:雁平道驻扎代州,值缪观察赴都,所遗雁平道缺即以代州直隶州联直刺恩代理,此最大幸事也。虽然,联直刺代理雁平道,其事大幸,未知达赖喇嘛驻扎五台山数月之久,抚宪以及上游到山晋谒达赖喇嘛,其中所办差使不胜忙碌,日夕供一切经费,虽作正项报销,办是差者非易易。所遗代州直隶州知州缺即以王直刺承勋代理。按:王直刺方卸霍州直州任,即行奉檄代理代州,正为合时也。山西代州一缺颇为繁剧,不及霍州之清闲焉。

十八日庚午 雨。子宜兄来邀晚膳,晚刻,至子宜处,晤映江先生、周梅翁,相叙席散而来。致周允东明府一信,早刻,交嘉先送交其府上。其夫人本廿三日动身赴晋,顷早数日送交,以便收拾行囊代带。如托人代带物件,总以早数日为是,即托余亦再畏临时诸多不便也。

十九日辛未 晴。西风颇大,一时转冷矣。家慈于晚膳后胸头痛,即邀子能先生诊治,未识即奏肤公否也。

二十日壬申 晴。致童子章一字,昨应吉甫来售高丽参五支,未秤而去,早刻秤购三支,计重三钱二分。尚馀两支,交正伦送至海门其保合店中,询其尚未到店,即交其夥友代收,该价另日面交可也。

家慈胸痛稍愈，后邀子能先生诊视。晚刻，寿卿兄来，复请代开一方，想即安痊，可无窒碍。晚刻，周梅翁来约至寿翁处少坐，即同至子宜府上，相叙一刻，言其贵恙自渭荃先生诊视，药下稍见功效。得以逐渐安痊，深为至幸。寿翁之第二千金适路桥俞梧生令郎者，于月之廿七日于归，定廿四日发嫁资。台属风俗，嫁娶最为繁华，所做衣服以及手式过多，珍珠、金器适均全备。此真浪费，深为可惜，奈风俗使然，亦不得不然也。除台州之外，无论某省、某府、某县，均以俭约，断不如是之奢侈。即台州而论，只以临海、黄岩、太平三县如是，至天台、仙居、宁海即不然也。

廿一日癸酉 晴。王芹甫先生于晚刻来叙半晌而别。至寿翁府上，少坐而来。花匠老五来云，余所植之牡丹大半均已得土，明春均能盛开。邀友畅叙数天，深为至幸。山兰之素心者已向岳母家取来一盆，顷寄信托买一二盆，未识得能如愿否也。晚膳后至子宜处少坐，言及心斋宗叔于日昨染恙，顷邀寿卿兄诊治，未识即奏肤公否。并言及子常太守于初一日接办运漕厘差，所用同乡王哲人为总房、朱力斋为外局、苏步洲为资客、有一王姓为文案，皆自函邀，亲戚朋友所荐之人一概开发未留。子宣[1]先生此次欲多剩数万家资而已。该差今较佳如昔，得以认真办理，除开费外，每年可剩洋十万元左右。即不能留办，只办一载，可馀十万，亦足可养老、优游于林下而已。王太尊年已古稀，再欲进取非易易，之所得是差者，可谓侥幸之极。有足十万家资，想太守素志亦充也。

前向洛卿丈公处取来之洋红牡丹，据说其花最为雄壮，顷细阅之，曾经得土又有花蕊三枚，未识均能开放否。余之所愿者，此洋红重楼，并上海买来内有白重楼，又购粉重楼之树大者，及向周宅取来之紫重楼，明年均能开放数朵，深为至幸。其馀上洋所购，内有大红重楼，再开数朵，更为至妙。其馀牡丹开否，听之可也。上海买来之

① 当为“子常”之误。

牡丹四株，均已得土，能否开放，难以预料。所买来粉重楼之树大者已植经半月，蕊尚新鲜，想能得土。共计植十四株，惟所扦之粉重楼并裕大取来之紫平头两株恐难得土。此外，有经花蕊新鲜，有经树中生新，均无窒碍矣。晚刻，王芹甫先生来叙一刻，云及彼代黄岩西江别墅由上海买来牡丹多株，已植多年，虽经得土，不花，未识何故。现伯藩兄代余买来之牡丹，得土后均能得花否也。但上海牡丹自洛阳运至上海，售脱者颇多，花园中将牡丹急赶候元旦盛开，送售重价。牡丹名乃富贵，惟元旦喜购富贵花者颇多，是年秋尽冬初，即将赶过花树售卖。各人遇购此等花树，不得土者多；即能得土，亦不花，必矣。但伯藩兄托葆三观察府上之花匠代购，想无此等花树相杂其中，为幸多矣。应吉甫于早刻来叙一刻，面付其参价洋五元，留过午膳，据说即至海门去矣。

廿二日甲戌 晴。致王伯森先生一信，附致陈宅人情一封，计洋一元，封交阿元代带郡城。致章杞堂先生一信，系伯寅宗叔托余代为函致，即交伯寅自行送投。请叶寿卿兄与家慈诊视，曾已安痊，即吃补剂矣。晚膳后，至寿翁处，晤梅翁，相叙半晌而来，言及现江梦生直刺现署龙岩州直隶州知州。但龙岩所出四季素心兰之贵重者最多，另日托买数盆，未识南北天气得能相合否也。南北天气和暖，所产各等贵重素心兰最多，浙江已少见，江南以及三江与浙江仿佛，尚或有之，至扬子江之北数省寻觅建兰而不可多得也，山兰尚或有之。想大内各种兰花有之亦未可知，小民不易见也。以余想之，御园中各种花品定然齐备，何况兰花而不足备乎！未识御园中呈式何如，得他日胜游一番，亦广眼界，深为至幸焉。

细阅杨伯藩兄代由上海购来之牡丹花四株，均虽得有蕊，预料开放者仅止一株，花只一朵，得能大红或玉版而重楼者即购洋三元亦值耳。倘若均能开放，照其来信，四色而重楼者颇为便宜以极，万一所开之牡丹紫色或粉红色者，殊不值也。即或大红、玉版，非重楼者作为废物，万一空心者，必照上年从福由郡城购来玉版空心，开后抛弃而已。果是何色，今尚未定，俟其开放之后而有定数。晚刻，花匠老五言前购来之大树粉重楼大约能得复土者归多，若至十日之后，而可明见也。大道地中两缸植上海购来之牡丹，能得每缸中开放一朵，深为至幸，未识得遂所愿否也。

今植夹竹桃之花坛中，明岁暮春，将夹竹桃移植墙外，该坛植大牡丹一株，倘购之粉重楼大牡丹今岁能得土后，明岁秋分移栽是处，否则嘱老五至黄岩西乡买大树牡丹或粉重楼，或紫重楼，均以为可，得觅大红以及玉版者更为至妙。如有大红玉版觅来，已植之大牡丹又能得土，即将大红或玉版重楼植在该处，粉重楼植在后道地，再造一花坛可也。夹竹桃已植是处，本已为可，况夹竹桃花又能开放日久。细思该处太阴，墙外有日可以相照。又，是处系是花墙，倘树高如墙，夹竹桃在墙外开放，墙内看颇有味。过阴之花坛植牡丹颇为相宜，各有相宜之处，只得移植两为相宜，是为至善也。倘若移植之后，乐琴书室前四花坛中，两坛牡丹、一玉堂、一白色山茶，多植建兰，而玉堂富贵、富贵吉祥则皆全矣。即长花坛中今植牡丹多株，虽能得土，色有相同，明岁秋分选择紫红、粉红、洋红、上海买来之玉版，而能开放又得重楼者，只植四株，其馀移栽他处，更为至妙。

廿三日乙亥 晴。午膳后至陶寿翁处，晤崇山、河清、吉云、半塘，相叙一刻而来。孙燕秋公祖有致寿翁函云，浙江咨议局已奉抚宪谕饬各县，月之廿八日投票选举县参议，十一月初二日选举府参议。但府参议每府举一人，临、黄、太举县参议六人，宁、天、仙举四人。余云，府参议只有黄岩林蔚生观察可合咨格品望而已，临海参议何肃堂明经、周平汇孝廉而已，未识公论以为然否也。

十月十七日《申报》纪“吏部奏拟卓异人员录用章程”一节：十月初八日吏部封奏，略谓：“京察章程已由臣部奏请变通办理，其大计卓异人员亦应因时酌定，免生窒碍。查旧例，荐举卓异人员由臣部带领引见，照例准其卓异加一级，仍注册回任候升等。因伏思保奖异常，所办不过一事，考核事实成绩，亦仅一年。而卓异人员系合计本省实缺十五人举一，扣俸既严，再其政绩必满三载，并无亏欠参罚，始膺是选。及经赴部引见，所得不过加级而候升一层，升班究属太隘，反不得与异常劳绩考核最优等各员同邀上赏，殊不足以示宠异。臣等公同商酌：除道员应升之阶，均系请旨简放，未便擅拟外，其知府以至佐杂等官，如经保荐卓异奉旨候升人员，均拟请以升阶在任候补，如遇应升到班仍照例先尽升用。至卓异送部引见人员，又经该督抚胪陈政绩，奏请破格录用，核其情事，较之最优等人员实有过之，拟请援照最优等期程于引见时声明，请旨恭候钦定。如蒙俞允，即由臣部著为定章，通行各省，钦遵办理。嗣后，凡卓异例应引见人员，均应遵照例限赴部引见，方准以升阶候补，以昭慎重。"奉旨依议。

家君以卓异应升曾经到班两年，况山西卓异州县虽有九人，曾经引见者仅家君一人耳。迟迟而不得升补者，山西补缺之例：州县本是按班请补，道员、知府、直隶州、直隶厅系是酌量请补。家君升阶系直隶州、直隶厅两项，应在酌量请补之列。酌量者，抚藩各宪非有关切者必不能酌到。家君又深恶情托，只以政绩静待上游采择，以至迟迟而未补者，在于此。今吏部以卓异人员作为先尽升用，想升补、升阶于不远也。

廿四日丙子 晴。陶寿翁第二千金适路桥俞梧生之令郎者于廿七日于归，今日发嫁资，妆奁之厚者莫过于吾台也。陈云芝之千金适曹吕寿之令郎于今日纳采。早刻，二头来，嘱其带申买紫沙花盆一对、水仙花盆两对、洋水仙花一打，未识价值若干也。

廿五日丁丑 阴、晴。接家君一谕，自十月初二日自署中缄发，言九月廿九日陈姨母于是日未时喜添一弟，深为至幸。古人云"人皆有兄弟，我独无。"今已有弟，人生之大幸事也。并接眉甫先生一信，亦于是日缄寄。

廿六日戊寅 晴。早刻，至梅翁处，晤伯端、蓉秋诸君，留过午膳而来。内人归宁，自今日来家。

廿七日己卯 晴。早刻，陶寿翁因其第二千金出阁，邀余与吉云接媒。其亲家来，代媒者方善初、林菊生两君。菊翁系太平人，其梧生亲家之令舅。相叙席散而别。新人上轿时针三点，想至路桥不甚过迟。并晤崇山、皮申甫、河清诸君，互相畅叙一刻而来。

李卧南言，分府署吴绍春公祖接到海门镇署电文言“两宫于廿一日、廿二日殡天”等语云云，继统者已奉上谕以醇亲王摄国，其嗣君着在上书(房)读书云云。少顷，载熙兄自郡城来云，月之二十日已见报纸纪：“奉皇上谕诏，以醇亲王摄国，其嗣君着在上书房读书”云云。又在郡城府署接有电音，大约言：“大行皇帝于十月廿一日酉刻龙驭上宾，大行太皇太后十月廿二日未刻仙驭升遐”云。虽有其言，已在是否之间，俟接《申报》后有确信也。我皇太后暨我皇上，功德巍巍，况皇上年华最富，何至相继殡天？不能甚信。俟见《申报》及见颁发腾黄后而可确信耳。晚膳后，吴绍春公祖遣人通知，言皇上并太皇太后果是殡天，其言已确，已奉两宫遗诏，醇亲王监国，以醇亲王嗣君为嗣皇帝之语，定明日廿八邀绅赴署哭灵。闻言之下，如天崩地列，悲痛交集。我大行太皇太后垂帘听政两朝垂五十年，德行昭著，在人耳目。我大行皇帝治国几四十年，慈孝昭著，海内皆知，今一旦弃我小民，小民深受国恩，无不垂泪涕哭。今两宫相继升遐，再无得睹天颜之日，只得朝夕哭泣而已。

廿八日庚辰　早至午刻，晴。未牌至晚均阴。吴绍春公祖就将本署陈设灵宫于大堂中，早刻，至分府署阅《中外日报》纪两宫遗诏两道，大约言“醇亲王加封摄政王监国，嗣君上溥下仪，聪明仁孝，继承大统”云云。两宫顾命大臣肃亲王、睿亲王、顺承郡王以及世续中堂、那中堂、荣中堂、鹿中堂、袁尚书、奎尚书诸公，偏幅甚长，未得详志。俟明后日永利到埠，《申报》取来，再行详记。当晤煦东宗伯并梅翁、寿翁、吉甫、云梯、载熙诸君，同吴绍春公祖随班恭叩圣灵毕后而别。晚刻，又晋署随班恭叩圣灵毕后而来。报中恭纪今上御名已详，未书国号，想俟恩诏下时再行详注也。

廿九日辛巳　子牌，雨；丑刻，雨，甚阴。至叔文妹倩一信，交丁子祥兄带交，早至至[1]分府署晤本镇各绅，同吴绍春公祖恭叩圣毕后少坐而别。接许蓉垣先生来柬，言十一月初三日为其令郎完姻。未识荣垣先生何日出京，未识果出京否也。俟明日遣价送贺敬并询明可也。早刻，在分府署阅《中外日报》纪两宫册立嗣皇帝系世中堂续、袁尚书世凯俯伏太皇太后前面笔禀书，皆出太皇太后懿旨也，容俟《申报》到时再详一切。

三十日壬午 晴。早刻，赴分府署晤梅翁、载熙、吉甫并吴绍春公祖虔叩灵宫毕后少坐而来。晤绍占相言伯寅宗叔之婶于早刻作古矣，并言陶寿农姻长于昨日同杨定甫给谏为永宁赴瓯，因事被瓯海关扣留事赴甬向税务司理说，未识随班即可旋台否也。晚刻至伯寅宗叔府上晤宗山、咏仙诸君，相叙半晌而别。过子宜处少坐，子宜兄之恙近均王渭荃先生诊治，药下，惟饮食稍加，能得逐(渐)安痊，深为至幸。永利于今晚到埠，遣人往询二头，言花缸等尚未买到。晚刻，袁子羽先生及其令弟勋轩来叙少顷而别。晚膳后，至周梅翁(处)，晤舜卿兄，相叙半晌，来时将近二鼓矣。本班《申报》已来，所云两宫于廿一、廿二日殡天，并册立摄政王嗣君为嗣皇帝，并醇亲王诏授摄政王等语悉均无误。闻言之下，涕泪交集，未便详录，容俟明日再为详记一切。昨接许蓉垣先生来柬言其令郎于初三日完姻，即于早刻遣价送礼，晚刻来云荣垣先生现在京华尚未到家，所办亲事，只其世兄来府而已。

---

① 疑衍一“至”字或“早晨至”之误。

第二十七章

戊申(1908)十一月初一日起

十一月初一日癸未 晴。十月廿一日《申报》纪十月二十日奉上谕:“朕钦奉慈禧端佑康颐昭豫庄诚寿恭钦献崇熙皇太后懿旨,醇亲王载沣授为摄政王。钦此。”又奉上谕:“朕钦奉懿旨,醇亲王之子,今上,着在宫内教养,并在上书房读书。钦此。”

又廿三日《申报》纪:惊悉大行皇帝于十月廿一日酉刻龙驭上宾,薄海臣民啼哭之声震动天地。同日奉皇帝诏曰:“朕自冲龄践祚,寅绍丕基,荷蒙皇太后帱育仁慈,恩勤教诲,垂帘听政,宵旰忧劳,嗣奉懿旨,命朕亲裁大政,钦承列圣家法,一以敬天法祖,勤政爱民为本。三十四年中,仰禀慈训,日理万机,勤求上理,念时事之艰难,折衷中外之治法。辑和民教,广设学堂,整顿军政,振兴工商,修订法律,预备立宪,期与薄海臣庶共享升平。各直省遇有水灾、偏灾,凡疆臣请蠲,无不恩施立沛。本年顺、直、东三省、湖南、湖北、广东、福建等省先后被灾,每念吾民满目疮痍,难安寝馈。朕躬气血素弱,自去秋间不豫医治,至今而胸满胃逆,腰痛腿软,气壅咳喘,诸证环生迭起,日以增剧,阴阳俱亏,以致弥留不起,岂非天乎!顾念神器至重,亟宜付托得人。兹钦奉慈禧端佑康颐昭豫庄诚钦献寿恭崇熙皇太后懿旨,摄政王载沣之子,今上,入嗣大统为嗣皇帝。在嗣皇帝仁孝聪明,必能仰慰慈怀,钦承付托,忧勤惕励,永固邦基。京外文武臣工精白乃心、破除积习、恪遵前次谕旨,各按逐年筹备事宜切实办理,庶几九年以后颁布立宪，克终朕未竟之志，在天之灵藉稍慰焉。丧服仍依旧制，二十七日而除布告天下咸使闻知。”

同日又奉皇太后懿旨：“着派礼亲王世铎、睿亲王魁斌、喀尔喀亲王那彦图奉恩镇国公，度支部尚书载泽、大学士世续那桐、外务部尚书袁世凯、礼部尚书溥良、内务府大臣继禄增崇恭办丧事。钦此。”又奉皇太后懿旨：“穆宗懿毅皇帝未有储二，曾于同治十三年十二月初三日降旨，大行皇帝生有皇子即承继穆宗毅皇帝为嗣，现在大行皇帝龙驭上宾，亦未有储二，不得已以摄政王载沣之子，今上，承继穆宗毅皇帝为嗣，兼承大行皇帝之祧。钦此。”同日又奉皇太后懿旨：“摄政王载沣之子，今上，着入承大统为嗣皇帝。钦此。”又奉皇太后懿旨：“现值时事多艰，嗣皇帝尚在冲龄，正宜专心典学。着摄政王为监国，所有军国正事悉秉承予之训示，裁度施行。俟嗣皇帝年岁渐长，学业有成，再由嗣皇帝钦裁政事。钦此。”

同日奉上谕颁发大行皇帝哀诏一道。同日奉上谕：“朕缵承大统，圣祖母慈禧端佑康颐昭豫庄诚寿恭钦献崇熙皇太后应尊为太皇太后，兼祧母后皇后应尊为皇太后，所有应行礼典，着该衙门敬谨查例具奏。钦此。”同日又奉上谕：“朕钦奉太皇太后懿旨，现命摄政王监国，所有应行礼节着内阁各部会议具奏。钦此。”同日又奉上谕：“道光二十六年三月，宣宗成皇帝特降谕旨，以二名不遍讳，将来继体承绪者，上一字仍旧毋庸改避，亦毋庸缺笔，其下一字应如何缺笔之处，临时酌定，以是着为令典等因。钦此。今朕敬遵成宪，将御名二字仍旧书写，毋庸改避，下一字敬缺一撇，书作‘仪’[①]字。其奉旨以前所刻书籍俱毋庸议。钦此。”又有谕旨，嗣后军国正事均由摄政王裁定，遇有重大事件必须请皇太后懿旨者，由摄政王随时面议施行。

又阅十月廿四日纪：“惊悉大行慈禧端佑康颐昭豫庄诚寿恭钦献崇熙太皇太后于十月廿二日未刻仙辂升遐，凡属臣民涕泣交集。”纪

---

① 原文为繁体“儀”之戈部缺一撇。作者此后书“仪”字皆如此，不再注。

太皇太后遗诏书一道。又纪上谕:“颁发大行太皇太后哀诏一道,奉上谕仍穿孝百日,并素服二十七月,稍申哀悃”云云。至大丧礼制,着派肃亲王善耆、顺承郡王讷勒赫、都统喀尔沁公博迪苏、协办大学士荣庆、鹿传霖、吏部尚书陆润庠、内务府大臣奎俊、礼部左侍郎景厚敬谨管理一切。又奉上谕:“着添派恭亲王溥伟、农工商部尚书溥颋会同原派王大臣恭办太皇太后丧礼。钦此。”恭按:文宗显皇帝有弟四人,曰醇忠亲王、孚亲王、惇忠亲王、恭忠亲王,醇忠亲王嗣君二人,长即大行皇帝,次即摄政王。今上系摄政王嗣君也。《申报》恭纪今上万寿圣节系正月十八日。

初二日甲申 晴。寄奉家君第四十七号安禀一封,内附致眉甫先生一信,交邮政局单保险寄至山西吉州署中。晚刻,至子宜处,晤王少亭相叙一刻,至家,适山下郎之三妹相来托其代买舍坟用石板,系三尺计一百五十片,候盖坟五十所,随即载至北山,抬至坟山,并嘱其代买石板三十丈,系明岁二三月用。顷先付价洋三十元,馀另算结可也。今细阅所购之大牡丹确已得土,惟伯藩兄代由上海买来之牡丹四株,今虽已得土,恐难开放,内仅一株似乎有花蕊一朵,亦未识能得开放否也。但岳母家取来之山兰素心者日渐青茂,定能得发,只求正是荷瓣,深为至幸。

初三日乙酉 晴。陈岳母家代为买来粉重楼牡丹一株,其质颇大,价洋两元三角,即能得土,其价非贵。又云代为买来山兰之素心者一盆,价计三元二角,倘是荷瓣,及海棠、梅花等瓣者,价亦非贵,尚在岳母家未曾取来。伯寅叔之婶今日大殡,邀宗山、作羹、少愚、道周与余助祭,自晚刻起手,祭毕已晚,过晚膳而来。并晤陈松岩、吕秀少谈,同少愚过子宜处少坐,至建西处,相叙一刻,言分府署已接有报纸纪恩诏等语,但未曾亲看,不知是否,容俟明日借阅可也。晚刻,至椒江中学,晤王云梯、苏绩臣、朱亦卿、王赞青诸君,互相畅叙半晌,言及抚宪增子帅常有密查委员,赴各处暗察,并近日有委员至海门来,至本镇详访。倘若其诏非虚,则污吏豪绅皆可敛迹,小民幸受无穷之福也。

初四日丙戌 晴。致周允翁一信,交邮寄晋。早刻,向分府署借阅《时报》纪:上国号宣统,本年仍用光绪三十四年,明岁元旦改元也。昨陈宅代买之大牡丹,长工携来,天色已晚,即于早刻嘱花匠小头植在长花坛之南首,未识即能得土否也。晚刻,孟东来叙半晌,言卢槐士兄近自郡来,同至槐士处,相叙一刻而别。再四维思,栽植牡丹之日须要和暖,奈近两日而又西风飒飒,该花又是初一日出土,今初四重栽,已过三夜。查《花镜》,十月本有分栽牡丹之语,现虽经十一月,幸小雪方过五天,尚在十月节候,均得顺手,深为至幸。据小头言,此花栽下即能得土而畅旺,幸花根悉均全美耳。上月初旬买来大牡丹,其根十去其八,幸天气最为融合,今将弥月,蕊转新鲜,已知其得土也。已有两树牡丹,质颇长大,花虽粉色,幸得重楼。复得洋红重楼者一树相杂其中,明、后年定能邀友赏花之乐境耳。但牡丹色虽不计,皆得重楼为美,若平头之牡丹色虽佳,毫无趣味。前周宅售余之牡丹,据云紫色,能得重楼者为幸,现植长坛前。少云言有黄心,只恐平头,果是平头者,明年另植他处可也。

初五日丁亥 晴。午膳后至达云母舅处少坐,续至梅翁处,晤伯端,同至子宜处,晤秉彝宗伯、王渭荃先生,均相叙半晌而来。伯端兄言,柳亭染恙颇沉,并言陶寿翁因永宁事赴甬江,昨永宁曾已来台,照旧开驶,想经清讫,现寿翁由甬赴申矣。阅《申报》所纪钦差大臣唐绍仪因敬避御名,改"仪"为"怡",即曰唐绍怡。又记张香涛中堂,今监国摄政王念老臣谙练诸事,与其就商,前奉大行皇帝诏饬总办粤汉铁路钦差大臣之命,兹因枢府紧要,暂缓出京矣。按:张中堂青年科甲,迭掌文衡,久任疆寄。今监国摄政王深为器重,亦谓得人之助,兆民赖之,深为至幸。各报所纪,监国摄政王翊赞皇上施行政治,皆有条第,中外悦服,四万万生民即是光天化日之下,皆在春台雨露之中,深为至幸焉。

初六日戊子 晴。家慈因舍妹于本月分娩,即于早刻至莘山去。

内人因岳母染恙，于早刻至十里铺去。晚刻，蒋实甫兄系征九先生令郎，现台协把总讯在兴林停，来说该处同昌曾有分卡司事作古，颇欲兼顾，已由侯煦卿函达王肖南代为转荐煦东，托余代为函询少南，是否少南在家，即允代为函询可也。周梅翁来言，楚卿兄曾于昨日至杭州来。晚膳后至实甫寓所少坐，即过楚卿处，晤梅翁、益卿、云梯诸君，互相畅(叙)至十点钟而来，言省垣增子帅暨在籍赏食全俸大学士王中堂闻遭国丧，哀毁迫切，适王中堂开八秩寿筵，接电后即为举哀，所有灯彩随时拆卸，理之然也。王中堂暨陆春江中丞、汤蛰仙京卿禀请抚宪代奏亲赴宫门叩谒梓宫之语，未蒙上许而止。增中丞敬办国服礼节最为认真，受国厚恩者宜所然也。

初七日己丑 晴。致王肖南兄一信，代蒋实甫兄代托，即交实甫自行遣人送投。致王晓凡兄一信，并附洋四元，代叔文兄书寄，洋即叔文兄谢敬，交玉先代为转寄。接家君自十月十八日所发一信，言月波与阿香自十月十五日由署动身，屈计时日已将到家，迄今尚未至家，不知何处阻搁，并照嘱买单外，另买广皮一二斤、《验方新编》一册，另日买就，俟其动身，交其带晋可也。早刻，楚卿兄来约十一日赴郡，并相叙半晌而别。

午膳后至梅翁府上少坐，言仁大今日卖货，即同至仁大，晤蓉秋先生并林厚甫相叙一刻而别。但仁大货价尚未议定，以致延搁。但林厚甫人过凶险，有彼相杂其中，总做不成归多，即或议定，价虽格外贱售，但蓉秋先生系忠厚长者，与此等小人相交来往，何也？晚刻，阿庆自十里铺来云，岳母代买之山素被小姨取去矣，并言此盆素兰最为疏朗，虽言取去，亦不经管，恐至被坏耳。

初八日庚寅 阴、晴。寄奉家君第四十八号安禀一封，附致眉甫先生一信，封饬二头送交海门邮政局单保险寄晋吉州署中。分府署吴绍春公祖来片通知，言皇上定明日御极之辰，邀绅叩贺，均穿吉服花衣。今上大仁大孝，复得监国摄政王功德巍巍布满天下，定当风调雨顺、国泰民安、亿万斯年、有道长基，薄海臣民幸获无穷之福也。未识京外大小臣工如何恩典之处，想《申报》来时定有恭纪焉。但永利商轮本昨晚到埠之期，不知何处阻搁，至今日尚未来台，遣价询诸局友，据说明日可以到埠也。午膳后，周梅翁来叙一刻，相约至楚卿兄府上，晤翁子俊，畅叙半晌，同过子宜处少坐而来。花匠老五来云，二次买来之大牡丹，据说即能得土，系是粉色重楼，明春约有八九朵可能开放，即初次买来之大牡丹亦得土耳。岳母将代买之山素于晚刻又送来，未识能得荷瓣否也。倘若梅、荷、海棠等瓣将来兴发，系是重价，若是竹叶、柳叶等瓣，不大值价。其叶仅只六剑，虽日夕培植，亦须数年，亦未识与前次取来之山素系是同种否，均有花蕊，须俟开后方知耳。

初九日辛卯 吉，晴。早刻，月波与阿香来，接到家君谕言两封并纹银一千两、天生磺一包，计四钱，并嘱买另星单两纸，又府署刘凤山老夫子寄买物单一纸均已照信收讫，并附致达云母舅一信、毯一根；叔文兄一信，毯一条；祝再姻长、洛卿丈公各一信；章子修兄一信。惟达云母舅之函即交玉先送交，其馀明、后日送交可也。并附致家慈两信，嘱余送洋四十元。现在莘山，另日送交。并接沈梅史老夫子一信，并嘱余代买单一纸，附银十二两，曾经阿香取去作为川费矣。又接眉甫先生一信，附其家信一封，并嘱余代汇英洋三十元，亦明日遣夥送交可也。

永利商轮方于早晨到埠，接到《申报》纪内阁并各部院呈请皇上御极之晨，奉旨定在今日午刻初御极，海内臣民率皆瞻望北云，皇恩露下在于指顾间耳。早刻，楚卿兄、周梅翁来约同至分府署，晤吉甫、云梯，同吴绍春公祖随班恭叩皇上御极后即来家。陶寿农姻长亦于今日自申江来，晚膳后来叙一刻，同约至子宜处，晤王起凡、皮申甫、丁辅香、王云梯诸君，互相畅叙半晌而来，至家时将二鼓矣。二头已代由申江买来天青时花摹本缎七尺二寸、水仙花盆四口、洋水仙花十二株，另分送两枚于周建西矣。昨日十里铺取来之山素即于晚刻嘱花匠老五重行栽植，未识即能得土否也。

初十日壬辰　晴。致叔文兄一信，附家君寄叔文兄一信，并送毡毯一条，果丹皮一卷，并家君致家母两信，封交老六专送莘山。致洛卿丈公一信，并家君致洛卿丈公一信、毡毯一条，又家君致祝再姻长一信，并送毡毯一条，均饬微庆专送长甸。午膳后，郡城昭庆寺和尚来取数银，前经书写两元，当以孟贤相情面，今均付讫。玉铨、益卿两君来叙一刻，同至陶寿翁府上，晤梅翁、伯端诸君，互相畅叙一刻。寿翁诸君相约同至椒江中学堂，晤载熙、赞青、云梯、积臣诸君，互叙至晚而来。阅陶寿翁府上初次寄申买来之牡丹，虽不得法，而二次之牡丹栽植大见兴旺，余欲再托伯藩兄照寿翁二次买来之牡丹样式又购两株，未识得能相若否也。

十一日癸巳　阴、晴。寄奉家君第四十九号安禀一封，附致许眉甫先生一信，饬二头送交海门邮政局单保险寄晋吉州，并交邮筒寄伯藩兄一信。家君致子修兄信饬阿庆专送前宅。早刻，应玉铨、朱益卿、叶蓉秋因向典中买货，留过午膳而别。典中二盘计两个月货本约七百串左右，曾与拆衣客货价做成，计十四五，共约本贯一千串之则，定明日各客分售。

晚刻至子宜处，晤陶寿翁、王云梯、王岂凡、陈云生、金先生、丁辅香、周蓉斋、王采东诸君，互相畅叙半晌。但子宜兄染恙，人虽在外，面色日见其瘁，饮食已少而不能加增，初是日食水果过多，以致缠绵。日前，邀王渭荃先生诊治而不能见效，其中邀过多人看治亦然。昨邀岂凡先生诊视，据说肾病，一时不能见功，复邀云生先生开过两方，亦未见愈。但云生非是看病之人，现邀岂凡诊视，尚合于理。子宜之症大约近于内伤，若不急邀高明医治，恐致后悔莫及。余与子宜知好，日夕相叙，早有言及。而子宜兄亦未急于调治，已至沉重，而子宜尚未知觉也。愿得岂凡医之得法，深为至幸。即虽调治非需重价而不得也。

周梅翁来邀晚膳，即至梅翁府上，晤陶寿翁、叶寿卿、汪伯端、周建西及其令郎、令祖，相叙席散，方知梅翁系是寿日[①]，初犹不知，未曾送礼为歉。晚刻，接郡城王冰如若珣、余洁斋光启、陶寿翁祝华、周萍汇继棨、黄楚卿崇威、秦桐（其人余未相识，想是秦梗友之令弟也）公信一函。但寿翁现在府上，尚未到郡，既有连名，想楚卿与其附列而已。通知郡城定月之十四日选举县中议员，廿二日选举台州一府参议。寿翁、梅翁相约，余亦难却，已允十三日同诸君赴郡。但府中参议须要品望资为阖府之冠者，以余私议，足应是选者杨定甫给谏、林霨生观察。两人论资格，林不如杨；论品望，杨不如林，未识阖府诸君议举何人为然。以余选举，确书林观察为是，未识诸君亦同是意否也。但临海县中议员，余虽知有可为之人，未识各人意见若何，俟到郡后看其情形可也。长工老六自莘山来言小妹已于昨日分娩，是女，即殇。但叔文兄已养两子而又一女，以后留否可无庸过虑，只得生母平安，为幸多矣。

十二日甲午 晴。典中今日售卖二盘，系人、皇两字号，货本八百馀串，连贯一千二百馀串。惟两个月中末本如是之多，其中亏控颇多，屈计人、皇两字系丙午正四月、闰四月时也，童子章管包如是含糊，深堪痛恨，可见用人之难甚矣。晚刻，陶寿农姻长来叙一刻，言明日永大赴郡，系是下午两句钟，即行通知梅翁矣。少顷，梅翁并秉彝宗伯来叙半晌。蓉秋先生来云，育婴堂捐事托郡城金修山先生代为调停，现各典取息薄，费用厚，颇难支持，既有其言，不得空过，未识修山先生在中允诺若干，未得实信，适明日赴郡后即与修山先生接洽可也。

十三日乙未 阴，惟酉牌微雨，片刻即阴。致江德明世兄一信，交义大夥友带黄，托其令叔梦生直刺署中代买龙岩四季素心两盆，言明带台更为至妙，若带闽垣，托交舜卿先生代寄。致陈舜卿先生一信，交邮寄闽，托其如有素心兰送到，即代寄家，并托其代买各色茶花

① 页边注："周梅翁今天寿日。"

十株。致张丹亭镇军一信,交玉先带至定海,玉先此次到定询丹亭兄甬江兑银之所,家君所寄之银交其代换,并嘱带买家君寄购物件颇多。晚刻赴郡,四点半钟,永大自道头动身,轮舟中晤陶寿翁、周梅翁、赵友翁、周载熙、周作羹、黄道周、王云梯诸君,至八点钟抵郡,即抵同昌,晤楚卿、槐士、少南诸君,互相畅叙半晌。早刻在家时,苏月波来云,约定月之廿六日动身,并言醉花蚶系是福太尊寄买,须定要购也,此次家君嘱买各物虽多,均是要需,万不可缺少耳。

十四日丙申 阴。致嘉先一信,交小招带家。早刻,同周梅翁至李伯纯公祖处少坐,至陈兰樵父台公馆,晤其世兄,言其令尊曾补湖州某处巡检,已于四月间赴巡检任去。续至方笃轩先生处,晤其令郎镜堂,少谈而来。下午一点钟,同梅翁、楚卿、友翁、作羹、槐士、少南、道周诸君至教育分会,即临海县学巡检议员之处,晤周平翁、张友桥、陈仁山,同到场者约五百馀人,齐后,邑尊孙燕秋公祖暨李伯纯公祖、台协中军典史均同到场。摇铃后,邑尊演说毕,即行分单公举,余书寿农、冰如、萍汇、载熙、肃堂、楚卿等六人,周梅翁所书亦然,书后即与少平、文波少坐,同文翁至少补表叔公处,适其公出而来,往谒王鸣九公祖,相叙一刻。晚膳后,周平汇孝廉、王鸣九明府、李伯纯明府、陈少平明府、陶寿翁、黄文卿、唐仁山、余仲林、张友桥诸君互相畅叙一刻而别。拟买各物均嘱茂林代为购办矣。

十五日丁酉 雨。早刻,晤王鸣九明府,相叙一刻,转至黄岩县任矣。楚卿兄言临海禁烟之事,绅士联名具禀一节,余即允诺附列。午膳后,同楚卿并寓号诸君同至商会,晤周苹翁并蒋映潭先生、余洁斋诸君,互相畅叙一刻,即将具禀禁烟之事联名画押后而来。至仁济典蔡修山处晤叙一刻,即转同昌,适陶寿农姻长亦来,相叙至晚,彼转其令亲处去矣。但寿翁寓其令亲李宅。灌拥建兰以泽子为最,但泽子出自仙居,今托何玉洲先生代为寄买,未识何日能得寄来,尚未定也。

十六日戊戌 雨。赵友竹先生及云梯、载熙、作羹、道周诸君于早刻趁轮下港，余与周梅翁本当至家，因雨阻止。晚刻，陶寿翁、费子赞父台、高志伯父台来叙半晌。清闲无事，又难出外望客，楚卿将摩鹊消遣，邀余亦坐一家，当因诸君相邀难却，仅止四圈，计输洋十一元七角，将此有用之洋化于无用之地，深为可惜。今则一次尚可，再次断不能奉允，是为至要至切。家君谕嘱购买水笔等件，曾于早刻买就八十支，计洋两元七角。

十七日己亥 雨。家君谕嘱购买华腿十只并沈梅翁托买华腿一只，即于早刻向同昌取来华腿十二只，计重三十七斤五两，价计每斤洋三角七八之谱，即将此腿寄晋可也。早刻，周平翁、王冰翁、余洁斋并蒋映潭太老伯同至同昌，互相畅叙半晌。过午膳后，同陶寿翁、周梅翁皆趁小轮，抵平埠时已下午四点钟许。

阅十一月初十日《申报》纪十一月初九日皇上御极恩诏，甚长，未及详记，只恭录："钦奉遗诏祇遵大行太皇太后懿旨，以朕承继穆宗毅皇帝为嗣，并兼承大行皇帝之祧，入承大统"云云，"于十一月初九日祇告天地、宗庙、社稷，即皇帝位，以明年为宣统元年"云云。"一，内外满汉文武大小官员俱加一级；一，内外大小各官除各以现任品级已得封赠外，凡升级及实任者照新衔封赠；一，文官在京四品以上、在外三品以上；武官在京、在外二品以上，照现任品级各荫一子入监读书。"其馀恩施甚厚，未及详录，正是"圣代即今多雨露"，此之谓也。余在郡时晤李伯纯明府云，奉旨加一级者系是实级升阶，又晤王鸣九明府言奉旨加一级者系是虚级，向逢覃恩例加一级皆是虚级，无如下有新衔字样，即实级亦未可知。或虚或实，俟函询家君后方知详晰耳。

接宏德一信，荐其表兄为学生。但典中学生本为管包者所用，况前眉甫先生来信委荐其令侄，曾与管包朱先生言过，托其如有送来可以经管者而用之，否则作罢可也。既允眉甫先生，亦不得再允宏德，当即致片覆却矣。

十八日庚子 雨。致宏德一信，并致从福一示，交邮寄郡。本庄局房来说涂地报升之事，煦东家已有单抄来，向余取单，俟查明四至田亩，即行送交可也。

十九日辛丑 晴。系是暖开，恐非久晴。寄奉家君第五十号安禀一封，交海门邮政局单保险寄署。接玉先自舟山所发一信，并丹翁代买杭州种德堂全鹿丸五包，计洋五元，又鹿角胶一斤，计洋十五元，其价太昂，想物亦佳也。晚刻，周梅翁来叙一刻，托余代其自致槐士兄一信，即代写就，交其自寄。晚膳后，至子宜处，晤王渭荃先生，相叙半晌而来。

二十日壬寅 阴。致陈舜卿兄一信，交邮寄至闽垣泛船浦，托其如有龙岩素心送至彼处，托其代带，务须格外留心。致叶石甫兄一信，因天台山拜经台之石碑已嘱工将成，由道头至清溪装载，长船颇便，未识由清溪扛至拜经台需费若干，托其代询姜宝山过塘行酌妥示福，以便另日托雇时颇为至便。余自乙巳亲赴天台山，拜经台有前隋圣僧智者大师拜经遗迹，不知者竟至是处亦不知焉。余发愿成一石碑于是处，即有远来游众若能至此，一览而知。拟其碑即曰"隋智者大师拜经处"。丁未春，适有李霁海来台，即托其代书，已嘱匠做成，俟明春再行装表，拟秋八月间亲赴天台游览一周，将其碑带立以毕宿愿为幸。晚刻，至达云母舅(处)少坐，过梅翁处，同邀至子宜处，互相畅叙半晌而来。家慈于晚刻自莘山来。家君嘱购各件，本地及郡城所购等件均已齐备，俟玉先生旋里，甬江购办各件亦可买齐。惟申江所买各色，另交月波带买可也。月之廿五日，月波与阿香本可动身，但阿香来说家中尚未清理，定要廿九日首途，只得缓至廿九日可也。

廿一日癸卯 晴。寄奉家君第五十一号安禀一封，交邮单保险寄署。致丽生先生一信，托其代批小弟命纸一纸。早刻，遣嘉先询继善相之处术已有购就否，来言尚未燥，想有售卖也。但彼动身尚有数日，得有带晋亦未可知。永利商轮于今晚到埠，向其《申报》取来。阅十一月十六日报纸恭纪十一月十五日奉上谕："内阁各部院衙门会议上大行皇帝尊谥曰景皇帝，庙号曰德宗景皇帝。"十七日《申报》纪臣下恭拟摄政王礼仪二十八条，颇长，未及详录，想另有仪注附载，惟遇书摄政王字样者须抬一格而已。十八日《申报》纪：奉旨列圣御极之初，均书匾额悬挂文庙，顷宣统皇上拟中和位育匾额，先书悬京城太学文庙，墨迹颁发阙里，做悬后即将原迹藏储阙里，另由武英殿另摹原式颁发各直省，以便行发各府州县文庙中悉均悬挂。

晚膳后，闻陶寿翁已由海门来，至寿翁处，晤道周、玉铨，同至子宜处，晤梅翁、渭荃、载熙诸君，互相畅叙半晌，至家时逾二鼓矣。子宜兄之恙，今均渭荃先生诊治，言饮食颇有知味，得奏肤公，深为至幸。查国朝列圣定例，徽号，皇上不得过二十二字，皇太后不得过十六字。十八日《申报》又纪内阁大学士会同礼部各堂恭拟德宗景皇帝徽称字样，原文曰"同天承运、大中至正、经文纬武、仁孝睿智、端谨宽俭"等二十字，再加"德"、"景"二字，合成二十二字。此本朝定例如斯，况大行皇帝仁孝昭著，海内咸知，足为万世钦仰，应加尊谥，理之然也。

廿二日甲辰 早刻，阴、晴；晚刻，晴。致从福一信，交邮寄郡。余素近视，幸不甚深，所存玳瑁匡近视眼镜两副悉均被坏，稍远即不能辨物，于晚刻嘱二头带申修理，并嘱向购油黑钢丝近视洋眼镜一副，并购洋剪、洋锁各一枚。早刻，至蓉秋先生之仁大典，言至路桥未来，即至梅翁府上相叙一刻而来。敬送拜经台之碑石已成，晚刻，将李霁海代写"隋智者大师拜经处"并上下款字均帖上，想三四天即可做成，倘若敬送后亦了一宿愿也。阿香言家君现在署中诸事格外仁慈已极，如今之人不知惠泽者颇多，须以恩威并济，深为至幸。

廿三日乙巳 早至未刻，阴兼雾，申牌以后均细雨，雾颇浓。连日早刻均有雾，天气又颇暖，似乎作雪景象。月波来云，焕堂于十六日子刻其表婶产一子，深为至幸。闻增中丞致各衙门电谕：太皇太后并德宗景皇帝大丧已过二十七日，所有公牍中均用红笔红印也。晚膳后，王子衡、孙继臣两兄来叙，已迟，留宿一夕。

廿四日丙午 早至午刻，晴；未、申、酉牌，阴；戌刻以后，雨。致楚卿兄一信，代子衡兄而言，托继臣专送郡城。又代子衡兄致章屺堂先生一信，即交子衡兄自寄。早刻，两兄均去。致丽生先生一信，专价送交，来接寄家君一信，并代小弟批有庚甲一纸附焉，俟廿九日附寄晋可也。午膳后，至梅翁府上，晤蓉秋先生，相叙一刻，同至仁大典，晤周德臣及章波先，少谈而来。

廿五日丁未 雨；早刻，雨中雪子片时。致应吉甫一信，嘱老二送交。晚刻，吉甫来云，托买处术现尚未买就，但月波、阿香旋晋期迫，心甚着急，嘱其急觅，未识至廿九日得以应命否也。从福于早刻自郡来，接洪祝翁一信，但玉先自十六日嘱其赴甬，至今尚未旋里，心甚焦急，未识廿七日宝华抵埠之期得以安抵珂里为幸。二鼓后，玉先方来，言趁可贵商轮而来，悉均平安，深为大幸。

廿六日戊申 子、丑、寅，雪子，中有雪花；辰牌至酉，阴；戌时以后又雪。致洪祝翁一信，交林祥带郡。林仆因从福染恙代工者，今从福来则彼去矣。今将玉先就宁代家君寄买各物均为详点，并将所寄家君物件打捆，以便交带晋署。家君嘱送子能先生英洋三元，适晚刻来即面交。家君又嘱奉家母英洋四十元，即由典中支交世治先送交矣。玉先所兑家君寄来银两，内有次宝，计重银一百四十馀两，另寄申江兑换可也。晚膳后至子宜处，晤载熙、益卿、渭荃诸君，言楚卿自郡垣来。至楚卿处，晤梅五、玉成、子封、绿孚诸君，互相畅叙半晌，来时已逾二鼓矣。沈梅史老夫子嘱买各件，计洋廿一元七角七分二厘，除取银十二两，拆洋十七元外，馀均垫付矣。眉甫先生嘱买各件计洋三元三角八分。尚有由申购买各件，另单寄署面算可也。

廿七日己酉 阴。晚刻，周梅翁来托余代其自寄槐士兄一信，即交其自寄矣。同至子宜处，晤皮申甫、王渭荃、采东、云梯诸君，言申甫已入赘于花台门矣。少顷，楚卿兄来叙，至晚而别，言及邑尊孙燕秋公祖已奉藩宪牌示调任镇海署；镇海县邹映波明府调署鄞县；天台县之杜明府调任临海，所遗天台以刘明府署理，闻悉前两江总督刘岘庄制军文孙也。晚膳后，楚卿兄遣价来邀，又，张镜如守戎来片相邀，即至警察局，晤楚卿、玉成、梅五、载熙、云梯诸君，言陶寿农姻长方自瓯郡来府。少顷，又至局中，言东岸地痞济田、蛇眼等滋闹，并用尖刀与警勇为难。但济田、蛇眼等硬强邬姓孀妇劝酒，以致起衅。楚卿诸君公紊拟将该地痞送请分府署惩办，时张镜如守戎将为遣送，适心斋、性言来抱[①]，各人均未允诺，即将济田、蛇眼送署。但济田及东岸多人均出入心斋家中，今虽闹事，心斋亦不得不为认保，事关地方风化，据然至警局作保，亦见其不自谅也。经各人未允，破难为情。楚卿相邀各人赴署，即同楚卿、寿翁、梅翁、载熙、云梯、玉成诸君晋谒吴绍春公祖，相叙一刻而别。楚卿言其一切详情，余未起齿言其好歹也。至家时逾二鼓矣。敬送天台拜经台之石碑字均于晚刻刊就，其碑角尚未完工，俟明年送奉之前再做可也。

廿八日庚戌 早至午刻，阴；未牌以后至晚，阴中细雨。致应吉甫一信。早刻，至椒江晤陶寿翁、周载熙、王云梯、王赞青、苏绩臣诸君，相叙至午，载熙留过午膳而来。至子宜处，晤梅翁、渭荃、申甫诸君，相叙一刻，同梅翁过陶寿翁处少坐而来。月波早刻来言，明日动身赴晋，即将寄奉家君各件捆就大小八篓，又皮箱一只，一切封条字号均已封贴。阅十一月廿一日《申报》纪十一月二十日奉上谕："恭加大行太皇太后徽号曰'孝钦慈禧端佑康颐昭豫庄诚寿恭钦献崇熙配天兴圣献皇后'"云云。又纪摄政王礼节已定，颇长，未及详记。苏绩臣兄云楚卿兄公禀济田、蛇眼两地痞之禀已于早刻进吴绍春公祖，即行庭训，未识如何讯法，不得详晰。但公禀中以煦东宗伯为首，次则寿翁、梅翁两姻长，次楚卿，次即余，次载熙、作羹、云梯、道周而已。余虽列名其事，未知其公禀中如何禀法，未曾亲阅也。

廿九日辛亥 未牌冬至佳节，子、丑，细雨；寅刻，雨晴，至午刻均阴；未初见日，一刻即阴；至晚均阴。寄奉家君第五十二安禀一函，内附丽生先生寄家君一信、小弟命纸一张，家君谕嘱所买各件、台宁买

---

① "抱"当为"保"，馀同，不另注。

就各物附外，计装皮箱一只、大小篾篓八捆、发单一纸，又有由申购办，又单面托月波就申代买。托月波带换元宝三锭，计重一百四十馀两，托月波由申换兑，所兑之洋由月波就申代家君寄买各件并川资若干外，得有馀剩，言明托月波转托仲甫兄代为寄家，或交二头带台。又致眉甫先生一信，并附托买另星货单一纸，已买各件附外，未买各件亦托月波由申代买，信外另封其府上收到洋三十元收条一纸。致沈梅史一信，托买各件均代买就，各物均附在外，细单抄附信内，均交月波代为带署。但月波自台至申川费面交其洋十元，由申至署川费则取于兑换银子之洋。但月波初拟廿六日动身，无如阿香自初九日到家，彼即至自家。余遣人叫其数次，方于二十日来家，即说廿六日首途。彼言太迫，家中各事不能清了，当面言明今日廿九准定动身，即于月波接洽。前廿六日捆装另星，遣小二头至阿香家中叫其来看打捆拾物，据说无暇。廿七日又遣老官去叫接头，彼未来，即于晚刻仍遣老官去叫阿香，欲其来往算结，据说即日来家，今日动身。即于早刻遣阿四至阿香家中挑取行李。来言阿香未在家中，不知去向。如此荒唐之人，不得不作罢论。但月波自己行李及余寄家君另星计捆大小篾篓八捆，而又皮箱一只，曾已到轮，一时寻人同行甚难，只遣嘉先赴轮托亦兰兄代为照顾，到申寓仲甫兄之老级陞客栈，同行之人再为寻觅。晚刻，与周梅翁商酌，借其跟班三妹，即于初三日趁可贵到申，同月波至署。出于不已，权宜之计。但署中做厨无人，即托得林代觅做厨者一人，俟有觅来，俟明岁三月与从福同行到署可也。

早刻，至大宗祠，晤秉彝宗伯、道周、宗山、伯寅、吉甫诸君，同行致祭后而别。至家，适楚卿文洛、赤甫、作羹、载熙、道周诸君来，相叙一刻。晚膳后，至楚卿处还谒，而文洛、赤甫皆去，晤吴玉翁、周梅翁、子封、云梯、载熙诸君，相叙半晌，至家时将二鼓矣。应吉甫代买处术、茯苓、白术片等，来单计实洋十元，即照数向典中付交清讫矣。

十二月初一日壬子　晴。致洛卿丈公一信，饬老六送交。致张仲甫兄一信，内附致苏月波一信，封交立茂专送海门邮政局双保险寄申老级陞栈矣。晚刻，老六来，接洛卿丈公福信一封。但月波人过忠厚，所趁长江轮船均托仲甫兄代为招呼，想无致误。昨周载熙兄为私塾改良会定于午刻开会。午膳后至文昌阁会场，晤陶寿翁、周梅翁、黄楚卿、朱益卿、黄道周、周作羹、李舜卿诸君，互相畅叙一刻。同过椒江中学堂，晤陈赤甫，言方自海门来，并王赞青、王云梯相谈少许。至家，适子能先生并焕堂来叙至晚，留过晚膳而别。

初二日癸丑 阴。接家君自十一月初七日函发一信，催促月波速赴晋署，嘱买青果数百枚、暖脐膏十张、素信纸百张。阿香既已作罢，三妹不能做厨，即或至署，未必妥善，再四维思，遣工邀增第，来云能去，并即动身亦可。即却三妹，换作增第与月波同行，此为至善、至妥。既允三妹，俟明春与从福同行可也。晚刻，周梅翁来叙一刻，同至子宜处相叙半晌而来。

初三日甲寅 雨。致苏月波一信，交增第带申，并附叔文兄寄家君银鱼一包、茶叶一包，均交增第附带。致月波函，托其就申向买青果五百个、信纸一百张、暖脐膏十张，一并带署，并附增第川费洋四元到申，但申到署者向月波支取可也。即至海门，拟趁可贵商轮到申，不想可贵方于晚刻到埠，明日晚刻开行，只得明日晚刻到轮。但阿香误我四天，实为可恶，今增第初四日动(身)，屈计初七日可以到申，只恐道途有遇雨雪，恐年内不能到署，实为恨事。既已迟隔，即急亦何益也。接叔文兄一信。

初四日乙卯 晴。又致苏月波一信，交增第带申。增第于晚刻至海门趁可贵商轮到申，同月波到署，只恐岁杪不能到署，致以为念。晚膳后，得悉阿香趁宝华商轮过宁转申，此是私行，深甚为恨。

初五日丙辰 晴。寄奉家君第五十三号安禀一封，饬老二送交海门邮政局双保险寄署。致叔文兄一信，交世治先送至莘山。只恐阿香私出，月波与其同行诸多不便，即于上午九点钟致月波一电，屈计初一日致月波之信亦于早刻可以到申，一电一信，先后而到，未识月波果与阿香同行否也。接眉甫先生一信，言家君嘱云，若明年家母到署，须带一乳媪同行，当时即达家母矣。晚刻，至梅翁处少坐，至椒江中学堂，晤云梯，相叙一刻。言槐士兄自郡来言，郡城自初二日传单开劝学所，议员周平洄孝廉与杨子钦茂才大相滋闹一次而散。至子宜府上，晤槐士、子孚，相约至楚卿处。晤宁海人叶梦九，相叙半晌而来，至家时将晚膳矣。

初六日丁巳　早刻，阴；晚刻，细雨；晚膳后雨晴，阴。二头代为买来洋眼镜一副，代修玳瑁洋眼镜两副，来单计洋一元五角。文明丸均已取来，已嘱世治送文明丸两瓶与吕寿长年，系彼托买也。接周允东明府一信，言及顾子杭参军现委车轿厘差。眉甫先生之府报一函，已交嘉先代交刘源春转寄西山矣。闻陶寿翁自路桥来，晚膳后至寿翁处，同至子宜府上，晤载熙、益卿、梅翁诸君，互相畅叙一刻而来。言及王渭荃先生已于早刻至郡城去矣。

初七日戊午　晴。早刻，邬丽生先生来取家君送其英洋三元，即嘱世治先照数面交矣。福缘交阿香带交典中英洋一百元，顷其兄来，即嘱世治先取还洋一百元，面交从福转付其兄矣。午膳后，至尚德小学堂，晤楚卿、梅翁、友竹、道周、缪醉卿诸君，适尚德将举岁杪散学之会，邀丁子祥兄至堂撮影[①]，即与诸君聚集同照一影，并与楚卿兄并照一影，余另自行照有一影，未识均得明晰否也。

初八日己未　晴。致周允东明府一信，交邮寄至山西省垣西萧墙。晚刻，县房朱选青仁山昆季来取报升沙涂底子，即嘱嘉先照账开就，当面交彼二人矣。所有需费若干，言照煦东宗伯之沙涂样式，多寡容后再言可也。

初九日庚申　晴。致王子衡兄一信，遣老六送交，来接子衡兄覆信一函。陈蓁友兄今日自椒江中学堂散学，留宿。半塘兄携有吴廷康书字五尺四轴，惜于腊笺，又彼送来，颇难为惜，送洋四元，此送其情分之资也。

---

① 当为“摄影”。

初十日辛酉 晴。接叶辅廷先生一信。晚刻,王子衡兄来叙一刻,同至子宜处,晤焕堂先生及皮申甫,相叙一刻而别。便道陶寿翁府上,晤馥堂先生及周梅翁、陈半塘、伯端,相叙一刻而来。少顷,馥堂先生来,因典中架捐后加之数,经杨仁济禀请临海县尊通详藩宪,未蒙照准,只得照数送缴可也。接洽后即转其粮厂去矣。

十一日壬戌 早至午,晴;未刻至晚均阴。接洪莲翁一信。接眉甫先(生)托余转寄府报一函,即嘱嘉先转寄刘源春代为转寄矣。

十二日癸亥 早至未刻,晴;申牌以后均阴。致叶辅廷先生一信,交典中转寄黄城西街。午膳后,至蓉秋先生之仁大典中少坐,至寿翁府上,晤梅翁、半塘、伯端诸君,相叙一刻而来。晚膳后,至楚卿处,晤梅翁,出示萧伯康公祖公信,言当初夏,因狭嫌被屈一节,现奉恩诏可以开复原官,若捐原官仍指候补者,须需巨款,有京友代其设法,得前任之地方绅士联名代具公禀剖白被屈各节,可免捐复银两,因此借重各绅衔名云云。当与楚卿兄言,俟赴郡城即与王冰翁商妥,致函允其联名可以。

十三日甲子 阴。致洪莲波先生一信,交邮寄晋。接月波一信,并代换宝银除买另星及川费外,剩洋一百元,已由永利商轮友带到。接张仲甫兄一信,今有楚卿兄府上歇出仆人名阿庆者,系宁波人,因与从福相识而来。余因从福明年赴晋,即嘱从福向说,允在家中作仆,每月计工洋两元。仲甫函云,月波与增第均于初七日趁美大商轮赴汉口,阿香亦同赴署,虽云自备资斧,亦恐未必。但马已出道,亦难挽转,只得听之可也。

十四日乙丑 早至午,阴兼雾;未牌以后,阴、晴、细雨不时,至戌刻仍阴。致张仲甫兄覆信一封。致符士正一信,向取欠款,遣吕来坐追,未识能得见付若干否也。早刻,长工做纳年糕,计米八石,年年皆是,亦俗例也。阿庆说楚卿兄不欲与其歇,余即作罢论。又据从福言,阿庆一定不在楚卿处,嘱其转达于余。但余既有叫其之语,只覆从缓再说可也。

晚刻，至楚卿兄府上，晤梅翁、娄竹珊、詹益卿诸君，相叙半晌。楚卿拟将集圣庙并各处之涂田一律加至每亩计税洋两元六角，禀请分府宪出示云云。但集圣庙及文昌阁计公顷涂田一百六十亩，每亩除两元，惟集圣庙之公田除每亩一元六角外，所加之数，一律拨入本镇女学堂经费之需。事虽善举，只恐佃户为难而已。俟其具禀，经分府宪出示后，再行向说可也。并云屈云珊已由皖省来，即同楚卿、梅翁至云珊处少坐而来。晚膳后，因梅翁相约至楚卿处，晤载熙、云梯两君。楚卿即将东岸助集圣庙涂田四十亩、西岸助集圣庙涂田八十亩、东岸助杨府庙、文昌阁并东岸武圣庙涂田三十亩，共计一百五十亩，除缴各庙费用每亩税洋一元六角，外加洋一元。又，家君助文昌阁涂田十亩原缴文昌阁修理需费，每亩税洋两元外加洋六角，共计洋一百五十六元，内抽洋八元于江边堂开台戏金，外计洋一百四十八元，具禀呈请分府宪批准拨入女学堂之需。但西岸助入集圣庙涂田八十亩系家君与煦东宗伯分助，并助入文昌阁之涂田，均余经手代收，现楚卿兄既已酌加，只得允诺，俟分府署批准后再嘱佃户加税可也。具禀者煦东为首，寿农次之，梅五、楚卿与余及载熙、子宜、云梯、舜卿、作羹、道周、宗山计十二人。如是具禀，则吴绍春公祖定见批允，无如种地贫民不胜其苦也。现楚卿创办女学堂，每年须费须在七八百元之谱，犹恐始终不能如一，深为可惜耳。

十五日丙寅 阴。早刻，有微雨。接伯森先一信，言邑尊孙燕秋公祖已于昨十四日告卸，新署邑侯杜明府未曾到任，现郡伯即委经历王参军暂行护理矣。附寄之菜已经收讫。即致福伯森先一信，嘱其即速来店。晚刻，至子宜处，晤梅翁、载熙兄、皮申甫诸君，互相畅叙半晌而来。

十六日丁卯 阴；晚刻，细雨，片刻即晴，至晚均阴。致卢槐士兄一信，交蒋馥堂递交。但典中之本年架捐本明岁五月解销，顷馥堂先生定要通融向取，而又仁大已付，只得允诺，故函托槐士兄向同昌支洋念元付交。其馀另由典中凑并若干或欠若干，明岁缴清可也。致槐士兄之函面交侯洁斋寄交馥堂先生面交也。所云架捐一切，前馥堂先生在家时所允耳。吴玉成参戎来言其太太染恙颇沉，存有典中之款究有若干，询余，当即嘱夥抄示矣。至谱香母舅府上少坐，言章伯纯姻兄之令弟本定明岁正月廿六日喜期，顷改至二月廿六日完姻耳。

十七日戊辰 阴。致周允东明府一信，饬从福送交其府上转寄山右。接家君自上月十八日所发一谕，并接眉甫先生一信，亦十八日所发，附有其府报一函，即交嘉先转交刘源春代为转寄西山矣。

十八日己巳 阴。致杨伯藩兄一信，交邮寄申，托其代买明年《申报》。午膳后，至寿翁府上，晤陈赤甫、周载熙诸君，相叙一刻。同寿翁至吴玉成参戎处，晤梅翁，互相畅叙一刻。玉翁言其夫人染恙颇沉，并言署台州府知府锡太尊编不肯到台，藩宪即以温州府知府启迪斋太尊续来署台州府缺，亦旗人也。

十九日庚午 阴兼雾，惟巳刻见日，片时即阴，至晚相同。

二十日辛未 雨。

廿一日壬申 晴，西风颇大。致张丹翁一信，外附年糕一百念条、麻糬十六方，分装两捆。致张仲甫兄一信，外附年糕八十条、麻糬八方，计成一捆。弟头担至海门永利商轮，并由嘉先当面托亦兰兄代为带至舟山、上海两处。据云丹翁因公趁宝华商轮到台一行。按：宝华商轮明日可以到埠。明日至海门，与其相叙一番可也。早刻，习之来云，其令尊昨至海门，今尚未来。驻扎江边堂防营哨弁薛尚先已去，换驻者易美良今来拜客，及饬丁挡驾，随遣价携柬谢步矣。

廿二日癸酉 阴。寄奉家君第五十四号安禀一函，交邮保险寄署，内附致眉甫先生一信。早刻，至海门商轮局，晤杨定甫给谏、陶寿翁、王芹甫、黄子霖、申桢夫诸君，相叙一刻。过午膳后，宝华商轮到埠，张丹翁、王子端兄及其夥友陈姓来台，到局互相畅叙一刻。言及子端兄系月亭先生令郎，月亭已故，诸事均其令郎子端经理一切。但月亭年方壮士，深为可惜。幸子端兄人颇诚厚，继起有人也。不觉已晚，就局晚膳后少叙言别而来，至家时将二鼓矣。寿农姻长言楚卿兄已于昨晚自台旋里，并言启迪斋太尊于新春初上抵台赴任。

廿三日甲戌 晴。晚膳后，至楚卿处，晤李楷亭、陈述康、王冰如诸君，相叙半晌。言及邑侯姓杜，官名光佑，非麟元也，号菊孙，湖北人，举人出身。

廿四日乙亥 晴。致邱仲翁一信，饬老六专送黄城学后巷。接家君一信，自十二月初二日所发，并接眉甫先生一信，言其令侄至典学习，俟新正进店云云。并附竹报二函，一寄府上，一寄衣谷，交嘉先送托刘春源代寄矣。晚刻至集圣庙，适陈述康兄方至郡城，即与张镜如少坐，过梅五府上，同至寿翁处，晤柳亭、伯端诸君，相叙一刻而来。

廿五日丙子 早至辰，晴；巳后至晚均阴。亦兰兄来云有张丹翁寄其之信，向余取洋五十元，并言丹亭兄致余一信，亦托子霖代寄。但此信并未收到。余阅丹翁致亦兰兄之函，是其寅侯世兄之笔迹，当即向典中取洋五十元付交亦兰兄，过入丹翁名下也。晚膳后，至寿翁府上，晤仲辰，相叙半晌而别，至家时将二鼓矣。

廿六日丁丑 阴兼雾。致子霖兄一信，向取丹翁来信，接子霖兄覆信，言托楚卿兄代带。即遣人询楚卿兄，据说并无托其代带，未识交于何人代带，另日再询可也。接蔡子葵一信。

廿七日戊寅 阴兼雾；晚刻，细雨，片刻即晴，均阴。致张丹翁一信，交邮保险寄至定海总镇署。福寄蔡子葵一信。致道周宗叔一信。接章屺堂先生一信，即将原信遣人送交子衡兄，旋接子衡兄一信。接梦云先生一信，言自嘉兴方于二十日到家。

廿八日己卯 阴。早辰，叩谢天地，并叩各处神圣后，致王子衡兄一信，遣老官送交。转瞬间又是一年，叨天福佑，幸获平安，是所至感。前邱仲翁代寄蓉垣先生一信，邮局因无处寻觅，曾已退还，未识蓉垣先生究在何处也。致童子章一信。

廿九日庚辰 早至未，阴；申后至晚均细雨。晚刻，陈舜卿先生来叙半晌，言闽垣方于廿八日到家，并言鲍子封分手之后而会宾先亦定自歇，楚卿兄未允，大约不歇归多。但子封之账，楚卿兄虽格外盘算，只有五十元借其亲戚，十馀年之后方且补还。又仲钱百馀元，两账拆息结计千馀元，其事尚未下台，据云已代买来茶花四盆尚在号中，计洋一元馀，曾经代付，顷面交英洋两元，容后再算可也。并面托益卿明岁赴闽代买红瑞香两盆、白瑞香两盆、扶桑两盆，又各色茶花四盆、珠兰两盆、木本珠兰两盆，如有便船代为寄台，未识得有购全否也。

三十日辛巳 子、丑、寅、卯、辰刻初，雪子，后即大雪。早辰一阅满眼山河遍成似银，即迩新年，预日已换，古人云"雪兆丰年"，斯年[①]不谬也。幸值新皇宣统登极之首，理有丰年预兆，可见天命所归，足为奉天承运皇上，亿万斯年、光天化日哉。巳、午、未刻雪晴，阴。申牌又雪，以后亦雪，乃雪景，雪光即丰岁丰年之瑞也。接张丹翁一信，系前交子霖兄代寄，托余代付亦兰兄英洋五十元，其洋当日已付，其信自海门转寄家子，颇是为难也。今已除夕，全年中均叨上天福佑，幸获平安，深为至感，所求者只以岁岁平安，深为至感、至幸也。转念间，家君赴任吉州又是一年，西风飒飒，艰苦难言，伏愿上天敷佑，明岁得能升调一任，以遂家君宿愿。之后，义当赴署，力劝家君锦旋，长聚家庭之乐，得以朝夕定省之欢，是所万幸也。

今上宣统元年(1909)正月元日壬午 晴[②]。天色甚佳，并无杂云遮护，正是新年景象。皇上御极之初，即有威灵赫濯，四境平安，风调雨顺，国泰安宁，就可预卜也。今岁幸得家君早报升任之喜，家属平安，祖慈强健，诸事顺适，是所至幸、至庆焉。早刻，叩神后，即有梅翁、楚翁来家叩年，会晤少顷，馀均挡驾。午膳后，出外叩年，晤梅翁、达云母舅、谱香、煦东宗伯、子宜、楚卿、心斋宗叔、玉成、少愚、寿农姻长诸君，馀均挡驾。至家后，适心斋宗叔来贺新禧，少谈而去。晤楚

---

① "年"，当为"言"。

② 页边原注："宣统纪元岁己酉春王月初一起。"

卿兄云，年内台绅保留曹绍雍统领之公事具禀郡伯转详，许邓仲期太尊因将告卸，不肯代详，续言禀内一百六十馀人到齐方准通详。时届岁杪，不便相约，只将禀情详达增中丞，云明俟新任台州府启迪斋太尊到任后再行具禀通详而已。

初二日癸未　早至辰刻，阴；巳、午牌，细雨；未刻以后至晚均阴。早刻，恭叩天地神明，俗名曰开年，家家皆设三牲敬神。又是新岁，只愿得“平安”二字，足为至幸焉。晚刻，至子宜处少坐而来。

初三日甲申　晴。致陈洛卿丈公、祝再姻丈、俊英兄、映江先生、子衡兄贺信各一函，就便递交矣。饬送各家人情计三十馀分。早刻，亲至后洋王吊策臣先生，并就便吊卧南公及搜岩兄之令堂，毕后，晤梦云先生、搜岩兄，相叙一刻。但梦云先生言在嘉兴府城之台州公所。吾台人在嘉兴者计数万家，生长外方者正不乏人耳。别后至家，方将午膳。晚刻，至陶寿翁姻长府上，晤半塘、汀西，相叙一刻。寿翁相约至子宜处，晤云梯、采东两君，少谈，又同寿翁至建西处，晤梅五姻丈及伯端诸君，互相畅叙一刻而来。朱先生言仲增先因楚卿不肯允歇，但早已允诺，今将进店，本难易言。无如仲增先非是无偏夥友，不过要用人者此等之夥亦可将就。今既楚卿不允其歇，只得作罢。倘若定要其来店，虽有可说之语，未免居奇，将来身价自高，诸多不便。如遇各夥，非是实在紧要之人，愿在则在，愿去即去，我不歇他，不必强他，是为切要。去留不能自主者即不甚佳，若是诚实紧要者既已出言，定顾其后耳。玉先与朱先生言有东山头人周姓者，初在詹恒丰学习，后至楚卿之涂镇晋泰典柜上，因是鲍子封之人与富恒先不睦，今楚卿用富恒，歇子封，故将彼牵连而歇。余不知其人是否，既其所言可用，当即允之。如是者彼歇无归，我允用之，事之相宜也。初来，本不知人之好歹，看其以后若何耳。可用则安之，否则即作罢论。凡用夥友者如斯也。余之所见，未识合于公道否也。

初四日乙酉　晴。致秦仲甫兄一信，托阿先代带郡垣中草巷项宅。今日系本镇市日，典中即于早刻敬神后即开店门，当取各典皆然。晚刻，设席四桌，请本典各夥友及街上各店，并向有来往诸君，亦定例也。晚刻，周梅翁、陶寿翁来叙一刻，相约至吴玉翁处。适与玉翁路遇，即至子宜、楚卿两处少坐。适卢槐士兄来，言昨日郡城来椒，相叙半晌，同至槐士处，并至心翁府上，互相畅叙一刻而来。典中一切规模悉均如旧，各夥辛资悉均如旧，惟学生克庸加钱一千文，包房朱先生辛资计钱六十千文，账房玉先辛资亦六十千文。柜上今年牟则福先、周三先辛资各钱廿八千文，写票祥交先念二千文，副包世治念二千文，大中学生柏森十六千文，正伦九千文，立茂八千文。上年如斯，今亦如之。克庸上年四千，今年五千文而已。月支仲钱均如上年旧例，各夥辛资共计二百五十八千文。

初五日丙戌 晴。晚刻，至陶寿翁处，晤梅翁、陶柳亭、伯端乔梓诸君，相叙间，余韶补先生来，近煦东宗伯请其看病，至其府上，寿翁邀其为如夫人视病，相叙一刻。言及王子宜兄之恙颇沉，宜早请明医诊治，迟恐不及，即今亦过迟矣。在子宜兄尚宽宕无甚要急，日夕与其往来者，虽代担忧，亦何济事，心甚怅然。并言启迪斋太尊于十二日接篆，想月之初八日趁可宁商轮可以到台也。言及何肃堂先生年内已由京城到府，惟喧夫先生尚留京抵耳。调署临海县知县杜苐荪公祖光佑已于上年嘉平月廿二日告卸天台县，即于嘉平廿四日到临海县任矣。新署天台刘明府系原任两江督宪刘岘庄制军之侄孙也，年甫二十六岁耳。

初六日丁亥 阴。早刻，雾，早晚均有细雨。致陈舜卿先生一信，前托买之花单未齐，顷又书附一纸，托其带闽代买，交老五老司送交茂昌代寄。致叶蓉秋先生一信，附洋四元，交弟头送交。晚刻，同陶寿翁至椒江中学堂，晤载熙、道周两君，互相畅叙半晌，就道至梅翁府上并蓉秋先生之仁大典中，均少坐而来。

初七日戊子 晴。代陶寿翁书致周允东一信，即交其自行寄晋矣。

初八日己丑 晴。今值上八，天气晴明，诚国家之庆幸也。致张丹翁一信，交邮保险寄至舟山。致陈范若太老伯一信。致洪莲翁一信。致陈涵甫参军一信，内附致陈仲怀直刺一函。致周允东明府一信，均交邮寄晋。致杨伯藩兄一信，交邮寄沪。致杨子云先生一信，饬从福送交。接梦云先生一信，即覆梦云先生一信，就交典中转寄矣。晚刻，致吴玉成参戎处相叙一刻而来。仆从自海门来，言郡伯启迪斋太尊今日尚未到台，各县知县以及郡城候补佐杂各员至海门迎接者颇多，并接瓯江电报云明日可以到台。新府初莅，迎迓禀见各员，诸多忙碌，世事如斯也。

初九日庚寅　早刻，雾；日间，细雨，稍大。致张仲甫兄一信，交邮寄申。

初十日辛卯　雨，不甚大。寄奉家君第五十五号安禀一函，交邮保险寄署。内附致眉甫先生一信。致子霖兄一信，向借有《中外日报》三张。早刻，金季盘及习之来叙一刻。晚刻，往谒季盘兄，并晤寿翁并其令祖俞兰吉，相叙一刻而来。寿翁柬邀晚膳，至其府上，晤兰吉、季盘、时弢、槐士、梅翁、昆山并寿翁诸君，相叙席散而别。至家，适叔文妹倩来，互相畅叙言欢，亦一乐事也。寿翁云，邑尊杜明府号菊生，非茀荪也。郡伯启迪斋太尊昨初九日由永宁商轮到台，即于早刻趁永大商轮到郡，定十二日任篆。

十一日壬辰　细雨兼雾。昨向子霖兄借来之《中外日报》，早刻，嘉先赴海门之便交其带赵。晚刻，因达云母舅柬邀晚膳，至其府上，晤谱香、道周、作羹、少湖、少琴、子俊、寿卿、永义相诸君，相叙席散而来。陈叔康兄系上年派委六庄等调查丁口等事，已于年内来椒，暂寓集圣庙后堂办理一切，因岁除至郡，方于昨日下港，仍住旧处，早刻来叙少顷而别。

十二日癸巳　雨。全日皆是细雨如雾，并雾颇浓。接张丹翁一信。接眉甫先生一信，自客岁嘉平十八日自署缄发，言前吏部会议卓异人员变通叙补章程曾已行知到署，而又晋省曾有升缺未补，想春月定能照章升补也。以余想之，家君卓异应升早经到班，本应早可升补，应无上游照应，以致延搁至今。不想上年有此变通章程，奉旨俞允之后，即无上游照应，照章例应叙补之列。可见官之升转能否，不必求于上官，只求平日爱民如子耳。家君宿意如斯，方信然也。并云晋省禁烟章程，如有再种者，即将该管州县记过撤任，均得和平禁止净尽者，照以异常劳绩计大功三次。吉州自家君出示禁种罂粟之后，并无再种之田。即上游派委密查，所禀亦然，尚为至幸，半在平日勤政爱民之所致也。该州之自治讲习所咨议局以及候质所悉均就绪，惟警察一事最为认真，已入优等，举行新政，无事、无时不以百姓为念耳。

十三日甲午 早至巳，阴兼雾；午牌至晚，雨。致杨伯藩兄一信，托其代买小羔皮袍统一件。致许眉甫先生（一信），交邮寄晋。仲厚兄二月初六日完姻，托余代寄张丹翁喜帖。早刻，交嘉先送交永利茶房代寄舟山矣。早刻，方玉兄来云，子宜兄于早刻在东山头丈人周映江先生府上已将作古，即乘舆到其自己家中，则谢世矣。即至子宜兄府上，晤云梯、遇琴、心泉、采东诸君。不见主人，心甚惨然，其母老子幼，代其悲伤。人生一至此路，本难得免，奈子宜年仅三十有五，两子尚在襁褓，不觉伶仃孤苦，言之痛心。余与子宜兄相交十馀年，朝夕相亲聚首，不意自新正初七夜至子宜处，晤叙之后，初八日子翁即至其丈人府上。即于是夕相聚，即作永别之谈，亦所未料也。奈子宜一生，作事朴厚，今即永诀，不觉悲泪交集，心甚怅然，皇天何即丧斯人也，呜呼哀哉！晚刻，席请叔文妹倩，柬邀相厚诸君，来者吴玉成参戎、周梅翁、陶习之、周达云母舅、邬丽生先生，相叙席散而别。陶寿翁昨至海门，因永利方自上海到埠，相议诸事，尚未来府。接伯藩兄一信，并《申报》一卷，云今年之《申报》亦代为购买云云。阅正月初四日《申报》纪：上年十二月廿六日电传上谕：浙江抚宪增中丞举劾属员中，台州海防同知吴绍春公祖奉旨嘉奖。相识者而得佳音，代为欣幸也。是日《申报》又纪：黄岩毛镜泉明府宗澄署江西临川县知县，经江西抚宪冯星帅举劾属员案内奉旨嘉奖。同乡中亦一出色人也。

十四日乙未　晴。酉刻，立春节，古人云："最上喜立春晴一日，农夫不用力耕田。"今值立春天气最为晴明，深为至幸。况连日皆雨，今值立春，得以晴明，最为难得。此乃今上宣统御极之初，得国泰民安、风调雨顺之预兆也。早刻，嘱嘉先送交二头纸样一张，嘱其就沪向买镜架，上汪承霈所书"退一步想"数字于乐琴书室之房内，凡字皆从退一步想，获福于无穷也。早刻，至集圣庙还谒陈叔康兄，并晤李楷臣、张镜如，相叙一刻而别。书送子宜兄挽联一副，对语曰"十载订知交，昕夕相亲，深识持家有道，学业有成，际斯庶务更新，翼汝诚堪襄善政；一朝为永诀，声容莫接，惟看母哭于堂，妻悲于室，抚此孤儿并幼，教人怎不痛伤心！"晚刻，即至其府上，晤映江先生并云梯、心泉、采东诸君，相叙一刻而来。陶寿翁在海门，卢槐翁在黄城，均未到府，拟欲柬邀而不得。晚刻，柬邀道周、作羹、秉彝、叔康、谱香及曾六舟、寿卿、孟东、伯寅诸君，相叙席散而别。道周宗叔近拟赴东洋游学，即以此席为祖酌之礼焉。

十五日丙申　晴。早刻，云梯兄柬邀代其帮忙，即至彼处，晤梅翁、映江先生及本镇诸君，均相晤叙，并过午膳而来。晚刻，因周梅翁柬邀晚膳，同叔文妹倩至梅翁处，晤吴玉成参戎、陶寿翁及其乔梓，相叙席散而别。即同梅翁、寿翁至建西处，晤王少亭、陈质甫、道周、作羹，相叙一刻而来，至家时逾二鼓矣。

十六日丁酉　晴。自十四立春日迄今三日，正值元宵佳节，皆是天气晴明，人乐神欢，万民欣幸，乃皇上御极之初国家大庆之预兆也。子宜兄于晚刻大殡，其堂兄云梯柬邀助祭。素与子宜兄日夕相亲，情投意合之友，今据①致祭与彼，不胜哀切。午膳后，至子宜府上，而子宜已经大殡，即与寿农、周梅翁两姻长及载熙、禄孚、宗山诸君同行致祭焉。毕后，即同助祭诸君，送至所停之处，又祭一坛。毕后，转至子宜府上，即同诸君举行堂祭。毕后，与诸君相叙，过晚膳而散。但子

---

① "据"，疑为"俱"或"遽"。

宜兄所停之丧基，昨其丈人映江先生请王四先生代为就近选择，看到余先慈周太淑人并元配章宜人所停之北，其田亦是余业，当映江先生向余借停，但余向与子宜兄厚交，向借一停丧之地，亦不得不为允从，当即允诺，借其暂停以尽友谊焉。细思子宜兄作事和平，朴诚温厚，今则再觅如是友朋最为不易，心甚怅然。

晚膳后，同梅翁、寿翁过建西处，晤李薇臣、周作羹、黄道周诸君，相叙一刻而来。但作羹兄柬邀晚膳，因助祭子宜兄，饬仆辞谢。但子宜兄之第二妹倩戴玉珊之令郎燮棠在建西处，晤王少亭兄，言楚卿兄自郡下港。晤槐士兄云方自黄城来府，楚卿兄自郡来否，尚不得而知。槐翁云明日上港，并言黄城县城乡诸绅等公议通奉上谕有将各直省完纳钱粮以钱完银，以洋易钱之州县，洋价均照市面完纳之语。现在黄城市面洋价每元有一千一百者，有一千另八十、另六十者。向来县署完纳钱粮，洋价每元均作九百文或九百一十文、二十文而已。黄城每年钱粮约在四万两之谱，计洋十万元左右。今诸绅等公议以每元均照市价作钱一千另六十文，其中洋身计洋二万元之则，黄岩县缺即照旧价，每年所得只有洋一万数千元可剩。今照市价完纳，则黄岩县缺进出相抵，犹恐不敷。无如黄邑城乡各绅持议颇坚，而黄岩县令王鸣九明府以诸绅等果若如是坚执，拟即赴省禀求上宪告卸而已，未识究经如何下台也。倘若执定洋身仿照市价，而黄属若是，明岁各县亦可照式矣。

十七日戊戌 晴。

十八日己亥 午刻以前，大雪纷纷，遍地如银；午刻，雪晴，阴；至晚皆然。本今拟赴十里铺岳母家叩贺新禧，不意大雪纷纷，又因幼女早刻而殇，不得不中止焉。第三女自上年七月初旬继配陈氏所出，所雇乳姬甚粗，诸事均不留心，上年十一月间有一日天气过暖，将幼女去衣，不觉已冻致病，又不即言，以致日重一日。昨邀寿卿兄诊治，言其风邪湿食已重，亦不知今日即毙。其乳媪未满四月时，即将鱼肉均食，此幼孩不可食之物，亦不避忌，此媪以竟可恶，看女孩病重，不言其病，即自急去。故昨日另雇一妪，仅只一夕而女即殇，乃前媪之可恶，言之难甚。余与内人皆因乳媪未言其病，亦不留心，未曾即于调治，于心怅然。即幼女生死亦有命定，只未调治，心所未周之痛。将来哺负幼孩之媪，不得不净[1]于选择也。但此媪之可恶甚矣。今则已去，将有见面时，当为面责一次，以消宿恨。即遇亲朋，言有哺负幼孩之乳媪，宜为选择细心、周贴、多乳者，是为至切也。

十九日庚子 早至巳刻，细雨；午牌雨晴，阴，至晚均阴。吴玉成参戎柬邀晚膳，至其府上，晤周梅翁、陈禄孚、叶石甫、王云梯及楚卿之令弟老四诸君，相叙席散而别。言及许邓仲期太尊今日下港，明日趁永利商轮赴申至杭，并言杜菊生公祖接篆临海县之后，诸事精明，诚不愧民之父母，抚宪两次密保奉旨嘉奖，真得其人哉。

前余拟至岳母家叩贺新禧，从福在家照料一切，适三妹自梅翁府上歇出，嘱其帮忙数日，不想进来即寻长工及阿嘉日夕赌博，不成事体。前数日余尚未知，昨夜，余亲看见三妹、阿嘉、弟头、老跛四人赌博，见余而散。余睡后又赌，今早即去。适从福又病，叫小法来代帮忙数天。无如小法又是赌徒，欲其代过从福娶亲后，未识能至此时否也。此等人赌博总有输有赢，赢则本为至善，输者非偷即盗，总是想法余之资财也。前年，余失于检点，福逊与长工聚赌数月，致输巨款，将典中盗付洋六十元，又将典中偷去数十元，因子修兄代荐，以致难以归结。以后，除正月初一、初二、初三日外，见有赌博，不得不即行禁止。凡人生无不想做好人，至饥寒之际，不得不起盗心，各人帮我，初本不至饥寒，以致赌博大输，情急不得不偷，亦理之然也。余当禁其赌博，使其不至情急之时，皆可安然。言虽若是，即严禁者禁想做人之人如三妹，不想做人，即虽严禁，亦无益于事，只得毋许登门，是为至切。

二十日辛丑 雨。致道周宗叔一信，交嘉先送交。陈琴友兄于

---

① “净”，疑为“精”。

早刻来，本至椒江读书，因椒江中学堂系月之廿八日开学，请暂留数日。秉彝宗伯柬邀午膳，至其府上，晤道周、作羹、谱香、少湖诸君，相叙席散而别。道周宗叔定廿三日动身赴申，即行买舟游学东瀛。谱香母舅即于晚刻趁轮赴岱山创办盐局事宜，未识得能顺手否也。

廿一日壬寅 晴。接张仲甫兄覆信一函。接王子舜兄一信。晚刻，袁子雨茂才、黄心斋宗叔来叙半晌而别。子翁言客岁晋京一行，方自嘉平旋里，顷拟赴皖垣，欲图教习之任，想王子常太尊代其吹嘘也。席请陈琴友兄晚膳，并邀叔文兄、丽生先生、载熙、云梯、子延、建西诸君陪客，相叙席散而别。言及东岸杨府庙住持道人于十九夜被小窃伤毙，乃刀毙，事主初尚不知姓名，即由警察局电禀临海县诣勘。邑尊杜菊生公祖即于早刻至杨府庙勘验，该道有刀伤六处，即时毙命。杜公即行查究。据邻近云，正月间已有小窃某某至其庙中偷窃，因无偷去，未及呈报，今则亦疑是前窃之犯，已行查究，尚未被获云云。想杜菊生公祖任事精明，此等凶徒易于拿获也。

少顷，陶寿农姻长来叙一刻，相约至建西处，晤周梅翁、陈赤甫、黄道周、朱益卿诸君，相叙半晌。言及黄岩属有王吉生武举藉尸扰诈，经黄岩县王鸣九公祖通详押办，挽绅公禀，黄煦东宗伯主讼，其郎楚卿宗兄通贿千数与鸣九明府等语。抚宪增大中丞批语，大约“已据黄岩县知县通详，有事通贿情弊，仰台州府迪斋太尊亲提审明详覆”云云。未见呈批，究属如何呈词批语，不得详晰。楚卿兄言，事虽无碍，现值选举议员之时，恐坏选举议员名誉，心甚忿恨。楚卿兄尚保名誉得以始终如一，深为至幸。已有亲提之批示，未识抚宪果亲提否，亦未识亲提作何审结，尚未预定也。

并言增中丞因严于禁(烟)，致启太尊电语，大约台州六邑有再种烟并禁烟不善者，即向台州府县是问云云。抚宪启太尊因接抚宪如是电示，即行开台州禁烟大会，并即通饬六县一体遵行。想如是森严，得能净甚，深为大幸耳。日前，接眉甫先生函云，山西禁烟章程颇长，未及详注，只各直厅州县中有种烟一亩者，即将该管直厅州县即行撤任，并记大过三次，停委。若该处得能今年而无种烟而净甚者，即将该官直厅州县纪大功三次，作异常劳绩保奖。现浙江抚宪有如是通饬电示，想与山西办法相访也。并言吉州曾经道府两宪派委查去，禀语有该州远近尚无偷种罂粟字样。自查已无，委员访查又无，则可靠定无种烟者。但禁民止种罂粟大非易事。即如临海、黄岩两邑，禁烟如是之难，即吉州想亦如之。今则一禁净甚，非素于精明民事、得民心服者，岂易言哉。曾经净甚，虽牧令应尽之事，上游既有如是宪谕，家君得邀列奖，亦分宜然。又卓异人员曾经奉旨尽先升补，山西全省中卓异赴引者家君一人耳，即以后再有赴引，家君亦在首列。又得禁烟计功邀奖，况早经卓异列班，政绩又著，虽无上游照应，例应升补，亦不得不为升补焉。只求升补之缺与省垣相近，深为至幸。

籽舜兄函中附有农工商部委办北京织绵有限公司添股说略一纸，言及所办工艺局织绵一科最为得法，因资本不敷，再招新股。阅其说略中有原股计银十万两作为优先股，再招股银十万两，先缴银五万两作为续优先股，每年息计八厘，后招银五万两作为普通股，每年作息七厘云云。此因缴银先后以定优否，其理尚长。又有云集至十股以上者，有按季查账之权；三十股以上者，有稽查一切之权；五十股以上者，有选派妥人分管厂事之权，其理亦长。又有云承集至二十整股（二十两为零股，二百两为整股）以上者，酬承集人红利一股，发结支红利之凭摺；承集至四十整股以上者，发结整股票，其整股票股息红利与各股东无异。如此而言，此贸易之事，虽集股多寡，究与报捐纳粟不同，因集股而据结以股票，未免过于便宜；有此便宜之事，即有吃亏其在中[①]矣。余亦需银，可以合股，今与余言之，亦不想当作集股之想。余若言其是非，未免多事。偶而记之，以劝我知交相善朋友以及后人，如遇集股之事，总非长计。古人有云“业勿肥家”，况此等

---

① “其在中”，疑为“在其中”。

事即有长善者，在于经理诸君耳。

廿二日癸卯　晴。午膳后，往谒袁子伟茂才处，相叙一刻。子翁因沈子佩方伯与其令尊翁庚辰两榜同年，现又子常太尊代其作引，请其赴皖应某学堂教习之任，即于今晚趁可贵商轮动身。便道过心斋处少坐，至寿翁府上，晤梅翁、楚卿、王少亭、徐富春、汪伯端，相叙至晚而来。晚膳后，至楚卿处，晤翁子俊、解昆珊两君，相叙半晌，过煦东宗伯处，晤叶石甫先生，少谈而来，至家时将二鼓矣。但煦东宗伯自画兰花数十张，饬匠刊列梨板，以便墨榻之需，亦一消遣事也。

廿三日甲辰　晴。周梅翁托余代其自致金子和兄一信，即交其自寄矣。椒江网业公所柬邀午膳，早刻，至椒江网局，晤陶寿翁、吴玉翁、黄楚卿、陶吉云、王云梯诸君，相叙席散而来。楚卿兄言，台防统领现抚宪增子帅更委常姓将近到台。曹绍雍都督现接省中电音并坐省提塘急信，言客岁抚宪派员查点台防，曹绍翁所带中营中多积弊。并前任抚宪张中丞谕饬台州防营改作旂，对各勇目原粮本每月计银三两六钱，改更营制后，每月加银六银[①]。曹绍翁接札后即行禀覆，所加之银改作各勇津贴之需，当奉抚宪批准，本即按月结加津贴之银。曹绍雍因初加之际，将津贴之处迟三个月结发，前三个月津贴银两悉均曹绍雍自行侵吞，营中各勇未得详晰，均未滋闹。现有浙江候补知府萧太尊深悉其事，将细情详达抚宪，增中丞派员密查两次，均无易言，而增中丞亦均详晰。况其少君清泉二尹以县丞分台差委，亦带有一旂驻防南乡，虚报名数颇多，现增中丞有欲出详之意。倘有其事，恐非撤差了事，果是如何结局，亦难预料。

楚卿兄言王俊甫侍卫庆麟等代王吉生鸣鹤具公呈与抚宪，牵涉煦东宗伯包揽词讼，嘱子楚卿通贿千元与黄岩县王鸣九明府云云。现奉增中丞批示，大约其事已经洞悉，无如有关县官通贿，仰台州府提集人证查明具覆云云。昨楚卿邀人询问王俊甫。当接俊甫来信，

---

① 当为“钱”。

并无代为递呈之事，亦无知情，乃王吉生藉尸扰诈，曾有面达邑尊王鸣九明府。现王公将王鸣鹤惩办，已快人心，何即据将王鸣鹤之事反代具呈通贿一切，于情于理断乎不合，况有连名之武举王啸虎者系殷实长厚者，定勿诬指他人云云。楚卿见其来信如斯，即邀解昆珊兄函达王俊甫参戎，既无知情之事，即请其自赴郡城晋谒郡伯启太尊撤底详达云云。并邀邱仲翁来葭详告一切，嘱其赴黄通知词内有名牵涉之王吉人、柯莲希两君可也。楚卿又言，王吉生之事，前邑侯王鸣九明府询王吉人先生，吉生究属得贿若干。吉人函嘱吉生，而吉生函覆王公均已明晰。况吉生晋谒王公时，将扰索之各户款数均已亲笔开示与王鸣九明府，王吉生果若呈控诬陷王鸣九明府，而王吉人先生难以逍遥事外。但此事以致如斯，王鸣九明府办事老到，少年老成，人所欣服。而王吉生本一武夫，又住乡间，不知细情，犹且可说；奈王吉人先生出身拔贡，历任闽省知县、大小各缺，而又奉旨嘉奖，前闽浙督宪许筠庵制军奏请：王令闽疆老吏，况经公事多年，而凭一年轻县令数语即行吐实原情，或前是虚名耶？或无心耶？亦属不解。总而言之，大凡寄函与人言事，一切总要混庸中格外混庸，是为至切至要。笔墨与人，必须谨慎中之谨慎，是为至切也。

廿四日乙巳　早至辰牌，细雨兼雾；巳刻雨晴，阴、雾；午初，晴，至晚均晴。接陈祝再明府一信，即向典中取洋六十元，并附一片，即交其原友带去。本书覆信，应蓁友兄催至椒江而来，友又要急行，未及另书，再行作覆可也。蓁友兄于早刻至椒江中学堂肄业，即与叔文兄同至椒江，晤周载熙、周作羹、朱益卿、苏绩臣，并教习徐姓，相叙半晌。载熙兄邀留午膳而别。载熙兄因廿三日郡城公举劝学所长，廿二日赴郡，看见郡中有人糟蹋李超群及载熙两君之报单贴出，载熙兄看见，即行下港。据云其报单中皆以周党议举，深为可笑。但周党系周萍洄孝廉之党也。现郡城杨子钦之党自客岁嘉平之初至会场时与周萍洄孝廉之下人相闹后，而杨子钦随即赴杭，今尚未归。今周萍洄孝廉之派，贡廪生监及商业中人颇多，故郡城之三台中学堂监督、耀梓师范学堂监督皆是周萍翁，驻府参议亦是周萍翁，至此郡城一切公事皆是周萍洄孝廉一手主持，即或非是周萍翁自己，定是周萍翁之一派人也。黄楚卿兄亦是周萍翁之一派耳。并言郡伯启迪斋太尊因接抚宪增子帅电示戒烟之令异常之严，曾饬六属遵办，能得速为净甚，台民之大幸耳。便道过达云母舅处，晤吴秉如兄，相叙一刻而来。

廿五日丙午 早刻，阴、雾；值至未牌均阴，申刻以后均雨。吴绍春公祖柬邀午膳。早刻，至寿翁府上，晤吉云，均诣分府署吴公，相叙一刻。同席者：周梅翁、陶寿翁、黄心斋、黄楚卿、潘云轩、陶吉云诸君，相谈席散而别。言及郡伯启太尊诸事均从旧制；新委台防统领常姓者系月之廿二日自杭动身，想廿八日即可到台，未识作何政令也。并云黄岩县令王鸣九明府已奉上游调省，委有候补知县卢明府锦章署理斯缺。但黄岩钱粮洋价果若一千零六十文，将来后任诸多亏空，不言可知。按：王鸣九明府系上年八月间到任，迄今未及一年，即有调省之谕，未识增中丞于客岁调查以及密查各委员作何禀覆耳。

永利商轮于晚刻到埠，二头代买之长镜架曾已买来，即将汪承霈所书“退一步想”之单条引上。但汪承霈写之“退一步想”后有自警之语，又有刘纶拜跋数言，与余意气相合。况汪公篆法、刘公书法皆佳，余即又置于座右，则厚日夕不忘之至意耳。余幼年时，家君尚未赴云南新兴州任之日，命秉义曰：“凡人虽负我，我不负人，遇事退一步想。”秉义跪聆庭训以来，即书有“退一步想”之额，未尝有退一步想之庭训去诸于怀也。阅汪侍郎以“退一步想”之警语而与余之意气相合，故置于座右，则厚于日夕不忘之心耳。查汪侍郎承霈系汪尚书由敦之公子，并刘尚书纶皆是盛世名臣，以“退一步想”之警语，余当效之，效“退一步想”之警语，即遵奉庭训也。只愿后人皆以家君所嘱：“凡人虽负我，我不负人，遇事退一步想”铭刻于心，深为至幸，大幸耳。

阅正月廿二日《申报》纪有李御史灼华，请复岁科试军机有准如所请之意，惟不用岁科名目。既有其言，想能请复亦未可知。报中又纪支提学有通饬各属小学堂无庸另开洋文一门，如是想之，渐有考试复转之机关也。现在监国摄政王诸事精明，有关国家大事皆以精益求精耳。查国朝《先正事略》纪汪文端公由敦字师茗，号谨堂，安徽休宁人，雍正二年进士，累官礼部、工部、兵部、户部左右侍郎，工部、刑部、吏部尚书，晋太子太傅。乾隆二十三年加恩赐谥文端。笃于内行，记诵犹淹博，文章典重有礼，傺值内廷几三十年以恭谨上结主知，未尝一日离左右也。长子承沆钦赏主事用。次子承霈字春农，号时斋，于乾隆二十五年钦赐以主事入直军机处洊升员外郎郎中，授贵州平越府知府，以亲老改补福建邵武府知府，又因母老奏恳留京供职，复补户部郎中，仍值军机处，记名三四品京堂，累官户部、刑部、工部左右侍郎，都察院左都御史、兵部尚书。品字品画半由人品，前人云："人重科名，非科名重人也。"书画亦然。汪时斋大司马初由郎中两次授以知府，皆以亲老奏辞，甘为郎中，其人品仁孝端厚可知。后以迭晋大司马之任，亦以人品所致也。余将汪大司马书"退一步想"四字置于座右，传于后世，伏愿后世皆遵家君训语而行，即可世守焉。况"退一步想"系是铁线篆文警语，跋言纯乎赵体，足为至宝也。

廿六日丁未 卯刻前雨颇大；卯末雨晴，雾；辰牌，雾；巳刻以后均晴。致王子衡兄一信，饬老六送至北山。晚刻，周梅翁及吴玉翁来谈至晚，言及楚卿兄本意元配金氏作古即将侍妾四人中以某人得子即将某人升作继配，其令堂之意亦然。其尊翁煦东宗伯初意本欲与楚卿再娶继配，当邀玉翁转告楚卿，续悉楚卿及其令堂之意如斯，未及力言。昨语煦翁力要楚卿再娶继室，但楚卿定意颇干，仍托玉翁代告，而玉翁再邀云梯兄与其再说可也。想楚卿系列绅班，既有父命，定难违耳。

凡食补者人皆曰补药、参、茸，药无贵贱，皆是草根树皮，以草根树皮食之焉得能补。茸本最好，上品者甚稀，得能真是关鹿之茸最是妙品。其价最贵。若价太贵，不如买一关鹿食之为妙。角之次者，不如不食为妙。以余想之，人性寒者，买一关鹿，食其角血最能益人，倘人性若温和者不如食黄鲔胶为妙。今之黄鲔胶再难寻觅，即皿鱼胶亦是佳妙。倘若食者，须每日早晨食一两或八钱，调冰糖为上，复须分匀而长服之为妙。切忌夏秋，但夏秋之际易于生湿，一若有湿，反成有害。确在冬春两季，人若清爽时服之，诸多增益。若在夏秋食补，以牛乳最佳。调牛乳之时，确要长久。以余想之，每岁冬季、春季六个月，每日早晨将鱼胶调冰糖计数八钱，夏季、秋季六个月，每日早晨以牛乳一碗调冰糖服之。但鱼胶易于寻觅，如有黄鲔胶更为至妙。若食牛乳之牛确要自畜为要，若遇有不如意之日，须即作罢，质诸高明者以为然否也。

廿七日戊申 卯牌以前均雾颇重；辰、巳、午牌，晴，亦稍有雾；未、申刻以后均阴兼雾。天气颇为和暖，大有春气景象也。叔文妹倩于早刻至家去，托其代买黄鲔胶一根，未识即能代购否也。朝夕聚首已谕半月，一朝阔别，颇为冷落。晚刻，因煦东宗伯柬邀晚膳，即至其府上，晤楚卿及冰如先生、周梅翁、吴玉成参戎、邱舜卿、仙居人王姓者系学堂教习，相叙席散而别，至家时将二鼓矣。楚卿兄言王吉生之案，背列王俊甫侍卫等五人并耆民等五人，赴省呈控之事，现王俊甫侍卫等四人自行具呈取结于台州府，言均背列，请郡伯转详摘释云云。惟武举王啸虎不递背列，但此事意度王吉生卸自已肩仔，置楚卿乔梓之罪，不想反成其实。如今之事，只恐有其事，难以颟顸；既无其事，有何畏忌。即照原呈，虽卸罪于楚卿乔梓，本无凭据，致生窒碍，况王俊甫等四人已递背列检举，可以高枕之安矣。

吴玉翁言煦东欲与楚卿再娶继室之事，已询楚卿，即经允诺，楚卿欲拟娶杭州女学堂之毕业生，而玉翁所言不宜，亦理之然也。但入女学堂肄业者本无上等人家，即有人家门第相称者，此等女子入于学堂，心散难归，诸多未便。而玉翁所云至理明言，大有益于楚卿。既入女学堂之女子，若以上等言之，难以归结，自泻自游，成何体统；若以下流言之，何易游网，非独楚卿不能配偶，即大小正经人家，均难配娶。惟忆先曾祖母应太夫人所嘱之语，均相谙合，老人之见，不得不以思晤之。余自家女子本不入女学堂，已遵曾祖母应太夫人遗训矣，即有亲戚相识与余言者，即将应太夫人遗训以答之。但此等女子亦无旷弃配偶，此等者定无正经之人也。非以余言太过，日后诸君自知斯言不谬必矣。

廿八日己酉　辰刻以前，阴兼雾；巳、午牌晴；日中亦稍有雾；未刻以后，阴。早刻，因椒江开堂上课，至椒江中学堂，晤载熙、云梯及吴绍春公祖、楚卿、益卿诸君，相叙一刻而别。至家，适子衡兄留过午膳，同至楚卿处，晤冰如先生、俞铁勤父台、吴遥卿父台，过煦东宗伯房中，晤石甫，均相叙半晌而别。适映江先生致柬来邀，即至其令亲处，晤云梯，相叙一刻而来。

廿九日庚戌　早至辰，阴兼雾；巳至酉，阴，东北风颇大；戌牌以后，雨。致王云梯兄一信，因子宜兄经管涂地，昨与映江先生接洽时，将其付推除外，存有英洋五十馀元，托其转达子宜兄府上预备该数，以便报销呈缴可也。新任台防统领常参戎荣清至家拜客，即饬丁挡驾。晚刻，陶寿翁与蒋馥堂、侯孟贤来言，馥堂先生欲向典中支取帖税之洋。但帖税向来均是五月完纳，架捐本是隔年完纳，馥堂上年定将架捐即半年者亦经取去，各人只得勉强而付。但帖税未至五月，又欲预取，更不甘心。因仁大未曾应允，余亦推却、延缓而已。

周梅翁、李楷臣系警察局书记，均来相叙半晌，言及新统领常荣清者系直隶人，保有参将，年约四十馀岁，由北洋营中出身，浙江巡抚增中丞奏调来浙差遣，委统省防，现调统台防。省防尚未交卸，而增子帅急促其来，想为密查曹绍雍各节已实，今又如是之急，而抚宪曾经出奏，亦未可知。达云母舅亦来相叙一刻，即同梅翁相约至椒江中学堂，晤载熙、云梯、益卿、质甫诸君，互相畅叙一刻而别。言及云梯作事奸甚，不肯代人出力，存心如是也。以余想之，平素相投意合之友，若遇有事不可为力者，即作罢论；可以为力，只得代为挑任，亦理之然也。须以“人须负我，我不负人”记诸于心而已。寿翁柬邀晚膳，即至其府上，晤其令祖俞兰吉及秉彝宗伯、骏声、王少亭诸君，相叙席散后，适解昆珊兄来叙一刻，至家时将二鼓矣。俞兰吉今岁亦肄业椒江。但椒江中学堂肄业生已八十馀人，余看其中有十馀人均在十馀岁，此等幼童可以贴至尚德学堂，而载熙兄只以多多益善，倘未至习中堂堂致格，返成有误其子弟。其自本不知，载熙兄既为中学堂监督，理应妥为安置也。

第二十八章

宣统己酉(1909)二月初一日起

二月初一日辛亥　卯前,雨;辰刻,雨晴,阴,至晚均阴。寄奉家君第五十六号安禀一函,交海门邮政局单保险寄至吉州署,内附致眉甫先生一信,并抄寄庆源盘账总结一纸。晚刻,陶寿翁来叙一刻,言新统领常参戎荣清已于今日接手。晚膳后,至寿翁府上,晤苏绩臣,相叙一刻,同至建西处,晤梅翁、槐卿、作羹诸君,相叙半晌而来。

初二日壬子　阴,天气最冷。致王籽舜先生令尊翁一信,并附英洋念元,系籽翁代买各物,尚少之洋本十九元三角零,尚有信封、信纸未在其内,顷还洋念元,则可以清讫,洋、信均交则福先专送黄城籽翁府上矣。致周允东明府一信。早刻,至海门永利商轮局,晤陶寿翁、周梅翁、申桢夫、徐富春诸君。过午膳后,同寿翁、梅翁往谒常聘莲参戎荣清,适其接营务处张君去,未在公馆,饬丁挡驾。

过同昌分号,晤楚卿兄并窦小山、吴玉翁、王冰如、江子菁公祖诸君,互相畅叙半晌。云及官场之幕友最为难用,现曹绍雍统领被人赴府辕呈控各节,其呈实喻铁靳父台暗做也。但喻铁靳与曹绍雍均是湖南同乡,(不知因何事体与曹绍雍不睦,即将曹绍雍平日劣迹)[1]前曹绍雍接带台防之时,即请为幕友,未接统时时有照应。绍翁公馆中大小各事而喻铁靳悉均详晰,不知因何事体,与东人不睦,串通同乡

---

① 括号内原文前后有半圈符号,当为应删内容。

呈控东人,故呈词中曹绍雍之劣迹昭彰,非幕友暗卖何有如是之详也。现抚宪增中丞批饬:“曹世华自督带台防以来,勇多缺额,营务废弛,先行撤委,被人指控案情重大,毋得远离,听候查办”云云。已至今日之下,曹绍雍虽已交卸台防督带关防,只恐不止于此,故绍翁将指控有名之侄捆送临海县看管矣。而喻铁靳明言东人之事,理应代为清了,嘱其代拟通禀一稿,数日间未见一词,已见明证,语言间心多欣幸,不言可知。而曹绍雍亦悉其事,难以明言,明则虽要代拟,因其幕友多年,分所宜然,实则自剖各节,禀稿托王冰如明府代拟通详,而铁靳犹不知耳。抚宪批示如斯,既已告卸督带关防,未识得能代原否也。又恐王冰如代拟之稿未得合式耳。

各人论曹绍雍都督自到台管带副中营以后,驻防北岸各处,未驻以前,土匪最多,良民难以安枕,即行路者满道荆棘,时出抢案。自曹君驻防之后,剿办敉安,行旅者大受其福。自丙午春接手台防督带之后,秋间即有大主、耶稣互相滋闹一案,幸抚宪张少帅、道台喻庶三观察俯察民情,致得全台安谧,有功于台州者不少矣。无如曹绍雍委用其子清泉少尹广达管带一营,分驻南边各处,颇多劣迹,此任用私人之所致耳。前驻防北岸时惩办颇多,恐有冤枉,亦所不免,皆邵雍粗暴之所致也。公论喻铁靳少尹受人之聘,代人为力,理之然也。即有宾主不合,随当辞馆,分所宜然,力不从心,亦难见责。受人之聘,不代效劳,已素餐尸位之人亦所不齿。现充曹绍雍幕友之任,诸事见托,日夕受厚俸用度,待之者非不厚也。一见东人有事,即将劣迹串通同乡指控东人,是何言欤。事发之后,明言效劳,暗则欢心。此等小人,固不足道。在曹绍雍昧于知人,而公论难逃也。

并言新任台防督带常聘莲参戎自北洋出身,想营务最为熟识,到浙以后,在宁管带有年,自增中丞抚浙以后,奏调省防,调统台防。想地方情形定能熟识,自昨日接统一切,并无浮文,诸事精密。得能营务精良,深识地方情形而又实事求是,全台赖以敉安也。至家后时将晚膳矣。

初三日癸丑 雨。天气最冷，正是春寒入骨也。早刻动身，上午十一点三刻抵黄城楚言姻长府上，并晤仲玉、惠远诸君，留午膳后动身，少顷即抵十里铺岳母家矣。

初四日甲寅 卯刻前，雨；辰、巳、午牌，雨晴，阴兼雾；未刻以后均阴，兼微雨。早刻，自十里铺陈岳母家动身，少顷即抵前宅章家岳母处，晤伯纯、仲厚两舅并子修、季甫、友闻诸君，互相畅叙。喜亭、少云两君均因仲厚喜日而来，而仲厚朋友来者颇多，亦一时之闹热也。今日新人发嫁资，自路桥至前宅路约三十馀里，约到时下午四点钟，其时可谓尚早，新任妆奁颇为丰盛。日前闻陈锡九明府自桂林寓所作古，顷询伯纯兄自正月十五日接到电音，其言已确，深为可惜。按：伯纯兄丈人陈锡九明府瑞畴乙酉科由廪膳生应本省乡试中式举人，戊戌大挑，以教谕用，注册。乙未赴礼部试录取，以知县用，指分广西。是年之冬引见，到省即奉张中丞委学务差使，亦可敷衍。不意竟作古人，实堪浩叹而已。其令郎性纯兄由附生肄业京师学馆已将三载，尚未毕业耳。忆陈岳母言娄德珲现经毕业，约在二月之杪抵家完姻。但娄德珲瓛肄业京师大学堂，虽经三载，已考毕业，未识取用某项，未见报纸，尚未得其详也。晚刻，至子修、季甫两兄处相叙半晌，而子修兄云到标学习已将期满，拟春夏之交赴都引见后以都司到标候补也。

初五日乙卯 辰前，细雨兼雾；巳刻，雨晴，阴兼雾；至晚亦然。致嘉先一信，交轿夫带交。尤秀卿兄、陈少伟兄均于今日来，许槐生兄、王君甫均在伯纯处，并与子修兄互相畅叙，不觉又是一日矣。明日与余同代媒者尤秀卿兄二人耳。

初六日丙辰 日，阴兼雾，甚浓；夜，细雨。早刻，同秀卿兄代媒，发轿时上午九点钟许，至下午一点钟抵路桥镇俞宅，接媒人者昭甫兄及刘少莲两君，并晤其亲翁之兄逸琴并正甫诸君，相叙席散。即催新人速为动身，已将三点钟，转至前宅时已黄昏。一路中适均顺适。而新人头上珠器颇厚，人貌亦佳，亦仲厚兄之大幸也。但仲厚之丈人已故，即逸琴皧尹之五令弟，现逸琴皧尹携眷赴两淮候补，因侄女出闺，暂行旋里，言约月杪即转两淮耳。

初七日丁巳 辰前，雨，重雾；辰、巳刻，雨晴，阴、雾；戌时又雨。尤秀卿兄于晚刻去。

初八日戊午 卯前，雨、重雾；辰、巳刻，雨晴，阴；午刻又细雨；未牌雨晴，至申、酉均阴；戌刻仍细雨，重雾，全日皆然也。陈少伟、黄达五、周少云、王君甫诸君相继而去，余本转至十里铺，因岳母言明日其亲家逸琴来看三日，相邀接客，颇难辞却，只留两天，想初十日可以转至陈宅耳。午刻，至子修兄处，言仲厚喜期之后，岳母拟将伯纯、仲厚二人分爨，此亦理之然也。以余想之，暂缓为妙。但伯纯用度无节，仲厚亦无主见，总而言之，其昆季虽均成立，无异儿童。只恐分爨之后而有相形之虑，未识岳母果何定见也。伯纯之夫人陈氏妆奁颇次，今仲厚之夫人俞氏妆奁稍丰，岳母亦有待陈薄而厚俞之意，此岳母亦不顾大局之见。凡为长者，以贤能见爱，理之所然，以妆奁而分厚薄，非为长者之道。人言皆是，以余想之，岳母断非如是之见也。

初九日己未 早至巳刻，阴、晴兼雾；午、未牌，阴、雾；申刻，雨，不甚大；酉初，雨晴，阴；至晚皆然。夏少葵、王寅生两兄均于早刻去，俞逸琴皧尹于晚刻至章宅看三日，到时相谈至晚。

初十日庚申 晴。子修兄柬邀逸琴皧尹并余午膳，早刻，同俞逸翁至子修兄府上，同喜亭母舅、伯纯、卓达夫诸君相叙席散而别。岳母席请俞逸翁晚膳，陪客者余与喜亭母舅、子修兄及伯纯、仲厚诸君，互相畅叙一夕。子修兄言闰月之杪或三月之初动身赴都，因黄标学习期满赴引也。

十一日辛酉 早至巳刻，晴；午、未，阴；申牌，晴，以后均阴。俞逸翁于早刻去，余亦于晚刻动身至十里铺陈宅岳母处，时下午三点钟矣。即至训甫兄府上，适其至城，晤其西宾牟雨生明经，相叙一刻而别。少顷，训甫兄来叙至晚，适岳母席请余晚膳，并邀诸君，相谈至十一点钟而去。

十二日壬戌 早至午刻，晴。未、申两刻，阴；酉牌，雨、雾；以后皆然。陈岳母嘱余寄宁代买玻璃橱一对等，均有开单，系嫁小姨妆奁之需，并现洋七十元，俟至家后转交玉先代买可也。即于早刻就陈宅动身，即抵黄岩邱楚翁府上，晤仲玉，过午膳后，同至章屺堂先生并李克三姻长两处，均相叙半晌，至西江别野少坐，因楚翁留宿一夕。

十三日癸亥 子刻，雨；丑牌，雨方霁，以后均晴。早刻，自黄城邱宅动身，即于午后抵家。接家君自上年十二月廿七日所发一谕并元月初八日所发一谕。又接眉甫先生一信，并附竹报一函，即交嘉先送交。附致祝再姻长两信，明、后日专价送交可也。家君又附致周梅翁、叔文妹倩并家母信及丽生先生各信，均即分送矣。客岁托杨子韶兄代向武林邵芝岩购极品纯毫四支，曾已买来，计洋两元二角，曾经代垫，即日送赵可也。并接云初兄函件，即书覆字交其来价送交矣。阅载熙兄惠示，言极品羊毫曾分用一支，前交则福先送交耔舜先生尊翁洋念元，取有收条，另日交还王耔翁可也。

十四日甲子 早至巳刻，晴；午牌，阴、晴；未初，阴；未末，细雨，片时即晴，以后均阴。早刻，将皮衣均晒一刻，即行收藏。但晒衣服本是二月之内，候无庸穿皮之时晒过一次之后收藏为佳。余历年衣服皆是此时晒过收藏，但今日早晨衣服晒出之时日色颇佳，片时即有云护，晒时不多，如干□狐皮本无窒碍，惟二毛及羔皮未曾多晒，未识得能无碍否也。但晒衣服须晴一二日之后为佳，但昨日天气颇佳，今日早晨又佳，亦不能预知午牌而又有云护也。既已晒过，收藏亦为至善。晚刻，周梅翁来约至寿翁府上，相叙一刻，言及褚仲逸兄已于近日旋里，即邀仲逸兄，时晚膳后至家，相叙半晌，言陈舜卿之欠洋仍须延搁之意，虽经面托寿翁，当为函告舜翁可也。前内人至岳母家，已于晚刻来。

十五日乙丑 雨兼雾，雾重雨细。致张丹翁一信，交玉先专送舟山，托其代取联单。致王耔舜兄一信，因托其代买各件，除信封、信纸价洋之外，已多付六角有馀，函中详告也。想代买信封、信笺之洋，除六角之外，想亦仿佛耳。致陈舜卿兄一信，均交邮筒分寄矣。玉先即于晚刻动身，云初、少亭两君于早刻来叙，至晚而别。子宜兄之退辞涂地之禀馀洋五十馀元，均于晚刻呈缴清讫矣。晚刻，至寿翁、梅翁两处，相叙半晌而来。嘱老六将杨子韶兄之代买笔洋送至其府上，询其出外，已将原洋带还，另日询其到府再行送还可也。寿翁言映江先生之令郎笃初兄近日赴都肄业，曾经动身矣。

本镇柴爿一项向来无税，现煦东宗伯禀准分府宪吴绍春公祖报效尚德小学堂洋两百元，将售卖柴爿均归公兴一家发售，即有过境柴载亦归公兴收税，乃把持垄断之事，获利虽厚，而售卖之客皆视畏涂。地方若无售卖之客，则冷如冰，益者未见，损者已现。况公兴系煦东宗伯自开，即尚德学堂亦楚卿经理也，如是所益亦只煦东宗伯一家耳。未识公议以为何如。接载熙兄于明日上午十点钟在文昌阁开会传单，未识所议何事也。陶寿翁因平安商轮又在台申常川往来，将永利商轮客位均作半价向收，此虽亏控，亦出于不得已。前嘱小保代买牡牛以为吃乳之计，顷代为购来，计洋廿八元，又川费六角，其小牛不满一月，可谓便宜。凡吃补者须以血食为佳，若在夏秋之际，以牛乳为最佳。晚刻，玉先赴甬之便，嘱其带裱五尺直条两堂、小对一副、小中堂四轴，内有刘石庵之行书小中堂，若是罗山真面，高其身价也。

十六日丙寅 早至巳牌，晴；午至酉，均阴；戌、亥，雨。致陈祝再姻长一信，并家君寄其前后两函均遣长工送至长甸。午膳后，至达云母舅府上，少坐即至文昌阁，晤周载熙、陶寿翁、周梅翁、王雁汀、朱益卿、周孟东及各庄仓董，到者数十人，到会相叙一次，所议各事未及详录。

十七日丁卯 早至巳初，阴、雾；巳末，雨；至晚皆然，均不甚大。今本永利商轮到埠，因赴普陀进香者太多，到行开驶，专送一班，明日转台，以应班期，遣老六将本班《申报》取来，详阅之下，亦无要事。二月初九日《申报》纪京师大学堂毕业考竣仅给奖，无位置，大失所望也。接王晓凡兄一信，言翼廷近来光景。但翼廷虽至如是情形，念其幼时同学,历年均少有照应,奈自无头路,全仗他人,焉有周到。奈彼太不自谅,每次均有太少之心存焉,顷又持晓凡兄信函,余亦只少酬应耳。

十八日戊辰 卯前,雨,颇大;辰初,雨晴,至午均阴;未、申牌,晴,酉刻以后均阴,兼雾颇重。接家君自上月廿八日所发一信,言锡清帅有戒烟秘方,用白菜头六两、乌梅四两和烟浆十两煎膏,仍枪上吃,俟吃完之后,烟能自断。其药若(有)效,亦颇易耳。该州百姓开窑,拾有古时铜印两方,附有印文。适丽生先生来云,系是汉印无疑,其中一方似乎“留军之印”四字,又一方不甚明晰。倘若“留军之印”,想是汉留候张良之印信,未识果然否也。即书函并附印文送托叶石甫先生代拟,尚未接有覆音。接周允东明府一信,言晋省上游近数月以来并无委署更调请补牌示,想应示禁烟苗,只恐卸委,想至春杪夏来,定有一番调动也。

十九日己巳 卯前,雨;辰牌以后至晚均晴。致周允东明府一信,交邮寄晋。早刻,至椒江,晤六舟、范卿、载熙、云梯、梅翁,相叙一刻,将昨家君所寄印文托六舟先生代查。据说如是之大,定是宋以后之物,倘若汉印,定无如是之大,篆文亦一时难拟。午膳后,至分府署,谒吴绍春公祖,相叙一刻而别。适吴玉成参戎来叙至晚,言及楚卿兄拟娶继室,现子宜兄令妹庚甲送去说合,似将有成之意焉。

二十日庚午 早至午牌,阴;未刻,雨;以后皆然。致伯巽先一信,并寄从福一示。午膳后,周梅翁来叙一刻,相约至玉成参戎处少坐而来。

廿一日辛未 早至午刻,晴;未、申、酉时,阴;戌、亥刻,雨。函嘱伯巽及从福购买山兰,未识有否。承周建西惠我三把矣。午刻,陶寿翁方自海门来,至家相叙半晌。言及新署黄岩县尹卢明府金章曾经到台,赴郡禀见府宪,闻定月之廿二日任事矣。晚膳后,至寿翁府上少坐而来。李青自郡来云,十六日家慈与小妹至天台山由永大小轮抵郡,即有长船等候,均已安妥。此次家慈与小妹至天台山为小妹因叔文妹倩上年有病，许有水陆一堂，求病速痊，叔文妹倩恙即就痊，故之，小妹赴天台山方广寺还水陆之愿，邀家母同行。当时余嘱嘉先护送到山，今闻安吉，深为至幸，想在月杪可以旋里。前闻家慈云，与小妹自天台旋里之后即赴普陀进香一行。

廿二日壬申 子、丑刻，雨；寅时雨晴，至晚均阴。晚刻，曾六舟先生来云，日昨托拟铜印篆文，据说一是“监军之印”，一是“杨枫之印”。查唐、明均有监军，查唐朝印曰符，并非如是样式，若是者，定是明代。考监军一官，确是太监所为，查《明史》监视各路兵饷并无杨枫之名，想杨枫非是注名太监，史中未及详载。并作有一跋，拟即将原跋寄呈家君可也。查明代王室亲贵大员及一品者印用金质，二品银质，三品以下均用铜质，印以二寸七分见方，现用各部尺量均无易。并注：印厚六分、直把，惟巡按一官八叠，其馀均是九叠，未识果然否也。查明代内外大小文官印均方式挂印，将军印亦见方，此外大小武职印均长式。历代官印规模各有不同，不及详纪。楚卿仆人送王冰如明府为其令堂开吊讣闻，言楚卿兄已于昨晚下港，至家即至楚卿处，晤周梅翁、陶寿翁、吴玉翁、周载熙、赵范卿、周作羹、金子禾、张诗竹、翁子俊诸君，互相畅叙半晌而来。

廿三日癸酉 晴。寄奉家君第五十七号安禀一函，并附寄家君六舟先生摩拟铜印考一纸，内附致眉甫先生一信，并附致月波一信，封交海门邮政局寄署，系保险也。致从福一示，因小法早晨已去，嘱从福即日能来更为至要，否则嘱其代觅一仆可也。玉先自晚刻来，向取之洋均已取来，惟联票凭摺等件言丹亭兄即日来台代为带下。托买各件均已照单买就，即陈宅托买各件亦均买齐。长工老六系东枫人，染恙已将数日，初起未曾介意，迨廿一日请子能先生诊治，据说无碍。廿二日仍请子能先生诊视，言已安痊。看其人颇沉重，再邀寿卿诊治，据说病已将危，药均无效，邀其叔买舆送其至家。早刻，其妹夫来言稍愈，晚刻言(已)经作古。但老六年仅二十，深为叹息而已。午膳后，周梅翁来叙半晌，相约至寿翁府上少坐，同至心斋宗叔处，晤性言、寿卿诸君，互相畅叙至晚而来。

廿四日甲戌　子至巳均雨兼雾；晚刻雨晴，至晚均阴。致从福一示，送交航船代带台郡分水桥里王宅，嘱其多买山兰为要。接眉甫先生一信，言侍妾曹氏急欲旋里云云。午膳后，陶寿翁来叙半晌，同至寿翁府上，晤柳堂并老二先，相叙至晚而来。玉先今又至家，嘱其代岳母所买之单送至十里铺，请其自行遣人来取可也。河清兄因廿七日嫁女来柬借去街牌三对。叶蓉秋先生来言，仁大向俞芝仙借洋六百元，托余借典中凭据与俞姓，仁大立券还与典中，并闰月初四日其令郎合卺，向余借套。余因彼此交好，均即允诺。即嘱典中收付账簿，代立凭券，即交蓉秋先生带去，系廿五日期。仁大之券言明日送下也。

廿五日乙亥　早至未刻，阴、雾；申牌以后均细雨。致许眉甫先生一信，交邮寄晋。接子衡兄一信，即覆子衡兄一信，就交其来人带还。午膳后，至梅翁处，晤陶寿翁、骏声诸君，互相畅叙一刻而来。高玉成来叙一刻即去。邱楚言姻长并刘庸甫兄来家留宿，因乌石老二相于昨日作古，即于早刻而来也。吴绍春公祖今日动身赴省公干，想因增子帅于上年甄别案内奉旨嘉奖，定然叩谢，亦须一行也。楚翁言新任黄岩县卢明府金章已于昨廿四日任事。黄岩县钱粮想是每元作钱一千零六十文之事定须实行，倘若果是，而又王鸣九明府已征将半，定须亏空必矣。

廿六日丙子　辰前，雨；巳牌雨晴，至晚均阴。接方笃轩先生一信。邱楚翁与刘庸甫兄均于晚刻至乌石去。周梅翁来叙一刻，相约同至寿翁处，互相畅叙一刻而来。

廿七日丁丑　早至申刻均阴、雾；酉牌以后均细雨。至伯巽先一信，内附开洋五角，嘱其于闰月初一日王冰如先生之令堂开吊买就礼物，并附奠敬一封，计洋两圆，封交阿元带至郡城。陶河清之令嫒适黄城林氏，今日出閤。

廿八日戊寅　雨并雾。此番裁缝做有另星，向顺兴泰买有线等计洋一元八角，另再加棉纸三十张，当交桂玉手洋两元，转付清讫。

廿九日己卯 子至辰刻，雨、雾；巳、午、未三时，雨晴，阴，雾散；申刻又雨；以后皆然。家慈偕小妹自天台山来，嘉先亦来言，天台山下雪颇大。按：至天台仅两百馀里，雨雪便有如是不同，何况与山西相违七八千里之外，理应天时不同也。总而言之，北寒南暖。仆从从福因娶亲至家，前叫小法代工数日，不想小法又去，前嘱从福再叫小忠，亦于晚刻来。午膳后，至寿翁府上，晤梅翁、骏声、半塘、朱波臣，互相畅叙半晌而来。

三十日庚辰 阴。叶蓉秋先生因令郎于闰月初四日喜期，假去絮袍褂一身。晚膳后，至寿翁府上，晤槐卿。言及太平绅士来信，欲为张少帅、喻庶三观察及曹绍雍统领具禀建祠等语，联名具禀上游云云。但此等事有功德在民，民心爱戴，拟欲建祠，可也无庸具禀。若要具禀，须浙江抚宪或各科给事中并道御史题奏，奉旨俞允后方可建祠，诸多未便之至。况各官虽有恩及台民，亦无专祠功德，以余想之，不如无庸具禀为是。相约至建西处，晤梅五姻长少叙，即至楚卿处，晤子和兄，相叙一刻。言太平绅士具禀为张中丞建祠等语，想系曹绍雍统领之少君清泉二尹运动诸绅而有此举也。煦东宗伯为楚卿续弦之事，现遇琴兄将子宜兄令妹庚甲与其说合，想将成说。倘若成合，则完姻之期不远耳。并言何霭生先生曾经旋台矣。子霖兄前本海门局司账，今移至轮中账房。至家时将二鼓矣。

闰二月初一日辛巳 早至申刻均阴；酉牌，细雨，以后均然。早刻，楚卿、云梯两君来叙一刻，相约至文昌阁崇道蒙学，晤梅翁乔梓并王、罗两教员，相叙一刻而来。东岸巽益南货店，前观荣先经手，以致亏控不少，于月前议将旧股东退者退之，重聘者再出资本。闻现重为合夥者：陶寿翁、王云梯、张邦权、王少亭等，四人集资整开，已于今日早晨重行交易矣。晚膳后，至楚言姻长处，相叙一刻，同至楚卿兄府上，晤俞棣生主政、王仲凡两君，互相畅叙至十点钟而来。俞、王两君均自申江趁永利商轮今晚到埠，陆道赴黄，因雨留止楚卿处过宿一夕。余棣生主政本法部审判厅，上年由部派往广西全省官银号总办，顷因公晋京，道过沪江，顺便到台一行，言即于月之初九日趁轮转赴沪江矣。棣生先生言郑涤洲先生现任云南按察使署典狱，想与司狱之官不相仿佛耳。并云京师大学堂毕业诸生考列优等、最优等者给有举人出身，若考列在下者有五贡或只以毕业生耳。闻说毕业生考后曾经揭晓，最优等及优等之列者，吾台最少，未识娄德晖兄以何项出身否也。

初二日壬午 辰前，雨；巳牌，阴、晴；午刻，阴；未刻，阴、晴；申、酉刻均阴；戌牌以后均雨。接敬堂一信，托丽生先生代做巽益对语，曾经做就，语曰："巽顺为怀，生财有道；益谦是念，得利无疆。"

初三日癸未 子牌，雨；丑刻，雨晴；寅至午刻均晴；未、申、酉牌均阴；戌刻以后仍有细雨。午膳后，周梅翁来约至寿翁府上少坐，同至吴玉成参戎处，晤绿孚，相叙一刻，同梅翁、寿翁、玉翁至楚卿处，适其出去，未晤。即过楚言处，畅叙至晚而来。

初四日甲申 晴，天气最为寒冷。

初五日乙酉 晴。致张丹翁一信，交嘉先送海门邮政局寄至舟山。致玉先一信，饬小二头专送黄城。陶吉云兄席请河清兄令祖晚膳，邀余与寿翁、于质甫、楚卿、柳亭、玉堂诸君，相叙席散而别。即同寿翁、楚卿至楚言处，晤周梅翁，互相畅叙一刻而来。河清兄令祖林琴生，黄城人。

初六日丙戌 早至巳，晴；午牌，阴；未刻，细雨；申刻以后均阴。河清兄柬邀午膳，早刻，至河清兄处，晤琴生、玉堂、吉云、柳亭诸君，相叙席散而别，过楚言处少坐而来。

初七日丁亥 晴。接眉甫先生自二月十三日所发一信，内附其竹报一函，即交嘉先送交刘源春转寄西山。言宝湘石中丞有内用消息。

初八日戊子 早至巳牌，阴、晴；晚刻，阴；未刻，细雨；以后皆然。张丹翁来信云已抵海门。即约周梅翁同至海门永宁商轮局，晤张丹翁、陶寿翁、窦小山、黄楚卿、王芹甫、何霭生诸君，互相畅叙半晌而来。宁波源隆钱庄联单凭摺两件均承丹翁取来，但凭摺，前函托立黄质记名下，联单托立黄沅记名下，前存有英佛五百尊，凭摺中未见收入，不知曾收沅记名下否。时值匆匆，未及询问，俟明日再为一询可也。但源隆钱庄住处在宁波江北岸钱行街，往来信函即可照此书寄，可无贻误。

初九日己丑 阴、晴。寄奉家君第五十八号安禀一函，交邮单保险寄署。早刻，至海门，本拟由海谷春备席请丹亭兄，适至同昌分号，晤楚卿兄相邀同至海门局宝舟兄处，晤丹翁、寿翁、桢夫诸君，相叙一刻，值宝舟席请丹翁，相邀陪客，谈至席散。即同丹翁、寿翁、楚卿、窦小翁、桢夫同至永宁局，即托桢夫兄代为包菜专请丹翁，而丹翁言娄宅相邀晚膳，辞谢。值洪封山、陈少亭诸君来局，互相畅叙，时已下午四点钟许，动身至家，时将晚膳矣。晚膳后，至楚言处，晤性言，相叙一刻而来。丹翁言前存之五百元曾过入庆源名下矣。王晓凡兄来叙一刻，即转至其栅浦令亲处。

初十日庚寅 晴。晓凡兄因其亲戚苏姓与真玉为店屋墙外滴水相闹，邀余代为理处。余挽周梅翁，真玉挽李舜卿，即于晚刻同至栅浦晓翁令亲处，晤晓凡兄及张寅轩，并邀同苏寿铭、苏绩臣、潘云轩诸君代为说明，立有盟字，各执一纸，即可作罢矣。余以前无论契票以及代人为中并为见面者均以黄□□[①]，如是画押为凭。自今以后，自有遇与人契票者仍然照上式花押为凭，若代人为中及为见面者无论契据有余号之下写一押字之上加“质诚”（图章一）如是图章，或加如是“质诚”（图章二）与他可也。若自与人之票据仍然花押为凭，不得以此二方图章为凭也。但此式图章常与牙签同挂，只恐散失又恐被人窃印，用为为中见面者无甚紧要，常可将就，自己与人作凭字迹系是郑重，确用花押，并无再盖图章，亦非此式两方小图可以作凭耳。

---

① 原为画押符号。

是为之记。

月之初五日周达云母舅向周少云买屋契纸写有余号见面，又，初七日东枫王朝材与堂侄华桂邀余与高玉成公议祀据，余亦有号书在其中，均书花押。昨日因晓凡兄邀余为其亲戚苏姓与周真玉为滴水之事，实难推却，于晚刻代为挽众言明，立有盟字，系苏绩臣兄代笔，又书余为中见，契中余号之下写一押字，本当即盖图章，适未携带，尚未加盖，俟明日设席通和时带盖可也。或代人不甚要紧见面为中者，将自己号之下不写押字，只盖印一如是小戳亦可。

十一日辛卯 早至申均阴，淡雾；酉牌，细雨又雾；戌后雨晴，雾重。陈云滋先生有沪漕网地一处税与王克仁，又有一处税与黄崇高，均是余为中见，余号之下未写押字，只盖一小戳而已。但此事两相结讼，初在分府署呈控，前吴绍春公祖谕邀，梅翁代为理处未清，禀覆吴公。因各请人说情难却，移诸临海县，昨杜菊生公祖庭审，因不能深识漕地底蕴，而又各执意见，仍谕原经并余代为理处。早刻，邀两造陈云滋先生、修志三长年、曹吕寿并王克仁、黄崇高及原经周梅翁、黄吉甫宗叔、周达云母舅、李镜人先生。惟梅翁因前各人未允，未曾到场，各人均来。因有廿一元舛错，不能下台，余即陪代洋廿一元，两边似有相允之意，即请镜人代为写票，将押齐缴还旧票并同梅翁具有和息一禀，并附云滋先生及克仁、崇高甘给各一纸，封固一函，即交原差带呈邑侯杜菊生公祖，饬承销案，深为至美。

各人均是桑梓，前未曾来诉余，而余亦不能代为解罢，今则两造均有来说，余则竭力调停而使两边失讼矣。余虽代洋廿馀元，使得数家安忱如恒，亦是值得。余素存心，人则有事，得能为力者，即代为解排，万一不能为力者，置之不问可也。万望后人以排难解纷存诸于心，是为至切。克仁、崇高与云滋先生之事，除代廿一元之外均照原议。但原议中有酒二席，与云滋先生当即包就计洋八元，定十三日午刻借设集圣庙，仍邀云滋先生自行请客耳。晚刻，因真玉通和晓凡兄令亲之酒，同舜卿、积臣两君至栅浦苏宅，适晓凡兄因有人请其看病，即于早刻而去,晤云轩、寅轩、寿铭、锦斋、象斋、秀亭诸君,相叙席散而来。象斋兄出有王晓翁留信一函。

十二日壬辰 雨兼雾。发源隆钱庄第一号联单一纸,计洋八百元。交玉先送交海门大新过汇当取洋三百元,其馀俟十七日向取,并收发单一纸为凭。该洋之联单十四日送注,十八日可以付洋。并致源隆钱庄汇信一函,亦是第一号,亦由玉先送交邮筒保险寄甬钱行街。致子霖兄一信,内附致四明文宝斋一信,并附取画原单一纸,工价洋四元,均托子霖兄代为带甬,饬纪向取中堂、直条对联等计十四轴。午膳后,至吉夫宗叔处,晤修志三长年,将网地言明数目,曾经允诺,并托向达云母舅税一沪地,随至达云母舅处,言即允诺。过梅翁府上少坐而来。

十三日癸巳 早至未刻,晴;申牌以后均阴。致王晓翁一信,饬小二头送交栅浦童象斋代寄黄城。王克仁等通知云滋先生之酒于晚刻借设集圣庙警察局中,早刻,过云滋先生处,同至警察局,同原议各人相叙席散而来,其事可谓清了矣。晚膳后,周梅翁、陶寿翁来约至楚卿处,晤冰如、九疏、子俊、楚言诸君,互相畅叙半晌而来。嘱余代寄郎翰臣老伯之信,余本应函禀家君,俟接覆信再为函寄。顷寿翁、楚卿言之最紧,只得托苏绩臣兄代抄函寄后即行函禀家君可也。

十四日甲午 辰前,阴、雾;巳刻,细雨;午初雨晴,至晚均阴,雾甚浓。午膳后,寿翁、梅翁来约至楚卿处,晤冰如先生,相叙一刻,过楚言处少坐而来。

十五日乙未 辰前,阴、雾;巳牌以后至晚均雨;酉刻清明节。寄奉家君第五十九号安禀一函,交邮保险寄署。叔文兄与小妹及外甥均于晚刻来。闻楚卿兄续弦王氏,即子宜兄之令妹,于二月十六日文定,系遇琴兄代为执柯也。阅闰月初八日《申报》纪山西抚宪宝湘石中丞奏摺中云同蒲铁道经瞿京卿、刘京卿勘明界限,路费需三千数百万之巨,现仅集有优先股计三百万,未筑路之先议将山西盐斤加价、烟户抽捐、土膏业捐、差徭提款、斗捐抽捐五项作为优先股拆息,俟路告竣为止，未识何日可以告竣也。

十六日丙申　子、丑，雨；寅刻以后均晴。西北风甚大，至申刻而止。致许眉甫先生一信，饬从福交邮寄署。致王肖南兄一信，饬吕保送交航船寄郡。家慈偕叔文妹倩并小妹及外甥均于晚刻趁永利商轮赴普陀进香，并饬从福送其同去。晚刻，邱仲翁、陶寿翁、周梅翁来叙半晌，议于海门设立商会，请杨定甫给谏为总理，王吉人老伯为坐办，其馀董事容俟立成再派云云，亦未识得能成立否也。黄楚翁将王冰如先生荐于常品莲统领为幕友。

十七日丁酉　晴。早刻，嘱花匠将稍大之玉兰移植东首花坛中，原栽之夹竹桃移栽墙外园内，各得其宜。

十八日戊戌　阴。致黄子霖兄一信，向取前托其代向甬文宝斋裱画十四轴，均即照单取来。同寿翁、楚卿兄公致郎翰臣老伯一信，接其世兄茀庭福音，言其尊翁同令弟希庭均于上月入都。寿翁来邀午膳。早刻，吴玉成参戎来叙一刻，相约至寿翁处，晤楚言、仲玉、梅翁、楚卿、伯端诸君，相叙席散而别。适郡城王渭荃先生来叙半晌而去。

十九日己亥　晴。接王肖南兄一信。早刻，至马屿头叩谒曾祖暨曾祖妣应太夫人墓毕，至德生家过午膳而来。即至仲玉处，晤楚言、寿翁、孟东、伯端、醉香诸君，互相畅叙半晌。言及寿翁为令祖母柯太恭人于九月十四人开九秩寿筵之寿启已由周载翁代为做就，俟其刊成分发后纠集同人拼送屏幛，亦助一时兴致也。同寿翁来时过天后宫女学堂，屋已告竣。拟于明日开堂，外观甚雅而又华丽。无如“女人不识字为一德”，先祖母应太夫人在日深诫也，今则确遵曾祖慈遗训，女子万勿送入该堂肄业，有人问余者，余即此语报答之可也。

二十日庚子　晴。致福少南兄一信，饬小二头专送海门。本镇女学堂今日开堂，早刻，因楚卿兄来邀至女学堂，晤楚卿、梅翁、寿翁、星斋宗叔、载熙、吴玉成参戎、云梯、遇琴、益卿、舜卿、秀亭等，男来宾计百馀人，女来宾亦百馀人。海门局高颖生公祖是福建侯官人，该堂系借福建会馆造屋，故今日女学堂亦请其到堂，坐听报告、演说、奏乐。女教习葛太太、王元素、徐步蟾、朱女史等；女总理系楚卿兄之令堂；女监督系梯仙宗叔之婶，即楚言、仲玉之妹也；女庶务兼教习宏德之令堂；女会计褚琴轩之妻子。肄业者四处来及本地人约计五十馀人。监督二太太须演说报告，均邀其胞弟仲玉代为演说报告耳。来宾演说高颖生公祖；女教习演说葛太太、徐步蟾二人；奏乐者系王元素。上午十一点钟到堂，散约下午二点钟矣。现今女学开堂，专收女子肄业者，非独台州向所未有，即各处未行新政之前亦所少有也。本镇虽楚卿创办，是正经大家未有女子入堂肄业也。余遵曾祖慈应太夫人遗训，不将女子送入该堂肄业，如有亲戚朋友询余者，当即言止；不询余者，听之可也。按：高颖生公祖向瀛系闽省举人，入资内阁中书，截取同知，指分浙江候补，前署仙居县知县，请补乌镇同知，因缺苦运动告卸，委办台州海门厘金总局也。

晚刻，席邀楚言、仲玉两姻长及王渭荃先生、楚卿、梅翁、寿翁、玉翁、伯端诸君，相叙席散而别。邱仲翁言黄岩有请仙者，言之最为灵验，并能择地以及医治等事。余拟将前年张宝田先生所指东枫一穴另日亲至黄城托在坛各人代为一批，未识可用否也。并言有纸送去，无论中堂、直条、对联均能代为书写，此最为奇事，须以亲见一次为幸。晚刻，秉彝宗伯来叙少顷，托余代其自致林子材先生一信，俟明日写就送交可也。

廿一日辛丑 晴。接陈蓁友一信，向取英洋五元，即向典中撮交嘉先送交。

廿二日壬寅 晴。接家君自二月廿九日所发一谕，言福元将近旋里。接宁波源隆钱庄自十五日所发一信。接张丹翁一信。接陈范若老伯一信。又接叶家一信。黄楚卿兄聘王子宜兄之妹于今日文定，并连送日子，择本年十月廿四日喜期，邀余晚膳。正媒系邱遇琴、王云梯两兄。云梯系与子宜府上嫡堂叔伯兄弟，今日代子宜府上料理一切，未至楚卿处。现男家为媒者遇琴并邀邱楚翁代媒。晚刻，至楚卿府上，晤遇琴、邱楚翁、吴玉翁、周梅翁并尚德小学堂王、郭两教习，相叙席散而来。花匠小头本在尚德小学堂为佣，因与邱舜卿不睦歇业，来说今警察局中须补巡丁，求余代荐，余允其致片与张镜如兄代为插补可也。家母并小妹及外甥均于晚刻自普陀来，叔文妹倩便道申江一行，想廿九日可以旋里。

廿三日癸卯　子、丑、寅、卯刻，雨；辰至午牌，阴、雾；未刻，晴，以后均阴。致覆源隆钱庄一信，第二号；致张丹翁一信，均交世治先送交海门邮政局转寄矣。早刻，陈舜卿兄遣人送余橄榄五篓，言前托买花木曾经买就，言交商船，大约三月中旬可以带到。

廿四日甲辰　早至巳刻，雨；午牌雨晴；至晚均阴、雾。

廿五日乙巳　早至巳刻，阴；午刻至晚均晴。晚刻，周梅翁并达云母舅来叙一刻，相约至楚言处，晤舜卿兄，畅谈半晌而来，并邀寿卿兄为家祖慈一诊。但家祖慈昨夜胸头痛，舜卿言其积食之所致。想一剂可奏肤功，能得除根后不再发，深为至幸。

廿六日丙午　晴。接夏振之兄一信，言其世兄同令祖赴晋投考学堂，须地方官代为详送，托余转代函禀家君代为咨送。彼此均是至好，明日函禀家君可也。晚刻，因寿翁来邀，即至寿翁府上，晤梅翁，相约至楚卿处，晤小泉、金烈轩兄，互相畅叙至晚而来。陈春亭有木本珠兰一株，前言欲送与余，近来又说两次，因其树植在亲戚家，今其亲戚屋已转税朱益卿兄，恐致损坏，来说早取为是。即于早刻遣花匠老五取来，长有数尺，已栽有十馀年，不备冬夏。余将乐琴书室之前圆花坛中本植有白山茶，但山茶不能得法，即嘱老五将山茶挖去，就将木本珠兰栽在是处，定能得法也。每至夏日，须多开发之花，足堪消遣。但木本珠兰又是夏日开放之花，藉堪所愿耳。

廿七日丁未　晴。寄奉家君第六十号安禀一函，内附夏振之兄一信，饬二头送海门邮政局保险寄署，并覆致夏振之兄一信，亦交邮筒寄至定海镇署。陈春亭向余借洋一百元，立有借票。余即将源隆钱庄联单计洋一百元，据说寄甬鼎元亨记，联单中亦注明鼎元亨记，即交春亭自行寄甬。今日三元满会，黄煦东宗伯致有迎会之举，亦不甚佳。而人来看者正不少，至今一番闹热，地方虚掷颇巨，正是有用之钱化于无用之地也。

廿八日戊申 早至卯，雨雾；辰牌雨晴，至未刻均阴；申刻以后均雨。早刻，三元大帝出巡，各庄四处来看迎会者，正是人山人市，无甚可看之物，人正甚多也。未刻，尤秀卿、罗玉如两兄并喜亭、少云两姻长来叙一刻即去。晚膳后，至陈云芝先生处少叙，过寿翁府上，晤邱楚翁、金季盘、许荷亭诸君，互相畅叙一刻，相约楚翁至家相叙、留宿焉。

廿九日己酉 晴。邱楚翁于晚刻转至其令亲处，叔文兄于早刻自申江来，席请叔文兄晚膳，并邀槐士兄陪客，相叙席散而去。槐士兄亦由普陀过沪江趁永利商轮，今日到埠也，言吴绍春公祖已由武林到申，想趁可贵商轮可以到台耳。

三月初一日庚戌 早刻，雨；晚刻，细雨。致源隆钱庄一信，系第三号，由玉先送交海门邮局保险寄甬钱行街，并发源隆第三号联单计洋五百元，交玉先送交海门大新转汇。订初三日期注票五天，则初七日可以过账。晚刻，至卢槐士府上，适其公出。即过楚言处少坐，同至楚卿处，晤余棣生主政、槐士兄、冰如兄、达生兄，互相畅叙至晚。余棣生兄即于今日趁轮赴京，送其动身，楚卿兄挽留晚膳后而来。棣翁言黄岩完粮均照市价完纳之事，尚未妥议。想其不能仍照一千零六十文之议也。并言现上简放正各省正监理官系钦命大清银行兼全省财政，将来各省财政均归正监理官总司其事也。过建西处少坐，至家时将二鼓矣。

初二日辛亥 辰前，雨；巳牌，雨晴，至晚均阴。家君迭次谕嘱向开太平桐桥山粮，顷将契箱之内寻觅该处山契而不得，适丽生先生在家，邀为代觅，亦不得，未识家君另藏他处，亦未识当日有向孙旭翁取来否，即为函询可也。

初三日壬子 早至辰刻，阴；巳刻，细雨；午牌雨晴，至晚均阴。

寄奉家君第六十一号安禀函，交海门邮政局寄署。又致杨柳河先生一信，交邮寄郡杨柳巷。丽生先生致孙旭东一信，饬老官专送孔化乔。接其令郎覆字言其令尊未曾在家，容俟到家即寄覆信可也。

初四日癸丑 晴。致王焕如兄一信，系邱楚翁代书，托其就闽购买五魁山茶两盆、扶桑蓉球、红白瑞香、木本珠兰、木本白珠兰、草本白珠兰、丁香各一盆，共计十盆，未识何日得能买来，函交邮筒寄交苏时卿转寄，未识即能寄到否也。叔文妹倩及外甥均于早刻去。

初五日甲寅 晴。十里铺陈宅继配妻妹于月之初三日于归海门娄德辉兄元配，今其两弟看亲，过家少坐而去。谱香母舅自岱山已于上月廿九日来，晚刻，至家相叙半晌而别。

初六日乙卯 早至申刻，阴；酉牌以后，细雨。晚刻，至谱香母舅处少坐，过梅五姻长处，晤载熙兄，相叙一刻而来。

初七日丙辰 早至巳刻，雨；午牌，雨晴，见太阳，一刻即阴，至晚均阴兼雾；夜间，细雨。陈蓁友兄自家来少坐即至椒江去矣。

初八日丁巳 细雨兼雾。致申桢夫兄一信，小忠托余代荐轮船茶房，信即交小忠面交，未识得能充补否也。接卢槐士兄一信。

初九日戊午 雨颇大，早晚均有雷声，夜间西北风。致陈舜卿一信，饬二头送交。致覆卢槐士兄一信，亦饬二头送海门邮政局寄郡。致宁波源隆钱庄一信，系第四号，附洋二百元，早刻，饬正伦送托椒江网业公所柳堂代为寄甬汇庄，今先饬正伦附送柳堂英洋一百元，尚少百元，俟接福信即行清付。前托舜卿先生代买各花，曾于今日买来，山茶四盆、五福兰一盆，尚可将就，建兰一盆亦不甚佳。余所存植颇旺。此外珠兰两盆、粗叶兰一盆最次，前已付价洋两元，未识已得相若否也。

初十日己未 早刻，阴；晚刻，晴；夜间月色甚明。接王子辛先生一信。晚膳后，至楚卿处，晤夔友、云梯、遇琴、梁子俊、玉成、梅翁诸君，互相畅叙一刻而来。

十一日庚申 晴。致王子莘先生一信，适丁子祥兄来家云至海门，即托其代带浚发行典中钤印。前本用庆源对图四篆字，外虽有刊不准支取，本为至善，顷精心思之而有“庆源”二字只恐不美。今值仲权来云近有赴甬之行，托其代为带甬刊“源远流长”四篆字，外仍加不准支取，方为至善。并言明确，须代交耕玉斋代为刊刻篆字以及精楷之馀刊极为精细花纹，云在月内可以寄来。得能寄到，定四月朔日改用该印，否则六月朔日可也。晚刻，周梅翁来约至椒江中学堂，晤载熙、作羹、六舟、赤甫诸君。互相畅叙半晌而别。言该校学生定月之十三日开旅行会，自本校就道至黄岩住宿一夜，十四日早由黄城道过路桥，转至本校。至日旂鼓频连，亦一时热闹也，只恐年轻之肄业生不能远行耳。女学堂女教习系葛逸仙兵部之屈夫人云珊于今日生辰，诸女士悉均行庆祝之礼，想亦一时兴致也。

十二日辛酉 阴。接源隆钱庄一信，附有闰月清单一纸。晚刻，至周梅翁并达云母舅两处，相叙半晌而来。

十三日壬戌 日，雨，至晚方晴，阴兼雾。

十四日癸亥 晴。接家君自上月廿四日所发一信，言近日可以望调。现家君升阶早已到班，即或升调，分所宜然，无所侥幸也。晚刻，达云母舅并李舜翁来叙间，适丁子祥照相各件取来，即邀达云母舅并李舜翁照一相，即可应酬而已。达云母舅言及吴绍春公祖保有知府在任候补，现经呈请过班知府候补矣。前建西言署中已接省信，未识何日旋署，不得实信耳。

十五日甲子 早至未刻，阴；申刻，雨；酉初雨晴，以后均阴。晚刻，周梅翁来约过吴玉成参戎处，相叙半晌而来。椒江网业公所遣丁送来宁源隆钱庄收条一纸，已于十二日代为过汇矣。

十六日乙丑 阴。寄奉家君第六十二号安禀一函，饬立茂送交海门邮政局单保险寄署。附致眉甫先生一信。致杨万春一信。晚刻，吴玉翁来叙半晌。从福言陶寿翁自温州旋台矣。晚膳后，至寿翁处相叙一刻而来。

十七日丙寅 早至未牌，阴；申刻，雨；以后皆然。致周映江先生一信，交心虎相带交。早刻，赴先慈周太淑人处扫墓后，适梅翁、采东来叙一刻，言吴绍春公祖已至沪江，今日即可到台。相约至楚言处，晤伯端，相叙半晌而来。

十八日丁卯　日，阴；夜，细雨。早刻，宗山兄来言仲辰宗叔于昨晚逝世，年三十。其祀母故后，交其田业以及产业约有万金，迄今八载，一贫如洗，几至衣食不给。其人烟瘾颇大，少于结算，其妻王氏妒而且奢又懒，以至如是。倘妻稍能积宿，断不至于此，亦是命也。今至丧葬之钱全空，幸其祀母陶氏自庚寅岁病故时积有洋五百元作于请旌竖坊之资，内三百存在裕大典，一百元存在浚藻相手，尚有一百在余典中，均是寿翁姻长经手。客岁之杪向余典中取息，当嘱其换券，其券在寿翁处，据说交令祖母经手难于向取，即由仲辰自书收字，寿翁中见。现寿翁代其向余预支己酉、庚戌二年拆息计洋念元，亦情面难却，即邀其妻王氏立有收字，亦寿翁中见，伯寅宗叔代笔也。但存裕大之款，寿翁均不起齿，未识是何意见。眼前有两年预息取去，尚敷仲辰丧葬之需。尚有一子二女，家内空虚，将何养活？而寿翁代经该款，亦不即将牌坊竖讫，亦未识何意。

大凡人家积聚资财，须男女两人均要积俭。男奢懒，本不能积，若夫妇二人皆于奢懒，定然亏空，大小皆然。大凡人家娶媳不计妆奁之厚薄，只求女子贤能，有关家之福泽，此是至大、至要之事，是为切记。早刻，陶寿翁来叙半晌而别。晚刻，至达云母舅、梅翁两处，均相叙一刻。同梅翁至寿翁处，晤解昆珊兄，互相畅叙一刻而来。典中夏货卖于永义相一个字号，价计十四个，约在两百馀千之则，今日印去矣。朝夕清闲，专习篆书，兼栽花木，藉堪消遣耳。花不宜多，只求雅；亦不宜贵于价值，只求勤于栽植。以贵价花木若不勤栽，一若失误，深为可惜。价廉而勤于栽植，则时时清茂，日夕足观，深为至幸。

十九日戊辰　晴。接眉甫先生一信，亦上月廿四日所发，附其府报一函，即交嘉先送托刘源春代寄西山。晚刻，梅翁来约至陶寿翁府上，相叙一刻，相约至东岸财神庙看戏，约两点钟许而来。

二十日己巳 阴。晚刻，陶寿翁、骏声、少庚、少愚、醉香诸君来叙至晚而别。晚膳后，陶寿翁姻长来约至楚言处，晤秉彝宗伯，互相畅叙一刻，来时方将二鼓矣。

廿一日庚午 晴。寄奉家君第六十三号安禀一函，交海门邮政局单保险寄署。致眉甫先生一信；致张丹翁一信，均交邮筒分寄。晚刻，吴玉翁仝张理堂、陶寿翁、汪伯端、子能先生来叙一刻而别。寿翁即于今晚至海门去。晚膳后，至楚言处，晤李桥生，相叙半晌，至家时将二鼓矣。张理堂千戎懋勉系常品莲统领派在本镇之哨官也。

廿二日辛未 晴。发源隆钱庄第五号联单计洋一百元、第六号计洋一百元、第七号计洋五十元、第八号计洋五十元，均交玉先转交同源夥友向领。此四号均是即付之联单。又发黄泰记名下，系第九号联单，计洋三百元，即由长交先专送海门交陈舜卿先生寄汇。但第四号联单错写作废矣。并即致源隆钱庄第五号汇信一函，交祥高送海门，误送全盛信局，寄甬致恐太迟，即嘱其取转，就交邮政局单保险寄甬。晚刻，李桥生兄来叙至晚，留宿。

廿三日壬申 阴。李桥翁于晚刻去。即至梅五姻长并达云母舅两处，均相叙一刻而来。

廿四日癸酉 早至辰刻，阴；巳牌以后均雨。致子霖兄一信，因前托在舆代刻典中所用钤印，言明托子霖于今日带台。早刻，遣祥高先向取，曾已刻就带来。该印花纹虽细，而价洋一元两角，未免太贵，拟于四月初一日起改用该印也。前与玉如之事难于下台。早刻，建西来言，吴绍春公祖曾经旋署，即将追呈呈递，此出于不已之事，稍可下台，余亦勿以呈追耳。因吴绍春公祖过班知府，即于晚刻赴署到喜，相叙半晌，并将此情详达一切矣。

廿五日甲戌 雨。致陈范若太老伯、周允东明府各一信，均交邮筒寄晋。昨递黄玉如为追债之呈已于早刻奉批传讯究追矣，经承周建西即于晚刻送稿。此难于下台，出于不已所为也。前陶寿翁所言柯姓有玉兰十馀株带至海门分售，看其花树尚大，并其已有花蕊，今老五又说，即向买一株，计价洋两元二角。论花尚不为贵，论余已有玉兰四株，今再买来，似乎太多，即嘱老五种在园内，无如至冬须要盖架以备风雨霜雪为要。但玉兰所好者系是夏秋开放，藉堪消遣耳。

廿六日乙亥　辰前，阴；巳牌以后均晴。晚刻，周梅翁、吴玉翁来约至驻扎江边堂哨官张理堂处，相叙半晌。就道至椒江，晤载熙、作羹、六舟、汉英、益卿诸君，相叙至晚而别。晚膳后，陶寿翁、汪伯端来叙一刻。寿翁言晚刻自海门来，相约至建西处少坐，至家方将二鼓矣。

廿七日丙子　晴。致陈涵甫参军一信，内附致洪莲翁一信，交长高先送海门邮政局寄晋。周梅翁昨托余代其自致令亲醉卿、辅卿昆季各一信，饬从福送交梅翁自寄。遣夥陈忠彦呈控玉如之事已于今日出差，原差李信、周祥、任安三名，亲兵奚吕金、崔连升两人，玉如尚无挽人来说，不知作何意见。早刻，王少亭来叙一刻，言及书城母舅于昨廿六日作古，年约七秩矣。晚刻，至陶寿翁府上，晤秉彝宗伯，相叙半晌而来。

廿八日丁丑　阴、晴，惟午牌见日。前嘱二头带买各物均已买来，阅三月廿一日《申报》所纪三月二十日内阁抄奉上谕："山西巡检道员着王为干补授。"按：王子良观察现奉简巡道最为快捷。按：山西之巡警道即以雁平道兼并也。晚刻，周梅翁、陶寿翁相约至海门，即至东岳宫叩神后，晤陈少亭守戎并梅翁，同至海谷春小坐。过永宁局，晤寿翁、徐富春、丁明轩，相叙一刻。至同昌分号，晤于梅林少谈而来，至家时方九点钟矣。

廿九日戊寅　阴。发源隆钱庄即付票一纸，系第十号联单，计洋二百元，即交王克仁代汇，并致源隆钱庄第六号汇信一函，交邮保险寄甬。晚刻，王克仁来云，该票无人代汇，即作废纸，另即函覆源隆可也。黄玉如之事，今秉彝宗伯、陶柳亭、陈云芝、李镜人来说，总念同宗之情，只作罢论可也。署中一切言明均由玉如边自行理值。

四月初一日己卯　卯前，细雨，一刻即晴；辰牌，阴、晴；巳、午刻，晴；未刻至酉均阴；戌时以后，细雨。接家君自三月初八日所发一信，并嘱寄叔文妹倩一信，即交小妹转寄矣。接源隆钱庄一信。读家君谕言中附有戒烟药方一纸：用米廿四两、烟膏一两二钱、青盐六两和炒，每日计瘾若干即吃若干，并用炒米粉递次加下，日渐原有烟、米吃完，全是炒米粉吃亦则可，不吃亦可。法本至善，得能全戒为幸。祥高先来云，海门永宁商轮开行甬江，宝华开行瓯江矣，自昨日为始也。典中改用"源远流长"之当票钤印自今日起。"源远流长"之印花纹极为精细，仍有不准支取嵌在外匡之中。前用庆源对图方印自今日缴进矣。以后皆以"源远流长"用，至亿万斯年，悉均顺适，是为大幸耳。

初二日庚辰　晴。

初三日辛巳　晴。早至未刻，晴；申后均阴、晴。接蒋馥堂先生来信，并附典中帖税收条一纸、少洋一半，俟从福赴郡送交可也。接子衡兄一信。梦云先生来叙，留宿一夕。

初四日壬午　早至辰刻，雨；巳牌以后至晚均阴。致金叔文妹倩一信，并附英洋五十元，交小妹转饬长工老二专送莘山，因家母烟瘾未断，托叔文兄就莘山代为购买五六十元之则。梦云先生于早刻至黄城去。致王子衡兄一信，子衡兄即于晚刻来叙半晌而去。从福因明日赴郡，自邀小忠代工，于今晚来。日前所发之凤仙花子并鸡冠花、洋菊花、牵牛花等子，但凤仙、洋菊、牵牛等子已出寸馀，分栽墙下并空地等处，未识均能得土否也。惟鸡冠尚少，另日再行栽植。凡种花者植盆及树本各等花品为本，须将草花助植以状玩赏。况各等草花色艳，又有子可收，年年相似，颇为清玩雅趣耳。凡人生衣食禄秩皆由天命，虽不能过懒，亦不得过于奔忙。古人云"临财毋苟得，临难毋苟免"，皆有定数而言。余今烟瘾不得不除，现断之后专习篆书、植花两事，亦投其所好也。倘将篆书日夕临摹，得能纯熟，则可随时酬应友朋，深为大幸。

初五日癸未　晴。致源隆钱庄第七号要信一函，饬老官送海门邮政局保险寄甬。致卢槐士兄一信，并附钱粮十一户，均托槐士兄代为完纳，银米之洋亦托槐士兄代向同昌支付，并附同昌支摺一个，均嘱从福带郡送呈，并嘱从福带交蒋馥堂先生之典中帖税英洋四十元。但帖税每年计洋八十元，前接馥堂先生来信，即交其世兄带去英洋四十元，今送洋四十元，合讫矣。并嘱从福带郡购毛边信纸、蚊香等言，交伯森先为携带需用。但从福急欲赴晋，并嘱其将家中清了，以便动身赴署。接陈蓁友兄一信，即嘱嘉先送洋五元与蓁友兄。玉如之事，前秉彝宗伯、柳亭、云滋诸君代为说开，余应同宗之谊，甚难为情，作为罢论。中有翅菜二席，定在今日午膳，单邀秉彝宗伯、子霖先生、云芝、柳亭、伯端、宗山、镜人、建西、子贤、少愚、丽生先生、象斋诸君，相叙席散而别。邱遇琴兄来说煦东宗伯开设岩屿街鱼鲜官行，报效女学堂洋一百元，藉女学堂经费为名把持为己独费，获利最厚，如是搜罗，地方稍有馀利悉均肥已，何地方不幸若是哉！

初六日甲申　早至未刻，晴；申牌以后均阴。寄奉家君第六十四号安禀一函，饬小二头送海门邮政局保险寄署。前嘱二头买来各件，顷交小二头送洋五元与二头。据说曾经面交矣。前托陈宅转托李桂清代买黄鲔胶，顷陈宅长工送来黄鲔胶九根，均是不大，计价洋廿七元八角八分。其物过少，该价太贵，曾经托买，倘若退还，颇难为情。即致李桂清一信，外附价洋廿七元、开洋九角，即由陈宅长工带交矣。陶吉云兄来云，寿翁、楚卿均于晚刻到家，因邑侯杜菊生公祖来巡咨议局，往谒。晚刻，至寿翁处相叙一刻，云本镇定十五日为初选举之期。未识届日作何举法也。并言启迪斋太尊明日趁永利商轮赴申晋省，近省中查验官场戒烟最严，有省委来台访查。但台州种烟之田如是之多，未识该委员作何禀覆也。梦云先生晚刻自黄城来。

初七日乙酉　早至午初，晴；午末至酉初，阴；酉末，雨；以后皆然。午膳后，至达云母舅、梅五姻长、蓉秋先生、秉彝宗伯、吴玉翁诸处，均相叙一刻而别。梦云先生于早刻至海门去。

初八日丙戌　早至辰刻，阴；巳、午牌，晴；未刻，阴；以后皆然。午膳后，至椒江中学堂，晤载熙、云梯、六舟诸君，将家君所寄戒烟药方，即托载熙兄转托苏绩臣代于写就，即嘱工刷印，应椒江毛笔版颇为至便也。至家后即将戒烟药方一纸、毛六纸百张嘱克庸送椒江中学堂，交载熙、云初两兄代为嘱工刷印矣。

初九日丁亥　晴。致眉甫先生一信，交邮寄署，内附家慈寄家君一信，致从福一信，交航船寄郡。伯森先自郡来，前嘱买片纸至嘱从福向购信纸、蚊香均已携来。晚膳后，至陶寿翁处，言集圣庙唱平安戏自今夜起，即同至警察局，晤楷亭、梅翁、柳亭、伯端、汉英、孟冬、楚卿诸君，看至十点钟而来。并晤赵范卿兄，言京师大学堂试毕业，列最优等以举人出身，就京官、内阁中书、外官知州；优等以举人出身，就京官、中书科中书，外官知县；中等以举人出身，就京官、部司务、外官通判。黄岩王松渠兄列在优等，林伯常及娄德晖、管线白等均在中等，而娄德晖最为侥幸也。如今读书有才兼有财方为双美，只有其才，亦无如此力量。为寒士者惜哉！

初十日戊子　晴。周梅翁之世兄孟东聘黄岩十里铺梁氏于今日文定。午膳后，同丽生先生乘内湖小舟，时下午六点钟抵路桥，即至信顺布店，晤刘康甫兄，相叙半晌。言及甬江拆息每千每天七角，可谓至重也。留过晚膳后，同至研究所，晤王于九，系该所庶务员，并晤于元培、黄宝舟、刘少莲、刘逸仙诸君，互相畅叙半晌，即转至舟中。时十点钟，月色明晖，颇增人意。

十一日己丑　晴。早则舟即开行，抵双湖，丽生先生上坟后，即至其令亲处，过早膳，即行开舟抵柔近，已上午十一点钟，就至荐堂扫墓。毕后至管山家吃午膳，下舟直抵本埠。到家方将二鼓，幸在日长，尚不过于迟晚也。

十二日庚寅　早至午牌，阴；未刻，细雨；以后皆然。日前托椒江中学堂代印戒烟药方，已印就送来，即致应少圃表叔公、方笃轩、洪祝南、张柳桥、吴吾鲁各一信，均附有已印之戒烟药方数张，以便分送，封交从福送各处。接甬江源隆钱庄一信。接家君自三月十八日所发一信。振之兄托为令郎造送册簃一节，已与闰二月廿一日代为送省矣，并嘱转达振之兄可也。早刻，至东山周映江先生处，晤其尊公渐盘老先生、令郎转初，互其[1]畅叙半晌，留过午膳而来。至家后即至楚卿处少坐，相约至吴玉翁府上，同至集圣庙，晤周梅翁、郑汉英、张镜如诸君，看戏一刻而来。接咨议局知单，言明日同至局中，先为接洽一次。

十三日辛卯　早至巳刻，雨；午、未刻，阴；申牌，晴；以后皆然。致夏振之兄一信，交邮寄定海镇署。致苏焕堂、童象斋、王晓凡兄各一信，均附戒烟药方。接张丹翁一信，来取前存木器各件，另日，其仆人赴定时带署可也。相约今日赴集圣庙第七区投票处宣布咨议局选举事宜。未刻，至庙中，晤陶寿翁、黄咏仙、周达翁、黄宗山、吴玉翁、张镜如、邬丽生、洪少琴、永义相、缪性言、黄楚卿诸君，俟周载熙兄代为宣布后而别。过谱香母舅少坐而来。周梅翁见惠武夷茶叶一盒。罗叔英明经考名滨，罗梅也茂才考名蕙，均黄岩之东南人。

十四(日)壬辰　早至巳刻，阴；午牌以后均晴。致宁波源隆钱庄第八号要信一函，外附英洋一千元，并致子霖兄一信，托其代交海门轮账房代带甬江钱行街，函件均交玉先专送海门。取有海门局收条为凭，带费计洋三元，亦由玉先带付清讫。致王槐卿、童子章、周仲权、王兴臣、蔡子葵诸君各一信，均附有戒烟药方两纸。二头于早刻来，前嘱其买来各件算讫，少洋一元三角，付洋两元，尚存二头手洋七角。另付二头洋两元，嘱买文明戒烟丸两瓶，想本班轮期即能代买矣。文昌阁永清宫供奉吕祖大仙于今日圣诞，开唱梨园，颇为热闹。早刻，至文昌阁叩神后看戏一刻而来。

十五日癸巳　早至午刻，阴；未牌，晴；以后皆然。致叔文妹倩一信，交嘉先送至莘山，接家君自三月廿三日所发一谕，附寄达云母舅一信，即遣弟头送交。接源隆钱庄一信，附有三月份清单一纸。咨议局初选举，邑侯杜菊生明府预定今日选举，临海分作十区，家子等六

---

[1] “其”，当为“相”。

庄分为第七区,设在本镇集圣庙作为第七区投票之所。陶祝华、黄崇威、周文敬、徐树滋、刘泽森、娄锦华六人预发传单,故今日投票亦此六人归于多数也。况陶寿翁、黄楚卿均坐在写票桌,各人来写,情面难却,不得不投彼两人。又有民间不识字者来邀是处各人代写,亦书此六人耳,未到者亦楚卿自写。此中六人何谓民权、何谓公益?置之度外可也。余于晚刻至投票所,晤寿翁、楚卿、祝三、载熙、秀亭、德元、小三、镜如、陈舜卿、云梯、仪卿诸君,相叙一刻,投票书写何肃堂老伯耳。娄耀甫、九如、少卿、阮三爷来叙一刻,留过午膳而去。

十六日甲午　晴。吴玉翁、周梅翁、陶寿翁来约至栅浦堂三和尚处,晤陶柳亭诸君,相叙半晌,即至前堂看戏一刻而来。适章子修兄自海门来。

十七日乙未　晴。今值要雪之时,已晴多日,虽十四日蒙上苍赐以甘霖之后,今又农田待泽孔殷,急盼上天即沛大雨纷纭,深为感戴,幸甚幸甚。席请子修兄晚膳,并邀吴玉成参戎、张理堂千戎、周达云母舅、周梅五姻长、秉彝宗伯、丽生先生诸君陪客,相叙席散而别。言及陶寿翁、黄楚卿因选举事毕,即将票箱亲送到县呈缴。再可笑者,周作羹兄各人自投者三票,王云梯兄各人投写仅只一票,皆楚卿将未到者代为写满四十票,得有议员之举,究不知朝廷立宪果有如是否也。

十八日丙申　早至未刻,阴;酉牌,雷雨。至戌方晴,以后均阴。致祝再姻长、洛卿丈公、俊英兄各一信,均附戒烟药方。章子修兄于早刻至海门去。未刻,柬向吴玉成参戎取赠鼻烟一瓶,颇佳,深为至感也。

十九日丁酉　早至午刻,晴;未牌,阴;酉初,雷雨;酉末,晴,至晚均阴。晚刻,周梅翁来云,卢槐翁已于昨日下港,即于晚膳后至槐士兄府上,云其至椒江网业公所,即至该处,晤槐翁、镜三,相叙半晌而来,至家时将二鼓矣。

二十日戊戌　早至未刻,晴;未牌以后均阴。早刻,槐士兄及梅五姻长、镜三来叙过午膳而别。晚膳后，至柳亭处少坐，就道至椒江网业公所，晤云梯、槐士、柳堂、镜三诸兄，互相畅叙半晌。言及周载熙兄曾于晚刻趁永大小轮下港，言邑署开阅选举票箱，共计三十九人，家子、六庄等承九人，可谓多极。想九人者定是楚卿、寿翁、载熙、云梯、作羹、德园、俊卿、仲衡、祝三。如是九人，当十五日选举之时，楚卿即将空票自垫足数，以便复选时自己彼选地步，不言可知。过建西处，晤楚翁、子轩，相叙半晌而来。今早刻，将乐琴书室之前凉棚竖立定妥。凡竖凉棚者以避暑气，卫生之道，不得不为也。今时虽早，近数日中天气颇热，盖上亦颇相宜耳。

廿一日己亥　卯前，阴；辰牌，细雨，片刻即晴，阴；巳时，晴；至晚皆然。日前接李稚白公祖讣音，于月之廿四日开吊，曾制就福备箕裘呢幛一个，并致其令嗣伯纯明府一信，均交丹翁亲戚牟小娘舅代为带甬。前丹翁存有凉床一张、衣橱两口，均交小娘舅代为带矣。接夏振之兄一信。晚刻，至达云母舅及梅翁两处，均相叙半晌而来。

廿二日庚子　卯前，阴；辰初，细雨；辰末至午均阴兼雾；未刻，雨；以后皆然。午膳后，至吴玉翁处，相叙一刻而来。言楚卿昨自郡来，早刻又至海门去矣。

廿三日辛丑　雨，兼雾颇重。寄奉家君第六十五号安禀一函，饬弟头送海门邮政局保险寄署，内附致眉甫先生一信。又致源隆钱庄要信一封，亦交邮局寄宁，询其前寄之洋已收到否也。

廿四日壬寅　卯前，雨；辰刻至未牌，阴、雾；申、酉时雷雨甚大；戌刻雨晴，阴、雾；以后皆然。接眉甫先生自三月十八日所发一信，并附有家报一函，即交嘉先转交刘源春代带西山。接丹翁一信，言月之十六日戌刻喜添一孙，欣喜之至，即当函贺也。正衡聘夏敬甫之令媛于今日文定。正衡之妹适王景常之少君亦于今日纳采。早刻，邀余代接媒人，其代媒者景常兄之令弟殖民并赵友竹先生，并晤咏仙、义卿诸君，相叙席散而来。晚刻，建西来云，分府宪吴绍春公祖以知府仍归浙江候补，准补是缺之叶祖香公祖元芳饬赴本任，已于十八日藩辕牌示也。按:叶祖香公祖现署石浦厅同知,现虽奉檄饬赴本任,须告卸石浦厅后可以到任,早在六月,迟则八月耳。但正衡现在椒江中学堂肄业,夏敬甫令媛今在本镇女学堂肄业;景常令郎游学东洋方将旋里,而正衡之妹亦在本镇女学堂肄业,两对鸳鸯皆是学堂中人也。晚膳后,至楚卿处,晤邱舜卿、王云梯、朱益卿、周作羹、邱遇琴、陶吉云诸君,相叙半晌而别。即同作羹至建西处,晤梅翁、子轩、秉彝宗伯少坐,秉彝宗伯相约至其府上,相叙半晌而来,至家时逾二鼓矣。言及正衡文定及令妹纳采聘洋均是一百二十数耳。

廿五日癸卯 早至辰刻,雨;巳牌以后至晚均阴,雾甚重,天气最为潮湿。午膳后,陶寿翁、周梅翁、谢仲衡、汪伯端诸君相约至椒江中学堂,晤王云梯、周载熙、黄楚卿、朱益卿诸君,互相畅叙一刻。因暑假期近,今晚通班照相一次,适将排人照相时而来。晚膳后,至陶寿翁府上,晤载熙兄,欲作复选之咨议员,于心甚切。寿翁言郡城皆说黄、周、何,黄楚卿、周平洄、何肃堂三人被选之语哄然。载熙兄又欲作如是观,亦多见其不知谅也。他日楚卿无意作议员之想,而载熙能得被选亦未可知。现楚卿于心甚热,断不致挨至载熙耳。按:咨议局章程,复选议员须笔墨、见识均须远到方应是选,每年赴省酬应亦须需用而能有馀者可也。但载熙只读书见长,非是出众,论其识见全无,又不知酬应,而又寒儒,心热于议员者可笑。今则初应是举,半是自行运动,半在楚卿欲其扛轿,将来到者代写足数耳。

廿六日甲辰 晴。致张丹翁一信,附送令孙小花帽一顶,大红缎平金涎兜两个、包金小手镯一双、银钱一副,致黄子霖兄一信,托其代带舟山。致眉甫先生一信,交邮寄署,均交祥高先生专送海门矣。祥高先生言海门轮局言前托代带甬源隆汇洋,内有毛洋现已带存在局,俟明日向取可也。晚刻,卢槐士兄来叙一刻,相约至梅翁处,少叙而来,便道至达云母舅府上,相叙一刻。言及小娘姨适海门品美之东人,于廿八日纳采也。日前向海门买来之玉兰,今日开放一朵,珠兰尚未开完而玉兰已竟接开,又茉莉亦能接开后,剑兰、凤仙、洋菊、牵牛、夜来等花均能接连开放，足助观瞻。看花喜在夏令时，值夏令及秋均有闲花接开，颇为雅趣。而木本珠兰未见萌芽，未识得能开放否也。

廿七日乙巳　早至酉刻均阴；戌初，雨；戌末以后均阴。致王子莘先生一信，交典中寄至黄城。致梦云先生一信，饬老官专送东山，言其赴郡，函交拱辰代收矣。晚刻，至梅翁处相叙一刻而来。常品莲统领柬邀廿九日午膳，至日趋陪可也。晚膳后，吴玉成参戎来叙半晌而别。永利于今晚到埠，本班《申报》已遣立茂取来矣。

廿八日丙午　早至巳初，阴；巳末至未牌，雨颇大；申初雨晴，阴；以后皆然。接张丹翁一信，交牟维士送来，并维士到黄买物之需，不敷之处向余划汇。适有寄宁洋三百元，即交小士兄带去，再若不敷，另日再付可也。并嘱余代买川豆，即代购办可也。接源隆钱庄自十七日所发一信，并附有次洋五元。接陈祝再一信，托为转交子修兄。接子修兄一信，言由黄城趁小船直抵海门趁永利矣。达云母舅之妹适海门王姓，于今日纳膳。早刻，至达云母舅处，晤作羹、梅翁、道周、舜卿、少云、醉香、少琴诸君，相叙席散后即至海门永利商轮中，晤子修兄，即将祝再所寄之信面交子翁。

余拟托何见石法部代觅保案，即将黄沅名字考取供事议叙巡检之部照面交子修兄代带京都转托见石老伯代办。子翁言道过杭垣就道北上，约在五月二十日左右耳，以骑都尉学习期满赴部引见，大约六月间，事毕即可出京，并托代买连缨白罗胎夏帽一顶，面交代买价洋四元。子翁言牟伯谦太守亦在轮中，即晤伯谦太尊，据言送顾子杭参军到轮，即同牟太尊至顾子翁处，互相畅叙半晌。子杭系牟太尊邀其到台。牟伯谦太尊之少君，现在京都肄业浙学堂者，配山西平定州朱子青太守善元之千金，于今五月十八日完姻，托顾子翁赴都同其少君至平定州衙门花烛。但子杭自本年正月丁忧在家无事，故牟太尊可以相邀耳。即送子修兄华腿、伏鲞、茶点，另送顾子翁茶点以尽薄礼而已。

过永宁局，适王吉人、阮右垣、金浣秋、周平洄、王冰如、陶寿翁、王子莘、申桢夫、邱仲玉、吴勉夫、黄楚卿诸君并各县绅士议立商会，即于诸君互相畅叙半晌而别，至家时将晚膳矣。并嘱二头带买鼻烟一瓶，面交带去价洋四元。仆从从福今日来，前托华士兄代完钱粮十一户均已完讫，计洋二百零八元另，均由同昌汇付，取有同昌新摺一个。

廿九日丁未 早至巳，阴、雾；午牌，雨颇大；未刻雨晴，阴；申刻又雨。致张丹翁一信，交邮寄至舟山镇署，发第十一号源隆钱庄联单一纸，计洋五百元。函托舜卿先生代用于大新。并致源隆第十号汇信一函，托永宁阿昌兄代带甬江，均交弟头送至海门分送矣。接舜卿先生覆信，言汇洋明日向取不误。早刻，至海门娄宅谒晋阶太姻长，相叙半晌，并贺其令文孙德晖孝廉喜，少坐后同至常品莲统领公馆中，畅叙间而寿翁、梅翁、玉翁、楚卿均到，相叙席散而别。均至楚卿之同昌分号，晤周平翁、何霭翁、邱仲翁、王冰如、陈舜卿，互叙一刻而来。至家，适张丹翁遣蔡阿松来台枀豆，已由嘉先同为购办矣。晚刻，梦云先生来，留宿一夕。连日多雨，各等花木适均生长，而玉兰多蕊未能开放耳。第十一号联单系五月初一日期过大新耳。

三十日戊申 辰前，雨；巳牌雨晴，至晚均阴、雾。梦云先生于早刻去。

五月初一日己酉 辰前，阴、雾；巳牌，雨兼雾；午刻雨晴，雾甚浓重；申牌，雨颇大，雾甚重；以后皆然。道周宗叔于晚刻来叙一刻，并赠余洋漆瓶两个，可以置茶叶之需，日本物也。协兰兄递来张丹翁一信，附有现洋五百元，又定乾元庄上宁隆裕庄联单一纸，系五月十五日期，洋五百元。但联单收到，并无现洋，据协兰兄言现洋五百元已交海门娄宅，想娄宅定有函达丹翁，余亦明日函覆可也。

初二日庚戌 阴。致张丹翁一信，交祥高先送海门邮政局保险寄至定海镇署。致源隆钱庄第十一号要信，亦交邮筒寄甬。致陈舜卿先生一信，前托代向大新通融之汇洋本三十日向取，因节前庄息颇重，拟初五日向取可也。张丹翁托买川豆已于廿九日本镇市日、今栅浦市日，虽同其协兰及阿松代为向买，亦不多耳。晚刻，丽生先生来叙一刻，适上街有戏，即同丽生先生至是处看戏，晤吴玉翁、陶寿翁、卢槐士、黄楚卿、洪少琴、吴勉夫、邱仲翁、黄道周、谢仲衡诸君，互相畅叙。值晚戏头圆，梅翁乔梓邀留晚膳后，丽生先生即欲吃烟前来，适无灯笼，走其客间西首，踏空而倒，梅翁即遣人送其到家，言有伤痕，未识得能无碍否也。俟明日先遣从福询视是否得无窒碍，深为至幸。

初三日辛亥 早至晚均阴，戌牌以后均雨。接家君自四月初八日所发一信，并附桐桥山契两纸，又望山契一纸。本即邀丽生先生赴该处调停开粮一切，但丽生先生昨夜被跌，今日甚痛，早刻，亲至该处询问，并代邀子能先生诊视，想无窒碍。家君谕言又不欲赴省。但此次省中不得不行，未识何意也。又接眉甫先生一信，亦是日函发，附有其自府报一信，即交嘉先送交刘源春代为寄至西山矣。早刻，至丽生先生府上询视后至道周宗叔处，言其公出未晤，即过邱仲翁处，相叙半晌，出示有苏若兰所作旋机图，系管夫人所书，仇十州所画四幅，并绘苏若兰一像，最为工细，物之精又精，世所奇宝，以下李日华、文征明等诸巨公题跋。如是手卷，人人所共赏，平心论之，价计两百金不谓多也。并邀仲翁来叙，过午膳后，陶寿翁来叙一刻，同至梅翁府上，晤陈汉英诸君，互相畅叙一刻而来。家君谕言所云该州种烟之田有一处计三分、一处计六分，共计九分，未识得能无碍于事否也。奉檄明暗查访之禁烟各委员大约在四月之杪、五月之初均可前后旋省，想旋省后上游定有一番调动牌示。家君任吉州，种烟之田未计一亩，得毋挑剔。诸委员可以言无，即或值禀，想无有碍。家君卓异应升之阶曾经首列多时，未识得邀升补否也。并言范若老伯函致署中云上月十一日就省首途，屈计时日已将到台，今尚未到，不识已至何处也。正中言今日川豆价值大涨，每元仅止四斗一升而已。

初四日壬子 辰前，雨、雾；巳牌雨晴，均阴兼雾；以后皆然。致源隆钱庄第十二号要信一函内附丹翁所寄定乾元庄、上隆泰庄联单，于本月十五日期过英洋五百元，嘱过沅记户下。但宁波常有往来，顷富昌兄来家，面托其如有宁波来往者均烦代带，颇为妥便也。今本镇市日，协兰与应贵来家，嘱其向籴川豆，甚少，皆应日久未曾见日，不能全燥，而又籴者太多，以致豆价一时飞涨之所致耳。

初五日癸丑　早至巳，阴；午刻，稍见太阳；未初亦见太阳，未末仍阴；以后皆然。巳刻夏至。早至辰，西北风；巳、午，北风多而西风少；未刻，转东北风；申牌，东风多而北风少；酉刻，东风；以后皆然。早至巳初皆是白云；巳末至未初，东方起有青云，其馀虽青云，大约青云少而白云多；未末起以后皆是白云。无如天气颇冷，但夏至节理应最热，其若是之寒，今夏定然大热必矣。今日端阳而又夏至，亦所罕遇，复如是之寒，皆应风起西北之所致也。

致张丹翁一信，交阿昌兄带定。致陈舜卿先生一信，交祥高先送交，托其向取大新汇洋已照数取来，据说升水每百三角，并次洋十元，均交祥高带交转换矣。晚刻，周梅翁、吴玉成、秉彝、醉香来叙一刻，相约至陶寿翁府上，晤邱仲玉、王芹甫、赵秋江，互相畅叙，言及渔团一节。但渔团初自黄南垣明府到台创办，以后每年报缴府署，现加至四千五百番之则，未曾详报省宪，只以府署为止。其中二千五百元存储府署，遇有公事之需，皆取于此。尚馀两千元，一总委员，或由府宪委一候补分台之知县，或有二府兼办，亦须台州府加札。二小委员，一驻宁海，一驻金申，皆府宪札委。此大小三委员之薪水需费。上春王吉人老伯、杨定甫给谏及陶寿翁、周平泗、邱仲玉、何霭生、黄楚卿各人议办商会需费，想及渔团之款，其中一切情形皆是何霭生从中，言出每年可以甚办至八千元之谱。但何霭翁在局办理多年，客岁，吴绍春公祖接办以后，用王心斋接办霭生位置，故霭生将其详情卖出，议邀楚卿兄接办，通禀抚宪，每年认缴公费洋六千元作为办理台州公益，已奉启迪斋太尊批准，札委黄楚卿接办。吴绍春公祖因告卸将近，欲卸事时并交木戳，而楚卿急欲接手，津贴吴公英佛百元，未识即行退办否也。台州利源首在同昌包办宁、仙、缙、永、武五县，鼎新包办临、天两县，共计七邑盐厘；次椒江网业公所；次渔团局，三项皆归楚卿一人承办。又其父煦东如是之横，抱揽词讼，无钱不要，十年后台州吃饭只楚卿一家耳。现值朝廷颁行宪法，台州有黄楚卿父子如是情形，纯用压力制人，武曲乡断，乡民所畏倍于虎狼。加以立宪议员之列，如虎添翼，台民之大不幸有若是之苦！不知何日、何时得见光天化日，深为大幸耳。以理论之，断无长有如是之苦境也，只求速除大蠹，以为台民贺哉！

至家时将晚膳。接家君自四月十九日所发一谕，言及公私顺适，深为至幸。前谕拟上月初旬赴省晋询上游之行，又应署中公事多端，未及动身，只以政绩上达，亦无庸缛节虚文，理之然也。家君自丁未八月赴任以后，均未晋省，即或晋省一行亦分所宜然，今又中止，乃家君守正不阿之所致焉。又言各委员查禁罂粟之差大约端午前后即可赴省，未识层宪作何举动，亦不得而知。至晋省中直厅州县自上年孟冬严饬禁种罂粟之后，即有应调应补各缺均未举动，想今端节之后烟禁已有就绪，藩辕定有一番牌示，家君卓异升阶早经到班，未识可以望升否也。并云范若老伯正是四月十一日自晋动身，迄今尚未到台，不知何处留阻耳。

初六日甲寅 晴，至陶寿翁处，晤周梅翁，相约至吴玉成参戎处，互相畅(叙)至晚而来。

初七日乙卯 晴，寄奉家君第陆拾陆号安禀一函，交邮政局寄署。晚刻，小士来云，张丹亭兄趁海门商轮于晚刻至海门。即至海门永宁局，晤张丹翁、王芹甫、徐富春诸君，相谈至晚，留过午膳而来。丹翁托以川豆价计每元四斗六升者，代为向买若干，并收到丹翁庄票两纸，计洋一千元，系定乾元上宁振裕钱庄也。

初八日丙辰 早至午刻，晴；未刻，阴，兼有雷声；申刻，雷雨颇大；酉牌雨晴，阴；戌后均雨。席请张丹翁午膳，丹翁早刻同芹甫来，并邀陶寿翁、周梅翁、道周宗叔、吴玉翁诸君陪客，相叙席散后互谈至五点钟而别。丹翁同芹甫均转至海门，丹翁言明日趁可贵商轮赴定，言及牌坊之固而且厚以温州府城大士门内菩提庵门之侧石坊最为固厚，其式样亦佳，另日家祖母苏太夫人竖立节孝坊时饬匠赴是处访样亦佳，是为之记。现各直省厘金关局由绅包办者颇多，宁波洋广局亦将绅商包办，而台州之海门游渔团局楚卿具禀郡伯包办，已奉启迪斋太尊批准，想近日可以接办也，言温州、宁郡之渔团局已由绅商包办矣。武圣朝横厢之屋已将落成，原包计洋六十三元，曾付洋六十元矣。

初九日丁巳 早至巳刻，雨颇大；午牌雨晴，阴；未刻以后均晴。早刻，饬仆送张丹翁茉莉花四盆。

初十日戊午 晴，致洪祝翁一信，交航船寄郡。前日接读家君谕言，云范若老伯于四月十一日自晋省首途，屈计月杪可以抵台，迄今尚未旋府，不知改日动身，亦未识中途滞留，信息杳然，想洪宅定有信息，因此询问，俟接福音，可得详晰矣。

十一日己未 早至午牌，晴；未刻至晚均阴。惟戌刻见有雷声，似即下雨景象也。致宁源隆钱庄第十三号要信一函，并附英洋二百元，饬从福送海门托阿昌兄代为带甬。王原祁山水小中堂一轴，亦托阿昌兄带甬，交东渡门内四明文宝斋代为装裱狭绫边，并嘱其勿损画身毫厘为要。按：王原祁字曰麓台先生，系国朝之大名家，看其气象，定是真迹，未识果是真迹否也。接源隆钱庄函，附四月分清单一纸。

晚刻，邀崇虎先来，代家君祷卜一课近得升补否也。据其占云，青龙动于应爻惟本月寅、卯两日，即可望升。按：寅、卯日未识上旬亦(未)识中旬耳。但晋省上游禁烟之令最为注重，上年十月间谕饬各直厅州县严禁罂粟之后，迄今已逾半载，并无升补一缺，亦无调动一人。春夏之交，府、道、省三委员又加省中暗查，并钦差禁烟大臣方京堂委员前后五次到州查访，均在端节旋省禀覆。顷端阳已过，理应升者升、调者调、补者补，况晋省各直厅州县悬缺未补者颇多，近日藩辕定有一番牌示也。吉州南北属地三百馀里，东西将垂二百里，五次明察暗访，有一处种烟之田三分，又一处六分，两处并计尚未及亩，即或详禀上宪，亦可谓认真办理也。又得和平严禁，论情、论理应得优奖。况家君创办警察，上年省中详查已列优等，而家君应升之阶早经到班，今又有升阶出缺，即或升补，分所宜然。无如家君尽心民事，素以政绩自持，不以小节虚文，自丁未到任迄今并无赴省晋谒上游，今得如是政绩，未识上游得闻乎否也。现崇虎先所占之卦云可以望升之象，果得如是否也。余竟望眼将穿，早愿家君升补到缺，以纾家君素志，一二年之后，义当力劝家君退归林下，长聚家庭之乐，俾得晨昏定省之欢，深为大幸耳。今则未识何日得有佳音也。

晚刻，拟至梅翁处，适梅翁亦来，中路相遇，同至椒江中学堂，晤云梯兄，相叙半晌，言朱一卿兄兹应考毕，暑假同陈汉英均于早刻去矣。晚刻，仆人从福自海门来云，张丹亭镇军应事阻搁，尚在海门，亦于今夜趁永宁商轮赴定海耳。

十二日庚申　早至巳刻，雨；午、未、申牌，阴兼雾；酉刻又雨，雾；以后皆然。致周允东明府一信，交邮寄晋西萧墙路西。晚刻，黄镜三兄来叙，言十七日转至甬江。余应源隆钱庄升水之洋进出相违对半，并拆息均为然否，又联单所出日子付账或注票之日付账，均托镜三赴宁之便代为详查云云。当将源隆钱庄三月份、四月份清单计两纸，均托镜三代为带甬，言明详查后托阿昌兄代为带台耳。镜三言楚卿之渔团已于昨十二日接办，账房一切均是何霭翁经理，发票潘道忠，楚卿新用账房一人、巡丁二名，至涂镇及宁海两处。官办时均有两佐杂委员，现归商办，楚卿邀槐士赴两处接洽一切。又言海门大有生南货店并连拆兑，前因股东支取太多，以致资本难转，现楚卿承半，少南、雁书五人亦承一半，即将大有生接手，今将旧股东书写退据，新股东书立拼据，均将画押矣。但楚卿场面颇大耳，如是局面，只兴则可，他日收结颇为难办，凡人生要有百年无结之日也。

醉香于晚刻来言，允东家信所云，上春允东奉委进戒烟局，四天之后方委河曲偏关查禁罂粟差使，现查禁罂粟已将告竣，未识得能另有差委否也。现禁烟之令最严，处处皆然，非独山西耳。周梅翁来叙半晌，言及昨夜之后许，著名土匪许祖寿及绰号镜面者均经本镇警察局巡丁拿获。据其招云，至本镇偷窃已有多夜，昨夜将至陈云芝家偷窃，致经警察局巡丁拿获，尚为大幸。但许祖寿系许兰亭之孙，十馀年前即能做贼，后其作贼之艺颇高，丁酉岁偷黄煦东宗伯家中，当经拿获即送临海县惩办，后发押县署年馀开释，到后许时即行纠众作匪抢掠多家，经黄岩县会营拿获送县惩办，未经正法，才于上年由黄岩县尹万仰山明府告卸时开释，后又行为贼。此等人贼心未改，为善不能必矣。幸经本镇警察局拿来，深为至幸。据言，楚卿应椒江中学堂并女学堂窃案未破，俟追有赃物再行送县，现交警察局看管并获之贼，与祖寿同夥者定是高檐耳，倘送县即能严办，地方之大幸。即或从轻办，其长于间禁不为过矣。

晚刻，黄岩喻憩臣茂才之少君哲文名实干以京师大学堂毕业考列中等，以举人出身就职部司务，来家拜客。今京师大学堂毕业，台州人在堂肄业现得出身就职者颇多，举其所知者：黄岩王松渠兄秉衡，壬寅副贡，癸卯举人，现京师大学堂毕业考列优等，仍以举人出身，就职知县；复哲文之堂兄弟、志韶太史之郎喻莘侯兄品衡，以附生捐有主事用；管线白望清，由附生；及娄德晖兄瑺、太平林伯常典，由癸卯科举人，均入京师大学堂毕业，考列中等，以举人出身就职部司务，惟喻莘侯捐有主事，就职以主事用。尚不止于此，未得其详。以前科举虽有侥幸，难于把握，即有真才亦难预定，现在中学堂三年，毕业功课，无误考试，即以五贡出身；大学堂三年，译学馆五年或四年，毕业功课，无误考试，即以举人出身，尚加就职官阶；再入专科三年毕业，即以进士翰林出身。如是取身，以余想之，今则太易，旧制太难，未识当道巨公作何思想耳，亦未识将来再得更正否也。

十三日辛酉 辰前，雨；巳刻雨晴，阴、雾；午、未牌，雨颇大；申刻雨晴，至晚均阴。今值武圣寿诞，早刻，诣江边堂，晤吴玉成参戎、黄心斋、伯寅两宗叔、秉彝宗伯、宗山、一支、吉云，诸君敬谨恭行致祭武圣，毕后，设席相叙，皆旧例也。本是有戏，因庙中东厢屋坏，即将戏金之资修理东厢之屋矣。晚刻，公事完毕，同玉翁至张理堂千戎处，互相畅叙至晚，言及煦东宗伯染恙，现请邵补先生诊视。便道至煦东宗伯处少坐，即过楚卿房中，晤邵补先生，言煦东宗伯之证[1]身体只热而未凉，其热自内出肚，尚未愈。相叙至晚，楚卿留过晚膳，适梅翁来叙少顷，至家时将二鼓矣。楚卿言渔团局本有官办木戳一颗，现归商办，已将官办木戳缴上，另结商办木戳曰图记而已，所加一千五百元，内中郡伯启迪斋太尊以五百元拨归商会经费，五百元拨归农会经费，馀则皆归府署而已。楚卿兄分有商会章程一本，发起人王吉人老伯、陶寿翁、周平洄、黄楚卿、娄祝三、王冰如、邱仲玉、阮右垣、金浣秋、朱亦卿、赵范卿、申桢夫、吴勉夫、卢槐士、王子莘，尚有八人尚未识面，并余廿四人，定于本月二十日开正式大会，未识是日作何会议也。

楚卿出示《民呼日报》，纪有杭州道员加上徽号一节，浙江巡警道杨渭春观察士燮向以摩鹊为事，即曰"摩鹊道"，自到省以后日夕皆吃膏粱三四斤，早晚皆在醉乡。属员禀见悉讵，即或晋谒，遇其酒气未解，即被呵饬，加其徽号一字曰"醉摩鹊道"，深为可笑。又纪杭城近来多雨，水深三尺，嘉兴、绍兴诸处，亦因多雨，又加山水泛滥，或有数尺，或有丈馀，甚至两丈亦有之，是处一带什物漂流者颇多。只求上苍敷佑，即日放晴，稻禾丰登，深为大幸。天时非是大热，即退是处积水，想该处可无窒碍也。楚卿又言，郡伯启迪斋太尊与抚宪增中丞向结金兰，已将准备台州府知府刘太尊宗标调署宁波知府，而启迪斋太尊可以留署台州府任耳。

十四日壬戌 早至未刻，阴，雾颇浓；申牌雷雨甚大。梅翁于晚刻来叙一刻，言席请罗叔英、王杏轩两兄，邀余陪客。随至梅翁处，晤叔英、杏轩、载熙、孟东诸君，相叙席散。言及赴省考试优拔，系六月

---

[1] "证"，当为"症"。

初旬须要动身。十五日首场先优贡，续即考试拔贡，后即考试杂职，其中在省亦须月馀而已。并云及尚德小学堂校长仍然楚卿兄自任，但中学堂之监督、小学堂之校长，任一堂之事，不得远离。楚卿兄虽任校长，在堂之日甚少，何易有名无实。现楚卿自办、自认有何不可？况学堂无论大小，初办须以举贡生员，以后须以在堂肄业出身及一切正途出身者，但楚卿前非正途出身，又非学堂肄业之人，尚可自任校长之责，又未读书，字亦不能多识，如是者地方固不乏人耳。载熙兄言及朱亦卿之夫人，前楚卿请其任女学堂体操教习，上春在堂，因其所教不能熟识，同事者颇多议论，亦卿托云初代其从中调停，亦卿自将其妻辞馆。不意云初未与代言，而楚卿因其自辞，即行另请外府女教习，而亦卿即将家眷搬转仙居，未及全年，颇为无趣也。

十五日癸亥　早至巳刻，阴、雾，惟早晨见有太阳，片时雾、阴，午牌至晚均大雨如注。

十六日甲子　卯前雨，辰刻以后至晚均阴。早刻，雾，午后雾散。接莲波源隆钱庄福信一函，亦由阿昌兄代为带台。

十七日乙丑　早至未刻，晴；申牌，阴；以后皆然。致源隆钱庄第十四号要信一函，并附定乾元上振源联单一纸，计洋五百元，饬从福送托阿昌兄带甬江。致张丹翁一信，亦托阿昌兄代为带定。网局之黄镜三今日趁永宁商轮赴甬，托其代为带甬送交源隆钱庄现洋一百元，系早刻交嘉先送至镜三家中面交，并致镜三一字托其查询一节。陶寿翁于晚刻自海门来，晚膳后至寿翁府上，晤伯端，少坐，言江边堂有戏，系捕鱼人所做也。即同至江边堂看戏，晤梅翁乔梓、宗山、舜卿、道周，互相畅叙一刻即来。

十八日丙寅　晴。接源隆钱庄一信，系初八日缄寄，今日方到，何其迟也。午膳后至达云母舅府上，相叙半晌。路晤陶习之，言今晚方自申江旋里。

十九日丁卯　早至未刻，晴，申牌以后均阴。晚刻，闻有雷声而未见雨。张理堂千戎并李千戎兆熊来叙半晌。但李兆熊者系现海门镇标左营游击李游戎培林之少君也，现带海门中营练船。至陶寿翁府上少坐，寿翁即于今晚至海门去矣。明日海门开办商会之期，邀余早去，当即允诺。如是商会，想到者颇多，未识如何开议耳。晚膳后，秉彝宗伯相邀，同至其家中，晤寿卿、孟东诸君，相叙一刻，至家时方二鼓。寿卿兄言《验方新编》所纪三才方：天门冬、大熟地、人参（高丽参、东洋参均可以用）等三味，研细，成丸如梧子大，每次饭前或早晨用酒送下，大受其益。今值酷暑，俟天气凉爽嘱丸一料，未识得见功效否也。

二十日戊辰 早至未刻，晴，天气颇热；申初见有雷声而阴；申末至酉牌见有小雨；戌刻雨颇大；亥时雨晴，阴。今日海门商团正式大会，借印山商业小学堂为今日开会之所，借旧日之渔团局所为商务局。早晨至海门，过裕大典，嘱童子章同从福向陶二追还前欠。即至元泰栈，据说各人均至印山去，随即赴该处开会，时已至下午四点。官绅、商界陆续而来，官界：吴绍春太守、常品莲统领、海标中衡张游戎立成三君；绅、商界：陶寿翁、王吉人、邱仲玉、王子莘、王仲准、王冰如、卢槐士、周平洄、牟雪如、项桂生、奚桐封、林振卿、岑穰卿、周作羹、周载熙、金烈轩、金浣秋、赵子修、黄宝舟、黄子霖、范子湘、陈章甫、王云梯、汪伯端、周淑芳、周梅五、娄竹三、王芹甫、黄楚卿、阮右垣、李自弢、洪雁书、苏鸿岗、张漱芳并余等，约计百馀人赴堂开会。初则王吉人老伯上台报告商会情由，后即由周莘洄孝廉上台演说商会一切章程。但议董三十人，六邑中各承四人，就近再推六人凑成三十人。推常驻议董三人，常川分驻议董九人。但各县各承议四人者：临海岑穰卿系岑震元药业东家；林振卿系林达元洋货店东人；奚桐封系荣昌南货店东人；又，项桂生。黄岩自承者城内王仲准及刘姓。又，路桥两人。续由仲翁上台报告选举总理，各人自行书写。陶寿翁得七十馀票，杨定甫给谏得五十馀票。论票之多者理在陶寿翁，论民望之重者则杨定甫先生，想在陶寿翁归多，未识后来又要更变否。惟驻局并常川议董尚未议妥，各行业行董亦未议定。

散会后过同昌分号，晤高志伯父台及冰如、楚卿、苹洄、伯端、少琴、遇琴、作羹、桂生、槐士、雪如诸君，相叙一刻。楚卿兄留过晚膳后，适值多雨，少坐稍晴，即行乘舆至家，时逾二鼓。楚卿事事占先，今因包办渔团不能再作总理，因此让于他人，致令各人自行书写投票。此次商会经费取于渔团，即设局之所亦由旧局借用。吴绍春公祖虽云呈请告卸，甚为无趣。楚卿家中德律风打至海门言其之小温州妾于早刻分娩，据说是女，亦未识生男致恐招摇而言生女也。娄竹三言其堂侄德晖声气素来不好，现值大学堂毕业，以举人出身之后任性用事，声名更劣，如同不知世务之小孩。凡人生使人畏我不如使人敬我，况彼不谙世故，即或功名显赫，亦何足为荣也。

廿一日己巳 早至辰，阴；巳后至晚均晴。午膳后，至梅翁处少坐，相约至吴玉翁处，互相畅叙半晌，言及楚卿之妾是生一女也。

廿二日庚午 晴。接源隆钱庄一信，接黄镜三一信，并附还源隆清单两纸，言无贻误也。午膳后，梅翁来叙一刻，言楚卿昨日自海门至家。晚膳后，至楚卿家，其仆人言方于晚刻转至海门，并云邱仲翁来至其亲戚处。即至仲翁处，晤槐士兄、道周，适批示女学堂之肄业女子试卷，少坐而别。阅女子所做论答颇有道理，恐非罗衫[①]其面目也。便道至建西处少坐而来。

廿三日辛未 晴。接家君自五月初二日由署缄寄一谕，附致梦云先生一信，即交三先转寄东山书院。又接眉甫先生一信，亦初二日缄寄，并附其家信一封，又致徐月波一信，均交嘉先送交刘源春代寄西山。接洪祝翁一信，言陈范若老伯自四月十一日由晋垣动身，廿六日抵申江，即由申江抵湖州吴书年方伯府中探亲，想在秋凉可以旋台。令兄莲波先生仍在晋垣，委有警察巡查差使，未曾南旋云。早刻，卢槐士兄及周梅翁、达云母舅并伯端诸君（来），相谈至晚而别。

廿四日壬申 晴。晚刻，至陶寿翁处，晤楚卿、槐士、梅翁、仲翁

---

① 疑为“庐山”，作者亦时书“罗山”。

诸君，互相畅叙半晌而来。接张丹翁两信，一由陶宅仆从阿三送来，一由轮船中遣人送交，言川豆再勿向买可也，即作罢论。前代买就计川豆一百念八石一斗八升二合五，计洋三百另八元九角三分六厘，已当面将总账抄去矣。以后代为买就计川豆念三石八斗二升五合，计洋五十一元二角五分二厘，即行抄单寄交可也。

廿五日癸酉 晴。惟午中见雨一阵，仍有日色。寄奉家君第六十七号安禀一函，内附干线一根，交邮保险寄署，并内附致眉甫先生一信；致章子修兄一信，内附致何见石老伯一信，交邮双保险寄至京都后孙公园台州会馆，均饬长高先送海门付邮。晚刻，郎茀庭兄自海门就道来叙半晌，出示其尊翁翰臣老伯一信，言其令弟希庭以知州得有尽先花样入都引见并捐免保等，须需二千两，附券一纸，向余假《毛诗》一部。适值不凑，另行函福可也。因事即行过转北岸去矣。并云翰臣老伯于廿八日赴郡选举云云。赵范卿兄及陶寿翁、作羹兄来叙半晌而别，并言六月初一日郡城选举全台议员，初选有名者欲得再选，于心甚热，有周姓者尚少三人，竟出每名洋五十元向买。朝廷立宪，各直厅州县选举议员事本至公，不想有运动而得者，有用压力而得者，有用财买来者，其中花色不一而足。结党营私，何公之有？

廿六日甲戌 早至巳刻，晴；午牌大浪，雨颇大，片时即晴；未、申、酉刻均晴；戌后仍有大浪。致张丹翁一信，内附还定乾元上振源庄票一纸，计洋五百元。致源隆第十五号要信一函，询其前寄振源庄票未曾转过，嘱其退还，托其交海门商轮代为带台。致黄子霖兄一信，丹翁、源隆各函均托子翁代寄，源隆退还各单亦托子霖代托各友向以代带，嘱弟头专送海门。来接子霖覆片：均已收到，代为照办矣。致郎翰臣老伯一信，附还手票一纸，面托陶寿翁代为带郡，应翰翁亦赴郡选举，两可接洽，故托寿翁代带颇为妥便。早刻，至海门子霖府上少坐，前托买之吕宋烟并烟筒等，言初二日可以带台。就道至同昌分号，晤楚卿、仲玉、霭生、槐士、寿卿、炳南诸君，互相畅叙一刻而来，至家方将午膳。接李克三姻长一信，秉彝宗伯来叙，过晚膳后同至寿翁府上，晤载熙、绩臣、云梯、作羹、绿孚诸君，互相畅叙半晌，至家时将二鼓矣。寿翁言明日赴郡。

廿七日乙亥 晴、阴、雨不时，大约晴多而阴、雨少。致李克三先生一信，交玉先寄交。致洪莲翁一信，交邮寄晋。晚刻，吴玉翁、梅翁来言寿翁、楚卿、载熙、云梯均于今早赴郡选举，不胜忙碌也。接章子修兄自上海缄寄一信，言在省垣寄有一缄尚未收到，不知何处阻搁耳。

廿八日丙子 辰前，晴；巳牌，雨；午刻，晴；以后皆然。前托阿昌兄代裱王麓台山水中堂一轴，曾于晚刻代为裱就带台。柬邀周梅翁、黄秉彝、道周、建西、伯端、柳亭诸君午膳，相叙席散而别。晚刻，吴玉翁柬邀晚膳，随至玉翁府上，晤立堂、梅翁，相叙席散而别。言及张立堂千戎有调驻仙居之说，来时便道建西处少坐而来，至家时将二鼓矣。

廿九日丁丑 早(至)巳刻，晴；午牌，雨颇大；未初雨晴，阴；至晚皆然。娄德晖兄亲到拜客，即饬丁挡驾。

第二十九章

己酉(1909)六月初一日起

六月初一日戊寅　晴，接眉甫先生自上月初□日□发一信。周梅翁来叙一刻，言新任分府宪叶祖香公祖元芳署□□卸石浦厅篆务，定初十日自石浦动身来台，择在本月十四日接海防同知篆务。但是缺之渔团现归商办，原有义仓三厘漏规拨充本镇私塾改良会需费之后，异常清苦也。但渔团前归分府兼办，每年辛水计洋一千八百元，义仓三厘漏规每年亦在五百元之外，今去两千三百元，是缺仅止临海、黄岩、太平三县津贴计洋一千二百元廉银，拆洋七百元之则(若是署缺仅止一年)，其馀另费百馀元，虽是实缺到任，每年出息不满两千，不敷本缺需费，故难于敷衍，到任之后皆欲急求告卸而已。而今看来，台州海防同知一缺，贤者均难久任，否则后事难言耳。

初二日己卯　晴。福眉甫先生一信，饬从福送交海门邮政局寄署。致黄子霖兄一信，饬从福送交，来时向其取来源隆钱庄一信，并附振源退还旧票一纸，另日寄还丹翁可也，并代购来叶烟一盒，系美女牌子，并烟筒一根。周作羹兄因其令尊延杏老太太于上月廿七日仙逝，现年七十有四，来柬邀余代为助祭，前已允诺。晚刻，至作羹府上，晤周梅翁、周建西、黄道周、周淑芳并李舜卿兄，主祭邱舜卿、陈月波两君送丧，均代助祭后送至上街，便道至梅五姻长府上，互相畅叙半晌，转至作羹家中，代为堂祭毕后而别。

当与诸君相叙时，言作羹兄因楚卿于廿九日早刻发有电报邀其即赴郡城，恐其不去，遣人船来，随即专价陆道而来，立定嘱其到郡代其投票。在作羹本是寒素，因求楚卿邀为椒江图画教习之任，本束金洋二百元，今又前接电音，续又四仆在家促其动身，万一不去，恐楚卿见却，不邀椒江教习之任，转荐为难，不得已，当在抢地呼天、百身莫赎之时，只换吉服，于昨初一日趁小轮赴郡，将其选举投票之后即行到家，实恐楚卿摘其教习，不得已而行耳。在楚卿不顾人有名节犹关，顿促人当大过之日急其赴郡，变换衣服代其选举参议投票，于心何忍！凡人各有父母，只为自己欲为参议，于人伦之事不顾，即须任为参议或议员，何足荣哉！

现朝廷改更，颁行新政，首在立宪，但立宪须各直省府、直厅州县准万民选举议员驻府、驻省，以为自治之基础，公举议员必须公正无霞[①]，立身正大，方膺是选，此朝廷何等郑重！楚卿欲为议员以光门面，深知万民心所敬仰者，自己断难膺举，非用压力，非用弊窦亦难膺举。当四月十五日初选议员之期，即预嘱周平洄送条邑侯、本镇监察员即派在内，以便负蔽地步。家子等六庄殷实之户本无如是之多，当调查员陈叔康于正月间到地调查，分在第七区。但第七区所虽设在集圣庙，实则陈君均未调查，皆楚卿自行报名，缪写大约家资实二三百元之家即写在五千元之上，悉皆如是也。初选之日，到者十不及五，即到者楚卿嘱其勒写自己名字，俟黄崇威写足六十馀票之后，即拟定复选时准能选举自己人之名，虽嘱人书写别人，实则书写自己无易，故初选六庄派定九人均能合格，作羹亦于此时料定书写自己耳。犹恐书写未足，致有舛错，即将票匭大开，检出若有缺少票数，即将未到之人代写各人名字，故第七区花押相同字画亦复相同，当道未尽留心，以致易于舞弊。昨六月初一日郡伯当面复选之前又托幕友转求启迪斋太尊膺临海监察员之任，当复选代其投票之人尚少，票数恐不

---

① “无霞”，当为“无暇”。作者多处误用谐音字，本段亦多，易见处皆未一一作注。

合格，故勒定作羹值在大过之日到郡投票，倘若心为敬服者有若是所为也。

楚卿即或膺议员之选，须要到省见诸笔墨，应对法政上亦须明晰。无如楚卿识字不多，何知笔墨法政乎！他日即或到省，虽用朋友代为舞文，各人深知是事者亦所不免。倘闻诸外郡，临海亦是大县，所出人物何至如是，未免贻笑大方。现当复选议员，楚卿急拟充当其任。其父煦东宗伯值在大暑令节，预于上月中旬将自己名片广请各县赌徒于六月初一日起至家中赌博，至初七日大暑后三日为止，复将其公兴过塘行中打扫清洁以便赌徒聚赌抽头。但十日中以前数年所抽洋，除开销之外，煦东宗伯尚可进洋八百馀元，今年四处严禁，可望加增。现值奉旨禁烟，四处皆然，煦东宗伯因大暑令节准其售卖十日，若开有一店，每灯一盏捐洋一元，名言五圣庙用费，实饱私囊，十日而计千元之谱。此等事岂议员之家可以为？非议员之家不敢为，非议员之家亦不肯为。晚刻，至丽生先生府上少坐，询其脚疾尚不能开步。

初三日庚辰 晴。今永利商轮到埠，前嘱二头带购文明丸两瓶、瓣香庐丸药一瓶，均嘱世治先向其取来，并交世治先带付二头代买各物价洋五元。

初四日辛巳 晴。致福章子修兄一信，饬小二头送海门邮政局寄京。昨子霖兄代买之烟筒头不合式，顷嘱小二头送交永利商轮交二头带申代购。本班《申报》亦于早刻带到。阅五月廿九日《申报》纪：五月廿八日奉朱谕："前经宪政编查馆奏定宪法大纲，内载统率陆海军之权操之自上等语，已奉先朝谕旨颁行。朕今钦遵遗训，兹特明白宣示，即依宪法大纲内所载朕为大清帝国统率陆海军大元帅，并敬符我太祖、太宗肇基鸿业、亲统六师之制，以振我军人尚武图强之心。并着先行专设军咨处，赞佐朕躬，通筹全国陆海各军事宜。即着贝勒毓朗管理军咨处事务。惟朕现在冲龄典学之时，尚未亲裁大政，所有朕躬亲任大清帝国统帅陆海军大元帅之一切权任事宜，于未亲政以前暂由监国摄政王代理以合宪法。至一切如何定拟筹办事宜，即着军咨处随时妥酌，奏请施行，特此通谕臣民知之。钦此。”现朝廷整顿海军以图自强，第一要义，至大清帝国统率陆海军大元帅任本至重至尊，本自皇上亲裁，又值皇上方典学之际，难于兼顾，以监国摄政王暂行代理，事尽至美。况监国摄政王效周公之辅，既握重任，当以覆载臣民为心，而全国臣民深为大幸焉。

晚膳后，至楚卿处，晤陈湘琴、吴云香、陶寿翁、周梅翁，互相畅叙。言寿翁、楚卿均是今晚由郡选举旋里，皆为欣喜。湘琴、云香亦为选举到郡，便道楚卿家，楚卿留看大暑，故少作勾留。言及六月初一日郡伯迪斋太尊定期复选议员，全台议员共计十六人，候补议员八人。议员十六人中，吾临海得承三人：何肃堂老伯奏簧、周吉士兄忠骏系平涸之堂兄也、及黄楚卿崇威耳。候补议员八人中，临海承二人：陶寿翁祝华、秦莪友茂才桐。其馀议员均是各县，闻黄岩管少农明府穰、周映江明经祥麟。各县候补议员：黄岩杨定甫给谏晨、邱仲玉宗善。馀均未得详晰。闻临海议员当选者何肃堂老伯得有九票，未见有向买之语，想是面情有之。尚未出洋购票，即十六人中，只于肃堂老伯及管少农明府两人耳。周吉士副贡得有八票，内有两票托邱伯埙兄代为买来，初时说好，每票计洋一百元，明五十元作为地方办理公益，暗五十元归于卖票之本人。续因楚卿要买票，又增五十元，百元归于卖票本人，办理地方公益仍只五十元。其馀卖票者因楚卿能出此数，皆以增价，其馀向买者亦不得不以此价向购耳。

黄楚卿得七票。楚卿当初选时将家子六庄等写足当选者九人，不想九人中有徐德园跳出。楚卿初意均将料得十二分可靠之人代为写足，以为复选地步。时德圆兄因有监察员在场，楚卿将其票匭挖开检点写足可靠之人名数，如是大蔽，不得不将德园写足当选合格名数，恐德园出有多话，诸多未便，不得已而书当选也。楚卿初意，陶寿翁亦无欲议员之心，故五月二十日开商会均写寿翁为总理以满其心。不想寿翁赴郡时亦欲得议员之心，楚卿因寿翁亦要议员，心虽恼悔，口难明言。当时八人中各分四人，寿翁投楚卿，楚卿投寿翁，各承一票。此外，周载熙、王俊卿、谢仲衡三人均投寿翁，而寿翁不肯出洋向购，仅止四票，即复选亦是候补议员。云梯、作羹、竹三共计三票并与寿翁对换一票，亦只四票。但楚卿欲为议员之心最为迫切，托友向项翰卿、陈玉书、张子昭买得三票，共计洋四百五十元。但楚卿有钱买票，亦是明分，最不应者促令周作羹到郡代其投票。作羹当值其父延杏本初一日大殓，赴郡投票改迟一天，初二日大殓，如是投票于心何忍。所投楚卿之七票中：最难为情者周作羹一票；出洋所买项翰卿、陈玉书、张子昭三票；次之云梯与楚卿系新结堂舅，素吃楚卿家饭，初选亦是楚卿料定其可靠，代写合格票数，今果投楚卿；又次之娄祝三，向系楚卿门下，初选当选亦与云梯兄相若，今投楚卿，论情论理亦难起齿；与寿翁调换之票可以私言。若论咨议局章程，于民心服者，楚卿所投七票中并无一票可以出客，今广为舞弊，得有七票，竟作议员，问心未识抱愧否。幸楚卿向无廉耻之辈，如是舞弊作以为荣，思想即将抱愧之心置之度外可也。

其馀议员除何、管两君之外，运动手段亦所不免，断勿与楚卿之卑污苟且而已。但候补议员八人，余所议者四人：杨定甫给谏、陶寿翁、邱仲玉三人并无出洋向买字样，惟秦莪友得有五票作为候补之原由。而徐德园、秦莪友、曹增禄等五人欲将各票出卖亦不肯为，欲自为运动买票亦是无力，纠与同志五人给为团体，问天买褂，占得某人即投某人。当日秦莪友被占，即莪友之幸，故各人均投莪友，得一候补议员耳。

适楚卿方邀看戏。今初七日大暑，已于初一日江边堂即行开唱梨园。随同楚卿、寿翁、梅翁、湘琴、云香诸君至江边堂看戏一刻，因天气太热而又人气太旺，少顷即行辞别。煦东宗伯之裕泰典前后均是花会摊、赌博摊、摩鹊摊，约计数百摊。别处之花会摊、赌博摊，本镇警察局及分府均要拿办，惟此处花会摊、赌博摊，每日夜中报效五圣庙洋一元，分府差、警察勇均不得往拿。报效之洋明则庙中需费，实饱煦东私囊。此等之洋亦不下千数，但公兴放头之洋、烟灯抽捐之洋不在其内。如是所为，何异开场聚赌抽捐灯费！现值奉旨禁烟，竟敢开设烟摊，地方有司置之不问，纯用压力不问。可知楚卿尚知买票选举竟得议员，乃翁竟作然开明，如是父子相悬天壤耳。今楚卿买票用洋四百五十元。忆昨日各人言及煦东宗伯管一道人案之事：有道人林明光者积有千金，前年还俗税住下洋天普叶地方，买田十五亩，尚有现洋五百元为开店贸易计。托人说合有一孀妇，系下街人黄修荣老五女婿某之胞妹，嫁与林明光为妻。过门之后方知底细，孀妇虽言甘心，其兄不允。地方有无赖叶金榜得悉林明光系道人还俗，藉其兄不允，即向其初则讨酒，续则借洋，即将明光所存现洋四百五十元取去一空，又嘱孀妇之兄呈控分府署，经吴绍春司马批准提审究办云云。而明光往诉，煦东即将大言恫吓，明光惧，“倘将所卖之田统送与我，可以息事。”明光即行允诺。煦东嘱将明光之田写卖丁永明名下，立契转卖煦东名字。但永明亦下洋山东人，向走煦东门下，明光言田有两亩活契，仍写活契，而煦东不允。煦东将田统写来之后，即将金榜之洋四百五十元亦即追出，归饱私囊。闻做媒者家亦小康，罚五十元作为用费。煦东不费一力，坐进田十五亩，又现洋四百五十元，而楚卿亦是无端用洋四百五十元，两数相合，方为可笑。乃翁坐得，令郎虽用，尚馀田十五亩，亦值六七百元之谱。道人林明光之财，进非正路，如是化用，分所宜然。凡钱进自何处，出亦如斯，总以清白乃心，方为善道，是为之记。

五月廿三日《申报》纪有度支部奏派晏安澜、张茂炯、刘泽熙、钱承鋕、周蕴华、吴晋夔等六位察查两淮、两浙盐务事宜。按：张茂炯系前办海门厘金局，续补金华县知县张申伯明府茂镛之昆季也。倘张君察查两浙盐务，则台属盐商值底即可详晰耳。现为直厅州县者皆设咨议局，本地绅士充任，则地方利弊易于办理，又有警察局已设巡兵，即有盗贼，易于清查。将设清查局，一切出产亦得易闻。虽经费难筹，既有本地巨绅充任，亦无不充足之理。贤者化民较易，倘有不肖者则难言也。电线之设，几遍天下，信息曾已灵通。倘若铁路与电线相若，易于往返，受益良多。浙江铁路已于上月廿四日开股东大会，统留汤蛰仙京卿、刘锦藻观察为总理、协理之任，承荷汤、刘两公允诺，当即再集股本五十万之谱，尚为踊跃耳。

初五日壬午　晴。早刻，张质轩来取王敬修堂票款，当即发源隆庄第十三号联单一纸，即交质轩带去。此款系典中与其往来，即嘱典中过账矣。接章子修兄自杭垣托洪封山兄代带一信，并托转寄伯纯兄另星一包，便即寄交可也。午膳后，至寿翁府上，晤绿孚兄，相叙半晌而来。秉彝宗伯来邀晚膳，即至秉彝宗伯处，晤柳亭、卧南诸君，相叙席散而别。卧南言允东明府自上月初四日由偏关河曲查办禁烟旋省矣。来时路晤申桢夫兄、应玉铨及伯端兄、寿农姻长，相叙一刻，至家方将二鼓矣。

初六日癸未　晴。致章伯纯兄一信，代寄另星一包。致章子修兄一信，交邮寄京。致源隆钱庄第十六号要信一函，饬从福送托阿昌兄代为带甬。致张丹翁一信，内附振源联单一纸计洋五百元，饬从福送托阿昌兄代为带定。从福来言，张丹翁之夫人昨趁永宁来台，至家收租，现寓海门王宅。接应少圃表叔公一信。早刻，申桢夫兄来叙一刻，托其代购公送寿翁令祖老太太泥金寿屏一堂，计十六轴，每轴约价洋四元，并木匣约计两元，共计价洋六十四元之则，并公送麻姑缎幛，共约八九十番之则。约拼三十馀人，每人约拼二三元之谱。适陶寿翁柬邀午膳，即同桢夫兄至寿翁府上，晤玉铨、梅翁、仲玉、牟雪如及余与桢夫并其令弟习之世兄，相叙席散而别。

申桢翁言，此番郡伯行复选事宜，当选者运动甚多，除楚卿之外，其黄岩藉周映江先生亦最可笑。周映江先生初选时，父子悉均运动当选，故映江先生父子得两议员。现将复选之前，映江先生晤路桥刘少莲，询："君票投何人？"少莲言当投杨定甫给谏。映江言："我尚少一票，我若自投，未免贻笑大方。请君投我名，我投杨公，事甚美善。"刘少翁当时允诺。又晤涧泉鹾尹："君投我名，我投君名，亦是两美。"

而周涧翁亦允诺。当初一日均进府署投票选举，刘少莲及周涧泉因周映江如是相约，皆投映江之名，而映江令郎亦投自父映江名字，而映江竟以自投自名。但映江自与儿子已有两票，又骗得少莲、涧泉两票，复得运动三票，得七票则当选矣。并言陶寿翁复选，初选已分得四票，再选例以六票作为一票，当再选之日，大加运动，得有三十二票，作为六票之用，补得候补议员。但议员之选未识有何用处，各人竟放如是手段，何况有关得失者乎！复选议员，台属如是，未识各省各府亦竟如是否也。

叶蓉秋先生及应子能先生来代童子章缓欠洋三个月，日前子能先生来说，余云准一个月之限，今又两君来说，颇难为情，只得允诺，说定八月之杪为止耳。申桢夫兄又云，各府复选，当选诸君赴省时须进法政学堂学习三个月，恐其中有识字无多者，未免贻笑大方耳。幸此等肄业者皆是虚名也。

初七日甲申　晴，致应少圃表叔公一信，并附英洋十元，交伯森先转交梅二爷代为带郡矣。

初八日乙酉　晴。致周尹东明府一信，交邮寄晋。致同昌盐号丁梦松先生一信，交航船友带郡。接少圃表叔公一信，即覆少圃表叔公一函，亦交航船带郡。余于日昨染有微躯，昨邀叶寿卿、今邀子能先生诊治，均未见效，遣价携柬专请王起凡先生，未知明日即能到家否也。素悉起凡先生医理珍明，如是署邪，想一剂即能安痊也。醉香来言，新任分府宪叶祖香三投红谕，家人已到，言初十日由石浦动身，十四日任事云云。晚刻，应玉铨、习之、寿卿诸君来叙一刻，再邀寿卿诊开一方，未识得即痊愈否也。

初九日丙戌　晴。寄奉家君第六十八号安禀一函，又致眉甫先生一信，均于昨日写就，饬小忠送海门邮政局保险寄署。接源隆钱庄一信，附有五月份清单一纸。晚刻，周梅翁来叙半晌，言及叶祖香公祖于明日趁永利商轮到台。余染湿食较之昨日稍愈，早刻，仍邀子能先生诊视，想能安痊。无如子能先生所开方药过于丽湿，心为致卢[1]耳。

初十日丁亥　晴。接家君自五月十七日所发一谕。接应少补姻长一信。今日染恙可谓痊愈无碍，深为大幸。本地精于岐黄甚少，只邀子能先生再开一方，可奏肤公也。时值夏令，须要保养为上。《申报》所纪甘肃全省三年不雨，待赈孔需。又纪上月间，吾浙杭、湖、绍三府大水，亦待赈孔需，三府中被水者计十一县，以诸暨为最。仁人君子，积有馀资，筹款赈济，功德之大莫过于此也。

十一日戊子　晴。惟巳牌有大浪雨，一阵之后即晴。晚膳后，至陶寿翁府上，晤李自弢兄，相叙一刻，即约至楚卿处，晤梅翁、吴玉成、翁子俊，互叙半晌而来。言及本年皇上御极元年，例应诏各直省、各府直厅州县举贤良方正以应本朝皇恩浩荡之典。按例，贤良方正者朝考后以知县用。皇恩虽渥，足膺贤良方正之人甚少，未识吾临海举于何人为贤良方正耳。新任分府叶祖香公祖曾已下车，借文昌阁为公馆。闻叶公年经六十有四，精神最为健壮，在石浦厅时官声甚佳，告卸之后绅商出为挽留。现任台州海防同知，每年出息实缺者仅止两千，叶公家口繁多，恐难敷衍必矣。凡为官无款可进，已经叫苦，实在亏控，如台州海防同知及黄岩县知县者，即各省亦所稀也。

十二日己丑　晴。惟巳刻大浪雨一阵即晴。余染恙虽愈，而人颇瘦，邀叶寿卿兄代为诊开补剂一方。晚刻，周梅翁来云，楚卿因谋到议员之任，凡议员者须于六月之内赴省研究办理咨议局等事，故楚卿于二十日动身赴杭随班逐对耳。

十三日庚寅　晴。致陈舜卿兄一信，饬从福送托网业公所代寄。楚卿家制送吴绍春公祖万民伞一顶、德政牌一对，邀余与寿翁、玉翁、梅翁、吉云诸君同在寿翁府上会聚，同为送署，晤吴绍春公祖，相叙一刻，留过午膳，而同至寿翁府上，相谈半晌而来。诸君议及吴绍春公

---

① 当为“致虑”。

祖署海防同知前后四年，帮煦东宗伯赚得英蚨数千番，各人亦均平过，于地方上亦无益处，今之万民伞煦东宗伯制送，分所宜然。吴绍春公祖任内，煦东宗伯进言悉均顺从，稍有气迹者断勿如是也。但吴公经增中丞于上年甄别案内奉旨嘉奖，亦意所想不到耳。寿翁言永宁商轮现赴上海修理，想停两班即可告竣。但楚卿赴省，据寿翁言其七月初旬动身。

寿翁云王门岙某家颇小康，向与煦东家相识，于五月中旬值西山有买豆腐五斤，携至家中秤少八两，转送该店理论。店主言豆腐本是水发，携至王门岙路有五里，又置在菜篮，晒而且燥，自然要少。既言少数，再补八两亦可。王门岙某言此番过秤来说再补，若未过秤，则以少作多，与贼何异？大相草闹[1]。豆腐店邻人代抱不平，代说几句。王门岙人某闷闷而去，至家叫有十馀人转至西山，将该豆腐店捣毁一空，邻人代其解排而去。王门岙人心尚未足，来诉煦东。而煦东嘱其用洋三十元，即行呈控。经分府吴绍春批准。送其门丁洋八元，进说煦东管的，即行饬差四名、亲兵四名至西山豆腐店坐索一次，该店用差费洋十二元说讫差费，又将邻人一并拿办。但开豆腐店本洋仅只数元，今用差费十馀元，已家控户败矣。此三十元中递呈用洋两元，送门丁洋八元，煦东赚洋念元。王门岙人又送煦东礼一担，值洋十馀元，烟浆四碗，今之价值论之，计洋三十馀元。今又遣松岳至王门岙某家说："我家煦东老爷代尔出力，做得通红，理应再送甘礼，须洋两百元，一无可少。"王门岙人又不能推却，即行力凑洋二百元送与煦东矣，如是细故，煦东赚洋并谢礼计二百五十馀元之多，亦出于意料。在王门岙人为买豆腐小事，又说少而加补，竟自性相闹，复呈控差累他人，用至洋近三百元之多，亦足为后来者戒。

十四日辛卯　晴。新任分府叶祖香司马于早刻接篆。午膳后，吉云兄来约，同至文昌阁晋谒叶祖香公祖，请会相叙半晌而别。但叶

① 当为"吵闹"。

公年虽六十有四，精力尚健，言江西人，来浙候补已垂三十年矣。晚膳后，梅翁、寿翁相约至建西处，晤子轩兄，相叙一刻而来，至家时方二鼓矣。云吴绍春公祖经增中丞于上年岁杪甄别密保藉此过班知府，呈请告卸之后，现今赴省，想得差委定然不远耳。余阅扬州石天基先生著有《传家宝》一部，计初二三共三集，言皆金石，句句真是言中之至。年前家君命秉义诵阅，未曾阅毕，延搁数年，今忆严命，再翻读全书，可见爱子于心最切。义年经三十有六，一事无成，心甚抱愧，将何以对家君训诫之心乎！只以谨守家园，聊堪自慰。以后若教幼孩者，《传家宝》一书切不可缺，是为至要至切。

现又六月有半，家君卓异应升早经早班，理应升补，迄今望眼将穿，信息杳然，未识曾已应升，未曾得信，亦未识尚未应升也。无如家君意以政绩上闻，断勿以私谒，以致到任迄今均未上省晋谒一次，亦人所不能也。但晋省警察一层，据眉甫先生函云已列优等。奉檄严禁罂粟，吉州全邑南北三百馀里，东西已垂二百里，家君竭尽心力劝谕严禁，仅二百馀里之外山间栽有烟苗两处，一处计田三分，一处计田六分，因过远，顽民不遵训诫之所致。尚未及亩，想与净尽者无易。上春以及初夏，府道省垣以及钦差所委五次明密委员来州查勘，言皆如是，想与净尽者并论也。凡禁烟之州县大半出事者多，家君劝谕吉民禁种之后，悉均和平，非竭尽心力者所可能也。初时奉檄，有和平禁净者加奖之语，今果和平禁净，又得卓异应升本早到班，上年复奉部议变通办理之语，况晋省自饬各直厅州县禁种罂粟之后，藩辕并无升调牌示，今则查禁罂粟各委员均已旋省，想上游而有一番调动之事。现家君有卓异升阶本可升补，又办巡警、禁烟，均得竭力认真，想如是政绩有所上达，因此可望将近升调牌示也。又家君不能谢恩于私室，能否升补亦难必耳。

十五日壬辰　早至午牌，晴；申刻，阴；以后皆然。接眉甫先生自五月廿二日缄发一信，附寄其竹报一函，并其自致徐月波一信，均交嘉先送托刘源春代寄西山矣。并接甬江源隆庄信一函。晚膳后，至陶寿翁府上，晤伯端，相叙一刻。寿翁约至梅翁处，适未在家，即至建西处，晤梅翁，相叙一刻而来。言及叶祖香公祖自十四日接篆后，即于十五日点卯，十九日放告。但分府署向以照例结戳，并无另考代书字样，叶公意欲试考一次，本署各房能应试考者并无其人，想言而不能行也。

阅《传家宝》第五卷中多能集纪有造屋完工解魇法，理甚精明，凡造屋者须遵该卷中事施行，亦趋吉避凶之一道也。所纪解法颇多，未及详载，只纪进住一节云："拜家神、灶神毕，用神前净水，以柳枝遍洒门柱各处，口诵云：'天地阴阳、日月星光，凡有魇魅，俱变吉神，吾奉太上老君律令。'不住口诵，俟洒完而止。"其馀如移居入宅、安神均得遵法施行，是为美事。凡入宅者，有夜间，有日中。《传家宝》纪云："须丑、寅间。"大约此刻吉时入宅，取其渐渐光明乃妙。并言所贴春联诗句颇多，惟有一联云："传家有道须为善，要好儿孙必读书。"余亦最所欣喜。治家为善须以积德为首，有积德之家乃子乃孙必得昌盛。子孙盛发，皆读书中所得，深明大义之子孙即可克绍箕裘，所得贤子孙，经书不得不读，读经书者使其深明书中大意，则知书中奥妙无穷也。若只读书之名，无读书之实，与不读书者有何别乎！读书深明之人，知为人之道，非读书只取功名耳。须以人重功名，非以功名重人。愿子子孙孙及亲朋子弟能识此理，则余之大幸耳。余又一言曰："使人敬我，不得使人畏我；只人有负我，不可我负于人也。"如是数言，严命谆嘱，余则时常佩戴五中，愿得人皆如我之心，是所深幸也。《传家宝》第五卷中有治班药数方均合于理。

十六日癸巳 晴。天气甚热，正得其时，惟久未见雨，农民待泽方殷。叶祖香公祖通知禁屠求雨之议，伏求上苍速惠甘霖，是所万幸。吴绍春太守因卸篆辞行，即饬丁挡驾。闻吴公于十八日趁永利商轮到沪，由沪转赴武林晋谒上游耳。现今商轮开埠往来悉均便捷，若在丙申岁之前由台赴甬诸多跋涉也。从者往询丽生先生足疾，曾已安痊，惟行远为难，想可逐渐痊愈，尚为大幸哉。晚膳后，周梅翁来约十八日吴公动身往海门送行，余即允焉。伯端兄来叙一刻而去，言寿翁已于今晚至海门去矣。

余所栽花木只以清趣，又得花中生气，不拘花之贵贱。今阅《传家宝》第七卷中纪“赏花之乐”节有言：“种植之花须观其各有生生活泼之机、袅袅娇媚之态，不必限在牡丹、芍药之珍贵者。随便各种草木之花，凡可娱目悦心，或有香，或有色，皆为妙品。若春之桃李，秋之佳菊，夏、冬之荷、梅俱佳。但有馀隙之地，可以多植数本，赏鉴之趣，无逾于此。其馀别种花卉，凡不费力种植，不费钱购买，俱可多为栽植。而栽植之后，除水常浇灌之外，听其天然，不必修饰，不必拆瓶，始得观花之乐。若或劳我心力，费我资财，则是我为花役。亦可不必多忙，亦可不必多于化钱也。”与余之初意大相仿佛耳。余阅木槿一本，得植颜色数种不让芍药之艳，又喜无庸劳力，又不金贵也。

十七日甲午　早至午牌，晴；未刻，阴而有雷声，未见下雨；至晚均阴。农民待泽甚切。晚刻，似有大雨方临，至晚不得，正是望眼将穿也。早刻，赴分府署送吴绍春公祖行，挡驾，未见而来。晚刻，吴玉翁、周梅翁来叙一刻而去。阅《传家宝》中卷七纪有“乐志歌”一首正合吾意，歌曰：“世人各有志，惟我听自然。我也不思量去为王为霸，我也不思量去成佛成仙；我也不思量黄金白粲仓箱满，我也不思量家舍田园阡陌连。但只愿蔬粥三飧饱，但只愿草舍一觉眠；但只愿布衣常护体，但只愿茅屋不穿天。有时候薄酒饮几杯，有时候闲书读几篇；有时候散步明月下，有时候高卧好花前。随时皆谷旦，到处是桃源。无荣又无辱，快活似神仙。如是足矣，更何望焉！”第八卷中纪有：“夜间恶梦警心者不可对人言，即于明日早晨焚香叩神后念唵嚤尼钵纳铭吽七遍，即能让解耳。”又纪“行旅摄调”节：“凡出外旅邸到他乡别处，先买豆腐青菜吃过，则无不服水土、泻泄之病。”言之甚合于理，倘若行路者宜尝试之亦无不可。

十八日乙未　早至未刻，晴；申牌，阴；以后皆然。接章子修兄一信，附致其令弟季甫兄一信，适陈宅长工老二在家，即嘱其代送前宅，想无贻误。吴绍春公祖于晚刻动身赴杭，趁永宁商轮而去。晚刻，至海门同昌分号，晤梅翁，同至永利轮中送吴公行，即与绍春太守相叙半晌。转至号中，晤楚卿、少南、舜卿、平洄、吉士、祝三诸君，互相畅叙一刻。留过晚膳后，平洄、吉士两兄亦今晚趁永利商轮动身赴杭。楚卿拟迟半月动身，先饬金九疏兄赴杭代为税定公馆一所，以为应议员之任赴杭可以居住数月而已。周梅翁及楚卿兄相约至永宁局，晤陶寿翁及王支山二尹、陈少亭、王芹甫、徐富春、方翰卿诸君，互相畅叙一刻而来，至家时逾二鼓矣。在局时，寿翁出示其令祖母柯太恭人寿启，徐平翁代作，想必工稚也。即于今晚寄沪刊印为序，分赠各亲友，仝启者计十六位耳。

六月十一日《申报》纪初十日内阁抄奉上谕："甘肃甘凉道员缺着杨澍补授。钦此。"又奉上谕："山西太原府知府员缺紧要，着该抚于通省知府内拣员调补，所遗道员缺着连兆补授。钦此。"按：杨太尊由山西蒲州知府调补太原府，两署山西提学使耳。

十九日丙申 早至未刻，晴；申牌以后均阴，惟酉刻细雨一刻即晴。致章子修兄一信，交绍占相送海门邮政局寄京。午膳后，周梅翁、陶寿翁及达云母舅来叙一刻，适金德生自海门就道至家，互相畅叙半晌即转至家矣。

二十日丁酉 早至申初，晴；申末以后均阴。晚刻，周梅翁来言，拚寿翁令祖母九月间寿晨金屏中有十馀人，系托楚卿兄接洽，恐楚卿将近赴杭未便转达，即将各友姓名书就，晚膳后送交楚卿兄，相叙一刻而来。天台拈花室英贤师于早刻来，留宿家中。

廿一日戊戌 晴，近处田亩均燥，农民待泽甚切。分府叶祖香公祖曾于今日禁屠，伏求上苍即沛甘霖，是所至感。晚刻，吴玉翁、周梅翁及楚卿来叙半晌，楚卿言，拟初旬赴省。梅翁言，肃堂先生曾赴省垣矣。此番运动议员曾经到手者又欲运动赴资政院之想，不胜忙碌也。

廿二日己亥 晴。集圣庙曾于今早设立水坛，叶祖香公祖知会本镇各绅，定廿四日赴坛求雨。伏求上天即惠甘霖，为幸多矣。晚刻，至周达云母舅并梅翁两处，互相畅叙半晌。便道至蓉秋先生之仁大典中，晤少庚兄，言周允东明府有函至家，言此次自查禁罂粟差使旋省，上游分三等保奖：上则免补，次则委署，次则记大功四次云云。以余想之，委员有如此优保，则印官未免更优，恐不确也。

廿三日庚子　晴。叶祖香公祖饬号房传集僧道赴坛虔念水忏，如是者关心民事之道也。伏求上天即渥甘霖，是所万幸。所阅《传家宝》一书，真是快爽人意。倘有孩童，即将《传家宝》一书日夕讲授，使其遵访而行，即是今世圣贤。家君存有《传家宝》一书，即是传家之宝也。

廿四日辛丑　晴。连日最热，早晨，至集圣庙水坛，晤叶祖香公祖并周梅五姻长、心斋宗叔、性言、吴玉翁、金子元、李舜卿、陶吉云诸君，叩祷龙神并本保爷叶公于庙主之前，焚有祝文，叩求上天速降甘霖，得即立沛大雨，是所寅感。寄奉家君第六十九号安禀一函，又致眉甫先生一信，均饬小忠送交海门邮政局寄署。致申桢夫兄一信，亦饬小忠送海门永宁局托富春先生代为转交，并致富春一片。致邱仲玉姻长一信，饬长工老二送至黄城。十里铺陈宅价言琴友从德晖兄赴京都肄业学堂，但琴友前经肄业椒江，尚未毕业，即行赴京，未免多需化费，不如椒江毕业后为善。今既云明日动身，只求顺适上进为幸。阅《传家宝》二集卷四中纪“种子心法”节，有种子药方数种，据子能先生言太乙种子丹与余心地极为相似，另日照方配制一料，果能见效否也。

廿五日壬寅　早至未刻，晴，天气异常之热；申牌，阴，雷声响亮；酉刻，见有雷雨而不大，即晴；以后皆然。寄奉家君第七十号安禀一函，饬小忠送交本镇邮筒寄署。早晨，赴集圣庙，晤叶祖香公祖及寿翁、周梅翁、吴玉成、缪性言、李舜卿、陶河清、吉云、金子元，同行叩神毕后而来。晚膳后，孟东来约至陶寿翁府上，晤梅翁，同至楚卿处。楚卿言方自早刻自郡旋里，定初二日动身赴郡。前将拼送陶寿翁令祖母柯太淑人于九月十四日九秩寿辰金纸寿屏名单，托舜卿兄代为招呼数人，曾经代约十馀人，均注在单内矣。

廿六日癸卯 早至午牌，晴；未初，雷声，阴；未末申初，雷雨颇大；申末，雨晴，阴；至晚皆然。接家君自六月初三日所发一谕。早晨，至集圣庙水坛，晤叶祖香司马及陶寿翁、梅翁、吴玉成、楚卿、性言、吉云诸君，同行叩神毕后少叙而来。梅翁、寿翁诸君言日昨警局获有来历不明一人，据云名文名老二，系洪家场人，当即地保洪宗兴之侄牡寿、钱廷桂来抱，局中亦因查无实据，准其抱释。续因下街何德利油烛店于初旬失窃铜元一箱计八十馀枚之案破后，方悉窃贼即是文明老二，所偷铜元即地保洪宗兴并牡寿、钱廷桂等享分。各人言以地保系在官名役之人，胆竟窝贼分赃，又敢到局朦抱罔为。寿翁即将原情转达叶祖香公祖，复约煦东宗伯等公信致邑尊杜厥生明府，以警将来而已。晚膳时，张丹亭镇军言自府上至海门来假灯笼，即出留宿，言有急事而去，俟明日相叙可也。

廿七日甲辰 早至未刻，晴；未初，阴；未末，见有雷声；申初，雷雨，片时即晴，以后均阴。眉甫先生府上寄有竹报并衣服另星，托余代为寄署，当即转交从福收存，俟其动身时代带可也。早刻，同煦东、寿翁、梅翁致杜菊生公祖公信一函，代为写就面交，寿翁转饬警勇送寄矣。早刻，至集圣庙水坛，晤叶祖香公祖及梅翁、寿翁，同行叩神毕后少叙而来。即买舆至海门同昌分号，晤楚卿、金浣秋、陈湘林两君，相叙半晌。而浣秋、湘林应举议员，于晚刻趁平安商轮动身赴省。楚卿留过午膳后，至永宁商轮局，晤张丹亭镇军及王芹甫先生、申桢夫兄、张嘉纶先生，互相畅叙至晚而来，至家方将晚膳。但嘉纶先生系甬江人，源隆钱庄彼有拼股也。楚卿言，临海拔贡三人：何煊夫先生奏简，系见石部郎令弟；尹廷黼，涌泉人；章子端兄端兰，亦郡城人。太平县属：毛济美及赵范卿兄模，其馀未得实音。

廿八日乙巳 早至辰牌，雾；至午初，晴；午末至晚均阴。寄奉家君第七十一号安禀一函，饬从福送海门邮政局寄署。晚刻，陶寿翁、伯端兄相叙半晌而别。早刻，至集圣庙水坛中，晤叶祖香公祖及寿翁、梅翁、玉翁、性言、吉云诸君，同叩神毕后而来。晚膳后，寿翁相约至楚卿处，晤仲玉、子俊，相叙半晌而别。邱仲翁出示启迪斋致其一信，催询黄城当选议员陈性存士干现在肄业京都译学馆能否到省云云。楚卿言：临海拔贡四人，昨日已录三人，又加何沅一人；黄岩亦四人，内三人昨经详录，加一王姓耳。吾临海拔贡何氏已承两人，又是同科，在台州亦不易事也。

廿九日丙午　早至巳刻，晴；午后至晚均阴。接眉甫先生自本月初八日所发一信，附有竹报一函，即托刘源春代为转寄矣。所言家君于桐桥坟地一节最为热心，拟即日嘱玉先赴彼处探定是否可也。晚刻，周梅翁、邱仲翁、黄楚卿诸君来叙半晌，相约至寿翁府上，互相畅叙至晚而别。眉甫先生来函未曾提及省中信息若何。但晋省禁烟、罂粟如是之严，吉州幸得禁种净甚，而又和平，况办理巡警又列优等，例应优奖。家君卓异升阶早经首列，况上年吏部变通卓异升阶章程，已奉谕旨通饬各直省均照新章酌补，有此数等，均得优奖。日望一日，信息杳然。总而言之，如今之世，非有引进，艰于进取。家君向以“拜爵于公堂，谢恩于私室”素所鄙薄之，因之自丁未饬赴本任，迄今三载，并无赴省晋谒一次，以致屡应升阶优奖不得与焉，专以实心善政，爱民如子，远迩昭著，未识得闻于上游否也。

楚卿兄于七月初二日赴省之行。又源隆东人张嘉纶现在海门，张丹翁亦在局中，余拟初一日申刻设席邀其畅叙一宵，并邀梅翁、仲翁、寿翁代为陪客耳。嘉纶先生、丹翁及楚卿兄各帖均已书发矣。嘉纶先生拟在海门开设洋油行，挽丹翁同来代为调停一切。但售发洋油取息本薄，幸得生意颇广，在大中取息耳。带老八老姑之女媪前已允赴署，今又来说无意赴晋，只作罢论可也。阅《传家宝》二集卷五所纪“产妇宜忌及相宜”各节，并产后及初生部洗儿法、断脐带法、裹脐法、护脐法、藏胞衣法、开口法、去上颚白泡法、三朝复洗儿法、剃胎头法及所治各部医法并衣食起居两部，均极言之透直，倘得遵法而行，均及顺手，若有小儿之人定须遵法而行，是所至切。是为之记。今岁夏令讫已立秋将近十天，而天气异常之热，早晚尚有风凉，无论大小人家，宜须保重而为第一要义，切不可疏虞为要。早晚之凉，应早有西风，晚有东风之所致。若早西晚东时候求雨为难，近方田桥均已渴焉。急求上苍敷佑，速渥甘霖以养生民，是所寅感。

三十日丁未 晴。近又望雨甚切，伏愿上天速惠甘霖，是所深幸。寄奉家君第七十二号安禀一函，适世治先至海门之便交其带海门邮政局寄署。致张丹翁一信，因世治先代其弟陈福春托余代荐常品莲统领处当勇，余因与常统领无大交情，适丹翁在椒之便，托其代为一提耳。接陈春亭一信。晚刻，至陶寿翁府上，晤黄楚卿、何霭生、邱仲玉、周梅翁，相叙至晚，寿翁邀过晚膳，而霭翁、楚卿已去，馀均相叙席散而来。寿翁等禀请设立台州商会，曾经通禀上游矣，所需费用之洋即由渔团提取洋一千二百元。上年郡城方寿民亦设有商会，需费之款已由注册各商冲用，亦早通禀，今则先后设会，均经上达，未识何人之商会为是。续后见有明白，云楚卿兄言城乡自治会照章本就城中设一讲习所，招人专习三月，毕业之后派遣各乡教授之。顷郡城何肃堂先生、余洁斋兄各出洋五百元开设一所，照章办理，而楚卿拟就本镇另设一讲习所，亦未识后事如何。现今朝廷颁行宪法，非独为官者难为布置，即为绅者亦多忙碌耳。现今非立宪时候，果若立宪，万一有意外之虞，未必如专治之时顺适也。今则光天化日，是非难见，未识后事若何，亦难预卜。

七月初一日戊申 晴。晚刻，席请张喜纶[①]先生并张丹翁、黄楚卿诸君，邀寿翁、仲翁、梅翁陪客，相叙席散而别。此番乾生所做酒席极无道理，心为至恨。

初二日己酉 早至申初，晴；申末，阴；亥牌，雨甚大。一夜之间雨已富足，蒙天养下小民即在指顾间耳。敬感天恩，只得俯拜而已。

---

① 当为“张嘉纶”之误。

早刻，丽生先生至家去。从福在家作仆数年，养其不薄，草其数语，应嘴之语最为尖酸，即行饬逐。小忠亦同歇去。但小忠亦非好货，即作罢论可也。午后至海门永商商轮局[①]，晤黄子霖兄及张丹亭镇军、张嘉纶先生、陶寿农姻长、黄楚卿、王芹甫、申桢夫、陈吉甫、翟桂舟、周映江、何霭翁诸君，相叙半晌而别，至同昌分号送黄楚卿行。但楚卿、映江、吉甫、桂舟诸君均于今夜趁永利商轮至沪赴杭应议员之选也。昨丹翁晋谒叶祖香公祖，叶公于早刻谢步，而丹翁已至海门，饬丁挡驾矣。前应详明来荐欲赴山西，今从福、小忠皆去，即用详明，曾于早刻来。

初三日庚戌 子牌，雨颇大；丑牌雨晴，至辰均阴；巳、午刻，晴；未、申时阴；酉时，雨。一夜皆雨，正所谓“秋霖一夜雨，遍地是黄金”。晚刻，周柳堂将陈舜卿之皮申甫田契送来，计一张，俟陶寿翁旋里时送交可也。陈秦友兄来家，已晚留宿，言明日赴海门同娄德晖兄赴京肄业学堂，本应上月廿五日动身，因事未了，故迟至明日趁平安商轮动身。晚刻，周梅翁来叙一刻，言及此番雨颇大而河泾之水均已富足，今日复雨，晚季可望大有，深为至幸。

初四日辛亥 早至午初，晴；午末至未刻，阴；申刻，雨颇大；以后皆然。致眉甫先生一信，交本镇邮筒寄署。晚刻，至吴玉翁及秉彝宗伯两处，相叙半晌而来，言及谱香明府曾经旋里矣。接邱仲翁一片。

初五日壬子 早至午牌，晴；未刻以后，阴；至晚皆然。致章子修兄一信，交邮寄京。致徐富春兄一信，交典中代带海门。

初六日癸丑 早至申刻，晴；酉刻，细雨；以后雨晴，阴。道周宗叔曾于昨日旋里，前托代买各物均已买来。午膳后，至达云母舅府上少坐，至梅翁处，晤吴玉成，相叙一刻而别。至寿翁处，晤道周宗叔，言与楚卿在石浦晤见，在省时闻仙居人因初选当选之议员将复选票卖与楚卿、吉士两人，阖县人应坏全邑名器自相具禀。台州府启迪斋

---

① 当为“永宁商轮局”之。

太尊应有复选监督之责，又与楚卿交好，代为周全。并有将所卖姓名各情具电禀抚宪，而增中丞作何意见，不得而知。并有仙居人在杭州西湖为卖复选票开会一次，当开会之时，卢槐士兄恐楚卿于此事声名过大，挽同仙居王赞卿、朱益卿两人到场代为作罢，未识果得罢论否也。但周平洄在杭州言仙居人开会及具禀并电禀各节均是余洁斋及何肃堂两公邀其所做，但平洄与肃堂先生素相不睦，致有其言如斯。无如楚卿应议员赴省，自税公馆，广为酬应必矣。果若仙居人如是情形，而平洄与肃堂先生如是所说，将来不致牵涉楚卿否也。现值朝廷颁行宪法，使各直省府直厅州县父老得有选举权，至善至公，当选者须以公正无私之人，以为数十人代表。不想初选时即行舞弊，指使投票，书己之名不足，竟将票匭私开，即将未到之票书为足数；复选之人数不足，竟用巨资向各县购买三票或四票，有此向买者，有彼售卖者，均不耻也。今以同县者以全县名誉攸关传单理论，分所宜然，未识当道诸公又何处置否也。

道周宗叔又言，黄岩廪生罗叔英兄赴考拔贡，首场、二场均已列名，而三场竟落孙山，深为可惜。赴考拔贡本全榜三十人，首场一百二十人，二场取六十人，而叔英兄均列名其中，方于初三日优贡三场赴考，彼已动身，未识得能中式否也。但罗叔英兄宾，黄属之新桥管人，上春在文昌阁教习半年，人尚厚道，颇为用功，即与优拔，宜哉。

初七日甲寅 晴。邱楚翁于晚刻自上洋邱来，留宿。

初八日乙卯 早至午刻，晴；未初，阴；未末，雨；申牌雨晴，至晚均阴。邱楚翁烟瘾数十年，今以文明丸劝他戒烟，现食三餐均得无碍，惟天气最热，将夜之点心一餐仍食一次，想数日之后可以渐除也。永利、海门均于今晚到埠，遣世治先向二头前初二日嘱买各物均已取来，并致子霖兄一信，向其代取凭摺，亦均取来。

阅七月初三日《申报》纪七月初二日内阁抄奉上谕："山西冀宁道员缺着翁斌孙补授。"又阅七月初四日《申报》纪七月初三日内阁抄奉上谕："山西大同府知府着李德炳补授。"按：翁弢夫观察本系山西大同府知府也。晚膳后，周梅翁来约与邱楚翁同至寿翁府上，晤子俊。适周载熙兄来云，方自今晚省垣旋里，言临海拔贡又有李翼葵一人系府学廪生，北岸人。何煊夫、章子端、尹佑臣各人均于前详记矣。优贡三场考毕，曾经榜示，临海有何沅，系见石老伯之堂弟；黄岩有罗叔英宾，日前拔贡，一二场均有附名，而三场竟落孙山之叹，今得优贡，尚夺锦标而归之荣焉。查简放山西大同府知府李太尊德炳系礼部郎中，庚辰科进士，河南省南召人。但山西知府中以大同府缺最为佳。日盼家君调缺信息，迄今不得，心甚焦急甚。家君虽卓异应升早经到班，而不得升调者，皆不以“拜爵公堂、谢恩私室”两言之所致也，虽得政绩及民，未识上游何日得有见闻哉。

初九日丙辰 晴。接源隆钱庄一信，附有六月分清单一纸。接允东明府一信。

初十日丁巳 早至未初，晴；未末、申初，阴；申末，雨；酉牌，雨晴，阴；以后皆然。致周允东明府一信。接源隆钱庄一信。接伯森先一信，前嘱买各物，顷接到敬佛香并蚊香、粗纸均已收讫。

十一日戊午 早至午牌，晴；未刻，阴，雷雨颇大；申牌，雷雨亦大；酉刻以后，雨细。接张嘉纶先生一信，又接张丹翁一信，均陶宅仆人阿三送来。日前，陈蓁友托余代请椒江中学堂病假两个月，早刻，柬托载熙兄代为请假矣。周醉香言贞池已由山西允东明府公馆中旋里，即遣价邀询山西情形，来言允东明府奉檄查禁河曲偏关，自五月到省之后，初则可望差委，以后亦是杳然。现在山右之候补诸君望委甚难，至洪莲翁委有东门查验车票差使，每月莘水计有二十两；陈仲怀老伯系满城教习所提调，计每月薪水六十两；涵甫之差每月亦有十六两，已有差使诸君均可敷衍耳。但查禁罂粟自藩宪丁方伯派委查禁之后，抚宪宝中丞亦有人派出，明查暗访，尚有未曾旋省者。现山西之直厅州县约有四十多缺均已期满，尚未调动，想宝中丞密查各委员旋省后定有一番更动耳。为时已久，想亦在迩。山西禁烟如是严密，今岁各省不得不为访照办理。倘各直省均得如此严禁，亦富强之一道也。贞池又言，钟薇生委署潞城县知县，陆子卿委署浑源州知州。两缺就山西而论，均为中上，其官运可谓至佳也。但陆子卿刺史方而三月中旬赴任；钟薇生明府自上年二三月赴任迄今一年有半，尚未卸篆，其官运更佳。回忆家君应升之阶首列已逾两载，迄今信息杳然，未识何时可以升补为幸。

十二日己未 早至午刻，晴；未牌以后均阴；惟申初细雨，片时即晴。

十三日庚申 早至未刻，晴；未初，雷雨，一刻即晴；至晚皆然。接章子修兄一信，即覆子修兄一函，交邮寄京。接家君自六月十八日、廿三日所发各一信，所嘱买另星两单，物均另碎，另日买就即饬详明送署可也。接眉甫先生一信，附其府报一函；徐月波一信，均交嘉先送刘源春代为转寄西山；附致叶祖香公祖一信，即饬小头送交矣。公送陶寿翁令祖母柯太淑人金屏序言，取陶君寿启一柬，于晚刻至椒江面托载熙兄转托曾六舟先生代做，并同拼数人，尚未说妥，即将原单亦托载熙兄代为招呼矣。

十四日辛酉 早至午刻，晴，天气最热；未牌，阴；以后皆然。每日日热夜凉，深以人口为忧也。致章子修兄一信，托士兰兄代为转交。

十五日壬戌 早至午刻，晴；未牌，阴；以后皆然。接申桢夫兄一信，言托其代买泥金寿屏为送陶寿翁令祖母之需，每轴需洋四元三角之多，计十六轴，连盒做就，需洋七十馀元。适寿翁相约至海门永宁局，晤王芹甫先生及申桢夫、陈云樵、何霭生、李自弢诸君，互相畅叙一刻，过晚膳后而来。晤桢夫，即将托买寿屏之事托其准照该价向买，彼即转托云樵代购矣。并托徐富春转交伯藩代买文明丸洋两元，随时付讫。来时过同昌分号，晤陈舜卿先生，相叙一刻，至家尚未二鼓。

十六日癸亥 早至午刻，晴；未牌以后至晚均阴。椒江中学堂定今日上午十点钟开学，昨日已有柬来邀。早晨，吴玉成参戎来叙半晌，相约同至椒江，晤载熙、作羹、云梯、赤甫诸君，相叙一刻，而叶祖香公祖到学，初行谒圣礼，续即各学生叩见，即至第二课堂演说毕后，相谈至午而别。而载熙兄邀余与玉翁过午膳而来。邱楚言姻长于晚刻至其亲戚处。

十七日甲子 早至午牌，晴。天气最热；未刻以后，雷雨，初大后细。午膳后，至吴玉翁处，相叙半晌。过楚言处，因雷雨，晚膳后而来。玉翁言，许邓仲期太尊上有一禀与增中丞，言台州府知府缺有漏规计两万之多，并云台州盐务若归官办，可增洋五万之谱云云。而增中丞初委张明府赴台密查，未甚详确，再邀王明府来台密查，方今转省。而增中丞因钦派洵贝勒、萨军门巡阅军港，内开浙江之三门湾，须至地调查，暂以定海为行台。而南洋大臣张安帅、闽浙总督松制军、浙江巡抚增中丞均至定海晋谒，稍为延搁数天，未识宪意若何，尚未明示也。

十八日乙丑 早至未初，晴；未末至晚均阴。嘱陈逸亭至太平询访桐桥坟地一切情形。晚膳后，梅翁来约至陶寿翁府上，晤陈赤甫、周载熙、朱益卿诸君，互相畅叙一刻，来时已逾二鼓。陶寿翁云，楚卿兄为复选时应少三票向仙居人项翰卿、陈子昭、张玉书购足七票当选；周吉士复选向仙居人应冠西等买得两票，凑成八票当选。当复选之后，仙居人自相讦讦，初即电达抚宪，未见覆电。楚卿时未晋省抄录电音，虽自相讦讦，中有兼涉买主黄楚卿、周吉士之语。楚卿亦应事已至此不得不晋省垣，应议员禀到学习参议，不想仙居人自发电音之后，即行连合数十人赴省就抚署呈控等情，亦有兼涉买主周吉士、黄楚卿字样。日昨已有见闻，恐未确音，不及详录。顷寿翁自海门永宁局来云，台州府收发委员江子菁明府有函致何霭翁言，仙居人一票又有某处人一案，均赴抚宪衙门呈控等情，皆兼涉黄楚卿、周吉士等人，已由增中丞批示按察使提实，两造人证，审明严办等语。但选举等事归臬宪专责，故有批示臬宪办理云云。昨日，按察使电饬台州府提集人证送省审实，一面查明禀覆等语。当何霭翁函托查抄电语，适小轮尚未到埠，而寿翁应事来家。想函中如是电语亦相仿佛，果由台州府提集，两造人证，恐项翰卿现已赴京，难于守提，倘若延宕，只恐楚卿不能到场与议，若不能到场与议，何易黜退。幸集议员同议之日在于九月初一日，今尚七月中旬，得能审实亦未可知。又，许邓仲期通禀同昌若归官办可长五万之说，增中丞以为甚然。果若如斯，定然官办为多。两事虽然如是，尚在疑信参半。即若如斯，幸楚卿素有滔天之力量可相挽，万一难以为力，实属难堪，容后再记。楚卿素与吉士堂兄苹泂孝廉串通一气，现苹泂应吉士、楚卿均以议员晋省，亦早与吉士同行。今楚卿事至如斯，未识周孝廉有何手段与谋也。

十九日丙寅 早至未刻，晴，天气异常之热；申牌，阴；以后皆然。今岁自五月中旬即已大热，迄今犹然，惟热之久无过于今夏也。近十日中，早晚虽稍凉，日中之热犹甚。晚刻，至陶寿翁府上，晤梅翁，相叙半晌，言及臬宪致台州府电音系江子菁公祖至海门时与何霭翁所说，故嘱抄电底尚未寄到，想江子翁晋郡后即可抄寄。今何霭翁接楚卿兄电，嘱其“要事相酌，速即晋省”云云。霭翁因病未能即行，覆楚卿电云“病愈即来”云云。但苹泂系郡城三台中学堂监督，该堂定十八日开学，但开学之期，任在监督者不得不到本学堂照料开课一切，今已十九日而苹泂未来，又嘱何霭翁速为晋省，断非省垣无事，而竟若是也。况煦东宗伯专价到省送同昌承办公事，并询省中实在消息，嘱其准定今日趁可贵商轮旋里。今早，可贵商轮曾经到埠，未见到台，定然有事必矣。何也？若果省中并无一事，楚卿即嘱来价天才旋里以安尊翁煦东之心，今已有事，不能即决，以致嘱其稍缓动身，必然之理。寿农姻长又云，许邓仲期太尊通禀同昌一切情形之后，即檄候补知县张明府到台密查，而张明府尚未到省，而增中丞复委候补知县王明府随后再行到台密查。但抚宪为此事连委两员先后到地密查情形，则为此事紧要可知矣。

二十日丁卯 早至未刻，晴。申初牌，阴；以后皆然。呈瑞老二来说邬丽生先生于早晨仙逝，老者骑鲸，深为一叹。按：丽生先生早年入贾，中年入泮，老年令嗣子仁仙逝世之后甚为凄凉，续娶某氏，仅得一女尚幼，亲分者甚少，即以呈瑞老二之次子入继为嗣焉。论其老年七十有五，即或如是，已不足惜；最可惜者，子仁兄从其后故亦稍为慰；子仁虽故，而子仁留有一子亦为丽生先生幸耳。为人空甚！丽生先生难得高年，亦空甚！但丽生先生幼年与周氏某互相涉讼，以致弃儒入贾，赴瓯谋生。不觉十馀年，而周氏弃世矣，复整就业。适黄恕阶侍郎倬按临台属，拨入郡庠后，家道稍条，笔耕糊口三十馀年。与余世交，又与余最相契厚，故丽生先生一切细情余悉皆知，今至家贫如洗，幼女为累，甚为怅叹。余幼年时有三老者，最为相得，三老者：黄敬亭宗伯、苏耕云先生、邬丽生先生也。今三老不觉皆逝，回忆思之，犹如昨日，音容慕想，无不依然。即如同辈为友者，少芳、子宜、伯英、咏花亦相继逝。青夜而思，人生无庸争夺英雄，只以存心忠厚、行善修福、朴实待人、不负人言，是所大幸耳。

午膳后，至陶寿翁府上，闻其姨太即于今夜分娩，未识男女。适云梯、载熙、梅翁、申甫诸君来，至寿翁处，互相畅叙半晌。言少南兄向府幕抄有臬宪电文，大约"传集两造审实是否议员，克日晋省，以便照章考察，并两造晋省日期，先行禀覆，事关选举，毋得延宕，以便审明核办"云云。未见楚卿电音，少南恐楚卿在省未得详晰，即就郡城致电通知楚卿。未识楚卿作何想法，未见覆电。所抄州府幕友电文，即日昨江子菁公祖所云臬宪致台州府电示也。究未识此事作何结局，不得预知。煦东宗伯又遣人与寿翁言，得海门德律风云，周苹洄兄曾于今日趁海门商轮旋里，即行赴郡。但萍洄应三台开学要紧，本不得久稽。但楚卿及其堂弟吉士事至如斯，何至据然抛却，不知在省时未曾详晰；亦不知省事已发，先行旋里，再作计较；又不知急于到台与其结讼；又不知到台与其说合，令人莫测，想明日定有实信也。未识楚卿覆少南电音若何，理应明日得有确音。各人论其同昌官办一节，事虽抚宪注意，而增中丞因迎洵贝勒巡查军港赴定尚未旋里，即须紧急，亦须旬日耳。

廿一日戊辰 晴。接伯森先一信。晚刻,陶寿翁、吴玉翁、梅翁、云梯、子俊诸君来叙一刻。言及楚卿兄有函致陈舜卿云,前拟保其议员,电音宜早发为是。此式电文,前楚卿在家时,恐仙居人讧讦,已预拟,惟借名尚未说妥。今已仙居人控楚卿买票,临海人张志远者又电达楚卿不识文义,已奉抚宪批饬臬司查办云云。按察使又电饬台州府查覆,前电理宜致达为首出名者,须用杨定甫给谏。但定甫先生须煦东宗伯函商接洽后方可具名,拟明日函询后即行发电云。今至如是情形,议员留否,尚在参半。惟周萍洄旋里未发一言,实属不解。各人疑萍洄自十五日动身又过甬江而来者,适启迪斋太尊迎接洵贝勒、萨军门于定海,值抚宪增中丞亦在定海,面求启迪斋太尊转达增中丞,亦未可知;许邓仲期通禀而迪太尊尚未知识,楚卿嘱萍洄面达一切,亦未可知。子俊言煦东宗伯日戏嬉优伶以自娱,人言"楚卿之议员留否?同昌得可留否?"答云:"在于数耳。"真是福人之言也。寿翁之如夫人昨夜肚已作痛,今日又愈,想分娩尚需时日。

玉先自太平来,至莘山金家,叔文兄遣一农工同行至莘山。彼处水道三十馀里,又行山路二十馀里,山路崎岖,并无一步得能平正之处,至小星桥已将下午三点钟,借一老者家吃饭,据说桐桥所买坟地,彼均知悉。当日孙旭东向买该处坟地,被国庆瞒遍。但该处山地原主实系下转人之物,交与方边人经营数代,近地只知方边人张姓等之地,有知下转人者甚少。煦东嘱国庆向张再高买地,但再高即时匿名张亦顺、亦凤、亦泰等数人写契,实则亦顺等并无其人。煦东与国庆计洋八十馀元,东后手、西扣头,仅只五十馀元付与再高等。该地人知再高得有此笔横财,各人均欲分用而不得,内有知底细者通知下转人。下转人来至该处理论,几乎聚众,经其局房张炳山解排,尚未兴讼,因此开粮为难云云。别后,至东桥湾桐桥地方寻见国庆,说明开粮,彼说系再高所卖,又即同至方边寻见箍桶,言再高已故。看国庆与箍桶眉来目去,私说多少言语,转转节节,不知凡几。问其粮户,答云不知。实问情形:"我不能知,往询局房张炳山。"玉先又同至张炳山家，据张炳山言开户若干，又某项若干。玉先嘱其所需若干开示，饬国庆送阅云云。此玉先往询大概情形。据说彼处桥下人同金伯吹刺史亲戚者之言可以能听，只恐追紧贾粮送开，诸多未便；即或钱粮送开，将来做坟亦多未便。只将细情详禀家君可也。叔文兄代为买来鹿肉一包，已交玉先带来。早刻，送叔文兄建兰两盆，交其船夫带至莘山矣。以余思之，东峤湾桐桥地方自本镇内湖至彼处水道一百馀里，登陆二十馀里，均是山路崎岖，无有一步平正之处，将来即或做坟，诸多未便，不可胜言；即或路中照料一切，不胜跋涉之苦，不如抛却为佳，况契中如是掣肘也。

阅七月十五日《申报》附张纪有台州事："臬宪、筹办处宪钧鉴：陈宝鉴、项梦罴、应观犀三票卖与周钟俊、黄崇威得洋六百元，允照章究办，仙居代表王某某等叩。"又："抚、臬宪钧鉴：周钟俊不识文义，前买副贡罚金在案，今买议员，系伊堂弟周继濚说合，有周见证，业经仙邑会员起诉，乞澈究。临海李也白叩。"又："抚、臬宪钧鉴：议员黄崇威不识文义，贿买当选，乞面试取销。临海张志莼叩。"所云楚卿不识文义者果然，无如彼财力过人，可以周转。但周吉士而无楚卿之财力，果若上游面试，无论某项，恐致水落石出。今臬宪电饬台州府提审等语，亦应此二电之所致也。

廿二日己巳 晴，天气最热。早刻，周载熙兄来叙半晌，同至邬宅，托宗山、作羹、建西、子能致祭丽生先生毕后而别。过建西处，晤朱益卿、王赞青两君。赞青本科仙居藉拔贡，方自今日旋里，言楚卿之事，省垣无大风，闻有人呈控楚卿，而抚宪因告议员违期照例不准云云。果若如斯，亦为楚卿之幸耳。如煦东乔梓如是行为而无天报，亦所不解，竟若如斯，总有一日，尚未到耳。

廿三日庚午 晴。邬丽生先生之后事，挽其女婿璧人兄及梓能先生诸君互相酌妥，均照丽生先生将尼所言，以其堂分呈瑞老二之次子鸿基入继，所有住屋两间并旧租计谷三石六斗、一切来往均归鸿基管业，尚有继室周氏并次女年已六岁，嘱鸿基每年交出白米七石、年糕三斗、糯米一斗、麻莳一斗、英洋六元，闰月加洋一元，按月过三十日、月小廿九日送交，不致有误。即其胞妹戴邬氏立有遵嘱据为凭，各亲友等亦均见据画押，余亦有一名字见据，画有一花押耳，以子能先生代笔，尚可勉强将就也。晚刻，邱楚翁来叙至晚留宿。梅翁相约至陶寿翁府上，晤仲玉、赤甫、载熙、云梯诸君，互相畅叙一刻。言及楚卿兄议员之事，以后再无风波，尚可敷衍，同昌盐号恐难照旧承办，恐办盐厘委员以许邓仲期太守为多。现增中丞因迎接钦派巡阅军港大臣洵贝勒、萨大臣等于定海，顷已事毕，旋省后定见明文也。倘许邓仲期太尊奉檄是差，诸事定卜精明，即楚卿法力滔天，未免吃亏耳。并言洵贝勒者，今上之叔。现奉命巡阅，定能实事求是。萨大臣素娴海军情形，筹谋海军大事定见进步，必矣。我朝雄列各邦，是为大幸，吾侪草野小民亦为大幸。

廿四日辛未 早至巳初，晴；巳末，雨，一刻即晴；午牌，晴；未刻仍阴；至晚皆然。今日情形方有秋景矣。寄奉家君第七十三号安禀一函，饬小二头送海门邮政局寄署。伯端兄来云，李卧南前月赴省，方自今日旋里，言省垣一切信息未得尽知，因相识者颇少之所致也。前托永利代买文明丸计洋两元，曾经收到。

廿五日壬申 晴。致眉甫先生一信，交邮局寄署。晚刻，吴玉翁来叙一刻，言周平洄与启迪斋太尊同自甬江旋里，故同趁海门商轮，到埠即行赴郡，事有原因也。平翁又运动仙居四十八人具禀，言王姓控楚卿、吉士之事皆是自行捏名禀控也。两相攻讦，未识后事如何耳。

廿六日癸酉 辰前，阴；巳、午刻，雨；未牌雨晴，至晚均阴。

廿七日甲戌 早至午刻，晴；未牌至晚均阴。接章子修兄一信，云部照已托见石老伯承荷慨允，今据向取颇难为情。即覆子修兄一信，饬小二头专送海门邮政局寄京，言既托见石老伯，深为至善，倘有机会，请即预示，以便转托何宅向汇需费可也，并托代查由以九指项巡检加捐花样及指省分发约计若干云云。邱楚言姻长因染微躯，即于晚刻转至其令亲处。梅翁来约至寿翁府上，出有皮申甫该陈舜卿凭券一纸，准于十月廿四日付洋四十五元，明日寄交可也。

廿八日乙亥　早至午刻，晴；未牌，阴；至晚皆然。叶祖香公祖送寄家君一信，另日附寄吉州可也。晚刻，吴玉翁来云，楚卿兄之价自杭城来，其事想无窒碍矣。至寿翁府上，晤赤甫，相叙半晌。但其令嗣习之于九月十二日完姻，其令祖母柯太淑人亦于九月十四日寿辰，想大为举动一番，一切屋宇悉均重油，至时大为热闹耳。王圭卿来字言送寿翁令祖母寿屏代梅统领附列一名，当又送下衔印一纸矣。致伯森先一信，嘱其速即来店。

廿九日丙子　晴。至张丹翁一信，代世治先之弟福春代为函荐防营，亦交世治先送交阿昌兄代为带交，向取福信。致陈舜卿兄一信，附皮申甫凭券一纸，系陶寿翁中见，亦嘱世治先面交。致陈渔樵一信，向取托买寿屏。据说下月初十左右可以带台，并托代定王母同麻姑双聘一个。前张太太托余代向典中借去口袋十一条，仅收还一条，尚有十条交与何人代带，并字嘱阿昌转问小士询查向取可也。又致伯森先一信，交航船带郡，嘱其速即来店。接张丹翁一信，附其千金八字，即奉家慈转送莘山与金仲泉观察之少君说合。晚刻，至陶寿翁府上并吴玉翁、邱仲翁两处，少坐而来。达云母舅之妹小娘姨于九月出闺，即购麻本衫料、宁绸裤料等礼物，于早刻送去矣。余乐琴书室之圆门至内小台门之路，当时未曾踏就，只将石片将就作路。日前购有五尺石板，嘱匠做就，即行盖踏，曾于今日完工。两窗之前廊，当时用砖将就，顷尚有石板遗剩，即嘱匠再为做就，另日盖踏可也。

阅七月廿三日《申报》纪：浙江咨议员公举沈钧儒为议长，陈黻宸、陈敬第为副议长云云。但陈敬第系武林人，出身翰苑，未识陈、沈两君某府人，系何出身，容另再记。七月廿四日《申报》纪度支查明江南、安徽、河南、山东、山西等等严禁罂粟情形，各省有各省情形不同，惟山西种烟通省皆是，省之南以霍州、洪洞、赵城、汾阳、永宁、交城、文水等州县为最多，夏县、曲沃、河津、长子、长治、潞城等县次之；省北向以代州、河曲、浑源、丰镇、归化、萨拉拉齐各厅州县为最多，五原、托克托城、繁峙、峤县等处次之。上年通饬禁烟，省南已一律禁尽，省北一带据前往分查臣部司员刘煦照等面称，该处地属蒙疆，尚有馀苗未尽，而为数亦属零星。此山西禁烟情形也。按：此摺系度支部查实奏闻之语，称“省南一律禁尽”之语，查吉州与河津前后，亦属省南，可谓一律严禁，深为至幸。忆上年禁烟之初奉檄，谓和平净尽者得有优奖，今已禁烟告竣，未识上游作何优奖也。日前，家君谕嘱付增第家英洋五十元，附有家信一封，但其家信当即寄交其子收，该洋五十元，即于今日由典转交其妻收矣。闻楚卿函邀子俊赴杭，未识因何事件也。

八月初一日丁丑 早至未刻，晴；申、酉，阴；戌牌，细雨一刻。致源隆钱庄第十七号要信一函，附洋三百元，交世治先送阿昌兄代带甬江钱行街。致眉甫先生一信，附叶祖香公祖寄福家君一函、增第收洋家信一封，均封在内，交世治先送海门邮筒寄署。致陈松岩一信，言前年其尊翁代安所借洋十元，言上年十一月送还，迄今尚未送来，其令尊又至高邮赴守备任。遣吕保赴彼处托松岩代为向取，据云岁杪可以送还，俟至年冬再行向取可也。晚刻，至达云母舅、梅翁两处少坐，同梅翁至椒江周载熙兄处少坐而来。世治先来言，张太太借用口袋十条已寄至永宁局，已向取至家，另日向其家中取还可也。向达云母舅假有《名臣言行录》七本，阅毕送还不误。梅翁言，何霭翁应楚卿电邀曾经赴杭，子俊言亦今晚动身。

载熙兄言，现省垣咨议员公举议长沈钧儒者，绍兴人，某科进士；副议长陈介石黻宸者，温州人，亦是进士，现在广东办理学务，来否未定；陈敬第系杭州仁和人，光绪癸卯科翰林，系陈兰洲令嗣也。看所举诸公出自科甲，今之新派者所云自由平权者谬言也，意想将来不出于资格而已。余看台州议员十六人到省，何肃堂老伯虽是青衿，乃兄见石老伯现任法部郎中，其弟煊夫先生又是新科拔贡，而又肃翁经理台郡学务有年，资望又深，复是大家世族，以台州所举者则可首屈一指。此外，管少农茂才、陈吉甫茂才虽出身世系，资格不及何肃棠茂才十之一耳。其馀非老卒无能即是纨绔子弟，间有识字无多，藉议员光耀乡里，鱼肉乡愚耳。朝廷得此等议员，人虽千百，何补于国事！中有新进者，未识将来若何，亦难预料哉。载熙兄又言，周萍洄孝廉代陶寿翁祖老太太柯太恭人代作寿序，糟榻之言颇多。余初未详阅，因言取读，果然。可见托人代做文笔者，须托向有交情者代作，即或做就，亦须详阅后发刊，以免笑柄耳。今寿翁亦未留心之所致。自后凡为此等笔墨等件，确要加意留心。是为之记。

初二日戊寅 阴、雨不时，虽是风水，幸不大耳。晚刻，道周宗叔、作羹、伯端诸君来言，送陶寿翁祖老太太寿屏，椒江自行做送一堂，不再与余拼送可也。伯端兄言，陶吉云之子，即上年娶潘家者，于早刻故，染恙仅止两日，今年仅二十二岁，深为可惜。凡人生空甚，如是看来更空。道周宗叔言，煦东宗伯代人说案，有一王姓蒙舜之弟向伍学行借洋一百元，有田一亩抵押，后洋无还，即将所押之田与伍姓，收租有年。不想伍姓将其田契遗失，蒙舜之弟已故多年，蒙舜本无赖之老，向伍姓找洋。伍姓言：“田价百元，焉得再找之理?”往诉煦东。而煦东即叫伍姓说：“尔所买之田价洋四十五元，当时付洋三十元，尚少洋十五元，理应找还。我代尔说案，须要谢礼，所找洋十五元由我付他，此田作为谢礼而已。”伍姓因煦东声势滔天，不敢再说，只得曲从，如是者正是惨无天理云云。相叙至晚，留过晚膳而别。

初三日己卯 晴。致眉甫先生一信，交邮寄署。又致伯森先一信，交航船寄郡，接少南先生一信，并附代买华腿十六只，计重四十六斤四两，价洋廿六元五角，另日寄署之需。晚刻，洪少琴兄来言，楚卿兄曾即旋里。即至寿翁府上，晤陈禄乎云楚卿果然到家。即至楚卿家。楚卿方经到家，并晤其令尊煦东宗伯、玉成老伯、云梯兄，互相畅叙一刻。楚卿相约至陶寿翁府上，即同吴玉翁、云梯均至寿翁处。所言议员想无窒碍，并言月半左右再行赴省，应九月初一日入会之期。其言果否，亦未的确。并言陈吉甫为首代为运动保楚卿、吉士，递呈抚宪一禀。台州议员中除何肃堂先生之外，管少农及王姓三人不允列名，馀均允诺，全在运动之力也。虽吉甫出名，实则楚卿自行运动耳。未识增中丞作何批示，未见明文。许邓仲期太尊具禀台州盐商之事，现抚宪方经旋省，亦未见有明文云，想是官办为多。楚卿言，所举正议长沈钧儒号衡山，副议长陈敬第号叔通。陈吉甫兄现经入都赴试，未识楚卿兄再若赴省请何人代作笔墨之任耳。翁子俊本昨夜趁永利动身，因有风水，迟一日开轮，尚在海门，亦今日嘱其毋庸赴省云云。查浙江咨议局之正议长沈衡山主政钧儒，浙江秀水人，甲辰科进士，钦点法部主事；副议长陈介石、陈叔通均是出身两榜。如是看来，现行新政不以科甲为重，公举正副议长均是进士，可见科甲尚为重之又重也。

初四日庚辰 晴。致王肖南秀水福信一函，昨日书就，今晚交航船带郡。又致王伯森先一信。

初五日辛巳 早至未刻，晴；申牌，阴；以后皆然。致叔文兄一信，交莘山来人带交。午膳后，至达云母舅、梅五姻长、吴玉翁各处少坐，即同梅翁、玉翁至楚卿、楚言两处，相叙半晌。言王少南昨日下港，楚卿嘱其明赴甬江，实至武林，未识为同昌之事嘱其到省走路，亦未识为楚卿之议员事未清讫，想是为同昌事多耳。又至寿翁处，晤海门陶柳亭，相谈半晌，过椒江中学堂，晤益卿、六舟、赤甫、积臣、作夔，晤叙少顷。六舟先生代做陶寿翁令祖母之寿序均已做就，取至家中，计行照写，字多三行，即行致柬并原序，嘱嘉先送托六舟先生复行摘少耳。接眉甫先生七月十三日所发一信，附致梦云先生一信，即交梦云先生令郎立茂带交矣。并言家君于上月拿获乡宁县命盗正犯五名，例应送部引见，家君不愿送部，只以申请以功抵过，当蒙上宪批示颇为嘉许，想以前记过之处均可抵销云云。若是可望调缺，未识在于何时，亦难预料。徐班侯侍御函荐刑席逸亭老夫子，家君是欲允诺。但旧用之沈梅史人品、笔墨均为下驷，徐公虽荐逸亭老夫子，未识面，不知笔墨如何，断不致与梅史相访也。只愿早日调缺以遂家君之愿，是所深幸。家君嘱买各件已为陆续代买，大约十月间遣详明送署可也。楚卿言何肃堂老伯及煊夫先生均经旋里，即或为然，想在月中亦须旋省耳。罗叔颖曾经本科优贡，尚在省垣，拟考送赴大学。但京师大学中令各直省各送六人入学肄业，未识得随如愿否也。

初六日壬午 早至酉刻均晴；戌初，雨，片刻即晴，以后均阴。早刻，向六舟先生之寿序底取来，适苏绩臣兄来，托其代抄，字行适均相若矣。同积臣至楚言处，晤玉泉及楚卿、云梯，相叙至晚。言星斋宗叔之正太太分娩一子，深为欣喜。楚言留过晚膳，复相互叙一刻而别。过建西处，晤周梅翁少谈而来，至家时将晚膳矣。楚卿与云梯言，女学堂之女教习，太平人，与一女学生，系是孀妇，日夕出学玩游，并有至尚德学校阅看体操。因尚德之校长系邱舜琴兄，该女教习系舜卿所荐，二太太系女学堂校长，与楚卿所言，拟即悬牌禁止，以后毋许再行私出云云。

初七日癸未 早至未牌，晴；申、酉刻，阴；戌时大浪雨颇大；以后皆然。接家君自上月十八日所发一信。又接眉甫先生一信，附有其家信一封，适童象斋来家，即托其代带西山转交惠甫收矣。接源隆钱庄一信，言明收到阿昌代带洋三百元。又接源隆一信，附有七月分清单一纸。致何肃棠老伯一信，附送伏鲞念片、米面百把，嘱小头送交航船代带郡城矣。晚刻，至陶寿翁府上，晤徐福春、陈渔樵、叶蓉秋、周梅翁、吴玉成、黄楚卿、杨右林、汪伯端，相谈至晚而来。寿翁生疮，邀杨右林先生诊视，已见稍愈矣。

初八日甲申 日晴夜雨，亦是大浪。晚刻，至梅翁、蓉秋先生两处少坐而来，言楚卿于早刻赴郡，想为同昌之事也。

初九日乙酉 大雨全日。太平桐桥姜国庆来言，当日孙旭东代买山地契中花押非是本人所画，询及开粮，并无粮户，先要彩钱洋五元，余允其粮若开来，准付五元可也。均是国庆与煦东诡计，将来果要做坟，非到地问明原情，诸多掣肘不待言耳。

初十日丙戌 早至午，雨；未牌以后至晚均阴。早刻，邀崇虎先代卜一课，问家君何日可望升调。据说，青龙、朱省[1]皆动，又应坐青龙而又动，应得当经升调牌示。朱雀动于内爻，信息亦将至。前眉甫先生并允东明府函言晋省应严禁种罂粟，自上年十月讫今，藩辕牌示仅悬三缺，亦所罕见。期满应调人员，直厅州县中已逾三十缺。今已禁烟告竣，其课如斯，想能应验亦未可知。家君卓异应升早经到班，又有直厅应补之缺，得已升补，是所深幸。阅八月初一日《申报》纪山西抚宪宝湘石中丞奏请"禁种土药一律肃清，奉旨择优保奖"等语。但吉州禁种土药可谓和平净尽，未识得列保奖否也。

十一日丁亥 早至午初，晴；午末，阴；未刻，雨；以后皆然。早刻，崇虎先来言，昨代家君卜有曾否牌示之课，详细推云："应爻发动，又坐青龙，戌化于已，才化于子，日又丙戌，理应牌示必矣。朱雀动于初爻，丑化于子，才化于父母。但课中爻若父母，即是书信，朱雀又是书信，亦在初爻。如是看来，曾经牌示喜信须十三丁丑日可以到家。"未识果若斯言否也。又询："据尔所言，曾经牌示，但家君卓异应升早经到班，今或升补？或调一缺？"彼云："以课推求，似乎调缺归多。"亦未识应验否也。阅八月初三日《申报》所纪度支部尚书泽公会商改良盐务，大旨以后制盐销盐不专统归盐商一手经承，凡有确实资本呈部查验即可任其制造，并在原地课税，一次将杂捐一概裁去。如此办法，出盐日多，将来收税亦可日加。惟泽公以此事所关甚钜，尚待筹商云云。斯言以各直省盐务所言，既有所谕，想各直省亦须认精整顿，未识将来如何办理，但台属盐商亦未识如何办理也。

十二日戊子 晴。致周允东明府一信，交邮寄晋。致陈渔樵兄一信，向取寿屏等。据接覆信，并收到大红缎寿帐料，据言寿屏须二十左右可以带台。但至此时写恐不及，俟十八日班将寿屏序底寄托原店代写可也。并接王谢堂一信，即交玉先详阅。袁子雨先生来，适未晤，承代带有何肃堂老伯覆信一函。致周作羹兄一信，附还王花金

---

[1] 当为"朱雀"。

凭据一纸。晚刻，至梅翁处，相叙半晌而来。晚膳后，至袁子雨先生处少坐，过邱楚翁处，相叙半晌而来。晚刻，接有徐德园兄一信，拟拚送陶寿翁寿屏云云。即福致德园兄，言："若定拚送，即将衔印送到可也。"接张丹翁一信，言世治先令弟托荐一节，据说，俟常品莲统领由杭赴定时面言不误。

旧仆茅小忠于早刻求余赏差，余因歇时无甚过错，即允其俟详明赴晋后嘱其来家差遣可也。旧仆杜从福者，自乙巳岁小春从余，迄今五载，诸事从宽。上春娶亲向余借洋，余当借其三十番，每岁辛资之外悉均透支二三十元不等，诸事念其从余多年，比众不同。不想，从福贼心狗行，贪得无厌，六月廿八日又向余借洋。余允由同昌支取，彼执定要余先付十元后再由同昌借给，余亦应允，写字向典中借给。彼应不现洋付交，即将原字粉碎，并做难看之形容，皆在余当面也，余亦忍肉[1]。彼肆无忌惮，于七月初一日当请客之时，恶险难堪，怒言多出，余说几句，彼即恶言迭出，忍所难忍，以致歇业。今在街中说长说短，闻所难闻。仆役本是小人，余所用仆役已垂二十载，凶险者亦多，未见此等小人之难养也。

十三日己巳 晴。致邱仲玉姻长一信，饬小头专送黄城。致陈渔樵先生一信，交陶宅阿三带交。午膳后，至周梅翁、周达云母舅、周谱香明府诸处，均相叙半晌。在梅翁处晤皮申甫、花棣香诸君，互叙一刻。但谱香明府言自武林旋里时染恙，今亦愈矣。到家后，仆从言，楚卿兄及楚言姻长来，携有曹绍雍统领官衔拚送寿翁寿屏云云。即至楚卿处，晤煦东宗伯、袁子雨、邱楚言两姻长、吴玉翁、云梯、子俊诸君，相谈至晚，留过晚膳而来。出有映江、吉士致其一信，言禁烟局照会议员之正议长沈衡山主政，言议员中有陈树钧（太平湘林）及黄崇威有烟瘾未除，须要调验云云。但湘林素有烟癖，今虽戒断，言其吃烟者尚有传闻之误。但楚卿向不吃烟，说其吃烟，深为可笑。但楚

---

① 疑为"忍辱"。

卿所税杭州公寓在岳家湾广安井。现晏京卿安澜奉命查办两浙盐务，其主义即在出盐之处，先行认捐后准其四处售销而已。昨《申报》所言即在此，意自泽公会议所订耳。

十四日庚寅　晴。接邱仲翁福信，言黄岩诸君均自送寿礼，只仲翁自己允诺而已。午膳后，梅翁、伯端来约至楚言处，晤吴玉成、黄楚卿，相叙半晌。拼送陶寿翁令祖母柯太恭人寿屏中有十馀人系楚卿兄代经拼送股分之洋，楚卿兄言均认彼账矣。楚卿言，(定)海镇吴吉人军门已于十三日仙逝。但吉帅之定海镇总兵及浙东炮台统领想是张丹亭镇军例应护理，尚可望署否。楚卿又云，省委成竹如太守赴台查办盐务云云。楚卿本拟十七日旋省，应接电音知悉成太守来台，改缓廿二日动身。言成竹如太守本璞优贡出身，即前任台州府成梓臣太尊喆嗣也。相谈至晚，楚言留过晚膳而来。

十五日辛卯　早至午刻，晴；未牌以后均阴；惟酉刻有雷声，又雨，不甚大。致张丹翁一信，交亦兰兄代带定海。托亦兰兄带沪代修皮帽一顶。接洛卿丈公来字借去宁绸单袍褂一身，即交其来人带交。玉先与伯森先均自早刻由郡城来。小头言，陶寿翁自海门来。即至陶寿翁处，晤梅翁、章杞棠、陶吉云，互相畅叙半晌。寿翁言，张丹翁已奉闽浙督宪松鹤帅电示委护定海镇总兵兼统浙东、定海等处炮台，十七日接受关防任事云云。但定海镇署日行公件本咨明均由丹翁代拆、代行，现任护理，分所宜然。并言提宪吕道生军门代委优保、会同闽浙总督松制军电达九重，想可改为署理，即日可见电音也。并言省垣有电致楚卿云抚宪委候补知府成竹如太守赴台查办盐务。但查办盐务，抚宪已委张明府、王明府先后到台密查禀覆，今则复委成太守，恐非密查；若非密查，接办盐厘亦未可知。果若如斯，则大小帖税均作罢论矣。果为某件，另行再记。今值中秋，护云并且有雨，有古语：“云盖中秋月，预备来年雨打灯”，每多应验。

十六日壬辰　早至未刻，晴，间有黑云，亦是晴多；申牌，阴。寄奉家君第七十四号安禀一函，交海门邮政局寄署。早刻，至海门子霖兄之海门商轮局，相叙一刻而来，至家适将午膳。后至楚卿兄处，晤冰如先生、吴玉成，相叙半晌而别。至家后，而冰如先生及周梅翁来叙半晌，言及此次详禀抚宪言同昌漏规各节系成竹如太守所禀，非许邓仲期太尊详禀也。而增中丞初委张明府、王明府两次来台密查同昌办理情形，曾经禀覆，而抚宪复委成竹如太尊自行来台，恐非查办，想是接办盐厘为多。冰翁言，楚卿四处觅盐销售，若至十一月即可销至明岁全年之盐，倘是九月即行接办，楚卿大吃其亏，未识成竹如太守作何办理，亦未识因何见委而来也。阅其电语云"抚委成大人来台，楚卿稍缓动身以便接洽"，此等电语，楚卿言省中并未有人代发，又无续后信函，想即成太尊自行电发耳。

十七日癸巳　阴、晴。致张丹翁贺信一函，致黄子霖兄一信，均面托金浣秋兄代为带定转交。早刻，同翁子俊兄至海门永宁商轮局，晤王芹甫先生、丁明轩、徐富春两兄，相叙一刻。送陶寿翁令祖母寿屏序，面托芹甫先生代为收存，俟明日永宁到埠，转交陈渔樵代为带甬书写。即至同昌分号，晤楚卿及金浣秋兄、陈湘林姻长，相叙半晌。言送寿翁令祖母寿礼托余代为附拼，开有衔印，即至和生丁明轩处附入矣，共计拼送者三十二人。转至同昌分号小坐而来。至家即至寿翁府上，言其染恙未愈。但寿翁初生疮瘰，继则潮热，想邪能发出，可无窒碍。即至楚言处，晤玉泉先生，相谈至晚，楚言留过晚膳而别。言及邱遇琴兄之夫人于十五日作古，今日出丧。中年丧偶，大不幸事，其子女长成，尚无过虑。但湘林、浣秋两君应请假旋里，现假期已届，于今晚趁平安商轮动身转赴省垣。楚卿本拟今日同行，恐成竹如来台，暂缓数天。今早，平安到埠，而成太尊尚未来台，楚卿言俟明日可贵到埠再看，若仍未来，即行动身。有人在臬司禀其烟瘾未断者，不得其名，拟赴省挽同议长沈衡山主政再行向说，迟恐不及，不得不早日动身耳。楚卿兄言，卢槐士兄趁平安商轮到埠时未及久待，即趁永大小轮赴郡矣。

十八日甲午　阴。致陈渔樵一信，饬小二头送交永宁局转交。早刻，周萍翁、王冰翁及楚卿诸君来叙半晌，言及城镇乡自治会，临海东南各乡曾经自立，葭沚等六庄，楚卿兄亦拟自行照章具禀分府宪自行设立。楚卿既能办理创设，自行设立不以受制于人，亦为致善也。晚刻，至梅翁处，相约至楚卿府上，晤周萍翁、王冰如、吴玉成、王肖南诸君，互相畅叙一刻而别。楚卿言，接成竹如太尊抚委来台电音，不能不从缓动身，现欲急于赴省。昨日电询何日动身，尚未接有覆电。各人疑有两说：一说若抚委来台查办者，既已奉札，不能久留省垣，既已多日未来，恐是接办同昌盐务；一说其拟谋是差尚未奉檄，预日发电，今尚未接有公件，以致濡滞云云，未知孰是也。但肖南兄言，自郡城下港看其情形，确是省垣旋里耳。至楚言处少坐，言永利商轮地局倒坏，须至沪江修理，现寿翁亦至海门商酌一切。但寿翁昨商染恙颇沉，今即远出，亦人所不及也。至家时，接张丹翁一信，附有甬戳包单一纸，订自九月十一日起至三十日止，计价洋六百元，即行致柬通知楚卿兄矣。并言已接护定海镇篆务，已蒙提宪吕道生军门会同督宪松鹤帅密保奏达九重，可改署理，足为吾台生色也。

十九日乙未　晴。致丹翁一信，致子霖兄一信，均托阿昌兄代为转寄。致王芹甫先生一信，附丹翁附寄甬戏包单一纸，交世治先送交。致邱仲翁一信，交典中转寄黄城。致王晓凡兄一信，饬吕保送交栅浦过塘行代为转寄矣。

二十日丙申　晴。晚刻，至梅翁处，晤梯香、孟东，言梅翁昨晚受邪，身有寒热，想无窒碍。张力堂千戎前月代金湘林姻长久年烟瘾七日即行戒断，昨在海门会晤时面容气色均好，现叶祖香公祖请其代为署中人戒烟。晚刻，同吴玉翁过家，相叙半晌，余即请其在家以便明日即可戒烟。但署中戒烟者每日去看一二次，可无窒碍，当即允诺。据说有铺盖现在江边堂哨中，即嘱其来价代为取来，请留七日，以便随时询问可也。现今有瘾者最为不便，不得不速为断戒耳。若得七天即断，深为大幸。

晚刻，煦东宗伯为宗谱将成，有无甚名望及无功于宗谱均要画像，而像太多，邀余相酌，通知各人助洋几元以便下次画资，否则即去谱像。即至江边堂，晤煦东宗伯，立意如斯，只允同向各人言及可也。过楚言处少坐而来，张力翁亦至家矣。晚刻，吴玉翁言，吴吉人军门幕府中有函致叶祖香公祖，所云吴军门所统全浙水师并兵轮尚未见委，因萨军门统领各直省水师营务，现浙江水师统领出缺，须禀萨大臣自行委人。陆路统领四营现檄浙江提督吕道生军门兼统；炮台统领檄有浙江候补知府姚太尊接手；定海镇总兵缺，实缺者邱军门现署温州镇，闻邱军门饬赴本任；吕道生军门力保张丹亭军门，可望署理温州镇篆云云。其言如斯，未见明文，未识果如斯言否也。

廿一日丁酉　阴。寄奉家君第七十五号安禀一函，交本镇邮筒寄署。又致眉甫先生一信，同时送交。早刻，即将张力堂之戒烟药吃下，至晚方泻，尚无窒碍为幸。接张丹翁一信。

廿二日戊午　早至未刻，晴；申牌以后至晚均阴。致子霖兄一信，接何肃堂先生一函，言初四班趁平安商轮赴申，即转武林也。陶寿翁于晚刻来叙半晌，言及抚委成竹如太守查办同昌一节，曾于昨日来台，未识作何办理也，闻是吊簿核算云云。

廿三日己亥　早至午刻，晴；未刻以后至晚均阴。晚刻，叶绍伯远荫、边昧斋两君来叙半晌而别。叶绍伯兄系叶祖香公祖大少君，昧斋即叶公之外甥孙也。接何叔棠老伯自永大缄寄一信，言即于今晚下港，现寓海门同元客栈。

廿四日庚子　晴。早刻，因何叔棠老伯现寓海门同元栈，至同元栈，晤肃棠老伯，相叙半晌，言托见石老伯之部照倘得寻觅保案，代为想法，需费若干。即由见石老伯惠函托其府上转汇，或一时难以寻觅，即或迟缓亦可，并相叙半晌而来。午膳后，至寿翁府上，言周梅翁染恙未愈，即至梅翁府上问候，尚未安愈，现邀皮申甫先生代为诊视，想能即奏肤公也。闻正衡染恙亦沉，但叶寿卿兄前亦染恙，今已安痊。现届秋令，时役[1]流行，颇为不便云。凡夏令饮食谨慎，至秋少

---

① “役”，当为“疫”。

生疟痢必矣。闻成竹如太尊现今在郡，初言加厘，继说所吊簿核算，言果若是，亦未得有实音也。

廿五日辛丑 晴。致源隆钱庄第十八号要信，付洋五百元，交嘉先送交永宁商轮局寄甬。取有收单一纸，需带费十二角。又致源隆钱庄第十九号要信，附洋五百元，交世治先送托阿昌兄代为带甬，言俟收到后作覆可也。张力翁言台防营勇统并六营，皆归常品莲统领督带，皆以九月朔改营。力翁与统领厚交，可得优差必矣。曾于早刻至海门，至晚未来，想明日事可清讫。仆从言，楚卿兄曾经下港。午膳后，至陶寿翁府上，寿翁相约至楚卿处晤叙。所言成竹如太尊立意时变，前抚委王明府来台，所查各节，实属周到，旧有存案者。不意前台州府赵寅臣守台时将其全案悉均抽拔，大半无可稽考，大半启迪斋太尊不肯与他，以致无绪。因楚卿即日趁轮赴沪晋省，彼亦拟同行，故成太尊与吴玉翁同至海门矣。楚卿、寿翁均至海门而别。随至邱楚翁处，晤王云梯兄，相叙半晌而来。

廿六日壬寅 辰前，阴；巳刻至申均晴；酉牌，阴；以后皆然。晚膳时有细雨，一刻即晴。张力翁应营中有事，未能脱身。早刻，遣价来取所存各物去矣。成竹如太尊本璞早刻至分府署谒叶公，就便分柬致候。午膳后，至分府署，本还谒，叶公少君绍翁言其有恙，挡驾。叶祖香公祖请会，即行晋谒，相叙半晌而别。就至梅翁府上，言梅翁染恙尚未愈，晤皮申甫、花梯香及孟东，互叙一刻而来。今日烟瘾稍除，未识以后皆然否也。

廿七日癸卯 早至未刻，晴；未牌，阴；以后皆然。席请张力堂守戎午膳，并邀吴玉翁、花梯翁、梓能表叔公、积臣兄陪客。吴玉翁言，方自海门旋里，成竹如太尊及楚卿兄均自昨日动身晋省，成太尊查办各节未见就绪，不知再作何变异否也。席散后，张力翁留宿，其馀诸君均即别矣。花梯翁言周梅翁染恙稍愈，仍邀皮申甫先生诊视，想能即奏肤公耳。玉翁言，张丹翁所护定海镇篆并各统领关防，现奉督宪另檄王荫常军门立堂署理，未识果否也。

廿八日甲辰 早至辰，雨；巳牌雨晴，至晚均阴。致章子修兄一信，由嘉先送交本镇邮筒寄京，托其代查加捐巡检花样并指省计费若干。接张丹翁函云，自吴吉帅仙逝后，所云定海镇篆并各统领关防均奉督宪札饬护理，并蒙吕道帅密保署理云。续接督宪电示，水陆统领及炮台统领均委王荫常军门统领，定海镇篆之实缺者邱军门须要到任。而丹翁调署嘉茶协副将，须将定海事了，约在小春方可告卸定中云。浙江副将中以嘉茶协缺为最优耳。

阅八月十二日《申报》纪：十一日内阁抄奉上谕："山西抚宪宝中丞奏参王子良观察为干以同知通判用。"未识应何事端也。又纪山西禁烟事宜，果然一律肃清，即英人询访钦佩莫铭，并云丁方伯素著能名耳。张力堂守戎于午膳后至海门去矣。叶祖香公祖来假《申报》，今日取有《申报》一卷，即遣价送署。接载熙兄来字，言送六舟先生润笔，转告六舟先生不肯收受，只得椒江公送屏中须洋两元，取此益彼，方为致善。即行片允，该洋两元并交其来人带交矣。

廿九日己巳 早至巳刻，雨；午、未牌，阴；申刻至晚均雨。接王子辛先生一信，附有凭券，向余假洋两百番，并惠紫荆、素心各一株。即致福子辛先生一信："洋允明日专价送交，花领，谢谢。"早刻，致送张力翁建兰四盆，以作戒烟酬劳而已。午膳后，至寿翁府上，晤皮申甫、黄道周、周载熙诸君，相叙半晌。余自戒烟之后，足颇疲弱，即烦申甫代开一方，想能见效也。晚刻，窦小翁来叙半晌而去，询送寿翁令祖母寿屏曾经附名否也。

三十日丙午 阴。接源隆钱庄福信，言永宁并阿昌兄所带英佛共计千元均已收到。早刻，遣弟头送交王子辛先生英洋两百元，据说面交子辛先生收矣。午膳后，至陶寿翁府上，晤苏绩臣及吉云、建西诸君，互相畅叙半晌而来。郑月波来叙已晚留宿。周梅翁世兄孟东兄续弦之期定在十月廿四日，来柬邀余代媒，彼此至好，当即允诺矣。

中国近现代稀见史料丛刊【第四辑】

黄秉义日记（伍）

张剑 徐雁平 彭国忠 主编

黄秉义 著

周兴禄 整理

本辑执行主编 张剑

凤凰出版社

第五十四章

丙辰(1916)六月十四日起

六月十四日辛亥 晴。接蒋敬甫兄一信,言所托定竹帘三张计价洋三元九角,系是竹青,毋庸油黑矣。即致福敬甫兄一信,送交粮厂代为寄郡。午膳后,载熙、篪卿两兄来叙少顷,言楚卿兄现包办台、温、处三府及宁、金数县盐务,现与陶寿翁至郡筹商号事,已于早刻至郡云。

十五日壬子 晴。早刻,王心泉兄自闽垣旋里,托买各花已为代购数种,均极次下,言价洋五元三角,随即面交清讫。

十六日癸丑 晴。早刻,邀翼亭同茂中各人至上洋、西张等处看稻,晚刻旋言彼处上季收成均为次下。近年来上季收成如是者亦所罕有,当面估谷计少颇巨,年岁如斯,亦不得不为少数耳。现稻田水燥田白,急求上苍速降甘霖以惠民生,为幸多矣。晚膳后,赵子翁来叙少顷,前托叔翁代买扇等均已代购,照单价洋二元一角八分,随交子翁带去英洋二元、子洋二角,均已清讫。

十七日甲寅 晴。晚刻,有似下雨之景,又未得雨,求上苍速沛甘霖以惠民生,为幸多矣。致潘子祥兄一信,托其代买伏鲞洋八元,未知何日能得代购耳。早刻,王六皆来叙半晌,惠我龙纽图书石一块,言系堂伯祖禹渡先生遗物,余看其石色颇佳而领之,无如石样颇大,又只一块,拟刊闲图藏于书桌上赏玩可也。晚刻,周篪卿、伍菊香两君来叙至晚,留过晚膳后而去。

十八日乙卯　晴。致章一山老伯一信，饬吕保送至海门永利商轮，托亦兰相带至上海卡德路高照里第五百廿二号门牌宁海章公馆，前托其代写屏对未识已经写就否。仲达自晚刻来。现大暑节戏已于今夜开演，晚膳后，同仲达至江边看戏少顷而来。

十九日丙辰　晴。连日苦旱，稻田大半已燥，早禾已去不少，晚禾又恐有损，急求上天敷佑，速沛甘霖以养民生，深为戴祷之至。致蒋敬甫兄一信，交陈寿带至郡城面投。俞仲征兄自早刻来，午牌同仲达、仲征至江边堂恭叩神明，过可庆处少坐而来。席请王仲达、俞仲征晚膳，适许眉甫先生自北岸来，侍家君并邀达云母舅、伍菊香、陶习谦、黄少湖、周篪卿诸君陪客，相叙席散而别，同仲征、仲达、菊香至江边堂看戏少顷而来。晚刻，伯端兄、篪卿兄言昨自郡城旋里云。余洁斋兄之三弟配亲葛韵仙先生令媛生有一子，而余老三不幸于前年逝世，致言不洁之语，经临海县张知事拘留，有玷名门，闻者代为浩叹。陶寿翁及黄楚卿兄均于昨日旋里矣。

二十日丁巳　晴。今日又未见雨，禾苗待泽甚切，急求上苍速沛甘霖，育我黎民，为幸多矣。致张仲厚兄一信，交仲达代为饬价送投，仲达于早刻去，道过岱头而至黄城。仲征兄于晚刻去。早刻，王六皆先生、袁子雨先生及陈鸣泉诸君来叙过午膳后而去。但陈鸣泉能画山水，善访人书画，系天台人。余出示所藏旧画，据说张积素绘，绢底六尺山水直条八幅，其布置周到，笔法老劲，确是大家手笔，非时人所能及也。言五尺绢底无款山水四幅用笔亦最老劲，与张积素所绘山水有所不及之处。又云李粲绘绢底小中堂一幅亦是大家手笔。阅戴天瑞之山水中堂非甚佳妙；傅歀生先生书六言隶书小对确是真迹，至于傅歀生款山水小横批两幅均彼所绘也。又评论各画均有道理，善于此道者即知其奥妙耳。晚膳后，至洪少琴处，晤伍菊香、周文琴、黄道周、赵友竹、汪伯端、周作羹、周篪卿诸君互叙少顷，至家时将二鼓矣。

廿一日戊午　晴。日盼云霓，心怀甚切，急求上苍敷佑，速降甘霖，藉活小民，为幸多矣。周载熙、周篪卿于早刻来叙，过午膳后而去。晚膳后，至子俊兄及达云母舅两处，均相叙半晌而别。就道至丁辅香行中，晤周冠卿先生，少谈而来，至家时逾二鼓矣。冠卿先生言，楚卿兄急欲与其三叔镜明公入厝。但镜明公三子：长梯仙宗叔，于甲辰故世，系楚卿兄令弟崇韬入继；次星斋宗叔；三少明宗叔，于壬寅作古，出有一子名曰宏德。当梯仙、星斋、少明诸叔分爨时，屋业、田业均作三股分派积蓄，其三叔祖母许氏夫人、周氏夫人膳田百馀亩，梯仙、星斋系许氏夫人所出，少明系周氏夫人所出。许氏夫人先故，周氏继逝，其中亦隔有三四年之久。自周氏夫人逝后，将其积蓄膳田作为祀产，当即星斋经收，镜明公坟做马屿头，亦星斋选择督造。梯仙宗叔自甲辰故后，其祀产均是星斋宗叔经收，至癸丑岁，梯仙之夫人因其叔星斋未为乃翁入厝，独收祀产十馀年，于心未遂，费甚唇舌分收一年。甲寅系星斋自收。乙卯少明之夫人亦费唇舌经收一年。照例本年系是梯仙家经收，但其邱氏夫人又于上年作古，楩卿入继，所以楚卿兄主为镜明公急于入厝之议，经收祀产，现均派人收租，未识作何解决也。但其诸昆季产业虽然如此分派，只议一稿，未曾书据，兄弟、亲戚均未画押，所有契据均是星斋收藏。现楚卿兄因其弟楩卿入梯仙宗叔祀继，急欲星斋早日将镜明公入厝，照当日议据重行书写检分各房契据云云。

廿二日己未　晴。连日天气炎热，日盼云霓，深为最切，急求上苍敷佑，速降甘霖，以苏民困，敬感之至。早至吴玉翁处少坐，就道至袁子雨处，晤陈鸣泉、潘醉葩诸君，互叙间，王六翁柬邀午膳，随至其府上，晤叶石甫，诸君相叙席散而别。就道至陶刁之处，晤王子政兄，少叙而来。晚膳后，至翁子俊兄处少坐，相约至楚言处，晤叶石甫，互谈少顷，相约至江边堂看戏片时而来，至家时方二鼓矣。看楚言异常之瘦，幸精神尚佳，尚能健饭而已。曹子明言楚卿兄定廿四日赴瓯与吕文起先生接洽，就瓯设立盐商云云。早刻，陈鸣泉言高西园先生凤翰名列《画精录》，但所藏之高西园绘岩石有如是气度、笔法有如是老劲，名列《画精录》，是其所宜耳。

廿三日庚申　早至未刻，晴；申时，阴；酉初，细雨，片时即晴；酉末以后均阴。稻苗望雨最切，酉初闻有雷声，只得小雨，农民之望云霓仍然如旧，幸至戌后亦闻有雷声，敬求上苍速降甘霖养活小民，深为感祷之至。晚刻，吴鹤汀、王六皆、陈鸣泉、潘醉葩、汪伯端、周篪卿诸君来叙至晚，同至江边堂看戏少顷而来。时值大暑，天气甚热，看戏之处热气犹甚。现楚卿所写做之温州班次其戏颇佳，奈热气如斯，甚难坐立，只得应酬少顷来耳。

晚刻，余将高西园画岩出示陈鸣泉，据云其画法层次均极精致，惟款字非甚出特，在天台某宅见有高西园绘荷花，其中佳妙非可详述，其书法题款最佳，此幅非真迹云云。但所藏之高西园岩石，其绘法有如是之佳，即其题款亦有如斯，万一非真，即其摹访之人亦是丹青中之大家，仍须宝藏，勿以彼言为实，是为至要。亦未识彼云此幅不佳，藉此伪言，续以其伪之物求售，亦所难料也。彼言黄山汪木所画大中堂之山水虽非名笔，亦是画中老手；汪霖绘之山水确系真迹云。并言朱绿筠绘之牡丹、荷花中堂两幅有法恽南田笔法。物以人重，但朱绿筠虽是闺秀，当咸丰朝粤匪入城，彼即殉节，人所不及，即此一端，其物即能宝贵也。是为之记。鸣泉云，楚卿悬有徐文长之墨水花卉六尺直条八幅，确非真迹。余于前年阅之已见其贾，可见画法真伪，一目而知。前楚言云，松塘叶少峰去世之后，其家事均系楚卿代为经理，其家有米费[①]真迹十幅送与楚卿，未曾见有此画。叶宅系是旧家，果是真迹，可作画中之宝，倘是伪物，亦同徐渭之花卉可称兄弟。他日阅见之后，再为记注耳。

廿四日辛酉　早至未刻，晴，天气甚热；申、酉时，雷雨，惟申时颇大；戌牌雨晴，阴；以后皆然。致蒋敬甫兄一信，交三先带至郡城面投。连日天气蒸热，禾苗枯燥，田如白地，晚刻得有如是甘霖，叨天养

① 疑为“米芾”。

活，何幸如之，只得感谢上苍而已。从堂兄黄咏仙出有三女：长女适涌泉冯姓，次女适路桥乔姓，三女适石曲方赓甫。长子正大，已娶；次子正文尚未婚配，连年家计日落。因赓甫经理上海之台瓯公升南货栈账务有年，于南货业中颇有面子，正文于上春出而依之，不意染病，方于昨日抵家，随即身故，年未弱冠，如是小孩，深为可惜。但正大习业布店亦可生活，不意其妻不贤，日食芙蓉，致将遗产将尽。如是看来，深为寒心。可见积财与子孙，子孙未能有用；积书与子孙，子孙未能有读；所以积德与子孙，子孙可以长受于无穷耳。为人在世，须已“积德”二字，切勿忘却，是为之记。

廿五日壬戌 早至辰刻，阴；巳、午、未牌，晴；申时以后均阴。致余桐洲兄一信，并附英洋十元、铜板三十枚，托领邬源兴、黄合发、林顺兴、周万兴、刘万兴五家之本年上季牌照，函件均交徐咏彬代为带郡矣。午膳后，伍菊香、周篪卿来叙至晚而去。晚刻，正大来说其弟正文，因其姊夫方赓甫派在公升之外账职司每岁辛资及出息约在百计，现方初进所得如是者亦不谓不少，倘若日后有人照应，日渐可增，自若勤能，藉此可以积蓄，不意于五月初旬致有足迹，误食高丽。但台州人言有不如意处即食补剂，因补而误者实在不少。其弟自食高丽之后又至江北、温州两处收账旋申，日见其沉，至轮归里，致受热气，当即神昏。无如轮已开行，船中伙友恐其痧症，即用针治，一误以致再误，所以至家之后即有如是之速而亡也。惜哉！惜哉！晚刻，何蓉江兄来叙半晌，言及卢槐士兄沪江之店伙友致售私土被逮，所需颇巨。现在商业中正是满地荆棘耳。亦兰兄寄语云，章一山老伯现今因事至青岛去，旋申之日尚需两月，前托代写屏对未识何日得能惠寄否也。

廿六日癸亥 早至未刻，晴；申时，阴；以后皆然。早刻，曹执中、汪伯端两君来叙至晚而去。曹执翁现为台州外海水上警察第八队队长，寓海门张宅。晚膳后，至尚德小学校，晤王俊卿、陶立山两君，相叙半晌而来。陶立山兄言余藏之张曲江先生绘花卉大直条最佳，又云陶刁谦藏有李因女士绘之杨柳八哥最佳。但李因所绘花卉，人虽女士而无闺阁气象，用笔佳妙，不言可知。上年刁谦购有袁江绘山水，物虽古旧，非甚妙。其言亦不谬耳，是为之记。

廿七日甲子　晴。周醉香来云，袁子雨先生娶妾海门陈氏，系下郑人，现住海门。陈辉堂之女已于晚刻接至毅卿家，再择吉日带至天台。晚膳后，至袁子雨先生处，晤王六翁、陈鸣泉、陈月香、潘醉葩诸君，相叙半晌，均看新人。少坐，过星斋宗叔处，互叙一刻而来。

廿八日乙丑　晴。接蒋敬甫兄一信，并附竹帘三张，均已收到，又接徐咏彬一信。致福敬甫兄一信，附致余桐舟兄一信，交富德代为带郡矣。晚刻，陶刁谦兄来叙少顷，彼批有命纸，托余转托韵卿先生代为详查。但韵卿至家去，只代收藏，其命系甲午、丁丑、庚申、庚辰。

廿九日丙寅　晴。接余桐舟兄一信。袁子雨先生来邀午膳，早刻，至毅卿处，晤袁子雨、寿柯乔梓、星斋宗叔、王六翁、陈鸣泉、潘醉葩、叶石甫诸君，相叙席散而来。但子雨先生之如夫人即于今晚动身携带至天台去，即购茶点四包赠送而已。晚膳后，至作羹兄处少坐，就道至丁辅香兄行中，晤陶刁之、刁谦昆季及汪伯端兄，相叙半晌而来，至家时将二鼓矣。辅香言其远记麻行前与刁之、项林先合拼，于上春盘算，计一千有馀，经手苏鸣岗挂欠计洋三百有馀，麻斤又有少数，现辅香自行接开，未知能有赢馀否也。但苏鸣岗栅浦人，幼年家亦少康，学习麻业，稍长，刁赌、刁烟，不数年间家道中落，以致麻行歇业。自后，楚卿用为经账，亦不痛改前非，以致又歇，家道日紧。远记初开，乃至荐与陶刁之，转嘱辅香用彼为远记经账，烟、赌如旧，又不专心生意，亏控如是之巨，用人之难甚已哉！

三十日丁卯　卯前，阴；辰、巳、午刻，晴；未牌以后均阴，似有下雨之景。现早季已经收成，晚苗正值待泽之时，伏求上苍迭沛甘霖，以惠民生，万民幸甚、祷甚。

七月初一日戊辰　晴。致章子修兄一信，饬小四专送前宅。致余桐周兄一信，寄郡。家君嘱书致覆何见石老伯一信，致金萃生姻长一信，均奉家君遣人呈递矣。晚刻，至赵子修兄处，相叙半晌而来。

初二日己巳 阴、晴、雨不一而定。接章子修兄一信。眉甫先生于晚刻去。徐德园兄晚刻来，留宿焉。

初三日庚午 辰前，阴；巳至未刻，晴；申、酉戌时，雷雨最大，四处田园雨均富足，可见上苍活民，即在指顾间耳；亥时雨晴，阴；以后皆然。人事一处有一处不同，天气亦一处有一处不同，近地自五月半之后至七月初二日止，中见大雨一二次、小雨数次，加之烈日当空，苗田犹如白地。方至昨初三日沾足，即余屋西之田水塘与近处相较，上之又上，亦至白地，亦至昨日方足。

阅六月廿七日《申报》附张纪“江南镇江米珠薪桂”节云：“镇地之风雨不息将及一月，洲圩各田之苗已被淹没，难望秋收。附近城郭之园圃所种菜蔬近亦腐烂不堪，不能上市变卖。并闻金坛、溧阳、丹阳一带秧苗亦多损害，近日操米业者预料出产无多，来源亦少，故将米价抬高，高米已达七元五角以外，如风雨长此不息，米价将有加无已。至柴草一项，连日各蓬柴堆亦已透湿，不能开秤。而乡间现值农忙，山柴树枝又不多觏，竟有持大洋一元欲觅干柴一担而不可得者。倘若再不放晴，则将成荒象。故近日各农家莫不忧形于色”云云。如是所云，于台地相较大相悬殊也。是为之记。汪伯端、周篪卿两兄于午后来叙至晚，留过晚膳后而去。

初四日辛未 卯前，阴；辰、巳牌，晴；午刻，雨颇大；未时雨稍细；以后皆然。致朱子延一信，饬老四送交，因典中号货有滥，所以函嘱其速来耳。午刻，翁子俊兄及达云母舅来叙半晌，言及东金地方有曹官德之兄弟昨日雷击而毙。上月下雷雨时，上洋地方有张姓者亦被击，想其存心不良，人所不知，上天已鉴察之，致遭其劫耳。徐德园兄于晚刻去。陶习谦于晚刻来叙少顷，言其小女染恙，请童醉春先生诊治。童醉春先生言霭人先生云，德园兄自五月间出外闲游，至今未归，其闲散忘归而竟有若是耶？

余经收之集圣庙占头西边岩涂地每年种植川豆、棉花两季，在地未收之时，公禁毋许外人割草、戳蟹，恐伤枝苗，当时就庙演剧，公议有人违背，罚钱六百文，禀请前二府，张公出示晓谕，迄今二十馀年，相安无事。于本年阴历四月初上，当川豆生长之候，蓦有北岸章安数人过江至该处割草，时佃户看见，向其理论、议罚，彼言未带现钱，即将扁担四根抵押而去。顷徐老三等来说其弟老四即正云早刻至章安完粮毕，至道头将欲过岸，遇见卢河传之侄数人将其弟老四凶欧吊禁，左肩受伤，时有船夫王贤德目见情形，代为劝解而来云云。该处人敢如是蛮横，致恐后事为难，深为至虑焉。

初五日壬申　晴。早刻，至海门永利商轮局，晤陶寿翁及黄义臣、王明斋，余将老四之事言及，寿翁即代函致该处绅士叶赞唐、卢道生，由王明斋派其队下章安人专送去，未识即能清了否也。寿翁言王子政娶本镇小和早之妻于昨日进门，即同诸君至子政兄府上看新妇，少坐而来。同寿翁至永利局，过午膳后，至曹执中署长处，晤桂卿及章姓，相叙半晌，至西洋楼，晤陶习之、王子政两兄，相叙一刻而来。至丰泰，同贺云江兄至信远及庆云银楼购买另星，就道至永利局，晤徐福生、陈文佑、黄义臣、陈舜卿、周载熙、李子棠、陈少山、池仲英诸君，互叙少顷而来，至家时将晚膳矣。王子政兄现寓城脚下转西金宅。曹执翁现寓张鼎臣兄家之前墙外新屋中。

初六日癸酉　晴。惟未牌有雨，片时即晴，见日。致童醉春先生一信，系赵子修兄言其令侄染恙，托余致函代请，该函即由子修兄代为转寄矣。

初七日甲戌　晴。致李少云管带一信，并附伏鲞二十片，交陶习谦兄代为寄交矣。张云卿先生于昨晚来，即于今早上馆，晚刻，来叙半晌。黄岩王仲达专人来言，长女自巳刻分娩生有一女，生养快便，为幸多矣。长女自癸丑生有一子，今得一女，年只弱冠，有男有女，亦彼命之佳耳，余亦代为畅快耳。早刻，达云母舅及子俊兄、子权来叙，过午膳后而去。日得知己谈心，亦一乐事也。

初八日乙亥　早至晚刻，晴。戌牌，雨；亥时雨晴，阴。致张丹庭兄一信，附送其令嫒嫁摹本衣料两件，一桃灰、一乌色。早刻，丁辅香兄来叙，言约初十左右赴申，即托其代为带沪，并托辅香兄交九华堂装裱李粲山水小中堂一副，又托购吕宋烟十盒，留辅香兄过午膳后而去。王俊卿兄柬邀午膳，因天气过热而辞却之。侍妾染恙，晚刻，请张与龄先生代为诊视，想能药到病除，为幸多矣。陈月香兄托余书扇面一把，即代写好，饬老官送交。

日前，陈鸣泉言余所藏山水张积素所绘直条与李粲所绘小中堂两相比较，不及李之佳为多。晚刻，托辅香代为带裱时细加详览李粲所绘之山水，其中周致转拆笔笔均有深意，非大名家不能有此佳笔，余深喜悬挂，但其绢底过于黑旧，只宜夏令为善。现其装裱，即能快便，亦至秋凉，须明年初夏方可悬挂耳。余拟新正悬挂中堂朱绿�绘之牡丹、夏古崖绘之松鹤；三四等月，蒋礼山行书、高西园绘之岩石、查士标绘之岩石均可；八九两月亦然；五、七等月须以黄瘿瓢绘之人物、戴天瑞绘之山水、李粲绘之山水为宜；冬令有冷纮玉行书中堂亦佳，藏有数幅字画，常为调换可也。至于对联颜色，正二月须悬大红，三四等月须悬旧红色或黄或绿，五六七至八月初旬须古旧颜色，中秋至九十等月须悬桃红，十一及嘉平两月确须桂红方为合式。余所藏对联只有旧红两对，系贺太峰行书、钱南园楷书；黄色一对系祁隽藻楷书；黑旧三对，张菊溪行书为最，赵退庵行书次之，程恩泽行书字本佳妙，惟装裱不能得法，深为可惜；桂红两对系徐叔鸿、邱敬五所书精楷；此外，有何子贞一对，恐非真迹。月前托章一山先生代为托书大红色两对、桃红、湖色各一对，倘能代为写来，按时调换合宜矣。偶然忆及，是为之记。

晚膳后，谢仲衡兄来叙半晌而去，言及彼处寄生中有十成之二已枯，馀则叨天福佑，自降甘霖之后均可保全。以余想之，已枯之二成亦能旺发，不过稍为减色而已。现彼处塘埭水均富足，得能常为沾泽，较之车戽亦大相悬殊耳。

初九日丙子 早至申刻，晴；酉时，阴；以后皆然。致福徐咏宾一信，饬棣梅送交徐少园代为寄郡。接章安、卢道生来信，言与徐老四欧打之人名卢三宝自知认错，以花烛和事。嘱将其物送交老四，此事了结，以免日后再为纠葛，是为至幸耳。早刻，周篪卿、载熙两兄来叙过午膳后而去。日间天气炎热异常如是者，一年中亦不过数日而已，现届中元，请僧五人于初七日水忏一日、焰口一堂追荐祖上。今日初九水忏一日、焰口一堂，系是济孤，系承值祭祀之家请僧日诵，订明分据。昨初八日以僧五人念水忏一日、焰口一堂追荐先慈周太恭人，又，焰口一堂追荐故元配章氏，均余自行请僧日诵而已。

初十日丁丑 早至未刻，晴；申初，雨；申末，阴；以后仍晴；至晚皆然。卯正立秋佳节。早刻，宗德、小四于昨日送礼及三日衣至黄城，来云昨日晚刻黄城雷雨颇大，近处已无，所以天时一处有一处不同也。今日立秋，适逢小雨，晚季收成想歌大有，为幸多矣。余面上右边发有一粒红种[①]，亦有数日，并不介意，早刻，其种约洋钱之大。即叫严二爷来看，彼用针挑去，见血而无浓，即用呼浓膏药贴上。初时未见好歹，少顷自知不对，又叫童梅生来看，彼说无庸针挑，即开一去寒湿药方而食之，渐渐种大，心多着急，即邀王达夫兄诊视。但达夫来时已逾晚膳，彼即用黄柏叶一钱、生川乌一钱、生草乌一钱、老苏叶八分、白芷粉一钱、杏仁霜二钱，即嘱原店捣末，分有一半，加芙蓉花仝捣敷上。但芙蓉花及根、叶，均极升散异常，今得同药敷贴，想能即奏肤公耳。晚刻，女媪有云，余面上之毒恐是水疔，欲代为针挑，即用疔药敷贴。当因针挑而种，不敢再误。顷达夫言水疔及各种疔毒，其疮须高耸，或如绿豆之大小不等，看余之毒其疮口平，而且凹落，恐非水疔。彼外科有年，是毒是疔，一目而知。幸未作疔诊治，尚为为幸也。

十一日戊寅 阴、晴、雨不一而定。早起，面中仍然如旧，嘱吕保邀女媪来视，言是水疔，适达夫亦来，即作疔医治，亦无碍事。随即嘱

---

① 当为“肿”，下同。

媪用刀放，计两卷，其血不少，即用疔药贴上，不甚见效，即换用达夫之药敷贴，亦不见效，改用清凉败毒药粉贴上，其肿亦仍如旧，现时已晚，未识明日得能平退否也。

十二日己卯 早至未刻，晴；申牌，阴；以后皆然。余之面部昨夕稍退，其功效在于清凉解毒耳，再四惟思，看过多人，果是疮毒或是疔毒而不能决，须要张迪生先生一诊，可以见功，即收功亦须用彼之药粉耳。明日十三，彼在路桥洪乾裕坐店，去看本是极便，无如十三系是庚辰日，不便出门，即十四日早去，想能接洽。明日先致其一信，烦其十四日在乾裕店中稍迟一刻动身至泽库可也。余之疮毒虽愈，内科亦须医治，适章杞堂先生亦在路桥，若至彼处，一举可以两得也。晚刻，林质彬来收涂地照费之洋，余计九张半，每张两元，计洋十九元。前付过洋十元，顷付洋九元，两均清讫。言楚卿于早刻旋里，现在家中。晚膳后，至楚卿处，晤王云初、邱楚言、叶石甫、林质彬、王六皆诸君，互叙半晌而来。

十三日庚辰 早至午初，晴；午末，雨；未牌雨晴，阴；以后皆然。致张迪生兄一信，接其福函，言明日晚刻可转路桥，杞堂先生尚在俞宅。早刻，吴玉翁、汪伯端兄来叙半晌。粤省龙济光军与李烈钧军两军已经接仗多次，互有胜败、互有死伤，至就近百姓被枪炮毙命者及投河自尽者，不下万计，是处百姓之遭殃难堪言状，闻者代其惨切。再四维思，道、咸之间粤匪猖獗，由广西至嘉应州即行就道湖南，未至广州，而全粤可称完善，至今百姓人口之多亦逾于各省。今奉龙、李两军战斗，亦是地运使然。夫凡事无巨细，均存诸于数，此次两军互战，如此巨祸，岂非天意乎！即辛亥，汉口及潼关以至秦省各境，并保定省城，其遭惨如是之酷，考其前事，亦洪杨之劫未临，至五十馀年之后，有如此之惨，岂非数乎！人之生死、衣食、福禄均存诸于数，只得存心不愧于天、不愧于心，此外，听之可也。

余面上肿稍退，脓血不止，心尚着急，彼之药方不敢乱吃，俟明日与杞堂先生及张迪生两君接洽后照方调治可也。女媪自海门来言，娄仁一于六月初三日故在京都青厂黄岩会馆，乃翁娄耀甫将其收葬之后，在馆与各同乡言两子相继而亡，无何面目，转至家乡。现京中早已南旋，家中未见其踪迹，又不至逗留何处。细想娄耀甫之心诸多惨切，何待言宣。总而言之，积财与子孙，子孙未尽能用；积书与子孙，子孙未必能读；须积德与子孙，子孙荣昌。娄氏据遭此等惨切，闻者亦代为一叹而已。素知娄晋阶幼年嗜赌，中年经商，老年嗜利，耀甫庸庸数十载，虽无大恶，亦无馀德可知。德辉虽经毕业，人非大方仁一人，虽少年行事老成，如此佳儿，亦须馀德而能倍植[①]耳，背此以至如是，岂不宜乎！古语云：“为恶不灭，祖宗有遗德，德尽必灭；为善不昌，祖宗有遗殃，殃尽必昌。”勿以斯言为河汉，万望后来君子，存心为善，事事为善，须心不愧于心、不愧于神，是为至切，是为之记。

十四日辛巳　晴。早刻，乘舆至路桥洪乾裕，时方开店门，询张迪生先生，据店伙言自昨晚已去，今日在泽库阮寿德堂坐店，随即遣轿夫至阮寿德堂，请其至路桥大亨接洽。余即至大亨，晤章杞堂先生及陶习谦，相叙至晚，并晤俞仲征、俞昭甫、俞正甫、俞鲁卿诸君，互叙竟日。请章杞堂先生代开，初进一方，并代拟补剂一方。而张迪生来时已下午四句钟，即烦视余之面毒，据云非是水疔，其名曰阁上疯，幸其女媪作疔所放未深，医治尚易，即上药线、敷以药粉用膏药贴上，据言后日再换，其浓即能清了，续即用药粉敷贴，自能生机矣。随开早晚膳后而来，至家时经下午八句钟矣。迪生先生亦开有一方，至家时即购饮，想能速奏肤公而已。习谦现在其令姊家中，亦受暑邪，身发寒热，托余通知其家中，至家即嘱二头通知其令祖母矣。余至路桥，一路看，自平桥以南至大板桥约计十馀里，河尚无水，田均白地，幸其处种豆颇多，看天时似能下雨之景，只求上苍速降甘霖，是为深幸。

十五日壬午　日间，晴。惟戌初细雨一刻，时余在李舜卿处，未见有雨，至家，地均湿，时见月色矣。东西两岸即有如是雨旸，何况远

---

① 当为“培植”，馀同。

途遥远乎！余之面上疮毒十愈其八，想不日可以渐退，易于收口，是为至幸，仍食张迪生所用方药。晚刻，达云母舅及周篪卿、汪伯端兄来叙少顷，同伯端至李舜卿处，晤周妙保，系呈云先令郎，名祖涟，字莲塘，年二十岁，聘金四十六岁所养，现聘金年六十有六矣。当聘金三四十岁时，余所见其人极单薄，现年六十之外，亦是如斯。可见人须保养真元，即或单薄亦可赔补而已。聘金即呈云先之号。看妙保人颇安分，在彼之家有如此子弟，可谓佳儿，余欲代其想一善处，看彼之命运可也。自李宅就道至丁辅香兄行中，晤施建甫兄少谈。丁辅香兄言赴沪之行常[①]需时日，前托带函件亦俟其去时便带沪江送投，中附衣料另行邮寄，诸多未便，只交辅香代带尚为妥便，即须时日无碍耳。伯端兄云，水产学校现招新生尚需其人。现省议会已将重立，县议会亦然重序，金建卿兄系前省议会议员，赵子修兄系县议会议长，只恐金、赵两君应议员、议长而去，不免又少调度耳。辅香兄言，有人将海门之影戏包至本镇，借文昌阁开演数旬，亦多一层需费，有用之钱化于无用之地，深为可惜耳。至家时经二鼓矣。送童醉春先生扇面两把，早刻，代为写好，即送托周作羹兄代为法绘，俟其画好另行转寄至上山童可也。

阅阴历七月初九日《申报》纪：前浙江省将军朱瑞字曰价人在天津病故。此等之徒，虽经易箦，惜欠其早耳。按：朱瑞系浙江海盐人，当庚戌之岁，黄岩王子常太守总办安徽运漕统捐局时，朱瑞亦在运漕当一司事，子常先生每月给其薪水洋蚨十二元，如是者，彼亦求其叔前翰林院侍讲学士周冠卿先生函荐子常太守而收录之。自后，子常先生奉委赴太平府本任，交卸运漕局差，朱瑞至沪，无路谋生，图谋革命。辛亥岁，兵至南京，朱为粮台，任为浙江师长。当癸丑岁，以兵力驱前浙江都督蒋百器尊簋后即继之，浙江都督改为将军，任为兴武将军，卸去旗下城民房，新造将军府第，极为阔大、极为华丽。至本年丙

---

① 当为“尚”。

辰不过五六年之间，家资积至五六百万之多，试问五六百万之银钱竭尽吾浙民脂民膏，万民受其荼毒者不知凡几。今其死矣，谁曰不宜？皆云欠早！

即袁世凯世受清国厚恩，乃祖甲三平捻有功，生则官居极品，死则赐谥。伯父葆恒由翰林起家，官至侍郎。乃父葆庆，名列贤书。世凯少年入泮，随员韩国，荐保道员，简浙江温处道，未及赴任，命带武卫军以对京堂候补，升至三品京堂，赏侍郎衔，署山东巡抚，则补授是缺，移督直隶，内授外务部尚书，着在军机大臣上行走，加头品顶戴，奖双眼花翎。戊申，两宫宾天，命充办丧大臣加太子少保，晋太子太保，以足迹乞休。辛亥用为内阁，如是直道，以致今日虽经薨逝，封侯锡爵，令子即可相继，例所然也。就以大总统而行，亦经吐骂于今时，常存不足，欲登九五，不就，各省反对，害善害良而逝，家资虽逾百兆，竭尽天下民膏民脂，万民吐骂，后世吐骂，谁不曰"国贼"二字加之！倘若子孙不肖，所积民膏民脂一旦而尽，何异贫民！不过多一臭名留于后世而已。袁世凯故世之后，乃子乃女妄盘民脂民膏之外，窃取禁宫之内以及保和殿存储玉器、书画以及各色宝物，当袁世凯运柩赴抃之时，轮车每行三十挂，每日来往六次，开行三日之久。如此计之，另星对象犹如山积。

当言朱瑞此等行为，忆及袁世凯不故，一大一小，直而言均曰死得欠早而已！以"欠早"二字加之二人，谁曰不宜！是为之记。追思袁世凯、朱瑞二人今均去世，鬼如有灵，有何面目对乃祖乃父于地下乎！又未识此二人之存心初则若何？继则若何？追心思想，朱瑞尚为贫寒而起贪心，袁世凯当亦家贫资百万，亦有如此贪心，两相比较，袁世凯之恶逾于朱瑞百倍！袁世凯之罪亦逾于朱瑞百倍！冥罚不爽，未知袁世凯所报若何，朱瑞报应若何，俟诸异日，已有所闻而已。

报中纪广东龙济光军与李烈钧开战于广州城外，万姓荼毒，深为惨切也。

十六日癸未　晴。周篪卿托余写扇面一把，款书福亭，随即写就，饬棣梅送交。子权托书扇面一把，随代写好，即交其带去矣。晚膳后，同张韵卿先生至作羹处少坐而来，至家时将二鼓矣。

十七日甲申 晴。晚季稻苗正须待泽，晚刻遥见西方日色暗红，云亦红色，如是者只恐不雨，深为焦急。急盼上苍默佑，早降甘霖，深为至幸。晚刻，翁子俊兄、达云母舅、陶习谦、李舜卿及眉甫先生来叙至晚而去，眉甫先生即留宿焉。习谦兄言其令尊于晚刻到家，即同李舜卿兄至其府上，互叙半晌而来，时将晚膳矣。晚膳后，陶寿翁来叙半晌，言及广东龙、李两军现方剧战，龙用德人，李用日本人，两相战斗，亦足相持。无如百姓受其荼毒，何堪设想。只求早日和平解决，为幸多矣。陶寿翁之如夫人于晚刻生一子，其八字：丙辰、丙申、甲申、癸酉。周冠卿先生托写扇面一把，即代写好面交。昨托作羹兄代画扇面两把，向其取来，即送托习谦兄代为寄交童醉春先生矣。

十八日乙酉 早至未刻，晴；申时，阴；酉牌，雨；以后或雨或阴而已。连日西北风颇急，以致潮水甚大，种道头涂地者日夜防堵，无刻能闲，若辈苦甚。晚刻，偶转东北风，势成风水之景，幸不甚大，尚无碍事。现晚季稻苗正值待泽，今晚已得甘霖，叨天福佑，只得感谢而已。近处农田已有水者，晚稻寄生，想至收成，可歌大有。惟无水之田今晚虽得甘霖，田中尚无积水，想今夜叨天再降大泽，能得富足，未知减收与否，亦难预料耳。晚刻，达云母舅及翁子俊、周篪卿诸君来叙少顷而去。送至门首，尚无雨意，余转小台门里，雨点甚大，惟时未久而晴，俟雨稍霁，即遣价送雨伞、水鞋而去。诸君等均隐在二府署前，两家相隔不及半里，遇雨之来，竟有如此之急，何况出外行旅，苦况莫可言宣。篪卿言，海门之影戏今夜已至文昌阁，适遇风雨如斯，想往看者亦不多得耳。

十九日丙戌 早至巳刻，雨颇大；午时以后，阴雨不一而定；至晚皆然。风虽西北，幸不甚大，未成风水。道头西边内宕因出水之处未固，于十六夜潮翻进，约计尺许，十七、十八两夜均行防堵勤能，未曾冲进。又据老三言，此番潮水较之往时稍淡，因上乡已有大水之所致。想只十六夜一次而进，总不致害事。以后八月初上想无大潮，至八月十六再防三夜，今岁收成即可到手。今之宕地棉花因初时缺水，而后偶沾大泽，而后又晴、地燥，又复小雨数次，棉苗最为佳妙。如此棉苗，十数年来所少见，只求以后和风甘雨，想至收成定能兴旺。东至海门，以至三山江岸一带，种地及有地各户均计千家，可以度日，其中，藉此谋生者，亦不下数百家，均庆大有，为幸多矣。

晚刻，伍菊香、周篪卿来叙至晚，言及黄梗卿由三台中学毕业投赴省垣某学堂肄业，已于十七日动身，赵友竹、王云梯两兄亦同梗卿而去。云梯系楚卿托张喧初代荐为盐运使署调查员，每月薪水计洋六十元，现宿梗卿寓中，无庸另行开费。楚卿因复召省议会议员，亦定于廿四日动身赴省云云。周苹洄因复召参政院议员，已经赴都。并言王云初之子名少初，读书未就，楚卿代送海门庆云银楼习艺。彼用心入赌，计输百馀番，海门之银行向庆云换购金戒等计洋数十元，少初私收移作赌费。自后，其经事访悉，少初即行到家而不去。待云梯自省旋里访悉情形，即将少初私收之洋认赔，随将少初送转庆云习艺，不意少初又逃，云初又送。云初人懦弱，向以从阴，即父子亦无严厉。少初年未弱冠，其野性如斯，若不大加整顿，则后事难言矣。

公咸于晚刻来言，上洋谢仲衡之四叔其人向以刻薄成家，积有数千，当时置田九十馀亩，年至五十无子，购有螟蛉之后，又生一子，不意其子至八九岁又故，待其螟蛉犹如己出。上年拜楚卿为义子，月初作古。而仲衡之四婶即将螟蛉为子，当时应继与螟蛉而穿麻布，论理本须选择子侄或就应继为祀，而楚卿因是义子之谊，嘱出田十亩与已穿麻衫之应继侄田四亩，彼祠堂田两亩，又四侄每人接帛田一亩，吩咐仲衡分派，事常未允。楚卿言彼若不允，嘱将田均售脱，听之可也。此事如是，楚卿所言如斯，是为之记，未识后事果若何也。留菊香、篪卿过晚膳后，同至丁辅香之麻行中，晤周冠卿、施建甫，至文昌阁看影戏，其影片大格与上海之影戏园仿佛，而无上海之完全周至，于时过促，颇无趣味耳。就道又过辅香行中少坐，至家时经十二句钟矣。

致张孟定一信，交邮寄沪，托孟定代为探识之甲种商业毕业诸生送入北京中国银行投考为徒如何章程，想其留心，是事定有福音耳。学校既称商业，能得毕业各生投入公家之银行、铁路等处，本分内事。不意学校自曰学校，各生毕业即曰毕业生而已。曾入银行学生，曾入铁路学生，两均分开而不同。忆庚戌岁在都时，闻说大清银行学堂优等毕业一生，经大清银行会办户部参议欧平叔先生荐为大清银行为伙，每月薪水八两。若无欧君一荐，即不能至此。有欧君之荐，即未入大清银行学堂者，直入大清银行亦可为夥为徒，可见“毕业”二字即有若无，名之曰虚衔可也。有“毕业”二字，以便代荐诸君书信、书条可以带帽，实则即在代荐之人面子，以“虚衔”二字加之，颇为切中耳。

阅七月初七日《申报》纪：山西巡按金道坚永委任仆家骥为阳曲县知事、葛尚德为榆次县知事、赵延桐为石楼县知事、戴书铭为晋城县知事、赵振还为太谷县知事、冯延铸为平定县知事、邹宽为中阳县知事、甘联锦为屯留县知事、孙迪光为长子县知事、尹荣修为盂县知事、张孝全为潞城县知事、吴永治为徐沟县知事、陈士凯为襄垣县知事、张凤彩为永田县知事、彭赞璜为河津县知事、韩寿椿为夏县知事、张文瀚为赵城县知事、余宝滋为闻喜县知事、屠仁彬为虞乡县知事、钟仁寿为绛县知事、柳鸿谟为天镇县知事、黄延光为芮城县知事、李丕基为浮山县知事、余城森为服县知事、赵延桂为静乐县知事、童庆麟为大同县知事、祝鋆为应县知事、陈赓虞为定襄县知事。以上各员旧日州县者不少，如钟仁寿字曰蔚生，与吴书年方伯有葭莩之谊，因此赴晋候补，前亦数任州县，人极能干有为，想是邦政治无改旧时山色。屠仁彬者湖北人，在山西之老任州县，家君调署虞乡县篆时，彼任芮城县篆耳。童庆麟者，当辛亥多事之初，彼方握猗氏县篆，交卸时，彼携行李悉均被抢一空。葛尚德者，系上海县人，当日候补知州；张文瀚，顺天人，当时候补知县；赵延桐字曰虞琴，浙江仁和人，当时候班补用知县。此外曾任州县者亦复不少耳。

二十日丁亥 因、晴、雨不一而定，大约阴多，晴、雨少。致蒋少香兄一信，托贺云江兄代为带交，托其由闽转寄泉州府城，确询继成堂洪潮和曾孙堂麟代为选择先慈造葬各一吉日，大约在丁巳年春、秋、冬等月而已。早刻，云江兄来叙过午膳而去，王六翁、伍菊香、谢仲衡来叙至晚，留过晚膳后而去。侍妾染恙，晚刻，请张与龄诊治，开有医案，颇合道理，看其用药过寒过热，不敢饮服，容另再为想法可也。但曹氏之病，余想之，总是气闭，以致肚薄似去不去之景，未识究何药为善。此症，章杞堂先生最能得手，无如请其诊治颇非易事。陶寿翁言，郡城许吉轩先生在其府上，明日请其一诊，未知得能顺手否也。

廿一日戊子　阴，惟未牌细雨，片时即晴。接王俊卿兄一信，借去《六法大全》一册。早刻，许吉轩先生来与曹氏一诊，其方亦颇有理，想能立奏肤公耳。王六翁之世兄字厚哉，托余写扇面一把，随即写就，遣价送交矣。张韵卿先生晚刻自土屿至城趁小轮来言，早刻，至土屿赴城时方至半路，下雨颇大，近地各处只阴而无雨，路只三十馀里，天时亦有若是不同也。禹坤言，丁辅香兄现偶寒热，前托其代带张丹翁一信并附送嫁衣料两件因其近日不能动身赴沪，即嘱阿坤向其取转，拟楚卿兄代为带申饬纪送交。晚膳后，至楚卿处，言楚卿已于晚刻至海门近地赴省，即托邱遇琴兄代为带托楚卿兄代带沪江，遣价送投矣。其馀各件及裱李粲山水中堂仍托丁辅香兄到申之便代为带裱及购各件可也，即需时日，亦无窒碍耳。就道至丁辅香兄处，晤陶寿翁、蔡绍亭、施建甫、周冠卿诸君，相叙半晌而来，至家时将二鼓矣。阿坤言，张作舟已经动身赴甬，质讯其事均由周笃甫兄代为律师云。晚刻，至陶寿翁处，晤周笃初、李舜卿兄，相叙半晌。笃初言有亲戚被保卫团哨长拿获，随即送至海门，彼亦即至海门向徐福生处取抱，未识因何事故，未及详询耳。

廿二日己丑　晴。晚刻，至赵子修兄处，相叙半晌，言其太平县议会已将成立，彼是会长，拟明日动身赴太平应县议会之任云云。椒江水产学校已于今日考取新生。预料金建卿兄亦拟下月朔日晋省应省议会议员之任。叔枚兄现赴日本，大约月杪月初即可旋里云。就道至子俊兄处少坐而来。

廿三日庚寅 晴。西风已来，天气大有秋凉之景。晚膳后，至洪少琴处，晤道周宗叔，云余洁斋本系候补省议会议员，现今复召，因有事故者颇多，洁斋本可补到，因上年台州公电赞成帝制，系洁斋首列具名致电，有此一事，即已轮补到缺亦经取消。

阅七月初十日《申报》附张纪杂评二之时事节云："今日时事之现象，不啻传染一种不可思议之神经病焉：忽而喜，忽而忧；忽而静，忽而狂；忽而笑，忽而怒。时局既有如此不可思议之现象，而全国之人亦遂无安定之态度、无静默之理想、无确定之希望、无久远之计划，百事且因以阻碍焉。然则此神经病之变幻不定，非国家之好现象，而实一大危症也。"又纪云："时局忽结束，忽延宕；战祸忽停止，忽重开；戒严忽解除，忽重开，忽加紧，我商民之皇皇不安而尚未得享安乐之幸福者，非即此不可思议之病之影响乎？"又纪云："然而当此症象变幻之时，药石乱投尤为可危，主持国事者其知之。"如是所云，正合刘幼云先生致国务院函云"民无措手足"一语暗合。所云不知后事若何，是为之记。

是日《申报》附张又纪"乘车跌伤"节云："粤人陈某昨乘电车至吴淞路下车，不慎跌伤头面，由四百二十八号华捕到来带入捕房，转送同仁医院请治。"又阅七月十一日《申报》附张纪"林寒碧君之惨死"节云："《时事报》总编林寒碧君于七号在马霍路被汽车撞跌，旋即因伤逝世。八日午后二时三十分钟，中西会审官到工部局验尸，并传询尸亲友及见证。林君之妻徐氏称：'氏夫惨死，应请会审官注意研究此案，氏当另延律师起诉'云云。据见证述：'昨晚八时许，死者在马霍路口雇东洋车，适自后来一汽车，遽将死者撞跌，汽车中坐一洋人。死者受伤甚重，旋由捕房巡捕送往医治'云云。又据暗报告，大约与见证同。午后四时成验，出殡于锡金公所，送者甚众"云。上海行路，步步可危，必须刻刻回顾、步步回顾，行转相安，是为大幸。万望诸君倘若赴沪之行,刻刻留心、步步留心,是为至切,是为至幸。偶经视及两节,是为记载,以便诸君子预作驱避,为幸多矣。

余所栽瓯兰俗曰本山素心,阅《花镜》所云名曰荪。凡花开久香尽,即当连茎剪去,勿令结子,恐耗气夺力,则来年花不繁也。又,所植建兰红、白各一种,白者据《花镜》所纪王小娘、青浦两种颇为相若,以余想之,以青浦为多;红者大约以大张青蒲统领都梁淳、监粮许景初颇为相若,以余拟之,以许景初为多。余只以书室之前可以植花数种,各相比较,以兰花为最佳。兰能耐久,其香文,故兰之佳妙,各花不可及者此也。

阅七月十七日《申报》纪杂评二节云:"'依然'二字,若鄂、若湘,匪乱依然也;若粤、若鲁,战祸依然也;军警之防范依然也;官吏之贪腐依然也;社会之困苦依然也;人心之陷溺依然也;外交之棘手依然也。共和复矣,而一切依然,则亦依然一可危、可悲之中国而已。国人试思,革命奚为乎!"如是所云,深堪浩叹,更增忧忿,未识何日能已,是为之记。

阅七月十九日《申报》附张纪杂评一"观念"节云:"人谓各省今日之纷扰由于乡土之观念太深,以为本省之事必本省人自办之,非本省人必攻击之。乡土之观念深,则国家之观念薄,斯言似矣而其实则非。盖真能爱乡土者必求所以有益于其乡土、诚心维护其乡土,广之即爱国家之心所表现也;反是,所谓爱乡土者,不过为权利问题,质言之皆爱身之流耳。既排异省人而不容,结果必尽排他人,而只有我,湘事可为殷鉴。故与其谓为乡土观念,无宁谓为身家观念之为当也。然而,今日之人尚未知所以爱其身者也,其能爱身者,必先自顾其名誉,自保其廉耻;即不然,亦必自审一己之利害。乃观大多数之人,当其失意时所以昏其志者未烈、夜气之酷亡未甚,其言、其行犹能时时顾及其一身之界限,一旦得意,则凡声色货利、左右前后,无一非戕丧其志气之具,以昏然无主之躬堕其中,而一切皆有所不顾,得意时之行径,与失意时全然不同,身由是而败,名由是而裂,谁谓真能爱身者而如是耶！吾故谓真能爱身者而后来爱乡土，真能爱乡土者，而后能爱国家也。乡土也、国家也，一以贯之者也。不然，而身且不自保，乡土云乎哉！国家云乎哉！”所论如斯，足达今人之通病，是为之记。

廿四日辛卯　晴。夜膳后，至星斋处，晤道周，相叙半晌而来。言及星斋宗叔有长兄名大林少爷，幼即生涸疾，当乙亥，年经十七而逝。时值冬令，因无吉日，未见大殓，先将其尸殓至中堂，不意尸将起立，幸有人看见，即用扫帚压下而倒，因其守者不能用心之所致。俗语云，有孕之鼠或猫等过其尸上，其尸而能起立，遇人立抱而逝，所抱之人亦倒运而逝。幸其尸虽立起，不能转湾，人若遇见此等事，虽转湾一避，即直前而去，或至高下之处即倒。其事有所闻，未经目见，彼有所见，事即果然，其理若何，莫名其妙也。又言楚卿兄本是今日动身至沪、赴杭，因轮船阻风延搁一天，明日动身。其弟梗卿亦因风阻在海门与其乃兄同行云。

廿五日壬辰　晴。致章子修兄一信，饬老官送交。晚刻，信源经事王俊卿兄来叙一刻而去。言及上海有健客陶姓言沪上有洋靛青百馀桶，每桶价计一百八十两左右。事果如是，倘购至台，售价获利颇厚。又言向购十桶或五桶发售之后，又可再为向购云云。以余想之，此事断无如是之便宜。陶姓系本镇人，字曰柳桥，名常熙，其人最不靠者，恐其造言欺骗，亦未可知。即与其言曰，询其屯在某处，其人是否陶柳桥而已。达云母舅及陶习谦、周篪卿、汪伯端、伍菊香来叙至晚而去。习谦言，习之染恙未愈，即同至习之处。据习之言系积食伤风，致生寒热，托余代其致函代请王启藩先生诊治。现均皮申甫兄代诊，已吃数剂，未能见效，今日去请陈莘野诊视云云。出时乃翁寿翁方自海门来。至家即代修函代请王启藩先生。晚膳后至寿翁处少坐，即将致王启藩兄之函送交习之兄专人送交矣。少顷，陈莘野先生来与习之兄看病，童再春先生来与习谦令嫒视病，相叙半晌而别。

就道至丁辅香之麻行中少坐。但习之兄向与海门陈氏来往，系王仙桂之女，嫁与陈姓，生有一女，转至母家而不去。其女年未弱冠即与习之来往，自后娶其作妾，因祖母及妻逼退，习之即得无奈，明则退还，实则即将其母家为家，其处过城头转西过桥，即其裕大典中，即曰小路。顷辅香言，据皮申甫云，习之数日前在陈女家，从小路至裕大典一坐，转至陈女家，脱去长衬，见裤当中鲜血淋漓，细看系是外面，非是内出，不知何时所染，亦不知从何所染，又不能自知，此一大奇事也。

晚膳后，晤陶寿翁，言张丹庭兄令嫒许黄楩卿者，已择十月间于归，言其嫁妆最为丰厚、最为繁华。但家子地方与上海不同，上海有戏团，亦有女眷之亲戚往来务须相接，或有美衣可以多穿。但家子地方虽言有市，无易乡间，每年即或出去看戏、拜佛，不过数次而已，各色美衣、锦帐，做新妇时，穿着十馀套，尽可将就，此外竟穿不到而已。如此之多，正是有用之银钱化与无用之地，深为可惜耳！万望有女之家遇于归时，须俟其要穿之衣做几件、要用之物买几样，以光目前应用足矣。父母即或爱女，将所办赢馀物件之银钱交其现带，岂非美事？所见如斯，想诸君子亦以为然，万勿听内人所云，亦万勿听嫁女所云，必须自立主意，是为至切。为之记焉。

廿六日癸巳　晴。致十里铺陈宅岳母一信，交其来人带交。早刻，至翁子俊兄处，晤达云母舅，相叙半晌而来。晚膳后，至陶寿翁处。寿翁言，早刻饬价携函请王启藩先生，自晚刻旋，言启藩先生因染疟疾未愈而却之，并言自竹篷过南此番下雨最小，寄生田大半均是缺水，即各处虽经被泽，亦须望雨。伏乞上苍速降甘霖，养活民生，为幸多矣！

廿七日甲午　晴。接章仲厚兄一信。王六皆先生托余代写扇面一把，款曰庆夫，随代写就面交矣。陈鸣泉送画八景册页八幅，但会面数次，以情难却，交二头送其英佛两尊，以清其事耳。余上半年，将上年分之田自计仗后，即嘱各佃户书写领种票存照，均订成本，倘若查阅，颇非易事，拟编目录。所订之簿即于首幅已书“领种票据”，难于插足，即就底下自十五页之上起写，计算至底幅，方足以上书票据之数。自早书起至晚，写未及半，容俟明后日再写可也。

廿八日乙未 晴。致章子修兄一信，饬小四送交。晚刻，价言章杞堂先生自路桥已来。即至陶宅，晤习之、习敬、章杞堂先生，相叙至十二句钟来。言习之系染湿食所致，无窒碍也，并言其令郎普桂系癸丑二月廿三日申时所生[①]，八字颇为佳妙，即其庶出令弟之八字，据韵卿先生云，其食神制杀亦占优胜。世家子弟出世即有世家子弟之庚甲，可见一生福禄早为主定耳。

廿九日丙申 晴。连日未雨，晚季日盼云霓，深为至切。敬求上苍敷佑，速降甘霖，以惠民生，私心沐祷之至。早刻，小四自前宅来，接章子修兄一信，言所少之处再缓十日，亦不得不允如所请也。早刻，王俊卿兄来，言洋靛之事，来价每桶约在一百六十两之谱。事虽陶柳桥所言，弃之似乎可惜，但柳桥言语轻浮，难于取信，随即致函托方赓甫兄代为询探，是否之处，托其示福可也。致方赓甫兄一信，亦交王俊卿兄代为寄沪耳。早刻，请章杞堂先生来家，留过午膳后，请与祖母并家君及内人、侍妾各拟一方药，均补剂。显寿亦烦其代珍，据说因有微邪，偶食毛燕，以致邪入不能而出，致有疾病。现值天气太热，不能用药，容俟秋凉将其隐邪散出，再行用药调治可也。但杞堂先生人极长厚，屡次烦其代诊均未送礼，今日请其诊视之后即送酬敬英佛四尊耳。晚刻，达云母舅并伍菊香、周篪卿、李舜卿诸君来叙至晚而去。前数日，天气已凉，大有秋景，自昨日偶热，今日更热，其热不让于初上，未识几日之后，能得转凉。晚膳后，同韵卿先生至丁辅香处，晤周冠卿，相叙半晌。但洪少琴郎系癸丑十一月初五日亥时生，其八字癸丑、癸亥、丁巳、辛亥。冠卿先生代为推算，命极单弱，故其常染疾病，此亦八字生来即以早定也。辅香兄令郎云保已择于十二月十九日完姻云。

三十日丁酉 早至未刻，晴；申初，细雨，片时即晴；以后皆然。

---

① 页边注："习之兄郎英造。"

天气最热，虽经微雨，而热气仍然，晚禾之待泽甚切。晚刻，叨天福佑，得有小雨，而有水之田受益良多，无水之田仍然如旧。急求上苍再降甘霖，深为默祷之至。早刻，陶习谦兄来片言席请章杞堂先生午膳，邀余陪客。随至陶宅，晤章杞堂先生并陆子升先生及习敬诸君，相叙席散后少坐而来。言新任临海县知事戚君已于昨晚至海门，想在明日赴郡云。椒江水产学校金建卿兄因今日开学，来柬邀余晚膳，即于晚刻至椒江，晤金建清、汪伯端、王六皆、周作羹、褚姓（系尚得小学校教员）及王伯琴诸君，相叙席散而别。过丁辅香之麻行中，晤侯洁斋、曾先生诸君，少谈而来，至家时方九句钟矣。曾先生托余写扇面一把，俟明日写就送交可也。

八月初一戊戌　早至未刻，晴；申牌，阴；酉时仍晴；以后皆然。惟申时似将下雨而未雨，望雨之心，深为至切，急求上苍养活民生，速降甘霖，深为至祷。晚刻，达云母舅及子俊兄、李舜卿兄、伍菊香、周篪卿、洪少琴诸君来叙至晚而去。询少琴兄言其令郎染恙稍愈，想能渐奏肤公也。言本邀童醉春先生诊治，因去请，路远事忙未来，即请水门曹六爷诊治，曾经得法，即就六爷医治。总而言之，孩儿若有命，投曹六爷亦能得法，童醉春先生诊治，可无医药之误投，否则即童醉春先生亦无能试其技耳。晚膳后至丁辅香兄麻行中，晤苏礼甫，相叙一刻。礼甫言住郡城小街头即香添巷口云云，言及新任临海县戚思周知事已于今日到郡，定于初三日即阳历八月三十一号任事云。至家时将二鼓矣。前托贺云江兄寄沪购买《袁世凯轶事全传》曾经买到，晚刻交三先带来矣。

初二日已亥　早至午时晴；未牌，阴；以后皆然。戌亥刻，远处已有雨，近地尚未见雨，惟雷声响，想有大雨，以济时急，为幸多矣。

初三日庚子　子牌，雨不甚大；以后至未刻，阴、晴；申、酉时，细雨，不甚大；戌刻，雨晴，阴；以后皆然。酉牌时分闻雷声响壳[1]而雨

---

①　当为“响亮”。

不甚大，真是久旱而望云霓，于心最切，急求上天迭渥甘霖以慰民生，为幸多矣。

初四日辛丑 早至午时，阴；未、申时，晴；酉牌仍阴。似雨而未雨，于心最切。早刻，公咸兄来言，其上洋附近诸处前次雨已富足，寄生田均整顿，其中虽多日未雨，田尚未燥。现蒙上苍降雨，而未燥之田尚无大碍，而东南各处晚稻、寄生田均是白地，幸豆苗均佳，尚为至幸，急求上苍速沛甘霖，深为祷祝之至。晚刻，陶习之、李舜卿、伍菊香并达云母舅来叙至晚而去，但习之之恙曾经安痊矣，言洪少琴之郎染恙亦经就痊，深为至幸。

初五日壬寅 晴。接潘子祥兄一信，随即致覆子祥一函，交其来人带福矣。晚刻，达云母舅及翁子俊、洪少琴、周月波、伍菊香、周篪卿诸君来叙至晚而去。言及施建甫染恙颇沉，今日曾有气闷。但施建甫系土屿人，大约癸卯、甲辰间入楚卿家售盐之夥，初进人尚朴素，而后日渐奢侈，其好淫之名亦渐昭著。而后，楚卿家内另用他人，转荐本镇盐商，年前被同事于盐斤中作弊辞退，即经理瑞元账务，其淫名以及烟、赌仍然如旧。其平生大约如斯。晚膳后至永利麻行，晤周冠卿先生，相叙半晌。值辅香自海门来，言与施建甫有事接洽而去，云即转至海门。此等人即或长短亦不足惜耳。适陶宅司账三先来，言近日而论，晚季稻苗，西南雨足而佳，东北雨稀而歉，乌石以西田均修拾，可望收成，本镇亦修拾者多，而平桥、竹篷之南，田均白地，苗已枯槁，急求上苍速渥甘霖以惠民生，深为大幸。

又言黄岩有大田人侯姓者至黄城取一育婴堂养女为室，十六岁时与侯姓成婚后，侯姓亦无生活，至今七年，将馀积日渐消化。其室人本不贞，通奸者多人，内有孔姓，向业花炮，人亦无赖，与其室通奸亦有数载，时与侯姓兜欧。上月侯姓欲将其室带至外乡，其室与孔姓谋，购砒交其室和在饭中，与其夫侯姓食下，其砒发作，侯姓即知其室之毒，随至万育药店，告其如此情形。店夥知是红砒，遂将甘草、防风两样和水而进，即吐，幸未毙命。侯姓即递呈，控孔姓与其妻通奸、谋害情形，控诸县署。而邑宰因其谋害虽真，事无确证，未及急追，即其控呈尚未批示。至月之初二夜，侯姓睡后，其妻约同孔姓带有尖刀，将侯姓直捣两伤，一在胸中、一在肚腹，深均两寸许，而侯姓随即毙命。初三日，其妻尚至县署喊控，言其夫昨夜看戏来，被人尖刀捣伤毙命。邑宰即行勘验，如是情形因奸毙命无疑，即将其妻收监，钉僚往拿孔姓。而孔姓与兄弟诸人均已远逃，尚未被获，想其拿获之后，同其妻均须严办，以儆风化。其妻生有一子，现经四岁，发交育婴堂收养矣。此等悍妇必须临迟[①]取死，奸夫亦须死刑，在于情理，未识汤邑宰办理若何，容后再记。

汪伯端兄亦来，互叙半晌，言其学校田教习系直隶人，此番暑假至家而来，携有天津之水产学校所做罐头，鸡、鸭、牛肉及葡萄、香梨、栗鱼等均是原味而不走，未识椒江水产学校将来亦有如斯否也。来时已将二鼓矣。

初六日癸卯　辰初，晴，辰末似有雨之景，得细雨片刻，随即而晴；至晚均然。农民待泽，日盼云霓，深为至切。早刻得雨而未雨，胸怀更增着急。以近地而论，本镇及栅浦、乌石、东更、水门、横山头、竹篷、高坎头、长树头、上洋、西张、户头、屿头、坎田诸处，晚禾上者尚有四分、中有四分、下只有二分；三山、下洋郑以西各村庄，晚禾尚均茂盛，因前雨已富足；杨家桥、海门诸处，上下计之各半；如横申、横牛头、横申项、前洋、栅桥、白鹤殿、前苏、前施、东京、东曹诸处，晚苗大约上四下六而已；至平桥、枧头、东山头、钗洋、大板、上澄、下马、张后、许田、后陶、麻车、江家、前张、岙里、缪家山、头泾边、勾头诸处，除豆田之外，有在内河之侧及大塘之岸边田亩尚有积水，馀则均是白地；至洪家场、大板桥、小板桥、赵桥、后洋王、上马、马屿头以及过南各村庄，晚禾均称佳妙。总而言之，禾田无论有水无水，民人日夕盼雨深为至切，急求上苍速降甘霖，养活生民，是为大幸。

---

① 当为“凌迟”。

晚刻翁子俊兄来叙一刻,言其令郎因误雇乳媪,性革寒冷。凡性寒之媪乳必冷,以致小孩日夕饮食而进,小孩之性革被其所冷。凡小孩赋性均是温暖,乳寒、性寒又在半年之外,日夕渐寒,即父母日有所见,亦不得而知小孩性寒,致多疾病,皆其冷乳食之所致。现经乳媪已换一人,现换之乳媪看其人尚壮健,其气血必旺;气血旺,其乳必能温暖,想其一番周转之后,即可除却前病,易于成人。凡有小孩雇用乳媪者,必须不以莘工多寡而计,必定觅有乳媪气血壮旺、面色红运①之人倍养②小孩,是为至要。凡乳媪进门,时时留心其人面色虚弱,身有疮瘰即刻更换,又要看其性情和平、日夕伴护小孩亦能周到。以上诸节均是必要之件,万勿粗忽,是为至切。并言达云母舅日夕稍有不豫。晚膳后,同韵卿先生至子俊兄府上少坐,复约子俊兄至达云母舅府上,相叙半晌,言昨夕伤风,今已就痊,是为至幸。来时尚未二鼓。仲达之女自七月初七日生,至明日系八月初七日,届满月之期,日昨备小孩帽蒐、衫裤、抱裙等,早刻饬价送去,名剃头衣,亦俗例所然也。

晚刻,周少云来叙一刻,言黄岩王仲潘家现经摊帐,闻言之下,深为怅然。但王仲藩兄各恭斌,捐不论双单月兵马司正指挥,系王质甫先生之次子。质甫系弢夫先生令弟。质甫原字琴泉,各彦威,由附生捐府经,指江南侯补。时温州孙琴西方伯开藩金陵,借资加捐通判,委解漕运,保以补缺后知州用,委署江南海门厅同知,瓜期届满之后委海门厘金局委员,接办一年有半,交卸之后,积极资亦将万计。其中或委一差,或请假至家,或在省侯补,来往江南亦向六七年之久。至己亥岁委署宝应县知县,自后宝应县交卸,委署青浦县令,未及周年,委署邳州知州,交卸青浦赴邳州任,约两载有馀。交卸之后,委署丹徒,未及到任而逝,宦囊约有六万之外。其子定九早故,有一子娶

---

① 当为“红晕”。

② 当为“培养”。

俞棣生工部令媛，而后棣生在粤西时入赘。次即仲藩，但仲藩日在专事烟花，烟则日计两外，初与妓女花宝林，后改惜花轩，往来已久，计用者两万有馀。该妓女生有一子，曾否仲藩所出，亦是难言。余于癸丑岁在上海所见惜花轩之子相貌大似仲藩。而后仲藩之继配生有一子，将惜花轩之子置之上海，不能携至家中，因其母、其妻均不能相容之所致。而仲藩烟花之外，于家中不视生产，至甲寅之秋，仲藩腰囊已罄，染病而逝。其欠款已多，时难收结，自后日渐凋零。仲藩继配所生之子虽幼，棣生之婿亦颇不肖，专事乌烟，以致如斯，深堪浩叹！古人云："积财与子孙，子孙未必能用；积书与子孙，子孙未必能读；积德与子孙，子孙荣昌。"必矣！必须积德为要！惜花轩之子果是仲藩所出，以世家骨血弃置沪江，将来流入下流者归多，返身自问，于心何忍？万望后来君子爱惜精神，万勿与若辈所染，是为至切！为之记载，勉之慎之。

初七日甲辰 晴。日盼上苍速降甘霖而不可得，心为焦急万分，虔心叩祷，上天好生，迭惠大泽以惠民生，深为大幸。致贺云江先生一信，饬老官送交，托其代为转托少香兄带闽，寄泉州继成堂洪潮和曾孙堂麟先生选择先慈造葬吉日各一日。晚刻，贺云江兄自家中来，少坐，至海门去。言少香尚未赴闽，前开山向及祭主生命之信，均交少香兄矣；前交翼亭转交其嘱庆云银楼镶拼鼻烟壶盖，曾经做就送下，物尚相配，计价子洋六角，即为登账并算可也。晚刻，翁子俊、周月波、伍菊香、陶习谦、周篪卿诸君来叙至晚而去。言昨夕即初六夜，约在亥时、子时之间，看天上蓦如电杖一闪之后，满天红色，片刻即隐，而有白光一直颇长，渐渐而灭。其处在于河影之侧，如此奇事，非独无见，亦所罕闻，即古书小说中亦无有言如是情形，未识主何机兆？有何吉凶？庸庸小民，事未所见，亦不能预识。只有云月华系是五色，只有所闻，亦无所见。即月华之现亦在中秋，昨又是初六之夕，老人有云：传闻明末张献忠降生之夕，见天有红色，亦人所未见之事。如是想之，确非月华，想是星宿降生为多。张韵卿先生言，倘是降生，照昨夕亥算：丙辰、丙申、癸卯、癸亥，倘是昨夕子时算：丙辰，丙甲，甲辰、甲子，两命均是奇特。果如其言否也，是为记载，以观后事若何。又言定海盐商，张丹庭及童白暄、吕戴之曾于上年组织开办数月之后，序散无常，现复整顿，定在初八日开办云云。其利虽厚，该处百姓受害亦深，究其原由，周苹洄之所设想。未识其详情若何，容后再记。

顷阅《袁世凯轶事全传》纪事多端，言难尽述。按：袁世凯字慰亭，别号蓉庵，河南陈州府项城县人。祖甲山系平捻有功于朝，伯父保恒由翰林官户部左侍郎，父保中，继父保庆官江南盐道。虽是贵公自子出身，人实无赖之一浪子而已。娶妻于氏，生子十五人：长曰克定，次曰克文，三子克良，四子克端，五子克权，六子克桓，七子克齐，八子克轸，九子克玖，十子克坚，十一子克安，十二子克度，十三子克相，十四子克捷，十五子克和。长孙家融，次孙家嘏，三孙家玮，四孙家瑠。其同胞六弟世彤致其书曰："慰亭四兄大人尊鉴：窃以兄弟不同德，自古有之，历历可考者如大舜、周公子文、柳下惠、司马牛也。圣贤尚有兄弟之变，况平人乎！读堂棣之诗，则必洒泪湿书。弟亦有兄弟之感耳，诗云：'兄弟阋于墙，外御其侮。每有良朋，烝也无戎。"此乃常人、常事、常情也。若关乎君父之大义，虽兄弟亦难相济。德异则相背。大舜，圣人也；周公亦圣人也。舜能感化傲象，周公则诛管蔡。舜与象为骨肉之私嫌，舜有天下，不必加之诛讨。管蔡乃国家之公罪，而周公不妨以大义灭亲。吾家数世忠良、数世清德，至兄则大失德矣。二十年来之事，均与先人相背，朝中所劾者四百余折，皆痛言吾兄过恶，吾兄抚心自问，上何以对国家？下何以对先人？母亲在生之日，谆谆诰诫于吾兄，而兄置若罔闻，将置母亲之训于何地？兄能忠君孝亲，乃吾兄也；不能忠君孝亲，非吾兄也。弟避兄，归隐故里十年于兹矣。前十年间或通信，后十年片纸皆无。今关乎国家之政、祖先之祀，万不能不以大义相责也。自吾兄显贵以后，一人烹鼎，众人啜汁，以弟独处草茅、避居僻壤，功名富贵，终不敢问津。今则吾兄贵为总督，弟则贱为匹夫，非故为娇情也，盖弟非无心者也。兄于弟固不必过加亲爱，弟于兄亦不敢妄有希求。吾兄之爱弟与否，固非所知，弟求所无愧于心而已。弟挑灯织履，供晨夕之助爨；枕流漱石，吸清泉以自如。不特无求于兄，亦无求于世。虽然，清苦自安，实荣于显达。苟不自爱，弟亦不难随与身败名裂，盖使为人指责，曰：'此为某人之爱弟也，某人之羽翼也，某人之爪牙也。'弟此时自问，将无以自处。弟视大义如山丘，视富贵如浮云，惟守母亲遗训，甘学孟节，老于林下而已。昔者己亥之春，弟曾上亲供于护理河南巡抚景月汀，请他转禀荣相，曰朝中无有能制吾兄之人，若解其兵权调京供职，固所以存兄，实所以存功臣之后也云云。其言昭昭如在目前，自今以后，但愿苍天有知、祖先有灵，吾兄痛改前非，忠贞报国，则祖先幸甚、合族幸甚。临纸挥泪，书不尽言。专此敬请近安。六弟世彤顿首。"按：时袁世凯尚任直隶总督，兄弟即知其蓄志，可见实恶凶徒，历古所罕匹也。袁世彤之贤可见一班。馀俟再记可也。

初八日乙巳　卯前，阴；卯末，细雨；晨时至酉均晴；戌牌，雨；亥时，雨晴，阴。致童醉春先生一信，交洪少琴兄代为送投，致人倜先一信，交永利麻行代带海门。晚刻，宏德因其嫂有孕，已将坐月，其岳家今日送过洋饭，来柬邀晚膳。即于晚刻至其府上，晤心斋宗叔，言近日染疮瘰之恙，据羊有龄先生珍视，云其系杨梅疮毒，今又再发，一时难于见功云。并晤王六皆先生、叶石甫、陶刁敬诸君，相叙席散后，就道过永利麻行，晤丁辅香、李舜卿，诸君互叙半晌而来，至家时逾二鼓矣。

王六皆先生言，日昨同陈鸣泉至金申吴月桥先生府上留宿四夕，方于昨日旋里。叶石甫言，初六夜在楚卿之母经堂间批机，有玉英仙姑下机，据其诗云是夕天上蓦见五色，明亮片时，事乃仙姑之大姑游戏之事，非别有吉凶。究是果否，人无左证，其言如是，即如是言之可也。又云楚卿此次赴省应省议会议员之任，携有两妾同去：一是陆小桃，系上海名妓购来之妾；一系东山头人，虽购其为妾，其家内母妻均不以为善，彼就海门另住他处。此次至省时只约两月，携两妾同行，楚卿一生之乐事亦人所不及也。

辅香与李舜卿兄言，今日两次小雨，近地有水之田更增佳妙，晚季收成谅在不次，豆苗、棉花悉均滋润，足可丰收。无水之田得能如此小雨接连而下，可望薄收。惟苗已卷、田燥已久之亩仍无济事，倘得大雨，亦望小稻再生，藉得薄收，亦未可知。急望上苍敷佑，接连迭降甘霖，深为大幸。论及近地之医生下驷之极，施建甫之病系是湿瘟，陈莘野不知用何药，致其日渐重。皮申甫代诊一剂即能见功，想渐就痊。如此医生，须病对其药，非药而对病，尚日夕行医，其技只如此等，尚在其下者不计其数耳。以余所知者，湿瘟之症，惟章杞堂先生脉理精明、用药不杂，即王启藩先生亦属精详，两君足可并峙耳。是为之记。

初九日丙午　阴、晴、雨不一而定，大约阴多而晴、雨少。雨虽细，而有水田亩晚禾最佳，叨天福佑，迭降甘霖，深为大幸。致童醉春先生一信，伤小四送交，旋接其代拟药方一纸。接王子衡兄一信。晚刻，达云母舅及李舜卿、潘子祥诸君来叙至晚而去。

阅《袁世凯全传》纪：当在小站练兵之初，新军编制成，分步兵为左右两翼，左翼二营，右翼三营。炮队应接右翼，速射炮队、重炮队、骑兵队共应接左翼。分骑兵为四队，选拔宿将及学生督率营伍，研究操法。姜桂题、杨荣泰、龚元友、吴长纯、徐邦杰、任永清、段祺瑞、梁华殿等诸将皆隶属，其麾下冯国璋、陈光远、王占元、张怀芝、何宗连、马龙标、雷震春、王英楷、吴凤岭、赵国贤、田中玉、孟思远、陆建章、曹锟、张勋、段芝贵等。此时之袁世凯未识其存心若何？袁世凯倘得存心纯正，何至今日被兆民吐骂竟至若是，深为袁世凯惜哉！袁世凯之所以为若是，岂止如是已也，容观其后可也。是为之记。

初十日丁未　早至晨刻，晴；已牌，雨；午时，晴；以后皆然。正是“秋霖一夜雨，遍地是黄金。”有水之田，时有少雨，晚季收成有望大有，无水之田仍然如旧。只求上苍敷佑，迭降甘霖，深为大幸。致章子修兄一信，饬小四送投。晚刻，小四来，接子修兄福函，所少代买物件少洋念五元悉均收讫矣。致福王子衡兄一信，饬老官送交矣。早刻，吴玉翁来叙半饷，言及张少轩军门与参议会之议员各人诸多返对。张君言，治乱不用兵则可养议员，倘剿匪仍用兵力，不如将养议员之资改作养兵。议员各人言，武人不能询顾国事，议员费用非武人可以言及也。各人各有道理，未识后事若何，是为记载。

阅八月初七日《申报》纪时评"底力"节云："余尝有言：国家之存亡在于底力之如何。苟有底力，虽有至危之国家而不亡。何谓底力？即国民最后一步之力量是也。试以欧战论之：开战一年以后，面力之战也；一年以后至于今日、自今日至于战事之告终，底力之战也。面力者，人工加上之力量，虽力之可见者也；底力者，人人有必死之心、奋必死之力，强力虽不可见，而其力固自有在而不可没也。故我以谓今日中国自存之道，唯在培养其底力而已。底力虽为有生以来人类虽同具，以常识之缺乏，普通技能之不备，公德、爱国之心之薄弱，不能同时并用其底力，或用之不以其道，则底力因之消灭矣。呜呼！面力今日无暇发展矣，若底力培养，今日尚可及也。国人其念之哉！"所云"底力"二字，颇为新奇，是为之记。

日昨有云施建甫之病稍愈，今晚周篪卿来，言叶石甫与建甫看病，决其必死。但建甫家已置备后事，未识得有名医调治渐奏肤功否也。

余于庚戌岁从家君山西虞乡县署，识李少文直刺保邦，时李君方任山西解州直隶州。但解州与虞乡系是邻封，余于是年赴解州看会时，李少文直刺方握解州篆，自后不知其去向。顷阅八月初七日《申报》纪发起宪法研究同志会之公启中有李保邦名，想彼现在参议会议员而已。其公启发起人：张云阁、范殿栋、陈瀛洲、黄象熙、徐承锦、张烈、李国珍、郭广恩、张玉广、熙铨、刘丕元、张宏铨、王湛尘、张树森、塔旺布理甲拉、李耀忠、王式、金还、曹瀛、马麐荣、吴渊、胡源汇、丁骞、范樵、将凤梧、李兆年、孙光圻、王广瀚、杜凯三、克希克图、陈铭鉴、郭涵、张荫亭，阿昌阿、陈义、邓毓怡、林长民、王之箓、魏丹书、熙陵阿、莫德惠、刘雪屏、刘景烈、陈善、姚文枏、周大烈、陆大坊、周祖澜、李元亮、王鎏声、张雅南、萧承弼、黄懋鑫、沈河清、王秉忠、常稷生、董毓梅、阎与可、王谢家、噶阿增祺诚、武布尔格特、车林桑都市、荣厚、陈洪道、虞廷恺、杜师业、杨绳祖、王锡九、杨振洲、杨福洲、徐希之、赵承恩、肖文彬、娄鸣声、李膺恩、齐忠甲、毕辅廷、陈士髦、王汝沂、谢翊元、董增儒、董继昌、王家襄、陈国祥、陈允中、刘可均、陈祖基、王荫棠、鄢泮春、孙乃祥、刘兴甲、张嗣良、富元、赵连珙、苏毓芳、张益芳、程崇信、陈毅、姚守先、祁连元、马英俄、杨润身、马良弼、陈光焘、谭炳文、岳云韬、王鸿宾、白常洁、李增、许植材、陈光谱、宁继参、刘鸿庆、汤松年、彭昌福、姚华、孙世杰、恩咏春、江天铎、辛汉、张金鉴、周学源、刘光旭、王卓甫、谷霭堂、贾洞元、张则林、韩增庆、王双歧、耿兆栋、吕泮林、张恩浸、王振善、张敬之、崔怀灏、张滋大、刘壬三、宋桢、张其密、刘尚衡、谢书林、唐士行、陈友青、蓝公武、陈敬第、李瑞椿、张图溶、蔡汇东、刘祖尧、林辂存、高登、黄荃、连贤基、王敬芳、胡汝霖、籍忠寅、唐仰怀、唐瑞钥、金承新、布霖、齐耀瑄、吴悚、朱继之、李文治、翁恩裕、葛庄、陈经镕、李增秾、侯效儒、杨廷栋、夏同龢、石璜、严天骏、张联芳、吴文渊、唐理淮、王多辅、恒诗峰、黄镜人、吴作棻、吕金镛、李景濂、李保邦、王文芹、汪震东、孟昭汉、金桂山、田美峰等公启。按：陈敬第字叔通，杭州人。

是张《申报》杂评纪“时局感言”：“川自蔡锷行而暗潮复起，粤虽朱陆来而竞争仍烈，其他或作省长之逐鹿，或挟武力以自雄，纷纷扰扰，其将伊于何底耶？呜呼！英雄虎战，策士龙骧，以冷眼视之，直如蝇聚膻而已。是非蜂起，得失猬兴。以平心论之，皆其貉一邱而已。不特此也，奕者争后竞先，局散后之雌雄安在？优人调朱抹粉。场罢后之妍丑何存？今人奈何犹不悟哉！”所言切于时局之不谬，是为之记。

又阅八月初五日《申报》纪杂评“借债问题”节云：“世之论借外债者，一曰时局危险，一曰财政困难，不可不借此二说端极相反者也。

于是，调停之者曰，危险固可虑，财困亦可忧，宜借小债而不宜借大债。于是又有驳击之者，曰：借债当问其用途，而不当问其大小。借债而苟用于生产事者，虽大可借；借债而用于不生产者，虽小而不可借。最后之说可谓当矣。虽然，我国从前之借外债，亦何尝不托名于生产事？即非积极生产，亦必关于消极生产；即非直接生产，亦必关于间接生产。迨究其结果，则无一不掷诸虚托者也。故吾谓今日而言，借债第一次须问当事者之心，能视国如家否耳。夫人孰肯借债以累子孙而不为子孙计？安全者能视举国债以遗民担负，犹之举私债以遗子孙担负，则其得债也，用一钱必能收一钱之实效，必不消耗一钱于不正当之途，如此而后可以言借债。不然，名非不生产，而其结果未有不至于破产者也。然则今日之借债，空论其名，空言可不可，不嫌费辞哉！”所言如斯，颇有理致，是为记载。

阅八月初四日《申报》附张纪“包公井”节云：“北宋宰官以政绩卓著者莫过于包孝肃，尤神于折狱。因有阎罗包老之目，里巷小民随而附会，谓能昼决世谳、夜判冥牍。奇情异事，啧啧不休。其宰定远时所留遗迹如阴阳池、判虎台，素为游屐所经，咸能道之。惟城南一井，知之者罕。井居南塘庙左侧，深约数丈，口圆，径二尺许，水泉甘洌，与他井殊，虽久不疏浚而渊源活如也。相传仁宗初，定邑大旱，河流涸渴，民生焦然。孝肃以城南一带地濒陶家堰，堰水通池河，会淮地势[①]注下，爰竭诚祈祷，鸠工开凿，不崇朝而井遂成，水泉浑沸，汲引不穷。民之垂渴毙而藉以苏者万计。因感其泽，以井名属之。迄今每遇旱魃，他泉咸枯，独此井涓涓细流，前后蔬圃厥资灌溉。曩有余君遇之，纪有句曰‘昔日龙图著政声，犹留古井傍东城。愿持一掬寒泓水，洗尽人间俗吏情。’其襟期高尚，犹可想见云。”按：包文正公系宋代名臣，其政绩卓著，非只此一端，报纸中偶有言及，是为记载，广后来君子之识见可也。

---

① 原文衍一“势”，已删。

阅八月初四日《申报》附张纪："沪海道尹周金箴君于昨日上午八时许因公至署，移时乘汽车外出，不料甫出华兴路口，与电车互撞，当场伤毙汽车夫一名，周道尹亦受重伤。兹将访员报告录下，纪肇事之情形：周道尹乘坐汽车甫出华兴路口，该处为北浙江路，电车往来极多，且在转湾之际，适有三百四十二号电车疾驰而来，汽车避让不及，以致互撞。当汽车轮盘、零件撞裂，而车中所坐之人非死即伤。纪车夫之殒命：汽车夫名阿狗，适当其冲，一撞之下，脑浆迸裂，血肉横飞。当时即有某号印捕雇车舁送仁济医馆，已无从施救。并由该捕将三百四十二号之电车夫带入捕房候办"云云。但上海一隅出路之险甚矣，凡行路者一不经心，即时殒命。自后凡至沪上者，须时时刻刻必须留心在意，是为至切，幸甚幸甚。

十一日戊申　晴。日盼云霓甚切，倘得大雨时行而有水之田尚望丰收，无水田亩亦然如旧。急求上苍迭沛甘霖，深为至幸。早刻，徐正云来，言顷荡地之棉花最佳，现市价颇为便宜，计其市价之贱尚可收储，无如到处皆佳，恐其无望后涨。又言彼至松门认种荡地来看江岸一带之晚季禾苗极次，田均白地，十有六七；自太平琛山直来至路桥之晚苗极佳，可谓加倍收成，大概计之，丰收之田十有其九，歉收者只其一耳，其一分中均在江岸一带而已。老官言，上洋附处各村田尚有水，想晚季收成虽非大有，亦不至荒芜。至麻车、江家、平桥、枧头、下马田、后陶、上澄、后许、东山头、高桥、洪家场等村，除豆田及近河并有大塘之侧田亩外，可望收成者十只二三而已。本村乃栅浦、乌石、横申、东忝、竹篷等村勤种者可望有收，懒于种作者，荒芜之田颇多。即杨家桥、岩街、江边卫、海门、山东等村亦与麻车、江家各村相访[①]。

晚刻，李舜卿兄来叙半晌，言及施建甫之病甚笃，其初邀陈莘野将其凉药吃得过早，其湿瘟蔽塞之所致。现经皮申甫代诊，未识得邀

---

① 当为"相仿"。

痊愈否也。大凡请医调治，须探其医者长于是病，请其医治，即可奏效，误邀返背之医生调治即有窒碍，须在择师最为急要。以现在是论，章杞堂先生长于湿瘟寒热等症，王启藩先生与杞堂大约不相上下，而杞堂之识见过于启藩而已。李鹤亭长于风湿虚症，无如鹤亭习气太重，不易侍候而已。有韩善渠者亦可将就，至陈葵明、陈莘野、应梓能、陈月香、徐子刚、陈月香[①]、皮申甫、许吉轩诸君均是一流人物，王六皆、叶石甫虽云代人医治，大约误人者多。有王清甫、陈绿孚辈直曰庸医可也。至孩科有童醉香先生可推为当今名医，馀则均是误事者多，动则曰针灸，究不知针具在度人已属为难，何况小孩？若辈医治小孩真如儿戏，置孩命于不顾耳！是为记载。有人欲请医治病，须在选择长于治是病者治之为要，为切。晚刻，褚人倜先来叙半晌，留过晚膳后而去，言近赴郡之便托其向盐公司支取帖租，并托其代买另星数件耳。晚刻，接章仲厚兄一信。

阅《宗圣汇志》纪“恭谒至圣林诗”：“峨峨泰山麓，群阜朝至尊。泱泱大河水，溯源自昆仑。驾言税东鲁，怅望登高原。鞠躬扪萝壁，得趾入松门。逡巡阙里侧，再拜肃心魂。兰芷诚莫荐，苹藻意弥敦。低回百世上，缅怀罔极恩。景行空在望，谁侧乾与坤。其二：黄农不可作，生民失厥初。辛勤我夫子，返返登唐虞。辙环岂得失，斯人真吾徒。时哉不可遇，终老泗与洙。生为多士规，没为万古模。猗欤天壤内，大文日月舒。其三：忆昔还辕日，群哲荷甄陶。获麟一以歌，曳杖倚逍遥。嘘嗟七十士，空伤梁木凋。侧闻端木子，筑庐傍山椒。六年不返顾，悲风自萧条。登望思忾息，入息想游遨。千载寻遗踪，石碣郁嶕峣。松风吹天籁，仿佛闻箫韶。砌安绣苔花，阶前纷白苕。俛仰思曩贤，高谊薄层霄。如何百世下，此意遂寂寥！睠言庐基处，望古思迢迢。其四：郁郁城东柏，巍巍至圣林。苍茫亦何极，昼合天地阴。俎豆亘万祀，表章有遗音。仰止心徒切，大道终莫任。不见高陇

---

① 此处两见其名，应为衍文。

畔，空馀驻跸亭。其五：古墓依天表，防山堪作邻。洙水相映蔚，幽涧石磷磷。禽鸟一以无，蓍茁自缤纷。嗟哉古陵寝，转眄委荆榛。如何瞻圣里，一气流千春。天运有显晦，吾道岂亨屯。踌躇不能去，伫立仰苍旻。”因其字字朴老，即知圣林遗迹，是为之记。

十二日己酉 晴。致覆章仲厚兄一信，并附陈赞国款息计洋六十元，交其来人阿六带交矣。阅《袁世凯全传》纪辛亥岁，当湖北革命起事之后，朝廷起用袁节：“初次召袁而袁世凯以足疾辞，政府乃与奕劻商派员往彰德一行，劻使其长子载振赍诏书首途，至则袁蹒跚迓至家门外，不暇作他语，惟熟视载振面良久，啧啧曰：‘怪异，怪异。’振不知所谓，叩以何事。袁曰：‘余与子别甫三载，不图子之相貌顿变。’叩以何所变。袁笑而不答。及入，振宣布诏旨。袁辞曰：‘贱恙未愈，不堪重任。吾行作表谢之。第子远道来，余本欲挽子休息，然今者变乱忽起，乌能误国家大事！明日即烦子返京代达愚忱也。’于是置酒与饮，口不及时事。明日，袁出谢折一扣，送振登车至京复命。时监国惶急万状，要奕劻往汴敦请袁出。劻诺之。奕劻至彰德见袁，道及政府悔过意。袁曰：‘兹事殊难措手。’劻曰：‘天下才公朝出，小丑夕扑灭矣。’袁曰：‘余所虑者非他，主幼与监国扞格耳。若必欲吾出者，须另易君，斯可也。’劻曰：‘此事无论能否办到，纵使可也，试问吾爱新觉罗氏子弟中谁欤？仁让明达，能继斯位者？’袁曰：‘有之。’劻询是何人。袁毅然曰：‘吾遍历亲贵中，能承袭帝统者惟世子载振耳。’劻大惊，伏地曰：‘公何忽作此语？脱不慎，老朽无噍类矣。’袁曰：‘公谓我言伪乎？实告公，我自罢官后三载，家居研究麻衣、柳、庄诸相法，近颇有心得。前者世子辱临，吾见堂堂一表帝王相，恐清祚属之斯人。世子果为吾君，吾愿视之。’劻闻语，外虽悚惧，心实私喜，乃曰：‘公慎勿谓此语。’袁正色曰：‘吾推诚告公，而公不我信，何也？今若此，吾仍不欲出山也。’劻曰：‘即如公言，然此时尚不遑议及此。苟他日天命攸归，乞君助之。’袁曰：‘是何难哉！吾有两言，为公解决：迫帝退位者在公，推世子继位者在吾。’劻曰：‘善计已定。’遂偕往京师。

其时，劻惑于袁说，抱太上皇之梦想，百计簧鼓于隆裕太后前，迫摄政王解监国之职，又出多金贿嘱宫中内监近臣佥言宣统帝以退位为得。未久，果达目的。人第知推翻宣统项城之手腕敏捷，而不知奕劻亟欲其子载振为君，故不惜出死力为项城之助也。比帝将退位，劻欲要项城践前约，袁预嗾北方将领一致要求共和，否则行以兵革相见。袁持请愿书谓劻曰：'非我不欲推世子为帝，其奈若辈改变宗旨。何若倒行逆施，则后患不堪设想。我不敢为一人私产而犯天下之大不韪，乞公取消成说可也。'劻至此始知受绐，骂袁世凯无良而已。其事虽未尽确实，然载之亦可资谈助之一焉。"如斯所云，倘言未实，何至奕劻用死力匡助袁世凯，逼成篡窃神器之举，有如是快便？非抱太上皇之梦想是何？奕劻、袁世凯均曰国贼可也。但袁世凯已于五月初旬曾伏冥谴，奕劻年逾八十尚隐伏天津逍遥安乐，想其他日必有报应耳。是为记载。

晚刻，马屿头有人来言，金德生于日前至东山头落市，至家即染疾病，现今颇笃，未识得能逐渐就痊否也。

阅《宗圣汇志》纪"子贡手植楷"节诗云："楷木何年植？前贤手泽存。苍鳞谙霜雪，铁干负寒暄。青葱虽云没，俨若龙蛇蹲。忆昔筑室日，黯黯风日昏。徘徊独树下，洒泪滴孤根。正直荫陇表，灿若芝草繁。至今犹竦立，寒光映朝暾。回首望古桧，左纽蛟龙翻。兹木钟灵异，突兀载厚坤。譬如泰岱外，别有梁父尊。相传诸子弟，亦有树高原。殊方各异植，俨若列弟昆。神明常呵护，雷雨自崩奔。怀哉端木子，对此一怆魂。"又纪"恭谒孟母祠"诗云："九龙山畔野堂开，孟母芳规切溯洄。坐看莲花移百日，松阴缥缈杂香来。"又纪"望峄山"诗云："大陆风沙静，层岩到眼中。我来看落日，何处问孤桐？云路邀黄鹄，天根驾紫虹。哲(人)真再望，佳气自巃嵸。"句极老到，是为之记。

阅《袁世凯轶事》纪"梁士诒之知遇"云："梁士诒以庶常吉士散馆就职同知，签分直隶候补数年，郁郁不得志。嗣夤缘杨士骧幕僚，得充督署文案，帮办奏稿三年，保荐卓异，赏给五品京堂，旋与杨为他事冲突，遂辞职，复诣京师，侘际无聊，因与袁之幸仆通兰谱，仆誉梁于袁，令梁谒见，袁叩以何能？梁以工楷书、善作馆阁诗自诩。袁笑曰：‘嘻，凡此皆佣书奴伎俩耳。吾幕下如君者何可胜数！时至今日，不思政治中求生活，而犹龈龈于占哔章句乎！子休矣！’梁惭而出，问计于仆。仆曰：‘此公（指袁）最注重者外交人材与生计学问耳。’梁归，质衣购此两种书籍，简练而揣摩之数月，丐于仆为之介见袁。袁冰语曰：‘近曾从事于楷书、试帖乎？’梁正色曰：‘士别三日，当刮目相看。诒不才，自聆训言后归而事新学，今者行以刍言贡之钧座也。’因移谈外交及财政两门，津津不倦。虽按诸事实未必实用，然其纵横议论亦足以自豪。袁大奇之，遂聘充顾问。梁更事事曲意逢迎而竟得袁欢，比袁推奖外交人材，竟以梁厕诸一时俊彦之选，梁得推奖后，旋充铁路局局长，凡有铁路上交涉，梁悉身当其任。以故侵蚀国家权利不少，至今大财神之称有由来也。”所纪梁士诒之出身如斯，是为之记。自袁世凯伏冥诛以后，国民党谓梁为帝制倡首。日前，吴玉翁有言，梁士诒致思前错，现从正道，未识果然否也。

阅《袁世凯全传》中纪：辛亥岁召为出山，授内阁总理大臣，时外务部梁敦彦、副大臣胡惟德，民政部大臣赵秉钧、副大臣乌珍，度支部大臣严修、副大臣绍英，学部大臣唐景崇、副大臣杨度，法部大臣沈家本、副大臣梁启超，陆军大臣王士珍、副大臣田文烈，海军大臣萨镇冰、副大臣谭学衡，农工商部大臣张謇，副大臣熙彦，邮传部大臣杨士琦、副大臣梁如浩，理藩部大臣达寿、副大臣荣勋。时下让位上谕中梁敦彦、胡惟德、乌珍、绍英、唐景崇、沈家本、熙彦、荣勋诸公均请假未同画押，而直隶总督陈少石、制军夔龙随即请假矣。是为之记。

十三日庚戌 早至未刻，晴，天气最热；申牌即见雷声而雨；至晚均然。敬蒙上苍敷佑小民，今将大雨，深为敬感之至，真是“秋霖一夜雨，遍地是黄金”，欣幸之至。但上洋附近各村庄农民能得勤种者，晚季可望丰收，即已燥之田可望有收，台属叨天幸福大有之年，即百姓均能为善，地方幸甚幸甚。早刻，林少秋、汪伯端两君来叙半晌，言及椒江水产学校领取开办经费，创造课堂，曾经起造八间，想数月间可望告成矣。

阅《袁世凯轶事》纪："孙文以总统让袁世凯，然要求其至南京行就任礼，临时参议院议员亦一致主张，袁阳诺之而非其所愿也。时南京政府依然存立，必俟袁世凯南来后方允撤消、从新组织。袁以北方秩序不易维持，军旅如林，须加部署为口实，故缓其行；一面请南京政府选派专员北上协商办法。南京政府乃以蔡元培为正使、汪兆铭、宋教仁等数人副之。抵京后，袁极意笼络，供张甚盛。蔡等与袁会晤，出孙文及参议院书翰，且陈述南京政府之意见曰：'临时政府设立于北京或天津无所不可，惟请先生一至南京以调和南北意见，至国都问题，应俟他日召集国会付之公决。'袁世凯仍面允，待北方局面平静之日即赴南京。越二日后，驻京一部份之军队忽焉暴动，都城全市尽在兵匪纷扰中，烧商店、杀良民，抢掠一空，备极惨酷。即蔡专使等之寓所亦同遭蹂躏。由是，袁世凯有所藉口。蔡元培等亦力言'京师非袁世凯不能镇摄'，代为斡旋，而南下之议遂罢。先是，袁世凯以南方要求其南下，甚力却，既不可，留亦无辞，正计议间，杨度忽以煽动兵变之策进。袁世凯掀髯大笑曰：'皙子真可儿也。'因立召统领曹锟至，密语良久。曹唯唯听命。是夜，其部下兵士即四出焚掠，三日后，秩序始渐恢复，然人民之生命财产损失已不可胜计矣。蔡元培、汪兆铭、宋教仁辈皆书生也，并不料此事为袁世凯之主谋，旋至书于孙文及参议院议员，盛称袁世凯之能力，谓北方不可一日无此君。南来之事，似可作罢"云云。以此，革命中竟主张其再京就任。袁世凯之计亦狡矣哉！此言虽出于杨度，行其事者实是袁世凯。凡事报应昭彰不爽，未识袁世凯之报应若何也。

又纪"袁世彤讨袁世凯"事云："袁世凯六弟世彤最不满意于兄世凯之所为，当袁世凯任直督时，世彤尝贻书责之曰：'先母在时知兄性情狼戾，喜作非为，戒兄勿作大官。今兄位极人臣，弹章数十起，参款二百馀条，犹不引退，堕清白之家声、忘先母之庭讯。'袁世凯置之不答。及革命事起，受任再出，世彤见其有不臣之志，乃在河南大募军队，自称勤王军统领，意欲讨袁世凯。河南都督不敢过问，电袁世凯请示办法。袁世凯密谕派兵勒令解散，如敢抗拒，格杀勿论。世彤知不敌，逃转项城，作书致袁世凯，备极丑诋，袁世凯亦无如何也。”今之袁世彤与袁世凯比较，实古之周公与蔡叔、管叔，孟优与孟获论之可也，未识高明者论之然否。是为之记。

阅《袁世凯轶事》纪“星士之言”：“河南固始吴姓，巨族也，与袁有戚谊，据称袁生平最相信相术。当辛亥被召出山时。相者吕再彭适居门下，袁召令一观气色，询其有无危险。吕熟视良久曰：‘公诚贵不可言，但五年后宜善自为计，恐有杀身灭门之祸。’袁闻而恶之，曰：‘朝闻道夕死可矣，奚暇计及于五年以后耶！’故其迫朝廷退位，早已存取而代之之意，特以时机未熟，姑待异日耳。相者之言，本无根据，然袁竟因之触动称帝之思想，虽杀身灭门亦所不顾，此彼之所谓牺牲一切也。非大愚不灵何以至是？”其竟如斯，是为之记。

又阅《袁世凯轶事》中纪：“当时朝廷所倚重者一曰荫昌，一曰良弼。然荫昌夙受袁世凯之知遇，暗相结合，已不复效忠于朝廷。惟良弼主战甚力，始终不懈，袁最畏之。故其表面伪为鞠躬尽瘁死而后已之状态，尝语人曰：‘余深荷国恩，虽世势至此，宁忍孤儿寡妇乎！’未几，革命党人彭家珍掷爆烈弹杀良弼，袁世凯闻而喜曰：‘大事定矣！’良弼死后而主战之诸亲贵果相率潜逃，以致袁贼篡窃神器成矣。”偶览至此，深为发指。转瞬迄今而袁贼已伏冥诛，未识其子孙再有何等报应也。是为记载，以观其后可也。

十四日辛亥　子、丑时，雨；寅、卯、辰刻，阴；巳、午、未牌，雨；申时雨晴，阴；以后皆然。晚刻，李舜卿、周篪卿两兄来叙一刻而去，言及施建甫之病将虞矣，音下心尚清楚，人生至此，深为惨切。彼经手瑞元账务，进出推除，尚有馀剩，其子四人，长子上春送入海门同德药铺学习生意，馀则尚幼耳。又言椒江之水产学校已造课堂八间，其屋尚宽厂，赵叔枚月前赴东洋购办仪器，尚未旋里，现在经理一切均是赵子修兄经手而已。早刻，谢公咸来言，余在西首田亩约在两百亩之谱，下季重燥者约在五十亩之谱，未曾耕耘者约在二三十亩之谱，可望足租之田约在五十亩左右。其中百亩，每亩约少数斗而已。未耕之田即有收成，恐不及半耳。即本村之田亦佳，次少如勾头、新路廊、平桥约十馀亩有否收成，亦难预料。今之所言如是，未识日后得能再为加增否也。但太平及西南诸处晚季收成已歌大有耳。是为之记。

阅八月十一日《申报》纪"王峤崧"节云："男女走失、拐带出外、生死不明、终身结局、求子求财、求寿大圆、镜光水光、治病、紫竹算命，不报能知八字，寓四马路东首杏花楼对门汇中旅馆后进十一号。看三世果报、圆亡魂、问事、答话、王凤珠请仙女、神算、小邪、惊病另送符法"云云。忆辛亥夏，余在沪上，邀王乔崧算有一命，亦不甚见准，则顷阅《申报》所纪如斯，未识真伪否也，他日至沪时再请其一卜可也。当辛亥时，见王峤崧年约五十馀岁，人颇肥壮，语言敏捷。上海地方，天下之繁华所在，能有王峤崧之小技在手，寓居、清玩，人生亦一乐事也。凡人生之看三世果报，现新学界人均不以为信，余则极为见信。所以为善者当有善报，恶者当有恶报。人生在世，须时时事事如临深渊、如履薄冰、无左无偏，是为至要。是为记载。万望后来君子勿以斯言为河汉，幸甚幸甚。

第五十五章

丙辰(1916)八月十五日起

八月十五日壬子　阴。家君嘱书致陈范若老伯一信，附伏鲞五十片，由家君专人送投。早刻，至椒江水产学校，晤汪伯端兄及教习，相叙半晌。就道至子俊兄处少坐而来，值王子衡兄来，留过午膳后而去，言及其令妹适东山头周公甫令郎于冬月于归，妆奁颇盛，乃翁欲与其令弟分爨，来请家君代为公人，家君允其妹出闺后再议可也。现子衡兄在海门开设烟酒铺于新街。但烟酒一业，如有人经理，定有馀积耳。又云其北山诸处晚季田亩勤于种作者可望丰收，倘未再耘之田，虽然有水，收成亦薄。即其附近各村田亩，想亦如是也。晚刻，振华自家中来。据其祖尚清相言，叶蓉斋公系嘉庆己未年十一月廿一日申时生，现无旧日代历，其八字一时难于遁序，容后觅有旧历，托人代算与其一生官禄符合否也。忆前言及蓉斋公幼年樵牧，从小本经营，徒步至欧，入营效力，至四十馀岁方由行伍进身，年升数级，于道光季年五十馀岁署温州镇总兵，自后补授是缺，入都引见，时文宗显皇帝垂询称旨，调补福建台湾镇总兵，到任未及两年，题升浙江全省提督。时粤匪猖獗之初，文宗与臣工曰："陆有向荣，水有叶绍春，朕无忧焉。"当日名振一时。而后，蓉斋公抱疾请假至家矣。人生福禄均在于八字中，精于子平者详加推算即能预知，无庸格外苛求而已。

阅《宗圣汇志》纪"恭谒亚圣庙"词云："日月亦经天，江河亦行地。惟我孟夫子，岩岩泰山气。手握造化枢，诸侯争拥彗。王道虽已陈，方圆殊凿枘。着书垂七篇，俯仰识天意。咄哉仪秦俦，直同妾妇视。其二：素王既已没，洙泗道将穷。杨墨塞路歧，宇内靡从风。群言复凌乱。谈天与雕龙。汲汲峄山叟，辛苦发群蒙。大声振雷霆，积霾几为空。微言无复续，大义炳方中。嗟哉洪荒日，泽洞实为凶。人心亦如此，补救代天工。所以千载下，卓然媲禹功。其三：伊昔历聘日，矢口陈仁义。正经无多谈，反复禁功利。如何百世下，斯言成屏弃。纷营及力锥，令人发深悸。我愿剖心血，荐以当兰惠。翩然下大荒，一洗蝇英气。其四：谁谓醴无源？谁谓芝无根？峨峨断机堂，遗迹至今存。三迁成令德，千秋仰厚坤。三复中垒传，何由荐苹蘩？其五：昔我谒孔林，古柏夹广路。今我登峄山，蟠荫亦如故。再拜一陈词，苍茫忽延顾。罘罳络蛛网，丹甍空凤翥。古碣卧松根，苍鼠窜如鹜。两楹列弟子，冠裳失故步。偶来一瞻依，太息有馀慕。岂无化人居？天地黄金布。厥功在生民，举世曾莫寤。人性多错迕，凛然动深惧。”句极老到，是为之记。

十六日癸丑　卯前，细雨；辰时以后均阴；至亥牌，细雨。古语云：“云盖中秋月，雨打上元灯。”今岁十五、十六两夜悉均有云遮护，未识至明岁灯节果然有雨否也。晚刻，达云母舅及李舜卿、陶习谦两君来叙至晚而去。晚膳后，至周作羹兄处，晤叶石甫、洪少琴、周篪卿诸君来叙半晌。石甫先生言及施建甫自上月三十日起病，邀其诊视，初亦不过微邪而已，至初一日彼至海门去，至初三日到家，建甫因彼未来，邀陈辛野、陶吉人诊视，后因大便不去，请皮申甫诊视，即用生饰纹而下，只用一钱五分，其皮即败，遂用参剂而无效。初十邀其一诊，其病则大掣肘，随决其难医。彼仍请皮申甫医治，则日重一日。至十四日，楚卿令堂因其屋系彼业，嘱其移至楼下。是夕天气颇寒，其妻因夫病重，即絜被不与夫盖，听其寒冷一夕，昨购大烟与其夫食，至此亦不与夫食。有人进与楚卿令堂言，而楚卿令堂专人叫其妻须要善与调治其夫，而其妻觅有极破碎之夹被与建甫遮盖。时建甫病虽重，人心尚清，知妻之不贤，亦无可如何。而后，少琴兄嘱其小工用生烟和在稀饭而食，尚能下半碗。至是夕易箦矣。但建甫为人快乐十数年，以至今日出其妻之不贤，致有如此苦楚，亦是难言，亦其一生之业报也。其存积有数百之谱，其本有四子，上年又经幼丧其二。其长子年经十五岁，上春送入海门同德药铺习业矣。总而言之，此等医生言之曰庸医可也。少琴兄令郎染恙，现渐就痊，深为至幸。少谈而别。

石甫先生至下街去，少琴与篪卿至秉钧先行中去，余至丁辅香之永顺利麻行少坐，辅香兄言约明后日趁番盛至定海，就道至申一行云。忆周篪卿在作羹处言，中秋月外明，甚为可笑。各人均言中秋月倍明，彼尚云中秋月外明，可以自说，更为可笑。是为记焉。

阅《宗圣汇志》纪“意力”节云：“意力为万事之本，故万事均从意力做起。故佛家之大愿力，大无畏为古今事业家之信条，所谓志一帅气，人定帅天也。范文正公，一流人物，有此本领，其做秀才时即以天下为己任。晚近人心偷惰已久，萎靡成风，与之言抓钱则眉飞色舞，与之言方今国势之阽危，彼未有不丧气，曰得过且过者，毫无意力之国民，将何所托命哉！我思古人，我心孔伤矣。”

又纪“素行”节云：“君子素其位而行，亦无不治其事者。孔子委史乘田司寇无入而不自得，大者固足验其德化之速，而小者宜未见损其道行之高也。后之人则不然。其学识本平常也，而必高自位置，已过当矣，而犹薄不肯为，殆未闻大道者欤？神龙可以在天，可以潜渊，时之为义，想亦自号为人才者之所当师者也。小材固不以斫大器矣，然大材未有不可以斫小器者，况人之材具，今之人材斫小无用，欲大不能乎？”

又纪“远大”节云：“务远图大为谋国第一要着，盖以忧深者计始长，器宏者而模自广也。吾国习尚久矣，萎靡成风，远大之虑虽为明达者所深许，然一班操切浅隘者多从而诽议之，不曰‘好高骛远’，必曰‘夸大迂阔’，社会不察，又从而付和之，以致宏识之士往往为之气沮，而国步亦为之颠蹶。语有箴好，名曰：三代上惟恐人好名，三代下惟恐人不好名，更惟恐人不真好名。吾今于远大亦云，然曰：浅腐者惟恐人好大务远，明达者惟恐人不好大务远，更惟恐人不真好大务远。质之忧国者以为如何？”

又纪“公言”节云：“人之所以为禽兽者，以有孝悌忠信礼义廉耻也。夫孝悌忠信礼义廉耻八字出自天性，无人不有，而能克全者鲜矣。何则？盖自平等自由之说中于人心，而孝悌之道不可问矣；其他权谋术数之学出，而忠信之意泯；争权谋利之事起，蝇营狗苟之辈夥而礼义廉耻之心丧；名教堕地，风俗浇漓；欲进文明，反致野蛮。若不极力维持，认真提倡，予恐全国人民智育虽进而德育必荒矣。幸有教员李君景山日前向国务院呈请小学校仍行教授四书以培养儿童之孝悌忠信礼义廉耻之恒性。噫，挽狂澜于既倒，系千钧于一发，岂不善哉！岂不善哉！”

又纪“乌私集”节云：“徐氏曰：人子爱其亲也，若孩提之恋乳然，虽呵之而不去。其养之也，不啻为己所独私也。心依之，心随之，无时能稍违之。人子毅于立而急于成为其亲及见之也，又虞其亲弗及见之也，是以迫求之也。人之择善而师者，惧其不善，贻父母忧也；惧其亏体，辱亲也；惧其贻父母之恶名也。凡人子善，虽蓬荜焉，时或谈之，必有誉及其亲者；不善，虽没焉，澌然已消灭矣，时或谈之，必有追毁其亲者。凡见人子娶者，妇至，其亲必怡怡然；贤，愈融融然，不贤，深戚戚然。子欲其亲融融然，必不令亲戚戚然。世衰道微，其妇日融融然，其亲常戚戚然，其子身怡怡然。凡欲妻顺于其亲者，必先正其躬行，其弗率者自怨自艾，必引于道而后已。兄弟怡怡，然后父母之心安焉。甘旨必顺其亲之欲，虽疏食必察以进。人能充爱子之心以爱亲，其孝也周焉。凡人子于庶母也，父没，贤则礼事之，不贤，则礼养之。凡子将有事于四方，先期必谋诸亲。适百里者三日，人子远思其亲者，朝见倚于门也，夕见倚于闾也，其笑语如亲承也，神无不接也，梦无不依也。凡子求显厥亲者，其行也以道，其止也以义，虽有公卿之贵而弗淫焉，邱陵之金而弗易焉。其身不贻父羞者，此之谓令子。”阅此数节，词纯语正，足为后人为式，是为之记。

十七日甲寅 卯前，雨；辰、巳牌，阴；午至酉，细雨；戌时雨晴，阴；以后皆然。致章一山老伯一信，送托丁辅香兄代为带沪，送卡德路高照里第五百二十二号门牌宁海章公馆。余植有本山素心兰两盆，今岁日见焦悴，新芽上发，以致煤烂。早晨，觅有新泥，将其两盆挖出，不意其根泥太实，以致其积水不燥，所以日夕焦悴、烂剑之所由来也。即将其根泥挖完，分作四盆，即用新泥种植，未识得能畅茂否也。但素心兰质本金贵，即其裁植亦非易事。自此之后，能得如法再行倍植，即使其畅茂，亦不数年而已。

晚膳后，至丁辅香兄处，晤周冠卿先生、王云生，互叙一刻。辅香言于二十日趁番盛商轮至定海少作勾留，就道沪江，托其向章一山先生取代写屏对，并托带交上海九华堂装裱李燊画山水小中堂一幅，并向九华堂购桃红色泻真金七言蜡笺对纸一副、吕宋烟十盒、梅绿竹三根、乌缎帽一顶。晚刻，周篪卿携来代历，起自嘉庆十五年，与叶军门八字嘉庆四年尚迟十馀年，即冠卿先生言亦未得旧历，难于遁序云。

阅八月初十日《申报》纪“康有为致北京电音”云：“北京大总统、段总理鉴：汉唐宋初业经大乱俗败，皆以孔教复得郅治，今国体虽异，人道岂殊？而人心坏极，岂法政所治？人非天不生、非教不立，故敬上帝、拜教主，文明国之公理耶？教博爱可尊，无如吾俗难废祠墓；佛教养魂可尚，无如吾俗难尽出家。又，弃孔教则荡佚为禽兽，国将亡。近有废小学读经之议，有攻礼义廉耻之论，议员请废祀天祭圣，而有司禁拜孔子，命令各省，可悚可骇。今公执政，大乱甫定，民生悴、国势颠，富民强国之政未一举，乃先以弃教诱民导恶，失天下心，鼓志士怒，贻百国笑，甚为公羞，甚为中国危之。万国礼教主无不跪，中国民不拜天、不奉耶、回，又不拜孔子，留此膝何为？昔日本大臣犬养毅与仆言，笑吾国会提议之谬。盖大教典礼，非议院所及，非有司所得专。葡萄牙宪法有旧章不与民国相抵触者照行，请大总统以葡例提交国会，并以祀上帝、拜教主之大典永不提议。丁祭期，近立饬各省祀孔子仍行拜跪礼，以免大教堕落、反复，同于儿戏，中国幸甚。昔承虚问，今遇此大事，除电内务部，用特布闻，伏希裁察。有为。歌。”又“致内务部电”云：“北京内务部孙、谢二长：文明国必有教，欧美礼教主必拜跪，其不他拜者，专敬于教主也。吾国数千年尊孔皆拜跪，礼至严，凡礼俗非议员所宜及，更非有司所得专。今国势再造，风俗坏极，百度未修。弟与敬虚主内务，初执政而先禁拜孔子，以失人心，为外国笑，为攻教之导，甚非所望也。吕、戴之光明来函已认过，望弟察纳，更电各省，祭孔圣者照行拜跪礼，并代呈”云云。详阅康有为所发歌电，发乎心理之言，是为记载焉。

言及王云初兄奉省委温州盐巡警云云。但盐巡警余素不知其何官，想系盐务中之饬捕委员，是否另记可也。按：王云初原名燧，改名宗杰，于甲午入泮，楚卿请其教读梗卿，不觉六七年之久，而后梗卿从赵友竹读，云初至椒江中学堂教习，楚卿将前椒江书院旧款移办尚德高等小学，云初即任尚德高等小学校长兼教员亦有数年。至辛亥革命，姚梧冈任台州军政分府，楚卿为财政时，带同云初至郡为贴心账务，自交卸之后，梧冈为台盐榷运局长，保云初为北岸杜渎场盐事长，因母丧交卸时，梧冈令弟实勋办理温州统捐，云初又至彼处，未及半年而石勋交卸，云初旋里，楚卿嘱其奔走西东，又复半载，再为尚德小学教员，自问颇为无聊。五月，楚卿赴省托其亲家张喧初转荐与吴运使委其盐务稽查员，亦无易于顾问员，每月莘金计洋六十元，现闻委有是差，想是无异于饬捕也。

十八日乙卯　晴。致陈翼亭一信，交和尚代为带交矣。早刻，至王六皆先生处少坐，言卢槐士兄税住周月波之东首翼头，择于廿二日进住云。就道至道周宗叔处少坐，同道周至吴玉成府上，互叙半晌，言及何升培之子少年轻佻已极，人生少年得子，固属幸事；中年得子，亦不甚过急迫；老年得子，心为焦急。其子若贤，固属人家之大幸；子若平平，亦能守家；若不肖，心之难以过活，莫可言状。为子者须体亲心，若贤、若孝，故属非易，只得守成规、顺亲心。当今而论者，即是孝子。别后，顺道过协丰，晤漱芳老太少谈。彼出有《校正白鹤神数》，系是量命之数，言及周详，准否难以预必。即向其购买一本，再行照式量之可也。至家时未午膳。

晚刻，丁辅香兄来叙半晌，言明日趁轮至定海少作勾留，就道赴沪。致一山老伯之函，昨夕送交矣。顷又托其带申交九华堂装裱李粲画绢底山水小中堂一幅，其长短、阔狭、样式悉均照旧，并托购桃红色泻真金七言蜡笺对纸一幅、吕宋烟十盒、余日夕常吃吕宋烟，初则每月约在一盒之谱，今则每盒吃不到二十日耳。又梅绿竹烟杆三根、玻璃堂烟罩一对、藤椅两把、方式茶几桌一张，余之小客厅上首本设坑床一张，顷因其过于荐路，今将其坑床移排他处，中设藤椅、方茶桌，藉堪华丽而已。至托一山先生代写屏对，倘有写来，俟过眼之后再行寄沪装裱可也。晚刻，仲达因女满月，送来麻糯米粽计两竹箱而又一担，随即分送邻舍及亲戚，真是忙碌一次而已。现今亲戚往来，礼虽丰盛，必须购物还礼，来往送力，总而言之，有用之钱财化于消耗之地，深为惜。

晚刻，翻阅《通书》，本年丙辰大利东西，不利南方。忆周月波上年购买黄吉甫之屋，至今年三月间进住，随即新造四围墙垣，南方起造台门，朝南总是子午兼壬、丙或兼癸、丁。以《通书》而论，即有兼向确是不利，未识另有日子吉时否也。现新学界并无日子、风水之事，俗例均有日子、风水之为言，或造屋，或造墓，以及大小营为，不得不为选择，何也？万一倘有日子、风水之事，后悔何及！以免后悔，日子必须选择，风水必须选择，是为至要至切。余所见者，慎选日子、慎择风水，好处未能见效，一有不慎，即有歹处时常立见。以此而论，可见日子、风水亦不得不慎于选择而已。至于黄楚卿兄之造屋及大小营为均无选择日子之事，即为其乃翁旭东宗伯埋葬之地，虽邀天台罗树楠代择于仰天湖，其处虽为空阔，实在水湿，长年不燥。当时做坟之初，金井开落，即见岩石，其岩虽能见化，实在无易水沙。现楚卿连生三子，连年家财积聚，亦不以风水、日子为准则。总而言之，楚卿或有洪福，人所不知，但余等平人，万勿以楚卿为效则也。即纪晓岚先生之《阅微草堂》云：“如为官者，其官清廉、正直，如遇向凶日子，凶，其事事均是见凶，其官未必即坏；其官贪赃污秽，如遇向吉日子，吉，如遇事事皆吉，其官未必能升。”如是言者，即古语云：“为善不昌，祖上有遗殃，殃尽必昌；为恶不灭，祖上有遗德，德尽必灭。”言虽不同，其情相同而已。总而言之，我辈大小营为，必须选择日子，精选风水，以免后悔，是为至切。为之记焉。

晚刻，金老二来言金德生染恙稍愈。前周冠卿先生云，先曾祖慈墓侧有一吉穴，既有其言，不得不以遵从。该处地系德生之业，余允许英佛百尊，未识彼能允售否也。详阅《白鹤神数》相法序云：“予怀壮志，遨游五岳峰头，常遇真人逍遥山川泽畔，叹术数之多端，向若汪洋，得有异人指授，竟怀秘诀，道号白鹤山人，数名白鹤仙数。爰述各法，恭志笔端。以工尺营造为准绳，量一指断纹为规矩。或长或短，人人禀命于洪钧；或吉或凶，物物皆由乎造化。以此而推之，毫发无差。凡习仙数者照此推算，未有不验者也。”又纪“白鹤神相手诀”云：“手者，其用所以执持，其情所以取舍，故纤长者性慈而好施；厚短者性鄙而好取。手垂过膝者，世间英贤；手不过腰者，一生贫贱也。身小而手大者，福禄；身大而手小者，清贫。手薄削者贫，手端厚者富；手粗硕者下贱，手软细者清贫；手香暖者清华，手臭汗者浊下。指纤而长者聪俊，指短而秃者愚贱；指柔而密者蓄积，指硬而疏者破败；指如春笋者清贵，指似破槌者愚顽；指类剥葱者食禄，指粗竹节者贫贱；手薄硬如鸡足者无智而贫，手掘强如猪蹄者愚鲁而贱；手软滑如锦囊者至富，手皮连如鹅足者至贵；掌长而厚者贵，掌短而薄者贱；掌硬而圆者愚，掌软而方者富也。诗曰：贵人十指软如绵，不但清闲福自添。粗浊定非君子相，凶愚可判不须嫌。”又纪起例以营造尺为准。凡有问数者，男左手女右手视之，长线二尺量尽五指以近掌之纹为止。合计其数共得多少，即按书断结无差，以一尺一寸至一尺四寸五分为止，计三十六图诗，言颇精详，为之记载。

阅《宗圣汇志》纪孔子圣庙联语云:"祷尼山以降精,毓秀钟灵,直接列圣以一肩负荷,岂仅继西周道统;奠两楹而叶梦,景行仰止,将遍寰球而共归陶铸,非独为东亚儒宗。""宋是祖,鲁是宗,卫是适,齐是在,楚是游,陈、蔡是厄,劳半世之辙轘,原欲与斯民共跻乐利;易可赞,书可序,诗可删,礼可订,春秋可修,萃一生之笔削,无非为万祀预立纲常。""道统开自中天,尧传之舜,舜传之禹,禹传之汤,汤传之文、武、周公,绵十六字之薪传,惟孔子综群圣而大成是集;圣公演乎万世,周至于汉,汉至于唐,唐至于宋,宋至于五代、元、明,历二千年之崇奉,独本朝超亘古以盛典重昌。""统群贤而微言,并寄德行科、言语科、政事科、文学科,无不因材化育,蔚作当时国器;综百世而道范,独隆宗教家、法律家、伦理家、哲儒家,莫非运量包涵,永为万代师资。""非只已在门墙者颂法维殷,当其时,若老者、若庄者、若列者、若墨者、若荀者、若杨者,莫非称赞争光,足见至德之永孚群望;岂仅同居中国者尊守勿替,即此际,如英耶、如俄耶、如法耶、如德耶、如美耶、如日耶,无不推崇恐后,可知公理之早契人心。""一生终始麟为运;半世行藏凤可歌。""循墙望道同观海;入室升堂似叠山。""毕世经纶思用鲁;千秋俎豆协尊殷。""迅雷风烈观圣度;逝川时雨化英才。""趋庭有训传诗礼;涉世难言在利仁。"所纪对语尊严庄重,是为之记。

十九日丙辰 晴。致张孟定兄一信,托丁辅香兄代为带交,并致辅香兄,均饬老官送至海门远记。致陈翼亭一信,饬普中送至黄城西街矣。早刻,至翁子俊兄处少坐,言及其郎之乳媪最难调治,有乳者即有皮气,无乳者虽无皮气,何济于事,倘其媪有积疾,即或有乳,误而食,返成有误,其郎误食寒乳,以致时有不豫,现今乳媪更换已逾半月,望其面上渐生洪运,可见选择乳媪不得不慎于选择也。至家后,适吴玉翁来叙半晌,言及定廿二日趁轮至沪,乘轮车至杭云。又言子衡兄令尊曰德长年欲再为三子重分家产,但曰德长年元配出子衡、又一女,继配系是再醮之妇,出二子,子襄及老三,又两女。子衡自娶亲之后与其继配不大合式,乃翁与其分爨,田业对分,现年均是长年自存，子衡之心即有未遂。自分爨之后，子衡应酬门面，长子成人肄业学堂，年需不少。因此，虽有赢馀，所馀不多。乃曰德长年无门面而日夕需费仆险之极之至，所剩赢馀较前数倍。当前分爨之时，只子襄、子衡两人，而后再生老三。今其继配所出长子适东山头周公甫令郎，于冬月完姻。奈其继配所办妆奁丰盛异常，均是继配所办，而曰德长年不得而知。自后老长年渐渐所闻，探识是实，即与其继配互相滋闹，再有重分之语。其重分之意，将子衡所分之田及子衡自置之田，当子襄所分之田及长年自置之田，悉均统计，按照三股均分，现款亦照三股分派，所言甚公。但曰德长年自存之洋颇巨，未识能得无隐否也，亦难预料。日前子襄来请家君，代为重分，现吴玉翁再为代言，想重分之事定然。未识其存心始终如一否也，容后再记。

但曰德长年幼年樵牧，年方弱冠，赴海洋捕鱼，其家中并无所有，孑然一身。现经将近古稀，五十年中蓄积购置田业一千四百馀亩，现洋约在六万之谱，统而记之约洋拾四万左右，正可谓财翁。子衡娶许氏，生有子女数人。与子衡同母之妹适栅桥邬姓。子襄娶吴玉翁之孙女，妹适公甫兄令郎，三子三女，现均来聘、未适而已。我辈为人须要积俭积德，是为至要至切。

午膳后，达云母舅及子俊兄、舜卿兄、菊香先生来叙至晚而去。晚膳后，周篪卿来叙少顷，同至周冠卿先生处，晤李舜卿兄，互叙一刻而来，至家尚未二鼓耳。阅八月十四日之《时报》纪省议员吴禧昌昨日具书向吕省长质问，谓临海前巡按使屈文洛映光家驻有八九十名之兵为之保护，其粮饷若出公家，则公家之兵，不能保护一私人；若出屈映光自备饷糈，则私人当然不能私用官兵护卫云云。所云如是，但屈映光之八九十人已由省款携有一年之粮饷，以后或留、或撤，亦未预备。现议员中即有言及，于此可见不及黄楚卿之志。但黄楚卿由葭沚、海门之捐费及各庄殷户抽捐，畜兵二百馀人，名则保护地方，实则管带以下更调黜入均出其一手。更调黜入出其一手，虽言保护地方，何异楚卿之自用私人之兵分别哉！两相比较，其志有所不及也。

阅八月十三日《时报》纪中国之棉花原因节云："《字林报》云，世界产棉国之位置，美居首，印度次之，中国居于第三，此项事实，普通人所罕知也。平均美国产棉额约在一千三百万包及一千四百万包之间；印度约七百万包，其数量与品质今正逐渐增加；中国少算之约得二百万包之谱。所谓包者，系指美国之包而言，每包约当四担。从可知中国今日不用特别力量，不受政府赞助，如试种、择子、聘请专家等等，所产之棉等于美国七分之一。若据曾研究中国产棉情形之专家言，则欲进中国为世界最大产棉国并非难事，第须政府为之指导匡助耳。中国向无统计，故关于产棉额之正式报告并无，仅有植棉土地，究有几何，无人知之。产棉之数量遂亦无能稍稍准备言之者。棉之种植情形异常凌乱可笑，而此间植棉数亩，彼处又植棉数亩，中间则杂以豆或他物，罕有一大块土地专栽棉花者，因此即指定一地计算种棉之土究有若干，亦殊困难。惟就全国纱厂所销费之棉，全国人民制作衣被所用之棉及较少量出口之棉，通盘约计，产额当在三百万包之谱耳。今若欲改良中国棉之品质。增进其产额，则必先查目下种棉之土约有几何。此事不独有味，亦极重要。若中国农商部果关心此事，则采集此等报告亦非难事，盍可以饬令全国厘卡及税局造册呈报也。或者以中国可成世界第一产棉国之说目为妄语，其实非妄。近数年来，上海附近曾有人试种棉花，其结果每亩产棉之额增至三倍。然手续并不困难，不过选择较良之棉种，下种之前，先将土地垦倍，种后则用豆以及中国农人所有之种种肥料灌溉之，目下种以迄成熟，时时注意看护，如是而已。总之，用平常科学方法，每亩产可增三倍。而种棉土地之增加简直无有限制。自禁烟令行后，向种罂粟者多改种棉树，已扩张不少，而农人之获利亦将与从前土价购时不相上下也。故棉之产额可以增进，已无疑义。惟其品质能否改良与美棉同一精良，则尚是一问题。各纱厂所出较精之货恐非恒仰给美棉不可。上海试种美国棉子迄无成效，其树本非不良好长成，惟中国之夏令似有一月之时间，荚壳不破，天气已寒，因气候不宜，遂难成功。然试验家尚未失望，仍在设法使美棉能服此间水土。闻本季之试已较有胜利之望。陕西棉为中国最精之棉，据云即系数年前有教士输入美棉种子所改良者。但是否年年换子不得而知。以意揣之，或陕西地土、气候比上海较宜于美棉耳。总之，中国棉业前途与北京政界之眼光进步与否大有关系也。”言颇有理，是为记载。

晚刻，各人言谱香母舅与周槐卿拼做棉花行业两相争执不休，现值棉花登市之候，谱香领帖开行，周槐卿亦领帖开行；谱香用楚卿家之下荡地户某为代兜售客，周槐卿因无如此能力，欲借作羹兄之学堂以制之。谱香言，我系领帖开行，倘捐学堂费用须用县署出示。陶寿翁本是学董，应其情节多端，难以理论，亦置之不问。而作羹亦无如此能力，周槐卿无聊已极。如此而来，谱香不缴学捐，周槐卿亦不缴学捐，则学捐即须无着，而椒江之小学一处想不久致于掣肘必矣。未知其再有如何设法否也。是为之记。

阅八月十四日《时报》纪“议员争缺之趣闻”节云：“顷悉众议院现发生一议员缺，有二人在院报到之趣闻一则，爰志其详。于下国会，江西议员张于浔于民国二年当选，该省区候补议员张益芳以张于浔不合于当选年龄，在江西提起诉讼，经由高等审判厅判决，当时江西审判厅认张于浔当选为有效。张益芳不服，又在大理院上诉，经该院指定移转本件管辖于直隶高等厅办理。张于浔为国民党籍，张益芳非国民(党)籍。彼时张于浔因党派嫌疑败诉，张益芳以目下国会继续开会，张益芳遂据判词到院报到，而张于浔以张益芳并非合法之胜诉，亦来京报到。今同一员额而有二个议员，孰应出席议会？孰应消灭议员资格？直如双包案之有两包文正公，是非有张天师之照妖镜不能断定其真假屈直也。”偶阅其言甚有趣味，是为之记。

阅八月廿三日《时报》附张纪时评二“倾向”节云：“凡事必有倾向之一点，而后种种事实从之以发生，寖假而成为习，尚酿为厉阶，其祸遂不可救药矣。试观今日之倾向，果何如乎？一汉季州牧、唐代节度之祸阶也。而他日之如何现象？如何结束？要之皆不可知。第由倾向以测，前途已凛乎不可救药矣。呜呼！”今日其论如斯，正当今日之时势，未识后事如何，难于预料。是为之记，再观其后可也。

阅八月廿四日《时报》纪“江北民生之悲观”节云：“江北各属地广而瘠，民众而贫。迩岁以还，天饕人虚，游民失业十居八九，凋弊穷蹙之民生与夫憔悴之现状，非管城子说能形容其万一，而地方士夫或负社会之属望，或肩自治之重责，多以攫取金钱为唯一主义。甚者，酹酒妇人、摸红碰白、终日昏昏、醉生梦死，哀哀无告之小民呻吟吾侧，一若秦越肥瘠，漠不相关，前途茫茫，吁可惧也。今年，江北两水较之他地，可云得天独厚，伏汛阴雨之多、河水之大，几于丙午相捋。入秋以来，非特不稍减退，且亦如之。自上月廿五六日起以迄今日，秋雨萧萧，继续不断，城郭间既成泽国，四乡晚豆、山芋，胡萝卜亦皆减色不少，山芋尤为隆冬民食之大宗，若再不晴，粮价必日以踊贵，且种麦之期距今不过半月或一月之间，则天之阴晴与来岁收成亦大有关系者也。”如是所云，今岁江北之民惨切。阅之深为怅然。倘有好施君子，解囊持赠，真是积德与子孙也，是为记焉。

阅《宗圣汇志》纪“孔子圣诞考”：“谨按：春秋襄公二十一年，《公羊传》十有一月庚子孔子生，《谷梁传》是年书十月庚子生，贾氏逵《左氏解诂》、服氏虔《左氏传解谊》、何氏休《公羊解诂》、陆氏德明《春秋音义》、王氏钦若《册府元龟》、胡氏安国《春秋传》、洪氏兴祖《阙里系补》、陆氏《唐志通鉴集注》、黄氏震《日钞》、孔氏铉翁《春秋详说》、马氏端临《文献通考》、宋氏濂《学士集》、胡氏翰《胡仲子集》、陈氏深《公羊解诂》、邓氏元锡《函史》、王氏圻《文献通考》、崔氏述《洙泗考信录》、无名氏《圣迹图历代纪年表》、洪氏若皞《释奠考》、林氏子卿《通鉴本末纪要》、无名氏《纪元部表》、江氏永《孔子年谱》《乡党图考》、李氏错《尚史孔子系》、张氏四教《稽古编年》、钱氏大所[1]《十驾斋养新录》‘三史拾遗’、李氏惇《群经识小》、孙氏志祖《读书脞录》、李氏炘

---

① 当为“钱大昕”。

《春秋求中录》、段氏玉裁《经韵楼集》、吴氏英《经句说》、周氏照《春秋集读》、蔡氏孔灏《孔子年谱》、狄氏子奇《孔子编年》并从二十一年之说。

世本:鲁襄公二十二年冬十月庚子孔子生。司马氏迁《史记》'十二诸侯年表''鲁周公世家''孔子世家'、陆德明《春秋左氏音义注》、司马贞《史记索隐》、赵氏明诚《金石录》、苏氏辙《古史》、刘氏安世《元城语录》'孔氏传''东家杂记'、郑氏樵《通志》'列传'、朱子《论语序说》、吕氏祖谦《大事记》'解题''十七史详节'、叶氏大庆《考古质疑》、李氏石续《博物志》、吕氏书诚《加封启圣王碑》、倪氏士毅《四书辑释》、孔氏璜《录孔、颜、孟三氏志》、孔氏衍植《重纂阙里志》、薛氏应旗《四书人物考》、陈氏士元《论语类考》、彭氏大翼《山堂肆考》、夏氏洪基《孔子年谱》《大清一统志》、黄氏宗羲《南雷文约》、万氏斯大《礼记偶笺》、姜氏兆锡《公谷汇义》、马氏骕《铎史》、闫氏若琚《潜邱札记》、王氏棠《知新录》、邵氏泰衢《史记疑问》、张氏伯行《道统录》、吴氏凤采《春秋集义》、梁氏玉绳《古今人物考》'史记志疑'、陈氏宏谋《四书考辑要》则俱从二十二年之说。

边氏韶《老子铭》:孔子以周灵王二十年生。刘氏恕《通鉴外起》、胡氏安国《春秋传》《黄氏日钞》《续文献通考》同,杨氏炯《灵川集》'遂州长江县先圣孔子庙堂碑:夫子周灵王二十一年冬十月庚子生。《金石录》、袁氏枢《通鉴纪事本末》《东家杂记》《通通鉴集注》、孔氏措《祖庭广记》、金氏履《详鉴纲目前编》《重纂阙里志》、顾氏应祥《人代纪要》、李氏磐《世史类编》、王氏圻《三才图会》、徐氏应秋《谈会》《历代纪事年表》《山东通志》《绎史》《潜邱札记》《释奠考》《稽古编年》、齐氏召南《帝王表》《孔子年谱》并同。《东家杂记》云:周灵王廿一年庚戌岁即鲁襄公二十二年也。《史记索隐》谓:羊传襄公二十一年十月一日庚子孔子生,今以为二十二年,盖以周正属明年故也。宋洪氏兴祖《阙里系谱》:孔子生于二十一年己酉,周家改月十月二十一日庚子,即夏之八月二十一日。元程氏登庸《年表辩正》:孔子生于己酉十月二十一日庚子。《谷梁》解春秋以夏正,《公羊》以周正,《谷梁》之十月建亥即《公羊》之十二月,而写《公羊》者误书十二月为十一月。宋氏濂谓:孔子所生之年吾当从公羊氏、谷梁氏。然以《春秋长历》考之,二十一年己酉十一月无庚子,庚子乃十月之二十一日。孔子所生之月,吾当从谷梁氏,注家谓己酉为己卯。卯、酉之文相近故误书也。德清俞氏并言之胡氏广《四书大全》引吴氏程曰洪庆善《阙里系谱》、程登庸《年表》皆谓孔子生于己酉十月二十一日庚子无可疑者。《洙泗考信录》:春秋是年冬十月庚辰朔。庚子乃十月之二十一日也。《孔庭纂要》云:二十一年庚子则今之八月二十一日也。《圣迹图》:鲁襄公二十一年己酉十月辛亥朔庚辰,越二十一日庚子甲申时孔子生于鲁国之昌平乡陬邑。《四库全书总目》《东家杂记》'去疾考'中历驳诸家之误,以春秋用夏正定孔子生于十月二十一日,其说殊谬。姜氏兆锡《公谷群义》:吴氏程曰:周正己酉岁之十月二十一日实亥月庚子也。其论日建是,论月亦非。《尚史》今断孔子之生在夏正己酉年之八月二十一日也。春秋集前书十月庚辰朔则庚子乃十月之二十一日,公羊以为十有一月者非矣。孔继汾《阙里文献考》为:圣先师鲁襄公二十一年己酉冬十月二十一日庚子生,盖周灵王之二十年也。齐氏召南《公羊传疏》考证云《谷梁》孔子生蒙上十月,十月书庚辰朔,则庚子是十月二十一日也。《读书脞录》:盖孔子以周之十月夏正八月二十一日生。阮元《公羊注疏校勘》记:庚子乃十月二十一日也。此主二十一日之说者。

罗氏泌《路史馀论》'五行书论'定着八月二十七日。《孔庭纂要》:十月庚子即今之八月二十七日。李氏盘《世史类编》:周灵王庚戌二十一年鲁襄公二十二年十月庚子夏正八月二十七日,鲁邻邑大夫叔梁《南雷文约》曰:孔子之生,纥生孔子于昌平乡。陈氏禹谟《四书人物概略》曰《路史》:公八月二十七日为先圣人孔子生日。《南雷文约》曰:孔子之生在二十四年四月,自甲戌推至庚子为二十七日,故罗泌以为八月二十七日。《绎史》:近黄太冲以历上推断生于襄公二十二年建酉之月二十七日庚子，与罗泌《路史》吻合。《潜邱札记》：周灵王二十一年庚戌即鲁襄公二十二年，是年冬十月庚子日先圣生。十月庚子即今之八月二十七日。林氏子卿《通鉴本末纪要》注《阙里志》：灵王二十一年十月二十七日庚子为孔子生，以为即今之八月二十七日。《知新录》'孔圣生卒考'：孔子生周灵王二十一年庚戌，即鲁襄公二十二年，是年冬十月庚子即今之八月二十七日。《史记疑问》：十一月内无庚子日，十月朔甲戌二十七日适是庚子，是庚戌年八月二十七日为圣诞。《三命会通》作申时乃庚戌年乙酉月庚子日甲申时，确不可易也。《史记志疑》：年宜依《史记》，月宜用《谷梁》，日则庚子。《路史馀论》定位八月二十七日孔子生，引《五行书》谓生庚戌年十月二十三日甲申时，斯不足辨尔。《孔子年谱》：鲁襄公二十二年十月庚子孔子生于鲁昌平乡陬邑，黄太冲以历上推即今之八月廿七日也。又，《孔子世家》考生年当以《史记》为正，至月日则名从《公羊》，实从《谷梁》。盖周之十一月，夏之九月也。八月二十七日已交九月朔气，故《公羊》作十一月庚子，以朔气言之，《谷梁》作十月庚子，以数言之，二传一而已矣。汪氏汲《事物原会》：学者当以八月二十七日为圣节焉。李氏《许夔诞灵宝笈》《孔庭纂要》十月庚子即今之八月二十七日也。此皆从八月二十七日。

成先生蓉镜《经义骈枝》：'世传孔子生于鲁襄公二十二年十月庚子，为今之八月二十七日。考《杜氏春秋长历》，是年十月甲戌朔二十七日正得庚子，此即《孔子家谱》《祖庭记》《路史馀论》《山堂肆考》诸书所本，今近黄南雷氏、闫百诗氏拟新历推算，亦本八月二十七日，然以古历步之，实八月二十八日也。甄鸾《五经算术》推春秋至朔皆周历，文长不叙，大馀二十三，小馀六十九，加朔策九得酉，月大馀四十九，月小馀五十一。命起甲申算，外得癸酉朔二十八日庚子，古六历以周历为可信。两汉以来演撰诸家以'三统'为最古，而皆得二十八日庚子，后世二十七日之说，虽一日之差，然所系匪轻，有志之士当亟为正之。《孔子广牧》又以黄帝、颛顼二历推之，并与周历合，不独可证诸家之伪，且祖庭享祀之期亦当据此为定。至《三才图会》复以为三月初四日午时，盖荒谬不足辨云。'"如是所云，极为周详，是为之记。

二十日丁巳 晴，天气颇热。早刻，王子襄来叙一刻，言彼自北山出来时有雨颇大，而近处未见有雨。但北山只隔数里，雨旸即有如此之异也。人倜先自郡来，前托买药料、信纸等均已照单购来，其洋均由盐公司帖粗取来付讫矣。午膳后，伍菊香、陶习谦、翁子俊、周篪卿、李舜卿并达云母舅、伯端兄来叙至晚而去。言及周少云染恙颇沉，日昨初起邀王清甫开有一方服下，随夜增剧，后邀皮申甫诊视，稍愈矣。想是暑邪致疾，人若服有暑邪，就夏令即发，易于就痊；至秋发出，即颇掣肘；倘至冬令发出，其病更增，势所然也。但此等疾病，近以章杞堂先生医最得法，王启藩先生次之，否则不服药亦能渐愈，不过多需时日而已。倘邀庸医治病则有死耳，所以择医不得不慎也。早刻，叫微登来将凉棚拆卸。每年均在中秋之前拆卸凉棚，今已过中秋，其凉棚理可拆卸，不意今日天气颇热，想如此之气候亦不过数日而已。晚膳后，至洪少琴处，晤道周宗叔及周篪卿少谈，即约至星斋宗叔处，晤陶习之、李舜卿诸君，互叙半晌而来，至家时将二鼓矣。

阅《宗圣汇志》纪辛亥寿宁河太常高先生"七秩晋二，时主请陕西存古学堂"："大道干城寄，氤氲聚太和。发言皆中节，讲学亦分科。此日千钧系，高年百岁多。乾坤期再造，旋转寿山河。""教泽留三辅，春风酿物和。名高钦北斗，齿大耀先科（先生甲辰自寿诗有'齿到十三科似箭'之句）。孔道西行日，喜天华祝多。鲰生资孕育，化雨仰宁河。"其诗句纯正、老到，是为记载。

纪"历代尊孔"纪："乾隆二年九月，命国子监大成殿着用黄瓦，注谕礼部：'至圣先师孔子，天纵圣神，师表万世，尊崇之典，至我朝为极盛。皇考世宗宪皇帝尊师重道，礼敬尤隆，阙里文庙特命易盖黄瓦，鸿仪炳焕，超越前模，只绍兴猷羹墙念切。思国子监为首善观瞻之地，辟廱规制宜加崇饰。大成殿着用黄瓦，崇圣祠着用绿瓦，以昭展敬至意。'现文庙盖用黄瓦起自乾隆二年。乾隆三年二月,上亲诣文庙致祭,行三献礼。四年十月制孔庙祭器注:爵一、铏十六、簠一、簋一、笾四、豆四,送阙里陈设。十年五月命新设安西卫建文庙;十二年十一月,黄生、闫若璩上'孔庙从祀末议十一条',注谕:'翰林院检讨阮学诰所奏闫若璩"孔庙从祀末议十一条",朕粗加披阅,多前人所已经议及,非有卓然至当不易之论,有裨典制,必当见之旋行者。即如议"乐舞宜用八佾,笾豆宜十二"一条,其意谓尊崇祀典宜用天子礼乐。夫孔子道德高厚,与天地参,即备天子礼乐以奉之,亦未足以昭示崇报。我朝列圣隆礼致敬于先师至矣、尽矣。而乐舞仍用六佾,非略而未讲也。朕谓季氏八佾舞于庭,孔子斥其"是可忍也,孰不可忍",今顾以孔子所非者祀孔子,是得为敬孔子乎!在他人则议之,在己则受之,于圣人之安乎!谓孔子生未尝为诸侯,六佾亦岂所固有?此乃本之宋臣王安石谓《史记》不当列孔子于世家,不过文人翻新立说,岂足据为定论?且天子尊师,所贵宣明德化,敦厚彝伦,实能行圣道以湍治理,明圣教以淑人心,坐而言,起而行,使天下无一人不被圣人之泽。至于乐舞之仪文,笾豆之度数,其末节耳。而以此为尊师首务,岂所谓能知轻重者乎!又所称"两庑先贤先儒位次凌躐,宜请厘正"一条,两庑从祀诸人,累朝互有出入,盖书生习气,喜逞臆断,而此言典章就其一偏一曲之见,言人之殊,考之前史,甚至有迎合时事、党护乡曲者。汉臣议礼如聚讼之讥,良有以也。阮学诰所信者闫若璩之说,而闫若璩此条如何厘正?若者宜先?若者宜后?而闫若璩即无定论。况孔庙祀典于雍正二年奉皇考世宗宪皇帝谕旨,今廷臣集议,所有应祀复祀之先贤先儒,已经一一厘正。闫若璩所谓西多于东者,盖未厘正以前之旧,今定从祀东庑六十二人,西庑六十一人,位次秩然,初无凌躐,见载《大清会典》,闫若璩固未见。及阮学诰何备官而未之闻耶?祀典关系重大,若止凭其私心浅见,率意更张,忽进忽退,忽东忽西,成何政体!以朕观之,此二条即不可旋行,是以明切晓谕,令众知之。其馀各条,或有应议之处,大学士会同该部详议具奏。

寻奏闫若璩末议第三条，复祀秦冉、颜何，补祀县亶；第四条，祀乐正克；第七八两条增祀诸葛亮、范仲淹；第十条，增祀黄干，均蒙圣祖仁皇帝、世宗宪皇帝采择廷议，先后举行。第二条升祀，有若于朝廷，可于乾隆三年议准尚书徐元梦条奏举行，具无庸再议外，其第二条内升祀公西华于庙庭，据闫若璩以《论语》"孟武伯问仁"、"子路、曾皙等侍坐"两章为断。查《论语》所纪四科诸贤盖专指从于陈、蔡等，而言唐开元中据此遂定为十哲，升祀庙庭。其实《史记》载孔子之言谓受业身通者七十有七人，皆异能之士，则知圣门高贤愿不止此数，故宋咸淳中升祀子张，本朝乾隆三年升祀有若，皆补唐礼所未备。至公西华之贤固不下于季路、冉有，然七十子之中如子贱、子羔、原思、南容、漆雕开皆为圣人所深许，较之公西华亦难为轩轾。即以闫若璩据"问仁"一章谓与由、求并称，当升公西华，而所据"侍坐"一章，则曾子升配已不能，复进曾皙，是议礼纷纷如聚讼，转不如姑仍其旧之为安也。再第四条，增祀公明仪；第五条，增祀曾申、申详；第六条，增祀汉河间献王刘德。查公明仪、曾申、申详见于《孟子》及"檀弓"等书，皆能守家传，谨师法以不背于圣人之徒，但授受渊源既罕明证，其阐明圣道亦别无考据。汉河间献王刘德修学好古，所得皆古文先秦旧书，如《周官》《尚书》《礼记》之属，事迹俱载《汉书》。但当暴秦之时，转徙流离，藏遗经于焚书坑儒之会，诸儒实为[①]其难。及挟之禁已弛，以藩王有土之尊，出其力以搜求图籍，献王实为其易。若因子张之子增祀曾申、申详，则孔子子孙之贤者尚有孔斌、孔穿以下多人；若因有功经籍增祀刘德，则藏书壁中、避祸嵩山之孔鲋亦未列俎豆事。阅数千年博议者未之及，非阙遗，实重之也。第九条，议改蔡元定于两庑。其意以为蔡元定自有功于圣门，非以子重，果若所言，不但无以处曾皙，即程向、朱松于圣道亦各有体认，岂皆以子重者！此其为臆说无凭，又不辨而自明矣。以上各条，俱无庸议。'从之。"其节甚长，容后

---

① 原文衍一"为"，已删。

再记。

廿一日戊午　晴。早刻，南方似有下雨之景，近地又未见雨。晚刻，达云母舅、子俊兄、李舜卿兄、周篪卿、伍菊香、周月波、周醉香诸君来叙，至晚而去。言及周少云染恙已愈，而能食燥饭矣。并言卢槐士兄已来，定明日移住云。阅何见石先生致家君函，云其少君仲鸿兄聘太平金萃生先生令媛，择于本月廿八日小定云。金靖皋先生三子，长孙福林相即楚卿兄元配金氏之父，福林相子一人，字曰冕堂兄。冕堂生两子，长子字子和，次即张琪泉兄之令祖。次逊甫太亲翁，长云舟次字次卿，三子即妹夫叔文，四子字季盘，其元配即陶寿翁之长女也。三即萃生先生，其长公子娶陶寿翁之三女耳。容斋公之庚甲已邀东岸日子店将旧代历已查来，系己未、丙子、乙亥、甲申。另托人详算果是何如耳。

续录《历代尊孔纪》："十三年二月，上莅止阙里，释奠先师孔子，注命留曲柄黄黴供大成殿，赐衍圣公孔昭焕及博士等宴，并赐孔昭焕书籍、文绮、貂、币，赐曲阜县世职孔传松及十三世子孙等加级，并赏赉有差。御制阙里孔庙碑文，文曰：'朕惟至圣先师孔子，天纵圣仁，躬备至德，修明六籍，垂训万世，自古圣帝明王继天立极、觉世牖民道德之静蕴，至孔子而集大成。后之为治者，有以知三纲之所由以立、五典之所由以叙、八政之所由以措、九经之所由以举，五经六乐之所由以昭，宣布列于天地之间，遵而循之，以仰溯乎？古昔虽尧舜禹汤文武之盛弗可及已，而治法赖以常存、人道赖以不泯，讵不由圣人之教哉！往代表章，尊礼隆重亦越，我朝备极其盛，当皇祖仁皇帝甲子之岁，东巡阙里，躬谒庭殿盛典，裔皇垂于册府，皇考世宗宪皇帝追晋王封，鼎新庙貌，崇致诚切，瑞应章显，实由心源孚契，先后同揆，惟圣人能知，圣人所由跻海宇于荡平仁寿之域也。朕自养德书斋，服膺圣教，高山景行之慕，寤寐弗释于怀。嗣统以来，仰荷天庥，海宇又安，用举时巡之典，道畿甸、历齐鲁、登夫子庙堂，躬亲盥献，瞻仰睟仪，展敬林墓，徘徊杏坛，循抚古桧穆然，想见盛德之形容，忾乎若接。夫闻圣人之风，诵其诗、读其书，皆足以观感兴起，况亲陟降其庭，观车服礼器，得见宗庙百官之美富，有不益增其响慕，俯焉而弗能自已者欤？朕抚临方夏，惟日兢兢，期与斯世臣民率由至道敷教衍泽于无疆，顾德弗类，于衷歉焉。恭绎两庙朝碑刻之文，益以知道德政治体用一源，显微无间。慕圣人之德而不克见之躬行者，非切慕也；习圣人之教而不克旋之实政者，非善学也。法祖尊师固无二道，用勒石中，展志钻仰服习之有素，思以继述前微，酬愿学之初志云。系以辞曰：皇以志圣，代天觉民。天和言哉，圣人是申。立人之极，曰义与仁；建治之统，曰明与新。圣漠洋洋，祖述宪章。配天广运，应地无疆。四时递嬗，日月贞明。濯以江汉，暴以秋阳。泱泱东海，岩岩岱宗。于穆圣德，畴与絜崇；巍乎圣功，畴与比隆。循之则治，弥畅皇风。仰瞻令辟，展敬尊师。过鲁祠牢，炎祚开基。宫墙翼翼，鲁壁金丝；苍桧郁郁，殷楹鼎彝。皇祖皇考，圣智达天。探脉道要，孚契心源。丰碑蚪蠖，巨榜鸾骞。上继三五，一中允传。顾惟寡昧，仰绍先型。时迈自东，祗谒庙庭。洋洋盈耳，玉振金声。若弗克见，时殚予诚。见圣非艰，由圣则难。弗克由圣，孰图治安。亦既莅止，观止斯叹。摛辞表志。’

乾隆戊辰十九年九月上谒盛京文庙。三十一年三月上至曲阜谒先师孔子庙上释奠礼成，谒孔林。三十二年四月，上至阙里释奠先师孔子。二十七年夏四月，谒先师庙上，谒孔林。三十二年四月，戴第元请增至圣圣诞祭祀，上以不通经摈之。三十三年十一月，文庙落成，更定殿门名称，注谕：‘修葺文庙，现届落成，大学规模，式昭轮奂，惟门题殿榜尚应详考彝章，用肃景仰。向来正殿称先师，一庙二门曰庙门，而大门未有书额，盖沿明代旧文，未知厘正。夫庙门之号，于礼经所称祖庙，既涉嫌疑，而先师庙额，揭诸殿楹，名实尤多未称。应于大门增先师庙额，其正殿改为大成殿，二门改为大成门，庶符会典定制。朕亲书榜字“涓吉恭悬”，以彰崇道尊师之至意。’颁置礼器，陈列国学大成，注谕：‘遐稽阙里庙堂有后汉时牺象诸尊，以为观美，爰择内府所藏周范、铜鼎、尊、卣、罍、壶、簠、簋、觚、爵、洗各一，颁置太学，陈之大成殿中用备礼器。夫孔子志在从周，楹间列姬朝法物，于义惟允所司其敬懔，将事典守弗替代，以克副朕意。'

三十四年二月御制重修太学文庙碑文，文曰：'举江淮河济以赞海，吾知其不知海；举嵩岱恒华以赞地，吾知其不知地。然则，举道德仁义以赞孔子者其亦类于是乎？夫江淮河济岂不为海所纳，而不足以形海之大，然海固不拒江淮河济以为水也；嵩岱恒华岂不为地所载，而不足以究地之厚，然地固不让嵩岱恒华以为土也；道德仁义岂不为孔子所垂，而不足以尽孔子之量，然孔子固不外道德仁义以为教也。教之义始见于《虞书》，而未有定所。夏校、殷序、周庠，学则三代共之，是国学所昉乎？夫三代既有学必有教，而吾以为孔子立道德仁义之教者何？盖三代以前之教，非孔子不明；三代以后之教，非孔子不立。亦犹江淮河济非海不纳、嵩岱恒华非土不载、道德仁义非孔子不垂也。国学始于元太祖置宣圣庙于燕京，由元及明，代有损益修葺，至本朝而崇奉规模为大备，列圣在文临雍必事轮奂。乾隆戊午，朕脂学展先，诏易黄瓦，聿昭茂典。然丹雘虽致饰壮观，而上栋下宇，风雨燥湿，历年既久，侵敧是虞。爰以岁丁亥，发帑二十馀万，特简重臣司其事。越己丑仲春，方告蒇工，朕亲释奠以落成焉。先是，言臣有以乘此时修复辟雍圜水之制为请者，礼官以为三代之制弗相沿袭，实政不必泥古。朕以其言良是，遂从之。门、殿诸额于准会典，皆亲书各县于其所，举大工必泐碑以志，故叙其事书之。若夫述孔子之言，仍以颂孔子，是犹绘日月星辰以象天，朕有所不能。'

释奠先师孔子。三十六年三月上至曲阜释奠先师孔子，谒孔林，赐衍圣公合族银币有差。颁礼器陈阙里庙庭。注谕：'兹临幸曲阜，祇谒先师，阅视所列各器，不过汉时所造，且色泽亦不甚古。惟兹昌平圣里，宜陈法物以为观美，着仿太学之例，颁内府所藏姬朝铜器十本，备列庙庭，用惬从周素愿。俟朕回銮后慎选邮发，交与术圣公[1]世守勿替，以副朕则古称先至意。"四十一年三月上至曲阜谒先师孔子庙，释奠先师孔子，告平两川功。上谒孔林。四十四年五月，上幸热河，诣文庙，行释奠礼。

《御制热河文庙碑记》文曰：'丙申夏，驻跸热河避暑山庄，曹秀先以礼部尚书扈从，几暇召见，涉及时政。秀先云："臣，春卿也，在职言职，以为此处宜兴学校以造士。"朕曰："俞哉！亦其时矣。"于是乎有设学校之旨，于是乎有加额之恩。学校既设，则文庙亟宜建。乃命相地伐材，卜吉纠工，宫墙、泮水、殿庑、礼乐，一如制。越二年，己亥夏，朕以来巡，亲释奠而落成之。夫热河自古关塞以外荒略之区也，虽金、辽有兴州之称，然旋废，建置沿革率不可考，而况有皋比之传、弦诵之声哉！是以我皇祖母每年避暑于此，亦不过名之曰山庄，故有聚民至万家之句。盖以礼乐之兴，未免存待以百年之意。今则耕桑日以辟，户口日以滋，以幅员计之，不啻数千里，而版籍或逾十万焉。此而无学校以牖民迪俗，岂宣祖猷、扬圣化之道？且今西域、乌鲁木齐等处率置郡县、立学校，以此较，彼为尤近矣，则兹文庙之建，于时于地，胥不可缓，亦不待人之请而后行。称之曰热河文庙者，今虽升之曰承德府，从其朔纪其因也。昔苏轼作《韩愈碑记》云："公之神之在天下，如水之在地中。"予谓韩愈，因文见道，我夫子体道垂文，韩愈之所因者即夫子之所因者即夫子之所垂而见，犹待乎行，体则其本也。且水在地中，尚须求而得之，我夫子乃天之经、地之义、山之峙、海之渊，无日不在人人心目之中范围。曲成而不遗，岂待穿凿求之而后得？然则木铎之音孰谓不可觉斯民于关外荒略之区也哉！'六月颁书籍于承德府文庙。

四十五年，上幸苏州府诣文庙行礼。五月，上诣热河文庙行礼。四十九年三月，上至曲阜，谒先师孔子庙，释奠先师孔子，谒孔林酹

---

① 当为"衍圣公"。

酒。五十年，上诣文庙，释奠礼成，临新建辟雍讲学。五月，上诣热河文庙，行礼。十月，设甘肃循化厅学校，建文庙。五十一年六月，上诣热河文庙，行礼。五十三年五月，上诣热河文庙，行礼。六月，御制平定台湾碑告成热河文庙。五十五年正月，刻石鼓于太学及热河文庙。三月，上至曲阜，谒先师孔子庙，释奠先师孔子，赐衍圣公孔宪培及孔氏族人等食，并赉章服银币有差，上谒孔林，酹酒。五十六年五月，上诣热河文庙，行礼。五十八年五月，上诣热河文庙，行礼。五十九年六月，上诣热河文庙，行礼。六十年，谕令豫备祀孔典礼，二月，释奠先师孔子，礼成，阅辟雍新制石经。注谕：'朕临御今六十年，于二月上丁亲诣文庙，释奠礼成，并阅辟雍新刊石经，瞻仰宫墙，弥深景慕。自惟冲龄肄学，服膺圣教，迄今八秩开五，犹日孜孜诲孜孜，诲学不倦，举行政念典，悉皆虔奉心传。今晨，临雍展敬，祇肃躬亲，风日暄和，典礼咸备，景仰之诚。先师灵爽式凭，自必默垂鉴佑，当兹郅运增隆，度臻耆寿，莫非仰邀锡贶，允宜旋恩簧序，嘉惠士林，以光盛典，用示重道崇儒，寿世作人至意。'

嘉庆元年二月，释奠先师孔子，建甘肃贵德厅文庙。三年二月，上诣文庙，设奠，临辟雍讲学。七年二月，释奠先师孔子。十三年二月，命皇次子释奠先师孔子。十六年二月，上释奠先师孔子。十八年二月，命皇次子释奠先师孔子。九月，建陕西宁陕厅文庙。十九年八月，命皇次子智亲王释奠先师孔子。二十二年二月，释奠先师孔子。

道光二年正月，命琦善恭修孔林。三年二月，上诣文庙释奠先师孔子，临辟雍讲学。九年二月，释奠先师孔子，以平定回疆告成太学。十六年七月，谕令更正三教庙。注谕：'汪振基奏山西寿阳县等均有三教庙，至圣先师孔子与佛老同庙供奉，与祀典不符，着申启贤通饬各属即行更正。各省有似此同庙供奉之处，着各该督抚一律更正以崇正学。'二十三年八月，谕曲阜县先师林、庙，每届祭祀，恪恭将成。"馀俟另纪可也。

纪"尊圣歌"四章："孔教实为万世宗，不从孔教将何从？我今发愿问天天，我所愿兮学孔子。""孔子圣人天所纵，代天立教开师统。木铎于今显圣灵，循循善诱在遗经。""经纬昭垂博我文，约我以礼心为君。我欲从之入圣域，厥道端由诚不息。""不息则久久则征，至诚必可通神明。儒者通神有善方，洗心慎独接微茫。"

又纪"诵圣歌"四章："昊天上帝仁我民，作之师以为君。鉴求圣地生圣人，盱尼山之独尊。黑帝从天来降神，感生于圣母身。天生大圣符瑞臻，吐玉书者祥麟。""孔子生为制法王，创儒教于鲁邦。舍身行教救民殃，遇桓魋而畏匡。天之圣子谁能伤？斯文在兹未亡，身为木铎天命章，黑绿不代苍黄。""孔子之谓集大成，玉振之而金声。受命端门作圣经，六经六纬大明。告备于天天降灵，黄玉三尺光莹。继周而王黑龙精，春秋文致太平。""时圣之道天人通，极高明而中庸。百家腾跃被儒风，大道终归大同。三世推演道无穷，允为万世教宗。诸天且在元统中，况人敢不信从。"

又纪"希圣歌"五章云："圣道高矣美矣，宜若登天。然问何由学孔子？笃信最为先。信道笃而无疑，升堂且入室，心诚求则得之，不诚则无物。""万物皆本乎天，尊天方见性。天虽尊而无言，代言唯孔圣。澄心以诵圣经，上通于元，莫闲邪而存其诚，浩然得至乐。""乡愿笑谓真儒：阉然世世可媚君。今读孔氏书，学圣为何事？天生我而有身无教即禽兽。学圣只学成人，立身担宇宙。""干元大统，诸天万物同一气，予母坤而父乾，何人莫非己？己欲立而立人。传教尽义务，弘圣道以行仁。何怖亦何慕？""闻圣道有始终，身后果何望？令名留在世中，知气在天上。哀游魂之为变，凡民真可怜！盍归儒而修善，精气昭于天。"阅其词句，尊重至圣语言，谨为之记。

廿二日己未　晴。卯前，雨；以后，晴；至晚皆然。早刻，看远处有雨，惟近地无之。致贺云江兄一信，致丁辅香兄一信，均饬二头送至海门，托辅香兄就便于定海代购风箱一只。二头旋，接云江兄福信，云元发之本洋曾经归还矣。今年花草子价值颇昂，其价每元只七升半耳。卢槐士兄已于今早移住于月波之东首风翼，即备礼送去之后，就至槐士处少坐而来。晚刻，达云母舅、李舜卿兄、伍菊香先生来叙至晚而去，言及周少云之病甚笃，昨醉香所言其已愈者伪言耳。并言少云人已不知人事，饮食不进已经数日，倘不望痊，即在数日中耳。醉香、少云本是同胞，但少云，人呼曰兆六，幼即嗜赌，初娶栅浦苏品三观察之女，故后续娶朱氏，并娶一妾，生有五子二女。无如少云幼即无赖，于光绪初年与醉香分爨时田有百馀，现洋亦有数千，日夕嗜赌，数年而尽。其言无所不说，其凶蛮龌龊之事无所不为。其周氏之衰在少云之尽，近三十年来，初以房分搜罗，继藉儿子强横取无义之财而食。余外祖在日，吃其亏亦不止凡几。其凶险奸刁，非管城子所能而述也。计其行年已经六十，即或而逝，亦不为过也。彼之坤元典关闭，亦彼之大有为损也。总而言之，此等凶徒，一方中亦不多见耳。日前，潘子祥兄托余写篆字直条四幅，余学篆虽经有年，字极不工，难于出客，顷转托王俊卿代为法书可也。

廿三日庚申　卯前，雨；辰、巳、午、未，阴；申时，雨，酉刻雨晴，阴；以后皆然。早刻，老官言，周少云已于昨夜三更时作古矣。但少云一生，口业最重，人即厚待与彼者，如有短处，彼即逢人即说，所求与人者，人若允其所求，十次中有一次于心未遂，即行反面。心之龌龊，难堪言状。今其死也，亦其一生事了。当丙申岁，彼与其堂嫂李氏结讼，大将旗鼓，适与其伯母郑氏因事大闹，而郑氏至府署送[①]其不孝，值赵寅臣太尊守台，饬差拿去，笞二千、鞭五百，枷号示众。时黄岩王弢甫京卿方主东湖讲席，与赵寅臣太尊同部同事有年，平日极为相得，王弢甫京卿时与余因世交之谊时相往来，余与允东亦日夕相聚。但李氏无后，而允东承继。允东托余代其转恳王弢甫京卿与太尊处代其说项。时余以两均亲戚，又恐少云之照挂，当即推却。时允东已挂，余不肯代言，以后交谊而此淡。时少云适赵太尊将其严办，疑余有代其说项，又大反目。此事实在冤焉。余当时一边以不允其

---

① 当为“讼”。

说项，至已结怨；一边疑有代言，又相结怨，只得付之度外可也。当时，李氏托禹门叔公代其主持，徐达庵代其运谋，看允东最重其事，亦赵寅臣郡伯代为清结。之后，而李氏即故，禹门叔公与徐达庵相继而亡，不数年间允东亦故，今则少云亦故。结此讼之人至今均已故世，屈计只得二十年而已。以此思之，为人在世空尽，诸事均须看空，是为至要。

卢槐士兄来柬邀晚膳，值伍菊香先生来叙至晚，侍家君同菊香先生至槐士兄（处），晤翁子俊、王六皆、王仲常、陶习之诸君，相叙席散而来。卢槐士兄言，黄镜三之病日食处术藉得延年。但处术一味本是佳品，得能常服亦至妙之药耳。并言王云初兄改委黄岩场盐事长云。

廿四日辛酉 辰前，细雨；巳牌以后至晚均阴。周少云明日巳刻大殓，醉香来邀代为助祭，于情难却而允之。

余阅《宗圣汇志》未以自上而下，即看何本为先，随时何本翻阅，所以记录《历代尊孔纪》亦未以始为首也。顷阅《历代尊孔纪》："康熙三十二年十月，阙里圣庙落成，命皇三子允祉、皇四子前往致祭。《御制重修阙里孔子庙碑》注文曰：'朕惟大道绍垂，尧舜启中天之圣，禹、汤、文、武绍危微精一之传，治功以成，道德斯著。至孔子，虽不得位，而赞修删定，阐精义于六经，祖述宪章，会众理于一贯，为往圣继实学，为万世正人心。使尧舜禹汤文武之道灿然丕著于宇宙，与天地无终极焉，诚哉！先贤所称自生民以来未有盛于孔子者也。往岁甲子，朕巡东省，方躬诣阙里，登圣人之堂，祀将祀事，睹其车服礼器，金石弦歌，盖徘徊久之不能去焉。顾圣庙多历年所，丹雘改色，榱桷渐圮，用是戚然于心，特发内帑，专官往董其役，纠工庀材，重加葺治，经始于辛未之夏，告竣于壬申之秋，庙貌一新，观瞻以肃。盖深为孔子之道垂范古今。朕愿学之志，时切于怀，每考天人性道之原，修齐治平之要，思以远绍前绪，牖迪生民，凡所以尊崇褒显者，靡不隆礼竭诚以将景行仰止至意。而况庙庭之地，尤为圣人神明所凭依者哉！今者登堂而陈俎豆，入室而习礼仪，营构既坚，采章弥焕，庶几于朕心深有慰焉。用是，特遣皇子允祉敬展烟祀，以告落成。凡我臣民瞻仰宫墙，倍深严翼，尚益思敦崇德义、砥砺伦常，以不负朕尊师重道之意，岂不休欤！因勒贞石以辞曰：麟书启瑞，素王挺生。上律下袭，玉振金声。范围百代，陶甄万类。道备春秋，德参天地。立型垂训，师道昭宣。象悬七曜，海纳百川。曩巡东鲁，临河登岱。峨峨尼山，羹墙斯在。虔恭展谒，至德是钦。宗风溥博，教则闳深。洙泗之阳，殿寝翼翼。上栋下宇，神灵安宅。冬官特饬，缔造维新。宏规大启，肃奉明禋。圣人之居，永以观德。千载传心，四方式则。'

三十六年七月，以朔漠平定，遣官告祭先师孔子。四十二年二月，御书匾额悬挂于青浦孔宅。注谕：'提督江南学政张廷枢：朕比临幸松江，道经青浦，据该邑贡监生员孙鋐等奏称青浦之北地临孔宅，自汉时，至圣苗裔避地至此，奉至圣衣冠、环璧葬焉，恳请颁赐匾额。朕念孔子乃万世之师，既有遗迹，亟宜表彰。因于万机之暇，亲书"圣迹遗微"匾额，以示尊先师之意。可选良工摹刻悬挂。'四十九年九月，令祭先师孔子，时武臣与文臣一体行礼，注：'先是祭先师孔子，文臣自驿臣以上皆得陪祭，武臣陪祭须至副将以上。太原总兵马见伯奏称一体与祭，故有是命。'六十年十二月，遣官祭孔子阙里。

雍正元年六月，加封孔子先世五代俱为王爵，注：木金文公为肇圣王，祈父公为裕圣王，防叔公为贻圣王，伯夏公为昌圣王，叔梁公为启圣王。二年正月，建孔子庙于归化城。"徐俟续记可也。

廿五日壬戌 早至午刻，晴；未至酉刻，阴；戌、亥时，细雨。早刻，至周宅，同达云母舅并赵子修兄、翁子俊兄同行致祭毕，至子修兄处少坐，过晚膳后而来。晤娄瑞卿。彼系允东女婿。允东与少云系是嫡堂兄弟，如是言之，瑞卿系少云之嫡堂侄女婿，又在岳家，少云出丧理应往送。不想其出丧时不送，做祭时又不出来招呼。晚刻，其请客，彼出来吃酒，谈天说地，真是人情世故而不懂耳。言及现张少轩军门以长江巡阅使坐镇徐州，其管带计有六十八营，每营五百人计之，三万四千人之多。其三万四千人均有发辫。有两淮盐运使哈汉章初则亦有发辫，近因事晋京，因京中要人均无发辫，彼不得不将发辫剃之。出京之后，不敢往见张军门，即运使印篆亦不敢就任。现张军门连和三十省，谓之连和会。现黎元洪虽为大总统，专以一时和平，不敢得罪一人，诸事不敢更张，所有政权均操诸他人。张军门开连和会时，大总统旋派人到会，即致覆曰："无事接洽，不愿招待。"此语系出褚仲逸之语，未识果否，未识张军门有何用意否也。京中之参议院议员与张军门大相反对云云。现无《申报》阅看，深为歉然。

续记《历代尊孔纪》："雍正二年三月，上诣太学，释奠先师孔子。注：'先是，谕礼部：帝王临雍大典，所以尊师重道为教化之本。朕览史册所载，多称幸学，而近日奏章仪注相沿未改，此臣下尊君之词。朕心有未安。今释菜伊迩，朕将亲诣行礼，嗣后一应奏章记注将"幸"字改为"诣"字，以伸崇敬。'

六月，阙里圣庙灾。注：'衍圣公孔传铎奏阙里圣庙被灾情形，上命遣工部堂官一员会同该抚作速计材料工择日兴修，务期规制复旧。'十月，山东绅士请捐修文庙，上不许，命给帑。三年八月，颁发孔子及颜、曾、思、孟、闵子、仲子庙御书匾额。十二月，谕令敬避孔子圣讳。注：'礼部议覆先师孔子圣讳理应回避，惟"祭天于圜丘"，"丘"字不用回避外，凡系姓氏，俱加偏旁为"邱"字。如系地名，则更易他名。至于书写常用之际，则从古体"丘"字得旨。今文出于古文，若改用"丘"字，是仍未回避也。此字本有期音，查毛诗及古文作期音者甚多，嗣后出四书五经外，凡遇此字并用"邱"字地名亦不必改易，但加偏旁，读作期音，庶乎允协，足副尊崇先师至意之意。'四年八月，祭先师孔子，上亲诣行礼。注：'祭毕，谕礼部太常寺曰：仪注内开献帛祭酒皆不跪，朕今跪献，非误也。若立献于先师之前，朕心有所不安，可记档案，以后皆照此行。'五年二月，谕内阁九卿：'八月二十七日先师圣诞，应致斋一日。'七年二月，命通政史留保监修阙里文庙，注谕内阁：'朕于兴修阙里文庙一事，尽诚尽敬，颁发国帑，务令规模宏壮，坚固辉煌，计日告竣。’雍正三年六月，即饬：‘令原任巡抚陈世倌领帑兴工，遴员修造，拳拳委托，至再至三，嗣于塞楞额接任之时，又复谆谆训谕。岂料陈世倌委任不得，其人既已耽误于前，而塞楞额又复因循怠玩于后，以致工程迟滞，久未告成。昨已遣通政史留保前往协同署巡抚岳浚督催在事人员，殚竭心力迅速竣事。陈世倌着速赴东省尽心办理，以续前愆。此次修理文庙工程，务期巍焕崇闳，坚致壮丽，纤悉完备，灿然一新。倘旧制之外有应行添设者、有应加修整者，俱着估计奏闻，添发帑银，葺理丹雘，工成之日，朕当亲往瞻谒，以展尊礼先师至诚至敬之意。’

十一月二十六日，孔庙上梁之前二日庆云见。注：‘督修孔庙工程通政史留保山东巡抚岳浚奏十一月二十六日午刻，正当孔庙上梁之前二日，庆云见于曲阜县，环捧日轮，历午、未、申三时之久，实从古未有之上瑞，请宣付史馆垂示奕世，得旨。朕平素遵奉先师至诚至敬，雍正二年，阙里文庙不戒于火，廷臣援明代宏治前事为言，而朕心悚惧不宁，引过自责，亲诣太学文庙，虔修祭告，特发帑金，命大臣等督工修建。凡殿庑制度规模以及制器仪物皆令绘工呈览。朕亲为指授，遴选良工庀材兴造，虔格之心，数年以来，无时少间。今大成殿上梁前二日庆云见于曲阜，卿等归美朕躬之词，朕不克当，或者上帝、先师见朕悚惕诚敬之心，见兹云物昭示瑞应。朕不敢矜言祥瑞，但能功过相抵，朕之幸也。应择日躬诣太庙、文庙祭告，以申感庆云之衷。宣付史馆，着照所请行。’

十一月，上以阙里文庙告成，恭诣国史监祭先师孔子。八年九月，阙里孔庙成。十月，以阙里文庙告成，命皇五子弘昼、醇郡王弘暻前往告祭。十一月，特设圣庙执事官，注：三品者二员，四品者四员，五品者六员，七品者八员，八品、九品者各十员，各按品级给与章服，每逢祭祀之时，虔肃冠裳，骏奔趋事。着衍圣公于孔子子孙内，选择人品端方、威仪娴雅者报部充补。十年五月，颁《御制重修阙里圣庙碑文》，墨笔收藏阙里。注：‘从衍圣公孔广棨请也。’六月孔林工竣，庆云见，注：‘先是，皇五子致祭阙里文庙回京，奏请孔林享堂墙垣年久倾圮，谕钦天监选员会同衍圣公孔传铎营治，至是工竣。六月二十五日午时，皎日正中，庆云环捧日轮，五色绚烂。又于日之西南有霞光三道。经山东巡抚岳浚奏报得旨。朕素不言祥瑞，惟有朝乾夕惕，感上天垂象示儆之恩，何敢冀嘉祥之叠锡。已屡降谕旨训天下臣民，但自信生平尊师重道出于至诚。阙里为圣人之乡，尤切羹墙之慕，前岁，文庙重新，庆云涌现，今园林工竣，复观嘉祥，感庆之下，倍增虔悚。爰谕天下臣民共知之。’”馀俟续记可也。

廿六日癸亥 晴，西风甚大，天气骤冷。人能坐，实可以却病，为幸多矣。阅《宗圣汇志》纪：“大清世祖章皇帝顺治元年二月，遣官祀先师孔子。十月，以孔子六十五代孙允植仍袭封衍圣公。注：‘山东巡抚方大猷奏请以孔子六十五代孙孔允植仍袭封衍圣公，照原阶兼太子太傅，其子兴燮照例加二品冠服，孔允钰、颜绍曾、曾闻达、孟闻玺仍袭五经博士。衍圣公保举曲阜知县孔贞堪以仍为原官，其在汶上县管清泽书院事，世袭太常寺博士，应以衍圣公第三子承袭。至尼山书院、泗水书院及四氏学录等官俱照旧录用。从之。’二年正月更定孔子神牌为大成至圣文宣先师孔子，注：‘从祭酒李若琳之请也。’三年四月，修盛京孔子庙。九年九月，帝幸太学，释奠先师孔子。十四年二月改主为至圣先师孔子。”馀后续记可也。晚膳时，至作羹处，晤汪伯端、王燕柳两君，互叙半晌。余目近视，初晤王燕柳当作妙相，言之许久，方知是燕卿，可见近光者请多不便耳。

廿七日甲子 早至未刻，晴；申时至晚均阴。自廿五半夜，西北风起，至今日方午而静，晚季收成又去不少耳。

廿八日乙丑 早至未刻阴；申时细雨；酉、戌牌阴；亥时细雨。遣价向褚仲逸假有《申报》三日，阅八月廿二日《申报》纪要闻二有张少轩军门等反对张耀曾，原电文云：“大总统、国务院各部钧鉴：张耀曾私贩云土一案，勋等迭经各抒己见，于丧失主权、败坏法纪、隳弃廉耻诸大端，电文屡上，力竭声嘶，无庸赘述。夫国家之败，败于官邪？是非之公，公诸舆论。以一国司法总长，悍然为犯法之人冒昧干进，罔知引避，仅恃英公廨‘无罪’二字借为护符，政府隐忍而不言，两院盲然而通过，岂不曰外人尚全吾颜，而吾何为过事吹求，不知中外人士万目睽睽。欲隐国丑，而国丑愈彰；欲息人言，而人言愈炽。西人冷潮热讽见于报纸者，屡书丕书矣。民间街谈巷议，谓国家任用佥壬，纲纪扫地，亦振振有词矣。民国以民为主体，两院所以代表民意，何聋聩如出一辙，而好恶必拂群情？查近年以来，小民偶触烟禁，因之破家产、丧生命者实繁，有徒自此案含糊了结。商民言之愤愤，谓私烟至七千馀磅之钜，而英公廨仅判监禁数月、罚款千元，案中重要人物仍腼然高居，总长政府亦遂安之。执此为例，带一斤者处罚不及百文，监禁不过数小时，倘官吏执法而相绳，则商民必援例以相诘。诚以国会为立法之地，总长为执法之人，法若不行，何以服众？自此以后，勋等何能再以禁烟法律强令国民，惟有任其自种、自运、自吸，勿过问而已。盖非是不足以抒民愤而持天下之平也，倘因此而发生外交问题，勋等当亦不能负其责任。现在禁烟期限将满，条约攸关，设因此案而致驰禁，因驰禁而牵动外交赔款、丧权，全国蒙耻，则其为害甚矣。回忆清之厉行烟禁，不惜捐数千万之厘税为斯民涤旧染之污，不料一篑未竟之功，竟破坏于再造共和之后。张耀曾，无忌惮之小人，本无足责，恐中外正论有不能为我大总统谅者非直此也。以堂之司法总长蹈此放僻邪侈之行为，而使法部之司员、各省之审检官吏、全国四百兆人民奉此寡廉鲜此[1]之长官，窃恐强者怒于言、懦者怒于色，稍知自爱者必羞为伍，比肩共事者必匿笑于旁，司法尊严，隳地以尽。勋等料各省法庭引为奇耻，忍无可忍，必有与法部谢断关系之一日。试令张耀曾清夜扪心：何以自立于大庭广众？何以为颜？观其赴京之初，先诣议院报到，殆犹惮于公论，忐忑于中，谓：总长不能通过，犹不失为议员。此其为鬼为域之行为、患得患失之情状，人格何

① 当为“耻”。

在？识者羞之。民国纵属乞材，何至卑行龌龊至此！有为张曲谅者云：‘土为唐、袁所运，张实受人欺朦不知。’携土至数十箱之多、同行至数万里之远，而竟冥然罔觉，其为木偶可知；而长司法，国家可谓无人。况更有种种确据昭昭在人耳目，在张耀曾岂能以受人欺朦一语巧为弥缝？在法庭亦不能以私人揣测之词据为实论。张于此案为嫌疑犯之一，已为天下所公认，无论有罪无罪，均须停职，付诸法庭正式研究，始足以塞天下之口。即使确系受人欺朦，论律亦当律官不能脱然无事。语云：‘蝮蛇在手，壮士断腕’，诚不肯以一手之毒害及全体也。勋等于张耀曾无嫌无怨，而必哓音□口，断断不已者，良以国体所在、风纪所关、官箴所存、民心所系。骨鲠鲠在喉而必吐，薰莸同器而难容，为是为非，理无中立。如以勋等所言为是，应请即日罢斥张耀曾，即交法庭公开审判，以谢天下。如以张耀曾所行为是，即请立罢勋等之职以谢张耀曾。倘政府仍有为难，即请将勋等与张耀曾一律罢职以平其气。坐衣冠于涂炭，勋等所不屑为；甘缄默以保身，勋等所不忍出。敢援‘匹夫有责’之义，不辞武人干政之嫌，期在必行，伫候明训。张勋、倪嗣冲、姜桂题、张作霖、冯德麟、孟恩远、毕桂芳、许兰洲、王占元、张怀芝、赵倜、田文烈、李厚基、田中玉、杨善德同叩元印。”阅张军门如此电音，未识政府作何致覆，是为之记。

是日《申报》又纪马小进与李六更事云：“议员马小进与女伶金香玉结婚吞金风潮已屡志昨报，兹闻马议员因恨香玉之父将其订婚事露布后，大为愤恨，遂向法厅控诉香之父陈震之指婚诈欺取财九百元，请求追究。法厅日前传集原、被告，讯问之下，法官以马小进所控诉诈欺取财凭证皆无，显系意图他人受刑事处分而起虚伪之告诉，当申斥马议员云：‘你今控人无据，即应构成诬告罪。然而你身为国会议员，国家大政由汝等取决，怎么对于自己的事竟弄的乱七八糟，自罹法网，岂不可惜！听我训，不要往诈欺说了罢。’马议员见风不顺，遂俯首认错。惟金香玉作议员太太之心甚热，不认陈震之为其亲父，并称虽与马小进作妾，亦是情甘愿意的。法官因香玉父女问题与本案极有关系，尚须调查，故将香玉收押候讯，当令马小进取保，陈震之饬回听传。又闻李六更为此事，日昨特投函某京报云：‘李六更指问议员马小进与金香玉成婚、悔婚女伶欲羞自尽是否属实？又云：马小进哪、马小进哪，你是来京当议员乎？你是来京作嫖客乎？祖国亡已，尔不知也。六更阅报所载马小进之事，为金香玉之悲小，为四万万人民之器大。代表乎？代表乎？行为乎？行为乎？不意二次民国复活，竟有如此无耻之议员作民国之万世污点’”云云。现今国会之议员及各省之省会议员中，人品端方者固不乏人，即卑鄙龌龊者亦复不少。顷阅京议员马小进之事，深为可笑，是为之记。

廿九日丙寅 晴。晚刻，倪寿生来叙一刻，言彼之台属保卫团之兵丁均并如警备队。但哨弁均无插足之方，托余代致楚卿兄一信，托楚卿代其与黄义臣兄一言，代为安置，未识能得其所否也。现楚卿在省税有一寓，自己应议员之举，其弟梗卿在省肄业可作住处。其寓所在杭州府城焦旗杆严衙巷一号门牌[1]。现吴玉翁晋省宿在楚卿寓中，想其代为设法差使。现在省垣专谋差使之人最多，而玉翁年华老大，只恐为难耳。寿生并言，屈文洛之卫队数十人亦经并入警备队云云。人之老成柔弱自幼即有把握，前子衡兄于丙申岁在文昌阁与余等同学，年只十九岁时即老练，现其弟子襄即吴玉成之孙女婿，年逾弱冠，尚懦弱异常，看其情形，非独一味忠厚，而带一种孩气。俗语曰“巧果”而已。晚膳后，至伍菊香处，晤王六皆先生，互叙半晌。言及李子棠年前在苏异常暴戾，正是一言难尽，如此凶徒，世所罕有，奸淫妇女、欺骗人财，未及弥年，蓄款两万有馀，不谓不少，尚存心不足，与某营长通谋说苏城之业举，正是天理难容。时其都督程雪门访悉情形，并拾有簿册。时卢鹿平得知其事，即行通知张丹庭，即嘱李子常速即辞差而去。此鹿平、丹庭两兄念同乡之情不浅，而后，尚不知愧悔，时常说卢、张之短，其存心何在？时首谋之某营长随即拿获枪毙。

---

① 页边注：“现楚卿寓处。”

而李子堂在几希之间耳。此等之人，所以有上年之痴颠恶报，其人未死，其报尚不至此也。是为记载，以观其后事若何。

又言张少轩军门前有请将京中议会闲止、饬退司法总长张耀曾两事，倘大总统不允，其后事难言矣。闻黎元洪、段祺瑞想法敦促徐菊人来徐劝慰云云。黎总统拟就再招禁卫军两师云。来时已将二鼓矣。凡当兵以及营长、哨弁，总以忠心存国，不惜养兵之钞财化于无用之地。现在新军即以存心革命，如有往说，彼即干戈倒向。其胸中无忠字存在，此历代所未有也。其病即在袁世凯一人而已。但袁世凯受世受国恩，位极人臣，朝廷倚为柱石，不思报本，一握重权即谋篡逆。为兵者我无食重禄，何若用命以致如斯。而袁世凯不思报本于清廷，欲兵士将弁效忠于己，人心已移，挽转为艰，以致败北，人复丧命，千古定论如何，非我辈所可言及也，只得私记而已。现今风俗忠伪、天下安危皆在张少轩军门，想张少帅宅心正大，定有一番事业在于后也。

阅八月十九日《申报》纪杂评节云："监督议会，议会以监督政府者也。今政府所隶属之七省乃联电政府，自表其监督议会之意旨，然则所谓议会者几何而不由监督政之机关一变而为被监督于政府所隶属者之下耶！姑勿论先进各国有此前例否，法理、国情有此相合否，即如其说而行之，七省各省其军政职务奚以自举？其所谓监督之实际将各派心腹以出席议场乎？抑纷布军队以置各级立法机关于重围乎？否则广顾侦探以密随个议员之后而详为查察乎？任行何策，我知九泉下之袁世凯有知必且捻须微笑曰：'汝曹笨伯，胡遽忘乃公二年十一月之已事而犹若是，其许子之不惮烦也。'或曰，彼辈非真拙，其进行之程序，方今为其初步耳。'呜呼！政府！呜呼！议员！履冰坚冰，盖不堪由彼七省之意旨再进一步着想矣。"是为之记。

家君言何见石方伯之少君仲鸿世兄配亲莘山金平生先生之女公子，于昨廿八日小定矣。金平生先生与逊甫太亲家系是昆季，但平生先生长女适黄岩喻志韶太史辛侯兄，不数年间其女物故，即以次女字之，琴瑟均调，今适见石方伯公子仲鸿世兄者三女耳。余屡见仲鸿世兄人极文雅，真是翩翩佳公子。日前，小妹言平生先生之三女公子人极温淑，两相配偶亦极相称。但何见石方伯家中均存古礼，言行不苟。现在遵照古法而行者，台州而论，只郡城何宅一分耳。但辛山习气均不以礼节拘限，即平生先生之三女公子人极贤淑，将来于归之后，其礼节上大相学习而已。

阅八月廿一日《申报》纪“同一之途径”节云：“嗟乎！中国事何以无论若何三翻四复，而每次进行咸有同一之途径也。其途径无论为政府、为社会、为外交、为内治、为战争、为和平，各有一软，反复循之而不已。且其途径又有一公例，每经一次，则其力必薄弱一次，按之往事而可考也。今且勿论其他各事，只就国家最大之命运而言之，内乱一次，必大借款一次，必议会与政府间争论一次，丧失利权也，违法签字也，议员质问也，国员出席也，前既演之，而今复重演之，其结果，借款必成而反对者必尽时而止，而中国之国本又削若干。是故中国之途径——危亡之途径，我甚望自今之后举中国人别辟途径，勿再与前同一。”《申报》所纪其事与中国时事无舛，想其用意者另有一心思存在焉。是为之记。

九月初一日丁卯 晴。

初二日戊辰 晴。晚膳后，至江边堂黄星斋处，晤周篪卿，相叙半晌。现值重阳俗例拜斗，阖方妇女约有数百人，自月初一日起至初九日止。妇女来拜九天，给牒酬答冥钱，为首曰斗首，其拜忏各人谓之斗友。前上街文昌阁后堂永清向来有召斗之举，老者所言历有年矣。自后，星斋由广东旋里之后，亦欲做斗首，遂于江边堂之后堂设立一坛，名曰元辰社，其经忏咒语皆然。给牒时，取来拜之人约上二百人，乃习俗成例，此永清宫、元辰社，其例如一。但其经忏九日中有开天门发文书之事，其文书均呈上九天玉皇至尊及各位神圣，均有奏疏。鄙见吾侪中焉有至德，可以函达上圣，犹如中国皇上，内官则御史以及六部九卿，外官只有督抚、将军，有事可以呈奏，自道府以下各吏焉可上达，何况百姓乎！忆斗首疏奏上圣，其尊尊如百姓达皇上，如是一想，非独无益，致于一亵渎，吾不敢为也。未识前人如何取义，亦所不解。现元辰社自星斋创办，仅只十馀年，但永清宫之斗首，余所知者现周孟东孩气未改，向无诚敬之心，孟东之前乃翁梅五目不识丁，梅五之前周心香，心香之前周宅西，宅西之前周遂轩公，以前何人，不得而知也。即自遂轩公以至周梅五均无如何诚敬，即其结果亦未改享五福、寿登耄耋。如是一想，心甚致惧。现在两斗首较之，孟东不及星斋。但星斋尚尊前礼，即九日中亦持斋。孟东为人向以人品有污，终日戏嬉，其体统何在？万望后来君子勿作罔为之想，是为至切，为之记载。

同篪卿就道至洪少琴处，晤黄道周，互叙半晌而来。至家时将二鼓矣。道周言楚卿约在月杪可以旋台云。

初三日己巳 早刻，至下宕看地。前陈春亭言彼之长埭北有小田一坵，名为五分，实只三分有馀，欲与余调换宕地，今早择外宕之西北谷有未具种地七分零，与其调换，嘱春亭来看。彼因路远而不肯，即作罢论。同至尚德小学校，晤王俊卿、邱正中、朱永孝，相叙半晌而来，就道至椒江水产学校，晤田彝安、汪伯端、赵子修、陶寿农、林少秋诸君，互叙半晌而来，至家时将方午。晚刻，达云母舅及陶寿农、翁子俊、周篪卿、周月波来叙至晚而去。晚膳后，至陶寿翁府上，晤周冠卿先生，寿翁叫其与五少君算命，余即将叶蓉斋军门及子俊兄令郎两八字请其详算，据云两均乙木生在子月，但叶军门之命少年运平平，其中戊运亦不甚佳，酉运起自庚运均甚佳妙。子俊兄少君之命其中八字有戌运冲，时辰中辰字天罗地网，及酉运冲卯最次，恐有刑克，至申运至午运，此三十年亦颇佳妙，如此生命，将来亦有一番发达而已。人生八字最有把握，能得推算周详，无有不预知之理也。

初四日庚午 晴。晚膳后，至周作羹兄处，晤达云母舅并翁子俊兄、李舜卿兄、周品金、周篪卿，相叙半晌而来，至家时将二鼓矣。

初五日辛未 晴。早刻，汪伯端兄将前托其转托金建卿兄代购全鹿丸并毛角胶、万应膏等均饬纪送来，计价洋十五元六角四分，即交其来人带去英洋十五元、子洋七角，两均清讫矣。据其来人言，金建卿先师方于昨晚来台。少顷，丁辅香兄来，值余至寿翁处，未晤。前托其代买藤椅两把、茶几一方并吕宋烟十盒、烟杆两根、洒金七言蜡笺对纸两副，共计价洋念元，随即收账，俟十月间付还可也。其物等均已送来。午膳后，达云母舅、丁辅香兄、李舜卿兄、周篪卿兄、王六皆先生来叙至晚而去。辅香兄言，致章一山老伯之函亲为送投，彼系卡德路高照里第五百廿一号门牌，公馆中只留一老仆看门，一山老伯尚在青岛，未曾旋沪，该函即托老仆代为寄呈。前托其代致张孟定一信，云孟定现在杭垣，未曾接洽一切，该函即交彤和祥代为转寄云。晚膳后，至子俊兄处，晤达云母舅少谈，同子俊兄就道至辅香麻行中，晤李舜卿兄、周冠卿先生，互叙一刻，至家时将二鼓矣。

初六日壬申　晴。致王仲达一信，并附大红、桃红泻金蜡笺七言对纸两副，交陈小玉代为带交，托其转托毛镜泉先生代写。晚刻，达云母舅及道周、少琴、少湖、篪卿、舜卿诸君来叙少顷，言及周少云自作古之后，其家中时常鬼叫，大约人亡定有其鬼也。其子吕球与法根为兜欧事，经本镇保卫团拿送县署监禁。当少云捏控陶习之实出情理之外，所以禁押，值少云故时亦不能见面。现临海已立法院，县署民、刑讼案未结者均送入法院，将法根、吕球之案亦在其内。法院方接手之初，随即饬提案中人证，而陶习之亦有其名。前在县署时，张右荃知其事之底蕴，未甚追究。陶寿翁亦念其世家，又是同地方人，不为奇求，以致延搁。想其数月之后可以想法取保。今法院已立，诸事认真，习之亦不得不为起诉，已于日前赴郡具呈起诉矣，未悉其事作何了结，亦难预料也。但少云虽故，两妻五子，家中一贫如洗，度日为艰，代为浩叹。其子虽有五人，均无积业，又不知其作何想法耳。

早刻，许眉甫先生自北岸来留宿，其令侄祖涛日前因典内需人，又至家中多日，来时余说几句彼即去矣。早刻，其人惠甫又来与余言欲转店，此亦于情难却而允焉。晚膳后，至陶寿翁处，晤张迪生先生，相叙半晌而来，至家时方二鼓矣。习之之幼女头生疮毒，请迪生先生诊视。但张迪生先生于近来外科中乐为首屈一指耳。

初七日癸酉 晴。黄梓周兄来叙半晌而去，彼系北岸小芸人，现在保卫团当朋友，看其人颇和平耳。眉甫先生于早刻去，其侄左涛来店矣。

初八日戊申 晴。接章一山先生一信，言方由青岛旋沪，所托代写各物允为写就寄台云云。明日重阳佳节，邀各友至上白云相叙一番，亦人生乐事也。徐子刚兄于晚刻自黄城来。

初九日乙亥 晴。早刻，侍家君约同达云母舅及徐子刚、张韵卿、李舜卿、翁子俊、伍菊香、汪伯端、王俊卿、周莲塘、黄少湖、黄道周、王让卿、洪少琴、周孟东、周篪卿、周冠卿、周作羹、邱惠夫、倪寿生诸君同至上白云，效古人落帽之会，畅叙一宵之乐，过午膳后而来，至家时将晚膳矣。

初十日丙子 晴。接张孟定兄一信，云其家眷约在重阳节后旋台云云。徐子刚先生于晚刻至海门去。

十一日丁丑 晴。致俞仲征兄一信，交朱子延代为带交矣。

十二日戊寅 晴。周作羹兄为褚老八罚酒设在文昌阁，晚刻，同张韵卿先生相约达云母舅、翁子俊兄、洪少琴、周篪卿至文昌阁，晤周作羹、黄少和诸君，相叙席散而来。就道至丁永顺麻行，晤丁辅香、汪伯端两君，互叙半晌，至家时将二鼓矣。辅香兄言，今晚即转至海门远记去。陶习之兄于晚刻来假《六法大全》，但前王俊卿兄借去，随即遣人向其取转送交习之兄矣。凡人作退一步想即可不用《六法全书》也。

十三日己卯 晴。晚刻，达云母舅及周作羹、翁子俊、田彝安诸君来叙间，值陶习之同童醉春先生亦来，醉春先生托余代其世兄希棠荐为椒江水产学校为教习。前赵子修兄因子女有病亦欲邀童醉翁看病之说，随同习之、彝安、醉春至子修兄府上互叙半晌，即为代言希堂教习一事。据云，容俟接洽后再行通知云云。陶习之兄言将陈半塘之女八字送与田彝安说和，嘱余代作月老之举，当即允诺。事之成否，亦三生石上已订前缘否也。

十四日庚辰　晴。陶习之兄遣人将陈半塘令嫒庚甲送来，遂邀李舜卿兄，欲同送去，回忆彝安兄籍隶天津，现虽椒江教习，倘至下台，彼若带去家中，道途相隔六千馀里。拟再与习之兄言明再与半塘兄接洽之后同送未迟。倘有窒碍之处，其事可免起齿也。相谈已晚，容日再行接洽一切。晚膳之后，徘徊月下，月明如昼，足为心爽，人生几见月当头，玩游兴致不可失也。

十五日辛巳　巳前，阴；午、未、申时，细雨；酉刻雨晴，阴；以后皆然。书厅之前檐阶上偶现蛇一根，长约丈许，圆如茶钟之大，背上肚下花纹黄色，俗名曰油菜花、黄善蛇也。少顷，从阴沟而去。余初住至厅时见有蛇及虾蟆两物，但蛇之颜色均在夜间而不能辨色，而后数年均未出现，至虾蟆年年有见，亦不常见，若见时均在道地。至于今岁虾蟆于六七八等月时见于道地中，蛇亦见过数次。初在夜间，未睹其颜色，即嘱长工驱逐。今即在日间，所见颜色如是者，只听其自去，于人无伤也。余幼时于内屋正楼上之谷仓前时有蛇见，长工时有所言。在光绪十四五年间有一次，长工言有蛇在西头之谷仓前，余即往看，时在夜间，于灯光之下见其背上墨黑而有亮光，少顷即去，未知去自何处，亦不得而知。自后，或一年出现一次，或数年一次，至光绪二十年之外迄今十馀年未见有蛇出现。今在书厅之前现有此蛇，未识就在数上之蛇，或另有一蛇，亦不能辨识。大凡人家有蛇，倘是黄色，只得听其自去；若是红色，其恶蛇，致恐伤人，亦不得不为远送，亦不可致有相残，是为至要。为之记焉。

晚刻，周醉香来言，允东之夫人染恙颇沉，定于明日请巫禳祷云云。并言允东故后摊账为名卖田之款尚有蓄积，为数约在千计。今其家中诸事节俭异常，惟次女将欲生产，尚叫花媪做物送礼亦不惜也，女人见识大约如是归多耳。

十六日壬午　晴。早刻，至椒江水产学校，晤赵叔楣、汪伯端、田彝安，互叙少顷，看叔楣自东洋购来博物器具，诸多有趣耳。就道至翁子俊兄处，晤达云母舅，相叙半晌而来。晚刻，李舜卿、伍菊香、翁子俊、周篪卿诸君及达云母舅来叙至晚而去，言及陶习之之案，法院中定在月之廿二日庭讯云。当时少云呈控习之骑马指挥欧伤其子，在王保源布店之前，以其店主王灿霞为见证。自后习之补呈，将在此处店家王保源、丁永顺、项合顺为见证，现法院中只传王保源见证。传王保源者，因少云在日时亦呈中已有言及。闻王灿霞事在两难，亦不得不为直言，未识法院作何实讯也。

十七日癸未 晴。田彝安兄于晚刻来叙半晌而去。达云母舅及子俊、舜卿诸君来叙半晌，言及允东之夫人染恙颇沉，现请黄畴生诊治，未识速奏肤公否也。

十八日甲申 晴。晚膳后，至周作羹处，晤田彝安、邱遇琴、王伯琴诸君，畅叙一刻而来。

十九日乙酉 晴。陶习谦、王六皆、李舜卿、伍菊香、邱遇琴诸君来叙一刻。遇琴言，台州镇守使现改为宁台镇守使，不久移驻宁波云云。习之言，海门翟洛东令媛与莘山金云舟令郎于二十日于归，其嫁妆等已于昨日发去矣。六皆先生至山东为丁梦生令尊入厝点主，来言丁阿寿现挂做花会于家中，每日三筒，每筒约可取钱百千之谱。当开筒时人山人市，最为旺惑，在彼每日可以所剩若干，至附近贫民一至冬月将何以御寒？居民专心花会，舍正事而不为，将何以充饥？现在，有司以丁阿寿是楚卿义子，均忌情而不拿，深代贫民抱忧已甚也。并言楚卿之妾沈氏近分娩一女，现楚卿有三子六女矣。

二十日丙戌 晴。

廿一日丁亥 晴。

廿二日戊子 卯牌，细雨；辰、巳刻，阴；午牌，细雨；未时以后均阴。致陶寿翁一信，饬老官送至海门。晚刻，周醉香言本镇之无赖者因近乡挂做花会，彼即在本地打子甚多，若不即行禁究，倘至迟延日久，一至冬令，贫民无衣无食，深为惨切。并言王子常先生于昨日作古。按：子常先生讳咏霓，一字六谭，少有才名，平生畏妻。于同治乙卯，由廪膳生中式浙江乡试副贡，庚午举人，庚辰会试第三名进士，钦点刑部主事。许景澄侍郎出使德国时，彼随员焉，旋后注有《道西斋日记》。而后入资直隶州知州，经安徽巡抚沈秉诚明保以知府用，发往安徽差遣，三署凤阳知府，一署池州知府，两办运漕榷税，补太平府知府。到任未久，而辛亥革命事起，随即卸任隐居，寿经七十有八，所进颇巨，而无蓄积。长少君少潭亦游庠序，早经逝世；二少君少常及三四少君均是庶出，不能得力。今已仙逝，真是两袖清风而已。并言林蔚生光生之太夫人亦经仙逝，其寿在九旬之外，林兰友封翁去世之后，持家有道，教子成名，以林太夫人言之何让，贤哉！徐母乎！今则仙逝，可谓福寿全归而已。

廿三日己丑 晴。致陶习谦、朱子延各一信，均交典中转寄矣。晚膳后，王俊卿。田彝安两君来叙半晌而去。王俊卿言，郡城陈楷亭先生承章一山先生为介绍，受刘幼云先生府上教读之聘。吾台自一山老伯之外，楷亭先生亦一人杰也。

廿四日庚辰 晴。接习谦一信。晚刻，向辅香假《时报》后，一无所事，未识报纸而不言也，亦未识竟无所事也。

廿五日辛卯 早至午刻，细雨；未刻雨晴，阴；以后皆然。早刻，邀翼亭出去看稻，旋言两乡诸处晚季收成约有六分之谱，东南各处更甚，即本村收成亦只半数，大约拾长补短，约在一半可收，较禄、寿两房稍好一的。但禄房之枧头、麻车、江家、后许，寿房之下马、上邓、竹篷诸处晚季收成只有二三之则。余家全望籽粒滋生，今岁下季竟有如此之次，颇为急迫，心为焦急耳。但下马、上澄两处向称膏腴，而晚季竟有如此之歉，亦出意料之外者也。

廿六日壬辰 晴。晚刻，习谦饬乃玉将公债券换来送到，随交翼亭收存矣。

廿七日癸巳 晴。

廿八日甲午 早至未刻，阴；申牌，雷雨，至酉时方晴；以后均阴。

廿九日乙未 阴。晚刻,陶习之兄同陈半塘来叙半晌,将半塘之女八字送来与田彝安兄说合。但伍菊香、汪伯端来叙少顷,即同习之、菊香、伯端诸君将半塘之女庚甲送至椒江,晤赵子修、叔梅昆季及田彝安,诸君互相畅叙,将其八字送交彝安兄,未识三生石上已订前缘否也。来时已将晚膳矣。玉翁自早刻旋里。

三十日丙申 阴、晴。致贺云江兄一信,系道周托余代书,函亦交道周送交。道周筹备印山学校常年经费,拟将海门各六阵行抽捐学捐,每元三厘,已由县署禀准出示,现至海门与六阵行各家接洽,托余再托云江代为招呼一切云。早刻至吴玉翁处,相叙半晌而来。玉翁言,楚卿由省与其同日动身,彼因事过甬,又至定海少作勾留,大约小春月初上即可旋里云。现省委翁姓系前署临海县翁铁梅明府少君,来台查办沙涂,前二府叶祖香太守之大少君绍伯亦与其同来,想至家子亦须一行。久年未见,能得晤谈旧雨,亦一幸事也。未识其沙涂作何办法,容日续记。但六庄涂地本开筑之初已经禀县,上年,县中亦经饬书清丈,取有所有权证书。论例执此一据可以作凭,无如现在时事难以预料。晚刻,汪伯端兄来叙半晌,言田彝安欲至栅浦陈半塘家亲为一看,本即与陶习之兄接洽,值习谦来言,习之方于早刻至海门去,俟其来时再言可也。玉翁言,现在省中候差者不知凡几,彼再欲在中想法,见如此情形,真无法可想。从此一行,空费川资而已。许眉甫先生自晚刻来。

第五十六章

丙辰(1916)十月初一日起

十月初一日丁酉　雨。

初二日戊戌　卯前,雨;辰至未刻,阴;申时,晴;以后皆然,夜间看亦护云耳。接刘剑郎兄一信,遂福剑郎兄一函,交其来人带交矣。晚刻,至达云母舅处,晤子俊、作羹诸君,叙过晚膳后而来。晚季收成以六庄而论,赤山西一庄可云歉收,其馀诸处农能勤力者,所少不多,怠惰者亦是薄收耳。自水门之西稍佳,自三山之西以及诸处均称丰岁,郡城以及黄、太等处可歌大有。米价不增,穷民谋食尚不致过于窘迫也。

初三日己亥　晴。晚刻,赵叔枚、金仲璋两君来叙半晌,言及金仲璋系章子修兄之内侄,彼此叨居亲戚耳。少顷,吴玉翁、王六皆先生、伍菊香诸君来谈至晚而去。正衡来言,伯寅之子崇坡于昨夕作古,言之深为惨切也。眉甫先生自早刻过江至馆去矣。

初四日庚子　晴。早刻,叶绍伯兄来叙至晚而去,言其沙地特派员翁思廉号修隅,南京人,系前临海县知县翁铁梅明府之少君,现省委其至台清理沙地兼营产、官产事物,现寓大校场,昨晚至瓯郡探询是处作何办法云云。并言楚卿兄已由省垣旋里,昨晚至家。晚刻至家中,言于今晚同陈夔友兄因事又至海门去,想明日可以到家。看其家中已将修拾地方办理喜事,其弟楩卿于廿八日喜期,即在转瞬耳。叶绍翁现寓杭垣涌金门内闹市口直街第四号门牌叶寓。

初五日辛丑　阴，戌、亥时，雨。晚膳后，至丁辅香处，晤叙半晌而来。代购来乌缎小帽一顶，前托其代买也。

初六日壬寅　晴。晚刻，谢仲衡兄来叙，过晚膳后，同至楚卿处，晤道周宗叔、汪伯端兄、王春圃诸君，畅叙少顷。楚卿言月之十二，其女适桥下陈姓者文定，谢仲衡之侄聘亲王正三令媛者于月之十九日完姻。云初兄令郎聘亲东岸宗山之女，亦择于月之廿六日文定日。又言黄昆生于昨夕无疾而终，现委员翁修隅系省中因经费支绌，委售官产、营产以及沙涂，未识从何入手，尚无准则云云。至家时将二鼓矣。

初七日癸卯　晴。致谢仲衡兄一信，交小森代为带交矣。致陈仲善兄一信，交典中转寄至十里铺。早刻，华最和尚来叙少顷，值周篪卿兄来，留过午膳而去。言华顶山善兴寺因和尚斋粮不敷，华最和尚集水陆会百人，每人计洋百元，计洋万数，置田供众，每年于春时就寺启建水陆一堂，以供在会诸人功德，定邀余写一脚。余思置田供众亦一善事，允写先慈周太恭人生卒日期拼入一脚，该洋百元，言定明年四月间来取。前托还朝儿经牒，彼亦于早刻带来，言洋三元八角，当时付交英佛四尊矣。先慈生沅只将十四日而弃世，甲寅入厝，乙卯春被贼发冢，尸身暴露，每一念及，涕泪交加，深为跼蹐难安耳。黄昆生作古，明日大殓，其弟黄崇阶来柬邀余助祭，于情难却而允之。

初八日甲辰　雨。巳牌，至下街吴玉成府上，晤道周宗叔及作羹、王俊卿、张鼎臣诸君，相叙少顷，同行致祭黄昆生。但昆生名崇河，系黄氏三房后裔，幼年经营，家亦小康，以崇阶之子正贵为祀，年经五十有七。祭毕，转至玉翁府上，相谈至晚膳后而别。就道至永顺麻行，晤李舜卿兄，相叙半晌而来。至家时将二鼓矣。

初九日乙巳　卯前，雨；辰、巳、午刻，阴；未牌，晴；以后皆然。晚刻，至海门永宁局，晤王勤甫先生、陶寿翁，相叙半晌，就道至楚卿处少坐而来。

初十日丙午　晴。

十一日丁未 晴。早刻，勤甫先生致德律风来，言张丹翁之太太已至海门，邀余相叙。随至海门张公馆，晤丹翁之太太，言其丹亭亲家及令媛、孟定各人均在十七日可到，晤叙少顷，王勤甫先生并其令郎炳生均在公馆中，相谈至午。至永宁局午膳，晤俞棣生、江梦生、朱德清、张仲丹、黄义臣、王叔平、陶寿翁，相叙过午膳后而来，至家时尚早耳。现梦生言至沪江方旋，叔平亦与其同来云云。

十二日戊申 阴，惟未刻细雨，一刻而晴。早刻，至王俊卿之尚德学堂少坐，因楚卿女许桥下陈宅，今日纳采，柬邀午膳，随至其家中，晤吴玉成、王六皆、陶习之、王春甫诸君少坐后，陈宅媒人来，系徐少波、林裕人两君，互叙席散而别。

十三日己酉 天气阴、晴，西北风大。早刻，至集圣庙叩神后随即而来。王春甫柬邀晚膳。晚刻，至王春甫处，晤黄星斋、吴玉成、赵叔楣、王六皆、蔡绍平、周孟东诸君，相叙席散而来。

十四日庚戌 晴。早刻，陶宅有人言琛山被灾，方在疑信之间，至午自琛山送礼人来云，琛山金宅于十二夜约在四更时分，金仲弢家起灾，小妹家亦被劫难，闻言之下，深为惶恐。家君即刻买舟动身，今夜备在路桥宿夜，明日可至琛山。忆及前次于辛卯岁，余在郡城小试时，亦闻琛山金宅被灾，迄今二十又六年又遭致劫，亦数运如斯也。言及仲弢家有一西席被难，未识何处人氏，又一女婢亦致如斯，均已前定。如金季盘者，因云舟令郎喜期，屋宇过于狭小，将横楼下间让与次卿兄居住，自己移至子禾所住之处同居，未遭其数，此即未在其数，致有让屋之事耳。大凡归之于命、归之于数，不能相强也。人生必须存心行善、存心积德，已有劫数可以逃脱，又能子孙荣昌也。

十五日辛亥 晴。晚刻，王六皆、伍菊香两君来叙少顷，言及黄兴已故，并云其病系胃裂吐血而亡，年只四十有二，此其一生恶业，致有如是报应也。晚膳后，至星斋宗叔府上，晤周孟东，相叙半晌，来时已将二鼓矣。

十六日壬子 晴。早刻，至子俊兄处，相叙半晌而来。福房家册自上年家君检交契纸之后即行誊写，询问今之四至全备之后，至八月初旬抄写，迄至今日方竣，书有小序。乙卯春，父亲邀同戚族议立嘱据，命沅等分爨，并将福房所分田号契据逐件检交沅收存，即照所分契据誊写齐备，复按号询明，今之四至备书于册，俾后之子孙有所查考焉。再本镇西岸大路之南自东小石板至西长埭，其中田形歪斜不齐，于光绪七年间将南向小圆河加洞浚深，即将已买田路更改整齐。若照原契核对，四至亩号有所增改，总核田亩仍然相符。惟栅浦一方自同治十二年出捐育婴堂田亩之后，值菊香舅公经理家账，或并或分，当时并未注明，现今核对四至亩数亦有未符之处，应照目前分书管业契据存而备查可也。丙辰小春上浣，黄沅自记，此外一切切已详注于家册矣。又立活契以及山地并地基等一册，其中于各房同契之契亦详注于此，以便后来查考耳。

十七日癸丑　晴。接汪伯端兄一信，遂覆伯端兄一函，交其来人带福矣。永利舱口之王二先来，即托其向上海九华堂取前托裱之李粲山水小中堂一轴，又托其交九华堂裱傅歗生书六言隶书旧对一副、毛镜泉先生写大红、粉红蜡笺七言对各一副、王醴泉先生写篆书对一副，均裱白色花金绫边，并托其购买全鹿丸、女帽、小人帽、象牙烟竹筒嘴及风箱等，即交其带去英洋十元，倘若不敷，容日向算照补可也。晚刻，陶习谦兄来叙半晌，言丹亭兄并孟定乔梓及其令媛、媳妇各人均于早刻已抵海门云。

十八日甲寅　晴。致叶绍伯兄一信，因周篪卿托余代其转荐郭云龙于清丈局当差，虽代致一函，能否允诺，亦难预料也。该函即交郭云龙代为带投矣。早刻，饬阿坤带洋八元至海门交吕池包鱼翅菜一席，送与丹翁，即将丹翁托余代定其令媛嫁妆中之桶器计一百零四件饬小吕至海门，一一点交矣。午膳后至海门永宁局，晤金梧舟、丁梦生、王槐卿，互叙少顷，遂至丹庭处，晤其乔梓并王炳生、黄俊峰、张子棠，相叙半晌。但孟定兄留须，真是少年老官耳。孟定之郎年甫八龄，相貌最佳，如此佳儿，即是人家之洪福。如是看来，丹庭兄尚多后福也。别后至远记麻行，晤吴景申、钱俊甫、丁辅香，相叙至晚。辅香兄留过晚膳后，至椒江舞台看坤角戏班，真不值得，实在无趣，随即而来，至家时将二鼓矣。接谢仲衡兄来信，假去衔牌一对、大红缎额一根，交其原人带去，均为其令侄完姻而用，衔牌贴欢迎乘禧之用耳。

十九日乙卯 阴。早刻，至海门张丹庭处，晤孟定及黄子霖、徐勉生、徐申甫诸君，相叙过午膳后，王六皆来少叙，别后即同六翁至培源，晤王俊卿，相叙少顷，就道至永宁局，晤杨定季先生及梁六生，少谈而来，至家时将晚膳矣。晚膳后，至楚卿处，晤道周、菊香两君，畅叙而别，至家时将二鼓矣。晚刻，托丹庭兄代买对纸四幅，烦其转托刘介玉代为书对。孟定言，张逖先现在上海写字，刊有仿单，托其询探，果有其事，即托其写直条云云，并托黄子霖兄代买皮箱一只。家君自晚刻由琛山来。

二十日丙辰 阴。连日西风，天气阴寒。晚刻，至陶寿翁府上，互叙半晌而来。

廿一日丁巳 晴，惟西北风尚大。早刻，家君至海门张丹翁处，互谈至晚膳后而来。早刻，周篪卿来叙，过午膳后同至椒江，晤汪伯端、金仲璋、田彝安诸君，互叙少顷。言及赵叔翁大令郎年经六岁，于前日而殇，闻之惨然，代为一叹耳。就道至翁子俊兄处并达云母舅府上，均相叙半晌而来。早刻，致仲达及朱子延各一信，饬孝莲送交，朱先生而晚刻来矣。

廿二日戊午 晴。晚膳后，至楚卿处，晤王六皆、邱楚言、王春圃、缪性言诸君，互叙半晌而来。楚言云方于晚刻至楚卿家，又言其堂令弟邱少羽兄锐现知永康县事，于九月间接手云。谈及其黄城林蔚生老伯之夫人年逾九十，王吉人老伯之太太年经八十，王子常观察年七十有八，均相继而逝。但林蔚生观察及其弟仲西明经最为孝友。但仲西先生向来其母夫人日夕起居及盥洗、饮食、穿衣一切事均其昆季亲为轮值。此次染病将近两月，衣不解带，药必亲尝，未离寸步。仙游之后，亲为穿着，亲为倍侍，不与人手。大殓之后，终日泣哭，均居苦块，食无甘饭，亦无兼味，未出孝堂一步。今而论之，可谓兄弟孝行而已。按：林蔚生先生之封翁林公兰友先生系廪贡生，授徒有年，早经仙逝，家只自给。蔚生老伯及仲西先生早游庠序，均食天禄，先后出贡，年均六十有馀。但蔚生先生于光绪癸巳恩科中式浙江乡试举人，甲午连捷进士，以知县指分江苏试用，试署华亭县令，随补是缺，调补吴县，先后数年，绩政昭著，时抚宪陆春江中丞委铜圆局差，入资道员，委全省营务处，积资颇裕。仲西先生奉母六十馀年，未离寸步，兄弟最为和睦，后嗣荣昌。仲西先生之少君汝奚仁兄以布经指分福建，试署镇洋县尹，亦能厥职。在太夫人教子成名，今则福寿全归；在林蔚生先生昆季出忠入孝，以全大节，当今之世，能如此者所罕见罕闻也。是为之记。

廿三日己未　晴。晚刻，同王六皆先生至陶习恭处，相叙半晌而来。接王云初柬，为其令郎于明日文定。接黄毅卿来柬，其令媛于明日弥月。晚刻，周延庆相来言，杨子楠之戏写明年武圣庙五月十三日寿戏一堂，当即允诺，计定戏价洋三十六元，言明年内付洋三十元，此外俟戏到台清付。庆相将票写好，即付洋五元，俟其花押画来再付廿五元，以符三十元之数矣。查代历纪“十恶大败日”：“甲辰、乙巳与壬申，丙申、丁亥及庚辰，戊戌、癸亥加辛巳，己丑元来是恶神。国家用兵须大忌，龙蛇出穴不能伸。人命若还值此日，仓库金银化作尘。”顷阅《同善录》纪“十恶大败日”：“甲、巳年三月之戊戌日、七月之癸亥日、十月之丙申日、十一月之丁亥日；乙、庚年四月之壬申日、九月之乙巳日；丙、辛年三月之辛巳日、九月之庚辰日、十月之甲辰日；戊、癸年六月之己丑日；丁、壬年不忌。”

廿四日庚申　晴。早刻，至海门张公馆，晤张丹翁及黄子霖、王槐卿诸君，互谈，过午膳后，同丹翁至永宁局，晤陶寿翁、章焕新、高幼孟诸君，相叙半晌而来，至家时将晚膳矣。晚膳后，至翁子俊处，晤王桐甫、项四先生，少谈而来。今日余至海门，旋阅叶绍伯兄留字云近日赴杭，所存书籍等件均经取去矣。

廿五日辛酉 晴。致叶绍伯兄一信，并附茶点、台橘，饬二头送交。日前托王三先生代买各件均已购来，前交辅香兄带交九华堂装裱李粲山水一幅亦代为取来，价洋一元六角，均已付讫。但九华堂装裱虽极整齐，而其工价最为昂贵耳。此次代裱毛镜泉先生书之大红、桃红洒真金蜡笺七言对两副及王澧翁书篆对一副，阅其来单计价洋两元四角，惟傅啸生先生隶书六言对一副价洋一元二角，如是裱工过昂耳。晚刻，至海门张丹庭兄公馆中，晤王芹甫、陶寿农、刘介玉、王仲达、吴勉生、黄镜三及孟定、仲雨昆季，相叙过晚膳后而来，至家已经一更天气矣。前托金剑青先生代买全鹿丸，余与内子两人而食已将大半，顷托三先又购四元。但全鹿丸功效颇著，一日而食者不甚见功，须日日而食，渐有其功。余近十年以来，自九月初旬起至明年二月为止，约六个月，每日早晨约食四五钱之谱，用淡盐汤送下。自食全鹿丸之后，一切小病全消，则其功效非浅。一人亦有一人之性格，倘性非相合，亦不能全见奇功而论也。虽与全鹿丸有效者，每年则食半年，大有俾益于身，是为记焉。

阅《著竹林》纪陈鹿生制军璚“八十自述”六首云：“其一：八十春秋掣电过，天将眉寿补蹉跎。前程已渺从头数，镇日馀闲信口哦。每颂先芬摩古砚，只愁后起逐颓波。轻舟归棹仍儒素，安乐居然得一窝（注：寄居武林，自署西湖寓公）。其二：参天社柏荫城西（注：世居城西松柏社），门对南山列戟齐（注：南山为贵邑特秀）。人羡钟灵申及甫，我生赋性阮兼嵇。蓬莱未到文章贱，荆棘常披世路迷（注：自少至老，所遇莫不艰难险阻）。宦海升沉原不定，当年孤负浣花溪（注：宦迹所到，由浙而湘、而晋、而蜀，幸获放归田里）。其三：闲课诸孙读未休，青灯有味复何求？香山久已添图画，棠舍今还起颂讴（注：三署台州、署嘉兴、补处州、调补杭州、升湖南岳常澧道，浮沉浙江三十一年，始复原资）。海阔幻看横蜃气，聪明书写小蝇头（注：目力尚未过衰）。谁知魂断清明节，风雨凄凄忆陇邱（注：先人陇墓久未拜省，每逢节序，倍觉凄然）。其四：焦桐难再得知音，未报君恩感愧深。鸠杖倒拖花细数(注:腰脚尚健),鸳弦断歇月孤吟(注:元配周夫人早逝)。青山预置埋香骨(注:自营寿域,并觅诸姬吉壤,已瘗三人),白水前盟证素心。傥把年华论出处,太公凭轼我投簪。其五:天涯记否故人谈(注:同邑黄子超司马年八十四矣,近拟告归),霸业寒潮起赭龛。万树梅花过岭上(注:避寇时所历),一帆细雨梦江南(注:金陵戎幕诸君晨星可叹)。断行云雁难为继(注:兄弟六人,只剩老朽),久病河鱼也不堪(注:腹患六年,百治弗效)。幸了向生婚假愿,从今山水任穷探。其六:一生癖爱水云乡,老去襟期夏亦凉。入画江山共点笔,多情花鸟劝浮觞。西湖韵事追苏白,南渡风云感谢王。最好重开真率会,年年奏曲赏荷香(注:贱辰六月十六,先荷花三日,同人拟于西湖演剧介寿,第以天气炎热,先于润四月十六日致庆,雅意浓情,感慰无量)。"按:陈鹿生制军三守台郡,尚有政声,阅其诗词,为之记载。

廿六日壬戌 晴。早刻,至海门张丹翁公馆中,看其将发嫁资,其人过于旺碌。随至永宁局,晤陶寿翁、王仲达、章焕新、黄义臣、王明斋、吴勉生、王叔平、王勤甫、徐福生,诸君互叙,过午膳后至丹翁处,晤金少圃、牟少谦、刘介玉、黄子霖诸君,互叙少顷而别,至家时将晚膳矣。金少圃兄言现应议员开会,随于今夜趁轮赴杭云。晚膳后,至楚卿处,看其樉卿之花堂已经设立,颇为华丽。晤吴玉成、王六皆、伍菊香、叶石甫、邱仲玉,诸君畅叙半晌而来,至家时将二鼓矣。

廿七日癸亥 晴。早刻,至楚卿家,晤李少云、吴玉成、徐福生、黄玉堂、郑夔友、邱仲玉、王六皆、王云初、黄子霖、王勤甫、王炳生、陶寿农、陶习之、蔡仲林、郑鲁与、王鸣斋、王春圃诸君,相叙至晚,过晚(膳)后而来。是夕其家中酒约一百七十馀席,人山人市,真是杂乱无章。徐福生因其家中曹杂,同其至家过夕。早晨,接何见石老伯一信,附致其令祖金石孙兄一信,即饬弟专送琛山矣。

廿八日甲子 晴,天气颇热,早膳后,至海门张丹翁处,晤江梦生老伯并王子寿、刘介玉、卢鹿平、王勤甫、黄子霖诸君,互叙过午膳后,俟其新人出闺,即同江梦生、刘介玉、王仲达同来至家,值弟头自琛山接金石孙致其令岳何见石老伯一信，随交邮同寄郡，即同梦生先生、介玉先生、王仲达同至楚卿家。其时，新人因海门葭沚经两处街路，尚未进门，少顷而来。其时，人山人市，不知何处而来。花烛时，人来看视者，不知其数，并晤徐福生、王鸣垒、王春圃、王六皆、章焕新、郑伯雅、夔友昆季、邱仲玉、陶寿农、邱玉琴、王云初诸君互相畅叙。是夕，其酒亦有一百八十馀桌、翅菜三席。至十一句钟时，同江梦生、王仲达、刘介玉至家留宿一夕。有言其家中人情二千馀份，以台州而论，可云一巨室也。

廿九日乙丑　晴。许眉甫先生自早刻来，梦生先生于早刻转至海门去矣，即同介玉、仲达于早刻至家，少顷而来。柬请丹翁及孟定、仲雨乔梓于明日午膳，饬价送去，旋言因明日彼自请客而辞却焉。即转至楚卿家，晤李少云、陈文佑、徐福生、章焕新、陶寿翁、陈舜卿、李舜卿以及来客最多，互相畅叙。陈舜卿言金玉堂现在楚卿家中吃酒，遂即往访。金玉堂言经七十八岁矣，其人虽古旧，而精神尚好。忆七八岁时，闻金满之名，深为畏惧，今一会晤，不过一老朽而已。少顷，丹庭同孟定乔梓来看三日，随演坤角，设有六席，人极旺甚。张丹翁俟席散后，少坐而去，孟定兄尚宿一夕，余同仲达至家，时逾十二句钟矣。刘介翁亦宿楚卿处，彼作媒者，王勤甫、黄子霖两君。

十一月初一日丙寅　卯前，细雨；辰牌雨晴，阴；以后皆然。致何见石老伯一信，附家君致其函内寄郡。邀孟定、介玉两君午膳。两君早刻来言，因新郎新妇至家，必须酬应，急去辞之，即托孟定代邀张逊先作书蜡笺对纸两副、直条一堂，须注明篆书。但张逊先篆系石鼓，其笔力之佳，妙不可言，现虽托写，未识何日可以惠寄而来也。即邀李少云乔梓、王仲达、邱仲玉、王炳生、黄玉堂、陶习恭、张韵卿诸君相叙席散而别。张丹庭兄来柬请家君并余晚膳，家君自午膳席散后即至海门丹翁家晚膳，仲达亦去，仲玉、玉堂约余至陶寿翁府上相谈至晚，过晚膳后而来。

初二日丁卯　晴。早刻至椒江，晤金建青、金仲璋、汪伯端、王俊卿诸君，互叙半晌，同伯端兄至子俊处，晤达云母舅，少谈而来。午膳后至李舜卿处，畅叙少顷，言及省议会议员中投票举送参议会议员三人，楚卿拟需巨款欲谋是选，未识得能应选否也。倘遂其愿，刘吾卿得一参议会议员，可为台山生色矣。至家时将晚膳矣。晚膳后至楚卿处，晤陶寿翁、王六皆、金子和、邱楚言、仲玉昆季，相叙半晌，至家时逾二鼓矣。仲玉言其令媛适陆野亭先生令郎者，于七月朔日染恙，热而不退，至二十日，眼定气断。王炳生本与陆家世谊，代叫魏槐生代为诊治，即施针灸之术，渐渐有气，渐渐而苏。但仲玉令媛已有六个(月)孕，渐渐将胎下，渐能饮食，渐能就痊，约一月间，其人愈矣。人死而复生，槐生之功不浅矣，其中施药，炳生亦费甚苦心矣。总而不死，能遇槐生之医治，自此之后，槐生之名亦俊。现陆野翁招槐士为婿，但野亭先生令媛年经三十有二，可见姻缘亦是早定耳。

初三日戊辰 阴。西北风起，天气骤冷。午膳后至海门永宁局，晤张丹翁、陶寿翁、陶习谦、王鸣斋、张孟定诸君少坐，而毛善如来至局中少谈，言及彼前与周炳南合开上海洋货店，亏控颇巨，以致无账可算。现楚卿亦开一洋货店，号震泰洋，许连城为经账，周炳南为经事，郑夔友亦有分子，未识渐能得发否也。习谦挽至丁铭轩处少坐，丹翁来邀至其公馆中，晤刘介玉兄，畅叙半晌。少顷，黄镜三、载志华、徐仁甫来，互叙一刻而别，至家时将晚膳矣。丹翁言其上海寓所已移至英大马路后北石路介祉里，彤和祥亦均移去，此处即是福建路，倘遇书信，写英大马路北石路介祉里想可无误也。[①] 阅《著竹林》纪“雪之夜小工调天虚”：“我生著云，飘飘飘来的雪花打湿了一带窗纱，飘飘飘来的雪花打湿了一带窗纱。碧油油罗幌遮莫有遮，碧油油罗幌遮莫有遮。其二，冷冷清清短檠对着那一扇围屏，冷冷清清短檠对着那一扇围屏，刚正是宿酒醒也么醒，刚正是宿酒醒也么醒。其三，想想想天涯客中，莽关山策马匆匆，想想想天涯客中，莽关山策马

① 页边注：“北石路介祉里。”

匆匆，敢则来梦里相也么逢，敢则来梦里相也么逢。”词颇有趣，是为之记。

初四日巳巳 晴。日前托刘介玉代写四尺对联两副，内一副系仲达款，晚刻，饬小四送交仲达矣。晚刻至子俊兄处少坐而来，值子权来，言其祀父少愚择于本年十二日初七日入厝白云山之麓，并言其嫂于十一日初一日丑时生有一子，取名道昌。黄氏添有一丁，深为至幸，道字行第亦出有一人，更为至幸也。少顷，田彝安、汪伯端、林啸秋、金建青、陶习之、丁辅香、周篪卿及达云母舅来叙至晚而去。前拟托李毓如、徐花农各写一对，现均托田彝翁有到京之便烦其代写矣。此次托孟定转托张逖先代写右红湖色蜡对各一副，托田彝翁代托李毓如、徐花农写大红、桃红蜡笺对各一副，并托镜泉先生已写来大红、桃红蜡笺对各一副，倘均随愿代写，则小厅联对四季均可更换矣。

初五日庚午 晴。早刻，陶寿翁席请张丹庭兄，来柬邀余陪客，席设其海门新屋。早刻至其府上，晤寿翁、习谦乔梓、丹亭、孟定乔梓及刘介玉、黄义臣、李少云、邱仲玉诸君，相叙席散后，少坐而别，至家时将晚膳矣。日昨托刘介玉书来宣纸对联一副，托习谦代交陈渔樵兄代带甬江交四明文宝斋代为装裱矣。彼处新屋最好，已将落成，习谦定往彼处，须再住一家，但彼昆季五人，将来海门两家而家子三家而已。习谦言其裕大附近之田十馀亩及下洋潘并沙门、扔演诸处已置之田两百馀亩，租谷均彼收去，存放于新屋。但此处之田两百馀亩，其家中田产算为上等，无单季之田，亦无豆田，彼亦欲逐分于此处之产业也。寿翁元配早故，其妹接为继配，均郡城李云石别驾之女公子，生四子、四女：长习之，配娶路桥俞氏；次习谦，配娶泽国阮氏；三习恭，娶黄岩朱氏；四习敬，配黄岩王氏；长女适琛山金季盘，两年，女故；次适路桥俞兰洁，两年而寡；三适琛山金伯明；四尚未字。妾生一子一女俱幼。习之已有一子两女，习谦一女。现寿翁年方五十，萱堂尚健，五子、一孙、三女孙绕膝于阶，其命亦佳矣哉！习之、习谦、习恭、习敬年均相接，但习之诸事精明，足持门面；习谦勤俭资守，足可守家；刁恭不干外事；刁敬能知家政；五少君将来定卜麟儿，若是者，非特一方不易，得即一县一郡亦不易而得之也。

初六日 辛未，晴。黄先国宗伯并其元配、继配二伯母及昆生宗兄元配嫂于近日入厝岙里祖谬之麓，来柬邀代助祭。早刻至吴玉翁府上，晤道周宗叔及周作羹、王俊卿、张鼎臣诸君，同行致祭毕。过午膳后至邱楚翁处，晤叶石甫、王仲常，互叙半晌。今楚卿未曾在家，看其后透檐阶设有摩鹊两桌在赌，并立看者其人颇多，至下午四句钟而别。转至玉翁府上，少顷，彼家入厝送柩各人均来，随行家堂致祭毕，过晚膳后而别，至家时将二鼓矣。

初七日壬申 晴。早刻至屿头看定挑河之处，过仲衡家，晤童畏三、王子襄，互叙一刻。小玉相因其令弟喜期，邀余吃酒未去，留过午膳后而来。方至家中，值张丹庭亲家并亲家母均自唐家岙家中来至家，即晤张丹翁，相叙半晌，彼因事遂至海门去矣，亲母因内子留宿一夕。丹翁言拟十一日趁永利商轮至沪云。晚膳后，何见石老伯同大名人蒋先生至琛山去，就道至家留宿一夕。但蒋先生风水、子平两述[①]据见石老伯言其颇精，自能相信，即令祖石孙兄府上欲格方向亦邀与其代为格定而已。阴阳之述，一人有一人之说，一人有一人之道理，究是或精或否，门外者难为骤知也。

初八日癸酉 早至午刻，晴；未牌，阴；以后皆然。致张迪生兄一信，交佃户富桂等送交。但彼等有七人，或脚生疯，或手致疾，均托迪生先生代诊，想能药到病除为快也。何见石老伯并蒋先生均于早膳后至琛山去矣。内子席请张家亲母午膳后而去，言因其女婿梗卿于十一日赴沪至杭，以此其全家均于是日同行耳。

初九日甲戌 阴、晴。致陈云樵先生一信，托其带甬代购贺对一副，系送王子衡兄之鼎新泰烟酒店用，恐其船尚未来，另致贺云江兄一信，烦其代交，封饬二头送至海门。午膳后，达云母舅并吴玉成、翁

① 当为“术”，下同。

子俊、李舜卿、汪伯端、伍菊香、周醉香、洪少琴、周篪卿诸君来叙至晚而去,言赵子修兄已由太平来。即至子修先生处,晤金建翁、林啸翁,互叙少顷而来。楚卿兄柬邀至海门陪客,因在黑夜,往来只有一席而辞却焉。

初十日乙亥 晴。致童再春先生一信,饬小四送交。致王子衡兄一信,饬阿奶送交。致黄楚卿兄一信,系篪卿托余代写,即交篪卿送投。晚刻,接楚卿福信,亦由篪卿带来。接何见老伯一信。晚刻至陶习恭处,言仲雨昨晚同习之来过,少坐而去。

十一日丙子 晴。早刻丁辅香兄来叙半晌,言及闽垣谷价甚贵,彼欲做米至闽云。午膳后至海门楚卿处,晤陈舜卿、陈雨苍、喻志韶先生、余桐舟、黄子霖诸君,相叙一刻而别。就道至张丹庭亲家处,晤金烈轩、黄镜三、戴镜清、刘介玉及孟定、仲雨少谈。丹翁言席请梗卿晚膳,邀余陪客云。因志韶先生今晚趁永利商轮赴沪,现宿局中,就道至永宁局,晤丁梦生,烦其转交陈渔韶兄洋一元,托其带甬购买桂红对送子衡兄开之鼎新泰人情,并晤陶寿翁、王勤甫、王子政,互叙一刻。言志韶先生已至轮中,即约勤甫先生同至永利商轮,询志韶先生已上岸去,未晤。同至查米局访蔡新之,言已出去,未晤。同至鼎新泰烟酒店,询子衡兄现至家去,而勤甫先生转至局,随晤张鼎臣兄,同至印山小学校,晤道周宗叔及张六筹、曾豪甫、陶伯南诸君,少谈而别。转至丹庭公馆晚膳,同席者:黄梗卿、金烈轩、陈杏村、戴镜清、刘介玉、黄子霖及孟定、仲雨诸君。而梗卿因永利将近开行,未曾终席而去。孟定兄言刘幼云先生现授太傅云云,席散后少坐而来,至家时经十二句钟矣。

早晨王道辉来家,交其带沪购买另星洋九元,内五元系交通银行钞票,即托至沪向九华堂取裱对联四副,并带裱黄慎人物中堂一轴,言明亦交九华堂装裱,并向九华堂购四尺洒金对纸两副、五尺宣笺屏纸两堂、仁记参洋四元、暖脐膏十张、卫生袜两双、菊香托染衣片一件,并言所买各件十七日可以带台。丁梦生言,渔韶先生代买对联亦十七日可以带台，俟十七日嘱人问取可也，惟托裱人物中堂须至下月初上可以裱就云云。黄慎人物，家君自太原购来，言是真迹，余初视其画法亦似真迹。日前，仲玉先生详细一言，其物非真，其中大有道礼在焉。其物虽非名家真迹，却其所画之人亦在不次耳。金子和之祖杏庭公于月之十九日入厝，早刻接有讣音。但杏庭公与逊甫太亲翁同胞昆季，早刻询刘介玉先生言与亲家之兄弟只写姻兄，妻称姻嫂，不能亦称亲家、亲母云。是为之记。

十二日丁丑　阴、晴。晚刻达云母舅并田彝安兄来叙半晌而去，即至达云母舅府上少坐而来。晚膳后至星斋宗叔处，晤道周宗叔，相叙间，值吉甫宗伯来，言方自甬江旋里云云，别后同道周至对门楚言处，晤叶石甫、王六皆、伍菊香诸君，互相畅叙半晌而来，至家时将二鼓矣。

十三日　戊寅，阴、晴。致楚卿兄一信，送交嘉先加封寄投。

早刻，吴玉翁来叙半晌，言及星斋宗叔有控楚卿之说，未识如何告法，不得而知。但星斋与楚卿系三服叔侄，据以同室操戈，有所不应。但彼之事，家瑞公生四子：长茂汉；次茂河，名琏清，字镜泉；三茂池，名载清，字镜明；四即四老爷，其名字不得详晰。茂汉生一子曰小题，小题生二子曰大保、曰小保，今大保已故，小保现为哨弁。镜泉生一子，即煦东。煦东生而二子：长楚卿，次梗卿。镜明生四子：长大林，未婚而故；次小林，名秀锦，字旭东，一字梯仙；三名秀品，字星斋；四名秀鼎，小名广寿，字少明。少明生有一子，名宏德，字毅卿。四老爷生一生[1]，名修望。修望生有二子。如崇桂、崇德之父即茂汉公义子，玉堂、竣庭之父系镜明公义子，即四老爷亦有一义子，初则入营，今亦故矣。镜明公长子梯仙系福建试用通判，娶邱氏系黄岩韶九公长女、楚言之妹、仲玉之姊。当甲辰之秋，梯仙公逝世乏嗣，以本房而论应以少明之子宏德兼挑祀继。以应继而论，胞侄只有宏德一人。

---

① 当为“子”。

而少明已故，不能再出，宏德承祀自己之父，在可以兼祧不可兼祧之间。若照出房应继，则梗卿并修望之次子二人。时煦东宗伯尚在世，自家已经巨富，即须应继，理与修望之次子入继为是。此时煦东宗伯亦喜为其继。时周梅五系镜泉公之女婿，专事奉承煦东。楚言、仲玉亦结交煦东，藉此进身。即梯仙之邱氏夫人继与梗卿，大加光彩，若与宏德及修望之次子，均无趣味，两心承愿。时梅五为首，加楚言、仲玉代为说合即成其事。时星斋有病，又无出，不出一言，即公据中亦无花押，心虽不愿，亦不能出齿。将梗卿带产入继已成，时批麻一切均是梗卿。至上年癸卯十月，梯仙宗叔之婶邱宜人作古，亦梗卿批麻祀。虽梗卿入继，煦东宗伯又经作古，诸事均是楚卿经理其事。年前，梯仙、星斋、少明分爨时，镜明公之许氏夫人、周氏夫人尚均现在，储有民田一百馀亩，与许、周两夫人养膳。而后许夫人、周夫人故后，梯仙宗叔又已故世，少明亦经作古，所储膳田一百二十馀亩均是星斋管收，无人与其争论，亦经多年。言虽与镜明公入厝之用，其是做坟所化无几。而后，邱宜人为梗卿定亲，张氏用费收管一年。中隔一载，少明之婶袁氏与宏德娶亲之用亦收管一年，即是上年己卯之岁。今年星斋本欲自收，于五月间，楚卿未曾在家。但镜明公之屋前有行面数间，彼三子均分梯仙一股，本是楚卿家承管，时楚卿家有洛麻，自外买来藏在行面楼上，将星斋所分之屋亦有堆积。时星斋与楚卿之母叔嫂大加反目，即叫楚卿至家。楚卿不以楼屋储麻为言，时将稻熟，即行邀人去收膳田，两已失情。但梯仙、星斋、少明当日分家，田亩虽经分管，而分据全无，一切契纸均存在星斋家中。今梗卿于十月廿八日完姻，与上年邱氏宜人作古只是一载，照旧例承继之服无异亲子，亦须二十七个月不能穿绸绢，在官亦须丁艰，二十七个月后可以服阕。但梗卿至今年大暑只半年馀，已穿白色香芸纱衫裤，如是则不做孝矣。未识民国服制究是若何，不得其详。星斋与楚卿起衅原由实在于此。

今吴玉翁言星斋告楚卿呈有十款，开放闸水，一款；私收牙仲亦一款。但本镇之河经南通路桥、太平诸处，河本古浚，自后重挑均由地方捐款起工，前张浚如同知台州府事时，邀陶寿翁助款四千金，造道头一闸，每遇内河小船至闸搬运过闸出港以防潮水淤塞。于癸丑岁新闸至老闸河涨，地方捐洋一千馀元，再行挑浚。甲寅春，楚卿与道头人订约，每年出洋三百元与保安队经费，准其内河小船至闸即开闸板放行。每至夏秋之际，将潮水进河，全河变作咸水，将靠河田亩一无可究，楚卿所进者，不过三百元，二十馀里之泾岸田亩所损岂至万计？道头设立柴行，每年收洋二千三百元，鱼行一千二百元，各订木行收仲年而计之二千元之外，本镇保安队捐亦在千计。统而计，每年数近六竿，本镇保安队四十人，每人每月五元，年而计之，不过三千，未识所馀之款津贴何处，无人敢为起齿，今其言及，是为之记。现楚卿与师长张暄初系儿女亲家，身充省议会议员，交接当道，如是声势。在星斋，虽以堂叔自命，敢为其争衡，真不量力也。

晚刻，至李舜卿府上，晤丁辅香、周篪卿诸君，互叙半晌而来。

十四日 己卯，阴。接王子衡兄一信，随即致覆子衡兄一信，饬小四送至海门鼎新泰，来言其在家尚未至店，函即代寄云，晚刻，汪伯端、赵子修、翁子俊诸君来叙半晌而去，赵子翁撮去英佛五十尊，言约十日送还云云。

阅《著竹林》纪“竹夹牡丹”诗云：“临风淡写两三枝，无限春光谨护持。富贵从来难免俗，膏肓端赖此君医。”纪“牡丹”诗云：“修成艳福压芳标，琼圃瑶台雨露饶。不比公门桃李树，春风拂处便含娇。其二：临风窈窕半开舒，薄理红粧意自如；不是与人争富贵，为延春色到幽居。”“红绿牡丹”诗云：“一捻嫣红情脉脉，开时苦被封姨迫。绿章我欲奏通明，还借花颜诉心迹。”又，“白牡丹”诗云：“名花自有真，秉性羞涂饰。富贵逼人来，英雄仍本色。”词颇清趣，是为之记。

十五日庚辰 晴。致王子衡兄一信，饬阿奶送交，旋接子衡兄福信一函。子衡兄坐高坎头之路廊前有田二坵，共田一亩七分五厘，内一坵交棚浦苏姓大租谷一石三斗，南方即有小河，东、西、北三方均余之田。至河之南首有宗土田五分四，除两处田外，均余承分之田，计有十馀亩。余欲向子衡兄将此处之田调换而未复，将宗土之半亩亦调来，就子衡兄调换之田与小河相连之处挑控一小河，如是十馀亩可勿失收。但子衡兄来信已允，余拟欲黄泥塘田一亩五分与其互调大租。早刻，邀陈半塘兄来，托其代购，想能允诺而矣。午膳后，王六皆先生、周达云母舅、洪少琴、伍菊香、周篪卿、汪伯端诸君来叙至晚而去。少琴兄言，现今海洋风色不对，网樯只下十馀株，今年又须亏控，彼藉此营生，代抱杞忧耳。

阅《著竹林》"古黟孙奇字次青题徐冠群茂才鋈梅花山馆读书图"云："八龙家世本仙乡，风雨名山趣味长。鹤守柴扉人不到，梅花园在读书堂。数点花开天地春，书斋潇洒争[①]无尘。自惭形秽生何用，只恐癯仙解笑人。杜库曹仓两不如，暗香疏影满幽居。读书岂预功名事，愿问琅嬛作蠹鱼。烂嚼寒香肺腑清，百城坐拥傲公卿。山深隔断红尘路，誓守梅花了一生。"又纪"观鱼"诗云："红栏杆外碧波流，一队游鳞水面浮。池大养身须自爱，莫因贪饵误吞钩。"又纪"扑蝶"诗云："闲看儿童一扇挥，惊他蝴蝶绕园飞。翩翩休逞风流态，久恋花丛是祸机。"又纪"快哉亭题壁"诗云："快哉亭外片云孤，曲水环溪入画图。可惜我来秋已老，芙蓉花死芰荷姑[②]。"又"题小槐和尚背立小影"诗云："发眉苍古骨清遒，终日看山意兴幽。苦海已经登觉岸，自然不心再回头。"又纪"阅日俄战争写真帖有感"云："丈夫真慷慨，热血洒沙场。饮马长城窟，屠龙大海洋。牺牲拼一己，气魄压三光。挥洒忧时泪，临风空断肠。"又纪"登敬亭山"诗云："重向江城画里游，闲中检点敬亭秋。镜开两水波光滑，虹落双桥雨气收。极目关山飞野马，放怀天地狎浮鸥。登临无限兴亡感，看到南楼又北楼。"又纪"游呈山观音阁"诗云："登高已负黄花约，策杖来寻白水盟。四野烽烟沉大陆，一

---

① 疑为"净"。
② 疑为"枯"。

天风雨接荒城。湖山载有英雄恨，仙佛难忘儿女情。满目哀鸿飞上下，挥残老泪哭苍生。”

又纪“赈饥食报”节云：“山左锯野民姚宏毅家有中人产，以幼失怙，弃书就贾，奔走燕赵间。为六陈客，即俗所谓米贩者也。年方弱冠，而历练精明，故懋迁无不利。偶以事至都门，闻乌石寺前有自号不信命者，为人测星度，灼如观火，遂书命造求批。算术者略推四柱，即从富家翁相期许，排至某年孝服、何时完娶，丝毫不爽，又行运至二十五岁当有失恃之忧。次年十万腰缠，可立而待，从此即赴修文，无可再延。姚嗤之以妄。又言今冬可获麟儿，揣时已初秋，熊梦未征，乌保遂有佳朕，益大笑不止。及抵家，见内人腹膨胀如鼓，盖结褵未期年，闺中人尚腼颜不肯实告，故未及周知。既而诞，弥告吉，雄啼一声，居然弄璋。然亦疑信参半，以为谈言微中亦偶然事，幸经营顺适，合家欢慰。迨星纪五周，其母果不起，居家读礼，每念及术者之言，心恒惴惴然。覈稽居积，虽倍于曩昔，较之骑鹤扬州者，尚不及十之二三，窃幸其言之未准。会有粤友造门，以谈该行积麦甚多，无人问鼎，乞赁仓廪为存储计，并示以贬价求售，意挑心动，遂以万馀金市麦四万斛，亦姑置诸度外。来春旱魃为虐，赤地千里，其友又来相贺，谓君家存货已可得十万金，故来报喜。姚闻之，颜色惨沮，即命家人理丧葬事。友大惑不解，再三穷诘，始悉为不信命者所批定，运限不可挽回，遂温语相慰藉，因谓修身固当俟命，而积德亦可回天，当此哀鸿遍野，死亡者相枕藉，则此阵阵红朽不挹兹注彼以全活此数万灾黎耶？姚大然之，即遣仆查户口，以半价开平粜局，茕独无告者不取值，行之匝岁，而资本荡然，无策以继之，乃谬托远运糇粮，欲出门以避其滋扰，乘夜半与妻诀别，怪而问其故，以实对。其妻蹙然曰：‘当此时交春仲，二麦有秋即在目前，若听此灾民散之四方，不独老弱转沟壑，即壮年子弟辗转流离，何能指日遄归？适盗贼蜂起，我家谁复为之保护耶？’因问得若干数可以成全，则答以万金。氏乃投袂而起，曰：‘区区尚能为力，妾摒挡衣饰及搜括私囊，可力任其半，再以田产相抵质辐辏亦甚易易。’姚乃一一如命，邻村赖以全活者，不下数十万人，自是声名大噪，不数十年富逾从前。乾隆丙戌，夫妇皆百岁，孙曾绕膝以百计，上至州牧缙绅，下及乡邻，受惠之家咸据资上寿，约值万金，戚好怂恿，演剧为贺，坚拒不许。适兰皋二十八州大饥，民困难苏，遂将寿仪移赈。陕督吴制军达善请旌于朝。高庙方奉皇太后秋巡，驻驆白河，览奏，天颜欣悦，荣锡‘恩纶一律’以奖有功而颂人瑞。其诗曰：‘客台百岁本欢恒，百岁齐眉得几曾？只昨广南传仅见，即今齐左报同称。一时上瑞萝图展，双老相庄鸿案凭。寿德仁风耀阁里，褒恩骈叠允宜膺。’以齐民而膺宸翰，真异数也。结联云云，盖嘉其两次散赈之功。至所引用广南事，乃乾隆辛未广州府以民人杨能启夫妇百岁上奏，而所谓杨者即粤友也，以一言而同享大年，赈饥之食报，不至于此而益见欤？”阅其纪诗词颇趣，阅其所纪赈饥食报事之精详，均为之记。

十六日辛巳　晴。晚刻，李舜卿兄来叙半晌，言及黄少明宗叔之婶袁氏近欲赴杭授女学教习，此亦不宜于如是奔驰也。按：乃翁黄镜明宗伯名载清，当咸丰间署瑞安协副将，值粤匪欲进城，而黄镜明公将所积尽散其下人，即欲以身报国，见贼即行开放洋枪，即毙其首贼，次亦毙之。后见前之执旗贼毙，次三亦毙，随贼转相残踏，贼正有数千，不知官兵多寡，执旗已死，因之自相残踏者不下数百。时贼即退，瑞民欢呼震地，美其曰“三将军”。三将军亦甚欣喜，见贼远退，随即议于严防，因之瑞安一城粤贼未能进城，全仗三将军之力。上游委署温州镇总兵，在任五载，即作归田，而后人虽粗鲁，所行好事实在不少。至光绪壬辰仙逝，年经七十有三矣。今之瑞民尚颂三将军之威名，可见功德在民，民不忘也，是为之记。

阅《著竹林》纪“美中美”云：“钟律调（韵），神理昭（韵）。谁能与比方（句）？殆征招角招（韵）。零陵瑄玉（句），爨下琴焦（韵合）。恁般儿般般在御（句），因此上亿兆和谐九六交（韵）。”又一体：“日坠西（韵），人渐稀（韵）。深林里远观（句），归鸦乱飞（韵）。村庄却早

(句),半掩柴扉(韵,合)。犬儿声声吠起(韵)。只见野外樵夫挟斧旋(韵)[1]。"又纪"天下乐(乐一作欢,与本宫引不同)":"蠕动肖翘(韵),乐及时青阳令韶(韵),遍纮埏孰非恩造(韵)?百亿年应不老(韵)。吾皇则天同帝尧(韵),百姓真皞皞(韵)。仁民有余恩(句),沾洒花和草(韵,合),诚凫藻(韵)。齐声庆祝(句):万万岁元宵(韵)。"又一体:"智远咨启(韵),荷公婆收录提携(韵),幸一身免遭污泥(韵)。五百年前结会(韵),山鸡怎逐鸾凤飞(韵)?深感不嫌弃(韵)!铭心在肺腑(句),难报恩和义(韵,合),岂容易(韵)!双双尽老(句),百岁效于飞(韵)。"又纪"河传序":"生长栖霞(句),喜明师传授(句),教我求道学仙(韵)。宝鼎中珠产多年(韵),今朝得上罗天(韵)。漫趁着罡风卷(韵),稳御祥云泠然善(韵)。说不尽蓬莱内、阆苑前(韵),与人间相远(韵),只须勤勤修炼(韵)。莫教日久心生息(句,合),萧台现(韵)。要平时(读)、培植得真元(韵)。此际呵,空劳眷恋(韵)。"又一体:"来去无心随隐现(韵)。问何事可能传(韵)?有何技可称言(韵)?一霎枯卉重鲜(韵)。漫将竹杖当雷鞭(韵),只消一击生心转(韵),万叶千条开生面(韵)。他时节黄花吐、绿影连(韵)。看莺捎燕剪(韵),多应引我归瑶殿(韵,合),嬉游遍(韵)。拂轻霞重束结缘(韵),珍重诸公黾勉(韵)。"词颇清趣,是为记焉。

十七日壬午 晴。致陶习之兄一信,饬棣梅送投。致许眉甫先生一信,饬棣梅送泰来托潘先生代为转寄矣。接章仲厚兄一信。早刻,嘱棣梅向丁梦生取托陈渔韶兄代购送鼎新泰之桂红对,来言渔韶本班未亲到甬,俟下班代为购来,惟托三先代买暖脐膏并湖色蜡笺对纸、白宣笺屏纸两堂,并家君嘱买东洋参,及汪伯瑞兄托买大红蜡笺对纸,均由棣梅取来。向九华堂取裱对联四副,均已带来,惟交九华堂装裱黄慎人物亦接其发单,计裱工洋一元四角,约三星期后再为向取可也。但九华堂所裱对联,其裱式最为精致,即甬江之四明文宝斋

---

① 按:此处韵不合,疑为"归",或脱一字,如"里"等。

与其相较，岂止倍徙而已。惟工价太贵，自后倘是好画，须送至彼处装裱，即遇五月潮天，必无坏事；稍次之画送四明文宝斋装裱，亦可将就，无如其工价可少三分之一耳。余所购湖色对纸并白宣笺屏纸，拟致函托何见石老伯及毛镜泉先生代为法书，伯端兄寄买之大红对纸亦代托见石老伯法书可也。晚刻，达云母舅及伍菊香、周篪卿来叙，至晚而去。日(前)，菊香托三先带染衣片亦接有来单，计价洋七角，约三四星期之后可以染就耳。晚膳后至子俊兄府上，畅(叙)至二鼓时而来。

阅《楹联丛话》纪："临海王芝圃广文世芳生于顺治己亥年，一百一十岁入都庆祝，赐侍讲衔，都人呼为王寿星。扶侍者为其第三子，白发飘萧，背转佝偻。问其长子，曰：'不幸夭亡矣。'问夭亡之年，曰：'八十五岁。'当年届七旬时，孙曾已盛；百龄外，孙曾复举曾孙，寿星大喜，自题楹联云：'身历四朝沾浩荡，眼看七代衍孙曾。'"忆郡城县前有一百岁坊，所题何人未及记忆，恐是即王芝圃先生之百岁坊亦未可知。

又纪《柳南随笔》云："严恪字心萱，文清公之父也。文清公已晋尚书，而封翁犹康健，自书堂中一联云：'有子万事足，我子作尚书，足而又足；七十古来稀，我年近大耋，稀而又稀。'昆山徐氏祠中联云：'教子有遗经：诗书易春秋礼记；传家无别业，解会状榜眼探花。'按：徐健庵尚书乾学系顺治甲午拔贡，庚子举人。康熙庚戌探花。徐果亭阁学秉义系康熙已酉举人，癸丑会魁、探花。徐立斋元文系顺治甲午经魁，已亥状元。并无解元、会元、榜眼，联语亦不过浑括言之，然三兄弟并登鼎甲、并列崇班，不可谓非难能可贵耳。至上联所云语乃质实可风。健庵尚书著有《读礼通考》，果亭阁学著有《经学识馀》，立斋相阁著有《舍经堂集》，而传是楼藏书之富甲于寰区，'教子遗经'岂虚语哉！徐健庵先生以大司寇谢病归，御书'光焰万丈'扁以宠其行。时人赠联云：'万方玉帛朝东海，一点丹诚向北宸。'纪文达师曰：'先师介野园先生尝四主会试、四主乡试，其他杂试殆不可缕数，尝有"恩荣宴诗”云：‘鹦鹉新班宴御园，摧颓老鹤也乘轩。龙津桥上黄金榜，四见门生作状元。’于文襄公赠以联云：‘天下文章同轨辙，门墙桃李半公卿。’可谓儒者之至荣矣。漂阳史文清公贻直七十寿辰，献联者充门，惟许刺史佩璜云：‘三朝元老裴中令，百岁诗篇卫武公’，及袁简斋先生云：‘南宫六一先生座，北面三千弟子行’，为公许可。乾隆六十年中，各直省奏报寿民、寿妇五世同堂，亲见七代、八代者屡见邸抄，然未有如长洲蒋氏之盛者。乾隆丙申春，内阁中书应焻之祖文源年九十，配张氏年八十九；翰林院编修元益之祖文涵年八十九，配颜氏年八十八，俱五世同堂，亲见八代。应焻、元益同日给假祝寿，海内荣之。时徐两峰巡抚士林制联称祝云：‘登甲登科，七代儿孙绕膝；难兄难弟，九旬夫妇齐眉。’洵盛事也。尝见刘文清公为纪文达师书联云：‘两登耆宴今犹健，五掌乌台古所无’，盖吾师自撰句也。梁山舟学士赠联云：‘万卷编成群王府，一生修到大罗天。’”所载对语，人所欣羡而不可及也，是为之记。

十八日癸未 晴。致章仲厚兄一信，交十里铺女婿代为转寄前宅。早刻，至椒江水产学校，晤汪伯端、金仲璋、田彝安、孙化南、林少秋、周篪卿诸君，畅叙半晌。但孙化南名国棠云天津人，亦水产学校请其为教习。少顷，黄少湖、周作夔两君来，昨尚德之委员，系临海县公署之科员，委其会考各小学之学生。篪卿各人言正衡已生有一子，均要至其家中道贺，随与汪伯瑞、黄少湖、周作夔、周篪卿、林少秋、田彝安诸君同至正衡家中，看其子颇佳妙，我四分中，道字辈亦有一人矣。正衡出示所藏旧画，但赵子昂绘之树下一老人，物之真伪不能辨识，但为绢底，破碎异常，即为修整，尚能装裱。尚有明人册页，中有数页尚佳，无如其物太少，亦不能值。所云贝叶绘金刚罗汉，忆前有人言仇十洲所画，今阅其疑非是十洲，即其墨痕，十退八九，皆因收藏而不得其法耳。此外朱绿筠女士画小条四幅、小横批一幅，若不急藏于玻璃架中，日久亦必被坏。人生收藏书画，非独子孙能知画之工拙，即子孙收藏亦非易易。

正衡留过午膳后而来，至家，值王子衡兄已来，少顷，翁子俊兄亦来，晤谈至晚。子衡兄即至海门去，子俊兄留过晚膳后而去。上年以新挑河北墩埭有连佃民田七分五厘，向宏德调换石埭北首连佃民田七分五厘，因其田碗较大于余之田，当贴其光洋八元，今宏德遣人欲将所调之七分五厘及横山头之田售与余，现将腊鼓，实在妙手空空，无能为力，言之再四，实难为情，即将调彼之田七分五厘购转，活契计洋五十元，已到断契之价值。彼初言将上年之调契缴还与余，随托子俊兄代为书契，即嘱正华送洋五十元至其家中付价，并邀宏德画押，旋言上年之调换契一时未检，即将于附调换一纸之侧书“调换另日检出送还”，此其令堂即可明宗叔之婶亲笔所书也。现宏德烟瘾颇大，如今烟价如此之贵，倘若吃烟，非独有用之金钱日夕消化，即人之枯槁亦所不堪，倘能省悟，回头是岸，亦所不难。人若无食，必须饿死；人若无衣，必须冻死，未见无烟而能死也。可见烟之所戒，足为明症而已。

阅《楹联丛话》纪：“道光辛巳八月，吴郡绅士于元妙观忝设经堂，祝六旬万寿，时朱兰坡侍讲琦方为紫阳书院山长，撰次灯联数付，晃见精思，如云：‘六位仰时，成六龙御世，六凤仪廷，圣德备膺九五福；十华征券，锡十赉孝恩，十金继续，慈闱欢溥万千斛。’此于每句分嵌‘六’‘十’两字也，又云：‘元符根太极，五百岁为春，五百岁为秋，春秋算协，福筹八叶，椿开无量寿；妙果证长生，三千年一花，三千年一实，花实数周，星记九重，桃献大罗天。’此于首句分明‘元’‘妙’两字也。又云：‘大地欢胪殷庶，道统际重熙，六叶升恒，万国万年长拱极；清时盛谱和声，光天歌复旦，十华虬漫，寿星寿寓遍腾辉。’此每句首一字合成‘大清道光六十万寿’也。又云：‘八音节、八风和，月轮正满；十岁臻、十章献，日驭方中。’此两联中分用‘八月十日’字也。作对之才，非饱于才学，安能于此凑合哉！”晚刻接丹庭兄一信，言其已抵沪江也。

十九日甲申 早至辰刻，阴；巳牌，雨；午时，阴；申、酉牌，雨；戌时雨晴，阴。致王子衡兄一信，饬老官送交。致贺云江兄一信，饬阿奶送交。

阅《楹联丛话》纪：“《随园诗话》补遗云，乾隆庚寅，余在杭州访蒋苕生太史，闻寓湖州太守张公处，即具名纸往投，蒋未见，乃先有一峩冠者拱出，心知是太守，素无交而其意甚亲，未免愕然。太守笑曰：‘先生不识我耶？我早识先生，并识先生之夫人貌作何状、令姊貌作何状。’历历如绘，余益惊，问故。太守曰：‘当年公作翰林，住前门外横树街，我年九岁，与公陆氏二甥同在蒙馆读书，每放学后嬉游公家，公姊及夫人梳头，常在旁手进梳篦，公过，犹呼饼饵啖我，公竟忘耶？’余谢曰：‘事实未忘，不料昔日圣童，今为公祖也。惜二甥早亡矣。’相与唏嘘者久之。从此遂别，更二十年。太守之子惠堂孝廉来权知溧水，又是余改官江南第一次捧檄之所，重重春梦，思之抚然。其前事迹已作古诗一首赠蒋，梓入集中矣。今年衰，不能再赘，乃作一联留惠堂厅事云：‘后我卅年，同为此地亲民宰；通家两代，曾见而翁上学时。’盖实叙平生佳话，非敢挟长也。梁山舟学士于嘉庆十六年冬患发疽，危笃中见有人持楹帖入，其句云：‘万里烟云开瘴户，一天风雨护神炉’，病遂愈，因自号新吾长翁，后九十诞辰，夫妇齐眉清健。张岐山问莱赠寿联云：‘人近百年犹赤子，天留二老看元孙’，时人称其工切。”其事难逢，其对凑合，是为记焉。

二十日乙酉　晴。早刻，林少秋、汪伯端、周篪卿诸君来叙，至午而别。午膳后至翁子俊兄处，晤叙半晌而来。早刻，接此前托丁梦生兄代托陈渔韶先生带甬代购送鼎新泰贺对一副，并附子洋四角。晚刻，徐子刚先生自海门来，言及丁梦生与其言，该对计价洋一元一角五分，早刻误寄子阳四角耳。子刚先生来，留宿焉。

阅《楹联丛话》纪：“胜迹泰山□人物博，秀甲寰区，惜山中楹联殊少佳构，最著者，岱庙中‘帝出乎震，人生于寅’八字对仗天然，足以俯视一切，然是庙联非为全山写照也。惟半壶天阁有廷曙墀郡守鐇一联云：‘登此山一半已是壶(天)；造极顶千里尚多福地。’又，雨花道院中，不知何名一联云：'雨不崇朝遍天下，花随流水到人间'，尚非俗笔。"

《藤阴杂记》云："座师王文庄公初寓韩家潭，七月二十五日生辰，每于中秋前后张乐次第，宴乙丑同年及门生，其戏台对联最为精切。己丑岁则云：'十七夕彩满蟾宫，赓隔夜霓裳旧曲；廿五载斑联鹓序，萃当年蓉镜群仙。'庚寅岁则云：'寿字覃禧，借嵊山鹤舞馀筹，更谱瑶笙谐凤吹；晚香励节，集蓬岛鹓班[1]，旧翻霓羽侑鸾觞。'又，吴文简公襄旧宅赐额'兰藻尚存'，沈冬田方伯及祝茝堂、曹剑亭俱曾居此，相传为吴梅村祭酒故宅，汤西厓少宰亦寓焉，前后皆名流也，有旧联云：'旁人错比杨雄宅，异代应教庾信居。'孙公园后相传为孙退谷别业，吴白华司空官翰林时，曾赁住。公宴座师王文庄公戏台联云：'地近春明，忆当年甥馆清娱，几听后堂丝竹；序先秋禊，幸此日师门暇豫，共陪高阁襜帷。'盖宅为茶陵彭大司马维新旧第，乙丑及第后，于此赘姻。宅后别一第有株水亭谢，沈云椒侍郎寓焉，有兰韵堂，联云：'匝地清阴三伏候，参天老树百年馀。'"对极老到，是为之记。

张曲江之花卉，家君言其最佳，并云张曲江先生系道光初年人，即其所画屈指迄今逾八十年矣，其设色如旧，情气最著，近年来，如是者亦所罕见。日前邱仲翁来叙之便，邀其详阅，据说画虽有情，嫌其过板，未识精于工笔者必须如是亦未可知。余于丹青一道未甚精求，只看其情色，不能区别。前据丁子祥所言，其画法近今所罕见。即郡城知于丹青者所云亦是如斯。今见其虽板，其中大有佳妙，外行者不可得而知焉。至李曼士先生之画法工带写意，以余阅之，其设色情气不及张曲江多矣。曼士先生所画花卉五尺直条，计有五堂，一是光绪丁丑，一是戊寅，馀均是癸未。但癸未岁画之三堂均余自向老二分购来，戊寅画之一堂向老大分购来。五堂中相较其情色：丁丑所画之一堂最佳；次癸未岁所画之三堂，亦嫌其太板；惟戊寅所画之花卉极次。

---

① 据下联，此处疑脱二字。

分而阅之，各有佳妙之处。忆前葛逸仙先生所云李曼士花卉尚能将就，翎毛非其所长。至葛老先生亦非深识丹青，所言所[①]是，丁子祥稍能识画，如是所云，另再质诸精于丹青（者），果言之若何。是为之记。余于丙申岁值池逸臣方在本镇售画，当邀其绘有六尺直条一堂，翎毛系猴、鹤、孔雀、双鸡。上年装裱，本邀云江兄托渔韶带甬代裱，不意云江即交海门代裱，其裱工极次，本年新正，悬在中堂，看其与张曲江先生所绘花卉两相比较，有天渊之隔，亦非李曼士所画之可比。忆是年托画时已嘉平，天气寒冷，值少逸在侧，恐是少逸代绘亦未可知，既已裱来，聊堪补壁可也。

廿一日 丙戌，晴。接张丹庭兄一信，言自抵沪后均各平安云云。徐子刚兄于晚刻去。

阅《楹联丛话》纪："阮云台先生于江西百花洲集句一联云：'枫叶荻花秋瑟瑟，闲云潭影日悠悠。'既合风景而成句，又在人人意中，所谓文章本天成，妙手偶得之。但余又闻之彭春农学士云，此语饶州烧作磁联，其款或署曹文恪、或署先文勤公，实乃旧句，非芸台师集成者。"又纪："江州白太傅祠有一联云：'枫叶四经秋，怅触天涯迁谪恨；浔阳千尺水，勾留江上别离情'，颇近自然。"又纪："大庾岭上云封寺一名挂角寺，门联云：'山中藏古寺，门外尽劳人。'又一联云：'驿使暂停花下骑，寺门深掩岭头云。'长白观瑞联云：'挂角何时？偶为岭上主人，犹想像千秋风度；举头欲问，可许山中置我，试管领万树梅花。'"

又纪："钱裴山中丞楷巡抚湖北，甫三月，即被命内召。濒行留题黄鹤楼一联云：'我去太匆匆，骑鹤仙人还送客；兹游良眷眷，落梅时节且登楼。'不脱不粘，却一时情景俱到，他作所不能及也。黄鹤楼联扁极多，自以钱裴山所撰为最，其余颇善于此者，如鲁亮侪之裕云：'到来径欲凌风去，吟罢还思借笛吹。'萨湘林（萨迎阿）云：'一楼萃三

---

① 疑为"如"。

楚精神，云鹤俱空横笛在；二水汇百川支派，古今无尽大江流。’又，广虎文云：‘上头有客题诗句，隔岸何人共酒杯？’又，相传有一联云：‘何时黄鹤重来，且自把金樽，看洲渚千年芳草；今日白云尚在，问谁吹玉笛，落江城五月梅花？’不著议论而自檀清新，惜未详何人所撰文也。又记黄鹤楼之左为太白亭，今呼仙枣亭，游人觞宴咸集此中。余本敦联云：‘此地饶千秋风月，偶来作半日神仙。’朱咏斋士彦云：‘此间可谈风月，斯世岂有神仙？’语皆活脱。毕秋帆先生联云：‘揽胜我长吟，碧落此时吹玉笛；学仙人渐老，白头何处觅金丹？’又，不知何名一联云：‘宛然海上三山藐矣，安期先我亭前探枣实；犹是江城五月仙乎，太白与君笛里听梅花。’”对均清雅谨切，是为之记。

廿二日丁亥　晴。致丁梦生兄一信，附子洋六角；又至王子衡兄一信，均饬棣梅送交。接子衡兄一信，致朱子延、陈翼亭各一信，均饬普中送投矣。

阅《时兆月报》纪“卫生须知”节云：“甚矣哉！中国鸦片之害，不知废几许精神，提倡鼓舞，始稍有唤醒国人而有戒烟之举，今虽未能一律肃清，吾信已犯者必渐知戒除，未犯者，当不敢故犯，加以国权作之后盾，再阅若干时，中国当不至尚有鸠形鹄面、神死躯存之骷髅，快哉！鸦片之运告终矣！然乌知我国民精神上之阨正有未艾，鸦片之患虽除，而纸卷烟之患方殷，统中国城乡市镇而计，吾人试一举足，无论何往，辄见农工士庶、男妇老幼，人手一枝，屡吸不息，甚或举而饷客，诚未一计此物之物之日耗其金钱几何。中国三家之村、一廛之市，未有不可购此物者，良以此物取携甚便，而吃法简单。往日鸦片尚须费如许手续方可得食，而此物则行走坐卧，随处可御。往日鸦片其遗害尚不甚普，而此物则几几乎遍被中国人；往日鸦片最贱亦须百钱或数十钱，而此物一枝仅费数文亦可哄嗜痴者之狂吸。举国昏昏，微论下流人也，即上流人亦然；微论廛市中也，即公署中亦然；但曷一以鸦片与纸卷烟相较，其吸之最易害及全体仅费数人者，果视鸦片何如哉！吾恐中国再逾若干时，以纸卷烟故，尤将举全国人尽成鸠形鹄面、神死躯存之骷髅存之,可不惧哉!真所谓‘前门去虎,后门进狼’也。防制之法,近或有人提倡自制,然终属纸卷烟害人,又或有人提倡振兴国货,然亦一种嗜好,于社会上诚无何裨,况不来[①]禁舶来品之不来,又不能阻嗜纸卷烟之不嗜。根本打消之法,惟有从各人方面入手,使将来人人如之,以至举国如之,则其害自灭。当不可以鸦片之待国力取消,使吾大好之共和国民仍居被动地位,则庶乎其可矣。中国之大,吾不敢谓具此志者无人,兹果有香港勤兴号主某君其初营此肆厚,系贩售纸卷烟,开市以来,殊极发达。但某虽操是业,而曾无纸卷烟之嗜好,正如青莲出水不为泥污。未几,某君又购阅本报,见其中所论纸卷烟之种种弊害,于是思己虽不吸纸卷烟,然售纸卷烟以与人吸,某君之良心上雅不自许,生涯虽颇不恶,而某君终毅然牺牲之以作他图,其对于亲友之吸或售者,辄孜孜焉劝其勿吃勿售。使吾国全体烟商咸如香港某君,则其明效大验可胜言哉!盖某君自谓:‘少一烟、一商,即少一播传毒物之专使,欲保国民生命财产,尤宜先尽此类个人责任’云云。诚哉!此言询属先得我心,一般爱国男儿勿谓务其大者,乃可遗其细,举人而成家,举家而成邑,举邑而成国,其肇始原非由于一人,试问:若以伤生之物如纸卷烟等类以自戕,则又何(异)家与邑与国之有纸卷烟?惟其吸之甚简易、甚普遍,而又售之甚贱,故约计其祸更剧,而所费又不知。仅就香港一隅为例,即据勤兴号主某君称:是处此种店略分三等,大者每日售烟约百元,中者数十元,小者亦数元,平均计算,每日每家约售烟十元(之)谱,香港售烟之家共千户,则每日须售出万元之纸卷烟,如是,则全年当售出三百六十万元上下。仅仅香港已有若斯之数,则合全中国而论,其数可想。中国人口号称四万万,今姑以一半计之,设有二万万人,每日应耗去二万万分,即系银二百万两,自然十日二千万两,一月六千万两,一年七万万二千万两矣。况中国嗜纸卷烟者,尚未必止二万万,而每

---

① “来”,疑为“能”。

人每日尚未必止二万万，而每人每日之烟费尚未必仅银一分。悠悠前途，我忧何极！试思我中国人以有用之金钱作此剥丧己身、损失国利之事，诚丝毫无所裨益，而尚挥金如土若然，则中国又何尝（不）贫哉！中国不贫，固不可有此无形之漏卮以速其贫；中国果贫，更不可有此无形之漏卮以增其贫，务期与鸦片烟得一尽焉可矣。”所论尽然，只我中国前途，鸦片禁止之后，即将纸卷烟一概禁止，中国幸甚！禁止纸卷烟，各人均知此种之利害，各人自行禁止，中国之福即万民之福，是为之记。

阅《楹联丛话》纪：“陆稼书先生从祀文庙，初议时，或以先生家中曾延僧讽诵为疑，其后人出先生手书厅事一联云：‘读儒书不奉佛教，遵母命权作道场’，议遂定。按：陆稼书先生名泷其，康熙进士、即用知县，签分江南候补，试署嘉定，循声卓著，世之曰贤哉，神君当足其称，以忧去任，不名一钱，真是两袖清风。服阕，补直隶某县，以卓异内迁御史，屡建巨议于朝，时贪墨者闻风敛迹，不止凡几，假去十馀年，日以训蒙为事。时圣祖选贤，将任为学政而薨逝矣，即以邵尧夫继之。至道光年间议从祀孔子庙廷，仰报其一生清德而已。”

又纪“耿精忠之变”：李邺园总督之芳扼守衢州，厥功甚伟，入为兵部尚书，三衢军民为立生祠，联云：‘淮蔡之功茂矣，抑又过之，大难削平，重奠东南半壁；翠鹤之操凛然，于今为烈，名贤继起，恰符五百余年。’”陆为贤臣，李为忠臣，两相配偶，一入孔庙，一立生祀，亦均符合，联亦切实。有此忠贤之士，足为饱渥经纶之士合赞颂扬也，又为记之。

廿三日戊子　晴。致王子衡兄一信，致贺云江兄一信，均饬老官送交。晚刻，陶习谦兄来叙半晌，携有张逊先访单，阅其润笔之资最为昂贵，未识前托孟定兄代写之物已有托写否也。

阅《楹联丛话》纪：“孙柳君孝廉衍庆《辛庐随笔》云：前明嘉靖间，湖州潘时良司空季驯最敬关帝，督南河时，有二蛟为患，公梦帝许助以神力，遂斩之。今蛟首一在高家堰关帝庙中；一藏公家，每岁于昆山林鹿祀帝时，必陈之。当昆山庙落成日，众拟撰联未就，忽一素不识字之田夫入座提笔大书：‘汉寿亭侯庙’五字扁，又署楹联云：‘悠悠乾坤共老，昭昭日月争光’十二字，不署款而去。人或追问之，则自云不知所为也。书体大似虞永兴，今犹存庙中”云。如是所云，明是武圣显灵，借田夫而书焉。大汉迄今经千馀年，灵感尚有如是焉，仅为之记。

又纪：“王渔洋《陇蜀馀闻》云：刘以平字近塘，猗氏人，为诸生时，梦入宫殿中，有王者命坐对奕，又至一所石门，悬联句云：‘鹦鹉能回千载梦，麒麟空卧万年秋。’不解所谓，既登进士，为潞王府官，王敬礼如宾师，迁陕西行太仆卿，过武后墓，墓上石刻一联即梦所见也。”

又纪：“《宁德县志》云：主簿丁大全，因旱，令人以银瓶乞水于百丈龙潭，取之，得瓦瓶归，大全疑之，复造银瓶，躬往投之，又得瓦瓶。大全祝曰：‘龙神有灵，若吾后当显贵，幸示灵异。’潭中果露爪。大全后登宰府，奏封龙王，架石为亭，题联云：‘龙从百丈潭中起，雨从[①]九重天上来。’今亭址犹存。”两均预兆于未来，时是为之记。

又：“常州荆溪县有关帝庙，楹联皆不佳，齐梅麓作宰时易以新联云：‘威镇雄州，野树尚含荆浦绿；神游故国，夕阳偏照蜀山红。’”荆浦、蜀山皆县中地，关合亦尚浑成。又撰一联云：‘志在春秋，孔圣人未见刚者；气塞天地，孟夫子所谓浩然’，颇得意。然余终嫌‘志在春秋’语非正史所有也。”

又纪：“黄右原比部奭曰：记得关庙联尚有两家可录者，忘为何人所撰，一云：‘王业不偏安，拒操和权，诸葛犹非知己；春秋大一统，帝蜀寇魏，紫阳乃许同心。’一云：‘生蒲州，辅豫州，保荆州，鼎峙西南，掌抵江山归统驭；主元德，友翼德，仇孟德，威镇华夏，眼中汉贼最分明。’按：原本作‘兄元德，弟翼德’，近于演义，陈寿虽有义气志同兄弟之语，并无孰兄孰弟，主名改本较为妥协。”

---

① 疑为“自”方合对仗。

又纪："赵瓯北有关帝庙联云：'乃圣乃神、乃武乃文，扶四百载承尧之运；自西自东、自南自北，如七十子服孔之心。'余于《联话前编》偶遗之，并而录焉。"

又纪："乾隆四十五年七旬万寿时，圣制有'七旬天子古六帝，五代孙曾予一人'之联，其时臣工之撰灯联者，皆敬本此意以为阐绎，诚千载一时也。谨按：汉世宗孝武皇帝在位五十四年、寿七十一岁；梁高祖武皇帝在位四十八年、寿八十六岁；唐高宗神尧皇帝在位九年、寿七十一岁；唐元宗明皇帝在位三十二年、寿八十岁，六帝皆年遗七十，若五世同堂，则旷古帝王未有矣，岂不盛哉！朱缄三孝廉秉铭因闻乾隆五旬万寿时，京师经坛有联云：'四万里，皇古伊图以来，从无一朝一统四万里；五十年，圣寿自以兹往[1]，尚有九千九百五十年。'气象高阔，设想奇创，对仗亦新而稳，与寻常楹联蹊径迥乎不同，相传为纪文达公所撰，否则必属彭文勤公，他人无此手笔也。黄霁青太守安涛曰：'乾隆甲辰，高宗南巡至浙江杭城人家，有悬符者句云："一岁双春三月闰，六巡两浙万民欢。"又，五十五年，恭逢八旬万寿，民间有颂联云："自古罕闻圣天子八旬万寿，于于今方见大皇帝五代一堂。"'两联语意虽质，却极自然稳贴，可以见草野芹曝之忱。程春卢曰：'乾隆五十五年，恭值八旬万寿，京中有一经坛灯联极典丽，又极浑成，竟如天造地设者，句云："八千为春，八千为秋，八方向北八风和，庆圣寿八旬逢八月；五数合天，五数合地，五世同堂五福备，正昌期五十有五年。"相传是河间纪文达公手笔，盖信非吾师不能也。'郑仁圃太守瑞麒曰：'嘉庆己巳恭祝五旬万寿，福州经坛设在鳌峰书院，余曾拟一联云："沙数恒河合十佛，称无量寿；潮音大海呼三声，协不周风。"又，拟戏台联云："曲谱四时，天保九如篇第一；舞分两向，太平万岁字当中。"时院课即以此命题，余此两联曾为游彤卣师录用，至己卯恭祝六旬万寿，经坛亦设鳌峰书院，所有灯联俱周苍士广文嘉璧拟作，如云：

---

① 疑为"自兹以往"。

“届二十四年，初周斗极；祝万千岁八[①]，远绍天灵。”又云：“如大海潮音，衢歌祝圣；比恒河沙数，寿寓添筹。”又云：“呼万岁者三，康疆[②]逢吉；等百王而上，福禄来崇。”又云：“帝命式九，围俾缉熙于纯嘏；皇敛时五，福用敷锡厥庶民。”又云：“功既成矣，世既贞矣，参天式地；鼙乎鼓之，轩乎舞之，蹈德咏仁。”’按：乾隆间两次庆典，经坛灯联闻俱陈秋坪登龙、黄耦宾世发、张燮轩经邦及吾师郑苏年光策、林畅园茂春诸先生所拟，余少时尚见家大夫手录成本，极其壮丽矞皇，今此本不知何时失去，屡向他处访觅副本，杳不可得，惜哉！当值极盛之时，皇上有此盛德，以与文人可用笔墨也。”阅其笔墨高妙，均为之记。

廿四日己丑　细雨。致王燿南兄一信，交桂友送海门邮政局寄郡。接章一山先生一信，并附代写直条一堂、对联一副。接伯端兄一信，即致福伯端兄一函，交其来人带福矣。

阅《楹联丛话》纪：“大兴朱文正公撰杭州朱文公联云：‘由孔、孟而来，二千年卫道传经，独斯文统绪；当光、宁之世，五十日格非陈善，允宜此地烝尝。’”又纪：“边育之仪部廷关撰朱子祠联云：‘大哉夫子之功，百世权衡六经羽翼；远矣斯文之统，周程私淑孔孟闻知。’”又纪：“长沙有屈贾二公祠联云：‘亲不负楚，疏不负梁，爱国忠君真气节；骚可为经，策可为史，经天行地大文章。’分贴二公处，浑成可喜。”又纪：“岳麓寺三间大夫祠有秦小岘侍郎瀛联云：‘何处招魂？香草还生三户地；当年呵壁，湘流应炽九歌心。’”又纪：“眉中三苏祠中楹联林立，殊少佳构，惟大门有张鹏翔一联云：‘一门父子三词客，千古文章四大家’，最为大雅。又，乾隆中州牧蔡宗建一联云：‘是父生是子，家学一门，自昔声名弥宇宙；难兄更难弟，象贤两世，至今殂豆重乡邦’，稍可。又，刘锷嘏集句一联云：‘江山故宅空文藻，父子高名重古今’，亦佳。”又纪：“陶云汀宫保澍云：益阳郭都贤字些庵，前明天启殿

① 疑为“万八千岁”。

② 疑为“强”。

进士，巡抚江西，甲申后为僧，自号顽石，其名附见明史左良玉传，魏叔子师也。叔子集中有上郭天门先生书，即其人，益阳各庙寺多有顽石所题楹帖，如桃花江东林寺门联云：‘洗菜莫教流去叶，见桃犹记旧曾花。’又，浮邱山祖师殿联云：‘中国有圣人，是祖是师，咄咄西来东土；名山藏帝子，亦仙亦佛，元元北镇南天。’”又纪：“蜀中姜伯约祠有联云：‘九伐竟无成，心师武侯，能继祁山六出志；三分不可恃，计诛邓艾，已复阴平一败仇。’”又纪：“广东省城龙王庙有福文襄郡王联云：‘田鼓祝桑麻，丹荔黄蕉隆肸蚃；云旗回岛屿，珠宫贝阙奠灵长’，可谓工丽。阮芸苔先生联云：‘神德庇三农，统天田以乾象；恩膏流粤，兴雨于雩坛[①]’，则纯用经语，陈义自高。近卢敏肃公坤亦有联云：‘嘉澍庆知时，仰神赞天功、灵嘘元气；大田歌既渥，看泽周南海、福庇东瀛。’”又纪：“湖州双忠祠张、许二公联云：‘国士无双双国士，忠臣不二二忠臣’，本色语颠扑不破。张南山云：‘粤东文、谢二公祠中亦悬此联。’”联语均佳，是为之记。

廿五日庚寅 晴。致田彝安兄一信，附对纸两副，托其代为转托友人代写；致伯端兄一信，均饬棣梅送交。晚刻，达云母舅并周篪卿两君来叙半晌而别。

阅《楹联丛话》纪：“庙中楹联，宋元时并无传句，大约起于明代，至本朝而始盛。文昌殿关圣庙两处撰者犹多，几于雅郑混杂，惟文庙则未之闻。良由着笔甚难，故无人不知藏拙。忆在京师，曾游国学，得恭阅圣制大成殿联云：‘气备四时，与天地日月鬼神合其德；教垂万世，继尧舜禹汤文武作之师。’惟圣人能言，圣人后有作者弗可及矣。”又纪：“邹县孟庙中有御题联云：‘尊王言必称尧舜，忧世心（浑）同孔颜’，盖乾隆二十二年南巡过邹县所制，奎藻昭回，当与七篇之书同寿天壤也。”又纪：“京师有历代帝王庙在阜城门外，建于明嘉靖年间，本朝顺治、康熙间叠议增祀之典，至雍正二年，始亲诣行礼。乾隆二十

① 此联疑有脱误。

九年始易盖正殿黄瓦，圣制联云：‘治统溯钦承，法戒兼资，洵哉古可为监；政经崇秩祀，实枚式焕，穆矣其神孔安。’盖庙貌虽遍寰区，惟历代帝王庙与孔庙典极隆重，必御联方能相称，宜百尔臣工以及佔毕儒者皆莫能赞一辞也。”

又纪：“甘肃文县地极瘠僻，荒山中有文王庙，县志谓即古羑里地，亦未见其确也，狄道吴信辰镇有文王庙联云：‘蒙难观爻，石径蒺藜皆卦象；拘幽作操，云田作栻亦琴材’，亦第切其地云尔。”又纪：“锡山邹世楠过孟庙梦联句云：‘战国风趋下，斯文日再中’，觉而异之，遍观廊庑无此十字。后数年，过苏州，得黄野鸿集，读之乃其集中句也，不知何人入梦，亦奇矣。田实发题孟庙云：‘孔门功冠三千士，周室生当五百年’，亦佳。”又纪：“曾子祠中楹联云：‘述格致诚正，修齐治平之传，万世咸承厥训；超德行言语，政事文学而外，一人独得其宗。’又一联云：‘衍一人忠恕之心传，学惟省贯；开万世治平之事业，道极明新。’”均为壮重诚敬，是为记焉。

廿六日辛卯 晴。致徐子刚兄一信，饬小四送交，旋言其东山头去，即交其令郎转交。致范少治兄一信，交辛山长上带交矣。翁子俊兄、赵子修兄及达云母舅来叙至晚而去。赵子翁撮去之洋五十元，照数送还，即交朱子延收账矣。

阅《楹联丛话》纪：“吴越时龙华寺僧契盈，吾闽人也，一日侍忠懿王游碧波亭时，潮水初满舟楫辐辏，王曰：‘吴越去京师三千里，谁知一水之利如此，契盈。’因题亭柱云：‘三千里外一条水，十二时中两度潮。’时江南未通，两浙贡赋率由海达青州，故云，时人称为骈切。”又纪：“蒲城真西山先生尝读书邑之粤山，名其斋曰‘学易’，即今南浦书院地也，有联云：‘坐看吴粤两山邑，默契羲文千古心。’见《三才图会》。余尝主南浦讲席，拟为敬录此联悬之楹柱，而因循未果。附记于此。”又纪：“朱子于绍熙五年筑沧洲精舍，时年六十有五，自书一联云：‘佩韦遵考训，晦木谨师传。’谨按：朱子之父韦斋先生尝自谓卞急害道，因取古人佩韦之义为号。又，朱子受业于刘屏山先生，先生有字朱元晖，祝词云：‘交朋尚焉，请祝以字，字以元晦，表名之义。木晦于根，春荣华敷；人晦于身，神明内腴。’此朱子联语所由出也。沧洲精舍即竹林精舍，据年谱时为韩侂胄中伤以内批罢归，除江陵府，不拜。又乞追还新旧职名，则已无意出山。又惩于赵汝愚之贬及群小之攻伪学，故有感而为。佩韦，晦木之思焉。”又纪：“沧洲精舍中尚有两联，一云：‘道迷前圣统，朋误远方来’；一云：‘爱君希道泰，忧国愿丰年。’又，《朱子全集》卷后所附载联语尚多，谨摘录如左，以见南宋时楹帖盛行，虽大贤亦复措意于此矣。赠人联云：‘水云长日神仙府，禾黍丰年富贵家。’又，广信南岩寺朱子读书处联云：‘一窍有泉通地脉，四时无雨滴天浆。’又，建宁府学明伦堂联云：‘师师庶僚，居安宅而立正位；济济多士，由义路而入礼门。’松溪县学明伦堂联云：‘学成君子，如麟凤之为祥而龙虎之为变；德在生民，如雨露之为泽而雷霆之为威。’又知漳州日建书舍于天宝镇山开元寺后顶，联云：‘十二峰送青排闼，自天宝以飞来；五百年逃墨归儒，跨开元之顶上。’又，赠漳州一士子云：‘东墙倒、西墙倒，窥见室家之好；前巷深、后巷深，不闻车马之音。’又一联云：‘鸟识元机，衔得春来花上弄；鱼穿地脉，挹将月向水边吞。’至世有刻为木榜，悬诸堂楹，人所习见者如：‘读圣贤书，行仁义事。’‘存忠孝心，立修齐志。’‘日月两轮天地眼，诗书万卷圣贤心’，此类尚多，安得有心人为之一一搜辑乎！”

又纪：“《墨庄漫录》云：东坡在黄州，一日逼岁除，访王文甫，见其家方治桃符，公戏书一联于其上云：‘门大要容千骑入，堂深不觉百男欢。’又纪：“《困学纪闻》云：攻媿先生书桃符云：‘门前莫约频来客，坐上同观未见书。’按：《攻媿集》，四明楼钥大防撰。”又纪：“宋韩康公宣抚挟右[1]，太守具宴，委蔡司理持正作候馆一联云：‘文价早归韩吏部，将坛今拜汉淮阴’，韩极喜之。又，京口韩香除夜请客，作桃符云：‘有客如擒虎，无钱请退之。’此二事皆见蒋平仲《山房随笔》，皆切韩

① 疑为“陕右”。

姓，此亦后来赠联切姓之滥觞也。”

又纪：“《禅史》：宋洪平斋俞新第后，上史卫王书，自宰相至州县无不指摭甚短，大略云：‘昔之宰相端委庙堂，进退百姓；今之宰相招权纳贿，倚势作威而已’。凡及一联必如上式末，俱用‘而已’二字。时相怒之，十年不调。洪自署桃符云：‘未得之乎一字力，只因而已十年闲。’”

又纪：“《濯缨亭笔记》云：元世祖初闻赵子昂之名，即召见之。子昂丰姿如玉照映左右，世祖心异之，以为非人臣之相。使脱冠，见其头尖锐，乃曰：‘不过一俊书生耳！’遂命书殿上春联，子昂题曰：‘九天阊阖开宫殿，万国衣冠拜冕旒。’又命书应门春联，题曰：‘日月光天德，山河壮帝居。’按日月十字今率用为新岁桃符，几编闾巷，而不知始自松雪翁，且非臣工所宜用也。又按：今人家门联率用‘天恩春浩荡，文治日光华’十字，不知此乃雍正年间御赐桐城张文和公廷玉桃符句，张氏岁岁悬之，后京官度岁强半书此作大门春联，近日则外省亦比户皆然矣。《坚瓠集》载：赵子昂过扬州迎月楼赵家，其主求作春联，子昂题曰：‘春风阆苑三千客，明月扬(州)第一楼。’主人大喜，以紫金壶奉酬。”均切故事凑合，深为精巧，是为之记。

王克仁之母于昨日作古，顷接来柬邀余为助祭，亦以情难却而允之。

廿七日壬辰　晴。接徐子刚先生一信，并承代拟药方两纸。早刻，至克仁之弟家，其母与克正同住耳。晤李舜卿、丁辅香、汪伯端、陈绿孚诸君，致祭毕，过晚膳后而来。许眉甫先生自早刻由北岸方宅散馆而来，留宿焉。

廿八日癸巳　晴。致徐子刚先生一信，饬小四送交，旋接子刚福信一函。眉甫先生于早刻去。早刻侍家君同两弟至大宗祠，晤星竺宗叔、吉夫宗伯、道周宗叔、均五宗叔、子权诸君，同行至祭祖先毕，过午膳后而来。

廿九日甲午　晴。致毛镜泉先生一信，并附屏纸一堂，交朱先生代为带交。朱先生至黄城去后，典中要需，即致朱子延一信，邀其至土屿向张琪家取还借款，函交仲达之马夫带交。致王子衡兄一信，饬小四送交，旋接子衡兄福信一函。少顷，子衡兄亦来，即将调换屿头黄泥堂地方田一亩五分同治二年周抱源卖契三纸，交其带去。但调换盟字因子衡兄之上手契未曾取来，尚未书立据，云下月初上再来接洽云云。晚膳后，阿先来言，童再春先生现在习之处，即至陶宅，晤童再春先生及习之、习谦、习恭诸昆季并陈半塘，互叙至二鼓后而来。

三十日乙未　晴。致何见石老伯一信，并附对纸两副，托伍菊香先生代为带郡。致章仲厚一信，交外婆来人代为带交矣。接王子衡兄一信，言畏三兄馆事曾经允诺矣。早刻至子俊处，晤谱香母舅，互叙半晌。致汪伯端兄一信并附英洋一元、又子洋一角，饬老官送交，系拼送子权之子满月人情。子权之子今日弥月设席，晚刻同两弟至其家中，晤达云母舅、黄道周、张六筹、黄少湖、季舜卿、陶习芝、陶习谦、王珊玉、周诗南、周作羹、周篪(卿)、赵叔枚、田彝安、林少秋、王俊卿、朱永孝诸君，相叙席散后，同李舜卿、王六皆至邱楚言处，晤叶石甫、陈春亭诸君，相叙少顷而来，至家时逾二鼓矣。

十二月初一日丙申　晴。张韵卿先生明日解馆，家君席请韵卿先生，并邀陈月香陪客，及小外甥、二三两弟相叙席散而别。卢槐士兄至都旋里，随至其府上相叙半晌而来。

初二日丁酉　晴。因三山浦重浚告成，其工费允为代垫。早刻至上洋谢仲衡家，邀其至浦仗量，计算垫付工费计洋四十三元，随嘱三先同仲衡、公咸照付清讫其垫款，准明年早季收成照田派收归还，所有息洋一概不计，至小闸允为代造，约在十元之谱。祥瑞头之河于昨日开挑矣。事毕而来，至家时下午四句钟矣。接习谦兄代裱刘介玉兄代书对联，曾经悬挂矣。

初三日戊戌　晴。至徐子刚兄一信，致许眉甫先生一信，均饬阿奶送交。致许颖生兄一信，交邮寄至路桥。文昌阁道人进堂来邀午膳，早刻致[①]文昌阁，晤达云母舅及少湖、李舜卿、周作羹诸君，相叙席散而来。晚膳后至星斋宗叔处，晤道周宗叔，互叙半晌，来时已逾二鼓矣。

初四日己亥 晴。致王子衡兄一信，并附童畏三兄关约一柬，早刻饬老官送至海门鼎新泰烟庄。陶刁之兄柬邀晚膳，晚刻至刁之处，晤陆忠夫、孙纪南、林少秋、赵子修、赵叔枚、田彝安、汪伯端诸君，相叙席散而来。林霨生老伯之太夫人择月之初七日入厝，明后两日开吊，少愚宗兄亦于初七日入厝，初六日开吊一天，余拟明日至黄城林宅吊唁一次，亦礼所然也。

初五日庚子 雨。早刻至黄城林霨生老伯府上吊唁其太伯母叶太夫人毕后，晤启人、汝奚两君及克三先生、周赞初、王子寿、许六溪、周子明诸君，相叙过午膳后，至仲达处少坐而来，至家时将晚膳矣。接徐子刚、许眉甫先生各一信，俟明致函送福可也。

初六日辛丑 辰前，雨；巳至申时，阴；酉时，细雨；戌牌雨晴，阴；以后皆然。致徐子刚兄一信、眉甫先生一信，专阿奶送交。少愚并元配及两子均于明日入厝于白云山之麓，今日开吊一天，邀余助祭，王六皆先生点主。晚刻至老大房，晤王六皆先生、黄道周、张嫩芳、王俊卿诸君，同行致祭毕，过晚膳后而来，适陈仲善兄于晚刻来。

初七日壬寅 阴。致王子衡兄一信，饬阿奶送交，接其福信一函。接陈渔韶兄一信。陈仲善兄于晚刻至海门去。早刻，黄少愚同其元配陈氏并其子正泽、正梁入厝白云山之麓，至其家中，同王俊卿、王六皆、黄道周、张嫩芳诸君致祭毕，谈过晚膳后而来，就道至邱惠夫处，晤周篪卿、朱永孝、洪少琴诸君，互叙半晌而来，至家时将二鼓矣。

初八日癸卯 雨。致娄瑶甫一信，饬埭梅送交。致陈渔樵一信，致丁梦生一信，均饬埭梅送交。晚刻，周篪卿来叙，过晚膳后而去。

初九日甲辰 卯前，雨中雪子；辰至未刻，阴，看远山而有雪景；

---

① 当为“至”。

申牌，晴；以后皆然。西北风起，天气渐冷。早刻至椒江，晤汪伯端、王伯琴两君，互叙半晌，言子修、叔枚、彝安诸君均值上课，未晤为歉。午膳后，田彝安、李舜卿、洪少琴、汪伯端、罗梅也、黄少湖、伍义香诸君来叙，至晚而去。

初十日乙巳　晴，天气甚寒。接章仲厚兄一信，托余代向信远取还借洋。晚刻至吴玉成处，晤叙半晌而来，言及楚卿已至上海，因张暄初有署督军之信，即由上海转至杭垣道喜云云，现在官场亦无一定为然也。

十一日丙午　晴。至章仲厚兄一信，交其来人带福矣。早刻彭秋三来，言祥瑞头河已告浚，即至祥瑞头看、量，初言深计一丈三尺，现只一丈二尺，即嘱其再挖尺许，其边嘱洗清讫，想明日可完工云。旋后即至陶习谦处少坐而来。午膳后，达云母舅及李舜卿、黄道周、黄少湖、周孟东、罗梅也、伍菊香诸君来叙半晌而别，言及彼于昨夕至海门看戏，晤陶寿翁，言现屈文洛为其父做寿，往贺者甚少，相约各人同去，亦属寥寥。现海门椒江舞台坤角戏班屈文洛写做四夕，计洋八百五十元，想于今夜须动身而去也。今夕已见点水成冰之景，若至更深，其冷更甚，必然耳。

十二日丁未　晴。早刻，至子俊处，晤达云母舅及倪寿生、陶习谦，相叙一刻，午膳后至李舜卿处，晤汪伯端、周篪卿、黄少湖，互叙至晚刻而别，同篪卿至家相叙，过晚膳后而去。

十三日戊申　雪。满眼山河竟成白地，雪花六出，瑞肇丰年。致贺云江兄一信。早刻，周篪卿来叙，过午膳后而去。

十四日己酉　晴。积雪未退，虽有日色相照，仍是银河一片。晚刻黄楚卿、吴玉成、王云初诸君来叙半晌，言及杭垣之冷非常，近年来所罕觏者，即近日台关之冷亦是异常。每年酷暑严寒，总有数日而已，今年之寒更甚而已。晚膳后至楚卿处，晤道周、云梯、春圃、伯端诸君，互叙半晌，就道至篪卿处，晤少琴、杰斋，少谈而来，时逾二鼓矣。

十五日庚戌 晴。西北风颇大，天时最为寒冷。早刻，达云母舅及洪少琴、周篪卿诸君来叙，过午膳后而去，言及昨夕有一乞丐冻毙，此北方常有之事，在于南方有所罕觏，今其冻死，其冷可知。现时在冬令即有冻死之人，其中深受寒气者，想亦不免，若至明春，轻者病，重者亦不免于死亡，此南方骤冷之所至也。晚膳后至丁辅香处，晤吴镜琛，相叙少顷而来，至家时逾二鼓矣。

十六日辛亥 晴。天气甚冷，积雪未退。致张丹庭兄一信，附送年糕一百根、麻糯十五块，又附致孟定一信，饬小四送海门永利商轮，托阿昌代带上海北石路介祉里彤和祥。致郑侣三兄一信，交朱先生代为带交，托其代荐牟则福先为路桥广济典柜上，但广济东人叶墨钦向未谋面，所以托侣三代为转荐，则福先倘进店后如有舛错、挂欠等情，均余代为担抱而已。早刻至椒江学校，晤汪伯端、金建卿、田彝安诸君，互叙半晌而来。

十七日壬子 晴。致贺云江一信，交徐少甫兄送交，托云江代荐少甫之叔余云楷为夥友。早刻，周篪卿同徐少甫来叙，过午膳而去。

十八日癸丑 晴。至黄楚卿兄一信，代少甫之令尊常甫荐夥，另函附致徐少甫，饬记转递，该函交篪卿遣人专送海门。致徐子刚兄一信，附关佛一百尊，饬作头二头送交，旋接子刚兄福信一函。致王俊卿一信，系篪卿托余代荐章小仙，该函即交篪卿递交矣。

十九日甲寅 晴。晚刻至李舜卿处，晤应雅堂、黄少和、周作羹诸君，互叙少顷而来。至家时值谢仲衡兄来叙至晚，留过晚膳后而去。

二十日乙卯 晴。田彝安兄柬邀午膳，早刻至椒江水产学校，晤田彝安、赵叔枚、汪伯端、徐平仲、王伯琴、陶习之、李舜卿、黄少湖、黄道周诸君，相叙席散而来。陈春亭柬邀晚膳，晚刻至陈春亭处，晤翁子俊、叶石甫、少生先诸君，相叙席散而来。石甫先生言楚卿兄已至家中，子俊兄相约至其府上，相叙半晌而别，至家时逾二鼓矣。

廿一日丙辰 晴。接徐少甫兄一信。陈春亭柬邀午膳，早刻至其府上，晤翁子俊、叶石甫及其亲家黄崇高，相叙席散而来。

廿二日丁巳 晴。致刘剑郎兄一信，托其代荐徐常甫，饬阿奶送交，旋接剑郎兄福信一函。晚刻，赵叔枚、金仲璋、周篪卿诸君来叙，少顷而去。相约至作羹处少坐，就道至星斋宗叔处相叙一刻而来。至家看客间客被未见，遂即询问仆人，弟梅言其眠床中被亦未见，始知失窃，想此贼于晚膳后即隐进于墙下背阴处，看余于客等同行出去，随即偷窃，计余所失客被约计数元之谱，弟梅亦失去数元，而向洪少琴借来烟筒不知几何，即行询明照数赔偿可也。夜深失窃时或有之，今只九句钟而见失窃，亦所罕见耳。

廿三日戊午 晴。致徐少甫一信，并附刘剑郎原信，均交篪卿代为带交。早刻至王春圃处，托其代查昨夜所失各物，未知得能破获否也。即邀翁子俊兄来家，托其代书春联。自辰至未才方书全。午膳后，达云母舅及李舜卿、汪伯端、陶习谦来叙，至晚膳而去，言及今年岁杪而台地银根紧迫过于往年，其原由晚季歉收、鱼讯荒芜，加之烟土之进口，银洋之出外者不知凡几，所以急迫者如是也。

廿四日己未 卯前，雨；辰、巳、午刻，阴；未时，晴；以后皆然。致许眉甫先生一信，饬老官送交。致王春圃一信，托补王兴发团兵，即交王兴发带交。公咸荐之北满于今日来。晚刻至陶寿翁处，晤王俊卿、李舜卿、汪伯端、谢仲衡诸君，相叙至晚而来。

廿五日庚申 晴。早刻，汪伯端、周篪卿两兄来叙，过午膳后同至李舜卿兄处，晤蒋敬甫、黄道周、洪少琴、黄少湖、周作羹诸君，互相畅叙。适周三河与东保次子前为做花会之六名，被黄岩县法警拿去，余与仲达言，托吴勉生兄代为设法，李舜卿兄以及诸君致公信与前椒江教员，今黄岩执法科科长王运味兄代为责释，均念岁除已迫、谋食为艰，代为求释，已于日昨释放，今晚设酒一席谢劳，邀余以及诸君等同相畅叙一番，席散后少坐而来，至家时逾二鼓矣。惟蒋敬甫兄因事急迫，就道至海门去，汪伯端兄已未至晚而去，馀则均同席焉。今岁晚季歉收，而渔讯不佳，街上财路窘迫逾于往年，民生谋食为艰，正一言而难甚也。

廿六日辛酉 晴。致王仲达一信，饬阿郎送交。早刻至卢槐士处少坐而来。少顷，楚卿、槐士两兄来叙半晌而去。午膳后，致陶寿翁府上，晤李舜卿、黄毅卿诸君，相叙至晚而来。晚膳后至作羹处，晤达云母舅及汪伯端、周篪卿、田彝安诸君，互叙少顷而来，至家时将二鼓矣。

廿七日壬戌 晴。

廿八日癸亥 晴。潘子祥兄因与潮先事托余代其排解，晚刻陈舜卿、潮先、普松相来叙至晚，留过晚膳后至楚卿处，晤王俊卿、缪性言诸君，相叙至二鼓后而来。

廿九日甲子 早至未刻，阴；申牌，雨；以后皆然。早晨，恭谢天地并各庙神圣毕，时天尚未明。致陈舜卿兄一信。致徐少甫一信。晚刻，陶寿翁及赵叔枚、田彝安、王六皆、王春圃、王俊卿、潘子祥诸君来叙至晚而去。日值除夕，祭供祖先，一年事全，均幸平安，叨天福佑于不浅也。

第五十七章

丁巳(1917)正月初一日起

正月初一日乙丑 晴,西北风颇大。早刻至□街□家恭贺新禧。晚刻至东岸李舜卿家,晤周孟东、陈舜卿诸君,相叙半晌而来,诸君往还酬应至晚。

初二日丙寅 晴。早刻至尚德小学校,晤王俊卿兄,少谈而来。洪少琴兄来叙,过午膳后,值汪伯端兄、周篪卿兄、邱遇琴兄来叙少顷而去。至周少云家吊唁后,至赵叔翁处少坐而来。陈仲善兄因至海门去,过家少谈而去。王子振兄、陶习之兄、陈半塘兄均来相叙一刻,相约至习之处,留过晚膳后而来。

初三日丁卯 阴。午膳后至海门娄宅吊唁,晤陈仲善兄,相叙一刻。许六溪兄来,即同至其恒泰典少坐,转至娄宅,适陈子春、罗竹卿两君均到,晤谈至晚,过晚膳后而来,至家尚未二鼓耳。

初四日戊辰 阴。早刻至黄城邱宅吊唁邱楚翁后,晤仲玉先生,相叙过午膳后至仲达处,晤王仲槐、鲍子章、李广生诸君少谈,即至对门吊唁镜泉先生后而晚膳。李广翁言,金银谷兄金令媛适季若者于客岁嘉平廿八日作古,银谷令郎亦相继而逝,其子女病均犯吐血,故在武林,彼子一人,幸有一孙,年经三岁矣。银谷年已五十有六,尚须纳妾云。现银谷由督军闭书现委绍县知事,此其旧任所在,想其赴任不远耳。

初五日己巳 雨。晚刻,王镜泉先生开灵设奠,仲槐来邀余同为助祭而允焉。晚刻同朱益甫老伯、江梦生、卢洛平、许蓉垣、王松渠、郑渠友、叶辅亭、林子泉、王子寿、江德明诸君同行致祭毕，而辅廷、蓉垣诸君来叙半晌而别。

初六日庚午 晴。早刻至喻志韶先生、朱益甫先生、王芹甫先生诸君(处)，均畅叙少顷而来。就道吊唁王子常观察及王吉人先生之夫人毕后而来。俞仲征兄而路桥来。仲达邀余晚膳，同席者：卢洛平、林子泉、王子寿、陈柳夔、俞仲征、叶辅廷诸君，相叙席散而别。又，其亲戚吴梅友兄系金清谷人，颂甫亲家之襟侄也。

初七日辛未 晴。鹿平兄柬邀午膳，难于辞却而允焉。早刻同仲达至其府上，晤王子寿先生、王松渠兄、任梦林、牟少谦、林子泉诸君，相叙席散而来，值张祺泉兄至王宅，即为相邀，畅叙一夕，池少衢亦来，晤谈相得，殊非易易耳。

初八日壬申 早至已刻，晴。午时以后均阴。早刻，自黄城王宅动身，至家时将午膳矣。言楚卿令堂染恙，晚膳后至楚卿处，晤郑夔友及黄道周、少湖两宗叔少谈，其令堂亦是旧病，现邀章杞堂先生诊视，杞堂先生因陶寿翁请其晚膳未旋云。别后就道至至陶宅，寿翁现至海门，晤杞堂先生及伯端、舜卿、习之、习恭诸君，互叙少顷，至家时逾二鼓矣。

初九日癸酉 晴。早刻至达云母舅府上，晤翁子俊兄，相叙少顷而来。就道至尚德小学校，晤王俊卿兄、田彝安兄、王六皆先生，互叙半晌而别。晚刻，达云母舅、子俊兄、伯端兄、彝安兄、篪卿兄来叙一顷而去。晚膳后至楚卿处，晤卢槐士兄、王六皆先生、王俊卿、章杞堂、周冠卿诸君，相叙一刻而来，至家时将二鼓矣。

初十日甲戌 晴。致陈卿兄一信，随接福信一函，附有钞票计洋三十二元，遂即致王俊卿兄一信，并附舜卿兄原来钞票六纸计洋三十二元，饬德云送交矣。达云母舅及子俊、篪卿两君来叙至晚而去矣。

十一日乙亥 晴。席请吴玉翁、赵子翁、田彝安、黄楚卿、郑夔友、周孟东、陶习之诸君春酒，午膳毕后而去。

十二日丙子　晴。早刻，金季盘、陶习敬两兄来叙一刻而去。王梦云先生并张梅友于早刻来。席请李舜卿、周作羹、黄少湖、黄道周、王俊卿、王六皆、王春圃、王梦云、张梅友诸君午膳，席散而别。陶寿翁席请金季盘兄晚膳，邀余陪客，晚刻至其府上，晤金季盘兄及其乔梓、昆季，相叙席散而来。

十三日丁丑　晴。酉初刻立春佳节，古语云："最喜立春晴一日，农夫不用力耕田。"今日立春，天气晴明，亦今岁丰年之预兆也。席请金季盘、陶习谦、陶习恭、潘子祥、叶石甫、伍菊香、谢仲衡、黄星斋、周冠卿诸君午膳，相叙席散后，金子和兄来约家君明日至屿岙看地，云子和由黄城来宿楚卿兄处。少顷，达云母舅、子俊兄、孟东兄来叙至晚而去。晚膳后至陶寿翁府上，言季盘、习恭、习敬均于晚刻至海门看戏去矣，就道至赵子修、叔枚处，晤田彝安兄，相叙半晌而来，至家时将二鼓矣。

十四日戊寅　晴。早刻至子俊兄处，晤叙过午膳时而来。晚刻，子俊兄来叙至晚而去。家君同金子和兄、周冠卿先生至屿岙看已购之地，来时已逾二鼓矣。接张丹翁一信。

十五日己卯　早至午刻，晴；未至酉牌；阴；戌时，雨；以后皆然。早刻，屋背上见霜，古语云："春霜不可露白，露白必须出脚。"夜即见雨，信然也。致张丹翁一信，交邮寄至上海后石路介祉里投递矣。致贺云江兄一信，饬小四送交。早刻至集圣庙慕叩神圣后，就道至孟东处少坐而来。午膳后，卢槐士兄及汪伯端、周篪卿、洪少琴、冯少吹诸君来叙少顷而去。陈育民来宿家君处。家君席请金子和、陈育民、周冠卿、黄玉堂、王六皆、陶习之、吴玉成诸君晚膳，相叙席散而别。

王六皆先生言陈阿坤现在郡城呈控陶习之欧伤云。但此事之缘由，陈阿坤本一裁缝，后宿陶寿翁府上帮工，在甲辰、乙巳之间，后帮楚卿兄作仆，亦有两三年之久，歇后仍业裁缝为名，宿丁辅香之麻行中，尚邀人摩鹊抽头为生涯。丙辰十二月间，阿坤娶亲至家，岁杪转至家子，以清末了零星，时已廿八日矣。至陶宅，习之呼其做烟，阿坤因日迫事急而出。当习之因其不与其做烟为恨，即手打其数下而去。不意习之怀恨未消。习敬于本年新正初上至郡城李家叩岁，阿坤遇见习敬，即请至自家吃酒，于本月十一日，习敬与其同行下港。当阿坤宿在星斋宗叔家中，至夜二更之后，习之同习敬及其农工、仆从等至星斋家，诱至自家，将阿坤脱去衣服，用马鞭连打数百，身体均黑，又用烟筒打其头部，血流满面，及其背身衣服均是鲜血，形如白纸，次日步履为艰，轿至海门永宁局告诉乃翁。时寿翁亦不知其详情，只言至家再说云云。阿坤转至星斋家中，过晚膳后趁小轮至郡，听人盘弄呈控习之。现在法律，有伤有血当为刑事，想厅长亦不以尽为然也。在习之，被阿坤控其殴伤，不论事之准否，未免倒煤，已有身份之人，何犯与小人计较，致人议论而已。万望后来诸君当为相戒，是为至幸。

十六日庚辰 雨。王俊卿兄柬邀午膳，早刻至尚德小学校，晤道周宗叔、陈舜卿、王六皆、陈半塘、苏寿民、谢仲衡、陈企敏、刘秀亭、陈汀西、邬吕潮诸君，相叙相叙席散而来。陈育民兄于早刻去矣。

十七日辛巳 阴。接钱达三兄一信，附慎昌红单一纸，上年赢馀规元九千两，除公积元一千两，总理、协理即各夥友花红计元一千五百两，此外六千五(百)两以十三股均分，每股分计五百两。但慎昌原聘本是十二股，阅其来信，因请胡德明兄经理，与其添聘一股，所以有十三股之分，邀余携原议聘单添胡德明一股，此另至沪时携带添入可也。余一股计承赢馀规元五百两并利息元银一百两，俟托贺云江兄代为向取可无贻误耳。

早刻至椒江水产学校，晤赵叔眉、田彝安、王伯勤诸君，相叙半晌。就道至翁子俊兄处，晤周达云母舅，畅谈将午而来。晚刻至丁辅香处，晤吴镜心、陈绿孚、周冠卿诸君，互叙半晌而来。家祖慈春秋八十有二，精神强健，饮食如恒，今日早膳时少进，即请陈月香兄诊视，言受寒气，无甚紧要。午膳略食而止，晚膳不能进。再请陈月香诊治，据言脉空，人颇昏迷，深为焦急，家中各人均惊惶，即用高丽参等药而进之，稍能受而安定，想能逐渐就痊也。陈翼亭晚刻自黄城来，前用仆从郭迪生诸事未谙，代为转荐他处。日前，周篪卿言其协丰学生允德之亲戚王兴发系洪家场人，尚为可靠，当为允诺，今晚上工。询彼前张明胜在本镇巡官时，彼充巡丁，后孙多戴接任，彼因不识字而退，至海门水师充当勇目，上年被裁而退，未识能否靠实，今既上工，只得留用查看其诚实否也。

十八日壬午　晴。致贺云江兄一信，饬老官送交。家祖慈之恙自进高丽参之后，稍能转机，再邀陈月香诊视，药下已得见效，饮食渐加，定得逐渐就痊，是所深幸。徐子刚先生亦于晚刻来，藉可即奏肤公也。

十九日癸未　晴。早刻又见霜，想不日又须下雨也，家祖母之病仍然如昨，饮食难进而不多，想能逐渐就痊而已，仍请子刚先生诊视。接钱达三函，附慎昌红单，上年赢馀每股分规元五百两。

二十日甲申　晴。家祖母病仍如昨，子刚先生药进颇有效验，而不能甚见奇功者，老年人精力衰颓所至，能得逐渐就痊而所深幸。

廿一日乙酉　晴。家祖母病仍如昨，早刻，子刚先生与陈月香相酌进药，未甚见功，亦非无功，幸饮食能进而不多，能得逐渐就痊，是所深幸。子刚先生于晚刻去。

廿二日丙戌　晴。家祖慈病亦如之，早刻，进陈月香所开方药。晚刻，请陈泽臣先生已来，即请开一方而进，未识即奏肤功否也。早刻，周达云母舅及陈楷亭先生、王俊卿、星斋、道周两宗叔、翁子俊兄、潘香母舅来叙过午膳而去，楷亭先生即至海门趁轮赴申云。

廿三日丁亥　晴。致钱达三兄一信，交邮寄至沪江，托其将慎昌之馀利并官息两项交永利商轮账房林子升兄代为带台。家祖慈病仍如昨，幸饮食尚能少进，万望逐渐就痊，是为至幸。药仍以陈泽臣先生之方而进之。

廿四日戊子　阴。家祖母之病今日稍愈，而泽臣先生因其黄岩药铺中事急而去。孙旭东来诊家祖慈脉，言病颇重，只以高丽、牡蛎两味而进之，未识渐奏肤公否也。早刻以道士十二人让[1]祷之，幸叨天福，自此就痊，深为感戴之至。

廿五日己丑 晴。家祖之病今日稍愈，自此逐渐就痊，是所深幸。仲达自晚刻来。

廿六日庚寅 晴。家祖母之病渐愈，饮食渐加，深为欣幸。

廿七日辛卯 晴。家祖母之病又渐愈，饮食加增，即可就痊，深为欣幸。眉甫先生于早刻来，席请仲达午膳，邀达云母舅及眉甫先生、翁子俊兄、汪伯端兄、周谱香母舅、丁辅香兄、金锡候外甥陪客，相叙席散而别。

廿八日壬辰 晴。贺云江于晚刻来叙半晌，言及培源之账掣肘异常，情节甚长，容日再记。家君席请仲达午膳，相叙席散后，而仲达即转至家去矣。家祖母之恙渐愈，饮食加增，自此即可就痊，为幸多矣。

廿九日癸巳 晴。接云江兄一信，言慎昌之洋须接余函可以照付云云。遂即致钱达三兄一信，交其学生带交转托永利商轮林子升兄代为带沪，向取该款，想无贻误耳。家祖母之恙渐愈，饮食加增，叨天福佑，为幸多矣。林啸秋兄柬邀晚膳，席设赵只修兄寓所，晚刻至其府上，晤林啸秋、赵只修、叔枚、汪伯端、王伯勤、徐志伸、田彝安、王六皆、周作羹、金剑青、郑鹤坪、王燕卿、胡志岩诸君，相叙席散而别。同王六翁就道至楚卿兄处少坐，过邱玉琴兄处少谈，过周作羹处，晤周篪卿、洪少琴诸君，互叙一刻而来，至家时逾二鼓矣。

三十日甲午 晴。晚刻至海门丰泰，晤贺云江、王俊卿、林宅三，相叙半晌，言及培源收账情形，正是一言难甚，容日再记可也。就道至永宁局，晤陶寿翁及戚则周知事、杨定甫先生、江梦生先生、李少云管带，互叙过晚膳后，至远记麻行丁辅香兄处少谈，同全丰泰贺云江处，与林悟生、林宅山接洽一切而来，至家时将二鼓矣。家祖慈病渐

---

① 当为“禳”。

愈，饮食加增，惟人尚柔懦，难于步履，春秋已高，复元之不易也。自此可望渐于复元，为幸多矣。托云江代买吕宋烟十盒、龙芽碎燕窝一斤，内半斤系长女托购耳。

二月初一日乙未　卯前，阴；辰牌以后均雨。接何见石老伯一信，言其世兄仲鸿先生择于本月十二日文定云云，并惠麂肉一腿，但此物向来不食，即为转送翁子俊兄矣。家祖母之恙虽愈，尚未复原，幸饮食加增耳。

初二日丙申　卯前，雨，辰牌，阴；以后皆然。早刻，王子衡兄来。晚刻，达云母舅及翁子俊兄，少湖宗叔、汪伯端兄均来叙至晚而去。现家祖母病已安痊，惟大病之后人未复原，饮食加增，自此即能壮健，为幸多矣。

初三日丁酉　阴。早刻趁永新小轮至黄城轮阜上岸，赴裕大咸货行小坐，叫轿即行动身，至十里铺陈宅时将午膳，晤仲善、子春、凤鸣、郁卿、训甫，互叙半晌，遂至训甫家，晤任辑生兄，相叙半晌，即转至岳母家。仲善席请晚膳，同席者：子春、仲善昆季及训甫、郁卿诸君，相叙席散而别。

初四日戊戌　上午，阴；下午，雨。早刻至土屿张琪泉兄处，少坐而来。晚刻，琪泉兄来叙少顷而别。子春兄席请晚膳，同席者子春、仲善、凤鸣、训甫、郁卿诸君，相叙席散而别。

初五日癸亥　雨。早刻至前宅章家，晤伯纯、仲厚、子修、季甫诸君，互叙至晚。

初六日庚子　雨。章宅岳母席散请晚膳，同席者：伯纯、仲厚昆季、子修、季甫昆季及选甫并子修兄西席潘先生、仲厚西席陈先生，互叙席散而别。

初七日辛丑　雨。竟日早刻由前宅动身，至十里铺陈宅时尚未至午。阮凤鸣兄已于初五日至家去矣。

初八日壬寅　早至午牌，阴；未时至晚均晴。早刻辞别岳母并子春、仲善两舅，即行动身，幸其轿夫壮健，至家时方午膳。接钱达三兄一信，并附慎昌官息、馀利合计规元银六百两，申洋八百三十三元三角，并接云江兄来信，言该款由丰泰过入庆源矣。即叫翼亭明日至海门与云江兄接洽后再行收账可也。接张丹庭兄一信。接周涧泉先生一信。即致陈子春兄一信，并附子春兄向借柴廷淦书粉红对一副、苏耕云书红对一副、普洱茶半瓶，即交轿夫带至十里铺面投。向岳母借来絮被垫轿并洋毯一根，均交轿夫带还矣。致王仲达一信，亦交轿夫带交矣。汪伯端兄来叙半晌而别。即至翁子俊兄处，晤达云母舅及周篪卿兄，互叙少顷，至李舜卿兄处，晤汪伯端兄、缪性言先生，互叙一刻而别，晚膳后至丁辅香兄处少坐而来，至家于时尚早。任先生自黄城来，前托毛镜泉先生书直条四幅，曾代书来矣。

初九日癸卯　早至酉牌，阴；戌时，雨；以后皆然。致钱达三兄一信，交翼亭送海门邮政局寄申。致张丹翁一信，交邮寄申。致周涧泉先生一信，饬老官送投。翼亭自海门来，言慎昌之汇款以八百元过入庆源，尚馀三十三元三角，向其找讫过付零星，悉均登账矣。晚刻，丁辅香兄及达云母舅来叙半晌而别。早刻，家君以何见石老伯之世兄仲鸿于十二日文定，今至郡城与其作媒，明日下港，于十一日至琛山云。晚刻，同张韵卿先生至椒江学校，晤金剑卿先生，言至省之便托其代购乌实地纱七尺五寸、水墨灰色丝罗一匹、全鹿九洋四元，并晤徐志仲、田彝安、林啸秋、汪伯端、胡志岩、金仲璋诸君，互叙至晚而来。

初十日甲辰　晴。致陈渔韶兄一信，附毛镜泉书直条四幅，托其带甬装裱，并托其由甬购布面砑格总清簿之一百五十页并一百页各一本。致贺云江兄一信，因仲达托余代其转荐之学生已来，即托其趁船至陈山汇泰小押为徒，旋言交水门人曹姓者代为送去，其人暂宿典中矣。寄仲达燕窝一盒，计重八两，即交四哥代为带黄矣。致渔韶兄之函件交云保相代为带至海门，托丁辅香兄转交耳。陈翼亭上年聘培源靛青行生意一股，现分半股与朱焕章，托翁子俊兄代为做据，于午刻设席画押矣，来者：周达云母舅及翁子俊兄、周篪卿兄，来叙至晚而去。余同达云母舅、篪卿代为见据耳。家君自晚刻由郡城来。

十一日乙巳　早至午刻，晴；未牌至晚均阴。家君自早刻动身至莘山去，言见石老伯因其夫人染恙，欲与仲鸿世兄即于闰二月初八日完姻，未识萃生先生得能允诺否也。接贺云江来字，言泰乾先已至海门，即与翁子俊兄详加相酌，嘱玉先至海门将培源账房接来，看其情形若何再行定夺可也。就道至李舜卿处，晤曾豪甫、张六筹、陈禄甫、黄子权，互叙至晚而来。绿甫言，近日各处春瘟之症颇多，半因嘉平中浣过于寒冷，已至寒气相逼，正月间又复严寒，若至和暖，再恐致病多于往昔而已。长工二头自初五日染恙，初九日至家去，今日其弟来言，已于昨夕作古，以壮健之男子，一旦染病，遂至不起，深为怅然，所以人生空甚也。小妹仝外甥税海门屋，择十二日丙午进住云云。但海门地当嘈杂，非为生意，只以住家至其处者非所宜也。

十二日丙午　早至未刻，阴；申时，雨；以后皆然。二弟秉礼聘杨子韶先生令嫒，今日已将命纸取来，家慈言家君意欲四月间择吉文定云云。晚刻，伍菊香来叙一刻，相约至瑞元购买内荡做水斗门用松树、椿九株，计价洋二元八角另。就道至洪少琴兄处，晤张韵轩先生及张子梅先生，互叙少顷，同至尚德小学校，晤金剑青、朱熙春两君，相叙半晌而来。永梓相郎聘中街李泰来四妹先之女于今日文定，柬邀晚膳，席借设达云母舅府上，即于晚刻至达云母舅处，晤谱杏母舅、童畏三、伍凤祥诸君，相叙席散后，至丁辅香兄处，晤王伯常、仲常昆季、周冠卿先生，互叙少顷。冠卿先生言王志仁家中因祖墓致犯，偶损两丁，所以阴阳杀人不用刀之语信然也。上年向丁永利撮子洋一百角，据其来账尚少六十角，忆当时次日已交阿坤送还，今其账中未收，想该洋阿坤自已挪用未曾收账。现阿坤又在郡城，难于询问，即嘱阿望送子洋六十角一并清讫矣。作头二头初十死故，今早茂中来说，有一作头现帮东山头何姓，与孝连相识，据说其人可靠，即为允诺，未识果能诚实否也。今尚需人，只嘱其上工，看其人之若何再行定夺可耳。

黄太盐厘，前同治初年时台州府知府刘兰洲太守欲举办是处盐厘，时即戕官，致闹巨案，以致中止。至光绪年间，上游意欲举办，任黄岩场盐大使者均将地方为难情形上禀中止，即欲限办，均即呈请交卸，以待能者举办，所以欲创办，是事起之后，以致上年各任均只数月而告卸焉。现王伯常言，上任黄岩场盐事长因省中盐运使欲办是处盐厘，欲卸而不得，适有绅士吴姓具禀盐运使包办黄太盐厘，而盐运使即查该绅孚望、财力、经验，经前任盐事长禀覆：该绅重于孚望、厚于财力、深于经验。当权运局亦如是详覆，前盐事长呈请告卸，即委王云初署理是缺。云初知该绅不能包办其事，即请照实情禀覆，不知前任盐事长深知畏途，卸于该绅，而上游即责任云初创办，致于正月间即致闹如此巨案，伤盐民九人，于心何忍？一也。自后具禀言其难办实情，现奉盐运使批示，该盐事长初则办理不善，不准告卸，须妥为办理，以观后效，言极切实云云。现王云初欲办，则是处如是之难，曾经显著，即欲停止，而上游如此严厉，正是进退两难。但云初全幸楚卿兄代为照应，未识楚卿兄代其如何想法也。大凡做官，无论事之巨细，须照旧章方为妥实。但王云初兄深为热心，急欲上赏，所以上年勤比灶粮较之往年多征二三成，接连创办黄太两县盐厘，事若成功，官可推升，财可致富，即其随从各人亦可多取，而百姓一层其所未料。不意是处百姓致于齐心致闹，亦不及其所预料也。云初兄所见者只六庄之民见威深服，而不知彼处百姓虽怀威，并须怀德也。论黄太盐厘，今云初兄开创其锋，倘若中止，事无如此办法，上游限其接速办理，百姓必须致闹，兵来则民死，兵去则局亡，未识作何结局，亦难预料耳。是为之记。

丁辅香兄云，前带陈渔韶兄一信并托裱直条四幅，尚未带至海门，向其取转再托习谦兄递交可也。

十三日丁未　晴。致陶习谦兄一信，并附购《台州文征》价洋十元，封交小四送至海门面投，此书系杨定甫先生来说，余实难为情，所以向购一部，价洋托习谦兄转交致耳。小四旋，接习谦兄代托定甫先生写来大红蜡笺对一副，看其字不及毛敬泉先生法书之佳，此其年力就衰所致也，即致陈渔韶兄一信，此信本于日昨缮就，前交辅香兄代交，因未带至海门，向其取转，今为重写，并附杨定甫先生书大红蜡笺对一副、毛敬泉先生书直条四幅，托其带甬交四明文宝斋装裱白色全花绫边，画脚须用树筒，均交习谦兄代为转交。又致陶习谦兄一信，均饬小四于晚刻专送海门其裕大典中而投。

童子章于日昨病故，身后萧条，半是其妻室之不贤所致。按：童子章名吕荣，幼入当店为徒，自后至裕大柜上。庆源初开，褚子棠在日时荐为管包兼为账房，辛资百元，并连外费在两百馀元。自癸卯至丁未五年，将典内一切均是糊涂以极，分手时，除明欠洋一百元外，其中暗亏者不下数百，实其家中而无积蓄，乃其妻之浪用不少耳。戊申春，即转至裕大柜上，每年亦在百元之外，家中虽有需用，以理度之，虽无馀积，亦不致亏短。彼自作古之后，债台逼迫，身后用费皆是其屋抵押而来，可见妻之贤否，正是天渊之隔也。

小妹税海门楚卿兄之屋住，择月之十七日进屋，余席请其西席张子梅先生并洪畴、洪瑇两外甥，并邀张韵卿先生、林歗秋兄、达云母舅、伍菊香先生、汪伯端兄陪客，相叙席散而别。相约张韵卿、伍菊香两君至永利麻行，询辅季兄已至海门。就道至篪卿处，晤洪少琴兄，互叙一刻而来。余客厅字画本已敷用，所少者各色七言蜡笺对，上年托毛镜泉先生代写大红、桃红各一副，今杨定甫先生书有大红蜡笺纸一对，林芷泉先生书湖色一对，倘若裱来，已足将就。此外托田彝安兄寄写两对、何见石老伯法书一对，张逖先先生法书两对，他日书来足之又足矣；任其写就，择其善者而悬之可也。

十四日戊申 晴。王六皆先生柬邀午膳，早刻至其府上，晤周谱香母舅、吴玉翁、伍菊翁诸君，相叙席散而来。陈翼亭自海门来，言王俊卿人极柔弱，全听朱泰乾之言，泰乾生出三大弊，向上山客购进靛青，每担如价值十元者，向山客取后手两元，代为售卖十四元，山客多进四元，虽送后手两元，尚能多馀两元，此等次锭作上等靛青售价，有钱店家无人问购，即赊与无钱小店，彼进此等次靛馀备，不付靛价，彼将此等靛青只要售出，即向行中付出山客之账，彼之后手进账矣。其大弊一也。如各店家不要购买靛青，彼将靛青寄去托其代用，有钱之家即将原靛青原寄还，彼家住石曲，即留在自家售卖，其钱归于己。其大弊二也。自己与山客聘做靛青，次等靛青购来作上等靛青售于行中，发出亦是如斯。其大弊三也。以致培源购有七千元之谱大半作为滥户矣。现翼亭虽将账房接来，未识能将客款均得清还否也，深为念甚。但王俊卿之为人形同木偶，何以对同事者深为恨极，今日之下亦难言哉，只作收场之计可也。晚膳后至丁永利麻行中，晤丁辅香兄及周冠卿先生，即与冠卿先生推算庚甲，余是四九交运，今岁方交亥运，余八字缺水，现走亥运，值是水地。又亥、卯、未汇为全局，云曰正财，可有馀积之资。以现培源有如是之失败，算余之一生运气，亥、丙、子三字为佳，即亥、丙、子三字以亥运为最佳，现最佳之运已至，未识钱财能得聚若干否也，能将培源之亏控于一二年内得能敷衍如旧，为幸多矣。

十五日乙酉 雨。

十六日庚戌 巳前，雨；午、未刻，阴；申时，晴；以后皆然。接余竹斋兄一信，即覆余竹翁一函，交其来人带福矣。晚刻，汪伯端兄来叙半晌而去。晚膳后，至周作羹处，晤周篪卿、洪少琴、汪伯端诸君，相叙半晌而来。言及周萍洄有自都门请假两礼拜，至家一走，前数日尚在海门，至今未知去否，亦不得而去[①]。楚卿之欲办宁绍台温处五郡盐务，均苹洄兄主持之，未识此事能得创办否也。

十七日辛亥 晴。小妹税楚卿之海门元泰典西首屋，择于今日进住。早刻内子送小妹及外甥女至海门，余送张子梅先生及外甥至海门后，少坐即同外甥锡侯至楚卿兄处，晤周苹洄、洪封山、吕访溪诸君，相叙半晌。就道至陶寿翁之永利局中，晤黄义臣、徐富春、解昆

---

① 当为“知”。

山、王少南、方寿民、申桢夫诸君，互叙一刻，就道至培源，嘱翼亭、宅三将上年王俊卿经手账目详加清核，作为准则。言后转至锡侯处，适楚卿兄饬价来邀余与锡侯至海门旅铺午膳，就即同锡侯至海门旅馆，晤楚卿兄及章焕新、吕访溪、解昆三诸君，相叙席散后，锡侯言欲至椒江甲种商业学校习英文，就即同锡侯至印山，路晤子梅、子羽两君同去，晤周载熙兄、曾豪甫、张六筹诸君，言豪甫系英文教习，即就豪甫学习之。适陶立山、陶伯南两君来，畅叙少顷而别。就道至远记少坐，言丁辅香兄出去未归而来。转至永宁局，晤陶习谦兄及王槐卿、王子振诸君，互叙少顷，言寿翁至楚卿处去未归，即托习谦兄代托方赓甫兄至申代买鼻烟一瓶。别后至锡侯处，晤张子梅、应子羽、陈翼亭及人俦先，相叙席散而来，至家月色方上，今之晚膳尚非为晚。

值黄岩有媪来言，仲达之妹字陶习敬者染恙颇沉，并言自初八日镜梧先生入厝之后，其次孙亦即季端之子夭殇，恐有日子相犯。余即嘱该媪明日至黄岩去询明是日子相犯，即请周冠卿先生代为解脱。少顷，陶习敬同冠卿先生来言，邀余同冠卿先生至黄城王宅代为主持云云。余因事未能即允，就请周冠卿先生明早至黄岩王宅代为一视可也。内子自海门于三点钟来，细阅税住之屋，水是反弓，不能久住，嘱其另有屋出即行移住为妥。苹泗兄此次自京请假至台，正为越海公司事，现陶寿翁、秦雨亭、方寿民、申桢夫诸君均议此事而来也。吕访溪系温州永嘉人，即文起先生令弟耳。

十八日壬子　早至未刻，阴；申牌，细雨。家君早刻自郡城来言，何见石方伯欲为公子即于闰月初八日出闺，而其亲家金萃翁未允，请其须另择吉期可也。晚刻至达云母舅处，晤翁子俊、周篪卿，互叙半晌而别。相约篪卿至椒江学校晤汪伯端、田彝安、孙化南、金仲璋、林少秋诸君少谈，同彝安至赵子修府上，适其家中设有照相者，即同彝安合照一相，并晤叔枚，畅叙一刻而来。

十九日癸丑　雨。晚刻，黄楚卿兄及伍菊香先生、陶习恭、习敬昆季来叙半晌。楚卿兄言于廿二日应开会赴省，即托其代买实地纱马褂料一件、水墨灰素丝罗一匹、全鹿丸洋四元，各物均托金剑青先生代为购买，顷托楚卿兄代购，另致金剑青一信，托楚卿兄代为带交，托其毋庸再买可也。

晚膳后，至楚卿兄处，晤道周宗叔及王六皆先生、伍菊香、邱遇琴诸君，畅叙一刻，言及陈绿孚兄被匪枪毙，深为惨切。但陈绿孚兄近年初学医理而不精，近地无人请其诊治，赴凤尾山坐店兼私售红土，并售盐生理亦有股份，今年亦至是处谋生，同名道福者身带红土十三包并另星衣服等，于十六日趁栅浦虎长年船动身，驶至合江地方，遇见洋匪小船两只，初则不知其匪船，继则知其洋匪，虎长年同老大均行开枪，毙其土匪一人、伤两匪，而匪登其船开枪放来，而虎长年及老大、陈绿孚及同行趁船之岩屿街人共四人，一时毙命。即于今日早晨，该船至海门关，方悉其详，而船中衣服及红土一切被匪搜刮一空，并言陈绿孚身中肚腹，有一弹自左进右出，隔两时之久而毙，闻言之下，深为怅然。按：陈绿孚名陞阼，读书早通，其字法颇工，于光绪壬辰入泮，现年五十，生有三子，长娶周少云令媛，亦有年矣，其长、次两子均其亲戚解惠甫兄代荐湖州某局中谋生。但绿孚之医虽不见工，较之王清甫亦算上手，彼至凤凰尾山地方极为相得，今则因此去而亡，亦人所不及料也。别后就道至永利麻行少坐，晤陶习恭、周孟东、王克仁、王伯常、仲常，互叙半晌而来，至家时将二鼓矣。

纪《研史》节："胶州高西园名凤翰，晚号南阜，雍正年间以诸生举贤良一等，分发安徽，署歙县丞、绩溪令，均有政声，后以谗被劾去官。画山水纵逸不拘，于法纯以气胜，草书圆劲飞动，俱用左手。善篆刻，全法秦汉，性嗜砚，收藏至千馀枚。大半皆自铭手琢，著有《砚史》，研石之形式、花纹及铭词，幕[①]勒极精，亦南阜手刻，为研谱之别开生面也。"又纪："西园画。钱月帚藏高西园横幅画剑南摩崖，题名处隶

① 当为"摹"。

处[1]自跋云:‘登焦山观瘗鹤铭,从夹壁中然烛扪读,更上寻陆放翁题名,亲扫积藓,竭老眼极视,仅得十二三耳。归石壁庵,图以此,请问和尚下一转语可得少留面目否,并书一诗云:‘北宋心肝南宋人,石边相见老孤臣。题名没土虽经尺,难没千秋北望神。’是图以败笔清出,并无痕迹,如古今石器拓本为西园一时兴到杰(作)”云云。余藏有高西园画岩石中堂一幅,笔墨苍老,其款字不甚见佳,未识真伪,莫能为辨,俟质诸高明者可也。

二十日甲寅 辰前,细雨;巳牌,阴;午时,晴;以后皆然。时值南风,地均潮湿。致贺云江兄一信,饬老官送交矣。彼于今晚趁永利商轮至申一行。仲达之妹适陶刁敬者,病甚,今早遣媪询问,旋言今日稍愈,而刁敬请其乃翁至黄城询问矣。晚刻,达云母舅及翁子俊、汪伯端、周篪卿、伍菊香诸君来叙至晚而去。言及陈绿孚之尸昨其船至栅浦,由栅浦船转本镇道头,即纳门板上,横抬至其家中前门外换衣,择于廿三日小殓,因其子显栋、显梁尚在湖州而未来,以致迟延,并言其弹伤进小出大,以致如此毙命,深为惨切耳。人生之空,莫过如斯也。

廿一日乙卯 雨颇大,晚刻时雨中雪子,至夜方晴。

廿二日丙辰 晴。早刻至吴玉翁、道周宗叔两处,相叙一刻,就道至子俊兄处,晤达云母舅,互叙至午而来。言及虎长年,此次至大陈山本是空船,盗匪知而不取,即或盗至船中,无货在船,亦无窒碍。因陈绿孚兄携有红土十馀包,恐其来船搜去,为费颇多,不得不与其相打一次。不想其土匪名道会者后膛枪最精,初隐而不开船,虽佃即驶至其船边。虎长年即枪毙其船夫,亦不为动,少顷,匪船将至其侧,偶然开枪,约有数十门,所以隐在舱下之人悉均被伤,计毙陈绿孚兄及虎长年、又同趁名道土、又老大共四人,立在船面者而未及致伤,闻言之下,深为惨切。此等悍匪,未识当道者即能诛灭否也。前托陈渔

---

① 当为“书”。

韶先生带甬装裱林芷升先生书湖色笺对一副，可托购账簿两本，交丰泰转交陈翼亭代为带来，阅其账簿，非是大号，即交翼亭转托陈渔韶兄代为带甬调换矣。

廿三日丁巳 晴。致徐福生管带一信，荐罗天秀与彼处当勇，该函即交罗天秀带投。但天秀系罗怡亭姻长托余代其转荐耳。致罗竹卿兄一信，亦交天秀带交。侍妾曹氏于上年五月间受孕，晚膳后才方肚痛，少顷即行分娩是男，按钟系在下午八点三刻，尚是戌时耳。少顷，周冠卿先生来叙一刻而别。

廿四日戊午 阴、晴。致童再春先生一信，请其代为保护一切。日将晚，而再春先生来留宿，早刻，达云母舅、翁子俊、周篪卿、陶习谦、伍菊香、周孟东诸君来叙至晚而别。

廿五日己未 早至未刻，阴；申时，雨；以后皆然。张韵卿先生于早刻至家去，托其代带章仲厚兄片纸两盒。童再春先生亦于早刻至家去。达云母舅及子俊兄、周篪卿、黄道周、伍菊香诸君来叙至晚刻而别。

廿六日庚申 晴。早刻，达云母舅及翁子俊、汪伯端、李舜卿、周作羹、王六皆、伍菊香、周月波、陶习谦、黄道周诸君叙至晚膳后而去。陈庆祥于早刻来，言常品莲现放统领，分驻绍兴，彼系旧日沐恩之人楚卿兄代为转荐至彼处，定在廿九日动身云云。童再春先生于晚刻来。

廿七日辛酉 晴。致陈翼亭一信，饬小四送至海门。培源致何肃堂老伯一信，饬女媪送至郡城，向其令嫒庚甲取来与季若说合，未识三生石上已订前缘否也。早刻，周达云母舅及翁子俊兄、蔡新之、赵子修、周篪卿、伍菊香、周作羹、洪少琴、黄道周诸君来叙至晚而去，有女媪言梗卿之嫂曾经有孕，但楚卿兄自壬子迄今已举三子，现梗卿又望养子，彼之家道兴隆，近地所罕有。人之发财、添丁、升官均是有命，但楚卿兄之八字申、子、辰汇成全局，自然有如此财源，有财、有子，有命存焉。

廿八日壬戌　晴。致余均甫兄一信，饬吕宝送交，请其来叙店事，并邀陪客，即于早刻来。午刻，席请童再春先生并邀余均甫、陈月香、林宅三、达云母舅、翁子俊、周篪卿诸君陪客，相叙席散而别。均甫、宅三随即转至海门，而再春先生因人请其看病而去。晚膳后至六皆先生处，晤陈月香、伍菊香、周篪卿、洪少琴诸君，互叙半晌，就道至少琴、菊香两处，少坐而来，至家时逾二鼓矣。

阅《楹联丛话》纪："吴山尊学士曾为朱文正公制送刘文清公之太夫人九十寿联云：'夫作宰相、子作宰相，伫见文孙成宰相，古今一品太夫人能有几个；天许长生、帝许长生，更闻多士祝长生，富贵百年曰寿考请增十龄。'"又纪："戴羡门督部七十赐寿，花晓亭方伯制送寿联云：'帝寿股肱，九霄赐额；民歌父母，八座齐眉。'"又纪："陈望坡尚书七十赐寿，曹文正公制送一联，语云：'帝命汝作士，惟明克允；天锡公纯嘏，俾寿而昌。'又，郑仁圃太守制送寿联语云：'望重达尊，北斗尚书南极老；恩承敬典，天朝耆旧地行仙。'"又纪："陶云汀督部驻节金陵，六十赐寿，齐梅麓制送联云：'八州都督，五柳先生，经济文章，百代心传家学远；六甲初周，一阳来复，富贵寿考，两朝身受国恩长。'盖称觞之辰值黄钟之月也。"

廿九日癸亥　晴。晚刻，陶寿翁来叙少顷而别。

闰二月初一日甲子　晴。王仲达送有鹿肉一盆，即邀达云母舅及王六皆先生、翁子俊、伍菊香、周篪卿诸君来叙至晚而别。相约伍菊香至陶寿翁府上少坐而来。晚膳后至周协丰，晤王六皆先生及道周宗叔，互叙少顷，就道至丁辅香处少坐而来，至家时将二鼓矣。辅香兄言其令媛适王姓者，已将分娩，托余代抄敷脐并生化汤两方，即代抄就，明日遣人送交可也。

初二日乙丑　阴。

初三日丙寅　晴。致娄瑶甫一信，交福荣带交，前托陶习谦兄转托方赓甫就上海代买泰尖鼻烟一瓶，计洋五元四角，早交朱先生送交习谦兄代买鼻烟洋五元四角，清讫矣。晚刻至陶寿翁处，言习之之夫人出麻，请章杞堂先生诊治，晤杞堂先生，畅叙半晌而来。

初四日丁卯 阴。致陈翼亭一信，交仲达之马夫代为送交。晚刻，苏焕堂来叙半晌，撮去英洋二元。周金玉先将前托验契四纸均已送来，算计费洋三元三角二分，即交其带去，彼又言之再四，送其川资开洋五角，实在言之难却耳。

纪《时兆月报》节云："凡惯习饮茶之人，其结果亦大不良，例如一健壮之夫，虽试饮，以酒醇一两而不知死，然苟饮一两十分之一之纯净替以尼（茶中毒质），则必呈非常剧烈之效。盖茶质之毒远倍于酒也。核平常之每杯茶中约含二厘半替以尼，以一厘之八分之一替以尼可杀一蛙，则茶二杯即含替以尼五厘，遂足杀一兔矣。再者，每磅茶（合华秤十二两）尤含三两炭匿酸质，颇损食物之消化，其最甚者尤有妨害蛋白质，是知茶之性乃善使腐朽而成，最有损于红血轮之毒质，能使体中之红血轮减少。不独如此，凡茶中之炭匿酸更能将食物中之有机铁质损毁，以致血为之缺乏也。"阅此节颇有理致。余自幼年喜食茶叶，至壮年见茶即有呕吐之病，自知性寒，每遇茶叶泡茶，即为畏惧，此中约近十年，渐至翻胃，幸即为调治平服（此中饮大热方药近三百剂），方能就痊，今则胃中无碍，只食茶叶，茶即有疝气之痛，可见茶叶之害不浅，顷此节所云如是，此身列其境者是为之记。

阅《楹联丛话》纪："康熙时，上驻跸杭州，时山阴县耆民王锡九同胞兄弟五人见于行宫，长次系双生，皆年八十岁，三者七十八岁，四者七十六岁，五者七十五岁，率子侄凡十七人、孙十八人，赐宴、赐缎，又赐匾额云：'一门人瑞'。皇太子赐联云：'五枝锦树荣今代，百秩仙筹萃一门。'"此亦不易事也，是为之记。

初五日戊辰 晴。致陈渔韶先生一信，饬老官送交，旋言托裱之直条，下班永宁到台时代为带台云。接许眉甫先生一函。晚刻达云母舅及翁子俊、伍菊香、周篪卿、林啸秋、汪伯端、陶习谦诸君来叙至晚而去，言椒江水产学校之肄业诸生开春季旅行会，于上月廿八日动身至雁行玩游，各教习职员均行同去，方于昨日旋堂。但雁山有天然景致，余未履其境为歉，他日有暇，约三四良友至彼处玩游一次，亦人生之乐事也。并言郡城之中学堂亦旅行至雁山，已于今日自郡动身，由小轮至黄岩县城，由黄岩县城至路桥，就道至雁山，旋过本镇，趁小轮至郡，大约在十一二日而已。但椒江水产学校诸生去者八十馀人，用洋鼓洋号已成一队，今郡城中学校肄业诸生旅行者计二百馀人，亦以洋鼓洋号排队而行，足为生色耳。赵子修兄柬邀晚膳，晚刻至其府上，晤子修、叔枚昆季并谱香先生、汪伯端、胡志岩、田彝安、徐志伸、仇磷山、周醉香诸君，相叙席散后，同伯端、作羹两兄至李舜卿兄处，晤达云母舅、子俊兄、周孟东、陶习敬诸君，互叙半晌而来，至家时逾二鼓矣。

阅《楹联丛话》纪杨文襄公遗事云："邃庵童时，有某国公与某尚书同席，各赐以杯酒，邃庵以两手接之。尚书出对曰：'手执两杯文武酒，饮文乎？饮武乎？'邃庵应声曰：'胸藏万卷圣贤书，希圣也，希圣也。'又，相传邃庵在翰林时，一学士出对云：'鸿是江边鸟。'邃庵应声曰：'蚕为天下虫。'又云：有一童善对，一客指知府冯驯语之曰：'冯二马，驯三马，冯驯五马诸侯。'童对曰：'伊有人，尹无人，伊尹一人元宰。'按：前人有以陈东对伊尹者，取其下字即上一字之偏旁也。近人以阮芸台参政元姓名对伊尹最为妥善耳。童年有如是之诸才，可谓之神童不为过耳。"是为之记。

又纪："桂林陈莲史方伯继昌为文恭公元孙，登嘉庆庚辰科三元，时继莲龛方伯继昌适维藩粤，西手赠楹联云：'高祖当朝一品，文孙及第三元。'语虽浑成，终觉太质而鲜味。后莲史历官中外，荐至直隶藩伯，潘芝轩阁老赠联云：'畿辅为屏越五百里，科名盖代第十三人'则传诵于人口。按：历代至今登三元者：唐有张又新、崔元翰，宋有王曾、宋痒、冯京、王岩叟、孙何、杨实，金有孟宗献，元有王宗哲，明有商辂，我朝则已有钱棨、陈继昌两人。赵瓯北贺钱湘舲三元诗云：'累相如君十一个'，是继以钱、陈共十三人。然其间如张又新在当时定称为张三头，谓进士状头、宏词敕头、京兆解头；崔元翰为京兆解头、礼部状头、宏词敕头、制科三等敕头，则是四元；王岩叟，以明经科乡举、省试、廷对皆第一，则是明经非进士科。《金史·杨伯仁传》谓孟宗献发解第一，伯仁读其程文谓当成大名，是岁宗献府试、省试、廷试皆第一，则当时称为四孟元，盖金时尚多一府试耳，是三元故事又各微有不同也。又按：《鸡窗剩言》记：黄观洪武甲子南京解元，辛未会试第一，廷对御戎策，太祖擢置状元，后殉建文之难，亦见傅维麟《明书·忠节传》，似洪武中已有一三元，不独商文毅一人。然《明史·黄观传》但云以贡入太学，洪武二十四年会试、廷试皆第一，而选举亦谓三试第一者，明代惟商辂一人，则黄观之三元似又未确实，故赵瓯北止云十一人。此均不易之事，是为记焉。”

初六日己巳 晴。致丰泰洪先生一信，交玉先寄至海门。晚刻，张韵卿先生自土屿来，言章仲厚兄于本月初一日其夫人分娩一男，现忠厚兄已有四子，彼真是丁财双发矣。但伯纯兄之妾亦已有孕，未识男女耳。

初七日庚午 晴。接章仲厚一信，言彼欲购豆饼，即嘱翼亭同其来人至海门购买矣。早刻，达云母舅同伯端兄、子权来叙，过午膳后而子俊兄、赵子修、田彝安、林少秋、周篪卿诸君来谈至晚而去。子权之郎道昌系丙辰十一月初一日子时生，请韵卿先生推算庚甲，据云系是长生日所生，易于长成耳。

阅《楹联丛话》纪：“苏州光福有观音庙，祈晴祷雨，最为灵验。林少穆巡抚三吴时，题联云：‘大慈悲能布福田，曰雨而雨，曰旸而旸，祝率土丰穰，长使众生蒙乐利；诸善信愿登觉岸，说法非法，说相非相，学普门功德，只凭片念起修行。’又，督浚刘河，小憩刘河镇之天后宫，题联云：‘八百年寰海昭灵，溯湄屿飞升，九牧宗风荣庙祀；四万顷具区分派，喜娄江新浚，三吴水利沐神庥。’又，题上元县署中程明道先生祠云：‘爱物为心，一命于人亦有济；得民以道，千秋斯统不虚传。’又，题福州文藻山朱文公祠云：‘道统阐新传，洙泗真源今未坠；儒型垂梓杜，沧洲精舍此重开。’又，题嘉定县归震川先生祠云：‘儒术岂虚谈？水利书成，功在三江宜血食；经师偏晚达，篇家论定，狂如七子也心降。’按：林少穆先生系一代伟人，所作联语大有骨鲠之气现于褚墨，是为之记。”又纪：“昆仑山人初入都，客淮南李公春芳所，时世宗斋居西宫，建设醮坛，敕大臣制青词一联悬于坛门，春芳使山人为之，山人走笔题曰：‘洛水灵龟初献瑞，阳数九，阴数九，九九八十一数，数通乎道，道合元始天尊，一诚有感；岐山威凤两呈祥，雄声六，雌声六，六六三十六声，声闻于天，天生嘉靖皇帝，万寿无疆。’李以进呈，深知奖赏，由是卿相互延誉。其本传谓：大臣应制青祠多假手山人者，以此乃他人，移之别氏，则以雕虫为山人隐也。”又纪：“《雪园杂记》云：林浦林家有‘七科八进士，三代五尚书’之称，林文安公瀚子二：康懿公廷昂、文僖公廷机，文僖公子文恪公熑及其弟烃亦俱接武为尚书，祠堂中有一联云：‘国师三祭酒，宫保五尚书。’上一联取其才思敏捷，下一联取其人所难能。”为之记焉。

初八日辛未　晴。早刻，王云初兄同道周宗叔、周篪卿、洪少琴诸君来叙，过午膳后而去。晚刻，星斋宗叔及达云母舅、翁子俊、伍菊香来叙，过晚膳后而去。张韵卿先生来推子平，纪星斋宗叔八字：乙丑、辛巳、乙酉、甲申，系三岁行运。伍菊香先生八字：甲子、己巳、戊子、癸亥，系五岁行运。叙王云初兄八字：乙丑、丁亥、己酉、丁亥，系九岁行运，据云是杀印相生之格，四十九岁交壬运，所以委署杜濆场之任，五十四交午运亦佳，即彼如此一官，亦早经有命生来矣。张韵卿先生八字系：戊午、乙卯、戊申、庚申。叙周篪卿兄八字：己丑、癸酉、丁未、癸卯，系七岁行运。其子八字系癸丑、甲子、癸未、甲寅。翁子俊兄八字：癸酉、丙辰、庚戌、癸未。文普表弟八字：壬寅、辛亥、丁未、壬寅，系六岁行运。陶寿翁八字：丁卯、癸丑、戊申、己未。俗语言戊申系孤鸾，陶寿翁戊申日生，现有五子、五女。黄楚卿亦戊申日生，有三子六女。以此想之，须八字相凑，非只戊申之日计其工拙也。

初九日壬申　晴。贺云江兄自沪江旋台，晚刻来叙半晌。但培源上年由王俊卿经理其事，以致一败涂地，顷嘱云江与翼亭代为收给，此事一言难尽，另日如何结局，再行详记可也。早刻至王云初、王俊卿、黄子权诸处，均相叙半晌而别，就道至翁子俊兄处，晤达云母舅、苏植三，互叙少顷而来。晚刻，达云母舅、翁子俊兄、汪伯端兄、伍菊香先生、王正亭、黄正衡来叙少顷。晚膳后同张韵卿先生至丁辅香处少坐，托其代(购)《神丰辨疑》一册，未识此书海门已有出板否也。早刻，前宅有人来，言仲厚兄之夫人于闰二月初一日辰刻分娩一男，其八字：丁巳、癸卯、甲子、戊辰，此仲厚兄第四子，其八字格取伤官用才。二弟秉礼生于戊申年九月廿九日未时，八字：戊申、壬戌、辛亥、乙未，亦取伤官用才，此二人之八字大格颇为相仿耳。三弟秉衡生于庚戌十月廿六日戌时，叙八字：庚戌、丁亥、丙申、戊戌，月下杀枭贵人，日下坐有文昌。据韵卿先生云，可取杀卩[①]相生，查丁亥月、丙申日、戊戌时均是大败，命中月、时，即须大败，无碍于事，至日是大败，须有财官反成富贵，但彼有才而无官，虽有杀，未识可以见效否也。以大局而言，将来秉衡八字有贵人、有文昌，必有功名可取。命之理微，俟质诸高明者以为何如?

木工微登于闰二月初二日午时亦生一子，其人字系丁巳、癸卯、乙丑、壬午，月下坐有官禄贵人，论其八字，无格可取，论月下坐有官禄贵人，定是善命，未识日后何如耳。汪伯端兄八字：己丑、癸酉、壬子、丙午。贺云江兄八字：甲戌、己巳、庚申、庚辰，月下长生，日下官禄贵人。丁辅香兄八字：丙子、丁酉、戊申、乙卯，一岁行运，现年四十二岁，已交壬运，颇为佳妙。富贵之人八字即有富贵之人格局，如微登之子，八字虽有贵人，无格可取，将来虽有善艺谋生，究非有根基之辈。如陈禹坤八字：丙戌、壬辰、乙未、庚辰，年上伤官，月上正印，时上正官，辰戌两冲，至于下贱，此等八字，一目而知。凡八字年佳不如月佳，月佳不如日佳，日佳不如时佳，人生赋命之初，年月已有一定之理，日有早迟，或早佳，或迟妙，时之佳否，更为紧要，所以造命以日之

---

① 当为“印”。

天干为则，日为本身，月为田宅，年为祖上，时为子孙，亦在于理也。

初十日癸酉　晴。早刻，叶石甫先生、王六皆先生、伍菊香先生、王俊卿、子权各人来叙，过午膳后，适达云母舅、翁子俊、陶习谦诸君均谈至晚而去。早膳后即至道周宗叔处，晤吴玉翁少谈，就道至椒江小学校，晤汪伯端、徐志伸、田彝安、赵叔枚、孙化南、林少秋诸君，相叙半晌而来。志伸今夜趁轮至温州之便，向永嘉县借用引戳至椒江一看云。但志伸兄系北直隶天津人，由水产学堂毕业，来浙充水产讲习会委员，分在温州，其引戳照片亦彼由公项馀剩之款购置而已。陶习谦兄言其八字系甲午、丁丑、庚申、甲辰，查年上偏才，年下正官、正印，月上正官，月下正印、伤官、劫（才）并玉堂天乙贵人，日上天德贵人、月德贵人，日下食神、比干、偏印，并官禄贵人，时上偏才、时下正财、偏印、伤官，系才星透顶格局，一命而有四重贵人，虽非仕途，其一生福禄优游人莫能及也。忆应梓能先生生于己未年七月十五日未时，叙其八字系己未、壬申、癸未、己未，查其官有六重，幸月上有劫，尚能年至五十有九，自后行运，遇劫则佳，倘再至官地则不佳耳。晚膳后至丁永利，晤李舜卿兄、周孟东兄、蔡雅亭、丁辅香兄，相叙半晌而来，至家时将二鼓矣。向辅季兄分用双料奏本笔七支，计洋五角，言及上月枪毙陈绿孚及虎长年之洋匪项道会、项道妙均已被获，又获从匪三人，此案破获尚云从速耳。云其贼均是北岸横溪人，此等凶徒恨之已极，无如北岸土匪获之又出，能得一获之后，海面澄清，为幸多矣。

阅《楹联丛话》纪："朱夫子生于延平之尤溪，故小字沋郎，沋水名即尤溪，县亦因此得名也，后人皆误以朱夫子沈郎耳。其地有公山、文山，朱夫子诞生之日，两山俱发红光，现出文公二字，今就其地建有文公祠，周力堂学使学健撰联云：'前公山，后文山，一气蜿蜒，知天地精华所萃；始小学，终大学，真源脉络，统圣贤体用之全。'"又纪："甘露寺中有三贤祠，不知建于何时，祀唐李文饶、宋苏东坡、米海岳三公，李兰卿撰联云：'溯先三百载游踪，异代同堂，能传有情香火；冠今古第一流人物，文章事业，也如无尽江山。'"又纪："谢默卿曰：无锡惠山之麓有忠臣张公睢阳庙，额曰‘显忠’，联语：‘抗节济时艰，论当年守御声威，实先郭汾阳、李临淮，功存庙社；显忠关世教，考兹土烝尝旧典，当与伍子胥、陈武烈，气壮湖山。’按：张公睢阳、伍子胥及隋司徒陈杲仁其事皆不在锡山，而县中皆有祠庙，亦可见忠烈祀典出于秉彝攸好之同矣，均为之记。”又纪：“洛阳令邹尧廷之太夫人九十寿辰，秦苓溪太守伯度属陈东桥孝廉应元代撰一寿联云：‘爱日伫期颐，兰阶早酿十年酒；慈云周海岳，莱彩犹栽一县花。’盖今之尊人石泉太守贻诗曾官闽中三十年，至今去思未艾，当时太夫人皆随任也。”又纪：“吴中有令长之母以三月三日六十寿者，严问樵制联云：‘众母奉寿母，江南大母；三春祝千春，上已长春。’”又纪：“孟瓶庵德配何太恭人七十寿辰，余伯兄虚白公际昌献联云：‘人间贤母曾推孟，天上仙姑本姓何。’恭人素通诗礼，得之甚喜。”又纪：“程梓庭总督闽浙时，其封翁九十寿辰，程春海侍郎以联寄祝云：‘六秩翁侍九重亲，况伉俪偕老子孙贤，问内外贵僚谁同大福；七闽歌兼两浙舞，合兖豫去思吴楚颂，愿东南吉曜直丽中台。’盖梓庭曾旬宣山左、巡抚中州、楚南、吴下，封翁皆就养云。”又纪：“道光辛卯江南大水，文闱改期九月，时梓庭中丞为监临，中丞本徽产，即前此戊午年魁江南榜者，因于首场题一联于至公堂柱云：‘矮屋策高文，九天升、九渊沉，九转丹凝，多士多身在此九月九日；秋闱醒春梦，三艺竞、三场竟，三条烛烬，一官回首于今三十三年。’”又纪：“周石芳侍郎系英视学江南，自榜一联于堂上云：‘县考难，府考难，院考尤难，四十八年才入泮；乡试易，会试易，殿试更易，二十五月已登瀛。’盖自道各场甘苦之味。然吾乡陈望波尚书以七月入泮，九月登乡荐，次年四月成进士、得馆选，前后不过十阅月登瀛，尤为得意也。”笔墨周致，是为之记焉。

又纪：“郑云麓观察开禧有《知足斋集》、禊序楹帖一帙刻于粤东，董琴南为之序亦集帖中字，所称既极自然，又有生趣者，信不虚也。兹择其尤佳者录之云：‘(少)当稽古右文日，老作观山乐水人。’‘人品清于在山水，天怀畅若当风兰。’‘世间清品至兰极，贤者处怀与竹同。’‘时契幽怀同静气，因观流水悟文情。’‘有时自向竹间坐，无事一至兰若游。’‘为人不外修齐事，所乐自在山水间。’‘随时静录古今事，尽日放怀天地间。’‘修己可知有乐地，作文自合舍陈言。’‘作文每期于古合，寄怀时或与天游。’‘万类静观咸自得，一春幽兴少人知。’‘世情岂尽能相合，贤者所为固自殊。’‘人品若山极崇峻，情怀与水同清幽。’‘大贤自合为九列，清风可以流万年。’‘信之为言有诸已，文亦不外生于情。’‘尽日山游得风趣，一生浪迹契天随。’‘老可情怀常作竹，少文乐事在游山。’‘述古期同彭不作，临风若遇惠之和。’‘昔时尝品惠山水，异日期为少室游。’‘自古在昔有述作，当今之世咸清贫。’”笔墨老劲，亦为之记。又纪：“石墨文字以石鼓文为最古，近有集为篆联者云：‘道艺工于写华柳，秀灵时或载渊鱼。’‘不华不朴同所好，既安既宁乐乃时。’‘宁朴毋华以康我道，既安乃乐共写其天。’‘道旨渊微深于四子，词华工秀大如六朝。’”并为记焉。

十一日甲戌 晴。接陈翼亭一信，随即致贺云江兄一信，遣老官送投矣。曹六爷于晚刻来，留宿一夕。

阅《著竹林》纪：“伯夔秦淮水谢闻歌有感”云：‘玉树烟消，红墙影隔，凄凉谁唱江东？银琵檀板，簾卷水云空。不是荒城，五月梅花落，偏向西风。南朝恨，剩长桥疏柳，斜衬月玲珑。 琼箫双凤曲，飞来彩翼何处中。忆鸿鸾镜里，芳讯曾通。无奈人间天上，离别后，愁梦芙蓉。凌波远，早素峰青了，灵瑟又三终。’又：“题画扇斋春雪初霁韵”，只半阕，云：‘梧井鸣风，竹窗照雨，萧萧伴我秋吟。流水穿簾，微茫光冷书城。碧沙烟晕跳珠散，讶松花点点横琴。最堪邻，喜报兰红蕊翦江明。’”

又纪《幼幼集》序云：“医之为言意也，神存心手之间，心可得解，口不可得。然则方剂之著无益乎？而非也。观乎《虚柜》、《素问》，肇自轩皇嗣足，而医家流著书立说不一，其人家相祖述，代有师承，于以稽旧闻、谛殄视、救其偏败而济乎殒死，厥功伟焉。则不事方书，乃神于医者之深远自得，而非可以梁天下也。故医者济人之术，而方书之作则以得诸心者传诸世，以济人于无穷也。独是专凭臆见，既虞师心之滞于伪，墨守成规，又嫌胶柱而不知变，盖观一书之误，贻害非轻，而叹方书之难也。虽然，为方书而及幼科则尤难，何则？呱呱襁褓，啼笑无端，疾痛疴痒，不能自白。其脏腑未克，则药不能多受；其劲骨尚脆，则针砭尤非易施。误用力圭，便伤生理。此錬师陈君飞霞三折肱于斯道，有《幼幼集》成之作也。君少慕冲举，学道罗浮，龙虎功纯，洞然有得于性命之际，乃瓢笠云游，借医药以济，谓世之医小儿者，因前人以伤寒病症称为惊风，讹谬扛治，无论外感、内伤、过发热者，率以惊风为名，而妄用其法，致扛伤者多，心甚悯焉。乃取在昔幼科诸书参互考订，按之临证之所心得，判其合难，折其同异，以搐字易惊字，慨曰搐，将急惊、慢惊、慢脾三则易为误搐、类搐、非搐，分门别类。祥其审切之诀，附以经验之方，自胎孕乳哺及痉淋疮诸证胥辨晰而修实焉。将授梓，征叙于余。余循览之下，笔其宅心之良厚而殚之不辞其瘁也。君已疾，多奇弱，有他医治之垂静，君至曰可，生服其药，无不活。遇窭人疗之，不受谢，有急需补济者，或更以参术相资。意所不合，虽富贵人抬之不可改差。天真疏放，不随俗俯仰，故游情方外，而有急病让夷之思也。是编也，本长生之妙道，作条赤之金丹，其斯为明六度而除四魔以自利利他乎？其斯为父天地而母神明、悯幼稚之颠连而弘悲妪于吾胞乎？后之业幼科者习于斯，而吾得将千载榛异一朝尽辟，以治婴孩，自足以辨析斋芒，随气用巧，而利赖靡涯矣。途免重君子乃高而意厚，又信此书之足以传世而行远，而揆诸象夫子怀少之志，暨圣天子恤幼之仁，均有合焉。爰洗笔以叙其端。礼部进士文林郎候选知县君龙泉梁玉撰。”所言系是要旨，为之记焉。

曹六叔公言，其令郎公悦相八字系壬午、壬子、戊子、丙辰。张韵卿先生言其八字：戊午、乙卯、戊申、庚申。均为之记。

十二日乙亥 晴。致陈翼亭一信，交陈癸江送至培源。曹家六叔公于早刻去，嘱询陈渔韶先生画及账簿已经带台否。

阅《巧对馀记》：“《八闽通志》云：白水际属上杭县，旧有题：‘白水际头，白屋白鸡啼白昼’，未有对者，后潮阳林大钦修撰过此，问土名得黄泥垅，因对曰：‘黄泥垅口，黄衣黄大吠黄昏’。”又纪：“《雪涛谐史》云：一秀才送广文节仪只用三分银子，广文出对曰：‘竹笋出墙一节须高一节’，秀才对曰：‘梅花逊雪三分只是三分’。”又纪：“《稗史类编》云：长乐状元马铎少时梦有语之者曰：‘雨打无声鼓子花’，不省所谓。后与同郡林志同举进士，志乡、会皆第一，殿试时忽梦马踏其首，以是怏怏，争于上前。上曰：‘朕有一对，对佳者状元也。曰：‘风吹不动铃儿草。’马即对以梦语，志思竭不能对，铎于是得状元。按：铃儿草即沙参，见《本草纲目》，鼓子花见郑谷诗云：‘花风吹鼓子花’[①]，类书本有铃儿草、鼓子花之对，而不载有马铎事。”

又纪：“《挑灯集异》载：蒋焘幼聪慧，一日与文友武官者同游佛寺，指殿上佛出对曰：‘三尊大佛，坐狮坐象坐莲花。’焘对曰：‘一介书生，攀凤攀龙攀桂子。’出寺后，武官之部卒牵焘衣问曰：‘适对何句？’焘曰：‘我对：“一个小军，偷鸡偷猫偷介菜”’。其捷于调戏。如此一日，其祖携游佛殿，见焘跳下阶级曰：‘三跳跳下地。’焘应声曰：‘一飞飞上天。’又，父客因坐久，出对曰：‘冻雨洒窗，东二点西三点。’焘对曰：‘切瓜分客，上七刀下八刀。’”

又纪：“薛制机《杂记》云：有贺自长沙移镇南昌者启云：‘夜醉长沙，晓行湘水，难教樯燕之留’，用杜少陵诗；‘朝飞南浦、暮卷西山，来听鸣鸾之舞’，用王子安语。又，有除直秘阁依旧沿江制置司干辦[②]公事云：‘望玉宇琼楼之遂，何似人间；从纶巾羽扇之游，依然江表。’又，上巳请客云：‘三月三日，长安水边多丽人，觞咏会稽山阴修禊事。’[③]又，‘良辰美景，赏心乐事，四者难并；崇山峻岭、茂林修竹，群贤毕至。’”

---

① 按：句首“花”系衍文。郑谷诗句为“落日风吹鼓子花”。

② 疑当为“办”。

③ 此句疑有脱误。

又纪:“瞿宗吉佑《归田话》云:戴式之尝见夕照在山峰辔重话叠,得句云:‘夕阳山外山’,自以为奇,欲以‘尘世梦中梦’对之,而不惬意。后行村中,春雨方霁,行潦纵横,得‘春水渡旁渡’之句以对,上下始觉匀称。”又纪:《耕余博览》云:虞伯生集未遇时为许衡门客,虞有所私,午后常出馆,许往寻之辄不遇,因书于几云:‘夜夜出游,知虞公之不可谏。’虞对云:‘朝朝来聒,何许子之不惮烦?’”又纪:“《涌幢小品》云:刘珙少时梦谒大乾惠应神祠金牌上有‘曲庵勒回风’五字,未晓所以。迨登第,除诸王宫教授,一夕帝幸宫邸,问诸王何业,珙答以属对。时日照窗隙,帝口曰可令对‘斜窗拘明月’。诸王方思索间,珙遂以‘曲庵勒回风’对。帝曰:‘此神句也!’又云:李东阳四岁时能作大字,景王召见,置之膝上。六岁,与程敏政以神童同被英宗昭对。过宫门,足不能度,帝曰:‘书生脚短。’李曰:‘天子门高。’时御羞有蟹,上曰:‘螃蟹一身甲胄。’程曰:‘凤凰遍体文章。’李曰:‘蜘蛛满腹经纶。’帝又曰:‘鹏翅高飞,压风云于万里。’程曰:‘鳌头独占,依日月于九霄。’李曰:‘龙颜端拱,位天地之两间。’帝大悦,曰:‘此安排他日一个宰相一个翰林也。’”此诚为巧对,是为之记。

十三日丙子 晴。前托陈渔韶先生代购账簿两本,并带裱毛镜泉先生书直条一堂、杨定甫先生写红对一副,均向其取来。无如定甫先生所书红对,看其年华老迈,精力有所不及矣。家君云:沅生时,日出只照西横楼之照壁。当时并无钟表,只以俗语云日出已至卯时定命。顷阅代历有“定寅时”歌云:“四六日出寅无别,五月日高三丈地”,均照寅时正中所言。余生虽辛未月,实五月二十八日,即至六月,亦须照六月初上而计。如是而想,定是寅时无疑。自后须照寅时定命,方为有则。即或不然,今岁至日,倘若红日满窗,再将时计详为核对可也。

阅《楹联续话》纪:“《秋灯丛话》云:夏太史力恕,孝感人,康熙庚子梦谒关帝庙,帝谕之曰:‘庙联多惬余意,如“三分”、“忠义”等字,适足增余痛,好另为作对将元尔矣。’授以巨笔,复书云:‘英雄几见称夫子,豪杰如斯乃圣人。’帝称善。醒而识之,遂谨镌板而悬于庙。是科乡试果第一。"可见忠义之气虽至千万年之后,历劫不磨。谨而志之。

十四日丁丑 晴。致陈渔韶先生一信,并附代买账簿及裱画工价,计英洋四元又子洋二角,饬小四送海门丰泰代为转致矣。早刻,周冠卿先生自北岸来叙,过晚膳后而去。询其定寅时诀"四六日出寅无别,五月日高三丈地",余生于五月廿八日,虽交六月节,即至日出尚在寅初。家君言沅生时,日色照至西横楼之朝东楼门,将至泥阶,如是想之,定是寅时无疑。自后以寅时为定可也。甲戌、辛未、已巳、丙寅,年上正官,年下食神、偏印、劫财,月上食神,月下煞、比干、偏印,日正印、劫财、伤官,时上正印,时下正官、正印、劫才,天干甲巳化木、丙辛化水是财,巳禄在午中,有未巳是夹禄,九岁交运,每至丁壬二年,交运之首也。立命未宫,福星镇垣。继配陈氏生于丁亥年二月十六日亥时,叙八字:丁亥、癸卯、甲戌、乙亥,甲木长生在亥,年、时地支均坐长生。继室曹氏生于丁亥年四月二十日酉时,叙八字:丁亥、乙巳、丁丑、己酉,年上比干,年下正官、正印,月上枭神,月下伤官、劫才、正财,日下食神、煞、偏才,时上食神,时下(偏)才,地支巳酉丑会成金局,丁禄在酉,长生又在酉,立命寅宫,太阴守世,如是女命可称佳妙耳。

冠卿先生言陶寿翁之五少君生于丙辰年七月十七日申时,叙八字:丙辰、丙申、甲申、壬申,年上食神,年下正印、偏才、劫(才),月上食神,月下七煞、枭神、偏才,日下、时下与月下同,八岁行运,立命子宫,白虎守世。晚刻,邱遇琴兄及达云母舅、翁子俊兄、篪卿来叙少顷。言达云母舅八字系丁丑、癸卯、丁丑、己酉,年上比干,年下食神、七煞、偏才,月上七煞,月下枭神,日下食神、七煞、偏才,时上食神,时下偏才,十岁行运,立命辰宫,太阴守世。并言其表弟即大华之姊丈八字:壬寅、辛亥、丁未、壬寅。又云其二表弟八字:壬子年、壬子月、癸未日、壬戌时。命之理微,容日将《神丰通巧》购来,再行详算精推可也。冠卿先生言,陶寿翁少君五人之八字,以二少君习谦最佳,次五少君、次大少君习之,三少君、四少君均相仿佛。至楚卿兄之大令郎八字正是酉时生,极佳;二少君不甚见得,惟三令郎最次。人生得子难得，子能得八字佳者更难，倘得一八字佳贵之子弟，须积阴德、培养根基，方可有望。如苏州潘氏、彭氏、翁氏，山东孙氏，溧阳史氏，杭州许氏，如是者须积厚德数代、坟地佳贵，方能如是，岂易言哉！冠卿先生推木工微登之子于本年丁巳闰二月初二日午时生之八字，他日可以积财而能成家立业，其言能否应验，预为记载，以观后效可也。

阅《楹联丛话》之巧对云："黄右原云：前明正德时，武宗以四书中'礼乐征伐自天子出'令群臣属对，盖自夸其生擒宁庶人之功也。王文成公主对以'流连荒亡为诸侯忧'，隐讽武宗轻出为朝廷忧也，可为一启口而不忘谏如此。"又纪："《尧山堂外纪》云：徐晞既贵，乘传归守，令率诸生郊迎。诸生以由不其科目出身，玩忽不成礼，郡守路[①]，因出句云：'擘破石榴，红门中许多酸子。'诸生对久不能属。晞代答云：'咬开银杏，白衣里一个大人。'诸生惊服，遂相率请罪。"又纪云："太祖尝微行，入酒坊，遇一监生，时坐客满案，乃移土地神几，与生对席。问其里居，则四川重庆人曰地。因出句云：'千里为重，重水重山重庆府。'生应曰：'一人是大，大邦大国大明君。'"又纪云："明兵围集庆，路与元兵大战，元兵解去，乃坚守江左，见驿中有七岁儿居其中间之，则代父充役者也。帝曰：'七岁童儿当马驿'，能作对乎？"即应曰：'万年天子坐龙庭。'帝喜，蠲其役。"又纪云："施槃幼年而贫，谒张都宪。张曰：'新月如弓，残月如弓，上弦弓，下弦弓。'槃应曰：'朝霞似锦，暮霞似锦，东川锦，西川锦。'张入，招入家塾。"又纪云："李西涯与程篁墩过采石西涯，雨中拈句云：'五风十雨梅黄节。'墩曰：'二水三山李白诗。'"又纪云："陆浚明有对云：'枣棘为薪，截断劈开成四束；闾门起屋，移多补少作两间。'"

又纪："黄印《梁溪识小录》云：莫天佑绰号老虎，守无锡时残忍嗜杀，每出入，人皆走匿。有稚子沈龙者负笈趋塾，误冲节幢，为所执。天佑曰：'汝为学生，能对乎？'曰：'能。'天佑曰：'人有称我为"至勇至

---

① 疑当为"怒"。

刚能文能武无上将军”者，汝能对则赏，不能对，断汝头。’龙略不畏惧，整容对曰：‘大慈大悲救苦救难观音菩萨。’天佑喜，赏银一锭，为之止杀者累月。”又纪云：“尤回溪瑛八岁时入塾，塾师，其族兄也。吴海州学士至其馆，以‘兄弟相思友’命对。尤应声曰：‘君臣迭主宾。’学士大击赏。”又纪云：“楚中耿天台定向为南直提学御史，初莅任，即遣牌往松江山，欲观海。时徐文贞为首相，耿其讲学，至交，实借此往拜其先祠也。云间士子为之语曰：‘名虽观海，实则望湖，耿学使初无定向’，以文贞旧号少湖也。久而未有对者。适河南刘自强为应天尹，以户曹隶不逮，奋拳欧之。刘多力，至折隶齿，几死。乃对曰：‘京卿攘臂，衙役折齿，刘府主果能自强。’同时松江郡丞潘大泉名仲骖以名翰林谪外，傲睨侮人，华亭尹倪先荐者谦和下士，松江士人又为之对曰：‘松江同知恣肆，合得重林；华亭知县清廉，允宜先荐。’各取姓名同音也。”又纪云：“有御史巡江松江者，郡守故人留之饮，因戏出对曰：‘鲈鱼四腮，一尾独占松江。’守曰：‘螃蟹八足，两螯横行天下。’御史知其讽己，亦为一噱。”

又纪：“《都穆谈纂》云：沈石田先生尝偕陈启东会饮于吴太史家，时贺解元恩、陈进士策同在座。先生不善饮酒，至辄醉。启东曰：‘吾有一对，君能对之，当代君饮。’先生饮之。起东曰：‘恩作解元，礼合贺其荣也（其荣，贺字）。’先生应声曰：‘策为进士，职当陈嘉谟焉（嘉谟，陈字）。’”合座无（不）击节。又纪云：“锡山钱秀才兄应役粮长，偶县令点名不到，钱遂易服以代，令怒，欲鞭之。钱以实告令曰：‘汝既为秀才，吾有一对试对之，曰：“秀才粮长，打粮长不打秀才。”’钱应声曰：‘父母大人，敬大人如敬父母。’令笑而释之。”又纪：“王兆云《挥麈诗话》云：吴人马承学性好乘马驰骤，其友钱同爱戏之曰：‘马乘学学乘马，汲汲而来。’马应声曰：‘钱同爱爱同钱，孜孜为利。’且曰：‘但图对稳，非诮公。’”又纪：“《文行集》云：明代制艺得人之盛莫过于宏治朝，西曹有对云：‘一双探花，两个状元”，儿时张升、己丑状元子思与辛丑状元王华子守仁同官兵部主事；户部郎中刘凤仪则己未探花；龙之父，兵部员外郎；李实则壬戌探花，廷相之父也。又，壬戌鲁铎榜复有永平鲁铎，又有两朱衮，一貌美，一貌不扬。时有对云：‘鲁铎分南北，朱衮判妍媸。’而宏治丙辰进士有孟春、夏鼎、夏鼎、周鼎，李东阳即出席对曰：‘孟仲季春惟少仲。’诸进士无能对者。东阳乃代为之对云：‘夏商周鼎独无商。’几于天造地设矣！”此诚为巧对，是为之记。

十五日戊寅 日晴夜雨。晚刻，翁子俊兄来叙一刻，言陶寿翁之五少君八字：丙辰、丙申、甲申、壬申。年上食神，年下正印、偏才、劫才，日上食神，月下七煞、枭神、偏才，时上枭神，日下、时下与月下同。甲属木，木生秋令，正是凋零时候。申属金，月日时地支均申字，均是属金。金克木，秋木凋零之候，加之三金相克，恐不甚佳。前陶寿翁言其五少君八字系日禄归时，无官星，号为青云得路，想彼媚语耳。陶寿翁之少君总以好言巴结，彼以甲禄在寅，寅与申相冲，亦算为官禄，加之命无官星，即曰日禄归时，无官星，青云得路之美名加之耳。两言如斯，预为记载，以观后日若何可也。家君言，秉礼生在申时，据内里所云生在未时，查申时有官禄贵人，未时有玉堂天乙贵人，未、申二时均佳。

阅《楹联丛话》“巧对录”纪：“国初长洲韩慕卢先生曾芳四等，后登会、状，故其家有‘四等秀才，一甲进士’门登[①]。当未第时，授读蒙馆，而馆主人识丁不多，复强作解字，往往干与馆政，将经书句读点破。韩偶与争，即谓：‘汝是四等秀才罢，得甚事？’韩亦忍受而已。一日，生徒读曲礼‘临财毋苟得，临难毋苟免’，‘毋’字语读作‘母’字。有吴中名下士适过门，闻而窃笑，不知是主人所授，非先生意也。遂高声作七字讥之曰：‘曲礼一篇无母狗’，令作对语。韩应声曰：‘春秋三传有公羊。’其人大服，询姓名而去。由是知名。或云即健庵先生也。”又纪：“相传钱虞山有一板随身，自制铭刻其上云：‘用之则行，舍之则藏，推我与尔有是夫。’后归国朝，此板失去已久，一日忽得之，有人续铭其旁云：‘危而不持，颠而不扶，则将焉用彼相矣！’钱为之惘

---

① 疑为“门第”。

然。”又纪：“王渔洋先生年谱云：顺治元年甲申，十一岁，祖布政公课孙，尝邀从弟洞庭饮，洞庭工草书，酒阑诸孙竞进乞书。布政公把酒命对句云：‘醉爱羲之草。’先生在旁应声曰：‘狂吟白也诗。’二公皆大喜，曰：‘此子必蚤成。’”

又纪：“朱竹垞先生年谱云：十七岁入赘冯教谕宅，华亭王鹿柴每遇冯翁小饮，必先生作古人名对，如顾野王对沈田子、郑虎臣对沈麟士、蔡兴宗对崔慰祖、萧子云对任伯雨、魏知古对颜相时、吉中孚对温大有、杨完者对晁补之、杜审言对萧思话、贡师泰对齐履谦、任蛮奴对张恶子、金安上对郑居中、刘辰翁对逢丑父、韩择木对李栖筠、蔡有筠对徐无党、王岩叟对阮佃夫、李思齐对石作蜀、柳三变对张九成、郑樱桃对郭芍药、王僧绰对马仙埤、秘彭祖对庾黔娄、刘方平对徐圆朗、刘仁本对范道根之类。鹿柴曰：‘此子将来必以诗名。’”又纪：“朱朱垞幼时，塾师举‘王瓜’使属对，即应声曰：‘后稷。’师怒其不伦，而心服其对之巧。在京师时，与人会饮各举古人男女成对者为酒令：太白小青、天咎莫愁、灌夫漂母、武子文君、东野西施等字。”

又纪：“有一人徘徊溪畔，得一联云：‘独立小桥，人影不随流水去’，久无对句。一友欢然曰：‘孤眠旅馆，梦魂会逐故乡来。’又一对云：‘兔走乌飞，地下相逢评月旦；雁来燕去，途中相偶说春秋。’又一对云：‘杨柳花飞，平地上滚将春去；梧桐叶落，半空中撇下秋来。’皆口头常语而极工稳然。”又纪：“《秋雨庵随笔》云：菱角最易落，故谚曰：‘七菱八落’，前人以对‘十榛九空’，工空[①]无比。又，闽粤呼孛齐曰马蹄，以对龙眼，亦甚工。”

又纪：“《英煦斋笔记》载：嘉庆丙辰，茶宴廷臣于重华宫，御制诗二首，用六麻韵，中有嗟字，恭和者咸以为难，彭文勤公先脱稿，时和坤倩人代和嗟韵，意不惬，属公所改正。公易以‘帝典王谟三曰若，驺虞麟趾两吁嗟’两语。和坤素与公不协，是日亦为叹服。”又云：“乾隆

---

① 当为“工稳”或“工整”等。

间十全武功，其烦力至再者三，闻纯庙以‘武功再定’命题联句，圣制出联云：‘一之为甚岂可再’，诸臣皆愕眙无以对。纪文达应声曰：‘天且不违而况人’，此不独用成句如己出，而君臣应对语气亦合，真天才也。”又纪云：“嘉庆甲子，以毓庆宫命题联句，御诗出句有：‘毓庆承恩毓嘉庆’，句下，应臣工敬对，时朱文正公已散直，予同赵谦士敬录一通，送文正看。予自拟对云：‘寿皇垂玉寿今皇。’次早，文正入直，向予云：‘某昨在舍敬对一句，君以为如何？’问之，即予所对七字也，因相视而笑。是日文正以对句面奏，上嘉之。”又纪：“《痴留编》云：有才士偶出一对云：‘冬夜灯前，夏侯氏读春秋传’，久未有对。后请乩仙对云：‘东门楼上，南京人唱北西厢。’适逢其事，遂成巧对。”又纪：“近有某公分校礼闱卷，中有用毛诗佛时仔肩者，则批云：‘佛字系梵语，不可入文。’内复有周易、贞观二字者，则又批云：‘贞观系汉代年号，不可入文。’内因有为之对者云：‘佛时是西域经文，宣圣悲啼弥勒笑；贞观系东京年号，唐宗错愕汉皇惊。’”

又纪：“朱文正与竹君先生常招名流为春盘之会，座上客满，或琴或书，或对弈，或联吟，勾心斗角，抽秘骋妍，酒酣耳热之时，同人有以‘太极两仪生四象’者，满座正各凝思，忽报纪晓岚至，则狂索饮馔，同人即以前句示之佥曰：‘对就始许入席，否则将下逐客之令矣！’公应声曰：‘春宵一刻值千金，吾饥，无甚暇与诸君子争树文职也。’坐客闻之，无不掩笑。”又纪：“有两生同谒纪文达者，一额有黑瘢，一左目已鼓。文达见之，大笑不止。两生惊讶，请其故。师笑曰：‘吾偶集得杜句，一为“片云头上黑”，一为“孤月浪中翻”耳！’”又纪：“相传有父子某先生后中式，其科俱逢戊子，某撰一联云：‘父戊子，子戊子，父子戊子’，以难纪文达。时有师生同户部者，文达对云：‘师司徒，徒司徒，师徒司徒。’”均诚巧对，是为之记。

十六日己卯 早至巳刻，阴；午、未、申时，晴；酉牌，阴；以后皆然。致贺云江兄一信，饬老官送交。接章子修兄一信，随即致覆子修姻兄一函，交其来人带福矣。早刻侍家君同二弟唐臣、三弟虞臣至马屿头祭扫先曾祖考并先曾祖妣墓，供祭毕，至金德生家，过午膳后，就道至王门岙祭扫先慈墓，供祭毕，至微登家少坐而来，至家于时尚早。忆金德生言，丙午出外避曹绍雍严拿，寓在沪江之日最久，言沪江之台人在彼处游手好闲者最多，法八仙桥一帮、英大马路一帮、四马路一帮，有台人为首，各府人为从；有各府人为首，台人为从，总以遇事生枝。上海一隅有如此游民，日深月久，事之危险亦所不免。大凡繁华之区，游民多，贫民亦多；朴俭之乡，游民少，贫民亦不甚多。如虞乡县城，事事俭朴，日进之钱非易，日用之钱亦不多，即饮食等费亦最朴，业所以大富之家少见，切贫之民亦无。无切贫，即无乞丐之徒。至太原省城，即见有乞丐沿街求吃而已。又言，数年之间，同乡扰其钱财亦复不少。古人云："一朝失足，抱恨终生。"凡事循规蹈矩而行，终无后悔之恨，为幸多矣。彼云艰于子嗣，至四十九岁方才得子，今其令郎亦经十一岁，曾将定亲矣。彼现年五十有九，尚健壮，坐守家园亦得自乐。

叙陶习之兄令郎八字系癸丑、乙卯、庚戌、甲申。查其年上伤官，年下劫才、正印，月上正财，月下正财，日下正官、正印，时上偏才，时（下）枭神、比干、食神。庚日逢丑系玉堂天乙贵人，庚逢申系官禄贵人，此即日禄归时。查其八岁行运，初八甲寅、十八癸丑、廿八壬子、三十八辛亥、四十八庚戌、五十八己酉、六十八戊申，一派运气，甲寅、癸丑二十年均是平常。总而言之，命格难佳而行运平常而已。凡命中有占官禄贵人者，人定能贵。如陈子春兄八字：癸巳、庚申、戊子、丁巳。查其年上正财，年下食神、枭神、比干，月上食神，月下比干、食神、偏才，日下正财，时上正印，时下食神、枭神、比干。戊日逢巳系官禄贵人，如是年时均是官禄贵人，两重官禄贵人，理应做官。但子春兄今年经二十有五，仍然守抱家乡，如是看之，恐只虚名而已。命之理微，非实有精推者亦难揣侧而已。

阅《楹联丛话》"巧对录"纪："王楷堂比部廷诏一日进署，适小小马喝道正在查问，忽报长中堂麟到，因得一对云：'司中无小马，堂上有长麟'，不觉高声朗诵。为张所闻，唤王上责其：'何以呼我名？'王答以在司中作对，诘以何对？答曰：‘以中堂对扁鹊耳！’又诘其何以对我、对扁鹊？答曰：‘扁鹊名医。长鳞，名相也。’公为辗然，同人均服其灵敏。”又纪：“有以‘书生书生问先生，先生先生’出对者，或对曰：‘步快步快追马快，马快马快’，微嫌马快对先生虚实未称，然舍此恐无他句也。此如‘念兹在兹，释兹在兹，名言兹在兹’对‘揭谛揭谛，波罗揭谛，波罗僧揭谛’亦取以经对经，灵妙可喜。不必以字句差互绳之耳。”又纪：“曹州徐闻县，其始县城逼近海堧，每潮汛汹涌，闻者震怒，后徙筑县城，居民喜曰：‘海边潮至，庶徐徐闻呼’，因改名徐闻县。方橡坪曰：‘可取对“陌上花开，可缓缓归矣”。’”又纪：“《熙朝新语》载：酒秀才中发谒见尹文端公，鲍雅堂在座，适十四公子庆贺至前，鲍问年几何？曰十四岁。鲍戏出对曰：‘十四世兄年十四’。解应声曰：‘三千弟子路三千。’公即请解为西席。”

又纪：“《滦阳消夏录》云：阳曲王近光言，冀宁道赵公署中有两幕宾，一姓乔，一姓车，合雇一驴轿回籍。赵公戏以姓作对曰：‘乔车二幕客，各乘半轿而行’，恰皆轿之半字也。时署中召仙，即举以请对，乩判曰：‘此是实人实事，非可强凑而成。’而越半载，又招仙乩，忽判曰：‘前对吾已得之矣。“卢马两书生，共引一驴而走。”’又判曰：‘四日后辰、巳之间往南门外候之。’至期，遣役侦视，果有卢马两生以一驴负新科墨卷赴会城出售。赵公曰：‘巧则诚巧，然两生之受侮深矣！’此所谓‘箭在弦上不得不发’，虽仙人亦忍俊不禁也。”又纪：“俗传‘羊肚石边栽虎耳’一语久未有对，有扶乩者忽于沙盘上画一船，船头着一木桶，众怪之。后因出步溪边，偶见来舟，恰如所画。问其何往？舟人云：‘将往“鹅肫湖里种鸡头”去耳！’真巧对也。”又纪：“闵鹤初言：一乩仙出对云：‘踏破磊桥三块石。’众思索不能就，乩书云：‘分开出路两重山。’”又纪：“一蒙师失馆，怅怅而行，适冲县官前导，被斥。某自陈教馆糊口。官曰：‘我有一联，如能对则否。’问云：‘遍地是先生，足见斯文之盛。’某对云：‘沿街寻弟子，方知吾道之穷。’”又纪：“贺耦庚中丞长龄云：眼前景有对得恰好者：‘天近山头，行到山腰天更远；月浮水面，捞将水底月还沉。'此语殊有理致，不独属对之工而已。"又纪云："纪文达、彭文勤二命书与某公同值朝房，某公先告归，行趋疾甚。纪戏作对曰：'足开五六尺，手写十三行。'盖某公退食时尝喜临古帖也。彭曰：'何不云"圣手书生，神行太保"乎？'一座解颐。"又纪："嘉庆壬申、癸酉间，王文僖公懿修与门生冶亭铁保同为礼部尚书，而左右侍郎则英煦斋及胡西庚长龄、秀楚翘堃、汪瑟庵廷珍四先生，又皆出冶亭先生之门，同堂六人，衣钵相承。时有'水部三堂三鼎甲，春宫六座六师生'之对，亦儒林佳话矣。"又纪："嘉庆中礼部有同官二人，一为罗静贮志谦，一为唐休庭业谦，皆楚南人，每合称为'谦谦君子'。时大宗伯为穆克登额公，少宗伯为穆鹤方彰阿、文远皋宁、王莲府中丞三先生，凡公牍中列衔平写'穆穆文王'四字，全谓此可与'谦谦君子'作对矣。"又纪："黄石原曰：近日都人士有以朝贵之姓名作对者，如以周祖对李宗，一指周芝台宫詹昆仲，一指春湖侍郎及芝龄侍郎也。又有以虚字对虚字，如以吴其对许乃，一指许滇生尚书昆季，一指吴瀹斋尚书昆仲，于此亦见门第科名之盛也。"又纪："中桥居士吴敏集句序云：左史林震自号介翁，长于集句，其所用诗凡三百八十家。一日与客饮，壁间有题阳关辞者，客曰：'试用"劝君更尽一杯酒"句以侑尊。'因举杯而属对曰：'"与尔同消万古愁"可乎？'又，尝晚春至山光寺览观陈迹，客举'青山有恨花初谢'之句，有间即应云'流水无言草自春'。前后所集厘为七卷。徐著作师仁跋其后云：'胸次应余五色线，世间争认百家衣。'据按此书，惜不可得。此条系从《福建通志》杂记门录出。"均诚然巧对，是为之记。

十七日庚辰 早至未刻，阴；申时，雨；以后皆然。致徐福生管带一信，交陈逸亭带交。因涂下桥裕大恒、裕源润两家染坊所欠培源靛洋颇巨，逸亭专至彼处取讨，恐有掣肘之处，托徐福生代为开导云云。晚刻，褚永芳、林少秋、王六皆、伍菊香、黄子权、陶习之、周孟东、翁子俊及达云母舅来叙至晚，将下雨时而去。张雨龄来叙少顷，言及余之八字巳日生，巳福在午，上有戌、下有寅，谓之拱禄，月是未、日是巳，谓之夹禄。丙辛化水为财，虽不能筮仕，只享堂上之福荫耳。翁子俊兄之八字系癸酉、丙辰、庚戌、癸未，查其年上伤官，年下劫才，月上七煞，月下正财、枭神、伤官，日下劫才、正官、枭神，时上伤官，时下正官、正印、正财，与楚卿兄之命生日只迟三日耳。查楚卿兄至辛运不佳，现雨龄言子俊兄至辛运亦是平常。既有所言，是为记载。

十八日辛巳 卯前，小雨；辰至申刻，阴；酉牌，细雨；以后皆然。接尤秀卿兄一信，遂即致覆秀卿兄一信，交其带福矣。早刻，张与龄来叙至晚而去。晚刻，余身带寒热，稍有不遂之意，即邀叶石甫先生诊视，不为见功。余之本性寒湿最重，早刻受有微邪之所致也。

十九日壬午 阴。接张子梅先生一信，即覆子梅先生一函，托三先代为带交。家君于早晨同秉礼并张韵卿先生至荐堂癸扫先祖墓。早刻，余本侍家君同行，因有疾，未曾同去。早刻，邀潘耀光先生诊视，言系寒湿过重，开有一方，食下未见好歹，至晚仍有寒热，于二次药中再加桔梗、杏仁两味而进，速其开邪去湿耳。

二十日癸未 雨。致张丹亭亲家一信，交邮寄至上海后马路介祉里。致楚卿兄一信，交邮寄至杭州省城焦旗杆街严衙巷一号门牌黄寓。家君同韵卿先生及秉礼自荐堂上坟，于晚刻来。翁子俊兄、达云母舅来叙至晚而别。余染微邪今日已愈，惟湿颇重，尚须再饮数剂为要。

阅《楹联丛话》纪："无锡邹小山宗伯一桂有门生某弟兄，皆词林二子，并登甲科，而其母则以侧室受封者也。七十诞辰，求公撰寿言，公令诸门生拟之，俱不称意，盖不难于颂扬，而难于得尊者之口气也。公乃自撰联句云：'有子有孙都成名进士，多福多寿是谓太夫人。'于是执笔者咸叹服。又，张船山太守问陶为吴谷人先生锡麟之太夫人撰寿联云：'惟善人现寿者相，有令子为天下师'，亦质朴有味。时先生方为国子祭酒也。又记李笠翁赠李坦庵相国联云：'名世天生，先五百年为福黎民，特使早居黄阁；上元老人，称二十载宜增华发，谁知正在黑头时？'盖相国年未及三旬即登协揆席也。"又纪："笠翁五十岁生男，自题楹联志喜云：'一生好事无双日，百岁闲身得半时。'"又纪：

“吴兴沈坳堂世枫由湖北方伯告归，其子希人学士官内阁，亦请假归省。有同人以联赠行云：‘鹤鸣在荫其子和，鸿飞遵渚我公归。’”又纪：“阮芸台先生五十岁时在漕帅任，衍圣公孔冶山先生赠以寿联云：‘鼎甲连科，皆属公门桃李下；淮扬列郡，更开军府梓桑间。’盖先生扬州人，正漕帅辖下也。”又纪：“阮芸台先生于道光十八年以大学士引年予告返居广陵里第，濒行，奉恩谕有‘怡志林泉’之语，举朝羡之。潘芝轩相国赠联云：‘四海具瞻尊为山斗，同朝饮羡望若神仙。’”又纪：“庆蕉园宫保庆保为广东将军，时王省厓尚书鼎赠联云：‘恩衍韦平，祖父子孙三宰相；家传忠孝，弟兄伯叔四将军。’巨制鸿题，足以称其家乘。纪英煦斋六十寿辰，适近七夕，有呈寿者最著人口，而忘却何人所作，句云：‘四海仰双星，六秩衍大挠甲子；二难跻八座，九天锡娲氏笙簧。’时公子奎耀、奎照皆跻二卿内府锡乐部为寿云。”又纪：“直隶真定府院试后楼五楹合祀关帝文昌，乾隆中吴百华先生省钦视学，适奉召回京，代者即令弟稷堂先生，在真定交替。时白华先生撰一联云：‘文武一龛如在上，弟兄同节此登高。’盖恰值重九日，可云巧合。”又纪：“山左刘文清公在相位，其太夫人九十寿辰，仁庙赐寿，备至极恩荣。阮芸台先生撰联寄祝云：‘帝祝期颐，卿士祝期颐，合三朝之门下亦共祝期颐，海内九旬真寿母；夫为宰相，哲嗣为宰相，总百官之文孙又将为宰相，江南八座太夫人。’盖其时文清以两江总督遥执相权而信芳先生已官太宰也。此与昆山徐氏、溧阳史氏家祠中联皆无第二家足以当之。”均诚佳句，是为之记。

廿一日甲申　早至申刻，晴；酉时，阴；以后皆然。晚刻，陈仲善兄来，言岳母并克三舅公均至海门娄家，因瑶甫先生已至海门，与其媳为银钱未了，邀余代为调停，即允明日同行可也。

廿二日乙酉　早至巳刻，雨；午时雨晴，阴；以后皆然。早刻仲善先行，余至江边堂叩神后，就道至海门锡侯外甥家中，家君为二弟文定购买金器，亦至外甥家中，并晤张子梅先生及两外甥，并应子雨，相叙少顷，就道至娄祝三处少坐，别后至娄宅，晤李克三舅公及陈仲善，相叙半晌后，至瑶甫先生处，互叙多时。据言前账清还，惟媳尚有借当各物不能允诺，语及所屑①，未及详录。留过午膳后而来，至家于时尚早。因刁之兄夫人染恙，即至彼处问候，言其妻病已愈，其亲家金平生先生因染毒致命，已于昨夕作古，乃翁陶寿农先生已至莘山金宅去矣。并言其新亲家何见石方伯亦已至深山金宅去，其婿喻莘仆兄曾经到台，已至莘山矣。晚膳后至周作羹兄府上，晤李舜卿、汪伯端兄，互叙至二鼓时而来。

廿三日丙戌 晴。早刻至翁子俊兄处，晤周月波，互叙一刻，言其府上于廿一夜，贼自台门进开中间门堂前后门，至内房之后间，失去箱内衣物等约值六七十千之谱。现虽各处追查，杳无信息，近夜本处夜贼颇多，须加格外小心为要。就道至达云母舅府上并王春圃处，均少坐而来。

廿四日丁亥 晴。致章仲厚兄一信，致陈训甫兄一信，均因丁辅香兄托余代书，均交丁辅香带交。另致辅香兄一信，托余代致两函封在函内，饬阿发送至永顺利，旋言辅香已至海门去，该函即由永顺利寄交矣。早刻接章仲厚兄一信，托余代其购买豆饼。即福仲厚兄一信，交其来人带福。另致陈翼亭一信，嘱其代购豆饼，该函亦交仲厚兄之来人带至海门与翼亭接洽代购矣。

阅《楹联丛话》纪："朱竹垞先生寓京师时，除夕署门联云：'且将酩酊酬佳节，未有涓埃答圣朝。'脱尽名士习气，而未尝不传诵于时所谓言以人重也。又，罢官后集句为门联云：'圣朝无弃物，余事作诗人。'其实诗人尚不足以尽先生耳。"又纪："英煦斋曰：余未谙习内典，临摹古人所写佛经，偶有心会，如比邱尼岂非尊我孔子乎？居马兰峪工次时，工人于旧寺中添建三教圣人殿，求作联语，遂书与之云：'西域谈经，心仰尼山思窃比；东周问礼，语传柱史戒深藏。'"又纪："材樾亭先生乔荫湛深经史之学，复工骈丽之文，有寿其姊夫李志汉封翁一

① 当为"琐屑"。

联云：‘宝树蔚彤云，知诸出有阳元，望他日成吾宅相；华堂盈紫气，溯厥初于聃耳，喜长生本自家传。’封翁为李研云鸿瑞之父、兰卿都转之祖宅，相信不虚矣。”又纪：“王梦楼先生赠蒋心馀联云：‘前辈典型，秀才气味；华嵩品格，江海文章。’汪剑潭瑞光亦有赠联云：‘沽酒近交乡父老，解衣平揖汉公卿。’”又纪：“秦涧泉学士请假南归，卜居于武定桥畔，相传前明何尚书汝宠故宅，取六一瞻望玉堂如在天上之意，名其园曰‘瞻园’。园中有东山楼，自为瞻[1]云：‘辛勤有此庐，抽身归矣，喜鸟啼花笑，三径常开，好领取竹簟清风、茅檐暖日；萧闲无个事，闭户恬然，对茶熟香温，一编独抱，最难忘别来旧雨、经过名山。’”又纪：“《秋雨庵随笔》云：子健之才八斗，我得一斗，天下共分一斗，以斗论，奇矣。有曹姓人为彭泽令，其友人赠一联云：“‘二分山色三分水，五斗功名八斗才’，运典恰切。”又，“巧对录”纪云：“九里河至言傅黄门凯出使海外国，祷于九里湖仙祠，梦孺子歌云：‘青草流沙六六湾’，漫记之而已。及入境，国王曰：‘“黄河跃浪三三曲”，愿天使对之。’黄门即以梦中句应。国王惊服。盖彼国有青草河，有三十六湾，彼自谓知中国之胜，而我悉彼疆域之详，用是悚龙言。”又纪：“张白冶曰：记得前移居得一楹联云：‘对门莫问姓名，花草一庭欣有主；入室自分雅俗，图书四壁可留人。’又曰：陈曼生尝书一联见赠，云：‘冷淡古梅如老衲，护持新笋似婴儿。’莲因最爱之，即仿其意拟得一联云：‘古梅盖屋多盘错，新笋出林自展舒。’余和之云：‘佳卉移栽如选色，异书借录抵征歌。’又云：‘奇书贪录如增产，佳卉分培当树人。’意皆相类。”均诚佳对，是为之记。

廿五日戊子　晴。早刻，丁辅香兄来叙一刻，言于今日趁轮至黄城去，就道至十里铺及前宅籴谷云。余元配章氏故于光绪甲辰年九月廿五日，当有云出有后嗣即行题入木主，转瞬之间不觉十有四年矣。次女适张氏者现年十四岁，幸上月之杪曹氏已产一子，今值满月

---

[1] 疑为“联”，或别有脱误。

之后，即择今日与章氏宜人题入神主，倘有知者，当为暗佑。早刻请僧五人拜忏一天、放焰口一堂而追荐之。晚刻，达云母舅及翁子俊、伍菊香、周篪卿诸君来叙半晌去后，陶寿翁来叙少顷而去。

阅《楹联丛话》纪："鲍觉生侍郎桂星为富阳董文恭公七十寿联云：'听履承家，秉钧杖国；卷阿颂爽，嵩岳生甲。'庄严典丽，盖非文恭不足以当之。"又纪："浙江德清徐氏六世翰林，曹地山宗伯秀先赠徐西湾楹联云：'前生慧业摩麟角，六世清声冠凤池。'"又纪："钱梅溪《履园丛话》云：庄本培学士培因少时自负才华，不作第二人想。乾隆降乙丑，其兄方耕少宗伯存与榜眼及第时，学士犹未捷南宫，作诗调之云：'他年小宋魁天下，始信人间有弟兄。'后果中甲戌状元。潘芝轩尚书未第时，与其兄树庭中翰咸为名诸生，其封翁索余楹帖云：'老苏文学能传子，小宋才名不让兄。'后芝轩中乾隆癸丑状元，树庭颇恶此联，为易去之，亦诗兆也。"又纪："潘榕皋弈隽以八十六岁赴琼林重宴，万浣云邑侯台赠联云：'泮藻重游，苹笙重听，琼林重宴；老子寿星，哲嗣德星，贤孙文星'，语质而确。时其子理斋农部世璜已请终养廿年馀，理斋之子新入泮宫云，人生得此非易也。"又纪："严问樵官山左，时寅好中联对多出其手，如石燿卿大令尊甫官山右司马七十寿联云：'西人慈母，东人大父；北极湛露，南极寿星。'又，侯理庭太守之母夫人九月初十日九十寿联云：'开上寿，初诞九十曰耄；后重阳，一日八千为秋。'又，理庭之公子新婿，曹氏贺联云：'雀屏妙选令公子，鸿案清芬古大家。'又，蔡仰斋州司马夫妇五旬双寿，其门下士以七夕称祝联云：'屈指三秋，天上又逢七夕；齐眉百岁，人间自有双星。'"均诚佳句，是为之记。

廿六日己丑 早至未刻，阴；申牌以后，阴中细雨。三女阿朝似麻非麻、似痘非痘，惟身体热业已多日，以前尚能进饮食，自早上起饮食顿减，昨邀周相先诊视，未能见效，今早请朝先及六叔公陈月香先生诊视，得能即奏肤公否也，深为念念。

廿七日庚寅 卯前，细雨；辰牌至晚均晴。早至栅浦堂恭叩神圣毕即而来，至家尚未午膳。随即饬长工致送前宅、章宅及十里铺陈宅人情。致仲厚兄一字。接黄楚卿兄自杭州发福信一函，言托买各件尚未购来，可作罢论云云。三女阿朝之病已发出是麻，已经到脚，即请朝相趁视，曾经见效矣。昨夜欲请各人可作罢论而已。

廿八日辛卯　早至巳刻，晴；午、未、申，阴；酉牌，雨；以后皆然。

阅《著竹林》："交枝如'×'字"云："尽道梅花几世修，枝成连理向岩搜。诗缘加点应叉手，人为逃名肯出头。五夜冰霜拳缟鹤，一天风雪架银虬。旁柯礙道何妨刈，瘦干双撑互古秋。"又纪"交加木如'亚'字"："得玲珑处便玲珑，绘理原通造化功。十字偏留空隙白。卍文巧斗阑红[1]。烟云洗尽壶头瘴，冰雪妆成玉样工。鵁背半翻斜照影，天然都在画图中。"又纪"结梢如'爻'字"云："疏疏密密写柔梢，笔化为烟著纸抛。残雪压枝纸作友，冻云盖顶便成交。半空树柯寒阴互，数点天心易象包。谁向梦中吞不止，孤山有鹤正眠巢。"

又纪"游仙诗十四首"云："其一：独夜相思倚画栏，天风凛冽怯轻纨。年年嘉会须灵鹊，咒然银河水不干。其二：闲随列子御风行，俯瞰沧桑几变更。昨夜曾闻精卫语，至今沧海根难平。其三：枯坐瑶房有所思，碧城消息又参差。仙家若说无离恨，未见鸾箫泣别时。其四：修到双棲不计时，消摇无复系愁思。云窗夜静烧银烛，同称琼台待宴诗。其五：秘阁沉沉梦不惊，槛前星宿列分明。遥闻隔院呼仙鹤，疑是黄姑吒犊声。其六：仙吏清名似我无，争夸文字胜凡夫。玉妃索写参同契，素手亲磨墨半盂。其七：足底风雷蹴不开，太清奇景久低徊。偶骑赤鲤东海[2]，笑请麻姑进酒来。其八：访旧遍十洲[3]，半从仙侣订同舟。明朝拟践芸田约，一跨青鸾一紫虬。其九：一室灵明照夜光，水晶簾外月如霜。仙山夜半罡风冷，唤取天孙云锦裳。其

---

① 疑"阑"前脱一字。如"曲"等。

② 疑"鲤"后脱一字，如"游"等。

③ 此句中脱二字。

十：偶挈双成海上游，新诗会向锦囊搜。有人潜解仙郎佩，斜倚云屏不休[1]。其十一：珠阙三千入望微，清风吹绉五铢衣。蓬山日莫无聊甚，迓得云軿玉女归。其十二：门外桃花管送迎，仙妹[2]泥我绕山行。呼童早煮胡麻饭，要向空同谒广成。其十三：纷纷猿鹤与虫沙，触景兴怀萼绿华。一点尘心甘小谪，看侬含泪上灵槎。其十四：乘风飞上步虚坛，自整芙容碧玉冠。云外忽逢青鸟使，人间先问阮郎安。”情句颇佳，是为之记。

廿九日壬辰　巳前，雨；午牌，阴；以后皆然。

阅《楹联丛话》纪：“杨仪明良记云：向来京官俱不敢用伞，惟考试官入场、状元归第乃得用之。其后，南京官稍稍用伞。虽跻显贵，特两檐青伞而已。尝有南北两官相戏，北曰：‘输我腰间三寸白’，盖言常朝官有牙牌也。南曰：‘多君头上两重青。’”又纪：“邱琼山逸事云：邱文庄公少从师于里宦之家塾，时天雨，坐席当瓦，穴漏滴邱肩，公私换宦儿席于漏所，而以己席居彼之地。宦儿见诉于师，师曰：‘能属对者即为理直。’因曰：‘滴雨滴肩头。’公应声曰：‘片云生足下。’师称善。宦儿愧不能对，哭告其父。父怒，召公试之以对，曰：‘孰谓犬能欺得虎？’公即对曰：‘安知鱼不化为龙。’宦知其非常人，好语遣之。”又纪：“梁文康储髫龄时已具公辅之量，一日自塾中归，误仆于地。文迟庵掖起之曰：‘跌倒小书生，’公应声曰：‘扶起大学士。’迟庵与诸子浴于山沼中，出对云：‘晚浴池塘，涌动一天星斗。’公对曰：‘早登台阁，挽回三代乾坤。’时年方七岁，而吐属不凡如此。”又云：“李空同督学江右，偶有名梦阳者唱名时，空同曰：‘安得同我名？我有一对，对佳者则释汝：“蔺相如、司马相如，名相如实不相如。”’生应声曰：‘魏无忌、公孙无忌，彼无忌此亦无忌。’空同称善，置之前列。”语对紧凑，是为之记。

---

① 此句脱一字，疑“不休”前当有“便”字等。

② 据格律，“妹”疑为“姝”。

第五十八章

丁巳(1917)三月初一日起

三月初一日癸巳 早至巳刻,晴;午至酉牌,阴;戌时,细雨;亥刻,阴。陶寿翁新造其江边衙裕大典之西首屋已告成,其二少君习谦兄于今日分住于此,早晨进屋,来柬邀晚膳,却之,又来(邀)而去。晤寿翁及习之、习谦、习恭、习敬乔梓昆季,并吴伯熊、吴勉生、尤伯和、周冠卿、王六溪、娄祝三、张鹿筹、曾豪甫、丁辅香诸君等,计有四席,相叙席散而来,至家时将二鼓矣。

初二日甲午 阴。早刻,剑相及周莲塘兄来叙半晌,剑相今岁六十有一,叙其八字:丁巳、甲辰、戊寅、癸亥。查丁巳年上正印,年下食神、枭神、比干,甲辰月上七煞,月下正官、比干、正财,戊寅日七煞、枭神、比干,癸亥日[①]上正财,日下偏才、七煞。戊土生在寅,戊寅即是长生日。戊禄在巳年,坐官禄贵人。莲塘年二十有二岁,其八字:丁酉年、壬寅月、乙巳日、丙子时。查其年上食神,年下七煞,月上正印,月下劫财、伤官、正财,日下正官、伤官、正财,时上伤官,时下枭神。年坐丁、日坐乙、时坐丙,此乙丙丁谓之三奇。乙日子时谓之天乙贵人,可取其格曰六乙鼠贵。如此八字,将来不致止一读书先生而已。其年尚轻,可望再进。无如其人过于诚厚,未识从何进身于青云也。倪寿生八字:丙戌、乙未、庚戌、乙酉。其长子:癸丑、乙丑、辛亥、己

① “日”当为“时”,本句下同。

亥;次子:丙辰、甲午、癸巳、壬子,悉均平常。命之理微,其中详细星度,难于推测也。应子能先生自晚刻由郡城来。

阅《验方新编》小儿杂治门纪:“小儿初次剃头之后,用薄荷三分、杏仁三枚去皮尖,捣烂,加生麻油三四滴,和匀,于头上擦之,永无头痛之患。”诚为良药,是为之记。

阅《同善录》纪广文昌孝经说经云:“教之[①]之责,重在师傅。顾百工学无不成者,始终一师也。读书十九不成者,师不专一也。书之不熟,学之不勤,多由于此。大约教童子倍难于成人,宜慎择德行之师,终身依归,自然有畏惧而见功效。尤在居停厚脯,致敬情文。致敬则弟子自无不成矣。经云:‘见善不为,于孝有亏。’顾善事多端,恤贫尤甚。大而义田、义学、育婴、养济、施棺、掩埋及阐扬节孝、请旌载志,冬夏茶汤粥糜施,设袱帐法,以熟人作保,定某月施、某月缴完,可以久久不倦。惟有福之人能力为种福之事也。经云:‘神在脏腑,欲不可纵。’纵欲过度,自求速死耳。然岂一死之后遂无冥谴哉?”此彭定求所撰,均是实言,谨为详记。

初三日乙未 雨。近日正值关田,欲求雨泽,适降大雨,塘埭已足,万姓欣幸之至。接章仲厚兄一信,言因雨不能步履,倘若天气晴明,即当而来云云。接张丹亭亲家一信,并惠下多珍,即致谢柬,交其来(人)带福,另函续寄致谢可也。阅“巧对录”纪:“章邱米步云善以乩下,每同人雅集,辄召仙相与赓和。一日,友人见天上微云,得句请其属对,曰:‘羊脂白玉。’天乩书云:‘可问城南老董。’众疑其不能对,故妄言之。后以故,偶适城南,至一处土如丹砂,异之。有叟牧豕其侧,因问之,叟曰:‘此俗呼“猪血红泥”地也。’忽忆乩词,大骇,问其姓,答云我老董也。属对已奇,而预知过城南之必遇老董,斯亦神矣!”

初四日丙申 晴。早晨,恭叩天地后,即至集圣庙恭叩神圣毕

---

① 疑为“子”。

后，至家即饬送各家人情。至巳牌，小儿剃头，深为欣喜。其剃头用鸡子黄敷擦头发而薙之，即鸡子立是煮熟，可无水湿，薙后即用薄荷三分、杏仁去皮尖三枚，捣烂，加生麻油数滴，调匀擦之，可免永远头疯之患，诚为至善。当头发剃后，即换着新衣。家君来抱至楼上，恭叩本家，供奉神圣，并敬祖先毕，即下楼抱约一小时许，颇为老成，亦一幸事。值章仲厚兄来，遂将正椿叩为义父。忠厚兄言其二令郎系甲寅年、己巳月、辛亥日、壬申时生，此寅申巳亥全备，小孩如此八字，颇非易易。值子俊兄、菊香先生诸君来叙至晚而去。晚膳后，同仲厚至谱香母舅处少坐，就道至子俊府上，晤达云母舅、篪卿兄，互叙至二鼓后而来。

阅《同善录》有训曰："幼而得亲全，安乐不知晓。设无双亲在，饥寒难自保。遭此伶仃苦，方思亲在好。又记训曰：嬉嬉怀抱中，惟知依二亲。何至长大后，渐失尔天真？我亲既生我，我全不能孝。（云）何我养儿，我又恤之深。反观觉愧悔，方知父母恩。"均是至礼名言，是为之记。

初五日丁酉 早至午刻，晴；未时，阴；以后皆然。晚刻，翁子俊兄、张与龄兄来叙过晚膳后而去。言及仲厚兄二令郎之八字虽寅申巳亥全备，未见过显。其长子八字：辛亥、甲午、己未、壬申。查辛亥年上食神、年下正财、正官，甲午月上正官，月下枭神、比干，己未日下七煞、比干、枭神，壬申时上正财，时下正财、伤官、劫财。己禄在午，月下官禄贵人，乙巳鼠猴乡，时下天乙贵人，甲巳又是化土。查己禄在午，未为羊刃，日下一重羊刃。阅《神峰通考》云："建禄归地月，财官喜透天"云云。小孩命生有如是之佳，将来总是有格。张韵卿先生及翁子俊兄言邀余之三女八字与其说合，当即允焉。又叙仲厚兄自己八字系辛卯、甲午、乙酉、己卯，虽有官禄贵人，而冲破为恨。其三令郎八字：乙卯、甲申、戊寅、壬子，系官煞混杂，亦是平平，为之记注。张与翁言余之赵退庵书旧对行书最佳，张菊溪行书、吴康甫隶书均极佳妙，毛镜泉先生写行书直条字大有工夫焉，悬有传歉笙先生隶书六字旧对，字虽老劲，尚不及吴康甫书之旧对为佳。凡屏对书法，无论工拙，只求其不俗，即为合式耳。

初六日戊戌 早至午刻，雨；未时雨晴，阴；以后皆然。致张丹翁一信，交邮寄至上海后马路介祉里彤和祥转交矣。小儿弥月之后，承亲戚世交朋友诸君送银器、衣服零星等件，即做麻荮分送，亦台乡俗例，于申时设酒九席，柬邀诸君畅饮一杯而致谢焉。晚刻来者而章仲厚、张韵卿、应子能诸公外，陶习敬、赵子修、赵叔枚、田彝安、徐志仲、孙化南、林少秋、王伯琴、金仲璋、周醉香、翁子俊、周达云母舅、谱香母舅、陈永义、叶蓉秋、周孟东、周雅斋、丁辅香、周冠卿、黄少湖、周立西、倪寿田、王春圃、王同甫、王灿霞、陈月香、周作羹、周漱芳、周建西、周篪卿、陶少云、邱遇琴、吴玉成、金仪卿、黄星斋、叶石甫、曹端甫、王六皆、伍菊香、陈春亭、王俊卿、洪少琴、王采东、黄子权、周莲塘、周月波、周明钊、苏焕堂、谢公咸、刘式仙、张与龄、黄广修、黄崇虎、蒋云珊、陈禹棠诸君，相叙席散而别。余年经四十有四，幸举一子，承诸君致贺，以薄酌言欢，深为抱愧耳！周冠卿先生言，荐堂先祖墓坐巳向亥兼丙壬，马屿头先曾祖墓坐酉向卯兼辛乙一分，是处先曾祖妣墓坐庚向申兼甲寅云，并言地之佳能添丁者，须以坐山为凭，事非子虚。今岁幸叨祖宗福荫，添有一丁，以冠卿先生言是荐堂坟墓所出，但荐堂之墓的确有地，能得添丁者总是不次，但马屿头坟墓本是己酉丑可望添丁，查其处系在下元，今在上元之脚，候尚未到，所以预知是荐堂祖母所添也。

初七日己亥 晴，西风颇大。家君席请仲厚兄午膳，并邀韵卿先生、达云母舅、子俊兄、伍菊香、应子能先生、周冠卿先生，相叙席散而来，而子能先生、冠卿先生均去。余请仲厚兄晚膳，并邀韵卿先生、达云母舅、翁子俊兄、伍菊香先生、汪伯端兄、陶习恭兄诸君，相叙席散而别。言及孙旭东之师章育波于光绪初年进京，控黄岩王右龄孝廉于都察院而不准，即造假批并造假信于前台州郡守郭谷斋太尊，时郭太尊人最诚厚，不知其中真伪，即请王右龄孝廉酌议，致其抑郁而逝。

此等人心如同蛇蝎，其师如斯，其徒安有佳者！不言可知，是为记载。以后凡遇此等面善心狼者，须当格外预防，是为至要至切。

先慈改葬于屿峹日子托贺云江兄转寄福建泉州府城内道口街海清亭头坐西朝东洪潮和长男彬海、孙正中、曾孙堂麟、堂凤择日馆代为择来，详示云贵穴坐乾向巽兼戌辰，用丙（戌、辰）分金，仙命丙辰，寿命甲寅，戊午主主，长男甲戌、媳丁亥、次男戊申、三男庚戌、孙丁巳。破土择于三月廿九辛酉日午时，从乾方先起手大吉，卯、子人避之则吉，开圹择于四月十一癸酉日午时，从乾方先起手大吉，卯、子人避之则吉。出柩择于八月十八戊寅日寅时，从西方扶动，启行到山，远近不拘时吉，申人避之则吉。安葬择于八月十八戊寅日，不拘时开圹，午时进葬大吉，申、子人避之则吉。吉课丁巳、己酉、戊寅、戊午，丁巳谓罗天大进，己酉谓大进到向，戊寅谓九星六白，戊午谓生门到向，并注：太白归恒，竖牌同葬时吉，其牌字勿盖硃色，用黄纸封密吉。谢土择于十二月十一庚午日午时大吉，子人避之则吉。此闽俗如斯，与浙俗不同。岁压丙寅、甲申、壬寅、乙亥、癸巳、辛亥六人，及的呼甲辰、丙午人，惟葬时避密不忌。大凡造福之利总以课格八字为要，故选择先推造命，以正体为体、斗首为用，是谓体用兼全。其馀诸利因时取用而已。至于吉凶、神煞，难于尽宜尽忌，惟推其起例根源，有益者用之，无妨者不必尽拘也。妙取秋金振金旺体，以资山头苍穹太阳归垣遁甲生门到向，以之安葬，允主千祥毕至、百福骈臻、上上元吉。即请周冠卿先生代为详核，据云三月廿九日辛酉日做坟、八月十八戊寅日进圹可以为用，至于所书样式，此闽浙俗例不同也。家君亦以冠卿先生之言为然。

晚刻，赵叔枚及其教习姚咏平、林少秋、田彝安、金仲璋诸君来叙半晌，田彝安兄托余代买天台山茶洋二元，林少秋兄托余代买天台山茶洋一元，共洋三元，均已收来，候至天台山时代为购买可也。家君嘱购山粉两斤，章仲厚兄托余代买茶叶洋两元，均为代买可也。现虽三月今年有一闰月，三月即作四月节候矣。局房曾先生已将前送验田契五张于晚刻均已送来，余拟将承分少愚兄所买之田契明日检出交其印验为要，本可延缓，彼言验契如何之难，余亦有意送印，不如早日交其印验可也。

阅《同善录》纪文昌帝君子孝弟训节云："人合者缘于后起，天合者出于性成。天下有不仕之人，有寡交之人，亦间有不娶之人，而必无无父无母之人。有父母即有兄弟，则'孝弟'二字固人生之所共知、共能者也。爱亲从兄之念发于天良，根于肺腑，无所假借，无所矫揉。率我本来之性行去，自然中节，此真天伦之乐事也。观夫老牛舐犊、燕子含哺，我风舞叶而猿唳三声，明月中天而蝶魂万里，当其逢时触景，未始不兴念劬劳、怆怀手足。奈何朝夕依依膝下，雁序成行而反漠焉视之耶！意者家道之艰难乃亏甘旨为室，人之交谪有戾壎篪，或牵情婚、宦，致疏白发；或分争财产，遂损连枝，嗟嗟！冒刃卫姑，妇女尚知大义，而矧乎男子；灼艾分痛，帝王犹切同胞，而况在士夫！人非草木，岂独无良？言及于斯，愧痛交集矣！夫谨身节用，孝之基也；生事死葬，孝之实也；显亲扬名，孝之成也；敦宗睦族，孝之所流通；济人利物，孝之所推广。人苟能尽孝，自能体亲心，以及友于而式好无尤。是故不弟之端积为不孝，能孝之士断无不弟。读蓼莪之什、棠棣之章，未尝不废书而三叹也，君子勉乎哉！"

初八日庚子 早至未刻，晴；申牌，阴；以后皆然。章仲厚兄于早刻去。家君于早刻至辛山去，为小妹造屋代为斟酌耳。早膳后至椒江，晤林少秋、姚咏平、田彝安、胡志岩、赵叔枚、郑鹤声诸君，晤叙半晌，就道至达云母舅府上少坐，来时已将午膳矣。晚膳后至道周宗叔府上少坐，就道至星斋宗叔处，晤叶石甫、王六皆、周冠卿诸君，互叙至二鼓后而来。叶石甫先生言，楚卿兄之长子生时日在壬子七月十一，是日早上似有日色，至午天阴，午膳酒醉而睡，尚未尽醒，听其里透人来传说楚卿之夫人生子矣，于时尚早，大约总在申时。彼家向来推算均作酉时，恐尚未至酉牌。果是酉时生，则其日禄归时末官星，号为青云得路。倘如在甫先生所言此时出世定是申时，照申时所推，则其官煞混杂，不及酉时远矣。若是戌时生，又不及申时远矣。今年六岁，尚未见其好歹，至十年之后，瑕瑜明见。是为之记，以观日后若何可也。

阅《著竹林》之“碧桃花馆”诗云：“萍踪聚散忒匆匆，荏苒韶华一梦中。缕缕情丝牢缚茧，翩翩瘦影想惊鸿。剥来蕉叶愁心绿，减却桃花笑靥红。莫道仙人音信渺，任凭青鸟寄书通。蓝桥一路访云英，不信人间有玉京。翠被兰香薰暗麝，红簾絮语避娇鹦。珠量十斛添新宠，石证三生订旧明[1]。记取前宵明月夜，朱扉轻叩指声声。水晶簾外月沉沉，故事风流威不禁。频试娇嗔知意远，暗迎浅笑觉情深。三春愁想萦眉角，一点脂痕印掌心。他日团圆偿夙约，枕边私谱白头吟。忆得红颜薄醉时，梨涡两点晕胭脂。倦临鸳镜调眉黛，斜掠鸾梳理鬓丝。曾解香囊邀谢遏，浪夸罗袜梦陈思。钟情大抵翻多感，每到想逢有泪垂。”

又纪“和吴子文元韵”：“竭来自觉清闲惯，遍上红墙卖酒楼。求世无心居梓里，思亲有梦绕芦沟(注云家严供职都门)。偏甘落拓何甘隐，只解疏狂不解愁。同是天涯年少客，枉将才调说风流。挑尽残灯说楚辞，极无聊赖夜深时。达人大抵皆知命，才子由来不讳痴。骨格难医身太瘦，心机误用鬓成丝。肠枯自觉吟诗苦，拈韵浑如学步儿。”词气老劲，是为之记。

初九日辛丑 阴。晚刻，达云母舅、菊香先生来叙，过晚膳后而去。

初十日壬寅 早至未刻，晴；申牌，阴；以后皆然。致娄瑶甫一信，交三先送至海门。致丁辅香兄一信，亦交三先带交，向取天台之汇洋，旋言今晚自至家子送来。晚刻，辅香兄送来和生汇票一纸，计洋两百元。余于癸丑岁至天台山华顶求祷于普同塔：沅妻陈氏、曹氏两人无论何人能得生子，满月之后即至华顶做水陆一堂，普济孤魂之

① 据诗句意，“明”疑为“盟”。

愿，于正二月间曹氏分娩，幸举一子，现经满月，此愿理当还答，已定于十二日动身至郡，随即赴天台华顶寺请僧设放水陆大斋，以应前愿耳。早刻，达云母舅及周篪卿翁子俊、李舜卿、陶习敬诸君来叙过晚膳后而去。余至永顺利麻行，晤周冠卿先生、丁辅香两君，相叙半晌。冠卿先生言，金子和兄请其看地，明日至莘山云。

阅《代历》纪：玉堂天乙贵人甲戊庚牛羊，《神峰通考》之玉堂天乙贵人是甲戊兼牛羊，《富平会海》亦是甲戊兼牛羊，想是甲戊兼牛羊为准。至甲戊兼牛羊为准，下亦庚辛逢马虎，非六辛逢马虎也。是为之记。玉堂天乙贵人：甲戊兼牛羊，乙己鼠猴乡。丙丁猪鸡位，壬癸兔蛇藏。庚辛逢马虎，此是贵人乡。命中如遇此，定是紫薇郎。至官禄贵人：丙戊禄己丁巳午，庚申辛酉喜相逢。壬亥癸子偏相乐，甲寅乙卯禄丰隆。"五行长生掌诀"纪：庚金生在巳，辛金生在子，甲木生在亥，乙木生在午。壬水生在申，癸水生在卯。丙戊生在寅，丁巳生在酉。此均命中之吉星也。十恶大败日：甲辰乙巳与壬申，丙申丁亥及庚辰。戊戌癸亥加辛巳，己丑元来是恶神。国家用兵须大忌，龙蛇出穴不能伸。入命若逢值此日，仓库金银化作尘。此虽凶星，命中有所遇，须有财官可以相济，返成富贵耳。命中理微，尚有五行星度，揣测颇难耳。

十一日癸卯 晴。午膳后，达云母舅、吴玉翁、周作羹、翁子俊、伍菊香诸君来叙至晚而去。陈仲善兄于晚刻来。晚膳后，相约张韵卿先生、陈仲善兄至李舜卿兄处，相叙半晌。舜卿兄出示其乔梓八字，但舜卿兄八字：丁丑、庚戌、己卯、乙亥。查丁丑年上枭神，年下偏才、食神、比干，庚戌月上伤官，月下食神、枭神、劫才，己卯日下七煞，乙亥日上七煞，日下正财、正官。大令郎系庚子生，八字记忆不清。二令郎八字：辛丑、戊戌、己丑、乙丑。查辛丑年上食神，年下偏才、食神、比干，戊戌月上劫才，月下食神、枭神、劫才，己丑日下食神、比干、(劫)才，乙丑时上七煞，时下偏才、食神、比干。三令郎八字亦记忆不清。据韵卿先生(云)，舜卿兄之八字不及其二令郎之佳，即其大令郎之八字亦过于二令郎。就道至集圣庙看戏，晤王春圃、陶习敬、周作羹及达云母舅、伍菊香、翁子俊、周槐卿、王六皆诸君，相叙半晌而来，至家时逾二鼓矣。仲善兄言，其令郎系丙辰年三月十六日辰时生，叙八字：丙辰、壬辰、乙亥、庚辰，查丙辰年上伤官，年下比干、正财、枭神，壬辰月上正印，月下比干、正财、枭神，乙亥日下正印、劫才，庚辰时上正官，时下比干、正财、枭神。乙木生在三月，可谓最旺，幸庚金克木，此亦中上之命。人生命能佳妙者非易，即如此等八字亦可谓佳耳。

十二日甲辰 晴。达云母舅并篪卿、仲善(来)，相叙过午膳后，达云母舅去，余同篪卿、仲善两兄至洪少琴处少坐。至道头，值潮候尚早，坐饭店少待，见其两子，一子七岁，一子方是闰月生，均极佳妙。询其八字，据云七岁者系辛亥、辛卯、己卯、甲子。查天乙贵人坐在时晨。次子闰月生者：丁巳、癸卯、癸酉、壬子，查其年、月均坐天乙贵人，日中又坐长生，时中又坐官禄贵人，看其如此八字，将来不至长于贫贱耳。少顷，黄岩小轮至埠，仲善兄而去，而至郡小轮相继而到，余同篪卿趁该小轮，至晚方抵郡城，即宿江厦永源过塘行，同篪卿至聚丰园晚膳，晤苏立斋兄，相叙一刻，就道至蒋敬甫处少坐，即转至永源宿夜，晤有蔡柳春，云是黄岩县城人，至仙居朱溪购茶。早刻时，家慈嘱余带洋二十元与天台山华最和尚为数金耳。

十三日乙巳 卯前，雨；辰牌雨晴，阴；至晚皆然。天方明即同篪卿兄至南山殿，恭叩神明毕，转永源早膳，时方在上午六句钟即行动身，至下午四句抵天台山清溪姜宝山过塘行，晤竹林逸，均相叙半晌。即将和生汇票至许义和对票，据说系义和泰记。遂至义和泰记，云是许义和之票，彼即不认，再至许义和，言欠和生只陈账数十元，原票退还，心甚着急。而竹林先生言，华最和尚日昨下山，尚在城内，遂请华最和尚来与其通融，俟佛事散日，即行付洋，随将家慈嘱带洋二十元面交华最和尚收讫，请其书写收条带还可也。即致丁铭轩兄一信。致丁辅香兄一信，烦其向和生取还原洋，交翼亭专人送至天台。致陈翼亭一信，叫其向丁辅香兄取洋二百元，托其令弟小玉相专送至天台山华顶寺为要。共信三函，均交邮局单保险分寄矣。

十四日丙午 卯前，雨；辰牌雨晴，至未刻均阴。早膳后，由姜宝山动身，至下午二句钟即抵华顶寺。再致丁辅香兄一信，致陈翼亭一信，交轿夫带至城内交邮局分寄矣，催其速即送洋至天台山华顶寺为要。少顷，华最和尚亦经到山，即托其为小儿正椿还经，华最和尚言近日佛事颇多，余之请放水陆大斋即定明日十五起佛，遂即允诺，就于今夜净坛矣。现华顶大殿均已加油，主佛并在左右佛均添相，藏经阁已造，念佛堂定于本月廿九日竖柱上行，华顶如此功业，华最和尚虽均募化，亦是一生苦志耳。

十五日丁未 早至已刻，阴；午、未牌，重雾，正是对面不能相见；申时以后均雨。还愿水陆已于早刻起佛。早膳后，至龙泉庵，晤妙源师并其徒华海师，相叙一刻，即托妙源师代小儿正椿取一法名，遂即允诺，代取法名“华禧”二字，妙字下一辈即华字，遂将华禧二字当即小名可也。就道至拈花室少坐，是处屋虽造成，内未修饰，并至塔院恭叩神明。忆癸丑岁春至是处求嗣，现幸添丁，已做还愿水陆，须至是处叩神，分也。转至善兴禅寺，晤华最和尚并明著师、之春师、汝净师、景明师，相叙至晚。言及山上茶叶今年天气过冷，现方萌芽，须至四月方可摘叶，二十左右可有售卖。日前，仲厚、仲善、彝安托买两元，少秋兄托买一元，陈茶恐有出气之虞，新茶万不能代购，只托华最和尚代为购买可也。

十六日戊申 早至辰刻，阴；巳、午牌，雨中雪子，天气颇冷；未时雨晴，见有日色。忆上年三月中旬同达云母舅及菊香、伯端、舜卿、篪卿同游，山上(穿)夹衣尚热，今年三月中旬，加之闰月，已在四月节气，其冷如斯，亦不能料及也。晚刻，普琴师及妙瑞师来叙少顷，托余代写直条，即为允诺，俟至家写就寄送可也。妙瑞师字印空。

十七日己酉 阴、晴。致章仲厚兄、陈仲善兄、汪伯端兄及朱子延各一信，适华最和尚下山之便，托其代带交邮转寄。今早进内坛矣。华顶寺山门之内本有售杂货之摊，现和尚因恐寺内诸僧，亦均禁止矣。

十八日庚戌　晴。至白云庵普琴处少坐而来。

十九日辛亥　早至未刻，晴；申至戌牌，阴；亥时，雨。日与山僧晤叙，亦不知其日已晚也。

二十日壬子　早至午，阴、雾；未牌以后均雨，仍然重雾。华最和尚因楚卿兄令堂有至山之语，于十七日下山与其接至县，未见其来，遂至郡，又未见其来。遂至家子，言楚卿兄令堂因有小恙，改日上山。陈翼亭因和生之汇洋不照，向丁辅香兄取还，专送未便，交诸堂尼便带至山，值华最和尚至家子之便，即交其带来，清付水陆仪洋计二百元，均已清讫。华最于下午三句钟时经到山，所言详明矣。天台山中有金姓名良能者来山，互叙半晌，言及其县中王禹生兄于银钱最为精明云。华最和尚徒名英贤者，日前至宁海去，亦于晚刻来。华顶山善兴寺之旧有屋宇，今华最和尚均经重造，虽云募化，亦费苦心。大殿主佛并左右二佛及二十诸天已于上春开光，此外已经奉塑不少，尚未添相，可望逐渐成功也。

廿一日癸丑　雨颇大，雾亦浓重；未牌，听有雷声。酬愿水陆已于今日圆满，亦算为一要事也。明日稍晴即欲下山，倘至清溪，自今大雨之后，长船至郡最为便捷耳。功事已毕，急于到家之心甚切，未识明日得能稍霁否也。

晚刻与之春师、汝净师及良能相言及国清寺退院和尚今有五人，以谛顺和尚绰号铁位牌者为第一，自方丈退院之后，不受施主分文，日夕自行用功，衣食二字最俭、最苦，背后论其若是即不易也。凡人生而享大年、能为鸿业而有作为者，必有来源之语，定非子虚。以星宿为上，次精灵，次积善，次僧道，即相理衡真亦有。言及禄之崇卑、福之厚薄，必视前生之深浅，必矣！平等之人以及卑贱亦是前世之来源、处世若何，率皆前定，不能相强也。乡中有言黄煦东宗伯、赵瀛洲守戎均是山僧再世，但煦东宗伯享一生之福，年逾六十而逝，其后继起有人。赵瀛洲守戎寿经七十，其后嗣不能而继，光景不佳，定其前世积福厚薄之所致也。

三弟秉衡于庚戌岁十月廿六日生之前夕，家君言梦见温州黄漱兰先生至家，恭叩祖宗，次日而秉衡生矣。未识秉衡他日得有漱兰先生之声名、福寿否也。按：黄漱兰先生名体芳，温州瑞安人，乙卯举人，癸亥恩科会试第一，钦点翰林院庶吉士，授馆编修，历使贵州、河南、福建主考、山东、江南学政，以司经局洗马开坊，官至兵部左侍郎，降通政使，升都察院左副都御使致仕，至光绪己亥仙逝。嗣君仲弢太史亦有贤声。言及前生之事，忆有言及者，是为之记。总而言之，确言前生星宿、精灵、伟人、僧道之语，亦不能而指，至再世之事，定然必有，人之有前生亦必然，以理度之亦然。至此理与新学诸君子所言必是谬语，无人言之，无人听之。余非新学度理度事，是为自记。即大事记云：曾文正公自精灵中而来，确有凭藉，并言之的确，况《先正事略》亦有言及，其事之必然耳。余想幼孩上学，其情志初开之时，须在五岁必能上学，即余忆四五岁事半了然。上学之初，教其认字，必须相仿之字写与其认识，倘教读，须今之《绘图三千字文》，字字有图画者为妙。其师必与其讲说，初讲《三国演义》以开其志，每日不必多言，看其天知工拙讲之多寡，必候其均须记忆为妙。继讲《鉴史节要》或《五种遗规》《传家宝》等书为善，即《幼学琼林》一书亦必不可少。即教其读《三千字文》之后，《幼学琼林》《鉴史节要》，即教以四书五经，得能天知佳者，教其作诗、对对可也，候其自能会悟，可以送出学堂。即送出学，必请一师将日间所授书籍与其详细解说，易为记忆。倘在下愚而性情难伏者，即请师在家教读，不必与其出学。现忆想如斯，未识高明者亦以为然否也。之春师言，此山龙之宫蒙学教习有潘然之子，年方八岁，而《三国》一书能背诵，并能详说，即四书亦能说而无误。子弟如斯，倘能善于培植，将来青云直上亦可预必也。

廿二日甲寅 卯前，雨；辰、巳刻，重雾，雾水犹同细雨；午、未、申时，阴；酉时仍雨，以后皆然。现在山上公事已讫，归心似箭，早看虽有雾水如同小雨，不能耽搁，即于早晨辞别华最和尚，遂行下山。上午十二句钟时抵国清寺，晋叩迦篮菩萨毕，国清方丈万胜和尚及可谈师出而招呼，随与晤叙半晌，而即动身。至下午一句馀钟已抵清溪姜宝山过塘行，晤姜竹林先生，畅叙一刻，托其雇长船一只，过午膳后即行下船，时值大雨之后，山水更增，至郡之船快如轮舟，至晚即抵大石。但长船夜间不能开行，该船即停过宿矣。

廿三日乙卯　早至巳刻，雨不甚大；午、未、申三时，阴；酉牌以后均细雨。该船早晨由大石动身，至上午十一句半钟即抵郡城。看怡昌小轮在埠尚未动身，遂即过怡昌小轮安置妥定，未曾上岸，即在该轮午膳后，至下午一句半钟，该小轮由郡开行，至四句半钟即抵家子本埠。昨日早晨由华顶山动身，至今日未晚即抵家乡，可谓至便而且速也。时道头因贩牛时节，路道龌龊，难堪言状，值张韵卿先生言于十五日至家，亦于此时小轮亦抵道头会晤，相约至洪少琴处相叙半晌，询及家中悉均安谧，深为庆幸。即行至家，均获平安，为幸多矣。惟秉礼、秉衡两弟悉均出麻，幸均顺适，欣喜之至。家君嘱云：先慈同太恭人做坟即遵福建洪潮和择来本月廿九日子，惟周冠卿先生尚在辛山，明日专人去请来家，至日请其代为做坟可也。家中大小悉均安吉，欣喜之至。

廿四日丙辰　辰前，雨；巳至申，阴；酉时，小雨；以后皆然。致金季盘子和一信，又致周冠卿先生一信，饬保玉送至辛山。晚刻至子俊兄并达云母舅两处，均相叙半晌而来。

廿五日丁巳　卯前，雨；辰时至申，阴；酉牌，小雨；以后皆然。致陈翼亭兄一信，饬老官送至海门。培源附和生汇票，嘱翼亭送交丁辅香兄交还和生丁铭轩矣。晚刻，陶宅之篰基有江北人做戏法，俗名走江湖，男女计十九人，内有女孩五人，其中一人年只四五岁，其手戏颇为灵便。就道至陶宅，晤习之、习敬，相叙一刻，言冯敷五有大格盘遗在裕大典中，家君嘱为致函托习谦兄向取来，于廿九日先慈做坟一用。即致陶习谦兄一信，交三先明日至海门向其取来一用。晚刻，达云母舅及六皆先生、菊香、篪卿诸君来叙，至晚而去。

廿六日戊午 早至巳刻，雨；午牌雨晴，阴。致王仲达一信，交邮寄至黄城，托仲达转托许蓉垣先生代撰天台山华顶善兴禅寺方丈并国清寺迦蓝殿对语各一副，俟其撰就寄来即托王礼泉先生代作篆书，刻板、加漆寄送可也。陈仲善兄于早刻来，过午膳后即趁小轮而去。许眉甫先生于晚刻来，留宿一夕。昨请周冠卿现尚未来，想就道至屿岙亦未可知耳。

廿七日己未 晴，致钱达三兄一信，交邮寄至沪江；致华最和尚一信，亦交邮筒寄至台山。接王仲达一信，托余代荐韩炳青为保安队巡丁，即代致片与王春圃矣。家君因廿九日为先慈做坟，即于今早至屿岙，余拟廿九日早去可也。早刻至椒江水产学校，晤赵叔枚、孙化南、胡志岩、孙志伸诸君，互叙一刻而来。许眉甫先生亦于早刻去矣。前宅阿六来言至海门购买荳饼，言及伯纯兄侍妾系三月十一日亥刻生有一子。但伯纯兄长子系其陈氏夫人所出，今年将十岁矣。忆余于甲午娶元配章氏，乙未新正至其家中叩岁，伯纯兄年方七岁，仲厚兄只五岁，现伯纯兄长子已有十岁，仲厚兄长子亦有七岁，犹如转瞬之间。古人云："不知老之将至"云耳。

廿八日庚申 晴。早刻至修云相家吊唁。就道至吴玉翁并王春圃两处，相叙一刻，即至海门小妹家，晤锡侯、洪𢥞两外甥，适张韵卿先生亦来。余即至楚卿处，将前代买来之全鹿丸价洋四元面交清讫，并晤徐福生、陈舜卿、郑夔友、蔡绍庭、马敬斋、谢仲篪、朱鸣九诸君，互叙少顷，楚卿留过午膳后，就道至丰泰，晤贺云江、陈春亭少谈。云江兄言，小孩疝气以茶衣和高丽（参）少许最能见功，托其代买金针四斤，价洋即时付交。至永宁局，晤陶寿翁、刁之、刁谦乔梓昆季，及王子正、王明斋、蔡新之、陈少山、申桢夫、王勤甫、邱泽生诸君，畅叙一刻。即至和生，晤丁铭轩、徐月秋、丁旭东诸君，相叙半晌。但徐月秋兄精于命理，即托其代将余与小儿庚甲代为推算，据云余之八字夹禄兼拱禄，一生福分攸攸，命格即取夹禄拱禄而已，又加正官、正印，平稳之极也。小儿八字五行无缺，财煞透天，无损无冲，如是者颇非易易，可作上等八字推详，命格可取用财助煞，至枭神在于月下，亦可取独煞流清。总而言之，福分小儿不及于余，才见余不及儿耳。即托其代批庚甲两纸。别后至远记，晤丁辅香兄少谈，即至庙叩神毕后，路晤朱子延、林宅三出示章仲厚一信，言购荳饼是否由徐、张两君相酌？余因至各处一走，嘱其至培源。分路后，余至翟家看花园，晤翟洛东少谈，其所存只有东洋茶花。但东洋茶花不甚佳妙，惟飞桃、梅花颇多，此外均不成器。就道至陶习谦处，晤叙半晌，言及做水门汀生活。但水门汀与沙调和，色带黄色，此水门汀沙多，其物不甘，须带青色，水门汀与沙均匀，其物干固。家子有泥水工作名良华之徒孟登，能做水门汀之生活，现代信远做台门工夫，艺之工拙，即视其处可也。别后至培源，晤朱子延、王俊卿、胡申甫少谈，言徐、张两君出外，未晤。余因天色将晚，即至金锡侯处，晤其张先生，少谈而来，至家时将晚膳矣。但韵卿先生因其张先生挽留彼处，未曾同来耳。

廿九日辛酉　晴。家君同家慈寿域并先慈佳城地择屿岙山之麓，由福建洪潮和代选今日寅时开金井，午时分金，家君已于廿七日至彼处预为调度，周冠卿先生已于昨日由辛山就道至彼处矣。余于天明动身至其地，时方上午八句钟，工人颇多，金井已将成就。家君同冠卿先生均在是处，砖石工夫均已齐备，方至十一句五分钟，时至午刻，冠卿先生即行定准坐乾向巽兼戌辰，用丙戌、丙辰分金，遂即行砖，至下午二句钟，三所之初卷均成，即续此卷上皮时，家君嘱余先来，家君同冠卿先生尚在是处料理未了一切，言明日可以到家。所做穴地三所已满，杨姨太一所另做在侧。此番做坟一切，家君嘱为三股分用，余成一股，未识已成若干。日前曾付出洋三十二元，未识再需若干。但余于下午二句半钟时动身，道过朱家店徐山小学校，访梦云先生，适其至东山未来。即与王子明相叙一刻而别，至家于时尚早。现叫上洋人之轿夫，气力健壮，故有如是之速也。但该处土色右边最佳，中央尚可将就，左边平平而已。日昨向陶习谦借来之大格盘即藏轿内带转，时值桂玉老在家裁衣，即交其代为送还习谦兄。但此盘系习谦令亲冯敷五先生之物，其盘虽大，指南针颇不灵便，此平日藏此格盘而不在行所致。余之格盘，其物虽细小，指南针最灵，即购来于时未久。

晚膳后至翁子俊兄府上，晤潘子祥，相叙一刻，相约出外至篪卿处少谈。言楚卿兄已由海门至家，即同至楚卿处，晤王六皆先生、道周宗叔、黄玉堂、郑夔友、周作羹、王春圃诸君，互叙至十句钟而来。翁子俊兄言，洪少琴兄近有吐血之病，人大落格，其八字又至入墓，运至如斯，病又如是，深代担忧耳。

三十日壬戌 晴。致陈翼亭一信，饬阿唧送交。早刻至道周宗叔处，少坐而来。午膳后，达云母舅及翁子俊兄、伍菊香、金建卿、林少秋、姚凤鸣、田彝安、孙化南、王六皆、黄玉堂及道周宗叔来叙至晚而去。屿岙诸事清讫，冠卿先生同家君均于晚刻来。晚膳后，相约冠卿先生、韵卿先生至楚卿兄处，晤金子和、郑夔友、黄玉堂、叶石甫、王六皆、伍菊香诸君，互叙至二鼓后而来。楚卿兄言，据周萍翁云，京城众议院议员并各省省会议员其覆选期定民国七年阳历八月，想其调查选民并初选之期约明年阳历二三月之间举行耳。

四月初一日癸亥 晴。接章仲厚兄一信，言向培源所购饼洋嘱为再延等语。家君席请周冠卿先生晚膳，并邀吴玉翁、达云母舅、翁子俊兄、王俊卿、伍菊香、黄吉甫宗伯、张韵卿先生诸君陪客，相叙席散而别。晚膳后，陈舜卿、王春圃两君来叙少顷而去。

初二日甲子 辰前，阴；巳、午刻，晴；未时，阴；酉牌，雨；以后皆然。午膳后，达云母舅、子俊兄、菊香、篪卿诸君来叙至晚而去。丁铭轩、丁旭东来叙半晌，言及旭东之女与陈渔韶兄令郎即于今日文定云。

初三日乙丑 早至已刻，雨颇大；午牌雨晴，阴；以后皆然。致蒋敬甫兄一信，交子权专人送郡矣。

初四日丙寅 晴。家君早刻同吴玉翁至北山去，吴玉翁亲戚王日德为其二三令郎分爨，托玉翁代邀，并言其亲家周映江亦在彼处。但其分爨诸事繁杂，非一夕而可能了也。午膳后，周达云母舅、翁子俊兄、伍菊香、周作羹、周篪卿诸君来叙半晌而别。二弟秉礼聘亲杨子韶令媛，择本[1]月初八日文定，家君请达云母舅及子俊兄代媒耳。晚刻，至陶寿翁府上，相叙半晌。寿翁言方于早刻至家，言及彼生于午时，非是未时，其八字：丁卯、癸丑、戊申、戊午。前作己未推算，忆徐月秋先生言陶寿翁八字中有夹贵，莫名其妙。现寿翁言是午时，彼生在戊申日。查玉堂天乙贵人甲戊兼牛羊，所以戊申日戊午时夹未宫之贵，现交申运，均称佳境耳。其少君刁之兄生于光绪癸巳年五日十六日卯时，叙其八字：癸巳、戊午、丁酉、癸卯。查年上煞，年下正财、劫财、伤官，月上伤官，月下比干、食神，日下偏才，时上煞，时下枭神、七煞。虽两重透天，幸戊癸化火帮，本身只时上七煞而已。玉堂天乙贵人丁日在酉，长生丁日又在酉，恨其冲破，幸己丑一会，丁禄在午故其官禄在月，其造尚佳。刁之兄令郎普桂八字系癸丑、乙卯、庚戌、甲申，前已详记矣。晚膳后至赵子修兄处，晤其令弟叔枚兄，互叙至二鼓后而来。赵子翁言其生光绪丙子年九月廿六日午时，叙其八字系丙子、己亥、癸未、戊午，尚称佳妙。

初五日丁卯　晴。致戴宜生、叶赞堂两君各一信，为培源事托其代言账目一切，值子俊兄来，即托其代书，交翼亭送交。晚刻，陶寿翁、李舜卿、达云母舅、翁子俊、伍菊香、陈春亭、陶刁之诸君来叙至晚而去。陶寿翁言，临海城完田粮于阳历六月末号截止，查阳历六月末号即阴历四月十一日。家君嘱云初八日叫人至郡完粮可也。解芝春兄自晚刻来，留宿一夕。家君自早刻由北山来。

初六日戊辰　晴。

初七日己巳　晴。午膳后，达云母舅、子俊兄来叙至晚而别，至陶寿翁处少坐而来。晚膳后至楚卿处，晤道周宗叔、王春圃、翁子俊、

---

[1] 原文衍一“本”，已删。

王六皆、伍菊香诸君，互叙半晌而来，至家时经二鼓矣。

初八日庚午 早至辰刻，阴；巳、午牌，晴；未时，阴；以后皆然。接钱达三兄一信。二弟秉礼配亲杨子韶兄之二令媛即于今日文定，请达云母舅并翁子俊兄代媒，早膳后而去，晚刻来时尚早。家君席请代媒，并邀陶寿翁、解芝春、道周宗叔、周篪卿、张韵卿、周孟东、黄正衡诸君陪客，相叙席散而别。

阅《同善录》纪“赵清献公治家箴”云：“正人先正己，治家如治国。先当重祖宗，慎勿慢亲族。竭力孝父母，小心敬伯叔。长幼必有序，夫妻在和睦。度量放宽洪，见识休局促。莫听妇人言，兄弟伤骨肉。常存君子心，忠厚待乡曲。义方训子孙，宽恕使奴仆。诸物须俭用，凡事要知足。衣食务均平，财物莫私蓄。闺门当谨严，儿女要拘束。家法能整齐，自然天赐福。”又纪“王文肃公本箴”：“孝弟为立身之本，忠恕为存心之本。立志为进修之本，读书为明理之本。严肃为正家之本，勤俭为保家之本。寡欲为养心之本，慎言为远害之本。撙节为却病之本，清谨为当官之本。谦厚为待人之本，择友为取益之本。虚心为受教之本，自修为止谤之本。方便为处事之本，权宜为应变之本。胆略为任事之本，诚实为得名之本。凝重为受福之本，积善为裕后之本。一经为教子之本，三立为不朽之本。凡事皆有其根本，君子专立于务本，圣贤以心地为本，天下莫病于无本。”此均人生切实要言，是为之记。

初九日辛未 雨。致丁铭轩兄一信，饬阿郎送交。致蒋敬甫兄一信，交三先送至郡城，托其代完本年粮米，并嘱三先由郡购买零星。小儿睾丸稍大，余颇为忧心。晚刻，伍菊香先生来叙半晌，言及敷脐用药太多，其中有当门子等味辟其邪气，其正气有射至肾囊，所以稍大至后渐渐消化。所以或有收缩，或时流塘寄脐，时有寒气入内，亦有如斯，均无窒碍。查《御纂金鉴》纪胎疝由颇相，若药过于猛，不敢即用。早刻与解芝春兄相酌，言亦如斯。菊香先生言，至数月后仍然收缩如常。余总不放心，用双连荔枝核研粉，用盐水炒，每服小许，凡疝气之病用荔枝核投食,均见效验耳。

阅司马温公“我箴”节云:“诚实以启人之信我,乐易以使人之亲我。虚己以听人之教我,恭己以取人之敬我。自检以杜人之议我,自反以免人之罪我。容忍以受人之欺我,勤俭以补人之侵我。警戒以脱人之陷我,奋发以破人之量我。逊言以息人之詈我,危行以销人之鄙我。定静以处人之扰我,从容以待人之迫我。游艺以备人之弃我,励操以去人之污我。直道以伸人之屈我,洞彻以解人之疑我。量力以济人之求我,尽心以报人之任我。弊端切勿创始于我,凡事不可但私于我。圣贤每存心于无我,天下之事尽其在我。”又纪司马温公“他箴”:“读书知礼之人不可慢他,年高有德之人不可轻他。有恩有义之人不可忘他,无父无君之人不可饶他。忠言逆耳之人不可恼他,反面无情之人不可交他。平生耿直之人不可疑他,过后反复之人不可托他。富贵爆发之人不可羡他,时运未来之人不可欺他。不识高低之人不可采他,不达时务之人不可依他。轻诺寡信之人不可准他,花言巧语之人不可听他。好许阴私之人不可近他,恃刁撒泼之人不可惹他。饮酒不正之人不可请他,来历不明之人不可留他。贫穷性急之人需要慰他,颠危落难之人需要扶他。”言均切实要语,是为之记。

早刻,解芝春兄言及毛镜泉先生,余幼时即闻其学问以及书法之佳,迄今三十馀年,而毛君自停科举之后筮仕江西亦近二十载,日夕未尝离去笔砚,今则年逾花甲,人邀作书,尚善从心生。即此观之,其书法功夫深而且远,况其天资佳妙,加有如此纯粹工夫,必传于后世,是为记载。芝春兄于早刻趁小轮至黄去矣。忆余与解芝春兄于辛巳同学,迄今三十有七年。回忆而思,犹如昨日。所以人生“不知老之将至”云尔。

阅《同善录》又纪“东岳圣帝回生宝训”云:“天地无私,神明暗察,不为祭享而降福,不为失礼而降祸。凡人有势不可倚尽,有福不可享尽,贫穷不可欺尽,此三者乃天运循环,周而循始。故一日行善,福虽未至,祸自远矣;一日行恶,祸虽未至,福自远矣。行善之人如春园之草，不见其长，日有所增；行恶之人如磨刀之石，不见其损，日有所亏。损人利己，切宜戒之。”又纪：“东岳圣帝又曰：一毫之善，与人方便；一毫之恶，劝人莫作。衣食如缘，自然快乐。算什么命？问什么卜？欺人是祸，饶人是福。天网恢恢，报应是速。谛听吾言，神人鉴服。”又曰：“为官清正强修道，爱志怜贫胜出家。作事莫瞒天地眼，自然心似白莲花。心不明来点甚灯？意不公平诵甚经？大斗小秤吃甚素？不孝父母斋甚僧？妙药难医完业病，横财不富命穷人。利己害人促寿算，积善修身裕子孙。人恶人怕天不怕，人善人欺天不欺。暗中阴骘分明有，远在儿孙近在身。说话莫谈他人短，自短何曾说与人。（人）生事事君莫怨，害人人害汝休嗔。见色不淫奇男子，财帛分明大丈夫。欺心折尽平生福，行短天教一世贫。身在公门道在心，休施巧计害他人。炉中有火休添炭，雪里生寒莫助风。船到江心牢把舵，箭在弦上稳持弓。为人若不行方便，念尽弥陀总是空。”又曰：“天地无私，阴功明察。阴功阴灵，能直能平。善恶在汝，平等在心。但行好事，家道吉昌。尔若善者而添福，尔若恶者而降殃。不孝漫烧千束纸，亏心枉热万炉香。圣贤本是阴灵做，岂受人间枉法脏？”上均人生必需要言，谨为记载。

初十日壬申 晴。家君早刻同吴玉翁至北山王宅，来时已将晚膳矣。席请田彝安、孙化南两兄午膳，并邀赵叔枚、金剑青、林少秋、金仲璋、汪伯端、张韵卿诸君陪客，相叙席散而别。少顷，翁子俊、周醉香、伍菊香、李舜卿诸君来叙，过晚膳后而去。家君自北山来，言曰德长年七十岁，生于正月廿七日子时，叙其八字：戊申、甲寅、壬寅、庚子。查年上七煞，年下七煞、枭神、比肩，月上食神，月下食神、偏才、七煞，日下食神、偏才、七煞，时上枭神，时下劫才。一清贫之子，二十于岁才方落海起家，至今七十岁，其中四十馀年，置有民田一千馀亩，现洋亦有三万之谱。子三人，其长子子衡兄亦有三子，次子子襄亦有一女，其家计约而计之，足有七八万之谱。如是丁财均称足备，人经七十老翁，精神强健，殊非易易。其八字如斯，可见其生下即能定发，如是丁财,可见早经前定耳。

十一日癸酉 晴。早刻,三先自郡完粮来,查葭沚庄粮串与上年所完粮串两相核对,只加银三钱,以三钱计算,已开田四亩另。但余托曾楚生代开黄世才户田四亩正、周微玉户田七分五厘,黄家祥户全推,以此想之,恐有未曾推收。即致曾楚生一信,询其如是三号或有遗漏否?该函托周篪卿兄代为带郡师古巷。上年托金玉先代开三山庄各号,今核三山庄粮串与上年所完粮串并无加减,即邀金玉先来询曾否推收?据云因时已迟,尚未代开。所以此等事一不留心,听局房一面之言,致有所忽,俟至秋冬再交其代开可也。接尤秀卿兄一信,托余代荐其令郎至楚卿大源祥为徒,即致楚卿兄一信,即交秀卿之来人送投矣。前闻楚卿兄言欲将上海所开震泰祥并入大源祥云云。晚刻,据翁子俊兄言,楚卿兄所开震泰祥交黄岩人周炳南经手,现炳南将其店账放至江北诸处,为数颇巨,一时难于归结,所以现尚未移动。看震泰祥情形,有亏无盈局面发现,未识至结局时所亏若干也。早刻,因田彝安、孙化南两君辞馆,即于今日动身至椒江学堂,晤田彝安、孙化南、林少秋、汪伯端、金建卿、金仲璋,互叙半晌而来。田彝安兄言其通信处寄至:直隶大名府长垣县学后街,但田君名家鼒。孙化南兄名国棠,言其通信处寄至:直隶天津河东锦衣卫桥张家胡同孙宅。[①] 两君人均诚厚,相聚年馀,颇为相得,自今一别之后,再会未审何时,心为怅然。晚膳后至永顺利,云丁辅香兄尚在海门未旋,路晤翁子俊兄,言楚卿兄已由海门来在家中,相约至楚卿处,晤谱香母舅、道周宗叔,互叙半晌,来时已逾二鼓矣。

十二日甲戌 早至未刻,晴;申牌,阴;以后皆然。致王仲达一信,饬女媪送交。晚刻,达云母舅及李舜卿、翁子俊、伍菊香、丁辅香诸君来叙至晚而去。晚膳后至丁辅香之永顺利麻行,晤王子正,相叙半晌而来。

---

① 页边注:"田、孙寓所。"

十三日乙亥 早至巳刻，晴；午初，雨；午末雨晴，即晴；以后皆然。晚膳后同韵卿先生至李舜卿处少坐，相约至文昌阁看戏，晤王六皆先生、达云母舅、翁子俊、王伯常、伍菊香、汪伯端、周作羹、王伯常[①]、周孟东、叶石甫、黄道周、周篪卿、张六筹诸君，互叙少顷而来，至家时将二鼓矣。

十四日丙子 早至午刻，晴；未至酉，阴；戌时，雨；以后皆然。早刻至文昌阁叩神后，闻达云母舅于早上又添一丁，已有表弟四人矣。就道至达云母舅府上，晤童畏三兄，相叙半晌。言其表弟系今日寅时生，叙其八字：丁巳、乙巳、丙子、庚寅。查年上劫才，年下偏才、比干、食神，月上正印，月下偏才、比干、食神，日下正官，时上偏才、枭神、食神。查丙禄在巳，所以年、月均坐官禄贵人，时坐长生，又是乙丙丁三奇。其命系作佳命推算，惟日主太旺而已。晚刻，至文昌阁看戏，孟东兄留过晚膳，晤达云母舅、星斋宗叔、道周宗叔、翁子俊、汪伯端、周作羹、周篪卿、张韵卿、王六皆、李舜卿、周国化、王伯常、张六筹、应雅堂、赵叔楣、叶石甫诸君，相叙席散后，舜卿兄相约余同作羹、子俊兄至其府上，互叙至十一句钟而来。

十五日丁丑 早至午刻，雨、雾；未时，阴；申刻，晴；酉牌，阴；戌初，细雨；戌末以后均阴。晚刻方晴，即同韵卿先生、子梅先生至栅浦堂叩神后，看戏一刻。子祥兄来邀至其家中晚膳后，晤潘瑶光先生，互叙半晌而来，至家时将九句钟矣。长女同外甥孙女均于晚刻来。

十六日戊寅 早至巳刻，雨；午至戌时，阴；亥牌，雨。潘子祥来邀晚膳，晚刻，适达云母舅、翁子俊兄来约至栅浦会市上购买零星，就道至其家中，晤王六皆、伍菊香、何友仁、叶石甫、何寿臣、周孟东诸君，互叙至席散后而来，至家时经二鼓矣。梦云先生已于昨日至家君处，早晨来叙，至午膳后，同张姓及张韵卿先生至栅浦看戏去。余自子祥家旋时，彼已安置，未晤。

---

① 此处此名重出，疑为衍文。

十七日己卯　辰前，雨；巳、午时，阴；未牌，雨；以后皆然。致解芝春兄一信，并附宣纸对纸两副，交玉先带至黄城，托芝春兄代托毛镜泉先生法书对语："冷淡古梅如老衲，护持新笋似婴儿。"又一联语："古梅盖屋多盘错，新笋出林自展舒。"语均雅致，余欲俟其写来时即做一联，纸色古旧，用白色花绫装裱，以便夏季悬挂可也。赵叔枚兄因速成科毕业，今日成礼，设席柬邀午膳，早刻至椒江水产学校，晤赵叔枚、许荫亭、汪伯端、周篪卿、周作羹、王六皆、黄星斋、黄道周、徐志伸、王伯琴、徐干青、胡志岩、金仲璋、叶石甫、方子阳、林少秋诸君，相叙席散而来。梦云先生同张松林均于晚刻至栅浦去，至晚未来。

金次卿兄于晚刻至家君处，晤叙半晌，言彼系乙亥年三月初十日卯时生，叙其八字：乙亥、庚辰、丁未、癸卯。查年上枭神，年下正官、七煞，月上正财，月下枭神、七煞、伤官，日下枭神、比干、伤官，时上七煞，时下枭神，乙庚化金正财，亥卯未会木，正印，羊刃坐在日下。并言其令郎生于甲寅年四月初三日未时，叙其八字：甲寅、戊辰、壬午、丁未。查年上食神，年下食神、七煞、偏才，月上七煞，月下伤官、七煞、劫才，日下正财、正官，时上正财，时下伤官、正财、正官。丁壬化木，食神，此平稳之命，将来财源可聚而已。八字理微，同年同月同日同时生，有发有未发，皆因生有方向，又有楼上楼下之别。或因发而不发，或不发而发，皆因日有晴雨，五行有远有近之所致。倘使雨旸得能记忆，下地方向得能准，则其中五星详推，未有不准之理。是为之记。

十八日庚辰　雨。外甥金洪𪹬生于乙巳年二月初四日卯时，叙八字：乙巳、己卯、丁未、癸卯，查年上枭神，年下劫才、伤官、正财，月上食神，月下偏才，日下枭神、比干、食神，时上七煞，时下枭神，丁禄在午，逆行三位，卯为文昌，所以月、时均坐文昌，命有文昌者，可望读书而已。梦云先生嘱书扇面一把，款即梦云先生。家君今日生辰，送菜一席为家君寿。家君邀金次青兄及张韵卿先生、王梦云先生、张松林、沅同两弟，畅叙席散而已。现值四月中旬，栅浦堂之售零星杂件者最多，即缎布鞋店均计二十馀间、洋货一项亦有数间，以前栅浦堂所售物件均非上雅，近年以来售物不次。余日前向购缎鞋，果自杭州之货，全望往来者多可获馀利。连日多雨，行人较之往年相去将半，以致各商所携货物不能脱手，仍然携转，不独无获馀利，尚多垫本，至以为虑也。

十九日辛巳 早至巳，大雨；午牌雨晴，阴；未、申时见有日色；酉牌，仍阴；以后皆然。巳时以前大雨之际见有重雾，有云“春雾雨、夏雾热”，现值夏令见雾，想能晴明也。梦云先生、张松林兄均于早刻去。早刻，金季盘兄来叙，过午膳后，同次青兄均于晚刻至海门去矣。季盘兄言，海门之椒江舞台已于昨夕开潢[①]，戏子均是女子，海门虽言商业发达，实在有其名而无实际，现加开潢戏台，则海门土著各家、各店、伙计以及往来人客多一层开费，诸非易易耳。

连日阅《椒江日报》纪：“政府免段内阁职，以致安徽倪嗣冲、山东张怀芝、直隶曹锟、陕西陈树藩、奉天张作霖、吉林孟恩远、湖北王占元、浙江杨善德、福建李厚基诸省督军均有电致中央脱离关系之说。而议会初举徐菊人，不肯赴任，继举李仲仙，尚致延缓时期。未识此事作何解决，亦难预料。徐州张少轩大帅有致言：一，各省督军参入议会；二，段芝泉内阁复职；三，除总统左右四佥壬；五，去议员中暴烈分子。限五日内签复”云云。

又阅四月十九日之《椒江日报》纪云：“天津电：倪嗣冲兵二日晚(自)莲津开往丰台。”又纪：“天津电：张致尧兵进扎长辛店。”又纪：“福州电：李督军二日令臧致平为北征司令。”又纪：“天津电：曹锟军二日夜抵良乡。”又纪：“天津电：赵倜、张致尧会师于正定。”又纪：“哈尔滨电：张作霖令团长邹芬为总司令，率二十三团一二营、百六团步兵二营赴榆关，听候调遣。”又纪：“北京电：元首三日语人，愿辞职、谢国民，交冯华甫代之，但尚无决行之意见”云云。又纪：“元首二日有

---

① 当为“开演”，下同。

电致张徐州大帅，托彼调和。张大帅覆云：'尚有转圜馀地，惟须承认两大条件：一，段内阁复职；一，解散国会。又，三日，四独立省联电中央：如三日内不将国会解散，当带兵来京以武力解散。'一说共有四条：一，解散国会；二，段内阁复职；三，驱逐四凶，即丁、金、哈、黎；四，督军团协定宪法。"以上各说虽详略不一，而大致不外乎是。又纪："广东陆荣廷曾密电中央，恳其依法行事，毅然执行，如有破坏约法，某当出死力为公后援，不知其他等语。云南唐继尧连发密电四通：一，定当以死力捍护约法；二，主张严办公民团；三，惟护国会，联电敦促元首守法；四，宪法非为一时一人一事而作，定并力斥孟恩远等干涉制宪，为乱国妖言。措辞甚激烈"云云。

又纪："徐州张少轩大帅自二三日来车站近送[①]要人，日必数起，梁启超及康有为代表确于三十日到徐，段芝泉君亦到，惟似微行。汤化龙亦于次日到。连日会商甚秘，据传出消息，张少轩大帅、康南海主张复辟，梁任公亦赞成，惟定乱不易，故邀段芝泉君来，取其同意。汤化龙不以复辟为然，惟主解散国会、复段内阁，以平各督军之气，再行收拾政局、改良政治"云云。又纪："杨督军、齐省长适令各县知事，各安职守，随时协同地方营警，按照戒严办法，妥为震慑，并将此意宣达各该商会、教育会及他公共团体，以免误会"云云。又纪："杨督军为保持省内治安起见，昨特分令各师部划分区域，加意梭巡，计分上中下三区，上城属第四师，中城属第二师，下城属第一师，各就所属地段不分昼夜派兵巡行"云云。又纪："日内军署并无调兵移驻省垣情事，亦未知照路局预备车辆，城内外驻兵合计不下一师一旅，分配防务已形周密，为镇靖人心起见，不再移兵驻省，致启纷扰"云云。

又纪："嘉兴水上防务颇关重要，内河水警厅长徐则恂已分令各区统领逐日约定地点，轮流会哨，并令行内湖各兵舰舰长分段游巡，

① 当为"迎送"。

以资镇慑”云云。又纪：“各惊[1]备区惊备司令官将兼任戒严司令官，嘉兴戒严司令官旅长来伟良兼任，俟宣布戒严时即发表，昨训令财政厅长云：案照本省宣布脱离中央关系，业经另行知。该厅为财政厅汇之区，亟应妥为布置，以免惊扰。各征收机关多在省外，诚恐役员未知底蕴，轻听谣言，或絜款潜逃，或意放任，均与本省财政大有关系，尤当严密告戒。一律照常，不得丝毫更张，致淆观听。如发生前项情事，查明立予严惩。烟酒公卖局官产处印花税分处照常办事，所收款项仍以各机关各义专储金库，停止报解，该厅有统筹全省财政之责，并即妥为接洽，会商办理。除分令外，仰即分别遵照”云云。

如是所云，各督军兵已出发，或至良乡，或至长辛店，或至丰台，或至正定。忆正定、长辛店、良乡、丰台均为与京城相近，若不即行解散，兵缓一日，民即多一日之苦，迟一日事，即迟一日之变。竟阅该报，前后想之：督军团参入宪法议员、复还段芝泉内阁原职、去四佥壬、赦免帝制诸人、去议员之暴烈子四事，在黎总统虽有难处，倘若辞职，事亦较亦有非易在其中：黎若辞职，虽独立省分已得甘心，而反对省份仍然用兵；若不辞职，反对省份得随所愿，则独立省份兵已出发。即或辞职，或即冯华甫继任，或另举总统，或请复辟，则纷纷不一。事至如斯，我已愿则被反对，彼愿则我反对，处此地位，日生荆棘，万难中之万难，将何法得以和平调停息事，中国幸甚！万民幸甚！世势如斯，百姓正是今日不知明日事，财力又如此竭蹶，海门地方尚要开演戏园，化耗迨甚。吾为国内忧，又为省内忧，又为地方忧，甚矣！私心如是，未识高明者若何？又未能直对人言，只费楮墨以记之。

昨叶石甫先生言及黎生于同治甲子年九月十九日辰时，叙八字：甲子、甲戌、丁巳、甲辰。系木火通明之格，丁火生于秋令，本是极衰之地，幸三重甲木以助之。查系七岁行运，初七乙亥、十七丙子、廿七丁丑、卅七戊寅、四七己卯、五七庚辰，现值卯运，卯中乙木独丰隆，乙

① 当为“警”，下同。

木又助于丁，至五七交庚运，庚金克甲木，其运已倒，至辰运更倒，是为记载。未识日后果是若何，又未识其命果是日分免否也。

二十日壬午 阴。阅《椒江日报》纪："淮徐诸处，当春夏之间苦旱。"浙省诸处，幸叨上苍福佑，雨旸时若，万民幸甚感甚。自此次大雨之后，旱季收成预歌大有耳。早刻，天台山华顶寺僧若冰师将前托华最和尚代购茶叶计洋十二元均已送来，每元价计一斤六两五钱，其价之贵，近年来所未有也。内陈仲善、章伯纯、章仲厚诸君嘱购各计洋二元，遂遣小四分送。但田彝安兄前洋二元托余代买茶叶，当未购来，彝安兄又急要去，该洋托伯端兄交还。现其茶叶买来，即与叔枚兄及林少秋兄托购一元，均饬阿发送交矣。余自己只存茶叶计洋三元而已。前托华最和尚代购茶叶本是十元，现此外两元系向若冰师送凤师太人情中分来，除已面付华最和尚茶价洋五元外，尚少洋七元，即交若冰师带去。但天台山真华顶山所出茶叶味清而不苦，山下所出者一望而知，此等茶叶不使其出气，俟过夏之后出而待客，格外好看。余请客之茶均佳，即食人之茶亦须好茶而有清香美味，倘是劣茶，便不适于口也。晚刻，伍菊香、翁子俊、周篪卿及达云母舅来叙半晌，言及近日谷价稍涨，皆因江北苦旱，现今行情易于灵通所致也。以前所刊报对字均余自己摹描，笔画均不走样，于甲寅岁，余做板对一副，描张狄先所篆："诵道德经如亲古史，著金石略能记皇初。"因倪寿生在家之便，即嘱彼代描，余亦未甚留心，以致刊刻笔画大为走样。凡事须亲为过手，不致如是之难看，现字已刊，又经加漆，只得将就，悬诸座右可也。

廿一日癸未 阴。小四于晚刻来，伯纯、仲厚两兄之购买茶叶洋交其带来。午膳后，达云母舅及伍菊香、王六皆、翁子俊、汪伯端、周篪卿、洪少琴、李舜卿诸君来叙半晌而去。少琴言，近日海水已发，有货需篰晒，以致坏事。向余借篰而允之。凌亦兰自晚刻来，言今晚至沪。阿修之子名太者托余代荐丹庭兄之大世界茶房，即托亦兰相代为转达云云。并托亦兰相由申购买汉四种《滴天髓、灵棋经、大珠林、拆字秘牒》合计一册、《河洛理数》一册、《太乙数》一册、《鳌头通书》一册、谢石《百字诀》一册、《紫薇斗数》一册、《星平汇海》一册、《邵子皇极经世原本》一册、《阴阳二宅全书》一册、《金光斗灵经》一册，并带现洋四元，托其觅购而已。晚膳后至星斋宗叔处，晤道周、周孟东、王厚哉、叶石甫诸君，畅叙半晌而来，至家时将九句钟耳。

廿二日甲申 晴。午膳后，达云母舅及伍菊香、李舜卿、周篪卿、汪伯端诸君来叙至晚而去。晚膳后，谱香母舅来邀，至其家中，晤辅臣嫂，相叙一刻而来。言曼卿生于丙申岁九月十一日辰时，叙其八字：丙申、戊戌、癸卯、丙辰。查其年上正财，年下正印、正官、劫才，月上正官，月下枭神、偏才、正官，日下食神，时上正财，时下食神、正官、比肩。申年与辰时会，戌月与辰时冲，戌月与卯日合，戊月与癸日，戊癸化火为财。查癸日逢卯有玉堂天乙贵人，又坐长生，行运在于四岁。彼娶土屿张鉴蓉兄之女，于上年丙辰十一月廿二日午时生有一子，叙其八字：丙辰、庚子、丁亥、丙午。查年上劫才，年下枭神、伤官、七煞，月上正财，月下七煞，日下正官、正印，时上劫财，时下食神、比肩。辰年与子月会，子月与午时冲，丁日逢亥有玉堂天乙贵人，时有官禄贵人，惜与子午冲破，七岁行运。但董辅臣兄与余同庚，现今有孙，尚为至幸。惜其仙游太早，深为痛悼而已。谱香母舅言郎生于丙午年七月十一日辰时，叙其八字：丙午、丙申、丙午、壬辰。查年上比肩，年下劫才、伤官，月上比肩，月下偏才、七煞、食神，日下劫才、伤官，时上七煞，时下食神、正印、正官。申月与辰时会，丙戊禄在巳，丙午日、壬辰时夹巳中之禄，文昌又坐在月，年日均有羊刃，三岁行运。伍菊香先生言其令郎八字：丁酉、己酉、甲申、癸酉。查年上伤官，年下正官，月上正财，月下正官，日下七煞、枭神、偏才，时上正印，时下正官。甲巳化土，初五行运。详为推算，不及谱香之郎为佳，幸其走运尚佳耳。

廿三日乙酉 早至未刻，阴；申牌，雨；以后皆然。接章仲厚兄一信。达云母舅、翁子俊、李舜卿、周篪卿诸君来叙至晚，留过午膳后而去。

廿四日丙戌 雨。致贺云江兄一信,托其寄瓯买油。

廿五日丁亥 卯前,雨;辰、巳刻,阴;午、未时,见有日色;申时,阴;以后皆然。晚刻,达云母舅及翁子俊、李舜卿、伍菊香、汪伯端诸君来叙半晌,言及设文昌阁之椒江小学,本作羹兄校长,其经费大半取资于本镇杂仲,初则因槐卿承办,继则谱香母舅与其合办,以致经费延而不缴。上年,作羹兄退该校之校长,而后学董陶寿翁邀伯端兄接办,而谱香、槐卿两君将学捐仍然拖欠,而寿翁出而经收,几相口角。现楚卿兄出而调停,经费裁减一百之数,而作羹所领牙帖作废,还作羹兄教习。事虽若是,而预缴之洋尚未该出,作羹兄须帖之行亦未闭歇云云。所以利之所在,人必争之。

阅《同善录》纪“关圣帝君劝惜字歌”云:“造化之秘一画开,人事之宜云书备。君不闻结绳易治天雨粟,又不闻仓颉成章鬼堕泪。是知点画共宜珍,讵可弃遗目罔视?吾今降乩醒世人,不惮勤拳胪训诲。科名群沐诗书泽,宦业均邀文史惠。自昔饮水不忘源,学士先应知宝贵。蚩蚩农桑子,识丁发蒙愦。攘攘工贾俦,援笔通计会。未娴只字同矇瞍,不晓粗文奚应对?少年延师课读时,户闻弦诵如蜩嘒。奚堪废墨与残编,漂零一任埋尘秽!时时检点莫忘怀,在在蒐罗休自诿。举手起之野马场,投炉持作祝融馈。日计铢,月计两,积功报获正滂濞。士绵世泽登青云,农产哲嗣耀凤麟。工擅异巧班输伍,商茂雄资猗顿均。绝者似续夭者寿,穷者通显屈者伸。博稽志载何纷纭,惜字神感亘互闻。桂宫宝训悬钟鼓,但视奉行怠与勤。不费多财善果賁,福田滋殖努力耘。”如是如斯,毫厘不爽。今之学堂肄业诸生竟有如是轻亵,深堪浩叹!而不即为报应者,乃其祖上遗德未尽,德尽之日,岂有不报应者乎!万望后来诸君子,惜字延年,是为至切。谨为之记。

阅《时兆日报》纪:“浙江北部天旱异常,闻自去年秋季以来未见大雨时行,遂使多数河流浅塞,舟楫不可通行,甚至有完全干涸者。

各处田亩燥极不堪，若再不雨，则其收成必异常减色”云云。复阅报纸所云江北亦多县亢旱云云。天地有一刻风云，人生旦夕祸福。吾台幸叨天佑，雨旸时若，幸深为感戴之至。

又阅《同善录》纪“元天上帝戒食牛文”云：“按：放生必先戒杀，而爱物尤先拯人。故是，录先载溺婴，惟牛则为养人之物，杀之尤属不仁，故首戒。又按：文专言戒牛，其与犬并及者另见于后。以牛、犬虽当并戒，然其中又有轻重也。夫牛者，上天元武之精，下土太牢之品，非郊祀不敢用，非天神不敢歆。其形上列天星，其力下兴地利，有功于世，无害于民。杀之者，国有刑法；食之者，幽有祸衍。杀牛、食牛，急宜戒之。”又纪“孚佑帝君戒食牛歌”：“君不见牛耕土，曳走前奔用力驽，又不见日当午，血汗通身诞沫吐。世间畜类多，无如他报主。可恨贪财农，心狠如狼虎。见他筋力衰，卖与人烹煮。割下头，剖开肚，血涂鼓，皮鞔鼓，骨挫簪，肉作脯。当日耕田难不难？今日粉身苦不苦？冤魂泣诉上阎王，阎王悲悯不能语。但说宰牛夫，受罪在地府，或丢剑树丛，或掷刀山呜，或灌滚铜汁，或烙红铁柱。永劫不翻身，翻身世变汝，又有食牛人，不由人劝阻。劝之起争端，阻之笑迂腐。怕说牛有功，强说牛能补。一任罪通天，不知何肺腑！岂知一食牛，立刻天神怒。纵有好心肠，此条登恶簿。阴往祸来侵，暗拆福无数。贫夭逮儿孙，甚至灭门户。吁嗟乎，牛代人耕谁不睹？杀而食之丧心伍。我今降乩普告人，戒之方堪对佛祖。”又纪“蕊木珠仙吏曾友肃勿宰耕牛颂”云：“嗟嗟大武！负重拽犁。力于三农，靡有已时。尽力于壮，加刃于疲。伤心惨目，是何报施？”又纪“戒食牛铭”：“人生斯世，勿贪口腹。最宜痛哉，莫如牛肉！犬能守夜，敝盖是蓄。马可代步，良厩是服。维彼牛兮，功尤堪录。元武之精，斗杓同伏。耕雨犁云，终年逐逐。鞭尽辛勤，老还舐犊。力竭三时，乃产五谷。世人安享，仰事俯育。衡以报施，应酬刍牧。奈彼愚人，多方杀戮。恣其贪饕，忍其觳觫。闻者伤心，见者惨目。人为物灵，甘此枭毒。代他尔劳，尔刑他酷。上帝监观，祸患必速。不夺其算，定灭其禄。矧奉王章，私宰宜肃。致告世人，斯言三复。广劝迩遐，心田种福。”如是所云，食牛者报应定然不爽。

余于甲午岁偕友赴杭乡试，俗语有云：“食牛者必坐厕近之号舍。”中有二友不以此言为然，竟购而食之。入场后，阅其卷面：一坐第六十九号，一坐第七十一号，均于是号厕所相迫，有其言，竟有其事，亲目所睹，岂不畏哉！余一生所知是牛肉均而不食，有至上海大菜馆吃饭，虽无食牛肉之实，但是处牛肉最多，牛肉之汁有所不免，复于乙卯春在黄邑十里铺，亲戚家中舅氏陈子春兄席请其丈人华辅廷先生，其席中有热盆上来，余不知其何物，食之其肉颇粗，问其何物？据言即罐头牛肉，口即欲吐而不得，觉即无味，未及终席而散。有云牛肉粘在壁上，数日变为稻草。大分亲戚有名褚正钦者，年将弱冠，偶食牛肉过多，数日而毙。言其补者，何至正钦食后而能毙？直云有毒可耳！论其味，有逾其美者不知凡几；论其肉，粗之异常。万望后来君子，切为戒食牛肉、狗肉。是为至切，以免受毒之虞，是为切要。为之记焉。

现椒江水产学校亦效做罐头之艺，购有耕牛两只教习，学生自生宰教，闻其声即异常之惨酷。彼有钱，亦有人将牛卖与彼，其心更忍。彼送余两罐，忆牛之悲鸣之际，深为惨切，又不得不受，既受之后，询明有友愿要其食者，遂即送人而已。凡为人者以“积善”二字存诸于心，时刻不忘，是为至要。积善之家必有余庆，作事只以人负我，我不可负人，万望后来君子当以我言不致于河汉为幸。为之记焉。

廿六日戊子 晴。前托亦兰相代购各书，代为带台，专人送来，《汉镜斋》四种一册、《河洛理数》一册、《大乙数大全》一册、《紫薇斗数》一册、《星平会海》一册、《皇极经世》一册、谢石《百字诀》一册、《阴阳二宅》一册、《金光斗临经》一册、《鳌头通书》一册、《鬼灵经》一册、《神相水镜集》一册、《白鹤数》一册，共计价洋七元。无如均是木板，字画模糊，如此价洋太贵已极。阅《鳌头通书》系择日子用，余已备有《象吉》，至《协记》、《辨方》，此《鳌头通书》真是多买耳。晚膳后，至伍菊香处，晤王六皆先生、陶柳亭诸君，互叙半晌而来，至家时将二鼓矣。

廿七日己丑 早至未刻，晴；申牌，大风，约一小时之久，即见雷声，继即大雨，幸片时而晴；酉时，阴；以后皆然。接陈楷亭先生一信。晚刻，达云母舅及翁子俊、周篪卿、伍菊香、汪伯端、叶石甫诸君来叙至晚而去。晚膳后，至尚德小学校，晤王俊卿，畅叙至九句钟时而来。但该校于夜间将附近学生叫至课堂学演说一次，亦习拍掌之式，此亦善于教育耳。言及今晚雷风正大时，将该校后墙吹倒十馀丈之广，亦须一番修理也。并言王云初兄现黄岩场告卸之后，楚卿兄代谋托张喧初、童伯次、周萍洄各写一信与运使，设法差缺。而有如此力量，定得允从。云初兄现经晋省，是否之处想其旋定之后可有把握。

现阅各报，张少帅以及各督军力请解国会，即或不能全允为然，亦须一番周转。但楚卿兄上年浙江省会选举参议员时列于候补第一，未识此番多事之后得能望补否也。阅《代历》记《千里马》中有云："壬癸格得申子辰，福优财足。"但楚卿兄生于癸酉年丙辰月戊申日壬子时，正是"壬癸格得申子辰"，所以彼之财福其命早已造成，何可强求也。人生无须罔想，只得安命可耳。俊卿言及八字系乙亥、己卯、戊寅、辛酉。查年上正官，年下偏印、偏才，月上劫才，月下正官，月[①]比肩、七煞、偏印，时上伤官，时下伤官。戊土长生在寅，此长生日生，丙戊禄在巳，阳干顺行三位，申为文昌，生在寅日，有文昌对照，除文昌之外，各喜神以及贵人不得刑冲，惟文昌星宿必须对照为善，所以俊卿兄早年入泮亦仗文昌之力也。家君同吴玉翁于早刻至北山王宅为其分家事，至晚未来。

廿八日庚寅 早至午时，晴；未牌，雨；申时雨晴，阴；以后皆然。午膳后，翁子俊、伍菊香、周篪卿及达云母舅来叙至晚而去，言及其泗洲佛前有戏，于今夜到台。晚膳后同韵卿先生至仁大典，晤叶蓉秋先

---

① 当为"日（下）"。

生及章波先、景岳先，相叙一刻。至达云母舅府上，晤周篪卿、童畏三、翁子俊诸君少坐，出而看戏，恐致有雨而来，至家时未二鼓。

廿九日辛卯　早至巳刻，晴；午牌至晚均阴。致陈楷庭先生一信，交邮筒单保险寄至青岛久留未町刘宅，现楷庭先生在刘宅教读耳。午膳后，达云母舅来邀看戏及晚膳，即同韵卿先生至达云母舅府上，晤李舜卿、周篪卿、周作羹、黄道周、翁子俊、王六皆、伍菊香、洪少琴、汪伯端、童畏三诸君，同看戏至晚，随过晚膳后，道周宗叔言楚卿兄已于昨日来。即约周作羹兄至楚卿处，晤金次斋兄、王春圃诸君，互叙半晌。楚卿言今日至后许看庙后坟地，用铁丈打下，确是古坟，即处其地亦非佳处，并带有刘姓地师，系太平石桥头人。并言，阅今日报纸记国会曾经取消云云。次斋兄言及金仲璋兄与彼系五服兄弟，彼之碗瑶每年除一切开销外，尚可余资三千之谱，太平地方于此一业，可谓就地生财之业也。别后转至上街看戏少顷，同韵(卿)先生而来，至家时逾二鼓矣。接同昌运盐公司来信，言永康、缙云、武义三县帖租悉均为减半。但余之帖租系是缙云县帖租，亦在应减之内，每年应收租计钱一百十三千三百三十文，现减半只得钱五十六千六百馀文耳。

五月初一日壬辰　早至午刻，晴；未牌，阴；以后皆然。午膳后，达云母舅及翁子俊、伍菊香、周篪卿诸君来叙半晌。周孟东兄来邀午膳并看戏，随至其府上，闻孟东兄云顷间有郡城人来，言有人告达云母舅云。余看于时尚早，遂至达云母舅处，晤周篪卿、汪伯端两兄，适有县署公人送周王氏副状一纸，计二千四百馀字，其中语言异常夹杂，其告状之语不能出诸于口，其心思用意非人意料所及，真一言难甚，亦非我辈之所能言也。但周王氏系尹东之妻，黄岩人王辅卿之女，向以悍泼著名，今将家丑出诸词，乃允东自己亥至丙午八年中管案谋财之恶报耳。即同伯端、篪卿同至孟东处，晤星斋、道周两叔及李舜卿、张韵卿、王六皆、蔡雅亭诸君，相叙席散后至戏台前看戏少顷而来，至家时逾二鼓矣。

初二日癸巳 早至午刻，阴；未牌，雨；以后皆然。致解芝春兄一信，饬小四送交。致章仲厚兄一信，饬阿啷送至前宅。致董曼卿一信，交章宅代寄下洋峙。晚刻，小四旋，接解芝春兄福信一函，前金洪畴托余代托其探黄岩清献插班，据其来信云，须其原学堂备文方可呈报云云。阿啷来，接章仲厚兄一信。又接张丹庭亲家一信，并惠枇杷两篓。前托亦兰相由上海购来书等尚可，价洋三元，并代买艾绳洋五角，早刻交正华送洋六元至海门交亦兰相，并托其代买吕宋烟两盒，计洋两元，又，象牙嘴一个。早刻至子俊兄处，晤周达云母舅及谱香母舅，互叙少顷而来。适郡城余桐舟兄及周篪卿来，留过午膳后，相谈至晚而去。余桐舟兄来取典中税银、架捐合计英洋一百另五元，又公费洋六元七角五分，共计英洋一百十一元七角五分，即由典中付交清讫，取有收条，亦交典中收藏矣。晚刻家君自北山来，言子衡兄之家事并前悉均重分事将清了矣。

初三日甲戌 早至巳刻，雨；午牌雨晴，阴；以后皆然。致张丹庭兄一信，交邮寄至上海后马路介祉里。致金锡侯外甥一信，饬老官送交，并附解芝春兄来之原信。晚刻，达云母舅来叙半晌。但允东之妻王氏告其呈词系褚炳云手抄，其做呈人想是星斋宗叔请来牟姓讼师做呈，与楚卿兄结讼之人做的，其中情节离奇夹杂，想褚炳云造有底稿，叫牟姓而润色之。一呈有二千四百馀字之多，亦所少见也。阅其词语颇为清通，其中一节：氏夫入继老大分三房，彼典屋内该老大分三房每年税洋三十二元，计二十一年，共洋六百七十二元，立有税票，当在外公手，现在达云母舅手一节，深为可笑。天下有甲屋税与乙、乙立有税票仍在乙手之事乎？即此一节，稍知事务者即知其说谎可知。何况知事而不驳饬乎？现其呈未批，今之新例，原告情节送与彼告[1]，俟彼告答复呈到核议后，即行批示。呈词有此一层，彼告即须不辨，亦必被驳。有此一节，别节之谎言不言可知。如此讼师直言滥

---

[1] 当为“被告”，下同，

讼可也。但褚炳云只将空中楼阁能造得起便为自能，不想呈词虽言不真不实者归多，亦须有一圈可画葫芦，即此一节，虽是褚炳云自造，何其讼师过目时亦将原底而存之，深为可笑也。

伍菊香、周篪卿两君来叙至晚，言其王子轩于初一日作古，闻其将岳母之田管来渐渐售卖，所剩者不到十亩矣。彼家有妻、子、女、媳、孙五人，其子尚贤，现椒江小学教习，费有百元，尚可敷衍而已。次女适周麟斋之三子。其三子已有癫病，竟成废人。其女仍宿在家。但王子轩女初适周麟斋之子时，麟斋家尚丰厚，而子轩家已拮据，不意麟斋家渐零落，婿又如斯，所以择婿非易耳。晚膳后至周篪卿家，晤道周宗叔、汪伯端兄、黄子权及秉钧先，相叙半晌，过子俊兄处少坐而来，至家时将二鼓矣。秉钧先系郑仲禧名光祖茂才之子，言生于庚寅八月初九日亥时，叙其八字：庚寅、乙酉、丙午、己亥。查年上偏才，年下偏印、比肩、食神，月上正印，月下正财，日下劫才、伤官，时上伤官，时下七煞、偏印。乙庚代金才，月、时均坐玉堂天乙贵人，年坐长生。以余阅如此八字，虽今经商，将来可能积聚耳。

初四日乙未 早至酉刻，阴；戌牌，细雨；亥时，阴。早刻，陶吉人兄托余代写扇面一把，款字丽声二字，即代写就，饬老官送交矣。午膳后，达云母舅及王春圃、陶习敬、伍菊香、周篪卿来叙少顷。椒江教习郑岳平兄柬邀晚膳，即为允诺。同达云母舅至翁子俊兄府上互叙一刻。就道至椒江，晤金剑青、郑岳平、汪伯端、林少秋、金仲璋、胡志岩、徐志仲诸君，相叙席散而别。言赵叔枚兄近日因事晋省云。金剑青先生言，屈文洛生于光绪癸未二月初六日辰时，叙其八字：癸未、乙卯、丁巳、甲辰[①]。查年上七煞，年下偏印、食神、比肩，月上偏印，月下偏印，日下劫才、伤官、正财，时上正印，时下偏印、伤官、七煞。日支坐有文昌，三岁行运，现三十四岁，值交亥运。又言秦梗友先生生于同治戊辰年十一月初九日午时，叙其八字：戊辰、甲子、壬午、丙午。

① 页边注：“屈八字。”

查年上七煞，年下伤官、七煞、劫才，月上食神，月下劫才，日下正财、正官，时上偏才，时下正财、正官。壬癸日玉堂天乙贵人坐在卯、巳、辰年，午日、午时可评夹巳宫之贵，五岁行运，十五岁交丙寅，寅运入泮，廿五岁交丁卯，卯运中式副车，如是者果然夹贵。五十一岁交巳运则不吉，未识果否，是为记载。今日辰时夏至，古语云：“夏至日热则一夏凉，冬至寒则一冬暖。”今值夏至，天气过于凉爽，只恐夏秋之交定至酷暑也。

初五日丙申 晴。晚刻，篪卿托余书扇面一把，款即篪卿二字，晚膳后即代写就交篪卿矣。同伍菊香先生相叙至晚，留过晚膳后，至子俊兄处，晤达云母舅，相叙半晌，就道至周作羹兄处，互叙少顷而来，至晚[①]时逾二鼓矣。五月十三日江边堂武圣庙用之对联即于早刻叫翼亭代书矣，额：“威震华夏”，联其一：“数定三分，扶汉室削吴吞魏，辛苦备尝，未了生平事业；志存一统，佐熙朝伏寇降魔，威灵丕振，只完当日精忠。”其二：“九圣乃神，乃武乃文，挟四百载承尧之运；自西自东，自南自北，如七十子服孔之心。”其三：“至诚之动孚及豚鱼，虽阿瞒莫敢不服；大义所归坚如金石，惟使君乃得而臣。”其四：“惠陵烟雨、涿郡风雷，在昔同袍兴一旅；魏国山河、吴宫花草，于今裂土笑三分。”其五：“三教尽皈依，正直聪明，心似日悬天上；九卅隆享祀，英灵昭格，神如水在地中。”是为记载，自此每年即用数联可也。

初六日丁酉 晴。接田彝安兄一信，并附墨榻篆文四张，内附致陶习之兄函件，随即送交。椿儿昨日稍见微热，早刻致函邀童再春先生诊视，饬(阿)唧专送至上山童，旋言再春先生已于早晨至莘山看视，须至明日晚方可到家。遂即邀石先生诊视，于晚刻来家代诊，彼用针法后即能安睡，就可即奏肤公，深为至幸。作羹兄托余代书扇面两把，一款月亭二字，一单款，早刻代为写就，饬老官送交矣。午膳后，达云母舅及汪伯端、周孟东、周篪卿、伍菊香诸君来叙至晚而去。

---

① 当为“至家”。

晚膳后至李舜卿处畅叙一刻，至家时逾二鼓矣。

初七日戊戌 晴。家君为小妹祀祖事即于早晨至莘山去。椿儿早刻尚未退凉，请曹家六叔公诊视，早刻来为代诊，据云稍受寒邪而无窒碍，即承代拟一方食下，至午后其凉已退，人颇欢喜。少顷，其哭异常，深为惊忙，至晚方知其疝气注在膀胱，所以有如此之哭，即进小茴香、广桔核，均用盐水炒开，并昆布食后而安。总不放心，晚刻，专阿唧、小四二人至上山童请童再春先生诊视，想至明日可到。如作疝气医治，幸在童雉[①]，尚能易治耳。而六叔公谈至晚而去。晚刻，见椿儿哭声，心肠如割，只望童再春先生来，如上仙一剂而即安痊，深为大幸！倘能自能可代者，则心甚愿焉。晚刻，陶习之、伍菊香、汪伯端、周篪卿诸君来叙半晌。习之兄言其夫人已于子时在夜间十一句半钟生下一子，叙其八字：丁巳、丙午、戊戌、壬子。查年上正印，年下偏印、比肩、食神，月上偏印，月下正印、劫才，日下伤官、正印、比肩，时上偏才，时下正财。丁壬化木是官，戊禄在巳，午为羊刃，乃年坐官禄、月坐羊刃，月时冲，月日会，一生最喜官煞。查其十七岁交甲辰、廿七岁交癸卯、三十七岁交壬寅，此三十年均是官煞，其行运藉得佳境耳。作羹兄言生于光绪乙亥年十二月廿六日戌时，叙其八字系乙亥、己丑、己丑、甲戌。查年上七煞，年下正财、正官，月上比肩，月下比肩、食神、偏才，日下比肩、食神、偏才，时上正官，时下食神、偏印、劫才。甲巳化土，又是比肩，五岁行运耳。致覆田彝安兄一信，交邮寄至直隶省大名府长垣县城学后街田宅。

初八日己亥 晴。致同醉春先生一信，饬阿唧送至泽库。至午，再春先生来，言至路桥即已相遇，所以来尚至速，而再春先生诊椿儿之恙系是发疹，就头面起已发至脚，深为欣幸之至。恐再春先生来时过迟，而早刻已邀曹家六叔公及华松相均来诊，均言是疹，曹托六叔公代拟一方，尚未进饮。而再春先生已到，即请再春先生诊视后，就

---

① 当为“童稚”。

即开方进饮，至晚人尚安睡，较至昨日已愈八九。追忆昨日之下午啼哭，想其疹发出，人有不舒之处，年值幼稚，口不能明言，只以啼哭而已。所以一时舒展，即能嬉笑，心有不泰之处，遂即啼哭。今日疹已出发到脚，心已舒辗，现承再春先生两方而进，至明日早晨，即可立奏肤公也，幸甚幸甚！

伍菊香先生来，言住其小屋有一下沪艚某之妻与一开饭店之弟通奸，其夫已有所闻。昨日其夫设计言今晚至海洋去，至道头约三小时之久而转至家，见其奸夫在其家中，遂即被获。其夫将奸夫与妻异常拷打，并将奸夫脚踬一刀，流血颇多，此等人咎由自取，分所宜然。

晚刻，陶家三先来邀再春先生与寿翁之十一郎诊视，随同再春先生至陶习恭处，晤陈半塘，相叙半晌而来。半塘言生于同治丁卯年四月初五日戌时，叙其八字：丁卯、乙巳、丁亥、庚戌。查其年上比肩，年下偏印，月上偏印，月下劫才、伤官、正财，日下正官、正印，时上正财，时下偏才、比肩、伤官。乙庚化金是财，年与时合，月与日冲，丁日遇亥是玉堂天乙贵人，巳亥冲破作废，惟丁禄在午，阴干逆行文昌。再春先生言其八字系丙寅、戊戌、乙亥、壬午。查其年上伤官，年下劫才、伤官、比肩，月上正财，月下七煞、偏才、正财，日下正印、劫才，时上正印，时下食神、偏才。年月时遇寅午戌会成大局，年寅日亥又是作合。查乙禄在卯，子为文昌，时值壬午，谓之文昌对照，四岁行运。其命甚佳。并言其大世兄生于光绪丙申年十二月初三日巳时，叙八字：丙申、庚子、戊午、丁巳。查年上偏印，年下食神、偏才、比肩，月上食神，月下正财，日下正印、劫才，时上正印，时下偏才、比肩、食神。申年与子月是会，子月与午日是冲，戊日巳时系官禄贵人，甲戊日玉堂天乙贵人，牛羊午日申年夹未中之贵，丙午禄在巳，阳干顺行三位，申为文昌。此作上等八字。并言其二世兄生于光绪庚子年三月十二日午时，叙其八字：庚子、庚辰、甲寅、庚午。查年上七煞，年下正印，月上七煞，月下劫才、偏才、正印，日下比肩、食神、偏才，时上七煞，时下伤官、正财。子年辰月作合，寅日午时作合，甲禄在寅日，主坐官禄贵人，谓之专禄日，九岁行运。此亦作上命推算也。

初九日庚子 晴。童再春先生于早刻去，椿儿发疹曾经到脚，面已静，惟身脚之疹尚未坐，想明日即可就痊，其热已于早刻曾经退凉，今日亦食再春先生之方，又拟一方，定明日进饮矣。接赵子修先生一信，言令侄美六即范卿兄令郎有某女与其说合，其庚甲托余代评，即托韵卿先生代为详合。但美六庚甲系癸卯、癸亥、辛亥、丁酉。查其年上食神，年下偏才，月上食神，月下伤官、正财，日下伤官、正财，时上七煞，时下比肩。某女庚甲系乙巳、癸未、戊辰、庚申。查其年上正官，年下偏印、比肩、食神，月上正财，月下正官、劫才、伤官，日下正官、比肩、正财，时上食神，时下食神、偏才、比肩。乙庚化金，土生金伤官，戊癸化火，火生土正印。女命官为夫星，食神为子息，如是者则夫财子并透，又与癸卯命相许，男是辛亥日，女是戊辰日，土生金而可内助，有两合一冲，即照是节。随致只修兄一信，饬价送交矣。

晚刻，丁子祥、潘子祥、汪伯端、洪少琴、黄子权、伍菊香诸君来叙至晚而去。晚膳后至周作羹处，晤翁子俊、王六皆、伍菊香、张韵卿、王俊卿诸君，互叙半晌。言东洋王氏祠堂后板坑之侧有声闻诸于外，不知是何物，亦颇难测。随同各人至彼处静听，如路石下有立石未实，人脚踏在路上之声，亦不知何物也。随即至家，时将二鼓矣。王六皆先生言其八字系丙辰、辛卯、壬寅、甲辰。查其年上偏才，年下伤官、七煞、劫才，月上正印，月下伤官，日下食神、七煞、偏才，时上食神，时下伤官、七煞、劫才，丙辛化水、比肩。壬禄在亥，阳干顺行三位，寅坐文昌，查木全寅卯辰，功名自有，惜在壬水，倘是甲木或乙木立在日干，则其不止一廪生而已。所以命中有寅卯辰全立，虽不大显，则其功名一岁贡，虽无多财，尚可支持。年届六十有二而夫妻齐眉，两令郎均有积业，文孙现有六人，其命如斯虽上不足，下亦有馀耳。

初十日辛丑 晴。致潘梦丹兄一信，交三先送交，为洪家场洪万裕染坊欠培源靛洋一百馀元延不清付，函托梦丹兄代理，未识得能即为清理否也。前汪伯端兄为修理文昌阁，向余支助若干，早刻接伯端兄一信，并附泥水木匠计工价英洋八元、子洋念六角六分四厘，即致伯端兄一信，并附捐洋八元、子洋念七角，饬正华送交矣。椿儿疹均安静，又不放心，邀明钊先生来视，据说疹毒已清，自此即可就痊。今日所饮之药即将童再春先生留方而进，均能见效。昨再春先生言疹毒清后，以炙冬花米炒北沙参、生白芍三味饮之，今明钊先生言须加白茯苓、大破冬两味，此亦在于情理，即照此而饮可也。

早刻，伯端兄来邀晚膳，即允诺。道头西宕之涂地税洋向以上下两季，上季即今日五月初十日，下季十月初十日，今值上季收税之期，均经收讫。晚刻至李舜卿兄处，晤叙半晌，将本年福保集圣庙地税舜卿兄得承英洋十元零六角六分六厘，现面交英洋十元。即约同舜卿兄至文昌阁，晤汪伯端、周作羹、周国化、王勉生、黄道周、陶习之、徐志伸、金剑青、林少秋、王燕卿、胡志岩、王伯琴诸君，相叙席散而别。言及东岸王氏祠堂后坑厕之侧闻其响声犹如敲押色，每以连敲四响一歇为多，或三响、六响亦有之，每日将西下即见响声，至次日日出而止，如是已逾半月。有说老蛙之声，有说老蛇之声，究不知是何物耳。即同道周宗叔、汪伯端兄至楚卿兄处，晤王春圃、王六皆两君，互叙一刻而来，至家时逾二鼓矣。楚卿兄(言)，现在省垣异常戒严，杨督军见稍有嫌疑者即行追究，近有台人在省机关者，如有友人致其书信中稍有机密隐约之语，即拘禁，倘有晋谒机关之友，均须邀至会客室同招待员同坐方可说话。现有北军一旅在杭，而杭可无意外之虞，此外是否，难以预卜。吾侪小民，难安枕席，深为至虑。即海门一区各机关之人来往者颇多语言不易，何况杭沪！如今之世，一举一动确须存诸理法，是为至幸。

王春圃兄言生于光绪辛巳年闰七月十一日午时，叙其八字系辛巳、丙申、辛丑、甲午。查其年上比肩，年下正官、正印、劫才，月上正官，月下劫才、伤官、正印，日下偏印、比肩、食神，时上正财，时下七煞、偏印。胎元丁亥，丙辛化水伤官，巳申作合，丑午相穿，巳丑半会，辛日玉堂天乙贵人坐午，惜与日主相穿，现值巳运，正得气也。

十一日壬寅 子、丑时有雨一阵，自后至晚均晴。日前椿儿痧初起时，不知是何疾病，深为惊惧，许道士十二人让解之，遂以痧见即到脚就痊，均叨天佑，深感之至，当许之愿即于今日让祷矣。

午膳后达云母舅及伍菊香、翁子俊、李舜卿、黄楚卿、周篪卿、汪伯端诸君来叙至晚而去。言及褚慧僧及王文庆、屈文洛诸人在宁、台、温诸处力为运动，彼意欲就外自立，再行想法杭州，日前，郡城陆翰文、方寿民到申，亦与褚慧僧、王文庆各人合谋。如此大事，有关一省一国之安危，早有天数，曾经预定。无如起事之处，百姓受其荼毒，深堪浩叹！吾侪小民只愿其事即止，得安枕席，为幸多矣！并言褚慧僧、王文庆、陆翰文完全民党中人，屈文洛虽任民国封圻，自任浙江省长之后，大有官场习气，与完全民党者稍异意见，至方寿民因报馆初创上报蹧蹋，继则赴县起诉，因此而至沪江。按：方寿民字俊杰，郡城人，夫妻、子女、媳妇五人，彼一家只有五人，而五人均食鸦片，不知与报馆何人结有冤家，自椒江日报开板之初，即曰“全家福、五盏灯，某巨伸，清水毛坑”等语，自后即言秽污等事，难以笔述。日前直有赵斗胆者赴县起诉彼之吃食鸦片，经邑侯饬拿，以致赴申。如是者非只报馆蹧蹋，必有积怨以致于此也。但方寿民与陆翰文本非同气，与屈文洛、王文庆定有交情，彼等合谋革命，事成，彼之大幸，否则如何是好？只愿方寿民不与王文庆合谋大事，自行戒食鸦片，是为至幸。按：屈文庆名映光，是杨子卿之徒，于乙巳、丙午之间任海门印山学校监督。自后，王子裳老伯委办二次安徽运漕差使，随到彼处谋差，与前浙江将军朱价人友善，至辛亥革命之后，任浙江内务使，升民政使，改巡按使，即曰省长，职同以前巡抚。至丙辰春告卸之后，积资颇巨，现住上海自税地方。按：王文庆自幼赴日游学，遂与孙中山、黄克强、赵声友善，至辛亥春夏之交，有百馀人在广东黄花江起事，与张坚白制军、李军门战败，与黄克强多人急逃而免，赵声等数十人均死于此。自后，革命成立，在杭逍遥数载。其令弟醉卿任浙江水师总长，而文庆至丙辰方任民政长，至今春告卸，亦颇有积资，尽可优游林下。陆翰林乃柴野先生令郎，幼即肄业省垣，当辛亥革命等事亦均在场，事成之后，逍遥杭、沪数年，自后，接办临海高等小学校，诸事颇为认真，亦有积资，尽可用心学校，已得其名。今楚卿兄所云彼等均欲再行想法，未知后事若何，难于预料。愿各人均抱古人“得意不宜再往”之义，是为至幸。彼各人不再想法，而外府藉得粗安，吾侪小民，不去从事，亦不贪名，亦不贪利，愿得二三知友日夕畅谈、长安枕席、家庭团聚之乐，是为至幸至幸。

十二日癸卯 晴。晚刻，翁子俊兄、李舜卿兄、丁辅香、周篪卿、伍菊香诸君来叙至晚，留过晚膳后而去。明日五月十三日，江边堂武圣庙寿戏，已于晚刻到台，今晚开演。上年写戏时，彼将煤油灯说过，言未实，日前老四来说，余又允诺。今戏班之煤油灯带来，说之再三，难于推却。而老四之煤油灯又来，即将两灯均嘱点用，此等事虽无要紧，明年必须允其一，以免两歧，多费一灯之需费也。

茂中言其长子生于甲辰年九月廿四日寅时，即代叙八字系甲辰、甲戌、己亥、丙寅。查其年上正官，年下七煞、劫才、偏才，月上正官，月下食神、偏印、劫才，日下正财、正官，时上正印，时下正官、正印、劫才。月干甲、日干已化木，年支辰、月支戌相冲，日支亥、时支寅作合，胎元乙丑。其次子生于戊申年九月廿四日巳时，叙其八字：戊申、壬戌、丙午、癸巳。查其年上食神，年下偏才、七煞、食神，月上七煞，月下偏才、七煞、食神，日下劫才、伤官，时上正官，时下偏才、比肩、食神。年干与时干戊癸化火比肩，年支与时支申巳作合，月支与日支戌午半会，丙火生于戌月，本是弱命，幸戊癸化火来助，午戌会火又生，本身弱而不弱也。丙戊禄在巳，阳午顺行三位，申为文昌，巳时又坐官禄贵人。两命相较，其兄不如弟者多矣。

丁辅香兄言省垣现有蜂动等事，以时势之杨督军带有北军劲旅二旅，一旅驻沪，一旅驻杭，即有通天本事，与其下级军官作说未必一时动听。况杨督军如此严厉，凡事预防，非比无能者可同日论也。道听途说，难以取信耳。晚膳后，各人均至江边堂看戏，余至楚卿处，言其已至海门去，未晤。就道至王六皆先生处少坐，言其大世兄克振兄生于光绪辛巳年闰七月廿九日申时，叙其八字系辛巳、丁酉、辛亥、丙申。查其年上比肩，年下正官、正印、劫才，月上七煞，月下比肩，日下伤官、正财，时上正财，时（下）劫才、伤官、正印。日干与时干丙辛化水伤官，年支与月支已酉相会，年支与日支已亥相冲，年支与时支巳申作合，辛禄在酉，其月坐有官禄贵人，胎元戊子，戊土生辛金，系是正印。查《千里马》有云："胞胎逢印绶，禄享千钟。"但克振年今三十有七，幼即入钱店学习，今在楚卿兄之江北树号作夥，稍有馀积，只人尚诚厚，与"禄享千钟"之语相较，岂非天相悬殊？或其命运尚未至时，抑或如此推法所以舛错。查其五岁初交丙申，现交癸运。其二世兄生于光绪辛卯年八月初五日戌时，叙其八字：辛卯、丙申、壬戌、庚戌。查其年上正印，年下伤官，月上偏才，月下偏印、比肩、七煞，日下正印、正财、七煞，时上偏印，时下正印、正财、七煞，年干与日干丙辛化水比肩，年支与日支、时支卯戌作合。其命如斯，不及乃兄。九岁初交乙未，现交午运。并言其文孙即克振相之四令郎生于上年丙辰十月廿九日申时，叙其八字系丙辰、己亥、乙丑、甲申，查其年上伤官，年下比肩、正财、偏印，月上偏才，月下正印、劫才，日下偏才、七煞、偏印，时上劫才，时下正官、正印、正财。其生与子权之郎道昌只前一日，今六皆先生抱出，余视其小儿面相不及道昌之饱满，未及详视，究不知两童福寿富贵何人绵长也。

十三日甲辰　晴。早刻至江边堂，同吴玉翁及星斋、道周两宗叔、金仪卿、王六皆、张禹河、王俊卿、洪少琴、伍菊香、陶柳亭、黄子权诸君致祭武圣毕，过午膳后而来。孝连言，北山王子衡兄与其令弟子襄老三分爨，即择于今日各食。周篪卿兄言初十夜郡城有雨甚大，近地虽见有雨甚微，惟天气似下大雨之景。正雨晤时，若一处有一处之不同也。星斋宗叔嘱余代推女命，系癸卯六月初六日戌时生，叙其八字：癸卯、己未、戊午、壬戌。查其年上正财，年下正官，月上劫才，月下正官、正印、劫才，日下正印、劫才，时上偏才，时下伤官、正印、比肩。年支卯、月支未半会木局，日支午、时支戌半会火局，月支未、时支午系午未作合，胎元庚戌，庚坐食神，女命官为夫星颇透，食神隐在胎元而不透。初四交庚申运，系是食神地，甚佳，十四辛酉尚佳，此外不甚见得，想此与其作妾。

晚膳后同张韵卿先生至星斋宗叔处，晤道周宗叔、汪伯端、周篪卿诸君，互叙半晌而来。江边堂和尚可庆生于光绪乙酉年七月十八日寅时，叙其八字系乙酉、甲申、甲寅、丙寅。查其年上劫才，年下正官，月上比肩，月下七煞、偏才、偏印，日下比肩、食神、偏才，时上食神，时下比肩、食神、偏才。如是者近于木火通明。但黎元洪木大通明能做大总统，而可庆之命相若而做和尚，两相比较，大相悬殊，未识其细微在于何处也，质诸高明者可也。

十四日乙巳 晴。涂下桥合兴仁记染坊欠培源靛账，日前翼亭与结算为数颇多，内有一票第一期系四月三十日期，向取延宕，即致徐福生管带一信，交翼亭遣夥送交，托其就近嘱该染坊速为清理，以免坐索。晚刻，丁辅香兄、周篪卿、伍菊香诸君来叙半晌，言及省垣现均戒严，惟秩序安然，只恐多事，不得不预防一切耳。即海门城内一带亦均盘问綦严，吾侪小民得安枕席，为幸多矣。接倪寿田自太平发一信。晚膳后至达云母舅府上相叙一刻，就道至丁辅香行中，晤汪伯端、张韵卿、伍菊香、周篪卿，互叙少顷而来。翼亭言，前托云江兄寄瓯代购菜油曾经购来，计十箱，每箱净油念九斤，价计每百斤洋十二元七角五分，以二百九十斤算，计洋三十六元九角七分五厘，另加箱洋二元六角三分、下力洋二角，合共英洋三十九元八角零五。即嘱长工挑来八箱，此外二箱存在丰泰，明日向取可也。

苏焕堂早刻来叙，过午膳后而去，言其八字系癸酉、壬戌、乙巳、丙戌。查其年上偏印，年下七煞，月上正印，月下七煞、食神、正财，日下伤官、正财、正官，时上伤官，时下七煞、食神、正财。木生秋令，本是凋零，又加金克木，重重如是者，稍知子平者皆知其不妙，现交巳运，巳内丙戊庚，庚金又是不佳，幸丙能生木，尚有救星，虽不致死，运极平常，至辰运三垢恐逃不过耳。老广先言其八字系巳未、辛未、丁巳、壬寅，查其年上食神，年下偏印、食神、比肩，月上偏才，月下偏印、食神、比肩，日下劫才、伤官、正财，时上正官，时下正印、劫才、伤官。丁壬化木是印，丁火生在六月，本身已经极旺，两未之内两重丁火生木，巳中丙火又是生木，寅内丙火又是生木，其木太过，丁壬化木又生本身，如是者太过，近于无依，亦不佳妙耳。

十五日丙午 晴。饬小四至海门丰泰将所存菜油两箱取来，计秤每箱念九斤净油，计其价值与台地所购之价亦属相仿耳。接张丹庭兄一信，楚卿兄令堂于十八日生辰，托余代送礼物云。早刻，翁子俊兄来叙，过午膳后，适李舜卿、黄道周、汪伯端、周作羹、黄子权来叙半晌而去。道周宗叔言近日省中有人来言台州近日不靖，犹如台州谣言省城蜂动之语相若，人之谣传，莫过于此，只求两地平安，是为至幸。晚膳后同韵卿先生至作羹处少坐，相约作羹兄至道周宗叔处，晤邱遇琴兄，互叙半晌而来。遇琴兄言其八字系丁卯、己酉、己酉、丁卯。查其年上偏印，年下七煞，月上比肩，月下食神，日下食神，时上偏印，时下七煞。巳土长生在酉，月、日均坐长生，六岁行运，初交戊申，现年五十一岁，方交辰运，推其命，卯、酉相冲，虽月、日均坐长生，总有不足之处耳。

第五十九章

丁巳(1917)五月十六日起

五月十六日丁未　晴。晚刻，翁子俊兄、伍菊香先生来叙至晚而去。晚膳后至篪卿处，晤汪伯端兄、周作羹兄，言楚卿兄今已由海门来，即相约各人至楚卿兄处，晤卢槐士兄、王春圃兄，适李舜卿兄来叙半晌，就道均至尚德小学校，晤王俊卿、褚永芳诸君，互叙一刻而别，至家时逾二鼓矣。楚卿兄现恐地方多事，再添保卫团四棚，驻上张路廊，以防土匪地棍滋扰，一切亦预于防范也。

十七日戊申　早至申刻，晴，天气颇热；酉牌，阴；以后皆然。申酉间即闻雷声，至戌初见有细雨一阵即晴，以后天色护云。致章仲厚兄一信，饬阿啷送交。致王俊卿一信，附韵卿先生代批命纸一张，饬老官送交。外甥孙女昨日屁股肿痛，致王达夫兄一信，邀其诊视，饬老官送交，旋言明早能来。阿啷自前宅旋，接仲厚兄福信一函。家君于晚刻由琛山金宅来，今值酷暑，坐内河小船异常之热，令人难受而已。早膳后至卢槐士兄府上少坐而来，方至家中，楚卿兄遣人来言邀余至其布厂，遂即至椒江布厂，晤楚卿兄、翁子俊兄、王六皆先生、吴玉翁诸君，互叙过午膳后而来。今午气候，坐其东首客厅尚觉热气逼人。至家后，值达云母舅及汪伯端、周篪卿、黄子权、丁辅香诸君来叙至晚而去。晚膳后，同张韵卿先生至丁辅香兄之永利麻行，相叙至二鼓后而来。早刻在楚卿兄处，其大令郎亦至布厂，年方六岁，体质丰厚，头真如钵，额亦平满，眼有威势，将来在地方定有威势之人。眉鼻平常，人中深厚，据相书所云寿命方长，水星丰厚、唇红、耳厚，地角无亏，将来定能继武。据云生于壬子七月十一日酉时，叙其八字系壬子年、戊申月、辛未日、丁酉时。查其年上伤官，年下食神，月上正印，月下正印、劫才、伤官，日下偏才、偏印、七煞，时上七煞，时下比肩。辛日酉时坐官禄贵人，子平云："日禄归时没官星，号为青云得路"，其命如斯，亦极佳妙。是为之记。

十八日己酉　早至未刻，阴；申牌，雨甚大；酉至戌初，阴；戌末，仍然大雨；以后皆然。楚卿兄令堂今日生辰，日前丹庭兄托余代送寿礼，即于早刻送去矣。子权、篪卿于早刻来叙，过午膳后而去。楚卿兄来单邀看戏，并邀晚膳，据其来价言即海门椒江舞台之女班来与其开唱寿戏一夕一夜云。即于午膳后至楚卿处，晤杨仿时、徐元绶、何知非、吴玉成、卢槐士、陶寿农、李舜卿、邱遇琴、翁子俊、陈舜卿、黄道周、蔡绍庭、蔡雅庭、黄子霖、娄竹三、褚永芳、叶石甫、王六皆、伍菊香、王后哉、章焕新、林梧生、王云初、周作羹、陶习之、金仪卿、赵叔枚诸君，相叙至晚，过晚膳后而别。因雨过大，同李舜卿至作羹兄处少坐，俟其雨稍晴而来，至家时逾二鼓矣。早刻，杨仿时因海门警佐才接手，来家拜客，适遇黄子权言与其在杭州公立法政同学半年云，事经七载，人尚认识，想其记忆尚佳。杨仿时名禄纯，系湖州吴兴人。徐元绶现办海门统指局，何知非现办台州盐务督销局。楚卿兄令堂今日虽是生晨，非做大寿，海门椒江舞台之女班来唱，章焕新诸君因其班中日夕看资甚薄，颇多亏控，章焕新与镇守使署幕府诸君送与其唱演，实抽丰耳，自晚至夜结赏等资约计二百番之则。

十九日庚戌　早至巳刻，雨颇大；午、未时，阴；以后皆然。近将要水，幸沐天佑，即降甘霖，早季收成定歌大有，台民受福于无穷也。晚刻，达云母舅及篪卿、菊香、子权、舜卿诸君来叙至晚而去。日昨函邀王达夫与外甥孙女看毒未来，有人说陶习恭兄请张迪生先生与其夫人看乳疮之语，即于晚膳后至陶习恭处，据云张迪生约于廿二日可至其家中，至日再请可也。习恭惠有打散药粉少许，即嘱小女将水调敷，未识即能见效否也。遂至习之客间，晤乃翁寿翁及赵叔翁、徐志伸诸君，互相畅叙。言及林少秋兄令尊之八字与杨定甫先生之庚甲同年同月同日同时，但定甫先生幼入邑庠，连捷举人、进士，钦点翰林院庶吉士，光绪庚辰考取留馆编修，癸未考取记名御史，补山东道监察御史，升刑科给事中、会试同考试官，奉命巡城京察一等，记名道府。令郎星五先生即煦东宗伯姊夫，壮年作古。文孙子屏、子洄两兄，而子洄兄娶黄贯吾之妹，合卺未久而故。现子屏兄人颇能干，已添两令郎，即定甫先生曾孙，现积已逾三十万。但林少秋兄令尊功名虽只邑庠，子有六人，孙有十馀人，曾孙亦有数人，均能干练，家资亦有十馀万。而定甫先生得进一阶之年，林君必生一子；定甫先生自娶元配至今娶顾氏，夫人计有六人；林君夫妇双全而未易，子孙满堂一无有损。两相比较：一富贵双全，子、孙、曾虽有而不旺；一小贵而富尚可，夫妇白发齐眉，子、孙、曾满堂绕滕[①]，两命均称富贵而多福、多寿，其中不同，想其分免时刻或有早迟耳，亦未识其祖上风水有不同也。

赵叔翁言生于光绪乙酉年十二月初九日酉时，叙其八字：乙酉、己丑、癸酉、辛酉。查其年上食神，年下偏印，月上七煞，月下七煞、偏印、比肩，日下偏印，时上偏印，时下偏印。年、日、时均坐文昌，五行缺火，三岁交戊子运，以后丁丙运最为佳妙。徐志翁言生于光绪癸巳年八月初三寅时，叙其八字：癸巳、辛酉、壬子、壬寅。查其年上劫才，年下偏才、七煞、偏印，月上正印，月下正印，日下劫才，时上比肩，时下食神、偏才、七煞。年坐玉堂天乙贵人，时坐暗禄，五行缺木，初二交庚申，以后丙辰、丁卯、甲寅三十年最佳。两命相较，癸巳之命不及乙酉。但赵叔翁虽未入庠，亦由学堂毕业，三重文昌亦非子虚。以余初学所推如是，质诸高明者未识为然否也。至家时逾二鼓矣。

二十日辛亥 早至辰刻，阴；巳初，细雨；巳末至午，阴；未牌，晴；

---

① 当为“绕膝”。

以后皆然。从此一雨而晴,早季收成即歌大有,皆是上天所厚于台民也,感甚。致张丹庭兄一信,交小妹送投海门邮政局寄至沪江。致徐子刚先生一信,交其来人带交。许眉甫先生自早刻来留宿一夕,晚刻,王子衡兄自海门来,留叙半晌而去。达云母舅及篪卿、菊香、孟东诸君来谈至晚而去。王达夫来与外甥女视毒,据云毒非要紧,须出浓即可就痊。须数日后用刀放浓而不甚痛,今则尚未成熟而已。晚膳后同张韵卿先生至丁辅香处,晤叙少顷,就道至陶寿翁处,言其今晚稍染微邪,其身带微热而睡。即至习之处,晤谢仲衡,相谈半晌。仲衡言生于光绪己卯年七月十二日卯时,叙其八字系己卯、壬申、甲申、丁卯。查其年上正财,年下劫才,月上偏印,月下七煞、偏印、偏才,日下七煞、偏印、偏才,时上伤官,时下劫才。天下甲巳化土,丁壬化木,其命如斯,两重劫才独坐年时之下,恐其财难积聚而已。

廿一日壬子 早至午刻,晴;未牌,阴;以后皆然。接李少云兄来信代其湖南人告帮,看其词语着实,余送洋两元。早刻,达云母舅及翁子俊兄、周篪卿、黄子权(来)叙过午膳后而去。允东妻周王氏控达云母舅之事,彼向找断屋业,当托家君并子俊兄代为向说,自后周王氏过于奢望作罢。自后周王氏呈控达云母舅一呈,计二千四百馀字,均是糊言乱语,公署向取辨覆之后,已定本月廿五日开庭质讯。当家君与子俊兄曾为中人,言价虽云未就,亦均传质,预日赴郡代质云。俗语云:"水银无贾,状纸无真。"虽言无真,欲画乌壶亦必有圈,满纸子虚,真是妇人无知之识见。其呈系黄岩池清衢兄代做,必有略节,使其可以捉刀,其中有自言亦说不去者,想照略节抄录,清衢未及留心之所致也。晚刻,至李舜卿兄处,晤周孟东兄并其令郎,相叙至晚而来。

廿二日癸丑 晴。致王仲达一信,附致许蓉垣先生一信,托其代撰天台山华顶寺方丈并国清寺迦蓝殿楹联语各一对,该函封交阿唧送至黄城。致解芝春兄一信,亦饬阿唧送交。致陈仲善兄一信,饬小四送交。晚刻,陶习之兄来说诗俊与黄子明之事已有就绪。陶宅请张迪生先生来与习恭之夫人看病之便，即请其与外甥孙女看毒，而晚膳后，习恭、习敬同迪生先生来家与其看视，据说是热毒，无甚紧要，即用刀放出脓血颇多，就用药粉贴上，想能渐(奏)肤功也。早刻，王子衡兄来叙，午膳后而去。子衡兄言生于光绪戊寅年二月十二日未时，叙其八字：戊寅、乙卯、壬辰、丁未。查其年上七煞，年下伤官、食神、偏才、七煞，月上伤官，月下伤官，日下伤官、七煞、劫才，时上正财，时下伤官、正官、正财。天下丁壬作合，地支卯未半会，月建坐玉堂天乙贵人，壬水生在二月，日主太弱一的。初起交丙辰运，现交巳运，尚无大碍。惟四十二交未运墓库，恐有孝服而已。以下庚申、辛酉二十年最为佳妙。并言其令弟子襄八字：丙申、戊寅、己酉、丁卯，查其年上正印，年下伤官、正财、劫才，月上劫才，月下正官、正财、劫才，日下食神，时上偏印，时下七煞。地支寅申一冲，卯酉一冲，如是者想交朋友而无情。年支坐有玉堂天乙贵人，幸日坐长生，即或冲破，年月日时尚可支持。查其行运均不甚佳，况巳土生在正月，又是衰地，如是命(不及)子衡兄之佳。晚膳后，赵子修、徐志伸、王俊卿诸君来叙，过十一句钟而去，畅谈时事，颇为称快耳。

廿三日甲寅 晴。家君自早刻至郡，与达云母舅及子俊兄同去。晚刻至尚德小学校，晤王俊卿、褚永芳两君，畅叙至晚而来，言及现在海门戒严，将大暑戏亦均禁止。现在时事转折多端，不能详注，另日再记可也。晚膳后，至周作羹处，晤谈一刻，至星斋宗叔处，晤汪伯端兄，相叙少顷而来。言及星斋与楚卿之事，经萍洄代其清了矣。楚卿兄令堂初意今年大暑本欲迎会，并写温州同福班来台唱演，今均停止，而地方大小各家可以节俭为费颇巨耳。

廿四日乙卯 晴。晚膳后至楚卿处，晤王六皆先生及王春圃，相叙半晌而来。楚卿兄言，近日外省风云急，省内亦急，即郡城亦有多人煽惑。现有省中来电查拿，稍为安息，一切现事，笔难尽述。现省中开军会议，而海门镇守使因病未去，究未识如何妥商，亦难预料。至于派道，一省自有一派，一省又有数派，亦不定也。浙省而论，蒋百器、屈文洛、王文庆、褚慧僧分为四派,各人均有一道,现新时人云将恐为亡国奴隶,数年来所为诸事均速其亡,究不知新时人之心理何如耳。言念及此,深为怅然。吾侪小民,只求得安枕席,为幸多矣。

廿五日丙辰 早至未初,晴;未末,雨,少顷即晴;至酉牌均阴;戌时,雨;以后皆然。东北风颇大,其雨似大浪,幸午后见有风雨而不甚大,想有做风水之地,近地虽有见风见雨,无甚大碍,至于大浪,须在三四日间可望晴霁。早季收成在即,叨天福佑,即日风静雨晴,是为至祷至幸。晚刻,伍菊翁、王春圃、周醉香、汪伯端、王达夫诸君来叙少顷,而达夫兄因顺兴泰来请其看病而去。相约伍菊翁、汪伯端两君至文昌阁,晤李舜卿及少湖、道周两叔,互叙至晚而来。

过晚膳后,同张韵卿先生至赵子翁处,坐下即见大雨纷纷而下矣,俟其雨晴而来,方至家中坐下,未久而又大雨,尚为至幸。言及允东之夫人今未至郡质讯,邀其胞弟王兴臣兄晋郡代表质讯云。现民国例,与人结颂,自己不与到堂,可以邀人代表质讯,亦新例也。并言其家中连日人客颇多,有一姨丈太平人亦在其家中,兴臣兄亦吃大烟,想人之钱财未曾到手,自己钱财已用不少,此等女流正不暗于世事,直曰凶而且悍可也。乃翁周子勖先生在日专管词讼,弄人是非亦复不少。后允东于戊戌姚子祁司马同知台州府事之后,至丙午冒籍难麐晋京,其中九年,与门口拜盟、吹奉幕宾、滥交官戚、包管词讼,虽日进金钱,正是鸩酒止渴,以致人财两失,尚有余孽未消。今又乃媳凶悍,败其馀产,此皆其累积之所致也。长婿娄瑞卿因食鸦片,家住海门,恐有挑剔其吃烟,亦隐在其家中,日间自晨至将晚膳方起床,夜间论长说短,作吞云吐雾之谈,须至天明方睡,阴阳颠倒如斯。次婿黄宏德之行为亦与瑞卿仿佛,此等人直曰废人可也。但瑞卿自承分钱财,今已将尽,幸其妻尚有馀积,至多之约不过三千金,生有一男一女。宏德之物亦将殆尽,其妻亦在妙手空空,上年生有一女。近日有一姨丈,太平人,及其弟王兴臣、娄、黄两婿,因丈母有事,均来至家中。两婿因烟过大,想能自己携带,王兴臣兄虽食鸦片,不甚过大,又与其出庭质讯，日食芙蓉定是乃姊所购。如是而来，日用之钱亦复不少。所幸周王氏欠人家店账积至年终或付若干，或欠若干，积至二三年则曰陈账，随可图赖。前允东在日，入京、赴晋不敷洋银，向人借贷。癸丑岁允东故在杭城，其妻王氏赴杭搬柩旋台，售脱产业，名之曰还账，实则紧要之账与人说开，每百元只还三四十元不等，各人均以情分难却，饮泣作罢。余所知者，尚欠柯定础兄、陈炳生、陈涵甫、牟老五各人不下千金，均以面情难却，分文未付。彼于光绪壬辰三月间方娶王氏，前一日向余借去英洋五十元，当因日夕交好，未及启齿，自后看其如是情形，只作罢论。当周王氏将售业馀资当约两千之谱，今其兄弟、女婿、妹夫人客如此暗消，并弄无端结讼，不数年间定至乌有，亦意中事也。言及于此，是于之记。并言娄瑞卿之子生于癸丑年正月初六日戌时，此日即允东故在杭州大方客栈之日，周王氏即于是日接到杭州电音，知允东病笃，遂于是夕趁轮赴申之日。叙其八字系癸丑、甲寅、癸亥、壬戌。查年上比肩，年下七煞、偏印、比肩，月上伤官，月下伤官、正财、正官，日下劫才、伤官，时上劫才，时下偏印、偏才、正官。其命如斯，看其幼孩相貌平常而已。

余二弟唐臣生于戊申九月廿九日，家君言是申时，其母言其生于未时。今晚与韵卿先生言及其八字戊申、壬戌、辛亥，论其现在年纪虽幼，知钱财之金贵，不肯乱用，以丙申为是，非乙未也。查天干，辛干日遇年干戊是正印，月干壬是伤官，时干丙是正官。倘乙未时，乙是偏才，定是丙火生戊土，非乙木克戊土也。丙火生戊土，虽见月干壬水伤官，可以有救。假使乙木克戊土，见壬水伤官更甚。以此而论，必是家君所言申时为是也。并为记载。日前托解芝春兄代托毛镜泉先生法书对联两副曾经寄来，所书句语，其一："冷淡古梅如老衲，护持新笋似婴儿。"其二："古梅盖屋多盘错，新笋出林自展舒。"语之畅快雅致，其一尚不及其二也。

廿六日丁巳 阴晴不一而定。家君自早刻由郡城来，言达云母舅与周王氏之事，昨彼邀王兴臣兄赴郡，托卢槐士兄代为挽留说事，均于昨夕趁轮，早晨抵埠。晚刻，陈舜卿、卢槐士、陶习之、汪伯端诸君来叙至晚而去。但彼之事，槐士邀陶寿翁来椒代理，遣人去请，旋言寿翁因有小恙未来，俟明日再言可也。晚膳后至子俊兄处，晤王桐甫兄，相叙半晌而来，至家时将二鼓矣。

廿七日戊午　阴、晴、雨不一而定。早至午，东南风颇大，晚刻风稍静。致张丹庭兄一信，交邮寄申，询其《申报》曾否代买？致谢仲衡兄一信。晚刻赵叔枚兄送下《时报》，所言事实大多事情两相见背，总而言之，现在时事各报纸所言总不能靠实而已。有说《申报》稍见取信，未识另日《申报》寄到果如其言否也。现在早季收成已将在迩，可以预歌大有。日昨见有风水之势，幸今日风转东南，可无碍事，叨天福佑于无穷也。

廿八日己未　早至巳初，晴；巳末，细雨；午牌，晴；以后皆然。早刻，达云母舅及翁子俊、周篪卿、黄子权、陶习之、张韵卿、伍菊香诸君来叙过午膳后而去。晚膳后至楚卿处，晤黄道周、王六皆、周作羹、王春圃、周孟东、伍菊香诸君，互叙至九句钟而来。

廿九日庚申　晴。致张孟定兄一信，交邮寄申。晚刻，倪寿生相言，陶寿翁由海门来，随至其家中，晤卢槐士兄、汪伯端兄、习之，相叙半晌。阅本月廿五日《申报》所记各事实人出意料之外。至家时，适袁子雨、孙志宾两君来叙至晚而去，所言各节，目今人心险恶，正是奸刁诈伪险恶，阴谋无所不至，人心如是，天下岂望安平之日！青夜而思，只恐乱机于不远。凡与人言，知人知面不知心，总而言之，人无忠信，岂望持平保泰者乎？吾侪处于如此之日，深为至忧至虑而已。晚膳后至袁子雨处，晤孙志宾、王六皆两君，少谈而别。就道至星斋宗叔处，晤周篪卿，互叙半晌，至家时将二鼓矣。

三十日辛酉　晴。汪伯端兄因消夏社设文昌阁，来邀午膳，早刻至文昌阁，晤达云母舅及星斋宗叔、道周宗叔、李舜卿、伍菊香、周篪卿、陶河清、陶习之、洪少琴、周孟东、黄少湖宗叔、汪伯端、陶柳亭诸君，相叙席散后，习之兄言童再春先生至其家中与其令弟看诊，约同习之至其府上，请再春先生来与朝儿一诊，因朝儿有肚症而望速痊而已。留食点心后即同再春先生至习之处，晤寿翁，相叙至晚而来。言及东岸邬冥阶兄之弟嫂某氏，母家亦住东岸，年前言败血之症而逝。日昨有人见银匠朱永金之媳似系邬冥阶之弟嫂，初尚拟议，继则确识无疑，而后通知冥阶。现其[①]弟因妻故，自后至海山谋生，屈计五载，不想其弟嫂病至逝世及下棺殡殓皆是伪也。当朱永金与子娶媳，言自己家中狭小，借住其婿陈少琴家成亲花烛，新妇先为小接至少琴家中，至日交拜花烛，成亲后转至永金自己家中，其意永金住在街中，恐看新妇人多，致有识破之虞，借少琴家，其处安静，藉可隐瞒，今则识破其事，通街均知其底蕴。现邬冥阶出诉，各人深为可笑。文人笔墨粉饰，可作奇谈而已。晚膳后至署前，晤周冠卿先生并金子和，言至陶寿翁家去而别。余即至翁子俊兄处，晤达云母舅及张韵卿先生，相叙少顷而别。同韵卿先生至寿翁府上，言冠卿先生才方出去，至楚卿家，未晤而来，至家时方二鼓矣。

陶河清兄言生于同治壬戌年二月初一日卯时，叙其八字系壬戌、壬寅、乙卯、己卯。查其年上正印，年下七煞、食神、正财，月上正印，月下劫才、伤官、正财，日下比肩，时上偏才，时下比肩。乙禄在卯，日、时均坐官禄贵人，二岁交癸卯，现五十六岁，尚在戊运而已。现在时世，人之刁奸诈伪无所不至，如陶河清兄尚称老成持重，如是者不可多得也。

六月初一日壬戌 早至辰刻，晴；巳时，雨颇大，约三分钟之久；以后至晚均晴。晚膳后见有微雨，亦大浪之景也。早刻，王桐甫兄托余代书扇面一把，即代写就，饬老官送交，款即桐甫二字。外甥孙女因屁股生疮毒，前托张迪生先生医而未痊，早刻遣女媪至城邀仲达请金丽生先生诊治，而丽声先生即于晚刻来，言是热毒，无甚紧要，彼系幼稚，不得不即为调治而已。晚刻，王春圃兄来叙少顷，言楚卿兄接

---

① 原文衍一“其”，已删。

绍兴盛赐仲来电，言探悉有人在台招兵，其军械由绍、宁诸处运至台州云云。其事如斯，深为至虑，叨天福佑，早已详悉情形，曾经预防，想其不至致有意外之虞，是为至幸。并言省有中有电致黄义臣，言有人在台私自招兵，省中已有所闻，而台防统领并无一言通告云云。现四处均为戒严，不致贻误，幸甚幸甚。黄季明被周诗俊殴辱之事，经陈舜卿代为说开，现彼在海门未来，托余代带上门，并有酒二席送至其家中和事。晚刻至其家中，酒设子权处，晤达云母舅并周作羹、黄道周诸君，相叙席散而来，至家时将二鼓矣。忆老二分昔年禹渡伯公在日之声势固不必说，自后数十年，懋字行者禹门叔公、海秋叔公，修字行者有庆五宗伯在日尚可支持。禹门叔公自丙午故后，日渐衰微，谋生乏术，其一言而难甚也。一房只有子权尚在学堂毕业，无如其人亦非能干，自后子权之子道昌，望其重振家声，今晚看过道昌相貌不甚扬眉吐气，现未周岁，能得渐为倍植，克绍箕裘，是为大幸。

王春圃兄又言昨夕驻本镇张哨官获有三人，询系处州人，内一人处州籍，住在杭城，因在四更时分在道头讨船，当此时势，恐其另有是非，当时不得不为拿获。至营中问，系镇守使署之兵，因其吃苦难受，夜半脱逃被获。转告楚卿兄，商诸何霭生先生，言如此时势，遇有逃兵被获，法当处死。两君念彼三人因苦而逃致死，代为悲惨，未及详报而又脱逃，作为罢论矣。凡为人生，富贵中又有富贵，享福中又有享福，繁华中又有繁华，吃苦中又有吃苦，抱屈中又有抱屈，困苦中又有困苦，悲伤中又有悲伤，痛楚中又有痛楚，暴虐中又有暴虐，情极中又有情极，此中之福难以胜言，此中之苦更难胜言，凡事作退一步想，为幸多矣。

张韵卿先生言于今日已解暑假至家去矣。前函托张丹翁代买《申报》不知何日可以代寄，现各报纸各人各有一派，纪事不无偏见，惟《申报》一项所开最久，所言不致无中生有，未识将来寄到，果如其言否也。

初二日癸亥 阴、晴、雨不一而定。晚刻，汪伯端、陶习之两兄来叙半晌而去。金丽生先生于早刻去，虽是仲达请其来与其女视疮，奈来往川费余应开销，即送其鹰物二元以了其事。侍妾偶占寒热，请陈月香先生诊视，想能即奏肤功，余应便烦其一诊，据云近来体质寒甚，舌身带灰，即开有大热药方，想十馀剂方能见效也。陶习之兄来言朱永全之媳现买出伪母伪媒，辨其非是邬姓为其前夫，并言其当时棺木曾经拆毁，昨邬冀阶认识之棺非是当年原物，倘邬姓自此不再追究，即作罢论，万一追下，又恐其枝节横生。幸朱永全家无长物，即其母家亦贫如洗。邬冀阶之弟现在出外尚未归来，想有从中调停以了事亦未可知。至此，事之始末尽出人所意料之外者也。

周冠卿先生晚刻来叙，已晚，留宿一夕。言代子和令祖静皋先生看有吉壤，彼家中曾经购来，计价洋七百八十元。台州人之买坟地如此价值，近所罕有也。按：静皋公早游泮水，补入天禄，纳资教谕，选授永康县学，握篆亦有数年，旋里后不复进取，为人诚厚，待人以信，亦近来不可多得长者，故在光绪丁酉，时年已逾古稀。子三人，长福林相，即楚卿兄元配金氏之父，福林相、子冕堂均已相继而逝。冕堂子二人，长子和，次其弟现娶土屿张琪泉兄之女。二房逊甫先生即小妹适金氏之翁，逊甫太亲翁亦早游泮水，故在光绪庚子之冬，子四人。长云舟兄，亦经入泮，初娶山东丁晓云先生长女，有一子，现娶海门翟洛东令媛。继娶太平郑氏，未出而云舟兄亦故。次字次青，人颇诚笃而重耳，生有一子，尚幼。三即姊夫叔文兄，故在己酉之冬，子二人：长甥洪畴，现配箬王江子寿之女；次甥洪Ꞓ，现配黄岩卢鹿萍兄令媛；女字大板桥黄贯吾长子，均未婚嫁。四字季盘，元配娶陶寿翁长女，继配娶太平县城陈襄臣令媛。三房萍生先生，生有孙男四人、孙女三人，长孙伯明娶陶寿翁三女，于四月间生有一女，馀均未婚配。长、次二女均适黄岩喻莘侯兄，三女字郡城何见石方伯大公子仲鸿兄。静皋公自丁酉迄今已二十馀年，已得吉壤，则入厝有日矣。但子和性情铿吝，亦一言难甚，在各处与其比较者甚少，在莘山非独子和一人而已。

初三日甲子 晴、阴、雨不一而定。早刻，做福恭叩天地神明，俗名曰吃新米，其取义想自种田以致收成，叨天福佑，幸获丰收，理应叩谢天地神明，分所当然。近处俗例，早季长工自上年十月十三日之后说妥，至岁杪上工，本是说定一年之价，不想若辈另生枝节，下季自五月十三之后又要再说一番，再说时须加工价方肯再做下季工夫，留则不去，换则至大暑前数日而去，来则至早须至大暑之日，迟则或在大暑后一二日亦未可知。今年作头不对而歇，二作又自要歇，均今日已去，新讨长工又未上工。现又多雨，已收早殳大半发芽，每日所讨散工，又值稻忙之工价较之平日须加一半，此等习惯正人之所急也。周冠卿先生于早去。余将算过个人八字均录为一册，以后各人之工拙可以详考以广识见耳。

北岸子林人应子雨者今年从张子梅先生读，上春锡侯未住海门，借宿家君处，子梅与子雨、锡侯昆季均住家君处将近两月，看其人颇诚笃，不干外务。自锡侯移住海门，张子梅先生及子雨均至海门之后，锡侯托余代其与印山水产学校校长周载熙兄说妥学习英文一科，而子雨亦与焉。而后，锡侯因算曾祖所遗田亩账目，与其母同至莘山月馀，子雨常与印山之同学者日夕往来，将其带至各旅馆看妓女数次之后，即宿在妓馆，以致颇多需费。闻其今又至上海借购办娶亲什物之名，未识已经旋台否也。闻子雨之父初生三女，年至四十方生子雨，真爱如掌珠，聘本镇陶河清兄令嫒，择在冬间完姻。幸椿萱并茂，年轻子弟须其父母急于收缰，不致至于废地，是为至幸。老年得子，望子之心甚切，人所皆然。看子之嬉笑正是花开之景，言子之善胜言己善十信[①]。望子之得娶亲、生孙，能得成名，幸之又幸也。

初四日乙丑 阴、雨不一而定。早季收成在即，急求上苍敷佑，即日晴明，是所欣幸之至。子平言主本不和，即日犯岁君，为祸百端。如楚卿兄令堂蔡氏宜人生于咸丰壬子年五月十八日申时，叙其八字

---

① 当为“倍”。

系壬子年、丙午月、戊辰日、庚申时。查其年上偏才，年下正财，月上偏印，月下正印、劫才，日下正官、比肩、正财，时上食神、偏才、比肩。乃申子辰全会，水局克戊土，日主戊辰系是属土，年是壬子，属水，土克水，岂非主本不和，一生财福如此优游，想有申子辰全会，即日犯岁君，亦无紧要也。总是言之，命之理微，非精于五星难于推侧耳。

初五日丙寅 雨。连日多雨，地方潮湿，日只眠睡之外，并无所事。下季作头今日上工，其工洋照全年二十八元算，二作阿四工洋照全年二十一元算，今尚未上工，未知来否，尚无有定。长年以半年再行论价，实无道理，俗例如斯，只得从俗而已。早刻，林质彬兄来将经手各庙、文昌阁、大宗祠、四房挨轮涂地换结执照，每亩照费计洋一元，每亩另加小费计洋二角，共计英洋一百三十七元九角，悉均照付清讫矣。登户名用黄质诚报上升科，自后完粮即黄质诚户完纳耳。留过午膳后而去，言及蒋作舟兄之事已将清讫，现尚在省未旋云云。

初六日丁卯 阴、晴、雨不一而定。桂玉老司言陶习谦兄之尊夫人于今早寅时生有一子，叙其八字：丁巳年、丁未月、丁卯日、壬寅时。查其年上比肩，年下劫才、伤官、正财，月上比肩，月下偏印、食神、比肩，日下偏印，时上正官，时下正印、劫才、伤官。年支巳与时支寅，寅巳相刑，月支未与日支卯半会，月坐羊刃，日有文昌对照，初五交丙午运。即致习谦兄贺信一函，交桂玉老司带交矣。道周宗叔并李舜卿兄柬邀午膳，席设文昌阁。早刻，至文昌阁，晤道周、少湖、星斋及达云母舅、翁子俊兄、周篪卿、陶柳亭、汪伯端、李舜卿、洪少琴、蔡绍廷、伍菊香、王勉生、何寿初诸君，相叙席散而来。

晚膳后至楚卿处，晤道周宗叔、郑夔友、王春圃、汪伯端，互叙半晌而别，至家时将二鼓矣。言及中国参入战国，德国公使现已出境诸事，以及未了各节，并有交涉等事，均由荷兰使署代办。现德国屡获大胜，上年，日本有兵二师帮同俄罗斯兵攻德，现无一人旋国，未知被虏，亦未知战殁，均无信息。目今俄国并未与战，段芝泉主张将中国参入战国，不过助其兵役充当战阵、并助粮饷二项，以与德断交，而德国公使即行出境。现俄国因自己国内正值多事，亦未与德宣战。俄罗(斯)全盛时尚且畏德如斯，自俄国自行革命之后，人才想亦不及如全盛，万乎不能与德再战。自此之后，德之强盛无国可以比敌，未识段芝泉作如是想，正不知是何意见。黎宋卿自行告退，以冯华甫代理总统，现尚驻扎南京。段芝泉自为内阁，驻在天津。冯华甫之意欲疏通西南各省而已。一总统、一内阁，驻防之处尚相违数千里之遥，虽有电线、铁道之便捷，终非善策。如今世事正一言难甚，其中一段大文章，诸多曲折，非数万字可以达意，只得日后再行详记。现据各报纸传述各节，或有未确之处，亦不能即以据实而记之。余之最虑者，中国参入战国与德已断交，倘德国得有馀力，水军频频而至，陆军即由俄国之西伯利阿铁道而来，日本尚畏之如虎，何况中国！将来德兵入境，有何善策而御之？有何利器而御之？不得不作杞忧而已。

楚卿兄又言，现省中密拿李渭人、陆翰文、王赞尧、余琢斋各人，王、陆早已赴沪。李渭人、余琢斋两人，余琢斋送其由陆路至天台，过甬郡趁轮抵申，方宿国清寺，而天台驻防营讯将其三人被获，各兵丁均以称功，喜出望外。管带李少云恐结怨于民党，自至国清将三人放行，隐瞒上游。即此一端，私情固属完全，将来上游访悉，何以为情？今则亦无紧也。现在时势，大臣不忠于朝廷，小臣安得尽心于宪语，上行下效，势所然也。未知何日得能法令出诸乎上，小民得享升平之福，为幸多矣。但余琢斋虽有葭莩，闻其如是所言，代其担忧。倘在公理所云，其言亦不得不如是所云也。

楚卿兄言，海门《椒江日报》馆中有名吴牛并赵斗胆二人，自开报之初即行怒骂方寿民，闻其初心因寿民父子、夫妻吃食鸦片欲其拼股，每月欲其出洋二十元而不就，续缩少十元，而寿民只言开报之初借贷若干则可，按月付给。而不允，因此订恨，即有如是种种捏造等语，恕吓不就，即赵斗胆出名具禀邑侯，谓方寿民全家吃烟。而寿民父子赴沪戒烟，又恐拿获。方寿民之批示县署不认用，照镜至署对批照印，初则署役嘱其批可抄不可照，而吴牛、赵斗胆尚大有强梗，即将两人勾押，遂以嫌疑戒赴镇守使署，未识作何办理也。吴牛真是吴牛，斗胆真是斗胆而已。

自六月初一日起至今初六日均是阴、晴、雨不一而定，在田未割之稻谷已发芽，即割至家之稻无处可浪，谷亦发芽。今年早苗已歌大有，其收成如是，恐成歉岁。只求上苍敷佑小民，即日天气晴明，养育小民，台州幸甚！小民幸甚！

初七日戊辰 阴、晴、雨不一而定。自初一日起至今七日，每日中或雨或晴或阴，不一而定，谷均发芽，深为至忧至虑。有说南乡各处水过稻上二三尺不等，如是收成大加减色，看今晚似将放晴，急求上苍敷佑，即日天气晴明，便于收成，深为祷感之至。但今晚云色已横，气候似热，均是晴明预兆，想明日定能晴明，深为祷祝之至。昨楚卿兄云，听人说近来天亮晓之明较之往昔似有数倍，但余日起虽早，亦不能得见明星，即嘱翼亭及立茂，明日想无云遮，嘱其上午三四钟即起看视，未识果然否也。俗语谓天亮晓即指紫薇星而言。紫微应在国君，现曰共和，即在大总统。但黎宋卿不能镇压，现经退位，冯华甫欲为总统，尚在南京，未曾入都，即西南各省督军尚未一致，以此而想，非加倍明显之象。果然星宿明亮，又未识所也。至星已明，人所不知，上天已有定数，则望治之日亦不远耳，是为记载，以观日后若何可也。各省督军大半拥兵自卫，势盛而夺之，势衰而去之，意存自让，假上命而授则有之，并无兵力之人只以上命而授。自辛亥迄今，所见甚少，以致两相攘夺之际，小民受苦何堪设想。即今之新例，今日如是，明日如彼，小民或知其例而即更改，或未(知)其例，则更之又更矣。又，小民之苦楚难言，吾侪小民只求官出上命永无变更之例，则为幸多矣。晚膳后，赵叔翁来叙颇久，去时已将十句钟矣。阅子平书籍最多，细参命理精微非易，至于《星平会海》一书过于繁杂，不及《神峰通考》较为简便，能详参深意，又加见识滋多，断无不精之理。余之所见如斯，未识高明者为然否也。

初八日己巳 阴、晴、雨不一而定，辰刻、未刻两次大雨纷纭。昨晚看天色清朗，晚霞夕照，意料今日晴明，不意仍然大雨纷纭。闻南乡诸处水过于稻上，即近处早季已收未收均已长芽，已大减色。急求上苍敷佑，速即放晴，将已收籽粒藉可干晒，深为祷感之至。幸晚膳后见有星光，至此即能放晴，深为欣幸之至。晚刻，阅报纸所云近日山东多处因大雨纷纭，想近日以来亦有多处致雨耳。

初九日庚午　晴。幸蒙上苍敷佑，天气晴明，深为敬感之至。今值天气晴明，早季收成除所少之处，约在八成而已。之所少二成均在发芽之谷，未识已（发）芽之谷作何处可用，亦不得而知。椿儿染有微恙，闻童醉春先生因习谦兄请其与令郎看病，尚在海门，即致童再春先生一信，请其诊视，饬小四送交。彼随即而来，烦其诊视，言儿颇为虚寒，宜食温补，即代为酌拟两方，一即进饮，一明日饮，定能即奏肤公也。习之兄来请与其弟并其郎诊视，过午膳后而去，随同至习之处少坐而来。细思幼孩至于寒冷，想是乳媪性寒之所致，遂请陈月香先生诊视，言其果寒，即行换人而食，并诊其母性亦虚寒，即烦其代拟一方而用温补。但其母乳未断，所以即食温补致幼孩不致再寒而已。

晚刻，王六皆先生、张与龄两君来叙至晚而去。与翁言生于同治丁卯年二月初三日丑时，叙其八字：丁丑、癸卯、丁亥、辛丑。查其年上比肩，年下偏印，月上七煞，月下偏印，日下正官、正印，时上偏才，时下食神、偏才、七煞。年支、月支均坐文昌，日支有玉堂天乙贵人。癸卯月是煞，得禄，又兼贵人，所以与翁得有功名，系文职，已补过廪生，仅止一廪，而终其身者日下有正官、正印，阅其命即知其人而已。

初十日辛未　晴。早刻，椿儿将再春先生所拟方药饮下，为数不多，见有疝气，深为至虑。即致再春先生一信，请其诊视，饬典中老官送交，至晚未见其来，想其明日可以与再春先生同来。至午膳后，椿儿之肾囊已见缩小，自后人亦新鲜，粪亦见渐愈，惟进药不多，难骤见效，想得逐渐痊愈而已。晚刻，伯端兄来叙至晚而去。晚膳后，至丁永利麻行，晤丁辅香兄、周冠卿先生，相叙半晌而来，就道至翁子俊处少坐而来，至家时逾二鼓矣。辅香兄言，欲将海门远记麻行收结，专心于永顺利，但辅香因远记不得不自行经理，故尚在海门远记筹划一切，而永顺利麻行中一切交与其子若婿经手，虽大局出其己手，亦不能周致，不如收结远记，专心永顺利为是。此丁辅香兄主意为是也。冠卿先生言，金子和诸事打算，一毛不拔，以有钱子弟不浪费、不野邪即为上等。如金子和之一一打算他人，又如某子事事暗算他人财物，近所罕见，倘以贪小不近人情者，琛山论之，不止子和一人而已。

凡种田人家用作头择其谨慎勤能是最紧要，若用不得其人，虽工洋每季得少若干，其暗中亏损不止倍徙。余初择用东曹老四，人忠厚而勤，自乙卯分爨之后，诸事颇有条理，不意彼有叔母住箬黄叫其承继，是年之东，实然要歇而去。即以小二头作头，其人见识非佳，调度不好，幸彼人极忠厚可靠，至本年春间染疾作古，年只二十馀岁，尚未娶亲，深为可惜。遂用作头名老五，人极虚浮，至大暑而歇。用有名长三为作头，是茂中来说而用，不知其人之是否，但其用来，晤王子衡兄言有荐堂人名济堂老二者人极可靠，诸事调度得宜。而后，长三上工之后，看其系在大家作头，诸事自己不为，专派下手。但余家只用三人，作头自己不能不做生活，彼视为畏途。晚刻，与余言欲歇，余以言俟有人用来即与尔去可也。又有西山老二者，前在家中做下手多年，人亦可靠，因其上半年帮在德泰，不知其已歇，倘德泰须要用彼，是难为情，不知其于上年间因病而歇，今尚无地方，拟明日叫孝连寻济堂老二询其能来更好，否则即用西山老二可也。但济堂老二与西山老二工价相较，每年去十元之则，倘得诸事代为调度得宜，田中出息年而计之，岂止十元而已。

顷周冠卿先生论陶习谦兄令郎丁巳、丁未、丁卯、癸卯，五行无财，丁巳禄在午，丁巳、丁未夹午宫之官禄，此即为财也。又言《千里马》中有言“包胎逢印绶，禄享千钟；财气遇长生，田园万顷”二语，财气遇长生即是明言，包胎逢印绶颇费踌躇，现论及此语。如癸卯月生，丁丑日之胎元甲午是正印；如辛巳月生，乙酉日胎元壬申，干支均有正印。如癸卯月丁丑日胎元甲午，或年干逢甲，年支逢午；或时干逢甲，时支逢午，辛巳月乙酉日生人，胎元壬申，均有正印，必须年干、时干逢壬年，年支、时支逢申，此为包胎逢印绶，馀皆仿佛。倘以胎元逢印绶者多，或年或时之干支有与胎元之干支相同，又逢印绶者，余之所知八字而未得见也。余粗心而思，与胎元、干支相同之年、时难于相凑，另日详为推算记诠可耳。总而言，人生八字，五行相生相克，须无偏枯，日主强而得中为上，过强而无湿气，过弱而无帮星，均非佳命。至天财天德、玉堂天乙贵人、官禄贵人生于佳命为佳，生于歹命未必为佳。

查六皆先生令孙命系丙辰、己亥、乙丑、甲申。乙巳鼠猴乡，其玉堂天乙贵人，己亥月、乙丑日夹子宫之贵，时支甲申又是贵人，粗望本佳，细推行运初五交庚子，即非其佳矣。如六皆先生自己之命系丙辰、辛卯、壬寅、甲辰。查《千里马》言："木全寅卯辰，功名自有。"惜其日干壬水非是甲木、乙木，致有不及之处，即如是者地方亦不可多得。按：六皆先生系世家子弟，楷书尚能光敏，究其入泮之年甚轻，自后补天禄，读书过于彼者颇多，不能入泮者最多，何况补廪，所以命有文昌并非无准，现以廪贡，此其禄秩如斯。论其家资少年颇丰，自后日渐亏控，乃翁辅臣先生不禄之后，家境颇迫，以致暗窘，出至甬郡谋生，至后至沪谋食十馀年，前年旋里，虽不甚丰，尚能支持。令郎二人均能克绍，年逾花甲而夫妻双全。其夫人虽无厚奁，但其人贤能，勤慎待夫，最为周致，此其日支坐有偏才，岂是无凭？地方夫妻双全年均花甲，子二人、孙五六人长成者，均有积业，家道虽非丰裕，均能和乐一致，妻又贤淑，功名虽非荣显，亦一廪贡，如是者亦不可多得。其命虽非木全寅卯辰，能有如是，倘得木全尚逾于此也。子平焉得无凭！昨张与翁谈及六皆先生在甬时有一同乡之女售与娼寮，彼为代续，还其亲母配婚，今得嗣。续有一幼孩无聊走入歹路，代为取抱而能改过从新，即此两项已得阴骘之功。而彼以穷迫出门，将近二十年旋里，子孙满堂带进，又能勉强支持，岂阴骘而无凭乎！

凡年命善，得阴骘相助更善。年命善，生有恶心、作恶事，天夺其魄命，转善为恶；年命恶，一生行善事、存善心，始终不倦，则可转恶为善。年命恶，非不行善事、不存善心，尚作恶孽，其报之惨，其祸之烈，岂有甚期！所以命之无准，致其一生善恶之转移，不知者只言子平而无凭。但命虽转移，人不能识透，神相即刻能知。相之改换甚速，善相者，存恶意、行恶事，相即改恶；恶相者，存善心、行善事，相即改善。善恶之改即在指顾之间。余之所信积阴德阴功可以旋转乾坤，命有凭，相有理，世人精于此理者一目了然。总而言之，积财于子孙，子孙未必能用；积书于子孙，子未必能读；必须积德于子孙，子孙荣昌于万世矣。余又一言：凡事只须人负我，我不可负人。我之子孙即此二句可作传家之宝耳，是为记载。当作家训，凡我子孙确为遵守，是为至要。

周醉翁言，椒江水产学校之中文教习，赵叔翁请周涧泉先生担任，但涧泉先生人尚厚道，在此不远，藉可往来聚首耳。

《同善录》纪："万历戊戌状元赵秉忠其父作邑掾，有袭荫指挥系冤狱，赵力出之，指挥感甚，请以女奉箕帚。赵摇手曰：'使不得。'强之，又摇手曰：'使不得。'毕竟不从。后秉忠上公车，途有拊其舆者曰：'"使不得"的中状元。'如是者再。秉忠及第归语其父，父太息曰：'此我二十年前事，吾未尝告人，何神明之告尔也。'"又纪："陶文僖公大临年十七，美姿容，赴乡试，寓有邻女来奔，三至三却，遂徙他寓。寓主夜梦神曰语：'明日有秀士来，乃鼎甲也。'因其立志端方，能不为奔女乱，上帝特简寓主以梦告陶。陶益自砥厉，后中榜眼，官至大宗伯。"又纪："镇江靳瑜五十无子，训蒙金坛，其妻钗饰买邻女为妾。瑜归，妻置酒于房，呼女侍告曰：'吾老不能生育，娶此以延后嗣。'瑜面赤俯首半晌不言，妻意以为己在之故，遂出而反扃其门。瑜乃逾窗出，谓妻曰：'汝用意良厚，不独吾感汝，祖先亦感汝矣！但此女幼时我尝提抱，惟愿其长而得所。吾老矣，不能辱彼。'遂谒邻家而还之，不索聘金。未几，妻果有娠，次年生文僖公，年十七发解，后中探花，位至宰辅。"又纪："冯商壮年无子，妻每劝其置妾生男，后如京师，买一妾，成券赏金矣。问女所自，涕泣不能言。固问之，曰：‘父因纲运负欠，鬻妾以偿。’冯恻然亟还之，并不索其银。及归，妻问妾安在，冯告以故。妻曰：‘君用心如此，何患无子！’阅数月，妻娠，将诞之夕，里人皆见鼓吹喧阗送状元至冯家。是夕生儿，即冯京也，后中三元，历官至太子太师。”此均阴骘之报，信然也。是为之记。

十一日壬申　晴。童醉春先生将午方到，晚刻，诊视椿儿，云是虚寒，仍进温补药剂，颇为见效，自此即可渐奏肤功也。女人性情，小儿无论寒热，须以鲜石斛或河南花饮之，竟为习俗。不意其母将此寒凉等物常为进饮，竟至其寒至若是尚不得而知。已知其虚寒，其母尚不肯用热药，可知其执拗之心竟至若是也。周冠卿先生自早刻来，留过晚膳后而去。

阅本月初八日《时报》纪“近视政策”节云：“或曰：‘近日吾国上流人物恒多近视者。’余曰：‘岂但个人，政府亦然。’故并无高远之镜光，在中央者，眼光仅在中央，而外省之情状不观也；在各省者，眼光仅及各省，而他省之态度不明也；在一党一派者，眼光仅及一党一派之权利，而国家之大事不顾也。呜呼！何近视之多也！安得一一为之配以眼镜耶?”所云如斯，正为今人绘一画图，是为记载。

先慈周太恭人佳城本已安厝王门岙山之麓，不意为盗掘坟，言念及此，深为痛甚。当日坟已倒坏，难为修理，即为暂停是处人家之菜园，但该处坟山被坏，已经不吉，只作罢论，再购胜果寺西山头解山之麓，已于四月初旬新造佳城。但开金井之侧见有华表柱之石脚，看其石柱已断，盖在泥下，上所见须千百年之故物，细想近代并无伟人卜葬于此而有华表焉。有华表者坟定魏然，看是处附近诸处并无巨坟，亦不识其坟在何处耳。顷阅《赤城志》三十八卷冢墓门：“黄岩县事有徐偃王墓在县东南二十五里胜果院后山，有土砖台址及石笋尚存。按：韩愈《衢州庙记》所云王北走，彭城百姓从之，王死，号其山为徐山，凿石为室，以祠之。则是其墓当在彭城矣。又云，或谓王之逃战不之彭城，之越城之隅，弃玉几砚于会籍之水。则是其逃未有定止，况其墓哉！今象山、雪川等等处皆有偃王墓，以一人而墓至三四，诚不可考。然黄岩，故会籍也，今并墓之山亦名徐山，与韩愈说合。徐山南一十五里有偃王古城，其敢臆断以为非耶”云云。是处正合黄岩县治二十五里，有石笋，亦是胜果寺之后山，毗连不过是西一二里而已。俗又云是徐山，是处有一蒙学堂，即曰徐山学堂，所言是处定然于此凿石室以祠偃王，及十五里之南有古城，未识在于何所，不得而知，即其墓在何所，亦不得而知。在千百年之后，形迹已经消灭矣。是为记载。俟询诸梦云先生是否可耳。

志中三十九卷遗事门纪连理木：“吴大皇元年，郡吏伍曜得于海际，枝茎紫色，有光。又，唐永昌三年五月，里人冯义得于海中，凡一株，一高一尺五寸，连理者九枝；一高一尺四寸，连理者五十枝；一高七寸五分，连理者七十枝。其年郡司马孟诜表进云中有白石，扣之声甚清。皮日休《送从勉游天台》诗亦有‘行过石树冻无烟’之句。又，绍兴十七年生于天台山阐法寺枫榆共干，三分二合，其时游客以诗属曾守宏文，有‘政成不用中和颂，看取春郊连理枝’之句，曾作颂以献于朝”云。又纪：“月桂子，唐垂拱四年三月降于临海县境，芳香有桂味，食之和畅，郡司马孟诜以闻。”如是所云均未所闻，是为记之。

十二日癸酉 晴。童再春先生于早刻至黄城去。昨夕，椿儿将其方药进后，人颇清爽壮朗，惟惊恐尚未断，并留有一方，亦用高丽（参）、飞子术等味，其补能受，即可渐奏肤公也。前之乳媪性寒而歇，用一乳媪系黄岩人。早刻，邀童再春先生诊视亦云其性寒冷，深为忧虑。顷托人四处寻觅，又值盛夏，殊非易得。愿近日得有其人性能温暖，是为至幸。晚膳后至永顺利，言丁辅香兄已于晚刻至海门去，即至周篪卿处，值伯端兄来少坐，相约至张与龄处，晤王六皆先生，互叙半晌。言及陶习之八字：癸巳年、戊午月、丁酉日、癸卯时。酉系偏才，丁巳长生在酉，如是者岂非《千里马》所云“财气遇长生，田园万顷”乎？又，玉堂天乙贵人，丙丁猪鸡位，日支坐酉又是玉堂天乙贵人、官禄贵人，丁巳禄在午，生于戊午，又是建禄归提，癸卯之时遇丁，癸水克丁火，七煞，乙木生于丁火为偏印，癸之长生在卯，煞又带贵人，日干丁之文昌又在卯。人家子弟得如是八字，殊非易易。既得命如此之佳，理应功名显达，但习之已法政学堂之毕业生，现年纪甚轻，他年未可限量也。既得田园万顷之命，而又事事进财，将来富甲一乡亦未可限量也。其年只二十有五，已有两子两女，家资颇裕，妻又美而贤，如是者已不可多得，他年行运得气，富贵二字岂止倍徙而已！论及于此，是为记焉。至家时逾二鼓矣。

张与翁言，徐偃王系五代人，工于诗赋，所做诗赋尚用其故典。屈计五代迄今约计千年而已。

阅《同善录》纪："歙县唐皋少时灯下读书，有女调之，屡将纸窗舔破，公随补讫，题于上曰：'舔破纸窗容易补，损人阴德最难修。'是夕有僧过其门，见送状元匾进，左右悬二灯，灯上书前所题二语，后僧遇皋，异而诘问，皋心知之而不答。正德甲戌果中状元。"又纪："温州周旋之父多子而贫，邻人富而无子，与周交甚密，欲令妻求种，设酒召周，酒半，其夫佯醉而睡，令妻出陪，极尽款曲，因告曰：'我夫以君多男，故使贱妾冒耻求种。'周愕然，遽起而门已闭，不得出，乃以手书空曰：'欲传种子术，恐欺心上天。'终面壁不顾。周子于正统乙卯旋中乡榜，时太守梦迎新状元，即旋也，彩旗上大书前二语，太守莫测其故。明年丙辰，旋果中状元，太守往贺，因诘所梦旗上语。其父曰：'此老夫二十年前书空语也。'亦不明言其事。"又纪："余姚王华号海日，尝馆富家，东人多妾，无子，因遣妾就公，公竣拒之。妾出一纸曰：'此主人意也。'上书'欲乞人间种'五字。公旁书五字答云：'恐惊天上神。'终不纳。明旦辞去。后富家设醮，道士拜章伏地久不起。主人讶问，答曰：'适遇天上迎状元，榜久乃得达表。'主人问状元为谁？曰：'但记马前一联云：欲乞人间种，恐惊天上神。'后公果状元及第，位至大宗伯，子阳明先生为大儒。"又纪："罗一峰伦赴会试，舟次姑苏，宿于向时所寓之楼，夜梦范文正公来贺曰：'来年状元必子也。'罗谦不敢当。范公曰：'某年某楼之事感动太清，故以此报子耳。'罗因忆当年曾拒奔女于此楼，梦必不妄。及廷试，果状元及第。"又纪："蜀川杨希仲馆成都，有少妇调戏之，希仲正色力拒，妻于是夕梦神告曰：'汝夫独处书馆，坚持清节，暗室不欺，神明知之，后必魁多士。'明年，果擢第一。"所云各节，阴骘之报不爽也。凡我后人确当遵守，当获报称，深为欣羡，是为之记。

十三日甲戌 晴。致潘子祥兄一信，托其代买伏蓋洋八元，交其栅浦人带交。椿儿之恙稍愈，即可渐愈耳。前托小者代请三麻者，言其之术，人无大小，倘若有病能作让[①]解，已于晚刻来，言王姓系太平沈桥人，各人询病有要让解，有亦无庸让解而已。言亦有理，即让亦非释道之敛钱，亦可为信耳。晚膳后，张雨翁来叙，至二鼓后而去，所言颇有理致。

阅《同善录》纪："余姚谢文正公迁少时馆毘陵，主家女逾笄未嫁，一日，乘父母出，叩馆求见。公却步而问故，女直前，持其衣。公谕之曰：'汝为女子未嫁，而我败之，终身之玷也，将使父母夫族皆无面目。'遂厉色拒之，明日托故辞馆，终不向人言。成化乙未大魁天下。"又纪："太仓陆公容美丰仪，天顺三年应试南京，馆人有女善吹箫，夜奔公寝，公绐以疾，与期后夜，女退，遂作诗曰：'风清月白夜窗虚，有女来窥笑读书。欲把琴心通一语，十年前已薄相如。'迟明托故去。是秋中式。先期，公父梦郡守匾上题'月白风清'四字，父以为月宫之兆，作书贻公，公益悚然。年二十四，联捷进士，仕至参政。"又纪："王文恪鏊未第时，有女夜奔之，王书壁曰：'美色人人爱，皇天不可欺。'终不纳。后登鼎甲，为宰辅，名位并显。"又纪："信州林茂先才学过人，既登乡荐，家极贫，闭门读书。邻有巨富，妇厌其夫不学，私慕茂先才名，夜奔之。茂先呵曰：'男女有别，礼法不容。天地鬼神罗列森布，何可以污我！'妇惭而退。茂先次年登第，后三子俱成进士。"又纪："云间陆文定公树声辛丑北上，时郡守王公华梦见城隍案下众保

① 当为"禳"，馀同。

树声为善士，因召其外父李某，问其平日作何善事。对曰：'他及不知，惟于邪色不苟而已。'树声旋中会元。其子彦章，己丑进士。"可见阴骘丝毫不爽，凡我同侪力行善事，足为后人效法，是为至幸。

十四日乙亥 晴。王先生昨宵留宿一夕，早刻去矣。椿儿嬉笑如常，惟稍有微寒微热，究其寒热，据再春先生言是虚潮，不然，彼用方药系用高丽、附子、干姜、淮山杞子等味，而能快爽也，今日又饮一剂，即能渐奏肤公也。晚刻，汪伯端兄来叙半晌，言陶寿翁处藏有一花名曰晚香玉，其气颇香，现海门有售，叶似建兰，颇为滋漱，如同兰叶，至冬不枯，颇为有趣，万一草本，殊不值也。晚刻，旧仆福梅言梅头自李家歇出，跟吴勉生兄亦有二三年之久。但勉生兄系黄岩县署之自治委员，所办公事亦在署中，于月初之夕勉生外出，其房中失去鹰物八十九元，以致追之甚急，逃至松岩为僧。是夜梅头因勉生出外，彼等自相赌博，置房内于不顾。此等人所进甚微，如此之用，日穿如此之衣服，衣衫穿过即付典当，一若失业，无易乞丐。彼年前在于吾家，做事性懒而奸，用钱刮空于囊橐，若见赌博则专心致至。若辈者大约若是，情急偷钱，难保其无，亦难保其有。至于福梅，做事稍能留心，语言过于躁暴、衣着过于浮荡，若辈大皆如是，亦非福梅一人而已。梅头既已出家，能守清规，亦一生之福分也。

晚膳后至[①]张雨翁处，言其今早至海门去矣，就道至道周宗叔处，晤周篪卿少坐，因王俊卿染恙未愈，遂相约道周宗叔、篪卿同至俊卿处，互叙一刻而别。但俊翁人之寒热现尚未清，余即劝请陈泽臣兄诊视，彼恐需费不资，欲从缓再商云云。凡遇疾病请医调治，安能如是？乃俊卿过俭而不中理也。

道过永顺利，晤丁辅香兄，相叙半晌，言其令郎云保生于光绪二十四年闰三月初九日寅时，即叙其八字：戊戌、丙辰、壬戌、壬寅。但壬水生于三月，本身颇衰。查其年上七煞，年下正印、正财、七煞，月

① 原文衍一"至"，已删。

上偏才，月下伤官、七煞、劫才，日下正印、正财、七煞，时上比肩，时下食神、偏才、七煞，方到三岁即交丁运。彼七煞透顶，而又四重暗藏之煞，若至二十三岁交巳运，系是正官，恐有不美之处。彼妻稍有携财，查其日支即有暗藏之财，可见命已主定，丝毫不爽也。至家时将二鼓矣。

十五日丙子 早至申刻，晴；酉时以后均阴；惟戌初见有小雨，一阵而即晴，地尚未湿。致章仲厚兄一信，交邮寄至前宅。致张韵卿先生一信，交翼亭兄寄托黄城惠美南货店丁升东先生代为转寄土屿。椿儿肚已朗，日夕嬉笑如常，惟小便不甚多，既已见效，即能痊愈，深为至幸。至于乳媪，自五月十三日换有一媪，系山下郎人，之后，吾儿日渐寒冷，其母恐其过热，吃有鲜石斛数次，又河南花多次，致儿性寒，尚不得而知。至六月初六日换黄岩人乳媪，据童醉春先生言，其性又寒，心为着急，一时觅其性能温暖者殊不易得。昨据保安队什长老伍即德云言，西山有一人，年颇轻，分娩迄今尚未弥月，因陶宅亦托人叫其食乳，不肯代，言恐受陶宅见挂，即其丈夫姓名亦不肯明言。此外又有数人，余即叫人探询，此外之乳媪均不合式，惟西山人之媪，细思年轻，又是初次分娩，其气血总能壮旺，即叫新来作头老二，系西山人，于早刻至西山询该处修生媪近日何人分娩而能出为人食乳者，即为代叫。彼至西山询是东升妻，年方廿二岁，分娩迄今只半月耳。随代为叫来，看其人尚相象，遂请叶石甫先生代为诊视，据说性尚平和，血气尚壮健，即邀与儿乳，而乳媪能得其人，又放一层心事。余年经四十有四方得子，儿之起居饮食一有不周，犹如心割。数日之前，儿有不豫之处，正是寝不成寝、食而无味。今见儿得嬉笑如初，存心喜犹如天降。而今以后，只愿安谧如恒、年至百岁、悉均壮健犹如少年、福寿绵长、子孙繁衍，深为欣幸之至。

晚刻，谢仲衡兄来叙至晚，留过晚膳后，言至陶习之处而去。余即至达云母舅并翁子俊兄两处相叙半晌而来，至家时将二鼓矣。仲衡兄言收挑三山浦之工价，定于月之廿二日去收云云。

阅《同善录》纪："何澄者，以医著名，同郡孙某久病不愈，请澄治之，其妻引澄至密室，语曰：'良人久病，典卖殆尽，愿以此身酬药资。'澄正色曰：'娘子何出此言！但安心勿忧，当为疗治，苟以此污我，不惟使我为小人，娘子亦失大节。纵免人责，天谴其可逃乎！'其妻惭感而退。澄是夕梦一神引至公署，主者曰：'汝行医有功，且不于危急中乱人妇女，奉上帝敕赐汝一官，钱五百贯。'未几，东宫得疾，召澄医治，一服而愈，赐官赐钱俱如神语。"此等医生非只言良医，可云纯医，赐官赐钱分所宜然。

现今太平属有一医生名李鹤亭者，捐过府经，指分江苏，因不得志，仍然家归行医，医者请其先生则怒，请其老爷尚能诊视。而后，乃子由学堂毕业，医者请其老爷则怒，请其老太爷则为诊视。此坐店中之情形也。有人请其至家诊视，只为一人医治，所请之亲戚兄弟欲其诊开一方则不能也。即或有情代诊，须另酬英佛一元，其方仍是应酬。但专请之人请其一宿须送酬敬洋十二元，至少十元起码，到即点心、三餐均须丰厚滋味，方称其心，一有不周，其出言即谩骂矣。彼之轿夫工食亦须加倍付给。其出医之情形也。彼有附近有其夫病家贫甚，至家专请深知无力，值路遇其轿，请其进去一诊，开有药方，其妻又至其前一跪，再三好言奉求等语。家贫甚，女人将外衫当洋六角，送其酬敬，即其轿夫见有此等贫病交迫之人，亦不索轿资。而李鹤亭药方开后，接受酬敬，时方上轿，见其酬洋未全一元，即询轿夫言：'尔等有钱否？'轿夫言：'其家如此之贫，我等并无轿力。'而鹤亭转向病者之妻，言所开药方恐有不周，将方接到手中，遂即采碎，上轿而去，六角酬洋亦不还他。其妻盆哭异常，其夫知其如此情形，即不服药。而后愈，见鹤亭轿至其方中，即与其为难，托人好言，还其酬洋六角，再与洋六元以了其事。医生中性情相访有黄岩人陈葵明者大同相若也。此等医生非只言庸医，即请其盗医可也。识者均言李鹤亭医服暑之疾尚称得手，惟陈葵明于医理中徒有虚名，毫无实际而已。

《同善录》又纪："归安茅坤号鹿门，弱冠游学余姚，师事钱应扬。

钱有姜婢慕茅丰姿，一夕至书室呼猫。茅曰：‘汝何独自来呼猫？并无猫在此。’婢笑曰：‘我非呼小猫，乃呼大茅者耳。’茅正色曰：‘父命我远处读书，若非礼犯汝，令我何以见父？又何颜见汝主？’婢惭而退。后登嘉靖戊戌进士，官副使，寿至九十。”又纪：“如皋冒起宗每遇妇女必掉头不顾，人或笑之。公曰：‘太上垂戒云：见他色美起心私之，司命夺其纪算，倘或心动，罪孰甚焉，固不若不寓目之为愈也。’常有妇挑之。公曰：‘子受持《感应篇》久矣，使能受读于平时，不克奉行于俄顷，安贵？此口然而心不然、心然而身不然也。’毅然却之。万历戊午登贤书，已未下第归，愿增注《感应篇》，博引旁收，竭尽心力，因念好色损德尤甚，故于见他色美起心之一条下备列报应，以为触目寒心之助。戊辰成进士。其西宾罗宪岳先梦如仙流者三，一读其所注见他色美全注，一老者曰：‘该中。’一咏一诗曰：‘贪将拆桂[①]广寒宫，那信三千色是空。看破世间迷眼相，榜花一到满城红。’公后官至副宪。”又纪：“山阴庠生高用行为人慷慨正直，有贫妇奔之，拒而不纳。临卒，见有四座来迎为某县土地神，后访其地神像，适于是日开光。”又纪：“山阴俞绣升之父义昭年四十，无子，一日至九岭收租，独宿寓楼，有邻妇来就，俞连曰：‘请去，请去。’妇益迫，愈厉色拒之，乃退。是夕，梦张仙与一弹子，后遂生绣升。”又纪：“徐性善与杨宏为友，赴试同寓，遇一高僧，云徐当慎沟壑，杨当登枢要。是夕杨偶思寓中处子殊丽，计议厚贿求合，欲徐同往。徐严词力止之。次日，僧复来见徐，大骇曰：‘如何便有阴骘文满面，君当大显。’复相杨曰：‘气色殊不及昨，固当与徐君同显，而名次远不逮。’榜发，果然。赵学子跋曰：‘片时守正遂成，两士功名同，非徐君福至慧生，则贱者终于贱者，贵者且失其贵矣，能不怪高僧谬赞否。’”以上各节均有其人，均有其事，阴骘之赏罚不失毫厘。为人者如履深渊，如履薄冰，时时事事，必须谨慎小心，不以一足失成千古恨，是为至切至要，是为之记。

---

① 当为“折桂”。

十六日丁丑 早至未刻，晴；申、酉时，阴；戌初，细雨；戌末，晴；以后皆然。章家岳母处有人来，即致仲厚兄一信，交其带交矣。椿儿人已清爽，惟至晚尚见潮湿，夜间殊觉不安。未刻，邀昭相诊视，云是暑热，其药虽已煎就，总不放心。闻童醉春先生因刁之兄请其与令郎看病，尚在其家中。晚膳后，即请其来家一诊，云其性尚寒，如此之热因血热之所致，即请代开一方而进之，想即可渐奏肤公也。昨日看其人已清爽，心已畅快，今又见其头热，手心又热，转为致忧。幸值再春先生在陶宅之便，请其诊视之后，即可就痊，是为至幸。即同再春先生至刁之处，晤赵叔枚、郑鹤平两君，相叙至十句钟而来。今年作头歇去，中隔数日而长衫来，不意又不得其人，数日又逃走。又隔数日，叫西山老二来，此时方值稻熟，佃户交殳，自己割稻，不意六月初一日起至初八日大雨连绵，所积早殳均已发萌，至今日而计，长芽、短芽及已吹熟之殳约在百石左右。虽分三号而藏，倘若变米，大受亏耗。倘能布置妥贴，即虽发芽，不致如此之多。作头不得其人，而又两三转拆之所致也。凡种田者所用作头而最紧要，彼若漫不经心，其受暗亏而不少耳。

十七日戊寅 早至辰刻，阴；巳时，晴；午牌，雨；未刻雨晴，阴；申时，晴；以后皆然。椿儿昨夕自食再春先生方药之后，头上颇热，夜间颇为啼哭，寸心如割。有说下林人字楚南者于小儿科最精，但余所闻以再春先生为最佳，彼所云如是，心亦无主，即于上午四句钟时天尚未明即起而洗面，并换衣履，虔诚至文昌阁吕祖大仙前恭叩闻卜，谨阅千诗语所云以再春先生为善。遂于早膳后再请再春先生来诊，据云因其惊悸时稍受微邪，即行代拟一方，以清暑退凉为宗旨，遂即进饮，即见有汗，头热而不能即退。而再春先生又至海门，即于午膳后再请再春先生来诊，据说其邪已清，其热理应即退，恐有未清之处，明日再照原方进饮一剂，即能就痊。又代为退凉后就拟一方，以补皮治疝为宗旨。但再春先生因出外多日，归心似箭，不能再留而去。方其上轿未久，而椿儿又加啼哭，已见偏坠，方知是疝气，而觅再春先生已远，不能追邀，即用小茴香、广橘核两味而进，即行见效，肾囊缩少，人即安眠，其头中之热亦经退凉。至二鼓时嬉笑如初，心为畅然。即照再春先生所言于明日再饮原方一剂，即可安痊。假使听各人言另请别人，未免舛错，亦在指顾间耳。可见文昌阁吕祖大仙灵感指示，深为感谢之至。至晚见儿能安睡而又嬉笑，喜亦非常。

晚刻，至永顺利，言丁辅香兄至海门去，就道至篪卿处少坐。篪卿言生于己丑九月初四日卯时云云。相约至达云母舅处，相叙半晌。但达云母舅染有微邪，现常未愈，幸其邪轻，又恐无良医，未曾食药。篪卿言其亲戚拟明日请陈泽臣兄诊治，就便请其一诊，即可渐奏肤功耳。就道至翁子俊兄处少坐而来，至家时尚早，即叙篪卿兄八字，系己丑、癸酉、丁未、癸卯。即查其年上食神，年下食神、偏才、七煞，月上七煞，月下偏才，日下偏印、食神、比肩，时上七煞，时下偏印。丁巳禄在午，未为羊刃，此其日支羊刃冲太岁，幸丑未系是阴刃而无紧要也。月支酉，但酉内辛金系是偏才，丁巳长生在酉，此财气遇长生，据《千里马》言“财气遇长生，田园万顷。”以余论之，惜乎偏才，丁火生在酉月非是旺地，幸有羊刃帮扶，藉得其美。癸见酉亦非得气。查其行运，初八壬申、十八辛未，未运系是三坵，廿八庚午，查午运系是官禄，本然甚美，惟午未合刃，只恐美中而有不足之处。四十八交戊辰，查辰与酉合才能得气，又行运，重支不重干，此戊辰十年正是月到中秋分外明，无往不利。如此八字，须照好命推算也。接张孟定兄一信，言托购《申报》早代购就。但《申报》只接到六月初十日及十二日《申报》两纸，未识漏寄者错在报馆未曾交邮，亦未识邮筒致有舛错误送，另日再查可也。

十八日己卯 晴。接章仲厚兄一信，附黄裕泰旧票一纸，遂饬阿庆送交方恭士兄。即致覆章仲厚兄一信，并附裕泰典换来新票一纸，又息洋六十元，随交其来人阿六带交矣。椿儿身已退凉，人亦清爽，惟至晚啼哭，未识何处不安，莫名其妙。看其性是寒凉，总以补皮温暖为言，昨童再春先生言再进原方一剂，曾已退凉，不敢再服所留之方，以定神补皮为主。其人未在家中，又不敢饮，俟明日再酌可也。至于惊悸，查《验方新编》纪用朱砂抹在嘴角，已著效验，此是外治之药，明日试之亦无紧要耳。晚刻，汪伯端兄及道周宗叔、篪卿来叙至晚而去。言及近日台州情形颇险，幸黄义臣兄主持坚静，想大局藉可安谧也。

阅《椒江日报》将邬蓂阶之弟嫂转嫁朱永金之子事，均作奇闻，登诸报纸，亦所罕闻也。近邬蓂阶之弟将其女家并朱永金家悉均捣毁一空，其女家有小船一只，将其船底凿穿一洞，沉在海中，并将朱永金之银店什物悉均捣毁零碎，并无一物完全，亦不成体统。台州俗例，遇有重大案件，先为捣毁，是何问题，况其事经起诉，未识官厅作何解决。现值时势如斯，即有此等事件，亦无甚效果也。

晚刻，阿六言其前宅附近数十里初旬阴雨时间，早稻适届收成，已割者谷在家内发芽，未割者稻在田中发芽。幸于初八日天气晴明，计可收成只得一半，近日谷价日渐增涨。晚膳后，至汪伯端处，晤伍菊香、王燕卿、郑鹤平诸君，互叙半晌。鹤平兄言其太平诸处早季收成亦与前宅诸处相若，又其校中有学生言其家中在黄岩县属某村，附近十馀里地最低下之处，积水为日过多，非独早稻发芽，即寄生亦均腐烂。以此而言，今年两季全空。王燕卿言，临海西乡与天台、仙居附近诸处，今年麦季未收之前，看其苗本为佳妙，将收之候偶然被获，大为减色。其稻系八月收成，谓之曰八月稻。能得雨旸时若，藉能丰稔，否则，贫民度日为艰。两君所云如是，与是处之六庄附近数十里比较亦大相悬殊，乃叨天佑于不浅也。阅报纸所云沪江诸处近来棉花价值飞涨，较之上年不止加培[①]，其原因均是日商购买为数太巨之所致。各交战国向日购布，以致增涨如斯。新花出产不远，未识新花上市之后得能平值其价否也。

十九日庚辰 晴。椿儿尚未痊愈，深为焦急。致管端甫先生一

① 当为“加倍”。

信，饬弟头送投。晚刻，端翁来，言乳积而兼疝气，以致啼哭，即将融化积乳、治疝之剂以进，想能即奏肤公也。其母心甚着急，既经染病，即或性急有何益处？至晚膳后稍能安睡。只求药剂见效如神，是所至幸。家祖慈亦于晚刻身有寒热，即邀端甫先生诊治，言系暑邪所致，遂开方药，想能即可安痊，是为至幸。今日《申报》已到，至十四日为止。前无报纸阅看，不知报中所言何事，急要一阅而心能安。今日《申报》已来数日，阅之亦无滋味而已。

管端翁生于同治癸未年三月初五日酉时，即代叙其八字：癸亥、丙辰、辛亥、丁酉。惟辛金生于三月未免太弱。查其年上食神，年下伤官、正财，月上正官，月下偏才、正印、食神，日下伤官、正财，时上七煞，时下比肩。丙辛化水，辰酉作合，丁巳禄在酉，因此时值丁酉，坐有官禄贵人。系六岁初交丁卯，现年五十有五，交亥运，此亦平平，惟六六交己酉十年尚称佳妙。老运亨通，亦难得事也。

阅《同善录》纪："豫章有双生者，初生时，相貌、啼笑如一，稍长嬉戏举止亦如一。弱冠同入泮，学使知其双生兄弟，分冠府县庠。及完娶，逾年同月生子，再试又同补廪，里人咸曰：'命同相同，宜其事事同矣。'至三十一岁，同试省试寓，邻有丽妇少孀者挑，其兄正色拒之，恐复挑其弟，因戒第曰：'尔我貌同，倘若挑尔，尔慎勿作损德事。'弟面是之，竟私与妇通。妇初不知其为弟也。及放榜，兄入彀，弟被黜矣。弟复诳妇曰，我已登科，待登甲后娶汝，因以公车乏资斧为言。妇倾囊与之。明春，兄又登甲，妇止以为所私者联捷，朝夕望其迎娶，久而不至，郁闷成疾。将死，阴以书贻，遂殂。而其书竟达兄手，兄惊，诘之，弟莫能讳。次年，弟之子暴殇，弟恸哭不已，双目顿盲，未几亦死。而兄则享禄寿、多子孙，称全福焉。"又纪方外散人跋曰："命同相同，事事皆同，可谓命相皆有据也。及临财色，彼此存心不同，遂致此荣寿且多嗣，彼盲夭且斩后，命耶？相耶？不皆无据也耶！由是益信相从心转，命由心造，非漫语也。不然，叔敖、裴度诸君子何以转殇为彭、转枯为荣耶！《感应篇》功过格实造命之指南，疗人心之良药，人乌可以不行哉！’”又纪：“双生命相大凡相似者居多，然未有如此之毫忽勿殊也。其弟若能慎守兄言，安知不与兄并享禄寿、多子孙、称全福，而顾盲夭斩后乎！呜呼！色之损人有如是哉！”此条载在各书俱作“豫章有双生者”，惟《色编》及《欲海慈航》并作豫章高孝标、孝积，后跋为王砚堂所作。至于《晓漏编》中又云江右赵氏二兄弟。夫高与赵姑勿深者，大约总是江西人耳，兹照《遏淫集说》录入，不书姓氏，其后跋则为方外散人云。人生“贞淫”二字必须立定主意，勿以一足失成千古恨，是为至切。为之记载。

二十日辛巳　晴。早刻，丁辅香兄来叙过晚而去，言及近日赴沪一行，即托其代向姜衍泽买暖脐膏三十张、吕宋烟六盒以及另星等件，并托代询张孟定垫付《申报》费洋若干，烦其代付清讫。椿儿身已退凉，早刻嬉笑如常，面色已经红运，惟咳嗽未愈，至晚颇有啼哭之声，仍进管端甫先生代开方药。早刻所开之方治嗽痢湿为主，晚膳后所开之方治嗽治疝气为主，定能渐进肤功，是为至幸。其性太为寒凉，乃其母将寒凉之物与其饮之过多所致，今将其性致有如是之寒，深为着急，亦无可如何。自此之后，渐食温暖之脐，将其皮肾强致如初，是为至幸。家祖母昨夕致有寒热，请管端甫先生代为诊视，药已见效，今日身已退凉，即渐为安痊，幸甚幸甚。晚刻，同端甫先生至子俊兄处少坐，即同至达云母舅处，看达云母舅疟疾尚未就痊，即请端甫先生诊视，代拟一方，想可就痊也。就道至李舜卿兄处少坐而来。端甫先生（言），无论何等痧症，急用菜油并食盐敷在背脊之左右，饭超骨下直落，须直刮，不可倒置，愈刮愈妙，候其所刮之处起有红点，使肚内灵通，后门自顺，轻则即愈，重则须可就医，此善法也。[1] 端甫先生又言，凡受有寒气，即将陈皮用盐水炙炒黄色，用水煎茶而饮，寒气不能闭塞，亦见效如神也。[2]

---

① 页边注：“治痧症法。”

② 页边注：“治寒气法。”

阅《同善录》纪:“昆山徐太翁有三子:殿元立斋先生,其季也,讳元文;长健庵先生讳乾学;次彦和先生(讳)秉义,俱有文名。立斋得第之初,有人以事宿城隍庙,夜见神赫然升座,唤其人,谓之曰:‘汝知徐氏中(状)元之故乎?徐氏累代不淫,积德动天,今中状元,特肇端耳。功名虽秘,报应昭昭,与汝悉之,世之昧然于万恶之首者,可以悟矣。’其人谨志而广传之。立斋,顺治己亥状元;健庵,康熙庚戌探花;彦和,癸丑探花,皆位至卿相,子侄亦科第连绵,昆城至今以为美谈云。”阴阳之报,毫厘不爽。是为之记。

第六十章

丁巳(1917)六月廿一日起

六月廿一日壬午　晴。管端甫先生于早刻来矣，椿儿之恙较之昨日稍愈，惟头上见微热，咳嗽多次，但其性系寒凉，饮食温暖均能见效。早刻，致童再春先生一信，专小四去请其诊视，至晚未来，想其出外看病，明日可来。晚刻，醉翁言赵叔枚兄请有精于儿科者为其令郎诊视，即致赵叔翁一信，托其代请，少顷，与叔翁同来，云系许姓字曰吉臣，太平蒋洋人。即托其代为诊视，据言感有暑邪并疝气，即代拟一方，系开暑邪、治疝为主，即为食下，而能安睡，定可即奏肤公也。李舜卿兄亦来，均相叙过晚膳后而去。即同舜卿兄至达云母舅府上，言其违和，尚未安痊。早刻，邀家君代为函请章屺堂先生诊视，据说今日至十里铺要急，准于明日可来。但达云母舅系暑邪未清，请屺堂先生诊视，定能顺手而就痊也。就道至丁辅香处，晤缪性言先生，晤叙半晌未来，至家时将二鼓矣。

儿之乳媪，前用人阿松之妻，因其人过懒惰，于五月中旬歇出；用有下洋郑人，但其性寒而歇；用有黄岩县城人，看其脚肿，又歇；觅有西山人，但彼尚未满月，看其人尚合式，无如其乳不多，又其未曾满月，于早刻又去；转叫阿松妻来吃乳。雇用乳媪，能得乳足，此外均可将就也。早刻，胡陈叶桂江来言能懂命理，即与其谈命，彼所言《星平会海》一书最为熟识。近地与人算命者，能得子平及《星平会海》得能熟识如是，亦不多得。惜其无人传授，倘能有精于子平者传其奥妙，则此道可以精详也。

廿二日癸未 晴。椿儿头热均已退凉，人亦清爽，惟惊悸尚未全除。昨日专函请童再春先生诊视，今日晚膳后尚未见其来，想至各处看病主家强留以致延搁，即小四亦未来，想待再春先生同来而已。早刻，仍邀许吉臣兄诊视，所拟方药饮下，亦不甚见效。忆小四未到，想再春先生明日定能同来耳。早刻，至集圣庙恭叩神明后，就道至王春圃兄处少坐而来。南边太于子刻生有一弟，即叙其八字系丁巳、戊申、癸未、壬子，查其年上偏才，年下正财、正官、正印，月上正官，月下正官、正印、劫才，日下食神、七煞、偏才，时上劫才，时下比肩。查壬、癸兔蛇是玉堂天乙贵人，此其年支坐有玉堂天乙贵人，癸日遇子乃官禄贵人，年干丁，时干壬，丁、壬化木，月干戊，日干癸，戊、癸化火逆行，一岁运交丁未。其八字如斯，今年人定能强壮，命归中上而已。子刻，王六皆先生、伍菊香先生来叙，过午膳后，篪卿兄来，互叙至晚而去。晚膳后，张与翁来谈至二鼓后而去，言及余之疝气须吃附子理中汤最佳，彼代拟一方，未便即饮，闻达云母舅请章杞堂先生诊视，已于晚刻来，明日与其斟酌后而食可也。又阅《申报》附张纪治疝用牵牛两钱煎酒服之，初起者一服即愈，其功效如神，未识果否，另日试之可也。

廿三日甲申 晴。接张韵卿先生一信，言其府上土屿之附近诸处初旬大雨，平地水深数尺，已收早稻最为丰稔，未收者均已发芽。值此时候，已收之田十不及二三而已，即已收之谷未及见日，亦半抽芽。以此而计，早季已去不少，全望晚季，得唱大有自歌，是为至幸。日前许有道士十二人作福，家中因昨日南边太产有四弟之后，恐有进月里间之人趋至坛中，诸多未便，即将坛假集圣庙后堂。早刻，至坛恭叩神圣毕，至达云母舅处过午膳。但椿儿之恙日见痊愈，其嬉笑已经有趣，其热已均退凉，惟见耳内生有疯毒，此皮外之毒，即可渐愈，如有热气暑邪亦可从是处而出。童再春先生于早刻来，即请诊视，据说其恙系轻苗，即代拟一方，以补皮为主，饮下颇为见效，从此即可立奏肤公也。言疯毒无关紧要，即用大梅冰二分藏螺中少顷，将螺水滴在耳内。即交理发匠来滴，据说是油耳，言其愈亦速耳。陶刁敬来言其五弟有恙，请再春先生诊治，即同再先生而去。余即至达云母舅府上，晤章杞堂先生、翁子俊兄，相叙过午膳后，又请章杞堂先生来家与椿儿诊视，据云系皮稍弱，此外无紧要耳，代开一方，以补皮为主。

相叙少顷，即同杞堂先生至陶宅，晤陶寿翁及许吉臣兄、刁之、刁敬昆季，互叙半晌，言童再春先生因感暑邪，身有寒热而睡，并言刁谦兄令郎系六月初六日辰时生，前纪六月初六日寅时误也。并言及黄岩人有犯嫌疑者十七人，王仲槐兄亦有名在其中，此亦冤无其冤，实黄岩人在其运动独立者有林子才东奔西跨，此亦鬼域[1]伎俩。但林子才据说年只二十馀岁，不知其中利害，以致如斯，此等之徒，实害人不少。黄岩县尹汤抱澄已经调省，新委张右荃兰知黄岩县事，已将到任。但汤抱澄去任之后，将是县清仗一切付之东流耳。

晚刻，天气最热，寿翁之客厅夕阳正照，以致更热。刁之烟摊放在堂前后，地虽朝北，尚为阴信。至家晚膳后，又至寿翁处，晤童再春先生，言其身经退凉，因刁谦兄来邀与其令郎诊视，即乘舆而至海门，言明日早晨能来。适李舜卿兄来叙少顷而来，至家时将九句钟矣。刁之兄言其夫人生于癸巳年元月十六日戌时，即叙其八字，癸巳年、甲寅月、庚子日、丙戌时，查其年上伤官，年下七煞、偏印、比肩，月上偏才，月下偏才、七煞、偏印，日下伤官，时上七煞，时下劫才、正官、偏印，年支坐有长生，一岁交乙卯，现交丁运，即其巳运亦颇佳耳。

廿四日乙酉　晴。椿儿恙已痊愈，惟头上早至午退凉，大约未牌时见微热，精神清爽，欲再邀再春先生诊视，每至晚微热，亦均退凉，是为至幸。但再春先生尚在刁谦处未来，晚刻，遣价专请，据说明日能来云云。晚刻，陶寿翁言小儿稍有不豫将保赤万应散食之，大有功效，其刁谦兄令郎饮保赤万(应)散，功效如神。食保赤万应散必须一

---

① 当为“鬼蜮”下同，。

包分为三分之一，其药性过于猛烈，其每包除包纸之外，净药只有三厘，即或用之，只可一厘已足，多则反受其害，其药过于猛烈之所致也。但保赤万应散仅北京杨梅竹斜街雅观堂一家售卖而已。但北人小儿生下即用保赤万应散一厘开心，余前所用保赤万应散已受其害，当时未识用药过多，亦未识药不对症，大受其亏，因之不敢试用。今陶寿翁言，其文孙用之已能见效，是为记载。

周篪卿与陶士华事经三先代为说开，设席和事，今晚篪卿来邀晚席，至其家中，晤其乃翁并道周宗叔、禹堂、洪少琴、汪伯端、郑秉钧诸君，相叙席散后至星斋宗叔处，晤叙一刻而来，至家时将二鼓矣。陈禹堂言生于同治癸酉年九月初七日未时，即叙八字，系癸酉、壬戌、壬子、丁未。查其年上劫才、年下正印、月上比肩、月下正印正才七煞，日下偏才，时上正财，时下伤官、正官、正财，日支坐有羊刃，七岁行运，逆行辛酉。并言其郎生于光绪戊戌年九月十二日戌时，叙其八字系戊戌、壬戌、壬戌、庚戌，此地支一气也，查去年上七煞，年下正印、正财、七煞，月上比肩，月下正印、正财、七煞，日下正印、正财、七煞，时上偏印，时下正印、正财、七煞，四岁顺行癸亥。洪少琴兄言生于甲申年九月初三日酉时，叙其八字：甲申、甲戌、甲辰、癸酉，年支申、日支辰，甲辰半会，月支戌，日支辰，辰、戌相冲，日支辰、时支酉，乃辰酉作合。查其年上比肩，年下七煞、偏才、偏印，月上比肩，月下正官、伤官、偏才，日下劫才、偏才、正印，时上正印，时下正官，顺行初六交乙亥，现三十四岁，正在丑运。丑乃墓地，所以命运不佳在于此也。彼须至四十一岁交寅运五年大佳。甲禄在寅，寅乃禄堂，日主强者，见禄堂不佳，彼之甲木生于秋，令衰甚见，禄助于本身，则其行运可佳也。寿翁言，第一师兵两连驻防郡城、两连驻扎黄岩县城，均于今日到台，吾台有此精兵四连来驻于此，地方藉可安谧如恒，幸甚幸甚。

廿五日丙戌 晴。已逾半月而未雨，近处江沿一带水塘浅促，农田已燥大半，农民望雨之心甚切，伏求上苍速降甘霖以慰农望，深为欣幸。椿儿染恙已愈，惟疯毒尚未痊愈，早刻，童醉春先生自海门来，即请其诊治，据说亦逐渐就痊，均叨天佑，是为深感之至。晚刻，至陶寿翁府上少坐。乃玉之弟本学铁匠，近至美国南洋群岛而来，言及是处热度有至一百四十馀度之热云云。晚膳后，至子俊兄府上少坐，言及达云母舅贵恙亦将痊愈矣。

廿六日丁亥 晴。农田日燥一日，急求上天敷佑，速降甘霖以救生民，是所深幸。今日天气异常之热。陈弼斋同陈子伪两君于早刻来，言及是处闹事牵连云云，托余代为探听一切。早刻，乘舆至海门陶习(之)处少坐，言及令郎八字，近徐月初先生代其推算，有夹禄拱贵，格定木火通明云云。忆《星平会海》所云，如彼之丁巳、丁未、丁卯、甲辰定木火通明，可以推算，丁巳禄在午，彼之丁巳、丁未夹午宫之禄，所云如是，即与《星平会海》所言也。如丙丁猪鸡位，彼丁未、丁卯拱亥宫之贵，则另日再查可也。即至何霭生先生处少坐，就道至楚卿兄处，晤黄义臣统领、邱遇琴兄、陈舜卿兄，互叙半晌而别。楚卿兄言，督销局徐局长移驻郡城，彼至是处送行而去。余即至警察分署，晤分所长杨仿时兄，相叙半晌，转至楚卿兄处，适王明斋兄来，过午膳后，黄义臣兄及何霭生先生均来，因天气太热，相叙至[1]五句钟而别。统领同霭生先生言均于晚刻晋郡云。但弼斋所云一切，楚卿兄云彼处陈少峰托郑夔友代为致函，曾经致福矣。至家时经晚膳矣。

谢仲衡兄来叙，过晚膳后而去。接张丹庭亲家来信，言其令嫒均在下月坐月，托余代其办送过洋饭一切，俟明日详询妥商后再办可也。黄义臣统领言生于同治丁卯年九月廿六日戌时，即叙其八字系丁卯、庚戌、丙子、戊戌，查其年上劫才，年下正印，月上偏才，月下正财、劫才、食神，日下正官，时上食神，时下正财、劫才、食神，丙丁日主亥时坐有玉堂天乙贵人，庚戌月、丙子日夹亥宫之贵，如是者，时又是戊戌，未免两重夹贵，另日亦须再查，五岁交己酉、四十五岁交乙巳甚佳，现交甲运亦佳耳。

---

① 原文衍一“至”，已删。

廿七日戊子 阴。早刻已闻雷声，至晚只阴而未见雨，急求上苍敷佑，速降甘霖以惠生民，是为至幸。昨接丹庭兄一信托余代办送催生饭等件，早刻，其令嫒遣杏花来说不须办理什物，将洋拆与其太太代办，向余撮洋五十元，即交杏花带交矣。家君席请陈弼斋及陈子扔两君午膳，并邀陈月香、翁子俊、王心泉诸君陪客，相叙席散后，而弼斋、子扔而去。余即至文昌阁，晤星斋、少湖、道周三宗叔并王六皆、周文普、伍菊香、周孟东、周篪卿、李舜卿、陶河清、洪少琴诸君，相叙席散后，就道至舜卿处少坐而来。至达云母舅府上少谈，但达云母舅染恙曾经痊愈矣。晚膳后，至丁辅香处，晤周冠卿、汪伯端两君，互叙半晌而来，至家尚未二鼓矣。

廿八日己丑 晴。近地稻田有水而未燥者十不及三四，昨日似有下雨景象，早刻而无雨意，看今夜云色又有下雨之景，急求上苍敷佑，速降甘霖，养活生民，是为至幸。江沿一带现今缺水，如黄城之南乡及太平诸处并路桥之南，水尚富足，近地而论，如本镇，有水而无水约各半，栅浦、横申、横山头、东曹诸处亦然，下马、东金、水门以及泾岸之田尚均有水，枧头有水者七分，已燥者三分而已。杨家桥虽水已燥，田均种豆而无急要，上洋、埭水里、西张、东更、三山、半洋王诸处有水者尚有四分，缺水之田已有六分，高坎头、长树头以及麻车、江家诸处缺水者七分，田中有水只三分耳。此外亦皆相似，水虽燥，田泥白色幸不见多，急求甘霖迭沛，幸甚幸甚。

晚刻，汪伯端、周篪卿两兄来叙少顷，相约至陶寿翁府上，互叙一刻而来。晚膳后，至永顺利，晤丁辅香兄、王六皆先生、周篪卿诸君，相叙至二鼓而来。周冠卿先生亦在辅香处，言及推算八字之旬空重遇甲乙是也，命中有遇旬空之玉堂天乙贵人及官禄贵人、长生等吉星与刑冲破害相似。凡推算命理，此等事不得不细心推求，旬空者遇吉星而无效，遇三垆五墓等星亦可解急。如余生于己巳日，推旬空在甲戌、乙亥，所以三十四岁交甲运，三十九岁交戌运，月建辛未，五墓在戌，幸在旬空而未见有吉凶，此遇旬空之幸。如余生于甲戌年，查年上坐有正官，本官星而有夹禄，其造如斯，应可取功名，却被旬空所阻，即月上食神亦有阻为官星。知命者不得不安命，余之一生享祖上福荫，藉得逍遥自在，欲自取功名则不可得也。余前途进取命之如斯，即至仕途，必有蹭蹬之处，自今以后，只得安命可耳。

廿九日庚寅　晴。急盼上苍降雨，又未见雨，江沿农田遇有如此烈日，又复干燥不少，深为焦急。仰求上天好生，即惠甘霖以慰苍生之望，幸甚幸甚。今日送到《申报》纪直隶以及河南、山东、湖北、湖南等处被水之处计数十县，均成泽国，是处人民之苦，难可胜言。台地于六月初旬虽八日有雨，尚无大碍，可见上天厚我台民于不浅矣。

晚膳后，陈月香兄来叙半晌而别，言及彼生于同治癸亥年十一月初七日辰时，即代叙其庚甲，癸亥、甲子、庚戌、庚辰，查其年上伤官，年下食神、偏才，月上偏才，月下伤官，日下劫才、正官、偏印，时上比肩，时下正财、伤官、偏印，但日支戌、时支辰，乃辰、戌相冲，颇有嫌处。四岁行运，初交癸亥，现年五十六岁，交午运，虽冲堤网，幸午、戌半会，又暗藏巳土，能生庚金而有救也。以下丁、己、丙十五年虽无大好，尚能平平，至辰运有阻。是为之记，未识日后与今日所言果然否也。

余有小铜镜一枚，传说能催生产，余未曾试验，亦未有遇有难产之事，昨周建西兄有女言将分娩，坐蓐已经数日，最为惊惶，向余假此物去。余亦言不知可否，姑试之可也。今见其送还，言与一照之后即行落极。未识偶然所遇，亦未识其镜之果有效也，彼有言及，为之记。

三十日辛卯　晴。早刻，公咸来言，彼上洋及三山、埭水里、西张、坦田、半洋王之田有水者十不及三，已燥之田曾经白地者亦复不少。彼处如斯，彼之附近田亩亦想如是，仰求上苍敷佑，速降甘霖，是所至幸。公咸将彼处挑河工殳今晚送来，计早殳二石零，所收账簿亦并送来，随将簿中详注明晰。随致谢仲衡兄一信，并附账簿一本，遣小三送交矣。但上年挑浚彼处至三山河沟工洋，余当即代垫英洋四十三元，今收账工洋又是一元，现收到早殳二十六石六斗八升，每元照六斗五升计算，尚少殳一石九斗八升，未识能得收足否也。晚刻，陈弼斋来言，其事尚未清了，正是吃亏不少。凡人生作事，便宜上更有便宜，吃亏中更有吃亏。今闻其事，吃亏以致如是，代抱不平，力所未逮，深为怅然耳。晚膳后，翁子俊兄来叙至二鼓后而去。张韵卿先生自初一日放暑假去，今晚上馆矣。

七月初一日壬辰 卯刻，雨不甚大，少顷即晴，至巳初均阴；巳末至晚均晴。看风景似有风水之象，已将下雨，仰求上天敷佑，渐渐迭惠甘霖，是为至幸。下洋有人来言，彼处早晨雨颇大。陶家有人自路桥来言，是处雨亦大。此番雨势自南而北，能得于一二日间得雨大通，是所至幸。但近地枧头、后许、下马、上澄诸处雨亦稍大，倘近日雨得能通，晚苗尚无大碍也。

早刻，同弼斋至海门楚卿兄处，晤章友山、何霭生、陈舜卿、邱遇琴、叶石甫诸君，相叙半晌，言及海门之柴爿捐仲，现楚卿改为公司，名曰“振业”。闻此项捐仲，就海门一区，年而计之约有五千之谱，此少不可大算也。就道至丰泰，询贺云江兄已于昨日至家，未在行中，晤钱申甫、洪先生、黄少轩，互叙一刻，看其行间后进有新造楼房五间，颇为干固，言造价计洋一千馀元，尚不甚昂。少轩兄言海门旅馆浴堂中有剔足者，系江北人，相约至海门旅馆中叫其剔足，虽不得与上海之各浴堂工致，与无人剔者相去太远，下次叫其至家子剔一次，亦能来。但至彼处工洋两角，若至家子，须加洋两角。余即与其说明来家剔足，若余一人与洋五角，倘再有人叫剔，亦照彼处之价值。但足自剔之后，行路最为爽快非常。遂至丰泰少坐，即同弼斋动身而来，至家时将午膳矣。

晚刻，汪伯端兄及陶寿翁来叙至晚而去。陈子拗兄自晚刻来。弼斋言生于同治己巳年九月初八日戌时，即叙其八字系己巳、甲戌、丙子、戊戌，丙禄在巳，则年官禄，查其年上伤官，年下比肩、食神，月上偏印，月下正财、劫才、食神，日下正官，时上食神，时下正财、劫才、食神，二岁行运，现四十九岁，交巳运，值禄堂地。其运午字最次，辛运入泮耳。并言其郎生于癸丑年三月廿三日戌时，即叙其八字，癸丑年、丙辰月、庚辰日、丙戌时，庚辰系是魁罡，将来定是能干之人，惜乎冲破，恐有美中不足之处。查其年上伤官，年下正印、劫才、伤官，月上七煞，月下正财、偏印、伤官，日下正财、偏印、伤官，时上七煞，时下劫才、正官、偏印。八岁行运，初交乙卯，命有四重伤官，其人定能灵变耳。

初二日癸巳 阴、雨不一而定，正值农田待泽之时，幸叨天佑，渐降甘霖，有水稻田得此霖雨，晚苗更增生色；田已缺水，或经晒白田亩自此甘霖之后，则苗勃然兴之矣。台民之福何幸如之，深为欣喜之至！早刻，倪寿生自黄城来言，陈弼斋之事诸多掣肘，一时难于清了。陈子扐兄于早刻至黄岩县城代为接洽一切，未识能得顺手否也。致仲达一信，亦托子扐兄袖交矣。翁子俊兄及周篪卿来叙至晚而去。

山西解州系关圣故里，西门外武庙系是敕建，当存武圣印信一颗。因住持者未得其人，自后将印存在州库，其文曰“汉寿亭侯印”五字，此前汉官阶也。今得其印文可以辟邪祟，屡著灵异。近来远近寄纸求印者甚多，州牧均以古迹所存皆得所请。宣统庚戌，适家君知虞乡县事，寄托李少文直刺代为印来十馀纸，当时曾经送人外，尚剩数纸。顷篪卿兄力为要求，即送彼一纸，亦情分也。此物当在虞乡时，托印尚便，自今以后，即欲觅其一印，最非易事，所存者即可为至宝也。

初三日甲午 早至巳刻，雨；午、未牌，阴；申时，晴；以后皆然。致田彝安兄一信，交邮寄至直隶大名府长垣县学后街田宅。闻李舜卿兄令郎伯咸将近赴都肄业，致李舜卿兄一信，托其令郎伯咸代购另星各件。午刻，邀陈弼斋便饭，并邀张云卿先生及小外甥洪瑸并翁子俊兄、周篪卿诸君，相叙席散后少谈而别。言及汪伯端兄因入法政毕业，现由省注册律师。但伯端兄人颇诚厚，人入律师者，须性质奸猾才方可任其事，以诚厚人为奸猾之事，恐不相宜。现无科举可取，既经法政毕业，例可注册律师，作为进取，只得注册而已。黄梗卿之夫人曾经有孕，即于本月系坐月之期，彼岳家送催生饭，楚卿兄柬邀晚膳。即于晚刻至其府上，晤楚卿、梗卿昆季及卢槐士、黄道周、吴玉翁、叶石甫、许连城、赵叔枚、缪性言、翁子俊、王春圃、王六皆、王后哉、伍菊香、周载熙、周作羹诸君，相叙席散后，过丁永利辅香处，相叙半晌而来，至家时逾二鼓矣。

但辅香兄言近年来上海有一班无赖者，见宿旅馆客人貌颇忠厚者，自己造有伪札或伪印暗藏身边，与寓旅馆客人招呼，言最密切。看客人或有小事一走，即将暗带伪物放在客人床中席下或鞋篮之内，或帐顶以及暗处，设放之后，无赖者自去，即行通知侦探言某旅馆或某客栈某号房内、客人所穿衣服颜色系是乱党，侦探亦受各督军寓沪等专探乱党，日久不得其人，见彼所云如是，即至该栈或旅馆访识，遂搜其房内，见有此等伪件。在客人非独无其事，即其伪件尚无见面，又在其房内所拾，有口难言。即将其人送入捕房，转解至某省讯实，作客不知来头去语，供有言糊之处，遂行枪毙。在报告者可以分润若干，坐沪侦探又可用一而报十，作客者性命于不顾耳。如是世界，何异鬼域，满地荆棘，正是寸步难行。自此之后，出门之人时时事事必须精细留心，无得丝毫疏忽，可保安身于万一。又言昨海门镇守使有枪毙五人，言均乱党，但人籍均宁海，当在石浦下轮时搜其网篮之内见有手枪，被水师查识，同行四人悉均被获。解至海门厅署后，即有一宁海人，亦有面子，来厅取保四人，询其人系省中曾有公事，言其乱党，随即扣留，均解至镇守使衙门，讯实之后，均执行枪毙。若辈出门携带手枪，咎由自取，究不知何等人也。

槐士兄言生于同治辛未年正月初十日戌时，即叙其八字：辛未年、庚寅月、庚子日、丙戌时，年支坐有玉堂天乙贵人，查其年上劫才，年下正财、正印、正官，月上比肩，月下偏才、七煞、偏印，日下伤官，时上七煞，时下劫才、正官、偏印，逢庚日干玉堂天乙贵人坐在丑、未，庚寅、庚子本夹丑宫之贵，查寅内暗藏丙火，系是七煞，中有七煞不能夹贵，其贵被煞破。八岁行运，初交己丑，亦无填实之患，是为至幸。载熙兄言生于同治甲戌年正月初三日子时，即叙其八字系甲戌年、丙寅月、丁丑日、庚子时，查其年上正印，年下偏才、比肩、伤官，月上劫才，月下正印、劫才、伤官，日下偏印、食神、比肩，时上正财，时下七煞。九岁初交丁卯，十九交戊辰，辰内暗藏有癸字，系是七煞，辰与子会，所以是辰运入泮也。人生有命早已安排，难于相强耳。

初四日乙未　晴。顷询乡人，前日雨自东南较大，西北颇小，东南即自横申顺道至路桥及太平诸处，西北即栅浦西至黄岩及十里铺前宅诸处雨大，各处需塘之田水可敷衍十日左右，塘能深近之田水可半月或二十日左右，雨小各处无塘之田水可敷衍七八日之久，塘能深近田亩水可敷衍十日或半月之久。求上天再降甘霖数次，晚季收成可望丰稔。郡城附近及至天台数百里自麦季收成之后遂插八月稻，当此之时，正须要水之候，幸近日下雨颇大，转瞬收成可歌大有，台民之福何幸如之，感天地生成大德，莫可言宣。

早刻，致道周宗叔一信。罗茂中来言，其子面门生有疮毒，托余代致羊有龄先生托其代为医治，该函即交茂中带交矣。陈子扮兄自晚刻由黄城来少坐，即至路桥去矣。晚刻，汪伯端兄、伍菊香先生来叙至晚而去。周醉香来叙半晌，言周谱香昨日至文昌阁致祭魁星约半日之久，其上海人姨太将其仓内燥殳出粜十馀石，每元计价八斗。今年本是陈绿孚兄承办，不意绿孚兄于春间在海洋被匪遇难，而谱香先生垂涎其经手致祭租殳，即行强管，不意值致祭之日出去，其如夫人私行出粜贱价，亦所报应昭彰。谱香虽以小报多之出息，竟于此日而出，亦偶然也。本镇之西首自下荡至南官泾，道光季年，地人防范粤匪，浚挖河之内一带之园地，即挑河之泥堆积，拟与匪战，此可安心之所。前光绪十六年间，陶寿翁听钟焕堂糊说西南首之新桥头南首园中得水法可以停柩。当寿翁即将其令尊虞卿先生柩移至是处，适寿翁生习之兄弟，各人家尚顺适，而不知者言焕堂先生代其停柩之功实其祖基得气，实非其方行暂停而有此力量也。是处地系周谱香之物，谱香即以此言为然，将其南首造有葛太太即周霞卿之墓，他日虞卿先生安厝之后，其地谱香先生即欲自造寿域，何至谱香先生之愚竟至若是。此处园地安可造墓，亦所意料之外也。

晚膳后，至李舜卿兄处少坐，言其令郎伯咸约在月半前后入都云云。相约舜卿同至丁辅香处，晤周冠卿先生，互叙颇久，至家时逾二鼓矣。言及现在新章新军归吴营长属辖，陆军属于台防统领，均归镇守使节制，实镇守使而无兵也。镇守使顾子才喜住甬江，月前杨督军促其赴台而来。月前台州谣言乱党滋扰，人心惶惑，省中派兵两连驻防临海城内、两连驻在黄岩城内，以防不测。当其外兵未到之先，省中侦探常至海门，竟有乱党亦至海门。永宁局系五方杂乱之处，陶寿翁恐有言语不慎，难分皂白，遂至家中十馀日。即至海门，不住永宁局，借言是处过热，即宿裕大典西新屋，此亦善法也。自外兵进台之后，才方安息，自此之后，可望安谧也。当此之时，即海门一区，言语必须谨慎，倘若言有不谨，或与不相识者应酬，不知其侦探，亦不知其即是乱党。倘与乱党多言，一遇侦探在侧，彼即乱党，与乱党酬应即犯嫌疑。正是一足失成千古恨，岂不慎哉！何况上海数省通商、五方杂处、良莠不齐，即归客栈，出一言、答一语，在侧者早已询悉。居家者非紧急要事，海门须以少走，何况上海可以居住乎！但慎昌煤号上年幸得顺手，当接钱达三兄代友插入一股之信，余允清和赴沪，携股单加入新股一分，至时无暇外出，缓至七八月赴申之语。看今如此时候，正是片地荆棘，赴申之行，今年欲即不去，候至明春再看可也。

并论及楚卿兄自四五月迄今应酬需费最多，幸其将海门柴爿板炭牙仲改为振业公司办理，馀资而计颇巨，虽应酬而出，有此而进，所用之钱、应酬等费皆取诸百姓，有此力量则有此应酬而已。并言苏时卿近造海门新屋十一间，需费约计六千之谱。但时卿系是东曹人，前曹云亭新泰来开时，请其坐店，荐时卿为新泰来学生，数年之后即与当手不睦，自至杭州叶种德作夥，未及半年而歇，尚妙手空空，倩人求楚卿用为小账房，每年薪资不过二十馀千。值福建祥泰坐号陈舜卿兄急欲旋里，而楚卿用时卿至闽坐号，适售盐生意得法，数年间盈馀两万馀金。自此之后，日涨夜增，积资颇巨。但时卿当小账房时外貌颇为诚厚，心内最为高强，无鸦片嫖赌等事。今虽积巨资，尚无过于非分。如黄小泉，一白手至海门，乃兄子霖代荐可贵商轮账房，每年出息本有千金，复自做小伙生理，又合股开源益洋靛公司，值洋靛日夕飞涨，自后，德国洋靛中断，以致拆股，轮夥又歇，计其所积亦馀两万。但其家中需费浩大非常，又与某绅富内室往来，不成事体。上年又至上海赌博输去万金，自极盛至今不过三年，将其所造新屋转卖他人，所馀洋蚨皆以并翼而飞。如此看来，其所进易，其所出更易。海门一方，余所知者，每年馀积一二千者偶然而得，转瞬之间化为乌有者，已见数家，一其海门地土。促一人能积聚者，总要祖上风水，凡人至积聚须积德，有积德而有风水，有风水而有佳造，儿孙有佳造，儿孙富而能久也。古人云："积钱与子孙，子孙未必能用；积书与子孙，子孙未必能读；须积德与子孙，子孙荣昌。"

又言及各报纸言，中国当道诸公指梁启超进说段祺瑞而言与德国断交，奥与德系是联盟，即与奥亦断交。现德与奥宣战，曾经宣布办理宣战形式，费用亦须四百万去矣，将德、奥兵船扣留，所该各费停付，货物进口税今加至十倍。现中国如此情形，竟与德、奥宣战，并言现中国与德、奥宣战非与英、美、法、日等国联合，系是单行。果是单行，今年彼则和议，恐中国不在其内。如是者，目前未必能得佳境，即或能得佳境，正如《太上感应篇》所云"鸩酒止渴"而已。草野私议，为之记载，以观日后若何耳。

阅报纸纪"鄂省大水之近讯"云："宜昌自入夏以来几无日不雨，江水增高，今则水已溢流，房屋多被淹没，招商轮局外水深及腰，日人船局亦被水淹，而税关之树木矗立水中仅露其杪。下游地势稍高，故尚干燥，低处房屋之陷于泽国者约数百间，损失亦已不少。前日据税关测量水表高已达四十八尺，闻实十年来未有之水灾云。江陵、公安、石首因此次大水为灾，淹没区域业经该各县知事于日昨呈报来省，其内容：甲，江陵被淹者计和淋洲系郝穴南岸、北堤杨坡亶等处；

乙，公安被淹者计关沟、毛家沟、柳口、黄金口、鸡庙、小桥子、瓦子湾、观音寺、江管渡、古城十馀处；丙，石首被淹者计军民垸、鸳鸯寺、鲁公垸、泥拖湾、新厂后面、天新洲、上横堤子、下横堤子、张福垸，其十馀处。迩来江流暴涨，势若奔马，舟船遇险之事，数见不鲜，伤损生命，难更仆数。现答善堂令所有救生船只均在平湖门、汉阳门一带流水处所停泊，并令随时游行江面，以防未然。武昌关临岸滨江地势略低，两日来宛在水中，所有船只均可由街面直抵该关门首，昔之陆地，今行舟船矣。兼任省长王占元因连日江水盛涨，沿江堤闸关系重要，日昨上午六时偕同军署副官张厚卿随带衙队二十馀骑，乘马赴文昌门查勘红庙矶、黄鹄矶、平湖闸、万岁闸，至下新河拆回，复出保安门至武泰闸查验堤身，旋由白沙洲沿江而上，至金水警分署小憩。午后二时，乘楚义巡防舰旋署。本年洪水泛涨水势之大为近年所未见。迩日荆襄内河大小堤垸淹没计二十馀处，省公署连接京、江、天、沔、松、嘉、监、潜等邑知事报告水灾电禀，王省长特急颁电令分饬三道尹、六十九知事，略云：'堤防为内务行政之主要部份，国课、生民两有关，际兹夏汛暴涨，防备宜周，无论官办民有，诸堤垸闸坝如工程危险或水势将临，务由该印委督率堤首妥筹物料夫役，昼夜守护，及时抢险，以防水患于未然。其已被淹溃各堤垸尤须驰往查勘，分别灾情轻重，妥筹善后，急筹赈抚，免使流离失所'"云云。鄂省水灾如是。此外，鲁、直、豫、湘水灾大约相同，冲坏铁道，其灾亦可谓重大矣。

又阅六月廿五日《申报》附张纪"戴戡死后之战事"云："成都自戴戡、熊其勋败走后，城内枪声火光随以消灭。一般逃难人民归来，虽已无惊怖之虞，然对被掠、房屋被毁，痛定思痛，伤如之何！现时政府及各慈善团虽议善后救济诸法，不过暂保目前生活，不易恢复旧日之安宁秩序。故近日省城现状仍有种种悲惨气象。不意在此愁城中忽得一骇异之消息，即戴戡自戕是也。当戴败出省城，即同熊率所部残军至距省百里外之秦皇寺地方驻扎，戴、熊分驻两宅，一东一西。与戴同驻之军均系黔军，所携子弹甚少。与熊同驻之军多系界临桂省之边军，枪支、子弹较戴处为多。晚间，有多数川军突来围攻，戴、熊残部不能抵御，此时熊即率己军冲出逃逸。戴之部下因乏子弹，亦各自逃生。戴睹此情形，愤恨填胸，遂以身边所带之手枪自毙。时戴之马弁即将戴尸用包裹，潜移荒草堆中，会有川军将该马弁拿获，究戴踪迹，该马弁即将戴尸献出。川军验明，即舁以报告省长。昨川军二师团长廖谦即将戴戡自戕及获戴尸各情呈报刘军长并诸检验云云。则戴尸已舁至省城东门外白塔寺，人民往观者甚众，方谓此后省中或可稍事休息。而熟知因此之故，滇军益愤，急速猛进。或谓滇军已抵距省二百里外之仁寿，或为[1]滇军又抵省四百里外之犍为。旋据驻防龙津川军旅长刘成勋、驻防嘉定川军旅长陈洪范来电云，先后已将滇军击退。然此仅暂时，恐滇军后方援军一到，又将前进也。近川军又在前方破获罗佩金密令滇军计画书一通，其大略云：'顾师长品珍着所部一混成旅经仁寿方面进攻成都，以一混成旅暂住资中、资阳，向内江及川北方面以备防守，俟川军二三师态度明确，或滇、黔两军援兵到达，再定行止。赵师长又新着所部二十六骑兵团工兵营及辎重兵营留守泸州、富顺、叙永一带，警戒川东第一师方面。刘旅长德坤着所部步兵四营并炮连机关枪往营县，并研进攻嘉定，应听左翼总司令节制。指挥司令韩凤楼着率萧营长并炮连机关枪由叙府进攻犍为、嘉定、昭通。兰团长应率所部兼程来叙。韦营长率所部由绥江经屏山进攻犍为，警戒左侧。王旅长兆祥着率兰团长、萧营长警戒营防守叙州与自流井，连络殷镇守使承瓛着率所部迅到雅州相机剿办。以上各条，各主营长官务宜切实讯速进行，并互相连络，是为至要。已电请唐、刘两督飞饬援军兼程前进，以资策应'云云。刘军长接此消息后，即派前二师师长彭光烈为拒滇总司令，三师师长钟体道为拒滇左翼司令，旅长刘成勋为拒滇右翼司令，刘军长与嘉陵道尹张澜担任留守。"前方川军刻有四十营之众，此后战祸将不知伊于胡底也。

---

[1] 当为"谓"。

此川省兵灾若是，北京各处亦见有兵灾，正所辛亥九月十五日夜太平城内请仙乩语云“二千九百劫数临”亦不外于此也。当此时势，人民性命于不顾，生此乱世之时，亦所不幸，只求何日再见光天化日，是所深幸哉！

初五日丙申 晴。天气最热。致王仲达一信，交路桥三带交。陈子㑊早刻自路桥来，遂即至家去。周谱香母舅及翁子俊、黄道周宗叔、卢槐士兄来叙周王氏与达云母舅之事，相谈至晚。如是看来，可否只其各半而已。陶习之兄席请许吉臣兄晚膳，并邀余与赵叔枚、卢槐士、周载熙、汪伯端、李舜卿陪客。晚刻，至其家中，相叙至席散后少叙而来，至家时逾二鼓矣。

初六日丁酉 早至午刻，晴；未牌，雷雨颇大；申时雨晴，阴；以后皆然。近数日天气均热，今日未雨，有异常之热，幸下雷雨，颇为凉爽而已。

前报纸纪湖北水灾情形，顷阅六月廿八日《申报》纪“奉天水灾后之救济”云云：“奉省自前月以来，大雨不止，巨流河、大凌河溃决，因之新民、黄旗堡、白旗堡数十村屯尽成泽国，锦县、义县亦相继被淹。东北洮河泛滥，江水涨发，辽源正当其冲。统计新民淹没在千户以上，锦县次之，义县又次之，辽源数百户，损失财产数百万，水退无食。现经荣淑章、金锡侯两道尹请发急赈，并拨地方存款先行救济，首为安辑流亡择定归处所，次即发给急赈以便生活，并须筹给冬、春两季食量，以免流离失所。除由地方挪垫外，现已由省筹画拨款，一面电请中央政府赈恤，并蠲免课赋，俾灾得纾燃眉之急矣。”

又阅六月廿九日《申报》纪“鲁闻杂缀”节云：“钜野县距济宁九十馀里，本月八日，匪首毛思忠忽自钜野函致济宁道尹陆荣棨，索洋十万元为犒劳费。陆道尹接函后，报请驻扎该县之旅长唐天喜、徐鸿宾出师痛剿。旅经团长赵子才、第一营营长曹某率机关枪队前往攻击，匪始推却。现驻济宁军队因匪势猖獗，战事日多，于日昨十号奉张怀芝督军令，设立陆军临时医院诊治伤兵，省城军医院长谭斌宜已搭车南下，即行组织。”

是日《申报》又纪：“毛思忠大本营近忽移驻东平、郓城两县交界处之梁山泊，内部组织有参谋副官、秘书、军医、军械等处，机关枪、过山炮等等均置备齐全。闻有某党人为之主持，并有勾结某要人为鲁、豫联合之说。”

是日《申报》又纪：“山东督军张怀芝对于胶东方面治安极为注意，除派张大英、高立尧、邱德亭及受雇之日人某某等常川驻青岛、秘密侦查消息外，昨又委公署差遣员姜历山、纪蔼卿前往严密侦探，以便对付”云云。

是日《申报》又纪：“自毛匪扰乱单县后，凡西南一带土匪蜂起，金乡、鱼台亦受影响。济宁地方人民富庶、商业繁盛，交通上更有铁路、运河之便，故匪徒时常出没窥视其间，加以四方莠民又多趋附于此，以故该县一邑格外视为重要，屡调防营及陆军驻守。闻日前驻防陆军在南阳湖附近捉获一人，并在城里获一贩卖西瓜者，严加盘诘，始悉为毛匪奸细。于是该处商民异常惊慌，一时宣布戒严，每至黄昏，城门即行关闭。”

是日《申报》又纪：“近来悍匪毛思忠盘踞苏、鲁两省之处，声势日益浩大。韩庄一带地扼津浦铁路，防务又不可不严。闻军署又调驻扎禹城之新军第二旅第三团一二两营前往防堵，该旅长薄子明、团长贺丹墀奉令后已于十一日下午一(点)钟率两营队伍附津浦铁路火车前往矣。”

是日《申报》又纪：“芜湖入秋以来天气炎热，较之三伏尤甚，近两日，寒暑针已升至九十八度。十三晚十一时三刻，居民正在外纳凉之际，忽见有形似新式电灯之火球由西南掠往东北，光芒万丈，继即电光雷声发现数次，居民见者甚为惊异”云云。现今奉天以及直、鲁、豫、鄂、湘如此水灾、鲁有如此匪风、川有如此兵灾、芜湖有如此灾异，人民惨剧何堪设想！吾侪小民不得不抱杞忧之叹。

德国联合奥邦与英、法、俄、美、日诸国自甲寅开战以来，只见德、奥至各国战，未见各国至德、奥邻境战。英国水军足盖全球，法之陆军宿称精强，美极全盛，俄之土地如此之广，如此数大国战，美而不能取胜，何见德国利器精详、水陆全盛，不言可知。我中国当德与各国开战之初，即守中立，已属大幸。今梁启超运动段祺瑞与德断交，继即与德、奥宣战，凭一纸之空文，究不自知力量何如，将来亦是人民受困，深堪浩叹。吾侪小民，亦不得不抱杞忧也。

晚膳后至丁辅香处，晤陈禹棠，互叙小顷而来，至家时将二鼓矣。言见报纸有段内阁欲将中国精壮人民挑选十万人，用英、美军械赴战线与德交烽，预备十去其九，得有一成生还，此一成之人曾经战阵，已识外国战阵局面，用为教习，或挑选为军官以备富强之基础。此法虽善，争奈九成壮民性命何！中国借人之钱急如星火，遇大借款即将要物抵押，倘大借款不成，即行想法小借款。倘借款一来，即能敷衍目前之急需。他日，十万精兵出师远国，军械取于人，需费亦取于人。草野愚氓度之，不如守中立为善。当道诸公有此力量，则其自有巨识存焉，非吾侪小民而敢测度也。今则已将与德、奥宣战之命令宣布，自今以后，未识利害若何，亦难预料，是为记载，以观其后可也。

阿六自前宅来言，彼处晚苗颇佳，倘得雨旸时若，晚季收成可以预歌大有。翼亭自早刻来言，其郎前染恙曾已就痊，彼即于午后至海门去，至晚尚未来。言及陶习之兄每饭后烟须两钱方可过瘾，今则烟价有如是之昂，烟量如是之大，月而计之，年而计之，需费亦巨也。其令弟习恭自去岁嘉平曾经戒烟，至今年四月间仍然吃转，其量亦不减于乃兄也。习之兄大令郎前染恙均请童再春先生诊视，进有数剂而不能甚为见效，后请许质臣兄诊视，一剂即见奇功，今则渐渐痊愈矣，一人有一人之医缘耳。禹棠言陈子扮兄乔梓均已补廪，人极能干，彼处人民仗其能力者亦不少耳。

初七日戊戌　早至午刻，晴；未、申，阴，并闻有雷声；酉初，小雨，一刻即晴，至晚均阴。早刻，至达云母舅府上，晤翁子俊、周篪卿两兄，相叙半晌，即行相约子俊、篪卿两兄及大表弟至文昌阁，晤道周、心斋、少湖三宗叔及王六皆、陶河清、伍菊香、周孟东、李舜卿、汪伯端诸君，叙过午膳后，至晚而来。

阅《同善录》纪："蟹柿并食毒"："有昌国人买得蟹十数枚，痛饮大嚼，且食红柿，至夜忽大吐，继之以血，昏不知。人病垂，殆同邸有知其故者忧之。忽一道人云：'惟木香可解。'但深夜无此，偶有木香饼子一贴试用之。病人口已噤，遂调药撬灌，即渐苏，吐定而愚。"

又纪："服木鳖子药啖猪肉杀人"："有山塘吴民，年二十馀，患便毒，清晨服木鳖子药，午饭后啖猪肉，须臾叫噪而死。"

又纪"石膏和荞麦食杀人"："有一妇人欲自尽，市砒，市人伪以石膏与之，归，以和荞麦作饼食之，死。"此妇人欲食砒致死，妇人盖不知食者之非砒也。市人恐砒之毒人而以石膏与之，免其死也。乃妇人终于死，此中殆有命数存焉。

又纪"黄蜡炒鸡毒"："黄蜡炒鸡，人食之胀闷气塞，三日而死。他毒可验，此毒死如平人，并无可验，亦无可救法。"注云："《洗冤汇编》云：黄蜡入鸡炒，其味最美，食之气塞，腹胀死。明诚义伯公饮食于胡惟庸家，归而腹中如有拳石，筑塞而死，其亦是此类也。按：辟谷诸方每有用黄蜡者云食之不饥，必须解下，然后可吃他物。解之之法：用青菜汤或冬葵子汤饮一二碗药即解下，依然未化也。若未解时，止可饮清水，凡有质有味者俱不可食，食之必甚胀满。然则黄蜡炒鸡之毒或亦前物可解乎？又，黄蜡能敛气不散，故凡丸药之珍贵者以蜡裹之，可久贮而不坏。"此节所忌者最多，逐日详记。总而言之，食不求珍馐，亦不得不慎也。

初八日己亥 早至未刻，晴；申时，阴；酉牌之初，细雨；以后雨晴，阴。晚膳后见有月色，虽未圆，而最明亮。接连三日均有雨，雨虽不大而有水禾田极为相宜。自此以来，晚季收成可以预歌大有也。午膳后，伍菊香先生、周篪卿兄来叙至晚而去。言及日昨谱香母舅出而调停达云母舅与周王氏之事，而周王氏过于凶悍，未能成允，现尚搁而未成。此等凶悍之妇，即或能进数百金，恐无其福也。但达云母舅所住坤元旧当屋西首馀地系其老大房之物，谱香承继老大房长房之祀，所以空地三股亦承其一。光绪初年，谱香将猫儿桥之倒小屋树料卸下携至是处接造，计有十馀间。迄今数十年，倒屋至今又倒，无寸木可用之处。而谱香欲算其新造屋价，即基地亦须格外从丰。现谱香所住东横楼南首两间系达云母舅之业，又欲达云母舅通情相通，其欲心如斯，又欲达云母舅感其万分情分；事后若下台，又欲周王氏送其谢金。一人欲八面便宜，非下台之客，以致未能成允也。

阅《同善录》纪"治刃伤"云："凡杀伤不透膜者，乳香、没药各一、皂角子，大研烂，以小便半盏、好酒半盏同煎，半温服，然后用花蕊石散或乌贼鱼骨或龙骨为末，敷疮口上，即止。昔推官宋琢定验两处杀伤，气偶未断，亟命保甲取葱白，热锅炒遍敷伤处，继尔呻吟，再易葱白，伤者无痛矣。花蕊石散方：乳香、没药、羌活、紫苏、草乌、蛇含石（童便煅三次）、厚朴、白芷、细辛、降香、当归、南星、轻粉、苏木、檀香、龙骨，以上各二钱，麝香三分、花蕊石五钱，用童便煅七次。右共研极细，确取听用葱汤洗净，用此糁之软绵纸盖扎，一日一换，神效。又：被刀伤血不止，用紫藤香（即降香之佳者），瓷瓦镰刮下，石碾碾细敷之，血即止，又无瘢痕。此物必须用瓷瓦刮下，必须用石碾者，最忌铜铁也。又，刀刃伤痛不可止，用好鸡骨炭，掷地铿然有声者，与松香明透者等分，捶成一块，再多用老韭菜捣汁，拌入阴干，如此拌捶三四遍后，为细末收贮，上巳、端午、七夕等日制之，敷患处，痛立止，完好如常。如血流不止，用千年石灰或生半夏研末敷上，或用干面和白糖撒伤处皆(有)效。"

又纪"金疮肠出者"："用小麦五升、水九升，煮四升绵滤尽汁，待极冷，令病人卧席，一人含汁噀其背，则肠渐入。噀时勿令病人知之，及多人在旁言语。如未入，抬席四角轻摇则自入。既入者，须用麻油润线缝紧，仍以润帛扎束，慎勿惊动使疮口复迸。"

又纪："被箭镞伤者"："用陈腌肉去皮，取红活美好者，用其肥，细切锉浓，将象牙末及人所退爪甲为末，共研极细，拌入所锉腌肉内，再为匀锉，令其合一，厚敷箭镞周围，一饭顷，其镞即自为迸脱。又，治箭镞、木竹器伤：用艾绒摊成饼子，将火硝末细末铺上，再用大蜣螂捣成末，铺火硝上，包伤处，一日夜即出。”所纪治药即所忌等味，言之颇多，再行记载可也。

初九日庚子　早至申刻，晴。酉时，阴；戌、亥刻，雷雨。致章仲厚兄一信，饬小四送交。因日前阿六言彼处有一乳媪，托其代为询问。晚刻，接仲厚兄福信云乳媪难于寻觅，未识阿六言之乳媪曾经帮人，亦未曾[1]其人乳已断宿，但所言已日久也。早刻，子权、篪卿、寿田来叙，过午膳后而去。晚膳后，同韵卿先生至丁辅香处互叙颇久，时方雷雨，俟其雨晴而来，至家时经十句钟矣。

初十日辛丑　早至未刻，晴；申时，阴；酉牌以后均雨，前火而后细。自今下雨之后，附近塘埭富足，晚季收成预歌大有，叨天福佑于不浅也。周篪卿来叙至晚，留宿一夕，言及周王氏于昨晚同其姑至达云母舅府上，言其自今以后不与呈控。但其言或是或非，不一而定。日前，谱香母舅同卢槐士兄出而调停，与其言及此事，意极轩昂。因讯期在即，彼已邀其弟王保谦即兴臣赴郡到堂质讯，不意承审员与其说此事须核对花押，非尔可以代表，须尔阿姊周王氏一干人证亲来质讯云云。池清葵代周王氏所做呈中最为夹杂不堪，所言自己贫寡懦弱等语。而达云母舅覆状中有言：“彼在户田有八十馀亩，何至言贫？而民国成立迄今六年粮均未完，胥差不敢登门，何至言弱？”想周王氏知此呈词，既需讼费，又恐完纳积欠钱粮。此次兴臣赴郡一走，虽是空走，需用川资已及十元。自己一走，及一同中人需用及川费、恐完积欠粮银，所进不敷所出，改变方针而来。所以婆媳自去亲接之计，不想其计虽云如是，若与其言则必得步进步。但此事虽吃亏了结，而谱香先生处不能见允，而谱香处其价如是之昂，难于允从。彼处不能了结，若周王氏一边清了亦无所用，况其得步进步之意甚高，正不知

① 疑为“未识”。

此事在于何日方可了结也。

十一日壬寅 晴。接汪伯端兄一信,向典中撮洋五十元,即嘱翼亭转嘱阿望送交,并致伯端兄一信,托其就沪江代购暖脐膏十张。伯端兄言赴武林办律师注册等事。但律师须以强辨为主,但伯端兄人过诚厚,非其所宜耳。翁子俊兄于早刻来,过午膳后而去。金建卿先生于晚刻来叙少顷而去。言及德国誓书用潜水艇尚以人道主义,即以潜水艇而压倒全球,不然用电机出而战争。彼之电机用法:若遇战争,彼即用飞机散放电气,电见铁而引,其人即毙。军用枪炮均是铁质,倘若轮船,一遇飞电,其铁引电,死者逾速。因之,退一步,今只用潜水艇,倘潜水艇不能压倒全球,而后仍用电机。但德国之潜水艇用法利便过于英、法,所以各战国近来被德国之潜水艇害者为数颇多云云。彼言椒江水产学校定本月十七日开学,近本添班学生,因各处招纸未曾广贴,所招之新生不甚多,只得容后再看可也。篪卿兄于早刻去矣。

晚膳后,至丁辅香处,晤冠卿先生言周谱香先生八字系癸丑、庚申、庚申、甲申,五岁行运,初交己未,自后午运起,丁、丙运最佳,现年六十五,交癸运,系伤官地。今年丁巳,丁火克庚金,系正官,庚生在巳,所以本年之运尚佳。明年戊午,戊土生庚金、偏印,午中丁火克庚金。巳土生庚金,正印。命中三重官禄、三重比肩、三重偏印,其身已旺甚,又加正印、偏印相助,旺中之更旺。支又伏吟,只恐其年有不美之处,是为记载,其观其明年运气若何可也。言及命中之长生图,看其命,某月生,将其图中从子字起逆数至某月为止。再看其时辰,就某月字起顺数至卯为止,即是命宫。将命宫逆行,再将太岁图就图之照命之某年生就行命宫,遇某宿即是某宿守世,长生图照八字日,主阳干顺行、阴干逆行,此大略如斯也。不觉互谈已久,来时已逾二鼓矣。

十二日癸卯 晴。晚刻,周月波、陶习之两君来叙至晚而去。习之兄言,其令弟陶习敬本从陆忠夫先生读,近来乃翁寿农宿在海门新屋之日多，恐习敬在家见乃翁未在家中，非独不肯读书，夜间常出外，非摩鹊即是吃烟。想寿农先生已有所闻，即嘱忠夫先生并习敬将书院均已移至海门读书矣。此寿翁主意极是。但习敬年虽轻，其所言所行过于老成者，今虽归来，尚嫌其太迟，若至嘉平娶亲之后又是一样局面耳。近寿翁均宿新屋者，因永宁轮局人过夹杂，恐有言语不谨致生意外之虞而已。

习之兄言，德之联盟者奥国并土耳其，三国地处相连，今则联合一气，祸福相随而已。但德国上下一心、器械灵敏、科学深为研究；奥国制造军械最精，现今军用利器出于彼者多也；土耳其未曾协约，开战之前，外虽弱，内极干实强固。德、奥、土三国有意联合，战争机划早有预备，非在一日而来也。英、法、意、比、俄、日等联合为协约国，非比德、奥、土之早有预备用心，以致奥、比失和，致起争端，德奥、土联合即行出兵，未及经旬占地万馀里，非其早有预备，何至有如是之速也？自甲寅开战以来，意、比失利，法受大亏，至本年美国亦加入战团。有云美国向以实业经营为宗旨，法长陆军，英利水战，俄之地广人稀，亦慢经心于争战。有在土耳其之达达士河水军开战，有伤巨舰十馀艘，以后德、奥、土之潜水艇击沉商船为数颇多。美国当时亦守中立，因潜水艇击沉商船以致加入争团。现在战争之中，南方报纸所纪，一，其地名不能深识；二，各报纸各有议论而不同。柏林电线又经中断，德之实信若何，不能达于中国。况今中国亦经宣战，其信息致相隔膜而已。现今中国加入战争，已经宣布命令，以时以事想之，总以为非，即万人相聚而言，均为非是，将来德、奥、土兵来，正是泰山压卵。以段芝泉之人论之，段芝泉自北洋第一次陆军学生毕业，曾经出洋，而又当国有年，天下情形早经洞悉，非前庆亲王奕劻长处深宫、见财若命之可比。既已敢为宣战，虽无果有战争之能力，曾经出言均照敌国办理，已经结怨于德、奥、土三国，利在何处，彼之胸中早经料及，非吾侪小民而敢拟议也。言之如斯，是为记载。

晚膳后，至丁辅香兄处，相叙半晌。辅香兄言，海门远记麻行已经闭歇。彼之经手全在辅香一人，辅香在远记，则失于永顺利；久在永顺利，远记亦受影响。今则闭歇远记，法亦未常非是。适赵叔枚兄、周作羹兄及周冠卿先生来叙颇久而别，至家时将十句钟矣。

十三日甲辰 晴。致陶习谦兄、贺云江兄各一信，饬小四送交，托其代觅双连荔枝。早刻，至椒江水产学校，晤金建卿、王燕卿两君，互叙半晌而别。就道至翁子俊兄处，晤达云母舅，畅叙少顷。言及庆相之子小保生于丙申年八月初六日巳时，即叙其八字系丙申年、丁酉月、戊辰日、丁巳时。查其年上偏印，年下食神、偏才、比肩，月上正印，月下伤官，日下正官、比肩、正财，时上正印，时下偏印、比肩、食神，丙戊禄在巳，其丁巳时坐有官禄贵人，年支申与时支巳，巳、申作合，月支酉，日支辰，此辰、酉作合。年支申、月支辰半会，月支酉、时支巳又是半会。男命会合多重则其人定合人缘，见其目今情形，大有见背之处，未识何处为则也。论此等八字虽非甚佳，衣食定能丰足，复有识见之人。现彼入典为徒不久，其父叫其至海门鞋店收账，未及数月，鞋店因亏而闭。长甸陈宅因典闭歇，用经理取货之夥，彼至伊处无人管束，致多亏累，抱守家园，势力难出色，未识后来致有好运而能舒展否也。

达云母舅同子俊兄因稍有不豫，不喜油腻而去，余同大表弟至文昌阁，晤星斋、道周、少湖三宗叔及李舜卿、陶河清、周篪卿、伍菊香、王六皆、王勉生、洪少琴诸君，互相畅叙多时才方午膳。言及陶习之兄因钗洋人请赴赌会，方于早晨出发，因之未来。言习之兄之赌博妙技最佳，非独摩鹊精明，即两张、三张均极最妙，此等另有一种天资也。自本年以春及夏因赌致赢数逾一千，诸君言其寸钱之手段，非独赌博，色色均极高妙耳。至家时，晤吴勉生兄自海门来，相叙半晌，因小轮期迫，即转黄城去矣。

王六皆先生出示两文孙、一令孙女庚甲。一生于丁未年正月初九日丑时，叙其八字：丁未、壬寅、辛丑、己丑。查其年上七煞，年下偏才、偏印、七煞，月上伤官，月下正财、正官、正印，月下偏印，时下偏印、比肩、食神。玉堂天乙贵人逢辛日干坐午虎，故其壬寅月支坐有玉堂天乙贵人，六岁行运，初交辛丑耳。一生于癸丑年二月廿三日辰时，此与习之兄大令郎普桂同年同月同日，早四个时辰而已，即叙其八字：癸丑年、乙卯月、庚戌日、庚辰时，但普桂系甲申时耳。查其年上伤官，年下正印、劫才、伤官，月上正财，月下正财，日下劫才、正官、枭神，时上比肩，时下正财、枭神、伤官，庚辰、庚戌均是魁罡，庚贵在丑，彼之年支坐有玉堂天乙贵人，将来其人定能灵敏。九岁行运，初除交甲寅耳。其令孙女生于庚戌年四月初四日亥时，即叙其庚甲，系庚戌、辛巳、丁丑、辛亥。查其年上正财，年下偏才、比肩、伤官，月上偏才，月下劫才、伤官、正财，日下食神、伤官、七煞，时上偏才，时下正官、正印。查丁干贵在于亥，其辛亥时坐有玉堂天乙贵人，三岁行运，初交庚辰耳。

黄少湖先生言生于同治戊辰年十月初十日亥时，现年经半百岁矣。即叙其八字系戊辰年、癸亥月、癸丑日、癸亥时。查其年上正官，年下食神、正官、比肩，月上比肩，月下劫才、伤官，日下七煞、枭神、比肩，时上比肩，时下劫才、伤官。胎元甲寅，甲是伤官，寅是伤官、正财、正官，五岁行运，初交甲子，现年五十，已交辰运将尽，明年巳运矣。但少湖宗叔乃翁月湖先生早登庠序，传说人亦诚笃，壮年作古，叔祖母只生少湖一人，青年守志，艰苦备尝。少湖初则家道清寒，继则稍能馀润，理应娶亲接嗣。彼之素志，日食甘味，无意成家。倘有兄弟亦有理说，既无兄弟，先人嗣续而不顾，专以美食自尝，究何心也？圣人云：“不孝有三，无后为大。”阅其如此八字，应有子嗣，彼竟年至半百而不娶，即有佳造，其嗣何来？将来果不娶亲，何足道哉！

晚刻，至吴玉翁处，相叙半晌，言及日间如是之热，若至天明左近时有凉风，人易致疾云云。晚刻，自下洋来有乳媪携带幼孩，看其体质最厚，人极粗俗，眼最露神，询其生辰，据说生于本年又二月初九日申时，即为代叙八字，系丁巳年、癸卯月、壬申日、戊申时。玉堂天乙贵人遇壬、癸日干坐在已卯，则彼之年支、月支均坐有玉堂天乙贵人。

壬生在申，则彼之日支申、时支均坐有长生。查其年上正财，年下偏才、偏官、偏印，月上劫才，月下伤官，日支偏印、比肩、七煞，时上七煞，时下偏印、比肩、七煞，年干丁、日干壬，丁、壬化木，月干癸，时干戊，戊、癸化火。胎元甲午，甲乃食神，午则正官、正印。此等八字，煞重身轻，日又大败而无制，乃下贱凶顽之徒。九岁行运，初交壬寅。言之如斯，是为记载，以观日后其人果若何也。

晚膳后，至永顺利，与周冠卿先生相谈命理，方识此中之皮毛，言及情形，滋滋有味，别后至家，时逾二鼓矣。言及王克仁在家，正妻无出，勾引孀妇某氏住在海门生有两子，一子携至家中交与正妻抚养，一在海门某氏处。但彼家中每年需费最俭，只须五六百元足矣。海门只某氏一人，日用年而计之亦须五百之外。王克仁自幼至二十馀岁，一白手人耳，今年未及五十，只二十馀年中，田已购置二百馀亩、泥地以及物业另星，值半方之谱。彼之田生在下马等处归多，近方而论，可称膏腴，两百馀亩，价值一万二三千之则。此外尚有网业，现账税而计将近两万之则。财能积聚如王克仁者亦颇易耳！并言海门开往申江来往之平安商轮系翁正盛之物，初造需费不过五万金，现售与日本人，计价规元银二十五万两，彼之计算，除船之造本推除外之馀利，核与轮船每年开行出息，有盈而无绌，方允出售而已，此亦财易于积聚之一端。今之各轮旅费大涨，各轮亦照船本加增，而加煤价日增，自此之后，商轮馀利日见其多也。即永利商轮，日本人许过初价规元二十二万两。但此轮系台人集股而购得之，今虽股东有欲售卖者未尝无人，内股东不欲售卖者亦多，即经事各人亦不肯出售。经事者非以售船而得多，全算计万一轮若出售，当时虽得馀润，彼一生饭碗即出脱之，因此着而均不肯售卖耳。

阅《同善录》纪“治蛇虫伤方”云：“毒蛇能毙人，惟急以利刃割去所啮之死肉可以渐解。倘蛇伤虫咬，仓卒无药，以大蓝汁一碗、雄黄二钱调匀，点在所伤处，并令细细服其汁。如无蓝，以靛青花黛代之。虺蝮伤人，其毒内攻即死，立将伤处用绳绢扎定，勿使毒入心腹，令人口含米醋或烧酒吮伤以吸拔其毒，随吮随吐，随换酒、醋再吮，俟红淡肿为度，吮者不可误宴中毒。又急饮麻油一二盏护心解毒，以姜末敷之。被蝮啮死，用香白芷一味以麦冬汤调服，急以水代之饮之即活。又方：用五灵脂一两、雄黄五钱以酒调灌，每服二钱再以滓涂咬处。”

阅本月初七日《申报》纪杂评一纪“消息互异”节云：“据北京消息，陈炳焜赴桂为阻陆兵援湘；而广东消息则谓陈系请陆援湘也。据北京消息，唐继尧电并不言独立；而广东消息则称唐早已正式宣布也。据北京消息，滇已撤兵，黔东亦无问题；而广东消息则滇黔正在纷纷进兵也。据北京消息，四川刘存厚已允来京请罪；而川省消息则刘决欲与滇黔一分胜负也。据北京消息，吴光新入川决不用兵；而川省消息则吴已预备与熊克武一战也。据北京消息，谭延闿及其军队并不反抗中央；而西南消息则谭已分电求救，决不承认中央之命令也。就北京一方面言，国内可安然无事；就西南一方面言，则随地皆可决裂。何其消息之不同若是也？然以我人言之，两方面皆非事实，一则故为平淡，一则故事铺张，不以真相示我国人即无诚意以息纷争，中国内乱之未已，此即其见端欤！”所言如是，均非真相。当此扰攘之际，所苦者国民而已。四川乃祸之首、罪之魁，安得安谧如恒于平昔？所苦者湘省，今年水灾如是，加之兵灾亦复将至，小民之受荼毒，深堪浩叹哉！

阅七月初八日《申报》纪“松江小昆山匪警接战”节云：“本日即阳历二十一日下午一时，管大肚子及著匪莫阿照、孔老胡子等率同悍匪三百馀人、匪船七艘、快枪百馀杆，自浙境窜入苏境本邑小昆山乡，即在该处山上潜匿，并在泖河水面派匪放哨，以防兵警追剿。适水警第二分署长沈子祥所部之一等龚巡官、三等黄巡官率领师船巡行泖上，与匪哨相遇，立向山上匿匪进击，一面派警至青浦第二分署报称协助。而管匪自恃人多，并因所占地势居高临下，立即发枪拒击。龚、黄等在山下仰攻，一时不能得手。相持至下午六时，伤警卒二人，弹痕均在腕上；三等黄巡官则弹伤腹部，子弹自小腹上方直透背部而出，幸肺腑未伤，不致殒命。于时，第二分署长沈子祥已得报，率所属警士驾小轮赶到。管匪知势不敌，在小昆山东北角下山向北干山方向窜去。遗有匪船一艘，内仅子弹十馀枚。沈等当即率警追剿，并报请水警专署长沈葆义派警会剿。沈专署长立派一等巡官徐贵仁率警前往，徐奉令，后因所部师船现正上岸修理，爰于昨夜禀知防守司令部，在外捕获民船七艘装运兵械。陆警署领袖警佐俤鹤年亦派检查员王福祥率领警士两名随同前往，侦视匪踪，如官匪仍在北山一带，即由王检查返城报告，以便加派兵警前往兜剿"云云。松江乃精兵荟萃之处，尚有悍匪如此猖獗，倘若兵兵[①]以及万山之中匪势强焰，小民荼毒，正难堪设想。能得于一律肃清土寇，是所欣幸。

十四日乙巳　晴。晚刻，周月波来叙至晚而去，言及生于同治辛未十二月十二日巳时，即代叙其八字系辛未年、辛丑月、丁卯日、乙巳时。年支未，月支丑，丑、未一冲。月支丑，时支巳，巳、丑半会。查其年上偏才，年下偏印、食神、比肩，月干偏才，月支食神、偏才、七煞，日支偏印，时上偏印，时下劫才、伤官、正财，六岁行运，初交庚运。此等八字，细想与其人颇为相若，年、月干头两重偏才，彼由白手颇积若干，存心富有，现于面目时下正财，虽有丙火来克，尚能旺相，得遇巳宫长生，尚有盈馀而已。但月波本一白手，幼孩入上街陈森懋麻行为徒，彼东人系是孀妇。女人虽事事能干，总不能甚识外事，一切账务均操诸他人。月波进店年只十馀岁，由学徒至经账，而后行中一切事务均操诸彼手。每年所得辛资并每日东人需用另星，彼即事事时时拆扣，倘用十文，彼抽一二文不等。在其店中将近二十年，此两项相计，所馀得二三千之谱。而月波一钱如命，事事时时打算，须以"便宜"二字而行。其母、其妻均最勤俭，至今积购民田一百五十馀亩左右，现洋亦有三四千之谱，新置物业亦馀千计。彼之馀钱无一日而空闲，统计馀积之资在一万二三千之谱。每年租殳并馀利出息与其日

---

① 疑为"兵灾"。

需三分能剩其二，年年置业置产而不空过也。此等人亦可谓白手成家。彼之所好只一“色”字，亦不肯用钱而已。彼之东人行闭，人故家贫，当日之所料安知今日情形也。

晚膳后，相约韵卿先生，看月色明亮，当此晚膳之后，和风清洁，另有风味，清爽异常，出而玩赏，步至篪卿处少坐，就道至永顺利，晤丁辅香兄及周冠卿先生互相畅叙，言及丁旭东各节云云。丁升东、旭东系是昆季，升东人极诚厚，惟畏妻室，旭东则不同也。现旭东在上海公升南货号经理账务，方赓甫系公升之经事，前月方赓甫因事旋台，旭东在号。旭东自同丁铭轩合购红土一箱，而台友各家合购红土一箱，均是旭东自行购办。买到之初，即藏在公升号中之货内，隔一夜，至明日早晨，言各人合拼之红土一箱均经遗失，而箱壳则在原处，门户如旧，所藏之货外，堆积货物如旧，彼自同丁铭轩合购之一箱仍在原处无误。每箱计价洋二千馀元，两箱同时购进，又是一人向一处购买而来。其所失去情形，据其自说又是如此，即或真有一箱遗失，但其两箱均是一色一号，安知所失者确是散家合购之土？此等事近暧昧，人若诚厚，各人亦能代其原谅，但丁旭东之为人细事若何，外人未能详晰。惟其海门之公升分号，彼在分号经理账务亦已有年，前年失慎，彼报账簿亦均被焚，此经事者大失规模，其中定有账目糊涂，借此一言而了结之。倘公升一人所闻，东人亦不肯候其自报。无如公升系是集股而来，即有东人能识其暧昧，股少无能出入账房夥友之权，均闭而不宣。彼与丁铭轩有狼狈之交，代转与陶寿翁，得上海公升总号账房。此其一也。彼与顺泰老五先朝夕往来，交如莫逆，非独银钱而有来往，旭东若至其家中均另眼看待。老五先亦非善类，看丁旭东作为上宾。年前老五先娶有一妾，貌颇美而艳，住周麟斋家之横楼上。旭东亦是麟斋之女婿。旭东心动老五先之妾，就其前墙之朝南窗口而进，被思俊看见。而思俊在黑夜之中看不出是丁旭东，只看其南窗进有一人，总是窃贼，即通知周麟斋云如此情形。而麟斋进去搜获窃贼，不意看见即是女婿丁旭东也。即欲隐瞒，而纷纷人多难隐，老五先即将其妾饬逐，于旭东亦不追究。此其二也。有此二端，其平素行为可知矣。此番红土被失，又是如此情形，即据其自说亦说不开，此情此景，谁人信之？丁旭东之外貌似觉诚厚，今各人将彼追心一论，如是出人意料之外，因之记载焉。

早刻，有言及项南如于昨日作古。前苏菊香舅公将表妹与其配合之初，彼家中方言殷实。其兄拜旭东老伯为义子，恐受人亏，并与楚卿兄同学，时其家道最盛。至丙申之岁，梦云先生设馆文昌阁时，而南如来读，时虽经被匪抢过，尚能支持。不意一年不如一年，以致衣食几于缺乏。凡事总须"节俭"二字，即是传家之福也。俗语有云："十年一小变，三十年一大变。"以余看来，五年一小变，十年即一大变耳。倘若子弟不肖，一年即有一变。古语云："积财与子孙，子孙未必能用；积书与子孙，子孙未必能读；须以积德与子孙，子孙荣昌。"此其至理明言，世世均以为则，而有久守之善报也。谨为之记。

十五日丙午　晴。晚刻，达云母舅及翁子俊，李舜卿兄来叙，至晚而去。舜卿兄言，陈舜卿兄之大令郎于今日巳刻其嫂分娩一男，即代叙其八字系丁巳年、戊申月、丙子日、癸巳时。月干戊，时干癸，戊、癸化火。丙戊禄在巳，年支、时支均坐有官禄贵人。查其年干劫才，年支比肩、食神、偏才，月干食神，月支偏才、七煞、食神，日支劫才、伤官，时干正官，时支比肩、食神、偏才，日支干坐有羊刃。九岁行运，初交丁未，丙火生在秋金，虽非得令，幸其巳、申合火，两巳来助本身。以相取之，此等幼孩生在经商之家，可作上等，惟无印绶生身，则美中不足耳。

阅《同善录》纪"安胎饮"："人参五分、炒白术一钱五分、陈皮五分、甘草三分、当归一钱、川芎八分、白芍土炒七分、砂仁研细六分、香附六分、条苓一钱、柴苏一钱。此方治妊娠血虚气滞以致胎气不安或腹微痛、或腰痛、或饮食不美，俱宜服之，或至五六个月常服数帖最妙。"

又纪"安胎方"："蜜炙黄芪、姜汁炒断丝、杜仲、茯苓，以上各一钱，黄芩一钱五分、生白术五分、阿胶一钱用蛤粉和炒如珠，甘草三分、续断八分。孕妇七八个月或母腹有火、或起居不时，致儿扰动腹痛者，服一二剂即止。引用糯米百粒、酒二杯、水二杯煎服。腹痛，用急火煎。胸中胀满，加紫苏、陈皮各八分。下红加艾叶、地榆各一钱，阿胶多加。”

又纪：“安胎地黄砂仁汤”：“干地黄二两、砂仁五钱，杵碎。此方治孕娠胎动欲堕、痛不可忍及胎漏下血者，水煎服，极神效。”

又纪“安胎银苎酒”：“苎银二两、纹银五两、黄酒一碗。治法同前方，如无苎之处，用茅草根五两加水煎服。”

又纪“紫酒”：“黑马料豆二合，炒焦熟，用白酒一大碗，煎至七分，空心服，治孕腰痛酸软如拆。”

又纪“保胎丸”，系新安汪喆仆斋氏纂：“杜仲八两，用糯米粥汤拌蒸，晒干，炒；山药六两，炒；另磨留粉二两，打糊法丸；川断四两，盐水炒；当归二两，盐水炒。即用山药粉打糊为丸，亦有用枣肉打为丸，不拘。每服四钱，开水送下。汪喆产科心法，汪仆斋曰：‘此方即家认庵托胎丸，予加当归配成君臣佐使四味，名保胎丸，极有效验，即名千金保孕方。凡有孕者即合服之，服过七个月足月可止。此方物省而功大及永无小产之患，且产后多乳，病贫者宜传此方与服，价廉不费，虽受外感亦勿间断。如见有小产者即传此方，其效如神。’《达生编集要》曰：‘凡胎欲堕者，一服即保住。惯小产者宜常服之，或每月服数之至惯堕之月常服，无不保全。’”

又纪“保产神效方（一名便产神方，一名二宝汤）”：“全当归一钱五分，用酒洗；真川芎一钱五分、紫厚朴七分，用姜汁炒；兔丝子一钱五分，用酒泡；枳壳六分，用面皮炒；川贝母去心净重一钱，煎好方和入；川羌活六分、荆芥穗八分、黄芪八分，用蜜炙；蕲艾五分，用醋炒；炙甘草五分、白芍药一钱二分，用酒炒，倘遇冬月，只用一钱足矣，加用生姜三片、水二钟煎至八分，其渣再用水一钟煎至六分，产前空心预服二剂，临产随时热服。此乃仙受奇方，慎勿以庸医加减其分两。

服此方，未产能安、临产能催，偶伤胎气、腰疼腹痛甚至见红不止，势欲小产危急之际，一服即愈，再服全安，临产时交骨不开、横生、逆下或子死腹中、命在垂危，服之奇效。”

又纪“滑胎神方”：“乳香五钱、枳壳一两，右药二味和研为末，用蜜作细丸，临产之月常服，每服三十粒，此济阴良方。”

以及“达生汤”：“全当归一钱五分，用酒洗；真川芎六分、益母草一钱，不犯铁器；车前子五分，炒研；冬葵子五钱，炒；大腹皮五分，用滚水洗数次；白术一钱，用米泔浸炒；牛膝六分，酒浸一宿；枳壳五分，用面皮炒炙；甘草三分、广木香三分研末。但此味愈火，俟各药煎热时和入，用生姜一片、水二钟煎至八分，食后温服。此方宜怀孕九个月后服，多服尤妙。如腹痛，加白芷、沉香各五分，同煎服。此《达生编》剂阴良方论曰：‘生不可催也。惟当调和其气血，则产时无虞。至于催生药者，原因妇人难产，不得已而催之也。若平素易产，时至自生，何必服药？’《达生编》论曰：‘大凡生产自有时候，未到时候，切不可强服催生药。’又云：‘切不可早坐草。’”

又纪“加味芎归汤”：“当归一两、川芎七钱。一法：加黄芪五钱、枳壳一钱、益母草三钱。一法：加自死龟板手大一片，醋炙研末。生男，妇人头发一握如鸡蛋大，用瓦上焙存性。右二加法俱用水二碗煎成一碗，服后约人行五里时侯即生。凡临盆将产，服此等药易生。并治一切横生、倒产、交骨不开、子死腹中，百试百验，万叫万灵，真神方也。此《达生编》善与人同录论曰：‘此乃催生极验之方，但龟板须要用原身一个，煎药时将此物倒跹下药罐内，合归、芎、头发三味同煎，临上草时服，虽死胎亦能下倒跹者，即头向下、尾向上也。《达生编》虽有此方，不得煎药之法，故未能全验。如此则万试万灵。’”

又纪“佛手散”：“当归五钱、川芎三钱，以水七分、酒三分同煎至七分服，此方治六七个月后，因事迭磕伤胎或子死腹中、疼痛不已、口噤昏闷，或心腹饱满、血上冲心者服之，生胎即安，死胎即下，又治横生、倒产及产后腹痛、发热、头疼，逐败血、生新血，能除诸疾。如横生、倒产、子死腹中者加黑马料豆一合炒焦熟，淬入水中，加童便一杯煎服，少顷再服。如产后恶露、停瘀、上攻、迷晕，急宜服之。此《达生编》孙晴川曰：'如内热者，川芎不可多用，归身宜抄黑，或加黄芩、大腹皮二味少许，以谅血宽胸，则庶保完全矣。'"

生前、产后药方最多，《验方新编》《达生编》均有记载，临时须与良医斟酌而饮，方保无虞。倘若执用某方，即照某方之等分，切不可自行加减，是为至切。为之记焉。

第六十一章

丁巳(1917)七月十六日起

七月十六日丁未　晴。天气最热。家君嘱书致陶寿翁一信，饬三先生送交。晚刻，李舜卿兄及子□来叙至晚，留过晚膳后而去。相约韵卿先生及弼斋至作羹处，晤舜卿兄，互叙一刻，看迎纸灯过后而来，至家于时尚早，月明如昼，再行畅叙颇久而别。本镇街中每逢中元节日均以十六夜为则，倘若遇雨，或迟二三日，须雨晴之夜即迎，此是俗例，由来已久。忆先曾祖母言，在外太婆家即当年应万全药店开在本镇中街，即今之新泰来基址，时当中元之夕出迎纸灯，最兴最旺，而后渐渐冷淡。中有一年因其费用难于取资，以致中止，未曾举行。是年人口不安，当时远近人怨于此，即由老者祈祷。自后举行此礼，均不废弃。次年，复于此日照旧举行，迄至于今，年年如是。所做纸扎亦均照旧，出迎之后，连陆施放路灯，至葭山脚为止，此均照例，年年如是也。

阅《同善录》纪“神效生化汤”：“用全当归八钱，须酒洗，又真川芎四钱、姜炭五分，如遇夏令改用四分，炙甘草五分、桃仁十粒，滚水泡去皮尖，研细，清水煎，加黄酒六七茶匙，热服，治产后儿枕痛及恶露不行、腹痛等症，即产后无恙亦宜服一二剂以清恶血、生养新血。若能以益母草二两煎汤代水更妙。与《达生编》俱同。凡产后诸症，总以生化汤为君，馀则不过随症加减而已：若恶露已行、腹痛已止，减去桃仁，加益母草二钱，多服数剂不妨；如口渴，加麦冬五味；寒痛加肉桂、砂仁；伤肉食加山楂；伤饭食加麦芽；伤果品加面裹煨热炒果数分；丧酸梅加吴茱萸三五分；伤菱肉加生黾板；伤梨及西瓜加肉桂之类。一说壮年产妇服此不甚相宜，莫若用佛手散为稳，或单服益母草汤亦可。汪朴斋曰：'此仙方也，以生拂化育之义，产后必用之方，服之自然去瘀生新。产后无病或有他故，再按各症治之。惟山查世俗每谓去痛，不知是消胃之物，切不可用。'"

又纪"产后代参散"："用黄芪五钱、须酒炙；当归八钱，须酒炒；川芎四钱、益母草五钱，清水煎服。凡怀孕八九个月，将此方以一剂分作三帖，预服十馀剂，至临产，再将一大剂，代参甚效。近因人参价贵，贫家临产不能服参者须用此方，不但省费，而且益人。间或有人性不投黄芪者，恐服之胀闷，须酌之。"是篇所纪方药颇多，均关切要，是为之记。

十七日戊申　早至午刻，晴；未初，阴；未末，细雨，似远处有大雨之景；申时雨晴；至晚均晴。家君嘱书致陈敬斋一信，交孝莲投送。前托丁辅香兄代买暖脐膏三十张曾经代购矣。晚刻，亦兰相来言，丹庭兄令媛适黄楩卿者已将分娩，倘生之后，托余代送月里另星云云。彼言即班赴沪，托其代买吕宋烟六盒、信封百个。李舜卿兄、周孟东及达云母舅来叙半晌，言及楚卿之椒江布厂即前二府衙门旧址，月之初旬，其厂中各夥在东花厅之道地纳凉，有一学生误踏一物，烛视之，系一巨蛇。同事各人即用木器将蛇打毙，复用洋油焚毁，其臭气达于墙外。次日在其处看蛇焚毁，各人均染病，内三人病势甚重，内崇河老五之子已于昨日故世，易箦时言蛇精之语并有蛇来索命云云，数日叫苦异常，因之而故。此外两人能否痊愈亦难预料。如是而言，其蛇隐匿是处年久，已得精灵，各夥无故相残，即或报冤亦未可知。有一说，蛇之毒气当焚时，其毒气均发诸于外，人受其毒，悉均致病，亦有理存焉。总而言，无论其受气致病、索命致死，咎由自取。凡遇此等生命，心既畏惧，避而远之可也。家君任虞乡县篆时，有一厨子，系湖南人，见有蛇而不甚大，即用刀杀毙，未及三日，该厨子亦死。其病初发，未及一日而亡，则近于索命。凡我同人见有杀龟打蛇者，理当劝阻，非以劝阻，即有功德，此避毒气即是福也。是为之记。

忆光绪辛卯夏、秋之间，栅浦苏玉笙于晚膳之后在道地纳凉，人之盘坐藤椅之上，不知蛇已至其椅下，其脚方下，蛟即咬一口。初则不觉甚痛；少顷，人已昏莫；再少顷，遍身发肿，难于医治，即于是夕五鼓之后逝世。死后，其面目、身体悉均发黑，如是者，则可云冤鬼来索命可也。如二府署之巨蛇，并非与布厂各夥有冤，而布厂各夥结怨于彼则致死。言虽均死，事则不同也。有言虽受毒气，非毙其命，其毒何来？既受其毒，则可云其自受耳。

阅本月十一日《申报》附致纪“说蟒”节云：“丁巳秋七月，有蟒蛇见于合淝成灾也，而庸俗人瑞之。按：蟒字秦以前鲜用，汉以后始赐其重臣，或蟒玉大弓各事。总之，莽而虫者也。虫伏莽噬人，其为毒蛇无易。龙为鳞虫之灵，蟒其为螯虫之伯耶？往者，孙、曹之争，以合淝为重，符晋存亡在合淝一战，合淝为南北必争地。今有似龙非龙、似蟒非蟒之怪物独发现于合肥，噫，实哉，其龙耶？其蟒耶？吾不得而知也。但至于倾房舍、毙人民，又必假巢湖之水以行，知其为害人之物无疑义。或者曰：‘赤帝以斩蛇与汉鲁庄以蛇斗返国、九头氏蛇首人身、相柳氏蛇身半首，类能开物成务，奄有八荒，如其龙也，知尤瑞应之显著者。赤龙伏符，黄龙夹舟。负图启圣，绕室生丘。剑跃水而能渡，神点睛而不留。隐见同德，驾螭乘虬。今合淝之蟒已为声应而况于龙乎！其为祥瑞休瑞之符兆，不著龟筴而可求。’余曰：‘嘻，就如子言，开国承家，见首不尾，焜煌当世，螯非函宇，究于社会何益？凡谋个人之荣华者，皆社会之大蠹也，天下宁有善类？而发屋拆木、菅人命至百数十家，以为神者乎？尔第见其腾跃云中，蜿蟥天末，挟鳞甲之用，奋雷霆之威，张牙舞爪，啮人铦血，巢氏之受其荼毒者何辜也？乃复侈为瑶草琪花之瑞，是瑞蛇也。嗟夫！鹤雏巢于鲁国，杜鹃鸣于天津，昔人尚指为非类，矧驾鼋鼍以为梁、引鹬蚌而争利者乎！天地之大，诚无奇不有。然之蟒也，虽不足为合淝怪，终不足称之为合滬瑞。’”现在时势，乃天示伟人而儆之，倘若不悟，后事难言之。为之记焉。

阅《同善录》纪“救溺死法”：“水溺一宿者尚可救，捣皂角，以绵裹纳下部，须臾出水即活。或屈死人两足着人肩上，以死人背贴生人背担走，吐出即活。又法：先打壁泥一堵置地上，却以死者仰卧其上，更以壁土覆之，止露口、眼，自然水气嗡入泥间，其人遂苏。虽身僵气绝，用此法亦可救。又法：炒熟砂（熟砂即热砂）覆死人面上，下着砂，只留出口、鼻，砂冷湿又换，数易即苏。又：醋半盏灌鼻中，又绵裹石灰纳下部，水出即活。又：倒悬，以好酒灌鼻中及下部。又：倒悬，解去衣，去脐中垢，令两人以笔管吹其耳。又：急解死人衣服，于脐上灸百壮。又：捞起时急急将口撬开，横衔箸一只，使可出水，以竹管吹其两耳，碾生半夏末吹其鼻孔，皂角末置管中吹其谷道。如系夏月，将溺人肚皮横覆牛背之上，两边使人扶住，牵牛缓缓行走，腹中之水自然从口中并大、小便流出，再用生姜汤化苏合丸灌之，或生姜汁灌之。若无牛，以活人覆卧躬腰，令溺人如前，将肚、腹横覆于活人身上，令活人微微动摇，水亦可出。若一时无牛兼活人不肯拯救，或锅一口，将溺人覆于锅上亦可。如系冬月，将溺人衣解去为之更换，一面炒盐，用布包慰脐；一面厚铺被褥，取灶内不着草灰多多铺于被褥之上，令溺人覆卧于上。脐下垫以绵枕一个，仍以草灰将浑身厚盖之，灰上再加被褥，不可使灰瞇于眼内。其撬口、衔箸、灌苏合丸、生姜汤、吹耳、鼻、谷道等处，馀事俱照夏天法。冬天苏醒后宜少饮温酒，夏天宜少饮粥汤。但冬天溺水救法又见救冻死条，当参看为要。按：灰性暖而能拔水，凡蝇溺死者以灰埋之少顷即活，此明验也。又以温坛一个、纸片一把烧放坛内，覆脐去水即活。又：初救起之时尚有微气或胸前尚暖，速令生人脱贴身里衣为之更换，抱担身上，将尸微微倒侧之，令其腹内水流出。若水往外流，即有生机。一面用粗纸燎灼，取烟薰其鼻窍，稍薰片时，即用皂角研细吹入鼻窍，但得微有一嚏喷即可得生”云云。

又纪“治癫狗伤”:“乘毒未发,用斑猫七个,去头、足、翅净,用鸡蛋二枚同蒸,去斑猫,淡食鸡蛋,于小便内取下血块。痛胀不解,则血块未净,仍再食,血块尽乃止。又:用斑猫同米炒,俟米老黄去斑猫,将米研末蒸鸡蛋,食如前法,血块下尽为度。又:用防风独茎者一两、天南星一两,共泡七次,晒干,共为末,每服一钱,白汤下,半日再进一服,出汗即愈。又法:受咬后立至溪河将伤处洗挤血净尽,多饮生姜汁,则毒可解,仍封扎疮口,勿使受风。”

又纪“解砒霜毒”:“砒霜服下未久者,取鸡蛋一二十个打入碗内搅匀,入明矾末三钱灌之,吐则再灌,吐尽便愈。但服久,砒已入腹,则不能吐出。急用黑铅四两重一块,用井水于石上磨出黑汁,旋磨旋灌,尽则愈。即先吐出之后亦宜再用铅水服之以尽馀毒,方无后患。”又云:“中砒霜毒,急取热鸭血灌之立解。又:以粪青灌之亦解。又:以豆豉浓煎汤饮之可解。凡中砒毒,心绞痛,欲吐不吐,面青肢冷,用防风四两煎汤饮之即解。又方:桐树叶捣烂冲生白酒饮之即解。又方:杨梅树皮煎汤二三碗饮之即愈。又方:用紫蝴蝶花根捣汁一碗灌下立愈。又方:用生桐油灌之,得吐即解。又方:用甘草汁同蓝汁饮之即愈。按:《洗冤录》云,甘草汁、蓝汁解莨菪毒亦用之,见后解。又方:用热豆腐浆灌之亦愈。”

又纪“解巴豆毒”:“中巴豆毒,痢不止,以大豆一升煮汁饮之。又:巴豆畏大黄、黄连、芦笋、菰笋、黎笋,各煎冷服,皆能止泄。又方:以冷粥一碗吃下即解。又方:用芭蕉叶捣自然汁服之即止。”

又纪“解鼠莽毒”:“用黑豆汁可解莽草,以黑豆汁浇其根即烂。又方:用枯莲房壳带蒂梗阴干,吻咀,煎水二三碗灌之。如无,用荷叶中心蒂或用藕节煎汤一碗,温冷灌之,毒即散。”

又纪“解莨菪毒”:“用甘草汁或蓝青汁饮之即愈,若服药即剧。”

又纪“解苦杏毒”:“用杏树皮煎汤饮之,虽迷乱,将死者亦可救。”

又纪“解斑猫芫青毒”:“用猪膏、大豆汁或盐蓝汁服之,或用盐汤煮猪膏、巴豆饮之,又或用大小黑豆汁服之并瘥。用肥皂水灌下再以鹅翎绞喉数次，令吐即活。又方：用生鸡鸭卵开孔灌入口中，连灌五六枚，得吐即活。倘闭，以箸抉开灌入。”

又纪“治菌毒”：“四明、温、台间山谷多菌，然种类不一，食之间有中毒，往往至杀人，盖蛇虺毒气所薰蒸也。有僧教掘地以冰水搅之令浊，少顷取饮，皆得全活。其方自见《本草》。枫树菌，食之，笑不止，俗言‘笑菌’，居山间不可不知此法也。凡菌蕈如夜中有光者、欲烂无虫者、煮不熟者、煮汁照人无影者、上有毛下无纹者、仰卷赤色者俱毒杀人，饮以地浆及粪汁可解。中笑菌毒，饮冬瓜蔓汁解之，或苦菜、白矾匀新吸水并咽。”是编药方最多，容后再记。

十八日己酉　卯刻，雨；辰牌以后均晴。午膳后，周谱香、陶寿翁、周作羹、周篪卿诸君来叙至晚而去。晚膳后，周涧泉先生来叙少顷，同至寿农处，晤作羹兄，相叙少顷，来时已将二鼓。涧泉先生现在椒江水产学校任中文教习，每月束金计洋三十四元，此亦不出书生本色而已。言及生于咸丰戊午年七月初二日卯时。即代叙其八字系戊午年、庚申月、乙亥日、己卯时。乙禄在卯，时坐官禄贵人。月支申，坐有玉堂天乙贵人。年支午，坐有长生。月干庚、日干乙，此乙、庚代金，有仁义之风，与其人亦颇为相若。查其年上正财，年下食神、偏才，月上正官，月下正官、正印、正财，日下正印、劫才，时上偏才，时下比肩。十岁行运，初交辛酉。彼年三十四岁，值癸运，中光绪恩科举人，子运得福建厘差使，现年六年，丑运将完，方交丙运耳。寿翁言，永利商轮之各股东意欲售卖，定于廿四日开会定议而已。

阅《同善录》纪“解胡蔓草毒”：“中胡蔓草毒，将粪汁灌之可解，或饮浸草毒水，百窍溃血，急取抱卵不出之鸡蛋研细，和麻油开口灌之，吐出可救。解钩吻毒亦用此法。”又纪“解毒蕈”：“误食毒蕈至吐，即采生金银花嚼之可解。治菌毒亦用此法。”又纪“解草乌头毒”：“用饴糖即俗名糖饮并黑豆冷水解之。”又纪“解射罔毒”：“用甘草汁或小豆叶、浮萍、荠苨汁，冷水解之。荠苨又名甜桔梗，河南人呼为杏叶沙参，能（解）百药毒。”又纪“解轻粉毒”：“用黑[1]五斤打壶一把，盛烧酒十五斤，纳土茯苓半斤、乳香三钱封固，重汤煎一日，夜埋火中，出大毒，每日早晚任饮数杯，溺时以瓦盆接之，当有粉出，服至筋骨不痛乃已。冰片毒，饮以新汲冷水可解”。又纪“救服卤”：“服盐卤，将常用擦桌布洗水罐之，使吐即解。又方：解服卤方，用黄豆入水捣汁灌之，或用生羊血灌之立愈，或用生豆腐浆灌之，或用生大黄一两捣碎，再用生豆腐浆一碗同捣十数下，服后泻数遍俱效。”又纪“治吞金”：“吞黄金毒者，食鹧鸪肉；中白银毒者以黄连、甘草解之。又：洗金以盐骆驼驴马脂、馀甘子皆能柔金，羊脂、获子皆能柔银，吞金银入腹中，当服食前品，柔则易出。又：服金者用真轻粉细研水调下，能令金从大便出。”又纪“解药虫金石毒”：“治一切药毒、金石毒，用石蟹以热水磨服。”又纪“解水银入耳”：“以黄金枕耳边自出，若水银入肉，令人筋挛，以金慰之，水银乃出，蚀金，其病即瘥。《本草》载荷叶、松叶、松脂、谷精脂、萱草、瓦松夏、枯草、水茨菇、雁来红、马蹄香煎汤服之，均能解其毒耳。”又纪“解煤薰毒”：“饮冷水可解，或萝卜捣汁灌口、鼻，移向风吹便能醒。”是册有用方药最多，自后另记可也。

十九日庚戌 晴。接褚永芳兄一信，托余代托冠卿先生代为详推。据其来信言生于光绪壬辰年七月廿三日未时，即为代叙其八字系壬辰年、己酉月、戊申日、己未时，时支坐有玉堂天乙贵人。查其年上偏才，年下正官、比肩、正财，月上劫才，月下伤官，日下食神、偏才、比肩，时上劫才，时下正官、劫才、正印，如此之造近乎秋土埋金。六岁行运，初交庚戌，现廿六岁，方交壬运，壬水生乙木，乙木克戊土，其土太旺，宜应克削，其运尚称佳妙而已。

早膳后，至椒江水产学校，晤周涧泉、金建卿、林少秋、郑鹤平、胡志岩、姚咏平、徐志伸、赵叔枚诸君，畅叙多时。赵叔翁因其乃兄子修兄未来，现至家相邀，即于今日去，想有数日延搁也。就道至翁子俊

---

① “黑”后疑有脱误，或缺一“豆”字。

兄(处),晤潘子祥兄,相叙未几而王建臣兄及周醉香来言理说达云母舅与周王氏之事。但其本与谱香边清了后方可再说。此事无如周王氏之翁子勖伯公与外公系是同胞昆季,其夫允东与达云母舅系是嫡堂兄弟,现今两相结讼,已属难看。如周王氏甚为执迷,不得不与其结讼,今既其胞兄王建臣出而调停,亦不得不吃亏了事。但其事前经陶寿翁代为理说过,此番亦不得不经陶寿翁之言,幸值寿翁方在家中,子俊兄挽余及建臣、醉香同至陶寿翁府,晤陶河清兄少谈后,即言及其事。

但坤元旧当屋系其周王氏老三房之公产,三房之长房吕璇承继,已经卖与达云母舅。三房之二房醉香同少云亦经卖与达云母舅,三房之四房系达云母舅自己之业。周王氏承三房之三房一股,照老三房全股房屋并连基地估价一千二百元,周王氏承一股,计洋三百元。其旧当屋西首馀地系周氏老大房之业,估洋三百元。但老大房之长房现谱香承继,大房之二房前竹卿母舅承继,竹卿母舅乏嗣,以达云母舅之文普表弟承继。大房之三房系周王氏之夫允东承继,周王氏得承一股计洋一百元。而周王氏所得老三房之三房旧当屋并连基地得承价洋三百元,又老大房之三房得承基地得承洋一百元,共承洋四百元。除周王氏于年前两次卖价洋一百八十五元,尚馀洋二百十五元。当周王氏之夫允东受老大房之三房周李氏爱继,但允东系老三房之三房子勖公之子,并无兄弟,又是庶出,遵大清律例不能兼祧出继,其应继者系周少云。但少云系老三房之二房次子,照例可以出继。当时少云在日,大相结讼,为应继之例。而周李氏既爱老三房之三房庶子允东为祀,而老三房之四房嫡子达云母舅更可兼祧。当外公在日亦不欲达云母舅出继,当日只少云一人以应继争继,初则结讼,其讼方结,而周李氏才方故世。当少云叫人与其爱继者允东聚众致闹。当二府张浚如司马恐其互相兜欧,其住宅又在二府署之侧,而张二府邀周梅五、陶寿农两君代为清了。查周李氏田共一百廿七亩,尚有此外产业,其祀继仍归周允东兼祧,作为祀子,得承田三十亩并田之外街上店屋以及馀产等项。又储田二十亩作为周李氏丧葬费用，亦归祀子允东经手。内抽田四十七亩与周少云作为拆帛之资，内抽三十亩与达云母舅作为拆帛之资。当时做据以了其事。而达云母舅本承拆帛田三十亩，当抽田时，允东只留田念八亩。当外公在日，口虽不言其少，而据无花押。所以主据者房族周梅五，但周梅五一生胆少，作事不能与人出力，惟此据以彼为主，而梅五本张浚如司马命也。周李氏爱允东为祀之原因，允东方于甲午入泮之后，是年复生一女，今字娄瑞卿者，年纪只二十馀岁，料其能发，又能子嗣连绵，得中周李氏之意。而允东深欲李氏爱继，日夕其房中甘言蜜语，事事奉承。当周少云专以赌博为事，自己之业已将迨尽，所以周李氏去应继而爱允东承继也。当周少云将田四十七亩分去之后，未及半年，田均卖出，赌博输完。周允东家竟亦至如此萧条。今达云母舅尚能馀积。今允东家如此情形，眼见李氏坟墓须人收拾，周李氏之墓，以陶寿翁言欲达云母舅代担义务，听出洋八十五元，合计洋三百元。今周王氏婆媳再三恳求，总以亲谊所关，再加洋四十元，合计三百四十元。子俊挽余至达云母舅府上与达云母舅再三而言方能就允，即行书券立契，候其署中事了之后付洋可也。此事以今日而言，十得其九也。

晚膳后，同张韵卿先生至王六皆先生处，晤王俊卿、陈冠卿、周篪卿诸君，相叙半晌，相约至少琴处，晤卢槐士、陶习之、李舜卿、黄道周诸君，少谈而来，至家时将二鼓矣。

阅《同善录》纪“解饮馔毒”：“凡中饮馔毒，不知何物，即煎甘草、荠苨汤饮之便活。荠苨又名甜桔梗，河南人呼为杏叶沙参。饮中酒毒经口不醒者，用黑豆一升，煮取汁温服一小杯，不过三次即愈。附解断肠草方：先用鸭蛋三个，将服毒人扶正，撬开芽关，剥开蛋壳，成个灌下三个，待蛋入胃裹住毒草，次用猪膏溶化温和，灌下一饭碗后，又用黄豆一升、笋鸡一只，不论雌雄连毛带肠同豆捣烂，同清水一饭碗泡入鸡内，布袋滤去渣，取汁灌下，其毒即吐。如不吐，即用芋苗探喉，或用女人头发髲子探喉，鹅翎亦可，毒吐即愈。其毒在胃者可治，入肠者难治。”此等药方均要紧又简便，能将是册专摘紧要者刊刻成册，广为分送，亦成善举也。

二十日辛亥 晴。接张丹翁一信。早刻，周篪卿兄来约至翁子俊兄处，晤达云母舅少坐，即同子俊兄至文昌阁，晤王六皆、黄少湖、黄星斋、黄道周、陶习之、陶河清、伍菊香、周孟东、周作羹、李舜卿、侯洁斋诸君，叙过午膳后而来。少顷，吴勉生兄自黄城来叙至晚，留过晚膳后，同至陶寿翁处少坐，即至海门去矣。值褚永芳、道周宗叔、倪寿生来谈半晌而别。就道至丁辅香兄处，相叙一刻而来，至家时将二鼓矣。辅香兄言，永顺商轮之各股东意欲售卖，而寿农之意亦欲售卖，定于廿四日开股东会议，其事之售否，早有定见，不过借股东集议衍街人耳目而已。节经白露，日间尚有如是之热，至半夜之后，似觉大有秋气。人若失于调养，易于受邪而已。

阅《同善录》纪“临产代参方”：“凡孕妇欲产，两三月前将上好龙眼去核，取净肉一二斤，置坚厚大碗内，安放平实，上铺建莲子一层，每日放饭锅将熟时蒸之，勿令入水，愈蒸愈妙。至临产数日前，每日取一小块，开水冲服。临分娩时，取一大块冲食，或服一二次。此物久蒸味出，兼得谷气，一经开水，汁色浓黑，大助气血，取用便捷，其功不下于服人参也。”

《文倚斋增订敬信录》又纪“临产需用药食诸物”：“房中冬月设大盆以解寒气，夏月贮井水以收热气，但井水断不可放床底下及床面前，离床远些方为有益。馀物均宜预备。此《达生编集要》。草纸、人参，滚汤燉服，其性速行，四肢助力有大功。若研末服，其性缓，但存于胃。此惟有钱者用，若贫家可免。圆眼，宜广圆肉，于饭锅上久蒸，得谷气，临产前服，大补。此无论贫富皆宜早备(赤金)一帖，用圆眼肉七八枚滚作一丸，产后服，定心食服童便，每钱加滚汤三分、姜汁一二茶匙冲药服。油、烛、炭火、米醋、生姜、二宝汤，即保产神效方，芎归汤、生化汤，药味必预拣道地，照方炮制，按时服下。”

又纪“治虫蛊及金蚕蛊”言：“泉州一僧能治金蚕毒，如中毒者，先以白矾末令尝:不涩、觉味甘,次食黑豆不腥,乃中毒也。即浓煎石榴皮根饮之,下即吐出,虫皆活,无不愈者。李晦之云:‘凡中毒,以白矾、芽茶捣为末,冷水饮之即愈。’治蛊毒用芫荽根捣汁半升,和酒饮之立下。又纪‘保灵丹’:治虫毒诸毒一切药毒,大山豆根半两、雄黄、朱砂(净细研)一两、黄药子、黄丹麝、斑猫二钱五分(去头足)、糯米(半生半熟,炒赤)、蜈蚣二条(内一生一炙)、川巴豆(肥者取肉不去油)二钱五分、续随子(生杵末)二钱五分。右药入乳钵研和,于端午、重阳、腊日修合,宜避妇人及鸡犬,用糯米汤和丸,如龙眼核大,阴干,磁盒收,每一丸好茶清吞下,不得嚼破,须臾毒物下,药丸凝血并下,以水净收,可救三人。治诸蛊毒:用鳗鲡鱼干末空心服之,鱼或烧炙令香,食之,其鱼有五色文者佳。志云,岭南俚人解蛊毒畏人知其方,乃诡言‘三百头牛药’或云‘三百银药’,久与亲狎,始得其实,所云‘三百头牛药’者,土常山也,‘三百银药’者,马兜铃也,俱用水煎服即愈。福清县有讼遭金蚕毒者,县令治之不得踪,或献谋,取两刺猬入捕必获。猬兽类,遍身有刺,如栗房,盖即山中之刺鼠也。金蚕畏猬,猬入其家,金蚕不敢动,虽匿榻下墙罅,尽为两刺猬擒出之。附解蛊毒方:蛊毒在上,则服升麻吐之;在服,则服郁金或下之,或合升麻、郁金服之,不吐则下,见《广东通志》九十八卷。”

又纪“辟谷方三神汤”:“苍术二两(米泔浸两宿,焙干)、白术五钱、炙甘草五钱。右为细末,每服二钱入盐少许点白汤服。辟秽丹,能辟谷气:麝香少许、细辛五钱、甘松一两、川芎二两。右为细末,蜜圆如弹子大,久窨为妙,每用一圆烧之。苏合丸,每一丸含化,尤为辟恶。犀角尖、丁香、香附、安息、香明、天麻、沉香、白术、檀香、木香、毕拨、朱砂、诃子肉、白豆、蔻肉、麝香、苏合油、台乌各二两、大片脑、乳香(各二两或一两)、黄蜡三十斤、蜜六斤或五斤、金箔一百片。右药一十八味,各取净末炼蜜捣和为丸,金箔为衣,用腊作丸裹之,或不用蜜丸,别以糯米。以上糊捣和,印成香佩亦妙。”俱本张锡蕃重刊补注《洗冤录》《集證》录入并参见王又槐增辑原本及新刊《卫生录》,馀俟逐日详记可也。

廿一日壬子　早至申刻，晴；酉牌起有风雨，似有风水之景；以后风雨不一而定。致褚永芳兄一信，彼前托余转托冠卿先生代批其命书，顷承代为评来，随即附在函内，饬老官送交矣。范少池兄自昨夕来至家君处，早刻相叙，并邀午膳。适陈春亭、周篪卿来，同邀叙过午膳后，值达云母舅及翁子俊兄、潘子祥来叙于时颇久。但达云母舅与周王氏事经清了断，契已邀陶吕林代为写就。子俊兄约余同至陶寿翁处，托其代邀周王氏代为画押，并晤陶吉人及其习之、习恭昆季，互叙少顷而来。但习恭言于今晚至海门，宿和生，代为照料一切，即同陈半塘动身去矣。因习恭前在美利做过学生，乃翁邀其照料耳。

陈春亭生于同治丁卯年十二月初三日辰时，即代叙其八字：丁卯、壬子、壬午、甲辰。玉堂天乙贵人，壬、癸兔蛇藏。其年支卯坐有玉堂天乙贵人。壬禄在亥，子为羊刃，其月支坐有羊刃。年支卯、月支子，子、卯相刑。月支子、日支午，子、午冲，而又冲动羊刃。月支子、时支辰，辰、戌半会。查其年上正财，年下伤官，月上比肩，月下劫才，月下正财、正官，时上食神，时下伤官、七煞、劫才，七岁行运，初交辛亥，现交丁运，尚称佳妙。

范少池兄言其造系同治庚午年四月初十日亥时，即代叙其八字：庚午、辛巳、丙午、己亥。月干辛、日干丙，乃丙、辛化水，月支巳，巳亥正冲。丙戊禄在巳，其月支巳坐有官禄贵人，年支午、日支午均坐有羊刃，本是建禄归提，惜与时支亥冲坏。查其年上偏才、年下劫才、伤官，月上正财、月下偏才、比肩、食神，日下劫才、伤官，时下七煞、偏印，其命月上正财，最为得气，惜乎时上伤官，坏事。十岁行运，初交壬午，现交酉运，尚称鸿运耳。但范少翁系太平洪岙人，系琛山金家老亲母之内侄、妹倩金叔文表兄弟也。

陶习恭兄生于光绪壬辰年二月初六日辰时，即代叙其八字：戊戌年、甲寅月、庚申日、庚辰时。庚禄在申，其庚申日坐有官禄贵人，即曰专禄日，其玉堂天乙贵人，庚、辛逢马虎。月支寅坐有玉堂天乙贵人，年支戌坐有羊刃、煞，年支戌与时支辰乃辰、戌相冲。月支寅、日支申又是寅、申相冲。年支戌、月支寅，寅、戌半会火局。日子申、时支辰，申、辰半会水局，庚金生在春令，即曰春金淡薄，日干、时干均不得气。年支曰根，月支(曰)苗，日支曰花，时支曰果，其根、苗、花、果均不得气。此等八字，生为陶寿翁令郎，总是有钱，以命理论之，一无可取。又以一位偏才格，干头忌比肩，其干头有偏才，有比肩，其比已夺财，如此八字，财难积聚，何至陶寿翁令郎而无财也？查其年上偏印，年下劫才、正官、偏印，月上偏才，月下偏才、偏官、偏印，日下比肩、食神、偏印，时上比肩，时下正财、偏印、伤官，四岁行运，初交乙卯，现年二十岁，方交辰运，不见其佳。习恭如此八字，与习之、习谦互相比较，大相悬殊。但习恭兄之性情现均和平信笃，何至庚甲如斯，正不解其意也。总以命之理微，非精于子平者亦难推侧。

晚刻又言习之兄二令郎于五月初七日子时分娩，未生之前即初六之夕，值赵叔翁及另有一客在习之房中，互相畅叙，习之留过点心之后，又邀吃酒毕后，叔枚兄同客去，习之送客。自其中堂后客间送至大台外，陈半塘立在中堂看习之送客至大台门，尚未转进时见有寿农之客间在东南首之门走出有一男人至道地，身穿皿布衫裤，面相未见看精，看其男人由道地上檐阶走至东坐起。半塘欲看之男子究是何人，出至中堂檐阶而未见其人，心甚惊悸。见习之送客进来，即询习之见有人否。习之言无所见，已觉惊疑之际。习恭之房间在西横楼上间，看习之所送之客何人，见习之送客出去之后，见有一人身穿皿色衫裤已至半道地，见其由道地上檐阶，转眼之间其人已未见。看东坐起门关而未开，亦觉惊疑。半塘与习之言有一人上檐阶而未见其至何处而隐，出而询问。此时习之之夫人虽经坐月，肚尚未痛，即戏言习之之嫂今夜恐要分娩等语，均走至习之客间房中。自房内女媪出言，大奶奶即习之夫人肚已作痛，似欲分娩之景。随即叫洗生女媪，即将临盆等物移出齐备，而洗生女媪方来时，而陶吉人亦来，而习之之嫂遂生下一子，其命即定丁巳、丙午、戊戌、壬子。走至道地男人只半塘一人看见，恐其眼阵亦未可知；刁恭又经看见，衣着同色，未有两人同同一眼阵也。既见有一穿皿布衫裤之人走进来，刁之兄二令郎即是穿皿布衫裤之人转身无疑矣。未识其穿皿布衫裤者究是何人，当时惜未看精。但刁之二令郎之庚甲以余推之不及其大令郎普桂之造为佳，未识日后是何等人，后生可畏，难于预料。今既其言及，是为之记。

古人云“无恩债不成父子，无冤缘不成夫妻”，是言定非子虚。凡人为善者，来生以福报；为恶者，来生以恶报。生既为有福之人，再行积善，再世更增福寿；生既贫穷之世，更为负心而又造孽，则其再世之恶报难于闻问。所以积德与子孙，非独子孙荣昌，即自己后身当处善地。凡人为善，广行阴骘，刻不容缓。为善之报施不得预知，而不肯为，俟至有知之时，其时已晚，后悔莫及。所以存善心、行善事，无时无事能去行善之心。所以作事只得人负我，我定勿负人，是为至切。为之记焉。

廿二日癸丑　晴。西北风起，大有秋景也。致潘子祥兄一信，饬桂江送交矣。达云母舅送来周王氏屋价洋一百元，即交存厚堂账房蒋三先送交陶寿翁转交周王氏，但其买契亦已寿翁代其送交周王氏画押矣。另附致寿翁一字，托其将周吕球之花押确须嘱其亲至府上画押耳。其字亦交三先送呈寿翁接洽矣。午膳后，李舜卿、周篪卿、伍菊香诸君来叙至晚而去，周涧泉、徐志伸、杨卓起诸君来叙少顷而别。

阅《同善录》纪急救方“七厘散”：“用上朱砂一钱二分用水飞净、真麝香一分二厘、梅花冰片一分二厘、净乳香一钱五分、红花一钱五分、明没药一钱五分、瓜儿血竭一两、粉口儿茶二钱四分。以上各药拣选道地，于午月五日午时共为极细末，磁瓶收贮，黄蜡封口，贮久更妙。每服七厘，不可多服，孕服忌服。右药耑治金疮、跌打损伤、骨断筋折、血流不止者，先以药七厘烧酒冲服，复用药以烧酒调敷伤处，如金刃重伤或食嗓割断，不须鸡皮包扎，急用此药干掺定痛止血，立时见效，并治一切无名肿毒亦用前法调服。得此方者，调治斗欧诸伤无不应手立痊。凡地方官验伤之时，或仓卒无药，或偏僻无良医，恐伤轻变重、伤重致死者多矣。此方为伤科之圣药，应验如神。如平日虔合此药，遇有验伤，随时施用，不独伤者立愈，即伤重者亦可救，救一命不啻救二命，未始非善事也。且价廉工省，人人能为之，特附刊此方，以俟仁人君子采择焉。松陵程庆龄识之。又方：此方四川通行，用半两古钱火烧醋内煅自然铜，照上法，血竭、归尾、乳香、没药、儿茶以上各等分共为细末，专治跌打损伤，屡试屡验，其效如神。药末以酒冲服，以醉为度，伤最忌房事百日。北平李达春识。”

范少池兄于早刻去，言至黄城去矣。

阅《同善录》纪“救汤火伤”：“但汤火受伤，急觅水中大蚌置磁盘中，将其口向上，置无人处，候其口自开，预将冰片二三分、真当门麝二三分（当门麝即香獐子肾内小如绿豆大）同研细末，以匙挑一二分倾入蚌口内，其口即合，而蚌内之肉即化为浆，然后再入冰麝少许，用鸡翎粘扫伤处，先从四面边沿层层扫入，痛楚自减。如无大蚌，小者亦可。此急救最验之第一方也。及其火气已退，将用下蚌壳烧灰存性碾细粉末，入冰麝少许，从边围扫。如无蚌处，用冰片从四面摩起，渐入其中，亦可渐瘥。如一时药不便，先饮童便一碗，再将生大黄细末用香油或桐油调敷。烂至肌肉者，用山野人家百草霜三钱、轻粉一钱五分研末，调香油敷之。又方：用大麦以净砂锅炒之漆黑为度，取出，隔纸摊土上出火气，研末，烂者干擦，未破者以香油或生桐油调擦。凡被汤、火，切勿以冷水、冷物及井下泥、尿泥激之，其热气遇冷则入之愈深，轻者挛缩，重则直逼火毒攻心而速速死矣。又一法：用好杭粉为细末，同妇女用好头油调涂之，如无，或柏子油亦可。又一法：用多年陈酱宽宽涂之，但愈后有黑荫。又用刘寄奴为末，先以糯米酱用鸡翎扫伤着处，后糁药末，并不痛，亦并无痕，大约汤火着急以盐末糁之，护内不坏，然后用药敷之至妙。有用生大黄以米醋调敷二日即愈。”

又纪“救中暍”:“暍音谒,伤暑也,中热也。《汉书·武帝纪》云:‘夏大旱,民多暍死于行路上,旋以刀器掘开一穴,入水捣之,取烂浆以灌,死者即活。’旱年水天人多暍死,中暍不省人事者,与冷水吃即死,但且急取灶间微热灰壅之,复以稍热汤蘸手巾熨腹、肋间,良久苏醒,不宜便用冷物吃。暑月热倒,急扶在阴凉处,切不可与冷水饮,当以布巾、衣服等蘸热汤覆脐下及气海间,续以汤淋布帛上,令澈脐腹,但暖则渐苏也。如仓卒无汤处,掬道上热土于脐端,以多为佳,冷则频换,后与解暑毒药。或道涂无汤处,即掬道上热土于脐上,仍拨开作窝子,令众人旋溺于其中以待热汤亦可取效。凡中暑,如已迷闷,嚼大蒜一大瓣,冷水送下;如不能嚼,即用水研灌之立醒。路中仓卒无水,渴甚,即嚼生葱二寸许,和津同咽,可抵饮水二升。中暑暴死,以胡麻一升炒黑摊冷为末,新汲水调下。”

阅《同善录》纪解诸毒方案,按:《洗冤录》第四卷所载急救辟秽方一卷业已全行录入,兹阅第三卷,复得解救诸毒方论并引证验各条,颇有关于趋避之义,爰更摘其要者录之,是亦急救之一助也。

“解烧酒醉死”:“烧酒不可以锡器盛、炖及过宿,倘为日稍久,饮之则能杀人。其人之面多青黯。但烧酒醉死,用锅盖上气流水灌下半碗即活。《洗冤录》云:‘以井底泥壅其胸,浸发冷水中,饮以菉豆粉可解。’又,诸酒致毒,惟菉豆粉可解,故宴会中献以菉豆粉汤。凡人饮酒,入心经者多言笑、入脾经者多睡、入肺经者多哭、入肝经者多怒气,入肾经者多小便。”

又纪“解虎咬伤”:“《洗冤集录》云:用水化砂糖涂伤处,或小磨麻油亦可,又或用生姜计、白矾末敷之,仍饮姜汁解毒。凡虎咬人,月初咬头项、月中咬腹背、月终咬两足。猫咬、鼠(咬)亦然。”

又纪“解积食”:“《洗冤录》表云:面食积者,面无灰[①],多加炒蕉麦芽;饭食积者,饭食为灰,多加炒黄神籼;肉食积者,肉食为灰,多加

---

① 疑为“面食为灰”,以与下文句式相合。

南山楂。米、面、肉食并积则共为灰，多加麦芽各项，以好酒灌下，再用消导之剂，外用生大黄为末，杂芒硝敷其前后身及脐，再用艾炙三四壮，得汗即愈，若得解便更妙。”“辨物性相反：日用饮食中，其物性相反，误食而死者不少，即如：生葱不可见蜜，河鲀不可吊灰之类，甘草与鲇鱼同食杀人，蟹与柿反，黄瓜与花生反，南瓜不可羊肉同食，犯之立死。”

又纪“解鸩鸟毒”：“南海有鸩鸟，似鹰而大，状如鸮，紫黑色，赤喙黑目，颈长七八寸，雄名运日，雌名阴谐。食蛇及橡实，蛇入口即烂；其尿溺着石，石皆黄烂；饮水处，百虫吸之皆死；巢于大木之颠，其下数十步草不生。人误食其肉立死。惟得犀角，其毒即解。《洗冤录》表云：‘解鸩毒用干葛末、井水调服即愈。’”

又纪“解钩吻毒”：“但钩吻即野葛，因入口钩入喉吻，故曰钩吻，广人谓之胡蔓草，又曰断肠草，滇人谓之火把花，岳州谓之黄藤。其草近人则叶动蔓生，叶圆而光，春夏苗嫩，毒甚，秋冬草枯，稍缓。五六月开花，似榉柳花，数十朵，作穗，岭南花黄，滇南花红。解钩吻毒，取人粪汁或白鸭或鹅断头滴血入口，或羊血灌之亦解，或葱汁，或干葛汁，或鸡蛋清皆可解。见《洗冤录》表。”所言最为精详，是为之记。

廿三日甲寅 早至未刻，晴；申时，阴；以后皆然。惟西北风大之异常，棉花已见有损，晚季稻苗现已出头者，亦颇有碍，常[①]无紧要也。韵卿先生言，琛山小者屋已择于八月初五日竖柱上行云。查八月初五日系乙丑日，据《董公选要》亦颇佳妙耳。

阅《同善录》纪“救冻死”：“冻死四肢直、口噤、有微气者，用大锅炒灰，令暖袋盛慰心上，冷即换之，候目开，以温酒及清粥稍稍与之。若不先温其心，便以火炙，则冷气与火争必死。又用毯或蒿荐卷之，以索击定[②]，放在平稳处，令二人相对踏，令滚转往来如扞毯法，候四

---

① 疑为“当”。

② 当为“系定”。

肢温即活。冬月溺水之人及被冻极之人，虽纤毫人事不知，但胸前有微温皆可救。倘或微笑，必为急掩其口鼻，如不掩则笑而不止，不可救矣。切不可骤令近，令，但一见火必大笑，不可救药。凡冻死已经救活者，宜用生姜（须带皮捣碎）、陈皮（捶碎），用水三碗煎一碗温服。”言之不谬也。

阅七月十八日《申报》附张纪杂评一“位置问题”节云：“广东因省长问题之故而起争议矣；湖南为督军之故，傅遇害、陈被炸，虽皆无恙，而其不静已可见矣；四川为督军问题之故，于反对调停外，并反对周就任矣。试观今日多事之省，无不含有位置问题，虽然，固非自今日始也。位置之小者，关系一省，则其所争在一省，祸亦仅及于一省；其大者，关系全国，则所争在全国，而祸亦遍及于全国。然则，国事之纷争亦惟位置问题而纷争耳。所谓公道，所谓义愤，所谓法理，又岂纷争之根本也哉！”时局如此甚，在于斯言，为之记焉。

阅《同善录》纪“救魇法”云：“魇死不得与灯火照，并不得近前急唤，但痛咬其足跟及足大姆指，频频呼其名及唾其面，再灌以姜汤必活。魇不醒者，移动此二小卧处徐徐唤之即醒。夜间魇者，原有灯即存灯，无灯者不可用灯照。又用笔管吹两耳，及取病人头发二七茎捻绳刺鼻中、口。又，盐汤灌之。又，研韭菜汁半盏灌鼻中，冬用根亦可得嚏。又，灸两足大姆指聚毛中三、七壮。聚毛乃脚趾向上生毛处。又方：皂角末如豆许吹两鼻内，得嚏则气通，三四日者尚可救。救卒死者亦用皂角法。魇死者如身未冷，急以酒调苏合丸灌之即活。”

又纪“救中恶”：“凡中恶，客忤猝死者，或先病，及睡卧间忽然而死，皆是中恶也。用韭黄心，于男左女右鼻内刺入六七寸，令目开血出即活。此与魇死俱不用火照，但痛咬脚跟即苏，视上唇内沿有如粟米粒，以针挑破。此与中药毒及河鲀毒均须急取鸭热血灌救下喉即活。又用皂角或生半夏末如大豆许吹入两鼻，又用羊屎灰烧烟薰鼻中。凡猝死，用马粪一枚，绞汁灌之，干者水煮亦可。又：绵浸好醋半盏，手按，令汁入鼻中，及捉其两手，勿令惊，须臾即活。又：灸脐中百壮，鼻中吹皂角末，或研韭汁灌耳中。又：用生菖蒲研取汁一盏灌之。”

又纪“救惊毙”云：“惊怖死者，以温酒一两杯灌之即活。”

又纪“救扑打猝死”云：“五死及扑打猝死等，但须心头温暖，虽经日亦可救。先将死人盘屈在地上，如僧打坐状，令一人将死人头发控放低，用生半夏末以竹筒或纸筒、笔管吹在鼻内，如活，即以生姜自然汁灌之可解。半夏毒五纯者谓产、魅、缢、魇、溺，治法单用半夏一味。生姜自然汁，用生姜捣烂取汁，不用水者是。扑打汇[1]倒在地者，用血管鹅毛煅存性一钱、乳香、没药、百草霜各一钱，研细为末，老酒调服即醒。救五死之法，急于人中及两足、大指甲离一韭菜叶，各炙三、五壮即活。卒、暴、堕、攧、筑倒及鬼魇死，若肉未冷，急以酒调苏合香丸灌入口中，若下喉去即活。”

又纪“救跌压伤”：“凡跌压伤重之人，口、耳出血，一时昏汇，但视面色尚有生气、身体尚为绵软，则皆可救。但不可多人环绕嘈杂惊慌，致令惊魂不复。急令亲人呼而扶之坐于地上，先拳其两手两足，紧为抱定，少顷，再轻移于相呼之人怀中，以膝抵其谷道，不令泄气。若稍有知觉，即移于素所寝处，将室内窗棂遮闭令暗，仍拳手足紧抱，不可令卧，急取童便乘热灌之，马溺更妙。如一时不可得，即人溺亦可，要去其头尾，但须未食葱蒜而清利者，强灌一二杯，下得喉去更好。一面用‘四物汤’照原方加三四倍，再入桃仁去皮尖及好红花各一两、全当归及南山楂捣碎各二两、生大黄二两、童便一大钟，如系夏月，加黄连四五分多，用急流水，即在旁用急火煎半热，倾入碗内，承于伤者鼻下，使药气透入腹内，则不致入口恶逆，乘热用小钟强令顿服。如其不受，则姑缓少刻又进。只要陆续灌尽，不可使卧。服药之后，其谷道尤须用力抵御，不可令其泄气。如药已行动，非至紧不可急解，恐其气从下泄，以不救也。必俟腹中动而有声，上下往来数遍，

---

① 疑为“晕”，本日下同。

急不可待，方可翼之以解，所下尽属淤紫。毒已解半，方可令睡，至所下尽为粪即停止前药，否则再用一二剂亦不碍。然须次第调理，不可轻用补药。凡跌打损伤者，用男女尿桶中人中血炼红，投好醋七次研末，已死者勿移动，将药末二钱好酒送下，吐出恶血即可救矣。但移动者不治。又方：用活蟹捣烂，热酒冲服，极醉一夜即安。'四物汤'即用当归一钱、川芎七分、熟地黄三钱、炒白芍一钱耳。"

阅七月十八日《申报》附张纪神话节"荫树神"节云："杭城有贫而售其祖茔荫树者，价议成，买者携工人数辈趋墓所，至则渐觉浓翠之中涓滴如雨点下其实，仰首四顾，毫无纤云也，异之。甫纵斧，忽中一树不烦施力而自断，汁随涌溢，色赤如血。购者乃命停斧，遂不敢伐。噫，是树木果有神耶？抑泉下人之恋恋于宰木而故为是耶？然则，为子孙者，尚亦存甘棠蔽芾之思，而谓此郁郁葱葱乃先人之所托荫庇者也，将宝护不啻如平泉花木矣。而顾为寻斧子之纵以作馈贫粮哉！"如是所云，子孙虽贫，切不可思及祖茔荫树。购者不谅，倘均展伐，咎在彼之子孙。试问百年之后，有何面目得见乃祖于地下乎！是为记焉。

廿四日乙卯 卯前，大雨；辰时雨晴，至申刻均阴；酉牌，阴；戌时仍有雨意。至此大风之后，晚季稻苗曾经浪花已有所损，禾田水燥者亦复不少，幸一大雨，则所去不多。未曾浪花者，田水已涸之田，经此大雨，大有其益。以此想之，晚季收成仍歌大有也。惟宕地杨花经此大风，则所损不少耳。篪卿自早刻来叙，过午膳后而去。达云母舅因事经了结，设席邀其中代言诸君晚膳。晚刻，侍家君至达云母舅府上，晤翁子俊、陶习之、周篪卿、永义相、吕林相及童畏三诸君，相叙席散后，至邱遇琴处，互叙少顷而来，至家时将二鼓矣。

习之言今日自海门永宁局开永利商轮股东会，到者杨定夫先生并江梦生、申桢夫、周映泉诸君。有说现经船价较前涨至六倍，不如售卖为是；有说现经各货水脚可以增至六成，如往年计得十万者，现经可增至十六万之多，又是有碍台关商务，不如不售为是，仍是始终不一。但定夫先生及沪江朱葆三先生均不欲售此轮舟，如是想之，可以不致售卖也。但陶寿翁自己轮股十股中得承一分四，倘若售脱之时，又有回仲，不如售卖上算。以余想之，有此轮船，台州百物腾贵，海门一埠虽受其益，暗受其亏者不知凡几，倘无其船，而海门一埠不能全无轮舟，将来商家出入更受其亏，拾长补短而论，有则多多，无则全无，未识高明者以为何如？习之言及德、奥、土联合，自开战迄今，灭比、灭塞，俄国虽未灭国，其国中不能出而再战，法国失地不少，英国已受大亏。将来结局若何，亦难预料也。

阅《同善录》纪“解银锄毒”：“银锄之锄，药书作铕，锄与铕，字典俱无此字。按银锄性主腐烂皮肉，今人每用以去痣，此物投入肠胃，渐渐腐烂，令人如患病，或半月，或一月而死，却无外现伤形。解此毒者，服黄泥水二茶钟即愈，每日用饴糖四两捻成小丸，不时以真芝麻油送下亦即见效。见《洗冤录》。又法：以生羊血灌之，吐尽即愈。”

又纪“论蛊毒及金蚕蛊（解法见前）”：“造蛊者取百虫置皿中，经年开视，有一虫尽食诸虫而独存者为蛊，故字从虫从皿也。能隐形，似鬼神，其毒不一，皆变乱元气，多因饮食而行之。今南方有蛊毒之乡，于他家饮食，即以犀角搅之，百沫竦起，即为有毒，无沫者即无毒；令病人吐于水内，沉者是蛊，浮者即非；或令含黑豆，豆胀皮脱者是蛊，豆不胀、皮不脱者即非。金蚕一名食棉虫，虫屈如指环，食故绯帛锦，如蚕之食叶。滇、蜀、湖、广、闽、粤皆有奸人畜之，取其粪置饮食中毒人，人即死。又粤西有叶思蛊，状似灶鸡，虫如蚕豆大，能变幻作小核形。”

又纪“论鼠莽草毒（解法见前）”：“莽草本作网，人以毒鼠，故名鼠莽，食之令人迷罔。南中川蜀以及上谷皆有之，本若石楠，叶稀无花，一说藤生绕石间，是名网草。又，查鼠莽草有二种，一系木本，一系藤本。其质既有不同，其性未必。”

又纪“论砒霜毒（解法见前）”：“砒石出信州玉山，有砒井，故名曰信，又隐姓字，为人言。此井官封禁甚严，然他处出铜、锡之山往往有之，生者名砒，黄赤色，毒缓，以大练之令烟上着器凝结作白霜者，名砒霜，毒尤热烈，若遇酒及烧酒，尤腐烂肠胃，顷刻杀人。”

又纪“论冰片毒(解法见前)”：“中冰片毒，热酒服冰片钱许，则正气散乱，血脉沸腾，七窍流血而死。”

又纪“论莨菪毒(解法见前)”：“莨菪一名水莨菪，叶圆而光，误食令人狂乱或吐血。”

又纪“论苦杏仁毒(解法见前)”：“西北诸省有苦杏仁，生熟服之都不为害，略用火炒，仍令半生，服数十粒即能死人。惟急取吐，吐出可解。”

又纪“论草乌头、射罔毒(解法见前)”：“江左、山南有草乌头，其汁煎之，名射罔，俱大有热毒，而射罔更烈，涂破伤损处，立能杀人。”所论毒物而能杀人颇多，未及详记。倘若刊刻其所解之法，不必又纪其出处可也。

廿五日丙辰　早至巳刻，雨；午、未时，晴；申牌，阴；酉刻，细雨；以后皆然。致李伯咸兄一信，交邮寄至京都，托其有暇时至琉璃厂旧书画店寻觅旧日名人真迹一二件，未识得有其便而能代购否也。前托亦兰相代买吕宋烟六盒、大信封一百个均经代购矣。前垫张丹翁令媛过洋饭洋五十元言已取来，顷收到洋三十元，即交阿望付交典中，尚少之洋及代买各件据说下班来台时面言云云。并另托其向申购买咖啡两罐。午膳后，翁子俊兄、伍菊香兄、周篪卿兄、贺云江兄、陶习之兄来叙半晌而别。云江兄言前月上海棉花价值有涨至每包计价四十二元算，现今每包价值跌至廿二元算，杨伯藩兄做此等生意计亏颇巨云云。习之兄言，阅报纸所云，俄国军港向在波罗的海，乃俄之京城圣彼得堡之门户，现今波罗的海悉被德国海军占据，俄今已失波罗的海之后，则俄国海军无能为矣。附俄而中立畏波罗的海之数小国则皆附属于德，此亦势所然也。

阅七月二十日《申报》纪“治鱼口便毒方”[①]:“蔽友前年患鱼口,因见另一友人曾悉便毒将破不几全愈,询之,知悉此方治愈。蔽友如法治之,应手而愈,遂知此方之极效。友人云,此方自津门得来,在津已治愈多人云。鱼口便毒实即横痃,然多有不知横痃是何症者,不如竟说鱼口便毒,通人皆知也。忌食发物、腥、肿、冷水果,痒时勿搔。方:用当归尾三钱、红花八分、大黄二钱、川栋子一钱五分、桃仁一钱五分、甘草一钱、丹皮三钱、橘缔三钱,共八味,水煎服。病初起者,二三剂,一二十天外者,六七剂,自然消散,毒随泻出。前方服完,再服后方,以搜馀毒:生大黄三分、辰朱砂一钱、珠粉三分、人中黄四钱、滴乳石三钱,共五味,研极细末,每早晚空腹开水冲服各五分,轻者二料,重者三料。外洗方:当归、白芷、宣木瓜,各购上十文,稍加白糖,以棉花蘸水常洗之即愈。”初阅其方,颇有理致,继尔抄录之。继阅其后方,系是大凉大泻之物,万不可用,因而抄录即补数语,或有生鱼口便毒者,切勿仿照此方而用之,非受益,反而有损也,是为之记。

廿六日丁巳 早至辰刻,细雨;巳时以后,阴、晴、雨不一而定。致陈仲善兄一信,饬大四送至十里铺。阿六送来章仲厚兄一信,即面复仲厚兄一信,并附店头堂数洋十元,均交阿六带交矣。午膳后,汪伯端、李舜卿、周篪卿及达云母舅来叙至晚而去。伯端兄此次赴杭取律师文凭,指定鄞县地方审判厅,此亦挂一律师招牌而已。

阅七月廿一日《申报》附张纪“川、滇军决裂之京讯”节云:“川、滇停战议和之说已志前报。当日此议系由滇军方面提出,川省中人即知滇军此议为缓兵之计,然乱久思治,未尝不欲趁此机会得商一停顿之法,勿使人民久陷于涂炭之中。而政府方面得此报告亦颇望和议可成,免费一番擘画。但其所提和议之条件颇有一二困难问题,盖所谓将滇军改一师为国军,又留一师仍扎川省,此二说均为事理上说得去之事,政府及川人方面亦皆乐从之意。所最难者则饷项一节是已。

---

① 页边注:“治鱼口便毒方,后思此方无用。”

饷项一节，滇军要求盖在一百万元以上，此种巨款，川人既无力筹措，政府亦难于筹助，故此数日以来中央以此事屡与川中电商。正在磋磨未定之时，而霹雳一声，忽有四路进兵之警告矣。所谓四路进行维何？一为泸州，一为永宁，一为汉源、一为叙州。日来滇军已分拨兵队由此四路进发。至其所拨之兵队则滇军第一镇及第三镇之兵，均已全体出发，闻第三镇黄毓成及第一镇某均有通电，其中有'征讨四川、反对政府'八字。又闻近日川、滇各军双方仍各执一词。前四川警务处长雷飚及前第二师师长刘云峰昨电政府，言即日来京面禀一切之说，想川中大局俟二氏到京后必有一番聚讼也。"但川省自刘存厚与戴戡、罗佩金大战之后，又有川、滇之战，而川省百姓又有与官军决裂之战，虽云兵连祸结，川省兵灾可云尽矣，其咎皆由川省之无聊赖者自取焉。河南之土匪、山东之土匪，湖南又将独立，而湘、鄂、豫、鲁、直等省之水灾，又，山西南部之土寇，开封大水之后又见大水，奉天之大水，水灾、兵灾及被土匪之各省，万民之受荼毒者何堪设想，正所谓"二千九百劫数临"，皆在上者之所为，在下者当为效法耳。阅其所云，深为惨切，未识何日何时得能安谧如恒、长享升平之福，为幸多矣！

廿七日戊午 卯前，大雨；辰刻，阴；巳时，晴；以后皆然。晚刻，翁子俊兄及姚咏平、林少秋、潘志岩诸君来叙至晚而去。但椒江水产学校所做罐头尚能得法，今日食其所做鲜笋，其鲜味犹存耳。咏平欲购天台茶叶，据少秋言，台郡文奎斋笔店尚有此物售卖，其价颇为昂贵耳。陈弼斋于晚刻来，所言其事尚未清了云。

阅《同善录》纪"井冢伏气毒"："五六月井中及深冢中皆有伏气，入则令人郁闷致死，或夏、秋水竭，令人淘之，入则必中其毒而死，治之不可不慎。按：金华下塘街有井因夏日水竭，令淘者入井，连毙三人，人莫入。后有一人，善饮，以雄黄调烧酒数斤饮之縋入，取起前尸，人仍无恙，则三人者因受伏气致死，后一人得雄黄酒之力，毒气不能入之故也。《玉匣记》《通书》曰：'淘井忌夏日。'又，黄州俗以清明淘井，良有以也。更生附注。”

又纪“苋、鳖并食毒”：“昔有人将鳖与苋并食之，遂病死，尸未殓，忽有小鳖无数自九窍涌出，散走马厩中，惟遇马溺者则化为水。又有误食鳖、苋，饮马溺得瘥。或云，白马溺尤良。”

又纪“食黄鱼、饮荆芥茶杀人，食驴肉亦然。按：《本草》，昔有人啖黄鱼羹罢，采荆芥和茶而饮，少顷，足底奇痒，上彻心肺，跣行沙中，驰走如狂，足皮皆破欲裂，急求解毒药饵乃止。荆芥一名假苏，《本草》谓性温，不然，实微凉。数见食黄颡鱼偶犯荆芥者必立死，甚于钩吻毒。溪涧中石斑小鱼亦与荆芥相反。”

又纪“蜜、鲜并食毒”：“韶州月华寺侧民家设僧供，新蜜方熟，群僧饱之。有某院长老两人还，至半道遇村墟卖鲊，买食，尽半斤，至夕皆死。”

又纪“河鲀、风药并食毒”：“昔有人招友晨餐者，烹河鲀为馔，友以故不食，遗归饷妻，妻方平明服药，不以为虑，啜之甚美，即时口、鼻流血而死。按：河鲀毒在肝、血、脂并眼，忌煤尘落入。解河鲀毒用橄榄汁、芦根汁、粪汁俱效，或白茅根捣汁冷饮亦愈。”

又纪“饮蛇遗水毒”：“湖州陈某因步春，渴，掬涧水饮之。数日，觉心腹微痛，日久疼甚。医诊之云：‘心脾受毒，今心脉损甚。’陈语其故。医曰：‘蛇遗不净在涧，子误饮其水，蛇已成形在腹，食心而痛也。’遂以水调雄黄服之，果下赤蛇数条，皆能行。”

又纪“饮瓶花水毒”：“宋汪待举字怀中，守处州郡，部民有饮客者，客醉卧于空室中。夜醒，酒渴，索浆不得，乃取花瓶水饮之，次早启户，客死矣。其家讼于官。待举究舍宇有所物，惟瓶浸旱莲而已。一云瓶浸腊梅，细鞫之，讼乃白。《洗冤录汇编》云瓶中插花水，凡有色可爱、有香可嗅者，除萱花外俱毒，不可饮，其味辛，故中毒者口微开不闭。”凡百饮物必须谨慎，是为至要，为之记焉。

廿八日己未　早至酉刻，晴；戌时，雨，一刻即晴，仍见星光。亥牌亦然。家君嘱书致吴勉生兄一信，饬弟头送交。致陈翼亭一信，亦交弟头送至黄城。晚刻。翁子俊兄来叙少顷而去。郑月波来言，郑涤洲先生今亦黄城帮办清仗事宜云。晚膳后，至楚卿兄处，晤王六皆、郑冠卿、王春圃、周作羹诸君，互叙半晌而别，至家时将二鼓矣。郑冠卿今年在女学堂教习，与王六翁同事。冠卿言生于同治元年壬戌三月廿二日亥时，即叙其八字系壬戌、甲辰、甲辰、乙亥。甲生在亥，时支亥坐有长生。查其年上偏印，年下正官、伤官、偏才，月上比肩，月下劫才、偏才、正印，日下劫才、偏才、正印，时上劫才，时下偏印、比肩，六岁行运，初交乙巳，现年五十六岁，方交庚运。庚金克甲木，幸其本身健旺，即遇庚金来克亦无紧要耳。

阅《同善录》纪“救缢死”：“凡缢，从早至夜，虽冷亦可救；从夜至早稍难；若心下温，一日以上犹可救。不得截绳，但缓缓抱解放卧，令一人踏其两肩，以手提其发，常令紧，不可使头垂下。一人微微捻整喉咙，以手擦胸上散动之，一人摩擦臂、足，屈伸之。若已僵，但渐渐强屈之。又按其腹部，如此一饭久，即气从口出，得呼吸、眼开。苏醒后，又以官桂汤及粥饮与之，令润咽喉，更令二人以笔管吹其耳内。若依此救，无不活者。官桂汤：广陈皮八分、厚朴一钱、肉桂五分，制半夏一钱、干姜三分、甘草三分。又法：紧用手掩其口，勿令通气，两时许，气急即活。又法：用皂角、细辛等分为末，如大豆许，吹两鼻孔。又方：取活鹅嘴入口内，鹅鸣，应声即活。见《洗冤录》表。又法：用真野山羊血二三分研极细，以好酒灌下，立活。又法：凡男女缢死，身虽僵定，尚可救活，不可割断绳索，抱起解下，安放平坦处，仰面朝上，头要扶正，先将手足慢慢曲弯，然后将大小便用绵软之物裹紧。不令泄气，用一人坐于头前，两脚踏其肩，揪住头发，将缢人之手拉直，令喉、项通顺，再用二人将细笔筒或苇筒入耳内，不住口吹气，不住手抚摸其胸前，用活鸡冠血滴入喉、鼻之中，男左女右，男用公鸡，女用母鸡，少顷即能苏活。如气断时久，照前救法，勿要多吹、多摸，勿谓已略忽略不救，鸡冠血滴入喉、鼻之内，凡跌、打、缢、溺，心头热者均可用。”其法甚善，是为记载，以备不用可耳。

今日悬有毛镜泉先生书粉红笺纸对，语云："留些正气还天地；遗个清名与子孙。"语与隐者颇为善耳。

廿九日庚申　晴。天气颇热，白露已过，尚言如是之热也。晚膳后，至汪伯端兄处，相叙半晌，就道至丁辅香处，晤缪性言，相叙半晌而来，至家时将二鼓矣。性言云生于咸丰己卯七月十一日午时，即代叙其八字：己卯、甲申、壬申、丙午。壬、癸蛇兔藏，年支卯坐有玉堂天乙贵人，月支申、日支申，均坐长生。查其年上伤官，年下伤官，月上食神，月下偏印、比肩、七煞，日下偏印、比肩、七煞，时上偏才，时下正财、正官，六岁初交癸未，现年六十三岁，交寅运耳。

阅《同善录》纪"彭祖百忌日"："甲不开仓，上物耗亡；乙不栽种，千株不长；丙不修灶，主见大殃；丁不剃头，头主生疮；戊不受田，田主不祥；已不破券，二比不亡；庚不经络，织机虚张；主[①]不合医，主人不尝；壬不决水，难更提防；癸不词讼，理弱敌强；子不问卜，自惹灾殃；丑不冠带，主不还乡；寅不祭祀，鬼神不尝；卯不穿井，泉水不香；辰不哭泣，必主重丧；巳不远行，财物埋藏；午不苫盖，屋主更张；未不服药，毒气入肠；申不安床，鬼祟入房；酉不杀鸡，再养鸡偿；戌不食犬，作怪上床；亥不嫁娶，必主分张。满可肆市，服药遭殃；平可涂泥，安机吉昌；定宜进市，入学名扬；执可捕捉，盗贼难藏；破宜治病，必主安康；危可捕鱼，不利行船；成可入学，争讼不强；收宜作吉，却忌行藏；开可求仕，安葬不祥。闭不治目，只许安床。"是为记载，以便趋避可也。

周篪卿言，达云母舅之第四表弟于昨日夭殇，闻言之下，代为叹息之至。其表弟生于夏四月寅时，其八字系丁巳、乙巳、丙子、庚寅。年支、月支均坐官禄贵人，时支又遇长生，此谓乙、丙、丁错综三奇，又是建禄归提。子平云："建禄归提月，财官喜透天。"官虽未透天干，而日支子中癸水、正官，最为得气，何易财官透天。时干庚系偏才，时支

---

① 当为"辛"。

寅是长生。子平云:‘财气遇长生,田园万顷。’此等八字,正是富贵双全之命,即其童限己、丑、丙日,遇己系是伤官,虽见官,其本身甚旺,亦无紧要,竟至如是,此亦大数也。谊关至亲,深堪悲痛之至。在达云母舅尚有表弟三人亦无紧要,余见此等八字,以致如斯,代为怅叹之至。闻其表弟系十四个月生,亦是贵命,何至如斯,再四维思,究属难解也。

阅《同善录》纪“杨公忌日:”“正月十三、二月十一、三月初九、四月初七、五月初五、六月初三、七月初一、廿九两日、八月廿七、九月廿五、十月廿三、十一月廿一、十二月十九。”

又纪“月忌日”:“初五、十四、廿三,每月遇此三日,百事均忌。”

又纪“治疫”:“红灵丹,一名八宝红灵丹,用当门麝香三钱、梅花冰片三钱水飞净、辰砂一两、马牙硝一两、小号真金箔五十张水飞净、壕石四钱、硝煅明雄黄八钱、硼砂八钱,右药八味,共为细末,收贮磁瓶、用蜡封口,专治时行温瘟疫痧闭、霍乱,转筋、吐泻、绞肠、腹痛、面青手冷、足筋抽吊等症,每服三分,开水冲服,重者再以此药一服擦脐,小儿减半,孕妇忌之。”得备而不用,此一善法也。

八月初一日辛酉 早至酉刻,晴;戌牌,雷雨,不甚大;以后皆然。晚刻,至翁子俊兄府上少坐而来。张韵卿先生言,椒江水产学校教习姚咏平兄欲将家眷携来,税住丁辅香兄家中,而辅香兄允税云。彼系江苏江阴县人,但江阴系江苏之著名美境耳。

阅《同善录》纪“预防喉症法”:“凡人于三四月间有喉间疾者,因寒天寒气郁结不开,至春始发,须于初交冬时多买莱菔菜,俗名萝卜菜,摊在屋瓦上,任他日晒风吹、雨雪霜打,不要收下,直到立春前一日取落,将竹贮或用绳挂在无日处阴干,二三月收来切碎,将酱或盐放在碗中饭锅上蒸熟,当日日吃饭小菜甚妙,一家永无喉间之患。有人患此病者,将此与之煮汤服,或研细末调下即愈。”此亦易事也。

又纪“辟瘟丹方”:“雄黄一两、鬼箭羽二两、丹参二两、赤小豆二两,右药四味,研为细末,炼蜜为丸,如梧子大,每服三、五粒,于空心时用开水送下。凡遇瘟疫流行，服之可却邪气，即与病人同床合被亦不传染也。”

又纪“不染时症法”：“凡入时疫病人之家，先用雄黄与酒调浓擦鼻孔内，或饮雄黄酒一杯，则所至不染。”此法甚善，是为之记。

初二日壬戌 晴。致贺云江兄一信，交正华先送交。余第三女许章仲厚兄长子，初以张韵卿先生并翁子俊兄做媒说合，今日韵卿先生送来小定而纳之。仲厚兄长子辛亥生，今年七岁，余三女系甲寅生，今年四岁耳。但仲厚兄，家慈之内侄、余元配之胞弟，现将三女许其令郎，则亲戚三代矣。晚刻，潘子祥兄来言，其事经清了。周冠卿先生来叙至晚，留过晚膳后而去。

阅《同善录》纪“异传稀痘方”：“将新鲜橄榄带肉阴干，只取其核，用阴阳瓦在炭火上焙成炭存性研末，每逢四立、二分二至之日、交节一时，与小儿淡酒调服。其分数视儿之岁数：如一岁以内，每次服一分，至二岁则服二分，按岁数递加。再拣宪书内水闭日，亦照前法服之，胎毒重者可使减轻，轻者可化至无，服至十岁，永无再出痘疹之患矣。”此方省便而简易，贫富咸宜，即或不验，亦无所损。况屡经奏效，全活婴儿甚多，有志慈幼者广为传之，或用水磨生橄榄核，以开水冲服亦好。

又纪“明目方”：“用花头海蜇一斤、马料豆一升，用砂锅煮至海蜇化尽为度，将豆晒干，随意作小菜、点心食，老年灯下可写细字，服至一升即见效。”至简至便也，是为之记。

初三日癸亥 晴。致张丹亭兄一信，交邮寄申。早刻，至达云母舅并翁子俊兄两处，均相叙半晌而来。闻潘子祥之事，其带水者叫窃贼杨依玉，当质讯时不说出，王小狗即启人带水送其洋二十元，先送其洋两元，事后代为料理出监。现其事经质讯，该贼竟供非是小狗带水。在小狗，其罪已竟释卸，所许该贼之洋分文未付，又未能代贼料理出监。现该贼急欲翻供而不得。彼有同押之栅浦人名长人，后代其写信与潘子祥及半塘两人。早刻，路遇三妹，将其两纸出与，余阅视其如是而来，其事又生枝节耳。晚膳后，至丁辅香兄处，晤周冠卿先生，相叙半晌而来，至家时将二鼓矣。言及俄国里加失守，瓯西战事而德国又进一层云。政府已经宣布命令与德、奥宣战，吾侪小民深抱杞忧耳。

初四日甲子 晴。致王仲达一信，饬阿三送交。致陈翼亭两信，一饬阿三带交，一送小船寄交。晚刻，翼亭已来。早刻，刁之兄来言，其二令郎染恙颇沉，自初二日起，昨日人尚清爽，今日似觉懦弱，询保赤万应散如何吃法，家君即觅招纸与示而去。午膳后，童醉春先生送有窗月，托余代书，言其二令郎于九月十三日完姻。余因醉春先生现在陶宅，即至刁之处。方至刁之客间，见陈月香、曹怀臣两先生将出，即询刁之兄二令郎恙经愈否，据云甚笃，恐在顷刻。即至其客间，听刁之兄夫人已经放声大哭，则知刁之兄二令郎已殇。其即本年五月初七日子时生，此日值戊戌，但戊戌系是大败，既经如斯，听之可也。少顷，童醉春先生及寿翁、刁之乔梓出而畅叙一刻而别。

昨周篪卿言继梅所押典中之田经杨子祁插扦而去，此双卖与子祁可知，本即寻契，因该契藏在典中，翼亭时尚未到，未及检视。嘉先来云，彼押与典中系是真契，卖与杨子祁系是假契，丁子祥代押与楚卿之田非在此田之内。如此之言，据其地方人所言也。余因原契尚未检出，真伪莫辨。晚刻，翼亭来检出，丁继梅契印有临海县印。阅其印文系是假印，再将所存契核对，则大相悬殊也。此系周篪卿代经为中，即邀篪卿来，将原情详告，未识能否清了。此人私造临海县印信能为者，则何事不可为耳！自此之后，契已伪物，不去管田，彼能将原洋清还，即行作罢，否则赴县呈追可也。如今人心奸险，时时事事必须严于防范为要。

值林少秋、姚咏平、金仲璋、伍菊香诸君来叙半晌而去。即至达云母舅处。丁继梅有田二亩，系其叔子祥押去，现子祥又将此田转卖与楚卿矣。此事非独丁继梅之奸险，而丁子祥则尤甚焉。晚膳后，至周作羹兄处，晤缪性言先生及周诗南、汪伯端诸君，互叙半晌而来，至家时将二鼓矣。

初五日乙丑 晴。致陶习谦兄一信，交典中送交。四弟于早刻剃头后，即出而恭叩天地神明，并叩祖先，毕时尚未午膳。晚刻，楚卿及伍菊香先生来叙少顷而去，言及初八日赴瓯为办盐熬事与瓯郡巨绅接洽云云。至陶寿翁处少叙，言及现俄国之京城名圣彼得堡被德军攻破云云。周冠卿先生来叙，过晚膳后即同冠卿先生、韵卿先生至楚卿处，晤王六皆、周作羹、黄道周、王春圃、伍菊香诸君，互叙半晌而别。就道至丁辅香行中，晤洪少琴，相叙一刻而来，至家时将二鼓矣。晚刻，阿四自莘山送人情旋，言小妹之屋于早刻竖起，各匠做工人有百馀，将见成工从速也。

楚卿兄欲将海门之盐号旧屋拆卸，概造新造，邀冠卿先生至海门代格方向，并托代择日子。冠卿先生言金锡侯新造屋基与山太逼，恐有窒碍云。但该处系邀孙旭东代择，彼亦未便一言，即或与其说出实在情由，锡侯母子亦不肯信，只得置之不言可也。其女家大板桥黄贯吾家日前有贼至其家中偷窃，其长工当即得知赶贼，该贼误踏水中毙命，因此赴县呈控云云。彼与朱弼臣亲戚，均是弼臣代为料理一切。六皆先生言华最和尚现宿东岸诸堂，因有微恙，尚有数日耽搁耳。陈仲善兄欲与乃翁岳丈做坟，亦请冠卿先生看地。言虽若是，究在何日入厝，难于预必矣。先人坟墓风水虽难必其有，亦难必其无，必须详择其处无风无水而能朝暖之方，早为安葬，以尽为人子之心，是为至要。万勿以风水故延迟不葬，稽误时日，是为至切，万望后来君子必须从速为要。如遇亲戚朋友有停丧未葬者，必须恺切劝导，是为至切。

初六日丙寅 晴。早刻，至海门丰泰，晤贺云江、洪裕卿两兄，相叙半晌，至永宁局，询吴勉生兄已于早刻曾赴黄城，未晤为歉。遂至海门旅馆扦足，毕时将午膳，即在是处午餐。但该处之鸡丝鲍鱼汤、青豆蛋炒饭虽不及上海之工雅，较之各处亦好得多。杨定甫给谏之旧仆阿皆所开，但皆开设海门旅馆，时将十载，其中一切布景颇为讲究,虽不及上海之各旅(馆)雅致,较之各处亦颇为清洁云。闻皆开设旅馆,每年得有赢馀,均置备旅馆之什物,所以是处之什物亦多于各处。此辈设此营业足为相称耳。并至和生陶习恭处、鼎新泰王子衡处,均相叙半晌,转至丰泰少坐而来。至家时经下午晨钟三句,即至王六皆先生之女学堂,晤郑冠卿先生少谈,言及华最和尚因染微躯,现宿东岸朱堂,即同王六翁至朱堂,晤华最和尚,畅叙半晌。据言在山时天气凉爽,至县城时值天气炎热,致受暑邪,尚未痊愈。因初设华顶下院于上海张园路之新马路屋,计楼房五间,税洋每月而计三十六元,另加杂费,年而计之,四百馀元。曾邀若冰师于是处布置一切,尚有未尽之处,邀彼赴申调度。不想趁永利方到海门,轮已开行,现宿朱堂,耽搁数日,至初十日方可趁轮。人有寒湿未清,因请六皆先生诊治耳。

初七日丁卯 晴。

初八日戊辰 晴。接陈翼亭哨官一信,言委浙江警备队第三区第一营一哨哨长。现在谋差之人林立,欲得差委非易事。彼近年以来,其妻浪用亏控一空,出去谋差,忽将半载,现委有哨长一职,俸金虽云不厚,藉可糊口而已。现彼驻防上虞县五夫镇地方云云。即致福陈哨官一信,交邮寄至上虞县属五夫镇矣。汪伯端兄托余代写扇面一把,即代写就,遣老二送交。扇中款字即伯端二字。近来久未书楷字,代其涂鸦,深为抱愧,未免方家一哂也。

早刻,至椒江水产学校,晤金剑青、周涧泉、姚咏平、王燕卿、赵叔枚、林少秋、徐志伸诸君,互叙一刻而来。致送童醉春先生之匾即托涧泉先生代撰小叙颂扬,幸承允焉。八月十一日系集圣庙福德正神寿诞,每年均经演剧,今夜戏已到台,因在戒严期内而即禁止矣。

至陶宅,晤王春圃兄,言楚卿兄家有一外账名招进者,北岸人,其妻系楚卿兄之令堂幼购使女,许为妻室。前月,其侄病,许其地方庙中数洋六元,其病愈后将洋付出,不意翻转而毙。即向庙中取还数洋。其庙中首事不肯还洋,招进叫林梅向取。但林梅幼习梨园,为四花脸，辛亥出外当勇，退伍之后即在楚卿处当差。上年添台州第一保卫团，楚卿将其充入哨长，不意该团裁撤，之后，楚卿代其荐与第二营某哨伍长。因招进相邀，即至其处代其取洋，言其庙中假降邪神，手欧童身。适其童身之父及兄弟并其地绅将林梅捆吊。而招进自至就近某哨，言及林梅因公至其地，被地人吊禁。该哨哨官系黄大保，适至家子，未在哨中，其哨中什长闻系林梅被曲，又是楚卿兄府上账房来说，就即派人而去。是处地人因该哨事不干己，亦将其吊打后即为脱放。时林梅尚未走脱，但招进之母来与楚卿言林梅吊禁云云。楚卿即询该哨邬哨官，据云林梅昨夜出去未回，遂即派人至北岸押回。该处人见海门兵去，不知何处兵丁，不敢抗拒，即将林梅带转，又将其童身之父亦拔来。如是情形，难于下台。二营管带系徐福生兄，当邬哨官同林梅来诉楚卿兄，楚卿即嘱往其投诉徐管带云云。此等之事，均是下人借主家势力所为也。凡驶下者必须严厉，是为至要。如招进者，人极油滑，人家若用此等之人，未免无中生有。在楚卿兄喜用此等狡猾之人，亦楚卿兄有此势力，万一有事可以消化。如各人即有此力量，不宜用此等油滑之徒；无此力量，若用此等之徒，其祸不远，切不宜用，是为之记。人家用人，无论店夥、司账以及仆从、长工，宜诚朴笃实者，是为至切。驶下宜严(不)宜宽，万不可忽略为要。晚膳后，同韵卿先生至丁辅香兄处互叙少顷而来，至家尚未二鼓耳。

初九日己巳 晴。致涧泉先生一信，向取托做匾叙，言明早即可送来。

阅《同善录》纪“纯阳祖师消除百病仙方”：“用防风、枳壳、泽泻、桔梗、陈皮、甘草，右药六味，各用一钱，不可加减，春加薄荷五分，夏加紫苏五分，秋家大枣五枚，冬加生姜一片，右四时加味。每交四立日算起加用此方，不拘何病，不论老幼男女，于病初起时照方用清水煎服一二剂，其病自消。但须诚信，消起疑心，有能虔诚传播，功德无量。”是为之记。

初十日庚午 晴。致陶习谦兄一信，附涧泉先生做来小叙一纸，其匾字即用“慧心仁术”四字。余另托其转托陈虞韶先生代购朱砂八言金子对一副，即送童醉春先生二令郎仲虞兄喜期之用，对语：“酒泛黄花，诗题红叶；情联鸾凤，梦兆熊罴。”但彼系九月十三日喜期，其对语最为加贴耳。

阅《同善录》纪“增补食禁”云：“凡肉汁藏器中不泄气者不可食。凡肉自动者、着地不沾尘者、煮不熟者、煮熟不敛水者、得盐酢不变色者、落水浮者、与犬犬不食者，并不可食。猪心肝有空者不可食。诸兽赤足者不可食。鸡暴死者、鸭目白者、鸡鸭卵上有八字痕者，并不可食。禽鸟鸡鹅自死口不闭足不伸者、四距者、白首黑身、黑首白身、异形者、异色者，并不可食。鱼二目不同者，食之杀人；头有白色连球至脊、无腮、腹中无胆者，俱不可食。凡虾无须、腹下通黑者、煮之色反白并直者，俱不可食。凡蟹独螯、独目、两目相向、目赤足班、六足、四足、腹下有毛、腹下有骨头、骨皆有黑点者，并不可食，有毒害人。凡露天隔宿物、铜器盖物藏不蜜者、色异常，俱不食。露天饮食，飞丝堕其中，喉咙生泡。夜藏饮食于器中覆之不蜜，鼠欲盗食不可，至环器而走，涎滴饮食中，食之得黄疾，通身如蜡。暑月磁器晒过者不可便盛饮食，盛蜜碗盛酢不可食。凡果实双仁者不可食。瓜二蒂及在水中沉者不可食。李子不沉水者不可食。木耳赤色仰生者不可食。蕈上有毛、下面光而无纹者及仰卷赤色者或色黑及煮不熟者，并不可食。一应檐下水滴菜有毒，不可食。茶、韭同食令耳聋。酒后食芥及辣物缓人筋骨。酒后饮茶伤肾脏。芥菜同鲫鱼食发水肿。鲫鱼同沙塘食成疳虫。枣与鱼同食令人腰腹痛。鱼酢内有发害人。猪肉不可与炒豆同食，并忌生姜。鹿肉不可与虾同食。虾不可与糖同食。”此物禁忌，有碍于卫生，切宜精细避之，是为之记。

第六十二章

丁巳(1917)八月十一日起

八月十一日辛未 晴。早刻,陶习谦兄来叙半晌,言送醉春先生之匾,习之兄亦拼一股,其中有事实不同,即将匾叙不用,仍以“慧心仁术”四字,托虞韶先生代寄甬江定做,未识九月初十之内能代带台否也。

十二日壬申 晴。晚刻,丁辅香、赵叔枚、王六皆、李舜卿、翁子俊、周篪卿诸君及达云母舅、星斋宗叔来叙至晚而去。晚刻,应子能先生来言季明请其看病而来,留过晚膳后去。《同善录》中刊有急救等药方,此均急要方药,即托子能先生代为增删,择其犹于灵验等方合成一册,俟至沪之便嘱石印店刻成册,印送亲戚朋友,此为至便可也。此书现交子能先生带去,俟其择好送下。

十三日癸酉 晴。早刻,陈企敏兄来言,其附近诸处晚季收成定卜预歌大有,近来雨旸时若,非独彼之附近诸处,即台州一府而论,均可预歌大有耳。言其令祖德广老生于道光丁酉年正月初十日卯时,今八十一岁矣,人极强健,幼年务农,勤俭持家,现积有馀资,田逾三百亩,而资财亦逾数万,两子三孙,曾孙亦已两人。白手成家而能如是者,颇非易易。即代叙其八字系丁酉、壬寅、戊子、乙卯。年干丁,月干壬,丁、壬化木。年上正印,年下伤官,月上偏才,月下七煞、偏印、比肩,日下正财,时上正官,时下正官,子中癸水系正财,坐在日支,颇为得气而已。四岁行运,现八十一岁,交午运,平平耳。彼言自己生于丙申年十二月初二日巳时，年方二十有二岁，已得两子，家又丰厚，命亦佳耳。即代叙其八字系丙申、庚子、壬戌、乙巳，月干庚、时干乙，此乙庚化金。子平云："乙、庚从化，长存仁义之风。"查其年干偏才，年支偏印、比肩、七煞，月干偏印，月支劫才，日支正印、正财、七煞，时干伤官，时支偏才、七煞、偏印，年支坐有长生，时支坐有玉堂天乙贵人。一岁行运，初交辛丑，现交癸运，系劫才地，行卯运有玉堂天乙贵人，虽是伤官，尚称佳妙。地支三重七煞，尚能干，伤官透在时干，无大作为耳。言其长子生于甲寅年八月十三日寅时，即叙其八字：甲寅、癸酉、辛酉、庚寅，辛酉系是专禄，日、月支坐有官禄贵人，年支寅、时支寅，均有玉堂天乙贵人。查其年上正财，年下正财、正官、正印，月上食神，月下比肩，日下又是比肩，时上劫才，时下正财、正官、正印，命乃秋金叠叠，又是建禄归提。子平云："建禄归提月，财官喜透天。"彼虽建禄归提，惜乎透才而不透官，美中而有不足之处，命即如是，将来亦能发迹。三岁行运，初交甲戌，但其廿三岁交丙子十来年最为得意之妙。又言其二令郎生于上年丙辰十一月廿六日巳时，叙其八字系丙辰、庚子、辛卯、癸巳。年干丙，日干辛，乃丙辛化土。地支子、辰半会，子卯相刑。查其年干丙正官，年支辰藏乙正财，戊正印，癸食神，月干庚劫才，月支子中癸水食神，日支卯内乙木偏才，时上癸水食神，时支巳暗藏丙正官，戊正印，庚劫才，六岁初交辛丑。其两子，长甲寅，次丙辰，两相比较，丙辰之命不及甲寅耳。

晚刻，达云母舅及王让卿、李舜卿、周篪卿、翁子俊诸君来叙至晚而去。王让翁言其邻家于七月十五日戌时生有一生[1]，数日之后，母子均出而见风而无碍，当值酷暑之际，住在茅厂之下，非独见风，而且受暑亦无病。未满半月，母出而烧饭，子有床上跌至床下，面上有血印，即将灰尘粘血而止，亦无窒碍。抚子如斯，易之至极也。即代叙其八字系丁巳、戊申、丙午、戊戌，查其年上劫才，年下比肩、食神、偏

① 当为"一子"。

才，月上食神，月下偏才、七煞、食神，日下劫才、伤官，时上食神，时下正财、劫才、食神。其命如斯，乃失气太重，系是贱命。其命已贱，所以抚之甚易。贵命其人贵，其身体亦贵，抚之为难；贱命、下命其人贫贱，其身体生来即是贱体，所以育之颇易也。天地赋性，生下命即定矣，焉可请求？此等之命生于富贵之家，返能难抚；富贵之家得育贱命之子，定见衰颓于不远。贵命生在贫贱之家，而抚为难；贫贱之家而能育贵命者，定有积德累功，将来定见一番时日付与麟儿而不长于贫贱也。人之富贵贫贱各已有命，不可相强耳。晚膳后，至作羹兄处，晤褚永芳兄，相叙半晌而来，至家尚未二鼓耳。

十四日甲戌 早至午刻，晴；未牌以后均阴。早刻，至尚德小学校，晤褚永芳、王俊卿、金衡甫诸君，互叙少顷，就道至吴玉翁处，晤王春圃兄，相叙半晌而来。昨王桐甫兄来柬，因其令嫒许西山徐晓园令郎，系第二子，择今日纳采，遣人来邀午膳。遂至保成，晤翁子俊、李舜卿、王六皆诸君，相叙席散。即约同舜卿兄至文昌阁，晤汪伯端、周作羹、侯洁斋及曾先生，相叙半晌。即托曾先生代开葭沚庄黄世才户田七分五厘，又向栅浦庄苏利丰户田一亩正均推入葭沚庄，黄秉义户，又开一字三山庄黄质诚户推田二分五厘至该庄陈方扬户，又推田一亩五分至该庄王旭日户，又向三山庄陈光彩户推田七分五厘至原庄黄质诚户，托其转交三山庄局房周虚生代为推收矣，至奚官明托余代交局房向申庆庄洪双南户推田一亩五分亦开入单中。

伯端兄言，有省视学同陈少卿来至该处视学方去云。别后至家，适赵子修兄、张菊仙、林少秋诸君来叙少顷而别。张菊仙托余代其算命，彼言生于光绪戊寅十月十七日午时，即代叙其八字：戊寅、癸亥、癸巳、戊午。年干戊，月干癸，戊、癸化火。日干癸，时干戊，又是戊、癸化火。时支坐有玉堂天乙贵人，因巳、亥一冲，寅、巳又是相刑，将其有用之贵人竟作无用矣。查其年上戊土、正官，年支伤官、正财、正官，月干比肩，月支劫才、伤官，日支正财、正官、正印，时干正官，时支偏才、七煞，其格水多，遇土修为提岸之功。九岁行运，初交甲子，现年四十岁，丁运，系食神地，其水较旺，即遇失气，尚称佳妙耳。

十五日乙亥　晴。夜间月色明亮，逾于往昔，正是月到中秋分外明，如此良夜，不可多得。古人最喜中秋之月，因中秋天气不热不寒，其喜者即在于此也。接吴勉生兄一信，系寄街中馆店夥带来，想已多日，函中又未书明日子，未识何日函发耳。早刻，童醉春先生来叙，过午膳，系陶习之兄请其来与女看病，即同醉春先生至陶宅，晤习之、习恭昆季及陈半塘，相叙半晌而来。赵叔枚兄柬邀晚膳。晚刻，至椒江水产学校，晤赵子修、赵叔枚昆季及周涧泉、徐志伸、郑鹤平、林少秋、张菊仙、金剑青、姚咏平、王伯琴、金仲璋、陶习之、周作夔诸君，相叙席散后而别。就道至丁辅香兄处，适张云卿亦来，定邀步月。得此良夜，人生亦不可多得，即同韵卿、辅香同至文昌阁，晤侯洁斋、汪伯端、周作夔，相叙半晌，言及张右荃现知黄岩县事，于禁烟一途最为精明云云。来时已逾二鼓，夜深而月色更明，趋步而来，心极畅爽。

道过文昌阁道人李吕彬间经过，彼将批机代人询问疾病。但李吕彬及庆相时常请仙批机，假者为多，其示乩语均是吕仙药签并郡城八仙岩生生数作为仙佛降坛语言，不识者被欺正不知凡几。药签句语并生生数，李吕彬均能背诵，加之庆相亦半能记忆，已知询问之人所为何事，即将相若签语以示之。至于请仙批乩，人若虔心诚意，询问之事必须正大光明者，遇有上仙下降时亦有之。李吕彬、庆相虽存心欺人，或有仙佛下降，亦未可知。此等事系上渎仙佛，非是万分紧急求祷者，不宜轻举为要。为之记焉。

十六日丙子　晴。午膳后，达云母舅及翁子俊、童畏三兄、伍菊香、王六皆先生诸君来叙半晌而去。王子衡兄自晚刻由海门其店中来邀余明日至其家中少坐。先慈于十八日入厝，灵柩即由王门岙动身，十七日之夕借宿王门岙僧堂，所用桌椅嘱老二至子衡兄府上借用，一切子衡兄允为照料。就即至家去，其时已晚，力挽而不得，此亦情分也。晚膳后，至丁辅香兄行中，晤汪伯端兄，言女学堂今夜有请仙扶乩之事，而作夔兄来亦言女学堂准于今夕请仙云云。看月色光明，藉得步月，足快人心。遂同丁辅香、汪伯端、周作羹相约均至女学校，见王六皆先生及周莲塘，言将动手，少顷而叶石甫先生、伍菊香先生及星斋宗叔、周篪卿兄来。已将请仙香烛并仙果茶酒等物携来，即行沐手焚香，即设茶果，而菊香先生书写灵符约数十条，果即摩乩。见陶习之及赵子修、赵叔枚昆季、林少秋、张菊仙诸君亦来看视，空摩约一句馀钟之久。初则星斋宗叔、六皆先生扶之，未见其上乩，继则菊香、石甫手扶，未久乩动，有异言已上乩书，诗之后云："吾乃道童是也。"石甫代楚卿兄令堂问病，答亦空宕，忌燥烈而已。又问梗卿之夫人即丹庭兄令媛已经坐月多时未见分娩，大约在于何时，又未识生男或生女。乩书："男女已有定数，何必询问?"其所答之语或上或落，不一而定。余亦沐祷一事，乩答以太上篇首二句，系太上曰："祸福无门，为人自招。"答如斯，本均可详。余之所问，核其所答太上篇首句，有大相矛盾，当亦未言其是否。看其时经十二句钟，即同习之兄及子修、叔枚昆季相约而来。以理想之，恐是石甫、菊香两君自书亦未可知。彼欲就是处立一机坛，倘得常请仙佛降机，将来总有真仙下降之一日。无如微事有渎上仙，致恐罪过，余不敢在其中言询也。

十七日丁丑 晴。早刻，陈弼斋身有寒热，日前本邀其代为助祭，作为罢论。杨姨太柩于巳刻动身，由土夫抬至王门岙，其棺尚轻，即以四人抬之，用鼓吹八人并旗伞五人，大华及继配陈氏二人送之。午膳后，家君偕沅及韵卿先生、子俊兄并另星、被、铺一切，讨船由栅浦动身，至三句钟即抵北山。王子衡兄路中挽留，家君因至王门岙有事，不肯上岸，余同韵卿先生、子俊兄均至子衡兄府上，晤其令尊少谈，并许眉甫先生及其令郎庭槐号惇伯，相谈至晚。询其令弟子襄已至上海已经月馀，未识何事久搁如斯。惇伯言应子雨在海门被有一土屿人哄骗嫖赌，已需千馀，又被拐子骗去衣服银洋亦逾两百，需款颇巨，不敢到家，致恐乃翁切责，现至沪江考澄衷学堂为名，实在花天酒地。无如其人过于忠厚，被人搬弄以致如斯，实出人意料外也。所以小儿二十岁之内为父母者严于管束，若走野路，定难收拾。俗语云:“人在二十左右,此是人鬼关头。”凡为父母,岂可放纵!倘其人、地老成,不被歹人所危,殊非易易。况子雨之父年逾四十而生子,因此而废,致有性命之危。凡为人子者,岂可不行正规,致亲日夕焦思,于心何忍!儿子人既忠厚,不宜出外肄业学堂,是为至切。

家君邀眉甫先生并子衡兄同为助祭,均承允诺。子衡兄言有四子二女。但子衡生于戊寅,现年方只四十。长子惇伯年经二十,于甲寅娶亲,已生一女,现又有孕,即在八月坐月。俗语有云:“命佳者,三十六岁牵孙过桥”,即子衡兄有以相似焉。惇伯之命虽平平,年未二十已经生女,现经二十,望见生子,可以预必。子衡兄言二令郎生于己酉年五月十四日未时,即叙其八字:己酉年、庚午月、壬戌日、丁未时。查其年干正官,年支正印,月干偏印,月支正财、正官,日支正印、正财、七煞,时干正财,时支伤官、正官、正财,今年九岁行运,初交己巳,系正官地。又言其四令郎生丙辰年十月初一日酉时,即叙其八字:丙辰、戊戌、丁酉、己酉。查其年上劫才,年下偏印、伤官、七煞,月上伤官,月下偏才、比肩、伤官,日下偏才,时上食神,时下偏才。丁巳生在酉,日支酉、时支酉,均坐长生。丙丁猪鸡位,日支、时支均坐有玉堂天乙贵人。丁巳禄在午,酉是文昌,日支、时支又坐文昌。子平云:“才气遇长生,田园万顷。”又有玉堂天乙贵人,今年必得其贵。两重文昌,此子定有功名。如此八字,其佳不言可知。较之其大令郎惇伯、二令郎之庚甲大相悬殊,子衡家之千里驹必在此子也。四岁行运,初交己亥,即见其佳,以后运道亦颇佳妙。子衡兄最为客气,设有一席,邀余以及韵卿先生、子俊兄相谈。过晚膳后即动身至王门岙,已经九句钟,家君已经安睡。周冠卿先生亦来,即与冠卿先生及子衡兄、子俊兄、韵卿先生、眉甫先生互叙少顷,即为安置,邀子衡兄代为主祭,均已允诺。无如是处最为跼蹐,邀同诸位辛苦一夜,深实不安也。

十八日戊寅 晴。天气温和,兼无大风。上午四时,家君邀沅即起,并邀诸君致祭先慈周太恭人灵柩毕,即催促执事人等,而冠卿先生并韵卿先生、子俊兄先至徐山之屿岙。时见东方将白，沅即同二弟秉礼恭扶先慈周太恭人灵柩，三弟秉衡扶杨姨太柩，并执事及纸札均于此时由王门岙动身，至十一句三刻钟安抵徐山之屿岙。前由福建洪潮和日子择来系今日午时入圹，到时十一句三刻正合午时，但日子中注明忌用响器。遂即奉先慈周太恭人灵柩入厝，即由泥水匠封固龙门。而杨姨太亦于此时入圹，均由周冠卿先生格准方向，龙门封固。即至山主家，请韵卿先生、子俊兄并邀梦云先生代为助祭。时眉甫先生、子衡兄已由王门岙去矣。致祭先慈周太恭人，沅自行主祭，祀后土请子俊兄代为主祭。因忌鼓乐，均未用响器。未入圹之先，将其已造佳城开出，内尚清洁。转视先慈周太恭人灵柩被盗开棺，虽经封固，尚见生漆封固之处，深为哭泣，思拿此等盗贼，生食其肉，尚有馀恨，只得饮恨终身。奉先慈周太恭人灵柩入圹，龙门封固，遂行致祭。毕后即同家君并梦云先生、韵卿先生、子俊兄均至山主解小林即四老司家，午膳后，已经下午二句钟时动身，至五句钟到家。遂将先慈周太恭人神主沐手敬谨垫注改葬之处并以后事实毕，即请韵卿先生点杨姨太木主毕，遂即致祭安神。而梦云先生未曾同来，即请达云母舅并子权同行助祭毕，即送上先慈周太恭人神主并杨姨太木主至神棚事毕，均行恭叩先灵。诸事安置之后，家君席请周冠卿先生并助祭诸君，席散后，陶习之兄来叙少顷而去，时经下午十一句二刻钟矣。今日天气晴明，风又安静，均为至幸。

十九日己卯　卯刻，细雨；辰时，阴；以后皆然。晚刻，楚卿家长工来言，楩卿之夫人已将分娩。章杞堂先生在其家中言用素兰配药，向余取用。前有糖炙者无多，交其来人带去。但素兰只取其清气而已。晚膳后，至楚卿家，晤章杞堂先生及王六皆先生、叶石甫、蔡绍庭诸君，互叙半晌。言楩卿之夫人肚丁早上痛起，或痛或止，尚未紧急，想其分娩早则下半夜，迟则每日亦未可知。彼家已惊惶，亦不宜也。此瓜熟蒂落，何必如是之着忙！杞棠先生亦已此言进劝而已。托杞棠先生开方，即将《达生编》所纪保胎无忧散方与之。此方于胎前最能相宜，能生则易生，未生即能安胎，其善莫过于此也。别后，就道至作羹兄处，晤伯端、篪卿两君，互谈少顷，而至辅香处少坐而来。

昨刁之兄言其账房陶莘野生于丙寅二月十四日午时，即代叙其八字系丙寅、辛卯、甲辰、庚午。年干丙，月干辛，乃丙辛化水。年支坐有官禄贵人，查其年上食神，年下偏才、比肩、七煞，月上正官，月下劫才，日下劫才、偏才、正印。时上七煞，时下伤官、正财。子平言："木全寅卯辰，功名自有。"乃入格八字，何至其人贫无馀积。依人作嫁而无久处之方，细查甲辰，乃是大败。干上有官而无财，不能相济，月干正官，时干煞，乃官、煞混杂，所以其人难于积聚，以致如斯也。命之理微，一不经心，"毫厘千里"之语而不谬也，为之记焉。

二十日庚辰　早至酉刻，阴；戌牌，细雨；以后皆然。早刻，遣人询问梗卿之夫人曾否分娩，旋言梗卿之嫂已于上午二句钟时已经分娩一男，代为欣喜。即致丹庭兄贺信一函，交邮保险寄至上海后马路介祉里投递矣。即代叙梗卿郎八字，系丁巳年、己酉月、庚辰日、丁丑时，庚申在巳，年支坐有长生，时支丑，丑坐有玉堂天乙贵人。查其年干丁正官，年支巳内藏丙七煞，戊偏印，庚比肩，月干巳正印，月支酉暗藏辛，系劫才，日支辰暗藏乙，正财、偏印，癸伤官，时干丁系正官，时支丑暗藏巳，系正印，辛劫才，癸伤官，时支坐有玉堂天乙贵人，时干正官，谓之"贵人头上藏财官，秋金叠叠"。巳、酉、丑全会金局，日支辰，乃辰酉合金，四柱纯金。查《千里马》有云："庚、辛局全巳、酉、丑，位重权高。"此等八字即自为选择亦非易易，将来定成大器，可也预必也。十岁行运，初交戊申，十年不甚见佳。二十交丁未，以至癸卯，五十年之运气均称佳妙，是为记载，后观此日已言及之矣。

早刻，贺云江兄来叙，过午膳后，丁辅香兄、周篪卿兄、王春圃兄来叙至晚而去，言楚卿兄已由温州旋台，今晚已至家中。晚膳后至楚卿兄处，晤章杞堂先生、周冠卿先生、王六皆先生、黄道周宗叔、伍菊香、王春圃诸君，互谈颇久。杞棠先生云，杭州有一瞎眼之女媪算命奇准。楚卿兄言该女媪所住之处与清波门相近，地名谓荷花池头云。

楚卿兄之杭州寓所已移至新开巷第十三号门牌矣。云初兄现亦寓楚卿兄之公馆，余亦拟邀女媪算命，俟托云初兄代算，未识其言应验果何如也。约冠卿先生来家相叙之后，于时已久，留宿一夕。

廿一日辛巳 卯时细雨，一刻即晴；至晚皆然。致王云初兄一信，托其代觅瞎眼女媪推算命理。附致黄梗卿贺信一封，交邮寄至杭垣新开巷第十三号门牌黄公馆投递。人生命理本已预定，但余喜托人推算者，因粗知悉此中运行，所以托于精于子平者推其奥旨，藉可为则也。冠卿先生于早刻去。早膳后，侍家君同秉礼、秉衡两弟至栅浦坐小船至赵桥坝头，因坝里小舟未来，至王六溪家少坐。但六溪年只五十有七，令郎梧冈年三十有七，令孙瑞香年经十八，尚有两孙，一九岁，一五岁。瑞香于上年已取辛山金伯吹姻长孙女、桐甫兄令嫒，眼见四代，年尚未见六十，其家道年有馀积，其命如斯，亦不易得也。

小舟到坝，即行动身至徐岙，时将方午，即行恭献先慈周太恭人毕后，至山主老司家午膳，诸事料理清讫，时下午二句钟矣。王六翁言，屿岙即是徐岙，其山即是徐山。按:《台州府志》纪徐偃王墓在徐山，定在是处。志中言石笋二支、土砖台一座，但石笋二支在胜果寺侧，与徐岙相去半里之遥，至土砖台今无其迹矣。大约徐偃王墓总在此山，惟经隔三千年之久，则其墓基难于寻觅而已。阴阳果若有凭，则有善地；有善地，所出人物能得佳造，则能为一番事业。以余想之，阴阳虽有凭藉，只可遇而不可求。凡为先人造葬，不得不择吉日，总以尽人力而听天命可也。

廿二日壬午 晴。早刻，同弼斋趁小轮抵黄岩县城仲达家，晤叔平，言仲达染恙未愈。即至仲达房中，言系虚寒而受风邪，致生疟疾，此无紧要也。本邀章杞堂先生趁视，因杞棠出乡视症，请吴儒声先生医治，看其方亦无碍。但身有寒热，此疟疾之所致也，定能逐渐痊愈耳。午膳后，片请林叙彝、吴勉生两君来叙半晌，即将弼斋之事代为重托，均承允许。而叙翁允即代邀陈少峰而已。晚膳后，同叔平至许蓉垣处，相叙颇久，来时已将十一句钟矣。言及张右荃现知黄岩县事，对于禁(烟)严厉异常，境内而有烟瘾者均为预备而已。

廿三日癸未 晴。致章伯纯兄一信，交邮寄交矣。早膳，至吴勉生处少坐，但勉翁现住王星垣先生后透屋，无台门，均是后门进出。彼之后门即池家大台门之侧，勉翁言为弼斋之事赴徐星环处代为说项，余即就道至林宅，询叙彝兄曾经出去，即晤霨生老伯，畅叙少顷而来。午膳后，叙彝、勉生两兄均来。勉生言，徐管带允为所请。叙翁言已函邀少峰，想今晚可以进城云云。但仲达之病寒热者稍轻，即邀章杞堂先生诊治。其方用米炒西洋及柴湖等味，食下而能见效，想即从此就可痊愈耳。少顷，许蓉垣先生、王仲槐兄来叙至晚而去。致叙彝兄一信，询少峰来否。

廿四日甲申 晴。林叙彝兄来言，陈少峰曾经进城，但勉生等人叫天佑及小保尚未来，叙彝兄携有霨生老伯致周涧泉先生一信，托余代寄，适福梅至城，即将该函交其送投，天佑、小保若至城中即可赴营投到，由营备文送县取保，心甚着急，而彼不至为恨。仲达席请余午膳，并邀勉生、叙彝两兄及许蓉垣先生、吴儒声兄、王仲槐兄、朱劼丞兄及陈弼斋诸君，相叙席散后而别。仲达之寒热稍轻，仍请杞棠先生诊视，其方与昨日之味相若，已能受补，定能逐渐就痊而已。

廿五日乙酉 晴。早刻，至朱劼丞兄府上，晤林叙彝兄，互叙一刻而别。但朱劼翁新屋照在双桂巷路难，其后墙即吉人先生之台门耳。其造法颇为雅趣，惟其样式间于中西，其花木岩石及盆景颇多。言有做泥水老司人颇聪明，假造岩石远不能见，修拾花木最为雅致，即觅此等之人亦不可多得。至家后少顷而林叙翁来谈，将午而去。午膳后，朱益敷老伯来叙少顷。仲达请其诊脉，据(言)人本虚寒，现今受邪，幸轻而浅，不肯开方，言杞棠先生之方即能见效。去后，而杞棠先生来与仲达诊治之后，即用辅正驱邪之法而治之。其方即用高丽参、淡干姜、北柴胡等味而进，即能受补，人亦清爽，而此知其邪轻，专治虚寒颇易耳。杞棠先生别后，即至朱益敷老伯处畅叙少顷而来。

廿六日丙戌 晴。早刻，吴勉翁来言，张右荃知事今日至路桥以及东南为保安队事，须四五日之搁，心甚着急，而小保又未来城。沈少眉兄来叙，过午膳后，值朱劼丞兄来叙少顷，章杞堂先生来与仲达诊脉，而仲达人已清爽，上楼，其药即照虚寒而治之，药加淡附片，其馀与老方仿佛而已。杞棠先生去后，即同少眉兄至郑夔友兄府上少坐，即邀余晚膳，后知其席请金镜如亲家，同席者：郑亮臣、黄玉堂、魏杭生、沈韵涛、茅启东、陈二庵诸君，互叙席散后而来。言郑涤洲先生于日中至家去，现尚未来云云。但亮臣兄系舒夫先生之世兄耳。陈小保于半夜之后而来，彼来而知事出乡尚须数日之留也。陈天佑未到作罢，四人投案已到三人，其一人即行报病可也。

廿七日丁亥 晴。早刻，同弼斋、小保至林宅，挽同叙彝兄至余理乡家，晤少峰及少眉两兄，将各人承分之洋托叙彝兄代为派定：弼斋承洋一百六十元，除付过洋七十八元，尚少洋八十二元；小保承洋八十五元，除付过洋四元，尚少洋八十一元，共计少洋一百六十三元。弼斋同小保拼出洋廿三元，尚少一百四十元，即向仲达撮来，合成洋一百六十三元。并致林叙彝兄一信，即饬四头送交，遂接叙彝兄福信一函，言事代为进行云云。即至吴勉生兄处，言其公出未晤，此事之下台须俟张知事旋之后方可遵行，尚需时日。余即于午膳后乘舆而来，至家时将下午四句钟。至家君处，晤六皆先生，相叙半晌，六皆先生又来叙一刻而去。自廿二日出门，至今廿七日归家，屈计五日，犹如转瞬之间耳。

廿八日戊子 晴。外甥孙克浣今值五岁，欲上学，托余代择吉日，即为代择九月廿五乙卯日入学大吉。早刻，寄交仲达，饬小四送去，旋言仲达曾已安痊，深为欣幸。早刻，至椒江水产学校，晤赵叔翁、金剑青先生及姚咏平、徐志伸诸君，互叙半晌。言及现在直隶被水计八十一县，又，大名府黄河决口，人民房屋被失者，不知其数。其灾可云巨矣。田彝安兄家在长垣县，查长垣系属大名，想其家中亦多损失也。就道至翁子俊兄及达云母舅两处，相叙少顷而来。欲访袁子雨，至星斋宗叔处，言其已去多日，即在星斋宗叔处少坐而来。言及娄瑞卿因有烟霞之癖，即宿允东家中为时已久，但被[①]足迹不出大门亦人所难能也。达云母舅言，海门之椒江日报馆已经封闭，但各处报馆均以新闻纪事，并以言论时事，惟椒江日报与其主笔稍有嫌歉者，非独以直为曲并造谣，其短正是无中生有、出言不逊，莫过于此。稍有可寻者即行索取，岂报馆所为？其在事者，一名吴牛，一名赵斗胆，一名柯潇魂，阅其名即知其事。现经镇守使封闭，正其相宜耳。

黄城携有客人庚甲数纸，顷逐渐代叙：

许蓉垣先生生于同治癸亥年十一月廿三日未时，叙其八字系癸亥、甲子、丙寅、乙未。查其年上正官，年下七煞、偏印，月上偏印，月下正官，日下偏印、比肩、食神，时上正印，时下正印、伤官、劫才。年支遇玉堂天乙贵人，日子坐有长(生)，九岁行运，初交癸亥，现五十五岁，方交未运，子、未相穿。但其运如斯，其人又时吐血，深难预测。

仲达令弟叔平生于丙申年十月初七日卯时，叙其八字系丙申年、己亥月、戊辰日、乙卯时。查其年上偏印，年下食神、偏才、比肩，月上劫才，月下偏才、七煞，日下正官、劫才、正印，时上正官，时下正官。戊禄在巳，年支申是文昌，九岁行运，初交庚子，现年廿二岁，值辛运耳。

林霨生老伯生于道光庚戌年七月十八日辰时，叙其八字系庚戌年、甲申月、戊申日、丙辰时。查其年干庚食神，年支戌内藏辛，系伤官，丁正印，戊比肩，月干甲七煞，月支申内藏庚系食神，壬偏才、戊比肩，日支申同月支，时干丙偏印，时支辰内藏乙系正官，戊比肩，癸正财，戊禄在巳，月支申、日支申均坐玉堂天乙贵人，年干庚，月干甲，日干戊乃甲、戊、庚，系是三奇，年支戌、时支辰，此辰、戌正冲，格取三奇。五岁行运，初交乙酉，现六十八岁，交辛运。按：林蔚生先生官篆丙修，少年入泮，补入天禄岁贡生，中光绪癸巳恩科举人，联捷甲午恩科进士，以知县签分江南即用，两署华亭县知县，补吴县知县，署太湖

① 当为“彼”，它处不再注。

厅同知，大计卓异，捐升道员，加二品顶戴。时陆春江中丞巡抚江南时，委铜元局总办全省营务处抚署文案，自乙未到省，至丁未旋里，宦游十三载，私囊颇裕。令郎启人官篆迪，以佐杂指分福建，现办福建酒捐局差。孙一人。如其人者，福寿双全，吾台不可多得也。

令侄叙彝兄名遒，生于光绪壬午年八月十五日辰时，叙其八字系壬午、己酉、戊辰、丙辰，查其年上偏才，年下正印、劫才，月上劫才，月下伤官，日下正官、比肩、正财，时上偏印，时下正官、比肩、正财，年支坐有羊刃，五岁行运，初交庚戌，现年三十六岁，方交癸运。但叙彝兄人极能干，入资布政使理问，指分福建补用，于辛亥岁署过龙岩直隶州属镇洋县令，时郡城郎吉夫太守任龙岩直隶州也。

其大令郎生于癸卯年十月初四日亥时，叙其八字系癸卯、癸亥、甲寅、乙亥，甲禄在寅，生在甲寅日即专禄。查其年上正印，年下劫才，月上正印，月下偏印、比肩，日下比肩、食神、偏才，时上劫才，时下偏印、比肩，五岁行运，初交壬戌。其二令郎生于乙巳年九月十七日巳时，叙其八字系乙巳、丙戌、丁亥、乙巳。查其年上偏印，年下正印、伤官、正财，月上劫才，月下偏才、比肩、伤官，日下正官、正印，时上偏印，时下正印、伤官、正财，三岁行运，初交乙酉。其三令郎生于己酉年二月初五日未时，叙其八字系己酉、丙寅、乙卯、癸未。乙禄在卯，生于乙卯日即是专禄，七岁行运，初交乙丑。叙彝兄年只三十六岁，少君三人，长者现年十五岁矣，转瞬者即生孙矣，其运亦可谓佳妙。

廿九日己丑 晴。早刻，王俊卿、褚永芳两君来叙半晌而去。人倜先来言近日有至郡城一行，即托其向运盐公司代取帖租，将其凭摺交其带去向取矣。少顷，贺云江兄来叙，过午膳后而去。但杨定甫先生生于道光乙巳年十月二十日辰时，叙其八字系乙巳、丁亥、戊申、丙辰。戊禄在巳，年支遇有官禄贵人，日支坐有文昌。年支巳、月支亥，巳亥一冲。日支申、时支辰，系申辰半会。查其年干正官，年支偏印、比肩、食神，月干正印，月支偏才、七煞，日支偏才、比肩、食神，时干偏印，时支正官、比肩、正财，五岁行运，初交丙戌，现寿七十三岁，正值辰运。按:定甫先生名晨,少年入泮,遂即补廪,中同治甲子补行乙卯并科举人,捐内阁中书,中光绪丁丑科进士,点翰林院庶吉士,庚辰留馆,授翰林院编修。癸未考取记名御史,补山东道监察御史,巡视中城,补刑科给事中,后丁内艰,未曾再出。在谏垣时京察一等记名道府加二品衔。善于会计,积资最巨。台州人登科甲者以杨定甫先生最早。少君星五娶旭东宗伯之妹,青年守寡。文孙子平、子洄两君。子洄兄亦经早逝。现只子平兄,人亦能干,有子二人而已。晚膳后,至永顺利,晤丁辅香兄,互叙半晌而来,至家时将二鼓矣。

三十日庚寅 早至未刻,晴;申时以后皆然。接张丹庭兄一信。早刻,楚卿兄来叙半晌,言湖南永州独立,南兵与北兵已经交战。倘若果如其言,非独湘省受其荼毒,即各省百姓亦无安枕之日,深为至虑。午膳后,至尚德小学堂,晤王俊卿、褚永芳、金衡甫、邱威甫诸君,互叙半晌而来。至家时值达云母舅及子俊、菊香、篪卿诸君来叙至晚而去,言及王少常近在家挂做花会,日昨黄岩县张知事至路桥之便,饬法警至其家中拿去十馀人,均做花会之夥友。闻言之下,深为浩叹。但王子常老伯何等名望、何等清高!仙游未久,令郎竟做花会,经县署拿办。闻言之下,返心自问,深为怅然。但子常老伯一生视钱甚空,虽无作恶,亦无行善。古人云:“积财与子孙,子孙未必能用;积书与子孙,子孙未必能读;积德与子孙,子孙荣昌。”乃信然也。是为之记。

晚膳后,至篪卿处少坐,相约同至楚卿处,晤王春甫、王六皆、李卧南,相叙一刻而别。但李卧南现在新昌县署充当收发,方于昨日旋台耳,言该县知事系金姓。就道至丁辅香兄处,晤周冠卿、汪伯端两君,互叙半晌而来,至家时逾二鼓矣。

九月初一日辛卯 晴。致王俊卿一信,饬老官送交。晚刻,达云母舅及醉香来叙至晚而去。子衡兄自海门来言,楚卿兄令堂叫其不知何事,相叙至晚,留过晚膳后,至楚卿处。余即至李舜卿兄处,畅叙至九句半钟而来。接黄梗卿一信,并附接王云初兄一信,言杭垣荷花池头之瞎眼女媪只能谈命，而不能批命云云。

近来北省之水灾奇重，言难甚述。阅八月廿三日之《申报》纪“黄河崖决口后之救济”言：“山东黄河崖河口突决，德县附近数十里一片汪洋，人民生命财产之损失不可胜数。刻闻张省长议定救济办法六条，略志于下：一，派员调查被灾户口；二，分配恳植荒地；三，设法安插老幼残废；四，赈济疾病、死亡；五，人民暂租公产；六续行筹办冬赈。津浦各站所收款项向章按日汇报总局。自北段各站被水冲坏，黄河崖以北不能通车，各站收款不能解局，总局日昨派李应恺等七人来济驻车站组织收款处，现已开始收款。凡德州以南、韩庄以北各站之款均解济站收款处收存。韩庄以南则解送浦口云。”阅此则知北省之水灾奇重，但报纸日日均有详记，篇幅甚长，未见详记。总而言，山东、河南、直隶三省被水灾奇重者计八十一县，又加奉天、山西、湖北、河南等省亦有数十县，灾情较轻，亦籽粒难于收成，非大雨流行，而黄河决口、永定河决口，人民遭殃者数十百万房屋被冲坍无存，不知凡几。铁道冲坏之处颇长，铁桥被水冲倒者亦计多处，以致天津租界马路水深七八尺或五六尺不等。如是想之，其奇重可知。现湖南又见兵灾，正是“二千九百劫数临”，阅其言词，深堪浩叹。各省不能统一，水灾、兵祸层见叠出，推其源过，祸首在于袁世凯，纵袁世凯者奕劻，万民之遭殃不得不推首祸之人也。未识何日得见光天化日，为幸多矣。

现任杭县者系景崧，即前办台属盐商景伯贤之后，景在沪任警官时见信与杨督军，杨督军来浙之后，调景任为杭县。方寿民之被曲得景代为上达，饬海门镇守使将椒江日报馆封闭云。李舜卿兄言，方寿民兄曾经旋里矣。

周建西生于同治壬戌年六月三十日巳时，叙其八字系壬戌、丁未、辛巳、癸巳。年干壬、月干丁乃丁壬化木，辛禄在酉，年支戌是羊刃。查其年上伤官，年下比肩、七煞、正印，月上七煞，月下偏才、偏印、偏官，日下正官、正印、劫才，时上食神，时下正官、正印、劫才，五岁行运，初交戊申，现年五十六岁，方交癸运，系食神地。六月辛金再遇，夫气运本不佳，若至丑运，系是冲提，更不见佳。其大令郎生于庚寅年十二月初四日子时，叙其八字系庚寅、己丑、己亥、甲子。己日遇子时坐有玉堂天乙贵人，子又与月支丑作合，其贵人尚见得气。查其年上伤官，年下正官、正印、劫才，月上比肩，月下比肩、食神、偏才，日下正财、正官，时上正官，时下偏才，八岁行运，交庚寅，现年廿八岁，方交壬运。二令郎生于丁酉八月初一日寅时，叙其八字系丁酉、戊申、戊午、甲寅。戊生在寅，时支遇有长生，惜与月支申一冲坏事。丙、戊禄在巳，月支申是文昌，虽与时支寅正冲，无碍于事。遇有文昌者，理能读书，但彼无文气，不知何故？命之理微，难于推测。查其年上正印，年下伤官，月上比肩，月下食神、偏才、比肩，日下正印、劫才，时上七煞，时下七煞、偏印、比肩，八岁行运，初交丁未，现年廿一岁，正值丙运耳。

初二日壬辰　晴。早刻，陈弼斋自黄城旋言，事经了结，深为欣喜。至陈天佑未曾到案，即将天佑抛去在外，仍由营县访拿。日前天佑承分之洋亦由少峰、弼斋、小保三人分摊，但此事系余所托，即致林叙彝兄一信、吴勉生兄一信，即交王宅来人带交矣。余即以空函致谢，弼斋各人另行送礼致谢焉。晚刻，达云母舅及子俊兄、舜卿兄来叙至晚而去。晚膳后，至丁辅香麻行中，晤汪伯端、周冠卿诸君，互叙半晌而来。言及王少常兄因做花会，经黄岩县张右荃知事拿去，计有十三人，内十一人已经开释，内一人系是土匪，即行间禁。将王少常罚洋一百元，言明有名无实，即发戒烟局，令其戒烟，并许烟能戒净，委其差使。此事如是办法，张右荃知事不愧贤令尹也。

弼斋言其令尊生于道光己酉年正月三十日亥时，叙其八字系己酉年、庚寅月、己亥日、乙亥时。丁巳生在酉，年支酉系长生。查其年干巳比肩，年支酉内藏辛是食神，月干丙系正印，月支寅内藏甲、丙、戊，甲是正官，丙系正印，日支亥内藏壬、甲，壬系正财，甲是正官，时干乙系七煞，时支亥与日支同。七岁行运，初交乙丑，现年六十九岁，交巳运，比肩地。煦东宗伯系己酉正月三十日戌时，只相去一个时辰。弼斋令尊于廿二岁交子运，子内单癸水系是正财，中浙江乡试武举人。煦东宗伯于廿七岁方交癸运，亦是正财地，中浙江乡试文举人，六十二岁交申运，系是冲提，辛内庚金、壬水正克，寅中甲木、丙火，巳遇，申系玉堂天乙贵人。但煦东宗伯只巳遇申玉堂天乙贵人，不如加乙字巳遇申之玉堂天乙贵人为有力，所以煦东宗伯于六十二岁方交申运而故。但弼斋令尊幸时遇乙，六十二岁虽申运冲提，得玉堂天乙贵人而解之。现六十九岁巳运比肩，老年人不甚佳妙，倘巳运故去，即未运亦是平平。总而命之理微，精于五星者则知其中奥旨也。

初三日癸巳 晴。早刻，赵叔枚兄及周篪卿两君来叙过午膳后而去。晚膳后，至黄星斋宗叔处少坐，彼近日因拜九皇为奉道弟子，均宿在江边堂坛中。就道至周孟东处，看丁升东之新妇，升东即娶孙会宾之女。并至孟东处，晤陶习之、习敬、倪寿生，相叙一刻，相约至丁辅香兄麻行中，晤周冠卿先生少叙。现值九皇召斗时期，黄星斋设元辰社于江边堂。文昌阁本有九皇坛，上手之斗首本是周梅五，甲寅岁梅翁作古之后，各人即以孟东代之。既奉九皇召斗，为斗首者必须恭敬诚心将事，犹恐责罚非轻。元辰社斗首黄星斋尚宿江边堂，人尚吃素，内虽不知其能否诚心恭敬，外貌尚看得过去。文昌阁九皇斗首周孟东日夕嬉戏而又吃荤，外已不谨，何况其内各人欲议将其两处九皇坛并合为一，拜九皇斗首。中有奉道、顶香两席，星斋为奉道弟子，孟东为顶香弟子。顷据倪寿田言，文昌阁永清宫住持道人每三年中送斗首洋六十元、办公洋一百元，其百元中虽于庙中需用，其实尚有馀剩。是斗首之出息，统而计之，文昌阁斗首每三年约百馀元之出息。恐星斋来有兼涉此等费用，而孟东难于允诺，即可无庸起口而已。

陈弼斋已于早刻至家去矣，但彼无端之曲需洋两百馀元，正是冤无其冤，现已了结清讫，尚为不幸中之幸也。

初四日甲午 卯刻，阴；辰至酉牌，雾、阴；戌时，雷雨；亥牌亦然。

丁升东兄柬邀晚膳。晚刻，同秉礼至其家中，晤其亲家孙云轩即会宾先并其两令郎，长在海门学习，次在上海公升为徒，及陶习之、周孟东、丁旭东、姜吕送、三妹先，相叙席散，因雨少坐而来，至家时经下午十一句钟矣。托丁旭东代由上海北永泰购买春字鼻烟一瓶，家君嘱余托其代买也。

孙云轩言生于同治戊辰年九月十二日巳时，叙其八字系戊辰、壬戌、丙戌、癸巳。丙、戊禄在巳，时支巳遇有官禄贵人。查其年上食神，年下正印、食神、正官，月上七煞，月下正财、劫才、食神，日下正财、劫才、食神，时上正官，时下比肩、食神、偏才。年干戊、时干癸乃戊、癸化火。四岁行运，初交癸亥，现年五十岁，正交卯时，乙木生丙火，系正印地。丙火生在九月，非是旺地。虽戊、癸化火来助，本身亦非最旺之乡。遇乙木来助，其运本佳，何至其上年方交卯运生病破财？亦不解其故。姜吕送系松岳之子。但松岳本一粗俗庸人，自从旭东宗伯数十年来，遇钱而贪，无易衙门中之差役，颇多畜积，数至二三万之巨，亦不易也。

吕送言生于乙未年三月十一日未时，即叙其八字系乙未、庚辰、壬午、丁未。年干乙、月干庚乃乙庚化金。日干壬、时干丁是丁壬化木。查其年上伤官，年下伤官、正官、正财，月上偏印，月下伤官、七煞、劫才，日下正财，时上正财，时下伤官、正官、正财。一岁未到即行运，初交己卯，现年廿二岁，值在戊运。戊土克壬水，系七煞地，本身已弱，遇官来，其运非佳。其庚金系是用神，遇丙、丁运均不佳善。吕送言其弟吕端生于丁酉年十一月十三日卯时，叙其八字系丁酉年、辛亥月、戊戌日、乙卯时。年支酉、时支卯乃辛金正克乙木，月支亥、时支卯系亥、卯半会木局。查其年上正印，年下伤官，月上伤官，月下偏才、七煞，日下伤官、正印、比肩，时上正官，时下正官。十岁行运，初交庚戌，现年廿一岁，系上年丙辰二十岁方交巳运，乃劫才地。在甬江需用颇巨，今年在海门糖捐局作夥，云其钱能积聚，以理想运遇劫才总不能积畜耳。其父之命云记忆不清，另日再行询悉，未识其命如何，此道进财致有如是之巨也。

初五日乙未 早至午刻，雨；未牌雨晴，阴；以后皆然。接童再春先生来柬，其令郎仲虞兄于月之十三日完姻喜期云。午膳后，达云母舅、伯端兄来叙至晚而去。晚膳后，至子俊兄府上，相叙半晌，适其夫人于酉时又添一丁，代为欣幸。子俊兄于乙卯岁年四十有三恭喜添丁，今年丁巳，年四十有五又添一丁，深为欣幸。可见人生招子早晚均已前定。代叙其二令郎八字：丁巳年、庚戌月、乙未日、乙酉时。乙巳日之玉堂天乙贵人在鼠、猴乡，乙未日、乙酉时，此正夹申宫之玉堂天乙贵人。查其年干丁系食神，年支巳内藏丙系伤官，戊是正财，庚是正官，月干庚系正官，月支戌内藏辛系七煞，丁系食神，戊土正财，日支未内藏乙木比肩，巳系偏才，丁是食神，时干乙木比肩，时支酉内藏辛金、七煞。四岁行运，初交己酉。其命之佳者取其夹申宫之贵，其格亦取夹贵而已。

初六日丙申 晴。晚刻，达云母舅及伯端兄、子俊兄、篪卿兄来叙至晚而去。王俊卿代章安人卢姓为东岳宫借名铸鼎事设席尚德，来柬邀晚膳。即于晚刻至尚德小学校，晤王俊卿及周谱香母舅、达云母舅、黄道周宗叔、六皆先生、子俊兄、邱威甫、金衡甫诸君，相叙席散而来。接何见石方伯来柬，悉其公子仲鸿世兄择在月之十六日完姻喜日，即聘亲太平莘山金宅耳。

初七日丁酉 晴。致贺云江兄一信，向其前托买各物取来：仲达托余转托其代买高丽参四两零，计六支，价洋三十一元一角二分五厘，另高丽一包计一两及鼻烟均家君托其代买，即呈家君察收矣。致陶习谦兄一信，饬老官送交，旋言拼送童醉春先生之匾已由甬江购来，现在海门，余托其代购喜对一副随即带来。但习谦兄于月之初一日染恙，现尚未愈，未曾致福云。致黄楚卿兄一信，托其代买全鹿丸洋十元，该函均交老官投送矣。晚膳后，路遇周篪卿，同至达云母舅府上，晤叙少顷，相约至文昌阁斗会中，晤周孟东、伍菊香、周建西、周明钊、倪寿生少谈而别。就道至陶习之兄处少坐而来，至家时将二鼓矣。斗会中言王敦仁于昨日酉时生下一子，叙其八字系丁巳、庚戌、丙申、丁酉。丙日贵人在酉亥时，其时支酉遇有玉堂天乙贵人。丙、戊禄在巳，其日支申遇有文昌，年支巳遇有官禄贵人。查其年上劫才，年下比肩、食神、偏才，月上偏才，月下正财、劫才、食神，日下偏才、七煞、食神，时上劫才，时下正财。丙申虽是大败，幸有财官而解之。其命多财，本身有此健旺可以用财，虽有多重劫才而无碍也。五岁未到行运，初交己酉。此等八字虽无格局可取，尚在中等而已。

初八日戊戌　晴。早刻，楚卿兄与吴玉翁来叙半晌，楚卿兄邀明日至上白云山登高。午后，至吴玉翁处，就道至伯端兄府上，晤篪卿，相叙一刻，相约至家。适达云母舅及翁子俊兄来叙至晚而去。陶习之兄来邀晚膳，因其令妹有酒一席送其令祖母以作寿晨之筵。其令祖母冯恭人本月之十二日生晨，其令妹适琛山金伯铭者，因其姑娘适何仲鸿兄已择于月之十八日于归，所以寿酒早数日而送来。即于晚刻至习之兄处，晤赵叔枚、周涧泉、林少秋、张菊仙、徐志伸诸君，相叙席散后，就道至楚卿兄处，晤王六皆、汪伯端、邱遇琴、黄道周、周作羹诸君，畅叙少顷。相约遇琴、作羹、道周诸君至江边堂斗会，晤心斋宗叔，相叙半晌而来，至家时逾二鼓矣。

习之兄之祖老太太生于道光壬寅年九月十二日子时，即叙其八字系壬寅年、庚戌月、丁巳日、庚子时。查其年壬水是正官，年支寅内藏木正印，丙火劫才，戊土伤官，月干庚金正财，月支戌内藏辛金偏才，丁火比肩，戊土比肩，日支巳内藏丙火劫才，戊土伤官，庚金正财，庚生在巳，其才可作遇长生而论，时干庚金正财，时支子内藏癸水七煞，格取用财助煞。三岁行运，初交己酉，现年七十六岁，已行至壬运正官地，尚称佳妙。至寅运，寅与月支戌会火，与日支巳相刑，恐有不美之处。

晚刻，周醉香来言，其侄吕璥于昨夕作古。吕璥系少云之长子，入涟长房，幼习典业，不务正经，以致吃烟，将家中所有尽化乌有。其祖墓在南乡宝伦寺，彼至坟上伐树售卖，遂即致病而死，乃其祖宗上人见此不肖子孙收其而去也。凡人生得子，若得如此之子，将何以堪！所以“积财与子孙，子孙未必能用；积书与子孙，子孙未必能读；须以积德与子孙，子孙荣昌”，此信然也。

初九日己亥　晴，天气颇热。今日楚卿兄柬邀至上白云山登高，即于早晨侍家君至上白云山，晤楚卿兄及其长、二令郎并翁子俊兄、王六皆先生、黄道周宗叔、郑亮臣兄、伍菊香兄、李舜卿兄、周作夔兄、王俊卿谱弟、褚永芳兄、邱遇琴兄、叶石甫先生、蔡绍亭兄、王春圃兄、卢槐士兄，诸君相叙席散后，互叙少顷，与诸君同至小白云山，又相畅叙一刻而来，至家时将下午四句钟矣。重阳节日，余至白云山登高者年数最多十馀岁，自家步行至山上落，精神涌健；即至四十二岁时，自家步行至山上落，亦不知过于乏力。上年丙辰年四十三岁，上山尚能勉强，下山已觉乏力，加之疝气骤发，步履为艰。今日恐致乏力，已向习之兄借马代步。但马只能至山下，自山脚至白云寺中气喘甚，正是力不胜也。来时上白云至下白云，气已喘极，静坐颇久，稍能平服，一则天气过热；自下白云至山脚上马至家，气喘较之上白云至下白云时稍能舒平。自此知之：年老矣，精力日衰矣，欲求前数年精力不能得矣。

郑亮臣兄系黄岩五部人，郑鹿门明府士抡文孙也。按：郑鹿门明府系同治庚午举人，入资遇缺先知县，选授广东和平县令，续调大缺，因病致仕。少君五人：涤夫、敬夫、舒夫、吉夫、康夫，均游泮水。亮臣兄系舒夫之少君也，年虽三十有一，人极干练老成，曾充浙江省议会议员。言生于光绪丁亥年三月初六日午时，叙其八字系丁亥年、癸卯月、甲午日、庚午时。查其年干丁火伤官，年支亥内藏壬水偏印，甲木比肩，月干癸水正印，月支卯中乙木劫才，日支丁火伤官，巳土正财，时干庚金七煞，时支午内丁火伤官，巳土正财，甲生在亥，年支亥是长生，甲禄在寅，亥与寅合，年支亥坐有暗禄。如是甲木生于卯提，旺甚，而有庚金来克，三重丁火失气，可作上命推算。八岁馀行运，初交壬寅，现年三十一岁值庚运七煞地，木旺逢庚金来克，正得其时矣。

初十日庚子 晴。家君嘱书致何见石老伯一信，并贺仪两封，均饬福梅专送郡城。晚刻，达云母舅来叙至晚而去。晚膳后，至星斋宗叔处，晤叶石甫、王六皆两君，互叙半晌，言及近来见东北方有一大星，光极明亮，未识主何朕兆也。

阅九月初三日《申报》纪："天津大水，日内无甚涨落，闻各国工程师月内将在津开会会商救济办法，日本亦派技师来华与会。闻英租界工程师会提议沿租界筑以提坝，将界内积水用机器排去，已得英领事许可，即日实行，所须费用计为五万。法国工部局亦拟仿行，闻造提坝需时两星期，法工部局尚未著手，以所管界内水势太大，须待退去一尺后方可筑造也。大约日人亦将仿此办法以除水患也。"天津租界以内积水致有如是之巨。此外，冲到铁道以及桥梁不知其数。当今之势，被水者数省，湖南又见兵灾，如是之景，吾侪小民将无安枕之日，深堪浩叹，目所见、耳所闻，不胜惨切而已。

十一日辛丑 晴。早刻，至椒江水产学校，晤金建卿、胡志岩、徐志伸、金仲璋诸君，相叙少顷而别，就道至子俊兄处少坐而来。接王鸣九来信，言其亲戚胡伯言借用川费等语，其信不知真假，送其英佛一元以了其事可也。晚刻，达云母舅及子俊、绍平诸君来叙至晚而去。绍平言生于乙未年四月十二日卯时，即代叙其八字系乙未、辛巳、癸丑、乙卯。查其年干乙木食神，年支未中乙木食神，巳土七煞，丁火偏才，月干辛金偏印，月支巳内丙火正财，戊土正官，庚金正印，日支丑内巳土七煞，辛金偏印，癸水比肩，时干乙木食神，时支卯中乙木食神，壬、癸日贵人在于卯、巳，其时支卯遇玉堂天乙贵人复是长生。一岁行运，初交庚辰，现年廿三岁，戊运，正官地。晚膳后，至永利麻行中，晤周冠卿先生，言王敦仁之子生于丙申日酉时，但丙申系是大败，年干丁、时干丁均是劫才，虽巳中官禄、申遇文昌、酉中玉堂天乙贵人，何济于事？子俊兄二令郎虽乙木生于秋令，其格局清奇，乙未日、乙酉时中夹申宫之贵，可作贵命推算而已。

阅九月初一日《申报》附张纪"擦铜器：以醋和瓦屑擦旧铜器，其光清亮有逾清亮，盖醋能使铜之精华外露故也。”又纪“止渴法：以上等茶叶和冰糖含口内噙化，虽徒行赤日中数日，不饮茶亦不觉渴，夏日旅行及行军者盍试之，此均灵验。”是为之记。

前有人言，现为官者一经赋闲即在上海流与盗贼合夥，不以为信也。顷阅八月三十日《申报》纪“缉捕通匪队长”节云：“上南川缉私营第一队队长张占忠（即张老窝子）因暗通巨盗、劫掠商民财物分用案发，弃职潜逃，业经官厅悬赏洋五百元饬缉等情，迭志前报。兹两浙缉私统领蔡和林据线报告，谓张占忠现匿吴淞某营哨长处，除请执行官厅拘捕外，昨特加派缉私探捕带同眼线前往吴淞拘捕。”如是所云，身为队长且通盗分赃，何况其已经免职之人乎！可见前人言并非子虚，深堪浩叹耳。

阅九月初一日《申报》纪上海第一台戏馆梅景陶唱《江东桥》，张云仙演《别皇宫》，孙九林、张云楼演《莲花湖》，王灵珠、高百岁演《朱砂痣》《九阵风》，孙九林、李素云演《金山寺》，何金寿、王兰芳演《瞎子闹店》，小杨猴、王灵珠、张鹤楼、石明月、三麻子、麒麟童、高百岁、李春利、苗胜春合演《关公单刀赴会》。新舞台刘汉臣唱《浣纱女》，张德禄、李祥林、王少云唱《摇钱树》，潘桂芳、邱治云、夏月润、冯子和、夏月珊、周凤文、潘海秋、王九林合演《庵堂相会》，何月山演《均金黾》，曹甫臣、赵文连、潘月樵、陆红冰、邱沁如合演《九更天》，张顺来、何月山、许奎官合演《铁公鸡》。共舞台凤仙唱《海潮珠》，花狸猫、李宝龙、洒金红、秀卿、小月樵、詹润泉、何学明合演前本《大名府》，周麟童唱《辕门斩子》，凌仙、刘骏财唱《红梅阁》，洒金红、李印亭、凌仙、吕月樵、李兰亭、雪梅、何学明、李胜云、小月樵、李宝龙、花狸猫、秀卿、何家声、白吕布合演三本《宏碧缘》。天蟾舞台洪林唱《楚晋争》，余端亭唱《行路训子》，李长胜唱《牧虔关》，祁彩芳、王益芳唱《泗洲城》，水上飘唱《红梅阁》，小杨菊生唱《辕门斩子》，林树森、冯志奎演《古城会》，郭剑秋、小杨月楼演《马前泼水》，李德山、水上飘、明海山、陈嘉祥、小杨月楼、赵君玉、盖叫天、林树森、冯志奎、小杨菊生、王芝裕、祁彩芬合演《舍子报恩》。亦舞台王荣祥唱《美良川》，龚少穆唱《叹皇灵》，郭少华唱《五家坡》，葛玉庭、李德喜、刘吉瑞合演《审刺客》，王祥云、周福全、王合云唱《收关胜》，小金红、小孟七、毕德林、刘吉祥、张九如（唱）《四盏灯》，张锦文、李德喜合演《王佐断臂藏舟》，张玲芳、龚少穆、王荣祥合唱《捉放曹》，曹玉堂、王文祥、刘玉琴、小孟七、孟小帆、葛玉庭、李德喜、王荣祥、张九如、刘吉祥、孟群鸿、张永林、小金红、吴品仙、张锦文、刘吉瑞、毕德林合演头、二本《血泪碑》。笑舞台演《文明人》《花木兰》，鸣新社《买花声》《欢喜冤家》。此上海一隅，别开世界。现今江北以及山东、河南、山西、直隶、天津、奉天有如此水灾，湖南有如此战祸，而上海有如此乐景，正是别开世界，岂谬言哉！是为记载，使日后而知今日之情形也。

十二日壬寅 早至卯时，细雨；辰刻雨晴，阴；以后皆然。前习谦约余及习之拼送童醉春先生酬匾于早刻送去，匾字“慧心仁术”四字。余又送醉春先生二令郎仲虞世兄喜对一副，对语：“酒泛黄花，诗题红叶；情联鸾凤，梦兆熊罴。”并人情同匾，饬弟头送去矣。晚刻，同陶习之兄至上山童醉春先生府上，晤童醉翁及其令郎希唐、仲虞昆季、郑育民、蔡秀山诸君，互叙半晌。言及常乐寺即在其后山，遂同习之至后山看前明池、黄两姓争葬坟地，名曰“五马来朝”，即至其处，见万山朝拱，正是名不虚传。惟其落脉之山尖下有岩石一堆，俗呼曰纱帽岩，其实是多煞气，其中总有美中不足之处。虎手即池福斋上代一坟，据说即池氏发坟耳。转至童宅，其时将晚，即夕闹房酒计百桌左右，乡间如此局面者亦大过去耳。

十三日癸卯 卯前，雨；辰至午刻，阴；未时，晴；以后皆然。早刻，至蔡秀山兄府上少坐，其屋方于去岁新造，中五间而无下檐，有似洋房，左右各两间均有楼上，两边平屋各三间，其料不甚干固，据说需费亦经四千矣。童醉翁席请午膳，其席颇丰，同席诸君姓字未及详询。相叙席散后，醉翁力留看新人，余因稻忙在即，未必久留，即同陶习之动身而来，至家时将晚膳后矣。询家君已于早晨至莘山去，代与金伯明说明将其令妹于十五日早晨出闺，即于是夕至海门留宿一夕，十六日上早就海门装饰升冠趁轮至郡，想此事定能妥贴也。

郑育民系郑伯我兄令郎，言乃翁伯我年未四十，而育民现年二十有一，其弟亦已长成。育民曾于上年得子，伯瓦兄之命可谓佳矣。并言郑涤夫先生、郑吉甫先生尚未得子；郑舒甫先生令郎四人，亮臣兄即其大令郎；敬甫先生令郎二人；康甫先生令郎三人。其家亦可谓发矣。郑育民言生于光绪丁酉年八月廿三日戌时，叙其八字系丁酉、己酉、庚辰、丙戌。查其年干丁火正官，年支酉内辛金劫[1]才，日支戌中暗藏乙木正财、戊土偏印、癸水食神，时干丙火七煞，时支戌中暗藏辛金劫才、丁火正官、戊土偏印，庚禄在申，年支酉、月支酉均遇羊刃。五岁行运，初交戊申，现年二十一岁，运丁、未之间耳。

十四日甲辰 阴。接张丹翁一信，系亦兰相送来，言其令媛月里女佣开费托余代其开拆，即叫其女仆杏花询明值月里女媪一人，遂送其洋四元，分妆拆洋二元，均交杏花送交矣。晚刻，篪卿来叙半晌而去。昨蔡秀山兄言生于同治甲子九月初八日午时，顷代叙其八字系甲子年、甲戌月、丙午日、甲午时。查其年干甲木枭神，年支子中癸水正官，月干甲木枭神，月支戌中辛金正财、丁火劫才、戊土食神，日支午内丁火劫才、巳土伤官，时干甲木枭神，时支午中丁火劫才、巳土伤官，丙、戊禄在巳，其日支午、时支午均有羊刃。十岁行运，初交乙亥，现年五十四岁，运在巳字，巳土乃伤官地。前四十六至五十交寅运，甲禄在寅，偏印得禄，均称佳妙。此等八字，枭神太多，总有美中不足之处在焉。接仲达一信。

十五日乙巳 早至未刻，阴；申牌细雨；以后皆然。致王仲达一信，附致郑涤洲先生一信，交朱先生赴城之便带交。致陈仲善兄一信，致张仲厚兄一信，致章子修兄一信，均饬小四送交，旋接仲厚福信一函。致徐子刚兄一信，饬小三送至西山面投。致贺云江兄一信，饬

---

① 原文衍一“劫”，已删。

道中老官送交，系李家人托余代为寄买龙牙碎燕窝半斤。

阅九月初九日《申报》纪要闻一“北方归客之水灾谈”节云：“二十三日《字林报》载北方归客谈一则，言天津水灾情状，略谓：津浦铁路在此水灾中仍每日开车一次，虽不载客，然仍可设法附乘。故自津至沪需时仍不过两日，惟第一段路程须乘小轮五小时，甚不安适耳。客于晨间五时由天津总车站乘火车绕城至天津西车站，举目四望无非浊水，铁路堤上之两旁馀地筑有茅舍鳞次栉比，火车过之，几与相擦，中所居者皆灾民也。继自西车站改乘小轮沿海河水道而行，有时行于河中，两岸堤坝历历在目；有时竟行于河外水深四五尺之平地，所遇之区都城泽国。航行四小时，所见皆(然)。至于水中景状，殊为历乱：或土阜孤立，其上筑屋数椽；或堤坝片段高出水面一二尺；树则露其枝梢，屋则露其脊盖。与夫三五小舟荡样其间，村落有全毁者，有淹于水中者，土墙之屋纷纷倾圮。水浅之处则有村民忙碌筑堤以缭其屋。灾区人民之苦况已达极点，而大水不退，前途忧患，犹不可限量也。航行甚遥，旋在浊流镇登陆，改乘火车，缓行约五小时至德州，时至晚间九时，乃复改乘寻常邮车赴津。天津与浊流镇之间铁路之堤曾凿开数段，有宽至半英里者，俾水可泄入天津东面之海中。众意以为此举为保救天津之急要方法，大水流至铁路以东，天津即可脱除灾患。但今观其效果未若预料之大。天津周围及直隶之西南二部被淹之区广一万至一万五千英里，其地平坦而无向海之陂，故将大水恐积留至明春矣。或将因土地与太阳吸力归于无有，就今日情状观之，似无导水入海之望，独怜数百万生灵转瞬将处于水窖之中。来春非候冰融水消，不能栽种，穷苦饥荒似乎又不能免于将来也。”如是所云，顺直之民困苦万状，阅者深为惨切，是为记载，使后日而知今日北省人民之困苦也。

十六日丙午　雨。致阮凤鸣兄一信，交海门邮政局寄至泽库阮寿德堂药铺投递。致金季盘兄一信，致金锡侯一信，均交琛山人带交。早晨遣人送衣呈奉家君，旋言家君昨夕寓在海门同元栈，已将动身到郡。何宅新人于昨日下午九句钟时方抵海门，亦宿在同元，今早添装、升冠，乘舆至轮到郡。今日轮期颇早，想上午十句钟即可抵郡矣。昨接见石老伯来柬定十八日治觞请客，想请外乡贺客定在十八日，家君旋里之期须至十九日可以到家耳。

婚嫁风俗一处有一处之例，大约不甚相同。但郡城与黄岩之俗大有不同之处，家子六庄附近诸处风俗近于黄岩，即太平诸处亦相仿佛，彼琛山之风俗亦近于黄岩。黄、太婚嫁之俗过于奢侈，惟郡城稍能节俭，稍合于古礼，近年以来亦渐于奢侈矣。男婚女嫁之事人人所必有，须以节俭成风，是为至幸。但黄、太婚嫁之俗，一则新人头上珍珠，再则绣花衣衫裙袄，三则仆役分妆，酒席丰厚尚其次也。以余论之，新人命若佳妙，何必用如此金珠、如此绣花衣衫裙袄，况其新妇所用之绣花衣衫裙袄等物一经日子之后即行售卖，所办来价十元而论售价不满五元，金珠亦多散失，何必如是？正可遵照古礼，金花、翠花、红衣足矣。男女仆役均有辛工，何必再添分妆？即或体面，多需数角力钱足矣。能得均能节俭者，去其奢侈而崇节俭，是为至幸。有地方之责者严于禁止，是为至要。凡请客酒席首用刺[1]、参，定以四大四小，即一席中坐有八位，亦能温饱，何必确用燕窝、鱼翅，多化金钱？况燕窝、鱼翅并无滋味。转念而思饥荒之地何以为食？民穷之人何以为食？将此有用之金钱化于无用之地，于心何忍？有地方之责者亦宜严禁。如今官长有能禁止此等縻费者即是上等好官，余当崇拜之。

十七日丁未　卯前，雨；辰牌雨晴，阴；以后皆然。致陈弼斋一信，饬大四专送至凤翼楼。午膳后，至翁子俊兄处少坐，言其二令郎于初五日分娩时经晚膳之后，不是酉时，计时想之定在戌刻。照戌时而推，可以弃命从官也。适篪卿来，相约至达云母舅处，晤叙半晌而来。至家言楚卿兄同蔡绍平来过而去。即至楚卿兄府上，晤王后哉、

---

① 当为翅，即鱼翅。

黄毅卿相叙至晚。即询毅卿，言生于己亥年五月十二日午时，相谈至晚。楚卿兄留过晚膳后，适仆从送子修兄致余一信，言有王理保与应再华为戏争拆，托余代达楚卿兄。遂将原信与楚卿兄阅视，据说邀余代其说开，只另致福子修兄转嘱王理保来询明一切情形代理可也。适王六皆先生及王春圃兄来叙半晌，春圃言三山贺宅之事，转拆多端，未便详记。楚卿兄云，梗卿之夫人定于月之廿八日赴申，其使女杏花送与刘介玉兄，亦将遣嫁不远也。至家时经九句钟矣。

即代叙毅卿八字，系己亥年、庚午月、戊午日、戊午时。查其年上劫才，年下偏才、七煞，月上食神，月下正印、劫才，日下正印、劫才，时上比肩，时下正印、劫才。五岁行运，初交己巳，现年十九岁，运在戊字。其命戊土太旺，运又行至戊土，不见其佳也。

十八日戊申　卯前，雨；辰时，阴；以后皆然。致覆章子修兄一信，交其来人带福矣。晚刻，徐子刚兄来，留宿。晚膳后，至黄星斋处，晤道周宗叔，晤叙半晌而来，至家时将二鼓矣。

十九日己酉　辰时，雨；巳刻雨晴，阴；以后皆然。

二十日庚戌　卯前雨；辰牌，阴；巳刻，晴。早刻，至海门刁谦处，晤陶历山，相叙一刻。但刁谦兄病已就痊，惟人未复原而已。过午膳后，至楚卿处，晤陈舜卿兄，相叙半晌，言其出外，就道至和生丁铭轩处少坐。至永宁局，晤陶寿翁及周萍洄、黄楚卿、徐仁甫、黄子霖诸君，互叙半晌。萍洄相约转至楚卿处，晤王少南、寿南、何霭生诸君，相叙半晌。

萍洄兄云生于光绪己卯年闰三月十七日子时，即叙其八字系己卯年、己巳月、庚寅日、丙子时。查其年干巳土正印，年支暗藏乙木正财，月干巳土正印，月支巳内暗藏丙火七煞、戊土偏印、庚金比肩，月支寅中甲木偏才、丙火七煞、戊土偏印，时干丙火七煞，时支子内癸水伤官。月支巳内遇长生，年支卯、时支子乃子卯相刑，月支巳、日支寅是寅巳相刑，庚之玉堂天乙贵人坐在丑、未，其庚寅日、丙子时夹丑宫之贵人，格取煞印相生。一岁行运，初交戊辰，子平云："夹贵夹禄，垫实则凶。"现年三十九岁，正行丑运，尚称心如意，恐非子时所生耳。

王少南兄言生于同治壬戌年十月廿一日酉时，即代叙其八字系壬戌年、壬子月、庚子日、乙酉时。查其年干壬水食神，年支戌中辛金劫才、丁火正官、戊土偏印，月干壬水食神，日支子中癸水伤官，日支子中癸水亦是伤官，时干乙木正财，时支酉内辛金劫才。日干庚、时干乙乃乙庚化金，子平言："食神归旺地，胜是财官。"九岁行运，初交癸丑，现年五十六岁，正值巳运，尚称佳妙。

现楚卿之海门住屋悉均拆去重造，今移住前榷运局之处。别后至翟家花厂购有菊花八株而来，至家时将晚膳矣。晚膳后，至周作羹处，晤赵叔枚兄，相叙一刻，就道至伯端处少坐而来，至家时将二鼓矣。

廿一日辛亥 晴。致梦云先生一信，交立茂先送交。致阮凤鸣兄一信，致金锡侯一信，致张子梅兄一信，均饬弟头送交矣。徐子翁言生于同治癸酉年二月十七日丑时，即叙其八字系癸酉、乙卯、丙寅、己丑。丙生在寅，其寅日坐有长生，玉堂天乙贵人坐在酉、亥，其年支酉遇玉堂天乙贵人。查其年干癸水正官，年支酉中辛金正财，月上乙木正印，月支丙内乙卯亦是正印，日支寅中甲木偏印、丙火比肩、戊土食神，时干巳土伤官，时支丑内辛金正财、巳土伤官、癸水正官。四岁行运，交甲寅，现年四十五岁，运值在庚偏才地，格取伤官用印耳。又言其大少君生于光绪丙申年正月廿五日寅时，即叙其八字系丙申年、辛卯月、庚申日、戊寅时。查其年上七煞，年下比肩、食神、偏印，月上劫才，月下正财，日下比肩、食神、偏印，时下偏才、七煞、偏印。九岁行运，初交壬辰，现年二十二岁，值在癸运伤官地耳。

午膳后，达云母舅及子俊兄、周篪卿、伍菊香、汪伯端诸君来叙至晚而去。接楚卿兄来柬，其令侄正在团月之期，明日设酒请客。于晚膳后至楚卿处，晤邱遇琴、黄道周、王春圃、汪伯端、金剑青诸君，畅叙半晌而别。就道至永利麻行，晤丁辅香、李舜卿、周孟东诸君，少叙而来，至家时将二鼓矣。今年晚季收成，幸叨天佑，均称大有耳。

廿二日壬子　晴。家君自早刻由郡城旋里，言见石老伯此次为仲鸿世兄完姻喜事，诸事均称周到，惟海门宿夜均由娄祝三先生代为预备云云。达云母舅及翁子俊于晚刻来叙少顷。楚卿兄为令侄团月请客，侍家君及同达云母舅、子俊兄至楚卿兄处，晤黄道周、赵叔枚、李舜卿、汪伯端、邱遇琴、王六皆、缪性言、王春圃、周作羹、王俊卿、吴玉翁诸君，相叙席散后少坐而别。就道至作羹处少坐而来，至家时将二鼓矣。言及黄宏德购王福元之名公事赴凤尾山保枪，用号房道为经事、邱玉堂为书启、周吕香为收账，此等人作此等事用此等人为羽翼。惜宏德家资曾已亏控，若有数万，亦一年而尽，恐枝节横生，后事难言。如宏德者，年虽十九，其言语尚能老成，惜无人教导，致其流入下流，今则难以收拾，深为可惜耳。

廿三日癸丑　阴。致章仲厚兄一信，交王理保带交。致章子修兄一信，交妙庆带交再华班中专人送交。接阮凤鸣兄福信一函。张韵卿先生自早刻来馆矣。

廿四日甲寅　雨。致陈莘野先生一信，交翼亭送交。家君自早刻因吴玉翁相邀至其亲戚王日德家去，于晚刻旋，言分于子衡让长之田，子襄嘱其执笔，邬锦山书两号于自己二房分据之后，复将其谷收去数十石，此均出于情理之外云云。

廿五日乙卯　阴。徐子翁于午膳后而去。达云母舅及汪伯端、周篪卿诸君来叙至晚而去。晚膳后，至道周宗叔处，相叙半晌，相约至尚德小学校，晤王俊卿、褚永芳、金衡甫诸君，少坐而别。就道至邱遇琴处少坐，言方于晚刻由海门来。别后至永利麻行，晤周冠卿先生、苏立甫先生，互叙半晌。言辅香于刻[1]至海门去矣。至家时逾二鼓矣。早刻，西山徐济霖将其家中旧画有刘石庵小中堂一幅、李希膺山水大中堂一幅、何子贞对一副、柯夏卿中堂一幅来售。余阅刘石庵之中堂书颇真迹，至李希膺虽不知何许人，却其画法非名家不能有此

---

① “刻”前当脱一“早”或“晚”字。

笔法也。据云尚有仇十洲花卉大中堂、铁梅庵草书、王石谷山水小中堂、董其昌之旧对、王文治旧对、彭刚直公梅花、傅歗生墨竹之直条等画，嘱其均取来详阅，果是真迹，向其购买一笔可也。仇十洲系前明之大家，董其昌亦前明之大家，王石谷、铁梅庵、梁山洲、王梦楼均本朝之大家，倘能真迹，即须小费向购亦值得耳。俟其取来阅后再行详记可也。

纪《星平会海》序："窃惟人得土地之理以成性，得天地之气以成形。其性同、其形同，则其出处亦宜皆同也。何富(贵)贫贱、穷通寿夭万有不齐？岂天之有意丰啬耶？抑亦人之自致耶？是不然。盖人之形、性虽同而命之五行不能则一，故仲尼不得位，李广不封侯，颜回宜寿而不寿，盗跖宜夭而不夭。天何心哉！人何能哉！或者曰'天无与焉，人无与焉'，吾固信矣。而今曰命者何？每见术士许人富者以贫终，论人贱者以贵显，岂命之说亦渺茫耶？又不然。盖贫终者正命贫也，贵显者正命贵也。《书》有言曰：'命运多刑，故招无寿之妻妾；命运当贵，必生登第之儿男。'所谓'术士之许，亦有左者；术士之论，亦有差者'，非命之渺茫也，繇命家之书不得其真、差讹相传故也。予也虽涉江湖有年，亦不能无许左论差之弊，心切苦焉。幸游武当，得遇霞阳老师，朝夕讲论，袖出一帙颜曰《命学全书》示予。予拜而阅之，见其所论子平，则去留舒配之理晓然，如揭日月于中天，比之醉醒子不少让焉。所论五星则迟留伏逆之说，宛若孔夫子之谓视诸，斯比之古之一行、耶律《琴堂指南》、琅玕《乔拗》《辗轳》、果老《演禽》亦不出其右。学者得是书而论命，吾知其所言富贵贫贱、穷通寿夭与夫吉凶祸福，莫不相应焉。有许之左而论之差者耶？予常欲秘之，因贾人恳而再四，遂不得已付之镌，而假管城子于前。"阅其序言最有理致，为之记焉。

廿六日丙辰 阴。

廿七日丁巳 晴。致张孟定兄，交邮寄申。前托其代买《申报》，顷已多日未见其寄来，托其代为一查。致徐子刚兄一信，饬阿三送交。旋接子刚兄福信一函。晚刻，达云母舅来，言其娘舅朱惠甫因张右荃禁烟之令最严，现至陶习恭兄处已经多日云云。少顷，汪伯端兄、翁子俊兄、褚永芳兄、黄道周宗叔、周涧泉先生、赵叔枚兄来叙半晌。永芳兄言月之十四日其夫人分娩一子，相约晚膳。即于将晚至尚德小学校，晤涧泉先生、道周宗叔及王俊卿、汪伯端、邱遇琴、褚永芳诸君，相叙席散后，就道至丁辅香行中互叙少顷，来时已将二鼓矣。

家君同施姓之堪舆者于早刻至屿岙看地，至晚未来。但风水先生甲看得佳，乙即言驳，总有不佳之处。人无主意，则必迁葬。再邀丙看，言乙地又是不佳，必将再更。一行改葬，则彼可进数十元。如孙旭东，非只数十元而已。此等贪徒，万不可听信。既信一人，看定吉壤而葬焉，不宜再邀人往视。风水无凭，岂可真能相信哉！现来之施姓者，言精于堪舆，果是佳妙，近日天气骤冷，身上衣裳单薄已极，即其外穿马褂曾经百结，近于卖字之徒。若辈言佳言歹，可以取信乎！先慈周太恭人于甲寅之冬葬于王门岙之麓，不幸乙卯之春被盗破棺，言之惨切，再择于徐岙即屿岙之麓，曾于八月十九日再行进葬，窀穸已安。现施姓者往视，未识言之若何也。此等之徒，总以偏取人财、居心奸险而已。张韵卿先生言张右荃知黄岩县事，对于烟赌最为严禁，向有烟霞之僻者悉均择地而逃。现在乌烟，即或官厅宽恕，每元只有七分之谱，小康之家均已家亏户败，况官厅如此严厉，尚不速为断瘾。官能严于禁烟者有益于民，非苛政也。

廿八日戊午 晴。致张淇泉兄一信，致陈仲善兄一信，均饬小四送投。旋接仲善兄福信一函。早刻，至王春圃及达云母舅、翁子俊兄府上，均相叙半晌，来时已将午膳矣。晚刻，达云母舅、子俊兄、篪卿兄来叙少刻而别。至陶习恭处，晤朱惠甫兄、陈半塘，相叙至晚而来。陶习恭言生于光绪戊戌年二月初八日寅时，即叙其八字系戊戌、甲寅、壬戌、壬寅。查其年干戊土七煞，年支戌内辛金正印、丁火正财、戊土七煞，月干甲木食神，月支寅中甲木食神、丙火偏才、戊土七煞，日支戌内辛金正印、丁火正财、戊土七煞，时干壬水比肩，时支寅中甲木食神。丙火偏才、戊土七煞。其凡遇七煞，有食神制者谓七煞，无食神制者谓之偏官。其命七煞虽有食神相制，无如本身太弱，恐非成器。初二交乙卯运，系伤官地，尚能相制；十二交丙运偏才地，尚佳；交辰运恐非佳妙，至卅二交戊运七煞地极次耳。

晚膳后，至楚卿处，云方于今晚而来，晤王春圃、赵叔枚、汪伯端、黄道周、王俊卿、王鹤汀、林占梅诸君，相叙半晌而来。至家时将二鼓矣。贺云江兄令郎生于乙卯年九月廿三日酉时，叙其八字系乙卯年、丙戌月、乙未日、乙酉时。查其年干乙木比肩、年支卯中乙木比肩，月上丙火伤官，月支戌中辛金七煞、丁火食神、戊土正财，日支未中乙木比肩、巳土偏才、丁火食神，时干乙木比肩，时支酉中辛金七煞，乙日干玉堂天乙贵人坐在申宫，乙未日、乙酉时夹申宫之贵，年支卯木坐有官禄贵人，乙木坐在秋令，过弱，又无水星生木印绶帮星，非佳，幸有比肩多重，稍能帮助耳。至八岁行运，交乙酉耳。

廿九日己未 晴。晚刻，达云母舅、伍菊香、周篪卿来叙半晌而别。晚膳后，至尚德小学校，晤王俊卿、周篪卿，相叙半晌，相约篪卿至永顺利，晤周冠卿、李舜卿、汪伯端诸君，互叙少顷而来，至家时将二鼓矣。言及梗卿之夫人自上年十月廿八日过门之后即行坐喜，未及归宁，于八月二十日分娩麟儿，即于今日趁轮赴申，乃初次归宁耳。楚卿兄本于今日同行，因事羁绊，缓至下月初二日动身赴杭，云为越东公司盐务云云。

三十日庚申 晴。致黄楚卿兄一信，致钱骏甫兄，均饬小四送交。接周萍洄先生一信，即覆萍翁一信，交邮寄至郡城龙须巷。早刻，林少秋兄来叙半晌。晚刻，钱骏甫兄来叙一刻。言及前在少云之拆衣店为徒，迄今三十年矣，犹如昨日，人生不知老之将至云尔。昨冠卿先生言陈舜卿三令郎生于己丑年十二月廿九日丑时，即代叙其八字系己丑、丁丑、庚子、丁亥。查其年上正印，年下正印、劫才、伤官，月上七煞，月下正印、劫才、伤官，日下伤官，时上七煞，时下食神、偏才。五岁行运，初[1]交丙子，现年廿九岁，系是甲运正财地耳。

晚刻，周醉香言允东之女婿娄瑞卿生于壬辰年正月十三日戌时，即叙其八字系壬辰年、壬寅月、癸酉日、壬戌时。查其年干壬水劫才，年支辰中乙木食神、戊土正官、癸水比肩，月干壬水劫才，月支寅中甲木伤官、丙火正财、戊土正官，日支酉内辛金偏印，时干壬水劫才，时支戌宫辛金偏印、丁火偏才、戊土正官。癸日贵人在卯，壬辰年、壬寅月夹卯宫之贵，干上三重劫才，虽有年月夹贵，又是辰、戌相冲，恐夹不长，况春水湿气而不见佳妙。八岁交运，初行癸卯，现年廿六岁，交辰运，亦非佳耳。

---

① 原文衍一"初"，已删。

第六十三章

丁巳(1917)十月初一日起

十月初一日辛酉　晴。西北风颇大。接田彝安兄一信,言近在北京直隶账务局办事。即致福彝安兄一信,交邮寄至京都石驸马大街账务河工善后局投递矣。晚刻,周篪卿并达云母舅、子俊兄来叙至晚而去。余栽有本山素兰两盆,自分栽之后,日夕焦黄,一年不如一年。日前均行挖出,去其朽根,重行整顿。曾经月馀,虽枝干稀朗,其色颇为润泽,似有转机之景。所以分栽兰花,或另换盆时,将其朽根拣出抛弃亦紧要耳,栽兰之一法也。

顷阅洪宇仁先生寄有家君函件。余自五岁时值宇仁先生馆在老二分,家君携沅至其馆中上学,迄今四十年,忆当日情形犹能了了,可见幼年之事至老不忘。家君言宇仁先生年逾八秩,精力尚能强健。五福中以寿为先耳。

初二日壬戌　晴。接陈弼斋一信。即致叶徙南兄一信,交弼斋来人代为带交。早刻,至椒江水产学校,晤金剑翁、赵叔翁、林少秋、郑鹤平、胡志岩、杨竹溪诸君,互叙一刻而来。达云母舅席请朱惠甫兄,柬邀陪客。晚刻,至达云母舅府上,晤朱惠甫、陶习恭、翁子俊、周作羹、童畏三及道周宗叔诸君,相叙席散后,就道至作羹处,互叙一刻而来,至家时将二鼓矣。

初三日癸亥　晴。

初四日甲子　晴。致陈弼斋兄一信,致金季盘兄一信,致阮凤鸣兄一信，均托篪卿兄代为带交。道周宗叔、达云母舅、褚永芳、周作羹来叙半晌而去。六皆先生来叙半晌，言及彼学堂中有菊花一盆，中枝其色大红，左右两枝其色雪白，一株中红色一朵，左右白色四朵，大小相若。菊花花之颜色本是不一，惟一株中而分两色亦少见耳。余均甫、翁子俊兄来叙，过晚膳后而去。

初五日乙丑　晴。接张丹庭兄一信。早膳后，至路桥刘剑廊兄府上，晤茅宝生、郑育明及其西席孔先生。余与宝生兄话谈旧雨，诚一乐事也。过午膳后而别，至家于时尚早，适值杨仿时巡官及黄道周宗叔、汪伯端兄、子权来叙少顷，同至子权处少坐。值褚永芳兄今夕设令郎团月酒于尚德小学校，来邀，同至尚德小学校，晤褚永芳及王俊卿、黄少湖、邱遇琴、金衡甫、王尚贤、周涧泉先生、林少秋、周诗南、邱威甫诸君，相叙席散而别。伯端兄约余同至永顺利丁辅香兄处，晤吴镜心兄，互叙半晌，言及姚咏平兄之夫人曾经到台，税住丁辅香兄府上，挽余拼送酒席，遂即允焉。至家时将二鼓矣。接张柳桥兄来柬，方悉其令郎于本月初十日喜期，即允寄喜仪可也。西山徐济霖相送下王梦楼太守文治书旧对一副，阅之确系真迹；又，彭刚直公墨水梅花直条一堂，细阅恐非真迹耳。

初六日丙寅　晴。今丙寅日，天气晴明，须久晴而已。伯端兄约余同作羹兄及道周宗叔拼送姚咏平兄酒席，咏平兄即来柬邀晚膳。至其家中，晤赵叔枚、林少秋、徐志伸、丁辅香及余同伯端、作羹及道周宗叔，互叙席散而别，就道至辅香之永顺麻行中，同道周宗叔、伯端兄畅叙半晌而来，至家时将二鼓矣。

初七日丁卯　晴。致徐子刚兄一信，饬老官专送至西山。早刻，至女学堂，晤郑冠卿先生、王六皆先生，畅叙半晌。看其所植菊花一本，中枝直透上开一花，其色粉红，左右相仿，就中各透一干，各开两朵，其色白花之色奇，惜其花不甚大。就道至六皆先生府上少坐而来。接丹庭兄一信。晚刻，达云母舅及子俊兄、徐志伸兄、林少秋兄来叙半晌而别。惟子俊兄留过晚膳后，相约至江边堂看戏一刻，晤周涧泉先生、林少秋兄、王六皆、何月洲、周喜亭、黄道周宗叔、汪伯端、王春圃诸君少谈而来，至家时将二鼓矣。

晚刻，子权来言彼祖坟做在杜岐，其坟之四围徐地标样树木数百株，迄今六十馀年，其中柏木最夥，均已长大，人所垂涎，外人借影欲谋此树者亦多人，无如其家中人口颇为衰弱，自后经管为艰，奈何奈何。凡为坟墓者，坟侧不宜栽植树木为宜：一则，树若切近，有防其根攻至坟内；如彼树多而成裁[①]，恐被盗砍之虞，不如不栽为妙。又有不肖子孙贫甚无依，思及祖坟荫木成林，自行砍伐，此更尽也。如少云之子吕璥专食鸦片，将家内所有均行售之一空，思及宝伦寺左近祖坟之侧荫木，即自行砍伐售人，致染疾病，至家未及旬日而亡。乃其祖宗有灵，见此等之不肖子孙，藉此而收，以免另生枝节以辱先人也。

西山徐济霖将其旧画携来，其中有仇十洲人物中堂一副，其物确系真迹，能值巨价。此外，有富春山农即董相国诰山水直条一副、梁山舟行书中堂一副、王麓台山水一副，惟此幅真伪难辨而已，又有柯夏卿行书中堂一副，均是真迹无疑。次之有陈少香墨竹一副尚佳。旧家藏画亦不外乎此等也。

初八日戊辰　晴。接邱仲翁一信，随覆仲翁一函，托其来人带福矣。晚膳，王俊卿、贺云江兄、伍菊香先生、周篪卿兄来叙，过晚膳后而去。

初九日己巳　晴。早刻，至文昌阁，晤周诗南少坐，言伯端、作夔两兄尚未来。就道至王春圃处少坐而来。晚刻，王春圃兄来叙半晌，言及三山庄有盗坟贼获来，并有盗坟之另件及尸衣等。此等之贼，言之痛心。人之既死，深为惨切。每有巨盗思及死者衣服首饰，而竟开棺而盗之，其凶恶之存倍加一等，理宜解送有司，尽法而治之，以儆戒将来，存殁均幸。

陶习之兄席请朱惠甫兄并其泽库人外甥，邀余及达云母舅陪客。

---

① 当为“成材”。

值达云母舅来叙半晌，至习之兄处，晤习之、习恭昆季及朱惠甫兄、泽库人并李舜卿、汪伯端、周作羹兄，诸君互叙席散而别。同李舜卿兄至永顺利，晤丁辅香，相叙一刻。适倪寿生来，言及十月十三日集圣庙寿戏，今年福保值年，首事李舜卿兄、缪性言先生同倪寿生三人，前已写定老高腔班，前因戒严，恐至期不能开演而却之，今则各处均可唱演。当舜卿兄欲写大富贵唱演，而性言先生、寿生因戏价稍多而未允，昨急于向写而不得，况其戏已写在黄城矣。今则事急，与王梅山通融，但其戏亦写在岩头，一面欲叫保卫团去押对①，彼处地方人言彼官封去，不得不行，实则与梅山说妥，未识能否到台，俟至明日方有准则耳。丁辅香兄言，太平沈家藏有古大家名画最多，托其转托其地人向购，未识能得向购数幅否也。别后至家，时将二鼓矣。

初十日庚午　晴。姚咏平兄柬邀晚膳，即于晚刻至其府上，晤姚咏平兄、丁辅香兄、周涧泉先生、黄道周宗叔、周作羹兄、徐志伸兄、汪伯端兄、张鹿筹兄、王伯琴兄、赵叔枚兄、林少秋兄、胡志岩兄，相叙席散后，同丁辅香、道周、六筹、作羹至永顺利麻行中，互叙半晌而来，至家时逾二鼓矣。

十一日辛未　晴。晚刻，至尚德小学校，晤王俊卿，言褚永芳兄至郡未旋云。

十二日壬申　晴。晚刻，达云母舅及子俊兄、周篪卿、汪伯端兄来叙至晚，留过晚膳后，同至作羹兄处，晤周冠卿先生，相叙半晌而来，至家时将二鼓矣。

十三日癸酉　晴。致章仲厚兄一信，并附店头堂数金洋十元，饬弟头送交。旋接仲厚兄福信一函。席请周涧泉先生及赵子修先生、赵叔枚、徐志伸、郑鹤平、姚凤鸣、杨卓起、张菊仙、林少秋诸君晚膳，相叙席散后少坐而别。陶寿翁及汪伯端来叙至二鼓后而去，言及湖南督军傅良佐与南军接战败北，现傅良佐同湖南省长周肇祥出奔至

① 当为“押队”。

京，湖南全省失守，湖北现经戒严。时局如斯，深堪浩叹。

十四日甲戌　晴。早刻，吴玉翁、徐德园来叙一刻，同至陶寿翁处，晤王春圃，互叙一刻，同至陶寿翁处，晤王春圃，互叙一刻，言及杭垣已有推翻督军之举。近日风声不佳，莫甚于此，世道人心非楮墨能宣耳。晚刻，周篪卿来邀晚膳，即至篪卿处，晤张韵卿先生及洪少琴、汪伯端诸君，相叙席散后，值达云母舅来，少坐而别。就道至丁辅香行中，晤王子政、陶习敬、周冠卿，互叙半晌而来，至家时将二鼓矣。正值月色当空，万里无云天一色，如此良夜，不可多得也。

十五日乙亥　晴。植堂前后园之天竹最为旺发，旁边有数竿似可栽，年前所植客厅西首即灶房外坛中天竹不多。早刻，将后园可以分栽之天竹即行挖出植在该处。但所挖者系是粗土，非是花匠，其花根不无伤损，虽随即栽植，未识能得遂活否也。惟天竹一本，其长大最难。后园之天竹，屈计已逾三十年，所发不多，高则亦与后墙相等。植灶房外坛中天竹迄今亦经十载，当时初植，长者已与花墙相若，至今所长不多，其短者而计，长者不过尺许，竹之粗细亦仿拂。今日植之天竹，眼见卸叶必然，即能遂活，看其长大亦非易事。今则加植数竿，不致其坛中过于空洗也。俗语有云“天竹能长过屋，可以避灾”云。

阅冯存仁堂之“妇科白凤丸”：“专治妇女百病，调经、种子一切异症，无不立效，病深倍服尤为要剂，无病女人调补气血均可常服。每服一丸，随症引用：一，调经种子，川芎、砂仁汤送下。一，月事先后，在先用生地黄芩，在后用泡姜汤送下。一，月事不行，用蒲黄汤送下。一，腰骨疼痛，用焦术杜仲汤送下。一，赤白带，(用)当归香附汤送下。一，心神恍惚，用茯苓枣仁汤送下。一，小便不通，用冬葵子汤送下。一，大便下血，用黄连地榆荆芥汤送下。一，初孕疑似之间腹胀呕吐，用砂仁汤送下。一，胎动腹痛，用砂仁黄芩白芍汤送下。一，胞衣不下，用泡姜当归赤芍汤送下。一，血虚少乳，用黄耆当归白芷汤送下。一，胎前产后痢疾，用米仁汤送下。按：此丸胎前产后及妇女大小奇异各症不及偏载，均可调服，沉重者日服二三丸，除伤寒、伤暑、寒热、实大、癫狂、痢症等症忌服，无引者，俱用开水或者黄酒均可送下，立见奇效。戒食生冷，忌用铁器。”如是所云，其功效甚佳，妇女常服，正有益于卫生也，是为之记。

今年二作老四与作头不合，既用老二为作头，只将老四而歇。今作头老二言有一人系下街黄宅二作所云，明年工洋十九元五角，即行允诺焉，馀均如旧耳。

十六日丙子　晴。晚刻，金剑青先生同项良仲先生、李舜卿、伍菊香诸君来叙至晚，留过晚膳后，剑青、良仲两公别后，同舜卿至丁辅香处，晤王子政、余桐舟、陶刁敬诸君，互叙半晌而来，至家时将二鼓矣。余桐翁言宁波叶旅长、王厅长、周厅长曾经独立，其意欲推翻杨督军，今尚未就，现杨督军兵已至萧山，叶旅长之独立兵亦经出发，未曾接战。未识其事作何结局，深为至虑，吾侪小民只求和平解决，为幸多矣。目下时事正是今日不知明日的事，余之私心望想不欲进境，只求岁岁平安，万金难购耳。吴玉翁致寄家君函云，彼即于今日趁轮出外，未识有何想法，即有可觅地方，无如年逾古稀，精力虽强，非少壮之可比也。

后园植有墨笔一株，亦经三十馀年，无如所植之处地方过于狭小，今则坛又倒坏，四处均积石子，花不易发。早刻，即将其花全株移植于东首篱内，藉能舒展其处。现虽小春，移植墨笔能得应手而活，将来定见得发，必然也。

十七日丁丑　晴。早刻，至椒江水产学校，晤赵叔枚、项良仲、金剑青诸君，相谈至午，剑青先生留过午膳后而别。路晤子俊兄，至家相叙至晚而别。何见石老伯致寄家君一信，家君嘱书致福见石老伯一函，即奉家君交其来人带福矣。

十八日戊寅　晴。晚刻，达云母舅、翁子俊兄、伍菊香先生、李舜卿兄来叙至晚而去。冯少痴先生来叙至晚，留宿一夕。现少痴先生，杨子韶亲家请其为强恕小学校教习，其人颇为沉静。家君席请项良仲，并邀金剑青、周涧泉、周冠卿、张韵卿、冯少痴、王俊卿诸君陪客，相叙席散而别。项良仲先生榜篆元杰，系郡城项冰圃广文二少君，乃少亭宗叔之叔岳。少亭宗叔丈人字曰星伯。项良仲姻长前在寿昌警佐，亦由附生出身。金剑青先生系良仲姻长妹夫耳。言及甬江独立曾经取消，但宁波之独立系警厅、水上警厅、又一旅长而告杭垣，杨督军即行派兵来剿，而甬江各人看如此情形，恐立不住而即取消。言虽若是，尚未实信若何耳。

冯少痴先生言生于同治元年壬戌六月廿八日巳时，即代叙其八字系壬戌年、丁未月、己卯日、己巳时。丁、己禄在午，其丁未月遇羊刃。查其年干壬水正财，年支戌宫辛金食神、丁火偏印、戊土劫才，月干丁火偏印，月支未中乙木七煞、巳土比肩、丁火偏印，日支卯内乙卯七煞，时干巳土比肩，巳内丙火正印、戊土劫才、庚金伤官，其格可取伤官合煞。六岁交运，初交戊申，现年五十六岁，方交癸运，最佳。惟丑运冲提，不甚完善。以下甲寅、乙卯二十年最佳，至丙运恐有阻于寿，时年将九秩矣。看其人最静，亦是寿者相耳。

桂玉老司于本月初一日午时亦生有一子，叙其八字系丁巳、辛亥、辛酉、甲午。辛禄在酉日，是辛酉乃专禄之日。甲午时遇玉堂天乙贵人。查其年上七煞，年下正官、正印、劫才，月上比肩，月下伤官、正财，日下比肩，时上正财，时下七煞、偏印。辛金生在亥月，本身已衰，年干、时支均遇七煞，只月支亥宫壬水伤官尚有，年干七煞而无制。三岁行运，初交庚戌，十年起至以后伤官，食神而又少见，只恐煞重身轻，未识高明者推之以为然否也。

冠卿先生言允东之夫人已与其上人做坟，就在其周氏凤阳公之小宗祠左近平洋，造坟择在明日十九日卯时，定向开工。其所做两坟计七所，周子勖公暨其元配郑氏宜人并马氏、潘氏两妾四所为一坟，允东并其元配王氏宜人连其祀母李氏三所为一坟。周子勖公名成钊，由廪贡生入资双月主事，咸丰年间克复台州郡城，至同治初元，经郡守刘兰洲守台时开保知州选用，此时名振一时，即允东名建勋，于光绪甲午入泮时，汪更生任海标中营游击，觅有江西候补直隶州。周咸在赣节劳致疾病故，例加道衔，荫一子，入监读书。允东向其购觅计六百元以作承继周咸之子，入监读书，照例六个月后由监具考送部引见，奉上谕："周建勋着以知县用"。遂捐指省，签分山西，捐同知升衔，于丁未到省得有小差。庚戌岁，山右设立审判厅，允东求山西巡抚丁衡甫中丞家人牟老五代求插入审判厅推事。至辛亥，山西改归民国，官制大更，均是本省人员任事，允东因无援手之人，求送本省差遣。于壬子十月方抵家乡，至嘉平赴省禀到，寓杭州之大方客栈，二竖为灾，至癸丑元月初六日病故，电致其家，王氏至省曾经初八，即为修葬。但允东平生气盖颇高，今则坟即做在该处，非彼当日之所意料也。少云次子吕球入祀。但允东生有两女，长适海门娄晋阶第三子瑞卿，次适本镇黄少明之子毅卿。冠卿先生并言其入厝之吉即择在十二月初二日耳。

十九日己卯 晴。早刻，王俊卿兄来叙半晌，言及其亲戚王得标者欲投营中当勇，托余代荐。即代致第二营管带徐福生兄一信，即为代荐王得标，该函就交俊卿兄转饬王得标送至涂镇面投。函经盖章，未识允否亦难预料耳。冯少痴先生于早刻去。言及杨子升虽经作古，令郎三位，长令郎曾有两子，二令郎亦有一子。子韶先生令郎亦有三位。子祁今年只三十八岁，令郎已有七人。再后一代，则其杨氏须当开族矣。彼家丁口繁兴，财亦兴旺，秀则举人、廪生，今则学堂肄业，转瞬之间就是毕业不远矣。况其堂昆季十三人中均颇秀丽，子祁近年在沪经商，藉得赢馀亦有万馀，论其祖上坟墓而得如是者亦不易耳。

晚刻，张与龄、翁子俊两君来叙少顷，言及周允东于今日造坟，相约往视。即在文昌阁之前，其所向子方即朝文昌阁之东首，此处系是河坎，竟于此间造墓，亦是将就。非独(非)子勖公在日所料，将来墓在于此，即允东之存心亦不于此造墓也。人生已矣，较之尸骨失散抛弃于途，亦是天渊之隔也。路晤陶习恭兄相邀，即至其府上，晤朱惠甫、管斐南，互叙半晌。但朱惠甫兄尚在睡乡，正是日作夜而夜当日，虽有其人，与无何易哉！

二十日庚戌 晴。早刻，王仲达来，过午膳后同至朱惠甫处，晤管斐南，相叙半晌而来。仲达即转海门去，挽留再四，言明日赴城而不能延搁也。张与龄、王兴臣、王春圃、伍菊香、翁子俊诸君及达云母舅来叙至晚而去。王春圃言此次甬江独立，有兵至百官，与省兵接战，败北后，王醉乡电至省中，言此次独立均系蒋百器主持。而百器已经远飏而散，其中败兵就甬江城中抢劫数家，甬江商会集资遣散败兵后，即杭兵来甬维持秩序矣。

王兴臣兄言生于光绪辛巳年二月初二日辰时，即代叙其八字系辛巳年、辛卯月、甲子日、戊辰时。年干辛金正官，年支巳内丙火食神、戊土偏才、庚金七煞，月干辛金正官，月支卯内乙木劫(才)，日支子中癸水正印、时干戊土偏才、时支辰宫乙木劫才、戊土偏才、癸水正印，月支卯遇羊刃。九岁行运，初交庚寅，现年三十七岁，正值子运正印地，尚称佳妙。如此八字虽非甚佳，于瑞卿、毅卿相较，有过而无不及也。

廿一日辛巳 阴。家君代应东圃太舅公造墓，转托陈文波先生代办，嘱沅于三股中承拼一股，当即遵谕。昨陈文波先生致家君函云先为支垫洋三十元，今早即奉家君英洋十元先为转寄矣。先曾祖慈应太夫人太舅公三人，太妗婆亦三人。太舅公三人，长公后即浚生公、少圃公，浚生公一子名继善。次东圃公乏嗣，以少圃公承继。少圃公子三人，长名焕云，三廉访公后即梓能先生。梓能公子二人。应太夫人归长；次适海门王姓，其后有无，不得详晰；三即海门周碧卿表叔公之母。碧卿公子一人名在舆先生，在舆先生字潜溪，生有一子，近在杨顺发船中经商，颇为得发云。

早刻，至海门永宁局，晤陶寿翁及江德明、王伯鲁、王仲达、王炳南、王明斋、吴勉生、黄子霖、丁铭轩、马炳生诸君，互叙为快。而江德明、王伯鲁、王仲达、王炳南均趁小轮赴黄城去矣。余过午膳后而别，就道至娄祝三府上，言其十九日嫁女，今日至女家看三日去未旋。即至杨仿时警署中，晤叙少顷，出示明嘉靖年间汪伯仁画山水手卷一轴、丁鹏画白描八仙过海手卷一轴。余看汪伯仁之山水有近于匠气，汪伯仁既是名家，何至笔墨而仅如斯？恐非真迹。至丁云鹏之白描人物尚佳，其款字亦不甚妙，亦恐非真。别后即至王子衡兄之鼎新泰烟庄少坐，至贺云江兄(处)相叙一刻，即托其代送娄祝三兄粉敬一封计洋一元，随即动身而来。至家时，达云母舅、子俊兄来叙少顷而去，遂至陶习恭处，晤朱惠甫、管斐南兄，互叙半晌。习恭近习外科，贫人来视，倍帖药料，其述能真，又能施医，始终不懈，将来习恭之名定然超俊，积德于后昆，定然荣昌耳。

管斐南兄言生于同治癸酉四月十二日丑时，及代叙其八字系癸酉、丁巳、庚申、丁丑。乃巳、酉、丑会成金局，日主庚申系是专禄。时支丑是玉堂天乙贵人。查其年尚伤官，年下劫才，月上正官，月下七煞、偏印、比肩，日下比肩、食神、偏印，时上正官，时下正印、劫才、伤官。一岁行运，初交丙辰，现年四十五岁，值在壬运之脚，丁、壬化木是财，尚称佳妙。庚金而遇已、酉、丑全者，此等八字可作大富大贵推算。惜生于四月，庚金而不能得气，年干伤官有碍于正官，四柱又无乙木，命中无财，即或佳命而不作富贵而推也。质诸高明者以为然否也。

廿二日壬午　晴。元配章氏作古迄今十有四载矣，欲早为安厝。前周冠卿先生言先曾祖慈应太夫人墓后有可再造一墓之处，虽非如何极好之地，尚能避风避水。即约同冠卿先生即张与龄先生，又，达云母舅欲与外公觅地，均于早膳至栅浦趁小船至泾口上岸。陶习恭近日打猎，亦均同船而行，由泾口至马屿头约四里之遥。至应太夫人墓系坐申向寅兼庚、辛，其后将近界址，觅有一穴，其来龙与应太夫人墓地相同，其朝向起有金星，颇为好。看格定穴坐坤向艮兼申、寅[①]，

---

① 是处页边注："马屿头穴向。"

辛未、辛丑分金。此处即在应太夫人墓后，虽云在山，确与人家相近。即拟寄闽托洪潮和曾孙堂麟详择造圹吉日。余即拟做四所，余与继配陈氏及曹氏寿域并元配章氏墓计四所，俟造就之后先将章氏即为安厝。就山转至先曾祖墓，格系坐酉向卯，此处系是吉壤，此墓系先曾祖在日购买自造寿域，如今而论，即觅此等吉壤亦不易得耳。又至王氏墓前，看有一穴，与外公、外婆造墓虽非甚佳，尚称平安妥当之地，而达云母舅亦颇为中式。

由山之左右详阅一周，时经将午，即至德生家中午膳，晤德生及其西席丁先生，相叙席散后，少叙而别。至泾口下船至栅浦，于时已晚，至家时经晚膳。但王氏坟坛已于道光年间连山卖与家中，家君因外公、外婆造墓，即将此地允为奉送，虽未言定，事即可定见矣。达云母舅及冠卿先生、与龄先生、陶习恭兄均晚膳后相谈至二鼓而去。陈弼斋来人送有一信，并附前撮去英洋八十元，系向典中支撮，即交典中收账矣。附有川费洋四元，拟明日致函附还可也。并接叶徙南兄一信。习恭兄言，管斐南系请其戒烟而来耳。

余植坛中有白色山查一株，初已衰败不堪，续由后园挖植盆内，稍能得法，又放在该坛，屈计已近十年，枝叶最为茂盛。但所植之处与坛太迫，欲移过北，藉能开阔。早刻，欲将移挖，见四围均有花根，难于转动，只作罢论。自此之后，花根年旺一年，永远不能移动，以免根本有损，致于无益于花，是为之记。

廿三癸未　晴。致陈弼斋一信，并附还英洋四元，交其来人带交，并另致陈子扐兄一信，亦托弼斋代为投递。接田彝安兄一信，言近在热河财安厅科员。又接徐子刚兄一信。午膳后，至李舜卿兄处少坐，相约至星斋宗叔处，晤周孟东，互叙一刻，言楚卿兄已由杭垣旋里，曾至家中。即至楚卿兄府上，言其出外未旋，遂路晤楚卿兄，相约转至其家中，相叙至晚，留过晚膳后，值王云初兄、蔡绍平、道周宗叔、金剑青、王六皆、赵叔枚、褚永芳、周作羹来叙，至二鼓时而来。前托楚卿兄代购全鹿丸曾代购来，送下九包，每包价洋一元，所该价洋俟明日送赵可也。阅徐子刚兄函中云济霖相所售各画其价颇昂，容缓再说可也。无如其物真伪不能详晰，果若均是真迹无伪，则所开价目在二三十年前在京都、省会售卖亦须如是价值，今则人人所喜均是洋画，又在乡间，见价如斯，则其太昂耳。

廿四日甲申　晴。早刻，饬老二送交楚卿兄代买全鹿丸英洋九元。早膳后，至王云初兄府上，相叙半晌，言张喧初兄代为与运使袁公说项，想不久可得差缺，云初兄均仗楚卿兄之力不少耳。陶习恭兄来柬邀余陪客。余均甫兄于晚刻来叙少顷而去。晚刻，侍家君至习恭处，晤朱蕙甫兄及达云母舅、汪伯端兄、管斐南、陈半塘、陶习敬诸君，相叙席散而来。今晚习恭兄系转请朱惠甫兄而设耳。半塘兄言，刘秀亭精于命理云，并云福保写定大富贵戏，补十月十三日寿戏，价金颇昂。此事实在性言先生因八月间戒严不能开演，将写定之高腔之戏票还他，其存心即或可演，有梅兰所带之班足可敷衍。不意未至十月而各处均经唱演，而梅兰所带之戏在北岸山里唱演，不能得到，以致寿日无戏，众人滋闹，此福保百事慢不经心之所致也。

廿五日乙酉　晴。致福田彝安兄一信，交邮寄至热河财政厅署科员投递。晚刻，陶习恭、王六皆、王云初、林少秋诸君来叙半晌而去。西山徐继霖相来，将前所存各画均已取转。彼有仇十洲画人物中堂一轴、梁山舟学士行书中堂一轴、王梦楼太守行书对联一副，以余视之，似乎真迹。董蔗林中堂别字富春山农画山水单条一轴，看其画法似乎真迹。但董蔗林中堂书法秀丽，彼之款字颇为老劲，恐系借名，即画能至如是老到亦不易得。王石谷山水、刘石庵行书、何子贞对联均非真迹无疑。此外书画颇多，或真或伪，难于辨识。即或真是本人所书、所绘，亦不值钱。仇十洲之人物、梁山舟之行书，余许价洋三十番，彼似允售，彼能取来再行向购可也。但仇十洲之人物果是真迹，即百番亦不多耳。惟其十洲图章印泥鲜红，画之红色、绿色均是上好之物，如是想之，真迹为多。彼能允售，俟购来时再行质诸博物君子以为如何耳。

廿六日丙戌　晴。早刻，女媪言梗卿之子已殇。论此等之命在上上之极，据然不养，此童限有所减，非可预料然也。既已如斯，代其一叹而已。晚刻，达云母舅来叙半晌而去。晚膳后，至作羹处少坐，相约至遇琴处，晤王云初、褚永芳、黄道周宗叔，互叙半晌。言近阅报纸所云，湖北之荆州有独立之语。如是所云，则湖北未免震动，未识果否，如今之事亦难预料也。

朱蕙甫兄云生于光绪壬午年十一月初十日辰时，代叙其八字系壬午年、壬子月、壬辰日、甲辰时。壬禄在亥，壬子月遇羊刃，年支午系冲动羊刃。查其年干壬水比肩，年支午宫丁火正财、巳土正官，月干比肩，月支子中癸水劫才，日支辰内乙木伤官、戊土正官、癸水正财。时干甲木食神，时支辰中乙木伤官、戊土正官、癸水正财，六岁行运，初交癸丑，现年三十六岁交丙运偏才地，尚称佳妙。总而言之，此等八字非甚见佳，彼已入泮，又经少年得子，只恐在于此耳。

廿七日丁亥　晴。早刻，至椒江水产学校，晤金剑青、周涧泉、徐志伸、杨卓超、张菊仙、林少秋、金仲璋、赵叔枚，相叙少顷而来。午膳后，至李舜卿处，晤达云母舅及周孟东、周篪卿，互叙半晌。陶习恭来单邀余同达云、李舜卿晚膳，至其府上，值陶习之兄自天台来，汪伯端兄及朱惠甫、管斐南诸君相叙席散后，晤天台山一禅和尚，畅叙少顷而来，至家时将二鼓矣。

廿八日戊子　早至辰刻，雨；巳牌，阴而有雾；午膳，晴；以后皆然。晚虽见日，天气颇热而发潮，恐晴不久耳。济霖相将仇十洲人物中堂一幅、梁山舟行书中堂一轴、王梦楼行书旧对一副来押去洋三十元，息订至年杪为止。但仇十洲画虽相若，无如仿彼者颇多，倘是伪物，不值分文，俟质诸高明者以为若何。梁之中堂、王之旧对均有残缺，非是宝贵耳。

廿九日己丑　早至巳刻，雨兼雾；午牌，阴、雾。天气尚热，似有作雪之景耳。

十一月初一日庚寅　晴。

初二日辛卯 晴。早刻,周冠卿先生来言马屿头山先祖慈应太夫人墓坐申向寅兼庚、申,即就坟后指定一穴,系坐坤向艮兼甲寅,准辛未、辛丑分金,即照其所指坐向开就一纸。另致贺云江兄一信,托其代为寄至闽垣以烦陈少香兄代寄泉州城内道口街海清亭头坐西拱东三层砛为记洪潮和长男彬海孙正中曾孙堂麟、堂凤择日馆代为选择造圹吉日,并元配章氏恭人入厝吉日。该函饬小三送至海门丰泰行中,旋言云江至家,该函即留在行中矣。余已年经四十有四,元配章氏已故十有四年,寿域佳城理应早为造就。既造寿域,即将继配陈氏、曹氏均附做焉。此事久后须当不免,即早数年,亦不惜小费而已。晚刻,孟东老司及二老司来言,四所之丁桥厚砖须在七千之谱,上层卷砖两层水门汀泥做两层,坟围均用水门汀做就造最为干固,须用水门汀二十桶而已。此为久后之计,不得不为干劳固厚也。

初三日壬辰 晴。早刻,仲达来相谈至晚而留宿焉。

初四日癸巳 晴。席请仲达晚膳,并邀达云母舅及翁子俊、伍菊香、李舜卿、陶习恭、管斐南诸君陪客,相叙席散而别。仲达此次来为令妹嫁陶习敬者购办妆奁,至海门向购,就道而来。令堂亲母亦至海门,少留而去耳。

初五日甲午 晴。陶习恭购有乌羊,叫仲达同去吃血。但此物食后必须运动得宜方能有益。早膳后即去吃血,就即骑马而至海门去矣,由海门趁(乘)轮至城。云江兄于早刻来叙少顷,言自家中而来。前信尚在行中未曾收到,另开一单托其转寄泉州选择造圹吉日耳。

初六日乙未 晴。接丁旭东兄一信,言前托购鼻烟曾否收到云云。

初七日丙申 早至午刻,阴;未牌,细雨;以后皆然。致福丁旭东兄一信,交邮寄至沪江公升台号。

初八日丁酉 细雨。陶枣如来叙一刻,托其带洋一元至上海公升交丁旭东兄,前烦代买鼻烟之价洋,据说于十二日赴申云。

初九日戊戌 卯前，细雨；辰、巳牌，细雨中有雪；午牌，阴；以后皆然。晚刻，西北风颇大，天气颇冷，满天均是护云。酉时正冬至节。早刻，侍家君至大宗祠叩祖宗，晤吉夫宗伯、道周宗叔、楚卿宗兄、子权等，同行致祭毕而散。同道周宗叔至李舜卿兄处少坐而来，至家时即就本家供献祖先毕，即晚膳，后至邱遇琴兄处，晤道周宗叔、王云初兄，相叙半晌。云初兄言明日趁(乘)轮赴杭，托其向杭垣荷花池之女媪推算命理，彼即允诺，想有福音耳。相约同至楚卿兄府上，畅叙至二鼓而来。

初十日己亥 早刻，至赵叔翁处少坐而来。

十一日庚子 晴。

十二日辛丑 晴。连日天气颇冷。蔡绍平兄以令媛对周柬邀晚膳，即于晚刻至绍平兄处，晤叶石甫、伍菊香、王春圃、林雍甫、方恭士诸君及道周宗叔，相叙席散后，过邱遇琴兄行中相叙半晌而来，至家时逾二鼓矣。

遇琴兄言及王云初兄生于同治乙丑岁九月廿三日亥时，即代叙其八字：乙丑、丁亥、乙酉、丁亥。查其年干乙木比肩、年支丑中巳土偏才、辛金七煞、癸水偏印，月干丁火食神，月支亥中壬水正印、甲木劫才，日支酉内辛金七煞，时干丁火食神，时支亥内壬水正印，甲木劫才。二岁行运，初交丙戌，现年五十三岁，值辛运七煞地，尚称佳妙。现云初兄趋赴武林，欲谋差使，想能成事。地方人多一人有地方，即多数人有可支持耳。

十三日壬寅 晴。西北风颇大，天气颇为寒冷。早刻，至椒江水产学校，晤金剑青、林少秋、徐志伸、胡志岩诸君，畅叙半晌而来。午膳后风色最大。家君因徐子刚与令弟梅臣昆季已经结讼，难于下台，又以潘雪岩兄相邀而至西山，(为)子刚兄代为排解其事，未识能作瓦解其事否也。

十四日癸卯 晴。风色稍静。早刻，至赵叔枚兄府上，言其令郎受寒，尚未痊愈。即看其令郎气色尚佳，非有急要之症也。请皮申甫、陈莘野、齐玉堂三位先生诊视。但玉堂西山言及精于命理，言颇相得。叙已将午，即过午膳后至家，值王春圃、陶习恭来叙少顷而别。晚膳后，至道周宗叔处，晤王六皆先生少谈，即约同道周宗叔至邱惠甫处，晤褚永芳、王俊卿诸君，相叙半晌。永芳兄代其友人朱姓托余代托周冠卿先生代选明年正月半前进住吉日，即代转托冠卿先生代选矣。

邱威甫言生于光绪壬辰年八月十三日辰时，即代叙其八字系壬辰年、己酉月、戊辰日、丙辰时。查其年干壬水偏才，年支辰内乙木正官、戊土比肩、癸水正财，月干巳土劫才，月支酉内辛金伤官，日支辰中乙木正官、戊土比肩、癸水正财，时干丙火偏印，时支辰内乙木正官、戊土比肩、癸水正财。二岁行运，初交庚戌，现年二十六岁，尚在壬运偏才地耳。

十五日甲辰　晴。早刻，周冠卿先生来叙半晌，言及代为择就明年正月初六日甲午日、十一己亥日、十八丙午均为进住大吉，代为批就一纸。即致褚永芳兄一信，附其择就吉日，饬老官送交矣。午膳后，至子俊兄处少坐，就道至达云母舅处，晤童畏三兄，相叙半晌，至李舜卿府上，言其外出，未晤而来。路晤洪少琴、周作羹，相约至家，少坐而别。少顷，李舜卿、洪少琴来叙至晚，留过晚膳后，相约至作羹兄处，晤汪伯端、周篪卿兄，畅叙半晌而来，至家时将二鼓矣。家君自晚刻由西山来，言及子刚、梅臣昆季事经王子寿先生以及潘雪岩诸君已将要急各事已经说开，尚有另星等情，想能清了。谊关手足，总以委曲息事，以免匍匐公堂，乃其祖宗之幸也。凡为此事者，必须力劝息事，即有干执事者必须晓以大义，总以亲亲之谊为重，幸甚幸甚，是为之记。

十六日己巳　晴。西北风颇大，天气寒冷。往年四五日之寒即行转暖，今岁自初八日起迄今已经九日，其冷仍然如是者，北省亦不过如是，亦不知北省今岁之冷更甚否也。有言海门镇守使顾子材曾经调省，新任镇守使何君已于今日来台任事矣。午膳后，至赵叔枚兄处，晤许吉仁、王伯琴、王志唐，畅叙一刻。

叔枚兄言其令郎生于丙辰年二月廿六日戌时，即代叙其八字系丙辰年、辛卯月、乙丑日、丙戌时。年干丙、月干辛，乃丙、辛代水。时干丙、月干辛，此系贪合亡煞，尚称佳妙。日支卯、时支戌，此卯、戌合火，年支辰、时支戌，此是辰戌相冲。查其年干丙火伤官，年支辰中乙木比肩、戊土正财、癸水偏印，月干辛金七煞，月支卯内藏乙木比肩，月支丑中巳土偏才、辛金七煞、癸水偏印，时干丙火伤官，时支戌宫辛金七煞、丁火食神、戊土正财。乙日生于卯可云建禄归提，明年三岁，初交壬运正印。其命已旺，又行印地，非甚佳妙。其命而论，可称中中。可惜者年支、时支戌，此辰戌一冲耳。

别后就道至李舜卿府上，晤汪伯端、周作羹两兄，互叙少顷。伯端兄言其令郎生于甲寅年四月十二日丑时，查其日酉时立夏，丑时生作三月节，即代叙其八字系甲寅年、戊辰月、壬辰日、辛丑时。查其年干甲木食神，年支寅宫甲木食神、丙火偏才、戊土七煞，月干戊土七煞，月支辰内乙木伤官、戊土七煞、癸水劫才，日支辰内乙木伤官、戊土七煞、癸水劫才，时干辛金正印，时支丑宫巳土正官、辛金正印、癸水劫才。其命壬水生在辰月，惜不得其令，虽取煞、印相生，美中总有不足之处。一岁行运，初交巳运，系正官地，非甚佳耳。如是者亦是中中耳。别后至家，即至叔枚兄一信，值其有人来，即交其来人带去矣。子权来叙至晚，留过晚膳后而去。

十七日丙午　晴。天气最冷。午膳后，张与翁及翁子俊兄来叙至晚而去。张与翁言陈舜卿兄生于咸丰丁巳年十二月初十日巳时，即代叙其八字系丁巳年、癸丑月、癸丑日、巳[①]时。查其年干丁火食神，年支巳内丙火伤官、戊土正财、庚金正官，月干癸水偏印，月支丑内巳土偏才、辛金七煞、癸水偏印，日支丑内巳土偏才、辛金七煞、癸水偏印，时干辛金七煞，时支巳内丙火伤官、戊土正财、庚金正官。七

---

① “巳”前脱一字，据下文当为“辛”。

岁行运，初交壬子，现年六十一岁，尚在未运，虽冲日支又冲提，均无紧要。其运尚称佳妙耳。

十八日丁未　晴。早刻，至黄道周宗叔处，晤吴玉翁，相叙半晌。午膳后，翁子俊兄及达云母舅、吴玉翁、汪伯端、道周宗叔、伍菊香诸君来叙至晚而别。早刻，崇虎先来言马屿头之坟地必须坤、艮独向为是。昨张与翁亦言坤、艮独向为妙，既说坤、艮独向为是，将来即用坤、艮独向可也。

十九日戊申　晴。早刻，至赵叔枚兄处，晤许吉仁兄，相叙一刻。即至海门楚卿兄处，晤黄义臣、何霭生、徐福生、陈舜卿、王春圃诸君，互叙过午膳后，就道至永宁商轮局，晤李少云、陈少山、丁梦生，畅叙少顷。言及新任镇守使何丰林即日可以到台任事。楚卿有云，何镇守使即于今日就省动身云。别后过丰泰，晤贺云江兄少谈而来。至家尚早，即至李舜卿兄处，晤道周宗叔、张鹿筹兄，互叙少顷，相约至文昌阁，晤杨仿时、汪伯端、王俊卿、周篪卿、应雅堂、黄子权诸君，相叙席散后而来，至家时将二鼓矣。张韵卿先生于晚刻来馆。

二十日己酉　晴。天气甚冷，连日皆然。李舜卿、赵叔枚、许吉仁诸君于午膳后来叙至晚而去。晚膳后，至赵叔枚兄处，晤徐志伸、金仲璋、杨卓起、王志唐、陈鹤平诸君，相叙半晌，来时已经二鼓。言及姚咏平兄夫人已将有喜云。

金仲璋兄云生于光绪壬午年十一月十一日未时，即代叙其八字系壬午年、壬子月、癸巳日、己未时。月支遇官禄贵人，日支遇玉堂天乙贵人，月支子、年支子[①]系正冲，时支未又是一穿，其官禄贵人遇冲遇穿，无以为力。日支之玉堂天乙贵人尚为有力。查其年干壬水劫才，年支午内丁火偏才、巳土七煞，月干壬水劫才，月支子中癸水比肩，日支巳内暗藏丙火正财、戊土正官、庚金正印，时干巳土七煞，时支未中乙木食神、巳土七煞、丁火偏才。大慨而论，未免煞重身轻，未

---

① 据上下文，当为“年支午”。

识高明者以为何如耳。六岁行运，初交癸丑，现年三十六岁，方交丙运，正财地，尚称佳妙。

廿一日庚戌 晴。许吉仁兄托章仲厚兄函托余代荐于本地坐店。但通泰、泰来两店医生已敷于事。但吉仁与赵叔枚兄系是朋友，即由水产学校之医员中莘水贴洋八十元，借通泰为安寓之处，每节送洋六元。早刻，与通泰说妥，即致赵叔枚兄一信，饬小四送交，托叔枚兄代为转达许吉仁兄矣。接章仲厚兄一信，即致章仲厚兄一函，交其来人带赵。早刻，至邱遇琴兄处少坐，晤吴玉翁，言新任何镇守使已于昨夕十句钟时趁(乘)轮到台，随带北兵千馀人，均至海门矣。

随同至道周宗叔府上，畅叙一刻，言及海门王鹤汀先生于昨夕作古。闻鹤汀先生与周梅五姻长同庚、同月、日、时，均在壬子岁。但周梅五姻长出自世家，财虽不多，用亦不缺，识字不多，亦能敷衍。青年捐有同知职衔，出入衙署，颇有声势。辛亥之后署本镇区官将近一载，甲寅新秋染恙而忘[①]，年经六十有三，子二人。王鹤汀先生出自寒素之家，青年入泮，向由蒙馆谋生，舌耕度日。辛亥之后为海门印山教员，莘水较丰于前，亦无蓄积，至日昨而故，年六十有六。如是而论，命虽相同，处竟[②]不同，两相比较，实在相同，可见命亦有凭也。

就道至尚德小学校，晤王俊卿兄、褚永芳兄，互叙一刻，即托俊卿兄代撰致送黄镜明族叔祖入厝挽对一联，别后而来。适汪伯端兄来叙，过午膳后，翁子俊兄、张与龄诸君来谈至晚而别。丁辅香兄来言方于昨夕自外洋来台。晚膳后，同韵卿先生至丁辅香兄处，晤周孟东、汪伯端两兄，言及陶习敬于十二日初十日完姻吉期，一切装饰最为繁华云。凡人生福禄能有几何？不宜太过。能得含蓄，一为自己寿算，一为子孙之福，不宜太过，是为至切。为之记焉。

廿二日辛亥 晴。接楚卿兄来信通知明日午刻公请新任镇守使

---

① 当为“亡”。

② 当为“处境”。

何公,家君同余均附一份,当即允许,明日早去可也。许眉甫先生及杨卓起、周作羹均于早刻来,过午膳后而卓起、作羹两兄去,眉甫先生留宿焉。午刻,吴玉翁、伍菊香、翁子俊诸君来叙少顷而去。李舜卿兄、汪伯端兄来邀至其府上,晤周篪卿、洪少琴、蔡雅亭,相叙席散。过邱遇琴之大兴行中,晤其世兄惠甫,互叙一刻而来,至家尚未二鼓耳。

卓起兄言及章子修兄令堂即大妗母陈太恭人请有节孝,上发哀扬匾字及徽章,已于月之十九日由樊川起身至家,悬挂于家中。谊属至亲,理宜致贺,无如彼未通知,现时日已过,只作罢论而已。沅继母章太恭人外租章公讳飞熊,由行伍历任铜山参将、提标中军参将,署乍浦协副将,调署黄岩镇总兵。于咸丰年间粤匪猖獗,扰及江浙,奉浙江巡抚王中丞有龄檄调赴省办理粮台,是时杭州城破,而公殉节于武林。后粤匪平定,论公奉旨给予骑都尉世袭。大公子化鹏公承袭,即沅大母舅,号云程。当承袭以都司入黄标效力,年只二十馀岁而亡。妗母陈太恭人随守节迄今,年逾七秩,一生苦志,正是冰霜节操,现经哀扬悬匾以报其一生苦志焉。陈太恭人三子,长即子修姻兄,亦有三子;次仲铨姻兄,早故,子一,名玉寿,亦将完姻矣;三字季甫。沅元配章氏,丈人字曰云渠公,即章总镇公二公子。岳母周氏生有两舅:长伯纯,娶陈氏,系黄岩陈锡九明府之女公子,生有两子;次仲厚,娶路镇俞氏,生有四子,长名正衡,现余之三女字焉。道、咸以后,台州人任提镇者固不乏人,而子孙满堂、家尚富厚,只黄岩前宅章氏一家焉。余见其所住之阳宅南均水围,最为得气。又,其祖上积德尚厚,子孙受其遗泽未有艾也。古人云:“积财与子孙,子孙未必能用;积书与子孙,子孙未必能读;须以积德与子孙,子孙荣昌耳。”凡我同人,为我后嗣,确须积德与后人,是为至切,为之记焉。

廿三日壬子 晴。早刻,侍家君至海门新任镇守使公馆中,晤汪楚生知事、张右荃知事及刘团长,相叙一刻,晋谒新任镇守使何公,少坐,所言亦是官样文章。别后,侍家君至楚卿处,晤周萍洄先生、黄义臣、徐福生、陈文佑诸君少叙。侍家君往谒汪楚生、张右荃两知事，均未晤而来，往[1]在台州旅馆。就道至永宁局，晤陶寿翁及李少云、吴勉生诸君少谈，至杨仿时处，晤汪楚生知事，相叙半晌，同至椒江舞台公宴。新任镇守使派代表刘团长来及陈团长，新来颇多，均不认识。并晤张右荃、陶寿农、黄楚卿、黄义臣、李少云、徐福生、陈文佑、赵叔枚、黄道周、娄祝三、陈舜卿、吴伯熊、王春圃、章焕新、徐仁甫、徐富春、周萍洄、徐元度，共计六席。相叙席散后，同道周宗叔先别，路晤天台姜竹林先生，言与陶寿翁有事，同至永宁局，晤丁梦生，即将其事托其转达寿翁。别后至楚卿处，尚未出来。适陈舜卿兄来言，萍洄先生因酒醉早来。仆从来言，家君亦出，已在丰泰。即同陈舜卿兄至丰泰，家君才方来行，并晤曹华亭先生及贺云江兄少谈，即侍家君而来，至家时经晚膳之后矣。

廿四日癸丑　晴。席请张韵卿先生午膳，并邀周涧泉先生、杨卓起兄、王六皆先生、童畏三兄、伍菊香先生、翁子俊兄、许眉甫先生，诸君相叙席散，而涧泉先生与眉甫先生互谈至晚。路桥陈泉友、陈拱心、盛郁文来寻张韵卿先生，为前韵卿先生将泉友令媛八字来与李舜卿兄大令郎说合，今来探视。于晚膳后，张韵卿先生挽同余与涧泉先生、子俊兄至李舜卿处，询其亲事是否。据舜卿兄言，廿六日遣女媪至其家中踏亲，事若允合，两家门第均能相若。但舜卿兄大令郎伯咸名李允熙，现肄业北京商业学校，现税住北京翊教寺西口廿九号门牌。但其人颇为诚厚，即在外面尚能节俭，少年子弟即如是，亦不易耳。言及新任镇守使何公丰林乃何公宗莲之公子，年四十三岁。何公宗莲系久任北省道台，现为北省都统云。

廿五日甲寅　晴。西北风颇大，天气甚冷。早刻，同张韵卿先生至椒江布厂，晤陈泉友、陈拱心、盛郁文诸君，相叙一刻，就道至达云母舅府上，晤友义相少谈，别后至赵叔枚兄处，晤张菊仙、王志唐诸

---

① 当为“住”。

君，畅叙半晌。言及叔枚于昨廿四日卯刻夫人有弄瓦之庆，即代叙其八字系丁巳年、癸丑月、癸丑日、乙卯时。月支丑、日支丑均有羊刃，年支巳、时支卯均遇玉堂天乙贵人。查其年干丁火偏才，年支巳内暗藏丙火正财、戊土正官、庚金正印，月干癸水比肩，月支丑中巳土七煞、辛金偏印、癸水比肩，日支丑内暗藏巳土七煞、辛金偏印、癸水比肩，时干乙木食神，时支卯内暗藏乙木食神。十岁行运，初交甲寅耳。此等女命，以余推之，亦不甚为佳妙。至家时将午膳矣。

晚刻，吴玉翁、李舜卿、伍菊香诸君来叙至晚而别。致陈舜卿兄，即托菊香先生带交六皆先生代为转寄。此六皆先生托余代托舜卿兄代荐同德正号医生，事恐不谐。但六皆先生托余致函，亦不过应酬而已。晚膳后，至王春圃处，晤赵叔枚兄，相叙一刻，言及驻海门之浙江中路分统章焕新兄名翔绶已接省中公事，先行撤差调省查办，接其任者卢姓亦至海门矣。并言张丹庭兄亦于昨夕由沪至海门，不知因何事件而来，拟明日往视可也。就道至丁辅香处，晤汪伯端兄，畅叙少顷而别。过陶习恭处，晤朱蕙甫兄、管斐南兄，畅叙半晌，至家时将二鼓矣。子权子择明日摩周，此等俗例本前有之，无如举此事者一甚招谣，一多费周章，毫无实济。既然得子，叨天敷佑，择日叩神还愿，分所宜然。所有俗例摩周正可不必也。况子权家虽小康，诸事均多未便，即举此虚浮无益之事，多费周章，何益于事？此其妻不懂世事之所致也。切戒后人如遇得子，切不可摩周，是为至要。为之记焉。自月之初七八日迄今将近两旬，天气甚冷，小河冰冻，均不能得解，近年来所未有，即上年十二月中旬最冷亦不过数日，何今岁之冷如斯也。

廿六日乙卯　晴。早刻，至海门永宁局，晤陶寿农、张丹庭、杨定甫、黄贯吾、周映江、杨子韶、冯少吹、尤伯和、金烈轩、王六溪、吴勉生、俞昭甫、朱少兰、王叔平、王季若、卢文甫诸君，相叙午膳后，至楚卿兄处少坐。楚卿兄邀留晚膳，少顷，陈伯荃、俞昭甫、金烈轩、卸任水师分统章焕新、新任水师分统卢平溪名家有，及张丹庭诸君来叙，至席散后少坐而别，至家时逾二鼓矣。言及海门申、台往来之镇昌轮船系谢恒昌兄经办云。

章焕新言生于乙亥年十一月十五日辰时，即代叙其八字系乙亥年、戊子月、戊申日、丙辰时。查其年干乙木正官，年支亥中壬子偏才、甲木七煞、戊土比肩，月支子中暗藏癸水正财，日支甲内暗藏庚金食神、壬水偏才，月干戊土比肩，日支子中暗藏癸水正财，日支甲内暗藏庚金食神、壬水偏才、戊土比肩，时干丙火偏印，时支辰内乙木正官、戊土比肩、癸水正财。月支子、日支申、日[①]支辰，乃申、子、辰会成水局。二岁行运，初交丁亥，现年四十三岁，方交癸运、正财地。以余推命虽不次，现值正财，未免有劫财之事云。

俞昭甫兄言其令郎生于本年丁巳四月初四日午时，即代叙其八字系丁巳年、乙巳月、丙寅日、甲午时。查其年干丁火劫才，年支巳中暗藏丙火比肩、戊土食神、庚金偏才，月干乙卯正财，月支巳内暗藏丙火比肩、戊土食神、庚金偏才，日支寅宫暗藏甲木偏印、丙火比肩、戊土食神，时干甲木偏印，时支午宫暗藏丁火劫才、巳土伤官。日干丙、月支巳、年支巳已均遇官禄贵人。日干丙、日支寅遇长生，建禄归提又坐长生，其命太旺。年干丁、时干乙、日干丙，乃乙、丙、丁系是三奇，五行缺水而无官煞，运至官煞最佳。至七岁才方行运。此等小命尚佳。至十七岁交癸运，廿七岁交壬运，三十七岁至六十六岁，辛亥、庚子、己亥六个均称佳妙耳。

廿七日丙辰 晴。连日天气最冷，至今日仍然，天时之冷至今年之久者亦所罕见也。晚膳后，至道周宗叔处少坐，言楚卿兄由海门来，相约至楚卿府上，晤王春圃、周作羹诸君，互叙半晌。言阅报纪云月之廿二日上海普济商轮开至温州，道至吴淞之外三革水，遇新丰商轮冲破沉没。温州徐班侯老伯携家眷至北京做寿旋里，其家眷中其老伯母并令孙暨孙媳、曾孙，瑞安黄曾枚在财政部当差亦同旋瓯，及有名望者甚多，统计搭客三百馀人均遭于难，遇救者计七十馀人。闻

---

① “日”，当为“时”。

言之下，代为惨切。惟班侯老伯尚称诚厚，以至子孙均在于此，犹代惨然。事虽有前定，眼前而论，深为惨然。徐班侯老伯名定超，中癸未科进士，钦点户部主事，前东阁大学士闫丹初中堂最为赏识，提补实缺，考取御史传到，至掌京畿道监察御史计二十馀年，丁忧旋里，后则难于详记。总而言之，其人无规束耳。别后至星斋宗叔处畅叙少顷而来，至家时逾二鼓矣。

廿八日丁巳　晴。晚刻，卢华士兄、黄楚卿兄、翁子俊兄、周篪卿兄、李舜卿兄及达云母舅来叙至晚而别。晚膳后，至道周宗叔处，晤作羹、篪卿、伯端诸君少坐，相约至楚卿府上，晤王六皆先生、伍菊香先生，互叙半晌。言及楚卿之堂弟文山谱名崇斌者于昨日作古，年只二十馀岁，现充台防二营哨官，据然少年而故，深为可惜。少顷，冠卿先生亦至楚卿兄处，言及辛山各殷户而有瘾者皆畏查禁鸦片委员之威，皆已远避。此可数日可戒之病而不能除脱，畏罪远飏，亦可耻可笑耳。镇守使何公柬邀明日午膳。

廿九日戊午　晴。天气曾经转暖矣。早刻，至海门永宁局，晤陶寿翁、章屺堂先生、洪封山诸君，相叙半晌，就道至陈少亭处，晤应焕云，相谈一刻而别。即至娄祝三府上，晤蒋颖之兄少谈，即至楚卿处，晤王春圃、何霭生两君少叙，转至永宁局。少顷，楚卿兄亦来，同至镇守使署，晤刘团长、卢平溪区长、杨仿时、吴伯熊、陈舜卿、娄祝三、徐仁甫、陈星源、驻防黄岩管带徐拱洛、徐英士，计有五席，姓氏未甚详晰，相叙席散而别。即至永宁局，晤王勤甫、王六溪诸君，畅叙一刻。陶寿翁即行动身至家，余因赵叔枚兄相邀，即至大丰园菜馆，晤赵叔枚及杨仿时、娄祝三、方紫扬、张菊仙、姚咏平、王志唐、林少秋诸君，相叙席散后而别。至丰泰，晤贺云江兄少叙而来，至家将十句钟矣。叶荣庆来言，现在镇海大溪头洪元轩茶坊托余代荐地方，允代设法，能有代谋之处，另函嘱其至于彼处可也。

三十日乙未　晴。早刻，至椒江水产学校，晤周涧泉先生及徐志伸、杨卓起、胡志岩、张菊仙诸君，畅叙一刻而来。阅本月十九日《申报》纪委员名单：十四国均应遴员与议，现已派定者计有八国，此外诸国亦正陆续派委，兹将各国派定委员职名录下：义国总领事罗布丝业、委员德乃骥；比国驻沪总领事薛福；德驻沪华比分行总办德麦炀；法国署上海总领事魏禄敦、远东商务委员领事官柯乃法，上海法国商务委员亦派一人，尚未选定；日本总领事有吉明、副领事岸仓松、税官鉴查官早川繁、农商务技师大山清一郎；丹国驻上海总领事胡特门日；斯驻沪领事巴林下；俄国驻沪领事格罗师何穆尔与税务监督莱特金、驻俄使署驻沪税务委员雄内贝。

连日天气之冷逾与往年，惟今日似有转暖之机，一若西风起时即与各日相同也。

十二月初一日庚申 晴。接王云初兄一信，系上月十九日函发，言已邀荷花池头老媪推算，余之八字亥字、丙字两字均佳云云。早刻，菊香先生同其令祖郏衡亭兄来叙，过午膳后至晚而去。晚膳后，至菊香先生处，晤郏衡亭，相叙半晌，同至星斋宗叔处少叙而来。言及允东家此番入厝请人徽祭真是多事。古人云：“死，葬之以礼，祭之以礼。”事理为然，其祭从俗可也，不宜诸多转拆，倘多银钱积聚，亦宜徽祭。彼系从俭之家所不宜者在于此也。

初二日辛酉 晴。致谢蘅窗先生一信，即饬宁仁送至上海裕昌煤号。宁俦先托余代其弟转荐镇昌煤号当差，但镇昌商轮系蘅窗先生创办，余与蘅窗兄在沪合股慎昌时相往来，自甲寅暮春一别之后，屈指四年，现荐其轮中一茶房，未识能允诺否也。晚刻，菊香先生、李舜卿、翁子俊两兄来叙至晚而别。晚膳后，至陶寿翁处，晤汪伯端、李舜卿、王子政、王炳生诸君，畅叙至二鼓而来。此次习敬娶亲，其帖中有书“四男习敬完姻”字样，书帖宜书名不宜书号。询寿农，言其郎习之、习谦、习恭、习敬均是谱名作号。此亦名号不分，不识者思其轻人也。此等虽是小事，亦须注意，不得以字迹见挂外人，幸甚幸甚。张韵卿先生于今日解馆。

初三日壬戌 晴。晚刻，陶寿翁、李舜卿、黄道周、汪伯端、伍菊香早刻来叙少顷而去。言及东岸黄小头及王清甫同海门多人再控赵叔枚兄。但赵叔枚经办水产学校屡次被人呈控，未识作何想法也。至叔枚兄人颇诚厚，所以人善人欺，古人之言不谬也。晚膳后，至陶寿翁府上，晤陆忠夫、王炳生、汪伯端诸君，相叙半晌，言及习敬系初十日喜期，定初六日发嫁资，即于明日送序头合，此亦台属俗例如期[1]也。此番习敬完姻之期，其家中花堂一切，陶寿翁邀王炳生代为帮忙，事虽周到，须多数百元开费而已。人家婚嫁亦礼之常，不宜过于奢侈，能得节俭即是积福。无如世风过薄，诸事繁华，此人生之大病，只望后来君子必须去其繁华以存朴古之心以行诚厚，是为大幸。凡我子孙，孝弟力田、朴诚俭约，即余有后望焉，是为之记。

初四日癸亥 晴。早刻，至达云母舅处，晤翁子俊兄、童畏三兄，畅叙半晌而别。晚刻，陈月香兄因令郎于九月间完姻，各人送其人情，今晚设席于泰来。即至泰来，晤月香、叶晓云、潘醉葩、陶吉人诸君，相叙席散后少坐而来。就道至赵叔翁处，晤张菊仙、陈佩秋、娄瑞卿诸君，互叙一刻，来时已逾二鼓。

佩秋兄言生于光绪庚辰年十二月廿八日子时，即代叙其八字系庚辰年、己丑月、辛酉日、戊子时。日支酉遇官禄贵人，即曰专禄日。月支丑遇玉堂天乙贵人，时支子遇长生。查其年干庚金劫才，年支辰宫乙木正财、戊土正印、癸水食神，月干巳土偏印，月支丑中暗藏巳土偏印、辛金比肩、癸水食神，日支酉宫暗藏比肩，时干戊土正印，时支子宫暗藏癸水食神。辛金生于季冬本是衰地，幸年干庚金生身，月干巳土、时干戊土均生本身，年支辰、日支酉，乃辰支合金，又生本身，月支丑、日支酉，丑、酉半会金局，亦是生身。此等八字最合人缘。三岁行运，初交庚寅，现年三十八岁，方交巳运。巳、酉、丑全会金局，最称佳妙耳。

初五日甲子 晴。接陈仲善兄一信。前托王俊卿兄做送黄镜明

---

① 当为"如斯"。

总戎挽联对语，曾于早刻取来，代家君送其语云："坐虎帐、握虎符，偕异国使臣横海船头，越显当年壮气(此镜明先生于咸丰朝曾署温州镇总兵之后有送琉球贡使晋京，上赐褂缎袍之事迹)"；下联语云："死同居、生同志，与我家王父夕阳影里，好谈平日戎韬(现镜明先生墓在马屿头之麓，与先曾祖佳城相去不远，镜明先生当年亦是先曾祖沧山公族侄，朝夕相随而已)。"代余送镜明先生挽对语云："东浙失伟人，湘竹丛中添别泪；西山留吉壤，梅花香里驻行旌。"其语均称切实其事略，即于早刻请翁子俊兄代为书联，至十二日送去可也。

眉甫先生代馆，即于今日两弟上学矣。晚刻，至陶寿翁处，晤李舜卿、伍菊香两君，畅叙少顷而来。值夏振之兄自沪江来言，丹庭亲家同其夫人之意急将三子娶媳。但余次女年只十四岁，即云明岁之冬余女亦只十五岁，其年太稚，又不老成，即或遣嫁，只恐失礼舅姑，实对不除。烦其转达丹庭兄，彼意定要明岁之冬亲迎，只得允其于归可也。

初六日乙丑 晴。致阮凤鸣兄一信，为培源店账托其代为向取，该函即交玉先专人送投。夏振之兄于早刻去。即侍家君至周宅吊唁，晤赵叔枚、徐志伸、金仲璋、周谱香及达云母舅、文普表弟、陈佩秋、王建臣、王兴臣、许六溪诸君，相叙半晌而来。彼子最先生讳成钊，少年入泮，补入天禄，入资主事，保以知州选用，暨元配郑氏宜人子允东讳建勋，亦少年游庠，以顶替难荫知县签掣山西候补，续改立宪，充山西地方审判厅推事。又，允东之祀母李氏均于今日开吊，明日入葬，坟做本镇文昌阁之前。无如其坟无易河边土坎，殊不值也。

午膳后，李舜卿、伍菊香、周箎卿、洪少琴来叙少顷，值陶习敬之新人嫁资已到，往看其妆奁等件，最为繁华。现在诸事过于奢侈。嫁娶更甚，后来君子能将此事业均从节俭，以成古道，亦一移风成俗、造福于无穷也。随至寿翁客间，晤王子政、王炳生诸君，相叙少谈，各人送寿翁府上人情亦最从丰，此亦世风过于奢侈之所致也。周孟东兄来邀晚膳，即至孟东处，晤少湖、道周两宗叔及汪伯端、李舜卿、周箎卿、洪少琴、周作羹、王尚贤，相叙过晚膳后而别，至家时逾二鼓矣。

初七日丙寅　晴。接章子修兄一信。早刻，侍家君至周宅送葬，晤谱香、星斋、仲玉、佩秋、兴臣、建臣、建西诸君，同行往送出街之后而来。周子勖先生并允东其乔梓二人，自今日而止矣。无如其坟做在文昌阁之前河坎之上麦园，太不合式。如北省田中做坟最多，乃该处数百里无山，只将田中或园中造圹，理之常也。南省多山之处均在山中择穴造圹为多，田园中或有见造坟墓，总有水法可凭而造焉，未有该处只一河坎而能造墓之理。按：子勖公及允东先生生平无益于人之事，所以身后并无善地。凡人无善地者亦多未有生前威名赫赫，身后置于河坎，无得山间之寸土，是为惜哉。

午膳后，至陶寿翁(处)，适寿翁言为永利开会，因定甫先生、映江先生及股内多人均在局中，因于晚刻亦至海门与各人接洽。但永利商轮据然包与别人，在各股东则每年可以坐得若干而无行俭等事，在陶寿翁每年藉此得名得利则大有相损也。但陶寿翁积欠局中过多，而各股东不无浮言，即今之包与别人，其各股东之意亦不非在于此耳。并晤刁之、刁谦昆季、舜卿、余桐舟、王子政、朱蕙甫、汪伯端诸君，叙过晚膳后，就道至丁辅香行中相叙至二鼓时而来。

初八日丁卯　晴。致章子修兄一信，致陈仲善兄一信，饬小四送投。早刻，至赵叔翁处，相叙半晌，彼言今晚趁镇昌轮船至沪赴杭一走，即托其代换元私两锭，每锭约在五两之谱，并全鹿丸及另星等件，并付其购物洋二十元，不敷之处，另日俟其购来时清付可也。邱仲翁来过午膳后同至陶寿翁处，晤李舜卿、王炳生、陈佩秋、王六皆、叶馨山、朱惠甫诸君，相叙过晚膳后，同邱仲翁、陈佩秋两君至星斋宗叔处，晤道周宗叔，相叙少顷。即同仲翁、佩秋别后至家，留宿焉。佩秋兄言，陈弼斋令尊字曰星秋，现其乃翁寿坟及其自己寿域均做在彼府上相近之处云。

初九日戊辰　晴。致张丹庭兄一信，交邮寄至沪江。早刻，同邱仲翁、陈佩秋两君至陶寿翁府上，晤蔡光夫、冯敷五、金季盘、金伯明、王明斋诸君，少叙而来。晚刻，道周宗叔及子权来叙将晚。但寿翁四令郎习敬明日喜期，即于今晚闹房，此台乡俗例如斯。同至其府上，晤黄子霖、王明斋、王六皆、伍菊香、周作羹，来客颇多，计七十馀席，叙过席散后而别。余因其相邀代媒，明日发轿须早，不能久与各人畅叙，即同邱仲玉先生同来，至家时未二鼓耳。彼家中虽言繁华，其实亦不甚多需费用。凡做喜事人家，税用煤气灯明亮而俭烛最为得体，用此灯者必邀其税灯之人同来，藉能熟悉，不致另生枝节为幸。习之大令郎并其路桥人之外甥均只数岁，各穿皮袍及皮马褂。如此幼孩即穿皮衣，将来年纪长大，不知再加何物而穿也。凡少年，气血旺壮，理宜壮其气骨，不宜过于舒展，是为至要，为之记焉。

初十日己巳　晴。家君于早刻至屿岙去，余同黄子霖兄为陶宅代媒，其发轿在上午四句钟动身，于时太早，至山头金地方天方放光，至仲达家时值早晨，晤俞仲征、毛善如兄、朱敷五老伯、江梦生先生、王焕如兄、叶辅亭先生、方巽谷兄、许蓉垣先生、林汝彝兄、王子绶先生及仲达、叔平、季若昆季，叙过午膳席散。时值下午二句钟时，新人上轿后，余同子霖兄动身至陶宅，于时尚早，晤吴勉生、王槐卿、冯敷五、李舜卿、金伯明、金季盘诸君，少顷，俞仲征亦来相叙，席散而来，至家时逾二鼓矣。

十一日庚午　晴。天气之冷仍然如旧。接楚卿兄出帖柬十四日宗叔祖镜明先生入厝，邀代助祭而允诺焉。早刻，俞仲征兄来叙至午，同至寿翁府上，晤郎吉甫先生，诸君相叙过午膳后。至家时，丹庭兄送镜明太老伯挽幛托余代送，即代饬价送去。后至寿翁处，彼于今夜办本街人情酒，计有五席，均是翅菜，同席者：黄义臣统领、何霭生先生、邱仲玉、吴玉成、王六皆、李舜卿诸君，相叙席散后而来，至家时逾二鼓矣。

冯敷五先生言生于咸丰乙卯年三月初一日戌时，即代叙其八字系乙卯年、庚辰月、癸亥日、辛丑时。年干乙、月干庚，乃乙庚化金。年支卯、日支亥，是亥卯半会木局。日支辰、时支戌，乃辰、戌相冲。

查其年干乙木食神，年支卯内暗藏乙木食神，月干庚金正印，月支辰宫暗藏乙木食神、戊土正官、癸水比肩，日支亥中壬水劫才、甲木伤官，时干壬水劫才，时支戌宫辛金偏印、丁亥偏才、戊土正官。四岁行运，初交乙卯，现年六十三岁，尚在戌运，系是冲提，其运不甚佳妙。

郎吉甫先生言生于同治壬戌年十一月廿八日子时，是年已过立春廿八日，作癸亥推算，即代叙其八字系癸亥、甲寅、乙巳、丙子。月支寅、日支巳，乃寅巳相刑。查其年干癸水偏印，年支寅宫壬水正印、甲木劫才，月干甲木劫才，月支寅中甲木劫才、丙火伤官、戊土正财，日支巳中丙火伤官、戊土正财、庚金正官，时干丙火伤官，时支子宫癸水偏印。四岁行运，初交癸丑，现年五十五岁，戊运、正财地，尚佳耳。

十二日辛未　晴。天气之冷仍然。自上月初九冬至日起至今日为止，均是异常之冷。王仲达、叔平昆季均于早刻至陶寿翁府上"看三日"，亦台州俗例也。晚刻，至星斋府上，晤吴玉翁、邱仲翁。言楚卿兄已来，即至楚卿兄处，晤赵友竹先生、叶石甫先生、许瑶甫兄，相叙半晌而来。备单邀俞仲征兄、郎吉甫先生、王仲达、叔平昆季、朱惠甫兄、陶习恭兄晚膳而来，相叙席散而别。家君至初十日至屿岙尚未旋里，想明日可以到家。

十三日壬申　晴。早刻，至星斋宗叔府上吊唁其乃翁镜明叔祖毕后，晤吴玉翁、邱仲玉、周孟东及楚卿兄，相叙半晌而来。午膳后，因其邀余助祭，并邀家君主祭，侍家君至其家中，晤杨子平兄少谈，侍家君及王六皆、吴玉成、黄道周、李舜卿、邱仲翁，同行致祭镜明公事毕后，就道至楚卿兄处，适金次斋兄亦来，相叙至二鼓后而来。

杨子平兄言生于光绪丙戌年正月初三日子时，叙其八字系丙戌年、庚寅月、丁酉日、庚子时。查其年干丙火劫才，年支戌宫辛金偏才、丁火比肩、戊土伤官，月干庚金正财，月支寅内暗藏甲木正月、丙火劫才、戊土伤官。日支酉系长生，乃"财源遇长生，田园万顷"。时支内癸水七煞最佳，格取才旺生煞，诚佳造也。十岁行运，初交辛卯，现年二十二岁，癸运、七煞地，最佳耳。

十四日癸酉 晴。早刻，至星斋宗叔府上，并晤道周宗叔、李舜卿、周作羹、邱仲玉、金次斋、黄楚卿，同送镜明公并其许氏夫人、周氏夫人暨其大公子灵柩，于九句钟时动身，至十二句钟时至马屿头，即行致祭毕，遂即入圹。楚卿兄邀余及次斋、仲玉及其令弟梗卿至金德生家中午膳后，至先曾祖墓及先曾祖母墓并楚卿兄令曾祖家瑞公墓，均相视少顷，动身而来，至其家中尚早。楚卿兄席请邱仲翁、金次斋兄，并邀余及吴玉翁陪客，相叙席散而别。就道至星斋宗叔处，晤伯端、道周、作羹、舜卿诸君，相叙半晌而来，至家时经十一句钟矣。梦云先生来家，留宿焉。

十五日甲戌 晴。早刻，丁辅香兄来叙少顷，适陶寿翁来柬邀余同梦云先生午膳，即同梦云先生至寿翁处，晤俞仲征、王仲达、叔平昆季、汪伯端、张少生及其刁之、刁敬昆季，相叙席散后少坐而来。晚膳后，至翁子俊兄府上少坐，至丁辅香行中相叙一刻而来，至家时逾二鼓矣。上春托华最和尚转托老僧代诵还经，家慈章恭人并沅及继配陈氏、曹氏、子四妹、弟秉礼计共六牒，均已送来，余交其洋十元，面交诸堂风师太转交其来人带去矣。倘有上落，另日再算可也。

昨梗卿言生于光绪己亥九月十六日寅时，叙其八字：己亥、甲戌、辛未、庚寅。辛禄在酉，月支戌是羊刃，时支寅遇玉堂天乙贵人。查其年干巳土偏印，年支亥宫壬水伤官、甲木正财，月干甲木正财，月支戌内暗藏辛金比肩、丁火七煞、戊土正印，日支为宫乙木偏才、巳土偏印、丁火七煞，时干庚金劫才，时支寅宫暗藏甲木正财、丙火正官、戊土正印。八岁行运，初交癸酉，现年十九岁，交壬运、伤官地耳。

十六日乙亥 晴。梦云先生于早刻去时向余撮去洋三十元，立有凭券存之。昨日还经之牒，沅与内子陈氏、曹氏、子四妹、弟秉礼计五纸，均于早刻送至海门东岳宫总漕爷前恭叩焚化，其意在人之出世向库借贷开拆，生后理宜偿还。释教设有是节，其理宜然，沅今遵释教经典，请天台山老僧讽诵偿还，亦在于理也。家慈章太恭人一牒，现家慈至辛山小妹家未旋，候其来时面呈可也。就道至永利商轮局，晤陶寿翁及周映江先生、胡滇生、俞仲征、王仲达、阮右垣诸君，互相畅叙。过午膳后，至楚卿兄(处)，晤洪封山兄少谈而别。至家，即至达云母舅府上，晤王柳堂、翁子俊两兄，相叙半晌而来。晚膳后，至丁辅香处，晤汪伯端兄，畅叙一刻而来，至家时将二鼓矣。

映江先生言生于咸丰丙辰十一月廿一日酉时，即代叙其八字系丙辰、己亥、乙巳、乙酉。查其年干丙火伤官，年支辰中乙木比肩、戊土正财、癸水偏印，月干巳土偏才、月支亥宫壬水正印、甲木劫才，日支巳内丙火伤官、戊土正财、庚金正官，时干乙木比肩，时支酉宫辛金乙煞[①]。格取伤官合煞，其造最佳，此等八字亦不易得也。七岁行运，初交庚子，现年六十二岁，方交巳运，虽是冲提，不致有碍。六十七岁交丙午十年最称佳妙，正是老当益壮耳。

十七日丙子 晴。早刻，周作羹兄来叙，过午膳后而去。致张丹庭兄一信，并附年糕麻糯等物，托永利商轮代带沪江。晚刻，至李舜卿兄处，晤道周宗叔及周作羹、王尚贤，相叙一刻而来。将晚膳时，梦云先生自东山头来，留宿焉。

昨许耀甫兄言生于同治庚午年十一月初一日巳时，叙其八字系庚午、戊子、壬辰、乙巳。时支巳遇玉堂天乙贵人。查其年上偏印，年下正财、正官，月上七煞，月下劫才，日下伤官、七煞、劫才，时上伤官，时下偏才、偏官、偏印。六岁行运，初交己丑，现年四十八岁，在癸运、劫才地。

牟小士来言，昨日永利商轮局股东会议将永利商轮出租与人，上海葆三先生集股税办。陶寿翁恐将永利出租与人有碍面子，挽出阮右垣、周映江两君主动反对，言归台人承包，即以阮右垣、周映江出名挽同寿农承包，每月缴出税洋四千五百五十元云云。此亦陶寿翁极无聊之思想也。

十八日丁丑 晴。午膳后，至翁子俊兄处少坐而来。昨胡滇生

---

① 疑为“七煞”。

云生于同治甲戌年十月十七日午时，叙其八字系甲戌、乙亥、丙戌、甲午。月支亥遇玉堂天乙贵人，丙戌禄在巳，时支午是羊刃。查其年上偏印，年下正财、劫才、伤官，月上正印，月下七煞、偏印，日下正财、劫才、伤官，时上偏印，时下劫才、伤官。四岁行运，初交丙子，现年四十四岁，交庚辰。但辰运冲开墓库，最佳耳。

十九日戊寅　晴。致杨子韶一信，饬老官送交，系眉甫先生托余代荐其学堂中教员，旋言其因仗地外出未归，未接福音，想付之东流耳。

二十日己卯　晴。典中学生老庆言生于庚子年八月十六日子时，即叙其八字系庚子、乙酉、乙酉、丙子。年支子、时支子均遇玉堂天乙贵人。查其年干庚金正官，年支子中癸水偏印，月干乙木比肩，月支酉宫辛金七煞，日支酉宫辛金七煞，时干丙火伤官，时支子宫癸水偏印。其八字最为清奇，系十岁行运，初交丙戌，现年十八岁，尚在戌运耳。此等八字颇为奇特，现为学徒，未识后来再有出色否也。命之理微，难于据决耳。

廿一日庚辰　阴，天气颇暖。早刻，请子俊兄来，将新年春联均已书成。伯寅宗叔之妹许与北岸柳庸德，于今日吉期入赘矣。

廿二日辛巳　晴，天气颇暖，早晚似有下雪之景。早刻，汪伯端兄来叙半晌而去。晚刻，至上洋谢仲衡兄处，晤郑冠卿，诸君相叙至晚而来。伯寅宗叔之妹适北岸桃渚柳容德，于今日入赘，今早柬邀晚膳。至其家中，晤新郎柳容德及少湖、道周宗叔、邱惠甫、周作羹、曾豪甫、陶习敬、周载熙诸君，相叙席散后，同至邱大兴行中，晤遇琴及王俊卿，互叙半晌。言及柳容德人极端方，曾在三台即第六中学堂毕业生，新媳妇即伯寅宗叔第二女，人亦勤能，所云淑女因配才郎，赤绳系足，早有前定也。至家时逾二鼓矣。

廿三日壬午　早至午刻，阴；未、申时，细雨；酉牌，阴；以后皆然。亥时立春佳节。上午三句半钟起沐浴焚香，恭叩天地神明，谓之曰谢年，幸得岁岁平安，是为至幸。接杨子韶姻长福信一函，言眉甫先生馆事现有人说过，尚未定局，据然即却，亦难为情，容俟新正接洽可也。接张琪泉兄一信，并附息洋三十九元，即交正华转交典中收账矣。即致福琪泉兄一信，交其来人带福矣。昨谢小玉言十一月十八日巳时生有一子，叙其八字系官煞混杂，非佳造也。

廿四日癸未　阴。晚膳后，至楚卿兄处，晤王春圃、汪伯端及道周宗叔、蔡绍平、许连城，互叙半晌而来，至家时将二鼓矣。

廿五日甲申　阴。致江梦生先生，交玉先带至黄城递交。眉甫先生于月初来，系家君请其为二弟、三弟因张韵卿先生放假太早代馆，于今日早晨而去。梦云先生自早刻来，至海门旋，过午膳后而去。前次向余假去英佛三十尊，今又假去洋念元，谊属师生，难于推却而允之。晚刻，陶寿翁及星斋、道周两宗叔来叙少顷而去。陶寿翁言日前永利各股东公议欲将永利出税他人，当胡滇生欲为租税，而寿翁为有伤面子，其亲家阮右垣出面反对，续右垣挽同寿翁包认，胡滇生亦出而反对，两相龃龉，仍然如旧。此即寿翁之目的如斯也。晚膳后，至道周宗叔处，晤邱遇琴兄少谈，至楚卿兄府上一坐，即至星斋宗叔处，晤周孟东，互叙半晌而来，至家时将二鼓矣。

廿六日乙酉　阴。午膳后，至星斋宗叔处，晤道周宗叔及吴玉翁、邱遇琴、叶石甫诸君。因楚卿兄嘱检楩卿承祀田契，彼契均在星斋宗叔处，无如其府上祖业田契均在一处未曾分包，正是杂乱无章，即欲代为寻检，颇非易事。各人值此岁杪无假[①]及此，随邀嘉先来为代检。适值周孟东来言其叔槐卿为同堂小费被作羹兄扭打一顿，事未下台。但槐卿正值多病，又复吐血，经此一打，气闷交迫，代为惨然。未晤作羹，不知其事若何。至家时，赵叔翁将前托买各件均已送来，计洋念二元八角另。晚膳后，至赵叔翁处，晤徐志伸、金仲璋，互叙半晌，托买各件，除前面交二十元外，尚少二元八角，又取烟酒一包，面付洋三元，两均清讫。至家时经二鼓矣。

---

①　当为“无暇”。

廿七日丙戌 早至午刻，阴；未、申时，细雨；酉牌，阴；以后皆然。早刻，邱遇琴兄来言，王云初兄已于昨夕旋台，自交卸黄岩场盐知事之后赴省已将八个月，未曾见委差□，亏控不少云。晚刻，赵叔枚、徐志伸两君来叙半晌，言及正□□为水产学校每年管库职员，至新正初上送关可也。即为□□□权矣。

廿八日丁亥 卯前，阴；辰至申，细雨；酉牌，阴；以后皆然。

三十日[①]**戊子** 阴。致阮凤鸣兄一信，附培源致李裕兴收行一纸，托其代为转交，函交玉先送托海门久火□□□泽库。早刻，楚卿兄及玉翁来言，星斋宗叔与梗卿分书今日□□，午刻设有一席。别后，即侍家君至楚卿兄处，晤黄义臣、□□翁、吴玉翁及道周宗叔、唐岳不、周孟东、卢槐士诸君，相叙席散后，送交星斋宗叔画押，毕后，至楚卿兄处少坐而来。随行虔设祭菜，恭叩祖先并先人神像。今岁叨天福佑，并蒙祖宗福荫，幸得添丁之庆，深为至幸。私心祷祝，只求来年岁岁平安，为幸多矣。

---

① 按序及干支当为“廿九日”，疑因月小，又值除夕，故书为“三十日”。

第六十四章

戊午(1918)元月初一日起

岁戊午正月初一日己丑　卯前，雪；早辰，满眼□□，其白如银；辰、巳牌，阴；午时以后均晴。时未及午，雪均消散矣。致梦云先生、眉甫先生、徐子刚兄贺信各一函。早刻，至本镇各家恭贺新禧，是有交情以及相识各友均遍走一次，至家时将午膳矣。晚刻，各友来家相叙颇多，畅谈至晚矣。今日天气：子、丑、寅、卯四时下雪；辰时云白色；巳牌似觉清明，曾见青天；午时见有日色，全日无风，气候颇为和暖。古人云，元旦有雪，乃是丰年之佳兆也。

初二日庚寅　阴。致陈渔韶兄一信，托其代裱带甬江装裱翁叔平行书旧大红腊笺对一副、毛镜泉先生书对一副，均托陈舜卿兄代为带交渔韶兄矣。但翁叔书之旧对有上款"文谟五兄先生雅嘱"八字，即嘱装裱店代为挖去，将原色旧纸补下，未识得能寻觅相若纸色否也。此对购自京都琉璃厂旧货店，其价颇廉，余以翁叔平品行不佳，弃而不用曾已多年。客岁嘉平晤杨子平兄，言近今京华字家以翁叔平所书之字不次，余即寻检而装裱之。按：翁叔平字同龢，丙辰殿撰，官至内阁兼任大司农，列师傅，于甲午中日之役，大失政策，放归田里而已。午膳后，至均五宗叔及黄文山、陈禄孚诸处吊唁后，就道至星斋宗叔及陶寿翁两处少坐而来。晚膳后，至道周宗叔处少坐，相约至遇琴兄大兴行中，晤李舜卿、王云初、汪伯端、少湖宗叔，诸君互叙半晌而来，至家时经二鼓矣。言及年内作羹与周槐卿两相兜欧事，槐卿即至郡赴县起诉，作羹兄亦于今早至郡。但槐卿、作羹谊属叔侄，又属桑梓，宜邀地方各人两相和解，不应竖旗击鼓而已。地方人总以无事亦无口角微嫌、出入相敬如宾，为幸多矣。

初三日辛卯　早至巳刻，阴；午牌，细雨；未、申、酉时，阴；戌刻，细雨；以后皆然。未初刻地震，幸片时即止，余自幼迄今只闻有地震之事，至今日而有所见也。早刻，汪伯端兄、周篪卿来叙半晌而去。伯端兄言明日为选举开会，同王俊卿兄至郡云。

初四日壬辰　早至辰刻，细雨；巳时以后均阴。子权柬邀午膳，早刻，至子权处，晤杨仿时、柳宗善、王俊卿、汪伯端、李舜卿、赵叔枚、黄季明诸君，相叙席散后至大兴行，晤邱惠甫兄，少坐而来。惠甫言其乃翁遇琴兄同云初均于昨日至海门盘顶洋油行，今日尚未来家。柳宗善是容德之号。宗善言生于光绪癸巳年十一月廿八日亥时，至家，叙其庚甲，不甚佳妙，看其人颇勤能敏捷，其命平平，恐无大发耳。日前，云初兄其二令郎生于乙卯年十一月初十日辰时，代叙八字，并粗写一纸，早刻，遣人送去矣。余于上年初学子平，看命之完全无暇者甚少，凡人能发财、发福、得名均是有命，能生八字完善者必由风水始也。人之得善地，须由积善而起，人能积德，而有善地，能生佳命之人，子弟八字既佳，无有不发财、发福、得名也。古人云："积财与子孙，子孙未必能用；积书与子孙，子孙未必能读；须以积德与子孙，子孙荣昌耳。"欲求积德之初，首由看破钱财；次须仍吃人亏，勿以人吃我亏也；继以事事存之"事无不可对人言"，此乃涉世之道，凡望后来君子以及我之子孙勿以余言置之河汉，为幸多矣。

初五日癸巳　子、丑时，细雨；寅刻雨晴，阴；卯至未刻，晴；申牌以后均阴。未刻，邀杨仿时所长、吴玉翁、徐志伸、姚咏平、赵时枚、黄梗卿、卢槐士、翁子俊诸君春酒，相叙席散而去。陶寿翁、黄楚卿两君辞而未来。申刻，邀王六皆、王云初、黄星斋宗叔、李舜卿、黄季明宗叔、邱遇琴诸君春酒，相叙席散而别。柳宗善、陈舜卿、陶习之、黄子权辞而未来，此席专请柳宗善，余于初三日先致柬相邀，彼于初四日至郡，帖竟未辞而去，不合于礼。陶习之兄晚刻来得甚早，晤卢槐士兄及黄梗卿兄急欲打牌，余未及应酬，彼均相约而去，自后往觅，不知何处去向，想应赌急事无暇应酬于酒席也。凡人家柬邀酒席不去，早应辞谢，不因临时不应，殊非礼数。即我邀人家亦应如是，后来君子勿效柳宗善、陶习之两兄之无礼也，是为之记。

初六日甲午　晴。午刻，邀王春圃、黄道周宗叔、黄少湖宗叔、周孟东、伍菊香、蔡绍平、洪少琴、周建西、周载熙诸君春酒，相叙席散而别，惟周篪卿至郡未来。伍菊香先生言，楚卿兄将其海门经收屋租伙友马敬斋歇出，以王克堉兄代之。

初七日乙未　晴。早刻，王俊卿兄来叙半晌。上年托楷亭先生代求刘幼云先生法书直条已写就带来，并承惠《小腆记》一册。随至达云母舅处，晤子俊兄、周篪卿，互叙一刻而来。午膳后，至俊卿府上，云至亲戚家去，未晤。就道至道周宗叔处，晤少湖宗叔、李舜卿、王云初、周作羹、周孟东诸君，少坐，相约至家，相叙至晚而去。言及谱香母舅于正月初二日亥时，其上海姨太生有一子，叙其八字系戊午、甲寅、庚寅、丁亥。晚膳后，至丁辅香兄处，晤周冠卿先生，相谈半晌而来，至家尚未二鼓耳。陶寿翁柬邀明日午膳而允焉。

初八日丙申　晴。致徐仁甫兄一信，交宁仁送交。早刻，至陶习之处，晤习恭、习敬、应子羽、林扃生、赵叔枚、汪伯端诸君，相叙席散而别。子羽系河清兄令祖，扃生亦然。陶河清兄亦请子羽、扃生晚膳。柬邀余陪客。即至河清府上，晤其令祖子羽、扃生及伯端、陶习之、习恭、习敬昆季，互谈席散后，相约伯端兄至星斋宗叔处少坐而来，至家时将时将二鼓矣。

初九日丁酉　晴。接杨子韶席先生一信，彼处馆师已经定妥，前荐许眉甫先生作罢可也。汪伯端兄早刻柬邀午膳，至其府上，晤赵叔枚、徐志伸、姚咏平、王六皆、王俊卿、黄道周、王云初、陶习敬诸君，相叙席散后，同云初、道周、叔枚至大兴行，晤邱遇琴兄，相叙半晌而来。

初十日戊午　晴。致许眉甫先生一信，即(将)杨子韶先生来信附交。接金干青先生、孙化南兄贺柬各一封，即致金干青先生贺柬一函，交邮寄至临海东乡张家渡。又致孙化南兄贺柬一函，交邮寄至天津水产学校。早刻，天气最佳，即将大毛及严寒所穿衣服数件均行晒过、收拾矣。午膳后，至李舜卿兄府上，晤少湖宗叔及王勉生、周篪卿诸君，相叙一刻。少湖宗叔为亲事挽同舜卿兄至海门而去，邀余同行，余因有脚支未剪，不能远行而却之。就道至达云母舅府上，晤翁子俊兄及永义相，互叙一刻而来。晚膳后，至大兴行，晤邱惠甫兄及云初兄、道周宗叔，相叙往事少顷而别，至家时将二鼓矣。今日天气大有春气，正是鸟语如箫，得其时也。

十一日己亥 晴。晚刻，至达云母舅府上，晤子俊兄，互叙半晌，就道至椒江，晤赵叔枚、徐志伸、姚咏平诸君，相叙一刻，于时降晚，赵叔枚兄留过晚膳后而来。

十二日庚子 晴。早刻，王俊卿兄来叙，过午膳后而去。家君席请吴玉翁、翁子俊、周冠卿、陶习之、周篪卿及道周宗叔晚膳，相叙席散后而去。言及王六皆先生被跌一次，其伤颇沉。老年一跌，诸多未便，明日往视可也。

十三日辛丑 晴。早刻，至六皆先生府上，据云至猫儿桥时，因情智昏迷被跌，现幸无恙。晚刻，李舜卿兄来叙半晌，相约至达云母舅府上，晤子俊兄少叙而来。晚膳后，至大兴行中，晤王云初、邱遇琴、王俊卿、詹退庵、王华亭诸君，相叙一刻而来，至家尚未二鼓耳。

十四日壬寅 晴。晚刻，黄少湖、周孟东、李舜卿诸君来叙少顷而去。柬邀王俊卿、汪伯端、丁辅香、周冠卿、陶河清、周作羹、周篪卿诸君晚膳，相叙席散而去，而周达云母舅及陶习恭兄均辞而未来。日前，俊卿言陈楷亭先生准于今日下港，就道至路桥一行。余拟杯酒致敬，相谈衷曲，不意其未曾下港，想其府上公事多端，未能应期而至也。

十五日癸卯 晴。自朝至晚，初南风、晚东风均极(细)，天气骤然和暖。致王俊卿兄一信，饬老官送交。早刻，至集圣庙叩神后随即而来。午膳后，至达云母舅府上，晤翁子俊兄，相叙一刻而来。言及于三台门口竖棚，今夜放焰。今岁系禄保值年，上街设有灯楼，自北至中街寿保地面为止，均盖白布、悬挂纸灯，尚称热闹。晚膳后，出看放焰，计有十二起，虽非甚好，均可将就。内有赶船一起，其做法甚好。毕后，至看灯楼中假山、木头戏，均谓齐备，街中纸灯色色亦均齐备。近年来元宵灯彩以本年为最旺耳，往看男女真是人山人海，大似都城出入正阳门之情景也。就道至周作羹兄处，晤王春圃、周篪卿诸君，相叙半晌而来，至家时逾二鼓矣。春圃兄言，楚卿兄已于今日自郡到家，郑夔友兄及金子和兄之令弟均在其府上云。

阅正月初七日《申报》第二张纪"西报详记北方灾状"云："《字林报》载一来稿言北方灾情，略谓：北方灾民因值严寒受苦愈甚，虽大都份灾区水已退，但一片汪洋之地犹多存在，其最甚者为天津之西南，以文安县为中心点，四周皆水，仍若大湖，计其面积约有二千方英里(一英里约中国二里半许)。文安水深，前为二十英尺，今仍高十五英尺，地势甚低，而四周河道则较高，故积水不能宣泄，惟赖遇热蒸散及透入地底而已，第消耗极缓，需时极久，约须五年积水始克干也。文安居民避难他适者几占半数，留者尚有七万五千馀人，困苦已极。苟不欲其死于沟壑，则当速于接济。初意严冬既届，凡在浅水中之灾区，当客冻结，便于行走，讵知此种希望不尽实现，且一波未平，一波复起，缘河流湾曲处积水颇厚，水为所阻，遂致横流，淹及田地、冲毁冬麦。有一处人民于水势渐退之地种麦三次，迨第三次姑克种成，不意卒为冬季洪水所毁。安平县来函谓时值冬季，出入村间甚属困难，老幼皆以此为苦，因涉河越水间接而丧生者不知凡几。无桥之村便成死村，饥民辄不能出村一步。通讯员曾经过一屋，内有七旬夫妇相对哭泣，盖以村中无可乞食，村外又不能行，不得不坐以待毙耳。某庄一贫民越冰采薪，归时冰上有水，乃负薪涉水而过，抵家后就火取暖，不料腿肉尽落，累月不痊。苟早建桥梁，何遭此艰苦哉"云云。近来天气愈寒，灾状愈甚，灾黎多无薪煤，冬衣又不充足，十一月间冻死颇多,有招工筑路者于数日之内见一村中冻死十人。又闻他村六七人。凡被冻之人,初交冬令不死,须至来岁仲春一发即死。当此严寒之时死者,其被寒更甚,一至来岁仲春则犹甚耳。恤灾善举则虽进行不已,然苟非官绅竭力速筹广济之策,则灾情终不能减也。其苦如斯,可谓甚矣。较之元宵佳节灯楼放焰,苦乐相较,果何如哉! 尚人心不足,已处乐境犹不自足,还思最乐之处,不思北方人民苦况如斯,深为惨然。已处乐地,常思苦境,总以随处随时行方便、积阴德是为至切,为之记焉。

十六日甲辰　晴。早刻,吴玉翁、李舜卿两君来叙,过午膳后而去。楚卿兄柬邀晚膳。玉翁言郑夔友现在楚卿处,梗卿同其夫人今晚趁永利商轮赴申至其岳家,就道赴杭读书云。即于午膳后至楚卿兄府上,晤郑夔友、周冠卿、金炜东即子和令弟及梗卿,互叙一刻。梗卿与其夫人动身去后,黄镜三来叙少顷去,而吴玉翁同家君并道周、少湖两宗叔、李舜卿、邱遇琴、周作羹、王云初、翁子俊、缪性言、黄毅卿、王春圃、赵叔枚、姚咏平、徐志伸、王俊卿诸君,均相叙席散后而来,至家时将二鼓矣。今日自早至晚天气颇为和暖,至晚膳后稍凉。日久未雨,农田草麦均望雨颇切,看今晚情形,似能下雨之景耳。

炜东言金伯吹姻长于元月初二日作古。按:金伯吹先生名韶,少年入泮,补入天禄,集资遇缺先知州,指分广西,补授横州,未曾到任,调署养利州并左州及某县知县,约五六年之久而来,至家方在辛亥之春。大少君桐甫兄已有一孙少君,次三四少君并令媛诸位年均尚幼。辛山而论,其家最为殷实,今则已矣,老年凋谢,深为叹惜耳。炜东与子和分爨事尚未了,现邀楚卿兄代为主持,但金炜东系土屿张琪璇先生令祖也。

十七日己巳　阴。接丁铭轩兄一信,接徐子刚兄一信。王春圃兄柬邀午膳,早刻,至保卫团,晤赵叔枚、汪伯端、李舜卿、金紫垣、蔡绍平及东人王春圃,相叙席散后,李舜卿兄相约余及伯端兄至其府上,畅叙半晌而来。赵叔枚兄因明日开学,柬邀午膳,余明早趋附十里铺之行，无暇趋赔，即行致谢焉。周孟东兄因值元宵佳节邀集多人至家放头，顷舜卿兄言，所邀之人均非有钱，徒倒名器，无多出息耳。

十八日丙午 阴、晴。早刻，至十里铺陈家岳母家叩岁，将午已到，晤陈子春、仲善昆季及训甫兄，相叙至晚，与小满相谈命理，颇为相得耳。

十九日丁未 早刻，雨中雪子，至未刻方晴，阴。小满先言训甫兄之夫人上年染恙未愈，于今日卯刻生有一子，其母病亦愈矣。午膳后，至训甫处到喜，互叙一刻而来。适阮凤鸣兄亦来，畅谈相得矣。

二十日戊申 阴。早膳后，至前宅章家岳母处叩岁，晤章伯纯、仲厚昆季及章子修、季甫昆季，互叙畅谈。但伯纯兄及仲厚兄上年各生一子，均极欢喜。言及季甫兄上年四十五岁，其夫人于十二月初一日寅时幸添一丁，老年得子，深为欢幸。但仲铨兄之子辅卿上年曾经娶媳，新人来拜，即与见仪而已。选夫兄系吉亭母舅令祖，其子字曰伯先，亦于上年完姻，至其家中看新人，少坐而来。

廿一日己酉 与子修、季甫、伯纯、仲厚、选夫相谈终日而已。

廿二日庚戌 早至午刻，阴；未牌以后均晴。张韵卿先生来，晤谈至晚，言有嗽红疾之病颇沉。章辅卿席请晚膳，并邀张韵卿兄及子修、季甫、伯纯、仲厚诸君，相叙席散而别。

廿三日辛亥 阴。李遇春于早刻来谈命理，余邀其代四妹批有命纸一张，彼系辖眼，即托子修兄代为抄录。仲厚兄席请晚膳，并邀子修、季甫、选夫及伯纯，相叙席散而别。韵卿先生于早刻去。

廿四日壬子 阴。岳母席请晚膳，伯纯、仲厚两舅，并邀季甫两兄，相叙席散后而别。

廿五日癸丑 阴。早刻，自前宅动身，即于午前转至十里铺陈宅，晤子春、仲善昆季及凤鸣兄、训夫兄，互叙半晌。晚刻，至土屿张琪泉先生府上，晤胡子玖兄，相叙一刻而来。而凤鸣兄亦至土屿其亲戚家未来。仲善席邀晚膳，并邀训夫及其李家三娘舅并子春，相叙席散而别。言子春兄之夫人于二十日巳刻生有一女。早刻，至任植生兄府上，晤尤伯和兄，相叙一刻，并晤洪友梅兄相叙一刻而别。

廿六日甲寅 早至午刻，阴；未、申时，晴；以后均阴。早膳后，自十里铺动身，至午膳抵家，即叨家祖慈并家君、家慈均极欢慰。过午膳后至翁子俊兄处少坐，相约至达云母舅府上，晤童畏三、王柳堂诸君，相叙半晌。言及王子衡兄开海门鼎新泰烟庄生理，上年计亏千数云。别后至椒江水产学校，晤周涧泉先生及姚咏平兄，相叙半晌而来。闻陈虞卿先生曾经上馆，即至家君楼上，晤陈虞卿先生，相叙半晌而来。接张丹亭兄一信，又接王勤甫自廿二日发一信，言慎昌红单曾经寄到。即邀陈翼亭往取，旋言勤甫先生方于早上至黄城去，未晤，俟明日函取可也。前托贺云江兄购买另星，中有吕宋烟曾经寄来，计十一盒，此外各物尚未寄到耳。

廿七日乙卯 早至午刻，阴；未牌，闻有雷声；至申时均小雨；酉时雨晴，阴；以后皆然。致王勤甫先生一信，饬小四送至黄城，旋言据勤甫先生云慎昌红单、原信均在海门，明日来椒接洽云云。日前章子修兄托余代印洋片百张，饬沙隆送至海门交东华代印，计价洋四角八分。早刻，黄子权来云，赵叔枚兄已将关约送彼，至束修太少，另日再说可也。午膳后，翁子俊兄来叙至晚而去。晚膳后，至尚德小学校，晤王俊卿、褚永芳两君，相叙半晌。言及陈楷亭先生已于十九日下港，留过一宿，即于二十日趁轮赴沪矣。相约至椒江网业公所，晤王云初、黄道周、汪伯端、王丙贤、周孟东，相叙一刻。言及赵友竹先生于月之十四日发病，系是湿瘟，老年阴竭，至昨廿六日作古矣。按：赵友竹先生名梦梅，青年入泮，补过廪膳，平生均就馆糊口，惟辛亥革命起时，彼之私心最为乐从，乃一廪生，竟以甘心附从，其何存心也！时馆楚卿兄府上，时姚梧冈自为台州军政分府将栽前所巡检，彼去代理数月，今则已矣，亦一世也。

忆章子修兄言彼附近有卢莺谷先生，其学问、文章人所钦佩，一生正直，地方所敬仰，与土屿张少炳孝廉友善。少炳先生中年名列贤书，而莺谷先生只一青衫自娱，春秋长过少炳先生。上年正月初上见有小人小轿，又一从人，均约尺许，持二名片，乃前唐忠臣张公、许公相请云，当卢先生见之，知寿不永，即托原人善言宽缓而去。彼恐既有请片，恐其再召，即邀同亲戚，不幸乏嗣，将祀继择就，一切遗嘱均一一吩咐定当，是夜未睡。天色大明，见昨去之人再来，言两公定然相请，而卢先生即沐浴更衣毕，端坐中堂仙逝。此等奇事，只有所言未能目见，今竟所见者，可见忠臣烈士以及正直仙灵即千古所不灭也。谨为之记焉。又言北方战事，娥国已大败，德兵已入娥京，而娥之海军、陆军均听德军指挥，如是者，德军声势浩大，世界第一强国也。

廿八日丙辰 辰前，阴；巳、午、未刻，晴；申刻，阴；以后皆然。接陈虞韶兄一信，午膳后，至海门丰泰，洪先生言贺云江兄今夜轮船来台可以旋里云。随至永宁局，晤阮次野兄，言陶寿翁尚在涌泉未来。晤王勤甫先生，出示慎昌新正红账，上年赢馀规元万两有馀，抽公积一千另，此外照十六股分派，每股得承规元五百六十两，另加拆息一百两，共计规元银六百六十两，股东计十三股，内总理、协理、各伙计三股，合计十六股而已。并钱达三先生致勤甫函云，因慎昌尚有馀屋，拟添做洋纱生理，集资一万两，由慎昌两年公积二千两，此外八千两由慎昌之十三股东人充集，每股得承规元六百十馀两，托勤夫先生转与余同卢洛平兄接洽一切。但此等生理得有上海熟识情形之人可以聘做，况达三兄在沪亦大有面子，慎昌又是彼之调度，获此巨款，既有所言，只得允许。尚馀数十两，留在慎昌，另日向取可也。并托其与谢恒窗兄接洽，代荐宁俦之弟宁仁，未识得有地方否。忆达三兄虽在慎裕账房，有此煤号、洋纱两处总理，亦无不竭甚心力而已。上海一隅而能熟识情形，并有面子而能诚厚者，得专心生理，无不获利而已。但钱达三兄沪江情形均能洞悉，并有面子，人又诚厚，专心生理，将来未必(不)藉此得成大贾也。余藉此区区，将来亦望藉此得获厚利耳。

言海门旅馆现有修足，即同至海门旅馆，嘱其修足毕，颇畅快，并晤花春亭兄，相叙一刻而别。即约勤甫先生至花厂购玉堂一株、飞桃两株，俟明日遣价向取可也。同至楚卿处，晤陈舜卿兄，相叙一刻，言楚卿兄曾经至家矣。随即而来，至家尚早。陶习之兄柬邀晚膳，即至习之处，晤金伯明及黄道周宗叔、王勉生、汪伯端、陆思夫、周作羹诸君，相叙席散而来，至家时将二鼓矣。

廿九日丁巳　晴。致贺云江兄一信，饬小四送投，前托买之香皂十块、燕窝一斤、风记东洋参四两、高丽参一两、银耳一两，均已取来，并寄家君高丽参一两、鼻烟、药水等，均即送奉家君察收矣。致福陈虞韶兄一信，送托丰泰代为转交。昨同王勤甫先生购买玉堂一株、飞桃两株，均饬小四至海门担来，但玉堂年前余购植两次，均不得法，今日取来之玉堂看其色颇新鲜，支离不多，而中身颇为高大，杪有花蕊五朵，即植在东横楼后天井之花坛中，定能应手而发。早将花墙外围中本植有夹竹桃两株、腊梅、木笔各一株，今早将夹竹桃一株送与椒江水产学校，复将腊梅移至前小屋之滴水下，即将种植后排之紫薇一株移至是处，东墙下有白色石榴一株，因与东墙太逼，移出约两尺许，现将春分天气，移植花木正得其时也。早刻，金剑青、林少秋两君来叙少顷而去。晚刻，袁子雨、陆忠夫两君来叙半晌而别。晚膳后，至楚卿处，晤唐岳不少坐，就道至袁子羽及星斋宗叔，少坐而来，至家时将二鼓矣。

三十日戊午　早至未刻，晴；申时以后均阴；惟酉初见有雪子，即晴。接张韵卿先生一信，由杨卓起兄遣人递来。柬邀陈云卿、袁子羽、叶石甫、童畏三、褚永芳、邱惠甫、潘子祥侍家君午膳，席散后而别。柬邀周涧泉、金剑青、杨卓起、林少秋、金仲璋、郑鹤平、王伯琴、王志唐、黄子权诸君晚膳，相叙席散而别。午刻，邀许吉仁、陈月香均未来。袁子羽先生言近日赴沪。沈子佩方伯并遣志诸巨公有志局设在上海卞德路高照里第二十一号门牌之内，而子羽先生亦承志局之乏，宁海章一山老伯即寓是处楼上云。并言喻志韶先生现在上海哈同花园之内，但哈同花园中有一高等小学，又有一女子学堂，而志韶先生即承两学堂总教习之乏云。久闻哈同花园之内为上海名胜之区，余虽至上海多次，未曾至此处游览，现志韶先生在其中为总教习，有暇至申时，藉可一游，颇为便适耳。石甫先生言杏月初上赴杭，因梗卿在杭肄业，彼至寓中代为照顾一切。余将上年所购仇十洲所绘人物中堂及梁山舟学士行书中堂、王梦楼太守行书对联出示，据云仇十洲绘之人物中堂其画式最好，不能据说其伪，而山舟学士、梦楼太守书法确是真迹无疑耳。西山徐宅尚有刘石庵相国书之中堂，恐是真迹亦未可知，惜未向购为憾。何子贞之对定是真迹，惜是腊笺，另日再行向购可也。此外书画即是真迹，亦是平平之物耳。

二月初一日己未　早至巳刻，阴；午牌，细雨；以后皆然。致张韵卿先生一信，并附银耳五钱，送托杨卓起兄代为寄交。林少秋兄惠月计两盆，上年至校看其此等月计[①]花颇大而色艳，无如月计一花，一月有一月之变，而今见惠者，未识与上年所允之花相若否也。余向植有珠兰六盆，前年天时过冷被冻，其枝叶枯矣。至上年夏秋之间复活，抽有少许。至冬，天气太冷，急于深藏，今早出，见其枯更甚，此等情形非独被冻而且失水耳。即行择其根蒂未死者挑出，共植一盆，至夏时想能抽叶开花，亦不失旧之花情也。晚刻，买舆至海门怀来远记六陈行，晤丁辅香兄，相叙一刻而来。至家于时尚早，适周冠卿先生来叙，过晚膳而去。少湖宗叔日昨托余代择娶亲吉日，但余虽藏有择日书籍，于此道不能精益，未敢造次，即托周冠卿先生代为择就四月初十丙寅日完姻可也。

初二日庚申　早至辰刻，雨；巳牌以后均阴。致黄少湖一信，饬小四送交。晚刻，陶寿翁、张菊仙、赵叔枚、周作羹、周建西诸君来叙至晚而别。王春圃于昨日移住布厂之东厅，柬邀晚膳，即同赵叔枚及周作羹、周建西至王春圃处，晤金剑青诸君，相叙席散后，至陶寿翁府上，晤叙至十句钟而来。

---

① 今作“月季”。

初三日辛酉　晴。致丁辅香兄一信，交正华先送交。接王俊卿兄一信，随即致福一函，即交原人带交。子权送余朱绿筠女史画松鼠偷葡萄小横批一幅，但其绢底过于破碎，此其收藏粗糙之所致，另日寻觅佳工装裱，尚无大碍耳。咏仙兄在日出示有朱绿筠画之小册页十二幅，未曾装裱，每一幅各有一景，而十二幅均是不同，其点情之妙可云工极。又有蓝田叔英画之山水小中堂一幅亦颇精工。而后，咏仙故后，其物不知失于何人之手，深为可惜。但朱绿筠女士所绘之物，余得有小中堂两幅、小横批一幅、团扇两把，亦可云不少，能将其小册页十二幅均行购得，则可装裱得宜，均是精工趣件也。

早刻，至椒江小学校，晤金剑青、王志唐、杨卓起诸君，互叙半晌，就道至翁子俊兄府上，畅叙一刻而来。午膳后，至李舜卿兄处，晤张六筹兄，畅叙半晌而别，至家适值丁辅香翁婿来叙一刻而去。有说陶家之玉堂曾经开放，随至陶宅，晤陶寿翁及伯端兄，畅叙一刻，看其所开玉堂花满树均是白色，颇有趣味。忆彼之玉堂是老五由瓯江购来两株，当余向购一株植在厅前花坛而不得发，彼之植在西北隅地中，现开有数百多之多，想花坛中不及地中为善亦未可知。又言玉堂树之高大竟有四五丈不等，花之最旺数千朵亦有之。现向海门购有玉堂一本，亦植在东墙内坛中，未知得能应手成林否也。

言及天台山华顶寺僧华最和尚已与上年十二月间作古。但华顶善兴禅林此次重兴，造有大殿五间，计高四丈之外，二门五间楼房高亦三丈左右，方丈十一间均是楼房，高亦三丈之外，方丈左右楼房六间以及左右楼房、藏经楼、西方殿、戒堂等楼房亦计数十间，正大殿前挖有池，池之中心造有石桥，一切工业计约数万金之巨，钱虽出自十方施主，华最能造化又能督造，建此大功。非云无功，但所题姓均书华最督造，实出情理之外，此其短也。能书华最募建则可合于情理而已。华顶善兴禅林虽言华最去世，其继造者不虑无人。至拈花室茅庵虽经重造，尚未修饰，未识即能继续完工否也。彼之徒弟英祥、英贤、英会三人中，英祥能持门面，英贤今不如昔，英会只取忍耐而已。

他日再至华顶，另换一番局面耳。丁辅香兄言，永顺利闭歇之后，将事盘结清楚，与其婿王植三接手承开，彼自至海门就怀来远记中想法生理也。

初四日壬戌 晴。致张丹庭兄一信，交云江兄转交邮筒寄申。致张仲厚兄一信，饬小四送投。家君席请云卿先生，并邀王俊卿、叶石甫、陈月香、伍菊香、童畏三诸君陪客，相叙席散后，来叙少顷而去。至陶寿翁处少坐而来。晚膳后，又至陶寿翁处，晤章杞堂先生，言达云母舅请其诊视，据言达云母舅近来颇为虚弱，即进补剂方能复原云云。但达云母舅看其人颇壮大，其底甚为虚寒。凡人之甘结者为上；人之壮者，大约中气虚者为多。人瘦，其甘实畜在其中，此为最上也。余亦请杞堂先生诊开一方，据云阳虚，用补中益气加生鹿角、五味子附片而治之，须饮多帖方能见效而已。此余常饮药剂之所致，未曾久饮药帖者易于见功耳。余植有飞桃两盆，不能得法，今早，将泥土挖去，另加田泥于其中，此看植花者均用田泥为多，今则以田泥换下，未识即能应手成林否也。

初五日癸亥 晴。致李舜卿兄一信，饬小山送交。每逢夏令，荷花之用颇多，年前栽植缸内多次而不得法，今将东墙内之水池中加田泥约四分之一。早刻，向子衡兄府上取有荷花秧颇多，即行栽植，外均植在路南新河中，均能得法，将来有益于时令，用法不浅也。早膳后，至达云母舅府上，晤章杞堂先生及翁子俊兄、童畏三兄、张与龄先生，相叙过午膳后而来。

初六日甲子 日晴；亥牌，小雨。晚刻，章杞堂先生来叙少顷而去。长女与其子致节均于晚刻来。陶习敬夫妻于元月十一日至岳家叩岁，均于晚刻来云。晚膳后，至邱威甫处，晤周作羹、篪卿及阮政、永孝，晤叙半晌而别。就道至陈月香处，晤周醉香，相叙半晌。言及周正元于初四日开店，所售之货不工，次日生意不及元开之日二十分之一。凡开店者名器一出，不愁以后而无生意，其初来之名已坏，以后欲增佳名而不易耳。

初七日乙丑 晴。致王俊卿兄一信，托其代书致送许蓉垣先生尊公入厝轴字。周涧泉先生及林少秋、伍菊香来叙少顷而去。晚膳后，至翁子俊兄处，看其染恙系多痰湿，今尚未愈。早刻，四妹邀剑相来代为种痘，但彼用系洋苗，附近诸处均是此物施种，悉均顺适，余亦用洋苗以从众。四弟秉璋亦于今日同时种痘耳。

初八日丙寅 辰前，阴；巳刻以后至晚均小雨。枕头地方玄天上帝出位，于晚刻至本镇，保安亦作为迎会，其人颇多，旗幛等件亦颇多，其中有卖糖、卖水果、打花鼓等故事，约四五百人，自直路来从后黄过至下街，道至上街而去耳。晚膳后，至星斋宗叔处，晤道周宗叔，相叙半晌，来时曾将二鼓矣。

初九日丁卯 早至午刻，小雨；未牌雨晴，阴；以后皆然。仆从福梅于早刻去。子轩于昨晚来，系三先来说，言其前跟辛山序东有年，歇后跟王芳洲，又歇而来。现福梅既去，子轩又有来说，允用之，倘有[1]。

初十日戊辰 晴。午刻，黄道周宗叔及楚卿兄、作羹兄、冠卿先生来叙一刻而去。楚卿兄言及徐班侯老伯于客岁十一月下旬自上海趁普济商轮赴瓯，该轮开至三夹水，与新丰轮船冲撞沉没，被难者计二百馀人，而班侯老伯及其老伯母并孙世兄夫妇、又曾孙世兄，一家五人尸首不知何处去向，难于寻觅。而后，其少君翰卿、慕初两君悬赏二千金欲觅其尸而不得，至家后哀悼惨切，每夕均觅批机为事。初批而班侯老伯即行上乩云："我已入神，事事如意，尔等毋庸哀悼，尸亦难觅，可作罢论。"每夕批时均言有客，其客有王可庄观察仁堪、袁爽秋京卿昶、许竹筼侍郎景澄诸公。有一夕乩云："今夜协天大帝来，尔等不可多言乱语。"有一夕乩云："今夜岳武穆王来"云云。其世兄诸君求其写字，将笔计在乩中，当面而书，信中语言、笔迹确似班侯老伯所云、所书，复请王太守、袁京卿、许侍郎诸君书写，其草书均极佳

---

① 此处未有下文。

妙，惟请协天大帝书中堂只书台甫"云长"二字，复请岳武穆王书中堂，王书"讳字"二字而已，其笔法最佳。翰卿、慕初两君求班老一见，乩云："叫照相来。"悬白布一幅照相，即照白布中，计有多张，明日洗出，不过模糊一的，其人相确似班老无异，其面色较未死之先稍壮一的，帽戴古儒者巾帻。再求其穿神之大衣，乩云："今夜未带，明夕来照可也。"明夕再照，洗出其所戴帽是冕旒、穿是龙袍。计其已照有班老戴古儒巾全身，又有半身，又有班老并太太同照，又有戴冕旒全身，又有半身等照，其照之形式，戴冕旒不如戴儒巾稍明一的。又言叔庸老宗伯之世兄讳曾枚公，系是凶神，不易召请，亦来一坛，言其不能开目，只乩书四字未曾书对云云。阴阳确有而无讹，此一番所言阴阳之事更有真实而已。当日乩中又有言云须至杭州再一显灵，现其翰卿、慕初两君及扶乩者均已赴杭，有戴古儒巾一照送与楚卿兄，另日看见时果何情形，再记可也。

忆班侯老伯照其代冕旒、穿龙袍乩云黄公讳、曾枚公系是凶神等语，曾见二十八宿中画像，有戴儒巾、有戴冕旒，有戴太子帽、有戴宰相帽、有戴将军冠带、有穿龙袍、有穿古将军战袍、有穿古大员衣服，不一而定。二十八宿中有吉神、有凶神，据其所言即二十八宿中神亦未可知。况相书有云星辰下凡、有仙佛中下凡、有精灵中再世、有古忠臣列士再生、有僧道再生。班侯老伯是星辰中一位下凡亦未可知。既在星宿中下凡，其来往袁京卿、许侍郎、王太守均是星辰中人耳。而班侯老伯于客岁仲冬被难，即星辰归位而已。

楚卿兄以及诸君去后，而王仲达自海门来，言月之十四日侍其令堂及其妻子并习敬夫妻均至普陀进香云。晚膳后，习之、习敬昆季来叙至二鼓后而去。

十一日己巳 雨颇大，数月以来雨泽之大以今日为最。早刻，楚卿兄柬邀午膳，随至楚卿兄府上，晤其西席唐岳不、黄道周、王六皆、周作羹、王俊卿、赵叔枚、褚永芳诸君，相叙席散而来。席中言及徐班侯老伯于上年葭月被难之后，其少君翰卿、慕初两公哀悼迫切，设法批机，乩语所云曾登神界，并有照片，可谓奇事。乩语又言，日夕同武圣并武穆王，时有指训，并同袁爽秋京卿、许竹篔侍郎、王可庄太守诸巨公时相往来等语。但徐班侯侍郎系光绪癸未进士，钦点户部主事，考取御史传到，升至掌京畿道监察御史，记名繁缺道，丁内艰，未及服阕，于辛亥革命，即就温州军政府之职。平生品望优隆、学问宏远，乡人友谊最有关切，惟性情雍和，未有与许、袁诸公之独执也。

忆许竹篔侍郎由翰林起家，履掌文衡，奉命出使外国，升至吏部侍郎，简命各国事务大臣，于庚子遇难。袁爽秋京卿由翰林出身，迭掌文衡，简命安徽首道，内用京卿、各国事务大臣，亦于庚子被难。王可庄太守系丁丑殿撰，履衔主考学政之命，衡文各省，简命江南遗缺知府，题补镇江，调守苏州而逝。诸公之竟遇均于徐侍御不同，虽宗旨各异，亦有年谊、乡情，往来之情相洽。伏思武圣、武穆王乃上界圣人，时相指训，窃为可疑。许公、袁公、王公既有乩书对联、中堂，果其书法与诸巨公生前笔迹得能相关否也？既有古儒巾并登神界衣冠照片，定有其事。又其乩语所云至杭再为一显，果否？若何？容后再记。

窃思徐侍御平生虽言正直，据以身后即登神界亦有可疑之处。惟徐侍御系是神祇再世中进士，官侍御，于上年葭月被难之后即归旧位亦未可知。徐侍御既是神祇下凡，现经归位，想袁京卿、许侍郎、王太守诸巨公亦是神祇再生，或同年、或同乡、或同事，今则均归于位，时有往来，其理为然也。阴阳之事，其事无讹，即此一端可为凭藉。惟所言之语不一，即将其情节详为记载，以为高明者再行凭论可也。

楚卿兄言即于今晚转至海门而别，至家于时尚早。今晚家君席请仲达并邀赵叔枚、周涧泉、黄星斋、汪伯端、李舜卿、陈虞卿、陶习敬诸君陪客，相叙席散后而去。日前章子修兄托余代印名片一盒，早刻，由海门印就取来，另即寄送可也。

十二日庚午　早至巳初，见有日色，雾、露最重；巳末至午刻，阴；未时，雨；以后皆然。午刻，席请仲达，并邀许吉仁、伍菊香、陶习芝、李舜卿、汪伯端、周篪卿诸君陪客，相叙席散而别。陶寿翁柬请仲达晚膳，并邀家君及余陪客。午刻，侍家君同仲达至寿翁府上，晤赵叔枚、张菊仙、林少秋、李舜卿、汪伯端、周孟东及习芝、习敬昆季，时寿翁常在海门未来，少顷，见寿翁之如夫人发病，人颇颠舞，其祖老大娘一面饬人叫寿翁，一面请许吉仁、陶吉人诊视，最为惊惶，将晚而静。寿翁到家时经天黑已久，言其疾速之症，此过多痰湿之所致也。家君于席散后同赵叔翁、林少翁、张菊翁即行动身，余同仲达与舜卿、伯端、孟东互相畅叙少顷而别，至家时经十句钟矣。

陶寿翁言及翰卿先生述其尊公徐侍御已登神界之言，同楚卿兄所言之语相若，并言前出使美国大臣伍廷芳在美国亦扶乩，请前大学士李文忠公上乩照有一相，其形式亦与徐侍御之相片相若耳。阴阳之事，大约与人间相仿，今有发明照相，此亦精益求精。又言其永利商轮俟香期之后赴申修理，约在三月中旬，镇昌商轮系开星期日为班期耳。

十三日辛未　早至午刻，晴；未牌至晚均阴。早刻，解惠甫夫兄来，晚刻，伍菊香先生及篪卿兄来，相谈至晚而别。蕙夫兄留宿焉。仲达各人均明日趁轮至普陀，现值香期，加之明日椒江水产学校及郡城中学校学生趁轮至申赴杭，应全省运动会之行，此日轮船中人必异常之多也。

十四日壬申　晴。接张丹庭兄一信，系丰泰递来，即福丹庭兄一信，就交丰泰转交矣。家慈同女婿仲达夫妻并其郎均于今日至海门趁永利商轮赴普陀进香。午膳后，余亦至海门送家慈至轮，并晤仲达令堂，均得房舱，无如趁船者最多，想亦不如意耳。至永宁局，晤陶寿翁及吴勉生、吴友梅、俞仲征、俞棣生诸君，相叙一刻而别。俞仲征兄云，陶习敬夫妻亦于今夜趁船至普陀进香。棣生先生言其三弟故在沪江，彼至申代为料理一切云。并晤陶习之，言法根在东山头地方赌博被黄岩县差拿去，托吴勉生兄代为取保。就道至丰泰，洪先生递有前托陈渔韶带裱对联，无如毛镜泉先生书之白，嘱其将太白之处稍做旧色，今裱来仍然如昔；并嘱将翁叔平之对挖去款字，仍然未挖，所以甬江之装裱店不及上海多矣。并至楚卿兄处，言其出外，未晤。即与陈舜卿、何霭生、陈伯祥诸君少叙而来。

就道至陶习谦兄处，现其中堂之后再构一间，彼为坐客之处，颇多生色，外面排有花草数盆，藉可观瞻，最能清趣耳。相约至翟家之花厂，看其牡丹均不得法，据云外面来，方新栽，未能即得应手成林，未识明年即能得法否也。看习谦栽裕大典之玉兰最为得法。但余栽之玉兰不及于彼，据言此花最喜向阳，无如余栽之处系是向北，即此不及于彼亦未可知。别后即来，至家时经晚膳矣。晚膳后，至翁子俊兄处，晤张与龄、周篪卿互叙半晌，就道至陈月香处少坐而别，至家时将二鼓矣。早刻，章廉泉及周孟东两君来叙少顷，章廉翁言自昨日为劝捐修理县学文庙及县城隍庙并整理义仓等事云云。

十五日癸酉　阴。致章子修兄一信，并附其托印片纸一盒，饬小四送交。致贺云江兄一信，饬老二送交，旋接云江兄福信一函。家君致送金柏枢先生挽幛，其轴字即致函托王俊卿君代书，旋接褚永芳兄来字言俊卿至郡未旋云。家慈并王家亲母、小婿仲达夫妇及其子克浣、陶习敬夫妻想已于早刻至普陀，幸今早天气清明，自轮至岸尚为便捷。解惠甫兄于早刻去矣，阅其八字系甲戌、庚午、乙巳、甲申，七岁顺行，现年四十五岁，正交戌运，墓库地，所以其丁内艰，其运非佳，以后乙亥、丙子廿年运尚不次耳。阅金柏枢刺史讣闻，生于咸丰十年正月廿四日酉时，痛[①]于本年元旦亥时，青年入泮，补入天禄，捐遇缺先知州，指分广西加运同衔，奖叙花翎，题补横州知州，未曾到缺，调署养利州、宁明州等州知州，兼署养利、左州、宁明等州学正。择于月之十九日开吊，并送屏、匾。太平诸处俗例，老成凋谢，借诸亲友送屏、送匾，其实屏、匾均是本家制造，借诸亲友之名，实则诸亲友到者十不及一二耳。

---

① 疑为“殁”。

早刻，至椒江水产学校，晤林少秋、徐志伸、张菊仙、杨倬起、许吉仁诸君，互相畅叙。但林少秋兄造有弓战，彼即较躬，每六枝中能中战牌者十得一二。昨送荷花秧两枝，已栽在水缺中。言种植荷花之处，其最忌油，各等油均忌，犹以桐油为最，即野荷花，逢见桐油亦不出矣。但彼性情灵敏，尚手创各物，颇为灵巧云。言及金剑翁同胡志岩、金仲璋均送学生赴杭，涧泉先生亦于昨日至家，未曾在校。相约林少秋兄同至赵叔枚兄处，相叙一刻，看日经将午而来。彼有《张少轩大帅传》，余未曾看过，向其借阅。阅其所说语言均是污秽张绍帅，乃张绍帅有清之人，极不意此等小人任意污人，天良何在！即在污浊语中，而张绍帅不失于磊落大丈夫也。随将此传送还矣。午膳后，赵叔翁来叙，至晚而去。

余之玉兰不及习谦兄所植之物为佳，晚刻即将肥水培壅，未识今岁能得相宜否也。细看花蕊，与习谦兄之玉兰亦相仿佛，未识仲夏得能开放否也。《花镜》所纪“分栽有时法”：“一切草木各按其时栽，能得其法，则长成捷于核种多矣。凡根发起小条俱可分，必先就根本相连处断而不动，以待次年当分时移植，仍记其阴阳，不令转易即活，若阴阳易位，则难生矣。大树须髡，不髡恐风动则死。故国策云柳纵横颠倒树之皆生，使于人树之一人摇之，则无生柳。至若小树，可以不记不髡。每栽必量其树之大小，先掘深坑，纳树其中，以泥沃之着土，令加沟泥，东西南北摇之良久，待其泥浆入根内已足，再加肥土，自无不活。若此时不摇实，则根虚多死。其根上土决宜坚筑，惟留上面三寸勿筑，取其松柔易受水也。再浇水过，即以燥土覆之，不然，恐易干涸。埋定后不可再用手捉动摇，及六畜触突。正月为上时自朔暨晦可栽大木，如松柏桐梓茶竹之类是也。花果树必须望前望后，栽者果必少实。二月为中，时可栽百卉。三月为下，时不宜栽者多。候须查逐月条例，鸡口槐、儿目桑、虾蟆眼、榆员瘤与鼠耳、车翅各有其时，皆从叶生形容之象，似以此时栽种者多生，虽云早栽者叶晚出，究竟早栽为妙。凡树栽将大蒜一枚、甘草一寸，先放根下，永无虫患。正月尽至二月可剥树皮，二月尽至三月可种树枝，埋树枝土中，令生二年，已土便可移栽。凡栽日宜六仪、毋仓除满、收成开，及甲子、己巳、戊寅、己卯、壬午、癸未、己丑、辛卯、戊戌、己亥、庚子、丙午、丁未、戊申、壬子、癸丑、戊午、己未等日，忌死气、乙日、建破日、大日。至如栽桃宜密、栽李宜稀、栽杏宜近人家之法，不可枚举，在有园圃者，随地活变之耳。”

凡草木，或有不见栽时之例者，求之此条可也。玉兰系木笔接换，惟玉堂亦是木笔接换，查《花镜》未曾言及，未识玉堂于《花镜》中所言何名，未及详识，再询盘者可耳。又纪“浇灌得宜法”：“浇灌之于花木，犹人之需饮食也，不可太饥，亦不可太饱，燥则润之，瘠则肥之，全赖治圃者不时权衡之耳。凡人心喜香艳而恶枯寂，春夏万卉争荣，则浇灌之力勤，秋冬草冬[①]零落，则浇灌之念弛，究之来年之馥郁正在秋冬行根发芽时之肥沃也。及至交春，萌蘖一生，便不宜浇肥。肥能蓊翳，即有一二喜肥者亦须停久宿粪，孰粪只可腊月用，馀月用之有害。若用挦猪毛汤或用鸡鸭翎汤，不宜亲木跗，恐生蛀虫。汤内若投以荔枝、龙眼核，则翎易腐而虫不生，亦是善贮肥之一。本当果实时宜浇，摘实后并腊前通宜浇。若宿和以糖水胜于诸水，其以暖而壮也，究竟以黄梅水为最当，多蓄听用。但浇肥之法，草与不同草之行根浅而受土薄，随时皆有凋谢。逐月皆可浇肥，惟在轻重之间耳，如正月则七分粪、三分水，二月六粪四水，三月对和，四月四粪六水，五月三粪七水，八月四粪六水，九月对和，十月六粪，十一月七粪三水，十二月八粪而止，十二月、正月宜轻肥者并不宜者，但载花历条下，兹不再赘。若遇多日未雨，每日再浇，只宜清水。肥须隔数日一用，然亦须分早晚，早宜肥水浇根，晚宜清水洒叶，若果木则不然。二月至十月浇肥各忌知宜，二月树已发嫩条，必生新根，浇肥则相反枯，倘有萌未发者，浇之不碍。三月亦然。凡花开时不宜浇粪，恐堕其花，夏

---

① 疑为“多”。

至梅雨时浇肥，根必腐烂。八月尤忌浇肥，白露雨至必长嫩根，一浇即死。六七月花木发生已定，皆可轻轻用肥。至小春时便能发旺，若柑橘之类又不宜肥，肥则皮破脂流，冬必死。杜鹃、皮茨尤不可肥。至如石榴叶新虽烈日之下尽肥浇不害。一云社酒浇果根则实繁，冬日用糟水浇牡丹、芍药、海棠则花艳。皂角无实，根旁凿一孔入生铁屑三、五斤，泥封之即结角。如菖蒲无力萎黄，水和众粪浇之即盛，此补浇灌之所不及也。每月九佳，一日忌种，抑宜忌浇。”有栽花木者移植浇灌，不可不知。《花镜》虽有存在，为之记载，以免粗心忽略也。

十六日甲戌 雨。致陶习谦兄一信，饬老官送交。贺云江兄令媛于今于归。早刻，拟至其家中吃酒，因雨阻止，心为怅然。午膳后，至道周宗叔处少坐，相约同至尚德小学校，晤王俊卿、褚永芳两君，晤叙少顷，家中人来，有客而别。至家，适徐翰卿、慕初两君自沪江来晋谒家君，家君留过点心后而去，言及即于今夜趁平阳商轮旋瓯，无暇久待云。言及乃翁班侯老伯显灵一切，均与楚卿兄所言相若，并惠班老显灵摄影照片一纸，系是半身，戴古儒巾，穿亦古衣。伍廷芳先生发明鬼学，今又有徐侍御身后显灵照片，定然有鬼无疑。以余论之，何等人来，平生无大恶之事，身后即归何等地位。阴官犹如阳官，凡人在生无谋人性命，无贪无艺钱财，无霸占人妻女，无做受人告发之事，身后无人控告阴官，亦无勾结之事，其理明矣。况卢莺谷先生临终时有张、许两先贤致片相召，事之确然，岂无阴阳之理乎！凡生前读书虽佳，不能得法，银、笔、算均佳，而生意愈窘，亦非前生已有定见乎！夫妻冤缘、父子恩债，其理亦明矣。徐翰翁言其乃翁班侯老伯同时被难者有老伯母、又一男仆、一女媪、一丫头，共计五人，报纸所纪徐侍御夫妻、文孙及孙媳、曾孙者误也。今则乩语所言已登仙界，亦稍慰其家属之心耳。又言余少泉先生亦经作古。按：余少泉先生讳朝绅，元配系马头山叶容斋军门之外甥孙女婿[①]，由举人应光绪庚辰

---

① “婿”疑为衍文。

会试中式进士，钦点翰林院庶吉士。丙戌授馆编修，因请假多年，未曾开坊。其少君娶何见石方伯之女公子。但温州大绅士徐班侯侍御、余少泉太史、吕文起观察三人，现徐侍御、余太史均已去世，先辈中只一吕文起观察而已。徐侍御故后，翰卿、慕初两君人均能，未识见石方伯令祖何如耳。但徐侍御先生少年入泮，以知县指分江西，初膺宜黄、再令浮梁，均是大缺牧令。而慕初先生入资主事，签分邮传部学习行走，入法政学堂肄业毕业，曾得优差，而民国以来，选举众议院议员，令郎、文孙均已长成。翰卿先生言及陈墨农先生亦已仙游。但墨农先生系光绪庚寅科进士，以知县签分山西，初因告近改江西，自丁内艰后转至山西。忆乙未岁余侍家君在太原寓中与墨农老伯时相面晤，后其题补河津未曾到任，调署灵石、赵城等县，亦光复之后旋里耳。家君言欲徐班老开吊时赴瓯吊唁一次云。何见石老伯与余少泉太史系是亲家，未识赴瓯吊唁一行否也。日前，楚卿兄言，翰卿先生乩书笔迹最多，不意今晚下雨，彼又急欲赴瓯，不能亲瞻墨宝，深为怅怅，他日有至瓯江，定至其府上亲仰一次为幸。

阅二月初二日《申报》纪黑龙江之边患消息云："满洲里迤西俄过激派率众南下，俄旧党与过激党派激战，不能制止。鲍督军以满洲里吃紧，连派警备总司令、左右司令赴满洲里筹划一切。近据报告俄国利用德、奥俘虏实行南下，进窥我满洲里，俄境大车被拆数处，过激派声势浩大，情形日恶，特连日向鲍督军告急。边事紧急，东三省当局拟在哈尔滨开东三省外交联合会，由吉林郭省长主席电请奉、江两省派代表与会，藉资进行。俄国过激派与德奥联络山西比利亚东下进窥满洲里，东北边防吃紧，陆军特派调查员吴义武赴奉同军署刘咨议官于五月北上，赴哈尔滨、海参崴、满洲里等处调查俄、德乱党之实情，现已首途。统带哥萨克军队之总队长谢米拉夫在满洲里站以北之大务里站与过激派军交战，军败退至舍利孙等情已志前报，兹据哈尔函云，谢氏业经受伤在医院调治。满洲里殊形危险，至满洲里与俄内地交通阻断一节，闻由俄国向哈埠开行之邮政车皆在中途停止，现邮件与搭客等均由阿穆尔铁路经过伯力绕道至哈，虽迟延日期甚久，然尚能平安抵哈也。又闻满洲里近日多数党与谢米拉夫军队并无战事，中东警备副司令幺聘三氏日前奉到孟督军指令，调集全体兵士于日开赴满洲里，以防流金南窜。至于三月五号幺副司令即督率全团兵士首途北上矣。又闻幺团长自奉令驻防满洲里后，除将本团驻哈军队发往前防外，又将留防阿城军队全数调集本埠，一二日即开赴前防。侨居俄境日侨近奉日政府令均纷纷旋团，齐齐哈尔日侨连日在日领事馆开议，闻日领事二瓶氏亦请假旋国，已定三月十一日起程。前驻防满洲里各军开拔旋省，近因边事吃紧，又令仍驻满洲里原防，闻各军队奉令均于三月出发，鲍督军连日向中央告急，电令于重要区域宣布戒严，令鲍督军近每日将边情报告中央一次。满洲里非常吃紧，鲍督军令陆军营长张耀武(天边羊)出防满洲里，张奉令即日带队开往满洲里去矣。”现今边防如此吃紧，南省事又未了，外国如此窥伺，党派如此激烈，财政如此困难，即段总理再行上台亦难下手。总而言之，尽人力、听天命可耳。现阅报纸所纪今日情形，使日后太平方知今日之困窘也。

十七日乙亥 早至巳刻，雨；午牌雨晴，阴；以后皆然。致王俊卿一信，将徐班侯侍御、卢莺谷茂才两事与其互相详述。现时人言无鬼，如此等两节互相参考，何至无鬼？圣人云：“敬鬼神而悬之。”既言敬而悬之，鬼神有而不无，神者聪明正直，人而行善而至于神，其事甚难。倘神而再世，只无大恶，身后即归本位而为神矣。尝阅《相理衡真》有言：有仙佛中来、有神祇中来、有星宿中来、有忠臣烈士中来、有精灵中来、有山林隐逸中来、有善人再世、有僧道再世、有饿鬼中来，既入于相，何至无阴阳之事乎！以余论，班老之事，彼系星宿中来，数十年享人间之福，今则归位耳。未识高明者再何议论也，是为记载以质之。

午膳后，菊香、篪卿来叙至晚，留过晚膳后，至道周宗叔处少坐，言及作羹、槐卿之事，经楚卿兄代为说开，均照原议而已。相约至星斋宗叔处，互叙半晌而来。言及周载熙兄及张六筹同有两学生至妓女家摩鹊，被警兵勾拿到警署之后，警佐杨仿时兄因是熟人，均即释放，即将妓女拘禁两天，罚洋八元以了其事。但载熙兄赴妓宅摩鹊，以商业学堂校长身分被警兵勾拿，深为倒煤。无如载熙兄所办商业学堂学生仅止三人学习，校长尚有四人，如此学堂亦是倒煤以极，未识载熙兄存心思想若何，另有一副心肠与人不同耳。

余尝患疝气之病，阅二月初二日《申报》纪上海三马路大舞台西首广西路口永年大药房戴和之医生制小肠疝气丸，据纪云："男子内结七疝皆有血凝气滞、房劳过度、体素阴虚、过服生冷、劳动太过，每至春令复发，患非大病，疾非小恙，染此一生，半有荣枯。绅商者办公不靖，贫乏者废事失业，患疾之苦楚旦夕难安，每遇良方甚多，奏效甚缓，心甚焦灼，本医生念患病之惨，深知同胞之根株，秘制此丸，速来购服，服后自有精旺气化，诸恙痊愈，如果非验，原洋奉还。"其言如斯，他日购而试之可也。

十八日丙子　晴。晚膳后，至子俊兄处少坐而来，至家于时尚早。余阅坛中栽植玉兰枝上有数朵确是花蕊，今夏定能开放，不致如去岁之无也。但玉兰初放时，颇见其香，其开放出犹如白色莲花。余向子衡兄处取来荷栽，未识是何颜色，得能全白，其开放时候与玉兰不相前后。水有白荷花，树有玉兰，两相仿佛，大有趣味耳。阅《花镜》中纪："玉兰古名木兰，出于马迹山紫府观者佳，今南浙亦广有，树高大而坚，花开九瓣，碧、白色如莲，心紫绿而香，并无柔条，隆冬结蒂，一干一花，皆着木末，必俟花落，叶从蒂中抽出，在未放时多浇粪水，则花大而香浓，但忌水浸。与木笔并植，秋后接换甚便。其瓣，择浣精洁，拖面、麻油煎食极佳，或蜜浸亦可，其制法与牡丹瓣同。"

又纪："荷花总名芙蕖，一名水芝，其蕊曰菡萏，结实曰莲房，子曰莲子，叶曰葭，其根曰耦。应月而生，遇闰则十三节，每节间一叶一花，至午复敛。有花即有实，花谢则房，见房成则实见。莲子曰菂，菂中名薏，叶圆如盖而色青。其花名甚多，另谱于后，寻常红、白者，凡有水泽处皆植之，每有奇种，人家多用缸植，其法：惊蛰后先取地泥筑实缸底，再将河泥平铺其上，候日晒开咏如雨，则盖之。直至春分，将耦秧疏种，枝头向南，以猪毛少许安在节间，再用肥泥壅好勿露，仍如前，候晒开拆方贮河水平缸，则花自盛。一云取酒瓮头泥种即开花。最畏桐油，夏不失晒，冬不结冻，则来春秧肥花盛。种莲子法：将老莲实裹入卵壳中，令鸡母同子抱，候子鸡出，取天门冬捣末和泥安置盆内，将莲实摩穿其头种之，花开如钱大，亦一弄巧之道也。或云：春分前一日种之，则花在叶上；春分后一日种之，叶在花下；春分日种，花叶两平，皆昭帝时穿林池植。分枝荷花，食之令人口气当香。六月二十四日为荷花生日。”

附纪：“莲花释名计二十二品：分香莲，产钓仙池，一岁也结，为连之最；四面莲，色红，一蒂千瓣，如旋，四面皆吐黄心；低光莲，生穿林池，一枝四叶，其状如盖；并头莲，红白俱有，一杆两花，能伤别花，宜独；重台莲，花放后房中，眼内复有母花，而不结实；四季莲，儋州产，四季开花而花不断，至冬月尤盛；朝日莲，红花亦如盖，花之向太阳也；睡莲，花布叶间，昼开，夜缩入水中，次日复起，生南海。花钵莲，花繁千叶，蕊分三色，产演色；金莲，花开最大而色深黄；锦边莲，白花，每瓣边上有一绵红晕或黄晕；夜舒莲，汉时有一茎四莲，其叶夜舒昼卷；十丈莲，清洁所有百馀尺，不出峰头；藕合藕①，千叶大花，红色，中微带青晕；碧莲花，千叶丛生，香浓而藕胜；黄莲花，色淡黄而香甚，其种出桑扶半山；品字莲，一蒂三花，开如品字，不能结实；百子莲，出苏州府学前，其花极大，房生百子；佛座莲，花有十瓣，皆短而不甚高过房；千叶莲，生华山顶池，人服之羽化；碧台莲，白瓣，上有翠点，房内复抽绿叶；紫荷花，花似辛夷而紫，亦异种也。”以上所纪各花，只品字莲一种，日前，林少秋兄言及彼太平亦有其种，现向子衡兄所取之荷秧恐不在二十二种之内。

---

①　当为“莲”。

荷之清香虽非佳，亦足为清雅宜人。凡人家多植玉兰，多栽荷花，多栽兰花，均夏令之幽赏佳品也。余植有瓯兰数盆、建兰数盆，虽非佳种，亦足夏月之一助云。牡丹一花，花虽艳，其形最为雄壮，堪称富贵，时在深春，时非寒热，足为赏花之候，无如为日无多，花谢之后，诸多寂寞。不如荷花之时在天气过热，晚凉，荷岸看花，诸多清气，非足赏心，藉可益志。建兰开放亦在此时，为日稍久，复得清香之味，均在养生之列。至玉兰一种，不过辅助荷、兰而已。余之所论如斯，未识高明者以为如何，为之记焉。

阅二月初二日《申报》纪："日本通信社云：俄国内政棼乱，西伯利亚方面乱象日甚，近且与德国单独议和，不但于瓯洲战局所关甚钜，即与东亚全局亦有密接关系。日本之出兵喧传已久，顾犹迟徊审顾不即实行者，此中原因良甚复杂。按之各政党所发表之议论大致谓出兵尚早，其理由一方，恐伤我国之感情，一方因外交上之时机尚未纯熟，不得不有所考虑。今征诸最近消息，略述列国对于日本出兵问题之态度。法国对于俄之过激派深为愤慨，近因俄国破弃单独不讲和之条约，主张联合国起与问罪加以惩膺，故对于日本出兵问题颇为赞成之意。英、美两国对俄之态度，最初尚属冷静，颇无意于与俄为敌，至近来始变其态度。即如英国于西伯利亚堆积之资料，拟取非常之段以防外所利用。美国驻俄大使遍仿各国之大使，商酌大使撤退俄都之事，卒开五国大使之会议，可知其不复如曩之专取傍观态度矣。英国于日本出兵问题虽尚赞否参半，然其朝野大多数之希望日本出兵者亦自有理由，良以俄、德单独媾和于波斯及印度方面不无危险。故就大体上论之，英国尚非不赞成反对日之出兵也。日本之出兵，英、法均无甚异议，而尚未即发者，因不能不观望美国一方面也，盖在美国虽有一部分之舆论赞成日本出兵，而大总统威尔逊氏则尚迟疑不决。据近来之外电谓威氏之意必俟判明俄国之情形及了解日本之真意而后始与英、法两国取一致之行动。威氏之态度大约不久决定，但就目前之情势观察，威氏对于日本尚不能并无疑虑也。日本之所以不能不顾美国之态度者，原因不外二端：一，美国禁铁输出及输入限制皆予日本工商业之苦痛，瓯战以还，美、日经济关系更加密切，日本不肯结怨于美国，此其经济上之原因，一也；二，美国虽加入战团，其战争之目的，究与联合国不无稍异，尚处于超然之地位，将来议和列席，美之发言权如何，日本不能不顾此其外交上原因，二也。然日本之出兵问题已大有'矢在弦上不得不发'之势，将俟与美国意见接洽而后发欤？亦不及欤？未可知也。现日本本野外相声称：'确保东亚之和平乃日本之义务，亦日本之权利。'且闻参谋本部分派军官及熟悉中国地方之情形及深通华语者前赴西伯利亚及蒙藏方面，以为出兵之应援，故此，日本之出兵乃时间迟早之问题耳。俄土扰乱以东渐危险之来，吾国实首当其冲。至于日本尚属间接关系，吾朝野上下良心苟不完全麻木，其毋再斗心老洫于自相残杀之一途，于世界大势盍急放眼以观，一加老虑谋所自处之道，次则记者之愿对国人忠告也。"如是所云，各国如此强盛，其出兵何等郑重，吾中国如此懦弱，对德宣战，如此轻易，幸其徒有宣战之虚名，倘若果然出兵，则徒送我中华百姓十数万生灵垫诸沟壑而已。出宣战之名者，梁启超实主之，而段祺瑞当任内阁实行之，将来百姓之涂炭，今之梁、段两公于不顾也，哀哉！是为记载，以观将来，愿以斯言为河汉，幸甚！

十九日丁丑　晴。晚刻，贺云江兄及菊香先生、道周宗叔来叙半晌而来[①]。云江兄托余代荐曹华亭之子为上海洋纱庄学徒，允为另托达三兄代为安置可也。各报所纪北省之直隶、山西、东三省等处均有鼠疫流行，当道均派医生到地设法医治，无如此等医生，贤者固属不少，内有不少者藉医治鼠疫为名骚扰地方亦复不少。凡我中国人民一事必有一事之弊端，在在皆是，能得如外洋者实事求是，深为至幸也。今日观音大士圣诞，进香普陀男女数十万计，幸值天气晴明，现赴普陀诸善男信女往来山上而行者最为快乐也。看普陀岩中刻有

---

①　当为"而去"。

前明年号，自此数百年来进香诸君定然累骆于途耳。今岁二月，诸事繁多，不能远行，明岁定能赴普陀进香耳。

兰花竹架均已煤烂，早刻，亦鉴来，嘱其将架悉均转换，据云廿一日来为代换。余植之本山素心数盆，上年为其去腐留佳，今年未能得法，未识其芽萌时得能多而且旺否也。建兰数盆尚无大碍，现已拥下肥水，想能得土。惟秋素四盆最为得法，明、后年可以分作八盆，已托潘醉葩代为购买摘子花，俟其购到即行分摊于花罇之上。至于培拥建兰等花，以摘子花为最佳耳。

二十日戊寅　晴。早膳后，侍家君同唐臣、虞臣两弟至马屿头祭扫先曾祖墓毕后，遂叩先曾祖妣墓毕，适金德生出而相邀，即侍家君同两弟均至德生府上晚膳后而来，至家时尚早。家慈自普陀进香旋，精神均称康健如恒，言王家亲母及长女并女婿仲达各人均来，就海门趁船至黄城去矣。陶习敬夫妻亦自普陀来。接王勤甫先生一信，言张丹庭亲家定于月之廿八日送日子。查月之廿八日系丙戌日，俟明日至海门与接洽一切可也。儿大须娶，女大须嫁，为父母者只得允许。无如次女太不晓事，年虽十五，其日夕嬉笑，无易孩子，只恐嫁去与小夫妇每多孩气，深为至虑耳。晚膳后，至周作羹兄处少坐，作羹兄言，伯端同少湖各人欲就本镇设立教育分会，此亦不过有名而无实效。别后，就道至陈月香处少坐而来，至家时将二鼓矣。琛山金锡侯外甥定亲江杏翁令孙女者，已择己未年正月初八日喜期，曾经送日子矣。

廿一日己卯　晴。致张丹庭兄一信，交邮寄至沪江北石路介祉里投递矣。早刻，至海门永利局，晤陶寿翁及杨定甫给谏、杨子韶、叶辅廷、陆野亭、俞棣生、申桢夫、卢文甫诸君，相叙一刻，并晤王芹甫先生，言张丹庭亲家定于月之廿六日送日子，其喜期择于十一月十三日云。并言钱达三兄以洋纱一项沪上来价太贵，难于售卖，即将所开洋纱庄之事作为罢论，将慎昌煤号馀利合计规元银六百五十两曾经划存丹翁处，余作函托丹翁代付规元换作英洋暂为存储。余拟三月初上赴沪向取,应需可也。就道至大源祥立有凭折一扣,并托其徐先生寄苏定织朱红缎绣百子花被面两条,并晤陈舜卿兄,托其寄闽购买二号单锁、福建皮箱两对,并言名准于四月之内代为购就寄台,以便加漆。并晤楚卿兄,相叙间,适高志伯兄来叙少顷,言其令叔前台州知府升署宁绍台道高与卿观察现年八十有一,精神尚称强健,税住上海为家,志伯现从其亲戚新委海门统捐局来台云。

楚卿兄相约至其寓所,晤洪封三、何霭生两君,叙过午膳后而别。就道至鼎新泰子衡处少坐,同至信远,晤施月槎兄,言约四月初旬赴苏,余将女儿之绣花衣裙另行托其代买可也。相约至丰泰贺云江兄处,互叙少顷,托其代买弹饼以便带申送人之需。楚卿兄又言,上海朱似兰之次女年甫十岁,手中能看阴人,家中以月节供献,看得见其祖上受祭,并各人托其所看何物,均能得见明白。如是一言,足见阴阳之事确有其事而非子虚。凡人在生随处随地皆有鬼神护持,所以作事必须无愧于心,即无愧于神。对语有云:“书有未曾经我读,事无不可对人言。”吾侪即以“事无不可对人言”七字足启无愧于心耳。别后至家尚早,至达云母舅府上,晤翁子俊兄及篪卿,互叙半晌。仝篪卿至家,过晚膳后,至作羹兄处,晤汪伯端兄,畅叙少顷而来。

廿二日庚辰 晴。楚卿兄邀晚膳。晚刻,至道周宗叔处,晤褚永芳、郑冠卿诸君相叙半晌。永芳兄言其家眷于月初七日移住至范家,现其夫人出麻云。别后,约道周宗叔至楚卿兄处,晤唐岳不先生及周作羹、王俊卿、蔡绍平诸君,互叙席散后,值王春圃、汪伯端来叙少顷。子权遣人来言相邀至家批机,为其子问卜。随至其家中,晤六皆先生、菊香先生、褚永芳、郑冠卿诸君,互叙颇久。六皆先生言,其二少君于本月十六日丑时育得文孙。现六皆先生已得五孙,将来兴旺,不置[1]子孙满堂,乃老翁之福也。遂即批乩,其乩语所云亦足将信将疑而已,至家时经十二句钟矣。

---

① 疑为“不啻”。

廿三日辛巳　早至巳刻，晴；午牌，阴；以后皆然。致贺云江先生一信，交其出栈带交，托其代为寄瓯购买新菜油二百斤。量去年早殳二百二十石，每元五斗五升，计洋四百元；京殳九十石正，每元四斗四升，计洋二百元，均与其出栈算讫，并托其将殳洋汇付庆源来往，以便家中支取以应日用之资耳。晚刻，李舜卿兄、伍菊香先生来叙少顷而别。设在厅前之兰花架每以三年一换，现值三年之期，其架已坏，即嘱亦鉴重为做换，今早亦鉴之子来为做换矣。

廿四日壬子　早至巳刻，阴；午牌，晴；以后皆然。早膳后，侍家君同唐臣、虞臣两弟及冠卿先生至徐岙祭扫先妣周太恭人墓毕后，至管山解小林即三老司家过午膳后而来。道过西王，晤先恩相，言及此处有王小老二家所住之处昔日本有二十馀分，尚白日见鬼，而后，小老二亦住在内，各家有异，惟彼家而顺，不数年，二十馀家之基屋均售与小老二。但小老二以农夫出身，只三十馀年已积资至二十馀万之巨，现其子字曰逸轩者以法政毕业，考取知事，分发河南署汤阴县知事。可见人能富贵而终身者，其住宅、田业早有预定，不可丝毫相强也。自徐屿至家于时尚早，值清明佳节，即设祭菜供献祖先毕后，留周冠卿先生过晚膳后，同至邱威甫处，晤王俊卿、李阮政，相叙一刻而别。就道至楚卿兄处，(晤)周作羹、王六皆、王春圃诸君，互叙半晌。王春圃言现住在前二府署之东花厅，尚见奇异。但衙署之处人不多，遇有奇异亦意中事也。言及东岸缪性言先生于昨日作古，年经六十有五，已两子，长已娶亲，次未及十龄。但缪性言先生名桢元，少年入泮，家甚贫，以刀笔生涯，近二十年来亦积至六七千之多，其六七千不知多少枉曲之钱在焉。但煦东宗伯墓在东枫之仰天湖，已进之圹，尚不甚见，内有楚卿兄令堂蔡太椒人[1]及其庶母之寿域，内有水直流出外，此地是否，识与不识均知其有水明矣。无如煦东宗伯及其未婚元配叶太椒人入厝之后，其家中颇为顺境，万不肯移迁，所以兆域之佳

---

①　疑为“淑人”，下同。

否亦早有前定也。

别后，道过新泰来陈月香处少坐而来，至家时经二鼓矣。先恩相言梦云先生今年设馆嘉兴，束金尚丰，系王搜岩兄代为推荐。二十年之前，搜岩一寒士，尚依梦云先生之日为多，二十年之后，搜岩积资颇巨，面子亦佳，而转代荐梦云先生，世情日变，真是沧海桑田，难以预恻也。我辈中贫富有命，只求无愧于心，饮水思源，为幸多矣，是为之记。

廿五日癸未　早至午刻，大雨；未、申时，雨稍细；酉刻雨晴，阴；以后皆然。昨日至徐岙扫墓，假使今日如此大雨淋漓，将如之何也。早刻，许眉甫先生来言，王逸轩系小老二自己之号，其郎现署汤阴县知事者名号未得其详。梦云先生现至嘉兴，原因系管线白兄办理嘉兴中学堂，由王搜岩兄代致一信，彼即至彼处，曾否安置，未得其详。又言王俊甫侍卫令郎已廿二岁矣。但王俊甫名庆麟，中戊子科浙江武乡试解元，己丑会试后钦点花翎侍卫，在京当差期满，选授直隶顺德府游击，为时不久，因改制裁撤，续奉张少帅委带防营驻防孝丰，未及逾年，亦因被裁赋闲。武生中发以至花翎侍卫犹如文生中发至翰林院编修，初膺游击，次带防营，均因裁撤赋闲，亦命也。但王俊翁曾入北京将弁学堂毕业，所以上海护军使卢永祥、海门镇守使何丰林均与其相识，乃旧日同事耳。现俊甫兄家尚殷实，正可长享家庭之乐，亦一幸事也。

廿六日甲申　雨。家君嘱书致吴玉翁一信，交邮寄至温州东郊盐公司。次女适张丹翁三令郎茂荣者，今日张家送来日子，择在本年十一月十三丙申日完姻，周堂大利附送英佛八百尊、金镯一双、礼物春篮两担，余将春篮礼物及金镯一双并喜期日子均收讫，惟英佛八百尊原璧奉还，另备还礼等件而已，即切头等物余亦不向取，将来遣嫁两相从俭可耳。男大须娶，女大须嫁，只以礼合，此外均可将就，素悉丹庭亲家并亲母均不以余之妆奁厚薄而计也。小儿择于明日周岁之期，恭叩神圣，前许有十家愿之语，日前从俗化助，即于今夜敬谨酬还而已，只愿小儿安长如恒，深为感盼之至。

廿七日乙酉 早至申刻，阴、晴；酉牌，雨；以后皆然。致陈翼亭一信，交保玉送至黄城面交。早晨，以长子正椿周岁之期，择于今日恭叩天地神圣并家堂灶神祖先，悉均欣幸，但四妹今日穿服新衣格外喜人。余于四十四岁方得子，不觉现今周岁，幸叨天地神明敷佑，祖上福荫，深为感盼。人生少年得子者固多，而四十之外才方生子，亦复不少。余所知者如周品金年经六十有七，其子莲塘生于丁酉，今年二十有二，系四十六岁才方生子，以下又生一子，年只十龄。忆品金二十馀年之前精神曾已颓唐，看莲塘精气尚佳，以此相较，余于上年四十四岁日夕精气虽非甚壮，尚不致衰颓。即楚卿兄得子亦经四十。章季甫兄生于癸酉，上年四十五岁才方生子。俞昭甫兄生于辛未，亦至四十七岁生子。翁子俊兄生于癸酉，至四十三岁生子，上年四十五岁又生一子。但楚卿兄之精力余所不及，章秀甫、翁子俊两君，余亦可为相并，俞昭甫兄日食烟瘾，须虽未留，其发斑白，看其精力尚不及于余也。余与诸君相较，差堪自慰。现四妹已经两岁，至十七岁为其成婚，时余年方六十，倘得饮食如恒，叨天福佑，能得见孙，亦未可知。忆光绪丁岁萧子华兄系安徽寿春人，从黄南垣明府随员到台，时年四十有九，尚未见子。而后，五十一岁方得一子，现已长成。但萧子翁本分台候补巡检，自光复之后，亦住台州，得有禁烟差使，现从其亲戚办理台关统捐助理，其人精神与十馀年前之相貌尚不甚易。凡人生能得保养精神，添筹益算，亦意中事也。

凡男子年虽五六十均能生养，惟女人经血不调便不能育。王俊卿谱第年经四十有四，看其精神尚称雄壮，非是软战之人，即推其造，亦必有子，至今尚未得子，颇为忧疑。上月有一日至其家中，值其夫人相晤，此余向未见面，未能相识，续询俊卿云即其嫂也。看其面黄而瘦、唇白，颇见焦枯之景。询俊卿言屡孕而屡小产，如是者寒甚。寒甚而至于虚，女子至于虚寒，安望其育子！即劝俊卿早为纳妾。但俊卿意以家境非是十分佳妙，倘纳一妾，嫡庶争持。事须必然，欲望得子者，不得不纳妾。俊卿仍此延迟，咎非在男，实在于女。余以力言于此，未知俊卿将余言置河汉否也。

阅二月十八日《申报》纪上海英大药房售强种精血丸，所云："凡人之生，全仗精血，精血有亏，难望生育，非只无育，百恙皆集，身体积弱，实可叹惜！惟精血丸，最有效力，大补精神，兼充血液，扶阳济阴，固本却疾，男女服之，均为有益，老幼相宜，健康可必，春令滋培，时哉勿失！"又纪：上海三马路鍊云大药房售盖耳聋还聪丸，下注云："凡世人患耳聋之症甚多，市上所售该药林立不少，然往往不得方法，万难收效。然患耳聋皆因肾水下亏，相火上炎，郁火伤肝，以致耳聋目昏，听视不灵，阴虚气亏，血脉不能流通，呼吸不能灵捷，故耳鸣、耳胀、耳聋、耳痛，言语不闻等症。本主人得世传秘藏良方，加工精制，久炼成丹，专治男女老幼两耳重听，虽二三十年老症，服之立见成效，转聋为聪，补其阴、生津液、除浮火、退虚热，妙在服后神清气爽，身体强壮，永无复发之患。屡经试验，万无一失，中外闻名，专治耳聋，竟有再造之功，早蒙仕学商界信服，至效至验，允推万国九洲耳聋还聪之妙策也。一二年之新症，二三盒告(愈)，症虽十年、廿年老症，购服二料，包可全愈"云云。现上海一隅，人众过多，良莠不齐，一切语言，时出不穷。至于各种药丸，正是说真方、卖假药者过多。顷阅精血丸、还聪丸两种易于试验，顷因赴沪之便，购与患是疾者试之，果否易知也。

该报又纪："《海上罪恶史》系上等社会黑幕。但上海罪恶之真相、高等流氓之真面，酿成上海罪恶之份子，非拆白党流氓拐骗极痞等滥小人，乃轻裘肥马、白昼骄人，诸伪君子、伪君子之假面具，汝多官吏也、慈善家也、巨商也、伟人也，行险使诈之术亦屡出不穷，一抉其隐，闻者当莫不发指目眦、痛心疾首，盖此中人之劳力几握全社会之枢纽，初无罪恶之名，即身受荼毒者亦敢怒而不敢言。著者积十馀年之见闻，本锄奸诛恶之意旨，以章回体裁，暴神奸巨猾之秘密，并以英雄事业、儿女情怀点缀其间，风流俊逸兼而有之，国人欲明上海社会之真相者，不可不购一篇。至于情节之离奇，文章之驯雅，犹馀事耳。全书共四册，共三十万言，准于三月底出版。”又：“上海棋盘街中华图书馆代售《女子黑幕大观》，纪上海秘密社会之多，真正不(可)思议，近且流行于女界种种鬼域①行为，诚堪浩叹。本社悯其失足，欲使回头，因采彼中手段之最辣、心计之最凶者一二，为之揭破其黑幕，俾若辈或稍警悟，而游历洋场者亦得知所趋避。全书共百数十节。”凡此等两书，欲赴上海者宜须购阅，以免赴申被人哄骗为幸。为之记焉。

晚刻，亦鉴老司送有木本绣球一株，即为向购，喜其花开得日久，此等花木宜植在坛，看其本质尚非甚大，即种在缸中，使数年之后再行植坛可也。据云玉堂之树大而长，正有数围之广、数丈之高。木本绣球虽喜植坛，将来长大逊于玉堂而已。园中多植花木，静可观览，亦一乐事也。

廿八日丙戌 早至巳刻，雨；午时，阴；以后皆然。家君嘱书致何见石方伯一信，即奉家君专人送郡。接张丹庭亲家一信，言丰泰之谷洋已经收到云云。晚膳后，至陶寿翁处少坐，就道至翁子俊兄处，晤王桐甫兄，互叙半晌而来，至家时将二鼓矣。

廿九日丁亥 早至申刻，阴；酉牌，雨；以后皆然。致阮凤鸣兄②一信，交弟头至辛山之便递交。早刻，王俊卿来叙至午而去。晚刻，伍菊香先生来叙一刻，言今粜谷，取有抄票洋五十元，托余代为换洋，即嘱朱先生代为调换现洋五十元，当面付交清讫。相约至陶寿翁处，适晤许吉轩兄，相叙半晌。吉轩兄今日来与寿翁五令郎种痘，相叙少顷而去，至海门代楚卿兄令媛种痘云。人生胎毒均由麻痘，而去咸同之前，台地只知吹筒，但吹筒之法虽善，当吹筒之后颇受警心，而后有过苗之法，此善于吹筒多矣。近年而有洋苗，此最妥、最善也。洋人行至中国之物均受破耗，惟洋痘苗一种最为妥善，况其价值从廉，有

① 当为“鬼蜮”。

② “鸣兄”二字缺损，据上文补。

益于中国孩童者最厚，而今以来均以洋苗施种矣。寿翁言，吴玉翁现在瓯江，欲谋海防护商，大费周章，求梅鹤亭[①]统领代为设法，但此事须有势力、能占台、温者才可有为。在吴玉翁虽是旧日武员，自今以后无此力量，即上游准为办理，未识瓯江各商号能得俯如所请否也。如今各事亦说不来，能得做到亦未可知，想一二月后能知其详情耳。

① "亭"字原缺损，据上文补。